三言二拍·上

线装典藏

册六

明·冯梦龙 编

黄山书社

线装典藏

三言二拍·上

明·冯梦龙 编

册六

黄山书社

赵太祖千里送京娘（承前册）

那老者见公子进门，慌忙起身施礼。公子答揖，问道：『长者所诵何经？』老者道：『《天皇救苦经》。』公子道：『诵他有甚好处？』老者道：『老汉见天下分崩，要保佑太平天子早出，扫荡烟尘，救民于涂炭。』公子听得此言，暗合其机，心中也欢喜。公子又问道：『此地贼寇颇多，长者可知他的行藏么？』老者道：『贵人莫非是同一位骑马女子，在坡下茅店里的？』公子道：『然也。』老者道：『幸遇老夫，险些儿惊了贵人。』公子问其缘故。老者请公子上坐，自己旁边相陪，从容告诉道：『这介山新生两个强人，聚集喽罗，打家劫舍，扰害汾潞地方。一个叫做满天飞张广儿，一个叫做着地滚周进，半月之间，不知那里抢了一个女子，二人争娶未决，寄顿他方，待再寻得一个来，各成婚配。这里一路店家，都是那强人吩咐过的，但访得有美貌佳人，疾忙报他，重重有赏。晚上贵人到时，那小二便去报与周进知道，先差野火儿姚旺来探望虚实，说道：「不但女子貌美，兼且骑一匹骏马。单身客人，不足为惧。」有个千里脚陈名，第一善走，一日能行三百里，贼人差他先来盗马。众寇在前面赤松林下屯扎。待贵人五更经过，便要抢劫。贵人须要防备。』公子道：『原来如此。长者何以知之？』老者道：『老汉久居于此，动息都知，见贼人切不可说出老汉来。』公子谢道：『承教了。』绰棒起身，依先走回，店门兀自半开，公子挨身而入。

却说店小二为接应陈名盗马，回到家中，正在房里与老婆说话。老婆暖酒与他吃，见公子进门，闪在灯背后去了。公子心生一计，便叫京娘问店家讨酒吃。店家娘取了一把空壶，在房门口酒缸内舀酒。公子出其不意，将铁棒照脑后一下，打倒在地。酒壶也撇在一边。小二听得老婆叫苦，也取朴刀赶出房来。怎当公子以逸待劳，手起棍落，也打翻了。再复两棍，都结果了性命。京娘大惊，急救不及，问其打死二人之故。公子将老者所言，述了一遍。京娘吓得面如土色道：『如此途路难行，怎生是好？』公子道：『好歹有赵某在此，贤妹放心。』公子撑了大门，就厨下暖起酒来，饮个半醉，上了马料，将銮铃塞口，使其无声。扎缚包裹停当，将两个尸首拖在厨下柴堆上，放起火来，前后门都放了一把火。看火势盛了，然后引京娘上马而行。此时东方渐白，经过溜水桥边，欲再寻老者问路，不见了诵经之室，但见土墙砌的三尺高，一个小小庙儿，庙中社公坐于旁边。方知夜间所见，乃社公引导。公子想道：『他呼我为贵人，又见我不敢正坐，我必非常人也。他日倘然发迹，当加封号。』

公子催马前进，约行了数里，望见一座松林，如火云相似。公子叫声：『贤妹慢行，前面想是赤松林了！……』言犹未毕，草荒中钻出一个人来，手执钢叉，望公子便搠。公子会者不忙，将铁棒架住。那汉且斗且走，只要引公子到林中去。激得公子怒起，双手举棒，喝声『着』，将半个天灵盖劈下。那汉便是野火儿姚旺。公子叫京娘约马暂住：『俺到前面林子里结果了那伙毛贼，和你同行。』京娘道：『恩兄仔细！』公子放步前行。正是：

圣天子百灵助顺，大将军八面威风。

那赤松林下着地滚周进，屯住四五十喽啰。听得林子外脚步响，只道是姚旺伏路报信，手提长枪，钻将出来，正迎着公子。公子知是强人，并不打话，举棒便打。周进挺枪来敌。约斗上二十余合，林子内喽啰知周进遇敌，筛起锣一齐上前，团团围住。公子道：『有本事的都来！』公子一条铁棒，如金龙罩体，玉蟒缠身。迎着棒，似秋叶翻风；近着身，如落花坠地。打得三分四散，七零八落。周进胆寒起来，枪法乱了，被公子一棒打倒。众喽啰发声喊，都落荒乱跑。公子再复一棒，结果了周进。回步已不见了京娘。急往四下抓寻，那京娘已被五六个喽啰，簇拥过赤松林了。公子急忙赶上，大喝一声：『贼徒那里走？』众喽啰见公子追来，弃了京娘，四散去了。公子道：『贤妹受惊了！』京娘道：『适才喽啰内有两个人，曾跟随响马到清油观，原认得我，方才说：「周大王与客人交手，料这客人斗大王不过。我们先送你在张大王那边去。」』公子道：『周进这厮，已被俺剿除了。只不知张广儿在于何处？』京娘道：『只愿你不相遇更好。』

公子催马快行。约行四十余里，到一个市镇。公子腹中饥饿，带住辔头，欲要扶京娘下马上店，只见几个店家都忙乱乱的安排炊爨，全不来招架行客。公子心疑，因带有京娘，怕得生事，牵马过了店门。只见家家闭户，到尽头处，一个小小人家，也关着门。公子心下奇怪，去敲门时，没人答应。转身到屋后，将马拴在树上，轻轻的去敲他后门。里面一个老婆婆，开出来看了一看，意中甚是惶惧。公子慌忙跨进门内，与婆婆作揖道：『婆婆休讶，俺是过路客人，带有女眷，要借婆婆家中火，吃了饭就走的。』婆婆捻神捻鬼的叫：『噤声！』京娘亦进门相见，婆婆便将门闭了。公子问道：『那边店里安排酒会，迎接什么官府？』婆婆摇手道：『客人休管闲事。』公子道『有甚闲事，直恁利害？俺是远方客人，烦婆婆说明则个！』婆婆道：『今日满天飞大王在此经过，这乡村敛钱备饭，买静求安。老身有个儿子，也被店中叫去相帮了。』公子听说，思想：『原来如此。一不做二不休，索性与他个干净，绝了清油观的祸根罢。』公子道：『婆婆，这是俺妹子，为还南岳香愿到此，怕逢了强徒，受他惊恐。有烦婆婆家藏匿片时，等这大王过去之后方行，自当厚谢。』婆婆道：『好位小娘子，权躲不妨事，只客官不要出头惹事。』公子道：『俺男子汉自会躲闪，且到路旁，打听消息则个。』婆婆道：『仔细！有现成馍馍，烧口热火，等你来吃，饭却不方便。』公子提棒仍出后门，欲待乘马前去迎他一步，忽然想道：『俺在清油观说出了「千里步行」，今日为惧怕强贼乘马，不算好汉。』遂大踏步奔出路头。心生一计，复身到店家，大盼盼的叫道：『大王即刻到了。洒家是打前站的，你下马饭完也未？』店家道：『都完了。』公子道：『先摆一席与洒家吃。』众人积威之下，谁敢辨个真假？还要他在大王面前方便，大鱼大肉，热酒热饭，只顾搬将出来。公子放量大嚼。吃到九分九，外面沸传：『大王到了，快摆香案。』公子不慌不忙，取了护身龙，出外看时，只见十余对枪刀棍棒，摆在前导，到了店门，一齐跪下。那满天飞张广儿骑着高头骏马，千里脚陈名执鞭紧随。背后又有三五十喽啰，十来乘车辆簇拥。——你道一般两个大王，为何张广儿恁般齐整？那强人出入聚散，原无定规，况且闻说单身客人，也不在其意了，所以周进未免轻敌。——这张广儿分路在外行劫，因千里脚陈名报道，二大王已拿得有美貌女子，请他到介山相会。所以整齐队伍而来。行村过镇，壮观威仪。公子隐身北墙之侧，看得真切，等待马头相近，大喊一声道：『张贼看棒！』从人丛中跃出，如一只老鹰半空飞下。说时迟，那时快，那马惊骇，望前一跳，这里棒势去得重，打折了马的一只前蹄。那马负疼就倒。张广儿身松，早跳下马。背后陈名持棍来迎，早被公子一棒打翻。张广儿舞动双刀，来斗公子。公子腾步到空阔处，与强人放对。斗上十余合，张广儿一刀砍来，公子棍起中其手指。广儿右手失刀，左手便觉没势。回步便走。公子喝道：

『你绰号满天飞，今日不怕你飞上天去！』赶进一步，举棒望脑后劈下，打做个肉钯。可怜两个有名的强人，双双死于一日之内。正是：

三魂渺渺『满天飞』，七魄悠悠『着地滚』。

众喽啰却待要走，公子大叫道：『俺是汴京赵大郎，自与贼人张广儿、周进有仇，今日都已剿除了，并不干众人之事。』众喽啰弃了枪刀，一齐拜倒在地，道：『俺们从不见将军恁般英雄，情愿伏侍将军为寨主。』公子呵呵大笑道：『朝中世爵，俺尚不希罕，岂肯做落草之事。』公子看见众喽啰中，陈名亦在其内，叫出问道：『昨夜来盗马的就是你么？』陈名叩头服罪。公子道：『且跟我来赏你一餐饭。』众人都跟到店中。公子吩咐店家：『俺今日与你地方除了二害。这些都是良民。方才所备饭食，都着他饱餐，俺自有发放。其管待张广儿一席留着，俺有用处。』店主人不敢不依。众人吃罢。公子叫陈名道：『闻你日行三百里，有用之才，如何失身于贼人？俺今日有用你之处，你肯依否？』陈名道：『将军若有所委，不避水火。』公子道：『俺在汴京，为打了御花园，又闹了御勾栏，逃难在此。烦你到汴京打听事体如何？半月之内，可在太原府清油观赵知观处等候我，不可失信！』公子借笔砚写了叔父赵景清家书，把与陈名。将贼人车辆财帛，打开分作三分，一分散与市镇人家，偿其向来骚扰之费。就将打死贼人尸首及枪刀等项，着众人自去解官请赏。其一分众喽啰分去为衣食之资，各自还乡生理。其一分又剖为两分，一半赏与陈名为路费，一半寄与清油观修理降魔殿门窗。公子分派已毕，众心都伏，各各感恩。公子叫店主人将酒席一桌，抬到婆婆家里。婆婆的儿子也都来了，与公子及京娘相见。向婆婆说知除害之事，各各欢喜。公子向京娘道：『愚兄一路不曾做得个主人，今日借花献佛，与贤妹压惊把盏。』京娘千恩万谢，自不必说。是夜，公子自取囊中银十两送与婆婆，就宿于婆婆家里。

京娘想起公子之恩：『当初红拂一妓女，尚能自择英雄。莫说受恩之下，愧无所报，就是我终身之事，舍了这个豪杰，更托何人？欲要自荐，又羞开口；欲待不说：『他直性汉子，那知奴家一片真心？』左思右想，一夜不睡。不觉五更鸡唱，公子起身鞴马要走，京娘闷闷不悦，心生一计，于路只推腹痛难忍，几遍要解。要公子扶他上马，又扶他下马。一上一下，将身偎贴公子，挽颈勾肩，万般旖旎。夜宿又嫌寒道热，央公子减被添衾，软香温玉，岂无动情之处？公子生性刚直，尽心伏侍，全然不以为怪。

又行了三四日，过曲沃地方，离蒲州三百余里，其夜宿于荒村。京娘口中不语，心下踌躇：『如今将次到家了。只管害羞不说，挫此机会，一到家中，此事便索罢休，悔之何及？』黄昏以后，四宇无声，微灯明灭，京娘兀自未睡，在灯前长叹流泪。公子道：『贤妹因何不乐？』京娘道：『小妹有句心腹之言，说来又怕唐突，恩人莫怪。』公子道：『兄妹之间，有何嫌疑，尽说无妨！』京娘道：『小妹深闺娇女，从未出门。只因随父进香，误陷于贼人之手，锁禁清油观中。还亏贼人去了，苟延数日之命，得见恩人。倘若贼人相犯，妾宁受刀斧，有死不从。今日蒙恩人拔离苦海，千里步行相送，又为妾报仇，绝其后患。此恩如重生父母，无可报答。倘蒙不嫌貌丑，愿备铺床叠被之数，使妾少尽报效之万一，不知恩人允否？』公子大笑道：『贤妹差矣！俺与你萍水相逢，出身相救，实出恻隐之心，非贪美丽之容，况彼此同姓，难以为婚；兄妹相称，岂可及乱？俺是个坐怀不乱的柳下惠，你岂可学纵欲败礼的吴孟子！休得狂言，惹人笑话。』京娘羞惭满面，半晌无语。重又开言道：『恩人休怪妾多言。妾非淫污苟贱之辈，只为弱体余生，尽出恩人所赐，此身之外，别无报答，不敢望与恩人婚配，得为妾婢，伏侍恩人一日，死亦瞑目。』公子勃然大怒道：『赵某是顶天立地的男子，一生正直，并无邪佞，你把我做看施恩望报的小辈，假公济私的奸人，是何道理！你若邪心不息，俺即今撒开双手，不管闲事，怪不得我有始无终了。』公子此时声色俱厉，京娘深深下拜道：『今日方见恩人心事，赛过柳下惠、鲁男子。愚妹是女流之辈，坐井观天，望乞恩人恕罪则个！』公子方才息怒道：『贤妹，非是俺胶柱鼓瑟。本为义气上千里步行相送，今日若就私情，与那两个响马何异？把从前一片真心化为假意，惹天下豪杰们笑话。』京娘道：『恩兄高见。妾今生不能补报大德，死当衔环结草。』两人说话，直到天明。正是：

落花有意随流水，流水无情恋落花。

自此京娘愈加严敬公子，公子亦愈加怜悯京娘。一路无话。看看来到蒲州。京娘虽住在小祥村，却不认得。公子问路而行。京娘在马上望见故乡光景，好生伤感。却说小祥村赵员外自从失了京娘，将及两月有余。老夫妻每日思想啼哭。忽然庄客来报，京娘骑马回来，后面有一红脸大汉，手执杆棒跟随。赵员外道：『不好了！响马来讨妆奁了！』妈妈道：『难道响马只有一人？且教儿子赵文去看个明白。』赵文道：『虎口里那有回来肉？妹子被响马劫去，岂有送转之理？必是容貌相像的，不是妹子……』说犹未了，京娘已进中堂，爹妈见了女儿，相抱而哭。哭罢，问其得回之故。京娘将贼人锁禁清油观中，幸遇赵公子路见不平，开门救出，认为兄妹，千里步行相送，并途中连诛二寇，大略叙了一遍。『今恩人见在，不可怠慢。』赵员外慌忙出堂见了赵公子，拜谢道：『若非恩人英雄了得，吾女必陷于贼人之手，父子不得重逢矣。』遂令妈妈同京娘拜谢，又唤儿子赵文来见了恩人。庄上宰猪设宴，款待公子。赵文私下与父亲商议道：『「好事不出门，恶事传千里。」妹子被强人劫去，家门不幸。今日跟这红脸汉子回来，「人无利己，谁肯早起」？必然这汉子与妹子有情。千里送来，岂无缘故？妹子经了许多风波，又有谁人聘他？不如招赘那汉子在门，两全其美，省得旁人议论。』赵公是个随风倒舵没主意的老儿，听了儿子说话，便教妈妈唤京娘来问他道：『你与那公子千里相随，一定把身子许过他了。如今你哥哥对爹说，要招赘与你为夫，你意下如何？』京娘道：『公子正直无私，与孩儿结为兄妹，如嫡亲相似，并无调戏之言。今日望爹妈留他在家，管得他十日半月，少尽其心，此事不可题起。』妈妈将女儿言语述与赵公，赵公不以为然。少间筵席完备，赵公请公子坐于上席，自己老夫妇下席相陪，赵文在左席，京娘右席。酒至数巡，赵公开言道：『老汉一言相告：小女余生，皆出恩人所赐，老汉阖门感德，无以为报。幸小女尚未许人，意欲献与恩人，为箕帚之妾，伏乞勿拒。』公子听得这话，一盆烈火从心头掇起，大骂道：『老匹夫！俺为义气而来，反把此言来污辱我。俺若贪女色时，路上也就成亲了，何必千里相送！你这般不识好歹的，枉费俺一片热心！』说罢，将桌子掀翻，望门外一直便走。赵公夫妇唬得战战兢兢。赵文见公子粗鲁，也不敢上前。只有京娘心下十分不安，急走去扯住公子衣裾，劝道：『恩人息怒！且看愚妹之面。』公子那里肯依，一手撇脱了京娘，奔至柳树下，解了赤麒麟，跃上鞍辔，如飞而去。京娘哭倒在地，爹妈劝转回房。把儿子赵文埋怨了一场。赵文又羞又恼，也走出门去了。赵文的老婆听得爹妈为小姑上埋怨了丈夫，好生不喜，强作相劝，将冷语来奚落京娘。道：『姑姑，虽然离别是苦事，那汉子千里相随，忽然而去，也是个薄情的。他若是有仁义的人，就了这头亲事了。姑姑青年美貌，怕没有好姻缘相配？休得烦愁则个！』气得京娘泪流不绝，顿口无言。心下自想道：『因奴命蹇时乖，遭逢强暴，幸遇英雄相救，指望托以终身。谁知事既不谐，反涉瓜李之嫌。今日父母哥嫂亦不能相谅，何况他人？不能报恩人之德，反累恩人的清名，为好成歉，皆奴之罪。似此薄命，不如死于清油观中，省了许多是非，到得干净，如今悔之无及。千死万死，左右一死，也表奴贞节的心迹。』捱至夜深，爹妈睡熟，京娘取笔题诗四句于壁上，撮土为香，望空中拜了公子四拜，将白罗汗巾，悬梁自缢而死。

可怜闺秀千金女，化作南柯一梦人。

天明老夫妇起身，不见女儿出房，到房中看时，见女儿缢在梁间，吃了一惊。两口儿放声大哭。看壁上有诗云：

天付红颜不遇时，受人凌辱被人欺；今宵一死酬公子，彼此清名天地知。

赵妈妈解下女儿，儿子媳妇都来了。赵公玩其诗意，方知女儿冰清玉洁，把儿子痛骂一顿。免不得买棺成殓，择地安葬，不在话下。

再说赵公子乘着千里赤麒麟，连夜走至太原，与赵知观相会，千里脚陈名已到了三日。说汉后主已死，郭令公禅位，改国号曰周，招纳天下豪杰。公子大喜，住了数日，别了赵知观，同陈名还归汴京，应募为小校。从此随世宗南征北讨，累功至殿前都点检。后受周禅为宋太祖。陈名相从有功，亦官至节度使之职。太祖即位以后，灭了北汉。追念京娘昔日兄妹之情，遣人到蒲州解良县寻访消息。使命录得四句诗回报。太祖甚是嗟叹，敕封为贞义夫人，立祠于小祥村。那黄茅店溜水桥杜公，敕封太原都土地。命有司择地建庙，至今香火不绝。这段话，题做《赵公子大闹清油观，千里送京娘》。后人有诗赞云：

不恋私情不畏强，独行千里送京娘。汉唐吕武纷多事，谁及英雄赵大郎！

第二十二卷

宋小官团圆破毡笠

不是姻缘莫强求，姻缘前定不须忧；任从波浪翻天起，自有中流稳渡舟。

话说正德年间，苏州府昆山县大街有一居民，姓宋名敦，原是宦家之后，浑家卢氏。夫妻二口，不做生理，靠着祖遗田地，现成收些租课为活。年过四十，并不曾生得一男半女。宋敦一日对浑家说："自古道：'养儿待老，积谷防饥。'你我年过四旬，尚无子嗣。光阴似箭，眨眼头白。百年之事，靠着何人？"说罢，不觉泪下。卢氏道："宋门积祖善良，未曾作恶造业，况你又是单传，老天决不绝你祖宗之嗣。招子也有早晚，若是不该招时，便是养得长成，半路上也抛撇了，劳而无功，枉添许多悲泣。"宋敦点头道："是。"方才拭泪未干，只听得坐启中有人咳嗽，叫唤道："玉峰在家么？"原来苏州风俗，不论大家小家，都有个外号，彼此相称。玉峰就是宋敦的外号。宋敦侧耳而听。叫唤第二句，便认得声音，是刘顺泉。那刘顺泉双名有才，积祖驾一只大船，揽载客货，往各省交卸，趁得好些水脚银两。一个十全的家业，团团都做在船上。就是这只船本，也值几百金，浑身是香楠木打造的。江南一水之地，多有这行生理。那刘有才是宋敦最契之友。听得是他声音，连忙趋出坐启，彼此不须作揖，拱手相见，分坐看茶，自不必说。宋敦道："顺泉今日如何得暇？"刘有才道："特来与玉峰借件东西。"宋敦笑道："宝舟缺什么东西，到与寒家相借？"刘有才道："别的东西不来干渎，只这件，是宅上有余的，故此敢来启口。"宋敦道："果是寒家所有，决不相吝。"刘有才不慌不忙，说出这件东西来。正是：

背后并非擎诏，当前不是围胸，鹅黄细布密针缝，净手将来供奉。还愿曾装冥钞，祈神并衬威容，名山古刹几相从，染下炉香浮动。

原来宋敦夫妻二口，因难于得子，各处烧香祈嗣，做成黄布袱、黄布袋，装裹佛马楮钱之类。烧过香后，悬挂于家中佛堂之内，甚是志诚。刘有才长于宋敦五年，四十六岁了。阿妈徐氏亦无子息。闻得徽州有盐商求嗣，新建陈州娘娘庙于苏州阊门之外，香火甚盛，祈祷不绝。刘有才恰好有个方便，要驾船往枫桥下客，意欲进一炷香，却不曾做得布袱布袋，特特与宋家告借。其时说出缘故，宋敦沉思不语。刘有才道："玉峰莫非有吝借之心么？若污坏时，一个就赔两个。"宋敦道："岂有此理！只是一件，既然娘娘庙灵显，小子亦欲附舟一往。只不知几时去？"刘有才道："即刻便行。"宋敦道："布袱布袋，拙荆另有一副，共是两副，尽可分用。"刘有才道："如此甚好。"宋敦入内，与浑家说知欲往郡城烧香之事。刘氏也欢喜。宋敦于佛堂挂壁上，取下两副布袱布袋，留下一副自用，将一副借与刘有才。刘有才道："小子先往舟中伺候，玉峰可快来。船在北门大坂桥下，不嫌怠慢时，吃些见成素饭，不消带米。"宋敦应允。当下忙忙的办下些香烛纸马阡张定段，打叠包裹，穿了一件新联就的洁白湖绸道袍，赶出北门下船。趁着顺风，不够半日，七十里之程，等闲到了。舟泊枫桥，当晚无话。有诗为证：

月落乌啼霜满天，江枫渔火对愁眠。姑苏城外寒山寺，夜半钟声到客船。

次日起个黑早，在船中洗盥罢，吃了些素食，净了口手，一对儿黄布袱驮了冥财，黄布袋安插纸马文疏，挂于项上。步到陈州娘娘庙前，刚刚天晓。庙门虽开，殿门还关着。二人在两廊游绕，观看了一遍，果然造得齐整。正在赞叹，呀的一声，殿门开了。就有庙祝出来迎接进殿。

其时香客未到，烛架尚虚。庙祝放下琉璃灯来，取火点烛，讨文疏替他通陈祷告。二人焚香礼拜已毕，各将几十文钱，酬谢了庙祝，化纸出门。刘有才再要邀宋敦到船，宋敦不肯。当下刘有才将布袱布袋交还宋敦，各各称谢而别。刘有才自往枫桥接客去了。宋敦看天色尚早，要往娄门趁船回家。刚欲移步，听得墙下呻吟之声。近前看时，却是矮矮一个芦席棚，搭在庙垣之侧，中间卧着个有病的老和尚，恹恹欲死，呼之不应，问之不答。宋敦心中不忍，停眸而看。旁边一人走来说道：『客人，你只管看他则甚？要便做个好事了去。』宋敦道：『如何做个好事？』那人道：『此僧是陕西来的，七十八岁了。他说一生不曾开荤，每日只诵《金刚经》。三年前在此募化建庵，没有施主。搭这个芦席棚儿住下，诵经不辍。这里有个素饭店，每日只上午一餐，过午就不用了。也有人可怜他，施他些钱来，他就把来还了店上的饭钱，不留一文。近日得了这病，有半个月不用饮食了。两日前还开口说得话，我们问他：「如此受苦，何不早去罢？」他说：「因缘未到，还等两日。」今早连话也说不出了，早晚待死。客人若可怜他时，买一口薄薄棺材，焚化了他，便是做好事。他说「因缘未到」，或者这因缘，就在客人身上。』宋敦想道：『我今日为求嗣而来，做一件好事回去，也得神天知道。』便问道：『此处有棺材店么？』那人道：『出巷陈三郎家就是。』宋敦道：『烦足下同往一看。』那人引路到陈家来。陈三郎正在店中支分锯匠锯木。那人道：『三郎，我引个主顾作成你。』三郎道：『客人若要看寿板，小店有真正婺源加料双軿的在里面。若要见成的，就店中但凭拣择。』宋敦道：『要见成的。』陈三郎指着一副道：『这是头号，足价三两。』宋敦未及还价。那人道：『这个客官是买来舍与那芦席棚内老和尚做好事的，你也有一半功德，莫要讨虚价。』陈三郎道：『既是做好事的，我也不敢要多，照本钱一两六钱罢，分毫少不得了。』宋敦道：『这价钱也是公道了。』想起汗巾角上带得一块银子，约有五六钱重，烧香剩下，不上一百铜钱，总凑与他，还不够一半。『我有处了，刘顺泉的船在枫桥不远。』便对陈三郎道：『价钱依了你，只是还要到一个朋友处借办，少顷便来。』陈三郎到罢了，说道：『任从客便。』那人咈然不乐道：『客人既发了个好心，却又做脱身之计。你身边没有银子，来看则甚？』说犹未了，只见街上人纷纷而过，多有说这老和尚可怜，半月前还听得他念经之声，今早呜呼了。正是：

三寸气在千般用，一旦无常万事休。

那人道：『客人不听得说么？那老和尚已死了，他在地府睁眼等你断送哩！』宋敦口虽不语，心下复想道：『我既是看定了这具棺木，倘或往枫桥去，刘顺泉不在船上，终不然呆坐等他回来。况且常言得「价一不择主」，倘别有个主顾，添些价钱，这副棺木不去了？我就失信于此僧了。罢罢！』便取出银子，刚刚一块，讨等来一称，叫声惭愧。原来是块元宝，看时像少，称时便多，到有七钱多重。先教陈三郎收了，将身上穿的那一件新联就的洁白湖绸道袍脱下道：『这一件衣服，价在一两之外，倘嫌不值，权时相抵，待小子取赎。若用得时，便乞收算。』陈三郎道：『小店大胆了，莫怪计较。』将银子衣服收过了。宋敦又在髻上拔下一根银簪，约有二钱之重。交与那人道：『这枝簪，相烦换些铜钱，以为殡殓杂用。』当下店中看的人都道：『难得这位做好事的客官，他担当了大事去。其余小事，我们地方上也该凑出些钱钞相助。』众人都凑钱去了。宋敦又复身到芦席边，看那老僧，果然化去。不觉双眼垂泪，分明如亲戚一般，心下好生酸楚，正不知什么缘故。不忍再看，含泪而行。到娄门时，航船已开，乃自唤一只小船，当日回家。浑家见丈夫黑夜回来，身上不穿道袍，面又带忧惨之色，只道与人争竞，忙忙的来问。宋敦摇首道：『话长哩！』一径走到佛堂中，将两副布袱布袋挂起，在佛前磕了个头，进房坐下，讨茶吃了，方才开谈，将老和尚之事备细说知。浑家道：『正该如此。』也不嗔怪。宋敦见浑家贤慧，到也回愁作喜。是夜夫妻二口睡到五更，宋敦梦见那老和尚登门拜谢道：『檀越命合无子，寿数亦止于此矣。因檀越心田慈善，上帝命延寿半纪。老僧与檀越又有一段因缘，愿投宅上为儿，以报盖棺之德。』卢氏也梦见一个金身罗汉走进房里，梦中叫喊起来，连丈夫也惊醒了。各言其梦，似信似疑，嗟叹不已。正是：

种瓜还得瓜，种豆还得豆。劝人行好心，自作还自受。

从此卢氏怀孕，十月满足，生下一个孩儿。因梦见金身罗汉，小名金郎，官名就叫宋金。夫妻欢喜，自不必说。

此时刘有才也生一女，小名宜春。各各长成，有人撺掇两家对亲。刘有才到也心中情愿。宋敦却嫌他船户出身，不是名门旧族。口虽不语，心中有不允之意。那宋金方年六岁，宋敦一病不起，呜呼哀哉了。自古道：『家中百事兴，全靠主人命。』十个妇人，敌不得一个男子。自从宋敦故后，卢氏掌家，连遭荒歉，又里中欺他孤寡，科派户役。卢氏撑持不定，只得将田房渐次卖了，赁屋而居。初时，还是诈穷，以后坐吃山崩，不上十年，弄做真穷了。卢氏亦得病而亡。断送了毕，宋金只剩得一双赤手，被房主赶逐出屋，无处投奔。且喜从幼学得一件本事，会写会算。偶然本处一个范举人，选了浙江衢州府江山县知县，正要寻个写算的人。有人将宋金说了，范公就教人引来。见他年纪幼小，又生得齐整，心中甚喜。叩其所长，果然书通真草，算善归除。当日就留于书房之中，取一套新衣与他换过，同桌而食，好生优待。择了吉日，范知县与宋金下了官船，同往任所。正是：

冬冬画鼓催征棹，习习和风荡锦帆。

却说宋金虽然贫贱，终是旧家子弟出身。今日做范公门馆，岂肯卑污苟贱，与童仆辈和光同尘，受其戏侮。那些管家们欺他年幼，见他做作，愈有不然之意。自昆山起程，都是水路，到杭州便起旱了。众人撺掇家主道：『宋金小厮家，在此写算服事老爷，还该小心谦逊，他全不知礼。老爷优待他忒过分了，与他同坐同食，舟中还可混帐，到陆路中火歇宿，老爷也要存个体面。小人们商议，不如教他写一纸靠身文书，方才妥帖。到衙门时，他也不敢放肆为非。』范举人是棉花做的耳朵，就依了众人言语。唤宋金到舱，要他写靠身文书。宋金如何肯写。逼勒了多时，范公发怒，喝教剥去衣服，喝出船去。众苍头拖拖拽拽，剥的干干净净，一领单布衫，赶在岸上。气得宋金半晌开口不得。只见轿马纷纷，伺候范知县起陆。宋金噙着双泪，只得回避开去。身边并无财物，受饿不过，少不得学那两个古人：

伍伯吹箫于吴门，韩王寄食于漂母。

日间街坊乞食，夜间古庙栖身。还有一件，宋金终是旧家子弟出身，任你十分落泊，还存三分骨气，不肯随那叫街丐户一流，奴言婢膝，没廉没耻。讨得来便吃了，讨不来忍饿，有一顿没一顿。过了几时，渐渐面黄肌瘦，全无昔日丰神。正是：

好花遭雨红俱褪，芳草经霜绿尽凋。

时值暮秋天气，金风催冷，忽降下一场大雨。宋金食缺衣单，在北新关关王庙中担饥受冻，出头不得。这雨自辰牌直下至午牌方止。宋金将腰带收紧，挪步出庙门来，未及数步，劈面遇着一人。宋金睁眼一看，正是父亲宋敦的最契之友，叫做刘有才，号顺泉的。宋金无面目见江东父老，不敢相认，只得垂眼低头而走。那刘有才早已看见，从背后一手挽住，叫道：「你不是宋小官么？为何如此模样？」宋金两泪交流，叉手告道：「小侄衣衫不齐，不敢为礼了。承老叔垂问。」如此如此，这般这般，将范知县无礼之事，告诉了一遍。刘翁道：「『恻隐之心，人皆有之。』你肯在我船上相帮，管教你饱暖过日。」宋金便下跪道：「若得老叔收留，便是重生父母。」当下刘翁引着宋金到于河下。刘翁先上船，对刘妪说知其事。刘妪道：「此乃两得其便，有何不美。」刘翁就在船头上招宋小官上船。于自身上脱下旧布道袍，教他穿了。引他到后艄，见了妈妈徐氏，女儿宜春在旁，也相见了。宋金走出船头。刘翁道：「把饭与宋小官吃。」刘妪道：「饭便有，只是冷的。」宜春道：「有热茶在锅内。」宜春便将瓦罐子舀了一罐滚热的茶。刘妪便在厨柜内取了些腌菜，和那冷饭，付与宋金道：「宋小官！船上买卖，比不得家里，胡乱用些罢！」宋金接得在手。又见细雨纷纷而下。刘翁叫女儿：「后艄有旧毡笠，取下来与宋小官戴。」宜春取旧毡笠看时，一边已自绽开。宜春手快，就盘髻上拔下针线，将绽处缝了，丢在船篷之上，叫道：「拿毡笠去带。」宋金戴了破毡笠，吃了茶淘冷饭。刘翁教他收拾船上家伙，扫抹船只，自往岸上接客，至晚方回，一夜无话。次日，刘翁起身，见宋金在船头上闲坐，心中暗想：「初来之人，莫惯了他。」便吆喝道：「个儿郎吃我家饭，穿我家衣，闲时搓些绳，打些索，也有用处，如何空坐？」宋金连忙答应道：「但凭驱使，不敢有违。」刘翁便取一束麻皮，付与宋金，教他打索子。正是：

在他矮檐下，怎敢不低头。

宋金自此朝夕小心，辛勤做活，并不偷懒。兼之写算精通，凡客货在船，都是他记帐，出入分毫不爽。别船上交易，也多有央他去拿算盘，登帐簿，客人无不敬而爱之。都夸道：「好个宋小官，少年伶俐。」刘翁、刘妪见他小心得用，另眼相待，好衣好食的管顾他。在客人面前，认为表侄。宋金亦自以为得所，心安体适，貌日丰腴。凡船户中无不欣羡。光阴似箭，不觉二年有余。刘翁一日暗想：「自家年纪渐老，止有一女，要求个贤婿以靠终身，似宋小官一般，到也十全之美。但不知妈妈心下如何？」是夜与妈妈饮酒半醺，女儿宜春在旁，刘翁指着女儿对妈妈道：「宜春年纪长成，未有终身之托，奈何？」刘妪道：「这是你我靠老的一桩大事，你如何不上紧？」刘翁道：「我也日常在念，只是难得个十分如意的。像我船上宋小官凭般本事人才，千中选一，也就不能够了。」刘妪道：「何不就许了宋小官？」刘翁假意道：「妈妈说那里话！他无家无倚，靠着我船上吃饭。手无分文，怎好把女儿许他？」刘妪道：「宋小官是宦家之后，况系故人之子。当初他老子存时，也曾有人议过亲来，你如何忘了？今日虽然落薄，看他一表人材，又会写，又会算，招得这般女婿，须不辱了门面。我两口儿老来也得所靠。」刘翁道：「妈妈，你主意已定否？」刘妪道：「有什么不定？」刘翁道：「如此甚好。」原来刘有才平昔是个怕婆的，久已看上了宋金，只愁妈妈不肯。今见妈妈慨然，十分欢喜。当下便唤宋金，对着妈妈面许了他这头亲事。宋金初时也谦逊不当，见刘翁夫妇一团美意，不要他费一分钱钞，只索顺从刘翁。往阴阳生家选择周堂吉日，回复了妈妈，将船驾回昆山。先与宋小官上头，做一套绸绢衣服与他穿了，浑身新衣、新帽、新鞋、新袜，妆扮得宋金一发标致。

虽无子建才八斗，胜似潘安貌十分。

刘妪也替女儿备办些衣饰之类。吉日已到，请下两家亲戚，大设喜筵，将宋金赘入船上为婿。次日，诸亲作贺，一连吃了三日喜酒。宋金成亲之后，夫妻恩爱，自不必说。从此船上生理，日兴一日。

光阴似箭，不觉过了一年零两个月。宜春怀孕日满，产下一女。夫妻爱惜如金，轮流怀抱。期岁方过，此女害了痘疮，医药不效，十二朝身死。宋金痛念爱女，哭泣过哀，七情所伤，遂得了个痨瘵之疾。朝凉暮热，饮食渐减，看看骨露肉消，行迟走慢。刘翁、刘妪初时还指望他病好，替他迎医问卜。延至一年之外，病势有加无减。三分人，七分鬼。写也写不动，算也算不动。倒做了眼中之钉，巴不得他死了干净。却又不死。两个老人家懊悔不迭，互相抱怨起来。当初只指望半子靠老，如今看这货色，不死不活，分明一条烂死蛇缠在身上，摆脱不下。把个花枝般女儿，误了终身，怎生是了？为今之计，如何生个计较，送开了那冤家，等女儿另招了佳婿，方才称心。两口儿商量了多时，定了个计策。连女儿都瞒过了。只说有客货在于江西，移船往载。行至池州五溪地方，到一个荒僻的所在，但见孤山寂寂，远水滔滔，野岸荒崖，绝无人迹。是日小小逆风，刘公故意把舵使歪，船便向沙岸上阁住，却教宋金下水推舟。宋金手迟脚慢，刘公就骂道：『痨病鬼！没气力使船时，岸上野柴也砍些来烧烧，省得钱买。』宋金自觉惶愧，取了砟刀，挣扎到岸上砍柴去了。刘公乘其未回，把舵用力撑动，拨转船头，挂起满风帆，顺流而下。

不愁骨肉遭颠沛，且喜冤家离眼睛。

且说宋金上岸打柴，行到茂林深处，树木虽多，那有气力去砍伐，只得拾些儿残柴，割些败棘，抽取枯藤，束做两大捆，却又没有气力背负得去。心生一计，再取一条枯藤，将两捆野柴穿做一捆，露出长长的藤头，用手挽之而行，如牧童牵牛之势。行了一时，想起忘了砟刀在地，又复身转去，取了砟刀，也插入柴捆之内，缓缓的拖下岸来。到于泊舟之处，已不见了船。但见江烟沙岛，一望无际。宋金沿江而上，且行且看，并无踪影，看看红日西沉。情知为丈人所弃。上天无路，入地无门，不觉痛切于心，放声大哭。哭得气咽喉干，闷绝于地，半晌方苏。忽见岸上一老僧，正不知从何而来，将拄杖卓地，问道：『檀越伴侣何在？此非驻足之地也！』宋金忙起身作礼，口称姓名：『被丈人刘翁脱赚，如今孤苦无归，求老师父提挈，救取微命。』老僧道：『贫僧茅庵不远，且同往暂住一宵，来日再做道理。』宋金感谢不已，随着老僧而行。约莫里许，果见茅庵一所。老僧敲石取火，煮些粥汤，把与宋金吃了。方才问道：『令岳与檀越有何仇隙？愿问其详。』宋金将入赘船上，及得病之由，备细告诉了一遍。老僧道：『老檀越怀恨令岳乎？』宋金道：『当初求乞之时，蒙彼收养婚配，今日病危见弃，乃小生命薄所致，岂敢怀恨他人？』老僧道：『听子所言，真忠厚之士也。尊恙乃七情所伤，非药饵可治。惟清心调摄，可以愈之。平日间曾奉佛法诵经否？』宋金道：『不曾。』老僧于袖中取出一卷相赠，道：『此乃《金刚般若经》，我佛心印。贫僧今教授檀越，若日诵一遍，可以息诸妄念，却病延年，有无穷利益。』宋金原是陈州娘娘庙前老和尚转世来的，前生专诵此经。今日口传心受，一遍便能熟诵，此乃是前因不断。宋金和老僧打坐，闭眼诵经，将次天明，不觉睡去。及至醒来，身坐荒草坡间，并不见老僧及茅庵在那里。《金刚经》却在怀中，开卷能诵。

宋金心下好生诧异，遂取池水净口，将经朗诵一遍。觉万虑消释，病体顿然健旺。方知圣僧显化相救，亦是夙因所致也。宋金向空叩头，感谢龙天保佑。然虽如此，此身如大海浮萍，没有着落，信步行去，早觉腹中饥馁。望见前山林木之内，隐隐似有人家，不免再温旧稿，向前乞食。只因这一番，有分教：宋小官凶中化吉，难过福来。正是：

路逢尽处还开径，水到穷时再发源。

宋金走到前山一看，并无人烟，但见枪刀戈戟，遍插林间。宋金心疑不决，放胆前去，见一所败落土地庙，庙中有大箱八只，封锁甚固，上用松茅遮盖。宋金暗想：『此必大盗所藏，布置枪刀，乃惑人之计。来历虽则不明，取之无碍。』心生一计，乃折取松枝插地，记其路径，一步步走出林来，直至江岸。也是宋金时亨运泰，恰好有一只大船，因逆浪冲坏了舵，停泊于岸下修舵。宋金假作慌张之状，向船上人说道：『我陕西钱金也。随吾叔父走湖广为商，道经于此，为强贼所劫。叔父被杀，我只说是跟随的小郎，久病乞哀，暂容残喘。贼乃遣伙内一人，与我同住土地庙中，看守货物，他又往别处行劫去了。天幸同伙之人，昨夜被毒蛇咬死，我得脱身在此。幸方便载我去。』舟人闻言，不甚信。宋金又道：『见有八巨箱在庙内，皆我家财物。庙去此不远，多央几位上岸，抬归舟中，愿以一箱为谢。必须速往，万一贼徒回转，不惟无及于事，且有祸患。』众人都是千里求财的，闻说有八箱货物，一个个欣然愿往。当时聚起十六筹后生，准备八副绳索杠棒，随宋金往土地庙来。果见巨箱八只，其箱甚重。每二人抬一箱，恰好八杠。宋金将林子内枪刀收起，藏于深草之内，八个箱子都下了船，舵已修好了。舟人问宋金道：『老客今欲何往？』宋金道：『我且往南京省亲。』舟人道：『我的船正要往瓜州，却喜又是顺便。』当下开船，约行五十余里方歇。众人奉承陕西客有钱，倒凑出银子，买酒买肉，与他压惊称贺。次日西风大起，挂起帆来，不几日，到了瓜州停泊。那瓜州到南京只隔十来里江面。宋金另唤了一只渡船，将箱笼只拣重的抬下七个，把一个箱子送与舟中众人，以践其言。众人自去开箱分用，不在话下。

宋金渡到龙江关口，寻了店主人家住下，唤铁匠对了匙钥。打开箱看时，其中充牣，都是金玉珍宝之类。原来这伙强盗积之有年，不是取之一家，获之一时的。宋金先把一箱所蓄，鬻之于市，已得数千金。恐主人生疑，迁寓于城内，买家奴伏侍，身穿罗绮，食用膏粱。余六箱，只拣精华之物留下，其他都变卖，不下数万金。就于南京仪凤门内买下一所大宅，改造厅堂园亭，制办日用家火，极其华整。门前开张典铺，又置买田庄数处，家僮数十房，出色管事者千人。又畜美童四人，随身答应。满京城都称他为钱员外，出乘舆马，入拥金赀。自古道：『居移气，养移体。』宋金今日财发身发，肌肤充悦，容采光泽，绝无向来枯瘠之容，寒酸之气。正是：

人逢运至精神爽，月到秋来光彩新。

话分两头。且说刘有才那日哄了女婿上岸，拨转船头，顺风而下，瞬息之间，已行百里。老夫妇两口暗暗欢喜。宜春女儿犹然不知，只道丈夫还在船上，煎好了汤药，叫他吃时，连呼不应。还道睡着在船头，自要去唤他。却被母亲劈手夺过药瓯，向江中一泼，骂道：『痨病鬼在那里？你还要想他！』宜春道：『真个在那里？』母亲道：『你爹见他病害得不好，恐沾染他人，方才哄他上岸打柴，径自转船来了。』宜春一把扯住母亲，哭天哭地叫道：『还我宋郎来。』刘公听得艄内啼哭，走来劝道：『我儿，听我一言，妇道家嫁人不着，一世之苦。那害痨的死在早晚，左右要拆散的，不是你姻缘了，到不如早些开交干净，免致耽误你青春。待做爹的另拣个好郎君，完你终身。休想他罢！」宜春道：「爹做的是什么事！都是不仁不义，伤天理的勾当。宋郎这头亲事，原是二亲主张。既做了夫妻，同生同死，岂可翻悔？就是他病势必死，亦当待其善终，何忍弃之于无人之地？宋郎今日为奴而死，奴决不独生。爹若可怜见孩儿，快转船上水，寻取宋郎回来，免被旁人讥谤。」刘公道：「那害痨的不见了船，定然转往别处村坊乞食去了，寻之何益？况且下水顺风，相去已百里之遥，一动不如一静，劝你息了心罢！」宜春见父亲不允，放声大哭，走出船舷，就要跳水。喜得刘妈手快，一把拖住。宜春以死自誓，哀哭不已。两个老人家不道女儿执性如此，无可奈何，准准的看守了一夜。次早只得依顺他，开船上水。风水俱逆，弄了一日，不够一半之路。这一夜啼啼哭哭又不得安稳。第三日申牌时分，方到得先前搁船之处。宜春亲自上岸寻取丈夫，只见沙滩上乱柴二捆，砟刀一把，认得是船上的刀。眼见得这捆柴，是宋郎驮来的，物在人亡，愈加疼痛。不肯心死，定要往前寻觅，父亲只索跟随同去。走了多时，但见树黑山深，杳无人迹。刘公劝他回船，又啼哭了一夜。第四日黑早，再教父亲一同上岸寻觅，都是旷野之地，更无影响。只得哭下船来，想道：「如此荒郊，教丈夫何处乞食？况久病之人，行走不动，他把柴刀抛弃沙崖，一定是赴水自尽了。」哭了一场，望着江心又跳，早被刘公拦住。宜春道：「爹妈养得奴的身，养不得奴的心。孩儿左右是要死的，不如放奴早死，以见宋郎之面。」两个老人家见女儿十分痛苦，甚不过意。叫道：「我儿，是你爹妈不是了，一时失于计较，干出这事。差之在前，懊悔也没用了。你可怜我年老之人，止生得你一人。你若死时，我两口儿性命也都难保。愿我儿恕了爹妈之罪，宽心度日。待做爹的写一招子，于沿江市镇各处粘贴。倘若宋郎不死，见我招帖，定可相逢。若过了三个月无信，凭你做好事，追荐丈夫。做爹的替你用钱，并不吝惜。」宜春方才收泪谢道：「若得如此，孩儿死也瞑目。」刘公即时写个寻婿的招帖，粘于沿江市镇墙壁触眼之处，过了三个月，绝无音耗。宜春道：「我丈夫果然死了。」即忙制备头梳麻衣，穿着一身重孝，设了灵位祭奠，请九个和尚，做了三昼夜功德，自将簪珥布施，为亡夫祈福。刘翁、刘妪爱女之心无所不至，并不敢一些违拗，闹了数日方休。兀自朝哭五更，夜哭黄昏。邻船闻之，无不感叹。有一班相熟的客人，闻知此事，无不可惜宋小官，可怜刘小娘者。宜春整整的哭了半年六个月，方才住声。刘翁对阿妈道：「女儿这几日不哭，心下渐渐冷了，好劝他嫁人。终不然我两个老人家守着个孤孀女儿，缓急何靠？」刘妪道：「阿老见得是。只怕女儿不肯，须是缓缓的偎他。」又过了月余，其时十二月二十四日，刘翁回船到昆山过年。在亲戚家吃醉了酒，乘其酒兴来劝女儿道：「新春将近，除了孝罢！」宜男道：「丈夫是终身之孝，怎样除得？」刘翁睁着眼道：「什么终身之孝！做爹的许你带时便带，不许你带时，就不容你带。」刘妪见老儿口重，便来收科道：「再等女儿带过了残岁，除夜做碗羹饭起了灵，除孝罢！」宜春见爹妈话不投机，便啼哭起来道：「你两口儿合计害了我丈夫，又不容我带孝，无非要我改嫁他人，我岂肯失节以负宋郎！宁可带孝而死，决不除孝而生。」刘翁又待发作，被婆子骂了几句，劈颈的推向船舱睡了。宜春依先又哭了一夜。到月尽三十日，除夜，宜春祭奠了丈夫，哭了一会。婆子劝住了。三口儿同吃夜饭。爹妈见女儿荤酒不闻，心中不乐，便道：「我儿！你孝是不肯除了，略吃点荤腥，何妨得？少年人不要弄弱了元气。」宜春道：「未死之人，苟延残喘，连这碗素饭也是多吃的，还吃甚荤腥？」刘妪道：「既不用荤，吃杯素酒儿，也好解闷。」宜春道：「一滴何曾到九泉，想着死者，我何忍下咽。」说罢，又哀哀的哭将起来，连素饭也不吃就去睡了。刘翁夫妇料道女儿志不可夺，从此再不强他。后人有诗赞宜春之节。诗曰：

闺中节烈古今传，船女何曾阅简编？誓死不移金石志，《柏舟》端不愧前贤。

话分两头。再说宋金住在南京一年零八个月，把家业挣得十全了，却教管家看守门墙，自已带了三千两银子，领了四个家人，两个美童，顾了一只航船，径至昆山来访刘翁刘妪。邻舍人家说道：「三日前往仪真去了。」宋金将银两贩了布匹，转至仪真，下个有名的主家，上货了毕。次日，去河口寻着了刘家船只，遥见浑家在船艄麻衣素妆，知其守节未嫁，伤感不已。回到下处，向主人王公说道：「河下有一舟妇，带孝而甚美，我已访得是昆山刘顺泉之船，此妇即其女也。吾丧偶已将二年，欲求此女为继室。」遂于袖中取出白金十两，奉与王公道：「此薄意权为酒资，烦老翁执伐。成事之日，更当厚谢。若问财礼，虽千金吾亦不吝。」王公接银欢喜，径往船上，邀刘翁到一酒馆，盛设相款，推刘翁于上坐。刘翁大惊道：「老汉操舟之人，何劳如此厚待？必有缘故。」王公道：「且吃三杯，方敢启齿。」刘翁心中愈疑道：「若不说明，必不敢坐。」王公道：「小店有个陕西钱员外，万贯家财，丧偶将二载，慕令爱小娘子美貌，欲求为继室。愿出聘礼千金，特央小子作伐，望勿见拒。」刘翁道：「舟女得配富室，岂非至愿。但吾儿守节甚坚，言及再婚，便欲寻死。此事不敢奉命，盛意亦不敢领。」便欲起身。王公一手扯住道：「此设亦出钱员外之意，托小子做个主人，既已费了，不可虚之，事虽不谐，无害也。」刘翁只得坐了。饮酒中间，王公又说起：「员外相求，出于至诚，望老翁回舟，从容商议。」刘翁被女儿几遍投水唬坏了，只是摇头，略不统口。酒散各别。王公回家，将刘翁之语，述与员外。宋金方知浑家守志之坚。乃对王公说道：「姻事不成也罢了，我要雇他的船载货往上江出脱，难道也不允？」王公道：「天下船载天下客，不消说，自然从命。」王公即时与刘翁说了雇船之事，刘翁果然依允。宋金乃吩咐家童，先把铺陈行李发下船来，货且留岸上，明日发也未迟。宋金锦衣貂帽，两个美童，各穿绿绒直身，手执熏炉如意跟随。刘翁夫妇认做陕西钱员外，不复相识。到底夫妻之间，与他人不同。宜春在艄尾窥视，虽不敢便信是丈夫，暗暗的惊怪道：「有七八分厮像。」只见那钱员外才上得船，便向船艄说道：「我腹中饥了，要饭吃，若是冷的，把些热茶淘来罢。」宜春已自心疑。那钱员外又吆喝童仆道：「个儿郎吃我家饭，穿我家衣，闲时搓些绳，打些索，也有用处，不可空坐！」这几句分明是宋小官初上船时，刘翁吩咐的话。宜男听得，愈加疑心。少顷，刘翁亲自捧茶奉钱员外，员外道：「你船艄上有一破毡笠，借我用之。」刘翁愚蠢，全不省事，径与女儿讨那破毡笠。宜春取毡笠付与父亲，口中微吟四句：

毡笠虽然破，经奴手自缝；因思戴笠者，无复旧时容。

钱员外听艄后吟诗，嘿嘿会意。接笠在手，亦吟四句：

仙凡已换骨，故乡人不识。虽则锦衣还，难忘旧毡笠。

是夜宜男对翁妪道：「舱中钱员外，疑即宋郎也。不然何以知吾船有破毡笠。且面庞相肖，语言可疑，可细叩之。」刘翁大笑道：「痴女子！那宋家痨病鬼，此时骨肉俱消矣。就使当年未死，亦不过乞食他乡，安能致此富盛乎？」刘妪道：「你当初怪爹娘劝你除孝改嫁，动不动跳水求死，今见客人富贵，便要认他是丈夫，倘你认他不认，岂不可羞。」宜春满面羞惭，不敢开口。刘翁便招阿妈到背处道：「阿妈你休如此说，姻缘之事，莫非天数。前日王店主请我到酒馆中饮酒，说陕西钱员外，愿出千金聘礼，求我女儿为继室。我因女儿执性，不曾统口。今日难得女儿自家心活，何不将机就机，把他许配钱员外，落得你我下半世受用。』刘妪道：『阿老见得是。那钱员外来雇我家船只，或者其中有意。阿老明日可往探之。』刘翁道：『我自有道理。』次早钱员外起身，梳洗已毕，手持破毡笠于船头上翻覆把玩。刘翁启口而问道：『员外，看这破毡笠则甚？』员外道：『我爱那缝补处，这行针线，必出自妙手。』刘翁道：『此乃小女所缝，有何妙处？前日王店主传员外之命，曾有一言，未知真否？』钱员外故意问道：『所传何言？』刘翁道：『他说员外丧了孺人，已将二载，未曾继娶，欲得小女为婚。』员外道：『老翁愿也不愿？』刘翁道：『老汉求之不得，但恨小女守节甚坚，誓不再嫁，所以不敢轻诺。』员外道：『令婿为何而死？』刘翁道：『小婿不幸得了个痨瘵之疾，其年因上岸打柴未还，老汉不知，错开了船，以后曾出招帖寻访了三个月，并无动静，多是投江而死了。』员外道：『令婿不死，他遇了个异人，病都好了，反获大财致富。老翁若要会令婿时，可请令爱出来。』此时宜春侧耳而听，一闻此言，便哭将起来。骂道：『薄幸钱郎，我为你带了二年重孝，受了千辛万苦，今日还不说实话，待怎么？』宋金也堕泪道：『我妻！快来相见！』夫妻二人抱头大哭。刘翁道：『阿妈，眼见得不是什么钱员外了，我与你须索去谢罪。』刘翁刘妪走进舱来，施礼不迭。宋金道：『丈人丈母，不须恭敬，只是小婿他日有病痛时，莫再脱赚。』两个老人家羞惭满面。宜春便除了孝服，将灵位抛向水中。宋金便唤跟随的童仆来与主母磕头。翁妪杀鸡置酒，管待女婿，又当接风，又是庆贺筵席。安席已毕，刘翁叙起女儿自来不吃荤酒之意，宋金惨然下泪，亲自与浑家把盏，劝他开荤。随对翁妪道：『据你们设心脱赚，欲绝吾命，恩断义绝，不该相认了。今日勉强吃你这杯酒，都看你女儿之面。』宜春道：『不因这番脱赚，你何由发迹？况爹妈日前也有好处，今后但记恩，莫记怨。』宋金道：『谨依贤妻尊命。我已立家于南京，田园富足，你老人家可弃了驾舟之业，随我到彼，同享安乐，岂不美哉。』翁妪再三称谢，是夜无话。次日，王店主闻知此事，登船拜贺，又吃了一日酒。宋金留家童三人于王店主家发布取帐。自己开船先往南京大宅子，住了三日，同浑家到昆山故乡扫墓，追荐亡亲。宗族亲党各有厚赠。此时范知县已罢官在家。闻知宋小官发迹还乡，恐怕街坊撞见没趣，躲向乡里，有月余不敢入城。宋金完了故乡之事，重回南京，阖家欢喜，安享富贵，不在话下。

再说宜春见宋金每早必进佛堂中拜佛诵经，问其缘故。宋金将老僧所传《金刚经》却病延年之事，说了一遍。宜春亦起信心，要丈夫教会了，夫妻同诵，到老不衰。后享寿各九十余，无疾而终。子孙为南京世富之家，亦有发科第者。后人评云：

刘老儿为善不终，宋小官因祸得福。《金刚经》清除灾难，破毡笠团圆骨肉。

乐小舍拼生觅偶

怒气雄声出海门，舟人云是子胥魂。天排雪浪晴雷吼，地拥银山万马奔。上应天轮分晦朔，下临宇宙定朝昏；吴征越战今何在？一曲渔歌过晚村。

这首诗，单题着杭州钱塘江潮。原来非同小可，刻时定信，并无差错。自古至今，莫能考其出没之由。从来说道天下有四绝，却是：

雷州换鼓，广德埋藏，登州海市，钱塘江潮。

这三绝，一年止则一遍。惟有钱塘江潮，一日两番。自古唤做罗刹江，为因风涛险恶，巨浪滔天，常翻了船，以此名之。南北两山，多生虎豹，名为虎林。后因虎字犯了唐高祖之祖父御讳，改名武林。又因江潮险迅，怒涛汹涌，冲害居民，因取名宁海军。后至唐末五代之间，去那径山过来，临安邑人钱宽生得一子，生时红光满室，里人见者，将谓火发，皆往救之。却是他家产下一男，两足下有青色毛，长寸余，父母以为怪物，欲杀之。有外母不肯，乃留之，因此小名婆留。看看长大成人，身长七尺有余，美容貌，有智勇，讳镠字巨美。幼年专作私商无赖。因官司缉捕甚紧，乃投径山法济禅师躲难。法济夜闻寺中伽蓝云：『今夜钱武肃王在此，毋令惊动。』法济知他是异人，不敢相留。乃作书荐镠往苏州投太守安绶。绶乃用镠为帐下都部署。每夜在府中马院宿歇。时遇炎天酷热，太守夜起独步后园。至马院边，只见钱镠睡在那里。太守方坐间，只见那正厅背后，有一眼枯井，井中走出两个小鬼来，戏弄钱镠，却见一个金甲神人，把那小鬼一喝都走了。口称道：『此乃武肃王在此，不得无礼。』太守听罢，大惊。急回府中，心大异之。以此好生看待钱镠。后因黄巢作乱，钱镠破贼有功，僖宗拜为节度使。后遇董昌作乱，钱镠收讨平定，昭宗封为吴越国王。因杭州建都，治得国中宁静。只是地方狭窄，更兼长江汹涌，心常不悦。忽一日，有司进到金色鲤鱼一尾，约长三尺有余，两目炯炯有光，将来作御膳。钱王见此鱼壮健，不忍杀之，令畜之池中。夜梦一老人来见，峨冠博带，口称：『小圣夜来孺子不肖，乘酒醉，变作金色鲤鱼，游于江岸，被人获之，进与大王作御膳。谢大王不杀之恩。今者小圣特来哀告大王，愿王怜悯，差人送往江中，必当重报。』钱王应允，龙君乃退。钱王飒然惊觉得了一梦。次早升殿，唤左右打起那鱼，差人放之江中。当夜，又梦龙君谢曰：『感大王再生之恩，将何以报？小圣龙宫海藏，应有奇珍异宝，夜光珠，盈尺璧，任从大王所欲，即当奉献。』钱王乃言：『珍宝珠璧，非吾显也。惟我国僻处海隅，地方无千里，更兼长江广阔，波涛汹涌，日夕相冲，使国人常有风波之患，汝能借地一方，以广吾国，是所愿也。』龙王曰：『此事甚易，然借则借，当在何日见还？』钱王曰：『五百劫后，仍复还之。』龙王曰：『大王来日，可铸铁柱十二只，各长一丈二尺，请大王自登舟，小圣使虾鱼聚于水面之上，大王但见处，可即下铁柱一只，其水渐渐自退，沙涨为平地。王可叠石为塘，其地即广也。』龙君退去，钱王惊觉。次日，令有司铸造铁桩十二只，亲自登舟，于江中看之。果见有鱼虾成聚一十二处，乃令人以铁柱沉下去，江水自退。王乃登岸，但见无移时，沙石涨为平地，自富阳山前直至海门舟山为止。钱王大喜，乃使石匠于山中凿石为板，以黄罗木贯穿其中，排列成塘。因凿石迟慢，乃下令：『如有军民人等，以新旧石板，将船装来，一船换米一船。』各处即将船载石板来换米。因此砌了江岸，石板有余。后方始称为钱塘江。至大宋高宗南渡，建都钱塘，改名临安府，称为行在。方始人烟辏集，风俗淳美。似此每遇年年八月十八，乃潮生日，倾城士庶，皆往江塘之上，玩潮快乐。亦有本土善识水性之人，手执十幅旗幡，出没水中，谓之弄潮，果是好看。至有不识水性深浅者，学弄潮，多有被泼了去，坏了性命。临安府尹得知，累次出榜禁谕，不能革其风俗。有东坡学士看潮一绝为证：

吴儿生长押涛渊，冒险轻生不自怜；东海若知明主意，应教破浪变桑田。

话说南宋临安府有一个旧家，姓乐名美善，原是贤福坊安平巷内出身，祖上七辈衣冠。近因家道消乏，移在钱塘门外居住，开个杂色货铺子，人都重他的家世，称他为乐大爷。妈妈安氏，单生一子，名和，生得眉目清秀，伶俐乖巧。幼年寄在永清巷母舅安三老家抚养，附在间壁喜将仕馆中上学。喜将仕家有个女儿，小名顺娘，小乐和一岁。两个同学读书，学中取笑道：『你两个姓名「喜乐和顺」，合是天缘一对。』两个小儿女，知觉渐开，听这话也自欢喜。遂私下约为夫妇。这也是一时戏谑，谁知做了后来配合的谶语。正是：

姻缘本是前生定，曾向蟠桃会里来。

乐和到十二岁时，顺娘十一岁。那时乐和回家，顺娘深闺女工，各不相见。乐和虽则童年，心中伶俐，常想顺娘情意，不能割舍。又过了三年，时值清明将近，安三老接外甥同去上坟，就便游西湖。原来临安有这个风俗，但凡湖船，任从客便，或三朋四友，或带子携妻，不择男女，各自去占了座头，饮酒观山，随意取乐。安三老领着外甥上船，占了个座头，方才坐定，只见船头上又一家女眷入来。看时不是别人，正是间壁喜将仕家母女二人，和一个丫头，一个奶娘。三老认得，慌忙作揖。又教外甥来相见了。此时顺娘年十四岁，一发长成得好了。乐和有三年不见，今日水面相逢，如见珍宝。虽然分桌而坐，四目不时观看，相爱之意，彼此尽知。只恨众人瞩目，不能叙情。船到湖心亭，安三老和一班男客，都到亭子上闲步，乐和推腹痛留在舱中，捱身与喜大娘攀话，稍稍得与顺娘相近。捉空以目送情，彼此意会。少顷众客下船，又分开了。傍晚，各自分散。安三老送外甥回家。乐和一心忆着顺娘，题诗一首：

嫩蕊娇香郁未开，不因蜂蝶自生猜。他年若作扁舟侣，日日西湖一醉回。

乐和将此诗题于桃花笺上，摺为方胜，藏于怀袖，私自进城，到永清巷喜家门首，伺候顺娘，无路可通。如此数次。闻说潮王庙有灵，乃私买香烛果品，在潮王面前祈祷，愿与喜顺娘今生得成鸳侣。拜罢，炉前化纸，偶然方胜从袖中坠地，一阵风卷出纸钱的火来烧了。急去抢时，止剩得一个侣字。乐和拾起看了。想道：『侣乃双口之意，此亦吉兆。』心下甚喜。忽见碑亭内坐一老者，衣冠古朴，容貌清奇，手中执一团扇，上写『姻缘前定』四个字。乐和上前作揖。动问：『老翁尊姓？』答道：『老汉姓石。』又问道：『老翁能算姻缘之事乎？』老者道：『颇能推算。』乐和道：『小子乐和，烦老翁一推，赤绳系于何处？』老者笑道：『小舍人年未弱冠，如何便想这事？』乐和道：『昔汉武帝为小儿时，圣母抱于膝上，问「欲得阿娇为妻否？」帝答言：『若得阿娇，当以金屋贮之。」年无长幼，其情一也。』老者遂问了年月日时，在五指上一轮道：『小舍人佳眷，是熟人，不是生人。』乐和见说得合机，便道：『不瞒老翁，小子心上正有一熟人，未知缘法何如？』老者引至一口八角井边，教乐和看井内有缘无缘便知。乐和手把井栏张望，但见井内水势甚大，巨涛汹涌，如万顷相似，其明如镜，内立一个美女，可十六七岁，紫罗衫，杏黄裙，绰约可爱。仔细认之，正是顺娘。心下又惊又喜。却被老者望背后一推，刚刚的跌在那女子身上，大叫一声，猛然惊觉，乃是一梦，双手兀自抱定亭柱。正是：

黄粱犹未熟，一梦到华胥。

乐和醒将转来，看亭内石碑，其神姓石名瑰，唐时捐财筑塘捍水，死后封为潮王。乐和暗想：『原来梦中所见石老翁，即潮王也。此段姻缘，十有九就。』回家对母亲说，要央媒与喜顺娘议亲。那安妈妈是妇道家，不知高低，便向乐公撺掇其事。乐公道：『姻亲一节，须要门当户对。我家虽曾有七辈衣冠，见今衰微，经纪营活。喜将仕名门富室，他的女儿，怕没有人求允，肯与我家对亲？若央媒往说，反取其笑。』乐和见父亲不允，又教母亲央求母舅去说合。安三老所言，与乐公一般。乐和大失所望。背地里叹了一夜的气，明早将纸裱一牌位，上写『亲妻喜顺娘生位』七个字，每日三餐，必对而食之。夜间安放枕边，低唤三声，然后就寝。每遇清明三月三，重阳九月九，端午龙舟，八月玩潮，这几个胜会，无不刷鬓修容，华衣美服，在人丛中挨挤。只恐顺娘出行，侥幸一遇。同般生意人家有女儿的，见乐小舍人年长，都来议亲。爹娘几遍要应承，到是乐和立意不肯。立个誓愿，直待喜家顺娘嫁出之后，方才放心，再图婚配。事有凑巧，这里乐和立誓不娶，那边顺娘却也红鸾不照，天喜未临，高不成，低不就，也不曾许得人家。光阴似箭，倏忽又过了三年。乐和年一十八岁，顺娘一十七岁了。男未有室，女未有家。

男才女貌正相和，未卜姻缘事若何？且喜室家俱未定，只须灵鹊肯填河。

话分两头。却说是时，南北通和。其年有金国使臣高景山来中国修聘。那高景山善会文章，朝命宣一个翰林范学士接伴。当八月中秋过了，又到十八，潮生日，就城外江边浙江亭子上，搭彩铺毡，大排筵宴，款待使臣观潮。陪宴官非止一员。都统司领着水军，乘战舰，于水面往来，施放五色烟火炮。豪家贵戚，沿江搭缚彩幕，绵亘三十余里，照江如铺锦相似。市井弄水者，共有数百人，蹈浪争雄，出没游戏。有蹈滚木，水傀儡，诸般技艺。但见：

迎潮鼓浪，拍岸移舟。惊湍忽自海门来，怒吼遥连天际出。何异地生银汉，分明天震春雷。遥观似匹练飞空，远听如千军驰噪。吴儿勇健。平分白浪弄洪波；渔父轻便，出没江心夸好手。果然是万顷碧波随地滚，千寻雪浪接云奔。

北朝使臣高景山见了，毛发皆耸，嗟叹不已，果然奇观。范学士道：『相公见此，何不赐一佳作？』即令取过文房四宝来。高景山谦让再三，做《念奴娇》词：

云涛千里，泛今古绝致，东南风物。碧海云横初一线，忽尔雷轰苍壁，万马奔天，群鹅扑地，汹涌飞烟雪。吴人勇悍，便竞踏浪雄杰。想旗帜纷纭，吴音楚管，与胡茄俱发。人物江山如许丽，岂信妖氛难灭。况是行宫，星缠五福，光焰窥毫发。惊看无语，凭栏姑待明月。

高景山题毕，满座皆赞奇才。只有范学士道：『相公词做得甚好，只可惜「万马奔天，群鹅扑地」，将潮比得来轻了，这潮可比玉龙之势。』学士遂做《水调歌头》，道是：

登临眺东渚，始觉太虚宽；海天相接，潮生万里一毫端。滔滔怒生雄势，宛胜玉龙戏水，尽出没波间。雪浪番云脚，波卷水晶寒。扫方涛，卷圆峤，大洋番；天垂银汉，壮观江北与江南。借问子胥何在？博望乘槎仙去，知是几时还？上界银河窄，流泻到人间！

范学士题罢，高景山见了，大喜道：『奇哉佳作！难比万马争驰，真是玉龙戏水。』

不题各官尽欢饮酒。且说临安大小户人家，闻得是日朝廷管待北使，陈设百戏，倾城士女都来观看。乐和打听得喜家一门也去看潮，侵早，便妆扮齐整，来到钱塘江口，踅来踅去，找寻喜顺娘不着。结末来到一个去处，唤做『天开图画』，又叫做『团围头』。因那里团团围转，四面都看见潮头，故名『团围头』。后人讹传，谓之『团鱼头』。这个所在，潮势阔大，多有子弟立脚不牢，被潮头涌下水去，又有豁湿了身上衣服的，都在下浦桥边搅挤教干。有人做下《临江仙》一只，单嘲那看潮的：

自古钱塘难比。看潮人成群作队，不待中秋，相随相趁，尽往江边游戏。沙滩畔，远望潮头，不觉侵天浪起。头巾如洗，斗把衣裳去挤。下浦桥边，一似奈何池畔，裸体披头似鬼。入城里，烘好衣裳，犹问几时起水？

乐和到『团围头』寻了一转。不见顺娘，复身又寻转来。那时人山人海，围拥着席棚彩幕。乐和身材即溜，在人丛里捱挤进去，一步一看，行走多时。看见一个妇人，走进一个席棚里面去了。乐和认得这妇人，是喜家的奶娘，紧步随后，果然喜将仕一家男女，都成团聚块的坐下饮酒玩赏。乐和不敢十分逼近，又不舍得十分窎远。紧紧的贴着席棚而立，觑定顺娘目不转睛，恨不得走近前去，双手搂抱，说句话儿。那小娘子抬头观看，远远的也认得是乐小舍人，见他趋前退后，神情不定，心上也觉可怜。只是父母相随，寸步不离，无由相会一面。正是：

两人衷腹事，尽在不言中。

却说乐和与喜顺娘正在相视凄惶之际，忽听得说潮来了。道犹未绝，耳边如山崩地坼之声，潮头有数丈之高，一涌而至。有诗为证：

银山万叠耸巍巍，蹴地排空势若飞；信是子胥灵未泯，至今犹自奋神威。

那潮头比往年更大，直打到岸上高处，掀翻锦幕，冲倒席棚，众人发声喊，都退后走，顺娘出神在小舍人身上，一时着忙，不知高低，反向前几步，脚儿把滑不住，溜的滚入波浪之中。

可怜绣阁金闺女，翻做随波逐浪人。

乐和乖觉，约莫潮来，便移身立于高阜去处。心中不舍得顺娘，看定席棚，高叫：『避水！』忽见顺娘跌在江里去了。这惊非小，说时迟，那时快，就顺娘跌下去这一刻，乐和的眼光紧随着小娘子下水，脚步自然留不住，扑通的向水一跳，也随波而滚。他那里会水，只是为情所使，不顾性命。这里喜将仕夫妇见女儿坠水，慌急了，乱呼：『救人救人！救得吾女，自有重赏。』那顺娘穿着紫罗衫杏黄裙，最好记认。有那一班弄潮的子弟们，踏着潮头，如履平地，贪着利物，应声而往。翻波搅浪，去捞救那紫罗衫杏黄裙的女子。却说乐和跳下水去，直至水底，全不觉波涛之苦，心下如梦中相似。行到潮王庙中，见灯烛辉煌，香烟缭绕。乐和下拜，求潮王救取顺娘，度脱水厄。潮王开言道：『喜顺吾已收留在此，今交付你去。』说罢，小鬼从神帐后，将顺娘送出。乐和拜谢了潮王，领顺娘出了庙门。彼此十分欢喜，一句话也说不出，四只手儿紧紧对面相抱，觉身子或沉或浮，浴出水面。那一班弄潮的看见紫罗衫杏黄裙在浪中现出，慌忙去抢。及至托出水面，不是单却是双。四五个人，扛头扛脚，抬上岸来，对喜将仕道：『且喜连女婿都救起来了。』喜公喜母丫环奶娘都来看时，此时八月天气，衣服都单薄，两个脸对脸，胸对胸，交股叠肩，且是偎抱得紧，分拆不开，叫唤不醒，体尚微暖，不生不死的模样。父母慌又慌，苦又苦，正不知什么意故。喜家眷属哭做一堆。众人争先来看，都道从古来无此奇事。

却说乐美善正在家中，有人报他儿子在『团鱼头』看潮，被潮头打在江里去了。慌得一步一跌，直跑到『团围头』来。又听得人说打捞得一男一女，那女的是喜将仕家小姐。乐公分开人众，捱入看时，认得是儿子乐和，叫了几声：『亲儿』！放声大哭道：『儿呵！你生前不得吹箫侣，谁知你死后方成连理枝！』喜将仕问其缘故，乐公将三年前儿子执意求亲，及誓不先娶之言，叙了一遍。喜公喜母到抱怨起来道：『你乐门七辈衣冠，也是旧族，况且两个幼年，曾同窗读书。有此说话，何不早说。如今大家叫唤，若唤得醒时，情愿把小女配与令郎。』两家一边唤女，一边唤儿，约莫叫唤了半个时辰，渐渐眼开气续，四只胳膊，兀自不放。乐公道：『我儿快苏醒，将仕公已许下，把顺娘配你为妻了。……』说犹未毕，只见乐和睁开双眼道：『岳翁休要言而无信！』跳起身来，便向喜公喜母作揖称谢。喜小姐随后苏醒。两口儿精神如故，清水也不吐一口。喜杀了喜将仕，乐杀了乐大爷。两家都将干衣服换了。顾个小轿抬回家里。次日，倒是喜将仕央媒来乐家议亲，愿赘乐和为婿，媒人就是安三老。乐家无不应允。择了吉日，喜家送些金帛之类，笙箫鼓东，迎娶乐和到家成亲。夫妻恩爱，自不必说。满月后，乐和同顺娘备了三牲祭礼，到潮王庙去赛谢。喜将士见乐和聪明，延名师在家，教他读书，后来连科及第。至今临安说婚姻配合故事，还传『喜乐和顺』四字。有诗为证：

少负情痴长更狂，却将情字感潮王；
钟情若到真深处，生死风波总不妨。

第二十四卷

玉堂春落难逢夫

公子初年柳陌游，玉堂一见便绸缪；黄金数万皆消费，红粉双眸枉泪流。财货拐，仆驹休，犯法洪同狱内囚；按临骢马冤愆脱，百岁姻缘到白头。

话说正德年间，南京金陵城有一人，姓王名琼，别号思竹，中乙丑科进士，累官至礼部尚书。因刘瑾擅权，劾了一本，圣旨发回原籍。不敢稽留，收拾轿马和家眷起身。王爷暗想有几两俸银，都借在他人名下，一时取讨不及。况长子南京中书，次子时当大比，踌躇半晌，乃呼公子三官前来。那三官双名景隆，字顺卿，年方一十七岁。生得眉目清新，丰姿俊雅，读书一目十行，举笔即便成文，原是个风流才子。王爷爱惜胜如心头之气，掌上之珍。当下王爷唤至吩咐道：『我留你在此读书，叫王定讨帐，银子完日，作速回家，免得父母牵挂。我把这里账目，都留与你。』叫王定过来：『我留你与三叔在此读书讨帐，不许你引诱他胡行乱为。吾若知道，罪责非小。』王定叩头说：『小人不敢。』次日收拾起程，王定与公子送别，转到北京，另寻寓所安下。

公子谨依父命，在寓读书。王定讨帐。不觉三月有余，三万银帐，都收完了。公子把底帐扣算，分厘不欠。吩咐王定，选日起身。公子说：『王定，我们事体俱已完了。我与你到大街上各巷口，闲耍片时，来日起身。』王定遂即锁了房门，吩咐主人家用心看着牲口。房主说：『放心，小人知道。』二人离了寓所，至大街观看皇都景致。但见：

人烟凑集，车马喧阗。人烟凑集，合四山五岳之音；车马喧阗，尽六部九卿之辈。做买做卖，总四方土产奇珍；闲荡闲游，靠万岁太平洪福。处处胡同铺锦绣，家家杯斝醉笙歌。

公子喜之不尽。忽然又见五七个宦家子弟，各拿琵琶弦子，欢乐饮酒。公子道：『王定，好热闹去处。』王定说：『三叔，这等热闹，你还没到那热闹去处哩！』二人前至东华门，公子睁眼观看，好锦绣景致。只见门彩金凤，柱盘金龙。王定道：『三叔，好么？』公子说：『真个好所在！』又走前面去，问王定：『这是那里？』王定说：『这是紫禁城。』公子往里一视，只见城内瑞气腾腾，红光闪闪。看了一会，果然富贵无过于帝王，叹息不已。离了东华门往前，又走多时，到一个所在，见门前站着几个女子，衣服整齐。公子便问：『王定，此是何处？』王定道：『此是酒店。』乃与王定进到酒楼上。公子坐下。看到楼上有五七席饮酒的，内中一席有两个女子，坐着同饮。公子看那女子，人物清楚，比门前站的，更胜几分。公子正看中间，酒保将酒来，公子便问：『此女是那里来的？』酒保说：『这是一秤金家丫头翠香、翠红。』三官道：『生得清气。』酒保说：『这等就说标致；他家里还有一个粉头，排行三姐，号玉堂春，有十二分颜色。鸨儿索价太高，还未梳栊。』公子听说留心。叫王定还了酒钱，下楼去，说：『王定，我与你春院胡同走走。』王定道：『三叔不可去，老爷知道怎了？』公子说：『不妨，看一看就回。』乃走至本司院门首。果然是：

花街柳巷，绣阁朱楼。家家品竹弹丝，处处调脂弄粉。黄金买笑，无非公子王孙；红袖邀欢，都是妖姿丽色。正疑香雾弥天霭，忽听歌声别院娇。总然道学也迷魂，任是真僧须破戒。

公子看得眼花撩乱，心内踌躇，不知那是一秤金的门。正思中间，有个卖瓜子的小伙叫做金哥走来，公子便问：『哪是一秤金的门？』金哥说：『大叔莫不是要耍？我引你去。』王定便道：『我家相公不嫖，莫错认了。』公子说：『但求一见。』那金哥就报与老鸨知道。老鸨慌忙出来迎接，请进待茶。王定见老鸨留茶，心下慌张，说：『三叔可回去罢！』老鸨听说，问道：『这位何人？』公子说：『是小价。』鸨子道：『大哥，你也进来吃茶去，怎么这等小器？』公子道：『休要听他。』跟着老鸨往里就走。王定道：『三叔不要进去，俺老爷知道，可不干我事。』在后边自言自语。公子那里听他，竟到了里面坐下。老鸨叫丫头看茶。茶罢，老鸨便问：『客官贵姓？』公子道：『学生姓王，家父是礼部正堂。』老鸨听说拜道：『不知贵公子，失瞻休罪。』公子道：『不碍，休要计较。久闻令爱玉堂春大名，特来相访。』老鸨道：『昨有一位客官，要梳弄小女，送一百两财礼，不曾许他。』公子道：『一百两财礼小哉！学生不敢夸大话，除了当今皇上，往下也数家父。就是家祖，也做过侍郎。』老鸨听说，心中暗喜。便叫翠红请三姐出来见尊客。翠红去不多时，回话道：『三姐身子不健，辞了罢！』老鸨起身带笑说：『小女从幼养娇了。直待老婢自去唤他。』王定在旁喉急，又说：『他不出来就罢了，莫又去唤。』老鸨不听其言，走进房中，叫：『三姐，我的儿，你时运到了！今有王尚书的公子，特慕你而来。』玉堂春低头不语。慌得那鸨儿便叫：『我儿，王公子好个标致人物，年纪不上十六七岁，囊中广有金银。你若打得上这个主儿，不但名声好听，也勾你一世受用。』玉姐听说，即时打扮，来见公子。临行，老鸨又说：『我儿，用心奉承，不要怠慢他。』玉姐道：『我知道了。』公子看玉堂春，果然生得好：

鬓挽乌云，眉弯新月。肌凝瑞雪，脸衬朝霞。袖中玉笋尖尖，裙下金莲窄窄。雅淡梳妆偏有韵，不施脂粉自多姿，便数尽满院名姝，总输他十分春色。

玉姐偷看公子，眉清目秀，面白唇红，身段风流，衣裳清楚，心中也自暗喜。当下玉姐拜了公子。老鸨就说：『此非贵客坐处，请到书房小叙。』公子相让，进入书房，果然收拾得精致。明窗净几，古画古炉，公子却无心细看，一心只对着玉姐。鸨儿帮衬，教女儿挨着公子肩下坐了，吩咐丫鬟摆酒。王定听见摆酒，一发着忙，连声催促三叔回去。老鸨丢个眼色与丫头：『请这大哥到房里吃酒。』翠香、翠红道：『姐夫请进房里，我和你吃盅喜酒。』王定本不肯去，被翠红二人，拖拖拽拽扯进去坐了。甜言美语，劝了几杯酒。初时还是勉强，以后吃得热闹，连王定也忘怀了，索性放落了心，且偷快乐。正饮酒中间，听得传语公子叫王定。王定忙到书房，只见杯盘罗列，本司自有答应乐人，奏动乐器。公子开怀乐饮。王定走近身边，公子附耳低言：『你到下处取二百两银子，四匹尺头，再带散碎银二十两，到这里来。』王定道：『三叔要这许多银子何用？』公子道：『不要你闲管。』王定没奈何，只得来到下处，开了皮箱，取出五十两元宝四个，并尺头碎银，再到本司院说：『三叔有了。』公子看也不看，都教送与鸨儿，说：『银两尺头，权为令爱初会之礼；这二十两碎银，把做赏人杂用。』王定只道公子要讨那三姐回去，用许多银子，听说只当初会之礼，吓得舌头吐出三寸。却说鸨儿一见了许多东西，就叫丫头转过一张空桌。王定将银子尺头，放在桌上，鸨儿假意谦让了一回。叫玉姐：『我儿，拜谢了公子。』又说：『今日是王公子，明日就是王姐夫了。』叫丫头收了礼物进去。『小女房中还备得有小酌，请公子开怀畅饮。』公子与玉姐肉手相搀，同至香房。只见围屏小桌，果品珍羞，俱已摆设完备。公子上坐，鸨儿自弹弦子，玉堂春清唱侑酒。弄得三官骨松筋痒，神荡魂迷。王定见天色晚了，不见三官动身，连催了几次。丫头受鸨儿之命，不与他传。王定又不得进房。等了一个黄昏，翠红要留他宿歇，王定不肯，自回下处去了。公子直饮到二鼓方散。玉堂春殷勤伏侍公子上床，解衣就寝。真个男贪女爱，倒凤颠鸾，彻夜交情，不在话下。天明，鸨儿叫厨下摆酒煮汤，自进香房追红讨喜，叫一声：『王姐夫，可喜可喜！』丫头小厮都来磕头。公子吩咐王定每人赏银一两。翠香、翠红各赏衣服一套，折钗银三两。王定早晨本要来接公子回寓，见他撒漫使钱，有不然之色。公子暗想：『在这奴才手里讨针线，好不爽利，索性将皮箱搬到院里，自家便当。』鸨儿见皮箱来了，愈加奉承。真个朝朝寒食，夜夜元宵，不觉住了一个多月。老鸨要生心科派，设一大席酒，搬戏演乐，专请三官玉姐二人赴席。鸨子举杯敬公子说：『王姐夫，我女儿与你成了夫妇，地久天长，凡家中事务，望乞扶持。』那三官心里只怕鸨子心里不自在，看那银子犹如粪土，凭老鸨说谎，欠下许多债负，都替他还。又打若干首饰酒器，做若干衣服，又许他改造房子。又造百花楼一座，与玉堂春做卧房。随其科派，件件许了。正是：

酒不醉人人自醉，色不迷人人自迷。

急得家人王定手足无措，三回五次，催他回去。三官初时含糊答应，以后逼急了，反将王定痛骂。王定没奈何，只得到求玉姐劝他。玉姐素知虔婆利害，也来苦劝公子道：『「人无千日好，花有几日红！」你一日无钱，他翻了脸来，就不认得你。』三官此时手内还有钱钞，那里信他这话。王定暗想：『心爱的人还不听他，我劝他则甚？』又想：『老爷若知此事，如何了得！不如回家报与老爷知道，凭他怎么裁处，与我无干。』王定乃对三官说：『我在北京无用，先回去罢！』三官正厌王定多管，巴不得他开身，说：『王定，你去时，我与你十两盘费，你到家中禀老爷，只说帐未完，三叔先使我来问安。』玉姐也送五两，鸨子也送五两，王定拜别三官而去。正是：

各人自扫门前雪，莫管他家瓦上霜。

且说三官被酒色迷住，不想回家。光阴似箭，不觉一年。亡八淫妇终日科派。莫说上头，做生，讨粉头，买丫鬟，连亡八的寿圹都打得到。三官手内财空。亡八一见无钱，凡事疏淡，不照常答应奉承。又住了半月，一家大小作闹起来。老鸨对玉姐说：『「有钱便是本司院，无钱便是养济院」。王公子没钱了，还留在此做甚！那曾见本司院举了节妇，你却呆守那穷鬼做甚？』玉姐听说，只当耳边之风。一日三官下楼往外去了，丫头来报与鸨子。鸨子叫玉堂春下来：『我问你，几时打发王三起身？』玉姐见话不投机，复身向楼上便走。鸨子随即跟上楼来，说：『奴才，不理我么？』玉姐说：『你们这等没天理，王公子三万两银子，俱送在我家。若不是他时，我家东也欠债，西也欠债，焉有今日这等足用？』鸨子怒发，一头撞去。高叫：『三儿打娘哩！』亡八听见，不分是非，便拿了皮鞭，赶上楼来，将玉姐撑跌在楼上，举鞭乱打。打得髻偏发乱，血泪交流。且说三官在午门外，与朋友相叙，忽然面热肉颤，心下怀疑，即辞归，径走上百花楼。看见玉姐如此模样，心如刀割，慌忙抚摩，问其缘故。玉姐睁开双眼，看见三官，强把精神挣着说：『俺的家务事，与你无干！』三官说：『冤家，你为我受打，还说无干？明日辞去，免得累你受苦！』玉姐说：『哥哥，当初劝你回去，你却不依我。如今孤身在此，盘缠又无，三千余里，怎生去得？我如何放得心？你若不能还乡，流落在外，又不如忍气且住几日。』三官听说，闷倒在地。玉姐近前抱住公子，说：『哥哥，你今后休要下楼去，看那亡八淫妇怎么样行来？』三官说：『欲待回家，难见父母兄嫂；待不去，又受不得亡八冷言热语。我又舍不得你，待住，那亡八淫妇只管打你。』玉姐说：『哥哥，打不打你休管他，我与你是从小的儿女夫妻，你岂可一旦别了我！』看看天色又晚，房中往常时丫头秉灯上来，今日火也不与了。玉姐见三官痛伤，用手扯到床上睡了。一递一声长吁短气。三官与玉姐说：『不如我去罢！再接有钱的客官，省你受气。』玉姐说：『哥哥，那亡八淫妇，任他打我，你好歹休要起身。哥哥在时，奴命在，你真个要去，我只一死。』二人直哭到天明，起来，无人与他碗水。玉姐叫丫头：『拿钟茶来与你姐夫吃。』鸨子听见，高声大骂：『大胆奴才，少打。叫小三自家来取。』那丫头小厮都不敢来。玉姐无奈，只得自己下楼，到厨下盛碗饭，泪滴滴自拿上楼去。说：『哥哥，你吃饭来。』公子才要吃，又听得下边骂。待不吃，玉姐又劝。公子方才吃得一口，那淫妇在楼下说：『小三，大胆奴才，那有「巧媳妇做出无米粥」？』三官分明听得他话，只索隐忍。正是：

囊中有物精神旺，手内无钱面目惭。

却说亡八恼恨玉姐，待要打他，倘或打伤了，难教他挣钱；待不打他，他又恋着王小三。十分逼的小三极了，他是个酒色迷了的人，一时他寻个自尽，倘或尚书老爷差人来接，那时把泥做也不干。左思右算，无计可施。鸨子说：『我自有妙法，叫他离咱门去。明日是你妹子生日，如此如此，唤做「倒房计」。』亡八说：『倒也好。』鸨子叫丫头楼上问：『姐夫吃了饭还没有？』鸨子上楼来说：『休怪！俺家务事，与姐夫不相干。』又照常摆上了酒。吃酒中间，老鸨忙陪笑道：『三姐，明日是你姑娘生日，你可禀王姐夫，封上人情，送去与他。』玉姐当晚封下礼物。第二日清晨，老鸨说：『王姐夫早起来，趁凉可送人情到姑娘家去。』大小都离司院，将半里，老鸨故意吃一惊。说：『王姐夫，我忘了锁门，你回去把门锁上。』公子不知鸨子用计，回来锁门不题。且说亡八从那小巷转过来。叫：『三姐，头上吊了簪子。』哄的玉姐回头，那亡八把头口打了两鞭，顺小巷流水出城去了。三官回院，锁了房门，忙往外赶看，不见玉姐，遇着一伙人。公子躬身便问：『列位曾见一起男女，往那里去了？』那伙人不是好人，却是短路的。见三官衣服齐整，心生一计，说：『才往芦苇西边去了。』三官说：『多谢列位。』公子往芦苇里就走。这人哄的三官往芦苇里去了，即忙走在前面等着。三官至近，跳起来喝一声，却去扯住三官，齐下手剥去衣服帽子，拿绳子捆在地上。三官手足难挣，昏昏沉沉，捱到天明，还只想了玉堂春，说：『姐姐，你不知在何处去，那知我在此受苦！』不说公子有难，且说亡八淫妇拐着玉姐，一日走了一百二十里地，野店安下。玉姐明知中了亡八之计，路上牵挂三官，泪不停滴。再说三官在芦苇里，口口声声叫救命。许多乡老近前看见，把公子解下绳子。就问：『你是那里人？』三官害羞不说是公子，也不说嫖玉堂春。浑身上下又无衣服，眼中吊泪说：『列位大叔，小人是河南人，来此小买卖，不幸遇着歹人，将一身衣服尽剥去了，盘费一文也无。』众人见公子年少，舍了几件衣服与他，又与了他一顶帽子。三官谢了众人，拾起破衣穿了，拿破帽子戴了。又不见玉姐，又没了一个钱，还进北京来，顺着房檐，低着头，从早至黑，水也没得口。三官饿的眼黄，到天晚寻宿，又没人家下他。有人说：『想你这个模样子，谁家下你？你如今可到总铺门口去，有觅人打梆子，早晚勤谨，可以度日。』三官径至总铺门首，只见一个地方来雇人打更。三官向前叫：『大叔，我打头更。』地方便问：『你姓什么？」公子说：「我是王小三。」地方说：「你打二更罢！失了更，短了筹，不与你钱，还要打哩！」三官是个自在惯了的人，贪睡了，晚间把更失了。地方骂：「小三，你这狗骨头，也没造化吃这自在饭，快着走。」三官自思无路，乃到孤老院里去存身。正是：

一般院子里，苦乐不相同。

却说那亡八鸨子说：「咱来了一个月，想那王三必回家去了，咱们回去罢。」收拾行李，回到本司院。只有玉姐每日思想公子，寝食俱废。鸨子上楼来，苦苦劝说：「我的儿，那王三已是往家去了，你还想他怎么？北京城内多少王孙公子，你只是想着王三不接客。你可知道我的性子，自讨分晓，我再不说你了。」说罢自去了。玉姐泪如雨滴。想王顺卿手内无半文钱，不知怎生去了？「你要去时，也通个信息，免使我苏三常常挂牵。不知何日再得与你相见？」不说玉姐想公子。且说公子在北京院讨饭度日。北京大街上有个高手王银匠，曾在王尚书处打过酒器。公子在虔婆家打首饰物件，都用着他。一日往孤老院过。忽然看见公子，唬了一跳。上前扯住，叫：「三叔！你怎么这等模样？」三官从头说了一遍。王银匠说：「自古狠心亡八！三叔，你今到寒家，清茶淡饭，暂住几日。等你老爷使人来接你。」三官听说大喜，随跟至王匠家中。王匠敬他是尚书公子，尽礼管待，也住了半月有余。他媳妇见短，不见尚书家来接，只道丈夫说慌，乘着丈夫上街，便发说话：「自家一窝子男女，那有闲饭养他人！好意留吃几日，各人要自达时务，终不然在此养老送终。」三官受气不过，低着头，顺着房檐往外，出来信步而行。走至关王庙，猛省关圣最灵，何不诉他？乃进庙跪于神前，诉以亡八鸨儿负心之事，拜祷良久，起来闲看两廊画的三国功劳。

却说庙门外街上，有一个小伙儿叫云：「本京瓜子，一分一桶；高邮鸭蛋，半分一个。」此人是谁？是卖瓜子的金哥。金哥说道：「原来是年景消疏，买卖不济。当时本司院有王三叔在时，一时照顾二百钱瓜子，转的来，我父母吃不了。自从三叔回家去了，如今谁买这物？二三日不曾发市，怎么过？我到庙里歇歇再走。」金哥进庙里来，把盘子放在供桌上，跪下磕头。三官却认得是金哥，无颜见他，双手掩面坐于门限侧边。金哥磕了头，起来，也来门限上坐下。三官只道金哥出庙去了。放下手来，却被金哥认出说：「三叔！你怎么在这里？」三官含羞带泪，将前事道了一遍。金哥说：「三叔休哭，我请你吃些饭。」三官说：「我得了饭。」金哥又问：「你这两日，没见你三婶来？」三官说：「久不相见了！金哥，我烦你到本司院密密的与三婶说，我如今这等穷，看他怎么说，回来复我。」金哥应允，端起盘，往外就走。三官又说：「你到那里看风色，他若想我，你便提我在这里如此，若无真心疼我，你便休话，也来回我。他这人家有钱的另一样待，无钱的另一样待。」金哥说：「我知道。」辞了三官，往院里来。在于楼外边立着。说那玉姐手托香腮，将汗巾拭泪，声声只叫：「王顺卿，我的哥哥！你不知在那里去了？」金哥说：「呀，真个想三叔哩！」咳嗽一声，玉姐听见，问：「外边是谁？」金哥上楼来，说：「是我。我来买瓜子与你老人家磕哩！」玉姐眼中吊泪，说：「金哥，纵有羊羔美酒，吃不下，那有心绪磕瓜仁！」金哥说：「三婶！你这两日怎么淡了？」三姐不理。金哥又问：「你想三叔，还想谁？你对我说，我与你接去。」玉姐说：「我自三叔去后，朝朝思想，那里又有谁来？我曾记得一辈古人。」金哥说：「是谁？」玉姐说：「昔有个亚仙女，郑元和为他黄金使尽，去打《莲花落》。后来收心勤读诗书，一举成名。那亚仙风月场中显大名。我常怀亚仙之心，怎得三叔他像郑元和方好。」金哥听说，口中不语，心内自思：「王三到也与郑元和相像了，虽不打《莲花落》，也在孤老院讨饭吃。』金哥乃低低把三婶叫了一声，说：『三叔如今在庙中安歇，叫我密密的报与你，济他些盘费，好上南京。』玉姐唬了一惊，『金哥休要哄我。』金哥说：『三婶，你不信，跟我到庙中看看去。』玉姐说：『这里到庙中有多少远？』金哥说：『这里到庙中有三里地。』玉姐说：『怎么敢去？』又问：『三叔还有甚话？』金哥说：『只是少银子钱使用，并没甚话。』玉姐说：『你去对三叔说，十五日在庙里等我。』

金哥去庙里回复三官，就送三官到王匠家中，『倘若他家不留你，就到我家里去。』幸得王匠回家，又留住了公子不题。

却说老鸨又问：『三姐！你这两日不吃饭，还是想着王三哩！你想他，他不想你。我儿好痴，我与你寻个比王三强的，你也新鲜些。』玉姐说：『娘，我心里一件事不得停当。』鸨子说：『你有什么事？』玉姐说：『我当初要王三的银子，黑夜与他说话，指着城隍爷爷说誓，如今等我还了愿，就接别人。』老鸨问：『几时去还愿？』玉姐道：『十五日去罢！』老鸨甚喜。预先备下香烛纸马。等到十五日，天未明，就叫丫头起来：『你与姐姐烧下水洗脸。』玉姐也怀心，起来梳洗，收拾私房银两，并钗钏首饰之类，叫丫头拿着纸马，径往城隍庙里去。进的庙来，天还未明，不见三官在那里。那晓得三官却躲在东廊下相等。先已看见玉姐，咳嗽一声。玉姐就知，叫丫头烧了纸马，『你先去，我两边看看十帝阎君。』玉姐叫了丫头转身，径来东廊下寻三官。三官见了玉姐，羞面通红。玉姐叫声：『哥哥王顺卿，怎么这等模样？』两下抱头而哭。玉姐将所带有二百两银子东西，付与三官，叫他置办衣帽买骡子，再到院里来，『你只说是从南京才到，休负奴言。』二人含泪各别。玉姐回至家中，鸨子见了，欣喜不胜。说：『我儿还了愿了？』玉姐说：『我还了旧愿，发下新愿。』鸨子说：『我儿，你发下什么新愿？』玉姐说：『我要再接王三，把咱一家子死的灭门绝户，天火烧了。』鸨子说：『我儿这愿，忒发得重了些。』从此欢天喜地不题。

且说三官回到王匠家，将二百两东西，递与王匠，王匠大喜。随即到了市上，买了一身衲帛衣服，粉底皂靴，绒袜，瓦楞帽子，青丝绦，真川扇，皮箱骡马，办得齐整。把砖头瓦片，用布包裹，假充银两，放在皮箱里面，收拾打扮停当。雇了两个小厮，跟随就要起身。王匠说：『三叔！略停片时，小子置一杯酒饯行。』公子说：『不劳如此，多蒙厚爱，异日须来报恩。』三官遂上马而去。

妆成圈套入胡同，鸨子焉能不强从；亏杀玉堂垂念永，固知红粉亦英雄。

却说公子辞了王匠夫妇，径至春院门首。只见几个小乐工，都在门首说话。忽然看见三官气象一新，唬了一跳。飞风报与老鸨。老鸨听说，半晌不言：『这等事怎么处？向日三姐说他是宦家公子，金银无数，我却不信，逐他出门去了。今日到带有金银，好不惶恐人也！』左思右想，老着脸走出来见了三官，说：『姐夫从何而至？』一手扯住马头。公子下马唱了半个喏，就要行，说：『我伙计都在船中等我。』老鸨陪笑道：『姐夫好狠心也。就是寺破僧丑，也看佛面，纵然要去，你也看看玉堂春。』公子道：『向日那几两银子值甚的？学生岂肯放在心上！我今皮箱内，见有五万银子，还有几船货物。伙计也有数十人。有王定看守在那里。』鸨子一发不肯放手了。公子恐怕掣脱了，将机就机，进到院门坐下。鸨儿吩咐厨下忙摆酒席接风。三官茶罢，就要走。故意攦出两锭银子来，都是五两头细丝。三官捡起，袖而藏之。鸨子又说：『我到了姑娘家酒也不曾吃，就问你，说你往东去了，寻不见你，寻了一个多月，俺才回家。』公子乘机便说：『亏你好心，我那时也寻不见你。王定来接我。我就回家去了。我心上也牵挂着玉姐，所以急急而来。』老鸨忙叫丫头去报玉堂春。丫头一路笑上楼来。玉姐已知公子到了，故意说：『奴才笑什么？』丫头说：『王姐夫又来了。』玉姐故意唬了一跳，说：『你不要哄我！』不肯下楼。老鸨慌忙自来。玉姐故意回脸往里睡。鸨子说：『我的亲儿！王姐夫来了。你不知道么？』玉姐也不语，连问了四五声，只不答应。这一时待要骂，又用着他。扯一把椅子拿过来，一直坐下，长吁了一声气。玉姐见他这模样，故意回过头起来，双膝跪在楼上，说：『妈妈！今日饶我这顿打。』老鸨忙扯起来说：『我儿！你还不知道王姐夫又来了。拿有五万两花银，船上又有货物并伙计数十人，比前加倍。你可去见他，好心奉承。』玉姐道：『发下新愿了，我不去接他。』鸨子道：『我儿！发愿只当取笑。』一手挽玉姐下楼来，半路就叫：『王姐夫，三姐来了。』三官见了玉姐，冷冷的作了一揖，全不温存。老鸨便叫丫头摆桌，取酒斟上一钟，深深万福，递与王姐夫：『权当老身不是。可念三姐之情，休走别家，教人笑话。』三官微微冷笑，叫声妈妈：『还是我的不是。』老鸨殷勤劝酒。公子吃了几杯，叫声多扰，抽身就走。翠红一把扯住，叫：『玉姐，与俺姐夫陪个笑脸。』老鸨说：『王姐夫，你忒做绝了。丫头把门顶了，休放你姐夫出去。』叫丫头把那行李抬在百花楼去。就在楼下重设酒席。笙琴细乐，又来奉承。吃了半更，老鸨说：『我先去了，让你夫妻二人叙话。』三官、玉姐正中其意，携手登楼。

　　如同久旱逢甘雨，好似他乡遇故知。

二人一晚叙话，正是：

　　欢娱嫌夜短，寂寞恨更长。

不觉鼓打四更，公子爬将起来，说：『姐姐！我走罢！』玉姐说：『哥哥！我本欲留你多住几日，只是留君千日，终须一别。今番作急回家，再休惹闲花野草。见了二亲，用意攻书。倘或成名，也争得这一口气。』玉姐难舍王公子，公子留恋玉堂春。玉姐说：『哥哥，你到家，只怕娶了家小不念我。』三官说：『我怕你在北京另接一人，我再来也无益了。』玉姐说：『你指着圣贤爷说了誓愿。』两人双膝跪下。公子说：『我若南京再娶家小，五黄六月害病死了我。』玉姐说：『苏三再若接别人，铁锁长枷永不出世。』就将镜子拆开，各执一半，日后为记。玉姐说：『你败了三万两银子，空手而回，我将金银首饰器皿，都与你拿去罢。』三官道：『亡八淫妇知道时，你怎打发他？』玉姐说：『你莫管我，我自有主意。』玉姐收拾完备，轻轻的开了楼门，送公子出去了。

天明鸨儿起来，叫丫头烧下洗脸水，承下净口茶，『看你姐夫醒了时，送上楼去。问他要吃什么，我好做去。若是还睡，休惊醒他。』丫头走上楼去，见摆设的器皿都没了。梳妆匣也出空了，撇在一边。揭开帐子，床上空了半边。跑下楼叫：『妈妈罢了！』鸨子说：『奴才！慌什么？惊着你姐夫。』丫头说：『还有什么姐夫？不知那里去了。俺姐姐回脸往里睡着。』老鸨听说，大惊，看小厮骡脚都去了。连忙走上楼来，喜得皮箱还在。打开看时，都个些砖头瓦片。鸨儿便骂：『奴才！王三那里去了？我就打死你！为何金银器皿他都偷去了？』玉姐说：『我发过新愿了，今番不是我接他来的。』鸨子说：『你两个昨晚说了一夜话，一定晓得他去处。』亡八就去取皮鞭，玉姐拿个首帕，将头扎了。口里说：『待我寻王三还你。』忙下楼来，往外就走。鸨子乐工，恐怕走了，随后赶来，玉姐行至大街上，高声叫屈：『图财杀命！』只见地方都来了。鸨子说：『奴才，他到把我金银首饰尽情拐去，你还放刁！』亡八说：『由他，咱到家里算帐。』玉姐说：『不要说嘴，咱往那里去？那是我家？我同你到刑部堂上讲讲，恁家里是公侯宰相，朝郎驸马，你那里的金银器皿？万物要评个理。一个行院人家，至轻至贱，那有什么大头面，戴往那里去坐席？王尚书公子在我家，费了三万银子，谁不知道他去了就开手。你昨日见他有了银子，又去哄到家里，图谋了他行李。不知将他下落在何处？列位做个证见。』说得鸨子无言可答。亡八说：『你叫王三拐去我的东西，你反来图赖我。』玉姐舍命就骂：『亡八淫妇，你图财杀人，还要说嘴？见今皮箱都打开在你家里，银子都拿过了。那王三官不是你谋杀了是那个？』鸨子说：『他那里有什么银子？都是砖头瓦片哄人。』玉姐说：『你亲口说带有五万银子，如何今日又说没有？』两下厮闹。众人晓得三官败过三万银子是真，谋命的事未必，都将好言劝解。玉姐说：『列位，你既劝我不要到官，也得我骂他几句，出这口气。』众人说：『凭你骂罢！』玉姐骂道：

你这亡八是喂不饱的狗，鸨子是填不满的坑。不肯思量做生理，只是排局骗别人。奉承尽是天罗网，说话皆是陷人坑。只图你家长兴旺，那管他人贫不贫。八百好钱买了我，与你挣了多少银。我父叫做周彦亨，大同城里有名人。买良为贱该甚罪？兴贩人口问充军。哄诱良家子弟犹自可，图财杀命罪非轻！你一家万分无天理，我且说你两三分。

众人说：『玉姐，骂得够了。』鸨子说：『让你骂许多时，如今该回去了。』玉姐说：『要我回去，须立个文书执照与我。』众人说：『文书如何写？』玉姐说：『要写「不合买良为娼，及图财杀命」等话。』亡八那里肯写。玉姐又叫起屈来。众人说：『买良为娼，也是门户常事。那人命事不的实，却难招认。我们只主张写个赎身文书与你罢！』亡八还不肯。众人说：『你莫说别项，只王公子三万银子，也够买三百个粉头了。玉姐左右心不向你了，舍了他罢！』众人都到酒店里面。讨了一张绵纸，一人念，一人写，只要亡八鸨子押花。玉姐道：『若写得不公道，我就扯碎了。』众人道：『还你停当。』写道：

立文书本司乐户苏淮，同妻一秤金，向将钱八百文，讨大同府人周彦亨女玉堂春在家，本望接客靠老，奈女不愿为娼……

写道『不愿为娼』，玉姐说：『这句就是了。须要写收过王公子财礼银三万两。』亡八道：『三儿！你也拿些公道出来，这一年多费用去了，难道也算？』众人道：『只写二万罢。』又写道：

……有南京公子王顺卿，与女相爱，淮得过银二万两，凭众议作赎身财礼。今后听凭玉堂春嫁人，并与本户无干。立此为照。

后写『正德年月日，立文书乐户苏淮同妻一秤金。』见人有十余人，众人先押了花。苏淮只得也押了，一秤金也画个十字。玉姐收讫。又说：『列位老爹！我还有一件事，要先讲个明。』众人曰：『又是甚事？』玉姐曰：『那百花楼，原是王公子盖的，拨与我住。丫头原是公子买的，要叫两个来伏侍我。以后米面柴薪菜蔬等项，须是一一供给，不许措勒短少，直待我嫁人方止。』众人说：『这事都依着你。』玉姐辞谢先回。亡八又请众人吃过酒饭方散。正是：

周郎妙计高天下，赔了夫人又折兵。

话说公子在路，夜住晓行，不数日，来到金陵自家门首下马。王定看见，唬了一惊。上前把马扯住，进的里面。三官坐下，王定一家拜见了。三官就问：『我老爷安么？』王定说：『安。』『大叔、二叔、姑爷、姑娘何如？』王定说：『俱安。』又问：『你听得老爷说我家来，他要怎么处？』

王定不言。长吁一口气，只看看天。三官就知其意：『你不言语，想是老爷要打死我。』王定说：『三叔！老爷誓不留你，今番不要见老爷了。私去看看老奶奶和姐姐兄嫂，讨些盘费，他方去安身罢！』公子又问：『老爷这二年，与何人相厚？央他来与我说个人情。』王定说：『无人敢说。只除是姑娘姑爹，意思间稍题题，也不敢直说。』三官道：『王定，你去请姑爹来，我与他讲这件事。』王定即时去请刘斋长、何上舍到来。叙礼毕，何、刘二位说：『三舅，你在此，等俺两个与咱爷讲过，使人来叫你。若不依时，捎信与你，作速逃命。』二人说罢，竟往潭府来见了王尚书。坐下，茶罢，王爷问何上舍：『田庄好么？』上舍答道：『好！』王爷又问刘斋长：『学业何如？』答说：『不敢，连日有事，不得读书。』王爷笑道：『「读书过万卷，下笔如有神。」秀才将何为本？「家无读书子，官从何处来？」今后须宜勤学，不可将光阴错过。』刘斋长唯唯谢教。何上舍问：『客位前这墙几时筑的？一向不见。』王爷笑曰：『我年大了，无多田产，日后恐怕大的二的争竞，预先分为两分。』二人笑说：『三分家事，如何只做两分？三官回来，叫他那里住？』王爷闻说，心中大恼：『老夫平生两个小儿，那里又有第三个？』二人齐声叫：『爷，你如何不疼三官王景隆？当初还是爷不是，托他在北京讨帐，无有一个去接寻。休说三官十六七岁，北京是花柳之所，就是久惯江湖，也迷了心。』二人双膝跪下，掉下泪来。王爷说：『没下稍的狗畜生，不知死在那里了，再休题起了！』正说间，二位姑娘也到。众人都知三官到家，只哄着王爷一人。王爷说：『今日不请都来，想必有甚事情？』即叫家奴摆酒。何静庵欠身打一躬曰：『你闺女昨晚做一梦，梦三官王景隆身上蓝缕，叫他姐姐救他性命。三更鼓做了这个梦，半夜捶床捣枕哭到天明，埋怨着我不接三官，今日特来问问三舅的信音。』刘心斋亦说：『自三舅在京，我夫妇日夜不安，今我与姨夫凑些盘费，明日起身去接他回来。』王爷含泪道：『贤婿，家中还有两个儿子，无他又待怎生？』何、刘二人往外就走。王爷向前扯住问：『贤婿何故起身？』二人说：『爷撒手，你家亲生子还是如此，何况我女婿也？』大小儿女放声大哭，两个哥哥一齐下跪，女婿也跪在地上，奶奶在后边掉下泪来。引得王爷心动，亦哭起来。王定跑出来说：『三叔，如今老爷在那里哭你，你好过去见老爷，不要待等恼了。』王定推着公子进前厅跪下说：『爹爹！不孝儿王景隆今日回了。』那王爷两手擦了泪眼，说：『那无耻畜生，不知死的往那里去了。北京城街上最多游食光棍，偶与畜生面庞厮像，假充畜生来家，哄骗我财物，可叫小厮拿送三法司问罪！』那公子往外就走。二位姐姐赶至二门首拦住说：『短命的！你待往那里去？』三官说：『二位姐姐，开放条路与我逃命罢！』二位姐姐不肯撒手，推至前来双膝跪下，两个姐姐手指说：『短命的，娘为你痛得肝肠碎，一家大小为你哭得眼花，那个不牵挂！』众人哭在伤情处，王爷一声喝住众人不要哭。说：『我依着二位姐夫，收了这畜生，可叫我怎么处他？』众人说：『消消气再处。』王爷摇头。奶奶说：『凭我打吧。』王爷说：『可打多少？』众人说：『任爷打多少？』王爷道：『须依我说，不可阻我，要打一百。』大姐二姐跪下说：『爹爹严命，不敢阻挡，容你儿代替罢！』大哥二哥每人替上二十，大姐二姐每人亦替二十。王爷说：『打他二十。』大姐二姐说：『叫他姐夫也替他二十，只看他这等黄瘦，一棍打在那里？等他膘满肉肥，那时打他不迟。』王爷笑道：『我儿，你也说得是。想这畜生，天理已绝，良心已丧，打他何益？我问你：「家无生活计，不怕斗量金。」我如今又不做官了，无处挣钱，作何生意以为糊口之计？要做买卖，我又无本钱与你。』二位姐夫问：『他那银子还有多少？』何、刘便问三舅：『银子还有多少？』王定抬过皮箱打开，尽是金银首饰器皿等物。

王爷大怒，骂：『狗畜生！你在那里偷的这东西？快写首状，休要玷辱了门庭。』三官高叫：『爹爹息怒，听不肖儿一言。』遂将初遇玉堂春，后来被鸨儿如何哄骗尽了，如何亏了王银匠收留，又亏了金哥报信，『玉堂春私将银两赠我回乡，这些首饰器皿，皆玉堂春所赠。』备细述了一遍。王爷听说骂道：『无耻狗畜生！自家三万银子都花了，却要娼妇的东西，可不羞杀了人。』三官说：『儿不曾强要他的，是他情愿与我的。』王爷说：『这也罢了，看你姐夫面上，与你一个庄子，你自去耕地布种。』公子不言。王爷怒道：『王景隆，你不言怎么说？』公子说：『这事不是孩儿做的。』王爷说：『这事不是你做的，你还去嫖院罢！』三官说：『儿要读书。』王爷笑曰：『你已放荡了，心猿意马，读什么书？』公子说：『孩儿此回，笃志用心读书。』王爷说：『既知读书好，缘何这等胡为？』何静庵立起身来说：『三舅受了艰难苦楚，这下来改过迁善，料想要用心读书。』王爷说：『就依你众人说，送他到书房里去，叫两个小厮去伏侍他。』即时就叫小厮送三官往书院里去。两个姐夫又来说：『三舅久别，望老爷留住他，与小婿共饮则可。』王爷说：『贤婿，你如此乃非教子之方，休要纵他。』二人道：『老爷言之最善。』于是翁婿大家痛饮，尽醉方归。这一出父子相会，分明是：

月被云遮重露彩，花遭霜打又逢春。

却说公子进了书院，清清独坐，只见满架诗书，笔山砚海。叹道：『书呵！相别日久，且是生涩。欲待不看，焉得一举成名，却不辜负了玉姐言语；欲待读书，心猿放荡，意马难收。』公子寻思一会，拿着书来读了一会。心下只是想着玉堂春。忽然鼻闻什气？耳闻什声？乃问书童道：『你闻这书里什么气？听听什么响？』书童说：『三叔，俱没有。』公子道：『没有？呀，原来鼻闻乃是脂粉气，耳听即是筝板声。』公子一时思想起来：『玉姐当初嘱咐我，是什么话来？叫我用心读书。我如今未曾读书，心意还丢他不下，坐不安，寝不宁，茶不思，饭不想，梳洗无心，神思恍忽。』公子自思：『可怎么处他？』走出门来，只见大门上挂着一联对子：『十年受尽窗前苦，一举成名天下闻。』这是我公公作下的对联。他中举会试，官至侍郎。后来咱爹爹在此读书，官到尚书。我今在此读书，亦要攀龙附凤，以继前人之志。』又见二门上有一联对子：『不受苦中苦，难为人上人。』公子急回书房，看见《风月机关》《洞房春意》。公子自思：乃是此二书乱了我的心。将一火而焚之，破镜分钗，俱将收了。心中回转，发志勤学。一日书房无火，书童往外取火。王爷正坐，叫书童，书童近前跪下。王爷便问：『三叔这一会用功不曾？』书童说：『禀老爷得知，我三叔先时通不读书，胡思乱想，体瘦如柴。这半年整日读书，晚下读至三更方才睡，五更就起。直至饭后，方才梳洗。口虽吃饭，眼不离书。』王爷道：『奴才！你好说慌，我亲自去看他。』书童叫：『三叔，老爷来了。』公子从从容容迎接父亲。王爷暗喜。观他行步安详，可以见他学问。王爷正面坐下，公子拜见。王爷曰：『我限的书你看了不曾？我出的题你做了多少？』公子说：『爹爹严命，限儿的书都看了，题目都做完了，但有余力，旁观子史。』王爷说：『拿文字来我看。』公子取出文字。王爷看他所作文课，一篇强如一篇，心中甚喜。叫：『景隆，去应个儒士科举罢！』公子说：『儿读了几日书，敢望中举？』王爷说：『一遭中了虽多，两遭中了甚广。出去观观场，下科好中。』王爷就写书与提学察院，许公子科举。竟到八月初九日，进过头场，写出文字与父亲看。王爷喜道：『这七篇，中有何难？』到二场三场俱完，王爷又看他后场，喜道：『不在散举，决是魁解。』

话分两头。却说玉姐自上了百花楼，从不下梯。是日闷倦，叫丫头：『拿棋子过来，我与你下盘棋。』丫头说：『我不会下。』玉姐说：『你会打双陆么？』丫头说：『也不会。』玉姐将棋盘双陆一皆撇在楼板上。丫头见玉姐眼中掉泪，即忙掇过饭来，说：『姐姐，自从昨晚没用饭，你吃个点心。』玉姐拿过分为两半。右手拿一块吃，左手拿一块与公子。丫头欲接又不敢接。玉姐猛然睁眼，见不是公子，将那一块点心掉在楼板上。丫头又忙掇过一碗汤来，说：『饭干燥，吃些汤罢！』玉姐姐刚呷得一口，泪如涌泉，放下了。问：『外边是什么响？』丫头说：『今日中秋佳节，人人玩月，处处笙歌，俺家翠香、翠红姐都有客哩！』玉姐听说，口虽不言，心中自思：『哥哥今已去了一年了。』叫丫头拿过镜子来照了一照，猛然唬了一跳：『如何瘦的我这模样？』把那镜丢在床上，长吁短叹。走至楼门前，叫丫头：『拿椅子过来，我在这里坐一坐。』坐了多时，只见明月高升，谯楼敲转，玉姐叫丫头，『你可收拾香烛过来，今日八月十五日，乃是你姐夫进三场日子，我烧一炷香保佑他。』玉姐下楼来，当天井跪下，说：『天地神明，今日八月十五日，我哥王景隆进了三场，愿他早占鳌头，名扬四海。』祝罢，深深拜了四拜。有诗为证：

对月烧香祷告天，何时得泄腹中冤；王郎有日登金榜，不枉今生结好缘。

却说西楼上有个客人，乃山西平阳府洪同县人，拿有整万银子，来北京贩马。这人姓沈名洪，因闻玉堂春大名，特来相访。老鸨见他有钱，把翠香打扮当作玉姐。相交数日，沈洪方知不是，苦求一见。是夜丫头下楼取火，与玉姐烧香。小翠红忍不住多嘴，就说了：『沈姐夫！你每日间想，玉姐今夜下楼，在天井内烧香，我和你悄悄地张他。』沈洪将三钱银子买嘱了丫头，悄然跟到楼下，月明中，看得仔细。等他拜罢，趋出唱喏。玉姐大惊，问：『是什么人？』答道：『在下是山西沈洪，有数万本钱，在此贩马。久慕玉姐大名，未得面睹。今日得见，如拨云雾见青天。望玉姐不弃，同到西楼一会。』玉姐怒道：『我与你素不相识，今当夤夜，何故自夸财势，妄生事端？』沈洪又哀告道：『王三官也只是个人，我也是个人。他有钱，我亦有钱。那些儿强似我？』说罢，就上前要搂抱玉姐。被玉姐照脸啐一口，急急上楼关上门，骂丫头：『好大胆，如何放这野狗进来？』沈洪没意思自去了。玉姐思想起来，分明是小翠香、小翠红这两个奴才报他。又骂：『小淫妇，小贱人，你接着得意孤老也好了，怎该来啰唣我？』骂了一顿，放声悲哭：『但得我哥哥在时，那个奴才敢调戏我！』又气又苦，越想越毒。正是：

可人去后无日见，俗子来时不待招。

却说三官在南京乡试终场，闲坐无事，每日只想玉姐。南京一般也有本司院，公子再不去走。到了二十九开榜之日，公子想到三更以后，方才睡着。外边报喜的说：『王景隆中了第四名。』三官梦中闻信，起来梳洗，扬鞭让马。前拥后簇，走赴鹿鸣宴。父母兄嫂，姐夫姐姐，喜做一团。连日做庆贺筵席。公子谢了主考，辞了提学。坟前祭扫了，起了文书：『禀父母得知，儿要早些赴京，到僻静去处安下，看书数月，好入会试。』父母明知公子本意牵挂玉堂春，中了举，只得依从。叫大哥二哥来：『景隆赴京会试，昨日祭扫。有多少人情？』大哥说：『不过三百余两。』王爷道：『那只够他人情的，分外再与他一二百两拿去。』二哥说：『禀上爹爹，用不得许多银子。』王爷说：『你那知道，我那同年门生，在京频多，往返交接，非钱不行。等他手中宽裕，读书也有兴。』叫景隆收拾行装，有知心同年，约上两三位。吩咐家人到张先生家看了良辰。公子恨不的一时就到北京。邀了几个朋友，雇了一只船，即时拜了父母，辞别兄嫂。两个姐夫，邀亲朋至十里长亭，酌酒作别。公子上的船来，手舞足蹈，莫知所之。众人不解其意，他心里只想着三姐玉堂春。不则一日到了济宁府，舍舟起旱，不在话下。

再说沈洪自从中秋夜见了玉姐，到如今朝思暮想，废寝忘餐。叫声：『二位贤姐，只为这冤家害的我一丝两气，七颠八倒，望二位可怜我孤身在外，举眼无亲，替我劝化玉姐，叫他相会一面。虽死在九泉之下，也不敢忘了二位活命之恩。』说罢，双膝跪下。翠香、翠红说：『沈姐夫！你且起来，我们也不敢和他说这话。你不见中秋夜骂的我们不耐烦。等俺妈妈来，你央浼他。』沈洪说：『二位贤姐，替我请出妈妈来。』翠香姐说：『你跪着我，再磕一百二十个大响头。』沈洪慌忙跪下磕头。翠香即时就去，将沈洪说的言语述与老鸨。老鸨到西楼见了沈洪，问：『沈姐夫唤老身何事？』沈洪说：『别无他事，只为不得玉堂春到手。你若帮衬我成就了此事，休说金银，便是杀身难报。』老鸨听说，口内不言，心中自思：『我如今若许了他，倘三儿不肯，教我如何？若不许他，怎哄出他的银子？』沈洪见老鸨踌躇不语，便看翠红。翠红丢了一个眼色，走下楼来。洪即跟他下去。翠红说：『常言「姐爱俏，鸨爱钞」。你多拿些银子出来打动他，不愁他不用心。他是使大钱的人，若少了，他不放在眼里。』沈洪说：『要多少？』翠香说：『不要少了！就把一千两与他，方才成得此事。』也是沈洪命运该败，浑如鬼迷一般。即依着翠香，就拿一千两银子来。叫：『妈妈！财礼在此。』老鸨说：『这银子，老身权收下。你却不要性急。待老身慢慢的偎他。』沈洪拜谢说：『小子悬悬而望。』正是：

请下烟花诸葛亮，欲图风月玉堂春。

且说十三省乡试榜都到午门外张挂，王银匠邀金哥说：『王三官不知中了不曾？』两个跑在午门外南直隶榜下，看解元是《书经》，往下第四个乃王景隆。王银匠说：『金哥好了，三叔已中在第四名。』金哥道：『你看看的确，怕你识不得字。』王银匠说：『你说话好欺人，我读书读到《孟子》，难道这三个字也认不得！随你叫谁看。』金哥听说大喜。二人买了一本乡试录，走到本司院里去报玉堂春说：『三叔中了。』玉姐叫丫头将试录拿上楼来，展开看了，上刊『第四名王景隆』，注明『应天府儒士，《礼记》』。玉姐步出楼门，叫丫头忙排香案，拜谢天地。起来先把王银匠谢了，转身又谢金哥。唬得亡八鸨子魂不在体。商议说：『王三中了举，不久到京，白白地要了玉堂春去，可不人财两失？三儿向他孤老，决没甚好言语，搬斗是非，教他报往日之仇，此事如何了？』鸨子说：『不若先下手为强。』亡八说：『怎么样下手？』老鸨说：『咱已收了沈官人一千两银子，如今再要了他一千，贱些价钱卖与他罢。』亡八道：『三儿不肯如何？』鸨子说：『明日杀猪宰羊，买一桌纸钱，假说东岳庙看会，烧了纸，说了誓，合家从良，再不在烟花巷里。小三若闻知从良一节，必然也要往岳庙烧香。叫沈官人先安排轿子，径抬往山西去。公子那时就来，不见他的情人，心下就冷了。』亡八说：『此计大妙。』即时暗暗地与沈洪商议。又要了他一千银子。次早，丫头报与玉姐：『俺家杀猪宰羊，上岳庙哩。』玉姐问：『为何？』丫头道：『听得奶奶说：「为王姐夫中了，恐怕他到京来报仇，今日发愿，合家从良。」』玉姐说：『是真是假？』丫头说：『当真哩！昨日沈姐夫都辞去了。如今再不接客了。』玉姐说：『既如此，你对妈妈说，我也要去烧香。』老鸨说：『三姐，你要去，快梳洗，我唤轿儿抬你。』玉姐梳妆打扮，同老鸨出的门来。正见四个人，抬着一顶空轿。老鸨便问：『此轿是雇的？』这人说：『正是。』老鸨说：『这里到岳庙要多少雇价？』那人说：『抬去抬来，要一钱银子。』老鸨说：『只是五分。』那人说：『这个事小，请老人家上轿。』老鸨说：『不是我坐，是我女儿要坐。』玉姐上轿，那二人抬着，不往东庙去，径往西门去了。走有数里，到了上高转折去处，玉姐回头，看见沈洪在后骑着个骡子。玉姐大叫一声：『吆！想是亡八鸨子盗卖我了？』玉姐大骂：『你这些贼狗奴，抬我往那里去？』沈洪说：『往那里去？我为你去了二千两银子，买你往山西家去。』玉姐在轿中号啕大哭。骂声不绝。那轿夫抬了飞也似走。行了一日，天色已晚。沈洪寻了一座店房，排合卺美酒，指望洞房欢乐。谁知玉姐提着便骂，触着便打。沈洪见店中人多，恐怕出丑。想着：『瓮中之鳖，不怕他走了。权耐几日，到我家中，何愁不从。』于是反将好话奉承，并不去犯他。玉姐终日啼哭，自不必说。

却说公子一到北京，将行李上店，自己带两个家人，就往王银匠家，探问玉堂春消息。王匠请公子坐下：『有现成酒，且吃三杯接风，慢慢告诉。』王匠就拿酒来斟上。三官不好推辞，连饮了三杯。又问：『玉姐敢不知我来？』王匠叫：『三叔开怀，再饮三杯。』三官说：『够了，不吃了。』王匠说：『三叔久别，多饮几杯，不要太谦。』公子又饮了几杯。问：『这几日曾见玉姐不曾？』王匠又叫：『三叔且莫问此事，再吃三杯。』公子心疑，站起说：『有甚或长或短，说个明白，休闷死我也！』王匠只是劝酒。却说金哥在门首经过，知道公子在内，进来磕头贺喜。三官问金哥：『你三婶近日何如？』金哥年幼多嘴说：『卖了。』三官急问说：『卖了谁？』王匠瞅了金哥一眼，金哥缩了口。公子坚执盘问，二人瞒不过，说：『三婶卖了。』公子问：『几时卖了？』王匠说：『有一个月了。』公子听说，一头撞在尘埃。二人忙扶起来。公子问金哥：『卖在那里去了？』金哥说：『卖与山西客人沈洪去了。』三官说：『你那三婶就怎么肯去？』金哥叙出『鸨儿假意从良，杀猪宰羊上岳庙，哄三婶同去烧香，私与沈洪约定，雇下轿子抬去，不知下落』。公子说：『亡八盗卖我玉堂春，我与他算帐！』那时叫金哥跟着，带领家人，径到本司院里，进的院门，亡八眼快，跑去躲了。公子问众丫头：『你家玉姐何在？』无人敢应。公子发怒，房中寻见老鸨，一把揪住，叫家人乱打。金哥劝住。公子就走在百花楼上，看见锦帐罗帏，越加怒恼。把箱笼尽行打碎，气得痴呆了。问丫头：『你姐姐嫁那家去？可老实说，饶你打。』丫头说：『去烧香，不知道就偷卖了他。』公子满眼落泪，说：『冤家，不知是正妻，是偏妾？』丫头说：『他家里自有老婆。』公子听说，心中大怒，恨骂：『亡八淫妇，不仁不义！』丫头说：『他今日嫁别人去了，还疼他怎的？』公子满眼流泪，正说间，忽报朋友来访。金哥劝：『三叔休恼，三婶一时不在了，你纵然哭他，他也不知道。今有许多相公在店中相访，闻公子在院中，都要来。』公子听说，恐怕朋友笑话，即便起身回店。公子心中气闷，无心应举，意欲束将回家。朋友闻知，都来劝说：『顺卿兄，功名是大事，婊子是末节，那里有为婊子而不去求功名之理？』公子说：『列位不知，我奋志勤学，皆为玉堂春的言语激我。冤家为我受了千辛万苦，我怎肯轻舍？』众人叫：『顺卿兄，你倘联捷，幸在彼地，见之何难？你若回家，忧虑成病，父母悬心，朋友笑耻，你有何益？』三官自思言之最当，倘或侥幸，得到山西，平生愿足矣。数言劝醒公子。会试日期已到。公子进了三场，果中金榜二甲第八名，刑部观政。三个月，选了真定府理刑官。即遣轿马迎请父母兄嫂。父母不来，回书说教他做官勤慎公廉。『念你年长未娶，已聘刘都堂之女，不日送至任所成亲。』

公子一心只想玉堂春，全不以聘娶为喜。正是：

已将路柳为连理，翻把家鸡作野鸳。

且说沈洪之妻皮氏，也有几分颜色，虽然三十余岁，比二八少年，也还风骚。平昔间嫌老公粗蠢，不会风流，又出外日多，在家日少，皮氏色性太重，打熬不过。间壁有个监生，姓赵名昂，自幼惯走花柳场中，为人风月。近日丧偶。虽然是纳粟相公，家道已在消乏一边。一日，皮氏在后园看花，偶然撞见赵昂，彼此有心，都看上了。赵昂访知巷口做歇家的王婆，在沈家走动识熟，且是利口，善于做媒说合。乃将白银二十两，贿赂王婆，央他通脚。皮氏平昔间不良的口气，已有在王婆肚里，况且今日你贪我爱，一说一上，幽期密约，一墙之隔，梯上梯下，做就了一点不明不白的事。赵昂一者贪皮氏之色，二者要骗他钱财。枕席之间，竭力奉承。皮氏心爱赵昂，但是开口，无有不从，恨不得连家当都津贴了他。不上一年，倾囊倒箧，骗得一空。初时只推事故，暂时挪借，借去后，分毫不还。皮氏只愁老公回来盘问时，无言回答。一夜与赵昂商议，欲要跟赵昂逃走他方。赵昂道：『我又不是赤脚汉，如何走得？便走了，也不免吃官司。只除暗地谋杀了沈洪，做个长久夫妻，岂不尽美。』皮氏点头不语。却说赵昂有心打听沈洪的消息，晓得他讨了院妓玉堂春一路回来，即忙报与皮氏知道，故意将言语触恼皮氏。皮氏怨恨不绝于声，问：『如今怎么样对付他说好？』赵昂道：『一进门时，你便数他不是，与他寻闹，叫他领着娼妇另住，那时凭你安排了。我央王婆赎得些砒霜在此，觑便放在食器内，把与他两个吃。等他双死也罢，单死也罢。』皮氏说：『他好吃的是辣面。』赵昂说：『辣面内正好下药。』两个圈套已定，只等沈洪入来。不一日，沈洪到了故乡，叫仆人和玉姐暂停门外。自己先进门，与皮氏相见，满脸陪笑说：『大姐休怪，我如今做了一件事。』皮氏说：『你莫不是娶了个小老婆？』沈洪说：『是了。』皮氏大怒，说：『为妻的整年月在家守活孤孀，你却花柳快活，又带这泼淫妇回来，全无夫妻之情。你若要留这淫妇时，你自在西厅一带住下，不许来缠我。我也没福受这淫妇的拜，不要她来。』昂然说罢，啼哭起来，拍台拍凳。口里『千亡八，万淫妇』骂不绝声。沈洪劝解不得，想道：『且暂时依他言语，在西厅住几日，落得受用。等他气消了时，却领玉堂春与他磕头。』沈洪只道浑家是吃醋，谁知他有了私情，又且房计空虚了，正怕老公进房，借此机会，打发他另居。正是：

你向东时我向西，各人有意自家知。

不在话下。

却说玉堂春曾与王公子设誓，今番怎肯失节于沈洪，腹中一路打稿：『我若到这厌物家中，将情节哭诉他大娘子，求他做主，以全节操。慢慢的寄信与三官，教他将二千两银子来赎我去，却不好。』及到沈洪家里，闻知大娘不许相见，打发老公和他往西厅另住，不遂其计，心中又惊又苦。沈洪安排床帐在厢房，安顿了苏三。自己却去窝伴皮氏，陪吃夜饭。被皮氏三回五次催赶。沈洪说：『我去西厅时，只怕大娘着恼。』皮氏说：『你在此，我反恼，离了我眼睛，我便不恼。』沈洪唱个淡喏，谢声：『得罪。』出了房门，径望西厅而来。原来玉姐乘着沈洪不在，检出他铺盖撇在厅中，自己关上房门自睡了。任沈洪打门，那里肯开，却好皮氏叫小段名到西厅看老公睡也不曾。沈洪平日原与小叚名有情，那时扯在铺上。草草合欢，也当春风一度。事毕，小叚名自去了。沈洪身子困倦，一觉睡去，直至天明。却说皮氏这一夜等赵昂不来，小叚名回后，老公又睡了。翻来复去，一夜不曾合眼。天明早起，赶下一轴面，煮熟分作两碗。皮氏悄悄把砒霜撒在面内，却将辣汁浇上。叫小叚名送去西厅，『与你爹爹吃。』小叚名送至西厅，叫道：『爹爹！大娘欠你，送辣面与你吃。』沈洪见是两碗，就叫：『我儿，送一碗与你二娘吃。』小叚名便去敲门。玉姐在床上问：『做什么？』小叚名说：『请二娘起来吃面。』玉姐道：『我不要吃。』沈洪说：『想是你二娘还要睡，莫去闹他。』沈洪把两碗都吃了。须臾而尽。小叚名收碗去了。沈洪一时肚疼，叫道：『不好了，死也死也！』玉姐还只认假意，看看声音渐变。开门出来看时，只见沈洪九窍流血而死。正不知什么缘故。慌慌的高叫：『救人！』只听得脚步响，皮氏早到，不等玉姐开言，就变过脸，故意问道：『好好的一个人，怎么就死了？想必你这小淫妇弄死了他，要去嫁人？』玉姐说：『那丫头送面来，叫我吃，我不要吃，并不曾开门，谁知他吃了，便肚疼死了。必是面里有些缘故。』皮氏说：『放屁！面里若是缘故，必是你这小淫妇做下的。不然，你如何先晓得这面是吃不得的，不肯吃？你说并不曾开门，如何却在门外？这谋死情由，不是你，是谁？』说罢，假哭起『养家的天』来。家中僮仆养娘都乱做一堆。皮氏就将三尺白布摆头，扯了玉姐往知县处叫喊。

正值王知县升堂，唤进问其缘故。皮氏说：『小妇人皮氏，丈夫叫沈洪，在北京为商，用千金娶这娼妇，叫做玉堂春为妾。这娼妇嫌丈夫丑陋，因吃辣面，暗将毒药放入。丈夫吃了，登时身死。望爷爷断他偿命。』王知县听罢，问玉堂春：『你怎么说？』玉姐说：『爷爷，小妇人原籍北直隶大同府人氏，只因年岁荒旱，父亲把我卖在本司院苏家。卖了三年后，沈洪看见，娶我回家。皮氏嫉妒，暗将毒药藏在面中，毒死丈夫性命。反倚刁泼，展赖小妇人。』知县听玉姐说了一会，叫：『皮氏，想你见那男人弃旧迎新，你怀恨在心，药死亲夫，此情理或有之。』皮氏说：『爷爷！我与丈夫，从幼的夫妻，怎忍做这绝情的事。这苏氏原是不良之妇，别有个心上之人，分明是他药死，要图改嫁。望青天爷爷明镜。』知县乃叫苏氏：『你过来，我想你原系娼门，你爱那风流标致的人，想是你见丈夫丑陋，不趁你意，故此把毒药药死是实。』叫皂隶：『把苏氏与我夹起来。』玉姐说：『爷爷！小妇人虽在烟花巷里，跟了沈洪又不曾难为半分，怎下这般毒手？小妇人果有恶意，何不在半路谋害？既到了他家，他怎容得小妇人做手脚？这皮氏昨夜就赶出丈夫，不许他进房。今早的面，出于皮氏之手，小妇人并无干涉。』王知县见他二人各说有理。叫皂隶暂把他二人寄监，『我差人访实再审。』二人进了南牢不题。却说皮氏差人密密传与赵昂，叫他快来打点。赵昂拿着沈家银子，与弄房吏一百两，书手八十两，掌案的先生五十两，门子五十两，两班皂隶六十两，禁子每人二十两，上下打点停当。封了一千两银子，放在坛内，当酒送与王知县。知县受了。次日清晨升堂，叫皂隶把皮氏一起提出来。不多时到了，当堂跪下。知县说：『我夜来一梦，梦见沈洪说：「我是苏氏药死，与那皮氏无干。」』玉堂春正待分辩，知县大怒，说：『人是苦虫，不打不招。』叫皂隶：『与我拶起着实打。问他招也不招？他若不招，就活活敲死。』玉姐熬刑不过，说：『愿招。』知县说：『放下刑具。』皂隶递笔与玉姐画供。知县说：『皮氏召保在外。玉堂春收监。』皂隶将玉姐手肘脚镣，带进南牢。禁子牢头都得了赵上舍银子，将玉姐百般凌辱。只等上司详允之后，就递病状，结果他性命。正是：

安排缚虎擒龙计，断送愁鸾泣凤人。

且喜有个刑房吏，姓刘名志仁，为人正直无私，素知皮氏与赵昂有奸，都是王婆说合。数日前撞见王婆在生药铺内赎砒霜，说要药老鼠。刘志仁就有些疑心。今日做出人命来。赵监生使着沈家不疼的银子来衙门打点，把苏氏买成死罪，天理何在？踌躇一会，『我下监去看看。』那禁子正在那里逼玉姐要灯油钱。志仁喝退众人，将温言宽慰玉姐，问其冤情。玉姐垂泪拜诉来历。志仁见四旁无人，遂将赵监生与皮氏私情及王婆赎药始末，细说一遍。吩咐：『你且耐心守困，待后有机会，我指点你去叫冤。日逐饭食，我自供你。』玉姐再三拜谢。禁子见刘志仁做主，也不敢则声。此话搁过不题。

却说公子自到真定府为官，兴利除害，吏畏民悦。只是想念玉堂春，无刻不然。一日正在烦恼，家人来报，老奶奶家中送新奶奶来了。公子听说，接进家小，见了新人，口中不言，心内自思：『容貌到也齐整，怎及得玉堂春风趣？』当时摆了合欢宴，吃下合卺杯，毕姻之际，猛然想起多娇：『当初指望白头相守，谁知你嫁了沈洪，这官诰却被别人承受了。』虽然陪伴了刘氏夫人，心里还想着玉姐，因此不快。当夜中了伤寒。又想当初与玉姐别时，发下誓愿，各不嫁娶。心下疑惑，合眼就见玉姐在旁。刘夫人遣人到处祈禳，府县官都来问安，请名药切脉调治。一月之外，才得痊可。

公子在任年余，官声大著，行取到京。吏部考选天下官员，公子在部点名已毕，回到下处，焚香祷告天地，只愿山西为官，好访问玉堂春消息。须臾马上人来报：『王爷点了山西巡按。』公子听说，两手加额：『趁我平生之愿矣。』次日领了敕印，辞朝，连夜起马，往山西省城上任讫。即时发牌，先出巡平阳府。公子到平阳府，坐了察院，观看文卷。见苏氏玉堂春问了重刑，心内惊慌，其中必有蹊跷。随叫书吏过来：『选一个能干事的，跟着我私行采访。你众人在内，不可走漏消息。』公子时下换了素巾青衣，随跟书吏，暗暗出了察院。雇了两个骡子，往洪同县路上来。这赶脚的小伙，在路上闲问：『二位客官往洪同县有甚贵干？』公子说：『我来洪同县要娶个妾，不知谁会说媒？』小伙说：『你又说娶小，俺县里一个财主，因娶了个小，害了性命。』公子问：『怎的害了性命？』小伙说：『这财主叫沈洪，妇人叫做玉堂春。他是京里娶来的。他那大老婆皮氏与那邻家赵昂私通，怕那汉子回来知道，一服毒药把沈洪药死了。这皮氏与赵昂反把玉堂春送到本县，将银买嘱官府衙门，将玉堂春屈打成招，问了死罪，送在监里。若不是亏了一个外郎，几时便死了。』公子又问：『那玉堂春如今在监死了？』小伙说：『不曾。』公子说：『我要娶个小，你说可投着谁做谋？』小伙说：『我送你往王婆家去罢，他极会说媒。』公子说：『你怎知道他会说媒？』小伙说：『赵昂与皮氏都是他做牵头。』公子说：『如今下他家里罢。』小伙竟引到王婆家里，叫声：『干娘！我送个客官在你家来，这客官要娶个小，你可与他说媒。』王婆说：『累你，我转了钱来，谢你。』小伙自去了。公子夜间与王婆攀话。见他能言快语，是个积年的马泊六了。到了天明，又到赵监生前后门看了一遍，与沈洪家紧壁相通，可知做事方便。回来吃了早饭，还了王婆店钱，说：『我不曾带得财礼，到省下回来，再作商议。』公子出的门来，雇了骡子，星夜回到省城，到晚进了察院，不题。

次早，星火发牌，按临洪同县。各官参见过，吩咐就要审录。王知县回县，叫刑房吏书，即将文卷审册，连夜开写停当，明日送审不题。

却说刘志仁与玉姐写了一张冤状，暗藏在身，到次日清晨，王知县坐在监门首，把应解犯人点将出来。玉姐披枷带锁，眼泪纷纷。随解子到了察院门首，伺候开门。巡捕官回风已毕，解审牌出。公子先唤苏氏一起。玉姐口称冤枉，探怀中诉状呈上。公子抬头见玉姐这般模样，心中凄惨，叫听事官接上状来。公子看了一遍，问说：『你从小嫁沈洪，可还接了几年客？』玉姐说：『爷爷！我从小接着一个公子，他是南京礼部尚书三舍人。』公子怕他说出丑处。喝声：『住了，我今只问你谋杀人命事，不消多讲。』玉姐说：『爷爷！若杀人的事，只问皮氏便知。』公子叫皮氏问了一遍。玉姐又说了一遍。公子吩咐刘推官道：『闻知你公正廉能，不肯枉法徇私。我来到任，尚未出巡，先到洪同县访得这皮氏药死亲夫，累苏氏受屈，你与我把这事情用心问断。』说罢，公子退堂。刘推官回衙升堂，就叫：『苏氏，你谋杀亲夫，是何意故？』玉姐说：『冤屈！分明是皮氏串通王婆，和赵监生合计毒死男子，县官要钱，逼勒成招。今日小妇拚死诉冤，望青天爷爷做主。』刘爷叫皂隶把皮氏采上来，问：『你与赵昂奸情可真么？』皮氏抵赖没有。刘爷即时拿赵昂和王婆到来面对。用了一番刑法，却不肯招。刘爷又叫小段名：『你送面与家主吃，必然知情！』喝教夹起。小段名说：『爷爷，我说罢！那日的面，是俺娘亲手盛起，叫小妇人送与爹爹吃。小妇人送到西厅，爹叫新娘同吃。新娘关着门，不肯起身，回道：「不要吃。」俺爹自家吃了。即时口鼻流血死了。』刘爷又问赵昂奸情。小段名也说了。赵昂说：『这是苏氏买来的硬证。』刘爷沉吟了一会，把皮氏这一起分头送监，叫一书吏过来：『这起泼发奴才，苦不肯招。我如今要用一计，用一个大柜，放在丹墀内，凿几个孔儿，我执纸笔暗藏在内，不要走漏消息。我再提来问他，不招，即把他们锁在柜左柜右，看他有什么说话，你与我用心写来。』刘爷吩咐已毕，书吏即办一大柜，放在丹墀，藏身于内。刘爷又叫皂隶，把皮氏一起提来再审。又问：『招也不招？』赵昂、皮氏、王婆三人齐声哀告，说：『就打死小的那呈招？』刘爷大怒，吩咐：『你众人各自去吃饭来，把这起奴才着实拷问。把他放在丹墀里，连小段名四人锁于四处。不许他交头接耳。』皂隶把这四人锁在柜的四角。众人尽散。却说皮氏抬起头来，四顾无人，便骂：『小段名！小奴才！你如何乱讲？今日再乱讲时，到家中活敲杀你。』小段名说：『不是夹得疼，我也不说。』王婆便叫：『皮大姐，我也受这刑杖不过，等刘爷出来，说了罢。』赵昂说：『好娘，我那些亏着你，倘捱出官司去，我百般孝顺我，即把你做亲母。』王婆说：『我再不听你哄我。叫我圆成了，认我做亲娘；许我两石麦，还欠八升；许我一石米，都下了糠秕；缎衣两套，止与我一条蓝布裙；许我好房子，不曾得住。你干的事，没天理，教我只管与你熬刑受苦。』皮氏说：『老娘，这遭出去，不敢忘你恩，捱过今日不招，便没事了。』柜里书吏把他说的话尽记了，写在纸上。刘爷升堂，先叫打开柜子。书吏跪将出来，众人都唬软了。刘爷看了书吏所录口词，再要拷问，三人都不打自招。赵昂从头依直写得明白。各各画供已完，递至公案。刘爷看了一遍。问苏氏：『你可从幼为娼，还是良家出身？』苏氏将苏淮买良为贱，先遇王尚书公子，挥金三万，后被老鸨一秤金赶逐，将奴赚卖与沈洪为妾，一路未曾同睡，备细说了。刘推官情知王公子就是本院。提笔定罪：

皮氏凌迟处死，赵昂斩罪非轻。王婆赎药是通情，杖责段名示警。王县官贪酷罢职，追赃不恕衙门。苏淮买良为贱合充军，一秤金三月立枷罪定。

刘爷做完申文，把皮氏一起俱已收监。次日亲捧招详，送解察院。公子依拟，留刘推官后堂待茶，问：『苏氏如何发放？』刘推官答言：

『发还原籍，择夫另嫁。』公子屏去从人，与刘推官吐胆倾心，备述少年设誓之意：『今日烦贤府密地差人送至北京王银匠处暂居，足感足感。』刘推官领命奉行，自不必说。

却说公子行下关文，到北京本司院提到苏淮、一秤金依律问罪。苏淮已先故了。一秤金认得是公子，还叫：『王姐夫。』被公子喝教重打六十，取一百斤大枷枷号。不勾半月，呜呼哀哉！正是：

万两黄金难买命，一朝红粉已成灰。

再说公子一年任满，复命还京。见朝已过，便到王匠处问信。王匠说有金哥伏侍，在顶银胡同居住。公子即往顶银胡同，见了玉姐。二人放声大哭。公子已知玉姐守节之美，玉姐已知王御史就是公子，彼此称谢。公子说：『我父母娶了个刘氏夫人，甚是贤德，他也知道你的事情，决不妒忌。』当夜同饮同宿，浓如胶漆。次日，王匠、金哥都来磕头贺喜。公子谢二人昔日之恩，吩咐：本司院苏淮家当原是玉堂春置办的，今苏淮夫妇已绝，将遗下家财，拨与王匠、金哥二人管业，以报其德。上了个省亲本，辞朝和玉堂春起马共回南京。到了自家门首，把门人急报老爷说：『小老爷到了。』老爷听说甚喜。公子进到厅上，排了香案，拜谢天地，拜了父母兄嫂，两位姐夫姐姐都相见了。又引玉堂春见礼已毕。玉姐进房，见了刘氏说：『奶奶坐上，受我一拜。』刘氏说：『姐姐怎说这话？你在先，奴在后。』玉姐说：『奶奶是名门宦家之子，奴是烟花，出身微贱。』公子喜不自胜。当日正了妻妾之分，姊妹相称，一家和气。公子又叫：『王定，你当先在北京三番四复规谏我，乃是正理，我今与老老爷说将你做老管家。』以百金赏之。后来王景隆官至都御史，妻妾俱有子，至今子孙繁盛。有诗叹云：

郑氏元和已著名，三官嫖院是新闻；风流子弟知多少，夫贵妻荣有几人？

第二十五卷

桂员外途穷忏悔

交游谁似古人情？春梦秋云未可凭。沟壑不援徒泛爱，寒暄有问但虚名。陈雷义重逾胶漆，管鲍贫交托死生。此道今人弃如土，岁寒惟有竹松盟。

话说元朝大顺年间，江南苏州府吴趋坊，有一长者，姓施名济字近仁。其父施鉴，字公明，为人谨厚志诚，治家勤俭，不肯妄费一钱。生施济时，年已五十余矣。鉴晚岁得子，爱惜如金。年八岁，送与里中支学究先生馆中读书。先生见他聪秀，与己子支德年齿相仿，遂令同桌而坐。那时馆中学生虽多，长幼不一，偏他两个聪明好学，文艺日进。后支学究得病而亡，施济禀知父亲，邀支德馆谷于家，彼此切磋，甚相契爱。未几，同游庠序，齐赴科场。支家得第为官，施家屡试不捷。乃散财结客，周贫恤寡，欲以豪侠成名于世。父亲施鉴是个本分财主，惜粪如金的，见儿子挥金不吝，未免心疼。惟恐他将家财散尽，去后萧索，乃密将黄白之物，埋藏于地窖中，如此数处，不使人知，待等天年，才授与儿子。从来财主家往往有此。正是：

常将有日思无日，莫待无时思有时。

那施公平昔若是常患头疼腹痛，三好两歉的，到老来也自判个死日，就是平昔间没病，临老来伏床半月或十日，儿子朝夕在面前奉侍汤药，那地窖中的话儿却也说了。只为他年已九十有余，兀自精神健旺，饮啖兼人，步履如飞，不匡一夕五更睡去，就不醒了。虽唤做吉祥而逝，却不曾有片言遗嘱。常言说得好：

三寸气在千般用，一旦无常万事休。

那施济是有志学好的人，少不得殡殓祭葬，务从其厚。

其时施济年逾四十，尚未生子，三年孝满，妻严氏劝令置妾。施济不从，发心持诵《白衣观音经》，并刊本布施，许愿：『生子之日，舍百金修盖殿宇。』期年之后严氏得孕，果生一男。三朝剃头，夫妻说起还愿之事，遂取名施还。到弥月做了汤饼会。施济对浑家说，收拾了三百两银了，来到虎丘山水月观音殿上烧香礼拜。正欲唤主僧嘱托修殿之事，忽闻下面有人哭泣之声。仔细听之，其声甚惨。施济下殿，走到千人石上观看。只见一人坐在剑池边，望着池水，呜咽不止。上前看时，认得其人姓桂名富五，幼年间一条街上居住，曾同在支先生馆中读书。不一年，桂家父母移居胥口，以便耕种，桂生就出学去了，后来也曾相会几次。有十余年不相闻了，何期今日得遇？施公吃了一惊，唤起相见，问其缘故。桂生只是堕泪，口不能言。施公心怀不忍，一手挽住，拉到观音殿上来问道：『桂兄有何伤痛？倘然见教，小弟或可分忧。』桂富五初时不肯说，被再三盘诘，只得吐实道：『某祖遗有屋一所，田百亩，自耕自食，尽可糊口。不幸惑于人言，谓农夫利薄，商贩利厚。将薄产抵借李平章府中，本银三百两，贩纱缎往燕京。岂料运蹇时乖，连走几遍，本利俱耗。宦家索债，如狼似虎，利上盘利，将田房家私尽数估计。一妻二子，亦为其所有，尚然未足，要逼某扳害亲戚赔补。某情极，夜间逃出，思量无路，欲投涧水中自尽，是以悲泣耳。』施公恻然道：『吾兄勿忧，吾适带修殿银三百两在此，且移以相赠，使君夫妻父子团圆何如？』桂生惊道：『足下莫非戏言乎？』施公大笑道：『君非有求于我，何戏之有？我与君交虽不深，然幼年曾有同窗之雅。每见吴下风俗恶薄，见朋友患难，虚言抚慰，曾无一毫实惠之加，甚则面是背非，幸灾乐祸，此吾平时所深恨者。况君今日之祸，波及妻子。吾向苦无子，今生子仅弥月，祈佛保佑，愿其长成。君有子而弃之他人，玷辱门风，吾何忍见之！吾之此言，实出肺腑。』遂开箧取银三百两，双手递与桂生。桂生还不敢便接，说道：『足下既念旧情，肯相周济，愿留借券，倘有好日，定当报补。』施公道：『吾怜君而相赠，岂望报乎？君可速归，恐尊嫂悬悬而望也。』桂生喜出望外，做梦也想不到此。接银在手，不觉屈膝下拜。施济慌忙扶起。桂生垂泪道：『某一家骨肉，皆足下所再造，虽重生父母不及此恩。三日后，定当踵门叩谢。』又向观音大士前磕头说誓道：『某受施君活命之恩，今生倘不得补答，来生亦作犬马相报。』欢欢喜喜的下山去了。后人有诗赞施君之德：

谊高矜厄且怜贫，三百朱提贱似尘。试问当今有力者，同窗谁念幼时人？

施公对主僧说道：『带来修殿的银子，别有急用挪去，来日奉补。』主僧道：『迟一日不妨事。』施济回家，将此事述与严氏知道。严氏亦不以为怪。次日另凑银三百两，差人送去水月观音殿，完了愿心。到第三日，桂生领了十二岁的长儿桂高，亲自到门拜谢。施济见了他父子一处，愈加欢喜，殷勤接待，酒食留款，从容问其偿债之事。桂生答道：『自蒙恩人所赐，已足本钱，奈渠将利盘算，田产尽数收去，止落得一家骨肉完聚耳。』说罢，泪如雨下。施济道：『君家至亲数口，今后如何活计？』桂生道：『身居口食，一无所赖，家世衣冠，羞在故乡出丑，只得往地方外郡，佣工趁食。』施公道：『为人须为彻，胥门外吾有桑枣园一所，茆屋数间，园边有田十亩，勤于树艺，尽可度日。倘足下不嫌淡泊，就此暂过几时何如？』桂生道：『若得如此，免作他乡饿鬼。只是前施未报，又叨恩赐，深有未安。某有二子，长年十二，次年十一，但凭所爱，留一个服侍恩人，少尽犬马之意，譬如服役于豪宦也。』施公道：『吾既与君为友，君之子即吾之子，岂有此理？』当唤小厮取皇历看个吉日，教他入宅。一面差人吩咐看园的老仆，教他打扫房屋洁净，至期交割与桂家管业。桂生命儿子拜谢了恩人。桂高朝上磕头，施公要还礼，却被桂生扶住，只得受了。桂生连唱了七八个喏，千恩万谢，同儿子相别而去。到移居之日，施家又送些糕米钱帛之类。分明是：

从空伸出拿云手，提起天罗地网人。

过了数日，桂生备了四个盒子，无非是时新果品，肥鸡巨鲫，教浑家孙大嫂乘轿亲到施家称谢。严氏备饭留款。那孙大嫂能言快语，谗谄面谀。严氏初相会便说得着，与他如姊妹一般。更有一件奇事，连施家未周岁的小官人，一见了孙大嫂也自欢喜，就赖在身上要他抱。大嫂道：『不瞒姆姆说，奴家见有身孕，抱不得小官人。』原来有这个俗忌，大凡怀胎的抱了孩子家，那孩子就坏了脾胃，要出青粪，谓之『受记』，直到产后方痊。严氏道：『不知婶婶且喜几个月了？』大嫂道：『五个足月了。』严氏把十指一轮道：『去年十二月内受胎的，今年九月间该产。婶婶有过了两位令郎了，若今番生下女儿，奴与姆姆结个儿女亲家。』大嫂道：『多承姆姆不弃，只怕扳高不来。』当日说话，直到晚方别。大嫂回家，将严氏所言，述了一遍。丈夫听了，各各欢喜，只愿生下女儿，结得此姻，一生有靠。光阴似箭，不觉九月初旬，孙大嫂果然产下一女，施家又遣人送柴米，严氏又差女使去问安。其时只当亲眷往来，情好甚密，这话搁过不题。

却说桑枣园中有银杏一棵，大数十围，相传有『福德五圣之神』栖止其上。园丁每年腊月初一日，于树下烧纸钱奠酒。桂生晓得有这旧规，也是他命运合当发迹，其年正当烧纸，忽见有白老鼠一个，绕树走了一遍，径钻在树底下去，不见了。桂生看时，只见树根浮起处有个盏大的窍穴，那白老鼠兀自在穴边张望。桂生说与浑家，莫非这老鼠是神道现灵？孙大嫂道：『鸟瘦毛长，人贫就智短了。常听人说金蛇是金，白鼠是银，却没有神道变鼠的话。或者树下窖得有钱财，皇天可怜，见我夫妻贫苦，故教白鼠出现，也不见得。你明日可往胥门童瞎子家起一当家宅课，看财爻发动也不？』桂生平日惯听老婆舌的，明日起早，真个到童瞎子铺中起课，断得有十分财采。夫妻商议停当，买猪头祭献藏神。二更人静，两口儿两把锄头，照树根下窍穴开将下去。约有三尺深，发起小方砖一块，砖下磁坛三个，坛口铺着米，都烂了。拨开米下边，都是白物。原来银子埋在土中，得了米便不走。夫妻二人叫声惭愧，四只手将银子搬尽。不动那磁坛，依旧盖砖掩土。二人回到房中，看那东西，约一千五百金。桂生算计要将三百两还施氏所赠之数，余下的将来营运。孙大嫂道：『却使不得。』桂生问道：『为何？』孙大嫂道：『施氏知我赤贫来此，倘问这三百金从何而得，反生疑心。若知是银杏树下掘得的，原是他园中之物，祖上所遗，凭他说三千四千，你那里分辩？和盘托出，还只嫌少，不惟不见我们好心，反成不美。』桂生道：『若依贤妻所见如何？』孙大嫂道：『这十亩田，几株桑枣，了不得你我终身之事。幸天赐藏金，何不于他乡私下置些产业，慢慢地脱身，自做个财主。那时报他之德，彼此见好。』桂生道：『有智妇人，胜如男子。你说的是。我有远房亲族在会稽地方，向因家贫久不来往。今携千金而去，料不慢我。我在彼处置办良田美产，每岁往收花利，盘放几年，怕不做个大大财主。』商量已定，到来春，推说浙中访亲，私自置下田产，托人收放，每年去算帐一次。回时旧衣旧裳，不露出有钱的本相。如此五年，桂生在绍兴府会稽县已做个大家事，住房都买下了，只瞒得施家不知。忽一日两家儿女同时出痘，施济请医看了自家儿子，就教去看桂家女儿，此时只当亲媳妇一般。大幸痘都好了。里中有个李老儿，号梅轩者，素在施家来往。遂邀亲邻醵钱与施公把盏贺喜，桂生亦与席。施济又题起亲事，李梅轩自请为媒，众人都玉成其美。桂生心下也情愿，回家与浑家孙大嫂商量。大嫂道：『自古说「慈不掌兵，义不掌财」。施生虽是好人，却是为仁不富，家事也渐渐消乏不如前了。我的人家都做在会稽地面，到彼攀个高门，这些田产也有个依靠。』桂生道：『贤妻说得是。只是他一团美意，将何推托？』大嫂道：『你只推门衰祚薄，攀陪不起就是。倘若他定要做亲，只说儿女年幼，等他长大行聘未迟。』古人说得好：『人心不足蛇吞象。』当初贫困之日，低门扳高，求之不得，如今掘藏发迹了，反嫌好道歉起来。

只因上岸身安稳，忘却从前落水时。

施济是个正直之人，只道他真个谦逊，并不疑有他故。

荏苒光阴，又过了三年。施济忽遘一疾，医治不痊，呜呼哀哉了。殡殓之事不必细说。桂富五的浑家撺掇丈夫，乘此机会早为脱身之计。乃具只鸡斗酒，夫妇齐往施家吊奠。桂生拜奠过了先回，孙大嫂留身向严氏道：『拙夫向蒙恩人救拔，朝夕感念，犬马之报尚未少申。今恩人身故，愚夫妇何敢久占府上之田庐？宁可转徙他方，别图生计。今日就来告别。』严氏道：『婶婶何出此言！先夫虽则去世，奴家亦可做主。孤苦中正要婶婶时常伴话，何忍舍我而去！』大嫂道：『奴家也舍不得姆姆。但非亲非故，白占寡妇田房，被人议论，日后郎君长大，少不得要吐还的。不如早达时务，善始善终，全了恩人生前一段美意。』严氏苦留不住，各各流泪而别。桂生挈家搬往会稽居住，恍似开笼放鸟，一去不回。

再说施家，自从施济存日，好施乐善，囊中已空虚了。又经这番丧中之费，不免欠下些债负。那严氏又是贤德有余才干不足的，守着数岁的孤儿撑持不定，把田产逐渐弃了。不勾五六年，资财罄尽，不能度日，童仆俱已逃散。常言『吉人天相，绝处逢生』。恰好遇一个人从任所回来。那人姓支名德，从小与施济同窗读书，一举成名，剔历外任，官至四川路参政。此时元顺帝至正年间，小人用事，朝政日紊。支德不愿为官，致政而归。闻施济故后，家日贫落，心甚不忍，特地登门吊唁。孤子施还出迎，年甫垂髫，进退有礼。支翁问：『曾聘妇否？』施还答言：『先人薄业已罄，老母甘旨尚缺，何暇及此！』支翁潸然泪下道：『令先公忧人之忧，乐人之乐，此天地间有数好人，天理若不泯，子孙必然昌盛。某忝在窗谊，因久宦远方，不能分忧共患，乃令先公之罪人也。某有爱女一十三岁，与贤侄年颇相宜，欲遣媒妁与令堂夫人议姻，万望先为道达，是必勿拒！』施还拜谢，口称『不敢』。次日，支翁差家人持金钱币帛之礼，同媒人往聘施氏子为养婿。严氏感其美意，只得依允。施还择日过门，拜岳父岳母，就留在馆中读书，延明师以教之。又念亲母严氏在家，薪水不给，担柴送米，每十日令其子归省一次。严氏母子感恩非浅。后人评论世俗倚富欺贫，已定下婚姻犹有图赖者，况以宦家之爱女下赘贫友之孤儿，支翁真盛德之人也！这才是：

钱财如粪土，仁义值千金。

说那支翁虽然屡任，立意做清官的，所以宦囊甚薄。又添了女婿一家供给，力量甚是勉强。偶有人来说及桂富五在桑枣园搬去会稽县，造化发财，良田美宅，何止万贯，如今改名桂迁，外人都称为桂员外。支翁是晓得前因的，听得此言，遂向女婿说知：『当初桂富五受你家恩惠不一而足，别的不算，只替他偿债一主，就是三百两，如今他发迹之日，不来看顾你，一定不知你家落薄如此。贤婿若往会稽投奔他，必然厚赠，此乃分内之财，谅他家也巴不得你去的，可与亲母计议。』施还回家，对母亲说了。严氏道：『若桂家果然发迹，必不负我。但当初你尚年幼，不知中间许多情节，他的浑家孙大娘与我有姊妹情分。我与你同去，倘男子汉出外去了，我就好到他内里说话。』施还回复了，支翁以盘费相赠，又作书与桂迁，自叙同窗之谊，嘱他看顾施氏母子二人。当下买舟，径往绍兴会稽县来。问：『桂迁员外家居何处？』有人指引道：『在西门城内，大街上，第一带高楼房就是。』施还就西门外下个饭店。次日严氏留止店中，施还写个通家晚辈的名刺，带了支公的书信，进城到桂迁家来。门景甚是整齐，但见：

门楼高耸，屋宇轩昂，花木点缀庭中，桌椅摆列堂上。一条甬道花砖砌，三尺高阶琢石成。苍头出入，无非是管屋管田；小户登门，不过是还租还债。桑枣园中掘藏客，会稽县里起家人。

施小官人见桂家门庭赫奕，心中私喜：『这番投人投得着了。』守门的问了来历，收了书帖，引到仪门之外，一座照厅内坐下。厅内匾额题『知稼堂』三字，乃名人杨铁崖之笔。名帖传进许久，不见动静。伺候约有两个时辰，只听得仪门开响，履声阁阁，从中堂而出。施还料道必是主人，乃重整衣冠，鹄立于槛外。良久不见出来。施还引领于仪门内窥觑，只见桂迁峨冠华服，立于中庭，从者十余人环侍左右。桂迁东指西画，处分家事，僮仆去了一辈又来一辈，也有领差的，也有回话的，说一个不了。约莫又有一个时辰，僮仆方散。管门的禀复有客候见，员外问道：『在那里？』答言：『在照厅。』桂迁不说请进，一步步踱出仪门，径到照厅来。施还鞠躬出迎，作揖过了。桂迁把眼一瞅，故意问道：『足下何人？』施还道：『小子长洲施还，号近仁的就是先父。因与老叔昔年有通家之好，久疏问候，特来奉谒。请老叔上坐，小侄有一拜。』桂迁也不叙寒温，连声道：『不消不消。』看坐唤茶已毕，就吩咐小童留饭。施还却又暗暗欢喜。施还开口道：『家母候老婶母万福，见在旅舍，先遣小子通知。』论起昔日受知深处，就该说『既然老夫人在此，请到舍中与拙荆相会』，桂迁口中唯唯，全不招架。少停，童子报午饭已备。桂生就教摆在照厅内。只一张桌子，却是上下两桌嗄饭。施还谦让不肯上坐，把椅拖在傍边，桂迁也不来安正。桂迁问道：『舍人青年几何？』施还答道：『昔老叔去苏之时，不肖年方八岁。承垂吊赐奠，家母至今感激。今奉别又已六年，不肖门户贫落，老叔福祉日臻，盛衰悬绝，使人欣羡不已。』桂迁但首肯，不答一词。酒至三巡，施还道：『不肖量窄，况家母见在旅舍悬望，不敢多饮。』桂迁又不招架，道：『既然少饮，快取饭来！』吃饭已毕，并不题起昔日交情，亦不问及家常之事。施还忍不住了，只得微露其意，道：『不肖幼时侍坐于先君之侧，常听得先君说：生平窗友只有老叔亲密，此时就说老叔后来决然大发的。家母亦常称老婶母贤德，有仁有义。幸而先年老叔在敝园暂居之时，寒家并不曾怠慢，不然今日亦无颜至此。』桂迁低眉摇手，嘿然不答。施还又道：『昔日虎丘水月观音殿与先君相会之事，想老叔也还记得？』桂迁恐怕又说，慌忙道：『足下来意，我已悉知，不必多言，恐他人闻之，为吾之羞也。』说罢，先立起身来，施还只得告辞道：『暂别台颜，来日再来奉候。』桂迁送至门外，举手而退。正是：

别人求我三春雨，我去求人六月霜。

话分两头，却说严氏在旅店中悬悬而待，道：『桂家必然遣人迎我。』怪其来迟，倚闾而望。只见小舍人怏怏回来，备述相见时的态度言语。严氏不觉双泪交流，骂道：『桂富五，你不记得跳剑池的时节么？』正要数一数二的叫骂出来，小舍人急忙劝住道：『今日求人之际，且莫说尽情话。他既知我母子的来意，必然有个处法。当初曾在观音面前设誓，「犬马相报」，料不食言。待孩儿明日再往，看他如何？』严氏叹口气，只得含忍过了一夜。次日，施还起早便往桂家门首候见。谁知桂迁自见了施小官人之后，却也腹中打藁，要厚赠他母子回去。其奈孙大嫂立意阻挡道：『「接人要一世，怪人只一次。」搅了这野火上门，他吃了甜头，只管思想，惜草留根，到是个月月红了。就是他当初有些好处到我，他是一概行善，若干人沾了他的恩惠，不独我们一家；千人吃药，靠着一人还钱，我们当恁般晦气？若是有天理时，似恁地做好人的千年发迹，万年财主，不到这个地位了！如今的世界，还是硬心肠的得便宜，贴人不富，连自家都穷了。』桂迁道：『贤妻说得是。只是他母子来一场，又有同窗支老先生的书，如何打发他动身？』孙大嫂道：『支家的书不知是真是假，当初在姑苏时不见有什么支乡宦扶持了我，如今却来通书！他既然怜贫恤寡，何不损已财？这样书一万封也休作准。你去吩咐门上，如今这穷鬼来时不要招接他。等得兴尽心灰，多少赍发些盘费着他回去。「头醋不酸，二醋不辣」，没什么想头，下次再不来缠了。』只一套话说得桂迁：

恶心孔重透一个窟窿，黑肚肠重打三重跎跶。

施还在门上候了多时，守门的推三阻四不肯与他传达。再催促他时，佯佯的走开去了。那小官人且羞且怒，揎衣露臂，面赤高声，发作道：『我施某也不是无因至此的，「行得春风，指望夏雨！」当初我们做财主时节，也有人求我来，却不曾恁般怠慢人……』骂犹未绝，只见一位郎君衣冠齐整，自外而入。问骂者何人？施还不认得那位郎君，整衣向前道：『姑苏施某……』言未毕，那郎君慌忙作揖道：『原来是故人，别来已久，各不相识矣。昨家君备述足下来意，正在措置，足下遽发大怒，何性急如此？今亦不难，当即与家君说知，来日便有设处。』施还方知那郎君就是桂家长子桂高。见他说话入耳，自悔失言，方欲再诉衷曲，那郎君不别，竟自进门去了。施还见其无礼，忿气愈加，又指望他来日设处，只得含泪而归，详细述于母亲严氏。严氏复劝道：『我母子数百里投人，分宜谦下，常将和气为先，勿骋锐气致触其怒。』到次早，严氏又叮嘱道：『此去须要谦和，也不可过有所求，只还得原借三百金回家，也好过日。』施还领了母亲教训，再到桂家，鞠躬屏气，立于门首。只见僮仆出入自如，昨日守门的已不见了。小舍人站了半日，只得扯着一个年长的仆者问道：『小生姑苏施还，求见员外两日了，烦通报一声！』那仆者道：『员外宿酒未醒，此时正睡梦哩。』施还道：『不敢求见员外，只求大官人一见足矣。小生今日不是自来的，是大官人昨日面约来的。』仆者道：『大官人今早五鼓驾船往东庄催租去了。』施还道：『二官人也罢。』仆者道：『二官人在学堂攻书，不管闲事的。』那仆者一头说，一头就有人唤他说话，忙忙的奔去了。施还此时怒气填胸，一点无明火按纳不住，又想小人之言不可计较，家主未必如此，只得又忍气而待。须臾之间，只见仪门大开，桂迁在庭前乘马而出。施还迎住马头，鞠躬致敬，迁慢不为礼，以鞭指道：『你远来相投，我又不曾担搁你半月十日，如何便使性气恶言辱骂？本欲从厚，今不能矣。』回顾仆者：『将拜匣内大银二锭，打发施生去罢。』又道：『这二锭银子也念你先人之面，似你少年狂妄，想休分文赍发。如今有个盘缠，可速回去！』施还再要开口，桂迁马上扬鞭如飞去了。正是：

蝮蛇口中草，蝎子尾后针；两般犹未毒，最毒负心人。

那两锭银子只有二十两重，论起少年性子不希罕，就撇在地下去了。一来主人已去，二来只有来的使费，没有去的盘缠，没奈何，含着两眼珠泪，回店对娘说了。母子二人，看了这两锭银子，放声大哭。店家王婆见哭得悲切，问其缘故，严氏从头至尾泣诉了一遍。王婆道：『老安人且省愁烦，老身与孙大娘相熟，时常进去的。那大娘最和气会接待人，他们男子汉辜恩负义，妇道家怎晓得？既然老安人与大娘如此情厚，待老身去与老安人传信，说老安人在小店中，他必然相请。』严氏收泪而谢。又次日，王婆当一节好事，进桂家去报与孙大嫂知。孙大嫂道：『王婆休听他话，当先我员外生意不济时，果然曾借过他些小东西，本利都清还了。他自不会作家，把个大家事费尽了，却来这里打秋风。我员外好意款待他一席饭，送他二十两银子，是念他日前相处之情，别个也不能够如此，他倒说我欠下他债负未还。王婆，如今我也莫说有欠无欠，只问他把借契出来看，有一百还一百，有一千还一千。』王婆道：『大娘说得是。』王婆即忙转身，孙大嫂又唤转来，叫养娘封一两银子，又取帕子一方，道：『这些微之物，你与我送施家姆姆，表我的私敬，教他下次切不可再来，恐怕怠慢了伤了情分。』王婆听了这话，到疑心严老安人不是。回家去说：『孙大嫂千好万好，教老身寄礼物与老安人。』又道：『若有旧欠未清，教老安人将借契送去，照契本利不缺分毫。』严氏说当初原没有契书。那王婆看这三百两银子，山高海阔，怎么肯信。母子二人凄惶了一夜，天明算了店钱，起身回姑苏而来。正是：

人无喜事精神减，运到穷时落寞多。

严氏为桂家呕气，又路上往来受了劳碌，归家一病三月。施还寻医问卜，诸般不效，亡之命矣夫。衣衾棺椁，一事不办，只得将祖房绝卖与本县牛公子管业。那牛公子的父亲牛万户久在李平章门下用事，说事过钱，起家百万。公子倚势欺人，无所不至。他门下又有个用事的叫做郭刁儿，专一替他察访孤儿寡妇，便宜田产，半价收买。施还年幼，岳丈支公虽则乡绅，是个厚德长者，自己家事不屑照管，怎管得女婿之事。施小舍人急于求售，落其圈套，房产值数千金，郭刁儿于中议估，止值四百金。以百金压契，余俟出房后方交。施还想营葬迁居，其费甚多，百金不能济事，再三请益，只许加四十金。还勉支葬事，丘垄已成，所余无几。寻房子不来，牛公子雪片差人催促出屋。支翁看不过意，亲往谒牛公子，要与女婿说个方便。连去数次，并不接见。支翁道：『等他回拜时讲。』牛公子却蹈袭个阳货拜孔子之法，瞯亡而往。支翁回家。连忙又去，仍回不在家了。支翁大怒，与女婿说道：『那些市井之辈，不通情理，莫去求他。贤婿且就甥馆权住几时，待寻得房子时，从容议迁便了。』施还从岳父之言，要将家私什物权移到支家。先拆卸祖父卧房装摺，往支处修理。于乃祖房内天花板上得一小匣，重重封固，还开看之，别无他物，只有帐簿一本，内开：某处埋银若干，某处若干，如此数处，末写『九十翁公明亲笔』。还喜甚，纳诸袖中，吩咐众人且莫拆动。即诣支翁家商议。支翁看了帐簿道：『既如此，不必迁居了。』乃随婿到彼先发卧房槛下左柱磉边，簿上载内藏银二千两。果然不谬。遂将银一百四十两与牛公子赎房。公子执定前言，勒措不许。支翁遍求公子亲戚往说方便，公子索要加倍，度施家没有银子。谁知藏镪充然，一天平兑足二百八十两。公子没理得讲，只得收了银子，推说文契偶寻不出，再过一日送还。哄得施还转背，即将悔产事讼于本府。幸本府陈太守正直无私，素知牛公子之为人，又得支乡宦替女婿分诉明白。断令回赎原价一百四十两，外加契面银一十四两，其余一百二十六两追出助修学宫，文契追还施小官人，郭刁儿坐教唆问杖。牛公子羞变成怒，写家书一封，差家人往京师，捏造施家三世恶单，教父亲讨李平章关节，托嘱地方上司官，访拿施还出气。谁知人谋虽巧，天理难容，正是：

下水拖人他未溺，逆风点火自先烧。

那时元顺帝失政，红巾『贼』起，大肆劫掠。朝廷命枢密使咬咬征讨。李平章私受红巾『贼』贿赂，主张招安，事发，坐同逆系狱。穷治党与，牛万户系首名，该全家抄斩。顷刻有诏书下来。家人得了这个凶信，连夜奔回说了。牛公子惊慌，收拾细软家私，带妻携女，往海上避难。遇『叛寇』方国珍游兵，夺其妻妾金帛，公子刀下亡身，此乃作恶之报也。

却说施还自发了藏镪，赎产安居，照帐簿以次发掘，不爽分毫，得财巨万。只有内开桑枣园银杏树下埋藏一千五百两，止剩得三个空坛。只道神物化去，付之度外，亦不疑桂生之事。自此遍赎田产，又得支翁代为经理，重为富室。直待服阕成亲，不在话下。

再说桂员外在会稽为财主，因田多役重，官府生事侵渔，甚以为苦。近邻有尤生号尤滑稽，惯走京师，包揽事干，出入贵人门下。员外一日与他商及此事。尤生道：『何不入粟买官，一则冠盖荣身，二则官户免役，两得其便。』员外道：『不知所费几何？仗老兄斡旋则个！』尤生道：『此事吾所熟为，吴中许万户、卫千兵都是我替他干的，见今腰金衣紫，食禄千石。兄若要做时，敢不效劳，多不过三千，少则二千足矣。』桂生惑于其言，随将白金五十两付与尤生安家，又收拾三千余金，择日同尤生赴京。一路上尤生将甜言美语哄诱桂生，桂生深信，与之结为兄弟。一到京师，将三千金唾手付之，恣其所用。

只要乌纱上顶，那顾白镪空囊。

约过了半年，尤生来称贺道：『恭喜吾兄，旦夕为贵人矣！但时宰贪甚，凡百费十倍昔年，三千不够，必得五千金方可成事。』桂迁已费了三千金，只恐前功尽弃，遂托无生在势要家借银二千两，留下一半，以一千付尤生使用。又过了两三个月，忽有隶卒四人传命，新任亲军指使老爷请员外讲话。桂迁疑是堂官之流，问：『指使老爷何姓？』隶卒道：『到彼便知，今不可说。』桂迁急整衣冠，从四人到一大衙门。那老爷乌纱袍带，端坐公堂之上。二人跟定桂迁，二人先入报。少顷闻堂上传呼唤进。桂迁生平未入公门，心头突突地跳。军校指引到于堂檐之下，喝教跪拜，那官员全不答礼，从容说道：『前日所付之物，我已便宜借用，侥幸得官，相还有日，决不相负。但新任缺钱使用，知汝囊中尚有一千，可速借我，一并送还。』说罢，即命先前四卒：『押到下处取银回话。如或不从，仍押来受罪，决不轻贷。』桂迁被隶卒逼勒，只得将银交付去讫，敢怒而不敢言。明日，债主因桂生功名不就，执了文契取索原银。桂迁没奈何，特地差人回家变产，得二千余，加利偿还。桂迁受了这场屈气，没告诉处，羞回故里。又见尤滑稽乘马张盖，前呼后拥，眼红心热，忍耐不过，狠一声：『不是他，就是我！』往铁匠店里打下一把二尖利刀，藏于怀中，等尤生明日五鼓入朝，刺杀他了，便偿命也出了这口闷气。

事不关心，关心者乱，打点做这节非常的事，夜里就睡不着了。看见月光射窗，只道天明，慌忙起身，听得禁中鼓才三下，复身回来，坐以待旦。又捱了一个更次，心中按纳不住，持刀飞奔尤滑稽家来。其门尚闭，旁有一窦，自己立脚不住，不觉两手据地，钻入窦中。堂上灯烛辉煌，一老翁据案而坐，认得是施济模样。自觉羞惭，又被施公看见，不及躲避，欲与拱揖，手又伏地不能起，只得爬向膝前，摇尾而言：『向承看顾，感激不忘。前日令郎远来，因一时手头不便，不能从厚，非负心也，将来必当补报。』只见施君大喝道：『畜生讨死吃，只管吠做什么！』桂见施君不听其语，心中甚闷，忽见施还自内出来，乃衔衣献笑，谢昔怠慢之罪。施还骂道：『畜生作怪了！』一脚踢开。桂不敢分辩，俯首而行，不觉到厨房下。见施母严老安人坐于椅上，分派肉羹。桂闻肉香，乃左右跳跃良久，蹲足叩首，诉道：『向郎君性急，不能久待，以致老安人慢去，幸勿记怀！有余肉幸见赐一块。』只见严老母唤侍婢：『打这畜生开去。』养娘取灶内火叉在手，桂大惊，奔至后园，看见其妻孙大嫂与二子桂高、桂乔，及少女琼枝，都聚一处。细认之，都是犬形，回顾自己，亦化为犬。乃大骇，不觉垂泪，问其妻：『何至于此？』妻答道：『你不记得水月观音殿上所言乎？「今生若不能补答，来生誓作犬马相报。」冥中最重誓语，今负了施君之恩，受此果报，复何说也！』桂抱怨道：『当初桑枣园中掘得藏镪，我原要还施家债负，都听了你那不贤之妇，瞒昧入己。及至他母子远来相投，我又欲厚赠其行，你又一力阻挡。今日之苦，都是你作成我的。』其妻也骂道：『男子不听妇人言，我是妇人之见，谁教你句句依我？』二子上前劝解道：『既往不咎，徒伤和气耳。腹中馁甚，觅食要紧。』于是夫妻父子相牵，同至后园，绕鱼池而走。见有人粪，明知龌龊，因饿极姑嗅之，气息亦不恶。见妻与二儿攒聚先啖，不觉垂涎，试将舌舐，味觉甘美，但恨其少。忽有童儿来池边出恭，遂守其旁，儿去，所遗是干粪，以口咬之，误堕于池中，意甚可惜。忽闻疱人传主人之命，于诸犬中选肥壮者烹食。缚其长儿去，长儿哀叫甚惨。猛然惊醒，流汗浃背，乃是一梦，身子却在寓所，天已大明了。桂迁想起梦中之事，痴呆了半晌：『昔日我负施家，今日尤生负我，一般之理。只知责人，不知自责，天以此梦儆醒我也。』叹了一口气，弃刀于河内，急急束装而归，要与妻子商议，寻施氏母子报恩。

只因一梦多奇异，唤醒忘恩负义人。

桂员外自得了这个异梦，心绪如狂，从京师赶回家来，只见门庭冷落，寂无一人。步入中堂，见左边停有二柩，前设供桌，桌上有两个牌位，明写长男桂高，次男桂乔。心中大惊，莫非眼花么？双手拭眼，定睛观看，叫声：『苦也苦也！』早惊动了宅里，奔出三四个丫鬟养娘出来，见了家主便道：『来得好，大娘病重，正望着哩。』急得桂迁魂不附体，一步一跌进房，直到浑家床前。两个媳妇和女儿都守在床边，啼啼哭哭。见了员外不暇施礼，叫公的叫爹的乱做一堆，都道：『快来看视！』桂迁才叫得一声：『大娘！』只见浑家在枕上忽然倒插双眼，直视其夫道：『父亲如何今日方回？』桂迁知谵语，急叫：『大娘苏醒，我在此。』女儿媳妇都来叫唤，那病者睁目垂泪说：『父亲，我是你大儿子桂高，被万俟总管家打死，好苦呵！』桂迁惊问其故。又呜呜咽咽的哭道：『往事休题了。冥王以我家负施氏之恩，父亲曾有犬马之誓，我兄弟两个同母亲于明日往施家投于犬胎，一产三犬，二雄者我兄弟二人，其雌犬背有肉瘤者，即母亲也。父亲因阳寿未终，当在明年八月中亦托生施家做犬，以践前誓。惟妹子与施还缘分合为夫妇，独免此难耳。』桂见言与梦合，毛骨悚然，方欲再问，气已绝了。举家哀恸，一面差人治办后事。桂员外细叩女儿，二人致死及母病缘由。女儿答道：『自爹赴京后，二哥出外嫖赌，日费不资，私下将田庄陆续写与万俟总管府中，止收半价。一月前，病痨瘵身死。大哥不知卖田之情，往东庄取租，遇万俟府中家人，与他争竞，被他毒打一顿，登时呕血，抬回数日亦死。母亲向闻爹在京中为人诓骗，终日忧郁，又见两位哥哥相继而亡，痛伤难尽，望爹不归，郁成寒热之症。三日前疽发于背，遂昏迷不省人事。遍请医人看治，俱说难救。天幸爹回，送了母亲之终。』桂迁闻言，痛如刀割。延请僧众，作九昼夜功德，拔罪救苦。家人连日疲倦，遗失火烛，厅房楼房烧做一片白地，三口棺材尽为灰烬，不曾剩一块板头。桂迁与二媳一女仅以身免，叫天号地，唤祖呼宗，哭得眼红喉哑，昏绝数次。正是：

从前作过事，没兴一齐来。

常言道：『瘦骆驼强似象。』桂员外今日虽然颠沛，还有些余房剩产，变卖得金银若干。念二媳少年难守，送回母家，听其改嫁，童婢或送或卖，止带一房男女自随，两个养娘服事女儿。唤了船只直至姑苏，欲与施子续其姻好，兼有所赠。想施子如此赤贫，决然未娶，但不知漂流何所？且到彼旧居，一问便知。船到吴趋坊河下，桂迁先上岸，到施家门首一看，只见焕然一新，比往日更自齐整。心中有疑，这房子不知卖与何宅？收拾得恁般华美！问邻舍家：『旧时施小舍人今在何处？』邻舍道：『大宅里不是？』又问道：『他这几年家事如何？』邻舍将施母已故，及卖房以藏始末述了一遍。『如今且喜娶得支参政家小姐，才德兼全，甚会治家，夫妻好不和顺，家道日隆，比老官儿在日更不同了。』桂迁听说，又喜又惊，又羞又悔，欲待把女儿与他，他已有妻了；欲待不与，又难以赎罪；欲待进吊，又恐怕他不理；若不进吊，又求见无辞。踌躇再四，乃作寓于阊门，寻相识李梅轩托其通信，愿将女送施为侧室。梅轩道：『此事未可造次，当引足下相见了小舍人，然后徐议之。』明日，李翁同桂迁造于施门。李先入，述桂生家难，并达悔过求见之情。施还不允，李翁再三相劝，施还念李翁是父辈之交，被央不过，勉强接见。桂生羞惭满面，流汗沾衣，俯首请罪。施还问：『到此何事？』李翁代答道：『一来拜奠令先堂，二来求释罪于门下。』施还冷笑道：『谢固不必，奠亦不劳！』李翁道：『古人云「礼至不争」，桂先儿好意拜奠，休得固辞。』施还不得已，命苍头开了祠堂。桂迁陈设祭礼，下拜方毕，忽然有三只黑犬，从宅内出来，环绕桂迁，衔衣号叫，若有所言。其一犬背上果有肉瘤隐起，乃孙大嫂转生，余二犬乃其子也。桂迁思忆前梦，及浑家病中之言，轮回果报，确然不爽，哭倒在地。施还不知变犬之事，但见其哀痛，以为懊悔前非，不觉感动，乃彻奠留款，词气稍和。桂迁见施子旧憾释然，遂以往日曾与小女约婚为言。施还即变色入内，不复出来。桂迁返寓所，与女儿谈三犬之异，父女悲恸。

早知今日都成犬，却悔当初不做人！

次日，桂迁拉李翁再往，施还托病不出。一连去候四次，终不相见。桂迁计穷，只得请李翁到寓，将京中所梦，及浑家病中之言，始末备述，就唤女儿出来相见了。指道：『此女自出痘时便与施氏有约，如今悔之无及！然冥数已定，吾岂敢违。况我妻男并丧，无家可奔，倘得收吾女为婢妾，吾身杂僮仆，终身力作，以免犬报，吾愿毕矣。』说罢，涕泪交下。李翁怜悯其情，述于施还，劝之甚力。施还道：『我昔贫困时仗岳父周旋，毕姻后又赖吾妻综理家政，吾安能负之，更娶他人乎？且吾母怀恨身亡，此吾之仇家也，若与为姻眷，九泉之下何以慰吾母！此事断不可题起！』李翁道：『令岳翁诗礼世家，令阃必闲内则，以情告之，想无难色。况此女贤孝，昨闻祠堂三犬之异，彻夜悲啼，思以身赎母罪。取过门来，又是令阃一帮手，令先堂泉下闻之，必然欢喜。古人不念旧恶，绝人不欲已甚，郎君试与令岳翁商之！』施还方欲再却，忽支参政自内而出，道：『贤婿不必固辞，吾已备细闻之矣。此美事，吾女亦已乐从，即烦李翁作伐可也。……』言未毕，支氏已收拾金珠币帛之类，教丫鬟养娘送出以为聘资。李翁传命说合，择日过门。当初桂生欺负施家，不肯应承亲事，谁知如今不为妻反为妾，虽是女孩儿命薄，也是桂生欺心的现报。分明是：

周郎妙计高天下，赔了夫人又折兵。

那桂女性格温柔，能得支氏的欢喜，一妻一妾甚说得着。桂迁罄囊所有，造佛堂三间，朝夕侫佛持斋，养三犬于佛堂之内。桂女又每夜烧香为母兄忏悔。如此年余，忽梦母兄来辞：『幸仗佛力，已脱离罪业矣。』早起桂老来报，夜来三犬，一时俱死。桂女脱簪珥买地葬之，至今阊门城外有三犬冢。桂老逾年竟无恙，乃持斋悔罪之力。却说施还亏妻妾主持家事，专意读书，乡榜高中。桂老相伴至京。适值尤滑稽为亲军指挥使，受贿枉法，被言官所劾，拿送法司究问。途遇桂迁，悲惭伏地，自陈昔年欺诳之罪。其妻子跟随于后，向桂老叩头求助。桂迁慈心忽动，身边带有数金，悉以相赠。尤生叩头谢道：『今生无及，待来生为犬马相报。』桂老叹息而去。后闻尤生受刑不过，竟死于狱中。桂迁益信善恶果报，分毫不爽，坚心办道。是年，施还及第为官，妻妾随任，各生二子。桂迁养老于施家。至今施、支二姓，子孙蕃衍，为东吴名族。有诗为证：

桂迁悔过身无恙，施济行仁嗣果昌。奉劝世人行好事，皇天不佑负心郎！

唐解元一笑姻缘

三通鼓角四更鸡，日色高升月色低。时序秋冬又春夏，舟车南北复东西。镜中次第人颜老，世上参差事不齐。若向其间寻稳便，一壶浊酒一餐斋。

这八句诗乃吴中一个才子所作，那才子姓唐名寅，字伯虎。聪明盖地，学问包天，书画音乐，无有不通，词赋诗文，一挥便就。为人放浪不羁，有轻世傲物之志。生于苏郡，家住吴趋。做秀才时，曾效连珠体，做《花月吟》十余首，句句中有花有月。如『长空影动花迎月，深院人归月伴花』；『云破月窥花好处，夜深花睡月明中』等句，为人称颂。本府太守曹凤见之，深爱其才。值宗师科考，曹公以才名特荐。那宗师姓方名志，鄞县人，最不喜古文辞。闻唐寅恃才豪放，不修小节，正要坐名黜治。却得曹公一力保救，虽然免祸，却不放他科举。直至临场，曹公再三苦求，附一名于遗才之末。是科遂中了解元。

伯虎会试至京，文名益著，公卿皆折节下交，以识面为荣。有程詹事典试，颇开私径卖题，恐人议论，欲访一才名素著者为榜首，压服众心。得唐寅甚喜，许以会元。伯虎性素坦率，酒中便向人夸说：『今年我定做会元了。』众人已闻程詹事有私，又忌伯虎之才，哄传主司不公，言官风闻动本。圣旨不许程詹事阅卷，与唐寅俱下招狱，问革。

伯虎还乡，绝意功名，益放浪诗酒，人都称为唐解元。得唐解元诗文字画，片纸尺幅，如获重宝。其中惟画，尤其得意。平日心中喜怒哀乐，都寓之于丹青。每一画出，争以重价购之。有《言志》诗一绝为证：

不炼金丹不坐禅，不为商贾不耕田。闲来写幅丹青卖，不使人间作业钱。

却说苏州六门：葑、盘、胥、阊、娄、齐。那六门中只有阊门最盛，乃舟车辐辏之所。真个是：

翠袖三千楼上下，黄金百万水东西。五更市贩何曾绝，四远方言总不齐。

唐解元一日坐在阊门游船之上，就有许多斯文中人，慕名来拜，出扇求其字画。解元画了几笔水墨，写了几首绝句。那闻风而至者，其来愈多。解元不耐烦，命童子且把大杯斟酒来。解元倚窗独酌。忽见有画舫从旁摇过，舫中珠翠夺目，内有一青衣小鬟，眉目秀艳，体态绰约，舒头船外，注视解元，掩口而笑。须臾船过。解元神荡魂摇，问舟子：『可认得去的那只船么？』舟人答言：『此船乃无锡华学士府眷也。』解元欲尾其后，急呼小艇不至，心中如有所失。正要教童子去觅船，只见城中一只船儿，摇将出来。他也不管那船有载没载，把手相招，乱呼乱喊。那船渐渐至近，舱中一人，走出船头，叫声：『伯虎，你要到何处去？这般要紧！』解元打一看时，不是别人，却是好友王雅宜。便道：『急要答拜一远来朋友，故此要紧。兄的船往那里去？』雅宜道：『弟同两个舍亲到茅山去进香，数日方回。』解元道：『我也要到茅山进香，正没有人同去。如今只要趁便了。』雅宜道：『兄若要去，快些回家收拾。弟泊船在此相候。』解元道：『就去罢了，又回家做什么！』雅宜道：『香烛之类，也要备的。』解元道：『到那里去买罢！』遂打发童子回去，也不别这些求诗画的朋友，径跳过船来，与舱中朋友叙了礼，连呼：

『快些开船。』舟子知是唐解元，不敢怠慢，即忙撑篙摇橹。行不多时，望见这只画舫就在前面。解元吩咐船上，随着大船而行。众人不知其故，只得依他。次日到了无锡，见画舫摇进城里。解元道：『到了这里，若不取惠山泉也就俗了。』叫船家移舟，去惠山取了水，原到此处停泊，明日早行。『我们到城里略走一走，就来下船。』舟子答应自去。解元同雅宜三四人登岸，进了城，到那热闹的所在，撇了众人，独自一个去寻那画舫。却又不认得路径，东行西走，并不见些踪影。走了一回，穿出一条大街上来，忽听得呼喝之声。解元立住脚看时，只见十来个仆人前引一乘暖轿，自东而来，女从如云。自古道：『有缘千里能相会。』那女从之中，阊门所见青衣小鬟，正在其内。解元心中欢喜，远远相随，直到一座大门楼下，女使出迎，一拥而入。询之旁人，说是华学士府，适才轿中乃夫人也。解元得了实信，问路出城。恰好船上取了水才到。少顷，王雅宜等也来了。问：『解元那里去了？教我们寻得不耐烦！』解元道：『不知怎的，一挤就挤散了，又不认得路径，问了半日，方能到此。』并不题起此事。至夜半，忽于梦中狂呼，如魇魅之状。众人皆惊，唤醒问之。解元道：『适梦中见一金甲神人，持金杵击我，责我进香不虔。我叩头哀乞，愿斋戒一月，只身至山谢罪。天明，汝等开船自去，吾且暂回，不得相陪矣。』雅宜等信以为真。

至天明，恰好有一只小船来到，说是苏州去的。解元别了众人，跳上小船。行不多时，推说遗忘了东西，还要转来。袖中摸几文钱，赏了舟子，奋然登岸。到一饭店，办下旧衣破帽，将衣巾换讫，如穷汉之状。走至华府典铺内，以典钱为由，与主管相见。卑词下气，问主管道：『小子姓康，名宣，吴县人氏，颇善书，处一个小馆为生。近因拙妻亡故，又失了馆，孤身无活，欲投一大家充书办之役，未知府上用得否？倘收用时，不敢忘恩！』因于袖中取出细楷数行，与主管观看。主管看那字，写得甚是端楷可爱，答道：『待我晚间进府禀过老爷，明日你来讨回话。』是晚，主管果然将字样禀知学士。学士看了，夸道：『写得好，不似俗人之笔。明日可唤来见我。』次早，解元便到典中，主管引进解元拜见了学士。学士见其仪表不俗，问过了姓名住居。又问：『曾读书么？』解元道：『曾考过几遍童生，不得进学，经书还都记得。』学士问是何经。解元虽习《尚书》，其实五经俱通的，晓得学士习《周易》，就答应道：『《易经》。』学士大喜道：『我书房中写帖的不缺，可送公子处作伴读。』问他要多少身价。解元道：『身价不敢领，只要求些衣服穿。待后老爷中意时，赏一房好媳妇足矣。』学士更喜。就叫主管于典中寻几件随身衣服与他换了，改名华安。送至书馆，见了公子。公子教华安抄写文字。文字中有字句不妥的，华安私加改窜。公子见他改得好，大惊道：『你原来通文理，几时放下书本的？』华安道：『从来不曾旷学，但为贫所迫耳。』公子大喜。将自己日课教他改削。华安笔不停挥，真有点铁成金手段。有时题义疑难，华安就与公子讲解。若公子做不出时，华安就通篇代笔。先生见公子学问骤进，向主人夸奖。学士讨近作看了，摇头道：『此非孺子所及，若非抄写，必是倩人。』呼公子诘问其由。公子不敢隐瞒，说道：『曾经华安改窜。』学士大惊。唤华安到来，出题面试。华安不假思索，援笔立就，手捧所作呈上。学士见其手腕如玉，但左手有枝指。阅其文，词意兼美，字复精工，愈加欢喜道：『你时艺如此，想古作亦可观也！』乃留内书房掌书记。一应往来书札，授之以意，辄令代笔，烦简曲当，学士从未曾增减一字宠信日深，赏赐比众人加厚。华安时买酒食与书房诸童子共享，无不欢喜。因而潜访前所见青衣小鬟，其名秋香，乃夫人贴身伏侍，顷刻不离者。计无所出。乃因春暮，赋《黄莺儿》以自叹：

风雨送春归，杜鹃愁，花乱飞，青苔满院朱门闭。孤灯半垂，孤衾半敧，萧萧孤影汪汪泪。忆归期，相思未了，春梦绕天涯。

学士一日偶到华安房中，见壁间之词，知安所题，甚加称奖。但以为壮年鳏处，不无感伤，初不意其有所属意也。适典中主管病故，学士令华安暂摄其事。月余，出纳谨慎，毫忽无私。学士欲遂用为主管，嫌其孤身无室，难以重托。乃与夫人商议，呼媒婆欲为娶妇。华安将银三两，送与媒婆，央他禀知夫人说：『华安蒙老爷夫人提拔，复为置室，恩同天地。但恐外面小家之女，不习里面规矩。倘得于侍儿中择一人见配，此华安之愿也！』媒婆依言，禀知夫人。夫人对学士说了。学士道：『如此诚为两便。但华安初来时，不领身价，原指望一房好媳妇。今日又做了府中得力之人，倘然所配未中其意，难保其无他志也。不若唤他到中堂，将许多丫鬟听其自择。』夫人点头道是。

当晚夫人坐于中堂，灯烛辉煌，将丫鬟二十余人各盛饰装扮，排列两边，恰似一班仙女，簇拥着王母娘娘在瑶池之上。夫人传命唤华安。华安进了中堂，拜见了夫人。夫人道：『老爷说你小心得用，欲赏你一房妻小。这几个粗婢中，任你自择。』叫老姆姆携烛下去照他一照。华安就烛光之下，看了一回，虽然尽有标致的，那青衣小鬟不在其内。华安立于旁边，嘿然无语。夫人叫：『老姆姆，你去问华安：「那一个中你的意，就配与你。」』华安只不开言。夫人心中不乐，叫：『华安，你好大眼孔，难道我这些丫头就没个中你意的？』华安道：『复夫人，华安蒙夫人赐配，又许华安自择，这是旷古隆恩，粉身难报。只是夫人随身侍婢还来不齐，既蒙恩典，愿得尽观。』夫人笑道：『你敢是疑我有吝啬之意。也罢！房中那四个一发唤出来与他看看，满他的心愿。』原来那四个是有执事的，叫做：春媚，夏清，秋香，冬瑞。春媚，掌首饰脂粉。夏清，掌香炉茶灶。秋香，掌四时衣服。冬瑞，掌酒果食品。管家老姆姆传夫人之命。将四个唤出来。那四个不及更衣，随身妆束——秋香依旧青衣。老姆姆引出中堂，站立夫人背后。室中蜡炬，光明如昼。华安早已看见了，昔日丰姿，宛然在目。还不曾开口，那老姆姆知趣，先来问道：『可看中了谁？』华安心中明晓得是秋香，不敢说破，只将手指道：『若得穿青这一位小娘子，足遂生平。』夫人回顾秋香，微微而笑。叫华安且出去。华安回典铺中，一喜一惧，喜者机会甚好，惧者未曾上手，惟恐不成。偶见月明如昼，独步徘徊，吟诗一首：

徙倚无聊夜卧迟，绿杨风静鸟栖枝。难将心事和人说，说与青天明月知。

次日，夫人向学士说了。另收拾一所洁净房室，其床帐家伙，无物不备。又合家僮仆奉承他是新主管，担东送西，摆得一室之中，锦片相似。择了吉日，学士和夫人主婚。华安与秋香中堂双拜，鼓乐引至新房，合卺成婚，男欢女悦，自不必说。夜半，秋香向华安道：『与君颇面善，何处曾相会来？』华安道：『小娘子自去思想。』又过了几日，秋香忽问华安道：『向日阊门游船中看见的可就是你？』华安笑道：『是也。』秋香道：『若然，君非下贱之辈，何故屈身于此？』华安道：『吾为小娘子傍舟一笑，不能忘情，所以从权相就。』秋香道：『妾昔见诸少年拥君，出素扇纷求书画，君一概不理，倚窗酌酒，旁若无人。妾知君非凡品，故一笑耳。』华安道：『女子家能于流俗中识名士，诚红拂绿绮之流也！』秋香道：『此后于南门街上，似又会一次。』华安笑道：『好利害眼睛！果然果然。』秋香道：『你既非下流，实是什么样人？可将真姓名告我。』华安道：『我乃苏州唐解元也。与你三生有缘，得谐所愿。今夜既然说破，不可久留，欲与你图谐老之策，你肯随我去否？』秋香道：『解元为贱妾之故，不惜辱千金之躯，妾岂敢不惟命是从。』华安次日将典中帐目细细开了一本簿子，又将房中衣服首饰及床帐器皿另开一帐，又将各人所赠之物亦开一帐，纤毫不取。共是三宗帐目，锁在一个护书箧内。其钥匙即挂在锁上。又于壁间题诗一首：

拟向华阳洞里游，行踪端为可人留；愿随红拂同高蹈，敢向朱家惜下流。好事已成谁索笑？屈身今日尚含羞；主人若问真名姓，只在『康宣』两字头。

是夜雇了一只小船，泊于河下。黄昏人静，将房门封锁，同秋香下船，连夜望苏州去了。

天晓，家人见华安房门封锁，奔告学士。学士教打开看时，床帐什物一毫不动，护书内帐目开载明白。学士沉思，莫测其故。抬头一看，忽见壁上有诗八句，读了一遍。想：『此人原名不是康宣。又不知什么意故，来府中住许多时。若是不良之人，财上又分毫不苟。又不知那秋香如何就肯随他逃走，如今两口儿又不知逃在那里？我弃此一婢，亦有何难。只要明白了这桩事迹。』便叫家童唤捕人来，出信赏钱，各处缉获康宣、秋香，杳无影响。过了年余，学士也放过一边了。

忽一日学士到苏州拜客。从阊门经过，家童看见书坊中有一秀才坐而观书，其貌酷似华安，左手亦有枝指。报与学士知道。学士不信，吩咐此童再去看个详细，并访其人名姓。家童覆身到书坊中，那秀才又和着一个同辈说话，刚下阶头。家童乖巧，悄悄随之。那两个转弯向潼子门下船去了，仆从相随共有四五人。背后察其形相，分明与华安无二，只是不敢唐突。家童回转书坊，问店主：『适来在此看书的是什么人？』店主道：『是唐伯虎解元相公。今日是文衡山相公舟中请酒去了。』家童道：『方才同去的那一位可就是文相公么？』店主道：『那是祝枝山，也都是一般名士。』家童一一记了，回复了华学士。学士大惊，想道：『久闻唐伯虎放荡不羁，难道华安就是他。明日专往拜谒，便知是否。』次日写了名帖，特到吴趋坊拜唐解元。解元慌忙出迎，分宾而坐。学士再三审视，果肖华安。及捧茶，又见手白如玉，左有枝指。意欲问之，难于开口。茶罢，解元请学士书房中小坐。学士有疑未决，亦不肯轻别，遂同至书房。见其摆设齐整，啧啧叹羡。少停酒至，宾主对酌多时。学士开言道：『贵县有个康宣，其人读书不遇，甚通文理。先生识其人否？』解元唯唯。学士又道：『此人去岁曾佣书于舍下，改名华安。先在小儿馆中伴读，后在学生书房管书柬。后又在小典中为主管。因他无室，教他于贱婢中自择。他择得秋香成亲。数日后夫妇俱逃，房中日用之物一无所取，竟不知其何故？学生曾差人到贵处察访，并无其人。先生可略知风声么？』解元又唯唯。学士见他不明不白，只是胡答应，忍耐不住，只得又说道：『此人形容颇肖先生模样，左手亦有枝指，不知何故？』解元又唯唯。

少顷，解元暂起身入内。学士翻看桌上书籍，见书内有纸一幅，题诗八句，读之，即壁上之诗也。解元出来。学士执诗问道：『这八句诗乃华安所作，此字亦华安之笔，如何却在尊处？必有缘故，愿先生一言，以决学生之疑。』解元道：『容少停奉告。』学士心中愈闷道：『先生见教过了，学生还坐，不然即告辞矣。』解元道：『禀复不难，求老先生再用几杯薄酒。』学士又吃了数杯。解元巨觥奉劝。学士已半酣，道：『酒已过分，不能领矣。学生惓惓请教，止欲剖胸中之疑，并无他念。』解元道：『请用一箸粗饭。』饭后献茶，看看天晚，童子点烛到来。学士愈疑，只得起身告辞。解元道：『请老先生暂挪贵步，当决所疑。』命童子秉烛前引，解元陪学士随后共入后堂。堂中灯烛辉煌。里面传呼：『新娘来。』只见两个丫鬟，伏侍一位小娘子，轻移莲步而出，珠珞重遮，不露娇面。学士惶悚退避。解元一把扯住衣袖道：『此小妾也，通家长者，合当拜见，不必避嫌。』丫鬟铺毡。小娘子向上便拜。学士还礼不迭。解元将学士抱住，不要他还礼。拜了四拜，学士只还得两个揖，甚不过意。拜罢，解元携小娘子近学士之旁，带笑问道：『老先生请认一认，方才说学生颇似华安，不识此女亦似秋香否？』学士熟视大笑，慌忙作揖，连称得罪。解元道：『还该是学生告罪。』二人再至书房。解元命重整杯盘，洗盏更酌。酒中学士复叩其详。解元将阊门舟中相遇始末细说一遍。各个抚掌大笑。学士道：『今日即不敢以记室相待，少不得行子婿之礼。』解元道：『若要甥舅相行，恐又费丈人妆奁耳。』二人复大笑。是夜，尽欢而别。

学士回到舟中，将袖中诗句置于桌上，反覆玩味：『首联道：「拟向华阳洞里游」，是说有茅山进香之行了。「行踪端为可人留」，分明为中途遇了秋香，担搁住了。第二联：「愿随红拂同高蹈，敢向朱家惜下流」，他屈身投靠，便有相挈而逃之意。第三联：「好事已成谁索笑？屈身今去尚含羞」。这两句明白。末联：「主人若问真名姓，只在『康宣』两字头」。康字与唐字头一般，宣字与寅字头无二，是影着唐寅二字。我自不能推详耳。他此举虽似情痴，然封还衣饰，一无所取，乃礼义之人，不枉名士风流也。』学士回家，将这段新闻向夫人说了。夫人亦骇然。于是厚具装奁，约值千金，差当家老姆姆押送唐解元家。从此两家遂为亲戚，往来不绝。至今吴中把此事传作风流话柄。有唐解元《焚香默坐歌》，自述一生心事，最做得好。歌曰：

焚香嘿坐自省己，口里喃喃想心里。心中有甚害人谋？口中有甚欺心语？为人能把口应心，孝弟忠信从此始。其余小德或出入，焉能磨涅吾行止。头插花枝手把杯，听罢歌童看舞女。食色性也古人言，今人乃以为之耻。及至心中与口中，多少欺人没天理。阴为不善阳掩之，则何益矣徒劳耳。请坐且听吾语汝：凡人有生必有死。死见阎君面不惭，才是堂堂好男子。

假神仙大闹华光庙

欲学为仙说与贤，长生不老是虚传。少贪色欲身康健，心不瞒人便是仙。

话说故宋时杭州普济桥有个宝山院，乃嘉泰中所建，又名华光庙，以奉五显之神。那五显？

一显，聪昭圣孚仁福善王，二显，明昭圣孚义福顺王，三显，正昭圣孚智福应王，四显，直昭圣孚爱福惠王，五显，德昭圣孚信福庆王。

此五显，乃是五行之佐，最有灵应。或言五显即五通，此谬言也。绍兴初年，丞相郑清之重修，添造楼房精舍，极其华整。遭元时兵火，道侣流散，房垣倒塌，左右民居，亦皆凋落。至正初年，道士募缘修理，香火重兴，不在话下。

单说本郡秀才魏宇，所居于庙相近。同表兄服道勤读书于庙旁之小楼。魏生年方一十七岁，丰姿俊雅，性复温柔，言语恂恂，宛如处子。每赴文会，同辈辄调戏之，呼为魏娘子。魏生羞脸发赤。自此不会宾客，只在楼上温习学业。惟服生朝夕相见。一日，服生因母病回家侍疾，魏生独居楼中读书。约至二鼓，忽闻有人叩门。生疑表兄之来也，开而视之。见一先生，黄袍蓝袖，丝拂纶巾，丰仪美髯，香风袭袭，有出世凌云之表。背后跟着个小道童，也生得清秀，捧着个朱红盒子。先生自说：『吾乃纯阳吕洞宾，遨游四海，偶尔经过此地。空中闻子书声清亮，殷勤嗜学，必取科甲，且有神仙之分。每与汝宿世有缘，合当度汝。知汝独居，特特奉访。』魏生听说，又惊又喜。连忙下拜，请纯阳南面坐定，自己侧坐相陪。洞宾呼道童，拿过盒子，摆在桌上，都是鲜异果品，和那山珍海错，馨香扑鼻。所用紫金杯，白玉壶，其壶不满三寸，出酒不竭，其酒色如琥珀，味若醍醐。洞宾道：『此仙肴仙酒，惟吾仙家受用。以子有缘，故得同享。』魏生此时，恍恍惚惚，如已在十洲三岛之中矣。饮酒中间，洞宾道：『今夜与子奇遇，不可无诗。』魏生欲观仙笔，即将文房四宝，列于几上。洞宾不假思索，走笔赋诗四首：

黄鹤楼前灵气生，蟠桃会上啜玄英。剑横紫海秋光动，每夕乘云上玉京。（其一）

嵯峨栋宇接云烟，身在蓬壶境里眠。一觉不知天地老，醒来又见几桑田。（其二）

一粒金丹羽化奇，就中玄妙少人知。夜来忽听钧天乐，知是仙人跨鹤时。（其三）

剑气横空海月浮，遨游顷刻遍神洲。蟠桃历尽三千度，不计人间九百秋。（其四）

字势飞舞，魏生赞不绝口。洞宾问道：『子聪明过人，可随意作一诗，以观子仙缘之迟速也。』魏生亦同赋二绝：

十二峰前琼树齐，此生何似蹑天梯。消磨寰宇尘氛净，漫着霞裳礼玉枢。（其一）

天空月色两悠悠，绝胜飞吟亭上游。夜静玉箫天宇碧，直随鹤驭到瀛洲。（其二）

洞宾览毕，目视魏生微笑道：『子有瀛洲之志，真仙种也。昔西汉大将军霍去病，祷于神君之庙，神君现形，愿为夫妇。去病大怒而去。后病笃，复遣人哀恳神君求救。神君曰：「霍将军体弱，吾欲以太阴精气补之。霍将军不悟，认为淫欲，遂尔见绝。今日之病，不可救矣。」去病遂死。仙家度人之法，不拘一定，岂是凡人所知。惟有缘者信之不疑耳。吾更赠子一诗。』诗云：

相逢此夕在琼楼，酬酢灯前且自留。玉液斟来晶影动，珠玑赋就峡云收。漫将夙世人间了，且借仙缘天上修。从此岳阳消息近，白云天际自悠悠。

魏生读诗会意，亦答一绝句：

仙境清虚绝欲尘，凡心那杂道心真。后庭无树栽琼玉，空羡隋炀堤上人。

二人唱和之后，意益绸缪。洞宾命童子且去：『今夜吾当宿此。』又向魏生道：『子能与吾相聚十昼夜，当令子神完气足，日记万言。』魏生信以为然。酒酣，洞宾先寝。魏生和衣睡于洞宾之侧。洞宾道：『凡人肌肉相凑，则神气自能往来。若和衣各睡，吾不能有益于子也。』乃抱魏生于怀，为之解衣，并枕而卧。洞宾软款抚摩，渐至狎浪。魏生欲窃其仙气，隐忍不辞。至鸡鸣时，洞宾与魏生说：『仙机不可漏泄。乘此未明，与子暂别。夜当再会。』推窗一跃，已不知所在。魏生大惊，决为真仙。取夜来金玉之器看之，皆真物也。制度精巧可爱。枕席之间，余香不散。魏生凝思不已。至夜，洞宾又来与生同寝。一连宿了十余夜，情好愈密，彼此俱不忍舍。

一夕，洞宾与魏生饮酒，说道：『我们的私事，昨日何仙姑赴会回来知道了，大发恼怒，要奏上玉帝，你我都受罪责。我再三求告，方才息怒。他见我说你十分标致，要来看你。夜间相会时，你陪个小心，求服他，我自也在里面撺掇。倘得欢喜起来，从了也不见得。若得打做一家，这事永不露出来。得他太阴真气，亦能少助。』魏生听说，心中大喜。到日间，疾忙置办些美酒精馔果品，等候到晚。且喜这几日，服道勤不来，只魏生一个在楼上。魏生见更深人静了，焚起一炉好香，摆下酒果，又穿些华丽衣服，妆扮整齐，等待二仙。只见洞宾领着何仙姑径来楼上。看这仙姑，颜色柔媚，光艳射人，神采夺目。魏生一见，神魂飘荡，心意飞扬。那时身不由己，双膝跪下在仙姑面前。何仙姑看见魏生果然标致，心里真实欢喜。到假意做个恼怒的模样，说道：『你两个做得好事！扰乱清规，不守仙范，那里是出家读书人的道理！』虽然如此，嗔中有喜。魏生叩头讨饶。洞宾也陪着小心，求服仙姑。仙姑说道：『你二人既然知罪，且饶这一次。』说了，便要起身。魏生再三苦留，说道：『尘俗粗肴，聊表寸意。』洞宾又恳恳撺掇，说：『略饮数杯见意，不必固辞。若去了，便伤了仙家和气。』仙姑被留不过，只得勉意坐了。轮番把盏。洞宾又与仙姑说：『魏生高才能诗。今夕之乐，不可无咏。』仙姑说：『既然如此，请师兄起句。』洞宾也不推辞。

每日蓬壶恋玉卮，暂同仙伴乐须斯。——洞宾
一宵清兴因知己，几朵金莲映碧池。——仙姑
物外幸逢环珮暖，人间亦许凤皇仪。——魏生
殷勤莫为桃源误，此夕须调琴瑟丝。——洞宾

仙姑览诗，大怒道：『你二人如何戏弄我？』魏生慌忙磕头谢罪。洞宾劝道：『天上人间，其情则一。洛妃解珮，神女行云，此皆吾仙家故事也。世上佳人才子，犹为难遇，况魏生原有仙缘，神仙聚会，彼此一家，何必分体别形，效尘俗硁硁之态乎？』说罢，仙姑低头不语，弄其裙带。洞宾道：『和议已成，魏宇可拜谢仙姑俯就之恩也。』魏生连忙下拜。仙姑笑扶而起，入席再酌，尽欢而罢。是夜，三人共寝。魏生先近仙姑，次后洞宾举事。阳变阴，欢娱一夜。仙姑道：『我三人此会，真是奇缘。可于枕上联诗一律。』仙姑首唱：

满目辉光满目烟，无情却被有情牵。——仙姑
春来杨柳风前舞，雨后桃花浪里颠。——魏生
须信仙缘应不爽，漫将好事了当年。——仙姑
香销梦绕三千界，黄鹤栖迟一夜眠。——洞宾

鸡鸣时，二仙起身欲别。魏生不舍，再三留恋，恳求今夜重会。仙姑含着羞说道：『你若谨慎，不向人言，我当源源而至。』自此以后，无夕不来。或时二仙同来，或时一仙自来。虽表兄服生，同寓书楼，一壁之隔，窗中来去，全不露迹。

如此半载有余。魏生渐渐黄瘦，肌肤销铄，饮食日减。夜间偏觉健旺，无奈日里倦怠，只想就枕。服生见其如此模样，叩其染病之故。魏生坚不肯吐。服生只得对他父亲说知。魏公到楼上看了儿子，大惊，乃取镜子教儿自家照。有魏生自睹尫羸之状，亦觉骇然。魏公劝儿回家调理，儿子那里肯回。乃请医切脉，用药调理。是夜，二仙又来。魏生述容颜黄瘦，父亲要搬回之语。洞宾道：『凡人成仙，脱胎换骨，定然先将俗肌消尽，然后重换仙体。此非肉眼所知也。』魏生由此不疑，连药也不肯吃。再过数日，看看一丝两气。魏公着了忙，自携铺盖，往楼上守着儿子同宿。到夜半，儿子向着床里说鬼话。魏公叫唤不醒。连隔房服道勤都起身来看。只见魏生口里说：『二位师父怕怎的！不要去！』伸出手来，一把扯住。却扯了父亲。魏公双眼流泪，叫：『我儿！你病势十死一生，兀自不肯实说！那二位师父是何人？想是邪魅。』魏生道：『是两个仙人来度我的，不是邪魅。』魏公见儿沉重，不管他肯不肯，雇了一乘小轿，抬回家去将息。儿子道：『仙人与我紫金杯，白玉壶，在书柜里，与我检好。』开柜看时，那是紫金白玉，都是黄泥白泥捻就的。魏公道：『我儿，眼见得不是仙人，是邪魅了！』魏生恰才心慌。只得将庙中初遇纯阳，后遇仙姑，始末叙了一遍。魏公大惊。一面教妈妈收拾净房，伏侍儿子养病，一面出门访问个祛妖的法师。走不多步，恰好一个法师，手中拿着法环摇将过来，朝着打个问讯。魏公连忙答礼，问道：『师父何来？』这法师说道：『弟子是湖广武当山张三丰老爷的徒弟，姓裴，法名守正。传得五雷法，普救人世。因见宅上有妖气，故特动问。』魏公听得说话有些来历。慌忙请法师到里面客位里坐。茶毕，就把儿子的事，备细说与裴法师知道。裴道说：『令郎今在何处？』魏公就邀裴法师进到房里看魏生。裴道一见魏生，就与魏公说：『令郎却被两个雌雄妖精迷了。若再过旬日不治，这命休了。』魏公听说，慌忙下拜，说道：『万望师父慈悲，垂救犬子则个！永不敢忘！』裴法师说：『我今晚就与你拿这精怪。』魏公说：『如此甚好！或是要甚东西，吾师说来，小人好去治办。』裴守正说：『要一副熟三牲和酒果、五雷纸马、香烛、朱砂、黄纸之类。』吩咐毕，又道：『暂且别去，晚上过来。』魏公送裴道出门，嘱道：『晚上准望光降。』裴法师道：『不必说。』照旧又来街上，摇着法环而去。魏公慌忙买办合用物件，都齐备了，只等裴法师来捉鬼。到晚，裴法师来了。魏公接着法师，说：『东西俱已完备，不知要摆在那里？』裴道说：『就摆在令郎房里。』抬两张桌子进去，摆下三牲福物，烧起香来。裴道戴上法冠，穿领法衣，仗着剑，步起罡来，念动咒诀，把朱砂书起符来，正要烧这符去，只见这符都是水湿的，烧不着。裴法师骂道：『畜生，不得无礼！』把剑望空中斫将去。这口剑被妖精接着，拿去悬空钉在屋中间，动也动不得。裴道心里慌张，把平生的法术都使出来，一些也不灵。魏公看着裴道，说：『师父头上戴的道冠儿那里去了？』裴道说：『我不曾除下，如何便没了？又是作怪！』连忙使人去寻，只见门外有个尿桶，这

道冠儿浮在尿桶面上。捞得起来时，烂臭，如何戴得在头上！裴道说：『这精怪妖气太盛，我的法术敌他不过。你自别作计较。』魏公见说，心里虽是烦恼，免不得把福物收了，请裴道来堂前散福，吃了酒饭。夜又深了，就留裴道在家安歇。彼此俱不欢喜。裴道也闷闷的，自去侧房里脱了衣服睡。才要合眼，只见三四个黄衣力士，打四五十斤一块石板，压在裴道身上。口里说：『谢贼道的好法！』裴道压得动身不得，气也透不转，慌了，只得叫道：『有鬼，救人！救人！』原来魏公家里人正收拾未了，还不曾睡。听得裴道叫响，魏公与家人拿着灯火，走进房来。看裴道时，见裴道被块青石板压在身上，动不得。两三个人慌忙扛去这块石板，救起裴道来。将姜汤灌了一回，东方已明，裴道也醒了。裴道梳洗已毕，又吃些早粥，辞了魏公自去，不在话下。魏公见这模样，夫妻两个，泪不曾干，也没奈何。次日，表兄服道勤来看魏生。魏公与服生备说夜来裴道着鬼之事，怎生是好？』服生说道：『本庙华光菩萨最灵感，原在庙里被精了。我们备些福物，做道疏文烧了，神道正必胜邪，或可救得。』服生与同会李林等说了，这些会友个个爱惜魏生，争出分子，备办福物，香烛纸马，酒果，摆列在神道面前，与魏公拜献，就把疏文宣读：

惟神正气摄乎山川，善恶不爽；威灵布于寰宇，祸福无私。今魏宇者，读书本庙，祸被物精。男女不分，夤夜欢娱于一席；阴阳无间，晨昏耽乐于两情。苟且相交，不顾逾墙之戒，无媒而合，自同钻穴之污。先假纯阳，比顽不已；后托何氏，淫乐无休。致使魏生形神摇乱，全无清爽之期；心志飞扬，已失永长之道。或月怪，或花妖，殛之以灭其迹；或山精，或木魅，祛之使屏其形。阳伸阴屈，物泰民安，万众皆钦，惟神是祷！李林等拜疏。

疏文念毕，烧化了纸，就在庙里散福。众人因论吕洞宾、何仙姑之事。李林道：『忠清巷新建一座纯阳庵，我们明早同去拈香，通陈此事。倘然吕仙有灵，必然震怒。』众人齐声道好。次日，同会十人，不约而齐，都到纯阳祖师面前，拈香拜祷。转来回覆了魏公。从此夜为始，魏生渐觉清爽。但元神不能骤复。魏公心下已有三分欢喜。过了数日，自备三牲祭礼，往华光庙，一则赛愿，二则保福。众友闻知，都来陪他拜神。礼毕，化纸，只见魏公双眸紧闭，大踏步向供桌上坐了，端然不动。叫道：『魏则优，你儿子的性命，亏我救了。我乃五显灵官是也！』众人知华光菩萨附体，都来参拜。叩问：『魏宇所患何等妖精？神力如何救拔？病体几时方能全妥？』魏公口里又说道：『这二妖，乃是多年的龟精，一雌一雄，惯迷惑少年男女。吾神访得真了，先差部下去拿他。二妖神通广大。反为所败。吾神亲往收捕，他兀自假冒吕洞宾、何仙姑名色，抗拒不服。大战百合，不分胜败。恰好洞宾、仙姑亦知此情，奏闻玉帝，命神将天兵下界。真仙既到，伪者自不能敌。二妖逃走，去乌江孟子河里去躲。吾神将火轮去烧得出来。又与交战，被洞宾先生飞剑斩了雄的龟精，雌的直驱在北海水阴中受苦，永不赦出。吾神与洞宾、仙姑奏覆上帝。上帝要并治汝子迷惑之罪。吾神奏道：「他是年幼书生，一时被惑，父母朋友，俱悔过求忏。况此生后有功名，可以恕之。」上帝方准免罚。你看我的袍袖，都战裂了。那雄龟精的腹壳，被吾神劈来，埋于后园碧桃树下。你若要儿子速愈，可取此壳煎膏，用酒服之，便愈也。』说罢，魏公跌倒在地下。众人扶起，唤醒，问他时，魏公并不晓得菩萨附体一事。众人向魏公说这备细。魏公惊异，就神帐中看神道袍袖，果然裂开。往后园碧桃树下，掘起浮土，见一龟板，约有三尺之长，犹带血肉，魏公取归，煎膏入酒，与魏生吃。一日三服。比及膏完，病已痊愈。于是父子往华光庙祭赛，与神道换袍。又往纯阳庵烧香。后魏宇果中科甲。有诗为证：

真妄由来本自心，神仙岂肯蹈邪淫！
人心不被邪淫惑，眼底蓬莱便可寻。

第二十八卷

白娘子永镇雷峰塔

山外青山楼外楼，西湖歌舞几时休？暖风薰得游人醉，直把杭州作汴州。

话说西湖景致，山水鲜明。晋朝咸和年间，山水大发，汹涌流入西门。忽然水内有牛一头见，浑身金色。后水退，其牛随行至北山，不知去向。哄动杭州市上之人，皆以为显化。所以建立一寺，名曰金牛寺。西门，即今之涌金门，立一座庙，号金华将军。当时有一番僧，法名浑寿罗，到此武林郡云游，玩其山景，道：『灵鹫山前小峰一座，忽然不见，原来飞到此处。』当时人皆不信。僧言：『我记得灵鹫山前峰岭，唤做灵鹫岭，这山洞里有个白猿，看我呼出为验。』果然呼出白猿来。山前有一亭，今唤做冷泉亭。又有一座孤山，生在西湖中。先曾有林和靖先生在此山隐居。使人搬挑泥石，砌成一条走路，东接断桥，西接栖霞岭，因此唤做孤山路。又唐时有刺史白乐天，筑一条路，南至翠屏山，北至栖霞岭，唤做白公堤，不时被山水冲倒，不只一番，用官钱修理。后宋时，苏东坡来做太守，因见有这两条路，被水冲坏，就买木石，起人夫，筑得坚固。六桥上朱红栏杆，堤上栽种桃柳，到春景融和，端的十分好景，堪描入画。后人因此只唤做苏公堤。又孤山路畔，起造两条石桥，分开水势，东边唤做断桥，西边唤做西宁桥。真乃：

隐隐山藏三百寺，依稀云锁二高峰。

话说的只说西湖美景，仙人古迹。俺今日且说一个俊俏后生，只因游玩西湖，遇着两个妇人，直惹得几处州城，闹动了花街柳巷。有分教：才人把笔，编成一本风流话本。单说那子弟，姓甚名谁？遇着甚般样的妇人？惹出甚般样事？有诗为证：

清明时节雨纷纷，路上行人欲断魂。借问酒家何处有，牧童遥指杏花村。

话说宋高宗南渡，绍兴年间，杭州临安府过军桥黑珠巷内有一个宦家，姓李名仁。见做南廊阁子库募事官，又与邵太尉管钱粮。家中妻子有一个兄弟许宣，排行小乙，他爹曾开生药店。自幼父母双亡，却在表叔李将仕家生药铺做主管，年方二十二岁。那生药店开在官巷口。忽一日，许宣在铺内做买卖，只见一个和尚来到门首，打个问讯道：『贫僧是保叔塔寺内僧，前日已送馒头并卷子在宅上。今清明节近，追修祖宗，望小乙官到寺烧香，勿误。』许宣道：『小子准来。』和尚相别去了。许宣至晚归姐夫家去。原来许宣无有老小，只在姐姐家住。当晚与姐姐说：『今日保叔塔和尚来请烧箜子，明日要荐祖宗，走一遭了来。』次日早起买了纸马、蜡烛、经幡、钱垛一应等项，吃了饭，换了新鞋袜衣服，把箜子钱马，使条袱子包了，径到官巷口李将仕家来。李将仕见了，问许宣何处去。许宣道：『我今日要去保叔塔烧箜子，追荐祖宗，乞叔叔容暇一日。』李将仕道：『你去便回。』许宣离了铺中，入寿安坊，花市街，过井亭桥，往清河街后钱塘门，行石函桥过放生碑，径到保叔塔寺。寻见送馒头的和尚，忏悔过疏头，烧了箜子，到佛殿上看众僧念经。吃斋罢，别了和尚，离寺迤逦闲走，过西宁桥、孤山路、四圣观，来看林和靖坟，到六一泉闲走。不期云生西北，雾锁东南，落下微微细雨，渐大起来。正是清明时节，少不得天公应时，催花雨下，那阵雨卜得绵绵不绝。许宣见脚下湿，脱下了新鞋袜，走出四圣观来寻船，不见一只。正没摆布处，只见一个老儿，摇着一只船过来，许宣暗喜。认时正是张阿公，叫道：『张阿公，搭我则个。』老儿听得叫，认时，原来是许小乙。将船摇近岸来，道：『小乙官，着了雨，不知要何处上岸？』许宣道：『涌金门上岸。』这老儿扶许宣下船，离了岸，摇近丰乐楼来。摇不上十数丈水面，只见岸上有人叫道：『公公，搭船则个。』许宣看时，是一个妇人，头戴孝头髻，乌云畔插着些素钗梳，穿一领白绢衫儿，下穿一条细麻布裙。这妇人肩下一个丫鬟，身上穿着青衣服，头上一双角髻，戴两条大红头须，插着两件首饰，手中捧着一个包儿要搭船。那老张对小乙官道：『「因风吹火，用力不多」，一发搭了他去。』许宣道：『你便叫他下来。』老儿见说，将船傍了岸边，那妇人同丫鬟下船，见了许宣，起一点朱唇，露两行碎玉，深深道一个万福。许宣慌忙起身答礼。那娘子和丫鬟舱中坐定了。娘子把秋波频转，瞧着许宣。许宣平生是个老实之人，见了此等如花似玉的美妇人，旁边又是个俊俏美女样的丫鬟，也不免动念。那妇人道：『不敢动问官人，高姓尊讳？』许宣答道：『在下姓许名宣，排行第一。』妇人道：『宅上何处？』许宣道：『寒舍住在过军桥黑珠儿巷，生药铺内做买卖。』那娘子问了一回，许宣寻思道：『我也问他一问。』起身道：『不敢拜问娘子高姓？潭府何处？』那妇人答道：『奴家是白三班白殿直之妹，嫁了张官人，不幸亡过了，见葬在这雷岭。为因清明节近，今日带了丫鬟，往坟上祭扫了方回。不想值雨，若不是搭得官人便船，实是狼狈。』又闲讲了一回，迤逦船摇近岸。只见那妇人道：『奴家一时心忙，不曾带得盘缠在身边，万望官人处借些船钱还了，并不有负。』许宣道：『娘子自便，不妨，些须船钱不必计较。』还罢船钱，那雨越不住。许宣挽了上岸，那妇人道：『奴家只在箭桥双茶坊巷口。若不弃时，可到寒舍拜茶，纳还船钱。』许宣道：『小事何消挂怀。天色晚了，改日拜望。』说罢，妇人共丫鬟自去。许宣入涌金门，从人家屋檐下到三桥街，见一个生药铺，正是李将仕兄弟的店。许宣走到铺前，正见小将仕在门前。小将仕道：『小乙哥晚了，那里去？』许宣道：『便是去保叔塔烧篭子，着了雨，望借一把伞则个。』将仕见叫说道：『老陈把伞来，与小乙官去。』不多时，老陈将一把雨伞撑开道：『小乙官，这伞是清湖八字桥老实舒家做的。八十四骨，紫竹柄的好伞，不曾有一些儿破，将去休坏了！仔细，仔细！』许宣道：『不必吩咐。』接了伞，谢了将仕，出羊坝头来。到后市街巷口，只听得有人叫道：『小乙官人。』许宣回头看时，只见沈公井巷口小茶坊屋檐下，立着一个妇人，认得正是搭船的白娘子。许宣道：『娘子如何在此？』白娘子道：『便是雨不得住，鞋儿都踏湿了，教青青回家，取伞和脚下。又见晚下来。望官人搭几步则个。』许宣和白娘子合伞到坝头道：『娘子到那里去？』白娘子道：『过桥投箭桥去。』许宣道：『小娘子，小人自往过军桥去，路又近了，不若娘子把伞将去，明日小人自来取。』白娘子道：『却是不当，感谢官人厚意！』许宣沿人家屋檐下冒雨回来。只见姐夫家当直王安，拿着钉靴雨伞来接不着，却好归来。到家内吃了饭。当夜思量那妇人，翻来覆去睡不着。梦中共日间见的一般，情意相浓，不想金鸡叫一声，却是南柯一梦。正是：

心猿意马驰千里，浪蝶狂蜂闹五更。

到得天明，起来梳洗罢，吃了饭，到铺中心忙意乱，做些买卖也没心思。到午时后，思量道：『不说一谎，如何得这伞来还人？』当时许宣见老将仕坐在柜上，向将仕说道：『姐夫叫许宣归早些，要送人情，请暇半日。』将仕道：『去了，明日早些来！』许宣唱个喏，径来箭桥双茶坊巷口，寻问白娘子家里。问了半日，没一个认得。正踌躇间，只见白娘子家丫鬟青青，从东边走来。』许宣道：『姐姐，你家何处住？讨伞则个。』青青道：『官人随我来。』许宣跟定青青，走不多路，道：『只这里便是。』许宣看时，见一所楼房，门前两扇大门，中间四扇看街槅子眼，当中挂顶细密朱红帘子，四下排着十二把黑漆交椅，挂四幅名人山水古画。对门乃是秀王府墙。那丫头转入帘子内道：『官人请入里面坐。』许宣随步入到里面，那青青低低悄悄叫道：『娘子，许小乙官人在此。』白娘子里面应道『请官人进里面拜茶。』许宣心下迟疑。青青三回五次，催许宣进去。许宣转到里面，只见：四扇暗槅子窗，揭起青布幕，一个坐起，桌上放一盆虎须菖蒲，两边也挂四幅美人，中间挂一幅神像，桌上放一个古铜香炉花瓶。那小娘子向前深深的道一个万福，道：『夜来多蒙小乙官人应付周全，识荆之初，甚是感激不浅！』许宣道：『些微何足挂齿。』白娘子道：『少会拜茶。』茶罢，又道：『片时薄酒三杯，表意而已。』许宣方欲推辞，青青已自把菜蔬果品流水排将出来。许宣道：『感谢娘子置酒，不当厚扰。』饮至数杯，许宣起身道：『今日天色将晚，路远，小子告回。』娘子道：『官人的伞，舍亲昨夜转借去了，再饮几杯，着人取来。』许宣道：『日晚，小子要回。』娘子道：『再饮一杯。』许宣道：『饮馔好了，多感，多感！』白娘子道：『既是官人要回，这伞相烦明日来取则个。』许宣只得相辞了回家。至次日，又来店中做些买卖。又推个事故，却来白娘子家取伞。娘子见来，又备三杯相款。许宣道：『娘子还了小子的伞罢，不必多扰。』那娘子道：『既安排了，略饮一杯。』许宣只得坐下。那白娘子筛一杯酒，递与许宣，启樱桃口，露榴子牙，娇滴滴声音，带着满面春风，告道：『小官人在上，真人面前说不得假话。奴家亡了丈夫，想必和官人有宿世姻缘，一见便蒙错爱。正是你有心，我有意。烦小乙官人寻一个媒证，与你共成百年姻眷，不枉天生一对，却不是好。』许宣听那妇人说罢，自己寻思：『真个好一段姻缘。若娶得这个浑家，也不枉了。我自十分肯了，只是一件不谐：思量我日间在李将仕家做主管，夜间在姐夫家安歇，虽有些少东西，只好办身上衣服，如何得钱来娶老小？』自沉吟不答。只见白娘子道：『官人何故不回言语？』许宣道：『多感过爱，实不相瞒，只为身边窘迫，不敢从命。』娘子道：『这个容易。我囊中自有余财，不必挂念。』便叫青青道：『你去取一锭白银下来。』只见青青手扶栏杆，脚踏胡梯，取下一个包儿来，递与白娘子。娘子道：『小乙官人，这东西将去使用，少欠时再来取。』亲手递与许宣。许宣接得包儿，打开看时，却是五十两雪花银子。藏于袖中，起身告回。青青把伞来还了许宣。许宣接得相别，一径回家，把银子藏了。当夜无话。

明日起来，离家到官巷口，把伞还了李将仕。许宣将些碎银子买了一只肥好烧鹅，鲜鱼精肉，嫩鸡果品之类提回家来。又买了一樽酒，吩咐养娘丫鬟安排整下。那日却好姐夫李募事在家。饮馔俱已完备，来请姐夫和姐姐吃酒。李募事却见许宣请他，倒吃了一惊，道：『今日做什么子坏钞？日常不曾见酒盏儿面，今朝作怪！』三人依次坐定饮酒，酒至数杯，李募事道：『尊舅，没事教你坏钞做什么？』许宣道：『多谢姐夫，切莫笑话，轻微何足挂齿。感谢姐夫姐姐管雇多时。一客不烦二主人，许宣如今年纪长成，恐虑后无人养育，不是了处。今有一头亲事在此说起，望姐夫姐姐与许宣主张，结果了一生终身，也好。』姐夫姐姐听得说罢，肚内暗自寻思道：『许宣日常一毛不拔，今日坏得些钱钞，便要我替他讨老小？』夫妻二人，你我相看，只不回话。吃酒了，许宣自做买卖。过了三两日，许宣寻思道：『姐姐如何不说起？』忽一日，见姐姐问道：『曾向姐夫商量也不曾？』姐姐道：『不曾。』许宣道：『如何不曾商量？』姐姐道：『这个事不比别样的事，仓卒不得，又见姐夫这几日面色心焦，我怕他烦恼，不敢问他。』许宣道：『姐姐你如何不上紧？这个有甚难处，你只怕我教姐夫出钱，故此不理。』许宣便起身到卧房中开箱，取出白娘子的银来，把与姐姐道：『不必推故，只要姐夫做主。』姐姐道：『吾弟多时在叔叔家中做主管，积趱得这些私房。可知道要娶老婆！你且去，我安在此。』却说李募事归来，姐姐道：『丈夫，可知小舅要娶老婆，原来自趱得些私房，如今教我倒换些零碎使用，我们只得与他完就这亲事则个。』李募事听得说道：『原来如此，得他积得些私房也好。拿来我看！』做妻的连忙将出银子递与丈夫。李募事接在手中，番来覆去，看了上面凿的字号，大叫一声：『苦！不好了，全家是死！』那妻吃了一惊，问道：『丈夫有什么利害之事！』李募事道：『数日前邵太尉库内封记锁押俱不动，又无地穴得入，平空不见了五十锭大银。见今着落临安府提捉贼人，十分紧急，没有头路得获，累害了多少人。出榜缉捕，写着字号锭数：「有人捉获贼人银子者，赏银五十两；知而不首，及窝藏贼人者，除正犯外，全家发边远充军。」这银子与榜上字号不差，正是邵太尉库内银子。即今捉捕十分紧急。正是「火到身边，顾不得亲眷，自可去拔。」明日事露，实难分说。不管他偷的借的，宁可苦他，不要累我。只得将银子出首，免了一家之害。』老婆见说了，合口不得，目睁口呆。当时拿了这锭银子，径到临安府出首。那大尹闻知这话，一夜不睡。次日，火速差缉捕使臣何立。何立带了伙伴，并一班眼明手快的公人，径到官巷口李家生药店，提捉正贼许宣。到得柜边，发声喊，把许宣一条绳子绑缚了，一声锣，一声鼓，解上临安府来。正值韩大尹升厅，押过许宣当厅跪下，喝声打！许宣道：『告相公不必用刑，不知许宣有何罪？』大尹焦躁道：『真赃正贼，有何理说，还说无罪？邵太尉府中不动封锁，不见了一号大银五十锭，见有李募事出首，一定这四十九锭也在你处。想不动封皮，不见了银子，你也是个妖人！不要押。……』喝教：『拿些秽血来！』许宣方知是这事，大叫道：『不是妖人，待我分说！』大尹道：『且住，你且说这银子从何而来？』许宣将借伞讨伞的上项事，一一细说一遍。大尹道：『白娘子是什么样人？见住何处？』许宣道：『凭他说是白三班白殿直的亲妹子，如今见住箭桥边，双茶坊巷口，秀王墙对黑楼子高坡儿内住。』那大尹随即便叫缉捕使臣何立，押领许宣，去双茶坊巷口捉拿本妇前来。何立等领了钧旨，一阵做公的径到双茶坊巷口秀王府墙对黑楼子前看时：门前四扇看阶，中间两扇大门，门外避藉陛，坡前却是垃圾，一条竹子横夹着。何立等见了这个模样，到都呆了！当时就叫捉了邻人，上首是做花的丘大，下首是做皮匠的孙公。那孙公摆忙的吃他一惊，小肠气发，跌倒在地。众邻舍都走来道：『这里不曾有什么白娘子。这屋下五六年前有一个毛巡检，合家时病死了。青天白日，常有鬼出来买东西，无人敢在里头住。几日前，有个疯子立在门前唱喏。』何立教众人解下横门竹竿，里面冷清清地，起一阵风，卷出一道腥气来。众人都吃了一惊，倒退几步。许宣看了，则声不得，一似呆的。做公的数中，有一个能胆大，排行第二，姓王，专好酒吃，都叫他做好酒王二。王二道：『都跟我来。』发声喊一齐哄将入去，看时板壁、坐起、桌凳都有。来到胡梯边，教王二前行，众人跟着，一齐上楼。楼上灰尘三寸厚。众人到房门前，推开房门一望，床上挂着一张帐子，箱笼都有，只见一个如花似玉穿着白的美貌娘子，坐在床上。众人看了，不敢向前。众人道：『不知娘子是鬼是神？我等奉临安大尹钧旨，唤你去与许宣执证公事。』那娘子端然不动。好酒王二道：『众人都不敢向前，怎的是了？你可将一坛酒来，与我吃了，做我不着，捉他去见大尹。』众人连忙叫两三个下去，提一坛酒来与王二吃。王二开了坛口，将一坛酒吃尽了，道：『做我不着！』将那空坛望着帐子内打将去。不打万事皆休，才然打去，只听得一声响，却是青天里打一个霹雳，众人都惊倒了。起来看时，床上不见了那娘子，只见明晃晃一堆银子。众人向前看了道：『好了。』计数四十九锭。众人道：『我们将银子去见大尹也罢。』扛了银子，都到临安府。何立将前事禀覆了大尹。大尹道：『定是妖怪了。也罢，邻人无罪宁家。』差人送五十锭银子与邵太尉处，开个缘由，一一禀覆过了。许宣照『不应得为而为之事』，理重者决杖免刺，配牢城营做工，满日疏放。牢城营乃苏州府管下。李募事因出首许宣，心上不安，将邵太尉给赏的五十两银子，尽数付与小舅作为盘费。李将仕与书二封，一封与押司范院长，一封与吉利桥下开客店的王主人。许宣痛哭一场，拜别姐夫姐姐，带上行枷，两个防送人押着，离了杭州到东新桥，下了航船。

不一日，来到苏州。先把书去见了范院长，并王主人。王主人与他官府上下使了钱，打发两个公人去苏州府，下了公文，交割了犯人，讨了回文，防送人自回。范院长、王主人保领许宣不入牢中，就在王主人门前楼上歇了。许宣心中愁闷，壁上题诗一首：

独上高楼望故乡，愁看斜日照纱窗。平生自是真诚士，谁料相逢妖媚娘！『白白』不知归甚处？青青岂识在何方？抛离骨肉来苏地，思想家中寸断肠！

有话即长，无话即短。不觉光阴似箭，日月如梭，又在王主人家住了半年之上。忽遇九月下旬，那王主人正在门首闲立，看街上人来人往。只见远远一乘轿子，旁边一个丫鬟跟着，道：『借问一声：此间不是王主人家么？』王主人连忙起身道：『此间便是。你寻谁人？』丫鬟道：『我寻临安府来的许小乙官人。』主人道：『你等一等，我便叫他出来。』这乘轿子便歇在门前。王主人便入去，叫道：『小乙哥！有人寻你。』许宣听得，急走出来，同主人到门前看时，正是青青跟着，轿子里坐着白娘子。许宣见了，连声叫道：『死冤家！自被你盗了官库银子，带累我吃了多少苦，有屈无伸，如今到此地位，又赶来做什么？可羞死人！』那白娘子道：『小乙官人不要怪我，今番特来与你分辩这件事。我且到主人家里面与你说。』白娘子叫青青取了包裹下轿。许宣道：『你是鬼怪，不许入来。』挡住了门不放他。那白娘子与主人深深道了个万福，道：『奴家不相瞒，主人在上，我怎的是鬼怪？衣裳有缝，对日有影。不幸先夫去世，教我如此被人欺负！做下的事，是先夫日前所为，非干我事。如今怕你怨畅我，特地来分说明白了，我去也甘心。』主人道：『且教娘子入来坐了说。』那娘子道：『我和你到里面对主人家的妈妈说。』门前看的人，自都散了。许宣入到里面，对主人家并妈妈道：『我为他偷了官银子事，如此如此，因此教我吃场官司。如今又赶到此，有何理说？』白娘子道：『先夫留下银子，我好意把你，我也不知怎的来的？』许宣道：『如何做公的捉你之时，门前都是垃圾，就帐子里一响不见了你？』白娘子道：『我听得人说你为这银子捉了去，我怕你说出我来，捉我到官，妆幌子羞人不好看。我无奈何，只得走去华藏寺前姨娘家躲了。使人担垃圾堆在门前，把银子安在床上，央邻舍与我说谎。』许宣道：『你却走了去，教我吃官事！』白娘子道：『我将银子安在床上，只指望要好，那里晓得有许多事情？我见你配在这里，我便带了些盘缠，搭船到这里寻你，如今分说都明白了，我去也。敢是我和你前生没有夫妻之分！』那王主人道：『娘子许多路来到这里，难道就去？且在此间住几日，却理会。』青青道：『既是主人家再三劝解，娘子且住两日，当初也曾许嫁小乙官人。』白娘子随口便道：『羞杀人，终不成奴家没人要？只为分别是非而来。』王主人道：『既然当初许嫁小乙哥，却又回去；且留娘子在此。』打发了轿子，不在话下。

过了数日，白娘子先自奉承好了主人的妈妈，那妈妈劝主人与许宣说合，选定十一月十一日成亲，共百年谐老。光阴一瞬，早到吉日良时。白娘子取出银两，央王主人办备喜筵，二人拜堂结亲。酒席散后，共入纱厨。白娘子放出迷人声态，颠鸾倒凤，百媚千娇，喜得许宣如遇神仙，只恨相见之晚。正好欢娱，不觉金鸡三唱，东方渐白。正是：

欢娱嫌夜短，寂寞恨更长。

自此日为始，夫妻二人如鱼似水，终日在王主人家快乐昏迷缠定。日往月来，又早半年光景。时临春气融和，花开如锦，车马往来，街坊热闹。许宣问主人家道：『今日如何人人出去闲游，如此喧嚷？』主人道：『今日是二月半，男子妇人，都去看卧佛。你也好去承天寺里闲走一遭。』许宣见说，道：『我和妻子说一声，也去看一看。』许宣上楼来，和白娘子说：『今日二月半，男子妇人都去看卧佛，我也看一看就来。有人寻说话，回说不在家，不可出来见人。』白娘子道：『有甚好看，只在家中却不好？看他做什么？』许宣道：『我去闲耍一遭就回，不妨。』许宣离了店内，有几个相识，同走到寺里看卧佛。绕廊下各处殿上观看了一遭，方出寺来，见一个先生，穿着道袍，头戴逍遥巾，腰系黄丝绦，脚着熟麻鞋，坐在寺前卖药，散施符水。许宣立定了看。那先生道：『贫道是终南山道士，到处云游，散施符水，救人病患灾厄，有事的向前来。』那先生在人丛中看见许宣头上一道黑气，必有妖怪缠他，叫道：『你近来有一妖怪缠你，其害非轻！我与你二道灵符，救你性命。一道符，三更烧，一道符放在自头发内。』许宣接了符，纳头便拜，肚内道：『我也八九分疑惑那妇人是妖怪，真个是实。』谢了先生，径回店中。至晚，白娘子与青青睡着了，许宣起来道：『料有三更了！』将一道符放在自头发内，正欲将一道符烧化，只见白娘子叹一口气道：『小乙哥和我许多时夫妻，尚兀自不把我亲热，却信别人言语，半夜三更，烧符来压镇我！你且把符来烧看！』就夺过符来，一时烧化，全无动静。白娘子道：『却如何？说我是妖怪！』许宣道：『不干我事。卧佛寺前一云游先生，知你是妖怪。』白娘子道：『明日同你去看他一看，如何模样的先生。』次日，白娘子清早起来，梳妆罢，戴了钗环，穿上素净衣服，吩咐青青看管楼上。夫妻二人，来到卧佛寺前。只见一簇人，团团围着那先生，在那里散符水。只见白娘子睁一双妖眼，到先生面前，喝一声：『你好无礼！出家人枉在我丈夫面前说我是一个妖怪，书符来捉我！』那先生回言：『我行的是五雷天心正法，凡有妖怪，吃了我的符，他即变出真形来。』那白娘子道：『众人在此，你且书符来我吃看！』那先生书一道符，递与白娘子。白娘子接过符来，使吞下去。众人都看，没些动静。众人道：『这等一个妇人，如何说是妖怪？』众人把那先生齐骂，那先生骂得口睁眼呆，半晌无言，惶恐满面。白娘子道：『众位官人在此，他捉我不得。我自小学得个戏术，且把先生试来与众人看。』只见白娘子口内喃喃的，不知念些什么。把那先生却似有人擒的一般，缩做一堆，悬空而起。众人看了齐吃一惊。许宣呆了。娘子道：『若不是众位面上，把这先生吊他一年。』白娘子喷口气，只见那先生依然放下，只恨爹娘少生两翼，飞也似走了。众人都散了。夫妻依旧回来。不在话下。日逐盘缠，都是白娘子将出来用度。正是：

夫唱妇随，朝欢暮乐。

不觉光阴似箭，又是四月初八日，释迦佛生辰。只见街市上人抬着柏亭浴佛，家家布施。许宣对王主人道：『此间与杭州一般。』只见邻舍边一个小的，叫做铁头，道：『小乙官人，今日承天寺里做佛会，你去看一看。』许宣转身到里面，对白娘子说了。白娘子道：『什么好看，休去！』许宣道：『去走一遭，散闷则个。』娘子道：『你要去，身上衣服旧了不好看，我打扮你去。』叫青青取新鲜时样衣服来。许宣着得不长不短，一似像体裁的：戴一顶黑漆头巾，脑后一双白玉环；穿一领青罗道袍，脚着一双皂靴，手中拿一把细巧百摺描金美人珊瑚坠上样春罗扇。打扮得上下齐整。那娘子吩咐一声，如莺声巧啭道：『丈夫早早回来，切勿教奴记挂！』许宣叫了铁头相伴，径到承天寺来看佛会。人人喝采，好个官人。只听得有人说道：『昨夜周将仕典当库内，不见了四五千贯金珠细软物件。见今开单告官，挨查没捉人处。』许宣听得，不解其意，自同铁头在寺。其日烧香官人子弟男女人等往往来来，十分热闹。许宣道：『娘子教我早回，去罢。』转身人丛中，不见了铁头，独自个走出寺门来。只见五六个人似公人打扮，腰里挂着牌儿。数中一个看了许宣，对众人道：『此人身上穿的，手中拿的，好似那话儿？』数中一个认得许宣的道：『小乙官，扇子借我一看。』许宣不知是计，将扇递与公人。那公人道：『你们看这扇子扇坠，与单上开的一般！』众人喝声：『拿了！』就把许宣一索子绑了，好似：

数只皂雕追紫燕，一群饿虎啖羊羔。

许宣道：『众人休要错了，我是无罪之人。』众公人道：『是不是，且去府前周将仕家分解！他店中失去五千贯金珠细软，白玉绦环，细巧百摺扇，珊瑚坠子，你还说无罪？真赃正贼，有何分说！实是大胆汉子，把我们公人作等闲看成。见今头上、身上、脚上，都是他家物件，公然出外，全无忌惮！』许宣方才呆了，半晌不则声。许宣道：『原来如此，不妨，不妨，自有人偷得。』众人道：『你自去苏州府厅上分说。』次日大尹升厅，押过许宣见了。大尹审问：『盗了周将仕库内金珠宝物在于何处？从实供来，免受刑法拷打。』许宣道：『禀上相公做主，小人穿的衣服物件，皆是妻子白娘子的，不知从何而来。望相公明镜详辨则个！』大尹喝道：『你妻子今在何处？』许宣道：『见在吉利桥下王主人楼上。』大尹即差缉捕使臣袁子明押了许宣，火速捉来。差人袁子明来到王主人店中，主人吃了一惊，连忙问道：『做什么？』许宣道：『白娘子在楼上么？』主人道：『你同铁头早去承天寺里，去不多时，白娘子对我说道：「丈夫去寺中闲耍，教我同青青照管楼上。此时不见回来，我与青青去寺前寻他去也，望乞主人替我照管。」出门去了，到晚不见回来。我只道与你去望亲戚，到今日不见回来。』众公人要王主人寻白娘子，前前后后，遍寻不见。袁子明将王主人捉了，见大尹回话。大尹道：『白娘子在何处？』王主人细细禀覆了，道：『白娘子是妖怪。』大尹一一问了，道：『且把许宣监了。』王主人使用了些钱，保出在外，伺候归结。

且说周将仕正在对门茶坊内闲坐，只见家人报道：『金珠等物都有了，在库阁头空箱子内。』周将仕听了，慌忙回家看时，果然有了。只不见了头巾绦环扇子并扇坠。周将仕道：『明是屈了许宣，平白地害了一个人，不好。』暗地里到与该房说了，把许宣只问了小罪名。却说邵太尉使李募事到苏州干事，来王主人家歇。主人家把许宣来到这里，又吃官事，一一从头说了一遍。李募事寻思道：『看自家面上亲眷，如何看做落？』只得与他央人情，上下使钱。一日，大尹把许宣一一供招明白，都做在白娘子身上，只做『不合不出首妖怪等事』，杖一百，配三百六十里，押发镇江府牢城营做工。李募事道：『镇江去便不妨。我有一个结拜的叔叔，姓李名克用，在针子桥下开生药店。我写一封书，你可去投托他。』许宣只得问姐夫借了些盘缠，拜谢了王主人并姐夫，就买酒饭与两个公人吃，收拾行李起程。王主人并姐夫送了一程，各自回去了。

且说许宣在路，饥餐渴饮，夜住晓行，不则一日，来到镇江。先寻李克用家，来到针子桥生药铺内，只见主管正在门前卖生药。老将仕从里面走出来。两个公人同许宣慌忙唱个喏道：『小人是杭州李募事家中人，有书在此。』主管接了，递与老将仕。老将仕拆开看了道：『你便是许宣？』许宣道：『小人便是。』李克用教三人吃了饭。吩咐当直的，同到府中，下了公文，使用了钱，保领回家。防送人讨了回文，自归苏州去了。许宣与当直一同到家中，拜谢了克用，参见了老安人。克用见李募事书，说道：『许宣原是生药店中主管。』因此留他在店中做买卖，夜间教他去五条巷卖豆腐的王公楼上歇。克用见许宣药店中十分精细，心中欢喜。原来药铺中有两个主管，一个张主管，一个赵主管。赵主管一生老实本分，张主管一生克剥奸诈，倚着自老了，欺侮后辈。见又添了许宣，心中不悦，恐怕退了他，反生奸计，要嫉妒他。

忽一日，李克用来店中闲看，问：『新来的做买卖如何？』张主管听了心中道：『中我机谋了！』应道：『好便好了，只有一件，……』克用道：『有什么一件？』老张道：『他大主买卖肯做，小主儿就打发去了，因此人说他不好。我几次劝他，不肯依我。』老员外说：『这个容易，我自吩咐他便了，不怕他不依。』赵主管在旁听得此言，私对张主管说道：『我们都要和气。许宣新来，我和你照管他才是。有不是宁可当面讲，如何背后去说他？他得知了，只道我们嫉妒。』老张道：『你们后生家，晓得什么！』天已晚了，各回下处。赵主管来许宣下处道：『张主管在员外面前嫉妒你，你如今要愈加用心，大主小主儿买卖，一般样做。』许宣道：『多承指教！我和你去闲酌一杯。』二人同到店中，左右坐下。酒保将要饭果碟摆下，二人吃了几杯。赵主管说：『老员外最性直，受不得触。你便依随他生性，耐心做买卖。』许宣道：『多谢老兄厚爱，谢之不尽！』又饮了两杯，天色晚了。赵主管道：『晚了路黑难行，改日再会。』许宣还了酒钱，各自散了。许宣觉道有杯酒醉了，恐怕冲撞了人，从屋檐下回去。

正走之间，只见一家楼上推开窗，将熨斗播灰下来，都倾在许宣头上。立住脚，便骂道：『谁家泼男女，不生眼睛，好没道理！』只见一个妇人，慌忙走下来道：『官人休要骂，是奴家不是，一时失误了，休怪！』许宣半醉，抬头一看，两眼相观，正是白娘子。许宣怒从心上起，恶向胆边生，无明火焰腾腾高起三千丈，掩纳不住，便骂道：『你这贼贱妖精，连累得我好苦！吃了两场官事！』恨小非君子，无毒不丈夫。正是：

踏破铁鞋无觅处，得来全不费工夫。

许宣道：『你如今又到这里，却不是妖怪？』赶将入去，把白娘子一把拿住道：『你要官休私休？』白娘子陪着笑面道：『丈夫，「一夜夫妻百夜恩」，和你说来事长。你听我说：当初这衣服，都是我先夫留下的。我与你恩爱深重，教你穿在身上，恩将仇报，反成吴越？』许宣道：『那日我回来寻你，如何不见了！主人家说你同青青来寺前看我，因何又在此间？』白娘子道：『我到寺前，听得说你被捉了去，教青青打听不着，只道你脱身走了。怕来捉我，教青青连忙讨了一只船，到建康府娘舅家去。昨日才到这里。我也道连累你两场官事，也有何面目见你！你怪我也无用了。情意相投，做了夫妻，如今好端端难道走开了？我与你情似泰山，恩同东海，誓同生死，可看日常夫妻之面，取我到下处，和你百年偕老，却不是好！」许宣被白娘子一骗，回嗔作喜，沉吟了半晌，被色迷了心胆，留连之意，不回下处，就在白娘子楼上歇了。次日，来上河五条巷王公楼家，对王公说：「我的妻子同丫鬟从苏州来到这里。」一一说了，道：「我如今搬回来一处过活。」王公道：「此乃好事，如何用说。」当日把白娘子同青青搬来王公楼上。次日，点茶请邻舍。第三日，邻舍又与许宣接风。酒筵散了，邻舍各自回去，不在话下。第四日，许宣早起梳洗已罢，对白娘子说：「我去拜谢东西邻舍，去做买卖去也。你同青青只在楼上照管，切勿出门！」吩咐已了，自到店中做买卖，早去晚回。

不觉光阴迅速，日月如梭，又过一月。忽一日，许宣与白娘子商量，去见主人李员外并妈妈家眷。白娘子道：「你在他家做主管，去参见了他，也好日常走动。」到次日，雇了轿子，径进里面请白娘子上了轿。叫王公挑了盒儿，丫鬟青青跟随，一齐来到李员外家。下了轿子，进到里面，请员外出来。李克用连忙来见，白娘子深深道个万福，拜了两拜，妈妈也拜了两拜，内眷都参见了。原来李克用年纪虽然高大，却专一好色。见了白娘子有倾国之姿，正是：

三魂不附体，七魄在他身。

那员外目不转睛，看白娘子。当时安排酒饭管待。妈妈对员外道：「好个伶俐的娘子！十分容貌，温柔和气，本分老成。」员外道：「便是杭州娘子生得俊俏。」饮酒罢了，白娘子相谢自回。李克用心中思想：「如何得这妇人共宿一宵？」眉头一簇，计上心来，道：「六月十三是我寿诞之日，不要慌，教这妇人着我一个道儿。」不觉乌飞兔走，才过端午，又是六月初间。那员外道：「妈妈，十三日是我寿诞，可做一个筵席，请亲眷朋友闲耍一日，也是一生的快乐。」当日亲眷邻友主管人等，都下了请帖。次日，家家户户都送烛面手帕物件来。十三日都来赴筵，吃了一日。次日是女眷们来贺寿，也有廿来个。且说白娘子也来，十分打扮，上着青织金衫儿，下穿大红纱裙，戴一头百巧珠翠金银首饰。带了青青，都到里面拜了生日，参见了老安人。东阁下排着筵席。原来李克用吃虱子留后腿的人。因见白娘子容貌，设此一计，大排筵席。各各传杯弄盏，酒至半酣，却起身脱衣净手。李员外原来预先吩咐腹心养娘道：「若是白娘子登东，他要进去，你可另引他到后面僻净房内去。」李员外设计已定，先自躲在后面。正是：

不劳钻穴逾墙事，稳做偷香窃玉人。

只见白娘子真个要去净手，养娘便引他到后面一间僻净房内去。养娘自回。那员外心中淫乱，捉身不住，不敢便走进去，却在门缝里张。不张万事皆休，则一张，那员外大吃一惊，回身便走，来到后边，望后倒了。

不知一命如何，先觉四肢不举。

那员外眼中不见如花似玉体态，只见房中蟠着一条吊桶来粗大白蛇，两眼一似灯盏，放出金光来。惊得半死，回身便走，一绊一跤。众养娘扶起看时，面青口白。主管慌忙用安魂定魄丹服了，方才醒来。老安人与众人都来看了道：『你为何大惊小怪做什么？』李员外不说其事，说道：『我今日起得早了，连日又辛苦了些，头风病发晕倒了。』扶去房里睡了。众亲眷再入席饮了几杯，酒筵罢散，众人作谢回家。白娘子回到家中思想，恐怕明日李员外在铺中对许宣说出本相来。便生一条计，一头脱衣服，一头叹气。许宣道：『今日出去吃酒，因何回来叹气？』白娘子道：『丈夫，说不得！李员外原来假做生日，其心不善。因见我起身登东，他躲在里面，欲要奸骗我，扯裙扯裤，来调戏我。欲待叫起来，众人都在那里，怕妆幌子。被我一推倒地，他怕羞没意思，假说晕倒了。这惶恐那里出气！』许宣道：『既不曾奸骗你，他是我主人家，出于无奈，只得忍了。这遭休去便了。』白娘子道：『你不与我做主，还要做人？』许宣道：『先前多承姐夫写书，教我投奔他家。亏他不阻，收留在家做主管。如今教我怎的好？』白娘子道：『男子汉！我被他这般欺负，你还去他家做主管？』许宣道：『你教我何处去安身？做何生理？』白娘子道：『做人家主管，也是下贱之事。不如自开一个生药铺。』许宣道：『亏你说，只是那讨本钱？』白娘子道：『你放心，这个容易。我明白把些银子，你先去赁了间房子却又说话。』且说『今是古，古是今』，各处有这等出热的。间壁有一个人，姓蒋名和，一生出热好事。次日，许宣问女娘子讨了些银子，教蒋和去镇江渡口码头上，赁了一间房子，买下一付生药厨柜，陆续收买生药。十月前后，俱已完备，选日开张药店，不去做主管。那李员外也自知惶恐，不去叫他。

许宣自开店来，不匡买卖一日兴一日，普得厚利。正在门前卖生药，只见一个和尚将着一个募缘簿子道：『小僧是金山寺和尚，如今七月初七日是英烈龙王生日，伏望官人到寺烧香，布施些香钱！』许宣道：『不必写名，我有一块好降香，舍与你拿去烧罢。』即便开柜取出，递与和尚。和尚接了道：『是日望官人来烧香！』打一个问讯去了。白娘子看见道：『你这杀才，把这一块好香与那贼秃去换酒肉吃！』许宣道：『我一片诚心舍与他，花费了也是他的罪过。』不觉又是七月初七日，许宣正开得店，只见街上闹热，人来人往。帮闲的蒋和道：『小乙官前日布施了香，今日何不去寺内闲走一遭？』许宣道：『我收拾了，略待略待，和你同去。』蒋和道：『小人当得相伴。』许宣连忙收拾了，进去对白娘子道：『我去金山寺烧香，你可照管家里则个。』白娘子道：『「无事不登三宝殿」，去做什么？』许宣道：『一者不曾认得金山寺，要去看一看；二者前日布施了，要去烧香。』白娘子道：『你既要去，我也挡你不得，只要依我三件事。』许宣道：『那三件？』白娘子道：『一件，不要去方丈内去；二件，不要与和尚说话；三件，去了就回。来得迟，我便来寻你也。』许宣道：『这个何妨，都依得。』当时换了新鲜衣服鞋袜，袖了香盒，同蒋和径到江边，搭了船，投金山寺来。先到龙王堂烧了香，绕寺闲走了一遍，同众人信步来到方丈门前。许宣猛省道：『妻子吩咐我休要进方丈内去。』立住了脚，不进去。蒋和道：『不妨事，他自在家中，回去只说不曾去便了。』说罢，走入去，看了一回，便出来。且说方丈当中座上，坐着一个有德行的和尚，眉清目秀，圆顶方袍，看了模样，的是真僧。一见许宣走过，便叫侍者：『快叫那后生进来。』侍者看了一回，人千人万，乱滚滚的，又认不得他，回说：『不知他走那边去了？』和尚见说，持了禅杖，自出方丈来，前后寻不见。复身出寺来看，只见众人都在那里等风浪静了落船。那风浪越大了，道：『去不得。』正看之间，只见江心里一只船飞也似来得快。许宣对蒋和道：『这般大风浪过不得渡，那只船如何到来得快？』正说之间，船已将近。看时，一个穿白的妇人，一个穿青的女子来到岸边，仔细一认，正是白娘子和青青两个。许宣这一惊非小。白娘子来到岸边，叫道：『你如何不归？快来上船！』许宣却欲上船，只听得有人在背后喝道：『业畜在此做什么？』许宣回头看时，人说道：『法海禅师来了！』禅师道：『业畜，敢再来无礼，残害生灵！老僧为你特来。』白娘子见了和尚，摇开船，和青青把船一翻，两个都翻下水底去了。许宣回身看着和尚便拜：『告尊师，救弟子一条草命！』禅师道：『你如何遇着这妇人？』许宣把前项事情从头说了一遍。禅师听罢，道：『这妇人正是妖怪，汝可速回杭州去。如再来缠汝，可到湖南净慈寺里寻我。有诗四句：

本是妖精变妇人，西湖岸上卖娇声。汝因不识遭他计，有难湖南见老僧。

许宣拜谢了法海禅师，同蒋和下了渡船，过了江，上岸归家。白娘子同青青都不见了，方才信是妖精。到晚来，教蒋和相伴过夜，心中昏闷，一夜不睡。次日早起，叫蒋和看着家里，却来到针子桥李克用家，把前项事情告诉了一遍。李克用道：『我生日之时，他登东，我撞将去，不期见了这妖怪，惊得我死去。我又不敢与你说这话。既然如此，你且搬来我这里住着，别作道理。』许宣作谢了李员外，依旧搬到他家。不觉住过两月有余。

忽一日立在门前，只见地方总甲吩咐排门人等，俱要香花灯烛，迎接朝廷恩赦。原来是宋高宗策立孝宗，降赦通行天下，只除人命大事，其余小事，尽行赦放回家。许宣遇赦，欢喜不胜，吟诗一首，诗云：

感谢吾皇降赦文，网开三面许更新。死时不作他邦鬼，生日还为旧土人。不幸逢妖愁更甚，何期遇宥罪除根？归家满把香焚起，拜谢乾坤再造恩。

许宣吟诗已毕，央李员外衙门上下打点使用了钱，见了大尹，给引还乡。拜谢东邻西舍，李员外妈妈合家大小，二位主管，俱拜别了。央帮闲的蒋和买了些土物带回杭州。来到家中，见了姐夫姐姐，拜了四拜。李募事见了许宣焦躁道：『你好生欺负人，我两遭写书教你投托人，你在李员外家娶了老小，不直得寄封书来教我知道，直恁的无仁无义！』许宣说：『我不曾娶妻小。』姐夫道：『见今两日前，有一个妇人带着一个丫鬟，道是你的妻子。说你七月初七日去金山寺烧香，不见回来。那里不寻到。直到如今，打听得你回杭州，同丫鬟先到这里等你两日了。』教人叫出那妇人和丫鬟见了许宣。许宣看见，果是白娘子、青青。许宣见了，目睁口呆，吃了一惊。不在姐夫姐姐面前说这话本，只得任他埋怨了一场。李募事教许宣共白娘子去一间房内去安身。许宣见晚了，怕这白娘子，心中慌了，不敢向前。朝着白娘子跪在地下道：『不知你是何神何鬼，可饶我的性命！』白娘子道：『小乙哥是何道理？我和你许多时夫妻，又不曾亏负你，如何说这等没力气的话？』许宣道：『自从和你相识之后，带累我吃了两场官司。我到镇江府，你又来寻我。前日金山寺烧香，归得迟了，你和青青又直赶来。见了禅师，便跳下江里去了。我只道你死了，不想你又先到此，望乞可怜见饶我则个！』白娘子圆睁怪眼道：『小乙官，我也只是为好，谁想倒成怨本！我与你平生夫妇，共枕同衾，许多恩爱，如今却信别人闲言语，教我夫妻不睦。我如今实对你说，若听我言语喜喜欢欢，万事皆休；若生外心，教你满城皆成血水，人人手攀洪浪，脚踏浑波，皆死于非命。』惊得许宣战战兢兢，半晌无言可答，不敢走近前去，青青劝道：『官人，娘子爱你杭州人生得好，又喜你恩情深重。听我说，与娘子和睦了，休要疑虑。』许宣吃两个缠不过，叫道：『却是苦耶！』只见姐姐在天井里乘凉，听得叫苦，连忙来到房前，只道他两个儿厮闹，拖了许宣出来。白娘子关上房门自睡。许宣把前因后事，一一对姐姐告诉了一遍，却好姐夫乘凉归房。姐姐道：「你两口儿厮闹了，如今不知睡了也未，你且去张一张了来。」李募事走到房前看时，里头黑了，半亮不亮。将舌头舔破纸窗，不张万事皆休，一张时，见一条吊桶来大的蟒蛇，睡在床上，伸头在天窗内乘凉，鳞甲内放出白光来，照得房内如同白日。吃了一惊，回身便走。来到房中，不说其事。道：「睡了，不见则声。」许宣躲在姐姐房中，不敢出头。姐夫也不问他。

过了一夜，次日，李募事叫许宣出去，到僻静处问道：「你妻子从何娶来？实实的对我说，不要瞒我！自昨夜亲眼看见他是一条大白蛇，我怕你姐姐害怕，不说出来。」许宣把从头事，一一对姐夫说了一遍。李募事道：「既是这等，白马庙前，一个呼蛇戴先生，如法捉得蛇。我同你去接他。」二人取路来到白马庙前，只见戴先生正立在门口。二人道：「先生拜揖。」先生道：「有何见谕？」许宣道：「家中有一条大蟒蛇，相烦一捉则个！」先生道：「宅上何处？」许宣道：「过将军桥黑珠儿巷内李募事家便是。」取出一两银子道：「先生收了银子，待捉得蛇另又相谢。」先生收了道：「二位先回，小子便来。」李募事与许宣自回。那先生装了一瓶雄黄药水，一直来到黑珠儿巷内，问李募事家。人指道：「前面那楼子内便是。」先生来到门前，揭起帘子，咳嗽一声，并无一个人出来。敲了半晌门，只见一个小娘子出来问道：「寻谁家？」先生道：「此是李募事家么？」小娘子道：「便是。」先生道：「说宅上有一条大蛇，却才二位官人来请小子捉蛇。」小娘子道：「我家那有大蛇？你差了。」先生道：「官人先与我一两银子，说捉了蛇后，有重谢。」白娘子道：「没有，休信他们哄你。」先生道：「如何作耍？」白娘子三回五次发落不去，焦躁起来，道：「你真个会捉蛇？只怕你捉他不得！」戴先生道：「我祖宗七八代呼蛇捉蛇，量道一条蛇有何难捉！」娘子道：「你说捉得，只怕你见了要走！」先生道：「不走，不走！如走，罚一锭白银。」娘子道：「随我来。」到天井内，那娘子转个弯，走进去了。那先生手中提着瓶儿，立在空地上。不多时，只见刮起一阵冷风，风过处，只见一条吊桶来大的蟒蛇，连射将来，正是：

人无害虎心，虎有伤人意。

且说那戴先生吃了一惊，望后便倒，雄黄罐儿也打破了。那条大蛇张开血红大口，露出雪白齿，来咬先生。先生慌忙爬起来，只恨爹娘少生两脚，一口气跑过桥来，正撞着李募事与许宣。许宣道：「如何？」那先生道：「好教二位得知。……」把前项事，从头说了一遍。取出那一两银子付还李募事道：「若不生这双脚，连性命都没了。二位自去照顾别人。」急急的去了。许宣道：「姐夫，如今怎么处？」李募事道：「眼见实是妖怪了，如今赤山埠前张成家欠我一千贯钱。你去那里静处，讨一间房儿住下。那怪物不见了你，自然去了。」许宣无计可奈，只得应承。同姐夫到家里，静悄悄的没些动静。李募事写了书帖，和票子做一封，教许宣往赤山埠去。只见白娘子叫许宣到房中道：「你好大胆，又叫什么捉蛇的来！你若和我好意，佛眼相看，若不好时，带累一城百姓受苦，都死于非命！」许宣听得，心寒胆战，不敢则声。将了票子，闷闷不已。来到赤山埠前，寻着了张成。随即袖中取票时，不见了。只叫得苦，慌忙转步，一路寻回来时，那里见。正闷之间，来到净慈寺前，忽地里想起那金山寺长老法海禅师曾吩咐来：「倘若那妖怪再来杭州缠你，可来净慈寺内来寻我。」如今不寻，更待何时。」急入寺中，问监寺道：「动问和尚，法海禅师曾来上刹也未？」那和尚道：「不曾到来。」许宣听得说不在，越闷。折身便回来长桥堍下，自言自语道：「时衰鬼弄人」，我要性命何用？』看着一湖清水，却待要跳！正是：

阎王判你三更到，定不容人到四更。

许宣正欲跳水，只听得背后有人叫道：『男子汉何故轻生？死了一万口，只当五千双，有事何不问我！』许宣回头看时，正是法海禅师。背驮衣钵，手提禅杖，原来真个才到。也是不该命尽，再迟一碗饭时，性命也休了。许宣见了禅师，纳头便拜，道：『救弟子一命则个！』禅师道：『这业畜在何处？』许宣把上项事一一诉了，道：『如今又直到这里，求尊师救度一命。』禅师于袖中取出一个钵盂，递与许宣道：『你若到家，不可教妇人得知，悄悄的将此物劈头一罩，切勿手轻，紧紧的按住，不可心慌。你便回去。』且说许宣拜谢了禅师，回家。只见白娘子正坐在那里，口内喃喃的骂道：『不知甚人挑拨我丈夫和我做冤家，打听出来，和他理会！』正是有心等了最没心的，许宣张得他眼慢，背后悄悄的，望白娘子头上一罩，用尽平生气力纳住。不见了女子之形，随着钵盂慢慢的按下，不敢手松，紧紧的按住。只听得钵盂内道：『和你数载夫妻，好没一些儿人情！略放一放！』许宣正没了结处，报道：『有一个和尚，说道要收妖怪。』许宣听得，连忙教李募事请禅师进来。来到里面，许宣道：『救弟子则个！』不知禅师口里念的什么，念毕，轻轻的揭起钵盂，只见白娘子缩做七八寸长，如傀儡人像，双眸紧闭，做一堆儿，伏在地下。禅师喝道：『是何业畜妖怪，怎敢缠人？可说备细！』白娘子答道：『祖师，我是一条大蟒蛇。因为风雨大作，来到西湖上安身，同青青一处。不想遇着许宣，春心荡漾，按捺不住，一时冒犯天条，却不曾杀生害命。望禅师慈悲则个！』禅师又问：『青青是何怪？』白娘子道：『青青是西湖内第三桥下潭内千年成气的青鱼。一时遇着，拉他为伴，他不曾得一日欢娱，并望禅师怜悯！』禅师道：『念你千年修炼，免你一死，可现本相！』白娘子不肯。禅师勃然大怒，口中念念有词，大喝道：『揭谛何在！快与我擒青鱼怪来，和白蛇现形，听吾发落！』须臾庭前起一阵狂风。风过处，只闻得豁刺一声响，半空中坠下一个青鱼，有一丈多长，向地拨刺的连跳几跳，缩做尺余长一个小青鱼。看那白娘子时，也复了原形，变了三尺长一条白蛇，兀自昂头看着许宣。禅师将二物置于钵盂之内，扯下褊衫一幅，封了钵盂口，拿到雷峰寺前，将钵盂放在地下，令人搬砖运石，砌成一塔。后来许宣化缘，砌成了七层宝塔。千年万载，白蛇和青鱼不能出世。且说禅师押镇了，留偈四句：

西湖水干，江湖不起，雷峰塔倒，白蛇出世。

法海禅师言偈毕。又题诗八句以劝后人：

奉劝世人休爱色，爱色之人被色迷。心正自然邪不扰，身端怎有恶来欺？但看许宣因爱色，带累官司惹是非。不是老僧来救护，白蛇吞了不留些。

法海禅师吟罢，各人自散。惟有许宣情愿出家，礼拜禅师为师，就雷峰塔披剃为僧。修行数年，一夕坐化去了。众僧买龛烧化，造一座骨塔，千年不朽。临去世时，亦有诗四句，留以警世，诗曰：

祖师度我出红尘，铁树开花始见春；化化轮回重化化，生生转变再生生。欲知有色还无色，须知无形却有形；色即是空空即色，空空色色要分明。

第二十九卷

宿香亭张浩遇莺莺

闲向书斋阅古今，生非草木岂无情。佳人才子多奇遇，难比张生遇李莺。

话说西洛有一才子，姓张名浩字巨源。自儿曹时清秀异众。既长，才擒蜀锦，貌莹寒冰，容止可观，言词简当。承祖父之遗业，家藏镪数万，以财豪称于乡里。贵族中有慕其门第者，欲结婚姻，虽媒约日至，浩正色拒之。人谓浩曰：『君今冠矣。男子二十而冠，何不求良家令德女子配君，其理安在？』浩曰：『大凡百岁姻缘，必要十分美满。某虽非才子，实慕佳人。不遇出世娇姿，宁可终身鳏处。且俟功名到手之日，此愿或可遂耳。』缘此至弱冠之年，犹未纳室。浩性喜厚自奉养。所居连檐重阁，洞户相通，华丽雄壮，与王侯之家相等，浩犹以为隘窄。又于所居之北，创置一园。中有：

风亭月榭，杏坞桃溪。云楼上倚晴空，水阁下临清沘。横塘曲岸，露偃月虹桥，朱槛雕栏，叠生云怪石。烂熳奇花艳蕊，深沉竹洞花房。飞异域佳禽，植上林珍果。绿荷密锁寻芳路，翠柳低笼斗草场。

浩暇日，多与亲朋宴息其间。西都风俗，每至春时，园圃无大小，皆修莳花木，洒扫亭轩，纵游人玩赏，以此递相夸逞士庶为常。浩闾巷有名儒廖山甫者，学行俱高，可为师范，与浩情爱至密。浩喜园馆新成，花木茂盛，一日，邀山甫闲步其中。行至宿香亭共坐。时当仲春，桃李正芳，牡丹花放，嫩白妖红，环绕亭砌。浩谓山甫曰：『淑景明媚，非诗酒莫称韶光。今日幸无俗事，先饮数杯，然后各赋一诗，咏目前景物。虽园圃消疏，不足以当君之盛作，若得一诗，可以永为壮观。』山甫曰：『愿听指挥。』浩喜，即呼小童，具饮器笔砚于前。酒三行，方欲索题，忽遥见亭下花间，有流莺惊飞而起。山甫曰：『莺语堪听，何故惊飞？』浩曰：『此无他，料必有游人偷折花耳。邀先生一往观之。』遂下宿香亭，径入花阴，蹑足潜身，寻踪而去。过太湖石畔，芍药栏边，见一垂鬟女子，年方十五，携一小青衣，倚栏而立。但见：

新月笼眉，春桃拂脸。意态幽花未艳，肌肤嫩玉生光。莲步一折，着弓弓扣绣鞋儿；螺髻双垂，插短短紫金钗子。似向东君夸艳态，倚栏笑对牡丹丛！

浩一见之，神魂飘荡，不能自持。又恐女子惊避，引山甫退立花阴下。端详久之，真出世色也。告山甫曰：『尘世无此佳人，想必上方花月之妖！』山甫曰：『花月之妖，岂敢昼见？天下不乏美妇人，但无缘者自不遇耳。』浩曰：『浩阅人多矣，未常见此殊丽。使浩得配之，足快平生。兄有何计，使我早遂佳期，则成我之恩，与生我等矣。』山甫曰：『以君之门第才学，欲结婚姻，易如反掌，何须如此劳神？』浩曰：『君言未当，若不遇其人，宁可终身不娶。今既遇之，即顷刻亦难捱也。媒妁通问，必须岁月，将无已在枯鱼之肆乎！』山甫曰：『但患不谐，苟得谐，何患晚也。请询其踪迹，然后图之。』浩此时情不自禁，遂整巾正衣，向前而揖。女子敛袂答礼。浩启女子曰：『贵族谁家？何因至此？』女子笑曰：『妾乃君家东邻也。今日长幼赴亲族家会，惟妾不行。闻君家牡丹盛开，故与青衣潜启隙户至此。』浩闻此语，乃知李氏之女莺莺也。与浩童稚时曾共扶拦之戏。再告女子曰：『敝园荒芜，不足寓目，幸有小馆，欲备肴酒，尽主人接邻里之欢，如何？』女曰：『妾之此来，本欲见君。若欲开樽，决不敢领。愿无及乱，略诉此情。』浩拱手鞠躬而言曰：『愿闻所谕！』女曰：『妾自幼年慕君清德，缘家有严亲，礼法所拘，无因与君聚会。今君犹未娶，妾亦垂髫，若不以丑陋见疏，为通媒妁，使妾异日奉箕帚之末，立祭祀之列，奉侍翁姑，和睦亲族，成两姓之好，无七出之玷，此妾之素心也。不知君心还肯从否？』浩闻此言，喜出望外，告女曰：『若得与丽人偕老，平生之乐事足矣。但未知缘分何如耳？』女曰：『两心既坚，缘分自定。君果见许，愿求一物为定，使妾藏之异时，表今日相见之情。』浩仓卒中无物表意，遂取系腰紫罗绣带，谓女曰：『取此以待定议。』女亦取拥项香罗，谓浩曰：『请君作诗一篇，亲笔题于罗上，庶几他时可以取信。』浩心转喜，呼童取笔砚，指栏中未开牡丹为题，赋诗一绝于香罗之上，诗曰：

沉香亭畔露凝枝，敛艳含娇未放时；自是名花待名手，风流学士独题诗。

女见诗大喜，取香罗在手，谓浩曰：『君诗句清妙，中有深意，真才子也。此事切宜缄口，勿使人知，无忘今日之言，必遂他时之乐。父母恐回，妾且归去。』道罢，莲步却转，与青衣缓缓而去。浩时酒兴方浓，春心淫荡，不能自遏，自言：『下坡不赶，次后难逢，争忍弃人归去？杂花影下，细草如茵，略效鸳鸯，死亦无恨！』遂奋步赶上，双手抱持。女子顾恋恩情，不忍移步绝裾而去，正欲启口致辞，含羞告免。忽自后有人言曰：『相见已非正礼，此事决然不可！若能用我一言，可以永谐百岁。』浩舍女回视，乃山甫也。女子已去。山甫曰：『但凡读书，盖欲知礼别嫌。今君诵孔圣之书，何故习小人之态？若使女子去迟，父母先回，必询究其所往，则女祸延及于君。岂可恋一时之乐，损终身之德。请君三思，恐成后悔！』浩不得已，怏怏复回宿香亭上，与山甫尽醉散去。

自此之后，浩但当歌不语，对酒无欢，月下长吁，花前偷泪。俄而绿暗红稀，春光将暮。浩一日独步闲斋，反复思念，一段离愁，方恨无人可诉。忽有老尼惠寂自外而来，乃浩家香火院之尼也。浩礼毕，问曰：『吾师何来？』寂曰：『专来传达一信。』浩问：『何人致意于我？』寂移坐促席请浩曰：『君东邻李家之女莺莺，再三申意。』浩大惊，告浩曰：『宁有是事，吾师勿言！』寂曰：『此事何必自隐？听寂拜闻：李氏为寂门徒二十余年，其家长幼相信。今日因往李氏诵经，知其女莺莺染病，寂遂劝令勤服汤药。莺屏去侍妾，私告寂曰：「此病岂药所能愈耶？」寂再三询其仔细，莺遂说及园中与君相见之事，又出罗巾上诗，向寂言：「此即君所作也。」令我致意于君，幸勿相忘，以图后会。盖莺与寂所言也，君何用隐讳耶？』浩曰：『事实有之，非敢自隐。但虑传扬遐迩，取笑里闾。今日吾师既知，使浩如何而可？』寂曰：『早来既知此事，遂与莺父母说及莺亲事。答云：「女儿尚幼，未能干家。」观其意在二三年后，方始议亲。更看君缘分如何？』言罢，起身谓浩曰：『小庵事冗，不及款话，如日后欲寄音信，但请垂谕！』遂相别去。自此香闺密意，书幌幽怀，皆托寂私传。

光阴迅速，倏忽之间，已经一载。节过清明，桃李飘零，牡丹半折。浩倚栏凝视，睹物思人，情绪转添。久之，自思去岁此时，相逢花畔，今岁花又重开，玉人难见。沉吟半晌，不若折花数枝，托惠寂寄莺莺同赏。遂召寂至，告曰：『今折得花数枝，烦吾师持往李氏，但云吾师所献。若见莺莺，作浩起居：去岁花开时，相见于西栏畔；今花又开，人犹间阻。相忆之心，言不可尽。愿似叶如花，年年长得相见。』寂曰：『此事易为，君可少待。』遂持花去。逾时复来，浩迎问道：『如何？』寂于袖中取彩笺小柬，告浩曰：『莺莺寄君，切勿外启！』寂乃辞去。浩启封视之，曰：

妾莺莺拜启：相别经年，无日不怀思忆。前令乳母以亲事白于父母，坚意不可。事须后图，不可仓卒。愿君无忘妾，妾必不负君！姻若不成，誓不他适。其他心事，询寂可知。昨夜宴花前，众皆欢笑，独妾悲伤。偶成小词，略诉心事。君读之，可以见妾之意。读毕毁之，切勿外泄！

词曰：

红疏绿密时暄，还是困人天。相思极处，凝睛月下，洒泪花前。誓约已知俱有愿，奈目前两处悬悬！鸾凰未偶，清宵最苦，月甚先圆。

浩览毕，敛眉长叹，曰：『好事多磨，信非虚也！』展放案上，反复把玩，不忍释手。感刻寸心，泪下如雨。又恐家人见疑，询其所因，遂伏案掩面。偷声潜泣。良久，举首起视，见日影下窗，暝色已至。浩思适来书中言：『心事讯寂可知』，今抱愁独坐，不若询访惠寂，究其仔细，庶几少解情怀。遂徐步出门，路过李氏之家。时夜色已阑，门户皆闭，浩至此，想象莺莺，心怀爱慕，步不能移，指李氏之门曰：『非插翅步云，安能入此？』方绯徊未进。忽见旁有隙户半开，左右寂无一人。浩大喜曰：『天赐此便，成我佳期。远托惠寂，不如潜入其中，探问莺莺消息。』浩为情爱所重，不顾礼法，蹑足而入。既到中堂，匿身回廊之下。左右顾盼，见：

闲庭悄悄，深院沉沉。静中闻风响丁当，暗里见流萤聚散。更筹渐急，窗中风弄残灯；夜色已阑，阶下月移花影。香闺想在屏山后，远似巫阳千万重。

浩至此，茫然不知所往。独立久之，心中顿省。自思：『设若败露，为之奈何？不惟身受苦楚，抑且玷辱祖宗。此事当款曲图之。』不期隙户已闭，返转回廊，方欲寻路复归，忽闻空中有低低而唱者。浩思深院净夜，何人独歌？遂隐住侧身，静听所唱之词，乃《行香子》词：

雨后风微，绿暗红稀。燕巢成蝶绕残枝，杨花点点，永日迟迟。动离怀，牵别恨，鹧鸪啼。

辜负佳期，虚度芳时。为甚褪尽罗衣？宿香亭下，红芍栏西。当时情，今日恨，有谁知！

但觉如雏莺啭翠柳阴中，彩凤鸣碧梧枝上。想是清夜无人，调韵转美。浩审词察意，若非莺莺，谁知宿香亭之约？但得一见其面，死亦无悔。方欲以指击窗，询问仔细，忽有人叱浩曰：『良士非媒不聘，女子无故不婚，今女按板于窗中，小子逾墙到厅下，皆非善行，玷辱人伦。执诣有词，永作淫奔之戒。』浩大惊退步，失脚堕于砌下，久之方醒。开目视之，乃伏案昼寝于书窗之下，时日将晡矣。浩曰：『异哉梦也！何显然如是？莫非有相见之期，故先垂吉兆告我！』方心绪扰忧未定，惠寂复来。浩讯其意。寂曰：『适来只奉小柬而去，有一事偶忘告君。莺莺传语，他家所居房后，乃君家之东墙也。高无数尺。其家初夏二十日，亲族中有婚姻事，是夕举家皆往，莺托病不行。令君至期，于墙下相待，欲逾墙与君相见，君切记之。』惠寂且去，浩欣喜之心，言不能尽。

屈指数日，已至所约之期。浩遂张帷幄，具饮馔，器用玩好之物，皆列于宿香亭中。日既晚，悉逐僮仆出外，惟留一小鬟。反闭园门，倚梯近墙，屏立以待。未久，夕阳消柳外，暝色暗花间，斗柄指南，夜传初鼓。张浩曰：『惠寂之言岂非谑我乎？……』语犹未绝，粉面新妆，半出短墙之上。浩举目仰视，乃莺莺也。急升梯扶臂而下，携手偕行，至宿香亭上。明烛并坐，细视莺莺，欣喜转盛。告莺曰：『不谓丽人果肯来此！』莺曰：『妾之此身，异时欲作闺门之事，今日宁肯诳语？』浩曰：『肯饮少酒，共庆今宵佳会可乎？』莺曰：『难禁酒力，恐来朝获罪于父母。』浩曰：『酒既不饮，略歇如何？』莺笑倚浩怀，娇羞不语。浩遂与解带脱衣，入鸳帏共寝。但见：

宝炬摇红，麝裀吐翠。金缕绣屏深掩，绀纱斗帐低垂。并莲鸳枕，如双双比目同波；共展香衾，似对对春蚕作茧。向人尤殢春情争，一搦纤腰怯未禁！

须臾，香汗流酥，相偎微喘，虽楚王梦神女，刘阮入桃源，相得之欢，皆不能比。少顷，莺告浩曰：『夜色已阑，妾且归去！』浩亦不敢相留，遂各整衣而起。浩告莺曰：『后会未期，切宜保爱！』莺曰：『去岁偶然相遇，犹作新诗相赠，今夕得侍枕席，何故无一言见惠？岂非猥贱之躯，不足当君佳句？』浩笑谢莺曰：『岂有此理！谨赋一绝：

华胥佳梦徒闻说，解佩江皋浪得声；一夕东轩多少事，韩生虚负窃香名。』

莺得诗，谓浩曰：『妾之此身，今已为君所有，幸终始成之。』遂携手下亭，转柳穿花，至墙下，浩扶策，莺升梯而去。

自此之后，虽音耗时通，而会遇无便。经数日，忽惠寂来告曰：『莺莺致意，其父守官河朔，来日挈家登程，愿君莫忘旧好。候回日，当议秦晋之礼。』惠寂辞去。浩神悲意惨，度日如年，抱恨怀愁。俄经二载。一日，浩季父召浩语曰：『吾闻不孝以无嗣为大，今汝将及当立之年，犹未纳室，虽未至绝嗣，而内政亦不可缺。此中有孙氏者，累世仕宦，家业富盛，其女年已及笄，幼奉家训，习知妇道。我欲与汝主婚，结亲孙氏。今若失之，后无令族。』浩素畏季父赋性刚暴，不敢抗拒，又不敢明言李氏之事，遂通媒约，与孙氏议姻。择日将成，而莺莺之父任满方归。浩不能忘旧情，乃遣刘惠寂密告莺曰：『浩非负心，实被季父所逼，复与孙氏结亲，负心违愿，痛彻心髓！』莺谓寂曰：『我知其叔父所为，我必能自成甚事。』寂曰：『善为之！』遂去。莺启父母曰：『儿有过恶，玷辱家门，愿先启一言，然后请死。』父母惊骇，询问：『我儿何自苦如此？』莺曰：『妾自幼岁慕西邻张浩才名，曾以此身私许偕老。曾令乳母白父母欲与浩议姻，当日尊严不蒙允许。今闻浩与孙氏结婚，弃妾此身，将归何地？然女行已失，不可复嫁他人，此愿若违，含笑自绝。』父母惊谓莺曰：『我止有一女，所恨未能选择佳婿。若早知，可以商议。今浩既已结婚，为之奈何？』莺曰：『父母许以儿归浩，则妾自能措置。』父曰：『但愿亲成，一切不问。』莺曰：『果如是，容妾诉于官府。』前取纸作状，更服旧妆，径至河南府讼庭之下。龙图阁待制陈公方据案治事，见一女子执状向前。公停笔问曰：『何事？』莺莺敛身跪告曰：『妾诚诳妄，上渎高明，有状上呈。』公令左右取状展视云：

告状妾李氏：切闻语云：『女非媒不嫁。』此虽至论，亦有未然，何也？昔文君心喜司马，贾午志慕韩寿，此二女皆有私奔之名，而不受无媒之谤。盖所归得人，青史标其令德，注在篇章。使后人继其所为，免委身于庸俗。妾于前岁慕西邻张浩才名，已私许之偕老。言约已定，誓不变更。今张浩忽背前约，使妾呼天叩地，无所告投！切闻律设大法，礼顺人情。若非判府龙图明断，孤寡终身何恃！为此冒耻渎尊，幸望台慈，特赐了决！谨状。

陈公读毕，谓莺莺曰：『汝言私约已定，有何为据？』莺取怀中香罗并花笺上二诗，皆浩笔也。陈公命追浩至公庭，责浩与李氏既已约婚，安可再孙氏？浩仓卒但以叔父所逼为辞，实非本心。再讯莺曰：『尔意如何？』莺曰：『张浩才名，实为佳婿。使妾得之，当克勤妇道。实龙图主盟之大德。』陈公曰：『天生才子佳人，不当使之孤另，我今曲与汝等成之。』遂于状笔判云：

花下相逢，已有终身之约；中道而止，竟乖偕老之心。在人情既出至诚，论律文亦有所禁。宜从先约，可断后婚。

判毕，谓浩曰：『吾今判合与李氏为婚。』二人大喜，拜谢相公恩德，遂成夫妇，偕老百年。后生二子，俱擢高科。话名《宿香亭张浩遇莺莺》。

当年崔氏赖张生，今日张生仗李莺；同是风流千古话，西厢不及宿香亭。

第三十卷

金明池吴清逢爱爱

朱文灯下逢刘倩，师厚燕山遇故人。隔断死生终不泯，人间最切是深情。

话说大唐中和年间，博陵有个才子，姓崔名护，生得风流俊雅，才貌无双。偶遇春榜动，选场开，收拾琴剑书箱，前往长安应举。时当暮春，崔生暂离旅舍，往城南郊外游赏。但觉口燥咽干，唇焦鼻热。一来走得急，那时候也有些热了。这崔生只为口渴，又无溪涧取水。只见一个去处：

灼灼桃红似火，依依绿柳如烟。竹篱，茅舍，黄土壁，白板扉。哰哰犬吠桃源中，两两黄鹂鸣翠柳。

崔生去叩门，觅一口水。立了半日，不见一人出来。正无计结，忽听得门内笑声。崔生鹰觑鹘望，去门缝里一瞧，原来那笑的，却是一个女孩儿，约有十六岁。那女儿出来开门。崔生见了，口一发燥，咽一发干，唇一发焦，鼻一发热，连忙叉手向前道：「小娘子拜揖。」那女儿回个娇娇滴滴的万福道：「官人宠顾茅舍，有何见谕？」崔生道：「卑人博陵崔护，别无甚事，只因走远气喘，敢求勺水解渴则个。」女子听罢，并无言语。疾忙进去，用纤纤玉手，捧着磁瓯，盛半瓯茶，递与崔生。崔生接过，呷入口，透心也似凉，好爽利。只得谢了自回。想着功名，自去赴选。谁想时运未到，金榜无名，离了长安，匆匆回乡去了。倏忽一年，又遇开科。崔生又起身赴试。追忆故人，且把试事权时落后，急往城南，一路上东张西望，只怕错认了女儿住处。顷刻到门前，依旧桃红柳绿，犬吠莺啼。崔生至门，见寂寞无人，心中疑惑。还去门缝里瞧时，不闻人声。徘徊半晌，云白板扉上题四句诗：

去年今日此门中，人面桃花相映红。人面不知何处去？桃花依旧笑春风。

题罢自回。明日放心不下，又去探望。忽见门儿呀地开了，走出一个人来。生得：

须眉皓白，鬓发稀疏。身披白布道袍，手执斑竹拄杖。堪为四皓商山客，做得磻溪执钓人。

那老儿对崔生道：「君非崔护么？」崔生道：「丈人拜揖，卑人是也。不知丈人何以见识？」那老儿道：「君杀我女儿，怎生不识？」惊得崔护面色如土，道：「卑人未尝到老丈宅中，何出此言？」老儿道：「我女儿去岁独自在家，遇你来觅水。去后昏昏如醉，不离床席。昨日忽说道：『去年今日曾遇崔郎，今日想必来也。』走到门前，望了一日，不见。转身抬头，忽见白板扉上诗，长哭一声，瞥然倒地。老汉扶入房中，一夜不醒。早间忽然开眼道：『崔郎来了，爹爹好去迎接。』今君果至，岂非前定。且请进去一看。」谁想崔生入得门来，里面哭了一声。仔细看时，女儿死了。老儿道：「郎君今番真个偿命！」崔生此时，又惊又痛。便走到床前，坐在女儿头边，轻轻放起女儿的头，伸直了自家腿，将女儿的头，放在腿上，衬着女儿的脸道：「小娘子，崔护在此。」顷刻间那女儿三魂再至，七魄重生，须臾就走起来。老儿十分欢喜。就赔妆奁，招赘崔生为婿。后来崔生发迹为官，夫妻一世团圆。正是：

月缺再圆，镜离再合；花落再开，人死再活。

为甚今日说这段话？这个便是死中得活。有一个多情的女儿，没兴遇着个子弟，不能成就，干折了性命，反作成别人洞房花烛。正是：

有缘千里能相会，无缘对面不相逢。

说这女儿遇着的子弟，却是宋朝东京开封府有一员外，姓吴名子虚。平生是个真实的人，只生得一个儿子，名唤吴清。正是爱子娇痴，独心得情。那吴员外爱惜儿子，一日也不肯放出门。那儿子却是风流博浪的人，专要结识朋友，觅柳寻花。忽一日，有两个朋友来望，却是金枝玉叶，凤子龙孙，是宗室赵八节使之子。兄弟二人，大的讳应之，小的讳茂之，都是使钱的勤儿。两个叫院子通报。吴小员外出来迎接，分宾而坐。献茶毕，问道：『幸蒙恩降，不知又何使令？』二人道：『即今清明时候，金明池上，士女喧阗，游人如蚁。欲同足下一游，尊意如何？』小员外大喜道：『蒙二兄不弃寒贱，当得奉陪。』小员外便教童儿挑了酒樽食罍，备三匹马，与两个同去。迤逦早到金明池。陶谷学士有首诗道：

万座笙歌醉后醒，绕池罗幕翠烟生。云藏宫殿九重碧，日照乾坤五色明。波面画桥天上落，岸边游客鉴中行。驾来将幸龙舟宴，花外风传万岁声。

三人绕池游玩，但见：

桃红似锦，柳绿如烟。花间粉蝶双双，枝上黄鹂两两。踏青士女纷纷至，赏玩游人队队来。

三人就空处，饮了一回酒。吴小员外道：『今日天气甚佳，只可惜少个侑酒的人儿。』二赵道：『酒已足矣，不如闲步消遣，观看士女游人，强似呆坐。』三人挽手同行。刚动脚不多步，忽闻得一阵香风，绝似麝兰香，又带些脂粉气。吴小员外迎这阵香风上去。忽见一簇妇女，如百花斗彩，万卉争妍。内中一位小娘子，刚刚十五六岁模样，身穿杏黄衫子，生得如何：

眼横秋水，眉拂春山，发似云堆，足如莲蕊。两颗樱桃分素口，一枝杨柳斗纤腰。未领略遍体温香，早已睹十分丰韵。

吴小员外看见，不觉遍体酥麻。急欲挨身上前，却被赵家两兄弟拖回，道：『良家女子，不可调戏。恐耳目甚多，惹祸招非。』小员外虽然依允，却似勾去了魂灵一般。那小娘子随着众女娘自去了。小员外与二赵相别自回。一夜不睡，道：『好个十相具足的小娘子，恨不曾访问他居止姓名。若访问得明白，央谋说合，或有三分侥幸。』次日，放心不下，换了一身整齐衣服，又约了二赵，在金明池上寻昨日小娘子踪迹。

分明昔日阳台路，不见当时行雨人。

吴小员外在游人中，往来寻趁，不见昨日这位小娘子，心中闷闷不悦。赵大哥道：『足下情怀少乐，想寻春之兴未遂。此间酒肆中，多有当垆少妇。愚弟兄陪足下一行，倘有看得上眼的，沽饮三杯，也当春风一度，如何？』小员外道：『这些老妓夙娼，残花败柳，学生平日都不在意。』赵二哥道：『街北第五家，小小一个酒肆，到也精雅。内中有个量酒的女儿，大有姿色，年纪也只好二八，只是不常出来。』小员外欣然道：『烦相引一看。』三人移步街北，果见一个小酒店，外边花竹扶疏，里面杯盘罗列。赵二哥指道：『此家就是。』三人入得门来，悄无人声。不免唤一声：『有人么？有人么？』须臾之间，似有如无，觉得娇娇媚媚，妖妖娆娆，走一个十五六岁花朵般多情女儿出来。那三个子弟，见了女儿。齐齐的三头对地，六臂向身，唱个喏道：『小娘子拜揖。』那多情的女儿，见了三个子弟，一点春心动了，按捺不下，一双脚儿出来了，则是麻麻地进去不得，紧挨着三个子弟坐地。便教迎儿取酒来。那四个可知道喜！四口儿并来，没一百岁。方才举得一杯，忽听得驴儿蹄响，车儿轮响，却是女儿的父母上坟回来。三人败兴而返。

迤逦春色凋残，胜游难再，只是思忆之心，形于梦寐。转眼又是一年。三个子弟不约而同，再寻旧约。顷刻已到。但见门户萧然，当垆的人不知何在。三人少歇一歇问信，则见那旧日老儿和婆子走将出来，三人道：『丈人拜揖。有酒打一角来。』便问：『丈人，去年到此，见个小娘子量酒；今日如何不见？』那老儿听了，簌地两行泪下：『覆官人，老汉姓卢名荣。官人见那量酒的就是老拙女儿，小名爱爱。去年今日合家去上坟，不知何处来三个轻薄厮儿，和他吃酒，见我回来散了。中间别事不知。老拙两个薄薄罪过他两句言语，不想女儿性重，顿然悒怏，不吃饮食，数日而死。这屋后小丘，便是女儿的坟。』说罢，又簌簌地泪下。三人噤口不敢再问，连忙还了酒钱，三个马儿连着，一路伤感不已。回头顾盼，泪下沾襟，怎生放心得下！正是：

夜深喧暂息，池台惟月明。无因驻清景，日出事还生。

那三个正行之际，恍惚见一妇人，素罗罩首，红帕当胸，颤颤摇摇，半前半却，觑着三个，低声万福。那三个如醉如痴，罔知所措。道他是鬼，又衣裳有缝，地下有影；道是梦里，自家着又疼。只见那妇人道：『官人认得奴家，即去岁金明池上人也。官人今日到奴家相望，爹妈诈言我死，虚堆个土坟，待瞒过官人们。奴家思想前生有缘，幸得相遇。如今搬在城里一个曲巷小楼，且是潇洒。尚不弃嫌，屈尊一顾。』三人下马齐行。瞬息之间，便到一个去处。入得门来，但见：

小楼连苑，斗帐藏春。低檐浅映红帘，曲阁遥开锦帐。半明半暗，人居掩映之中；万绿万红，春满风光之内。

上得楼儿，那女儿便叫：『迎儿，安排酒来，与三个姐夫贺喜。』无移时，酒到痛饮。那女儿所事熟滑。唱一个娇滴滴的曲儿，舞一个妖媚媚的破儿，掐一个紧飕飕的筝儿，道一个甜甜嫩嫩的千岁儿。

那弟兄两个饮散，相别去了。吴小员外回身转手，搭定女儿香肩，搂定女儿细腰，捏定女儿纤手，醉眼乜斜，只道楼儿便是床上，火急做了一班半点儿事。端的是：

春衫脱下，绣被铺开。酥胸露一朵雪梅，纤足启两弯新月。未开桃蕊，怎奈他浪蝶深偷；半折花心，忍不住狂蜂恣采。潸然粉汗，微喘相偎。

睡到天明，起来梳洗，吃些早饭，两口儿絮絮叨叨，不肯放手。吴小员外焚香设誓，啮臂为盟。那女儿方才掩着脸，笑了进去。吴小员外自一路闷闷回家。见了爹妈，道：『我儿，昨夜宿于何处？教我一夜不睡，乱梦颠倒。』小员外道：『告爹妈，儿为两个朋友是皇亲国戚，要我陪宿，不免依他。』爹妈见说是皇亲，又曾来望，便不疑他。谁料情之所钟，解释不得。有诗为证：

铲平荆棘盖楼台，楼上笙歌鼎沸开。欢笑未终离别起，从前荆棘又生来。

那小员外与女儿两情厮投，好说得着。可知哩，笋芽儿般后生，遇着花朵儿女娘，又是芳春时候，正是：

佳人窈窕当春色，才子风流正少年。

小员外只为情牵意惹，不隔两日，少不得去伴女儿一宵。只一件，但见女儿时，自家觉得精神百倍，容貌胜常；才到家便颜色憔悴，形容枯槁，渐渐有如鬼质，看看不似人形，饮食不思，药饵不进。父母见儿如此，父子情深，顾不得朋友之道，也顾不得皇亲国戚，便去请赵公子兄弟二人来，告道：『不知二兄日前带我豚儿何处非为？今已害得病深。若是医得好，一句也不敢言；万一有些不测，不免击鼓诉冤，那时也怪老汉不得。』那兄弟二人听罢，切切偶语：『我们虽是金枝玉叶，争奈法度极严。若子弟贤的，一般如凡人叙用；若有些争差的，罪责却也不小。万一被这老子告发时，毕竟于我不利。』急忙回言：『丈人，贤嗣之疾，本不由我弟兄。』遂将金明池酒店上遇见花枝般多情女儿，始末叙了一遍。老儿大惊，道：『如此说，我儿着鬼了！二位有何良计可以相救？』二人道：『有个皇甫真人，他有斩妖符剑，除非请他来施设，退了这邪鬼，方保无恙。』老儿拜谢道：『全在二位身上。』二人回身就去。却是：

青龙共白虎同行，吉凶事全然未保。

两个上了路，远远到一山中，白云深处，见一茅庵：

黄茅盖屋，白石垒墙。阴阴松暝鹤飞回，小小池晴龟出曝，翠柳碧梧夹路，玄猿白鹤迎门。

顷刻间庵里走出个道童来，道：『二位莫不是寻师父救人么？』二人道：『便是，相烦通报则个。』道童道：『若是别患，俺师傅不去，只割情欲之妖。却为甚的？情能生人，亦能死人。生是道家之心，死是道家之忌。』二人道：『正要割情欲之妖，救人之死。』小童急去，请出皇甫真人。真人见道童已说过了，『吾可一去。』迤逦同到吴员外家。才到门首，便道：『这家被妖气罩定，却有生气相临。』却好小员外出见，真人吃了一惊，道：『鬼气深了！九死一生，只有一路可救。』惊得老夫妻都来跪告真人：『俯垂法术，救掩一家性命。』真人道：『你依吾说，急往西方三百里外避之。若到所在，这鬼必然先到。倘若满了一百二十日，这鬼不去，员外拼着一命，不可救治矣。』员外应允。备素斋，请皇甫真人斋罢，相别自去。老员外速教收拾担仗，往西京河南府去避死。正是：

曾观前定录，生死不由人。

小员外请两个赵公子相伴同行。沿路去时，由你登山涉岭，过涧渡桥，闲中闹处，有伴无人，但小员外吃食，女儿在旁供菜；员外临睡，女儿在旁解衣；若员外登厕，女儿拿着衣服。处处莫避，在在难离。不觉在洛阳几日。忽然一日屈指算时，却好一百二十日。如何是好？那两个赵公子和从人守着小员外，请到酒楼散闷，又愁又怕，都搁不住泪汪汪地。又怕小员外看见，急急拭了。小员外目睁口呆，罔知所措。正低了头倚着栏杆，恰好皇甫真人骑个驴儿过来。赵公子看见了，慌忙下楼，当街拜下，扯住真人，求其救度。吴清从人都一齐跪下拜求。真人便就酒楼上结起法坛，焚香步罡，口中念念有词。行持了毕，把一口宝剑，递与小员外道：『员外本当今日死。且将这剑去，到晚紧闭了门。黄昏之际，定来敲门。休问是谁，速把剑斩之。若是有幸，斩得那鬼，员外便活；若不幸误伤了人，员外只得纳死。总然一死，还有可脱之理。』吩咐罢，真人自骑驴去了。小员外得了剑，巴到晚间，闭了门。渐次黄昏，只听得剥啄之声。员外不露声息，悄然开门，便把剑斫下，觉得随手倒地。员外又惊又喜，心窝里突然地跳。连叫：『快点灯来。』众人点灯来照，连店主人都来看。不看犹可，看时，众人都吃了一大惊：

分开八片顶阳骨，倾下半桶冰雪水。

店主人认得砍倒的尸首，却是店里奔走的小厮阿寿，十五岁了，因往街上登东，关在门外，故此敲门，恰好被剑砍坏了。当时店中嚷动，地方来，见了人命事，便将小员外缚了，两个赵公子也被缚了。等待来朝，将一行人解到河南府。大尹听得是杀人公事，看了辞状，即送狱司勘问。吴清将皇甫真人斩妖事，备细说了。狱司道：『这是荒唐之言。见在杀死小厮，真正人命，如何抵释！』喝教手下用刑。却得跟随人员外的在衙门中使透了银子。狱卒禀道：『吴清久病未痊，受刑不起，那两个宗室，止是干连小犯。』狱官借水推船，权把吴清收监，候病痊再审，二赵取保在外。一面着地方将棺木安放尸首，听候堂上吊验，斩妖剑作凶器驻库。

却说吴小员外是夜在狱中垂泪叹道：『爹娘只生得我一人，从小寸步不离，何期今日死于他乡！早知左右是死，背井离乡，着什么来！』又叹道：『小娘子呵，只道生前相爱，谁知死后缠绵，恩变成仇，害得我骨肉分离，死无葬身之地，我好苦也！我好恨也！』嗟怨了半夜，不觉睡去。梦见那花枝般多情的女儿，妖妖娆娆，走近前来，深深道个万福道：『小员外休得怅恨奴家。奴自身亡之后，感太元夫人空中经过，怜奴无罪早夭，授以太阴炼形之术，以此元形不损，且得游行世上。感员外隔年垂念，因而冒耻相从。亦是前缘宿分，合有一百二十日夫妻。今已完满，奴自当去。前夜特来奉别，不意员外起其恶意，将剑砍奴。今日受一夜牢狱之苦，以此相报。阿寿小厮，自在东门外古墓之中，只教官府覆验尸首，便得脱罪。奴又与上元夫人求得玉雪丹二粒，员外试服一粒，管取百病消除，元神复旧；又一粒员外谨藏之，他日成就员外一段佳姻，以报一百二十日夫妻之恩。』说罢，出药二粒，如鸡豆般，其色正红，分明是两粒火珠。那女儿将一粒纳于小员外袖内，一粒纳于口中，叫声：『奴去也，还乡之日，千万到奴家荒坟一顾，也表员外不忘故旧之情。』小员外再欲叩问详细，忽闻钟声聒耳，惊醒将来。口中觉有异香，腹里一似火团展转，汗流如雨。巴到天明，汗止，身子顿觉健旺。摸摸袖内，一粒金丹尚在，宛如梦中所见。小员外隐下余情，只将女鬼托梦说阿寿小厮见在，请覆验尸首，便知真假。狱司禀过大尹。开棺检视，原来是旧笤帚一把，并无他物。寻到东门外古墓，那阿寿小厮如醉梦相似，睡于破石椁之内。众人把姜汤灌醒，问他如何到此，那小厮一毫不知。狱司带那小厮并笤帚到大尹面前，教店主人来认，实是阿寿未死，方知女鬼的做作。大尹即将众人赶出。皇甫真人已知斩妖剑不灵，自去入山修道去了。二赵接得吴小员外，连称恭喜。酒店主人也来谢罪。三人别了主人家，领着仆从，欢欢喜喜回开封府来。

离城还有五十余里，是个大镇，权歇马上店，打中火。只见间壁一个大户人家门首，贴一张招医榜文：

本宅有爱女患病垂危，人不能识。倘有四方明医，善能治疗者，奉谢青蚨十万，花红羊酒奉迎，决不虚示。

吴小员外看了榜文，问店小二道：『间壁何宅？患的是甚病，没人识得？』小二道：『此地名褚家庄，间壁住的，就是褚老员外。生得如花似玉一位小娘子，年方一十六岁。若干人来求他，老员外不肯轻许。一月之间，忽染一病，发狂颤语，不思饮食。许多太医下药，病只有增无减。好一主大财乡，没人有福承受得。可惜好个小娘子，世间难遇。如今看看欲死，老夫妻两口儿昼夜啼哭，只祈神拜佛，做好事保福，也不知费了若干钱钞了。』小员外听说，心中暗喜，道：『小二哥，烦你做个媒，我要娶这小娘子为妻。』小二道：『小娘子十生九死，官人便要讲亲，也待病痊。』小员外道：『我会医的是狂病。不愿受谢，只要许下成婚，手到病除。』小二道：『官人请坐，小人即时传语。』须臾之间，只见小二同着褚公到店中来，与三人相见了。问道：『那一位先生善医？』二赵举手道：『这位吴小员外。』褚公道：『先生若医得小女病痊，帖上所言，毫厘不敢有负。』吴小员外道：『学生姓吴名清，本府城内大街居住。父母在堂，薄有家私，岂希罕万钱之赠。但学生年方二十，尚未婚配。久慕宅上小娘子容德俱全，倘蒙许谐秦晋，自当勉效卢扁。』二赵在旁，又帮衬许多好言，夸吴氏名门富室，又夸小员外做人忠厚。褚公爱女之心，无所不至，不由他不应承了。便道：『若果然医得小女好时，老汉赔薄薄妆奁，送至府上成婚。』吴清向二赵道：『就烦二兄为媒，不可退悔。』褚公道：『岂敢。』当下褚公连三位都请到家中，设宴款待。吴清性急，就教老员外：『引进令爱房中，看病下药。』褚公先行，吴清随后，也是缘分当然，吴小员外进门时，那女儿就不狂了。吴小员外假要看脉，养娘将罗帏半揭，帏中但闻金钏索琅的一声，舒出削玉团冰的一只纤手来。正是：

未识半面花容，先见一双玉腕。

小员外将两手脉俱已看过，见神见鬼的道：『此病乃邪魅所侵，非学生不能治也。』遂取所存玉雪丹一粒，以新汲升花水，令其送下。那女子顿觉神清气爽，病体脱然。褚公感谢不尽。是日三人在褚家庄欢饮。至夜，褚公留宿于书斋之中。次日，又安排早饭相请。二赵道：『扰过就告辞了。只是吴小员外姻事，不可失信。』褚公道：『小女蒙活命之恩，岂敢背恩忘义。所谕敢不如命！小员外就拜谢了岳丈。褚公备礼相送，为程仪之敬。三人一无所受，作别还家。

吴老员外见儿子病好回来，欢喜自不必说。二赵又将婚姻一事说了，老员外十分之美。少不得择日行聘，六礼既毕，褚公备千金嫁妆，亲送女儿过门成亲。吴小员外在花烛之下，看了新妇，吃了一惊：好似初次在金明池上相逢这个穿杏黄衫的美女。过了三朝半月，夫妇厮熟了。吴小员外叩问妻子，去年清明前二日，果系探亲入城，身穿杏黄衫，曾到金明池上游玩。正是人有所愿，天必然之。那褚家女子小名，也唤做爱爱。吴小员外一日对赵氏兄弟说知此事，二赵各各称奇：『此段姻缘乃卢女成就，不可忘其功也。』吴小员外即日到金明池北卢家店中，述其女儿之事，献上金帛，拜认卢荣老夫妇为岳父母，求得开坟一见，愿买棺改葬。卢公是市井小人，得员外认亲，无有不从。小员外央阴阳生择了吉日，先用三牲祭礼浇奠，然后启土开棺。那爱爱小娘子面色如生，香泽不散，乃知太阴炼形之术所致。吴小员外叹羡了一回。改葬已毕，请高僧广做法事七昼夜。其夜又梦爱爱来谢，自此踪影遂绝。后吴小员外与褚爱爱百年谐老。卢公夫妇亦赖小员外送终，此小员外之厚德也。有诗为证：

金明池畔逢双美，了却人间生死缘。世上有情皆似此，分明火宅现金莲。

第三十一卷

赵春儿重旺曹家庄

东邻昨夜报吴姬，一曲琵琶荡客思。不是妇人偏可近，从来世上少男儿。

这四句诗是夸奖妇人的。自古道：『有志妇人，胜如男子。』且如妇人中，只有娼流最贱，其中出色的尽多。有一个梁夫人，能于尘埃中识拔韩世忠。世忠自卒伍起为大将，与金兀术四太子，相持于江上，梁夫人脱簪珥犒军，亲自执桴，擂鼓助阵，大败金人。后世忠封蕲王，退居西湖，与梁夫人谐老百年。又有一个李亚仙，他是长安名妓，有郑元和公子嫖他，吊了稍，在悲田院做乞儿，大雪中唱《莲花落》。亚仙闻唱，知是郑郎之声，收留在家，绣襦裹体，剔目劝读，一举成名，中了状元，亚仙直封至一品夫人。这两个是红粉班头，青楼出色：

若与寻常男子比，好将巾帼换衣冠。

如今说一个妓家故事，虽比不得李亚仙、梁夫人恁般大才，却也在千辛百苦中熬炼过来，助夫成家，有个小小结果，这也是千中选一。

话说扬州府城外，有个地名，叫曹家庄。庄上曹太公是个大户之家。院君已故，止生一位小官人，名曹可成。那小官人人材出众，百事伶俐。只有两件事非其所长，一者不会读书，二者不会作家。常言道：『独子得惜。』因是个富家爱子，养骄了他；又且自小纳粟入监，出外都称相公，一发纵荡了。专一穿花街，串柳巷，吃风月酒，用脂粉钱，真个满面春风，挥金如土，人都唤他做『曹呆子』。太公知他浪费，禁约不住，只不把钱与他用。他就瞒着父亲，背地将田产各处抵借银子。那败子借债，有几般不便宜处：第一，折色短少，不能足数，遇狠心的，还要搭些货物；第二，利钱最重；第三，利上起利，过了一年十个月，只倒换一张文书，并不催取，谁知本重利多，便有铜斗家计，不够他盘算；第四，居中的人还要扣些谢礼，他把中人就自看做一半债主，狐假虎威，需索不休；第五，写借票时，只拣上好美产，要他写做抵头，既写之后，这产业就不许你卖与他人，及至准算与他，又要减你的价钱，准算过，便有几两赢余，要他找绝，他又东扭西捏，朝三暮四，没有得爽利与你。有此五件不便宜处，所以往往破家。为尊长的只管拿住两头不放，却不知中间都替别人家发财去了。十分家当，实在没用得五分。这也是只顾生前，不顾死后。左右把与他败的，到不如自眼里看他结末了，也得明白。

明识儿孙是下流，故将锁钥用心收。儿孙自有儿孙算，枉与儿孙作马牛。

闲话休叙。却说本地有个名妓，叫做赵春儿，是赵大妈的女儿。真个花娇月艳，玉润珠明，专接富商巨室，赚大主钱财。曹可成一见，就看上了，一住整月，在他家撒漫使钱。两下如胶似漆，一个愿讨，一个愿嫁，神前罚愿，灯下设盟。争奈父亲在堂，不敢娶他入门。那妓者见可成是慷慨之士，要他赎身。原来妓家有这个规矩：初次破瓜的，叫做梳栊孤老；若替他把身价还了鸨儿，由他自在接客，无拘无管，这叫做赎身孤老。但是赎身孤老要歇时，别的客只索让他，十夜五夜，不论宿钱，后来若要娶他进门，别不费财礼。又有这许多脾胃处，曹可成要与春儿赎身，大妈索要五百两，分文不肯少。可成各处设法，尚未到手。忽一日，闻得父亲唤银匠在家倾成许多元宝，未见出笏。用心体访，晓得藏在卧房床背后复壁之内，用帐子掩着。可成觑个空，踅进房去，偷了几个出来。又怕父亲查检，照样做成贯铅的假元宝，一个换一个，大模大样的，与春儿赎了身，又置办衣饰之类。以后但是要用，就将假银换出真银，多多少少都放在春儿处，凭他使费，并不检查。真个来得易，去得易，日渐日深，换个行云流水，也不曾计个数目是几锭几两。春儿见他撒漫，只道家中有余，亦不知此银来历。忽一日，太公病笃，唤可成夫妇到床头叮嘱道：『我儿，你今二十余岁，也不为年少了。「败子回头便作家！」你如今莫去花柳游荡，收心守分。我家当之外，还有些本钱，又没第二个兄弟分受，尽够你夫妻受用。』遂指床背后说道：『你揭开帐子，有一层复壁，里面藏着元宝一百个，共五千两。这是我一生的精神。向因你务外，不对你说，如今交付你夫妻之手，置些产业，传与子孙，莫要又浪费了！』又对媳妇道：『娘子，你夫妻是一世之事，莫要冷眼相看，须将好言谏劝丈夫，同心合胆，共做人家。我九泉之下，也得瞑目。』说罢，须臾死了。可成哭了一场，少不得安排殡葬之事。暗想复壁内，正不知还存得多少真银？当下搬将出来，铺满一地，看时，都是贯铅的假货，整整的数了九十九个，刚剩得一个真的。五千两花银，费过了四千九百五十两。可成良心顿萌。早知这东西始终还是我的，何须性急！如今大事在身，空手无措，反欠下许多债负，懊悔无及，对着假锭放声大哭。浑家劝道：『你平日务外，既往不救，如今现放着许多银子，不理正事，只管哭做什么？』可成将假锭偷换之事，对浑家叙了一遍。浑家平昔间为老公务外，谏劝不从，气得有病在身。今日哀苦之中，又闻了这个消息，如何不恼，登时的足俱冷。扶回房中，上了床，不够数日，也死了。这的是：

从前作过事，没兴一齐来。

可成连遭二丧，痛苦无极，勉力支持。过了七七四十九日，各债主都来算帐，把曹家庄祖业田房，尽行盘算去了。因出房与人，上紧出殡。此时孤身无靠，权退在坟堂屋内安身。不在话下。且说赵春儿久不见可成来家，心中思念。闻得家中有父丧，又浑家为假锭事气死了，恐怕七嘴八张，不敢去吊问。后来晓得他房产都费了，搬在坟堂屋里安身，甚是凄惨，寄信去请他来。可成无颜相见，回了几次。连连来请，只得含羞而往。春儿一见，抱头大哭，道：『妾之此身，乃君身也。幸妾尚有余资可以相济，有急何不告我！』乃治酒相款，是夜留宿。明早取白金百两，赠与可成，嘱咐他拿回家省吃省用。『缺少时，再来对我说。』可成提了银子，顿忘苦楚，迷恋春儿，不肯起身。就将银子买酒买肉，请旧日一班闲汉同吃。春儿初次不好阻他，到第二次，就将好言苦劝，说：『这班闲汉，有损无益。当初你一家人家，都是这班人坏了。如今再不可近他了。我劝你回去是好话。且待三年服满之后，还有事与你商议。』一连劝了几次，可成还是败落财主的性子，疑心春儿厌薄他，忿然而去。春儿放心不下，悄地教人打听他，虽然不去跳槽，依旧大吃大用。春儿暗想：『他受苦不透，还不知稼穑艰难，且由他磨炼去。』过了数日，可成盘缠竭了，有一顿，没一顿，却不伏气去告求春儿。春儿心上虽念他，也不去惹他上门了。约莫十分艰难，又教人送些柴米之类，小小周济他，只是不敷。却说可成一般也有亲友，自己不能周济，看见赵春儿家担东送西，心上反不乐，到去撺掇可成道：『你当初费过几千银子在赵家，连这春儿的身子都是你赎的。你今如此落莫，他却风花雪月受用，何不去告他一状，追还些身价也好。』可成道：『当初之事，也是我自家情愿，相好在前。今日重新翻脸，却被子弟们笑话。』又有嘴快的，将此话学与春儿听了。暗暗点头：『可见曹生的心肠还好。』又想道：『「人无千日好，花无百日红。」若再有人撺掇，怕不变卦？』踌躅了几遍，又教人去请可成到家，说道：『我当初原许嫁你，难道是哄你不成。一来你服制未满，怕人议论；二来知你艰难，趁我在外寻些衣食之本。你切莫听人闲话，坏了夫妻之情。』可成道：『外人虽不说好话，我却有主意，你莫疑我。」住了一二晚，又赠些东西去了。光阴似箭，不觉三年服满。春儿备了三牲祭礼，香烛纸钱，到曹氏坟堂拜奠，又将钱三串，把与可成做起灵功德。可成欢喜。功德完满，可成到春儿处作谢。春儿留款。饮酒中间，可成问从良之事。春儿道：『此事我非不愿，只怕你还想娶大娘！』可成道：『我如今是什么日子，还说这话？』春儿道：『你目下虽如此说，怕日后挣得好时，又要寻良家正配，可不枉了我一片心机。』可成就对天说起誓来。春儿道：『你既如此坚心，我也更无别话。只是坟堂屋里，不好成亲。』可成道：『在坟边左近，有一所空房要卖，只要五十两银子。苟买得他的，到也方便。』春儿就凑五十两银子，把与可成买房。又与些另碎银钱，教他收拾房室，置办些家伙。择了吉日。至期，打叠细软，做几个箱笼装了，带着随身伏侍的丫鬟，叫做翠叶，唤个船只，蓦地到曹家，神不知，鬼不觉，完其亲事。

收将野雨闲云事，做就牵丝结发人。

毕姻之后，春儿与可成商议过活之事。春儿道：『你生长富室，不会经营生理，还是赎几亩田地耕种，这是务实的事。』可成自夸其能，说道：『我经了许多折挫，学得乖了，不到得被人哄了。』春儿凑出三百两银子，交与可成。可成是散漫惯了的人，银子到手，思量经营那一桩好？往城中东占西卜。有先前一班闲汉遇见了，晓得他纳了春姐，手中有物。都来哄他：某事有利无利，某事利重利轻，某人五分钱，某人合子钱。不一时，都哄尽了。空手而回，却又去问春儿要银子用。气得春儿两泪交流道：『「常将有日思无日，莫待无时思有时。」你当初浪费以有今日，如今是有限之物，费一分没一分了。』初时硬了心肠，不管闲事。以后夫妻之情，看不过，只得又是一五一十担将出来，无过是买柴籴米之类，拿出来多遍了，觉得渐渐空虚，一遍少似一遍。可成先还有感激之意，一年半载，理之当然，只道他还有多少私房，不肯和盘托出，终日闹吵，逼他拿出来。春儿被逼不过，憋口气，将箱笼上钥匙一一交付丈夫，说道：『这些东西，左右是你的，如今都交与你，省得牵挂。我今后自和翠叶纺绩度日，我也不要你养活，你也莫缠我。』春儿自此日为始，就吃了长斋，朝暮纺绩自食。可成一时虽不过意，却喜又有许多东西。暗想道：『且把来变买银两，今番赎取些恒业，为恢复家缘之计，也在浑家面上争口气。』虽然腹内踌躇，却也说而不作。常言『食在口头，钱在手头』，费一分，没一分，坐吃山空。不上一年，又空言了。更无出没，瞒了老婆，私下把翠叶这丫头卖与人去。春儿又失了个纺绩的伴儿。又气又苦，从前至后，把可成诉说一场。可成自知理亏，懊悔不迭，禁不住眼中流泪。又过几时，没饭吃了。对春儿道：『我看你朝暮纺绩，到是一节好生意。你如今又没伴，我又没事做，何不将纺绩教会了，也是一只饭碗。』春儿又好笑又好恼，忍不住骂道：『你堂堂一躯男子汉，不指望你养老婆，难道一身一口，再没个道路寻饭吃？』可成道：『贤妻说得是。「马瘦毛长，人贫智短。」你教我那一条道路寻得饭吃的，我去做。』春儿道：『你也曾读书识字，这里村前村后少个训蒙先生，坟堂屋里又空着，可不聚集几个村童教学，得些学俸，好盘用。』可成道：『「有智妇人，胜如男子。」贤妻说得是。』当下便与乡老商议，聚了十来个村童，教书写仿，甚不耐烦，出于无奈。过了些时，渐渐惯了。枯茶淡饭，绝不想分外受用。春儿又不时牵前扯后的诉说他，可成并不敢回答一字，追思往事，要便流泪。想当初偌大家私，没来由付之流水，不须提起，就是春儿带来这些东西。若会算计时，尽可过活，如今悔之无及！

如此十五年。忽一日，可成入城，撞见一人，豸补银带，乌纱皂靴，乘舆张盖而来，仆从甚盛。其人认得是曹可成，出轿施礼。可成躲避不迭。路次相见，各问寒暄。此人姓殷名盛，同府通州人。当初与可成同坐监，同拨历的，近选得浙江按察使经历，在家起身赴任，好不热闹。可成别了殷盛，闷闷回家，对浑家说道：『我的家当已败尽了，还有一件败不尽的，是监生。今日看见通州殷盛选了三司首领官，往浙江赴任，好不兴头！我与他是同拨历的，我的选期已透了，怎得银子上京使用。』春儿道：『莫做这梦罢，见今饭也没得吃，还想做官。』过了几日，可成欣羡殷监生荣华，三不知又说起。春儿道：『选这官要多少使用？』可成道：『本多利多，如今的世界，中科甲的也只是财来财往，莫说监生官。使用多些，就有个好地方，多趁得些银子；再肯营干时，还有一两任官做；使用得少，把个不好的缺打发你，一年二载，就升你做王官，有官无职，监生的本钱还弄不出哩。』春儿道：『好缺要多少？』可成道：『好缺也费得千金。』春儿道：『百两尚且难措，何况千金？还是训蒙安稳。』可成含着双泪，只得又去坟堂屋里教书。正是：

渐无面目辞家祖，剩把凄凉对学生。

忽一日，春儿睡至半夜醒来，见可成披衣坐于床上，哭声不止，问其缘故。可成道：『适才梦见得了官职，在广东潮州府。我身坐府堂之上，众书吏参谒。我方吃茶，有一吏，瘦而长，黄须数茎，捧文书至公座。偶不小心，触吾茶瓯，翻污衣袖，不觉惊醒，醒来乃是一梦。自思一贫如洗，此生无复冠带之望，上辱宗祖，下玷子孙，是以悲泣耳！』春儿道：『你生于富家，长在名门，难道没几个好亲眷，何不去借贷，为求官之资。倘得一命，偿之有日。』可成道：『我因自小务外，亲戚中都以我为不肖，摈弃不纳。今穷困如此，枉自开口，人谁托我？便肯借时，将何抵头？』春儿道：『你今日为求官借贷，比先前浪费不同，或者肯借也不见得。』可成道：『贤妻说得是。』次日真个到三亲四眷家去了一巡：也有闭门不纳的，也有回说不在的，就是相见时，说及借贷求官之事，也有冷笑不答的，也有推辞没有的，又有念他开口一场，少将钱米相助的。可成大失所望，回复了春儿。

早知借贷难如此，悔却当初不作家。

可成思想无计，只是啼哭。春儿道：『哭恁么？没了银子便哭，有了银子又会撒漫起来。』可成道：『到此地位，做妻子的还信我不过，莫说他人！』哭了一场：『不如死休！只可惜负了赵氏妻十五年相随之意，如今也顾不得了。』可成正在寻死，春儿上前解劝道：『「物有一变，人有千变，若要不变，除非三尺盖面」。天无绝人之路，你如何把性命看得恁轻？』可成道：『蝼蚁尚且贪生，岂有人不惜死？只是我今日生而无用，到不如死了干净，省得连累你终身。』春儿道：『且不要忙，你真个收心务实，我还有个计较。』可成连忙下跪道：『我的娘，你有甚计较？早些救我性命！』春儿道：『我当初未从良时，结拜过二九一十八个姊妹，一向不曾去拜望，如今为你这冤家，只得忍着羞去走一遍。一个姊妹出十两，十八个姊妹，也有一百八十两银子。』可成道：『求贤妻就去。』春儿道：『初次上门，须用礼物，就要备十八副礼。』可成道：『莫说一十八副礼，就是一副礼也无措。』春儿道：『若留得我一两件首饰在，今日也还好活动。』可成又啼哭起来。春儿道：『当初谁叫你快活透了，今日有许多眼泪！你且去理会起送文书，待文书有了，那京中使用，我自去与人讨面皮。若弄不来文书时，可不枉了。』可成道：『我若起不得文，誓不回家。』一时间说了大话，出门去了。暗想道：『要备起送文书，府县公门也得些使用。』不好又与浑家缠帐，只得自去向那几个村童学生的家里告借。一钱五分的凑来，好不费力。若不是十五年折挫到于如今，这些须之物把与他做一封赏钱，也还不够，那个看在眼里。正是彼一时此一时。可成凑了两许银子，到江都县干办文书。县里有个朱外郎，为人忠厚，与可成旧有相识，晓得他穷了，在众人面前，替他周旋其事，写个欠票，等待有了地方，加利寄还。

可成欢欢喜喜，怀着文书回来，一路上叫天地，叫祖宗，只愿浑家出去告债，告得来便好。走进门时，只见浑家依旧坐在房里绩麻，光景甚是凄凉。口虽不语，心下慌张，想告债又告不来了，不觉眼泪汪汪，又不敢大惊小怪。怀着文书立于房门之外，低低的叫一声：「贤妻。」春儿听见了，手中擘麻，口里问道：「文书之事如何？」可成便脚揣进房门，在怀中取出文书，放于桌上道：「托赖贤妻福荫，文书已有了。」春儿起身，将文书看了，肚里想道：「这呆子也不呆了。」相着可成问道：「你真个要做官？只怕为妻的叫奶奶不起！」可成道：「说那里话！今日可成前程，全赖贤妻扶持挈带，但不识借贷之事如何？」春儿道：「都已告过，只等你有个起身日子，大家送来。」可成也不敢问借多借少，慌忙走去肆中择了个吉日，回复了春儿。春儿道：「你去邻家借把锄头来用用。」须臾锄头借到，春儿拿开了绩麻的篮儿，指这搭地说道：「我嫁你时，就替你办一顶纱帽埋于此下。」可成想道：「纱帽埋在地下，却不朽了？莫要拗他，且锄着看。」怎地运起锄头，狠力几下，只听得当的一声响，翻起一件东西。可成到惊了一跳。捡起看，是个小小瓷坛，坛里面装着散碎银两和几件银酒器。春儿叫丈夫拿去城中倾兑，看是多少。可成倾了锞儿，兑准一百六十七两，拿回家来，双手捧与浑家，笑容可掬。春儿本知数目，有心试他，见分毫不曾苟且，心下甚喜。叫再取锄头来，将十五年常坐下绩麻去处，一个小矮凳儿搬开了，教可成再锄下去，锄出一大瓷坛，内中都是黄白之物，不下千金。原来春儿看见可成浪费，预先下着，悄地埋藏这许多东西，终日在上面坐着绩麻，一十五年并不露半字，真女中丈夫也。可成见了许多东西，掉下泪来。春儿道：「官人为甚悲伤？」可成道：「想着贤妻一十五年，勤劳辛苦，布衣蔬食。谁知留下这一片心机。都因我曹可成不肖，以至连累受苦！今日贤妻当受我一拜！」说罢，就拜下去。春儿慌忙扶起道：「今日苦尽甘来，博得好日，共享荣华。」可成道：「盘缠尽有，我上京听选，留贤妻在家，形孤影只。不若同到京中，百事也有商量。」春儿道：「我也放心不下。如此甚好。」当时打一行李，讨了两房僮仆，雇下船只，夫妻两口，同上北京。正是：

运去黄金失色，时来铁也生光。

可成到京，寻个店房，安顿了家小，吏部投了文书。有银子使用，就选了出来。初任是福建同安县二尹，就升了本省泉州府经历，都是老婆帮他做官，宦声大振。又且京中用钱谋为，公私两利，升了广东潮州府通判。适值朝觐之年，太守进京，同知推官俱缺，上司道他有才，批府印与他执掌，择日升堂管事。吏书参谒已毕，门子献茶，方才举手，有一外郎，捧文书到公座前，触翻茶瓯，淋漓满袖。可成正欲发怒，看那外郎瘦而长，有黄须数茎，猛然想起数年之前，曾有一梦，今日光景，宛然梦中所见。始知前程出处，皆由天定，非偶然也。那外郎惊慌，磕头谢罪。可成好言抚慰，全无怒意，合堂称其大量。是日退堂，与奶奶述其应梦之事。春儿亦骇然说道：「据此梦，量官人功名止于此任。当初坟堂中教授村童，衣不蔽体，食不充口。今日三任为牧民官，位至六品大夫，太学生至此足矣。常言：『知足不辱。』官人宜急流勇退，为山林娱老之计。」可成点头道是。坐了三日堂，就托病辞官。上司因本府掌印无人，不允所辞。勉强视事，分明又做了半年知府。新官上任，交印已毕，次日又出致仕文书。上司见其恳切求去，只得准了。百姓攀辕卧辙者数千人，可成一一抚慰，夫妻衣锦还乡。三任宦资约有数千金，赎取旧日田产房屋，重在曹家庄兴旺。为宦门巨室。这虽是曹可成改过之善，却都亏赵春儿赞助之力也。后人有诗赞云：

破家只为貌如花，又仗红颜再起家。如此红颜千古少，劝君还是莫贪花。

第三十二卷

杜十娘怒沉百宝箱

扫荡残胡立帝畿，龙翔凤舞势崔嵬。左环沧海天一带，右拥太行山万围。戈戟九边雄绝塞，衣冠万国仰垂衣。太平人乐华胥世，永永金瓯共日辉。

这首诗，单夸我朝燕京建都之盛。说起燕都的形势，北倚雄关，南压区夏，真乃金城天府，万年不拔之基。当先洪武爷扫荡胡尘，定鼎金陵，是为南京。到永乐爷从北平起兵靖难，迁于燕都，是为北京。只因这一迁，把个苦寒地面，变作花锦世界。自永乐爷九传至于万历爷，此乃我朝第十一代的天子。这位天子，聪明神武，德福兼全，十岁登基，在位四十八年，削平了三处寇乱。那三处？

日本关白平秀吉，西夏哱承恩，播州杨应龙。

平秀吉侵犯朝鲜，哱承恩、杨应龙是土官谋叛，先后削平。远夷莫不畏服，争来朝贡。真个是：

一人有庆民安乐，四海无虞国太平。

话中单表万历二十年间，日本国关白作乱，侵犯朝鲜。朝鲜国王上表告急，天朝发兵泛海往救。有户部官奏准：目今兵兴之际，粮饷未充，暂开纳粟入监之例。原来纳粟入监的，有几般便宜：好读书，好科举，好中，结末来又有个小小前程结果。以此宦家公子，富室子弟，到不愿做秀才，都去援例做太学生。自开了这例，两京太学生，各添至千人之外。内中有一人，姓李名甲，字干先。浙江绍兴府人氏。父亲李布政所生三儿，惟甲居长。自幼读书在庠，未得登科，援例入于北雍。因在京坐监，与同乡柳遇春监生同游教坊司院内，与一个名姬相遇。那名姬姓杜名媺，排行第十，院中都称为杜十娘，生得：

浑身雅艳，遍体娇香，两弯眉画远山青，一对眼明秋水润。脸如莲萼，分明卓氏文君；唇似樱桃，何减白家樊素。可怜一片无瑕玉，误落风尘花柳中。

那杜十娘自十三岁破瓜，今一十九岁，七年之内，不知历过了多少公子王孙，一个个情迷意荡，破家荡产而不惜。院中传出四句口号来，道是：

坐中若有杜十娘，斗筲之量饮千觞。院中若识杜老媺，千家粉面都如鬼。

却说李公子，风流年少，未逢美色，自遇了杜十娘，喜出望外，把花柳情怀，一担儿挑在他身上。那公子俊俏庞儿，温存性儿，又是撒漫的手儿，帮衬的勤儿，与十娘一双两好，情投意合。十娘因见鸨儿贪财无义，久有从良之志；又见李公子忠厚志诚，甚有心向他。奈李公子惧怕老爷，不敢应承。虽则如此，两下情好愈密，朝欢暮乐，终日相守，如夫妇一般，海誓山盟，各无他志。真个：

恩深似海恩无底，义重如山义更高。

再说杜妈妈女儿，被李公子占住，别的富家巨室，闻名上门，求一见而为可得。初时李公子撒漫用钱，大差大使，妈妈胁肩谄笑，奉承不暇。

日往月来，不觉一年有余，李公子囊箧渐渐空虚，手不应心，妈妈也就怠慢了。老布政在家闻知儿子嫖院，几遍写字来唤他回去。他迷恋十娘颜色，终日延挨。后来闻知老爷在家发怒，越不敢回。古人云：『以利相交者，利尽而疏。』那杜十娘与李公子真情相好，见他手头愈短，心头愈热。妈妈也几遍教女儿打发李甲出院，见女儿不统口，又几遍将言语触突李公子，要激怒他起身。公子性本温克，词气愈和。妈妈没奈何，日逐只将十娘叱骂道：『我们行户人家，吃客穿客，前门送旧，后门迎新，门庭闹如火，钱帛堆成垛。自从那李甲在此，混帐一年有余，莫说新客，连旧主顾都断了。分明接了个钟馗老，连小鬼也没得上门。弄得老娘一家人家，有气无烟，成什么模样！』杜十娘被骂，耐性不住，便回答道：『那李公子不是空手上门的，也曾费过大钱来。』妈妈道：『彼一时，此一时，你只教他今日费些小钱儿，把与老娘办些柴米，养你两口也好。别人家养的女儿便是摇钱树，千生万活。偏我家晦气，养了个退财白虎。开了大门七件事，般般都在老身心上。到替你这小贱人白白养着穷汉，教我衣食从何处来？你对那穷汉说，有本事出几两银子与我，到得你跟了他去，我别讨个丫头过活却不好？』十娘道：『妈妈，这话是真是假？』妈妈晓得李甲囊无一钱，衣衫都典尽了，料他没处设法。便应道：『老娘从不说谎，当真哩。』杜十娘道：『娘，你要他许多银子？』妈妈道：『若是别人，千把银子也讨了，可怜那穷汉出不起，只要他三百两，我自去讨一个粉头代替。只一件，须是三日内交付与我。左手交银，右手交人。若三日没有银时，老身也不管三七二十一，公子不公子，一顿孤拐，打那光棍出去。那时莫怪老身！』十娘道：『公子虽在客边乏钞，谅三百金还措办得来。只是三日忒近，限他十日便好。』妈妈想道：『这穷汉一双赤手，便限他一百日，他那里来银子。没有银子，便铁皮包脸，料也无颜上门。那时重整家风，媺儿也没得话讲。』答应道：『看你面，便宽到十日。第十日没有银子，不干老娘之事。』十娘道：『若十日内无银，料他也无颜再见了。只怕有了三百两银子，妈妈又翻悔起来。』妈妈道：『老身年五十一岁了，又奉十斋，怎敢说谎？不信时与你拍掌为定。若翻悔时，做猪做狗。』

从来海水斗难量，可笑虔婆意不良。料定穷儒囊底竭，故将财礼难娇娘。

是夜，十娘与公子在枕边，议及终身之事。公子道：『我非无此心。但教坊落籍，其费甚多，非千金不可。我囊空如洗，如之奈何？』十娘道：『妾已与妈妈议定只要三百金，但须十日内措办。郎君游资虽罄，然都中岂无亲友，可以借贷。倘得如数，妾身遂为君之所有，省受虔婆之气。』公子道：『亲友中为我留恋行院，都不相顾。明日只做束装起身，各家告辞，就开口假贷路费，凑聚将来，或可满得此数。』起身梳洗，别了十娘出门。十娘道：『用心作速，专听佳音。』公子道：『不须吩咐。』公子出了院门，来到三亲四友处，假说起身告别，众人到也欢喜。后来叙到路费欠缺，意欲借贷。常言道：『说着钱，便无缘。』亲友们就不招架。他们也见得是，道李公子是风流浪子，迷恋烟花，年许不归，父亲都为他气坏在家。他今日抖然要回，未知真假。倘或说骗盘缠到手，又去还脂粉钱，父亲知道，将好意翻成恶意，始终只是一怪，不如辞了干净。便回道：『目今正值空乏，不能相济，惭愧！惭愧！』人人如此，个个皆然，并没有个慷慨丈夫，肯统口许他一十二十两。李公子一连奔走了三日，分毫无获，又不敢回决十娘，权且含糊答应。到第四日又没想头，就羞回了院中。平日间有了杜家，连下处也没有了，今日就无处投宿。只得往同乡柳监生寓所借歇。柳遇春见公子愁容可掬，问其来历。公子将杜十娘愿嫁之情，备细说了。遇春摇首道：『未必，未必。那杜媺曲中第一名姬，要从良时，怕没有十斛明珠，千金聘礼。那鸨儿如何只要三百两？想鸨儿怪你无钱使用，白白占住他的女儿，设计打发你出门。那妇人与你相处已久，又碍却面皮，不好明言。明知你手中空虚，故意将三百两卖个人情，限你十日。若十日没有，你也不好上门。便上门时，他会说你笑你，落得一场亵渎，自然安身不牢，此乃烟花逐客之计。足下三思，休被其惑。据弟愚意，不如早早开交为上。』公子听说，半晌无言，心中疑惑不定。遇春又道：『足下莫要错了主意。你若真个还乡，不多几两盘费，还有人搭救。若是要三百两时，莫说十日，就是十个月也难。如今的世情，那肯顾缓急二字的。那烟花也算定你没处告债，故意设法难你。』公子道：『仁兄所见良是。』口里虽如此说，心中割舍不下。依旧又往外边东央西告，只是夜里不进院门了。公子在柳监生寓中，一连住了三日，共是六日了。杜十娘连日不见公子进院，十分着紧，就教小厮四儿街上去寻。四儿寻到大街，恰好遇见公子。四儿叫道：『李姐夫，娘在家里望你。』公子自觉无颜，回复道：『今日不得工夫，明日来罢。』四儿奉了十娘之命，一把扯住，死也不放。道：『娘叫咱寻你，是必同去走一遭。』李公子心上也牵挂着婊子，没奈何，只得随四儿进院。见了十娘，嘿嘿无言。十娘问道：『所谋之事如何？』公子眼中流下泪来。十娘道：『莫非人情淡薄，不能足三百之数么？』公子含泪而言，道出二句：

不信上山禽虎易，果然开口告人难。

『一连奔走六日，并无铢两，一双空手，羞见芳卿，故此这几日不敢进院。今日承命呼唤，忍耻而来，非某不用心，实是世情如此。』十娘道：『此言休使虔婆知道。郎君今夜且住，妾别有商议。』十娘自备酒肴，与公子欢饮。睡至半夜，十娘对公子道：『郎君果不能办一钱耶？妾终身之事，当如何也？』公子只是流涕，不能答一语。渐渐五更天晓，十娘道：『妾所卧絮褥内藏有碎银一百五十两，此妾私蓄，郎君可持去。三百金，妾任其半，郎君亦谋其半，庶易为力。限只四日，万勿迟误。』十娘起身将褥付公子，公子惊喜过望。唤童儿持褥而去，径到柳遇春寓中，又把夜来之情与遇春说了。将褥拆开看时，絮中都裹着零碎银子，取出兑时，果是一百五十两。遇春大惊道：『此妇真有心人也。既系真情，不可相负。吾当代为足下谋之。』公子道：『倘得玉成，决不有负。』当下柳遇春留李公子在寓，自出头各处去借贷。两日之内，凑足一百五十两交付公子道：『吾代为足下告债，非为足下，实怜杜十娘之情也。』李甲拿了三百两银子，喜从天降，笑逐颜开，欣欣然来见十娘，刚是第九日，还不足十日。十娘问道：『前日分毫难借，今日如何就有一百五十两？』公子将柳监生事情，又述了一遍。十娘以手加额道：『使吾二人得遂其愿者，柳君之力也。』两个欢天喜地，又在院中过了一晚。次日十娘早起，对李甲道：『此银一交，便当随郎君去矣。舟车之类，合当预备。妾昨日于姐妹中借得白银二十两，郎君可收下为行资也。』公子正愁路费无出，但不敢开口，得银甚喜。说犹未了，鸨儿恰来敲门叫道：『媺儿，今日是第十日了。』公子闻叫，启户相延道：『承妈妈厚意，正欲相请。』便将银三百两放在桌上。鸨儿不料公子有银，嘿然变色，似有悔意。十娘道：『儿在妈妈家中八年，所致金帛，不下数千金矣。今日从良美事，又妈妈亲口所订，三百金不欠分毫，又不曾过期。倘若妈妈失信不许，郎君持银去，儿即刻自尽。恐那时人财两失，悔之无及也。』鸨儿无词以对，腹内筹画了半晌，只得取天平兑准了银子，说道：『事已如此，料留你不住了。只是你要去时，即今就去。平时穿戴衣饰之类，毫厘休想。』说罢，将公子和十娘推出房门，讨锁来就落了锁。此时九月天气。十娘才下床，尚未梳洗，随身旧衣，就拜了妈妈两拜。李公子也作了一揖。一夫一妇，离了虔婆大门。

鲤鱼脱却金钩去，摆尾摇头再不来。

公子教十娘且住片时：『我去唤个小轿抬你，权往柳荣卿寓所去，再作道理。』十娘道：『院中诸姊妹平昔相厚，理宜话别。况前日又承他借贷路费，不可不一谢也。』乃同公子到各姊妹处谢别。姊妹中惟谢月朗、徐素素与杜家相近，尤与十娘亲厚。十娘先到谢月朗家。月朗见十娘秃髻旧衫，惊问其故。十娘备述来因，又引李甲相见。十娘指月朗道：『前日路资，是此位姐姐所贷，郎君可致谢。』李甲连连作揖。月朗便教十娘梳洗，一面去请徐素素来家相会。十娘梳洗已毕，谢徐二美人各出所有，翠钿金钏，瑶簪宝珥，锦袖花裙，鸾带绣履，把杜十娘装扮得焕然一新，备酒作庆贺筵席。月朗让卧房与李甲、杜嫩二人过宿，次日，又大排筵席，遍请院中姊妹。凡十娘相厚者，无不毕集。都与他夫妇把盏称喜。吹弹歌舞，各逞其长，务要尽饮，直饮至夜分。十娘向众姊妹一一称谢。众姊妹道：『十姊为风流领袖，今从郎君去，我等相见无日。何日长行，姊妹们尚当奉送。』月朗道：『候有定期，小妹当来相报。但阿姊千里间关，同郎君远去，囊箧萧条，曾无约束，此乃吾等之事。当相与共谋之，勿令姊有穷途之虑也。』众姊妹各唯唯而散。是晚，公子和十娘仍宿谢家。至五鼓，十娘对公子道：『吾等此去，何处安身？郎君曾计议有定着否？』公子道：『老父盛怒之下，若知娶妓而归，必然加以不堪，反致相累。展转寻思，尚未有万全之策。』十娘道：『父子天性，岂能终绝。既然仓卒难犯，不若与郎君于苏杭胜地，权作浮居。郎君先回，求亲友于尊大人面前劝解和顺，然后携妾于归，彼此安妥。』公子道：『此言甚当。』次日，二人起身辞了谢月朗，暂往柳监生寓中，整顿行装。杜十娘见了柳遇春，倒身下拜，谢其周全之德：『异日我夫妇必当重报。』遇春慌忙答礼道：『十娘钟情所欢，不以贫窭易心，此乃女中豪杰。仆因风吹火，谅区区何足挂齿！』三人又饮了一日酒。次早，择了出行吉日，雇请轿马停当。十娘又遣童儿寄信，别谢月朗。临行之际，只见肩舆纷纷而至，乃谢月朗与徐素素拉众姊妹来送行。月朗道：『十姊从郎君千里间关，囊中消索，吾等甚不能忘情。今合具薄赆，十姊可检收，或长途空乏，亦可少助。』说罢，命从人挈一描金文具至前，封锁甚固，正不知什么东西在里面。十娘也不开看，也不推辞，但殷勤作谢而已。须臾，舆马齐集，仆夫催促起身。柳监生三杯别酒，和众美人送出崇文门外，各各垂泪而别。正是：

他日重逢难预必，此时分手归堪怜。

再说李公子同杜十娘行至潞河，舍陆从舟，却好有瓜州差使船转回之便，讲定船钱，包了舱口。比及下船时，李公子囊中并无分文余剩。你道杜十娘把二十两银子与公子，如何就没了？公子在院中嫖婼得衣衫褴褛，银子到手，未免在解库中取赎几件穿着，又制办了铺盖，剩来只够轿马之费。公子正当愁闷，十娘道：『郎君勿忧，众姊妹合赠，必有所济。』乃取钥开箱。公子在旁，自觉惭愧，也不敢窥觑箱中虚实。只见十娘在箱里取出一个红绢袋来，掷于桌上道：『郎君可开看之。』公子提在手中，觉得沉重。启而观之，皆是白银，计数整五十两。十娘仍将箱子下锁，亦不言箱中更有何物。但对公子道：『承众姊妹高情，不惟途路不乏，即他日浮寓吴越间，亦可稍佐吾夫妻山水之费矣。』公子且惊且喜道：『若不遇恩卿，我李甲流落他乡，死无葬身之地矣。此情此德，白头不敢忘也。』自此每谈及往事，公子必感激流涕。十娘亦曲意抚慰，一路无话。

不一日，行至瓜州，大船停泊岸口，公子别雇了民船，安放行李。约明日侵晨，剪江而渡。其时仲冬中旬，月明如水，公子和十娘坐于舟首。公子道：『自出都门，困守一舱之中，四顾有人，未得畅语。今日独据一舟，更无顾忌。且已离塞北，初近江南，宜开怀畅饮，以舒向来抑郁之气，恩卿以为如何？』十娘道：『妾久疏谈笑，亦有此心，郎君言及，足见同志耳。』公子乃携酒具于船首，与十娘铺毡并坐，传杯交盏。饮至半酣，公子执卮对十娘道：『恩卿妙音，六院推首。某相遇之初，每闻绝调，辄不禁神魂之飞动。心事多违，彼此郁郁，鸾鸣凤奏，久矣不闻。今清江明月，深夜无人，肯为我一歌否？』十娘兴亦勃发，遂开喉顿嗓，取扇按拍，呜呜咽咽，歌出元人施君美《拜月亭》杂剧上《状元执盏与婵娟》一曲，名《小桃红》。真个：

声飞霄汉云皆驻，响入深泉鱼出游。

却说他舟有一少年，姓孙名富字善赉，徽州新安人氏。家资巨万，积祖扬州种盐。年方二十，也是南雍中朋友。生性风流，惯向青楼买笑，红粉追欢，若嘲风弄月，到是个轻薄的头儿。事有偶然，其夜亦泊舟瓜州渡口，独酌无聊。忽听得歌声嘹亮，凤吟鸾吹，不足喻其美。起立船头，伫听半晌。方知声出邻舟。正欲相访，音响倏已寂然。乃遣仆者潜窥踪迹，访于舟人。但晓得是李相公雇的船，并不知歌者来历。孙富想道：『此歌者必非良家，怎生得他一见？』展转寻思，通宵不寐。挨至五更，忽闻江风大作。及晓，彤云密布，狂雪飞舞。怎见得，有诗为证：

千山云树灭，万径人踪绝。扁舟蓑笠翁，独钓寒江雪。

因这风雪阻渡，舟不得开。孙富命艄公移船，泊于李家舟之旁，孙富貂帽狐裘，推窗假作看雪。值十娘梳洗方毕，纤纤玉手，揭起舟旁短帘，自泼盂中残水，粉容微露，却被孙富窥见了，果是国色天香。魂摇心荡，迎眸注目，等候再见一面，杳不可得。沉思久之，乃倚窗高吟高学士《梅花诗》二句，道：

雪满山中高士卧，月明林下美人来。

李甲听得邻舟吟诗，舒头出舱，看是何人。只因这一看，正中了孙富之计。孙富吟诗，正要引李公子出头，他好乘机攀话。当下慌忙举手，就问：『老兄尊姓何讳？』李公子叙了姓名乡贯，少不得也问那孙富。孙富也叙过了。又叙了些太学中的闲话，渐渐亲热。孙富便道：『风雪阻舟，乃天遣与尊兄相会，实小弟之幸也。舟次无聊，欲同尊兄上岸，就酒肆中一酌，少领清诲，万望不拒。』公子道：『萍水相逢，何当厚扰？』孙富道：『说那里话！「四海之内，皆兄弟也」。』喝教艄公打跳，童儿张伞，迎接公子过船，就于船头作揖。然后让公子先行，自己随后，各各登跳上涯。行不数步，就有个酒楼，二人上楼，拣一副洁净座头，靠窗而坐。酒保列上酒肴。孙富举杯相劝，二人赏雪饮酒。先说些斯文中套话。渐渐引入花柳之事。二人都是过来之人，志同道合，说得入港，一发成相知了。孙富屏去左右，低低问道：『昨夜尊舟清歌者，何人也？』李甲正要卖弄在行，遂实说道：『此乃北京名姬杜十娘也。』孙富道：『既系曲中姊妹，何以归兄？』公子遂将初遇杜十娘，如何相好，后来如何要嫁，如何借银讨他，始末根由，备细说了一遍。孙富道：『兄携丽人而归，固是快事，但不知尊府中能相容否？』公子道：

『贱室不足虑。所虑者，老父性严，尚费踌躕耳。』孙富将机就机，便问道：『既是尊大人未必相容，兄所携丽人，何处安顿？亦曾通知丽人，共作计较否？』公子攒眉而答道：『此事曾与小妾议之。』孙富欣然问道：『尊宠必有妙策。』公子道：『他意欲侨居苏杭，流连山水。使小弟先回，求亲友宛转于家君之前。候家君回嗔作喜，然后图归。高明以为何如？』孙富沉吟半晌，故作愀然之色，道：『小弟乍会之间，交浅言深，诚恐见怪。』公子道：『正赖高明指教，何以谦逊？』孙富道：『尊大人位居方面，必严帷薄之嫌，平时既怪兄游非礼之地，今日岂容兄娶不节之人！况且贤亲贵友，谁不迎合尊大人之意者？兄枉去求他，必然相拒。就有个不识时务的，进言于尊大人之前，见尊大人意思不允，他就转口了。兄进不能和睦家庭，退无词以回复尊宠。既使留连山水，亦非长久之计。万一资斧困竭，岂不进退两难！』公子自知手中只有五十金，此时费去大半，说到资斧困竭，进退两难，不觉点头道是。孙富又道：『小弟还有句心腹之谈，兄肯俯听否？』公子道：『承兄过爱，更求尽言。』孙富道：『疏不间亲，还是莫说罢。』公子道：『但说何妨。』孙富道：『自古道：「妇人水性无常。」况烟花之辈，少真多假。他既系六院名姝，相识定满天下。或者南边原有旧约，借兄之力，挈带而来，以为他适之地。』公子道：『这个恐未必然。』孙富道：『即不然，江南子弟，最工轻薄，兄留丽人独居，难保无逾墙钻穴之事。若挈之同归，愈增尊大人之怒。为兄之计，未有善策。况父子天伦，必不可绝。若为妾而触父，因妓而弃家，海内必以兄为浮浪不经之人。异日妻不以为夫，弟不以为兄，同袍不以为友，兄何以立于天地之间？兄今日不可不熟思也！』公子闻言，茫然自失，移席问计：『据高明之见，何以教我？』孙富道：『仆有一计，于兄甚便。只恐兄溺枕席之爱，未必能行，使仆空费词说耳！』公子道：『兄诚有良策，使弟再睹家园之乐，乃弟之恩人也。又何惮而不言耶？』孙富道：『兄飘零岁余，严亲怀怒，闺阁离心，设身以处兄之地，诚寝食不安之时也。然尊大人所以怒兄者，不过为迷花恋柳，挥金如土，异日必为弃家荡产之人，不堪承继家业耳！兄今日空手而归，正触其怒。兄倘能割衽席之爱，见机而作，仆愿以千金相赠。兄得千金，以报尊大人，只说在京授馆，并不曾浪费分毫，尊大人必然相信。从此家庭和睦，当无间言。须臾之间，转祸为福。兄请三思，仆非贪丽人之色，实为兄效忠于万一也！』李甲原是没主意的人，本心惧怕老子，被孙富一席话，说透胸中之疑，起身作揖道：『闻兄大教，顿开茅塞。但小妾千里相从，义难顿绝，容归与商之。得其心肯，当奉复耳。』孙富道：『说话之间，宜放婉曲。彼既忠心为兄，必不忍使兄父子分离，定然玉成兄还乡之事矣。』二人饮了一回酒，风停雪止，天色已晚。孙富教家僮算还了酒钱，与公子携手下船。正是：

逢人且说三分话，未可全抛一片心。

却说杜十娘在舟中，摆设酒果，欲与公子小酌，竟日未回，挑灯以待。公子下船，十娘起迎。见公子颜色匆匆，似有不乐之意，乃满斟热酒劝之，公子摇首不饮。一言不发，竟自床上睡了。十娘心中不悦，乃收拾杯盘，为公子解衣就枕，问道：『今日有何见闻，而怀抱郁郁如此？』公子叹息而已，终不启口。问了三四次，公子已睡去了。十娘委决不下，坐于床头而不能寐。到夜半，公子醒来，又叹一口气。十娘道：『郎君有何难言之事，频频叹息？』公子拥被而起，欲言不语者几次，扑簌簌掉下泪来。十娘抱持公子于怀间，软言抚慰道：『妾与郎君情好，已及二载，千辛万苦，历尽艰难，得有今日。然相从数千里，未曾哀戚。今将渡江，方图百年欢笑，如何反起悲伤，必有其故。

夫妇之间，死生相共，有事尽可商量，万勿讳也。』公子再四被逼不过，只得含泪而言道：『仆天涯穷困，蒙恩卿不弃，委曲相从，诚乃莫大之德也。但反覆思之，老父位居方面，拘于礼法，况素性方严，恐添嗔怒，必加黜逐。你我流荡，将何底止？夫妇之欢难保，父子之伦又绝。日间蒙新安孙友邀饮，为我筹及此事，寸心如割。』十娘大惊道：『郎君意将如何？』公子道：『仆事内之人，当局而迷。孙友为我画一计颇善，但恐恩卿不从耳！』十娘道：『孙友者何人？计如果善，何不可从？』公子道：『孙友名富，新安盐商，少年风流之士也。夜间闻子清歌，因而问及。仆告以来历，并谈及难归之故，渠意欲以千金聘汝。我得千金，可藉口以见吾父母；而恩卿亦得所天。但情不能舍，是以悲泣。』说罢，泪如雨下。十娘放开两手，冷笑一声道：『为郎君画此计者，此人乃大英雄也。郎君千金之资，既得恢复，而妾归他姓，又不致为行李之累，「发乎情，止乎礼」，诚两便之策也。那千金在那里？』公子收泪道：『未得恩卿之诺，金尚留彼处，未曾过手。』十娘道：『明早快快应承了他，不可错过机会。但千金重事，须得兑足交付郎君之手，妾始过舟，勿为贾竖子所欺。』时已四鼓，十娘即起身挑灯梳洗道：『今日之妆，乃迎新送旧，非比寻常。』于是脂粉香泽，用意修饰，花钿绣袄，极其华艳，香风拂拂，光彩照人。

装束方完，天色已晓。孙富差家童到船头候信。十娘微窥公子，欣欣似有喜色，乃催公子快去回话，及早兑足银子。公子亲到孙富船中，回复依允。孙富道：『兑银易事，须得丽人妆台为信。』公子回复了十娘，十娘即指描金文具道：『可便抬去。』孙富喜甚。即将白银一千两，送到公子船中。十娘亲自检看，足色足数，分毫无爽。乃手把船舷，以手招孙富。孙富一见，魂不附体。十娘启朱唇，开皓齿道：『方才箱子可暂发来，内有李郎路引一纸，可检还之也。』孙富视十娘已为瓮中之鳖，即命家童送那描金文具，安放船头之上。十娘取钥开锁，内皆抽屉小箱。十娘叫公子抽第一层来看，只见翠羽明珰，瑶簪宝珥，充牣于中，约值数百金。十娘遽投之江中。李甲与孙富及两船之人，无不惊诧。又命公子再抽一箱，乃玉箫金管。又抽一箱，尽古玉紫金玩器，约值数千金。十娘尽投之于水。舟中岸上之人，观者如堵。齐声道：『可惜可惜！』正不知什么缘故。最后又抽一箱，箱中复有一匣。开匣视之，夜明之珠，约有盈把。其他祖母绿、猫儿眼，诸般异宝，目所未睹，莫能定其价之多少。众人齐声喝采，喧声如雷。十娘又欲投之于江。李甲不觉大悔，抱持十娘恸哭，那孙富也来劝解。十娘推开公子在一边，向孙富骂道：『我与李郎备尝艰苦，不是容易到此。汝以奸淫之意，巧为谗说，一旦破人姻缘，断人恩爱，乃我之仇人。我死而有知，必当诉之神明，尚妄想枕席之欢乎！』又对李甲道：『妾风尘数年，私有所积，本为终身之计。自遇郎君，山盟海誓，白首不谕。前出都之际，假托众姊妹相赠，箱中韫藏百宝，不下万金。将润色郎君之装，归见父母，或怜妾有心，收佐中馈，得终委托，生死无憾。谁知郎君相信不深，惑于浮议，中道见弃，负妾一片真心。今日当众目之前，开箱出视，使郎君知区区千金，未为难事。妾椟中有玉，恨郎眼内无珠。命之不辰，风尘困瘁。甫得脱离，又遭弃捐。今众人各有耳目，共作证明，妾不负郎君，郎君自负妾耳！』于是众人聚观者，无不流涕，都唾骂李公子负心薄幸。公子又羞又苦，且悔且泣，方欲向十娘谢罪。十娘抱持宝匣，向江心一跳。众人急呼捞救。但见云暗江心，波涛滚滚，杳无踪影。可惜一个如花似玉的名姬，一旦葬于江鱼之腹。

三魂渺渺归水府，七魄悠悠入冥途。

当时旁观之人，皆咬牙切齿，争欲拳殴李甲和那孙富。慌得李孙二人，手足无措，急叫开船，分途遁去。李甲在舟中，看了千金，转忆十娘，终日愧悔，郁成狂疾，终身不痊。孙富自那日受惊，得病卧床月余，终日见杜十娘在旁诟骂，奄奄而逝。人以为江中之报也。

却说柳遇春在京坐监完满，束装回乡，停舟瓜步。偶临江净脸，失坠铜盆于水，觅渔人打捞。及至捞起，乃是个小匣儿。遇春启匣观看，内皆明珠异宝，无价之珍。遇春厚赏渔人，留于床头把玩。是夜梦见江中一女子，凌波而来，视之，乃杜十娘也。近前万福，诉以李郎薄幸之事。又道：『向承君家慷慨，以一百五十金相助，本意息肩之后，徐图报答，不意事无终始。然每怀盛情，悒悒未忘。早间曾以小匣托渔人奉致，聊表寸心，从此不复相见矣。』言讫，猛然惊醒，方知十娘已死，叹息累日。

后人评论此事，以为孙富谋夺美色，轻掷千金，固非良士；李甲不识杜十娘一片苦心，碌碌蠢才，无足道者。独谓十娘千古女侠，岂不能觅一佳侣，共跨秦楼之凤，乃错认李公子，明珠美玉，投于盲人，以致恩变为仇，万种恩情，化为流水，深可惜也！有诗叹云：

不会风流莫妄谈，单单情字费人参。若将情字能参透，唤作风流也不惭。

第三十三卷

乔彦杰一妾破家

世事纷纷难诉陈，知机端不误终身。若论破国亡家者，尽是贪花恋色人。

话说大宋仁宗皇帝明道元年，这浙江路宁海军，即今杭州是也。在城众安桥北首观音庵相近，有一个商人，姓乔名俊字彦杰，祖贯钱塘人。自幼年丧父母，长而魁伟雄壮，好色贪淫。娶妻高氏，各年四十岁。夫妻不生得男子，只生一女，年一十八岁，小字玉秀，至亲三口儿。只有一仆人，唤作赛儿。这乔俊看来有三五万贯资本，专一在长安崇德收丝，往东京卖了，贩枣子胡桃杂货回家来卖，一年有半年不在家。门首交赛儿开张酒店，雇一个酒大工叫做洪三，在家造酒。其妻高氏，掌管日逐出进钱钞一应事务，不在话下。

明道二年春间，乔俊在东京卖丝已了，买了胡桃枣子等货，船到南京上新河泊，正要行船，因风阻了，一住三日。风大，开船不得。忽见邻船中一美妇，生得肌肤似雪，髻挽乌云。乔俊一见，心甚爱之。乃访问梢工道：『你船中是什么客人？缘何有宅眷在内？』梢工答道：『是建康府周巡检病故，今家小扶灵柩回山东去。这年小的妇人，乃是巡检的小娘子。官人问他做甚？』乔俊道：『艄工，你与我问巡检夫人，若肯将此妾与人，我情愿多与他些财礼，讨此妇为妾。说得这事成了，我把五两银子谢你。』艄工遂乃下船舱里去说这亲事。言无数句，话不一席，有分教这乔俊娶这个妇人为妾，直使得：

一家人口因他丧，万贯家资指日休。

当下艄工下船舱问老夫人道：『小人告夫人跟前，这个小娘子，肯嫁与人么？』老夫人道：『你有甚好头脑说他？若有人要娶他，就应承罢，只要一千贯文财礼。』艄工便说：『邻船上有一贩枣子客人，要娶一个二娘子，特命小人来与夫人说知。』夫人便应承了。艄工回复乔俊说：『夫人肯与你了，要一千贯文财礼哩。』乔俊听说大喜，即便开箱，取出一千贯文，便教艄工送过夫人船上去。夫人接了，说与艄工，教请乔俊过船来相见。乔俊换了衣服，径过船来拜见夫人。夫人问明白了乡贯姓氏，就叫侍妾近前吩咐道：『相公已死，家中儿子利害。我今做主，将你嫁与这个官人为妾，即今便过乔官人船上去。宁海郡大马头去处，快活过了生世，你可小心服侍，不可托大！』这妇人与乔俊拜辞了老夫人。夫人与他一个衣箱物件之类，却送过船去。乔俊取五两银子谢了艄工，心中十分欢喜。乃问妇人：『你的名字叫做什么？』妇人乃言：『我叫作春香，年二十五岁。』当晚就舟中与春香同铺而睡。

次日天晴，风息浪平，大小船只，一齐都开。乔俊也行了五六日，早到北新关，歇船上岸。叫一乘轿子抬了春香，自随着径入武林门里。来到自家门首，下了轿，打发轿子去了。乔俊引春香入家中来。自先走入里面去与高氏相见，说知此事，出来引春香入去参见。高氏见了春香，焦躁起来，说：『丈夫，你既娶来了，我难以推故。你只依我两件事，我便容你。』乔俊道：『你且说那两件事？』高氏启口说出，直教乔俊有家难奔，有国难投。正是：

妇人之语不宜听，割户分门坏五伦。勿信妻言行大道，世间男了几多人。

当下高氏说与丈夫：『你今已娶来家，我说也自枉然了。只是要你与他别住，不许放在家里。』乔俊听得说：『这个容易，我自赁房屋一间与他另住。』高氏又说：『自从今日为始，我再不与你做一处。家中钱本什物，首饰衣服，我自与女儿两个受用，不许你来讨。一应官司门户等事，你自教贱婢支持，莫再来缠我，你依得么？』乔俊沉吟了半晌，心里道：『欲待不依，又难过日子。罢罢！』乃言：『都依你。』高氏不语。次日早起，去搬货物行李回家，就央人赁房一间，在铜钱局前——今对贡院是也。拣个吉日，乔俊带了周氏，点家伙一应什物完备，搬将过去。住了三朝两日，归家走一次。

光阴似箭，日月如梭，不觉半年有余。乔俊刮取人头帐目，乃私房银两，还够做本钱。收丝已完，打点家中柴米之类，吩咐周氏：『你可耐静，我出去多只两月便回；如有急事，可回去大娘家里说知。』道罢，径到家里说与高氏：『我明日起身去后，多只两月便回。倘有事故，你可照管周氏，看夫妻之面！』女儿道：『爹爹早回。』别了妻女，又来新住处打点明早起程。此时是九月间，出门搭船，登途去了。一去两个月。周氏在家终日倚门而望，不见丈夫回来。看看又是冬景至了。其年大冷。忽一日晚彤云密布，纷纷扬扬，下一天大雪。高氏在家思忖，丈夫一去，因何至冬时节，只管不回？这周氏寒冷，赛儿又病重，起身不得。乃叫洪三将些柴米炭火钱物，送与周氏。周氏见雪下得大，闭门在家哭泣。听得敲门，只道是丈夫回来，慌忙开门。见了洪大工挑了东西进门，周氏乃问大工：『大娘大姐一向好么？』大工答道：『大娘见大官人不回，记挂你无盘缠，教我送柴米钱钞与你用。』周氏见说，回言：『大工，你回家去，多多拜上大娘大姐！』大工别了，自回家去。

次日午牌时分，周氏门首又有人敲门。周氏道：『这等大雪，又是何人敲门？』只因这人来，有分教：周氏再不能与乔俊团圆。正是：

闭门屋里坐，祸从天上来。

当日雪下得越大，周氏在房中向火。忽听得有人敲门，起身开门看时，见一人头戴破头巾，身穿旧衣服。便问周氏道：『嫂子，乔俊在家么？』周氏答道：『自从九月出门，还未回哩。』那人说：『我是他里长。今来差乔俊去海宁砌江塘，做夫十日，歇二十日，又做十日。他既不在家，我替你们寻个人，你出钱雇他去做工。』周氏答道：『既如此，只凭你教人替了，我自还你工钱。』里长相别出门。次日饭后，领一个后生，年约二十岁，与周氏相见。里长说与周氏：『此人是上海县人，姓董名小二。自幼他父母俱丧。如今专靠与人家做工过日，每年只要你三五百贯钱，冬夏做些衣服与他穿。我看你家里又无人，可雇他在家走动也好。』周氏见说，心中欢喜道：『委实我家无人走动，看这人，想也是个良善本分的，工钱便依你罢了。』当下遂谢了里长，留在家里。至次日，里长来叫去海宁做夫，周氏取些钱钞与小二，跟着里长去了十日回来。这小二在家里小心谨慎，烧香扫地，件件当心。

且说乔俊在东京卖丝，与一个上厅行首沈瑞莲来往，倒身在他家使钱，因此留恋在彼，全不管家中妻妾。只恋花门柳户，逍遥快乐。那知家里赛儿病了两个余月死了。高氏叫洪三买具棺木，扛出城外化人场烧了。高氏立性贞洁，自在门前卖酒，无有半点狂心。不想周氏自从安了董小二在家，到有心看上他。有时做夫回来，热羹热饭搬与他吃。小二见他家无人，勤谨做活。周氏时常眉来眼去的勾引他。这小二也有心，只是不敢上前。一日正是十二月三十日夜，周氏叫小二去买些酒果鱼肉之类过年。到晚，周氏叫小二关了大门，去灶上烫一注子酒，切些肉做一盘，安排火盆，点上了灯，就摆在房内床面前桌儿上。小二在灶前烧火，周氏轻轻的叫道：『小二，你来房里来，将些东西去吃！』小二千不合万不合走入房内，有分教：小二死无葬身之地。正是：

僮仆人家不可无，岂知撞了不良徒。分明一段跷蹊事，瞒着堂堂大丈夫。

此时周氏叫小二到床前，便道：『小二你来你来，我和你吃两杯酒，今夜你就在我房里睡罢。』小二道：『不敢！』周氏骂了两三声『蛮子』。双手把小二抱到床边，挨肩而坐。便将小二扯过怀中，解开主腰儿，教他摸胸前麻团也似白奶。小二淫心荡漾，便将周氏脸搂过来，将舌尖儿度在周氏口内，任意快乐。周氏将酒筛下，两个吃一个交杯酒，两人合吃五六杯。周氏道：『你在外头歇，我在房内也是自歇，寒冷难熬。你今无福，不依我的口。』小二跪下道：『感承娘子有心，小人亦有意多时了，只是不敢说。今日娘子抬举小人，此恩杀身难报。』二人说罢，解衣脱带，就做了夫妻。一夜快乐，不必说了。天明，小二先起来烧汤洗碗做饭，周氏方起，梳妆洗面罢，吃饭。正是：

少女少郎，情色难当。

却如夫妻一般在家过活，左右邻舍皆知此事，无人闲管。

却说高氏因无人照管门前酒店，忽一日，听得闲人说：『周氏与小二通奸。』且信且疑，放心不下。因此教洪大工去与周氏说：『且搬回家，省得两边家火。』周氏见洪大工来说，沉吟了半晌，勉强回言道：『既是大娘好意，今晚就将家火搬回家去。』洪大工得了言语自回家了。周氏便叫小二商量：『今大娘要我搬回家去，料想违他不得，只是你却如何？』小二答道：『娘子，大娘家里也无人，小人情愿与大娘家送酒走动。只是一件，不比此地，不得与娘子快乐了。不然，就今日拆散了罢。』说罢，两个搂抱着，哭了一回。周氏道：『你且安心，我今收拾衣箱什物，你与我挑回大娘家去。我自与大娘说，留你在家，暗地里与我快乐。且等丈夫回来，再做计较。』小二见说，才放心欢喜。回言道：『万望娘子用心！』当日下午收拾已了，小二先挑了箱笼来。捱到黄昏，洪大工提个灯笼去接周氏。周氏取具锁锁了大门，同小二回家。正是：

飞蛾扑火身须丧，蝙蝠投竿命必倾。

当时小二与周氏到家，见了高氏。高氏道：『你如今回到家一处住了，如何带小二回来？何不打发他去了？』周氏道：『大娘门前无人照管，不如留他在家使唤，待等丈夫回时，打发他未迟。』高氏是个清洁的人，心中想道：『在我家中，我自照管着他，有甚皂丝麻线？』遂留下教他看店，讨酒坛，一应都会得。不觉又过了数月。周氏虽和小二有情，终久不比自住之时，两个任意取乐。一日，周氏见高氏说起小二诸事勤谨，又本分，便道：『大娘何不将大姐招小二为婿，却不便当？』高氏听得大怒，骂道：『你这个贱人，好没志气！我女儿招雇工人为婿？』周氏不敢言语，吃高氏骂了三四日。高氏只倚着自身正大，全不想周氏与他通奸，故此要将女儿招他。若还思量此事，只消得打发了小二出门，后来不见得自身同女打死在狱，灭门之事。

且说小二自三月来家，古人云：『一年长工，二年家公，三年太公。』不想乔俊一去不回，小二在大娘家一年有余，出入房室，诸事托他，便做乔家公，欺负洪三。或早或晚，见了玉秀，便将言语调戏他。不则一日，不想玉秀被这小二奸骗了。其事周氏也知，只瞒着高氏。似此又过了一月。其时是六月半，天道太热，玉秀在房内洗浴。高氏走入房中，看见女儿奶大，吃了一惊。待女儿穿了衣裳。叫女儿到面前问道：『你吃何人弄了身体，这奶大了？你好好实说，我便饶你！』玉秀推托不过，只得实说：『我被小二哄了。』高氏跌脚叫苦：『这事都是这小婆娘做一路，坏了我女孩儿，此事怎生是好？』欲待声张起来，又怕嚷动人知，苦了女儿一世之事。当时沉吟了半晌，眉头一蹙，计上心来，只除害了这蛮子，方才免得人知。不觉又过了两月。忽值八月中秋节到，高氏叫小二买些鱼肉果子之物，安排家宴。当晚高氏、周氏、玉秀在后园赏月，叫洪三和小二别在一边吃。高氏至夜三更，叫小二赏了两大碗酒。小二不敢推辞，一饮而尽，不觉大醉，倒了。洪三也有酒，自去酒房里睡了。这小二只因酒醉，中了高氏计策，当夜便是：

东岳新添枉死鬼，阳间不见少年人。

当时高氏使女儿自去睡了。便与周氏说：『我只管家事买卖，那知你与这蛮子通奸。你两个做了一路，故意教他奸了我的女儿。丈夫回来，教我怎的见他分说？我是个清清白白的人，如今讨了你来，被你玷辱我的门风，如何是好！我今与你只得没奈何，害了这蛮子性命，神不知，鬼不觉。倘丈夫回来，你与我女儿俱各免得出丑，各无事了。你可去将条索来！』周氏初时不肯，被高氏骂道：『都是你这贱人与他通奸，因此坏了我女儿，你还恋着他？』周氏吃骂得没奈何，只得去房里取了麻索，递与高氏。高氏接了，将去小二脖项下一绞。原来妇人家手软，缚了一个更次，绞不死。小二喊起来，高氏急了，无家伙在手边，教周氏去灶前捉把劈柴斧头，把小二脑门上一斧，脑浆流出死了。高氏与周氏商量：『好却好了，这死尸须是今夜发落便好。』周氏道：『可叫洪三起来，将块大石缚在尸上，驮去丢在新桥河里水底去了，待他尸首自烂，神不知，鬼不觉。』高氏大喜，便到酒作坊里叫起洪大工来，大工走入后园，看见了小二尸首道：『祛除了这害最好。倘留他在家，大官人回来，也有老大的口面。』周氏道：『你可趁天未明，把尸首驮去新河里，把块大石缚住，坠下水里去。若到天明，倘有人问时，只说道小二偷了我家首饰物件，夜间逃走了。他家一向又无人往来的，料然没事。』洪大工驮了尸首，高氏将灯照了门去。此时有五更时分，洪大工驮到河边，掇块大石，绑缚在尸首上，丢在河内，直推开在中心里。这河有丈余深水，当时沉下水底去了，料道永无踪迹。洪大工回家，轻轻的关了大门，高氏与周氏各回房里睡了。高氏虽自清洁，也欠些聪明之处，错干了此事。既知其情，只可好好打发了小二出门便了。千不合，万不合，将他绞死。后来却被人首告，打死在狱，灭门绝户，悔之何及！且说洪大工睡至天明，起来开了酒店，高氏依旧在门前卖酒。玉秀眼中不见了小二，也不敢问。周氏自言自语，假意道：『小二这厮无礼，偷了我首饰物件，夜间逃走了。』玉秀自在房里，也不问他。那邻舍也不管他家小二在与不在。高氏一时害了小二性命，疑决不下，早晚心中只恐事发，终日忧闷过日。正是：

要人知重勤学，怕人知事莫做。

却说武林门外清湖闸边，有个做靴的皮匠，姓陈名文，浑家程氏五娘，夫妻两口儿，只靠做靴鞋度日。此时是十月初旬，这陈文与妻子争论，一口气，走入门里满桥边皮市里买皮，当日不回，次日午后也不回。程五娘心内慌起来。又过了一夜，亦不见回。独自一个在家烦恼。将及一月，并无消息。这程五娘不免走入城里问讯。径到皮市里来，问卖皮店家，皆言：『一月前何曾见你丈夫来买皮？莫非死在那里了？』有多口的道：

『你丈夫穿甚衣服出来？』程五娘道：『我丈夫头戴万字头巾，身穿着青绢一口中。一月前说来皮市里买皮，至今不见信息，不知何处去了？』众人道：『你可城内各处去寻，便知音信。』程五娘谢了众人，绕城中逢人便问。一日，并无踪迹。过了两日，吃了早饭，又入城来寻问。不端不正，走到新桥上过，正是事有凑巧，物有偶然。只见河岸上有人喧哄说道：『有个人死在河里，身上穿领青衣服，泛起在桥下水面上。』程五娘听得说，连忙走到河岸边，分开众人一看时，只见水面上漂浮一个死尸，穿着青衣服。远远看时，有些相像。程氏便大哭道：『丈夫缘何死在水里？』看的人都呆了。程氏又哀告众人：『那个伯伯肯与奴家拽过我的丈夫尸首到岸边，奴家认一认看。奴家自奉酒钱五十贯。』当时有一个破落户，叫做王酒酒，专一在街市上帮闲打哄，赌骗人财，这厮是个泼皮，没人家理他。当时也在那里看，听见程五娘许说五十贯酒钱，便说道：『小娘子，我与你拽过尸首来岸边你认看。』五娘哭罢道：『若得伯伯如此，深恩难报！』这王酒酒见只过往船，便跳上船去，叫道：『艄工，你可住一住，等我替这个小娘子拽这尸首到岸边。』当时王酒酒拽那尸首来。王酒酒认得乔家董小二的尸首，口里不说出来，只教程氏认看。只因此起，有分教：高氏一家，死于非命。正是：

闹里钻头执处歪，遇人猛惜爱钱财。谁知错认尸和首，引出冤家祸患来。

此时王酒酒在船上，将竹篙推那尸首到岸边来，程氏看时，见头面皮肉却被水浸坏了，全不认得。看身上衣服却认得，是丈夫的模样。号号大哭，哀告王酒酒道：『烦伯伯同奴去买口棺木来盛了，却又作计较。』王酒酒便随程五娘到褚堂仵作李团头家，买了棺木，叫两个火家来河下捞起尸首，盛于棺内，就在河岸边存着。那时新桥下无甚人家住，每日只有船只来往。程氏取五十贯钱，谢了王酒酒。

王酒酒得了钱，一径走到高氏酒店门前，以买酒为名，便对高氏说：『你家缘何打死了董小二，丢在新桥河内？如今泛将起来。你道一场好笑！那里走一个来错认做丈夫尸首，买具棺木盛了，改日却来埋葬。』高氏道：『王酒酒，你莫胡言乱语，我家小二，偷了首饰衣服在逃，追获不着，那得这话！』王酒酒道：『大娘子，你不要赖！瞒了别人，不要瞒我。你今送我些钱钞买求我，我便任那妇人错认了去。你若白赖不与我，我就去本府首告，叫你吃一场人命官司。』高氏听得，便骂起来：『你这破落户，千刀万剐的贼，不长俊的乞丐！见我丈夫不在家，今来诈我！』王酒酒被骂，大怒而去。能杀的妇人，到底无志气，胡乱与他些钱钞，也不见得弄出事来。当时高氏千不合万不合，骂了王酒酒这一顿，被那厮走到海宁郡安抚司前，叫起屈来。安抚相公正坐厅上押文书，叫左右唤至厅下，问道：『有何屈事？』王酒酒跪在厅下，告道：『小人姓王名青，钱塘县人，今来首告。邻居有一乔俊，出外为商未回。其妻高氏，与妾周氏，一女玉秀，与家中一雇工人董小二有奸情。不知怎的缘故，把董小二谋死。丢在新桥河里，如今泛起。小人去与高氏言说，反被本妇百般辱骂。他家有个酒大工，叫做洪三；敢是同心谋害的。小人不甘，因此叫屈。望相公明镜昭察！』安抚听罢，着外郎录了王青的口词，押了公文，差两个牌军押着王青去捉拿三人并洪三，火急到厅。当时公人径到高氏家，捉了高氏、周氏、玉秀、洪三四人，关了大门，取锁锁了，径到安抚司厅上。一行人跪下。相公是蔡州人，姓黄名正大，为人奸狡，贪滥酷刑。问高氏：『你家董小二何在？』高氏道：『小二拐物在逃，不知去向。』王青道：『要知明白，只问洪三，便知分晓。』安抚遂将洪三拖翻拷打，两腿五十黄荆，血流满地。打熬不过，只得招道：『董小二先与周氏有奸，后搬回家，奸了玉秀。高氏知觉，恐丈夫回来，辱灭了门风。于今年八月十五日，中秋夜赏月，教小的同小二两个在一边吃酒。我两个都醉了。小的怕失了事，自去酒房内睡了。到五更时分，只见高氏周氏来酒房门边，叫小的去后园内，只见小二尸首在地，教我速驮去丢在河内去。小的问高氏因由。高氏备将前事说道：「二人通同奸骗女儿，倘或丈夫回日，怎的是好？我今出于无奈，因是赶他不出去，又怕说出此情，只得用麻索绞死了。」小的是个老实的人，说道：「看这厮忒无理，也祛除了一害。」小的便将小二尸首，驮在新桥河边，用块大石，头缚在他身上，沉在水底下。只此便是实话。』安抚见洪三招状明白，点指画字。二妇人见洪三已招，惊得魂不附体，玉秀抖做一块，安抚叫左右将三个妇人过来供招，玉秀只得供道：『先是周氏与小二有奸。母高氏收拾回家，将奴调戏，奴不从。后来又调戏，奴又不从。将奴强抱到后园奸骗了。到八月十五日，备果吃酒赏月，母高氏先叫奴去房内睡了，并不知小二死亡之事。』安抚又问周氏：『你既与小二有奸，缘何将女孩儿坏了？你好好招承，免至受苦！』周氏两泪交流，只得从头一一招了。安抚又问高氏：『你缘何谋杀小二？』高氏抵赖不过，从头招认了。都押下牢监了。安抚俱将各人供状立案，次日差县尉一人，带领仵作行人，押了高氏等去新河桥下检尸。当日闹动城里城外人都得知。男子妇人，挨肩擦背，不计其数，一齐来看。正是：

好事不出门，恶事传千里。

却说县尉押着一行人到新桥下，打开棺木，取出尸首，检看明白。将尸放在棺内，县尉带了一干人回话。董小二尸虽是斧头打碎顶门，麻索绞痕见在。安抚叫左右将高氏等四人各打二十下，都打得昏晕复醒。取一面长枷，将高氏枷了。周氏、玉秀、洪三俱用铁索锁了，押下大牢内监了。王青随衙听候。且说那皮匠妇人，也知得认错了，再也不来哭了。思量起来，一场惶恐，几时不敢见人。这话且不说。再说玉秀在牢中汤水不吃，次日死了。又过了两日，周氏也死了，洪三看看病重，狱卒告知安抚，安抚令官医医治，不痊而死。止有高氏浑身发肿，棒疮疼痛熬不得，饭食不吃，服药无用，也死了。可怜不够半个月，四个都死在牢中。狱卒通报，知府与吏商量，乔俊久不回家，妻妾在家，谋死人命，本该偿命。凶身人等俱死，具表申奏朝廷，方可决断。不则一日，圣旨到下，开读道：『凶身俱已身死，将家私抄扎入官。小二尸首，又无苦主亲人来领，烧化了罢。』当时安抚即差吏去，打开乔俊家大门，将细软钱物，尽数入官。烧了董小二尸首，不在话下。

却说乔俊合当穷苦，在东京沈瑞莲家，全然不知家中之事。住了两年，财本使得一空，被虔婆常常发语道：『我女儿恋住了你，又不能接客，怎的是了？你有钱钞，将些出来使用；无钱，你自离了我家，等我女儿接别个客人。终不成饿死了我一家罢！』乔俊是个有钱过的人，今日无了钱，被虔婆赶了数次，眼中泪下。寻思要回乡，又无盘缠。那沈瑞莲见乔俊泪下，也哭起来，道：『乔郎，是我苦了你！我有些日前趱下的零碎钱，与你些，做盘缠回去了罢。你若有心，到家取得些钱，再来走一遭。』乔俊大喜，当晚收拾了旧衣服，打了一个衣包，沈行首取出三百贯文，把与乔俊打在包内，别了虔婆，驮了衣包，手提了一条棍棒，又辞了瑞莲，两个流泪而别。且说乔俊于路搭船，不则一日，来到北新关。天色晚了，便投一个相识船主人家宿歇，明早入城。那船主人见了乔俊，吃了一惊，道：『乔官人，你一向在那里去了，只管不回？你家中小娘子周氏，与一个雇工人有奸。大娘子取回一家住了，却又与你女儿有奸。我听得人说，不知争奸也是怎的，大娘子谋杀了雇工人，酒大工洪三将尸丢在新桥河内。有了两个月，尸首泛将起来，被人首告在安抚司。捉了大娘子、小娘子、你女儿并酒大工洪三到官。拷打不过，只得招认。监在牢里，受苦不过，如今四人都死了。朝廷文书下来，抄扎你家财产入官。你如今投那里去好？』乔俊听罢，却似：

分开八片顶阳骨，倾下半桶冰雪来！

这乔俊惊得呆了半晌，语言不得。那船主人排些酒饭与乔俊吃，那里吃得下。两行珠泪，如雨收不住，哽咽悲啼。心下思量：『今日不想我闪得有家难奔，有国难投，如何是好？』翻来覆去，过了一夜。次日黑早起来，辞了船主人，背了衣包，急急奔武林门来。到着自家对门一个古董店王将仕门首立了。看自家房屋，俱拆没了，只有一片荒地。却好王将仕开门，乔俊放下衣包，向前拜道：『老伯伯，不想小人不回，家中如此模样！』王将仕道：『乔官人，你一向在那里不回？』乔俊道：『只为消折了本钱，归乡不得，并不知家中的消息。』王将仕邀乔俊到家中坐定道：『贤侄听老身说，你去后家中，如此如此……』把从头之事，一一说了。『只好笑一个皮匠妇人，因丈夫死在外边，到来错认了尸。却被王酒酒那厮首告，害了你大妻、小妾、女儿并洪三到官，被打得好苦恼，受疼不过，都死在牢里，家产都抄扎入官了。你如今那里去好？』乔俊听罢，两泪如倾，辞别了王将仕。上南不是，落北又难。叹了一口气，道：『罢罢罢！我今年四十余岁，儿女又无，财产妻妾俱丧了，去投谁的是好？』一径走到西湖上第二桥，望着一湖清水便跳，投入水下而死。这乔俊一家人口，深可惜哉！

却说王青这一日午后，同一般破落户在西湖上闲荡，刚到第二桥坐下，大家商量凑钱出来买碗酒吃。众人道：『还劳王大哥去买，有些便宜。』只见王酒酒接钱在手，向西湖里一撒。两眼睁得圆滴留，口中大骂道：『王青！那董小二奸人妻女，自取其死，与你何干？你只为诈钱不遂，害得我乔俊好苦！一门亲丁四口，死无葬身之地。今日须偿还我命来！』众人知道乔俊附体，替他磕头告饶。只见王青打自己把掌约有百余，骂不口绝，跳入湖中而死。众人传说此事，都道乔俊虽然好色贪淫，却不曾害人，今受此惨祸，九泉之下，怎放得过王青！这番索命，亦天理之必然也。后人有诗云：

乔俊贪淫害一门，王青毒害亦亡身。从来好色亡家国，岂见诗书误了人。

第三十四卷

王娇鸾百年长恨

天上乌飞兔走，人间古往今来。昔年歌管变荒台，转眼是非兴败！须识闹中取静，莫因乖过成呆。不贪花酒不贪财，一世无灾无害。

话说江西饶州府馀干县长乐村，有一小民叫做张乙。因贩些杂货到于县中，夜深投宿城外一邸店，店房已满，不能相容。间壁锁下一空房，却无人住。张乙道：『店主人何不开此房与我？』主人道：『此房中有鬼，不敢留客。』张乙道：『便有鬼，我何惧哉！』主人只得开锁，将灯一盏，扫帚一把，交与张乙。张乙进房，把灯放稳，挑得亮亮的。房中有破床一张，尘埃堆积，用扫帚扫净，展上铺盖，讨些酒饭吃了，推转房门，脱衣而睡。梦见一美色妇人，衣服华丽，自来荐枕，梦中纳之。及至醒来，此妇宛在身边。张乙问是何人。此妇道：『妾乃邻家之妇，因夫君远出，不能独宿，是以相就。勿多言，又当自知。』张亦不再问。天明，此妇辞去。至夜又来，欢好如初。如此三夜。店主人见张客无事，偶话及此房内曾有妇人缢死，往往作怪，今番却太平了。张乙听在肚里。至夜，此妇仍来。张乙问道：『今日店主人说这房中有缢死女鬼，莫非是你？』此妇并无惭讳之意，答道：『妾身是也！然不祸于君，君幸勿惧。』张乙道：『试说其详。』此妇道：『妾乃娼女，姓穆，行廿二，人称我为廿二娘。与馀干客人杨川相厚。杨许娶妾归去，妾将私财百金为助。一去三年不来，妾为鸨儿拘管，无计脱身，挹郁不堪，遂自缢而死。鸨儿以所居售人，今为旅店。此房，昔日妾之房也，一灵不泯，犹依栖于此。杨川与你同乡，可认得么？』张乙道：『认得。』此妇道：『今其人安在？』张乙道：『去岁已移居饶州南门，娶妻开店，生意甚足。』妇人嗟叹良久，更无别语。

又过了二日，张乙要回家。妇人道：『妾愿始终随君，未识许否？』张乙道：『倘能相随，有何不可。』妇人道：『君可制一小木牌，题曰：「廿二娘神位。」置于箧中。但出牌呼妾，妾便出来。』张乙许之。妇人道：『妾尚有白金五十两埋于此床之下，没人知觉，君可取用。』张掘地果得白金一瓶，心中甚喜。

过了一夜。次日张乙写了牌位，收藏好了，别店主而归。到于家中，将此事告与浑家。浑家初时不喜，见了五十两银子，遂不嗔怪。张乙于东壁立了廿二娘神主，其妻戏往呼之，白日里竟走出来，与妻施礼。妻初时也惊讶，后遂惯了，不以为事。夜来张乙夫妇同床，此妇亦来，也不觉床之狭窄。

过了十余日。此妇道：『妾尚有夙债在于郡城，君能随我去索取否？』张利其所有，一口应承。即时雇船而行。船中供下牌位。此妇同行同宿，全不避人。不则一日，到了饶州南门，此妇道：『妾往杨川家讨债去。』张乙方欲问之，此妇倏已上岸。张随后跟去。见此妇竟入一店中去了。问其店，正杨川家也。张久候不出。忽见杨举家惊惶，少顷哭声振地。问其故，店中人云：『主人杨川向来无病，忽然中恶，九窍流血而死。』张乙心知廿二娘所为，嘿然下船，向牌位苦叫，亦不见出来了。方知有夙债在郡城，乃杨川负义之债也。有诗叹云：

王魁负义曾遭谴，李益亏心亦改常。请看杨川下梢事，皇天不佑薄情郎。

方才说穆廿二娘事，虽则死后报冤，却是鬼自出头，还是渺茫之事。如今再说一件故事，叫做《王娇鸾百年长恨》。这个冤更报得好。

此事非唐非宋，出在国朝天顺初年。广西苗蛮作乱，各处调兵征剿，有临安卫指挥王忠所领一枝浙兵，违了限期，被参降调河南南阳卫中所千户。即日引家小到任。

王忠年六十余，只一子王彪，颇称骁勇，督抚留在军前效用。到有两个女儿，长曰娇鸾，次曰娇凤。鸾年十八，凤年十六。凤从幼育于外家，就与表兄对姻。只有娇鸾未曾许配。夫人周氏，原系继妻。周氏有嫡姐，嫁曹家，寡居而贫，夫人接他相伴甥女娇鸾，举家呼为曹姨。娇鸾幼通书史，举笔成文。因爱女慎于择配，所以及笄未嫁，每每临风感叹，对月凄凉。惟曹姨与鸾相厚，知其心事，他虽父母亦不知也。一日清明节届，和曹姨及侍儿明霞后园打秋千耍子。正在闹热之际，忽见墙缺处有一美少年，紫衣唐巾，舒头观看，连声喝采。慌得娇鸾满脸通红，推着曹姨的背，急回香房。侍女也进去了。生见园中无人，逾墙而入，秋千架子尚在，余香仿佛。正在凝思，忽见草中一物，拾起看时，乃三尺线绣香罗帕也。生得此如获珍宝。闻有人声自内而来，复逾墙而出，仍立于墙缺边。看时，乃是侍儿来寻香罗帕的。生见其三回五转，意兴已倦，微笑而言：『小娘子！罗帕已入人手，何处寻觅？』侍儿抬头见是秀才，便上前万福道：『相公想已捡得，乞即见还，感德不尽！』那生道：『此罗帕是何人之物？』侍儿道：『是小姐的。』那生道：『既是小姐的东西，还得小姐来讨，方才还他。』侍儿道：『相公府居何处？』那生道：『小生姓周名廷章，苏州府吴江县人，父亲为本学司教，随任在此，与尊府只一墙之隔。』原来卫署与学宫基址相连，卫叫做东衙，学叫做西衙。花园之外，就是学中的隙地。侍儿道：『贵公子又是近邻，失瞻了，妾当禀知小姐，奉命相求。』廷章道：『敢闻小姐及小娘子大名？』侍儿道：『小姐名娇鸾，主人之爱女，妾乃贴身侍婢明霞也。』廷章道：『小生有小诗一章，相烦致于小姐。即以罗帕奉还。』明霞本不肯替他寄诗，因要罗帕入手，只得应允。廷章道：『烦小娘子少待。』廷章去不多时，携诗而至。桃花笺叠成方胜。明霞接诗在手，问：『罗帕何在？』廷章笑道：『罗帕乃至宝，得之非易，岂可轻还？小娘子且将此诗送与小姐看了，待小姐回音，小生方可奉璧。』明霞没奈何，只得转身。

只因一幅香罗帕，惹起千秋《长恨歌》。

话说鸾小姐自见了那美少年，虽则一时惭愧，却也挑动个『情』字。口中不语，心下踌躇道：『好个俊俏郎君，若嫁得此人，也不枉聪明一世。』忽见明霞气忿忿的入来。娇鸾问：『香罗帕有了么？』明霞口称：『怪事！香罗帕到被西衙周公子收着。就是墙缺内喝采的那紫衣郎君。』娇鸾道：『与他讨了就是。』明霞道：『怎么不讨？也得他肯还！』娇鸾道：『他为何不还？』明霞道：『他说：「小生姓周名廷章，苏州府吴江人氏，父为司教，随任在此。与吾家只一墙之隔。既是小姐的香罗帕，必须小姐自讨。」』娇鸾道：『你怎么说？』明霞道：『我说待妾禀知小姐，奉命相求。他道，有小诗一章，烦吾传递，待有回音，才把罗帕还我。』明霞将桃花笺递与小姐。娇鸾见了这方胜，已有三分之喜，拆开看时，乃七言绝句一首：

帕出佳人分外香，天公教付有情郎。殷勤寄取相思句，拟作红丝入洞房。

娇鸾若是个有主意的，拚得弃了这罗帕，把诗烧却，吩咐侍儿，下次再不许轻易传递，天大的事都完了。奈娇鸾一来是及瓜不嫁，知情慕色的女子；二来满肚才情不肯埋没，亦取薛涛笺答诗八句：

妾身一点玉无瑕，生自侯门将相家。静里有亲同对月，闲中无事独看花。碧梧只许来奇凤，翠竹那容入老鸦。寄语异乡孤另客，莫将心事乱如麻。

明霞捧诗方到后园，廷章早在缺墙相候。明霞道：『小姐已有回诗了，可将罗帕还我。』廷章将诗读了一遍，益慕娇鸾之才，必欲得之。道：『小娘子耐心，小生又有所答。』再回书房，写成一绝：

居傍侯门亦有缘，异乡孤另果堪怜。若容鸾凤双栖树，一夜箫声入九天。

明霞道：『罗帕又不还，只管寄什么诗？我不寄了。』廷章袖中出金簪一根道：『这微物奉小娘子，权表寸敬，多多致意小姐。』明霞贪了这金簪，又将诗回复娇鸾。娇鸾看罢，闷闷不悦。明霞道：『诗中有甚言语触犯小姐？』娇鸾道：『书生轻薄，都是调戏之言。』明霞道：『小姐大才，何不作一诗骂之，以绝其意。』娇鸾道：『后生家性重，不必骂，且好言劝之可也。』再取薛笺题诗八句：

独立庭际傍翠阴，侍儿传语意何深。满身窃玉偷香胆，一片撩云拨雨心。丹桂岂容稚子折，珠帘那许晓风侵。劝君莫想阳台梦，努力攻书入翰林。

自此一倡一和，渐渐情熟，往来不绝。明霞的足迹不断后园，廷章的眼光不离墙缺，诗篇甚多，不暇细述。时届端阳，王千户治酒于园亭家宴。廷章于墙缺往来，明知小姐在于园中，无由一面，侍女明霞亦不能通一语。正在气闷，忽撞见卫卒孙九。那孙九善作木匠，长在卫里服役，亦多在学中做工。廷章遂题诗一绝封固了，将青蚨二百赏孙九买酒吃，托他寄与衙中明霞姐。孙九受人之托，忠人之事，伺候到次早，才觑个方便，寄得此诗于明霞。明霞递于小姐，拆开看之，前有叙云：『端阳日园中望娇娘子不见，口占一绝奉寄：

配成彩线思同结，倾就蒲觞拟共斟。雾隔湘江欢不见，锦葵空有向阳心。』

后写『松陵周廷章拜稿』。娇娘看了，置于书几之上。适当梳头，未及酬和。忽曹姨走进香房，看见了诗稿，大惊道：『娇娘既有西厢之约，可无东道之主，此事如何瞒我？』娇鸾含羞答道：『虽有吟咏往来，实无他事，非敢瞒姨娘也。』曹姨道：『周生江南秀士，门户相当，何不教他遣媒说合，成就百年姻缘，岂不美乎？』娇鸾点头道：『是。』梳妆已毕，遂答诗八句：

深锁香闺十八年，不容风月透帘前。绣衾香暖谁知苦？锦帐春寒只爱眠。生怕杜鹃声到耳，死愁蝴蝶梦来缠。多情果有相怜意，好倩冰人片语传。

廷章得诗，遂假托父亲周司教之意，央赵学究往王千户处求这头亲事。王千户亦重周生才貌。但娇鸾是爱女，况且精通文墨。自己年老，一应卫中文书笔札，都靠着女儿相帮，少他不得，不忍弃之于他乡，以此迟疑未许。廷章知姻事未谐，心中如刺。乃作书寄于小姐。前写：

松陵友弟廷章拜稿：

自睹芳容，未宁狂魄。夫妇已是前生定，至死靡他；媒妁传来今日言，为期未决。遥望香闺深锁，如唐玄宗离月宫而空想嫦娥；要从花圃戏游，似牵牛郎隔天河而苦思织女。倘复迁延于月日，必当夭折于沟渠。生若无缘，死亦不瞑。勉成拙律，深冀哀怜。

诗曰：

未有佳期慰我情，可怜春价值千金！闷来窗下三杯酒，愁向花前一曲琴。人在琐窗深处好，闷回罗帐静中吟：孤恓一样昏黄月，肯许相携诉寸心？」

娇鸾看罢，即时复书。前写：

虎衙爱女娇鸾拜稿：

轻荷点水，弱絮飞帘。拜月亭前，懒对东风听杜宇；画眉窗下，强消长昼刺鸳鸯。人正困于妆台，诗忽坠于香案。启观来意，无限幽怀。自怜薄命佳人，恼杀多情才子。一番信到，一番使妾倍支吾；几度诗来，几度令人添寂寞。休得跳东墙学攀花之手，可以仰北斗驾折桂之心。眼底无媒，书中有女。自此衷情封去札，莫将消息问来人。谨和佳篇，仰祈深谅！

诗曰：

秋月春花亦有情，也知身价重千金。虽窥青琐韩郎貌，羞听东墙崔氏琴。痴念已从空里散，好诗惟向梦中吟。此生但作干兄妹，直待来生了寸心。

廷章阅书，赞叹不已，读诗到末联「此生但作干兄妹」，忽然想起一计道：「当初张珙、申纯皆因兄妹得就私情。王夫人与我同姓，何不拜之为姑？便可通家往来，于中取事矣！」遂托言西衙窄狭，且是喧闹，欲借卫署后园观书。周司教自与王千户开口。王翁道：「彼此通家，就在家下吃些见成茶饭，不烦馈送。」周翁感激不尽，回向儿子说了。廷章道：「虽承王翁盛意，非亲非故，难以打搅。孩儿欲备一礼，拜认王夫人为姑。姑侄一家，庶乎有名。」周司教是糊涂之人，只要讨些小便宜，道：「任从我儿行事。」廷章又央人通了王翁夫妇，择个吉日，备下彩缎书仪，写个表侄的名刺，上门认亲，极其卑逊，极其亲热。王翁是个武人，只好奉承，遂请入中堂，教奶奶都相见了。连曹姨也认做姨娘，娇鸾是表妹，一时都请见礼。王翁设宴后堂，权当会亲。一家同席，廷章与娇鸾，暗暗欢喜。席上眉来眼去，自不必说。当日尽欢而散。

姻缘好恶犹难问，踪迹亲疏已自分。

次日王翁收拾书室，接内侄周廷章来读书。却也晓得隔绝内外，将内宅后门下锁，不许妇女入于花园。廷章供给，自有外厢照管。虽然搬做一家，音书来往反不便了。娇鸾松筠之志虽存，风月之情已动。况既在席间，眉来眼去，怎当得园上凤隔鸾分。愁绪无聊，郁成一病。朝凉暮热，茶饭不沾。王翁迎医问卜，全然不济。廷章几遍到中堂问病，王翁只教致意，不令进房。廷章心生一计，因假说：「长在江南，曾通医理。表妹不知所患何症，待侄儿诊脉便知。」王翁向夫人说了，又教明霞，道达了小姐，方才迎入。廷章坐于床边，假以看脉为由，抚摩了半晌。其时王翁夫妇俱在，不好交言。只说得一声保重，出了房门。对王翁道：「表妹之疾，是抑郁所致，常须于宽敞之地，散步陶情，更使女伴劝慰，开其郁抱，自当勿药。』王翁敬信周生，更不疑惑，便道：『若表妹不时要园亭散步，恐小侄在彼不便，暂请告归。』王翁道：『既为兄妹，复何嫌阻？』即日教开了后门，将锁钥付曹姨收管，就教曹姨陪侍女儿任情闲耍，明霞服侍，寸步不离，自以为万全之策矣。

却说娇鸾原为思想周郎致病，得他抚摩一番，已自欢喜。又许散步园亭，陪伴服侍者，都是心腹之人，病便好了一半。每到园亭，廷章便得相见，同行同坐。有时亦到廷章书房中吃茶，渐渐不避嫌疑，挨肩擦背。廷章捉个空，向小姐恳求，要到香闺一望。娇鸾目视曹姨，低低向生道：『锁钥在彼，兄自求之。』廷章已悟。次日廷章取吴绫二端，金钏一副，央明霞献与曹姨。姨问鸾道：『周公子厚礼见惠，不知何事？』娇鸾道：『年少狂生，不无过失，渠要姨包容耳。』曹姨道：『你二人心事，我已悉知。但有往来，决不泄漏。』因把匙钥付与明霞。鸾心大喜，遂题一绝。寄廷章云：

暗将私语寄英才，倘向人前莫乱开。今夜香闺春不锁，月移花影玉人来。

廷章得诗，喜不自禁。是夜黄昏已罢，谯鼓方声，廷章悄步及于内宅，后门半启，捱身而进。自那日房中看脉出园上来，依稀记得路径，缓缓而行。但见灯光外射，明霞候于门侧。廷章步进香房，与鸾施礼，便欲搂抱。鸾将生挡开，唤明霞快请曹姨来同坐。廷章大失所望，自陈苦情，责其变卦，一时急泪欲流。鸾道：『妾本贞姬，君非荡子。只因有才有貌，所以相爱相怜。妾既私君，终当守君之节；君若弃妾，岂不负妾之诚。必矢明神，誓同白首，若还苟合，有死不从。』说罢，曹姨适至，向廷章谢日间之惠。廷章遂央姨为媒，誓谐伉俪。口中咒愿如流而出。曹姨道：『二位贤甥，既要我为媒，可写合同婚书四纸，将一纸焚于天地，以告鬼神；一纸留于吾手，以为媒证；你二人各执一纸，为他日合卺之验。女若负男，疾雷震死；男若负女，乱箭亡身。再受阴府之愆，永堕酆都之狱。』生与鸾听曹姨说得痛切，各各欢喜。遂依曹姨所说，写成婚书誓约。先拜天地，后谢曹姨。姨乃出清果醇醪，与二人把盏称贺。三人同坐饮酒，直至三鼓，曹姨别去。生与鸾携手上床，雨云之乐可知也。五鼓，鸾促生起身，嘱咐道：『妾已委身于君，君休负恩于妾。神明在上，鉴察难逃。今后妾若有暇，自遣明霞奉迎，切莫轻行，以招物议。』廷章字字应承，留恋不舍。鸾急教明霞送出园门。是日鸾寄生二律云：

昨夜同君喜事从，芙蓉帐暖语从容。贴胸交股情偏好，拨雨撩云兴转浓。一枕凤鸾声细细，半窗花月影重重。晓来窥视鸳鸯枕，无数飞红扑绣绒。（其一）

衾翻红浪效绸缪，乍抱郎腰分外羞。月正圆时花正好，云初散处雨初收。一团恩爱从天降，万种情怀得自由。寄语今宵中夕夜，不须欹枕看牵牛。（其二）

廷章亦有酬答之句。自此鸾疾尽愈，门锁意弛。或三日或五日，鸾必遣明霞召生。来往既频，恩情愈笃。

如此半年有余。周司教任满，升四川峨眉县尹。廷章恋鸾之情，不肯同行。只推身子有病，怕蜀道艰难；况学业未成，师友相得，尚欲留此读书。周司教平昔纵子，言无不从。起身之日，廷章送父出城而返。鸾感廷章之留，是日邀之相会，愈加亲爱。如此又半年有余。其中往来诗篇甚多，不能尽载。廷章一日阅邸报，见父亲在峨眉不服水土，告病回乡。久别亲闱，欲谋归觐。又牵鸾情爱，不忍分离。事在两难，忧形于色。鸾探知其故。因置酒劝生道：『夫妇之爱，瀚海同深；父子之情，高天难比。若恋私情而忘公义，不惟君失子道，累妾亦失妇道矣。』曹姨亦劝道：『今日暮夜之期，原非百年之算。公子不如暂回乡故，且觐双亲。倘于定省之间，即议婚姻之事，早完誓愿，免致情牵。』廷章心犹不决。娇鸾教曹姨竟将公子欲归之情，对王翁说了。此日正是端阳，王翁治酒与廷章送行，且致厚贶。廷章义不容已，只得收拾行李。是夜鸾另置酒香闺，邀廷章重伸前誓，再订婚期。曹姨亦在坐，千言万语，一夜不睡。临别，又问廷章住居之处。廷章道：『问做什么？』鸾道：『恐君不即来，妾便于通信耳。』廷章索笔写出四句：

思亲千里返姑苏，家住吴江十七都。须问南麻双漾口，廷陵桥下督粮吴。

廷章又解说：『家本吴姓，祖当里长督粮，有名督粮吴家，周是外姓也。此字虽然写下，欲见之切，度日如年。多则一年，少则半载，定当持家君柬帖，亲到求婚，决不忍闺阁佳人，悬悬而望。』言罢，相抱而泣。将次天明，鸾亲送生出园。有联句一律：

绸缪鱼水正投机，无奈思亲使别离。（廷章）
花圃从今谁待月？兰房自此懒围棋。（娇鸾）
惟忧身远心俱远，非虑文齐福不齐。（廷章）
低首不言中自省，强将别泪整蛾眉。（娇鸾）

须臾天晓，鞍马齐备。王翁又于中堂设酒，妻女毕集，为上马之饯，廷章再拜而别。鸾自觉悲伤欲泣，潜归内室，取乌丝笺题诗一律，使明霞送廷章上马，伺便投之。章于马上展看云：

同携素手并香肩，送别那堪双泪悬。郎马未离青柳下，妾心先在白云边。妾持节操如姜女，君重纲常类闵骞。得意匆匆便回首，香闺人瘦不禁眠。

廷章读之泪下，一路上触景兴怀，未尝顷刻忘鸾也。

闲话休叙，不一日，到了吴江家中，参见了二亲，一门欢喜。原来父亲已与同里魏同知家议亲，正要接儿子回来行聘完婚。生初时有不愿之意，后访得魏女美色无双，且魏同知十万之富，妆奁甚丰。慕财贪色，遂忘前盟。过了半年，魏氏过门，夫妻恩爱，如鱼似水，竟不知王娇鸾为何人矣。

但知今日新妆好，不顾情人望眼穿。

却说娇鸾一时劝廷章归省，是他贤慧达理之处。然已去之后，未免怀思。白日凄凉，黄昏寂寞。灯前有影相亲，帐底无人共语。每遇春花秋月，不觉梦断魂劳。捱过一年，杳无音信。忽一日明霞来报道：『姐姐可要寄书与周姐夫么？』娇鸾道：『那得有这方便？』明霞道：『适才孙九说临安卫有人来此下公文。临安是杭州地方，路从吴江经过，是个便道。』娇鸾道：『既有便，可教孙九嘱咐那差人不要去了。』即时修书一封，曲叙别离之意。嘱他早至南阳，同归故里，践婚姻之约，成终始之交。书多不载。书后有诗十首。录其一云：

端阳一别杳无音，两地相看对月明。暂为椿萱辞虎卫，莫因花酒恋吴城。游仙阁内占离合，拜月亭前问死生。此去愿君心自省，同来与妾共调羹。

封皮上又题八句：

此书烦递至吴衙，门面春风足可夸。父列当今宣化职，祖居自古督粮家。已知东宅邻西宅，犹恐南麻混北麻。去路逢人须借问，廷陵桥在那村些？

又取银钗二股，为寄书之赠。书去了七个月，并无回耗。时值新春，又访得前卫有个张客人要往苏州收货。娇鸾又取金花一对，央孙九送与张客，求他寄书。书意同前。亦有诗十首。录其一云：

春到人间万物鲜，香闺无奈别魂牵。东风浪荡君尤荡，皓月团圆妾未圆。情洽有心劳白发，天高无计托青鸾。衷肠万事凭谁诉？寄与才郎仔细看。

封皮上题一绝：

苏州咫尺是吴江，吴姓南麻世督粮。嘱咐行人须着意，好将消息问才郎。

张客人是志诚之士，往苏州收货已毕，赍书亲到吴江。正在长桥上问路，恰好周廷章过去。听得是河南声音，问的又是南麻督粮吴家，知娇鸾书信，怕他到彼，知其再娶之事。遂上前作揖通名，邀往酒馆三杯，拆开书看了。就于酒家借纸笔，匆匆写下回书，推说父方未痊，方侍医药，所以有误佳期。不久即图会面，无劳注想。书后又写：『路次借笔不备，希谅！』张客收了回书。不一日，回到南阳，付孙九回复鸾小姐。鸾拆书看了，虽然不曾定个来期，也当画饼充饥，望梅止渴。过了三四个月，依旧杳然无闻。娇鸾对曹姨道：『周郎之言欺我耳！』曹姨道：『誓书在此，皇天鉴知。周郎独不怕死乎？』忽一日，闻有临安人到，乃是娇鸾妹子娇凤生了孩儿，遣人来报喜。娇鸾彼此相形，愈加感叹。且喜又是寄书的一个顺便，再修书一封托他。这是第三封书，亦有诗十首。末一章云：

叮咛才子莫蹉跎，百岁夫妻能几何？王氏女为周氏室，文官子配武官娥。三封心事烦青写，万斛闲愁锁翠蛾。远路尺书情未尽，相思两处恨偏多！

封皮上亦写四句：

此书烦递至吴江，粮督南麻姓字香。去路不须驰步问，廷陵桥下暂停航。

鸾自此寝废餐忘，香消玉减，暗地泪流，恹恹成病。父母欲为择配。娇鸾不肯，情愿长斋奉佛。曹姨劝道：『周郎未必来矣，毋拘小信，自误青春。』娇鸾道：『人而无信，是禽兽也。宁周郎负我，我岂敢负神明哉？』

光阴荏苒，不觉已及三年。娇鸾对曹姨说道：『闻说周郎已婚他族，此信未知真假。然三年不来，其心肠亦改变矣。但不得一实信，吾心终不死。』曹姨道：『何不央孙九亲往吴江一遭，多与他些盘费。若周郎无他更变，使他等候同来，岂不美乎？』娇鸾道：『正合吾意，亦求姨娘一字，促他早早登程可也。』当下娇鸾写就古风一首。其略云：

忆昔清明佳节时，与君邂逅成相知。嘲风弄月通来往，拨动风情无限思。侯门曳断千金索，携手挨肩游画阁。好把青丝结死生，盟山誓海情不薄。白云渺渺草青青，才子思亲欲别情。顿觉桃脸无春色，愁听传书雁几声。君行虽不排鸾驭，胜似征蛮父兄去。悲悲切切断肠声，执手牵衣理前誓。与君成就鸾凤友，切莫苏城恋花柳。自君之去妾攒眉，脂粉慵调发如帚。姻缘两地相思重，雪月风花谁与共？可怜夫妇正当年，空使梅花蝴蝶梦。临风对月无欢好，凄凉枕上魂颠倒。一宵忽梦汝娶亲，来朝不觉愁颜老。盟言愿作神雷电，九天玄女相传遍。只归故里未归泉，何故音容难得见？才郎意假妾意真，再驰驿使陈丹心。可怜三七羞花貌，寂寞香闺思不禁。

曹姨书中亦备说女甥相思之苦，相望之切。二书共作一封。封皮亦题四句：

荡荡名门宰相衙，更兼粮督镇南麻。逢人不用停舟问，桥跨延陵第一家。

孙九领书，夜宿晓行，直至吴江延陵桥下。犹恐传递不的，直候周廷章面送。廷章一见孙九，满脸通红，不问寒温，取书纳于袖中，竟进去了。少顷，教家童出来回复道：『相公娶魏同知家小姐，今已二年。南阳路远，不能复来矣。回书难写，仗你代言。这幅香罗帕乃初会鸾姐之物，并令同婚书一纸，央你送还，以绝其念。本欲留你一饭，诚恐老爹盘问嗔怪。白银五钱权充路费，下次更不劳往返。』孙九闻言大怒，掷银于地不受，走出大门，骂道：『似你短行薄情之人，禽兽不如！可怜负了鸾小姐一片真心，皇天断然不佑你！』说罢，大哭而去。路人争问其故，孙老儿数一数二的逢人告诉。自此周廷章无行之名，播于吴江，为衣冠所不齿。正是：

平生不作亏心事，世上应无切齿人。

再说孙九回全南阳，见了明霞，便悲泣不已。明霞道：『莫非你路上吃了苦？莫非周家郎君死了？』孙九只是摇头。停了半晌，方说备细，如此如此：『他不发回书，只将罗帕婚书送还，以绝小姐之念。我也不去见小姐了。』说罢，拭泪叹息而去。明霞不敢隐瞒，备述孙九之语。娇鸾见了这罗帕，已知孙九不是个谎话，不觉怨气填胸，怒色盈面。就请曹姨至香房中，告诉了一遍。曹姨将言劝解，娇鸾如何肯听。整整的哭了三日三夜，将三尺香罗帕，反复观看，欲寻自尽。又想道：『我娇鸾名门爱女，美貌多才。若默默而死，却便宜了薄情之人。』乃制绝命诗三十二首及《长恨歌》一篇云：

倚门默默思重重。自叹双双一笑中；情惹游丝牵嫩绿，恨随流水缩残红。当时只道春回准，今日方知色是空！回首凭栏情切处，闲愁万里怨东风。

余诗不载。其《长恨歌》略云：

《长恨歌》，为谁作？题起头来心便恶。朝思暮想无了期，再把鸾笺诉情薄。妾家原在临安路，麟阁功勋受恩露。后因亲老失军机，降调南阳卫千户。深闺养育娇鸾身，不曾举步离中庭。岂知二九灾星到，忽随女伴妆台行。秋千戏蹴方才罢，忽惊墙角生人话。含羞归去香房中，仓忙寻觅香罗帕。罗帕谁知入君手？空令梅香往来走。得蒙君赠香罗诗，恼妾相思淹病久。感君拜母结妹兄，来词去简饶恩情。只恐恩情成苟合，两曾结发同山盟。山盟海誓还不信，又托曹姨作媒证。婚书写定烧苍穹，始结于飞在天命。情交二载甜如蜜，才子思亲忽成疾。妾心不忍君心愁，反劝才郎归故籍。叮咛此去姑苏城，花街莫听阳春声。一睹慈颜便回首，香闺可念人孤另。嘱咐殷勤别才子，弃旧怜新任从尔。那知一去意忘还，终日思君不如死！有人来说君重婚，几番欲信仍难凭。后因孙九去复返，方知伉俪谐文君。此情恨杀薄情者，千里姻缘难割舍。到手恩情都负之，得意风流在何也？莫论妾愁长与短，无处箱囊诗不满。题残锦札五千张，写秃毛锥三百管。玉闺人瘦娇无力，佳期反作长相忆。枉将八字推子平，空把三生卜《周易》。从头一一思量起，往日交情不亏汝。既然恩爱如浮云，何不当初莫相与？莺莺燕燕皆成对，何独天生我无配。娇凤妹子少二年，适添孩儿已三岁。自惭轻弃千金躯，伊欢我独心孤悲。先年誓愿今何在？举头三尺有神祇。君往江南妾江北，千里关山远相隔。若能两翅忽然生，飞向吴江近君侧。初交你我天地知，今来无数人扬非。虎门深锁千金色，天教一笑遗君机。恨君短行归阴府，譬似皇天不生我。从今书递故人收，不望回音到中所。可怜铁甲将军家，玉闺养女娇如花。只因颇识琴书味，风流不久归黄沙。白罗丈二悬高梁，飘然眼底魂茫茫。报道一声娇鸾缢，满城笑杀临安王。妾身自愧非良女，擅把闺情贱轻许。相思债满还九泉，九泉之下不饶汝。当初宠妾非如今，我今怨汝如海深。自知妾意皆仁意，谁想君心似兽心！再将一幅罗鲛绡，殷勤远寄郎家遥。自叹兴亡皆此物，杀人可恕情难饶。反复叮咛只如此，往日闲愁今日止。君今肯念旧风流，饱看娇鸾书一纸。

书已写就，欲再遣孙九。孙九咬牙怒目，决不肯去。正无其便，偶值父亲痰火病发，唤娇鸾替他检阅文书。娇鸾看文书里面有一宗乃勾本卫逃军者，其军乃吴江县人。鸾心生一计，乃取从前倡和之词，并今日《绝命诗》及《长恨歌》汇成一帙，合同婚书二纸，置于帙内，总作一封，入于官文书内，封筒上填写『南阳卫掌印千户王投下直隶苏州府吴江县当堂开拆』，打发公差去了，王翁全然不知。

是晚，娇鸾沐浴更衣，哄明霞出去烹茶，关了房门，用杌子填足，先将白练挂于梁上，取原日香罗帕，向咽喉扣住，接连白练，打个死结，蹬开杌子，两脚悬空，煞时间三魂漂渺，七魄幽沉。刚年二十一岁。

始终一幅香罗帕，成也萧何败也何！

明霞取茶来时，见房门闭紧，敲打不开，慌忙报与曹姨。曹姨同周老夫人打开房门看了，这惊非小。王翁也来了。合家大哭，竟不知什么意故。少不得买棺殓葬。此事阁过休题。

再说吴江阙大尹接得南阳卫文书，拆开看时，深以为奇。此事旷古未闻。适然本府赵推官随察院樊公祉按临本县。阙大尹与赵推官是金榜同年，因将此事与赵推官言及。赵推官取而观之，遂以奇闻报知樊公。樊公将诗歌及婚书反复详味，深惜娇鸾之才，而恨周廷章之薄幸。乃命赵推官密访其人。次日，擒拿解院，樊公亲自诘问。廷章初时抵赖，后见婚书有据，不敢开口。樊公喝教重责五十收监。行文到南阳卫查娇鸾曾否自缢。不一日文书转来，说娇鸾已死。樊公乃于监中吊取周廷章到察院堂上，樊公骂道：『调戏职官家子女，一罪也；停妻再娶，二罪也；因奸致死，三罪也。婚书上说：「男若负女，万箭亡身。」我今没有箭射你，用乱棒打杀你，以为薄幸男子之戒。』喝教合堂皂快齐举竹批乱打。下手时宫商齐响，着体处血肉交飞。顷刻之间，化为肉酱。满城人无不称快。周司教闻知，登时气死。魏女后来改嫁。向贪新娶之财色，而没恩背盟，果何益哉！有诗叹云：

一夜恩情百夜多，负心端的欲如何？若云薄幸无冤报，请读当年《长恨歌》。

况太守断死孩儿

春花秋月足风流，不分红颜易白头；试把人心比松柏，几人能为岁寒留？

这四句诗，泛论春花秋月，恼乱人心，所以才子有悲秋之辞，佳人有伤春之咏。往往诗谜写恨，目语传情，月下幽期，花间密约，但图一刻风流，不顾终身名节。这是两个相思，各还其债，不在话下。

又有一等男贪而女不爱，女爱而男不贪。虽非两相情愿，却有一片精诚。如冷庙泥神，朝夕焚香拜祷，也少不得灵动起来。其缘短的，合而终暌；倘缘长的，疏而转密。这也是风月场中所有之事，亦不在话下。

又有一种男不慕色，女不怀春，志比精金，心如坚石，没来由被旁人播弄，设圈设套，一时失了把柄，堕其术中，事后悔之无及。如宋时玉通禅师，修行了五十年，因触了知府柳宣教，被他设计，教妓女红莲假扮寡妇借宿，百般诱引，坏了他的戒行。这般会合，那些个男欢女爱，是偶然一念之差。如今再说个诱引寡妇失节的，却好与玉通禅师的故事做一对儿。正是：

未离恩山休问道，尚沉欲海莫参禅。

话说宣德年间，南直隶扬州府仪真县有一民家，姓丘名元吉，家颇饶裕。娶妻邵氏，姿容出众，兼有志节。夫妇甚相爱重。相处六年，未曾生育。不料元吉得病身亡。邵氏年方二十三岁，哀痛之极。立志守寡，终身永无他适。不觉三年服满。父母家因其年少，去后日长，劝他改嫁。叔公丘大胜，也叫阿妈来委曲譬喻他几番。那邵氏心如铁石，全不转移。设誓道：『我亡夫在九泉之下，邵氏若事二姓，更二夫，不是刀下亡，便是绳上死。』众人见他主意坚执，谁敢再去强他！自古云：『呷得三斗醋，做得孤孀妇。』孤孀不是好守的。替邵氏从长计较，到不如明明改个丈夫，虽做不得上等之人，还不失为中等，不到得后来出丑。正是：

作事必须踏实地，为人切莫务虚名。

邵氏一口说了满话，众人中贤愚不等，也有啧啧夸奖他的，也有似疑不信，睁着眼看他的。谁知邵氏立心贞洁，闺门愈加严谨。止有一侍婢，叫做秀姑，房中作伴，针指营生；一小厮叫做得贵，年方十岁，看守中门。一应薪水买办，都是得贵传递。僮仆已冠者，皆遣出不用。庭无闲杂，内外肃然。如此数年，人人信服。那个不说邵大娘少年老成，治家有法。

光阴如箭，不觉十周年到来。邵氏思念丈夫，要做些法事追荐。叫得贵去请叔公丘大胜来商议，延七众僧人，做三昼夜功德。邵氏道：『奴家是寡妇，全仗叔公过来主持道场。』大胜应允。

语分两头，却说邻近新搬来一个汉子，姓支名助，原是破落户，平昔不守本分，不做生理，专一在街坊上赶热管闲事过活。闻得人说邵大娘守寡贞洁，日是青年标致，天下难得。支助不信，不论早暮，常在丘家门首闲站。果然门无杂人，只有得贵小厮买办出入。支助就与得贵相识，渐渐熟了。闲话中，问得贵：『闻得你家大娘生得标致，是真也不？』得贵生于礼法之家，一味老实，遂答道：『标致是真。』又问道：

『大娘也有时到门前看街么？』得贵摇手道：『从来不曾出中门，莫说看街，罪过罪过！』一日得贵正买办素斋的东西，支助撞见，又问道：『你家买许多素品为什么？』得贵道：『家主十周年，做法事要用。』支助道：『几时？』得贵道：『明日起，三昼夜，正好辛苦哩！』支助听在肚里，想道：『既追荐丈夫，他必然出来拈香，我且去偷看一看，什么样嘴脸？真像个孤孀也不？』却说次日，丘大胜请到七众僧人，都是有戒行的，在堂中排设佛像，鸣铙击鼓，诵经礼忏，甚是志诚。丘大胜勤勤拜佛。邵氏出来拈香，昼夜各只一次，拈过香，就进去了。支助趁这道场热闹，几遍混进去看，再不见邵氏出来。又问得贵，方知日间只昼食拈香一遍。支助到第三日，约莫昼食时分，又踅进去，闪在槅子旁边隐着。见那些和尚都穿着袈裟，站在佛前吹打乐器，宣和佛号。香水道人在道场上手忙脚乱的添香换烛。本家只有得贵，只好往来答应，那有工夫照管外边。就是丘大胜同着几个亲戚，也都呆看和尚吹打，那个来稽查他。少顷邵氏出来拈香，被支助看得仔细。常言『若要俏，添重孝』。缟素妆束，加倍清雅。分明是：

广寒仙子月中出，姑射神人雪里来。

支助一见，遍体酥麻了，回家想念不已。

是夜，道场完满，众僧直至天明方散。邵氏依旧不出中堂了。支助无计可施，想道：『得贵小厮老实，我且用心下钓子。』其时五月端五日，支助拉得贵回家，吃雄黄酒。得贵道：『我不会吃酒，红了脸时，怕主母嗔骂。』支助道：『不吃酒，且吃只粽子。』得贵跟支助家去，支助教浑家剥了一盘粽子，一碟糖，一碗肉，一碗鲜鱼，两双箸，两个酒杯，放在桌上。支助把酒壶便筛。得贵道：『我说过不吃酒。莫筛罢！』支助道：『吃杯雄黄酒应应时令，我这酒淡，不妨事。』得贵被央不过，只得吃了。支助道：『后生家莫吃单杯，须吃个成双。』得贵推辞不得，又吃了一杯。支助自吃了一回，夹七夹八说了些街坊上的闲话。又斟一杯劝得贵。得贵道：『醉得脸都红了，如今真个不吃了。』支助道：『脸左右红了，多坐一时回去，打什么紧？只吃这一杯罢，我再不劝你了。』得贵前后共吃了三杯酒。他自幼在丘家被邵大娘拘管得严，何曾尝酒的滋味，今日三杯落肚，便觉昏醉。支助乘其酒兴，低低说道：『得贵哥！我有句闲话问你。』得贵道：『有甚话尽说。』支助道：『你主母孀居已久，想必风情亦动。倘得个汉子同眠同睡，可不喜欢？从来寡妇都牵挂着男子，只是难得相会。你引我去试他一试何如？若得成事，重重谢你。』得贵道：『说什么话！亏你不怕罪过！我主母极是正气，闺门整肃，日间男子不许入中门，夜间同使婢持灯照顾四下，各门锁讫，然后去睡。便要引你进去，何处藏身？地上使婢不离身畔，闲话也说不得一句，你却恁地乱讲！』支助道：『既如此，你的房门可来照么？』得贵道：『怎么不来照？』支助道：『得贵哥，你今年几岁了？』得贵道：『十七岁了。』支助道：『男子十六岁精通，你如今十七岁，难道不想妇人？』得贵道：『便想也没用处。』支助道：『放着家里这般标致的，早暮在眼前，好不动兴！』得贵道：『说也不该，他是主母，动不动非打则骂，见了他，好不怕哩！亏你还敢说取笑的话。』支助道：『你既不肯引我去，我教导你一个法儿，作成你自去上手何如？』得贵摇手道：『做不得，做不得，我也没有这样胆！』支助道：『你莫管做得做不得，教你个法儿，且去试他一试。若得上手，莫忘我今日之恩。』得贵一来乘着酒兴，二来年纪也是当时了，被支助说得心痒。便问道：『你且说如何去试他？』支助道：『你夜睡之时，莫关了房门，由他开着，如今五月，天气正热，你却赤身仰卧，把那话儿弄得硬硬的，待他来照门时，你只推做睡着了。他若看见，必然动情。一次两次，定然打熬不过，上门就你。』得贵道：『倘不来如何？』支助道：『拚得这事不成，也不好嗔责你，有益无损。』得贵道：『依了老哥的言语，果然成事，不敢忘报。』须臾酒醒，得贵别了，是夜依计而行。正是：

商成灯下瞒天计，拨转闺中匪石心。

论来邵氏家法甚严，那得贵长成十七岁，嫌疑之际，也该就打发出去，另换个年幼的小厮答应，岂不尽善。只为得贵从小走使服的，且又粗蠢又老实。邵氏自己立心清正，不想到别的情节上去，所以因循下来。

却说是夜，邵氏同婢秀姑点灯出来照门，见得贵赤身仰卧，骂：『这狗奴才，门也不关，赤条条睡着，是什么模样？』叫秀姑与他扯上房门。若是邵氏有主意，天明后叫得贵来，说他夜里懒惰放肆，骂一场，打一顿，得贵也就不敢了。他久旷之人，却似眼见希奇物，寿增一纪，绝不做声。得贵胆大了，到夜来，依前如此。邵氏同婢又去照门，看见又骂道：『这狗才一发不成人了，被也不盖。』叫秀姑替他把卧单扯上，莫惊醒他。此时便有些动情，奈有秀姑在旁碍眼。到第三日，得贵出外撞见了支助。支助就问他曾用计否？得贵老实，就将两夜光景都叙了。支助道：『他叫丫头替你盖被，又教莫惊醒你，便有爱你之意。今夜决有好处。』其夜得贵依原开门，假睡而待。邵氏有意，遂不叫秀姑跟随。自己持灯来照，径到得贵床前，看见得贵赤身仰卧，那话儿如枪一般，禁不住春心荡漾，欲火如焚。自解去小衣，爬上床去。还只怕惊醒了得贵，悄悄地跨在身上，从上面压下。得贵忽然抱住，翻身起来，与之云雨：

一个久疏乐事，一个初试欢情。一个认着故物肯轻抛？一个尝了甜头难遽收。一个饥不择食，岂嫌小厮粗丑；一个狎恩恃爱，那怕主母威严。分明恶草藤萝，也共名花登架去；可惜清心冰雪，化为春水向东流。十年清白已成虚，一夕垢污难再洗。

事毕，邵氏向得贵道：『我苦守十年，一旦失身于你，此亦前生冤债，你须谨口，莫泄于人，我自有看你之处。』得贵道：『主母吩咐，怎敢不依！』自此夜为始，每夜邵氏以看门为由，必与得贵取乐而后入。又恐秀姑知觉，到放个空，教得贵连秀姑奸骗了。邵氏故意欲责秀姑，却教秀姑引进得贵以塞其口。彼此河同水密，各不相瞒。得贵感支助教导之恩，时常与邵氏讨东讨西，将来奉与支助。支助指望得贵引进，得贵怕主母嗔怪，不敢开口。支助几遍讨信，得贵只是延捱下去。过了三五个月，邵氏与得贵如夫妇无异。也是数该败露。邵氏当初做了六年亲，不曾生育，如今才得三五月，不觉便胸高腹大，有了身孕。恐人知觉不便，将银与得贵，教他悄地赎贴坠胎的药来，打下私胎，免得日后出丑。得贵一来是个老实人，不晓得坠胎是什么药；二来自得支助指教，以为恩人，凡事直言无隐，今日这件私房关目，也去与他商议。那支助是个棍徒，见得贵不肯引进自家，心中正在不忿，却好有这个机会，便是生意上门。心生一计，哄得贵道：『这药只有我一个相识人家最效，我替你赎去。』乃往药铺中赎了固胎散四服，与得贵带回，邵氏将此药做四次吃了，腹中未见动静。叫得贵再往别处赎取好药。得贵又来问支助：『前药如何不效？』支助道：『打胎只是一次，若一次打不下，再不能个了。况这药，只此一家最高，今打不下，必是胎受坚固，若再用狼虎药去打，恐伤大人之命。』得贵将此言对邵氏说了。邵氏信以为然。到十月将满，支助料是分娩之期，去寻得贵说道：『我要合补药，必用一血孩子。你主母今当临月，生下孩子，必然不养，或男或女，可将来送我。你亏我处多，把这一件谢我，亦是不费之惠，只瞒过主母便是。』得贵应允。过了数日，果生一男。邵氏将男溺死，用蒲包裹来，教得贵密地把去埋了。得贵答应晓得，却不去埋，背地悄悄送与支助。支助将死孩收讫，一把扯住得贵喝道：『你主母是丘元吉之妻，家主已死多年，当家寡妇，这孩子从何而得？今番我去出首。』得贵慌忙掩住他口，说道：『我把你做恩人，每事与你商议，今日何反面无情？』支助变着脸道：『干得好事？你强奸主母，罪该凌迟，难道叫句恩人就罢了？既知恩当报恩，你作成得我什么事？你今若要我不开口，可问主母讨一百两银子与我，我便隐恶而扬善。若然没有，决不干休，见有血孩作证，你自到官司去辩，连你主母做不得人。我在家等你回话，你快去快来。』急得得贵眼泪汪汪，回家料瞒不过，只得把这话对邵氏说了。邵氏埋怨道：『此是何等东西，却把做礼物送人！坑死了我也！』说罢，流泪起来。得贵道：『若是别人，我也不把与他，因他是我的恩人，所以不好推托。』邵氏道：『他是你什么恩人？』得贵道：『当初我赤身仰卧，都是他教我的方法来调引你，没有他时，怎得你我今日恩爱？他说要血孩合补药，我好不奉他？谁知他不怀好意？』邵氏道：『你做的事，忒不即溜。当初是我一念之差，堕在这光棍术中，今已悔之无及。若不将银买转孩子，他必然出首，那时难以挽回。』只得取了四十两银子，教得贵拿去与那光棍赎取血孩，背地埋藏，以绝祸根。得贵老实，将四十两银子双手递与支助，说道：『只有这些，你可将血孩还我罢。』支助得了银子，贪心不足，思想：『此妇美貌，又且囊中有物。借此机会，倘得捱身入马，他的家事在我掌握之中，岂不美哉！』乃向得贵道：『我说要银子，是取笑话。你当真送来，我只得收受了。那血孩我已埋讫。你可在主母前引荐我与他相处，倘若见允，我替他持家，无人敢欺负他，可不两全其美？不然，我仍在地下掘起孩子出首。限你五日内回话。』得贵出于于奈，只得回家，述与邵氏。邵氏大怒道：『听那光棍放屁，不要理他！』得贵遂不敢再说。

却说支助将血孩用石灰腌了，仍放蒲包之内，藏于隐处。等了五日，不见得贵回话。又捱了五日，共是十日。料是产妇也健旺了。乃往丘家门首，伺候得贵出来。问道：『所言之事济否？』得贵摇头道：『不济，不济！』支助更不问第二句，望门内直闯进去，得贵不敢拦阻，到走往街口远远的打听消息。邵氏见有人走进中堂，骂道：『人家内外各别。你是何人，突入吾室？』支助道：『小人姓支名助，是得贵哥的恩人。』邵氏心中已知，便道：『你要寻得贵，在外边去，此非你歇脚之所。』支助道：『小人久慕大娘，有如饥渴。小人纵不才，料不在得贵哥之下，大娘何必峻拒？』邵氏听见话不投机，转身便走。支助赶来，双手抱住，说道：『你的私孩，现在我处。若不从我，我就首官。』邵氏忿怒无极，只恨摆脱不开，乃以好言哄之。道：『日里怕人知觉。到夜时，我叫得贵来接你。』支助道：『亲口许下，切莫失信。』放开了手，走几步，又回头，说道：『我也不怕你失信！』一直出外去了。气得邵氏半晌无言，珠泪纷纷而坠。推转房门，独坐凳子上，左思右想，只是自家不是。当初不肯改嫁，要做上流之人，如今出乖露丑，有何颜见诸亲之面？又想道：『日前曾对众发誓：「我若事二姓，更二夫，不是刀下亡，便是绳上死。」我今拼这性命，谢我亡夫于九泉之下，却不干净！』秀姑见主母啼哭，不敢上前解劝。守住中门，专等得贵回来。得贵在街上望见支助去了，方才回家。见秀姑问：『大娘呢？』秀姑指道：『在里面。』得贵推开房门看主母。却说邵氏取床头解手刀一把，欲要自刎，担手不起。哭了一回，把刀放在桌上，在腰间解下八尺长的汗巾，打成结儿，悬于梁上，要把颈子套进结去，心下展转凄惨，禁不住呜呜咽咽的啼哭。忽见得贵推门而进，抖然触起他一点念头：『当初都是那狗才做圈做套，来作弄我，害了我一生名节！』说时迟，那时快，只就这点念头起处，仇人相见，分外眼睁。提起解手刀，望得贵当头就劈。那刀如风之快，恼怒中，气力倍加，把得贵头脑劈做两界，血流满地。登时呜呼了。邵氏着了忙，便引颈受套，两脚蹬开凳子，做一个秋千把戏：

地下新添冤恨鬼，人间少了俏孤孀。

常言：『赌近盗，淫近杀。』今日只为一个『淫』字，害了两条性命。

且说秀姑平昔惯了，但是得贵进房，怕有别事，就远远闪开。今番半晌不见则声，心中疑惑，去张望时，只见上吊一个，下横一个。吓得秀姑软做一团。按定了胆，把房门款上。急跑到叔公丘大胜家中报信。丘大胜大惊，转报邵氏父母，同到丘家，关上大门，将秀姑盘问致死缘由。原来秀姑不认得支助，连血孩诈去银子四十两的事，都是瞒着秀姑的。以此秀姑只将邵氏、得贵平昔奸情叙了一遍。『今日不知何故，两个都死了？』三番四复问他，只如此说。邵公邵母听说奸情的话，满成羞惭，自回去了，不管其事。丘大胜只得带秀姑到县里出首。知县验了二尸，一名得贵，刀劈死的；一名邵氏，缢死的。审问了秀姑口辞。知县道：『邵氏与得贵奸情是的；主仆之分已废，必是得贵言语触犯，邵氏不忿，一时失手，误伤了命，情慌自缢，更无别情。』责令丘大胜殡殓。秀姑知情，问杖官卖。

再说支助自那日调戏不遂，回家，还想赴夜来之约。听说弄死了两条人命，吓了一大跳，好几时不敢出门。一日早起，偶然捡着了石灰腌的血孩，连蒲包拿去抛在江里。遇着一个相识叫做包九，在仪真闸上当夫头，问道：『支大哥，你抛的是什么东西？』支助道：『腌几块牛肉，包好了，要带出去吃的，不期臭了。九哥，你两日没甚事？到我家吃三杯。』包九道：『今日忙些个。苏州府况钟老爷驰驿复任，即刻船到，在此趱夫哩！』支助道：『既如此，改日再会。』支助自去了。

却说况钟原是吏员出身，礼部尚书胡濙荐为苏州府太守，在任一年，百姓呼为『况青天』。因丁忧回籍，圣旨夺情起用，特赐驰驿赴任。船至仪真闸口，况爷在舱中看书，忽闻小儿啼声，出自江中，想必溺死之儿，差人看来，回报：『没有。』如此两度。况爷又闻啼声，问众人，皆云不闻。况爷口称怪事。推窗亲看，只见一个小小蒲包，浮于水面。况爷叫水手捞起，打开看了，回复：『是一个小孩子。』况爷问：『活的死的？』水手道：『石灰腌过的，像死得久了。』况爷想道：『死的如何会啼？况且死孩子，抛掉就罢了，何必灰腌，必有缘故。』叫水手，把这死孩子连蒲包放在船头上：『如有人晓得来历，密密报我，我有重赏。』水手奉钧旨，拿出船头。恰好夫头包九看见小蒲包，认得是支助抛下的，『他说是臭牛肉，如何却是个死孩？』遂进舱禀况爷：『小人不晓得这小孩子的来历，却认得抛那小孩子在江里这个人，叫做支助。』况爷道：『有了人，就有来历了。』一面差人密拿支助，一面请仪真知县到察院中同问这节公事。

况爷带了这死孩，坐了察院。等得知县来时，支助也拿到了。况爷上坐，知县坐于左手之旁。况爷因这仪真不是自己属县，不敢自专，让本县推问。那知县见况公是奉过敕书的，又且为人古怪，怎敢僭越，推逊了多时。况爷只得开言，叫：『支助，你这石灰腌的小孩子，是那里来的？』支助正要抵赖，却被包九在旁指实了。只得转口道：『小的见这腊东西在路旁不便，将来抛向江里，其实不知来历。』况爷问包九：

『你看见他在路旁捡的么？』包九道：『他抛下江里，小的方才看见。问他什么东西，他说是臭牛肉。』况爷大怒道：『既假说臭牛肉，必有瞒人之意。』喝教手下选大毛板，先打二十再问。况爷的板子利害，二十板抵四十板还有余。打得皮开肉绽，鲜血迸流。支助只是不招。况爷喝教夹起来。况爷的夹棍也利害，第一遍，支助还熬过；第二遍，就熬不得了。招道：『这死孩是邵寡妇的。寡妇与家童得贵有奸，养下这私胎来。得贵央小的替他埋藏，被狗子爬了出来。故此小的将来抛在江里。』况爷见他言词不一，又问：『你肯替他埋藏，必须与他家通情。』支助道：『小的并不通情，只是平日与得贵相熟。』况爷道：『他埋藏只要朽烂，如何把石灰腌着？』支助支吾不来，只得磕头道：『青天爷爷，这石灰其实是小的腌的。小的知邵寡妇家殷实，欲留这死孩去需索他几两银子。不期邵氏与得贵都死了。小的不遂其愿，故此抛在江里。』况爷道：『那妇人与小厮果然死了么？』知县在旁边起身打一躬，答应道：『死了，是知县亲验过的。』况爷道：『如何便会死？』知县道：『那小厮是刀劈死的，妇人是自缢的。知县也曾细详，他两个奸情已之，主仆之分久废。必是小厮言语触犯，那妇人一时不忿，提刀劈去，误伤其命。情慌自缢，别无他说。』况爷肚里踌躇：『他两个既然奸密，就是语言小伤，怎下此毒手！早间死孩儿啼哭，必有缘故。』遂问道：『那邵氏家还有别人么？』知县道：『还有个使女，叫做秀姑，官卖去了。』况爷道：『官卖，一定就在本地。烦贵县差人提来一审，便知端的。』知县忙差快手去了。不多时，秀姑拿到，所言与知县相同。况爷踌躇了半晌，走下公座，指着支助，问秀姑道：『你可认得这个人？』秀姑仔细看了一看，说道：『小妇人不识他姓名，曾认得他嘴脸。』况爷道：『是了，他和得贵相熟，必然曾同得贵到你家来。你可实说，若半句含糊，便上拶。』秀姑道：『平日间实不曾见他上门，只是结末来，他突入中堂，调戏主母，被主母赶去。随后得贵方来，主母正在房中啼哭。得贵进房，不多时两个就都死了。』况爷喝骂支助：『光棍！你不曾与得贵通情，如何敢突入中堂？这两条人命，都因你起！』叫手下：『再与我夹起来。』支助被夹昏了，不由自家做主，从前至尾，如何教导得贵哄诱主母；如何哄他血孩到手，诈他银子；如何挟制得贵，要他引入同奸；如何闯入内室，抱住求奸，被他如何哄脱了，备细说了一遍：『后来死的情由，其实不知。』况爷道：『这是真情了。』放了夹，叫书吏取了口词明白。知县在旁，自知才力不及，惶恐无地。况爷提笔，竟判审单：

审得支助，奸棍也。始窥寡妇之色，辄起邪心；既秉弱仆之愚，巧行诱语。开门裸卧，尽出其谋；固胎取孩，悉堕其术。求奸未能，转而求利；求利未厌，仍欲求奸。在邵氏一念之差，盗铃尚思掩耳；乃支助几番之诈，探箧加以窬墙。以恨助之心恨贵，恩变为仇；于杀贵之后自杀，死有余愧。主仆既死勿论，秀婢已杖何言。惟是恶魁，尚逃法网。包九无心而遇，腌孩有故而啼，天若使之，罪难容矣！宜坐致死之律，兼追所诈之赃。

况爷念了审单，连支助亦甘心服罪。况爷将此事申文上司，无不夸奖大才，万民传颂，以为包龙图复出，不是过也。这一家小说，又题做《况太守断死孩儿》。有诗为证：

俏邵娘见欲心乱，蠢得贵福过灾生。支赤棍奸谋似鬼，况青天折狱如神。

皂角林大王假形

富贵还将智力求，仲尼年少合封侯。时人不解苍天意，空使身心半夜愁。

话说汉帝时，西川成都府有个官人，姓栾名巴，少好道术，官至郎中，授得豫章太守，择日上任。不则一日，到得半路，远近接见。到了豫章，交割牌印已毕。原来豫章城内有座庙，唤做庐山庙。好座庙，但见：

苍松偃盖，古桧蟠龙。侵云碧瓦鳞鳞，映日朱门赫赫。巍峨形势，控万里之澄江；生杀威灵，总一方之祸福。新建庙牌镌古篆，两行庭树种宫槐。

这座庙甚灵，有神能于帐中共人说话，空中饮酒掷杯。豫章一郡人，尽来祈求福德，能使江湖分风举帆，如此灵应。这栾太守到郡，往诸庙拈香。次至庐山庙，庙祝参见。太守道『我闻此庙有神最灵，能对人言。我欲见之集福。』太守拈香下拜道：『栾巴初到此郡，特来拈香，望乞圣慈，明彰感应。』问之数次，不听得帐内则声。太守焦躁道：『我能行天心正法，此必是鬼，见我害怕，故不敢则声。』向前招起帐幔，打一看时，可煞作怪，那神道塑像都不见了。这神道是个作怪的物事，被栾太守来看，故不敢出来。太守道：『庙鬼诈为天官，损害百姓。』即时教手下人把庙来拆毁了。太守又恐怕此鬼游行天下，所在血食，诳惑良民，不当稳便，乃推问山川社稷，求鬼踪迹。却说此鬼走至齐郡，化为书生，风姿绝世，才辨无双。齐君太守却以女妻之。栾太守知其所在，即上章解去印绶，直至齐郡，相见太守，往捕其鬼。太守召其女婿出来，只是不出。栾太守曰：『贤婿非人也，是阴鬼诈为天官，在豫章城内被我追捕甚急，故走来此处。今欲出之甚易。』乃请笔砚书成一道符，向空中一吹，一似有人接去的。那一道符，径入太守女儿房中。且说书生在房里觑着浑家道：『我去必死！』那书生口衔着符，走至栾太守面前。栾太守打一喝：『老鬼何不现形！』那书生即变为一老狸，叩头乞命。栾太守道：『你不合损害良民，依天条律令处斩。』喝一声，但见刀下，狸头坠地。遂乃平静。

说话的说这栾太守断妖则甚？今日一个官人，只因上任，平白地惹出一件跷蹊作怪底事来，险些坏了性命。却说大宋宣和年间，有个官人姓赵名再理，东京人氏，授得广州新会县知县。这广里怎见得好？有诗道：

苏木沉香劈作柴，荔枝圆眼绕篱栽。船通异国人交易，水接他邦客往来。地暖三冬无积雪，天和四季有花开。广南一境真堪羡，琥珀珠璃玳瑁阶。

当下辞别了母亲妻子，带着几个仆从迤逦登程。非止一日，到得本县，众官相贺。第一日谒庙行香，第二日交割牌印，第三日打断公事。只见：

冬冬牙鼓响，公吏两边排。阎王生死案，东岳摄魂台。

知县恰才坐衙，忽然打一喷嚏。厅上阶下众人也打喷嚏，客将覆判县郎中：『非敢学郎中打喷嚏。离县九里有座庙，唤做皂角林大王庙。

庙前有两株皂角树，多年结成皂角，无人敢动，蛀成末子。往时官府到任，未理公事，先去拈香，今日判县郎中不曾拈香，大王灵圣，一阵风吹皂角末到此。众人闻了皂角末，都打喷嚏。」知县道：「作怪！」即往大王庙烧香。

到得庙前，离鞍下马。庙祝接到殿上，拈香拜毕。知县揭起帐幔，看神道怎生结束：

戴顶簇金蛾帽子，着百花战袍，系蓝田碧玉带，抹绿绣花靴。脸子是一个骷髅，去骷髅眼里生出两只手来，左手提着方天戟，右手结印。

知县大惊。问庙官：「春秋祭赛何物？」庙官覆知县：「春间赛七岁花男，秋间赛个女儿。都是地方敛钱，预先买贫户人家儿女。临祭时将来背剪在柱上剖腹取心，劝大王一杯。」知县大怒，教左右执下庙官送狱勘罪：「下官初授一任，为民父母，岂可枉害人性命。」即时教从人打那泥神，点火把庙烧做白地。一行人簇拥知县上马。只听得喝道：「大王来！大王来！」问左右是甚大王。客将覆告：「是皂角林大王。」知县看时，红纱引道，闹装银鞍马，上坐着一个鬼王，眼如漆丸，嘴尖数寸，妆束如庙中所见。知县叫取弓箭来，一箭射去。昏天闭日，霹雳交加，射百道金光，大风起飞砂走石，不见了皂角林大王。人从扶策知县归到县衙。明日依旧判断公事。众父老下状，要与皂角林大王重修庙宇。知县焦躁，把众父老赶出来。说这广州有数般瘴气：

欲说岭南景，闻知便大忧，巨象成群走，巴蛇捉对游，鸩鸟藏枯木，含沙隐渡头，野猿啼叫处，惹起故乡愁。

赵知县自从烧了皂角林大王庙，更无些个事。在任治得路不拾遗，犬不夜吠，丰稔年熟。

时光似箭，不觉三年。新官上任，赵知县带了人从归东京。在路行了几日，离那广州新会县有二千余里。来到座馆驿，唤做峰头驿。知县入那馆驿安歇。仆从唱了下宿喏。到明朝，天色已晓。赵知县开眼看时，衣服箱笼都不见。叫人从时，没有人应。叫管驿子，也不应。知县披了被起来，开放阁门看时，不见一人一骑。馆驿前后并没一人。慌忙出那馆驿门外看时：

经年无客过，尽日有云收。

思量：「从人都到那里去了？莫是被强寇劫掠？」披着被，飞也似下那峰头驿。行了数里，没一个人家。赵知县长叹一声，自思量道：「休，休！生作湘江岸上人，死作路途中之鬼。」远远地见一座草舍，知县道：「惭愧！」行到草舍，见一个老丈，便道：「老丈拜揖，救赵再理性命则个！」那老儿见知县披着被，便道：「官人如何恁的打扮？」知县道：「老丈，再理是广州新会县知县，来到这峰头驿安歇。到晓，人从行李都不见。」老儿道：「却不作怪！」也亏那老儿便教知县入来，取些旧衣服换了，安排酒饭请他。住了五六日，又措置盘费，撺掇知县回东京去。知县谢了出门。夜住晓行，不则一日，来到东京。归去那对门茶坊里，叫点茶婆婆：「认得我？」婆婆道：「官人失望。」赵再理道：「我便是对门赵知县，归到峰头驿安歇，到晓起来，人从担仗都不见一个。路过村间一老儿与我衣服盘费。不止一日，来到这里。」婆婆道：「官人错了！对门赵知县归来两个月了。」赵再理道：「先归的是假，我是真的。」婆婆道：「那得有两个知县？」再理道：「相烦婆婆叫我妈妈过来。」婆婆仔细看时，果然和先前归来的不差分毫。只得走过去，只见赵知县在家坐地。婆婆道了万福，却和外面一般的。入到里面，见了妈妈道：「外面又有一个知县归来。」妈妈道：「休要胡说！我只有一个儿子，那得有两个知县来！」婆婆道：「且去看一看。」

走到对门，赵再理道：『妈妈认得儿？』妈妈道：『汉子休胡说！我只有一个儿子，那里两个？』赵再理道：『儿是真的。儿归到峰头驿，睡了一夜。到晓，人从行李都不见了。如此这般，来到这里。』看的人肩叠背，拥约不开。赵再理着娘不肯放。点茶的婆婆道：『生知县时，须有个瘢痕隐记。』妈妈道：『生那儿时，脊背下有一搭红记。』脱下衣裳，果然有一搭红记。看的人发一声喊：『先归的是假的！』

却说对门赵知县问门前为甚乱嚷。院子道：『门前又一个知县归来。』赵知县道：『甚人敢恁的无状！我已归来了，如何又一个赵知县？』出门，看的人都四散走开。知县道：『妈妈，这汉是甚人？如何扯住我的娘无状！』娘道：『我儿身上有红记，是真的。』赵知县也脱下衣裳。众人大喊一看，看那脊背上，也有一搭红记。众人道：『作怪！』赵知县送赵再理去开封府。正直大尹升堂。那先回的赵知县，公然冠带入府，与大尹分宾而坐，谈是说非。大尹先自信了，反将赵再理喝骂，几番便要用刑拷打。赵再理理直气壮，不免将峰头驿安歇事情，高声抗辩。大尹再三不决。猛省思量：『有告劄文凭是真的。』便问赵再理：『你是真的，告劄文凭在那里？』赵再理道：『在峰头驿都不见了。』大尹台旨，教客将请假的赵知县来。太守问：『判县郎中，可有告劄文字在何处？』知县道：『有。』令人去妈妈处取来呈上。大尹叫：『赵再理，你既是真的，如何官告文凭，却在他处？』再理道：『告大尹，只因在峰头驿失去了。——却问他几年及第？试官是兀谁？当年做甚题目？因何授得新会县知县？』大尹思量道：『也是』。问那假的赵知县，一一对答，如赵再理所言，并无差误。大尹一发决断不下。那假的赵知县归家，把金珠送与推款司。自古『官不容针，私通车马』。推司接了假的知县金珠，开封府断配真的出境，直到兖州奉符县。两个防送公人，带着衣包雨伞，押送上路。

不则一日，行了三四百里路。地名青岩山脚下，前后都没有人家。公人对赵再理道：『官人，商量句话。你到牢城营里，也是担土挑水，作塌杀你，不如就这里寻个自尽。非甘我二人之罪，正是上命差遣，盖不由己。我两个去本地官司讨得回文。你便早死，我们也得早早回京。』赵再理听说，叫苦连天：『罢，罢！死去阴司告状理会！』当时颤做一团，闭着眼等候棍子落下。公人手里把着棍子，口里念着：『善去阴司，好归地府。』恰才举棍要打，只听得背后有人大叫道：『防送公人不得下手！』吓得公人放下棍子，看时，见一个六七岁孩儿，裹着光纱帽，绿衫，玉束带，甜鞋净袜，来到目前。公人问是谁。说道：『我非是人。』吓得两个公人，喏喏连声。便道：『他是真的赵知县，却如何打杀他？我与你一笏银，好看承他到奉符县。若坏了他性命，教你两个都回去不得。』一阵风，不见了小儿。二人便对赵知县道：『莫怪。不知道是真的！若得回东京，切草题名。』迤逦来到奉符县牢城营，端公交割了。公人说上项事，端公便安排书院，请那赵知县教两个孩儿读书，不教他重难差役。然虽如此，坐过公堂的人，却教他做这勾当，好生愁闷，难过日子。不觉捱了一年。时遇春初，往后花园闲步散闷。见花柳生芽，百禽鸣舞，思想为官一场，功名已付之度外。奈何骨肉分离，母子夫妻，俱不相认，不知前生作何罪业，受此恶报！糊口于此，终无出头之日。凄然堕下泪来。猛见一所池子，思量：『不如就池里投水而死，早去阴司地府告理他。』叹了口气，觑着池里一跳。只听得有人叫道：『不得投水！』回头看时，又见个光纱帽绿衫玉束带孩儿道：『知县，婆婆教你三月三日上东峰东岳左廊下，见九子母娘娘，与你一件物事，上东京报仇。』赵知县拜谢道：『尊神，如今在东京假赵某的是甚人？』孩儿道：『是广州皂角林大王。』说罢，一阵风不见了。巴不得到三月三日，辞了端公，往东峰东岱岳烧香。上得岳庙，望那左廊下，见九子母娘娘，拜祝再三。转出庙后，有人叫：『赵知县。』回头看时，见一个孩儿，挽着三个角儿，棋子布背心，道：『婆婆叫你。』随那小儿，行半里田地，看时，金钉朱户，碧瓦雕梁，望见殿上坐着一个婆婆，眉分两道雪，髻挽一窝丝，有三四个孩儿，叫：『恩人来了。』——如何叫赵知县是恩人？他在广州做知县时，一年便救了两个小断，三年便救几人性命，因此叫做恩人。——知县在阶下拜求。婆婆便请知县上殿来：『且坐，安排酒来。』数杯酒后，婆婆道：『见今在东京夺你家室的，是皂角林大王。官司如何断决得！我念你有救童男童女之功，却用救你。』便叫第三个孩儿：『你取将那件物事。』孩儿手里托着黄帕，包着一个盒儿。婆婆去头上拔一只金钗，吩咐知县道：『你去那山脚下一所大池边头，一株大树，把金钗去那树上敲三敲，那水面上定有夜叉出来。你说是九子母娘娘差来，便带你到龙宫海藏取一件物事在盒子内，便可往东京坏那皂角林大王。』知县拜谢婆婆，便下东峰东岱岳来。到山脚下，寻见池子边大树，用金钗去敲三敲。一阵风起，只见水面上一个夜叉出来，问：『是甚人？』便道：『奉九子母娘娘命，来见龙君。』夜叉便入去，不多时，复出来，叫知县闭目。只听得风雨之声。夜叉叫开眼，看时：

霭霭祥云笼殿宇，依依薄雾罩回廊。

夜叉教知县把那盒子来。知县便解开黄袱，把那盒子与夜叉。夜叉揭开盒盖，去那殿角头叫恶物过来。只见一件东西，似龙无角，似虎有鳞，入于盒内。把盒盖定，把黄袱包了，付与知县牢收，直到东京去坏皂角林大王。夜叉依旧教他闭目，引出水中。

知县离了东峰东岱岳，到奉符县。一路上自思量：『要去问牢城营端公还是不去好？我是配来的罪人，定不肯放我去，留住便坏了我的事。不好一径取路。』过了奉符县，趁金水银堤汴河船，直到东京开封府前，大声叫屈：『我是真的赵知县，却配我到兖州奉符县。如今占住我浑家的不是人，是广州新会县皂角林大王！』众人都拥将来看。便有做公的捉入府来，驱到厅前阶下。大尹问道：『配去的罪人，辄敢道我打断不明！』赵知县告大尹：『再理授得广州新会县知县，第一日打断公事，忽然打一个喷嚏，厅上厅下人都打喷嚏。客将禀覆：「离县九里有座皂角林大王庙，庙前有两株皂角树，多年蛀成末，无人敢动。判县郎中不曾拈香，所以大王显灵，吹皂角末来打喷嚏。」再理即时备马往庙拈香。见神道形容怪异，眼里伸出两只手来。问庙祝春秋祭赛何物。覆道：「春赛祭七岁花男，秋赛祭一童女，背绑那将军柱上，剖腹取心供养。」再理即时将庙官送狱究罪。焚烧了庙宇神像。回来路上，又见喝：「大王来！」红纱照道。再理又射了一箭。次后无事。捻指三年任满，到半路馆驿安歇。到天明起来，三十余人从者不见一人。上至头巾，下至衣服，并不见。只得披着被走乡中。亏一个老儿赠我衣服盘费，得到东京。不想大尹将再理断配去奉符县。因上东峰东岱岳，遇九子母娘娘，得其一物，在盒子中。能坏得皂角林大王。若请那假知县来，坏他不得，甘罪无辞。』大尹道：『你且开盒子先看一看，是甚物件。』再理告大尹：『看不得。揭开后，坏人性命。』大尹教押过一边。即时请将假知县来。到厅坐下。大尹道：『有人在此告判县郎中非人，乃是广州新会县皂角林大王。』假知县听说，面皮通红，问道：『是谁说的？』大尹道：『那真赵知县上东峰东岱岳，遇九子母娘娘所说。』假知县大惊，仓皇欲走。那真的赵知县在阶下，也不等大尹台旨，解开黄袱，揭开盒子。只见风雨便下，伸手不见掌。须臾，云散风定，就厅上不见了假的知县。大尹吓得战做一团。只得将此事奏知道君皇帝，降了三个圣旨：第一开封府问官追官勒停；第二赵知县认了母子，仍旧补官；第三广州一境不许供养神道。

赵知县到家，母亲妻子号啕大哭。『怎知我儿却是真的！』叫那三十余人从问时，覆道：『驿中五更前后，教备马起行，怎知是假的！』

众人都来贺喜。问盒中是何物，便坏得皂角林大王。赵知县道：『下官亦不认得是何物。若不是九子母娘娘，满门被这皂角林大王所坏。须往东峰东岱岳烧香拜谢则个。』即便拣日，带了妈妈浑家仆从，上汴河船，直到兖州奉符县，谢了端公。那端公晓得是真赵知县，奉承不迭。住了三两日，上东峰东岱岳来。入得庙门，径来左廊下谢那九子母娘娘。烧罢香，拜谢出门。妈妈和浑家先下山去。赵知县带两个仆人往山后闲行。见怪石上坐一个婆婆，颜如莹玉，叫一声：『赵再理，你好喜也！』赵知县上前认时，便是九子母娘娘。赵知县即时拜谢。娘娘道：『早来祈祷之事，吾已都知。盒子中物，乃是东峰东岱岳一个狐狸精。皂角林大王，乃是阴鼠精。非狸不能捕鼠。知县不妨到御前奏上，宣扬道力。』说罢。一阵风不见了。赵知县骇然大惊。下山来，对妈妈浑家说知，感谢不尽。直到东京，奏知道君皇帝。此时道教方当盛行，降一道圣旨，逢州遇县，都盖九子母娘娘神庙。至今庙宇犹有存者。诗云：

世情宜假不宜真，信假疑真害正人。若是世人能辨假，真人不用诉明神。

第三十七卷

万秀娘仇报山亭儿

春浓花艳佳人胆，月黑风高壮士心。讲论只凭三寸舌，秤评天下浅和深。

话说山东襄阳府，唐时唤做山南东道。这襄阳府城中一个员外，姓万，人叫做万员外。这个员外，排行第三，人叫做万三官人。在襄阳府市心里住，一壁开着干茶坊，一壁开着茶坊。家里一个茶博士，姓陶，小名叫做铁僧，自从小时绾着角儿，便在万员外家中掉盏子，养得长成二十余岁，是个家生孩儿。当日茶市罢，万员外在布帘底下，张见陶铁僧这厮，挐四十五见钱在手里。万员外道："且看如何？"原来茶博士市语，唤做"走州府"，且如道市语说："今日走到余杭县"，这钱，一日只稍得四十五钱，余杭是四十五里；若说一声"走到平江府"，早一日稍三百六十足。若还信脚走到"西川成都府"，一日却是多少里田地！万员外望见了，且道："看这厮如何？"只见陶铁僧挐了四十五钱，鹰觑鹘望，看布帘里面，约莫没人见，把那见钱怀中便揣。万员外慢腾腾地掀开布帘出来，柜身里凳子上坐地，见陶铁僧舒手去怀里摸一摸，唤做"自搜"，腰间解下衣带，取下布袱，两只手提住布袱角，向空一抖，拍着肚皮和腰，意思间分说：教万员外看道，我不曾偷你钱。万员外叫过陶铁僧来问道："方才我见你挐四十五钱在手里，望这布帘里一望了，便揣了。你实对我说，钱却不计利害。见你解了布袋，空中抖一抖，真个瞒得我好！你这钱藏在那里？说与我，我到饶你，若不说，送你去官司。"陶铁僧叉大拇指不离方寸地道："告员外，实不敢相瞒，是有四十五钱，安在一个去处。"那厮指道："安在挂着的浪荡灯铁片儿上。"万员外把凳子站起脚上去，果然是一垛儿，安着四五十钱。万员外复身再来凳上坐地，叫这陶铁僧来问道："你在我家里几年？"陶铁僧道："从小里，随先老底便在员外宅里掉茶盏抹托子，自从老底死后，罪过员外收留，养得大，却也有十四五年。"万员外道："你一日只做偷我五十钱，十日五百，一个月一贯五百，一年十八贯，十五年来，你偷了我二百七十贯钱。如今不欲送你去官司，你且闲休！"当下发遣了陶铁僧。这陶铁僧辞了万员外，收拾了被包，离了万员外茶坊里。

这陶铁僧小后生家，寻常和罗植不曾收拾得一个，包裹里有得些个钱物，没十日都使尽了，又被万员外吩咐尽一襄阳府开茶坊的行院，这陶铁僧没经纪，无讨饭吃处。当时正是秋间天色，古人有一首诗道：

柄柄芰荷枯，叶叶梧桐坠。细雨洒霏微，催促寒天气。蛩吟败草根，雁落平沙地。不是路迷人，怎知这滋味。

一阵价起的是秋风，一阵价下的是秋雨。陶铁僧当初只道是除了万员外不要得到我，别处也有经纪处，却不知吃这万员外都吩咐了行院，没讨饭吃处。那厮身上两件衣裳，生绢底衣服，渐渐底都曹破了，黄草衣裳，渐渐底卷将来。曾记得建康府中二官人有一词儿，名唤做《鹧鸪天》：

黄草秋深最不宜，肩穿袖破使人悲，领单色旧褛先卷，怎奈金风早晚吹。　才挂体，皱双眉，出门羞赧见相知。邻家女子低声问，觅与奴糊隔帛儿。

陶铁僧看着身上黄草布衫，卷将来，风飕飕地起，便再来周行老家中来。心下自道："万员外忒毒害！便做我拿了你三五十钱，你只不使我便了，『那个猫儿不偷食』，直吩咐尽一襄阳府开茶坊底教不使我，致令我而今没讨饭吃处。这一秋一冬，却是怎地计结？做什么是得？』

正恁地思量，则见一个男女来行老家中道：『行老，我问你借一条扁担。』那周行老便问道：『你借扁担做什么？』那个哥哥道：『万三员外女儿万秀娘，死了夫婿，今日归来。我问你借扁担去挑笼仗则个。』陶铁僧自道：『我若还不被赶了，今日我定是同去搬担，也有百十钱赚。』当时越思量越烦恼，转恨这万员外。陶铁僧道：『我如今且出城去，看这万员外女儿归，怕路上见他，告这小娘子则个。怕劝得他爹爹，再去求得这经纪也好。』陶铁僧拽开脚出这门去，相次到五里头，独自行。身上又不齐不整，一步懒了一步。正恁地行，只听得后面一个人叫道：『铁僧，我叫你。』回来看那叫底人时，却是：

人材凛凛，掀翻地轴鬼魔王；容貌堂堂，撼动天关夜叉将。

陶铁僧唱喏道：『大官人叫铁僧做什么？』大官人道：『我几遍在你茶坊里吃茶，都不见你。』铁僧道：『上覆大官人，这万员外不近道理，赶了铁僧多日。则恁地赶了铁僧，兀自来利害，如今直吩咐一襄阳府开茶坊行院，教不得与铁僧经纪。大官人看铁僧身上衣裳都破了，一阵秋风起，饭也不知在何处吃？不是今秋饿死，定是今冬冻死。』那大官人问道：『你如今却那里去？』铁僧道：『今日听得说，万员外底女儿万秀娘死了夫婿，带着一个房卧，也有数万贯钱物，到晚归来，欲待拦住万小娘子，告他则个。』大官人听得道是：

入山擒虎易，开口告人难。

大官人说：『大丈夫，告他做什么？把以告他，何似自告。』自便把指头指一个去处，叫铁僧道：『这里不是说话处，随我来。』两个离了五里头大路，入这小路上来。见一个小小地庄舍寂静去处，这座庄：

前临剪径道，背靠杀人冈。远看黑气冷森森，近视令人心胆丧。料应不是孟尝家，只会杀人并放火。

大官人见庄门闭着，不去敲那门，就地上捉一块砖儿，撒放屋上。顷刻之间，听得里面掣玷抽攧，开放门，一个大汉出来。看这个人，兜腮卷口，面上刺着六个大字。这汉不知怎地，人都叫他做大字焦吉。出来与大官人厮叫了，指着陶铁僧问道：『这个是什人？』大官人道：『他今日看得外婆家报与我，是好一拳买卖。』三个都入来大字焦吉家中。大官人腰里把些碎银子，教焦吉买些酒和肉来共吃。陶铁僧吃了，便去打听消息，回来报说道：『好教大官人得知，如今笼仗什物，有二十来担，都搬入城去了。只有万员外的女儿万秀娘，与他万小员外，一个当值，唤做周吉，一担细软头面金银钱物笼子，共三个人，两匹马，到黄昏前后，到这五里头，要赶门入去。』大官人听得说，三人把三条朴刀，叫：『铁僧随我来。』去五里头林子前等候。

果是黄昏左右，万小员外和那万秀娘，当值周吉，两个使马的，共五个人，待要入城去。行到五里头，见一所林子，但见：

远观似突兀云头，近看似倒悬雨脚。影摇千尺龙蛇动，声撼半天风雨寒。

那五个人方才到林子前，只听得林子内大喊一声，叫道：『紫金山三百个好汉且未消出来，恐怕吓了小员外共小娘子！』三个好汉，三条朴刀。吓得五个人顶门上荡了三魂，脚板下走了七魄，两个使马的都走了，只留下万秀娘、万小员外、当值周吉三人。大汉道：『不坏你性命。』

只多留下买路钱！』万小员外教周吉把与他。周吉取一锭二十五两银子把与这大汉。那焦吉见了道：『这厮，却不叵耐你，我们却只值你一锭银子？』拿起手中朴刀，看着周吉，要下手了。那万小员外和万秀娘道：『如壮士要时，都拿去不妨。』大字焦吉担着笼子，却待入这林子去，只听得万小员外叫一声道：『铁僧，却是你来劫我！』唬得焦吉放了担子道：『却不利害，若放他们去，明日襄阳府下状，捉铁僧一个去，我两个怎地计结？』都赶来看着小员外，手起刀举，道声：『着！』看小员外时：

身如柳絮飘飏，命似藕丝将断。

大字焦吉一下朴刀，杀了万小员外和那当值周吉，拖这两个死尸入林子里面去，担子笼仗，陶铁僧牵了小员外的马，大官人牵了万秀娘的马。万秀娘道：『告壮士，饶我性命则个。』当夜都来焦吉庄上来。连夜敲开酒店门，买些个酒，买些个食，吃了。打开笼仗里，金银细软头面物事，做三分，陶铁僧分了一分，焦吉分了一分，大官人也分了一分。这大官人道：『物事都分了，万秀娘却是我要，待把来做个扎寨夫人。』当下只留这万秀娘在焦吉庄上。万秀娘离不得是把个甜言美语，啜持过来。

在焦吉庄上不则一日，这大官人无过是出路时抢金动银；在家时，饮酒食肉。一日大醉，正是：

三杯竹叶穿心过，两朵桃花脸上来。

万秀娘问道：『你今日也说大官人，明日也说大官人，你如今毕竟是我的丈夫：

犬马尚分毛色，为人岂无姓名。

敢问大官人姓什名谁？』大官人乘着酒兴，就身上指出一件物事来道：『是。我是襄阳府上一个好汉，不认得时，我说与你道，教你：

顶门上走了三魂，脚板下荡散七魄。』

掀起两只腿上间朱刺着底文字，道：『这个便是我姓名，我便唤做十条龙苗忠，我却说与你。』原来是：

壁间犹有耳，窗外岂无人。

大字焦吉在窗子外面听得，说道：『你看我哥哥苗大官人，却没事说与他姓名做什么？』走入来道：『哥哥，你只好推了这牛子休！』——原来强人市语唤杀人做『推牛子』。——焦吉便要教这十条龙苗忠杀了万秀娘，唤做：

斩草除根，萌芽不发；斩草若不除根，春至萌芽再发。

苗忠那里肯听焦吉说，便向焦吉道：『钱物平分，我只有这一件偏倍得你们些子，你却恁地吃不得，要来害他。我也不过只要他做个扎寨夫人，又且何妨。』焦吉道：『异日却为这妇女变做个利害，却又不坏了我。』忽一日，等得苗忠转脚出门去，焦吉道：『我几回说与我这哥哥，教他推了这牛子，左右不肯。把似你今日不肯，明日又不肯，不如我与你下手推了这牛子，免致后患。』那焦吉怀里和鞘揣着一把尖长靶短背厚刃薄八字尖刀，走入那房里来。万秀娘正在房里坐地。只见焦吉掣那尖刀执在手中，左手捽住万秀娘，右手提起那刀，方欲下手。只见一个人从后面把他腕子一捉，捉住焦吉道：『你却真个要来坏他，也不看我面。』焦吉回头看时，便是十条龙苗忠。那苗忠道：『只消叫他离了你这庄里便了，何须只管要坏他。」当时焦吉见他恁地说，放下了。当日天色晚了。

红轮西坠，玉兔东生。佳人秉烛归房，江上渔翁罢钓。萤火点开青草面，蟾光穿破碧云头。

到一更前后，苗忠道：「小娘子，这里不是安顿你去处，你须见他们行坐时只要坏你。」万秀娘道：「大官人，你如今怎地好！」苗忠道：「容易事。」便背了万秀娘，夜里走了一夜，天色渐渐晓，到一所庄院。苗忠放那万秀娘在地上，敲庄门。里面应道：「便来。」不移时，一个庄客出来。苗忠道：「报与庄主，说道苗大官人在门前。」庄客入去报了庄主。那庄中一个官人出来，怎地打扮？且看那官人：

背系带砖项头巾，着斗花青罗褙子，腰系袜头裆裤，脚穿时样丝鞋。

两个相揖罢，将这万秀娘同来草堂上，三人分宾主坐定。苗忠道：「相烦哥哥，甚不合寄这个人在庄上则个。」官人道：「留在此间不妨。」

苗忠向那人同吃了几碗酒，吃些个早饭，苗忠掉了自去。

那官人请那万秀娘来书院里，说与万秀娘道：「你更知得一事么？十条龙苗大官人把你卖在我家中了。」万秀娘听得道，簌簌地两行泪下，有一首《鹧鸪天》，道是：

碎似真珠颗颗停，清如秋露脸边倾。洒时点尽湘江竹，感处曾摧数里城。思薄幸，忆多情，玉纤弹处暗销魂。有时看了鲛绡上，无限新痕压旧痕。

万秀娘哭了，口中不说，心下寻思道：「苗忠底贼！你劫了我钱物，杀了我哥哥，又杀了当值周吉，奸骗了我身己，划地把我来卖了！教我如何活得？」则好过了数日。当夜，天昏地惨，月色无光，各自都去睡了。万秀娘移步出那脚子门，来后花园里，仰面观天祷祝道：「我这爹爹万员外，想是你寻常不近道理，而今教我受这折罚，有今日之事。苗忠底贼！你劫了我钱物，杀了我哥哥，杀了我当值周吉，骗了我身己，又将我卖在这里！」就身上解下抹胸，看着一株大桑树上，掉将过去道：「哥哥员外阴灵不远，当值周吉，你们在鬼门关下相等我。生为襄阳府人，死为襄阳府鬼。」欲待把那颈项伸在抹胸里自吊。忽然黑地里隐隐见假山子背后一个大汉，手里把着一条朴刀，走出来指着万秀娘道：「不得做声，我都听得你说底话。你如今休寻死处，我救你出去，不知如何？」万秀娘道：「恁地时可知道好。敢问壮士姓氏？」那大汉道：「我姓尹名宗，我家中有八十岁底老母，我寻常孝顺，人都叫做孝义尹宗。当初来这里，指望偷些个物事，卖来养这八十岁底老娘，今日却限撞着你，也是『路见不平，拔刀相助』，救你出去。却无他事，不得慌。」把这万秀娘一肩肩到园墙根底，用力打一耸，万秀娘骑着墙头，尹宗把朴刀一点，跳过墙去，接这万秀娘下去，一背背了，方才待行，则见黑地里把一条笔头枪看得清，喝声道：「着！」向尹宗前心便攛将来，扢折地一声响。这汉是园墙外面巡逻底，见一个大汉，把条朴刀，跳过墙来，背着一个妇女，一笔头枪攛将来。黑地里尹宗侧身躲过，一枪攛在墙上，正摇索那枪头不出。尹宗背了万秀娘，提着朴刀，拽开脚步便走。

相次走到尹宗家中，尹宗在路上说与万秀娘道：「我娘却是怕人，不容物，你到我家中，实把这件事说我与娘道。」万秀娘听得道：「好。」巴得到家中，尹宗的娘听得道：「儿子归来。」那婆婆开放门，便着手来接这儿子，将为道儿子背上偷得甚底物事了喜欢，则见儿子背着一个妇女。

婆婆不问事由，拿起一条柱杖，看着尹宗落夹背便打，也打了三四柱杖，道：『我教你去偷些个物事来养我老，你却没事背这妇女归来则甚？』那尹宗吃了三四柱杖，未敢说与娘道。万秀娘见那婆婆打了儿子，肚里便怕。尹宗却放下万秀娘，教他参拜了婆婆。把那前面话对着婆婆说一遍，道谢尹宗：『救妾性命。』婆婆道：『何不早说。』尹宗便问娘道：『我如今送他归去，不知如何？』婆婆问道：『你而今怎地送他归去？』尹宗道：『路上一似姊妹，解房时便说是哥哥妹妹。』婆婆道：『且待我来教你。』即时走入房里，去取出一件物事。婆婆提出一领千补百衲旧红衲背心，披在万秀娘身上，指了尹宗道：『你见我这件衲背心，便似见娘一般，路上且不得胡乱生事，淫污这妇女。』万秀娘辞了婆婆。尹宗脊背上背着万秀娘，迤逦取路，待要奔这襄阳府路上来。

当日天色晚，见一所客店，姊妹两人解了房，讨些饭吃了。万秀娘在客店内床上睡。尹宗在床面前打铺。夜至三更前后，万秀娘在那床上睡不着，肚里思量道：『荷得尹宗救我，便是我重生父母，再长爷娘一般。只好嫁与他，共做个夫妻谢他。』万秀娘移步下床，款款地摇觉尹宗道：『哥哥，有三二句话与哥哥说。亲荷得哥哥相救，别无答谢，有少事拜覆，未知尊意如何？』尹宗见说，拿起朴刀在手，道：『你不可胡乱。』万秀娘心里道：『我若到家中，正嫁与他。尹宗定不肯胡乱做些个。』得这尹宗却是大孝之人，依娘言语，不肯胡行。万秀娘见他焦躁，便转了话道：『哥哥，若到襄阳府，怕你不须见我爹爹妈妈。』尹宗道：『只是恁地时不妨。来日到襄阳府城中，我自回，你自归去。』

到得来日，尹宗背着万秀娘走，相将到襄阳府，则有得五七里田地。正是：

看看望见襄阳府，平白地下一阵雨：

摇望楼头城不远，顺风听得管弦声。

这阵雨下了不住，却又没处躲避。尹宗背着万秀娘，落路来见一个庄舍，要去这庄里躲雨，只因来这庄里，教两人变做：

云生东北，雾涌西南。须臾倒瓮倾盆，顷刻悬河注海。

青云有路，翻为苦楚之人；白骨无坟，变作失乡之鬼。

这尹宗分明是推着一车子没兴骨头，入那千万丈琉璃井里。这庄却是大字焦吉家里。万秀娘见了焦吉那庄，目睁口痴，罔知所措。焦吉见了万秀娘，又不敢问，正恁地踌躇。则见一个人吃得八分来醉，提着一条朴刀，从外来。万秀娘道：『哥哥，兀底便是劫了我底十条龙苗忠！』尹宗听得道，提手中朴刀，奔那苗忠。当时苗忠一条朴刀来迎这尹宗。原来有三件事奈何尹宗不得：第一，是苗忠醉了；第二，是苗忠没心，尹宗有心；第三，是苗忠是贼人心虚。苗忠自知奈何尹宗不得，提着扑刀便走。尹宗把一条朴刀赶将来，走了一里田地，苗忠却遇着一堵墙，跳将过去。尹宗只顾赶将来，不知大字焦吉也把一条朴刀，却在后面，把那尹宗坏了性命。果谓是：

螳螂正是遭黄雀，岂解提防挟弹人。

那尹宗一个，怎抵当得两人。不多时，前面焦吉，后面苗忠，两个回来。苗忠放下手里朴刀，右手换一把尖长靶短背厚刃薄八字尖刀，左手捽住万秀娘胸前衣裳，骂道：『你这个贱人！却不是叵耐你，几乎教我吃这大汉坏了性命，你且吃取我几刀！』正是：

故将挫玉摧花手，来折江梅第一枝。

那万秀娘见苗忠刀举，生一个急计，一只手托住苗忠腕子道：『且住，你好没见识，你情知道我又不识这个大汉姓甚名谁？又不知道他是何等样人？不问事由，背着我去，恰好走到这里，我便认得这里是焦吉庄上，故意叫他行这路，特地来寻你，如今你倒坏了我，却不是错了。』苗忠道：『你也说得是。』把那刀来入了鞘，却不啜醋万秀娘道：『我争些个错坏了你！』正恁地说，则见万秀娘左手捽住苗忠，右手打一个漏风掌，打得苗忠耳门上似起一个霹雳。那苗忠：

睁开眉下眼，咬碎口中牙！

那苗忠怒起来，却见万秀娘说道：『苗忠底贼，我家中有八十岁底老娘，你共焦吉坏了我性命，你也好休！』说罢，僻然倒地。苗忠方省得是这尹宗附体在秀娘身上。即时扶起来，救得苏醒，当下却没甚话说。

却说这万员外，打听得儿子万小员外和那当值周吉，被人杀了，两个死尸在城外五里头林子，更劫了一万余贯家财，万秀娘不知下落。去襄阳府城里下状，出一千贯赏钱，捉杀人劫贼，那里便捉得？万员外自备一千贯，过了几个月，没捉人处。州府赏钱和万员外赏钱，共添做三千贯，明示榜文，要捉这贼，则是没捉处。当日万员外邻舍，一个公公，七十余岁，养得一个儿子，小名叫做合哥。大伯道：『合哥，你只管躲懒，没个长进，今日也好去上行些个「山亭儿」来卖。』合哥挑着两个土袋，揣着二三百钱，来焦吉庄里，问焦吉上行些个『山亭儿』，拣几个物事。唤做：山亭儿，庵儿，宝塔儿，石桥儿，屏风儿，人物儿。买了几件了。合哥道：『更把几件好样式的「山亭儿」卖与我。』大字焦吉道：『你自去屋角头窗子外面自拣几个。』当时合哥移步来窗子外面，正在那里拣『山亭儿』。则听得窗子里面一个人，低低地叫道：『合哥。』那合哥听得道：『这人好似万员外的女儿声音。』合哥道：『谁叫我？』应声道：『是万秀娘叫。』那合哥道：『小娘子，你如何在这里？』万秀娘说：『一言难尽，我被陶铁僧领他们劫我在这里，相烦你归来，说与我爹爹妈妈，教去下状，差人来捉这大字焦吉、十条龙苗忠和那陶铁僧。如今与你一个执照归去。』就身上解下一个刺绣香囊，从那窗窟窿子掉出，自入去。合哥接得，贴腰揣着，还了焦吉『山亭儿』钱，挑着担子便行。焦吉道：『你这厮在窗子边和什么人说话？』唬得合哥一似：

分开八面顶阳骨，倾下半桶冰雪水。

合哥放下「山亭儿」担子，看着焦吉道：『你见什么，便说我和兀谁说话？』焦吉探那窗子里面，真个没谁。担起担子便走，一向不歇脚，直入城来，把一担「山亭儿」和担，一时尽都把来倾在河里，掉臂挥拳归来。

爷见他空手归来，问道：『山亭儿在那里？』合哥应道：『倾在河里了。』问道：『担子呢？』应道：『撺在河里。』『扁担呢？』应道：『撺在河里。』大伯焦躁起来道：『打杀这厮！你是甚意思？』合哥道：『三千贯赏钱劈面地来。』大伯道：『是如何？』合哥道：『我见万员外女儿万秀娘在一个去处。』大伯道：『你不得胡说，他在那里？』合哥就怀里取出那刺绣香囊，教把看了，同去万员外家里。万员外见说，看了香囊，叫出他这妈妈来，看见了刺绣香囊，认得真个是秀娘手迹，举家都哭起来。万员外道：『且未消得哭。』即时同合哥来州里下状。

官司见说，即特差士兵二十余人，各人尽带着器械，前去揖捉这场公事。当时教这合哥引着一行人，取苗忠庄上去，即时就公厅上责了限状，唱罢喏，迤逦登程而去。真个是：

个个威雄似虎，人人猛烈如龙。雨具麻鞋，行缠搭膊。手中杖牛头铛，拨互叉，鼠尾刀，画皮弓，柳叶箭。在路上饥餐渴饮，夜住晓行。才过杏花村，又经芳草渡。好似皂雕追紫燕，浑如饿虎赶黄羊。

其时合哥儿一行到得苗忠庄上，吩咐教众缉捕人：“且休来，待我先去探问。”多时不见合哥儿回来，那众人商议道：“想必是那苗忠知得这事，将身躲了。”合哥回来，与众人低低道：“作一计引他，他便出来。”离不得到那苗忠庄前庄后，打一观看，不见踪由。众做公的人道：“是那苗忠每常间见这合哥儿来家中，如父母看待，这番却是如何？”别商量一计，先教差一人去，用火烧了那苗忠庄，便知苗忠躲在那里。苗忠一见士兵烧起那庄子，便提着一条朴刀，向西便走。做公的一发赶将来。正是：

有似皂雕追困雁，浑如雪鹘打寒鸠。

那十条龙苗忠慌忙走去，到一个林子前，苗忠入这林子内去，方才走得十余步，则见一个大汉，浑身血污，手里搦着一条朴刀，在林子里等他，便是那吃他坏了性命底孝义尹宗在这里相遇。所谓是：

劝君莫要作冤仇，狭路相逢难躲避。

苗忠认得尹宗了，欲待行，被他拦住路，正恁地进退不得，后面做公的赶上，将一条绳子，缚了苗忠，并大字焦吉、茶博士陶铁僧，解在襄阳府来，押下司理院，绷爬吊拷。一一勘正，三人各自招伏了。同日将大字焦吉、十条龙苗忠、茶博士陶铁僧押赴市曹，照条处斩。合哥便请了那三千贯赏钱。万员外要报答孝义尹宗，差人迎他母亲到家奉养。又去官中下状用钱，就襄阳府城外五里头，为这尹宗起立一座庙宇。直到如今，襄阳府城外五头孝义庙，便是这尹宗的，至今古迹尚存，香烟不断。话名只唤做：“山亭儿”，亦名“十条龙陶铁僧教义伊宗事迹”。后人评得好：

万员外刻深招祸，陶铁僧穷极行凶，生报仇秀娘坚忍，死为神孝义尹宗。

眼意心期卒未休，暗中终拟约登楼；光阴负我难相偶，情绪牵人不自由。遥夜定怜香蔽膝，闷时应弄玉搔头；樱桃花谢梨花发，肠断青春两处愁。

右诗单说着『情色』二字。此二字，乃一体一用也。故色绚于目，情感于心，情色相生，心目相视。虽亘古迄今，仁人君子，弗能忘之。晋人有云：『情之所钟，正在我辈。』慧远曰：『情色觉如磁石，遇针不觉合为一处。无情之物尚尔，何况我终日在情里做活计耶？』

如今只管说这『情色』二字则甚？且说个临淮武公业，于咸通中，任河南府功曹参军。爱妾曰非烟。姓步氏，容止纤丽，弱不胜绮罗，善秦声，好诗弄笔，公业甚嬖之。比邻乃天水赵氏第也，亦衣缨之族。其子赵象，端秀有文学。忽一日于南垣隙中，窥见非烟，而神气俱丧，废食思之。遂厚赂公业之阍人，以情相告。阍有难色。后为赂所动。令妻伺非烟闲处，具言象意。非烟闻之，但含笑而不答。阍媪尽以语象。象发狂心荡，不知所如。乃取薛涛笺，题一绝于上。诗曰：

绿暗红稀起暝烟，独将幽恨小庭前。沉沉良夜与谁语？星隔银河月半天。

写讫，密缄之，祈阍媪达于非烟。非烟读毕，吁差良久。向媪而言曰：『我亦曾窥见赵郎，大好才貌。今生薄福，不得当之。尝嫌武生粗悍，非青云器也。』乃复酬篇，写于金凤笺。诗曰：

画檐春燕须知宿，兰浦双鸳肯独飞？长恨桃源诸女伴，等闲花里送郎归。

封付阍媪，令遗象。象启缄，喜曰：『吾事谐矣。』但静坐焚香，时时虔祷以候。越数日，将夕，阍媪促步而至，笑且拜曰：『赵郎愿见神仙否？』象惊，连问之。传非烟语曰：『功曹今夜府直，可谓良时，妾家后庭，即君之前垣也。若不渝约好，专望来仪，方可候晤。』语罢，即曛黑，象乘梯而登，非烟已置重榻于下。既下，见非烟艳妆盛服，迎入室中，相携就寝，尽缱绻之意焉。及晓，象执非烟手曰：『接倾城之貌，挹希世之人。已担幽明，永奉欢狎。』言讫，潜归。兹后不盈旬日，常得一期于后庭矣。展幽彻之恩，罄宿昔之情，以为鬼鸟不知，人神相助。如是者周岁。无何，非烟数以细故挞其女奴。奴衔之，乘间尽以告公业。公业曰：『汝慎勿扬声，我当自察之！』后至堂直日，乃密陈状请假。迨夜，如常入直，遂潜伏里门。俟暮鼓既作，蹑足而回，循墙至后庭。见非烟方倚户微吟，象则据垣斜睇。公业不胜其忿，挺前欲擒象。象觉跳出。公业持之，得其半襦。乃入室，呼非烟诘之。非烟色动。不以实告。公业愈怒，缚之大柱，鞭挞血流。非烟但云：『生则相亲，死亦无恨。』遂饮杯水而绝。象乃变服易名，远窜于江湖间，稍避其锋焉。可怜雨散云消，花残月缺。且如赵象知机识务，离脱虎口，免遭毒手，可谓善悔过者也。

于今又有个不识窍的小二哥，也与个妇人私通，日日贪欢，朝朝迷恋，后惹出一场祸来，尸横刀下，命赴阴间，致母不得侍。妻不得顾，子号寒于严冬，女啼饥于永昼，静而思之，着何来由！况这妇人不害了你一条性命了？真个：

蛾眉本是婵娟刃，杀尽风流世上人。

说话的，你道这妇人住居何处？姓甚名谁？原来是浙江杭州府武林门外落乡村中，一个姓蒋的生的女儿，小字淑真。生得甚是标致，脸衬桃花，比桃花不红不白；眉分柳叶，如柳叶犹细犹弯。自小聪明，从来机巧。善描龙而刺凤，能剪雪以裁云。心中只是好些风月，又饮得几杯酒。年已及笄，父母议亲，东也不成，西也不就。每兴凿穴之私，常感伤春之病。自恨芳年不偶，郁郁不乐。垂帘不卷，羞杀紫燕双飞；高阁慵凭，厌听黄莺并语。未知此女儿时得偶素愿？因成商调《醋葫芦》小令十篇。系于事后。少述斯女始末之情。奉劳歌伴，先听格律，后听芜词：

湛秋波两剪明，露金莲三寸小。弄春风杨柳细身腰，比红儿态度应更娇。他生得诸般奇妙，纵司空见惯也魂消！

况这蒋家女儿，如此容貌，如此伶俐，缘何豪门巨族，王孙公子，文士富商，不行求聘？却这女儿心性有些跷蹊，描眉画眼，傅粉施朱。梳个纵鬓头儿，着件叩身衫子，做张做势，乔模乔样。或倚槛凝神，或临街献笑，因此闾里皆鄙之。所以迁延岁月，顿失光阴，不觉二十余岁。隔邻有一儿子，名叫阿巧，未曾出幼，常来女家嬉戏。不料此女已动不正之心有日矣。况阿巧不甚长成，父母不以为怪，遂得通家往来无间。

一日，女父母他适，阿巧偶来，其女相诱入室，强合焉。忽闻扣户声急，阿巧惊遁而去。女父母至家亦不知也。且此女欲心如炽，久渴此事，自从情窦一开，不能自已。阿巧回家，惊气冲心而殒。女闻其死，哀痛弥极，但不敢形诸颜颊。奉劳歌伴，再和前声：

锁修眉，恨尚存。痛知心人已亡，霎时间云雨散巫阳。自别来几日行坐想，空撇下一天情况。则除是梦里见才郎。

这女儿自因阿巧死后，心中好生不快活。自思量道：『皆由我之过，送了他青春一命。』日逐蝶躞不下。倏尔又是一个月来。女儿晨起梳妆，父母偶然视听，其女颜色精神，语言恍惚，老儿因谓妈妈曰：『莫非淑真做出来了？』殊不知其女春色飘零，蝶粉蜂黄都退了；韶华狼藉，花心柳眼已开残。妈妈老儿互相埋怨了一会，只怕亲戚耻笑。常言道：『「女大不中留。」留在家中，却如私盐包儿，脱手方可。不然，直待事发，弄出丑来，不好看。』那妈妈和老儿说罢，央王嫂嫂作媒，『将高就低，添长补短，发落了罢』。

一日，王嫂嫂来说，嫁与近村李二郎为妻。且李二郎是个农庄之人，又四十多岁，只图美貌，不计其他。过门之后，两个颇说得着。瞬息间十有余年，李二郎被他彻夜盘弄，衰惫了。年将五十之上，此心已灰。奈何此妇正在妙龄，酷好不厌，仍与夫家西宾有事。李二郎一见，病发身故。这妇人眼见断送两人性命了。奉劳歌伴，再和前声：

结姻缘十数年，动春情三四番，萧墙祸起片时间，到如今反为难上难。把一对凤鸾惊散，倚阑干无语泪偷弹。

那李大郎斥退西宾，择日葬弟之柩。这妇人不免守孝三年。其家已知其非，着人防闲。本妇自揣于心，亦不敢妄为矣。朝夕之间，受了多少的熬煎。或饱一顿，或缺一餐，家人都不理他了。将及一年之上，李大郎自思留此无益，不若逐回，庶免辱门败户。遂唤原媒眼同，将妇罄身赶回。本妇如鸟出笼，似鱼漏网，其余物饰，亦不计较。本妇抵家，父母只得收留。那有好气待他，如同使婢。妇亦甘心忍受。

一日有个张二官过门，因见本妇，心甚悦之。挽人说合，求为继室。女父母允诺，恨不推将出去。且张二官是个行商，多在外，少在内，不曾打听得备细。设下盒盘羊酒，涓吉成亲。这妇人不去则罢，这一去，好似：

猪羊奔屠宰之家，一步步来寻死路。

是夜，画烛摇光，粉香喷雾。绮罗筵上，依旧两个新人；锦锈衾中，各出一般旧物。奉劳歌伴，再和前声：

喜今宵月再圆，赏名园花正芳。笑吟吟携手上牙床，恣交欢恍然入醉乡。不觉的浑身通畅，把断弦重续两情偿。

他两个自花烛之后，日则并肩而坐，夜则叠股而眠，如鱼籍水，似漆投胶。一个全不念前夫之恩爱；一个那曾题亡室之音容。妇羡夫之殷富，夫怜妇之丰仪。两个过活了一月。

一日，张二官人早起，吩咐虞候收拾行李，要往德清取帐。这妇人怎生割舍得他去。张二官人不免起身。这妇人簌簌垂下泪来。张二官道：『我你既为夫妇，不须如此。』各道保重而别。

别去又过了半月光景，这妇人是久旷之人，既成佳配，未尽畅怀，又值孤守岑寂，好生难遣。觉身子困倦，步至门首闲望。对门店中一后生，约三十已上年纪，资质丰粹，举止闲雅。遂问随侍阿瞒。阿瞒道：『此店乃朱秉中开的。此人和气，人称他为朱小二哥。』妇人问罢，夜饭也不吃，上楼睡了。楼外乃是官河，舟船歇泊之处。将及二更，忽闻梢人嘲歌声隐约，侧耳而听，其歌云：

二十去了廿一来，不做私情也是呆；有朝一日花容退，双手招郎郎不来。

妇人自此复萌觊觎之心，往往倚门独立。朱秉中时来调戏。彼此相慕，目成眉语，但不能一叙款曲为恨也。奉劳歌伴，再和前声：

美温温颜面肥，光油油鬓发长。他半生花酒肆颠狂，对人前扯拽都是谎。全无有风云气象，一味里窃玉与偷香。

这妇人羡慕朱秉中不已，只是不得凑巧。一日，张二官讨帐回家，夫妇相见了，叙些间阔的话。本妇似有不悦之意，只是勉强奉承，一心倒在朱秉中身上了。张二官在家又住了一个月之上。正值仲冬天气，收买了杂货赶节，赁船装载到彼，发卖之间，不甚称意，把货都赊与人上了，旧帐又讨不上手。俄然逼岁，不得归家过年，预先寄些物事回家支用，不题。

且说朱秉中因见其夫不在，乘机去这妇人家贺节。留饮了三五杯，意欲做些暗昧之事。奈何往来之人，应接不暇，取便约在灯宵相会。秉中领教而去。

捻指间又届十三日试灯之夕。于是户户鸣锣击鼓，家家品竹弹丝。游人队队踏歌声，仕女翩翩垂舞袖。鳌山彩结，嵬峨百尺矗晴空；凤篆香浓，缥渺千层笼绮陌。闲庭内外，溶溶宝烛光辉；杰阁高低，烁烁华灯照耀。奉劳歌伴，再和前声：

奏箫韶一派鸣，绽池莲万朵开。看六街三市闹挨挨，笑声高满城春似海。期人在灯前相待，几回价又恐燕莺猜。

其夜秉中侵早的更衣着靴，只在街上往来。本妇也在门首抛声炫俏，两个相见暗喜，准定目下成事。不期伊母因往观灯，就便探女。女扃户邀入参见，不免留宿。秉中等至夜分，闷闷归卧。次夜如前。正遇本妇，怪问如何爽约。挨身相就，止做得个吕字儿而散。少间，具酒奉母。母见其无情无绪，向女言曰：『汝如今迁于乔木，只宜守分，也与父母争一口气。』岂知本妇已约秉中等了二夜了，可不是鬼门上占卦。平旦，买两盒饼馓，雇顶轿儿，送母回了。薄晚，秉中张个眼慢，钻进妇家，就便上楼。本妇灯也不看，解衣相抱，曲尽于飞。然本妇平生相接数人，或老或少，那能造其奥处？自经此合，身酥骨软，飘飘然其滋味不可胜言也。且朱秉中日常在花柳丛中打交，深谙十要之术，那十要？

一要滥于撒漫，二要不算工夫，三要甜言美语，四要软款温柔，五要乜斜缠帐，六要施逞枪法，七要妆聋做哑，八要择友同行，九要穿着新鲜，十要一团和气。

若狐媚之人，缺一不可行也。再说秉中已回，张二官又到。本妇便害些木边之目，田下之心。要好只除相见。奉劳歌伴，再和前声：

报黄昏角数声，助凄凉泪几行。论深情海角未为长，难捉摸这般心内痒，不能勾相偎相傍，恶思量萦损九回肠。

这妇人自庆前夕欢娱，直至佳境，又约秉中晚些相会，要连歇几十夜。谁知张二官家来，心中纳闷，就害起病来。头疼腹痛，骨热身寒。张二官颙望回家，将息取乐，因见本妇身子不快，倒戴了一个愁帽。遂请医调治，倩巫烧献，药必亲尝，衣不解带，反受辛苦，不似在外了。且说秉中思想，行坐不安。托故去望张二官，称道：『小弟久疏趋侍，昨闻荣回，今特拜谒。奉请明午于蓬舍，少具鸡酒，聊与兄长洗尘，幸勿他却！』

翌日，张二官赴席，秉中出妻女奉劝，大醉扶归。已后还了席，往往来来。本妇但闻秉中在座，说也有，笑也有，病也无。倘或不来，就呻吟叫唤。邻里厌闻。张二官指望便好，谁知日渐沉重。

本妇病中，但瞑目，就见向日之阿巧和李二郎偕来索命，势渐狞恶。本妇惧怕，难以实告，惟向张二官道：『你可替我求问：「几时脱体？」』如言径往洞虚先生卦肆，卜下卦来。判道：『此病大分不好，有横死老幼阳人死命为祸，非今生乃宿世之冤。今夜就可办备福物酒果冥衣各一分，用鬼宿度河之次，向西铺设，苦苦哀求，庶有少救。不然，决不好也。』奉劳歌伴，再和前声：

挪揄来苦怨咱，朦胧着便见他。病恹恹害的眼儿花，瘦身躯怎禁没乱杀！则说不和我干休罢，几时节离了两冤家！

张二官正依法祭祀之间，本妇在床，又见阿巧和李二郎击手言曰：『我辈已诉于天，着来取命。你央后夫张二官再四恳求，意甚虔恪。我辈且容你至五五之间，待同你一会之人，却假弓长之手，与你相见。』言讫，欻然不见了。本妇当夜似觉精爽些个，后看看复旧。张二官喜甚，不题。却见秉中旦夕亲近。馈送迭至，意颇疑之。尤未为信。

一日，张二官入城催讨货物。回家进门，正见本妇与秉中执手联坐。张二官倒退扬声，秉中迎出相揖。他两个亦不知其见也。张二官当时见他殷勤，已自生疑七八分了，今日撞个满怀，凑成十分。张二官自思量道：『他两个若犯在我手里，教他死无葬身之地！』遂往德清去做买卖。

到了德清，已是五月初一日。安顿了行李在店中，上街买一口刀，悬挂腰间。至初四日连夜奔回，匿于他处。不在话下。

再题本妇渴欲一见，终日去接秉中。秉中也有些病在家里。延至初五日，阿瞒又来请赴鸳鸯会。秉中勉强赴之。楼上已筵张水陆矣，盛两盂煎石首，贮二器炒山鸡，酒泛菖蒲，糖烧角黍。其余肴馔蔬果，未暇尽录。两个遂相轰饮，亦不顾其他也。奉劳歌伴，再和前声：

绿溶溶酒满斟，红焰焰烛半烧；正中庭花月影儿交，直吃得玉山时自倒。他两个贪欢贪笑，不提防门外有人瞧！

两个正饮间，秉中自觉耳热眼跳，心惊肉战，欠身求退。本妇怒曰：『怪见终日请你不来，你何轻贱我之甚！你道你有老婆，我便是无老公的？你殊不知我做鸳鸯会的主意。夫妻二鸟，飞鸣宿食，镇常相守，尔我生不成双，死作一对。』昔有韩凭妻美，郡王欲夺之，夫妻皆自杀。王根，两冢瘗之，后冢上生连理树，上有鸳鸯，悲鸣飞去。此两个要效鸳鸯比翼交颈，不料便成语谶。况本妇甫能闸闸得病好，就便荒淫无度，正是：

偷鸡猫儿性不改，养汉婆娘死不休。

再说张二官提刀在手，潜步至门，梯树窃听。见他两个戏谑歌呼，历历在耳，气得按捺不下，打一砖去。本妇就吹灭了灯，声也不则了。连打了三块，本妇教秉中先睡：『我去看看便来。』阿瞒持烛先行，开了大门，并无人迹。本妇叫道：『今日是个端阳佳节。那家不吃几杯雄黄酒？……』正要骂间，张二官跳将下来，喝道：『泼贱！你和甚人夤夜吃酒？』本妇吓得战做一团，只说：『不不不！』张二官乃曰：『你同我上楼一看，如无便罢，慌做什么？』本妇又见阿巧、李二郎一齐都来，自分必死，延颈待尽。秉中赤条条惊下床来，匍匐口称：『死罪，死罪！情愿将家私并女奉报，哀怜小弟母老妻娇，子幼女弱！』张二官那里准他。则见刀过处，一对人头落地，两腔鲜血冲天，正是：

当时不解恩成怨，今日方知色是空。

当初本妇卧病，已闻阿巧、李二郎言道：『五五之间，待同你一会之人，假弓长之手，再与相见。』果至五月五日，被张二官杀死。『一会之人』，乃秉中也。祸福未至，鬼神必先知之，可不惧欤！故知士矜才则德薄，女炫色则情放。若能如执盈，如临深，则为端士淑女矣，岂不美哉。惟愿率土之民，夫妇和柔，琴瑟谐协，有过则改之，未萌则戒之，敦崇风教，未为晚也。在座看官，漫听这一本《鸳鸯刎颈会》。奉劳歌伴，再和前声：

见抛砖意暗猜，入门来魂已惊。举青锋过处丧多情，到今朝你心还未省！送了他三条性命，果冤冤相报有神明。

又调《南乡子》一阕，词曰：

春老怨啼鹃，玉损香消事可怜。一对风流伤白刃，冤冤，惆怅劳魂赴九泉。　抵死苦留连，想是前生有业缘。景色依然人已散，天天，千古多情月自圆。

第三十九卷

福禄寿三星度世

欲学为仙说与贤，长生不死是虚传。少贪色欲身康健，心不瞒人便是仙。

说这四句诗，单说一个官人，二十年灯窗用心，苦志勤学，谁知时也，运也，命也，连举不第，没分做官，有分做仙去。这大宋第三帝主，乃是真宗皇帝。景德四年，秋八月中。这个官人，水乡为活，捕鱼为生。捕鱼有四般：

攀缯者仰，鸣榔者闹，垂钓者静，撒网者舞。

这个官人，在一座州，谓之江州，军号定江军。去这江州东门，谓之九江门；外一条江，随地呼为浔阳江。

万里长江水似倾，东连大海若雷鸣。一江护国清泠水，不请衣粮百万兵。

这官人于八月十四夜，解放渔船，用棹竿掉开，至江中，水光月色，上下相照。这官人用手拿起网来，就江心一撒，连撒三网，一鳞不获。只听得有人叫道：『刘本道，刘本道，大丈夫不进取光显，何故捕鱼而堕志？』那官人吃一惊，连名道姓，叫得好亲。收了网，四下看时，不见一人。再将网起来撒，又有人叫，四顾又不见人。似此三番。当夜不曾捕鱼，使船傍岸。到明日十五夜，再使船到江心，又有人连名道姓，叫刘本道。本道焦躁，放下网听时，是后面有人叫。使船到后看时，其声从芦苇中出。及至寻入芦苇之中，并无一人。却不作怪！使出江心举网再撒，约莫网重，收网起来看时，本道又惊又喜，打得一尾赤梢金色鲤鱼，约长五尺。本道道谢天地，来日将入城去卖，有三五日粮食。将船傍岸，缆住鲤鱼，放在船板底下，活水养着，待欲将身入舱内解衣睡，觉肚中又饥又渴，看船中时，别无止饥止渴的物。怎的好？翻来复去，思量去那江岸上，有个开村酒店张大公家，买些酒吃才好。就船中取一个盛酒的葫芦上岸来。左胁下挟着棹竿，右手提着葫芦，乘着月色，沿江而走。肚里思量：『知他张大公睡也未睡？未睡时，叫开门，沽些酒吃。睡了时，只得忍饥渴睡一夜。』迤逦行来，约离船边半里多路，见一簇人家。这里便是张大公家。到他门前，打一望，里面有灯也无。但见张大公家有灯。怎见得，有只词名《西江月》，单咏着这灯花：

零落不因春雨，吹残岂藉东风。结成一朵自然红，费尽工夫怎种。 有焰难藏粉蝶，生花不惹游蜂。更阑人静画堂中，曾伴玉人春梦。

本道见张大公家有灯，叫道：『我来问公公沽些酒吃，公公睡了便休，未睡时，可沽些与我。』张大公道：『老汉未睡。』开了门，问刘官人讨了葫芦，问了升数，入去盛将出来道：『酒便有，却是冷酒。』本道说与公公：『今夜无钱，来日卖了鱼，却把钱来还。』张大公道：『妨甚事。』张大公关了门，本道挟着棹竿，提着葫芦，一面行，肚中又饥，顾不得冷酒，一面吃，就路上也吃了二停。到得船边，月明下，见一个人球头光纱帽，宽袖绿罗袍，身材不满三尺，觑着本道掩面大哭道：『吾之子孙，被汝获尽！』本道见了，大惊，江边无这般人，莫非是鬼？放下葫芦，将手中棹竿去打。叫声：『着！』打一看时，火光迸散，豁刺刺地一声响。本道凝睛看时，不是有分为仙，险些做了江边失路鬼，波内横亡人。有诗为证：

高人多慕神仙好，几时身在蓬莱岛。由来仙境在人心，清歌试听《渔家傲》。此理渔人知得少，不经指示谁能晓。君欲求鱼何处非，鹊桥有路通仙道。

当下本道看时，不见了球头光纱帽，宽袖绿罗袍，身不满三尺的人。却不作怪！到这缆船岸边，却待下船去，本道叫声苦，不知高低。去江岸边不见了船。『不知什人偷了我的船去。』看那江对岸，万籁无声，下江一带，又无甚船只。今夜却是那里去歇息？思量：『这船无人偷我的，多时捕鱼不曾失了船。今日却不见了这船！不是下江人偷去，还是上江人偷我的？』本道不来下江寻船，将葫芦中酒吃尽了，葫芦撇在江岸，沿那岸走。从二更走至三更，那里见有船。思量：『今夜何处去好？』走来走去，不知路径。走到一座庄院前，放下棹竿，打一望，只见庄里停着灯。本道进退无门，欲待叫，这庄上素不相识，欲待不叫，又无栖止处。只得叫道：『有人么？念本道是打鱼的，因失了船，寻来到此。夜深无止宿处，万望庄主暂借庄上告宿一宵。』只听得庄内有人应道：『来也。官人少待。』却是女人声息。那女娘开放庄门，本道低头作揖。女娘答礼相邀道：『官人请进，且过一宵了去。』本道谢了，挟着棹竿，随那女娘入去。女娘把庄门掩上，引至草堂坐地，问过了姓名，殷勤启齿道：『敢怕官人肚饥，安排些酒食与官人充饥，未知何如？』本道道：『谢娘子，胡乱安顿一个去处，教过得一夜，深谢相留！』女娘道：『不妨，有歇卧处。……』说犹未了，只听得外面有人声唤：『阿耶！阿耶！我不撩拨你，却打了我！这人不到别处去，定走来我庄上借宿。』这人口开门，本道吃一惊：『告娘子，外面声唤的是何人？』女娘道：『是我哥哥。』本道且走入一壁厢黑地里立着看时，女娘移身去开门，与哥哥叫声万福。那人叫唤：『阿耶！阿耶！妹妹关上门，随我入来。』女娘将庄门掩了，请哥哥到草堂坐地。本道看那草堂上的人，叫声苦：『我这性命须休！』正是猪羊入屠宰之家，一脚脚来寻死路。有诗为证。

撇了先妻娶晚妻，
晚妻终不恋前儿；
先妻却在晚妻丧，
盖为冤家没尽期。

本道看草堂上那个人，便是球头光纱帽，宽袖绿罗袍，身子不满三尺的人。『我曾打他一棹竿，去那江里死了，我却如何到他庄上借宿！』本道顾不得那女子，挟着棹竿，偷出庄门，奔下江而走。却说庄上那个人声唤，看着女子道：『妹妹安排乳香一块，暖一碗热酒来与我吃，且定我脊背上疼。』即时，女子安排与哥哥吃。问道：『哥哥做甚声唤？哥哥道：『好教你得知，我又不撩拨他，我在江边立地，见那厮沽酒回来，我掩面大哭道：「吾之子孙，尽被汝获之。」那厮将手中棹竿打一下，被我变一道火光走入水里去。那厮上岸去了，我却把他的打鱼船摄过。那厮四下里没寻处，迤逦沿江岸走来。我想他不走别处去，只好来我庄上借宿。妹妹，他曾来借宿也不？』妹妹道：『却是兀谁？』哥哥道：『是刘本道，他是打鱼人？』女娘心中暗想：『原来这位官人，是打我哥哥的。不免与他遮饰则个。』遂答应道：『他曾来庄上借宿，我不曾留他，他自去了。哥哥辛苦了，且安排哥哥睡。』

却说刘本道沿着江岸，慌慌走去，从三更起仿佛至五更，走得腿脚酸疼。明月下，见一块大石头，放下棹竿，方才歇不多时，只听得有人走得慌速，高声大叫：『刘本道休走，我来赶你。』本道叫声苦，不知高低：『莫是那汉赶来，报那一棹竿的冤仇？』把起棹竿立地，等候他来。无移时渐近看时，见那女娘身穿白衣，手捧着一个包裹走至面前道：『官人，你却走了。后面寻不见你，我安排哥哥睡了，随后赶来。你不得疑惑，我即非鬼，亦非魅。我乃是人。你看我衣裳有缝，月下有影，一声高似一声。我特地赶你来。』本道见了，放下棹竿问：『娘子连夜赶来，不知有何事？』女娘问：『官人有妻也无？有妻为妾，无妻嫁你。包裹中尽有余资，够你受用。官人是肯也不？』本道思量恁般一个好女娘，又提着一包衣饰金珠，这也是求之不得的。觑着女娘道：『多谢，本道自来未有妻子。』将那棹竿撇下江中，同女娘行至天晓，入江州来。本道叫女娘做妻。女娘问道：『丈夫，我两个何处安身是好？』本道应道：『放心，我自寻个去处。』走入城中，见一人家门首，挂着一面牌，看时，写着『顾一郎店。』本道向前问道：『那个是顾一郎？』那人道：『我便是。』本道道：『小生和家间爹爹说不着，赶我夫妻两口出来，无处安歇。问一郎讨间小房，权住三五日。亲戚相劝，回心转意时，便归去，却得相谢。』顾一郎道：『小娘子在那里？』本道叫：『妻子来相见则个。』顾一郎见他夫妻两个，引来店中，去南首第三间房，开放房门，讨了钥匙。本道看时，好喜欢。当日打火做饭吃了，将些金珠变卖来，买些箱笼被卧衣服。

在这店中约过半年。本道看着妻子道：『今日使，明日使，金山也有使尽时。』女娘大笑道：『休忧！』去箱子内取出一物，教丈夫看：『我两个尽过得一世。』正是：

休道男儿无志气，妇人犹且辨贤愚。

当下女娘却取出一个天圆地方卦盘来。本道见了，问妻子缘何会他。女娘道：『我爹爹在日，曾任江州刺史，姓齐名文叔。奴小字寿奴。不幸去任时，一行人在江中，遭遇风浪。爹妈从人俱亡。奴被官人打的那球头光纱帽，宽袖绿罗袍，身材不满三尺的人，救我在庄上。因此拜他做哥哥。如何官人不见了船，却是被他摄了。你来庄上借宿，他问我时，被我瞒过了。有心要与你做夫妻。你道我如何有这卦盘？我幼年曾在爹行学三件事：第一，写字读书；第二，书符咒水；第三，算命起课。我今日却用着这卦盘。可同顾一郎出去寻个浮铺，算命起课。尽可度日。』本道谢道：『全仗我妻贤达。』当下把些钱，同顾一郎去南瓦子内，寻得卦铺，买些纸墨笔砚，挂了牌儿，拣个吉日，去开卦肆。取名为『白衣女士』。顾一郎相伴他夫妻两人坐地，半日先回。当日不发市，明日也不发市。到后日午后又不发市。女娘觑着丈夫道：『一连三日不发市，你理会得么？必有人冲撞我。你去看有甚事，来对我说。』本道起身，去瓦左瓦右都看过，无甚事。走出瓦子来，大街上但见一伙人围着。本道走来人丛外打一看时，只见一个先生，把着一个药瓢在手，开科道：

『五里亭亭一小峰，自知南北与西东。世间多少迷途客，不指还归大道中。』

看官听说：贫道乃是皖公山修行人。贫道有三件事，离了皖公山，走来江州。在席一呵好事君子，听贫道说：第一件，贫道在山修行一十三年，炼得一炉好丹，将来救人；第二件，来寻一物；第三件，贫道救你江州一城人。……』众人听说皆惊。先生正说未了，大笑道：『众多君子未曾买我的药，却先见了这一物。你道在何处？』觑着人丛外头用手一招道：『后生，你且入来。』本道看那先生，先生道：『你来！我和你说。』吓得本道慌随先生入来。先生拍着手：『你来救得江州一城人！贫道见那一物了。在那里？这后生便是。』众人吃惊，如何这后生却是一物？先生道：『且听我说。那后生，你眉中生黑气，有阴祟缠扰。你实对我说。』本道将前项见女娘的话，都一一说知。先生道：『众人在此，这一物，便是那女子。贫道救你。』去地上黄袱里，取出一道符，把与本道：『你如今回去，先到房中，推醉了去睡。女娘到晚归来，睡至三更，将这符安在他身上，便见他本来面目。』本道听那先生说了，也不去卦肆里，归到店中，开房门，推醉去睡。

却说女娘不见本道来，到晚，自收了卦铺。归来焦躁，问顾一郎道：『丈夫归也未？』顾一郎道：『官人及早的醉了，入房里睡。』女娘呵呵大笑道：『原来如此。』入房来，见了本道，大喝一声。本道吃了一惊。女娘发话道：『好没道理！日多时夫妻，有甚亏负你，却信人斗叠我两人不和！我教你去看有啥人冲撞卦铺，教我三日不发市。你却信乞道人言语，推醉睡了，把一道符教安在我身上，看我本来面目。我是齐刺史女儿，难道是鬼祟？却信恁般没来头的话，要来害我！你好好拿出这符来，和你做夫妻。不拿出来时，目前相别。』本道怀中取出符来付与女娘。安排晚饭吃了。睡一夜，明早起来吃了早饭，却待出门，女娘道：『且住，我今日不开卦铺，和你寻那乞道人，问他是何道理，却把符来，唆我夫妻不和；二则却看我与他斗法。』两个行到大街上，本道引至南瓦子前，见一伙人围住先生。先生正说得高兴，被女娘分开人丛，喝声：『乞道人，你自是野外乞丐，却把一道符斗叠我夫妻不和。你教安在我身上，见我本来面目。』女娘拍着手道：『我乃前任刺史齐安抚女儿，你们都是认得我爹爹的。辄敢道我是鬼祟！你有法，就众人面前赢了我；我有法，赢了你。』先生见了，大怒，提起剑来，觑着女子头便斫。看的人只道先生坏了女娘。只见先生一剑斫去，女娘把手一指，众人都发声喊，皆惊呆了。有诗为证：

昨夜东风起太虚，丹炉无火酒杯疏。男儿未遂平生志，时复挑灯玩古书。

女娘把手一指，叫声：『着！』只见先生剑不能下，手不能举。女娘道：『我夫妻两个无事，把一道符与他奈何我，却奈何我不得！今日有何理说？』先生但言：『告娘子，恕贫道！贫道一时见不到，激恼娘子，望乞怒饶。』众人都笑，齐来劝女娘。女娘道：『看众人面，饶了你这乞道人。』女娘念念有词，那剑即时下地。众皆大笑。先生分开人丛，走了。一呵人尚未散，先生复回来，莫是奈何那女娘，却是来取剑。先生去了。

自后女子在卦铺里，从早至晚，挨挤不开，算命发课，书符咒水，没工夫得吃点心，因此出名。忽一日，见一个人，引着一乘轿子，来请小娘子道：『小人是江州赵安抚老爷的家人。今有小衙内患病，日久不痊。奉台旨，教请小娘子乘轿就行。』女娘吩咐了丈夫，教回店里去。女子上轿来，见赵安抚引入花园。见小衙内在亭子上，自言自语，口里酒香喷鼻。一行人在花园角门边，看白衣女士作法。念咒毕，起一阵大风。

来无形影去无知，吹开吹谢总由伊。无端暗度花枝上，偷得清香送与谁。

风过处，见一黄衣女子，怒容可掬，叱喝：『何人敢来奈何我！』见了白衣女士，深深下拜道：『原来是妹子。』白衣女士道：『甚的姐姐从空而下？』那女子道：『妹妹，你如何来这里？』白衣女士道：『奉赵安抚请来救小衙内，坏那邪祟。』女子不听得，万事俱休，听了时，睁目切齿道：『你丈夫不能救，何况救外人。』一阵风不见了黄衣女子。白衣女士就花园内救了小衙内。赵安抚礼物相酬谢了，教人送来顾一郎店中。到得店里，把些钱赏与来人，发落他去。问顾一郎：『丈夫可在房里？』顾一郎道：『好教小娘子得知，走一个黄衣女子入房，挟了官人，托起天窗，望西南上去了。』白衣女士道：『不妨！』即喝声：『起！』就地上踏一片去，起去赶那黄衣女子。仿佛赶上，大叫：『还我丈夫来！』黄衣女子看见赶来，叫声：『落！』放下刘本道，却与白衣女士斗法。本道顾不得妻子，只顾自走。走至一寺前，力乏了，见一僧在门首立地。本道问：『吾师，借上房歇脚片时则个。』僧言：『今日好忙哩！有一施主来寺中斋僧。』正说间，只见数担柴，数桶酱，数担米，更有香烛纸札，并斋衬钱。远望凉伞下一人，便是那球头光纱帽，宽袖绿罗袍，身材不满三尺的人。本道见了，落慌便走。被那施主赶上，一把捉住道：『你便是打我一棹竿的人！今番落于吾手，我正要取你的心肝，来做下酒。』本道正在危急，却得白衣女士赶来寺前。见了那人，叫道：『哥哥莫怪！他是我丈夫。……』说犹未毕，黄衣女子也来了，对那人高叫道：『哥哥，莫听他，那里是他真丈夫？既是打哥哥的，姊妹们都是仇人了。』一扯一拽，四个搅做一团，正争不开。只见寺中走出一个老人来，大喝一声：『畜生不得无礼！』叫：『变！』黄衣女子变做一只黄鹿；绿袍的人，变做绿毛灵龟；白衣女子，变做一只白鹤。老人乃是寿星，骑白鹤上升。本道也跨上黄鹿，跟随寿星，灵龟导引，上升霄汉。那刘本道原是延寿司掌书记的一位仙官，因好与鹤、鹿、龟三物顽耍，懒惰正事，故此谪下凡世为贫儒。谪限完满，南极寿星引归天上。那一座寺，唤做寿星寺，见在江州浔阳江岸上，古迹犹存。诗云：

原是仙官不染尘，飘然鹤鹿可为邻。神仙不肯分明说，误了阎浮多少人。

旌阳宫铁树镇妖

春到人间景色新，桃红李白柳条青。香车宝马闲来往，引却东风入禁城。酾剩酒，豁吟情，顿教忘却利和名。豪来试说当年事，犹记旌阳伏水精。

粤自混沌初辟，民物始生，中间有三个大圣人，为三教之祖。三教是什么教？一是儒家：乃孔夫子，删述《六经》，垂宪万世，为历代帝王之师，万世文章之祖，这是一教；一是释家：是西方释迦牟尼佛祖，当时生在舍卫国刹利王家，放大智光明，照十方世界，地涌金莲华，丈六金身，能变能化，无大无不大，无通无不通，普度众生，号作天人师，这又是一教；一是道家：是太上老君，乃元气之祖，生天生地，生佛生仙，号铁师元炀上帝。他化身周历尘沙，也不可计数。至商汤王四十八年，又来出世，乘太阳日精，化为弹丸，流入玉女口中，玉女吞之，遂觉有孕。怀胎八十一年，直至武丁九年，破胁而生，生下地时，须发就白，人呼为老子。老子生在李树下，因指李为姓，名耳，字伯阳。后骑着青牛出函谷关。把关吏尹喜望见紫气，知是异人，求得《道德真经》共五千言，传留于世。老子入流沙修炼成仙，今居太清仙境，称为道德天尊。这又是一教。那三教之中，惟老君为道祖，居于太清仙境。彩云缭绕，瑞气氤氲。

一日是寿诞之辰，群三十三天天宫，并终南山、蓬莱山、阆苑山等处，三十六洞天，七十二福地。列位神仙，千千万万，或跨彩鸾，或骑白鹤，或驭赤龙，或驾丹凤，皆飘飘然乘云而至。次第朝贺，献上寿词，稽首作礼。词名《水龙吟》：

红云紫盖葳蕤，仙宫浑是阳春候。玄鹤来时，青牛过处，彩云依旧。寿诞宏开，喜《道德》五千言，流传万古不朽。况是天上仙筵，献珍果人间未有；巨枣如瓜，与着万岁冰桃，千年碧藕。此乾坤永劫无休，举沧海为真仙寿。

彼时老君见群臣赞贺，大展仙颜，即设宴相待。酒至半酣，忽太白金星越席言曰：『众仙长知南赡部洲江西省之事乎？江西分野，旧属豫章。其地四百年后，当有蛟蜃为妖，无人降伏，千百里之地，必化成中洋之海也。』老君曰：『吾已知之。江西四百年后，有地名曰西山，龙盘虎踞，水绕山环，当出异人，姓许名逊，可为群仙领袖，殄灭妖邪。今必须一仙下凡，择世人德行浑全者，传以道法，使他日许逊降生，有传授渊源耳。』斗中一仙，乃孝悌王姓卫名弘康，字伯冲，出曰：『某观下凡有兰期者，素行不疚，兼有仙风道骨，可传以妙道。更令付此道与女真谌母，谌母付此道于许逊。口口相承，心心相契，使他日真仙有所传授，江西不至沉没，诸仙以为何如？』老君曰：『善哉，善哉！』众仙即送孝悌王至焰摩天中，通明殿下，将此事奏闻玉帝。玉帝允奏，即命直殿仙官，将神书玉旨付与孝悌王领讫。孝悌王辞别众仙，蹑起祥云。顷刻之间，到阎浮世界来了。

却说前汉有一人姓兰名期字子约。本贯兖州曲阜县高平乡九原里人氏。历年二百，鹤发童颜，率其家百余口，精修孝行，以善化人，与物无忤。时人不敢呼其名，尽称为兰公。彼时儿童谣云：『兰公兰公，上与天通；赤龙下迎，名列斗中。』人知其必仙也。

一日，兰公凭几而坐，忽有一人，头载逍遥巾，身披道袍，脚穿云履，手中拿一个鱼鼓简板儿，潇潇洒洒，徐步而来。兰公观其有仙家道气，慌忙下阶迎接，分宾坐定。茶毕，遂问：『仙翁高姓贵名？』答曰：『吾乃斗中之仙，孝悌王是也。自上清下降，遨游人间，久闻先生精修孝行，故此相访。』兰公闻言，即低头拜曰：『贫老凡骨，勉修孝行，止可淑一身，不能率四海，有何功德，感动仙灵？』孝悌王遂以手扶起兰公曰：『居，吾语汝孝悌之旨。』兰公欠身起曰：『愿听指教！』孝悌王曰：『始炁为大道于日中，是为「孝仙王」；元炁为至道于月中，是为「孝道明王」；玄炁为孝道于斗中，是为「孝悌王」。夫孝至于天，日月为之明；孝至于地，万物为之生；孝至于民，王道为之成。是故舜文至孝，凤凰来翔。姜诗王祥，得鱼奉母。即此论之，上自天子，下至庶人，孝道所至，异类皆应。先生修养三世，行满功成，当得元炁于月中，而为孝道明王。四百年后，晋代有一真仙许逊出世，传吾孝道之宗，是为众仙之长，得始炁于日中，而为孝仙王也。』

自是孝悌王，悉将仙家妙诀，及金丹宝鉴，铜符铁券，并上清灵章飞步斩邪之法，一一传授与兰公。又嘱道：『此道不可轻传，惟丹阳黄堂者，有一女真谌母，德性纯全，汝可传之。可令谌母传授与晋代学仙童子许逊，许逊复传吴猛诸徒，则渊源有自，超凡入圣者，不患无门矣。』孝悌王言罢，足起祥云，冲霄而去。兰公拜而送之。

自此以后，将金符铁券秘诀逐一参悟，遂择地修炼仙丹。其法云：

黑铅天之精，白金地之髓；黑隐水中阳，白有火之炁。黑白往来蟠，阴阳归正位。二物俱含性，丹经号同类。黑以白为天，白以黑为地。阴阳混沌时，朵朵金莲华。宝月满丹田，霞光照灵慧。休闭通天窍，莫泄混元气。精奇口诀功，火候文武意。凡中养圣孙，万般只此贵。一日生一男，男男各有配。

兰公炼丹已成，举家服之，老者发白反黑，少者辟谷无饥，远近闻之，皆知其必飞升上清也。时有火龙者，系洋子江中孽畜，神通广大，知得兰公成道，法教流传，后来子孙必遭歼灭。乃率领鼋帅虾兵蟹将，统领党类，一齐奔出潮头，将兰公宅上团团围住，喊杀连天。兰公听得，不知灾从何来，开门一看，好惊人哩！但见：

一片黑烟，万团烈火，却是红孩儿身中四十八万毛孔，一齐迸出；又是华光将手里三十六块金砖，一并烧挥。咸阳遇之，烽焰三月不绝；昆山遇之，玉石一旦俱焚。疑年少周郎赤壁鏖战，似智谋诸葛博望烧屯。

那火，也不是天火，也不是地火，也不是人火，也不是鬼火，也不是雷公霹雳火，却是那洋子江中一个火龙吐出来的。惊得兰公家人，叫苦不迭。兰公知是火龙为害，问曰：『你这孽畜，无故火攻我家，却待怎的？』孽龙道：『我只问你取金丹宝鉴，铜符铁券并灵章等事。你若献我，万事皆休，不然，烧得你一门尽绝！』兰公曰：『金丹宝鉴等乃斗中孝悌王所授，我怎肯胡乱与你？』只是那火光中，闪出一员鼋帅，形容古怪，背负团牌，扬威耀武。兰公睁仙眼一看，原来是个鼋鼍，却不在意下。又有那虾兵乱跳，蟹将横行，一个个身披甲胄，手执钢叉。兰公又举仙眼一看，原来都是虾蟹之属，转不着意了。遂剪下一个中指甲来，约有三寸多长，呵了一口仙气，念动真言，化作个三尺宝剑。有歌为证：

非钢非铁体质坚，化成宝剑光凛然。不须锻炼洪炉烟，棱棱杀气欺龙泉。光芒颜色如霜雪，见者咨嗟叹奇绝！琉璃宝匣吐莲花，查镂金环生明月。此剑神仙流金精，干将莫邪难比伦；闪内烁烁青蛇子，重重片片绿龟鳞。腾出寒光逼星斗，响声一似苍龙吼；今朝挥向烈炎中，不识蛟螭敢当否？

兰公将所化宝剑望空掷起。那剑刮喇喇，就似翻身鹞子一般，飞入火焰之中，左一冲右一击，左一挑右一剔，左一砍右一劈，那些孽怪如何当抵得住！只见鼋帅遇着缩头缩脑，负一面团牌急走。他却走在那里？直走在峡江口深岩里躲避，至今尚不敢出头哩。那虾兵遇着，拖着两个钢叉连跳连跳。他却走在那里？直走在洛阳桥下石缝子里面藏身，至今腰也不敢伸哩。那蟹将遇着，虽有全身坚甲不能济事，也拖着两个钢叉横走直走，他须有八只脚儿更走不动，却被『扑砻松』宝剑一劈，分为两半。你看他腹中不红不白，不黄不黑，似脓却不是脓，似血却不是血，遍地上滚将出来，真个是：

但将冷眼观螃蟹，看你横行得几时？

那火龙自知兰公法大，难以当抵，叹曰：『儿孙自有儿孙福。』我后来子孙，福来由他去享，祸来由他去当，我管他则甚？』遂奔入洋子江中，万丈深潭底藏身去了。自是兰公举家数十口拔宅升天，玉帝封兰公为孝明王，不在话下。

却说金陵丹阳郡，地名黄堂，有一女真字曰婴，潜通至道，忘其甲子，不知几百年岁。乡人累世见之，齿发不衰，皆以谌母呼之。一日偶过市上，见一小儿伏地悲哭，问其来历，说：『父母避乱而来，弃之于此。』谌母怜其孤苦，遂收归抚育。渐已长成，教他读书，聪明出众，天文地理，无所不能。有东邻耆老，欲以女娶之。谌母问儿允否？儿告曰：『儿非浮世之人，乃月中孝道明王，领斗中孝悌王仙旨，教我传道与母。今此化身为儿，度脱我母，何必更议婚姻。但可高建仙坛，传付此道，使我母飞升上清也。』谌母闻得此言，且惊且喜，遂于黄堂建立坛宇，大阐孝悌王之教。谌母已得修真之诀，于是孝明王仍以孝悌王所授金丹宝鉴，铜符铁券灵章，及正一斩邪三五飞步之术，悉传与谌母。谌母乃谓李明王曰：『论昔日恩情，我为母，君为子。论今日传授，君为师，我为徒。』遂欲下拜。孝明王曰：『只论子母，莫论师徒。』乃不受其拜，惟嘱之曰：『此道宜深秘，不可轻泄！后世晋代有二人学仙，一名许逊，一名吴猛，二人皆名登仙籍。惟许逊得传此道。按《玉皇玄谱》仙籍品秩，吴猛位居元郡御史，许逊位居都仙大使，兼高明太史，总领仙部，是为众仙之长。老母可将此道传与许逊，又着许逊传与吴猛，庶品秩不紊矣。』明王言罢，拜辞老母，飞腾太空而去。有诗为证：

出入无车只驾云，尘凡自是不同群；明王恐绝仙家术，告戒叮咛度后人。

却说汉灵帝时，十常侍用事，忠良党锢，谗谄横行，毒流四海，万民嗟怨。那怨气感动了上苍，降下两场大灾，久雨之后，又是久旱，那雨整整的下了五个月，直落得江湖满目，厨灶无烟。及至水退了，又经年不雨。莫说是禾苗槁死，就是草木也干枯了。可怜那一时的百性，吃早膳先愁晚膳，缝夏衣便作冬衣。正是朝有奸臣野有贼，地无荒草树无皮。壮者散于四方，老者死于沟壑。时许都有一人姓许名琰字汝玉，乃颍阳许由之后。为人慈仁，深明医道，擢太医院医官。感饥荒之岁，乃罄其家资，置丸药数百斛，名曰：『救饥丹』，散与四方食之。每食一丸，可饱四十余日。饥民赖以不死者甚众。至献帝初平年间，黄巾贼起，天下大乱，许都又遭大荒，斗米千钱，人人菜色，个个鹄形。时许琰已故，其子许肃，家尚丰盈，将自己仓谷尽数周给各乡，遂挈家避乱江南，择居豫章之南昌。有鉴察神将许氏世代积善，奏知玉帝：『若不厚报，无以劝善！』玉帝准奏，即仰殿前掌判仙官，将《玄谱》仙籍品秩，逐一查检，看有何仙轮当下世？仙官检看毕，奏曰：『晋代江南，当出一孽龙精，扰害良民，生养蛟党繁盛。今轮系玉洞天仙降世，传受女真谌母飞步斩邪之法，斩灭蛟党以除民害。』玉帝闻奏，即降旨，宣取玉洞天仙，令他身变金凤，口衔宝珠，下降许肃家投胎。有诗为证：

御殿亲传玉帝书，祥云蔼蔼凤衔珠；试看凡子生仙种，积善之家庆有余。

却说吴赤乌二年三月，许肃妻何氏，夜得一梦。梦见一只金凤飞降庭前，口内衔珠，坠在何氏掌中，何氏喜而玩之，含于口中，不觉溜下肚子去了，因而有孕。许肃一则以喜，一则以惧。喜的是年过三十无嗣，今幸有孕；惧的是何氏自来不曾生育，恐临产艰难。那广润门有个占卦先生，混名『鬼推』，决断如神，不免去问他个吉凶，或男或女，看他如何？许肃整顿衣帽，竟望广润门来。只见那先生忙忙的，占了又断，断了又占，拨不开的人头，移不动脚步。许员外站得脚儿酸麻，还轮他不上，只得叫上一声：『鬼推先生！』那先生听知叫了他的混名，只说是个旧相识，连忙的说道：『请进请进。』许员外把两只手排开了众人，方才挨得进去。相见礼毕，许员外道：『小人许肃敬来问个六甲，生男生女，或吉或凶？请先生指教。』那先生就添上一炷香，唱上一个喏，口念四句：

『虔叩六丁神，文王卦有灵；吉凶含万象，切莫顺人情！』

通陈了姓名意旨，把铜钱掷了六掷，占得个『地天泰』卦。先生道：『恭喜，好一个男喜。』遂批上几句云：

『福德临身旺，青龙把世持；秋风生桂子，坐草却无虞。』

许员外闻言甚喜，收了卦书，遂将几十文钱谢了先生。回去对浑家说了，何氏心亦少稳。光阴似箭，忽到八月十五中秋，其夜天朗气清，现出一轮明月，皎洁无翳。许员外与何氏玩赏，贪看了一会，不觉二更将尽，三鼓初传。忽然月华散彩，半空中仙音嘹亮。何氏只一阵腹痛，产下个孩儿，异香满室，红光照人。真个是：

五色云中呈鸑鷟，九重天上送麒麟。

次日邻居都来贺喜，所生即真君也。形端骨秀，颖悟过人，年甫三岁，即知礼让。父母乃取名逊，字敬之。年十岁，从师读书，一目十行俱下，作文写字，不教自会，世俗无有能为之师者。真君遂弃书不读，慕修养学仙之法，却没有师传，心常切切。

忽一日，有一姓胡名云字子元，自幼与真君同窗，情好甚密，别真君日久，特来相访。真君倒屣趋迎，握手话旧。子元见真君谈吐间有弛慕神仙之意，乃曰：『老兄少年高才，乃欲为云外客乎？』真君曰：『惶愧，自思百年旦暮，欲求出世之方，恨未得明师指示！』子元曰：『兄言正合我意，往者因访道友云阳詹脆先生，言及西宁州有一人，姓吴名猛字世云，曾举孝廉，仕吴为洛阳令。后弃职而归，得传异人丁义神方，日以修炼为事。又闻南海太宁鲍靓有道德，往师事之，得其秘法。回至豫章，江中风涛大作，乃取所执白羽扇画水成路，徐行而渡，渡毕，路复为水。观者大骇，于是道术盛行，弟子相从者甚众。区区每欲拜投，奈母老不敢远离。兄若不惜劳苦，可往师之。』真君闻言，大喜曰：『多谢指教！』真君待子元别去，即拜辞父母，收拾行李，竟投西宁，寻访吴君，有诗赞曰：

无影无形仙路难，未经师授莫跻攀；胡君幸赐吹嘘力，打破玄元第一关。

话说真君一念投师，辞不得路途辛苦。不一日得到吴君之门，写一个门生拜贴，央道童通报。吴君看是『豫章门生许逊』，大惊曰：『此人乃有道之士！』即出门迎接。此时吴君年九十一岁，真君年四十一岁，真君不敢当客礼，口称：『仙丈，愿受业于门下。』吴君曰：『小老粗通道术，焉能为人之师？但先生此来，当尽剖露，岂敢自私，赤不敢以先生在弟子列也。』自此每称真君为『许先生』，敬如宾友。真君亦尊吴君而不敢自居。一日二人坐清虚堂，共谈神仙之事。真君问曰：『人之有生必有死，乃古今定理。吾见有壮而不老，生而不死者，不知何道可致？』吴君曰：『人之有生，自父母交媾，二气两合。阴承阳生，气随胎化。三百日形回灵光，人体与母分离。五千日气足，是为十五童男。此时阴中阳半，可以比东日之光。过此以往，不知修养，则走失元阳，耗散真气。气弱则有病老死苦之患。』真君曰：『病老死苦将何却之？』吴君曰：『人生所免病老死苦，在人中修仙，仙中升天耳。』真君曰：『人死为鬼，道成为仙，仙中升天者，何也？』吴君曰：『纯阴而无阳者，鬼也；纯阳而无阴者，仙也；阴阳相离者，人也。惟人可以为仙，可以为鬼。仙有五等，法有三成，持修在人而已。』真君曰：『何谓法有三成，仙有五等？』吴君曰：『法有三成者，小成、中成、大成。仙有五等者，鬼仙、人仙、地仙、神仙、天仙。所谓鬼仙者，少年不修，恣情纵欲，形如枯木，心若死灰，以致病死，阴灵不散，成精作怪，故曰鬼仙。鬼仙不离于鬼也。所谓人仙者，修真之士，不悟大道，惟小用其功，绝五味者岂知有六气？忘七情者岂知有十戒？行嗽咽者，哂吐纳之为错；著采补者，笑清静以为愚。采阴取妇人之气者，与缩金龟者不同；盖阳食女子之乳者，与炼金丹不同。此等之流，止是于大道中得一法一术，成功但能安乐延寿而已。故曰人仙。人仙不离于人也。所谓地仙者，天仙之半，神仙之中，亦止小成之法。识坎离之交配，悟龙虎之飞腾，炼成丹药，得以长生住世，故曰地仙。地仙不离于地也。所谓神仙者，以地仙厌居尘世，得中成之法。抽铅添汞，金精炼顶；玉液还丹，五气朝元；三阳聚顶，功满忘形；胎生自化，阴尽阳纯；身外有身，脱质升仙；超凡入圣，谢绝尘世，以归三岛，故曰神仙。神仙不离于神也。所谓天仙者，以神仙厌居三岛，得大成之法。内外丹成，道上有功，人间有行，功行满足，授天书以返洞天，是曰天仙。天仙不离于天也。然修仙之要，炼丹为急。吾有《洞仙歌》二十二首，君宜谨记之。』

丹之始，无上元君授圣主，法出先天五太初，遇元修炼身冲举。丹之祖，生育三才运今古，隐在鄱湖山泽间，志士采来作丹母。丹之父，时来飞上扶桑树，万道霞光照太虚，调和兔髓可烹煮。丹之母，金晶莹洁夜三五，乌兔搏搦不终朝，炼成大药世无比。丹之胎，乌肝兔髓育真胚，一水三汞三砂质，四五三成明自来。丹之兆，三日结胎方入妙，万丈红光贯斗牛，五音六律随时奏。丹之质，红紫光明人莫识，元自虚无黍米珠，色即是空空即色。丹之灵，十月脱胎丹始成，一粒一服百日足，改换形骨身长生。丹之圣，九年炼就五霞鼎，药力加添水火功，枯骨立起孤魂醒。丹之室，上弦七兮下弦八，中虚一寸号明堂，产出灵苗成金液。丹之釜，垣廓坛炉须坚固，内外护持水火金，日丁金胎产盘古。丹之灶，鼎曲相通似蓬岛，上安垣廓护金炉，立炼龙膏并虎脑。丹之火，一日时辰十二个，文兮武兮要合宜，抽添进退莫太过。丹之水，器凭胜负斯为美，不潮不滥致中和，滋产灵苗吐金蕊。丹之威，红光耿耿冲紫薇，七星灿灿三台烂，天丁地甲皆皈依。丹之窍，天地人兮各有奥，紫薇岳渎及明君，三界精灵皈至道。丹之彩，依方逐位安排派，青红赤白黄居中，摄瑞招祥神自在。丹之用，真土真铅与真汞，黑中取白赤中青，全凭水火静中动。丹之融，阴阳配合在雌雄，龙精虎髓鼎中烹，造化抽添火候功。丹之理，龙膏虎髓灵无比，二家交媾信黄精，屯蒙进退全终始。丹之瑞，小无其内大无外，放弥六合退藏密，三界收来黍珠内。丹之完，玉皇捧禄要天缘，等闲岂许凡人泄，万劫之中始一传。」

真君曰：『多谢指迷。敢问仙丈，五仙之中，已造到何仙地位？』吴君曰：『小老山野愚蒙，功行殊欠，不过得小成之功，而为地仙耳。若于神仙天仙，虽知门路，无力可攀。』遂将烧炼秘诀，并白云符书，悉传与真君。真君顿首拜谢，相辞而归。

回至家中，厌居闹市，欲寻名山胜地，以为栖身之所。闻知汝南有一人，姓郭名璞字景纯，明阴阳风水之道，遨游江湖。真君敬访之。璞一日早起，见鸦从东南而鸣，遂占一课。断曰：『今日午时，当有一仙客许姓者，到我家中，欲问择居之事。』至日中，家童果报客至。璞慌忙出迎，礼罢，分宾而坐。璞问曰：『先生非许姓，为卜居而来乎？』真君曰：『公何以知之？』璞曰：『某今早卜卦如此，未知然否？』真君曰：『诚然。』因自叙姓名，并道卜居之意。璞曰：『先生仪容秀伟，骨骼清奇，非尘中人物。富贵之地，不足居先生。居先生者，其神仙之地乎？』真君曰：『昔吕洞宾居庐山而成仙，鬼谷子居云梦而得道，今或无此吉地么？』璞曰：『有，但当遍历耳。』于是命童仆收拾行囊，与真君同游江南诸郡，采访名山。一日行至庐山，璞曰：『此山嵯峨雄壮，湖水还东，紫云盖顶，累代产升仙之士。但山形属土，先生姓许，羽音属水，水土相克，不宜居也。但作往来游寓之所则可矣。』又行至饶州鄱阳，地名傍湖，璞曰：『此傍湖富贵大地，但非先生所居。』真君曰：『此地气乘风散，安得拟大富贵耶？』璞曰：『相地之法，道眼为上，法眼次之。道眼者，凭目力之巧，以察山河形势；法眼者，执天星河图紫薇等法，以定山川。吉凶富贵之地，天地所秘，神物所护，苟非其人，见而不见。俗云：「福地留与福人来」，正谓此也。』真君曰：『今有此等好地，先生何不留一记，以为他日之验？』郭璞乃题诗一首为记，云：

行尽江南数百州，惟有傍湖出石牛。雁鹅夜夜鸣更鼓，鱼鳖朝朝拜冕旒。离龙隐隐居乾位，巽水滔滔入艮流。后代福人来遇此，富贵绵绵八百秋。

许郭二人离了鄱阳，又行至宜春栖梧山下。有一人，姓王名朔，亦善通五行历数之书。见许郭二人登山采地，料必异人，遂迎至其家。询姓名已毕，朔留二人宿于西亭，相待甚厚。真君感其殷勤，乃告之曰：『子相貌非凡，可传吾术。』遂密授修炼仙方。郭璞曰：『此居山水秀丽，宜为道院，以作养真之地。』王朔从其言，遂盖起道院，真君援笔大书『迎仙院』三字，以作牌额。王朔感戴不胜。二人相辞而去。遂行至洪都西山，地名金田，则见：

嵯嵯峨峨的山势，突突兀兀的峰峦，活活泼泼的青龙，端端正正的白虎，圆圆净净的护沙，湾湾环环的朝水。山上有苍苍郁郁的虬髯美松，山下有翠翠青青的凤尾修竹，山前有软软柔柔的龙须嫩草，山后有古古怪怪的鹿角枯樟。也曾闻华华彩彩的鸾吟，也曾闻昂昂藏藏的鹤唳，也曾闻咆咆哮哮的虎啸，也曾闻呦呦诜诜的鹿鸣。这山呵！比渐之天台更生得奇奇绝绝，比闽之武夷更生得岧岧峣峣，比池之九华更生得迤迤逦逦，比蜀之峨眉更生得秀秀丽丽，比楚之武当更生得尖尖圆圆，比陕之终南更生得巧巧妙妙，比鲁之泰山更生得蜿蜿蜒蜒，比广之罗浮更生得苍苍奕奕。真个是天下无双胜境，江西第一名山。万古精英此处藏，分明是个神仙宅。

却说郭璞先生，行到山麓之下，前观后察，左顾右盼，遂将罗经下针，审了方向，抚掌大笑曰：『璞相地多矣，未有如此之妙！若求富贵，则有起歇；如欲栖隐，大合仙格。观其冈阜厚圆，位坐深邃，三峰壁立，四环云拱，内外勾锁，无不合宜。大凡相地兼相其人，观君表里正与地符。

且西山属金，以五音论之，先生之姓，羽音属水，金能生水，合得长生之局，舍此无他往也。但不知此地谁人为主？』旁有一樵夫指曰：『此地乃金长者之业。』真君曰：『既称长者，必是善人。』二人径造其家。金公欣然出迎，欢若平生。金公问曰：『二位仙客，从何而至？』郭璞曰：『小子姓郭名璞，略晓阴阳之术。因此位道友姓许名逊，欲求栖隐之地，偶采宝庄，正合仙格，欲置一舍，以为修炼之所，不知尊翁肯慨诺否？』金公曰：『第恐此地褊小，不足以处许君。如不弃，并寒庄薄地数亩悉当相赠。』真君曰：『原订价多少？惟命是从。』金公曰：『大丈夫一言，万金不易。愚老拙直，平生不立文券。』乃与真君索大钱一文，中破之，自收其半，一半付还真君。真君叩头拜谢。三人分别而去。于是真君辞了郭璞，择取吉日，挈家父母妻子，凡数十口，徙于西山，筑室而居焉。——金公后封为地主真官。金氏之宅，即今玉隆万寿宫是也。——却说真君日以修炼为事，炼就金丹，用之可以点石为金，服之可以却老延年。于是周济贫乏，德义彰播。

时晋武帝西平蜀，东取吴，天下一统，建元太康。从吏部尚书山涛之奏，诏各郡保举孝廉贤能之士。豫章郡太守范甯，见真君孝养二亲，雍睦乡里，轻财利物，即保举真君为孝廉。武帝遣使臣束帛赍诏，取真君为蜀郡旌阳县令。真君以父母年老，不忍远离，上表辞职。武帝不允，命本郡守催迫上任。捱至次年，真君不得已辞别父母妻子，只得起程。

真君有二姊，长姊事南昌盱君，夫早丧，遗下一子盱烈，字道微，事母至孝。真君虑其姊孀居无倚，遂筑室于宅之西，奉姊居之。于是母子得闻妙道。真君临行，谓姊曰：『吾父母年迈，妻子尚不知世务，贤姊当代弟掌治家事。如有仙翁隐客相过者，可以礼貌相待。汝子盱烈，吾嘉其有仁孝之风，使与我同往任所。』盱母曰：『贤弟好去为官，家下一应事体为姊的担当，不劳远念……』言未毕，忽有一少年上堂，长揖言曰：『吾与盱烈哥哥，皆外甥也，何独与盱兄同行，而不及我？』真君视其人，乃次姊之子，复姓钟离名嘉字公阳，新建县象牙山西人也。父母俱早丧，自幼依于真君。为人气象恢弘，德性温雅，至是欲与真君同行。真君许之。于是二甥得薰陶之力，神仙器量，从此以立。真君又呼其妻周夫人告之曰：『我本无心功名，奈朝廷屡聘，若不奉行，恐抗君命。自古忠孝不能两全，二亲老迈，汝当朝夕侍奉，调护寒暑，克尽汝子妇之道！且儿女少幼，须不时教训，勤以治家，俭以节用，此是汝当然之事也。』周夫人答曰：『谨领教！』言毕，拜别而行，不在话下。

却说真君未到任之初，蜀中饥荒，民贫不能纳租。真君到任，上官督责甚严。真君乃以灵丹点瓦石为金，暗使人埋于县衙后圃。一日拘集贫民未纳租者，尽至阶下，真君问曰：『朝廷粮税，汝等缘何不纳？』贫民告曰：『输纳国税，乃理之常，岂敢不遵。奈因饥荒，不能纳尔。』真君曰：『既如此，吾罚汝等在于县衙后圃，开凿池塘，以作工数，倘有所得，即来完纳。』民皆大喜，即往后圃开凿池塘，遂皆拾得黄金，都来完纳，百姓遂免流移之苦。邻郡闻风者，皆来依附，遂至户口增益。

按《一统志》，旌阳县属汉州，真君飞升后，改为德阳，以表真之德及民也。其地赖真君点金，故至今尚富。这话休题。

那时民间又患瘟疫，死者无数，真君符咒所及，即时痊愈。又怜他郡病民，乃插竹为标，置于四境溪上，梦符其中，使病者就而饮之，无不痊可。其老幼妇女尫羸不能自至者，令人汲水归家饮之，亦复安痊。郡人有诗赞曰：

百里桑麻知善政，万家烟井沐仁风。明悬藻鉴秋阳暴，清逼冰壶夜月溶。符置江滨驱痼病，金埋县圃起民穷。真君德泽于今在，庙祀巍巍报厥功。

却说成都府有一人，姓陈名勋字孝举。因举孝廉，官居益州别驾。闻真君传授吴猛道法，今治旌阳，恩及百姓，遂来拜谒，愿投案下，充为书吏，使朝夕得领玄教。真君见其人，气清色润，遂付以吏职。既而见勋有道骨，乃引勋居门下为弟子，看守药炉。又有一人姓周名广字惠常，庐陵人也，乃吴都督周瑜之后，游巴蜀云台山，粗得汉天师驱精斩邪之法。至是闻真君深得仙道，特至旌阳县投拜真君为师，愿垂教训。真君纳之，职堂雷坛。二人自是得闻仙道之妙。真君任旌阳既久，弟子渐众，每因公余无事，与众弟子讲论道法。

却说晋朝承平既久，外有五胡强横，浊乱中原。那五胡？匈奴刘渊居晋阳，羯戎石勒居上党，羌人姚弋仲居扶风，氐人符洪居临渭，鲜卑慕容廆居昌黎。

先是汉魏以来，收服夷狄，诸胡多居塞内。太子洗马江统劝武帝徙于边地，免后日夷狄乱华之祸。武帝不听。至是果然侵乱晋朝。太子惠帝愚蠢，贾后横恣，杀戮大臣。真君乃谓弟子曰：『吾闻君子有道则见，无道则隐。』遂解官东归，百姓闻知，扳辕卧辙而留，泣声震地。真君亦泣下，谓其民曰：『吾非肯舍汝而去，奈今天下不久大乱，吾是以为保身之计，尔等子民，各务生业！』百姓不忍，送至百里之外，或数百里，又有送至家中，不肯回者。真君至家，拜见父母妻子，合家相庆，喜不自胜。即于宅东空地结茅为屋，状如营垒，令蜀民居之。蜀民多改其氏族，从真君之姓。故号许氏营。却说真君之妻周夫人对真君言：『女姑年长，当择佳配。』真君曰：『吾久思在心矣。』遍观众弟子中，有一人姓黄名仁览，字紫庭，建城人也。乃御史中丞黄辅之子。其人忠信纯笃，有受道之器。真君遂令弟子周广作媒，仁览禀于父母，择吉备礼，在真君宅上成婚。满月后，禀于真君同仙姑归家省亲。仙姑克尽妇道，仁览分付其妻在家事奉公姑，复拜辞父母，敬从真君求仙学道。

却说吴真君猛时年一百二十余岁矣，闻知真君解绶归家，自西安来相访。真君整衣出迎，坐定叙阔，命筑室于宅西以居之。一日忽大风暴作，吴君即书一符，掷于屋上，须臾见有一青鸟衔去，其风顿息。真君问曰：『此风主何吉凶？』吴君曰：『南湖有一舟经过，忽遇此风，舟中有一道人呼天求救，吾以此止之。』不数日，有一人深衣大带，头戴幅巾，进门与二君施礼曰：『姓彭名抗字武阳，兰陵人也。自少举孝廉，官至晋朝尚书左丞。因见天下将乱，托疾辞职，闻许先生施行德惠，参悟仙机，特来拜投为师。昨过南湖，偶遇狂风大作，舟几覆，吾乃呼天号救，俄有一青鸟飞来，其风顿息。今日得拜仙颜，实乃万幸！』真君即以吴君书符之事告之。彭抗拜谢不胜。遂挈家居豫章城中。既而见真君一子未婚，愿将女胜娘为配，真君从之。自后待彭抗以宾礼，尽以神仙秘术付之。东明子有诗云：

二品高官职匪轻，一朝抛却拜仙庭；不因懿戚情相厚，彭老安能得上升？

此时真君传得吴猛道术，犹未传谌母飞步斩邪之法。有太白金星奏闻玉帝：『南昌郡孽龙将为民害，今有许逊原系玉洞真仙降世，应在此人收伏。望差天使赍赐斩妖神剑，付与许逊，助斩妖精，免使黎民遭害。』玉帝闻奏，即宣女童二人将神剑二口，赍至地名柏林，献于许逊，宣上帝之命，教他斩魅除妖，济民救世。真君拜而受之，回顾女童，已飞升云端矣。后人有诗叹曰：

坚金烈火炼将成，削铁吹毛耀日明；玉女捧来离紫府，江湖从此水流腥。

且说江南有一妖物，号曰『孽龙』。初生人世，为聪明才子，姓张名酷。因乘船渡江，偶值大风，其船遂覆，张酷溺于水中，彼时得附一木板，随水漂流，泊于沙滩之上。肚中正饿，忽见明珠一颗，取而吞之。那珠不是别的珠，乃是那火龙生下的卵。吞了这珠却不饿了，就在水中能游能泳，过了一月有余，脱胎换骨，遍身尽生鳞甲，止有一个头，还是人头。其后这个畜生，只好在水中戏耍，或跳入三级巨浪，看鱼龙变化；或撞在万丈深潭，看虾鳖潜游。不想火龙见了，就认得是他儿子，嘘了一气，教以神通。那畜生走上岸来，即能千变万化，于是呼风作雨，握雾撩云。喜则化人形而淫人间之女子，怒则变精怪而兴陆地之波涛。或坏人屋舍，或食人精血，或覆人舟船，取人金珠，为人间大患。诞有六子，数十年间，生息蕃盛，约有千余。兼之族类蛟党甚多，常欲把江西数郡滚出一个大中海。一日，真君炼丹于艾城之山，有蛟党辄兴洪水，欲漂流其丹室。真君大怒，即遣神兵擒之，钉于石壁，今钉蛟石犹在。又挥起宝剑，将一蛟斩讫。不想那孽龙知道杀了他的党类，一呼百集，老老少少，大大小小，都打做一团儿。孽龙道：『许逊恁般可恶，欲诛吾党，不报此仇，生亦枉然！』内有一班孽畜，有叫孽龙做公公的，有叫做伯伯的，有叫做叔叔的，有叫做哥哥的，说道：『不消费心，等我们去，把那许逊抓将来，碎尸万段，以泄其恨。』孽龙道：『闻得许逊传授了吴猛的法术，甚有本事，还要个有力量的去才好。』内有一长蛇精说道：『哥哥，等我去来。』孽龙道：『贤弟到去得。』于是长蛇精带了百十个蛟党，一齐冲奔许氏之宅，一字阵儿摆开，叫道：『许逊敢与我比势么？』真君见是一伙蛟党，仗剑在手问云：『你这些孽畜，有甚本事，敢与我相比？』长蛇精道：『你听我说：

鳞甲棱层气势雄，神通会上显神通；开喉一旦能吞象，伏气三年便化龙。巨口张时偏作雾，高头昂处便呼风；身长九万人知否？绕遍昆仑第一峰。』

长蛇精恃了本事，耀武扬威，众蛟党一齐踊跃，声声口口说道：『你不该杀了我家人，定不与你干休！』真君曰：『只怕你这些孽畜逃不过我手中宝剑。』那长蛇精就弄他本事，放出一阵大风，又只见：

视之无影，听之有声，噫大块之怒号，传万窍之跳叫。一任他乒乒乓乓，栗栗烈烈，撼天阙，摇地轴，九天仙子也愁眉；那管他青青白白，红红黄黄，翻大海，搅长江，四海龙王同缩颈。雷轰轰，电闪闪，飞的是沙，走的是石，直恁的满眼尘霾春起早；云惨惨，雾腾腾，折也乔林，不也古木，说什么前村灯火夜眠迟。忽喇喇前呼后叫，左奔右突，就是九重龙楼凤阁，也教他万瓦齐飞；吉都都横冲直撞，乱卷斜拖，即如千丈虎狼穴，难道是一毛不拔。纵宗生之大志，不敢谓其乘之而浪破千层；虽列子之泠然，吾未见其御之而旬有五日。

正是：

万里尘沙阴晦暝，几家门户响敲推。多情折尽章台柳，底事掀开社屋茅。

真个好一阵大风也！真君按剑在手，叱曰：『风伯等神，好将此风息了！』须臾之间，那风寂然不动。谁知那些孽怪，又弄出一番大雨来，则见：

石燕飞翔，商羊鼓舞。滂沱的云中泻下，就似倾盆；忽喇的空里注来，岂因救旱。逼逼剥剥，打得那园林焦叶，东一片，西一片，翠色阑珊；淋淋筛筛，滴得那池沼荷花，上一瓣，下一瓣，红妆零乱。沟面洪盈，倏忽间漂去高凤庭前麦；檐头长溜，须臾里洗却周武郊外兵。这不是鞭将晰蜴，碧天上祈祷下的甘霖；这却是驱起鲸鲵，沧海中喷将来的唾沫。

正是：

茅屋人家烟火冷，梨花庭院梦魂惊；渠添浊水通鱼入，地秀苍苔滞鹤行。

真个好一阵大雨也！真君又按剑叱曰：『雨师等神，好将此雨止了！』那雨一霎时间半点儿也没了。真君乃大显法力，奔往长蛇精阵中，将两口宝剑挥起，把长蛇精挥为两段。那伙蛟党，见斩了蛇精，各自逃生，真君赶上，一概诛灭。径往群蛟之所，寻取孽龙。那孽龙闻得斩了蛇精，伤了许多党类，心里那肯干休。就呼集一党蛟精，约有千百之众，人多口多，骂着真君：『骚道，野道，你不合这等上门欺负人！』于是呼风的呼风，唤雨的唤雨，作雾的作雾，兴云的兴云，攫烟的攫烟，弄火的弄火，一齐奔向前来。真君将两口宝剑，左砍右斫，那蛟党多了，怎生收伏得尽。况真君此时未传得谌母飞腾之法，只是个陆地神仙。那孽龙到会变化，冲上云霄，就变成一个大鹰儿。真个：

爪似铜钉快利，嘴似铁钻坚刚。展开双翅欲飞扬，好似大鹏模样。云里叫时声大，林端立处头昂。纷纷鸟雀尽潜藏，那个飞禽敢挡！

只见那鹰儿在半空展翅，忽喇地扑将下来，到把真君脸上挝了一下，挝得血流满面。真君忙挥剑斩时，那鹰又飞在半空中去了。真君没奈何，只得转回家中。那些蛟党见伤得性命多了，亦各自收阵回去。

却说真君见孽龙神通广大，敬来吴君处相访，求其破蛟之策。吴君曰：『孽龙久为民害，小老素有翦除之心。但恨道法未高，莫能取胜。汝今既擒蛟党，孽龙必然忿怒，愈加残害，江南休矣。』真君曰：『如此奈何？』吴君曰：『我近日闻得镇江府丹阳县，地名黄堂，有一女真谌母，深通道术，吾与汝同往师之，叩其妙道，然后除此妖物，未为晚也。』真君闻言大喜，遂整行囊与吴君共往黄堂，谒见谌母。谌母曰：『二公何人？到此有何见谕？』真君曰：『弟子许逊、吴猛，今因江南有一孽龙精，大为民害，吾二人有心殄灭，奈法术殊欠。久闻尊母道传无极，法演先天，径来恳求，望指示仙诀，实乃平生之至愿也。』言讫，拜伏于地。谌母曰：『二公请起，听吾言之。君等乃夙禀奇骨，名在天府。昔者孝悌王自上清下降山东曲阜县兰公之家，谓兰公曰：「后世晋代当出一神仙，姓许名逊，传吾至道，是为众仙之长。」遂留下金丹宝鉴，铜符铁券，并飞步斩邪之法，传与兰公。复令兰公传我，兰公又使我收掌，以待汝等，积有四百余年矣。子今既来，吾当传授于汝。』于是选择吉日，依科设仪，付出铜符铁券，金丹宝鉴，并正一斩邪之法，三五飞腾之术，及诸灵章秘诀，并各样符箓，悉以传诸许君。今净明法五雷法之类，皆谌母所传也。谌母又谓吴君曰：『君昔者以神方为许君之师，今孝悌王之道，唯许君得传，汝当退而反师之也。』真君传道已毕，将欲辞归。心中暗想：『今幸得闻谌母之教，每岁必当谒拜，以尽弟子之礼。』此意未形于言，谌母已先知矣。乃对真君曰：『我今还帝乡，子不必再来谒也。』乃取香茅一根，望南而掷，其茅随风飘去。谌母谓真君曰：『子于所居之南数十里，看香茅落于何处，其处立吾庙宇，每岁逢秋，一至吾庙足矣。』谌母言罢，空中忽有龙车凤辇来迎，谌母即凌空而去。其时吴、许二君望空拜送，即还本部。遂往寻飞茅之迹，行至西山之南四十里，觅得香茅，已丛生茂盛，二君遂于此地建立祠宇，亦以黄堂名之。令匠人塑谌母宝像，严奉香火，期以八月初三日，必往朝谒。即今崇真观是也，朝谒之礼犹在。真君亦于黄堂立坛，悉依谌母之言，将此道法传授吴君。吴君反拜真君为师。自此二人始有飞腾变化之术。回至小江，寓客店，主人宋氏见方外高人，不索酒钱，厚具相待。二君感其恭敬，遂求笔墨画一松树于其壁上而去。自二君去后，其松青郁如生，风动则其枝摇摇，月来则其彩淡淡，露下则其色湿湿，往来观者，日以千计。去则皆留钱谢之，宋氏遂至巨富。后江涨堤溃，店屋俱漂，惟松壁不坏。

却说孽龙精被真君斩其族类，心甚怒。又闻吴君同真君往黄堂学法，于是命蛟党先入吴君所居地方，残害生民，为灾降祸。真君回至西宁，闻蛟孽腥风袭人，责备社伯：『汝为一县鬼神之主，如何纵容他为害？』社伯答曰：『妖物神通广大，非小神能制。』再三谢罪。忽孽龙精见真君至，统集蛟党，涌起十数丈水头。那水波涛泛张，怎见得好狠？

只听得潺潺声振谷，又见那滔滔势漫天！雄威响若雷奔走，猛涌波如雪卷颠。千丈波高漫道路，万层涛激泛山岩。泠泠如漱玉，滚滚似鸣弦。触石沧沧喷碎玉，回湍渺渺漩涡圆。低低凸凸随流荡，大势弥漫上下连。

真君见了这等大水，恐损坏了居民屋宇田禾，急将手中宝剑，望空书符一道，叫道：『水伯，急急收水！』水伯收得水迟，真君大怒。水伯道：『常言泼水难收，且从容些！』真君欲责水伯，水伯大惧，须臾间将水收了，依旧是平洋陆地。真君提着宝剑径斩孽龙，那孽龙变作一个巡海夜叉，持枪相迎，这一场好杀：

真君剑砍，妖怪枪迎。剑砍霜光喷烈火，枪迎锐气迸愁云。一个是洋子江生成的恶怪，一个是灵霄殿差下的仙真。那一个扬威耀武欺天律，这一个御暴除灾转法轮。真仙使法身驱雾，魔怪争强浪滚尘。两家努力争功绩，皆为洪都百万民。

那些蛟党见孽龙与真君正杀得英雄，一齐前来助战。忽然弄出一阵怪砂来，要把真君眼目蒙蔽，只见：

似雾如烟初散漫，纷纷蔼蔼下天涯。白茫茫到处难开眼，昏暗暗飞时找路差。打柴的樵子失了伴，采药的仙童不见家。细细轻飘如麦面，粗粗翻覆似芝麻。世间朦胧山顶暗，长空迷没太阳遮。不比尘嚣随骏马，难言轻软衬香车。此沙本是无情物，登时刮得眼生花。

此时飞沙大作，那蛟党一齐呐喊，真君呵了仙气一口，化作一阵雄风，将沙刮转。吴君在高阜之上，观看妖孽，更有许大神通，于是运取掌心蛮雷，望空打去。虽风云雷雨，乃蛟龙所喜的，但此系吴君法雷，专打妖怪，则见：

运之掌上，震之云间，虺虺虩虩可畏，轰轰划划初闻。烧起谢仙之火烈，推转阿香之车轮。音赫赫，就似撞八荒之鼓；声喤喤，又如放九边之炮，响振军屯。使刘先主失了双箸，教蔡元中绕遍孤坟。闻之不及掩耳，当之谁不销魂！真个天仙手上威灵振，蛟魅胸中心胆倾。

那些群孽，闻得这个法雷，惊天动地之声，倒海震山之怒，唬得魂不附体。更见那真君两口宝剑，寒光闪闪，杀气腾腾，孽龙当抵不住，就收了夜叉之形，不知变了个什么物件，潜踪遁走。真君乃舍了孽龙，追杀蛟党，蛟党四散逃去。真君追二蛟至鄂渚，忽然不见。路逢三老人侍立，真君问曰：『吾追蛟孽至此，失其踪迹，汝三老曾见否？』老人指曰：『敢伏在前桥之下？』真君闻言，遂至桥侧，仗剑叱之，蛟党大惊，奔入大江，藏于深渊。真君乃即书府数道，敕遣符使驱之。蛟孽不能藏隐，乃从上流奔出，真君挥剑斩之，江水俱红，此二蛟皆孽龙子也。今鄂渚有三圣王庙，桥名伏龙桥，渊名龙窝，斩蛟处名上龙口。真君复回至西宁，怒社伯不能称职，乃以铜锁贯其祠门，禁止民间不许祭享。今分宁县城隍庙正门常闭，居民祭祀者亦少。乃令百姓崇祀小神，其人姓毛，兄弟三人，即指引真君桥下斩蛟者。今封叶佑侯，血食甚盛。真君见吴君曰：『孽龙潜逃，蛟党奔散，吾欲遍寻踪迹，一并诛之。』吴君曰：『君自金陵远回，令椿萱大人，且须问省。吾谅此蛟孽，有师尊在，岂能复恣猖狂，待徐徐除之！』于是二君回过丰城县杪针洞。真君曰：『后此洞必有蛟螭出入，吾当镇之。』遂取大杉木一根，书符其上以为楔，至今其楔不朽。又过奉新县，地名藏溪，又名蛟穴，其中积水不竭。真君曰：『此溪乃蛟龙所藏之处。』遂举神剑劈破溪旁巨石，书符镇之，今镇蛟石犹在。又过新建县，地名叹早湖，湖中水蛭甚多，皆是蛟党奴隶，散入田中，啮人之血。真君恶之，遂将药一粒，投于湖中，其蛭永绝。今名药湖。复归郡城，转西山之宅，回见父母，一家具庆，不在话下。

却说真君屡败孽龙，仙法愈显，德著人间，名传海内。时天下求为弟子者不下千数，真君却之不可得，乃削炭化为美妇数百人，夜散群弟子寝处。次早验之，未被炭妇污染者得十人而已。先受业者六人：

陈勋字孝举，成都人。周广字惠常，庐陵人。黄仁览字紫庭，建城人。真君之婿。彭抗字武阳，兰陵人。其女配真君之子。盱烈字道微，南昌人。真君外甥。钟离嘉字公阳，新建人。真君外甥。

后相从者四人：

曾亨字典国，泗水人。骨秀神慧，孙登见而异之，乃潜心学道，游于江南，居豫章之丰城真阳观。闻真君道法，投于门下。

时荷字道阳，巨鹿人。少出家，居东海沭阳院奉仙观，修老子之教。因入四明山遇神人授以胎息导引之术，颇能辟谷，亦能役使鬼神。慕真君之名，徒步踵门，愿充弟子。

甘战字伯武，丰城人。性喜修真，不求闻达，径从真君学道。

施岑字太玉，沛郡人。其父施朔仕吴，因移居于九江赤乌县。岑状貌雄杰，勇健多力。时闻真君斩蛟立功，喜而从之。真君使与甘战各持神剑，常侍左右。

这弟子十人，不被炭妇染污。真君嘉之，凡周游江湖，诛蛟斩蛇，时刻相从，即异时上升诸徒也。其余被炭妇所污者，往往自愧而去。今炭妇市犹在。真君谓施岑、盱烈曰：『目今妖孽为害，变化百端，无所定向，汝二人可向鄱阳湖中追而寻之。』施盱欣然领命，仗剑而去。夜至鄱阳湖中，登石台之上望之，今饶河口有眺台，俗呼为钓台，非也。此盖施盱眺望妖蜃出没之所耳。其时但见一物隐隐如蛇，昂头摆尾，横亘数十里。施岑曰：『妖物今在此乎？』即拔剑挥之，斩其腰。至次日天明视之，乃蜈蚣山也。至今其山断腰，仙迹犹在。施岑谓盱烈曰：『黑夜吾认此山，以为妖物，今误矣，与汝尚当尽力追寻。』

却说孽龙精被真君杀败，更伤了二子，并许多族类，咬牙嚼齿，以恨真君。聚集众族类商议，欲往小姑谭求老龙报仇。众蛟党曰：『如此甚好。』孽龙乃奔入小姑潭深底。那潭不知有几许深，谚云：『大姑阔万丈，小姑深万丈。』所以叫做小姑潭。那孽龙到万丈潭底，只见：

水泛泛漫天，浪层层拍岸。江中心有一座小姑山，虽是个中流砥柱，江下面有一所老龙潭，却似个不朽龙宫。那龙宫盖的碧磷磷鸳鸯瓦，围的光闪闪孔雀屏，垂的疏朗朗翡翠帘，摆的弯环环虎皮椅。只见老龙坐在虎椅之上，龙女侍在堂下，龙兵绕在宫前，夜叉立在门边，龙子龙孙列在阶上。真个是：

江心渺渺无双景，水府茫茫第一家。

说那老龙出处，他原是黄帝荆山铸鼎之时，骑他上天。他在天上贪毒，九天玄女拿着他送与罗堕阇尊者。尊者养他的钵盂里，养了千百年，他贪毒的性子不改，走下世来，就吃了张果老的驴，伤了周穆王的八骏。朱漫泙心怀不忿，学就个屠龙之法，要下手着他，他又藏在巴蜀地方，一人家后园之中橘子里面。那两个着棋的老儿想他做龙脯，他又走到葛陂中来，撞着费长房打一棒，他就忍着疼奔走华阳洞去。那晓得吴绰的斧子又利害些，当头一劈，受了老大的亏苦，头脑子虽不曾破，却失了项下这一颗明珠，再也上天不得。因此上拜了小姑娘娘，求得这所万丈深潭，盖造个龙宫，恁般齐整。

却说那孽龙奔入龙宫之内，投拜老龙，哭哭啼啼，告诉前情。说道许逊斩了他的儿子，伤了他的族类，苦苦还要擒他。言罢，放声大哭。那龙宫大大小小，那一个不泪下。老龙曰：『兔死狐悲，物伤其类。许逊既这等可恶，待我拿来与你复仇。』孽龙曰：『许逊传了谌母飞步之法，又得了玉女斩邪之剑，神通广大，难以轻敌。』老龙曰：『他纵有飞步之法，飞我老龙不过，他纵有斩邪之剑，斩我老龙不得。』于是即变作个天神模样，三头六臂，黑脸獠牙，则见：

身穿着重重铁甲，手提着利利钢叉。头戴着金盔，闪闪耀红霞，身跨着奔奔腾腾的骏马。雄纠纠英风直奋，威凛凛杀气横加。一心心要与人报冤家，古古怪怪的好怕。

那老龙打扮得这个模样，巡江夜叉，守宫将卒，人人喝采，个个称奇，道：『好一个妆束！』孽龙亦摇身一变，也变作天神模样，你看他怎生打扮？则见：

面乌乌赵玄坛般黑，身挺挺邓天王般长。手持张翼德丈八长枪，就好似斗口灵官的形状。口吐出葛仙真君的腾腾火焰，头放着华光菩萨的闪闪豪光。威风凛凛貌堂堂，不比前番模样。

那孽龙打扮出来，龙宫之内，可知人人喝采，个个夸奇。两个龙妖一齐打个旋风，奔上岸来。老龙居左，孽龙居右，蛟党列成阵势，准备真君到来迎敌。不在话下。

施岑与盱烈从高阜上一望见那妖气弥天，他两个少年英勇，也不管他势头来得大，也不管他党类来得多，就掣手中宝剑跳下高阜来，与那些妖怪大杀一场。施、盱二人，虽传得真君妙诀，终是寡不敌众，三合之中，当抵不住，败阵而走。老龙与孽龙随后赶杀，施岑大败。回见真君，具说前事。真君大怒，遂提着两口宝剑，命甘战、时荷二人同去助阵。驾一朵祥云，径奔老龙列阵之所。那孽龙见了，自古『仇人相见，分外眼睁』，就提那长枪，径来刺着真君。老龙亦举起钢叉径来叉着真君。好一个真君，展开法力，就两口宝剑，左遮右隔，只见：

这一边挥宝剑，对一枝长枪，倍增杀气；那一边挥宝剑，架一管钢叉，顿长精神。这一边砍将去，就似那吕梁泻下的狂澜，如何当抵？那一边斫将去，就似那蜀山崩了的土块，怎样支撑？这一边施高强武艺，杀一个鹘入鸦群；那一边显凛烈威风，杀一个虎奔羊穴。这一边用一个风扫残红的法子，杀得他落花片片坠红泥；那一边使一个浪滚陆地的势儿，杀得他尘土茫茫归大海。真个是拔开覆地翻天手，要斩兴波作浪邪。

二龙与真君混战，未分胜败，忽翻身腾在半空，却要呼风唤雨，飞砂走石，来捉真君。此时真君已会腾云驾雾，遂赶上二龙，又在半空中杀了多时，后落下平地又战。那些蛟党，见真君法大，二龙渐渐当抵不住，一齐掩杀过来。时荷、甘战二人，乃各执利剑，亦杀入阵中。你看那师徒们横冲直撞，那些妖孽怎生抵敌得住？那老龙力气不加，三头中被真君伤了一头，六臂中被真君断了一臂，遂化阵清风去了。孽龙见老龙败阵，心中慌张，恐被真君所捉，亦化作一阵清风望西而去。其余蛟党，各自逃散。有化作螽斯，在麦陇上逼逼剥剥跳的；有化作青蝇，在棘树上嘈嘈杂杂闹的；有化作蚯蚓，在水田中扭扭屹屹走的；有化作蜜蜂，在花枝上扰扰嚷嚷采的；有化作蜻蜓，在云霄里轻轻款款飞的；有化作土狗子，不做声，不做气，躲在田傍下的。彼时真君追赶妖孽，走在田傍上经过，忽失了一足，把那田傍踹开。只见一道妖气，迸将出来。真君急忙看时，只见一个土狗子躲在那里。真君将剑一挥，砍成两截，原来是孽龙第五子也。后人有诗叹曰：

自笑蛟精不见机，苦同仙子两相持；今朝挥起无情剑，又斩亲生第五儿。

却说真君斩了孽龙第五子，急忙追寻孽龙，不见踪影。遂与二弟子且回豫章。吴君谓真君曰：『目今蛟党还盛，未曾诛灭，孽龙有此等助威添势，岂肯罢休！莫若先除了他的党类，使他势孤力弱，一举可擒，此所谓射人先射马之谓也。』真君曰：『言之有理。』遂即同施岑、甘战、陈勋、盱烈、钟离嘉群弟子随即出外追斩蛟党。犹恐孽龙精溃其郡城，留吴君、彭抗在家镇之。于是真君同群弟子，或登高山，或往穷谷，或经深潭，或诣长桥，或历大湖等处，寻取蛟党灭之。

真君一日至新吴地方，忽见一蛟，变成一水牛，欲起洪水，淹没此处人民。嘘气一口，涨水一尺，嘘气二口，长水二尺。真君大怒，挥剑欲斩之。那蛟孽见了真君，魂不附体，遂奔入潭中而去。真君即立了石碑一片，作镇蛟之文以禁之，其文曰：

奉命太玄，得道真仙。劫终劫始，先地先天。无量法界，玄之又玄。勤修无遗，白日升仙。神剑落地，符法升天。妖邪丧胆，鬼精逃潜。

其潭至今名曰镇龙潭，石碑犹存。

一日，真君又行至海昏之上，闻有巨蛇据山为穴，吐气成云，长有数里，人畜在气中者，即被吞吸。江湖舟船，多遭其覆溺，大为民害。施岑登山岭之高而望之，见其毒气涨天，乃叹曰：『斯民何罪，而久遭其害也？』遂禀真君，欲往诛之。真君曰：『吾闻此畜，妖气最毒，搪突其气者，十人十死，百人百亡。须待时而往。』良久，俄有一赤乌飞过，真君曰：『可矣。』言赤乌报时，天神至，地神临，可以诛妖。后于其地立观，名候时观，又号赤乌观。且说那时真君引群弟子前至蛇所。其蛇奋然跃出深穴，举首高数十丈，眼若火炬，口似血盆，鳞似金钱，口中吐出一道妖气，则见：

冥冥濛濛，比蚩尤迷敌的大雾；昏昏暗暗，例元规污人的飞尘。飞去飞来，却似那汉殿宫中结成的黑块；滚上滚下，又似那泰山岩里吐出的顽云。大地之中，遮蔽了峰峦岭岫；长空之上，隐藏了日月星辰。弥弥漫漫，涨将开千有百里；霏霏拂拂，当着了十无一生。正是妖蛇吐气三千丈，千里犹闻一阵腥。

真君呼一口仙风，吹散其气。率弟子各挥宝剑，乡人摩旗擂鼓，呐喊振天相助。妖蛇全无惧色，奔将过来。真君运起法雷，劈头打去，兼用神剑一指，蛇乃却步。施岑、甘战二人，奋勇飞步纵前，施踏其首，甘踹其尾。真君先以剑劈破其颡，陈勋再引剑当中腰斩之，蛇腹遂尔裂开。忽有一小蛇自腹中走出，长有数丈，施岑欲斩之，真君曰：『彼母腹中之蛇，未曾见天日，犹不曾加害于民，不可诛之。』遂叱曰：『畜生好去，我放汝性命，毋得害人！』小蛇惧怯，奔行六七里，闻鼓噪之声，犹反听而顾其母。此地今为蛇子港。群弟子再请追而戮之，真君曰：『既放其生而又追戮之，是无心恻隐也。』蛇子遂得入江。今有庙在新建吴城，甚是灵感。宋真宗敕封『灵顺昭应安济惠泽王』，俗呼曰小龙王庙是也。大蛇既死，其骨聚而成洲，今号积骨洲。真君入海昏，经行之处，皆留坛靖，凡有六处。通候时之地为七，一曰进化靖，二曰节奏靖，三曰丹符靖，四曰华表，五曰紫阳靖，六曰霍阳靖，七曰列真靖，其势布若星斗之状，盖以镇压其后也。其七靖今皆为宫观，或为寺院。巨蟒既诛，妖血污剑，于是洗磨之，且削石以试其锋，今新建有磨剑池，试剑石犹在。真君谓诸徒曰：『蛟党除之莫尽，更有孽龙精通灵不测，今知我在此，若伺隙溃我郡城，恐吴、彭二人莫能慑服。莫若弃此而归。』施岑是个勇士，谓曰：『此处妖孽甚多，再寻几日，杀几个回去却好。』真君曰：『吾在外日久，恐吾郡蛟党又聚作一处，可速归除之！』于是悉离海昏而行。海昏乡人感真君之德，遂立生祠，四时享祭，不在话下。

且说孽龙精果然深恨真君，乘其远出，欲将豫章郡滚成一海，以报前仇。遂聚集败残蛟党，尚有七八百余，孽龙曰：『昨夜月离于毕，今夜酉时，主天阴晦暝，风雨大作，我与尔等，趁此机会，把豫章郡一滚而沉，有何不可？』此时正是午牌时分，吴君猛与彭君抗恰从西山高处，举目一望，只见妖气漫天，乃曰：『许师往外诛妖，不想妖气尽聚于此……』言未毕，忽见豫章郡社伯并土地等神，来见吴君说：『孽龙又聚了八百余蛟党，欲搅翻江西一郡，变化沧海，只待今夜酉牌时分风雨大作之时，就要下手。有等居民，闻得此信，皆来小神庙中，叩头磕脑，叫小神保他。我想江西不沉却好，若沉了时节，正是「泥菩萨落水，自身难保」，还保得别人？伏望尊仙怎生区处！』吴君听说此事，到吃了一大惊，遂与彭君急忙下了山头。吴君谓彭君曰：『尔且仗剑一口，驱使神兵，先往江前江后巡逻。』彭君去了，吴君乃上了一座九星的法坛，取过一个五雷的令牌，仗了一口七星的宝剑，注上一碗五龙吐的净水，念了几句『乾罗恒那九龙破秽真君』的神咒，捏了一个三台的真诀，步了个八卦的神罡。乃飞符一道，径差年值功曹，送至日宫太阳帝君处投下。叫那太阳帝君，把这个日轮儿缓缓的沉下，却将酉时翻作午时，就要如鲁阳挥以长戈，即返三舍，虞公指以短剑，却转几分的日子。又飞符一道，径差月值功曹，送至月宫太阴星君处投下。叫那太阴星君把这个月轮儿缓缓的移上，却将亥时翻作酉时，就要如团团离海角，渐渐出云衢，此夜一轮满，清光何处无。又飞符一道，径差日值功曹，送至风伯处案下，叫那风伯今晚将大风息了，一气不要吹嘘，万窍不要怒叫，切不可过江掇起龙头浪，拂地吹开马足尘，就树撮将黄叶落，入山推出白云来。又飞符一道，径着时值功曹，送至雨师处投下，叫那雨师今晚收了雨脚，休要得点点滴滴打破芭蕉，淋淋漓漓洗开苔藓，颓山黑雾倾浓墨，倒海冲风泻急湍，势似阳侯夸溟海，声如项羽战章邯。又飞符一道，差那律令大神，径到雷神处投下，叫那雷神今晚收五雷藏着，休得要驱起那号令，放出那霹雳，轰轰烈烈，使一鸣山岳震，再鼓禹门开，响激天关转，身从地穴来。又飞符一道，差着急脚大神，送至云师处投下，叫他今晚卷起云头，切不可氤氤氲氲，遮掩天地，渺渺漠漠，蒙蔽江山，使那重重翼凤飞层汉，叠叠从龙出远波，太行游子思亲切，巫峡襄王入梦多。吴君遣符已毕，又差那社伯等神，火速报知真君，急回豫章郡，慑伏群妖，毋得迟误。吴君调拨已毕，遂亲自仗剑，镇压群蛟，不在话下。

却说孽龙精只等待日轮下去月光上来的酉牌时分，就呼风唤雨，驱云使雷，把这豫章一郡滚沉。不想长望短望，日头只在未上照耀。叫他下去，那日头就相似缚下一条绳子，再也不下去。孽龙又招那月轮上来，这月轮就相似有人扯住着他，再也不上来。孽龙怒起，也不管酉时不酉时，就命取蛟党，大家呼着风来。谁知那风伯遵了吴君的符命，半空中叫道：『孽龙！你如今学这等歪，却要放风，我那个听你！』孽龙呼风不得，就去叫雷神打雷。谁知那雷神遵了吴君的符命，半下儿不响。孽龙道：『雷公雷公！我往日唤你，少可有千百声，今日半点声气不做，敢害哑了？』雷神道：『我到不害哑，只是你今日害颠。』孽龙见雷公不响，无如之奈，只得叫声：『云师快兴云来！』那云师遵了吴君的符命，把那千岩万壑之云，只卷之退藏于密，那肯放之弥于六合。只见玉宇无尘，天清气朗，那云师还在半空中唱一个『万里长江收暮云』要子哩。孽龙见云师不肯兴云，且去问雨师讨雨。谁知那雨师亦遵了吴君的符命，莫说是千点万点洒将下来，就是半点儿也是没有的。孽龙精望日日不沉，招月月不上，呼风风不至，唤雨雨不来，驱雷雷不响，使云云不兴。直激得怒从心上起，恶向胆边生！遂谓众蛟党曰：『我不要风云雷雨，一小小豫章郡终不然滚不成海？』遂耸开鳞甲，翻身一转，把那江西章江门外，就沉了数十余丈。吴君看见，即忙飞起手中宝剑，驾起足下祥云，直取孽龙。孽龙与吴君厮战，彭君亦飞剑助敌，在江西城外大杀一场。孽龙招取党类，一涌而至，在上的变成无数的黄蜂，扑头扑脑乱丁；在下的变成滚滚的长蛇，遍足乱绕。孽龙更变作个金刚菩萨，长又长，大又大，手执金戈，与吴君彭君混战。好一个吴君，又好一个彭君！上杀个雪花盖顶，战住狂蜂；下杀个枯树盘根，战住长蛇；中杀个鹞子翻身，抵住孽龙。自未时杀起，杀近黄昏。忽真君同着诸弟子到来，大喝一声：『许逊在此！孽畜敢肆害么？』诸蛟党皆有惧色。孽龙见了真君，咬定牙根，要报前仇。乃谓群蛟曰：『今日遭此大难，我与尔等，生死存亡，在此一举！』诸蛟踊跃言曰：『父子兄弟，当拚命一战，胜则同生，败则同死。』遂与孽龙精力战真君，怎见得利害：

愁云蔽日，杀气漫空。地覆天翻，神愁鬼哭。仙子无边法力，妖精许大神通。一个万丈潭中孽怪，舞着金戈；一个九重天上真仙，飞将宝剑。一个棱棱层层甲鳞竦动，一个变变化化手段高强。一个呵一口妖气，雾涨云迷；一个吹一口仙风，天清气朗。一个领蛟子蛟孙战真仙，恰好似八十万曹兵鏖赤壁；一个同仙徒仙弟收妖孽，却好似二十八汉将闹昆阳。一个翻江流，搅海水，重重叠叠涌波涛；一个撼乾枢，摇坤轴，烈烈轰轰运霹雳。一个要为族类报了冤仇，一个要为生民除将祸害。正是：两边齐角力，一样显神机，到头分胜败，毕竟有雄雌！

却说孽龙精奋死来战真君，真君正要拿住他，以绝祸根。那些蛟党终是心中惧怯，真君的弟子们，各持宝剑，或斩了一两个的，或斩了三四个的，或斩了五六个的，喷出腥血，一片通红。周广一剑，又将孽龙的第二子斩了。其余蛟党一个个变化走去。只有孽龙与真君独战。回头一看，蛟党无一人在身旁，也只得跳上云端，化一阵黑风而走。真君急追赶时，已失其所在。乃同众弟子回归。真君谓吴猛曰：『此番若非君之法力，数百万生灵，尽葬于波涛中矣！』吴君曰：『全仗尊师杀退蛟孽，不然，弟子亦危也。』

却说孽龙屡败，除杀死族类外，六子之中，已杀去四子。众蛟党恐真君诛己，心怏怏不安，尽皆变去。止有三蛟未变，三蛟者：二蛟系孽龙子，一蛟系孽龙孙，藏于新建洲渚之中。其余各变形为人，散于各郡城市镇中，逃躲灾难。一日，有真君弟子曾亨入于城市，见二少年，状貌殊异，鞠躬长揖，向曾亨问曰：『公非许君高门乎？』曾亨曰：『然。』既而问少年曰：『君是何人也？』少年曰：『仆家居长安，累世崇善。远闻许公深有道术，诛邪斩妖，必仗神剑，愿闻此神剑，有何功用？』曾亨曰：『吾师神剑，功用甚大，指天天开，指地地裂，指星辰则失度，指江河则逆流。万邪不敢当其锋，千妖莫能撄其锐。出匣时，霜寒雪凛，耀光处，鬼哭神愁，乃天赐之至宝也。』少年曰：『世间之物，不知亦有何物可当贤师神剑，而不为其所伤？』曾亨戏谓之曰：『吾师神剑，惟不伤冬瓜葫芦二物耳，其余他物皆不能当也。』少年闻言，遂告辞而去。曾亨亦不知少年乃是蛟精所变也。蛟精一闻冬瓜葫芦之言，尽说与党类知悉。真君一日以神剑授弟子施岑、甘战，令其遍寻蛟党诛之。蛟党以甘、施二人寻追甚紧，遂皆化为葫芦冬瓜，泛满江中。真君登秀峰之巅，运神光一望，乃呼施岑、甘战谓曰：『江中所浮者，非葫芦冬瓜，乃蛟精余党也。汝二人可履水内斩之。』于是施岑、甘战飞步水上，举剑望葫芦乱砍。那冬瓜葫芦乃是轻浮之物，一砍即入水中，不能得破。正懊恼之间，忽有过往大仙在虚空中观看，遂令社伯之神，变为一八哥鸟儿，在施岑甘战头上叫曰：『下剔上，下剔上。』施岑大悟，即举剑自下剔上，满江蛟党，约有七百余性命，连根带蔓，悉无噍类。江中碧澄澄流水，变为红滚滚波涛。止有三蛟未及变形者，因而获免。真君见蛟党尽诛，遂封那八哥鸟儿头上一冠。所以至今八哥儿头上，皆有一寇。真君斩尽蛟党，后人有诗叹曰：

神剑棱棱辟万邪，碧波江上砍葫瓜；孽龙党类思翻海，不觉江心杀自家。

且说孽龙精所生六子，已诛其四。蛟党千余，俱被真君诛灭。止有第三子，与第六子，并有一长孙藏于新建县洲渚之中，尚得留命。及闻真君尽诛其蛟类，乃大哭曰：『吾父未知下落。今吾等兄弟六人，传有子孙六七百，并其族类，共计千余，今皆被许逊剿灭，止留我兄弟二人，并一侄在此。吾知许逊道法高妙，岂肯容我叔侄们性命？不如前往福建等处，逃躲残生，再作区处。』正欲起行，忽见真君同弟子甘战、施岑卒至，三蛟急忙逃走。真君见一道妖气冲天而起，乃指与甘、施二人曰：『此处有蛟党未灭，可追去除之，以绝其根。』真君遂与甘、施二人，飞步而行，蹑踪追至半路，施岑飞剑斩去一尾，追至福建延平府，地名漈洋九里潭，其一蛟即藏于深潭之中，真君召乡人谓曰：『吾乃豫章许逊，今追一蛟精至此，伏于此潭，吾今将竹一根，插于潭畔石壁之上，以镇压之，不许残害生民。汝等居民，勿得砍去。』言毕，即将竹插之，嘱曰：『此竹若罢，许汝再生，此竹若茂，不许再出。』至今潭畔，其竹母若凋零，则复生一笋，成竹替换复茂。今号为『许真君竹』。至今其竹一根在。往来舟船，有商人见其蛟者，其蛟无尾。

更有一蛟被真君与甘施二人，赶至福建建宁府崇安县。有一寺名怀玉寺，其寺有一长老，法名全善禅师。在法堂诵经，忽见一少年，走入寺中，哀告曰：『吾乃孽龙之子，今被许孙剿灭全家，追赶至此，望贤师怜悯，救我一命，后当重报！』长老曰：『吾闻豫章许逊道法高妙，慧眼通神，吾此寺中，何处可躲？』少年曰：『长老慈悲为念，若肯救拔小人，小人当化作粟米一粒藏于贤师掌中，待许逊到寺，贤师只合掌诵经，方保无事。』长老允诺，少年即化为粟米一粒，入于长老掌中躲讫。真君与甘战、施岑二人，赶入寺中，谓长老曰：『吾乃豫章许逊，赶一蛟精至此，今在何处？可令他出来见我！』长老也不答应，只管合掌拱手，口念真经。真君不知藏在长老掌中，遍寻不见，遂往寺外前后各处寻之。并不见踪迹。施岑曰：『想蛟精去矣，吾等合往他处寻赶。』

却说蛟精以真君去寺已远，乃复化为少年，拜谢长老曰：『深蒙贤师活命之恩，无可报答，望贤师吩咐寺中，着令七日七夜不要撞钟擂鼓，容我报答一二。』长老依言，吩咐师兄师弟，徒子徒孙等讫。及至三日，只见寺中前后狂风顿起，冷气飕飕，土木自动。长老大惊，谓僧众曰：『吾观孽龙之子，本是害人之物，得我救命，教我等「七日七夜不动钟鼓」。今止三日，风景异常，想必是他把言语哄我，若不打动钟鼓，莫承望他报恩，此寺反遭其害，那时悔之晚矣。』于是即令僧众撞起那东楼上华钟。那钟儿响了一百单八声，荣荣汪汪，正是：

梵王宫里鲸声吼，商客舟中夜半闻。

又打起那西楼上画鼓。那鼓儿响了一个三起三煞，叮叮咚咚，正是：

俨若雷鸣云汉上，恍疑鼍吼海涛中。

那蛟精闻得钟鼓之声，吃了一惊，即转身又化为少年，回到寺中，来见长老言曰：『吾前日吩咐寺中，七日勿动钟鼓，意欲将寺门外前后高山峻岭，滚成万亩良田，报答我师活命之恩。今才三日，止将高山上略荡得平些，滚有泉出，未及如数，而吾师即动钟鼓，其故何也？』长老以狂风顿起，山动地动为对。那少年不胜叹息。长老乃令人往寺外前后观之，但见高峻之处，皆荡得坦平，滚滚泉流不竭。至今怀玉寺中，不止千顷平坦良田，盖亦蛟精报恩所致。

却说真君离了寺门，遍寻不见蛟精，乃复回高处望之，只见妖气依原还在寺中。乃与甘、施二人，又来寺中寻觅。其蛟精知真君复来，即先化为一僧，拜辞长老言曰：『吾族中有众千余，皆被许逊诛灭，兄弟六人，已亡其四，吾父又未知存亡何如，吾今悔改前非，修行悟道。』言毕垂泪而别。真君果复至寺中，只见妖气出外，遂乃蹑迹追至建阳，地名叶墩。遥见一僧，知是蛟精所变。乃令甘、施二弟子，追赶至近，甘施意欲斩之，真君连忙喝住曰：『不可，此物虽是害人，今化为僧，量必改恶迁善。』遂叱曰：『孽畜，我今赦汝前去，汝务要从善修行，勿害生民！吾有谛语，吩咐与汝，劳心记着：「逢湖则止，逢仰则住。」』吩咐已毕，遂纵之而去。甘战叱曰：『孽畜，我师父饶了你性命，再不要害人。』施岑亦叱曰：『孽畜，你若不遵我师父谛语，再若害人，我擒汝就如反掌之易。』那僧含羞乱窜而去。

脱离了叶墩地方，来至一村，前有一山，遇一牧童，其僧乃问曰：『此处是何地方？』牧童答曰：『此处地方贵湖，前面一山，名曰仰山。』僧闻牧童之言，乃大喜曰：『适间承真君分付：「逢湖则止，逢仰则住。」今到此处，合此二意，可以在此居住矣。』遂憩于路旁水田之间，其中间泉水，四时不竭，此地名龙窟。后乃名离龙窟。龙僧即于仰山修行，法名古梅禅师。遂建一寺，名仰山寺，其寺当时乏水，古梅将指头在石壁上乱指，皆有泉出。其寺田粮亦广，至今犹在。真君即于叶墩立一观，名曰真君观，遥与仰山相对，以镇压之。其观至今犹存。

却说真君又追一蛟精，其蛟乃孽龙第一子之子，孽龙之长孙也。此蛟直走至福州南台躲避，潜其踪迹。真君命甘、施二弟子，遍处寻索，乃自立于一石上，垂纶把钓，忽觉钓丝若有人扯住一般，真君乃站在石上，用力一扯，石遂裂开。石至今犹在。因名为钓龙石。只见扯起一个大螺，约有二三丈高大，螺中有一女子现出，真君曰：『汝妖也！』那女子双膝跪地，告曰：『妾乃南海水侯第三女。闻尊师传得仙道，欲求指教修真之路。故乘螺舟特来相叩。』真君乃指以高盖山，可为修炼之所。且曰：『此山有苦参甘草，上有一井，汝将其药投于井中，日饮其水，久则自可成仙。』遂命女子复入螺中，用巽风一口，吹螺舟浮于水面，直到高盖山下。女子乘螺于此，其螺化为大石，至今犹在。遂登山采取苦参甘草等药，日于井中投之，饮其井泉，后女子果成仙而去。至今其乡有病者，汲井泉饮之，其病可愈。却说施岑、甘战回见真君，言蛟精无有寻处。真君登高山绝顶以望，见妖气一道，隐隐在福州城开元寺井中喷出。乃谓弟子曰：『蛟精已入在井中矣。』遂至其寺中，用铁佛一座，置于井上压之。其铁佛至今犹在。真君收伏三蛟已毕，遂同甘战、施岑复回豫章，再寻孽龙诛之。后人有诗叹曰：

迢迢千里到南闽，寻觅蛟精驾雾云。到处留名留异迹，今人万古仰真君。

却说孽龙既不能滚沉豫章，其族党变为瓜葫，一概被真君所灭。所生六子，斩了四子，只有二子一孙，犹未知下落。越思越恼，只得又奔往洋子江中，见了火龙父亲，哭诉其事。火龙曰：『四百年前，孝悌明王传法与兰公，却使兰公传法与谌母，谌母传法与许逊。吾知许逊一生，汝等有此难久矣。故我当时就令了鼋帅，统领虾兵蟹将，要问他追了金丹宝鉴铜符铁券之文。谁知那兰公将我等杀败。我彼时少年精壮，也奈何兰公不得，今日有许多年纪，筋力憔悴，还奈得许逊何！这凭你自去。』孽龙叹曰：『今人有说，父不顾子的世界，果然果然。』火龙骂曰：『畜生，我满眼的孙子，今日被你不长进，败得一个也没了，还来怨我父亲！』遂打将孽龙出来。孽龙见父亲不与他做主，遂在江岸上放声大哭。惊动了南海龙王敖钦第三位太子。彼时太子领龙王钧旨，同巡江夜叉全身披挂，手执钢刀，正在此巡逻长江，认得是火龙的儿子。即忙问曰：『你在此哭甚事？』孽龙道：『吾族党千余，皆被许逊诛灭，父亲又不与我作主，我今累累然若丧家之狗，怎的由人不哭。』太子曰：『自古道：「家无全犯。」许逊怎么就杀了你家许多人？他敢欺我水府无人么？老兄且宽心，待我显个手段，擒他报取冤仇！』孽龙道：『许逊传了谌母飞步之法，仙女所赐宝剑，其实神通广大，难以轻敌。』太子曰：『我龙宫有一铁杵，叫做如意杵，有一铁棍，叫做如意棍。这个杵这个棍，欲其大，就有屋桷般大，欲其小，只如金针般小，欲其长就有三四丈长，欲其短只是一两寸短，因此名为如意。此皆父王的宝贝，那棍儿被孙行者讨去，不知那猴子打死了千千万万的妖怪。只有这如意杵儿，未曾使用，今带在我的身边。试把来与许逊弄一弄，他若当抵得往，真有些神通。』孽龙问道：『这杵是那一代铸的？』太子道：『这杵是乾坤开辟之时，有一个盘古王，凿了那昆仑山几片棱层石，架了一座的红炉。砍了广寒宫一株婆娑树，烧了许多的黑炭。取了须弥山几万斤的生铁，用了太阳宫三昧的真火，叫了那炼石的女娲，炼了七七四十九个日头。却命着雨师洒雨，风伯煽风，太乙护炉，祝融看火，因此上炼得这个杵儿。要大就大，要小就小，要长就长，要短就短，且此杵有些妙处，抛在半空之中，一变十，十变百，百变千，千变万，更会变化哩！』孽龙问曰：『如今那铁杵放在那里？』太子即从耳朵中拿将出来，向风中幌一幌，就有屋桷般大，幌两幌，就有竹竿般长。孽龙大喜曰：『这样东西，要长就长，要大则大，那许逊有些法力，尚可当抵一二。徒弟们皆是后学之辈，禁得几杵？』夜叉见太子欲与孽龙报仇，乃谏曰：『爷爷没有钧旨，太子怎敢擅用军器？恐爷爷知道，不当稳便。』太子曰：『吾主意已定，你肯辅我，便同去。如不肯辅我，任你先转南海去罢。』夜叉不肯相助，自去了。那太子杀奔豫章，要拿许逊，与孽龙报仇。却怎生打扮，则见：

重叠叠鳖甲坚固，整齐齐海带飞斜。身骑着海马号三花，好一似天门冬将军披挂。走起了磊磊落落滑石，飞将来溟溟漠漠辰砂。索儿绞的是天麻，要把威灵仙拿下。

却说真君同着弟子甘战、施岑等各仗宝剑，正要去寻捉孽龙，忽见龙王三太子叫曰：『许逊，许逊，你怎么这等狠心，把孽龙家千百余人一概诛戮！你敢小觑我龙宫么？我今日与你赌赛一阵，才晓得我的本事。』真君慧眼一看，认得是南海龙王的三太子，喝曰：『你父亲掌管南海，素称本分，今日怎的出你们不肖儿子？你好好回去，免致后悔！』太子道：『你杀人之父，人亦杀其父；杀人之兄，人亦杀其兄。孽龙是我水族中一例之人，我岂肯容你这等欺负！』于是举起钢刀，就望真君一砍。真君亦举起宝剑来迎，两个大杀一场。则见：

一个是九天中神仙领袖；一个是四海内龙子班头。一个的道法精通，却会吞云吸雾；一个的武艺惯熟，偏能掣电驱雷。一个呼谌母为了师傅，最大神通；一个叫龙王做了父亲，尽高声价。一个飞宝剑，前挑后剔，光光闪闪，就如那大寒陆地凛严霜；一个抛铁杵，直撞横冲，珰珰珰珰，就如那除夜人家烧爆竹。真个是棋逢敌手，终朝胜负难分；却原来阵遇对头，两下高低未辩。

真君与那太子刀抵剑，剑对刀，自巳牌时分，战至午时，不分胜败。施岑谓众道友曰：『此龙子本事尽高，恐师父不能拿他，可大家一齐掩杀。』那太子见真君弟子一齐助战，遂在耳朵中，取出那根铁杵来，幌了两三幌，望空抛起，好一个铁杵！一变作十，十变作百，百变作千，千变作万，半天之中，就如那纷纷柳絮颠狂舞，滚滚蜻蜓上下飞。满空撞得砯砌响，恰是潘丞相公子打擂槌。你看那真君的弟子们，才把那脑上的杵儿撇开，忽一杵有脑后一打；才把脑后的杵儿架住，忽一杵在心窝一笃；才把心窝的杵儿一抹，忽一杵在肩膀上一锥。那些弟子们怕了那杵，都败阵而走。那一个真君。果有法术，果有神通，将宝剑望东一指，杵从东落；望西一指，杵从西开；望南一指，杵从南坠；望北一指，杵从北散。真君虽有这等法力，争奈千千万万之杵，一杵去了，一杵又来，却未能取胜。忽观世音菩萨空中闻得此事，乃曰：『敖钦龙王十分仁厚，生出这个不肖儿子，助了蛟精。我若不去收了他如意杵宝贝，许逊纵有法力，无如之何。』于是驾起祥云，在半空之中，解下身上罗带，做成一个圈套儿丢将起来，把那千千万万之杵尽皆套去。那太子见有人套去他的宝贝，心下慌张，败阵而走。孽龙接见问曰：『太子与许逊征战得大胜否？』太子曰：『我战许逊正在取胜之际，不想有一妇人使一个圈套，把我那宝贝套去了。我今没处讨得！』孽龙曰：『套宝贝者，非是别人，乃是观世音菩萨……』言未毕，真君赶至，孽龙望见，即化一阵黑风走了。太子心中不忿，又提着手中钢刀，再来交战。此是败兵之将，英勇不加，两合之中，被真君左手一剑架开钢刀，却将右手一剑来斩太子。忽有人背后叫曰：『不可，不可！』真君举眼一看，见是观音，遂停住宝剑。观音曰：『此子是敖钦龙王的第三子，今无故辅助孽龙，本该死罪。奈他父亲素是仁厚，今我在此，若斩了此子，龙王又说我不救他，体面上不好看。』真君方才罢手。

却说那巡江夜叉回转龙宫，将太子助孽龙之事，一一禀知龙王。龙王顿足骂曰：『这畜生恁的不肖！』彼时东海龙王敖顺，西海龙王敖广，北海龙王敖润同聚彼处。亦曰：『这畜生今日去战许逊，就如那葛伯与汤为仇；辅助孽龙，就如那崇候助纣为虐，容不得他。』敖钦曰：『这样儿子要他则甚！』遂取过一口利剑，敕旨一道，令夜叉将去叫太子自刎而亡。

夜叉领了敕旨，赍了宝剑，径来见着三太子。太子闻知其故，唬得魂不着体，遂跪下观音叫道：『善菩萨！没奈何，到我父王处保过这次。』观音道：『只怕你父亲难饶你死罪，你不如到蛇盘谷中鹰愁涧躲避，三百年后，等唐三藏去西天取经，罚你变做个骡子，径往天竺国驮经过来，那时将功赎罪。我对你父亲说过，或可留你。』太子眼泪汪汪，拜辞观世音，往鹰愁涧而去。观音复将所收铁杵付与夜叉，教夜叉交付与龙王去讫。真君亦辞了观音回转豫章，不在话下。

却说观音菩萨，别了真君，欲回普陀岩去，孽龙在途中投拜，欲求与真君讲和，后当改过前非，不敢为害。言辞甚哀。观音见其言语恳切，乃转豫章，来见真君。真君问曰：『大圣到此，复有何见谕？』观音曰：『吾此一来，别无甚事，孽龙欲与君讲和，今后改恶迁善。不知君允否？』真君曰：『他既要讲和，限他一夜滚百条河，以鸡鸣为止，若有一条不成，吾亦不许。』观音辞真君而去。弟子吴猛谏曰：『孽畜原心不改，不可许之。』真君曰：『吾岂不知，但江西每逢春雨之时，动辄淹浸，吾欲其开成百河，疏通水路耳，非实心与之和也。吾今吩咐社伯，阻挠其功，勿使足百条之数，则其罪难免，亦不失信于观音矣。』

却说孽龙接见观音，问其所以。观音将真君所限之事，一一说与。孽龙大喜，是夜用尽神通，连滚连滚，恰至四更，社伯扣计其数，已滚九十九条。神伯心慌，乃假作鸡鸣，引动众鸡皆鸣，孽龙闻得大惊，自知不能免罪，乃化为一少年，未及天明，即遁往湖广躲避去讫。真君至天明，查记河数，止欠一条，鸡声尽鸣，乃知是社伯所假也。遂令弟子计功受赏。真君急寻孽龙之时，已不知其所在。后来遂于河口立县，即今之南康湖口县是焉。

却说孽龙遁在黄州府黄冈县地方，变作个少年的先生求馆。时有一老者姓史名仁，家颇饶裕，有孙子十余人，正欲延师开馆。孽龙至其家，自称：『豫章曾良，闻君家有馆，特来领教。』史老见其人品清高，礼貌恭敬，心窃喜之。但不知其学问何如。遂谓曰：『敝乡旧俗，但先生初来者，或考之以文，或试之以对。然后启帐。卑老有一对，欲领尊教何如？』孽龙曰：『愿闻。』史老曰：『曾先生腰间加四点，鲁邦贤士。』孽龙曰：『我就把令孙为对。』遂答曰：『史小子头上着一横，吏部天官。』史老见先生对得好，不胜之喜。乃曰：『先生高才邃养，奈寒舍学俸微少，未可轻屈。』孽龙道：『小子借寓读书，何必计利。』史老遂择日启馆，叫诸孙具贽见之仪，行了拜礼，遂就门下受业。孽龙教授那些生徒，辨颖解惑，读书说经，明明白白。诸生大有进益，不在话下。

却说真君以孽龙自滚河以后，遍寻不见，遂同甘战、施岑二人，径到湖广地面，寻觅踪迹。忽望妖气在黄冈县乡下姓史的人家。乃与二弟子径往其处，至一馆中，知是孽龙在此，变作先生，教训生徒。真君乃问其学生曰：『先生那里去了？』学生答云：『先生洗浴去了。』真君曰：『在那里洗浴』？学生曰：『在涧中。』真君曰：『这样十一月天气，还用冷水洗浴？』学生曰：『先生是个体厚之人，不论寒天热天，常要水中去浸一浸。若浸得久时，还有两三个时辰才回来。』真君乃与弟子坐在馆中，等他回时，就下手拿着。忽举头一看，见柱壁上有对联云：

赵氏孤儿，切齿不忘屠岸贾。伍员烈士，鞭尸犹恨楚平王。

又壁上题有诗句云：

自叹年来运不齐，子孙零落却无遗；心怀东海波澜阔，气压西江草树低。怨处咬牙思旧恨，豪来挥笔记新诗。男儿不展风云志，空负天生八尺躯。

真君看诗对已毕，大惊，谓弟子曰：「此诗此对，皆是复仇之诗，若此孽不除，终成大患。汝等务宜勉力擒之。」言未毕，忽史老来馆中，看孙子攻书。时盛冬天气，史老身上披领羊裘，头上戴顶暖帽，徐徐而来。及见真君丰姿异常，连忙施礼，问曰：「先生从何而来？」真君曰：「小生乃豫章人，特来访友。」史老谓孙子曰：「客在此，何不通报？」遂邀真君与二弟子至家下告茶。茶毕，史老问真君姓名。真君曰：「小生姓许名逊，此二徒，一姓施名岑，一姓甘名战。」史老曰：「闻得许君者，法术甚妙，诛严蛟精，敢是足下否？」真君曰：「然。」史老遂下拜。真君以其年老，连忙答礼。史老问曰：「仙驾临此，欲何为？」真君曰：「尊府教令孙者，乃孽龙精也。变形于此，吾寻踪觅迹，特来擒之。」史老大惊曰：「怪道这个先生无问寒天暑天，日从涧中洗浴。浴水之处，往时浅浅的，今成一潭，深不可量。」真君曰：「老翁有缘，幸遇小生相救。不然，今日是个屋舍，后日是个江河，君家且葬鱼腹矣。」史老曰：「此蛟精怎的拿他？」真君曰：「此孽千变万化，他若提防于我，擒之不易。幸今或未觉，纵要变时，必资水力。可令公家凡水缸水桶洗脸盆，及碗盏之类，皆不可注水，使他变化不去，我自然拿了他。」史老吩咐已毕，孽龙正洗浴回馆，真君见了，大喝一声：「孽畜走那里去？」孽龙大惊，却待寻水而变，遍处无水，惟砚池中有一点余水未倾，遂从里面变化而去，竟不知其踪迹。后人有诗叹曰：

堪叹蛟精玄上玄，墨池变化至今传；当时若肯心归正，却有金书取上天。

史老见真君赶去孽龙，甚是感谢。乃留真君住了数日，极其款曲。真君曰：「此处孽龙居久，恐有沉没之患，汝可取杉木一片过来，吾书符一道，打入地中，庶可以镇压之。」真君镇符已毕。感史老相待殷勤，更取出灵丹一粒，点石一片，化为黄金，约有三百余两，相谢史老而去。施岑曰：「孽龙今不知遁在何处？可从此湖广上下，遍处寻觅诛之。」真君曰：「或此孽瞰我等在此，又往豫章，欲沉郡城土地，未可知也。莫若且回家中，觅其踪迹，如果不在，再往外获之未晚。」于是师弟们一路回归。

却说孽龙精砚池变去，又化为美少男子，逃往长沙府。闻知刺史贾玉家生有一女，极有姿色，怎见得：

眉如翠羽，肌如凝脂，齿如瓠犀，手如柔荑。脸衬桃花瓣，鬟堆金凤丝。秋波湛湛妖娆态，春笋纤纤妖媚姿。说什么汉苑王嫱，说什么吴宫西施，说什么赵家飞燕，说什么杨家贵妃。柳腰微摆鸣金珮，莲步轻移动玉肢。月里嫦娥难比此，九天仙子怎如斯！

孽龙遂来结拜刺史贾玉，贾玉问曰：「先生何人也？」答曰：「小人姓慎名郎，金陵人氏。自幼颇通经典，不意名途淹滞，莫能上达，今作南北经商之客耳。因往广南贩货，得明珠数斛，民家无处作用，特来献与使君，伏望笑留！」贾使君曰：「此宝乃先生心力所求，况汝我萍水相逢，岂敢受此厚赐。」再三推拒，慎郎献之甚切，使君不得已而受之。留住数日，使君见慎郎礼貌谦恭，丰姿美丽，琴棋书画，件件皆能，弓矢干戈，般般惯熟，遂欲以女妻之。慎郎鞠躬致谢，复将珍宝厚贿使君亲信之人，悉皆称赞慎郎之德。使君乃择吉日，将其女与慎郎成亲，不在话下。却说慎郎在贾府成婚以后，岁遇春夏之时，则告禀使君，托言出游江湖，经商买卖。至秋冬之时，则重载船只而归，皆是奇珍异宝。使君大喜曰：「吾得佳婿矣！」盖不知其为蛟精也。所得资财宝货，皆因春夏大水，覆人舟船，抢人财宝，装载而归。慎郎入赘三年，复生二子。一日慎郎寻思起来，不胜忿怒曰：『吾家世居豫章，子孙族类，一千余众，皆被许逊灭绝。破我巢穴，使我无容身之地。虽然潜居此地，其实怨恨难消，今既岁久，谅许逊不复知有我也。我今欲回豫章，大兴洪水，溃没城郡，仍灭取许逊之族，报复前仇，方消此恨。』言罢，来见使君。使君问曰：『贤婿有何话说？』慎郎曰：『方今春风和暖，正宜出外经商，特来拜辞岳父而去。家中妻子，望岳丈看顾。』使君曰：『贤婿放心前去，不必多忧，若得充囊之利，早图返棹。』言罢，分别而去。

时晋永嘉七年，真君与其徒甘战、施岑周览城邑，遍寻蛟孽，三年间，杳无踪迹，已置之度外去了。不想这孽龙自来送死。忽一日，道童来报，有一少年子弟，丰姿美貌，衣冠俊伟，来谒真君。真君命入，问曰：『先生何处人也？』少年曰：『小生姓慎名郎，金陵人氏。久闻贤公有斡旋天地之手，慑伏孽龙之功，海内少二，寰中寡双，小生特来过访，欲遂识荆之愿，别无他意。』真君曰：『孽精未除，徒负虚名，可愧，可愧！』真君言罢，其少年告辞而出。真君送而别之。甘、施二弟子曰：『适间少年，是何人也？』真君曰：『此孽龙也，今来相见，探我虚实耳。』甘、施曰：『何以知之？』真君曰：『吾观其人妖气尚在，腥风袭人，是以知之。』甘、施曰：『既如此，即当擒而诛之，何故又纵之使去也？』真君曰：『吾四次擒拿，皆被变化而去，今佯为不知，使彼不甚提防，庶可随便擒之耳。』施岑乃问曰：『此时不知逃躲何处？吾二人愿往杀之。』真君举慧眼一照，乃曰：『今在江浒，化为一黄牛，卧于郡城沙碛之上。我今化为一黑牛，与之相斗，汝二人可提宝剑，潜往窥之。候其力倦，即拔剑而挥之，蛟必可诛也。』言罢，遂化一黑牛，奔跃而去，真个：

四蹄坚固如山虎，两角峥嵘似海龙；今向沙边相抵触，神仙变化果无穷。

真君化成黑牛，早到沙碛之上，即与黄牛相斗。恰斗有两个时辰，甘、施二人，蹑迹而至，正见二牛相斗，黄牛力倦之际，施岑用剑一近，正中黄牛左股。甘战亦挥起宝剑斩及一角，黄牛奔入城南井中，其角落地。今马当相对，有黄牛洲，此角日后成精，常变牛出来，害取客商船只，不在话下。

却说真君谓甘、施曰：『孽龙既入井中，谅巢穴在此。吾遣符使吏兵导我前进，汝二人可随我之后，蹑其踪迹，探其巢穴，擒而杀之，以绝后患。』言罢，真君乃跳入井中。施、甘二人，亦跳入井中。符使护引真君前进，只见那个井，其口上虽是狭的，到了下面，别是一个乾坤。这边有一个孔，透着那一个孔，那边有一个洞，透着那一个洞，就似杭州城二十四条花柳巷，巷巷相穿；又似龙窟港三十六条大湾，湾湾相见。常人说道井中之蛙，所见甚小，盖未曾到这个所在，见着许大世界。真君随符使一路而行，忽见有一样物件，不长不短，圆圆的相似个擂槌模样，甘战拾起看时，乃是一车辖。问于真君曰：『此井中怎的有此车辖？』真君道：『昔前汉有一人，姓陈名遵，每大会宾客，辄闭了门，取车辖投于井中，虽有急事，不得去。必饮罢，才捞取车辖还人。后有一车辖，再捞不起。原来水荡在此处来了。』又行数里，忽见有一个四方四角，新新鲜鲜的物件，施岑检将起来一看，原来是个印匣儿。问于真君，真君曰：『昔后汉有宦官张让劫迁天子，北至河上，将传国玉玺投之井中，再无人知觉。后洛阳城南骊宫井有五色气一道直冲上天，孙坚认得是宝贝的瑞气，遂命人浚井，就得了这一颗玉玺。玺便得去，却把这个匣儿遗在这里。』又行数里，忽见有一物件，光闪闪，白净净，嘴湾湾，腹大大的，甘战却拾将起来一看，原来是个银瓶。甘战又问于真君，真君曰：『曾闻有一女子吟云「石上磨玉簪，玉簪欲成中央折；井底引银瓶，银瓶欲上丝绳绝。」想这个银瓶，是那女子所引的，因断了绳子，故流落在此。』符使禀曰：『孽龙多久遁去，真仙须急忙追赶，途路之上，且不要讲古。』真君于是命弟子趱步而行，只见水族之中，见了的，唬得魂不附体，鲇鱼儿只把口张，团鱼儿只把颈缩，虾子儿只顾拱腰，鲫鱼儿只顾摇尾，真君都置之不问。却说那符使引真君再转一湾抹一角，正是行到山穷水尽处，看看在长沙府贾玉井中而出。真君曰：『今得其巢穴矣。』遂辞了符使回去，自来抓寻。

却说孽龙精既出其井，仍变为慎郎，入于贾使君府中。使君见其身体狼狈，举家大惊，问其缘故。慎郎答曰：『今去颇获大利，不幸回至半途，偶遇贼盗，资财尽劫。又被杀伤左额左股，疼痛难忍。』使君看其刀痕，不胜隐痛。令家童请求医士疗治。真君仍扮作一医士，命甘、施二人，扮作两个徒弟跟随。这医士呵：

道明贤圣，药辨君臣。遇病时，深识着望闻问切；下药处，精知个功巧圣神。戴唐巾，披道服，飘飘扬扬；摇羽扇，背葫芦，潇潇洒洒。诊寸关尺三部脉，辩邪审痼，奚烦三折肱；疗上中下三等人，起死回生，只是一举手。真个是东晋之时，重生了春秋扁鹊；却原来西江之地，再出着上古神农。万古共称医国手，一腔都是活人心。

却说真君扮了医士，贾府童仆见了，相请而去，进了使君宅上，相见礼毕。使君曰：『吾婿在外经商，被盗贼杀伤左额左股，先生有何妙药，可以治之？容某重谢。』真君曰：『宝剑所伤，吾有妙方，手到即愈。』使君大喜，即召慎郎出来医治。当时蛟精卧于房中，问童仆曰：『医士只一人么？』童仆曰：『兼有两个徒弟。』蛟精却疑是真君，不敢轻出。真妻贾氏催促之曰：『医人在堂，你何故不出？』慎郎曰：『你不晓事，医得我好也是这个医士，医得不好也是这个医士。』贾氏竟不知所以。使君见慎郎不出，亲自入房召之，真君乃随使君之后，直至房中厉声叱曰：『孽畜再敢走么？』孽龙计穷势迫，遂变出本形，蜿蜒走出堂下。不想真君先设了天罗地网，活活擒之。又以法水喷其三子，悉变为小蛟，真君拔剑并诛之。贾玉之女，此时亦欲变幻，施岑活活擒住。使君大惊。真君曰：『慎郎者，乃孽龙之精，今变作人形，拜尔为岳丈。吾乃豫章许逊，追寻至此擒之。尔女今亦成蛟，合受吾一剑。』贾使君乃与其妻跪于真君之前，哀告曰：『吾女被蛟精所染，非吾女之罪，伏望怜而教之！』真君遂给取神符与贾女服之，故得不变。真君谓使君曰：『蛟精所居之处，其下即水。今汝舍下深不逾尺，皆是水泉。可速徙居他处，毋自蹈祸。』使君举家惊惶，遂急忙迁居高处。原住其地，不数日果陷为渊潭，深不可测。今长沙府昭潭是也。施岑却从天罗地网中取出孽龙，欲挥剑斩之，真君曰：『此孽杀之甚易，擒之最难。我想江西系是浮地，下面皆为蛟穴。城南一井其深无底，此井与江水同消长。莫若锁此畜回归，吾以铁树镇之井中，系此孽畜于铁树之上，使后世，倘有蛟精见此畜遭厥磨难，或有警惕，不敢为害。』甘战曰：『善！』遂锁了孽龙，径回豫章。于是驱使神兵，铸铁为树，置之郡城南井中。下用铁索钩锁，镇其地脉，牢系孽龙于树，且祝之曰：

铁树开花，其妖若兴，吾当复出。铁树居正，其妖永除，水妖屏迹，城邑无虞。

又留记云：

铁树镇洪州，万年永不休。天下大乱，此处无忧。天下大旱，此处薄收。

又元朝吴全节有诗云：

八索纵横维地脉，一泓消长定江流；豫章胜地由天造，砥柱中天亿万秋。

真君又铸铁为符，镇于鄱阳湖中。又铸铁盖覆于庐陵元潭，今留一剑在焉。又立府靖于岧峣山顶，皆所以镇压所患也。真君既擒妖孽，功满乾坤。

时晋时帝太宁二年，大将军王敦字处仲，出守武昌，举兵内向，次洞庭湖。真君与吴君同往说之，盖欲止敦而存晋室也。是时郭景纯亦在王敦幕府，因此三人得以相会。景纯谓真君曰：『公斩馘蛟精，功行圆满，况曩时西山之地，灵气钟完，公不日当上升矣。』真君感谢。

一日景纯同真君、吴君来谒王敦，敦见三人同至，大喜，遂令左右设宴款待。酒至半酣，敦问曰：『我昨宵得一梦，梦见一木破天，不知主何吉凶？』真君曰：『木上破天，乃未字也。公未可妄动。』吴君曰：『吾师之言，灼有先见，公谨识之！』王敦闻二君言，心甚不悦。乃令郭璞卜之，璞曰：『此数用克体，将军此行，干事不成也。』王敦不悦曰：『我之寿有几何？』璞曰：『将军若举大事，祸将不久；若遂还武昌，则寿未可量。』王敦怒曰：『汝寿几何？』璞曰：『我寿尽在今日。』王敦大怒，令武士擒璞斩之。真君与吴君举杯掷起，化为白鹤一双，飞绕梁栋之上。王敦举眼看鹤，已失二君所在。

且说敦璞既死，家人备办衣衾棺椁。殓毕，越三日，市人见璞衣冠俨然，与亲友相见如故。王敦知之不信，令开棺视之，果无尸骸，始知璞脱质升仙也。自后王敦行兵果败，遂还武昌而死，卒有支解之刑，盖不听三君之谏，以至于此。

再说吴君邀真君同下金陵，遨游山水。既而欲买舟上豫章，打头风不息，舟中人曰：『当此仲夏，南风浩荡，舟船难进奈何？』真君曰：『我代汝等驾之，汝等但要瞑目安坐，切勿开眼窥视。』吴君乃立于船头，真君亲自把船，遂召黑龙二尾，挟舟而行。经池阳之地，以先天无极都雷府之印，印西崖石壁上以辟水怪，今有印纹。舟渐渐凌空而起，须臾，过庐山之巅，至云宵峰。二君欲观洞府景致，故其船梢刮抹林木之表，戛戛有声。舟人不能忍，皆偷眼窥之，忽然舍舟于层峦之上，折桅于深涧之下，今号铁船峰，其下有断石，即其桅也。真君谓舟人曰：『汝等不听吾言，以至如此，今将何所归乎？』舟人恳拜，愿求济度之法。真君教以服饵灵药，遂得辟谷不饥，尽隐于紫宵峰下。二君乃各乘一龙，回至豫章，遂就旧时隐居，终日与诸弟子讲究真诠，乃作思仙之歌云：

天运循环兮，疾如飞，人生世间兮，欲何为？争名夺利兮，徒丘墟，风月滋味兮，有谁知？不知且进黄金卮，一饮一唱日沉西。丹砂养就玉龙池，小口世界宽无涯；世人莫道是愚痴，酩然一笑天地齐。

又作八宝垂训曰：

忠孝廉谨，宽裕容忍。忠则不欺，孝则不悖，廉而罔贪，谨而勿失；修身如此，可以成德。宽则得众，裕然有余，容而翕受，忍则安舒；接人以礼，怨咎涤除。凡我弟子，动静勤笃，念兹在兹，当守其独！有衷厥心，三官考戮。

却说天地水府三元三品三官大帝，乃太白金星，因言真君原是玉洞天仙下降。今除荡妖孽，惠及生灵，德厚功高。其弟子吴猛等，扶同真君，共成至道，皆宜推荐，以至天庭。商议具表，奏闻玉帝。玉帝准奏，乃授许逊九天都仙大使，兼高明大使之职，封孝先王。远祖祖父，各有职位。先差九天采访使崔子文段丘仲捧诏一道，谕知许逊，预示飞升之期，以昭善报。采访二仙捧诏下界，时晋孝武宁原二年，甲戌，真君时年一百三十六岁。八月朔旦，见云仗自天而下，导从者甚众，降于庭中。真君迎接拜讫，二仙曰：『奉玉皇敕命，赐子宝诏，子可备香花灯烛，整顿衣冠，俯伏阶下，以听宣读！』诏曰：

上诏学仙童子许孙：卿在多劫之前，积修至道，勤苦悉备。天经地纬，悉已深通；万法千门，罔不师历。救灾拔难，除害荡妖，功济生灵，名高玉籍。众真推荐，宜有甄升，可受九州都仙大使，兼高明大使，孝先王之职。赐紫彩羽袍琼旌宝节各一事。期以八月十五午时，拔宅上升。诏书到日，信诏奉行。

读罢，真君再拜，遂登阶受诏毕，乃揖二仙上堂，问其姓名。一仙曰：『余乃崔子文、段丘仲，俱授九天采访使之职。』真君曰：『愚蒙有何德能，感动天帝，更劳二仙下降？』二仙曰：『公修已利人，功行已满。昨者群真保奏，升入仙班，相迎在迩，先命某等捧诏谕如。』言毕，遂乘龙车而去。真君既得天书之后，门弟子吴猛等，与乡中耆老，及诸亲眷，皆知行期已近，朝夕会饮，以叙别情。真君谓众人曰：『欲达神仙之路，在先行其善而后立其功。吾去后一千二百四十年间，豫章之境，五陵之内，当出地仙八百余人。其师出于豫章，大阐吾教。以吾坛前松树枝垂覆拂地，郡江心中，忽生沙洲掩过井口者，是其时也。』

后人有言：『龙沙会合，真仙必出。』按龙沙在章江西岸畔，与郡城相对，事见《龙沙记》。潘清逸有《望龙沙》五言诗云：

五陵无限人，密视松沙记；龙沙虽未合，气象已虚异。昔时云浪游，半作桑麻地；地形带江转，山势若连契。

是时八月望日，大营斋会，遍召里人，及诸亲友，并门弟子，长少毕集。至日中，遥闻音乐之声，祥云缭绕，渐至会所。羽盖龙车，仙童彩女，官将吏兵，前后拥护。前采访使崔子文段丘仲二仙又至，真君拜迎，二仙复宣诏曰：

上诏学仙童子许逊：功行圆满，已仰潜山司命官，传金丹于下界，返子身于上天。及家口厨宅，一并拔之上升。着令天丁力士与流金火铃，照辟中间，无或散漫。仍封远祖许由，玉虚仆射；又封曾祖许琰，太微兵卫大夫，曾祖母太微夫人；其父许肃，封中岳仙官，母张氏封中岳夫人。钦此钦遵，诏至奉行！

真君再拜受诏毕。崔子文曰：『公门下弟子虽众，惟陈勋、曾亨、周广、时荷等外，黄仁览与其父，盱烈与其母，共四十二口，合当从行，余者自有升举之时，不得皆往也。』言罢，揖真君上了龙车，仙眷四十二口同时升举。里人及门下弟子，不与人升者，不舍真君之德，攀辕卧辙，号泣振天，愿相随而不可得。真君曰：『仙凡有路可通，汝等但能遵行孝道，利物济民，何患无报耶！』真君族孙许简哀告曰：『仙翁拔宅冲升，后世无所考验，可留下一物，以为他日之记。』真君遂留下修行钟一口，并一石函，谓之曰：『世变时迁，此即为陈迹矣。』真君有一仆名许大者，与其妻市米于西岭，闻真君飞升，即奔驰而归。行忙车覆，遗其米于地上，米皆复生，今有覆米冈，生米镇犹在。比至哀泣，求其从行。真君以彼无有仙分，乃授以地仙之术，夫妇皆隐于西山。仙仗既举，屋宇鸡犬皆上升，惟鼠不洁，天兵推下地来。一跌肠出，其鼠遂拖肠不死。

后人或有见之者，皆为瑞应。又坠下药臼一口，碾毂一轮，又坠下鸡笼一只，于宅之东南十里。又许氏仙姑，坠下金钗一股，今有许氏坠钗洲犹在。时人以其拔宅上升，有诗叹美云：

慈仁共羡许旌阳，惠泽生民耿不忘；拔宅上升成至道，阳功阴德感苍苍。

仙驾飞空渐远，望之不可见，惟见祥云彩霞，弥漫上谷，百里之内，异香芬馥。忽有红锦帷一幅飞来，旋绕故地之上。

却说真君仙驾经过袁州府，宜春县，栖梧山，真君乃遣二青衣童子下告王朔，具以玉皇诏命，因来相别。王朔举家瞻拜，告曰：『朔蒙尊师所授道法，遵奉已久，乞带从行！』真君曰：『子仙骨未充，止可延年得寿而已，难以带汝同行。』乃取香茅一根掷下，令二童子授与王朔，教之曰：『此茅味异，可栽植于此地，久服长生。甘能养肉，辛能养节，苦能养气，咸能养骨，滑能养肤，酸能养筋，宜调和美酒饮之，必见功效。』言讫而别。王朔依真君之言，即将此茅栽植，取来调和酒味服之，寿三百岁而终。今临江府玉虚观即其地也。仙茅至今犹在。

真君飞升之后，里人与其族孙许简，就其地立祠，以所遗诗一百二十首，写于竹简之上，载之巨筒，令人探取，以决休咎。其修行钟、药毂、药臼、石函等事，并宝藏于祠。后改为观，因空中有红锦帷飞来旋绕，故名曰游帷观。

真君既至天庭，玉帝升殿，崔子文、段丘仲二仙引真君与弟子等听候玉旨。玉帝宣入朝见，真君扬麟拜舞，俯伏金阶下，上表奏曰：『臣许逊庸才劣质，虽有咒水行符馘毒之功，盖亦赖众弟子十一人之力。今弟子之中止有陈勋、曾亨、周广、时荷、黄仁览、盱烈六人，已蒙圣恩超升天界。更有吴猛、施岑、甘战、钟离嘉、彭抗五人，未蒙拔擢，诚为缺典。望乞一视同仁，宣至天庭，同归至道。』玉帝见奏，即传玉旨差周广为使，赍传诏旨，令吴猛等五人同日上升。周广即拜辞玉帝，赍诏下宣。是时乃晋宁康二年，九月初一日也。

吴猛时年一百八十六岁，见真君上升，已不与从，心曲怏怏。正与施岑、甘战、钟离嘉、彭抗四道友同归西宁，聚义修炼。只见周广赍诏自天而下。众相见毕，动问其下界之故。周广曰：『吾师朝见玉帝，奏上帝诸位仙友多助仙功，未得上升，恳求玉帝超擢。玉帝即差广赍诏旨令五君上升，同归至道。』五人听言大喜，各乘白鹿车，白昼冲升。今有吴仙村吴仙观，是其飞升之处。

然真君所从游者三千余人，其有功有行而得上升者，通吴君十有一人焉耳。真君领弟子朝见玉帝毕。玉帝各授以仙职，遂率群弟子拜谒太师祖孝悌明王卫弘，师祖孝明王兰公，师傅谌母已毕。又谢了三官金星保奏之功。

真君又荐举故人许都胡云，云阳詹二人，皆有道之士，玉帝皆封真人之号，不在话下。

却说真君自升仙后，屡显神通。隋炀帝无道，烧毁佛祠。乃将游帷观废毁。唐高宗永淳年间，遂命真人胡惠超重新建之。至宋太宗仁宗皆赐御书，真宗时赐改游帷观曰玉隆宫。至宋代政和二年，徽宗忽得重疾，面生恶疮。昼寝恍然一梦，见东华门有一道士，戴九华冠，披绛章服，左右童子，持剑异前，来至丹墀稽首。帝疑非人间道士，因问曰：『卿是何人？』道士对曰：『吾为许旌阳，权掌九天司职。上帝诏往西瞿耶国按察，经由故国，知主上患疾，特来顾之。』帝曰：『朕患毒疮，诸药不能愈，卿有药否？』道士即取小瓢子倾药一粒，如绿豆子大，呵气抹于徽宗疮上，遂揖而去。且曰：『吾洪都西山弊舍，久已零落，乞望圣眼一瞻为幸！』帝豁然而寤，觉满面清凉，以手摩之，疮遂愈矣。

乃令近臣将图经考之，见洪州西山有许旌阳遗迹，诏造许真君行宫，改修玉隆宫。仍添『万寿』二字。塑真君新像，尊号曰：神功妙济真君。许真君所遗之物，皆有神护守，不可触犯。如殿前手植柏树，其荣瘁常兆本宫盛衰，翦叶煮汤，诸病可愈。井中铁树，唐严撰作洪州牧，心内不信，令人掘发，俄然天变，忽有迅雷烈风，江波泛溢，城郭震动。撰惧，叩头悔谢，久之而后止。又强取修行钟，置之僧寺，击之声哑如土木。撰坐寐，见神人叱责，醒觉，而送钟还宫。又碾轮、药臼，州牧徐登令取至府观之，犹未及观，遂乃飞去还宫。又石函，唐朝张善安窃据洪州，强凿开其盖，内册朱书数字云：『五百年后强贼张善安开凿之。』善安看毕，恐惧遂磨洗其字，终不泯灭。因藏其盖，其字尚留函底。宋高宗建炎间，金人寇江左，欲焚毁宫殿。俄而水自楹桷喷出，火不能烧，虏酋大惊，乃撤兵而去。皇明列圣，元加寅奉，敕赐重修宫殿，真君屡出护国行医。正德戊寅年间，宁府阴谋不轨，亲诣其宫，真君降箕笔云：

三三两两两三三，杀尽江南一檐耽；荷叶败时黄菊绽，大明依旧镇江山。

后来果败。诸灵验不可尽述。后人有诗叹云：

金书玉检不能留，八字遗言可力求；试看真君功行满，三千弱水自通舟。

图书在版编目（C I P）数据

三言二拍·上 /（明）冯梦龙编. -- 合肥 ：黄山书社，2014.4
（线装典藏）
ISBN 978-7-5461-4428-3

Ⅰ. ①三… Ⅱ. ①冯… Ⅲ. ①话本小说－小说集－中国－明代 Ⅳ. ①I242.3

中国版本图书馆CIP数据核字（2014）第051108号

ISBN 978-7-5461-4428-3

9 787546 144283 >

三言二拍·上

总　　策　　划　任耕耘　李　克
选　题　策　划　赵国华　汤吟菲　白剑峰
项　目　策　划　智品天下图书（北京）有限公司
项　目　统　筹　汤吟菲　朱莉莉
责　任　编　辑　朱莉莉　周挺启
装　帧　设　计　未　氓
责　任　印　制　戚　帅
出　版　发　行　黄山书社（http://www.hsssbook.taobao.com）
社　　　　　址　合肥市蜀山区翡翠路一一一八号出版传媒广场七楼
印　　　　　刷　安徽联众印刷有限公司
开　　　　　本　二一〇×二八五毫米　十六开
印　　　　　张　六十三
版　　　　　次　二〇一四年六月第一版　二〇一四年六月第一次印刷
书　　　　　号　ISBN 978-7-5461-4428-3
定　　　　　价　五百七十元（全六册）

线装典藏

三言二拍·上

明·冯梦龙 编

册一

黄山书社

总序

中华文明的历程，源远流长，据地下出土的实物考证，迄殷商之际，就已经出现文明起源的标志——文字。此种文字，或刻于甲骨，或铭于青铜，概因材料限制，所记史事无不约略而简明。春秋时期，简牍出现，而后缣帛流传于世。但仍未步入寻常百姓家。直到纸张的出现，典籍才真正扩大了传播的范围。

璀璨的中华民族文化典籍，先后在这些载体中延续，为后世留下了一笔宝贵的精神财富。延至唐代，雕版印刷术的发明，加快了典籍的传播进程。有宋以来，活字印刷术的出现，使大批量典籍的印制成为可能。刻书不再为官府独有，开始扩大到民间。两宋三百余年间，刻书事业极为兴盛，据不完全统计，官私刻书竟达一万多种，而印刷数量更是以千万来计，各种名目的图书进入了百姓之家。即便元代，虽不足百年，然刻书数目也达到三千多种，蔚为可观。

然而，随着朝代更迭，『兵燹』与『祸乱』并行，各种典籍散佚极其严重，加之历代执政者焚书，传世典籍已经日趋珍稀。至明清，唐五代时期所刻典籍，如片鳞只甲，大多湮没于世；而宋元时期所刻典籍，亦所剩无多。宋版书千金难求，一旦偶获，即被奉为瑰宝。无怪乎清代版本学家、校勘学家顾广圻发出这样的慨叹：『宋元本距今远者八百余年，近者不足五百年，而天壤间乃已万不一存。』

时至今日，文物古籍已成稀世之宝，多被束之高阁，藏于各大图书馆、博物馆之中。随着科技的进步，通过高超的影印技术可以把古籍准确地还原出来，让人思接千载，神游万仞。但令广大读者遗憾的是，面对这些艰涩的辞句，真能入乎其中、探骊得珠者，为数甚少。而境外诸邦，咸称中国传统文化，尊奉其为修身真理，治世良策。有鉴于此，新排古籍应运而生。这种融古今于一体的出版方式，真正适应了大众读者的需求。它采用了线装的形式，加入现代人的阐释和解读，使这些曾闪现在历史长河中鲜为人知的思想火花，呈现出绚丽的光芒，有力地推动了中华文化在海内外的传播和发展。

前言

鲁迅先生在《中国小说史略》第二十一篇《明之拟宋市人小说及后来选本》中说：『惟至明末，则宋市人小说之流复起，或存旧文，或出新制，顿又广行世间，但旧名湮昧，不复称市人小说也。』从中可知，鲁迅把宋代市人小说与明末拟市人小说分开来看，后者虽只加一『拟』字，却与宋代的市人小说相差很大，有其独立之特色！

横观明末的拟市人小说，冯梦龙的『三言』和凌濛初的『二拍』，是其中最为典型的代表。所谓『三言』，指的是《喻世明言》《警世通言》《醒世恒言》，而『二拍』，则是指《初刻拍案惊奇》和《二刻拍案惊奇》。

『三言』与『二拍』收录故事近200篇，总计400多万字。它在我国古代流传颇广，在中国文学史上占有重要地位。其中的『三言』是文学史上第一部规模宏大的白话短篇小说总集，也是白话短篇小说发展历程中由民间艺人的口头艺术转为文人作家的案头文学的一座丰碑。其中的作品题材广泛，内容复杂，从各个角度不同程度地反映了明朝市民阶层的生活面貌和思想感情。

『三言』的编者冯梦龙，明朝人，字犹龙，又字公鱼、子犹，别号龙子犹、墨憨斋主人、吴下词奴、姑苏词奴、前周柱史等，长洲（今江苏苏州）人。他出生于万历二年，受李卓吾等人思想的影响，主张个性解放，他以文人的身份参与小说、戏曲、民歌、笑话等通俗文学的创作、搜集、整理、编辑，为中国文学做出了特有的贡献。冯梦龙自己的诗文集今已不存，但令人庆幸的是他编纂的三十种著作传世至今，成为我国文化宝库中不朽的珍宝。其中除世人皆知的『三言』外，还有《新列国志》（即《东周列国志》）《增补三遂平妖传》《智囊》《古今谈概》《情史》《墨憨斋定本传奇》等，而尤以选编『三言』的影响最大最广。

透过『三言』『二拍』中一个个丰富多彩的故事，我们不仅了解到了当时那纷繁复杂的社会现实，也对人性有了一个更加深入的审视。尽管其中不免鱼龙混杂，有卑鄙，有美好，有善良，有险恶，但是，正是它们之间的对比，让我们对善恶有了更加深入的认识！这些故事，在嬉笑怒骂之间，真实地表达了作者对人性的深刻的反思和折射，在灵与肉的相互碰撞与交织中，既让我们承受了恶的考验，又让我们接受了善的洗礼，可谓一部人生的教科书！

有鉴于此，我们决定将『三言』与『二拍』重新出版，以满足人们阅读的需要。

在版本上，本书选用通行本作为底本，并参照其他各本进行精心地校订，确保本书在内容上的权威性。同时，本书还配以古版画作为插图，这些版画与作品中的情节、人物一一对应，图文并茂，生动形象。这些版画可以配合文意，帮助读者理解小说内容，同时它们也是艺术，可以细细地品味和欣赏。

历史的车轮滚滚而过，大明王朝已经一去不复返。而冯、凌二先生留下的『三言』『二拍』，其中所叙述的一个个故事，仿佛一幅幅社会风情画，带领我们穿越时空的隔阂，重新回到那个时代中去，去品味世情，体会人生！

目录

目录

目录

喻世明言

穿越四百年感悟人性善恶

《喻世明言》各篇小说多取材于现实生活，主题涵盖爱情、婚姻、朋友情义等。其中『金玉奴棒打薄情郎』、『蒋兴哥重会珍珠衫』都是脍炙人口的名篇。此外还收录和改编了一些历史传奇故事，像『晏平仲二桃杀三士』，其南橘北枳、二桃杀三士的故事都是著名的历史典故。

第一卷

蒋兴哥重会珍珠衫

仕至千钟非贵，年过七十常稀。浮名身后有谁知？万事空花游戏。休逞少年狂荡，莫贪花酒便宜。脱离烦恼是和非，随分安闲得意。

这首词，名为〔西江月〕，是劝人安分守己，随缘作乐，莫为酒、色、财、气四字，损却精神，亏了行止。求快活时非快活，得便宜处失便宜。说起那四字中，总到不得那色字利害。眼是情媒，心为欲种。起手时，牵肠挂肚；过后去，丧魄销魂。假如墙花路柳，偶然适兴，无损于事。若是生心设计，败欲伤风，只图自己一时欢乐，却不顾他人的百年恩义。假如你有娇妻爱妾，别人调戏上了，你心下如何？古人有四句道得好：

人心或可昧，天道不差移。我不淫人妇，人不淫我妻。

看官，则今日听我说《珍珠衫》这套词话，可见果报不爽，好教少年子弟做个榜样。

话中单表一人，姓蒋名德，小字兴哥，乃湖广襄阳府枣阳县人氏。父亲叫做蒋世泽，从小走熟广东做客买卖。因为丧了妻房罗氏，只遗下这兴哥，年方九岁，别无男女。这蒋世泽割舍不下，又绝不得广东的衣食道路，千思百计，无可奈何，只得带那九岁的孩子同行作伴，就教他学些乖巧。这孩子虽则年小，生得：

眉清目秀，齿白唇红。行步端庄，言辞敏捷。聪明赛过读书家，伶俐不输长大汉。人人唤做粉孩儿，个个羡他无价宝。

蒋世泽怕人妒忌，一路上不说是嫡亲儿子，只说是内侄罗小官人。原来罗家也是走广东的，蒋家只走得一代，罗家倒走过三代了。那边客店牙行，都与罗家世代相识，如自己亲眷一般。这蒋世泽做客，起头也还是丈人罗公领他走起的，因罗家近来屡次遭了屈官司，家道消乏，好几年不曾走动。这些客店牙行见了蒋世泽，那一遍不动问罗家消息，好生牵挂！今番见蒋世泽带个孩子到来，问知是罗家小官人，且是生得十分清秀，应对聪明，想着他祖父三辈交情，如今又是第四辈了，那一个不欢喜。

闲话休题。却说蒋兴哥跟随父亲做客，走了几遍，学得伶俐乖巧，生意行中，百般都会。父亲也喜不自胜，何期到一十七岁上，父亲一病身亡。且喜刚在家中，还不做客途之鬼。兴哥哭了一场，免不得揩干泪眼，整理大事。殡殓之外，做些功德超度，自不必说。七七四十九日内，内外宗亲，都来吊孝。本县有个王公，正是兴哥的新岳丈，也来上门祭奠，少不得蒋门亲戚陪侍。叙话中间，说起兴哥少年老成，这般大事，亏他独力支持。因话随话间，就有人撺掇道：『王老亲翁，如今令爱也长成了，何不乘凶完配，教他夫妇作伴，也好过日。』王公未肯应承，当日相别去了。众亲戚等安葬事毕，又去撺掇兴哥。兴哥初时也不肯，却被撺掇了几番，自想孤身无伴，只得应允。央原媒人往王家去说，王公只是推辞，说道：『我家也要备些薄薄妆奁，一时如何来得？况且孝未期年，于礼有碍。便要成亲，且待小祥之后再议。』媒人回话，兴哥见他说得正理，也不相强。

光阴如箭，不觉周年已到。兴哥祭过了父亲灵位，换去粗麻衣服，再央媒人王家去说，方才依允。不隔几日，六礼完备，娶了新妇进门。有〔西江月〕为证：

孝幕翻成红幕，色衣换去麻衣。画楼结彩烛光辉，合卺花筵齐备。那美妆奁富盛，难求丽色娇妻。今宵云雨足欢娱，来日人称恭喜。

说这新妇是王公最幼之女，小名唤做三大儿，因他是七月七日生的，又唤做三巧儿。王公先前嫁过的两个女儿，都是出色标致的。枣阳县中，人人称羡，造出四句口号，道是：

天下妇人多，王家美色寡。有人娶着他，胜似为驸马。

常言道：『做买卖不着，只一时；讨老婆不着，是一世。』若干官宦大户人家，单拣门户相当，或是贪他嫁资丰厚，不分皂白，定了亲事。后来娶下一房奇丑的媳妇，十亲九眷面前，出来相见，做公婆的好没意思。又且丈夫心下不喜，未免私房走野。偏是丑妇极会管老公，若是一般见识的，便要反目；若使顾惜体面，让他一两遍，他就做大起来。有此数般不妙，所以蒋世泽闻知王公惯生得好女儿，从小便送过财礼，定下他幼女与儿子为婚。今日娶过门来，果然娇姿艳质，说起来，比他两个姐儿加倍标致。正是：

吴宫西子不如，楚国南威难赛。若比水月观音，一样烧香礼拜。

蒋兴哥人才本自齐整，又娶得这房美色的浑家，分明是一对玉人，良工琢就，男欢女爱，比别个夫妻更胜十分。三朝之后，依先换了些浅色衣服，只推制中，不与外事，专在楼上与浑家成双捉对，朝暮取乐。真个行坐不离，梦魂作伴。自古苦日难熬，欢时易过，暑往寒来，早已孝服完满。起灵除孝，不在话下。

兴哥一日间想起父亲存日广东生理，如今耽搁三年有余了，那边还放下许多客帐，不曾取得。夜间与浑家商议，欲要去走一遭。浑家初时也答应道该去，后来说到许多路程，恩爱夫妻，何忍分离？不觉两泪交流。兴哥也自割舍不得，两个凄惨一场，又丢开了。如此已非一次。

光阴荏苒，不觉又挨过了二年。那时兴哥决意要行，瞒过了浑家，在外面暗暗收拾行李。拣了个上吉的日期，五日前方对浑家说知，道：『常言「坐吃山空」，我夫妻两口，也要成家立业，终不然抛了这行衣食道路？如今这二月天气，不寒不暖，不上路更待何时？』浑家料是留他不住了，只得问道：『丈夫此去几时可回？』兴哥道：『我这番出外，甚不得已，好歹一年便回，宁可第二遍多去几时罢了。』浑家指着楼前一棵椿树道：『明年此树发芽，便盼着官人回也。』说罢，泪下如雨。兴哥把衣袖替他揩试，不觉自己眼泪也挂下来。两下里怨离惜别，分外恩情，一言难尽。

到第五日，夫妇两个啼啼哭哭，说了一夜的话，索性不睡了。五更时分，兴哥便起身收拾，将祖遗下的珍珠细软，都交付与浑家收管，自己只带得本钱银两、帐目底本及随身衣服、铺陈之类，又有预备下送礼的人事，都装叠得停当。原有两房家人，只带一个后生些的去，留一个老成的在家，听浑家使唤，买办日用。两个婆娘，专管厨下。又有两个丫头，一个叫晴云，一个叫暖雪，专在楼中服侍，不许远离。分付停当了，对浑家说道：『娘子耐心度日。地方轻薄子弟不少，你又生得美貌，莫在门前窥瞰，招风揽火。』浑家道：『官人放心，早去早回。』两下掩泪而别。正是：

世上万般哀苦事，无非死别与生离。

兴哥上路，心中只想着浑家，整日地不瞅不睬。不一日，到了广东地方，下了客店。这伙旧时相识都来会面，兴哥送了些人事，排家地治酒接风，一连半月二十日，不得空闲。兴哥在家时，原是淘虚了的身子，一路受些劳碌，到此未免饮食不节，得了个疟疾，一夏不好，秋

间转成水痢。每日请医切脉，服药调治，直延到秋尽，方得安痊。把买卖都耽搁了，眼见得一年回去不成。正是：

只为蝇头微利，抛却鸳被良缘。

兴哥虽然想家，到得日久，索性把念头放慢了。

不题兴哥做客之事，且说这里浑家王三巧儿。自从那日丈夫分付了，果然数月之内，目不窥户，足不下楼。光阴似箭，不觉残年将尽，家家户户，闹轰轰地暖火盆，放爆竹，吃合家欢耍子。三巧儿触景伤情，思想丈夫，这一夜好生凄楚！正合古人的四句诗，道是：

腊尽愁难尽，春归人未归。朝来嗔寂寞，不肯试新衣。

明日正月初一日，是个岁朝。晴云、暖雪两个丫头，一力劝主母在前楼去看看街坊景象。原来蒋家住宅前后通连的两带楼房，第一带临着大街，第二带方做卧室，三巧儿闲常只在第二带中坐卧。这一日被丫头们撺掇不过，只得从边厢里走过前楼，分付推开窗子，把帘儿放下，三口儿在帘内观看。这日街坊上好不闹杂！三巧儿道：『多少东行西走的人，偏没个卖卦先生在内。若有时，唤他来卜问官人消息也好。』晴云道：『今日是岁朝，人人要闲耍的，那个出来卖卦？』暖雪叫道：『娘限在我两个身上，五日内包唤一个来占卦便了。』

到初四日早饭过后，暖雪下楼小解，忽听得街上当当的敲响。响的这件东西，唤到『报君知』，是瞎子卖卦的行头。暖雪等不及解完，慌忙检了裤腰，跑出门外，叫住了瞎先生，拨转脚头一口气跑上楼来，报知主母。三巧儿分付：『唤在楼下坐启内坐着。』讨他课钱，通陈过了，走下楼梯，听他剖断。那瞎先生占成一卦，问是何用。那时厨下两个婆娘，听得热闹，也都跑将来了，替主母传语道：『这卦是问行人的。』瞎先生道：『可是妻问夫么？』婆娘道：『正是。』先生道：『青龙治世，财爻发动。若是妻问夫，行人在半途，金帛千箱有，风波一点无。青龙属木，木旺于春，立春前后，已动身了。月尽月初，必然回家，更兼十分财采。』三巧儿叫买办的，把三分银子打发他去，欢天喜地，上楼去了。真所谓『望梅止渴』，『画饼充饥』。

大凡人不做指望，倒也不在心上；一做指望，便痴心妄想，时刻难过。三巧儿只为信了卖卦先生之语，一心只想丈夫回来，从此时常走向前楼，在帘内东张西望。直到二月初旬，椿树抽芽，不见些儿动静。三巧儿思想丈夫临行之约，愈加心慌，一日几遍，向外探望。也是合当有事，遇着这个俊俏后生。正是：

有缘千里能相会，无缘对面不相逢。

这个俊俏后生是谁？原本不是本地，是徽州新安县人氏，姓陈名商，小名叫做大喜哥，后来改口呼为大郎。年方二十四岁，且是生得一表人物，虽胜不得宋玉、潘安，也不在两人之下。这大郎也是父母双亡，凑了二三千金本钱，来走襄阳贩籴些米豆之类，每年常走一遍。他下处自在城外，偶然这日进城来，要到大市街汪朝奉典铺中问个家信。那典铺正在蒋家对门，因此经过。你道怎生打扮？头上带一顶苏样的百柱骔帽，身上穿一件鱼肚白的湖纱道袍，又恰好与蒋兴哥平昔穿着相像。三巧儿远远瞧见，只道是他丈夫回了，揭开帘子，定睛而看。陈大郎抬头，望见楼上一个年少的美妇人，目不转睛的，只道心上欢喜了他，也对着楼上丢个眼色。谁知两个都错认了。三巧儿见不是丈夫，羞得两颊通红。忙忙把窗儿拽转，跑在后楼，靠着床沿上坐地，兀自心头突突地跳一个不住。谁知陈大郎的一片精魂，早被妇人眼光儿摄上去了。回到下处，心心念念地放他不下，肚里想道：『家中妻子，虽是有些颜色，怎比得妇人一半！欲待通个情款，争奈无门可入。若得谋他一宿，就消花这些本钱，也不枉为人在世。』叹了几口气，忽然想起大市街东巷，有个卖珠子的薛婆，曾与他做过交易。这婆子能言快语，况且日逐串街走巷，那一家不认得，须是与他商议，定有道理。

这一夜翻来复去，勉强过了。次日起个清早，只推有事，讨些凉水梳洗，取了一百两银子、两大锭金子，急急地跑进城来。这叫做：

欲求生受用，须下死工夫。

陈大郎进城，一径来到大市街东巷，去敲那薛婆的门。薛婆蓬着头，正在天井里拣珠子。听得敲门，一头收过珠包，一头问道：『是谁？』才听说出『徽州陈』三字，慌忙开门请进，道：『老身未曾梳洗，不敢为礼了。大官人起得好早！有何贵干？』陈大郎道：『特特而来，若迟时，怕不相遇。』薛婆道：『可是作成老身出脱些珍珠首饰么？』陈大郎道：『珠子也要买，还有大买卖作成你。』薛婆道：『老身除了这一行货，其余都不熟惯。』陈大郎道：『这里可说得话么？』薛婆便把大门关上，请他到小阁儿坐着，问道：『大官人有何分付？』大郎见四下无人，便向衣袖里摸出银子，解开布包，摊在桌上，道：『这一百两白银，干娘收过了，方才敢说。』婆子不知高低，那里肯受。大郎道：『莫非嫌少？』慌忙又取出黄灿灿的两锭金子，也放在桌上，道：『这十两金子，一并奉纳。若干娘再不收时，便是故意推调了。今日是我来寻你，非是你来求我。只为这桩大买卖，不是干娘成不得，所以特地相求。便说做不成时，这金银你只管受用，终不然我又来取讨，日后再没相会的时节了？我陈商不是恁般小样的人！』看官，你说从来做牙婆的那个不贪钱钞？见了这般黄白之物，如何不动火？薛婆当时满脸堆下笑来，便道：『大官人休得错怪，老身一生不曾要别人一厘一毫不明不白的钱财。今日既承大官人分付，老身权且留下，若是不能效劳，依旧奉纳。』说罢，将金锭放银包内，一齐包起，叫声：『老身大胆了。』拿向卧房中藏过，忙踅出来，道：『大官人，老身且不敢称谢，你且说什么买卖，用着老身之处？』大郎道：『急切要寻一件救命之宝，是处都无，只大市街上一家人家方有，特央干娘去借借。』婆子笑将起来道：『又是作怪！老身在这条巷住过二十多年，不曾闻大市街有甚救命之宝。大官人你说，有宝的还是谁家？』大郎道：『敝乡里汪三朝奉典铺对门高楼子内是何人之宅？』婆子想了一回，道：『这是本地蒋兴哥家里。他男子出外做客，一年多了，只有女眷在家。』大郎道：『我这救命之宝，正要问他女眷借借。』便把椅儿掇近了婆子身边，向他诉出心腹，如此如此。婆子听罢，连忙摇首道：『此事大难！蒋兴哥新娶这房娘子，不上四年，夫妻两个如鱼似水，寸步难离。如今没奈何出去了，这小娘子足不下楼，甚是贞节。因兴哥做人有些古怪，容易嗔嫌，老身辈从不曾上他的阶头。连这小娘子面长面短，老身还不认得，如何应承得此事？方才所赐，是老身薄福，受用不成了。』陈大郎听说，慌忙双膝跪下。婆子去扯他时，被他两手拿住衣袖，紧紧按定在椅上，动弹不得。口里说：『我陈商这条性命，都在干娘身上。你是必思量个妙计，作成我入马，救我残生。事成之日，再有白金百两相酬。若是推阻，即今便是个死。』慌得婆子没理会处，连声应道：『是，是，莫要折杀老身。大官人请起，老身有话讲。』陈大郎方才起身，拱手道：『有何妙策，作速见教。』薛婆道：『此事须从容图之，只要成就，莫论岁月。

若是限时限日，老身决难奉命。」陈大郎道：「若果然成就，便迟几日何妨？只是计将安出？」薛婆道：「明日不可太早，不可太迟，早饭后，相约在汪三朝奉典铺中相会。大官人可多带银两，只说与老身做买卖，其间自有道理。若是老身这两只脚跨进得蒋家门时，便是大官人的造化。大官人便可急回下处，莫在他门首盘桓，被人识破，误了大事。讨得三分机会，老身自来回复。」陈大郎道：「谨依尊命。」唱了个肥喏，欣然开门而去。正是：

未曾灭项兴刘，先见筑坛拜将。

当日无话。到次日，陈大郎穿了一身齐整衣服，取上三四百两银子，放在个大皮匣内，唤小郎背着，跟随到大市街汪家典铺来。瞧见对门楼窗紧闭，料是妇人不在，便与管典的拱了手，讨个木凳儿坐在门前，向东而望。不多时，只见薛婆抱着一个蔑丝箱儿来了。陈大郎唤住，问道：「箱内何物？」薛婆道：「珠宝首饰，大官人可用么？」大郎道：「我正要买。」薛婆进了典铺，与管典的相见了，叫声聒噪，便把箱儿打开。内中有十来包珠子，又有几个小匣儿，都盛着新样簇花点翠的首饰，奇巧动人，光灿夺目。陈大郎拣几吊极粗极白的珠子，和那些簪珥之类，做一堆儿放着，道：「这些我都要了。」婆子便把眼儿瞅着，说道：「大官人要用时尽用，只怕不肯出这样大价钱。」陈大郎已自会意，开了皮匣，把这些银两白花花的，摊做一台，高声地叫道：「有这些银子，难道买你的货不起！」此时邻舍闲汉已自走过七八个人，在铺前站着看了。婆子道：「老身取笑，岂敢小觑大官人。这银两须要仔细，请收过了，只要还得价钱公道便好。」两下一边的讨价多，一边的还钱少，差得天高地远。那讨价的一口不移。这里陈大郎拿着东西，又不放手，又不增添，故意走出屋檐，件件地反复认看，言真道假、弹斤估两地在日光中烜耀。惹得一市人都来观看，不住声的有人喝彩。婆子乱嚷道：「买便买，不买便罢，只管耽搁人则甚！」陈大郎道：「怎么不买？」两个又论了一番价。正是：

只因酬价争钱口，惊动如花似玉人。

王三巧儿听得对门喧嚷，不觉移步前楼，推窗偷看。只见珠光闪烁，宝色辉煌，甚是可爱。又见婆子与客人争价不定，便分付丫环去唤那婆子，借他东西看看。晴云领命，走过街去，把薛婆衣袂一扯，道：「我家娘请你。」婆子故意问道：「是谁家？」晴云道：「对门蒋家。」婆子把珍珠之类，劈手夺将过来，忙忙地包了，道：「老身没有许多空闲，与你歪缠！」陈大郎道：「再添些卖了罢。」婆子道：「不卖不卖，像你这样价钱，老身卖去多时了。」一头说，一头放入箱儿里，依先关锁了，抱着便走，晴云道：「我替你老人家拿罢。」婆子道：「不消。」头也不回，径到对门去了。陈大郎心中暗喜，也收拾银两，别管典的，自回下处。正是：

眼望捷旌旗，耳听好消息。

晴云引薛婆上楼，与三巧儿相见了。婆子看那妇人，心下想道：「真天人也！怪不得陈大郎心迷，若我做男子，也要浑了。」当下说道：「老身久闻大娘贤慧，但恨无缘拜识。」三巧儿问道：「你老人家尊姓？」婆子道：「老身姓薛，只在这里东巷住，与大娘也是邻里。」三巧儿道：「你方才这些东西，如何不卖？」婆子笑道：「若不卖时，老身又拿出来怎的？只笑那下路客人空自一表人才，不识货物。」说罢便去开了箱儿，取出几件簪珥，递与那妇人看，叫道：『大娘，你道这样首饰，便工钱也费多少！他们还得忒不像样，教老身在主人家面前，如何告得许多消乏？』又把几串珠子提将起来道：『这般头号的货，他们还做梦哩。』三巧儿问了他讨价还价，便道：『真个亏你些儿』。婆子道：『还是大家宝眷，见多识广，比男子汉眼力倒胜十倍』。三巧儿唤丫环看茶，婆子道：『不扰茶了。老身有件要紧的事，欲往西街走走，遇着这个客人，缠了多时，正是：「买卖不成，耽误工程。」这箱儿连锁放在这里，权烦大娘收拾。老身暂去，少停就来。』说罢，便走。三巧儿叫晴云送他下楼，出门向西去了。

三巧儿心上爱了这几件东西，专等婆子到来酬价，一连五日不至。到第六日午后，忽然下一场大雨。雨声未绝，砰砰的敲门声响。三巧儿唤丫环开看，只见薛婆衣衫半湿，提个破伞进来，口儿道：『晴干不肯走，直待雨淋头。』把伞儿放在楼梯边，走上楼来万福道：『大娘前晚失信了。』三巧儿慌忙答礼道：『这几日在那里去了？』婆子道：『小女托赖新添了个外孙，老身去看看，留住了几日，今早方回。半路上下起雨来，在一个相识人家借得把伞，又是破的，却不是晦气！』三巧儿道：『你老人家几个儿女？』婆子道：『只一个儿子，完婚过了。女儿倒有四个，这是第四个了，嫁与徽州朱八朝奉做偏房，就在这北门外开盐店的。』三巧儿道：『你老人家女儿多，不把来当事了。本乡本土少什么一夫一妇的，怎舍得与异乡人做小？』婆子道：『大娘不知，倒是异乡人有情怀。虽则偏房，他大娘子只在家里，小女自在店中，呼奴使婢，一般受用。老身每遍去时，他当个尊长看待，更不怠慢。如今养了个儿子，愈加好了。』三巧儿道：『也是你老人家造化，嫁得着。』说罢，恰好晴云讨茶上来，两个吃了。婆子道：『今日雨天没事，老身大胆，敢求大娘的首饰一看，看些巧样儿在肚里也好。』三巧儿道：『也只是平常生活，你老人家莫笑话。』就取一把钥匙，开了箱笼，陆续搬出许多钗、钿、缨络之类。薛婆看了，夸美不尽，道：『大娘有恁般珍异，把老身这几件东西，看不在眼了。』三巧儿道：『好说，我正要与你老人家请个实价。』婆子道：『娘子是识货的，何消老身费嘴。』三巧儿把东西检过，取出薛婆的蔑丝箱儿来，放在桌上，将钥匙递与婆子道：『你老人家开了，检看个明白。』婆子道：『大娘忒精细了。』当下开了箱儿，把东西逐件搬出。三巧儿品评价钱，都不甚远。婆子并不争论，欢欢喜喜地道：『恁地，便不枉了人。老身就少赚几贯钱，也是快活的。』三巧儿道：『只是一件，目下凑不起价钱，只好现奉一半。等待我家官人回来，一并清楚。他也只在这几日回了。』婆子道：『便迟几日，也不妨事。只是价钱上相让多了，银水要足纹的。』三巧儿道：『这也小事。』便把心爱的几件首饰及珠子收起。唤晴云取杯现成酒来，与老人家坐坐。婆子道：『造次，如何好搅扰？』三巧儿道：『时常清闲，难得你老人家到此，作伴扳话。你老人家若不嫌怠慢，时常过来走走。』婆子道：『多谢大娘错爱，老身家里当不过嘈杂，像宅上又忒清闲了。』三巧儿道：『你家儿子做甚生意？』婆子道：『也只是接些珠宝客人，每日的讨酒讨浆，刮的人不耐烦。老身亏杀客宅们走动，在家时少，还好。若只在六尺地上转，怕不燥死了人。』三巧儿道：『我家与你相近，不耐烦时，就过来闲话。』婆子道：『只不敢频频打搅。』三巧儿道：『老人家说那里话。』

只见两个丫环轮番地走动，摆了两副杯箸，两碗腊鸡，两碗腊肉，两碗鲜鱼，连果碟素菜，共一十六个碗。婆子道：『如何盛设！』三巧儿道：『现成的，休怪怠慢。』说罢，斟酒递与婆子，婆子将杯回敬，两下对坐而饮。原来三巧儿酒量尽去得，那婆子又是酒壶酒瓮，吃起酒来，一发相投了，只恨会面之晚。那日直吃到傍晚，刚刚雨止，婆子作谢要回。三巧儿又取出大银盅来，劝了几盅，又陪他吃了晚饭，说道：『你老人家再宽坐一时，我将这一半价钱付你去。』婆子道：『天晚了，大娘请自在，不争这一夜儿，明日却来领罢。连这篋丝箱儿，老身也不拿去了，省得路上泥滑滑的不好走。』三巧儿道：『明日专专望你。』婆子作别下楼，取了破伞，出门去了。正是：

世间只有虔婆嘴，哄动多多少少人。

却说陈大郎在下处呆等了几日，并无音信。见这日天雨，料是婆子在家，拖泥带水的进城来问个消息，又不相值。自家在酒肆中吃了三杯，用了些点心，又到薛婆门首打听，只是未回。看看天晚，却待转身，只见婆子一脸春色，脚略斜地走入巷来。陈大郎迎着他，作了揖，问道：『所言如何？』婆子摇手道：『尚早。如今方下种，还没有发芽哩。再隔五六年，开花结果，才到得你口。你莫在此探头探脑，老娘不是管闲事的。』陈大郎见他醉了，只得转去。

次日，婆子买了些时新果子，鲜鸡、鱼、肉之类，唤个厨子安排停当，装做两个盒子，又买一瓮上好的醲酒。央间壁小二挑了，来到蒋家门首。三巧儿这日，不见婆子到来，正教晴云开门出来探望，恰好相遇。婆子教小二挑在楼下，先打发他去了。晴云已自报知主母，三巧儿把婆子当个贵客一般，直到楼梯口边迎他上去。婆子千恩万谢地福了一回，便道：『今日老身偶有一杯水酒，将来与大娘消遣。』三巧儿道：『倒要你老人家赔钞，不当受了。』婆子央两个丫环搬将上来，摆做一桌子。三巧儿道：『你老人家忒迂阔了，恁般大弄起来。』婆子笑道：『小户人家，备不出什么好东西，只当一茶奉献。』晴云便去取杯箸，暖雪便吹起水火炉来。霎时酒暖，婆子道：『今日是老身薄意，还请大娘转坐客位。』三巧儿道：『虽然相扰，在寒舍岂有此理？』两下谦让多时，薛婆只得坐了客席。这是第三次相聚，更觉熟分了。

饮酒中间，婆子问道：『官人出外好多时了，还不回，亏他撇得大娘下。』三巧儿道：『便是，说过一年就转，不知怎地耽搁了？』婆子道：『依老身说，放下了恁般如花似玉的娘子，便博个堆金积玉也不为罕。』婆子又道：『大凡走江湖的人，把客当家，把家当客。比如我第四个女婿朱八朝奉，有了小女，朝欢暮乐，那里想家？或三年四年，才回一遍，住不上一两个月，又来了，家中大娘子替他担孤受寡，那晓得他外边之事？』三巧儿道：『我家官人倒不是这样人。』婆子道：『老身只当闲话讲，怎敢将天比地？』当日两个猜谜掷色，吃得酩酊而别。

第三日，同小二来取家伙，就领这一半价钱。三巧儿又留他吃点心。

从此以后，把那一半赊钱为由，只做问兴哥的消息，不时行走。这婆子俐齿伶牙，能言快语，又半痴不颠地惯与丫环们打诨，所以上下都欢喜他。三巧儿一日不见他来，便觉寂寞，叫老家人认了薛婆家里，早晚常去请他，所以一发来得勤了。世间有四种人惹他不得，引起了头，再不好绝他。是那四种？

游方僧道，乞丐，闲汉，牙婆。

上三种人犹可，只有牙婆是穿房入户的，女眷们怕冷静时，十个九个倒要扳他来往。今日薛婆本是个不善之人，一般甜言软语，三巧儿遂与他成了至交，时刻少他不得。正是：

画虎画皮难画骨，知人知面不知心。

陈大郎儿遍讨个消息，薛婆只回言尚早。其时五月中旬，天渐炎热。婆子在三巧儿面前，偶说起家中蜗窄，又是朝西房子，夏月最不相宜，不比这楼上高敞风凉。三巧儿道：『你老人家若撇得家下，到此过夜也好。』婆子道：『好是好，只怕官人回来。』三巧儿道：『他就回，料道不是半夜三更。』婆子道：『大娘不嫌蒿恼，老身惯是挜相知的，只今晚就取铺陈过来，与大娘作伴，何如？』三巧儿道：『铺陈尽有，也不须拿得。你老人家回复家里一声，索性在此过了一夏家去不好？』婆子真个对家里儿子媳妇说了，只带个梳匣儿过来。三巧儿道：『你老人家多事，难道我家油梳子也缺了，你又带来怎地？』婆子道：『老身一生怕的是同汤洗脸，合具梳头。大娘怕没有精致的梳具，老身如何敢用？其他姐儿们的，老身也怕用得，还是自家带了便当。只是大娘分付在那一门房安歇？』三巧儿指着床前一个小小藤榻儿，道：『我预先排下你的卧处了，我两个亲近些，夜间睡不着好讲些闲话。』说罢，捡出一顶青纱帐来，教婆子自家挂了，又同吃了一会酒，方才歇息。两个丫环原在床前打铺相伴，因有了婆子，打发他在间壁房里去睡。

从此为始，婆子日间出去串街做买卖，黑夜便到蒋家歇宿。时常携壶挈榼地殷勤热闹，不一而足。床榻是丁字样铺下的，虽隔着帐子，却像是一头同睡，夜间絮絮叨叨，你问我答，凡街坊秽亵之谈，无所不至。这婆子或时装醉诈疯起来，倒说起自家少年时偷汉的许多情事，去勾动那妇人的春心。害得那妇人娇滴滴一副嫩脸，红了又白，白了又红。婆子已知妇人心活，只是那话儿不好启齿。

光阴迅速，又到七月初七日了，正是三巧儿的生日。婆子清早备下两盒礼，与他做生。三巧儿称谢了，留他吃面。婆子道：『老身今日有些穷忙，晚上来陪大娘，看牛郎织女做亲。』说罢，自去了。

下得阶头不几步，正遇着陈大郎。路上不好讲话，随到个僻静巷里。陈大郎攒着两眉，埋怨婆子道：『干娘，你好慢心肠！春去夏来，如今又立过秋了。你今日也说尚早，明日也说尚早，却不知我度日如年。再延挨几日，他丈夫回来，此事便付东流，却不活活地害死我也！阴司去少不得与你索命。』婆子道：『你且莫喉急，老身正要相请，来得恰好。事成不成，只在今晚，须是依我而行。如此如此，这般这般，全要轻轻悄悄，莫带累人。』陈大郎点头道：『好计，好计！事成之后，定当厚报。』说罢，欣然而去。正是：

排成窃玉偷香阵，费尽携云握雨心。

却说薛婆约定陈大郎这晚成事，午后细雨微茫，到晚却没有星月。婆子黑暗里引着陈大郎埋伏在左近，自己却去敲门。晴云点个纸灯儿，开门出来。婆子故意把衣袖一摸，说道：『失落了一条临清汗巾儿。姐姐，劳你大家寻一寻。』哄得晴云便把灯向街上照去。这里婆子捉个空，招着陈大郎一溜溜进门来，先引他在楼梯背后空处伏着。婆子便叫道：『有了，不要寻了。』晴云道：『恰好火也没了，我再去点个来照你。』婆子道：『走熟的路，不消用火。』两个黑暗里关了门，摸上楼来。三巧儿问道：『你没了什么东西？』婆子袖里扯出个小帕儿来，道：『就是这个冤家，虽然不值甚钱，是一个北京客人送我的，却不道：「礼轻人意重。」』三巧儿取笑道：『莫非是你老相交送的表记。』婆子笑道：『也差不多。』当夜两个耍笑饮酒。婆子道：『酒肴尽多，何不把些赏厨下男女？也教他闹轰轰，像个节夜。』三巧儿真个把四碗菜，两壶酒，分付丫环，拿下楼去。那两个婆娘，一个汉子，吃了一回，各去歇息不提。

再说婆子饮酒中间，问道：『官人如何还不回家？』三巧儿道：『便是算来一年半了。』婆子道：『牛郎织女，也是一年一会，你比他倒多隔了半年。常言道：「一品官，二品客。」做客的那一处没有风花雪月？只苦了家中娘子。』三巧儿叹了口气，低头不语。婆子道：『是老身多嘴了。今夜牛女佳期，只该饮酒作乐，不该说伤情话儿。』说罢，便斟酒去劝那妇人。

约莫半酣，婆子又把酒去劝两个丫环，说道：『这是牛郎织女的喜酒，劝你多吃几杯，后日嫁个恩爱的老公，寸步不离。』两个丫环被缠不过，勉强吃了，各不胜酒力，东倒西歪。三巧儿分付关了楼门，发放他先睡。他两个自在吃酒。

婆子一头吃，口里不住地说啰说皂，道：『大娘几岁上嫁的？』三巧儿道：『十七岁。』婆子道：『破得身迟，还不吃亏；我是十三岁上就破了身。』三巧儿道：『嫁得恁般早？』婆子道：『论起嫁，倒是十八岁了，不瞒大娘说，因是在间壁人家学针指，被他家小官人调诱，一时间贪他生得俊俏，就应承与他偷了。初时好不疼痛，两三遍后，就晓得快活。大娘你可也是这般么？』三巧儿只是笑。婆子又道：『那话儿倒是不晓得滋味的倒好，尝过的便丢不下，心坎里时时发痒。日里还好，夜间好难过哩。』三巧儿道：『想你在娘家时阅人多矣，亏你怎生充得黄花女儿嫁去？』婆子道：『我的老娘也晓得些影像，生怕出丑，教我一个童女方，用石榴皮生矾两味煎汤洗过，那东西就揪紧了。我只做张做势地叫疼。就遮过了。』三巧儿道：『你做女儿时，夜间也少不得独睡。』婆子道：『还记得在娘家时节，哥哥出外，我与嫂嫂一头同睡。两下轮番在肚子上学男子汉的行事。』三巧儿道：『两个女人做对，有甚好处？』婆子走过三巧儿那边，挨肩坐了，说道：『大娘，你不知，只要大家知音，一般有趣，也撒得火。』三巧儿举手把婆子肩胛上打一下，说道：『我不信，你说谎。』婆子见他欲心已动，有心去挑拨他，又道：『老身今年五十二岁了，夜间常痴性发作，打熬不过，亏得你少年老成。』三巧儿道：『你老人家打熬不过，终不然还去打汉子？』婆子道：『败花枯柳，如今那个要我了？不瞒大娘说，我也有个自取其乐救急的法儿。』三巧儿道：『你说谎，又是什么法儿？』婆子道：『少停到床上睡了，与你细讲。』

说罢，只见一个飞蛾在灯下旋转，婆子便把扇来一扑，故意扑灭了灯，叫声：『啊呀！老身自去点个灯来。』便去开楼门。陈大郎已自走上楼梯，伏在门边多时了。都是婆子预先设下的圈套。婆子道：『忘带个取灯儿去了。』又走转来，便引着陈大郎到自己榻上伏着。婆子下楼去了一回，复上来道：『夜深了，厨下火种都熄了，怎么处？』三巧儿道：『我点灯睡惯了，黑魆魆的，好不怕人！』婆子道：『老身伴你一床睡如何？』三巧儿正要问他救急的法儿，应道：『甚好。』婆子道：『大娘，你先上床，我关了门就来。』三巧儿先脱了衣服，床上去了，叫道：『你老人家快睡罢。』婆子应道：『就来了。』却在榻上拖陈大郎上来，赤条条的掇在三巧儿床上去。三巧儿摸着身子，道：『你老人家许多年纪，身上恁般光滑！』那人并不回言，钻进被里，就捧着妇人做嘴，妇人还认是婆子，双手相抱。那人蓦地腾身而上，就干起事来。那妇人一则多了杯酒，醉眼朦胧；二则被婆子挑拨，春心飘荡，到此不暇致详，凭他轻薄。

一个是闺中怀春的少妇，一个是客邸慕色的才郎。一个打熬许久，如文君初遇相如；一个盼望多时，如必正初谐陈女。分明久旱逢甘雨，胜过他乡遇故知。

陈大郎是走过风月场的人，颠鸾倒凤，曲尽其趣，弄得妇人魂不附体。云雨毕后，三巧儿方问道：『你是谁？』陈大郎把楼下相逢，如此相慕，如此苦央薛婆用计，细细说了：『今番得遂平生，便死瞑目。』婆子走到床间，说道：『不是老身大胆，一来可怜大娘青春独宿，二来要救陈郎性命。你两个也是宿世姻缘，非干老身之事。』三巧儿道：『事已如此，万一我丈夫知觉，怎么好？』婆子道：『此事你知我知，只买定了晴云、暖雪两个丫头，不许他多嘴，再有谁人漏泄？在老身身上，管成你夜夜欢娱，一些事也没有。只是日后不要忘记了老身。』三巧儿到此，也顾不得许多了，两个又狂荡起来。直到五更鼓绝，天色将明，两个兀自不舍。婆子催促陈大郎起身，送他出门去了。

自此无夜不会，或是婆子同来，或是汉子自来。两个丫环被婆子把甜话儿偎他，又把厉害话儿吓他，又教主母赏他几件衣服，汉子到时，不时把些零碎银子赏他们买果儿吃。骗得欢欢喜喜，已自做了一路。夜来明去，一出一入，都是两个丫环迎送，全无阻隔。真个是你贪我爱，如胶似漆，胜如夫妇一般。陈大郎有心要结识这妇人，不时地制办好衣服、好首饰送他。又替他还了欠下婆子的一半价钱。又将一百两银子谢了婆子。往来半年有余，这汉子约有千金之费。三巧儿也有三十多两银子东西，送那婆子。婆子只为图些不义之财，所以肯做牵头。这都不在话下。

古人云：『天下无不散的筵席。』才过十五元宵夜，又是清明三月天。陈大郎思想蹉跎了多时生意，要得还乡。夜来与妇人说知，两下恩深义重，各不相舍。妇人倒情愿收拾了些细软，跟随汉子逃走，去做长久夫妻。陈大郎道：『使不得，我们相交始末，都在薛婆肚里。就是主人家吕公，见我每夜进城，难道没有些疑惑？况客船上人多，瞒得那个？两个丫环又带去不得。你丈夫回来，根究出情由，怎肯干休？娘子权且耐心，到明年此时，我到此，觅个僻静下处，悄悄通个信儿与你，那时两口儿同走，神鬼不觉，却不安稳？』妇人道：『万一你明年不来，如何？』陈大郎就设起誓来。妇人道：『既然你有真心，奴家也决不相负。你若到了家乡，倘有便人，托他捎个书信到薛婆处，也教奴家放意。』陈大郎道：『我自用心，不消分付。』

又过几日，陈大郎雇下船只，装载粮食完备，又来与妇人作别。这一夜倍加眷恋，两下说一会，哭一会，又狂荡一会，整整地一夜不曾合眼。到五更起身，妇人便去开箱，取出一件宝贝，叫做珍珠衫，递与陈大郎道：『这件衫儿，是蒋门祖传之物，暑天若穿了它，清凉透骨。此去天道渐热，正用得着。奴家把与你做个纪念，穿了此衫，就如奴家贴体一般。』陈大郎哭得出声不得，软做一堆。妇人就把衫儿亲手与汉子穿下，叫丫环开了门户，亲自送他出门，再三珍重而别。诗曰：

昔年含泪别夫郎，今日悲啼送所欢。堪恨妇人多水性，招来野鸟胜文鸾。

话分两头。却说陈大郎有了这珍珠衫儿，每日贴体穿着，便夜间脱下，也放在被窝中同睡，寸步不离。一路遇了顺风，不两月行到苏州府枫桥地面。那枫桥是柴米牙行聚处，少不得投个主家脱货，不在话下。

忽一日，赴个同乡人的酒席。席上遇个襄阳客人，生得风流标致。那人非别，正是蒋兴哥。原来兴哥在广东贩了些珍珠、玳瑁、苏木、沉香之类，搭伴起身。那伙同伴商量，都要到苏州发卖。兴哥久闻得『上说天堂，下说苏杭』，好个大码头所在，有心要去走一遍，做这一回买卖，方才回去。还是去年十月中到苏州的。因是隐姓为商，都称为罗小官人，所以陈大郎更不疑惑。他两个萍水相逢，年相若，貌相似，谈吐应对之间，彼此敬慕。即席间问了下处，互相拜望，两个遂成知己，不时会面。

兴哥讨完了客帐，欲待起身，走到陈大郎寓所作别。大郎置酒相待，促膝谈心，甚是款洽。此时五月下旬，天气炎热。两个解衣饮酒，陈大郎露出珍珠衫来。兴哥心中骇异，又不好认他的，只夸奖此衫之美。陈大郎恃了相知，便问道：『贵县大市街有个蒋兴哥家，罗兄可认得否？』兴哥倒也乖巧，回道：『在下出外日多，里中虽晓得有这个人，并不相认。陈兄为何问他？』陈大郎道：『不瞒兄长说，小弟与他有些瓜葛。』便把三巧儿相好之情，告诉了一遍。扯着衫儿看了，眼泪汪汪道：『此衫是他所赠。兄长此去，小弟有封书信，奉烦一寄，明日侵早送到贵寓。』兴哥口里答应道：『当得，当得。』心下沉吟：『有这等异事！现在珍珠衫为证，不是个虚话了。』当下如针刺肚，推故不饮，急急起身别去。

回到下处，想了又恼，恼了又想，恨不得学个缩地法儿，顷刻到家。连夜收拾，次早便上船要行。只见岸上一个人气吁吁地赶来，却是陈大郎。亲把书信一大包，递与兴哥，叮嘱千万寄去。气得兴哥面如土色，说不得，话不得，死不得，活不得。只等陈大郎去后，把书看时，面上写道：『此书烦寄大市街东巷薛妈妈家。』兴哥性起，一手扯开，却是八尺多长一条桃红绉纱汗巾。又有个纸糊长匣儿，内有羊脂玉凤头簪一根。书上写道：『微物二件，烦干娘转寄心爱娘子三巧亲收，聊表纪念。相会之期，准在来春。珍重，珍重。』兴哥大怒，把书扯得粉碎，撇在河中。提起玉簪在船板上一掼，折做两段，一念想起道：『我好糊涂！何不留此做个证见也好。』便捡起簪儿和汗巾，做一包收拾，催促开船。急急地赶到家乡，望见了自家门首，不觉堕下泪来。想起当初夫妻何等恩爱，只为我贪着蝇头微利，撇他少年守寡，弄出这场丑来，如今悔之何及！在路上性急，巴不得赶回。及至到了，心中又苦又恨，行一步，懒一步。进得自家门里，少不得忍住了气，勉强相见。兴哥并无言语，三巧儿自己心虚，觉得满脸惭愧，不敢殷勤上前扳话。兴哥搬完了行李，只说去看看丈人丈母，依旧到船上住了一晚。

次早回家，向三巧儿说道：『你的爹娘同时害病，势甚危笃。昨晚我只得住下，看了他一夜。他心中只牵挂着你，欲见一面。我已雇下轿子在门首，你可作速回去，我也随后就来。』三巧儿见丈夫一夜不回，心里正在疑虑。闻说爹娘有病，却认真了，如何不慌？慌忙把箱笼上钥匙递与丈夫，唤个婆娘跟了，上轿而去。兴哥叫住了婆娘，向袖中摸出一封书来，分付他送与王公：『送过书，你便随轿回来。』

却说三巧儿回家，见爹娘双双无恙，吃了一惊。王公见女儿不接而回，也自骇然。在婆子手中接书，拆开看时，却是休书一纸。上写道：

立休书人蒋德，系襄阳府枣阳县人，从幼凭媒聘定王氏为妻。岂期过门之后，本妇多有过失，正合七出之条。因念夫妻之情，不忍明言，情愿退还本宗，听凭改嫁，并无异言，休书是实。

成化二年　月　日　手掌为记。

书中又包着一条桃红汗巾，一枝打折的羊脂玉凤头簪。王公看了，大惊，叫过女儿问其缘故。三巧儿听说丈夫把他休了，一言不发，啼哭起来。王公气忿忿地一径跟到女婿家来。蒋兴哥连忙上前作揖，王公回礼，便问道：『贤婿，我女儿是清清白白嫁到你家的，如今有何过失，你便把他休了？须还我个明白。』蒋兴哥道：『小婿不好说得，但问令爱便知。』王公道：『他只是啼哭，不肯开口，教我肚里好闷！小女从幼聪慧，料不到得犯了淫盗。若是小小过失，你可也看老汉薄面，恕了他罢。你两个是七八岁上定下的夫妻，完婚后并不曾争论一遍两遍。且是和顺。你如今做客才回，又不曾住过三朝五日，有什么破绽落在你眼里？你直如此狠毒，也被人笑话，说你无情无义。』蒋兴哥道：『丈人在上，小婿也不敢多讲。家下有祖遗下珍珠衫一件，是令爱收藏，只问他如今在否？若在时，半字休提；若不在，只索休怪了。』王公忙转身回家，问女儿道：『你丈夫只问你讨什么珍珠衫，你端的拿与何人去了？』那妇人听得说着了他紧要的关目，羞得满脸通红，开不得口，一发号啕大哭起来。慌得王公没做理会处。王婆劝道：『你不要只管啼哭，实实地说个真情与爹妈知道，也好与你分剖。』妇人那里肯说，悲悲咽咽，哭一个不住。王公只得把休书和汗巾、簪子，都付与王婆。教他慢慢地偎着女儿，问他个明白。

王公心中纳闷，走到邻家闲话去了。王婆见女儿哭得两眼赤肿，生怕哭坏了他，安慰了几句言语，走往厨房下去暖酒，要与女儿消愁。三巧儿在房中独坐，想着珍珠衫泄漏的缘故，好行难解！这汗巾、簪子，又不知那里来的。沉吟了半晌道：『我晓得了！这折簪是镜破钗分之意；这条汗巾，分明教我悬梁自尽。他念夫妻之情，不忍明言，是要全我的廉耻。可怜四年恩爱，一旦决绝，是我做的不是，负了丈夫恩情。便活在人间，料没有个好日，不如缢死，倒得干净。』说罢，又哭了一回，把个坐杌子填高，将汗巾兜在梁上，正欲自缢。也是寿数未绝，不曾关上房门，恰好王婆暖得一壶好酒走进房来，见女儿安排这事，急得他手忙脚乱，不放酒壶，便上前去拖拽。不期一脚踢翻坐杌子，娘儿两个跌做一团，酒壶都泼翻了。王婆爬起来，扶起女儿，说道：『你好短见！二十多岁的人，一朵花还没有开足，怎做这没下梢的事？莫说你丈夫还有回心转意的日子，便真个休了，恁般容貌，怕没人要你？少不得别选良姻，图个下半世受用。你且放心过日子去，休得愁闷。』王公回家，知道女儿寻死，也劝了他一番，又嘱咐王婆用心提防。过了数日，三巧儿没奈何，也放下了念头。正是：

夫妻本是同林鸟，大限来时各自飞。

再说蒋兴哥把两条索子，将晴云、暖雪捆缚起来，拷问情由。那丫头初时抵赖，吃打不过，只得从头至尾，细细招将出来。已知都是薛婆勾引，不干他人之事。到明朝，兴哥领了一伙人，赶到薛婆家里，打得他雪片相似，只饶他拆了房子。薛婆情知自己不是，躲过一边，并没一人敢出头说话。兴哥见他如此，也出了这口气。回去唤个牙婆，将两个丫头都卖了。楼上细软箱笼，大小共十六只，写三十二条封皮，打叉封了，更不开动。这是甚意儿？只因兴哥夫妇，本是十二分相爱的。虽则一时休了，心中好生痛切。见物思人，何忍开看？

话分两头。却说南京有个吴杰进士，除授广东潮阳县知县。水路上任，打从襄阳经过。不曾带家小，有心要择一美妾。一路看了多少女子，并不中意。闻得枣阳县王公之女，大有颜色，一县闻名，出五十金财礼，央媒议亲。王公倒也乐从，只怕前婿有言，亲到蒋家，与兴哥说知。兴哥并不阻挡。临嫁之夜，兴哥雇了人夫，将楼上十六个箱笼，原封不动，连匙钥送到吴知县船上，交割与三巧儿，当个赔嫁。妇人心上倒过意不去。旁人晓得这事，也有夸兴哥做人忠厚的，也有笑他痴呆的，还有骂他没志气的。正是人心不同。

闲话休题。再说陈大郎在苏州脱货完了，回到新安，一心只想着三巧儿。朝暮看了这件珍珠衫，长吁短叹。老婆平氏心知这衫儿来得跷蹊，等丈夫睡着，悄悄地偷去，藏在天花板上。陈大郎早起要穿时，不见了衫儿，与老婆取讨。平氏那里肯认。急得陈大郎性发，倾箱倒箧地寻个遍，只是不见，便破口骂老婆起来。惹得老婆啼啼哭哭，与他争嚷，闹吵了两三日。陈大郎情怀撩乱，忙忙地收拾银两，带个小郎，再望襄阳旧路而进。

将近枣阳，不期遇了一伙大盗，将本钱尽皆劫去。小郎也被他杀了。陈商眼快，走向船梢舵上伏着，幸免残生。思想还乡不得，且到旧寓住下，待会了三巧儿，与他借些东西，再图恢复。叹了一口气，只得离船上岸。走到枣阳城外主人吕公家，告诉其事，又道如今要央卖珠子的薛婆，与一个相识人家借些本钱营运。吕公道：『大郎不知，那婆子为勾引蒋兴哥的浑家，做了些丑事。去年兴哥回来，问浑家讨什么珍珠衫。原来浑家赠与情人去了，无言回答。兴哥当时休了浑家回去，如今转嫁与南京吴进士做第二房夫人了。那婆子被蒋家打得个片瓦不留，婆子安身不牢，也搬在隔县去了。』

陈大郎听得这话，好似一桶冷水没头淋下，这一惊非小。当夜发寒发热，害起病来。这病又是郁症，又是相思症，也带些怯症，又有些惊症。床上卧了两个多月，反反复复只是不愈，连累主人家小厮，服侍得不耐烦。陈大郎心上不安，打熬起精神，写成家书一封，请主人来商议，要觅个便人捎信往家中，取些盘缠，就要个亲人来看觑同回。这几句正中了主人之意，恰好有个相识的承差，奉上司公文要往徽宁一路，水陆驿递，极是快的。吕公接了陈大郎书札，又替他应出五钱银子，送与承差，央他乘便寄去。果然的『自行由得我，官差急如火』，不勾几日，到了新安县。问着陈商家里，送了家书，那承差飞马去了。正是：

只为千金书信，又成一段姻缘。

话说平氏拆开家信，果是丈夫笔迹，写道：

陈商再拜，贤妻平氏见字：别后襄阳遇盗，劫资杀仆。某受惊患病，现卧旧寓吕家，两月不愈。字到可央一的当亲人，多带盘缠，速来看视。伏枕草草。

平氏看了，半信半疑，想道：『前番回家，亏折了千金资本。据这件珍珠衫，一定是邪路上来的。今番又推被盗，多讨盘缠，怕是假话。』又想道：『他要个的当亲人，速来看视，必然病势厉害。这话是真，也未可知。如今央谁人去好？』左思右想，放心不下。与父亲平老朝奉商议。收拾起细软家私，带了陈旺夫妇，就请父亲作伴，雇个船只，亲往襄阳看丈夫去。到得京口，平老朝奉痰火病发，央人送回去了。平氏引着男女，上水前进。

不一日，来到枣阳城外，问着了旧主人吕家。原来十日前，陈大郎已故了。吕公赔些钱钞，将就入殓。平氏哭倒在地，良久方醒。慌忙换了孝服，再三向吕公说，欲待开棺一见，另买副好棺材，重新殓过。吕公执意不肯。平氏没奈何，只得买木做个外棺包裹，请僧做法事超度，多焚冥资。吕公已自索了他二十两银子谢仪，随他闹吵，并不言语。

过了一月有余，平氏要选个好日子，扶柩而回。吕公见这妇人年少姿色，料是守寡不终，又且囊中有物，思想儿子吕二，还没有亲事，何不留住了他，完其好事，可不两便？吕公买酒请了陈旺，央他老婆委曲进言，许以厚谢。陈旺的老婆是个蠢货，那晓得什么委曲？不顾高低，一直的对主母说了。平氏大怒，把他骂了一顿，连打几个耳光子，连主人家也数落了几句。吕公一场没趣，敢怒而不敢言。正是：

羊肉馒头没的吃，空教惹得一身臊。

吕公便去撺掇陈旺逃走。陈旺也思量没甚好处了，与老婆商议，教他做脚，里应外合，把银两首饰，偷得罄尽，两口儿连夜走了。吕公明知其情，反埋怨平氏道：『不该带这样歹人出来，幸而偷了自家主母的东西，若偷了别家的，可不连累人！』又嫌这灵柩碍他生理，教他快些抬去。又道后生寡妇，在此住居不便，催促他起身。平氏被逼不过，只得别赁下一间房子住了。雇人把灵柩移来，安顿在内。这凄凉景象，自不必说。

间壁有个张七嫂，为人甚是活动。听得平氏啼哭，时常走来劝解。平氏又时常央他典卖几件衣服用度，极感其意。不够几月，衣服都典尽了。从小学得一手好针线，思量要到个大户人家，教习女红度日，再作区处。正与张七嫂商量这话，张七嫂道：『老身不好说得，这大户人家，不是你少年人走动的。死的没福自死了，活的还要做人。你后面日子正长哩，终不然做针线娘子得你下半世？况且名声不好，被人看得轻了。还有一件，这个灵柩，如何处置？也是你身上一件大事。便出赁房钱，终久是不了之局。』平氏道：『奴家也都虑到，只是无计可施了。』张七嫂道：『老身倒有一策，娘子莫怪我说。你千里离乡，一身孤寡，手中又无半钱，想要搬这灵柩回去，多是虚了。莫说你衣食不周，到底难守；便多守得几时，亦有何益？依老身愚见，莫若趁此青年美貌，寻个好对头，一夫一妇的，随了他去。得些财礼，就买块土来葬了丈夫，你的终身又有所托，可不生死无憾？』平氏见他说得近理，沉吟了一会，叹口气道：『罢，罢，奴家卖身葬夫，旁人也笑我不得。』张七嫂道：『娘子若定了主意时，老身现有个主儿在此。年纪与娘子相近，人物齐整，又是大富之家。』平氏道：『他既是富家，怕不要二婚的？』张七嫂道：『他也是续弦了，原对老身说，不拘头婚二婚，只要人才出众。似娘子这般丰姿，怕不中意！』原来张七嫂曾受蒋兴哥之托，央他访一头好亲。因是前妻三巧儿色标致，所以如今只要访个美貌的。那平氏容貌，虽不及得三巧儿，论起手脚伶俐，胸中泾渭，又胜似他。

张七嫂次日就进城，与蒋兴哥说了。兴哥闻得是下路人，愈加欢喜。这里平氏分文财礼不要，只要买块好地殡葬丈夫要紧。张嫂往来回复了几次，两相依允。

话休烦絮。却说平氏送了丈夫灵柩入土，祭奠毕了，大哭一场，免不得起灵除孝。临期，蒋家送衣饰过来，又将他典下的衣服都赎回了。成亲之夜，一般大吹大擂，洞房花烛。正是：

规矩熟闲虽旧事，恩情美满胜新婚。

蒋兴哥见平氏举止端庄，甚相敬重。一日，从外而来，平氏正在打叠衣箱，内有珍珠衫一件。兴哥认得了，大惊问道：『此衫从何而来？』平氏道：『这衫儿来得跷蹊。』便把前夫如此张致，夫妻如此争嚷，如此赌气分别，述了一遍。又道：『前日艰难时，几番欲把它典卖，只愁来历不明，怕惹出是非，不敢露人眼目。连奴家至今，不知这物是那里来的。』兴哥道：『你前夫陈大郎名字，可叫做陈商？可是白净面皮，没有须，左手长指甲的么？』平氏道：『正是』。蒋兴哥把舌头一伸，合掌对天道：『如此说来，天理昭彰，好怕人也！』平氏问其缘故，蒋兴哥道：『这件珍珠衫，原是我家旧物。你丈夫奸骗了我的妻子，得此衫为表记。我在苏州相会，见了此衫，始知其情，回来把王氏休了。谁知你丈夫客死，我今续弦，但闻是徽州陈客之妻，谁知就是陈商！却不是一报还一报。』平氏听罢，毛骨悚然。从此恩情愈笃。这才是《蒋兴哥重会珍珠衫》的正话。诗曰：

天理昭昭不可欺，两妻交易孰便宜？分明欠债偿他利，百岁姻缘暂换时。

再说蒋兴哥有了管家娘子，一年之后，又往广东做买卖。也是合当有事，一日到合浦县贩珠，价都讲定。主人家老儿，只拣一粒绝大的偷过了，再不承认。兴哥不忿，一把扯他袖子要搜。何期去得势重，将老儿拖翻在地，跌下便不做声。忙去扶时，气已断了。儿女亲邻，哭的哭，叫的叫，一阵地簇拥将来，把兴哥捉住。不由分说，痛打一顿，关在空房里。连夜写了状词，只等天明，县主早堂，连人进状。县主准了，因这日有公事，分付把凶身锁押，次日候审。

你道这县主是谁？姓吴名杰，南畿进士，正是三巧儿的晚老公。初选原在潮阳，上司因见他清廉，调在这合浦县采珠的所在来做官。是夜，吴杰在灯下将准过的状词细阅。三巧儿正在旁边闲看，偶见宋福所告人命一词，凶身罗德，枣阳县客人，不是蒋兴哥是谁！想起旧日恩情，不觉痛酸，哭告丈夫道：『这罗德是贱妾的亲哥，出嗣在母舅罗家的。不期客边，犯此大辟。官人可看妾之面，救他一命还乡。』县主道：『且看临审如何。若人命果真，教我也难宽宥。』三巧儿两眼噙泪，跪下苦苦哀求。县主道：『你且莫忙，我自有道理。』明早出堂，三巧儿又扯住县主衣袖哭道：『若哥哥无救，贱妾亦当自尽，不能相见了。』

当日县主升堂，第一就问这起。只见宋福、宋寿弟兄两个，哭啼啼地与父亲执命，禀道：『因争珠怀恨，登时打闷，仆地身死。望爷爷做主。』县主问众干证口词，也有说打倒的，也有说推跌的。蒋兴哥辩道：『他父亲偷了小人的珠子，小人不忿，与他争论。他因年老脚跸，自家跌死，不干小人之事。』县主问宋福道：『你父亲几岁了？』宋福道：『六十七岁了。』县主道：『老年人容易昏绝，未必是打。』宋福、宋寿坚执是打死的。县主道：『有伤无伤，须凭检验。既说打死，将尸发在漏泽园去，俟晚堂听检。』原来宋家也是个大户，有体面的，老儿曾当过里长，儿子怎肯把父亲在尸场剔骨？两个双双叩头道：『父亲死状，众目共见，只求爷爷到小人家里相验，不愿发检。』县主道：『若不见贴骨伤痕，凶身怎肯伏罪？没有尸格，如何申得上司过？』弟兄两个只是求告。县主发怒道：『你既不愿检，我也难问。』慌得他弟兄两个连连叩头道：『但凭爷爷明断。』县主道：『望七之人，死是本等。倘或不因打死，屈害了一个平人，反增死者罪过。就是你做儿子的，巴得父亲到许多年纪，又把个不得善终的恶名与凶，心中何忍？但打死是假，推仆是真，若不重罚罗德，也难出你的气。我如今教他披麻戴孝，与亲儿一般行礼。一应殡殓之费，都要他支持。你可服么？』弟兄两个道：『爷爷分付，小人敢不遵依。』兴哥见县主不用刑罚，断得干净，喜出望外。当下原、被告都叩头称谢。县主道：『我也不写审单，着差人押出，待事完回话，把原词与你销讫便了。』正是：

公堂造业真容易，要积阴功亦不难。试看今朝吴大尹，解冤释罪两家欢。

却说三巧儿自丈夫出堂之后，如坐针毡。一闻得退衙，便迎住问个消息。县主道：『我如此如此断了，看你之面，一板也不曾责他。』三巧儿千恩万谢，又道：『妾与哥哥久别，渴思一会，问取爹娘消息。官人如何做个方便，使妾兄妹相见，此恩不小。』县主道：『这也容易。』看官们，你道三巧儿被蒋兴哥休了，恩断义绝，如何恁地用情？他夫妇原是十分恩爱的，因三巧儿做下不是，兴哥不得已而休之，心中兀自不忍，所以改嫁之夜，把十六只箱笼，完完全全地赠他。只这一件，三巧儿的心肠，也不容不软了。今日他身处富贵，见兴哥落难，如何不救？这叫做知恩报恩。

再说蒋兴哥遵了县主所断，着实小心尽礼，更不惜费，宋家弟兄都没话了。丧葬事毕，差人押到县中回复。县主唤进私衙赐座，说道：『尊舅这场官司，若非令妹再三哀恳，下官几乎得罪了。』兴哥不解其故，回答不出。少停茶罢，县主请入内书房，教小夫人出来相见。你道这番意外相逢，不像个梦景么？他两个也不行礼，也不讲话，紧紧地你我相抱，放声大哭。就是哭爹哭娘，从没见这般哀惨，连县主在旁，好生不忍，便道：『你两人且莫悲伤，我看你不像哥妹，快说真情，下官有处。』两个哭得半休不休的，那个肯说？却被县主盘问不过，三巧儿只得跪下，说道：『贱妾罪当万死，此人乃妾之前夫也。』蒋兴哥料瞒不得，也跪下来，将从前恩爱，及休妻再嫁之事，一一诉知。说罢，两人又哭做一团，连吴知县也堕泪不止，道：『你两人如此相恋，下官何忍拆开？幸然在此三年，不曾生育，即刻领去完聚。』两个插烛也似拜谢。

县主即忙讨个小轿，送三巧儿出衙；又唤集人夫，把原来赔嫁的十六个箱笼抬去，都教兴哥收领。又差典吏一员，护送他夫妇出境。此乃吴知县之厚德。正是：

珠还合浦重生采，剑合丰城倍有神。堪羡吴公存厚道，贪财好色竟何人！

此人向来艰于子嗣，后行取到吏部，在北京纳宠，连生三子，科第不绝，人都说阴德之报，这是后话。

再说蒋兴哥带了三巧儿回家，与平氏相见。论起初婚，王氏在前，只因休了一番，这平氏倒是明媒正娶，又且平氏年长一岁，让平氏为正房，王氏反做偏房，两个姐妹相称。从此一夫二妇，团圆到老。有诗为证：

恩爱夫妻虽到头，妻还作妾亦堪羞。殃祥果报无虚谬，咫尺青天莫远求。

世事翻腾似转轮，眼前凶吉未为真。请看久久分明应，天道何曾负善人？

闻得老郎们相传的说话，不记得何州甚县。单说有一人，姓金名孝，年长未娶，家中只有个老母，自家卖油为生。一日挑了油担出门，中途因里急，走上茅厕大解，拾得一个布裹肚，内有一包银子，约莫有三十两。金孝不胜欢喜，便转担回家，对老娘说道：『我今日造化，拾得许多银子。』老娘看见，倒吃了一惊，道：『你莫非做下歹事，偷来的么？』金孝道：『我几曾偷惯了别人的东西，却恁般说！早是邻舍不曾听得哩。这裹肚，其实不知什么人遗失在茅坑旁边，喜得我先看见了，拾取回来。我们做穷经纪的人，容易得这主大财？明日烧个利市，把来做贩油的本钱，不强似赊别人的油卖？』老娘道：『我儿，常言道「贫富皆由命」。你若命该享用，不生在挑油担的人家来了。依我看来，这银子虽非是你设心谋得来的，也不是你辛苦挣来的。只怕无功受禄，反受其殃。这银子，不知是本地人的？远方客人的？又不知是自家的？或是借贷来的？一时间失脱了，抓寻不见，这一场烦恼非小。连性命都失图了，也不可知。曾闻古人裴度还带积德，你今日原到拾银之处，看有甚人来寻，便引来还他原物，也是一番阴德，皇天必不负你。』金孝是个本分的人，被老娘教训了一场，连声应道：『说得是，说得是。』放下银包裹肚，跑到那茅厕边去。只见闹嚷嚷的一丛人围着一个汉子，那汉子气忿忿地叫天叫地。金孝上前问其缘故。原来那汉子是他方客人，因登东，解脱了裹肚，失了银子，找寻不见。只道卸下茅坑，唤出几个泼皮来，正要下去淘摸。街上人都拥着闲看。金孝便问客人道：『你银子有多少？』客人胡乱应道：『有四五十两。』金孝老实，便道：『可有个白布裹肚么？』客人一把扯住金孝，道：『正是，正是。是你拾着，还了我，情愿出赏钱。』众人中有快嘴的便道：『依着道理，平半分也是该的。』金孝道：『真个是我拾得，放在家里，你只随我去便有。』众人都想道：拾得钱财，巴不得瞒过了人，那曾见这个人到去寻主儿还他！也是异事。金孝和客人动身时，这伙人一哄都跟了去。

金孝到了家中，双手儿捧出裹肚，交还客人。客人捡出银包看时，晓得原物不动。只怕金孝要他出赏钱，又怕众人乔主张他平分，反使欺心，赖着金孝，道：『我的银子，原说有四五十两，如今只剩得这些。你匿过一半了，可将来还我！』金孝道：『我才拾得回来，就被老娘逼我出门，寻访原主还他，何曾动你分毫？』那客人赖定短少了他的银两。金孝负屈忿恨，一个头肘子撞去。那客人力大，把金孝一把头发提起，像只小鸡一般，放翻在地，捻着拳头便要打。引得金孝七十岁的老娘，也奔出门前叫屈。众人都有些不平，似杀阵般嚷将起来。恰好县尹相公在这街上过去，听得喧嚷，歇了轿，分付做公的拿来审问。众人怕事的，四散走开去了。也有几个大胆的，站在旁边看县尹相公怎生断这公事。

却说做公的，将客人和金孝母子拿到县尹前面，当街跪下，各诉其情。一边道：『他拾了小人的银子，藏过一半不还。』一边道：『小人听了母亲言语，好意还他，他反来图赖小人。』县尹问众人：『谁做证见？』众人都上前禀道：『那客人脱了银子，正在茅厕边抓寻不着，却是金孝自走来承认了，引他回去还他。这是小人们众目共睹。只银子数目多少，小人不知。』县令道：『你两下不须争嚷，我自有道理。』教做公的带那一干人到县来。

县尹升堂，众人跪在下面。县尹教取裹肚和银子上来，分付库吏，把银子兑准回复。库吏复道：『有三十两。』县主又问客人道：『你银子是许多？』客人道：『五十两。』县主道：『你看见他拾取的，还是他自家承认的？』客人道：『实是他亲口承认的。』县主道：『他若是要赖你的银子，何不全包都拿了，却只藏一半？又自家招认出来？他不招认，你如何晓得？可见他没有赖银之情了。你失的银子是五十两，他拾的是三十两，这银子不是你的，必然另是一个人失落的。』客人道：『这银子实是小人的，小人情愿只领这三十两去罢。』县尹道：『数目不同，如何冒认得去！这银两合断与金孝领去，奉养母亲。你的五十两，自去抓寻。』金孝得了银子，千恩万谢的，扶着老娘去了。那客人已经官断，如何敢争！只得含羞噙泪而去。众人无不称快。这叫做：

欲图他人，反失自己。自己羞惭，他人欢喜。

看官，今日听我说《金钗钿》这桩奇事。有老婆的反没了老婆，没老婆的反得了老婆。只如金孝和客人两个，图银子的反失了银子，不要银子的反得了银子。事迹虽异，天理则同。

却说江西赣州府石城县，有个鲁廉宪。一生为官清介，并不要钱，人都称为鲁白水。那鲁廉宪与同县顾佥事累世通家。鲁家一子，双名学曾；顾家一女，小名阿秀。两下面约为婚，来往间亲家相呼，非止一日。因鲁奶奶病故，廉宪携着孩儿在于任所，一向迁延，不曾行得大礼。谁知廉宪在任，一病身亡。学曾扶柩回家，守制三年。家事愈加消乏，只存下几间破房子，连口食都不周了。

顾佥事见女婿穷得不像样，遂有悔亲之意。与夫人孟氏商议道：『鲁家一贫如洗，眼见得六礼难备，婚娶无期。不若别求良姻，庶不误女儿终身之托。』孟夫人道：『鲁家虽然穷了，从幼许下的亲事，将何辞以绝之？』顾佥事道：『如今只差人去说，男长女大，催他行礼。两边都是宦家，各有体面，说不得「没有」两个字，也要出得他的门，入的我的户。那穷鬼自知无力，必然情愿退亲。我就要了他休书，却不一刀两断？』孟夫人道：『我家阿秀性子有些古怪，只怕她倒不肯。』顾佥事道：『在家从父，这也由不得他。你只慢慢的劝她便了。』

当下孟夫人走到女儿房中，说知此情。阿秀道：『妇人之义，从一而终。婚姻论财，夷虏之道。爹爹如此欺贫重富，全没人伦，决难从命。』孟夫人道：『如今爹去催鲁家行礼，他若行不起礼，倒愿退亲，你只索罢休。』阿秀道：『说那里话！若鲁家贫不能聘，孩儿情愿守志终身，决不改适。当初钱玉莲投江全节，留名万古。爹爹若是见逼，孩儿就拚却一命，亦有何难！』孟夫人见女执性，又苦他，又怜他。心生一计：除非瞒过佥事，密地唤鲁公子来，助他些东西，教他作速行聘，方成其美。忽一日，顾佥事往东庄收租，有好几日耽搁。孟夫人与女儿商量停当了，唤园公老欧到来。夫人当面分付，教他去请鲁公子，后门相会，如此如此，『不可泄漏，我自有重赏。』老园公领命，来到鲁家。但见：

门如败寺，屋似破窑。窗槅离披，一任风声开闭；厨房冷落，绝无烟气蒸腾。颓墙漏瓦权栖足，只怕雨来；旧椅破床便当柴，也少火力。尽说宦家门户倒，谁怜清吏子孙贫？

说不尽鲁家穷处。

却说鲁学曾有个姑娘，嫁在梁家，离城将有十里之地。姑夫已死，只存一子梁尚宾，新娶得一房好娘子，三口儿一处过活，家道粗足。这一日鲁公子恰好到他家借米去了，只有个烧火的白发婆婆在家。老管家只得传了夫人之命，教他作速寄信去请公子回来：『此是夫人美情，趁这几日老爷不在家中，专等专等，不可失信。』嘱罢自去了。这里老婆子想道：此事不可迟缓，也不好转托他人传话。当初奶奶存日，曾跟到姑娘家去。有些影像在肚里。当下嘱咐邻人看门，一步一跌的问到梁家。梁妈妈正留着侄儿在房中吃饭，婆子向前相见，把老园公言语细细述了。姑娘道：『此是美事。』撺掇侄儿快去。鲁公子心中不胜欢喜，只是身上褴褛，不好见得岳母，要与表兄梁尚宾借件衣服遮丑。原来梁尚宾是个不守本分的歹人，早打下欺心草稿，便答应道：『衣服自有，只是今日进城，天色已晚了，宦家门墙，不知深浅，令岳母夫人虽然有话，众人未必尽知，去时也须仔细。凭着愚见，还屈贤弟在此草榻，明日只可早往，不可晚行。』鲁公子道：『哥哥说得是。』梁尚宾道：『愚兄还要到东村一个人家，商量一件小事，回来再得奉陪。』又嘱咐梁妈妈道：『婆子走路辛苦，一发留他过宿，明日去罢。』妈妈也只道孩儿是个好意，真个把两人都留住了。谁知他是个奸计，只怕婆子回去时，那边老园公又来相请，露出鲁公子不曾回家的消息，自己不好去打脱冒了。正是：

欺天行当人难识，立地机关鬼不知。

梁尚宾背却公子，换了一套新衣，悄地出门，径投城中顾佥事家来。

却说孟夫人是晚教老园公开了园门伺候。看看日落西山，黑影里只见一个后生，身上穿得齐齐整整，脚儿走得慌慌张张，望着园门欲进不进的。老园公问道：『郎君可是鲁公子么？』梁尚宾连忙鞠个躬应道：『在下正是。因老夫人见召，特地到此，望乞通报。』老园公慌忙请到亭子中暂住，急急地进去，报与夫人。孟夫人就差个管家婆出来传话，请公子到内室相见。才下得亭子，又有两个丫环，提着两碗纱灯来接。弯弯曲曲行过多少房子，忽见朱楼画阁，方是内室。孟夫人揭起朱帘，秉烛而待。那梁尚宾一来是个小家出身，不曾见恁般富贵样子；二来是个村郎，不通文墨；三来自知假货，终是怀着个鬼胎，意气不甚舒展。上前相见时，跪拜应答，眼见得礼貌粗疏，语言涩滞。孟夫人心下想道：『好怪！全不像宦家子弟。』一念又想道：『常言「人贫智短」，他恁地贫困，如何怪得他失张失智？』转了第二个念头，心下愈加可怜起来。

茶罢，夫人分付忙排夜饭，就请小姐出来相见。阿秀初时不肯，被母亲逼了两三欠，想着父亲有赖婚之意，万一如此，今宵便是永诀，若得见亲夫一面，死亦甘心。当下离了绣阁，含羞而出。孟夫人道：『我儿过来见了公子，只行小礼罢。』假公子朝上连作两个揖，阿秀也福了两福，便要回步。夫人道：『既是夫妻，何妨同坐。』便教他在自己肩下坐了。假公子两眼只瞧那小姐，见他生得端丽，骨髓里都发痒起来。这里阿秀只道见了真丈夫，低头无语，满腹恓惶，只饶得哭下一场。正是：『真假不同，心肠各别。』

少顷，饮馔已到，夫人教排做两桌，上面一桌请公子坐，打横一桌娘儿两个同坐。夫人道：『今日仓卒奉邀，只欲周旋公子姻事，殊不成体，休怪休怪。』假公子刚刚谢得个『打搅』二字，面皮都急得通红了。席间夫人把女儿守志一事，略叙一叙。假公子应了一句，缩了半句。夫人也只认他害羞，全不为怪。那假公子在席上自觉局促，本是能饮的，只推量窄，夫人也不强他。又坐了一回，夫人分付收拾铺陈在东厢下，留公子过夜，假公子也假意作别要行。夫人道：『彼此至亲，何拘形迹？我母子还有至言相告。』假公子心中暗喜。只见丫环来禀，东厢内铺设已完，请公子安置。假公子作揖谢酒，丫环掌灯送到东厢去了。

夫人唤女儿进房，赶去侍婢，开了箱笼，取出私房银子八十两，又银杯二对，金首饰一十六件，约值百金，一手交付女儿，说道：『做娘的手中只有这些，你可亲去交与公子，助他行聘完婚之费。』阿秀道：『羞答答如何好去？』夫人道：『我儿，礼有经权，事有缓急。如今尴尬之际，不是你亲去嘱咐，把夫妻之情打动他，他如何肯上紧？穷孩子不知世事，倘或与外人商量，被人哄诱，把东西一时花了，不枉了做娘的一片用心？那时悔之何及！这东西也要你袖里藏去，不可露人眼目。』阿秀听了这一班道理，只得依允，便道：『娘，我怎好自去？』夫人道：『我教管家婆跟你去。』当下唤管家婆来到，分付他只等夜深，密地送小姐到东厢，与公子叙话。又附耳道：『送到时，你只在门外等候，省得两下碍眼，不好交谈。』管家婆已会其意了。

再说假公子独坐在东厢，明知有个跷蹊缘故，只是不睡。果然一更之后，管家婆挨门而进，报道：『小姐自来相会。』假公子慌忙迎接，重新叙礼。有这等事：那假公子在夫人前一个字也讲不出，及至见了小姐，偏会温存絮话！这里小姐，起初害羞，遮遮掩掩。今番背却夫人，一般也老落起来。两个你问我答，叙了半晌。阿秀话出衷肠，不觉两泪交流。那假公子也装出捶胸叹气，揩眼泪缩鼻涕，许多丑态。又假意解劝小姐，抱持绰趣，尽他受用。管家婆在房门外，听见两下悲泣，连累他也恓惶，堕下几点泪来。谁知一边是真，一边是假。阿秀在袖中摸出银两首饰，递与假公子，再三嘱咐，自不必说。假公子收过了，便一手抱住小姐，把灯儿吹灭，苦要求欢。阿秀怕声张起来，被丫环们听见了，坏了大事，只得勉从。有人作〔如梦令〕词云：

可惜名花一朵，绣幕深闺藏护。不遇探花郎，陡被狂蜂残破。错误，错误！怨杀东风分付。

常言：『事不三思，终有后悔。』孟夫人要私赠公子，玉成亲事，这是锦片的一团美意，也是天大的一桩事情，如何不教老园公亲见公子一面？及至假公子到来，只合当面嘱咐一番，把东西赠他，再教老园公送他回去，看个下落，万无一失。千不合，万不合，教女儿出来相见，又教女儿自往东厢叙话，这分明放一条方便路，如何不做出事来？莫说是假的，就是真的，也使不得，枉做了一世牵扳的话柄。这也算做姑息之爱，反害了女儿的终身。

闲话休题。且说假公子得了便宜，放松那小姐去了。五鼓时，夫人教丫环催促起身梳洗，用些茶汤点心之类。又嘱咐道：『拙夫不久便回，贤婿早做准备，休得怠慢。』假公子别了夫人，出了后花园门，一头走一头想道：『我白白里骗了一个宦家闺女，又得了许多财帛，不曾露出马脚，万分侥幸。只是今日鲁家又来，不为全美。听得说顾佥事不久便回，我如今再耽搁他一日，待明日才放他去。若得顾佥事回来，他便不敢去了，这事就十分干净了。』计较已定，走到个酒店上自饮三杯，吃饱了肚里，直延挨到午后方才回家。

鲁公子正等得不耐烦，只为没有衣服，转身不得。姑娘也焦躁起来，教庄家往东村寻取儿子，并无踪迹。走向媳妇田氏房前问道：『儿子衣服有么？』田氏道：『他自己捡在箱里，不曾留得钥匙。』原来田氏是东村田贡元的女儿，倒有十分颜色，又且通书达礼。田贡元原是石城县中有名的一个豪杰，只为一个有司官与他做对头，要下手害他。却是梁尚宾的父亲与他舅子鲁廉宪说了。廉宪也素闻其名，替他极口分辩，得免其祸。因感激梁家之恩，把这女儿许他为媳。那田氏像了父亲，也带三分侠气。见丈夫是个蠢货，又且不干好事，心下每每不悦。开口只叫做『村郎』。以此夫妇两不和顺，连衣服之类，都是那村郎自家收拾，老婆不去管他。

却说姑侄两个正在心焦，只见梁尚宾满脸春色回家。老娘便骂道：『兄弟在此专等你的衣服，你却在那里噇酒，整夜不归？又没寻你去处！』梁尚宾不回娘话，一径到自己房中，把袖里东西都藏过了，才出来对鲁公子道：『偶为小事缠住身子，耽搁了表弟一日，休怪休怪。今日天色又晚了，明日回宅罢。』老娘骂道：『你只顾把件衣服借与做兄弟的，等他自己干正务，管他今日明日！』鲁公子道：『不但衣服，连鞋袜都要告借。』梁尚宾道：『有一双青缎子鞋，在间壁皮匠家允底，今晚催来，明日早奉穿去。』鲁公子没奈何，只得又住了一宿。

到明朝，梁尚宾只推头疼，又睡个日高三丈。早饭都吃过了，方才起身，把道袍、鞋、袜慢慢地逐件搬将出来，无非要延挨时刻，误其美事。鲁公子不敢就穿，又借个包袱儿包好，付与老婆子拿了。姑娘收拾一包白米和些瓜菜之类，唤个庄客送公子回去，又嘱咐道：『若亲事就绪，可来回复我一声，省得我牵挂。』鲁公子作揖转身。梁尚宾相送一步，又说道：『兄弟，你此去须是仔细，不知他意儿好歹，真假何如。依我说，不如只往前门硬挺着身子进去，怕不是他亲女婿，赶你出来！又且他家差老园公请你，有凭有据，须不是你自轻自贱。他有好意，自然相请。若是翻转脸来，你拚得与他诉落一场，也教街坊上人晓得。倘到后园旷野之地，被他暗算，你却没有个退步。』鲁公子道：『哥哥说得是。』正是：

背后害他当面好，有心人对没心人。

鲁公子回到家里，将衣服鞋袜装扮起来。只有头巾分寸不对，不曾借得。把旧的脱将下来，用清水摆净，教婆子在邻舍家借个熨斗，吹些火来熨得直直的。有些磨坏的去处，再把些饭儿粘得硬硬的，墨儿涂得黑黑的。只是这顶巾，也弄了一个多时辰，左戴右戴，只怕不正。教婆子看得件件停当了，方才移步径投顾佥事家来。门公认是生客，回道：『老爷东庄去了。』鲁公子终是宦家的子弟，不慌不忙地说道：『可通报老夫人，说道鲁某在此。』门公方知是鲁公子，却不晓得来情，便道：『老爷不在家，小人不敢乱传。』鲁公子道：『老夫人有命，唤我到来。你去通报自知，须不连累你们。』门公传话进去，禀说：『鲁公子在外要见，还是留他进来，还是辞他？』

孟夫人听说，吃了一惊。想他前日去得，如何又来？且请到正厅坐下。先教管家婆出去，问他有何话说。管家婆出来瞧了一瞧，慌忙转身进去，对老夫人道：『这公子是假的，不是前夜的脸儿。前夜是胖胖儿的，黑黑儿的；如今是白白儿的，瘦瘦儿的。』夫人不信，道：『有这等事！』亲到后堂，从帘内张看，果然不是了。孟夫人心上委决不下，教管家婆出去，细细把家事盘问，他答来一字无差。孟夫人初见假公子之时，心中原有些疑惑。今番的人才清秀，语言文雅，倒像真公子的样子。再问他今日为何而来，答道：『前蒙老园公传语呼唤，因鲁某羁滞乡间，今早才回，特来参谒。望恕迟误之罪。』夫人道：『这是真情无疑了。只不知前夜打脱冒的冤家，又是那里来的？』慌忙转身进房，与女儿说其缘故，又道：『这都是做爹的不存天理，害你如此，悔之不及！幸而没人知道，往事不须提起了。如今女婿在外，是我特地请来的，无物相赠，如之奈何？』正是：

只因一着错，满盘都是空。

阿秀听罢，呆了半晌。那时一肚子情怀，好难描写，说慌又不是慌，说羞又不是羞，说恼又不是恼，说苦又不是苦。分明似乱针刺体，痛痒难言。喜得他志气过人，早有了三分主意，便道：『母亲且与他相见，我自有道理。』孟夫人依了女儿言语，出厅来相见公子。公子掇一把交椅，朝上放下：『请岳母大人上坐，待小婿鲁某拜见。』孟夫人谦让了一回，从旁跍立，受了两拜，便教管家婆快起看坐。公子道：『鲁某只为家贫，有缺礼数。蒙岳母大人不弃，此恩生死不忘。』夫人自觉惶愧，无言可答。忙教管家婆把厅门掩上，请小姐出来相见。

阿秀站住帘内，如何肯移步。只教管家婆传语道：『公子不该耽搁乡间，负了我母子一片美意。』公子推故道：『某因患病乡间，有失奔趋。今方践约，如何便说相负？』阿秀在帘内回道：『三日以前，此身是公子之身；今迟了三日，不堪服侍巾栉，有玷清门。便是金帛之类，亦不能相助了。所存金钗二股，金钿一对，聊表寸意。公子宜别选良姻，休得以妾为念。』管家婆将两般首饰递与公子，公子还疑是悔亲的说话，那里肯收。阿秀又道：『公子但留下，不久自有分晓。公子请快转身，留此无益。』说罢，只听得哽哽咽咽地哭了进去。

鲁学曾愈加疑惑，向夫人发作道：『小婿虽贫，非为这两件首饰而来。今日小姐似有决绝之意，老夫人如何不出一语？既如此相待，又呼唤鲁某则甚？』夫人道：『我母子并无异心，只为公子来迟，不将姻事为重，所以小女心中愤怨。公子休得多疑。』鲁学曾只是不信，叙起父亲存日许多情分，『如今一死一生，一贫一富，就忍得改变了！鲁某只靠得岳母一人做主，如何三日后，也生退悔之心？』唠唠叨叨地说个不休。孟夫人有口难辩，倒被他缠住身子，不好动身。

忽听得里面乱将起来，丫环气喘喘的奔来报道：『奶奶，不好了！快来救小姐！』吓得孟夫人一身冷汗，巴不得再添两只脚在肚下。管家婆扶着左腋，跑到绣阁，只见女儿将罗帕一幅，缢死在床上。急急解救时，气已绝了，叫唤不醒。满房人都哭起来。鲁公子听小姐缢死，还道是做成的圈套，撵他出门，兀自在厅中嚷聒。孟夫人忍着疼痛，传话请公子进来。公子来到绣阁，只见牙床锦被上，直挺挺躺着个死小姐。夫人哭道：『贤婿，你今番认一认妻子。』公子当下如万箭攒心，放声大哭。夫人道：『贤婿，此处非你久停之所，怕惹出是非，贻累不小，快请回罢。』教管家婆将两般首饰，纳在公子袖中，送他出去。鲁公子无可奈何，只得揾泪出门去了。这里孟夫人一面安排入殓，一面东庄去报顾佥事回来。只说女儿不愿停婚，自缢身死。顾佥事懊悔不迭，哭了一场，安排成丧出殡不题。后人有诗赞阿秀云：

死生一诺重千金，谁料奸谋祸阱深？三尺红罗报夫主，始知污体不污心。

却说鲁公子回家，看了金钗钿，哭一回，叹一回，疑一回，又解一回。正不知什么缘故，也只是自家命薄所致耳。过了一晚，次日把借来的衣服鞋袜，依旧包好，亲到姑娘家去送还。梁尚宾晓得公子到来，倒躲了出去。公子见了姑娘，说起小姐缢死一事，梁妈妈连声感叹，留公子酒饭去了。梁尚宾回来，问道：『方才表弟到此，说曾到顾家去不曾？』梁妈妈道：『昨日去的，不知什么缘故，那小姐嗔怪他来迟三日，自缢而死。』梁尚宾不觉失口叫声：『啊呀，可惜好个标致小姐！』梁妈妈道：『你那里见来？』梁尚宾遮掩不来，只得把自己打脱冒事，述了一遍。梁妈妈大惊，骂道：『没天理的禽兽，做出这样勾当！你这房亲事还亏母舅作成你的，你今日恩将仇报，反去破坏了做兄弟的姻缘，又害了顾小姐一命，汝心何安？』千禽兽，万禽兽，骂得梁尚宾开口不得。走到自己房中，田氏闭了房门，在里面骂道：『你这样不义之人，不久自有天报，休想善终！从今你自你，我自我，休得来连累人！』梁尚宾一肚气，正没出处，又被老婆诉说，一脚跌开房门，揪了老婆头发便打。又是梁妈妈走来，喝了儿子出去。田氏捶胸大哭，要死要活。梁妈妈劝她不住，唤个小轿抬回娘家去了。

梁妈妈又气又苦，又受了惊，又愁事迹败露。当晚一夜不睡，发寒发热。病了七日，呜呼哀哉。田氏闻得婆婆死了，特来奔丧带孝。梁尚宾旧愤不息，便骂道：『贼泼妇！只道你住在娘家一世，如何又有回家的日子？』两下又争闹起来。田氏道：『你干了亏心的事，气死了老娘，又来消遣我！我今日若不是婆死，永不见你村郎之面！』梁尚宾道：『怕断了老婆种，要你这泼妇见我！只今日便休了你去，再莫上门！』田氏道：『我宁可终身守寡，也不愿随你这样不义之徒。若是休了倒是干净，回去烧个利市。』梁尚宾一向夫妻无缘，到此说了尽头话，憋一口气，真个就写了离书手印，付与田氏。田氏拜别婆婆灵位，哭了一场，出门而去。正是：

有心去调他人妇，无福难招自己妻。可惜田家贤慧女，一场相骂便分离。

话分两头。再说孟夫人追思女儿，无日不哭。想道：『信是老欧寄去的，那黑胖汉子，又是老欧引来的。若不是通同作弊，也必然漏泄他人了。』等丈夫出门拜客，唤老欧到中堂，再三讯问。却说老欧传命之时，其实不曾泄漏，是鲁学曾自家不合借衣，惹出来的奸计。当夜来的是假公子，三日后来的是真公子，孟夫人肚里明明晓得有两个人，那老欧肚里还自认做一个人，随他分辨，如何得明白？夫人大怒，喝教手下把他拖翻在地，重责三十板子，打得皮开血喷。顾佥事一日偶到园中，叫老园公扫地，听说被夫人打坏，动弹不得。教人扶来，问其缘故。老欧将夫人差去约鲁公子来家，及夜间房中相会之事，一一说了。顾佥事大怒道：『原来如此！』便叫打轿，亲到县中，与知县诉知其事，要将鲁学曾抵偿女儿之命。知县教补了状词，差人拿鲁学曾到来，当堂审问。鲁公子是老实人，就把实情细细说了：『现有金钗钿两般，是他所赠，其后园私会之事，其实没有。』知县就唤园公老欧对证。这老人家两眼模糊，前番黑夜里认假公子的面庞不真，又且今日家主分付了说话，一口咬定鲁公子，再不放松。知县又徇了顾佥事人情，着实用刑拷打。鲁公子吃苦不过，只得招道：『顾奶奶好意相唤，将金钗钿助为聘资。偶见阿秀美貌，不合辄起淫心，强逼行奸。到第三日，不合又往，致阿秀羞愤自缢。』知县录了口词，审得鲁学曾与阿秀空言议婚，尚未行聘过门，难以夫妻而论。既因奸致死，合依威逼律问绞。一面发在死囚牢里，一面备文书申详上司。孟夫人闻知此信大惊，又访得他家，只有一个老婆子，也吓得病倒，无人送饭，想起：『这事与鲁公子全没相干，倒是我害了他。』私下处些银两，分付管家婆央人替他牢中使用，又屡次劝丈夫保全公子性命，顾佥事愈加忿怒。石城县把这件事当做新闻，沿街传说。正是：

好事不出门，恶事行千里。

顾佥事为这声名不好，必欲置鲁学曾于死地。

再说有个陈濂御史，湖广籍贯，父亲与顾佥事是同榜进士，以此顾佥事叫他是年侄。此人少年聪察，专好辨冤析枉，其时正奉差巡按江西。未入境时，顾佥事先去嘱托此事。陈御史口虽领命，心下不以为然。莅任三日，便发牌按临赣州，吓得那一府官吏尿流屁滚。审录日期，各县将犯人解进。陈御史审到鲁学曾一起，阅了招词，又把金钗钿看了，叫鲁学曾问道：『这金钗钿是初次与你的么？』鲁学曾道：『小人只去得一次，并无二次。』御史道：招上说三日后又去，是怎么说？』鲁学曾口称冤枉，诉道：『小人的父亲存日，定下顾家亲事。因父亲是个清官，死后家道消乏，小人无力行聘。岳父顾佥事欲要悔亲，是岳母不肯，私下差老园公来唤小人去，许赠金帛。小人羁身在乡，三日后方去。那日只见得岳母，并不曾见小姐之面，这奸情是屈招的。』御史道：『既不曾见小姐，这金钗钿何人赠你？』鲁学曾道：『小姐立在帘内，只责备小人来迟误事，莫说婚姻，连金帛也不能相赠了，这金钗钿权留个忆念。小人还只认做悔亲的话，与岳母争辩。不期小姐房中缢死，小人至今不知其故。』御史道：『恁般说，当夜你不曾到后园去了。』鲁学曾道：『实不曾去。』御史想了一回，若特地唤去，岂止赠他钗钿二物？详阿秀抱怨口气，必然先有人冒去东西，连奸骗都是有的，以致羞愤而死。便叫老欧问道：『你到鲁家时，可曾见鲁学曾么？』老欧道：『小人不曾面见。』御史道：『既不曾面见，夜间来的你如何就认得是他？』老欧道：『他自称鲁公子，特来赴约，小人奉主母之命，引他进见的。怎赖得没有？』御史道：『相见后，几时去的？』老欧道：『闻得里面夫人留酒，又赠他许多东西，五更时去的。』鲁学曾又叫屈起来。御史喝住了，又问老欧：『那鲁学曾第二遍来，可是你引进的？』老欧道：『他第二遍是前门来的，小人并不知。』御史道：『他第一次如何不到前门，却到后园来寻你？』老欧道：『我家奶奶着小人寄信，原教他在后园来的。』御史唤鲁学曾问道：『你岳母原教你到后园来，你却如何往前门去？』鲁学曾道：『他虽然相唤，小人不知意儿真假，只怕园中旷野之处，被他暗算，所以径奔前门，不曾到后园去。』御史想来，鲁学曾与园公，分明是两样说话，其中必有情弊。御史又指着鲁学曾问老欧道：『那后园来的，可是这个嘴脸？你可认得真么？不要胡乱答应。』老欧道：『昏黑中小人认得不十分真，像是这个脸儿。』御史道：『鲁学曾既不在家，你的信却寄与何人的？』老欧道：『他家只有个老婆婆，小人对他说的，并无闲人在旁。』御史道：『毕竟还对何人说来？』老欧道：『并没第二个人知觉。』御史沉吟半晌，想道：『不究出根由，如何定罪？怎好回复老年伯？』又问鲁学曾道：『你说在乡，离城多少？家中几时寄到的信？』鲁学曾道：『离北门外只十里，是本日得信的。』御史拍案叫道：『鲁学曾，你说三日后方到顾家，是虚情了。既知此信，有恁般好事，路又不远，怎么迟延三日？理上也说不去！』鲁学曾道：『爷爷息怒，小人细禀。小人因家贫，往乡间姑娘家借米。闻得此信，便欲进城。怎奈衣衫褴褛，与表兄借件遮丑，已蒙许下。怎奈这日他有事出去，直到明晚方归。小人专等衣服，所以迟了两日。』御史道：『你表兄晓得你借衣服的缘故不？』鲁学曾道：『晓得的。』御史道：『你表兄何等人？叫甚名字？』鲁学曾道：『名唤梁尚宾，庄户人家。』御史听罢，喝散众人，明日再审。正是：

如山巨笔难轻判，似佛慈心待细参。公案现成翻者少，覆盆何处不冤含？

次日，察院小开门，挂一面宪牌出来。牌上写道：

本院偶染微疾，各官一应公务，俱候另示施行。

本月 日

府县官朝暮问安，自不必说。

话分两头。再说梁尚宾自闻鲁公子问成死罪，心下倒宽了八分。一日，听得门前喧嚷，在壁缝张看时，只见一个卖布的客人，头上戴一顶新孝头巾，身穿旧白布道袍，口内打江西乡谈，说是南昌府人，在此贩布买卖。闻得家中老子身故，星夜要赶回。存下几百匹布，不曾发脱，急切要投个主儿，情愿让些价钱。众人中有要买一匹的，有要两匹三匹的，客人都不肯，道：『恁地零星卖时，再几时还不得动身。那个财主家一总脱去，便多让他些也罢。」梁尚宾听了多时，便走出门来问道：「你那客人存下多少布？值多少本钱？」客人道：「有四百余匹，本钱二百两。」梁尚宾道：「一时间那得个主儿？须是肯折些，方有人贪你。」客人道：「便折十来两，也说不得。只要快当，轻松了身子，好走路。」梁尚宾看了布样，又到布船上去反复细看，口里只夸：「好布，好布！」客人道：「你又不做个要买的，只管翻乱了我的布包，耽搁人的生意。」梁尚宾道：「怎见得我不像个买的？」客人道：「你要买时，借银子来看。」梁尚宾道：「你若加二肯折，我将八十两银子，替你出脱了一半。」客人道：「你也是呆话，做经纪的，那里折得起加二？况且只用一半，这一半我又去投谁？一般样耽搁了。我说不像要买的！」又冷笑道：「这北门外许多人家，就没个财主？四百匹布便买不起！罢，罢，摇到东门寻主儿去。」梁尚宾听说，心中不忿，又见价钱相因，有些出息，放他不下。便道：「你这客人好欺负人！我偏要都买了你的，看如何？」客人道：「你真个都买我的，我便让你二十两。」梁尚宾定要折四十两，客人不肯。众人道：「客人，你要紧脱货，这位梁大官，又是贪便宜的。依我们说，从中酌处，一百七十两，成了交易罢。客人初时也不肯，被众人劝不过，道：「罢，这十两银子，奉承列位面上。快些把银子兑过，我还要连夜赶路。」梁尚宾道：「银子凑不来许多，有几件首饰，可用得着么？」客人道：「首饰也就是银子，只要公道作价。」梁尚宾邀入客坐，将银子和两对银钟，共兑准了一百两。又金首饰尽数搬来，众人公同估价，够了七十两之数。与客收讫，交割了布匹。梁尚宾看这场交易，尽有便宜，欢喜无限。正是：

贪痴无底蛇吞象，祸福难明螳捕蝉。

原来这贩布的客人，正是陈御史装的。他托病关门，秘密分付中军官聂千户，安排下这些布匹，先雇下小船，在石城县伺候。他悄地带个门子私行到此，聂千户就扮做小郎跟随，门子只做看船的小厮，并无人识破。这是做官的妙用。

却说陈御史下了小船，取出现成写就的宪牌，填上梁尚宾名字，就着聂千户密拿。又写书一封，请顾佥事到府中相会。比及御史回到察院，说病好开门，梁尚宾已解到了，顾佥事也来了。御史忙教摆酒后堂，留顾佥事小饭。坐间，顾佥事又提起鲁学曾一事。御史笑道：「今日奉屈老年伯到此，正为这场公案，要剖个明白。」便教门子开了护书匣，取出银钟二对，及许多首饰，送与顾佥事看。顾佥事认得是家中之物，大惊问道：「那里来的？」御史道：「令爱小姐致死之由，只在这几件东西上。老年伯请宽坐，容小侄出堂，问这起数与老年伯看，释此不决之疑。」

御史分付开门，仍唤鲁学曾一起复审。御史且教带在一边，唤梁尚宾当面。御史喝道：「梁尚家，你在顾佥事家，干得好事！」梁尚宾听得这句，好似青天里闻了个霹雳，正要硬着嘴分辩。只见御史教门子把银钟、首饰与他认赃，问道：「这些东西那里来的？」梁尚宾抬头一望，那御史正是卖布的客人，唬得顿口无言，只叫：「小人该死。」御史道：「我也不动夹棍，你只将实情写供状来。」梁尚宾料赖不过，只得招称了。你说招词怎么写来？有词名〔锁南枝〕一只为证：

写供状，梁尚宾。只因表弟鲁学曾，岳母念他贫，约他助行聘。为借衣服知此情，不合使欺心，缓他行。乘昏黑，假学曾，园公引入内室门。见了孟夫人，把金银厚相赠，因留宿，有了奸骗情。三日后学曾来，将小姐送一命。

御史取了招词，唤园公老欧上来：「你仔细认一认，那夜间园上假装鲁公子的，可是这个人？」老欧睁开两眼看了，道：「爷爷，正是他。」

御史喝教皂隶，把梁尚宾重责八十，将鲁学曾枷杻打开，就套在梁尚宾身上。合依强奸论斩，发本县监候处决。布四百匹追出，仍给铺户取价还库。其银两、首饰，给与老欧领回。金钗、金钿，断还鲁学曾。俱释放宁家。鲁学曾拜谢活命之恩。正是：

奸如明镜照，恩喜覆盆开。生死俱无憾，神明御史台。

却说顾佥事在后堂，听了这番审录，惊骇不已。候御史退堂，再三称谢道：『若非老公祖神明烛照，小女之冤，几无所伸矣。但不知银两、首饰，老公祖何由取到？』御史附耳道：『小侄……如此如此。』顾佥事道：『妙哉！只是一件，梁尚宾妻子，必知其情，寒家首饰，定然还有几件在彼，再望老公祖一并逮问。』御史道：『容易。』便行文书，仰石城县提梁尚宾妻严审，仍追余赃回报。顾佥事别了御史自回。

却说石城县知县，见了察院文书，监中取出梁尚宾问道：『你妻子姓甚？这一事曾否知情？』梁尚宾正怀恨老婆，答应道：『妻田氏，因贪财物，其实同谋的。』知县当时佥禀差人提田氏到官。

话分两头。却说田氏父母双亡，只在哥嫂身边，针指度日。这一日，哥哥田重文正在县前，闻知此信，慌忙奔回，报与田氏知道。田氏道：『哥哥休慌，妹子自有道理。』当时带了休书上轿径抬到顾佥事家，来见孟夫人。夫人发一个眼花，分明看见女儿阿秀进来。及至近前，却是个陌生标致妇人，吃了一惊，问道：『是谁？』田氏拜倒在地，说道：『妾乃梁尚宾之妻田氏，因恶夫所为不义，只恐连累，预先离异了。贵宅老爷不知，求夫人救命。』说罢，就取出休书呈上。夫人正在观看，田氏忽然扯住夫人衫袖，大哭道：『母亲，俺爹害得我好苦也！』夫人听得是阿秀的声音，也哭起来。便叫道：『我儿，有甚话说？』只见田氏双眸紧闭，哀哀地哭道：『孩儿一时错误，失身匪人，羞见公子之面，自缢身亡，以完贞性。何期爹爹不行细访，险些反害了公子性命。幸得暴白了，只是他无家无室，终是我母子耽误了他。母亲若念孩儿，替爹爹说声，周全其事，休绝了一脉姻亲。孩儿在九泉之下，亦无所恨矣。』说罢，跌倒在地。夫人也哭昏了。

管家婆和丫环、养娘都团聚将来，一齐唤醒。那田氏还呆呆地坐地，问他时全然不省。夫人看了田氏，想起女儿，重复哭起，众丫环劝住了。夫人悲伤不已，问田氏：『可有爹娘？』田氏回说：『没有。』夫人道：『我举眼无亲，见了你，如见我女儿一般。你做我的义女肯么？』田氏拜道：『若得服侍夫人，贱妾有幸。』夫人欢喜，就留在身边了。顾佥事回家，闻说田氏先期离异，与他无干，写了一封书帖，和休书送与县官，求他免提，转回察院。又见田氏贤而有智，好生敬重，依了夫人收为义女。夫人又问起女儿阿秀附魂一事，『他千叮万嘱，休绝了鲁家一脉姻亲。如今田氏少艾，何不就招鲁公子为婿？以续前姻。』顾佥事见鲁学曾无辜受害，甚是懊悔。今番夫人说话有理，如何不依？只怕鲁公子生疑，亲到其家，谢罪过了，又说续亲一事。鲁公子再三推辞不过，只得允从。就把金钗钿为聘，择日过门成亲。

原来顾佥事在鲁公子面前，只说过继的远房侄女；孟夫人在田氏面前，也只说赘个秀才，并不说真名真姓。到完婚以后，田氏方才晓得就是鲁公子，公子方才晓得就是梁尚宾的前妻田氏。自此夫妻两口和睦，且是十分孝顺。顾佥事无子，鲁公子承受了他的家私，发愤攻书。顾佥事见他三场通透，送入国子监，连科及第。所生二子，一姓鲁，一姓顾，以奉两家宗祀。梁尚宾子孙遂绝。诗曰：

一夜欢娱害白身，百年姻眷属他人。世间用计行奸者，请看当时梁尚宾。

第三卷

新桥市韩五卖春情

情宠娇多不自由，骊山举火戏诸侯。只知一笑倾人国，不觉胡尘满玉楼。

这四句诗，是胡曾《咏史诗》，专道着昔日周幽王宠一个妃子，名曰褒姒，千方百计地媚他。因要取褒姒一笑，向骊山之上，把与诸侯为号的烽火烧起来。诸侯只道幽王有难，都举兵来救。及到幽王殿下，寂然无事，褒姒呵呵大笑。后来犬戎起兵来攻，诸侯皆不来救，犬戎遂杀幽王于骊山之下。又春秋时有个陈灵公，私通于夏征舒之母夏姬，与其臣孔宁、仪行父日夜往其家，饮酒作乐。征舒心怀愧恨，射杀灵公。后来六朝时，陈后主宠爱张丽华、孔贵嫔，自制〔后庭花〕曲，姱美其色，沉湎淫逸，不理国事。被隋兵所追，无处躲藏，遂同二妃投入井中，为隋将韩擒虎所获，遂亡其国。诗云：

欢娱夏厩忽兴戈，眢井犹闻《玉树》歌。试看二陈同一律，从来亡国女戎多。

当时隋炀帝，也宠萧妃之色。要看扬州景，用麻叔度为帅，起天下民夫百万，开汴河一千余里，役死人夫无数。造凤舰龙舟，使宫女牵之，两岸乐声闻于百里。后被宇文化及造反江都，斩炀帝于吴公台下，其国亦倾。有诗为证：

千里长河一旦开，亡隋波浪九天来。锦帆未落干戈起，惆怅龙舟更不回。

至于唐明皇宠爱杨贵妃之色，春纵春游，夜专夜宠。谁想杨妃与安禄山私通，却抱禄山做孩儿。一日云雨方罢，杨妃钗横鬓乱，被明皇撞见，支吾过了。明皇从此疑心，将禄山除出在渔阳地面做节度使。那禄山思恋杨妃，举兵反叛。正是：

渔阳鼙鼓动起来，惊破《霓裳羽衣》曲。

那明皇无计奈何，只得带取百官逃难。马嵬山下兵变，逼死了杨妃。明皇直走到西蜀，亏了郭令公血战数年，才恢复得两京。

且如说这几个官家，都只为贪爱女色，致于亡国捐躯。如今愚民小子，怎生不把色欲警戒！说话的，你说那戒色欲则甚？自家今日说一个青年子弟，只因不把色欲警戒，去恋着一个妇人，险些儿坏了堂堂六尺之躯，丢了泼天的家计，惊动新桥市上，变成一本风流说话。正是：

好将前事错，传与后人知。

说这宋朝临安府，去城十里，地名湖墅；出城五里，地名新桥。那市上有个富户吴防御，妈妈潘氏，只生一子，名唤吴山，娶妻余氏，生得四岁一个孩儿。防御门首开个丝绵铺，家中放债积谷，果然是金银满箧，米谷成仓。去新桥五里，地名灰桥市上，新造一所房屋，令子吴山，再拨主管帮扶，也好开一个铺。家中收下的丝绵，发到铺中，卖与在城机户。吴山生来聪俊，粗知礼义，干事朴实，不好花哄。因此，防御不虑他在外边闲理会。

且说吴山每日早晨到铺中卖货，天晚回家。这铺中房屋，只占得门面，里头房屋都是空的。忽一日，吴山在家有事，至晌午才到铺中。走进看进，只见屋后河边泊着两只剥船，船上许多箱笼桌凳家伙，四五个人尽搬入空屋里来。船上走起三个妇人，一个中年胖妇人，一个老婆子，一个小妇人，尽走入屋里来。只因这妇人入屋，有分教吴山：

身如五鼓衔山月，命似三更油尽灯。

吴山问主管道：『什么人不问事由，擅自搬入我屋来？』主管道：『在城人家，为因里役，一时间无处寻屋，央此间邻宿范老来说，暂住两三日便去。正欲报知，恰好官人自来。』吴山正欲发怒，见那小娘子敛袂向前深深地道个万福：『告官人息怒，非干主管之事，是奴家大胆，一时事急，出于无奈，不及先来宅上禀知，望乞恕罪。容住三四日，寻了屋就搬去，房金依例拜纳。』吴山便放下脸来道：『既如此，便多住些时也不妨。请自稳便。』妇人说罢，就去搬箱运笼。吴山看得心痒，也替他搬了几件家伙。

说话的，你说吴山平生鲠直，不好花哄，因何见了这个妇人，回嗔作喜，又替他搬家伙？你不知道：吴山在家时，被父母拘管得紧，不容他闲走。他是个聪明俊俏的人，干事活动，又不是一个木头的老实。况且青春年少，正是他的时节，父母又不在面前，浮铺中见了这个美貌的妇人。如何不动心？那胖妇人与小妇人都道：『不劳官人用力。』吴山道：『在此间住，就是自家一般，何必见外？』彼此俱各欢喜。天晚，吴山回家，分付主管：『与里面新搬来的说，写纸房契来与我。』主管答应了，不在话下。

且说吴山回到家中，并不把搬来一事说与父母知觉。当夜心心念念，想着那小妇人。次日早起，换身好衣服，打扮齐整，叫个小厮寿童跟着，摇摆到店中来。正是：

没兴店中赊得酒，命衰撞着有情人。

吴山来到铺中，卖了一回货，里面走动的八老来接吃茶，要纳房状。吴山心下，正要进去。恰好得八老来接，便起身入去。只见那小妇人笑容可掬，接将出来万福：『官人请里面坐。』吴山到中间轩子内坐下。那老婆子和胖妇人都来相见陪坐。坐间止有三个妇人，吴山动问道：『娘子高姓？怎么你家男儿汉不见一个？』胖妇人道：『拙夫姓韩，与小儿在衙门跟官，早去晚回，官身不得相会。』坐了一回，吴山低着头睃那小妇人，这小妇人一双俊俏眼觑着吴山道：『敢问官人青春多少？』吴山道：『虚度二十四岁。拜问娘子青春？』小妇人道：『与官人一缘一会，奴家也是二十四岁。城中搬下来，偶辏遇官人，又是同岁，正是有缘千里能相会。』那老妇人和胖妇人看见关目，推个事故起身去了。止有二人对坐，小妇人倒把些风流话儿挑引吴山。吴山初然只道好人家，容他住，不过砑光而已。谁想见面，倒来刮涎，才晓得是不停当的。欲待转身出去，那小妇人又走过来挨在身边坐定，作娇作痴，说道：『官人，你将头上金簪子来借我看一看。』吴山除下帽子，正欲拔时，被小妇人一手按住吴山头髻，一手拔了金簪，就便起身道：『官人，我和你去楼上说句话。』一头说，径走上楼去了。吴山随后跟上楼来讨簪子。正是：

由你奸似鬼，也吃洗脚水。

吴山走上楼来，叫道：『娘子，还我簪子，家中有事，就要回去。』妇人道：『我与你是宿世姻缘，你不要装假，愿谐枕席之欢。』吴山道：『行不得！倘被人知觉，却不好看，况此间耳目较近。』时要下楼，怎奈那妇人放出那万种妖娆，搂住吴山，倒在怀中，将尖尖玉手，扯下吴山裙裤。情兴如火，按捺不住，携手上床，成其云雨。霎时云收雨散，两个起来偎倚而坐。吴山且惊且喜，问道：『姐姐，你叫做什么名字？』妇人道：

『奴家排行第五，小字赛金。长大，父母顺口叫道金奴。敢问官人排行第几？宅上做甚行业？』吴山道：『父母只生得我一身，家中收丝放债，新桥市上出名的财主。此间门前铺子，是我自家开的。』金奴暗喜道：『今番缠得这个有钱的男儿，也不枉了。』

原来这人家是隐名的娼妓，又叫做私窠子，是不当官吃衣饭的，家中别无生意，只靠这一本帐。那老妇人是胖妇人的娘，金奴是胖妇人的女儿。在先，胖妇人也是好人家出来的，因为丈夫无用，不得已干这般勾当。金奴自小生得标致。又识几个字，当时已自嫁与人去了。只因在夫家不叠做出来，发回娘家。事有凑巧，物有偶然，此时胖妇人年纪约近五旬，孤老来得少了。恰好得女儿来接代，也不当断这样行业，索性大做了。原在城中住，只为这样事，被人告发，慌了，搬下来躲避。却恨吴山偶然撞在他手里，圈套都安排停当，漏将入来，不由你不落水。怎地男儿汉不见一个？但看有人来，父子们都回避过了，做成的规矩。这个妇人，但贪他的，便着他的手，不只陷了一个汉子。

当时金奴道：『一时慌促搬来，缺少盘费。告官人，有银子乞借应五两，不可推故。』吴山应允了，起身整了衣冠，金奴依先还了金簪。两个下楼，依旧坐在轩子内。吴山自思道：『我在此耽搁了半晌，虑恐邻居们谈论。』又吃了一杯茶，金奴留吃午饭。吴山道：『我耽搁长久，不吃饭了。少间就送盘缠来与你。』金奴道：『午后特备一杯菜酒，官人不要见却。』说罢，吴山自出铺中。原来外边近邻见吴山进去。那房屋却是两间六椽的楼屋，金奴只占得一间做房，这边一间就是丝铺，上面却是空的。有好事哥哥，见吴山半晌不出来，伏在这间空楼壁边，入马之时，都张见明白。比及吴山出来，坐在铺中。只见几个邻人都来和哄道：『吴小官人，恭喜恭喜！』吴山初时已自心疑他们知觉，次后见众人来取笑，他通红了脸皮，说道：『好没来由！有什么喜贺！』内中有原张见的，是对门开杂货铺的沈二郎，叫道：『你兀自赖哩，拔了金簪子，走上楼去做什么？』吴山被他一句说着了，顿口无言，推个事故，起身便走。众人拦住道：『我们斗份银子，与你作贺。』吴山也不顾众说，使性子往西走了。

去到娘舅潘家，讨午饭吃了。踱到门前，向一个店家借过等子，将身边买丝银子称了二两，放在袖中。又闲坐了一回，挨到半晚，复到铺中来。主管道：『里面住的正在此请官人吃酒。』恰好八老出来道：『官人，你那里闲耍？教老子没处寻。家中特备菜酒，只请主管相陪，再无他客。』吴山就同主管走到轩子下，已安排齐整，无非鱼肉酒果之类。吴山正席，金奴对坐，主管在旁，三人坐定，八老筛酒。吃他几杯，主管会意，只推要收铺中，脱身出来。吴山平日酒量浅，主管去了，开怀与金奴吃了十数杯，便觉有些醉来。将袖中银子送与金奴，便起身挽了金奴手道：『我有一句话和你说：这桩事，却有些不谐当。邻舍们都知了，来打和哄。倘或传到我家去，父母知道，怎生是好？此间人眼又紧，口嘴又歹，容不得人。倘有人不惬气，在此飞砖掷瓦，安身不稳。姐姐，依着我口，寻个僻静所在去住，我自常来看顾你。』金奴道：『说得是，奴家就与母亲商议。』说罢，那老子又将两杯茶来。吃罢，免不得又做些干生活。吴山辞别动身，嘱咐道：『我此去未来哩，省得众人口舌。待你寻得所在，八老来说知，我来送你起身。』说罢，吴山出来铺中，分付主管说话，一径自回，不在话下。

且说金奴送吴山去后，天色已晚，上楼卸了浓妆，下楼来吃了晚饭，将吴山所言移屋一节，备细说与父母知道。当夜各自安歇。次早起来，胖妇人分付八老，悄地打听邻舍消息。八老到门前站了一回，踅到间壁粜米张大郎门前，闲坐了一回。只听得这几家邻舍指指搠搠，只说这事。八老回家，对这胖妇人说道：『街坊上嘴舌不是养人的去处。』胖妇人道：『因为在城中被人打搅，无奈搬来。指望寻个好处安身，久远居住，谁想又撞这般的邻舍！』说罢叹了口气。一面教老公去寻房子，一面看邻舍动静计较。

却说吴山自那日回家，怕人嘴舌，瞒着父母，只推身子不快，一向不到店中来。主管自行卖货。金奴在家清闲不惯，八老又去招引旧时主顾，一般来走动。那几家邻舍，初然只晓得吴山行踏，次后见往来不绝，方晓得是个大做的。内中有生事的道：『我这里都是好人家，如何容得这等鏖糟的在此住？常言道：「近奸近杀。」倘若争锋起来，致伤人命，也要带累邻舍。』说罢，却早那八老听得，进去说：今日邻舍们又如此如此说。胖妇人听得八老说了，没出气处，碾那老婆子道：『你七老八老，怕兀谁？不出去门前叫骂这短命多嘴的鸭黄儿！』婆子听了，果然就起身走到门前叫骂道：『那个多嘴贼鸭黄儿，在这里学放屁！若还敢来应我的，做这条老性命结识他。那个人家没亲眷来往？』邻舍们听得，道：『这个贼做大的出精老狗，不说自家干这般没理的事，倒来欺邻骂舍！』开杂货店沈二郎正要应那婆子，中间又有守本分的劝道：『且由他，不要与这半死的争好歹，赶他起身便了。』婆子骂了几声，见无人来睬他，也自入去。

却说众邻舍都来与主管说：『是你没分晓，容这等不明不白的人在这里住。不说自家理短，反教老婆子叫骂邻舍，你耳内须听得。我们都到你主家说与防御知道，你身上也不好看。』主管道：『列位高邻息怒，不必说得，早晚就着他搬去。』众人说罢，自去了。主管当时到里面对胖妇人说道：『你们可快快寻个所在搬去，不要带累我。看这般模样，住也不秀气。』胖妇人道：『不劳分付，拙夫已寻屋在城，只在旦晚就搬。』说罢，主管出来。

胖妇人与金奴说道：『我们明早搬入城，今日可着八老，悄地与吴小官说知，只莫教他父母知觉。』八老领语，走到新桥市上吴防御丝绵大铺，不敢径进，只得站在对门人家檐下踅去，一眼只看着铺里。不多时，只见吴山踱将出来，看见八老，慌忙走过来，引那老子离了自家门首，借一个织熟绢人家坐下。问道：『八老有甚话说？』八老道：『家中五姐领官人尊命，明日搬入城去居住，特着老汉来与官人说知。』吴山道：『如此最好，不知搬在城中何处？』八老道：『搬在游奕营羊毛寨南横桥街上。』吴山就身边取出一块银子，约有二钱，送与八老道：『你自将去买杯酒吃。明日晌午，我自来送你家起身。』八老收了银子，作谢了，一径自回。

且说吴山到次日巳牌时分，唤寿童跟随出门，走到归锦桥边南货店里，买了两包干果，与小厮拿着，来到灰桥市上铺里。主管相叫罢，将日逐卖丝的银子帐来算了一回。吴山起身，入到里面与金奴母子叙了寒温，将寿童手中果子，身边取出一封银子，说道：『这两包粗果，送与姐姐泡茶；银子三两，权助搬屋之费。待你家过屋后，再来看你。』金奴接了果子并银两，母子两个起身谢道：『重蒙见惠，何以克当！』吴山道：『不必谢，日后正要往来哩。』说罢，起身看时，箱笼家伙已自都搬下船了。金奴道：『官人，去后几时来看我？』吴山道：『只在三五日间便来相望。』金奴一家别了吴山，当日搬入城去了。正是：

此处不留人，自有留人处。

且说吴山原有害夏的病，每过炎天时节，身体便觉疲倦，形容清减。此时正值六月初旬，因此请个针炙医人，背后炙了几穴火，在家调养，不到店内。心下常常思念金奴，怎奈炙疮疼，出门不得。

却说金奴从五月十七搬移在横桥街上居住，那条街上俱是营里军家，不好此事，路又僻拗，一向没人走动。胖妇人向金奴道：『那日吴小官许下我们三五日间就来，到今一月，缘何不见来走一遍？若是他来，必然也看觑我们。』金奴道：『可着八老去灰桥市上铺中探望他。』

当时八老去，就出艮山门到灰桥市上丝铺里见主管。八老相见罢，主管道：『阿公来有甚事？』八老道：『特来望吴小官。』主管道：『官人灸火在家未痊，向不到此。』八老道：『主管若是回宅，烦寄个信，说老汉到此不遇。』八老也不耽搁，辞了主管，便回家中回复了金奴。金奴道：『可知不来，原来灸火在家。』

当日金奴与母亲商议，教八老买两个猪肚磨净，把糯米莲肉灌在里面，安排烂熟。次日，金奴在房中磨墨挥笔，拂开鸾笺，写封简道：

贱妾赛金再拜，谨启情郎吴小官人：自别尊颜，思慕之心，未尝少怠，悬悬不忘于心。向蒙期约，妾倚门凝望，不见降临。昨遣八老探拜，不遇而回。妾移居在此，甚是荒凉。听闻贵恙灸火疼痛，使妾坐卧不安，空怀思忆，不能代替。谨具猪肚二枚，少申问安之意，幸希笑纳。情照不宣。仲夏二十一日，贱妾赛金再拜。

写罢，折成简子，将纸封了。猪肚装在盒里，又用帕子包了，都交付八老，叮嘱道：『你到他家，寻见吴小官，须索与他亲收。』

八老提了盒子，怀中揣着简帖，出门径往大街，走出武林门，直到新桥市上吴防御门首，坐在街檐石上。只见小厮寿童走出，看见叫道：『阿公，你那里来，坐在这里？』八老扯寿童到人静去处说：『我特来见你官人说话。我只在此等，你可与我报与官人知道。』寿童随即转身，去不多时，只见吴山踱将出来。八老慌忙作揖：『官人，且喜贵体康安。』吴山道：『好。阿公，你盒子里什么东西？』八老道：『五姐记挂官人灸火，没甚好物，只安排得两个猪肚，送来与官人吃。』吴山遂引那老子到个酒店楼上坐定，问道：『你家搬在那里好么？』八老道：『甚是消索。』怀中将柬帖子递与吴山。吴山接柬在手，拆开看毕，依先折了藏在袖中。揭开盒子拿一个肚子，教酒博士切做一盘，分付烫两壶酒来。吴山道：『阿公，你自在这里吃，我家去写回字与你。』八老道：『官人请稳便。』吴山来到家里卧房中，悄悄地写了回简，又秤五两白银，复到酒店楼上，又陪八老吃了几杯酒。八老道：『多谢官人好酒，老汉吃不得了。』起身回去。吴山遂取银子并回柬说道：『这五两银子，送与你家盘缠。多多拜复五姐，过三两日，定来相望。』八老收了银简，起身下楼，吴山送出酒店。

却说八老走到家中，天晚入门，将银简都付与金奴收了。将简拆开灯下看时，写道：

山顿首，字复爱卿韩五娘妆次：向前会间，多蒙厚款。又且云情雨意，枕席钟情，无时少忘。所期正欲趋会，生因贱躯灸火，有失卿之盼望。又蒙遣人垂顾，兼惠可口佳肴，不胜感激。二三日间，容当面会。白金五两，权表微情，伏乞收入。吴山再拜。

看简毕，金奴母子得了五两银子，千欢万喜，不在话下。

且说吴山在酒店里，挨到天晚，拿了一个猪肚，悄地里到自卧房，对浑家说：『难得一个识熟机户，闻我灸火，今日送两个熟肚与我。在外和朋友吃了一个，拿一个回来与你吃。』浑家道：『你明日也用作谢他。』当晚吴山将肚子与妻在房吃了，全不教父母知觉。

过了两日，第三日，是六月二十四日。吴山起早，告父母道：『孩儿一向不到铺中，喜得今日好了，去走一遭。况在城神堂巷有几家机户赊帐要讨，入城便回。』防御道：『你去不可劳碌。』吴山辞父，讨一乘兜轿抬了，小厮寿童打伞跟随。只因吴山要进城，有分教：金奴险送他性命。正是：

二八佳人体似酥，腰间仗剑斩愚夫。虽然不见人头落，暗里教君骨髓枯。

吴山上轿，不觉早到灰桥市上。下轿进铺，主管相见。吴山一心只在金奴身上，少坐，便起身分付主管：『我入城收拾机户赊帐，回来算你日逐卖帐。』主管明知到此处去，只不敢阻，但劝：『官人贵体新痊，不可别处闲走，空受疼痛。』吴山不听，上轿预先分付轿夫，径进艮山门，迤逦到羊毛寨南横桥，寻问湖市搬来韩家。旁人指说，药铺间壁就是。吴山来到门首下轿，寿童敲门。里面八老出来开门，见了吴山，慌入去说知。吴山进门，金奴母子两个堆下笑来迎接，说道：『贵人难见面，今日甚风吹得到此？』吴山与金奴母子相唤罢，到里面坐定吃茶。金奴道：『官人认认奴家房里。』吴山同金奴到楼上房中。正所谓：

合意友来情不厌，知心人至话相投。

金奴与吴山在楼上，如鱼得水，似漆投胶，两个无非说些深情蜜意的话。少不得安排酒肴，八老搬上楼来，掇过镜架，就摆在梳妆桌上。八老下来，金奴讨酒，才敢上去。两个并坐，金奴篩酒一杯，双手敬与吴山道：『官人灸火，妾心无时不念。』吴山接酒在手道：『小生为因灸火，有失期约。』酒尽，也篩一杯回敬与金奴。吃过十数杯，二人情兴如火，免不得再把旧情一叙。交欢之际，无限恩情。事毕起来，洗手更酌。又饮数杯，醉眼朦胧，余兴未尽。吴山因灸火在家，一月不曾行事。见了金奴，如何这一次便罢？吴山合当死，魂灵都被金奴引散乱了，情兴复发，又弄一火。正是：

爽口物多终作疾，快心事过必为殃。

吴山重复自觉神思散乱，身体困倦，打熬不过，饭也不吃，倒身在床上睡了。金奴见吴山睡着，走下楼到外边，说与轿夫道：『官人吃了几杯酒，睡在楼上，二位太保宽坐等一等，不要催促。』轿夫道：『小人不敢来催。』金奴分付毕，走上楼来，也睡在吴山身边。

且说吴山在床上方合眼，只听得有人叫：『吴小官好睡！』连叫数声。吴山醉眼看见一个胖大和尚，身披一领旧褊衫，赤脚穿双僧鞋，腰系着一条黄丝绦，对着吴山打个问讯。吴山跳起来还礼道：『师父上刹何处？因甚唤我？』和尚道：『贫僧是桑菜园水月寺住持，因为死了徒弟，特来劝化官人。贫僧看官人相貌，生得福薄，无缘受享荣华，只好受些清淡，弃俗出家，与我做个徒弟。』吴山道：『和尚好没分晓！我父母半百之年，只生得我一人，成家接代，创立门风，如何出家？』和尚道：『你只好出家，若还贪享荣华，即当命夭。依贫僧口，跟我去罢。』吴山道：『乱话！此间是妇人卧房，你是出家人，到此何干？』那和尚睁着两眼，叫道：『你跟我去也不？』吴山道：『你这秃驴，好没道理！只顾来缠我做甚？』和尚大怒，扯了吴山便走。到楼梯边，吴山叫起屈来，被和尚尽力一推，望楼梯下面倒撞下来。撒然惊觉，一身冷汗。开眼时，金奴还睡未醒，原来做一场梦。觉得有些恍惚，爬起坐在床上，呆了半晌。金奴也醒来，道：『官人好睡。难得你来，且歇了，明早去罢。』吴山道：『家中父母记挂，我要回去，别日再来望你。』金奴起身，分付安排点心。吴山道：『我身子不快，不要点心。』金奴见吴山脸色不好，不敢强留。吴山整了衣冠，下楼辞了金奴母子，急急上轿。

天色已晚，吴山在轿思量：白日里做场梦，甚是作怪。又惊又忧，肚里渐觉疼起来。在轿过活不得，巴不得到家，分付轿夫快走。挨到自家门首，肚疼不可忍，跳下轿来，走入里面，径奔楼上。坐在马桶上，疼一阵，撒一阵，撒出来都是血水。半晌方上床，头眩眼花，倒在床上，四肢倦怠，百骨酸疼。大底是本身元气微薄，况又色欲过度。

防御见吴山面青失色，奔上楼来，吃了一惊道：『孩儿因甚这般模样？』吴山应道：『因在机户人家多吃了几杯酒，就在他家睡。一觉醒来热渴，又吃了一碗冷水，身体便觉拘急，如今作起泻来。』说未了，咬牙寒噤，浑身冷汗如雨，身如炭火一般。防御慌急下楼，请医来看，道：『脉气将绝，此病难医。』再三哀恳太医，乞用心救取。医人道：『此病非干泄泻之事，乃是色欲过度，耗散元气，为脱阳之症，多是不好。我用一帖药，与他扶助元气。若是服药后，热退脉起，则有生意。』医人撮了药自去。父母再三盘问，吴山但摇头不语。

将及初更，吴山服了药，伏枕而卧。忽见日间和尚又来，立在床边，叫道：『吴山，你强熬做甚？不如早随我去。』吴山道：『你快去，休来缠我！』那和尚不由分说，将身上黄丝绦缚在吴山项上，扯了便走。吴山攀住床棂，大叫一声惊醒，又是一梦。开眼看时，父母浑家皆在面前。父母问道：『我儿因甚惊觉？』吴山自觉神思散乱，料挨不过，只得将金奴之事，并梦见和尚，都说与父母知道。说罢，哽哽咽咽哭将起来。父母浑家，尽皆泪下。防御见吴山病势危笃，不敢埋怨他，但把言语来宽解。

吴山与父母说罢，昏晕数次。复苏，泣谓浑家道：『你可善侍公姑，好看幼子。丝行资本，尽够盘费。』浑家哭道：『且宽心调整，不要多虑。』吴山叹了气一口，唤丫环扶起，对父母说道：『孩儿不能复生矣，爹娘空养了我这个忤逆子。也是年灾命危，逢着这个冤家。今日虽悔，噬脐何及！传与少年子弟，不要学我干这等非为的事，害了自己性命。男子六尺之躯，实是难得，要贪花恋色的，将我来做个样。孩儿死后，将身尸丢在水中，方可谢抛妻弃子不养父母之罪。』言讫，方才合眼，和尚又在面前。吴山哀告：『我师，我与你有甚冤仇，不肯放舍我？』和尚道：『贫僧只因犯了色戒，死在彼处，久滞幽冥，不得脱离鬼道。向日偶见官人，白昼交欢，贫僧一时心动，欲要官人做个阴魂之伴。』言罢而去。

吴山醒来，将这话对父母说知。吴防御道：『原来被冤魂来缠。』慌忙在门外街上，焚香点烛，摆列羹饭，望空拜告：『慈悲放舍我儿生命，亲到彼处设醮追拔。』祝毕，烧化纸钱。

防御回到楼上，天晚，只见吴山朝着里床睡着，猛然翻身坐将起来，睁着眼道：『防御，我犯如来色戒，在羊毛寨里寻了自尽。你儿子也来那里淫欲，不免把我前日的事，陡然想起，要你儿子做个替头，不然求他超度。适才承你羹饭纸钱，许我荐拔，我放舍了你的儿子，不在此作祟。我还去羊毛寨里等你超拔。若得脱生，永不来了。』说话方毕，吴山双手合掌作礼，洒然而觉，颜色复旧。浑家摸他身上，已住了热。起身下床解手，又不泻了。一家欢喜。复请原日医者来看，说道：『六脉已复，有可救生路。』撮下了药，调理数日，渐渐好了。

防御请了几众僧人，在金奴家做了一昼夜道场。只见金奴一家做梦，见个胖和尚拿了一条拄杖去了。

吴山将息半年，依旧在新桥市上生理。一日，与主管说起旧事，不觉追悔道：『人生在世，切莫为昧己勾当。真个「明有人非，幽有鬼责」，险些儿丢了一条性命。』从此改过前非，再不在金奴家去。亲邻有知道的，无不钦敬。正是：

痴心做处人人爱，冷眼观时个个嫌。觑破关头邪念息，一生出处自安恬。

闲云庵阮三偿冤债

好姻缘是恶姻缘，莫怨他人莫怨天。但愿向平婚嫁早，安然无事度余年。

这四句，奉劝做人家的，早些毕了儿女之债。常言道：『男大须婚，女大须嫁；不婚不嫁，弄出丑吒。』多少有女儿的人家，只管要拣门择户，攀高嫌低，耽误了婚姻日子。情窦开了，谁熬得住？男儿便去偷情嫖院，女儿家拿不定定盘星，也要走差了道儿。那时悔之何及！

则今日说个大大官府，家住西京河南府梧桐街兔演巷，姓陈，名太常。自是小小出身，累官至殿前太尉之职。年将半百，娶妾无子，只生一女，叫名玉兰。那女孩儿生于贵室，长在深闺，青春二八，真有如花之容，似月之貌；况描绣针线，件件精通，琴棋书画，无所不晓。那陈太常常与夫人说，我位至大臣，家私万贯，只生得这个女儿，况有才貌，若不寻个名目相称的对头，枉居朝中大臣之位。便唤官媒婆分付道：『我家小姐年长，要选良姻。须是三般全的方可来说：一要当朝将相之子，二要才貌相当，三要名登黄甲。有此三者，立赘为婿。如少一件，枉自劳力。』因此往往选择，或有登科及第的，又是小可出身；或门当户对，又无科第；及至两事俱全，年貌又不相称了。以此蹉跎下去。光阴似箭，玉兰小姐不觉一十九岁了，尚没人家。

时值正和二年上元令节，国家有旨庆赏元宵。五凤楼前架起鳌山一座，满地华灯，喧天锣鼓。自正月初五日起，至二十日止，禁城不闭，国家与民同乐。怎见得？有只词儿，名〔瑞鹤仙〕，单道着上元佳景：

瑞烟浮禁苑，正降阙春回，新正方半，冰轮桂华满。溢花衢歌市，芙蓉开遍。龙楼两观，见银烛星球灿烂。卷珠帘，尽日笙歌，盛集宝钗金钏。堪羡！绮罗丛里，兰麝香中，正宜游玩。风柔夜暖，花影乱，笑声喧。闹蛾儿满地，成团打块，簇着冠儿斗转。喜皇都，旧日风光，太平再见。

只为这元宵佳节，处处观灯，家家取乐，引出一段风流的事来。

话说这兔演巷内，有个年少才郎，姓阮名华，排行第三，唤做阮三郎。他哥哥阮大，与父亲专在两京商贩。阮二专一管家。那阮三年方二九，一貌非俗，诗词歌赋，般般皆晓，笃好吹箫，结交几个豪家子弟，每日向歌馆娼楼，留连风月。时遇上元灯夜，知会几个弟兄来家，笙箫弹唱，歌笑赏灯。这伙子弟在阮三家，吹唱到三更方散。阮三送出门，见行人稀少，静夜月明如昼，向众人说道：『恁般良夜，何忍便睡？再举一曲如何？』众人依允，就在阶沿石上向月而坐，取出笙、箫、象板，口吐清音，呜呜咽咽地又吹唱起来。正是：

隔墙须有耳，窗外岂无人？

那阮三家，正与陈太尉对衙。衙内小姐玉兰，欢要赏灯，将次要去歇息，忽听得街上乐声缥缈，响彻云际。料得夜深，众人都睡了，忙唤梅香轻移莲步，直至大门边。听了一回，情不能已。有个心腹的梅香，名曰碧云。小姐低低分付道：『你替我去街上看甚人吹唱。』梅香巴不得趋承小姐，听得使唤这事，轻轻地走到街边，认得是对邻子弟，忙转身入内，回复小姐道：『对邻阮三官与几个相识，在他门首吹唱。』那小姐半晌之间，口中不道，心下思量：『数日前，我爹曾说阮三点报朝中附马，因使用不到，退回家中，想就是此人了，才貌必然出众。』

又听了一个更次，各人分头散去。小姐回转香房，一夜不曾合眼，心心念念，只想着阮三：『我若嫁得恁般风流子弟，也不枉一生夫妇。怎生得会他一面也好？』正是：

邻女乍萌窥玉意，文君早乱听琴心。

且说次日天晓，阮三同几个子弟到永福寺中游玩。见烧香的仕女佳人，来往不绝，自觉心性荡漾。到晚回家，仍集昨夜子弟，吹唱消遣。每夜如此，迤逦至二十日。这一夜，众子弟们各有事故，不到阮三家里。阮三独坐无聊，偶在门侧临街小轩内，拿壁间紫玉鸾箫，手是按着宫、商、角、徵、羽，将时样新词曲调，清清地吹起。吹不了半只曲儿，忽见个侍女推门而入，深深地向前道个万福。阮三停箫问道：『你是谁家的姐姐？』丫环道：『贱妾碧云，是对邻陈衙小姐贴身服侍的。小姐私慕官人，特地着奴请官人一见。』那阮三心下思量道：『他是个官宦人家，守阍耳目不少，进去易，出来难。被人瞧见盘问时，将何回答？却不枉受凌辱？』当下回言道：『多多上复小姐，怕出入不便，不好进来。』碧云转身回复小姐。小姐想起夜来音韵标格，一时间春心摇动，便将手指上一个金镶宝石戒指儿，褪将下来，付与碧云，分付道：『你替我将这件物事，寄与阮三郎，将带他来见我一见，万不妨事。』碧云接得在手，一心忙似箭，两脚走如飞，慌忙来到小轩。阮三官还在那里，碧云手儿内托出这个物来，致了小姐之意。阮三口中不道，心下思量：『我有此物为证，又有梅香引路，何怕他人？』随即与碧云前后而行，到二门外，小姐先在门旁守候，觑着阮三目不转睛。阮三看得女子也十分仔细。正欲交言，门外吆喝道：『太尉回衙。』小姐慌忙回避归房，阮三郎火速回家。自此把那戒指儿紧紧地戴在左手指上，想那小姐的容貌，一时难舍。只恨闺阁深沉，难通音信。或在家，或出处，但是看那戒指儿，心中十分惨切。无由再见，追忆不已。那阮三虽不比宦家子弟，亦是富室伶俐的才郎。因是相思日久，渐觉四肢羸瘦，以致废寝忘餐。忽经两月有余，恹恹成病。父母再三严问，并不肯说。正是：

口含黄柏味，有苦自家知。

却说有一个与阮三一般的豪家子弟，姓张名远，素与阮三交厚。闻得阮三有病月余，心中悬挂。一日早，到阮三家内，询问起居。阮三在卧榻上，听得堂中有似张远的声音，唤仆人邀入房内。张远看着阮三面黄肌瘦，咳嗽吐痰，心中好生不忍，嗟叹不已，坐向榻床上去问道：『阿哥，数日不见，怎么染着这般晦气？你害的是什么病？』阮三只摇头不语。张远道：『阿哥，借你手我看看脉息。』阮三一时失于计较，便将左手抬起，与张远察脉。张远按着寸关尺，正看脉间，一眼瞧见那阮三手指上戴着个金嵌宝石的戒指。张无心中不说，心下思量：『他这等害病，还戴着这个东西，况又不是男子之物，必定是妇人的表记，料得这病根由此而起。』也不讲脉理，便道：『阿哥，你手上戒指从何而来？恁般病症，不是当耍。我与你相交数年，重承不弃，日常心腹，各不相瞒。我知你心，你知我意，你可实对我说。』阮三见张远参到八九分的地步，况兼是心腹朋友，只得将来历因依，尽行说了。张远道：『阿哥，他虽是个宦家的小姐，若无这个表记，便对面相逢，未知他肯与不肯，既有这物事，心下已允。待阿哥将息贵体稍健旺时，在小弟身上想个计策，与你成就此事。』阮三道：『贱恙只为那事而起。若要我病好，只求早图良策。』枕边取出两锭银子，付与张远道：『倘有使用，莫惜小费。』张远接了银子道：『容小弟从容计较，有些好音，却来奉报。你可宽心保重。」张远作别出门，到陈太尉衙前站了两个时辰，内外出入人多，并无相识。张远闷闷而回。

次日，又来观望，绝无机会。心下想道：『这事难以启齿，除非得他梅香碧云出来，才可通信。』看看到晚，只见一个人捧着两个磁瓮，从衙里出来，叫唤道：『门上那个走差的闲在那里？奶奶着你将这两瓮小菜送与闲云庵王师父去。』张远听得了，便想道：『这闲云庵王尼姑，我平昔相认的。奶奶送他小菜，一定与陈衙内往来情熟。他这般人，出入内里，极好传消递息，何不去寻他商议？』

又过了一夜，到次早，取了两锭银子，径投闲云庵来。这庵儿虽小，其实幽雅。怎见得？有诗为证：

短短横墙小小亭，半檐疏玉响玲玲。尘飞不到人长静，一篆炉烟两卷经。

庵内尼姑，姓王名守长，他原是个收心的弟子。因师弃世日近，不曾接得徒弟，只有两个烧香上灶烧火的丫头。专一向富贵人家布施，佛殿后新塑下观音、文殊、普贤三尊法像。中间观音一尊，亏了陈太尉夫人发心喜舍，妆金完了，缺那两尊未有施主。这日正出庵门，恰好遇着张远，尼姑道：『张大官何往？』张远答道：『特来。』尼姑回身请进，邀入庵堂中坐定。

茶罢，张远问道：『适间师父要往那里去？』尼姑道：『多蒙陈太尉家奶奶布施，完了观音圣像，不曾去回复他，昨日又承他差人送些小菜来看我。作意备些薄礼，来日到他府中作谢。后来那两尊，还要他大出手哩。因家中少替力的人，买几件小东西，也只得自身奔走。』张远心下想道：『又好个机会。』便向尼姑道：『师父，我有个心腹朋友，是个富家。这二尊圣像，就要他独造也是容易，只要烦师父干一件事。』张远在袖儿里摸出两锭银子，放在香桌上道：『这银子权当开手。事若成就，盖庵盖殿，随师父的意。』那尼姑贪财，见了这两锭细丝白银，眉花眼笑道：『大官人，你相识是谁？委我干甚事来？』张远道：『师父，这事是件机密事，除是你干得，况是顺便。可与你到密室说知。』说罢，就把二锭银子，纳入尼姑袖里，尼姑半推不推收了。二人进一个小轩内竹榻前坐下，张远道：『师父，我那心腹朋友阮三官，于今岁正月间，蒙陈太尉小姐使梅香寄个表记来与他，至今无由相会。明日师父到陈府中去见奶奶，乘这个便，倘到小姐房中，善用一言，约到庵中与他一见，便是师父用心之处。』尼姑沉吟半晌，便道：『此事未敢轻许。待会见小姐，看其动静，再作计较。你且说什么表记？』张无道：『是个嵌宝金戒指。』尼姑道：『借过这戒指儿来暂时，自有计较。』张远见尼姑收了银子，又不推辞，心中大喜。当时作别，便到阮三家来，要了他的金戒指，连夜送到尼姑处了。

却说尼姑在床上想了半夜，次日天晓起来，梳洗毕，将戒指戴在左手上，收拾礼盒，着女童挑了，迤逦来到陈衙，直至后堂歇了。夫人一见，便道：『出家人如何烦你坏钞？』尼姑稽首道：『向蒙奶奶布施，今观音圣像已完，山门有幸。贫僧正要来回复奶奶，昨日又蒙厚赐，感谢不尽。』夫人道：『我见你说没有好小菜吃粥，恰好江南一位官人，送得这几瓮瓜菜来，我分两瓮与你。这些小东西，也谢什么！』尼姑合掌道：『阿弥陀佛！滴水难消，虽是我僧家口吃十方，难说是应该的。』夫人道：『这圣像完了中间一尊，也就好看了。那两尊以次而来，少不得还要助些工费。』尼姑道：『全仗奶奶做个大功德，今生恁般富贵，也是前世布施上修来的。如今再修去时，那一世还你荣华受用。』夫人教丫环收了礼盒，就分付厨下办斋，留尼姑过午。

少间，夫人与尼姑吃斋，小姐也坐在侧边相陪。斋罢，尼姑开言道：『贫僧斗胆，还有句话相告：小庵圣像新完，涓选四月初八日，我佛诞辰，启建道场，开佛光明。特请奶奶小姐光降随喜，光辉山门则个。』夫人道：『老身定来拜佛，只是小姐怎么来得？』那尼姑眉头一蹙，计上心来道：『前日坏腹，至今未好，借解一解。』那小姐因为牵挂阮三，心中正闷，无处可解情怀。忽闻尼姑相请，喜不自胜。正要行动，仍听夫人有阻，巴不得与那尼姑私下计较。因见尼姑要解手，便道：『奴家陪你进房。』两上直至闺房。正是：

背地商量无好话，私房计较有奸情。

尼姑坐在触桶上，道：『小姐，你到初八日同奶奶到我小庵觑一觑，若何？』小姐道：『我巴不得来，只怕爹妈不肯。』尼姑道：『若是小姐坚意要去，奶奶也难固执。奶奶若肯时，不怕太尉不容。』尼姑一头说话，一头去拿粗纸，故意露出手指上那个宝石嵌的金戒指来。小姐见了大惊，便问道：『这个戒指那里来的？』尼姑道：『两月前，有个俊雅的小官人进庵，看妆观音圣像，手中退下这个戒指儿来，带在菩萨手指上，祷祝道：『今生不遂来生愿，愿得来生逢这人。』半日间对着那圣像，潸然挥泪。被我再四严问，他道：『只要你替我访这戒指的对儿，我自有话说。』小姐见说了意中之事，满面通红。停了一会，忍不住又问道：『那小官人姓甚？常到你庵中么？』尼姑回道：『那官人姓阮，不时来庵闲观游玩。』小姐道：『奴家有个戒指，与他倒是一对。』说罢，连忙开了妆盒，取出个嵌宝戒指，递写尼姑。尼姑将两个戒指比看，果然无异，笑将起来。小姐道：『你笑什么？』尼姑道：『我笑这个小官人，痴痴的只要寻这戒指的对儿。如今对倒寻着了，不知有何话说？』小姐道：『师父，我要……』说了半句，又住了口。尼姑道：『我们出家人，第一口紧。小姐有话，不妨分付。』小姐道：『师父，我要会那官人一面，不知可见得么？』尼姑道：『那官人求神祷佛，一定也是为着小姐了。要见不难，只在四月初八这一日，管你相会。』小姐道：『便是爹妈容奴去时，母亲在前，怎得方便？』尼姑附耳低言道：『到那日来我庵中，倘斋罢闲坐，便可推睡，此事就谐了。』小姐点头会意，便将自己的戒指都舍与尼姑。尼姑道：『这金子好把做妆佛用，保小姐百事称心。』说罢，两人走出房来。夫人接着，问道：『你两个在房里多时，说什么样话？』惊得那尼姑心头一跳，忙答道：『小姐因问我浴佛的故事，以此讲说这一晌。』又道：『小姐也要瞻礼佛像，奶奶对太尉老爷说声，至期专望同临。』夫人送出厅前，尼姑深深作谢而去。正是：

惯使牢笼计，安排年少人。

再说尼姑出了太尉衙门，将了小姐舍的金戒指儿，一直径到张远家来。张远在门首伺候多时了，远远地望见尼姑，口中不道，心下思量：『家下耳目众多，怎么言得此事？』提起脚儿，慌忙迎上一步道：『烦师父回庵去，随即就到。』尼姑回身转巷，张远穿径寻庵，与尼姑相见，邀入松轩，从头细话，将一对戒指儿度与张远。张远看见道：『若非师父，其实难成，阮三官还有重重相谢。』张远转身就去回复阮三。阮三又收了一个戒指，双手带着，欢喜自不必说。

至四月初七日，尼姑又自到陈衙邀请，说道：『因夫人小姐光临，各位施主人家，贫僧都预先回了。明日更无别人，千万早降。』夫人已自被小姐朝暮聒絮的要去拜佛，只得允了。那晚，张远先去期约阮三，到黄昏人静，消消地用一乘女轿抬到庵里，尼姑接入，寻个窝窝凹凹的房儿，将阮三安顿了。分明正是：

猪羊送屠户之家，一脚脚来寻死路。

尼姑睡到五更时分，唤女童起来，佛前烧香点烛，厨下准备斋供。天明便去催那彩画匠来，与圣像开了光明，早斋就打发去了。少时陈太尉女眷到来，怕不稳便。单留同辈女僧，在殿上做功德诵经。

将次到巳牌时分，夫人与小姐两个轿儿来了。尼姑忙出迎接，邀入方丈，茶罢，去殿前、殿后拈香礼拜。夫人见旁无杂人，心下欢喜。尼姑请到小轩中宽坐，那伙随从的男女各有个坐处。尼姑支分完了，来陪夫人小姐前后行走，观看了一回，才回到轩中吃斋。斋罢，夫人见小姐饭食稀少，洋洋瞑目作睡。夫人道：『孩儿，你今日想是起得早了些。』尼姑慌忙道：『告奶奶，我庵中绝无闲杂之辈，便是志诚老实的女娘们，也不许他进我的房内。小姐去我房中拴上房门睡一睡，自取个稳便，等奶奶闲步一步。你们几年何月来走得一遭！』夫人道：『孩儿，你这般困倦，不如在师父房内睡睡。』

小姐依了母命，走进房内。刚拴上门，只见阮三从床背后走出来，看了小姐，深深的作揖道：『姐姐，候之久矣。』小姐慌忙摇手，低低道：『莫要则声！』阮三倒退几步，候小姐近前，两手相挽，转过床背后，开了侧门，又到一个去处，小巧漆桌藤床，隔绝了外人耳目。两个搂作一团，说了几句情话，双双解带，好似渴龙见水，这场云雨，其实畅快。有〔西江月〕为证：

一个想着吹箫风韵，一个想着戒指恩情。相思半载欠安宁。此际相逢侥幸。一个难辞病体，一个敢惜童身。枕边吁喘不停声，还嫌道欢俄顷。

原来阮三是个病久的人，因为这女子，七情所伤，身子虚弱。一时相逢，情兴酷浓，不顾了性命。那女子想起日前要会不能，今日得见，倒身奉承，尽情取乐。不料乐极悲生，不好成歉，一阳失去，片时气断丹田，七魄分飞，顷刻魂归阴府。正所谓：

天有不测风云，人有旦夕祸福。

小姐见阮三伏在身上，寂然不动。用双手搂定郎腰，吐出丁香，送郎口中。只见牙关紧咬难开，摸着遍身冰冷，惊慌了云雨娇娘，顶门上不见了三魂，脚底下荡散了七魄。翻身推在里床，起来忙穿襟袄，带转了侧门，走出前房。喘息未定，怕娘来唤，战战兢兢，向妆台重整花钿，对鸾镜再匀粉黛。恰才整理完备，早听得房外夫人声唤。小姐慌忙开门，夫人道：『孩儿，殿上功德也散了，你睡才醒？』小姐道：『我睡了半晌，在这里整头面，正要出来和你回衙去。』夫人道：『轿夫伺候多时了。』小姐与夫人谢了尼姑，上轿回衙去不题。

且说尼姑王守长送了夫人起身，回到庵中，厨房里洗了盘碗器皿，佛殿上收了香火供食，一应都收拾已毕。只见那张远同阮二哥进庵，与尼姑相见了，称谢不已，问道：『我家三官今在那里？』尼姑道『还在我里头房里睡着。』尼姑便引阮二与张远开了侧房门，来卧床边叫道：『三哥，你恁的好睡，还未醒！』连叫数次不应，阮二用手摇也不动，口鼻全无气息。仔细看时，呜呼哀哉了。阮二吃了一惊，便道：『师父，怎地把我兄弟坏了性命？这事不得干净！』尼姑慌道：『小姐吃了午斋便推要睡，就入房内。约有两个时辰，殿上功德完了，老夫人叫醒来，恰才去得不多时。我只道睡着，岂知有此事！』阮二道：『说便是这般说，却得怎了？』尼姑道：『阮二官，今日幸得张大官在此，向蒙张大官分付，实望你家做檀越施主，因此用心，终不成要害你兄弟性命？张大官，今日之事，却是你来寻我，非是我来寻你。告到官司，你也不好，我也不好。向日蒙施银二锭，一锭我用去了，只存一锭不敢留用，将来与三官人凑买棺木盛殓。只说在庵养病，不料死了。』说罢，将出这锭银子，放在桌上道：『你二位，凭你怎么处置。』张远与阮二默默无言，呆了半晌，阮二道：『且去买了棺木来再议。』张远收了银子，与阮二同出庵门，迤逦路上行着。张远道：『二哥，这个事本不干尼姑事。三哥是个病弱的人，想是与女子交会，用过了力气，阳气一脱，就是死的。我也只为令弟面上情分好，况令弟前日，在床前再四叮咛，央浼不过，只得替他干这件事。』阮二回言道：『我论此事，人心天理，也不干着那尼姑事，亦不干你事。只是我这小官人年命如此，神作祸作，作出这场事来。我心里也道罢了，只愁大哥与老官人回来怨畅，怎的了？』连晚与张远买了一口棺木，抬进庵里，盛殓了，就放在西廊下，只等阮员外、大哥回来定夺。正是：

酒到散筵欢趣少，人逢失意叹声多。

忽一日，阮员外同大官人商贩回家，与院君相见，合家欢喜。员外动问三儿病症，阮二只得将前后事情，细细诉说了一遍。老员外听得说三郎死了，放声大哭了一场，要写起词状，与陈太尉女儿索命：『你家贱人来惹我的儿子！』阮大、阮二再四劝道：『爹爹，这个事想论来，都是兄弟作出来的事，以致送了性命。今日爹爹与陈家讨命，一则势力不敌，二则非干太尉之事。』勉劝老员外选个日子，就庵内修建佛事，送出郊外安厝了。

却说陈小姐自从闲云庵归后，过了月余，常常恶心气闷，心内思酸，一连三个月经脉不举。医者用行经顺气之药，如何得应？夫人暗地问道：『孩儿，你莫是与那个成这等事么？可对我实说。』小姐晓得事露了，没奈何，只得与夫人实说。夫人听得呆了，道：『你爹爹只要寻个有名目的才郎，靠你养老送终。今日弄出这丑事，如何是好？只怕你爹爹得知这事，怎生奈何？』小姐道：『母亲，事已如此，孩儿只是一死，别无计较。』夫人心内又恼又闷。

看看天晚，陈太尉回衙，见夫人面带忧容，问道：『夫人，今日何故不乐？』夫人回道：『我有一件事恼心。』太尉便问：『有什么事恼心？』夫人见问不过，只得将情一一诉出。太尉不听说万事俱休，听得说了，怒从心上起，道：『你做母的不能看管孩儿，要你做甚？』急得夫人阁泪汪汪，不敢回对。太尉左思右想，一夜未寐。

天晓出外理事，回衙与夫人计议：『我今日用得买卖做了。如官府去，我女孩儿又出丑，我府门又不好看。只得与女孩儿商量作何理会。』女儿扑簌簌掉下泪来，低头不语。半晌间，扯母亲于背静处，说道：『当初原是儿的不是，坑了阮三郎的性命，欲要寻个死，又有三个月遗腹在身；若不寻死，又恐人笑。』一头哭着，一头说：『莫若等待十个月满足，生得一男半女，也不绝了阮三后代，也是当日相爱情分。妇人从一而终，虽是一时苟合，亦是一日夫妻，我断然再不嫁人。若天可怜见，生得一个男子，守他长大，送还阮家，完了夫妻之情。那时寻个自尽，以赎玷辱父母之罪。』夫人将此话说与太尉知道，太尉只叹了一口气，也无奈何，暗暗着人请阮员外来家计议，说道：『当初是我闺门不谨，以致小女背后做出天大事来，害了你儿子性命，如今出休题了。但我女儿已有三个月遗腹，如何出活？如今只说我女曾许嫁你儿子，后来在闲云庵相遇，为想我女，成病几死，因而彼此私情。庶他日生得一男半女，犹有许嫁情由，还好看相。』阮员外依允，从此就与太尉两家来往。

十月满足，阮员外一般遣礼催生，果然生个孩儿。到了三岁，小姐对母亲说，欲待领了孩儿，到阮家拜见公婆，就去看看阮三坟墓。夫人对太尉说知，俱依允了。拣了好日，小姐备礼过门，拜见了阮员外夫妇。次日，到阮三墓上哭奠了一回，又取出银两，请高行真僧，广设水陆道场，追荐亡夫阮三郎。其夜梦见阮三到来，说道：『小姐，你晓得夙因么？前世你是个扬州名妓，我是金陵人，到彼访亲，与你相处情厚，许定一年之后再来，必然娶你为妻。及至归家，惧怕父亲，不敢禀知，别成姻眷。害你终朝悬望，郁郁而死。因是夙缘未断，今生乍会之时，两情牵恋。闲云庵相会，是你来索冤债，我登时身死，偿了你前生之命。多感你诚心追荐，今已得往好处托生。你前世抱志节而亡，今世合享荣华。所生孩儿，他日必大贵，烦你好好抚养教训。从今你休怀忆念。』玉兰小姐梦中一把扯住阮三，正要问他托生何处，被阮三用手一推，惊醒将来，嗟叹不已。方知生死恩情，都是前缘夙债。

从此小姐放下情怀，一心看觑孩儿。光阴似箭，不觉长成六岁，生得清奇，与阮三一般标致，又且资性聪明。陈太尉爱惜，真如掌上之珠，用自己姓，取名陈宗阮，请个先生教他读书。到一十六岁，果然学富五车，书通二酉。十九岁上，连科及第，中了头甲状元，奉旨归娶。陈、阮二家争先迎接回家，宾朋满堂，轮流做庆贺筵席。当初陈家生子时，街坊上晓得些风声来历的，免不得点点搠搠，背后讥诮。到陈宗阮一举成名，反夸奖玉兰小姐贞节贤慧，教子成名，许多好处。世情以成败论人，大率如此。后来陈宗阮做到吏部尚书留守官，将他母亲十九岁上守寡，一生不嫁，教子成名等事，表奏朝廷，启建贤节牌坊。正所谓：『贫家百事百难做，富家差得鬼推磨。』虽然如此，也亏陈小姐后来守志，一床锦被遮盖了，至今河南府传作佳话。有诗为证，诗曰：

兔演巷中担病害，闲云庵里偿冤债。周全末路仗贞娘，一床锦被相遮盖。

第五卷

穷马周遭际卖䭔媪

前程暗漆本难知，秋月春花各有时。静听天公分付去，何须昏夜苦奔驰？

话说大唐贞观改元，太宗皇帝仁明有道，信用贤臣。文有十八学士，武有十八路总管。真个是鸳班济济，鹭序彬彬。凡天下有才有智之人，无不举荐在位，尽其抱负。所以天下太平，万民安乐。

就中单表一人，姓马名周，表字宾王，博州茌平人氏。父母双亡，一贫如洗，年过三旬，尚未娶妻，单单只剩一身。自幼精通书史，广有学问，志气谋略，件件过人。只为孤贫无援，没有人荐拔他，分明是一条神龙困于泥淖之中，飞腾不得。眼见别人才学万倍不如他的，一个个出身通显，享有爵禄。偏则自家怀才不遇，每日郁郁。自叹道：『时也，运也，命也。』一生挣得一副好酒量，闷来时只是饮酒，尽醉方休。日常饭食，有一顿，没一顿，都不计较，单少不得杯中之物。若自己没钱买时，打听邻家有酒，便去噇吃。却又大模大样，不谨慎，酒后又要狂言乱叫，发疯骂坐。这伙三邻四舍被他聒噪得不耐烦，没一个不厌他，背后唤他做『穷马周』，又唤他是『酒鬼』。那马周晓得了，也全不在心上。正是：

未逢龙虎会，一任马牛呼。

且说博州刺史姓达，名奚。素闻马周明经有学，聘他为本州助教之职。到任之日，众秀才携酒称贺，不觉吃得大醉。次日刺史亲到学宫请教，马周兀自中酒，爬身不起，刺史大怒而去。马周醒后，晓得刺史曾到，特往州衙谢罪，被刺史责备了许多说话。马周口中唯唯，只是不能悛改，每遇门生执经问难，便留住他同饮。支得俸钱，都付与酒家，兀自不敷，依旧在门生家噇酒。一日吃醉了，两个门生左右扶住，一路歌咏而回。恰好遇着刺史前导，喝他回避，马周那里肯退步？激瞋着双眼倒骂人起来，又被刺史当街发作了一场。马周当时酒醉不知，次日醒后，门生又来劝马周，在刺史处告罪。马周叹口气道：『我只为孤贫无援，欲图个进身之阶，所以屈志于人。今因酒过，屡被刺史责辱，何面目又去鞠躬取怜？古人不为五斗米折腰，这个助教官儿，也不是我终身养老之事。』便把公服交付门生，教他缴还刺史，仰天大笑，出门而去。正是：

此去好凭三寸舌，再来为值一文钱。

自古道：『水不激不跃，人不激不奋。』马周只为吃酒上受刺史责辱不过，叹口气出门，到一个去处，遇了一个人提携，直做到吏部尚书地位。此是后话。

且说如今到那里去？他想着冲州撞府，没甚大遭际，则除是长安帝都，公候卿相中，有个能举荐的萧相国，识贤才的魏无知，讨个出头日子，方遂平生之愿。望西迤逦而行，不一日，来到新丰。

原来那新丰城是汉高皇所筑。高皇生于丰里，后来起兵，诛秦灭项，做了大汉天子，尊其父为太上皇。太上皇在长安城中，思想故乡风景。高皇命巧匠照依故丰，建造此城，迁丰人来居住。凡街市屋宇，与丰里制度，一般无二。把张家鸡儿，李家犬儿，纵放在街上，那鸡犬也都认得自家门首，各自归家。太上皇大喜，赐名新丰。今日大唐仍建都于长安，这新丰总是关内之地，市井稠密，好不热闹！只这招商旅店，也不知多少。

马周来到新丰市上，天色已晚，只拣个大大客店，踱将进去。但见红尘滚滚，车马纷纷，许多商贩客人，驮着货物，挨三顶五地进店安歇。店主王公迎接了，慌忙指派房头，堆放行旅。众客人寻行逐队，各据坐头，讨浆索酒。小二哥搬运不迭，忙得似走马灯一般。马周独自个冷清清地坐在一边，并没半个人睬他。马周心中不忿，拍案大叫道：『主人家，你好欺负人！偏俺不是客，你就不来照顾，是何道理？』王公听得发作，便来收科道：『客官不须发怒，那边人众，只得先安放他，你只一位，却容易答应。但是用酒用饭，只管分付老汉就是。』马周道：『俺一路行来，没有洗脚，且讨些干净热水用用。』王公道：『锅子不方便，要热水再等一会。』马周道：『既如此，先取酒来。』王公道：『用多少酒？』马周指着对面大座头上一伙客人，向主人家道：『你们用多少，俺也用多少。』王公道：『他们五位客人，每人用一斗好酒。』马周道：『论起来还不够俺半醉，但俺途中节饮，也只用五斗罢。有好嗄饭尽你搬来。』王公分付小二过了，一连暖五斗酒，放在桌上，摆一只大磁瓯，几碗肉菜之类。马周举瓯独酌，旁若无人，约莫吃了三斗有余，讨个洗脚盆过来，把剩下的酒，都倾在里面，踻脱双靴，便伸脚下去洗濯。众客见了，无不惊怪。王公暗暗称奇，知其非常人也。同时岑文本画得有《马周濯足图》，后有烟波钓叟题赞于上。赞曰：

世人尚口，吾独尊足。口易兴波，足能涉陆。处下不倾，千里可逐。劳重赏薄，无言忍辱。酬之以酒，慰尔仆仆。令尔忘忧，胜吾厌腹。

吁嗟宾王，见超凡俗。

当夜安歇无话。次日王公早起会钞，打发行客登程。马周身无财物，想天气渐热了，便脱下狐裘与王公当酒钱。王公见他是个慷慨之士，又嫌狐裘价重，再四推辞不受。马周索笔，题诗壁上。诗云：

古人感一饭，千金弃如履。匕箸安足酬？所重在知己。我饮新丰酒，狐裘不用抵。贤哉主人翁，意气倾闾里！

后写『茌平人马周题』。王公见他写作俱高，心中十分敬重。便问：『马先生如今何往？』马周道：『欲往长安求名。』王公道：『曾有相熟寓所否？』马周回道：『没有。』王公道：『马先生大才，此去必然富贵。但长安乃米珠薪桂之地，先生资釜既空，将何存立？老父有个外甥女，嫁在彼处万寿街卖䭔赵三郎家。老夫写封书，送先生到彼作寓，比别家还省事。更有白银一两，权助路资，休嫌菲薄。』马周感其厚意，只得受了。王公写书已毕，递与马周。马周道：『他日寸进，决不相忘。』作谢而别。

行至长安，果然是花天锦地，比新丰市又不相同。马周径问到万寿街赵卖䭔家，将王公书信投递。原来赵家积世卖这粉食为生，前年赵三郎已故了，他老婆在家守寡，接管店面，这就是新丰店中王公的外甥女儿。年纪虽然三十有余，兀自丰艳胜人，京师人顺口做唤他做卖䭔媪。北方的『媪』字，即如南方的『妈』字一般。这王媪初时坐店卖䭔，神相袁天罡一见大惊，叹道：『此媪面如满月，唇若红莲，声响神清，山根不断，乃大贵之相，他日定为一品夫人，如何屈居此地？』偶在中郎将常何面前，谈及此事，常何深信袁天罡之语，分付苍头，只以买䭔为名，每日到他店中闲话，说发王媪嫁人，欲娶为妾。王媪只是干笑，全不统口。正是：

姻缘本是前生定，不是姻缘莫强求。

却说王媪隔夜得一异梦，梦见一匹白马，自东而来，到他店中，把粉䭔一口吃尽。自己执箠赶逐，不觉腾上马背。那马化为火龙，冲天而去。醒来满身都热，思想此梦非常。恰好这一日，接得母舅王公之信，送个姓马的客人到来，又见周身穿白衣。王媪心中大疑，就留住店中作寓。一日三餐，殷勤供给。那马周恰似理之当然一般，绝无谦逊之意。这里王媪也始终不怠。叵耐邻里中有一班浮荡子弟，平日见王媪是个俏丽孤孀，闲常时倚门靠壁，不三不四，轻嘴薄舌的狂言挑拨。王媪全不招惹，众人到也道他正气。今番见他留个远方单身客在家，未免言三语四，造出许多议论。王媪是个精细的人，早已察听在耳朵里，使对马周道：『贱妾本欲相留，奈孀妇人家，人言不雅。先生前程远大，宜择高枝栖止，以图上进。若埋没大才于此，枉自可惜。』马周道：『小生情愿为人馆宾，但无路可投耳。』

言之未已，只见常中郎家苍头，又来买䭔。王媪想着常何是个武臣，必定少不得文士相帮，乃向苍头问道：『有个薄亲马秀才，饱学之士，在此觅一馆舍，未知你老爷用得着否？』苍头答应道：『甚好。』原来那时正值天旱，太宗皇帝诏五品以上官员，都要悉心竭虑，直言得失，以凭采用。论常何官职也该具奏，正欲访求饱学之士，请他代笔。恰好王媪说起马秀才，分明是饥时饭，渴时浆，正搔着痒处。苍头回去禀知常何。常何大喜，即刻遣人备马来迎。马周别了王媪，来到常中郎家里，常何见马周一表非俗，好生钦敬。当日置酒相待，打扫书馆，留马周歇宿。

次日，常何取白金二十两，彩绢十端，亲送到馆中，权为贽礼。就将圣旨求言一事，与马周商议。马周索取笔砚，拂开素纸，手不停挥，草成便宜二十条。常何叹服不已。连夜缮写齐整，明日早朝进呈御览。太宗皇帝看罢，事事称善，便问常何道：『此等见识议论，非卿所及，卿从何处得来？』常何拜伏在地，口称：『死罪！这便宜二十条，臣愚实不能建白，此乃臣家客马周所为也。』太宗皇帝道：『马周何在？可速宣来见朕。』黄门官奉了圣旨，径到常中郎家宣马周。马周吃了早酒，正在鼾睡，呼唤不醒。又是一道旨意下来，催促到第三遍，常何自来了，此见太宗皇帝爱才之极也。史官有诗云：

三道征书络绎催，贞观天子惜贤才。朝廷爱士皆如此，安得英雄困草莱？

常何亲到书馆中，教馆童扶起马周，用凉水喷面，马周方才苏醒。闻知圣旨，慌忙上马。常何引到金銮见驾，拜舞已毕，太宗玉音问道：『卿何处人氏？曾出仕否？』马周奏道：『臣乃茌平县人，曾为博州助教。因不得其志，弃官来游京都。今获觐天颜，实出万幸。』太宗大喜，即日拜为监察御史，钦赐袍笏官带。马周穿着了，谢恩而出，仍到常何家，拜谢举荐之德。常何重开筵席，把酒称贺。

至晚酒散，常何不敢屈留马周在书馆住宿，欲备轿马，送到令亲王媪家去。马周道：『王媪原非亲戚，不过借宿其家而已。』常何大惊，问道：『御史公有眷否？』马周道：『惭愧，实因家贫未娶。』常何道：『袁天罡先生曾相王媪有一品夫人之贵，只怕是令亲，或有妨碍。既然萍水相逢，便是天缘。御史公若不嫌弃，下官即当作伐。』马周感王媪殷勤，亦有此意。便道：『若得先辈玉成，深荷大德。』是晚，马周仍在常家安歇。

次早，马周又同常何面君。那时鞑虏突厥反叛，太宗皇帝正遣四大总管出兵征剿，命马周献平虏策。马周在御前，口诵如流，句句中了圣意。改为给事中之职。常何举贤有功，赐绢百匹。常何谢恩出朝，分付马上就引到卖䭔店中，要请王媪相见。王媪还只道常中郎强要娶他，慌忙躲过，那里肯出来。常何坐在店中，叫苍头去寻个老年邻妪，替他传话：今日常中郎来此，非为别事，专为马给谏求亲。王媪问其情由，方知马给谏就是马周，向时白马化龙之梦，今已验矣。此乃天付姻缘，不可违也。常何见王媪允从了，便将御赐绢匹，替马周行聘。赁下一所空宅，教马周住下。择个吉日，与王媪成亲。百官都来庆贺。正是：

分明乞相寒儒，忽作朝家贵客。

王媪嫁了马周，把自己一家一火，都搬到马家来了，里中无不称羡。这也不在话下。

却说马周自从遇了太宗皇帝，言无不听，谏无不从。不上三年，直做到吏部尚书，王媪封做夫人之职。那新丰店主人王公，知马周发迹荣贵，特到长安望他，就便先看看外甥女。行至万寿街，已不见了卖䭔店，只道迁居去了。细问邻舍，才晓得外甥女已寡，晚嫁的就是马尚书。王公这场欢喜非同小可。问到尚书府中，与马周夫妇相见，各叙些旧话。住了月余，辞别要行。马周将千金相赠，王公那里肯受。马周道：『壁上诗句犹在，一饭千金，岂可忘也？』王公方才收了，作谢而回。遂为新丰富民。此乃投瓜报玉，施恩报恩，也不在话下。

再说达奚刺史，因丁忧回籍，服满到京。闻马周为吏部尚书，自知得罪，心下忧惶，不敢补官。马周晓得此情，再三请他相见。达奚拜倒在地，口称：『有眼不识泰山，望乞恕罪。』马周慌忙扶起道：『刺史教训诸生，正宜取端谨之士。嗜酒狂呼，此乃马周之罪，非贤刺史之过也。』即日举荐达奚为京兆尹。京师官员见马周度量宽洪，无不敬服。马周终身富贵，与王媪偕老。后人有诗叹云：

一代名臣属酒人，卖䭔王媪亦奇人。时人不具波斯眼，枉使明珠混俗尘。

葛令公生遣弄珠儿

当时五霸说庄王，不但强梁压上邦。多少倾城因女色，绝缨一事已无双。

话说春秋时，楚国有个庄王，姓芈，名旅，是五霸中一霸。那庄王曾大宴群臣于寝殿，美人俱侍。偶然风吹烛灭，有一人从暗中牵美人之衣。美人扯断了他系冠的缨索，诉与庄王，要他查名治罪。庄王想道：『酒后疏狂，人人常态，我岂为一女子上坐人罪过，使人笑戏，轻贤好色，岂不可耻！』于是出令曰：『今日饮酒甚乐，在坐不绝缨者不欢。』比及烛至，满座的冠缨都解，竟不知调戏美人的是那一个。后来晋楚交战，庄王为晋兵所困，渐渐危急。忽有一将，杀入重围，救出庄王。庄王得脱，问：『救我者为谁？』那将俯伏在地，道：『臣乃昔日绝缨之人也。蒙吾王隐蔽，不加罪责，臣今愿以死报恩。』庄王大喜道：『寡人若听美人之言，几丧我一员猛将矣。』后来大败晋兵，诸侯都叛晋归楚，号为一代之霸。有诗为证：

美人空自绝冠缨，岂为蛾眉失虎臣？莫怪荆襄多霸气，骊山戏火是何人？

世人度量狭窄，心术刻薄，还要搜他人的隐过，显自己的精明，莫说犯出不是来，他肯轻饶了你！这般人一生有怨无恩，但有缓急，也没人与他分忧替力了。像楚庄王恁般弃人小过，成其大业，真乃英雄举动，古今罕有。

说话的，难道真个没有第二个了？看官，我再说一个与你听。你道是那一朝人物？却是唐末五代时人。那五代？梁、唐、晋、汉、周，是名五代。梁乃朱温，唐乃李存勖，晋乃石敬瑭，汉乃刘知远，周乃郭威。方才要说的，正是梁朝中一员虎将。姓葛名周，生来胸襟海阔，志量山高，力敌万夫，身经百战。他原是芒砀山中同朱温起手做事的。后来朱温受了唐禅，做了大梁皇帝，封葛周中书令兼领节度使之职，镇守兖州，这兖州，与河北逼近，河北便是后唐李克用地面。所以梁太祖特着亲信的大臣镇守，弹压山东，虎视那河北。河北人仰他的威名，传出个口号来，道是：

山东一条葛，无事莫撩拨。

从此人都称为葛令公。手下雄兵十万，战将如云，自不必说。

其中单表一人，复姓申徒，名泰，泗水人氏。身长七尺，相貌堂堂，抡的好刀，射的好箭。先前未曾遭际，只在葛令公帐下做个亲军。后来葛令公在甑山打围，申徒泰射倒一鹿，当有三班教师前来争夺。申徒泰只身独臂，打赢了三班教师，手提死鹿，到令公面前告罪。令公见他胆勇，并不计较，倒有心抬举他。次日，教场演武，夸他弓马熟闲，补他做个虞候，随身听用。一应军情大事，好生重托。他为自家贫未娶，只在府厅耳房内栖止，这伙守厅军壮都称他做『厅头』。因此，上下人等，顺口也都唤做『厅头』。正是：

萧何治狱为秦吏，韩信曾官执戟郎。蠖屈龙腾皆运会，男儿出处又何常？

话分两头。却说葛令公姬妾众多，嫌宅院狭窄。教人相了地形，在东南角旺地上另创个衙门，极其宏丽。限一年内务要完工，每日差厅头去点闸两次。

时值清明佳节，家家士女踏青，处处游人玩景。葛令公分付设宴岳云楼上。这个楼是兖州城中最高之处，葛令公引着一班姬妾，登楼玩赏。原来令公姬妾虽多，其中只有一人出色，名曰弄珠儿。那弄珠儿生得如何：

目如秋水，眉似远山。小口樱桃，细腰杨柳。妖艳不数太真，轻盈胜如飞燕。恍疑仙女临凡世，西子南威总不如。

葛令公十分宠爱，日则侍侧，夜则专房，宅院中称为『珠娘』。这一日，同在岳云楼饮酒作乐。那申徒泰在新府点闸了人工，到楼前回话。令公唤他上楼，把金莲花巨杯赏他三杯美酒。申徒泰吃了，拜谢令公赏赐，起在一边。忽然抬头，见令公身边立个美妾，明眸皓齿，光艳照人。心中暗想：『世上怎有恁般好女子？莫非天上降下来的神仙么？』那申徒泰正当壮年慕色之际，况且不曾娶妻。平昔间也曾听得人说，令公有个美姬，叫做珠娘，十分颜色，只恨难得见面。今番见了这出色的人物，料想是他了，不觉三魂飘荡，七魄飞扬，一对眼睛光射定在这女子身上。真个是观之不足，看之有余。不提防葛令公有话问他，叫道：『厅头，这工程几时可完？』呀，申徒泰，申徒泰！问你工程几时可完？』连连唤了几声，全不答应。自古道：心无二用。原来申徒泰一心对着那女子身上，出神去了，这边呼唤，都不听得，也不知分付的是甚话。葛令公看见申徒泰目不转睛，已知其意。笑了一笑，便教撤了筵席。也不叫唤他，也不说破他出来。

却说服侍的众军校看见令公叫呼不应，倒替他捏两把汗。幸得令公不加嗔责，正不知什么意思，少不得学与申徒泰知道。申徒泰听罢大惊，想道：『我这条性命，只在早晚，必然难保。』整整愁了一夜。正是：

是非只为闲撩拨，烦恼皆因不老成。

到次日，令公升厅理事，申徒泰远远站着，头也不敢抬起。巴得散衙，这日就无事了。一连数日，神思恍惚，坐卧不安。葛令公晓得他心下忧惶，倒把几句好言语安慰他。又差他往新府，专管催督工程，遣他闸去。申徒泰离了令公左右，分明拾了性命一般。才得三分安稳，又怕令公在这场差使内寻他罪罚，到底有些疑虑，十分小心勤谨，早夜督工，不辞辛苦。

忽一日，葛令公差虞候许高，来替申徒泰回衙。申徒泰闻知，又是一番惊恐。战战兢兢地离了新府，到衙门内参见，禀道：『承恩相呼唤，有何差使？』葛令公道：『主上在夹寨失利，唐兵分道入寇。李存璋引兵侵犯山东境界，见有本地告急文书到来。我待出师拒敌，因帐下无人，要你同去。』申徒泰道：『恩相钧旨，小人敢不遵依。』令公分付甲仗库内，取熟铜盔甲一副，赏了申徒泰。申徒泰拜谢了，心中一喜一忧：喜的是跟令公出去，正好立功；忧的怕有小小差迟，令公记其前过，一并治罪。正是：

青龙白虎同行，吉凶全然未保。

却说葛令公简兵选将，即日兴师。真个是旌旗蔽天，锣鼓震地。一行来到郯城，唐将李存璋正待攻城，闻得兖州大兵将到，先占住琅琊山高阜去处，大小下了三个寨。葛周兵到，见失了地形，倒退三十里屯扎，以防冲突。一连四五日挑战，李存璋牢守寨栅，只不招架。到第七日，葛周大军拔寨都起，直逼李家大寨搦战。李存璋早做准备，在山前结成方阵，四面迎战。阵中埋伏着弓箭手，但去冲阵的，都被射回。葛令公亲自引兵阵前，看了一回，见行列齐整，如山不动。叹道：『人传李存璋柏乡大战，今观此阵，果大将之才也。』这个方阵，一名九宫八卦阵，昔日吴王夫差与晋公会于黄池，用此阵以取胜。须俟其倦怠，阵脚稍乱，方可乘之，不然实难攻矣。当下出令，分付严阵相持，不许妄动。

看看申牌时分，葛令公见军士们又饥又渴，渐渐立脚不定，欲待退军，又怕唐兵乘胜追赶，踌躇不决。忽见申徒泰在旁，便问道：『厅头，你有何高见？』申徒泰道：『据泰愚意，彼军虽整，然以我军比度，必然一般疲困。诚得亡命勇士数人，出其不意，疾驰赴敌。倘得陷入其阵，大军继之，庶可成功耳。』令公抚其背道：『我素知汝骁勇，能为我陷此阵否？』申徒泰即便绰刀上马，叫一声：『有志气的快跟我来破贼！』帐前并无一人答应。申徒泰也不回顾，径望敌军奔去。

葛周大惊，急领众将，亲出阵前接应。只见申徒泰一匹马，一把刀，马不停蹄，刀不停手。马不停蹄，疾如电闪；刀不停手，快若风轮。不管三七二十一，直杀入阵中去了。原来对阵唐兵，初时看见一人一骑，不将他为意。谁知申徒泰拚命而来，这把刀神出鬼没，遇着他的，就如砍瓜切菜一般。往来阵中，如入无人之境。恰好遇着先锋沈祥，只一合斩于马下，跳下马来，割了首级。复飞身上马，杀出阵来，无人拦挡。葛周大军已到，申徒泰大呼道：『唐兵阵乱矣！要杀贼的快来！』说罢，将首级掷于葛周马前，翻身复杀入对阵去了。

葛周将令旗一招，大军一齐并力，长驱而进，唐兵大乱。李存璋禁押不住，只得鞭马先走。唐兵被梁家杀得七零八落，走得快的，逃了性命；略迟慢些，就为沙场之鬼。李存璋唐朝名将，这一阵，杀得大败亏输，望风而遁。弃下器械马匹，不计其数。梁家大获全胜。葛令公对申徒泰道：『今日破敌，皆汝一人之功。』申徒泰叩头道：『小人有何本事？皆仗令公虎威耳！』令公大喜，一面写表申奏朝廷，传令犒赏三军，休息他三日，第四日班师回兖州去。果然是：

喜孜孜鞭敲金镫响，笑吟吟齐唱凯歌回。

却说葛令公回衙，众侍妾罗拜称贺。令公笑道：『为将者出师破贼，自是本分常事，何足为喜？』指着弄珠儿对众妾说道：『你们众人只该贺他的喜。』众妾道：『相公今日破敌，保全地方，朝廷必有恩赏。凡侍巾栉的，均受其荣。为何只是珠娘之喜？』令公道：『此番出师，全亏帐下一人力战成功。无物酬赏他，欲将此姬赠与为妻。他终身有托，岂不可喜？』弄珠儿恃着平日宠爱，还不信是真，带笑地说道：『相公休得取笑。』令公道：『我生平不作戏言，已曾取库上六十万钱，替你具办资妆去了，只今晚便在西房独宿，不敢劳你侍酒。』弄珠儿听罢大惊，不觉泪如雨下，跪禀道：『贱妾自侍巾栉，累年以来，未曾得罪。今一旦弃之他人，贱妾有死而已，决难从命。』令公大笑道：『痴妮子，我非木石，岂与你无情？但前日岳云楼饮宴之时，我见此人目不转睛，晓得他钟情与汝。此人少年未娶，新立大功，非汝不足以快其意耳。』弄珠儿扯住令公衣袂，撒娇撒痴，千不肯，万不肯，只是不肯从命。令公道：『今日之事，也由不得你。做人的妻，强似做人的妾。此人将来功名，不弱于我，乃汝福分当然。我又不曾误你，何须悲怨！』教众妾扶起珠娘，莫要啼哭。众妾为平时珠娘有专房之宠，满肚子恨他，巴不得撵他出去。今日闻此消息，正中其怀。一拥上前，拖拖曳曳，扶他到西房去，着实窝伴他，劝解他。弄珠儿此时也无可奈何。想着令公英雄性子，在儿女头上不十分留恋，叹了口气，只得罢了。从此日为始，令公每夜轮遣两名姬妾，陪珠娘西房宴宿，再不要他相见。有诗为证：

昔日专房宠，今朝召见稀。非关情太薄，犹恐动情痴。

再说申徒泰自郑城回后，口不言功，禀过令公，依旧在新府督工去了。这日工程报完，恰好库吏也来禀道：『六十万钱资妆，俱已备下，伏乞钧旨。』令公道：『权且寄下，待移府后取用。』一面分付阴阳生择个吉日，合家迁在新府住居，独留下弄珠儿及丫环、养娘数十人。库吏奉了钧帖，将六十万钱资妆，都搬来旧衙门内，摆设得齐齐整整，花堆锦簇。众人都疑道令公留这旧衙门做外宅，故此重新摆设，谁知其中就里！

这日，申徒泰同着一般虞候，正在新府声喏庆贺。令公独唤申徒泰上前，说道：『郑城之功，久未图报。闻汝尚未娶妻，小妾颇工颜色，特奉赠为配。薄有资妆，都在旧府。今日是上吉之日，便可就彼成亲，就把这宅院判与你夫妻居住。』申徒泰听得，倒吓得面如土色，不住地磕头，只道得个『不敢』二字，那里还说得出什么说话！令公又道：『大丈夫意气相许，头颅可断，何况一妾！我主张已定，休得推阻。』申徒泰兀自谦让。令公分付众虞候，替他披红插花，随班乐工奏动鼓乐。众虞侯喝道：『申徒泰，拜谢了令公！』申徒泰恰似梦里一般，拜了几拜，不由自身做主。众人拥他出府上马，乐人迎导而去，直到旧府。只见旧时一班直厅的军壮，预先领了钧旨，都来参谒。前厅后堂，悬花结彩。丫环、养娘等引出新人交拜，鼓乐喧天，做起花烛筵席。申徒泰定睛看时，那女子正是岳云楼中所见。当时只道是天上神仙霎时出现，因为贪看他颜色，险些儿获其大祸，丧了性命。谁知今日等闲间做了百年眷属，岂非侥幸！进到内宅，只见器用供帐，件件新，色色备。分明钻入锦绣窝中，好生过意不去。当晚就在西房安置，夫妻欢喜，自不必说。

次日，双双两口儿都到新府拜谢葛令公。令公分付挂了回避牌，不消相见。刚才转身回去，不多时门上报到令公自来了，申徒泰慌忙迎着马头下跪迎接。葛令公下马扶起，直至厅上。令公捧出告身一道，请申徒泰为参谋之职。原来那时做镇使的，都请得有空头告身，但是军中合用官员，随他填写取用，然后奏闻朝廷，无有不依。况且申徒泰已有功绩，申奏去了，朝廷自然优录的。令公教取官带与申徒泰换了，以礼相接。自此申徒泰洗落了『厅头』二字，感谢令公不尽。

一日，与浑家闲话，问及令公平日恁般宠爱，如何割舍得下？弄珠儿叙起岳云楼目不转睛之语，令公说你钟情于妾，特地割爱相赠。申徒泰听罢，才晓得令公体悉人情，重贤轻色，真大丈夫之所为也，这一节，传出军中，都知道了。没一个人不夸扬令公仁德，都愿替他出力尽死。终令公之世，人心悦服，地方安静。后人有诗赞云：

重贤轻色古今稀，反怨为恩事更奇。试借兖州功薄看，黄金台上有名姬。

第七卷

羊角哀舍命全交

背手为云覆手雨，纷纷轻薄何须数？君看管鲍贫时交，此道今人弃如土。

昔时，齐国有管仲，字夷吾；鲍叔，字宣子，两个自幼时以贫贱结交。后来鲍叔先在齐桓公门下，信用显达，举荐管仲为首相，位在己上。两人同心辅政，始终如一。管仲曾有几句言语道：『吾尝三战三北，鲍叔不以我为怯，知我有老母也；吾尝三仕三见逐，鲍叔不以我为不肖，知我不遇时也；吾尝与鲍叔谈论，鲍叔不以我为愚，知时有利不利也；吾尝与鲍叔为贾，分利多，鲍叔不以我为贪，知我贫也。生我者父母，知我者鲍叔！』所以古今说知心结交，必曰管鲍。今日说两个朋友，偶然相见，结为兄弟，各舍其命，留名万古。

春秋时，楚元王崇儒重道，招贤纳士。天下之人闻其风而归者，不可胜计。西羌积石山，有一贤士，姓左，双名伯桃，幼亡父母，勉力攻书，养成济世之才，学就安民之业。年近四旬，因中国诸侯互相吞并，行仁政者少，恃强霸者多，未尝出仕。后闻得楚元王慕仁好义，遍求贤士，乃携书一囊，辞别乡中邻友，径奔楚国而来。迤逦来到雍地，时值隆冬，风雨交作。有一篇〔西江月〕词，单道冬天雨景：

习习悲风割面，濛濛细雨侵衣。催冰酿雪逞寒威，不比他时和气。山色不明常暗，日光偶露还微。天涯游子尽思归，路上行人应悔。

左伯桃冒雨荡风，行了一日，衣裳都沾湿了。看看天色昏黄，走向村间，欲觅一宵宿处。远远望见竹林之中，破窗透出灯光。径奔那个去处，见矮矮篱笆围着一间草屋。乃推开篱障，轻叩柴门。中有一人，启户而出。左伯桃立在檐下，慌忙施礼曰：『小生西羌人氏，姓左，双名伯桃。欲往楚国，不期中途遇雨，无觅旅邸之处，求借一宵，来早便行。未知尊意肯容否？』那人闻言，慌忙答礼，邀入屋内。伯桃视之，只有一榻，榻上堆积书卷，别无他物。伯桃已知亦是儒人，便欲下拜。那人云：『且未可讲礼，容取火烘干衣服，却当会话。』当夜烧竹为火，伯桃烘衣。那人炊办酒食，以供伯桃，意甚勤厚。伯桃乃问姓名。其人曰：『小生姓羊，双名角哀，幼亡父母，独居于此。平生酷爱读书，农业尽废。今幸遇贤士远来，但恨家寒，乏物为款，伏乞恕罪。』伯桃曰：『阴雨之中，得蒙遮蔽，更兼一饮一食，感佩何忘！』当夜二人抵足而眠，共话胸中学问，终夕不寐。

比及天晓，淋雨不止。角哀留伯桃在家，尽其所有相待，结为昆仲。伯桃年长角哀五岁，角哀拜伯桃为兄。一住三日，雨止道干。伯桃曰：『贤弟有王佐之才，抱经纶之志，不图竹帛，甘老林泉，深为可惜。』角哀曰：『非不欲仕，奈未得其便耳。』伯桃曰：『今楚王虚心求士，贤弟既有此心，何不同往？』角哀曰：『愿从兄长之命。』遂收拾些小路费粮米，弃其茅屋，二人同望南方而进。行不两日，又值阴雨，羁身旅店中，盘费罄尽。只有行粮一包，二人轮换负之，冒雨而走。其雨未止，风又大作，变为一天大雪。怎见得？你看：

风添雪冷，雪趁风威。纷纷柳絮狂飘，片片鹅毛乱舞。团空搅阵，不分南北西东；遮地漫天，变尽青黄赤黑。探梅诗客多清趣，路上行人欲断魂。

二人行过岐阳，道经梁山路，问及樵夫，皆说：『从此去百余里，并无人烟，尽是荒山旷野，狼虎成群，只好休去。』伯桃与角哀曰：『贤弟心下如何？」角哀曰：「自古道『死生有命。』既然到此，只顾前进，休生退悔。」又行了一日，夜宿古墓中。衣服单薄，寒风透骨。

次日，雪越下得紧，山中仿佛盈尺。伯桃受冻不过，曰：「我思此去百余里，绝无人家。行粮不敷，衣单食缺，若一人独往，可到楚国；二人俱去，纵然不冻死，亦必饿死于途中，与草木同朽，何益之有？我将身上衣服，脱与贤弟穿了，贤弟可独赍此粮，于途强挣而去，我委的行不动了，宁可死于此地。待贤弟见了楚王，必当重用，那时却来葬我未迟。」角哀曰：「焉有此理！我二人虽非一父母所生，义气过于骨肉。我安忍独去而求进身耶？」遂不许。扶伯桃而行，行不十里，伯桃曰：「风雪越紧，如何去得？且于道旁寻个歇处。」见一株枯桑，颇可避雪。那桑下只容得一人，角哀遂扶伯桃入去坐下。伯桃命角哀敲石取火，k些枯枝，以御寒气。比及角哀取了柴火到来，只见伯桃脱得赤条条的，浑身衣服，都做一堆放着。角哀大惊曰：「吾兄何为如此？」伯桃曰：「吾寻思无计，贤弟勿自误了，速穿此衣服，负粮前去，我只在此守死。」角哀抱持大哭曰：「吾二人死生同处，安可分离？」伯桃曰：「若皆饿死，白骨谁埋？」角哀曰：「若如此，弟情愿解衣与兄穿了，兄可赍粮去，弟宁死于此。」伯桃曰：「我平生多病，贤弟少壮，比我甚强。更兼胸中之学，我所不及。若见楚君，必登显宦。我死何足道哉？弟勿久滞，可宜速往。」角哀曰：「今兄饿死桑中，弟独取功名，此大不义之人也！我不为之。」伯桃曰：「我自离积石山，至弟家中，一见如故。知弟胸次不凡，以此劝弟求进。不幸风雨所阻，此吾天命当尽。若使弟亦亡于此，乃吾之罪也。」言讫，欲跳前溪觅死。角哀抱住痛哭，将衣拥护，再扶至桑中。伯桃把衣服推开。角哀再欲上前劝解时，但见伯桃神色已变，四肢厥冷，口不能言，以手挥令去。角哀寻思：「我若久恋，亦冻死矣。死后谁葬吾兄？」乃于雪中再拜伯桃而哭曰：「不肖弟此去，望兄阴力相助。但得微名，必当厚葬。」伯桃点头半答，角哀取了衣粮，带泣而去。伯桃死于桑中。后人有诗赞云：

寒来雪三尺，人去途千里，长途苦雪寒，何况囊无米。并粮一人生，同行两人死；两死诚何益，一生尚有恃。贤哉左伯桃！陨命成人美。

角哀挨着寒冷，半饥半饱，来至楚国，于旅邸中歇定。次日入城，问人曰：「楚君招贤，何由而进？」人曰：「宫门处设一宾馆，令上大夫裴仲接纳天下之士。」角哀径投宾馆前来，正值上大夫下车，角哀乃向前而揖。裴仲见角哀衣虽褴褛，器宇不凡，慌忙答礼。问曰：「贤士何来？」角哀曰：「小生姓羊，双名角哀，雍州人也。闻上国招贤，特来归投。」裴仲邀入宾馆，具酒食以进，宿于馆中。

次日，裴仲到馆中探望，将胸中疑义，盘问角哀，试他学问如何。角哀百问百答，谈论如流。裴仲大喜，入奏元王。王即时召见，问富国强兵之道。角哀首陈十策，皆切当世之急务。元王大喜，设御宴以待之，拜为中大夫，赐黄金百两，彩缎百匹。角哀再拜流涕。元王大惊而问曰：「卿痛哭者何也？」角哀将左伯桃脱衣并粮之事，一一奏知。元王闻其言，为之感伤。诸大臣皆为痛惜。元王曰：「卿欲如何？」角哀曰：「臣乞告假到彼处，安葬伯桃已毕，却回来事大王。」元王遂赠已死伯桃为中大夫，厚赐葬资，仍差人跟随角哀车骑同去。

角哀辞了元王，径奔梁山地面，寻旧日枯桑之处。果见伯桃死尸尚在，颜貌如生前一般。角哀乃再拜而哭，呼左右唤集乡中父老，卜地于浦塘之原。前临大溪，后靠高崖，左右诸峰环抱，风水甚好。遂以香汤沐浴伯桃之尸，穿戴大夫衣冠，置内棺外椁，安葬起坟。四围筑墙栽树，离坟三十步建享堂，塑伯桃仪容，立华表，柱上建牌额。墙侧盖瓦屋，令人看守。造毕，设祭于享堂，哭泣甚切。乡老从人，无不下泪。祭罢，各自散去。

角哀是夜明灯燃烛而坐，感叹不已。忽然一阵阴风飒飒，烛灭复明。角哀视之，见一人于灯影中或进或退，隐隐有哭声。角哀叱曰：

『何人也？辄敢夤夜而入！』其人不言。角哀起而视之，乃伯桃也。角哀大惊，问曰：『兄阴灵不远，今来见弟，必有事故。』伯桃曰：『感贤弟记忆，初登仕路，奏请葬吾，更赠重爵，并棺椁衣衾之美，凡事十全，但坟地与荆轲墓相连近。此人在世时，为刺秦王不中被戮，高渐离以其尸葬于此处。神极威猛，每夜仗剑来骂吾曰：『汝是冻死饿杀之人，安敢建坟居吾上肩，夺吾风水？若不迁移他处，吾发墓取尸，掷之野外！』有此危难，特告贤弟。望改葬于他处，以免此祸。』角哀再欲问之，风起，忽然不见。角哀在享堂中一梦惊觉，尽记其事。

天明，再唤乡老，问此处有坟相近否。乡老曰：『松阴中有荆轲墓，墓前有庙。』角哀曰：『此人昔刺秦王不中被杀，缘何有坟于此？』乡老曰：『高渐离乃此间人，知荆轲被害，弃尸野外，乃盗其尸，葬于此地。每每显灵。土人建庙于此，四时享祭，以求福利。』角哀闻其言，遂信梦中之事，引从者径奔荆轲庙，指其神而骂曰：『汝乃燕邦一匹夫，受燕太子奉养，名姬重宝，尽汝受用。不思良策以副重托，入秦行事，丧身误国。却来此处惊惑乡民，而求祭祀！吾兄左伯桃，当代名儒，仁义廉洁之士，汝安敢逼之？再如此，吾当毁其庙而发其冢，永绝汝之根本！』骂讫，却来伯桃墓前祝曰：『如荆轲今夜再来，兄当报我。』

归至享堂，是夜秉烛以待。果见伯桃哽咽而来，告曰：『感贤弟如此，奈荆轲从人极多，皆土人所献。贤弟可束草为人，以彩为衣，手执器械，焚于墓前。吾得其助，使荆轲不能侵害。』言罢不见。角哀连夜使人束草为人，以彩为衣，各执刀枪器械，建数十于墓侧，以火焚之。祝曰：『如其无事，亦望回报。』

归至享堂，是夜闻风雨之声，如人战敌。角哀出户观之，见伯桃奔走而来，言曰：『弟所焚之人，不得其用。荆轲又有高渐离相助，不久吾尸必出墓矣。望贤弟早与迁移他处殡葬，免受此祸。』角哀曰：『此人安敢如此欺凌吾兄！弟当力助以战之。』伯桃曰：『弟阳人也，我皆阴鬼；阳人虽有勇烈，尘世相隔，焉能战阴鬼也？虽刍草之人，但能助喊，不能退此强魂。』角哀曰：『兄且去，弟来日自有区处。』次日，角哀再到荆轲庙中大骂，打毁神像。方欲取火焚庙，只见乡老数人，再四哀求曰：『此乃一村香火，若触犯之，恐贻祸于百姓。』须臾之间，土人聚集，都来求告。角哀拗他不过，只得罢了。

回到享堂，修一道表章，上谢楚王，言：『昔日伯桃并粮与臣，因此得活，以遇圣主。重蒙厚爵，平生足矣，容臣后世尽心图报。』词意甚切。表付从人，然后到伯桃墓侧，大哭一场。与从者曰：『吾兄被荆轲强魂所逼，去往无门，吾所不忍。欲焚庙掘坟，又恐拂土人之意。宁死为泉下之鬼，力助吾兄战此强魂。汝等可将吾尸葬于此墓之右，生死共处，以报吾兄并粮之义。回奏楚君，万乞听纳臣言，永保山河社稷。』言讫，掣取佩剑，自刎而死。从者急救不及，速具衣棺殡殓，埋于伯桃墓侧。

是夜二更，风雨大作，雷电交加，喊杀之声闻数十里。清晓视之，荆轲墓上，震烈如发，白骨散于墓前。墓边松柏，和根拔起，庙中忽然起火，烧做白地。乡老大惊，都往羊左二墓前，焚香展拜。从者回楚国，将此事上奏元王。元王感其义重，差官往墓前建庙，加封上大夫，敕赐庙额曰：『忠义之祠』。就立碑以记其事。至今香火不断。荆轲之灵，自此绝矣。土人四时祭祀，所祷甚灵。有古诗云：

古来仁义包天地，只在人心方寸间。二士庙前秋日净，英魂常伴月光寒。

吴保安弃家赎友

古人结交惟结心，今人结交惟结面。结心可以同死生，结面那堪共贫贱？九衢鞍马日纷纭，追攀送谒无晨昏。座中慷慨出妻子，酒边拜舞犹弟兄。一关微利已交恶，况复大难肯相亲？君不见当年羊左称死友，至今史传高其人。

这篇词，名为《结交行》，是叹末世人心险薄，结交最难。平时酒杯往来，如兄若弟；一遇虱大的事，才有些利害相关，便尔我不相顾了。真个是：酒肉弟兄千个有，落难之中无一人。还有朝兄弟，暮仇敌，才放下酒杯，出门便弯弓相向的。所以陶渊明欲息交，嵇叔夜欲绝交，刘孝标又做下《广绝交论》，都是感慨世情，故为忿激之谈耳。如今我说的两个朋友，却是从无一面的。只因一点意气上相许，后来患难之中，死生相救，这才算做心交至友。正是：

说来贡禹冠尘动，道破荆卿剑气寒。

话说大唐开元年间，宰相代国公郭震，字元振，河北武阳人氏。有侄儿郭仲翔，才兼文武，一生豪侠尚气，不拘绳墨，因此没人举荐。他父亲见他年长无成，写了一封书，教他到京参见伯父，求个出身之地。元振谓曰：『大丈夫不能掇巍科，登上第，致身青云，亦当如班超、傅介子，立功异域，以博富贵。若但借门第为阶梯，所就岂能远大乎？』仲翔唯唯。

适边报到京，南中洞蛮作乱。原来武则天娘娘革命之日，要买嘱人心归顺，只这九溪十八洞蛮夷，每年一小犒赏，三年一大犒赏。到玄宗皇帝登极，把这犒赏常规都裁革了。为此群蛮一时造反，侵扰州县。朝廷差李蒙为姚州都督，调兵进讨。李蒙领了圣旨，临行之际，特往相府辞别，因而请教。郭元振曰：『昔诸葛武侯七擒孟获，但服其心，不服其力。将军宜以慎重行之，必当制胜。舍侄郭仲翔颇有才干，今遣与将军同行。俟破贼立功，庶可附骥尾以成名耳。』即呼仲翔出，与李蒙相见。李蒙见仲翔一表非俗，又且当朝宰相之侄，亲口嘱托，怎敢推委？即署仲翔为行军判官之职。仲翔别了伯父，跟随李蒙起程。

行至剑南地方，有同乡一人，姓吴，名保安，字永固，见任东川遂州方义尉。虽与仲翔从未识面，然素知其为人义气深重，肯扶持济拔人的。乃修书一封，特遣人驰送于仲翔。仲翔拆书读之，书曰：

吴保安不肖，幸与足下生同乡里，虽缺展拜，而慕仰有日。以足下大才，辅李将军以平小寇，成功在旦夕耳。保安力学多年，仅官一尉。僻在剑外，乡关梦绝；况此官已满，后任难期，恐厄选曹之格限也。稔闻足下分忧急难，有古人风。今大军征进，正在用人之际，倘垂念乡曲，录及细微，使保安得执鞭从事，树尺寸于幕府，足下丘山之恩，敢忘衔结？

仲翔玩其书意，叹曰：『此人与我素昧平生，而骤以缓急相委，乃深知我者。大丈夫遇知己而不能与之出力，宁不负愧乎？』遂向李蒙夸奖吴保安之才，乞征来军中效用。李都督听了，便行下文帖，到遂州去，要取方义尉吴保安为管记。

才打发差人起身，探马报蛮贼猖獗，逼近内地。李都督传令，星夜趱行。来到姚州，正遇着蛮兵抢掳财物，不做准备，被大军一掩，都四散乱窜，不成队伍，杀得他大败全输。李都督恃勇，招引大军，乘势追逐五十里。天晚下寨，郭仲翔谏曰：『蛮人贪诈无比，今兵败远遁，将军之威已立矣，宜班师回州。遣人宣播威德，招使内附，不可深入其地，恐堕诈谋之中。』李蒙大喝曰：『群蛮今已丧胆，不乘此机扫清溪洞，更待何时？汝勿多言，看我破贼！』

次日，拔寨都起。行了数日，直到乌蛮界上。只见万山叠翠，草木蒙茸，正不知那一条是去路。李蒙心中大疑，传令暂退平衍处屯扎，一面寻觅土人，访问路径。忽然山谷之中，金鼓之声四起，蛮兵弥山遍野而来。洞主姓蒙，名细奴逻，手执木弓药矢，百发百中。驱率各洞蛮酋穿林渡岭，分明似鸟飞兽奔，全不费力。唐兵陷于伏中，又且路生力倦，如何抵敌？李都督虽然骁勇，奈英雄无用武之地。手下爪牙看看将尽，叹曰：『悔不听郭判官之言，乃为犬羊所侮！』拔出靴中短刀，自刺其喉而死。全军皆没于蛮中。后人有诗云：

马援铜柱标千古，诸葛旗台镇九溪。何事唐师皆覆没？将军姓李数偏奇。

又有一诗，专咎李都督不听郭仲翔之言，以自取败。诗云：

不是将军数独奇，悬军深入总堪危。当时若听还师策，总有群蛮谁敢窥？

其时郭仲翔也被掳去。细奴逻见他丰神不凡，叩问之，方知是郭元振之侄，遂给与本洞头目乌罗部下。原来南蛮从无大志，只贪图中国财物。掳掠得汉人，都分给与各洞头目。功多的，分得多；功少的，分得少。其分得人口，不问贤愚，只如奴仆一般，供他驱使，斫柴割草，饲马牧羊。若是人口多的，又可转相买卖。汉人到此，十个九个只愿死，不愿生。却又有蛮人看守，求死不得，有恁般苦楚。这一阵厮杀，掳得汉人甚多。其中多有有职位的，蛮酋一一审出，许他寄信到中国去，要他亲戚来赎，获其厚利。你想，被掳的人，那一个不思想还乡的？一闻此事，不论富家贫家，都寄信到家乡来了。就是各人家属，十分没法处置的，只得罢了；若还有亲有眷，挪移补凑得来，那一家不想借贷去取赎？那蛮酋忍心贪利，随你孤身穷汉，也要勒取好绢三十匹，方准赎回。若上一等的，凭他索诈。乌罗闻知郭仲翔是当朝宰相之侄，高其赎价，索绢一千匹。

仲翔想道：『若要千绢，除非伯父处可办。只是关山迢递，怎得寄个信去？忽然想着：『吴保安是我知己，我与他从未会面，只为见他数行之字，便力荐于李都督，召为管记。我之用情，他必谅之。幸他行迟，不与此难，此际多应已到姚州，诚央他附信于长安，岂不便乎？』乃修成一书，径致保安。书中具道苦情，及乌罗索价详细：『倘永固不见遗弃，传语伯父，早来见赎，尚可生还。不然，生为俘囚，死为蛮鬼，永固其忍之乎？』永固者，保安之字也。书后附一诗云：

箕子为奴仍异域，苏卿受困在初年。知君义气深相悯，愿脱征骖学古贤。

仲翔修书已毕，恰好有个姚州解粮官，被赎放回，仲翔乘便将此书付之。眼盼盼看着他人去了，自己不能奋飞，万箭攒心，不觉泪如雨下。

正是：

眼看他鸟高飞去，身在笼中怎出头？

不题郭仲翔蛮中之事。且说吴保安奉了李都督文帖，已知郭仲翔所荐，留妻房张氏和那新生下未周岁的孩儿在遂州住下。一主一仆飞身上路，赶来姚州赴任。闻知李都督阵亡消息，吃了一惊。尚未知仲翔生死下落，不免留身打探。恰好解粮官从蛮地放回，带得有仲翔书信。吴保安拆开看了，好生凄惨。便写回书一纸，书中许他取赎，留在解粮官处，嘱他觑便寄到蛮中，以慰仲翔之心。忙整行囊，便望长安进发。这姚州到长安三千余里，东川正是个顺路。保安径不回家，直到京都，求见郭元振相公。谁知一月前元振已薨，家小都扶柩而回了。

吴保安大失所望，盘缠罄尽，只得将仆马卖去，将来使用。复身回到遂州，见了妻儿，放声大哭。张氏问其缘故。保安将郭仲翔失陷南中之事，说了一遍，「如今要去赎他，怎奈自家无力，使他在穷乡悬望，我心何安？」说罢又哭。张氏劝止之曰：「常言『巧媳妇煮不得没米粥』，你如今力不从心，只索付之无奈了。」保安摇首曰：「吾向者偶寄尺书，即蒙郭君垂情荐拔；今彼在死生之际，以性命托我，我何忍负之？不得郭回，誓不独生也！」

于是倾家所有，估计来只直得绢二百匹。遂撇了妻儿，欲出外为商。又怕蛮中不时有信寄来，只在姚州左近营运。朝驰暮走，东趁百奔，身穿破衣，口吃粗粝。虽一钱一粟，不敢妄费，都积来为买绢之用。得一望十，得十望百，满了百匹，就寄放姚州府库。眠里梦里只想着郭仲翔三字，连妻子都忘记了。整整地在外过了十个年头，刚刚地凑得七百匹绢，还未足千匹之数。正是：

离家千里逐锥刀，只为相知意气饶。十载未偿蛮洞债，不知何日慰心交？

话分两头。却说吴保安妻张氏，同那幼年孩子，孤孤凄凄地住在遂州。初时还有人看县尉面上，小意儿周济他。一连几年不通音耗，就没人理他了。家中又无积蓄，挨到十年之外，衣单食缺，万难存济。只得并迭几件破家伙，变卖盘缠，领了十一岁的孩儿，亲自问路，欲往姚州寻取丈夫吴保安。夜宿朝行，一日只走得三四十里。比到得戎州界上，盘费已尽，计无所出。欲待求乞前去，又含羞不惯。思量薄命，不如死休。看了十一岁的孩子，又割舍不下。左思右想，看看天晚，坐在乌蒙山下，放声大哭，惊动了过往的官人。那官人，姓杨名安居，新任姚州都督，正顶着李蒙的缺。从长安驰驿到任，打从乌蒙山下经过，听得哭声哀切，又是个妇人，停了车马，召而问之。张氏手搀着十一岁的孩儿，上前哭诉曰：「妾乃遂州方义尉吴保安之妻，此孩儿即妾之子也。妾夫因友人郭仲翔陷没蛮中，欲营求千匹绢往赎，弃妾母子，久住姚州，十年不通音信。妾贫苦无依，亲往寻取。粮尽路长，是以悲泣耳。」安居暗暗叹异道：「此人真义士，恨我无缘识之。」乃谓张氏曰：「夫人休忧，下官忝任姚州都督，一到彼郡，即差人寻访尊夫。夫人行李之费，都在下官身上。请到前途馆驿中，当与夫人设处。」张氏收泪拜谢。虽然如此，心下尚怀惶惑。杨都督车马如飞去了。

张氏母子相扶，一步步挨到驿前。杨都督早已分付驿官伺候，问了来历，请到空房饭食安置。次日五鼓，杨都督起马先行。驿官传杨都督之命，将十千钱赠为路费，又备下一辆车儿，差人夫送至姚州普淜驿中居住。张氏心中感激不尽。正是：

好人还遇好人救，恶人自有恶人磨。

且说杨安居一到姚州，便差人四下寻访吴保安下落。不三四日，便寻着了。安居请到都督府中，降阶迎接，亲执其手，登堂慰劳。因谓保安曰：

『下官常闻古人有死生之交，今亲见之足下矣。尊夫人同令嗣远来相觅，见在驿舍。足下且往，暂叙十年之别。所需绢匹若干，吾当为足下图之。』保安曰：『仆为友尽心，固其分内，奈何累及明公乎？』安居曰：『慕公之义，欲成公之志耳。』保安叩首曰：『既蒙明公高谊，仆不敢固辞。所少尚三分之一，如数即付，仆当亲往蛮中，赎取吾友。然后与妻孥相见，未为晚也。』时安居初到任，乃于库中撮借官绢四百匹，赠与保安，又赠他全副鞍马。保安大喜，领了这四百匹绢，并库上七百匹，共一千一百之数，骑马直到南蛮界。只寻个熟蛮，往蛮中通话，将所余百匹绢，尽数托他使费。只要仲翔回归，心满意足。正是：

应时还得见，胜是岳阳金。

却说郭仲翔在乌罗部下，乌罗指望他重价取赎，初时好生看待，饮食不缺。过了一年有余，不见中国人来讲话。乌罗心中不悦，把他饮食都裁减了，每日一食，着他看养战象。仲翔打熬不过，思乡念切，乘乌罗出外打围，拽开脚步，望北而走。那蛮中都是险峻的山路，仲翔走了一日一夜，脚底都破了，被一般看象的蛮子，飞也似赶来，捉了回去。乌罗大怒，将他转卖与南洞主新丁蛮为奴，离乌罗部二百里之外。那新丁最恶，差使小不遂意，整百皮鞭，鞭得背都青肿。如此已非一次。仲翔熬不得痛苦，捉个空，又想逃走。怎奈路径不熟，只在山凹内盘旋，又被本洞蛮子追着了，拿去献与新丁。新丁不用了，又卖到南方一洞去，一步远一步了。那洞主号菩萨蛮，更是厉害。晓得郭仲翔屡次逃走，乃取木板两片，各长五六尺，厚三四寸，教仲翔把两只脚立在板上，用铁钉钉其脚面，直透板内，日常带着二板行动。夜间纳土洞中，洞口用厚木板门遮盖。本洞蛮子就睡在板上看守，一毫转动不得。两脚被钉处，常流浓血，分明是地狱受罪一般。有诗为证：

身卖南蛮南更南，土牢木锁苦难堪。十年不达中原信，梦想心交不敢谈。

却说熟蛮领了吴保安言语，来见乌罗，说知求赎郭仲翔之事。乌罗晓得绢足千匹，不胜之喜，便差人往南洞转赎郭仲翔回来。南洞主新丁，又引至菩萨蛮洞中，交割了身价，将仲翔两脚钉板，用铁钳取出钉来。那钉头入肉已久，脓水干后，如生成一般，今番重复取出，这疼痛比初钉时，更自难忍，血流满地，仲翔登时闷绝。良久方醒，寸步难移。只得用皮袋盛了，两个蛮子扛抬着，直送到乌罗帐下。乌罗收足了绢匹，不管死活，把仲翔交付熟蛮，转送吴保安收领。

吴保安接着，如见亲骨肉一般。这两个朋友，到今日方才识面。未暇叙话，各睁眼看了一看，抱头而哭，皆疑以为梦中相逢也。郭仲翔感谢吴保安，自不必说。保安见仲翔形容憔悴，半人半鬼，两脚又动弹不得，好生凄惨，让马与他骑坐，自己步行随后，同到姚州城内，回复杨都督。

原来杨安居曾在郭元振门下做个幕僚，与郭仲翔虽未厮认，却有通家之谊。又且他是个正人君子，不以存亡易心。一见仲翔，不胜之喜。教他洗沐过了，将新衣与他更换，又教随军医生医他两脚疮口。好饮好食将息，不够一月，平复如故。

且说吴保安从蛮界回来，方才到普淜驿中，与妻儿相见。初时分别，儿子尚在襁褓，如今十一岁了。光阴迅速，未免伤感于怀。杨安居为吴保安义气上，十分敬重。他每对人夸奖，又写书与长安贵要，称他弃家赎友之事。又厚赠资粮，送他往京师补官。凡姚州一郡官府，见都督如此用情，无不厚赠。仲翔仍留为都督府判官。保安将众人所赠，分一半与仲翔留下使用。仲翔再三推辞，保安那里肯依，只得受了。吴保安谢了杨都督，同家小往长安进发。仲翔送出姚州界外，痛哭而别。保安仍留家小在遂州，单身到京，升补嘉州彭山丞之职。那嘉州仍是西蜀地方，迎接家小又方便。保安欢喜赴任去讫，不在话下。

再说郭仲翔在蛮中日久，深知款曲。蛮中妇女，尽有姿色，价反在男子之下。仲翔在任三年，陆续差人到蛮洞购求年少美女，共有十人，自己教成歌舞，鲜衣美饰，特献与杨安居服侍，以报其德。安居笑曰：『吾重生高义，故乐成其美耳。言及相报，得无以市井见待耶？』仲翔曰：『荷明公仁德，微躯再造，特求此蛮口奉献，以表区区。明公若见辞，仲翔死不瞑目矣！』安居见他诚恳，乃曰：『仆有幼女，最所钟爱。勉受一小口为伴，余则不敢如命。』仲翔把那九个美女，赠与杨都督帐下九个心腹将校，以显杨公之德。

时朝廷正追念代国公军功，要录用其子侄。杨安居表奏：『故相郭震嫡侄仲翔，始进谏于李蒙，预知胜败；继陷身于蛮洞，备著坚贞。十年复返于故乡，三载效劳于幕府，荫既可叙，功亦宜酬。』于是郭仲翔得授蔚州录事参军。自从离家到今，共一十五年了。他父亲和妻子在家闻得仲翔陷没蛮中，杳无音信，只道身故已久。忽见亲笔家书，迎接家小临蔚州任所，举家欢喜无限。

仲翔在蔚州做官两年，大有声誉，升迁代州户曹参军。又经三载，父亲一病而亡。仲翔扶柩回归河北。丧葬已毕，忽然叹曰：『吾赖吴公见赎，得有余生。因老亲在堂，方谋奉养，未暇图报私恩。今亲殁服除，岂可置恩人于度外乎？』访知吴保安在宦所未回，乃亲到嘉州彭山县看之。

不期保安任满家贫，无力赴京听调，就便在彭山居住。六年之前，患了疫症，夫妇双亡，藁葬在黄龙寺后隙地。儿子吴天佑从幼母亲教训，读书识字，就在本县训蒙度日。仲翔一闻此信，悲啼不已。因制缞麻之服，腰绖执杖，步至黄龙寺内，向冢号泣。具礼祭奠，奠毕，寻吴天佑相见，即将自己衣服，脱与他穿了，呼之为弟，商议归葬一事。乃为文以告于保安之灵，发开土堆，只存枯骨二具。仲翔痛哭不已，旁观之人，莫不堕泪。仲翔预制下练囊二个，装保安夫妇骸骨。又恐失了次第，敛葬时一时难认，逐节用墨记下，装入练囊，总贮一竹笼之内，亲自背负而行。吴天佑道是他父母的骸骨，理合他驮，来夺那竹笼。仲翔那肯放下，哭曰：『永固为我奔走十年，今我暂时为之负骨，少尽我心而已。』一路且行且哭，每到旅店，必置竹笼于上坐，将酒饭浇奠过了，然后与天佑同食。夜间亦安置竹笼停当，方敢就寝。自嘉州到魏郡，凡数千里，都是步行。他两脚曾经钉板，虽然好了，终是血脉受伤，一连走了几日，脚面都紫肿起来，内中作痛。看看行走不动，又立心不要别人替力，勉强挨去。有诗为证：

酬恩无地只奔丧，负骨徒行日夜忙。遥望武阳数千里，不知何日到家乡？

仲翔思想：前路正长，如何是好？天晚就店安宿，乃设酒饭于竹笼之前，含泪再拜，虔诚哀恳：愿吴永固夫妇显灵，保佑仲翔脚患顿除，步履方便，早到武阳，经营葬事。吴天佑也从旁再三拜祷。到次日起身，仲翔便觉两脚轻健，直到武阳县中，全不疼痛。此乃神天护佑吉人，不但吴保安之灵也。

再说仲翔到家，就留吴天佑同居。打扫中堂，设立吴保安夫妇神位，买办衣衾棺椁，重新殡敛。自己戴孝，一同吴天佑守幕受吊，雇匠造坟。凡一切葬具，照依先葬父亲一般。又立一道石碑，详纪保安弃家赎友之事，使往来读碑者，尽知其善。又同吴天佑庐墓三年。那三年中，教训天佑经书，得他学问精通，方好出仕。三年后，要到长安补官。念吴天佑无家未娶，择宗族中侄女有贤德者，替他纳聘，割东边宅院子，让他居住成亲。又将一半家财，分给天佑过活。正是：

昔年为友抛妻子，今日孤儿转受恩。正是投瓜还得报，善人不负善心人。

仲翔起服到京，补岚州长史，又加朝散大夫。仲翔思念保安不已，乃上疏。其略曰：

臣闻有善必劝者，固国家之典；有恩必酬者，亦匹夫之义。臣向从故姚州都督李蒙进御蛮寇，一战奏捷。臣谓深入非宜，尚当持重。主帅不听，全军覆没。臣以中华世族，为绝域穷囚。蛮贼贪利，责绢还俘。谓臣宰相之侄，索至千匹。而臣家绝万里，无信可通。十年之中，备尝艰苦，肌肤毁剔，靡刻不泪。牧羊有志，射雁无期。而遂州方义尉吴保安，适至姚州。与臣虽系同乡，从无一面。徒以意气相慕，遂谋赎臣。经营百端。撇家数载。形容憔悴，妻子饥寒。拔臣于垂死之中，赐臣以再生之路。大恩未报，遽尔淹殁。臣今幸沾朱绂，而保安子天佑，食藿悬鹑，臣窃愧之。且天佑年富学深，足堪任使。愿以臣官，让之天佑。庶几国家劝善之典，与下臣酬恩之义，一举两得。臣甘就退闲，没齿无怨。谨昧死披沥以闻！

时天宝十二年也。疏入，下礼部详议。此一事，哄动了举朝官员。虽然保安施恩在前，也难得郭仲翔义气，真不愧死友者矣。礼部为此复奏，盛夸郭仲翔之品，宜破格俯从，以励浇俗。吴天佑可试岚谷县尉，仲翔原官如故，这岚谷县与岚州相邻。使他两个朝夕相见，以慰其情。这是礼部官的用情处。朝廷依允。仲翔领了吴天佑告身一道，谢恩出京，回到武阳县，将告身付与天佑。备下祭奠，拜告两家坟墓。择了吉日，两家宅眷，同日起程，向西京到任。

那时做一件奇事，远近传说，都道吴郭交情，虽古之管鲍、羊左，不能及也。后来郭仲翔在岚州，吴天佑在岚谷县，皆有政绩，各升迁去。岚州人追慕其事，为立双义祠。祀吴保安、郭仲翔。里中凡有约誓，都在庙中祷告，香火至今不绝。有诗为证：

频频握手未为亲，临难方知意气真。试看郭吴真义气，原非平日结交人。

第九卷

裴晋公义还原配

官居极品富千金，享用无多白发侵。惟有存仁并积善，千秋不朽在人心。

当初汉文帝朝中，有个宠臣，叫做邓通，出则随辇，寝则同榻，恩幸无比。其时有神相许负，相那邓通之面，有纵理纹入口，必当穷饿而死。文帝闻之，怒曰：『富贵由我，谁人穷得邓通？』遂将蜀道铜山赐之，使得自铸钱。当时邓氏之钱，布满天下，其富敌国。一日，文帝偶然生下个痈疽，脓血迸流，疼痛难忍。邓通跪而吮之，文帝觉得爽快，便问道：『天下至爱者何人？』邓通答道：『莫如父子。』恰好皇太子入宫问疾，文帝也教他吮那痈疽。太子推辞道：『臣方食鲜脍，恐不宜近圣恙。』太子出宫去了。文帝叹道：『至爱莫如父子，尚且不肯为我吮疽，邓通爱我，胜如吾子。』由是恩宠倍加。皇太子闻知此语，深恨邓通吮疽之事。后来文帝驾崩，太子即位，是为景帝，遂治邓通之罪，说他吮疽献媚，坏乱钱法。籍其家产，闭于空室之中，绝其饮食。邓通果然饿死。又汉景帝时，丞相周亚夫也有纵理纹在口。景帝忌他威名，寻他罪过，下之于廷尉狱中。亚夫怨恨，不食而死。这两个极富极贵，犯了饿死之相，果然不得善终。然虽如此，又有一说，道是面相不如心相。假如上等贵相之人，也有做下亏心事，损了阴德，反不得好结果；又有犯着恶相的，却因心地端正，肯积阴功，反祸为福。此是人定胜天，非相法之不灵也。

如今说唐朝有个裴度，少年时，贫落未遇。有人相他纵理入口，法当饿死。后游香山寺中，于井亭栏干上，拾得三条宝带。裴度自思：『此乃他人遗失之物，我岂可损人利己，坏了心术？』乃坐而守之。少顷间，只见有个妇人，啼哭而来。说道：『老父陷狱，借得三条宝带，要去赎罪。偶到寺中盥手烧香，遗失在此，如有人拾取，可怜见还，全了老父之命。』裴度将三条宝带，即时交付与妇人，妇人拜谢而去。他日，又遇了那相士。相士大惊道：『足下骨法全改，非复向日饿莩之相，得非有阴德乎？』裴度辞以没有。相士云：『足下试自思之，必有拯溺救焚之事。』裴度乃言还带一节。相士云：『此乃大阴功，他日富贵两全，可预贺也。』后来裴度果然进身及第，位至宰相，寿登耄耋。正是：

面相不如心相准，为人须是积阴功。假饶方寸难移相，饿莩焉能享万钟？

说话的，你只道裴晋公是阴德上积来的富贵，谁知他富贵以后，阴德更多。则今听我说《义还原配》这节故事，却也十分难得。

话说唐宪宗皇帝元和十三年，裴度领兵削平了淮西反贼吴元济。还朝拜为首相，进爵晋国公，又有两处积久负固的藩镇，都惧怕裴度威名，上表献地赎罪：恒冀节度使王承宗，愿献德、棣二州；淄青节度使李师道，愿献沂、密、海三州。宪宗皇帝看见外寇渐平，天下无事，乃修龙德殿，浚龙首池，起承晖殿，大兴土木，又听山人柳泌，合长生之药。裴度屡次切谏，都不听。佞臣皇甫镈判度支，程异掌盐铁，专一刻剥百姓财物，名为羡余，以供无事之费。由是投了宪宗皇帝之意，两个佞臣并同平章事。裴度羞与同列，上表求退。宪宗皇帝不许，反说裴度好立朋党，渐有疑忌之心。裴度自念功名太盛，惟恐得罪，乃口不谈朝事，终日纵情酒色，以乐余年。四方郡牧，往往访觅歌儿舞女，献于相府，不一而足。论起裴晋公，那里要人来献？只是这班阿谀谄媚的，要博相国欢喜，自然重价购求。也有用强逼取的，鲜衣美饰，或假作家妓，或伪称侍儿，遣人殷殷勤勤地送来。裴晋公来者不拒，也只得纳了。

再说晋州万泉县，有一人，姓唐名璧，字国宝。曾举孝廉科，初任括州龙宗县尉，再任越州会稽丞。先在乡时，聘定同乡黄太学之女小娥为妻。因小娥尚在稚龄，待年未嫁。比及长成，唐璧两任游宦，都在南方。以此两下蹉跎，不曾婚配。

那小娥年方二九，生得脸似堆花，体如琢玉。又且通于音律，凡箫管琵琶之类，无所不工。晋州刺史奉承裴晋公。要在所属地方选取美貌歌姬一队进奉。已有了五人，还少一个出色掌班的。闻得黄小娥之名，又道太学之女，不可轻得。乃捐钱三十万，嘱托万泉县令求之。那县令又奉承刺史，遣人到黄太学家致意。黄太学回道：『已经受聘，不敢从命。』县令再三强求，黄太学只是不允。时值清明，黄太学举家扫墓，独留小娥在家。县令打听的实，乃亲到黄家，搜出小娥，用肩舆抬去。着两个稳婆相伴，立刻送到晋州刺史处交割。硬将三十万钱撇在他家，以为身价。比及黄太学回家，晓得女儿被县令劫去，急往县中，已知送去州里。再到晋州，将情哀求刺史。刺史道：『你女儿才色过人，一入相府，必然擅宠，岂不胜作他人箕帚乎？况已受我聘财六十万钱，何不赠与汝婿，别图配偶？』黄太学道：『县主乘某扫墓，将钱委置，某未尝面受，况只三十万，今悉持在此。某只愿领女，不愿领钱也。』刺史拍案大怒道：『你得财卖女，却又瞒过三十万，强来絮聒，是何道理？汝女已送至晋国公府中矣，汝自往相府取索，在此无益。』黄太学看见刺史发怒，出言图赖，再不敢开口，两眼含泪而出。在晋州守了数日，欲得女儿一见，寂然无信，叹了口气，只得回县去了。

却说刺史将千金置买异样服饰，宝珠璎珞，妆扮那六个人，如天仙相似。全副乐器，整日在衙中操演。直待晋国公生日将近，遣人送去，以作贺礼，那刺史费了许多心机，破了许多钱钞，要博相国一个大欢喜。谁知相国府中，歌舞成行，各镇所献美女，也不计其数。这六个人，只凑得闹热，相国那里便看在眼里，留在心里？从来奉承尽有折本的，都似此类。有诗为证：

割肉剜肤买上欢，千金不吝备吹弹。相公见惯浑闲事，羞杀州官与县官！

话分两头。再说唐璧在会稽任满，该得升迁。想黄小娥今已长成，且回家毕姻，然后赴京未迟。当下收拾宦囊，望万泉县进发。到家次日，就去谒见岳丈黄太学。黄太学已知为着姻事，不等开口，便将女儿被夺情节，一五一十，备细地告诉了。唐璧听罢，呆了半晌，咬牙切齿恨道：『大丈夫浮沉薄宦，至一妻之不能保，何以生为？』黄太学劝道：『贤婿英年才望，自有好姻缘相凑。吾女儿自没福相从，遭此强暴，休得过伤怀抱，有误前程。』唐璧怒气不息，要到州官、县官处与他争论。黄太学又劝道：『人已去矣，争论何益？况干碍裴相国，方今一人之下，万人之上，倘失其欢心，恐于贤婿前程不便。』乃将县令所留三十万钱抬出，交付唐璧道：『以此为图婚之费。当初宅上有碧玉玲珑为聘，在小女身边，不得奉还矣。贤婿须念前程为重，休为小挫以误大事。』唐璧两泪交流，答道：『某年近三旬，又失此良偶，琴瑟之事，终身已矣，蜗名微利，误人之本，从此亦不复思进取也！』言讫，不觉大恸。黄太学也还痛起来。大家哭了一场，方罢。唐璧那里肯收这钱去，径自空身回了。

次日，黄太学亲到唐璧家，再三解劝，撺掇他早往京师听调，得了官职，然后徐议良姻。唐璧初时不肯，被丈人一连数日强逼不过，思量在家气闷，且到长安走遭，也好排遣。勉强择吉，买舟起程。丈人将三十万钱暗地放在舟中，私下嘱咐从人道：『开船两日后，方可禀知主人。拿去京中，好做使用，讨个美缺。』唐璧见了这钱，又感伤了一场，分付苍头：『此是黄家卖女之物，一文不可动用。』在路不一日，来到长安。雇人挑了行李，就裴相国府中左近处下个店房，早晚府前行走，好打探小娥信息。过了一夜，次早到吏部报名，送历任文簿，查验过了。回寓吃了饭，就到相府门前守候。一日最少也踅过十来遍。住了月余，那里通得半个字？这些官吏们一出一入，如蚂蚁相似，谁敢上前把这没头脑的事问他一声！正是：

侯门一入深如海，从此萧郎是路人。

一日，吏部挂榜，唐璧授湖州录事参军。这湖州又在南方，是熟游之地，唐璧也倒欢喜。等有了告敕，收拾行李，雇唤船只出京。行到潼津地方，遇了一伙强人。自古道『慢藏海盗』，只为这三十万钱带来带去，露了小人眼目，惹起贪心，就结伙做出这事来。这伙强人从京城外直跟至潼津，背地通同了船家，等待夜静，一齐下手。也是唐璧命不该绝，正在船头上登东，看见声势不好，急忙跳水，上岸逃命。只听得这伙强人乱了一回，连船都撑去，苍头的性命也不知死活。舟中一应行李，尽被劫去，光光剩个身子。那三十万钱和行囊，还是小事。却有历任文簿和那告敕，是赴任的执照，也失去了，连官也做不成，唐璧那一时真个是控天无路，诉地无门。思量：『我直恁时乖运蹇，一事无成！欲待回乡，有何面目？欲待再往京师，向吏部衙门投拆，奈身畔并无分文盘费，怎生是好？这里又无相识借贷，难道求乞不成？』欲待投河而死，又想：『堂堂一躯，终不然如此结果。』坐在路旁，想了又哭，哭了又想，左算右算，无计可施，从半夜直哭到天明。

喜得绝处逢生，遇着一个老者携杖而来，问道：『官人为何哀泣？』唐璧将赴任被劫之事，告诉了一遍。老者道：『原来是一位大人，失敬了。舍下不远，请挪步则个。』老者引唐璧约行一里，到于家中，重复叙礼。老者道：『老汉姓苏，儿子唤做苏凤华，现做湖州武源县尉，正是大人属下。大人往京，老汉愿少助资斧。』即忙备酒饭管待。取出新衣一套，与唐璧换了，捧出白金二十两，权充路费。唐璧再三称谢，别了苏老，独自一个上路，再往京师旧店中安下。店主人听说路上吃亏，好生凄惨。唐璧到吏部门下，将情由哀禀。那吏部官道是告敕、文簿尽空，毫无巴鼻，难辨真伪。一连求了五日，并不作准。身边银两，都在衙门使费去了。回到店中，只叫得苦，两泪汪汪地坐着纳闷。

只见外面一人，约莫半老年纪。头带软翅纱帽，身穿紫裤衫，挺带皂靴，好似押牙官模样，踱进店来，见了唐璧，作了揖，对面而坐。问道：『足下何方人氏？到此贵干？』唐璧道：『官人不问犹可，问我时，教我一时诉不尽心中苦情！』说未绝声，扑簌簌掉下泪来。紫衫人道：『尊意有何不美？可细话之，或者可共商量也。』唐璧道：『某姓唐名璧，晋州万泉县人氏。近除湖州录事参军，不期行至潼津，忽遇盗劫，资斧一空。历任文簿和告敕都失了，难以之任。』紫衫人道：『中途被劫，非关足下之事。何不以此情诉知吏部，重给告身，有何妨碍？』唐璧道：『几次哀求，不蒙怜准，教我去住两难，无门恳告。』紫衫人道：『当朝裴晋公每怀恻隐，极肯周旋落难之人，足下何不去求见他？』唐璧听说，愈加悲泣道：『官人休提起「裴晋公」三字，使某心肠如割。』紫衫人大惊道：『足下何故而出此言？』唐璧道：『某幼年定下一房亲事。因屡任南方，未成婚配。却被知州和县尹用强夺去，凑成一班女乐，献与晋公，使某壮年无室。此事虽不出晋公，然晋公受人谄媚，以致府县争先献纳，分明是他拆散我夫妻一般。我今日何忍复往见之？』紫衫人问道：『足下所定之室，何姓何名？当初有何为聘？』唐璧道：『姓黄，名小娥，聘物碧玉玲珑，见在彼处。』紫衫人道：『某即晋公亲校，得出入内室，当为足下访之。』唐璧道：『侯门一入，无复相见之期。但愿官人为我传一信息，使他知我心事，死亦瞑目。』紫衫人道：『明日此时，定有好音奉报。』说罢，拱一拱手，踱出门去了。

唐璧转展思想，懊悔起来：『那紫衫押牙，必是晋公亲信之人，遣他出外探事的。我方才不合议论了他几句，颇有怨望之词。倘或述与晋公知道，激怒了他，降祸不小！』心下好生不安，一夜不曾合眼。巴到天明，梳洗罢，便到裴府窥望。只听说令公给假在府，不出外堂。虽然如此，仍有许多文书来往，内外奔走不绝，只不见昨日这紫衫人。等了许久，回店去吃了些午饭，又来守候，绝无动静。看看天晚，眼见得紫衫人已是谬言失信了。嗟叹了数声，凄凄凉凉地回到店中。方欲点灯，忽见外面两个人似令史妆扮，慌慌忙忙地走入店来，问道：『那一位是唐璧参军？』唬得唐璧躲在一边，不敢答应。店主人走来问道：『二位何人？』那两个人答曰：『我等乃裴府中堂吏，奉令公之命，来请唐参军到府讲话。』店主人指道：『这位就是。』唐璧只得出来相见了，说道：『某与令公素未通谒，何缘见召？且身穿亵服，岂敢唐突。』堂吏道：『令公立等，参军休得推阻。』两个左右腋扶着，飞也似跑进府来。到了堂上，教参军少坐，容某等禀过令公，却来相请。』两个堂吏进去了。不多时，只听得飞奔出来，复道：『令公给假在内，请进去相见。』一路转弯抹角，都点得灯烛辉煌，照耀如白日一般。两个堂吏前后引路，到一个小小厅事中。只见两行纱灯排列，令公角巾便服，拱立而待。唐璧慌忙拜伏在地。流汗浃背，不敢仰视。令公传命扶起道：『私室相延，何劳过礼？』便教看坐。唐璧谦让了一回，坐于旁侧，偷眼看着令公，正是昨日店中所遇紫衫之人。愈加惶惧，捏着两把汗，低了眉头，鼻息也不敢出来。

原来裴令公闲时，常在外面私行耍子，昨日偶到店中，遇了唐璧。回府去，就查黄小娥名字，唤来相见，果然十分颜色。令公问其来历，与唐璧说话相同。又讨他碧玉玲珑看时，只见他紧紧地带在臂上。令公甚是怜悯，问道：『你丈夫在此，愿一见乎？』小娥流泪道：『红颜薄命，自分永绝。见与不见，权在令公，贱妾安敢自专。』令公点头，教他且去。密地分付堂候官，备下资装千贯，又将空头告敕一道，填写唐璧名字，差人到吏部去，查他前任履历及新授湖州参军文凭，要得重新补给。件件完备，才请唐璧到府。唐璧满肚慌张，那知令公一团美意？

当日令公开谈道：『昨见所话，诚心恻然。老夫不能杜绝馈遗，以致足下久旷琴瑟之乐，老夫之罪也。』唐璧离席下拜道：『鄙人身遭颠沛，心神颠倒，昨日语言冒犯，自知死罪，伏惟相公海涵！』令公请起道：『今日颇吉，老夫权为主婚，便与足下完婚。薄有行资千贯奉助，聊表赎罪之意。成亲之后，便可于飞赴任。』唐璧只是拜谢，也不敢再问赴任之事。只听得宅内一派乐声嘹亮，红灯数对，女乐一队前导，几个押班老嬷和养娘辈。簇拥出如花如玉的黄小娥来。唐璧慌欲躲避，老嬷道：『请二位新人就此见礼。』养娘铺下红毡。黄小娥和唐璧做一对儿立了，朝上拜了四拜。令公在旁答揖。早有肩舆在厅事外，伺候小娥登舆，一径抬到店房中去了。令公分付唐璧速归逆旅，勿误良期。唐璧跑回店中，只听得人言鼎沸。举眼看时，摆列得绢帛盈箱，金钱满箧，就是起初那两个堂吏看守着，专等唐璧到来，亲自交割。又有个小小箧儿，令公亲判封的。拆开看时，乃是官诰在内，复除湖州司户参军。唐璧喜不自胜，当夜与黄小娥就在店中，权作洞房花烛。这一夜欢情，比著寻常毕姻的，更自得意。唐璧此时有婚有宦，又有了千贯资装，分明是十八层地狱的苦鬼，直升至三十三天去了。若非裴令公仁心慷慨，怎肯周旋得人十分满足？

次日，唐璧又到裴府谒谢。令公预先分付门吏辞回，不劳再见。唐璧回寓，重理冠带，再整行装，在京中买了几个童仆跟随，两口儿回到家乡，见了岳丈黄太学。好似枯木逢春，断弦再续，欢喜无限。过了几日，夫妇双双往湖州赴任。感激裴令公之恩，将沉香雕成小像，朝夕拜祷，愿其福寿绵延。后来裴令公寿过八旬，子孙蕃衍，人皆以为阴德所致。诗云：

无室无官苦莫论，周旋好事赖洪恩。人能步步存阴德，福禄绵绵及子孙。

滕大尹鬼断家私

玉树庭前诸谢，紫荆花下三田。埙篪和好弟兄贤，父母心中欢忭。多少争财竞产，同根苦自相煎。相持鹬蚌枉垂涎，落得渔人取便。

这首词，名为〔西江月〕，是劝人家弟兄和睦的。且说如今三教经典，都是教人为善的。儒教有十三经、六经、五经，释教有诸品《大藏金经》，道教有《南华冲虚经》及诸品藏经，盈箱满案，千言万语，看来都是赘疣。依我说，要做好人，只消个两字经，是『孝悌』两个字。那两字经中，又只消理会一个字，是个『孝』字。假如孝顺父母的，见父母所爱者亦爱之，父母所敬者亦敬之。何况兄弟行中，同气连枝，想到父母身上去，那有不和不睦之理？就是家私田产，总是父母挣来的，分什么尔我，较什么肥瘠？假如你生于穷汉之家，分文没得承受，少不得自家挽起眉毛，挣扎过活。现成有田有地，兀自争多嫌寡，动不动推说爹娘偏爱，分受不均。那爹娘在九泉之下，他心上必然不乐。此岂是孝子所为？所以古人说得好，道是：『难得者兄弟，易得者田地。』怎么是难得者兄弟？且说人生在世，至亲的莫如爹娘。爹娘养下我来时节，极早已是壮年了。况且爹娘怎守得我同去？也只好半世相处。再说，至爱的莫如夫妇，白头相守，极是长久的了。然未做亲以前，你张我李，各门各户，也空着幼年一段。只有兄弟们，生于一家，从幼相随到老，有事共商，有难共救，真像手足一般。何等情谊！譬如良田美产，今日弃了，明日又可挣得来的。若失了个弟兄，分明割了一手，折了一足，乃终身缺陷。说到此地，岂不是『难得者兄弟，易得者田地』？若是为田地上坏了手足亲情，倒不如穷汉赤光光没得承受，反为干净，省了许多是非口舌。

如今在下说一节国朝的故事，乃是《滕县尹鬼断家私》。这节故事，是劝人重义轻财，休忘了『孝悌』两字经。看官们，或是有弟兄没弟兄，都不关在下之事，各人自去摸着心头，学好做人便了。正是：

善人听说心中刺，恶人听说耳边风。

话说国朝永乐年间，北直顺天府香河县，有个倪太守，双名守谦，字益之。家累千金，肥田美宅。夫人陈氏，单生一子，名曰善继，长大婚娶之后，陈夫人身故。倪太守罢官鳏居，虽然年老，只落得精神健旺。凡收租放债之事，件件关心，不肯安闲享用。其年七十九岁，倪善继对老子说道：『「人生七十古来稀。」父亲今年七十九，明年八十齐头了，何不把家事交卸与孩儿掌管，吃些现成茶饭，岂不为美？』老子摇着头，说出几句道：

在一日，管一日。替你心，替你力。挣些利钱穿共吃。直待两脚壁立直，那时不关我事得。

每年十月间，倪太守亲往庄上收租，整月地住下。庄户人家，肥鸡美酒，尽他受用。那一年，又去住了几日。偶然一日，午后无事。绕庄闲步，观看野景。忽然见一个女子，同着一个白发婆婆，向溪边石上捣衣。那女子虽然村妆打扮，颇有几分姿色：

发同漆黑，眼若波明，纤纤十指似栽葱，曲曲双眉如抹黛。随常布帛，俏身躯赛著绫罗。点景野花，美丰仪不须钗钿。五短身材偏有趣，二八年纪正当时。

滕大尹鬼斷家私

倪太守老兴勃发，看得呆了。那女子捣衣已毕，随着老婆婆而走。那老儿留心观看，只见他走过数家，进一个小小白篱笆门内去了。倪太守连忙转身，唤管庄的来，对他说如此如此，教他访那女子跟脚，曾否许人。『若是没有人家时，我要娶他为妾，未知他肯否？』管庄的巴不得奉承家主，领命便走。原来那女子姓梅，父亲也是个府学秀才。因幼年父母双亡，在外婆身边居住。年一十七岁，尚未许人。管庄的访得的实了，就与那老婆婆说：『我家老爷见你女孙儿生得齐整，意欲聘为偏房。虽说是做小，老奶奶去世已久，上面并无人拘管。嫁得成时，丰衣足食，自不须说。连你老人家年常衣服茶米，都是我家照顾，临终还得个好断送。只怕你老人家没福。』老婆婆听得花锦似一片说话，即时依允。也是姻缘前定，一说便成。管庄的回复了倪太守，太守大喜。讲定财礼，讨皇历看个吉日，又恐儿子阻挡，就在庄上行聘，庄上做亲。成亲之夜，一老一少，端的好看！真个是：

恩爱莫忘今夜好，风光不减少年时。

过了三朝，唤个轿子，抬那梅氏回宅，与儿子媳妇相见。阖宅男妇，都来磕头，称为小奶奶。倪太守把些布帛赏与众人，各各欢喜。只有那倪善继，心中不美。面前虽不言语，背后夫妻两口儿议论道：『这老人忒没正经，一把年纪，风灯之烛，做事也须料个前后。知道五年十年在世，却去干这样不了不当的事？讨这花枝般的女儿，自家也得精神对付他。终不然耽误他在那里，有名无实？还有一件，多少人家老汉身边，有了少妇，支持不过。那少妇熬不得，走了野路，出乖露丑，为家门之玷。还有一件，那少妇跟随老汉，分明似出外度荒年一般，等得年时成熟，他便去了。平时偷短偷长，做下私房，东三西四地寄开，又撒娇撒痴，要汉子制办衣饰与他。到得树倒鸟飞时节，他便颠作嫁人，一包儿收拾去受用。这是木中之蠹，米中之虫。人家有了这般人，最损元气的。』又说道：『这女子娇模娇样，好像个妓女，全没有良家体段。看来是个做声分的头儿，擒老公的太岁。在咱爹身边，只该半妾半婢，叫声姨姐，后日还有个退步。可笑咱爹不明，就叫众人唤他做「小奶奶」，难道要咱们叫他娘不成？咱们只不作准他，莫要奉承透了，讨他做大起来，明日咱们颠倒受他呕气。』夫妻二人，唧唧哝哝，说个不了。早有多嘴的传话出来。倪太守知道了，虽然不乐，却也藏在肚里，幸得那梅氏秉性温良，事上接下，一团和气，众人也都相安。

过了两个月，梅氏得了身孕，瞒着众人，只有老公知道。一日三，三日九，挨到十月满足，生下一个小孩儿出来，举家大惊。这日正是九月九日，乳名取做重阳儿。到十一日，就是倪太守生日。这年恰好八十岁了。贺客盈门。倪太守开筵管待，一来为寿诞，二来小孩儿三朝，就当个汤饼之会。众宾客道：『老先生高年，又新添个小令郎，足见血气不衰，乃上寿之征也。』倪太守大喜。倪善继背后又说道：『男子六十而精绝，况是八十岁了，那见枯树上生出花来？这孩子不知那里来的杂种，决不是咱爹嫡血，我断然不认他做兄弟。』老子又晓得了，也藏在肚里。

光阴似箭，不觉又是一年，重阳儿周岁。整备做晬盘故事。里亲外眷，又来作贺。倪善继倒走了出门，不来陪客。老子已知其意，也不去寻他回来。自己陪着诸亲，吃了一日酒。虽然口中不语，心内未免有些不足之意。自古道：『子孝父心宽。』那倪善继平日做人，又贪又狠，一心只怕小孩子长大起来，分了他一股家私，所以不肯认做兄弟。预先把恶话谣言，日后好摆布他母子。那倪太守是读书做官的人，这个关窍怎不明白？只恨自家老了，等不及重阳儿成人长大，日后少不得要在大儿子手里讨针线，今日与他结不得冤家，只索忍耐。看了这点小孩子，好生痛他；又看了梅氏小小年纪，好生怜他。常时想一会，闷一会，恼一会，又懊悔一会。

再过四年，小孩子长成五岁。老子见他伶俐，又忒会玩耍，要送他馆中上学。取个学名，哥哥叫善继，他就叫善述。拣个好日，备了果酒，领他去拜师父。那师父就是倪太守请在家里教孙儿的，小叔侄两个同馆上学，两得其便。谁知倪善继与做爹的不是一条心肠。他见那孩子，取名善述，与己排行，先自不象意了。又与他儿子同学读书，倒要儿子叫他叔叔。从小叫惯了，后来就被他欺压。不如唤了儿子出来，另从个师父罢。当日将儿子唤出，只推有病，连日不到馆中。倪太守初时只道是真病。过了几日，只听得师父说：『大令郎另聘了个先生，分做两个学堂，不知何意？』倪太守不听犹可，听了此言，不觉大怒，就要寻大儿子，问其缘故。又想到：『天生恁般逆种，与他说也没干，由他罢了！』含了一口闷气，回到房中，偶然脚慢，拌着门槛一跌。梅氏慌忙扶起，挽到醉翁床上坐下，已自不省人事。急请医生来看，医生说是中风。忙取姜汤灌醒，扶他上床。虽然心下清爽，却满身麻木，动弹不得。梅氏坐在床头，煎汤煎药，殷勤服侍。连进几服，全无功效。医生切脉道：『只好延挨日子，不能痊愈了。』倪善继闻知，也来看觑了几遍，见老子病势沉重，料是不起，便呼么喝六，打童骂仆，预先装出家主公的架子来。老子听得，愈加烦恼。梅氏只得啼哭，连小学生也不去上学，留在房中，相伴老子。

倪太守自知病笃，唤大儿子到面前，取出簿子一本，家中田地屋宅及人头帐目总数，都在上面。分付道：『善述年方五岁，衣服尚要人照管；梅氏又年少，也未必能管家。若分家私与他，也是枉然，如今尽数交付与你。倘或善述日后长大成人，你可看做爹的面上，替他娶房媳妇，分他小屋一所，良田五六十亩，勿令饥寒足矣。这段话我都写绝在家私簿上，就当分家，把与你做个执照。梅氏若愿嫁人，听从其便。倘肯守着儿子度日，也莫强他。我死之后，你一一依我言语，这便是孝子。我在九泉，亦得瞑目。』倪善继把簿子揭开一看，果然开得细，写得明，满脸堆下笑来，连声应道：『爹休忧虑，恁儿一一依爹分付便了。』抱了家私簿子，欣然而去。梅氏见他走得远了，两眼垂泪，指着那孩子道：『这个小冤家，难道不是你嫡血？你却和盘托出，都把与大儿子了，教我母子两口，异日把什么过活？』倪太守道：『你有所不知，我看善继，不是个良善之人。若将家私平分了，连这小孩子的性命也难保。不如都把与他，象了他意，再无妒忌。』梅氏又哭道：『虽然如此，自古道「子无嫡庶」，忒杀厚薄不均，被人笑话。』倪太守道：『我也顾他不得了。你年纪正小，趁我未死，将儿子嘱咐善继。待我去世后，多则一年，少则半载，尽你心中拣择个好头脑，自去图下半世受用，莫要在他们身边讨气吃。』梅氏道：『说那里话！奴家也是儒门之女，妇人从一而终，况又有了这小孩儿，怎割舍得抛他？好歹要守在这孩子身边的。』倪太守道：『你果然肯守志终身么？莫非日久生悔？』梅氏就发起大誓来。倪太守道：『你若立志果坚，莫愁母子没得过活。』便向枕边摸出一件东西来，交与梅氏。梅氏初时只道又是一个家私簿子，却原来是一尺阔三尺长的一个小轴子。梅氏道：『要这小轴儿何用？』倪守道：『这是我的行乐图，其中自有奥妙。你可悄地收藏，休露人目。直待孩子年长，善继不肯看顾他，你也只含藏于心。等得个贤明有司官来，你却将此轴去诉理，述我遗命，求他细细推详，自然有个处分，尽勾你母子二人受用。』梅氏收了轴子。话休絮烦，倪太守又延了数日，一夜痰厥，叫唤不醒，呜呼哀哉死了。享年八十四岁。正是：

三寸气在千般用，一日无常万事休。早知九泉将不去，作家辛苦着何由？

且说倪善继得了家私簿，又讨了各仓各库匙钥，每日只去查点家财什物，那有功夫走到父亲房里问安。直等呜呼之后，梅氏差丫环去报知凶信，夫妻两口方才跑来，也哭了几声『老爹爹』。没一个时辰，就转身去了，倒委着梅氏守尸。幸得衣衾棺椁，诸事都是预办下的，不要倪善继费心。殡殓成服后。梅氏和小孩子两口守着孝堂，早暮啼哭，寸步不离。善继只是点名应客，全无哀痛之意，七中便择日安葬。回丧之夜，就把梅氏房中，倾箱倒箧，只怕父亲存下些私房银两在内。梅氏乖巧，恐怕收去了他的行乐图，把自己原嫁来的两只箱笼，倒先开了，提出几件穿旧衣裳，教他夫妻两口检看。善继见他大意，倒不来看了。夫妻两口儿乱了一回，自去了。梅氏思量苦切，放声大哭。那小孩子见亲娘如此，也哀哀哭个不住。恁般光景：

任是泥人应堕泪，纵教铁汉也酸心。

次早，倪善继又唤个做屋匠来看这房子，要行重新改造，与自家儿子做亲。将梅氏母子，搬到后园三间杂屋内栖身，只与他四脚小床一张，和几件粗台粗凳，连好家火，都没一件。原在房中服侍有两个丫环，拣大些的又唤去了，只留下十一二岁的小使女。每日是他厨下取饭，有菜没菜，都不照管。梅氏见不方便，索性讨些饭米，堆个土灶，自炊来吃。早晚做些针指，买些小菜，将就度日。小学生倒附在邻家上学，束修都是梅氏自出。善继又屡次教妻子劝梅氏嫁人，又寻媒妪与他说亲，见梅氏誓死不从，只得罢了。因梅氏十分忍耐，凡事不言不语，所以善继虽然凶狠，也不将他母子放在心上。

光阴似箭，善述不觉长成一十四岁。原来梅氏平生谨慎，从前之事，在儿子面前，一字也不题，只怕娃子家口滑，引出是非，无益有损。守得一十四岁时，他胸中渐渐泾渭分明，瞒他不得了。一日，向母亲讨件新绢衣穿，梅氏回他没钱买得。善述道：『我爹做过太守，只生我弟兄两人，见今哥哥恁般富贵，我要一件衣服，就不能够了，是怎地？既娘没钱时，我自与哥哥索讨。』说罢就走。梅氏一把扯住道：『我儿，一件绢衣，直甚大事，也去开口求人。常言道：「惜福积福」，「小来穿线，大来穿绢」。若小时穿了绢，到大来线也没得穿了。再过两年，等你读书进步，做娘的情愿卖身来做衣服与你穿着。你那哥哥不是好惹的，缠他什么！』善述道：『娘说得是。』口虽答应，心下不以为然，想着：『我父亲万贯家私，少不得兄弟两个大家分受。我又不是随娘晚嫁，拖来的油瓶，怎么我哥哥全不看顾？娘又是恁般说，终不然一匹绢儿，没有我分，直待娘卖身来做与我穿着。这话好生奇怪！哥哥又不是吃人的虎，怕他怎的？』心生一计，瞒了母亲，径到大宅里去。寻见了哥哥，叫声：『作揖。』善继倒吃了一惊，问他来做什么。善述道：『我是个缙绅子弟。身上褴褛，被人耻笑。特来寻哥哥讨匹绢去，做衣服穿。』善继道：『你要衣服穿，自与娘讨。』善述道：『老爹爹家私是哥哥管，不是娘管。』善继听说『家私』二字，题目来得大了，便红着脸问道：『这句话，是那个教你说的？你今日来讨衣服穿，还是来争家私？』善述道：『家私少不得有日分析，今日先要件衣服，装装体面。』善继道：『你这般野种，要什么体面！老爹爹纵有万贯家私，自有嫡子嫡孙，干你野种屁事！你今日是听了甚人撺掇，到此讨野火吃？莫要惹着我性子，教你母子二人无安身之处！』善述道：『一般是老爹爹所生，怎么我是野种？惹着你性子，便怎地？难道谋害了我娘儿两个，你就独占了家私不成？』善继大怒，骂道：『小畜牲，敢顶撞我！』牵住他衣袖儿，捻起拳头，一连七八个栗暴，打得头皮都青肿了。善述挣脱了，一道烟走出，哀哀地哭倒母亲面前来，一五一十，备细述与母亲知道。梅氏抱怨道：『我教你莫去惹事，你不听教训，打得你好！』口里虽如此说，扯着青布衫，替他摩那头上肿处，不觉两泪交流。有诗为证：

少年嫠妇拥遗孤，食薄衣单百事无。只为家庭缺孝友，同枝一树判荣枯。

梅氏左思右量，恐怕善继藏怒，倒遣使女进去致意。说小学生不晓世事，冲撞长兄，招个不是。善继兀自怒气不息。次日侵早，邀几个族人在家，取出父亲亲笔分关，请梅氏母子到来，共同看了。便道：『尊亲长在上，不是善继不肯养他母子，要撵他出去。只因善述昨日与我争取家私，发许多说话，诚恐日后长大，说话一发多了，今日分析他母子出外居住。东庄住房一所，田五十八亩，都是遵依老爹爹遗命，毫不敢自专。伏乞尊亲长作证。』这伙亲族，平昔晓得善继做人厉害，又且父亲亲笔遗嘱，那个还肯多嘴，做闲冤家？都将好看的话儿来说。那奉承善继的说道：『「千金难买亡人笔」。照依分关，再没话了。』就是那可怜善述母子的，也只说道：『「男子不吃分时饭，女子不着嫁时衣」。多少白手成家的，如今有屋住，有田种，不算没根基了，只要自去挣持。得粥莫嫌薄，各人自有个命在。』

梅氏料道在园屋居住，不是了日，只得听凭分析。同孩儿谢了众亲长，拜别了祠堂，辞了善继夫妇。教人搬了几件旧家伙，和那原嫁来的两只箱笼，雇了牲口骑坐，来到东庄屋内。只见荒草满地，屋瓦稀疏，是多年不修整的，上漏下湿，怎生住得？将就打扫一两间，安顿床铺。唤庄户来问时，连这五十八亩田，都是最下不堪的。大熟之年，一半收成还不能够；若荒年，只好赔粮。梅氏只叫得苦。倒是小学生有智，对母亲道：『我弟兄两个，都是老爹爹亲生，为何分关上如此偏向？其中必有缘故。莫非不是老爹爹亲笔？自古道「家私不论尊卑。」母亲何不告官申理？厚薄凭官府判断，倒无怨心。』梅氏被孩儿提起线索，便将十来年隐下衷情，都说出来道：『我儿休疑分关之语，这正是你父亲之笔。他道你年小，恐怕被做哥的暗算，所以把家私都判与他，以安其心。临终之日，只与我行乐图一轴，再三嘱咐：其中含藏哑谜，直待贤明有司在任，送他详审，包你母子两口，有得过活，不致贫苦。』善述道：『既有此事，何不早说？行乐图在那里？快取来与孩儿一看。』梅氏开了箱儿，取出一个布包来。解开包袱，里面又有一重油纸封裹着。拆了封，展开那一尺阔三尺长的小轴儿，挂在椅上，母子一齐下拜。梅氏通陈道：『村庄香烛不便，乞恕亵慢。』善述拜罢，起来仔细看时，乃是一个坐像，乌纱白发，画得丰采如生。怀中抱着婴儿，一只手指着地下。揣摩了半晌，全然不解，只得依旧收卷包藏，心下好生烦闷。

过了数日，善述到前村要访个师父讲解。偶从关王庙前经过，只见一伙村人，抬着猪羊大礼，祭赛关圣。善述立住脚头看时，又见一个过路的老者，拄了一根竹杖，也来闲看。问着众人道：『你们今日为甚赛神？』众人道：『我们遭了屈官司，幸赖官府明白，断明了这公事。向日许下神道愿心，今日特来拜偿。』老者道：『什么屈官司？怎生断的？』内中一人道：『本县向奉上司明文，十家为甲。小人是甲首，叫做成大。同甲中，有个赵裁，是第一手针线，常在人家做夜作，整几日不归家的。忽一日出去了，月余不归，老婆刘氏，央人四下寻觅，并无踪迹。又过了数日，河内浮出一个尸首，头都打破的。地方报与官府。有人认出衣服，正是那赵裁。赵裁出门前一日，曾与小人酒后争句闲话，一时发怒，打到他家，毁了他几件家私，这是有的。谁知他老婆把这桩人命告了小人。前任漆知县，听信一面之词，将小人问成死罪。同甲不行举首，连累他们都有了罪名。小人无处伸冤，在狱三载。幸遇新任滕爷，他虽乡科出身，甚是明白。小人因他热审时节，哭诉其冤。他也疑惑道：「酒后争嚷，不是大仇，怎的就谋他一命？」准了小人状词，出牌拘人复审。滕爷一眼看着赵裁的老婆，千不说，万不说，开口便问他曾否再醮。刘氏道：「家贫难守，已嫁人了。」又问：「嫁的甚人？」刘氏道：「是班辈的裁缝，叫沈八汉。」滕爷当时飞拿沈八汉来，问道：「你几时娶这妇人？」八汉道：「他丈夫死了一个多月，小人方才娶回。」滕爷道：「何人为媒？用何聘礼？」八汉道：「赵裁存日，曾借用过小人七八两银子。小人闻得赵裁死信，走到他家探问，就便催取这银子。那刘氏没得抵偿，情愿将身许嫁小人，准折这银两，其实不曾央媒。」滕爷又问道：「你做手艺的人，那里来这七八两银子？」八汉道：「是陆续凑与他的。」滕爷把纸笔教他细开逐次借银数目。八汉开了出来，或米或银共十三次，凑成七两八钱之数。滕爷看罢，大喝道：「赵裁是你打死的，如何妄陷平人？」便用夹棍夹起。八汉还不肯认。滕爷道：「我说出情弊，教你心服。既然放本盘利，难道再没第二个人托得，恰好都借与赵裁？必是平昔间与他妻子有奸，赵裁贪你东西，知情故纵。以后想做长久夫妻，便谋死了赵裁。却又教导那妇人告状，捻在成大身上。今日你开帐的字，与旧时状纸笔迹相同，这人命不是你是谁？」再教把妇人拶指，要他承招。刘氏听见滕爷言语，句句合拍，分明鬼谷先师一般，魂都惊散了，怎敢抵赖。拶子套上，便承认了。八汉只得也招了。原来八汉起初与刘氏密地相好，人都不知。后来往来勤了，赵裁怕人眼目，渐有隔绝之意。八汉私与刘氏商量，要谋死赵裁，与他做夫妻，刘氏不肯。八汉乘赵裁在人家做生活回来，哄他店上吃得烂醉，行到河边，将他推倒，用石块打破脑门，沉尸河底。只等事冷，便娶那妇人回去。后因尸骸浮起，被人认出，八汉闻得小人有争嚷之隙，却去唆那妇人告状。那妇人直待嫁后，方知丈夫是八汉谋死的。既做了夫妻，便不言语。却被滕爷审出真情，将他夫妻抵罪，释放小人宁家。多承列位亲邻斗出公分，替小人赛神。老翁，你道有这般冤事么？」老者道：「恁般贤明官府，真个难遇！本县百姓有幸了。」倪善述听到那里，便回家学与母亲知道，如此如此，这般这般，「有恁地好官府，不将行乐图去告诉，更待何时？」母子商议已定，打听了放告日期，梅氏起个黑早，领着十四岁的儿子，带了轴儿，来到县中叫喊。大尹见没有状词，只有一个小小轴儿，甚是奇怪，问其缘故。梅氏将倪善继平昔所为，及老子临终遗嘱，备细说了。滕知县收了轴子，教他且去，『待我进衙细看。』正是：

一幅画图藏哑谜，千金家事仗搜寻。只因嫠妇孤儿苦，费尽神明大尹心。

不提梅氏母子回家。且说滕大尹放告已毕，退归私衙，取那一尺阔三尺长的小轴，看是倪太守行乐图：一手抱个婴孩，一手指着地下。推详了半日，想道：『这个婴孩就是倪善述，不消说了；那一手指地，莫非要有司官念他地下之情，替他出力么？』又想道：『他既有亲笔分关，官府也难做主了。他说轴中含藏哑迷，必然还有个道理。若我断不出此事，枉自聪明一世。』每日退堂，便将画图展玩，千思万想。如此数日，只是不解。

也是这事合当明白，自然生出机会来。一日午饭后，又去看那轴子。丫环送茶来吃，将一手去接茶瓯，偶然失挫，泼了些茶，把轴子沾湿了。

滕大尹放了茶瓯，走向阶前，双手扯开轴子，就日色晒干。忽然日光中照见轴子里面有些字影，滕知县心疑，揭开看时，乃是一幅字纸，托在画上，正是倪太守遗笔，上面写道：

老夫官居五马，寿逾八旬；死在旦夕，亦无所恨。但孽子善述，方年周岁，急未成立。嫡善继素缺孝友，日后恐为所戕。新置大宅二所，及一切田产，悉以授继。惟左偏旧小屋，可分与述。此屋虽小，室中左壁埋银五千，作五坛；右壁埋银五千，金一千，作六坛，可以准田园之额。后有贤明有司主断者，述儿奉酬白金三百两。八十一翁倪守谦亲笔。

年月日花押

原来这行乐图，是倪太守八十一岁上，与小孩子做周岁时，预先做下的。古人云『知子莫若父』，信不虚也。滕大尹最有机变的人，看见开着许多金银，未免垂涎之意。眉头一皱，计上心来：『差人密拿倪善继来见我，自有话说。』

却说倪善继，独罢家私，心满意足，日日在家中快乐。忽见县差奉着手批拘唤，时刻不容停留。善继推阻不得，只得相随到县。正值大尹升堂理事，差人禀道：『倪善继已拿到了。』大尹唤到案前道：『你就是倪太守的长子么？』善继应道：『小人正是。』大尹道：『你庶母梅氏，有状告你，说你逐母逐弟，占产占房。此事真么？』倪善继道：『庶弟善述，在小人身边，从幼抚养大的，近日他母子自要分居，小人并不曾逐他。其家财一节，都是父亲临终亲笔分析定的，小人并不敢有违。』大尹道：『你父亲亲笔在那里？』善继道：『现在家中，容小人取来呈览。』大尹道：『他状词内告有家财万贯，非同小可。遗笔真伪，也未可知。念你是缙绅之后，且不难为你。明日可唤齐梅氏母子，我亲到你家查阅家私。若厚薄果然不均，自有公道，难以私情而论。』喝教皂快押出善继，就去拘集梅氏母子，明日一同听审，公差得了善继的东道，放他回家去讫，自往东庄拘人去了。

再说善继听见官府口气厉害，好生惊恐。论起家私，其实全未分析，单单持着父亲分关执照，千钧之力，须要亲族见证方好。连夜将银两分送三党亲长，嘱托他次早都到家来，若官府问及遗笔一事，求他同声相助。这伙三党之亲，自从倪太守亡后，从不曾见善继一盘一盒，岁时也不曾酒杯相及，今日大块银子送来。正是『闲时不烧香，急来抱佛脚』。各各暗笑，落得受了买东西吃。明日见官，旁观动静，再作区处。时人有诗云：

休嫌庶母妄兴词，自是为兄意太私。今日将银买三党，何如匹绢赠孤儿？

且说梅氏见县差拘唤，已知县主与他做主。过了一夜，次日侵早，母子二人，先到县中，去见滕大尹。大尹道：『怜你孤儿寡妇，自然该替你说法。但闻得善继执得有亡父亲笔分关，这怎么处？』梅氏道：『分关虽写得有，却是保全孩子之计，非出亡夫本心。恩相只看家私簿上数目，自然明白。』大尹道：『常言道：「清官难断家事。」我如今管你母子一生衣食充足，你也休做十分大望。』梅氏谢道：『若得免于饥寒足矣，岂望与善继同作富家郎乎！』

滕大尹分付梅氏母子，先到善继家伺候。倪善继早已打扫厅堂，堂上设一把虎皮交椅，焚起一炉好香。一面催请亲族，早来守候。梅氏和善述到来，见十亲九眷，都在眼前，一一相见了，也不免说几句求情的话儿。善继虽然一肚子恼怒，此时也不好发泄，各各暗自打点见官的说话。

等不多时，只听得远远喝道之声，料是县主来了，善继整顿衣帽迎接。亲族中年长知事的，准备上前见官；其幼辈怕事的，都站在照壁背后张望，打探消耗。只见一对对执事两班排立，后面青罗伞下，盖着有才有智的滕大尹。到得倪家门首，执事跪下，吆喝一声。梅氏和倪家兄弟，都一齐跪下来迎接。门子喝声：『起去！』轿夫停了五山屏风轿子。滕大尹不慌不忙，踱下轿来。将欲进门，忽然对着空中，连连打恭，口里应对，恰像有主人相迎的一般。众人都吃惊，看他做甚模样。只见滕大尹一路揖让，直到堂中。连作数揖，口中叙许多寒温的言语。先向朝南的虎皮交椅上打个恭，恰像有人看坐的一般。连忙转身，就拖一把交椅，朝北主位排下，又向空再三谦让，方才上坐。众人看他见神见鬼的模样，不敢上前，都两旁跕立呆看。只见滕大尹在上坐拱揖，开谈道：『令夫人将家产事告到晚生手里，此事端的如何？』说罢，便作倾听之状。良久，乃摇首吐舌道：『长公子太不良了。』静听一会，又自说道：『教次公子何以存活？』停一会，又说道：『右偏小屋，有何活计？』又连声道：『领教，领教。』又停一时，说道：『这项也交付次公子，晚生都领命了。』少停又拱揖道：『晚生怎敢当此厚惠？』推逊了多时，又道：『既承尊命恳切，晚生勉领，便给批照与次公子收执。』乃起身，又连作数揖，口称：『晚生便去。』众人都看得呆了。

只见滕大尹立起身来，东看西看问道：『倪爷那里去了？』门子禀道：『没见什么倪爷。』滕大尹道：『有此怪事！』唤善继问道：『方才令尊老先生，亲在门外相迎，与我对坐了讲这半日说话，你们谅必都听见的。』善继道：『小人不曾听见。』滕大尹道：『方才长长的身儿，瘦瘦的脸儿，高颧骨，细眼睛，长眉大耳，朗朗的三牙须，银也似白的，纱帽皂靴，红袍金带，可是倪老先生模样么？』唬得众人一身冷汗，都跪下道：『正是他生前模样。』大尹道：『如何忽然不见了？他说家中有两处大厅堂，又东边旧存下一所小屋，可是有的？』善继也不敢隐瞒，只得承认道：『有的。』大尹道：『且到东边小屋去一看，自有话说。』众人见大尹半日自言自语，说得活龙活现，分明是倪太守模样，都信道倪太守真个出现了。人人吐舌，个个惊心。谁知都是滕大尹的巧言，他是看了行乐图，照依小像说来，何曾有半句是真话？有诗为证：

圣贤自是空题目，惟有鬼神不敢触。若非大尹假装词，逆子如何肯心服？

倪善继引路，众人随着大尹，来到东偏旧屋内。这旧屋是倪太守未得第时所居，自从造了大厅大堂，把旧屋空着，只做个仓厅，堆积些零碎米麦在内，留下一房家人。看见大尹前后走了一遍，到正屋中坐下，向善继道：『你父亲果是有灵，家中事体，备细与我说了，教我主张。这所旧宅子与善述，你意下如何？』善继叩头道：『但凭恩台明断。』大尹讨家私簿子细细看了，连声道：『也好个大家事。』看到后面遗笔分关，大笑道：『你家老先生自家写定的，方才却又在我面前，说善继许多不是，这个老先儿也是没主意的。』唤倪善继过来：『既然分关写定，这些田园帐目，一一给你，善述不许妄争。』梅氏暗暗叫苦，方欲上前哀求，只见大尹又道：『这旧屋判与善述，此屋中之所有，善继也不许妄争。』善继想道：『这屋内破家破火，不值甚事，便堆下些米麦，一月前都粜得七八了，存不多儿，我也够便宜了。』便连连答应道：『恩台所断极明。』大尹道：『你两人一言为定，各无翻悔。众人既是亲族，都来做个证见。方才倪老先生当面嘱咐说：「此屋左壁下埋银五千两，作五坛，当与次儿。』善继不信，禀道：『若果然有此，即使万金，亦是兄弟的，小人并不敢争执。』大尹道：『你就争执时，我也不准。』便教手下讨锄头铁锹等器，梅氏母子作眼，率领民壮，往东壁下掘开墙基，果然埋下五个大坛。发起来时，坛中满满的，都是光银子。把一坛银子，上秤称时，算来该是六十二斤半，刚刚一千两足数。众人看见，无不惊讶。善继益发信真了：若非父亲阴灵出现，面诉县主，这个藏银，我们尚且不知，县主那里知道？只见滕大尹教把五坛银子，一字儿摆在自家面前，又分付梅氏道：『右壁还有五坛，亦是五千之数。更有一坛金子，方才倪老先生有命，送我作酬谢之意，我不敢当，他再三相强，我只得领了。』梅氏同善述叩头说道：『左壁五千，已出望外；若右壁更有，敢不依先人之命。』大尹道：『我何以知之？据你家老先生是恁般说，想不是虚话。』再教人发掘西壁，果然六个大坛，五坛是银，一坛是金。善继看着许多黄白之物，眼里都放出火来，恨不得抢他一锭。只是有言在前，一字也不敢开口。滕大尹写个照帖，给与善继为照，就将这房家人，判与善述母子。梅氏同善述不胜之喜，一同叩头拜谢，善继满肚不乐，也只得磕几个头，勉强说句：『多谢恩台主张。』大尹判几条封皮，将一坛金子封了，放在自己轿前，抬回衙内，落得受用。众人都知道真个倪太守许下酬谢他的，反以为理之当然，那个敢道个不字？这正叫做『鹬蚌相持，渔人得利。』若是倪善继存心忠厚，兄弟和睦，肯将家私平等分析，这千两黄金，弟兄大家该五百两，怎到得滕大尹之手？白白里作成了别人，自己还讨得气闷，又加个不孝不弟之名。千算万计，何曾算计得他人，只算计得自家而已！

闲话休题。再说梅氏母子，次日又到县拜谢滕大尹。大尹已将行乐图取去遗笔，重新裱过，给还梅氏收领。梅氏母子方悟行乐图上，一手指地，乃指地下所藏之金银也。此时有了这十坛银子，一般置买田园，遂成富室。后来善述娶妻，连生三子，读书成名。倪氏门中，只有这一枝极盛。善继两个儿子，都好游荡，家业耗废。善继死后，两所大宅子，都卖与叔叔善述管业。里中凡晓得倪家之事本末的，无不以为天报云。诗曰：

从来天道有何私？堪笑倪郎心太痴。忍以嫡兄欺庶母，却教死父算生儿。轴中藏字非无意，壁下埋金属有司。何似存些公道好，不生争竞不兴词。

赵伯升茶肆遇仁宗

三寸舌为安国剑，五言诗作上天梯。青云有路终须到，金榜无名誓不归。

话说大宋仁宗皇帝朝间，有一个秀士，姓赵名旭，字伯升，乃是西川成都府人氏。自幼习学文章。《诗》、《书》、《礼》、《乐》，一览下笔成文，乃是个饱学的秀才。喜闻东京开选，一心要去应举，特到堂中，禀知父母。其父赵伦，字文宝，母亲刘氏，都是世代诗礼之家，见了要上京应举，遂允其请。赵旭择日束装，其父赠诗一首。诗云：

但见诗书频入目，莫将花酒苦迷肠，来年三月桃花浪，夺取罗袍转故乡。

其母刘氏亦叮咛道：「愿孩儿早夺魁名，不负男儿之志。」赵旭拜别了二亲，遂携琴剑书箱，带一仆人，径望东京进发，有亲友一行人送出南门之外。赵旭口占一词，名曰〔江神子〕。词云：

旗亭谁唱渭城诗？两相思，怯罗衣。野渡舟横，杨柳折残枝。怕见苍山千万里，人去远，草烟迷。芙蓉秋露洗胭脂，断风凄，晓霜微。剑悬秋水，离别惨虹霓。剩有青衫千点泪，何日里，滴休时？

赵旭词毕，作别亲友，起程而行。于路饥餐渴饮，夜住晓行。不则一日，来到东京。遂入城中，观看景致。只见楼台锦绣，人物繁华，正是龙虎风云之地。行到状元坊，寻个客店安歇，守待试期。入场赴选，三场文字已毕，回归下处，专等黄榜。赵旭心中暗喜：「我必然得中也。」次日，安排早饭已罢，店对过有座茶坊，与店中朋友同会茶之间，赵旭见案上有诗牌，遂取笔，去那粉壁上写下词一首。词云：

足蹑云梯，手攀仙桂，姓名已在登科内。马前喝道状元来，金鞍玉勒成行队。宴罢归来，醉游街市，此时方显男儿志。修书急报凤楼人，这回好个风流婿。

写毕，赵旭自心欢喜。至晚各归店中，不在话下。

当时仁宗皇帝早朝升殿，考试官阅卷已毕，齐到朝中。仁宗皇帝问：「卿所取榜首年例三名，今不知何处人氏？」试官便将三名文卷呈上御前，仁宗亲自观览，看了第一卷，龙颜微笑，对试官道：「此卷作得极好，可惜中间有一字差错。」试官俯伏在地，拜问圣上：「未审何字差写？」仁宗笑曰：「乃是个『唯』字。原来『口』旁，如何却写『厶』旁？」试官再拜叩首，奏曰：「此字皆可通用。」仁宗问道：「此人姓甚名谁？何处人氏？」拆开弥封看时，乃是西川成都府人氏，姓赵名旭，现今在状元坊店内安歇。仁宗着快行急宣。

那时赵旭在店内蒙宣，不敢久停，随使命直到朝中。借得蓝袍槐简，引见御前，叩首拜舞。仁宗皇帝问道：「卿乃何处人氏？」赵旭叩头奏道：「臣是西川成都府人氏，自幼习学文艺，特赴科场，幸瞻金阙。」帝又问曰：「卿得何题目？作文字多少？内有几字？」赵旭叩首，一一回奏，无有差错。仁宗见此人出语如同注水，暗喜称奇，只可惜一字差写。上曰：「卿卷内有一字差错。」赵旭惊惶俯伏，叩首拜问：「未审何字差写？」仁宗云：「乃是上『唯』字，本是个『口』旁，卿如何却写作『厶』旁？」赵旭叩头回奏道：「此字皆可通用。」仁宗不悦，就御案上取文房四宝，写下八个字，递与赵旭曰：『卿家看想，写着「堇堇、去吉、吴矣、吕台」，卿言通用，与朕拆来。』赵旭看了半晌，无言抵对。仁宗曰：『卿可暂退读书。』赵旭羞愧出朝，回归店中，闷闷不已。

众朋友来问道：『公必然得意？』赵旭被问，言说此事，众皆大惊。遂乃邀至茶坊，啜茶解闷。赵旭蓦然见壁上前日之辞，嗟吁不已，再把文房四宝，作词一首。词云：

羽翼将成，功名欲遂，姓名已称男儿意。东君为报牡丹芳，琼林赐与他人醉。『唯』字曾差，功名落地，天公误我平生志。问归来，回首望家乡，水远山遥，三千余里。

待得出了金榜，着人看时，果然无赵旭之名，吁嗟涕泣，流落东京，羞归故里。再待三年，必不负我。在下处闷闷不悦，漫题四句于壁上，诗曰：

宋玉徒悲，江淹是恨。韩愈投荒，苏秦守困。

赵旭写罢，在店中闷倦无聊，又作词一首，名〔浣溪纱〕。道：

秋气天寒万叶飘，蛩声唧唧夜无聊，夕阳人影卧平桥。

菊近秋来都烂漫，从他霜后更萧条，夜来风雨似今朝。

思忆家乡，功名不就，展转不寐，起来独坐，又作〔小重山〕词一首。道：

独坐清灯夜不眠，寸肠千万缕，两相牵。鸳鸯秋雨傍池莲，分飞苦，红泪晚风前。回首雁翩翩，写来思寄去，远如天。安排心事待明年，愁难待，泪滴满青毡。

自此流落东京。至秋深，仆人不肯守待，私奔回家去。赵旭孤身旅邸，又无盘缠，每日上街，与人作文写字。怎奈身上衣衫褴褛，着一领黄草布衫，被西风一吹，赵旭心中苦闷，作词一首，词名〔鹧鸪天〕。道：

黄草遮寒最不宜，况兼久敝色如灰，肩穿袖破花成缕，可奈金风早晚吹！才挂体，泪沾衣，出门羞见旧相知。邻家女子低声问：觅与奴糊隔帛儿！

时值秋雨纷纷，赵旭坐在店中。店小二道：『秀才，你今如此穷窘，何不去街市上茶坊酒店中吹笛，觅讨些钱物，也可度日。』赵旭听了，心中焦躁，作诗一首，诗曰：

旅店萧萧形影孤，时桃野菜作羹蔬。村夫不识调羹手，问道能吹笛也无？

光阴荏苒，不觉一载有余。忽一日，仁宗皇帝在宫中，夜至三更时分，梦一金甲神人，坐驾太平车一辆，上载着九轮红日，直至内廷。猛然惊觉，乃是南柯一梦。至来日早朝升殿。臣僚拜舞已毕，文武散班。仁宗宣问司天台苗太监曰：『寡人夜来得一梦，梦见一金甲神人，坐驾太平车一辆，上载九轮红日。此梦主何吉凶？』苗太监奏曰：『此九日者，乃是个「旭」字，或是人名，或是州郡。』仁宗曰：『若是人名，朕今要见此人，如何得见？卿与寡人占一课。』原来苗太监曾遇异人，传授诸葛马前课，占问最灵。当下奉课，奏道：『陛下要见此人，只在今日。陛下须与臣扮作白衣秀士，私行街市，方可遇之。』仁宗依奏。卸龙衣，解玉带，扮作白衣秀才，与苗太监一般打扮。出了朝门之外，径往御街并各处巷陌游行。

将及半晌，见座酒楼，好不高峻！乃是有名的樊楼。有〔鹧鸪天〕词为证：

城中酒楼高入天，烹龙煮凤味肥鲜。公孙下马闻香醉，一饮不惜费万钱。招贵客，引高贤，楼上笙歌列管弦。百般美物珍羞味，四面栏杆彩画檐。

仁宗皇帝与苗太监上楼饮酒，君臣二人，各分尊卑而坐。时正盛夏，天道炎热。仁宗手执一把月样白梨玉柄扇，倚着栏杆看街，将扇柄敲槛，不觉失手，坠扇楼下。急下去寻时，无有。仁宗教苗太监更占一课。苗太监领旨，发课罢，详道：『此扇也只在今日重见。』二人饮酒毕，算还酒钱，下楼出街。

行到状元坊，有座茶肆。仁宗道：『可吃杯茶去。』二人入茶肆坐下，忽见白壁之上，有词二只，句语清佳，字画精壮，后写：『锦里秀才赵旭作。』仁宗失惊道：『莫非此人便是？』苗太监便唤茶博士问道：『壁上之词是何人写的？』茶博士答道：『告官人，这个作词的，他是一个不得第的秀才，羞归故里，流落在此。』苗太监又问道：『他是何处人氏？今在何处安歇？』茶博士道：『他是西川成都府人氏，现在对过状元坊店内安歇，专与人作文度日，等候下科开选。』仁宗想起前因，私对苗太监说道：『此人原是上科试官取中的榜首，文才尽好，只因一字差误，朕怪他不肯认错，遂黜而不用，不期流落于此。』便教茶博士：『去寻他来，我要求他文章。你若寻得他来，我自赏你。』茶博士走了一回，寻他不着，叹着：『这个秀才，真个没福，不知何处去了。』茶博士回复道：『二位官人，寻他不见。』仁宗道：『且再坐一会，再点茶来。』一边吃茶，又教茶博士去寻这个秀才来。茶博士又去店中并各处酒店寻问，不见，道：『真乃穷秀才！若遇着这二位官人，也得他些资助，好无福分！』茶博士又回复道：『寻他不见。』

二人还了茶钱，正欲起身。只见茶博士指道：『兀那赵秀才来了！』苗太监道：『在那里？』茶博士指街上穿破蓝衫的来者便是。苗太监教请他来。茶博士出街接着，道：『赵秀才，我茶肆中有二位官人等着你，教我寻你两次不见。』赵旭慌忙走入茶坊，相见礼毕，坐于苗太监肩下，三人吃茶。问道：『壁上文词，可是秀才所作？』赵旭答道：『学生不才，信口胡诌，甚是笑话。』仁宗问道：『秀才是成都人，却缘何在此？』赵旭答道：『因命薄下第，羞归故里。』正说之间，赵旭于袖中捞摸。苗太监道：『秀才袖中有何物？』赵旭不答，即时袖中取出，乃是月样玉柄白梨扇子，双手捧与。苗太监看时，上有新诗一首。诗道：

屈曲交枝翠色苍，困龙未际土中藏。他时若得风云会，必作擎天白玉梁。

苗太监道：『此扇从何而得？』赵旭答道：『学生从樊楼下走过，不知楼上何人坠下此扇，偶然插于学生破蓝衫袖上。就去王丞相家作松诗，起笔因书于扇上。』苗太监道：『此扇乃是此位赵大官人的。因饮酒坠于楼下。』赵旭道：『既是大官人的，即当奉还。』仁宗皇帝大喜，又问秀才上科为何不第。赵旭答言：『学生三场文字俱成，不想圣天子御览，看得一字差写，因此不第，流落在此。』仁宗曰：『此是今上不明。』赵旭答曰：『今上至明。』仁宗曰：『何字差写？』赵旭曰：『是「唯」字，学生写为「厶」旁，天子高明，说是「口」旁。学生奏说皆可通用。今上御书八字：单単、去吉、吴矣、吕台，道：「卿言通用，与朕拆来。」学生无言抵对，因此黜落，至今淹滞。此乃学生考究不精，自取其咎，非圣天子之过也。』仁宗问道：『秀才家居锦里是西川了，可认得王制置么？』赵旭答道：『学生认得王制置，王制置不认得学生。』仁宗道：『他是我外甥，我修封书，着人送你同去投他，讨了名分，教你发迹如何？』赵旭倒身便拜：『若得二位官人提携，不敢忘恩。』苗太监道：『秀才，你有缘遇着大官人抬举，你何不作诗谢之？』赵旭应诺，作诗一首，诗曰：

白玉隐于顽石里，黄金埋入污泥中。今朝遇贵相提掇，如立天梯上九重。

仁宗皇帝见诗，大喜道：『何作此诗？也未见我荐得你否，我也回诗一首。』诗曰：

一字争差因失第，京师流落误佳期。与君一柬投西蜀，胜似山呼拜凤墀。

赵旭得大官人诗，感恩不已。又有苗太监道：『秀才，大官人有诗与你，我岂可无一言乎？』乃赠诗一首，诗曰：

旭临帝阙应天文，本得名魁一字浑。今日柬投王制置，锦衣光耀赵家门。

苗太监道：『秀才你回下处去，待来日早晨，我自催促大官人，着人将书并路费一同送你起程。』赵旭问道：『大官人第宅何处？学生好来拜谢。』苗太监道：『第宅离此甚远，秀才不劳访问。』赵旭就在茶坊中拜谢了，三人一同出门，作别而去。

到来日，赵旭早起等待，果然昨日那没须的白衣秀士，引着一个虞候，担着个衣箱包袱，只不见赵大官人来。赵旭出店来迎接，相见礼毕。苗太监道：『夜来赵大官人依着我，委此人送你起程。付一锭白银五十两，与你文书，赍到成都府去，文书都在此人处，着你路上小心径往。』赵旭再三称谢，问道：『官人高姓大名？』苗太监道：『在下姓苗名秀，就在赵大官人门下做个馆宾。秀士见了王制置时，自然晓得。』赵旭道：『学生此去，倘然得意，决不忘犬马之报。』遂吟诗一首，写于素笺，以寓谢别之意，诗曰：

旧年曾作登科客，今日还期暗点头。有意去寻丞相府，无心偶会酒家楼。空中扇坠蓝衫插，袖里诗成黄阁留。多谢贵人修尺一，西川制置径相投。

苗太监领了诗笺，作别自回。赵旭遂将此银凿碎，算还了房钱，整理衣服齐备，三日后起程。

于路饥餐渴饮，夜住晓行，不则一日，约莫到成都府地面百余里之外，听得人说，差人远接新制置，军民喧闹。赵旭闻信大惊，自想：『我特地来寻王制置，又离任去了，我直如此命薄！怎生是好？』遂吟诗一首，诗曰：

尺书手捧到川中，千里投人一旦空。辜负高人相汲引，家乡虽近转忧忡。

虞候道：『不须愁烦，且前进打听的实如何。』赵旭行一步，懒一步，再行二十五里，到了成都地面接官亭上。官员人等喧哄，都说伺候新制置到任，接了三日，并无消息。虞候道：『秀才，我与你到接官亭上看一看。』赵旭道：『不可去，我是个无倚的人。』虞候不管他说，一直将着袱包，挑着衣箱，径到接官亭上歇下，虞候道：『众官在此等甚！何不接新制置？』众官失惊，问道：『不见新制置来？』虞候打开袱包，拆开文书，道：『这秀才便是新制置。』赵旭也吃了一惊。虞候又开了衣箱，取出紫袍金带，象简乌靴，戴上舒角幞头，宣读了圣旨。赵旭谢恩，叩首拜敕，授西川五十四州都制置。众官相见，行礼已毕。赵旭着人去寻个好寺院去处暂歇，选日上任。自思前事：『我状元到手，只为一字黜落。谁知命中该发迹，在茶肆遭遇赵大官人，原来正是仁宗皇帝。』此乃是：

着意种花花不活，无心栽柳柳成荫。

赵旭问虞候道：『前者白衣人送我起程的，是何官宰？』虞候道：『此是司天台苗太监，旨意分付着我同来。』赵旭自道：『我有眼不识泰山也。』

择日上任，骏马雕鞍，张三檐伞盖，前面队伍摆列，后面官吏跟随，威仪整肃，气象轩昂。上任已毕，归家拜见父母。父母蓦然惊惧，合家迎接，门前车马喧天。赵旭下马入堂，紫袍金带，象简乌靴，上堂参拜父母。父母问道：『你科举不第，流落京师，如何便得此职？又如何除授本处为官？』赵旭具言前事，父母闻知，拱手加额，感日月之光，愿孩儿忠心补报皇恩。赵旭作诗一首，诗曰：

功名着意本抡魁，一字争差不得归。自恨禹门风浪急，谁知平地一声雷？

父母心中不胜之喜，合家欢悦，亲友齐来庆贺，做了好几日筵席。旧时逃回之仆，不念旧恶，依还收用。思量仁宗天子恩德，自修表章一道，进谢皇恩。从此西川做官，兼管军民。父母俱迎在衙门中奉养，所谓『一子受皇恩，全家食天禄』。有诗为证：

相如持节仍归蜀，季子怀金又过周。衣锦还乡从古有，何如茶肆遇宸游？

北阙休上诗，南山归敝庐。不才明主弃，多病故人疏。白发催年老，青阳逼岁除。永怀愁不寐，松月下窗虚。

这首诗，乃唐朝孟浩然所作。他是襄阳第一个有名的诗人，流寓东京，宰相张说甚重其才，与之交厚。一日，张说在中书省入直，草应制诗，苦思不就，遣堂吏密请孟浩然到来，商量一联诗句。正尔烹茶细论，忽然唐明皇驾到。孟浩然无处躲避，伏于床后。明皇早已瞧见，问张说道：『适才避朕者，何人也？』张说奏道：『此襄阳诗人孟浩然，臣之故友。偶然来此，因布衣，不敢唐突圣驾。』明皇道：『朕亦素闻此人之名，愿一见之。』孟浩然只得出来，拜伏于地，口称死罪。明皇道：『闻卿善诗，可将生平得意一首，诵与朕听。』孟浩然就诵了《北阙休上诗》这一首。明皇道：『卿非不才之流，朕亦未为明主；然卿自不来见朕，朕未尝弃卿也。』当下龙颜不悦，起驾去了。次日，张说入朝，见帝谢罪，因力荐浩然之才，可充馆职。明皇道：『前朕闻孟浩然有「流星淡河汉，疏雨滴梧桐」之句，何其清新！又闻有「气蒸云梦泽，波撼岳阳楼」之句，何其雄壮！昨在朕前，偏述枯槁之辞；又且中怀怨望，非用世之器也。宜听归南山，以成其志！』由是终身不用，至今人称为孟山人。后人有诗叹云：

新诗一首献当朝，欲望荣华转寂寥。不是不才明主弃，从来贵贱命中招。

古人中有因一言拜相的，又有一篇赋上遇主的。那孟浩然只为错念了八句诗，失了君王之意，岂非命乎？如今，我又说一桩故事，也是个有名才子，只为一首词上，误了功名，终身坎坷。后来颠倒成了风流佳话。那人是谁？说起来，是宋神宗时人，姓柳名永，字耆卿。原是建宁府崇安县人氏，因随父亲作宦，流落东京。排行第七，人都称为柳七官人。年二十五岁，丰姿洒落，人才出众，琴棋书画，无所不通。至于吟诗作赋，尤其本等。还有一件，最其所长，乃是填词。怎么叫做填词？假如李太白有〔忆秦娥〕〔菩萨蛮〕，王维有〔郁轮袍〕，这都是词名，又谓之诗馀。唐时名妓多歌之。至宋时，大晟府乐官博采词名，填腔进御。这个词，比切声调，分配十二律，其某律某调，句长句短，合用平上去入四声字眼，有个一定不移之格。作词者，按格填入，务要字与音协，一些杜撰不得，所以谓之填词。那柳七官人，于音律里面，第一精通，将大晟府乐词，加添至二百余调，真个是词家独步。他也自恃其才，没有一个人看得入眼，所以缙绅之门，绝不去走，文字之交，也没有人。终日只是穿花街，走柳巷，东京多少名妓，无不敬慕他，以得见为荣。若有不认得柳七者，众人都笑他为下品，不列姊妹之数。所以妓家传出几句口号，道是：

不愿穿绫罗，愿依柳七哥；不愿君王召，愿得柳七叫；不愿千黄金，愿中柳七心；不愿神仙见，愿识柳七面。

那柳七官人，真个是朝朝楚馆，夜夜秦楼。内中有三个出名上等的行首，往来尤密，一个唤做陈师师，一个唤做赵香香，一个唤做徐冬冬。这三个行首，赔着自己钱财，争养柳七官人。怎见得？有戏题一词，名〔西江月〕为证：

调笑师师最惯，香香暗地情多，冬冬与我煞脾和：独自窝盘三个。『管』字下边无分，『闭』字加点如何？权将『好』字自停挪，『奸』

字中间着我。

这柳七官人，诗词文采，压于朝士。因此近侍官员，虽闻他恃才高傲，却也多少敬慕他的。那时天下太平，凡一才一艺之士，无不录用。有司荐柳永才名，朝中又有人保奏，除授浙江管下余杭县宰。这县宰官儿，虽不满柳耆卿之意，把做个进身之阶，却也罢了；只是舍不得那三个行首。时值春暮，将欲起程，乃制〔西江月〕为词，以寓惜别之意：

凤额绣帘高卷，兽环朱户频摇。两竿红日上花梢，春睡厌厌难觉。好梦狂随飞絮，闲愁浓胜香醪。不成雨暮与云朝，又是韶光过了。

三个行首，闻得柳七官人浙江赴任，都来饯别。众妓至者如云，耆卿口占〔如梦令〕云：

郊外绿荫千里，掩映红裙十队。惜别语方长，车马催人速去。偷泪，偷泪，那得分身应你！

柳七官人别了众名姬，携着琴剑书箱，扮作游学秀士，迤逦上路。一路观看风景，行至江州。访问本处名妓，有人说道：「此处只有谢玉英，才色第一。」耆卿问了住处，径来相访。玉英迎接了，见耆卿人物文雅，便邀入个小小书房。耆卿举目看时，果然摆设得精致。但见：

明窗净几，竹榻茶炉。床间挂一张名琴，壁上悬一幅古画。香风不散，宝炉中常爇沉檀；清风逼人，花瓶内频添新水。万卷图书供玩览，一枰棋局佐欢娱。

耆卿看他桌上，摆着一册书，题云：《柳七新词》。捡开看时，都是耆卿平日的乐府，蝇头细字，写得齐整。耆卿问道：「此词何处得来？」玉英道：「此乃东京才子柳七官人所作，妾平昔甚爱其词，每听人传诵，辄手录成帙。」耆卿又问道：「天下词人甚多，卿何以独爱此作？」玉英道：「他描情写景，字字逼真，如〔秋思〕一篇末云：『黯相望，断鸿声里，立尽斜阳』。〔秋别〕一篇云：『今宵酒醒何处？杨柳岸晓风残月。』此等语，人不能道。妾每诵其词，不忍释手，恨不得见其人耳。」耆卿道：「卿要识柳七官人否？只小生就是。」玉英大惊，问其来历。耆卿将余杭赴任之事，说了一遍。玉英拜倒在地，道：「贱妾凡胎，不识神仙，望乞恕罪。」置酒款待，殷勤留宿。

耆卿深感其意，一连住了三五日，恐怕误了凭限，只得告别。玉英十分眷恋，设下山盟海誓，一心要相随柳七官人，侍奉箕帚。耆卿道：「赴任不便，若果有此心，俟任满回日，同到长安。」玉英道：「既蒙官人不弃贱妾，从今为始，即当杜门绝客以待，切勿遗弃，使妾有白头之叹。」耆卿索纸，写下一词，名〔玉女摇仙佩〕，词云：

飞琼伴侣，偶到珠宫，未返神仙行缀。取次梳妆，寻常言语，有得几多姝丽？拟把名花比，恐旁人笑我谈何容易。细思算，奇葩艳卉，惟是深红浅白而已。争如这多情，占得人间千娇百媚。

须信画堂绣阁，皓月清风，忍把光阴轻弃。自古及今，佳人才子，少得当年双美。且恁相偎倚，未消得怜我多才多艺。愿奶奶兰心蕙性，枕前言下，表余深意。为盟誓，今生断不孳鸳被。

耆卿吟词罢，别了玉英上路。不一日，来到姑苏地方，看见山明水秀，到个路旁酒楼上，沽饮三杯。忽听得鼓声齐响，临窗而望，乃是一群儿童，棹了小船，在湖上戏水采莲。口中唱着吴歌云：

采莲阿姐斗梳妆，好似红莲搭个白莲争。红莲自道颜色好，白莲自道粉花香。粉花香，粉花香，贪花人一见便来抢。红个也忒贵，白个也弗强。当面下手弗得，和你私下商量。好像荷叶遮身无人见，下头成藕带丝长。

柳七官人听罢，取出笔来，也做一只吴歌，题于壁上。歌云：

十里荷花九里红，中间一朵白松松。白莲则好摸藕吃，红莲则好结莲蓬。结莲蓬，结莲蓬，莲蓬生得忒玲珑。肚里一团清趣，外头包裹重重。有人吃着滋味，一时劈破难容。只图口甜，那得知我心里苦？开花结子一场空。

这首吴歌，流传吴下，至今有人唱之。

却说柳七官人过了姑苏，来到余杭县上任，端的为官清正，讼简词稀。听政之暇，便在大涤、天柱、由拳诸山，登临游玩，赋诗饮酒。这余杭县中，也有几家官妓，轮番承值。但是讼牒中犯着妓者名字，便不准行。妓中有个周月仙，颇有姿色，更通文墨。一日，在县衙唱曲侑酒，柳县宰见他似有不乐之色，问其缘故。月仙低头不语，两泪交流。县宰再三盘问，月仙只得告诉。

原来月仙与本地一个黄秀才，情意甚密。月仙一心只要嫁那秀才，奈秀才家贫，不能备办财礼。月仙守那秀才之节，誓不接客。老鸨再三逼迫，只是不从，因是亲生之女，无可奈何。黄秀才书馆，与月仙只隔条大河，每夜月仙渡船而去，与秀才相聚，至晓又回。同县有个刘二员外，爱月仙丰姿，欲与欢会。月仙执意不肯，吟诗四句道：

不学路旁柳，甘同幽谷兰。游蜂若相询，莫作野花看。

刘二员外心生一计，嘱咐舟人，教他乘月仙夜渡，移至无人之处，强奸了他，取个执证回话，自有重赏。舟人贪了赏赐，果然乘月仙下船，远远撑去。月仙见不是路，喝他住船。那舟人那里肯依？直摇到芦花深处，僻静所在，将船泊了，走入船舱，把月仙抱住，逼着定要云雨。月仙自料难以脱身，不得已而从之。云收雨散，月仙惆怅，吟诗一首：

自恨身为妓，遭污不敢言。羞归明月渡，懒上载花船。

是夜月仙仍到黄秀才馆中住宿，却不敢声告诉，至晓回家。其舟人记了这四句诗，回复刘二员外。员外将一锭银子，赏了舟人去了，便差人邀请月仙家中侑酒。酒到半酣，又去调戏月仙，月仙仍旧推阻。刘二员外取出一把扇子来，扇上有诗四句，教月仙诵之。月仙大惊，原来却是舟中所吟四句，当下顿口无言。刘二员外道：『此处牙床锦被，强似芦花明月，小娘子勿再推托。』月仙满面羞惭，安身无地，只得从了刘二员外之命。以后刘二员外日逐在他家占住，不容黄秀才相处。

自古道：『小娘爱俏，鸨儿爱钞。』黄秀才虽然儒雅，怎比得刘二员外有钱有钞？虽然中了鸨儿之意，月仙心下只想着黄秀才，以此闷闷不乐。今番被县宰盘问不过，只得将情诉与。柳耆卿是风流首领，听得此语，好生怜悯。当日就唤老鸨过来，将钱八十千付作身价，替月仙除了乐籍。一面请黄秀才相见，亲领月仙回去，成其夫妇。黄秀才与周月仙拜谢不尽。正是：

风月客怜风月客，有情人遇有情人。

柳耆卿在余杭三年，任满还京。想起谢玉英之约，便道再到江州。原来谢玉英初别耆卿，果然杜门绝客，过了一年之后，不见耆卿通问，未免风愁月恨。更兼日用之需，无从进益，日逐车马填门，回他不脱。想着五夜夫妻，未知所言真假，又有闲汉，从中撺掇，不免又随风倒舵，依前接客。有个新安大贾孙员外，颇有文雅，与他相处年馀，费过千金。耆卿到玉英家询问，正值孙员外邀玉英同往湖口看船去了。耆卿倒不遇，知玉英负约，快快不乐，乃取花笺一幅，制词名〔击梧桐〕，词云：

香靥深深，姿姿媚媚，雅格奇容天与。自识伊来便好看承，会得妖娆心素。临岐再约同欢，定是都把平生相许。又恐恩情易破难成，未免千般思虑。近日重来，空房而已，苦没叨叨言语。便认得听人教当，拟把前言轻负。见说兰台宋玉，多才多艺善词赋。试与问朝朝暮暮，行云何处去？

后写：『东京柳永访玉卿不遇漫题。』耆卿写毕，念了一遍，将词笺粘于壁上，拂袖而出。回到东京，屡有人举荐，升为屯田员外郎之职，东京这班名姬，依旧来往。耆卿所支俸钱，及一应求诗求词馈送下来的东西，都在妓家销化。

一日，正在徐冬冬家积翠楼戏耍，宰相吕夷简差堂吏传命，直寻将来。说道：『吕相公六十诞辰，家妓无新歌上寿，特求员外一阕，幸即挥毫，以便演习。蜀锦二端，吴绫四端，聊充润笔之敬，伏乞俯纳。』耆卿允了，留堂吏在楼下酒饭，问徐冬冬有好纸否。徐冬冬在箧中取出两幅芙蓉笺纸，放于案上。耆卿磨得墨浓，蘸得笔饱，拂开一幅笺纸，不打草儿，写下〔千秋岁〕一阕云：

泰阶平了，又见三台耀。烽火静，欃枪扫。朝堂耆硕辅，樽俎英雄表。福无艾，山河带砺人难老。渭水当年钓，晚应飞熊兆；同一吕，今偏早。乌纱头未白，笑把金樽倒。人争羡，二十四遍中书考。

耆卿一笔写完，还剩下芙蓉笺一纸，馀兴未尽，后写〔西江月〕一调云：

腹内胎生异锦，笔端舌喷长江。纵教匹绢字难偿，不屑与人称量。我不求人富贵，人须求我文章。风流才子占词场，真是白衣卿相。

耆卿写毕，放在桌上。

恰好陈师师家差个侍儿来请，说道：『有下路新到一个美人，不言姓名，自述特慕员外，不远千里而来。今在寒家奉候，乞即降临。』耆卿忙把诗词装入封套，打发堂吏，动身去了。自己随后往陈师师家来，见了那美人，吃了一惊。那美人是谁？正是：

着意寻不见，有时还自来。

那美人正是江州谢玉英。他从湖口看船回来，见了壁上这只〔击梧桐〕词，再三讽咏，想着耆卿果是有情之人，不负前约，自觉惭愧。瞒了孙员外，收拾家私，雇了船只，一径到东京来，问柳七官人。闻知他在陈师师家往来极厚，特拜望师师，求其引见耆卿。当时分明是断花再接，缺月重圆，不胜之喜。陈师师问其详细，便留谢玉英同住。玉英怕不稳便，商量割东边院子另住。自到东京，从不见客，只与耆卿相处，如夫妇一般。耆卿若往别妓家去，也不阻挡，甚有贤达之称。

话分两头，再说耆卿匆忙中，将所作寿词封付堂吏，谁知忙中多有错，一时失于点检，两幅词笺都封了去，吕丞相拆开封套，先读了〔千秋岁〕

调，倒也欢喜。又见〔西江月〕调，少不得也念一遍，念到『纵教匹绢字难偿，不屑与人称量』，笑道：『当初裴晋公修福光寺，求文于皇甫湜，湜每字索绢三匹，此子嫌吾酬仪太薄耳。』又念到『我不求人富贵，人须求我文章』，大怒道：『小子轻薄，我何求汝耶？』从此衔恨在心。柳耆卿却是疏散的人，写过词，丢在一边了，那里还放在心上。

又过了数日，正值翰林员缺，吏部开荐柳永名字。仁宗曾见他增定大晟乐府，亦慕其才，问宰相吕夷简道：『朕欲用柳永为翰林，卿可识此人否？』吕夷简奏道：『此人虽有词华，然恃才高傲，全不以功名为念。现任屯田员外，日夜留连妓馆，大失官箴。若重用之，恐士习由此而变。』遂把耆卿所作《西江月》词诵了一遍。仁宗皇帝点头。早有知谏院官打听得吕丞相衔恨柳永，欲得逢迎其意，连章参劾。仁宗御笔批着四句道：

柳永不求富贵，谁将富贵求之？任作白衣卿相，风前月下填词。

柳耆卿见罢了官职，大笑道：『当今做官的，都是不识字之辈，怎容得我才子出头？』因改名柳三变，人都不会其意，柳七官人自解说道：『我少年读书，无所不窥，本求一举成名，与朝家出力；因屡次不第，牢骚失意，变为词人。以文采自现，使名留后世足矣；何期被荐，顶冠束带，变为官人。然浮沉下僚，终非所好；今奉旨放落，行且逍遥自在，变为仙人。』从此益放旷不检，以妓为家，将一个手板上写道：『奉圣旨填词柳三变。』欲到某妓家，先将此手板送去，这一家便整备酒肴，伺候过宿。次日，再要到某家，亦复如此。凡所作小词，落款书名处，亦写『奉圣旨填词』五字，人无有不笑之者。

如此数年，一日在赵香香家，偶然昼寝，梦见一黄衣吏从天而下，说道：『奉玉帝敕旨，〔霓赏羽衣曲〕已旧，欲易新声，特借重仙笔，即刻便往。』柳七官人醒来，便讨香汤沐浴，对赵香香道：『适蒙上帝见召，我将去矣。各家姊妹可寄一信，不能候之相见也。』言毕，瞑目而坐。香香视之，已死矣。慌忙报知谢玉英，玉英一步一跌地哭将来。陈师师、徐冬冬两个行首，一时都到。又有几家曾往来的，闻知此信，也都来赵家。

原来柳七官人，虽做两任官职，毫无家计。谢玉英虽说跟随他终身，倒带着一家一火前来，并不费他分毫之事。今日送终时节，谢玉英便是他亲妻一般；这几个行首，便是他亲人一般。当时陈师师为首，敛取众妓家财帛，制买衣衾棺椁，就在赵家殡殓。谢玉英衰绖做个主丧，其他三个的行首，都聚在一处，带孝守墓。一面在乐游原上，买一块隙地起坟，择日安葬。坟上竖个小碑，照依他手板上写的，增添两字，刻云：『奉圣旨填词柳三变之墓。』出殡之日，官僚中也有相识的，前来送葬。只见一片缟素，满城妓家无一人不到，哀声震地。那送葬的官僚，自觉惭愧，掩面而返。不逾两月，谢玉英过哀，得病亦死。附葬于柳墓之旁。亦见玉英贞节，妓家难得，不在话下。

自葬后，每年清明左右，春风骀荡，诸名姬不约而同，各备祭礼，往柳七官人坟上，挂纸钱拜扫，唤做『吊柳七』，又唤做『上风流冢』。未曾『吊柳七』、『上风流冢』者，不敢到乐游原上踏青。后来成了个风俗，直到高宗南渡之后，此风方止。后人有诗题柳墓云：

乐游原上妓如云，尽上风流柳七坟。可笑纷纷缙绅辈，怜才不及众红裙。

第十三卷

张道陵七试赵升

但闻白日升天去，不见青天走下来。有朝一日天破了，大家都叫阿癐癐。

这四句诗，乃国朝唐解元所作，是讥诮神仙之说，不足为信。此乃戏谑之语，从来混沌剖判，便立下了三教：太上老君立了道教，释迦祖师立了佛教，孔夫子立了儒教。儒教中出圣贤，佛教中出佛菩萨，道教中出神仙。那三教中，儒教忒平常，佛教忒清苦，只有道教学成长生不死，变化无端，最为洒落。看官，我今日说一节故事，乃是《张道陵七试赵升》。那张道陵便是龙虎山中历代住持道教的正一天师第一代始祖，赵升乃其徒弟。有诗为证：

剖开顽石方知玉，淘尽泥沙始见金。不是世人仙气少，仙人不似世人心。

话说张天师的始祖，讳道陵，字辅汉，沛国人氏，乃是张子房第八世孙。汉光武皇帝建武十年降生，其母梦见北斗第七星从天坠下，化为一人。身长丈余，手中托一丸仙药，如鸡卵大，香气袭人，其母取而吞之。醒来便觉满腹火热，异香满室，经月不散。从此怀孕，到十月满足，忽然夜半屋中光明如昼，遂生道陵。七岁时，便能解说《道德经》及河图谶纬之书，无不通晓。年十六，博通五经。身长九尺二寸，庞眉广颡，朱顶绿睛，隆准方颐，伏犀贯顶，垂手过膝，龙蹲虎步，望之使人可畏。举贤良方正，入太学。一旦喟然叹曰：『流光如电，百年瞬息耳，纵位极人臣，何益于年命之数乎？』遂专心修炼，欲求长生不死之术。同学有一人，姓王名长。闻道陵之言，深以为然，即拜道陵为师，愿相随名山访道。

行至豫章郡，遇一绣衣童子，问曰：『二公将何之？』道陵大惊，知其非常人，乃自述访道之意。童子曰：『世人论道，皆如捕风捉影，必得黄帝九鼎丹法，修炼成就，方可升天。』于是师徒二人拜求指示，童子口授二语。道是：

左龙并右虎，其中有天府。

说罢，忽然不见。道陵记此二语，但未解其意。

一日，行至龙虎山中，不觉心动，谓王长曰：『「左龙右虎」，莫非此地乎？「府」者，藏也，或有秘书藏于此地。』乃登其绝项，见一石洞，名曰壁鲁洞，洞中或明或暗，委曲异常。走到尽处，有生成石门两扇。道陵想道：『此必神仙之府。』乃与弟子王长端坐石门之外，凡七日，忽然石门洞开，其中石桌、石凳俱备，桌上无物，只有文书一卷。取而观之，题曰《黄帝九鼎太清丹经》。道陵举手加额，叫声惭愧。师徒二人欢喜无限，取出丹经，昼夜观览，具知其法。但修炼合用药物炉火之费甚广，无从措办。道陵先年曾学得有治病符水，闻得蜀中风俗醇厚，乃同王长入蜀，结庐于鹤鸣山中，自称真人，专用符水救人疾病。投之辄验，来者渐广。又多有人拜于门下，求为弟子，学他符水之法。

真人见人心信服，乃立为条例：所居门前有水池，凡有疾病者，皆疏记生身以来所为不善之事，不许隐瞒。真人自书忏文，投池水中，与神明共盟约，不得再犯，若复犯，身当即死。设誓毕，方以符水饮之。病愈后，出米五斗为谢。弟子辈分路行法，所得米绢数目，悉开报于神明，一毫不敢私用。由是百姓有小疾病，便以为神明谴责，自来首过；病愈后，皆羞惭改行，不敢为非。如此数年，多得钱财，乃广市药物，与王长居密室中，共炼龙虎大丹。三年丹成，服之。真人年六十余，自服丹药，容颜转少，如三十岁后生模样。从此能分形散影，常乘小舟，在东西二溪往来游戏，堂上又有一真人诵经不辍。若宾客来访，迎送应对，或酒杯棋局，各各有一真人，不分真假，方知是仙家妙用。

一日，有道士来言：『西城有白虎神，好饮人血，每岁其乡必杀人祭之。』真人心中不忍，将到祭礼之期，真人亲往西城。果见乡中百姓绑缚一人，用鼓乐导引，送于白虎神庙。真人问其缘故，所言与道士相合。若一年缺祭，必然大兴风雨，毁苗杀稼，殃及六畜。所以一方惧怕，每年用重价购求一人，赤身绑缚，送至庙中。夜半，凭神吮血享用，以此为常，官府亦不能禁。真人曰：『汝放此人去，将我代之何如？』众乡民道：『此人因家贫无倚，情愿舍身充祭，得我们五十千钱，葬父嫁妹，花费已尽，今日之死，乃其分内，你何苦自伤性命？』真人曰：『我不信有神道吃人之事，若果有此事，我自愿承当，死而无怨。』众人商量道：『他自不信，不干我事，左右是一条性命。』便依了真人言语，把绑缚那人解放了。那人得了命，拜谢而去。众人便要来绑缚真人。真人曰：『我自情愿，决不逃走，何用绑缚？』众人依允。真人入得庙来。只见庙中香烟缭绕，灯烛炜煌，供养着土偶神像，狰狞可畏。案桌上摆列着许多祭品。众人叩头宣疏已毕，将真人闭于殿门之内，随将封锁。真人瞑目静坐以待。

约莫更深，忽听得一阵狂风，白虎神早到。一见真人，便来攫取。只见真人口耳眼鼻中，都放出红光，罩定了白虎神，此乃是仙丹之力。白虎神大惊，忙问：『汝何人也？』真人曰：『吾奉上帝之命，管摄四海五岳诸神，命我分形查勘。汝何方孽畜，敢在此虐害生灵？罪业深重，天诛难免！』白虎神方欲抗辩，只见前后左右都是一般真人，红光遍体。唬得白虎神眼缝也开不得，叩头求哀。原来白虎神是金神，自从五丁开道，凿破蜀山，金气发泄，变为白虎，每每出现，生灾作耗。土人立庙，许以岁时祭享，方得安息。真人炼过金丹，养就真火，金怕火克，自然制伏。当下真人与他立誓，不许生事害民，白虎神受戒而去。

次日侵晨，众乡民到庙，看见真人端然不动，骇问其由，真人备言如此如此，今后更不妄害民命，有损无益。众乡人拜求名姓，真人曰：『我乃鹤鸣山张道陵也。』说罢，飘然而去。众乡民在白虎庙前，另创前殿三间，供养张真人像。从此革了人祭之事。有诗为证：

积功累行始成仙，岂止区区服食缘。白虎神藏人祭革，活人阴德在年年。

那时广汉青石山中，有大蛇为害，昼吐毒雾，行人中毒便死。真人又去剿除了那毒蛇。山中之人，方敢昼行。

顺帝汉安元年，正月十五夜，真人在鹤鸣山精舍独坐。忽闻隐隐天乐之声，从东而来，銮佩珊珊渐近，真人出中庭瞻望。忽见东方一片紫云，云中有素车一乘，冉冉而下。车中端坐一神人，容若冰玉，神光照人，不可正视。车前跕立一人，就是前番在豫章郡所遇的绣衣童子。童子谓真人曰：『汝休惊怖，此乃太上老君也。』真人慌忙礼拜。老君曰：『近蜀中有众鬼魔王，枉暴生民，深可痛惜。子其为我治之，以福生灵，则子之功德无量，而名录丹台矣。』乃授以《正一盟威秘录》、三清众经九百三十卷，符录丹灶秘诀七十二卷，雌雄剑二口，都功印一枚，又嘱道：『与子刻期，千日之后，会于阆苑。』真人叩头领讫，老君升云而去。

真人从此日味秘文，按法遵修。闻知益州有八部鬼帅，各领鬼兵，动亿万数，周行人间，暴杀万民，枉夭无数。真人奉老君诰命，佩《盟威秘录》，往青城山，置琉璃高座，左供大道元始天尊，右置三十六部真经，立十绝灵幡，周匝法席，鸣钟叩磬，布下龙虎神兵，欲擒鬼帅。鬼帅乃驱率众鬼，挟兵刃矢石，来害真人。真人将左手竖起一指，那指头变成一大朵莲花，千叶扶疏，兵矢皆不能入。众鬼又持火千余炬来，欲行烧害。真人把袖一拂，其火即返烧众鬼。众鬼乃遥谓真人曰：『吾师自住鹤鸣山中，何为来侵夺我居处？』真人曰：『汝等残害众生，罪通于天，吾奉太上老君之命，是以来伐汝。汝若知罪，速避西方不毛之地，勿复行病人间，可保无事。如仍前作业，即行诛戮，不留余种。』鬼帅不服，次日复会六大魔王，率鬼兵百万，安营下寨，来攻真人。真人欲服其心，乃谓曰：『试与尔各尽法力，观其胜负。』六魔应诺。真人乃命王长积薪放火，火势正猛，真人投身入火，火中忽生青莲花，托真人两足而出。六魔笑曰：『有何难哉！』把手分开火头，掀身便跳。两个魔王先跳下火的，须眉皆烧坏了，负痛奔回。那四个魔王，更不敢动弹。真人又投身入水，即乘黄龙而出，衣服毫不濡湿。六魔又笑道：『火其实厉害，这水打甚紧？』扑通的一声，六魔齐跳入水，在水中连翻几个筋斗，忙忙爬起，已自吃了一肚子淡水。真人复以身投石，石忽开裂，真人从后而出。六魔又笑道：『论我等气力，便是山也穿得过，况于石乎？』硬挺着肩胛挨进石去。真人诵咒一遍，六个魔王半身陷于石中，展动不得，哀号欲绝。其时八部鬼帅大怒，化为八只吊睛老虎，张牙舞爪，来攫真人。真人摇身一变，变成狮子逐之。鬼帅再变八条大龙，欲擒狮子。真人又变成大鹏金翅鸟，张开巨喙，欲啄龙睛。鬼帅再变五色云雾，昏天暗地。真人变化一轮红日，升于九霄，光辉照耀，云雾即时流散。

鬼帅变化已穷，真人乃拈取片石，望空撇去，须臾化为巨石，如一座小山相似。空中一线系住，如藕丝之细，悬罩于鬼营之上。石上又有二鼠争啮那一线。岌岌欲堕。魔王和鬼帅在高处看见，恐怕灭绝了营中鬼子鬼孙，乃同声哀告饶命，愿往西方娑罗国居住，再不敢侵扰中土。真人遂判令六大魔王归于北酆，八部鬼帅窜于西域。

其时魔王身离石中，和鬼帅合成一党，兀自踌躇不去。真人知众鬼不可善遣，乃口敕神符一道，飞上层霄。须臾之间，只见风伯招风，雨师降雨，雷公兴雷，电母闪电，天将神兵各持刃兵，一时齐集，杀得群鬼形消影绝。真人方才收了法力，谓王长曰：『蜀人今始得安寝矣。』

有〔西江月〕为证：

鬼帅空施伎俩，魔王枉逞英雄。谁知大道有神通，一片精神运动。水火不加寒热，腾身陷石如空。一场风雨众妖空，才识仙家妙用。

真人复谓王长曰：『吾上升之期已近，壁鲁洞乃吾得道之地，不可忘本。』于是再至豫章，结庐于龙虎山中，师徒二人潜修九还七返之功。忽一日，复聆鸾佩天乐之音，与鹤鸣山所闻无二。真人急忙整身，叩伏阶前。见千乘万骑，簇拥着老君，在云端徘徊不下。真人再拜，老君乃命使者告曰：『子之功业，合得九真上仙。吾昔使子入蜀，但区别人鬼，以布清净之化；子杀鬼过多，又擅兴风雨，役使鬼神，阴景翳昼，杀气秽空，殊非大道好生之意。上帝正责子过，所以吾今日不得近子也。子且退居，勤行修道。同时飞举者，数合三人。俟数到之日，吾待子于上清八景宫中。』言讫，圣驾复去。真人乃精心忏悔，再与王长回鹤鸣山去。

山中诸弟子晓得真人法力广大，只有王长一人私得其传，纷纷议论，尽疑真人偏向，有吝法之心。真人曰：『尔辈俗气未除，安能遗世？只可得吾导引房中之术，或服食草木以延寿命耳。明年正月七日午时，有一人从东方来。方面短身，貂裘锦袄，此乃真正道中之人，不弱于王长也。』诸弟子闻言，半疑不信。

到来年正月初七日，当正午，真人乃谓王长曰：『汝师弟至矣，可使人如此如此。』王长领了法旨，步出山门，望东而看，果见一人来至，衣服状貌，一如真人所言，诸弟子暗暗称奇。王长私谓诸弟子曰：『吾师将传法于此人，若来时切莫与通信，更加辱骂，不容入门，彼必去矣。』诸弟子相顾，以为得计。那人到门，自称姓赵名升，吴郡人氏，慕真人道法高妙，特来拜谒。诸弟子回言：『吾师出游去了，不敢擅留。』赵升拱立伺候，众人四散走开了。到晚，径自闭门不纳。赵升乃露宿于门外。

次日，诸弟子开门看时，赵升依前拱立，求见师长。诸弟子曰：『吾师甚是私刻，我等服侍数十年，尚无丝毫秘诀传授，想你来之何益？』赵升曰：『传与不传，惟凭师长。但某远涉而来，只愿一见，以慰平生仰慕耳。』诸弟子又曰：『要见亦由你，只吾师实不在此，知他何日还山？足下休得痴等，有误前程。』赵升曰：『某之此来，出于积诚。若真人十日不归，愿等十日；百日不来，愿等百日。』

众人见赵升连住数日，并不转身，愈加厌恶。渐渐出言侮慢，以后竟把作乞儿看待，恶言辱骂。赵升愈加和悦，全然不较。每日只于午前往村中买一餐，吃罢，便来门前伺候。晚间众人不容进门，只就阶前露宿。如此四十余日，诸弟子私相议论道：『虽然辞他不去，且喜得瞒过师父，许久尚不知觉。』只见真人在法堂鸣钟集众曰：『赵家弟子到此四十余日，受辱已足了，今日可召入相见。』众弟子大惊，才晓得师父有前知之灵也。王长受师命，去唤赵升进见。赵升一见真人，涕泣交下，叩头求为弟子。真人已知他真心求道，再欲试之。过了数日，差往田舍中看守黍苗。

赵升奉命，来到田边，只有小小茅屋一间，四围无倚，野兽往来极多。赵升朝暮伺候赶逐，全不懈怠。忽一夜，月明如昼，赵升独坐茅屋中，只见一女子，美貌非常，走进屋来，深深道个万福，说道：『妾乃西村农家之女，随伴出来玩月。因往田中小解，失了伴侣，追寻不着，迷路至此。两足走得疼痛，寸步难移，乞善士可怜，容妾一宿，感恩非浅。』赵升正待推阻，那女子径往他床铺上，倒身睡下，口内娇啼宛转，只称脚痛。赵升认是真情，没奈何，只得容他睡了。自己另铺些乱草，和衣倒地，睡了一夜。次日，那女子又推脚痛，故意不肯行走，撒妖撒痴地要茶要饭。赵升只得管顾他。那女子倒说些风话，引诱赵升。到晚来，先自脱衣上铺，央赵升与他扯被加衣。赵升心如铁石，见女子着邪，连茅屋也不进了，只在田塍边露坐到晓。至第四日，那女子已不见了，只见土墙上题诗四句，道是：

美色人皆好，如君铁石心。少年不作乐，辜负好光阴。

字画柔媚，墨迹如新。赵升看罢，大笑道：『少年作乐，能有几时？』便脱下鞋底，将字迹抹没了。正是：

落花有意随流水，流水无情恋落花。

光阴荏苒，不觉春去秋来。赵升奉真人之命，担了樵斧，去山后砍柴。偶然砍倒一株枯松，去得力大，唿喇一声，松根迸起。赵升将双手拔起松根看时，下面显出黄灿灿的一窖金子。忽听得空中有人云：『天赐赵升。』赵升想道：『我出家之人，要这黄金何用？况且无功，岂可贪天之赐？』便将山土掩覆。收拾了柴担，觉得身子困倦，靠石而坐，少憩片时。忽然狂风大作，山凹里跳出三只黄斑老虎。赵升安坐不动，那三只虎攒着赵升，咬他的衣服，只不伤身。赵升全然不惧，颜色不变，谓虎曰：『我赵升生平不作昧心之事，今弃家入道，不远千里，来寻明师，求长生不死之路。若前世欠你宿债，今生合供你啖嚼，不敢畏避；如其不然，便可速去，休在此蒿恼人。』三虎闻言，皆弭耳低头而去。赵升曰：『此必山神遣来试我者，死生有命，吾何惧哉！』当日荷柴而归，也不对同辈说知见金逢虎之事。

又一日，真人分付赵升往市上买绢十匹。赵升还值已毕，取绢而归。行至中途，忽闻背后有人叫喊云：『劫绢贼慢走！』赵升回头看时，乃是卖绢主人飞奔而来，一把扯住赵升，说道：『绢价一些未还，如何将我绢去？好好还我，万事全休！』赵升也不争辨，但念：『此绢乃吾师欲用之物，若还了他，如何回复师父？』便脱下貂裘与绢主，准其绢价，绢主尚嫌其少，又脱锦袄与之，绢主方去。赵升持绢献上真人。真人问道：『你身上衣服，何处去了？』赵升道：『偶然病热，不曾穿得。』真人叹曰：『不吝己财，不谈人过，真难及也。』乃将布袍一件赐与赵升。赵升欣然穿之。

又一日，赵升和同辈在田间收谷，忽见路旁一人叩头乞食，衣裳破弊，面目尘垢，身体疮脓，臭秽可憎，两脚皆烂，不能行走。同辈人人掩鼻，叱喝他去。赵升心中独怀不忍，乃扶他坐于茅屋之内，问其疾苦，将自己饭食省与他吃。又烧下一桶热汤，替他洗涤臭秽。那人又说身上寒冷，欲求一衣。赵升解开布袍，卸下里衣一件，与之遮寒。夜间念他无倚，亲自作伴。到夜半，那人又叫呼要解。赵升闻呼，慌忙起身扶他解手，又扶进来。日间省饭食养他，常自半饥地过了，夜间用心照管，如此十余日，全无倦怠。那人疮患将息渐好，忽然不辞而去。赵升也无怨心。后人有诗赞云：

逢人患难要施仁，望报之时亦小人。不吝施仁不望报，分明天地布阳春。

时值初夏，真人一日会集诸弟子，同登天柱峰绝顶。那天柱峰在鹤鸣山之左，三面悬绝，其状如城。真人引弟子于峰头下视，有一桃树，旁生石壁，如人舒出一臂相似，下临不测深渊。那桃树上结下许多桃子，红得可爱。真人谓诸弟子曰：『有人能得此桃实，当告以至道之要。』那时诸弟子除了王长、赵升外，共二百三十四人。皆临崖窥瞰，莫不股战流汗，连脚头也站不定。略看一看，慌忙退步，惟恐坠下。只有一人挺然而出，乃赵升也。对众人曰：『吾师命我取桃，必此桃有可得之理。且圣师在此，鬼神呵护，必不使我死于深谷之中。』乃看准了桃树之处，扠身望下便跳。有这等异事，那一跳不歪不斜，不上不下，两脚分开，刚刚地跨于桃树之上，将桃实恣意采摘。遥望石壁上面，悬绝二三丈，四旁又无攀缘，无从爬上，乃以所摘桃子，向上掷去。真人用手一一接之。掷了又摘，摘了又掷；下边掷，上边接，把一树桃子，摘个干净。真人接完桃子，自吃了一颗，王长吃了一颗，把一颗留与赵升，恰好余下二百三十四颗，分派诸弟子，每人一颗，不多不少。

真人问：『诸弟子中，那个有本事，引得赵升上来。』诸弟子面面相觑，谁敢答应。真人自临岩上，舒出一臂，接引赵升，那臂膊忽长二三丈，直到赵升身边，赵升随臂而上。众弟子莫不大惊。真人将所留桃实一颗与赵升食毕。真人笑而言曰：『赵升心正，能投树上，足不蹉跌。吾今欲自试投下，若心正时，当得大桃。』众弟子皆谏曰：『吾师虽然广有道法，岂可自试于不测之崖乎？方才赵升幸赖吾师接引，若吾师坠下，更有何人接引吾师者？万万不可也。』有数人牵住衣裾苦劝，惟王长、赵升默然无言。真人不从众人之劝，遂向空自掷。众人急觑桃树上，不见真人踪迹。看着下面，茫茫无底，又无道路可通，眼见得真人坠于深谷，不知死活存亡。诸弟子人人惊叹，个个悲啼。赵升对王长说道：『师犹父也，吾师自投不测之崖，吾何以自安？不若同投下去，看其下落。』于是升、长二人各奋身投下，刚落在真人之前。只见真人端坐于磐石之上，见升、长坠下，大笑曰：『吾料定汝二人必来也。』这几桩故事，小说家唤做七试赵升。那见得七试？

第一试：辱骂不去；第二试：美色不动心；第三试：见金不取；第四试：见虎不惧；第五试：偿绢不吝，被诬不辩；第六试：存心济物；第七试：舍命从师。

原来这七试，都是真人的主意。那黄金、美女、大虫、乞丐，都是他役使精灵变化来的；卖绢主人，也是假的。这叫做将假试真。凡入道之人，先要断除七情。那七情？喜、怒、忧、惧、爱、恶、欲。真人先前对诸弟子说过的：『汝等俗气未除，安能遗世？』正谓此也。且说如今世俗之人，骄心傲气，见在的师长说话略重了些，兀自气愤愤的，况肯为求师上，受人辱骂？着甚要紧加添四十余日露宿之苦？只这一件，谁人肯做？至于『色』之一字，人都在这里头生，在这里头死，那个不着迷的？列位看官们，假如你在闲居独宿之际，偶遇个妇人，不消一分半分颜色，管请你失魂落意。求之不得，况且十分美貌，颠倒揽身就你，你却不动心，古人中除却柳下惠只怕没有第二个人了。又如今人为着几贯钱钞上，兄弟分颜，朋友破口，在路上拾得一文钱，却也叫声吉利，眉花眼笑，眼见这一窖黄金无主之物，那个不起贪心？这件不又是难得的？今人见一只恶犬走来，心头也唬一跳；况三个大虫，全不怖畏，便是吕纯阳祖师舍身喂虎，也只好是这般了。再说买绢这一节，你看如今做买做卖的，讨得一分便宜，兀自欢喜；平日间冤枉他一言半字，便要赌神罚咒，那个肯重叠还价？随他天大冤枉加来，付之不理，脱去衣裳，绝无吝啬，不是眼孔十二分大，怎容得人如此？又如父母生子恶疾，子孙在床前服事，若不是足色孝顺的，口中虽不说，心下未免憎嫌；何况路旁乞食之人，那解衣推食，又算做小事了？结末来，两遍投崖，是信得师父十分真切，虽死不悔。这七件都试过，才见得赵升七情上一毫不曾粘带，俗气尽除，方可入道。正是：

道意坚时尘趣少，俗情断处半缘生。

闲话休题。真人见升、长二人道心坚固，乃将生平所得秘诀，细细指授。如此三日三夜，二人尽得其妙。真人乃飞身上崖，二人从之。重归旧舍，诸弟子相见，惊悼不已。真人一日闲目昼坐，既觉，谓王长、赵升曰：『巴东有妖，当同往除之。』师弟三人，行至巴东，忽见十二神女，笑迎于山前。真人问曰：『此地有咸泉，今在何处？』神女答曰：『前面大湫便是。近为毒龙所占，水已浊矣。』真人遂书符一道，向空掷去。那道符从空盘旋，忽化为大鹏金翅鸟，在湫上往来飞舞。毒龙大惊，舍湫而去，湫水遂清。十二神女各于怀中，探出一玉环来献，曰：『妾等仰慕仙真，愿操箕帚。』真人受其环，将手绢之，十二环合而为一。真人将环投于井中，谓神女曰：『能得此环者，应吾夙命，吾即纳之。』十二神女要取神环，争先解衣入井。真人遂书符投于井中，约曰：『千秋万世，永作井神。』即时唤集居民，汲水煎煮，皆成食盐。嘱咐今后煮盐者，必祭十二神女。那十二神女都是妖精，在一方迷惑男子，降灾降祸。被真人将神符镇压，又安享祭祀，再不出现了。从此巴东居民，无神女之害，而有咸井之利。

真人除妖已毕，复归鹤鸣山中。一日午时，忽见一人，黑帻、绢衣、佩剑，捧一玉函，进曰：『奉上清真符，召真人游阆苑。』须臾有黑龙驾一紫舆，玉女二人引真人登车，直至金阙。群仙毕集。谓真人曰：『今日可朝太上元始天尊也。』俄有二青童，朱衣绛节，前行引导。至一殿，金阶玉砌，真人整衣趋进，拜舞已毕。殿上敕青童持玉册，授真人正一天师之号，使以《正一盟威》之法，世世宣布，为人间天师。劝度未悟之人。又密谕以飞升之期。

真人受命回山，将《盟威》、《都功》等诸品秘箓，及斩邪二剑、玉册、玉印等物，封置一函，谓诸弟子曰：『吾冲举有日，弟子中有能举此函者，便为嗣法。』弟子争先来举，如万斤之重，休想移动得分毫。真人乃曰：『吾去后三日，自有嫡嗣至此，世为汝师也。』

至期，真人独召王长、赵升二人谓曰：『汝二人道力已深，数合冲举。尚有余丹，可分饵之，今日当随吾上升矣。』亭午，群仙仪从毕至，天乐拥导，真人与王长、赵升在鹤鸣山中，白日升天。诸弟子仰视云中，良久而没。时桓帝永寿元年九月九日事，计真人年已一百二十三岁矣。

真人升天后三日，长子张衡从龙虎山适至，诸弟子方悟嫡嗣之语，指示封函，备述真人遗命。张衡轻轻举起，揭封开看，遂向空拜受玉册、玉印。于是将诸品秘箓，尽心参讨，斩妖缚邪，其应如响。至今子孙嗣法，世世为天师。后人论七试赵升之事，有诗为证：

世人开口说神仙，眼见何人上九天？不是仙家尽虚妄，从来难得道心坚。

第十四卷

陈希夷四辞朝命

人人尽说清闲好。谁肯逢闲闲此身？不是逢闲闲不得，清闲岂是等闲人？

则今且说个『闲』字，是『门』字中着个『木』字，你看那一轮明月，只见它忙忙地穿窗入户，那天上清光不动，却是冷淡无心。人学得它，便是闹中取静，才算做真闲。有的说：『人生在世，忙一半，闲一半。』假如日里做事是忙，夜间睡去便是闲了。却不知日里忙忙做事的，精神散乱，昼之所思，夜之所梦，连睡去的魂魄，都是忙的，那得清闲自在？古时有个仙长，姓庄名周，睡去梦中化为蝴蝶，栩栩而飞，其意甚乐。醒将转来，还只认做蝴蝶化身。只为他胸中无事，逍遥洒落，故有此梦。世上多少渴睡汉，怎不见第二个人梦为蝴蝶？可见梦睡中也分个闲忙在。且莫论闲忙，一入了名利关，连睡也讨不得个主意。所以古诗云：

朝臣待漏五更寒，铁甲将军夜度关。山寺日高僧未起，算来名利不如闲。

《心相篇》有云：『上床便睡，定是高人；支枕无眠，必非闲客。』如今人名利关心，上了床，千思万想，那得便睡？比及睡去，忽然又惊醒将来。尽有一般昏昏沉沉，以昼为夜，睡个没了歇的，多因酒色过度，四肢困倦。或因愁绪牵缠，心神浊乱所致，总来不得睡趣，不是睡的乐境。

则今且说第一个睡中得趣的，无过陈抟先生。怎见得？有诗为证：

昏昏黑黑睡中天，无暑无寒也没年。彭祖寿经八百岁，不比陈抟一觉眠。

俗说陈抟一觉睡了八百年。按陈抟寿只一百八十岁，虽说是尸解为仙去了，也没有一睡八百年之理。此是浑话，只是说他睡时多，醒时少。他曾两隐名山，四辞朝命，终身不近女色，不亲人事。所以步步清闲。则他这睡，也是仙家伏气之法，非他人所能学也。说话的，你道他隐在那两处的名山？辞那四朝的君命？有诗为证：

纷纷五代战尘嚣，转眼唐周又宋朝。多少彩禽投笼罩，云中仙鹤不能招。

话说陈抟先生，表字图南，别号扶摇子，亳州真源人氏。生长五六岁，还不会说话，人都叫他哑孩儿。一日，在水边游戏，遇一妇人，身穿青色之衣，自称毛女，将陈抟抱去山中，饮以琼浆，陈抟便会说话，自觉心窍开爽。毛女将书一册，投他怀内，又赠以诗云：

药苗不满笥，又更上危巅。回指归去路，相将入翠烟。

陈抟回到家中，忽然念这四句诗出来。父母大惊，问道：『这四句诗，谁教你的？』陈抟说其缘故，就怀中取出书来看时，乃是一本《周易》。陈抟便能成诵，就晓得八卦的大意。自此无书不览，只这本《周易》，坐卧不离。又爱读《黄庭》《老子》诸书，洒然有出世之志。十八岁上，父母双亡，便把家财抛散，分赠亲族乡党，自只携一石铛，往本县隐山居住。梦见毛女授以炼形归气，炼气归神，炼神归虚之法，遂奉而行之，足迹不入城市。梁唐士大夫慕陈先生之名，如活神仙，求一见而不可得。有造谒者，先生辄侧卧不与交接。人见他鼾睡不起，叹息而去。

后唐明宗皇帝长兴年间，闻其高尚之名，御笔亲书丹诏，遣官招之，使者络绎不绝。先生违不得圣旨，只得随使者取路到洛阳帝都。谒见天子，长揖不拜。满朝文武失色，明宗全不嗔怪，御手相搀，锦墩赐坐，说道：『劳苦先生远来，朕今得睹清光，三生之幸。』陈抟答道：『山野鄙夫，自比朽木，无用于世。过蒙陛下采录，有负圣意，乞赐放归，以全野性。』明宗道：『既荷先生不弃而来，朕正欲侍教，岂可轻去？』陈抟不应，闭目睡去了。明宗叹道：『此高士也，朕不可以常礼待之。』乃送至礼贤宾馆，饮食供帐甚设。先生一无所用，早晚只在个蒲团上打坐。明宗屡次驾幸礼贤馆，有时值他睡卧，不敢惊醒而去。明宗心知其为异人，愈加敬重，欲授以大官，陈抟那里肯就。

有丞相冯道奏道：『臣闻七情莫甚于爱欲，六欲莫甚于男女。方今冬天雨雪之际，陈抟独坐蒲团，必然寒冷。陛下差一使命，将嘉酝一樽赐之，妙选美女三人前去，与他侑酒暖足。他若饮其酒，留其女，何愁他不受官爵矣！』明宗从其言，于宫中选二八女子三人，美丽无比，装束华整，更自动人；又将尚方美酝一樽，遣内侍宣赐。内侍口传皇命道：『官家见天气奇冷，特赐美酝消遣，又赐美女与先生暖足，先生万勿推辞。』只见陈抟欣然对使开樽，一饮而尽，送来美人也不推辞。内侍入宫复命，明宗龙颜大悦。次日早朝已毕，明宗即差冯丞相亲诣礼贤馆，请陈抟入朝见驾。只等来时，加官授爵。冯丞相领了圣旨，上马前去。你道请得来，请不来？正是：

神龙不贪香饵，彩凤不入雕笼。

冯丞相到礼贤宾馆看时，只见三个美女，闭在一间空室之中，已不见了陈抟。问那美女道：『陈先生那里去了？』美女答道：『陈先生自饮了御酒，便向蒲团睡去。妾等候至五更方醒，他说：「劳你们辛苦一夜，无物相赠。」乃题诗一首，教妾收留，回复天子。遂闭妾等于此室，飘然出门而去，不知何往。』冯丞相引着三个美人，回朝见驾。明宗取诗看之，诗曰：

雪为肌体玉为腮，多谢君王送得来。处士不兴巫峡梦，空烦神女下阳台。

明宗读罢书，叹息不已，差人四下寻访陈抟踪迹，直到隐山旧居，并无影响，不在话下。

却说陈抟这一去，直走到均州武当山。原来这山初名太岳，又唤做太和山，有二十七峰、三十六岩、二十四涧，是真武修道白日升天之处。后人谓此山非真武不足以当之，更名武当山。陈抟至武当山，隐于九石岩。

忽一日，有五个白须老叟来问《周易》八卦之义。陈抟与之剖晰微理，因见其颜如红玉，亦问以导养之方。五老告之以蛰法。怎唤做蛰法？凡寒冬时令，天气伏藏，龟蛇之类，皆蛰而不食。当初有一人因床脚损坏，遇取一龟支之，后十年移床，其龟尚活，此乃服气所致。陈抟得此蛰法，遂能辟谷，或一睡数月不起。若没有这蛰法，睡梦中腹中饥饿，肠鸣起来，也要醒了。

陈抟在武当山住了二十余年，寿已七十余岁。忽一日，五老又来，对陈抟说道：『吾等五人，乃日月池中五龙也。此地非先生所栖，吾等受先生讲诲之益，当送先生到一个好所在去。』令陈抟闭目休开，五老翼之而行。觉两足腾空，耳边惟闻风雨之声。顷刻间，脚跟着地，开眼看时，不见了五老，但见空中五条龙夭矫而逝。陈抟看那去处，乃西岳太华山石上，已不知来了多少路，此乃神龙变化之妙。

陈抟遂留居于此。太华山道士见其所居没有锅灶，心中甚异。悄地察之，更无他事，惟鼾睡而已。一日，陈抟下九石岩，数月不归，道士疑他往别处去了。后于柴房中，忽见一物。近前看之，乃先生也。正不知几时睡在那里的，搬柴的堆积在上，直待烧柴将尽，方才看见。

又一日，有个樵夫在山下刈草，见山凹里一个尸骸。尘埃起寸。樵夫心中怜悯，欲取而埋之。提起来看时，却认得是陈抟先生。樵夫道：『好个陈抟先生，不知如何死在这里。』只见先生把腰一伸，睁开双眼说道：『正睡得快活，何人搅醒我来？』樵夫大笑。

华阴令王睦亲到华山求见先生，至九石岩，见光光一片石头，绝无半间茅舍，乃问道：『先生寝止在于何所？』陈抟大笑，吟诗一首答之。诗曰：

蓬山高处是吾宫，出即凌风跨晓风。台榭不将金锁闭，来时自有白云封。

王睦要与他伐木建庵，先生固辞不要。此周世宗显德年间事也。这四句诗直达帝听，世宗知其高士，召而见之，问以国祚长短。陈抟说出四句，道是：

好块木头，茂盛无赛。若要长久，添重宝盖。

世宗皇帝本姓柴名荣，木头茂盛，正合姓名。又有『长久』二字，只道是佳兆，却不知赵太祖代周为帝，国号宋。『木』字添盖乃是『宋』字。宋朝享国长久，先生已预知矣。

且说世宗要加陈抟以极品之爵，陈抟不愿，坚请还山。世宗采其『来时自有白云封』之句，赐号白云先生。后因陈桥兵变，赵太祖披了黄袍，即了帝位。先生适乘驴到华阴县，闻知此事，在驴背上拍掌大笑。有人问道：『先生笑什么？』先生道：『你们众百姓造化、造化。天下是今日定了。』

原来后唐末年间，契丹兵起，百姓纷纷避乱。先生在路上闲步，看见一妇人挑着一个竹篮而走，篮内两头坐两个孩子。先生口吟二句，道是：

莫言皇帝少，皇帝上担挑。

你道那两个孩子是谁？那大的便是宋太祖赵匡胤，那小的便是宋太宗赵匡义，这妇人便是杜太后。先生二十五六年前，便识透宋朝的真命天子了。

又一日，先生游长安市上，遇赵匡胤兄弟和赵普，共是三人，在酒肆饮酒。先生亦入肆沽饮，看见赵普坐于二赵之右，先生将赵普推下去道：『你不过是紫微垣边一个小小星儿，如何敢占在上位？』赵匡胤奇其言。有认得的指道：『这是白云先生陈抟。』匡胤就问前程之事。陈抟道：『你弟兄两个的星，比他大得多哩。』匡胤自此自负。后来定了天下，屡次差官迎取陈抟入朝，陈抟不肯。后来赵太祖手诏促之，陈抟向使者说道：『创业之君，必须尊崇体貌以示天下。我等以山野废人，入见天子，若下拜，则违吾性。若不下拜，则亵其体。是以不敢奉诏。』乃于诏书之尾，写四句附奏云：

九重天诏，休教丹凤衔来；一片野心，已被白云留住。

使者复命，太祖笑而置之。

后太祖晏驾，太宗皇帝即位，念酒肆中之旧，召与相见，说过待以不臣之礼。又赐御诗云：

曾向前朝号白云，后来消息杳无闻。如今若肯随征召，总把三峰乞与君。

先生见诗，乃服华阳巾，布袍草履，来到东京，见太宗于便殿，只是长揖道：『山野废人，与世隔绝，不习跪拜，望陛下优容之。』太宗赐坐，问以修养之道。陈抟对道：『天子以天下为一身，假令白日升天，竟何益于百姓？今君明臣良，兴化勤政，功德被乎八荒，荣名流于万世，修炼之道，无出于此。』太宗点头称善，愈加敬重，问道：『先生心中有何所欲？可为朕言之。』陈抟答道：『臣无所欲，只愿求一静室。』乃赐居于建隆道观。

其时太宗正用兵征伐河东，遣人问先生胜负消息。先生在使者掌中，写一『休』字。太宗见之不乐，因军马已发，不曾停止。再遣人问先生时，但见他闭目而睡，鼾齁之声，直达户外。明日去看，仍复如此。一连睡了三个月，不曾起身。河东军将果然无功而返。太宗正当嗟叹，忽见陈抟道冠野服，逍遥而来，直上金銮宝殿。太宗见其不召自来，甚以为异。陈抟道：『老夫今日还山，特来辞驾。』太宗闻言，如有所失，欲加抟以帝师之号，筑宫奉事，时时请教。陈抟固辞求去，呈诗一首，诗云：

草泽吾皇诏，图南抟姓陈。三峰千载客，四海一闲人。世态从来薄，诗情自得真。乞全獐鹿性，何处不称臣？

又道：『二十年之后，老夫再来候见圣颜。』太宗知不可留，特赐御宴于都堂，使宰相两禁官员俱侍坐。每人制送行诗一首，以宠其归。又将太华全山，御笔判与陈抟，为修真之所，他人不得侵渔。赐号为『白云洞主希夷先生』，听其还山。此太平兴国元年事也。

到端拱五年，太宗皇帝管二十年的乾坤，尚不曾立得太子。长子楚王元佐，因九月九日，不曾预得御宴，纵火烧宫。太宗大怒，废为庶人。心爱第三子襄王元侃，未知他福分如何。口中不言，心下思想：『惟有希夷先生陈抟，最善相人，当初在酒肆中，就相定我兄弟二人当为皇帝，赵普为宰相。如今得他一来，决断其事便好。』转念犹未了，内侍报道：『有太华山处士陈抟叩宫门求见。』太宗大惊，即时宣进问道：『先生此来何意？』陈抟答道：『老夫知陛下胸中有疑，特来决之。』太宗大笑道：『朕固疑先生有前知之术，今果然也。朕东宫未定，有襄王元侃，宽仁慈爱，有帝王之度，但不知福分如何，烦先生到襄府一看。』陈抟领命，才到襄府门首便回。太宗问道：『朕烦先生到襄府看襄王之相，如何不去而回？』陈抟道：『老夫已看过了，襄府门前奉役奔走之人，都有将相之福，何必见襄王哉？』太宗之意遂决，即日宣诏，立襄王为太子，后来真宗皇帝就是。陈抟在京师，又住了一月，忽然辞去，仍归九石岩。

其时有门人穆伯长、种放等百余人，皆筑室于华山之下，朝夕听讲。惟有五龙蛰法，先生未尝授人。忽一日，遣门人辈于张超谷口高岩之上，凿一石室。门人不敢违命。室既凿成，先生同门人往观之。其岩最高，望下云烟如翠，先生指道：『此毛女所谓「相将入翠烟」也，吾其归于此乎？』言未毕，屈膝而坐，挥门人使去，右手支颐，闭目而逝。年一百一十八岁，门人环守其尸，至七日，容色如生，肢体温软，异香扑鼻。乃制为石匣盛之，仍用石盖，束以铁锁数丈，置于石室。门人方去，其岩自崩，遂成陡绝之势，有五色云封住谷口，弥月不散，后人因名其处为希夷峡。

到徽宗宣和年间，有闽中道士徐知常，来游华山。见峡上有铁锁垂下，知常攀缘而上，至于石室，见匣盖欹侧，启而观之。惟有仙骨一具，其色红润，香气逼人。知常再拜毕，为整其盖，复攀缘而下。其时徐知常得幸于徽宗，官拜左术道录，将此事奏知天子。天子差知常赍御香一注，重到希夷峡，要取仙骨，供养在大内。来到峡边，已不见有铁锁。但见云雾重重，危岩壁立，叹息而返。至今希夷先生蜕骨在张超谷，无复有人见之者矣。有诗为证：

从来处士窃名浮，谁似希夷闲到头？两隐名山供笑傲，四辞朝命肯淹留？五龙蛰法前人少，八卦神机后学求。片片白云迷峡锁，石床高卧足千秋。

倦压鳌头请左符，笑寻赪尾为西湖。二三贤守去非远，六一清风今不孤。四海共知霜鬓满，重阳曾插菊花无？聚星堂上谁先到？欲傍金尊倒玉壶。

这一首诗，乃宋朝士大夫刘季孙寄苏子瞻自翰苑出守杭州诗。原来东坡先生苏学士凡两次到杭州：先一次，神宗皇帝熙宁二年，通判杭州；第二次，元祐年中，知杭州军州事。所以临安府多有东坡古迹诗句。后来南渡过江，文章之士极多，惟有洪内翰才名，可继东坡之作。洪内翰曾编了《夷坚》三十二志，有一代之史才。在孝宗朝，圣眷甚隆。因在禁林，乞守外郡，累次上章，圣上方允，得知越州绍兴府。是时淳熙年上，到任时遇春天，有首回文诗，做得极好，乃诗人熊元素所作。诗云：

融融日暖乍晴天，骏马雕鞍绣辔联。风细落花红衬地，雨微垂柳绿拖烟。茸铺草色春江曲，雪剪花梢玉砌前。同恨此时良会罕，空飞巧燕舞翩翩。

若倒转念时，又是一首好诗：

翩翩舞燕巧飞空，罕会良时此恨同。前砌玉梢花剪雪，曲江春色草铺茸。烟拖绿柳垂微雨，地衬红花落细风。联辔绣鞍雕马骏，天晴乍暖日融融。

这洪内翰遂安排筵席于镇越堂上，请众官宴会。那四司六局祗应供过的人，都在堂下，甚次第。当日果献时新，食烹异味。酒至三杯，众妓中有一妓，姓王名英。这王英以纤纤春笋柔荑，捧着一管缠金丝龙笛，当筵品弄一曲。吹得清音嘹亮，美韵悠扬，众官听之大喜。这洪内翰令左右取文房四宝来，诸妓女供侍于面前，对众官乘兴，一时文不加点，扫一只词，唤做〔虞美人〕。词云：

忽闻碧玉楼头笛，声透晴空碧。宫商角羽任西东，映我奇观惊起碧潭龙。数声呜咽青霄去，不舍〔梁州序〕。穿去裂石响无踪，惊动梅花初谢玉玲珑。

洪内翰珠玑满腹，锦绣盈肠，一只曲儿，有甚难处？做了呈众官，众官看罢，皆喜道：『语意清新，果是佳作。』

方才夸羡不已，只见一个官员，在众中呵呵大笑，言曰：『学士作此龙笛词，虽然奇妙，此词八句，偷了古人作的杂诗词中各一句也。』洪内翰看那官人，乃孔通判讳德明。洪内翰大惊道：『孔丈既知如此，可望见教否？』孔通判乃就筵上，从头一一解之。

第一句道：『忽闻碧玉楼头笛。』偷了张紫微作《道隐》诗中第四句。诗道：

试问清轩可煞青，霜天孤月照蓬瀛。广寒宫里琴三弄，碧玉楼头笛一声。金并辘轳秋水冷，石床茅舍暮云清。夜来忽作瑶池梦，十二阑干独步行。

第二句道：『声透晴空碧。』偷了骆解元作《王娇姿唱词》中第三句。诗道：

史弘肇龍虎
君臣會

谢氏筵中闻雅唱，何人隔幕在帘帏？一声点破晴空碧，遏住行云不敢飞。

第三句道：『宫商角羽任西东。』偷了曹仙姑作《风响》诗中第二句。诗道：

碾玉悬丝挂碧空，宫商角羽任西东。依稀似曲才堪听，又被风吹别调中。

第四句道：『映我奇观惊起碧潭龙。』偷了东坡作《橹》诗中第三、第四句。诗道：

伊轧江心激箭冲，天涯无际去无踪。遥遥映我奇观处，料应惊起碧潭龙。

过处第五句道：『数声呜咽青霄去。』偷了朱淑真作《雁》诗中第四句。诗道：

伤怀遣我肠千缕，征雁南来无定据。嘹嘹呖呖自孤飞，数声呜咽青霄去。

第六句道：『不舍〔梁州序〕。』偷了秦少游作《歌舞》诗中第四句。诗道：

纤腰如舞态，歌韵如莺语。似锦罩厅前，不舍〔梁州序〕。

第七句道：『穿云裂石响无踪。』偷了刘两府作《水底火炮》诗中第三句。诗道：

一激轰然如霹雳，万波鼓动鱼龙息。穿云裂石响无踪，却虏驱邪归正直。

临了第八句道：『惊动梅花初谢玉玲珑。』偷了士人刘改之来谒见婺州陈侍郎作〔元宵望江南〕词中第四句。词道：

元宵景，天气正融融。柳线正垂金落索，梅花初谢玉玲珑，明月映高空。　贤太守，欢乐与民同。箫鼓聒残灯火市，轮蹄踏破广寒宫。良夜莫匆匆。

孔通判从头解说罢，洪内翰大喜。众官称叹道：『奇哉！奇哉！』洪内翰教左右别办一劝，劝罢，与孔通判道：『适间门下解说得甚妙，甚妙！欲求公作〔龙笛〕词一首，永为珍赐。』孔通判相谢罢，遂作一词，唤做〔水调歌头〕。词云：

玉人揎皓腕，纤手映朱唇。龙吟越调孤喷，清浊最堪听。欲度宁王一曲，莫学桓伊三弄，听答兀中丁。忆昔知音客，鉴别在柯亭。　至更深，宜月朗，称疏星。天高气爽，霜重水绿与山青。幸遇良宵佳景，轰起一声蕲州，耳畔觉泠泠。裂石穿云去，万鬼尽潜形。

兀的正是：

高才得见高才客，不枉留传纪好音。

说话的，你因甚的，头回说这『八难龙笛词』？自家今日不说别的，说两个客人将一对龙笛蕲材，来东峰东岱岳烧献。只因烧这蕲材，却教郑州奉宁军一个上厅行首，有分做两国夫人，嫁一个好汉，后来为当朝四镇令公，名标青史，直到如今，做几回花锦似话说。这未发迹的好汉，却姓甚名谁？怎地发迹变泰？直教：

纵横宇宙三千里，威镇华夷四百州。

有一诗单道五代兴亡，诗云：

自从唐季坠朝纲，天下生灵被扰攘。社稷安危悬卒伍，朝廷轻重系藩方。深冬寒木固不脱，未旦小星犹有光。五十三年更五姓，始知迅扫待真王。

却说是五代唐朝里，有两个客人：王一太，王二太，乃兄弟两人。获得一对蕲州出的龙笛材，不曾开成笛，天生奇异，根似龙头之状，世所无者。特地将来兖州奉符县东峰东岱岳殿下火池内烧献。烧罢，圣帝赐与炳灵公。炳灵公遂令康、张二圣前去郑州奉宁军，唤开笛阎招亮来。康、张二圣领命，即时到郑州，变做两个凡人，径来见阎招亮。这阎招亮正在门前开笛，只见两个人来相揖。作揖罢，道：『一个官员，有两管龙笛蕲材，欲请待诏便去开则个。这官员急性，开毕重重酬谢，便等同去。』阎招亮即时收拾了作杖，厮赶二人来。顷刻间，到一个所在。阎招亮抬头看时，只见牌上写道『东峰东岱岳。』但见：

群山之祖，五岳为尊。上有三十八盘，中有七十二司。水帘映日，天柱插空。九间大殿，瑞光罩碧瓦凝烟；四面高峰，偃仰见金龙吐雾。竹林寺有影无形，看日山藏真隐圣。

阎招亮理会不下，康、张二圣相引去，参拜了炳灵公。将至一阁子内，已安蕲材在桌上，教阎招亮就此开笛。分付道：『此乃阴间，汝不可远去，倘行远失路，难以回归。』分付毕，二圣自去。招亮片时开成龙笛，吹其声，清幽可爱。等半晌，不见康、张二圣来。招亮默思量起：『既到此间，不去看些所在，也须可惜。』遂出阁子来，行不甚远，见一座殿宇。招亮走至廊下，听得静鞭声急，遂去窗缝里偷眼看时，只见：

虾须帘卷，雉尾扇开。冕旒升殿，一人端拱坐中间；簪笏随朝，众圣趋跄分左右。金钟响动，玉磬声频。悠扬天乐五云间，引领百神朝圣帝。

圣帝降辇升殿，众神起居毕，传圣旨，押过公事来。只见一个汉，项戴长枷，臂连双杻，推将来。阎招亮肚里道：『这个汉，好面熟！』一时间急省不起他是兀谁。再传圣旨，令押去换铜胆铁心，却令回阳世为四镇令公，告戒切勿妄杀人命。招亮听得，大惊。忽然一鬼吏喝道：『凡夫怎得在此偷看公事？』当时阎招亮听得鬼吏叫，急慌走回来开笛处阁子里坐地。良久之间，康、张二圣来那阁子里来，见开笛了，同招亮将龙笛来呈。吹其笛，声清韵长。炳灵公大喜道：『教汝福上加福，寿上加寿。』招亮告曰：『不愿加其福寿，招亮有一亲妹阎越英，现为娼妓。但求越英脱离风尘，早得从良，实所愿也。』炳灵公道：『汝有此心，乃凡夫中贤人也！当令汝妹嫁一四镇令公。』招亮拜谢毕，康、张二圣送归。行至山半路高险之处，指招亮看一去处，正看里，被康、张二圣用手打一推，撷将下峭壁岩崖里去。阎待诏吃一惊，猛闪开眼，却在屋里床上，浑家和儿女都在身边。问那浑家道：『做甚的你们都守着我眼泪出？』浑家道：『你前日在门前正做生活里，蓦然倒地，便死去。摸你心头时，有些温，扛你在床上两日，你去下世做甚的来？』招亮从康、张二圣来叫他去许多事，一一都说。屋里人见说，尽皆骇然。自后过了几时，没话说。

时遇冬间，雪降长空，石信道有一首《雪》诗，道得好：

六出飞花夜不收，朝来佳景有宸州。重重玉宇三千界，一一琼台十二楼。庚岭寒梅何处放？章台飞絮几时休？还思碧海银蟾畔，谁驾丹山碧凤游？

其雪转大。阎待诏见雪下，当日手冷，不做生活，在门前闲坐地。只见街上一个大汉过去，阎待诏见了，大惊道：『这个人便是在东岳换铜胆铁心未发迹的四镇令公，却打门前过去。今日不结识，更待何时？』不顾大雪，撩衣大步赶将来。不多几步，赶上这大汉。进一步，叫道：『官人拜揖。』那大汉却认得阎招亮是开笛的，还个喏，道：『待诏没甚事？』阎待诏道：『今日雪下，天色寒冷，见你过去，特赶来相请，同饮数杯。』便拉入一个酒店里去。这个大汉，姓史双名弘肇，表字化元，小字憨儿。开道营长行军兵。按《五代史》本传上载道：『郑州荥泽人也。为人矫勇，走及奔马。』酒罢，各自归家。

明日，阎待诏到妹子阎越英家，说道：『我昨日见一个人来，今日特地来和你说。我多时曾死去两日，东岳开龙笛，见这个人换了铜胆铁心，当为四镇令公，道令你嫁这四镇令公。我日多时只省不起这个人，昨日忽然见他，我请他吃酒来。』阎越英问道：『是兀谁？』阎招亮接口道：『是那开道营有情的史大汉。』阎越英听得说是他，好场恶气：『我原来合当嫁这般人？我不信！』

自后阎待诏见史弘肇，须买酒请他。史大汉数次吃阎待诏酒食，一日路上相撞见，史弘肇遂请阎招亮去酒店里，也吃了几多酒共食。阎待诏要还钱，史弘肇那里肯：『相扰待诏多番，今日特地还席。』阎招亮相别了，先出酒店自去。史弘肇看着量酒道：『我不曾带钱来，你厮赶我去营里讨还你。』量酒只得随他去，到营门前，遂分付道：『我今日没一文，你且去，我明日自送来还你主人。』量酒厮殢道：『归去吃骂，主人定是不肯。』史大汉道：『主人不肯，后要如何？你会事时，便去；你若不去，敬你吃顿恶拳。』量酒没奈何，只得且回。

这史弘肇却走去营门前卖糕糜王公处，说道：『大伯，我欠了店上酒钱，没得还。你今夜留门，我来偷你锅子。』王公只当做耍话，归去和那大姆子说：『世界上不曾见这般好笑，史憨儿今夜要来偷我锅子，先来说教我留门。』大姆子见说，也笑。当夜二更三点前后，史弘肇真个来推大门，力气大，推折了门闩，走入来。两口老的听得，大姆子道：『且看他怎地。』史弘肇大惊小怪，走出灶前，掇那锅子在地上，道：『若还破后，难折还他酒钱。』拿条棒敲得当当响。掇将起来，翻转覆在头上。不知那锅底里有些水，浇了一头一脸，和身上都湿了。史弘肇那里顾得干湿，戴着锅儿便走。王公大叫：『有贼！』披了衣服，赶将来。地方听得，也赶将来。史弘肇吃赶得慌，撇下了锅子，走入一条巷去躲避。谁知筑底巷，却走了死路。鬼慌盘上去人家萧墙，吃一滑，攧将下去。地方也赶入巷来，见他攧将下去。地方叫道：『阎妈妈，你后门有贼，跳入萧墙来。』阎行首听得，教奶子点蜡烛去来看时，却不见那贼，只见一个雪白异兽：

光闪烁浑疑素练，貌狰狞恍似堆银。遍身毛抖擞九秋霜，一条尾摇动三尺雪。流星眼争闪电，巨海口露血盆。

阎行首见了，吃一惊。定睛再看时，却是史大汉弯跧蹲在东司边。见了阎行首，失张失志走起来，唱个喏。这阎行首先时见他异相，又曾听得哥哥阎招亮说道他有分发迹，又道我合当嫁他，当时不叫地方捉将去，倒教他入里面藏躲。地方等了一饷，不听得阎行首家里动静，想是不在了，各散去讫。阎行首开了前门，放史弘肇出去。

当夜过了。明日饭后，阎行首教人去请哥哥阎待诏来。阎行首道：『哥哥，你前番说，史大汉有分发迹，做四镇令公，道我合当嫁他。我当时不信你说。昨夜后门叫，有贼跳入箫墙来。我和奶子点蜡烛去照，只见一只白大虫，蹲在地上。我定睛再看时，却是史大汉。我看见他这异相，必竟是个发迹的人。我如今情愿嫁他。哥哥，你怎地做个道理，与我说则个。』阎招亮道：『不妨，我只就今日便要说成这头亲。』阎待诏知道史弘肇是个发迹变泰的人，又见妹子说嫁他，肚里好欢喜，一径来营里寻他。史弘肇昨夜不合去偷王公锅子，日里先少了酒钱，不敢出门。阎待诏寻个恰好，遂请他出来，和他说道：『有头好亲，我特来与你说。』史弘肇道：『说什么亲？』阎待诏道：『不是别人，是我妹子阎行首。他随身有若干房财，你意下如何？』史弘肇道：『好便好，只有三件事，未敢成这头亲。』阎招亮道：『有那三件事？但说不妨。』史弘肇道：『第一，他家财由吾使；第二，我入门后，不许再着人客；第三，我有一个结拜的哥哥，并南来北往的好汉，若来寻我，由我留他饮食宿卧。如依得这三件事，可以成亲。』阎招亮道：『既是我妹子嫁你，是事都由你。』当日说成这头亲，回复了妹子。两相情愿了，料没甚下财纳礼，拣个吉日良时，倒做一身新衣服，与史弘肇穿着了，招他归来成亲。

约过了两个月，忽上司指挥差往孝义店，转递军期文字。史弘肇到那孝义店，过未得一个月，自押铺已下，皆被他无礼过。只是他身边有这钱肯使，舍得买酒请人，因此人都让他。

忽一日，史弘肇去铺屋里睡。押铺道：『我没兴添这厮来蒿恼人。』正埋怨哩，只见一个人面东背西而来，向前与押铺唱个喏，问道：『有个史弘肇可在这里？』押铺指着道：『现在那里睡。』只因这个人来寻他，有分教史弘肇发迹变泰。这来的人姓甚名谁？正是：

两脚无凭寰海内，故人何处不相逢。

这个来寻史弘肇的人，姓郭名威，表字仲文，邢州尧山县人。排行第一，唤做郭大郎。怎生模样？

抬左脚，龙盘浅水；抬右脚，凤舞丹墀。红光罩顶，紫雾遮身。尧眉舜目，禹背汤肩。除非天子可安排，以下诸侯压不得。

这郭大郎因在东京不如意，曾扑了潘八娘子钗子。潘八娘子看见他异相，认做兄弟，不教解去官司，倒养在家中。自好了，因去瓦里看，杀了构栏里的弟子，连夜逃走。走到郑州，来投奔他结拜兄弟史弘肇。到那开道营前问人时，教来孝义店相寻。当日史弘肇正在铺屋下睡着，押铺遂叫醒他来，道：『有人寻你，等多时。』史弘肇焦躁，走将起来，问：『兀谁来寻我？』郭大郎便向前道：『吾弟久别，且喜安东。』史弘肇认得是他结拜的哥哥，扑翻身便拜。拜毕，相问动静了。史弘肇道：『哥哥，你莫向别处去，只在我这铺屋下，权且宿卧。要钱盘缠，我家里自讨来使。』众人不敢道他甚的，由他留这郭大郎在铺屋里宿卧。郭大郎那里住得几日，遂与史弘肇无礼上下。兄弟两人在孝义店上，日逐趁赌，偷鸡盗狗，一味干颡不美，蒿恼得一村疃人过活不得，没一个人不嫌，没一个人不骂。

话分两头。却说后唐明宗归天，闵帝登位。应有内人，尽令出外嫁人。数中有掌印柴夫人，理会得些个风云气候，看见旺气在郑州界上，遂将带房奁，望旺气而来。来到孝义店王婆家安歇了，要寻个贵人。柴夫人住了几日，看街上往来之人，皆不入眼，看着王婆道：『街上如何直恁地冷静？』王婆道：『复夫人，要热闹容易。夫人放买市，这经纪人都来赶趁，街上便热闹。』夫人道：『婆婆也说得是。』便教王婆四下说教人知：来日柴夫人买市。

郭大郎兄弟两人听得说，商量道：『我们何自赚几钱买酒吃？明朝卖甚的好？』史弘肇道：『只是卖狗肉。问人借个盘子，和架子、砧刀，那里去偷只狗子，把来打杀了，煮熟去卖，却不须去上行。』郭大郎道：『只是坊佐人家，没这狗子。寻常被我们偷去煮吃尽了，近来都不养狗了。』史弘肇道：『村东王保正家，有只好大狗子，我们便去对付休。』两个径来王保正门首，一个引那狗子，一个把条棒，等它出来，要一棒捍杀打将去。王保正看见了，便把三百钱出来道：『且饶我这狗子，二位自去买碗酒吃。』史弘肇道：『王保正，你好不近道理！偌大一只狗子，怎地只把三百钱出来？须亏我。』郭大郎道：『看老人家面上，胡乱拿去罢。』两个连夜又去别处偷得一只狗子，挦剥干净了，煮得稀烂。

明日，史弘肇顶着盘子，郭大郎驼着架子，走来柴夫人幕次前，叫声：『卖肉。』放下架子，搁那盘子在上。夫人在帘子里看见郭大郎，肚里道：『何处不觅？甚处不寻？这贵人却在这里。』使人从把出盘子来，教簇一盘。郭大郎接了盘子，切那狗肉。王婆正在夫人身边，道：『复夫人，这个是狗肉，贵人如何吃得？』夫人道：『买市为名，不成要吃！』教管钱的，支一两银子与他。郭大郎兄弟二人接了银子，唱喏谢了自去。

少间，买市罢。柴夫人看着王婆道：『问婆婆，央你一件事。』王婆道：『甚的事？』夫人道：『先时卖狗肉的两个汉子，姓甚的？在那里住？』王婆道：『这两个最不近道理。切肉的姓郭，顶盘子姓史，都在孝义坊铺屋下睡卧。不知夫人问他两个做什么？』夫人说：『奴要嫁这一个切肉姓郭的人，就央婆婆做媒，说这头亲则个。』王婆道：『夫人偌大个贵人，怕没好亲得说，如何要嫁这般人？』夫人道：『婆婆莫管，自看见他是个发迹变泰的贵人，婆婆便去说则个。』王婆既见夫人恁地说，即时便来孝义店铺屋里寻郭大郎，寻不见。押铺道：『在对门酒店里吃酒。』王婆径过来酒店门口，揭那青布帘，入来见了他弟兄两个，道：『大郎，你却吃得酒下！有场天来大喜事来投奔你，划地坐得牢里！』郭大郎道：『你那婆子，你见我赚得些个银子，你便来要讨钱。我钱却没与你，要便请你吃碗酒。』王婆便道：『老媳妇不来讨酒吃。』郭大郎道：『你不来讨酒吃，要我一文钱也没。你会事时吃碗了去。』史弘肇道：『你那婆子，忒不近道理！你知我们性也不好，好意请你吃碗酒，你却不吃。一似你先时破我的肉是狗肉，几乎教我不赚一文，早是夫人教买了。你好羞人，兀自有那面颜来讨钱！你信道我和酒也没，索性请你吃一顿拳踢去了。』王婆道：『老媳妇不是来讨酒和钱。适来夫人问了大郎，直是欢喜，要嫁大郎，教老媳妇来说。』郭大郎听得说，心中大怒，用手打王婆一个漏掌风。王婆倒在地上道：『苦也！我好意来说亲，你却打我！』郭大郎道：『兀谁调发你来厮取笑！且饶你这婆子，你好好地便去，不打你。他偌大个贵人，却来嫁我？』王婆鬼慌，走起来，离了酒店，一径来见柴夫人。夫人道：『婆婆说亲不易。』王婆道：『教夫人知。因去说亲，吃他打来，道老媳妇去取笑他。』夫人道：『带累婆婆吃亏了！没奈何，再去走一遭。先与婆婆一只金钗子，事成了，重重谢你。』王婆道：『老媳妇不敢去，再去时，吃他打杀了也没人劝。』夫人道：『我理会得。你空手去说亲，只道你去取笑他；我教你把这件物事将去为定，他不道得不肯。』王婆问道：『却是把什么物事去？』夫人取出来，教那王婆看了一看，唬杀那王婆。这件物却是甚的物：

君不见张负有女妻陈平，家居陋巷席为门。门外多逢长者辙，丰姿不是寻常人。又不见单父吕公善择婿，一事樊侯一刘季。风云际会十年间，樊作诸侯刘作帝。从此英名传万古，自然光采生门户。君看如今嫁女家，只择高楼与豪富。

夫人取出定物来，教王婆看，乃是一条二十五两金带，教王婆把去，定这郭大郎。王婆虽然适间吃了郭大郎的亏，凡事只是利动人心，得了夫人金钗子，又有金带为定，便忍脚不住。即时提了金带，再来酒店里来。王婆路上思量道：『我先时不合空手去，吃他打来。如今须有这条金带，他不成又打我？』来到酒店门前，揭起青布帘，他兄弟两个兀自吃酒未了。走向前，看着郭大郎道：『夫人教传语，恐怕大郎不信，先教老媳妇把这条二十五两金带来定大郎，却问大郎讨回定。』郭大郎肚里道：『我又没一文，你自要来说，是与不是，我且落得拿了这条金带，却又理会。』当时叫王婆且坐地，叫酒保添只盏来，一道吃酒。吃了三盏酒，郭大郎觑着王婆道：『我那里来讨物事做回定？』王婆道：『大郎身边胡乱有甚物，老媳妇将去，与夫人做回定。』郭大郎取下头巾，除下一条鏖糟臭油边子来，教王婆把去做回定。王婆接了边子，忍笑不住，道：『你的好省事！』王婆转身回来，把这边子递与夫人。夫人也笑了一笑，收过了。

自当日定亲以后，免不得拣个吉日良时，就王婆家成这亲。遂请叔叔史弘肇，又教人去郑州请婶婶阎行首来相见了。柴夫人就孝义店嫁了郭大郎，却卷帐回到家中，住了几时。

夫人忽一日看着丈夫郭大郎道：『我夫若只在此相守，何时会得发迹？不若写一书，教我夫往西京河南府去见我母舅符令公，可求立身进步之计，若何？』郭大郎道：『深感吾妻之意。』遂依其言，柴夫人修了书，安排行装，择日教这贵人上路。

行时红光罩体，坐后紫雾随身。朝登紫陌，一条捍棒作朋俦；暮宿邮亭，壁上孤灯为伴侣。他时变豹贵非常，今日权为途路客。

这贵人路上离不得饥餐渴饮，夜住晓行，不则一日，到西京河南府，讨了个下处。这郭大郎当初来西京，指望投奔符令公，发迹变泰。怎知道却惹一场横祸，变得人命交加。正是：

未酬奋翼冲霄志，翻作连天大地囚。

郭大郎到西京河南府看时，但见：

州名豫郡，府号河南。人烟聚百万之多，形势尽一时之胜。城池广阔，六街内士女骈阗；井邑繁华，九陌上轮蹄来往。风传丝竹，谁家别院奏清音？香散绮罗，到处名门开丽景。东连巩县，西接渑池，南通洛口之饶，北控黄河之险。金城缭绕，依稀似偃月之形；雉堞巍峨，仿佛有参天之状。虎符龙节王侯镇，朱户红楼将相家。休言昔日皇都，端的今时胜地。正是：春如红锦堆中过，夏若青罗帐里行。

郭大郎在安歇处过了一夜，明早却待来将这书去见符令公。猛自思量道：『大丈夫倚着一身本事，当自立功名；岂可用妇人女子之书，以图进身乎？』依旧收了书，空手径来衙门前招人牌下，等着部署李霸遇来投见他。李霸遇问道：『你曾带得来么？』贵人道：『带得来。』李部署问：『是甚的？』郭大郎言：『是十八般武艺。』李霸遇所说，本是见面钱，见说十八般武艺，不是头了，口里答应道：『候令公出厅，教你参谒。』比及令公出厅，却不教他进去。

自当日起，日逐去侯候，耽搁了两个来月，不曾得见令公。店都知见贵人许多日不曾见得符令公，多口道：『官人，你枉了日逐去侯候！李部署要钱，官人若不把与他，如何得见符令公？』贵人听得说，怒从心上起，恶向胆边生：『原来这贼却是如此！』

当日不去衙前侯候，闷闷不已，在客店前闲坐。只见一个扑鱼的在门前叫扑鱼，郭大郎遂叫住扑，只一扑，扑过了鱼。扑鱼的告那贵人道：『昨夜迫划得几文钱，买这鱼来扑，指望赢几个钱去养老娘。今日出来，不曾扑得一文，被官人一扑扑过了，如今没这钱归去养老娘。官人，可以借这鱼去，前面扑赢得几个钱时，便把来还的官人？』贵人见他说得孝顺，便借与他鱼去扑。分付他道：『如有人扑过，却来说与我知。』扑鱼的借得那鱼去扑，行到酒店门前，只见一个人叫：『扑鱼的在那里？』因是这个人在酒店里叫扑鱼，有分郭大郎拳手相交，就酒店门前变做一个小小战场。这叫扑鱼的是什么人？

从前积恶欺天，今日上苍报应。

酒店里叫住扑鱼的，是西京河南府部署李霸遇，在酒店里吃酒，见扑鱼的，遂叫入酒店里去扑，扑不过，输了几文钱，径硬拿了鱼。扑鱼的不敢和他争，走回来，说向郭大郎道：『前面酒店里，被人拿了鱼，却赢得他几文钱，男女纳钱还官人。』贵人听得说，道：『是什么人？好不谙事！既扑不过，如何拿了鱼？鱼是我的，我自去问他讨。』这贵人不去讨，万事俱休。到酒店里看那人时：

仇人厮见，分外眼睁。

不是别人，却是部署李霸遇。贵人一分焦躁，变做十分焦躁。在酒店门前看着李霸遇道：『你如何拿了我的鱼？』李霸遇道：『我自问扑鱼的要这鱼，如何却是你的？』贵人拍着手道：『我西京投事，你要我钱，耽搁我在这里两个来月，不教我见令公。你今日对我，有何理说？』李霸遇道：『你明日来衙门，我周全你。』贵人大骂道：『你这砍头贼，闭塞贤路，我不算你，我和你就这里比个大哥二哥！』郭大郎先脱膊，众人喊一声。原来贵人幼时曾遇一道士，那道士是个异人，替他右项上刺着几个雀儿，左项上刺几根稻谷，说道：『若要富贵足，直待雀衔谷。』从此人都唤他是郭雀儿。到登极之日，雀与谷果然凑在一处。此是后话。这日郭大郎脱膊，露出花项，众人喝彩。正是：

近觑四川十样锦，远观洛纳一团花。

李霸遇道：『你真个要厮打？你只不要走！』贵人道：『你莫胡言乱语，要厮打快来！』李霸遇脱膊，露出一身乾乾鞑鞑的横肉，众人也喊一声。好似：

生铁铸在火池边，怪石镌来坟墓畔。

二人拳手厮打，四下人都观看。一肘二拳，三翻四合，打到分际，众齐喊一声，一个汉子在血泊里卧地。当下却是输了兀谁？

作恶欺天在世间，人人背后把眉攒。只知自有安身术，岂畏灾来在目前？

郭大郎正打那李霸遇，直打到血流满地，听得前面头踏指约，喝道令公来。符令公在马上，见这贵人红光罩定，紫雾遮身，和李霸遇厮打，李霸遇那里奈何得这贵人？符令公教手下人：『不要惊动，为我召来。』手下人得了钧旨，便来好好地道：『两人且莫厮打，令公钧旨，教来府内相见。』二人同至厅下，符令公看这人时，生得：

尧眉舜目，禹背汤肩。

令公钧旨，便问郭大郎道：『那里人氏？因甚行打李霸遇。』贵人复道：『告令公，郭威是邢州尧山县人氏，远来贵府投事。李霸遇要郭威钱，不令郭威参见令公钧颜，耽搁在旅店两月有余。今日撞见因此行打。有犯台颜，小人死罪、死罪。』符令公问道：『你既然远来投奔，会甚本事？』郭大郎复道：『郭威十八般武艺尽都通晓。』令公钧旨，教李霸遇与郭威就当厅使棒。李霸遇先时已被这贵人打了一顿，奈何不得这贵人，复令公道：『李霸遇使棒不得。适间被郭威暗算，打损身上。』令公钧旨，定要使棒。郭威看着李霸遇道：『你道我暗算你，这里比个大哥二哥！』二人把棒在手，唱了喏，部者喝教二人放对。

山东大擂，河北夹枪。山东大擂，鳌鱼口内喷来；河北夹枪，昆仑山头泻出。三转身，两撅脚。旋风响，卧马鸣。遮拦架隔，有如素练眼前飞；打龊支撑，不若耳边风雨过。

两人就在厅前使那棒，一上一下，一来一往，斗不得数合，令公符彦卿在厅上看见，喝彩不迭。

羊祜病中推杜预，叔牙囚里荐夷吾。堪嗟四海英雄辈，若个男儿识丈夫？

两人就厅下使棒，李霸遇那里奈何得这贵人？被郭大郎一棒打翻。符令公大喜，即时收在帐前，遂差这贵人做大部署，倒在李霸遇之上。郭大郎拜谢了令公，在河南府当职役。过了几时，没话说。

忽一日，郭部署出衙门闲干事，行至市中，只见食店前一个官人，坐在店前大惊小怪，呼左右教打碎这食店。贵人一见，遂问过卖：『这官人因甚的在此喧哄寻闹？』过卖扯着部署在背后去告诉道：『这官人乃是地方中有名的尚衙内，半月前见主人有个女儿，十八岁，大有颜色。这官人见了一面，归去教人来传语道：「太大人教请小娘子过来，说话则个。若是你家缺少钱物，但请见谕。」主人道：「我家岂肯卖女儿？只割舍得死！」尚衙内见主人不肯，今日来此掀打。』贵人见说：

怒从心上起，恶向胆边生。雄威动凤眼圆睁，烈性发龙眉倒竖。两条忿气，从脚底板贯到顶门，心头一把无明火，高三千丈，按捺不下。

郭部署向前与尚衙内道：『凡人要存仁义，暗室欺心，神目如电，尊官不可以女色而失正道。』郭威言轻，请尊官上马若何？』衙内焦躁道：『你是何人？』贵人道：『姓郭名威，乃是河南府符令公手下大部署。』衙内说：『各无所辖，焉能管我？左右，为我殴打这厮！』贵人大怒道：『我好意劝你，却教左右打我，你不识我性！』用左手捽住尚衙内，右手就身边拔出压衣刀在手，手起刀落，尚衙内性命如何？

欲除天下不平事，方显人间大丈夫。

郭部署路见不平，杀了尚衙内。一行人从都走，贵人径来河南府内自首。符令公出厅，贵人复道：『告令公，郭威杀了欺压良善之贼，特来请罪。』符令公问了起末，喝左右取长枷枷了，押下司理院问罪。怎见得司理院的厉害？

古名廷尉，亦号推官。果然是事不通风，端的底令人丧胆。庞眉节级，执黄荆伽似牛头；努目押牢，持铁索浑如罗刹。枷分三等，取勘情重情轻；牢眼四方，分别当生当死。风声紧急，乌鸦鸣噪勘官厅；日影参差，绿柳遮笼萧相庙。转头逢五道，开眼见阎王。

当日那承吏王琇承了这件公事。罪人入狱，教狱子绑在廊上，一面勘问。不多时，符令公钧旨，叫王琇来偏厅上。令公见王琇，遂分付几句，又把笔去那桌子面上写四字。王琇看时，乃是：『宽容郭威。』王琇道：『律有明条，领钧旨。』令公焦躁，遂转屏风入府堂去。王琇急慌，唱了喏，闷闷不已，径回来司房伏案而睡，见一条小赤蛇儿，戏于案上。王琇道：『作怪！』遂赶这蛇，急赶急走，慢赶慢走；赶至东乙牢，这蛇入牢眼去，走上贵人枷上，入鼻内从七窍中穿过。王琇看这个贵人时，红光罩定，紫雾遮身。理会未下，就司房里飒然睡觉。原来人困后，多是肚中不好了，有那与决不下的事，或是手头窘迫，忧愁思虑。故困字着个贫字，谓之贫困；愁字，谓之愁困；忧字，谓之忧困；不成喜困、欢困。王琇得了这一梦，肚里道：『可知符令公教我宽容他，果然好人识好人。』王琇思量半晌，只是未有个由头出脱他。不知这贵人直有许多撅扑：自幼便没了亲爹，随母嫁潞州常家；后来因事离了河北，筑筑磕磕，受了万千不易，甫能得符令公周全做大部署，又去闲管事，惹这场横祸。至夜，居民遗漏，王琇眉头一纵，计从心上来。只就当夜，教这贵人出年狱。当时王琇思量出甚计来？正是：

袖中伸出拿云手，提起天罗地网人。

当夜黄昏后，忽居民遗漏。王琇急去禀令公，要就热乱里放了贵人，只做因火狱中走了。令公大喜。原来令公日间已写下书，只要做道理放他，遂付书与王琇。王琇接了书，来狱中疏了贵人戴的枷，拿顶头巾，教贵人裹了，把符令公的书与贵人，分付道：『令公教你去汴京见刘太尉，可便去，不宜迟。』贵人得放出，火尚未灭，趁那撩乱之际，急走去部署房里，收拾些钱物，当夜迤逦奔那汴京开封府路上来。

不则一日，至开封府，讨了安歇处。明日早，径往殿司衙门俟候下书。等候良久，刘太尉朝殿而回。只见：

青凉伞招飐如云，马领下珠缨拂火。

乃是侍卫亲军左金吾卫上将军殿前都指挥使刘知远。贵人走向前应声喏，复道：『西京符令公有书拜呈，乞赐台览。』刘太尉教人接书，随入衙。刘太尉拆开书看了，教下书人来厅前参拜了。刘太尉见郭威生得清秀，是个发迹的人，留在帐前作牙将使唤，郭威拜谢讫。

自后过来得数日，刘太尉因操军回衙，打从桑维翰丞相府前过。是日桑维翰与夫人在看街里，观着往来军民。刘知远头踏，约有三百余人，真是威严可畏。夫人看着桑维翰道：『相公见否？』桑维翰道：『此是刘太尉。』夫人说：『此人威严若此，想官大似相公。』桑维翰笑曰：『此一武夫耳，何足道哉？看我呼至帘前，使此人鞠躬听命。』夫人道：『果如是，妾当奉劝；如不应其言，相公当劝妾一杯酒。』桑维翰即时令左右呼召刘太尉，又令人安靴在帘里，传钧旨赶上刘太尉，取复道：『相公呼召太尉。』刘知远随即到府前下马，至堂下躬身应喏。正是：

直饶百万将军贵，也须堂下拜靴尖。

刘太尉在堂下俟候，耽搁了半日，不闻钧旨。桑维翰与夫人饮酒，忘了发付，又没人敢去禀复。至晚，刘太尉只得且归，在衙内焦躁道：『大丈夫功名，自以弓马得之，今反被腐儒相侮。』到明日五更，至朝见处，见桑维翰下马入阁子里去。刘知远心中大怒：昨日侮我，教我看靴尖唱喏，今日有何面目相见？因此怀忿，在朝见处有犯桑维翰。晋帝遂令刘知远出镇太原府。那里是刘知远出镇太原府？则是那史弘肇合当出来，发迹变泰！正是：

特意种花栽不活，等闲携酒却成欢。

刘知远出镇太原府为节度使，日下朝辞出国门，择了日进发赴任。刘太尉先同帐下官属带行亲随起发，前往太原府，留郭牙将在后管押钧眷。行李担仗，当日起发。

朱旗飐飐，彩帜飘飘。带行军卒，人人腰挎剑和刀；将佐亲随，个个腕悬鞭与简。晨鸡啼后，束装晓别孤村；红日斜时，策马暮登高岭。经野市，过溪桥，歇邮亭，宿旅驿。早起看浮云陪晓翠，晚些见落日伴残霞。

指那万水千山，迤逦前进。刘知远方行得一程，见一所大林：

干耸千寻，根盘百里。掩映绿阴似障，槎牙怪木如龙。下长灵芝，上巢彩凤。柔条微动，生四野寒风；嫩叶初开，铺半天云影。阔遮十里地，高拂九霄云。

刘太尉方欲待讨，只见前面走出一队人马，拦住路。刘太尉吃一惊，将为道是强人，却待教手下将佐安排去抵敌。只见众人摆列在前，齐唱一声喏，为首一人禀复道：『侍卫司差军校史弘肇带领军兵接太尉节使上太原府。』刘知远见史弘肇生得英雄，遂留在手下为牙将。史弘肇不则一日，随太尉到太原府。后面钧眷到，史弘肇见了郭牙将，扑翻身体便拜。兄弟两人再厮见，又都遭际刘太尉，两人为左右牙将。后因契丹灭了石晋，刘太尉起兵入汴，史郭二人为先锋，驱除契丹，代晋家做了皇帝，国号后汉。史弘肇自此直发迹，做到单、滑、宋、汴四镇令公，富贵荣华，不可尽述。

碧油幢拥，皂纛旗开。壮士携鞭，佳人捧扇。冬眠红锦帐，夏卧碧纱帱。两行红袖引，一对美人扶。

这话本是京师老郎流传，若按欧阳文忠公所编的《五代史》正传上载道：梁末调民七户出一兵，弘肇为兵，隶开道指挥，选为禁军，汉高祖典禁军为军校。其后汉高祖镇太原，使将武节左右指挥，领雷州刺史。以功拜忠武军节度使，侍卫步军都指挥使。再迁侍卫亲军马步军都指挥使，领归德军节度使，同中书门下平章事。后拜中书令。周太祖郭威即位之日，弘肇已死，追封郑王。诗曰：

结交须结英与豪，劝君莫结儿女曹。英豪际会皆有用，儿女柔脆空烦劳。

第十六卷

范巨卿鸡黍死生交

种树莫种垂杨枝，结交莫结轻薄儿。杨枝不耐秋风吹，轻薄易结还易离。君不见昨日书来两相忆，今日相逢不相识？不如杨枝犹可久，一度春风一回首。

这篇言语，是《结交行》，言结交最难。今日说一个秀才，乃汉明帝时人，姓张名劭，字元伯，是汝州南城人氏。家本农业，苦志读书。年三十五岁，不曾婚娶。其老母年近六旬，并弟张勤努力耕种，以供二膳。时汉帝求贤，劭辞老母，别兄弟，自负书囊，来到东都洛阳应举，在路非只一日，到洛阳不远，当日天晚，投店宿歇。是夜，尝闻邻房有人声唤。劭至晚，问店小二间壁声唤的是谁。小二答道：『是一个秀才，害时症，在此将死。』劭曰：『既是斯文，当以看视。』小二曰：『瘟病过人，我们尚自不去看他，秀才你休去。』劭曰：『死生有命，安有病能过人之理？吾须视之。』小二劝不住，劭乃推门而入。见一人仰面卧于土榻之上，面黄肌瘦，口内只叫救人。劭见房中书囊衣冠，都是应举的行动，遂扣头边而言曰：『君子勿忧，张劭亦是赴选之人，今见汝病至笃，吾竭力救之，药饵粥食，吾自供奉，且自宽心。』其人曰：『若君子救得我病，容当厚报。』劭随即挽人请医用药调治，早晚汤水粥食，劭自供给。

数日之后，汗出病减，渐渐将息，能起行立。劭问之，乃是楚州山阳人氏，姓范名式，字巨卿，年四十岁。世本商贾，幼亡父母，有妻小。近弃商贾，来洛阳应举。比及范巨卿将息得无事了，误了试期。范曰：『今因式病，有误足下功名，甚不自安。』劭曰：『大丈夫以义气为重，功名富贵，乃微末耳。已有分定，何误之有？』范式自此与张劭情如骨肉，结为兄弟。式年长五岁，张劭拜范式为兄。

结义后，朝暮相随，不觉半年。范式思归，张劭与计算房钱，还了店家，二人同行。数日，到分路之处，张劭欲送范式，范式曰：『若如此，某又送回；不如就此一别，约再相会。』二人酒肆共饮，见黄花红叶，妆点秋光，以助别离之兴。酒座间杯泛茱萸，问酒家，方知是重阳佳节。范式曰：『吾幼亡父母，屈在商贾。经书虽则留心，奈为妻子所累。幸贤弟有老母在堂，汝母即吾母也，来年今日，必到贤弟家中，登堂拜母，以表通家之谊。』张劭曰：『但村落无可为款，倘蒙兄长不弃，当设鸡黍以待，幸勿失信。』范式曰：『焉肯失信于贤弟耶？』二人饮了数杯，不忍相舍。张劭拜别范式，范式去后，劭凝望堕泪，式亦回顾泪下，两各悒怏而去。有诗为证：

手采黄花泛酒卮，殷勤先订隔年期。临岐不忍轻分别，执手依依各泪垂。

且说张元伯到家，参见老母。母曰：『吾儿一去，音信不闻，令我悬望，如饥似渴。』张劭曰：『不孝男于途中遇山阳范巨卿，结为兄弟，以此逗留多时。』母曰：『巨卿何人也？』张劭备述详细。母曰：『功名事皆分定，既逢信义之人结交，甚快我心。』少刻弟归，亦以此事从头说知，各各欢喜。自此张劭在家，再攻书史，以度岁月。光阴迅速，渐近重阳。劭乃预先畜养肥鸡一只，杜酝浊酒。是日早起，洒扫草堂，中设母座，旁列范巨卿位，遍插菊花于瓶中，焚信香于座上，呼弟宰鸡炊饭，以待巨卿。母曰：『山阳至此，迢递千里，恐巨卿未必应期而至；待其来，杀鸡未迟。』劭曰：『巨卿信士也，必然今日至矣，安肯误鸡黍之约？入门便见所许之物，足见我之待久。如候巨卿来而后宰之，不见我拳拳之意。」母曰：「吾儿之友，必是端士。」遂烹炰以待。

是日天晴日朗，万里无云。劭整其衣冠，独立庄门而望。看看近午，不见到来。母恐误了农桑，令张劭自去田头收割。张劭听得前村犬吠，又往望之，如此六七遭。因看红日西沉，现出半轮新月。母出户，令弟唤劭曰：「儿久立倦矣，今日莫非巨卿不来？且自晚膳。」劭谓弟曰：「汝岂知巨卿不至耶？若范兄不至，吾誓不归。汝农劳矣，可自歇息。」母弟再三劝归，劭终不许。

候至更深，各自歇息。劭倚门如醉如痴，风吹草木之声，莫是范来，皆自惊讶。看见银河耿耿，玉宇澄澄，渐至三更时分，月光都没了，隐隐见黑影中一人随风而至。劭视之，乃巨卿也，再拜踊跃而大喜曰：「小弟自早直候至今，知兄非爽信也，兄果至矣。旧岁所约鸡黍之物，备之已久。路远风尘，别不曾有人同来？便请至草堂，与老母相见。」范式并不答话，径入草堂。张劭指座榻曰：「特设此位，专待兄来，兄当高座。」张劭笑容满面，再拜于地曰：「兄即远来，路途劳困，且未可与老母相见。杜酿鸡黍，聊且充饥。」言讫又拜。范式僵立不语，但以衫袖反掩其面。劭乃自奔入厨下，取鸡黍并酒，列于面前。再拜以进曰：「酒肴虽微，劭之心也，幸兄勿责。」但见范于影中以手绰其气而不食。劭曰：「兄意莫不怪老母并弟不曾远接，不肯食之？容请母出与同伏罪。」范摇手止之。劭曰：「唤舍弟拜兄，若何？」范亦摇手而止之。劭曰：「兄食鸡黍后进酒，若何？」范蹙其眉，似教张退后之意。劭曰：「鸡黍不足以奉长者，乃劭当日之约，幸勿见嫌。」范曰：「弟稍退后，吾当尽情诉之。吾非阳世之人，乃阴魂也。」劭大惊曰：「兄何故出此言？」范曰：「自与兄弟相别之后，回家为妻子口腹之累，溺身商贾中。尘世滚滚，岁月匆匆，不觉又是一年。向日鸡黍之约，非不挂心，近被蝇利所牵，忘其日期，今早邻右送茱萸酒至，方知是重阳，忽记贤弟之约，此心如醉。山阳至此，千里之隔，非一日可到。若不如期，贤弟以我为何物？鸡黍之约，尚自爽信，何况大事乎？寻思无计，常闻古人有云：『人不能行千里，魂能日行千里。』遂嘱咐妻子曰：『吾死之后，且勿下葬，待吾弟张元伯至，方可入土。』嘱罢，自刎而死。魂驾阴风，特来赴鸡黍之约。万望贤弟怜悯愚兄，恕其轻忽之过，鉴其凶暴之诚，不以千里之程，肯为辞亲到山阳一见吾尸，死亦瞑目无憾矣。」言讫，泪如迸泉，急离座榻，下阶砌。劭乃趋步逐之，不觉忽踏了苍苔，颠倒于地。阴风拂面，不知巨卿所在。有诗为证。

风吹落月夜三更，千里幽魂叙旧盟。只恨世人多负约，故将一死见平生。

张劭如梦如醉，放声大哭。那哭声惊动母亲并弟，急起视之，见堂上陈列鸡黍酒果，张元伯昏倒于地。用水救醒，扶到堂上，半晌不能言，又哭至死。母问曰：「汝兄巨卿不来，有甚厉害？何苦自哭如此！」劭曰：「巨卿以鸡黍之约，已死于非命矣。」母曰：「何以知之？」劭曰：「适间亲见巨卿到来，邀迎入座。具鸡黍以迎。但见其不食，再三恳之，巨卿曰：『为商贾用心，失忘了日期。今早方醒，恐负所约，遂自刎而死。阴魂千里，特来一见。』母可容儿亲到山阳，葬兄之尸，儿明早收拾行李便行。」母哭曰：「古人有云：『囚人梦赦，渴人梦浆。』此是吾儿念念在心，故有此梦警耳。」劭曰：「非梦也，儿亲见来，酒食见在，逐之不得，忽然颠倒，岂是梦乎？巨卿乃诚信之士，岂妄报耶！」弟曰：「此未可信，如有人到山阳去，当问其虚实。」劭曰：「人禀天地而生，天地有五行，金、木、水、火、土，人则有五常，仁、义、礼、智、信以配之，惟信非同小可。仁所以配木，取其生意也；义所以配金，取其刚断也；礼所以配水，取其谦下也；智所以配火，取其明达也；信所以配土，取其重厚也。

圣人云：「大车无輗，小车无軏，其何以行之哉？」又云：「自古皆有死，民无信不立。」巨卿既已为信而死，吾安可不信而不去哉？弟专务农业，足可以奉老母。吾去之后，倍加恭敬，晨昏甘旨，勿使有失。」遂拜辞其母曰：「不孝男张劭，今为义兄范巨卿为信义而亡，须当往吊。已再三叮咛张勤，令侍养老母。母须早晚勉强饮食，勿以忧愁，自当善保尊体。劭于国不能尽忠，于家不能尽孝，徒生于天地之间耳。今当辞去，以全大信。」母曰：「吾儿去山阳千里之遥，月余便回，何故出不利之语？」劭曰：「生如浮沤，死生之事，旦夕难保。」恸哭而拜。弟曰：「勤与兄同去，若何？」元伯曰：「母亲无人侍奉，汝当尽力事母，勿令吾忧。」洒泪别弟，背一个小书囊，来早便行。有诗为证：

辞亲别弟到山阳，千里迢迢客梦长。岂为友朋轻骨肉？只因信义迫中肠。

沿路上饥不择食，寒不思衣。夜宿店舍，虽梦中亦哭。每日早起赶程，恨不得身生两翼。行了数日，到了山阳。问巨卿何处在，径奔至其家门首，见门户锁着。问及邻人，邻人曰：「巨卿死已过二七，其妻扶灵柩往郭外去下葬，送葬之人，尚自未回。」劭问了去处，奔至郭外，望见山林前新筑一所土墙，墙外有数十人，面面相觑，各有惊异之状。劭汗流如雨，走往观之，见一妇人，身披重孝，一子约有十七八岁，伏棺而哭。元伯大叫曰：「此处莫非范巨卿灵柩乎？」其妇曰：「来者莫非张元伯乎？」张曰：「张劭自来不曾到此，何以知名姓耶？」妇泣曰：「此夫主再三之遗言也。夫主范巨卿，自洛阳回，常谈贤叔盛德。前者重阳日，夫主忽举止失措，对妾曰：「我失却元伯之大信，徒生何益！常闻人不能行千里，吾宁死，不敢有误鸡黍之约。死后且不可葬，待元伯来见我尸，方可入土。」今日已及二七，人劝云：「元伯不知何日得来，先葬讫，后报知未晚。」因此扶柩到此，众人拽棺入金井，并不能动，因此停住坟前，众都惊怪。见叔叔远来，如此慌速，必然是也。」元伯乃哭倒于地，妇亦大恸。送殡之人，无不下泪。

元伯于囊中取钱，令买祭物，香烛纸帛，陈列于前，取出祭文，酹酒再拜，号泣而读，文曰：

维某年月日，契弟张劭，谨以炙鸡絮酒，致祭于仁兄巨卿范君之灵曰：於维巨卿，气贯虹霓，义高云汉。幸倾盖于穷途，缔盍簪于荒店。黄花九日，肝膈相盟；青剑三秋，头颅可断。堪怜月下凄凉，恍似日间眷恋。弟今辞母，来寻碧水青松；兄亦嘱妻，伫望素车白练。故友那堪死别，谁将金石盟寒？丈夫自是生轻，欲把昆吾锷按。历千古而不磨，期一言之必践。倘灵爽之犹存，料冥途之长伴。呜呼哀哉！尚飨。

元伯发棺视之，哭声动地，回顾嫂曰：「兄为弟亡，岂能独生耶？囊中已具棺椁之费，愿嫂垂怜，不弃鄙贱，将劭葬于兄侧，平生之大幸也。」嫂曰：「叔何故出此言也？」劭曰：「吾志已决，请勿惊疑。」言讫，掣佩刀自刎而死。众皆惊愕，为之设祭，具衣棺营葬于巨卿墓中。

本州太守闻知，将此事表奏。明帝怜其信义深重，两生虽不登第，亦可褒赠，以励后人。范巨卿赠山阳伯，张元伯赠汝南伯。墓前建庙，号『信义之祠』，墓号『信义之墓』。旌表门闾，官给衣粮，以膳其子。巨卿子范纯绶，及弟进士，官鸿胪寺卿。至今山阳古迹犹存，题咏极多。惟有无名氏〔踏莎行〕一词最好，词云：

千里途遥，隔年期远，片言相许心无变。宁将信义托游魂，堂中鸡黍空劳动。　月暗灯昏，泪痕如线，死生虽隔情何限。灵輀若候故人来，黄泉一笑重相见。

第十七卷

单符郎全州佳偶

郏鄏门开城倚天，周公拮构尚依然。休言道德无关锁，一闭乾坤八百年。

这首诗，单说西京是帝王之都，左成皋，右渑池，前伊阙，后大河，真个形势无双，繁华第一，宋朝九代建都于此。今日说一桩故事，乃是西京人氏，一个是邢知县，一个是单推官，他两个都在孝感坊下，并门而居。两家宅眷，又是嫡亲姊妹，姨丈相称。所以往来甚密，虽为各姓，无异一家。先前两家未做官时节，姊妹同时怀孕，私下相约道：『若生下一男一女，当为婚姻。』后来单家生男，小名符郎；邢家生女，小名春娘。姊妹各对丈夫说通了，从此亲家往来，非止一日。符郎和春娘幼时，常在一处游戏，两家都称他为小夫妇。以后渐渐长成，符郎改名飞英，字腾实，进馆读书；春娘深居绣阁，各不相见。

其时宋徽宗宣和七年，春三月，刑公选了邓州顺阳县知县，单公选了扬州府推官，各要挈家上任。相约任满之日，归家成亲。单推官带了夫人和儿子符郎，自往扬州去做官不题。却说邢知县到了邓州顺阳县，未及半载，值金鞑子分道入寇。金将斡离不攻破了顺阳，邢知县一门遇害。春娘年十二岁，为乱兵所掠，转卖在全州乐户杨家，得钱十七千而去。春娘从小读过经书，及唐诗千首，颇通文墨，尤善应对。鸨母爱之如宝，改名杨玉，教以乐器及歌舞，无不精绝。正是：

三千粉黛输颜色，十二朱楼让舞歌。

只是一件，他终是宦家出身，举止端详。每诣公庭侍宴，呈艺毕，诸妓调笑谑浪，无所不至，杨玉嘿然独立，不妄言笑，有良人风度。为这个上，前后官府，莫不爱之重之。

话分两头。却说单推官在任三年，时金虏陷了汴京，徽宗、钦宗两朝天子，都被他掳去。亏杀吕好问说下了伪帝张邦昌，迎康王嗣统。康王渡江而南，即位于应天府，是为高宗。高宗惧怕金虏，不敢还西京，乃驾幸扬州。单推官率民兵护驾有功，累迁郎官之职，又随驾至杭州。高宗爱杭州风景，驻跸建都，改为临安府。有诗为证：

山外青山楼外楼，西湖歌舞几时休？暖风熏得游人醉，却把杭州作汴州。

话说西北一路地方，被金虏残害，百姓从高宗南渡者，不计其数，皆散处吴下。闻临安建都，多有搬到杭州入籍安插。单公时在户部，阅看户籍册子，见有一邢祥名字，乃西京人。自思邢知县名祯，此人名祥，敢是同行兄弟？自从游宦以后，邢家全无音耗相通，正在悬念。乃遣人密访之，果邢知县之弟，号为四承务者。急忙请来相见，问其消息。四承务答道：『自邓州破后，传闻家兄举家受祸，未知的否。』因流泪不止。单公亦愀然不乐。念儿子年齿已长，意欲别图亲事；犹恐传言未的，媳妇尚在。且待干戈宁息，再行探听。从此单公与四承务仍认做亲戚，往来不绝。

再说高宗皇帝初即位，改元建炎。过了四年，又改元绍兴。此时绍兴元年，朝廷追叙南渡之功，单飞英受父荫，得授全州司户。谢恩过了，择日拜别父母起程，往全州到任。时年十八岁，一州官属，只有单司户年少，且是仪容俊秀，见者无不称羡。上任之日，州守设公堂酒会饮，大集声妓。原来宋朝有这个规矩，凡在籍娼户，谓之官妓，官府有公私筵宴，听凭点名唤来只应。这一日，杨玉也在数内，单司户于众妓中，只看得他上眼，大有眷爱之意。诗曰：

曾绾红绳到处随，佳人才子两相宜。风流的是张京兆，何日临窗试画眉？

司理姓郑名安，荥阳旧族，也是个少年才子，一见单司户，便意气相投。看他顾盼杨玉，已知其意。一日郑司理去拜单司户，问道：『足下清年名族，为何单车赴任，不携宅眷？』单司户答道：『实不相瞒，幼时曾定下妻室，因遭虏乱，存亡未卜，至今中馈尚虚。』司理笑道：『离索之感，人孰无之？此间歌妓杨玉，颇饶雅致，且作望梅止渴何如？』司户初时逊谢不敢，被司理言之再三，说到相知的分际，司户隐瞒不得，只得吐露心腹。司理道：『既才子有意佳人，仆当为典成之耳。』自此每遇宴会，司户见了杨玉，反觉有些避嫌，不敢注目，然心中思慕愈甚。司理有心要玉成其事，但惧怕主守严毅，做不得手脚。

如此二年，旧太守任满升去。新太守姓陈，为人忠厚至诚，且与郑司理是同乡故旧，所以郑司理屡次在太守面前，称荐单司户之才品，太守十分敬重。一日，郑司理置酒，专请单司户到私衙清话，只点杨玉一名祇候。这一日，比公堂筵宴不同，只有宾主二人，单司户才得饱看杨玉，果然美丽。有词名〔忆秦娥〕，词云：

香馥馥，樽前有个人如玉。人如玉，翠翘金凤，内家妆束。娇羞惯把眉儿蹙，逢人只唱伤心曲。伤心曲，一声声是怨红愁绿。

郑司理开言道：『今日之会，并无他客，勿拘礼法，当开怀畅饮，务取尽欢。』遂斟巨觥来劝单司户，杨玉清歌侑酒。酒至半酣，单司户看着杨玉，神魂飘荡，不能自持，假装醉态不饮。郑司理已知其意，便道：『且请到书斋散步，再容奉劝。』那书斋是司理自家看书的所在，摆设着书画琴棋，也有些古玩之类。单司户那有心情去看，向竹榻上倒身便睡。郑司理道：『既然仁兄困酒，暂请安息片时。』忙转身而出，却教杨玉斟下香茶一瓯送去。单司户素知司理有玉成之美，今番见杨玉独自一个送茶，情知是放松了，忙起身把门掩上，双手抱住杨玉求欢。杨玉佯推不允，单司户道：『相慕小娘子，已非一日。难得今番机会，司理公平昔见爱，就使知觉，必不嗔怪。』杨玉也识破三分关窍，不敢固却，只得顺情。两个遂在榻上，草草的云雨一场。有诗为证：

相慕相怜二载余，今朝且喜两情舒。虽然未得通宵乐，犹胜阳台梦是虚。

单司户私问杨玉道：『你虽然才艺出色，偏觉雅致，不似青楼习气，必是一个名公苗裔，今日休要瞒我，可从实说与我知道，果是何人？』杨玉满面羞惭，答道：『实不相瞒，妾本宦族，流落在此，非杨妪所生也。』司户大惊，问道：『既系宦族，汝父何官何姓？』杨玉不觉双泪交流，答道：『妾本姓邢，在东京孝感坊居住，幼年曾许与母姨之子结婚。妾之父授邓州顺阳县知县，不幸胡寇猖獗，父母皆遭兵刃，妾被人掠卖至此。』司户又问道：『妆夫家姓甚？儿何官职？所许嫁之子，又是何名？』杨玉道：『夫家姓单，那时为扬州推官。其子小名符郎，今亦不知存亡如何。』说罢，哭泣不止。司户心中已知其为春娘了，且不说破，只安慰道：『汝今日鲜衣美食，花朝月夕，够你受用。官府都另眼看觑，谁人轻贱你？况宗族远离，夫家存亡未卜，随缘快活，亦足了一生矣，何乃自生悲泣耶？』杨玉蹙頞答道：『妾闻「女子生而愿为之有家」，虽不幸风尘，实出无奈。夫家宦族，即使无恙，妾亦不作团圆之望。若得嫁一小民，荆钗布裙，啜菽饮水，亦是良人家媳妇。比在此中迎新送旧，胜却千万倍矣。』司户点头道：『你所见亦是。果有此心，我当与汝作主。』杨玉叩头道：『恩官若能拔妾于苦海之中，真乃万代阴德也。』说未毕，只见司理推门进来道：『阳台梦醒也未？如今无事，可饮酒矣。』司户道：『酒已过醉，不能复饮。』司理道：『一分酒醉，十分心醉。』司户道：『一分醉酒，十分醉德。』大家都笑起来。重来筵上，洗盏更酌，是日尽欢而散。

过了数日，单司户置酒，专请郑司理答席，也唤杨玉一名答应。杨玉先到，单司户不复与狎昵，遂正色问曰：『汝前日有言，为小民妇亦所甘心。我今丧偶，未有正室，汝肯相随我乎？』杨玉含泪答道：『枳棘岂堪凤凰所栖，若恩官可怜，得蒙收录，使得备巾栉之列，丰衣足食，不用送往迎来，固妾所愿也。但恐他日新孺人性严，不能相容。然妾自当含忍，万一征色发声，妾情愿持斋佞佛，终身独宿，以报恩官之德耳。』司户闻言，不觉惨然，方知其厌恶风尘，出于至诚，非诳语也。

少停，郑司理到来，见杨玉泪痕未干，戏道：『古人云「乐极生悲」，信有之乎？』杨玉敛容答道：『忧从中来，不可断绝耳！』单司户将杨玉立志从良说话，向郑司理说了。郑司理道：『足下若有此心，下官亦愿效一臂。』这一日饮酒无话。

席散后，单司户在灯下修成家书一封，书中备言岳丈邢知县全家受祸，春娘流落为娼，厌恶风尘，志向可悯，男情愿复联旧约，不以良贱为嫌。单公拆书观看，大惊，随即请邢四承务到来，商议此事，两家各伤感不已。四承务要亲往全州，主张亲事。教单公致书于太守，求为春娘脱籍。单公写书，付与四承务收讫。四承务作别而行。不一日，来到全州，径入司户衙中相见，道其来历。单司户先与郑司理说知其事，司理一力撺掇，道：『谚云：「贵易交，富易妻。」今足下甘娶风尘之女，不以存亡易心，虽古人高义，不是过也。』遂同司户到太守处，将情节告诉。单司户把父亲书札呈上，太守看了，道：『此美事也，敢不奉命。』次日，四承务具状告府，求为释贱归良，以续旧婚事。太守当面批准了。

候至日中，还不见发下文牒。单司户疑有他变，密使人打探消息，见厨司正在忙乱，安排筵席。司户猜道：『此酒为何而设，岂欲与杨玉举离别觞耶？事已至此，只索听之。』少顷，果召杨玉只候，席间只请通判一人。酒至三巡，食供两套，太守唤杨玉近前，将司户愿续旧婚，及邢祥所告脱籍之事，一一说了。杨玉拜谢道：『妾一身生死荣辱，全赖恩官提拔。』太守道：『汝今日尚在乐籍，明日即为县君，将何以报我之德？』杨玉答道：『恩官拔人于火宅之中，阴德如山，妾惟有日夕吁天，愿恩官子孙富贵而已。』太守叹道：『丽色佳音，不可复得。』不觉前起抱持杨玉，说道：『汝必有以报我。』那通判是个正直之人，见太守发狂，便离席起立，正色发作道：『既司户有宿约，便是孺人，我等俱有同僚叔嫂之谊。君子进退当以礼，不可苟且，以伤雅道。』太守踧踖，谢道：『老夫不能忘情，非判府之言，不知其为过也。今得罪于司户，当谢过以质耳。』乃令杨玉入内宅，与自己女眷相见。却教人召司理、司户二人到后堂同席，直吃到天明方散。

太守也不进衙，径坐早堂，便下文书与杨家翁媪，教除去杨玉名字。杨翁、杨媪出其不意，号哭而来，拜着太守，诉道：『养女十余年，费尽心力。今既蒙明判，不敢抗拒。但愿一见而别，亦所甘心。』太守遣人传语杨玉。杨玉立在后堂，隔屏对翁妪说道：『我夫妻重会，也是好事，我虽承汝十年抚养之恩，然所得金帛已多，亦足为汝养老之计。从此永诀，休得相念。』妪兀自号哭不止。太守喝退了杨翁、杨妪，当时差州司人从，自宅堂中抬出杨玉，径送至司户衙中，取出私财十万钱，权佐资奁之费。司户再三推辞，太守定教受了。是日郑司理为媒，四承务为主婚，如法成亲，做起洞房花烛。有诗为证：

风流司户心如渴，文雅娇娘意似狂。今夜官衙寻旧约，不教人话负心郎。

次日，太守同一府官员都来庆贺，司户置酒相待。四承务自归临安，回复单公去讫。司户夫妻相爱，自不必说。

光阴似箭，不觉三年任满。春娘对司户说道：『妾失身风尘，亦荷翁妪爱育，其他姊妹中相处，也有情分契厚的。今将远去，终身不复相见。欲具少酒食，与之话别，不识官人肯容否？』司户道：『汝之事，合州莫不闻之，何可隐讳？便治酒话别，何碍大体。』春娘乃设筵于会胜寺中，教人请杨翁、杨妪，及旧时同行姊妹相厚者十余人，都来会饮。至期，司户先差人在会胜寺等候众人到齐，方才来禀。杨翁、杨妪先到，以后众妓陆续而来。从人点客已齐，方敢禀知司户，请孺人登舆。仆从如云，前呼后拥，到会胜寺中，与众人相见，略叙寒暄，便上了筵席。饮至数巡，春娘自出席送酒。内中一妓姓李名英，原与杨妪家连居，其音乐技艺，皆是春娘教导。常呼春娘为姊，情似同胞，极相敬爱。自从春娘脱籍，李英好生思想，常有郁郁之意。是日，春娘送酒到他面前。李英忽然执春娘之手，说道：『姊今超脱污泥之中，高翔青云之上，似妹子沉沦粪土，无有出期，相去不啻天堂地狱之隔，姊今何以救我？』说罢，遂放声大哭。春娘不胜凄惨，流泪不止。原来李英有一件出色的本事，第一手好针线，能于暗中缝纫，分际不差。正是：

织发夫人昔擅奇，神针娘子古来稀。谁人乞得天孙巧？十二楼中一李姬。

春娘道：『我司户正少一针线人，吾妹肯来与我作伴否？』李英道：『若得阿姊为我方便，得脱此门路，是一段大阴德事。若司户左右要觅针线人，得我为之，素知阿姊心性，强似寻生分人也。』春娘道：『虽然如此，但吾妹平日与我同行同辈，今日岂能居我之下乎？』李英道：『我在风尘中每自退姊一步，况今日云泥迥隔，又有嫡庶之异，即使朝夕奉侍阿姊，比于侍婢，亦所甘心，况敢于阿姊比肩耶？』春娘道：『妹既有此心，奴当与司户商之。』

当晚席散，春娘回衙，将李英之事对司户说了。司户笑道：『一之为甚，岂可再乎！』春娘再三撺掇，司户只是不允。春娘闷闷不悦，一连几日。李英遣人以问安奶奶为名，就催促那事。春娘对司户说道：『李家妹情性温雅，针线又是第一，内助得如此人，诚所罕有。且官人能终身不纳姬侍则已，若纳他人，不如纳李家妹，与我少小相处，两不见笑。官人何不向守公求之，万一不从，不过拚一没趣而已，妾亦有词以回绝李氏。倘侥幸相从，岂非全美。』司户被孺人强逼数次，不得已，先去与郑司理说知了，捉了他同去见太守，委曲道其缘故。太守笑道：『君欲一箭射双雕乎？敬当奉命，以赎前此通判所责之罪。』当下太守再下文牒，与李英脱籍，送归司户。司户将太守所赠十万钱，一半给与李妪，以为赎身之费；一半给与杨妪，以酬其养育之劳。自此春娘与李英姊妹相称，极其和睦。当初单飞英只身上任，今日一妻一妾，又都是才色双全，意外良缘，欢喜无限。后人有诗云：

官舍孤居思黯然，今朝彩线喜双牵。符郎不念当时旧，邢氏徒怀再世缘。空手忽禁双块玉，污泥挺出并头莲。姻缘不论良和贱，婚牒书来五百年。

单司户选吉起程，别了一府官僚，挈带妻妾，还归临安宅院。单飞英率春娘拜见舅姑，彼此不觉伤感，痛哭了一声。哭罢，飞英又率李英拜见。单公问是何人，飞英述其来历。单公大怒，说道：『吾至亲骨肉流落失所，理当收拾，此乃万不得已之事。又旁及外人，是何道理？』飞英惶恐谢罪。单公怒气不息。老夫人从中劝解，遂引去李英于自己房中，要将改嫁。李英那里肯依允，只是苦苦哀求。老夫人见其至诚，且留作伴。过了数日，看见李氏小心婉顺，又爱他一手针线，遂劝单公收留与儿子为妾。单飞英迁授令丞，上司官每闻飞英娶娼之事，皆以为有义气，互相传说，无不加意钦敬，累荐至太常卿。春娘无子，李英生一子，春娘抱之爱如己出。后读书登第，遂为临安名族，至今青楼传为佳话。有诗为证：

山盟海誓忽更迁，谁向青楼认旧缘？仁义还收仁义报，宦途无梗子孙贤。

第十八卷

杨八老越国奇逢

君不见平阳公主马前奴，一朝富贵嫁为夫？又不见咸阳东门种瓜者，昔日封侯何在也？荣枯贵贱如转丸，风云变幻诚多端。达人知命总度外，傀儡场中一例看。

这篇古风，是说人穷通有命，或先富后贫，先贱后贵，如云踪无定，瞬息改观，不由人意想测度。且如宋朝吕蒙正秀才未遇之时，家道艰难。三日不曾饱餐，天津桥上赊得一瓜，在桥柱上磕之，失手落于桥下。那瓜顺水流去，不得到口。后来状元及第，做到宰相地位，起造落瓜亭，以识穷时失意之事。你说做状元宰相的人，命运未至，一瓜也无福消受。假如落瓜之时，向人说道：『此人后来荣贵。』被人做一万个鬼脸，啐干了一千担吐沫，也不为过，那个信他？所以说：『前程如黑漆，暗中摸不出。』又如宋朝军卒杨仁杲为丞相丁晋公治第，夏天负土运石，汗流不止，怨叹道：『同是一般父母所生，那住房子的，何等安乐！我们替他做工的，何等吃苦！正是：「有福之人人服侍，无福之人服侍人。」』这里杨仁杲口出怨声，却被管工官听得了，一顿皮鞭，打得负痛吞声。不隔数年，丁丞相得罪，贬做崖州司户。那杨仁杲从外戚起家，官至太尉，号为皇亲。朝廷就将丁丞相府第，赐与杨仁杲居住。丁丞相起夫治第，分明是替杨仁杲做个工头。正是：

桑田变沧海，沧海变桑田。穷通无定准，变换总由天。

闲话休题。则今说一节故事，叫做《杨八老越国奇逢》。那故事，远不出汉、唐，近不出二宋，乃出自胡元之世，陕西西安府地方。这西安府，乃《禹贡》雍州之域，周曰王畿，秦曰关中，汉曰渭南，唐曰关内，宋曰永兴，元曰安西。话说元朝至大年间，一人姓杨名复，八月中秋节生日，小名八老，乃西安府盩厔县人氏。妻李氏，生子才七岁，头角秀异，天资聪敏，取名世道。夫妻两口儿爱惜，自不必说。一日，杨八老对李氏商议道：『我年近三旬，读书不就，家事日渐消乏。祖上原在闽、广为商，我欲凑些资本，买办货物，往漳州商贩，图几分利息，以为赡家之资，不知娘子意下如何？』李氏道：『妾闻治家以勤俭为本，守株待兔，岂是良图？乘此壮年，正堪跋涉，速整行李，不必迟疑也。』八老道：『虽然如此，只是子幼妻娇，放心不下。』李氏道：『孩儿幸喜长成，妾自能教训，但愿你早去早回。』当日商量已定，择个吉日出行，与妻子分别。带个小厮，叫做随童，出门搭了船只，往东南一路进发。昔人有古风一篇，单道为商的苦处：

人生最苦为行商，抛妻弃子离家乡。飡风宿水多劳役，披星戴月时奔忙。水路风波殊未稳，陆程鸡犬惊安寝。平生豪气顿消磨，歌不发声酒不饮。少资利薄多资累，匹夫怀璧将为罪。偶然小恙卧床帏，乡关万里书谁寄？一年三载不回程，梦魂颠倒妻孥惊。灯花忽报行人至，阖门相庆如更生。男儿远游虽得意，不如骨肉长相聚。请看江上信天翁，拙守何曾缺生计？

话说杨八老行至漳浦，下在檗妈妈家，专待收买番禺货物。原来檗妈妈无子，只有一女，年二十三岁，曾赘个女婿，相帮过活。那女婿也死了，已经周年之外，女儿守寡在家。檗妈妈看见杨八老本钱丰厚，且是志诚老实，待人一团和气，十分欢喜。意欲将寡女招赘，以靠终身。八老初时不肯，被檗妈妈再三劝道：『杨官人，你千乡万里，出外为客，若没有切己的亲戚，那个知疼着热？如今我女儿年纪又小，正好相配官人，做个「两头大」。你归家去有娘子在家，在漳州来时，有我女儿。两边来往，都不寂寞，做生意也是方便顺溜的。老身又不费你大钱大钞，只是单生一女，要他嫁个好人，日后生男育女，连老身门户都有依靠。就是你家中娘子知道时，料也不嗔怪，多少做客的，娼楼妓馆，使钱撒漫，这还是本分之事。官人须从长计较，休得推阻。』八老见他说得近理，只得允了，择日成亲，入赘于檗家。夫妻和顺，自此无话。不上二月，檗氏怀孕。期年之后，生下一个孩儿，合家欢喜。三朝满月，亲戚庆贺，不在话下。

却说杨八老思想故乡妻娇子幼，初意成亲后，一年半载，便要回乡看觑。因是怀了身孕，放心不下，以后生下孩儿，檗氏又不放他动身。光阴似箭，不觉住了三年，孩儿也两周岁了。取名世德，虽然与世道排行，却冒了檗氏的姓，叫做檗世德。杨八老一日对檗氏说，暂回关中，看看妻子便来。檗氏苦留不住，只得听从。八老收拾货物，打点起身。也有放下人头帐目，与随童分头并日催讨。

八老为讨欠帐，行至州前。只见挂下榜文，上写道：『近奉上司明文：倭寇生发，沿海抢劫，各州县地方，须用心巡警，以防冲犯。一应出入，俱要盘诘。城门晚开早闭……』等语。八老读罢，吃了一惊，想道：『我方欲动身，不想有此寇警。倘或倭寇早晚来时，闭了城门，知道何日平静？不如趁早走路为上。』也不去讨帐，径回身转来。只说拖欠帐目，急切难取，待再来催讨未迟。闻得路上贼寇生发，货物且不带去，只收拾些细软行装，来日便要起程。檗氏不忍割舍，抱着三岁的孩儿，对丈夫说道：『我母亲只为终身无靠，将奴家嫁你，幸喜有这点骨血。你不看奴家面上，须牵挂着小孩子，千万早去早回，勿使我母子悬望。』言讫，不觉双眼流泪。杨八老也命好道：『娘子不须挂怀，三载夫妻，恩情不浅，此去也是万不得已，一年半载，便得相逢也。』当晚檗妈妈治杯送行。

次日清晨，杨八老起身梳洗，别了岳母和浑家，带了随童上路。未及两日，在路吃了一惊。但见：

舟车挤压，男女奔忙。人人胆丧，尽愁海寇恁猖狂；个个心惊，只恨官兵无备御。扶幼携老，难禁两脚奔波；弃子抛妻，单为一身逃命。不辨贫穷富贵，急难中总则一般；那管城市山林，藏身处只求片地。正是：宁为太平犬，莫作乱离人。

杨八老看见乡村百姓，纷纷攘攘，都来城中逃难。传说倭寇一路放火杀人，官军不能禁御，声息至近，唬得八老魂不附体。进退两难，思量无计，只得随众奔走。且到汀州城里，再作区处。

又走了两个时辰，约离城三里之地，忽听得喊声震地，后面百姓们都号哭起来，却是倭寇杀来了。众人先唬得脚软，奔路不动。杨八老望见旁边一座林子，向刺斜里便走，也有许多人随他去林丛中躲避。谁知倭寇有智，惯是四散埋伏。林子内先是一个倭子跳将出来，众人欺他单身，正待一齐奋勇敌他。只见那倭子，把海叵罗吹了一声，吹得呜呜作响。四围许多倭贼，一个个舞着长刀，跳跃而来，正不知那里来的。有几个粗莽汉子，平昔间有些手脚的，拚着性命，将手中器械，上前迎敌。犹如火中投雪，风里扬尘，被倭贼一刀一个，分明砍瓜切菜一般。唬得众人一齐下跪，口中只叫饶命。

原来倭寇逢着中国之人，也不尽数杀戮。掳得妇女，恣意奸淫，弄得不耐烦了，活活地放了他去。也有有情的倭子，一般私有所赠。只是这妇女虽得了性命，一世被人笑话了。其男子但是老弱，便加杀害；若是强壮的，就把来剃了头发，抹上油漆，假充倭子。每遇厮杀，便推他去当头阵。官军只要杀得一颗首级，便好领赏，平昔百姓中秃发瘌痢，尚然被他割头请功，况且见在战阵上拿住，那管真假，定然不饶的。这些剃头的假倭子，自知左右是死，索性靠着倭势，还有挨过几日之理，所以一般行凶出力。那些真倭子，只等假倭挡过头阵，自己都尾其后而出，所以官军屡堕其计，不能取胜。昔人有诗单道着倭寇行兵之法，诗云：

倭阵不喧哗，纷纷正带斜。螺声飞蛱蝶，鱼贯走长蛇。扇散全无影，刀来一片花。更兼真伪混，驾祸扰中华。

杨八老和一群百姓们，都被倭奴擒了，好似瓮中之鳖，釜中之鱼，没处躲闪，只得随顺，以图苟活。随童已不见了，正不知他生死如何。到此地位，自身管不得，何暇顾他人。莫说八老心中愁闷，且说众倭奴在乡村劫掠得许多金宝，心满意足。闻得元朝大军将到，抢了许多船只，驱了所掳人口下船。一齐开洋，欢欢喜喜，径回日本国去了。原来倭奴入寇，国王多有不知者，乃是各岛穷民，合伙泛海，如中国贼盗之类，彼处只如做买卖一般。其出掠亦各分部统，自称大王之号。到回去，仍复隐讳了。劫掠得金帛，均分受用，亦有将十分中一二分，献与本岛头目，互相容隐。如被中国人杀了，只作做买卖折本一般。所掳得壮健男子，留作奴仆使唤，剃了头，赤了两脚，与本国一般模样，给与刀仗，教他跳战之法。中国人惧怕，不敢不从。过了一年半载，水土习服，学起倭话来，竟与真倭无异了。

光阴似箭，这杨八老在日本国，不觉住了一十九年。每夜私自对天拜祷：『愿神明护佑我杨复再转家乡，重会妻子。』如此寒暑无间。有诗为证：

异国飘零十九年，乡关魂梦已茫然。苏卿困虏旌俱脱，洪皓留金雪满颠。彼为中朝甘守节，我成俘虏获何愆？首丘无计伤心切，夜夜虔诚祷上天。

话说元泰定年间，日本国年岁荒歉，众倭纠伙，又来入寇，也带杨八老同行。八老心中一则以喜，一则以忧。所喜者，乘此机会，到得中国。陕西、福建二处，俱有亲属，皇天护佑，万一有骨肉重逢之日，再得团圆，也未可知；所忧者，此身全是倭奴形象，便是自家照着镜子，也吃一惊，他人如何认得？况且刀枪无情，此去多凶少吉，枉送了性命。只是一说，宁作故乡之鬼，不愿为夷国之人。天天可怜，这番飘洋，只愿在陕、闽两处便好。若在他方也是枉然。

原来倭寇飘洋，也有个天数，听凭风势：若是北风，便犯广东一路；若是东风，便犯福建一路；若是东北风，便犯温州一路；若是东南风，便犯淮扬一路。此时二月天气，众倭登船离岸，正值东北风大盛，一连数日，吹个不住，径飘向温州一路而来。那时元朝承平日久，沿海备御俱疏，就有几只船，几百老弱军士，都不堪拒战，望风逃走。众倭公然登岸，少不得放火杀人。杨八老虽然心中不愿，也不免随行逐队。这一番自二月至八月，官军连败了数阵，抢了几个市镇，转掠宁绍，又到余杭，其凶暴不可尽述。各府州县写了告急表章，申奏朝廷。旨下兵部，差平江路普花元帅领兵征剿。这普花元帅足智多谋，又手下多有精兵良将，奉命克日兴师，大刀阔斧，杀奔浙江路上来。前哨打探倭寇占住清水闸为穴，普花元帅约会浙中兵马，水陆并进。那倭寇平素轻视官军，不以为意。谁知普花元帅手下有十个统军，都有万夫不当之勇，军中多带火器，四面埋伏，一等倭贼战酣之际，埋伏都起，火器一齐发作，杀得他走投没路，大败亏输。斩首千余级，活捉二百余人，其抢船逃命者，又被水路官兵截杀，也多有落水死者。普花元帅得胜，赏了三军。犹恐余倭未尽，遣兵四下搜获。真个是：

饶伊凶暴如狼虎，恶贯盈时定受殃。

话分两头。却说清水闸上有顺济庙，其神姓冯名俊，钱塘人氏。年十六岁时，梦见玉帝遣天神传命割开其腹，换去五脏六腑，醒来犹觉腹痛。自言适在从幼失学，未曾知书，自此忽然开悟，无书不晓，下笔成文，又能预知将来祸福之事。忽一日，卧于家中，叫唤不起，良久方醒。自言适在东海龙王处赴宴，被他劝酒过醉。家人不信，及呕吐出来都是海错异味，目所未睹，方知真实。到三十六岁，忽对人说：『玉帝命我为江涛之神，三日后，必当赴任。』至期无疾而终。是日，江中波涛大作，行舟将覆，忽见朱幡皂盖，白马红缨，族拥一神，现形云端间，口中叱咤之声。俄顷，波恬浪息。问之土人其形貌乃冯俊也。于是就其所居，立庙祠之，赐名顺济庙。绍定年间，累封英烈王之号。其神大有灵应。倭寇占住清水闸时，杨八老私向庙中祈祷，问笤得个大吉之兆，心中暗喜。与先年一般同被掳去的，共十三人约会，大兵到时，出首投降；又怕官军不分真假，拿去请功，狐疑不决。

到这八月二十八日，倭寇大败。杨八老与十二个人，俱潜躲在顺济庙中，不敢出头。正在两难，急听得庙外喊声大举，乃是老王千户，名唤王国雄，引着官军入来搜庙。一十三人尽被活捉，捆缚做一团儿，吊在廊下。众人口称冤枉，都说不是真倭，那里睬他。此时天色已晚，老王千户权就庙中歇宿，打点明早解官请功。事有凑巧，老王千户带个贴身服侍的家人，叫做王兴，夜间起来出恭，闻得廊下哀号之声，其中有一个像关中声音，好生奇异。悄地点个灯去，打一看，看到杨八老面貌，有些疑惑，问道：『你们既说不是真倭，是那里人氏？如何入了倭贼伙内，又是一般形貌？』杨八老诉道：『众人都是闽中百姓，只我是安西府盩厔县人。十九年前在漳浦做客，被倭寇掳去，髡头跣足，受了万般辛苦。众人是同时被难的。今番来到此地，便想要自行出首。其奈形状怪异，不遇个相识之人，恐不相信，因此狐疑不决。幸天兵得胜，倭贼败亡，我等指望重见天日，不期老将军不行细审，一概捆吊，明日解到军门，性命不保。』说罢，众人都哭起来。王兴忙摇手道：『不可高声啼哭，恐惊醒了老将军，反为不美。则你这安西府汉子，姓甚名谁？』杨八老道：『我姓杨，名复，小名八老。长官也带些关中语音，莫非同郡人么？』王兴听说，吃了一惊：『原来你就是我旧主人！可记得随童么？小人就是。』杨八老道：『怎不记得！只是须眉非旧，端的对面不相认了。自当初在闽中分散，如何却在此处？』王兴道：『且莫细谈，明早老将军起身发解时，我站在旁边，你只看着我，唤我名字起来，小人自来与你分解。』说罢，提了灯自去了。众人都向八老问其缘故，八老略说一二，莫不欢喜。正是：

死中得活因灾退，绝处逢生遇救来。

原来随童跟着杨八老之时，才一十九年，如今又加十九年，是三十八岁人了，急切如何认得？当先与主人分散，躲在茅厕中，侥幸不曾被倭贼所掠。那时老王千户还是百户之职，在彼领兵，偶然遇见，见他伶俐，问其来历，收在身边服侍，就便许他访问主人消息，谁知杳无音信。后来老王百户有功，升了千户，改调浙中地方做官。随童改名王兴，做了身边一个得力的家人。也是杨八老命不当尽，禄不当终，否极泰来，天教他主仆相逢。

闲话休题。却说老王千户次早点齐人众，解下一十三名倭犯，要解往军门请功。正待起身，忽见倭犯中一人，看定王兴，高声叫道：『随童，我是你旧主人，可来救我！』王兴假意认了一认，两下抱头而哭。因事体年远，老王千户也忘其所以了，忙唤王兴，问其缘故。王兴一一诉说：『此乃小人十九年前失散之主人也。彼时寻觅不见，不意被倭贼掳去。小人看他面貌有些相似，正在疑惑，谁想他倒认得小人，唤起小人的旧名。望恩主辨其冤情，释放我旧主人，小人便死在阶前，瞑目无怨。』说罢，放声大哭。众倭犯都一齐声冤起来，各道家乡姓氏，情节相似。老王千户道：『既有此冤情，我也不敢自专，解在帅府，教他自行分辨。』王兴道：『求恩主将小人一齐解去，好做对证。』老王千户起初不允，被王兴哀求不过，只得允了。

当日将一十三名倭犯，连王兴解到帅府。普花元帅道：『既是倭犯，便行斩首。』那一十三名倭犯，一个个高声叫冤起来，内中王兴也叫冤枉。王国雄便跪下去，将王兴所言事情，禀了一遍。普花元帅准信，就教王国雄押着一干倭犯，并王兴发到绍兴郡丞杨世道处，审明回报。故元时节，郡丞即如今通判之职，却只下太守一肩，与太守同理府事，最有权柄。那日，郡丞杨公升厅理事，甚是齐整。怎见得？有诗为证：

吏书踮立如泥塑，军卒分开似木雕。随你凶人奸似鬼，公庭刑法不相饶。

老王千户奉帅府之命，亲押一十三名倭犯到杨郡丞厅前，相见已毕，备言来历。杨公送出厅门，复归公座。先是王兴开口诉冤，那一班倭犯哀声动地。杨公问了王兴口词，先唤杨八老来审，杨八老将姓名家乡备细说了。杨郡丞问道：『既是盩厔县人，你妻族何姓？有子无子？』杨八老道：『妻族东村李氏，只生一子，取名世道。小人到漳浦为商之时，孩儿年方七岁。在漳浦住了三年，就陷身倭国，经今又十九年。自从离家之后，音耗不通，妻子不知死亡。若是孩儿抚养得长大，算来该二十九岁了。老爷不信时，移文到盩厔县中，将三党亲族姓名，一一对验，小人之冤可白矣。』再问王兴，所言皆同。众人又齐声叫冤。杨公一一细审，都是闽中百姓，同时被掳的。杨公沉吟半晌，喝道：『权且收监，待行文本处查明来历，方好释放。』

当下散堂，回衙见了母亲杨老夫人，口称怪事不绝。老夫人问道：『孩儿今日问何公事？』口称怪异，何也？』杨公道：『有王千户解到倭犯一十三名，说起来都是我中国百姓，被倭奴掳去的，是个假倭，不是真倭。内中一人，姓杨名复，乃关中盩厔县人氏。他说二十一年前，别妻李氏，往漳浦经商。三年之后，遭倭寇作乱，掳他到倭国去了。与妻临别之时，有儿年方七岁，到今算该二十九岁了。母亲常说孩儿七岁时，父亲往漳州为商，一去不回。他家乡姓名正与父亲相同，其妻子姓名，又分毫不异，孩儿今年正二十九岁，世上不信有此相合之事。况且王千户有个家人王兴，一口认定是他旧主。那王兴说旧名随童，在漳浦乱军分散，又与我爷旧仆同名。所以称怪。』老夫人也不觉称道：『怪事，怪事！世上相同的事也颇有，不信件件皆合。事有可疑，你明日再行吊审，我在屏后窃听，是非顷刻可决。』

杨世道领命，次日重唤取一十三名倭犯，再行细鞫，其言与昨无二。老夫人在屏后大叫道：『杨世道我儿！不须再问，则这个盩厔县人，正是你父亲！那王兴端的是随童了。』惊得郡丞杨世道手脚不迭，一跌跌下公座来，抱了杨八老放声大哭。请归后堂，王兴也随进来。当下母子夫妻三口，抱头而哭，分明是梦里相逢一般。则这随童也哭做一堆。哭了一个不耐烦，方才拜见父亲。随童也来磕头，认旧时主人、主母。杨八老对儿子道：『我在倭国，夜夜对天祷告，只愿再转家乡，重会妻子。今日皇天可怜，果遂所愿。且喜孩儿荣贵，万千之喜。只是那一十二人，都是闽中百姓，与我同时被掳的，实出无奈。吾儿速与昭雪，不可偏枯，使他怨望。』杨世道领了父亲言语，便把一十二人尽行开放，又各赠回乡路费三两，众人谢恩不尽。一面分付书吏写下文书，申复帅府，一面安排做庆贺筵席。衙内整备香汤，服侍八老沐浴过了，通身换了新衣，顶冠束带，出来拜见公公。一门骨肉团圆，欢喜无限。

这一事闹遍了绍兴府前，本府檗太守听说杨郡丞认了父亲，备下羊酒，特往称贺，定要请杨太公相见。杨复只得出来，见了檗公，叙礼已毕，分宾而坐。檗太守欣羡不已。杨郡丞置酒留款，饮酒中间，檗太守问杨太公何由久客闽中，以致此祸。杨八老答道：『初意一在半载便欲还乡，何期下在檗家，他家适有寡女，年二十三岁，正欲招夫帮家过活，老夫入赘彼家，以此淹留三载。』檗公问道：『在彼三年，曾有生育否？』八老答道：『因是檗家怀孕，生下一儿，两不相舍；不然，也回去久矣。』檗公又问道：『所生令郎可曾取名？』八老不知太守姓名，便随口应道：『因是本县小儿取名世道，那檗氏所生就取名檗世德，要见两姓兄弟之意。算来檗氏所生之子，今年也该二十二岁了，不知他母子存亡下落。』说罢，下泪如雨。檗太守也不尽欢，又饮了数杯。作别回去，与母亲檗老夫人说知如此如此，『他说在漳浦所娶檗家，与母亲同姓，年庚不差。莫非此人就是我父亲？』檗老夫人道：『你明日备个筵席，请他赴宴，待我屏后窥之，便见端的。』

次日，杨八老具个通家名帖，来答拜檗公，檗公也置酒留款。檗老夫人在屏后偷看，那时八老衣冠济楚，又不似先前倭贼样子，一发容易认了。檗老夫人听不多几句言语，便大叫道：『我儿檗世德，快请你父亲进衙相见！』杨八老出自意外，倒吃了一惊。檗太守慌忙跪下道：『孩儿不识亲颜，乞恕不孝之罪。』请到私衙，与檗老夫人相见，抱头而哭，与杨郡丞衙中无异。

正叙话间，杨郡丞遣随童到太守衙中，迎接父亲。听说太守也认了父亲，随童大惊，撞入私衙，见了檗老夫人，磕头相见。檗老夫人问起，方知就是随童。此时随童才叙出失散之后，遇了王百户始末根由。阖门欢喜无限，檗太守娶妻蒋氏，也来拜见公公。檗公命重整筵席，请杨郡丞到来，备细说明。一守一丞，到此方认做的亲兄弟。当日连杨衙小夫人张氏都请过来，做个合家欢筵席，这一场欢喜非小。分明是：

苦尽生甘，否极遇泰。丰城之剑再合，合浦之珠复回。高年学究，忽然及第连科；乞食贫儿，蓦地发财掘藏。寡妇得夫花发蕊，孤儿遇父草行根。喜胜他乡遇故知，欢如久旱逢甘雨。两叶浮萍归大海，人生何处不相逢？

杨八老在日本国受了一十九年辛苦，谁知前妻李氏所生孩儿杨世道，后妻檗氏所生孩儿檗世德，长大成人，中同年进士，又同选在绍兴一郡为官。今日天遣相逢，在枷锁中脱出性命，就认了两位夫人，两个贵子，真是古今罕有。第三日阖郡官员尽知奇事，都来贺喜。老王千户也来称贺，已知王兴是杨家旧仆，不相争执。王兴已娶有老婆，在老王千户家。老王千户奉承檗太守、杨郡丞，疾忙差人送王兴妻子到于府中完聚。檗太守和杨郡丞一齐备个文书，到普花元帅处，述其认父始末。普花元帅奏表朝廷，一门封赠。檗世德复姓归宗，仍叫杨世德。八老在任上安享荣华，寿登耄耋而终。此乃是死生有命，富贵在天，荣枯得失，尽是八字安排，不可强求。有诗为证：

才离地狱忽登天，二子双妻富贵全。命里有时终自有，人生何必苦埋怨？

第十九卷

杨谦之客舫遇侠僧

宝剑长琴四海游，浩歌自是恣风流。丈夫莫道无知己，明月豪僧遇客舟。

杨益，字谦之，浙江永嘉人也。自幼倜傥有大节，不拘细行。博学雄文，授贵州安庄县令。安庄县地接岭表，南通巴蜀，蛮獠错杂，人好蛊毒战斗，不知礼义文字。事鬼信神，俗尚妖法。产多金银珠翠珍宝。原来宋朝制度，外官辞朝，皇帝临轩亲问，臣工各献诗章，以此卜为政能否。建炎二年丁卯三月，杨益承旨辞朝，高宗皇帝问杨益曰：『卿为何官？』杨益奏曰：『臣授贵州安庄县知县。』帝曰：『卿亦询访安庄风景乎？』杨益有诗一首献上。诗云：

蛮烟寥落在东风，万里天涯迢递中。人语殊方相识少，鸟声睍睆听来同。桄榔连碧迷征路，象郡南天绝便鸿。自愧年来无寸补，还将礼乐侯元功。

高宗听奏是诗，首肯久之，恻然心动，曰：『卿处殊方，诚为可悯。暂去摄理，不久取卿回用也。』

杨益挥泪拜辞，出到朝外，遇见镇抚使郭仲威。二人揖毕，仲威曰：『闻君荣任安庄，如何是好？』杨益道：『蛮烟瘴疫，九死一生，欲待不去，奈日暮途穷，去时必陷死地，烦乞赐教。』仲威答道：『要知端的，除是与你去问恩主周镇抚，方知备细。恩主见谪连州，即今也要起身。』二人同来见镇抚周望，杨益叩首再拜曰：『杨某近任安庄边县，烦望指示。』周望慌忙答礼，说道：『安庄蛮獠出没之处，家户都有妖法，蛊毒魅人。若能降伏得他，财宝尽你得了；若不能处置得他，须要仔细。尊正夫人亦不可带去，恐土官无礼。』杨益见说了，双泪交流，道言：『怎生是好？』周望怜杨益苦切，说道：『我见谪遣连州，与公同路，直到广东界上，与你分别。一路盘缠，足下不须计念。』杨益二人拜辞出来，等了半月有余，跟着周望一同起身。郭仲威治酒送别过，自去了。

二人来到镇江，雇只大船。周望、杨益用了中间几个大舱口，其余舱口，俱是水手搭人觅钱，搭有三四十人。内有一个游方僧人，上湖广武当去烧香的，也搭在众人舱里。这僧人说是伏牛山来的，且是粗鲁，不肯小心。共舱有十二三个人，都不喜他，他倒要人煮茶做饭与他吃。这共舱的人说道：『出家人慈悲小心，不贪欲，那里反倒要讨我们的便宜？』这和尚听得说，回话道：『你这一起是小人，我要你服侍，不嫌你也就够了。』口里千小人，万小人，骂众人。众人都气起来，也有骂这和尚的，也有打这和尚的。这僧人不慌不忙，随手指着骂他的说道：『不要骂！』那骂的人就出声不得，闭了口。又指着打他的说道：『不要打！』那打的人就动手不得，瘫了手。这几个木呆子，一堆儿坐在舱里，只白着眼看。有一辈不曾打骂和尚的人，看见如此模样，都惊张起来，叫道：『不好了，有妖怪在这里！』喊天叫地，各舱人听得，都走来看。也惊动了官舱里周、杨二公，两个走到舱口来看，果见此事，也吃惊起来。正要问和尚，这和尚见周、杨二人是个官府，便起身朝着两个打个问讯，说道：『小僧是伏牛山来的僧人，要去武当随喜的。偶然搭在宝舟上，被众人欺负，望二位大人做主。』周镇抚说道：『打骂你，虽是他们不是；你如此，也不是出家人慈悲的道理。』和尚见说，回话道：『既是二位大人替他讨饶，我并不计较了。』把手去摸这哑的嘴，道：『你自说！」这哑的人便说得话起来。又把手去扯这瘫的手，道：「你自动！」这瘫的人便抬得手起来。就如要场戏子一般，满船人都一齐笑起来。周镇抚悄悄地与杨益说道：「这和尚必是有法的，我们正要寻这样人，何不留他去你舱里问他。」杨益道：「说得是，我舱里没家眷，可以住得。」就与和尚说道：「你既与众人打伙不便，就到我舱里权住罢。随茶粥饭，不要计较。」和尚说道：「取扰不该。」和尚就到杨益舱里住下。

一住过了三四日，早晚说些经典或世务话，和尚都晓得。杨益时常说些路上切要话，打动和尚，又与他说道要去安庄县做知县。和尚说道：「去安庄做官，要打点停当，方才可去。」杨益把贫难之事，备说与和尚。和尚说道：「小僧姓李，原籍是四川雅州人，有几房移在威清县住，我家也有弟兄姊妹。我回去，替你寻个有法术手段的人，相伴你去，才无事。若寻不得人，不可轻易去。我且不上武当去了，陪你去广里去。」杨益再三致谢，把心腹事备细与和尚说知。这和尚见杨益开心见诚，为人平易本分，和尚愈加敬重杨公。又知道杨公甚贫，去自己搭连内取十来两好赤金子，五六十两碎银子，送与杨公做盘缠。杨公再三推辞不肯受，和尚定要送，杨公方才受了。

不觉在船中半个月余，来到广东琼州地方。周镇抚与杨公说：「我往东去是连州，本该在这里相陪足下，如今有这个好善心的长老在这里，可托付他，不须得我了。我只就此作别，后日天幸再会。」又再三嘱咐长老说道：「凡事全仗。」长老说：「不须分付，小僧自理会得。」周镇抚又安排些酒食，与杨公、和尚作别。饮了半日酒，周望另讨个小船自去了。

且说杨公与长老在船中，又行了几日，来到偏桥县地方。长老来对杨公说道：「这是我家的地方了，把船泊在码头去处，我先上去寻人，端的就来下船，只在此等。」和尚自驮上搭连禅杖，别了自去。一连去了七八日，并无信息，等得杨公肚里好焦。虽然如此，却也谅得过这和尚是个有信行的好汉，决无诳言之事，每日只悬悬而望。到第九日上，只见这长老领着七八个人，挑着两担箱笼，若干吃食东西，又抬着一乘有人的轿子，来到船边。掀起轿帘儿，看着船舱口，扶出一个美貌佳人，年近二十四五岁的模样。看这妇人生得如何？诗云：

独占阳台万点春，石榴裙染碧湘云。眼前秋水浑无底，绝胜襄王紫玉君。

又诗云：

海棠枝上月三更，醉里杨妃自出群。马上琵琶催去急，阿蛮空恨艳阳春。

说这长老与这妇人与杨公相见已毕，又叫过有媳妇的一房老小，一个义女，两个小厮，都来叩头。长老指着这妇人说道：「他是我的嫡堂侄女儿，因寡居在家里，我特地把他来伏事大人。他自幼学得些法术，大人前路，凡百事都依着他，自然无事。」就把箱笼东西，叫人着落停当。天色已晚，长老一行人权在船上歇了。这媳妇、丫环去火舱里安排些茶饭，与各人吃了，李氏又自赏了五钱银子与船家。杨公见不费一文东西，白得了一个佳人并若干箱笼人口，拜谢长老，说道：「荷蒙大恩，犬马难报。」长老道：「都是缘法，谅非人为。」饭酒罢，长老与众人自去别舱里歇了。杨公自与李氏到官舱里同寝，一夜绸缪，言不能尽。

次日，长老起来，与众人吃了早饭，就与杨公、李氏作别，又分付李氏道：「我前日已分付了，你务要小心在意，不可托大。荣迁之日再会。」长老直看得开船去了，方才转身。

且说这李氏，非但生得妖娆美貌，又兼禀性温柔，百能百俐，也是天生的聪明，与杨公彼此相爱，就如结发一般。又行过十数日，来到牂牁江了。说这个牂牁江，东通巴蜀川江，西通滇池夜郎，诸江会割，水最湍急利害，无风亦浪，舟楫难济。船到江口，水手待要吃饭饱了，才好开船过江。开了船时，风水大，住手不得；况兼江中都是尖锋石插，要随着河道放去，若遇着时，这船就罢了。船上人打点端正，才要发号开船，只见李氏慌对杨公说：『不可开船，还要躲风三日，才好放过去。』杨公说道：『如今没风，怎地倒不要开船？』李氏说道：『这大风只在顷刻间来了，依我说，把船快放入浦里去躲这大风。』杨公正要试李氏的本事，就叫水手问道：『这里有个浦子么？』水手禀道：『前面有个石圮浦，浦西北角上有个罗市，人家也多，诸般皆有，正好歇船。』杨公说：『恁的把船快放入去。』水手一齐把船撑动，刚刚才要撑入浦子口，只见那风从西北角上吹将来，初时扬尘，次后拔木，一江绿水都乌黑了。那浪掀天括地，鬼哭神号，惊怕杀人。这阵大风不知坏了多少船只，直颠狂到日落时方息。李氏叫过丫环媳妇，做茶饭吃了，收拾宿了。

次日，仍又发起风来。到午后风完了，有几只小船儿，载着市上土物来卖。杨公见李氏非但晓得法术，又晓得天文，心中欢喜，就叫船上人买些新鲜果品土物，奉承李氏。又有一只船上叫卖蒟酱，这蒟酱滋味如何？有诗为证：

白玉盘中簇绛茵，光明金鼎露丰神。椹精八月枝头熟，酿就人间琥珀新。

杨公说道：『我只闻得说，蒟酱是滇蜀美味，也不曾得吃，何不买些与奶奶吃？』叫水手去问那卖蒟酱的，这一罐子要卖多少钱。卖蒟酱的说：『要五百贯足钱。』杨公说：『恁的，叫小厮进舱里问奶奶讨钱数与他。』小厮进到舱里，问奶奶取钱买酱。李氏说：『这酱不要买他的，买了有口舌。』小厮出来回复杨公。杨公说：『买一罐酱值得甚的，便有口舌！奶奶只是见贵了，不舍得钱，故如此说。』自把些银子与这蛮人，买了这罐酱，拿进舱里去。揭开罐子看时，这酱端的香气就喷出来，颜色就如红玛瑙一般可爱。吃些在口里，且是甜美得好。李氏慌忙讨这罐子酱盖了，说道：『老爹不可吃他的！口舌就来了。这蒟酱我这里没有的，出在南越国。其木似谷树，其叶如桑椹，长二三寸，又不肯多生。九月后，霜里方熟。土人采之，酿酝成酱。先进王家，诚为珍味。这个是盗出来卖的，事已露了。』

原来这蒟酱是都堂着县官差富户去南越国用重价购求来的，都堂也不敢自用，要进朝廷的奇味。富户吃了千辛万苦，费了若干财物，破了家，才设法得一罐子。正要换个银罐子盛了，送县官转送都堂，被这蛮子盗出来。富户因失了酱，举家慌张，四散缉获，就如死了人的一般。有人知风，报与富户。富户押着正牌，驾起一只快船，二三十人，各执刀枪，鸣锣击鼓，杀奔杨知县船上来，要取这酱。那兵船离不远，只有半箭之地。

杨知县听得这风色慌了，躲在舱里说道：『奶奶，如何是好？』李氏说道：『我教老爹不要买他的，如今惹出这场大事来。蛮子去处，动不动便杀起来，那顾礼法！』李氏又道：『老爹不要慌。』连忙叫小厮拿一盆水进舱来，念个咒，望着水里一画，只见那只船就如钉钉在水里的一般，随他撑也撑不动，上前也上前不得，落后也落后不得，只住在水中间。兵船上人都慌起来，说道：『官船上必然有妖法，快去请人来斗法。』这里李氏已叫水手过去，打着乡谈说道：『列位不要发恼。官船偶然在贵地躲风，歇船在此。因有人拿蒟酱来卖，不知就里，一时间买了这酱，并不曾动。送还原物便罢，这价钱也不要了。』兵船上人见说得好，又知道酱不曾吃他的，说道：『只要还了原物，这原银也送还。』水手回来复杨知县，拿这罐酱送过去。兵船上还了原银，两边都不动刀兵。李氏把手在水盆里连画几画，那兵船便轻轻撑了去，把这偷酱的贼送去县里问罪。杨知县说道：『亏杀奶奶，救得这场祸。』李氏说道：『今后只依着我，管你没事。』次日，风也不发了。正是：

金波不动鱼龙寂，玉树无声鸟雀栖。

众人都吃了早饭，便把船放过江。一路上要行便行，要止便止，渐渐近安庄地方。本县吏书门皂人役接着，都来参拜。原来安庄县只有一知一典，有个徐典史，也来迎接相见了，先回县里去。到得本次，人夫接着，把行李扛抬起来，把乘四人轿抬了奶奶，又有二乘小轿，几匹马，与从人使女，各乘骑了，先送到县里去。杨知县随后起身，路上打着些蛮中鼓乐，远近人听得新知县到任，都来看。杨知县到得县里，径进后堂衙里，安稳了奶奶家小，才出到后堂，与典史拜见。礼毕，就吃公堂酒席。

饮酒之间，杨知县与徐典史说：『我初到这里，不知土俗民情，烦乞指教。』徐典史回话道：『不才还要长官扶持，怎敢当此。』因说道：『这里地方与马龙连接，马龙有个薛宣尉司，他是唐朝薛仁贵之后，其富敌国。獠蛮犵狫，只服薛尉司约束。本县虽与宣尉司表里，衙门常规，长官行香后，先去看望他，他才答礼，彼此酒礼往来。烦望长官在意。』杨知县说道：『我都知得。』又问道：『这里与马龙多远？』徐典史回话道：『离本县四十余里。』又说些县里事务。

饮酒已毕，彼此都散入衙去。杨知县对奶奶说这宣尉司的缘故，李氏说：『薛宣尉年纪小，极是作聪的。若是小心与他相好，钱财也得了他的。我们回去，还在他手里。不可托大，说他是土官，不可怠慢他。』又说道：『这三日内，有一个穿红的妖人无礼，来见你时，切不可被他哄起身来，不要睬他。』杨知县都记在心里了。

等待三日，城隍庙行香到任，就坐堂，所属都来参见，发放已毕。只见阶下有个穿红布圆领戴顶方头巾的土人，走到杨知县面前，也不下跪，口里说道：『请起来，老人作揖。』知县相公问道：『你是那县的老人？与我这衙门有相干也无相干？』老人也不回报什么，口里又说道：『请起来，老人作揖。』知县相公虽不睬他，被他三番两次在面前如此侮弄，又见两边看的人多了，亵威损重，又恐人耻笑，只记得奶奶说不要立起身来，那时气发了，那里顾得什么，就叫皂隶：『拿这老人下去，与我着实打！』只见跑过两个皂隶来，要拿下去打时，那老人硬着腰，两个人那里拿得倒，口里又说道：『打不得！』知县相公定要打，众皂隶们一齐上，把这老人拿下，打了十板。众吏典都来讨饶，杨公叱道：『赶出去！』这老人一头走，一头说道：『不要慌！』

知县相公坐堂是个好日子，指望发头顺利，撞出这个歹人来，恼这一场，只得勉强发落些事。投文画卯了，闷闷地就散了堂，退入衙里来。李奶奶接着，说道：『我分付老爹不要睬这个穿红的人，你又与他计较。』杨公说道：『依奶奶言语，并不曾起身，端端地坐着，只打得他十板。』奶奶又说道：『他正是来斗法的人，你若起身时，他便夜来变妖作怪，百般惊吓你；你却怕死讨饶，这县官只当是他做了。那门皂吏书，都是他一路，那里有你我做主？如今被打了，他却不来弄神通惊你，只等夜里来害你性命。』杨公道：『怎生是好？』奶奶说道：『不妨事，老爹且宽心，晚间自有道理。』杨公又说道：『全仗奶奶。』

待到晚，吃了饭，收拾停当。李奶奶先把白粉灰按着四方，画四个符；中间空处，也画个符。就教老爹坐在中间符上，分付道：『夜里有怪物来惊吓你，你切不可动身，只端端坐在符上，也不要怕他。』李奶奶也结束，箱里取出一个三四寸长的大金针来，把香烛朱符，供养在神前，贴贴地坐在白粉圈子外等候。

约莫着到二更时分，耳边听得风雨之声，渐渐响近。来到房檐口，就如裂帛一声响，飞到房里来。这个恶物，如茶盘大，看不甚明白，望着杨公扑将来。扑到白圈子外，就做住，绕着白圈子飞，只扑不进来。杨公惊得捉身不住。李奶奶念动咒，把这道符望空烧了。却也有灵，这恶物就不似发头飞得急捷了。说时迟，那时快，李奶奶打起精神，双眼定睛，看着这恶物，喝道：『住！』疾忙拿起右手来，一把去抢这恶物，那恶物就望着地扑将下来。这李奶奶随着势，就低身把手按住在地上，双手拿这恶物起来看时，就如一个大蝙蝠模样，浑身黑白花纹，一个鲜红长嘴，看了怕杀人。杨公惊得呆了半晌，才起得身来。李氏对老爹说：『这恶物是老人化身来的，若把这恶物打死在这里，那老人也就死了，恐不好解手，他的子孙也多了，必来报仇。我且留着他。』把两片翼翅双叠做一处，拿过金针钉在白圈子里符上，这恶物动也动不得。拿个篮儿盖好了，恐猫鼠之类害他。李氏与老爹自来房里睡了。

次日，起来升堂，只见有二十来个老人，衣服齐整，都来跪在知县相公面前，说道：『小人都是庞老人的亲邻，庞某不知高低，夜来冲激老爹，被老爹拿了，烦望开恩，只饶恕这一遭，小人与他自来孝顺老爹。』知县相公说道：『你们既然晓得，我若没本事，也不敢来这里做官。我也不杀他，看他怎生脱身！』众老人们说道：『实不敢瞒老爹，这县里自来是他与几个把持，不由官府做主。如今晓得老爹的法了，再也不敢冒犯老爹。饶放庞老人一个，满县人自然归顺。』知县相公又说道：『你众人且起来，我自有处。』众人喏喏连声而退。知县散了堂，来衙里见李奶奶，备说讨饶一事。李氏道：『待明日这干人再来讨饶，才可放他。』

又过了一夜，次日知县相公坐堂，众老人又来跪着讨饶，此时哀告苦切。知县说：『看你众人面上，且姑恕他这一次，下次再无礼，决不饶了。』众老人拜谢而去。知县退入衙里来，李氏说：『如今可放他了。』到夜来，李氏走进白圈子里，拔起金针，那个恶物就飞去了。这恶物飞到家里，那庞老人就在床上爬起来，作谢众老人，说道：『几乎不得与列位见了。』这知县相公犹可，这奶奶利害。他的法术，不知那里学来的，比我们的不同。过日同列位备礼去叩头，再不要去惹他了。』请众老人吃些酒食，各人相别，说道：『改日约齐了，同去参拜。』

且说杨公退入衙里来，向李氏称谢。李氏道：『老爹，今日就可去看薛宣尉了。』杨公道：『容备礼方好去得。』李氏道：『礼已备下了：金花金缎，两匹文葛，一个名人手卷，一个古砚。』预备的，取出来就是，不要杨公费一些心。杨公出来，拨些人夫轿马，连夜去。天明时分，到马龙地方。这宣尉司，偌大一个衙门，周围都是高砖城裹着；城里又筑个圃子，方圆二十余里；圃子里厅堂池榭，就如王者。知县相公到得宣尉司府门首，着人通报入去。一会间，有人出来请入去。薛宣尉自也来接，到大门上，二人相见，各逊揖同进。到堂上行礼毕，就请杨知县去后堂坐下吃茶。彼此通道寒温已毕，请到花园里厅上赴宴。薛宣尉见杨知县人品虽是瘦小，却有学问，又善谈吐，能诗能饮。饮酒间，薛宣尉要试杨知县才思，叫人拿出一面紫金古镜来，薛宣尉说道：『这镜是紫金铸的，冲莹光洁，悉照秋毫。镜背有四卦，按卦扣之，各应四位之声，中则应黄钟之声。汉成帝尝持镜为飞燕画眉，因用不断胶，临镜呢呢而崩。』杨公持看古镜，果然奇古，就作一铭，铭云：

猗与兹器，肇制轩辕。大冶范金，炎帝秉虔；凿开混沌，大明中天。伏氏画卦，四象乃全。因时制律，师旷审焉。高下清浊，宫徵周旋。形色既具，效用不愆。君子视则，冠裳俨然；淑婉临之，朗然而天。妍媸毕见，不为少迁；喜怒在彼，我何与焉？

杨公写毕，文不加点，送与薛宣尉看。薛宣尉把这文章反复细看，又见写得好，不住口称赞，说是汉文晋字，天下奇才，王杨卢骆之流。又取出一面小古镜来，比前更加奇古，再要求一铭。杨公又作一铭。铭云：

察见渊鱼，实惟不祥；靡聪靡明，顺帝之光。全神返照，内外两忘。

薛宣尉看了这铭，说道：『辞旨精拔，愈出愈奇。』更加敬服杨公。一连留住五日，每日好筵席款洽杨公。薛宣尉问起庞老人之事，杨公备说这来历，二人都笑起来。杨公苦死告辞要回县来，薛宣尉再三不忍抛别，问杨公道：『足下尊庚？』杨公道：『不才虚度三十六岁。』薛宣尉道：『在下今年二十六岁，公长弟十岁。』就拜杨公为兄。二人结义了，彼此欢喜。又摆酒席送行，赠杨公二千余两金银酒器。杨公再三推辞，薛宣尉说道：『我与公既为兄弟，不须计较。弟颇得过，兄乃初任，又在不足中，时常要送东西与兄，以后再不必推却。』

杨公拜谢，别了薛宣尉，回到县里来。只见庞老人与一干老人，备羊酒缎匹，每人一百两银子，共有二千余两，送入县里来。杨知县看见许多东西，说道：『生受你们，恐不好受么？』众老人都说道：『小人们些须薄意，老爹不比往常来的知县相公。这地方虽是夷人难治，人最老实一性的，小人们归顺，概县人谁敢梗化？时常还有孝顺老爹。』杨公见如此殷勤，就留这一干人在吏舍里吃些酒饭。众老人拜谢去了。

旧例，夷人告一纸状子，不管准不准，先纳三钱纸价。每限状子多，自有若干银子。如遇人命，若愿讲和，里邻干证估凶身家事厚薄，请知县相公把家私分作三股，一股送与知县，一股给与苦主，留一股与凶身，如此就说好官府。蛮夷中另是一种风俗，如遇时节，远近人都来馈送。杨知县在安庄三年有余，得了好些财物。凡有所得，就送到薛宣尉寄顿，这知县相公宦囊也颇盛了。一日，对薛宣尉说道：『「知足不辱。」杨益在此，蒙兄顾爱，尝叨厚赐，况俸资也可过得日子了。杨益已告致仕，只是有这些俸资，如何得到家里？烦望兄长救济。』薛宣尉说道：『兄既告致仕，我也留你不得了。这里积下的财物，我自着人送去下船，不须兄费心。』杨公就此相别，薛宣尉又摆酒席送行，又送千金赆礼，俱预先送在船里。杨公回到县里来，叫众老人们都到县里来，说道：『我在此三年，生受你们多了。我已致仕，今日与你们相别。我也分些东西与你众人，这是我的意思。我来时这几个箱笼，如今去也只是这几个箱笼，当堂上你们自看。』众老人又禀道：『没甚孝顺老爹，怎敢倒要老爹的东西？』各人些小受了些，都欢喜拜辞了自去。起身之日，百姓都摆列香花灯烛送行。县里人只见杨公没甚行李，那晓得都是薛宣尉预先送在船里停当了，杨公只像个没东西的一般。杨公与李氏下了船，照依旧路回来。

一路平安，行了一月有余，来到旧日泊船之处，近着李氏家了。泊到岸边，只见那个长老并几个人伴，都在那里等，都上船来，与杨公相见，彼此欢天喜地。李氏也来拜见长老。杨公就教摆酒来，聊叙久别之情。杨公把在县的事都说与长老。长老回话道：『我都晓得了，不必说。今日小僧来此，别无甚话，专为舍侄女一事。他原有丈夫，我因见足下去不得，以此不顾廉耻，使侄女相伴足下，到那县里。谢天地，无事故回来，十分好了。侄女其实不得去了，还要送归前夫，财物恁凭你处。』杨公听得说，两泪交流，大哭起来，拜倒在奶奶、长老面前，说道：『丢得我好苦！我只是死了罢。』拔出一把小解手刀来，望着咽喉便刎。李氏慌忙抱住，夺了刀，也就啼哭起来。长老来劝，说道：『不要哭了，终须一别。我原许还他丈夫，出家人不说谎。』杨知县带着眼泪，说道：『财物恁凭长老、奶奶取去，只是痛苦不得过。』长老见这杨公如此情真，说道：『我自有处。且在船里宿了，明日作别。』

杨公与李氏一夜不曾合眼，泪不曾干，说了一夜。到明日早起来，梳洗饭毕，长老主张把宦资作十份。说：『杨大人取了六份，侄女取了三份，我也取了一份。』各人都无话说。李氏与杨公两个抱住，那里肯舍，真个是生离死别。李氏只得自上岸去了，杨公也开了船。那个长老又说道：『这条水路最是难走，我直送你到临安才回来。我们不打劫别人的东西也好了，终不成倒被别人打劫了去。』这和尚直送杨知县到临安，杨知县苦死留这僧人在家住了两月。杨公又厚赠这长老，又修书致意李氏，自此信使不绝。有诗为证：

蛮邦薄宦一孤身，全赖高僧觅好音。随地相逢休傲慢，世间何处没奇人？

陈从善梅岭失浑家

君骑白马连云栈，我驾孤舟乱石滩。扬鞭举棹休相笑，烟波名利大家难。

话说大宋徽宗宣和三年上春间，黄榜招贤，大开选场。去这东京汴梁城内虎异营中，一秀才姓陈名辛，字从善，年二十岁，故父是殿前太尉。这官人不幸父母早亡，只单身独自，自小好学，学得文武双全。正是文欺孔孟，武赛孙吴；五经三吏，六韬三略，无所不晓。新娶得一个浑家，乃东京金梁桥下张待诏之女，小字如春，年方二八，生得如花似玉。比花花解语，比玉玉生香。夫妻二人，如鱼似水，且是说得着，不愿同日生，只愿同日死。这陈辛一心向善，常好斋供僧道，一日与妻言说：『今黄榜招贤，我欲赴选，求得一官半职，改换门闾，多少是好！』如春答曰：『只恐你命运不通，不得中举。』陈辛曰：『我正是「学成文武艺，货与帝王家」。』不数日，去赴选场，偕众伺候挂榜。旬日之间，金榜题名，已登三甲进士。琼林宴罢，谢恩，御笔除授广东南雄沙角镇巡检司巡检。回家说与妻如春道：『今我蒙圣恩，除做南雄巡检之职，就要走马上任。我闻广东一路，千层峻岭，万叠高山，路途难行，盗贼烟瘴极多。如今便要收拾前去，如之奈何？』如春曰：『奴一身嫁与官人，只得同受甘苦。如今去做官，便是路途险难，只得前去。何必忧心？』陈辛见妻如此说，心下稍宽。正是：

青龙与白虎同行，吉凶事全然未保。

当日陈巡检唤当值王吉分付曰：『我今得授广东南雄巡检之职，怎奈路途险峻，好生艰难，你与我寻一个使唤的，一同前去。』王吉领命，往街市寻觅，不在话下。却说陈巡检分付厨下使唤的：『明日是四月初三日，设斋多备斋供，不问云游全真道人，都要斋他，不得有缺。』

不说这里斋主备办，且说大罗仙界有一真人，号曰紫阳真君，于仙界观见陈辛奉真斋道，好生志诚。今投南雄巡检，怎奈他妻有千日之灾。分付大慧真人，化作道童：『听吾法旨：你可假名罗童，权与陈辛作伴当，护送夫妻二人。他妻若遇妖精，你可护送。』道童听旨，同真君到陈辛宅中，与陈巡检相见礼毕，斋罢。真君问陈辛曰：『何故往日设斋欢喜，今日如何烦恼？』陈辛叉手告曰：『听小生诉禀：今蒙圣恩，除南雄巡检，怎奈路远难行，又无兄弟，因此忧闷也。』真人曰：『我有这个道童，唤做罗童，年纪虽小，有些能处。今日权借与斋官，送到南雄沙角镇，便着他回来。』夫妻二人拜谢曰：『感蒙尊师降临，又赐道童相伴，此恩难报。』真君曰：『贫道物外之人，不思荣辱，岂图报答？』拂袖而去了。陈辛曰：『且喜添得罗童做伴。』收拾琴剑书箱，辞了亲戚邻里，封锁门户，离了东京。十里长亭，五里短亭，迤逦而进。一路上，但见：

村前茅舍，庄后竹篱。村醪香透磁缸，浊酒满盛瓦瓮。架上麻衣，昨日芒郎留下当；酒帘大字，乡中学究醉时书。沽酒客暂解担囊，趱路人不停车马。

陈巡检骑着马，如春乘着轿，王吉、罗童挑着书箱行李，在路少不得饥餐渴饮，夜住晓行。罗童心中自忖：『我是大罗仙中大慧真人，今奉紫阳真君法旨，教我跟陈巡检往南雄沙角镇去。吾故意装痴做疯，教他不识咱真相。』遂乃行走不动，上前退后。如春见罗童如此嫌迟，好生心恼，再三要赶回去，陈巡检不肯，恐背了真人重恩。罗童正行在路，打火造饭，哭哭啼啼不肯吃，连陈巡检也厌烦了，如春孺人执性定要赶罗童回去。罗童越要疯，叫：『走不动！』王吉搀扶着行，不五里叫：『腰疼！』大哭不止。如春说与陈巡检：『当初指望得罗童用，今日不曾得他半分之力，不如教他回去。』陈巡检不合听了孺人言语，打发罗童回去，有分教如春争些个做了失乡之鬼。正是：

鹿迷郑相应难辨，蝶梦周公未可知。

当日打发罗童回去，且得耳根清净。陈巡检夫妻和王吉三人前行。

且说梅岭之北，有一洞，名曰申阳洞。洞中有一怪，号曰申阳公，乃猢狲精也。弟兄三人：一个是通天大圣，一个是弥天大圣，一个是齐天大圣。小妹便是泗州圣母。这齐天大圣神通广大，变化多端，能降各洞山魈，管领诸山猛兽。兴妖作法，摄偷可意佳人；啸月吟风，醉饮非凡美酒。与天地齐休，日月同长。这齐天大圣在洞中，观见岭下轿中，抬着一个佳人，娇嫩如花似玉，意欲取他。乃唤山神分付：『听吾号令，便化客店，你做小二哥，我做店主人。他必到此店投宿，更深夜静，摄此妇人入洞中。』山神听令，化作一店，申阳公变作店主，坐在店中。却好至黄昏时分，陈巡检与孺人如春并王吉至梅岭下，见天色黄昏，路逢一店，唤招商客店。王吉向前去敲门。店小二问曰：『客长有何勾当？』王吉答道：『我主人乃南雄沙角巡检之任，到此赶不着馆驿，欲借店中一宿，来早便行。』申阳公迎接陈巡检夫妻二人入店，头房安下。申阳公说与陈巡检曰：『老夫今年八十余岁，今晚多口，劝官人一句：前面梅岭好生僻静，虎狼劫盗极多，不如就老夫这里安下孺人，官人自先去到任，多差弓兵人等来取却好。』陈巡检答曰：『小官三代将门之子，通晓武艺，常怀报国之心，岂怕虎狼盗贼？』申公情知难劝，便不敢言，自退去了。

且说陈巡检夫妻二人到店房中，吃了些晚饭，却好一更，看看二更。陈巡检先上床脱衣而卧，只见就中起一阵风。正是：

吹折地狱门前树，刮起酆都顶上尘。

那阵风过处，吹得灯半灭而复明。陈巡检大惊，急穿衣起来看时，就房中不见了孺人。开房门叫得王吉，那王吉睡中叫将起来，不知头由，慌张失势。陈巡检说与王吉：『房中起一阵狂风，不见了孺人。』主仆二人急叫店主人时，叫不应了。仔细看时，和店房都不见了，连王吉也吃一惊。看时，二人立在荒郊野地上，只有书箱行李并马在面前，并无灯火，客店、店主人皆无踪迹。只因此夜，直教陈巡检三年不见孺人之面。未知久后如何？正是：

雨里烟村雾里都，不分南北路程途。多疑看罢僧繇画，收起丹青一轴图。

陈巡检与王吉听谯楼更鼓，正打四更。当夜月明，星光之下，主仆二人，前无客店，后无人家，惊得魂飞天外，魄散九霄。只得教王吉挑了行李，自跳上马，月光之下，依路径而行。在路陈巡检寻思：『不知是何妖法，化作客店，摄了我妻去？从古至今，不见闻此异事。』巡检一头行，一头哭：『我妻不知着落。』迤逦而行，却好天明，王吉劝官人：『且休烦恼，理会正事。前面梅岭，望着好生险峻崎岖，凹凸难行，只得挨过此岭，且去沙角镇上了任，却来打听，寻取孺人不迟。』陈巡检听了王吉之言，只得勉强而行。

且说申阳公摄了张如春，归于洞中，惊得魂飞魄散，半晌醒来，泪如雨下。原来洞中先有一娘子，名唤牡丹，亦被摄在洞中日久，向前来劝如春，不要烦恼。申公说与如春娘子：『小圣与娘子前生有缘，今日得到洞中，别有一个世界。你吃了我仙桃、仙酒、胡麻饭，便是长生不死之人。你看我这洞中仙女，尽是凡间摄将来的。娘子休闷，且共你兰房同床云雨。」如春见说，哀哀痛哭，告申公曰：「奴奴不愿洞中快乐，长生不死，只求早死。若说云雨，实然不愿。」申公见说如此，自思：「我为他春心荡漾，他如今烦恼，未可归顺，其妇人性执，若逼令他，必定寻死，却不可惜了这等端妍少貌之人！」乃唤一妇人，名唤金莲，洞主也是日前摄来的，在洞中多年矣。申公分付：「好好劝如春，早晚好待他，将好言语诱他，等他回心。」

金莲引如春到房中，将酒食管待。如春酒也不吃，食也不吃，只是烦恼。金莲、牡丹二妇人再三劝他：「你既被摄到此间，只得无奈何，自古道：『在他矮檐下，怎敢不低头？』」如春告金莲云：「姐姐，你岂知我今生夫妻分离，被这老妖半夜摄将到此，强要奴家云雨，决不依随，只求快死，以表我贞洁。古云：『烈女不更二夫。』奴今宁死而不受辱。」金莲说：「『要知山下事，请问过来人。』这事我也曾经来。我家在南雄府住，丈夫富贵，也被申公摄来洞中五年。你见他貌恶，当初我亦如此，后来惯熟，方才好过。你既到此，只得没奈何，随顺了他罢。」如春大怒，骂云：「我不似你这等淫贱，贪生受辱，枉为人在世，泼贱之女！」金莲云：「好言不听，祸必临身。」遂自回报申公，说新来佳人，不肯随顺，恶言诽谤，劝他不从。申公大怒而言：「这个贱人，如此无礼！本待将铜锤打死，为他花容无比，不忍下手，可奈他执意不从。」交付牡丹娘子：「你管押着他，将这贱人剪发齐眉，蓬头赤脚，罚去山头挑水，浇灌花木，一日与他三顿淡饭。」牡丹依言，将张如春剪发齐眉，赤了双脚，把一副水桶与他。如春自思：欲投岩涧中而死，「万一天可怜见，苦尽甘来，还有再见丈夫之日」。不免含泪而挑水。正是：

宁为困苦全贞妇，不作贪淫下贱人。

不说张氏如春在洞中受苦，且说陈巡检与同王吉自离东京，在路两月余，至梅岭之北，被申阳公摄了孺人去，千方无计寻觅。王吉劝官人且去上任，巡检只得弃舍而行。乃望面前一村酒店，巡检到店门前下马，与王吉入店买酒饭吃了，算还酒饭钱，再上马而去。见一个草舍，乃是卖卦的，在梅岭下，招牌上写：「杨殿干请仙下笔，吉凶有准，祸福无差。」陈巡检到门前，下马离鞍，入门与杨殿干相见已毕。殿干问：「尊官何来？」陈巡检将昨夜失妻之事，从头至尾，说了一遍。杨殿干焚香请圣，陈巡检跪拜祷祝。只见杨殿干请仙至，降笔判断四句。诗曰：

千日逢灾厄，佳人意自坚。紫阳来到日，镜破再团圆。

杨殿干断曰：「官人且省烦恼，孺人有千日之灾。三年之后，再遇紫阳，夫妇团圆。」陈巡检自思：「东京曾遇紫阳真人，借罗童为伴，因罗童呕气，打发他回去。此间相隔数千里路，如何得紫阳到此？」遂乃心中少宽，还了卦钱，谢了杨殿干，上马同王吉并众人上梅岭来。陈巡检看那岭时，真个险峻：

欲问世间烟障路，大庾梅岭苦心酸。磨牙猛虎成群走，吐气巴蛇满地攒。

陈巡检并一行人过了梅岭，岭南二十里，有一小亭，名唤做接官亭。巡检下马，入亭中暂歇。忽见王吉报说：「有南雄沙角镇巡检衙门弓兵人等，远来迎接。」陈巡检唤入，参拜毕。过了一夜，次日同弓兵吏卒走马上任。至于衙中升厅，众人参贺已毕。陈巡检在沙角镇做官，且是清正严谨。光阴似箭。正是：

窗外日光弹指过，席前花影坐间移。

倏忽在任，不觉一载有余，差人打听孺人消息，并无踪迹。端的：

好似石沉东海底，犹如线断纸风筝。

陈巡检为因孺人无有消息，心中好闷，思忆浑家，终日下泪。正思念张如春之际，忽弓兵上报：『相公，祸事！今有南雄府府尹札付来报军情：有一强人，姓杨名广，绰号镇山虎，聚集五七百小喽啰，占据南林村，打家劫舍，杀人放火，百姓遭殃。札付巡检，火速带领所管一千人马，关领军器，前去收捕，毋得迟误。』陈巡检听知，火速收拾军器鞍马，披挂已了，引着一千人马，径奔南林村来。

却说那南林村镇山虎正在寨中饮酒，小喽啰报说：『官军到来。』急上马持刀，一声锣响，引了五百小喽啰，前来迎敌。陈巡检与镇山虎并不打话，两马相交，那草寇怎敌得陈巡检过？斗无十合，一矛刺镇山虎于马下，枭其首级，杀散小喽啰。将首级回南雄府，当厅呈献，府尹大喜，重赏了当。自回巡检衙，办酒庆贺已毕。只因斩了镇山虎，真个是：

威名大振南雄府，武艺高强众所钦。

这陈巡检在任，倏忽却早三年官满，新官交替。陈巡检收拾行装，与王吉离了沙角镇，两程并作一程行。相望庚岭之下，红日西沉，天色已晚。陈巡检一行人，望见远远松林间，有一座寺。王吉告官人：『前面有一座寺，我们去投宿则个。』陈巡检勒马向前，看那寺时，额上有『红莲寺』三个大金字。巡检下马，同一行人入寺。原来这寺中长老，名号旃大惠禅师，佛法广大，德行清高，是个古佛出世。当时行者报与长老：『有一过往官人投宿。』长老教行者相请。巡检入方丈参见长老。礼毕，长老问：『官人何来？』陈巡检备说前事：『万望长老慈悲，指点陈辛，寻得孺人回乡，不忘重恩。』长老曰：『官人听禀：此怪是白猿精，千年成器，变化难测。你孺人性贞烈，不肯依随，被他剪发赤脚，挑水浇花，受其苦楚。此人号曰申阳公，常到寺中，听说禅机，讲其佛法。官人若要见孺人，可在我寺中住几时。等申阳公来时，我劝化他回心，放还你妻如何？』陈巡检见长老如此说，心中喜欢，且在寺中歇下。正是：

五里亭亭一小峰，上分南北与西东。世间多少迷途客，一指还归大道中。

陈巡检在红莲寺中，一住十余日。忽一日，行者报与长老：『申阳公到寺来也。』巡检闻之，躲于方丈中屏风后面。只见长老相迎，申阳公入方丈叙礼毕，分位而坐，行者献茶。茶罢，申阳公告长老曰：『小圣无能断除爱欲，只为色心迷恋本性，谁能虎项解金铃？』长老答曰：『尊圣要解虎项金铃，可解色心本性，色即是空，空即是色，一尘不染，万法皆明。莫怪老僧多言相劝，闻知你洞中有一如春娘子，在洞三年。他是贞节之妇，可放他一命还乡，此便是断却欲心也。』申阳公听罢回言：『长老，小圣心中正恨此人，罚他挑水三年，不肯回心。这等愚顽，决不轻放！』陈巡检在屏风后听得说，正是：

提起心头火，咬碎口中牙。

陈巡检大怒，拔出所佩宝剑，劈头便砍。申阳公用手一指，其剑反着自身。申阳公曰：『吾不看长老之面，将你粉骨碎身，此冤必报。』道罢，申阳公别了长老回去了。自洞中叫张如春在面前，欲要剖腹取心，害其性命。得牡丹、金莲二人救解，依旧挑水浇花，不在话下。

且说陈巡检不知妻子下落，倒也罢了；既晓得在申阳洞中，心下倍加烦恼。在红莲寺方丈中拜告长老：『怎生得见我妻之面？』长老曰：『要见不难，老僧指一条径路，上山去寻。』长老叫行者引巡检去山间寻访，行者自回寺。只说陈辛去寻妻，未知寻得见寻不见？正是：

风定始知蝉在树，灯残方见月临窗。

当日陈巡检带了王吉，一同行者到梅岭山头，不顾崎岖峻险，走到山岩潭畔，见个赤脚挑水妇人。慌忙向前看时，正是如春。夫妻二人抱头而哭，各诉前情，莫非梦中相见，一一告诉。如春说：『昨日申公回洞，几乎一命不存。』巡检乃言：『谢红莲长老指路来寻，不想却好遇你，不如共你逃走了罢。』如春道：『走不得。申公妖法广大，神通莫测。他若知我走，赶上时，和官人性命不留。我闻申公平日只怕紫阳真君，除非求得他来，方解其难。官人可急回寺去，莫待申公知之，其祸不小。』陈巡检只得弃了如春，归寺中拜谢长老，说已见娇妻。言：『申公只怕紫阳真君，他在东京曾与陈辛相会，今此间穹远，如何得他来救？』长老见他如此哀告，乃言：『等我与你入定去看，便见分晓。』长老教行者焚香，入定去了一晌。出定回来，说与陈巡检曰：『当初紫阳真人与你一个道童，你到半路赶了他回去。你如今便可往，急走三日，必有报应。』陈巡检见说，依其言，急急步行出寺，迤逦行了两日，并无踪迹。且说紫阳真人在大罗仙境与罗童曰：『吾三年前，那陈巡检去上任时，他妻合有千日之灾，今已将满。吾怜他养道修真，好生虔心，吾今与汝同下凡间，去梅岭救取其妻回乡。』罗童听旨，一同下凡，往广东路上行来。这日却好陈巡检撞见真君同罗童远远而来，乃急急向前跪拜，哀告曰：『真君，望救度！弟子妻张如春被申阳公妖法摄在洞中三年，受其苦楚，望真君救难则个！』真君笑曰：『陈辛，你可先去红莲寺中等，我便到也。』陈辛拜别，先回寺中，备办香案，迎接真君救难。正是：

法箓持身不等闲，立身起业有多般。千秋铁树开花易，一日酆都出世难。

陈巡检在寺中等了一日，只见紫阳真君行至寺中，端的道貌非凡。长老直出寺门迎接，入方丈叙礼毕，分宾主坐定。长老看紫阳真君，端的有神仪八极之表，道貌堂堂，威仪凛凛。陈巡检拜在真君面前，告曰：『望真君慈悲，早救陈辛妻张如春性命还乡，自当重重拜答深恩。』真君乃于香案前，口中不知说了几句言语，只见就方丈里起一阵风。但见：

无形无影透入怀，二月桃花被绰开。就地撮将黄叶去，入山推出白云来。

那风过处，只见两个红巾天将出现，甚是勇猛。这两员神将朝着真君声喏道：『吾师有何法旨？』紫阳真君曰：『快与我去申阳洞中，擒拿齐天大圣前来，不可有失。』两员天将去不多时，将申公一条铁索锁着，押到真君面前。申公跪下，紫阳真君判断，喝令天将将申公押入酆都天牢问罪。教罗童入申阳洞中，将众多妇女各各救出洞来，各令发付回家去讫。张如春与陈辛夫妻再得团圆，向前拜谢紫阳真人。真人别了长老、陈辛，与罗童冉冉腾空而去了。这陈巡检将礼物拜谢了长老，与一寺僧行别了，收拾行李轿马，王吉并一行从人离了红莲寺。迤逦在路，不则一日，回到东京故乡。夫妻团圆，尽老百年而终。有诗为证：

三年辛苦在申阳，恩爱夫妻痛断肠。终是妖邪难胜正，贞名落得至今扬。

临安里钱婆留发迹

贵逼身来不自由，几年辛苦踏山丘。满堂花醉三千客，一剑霜寒十四州。莱子衣裳宫锦窄，谢公篇咏绮霞羞。他年名上凌云阁，岂羡当时万户侯。

这八句诗，乃是晚唐时贯休所作。那贯休是个有名的诗僧，因避黄巢之乱，来于越地，将此诗献于钱王求见。钱王一见此诗，大加叹赏，但嫌其『一剑霜寒十四州』之句，殊无恢廓之意，遣人对他说，教和尚改『十四州』为『四十州』，方许相见。贯休应声，吟诗四句。诗曰：

不羡荣华不惧威，添州改字总难依。闲云野鹤无常住，何处江天不可飞？

吟罢，飘然而入蜀。钱王懊悔，追之不及。真高僧也。后人有诗讥诮钱王云：

文人自古傲王侯，沧海何曾择细流？一个诗僧容不得，如何安口望添州？

如诗是说钱王度量窄狭，所以不能恢廓霸图，止于一十四州之主。虽如此说，像钱王生于乱世，独霸一方，做了一十四州之王，称孤道寡，非同小可。你道钱王是谁？他怎生样出身？有诗为证：

项氏宗衰刘氏穷，一朝龙战定关中。纷纷肉眼看成败，谁向尘埃识骏雄？

话说钱王，名镠，表字具美，小名婆留，乃杭州府临安县人氏。其母怀孕之时，家中时常火发，乃至救之，又复不见。举家怪异。忽一日，黄昏时候，钱公自外而来，遥见一条大蜥蜴，在自家屋上蜿蜒而下，头垂及地，约长丈余，两目熠熠有光。钱公大惊，正欲声张，忽然不见。只见前后火光亘天，钱公以为失火，急呼邻里求救。众人也有已睡的，未睡的，听说钱家火起，都爬起来，收拾挠钩水桶来救火时，那里有什么火！但闻房中呱呱之声，钱妈妈立产下一个孩儿。钱公因自己错呼救火，蒿恼了邻里，十分惭愧，正不过意，又见了这条大蜥蜴，都是怪事。想所产孩儿，必然是妖物，留之无益，不如溺死，以绝后患。也是这小孩儿命不该绝，东邻有个王婆，平生念佛好善，与钱妈妈往来最厚。这一晚，因钱公呼唤救火，也跑来看。闻说钱妈妈生产，进房帮助，见养下孩儿，欢天喜地，抱去盆中洗浴。被钱公劈手夺过孩儿，按在浴盆里面，要将溺死。慌得王婆叫起屈来，倒身护住，定不容他下手，连声道：『罪过，罪过！这孩子一难一度，投得个男身，作何罪业，要将他溺死！自古道：「虎狼也有父子之情。」你老人家是何意故？』钱妈妈也在床褥上嚷将起来。钱公道：『这孩子临产时，家中有许多怪异，只恐不是好物，留之为害！』王婆道：『一点点血块，那里便定得好歹。况且贵人生产，多有奇异之兆，反为祥瑞，也未可知。你老人家若不肯留这孩子时，待老身领去，过继与没孩儿的人家养育，也是一条性命，与你老人家也免了些罪业。』钱公被王婆苦劝不过，只得留了，取个小名，就唤做婆留。有诗为证：

五月佳儿说孟尝，又因光怪误钱王。试看斗文并后稷，君相从来岂天亡！

古时姜嫄感巨人迹而生子，惧而弃之于野，百鸟皆舒翼覆之，三日不死。重复收养，因名曰弃。比及长大，天生圣德，能播种五谷。帝尧任为后稷之官，使主稼穑，是为周朝始祖。到武王之世，开了周家八百年基业。又春秋时楚国大夫斗伯比与邧子之女偷情，生下一儿。其

錢鏐與二鍾賭錢

母邱夫人以为不雅，私弃于梦泽之中。邱子出猎，到于梦泽，见一虎跪下，将乳喂一小儿，心中怪异。那虎乳罢孩儿，自去了。邱子教人抱此儿回来，对夫人夸奖此儿，必是异人。夫人认得己女所生，遂将实情说出。邱子就将女配与斗伯比为妻，教他抚养此儿。楚国土语唤『乳』做『谷』，唤『虎』做『于菟』，因有虎乳之异，取名曰『谷於菟』。后来长大为楚国令尹，则今传说的楚令尹子文就是。所以说：『贵人无死法。』又说：『大难不死，必有后禄。』今日说钱公满意要溺死孩儿，又被王婆留住，岂非天命？话休絮烦。再说钱婆留长成五六岁，便头角渐异，相貌雄伟，膂力非常，与里中众小儿游戏厮打，随你十多岁的孩儿，也弄他不过，只索让他为尊。这临安里中有座山，名石镜山。山有圆石，其光如镜，照见人形。钱婆留每日同众小儿在山边游戏，石镜中照见钱婆留头带冕旒，身穿蟒衣玉带。众小儿都吃一惊，齐说神道出现。偏是婆留全不骇惧，对小儿说道：『这镜中神道就是我，你们见我都该下拜。』众小儿罗拜于前，婆留安然受之，以此为常。一日回去，向父亲钱公说知其事。钱公不信，同他到石镜边照验，果然如此。钱公吃了一惊，对镜暗暗祷告道：『我儿婆留果有富贵之日，昌大钱宗，愿神灵隐蔽镜中之形，莫被人见，恐惹大祸。』祷告方毕，教婆留再照时，只见小孩儿的模样，并无王者衣冠。钱公故意骂道：『孩子家眼花说谎，下次不可如此！』

次日婆留再到石镜边游戏，众小儿不见了神道，不肯下拜了。婆留心生一计。那石镜旁边，有一株大树，其大百围，枝叶扶疏，可荫数亩。树下有大石一块，有七八尺之高。婆留道：『这大树权做个宝殿，这大石权做个龙案，那个先爬上龙案坐下的，便是登宝殿了，众人都要拜贺他。』众小儿齐声道好。一齐来爬时，那石高又高，峭又峭，滑又滑，怎生爬得上？天生婆留身材矫捷，又且有智。他想着大树本子上，有几个乾靼好借脚力，相在肚里了，跳上树根，一步步攀缘而上。约莫离地丈许，看得这块大石亲切，放手望下只一跳，端端正正坐于石上。众小儿发一声喊，都拜倒在地。婆留道：『今日你们服也不服？』众小儿都应道：『服了。』婆留道：『既然服我，便要听我号令。』当下折些树枝，假做旗幡，双双成对，摆个队伍，不许混乱。自此为始，每早排衙行礼。或剪纸为青红旗，分作两军交战。婆留坐石上指挥，一进一退，都有法度。如违了他便打，众小儿打他不过，只得依他，无不惧怕。正是：

天挺英豪志量开，休教轻觑小儿孩。未施济世安民手，先见惊天动地才。

再说婆留到十七八岁时，顶冠束发，长成一表人材；生得身长力大，腰阔膀开；十八般武艺，不学自高。虽曾进学堂读书，粗晓文义，便抛开了，不肯专心，又不肯做农商经纪。在里中不干好事，惯一偷鸡打狗，吃酒赌钱。家中也有些小家私，都被他赌博，消费得七八了。爹娘若说他不是，他就憋着气，三两日出去不归。因是管辖他不下，只得由他。此时里中都唤他做『钱大郎』，不敢叫他小名了。一日，婆留因没钱使用，忽然想起：『顾三郎一伙，尝来打合我去贩卖私盐，我今日身闲无事，何不去寻他？』行到释迦院前，打从戚汉老门首经过。那戚汉老是钱塘县第一个开赌场的，家中养下几个娼妓，招引赌客。婆留闲时，也常在他家赌钱住宿。这一日，忽见戚汉老左手上横着一把行秤，右手提了一只大公鸡、一个猪头回来，看了婆留便道：『大郎，连日少会。』婆留问道：『有甚好赌客在家？』汉老道：『不瞒大郎说，本县录事老爷有两位郎君，好的是赌博，也肯使花酒钱。有多嘴的对他说了，引到我家坐地，要寻人赌双陆。人听说是见在官府的儿，没人敢来上桩，大郎有采时，进去赌对一局。他们都是见采，分文不欠的。』婆留口中不语，心下思量道：『两日正没生意，且去淘摸几贯钱钞使用。』便向戚汉老道：『别人弱他官府，我却不弱他。便对一局，打甚紧？只怕采头短少，须吃他财主笑话。少停赌对时，我只说有在你处，你与我招架一声，得采时平分便了。若还输去，我自陪你。』汉老素知婆留平日赌性最直，便应道：『使得。』当下汉老同婆留进门，与二钟相见。这二钟一个叫做钟明，一个叫做钟亮，他父亲是钟起，见为本县录事之职。汉老开口道：『此间钱大郎，年纪虽少，最好拳棒，兼善博戏。闻知二位公子在小人家里，特来进见。』原来二钟也喜拳棒，正投其机。又见婆留一表人材，不胜欢喜。当下叙礼毕，闲讲了几路拳法。钟明就讨双陆盘摆下，身边收出十两重一锭大银，放在桌上，说道：『今日与钱兄初次相识，且只赌这锭银子。』婆留假意向袖中一摸，说道：『在下偶然出来拜一个朋友，遇戚老说公子在此，特来相会，不曾带得什么采来。』回头看着汉老道：『左右有在你处，你替我答应则个。』汉老一时应承了，只得也取出十两银子，做一堆儿放着。便道：『小人今日不方便在此，只有这十两银子，做两局赌么。』自古道：『稍粗胆壮。』婆留自己没一分钱钞，却教汉老应出银子，胆已自不壮了，着了急，一连两局都输。钟明收起银子，便道：『得罪，得罪。』教小厮另取一两银子，送与汉老，作为头钱。汉老虽然还有银子在家，只怕钱大郎又输去了，只是认着晦气，收了一两银子，将双陆盘掇过一边，摆出酒肴留款。婆留那里有心饮酒，便道：『公子宽坐，容在下回家去，再取稍来决赌何如？』钟明道：『最好。』钟亮道：『既钱兄有兴，明日早些到此，竟日取乐。今日知己相逢，且共饮酒。』婆留只得坐了。两个妓女唱曲侑酒。正是：

赌场逢妓女，银子当砖块。牡丹花下死，还却风流债。

当日正在欢饮之际，忽闻叩门声。开看时，却是录事衙中当值的，说道：『老爷请公子议事。教小的们那处不寻到，却在这里！』钟明、钟亮便起身道：『老父呼唤，不得不去。钱兄，明日须早来顽耍。』嘱罢，向汉老说声相扰，同当值的一齐去了。婆留也要出门，被汉老双手拉住道：『我应的十两银子，几时还我？』婆留一手劈开便走，口里答道：『来日送还。』出得门来，自言自语的道：『今日手里无钱，却赌得不爽利。还去寻顾三郎，借几贯钞，明日来翻本。』带着三分酒兴，迳往南门街上而来。向一个僻静巷口撒溺，背后一个将他脑后一拍，叫道：『大郎，甚风吹到此？』婆留回头看时，正是贩卖私盐的头儿顾三郎。婆留道：『三郎，今日相访，有句话说。』顾三郎道：『甚话？』婆留道：『不瞒你说，两日赌得没兴，与你告借百十贯钱去翻本。』顾三郎道：『百十贯钱却易，只今夜随我去便有。』婆留道：『那里去？』顾三郎道：『莫问莫问，同到城外便知。』

两个步出城门，恰好日落西山，天色渐暝。约行二里之程，到个水港口，黑影里见缆个小船，离岸数尺，船上芦席满满冒住，密不通风，并无一人。顾三郎捻起泥块，向芦席上一撒，撒得声响。忽然芦席开处，船舱里钻出两个人来，咳嗽一声。顾三郎也咳嗽相应。那边两个人，即便撑船拢来，顾三郎同婆留下了船舱，船舱还藏得有四个人。这里两个人下舱，便问道：『三郎，你与谁人同来？』顾三郎道：『请得主将在此。休得多言，快些开船去！』说罢，众人拿橹动篙，把这船儿弄得梭子般去了。婆留道：『你们今夜又走什么道路？』顾三郎道：『不瞒你说，两日不曾做得生意，手头艰难。闻知有个王节使的家小船，今夜泊在天目山下，明早要进香。此人巨富，船中必然广有金帛，弟兄们欲待借他些使用。只是他手下有两个苍头，叫做张龙、赵虎，大有本事，没人对付得他。正思想大郎了得，天幸适才相遇，此乃天使其便，大胆相邀至此。』婆留道：『做官的贪赃枉法得来的钱钞，此乃不义之财，取之无碍！』

正说话间，听得船头前荡桨响，又有一个小划船来到。船上共有五条好汉在上，两船上一般咳嗽相应。婆留已知是同伙，便不问他。只见两船帮近，顾三郎悄悄问道：『那话儿歇在那里？』划船上人应道：『只在前面一里之地，我们已是着眼了。』当下众人将船摇入芦苇中歇下，敲石取火。众好汉都来与婆留相见。船中已备得有酒肉，各人大碗酒大块肉吃了一顿。分拨了器械，两只船，十三筹好汉，一齐上前进发。遥见大船上灯光未灭。众人摇船拢去，发声喊，都跳上船头。婆留手执铁棱棒打头，正遇着张龙，早被婆留一棒打落水去。赵虎望后艄便跑。满船人都唬得魂飞魄散，那个再敢挺敌。一个个跪倒船舱，连声饶命。婆留道：『众兄弟听我分付：只许收拾金帛，休杀害他性命。』众人依言，将舟中辎重恣意搬取。唿哨一声，众人仍分作两队，下了小船，飞也似摇去了。原来王节使另是一个座船，他家小先到一日。次日，王节使方到，已知家小船被盗。细开失单，往杭州府告状。杭州刺史董昌准了，行文各县，访拿真赃真盗。文书行到临安县来，知县差县尉协同缉捕使臣，限时限日的擒拿，不在话下。

再说顾三郎一伙，重泊船于芦苇丛中，将所得利物众人十三份均分。因婆留出力，议定多分一份与他。婆留共得了三大锭元宝，百来两碎银，及金银酒器首饰又十余件。此时天色渐明，城门已开。婆留怀了许多东西，跳上船头，对顾三郎道：『多谢作成，下次再当效力。』说罢，进城迳到戚汉老家。汉老兀自床上翻身，被婆留叫唤起来，双手将两眼揩抹，问道：『大郎何事来得恁早？』婆留道：『钟家兄弟如何还不来？我寻他翻本则个。』便将元宝碎银及酒器首饰，一顿交付与戚汉老，说道：『恐怕又烦累你应采，这些东西都留你处，慢慢地支销。昨日借你的十两头，你就在里头除了罢。今日二钟来，你替我将几两碎银做个东道，就算我请他一席。』戚汉老见了许多财物，心中欢喜，连声应道：『这小事，但凭大郎分付。』婆留道：『今日起早些，既二钟未来，我要寻个静办处打个盹。』戚汉老引他到一个小阁儿中白木床上，叫道：『大郎任意安乐，小人去梳洗则个。』

却说钟明、钟亮在衙中早饭过了，袖了几锭银子，再到戚汉老家来。汉老正在门首买东买西，见了二钟，便道：『钱大郎今日做东道相请，在此专候久了，在小阁中打盹。二位先请进去，小人就来陪奉。』钟明、钟亮两个私下称赞道：『难得这般有信义之人。』走进堂中，只听得打齁之声，如霹雳一般的响，二钟吃一惊。寻到小阁中，猛见个丈余长一条大蜥蜴，据于床上，头生两角，五色云雾罩定。钟明、钟亮一齐叫道：『作怪！』只这声『作怪』，便把云雾冲散，不见了蜥蜴。定睛看时，乃是钱大郎直挺挺地睡着。弟兄两个心下想道：『常闻说异人多有变相，明明是个蜥蜴，如何却是钱大郎？此人后来必然有些好处，我们趁此未遇之先，与他结交，有何不美？』两个商量定。等待婆留醒来，二人更不言其故，只说：『我弟兄相慕信义，情愿结桃园之义，不知大郎允否？』婆留也爱二钟为人爽慨，当下就在小阁内，八拜定交。因婆留年最小，做了三弟。这日也不赌钱，大家畅饮而别。临别时，钟明把昨日赌赢的十两银子，送还婆留。婆留那里肯收，便道：『戚汉老处小弟自己还过了。这银，大哥权且留下，且待小弟手中乏时，相借未迟。』钟明只得收去了。

自此日为始，三个人时常相聚。因是吃酒打人，饮博场中出了个大名，号为『钱塘三虎』。这句话，吹在钟起耳朵里来，好生不乐，将两个儿子禁约在衙中，不许他出外游荡。婆留连日不见二钟，在录事衙前探听，已知了这个消息。害了一怕，好几日不敢去寻二钟相会。正是：

取友必须端，休将戏谑看。家严儿学好，子孝父心宽。

再说钱婆留与二钟疏了，少不得又与顾三郎这伙亲密。时常同去贩盐为盗，此等不法之事，也不知做下几十遭。原来走私商道路的，第一次胆小，第二次胆大，第三、第四次浑身都是胆了。他不犯本钱，大锭银大贯钞地使用，侥幸其事不发，落得快活受用，且到事发再处，他也拼得做得。自古道：『若要不知，除非莫为。』只因顾三郎伙内陈小乙，将一对赤金莲花杯，在银匠家倒换银子，被银匠认出是李十九员外库中之物，对做公的说了。做公的报知县尉，访着了这一伙姓名，尚未挨拿。

忽一日，县尉请钟录事父子在衙中饮酒。因钟明写得一手好字，县尉邀至书房，求他写一幅单条。钟明写了李太白《少年行》一篇，县尉展看称美。钟明偶然一眼觑见大端石砚下，露出些纸脚，推开看时，写得有多人姓名。钟明有心，捉个冷眼，取来藏于袖中。背地偷看，却是所访盐盗的单儿，内中有钱婆留名字。钟明吃了一惊，上席后不多几杯酒，便推腹痛先回。县尉只道真病，由他去了，谁知却是钟明的诡计。

当下钟明也不回去，急急跑到戚汉老家，教他转寻婆留说话。恰好婆留正在他场中铺牌赌色。钟明见了也无暇作揖，一只臂膊牵出门外，到个僻静处，说道如此如此，『幸我看见，偷得访单在此。兄弟快些藏躲，恐怕不久要来缉捕，我须救你不得。一面我自着人替你在县尉处上下使钱，若三个月内不发作时，方可出头。兄弟千万珍重。』婆留道：『单上许多人，都是我心腹至友，哥哥若营为时，须一例与他解宽。若放一人到官，众人都是不干净的。』钟明道：『我自有道理。』说罢，钟明自去了。这一个信息急得婆留脚也不停，径跑到南门寻见顾三郎，说知其事，也教他一伙作速移开，休得招风揽火。顾三郎道：『我们只下了盐船，各镇市四散撑开，没人知觉。只你守着爹娘，没处去得，怎么好？』婆留道：『我自不妨事，珍重珍重。』说罢别去。从此婆留装病在家，准准住了三个月。早晚只演习枪棒，并不敢出门。连自己爹娘也道是个异事，却不知其中缘故。有诗为证：

钟明欲救婆留难，又见婆留转报人。同乐同忧真义气，英雄必不负交亲。

却说县尉次日正要勾摄公事，寻砚底下这幅访单，已不见了。一时乱将起来，将书房中小厮吊打，再不肯招承。一连乱了三日，没些影响，县尉没做道理处。此时钟明、钟亮拼却私财，上下使用，缉捕使臣都得了贿赂。又将白银二百两，央使臣转送县尉，教他搁起这宗公事。幸得县尉性贪，又听得使臣说道，录事衙里替他打点，只疑道那边先到了录事之手，我也落得放松，做个人情。收受了银子，假意立限与使臣缉访。过了一月两月，把这事都放慢了。正是『官无三日紧』，又道是『有钱使得鬼推磨』，不在话下。话分两头。再表江西洪州有个术士：

此人善识天文，精通相术。白虹贯日，便知易水奸谋；宝气腾空，预辨丰城神物。决班超封侯之贵，刻邓通饿死之期。殃祥有准半神仙，占候无差高术士。

这术士唤做廖生，预知唐季将乱，隐于松门山中。忽一日夜坐，望见斗牛之墟隐隐有文龙五采，知是王气。算来该是钱塘分野。特地收拾行囊来游钱塘。再占云气，却又在临安地面。乃装做相士，隐于临安市上。每日市中人求相者甚多，都是等闲之辈，并无异人在内。忽然想起：『录事钟起，是我故友，何不去见他？』即忙到录事衙中通名。钟起知是故人廖生到此，倒屣而迎。相见礼毕，各叙寒温。钟起叩其来意，廖生屏去从人，私向钟起耳边说道：『不肖夜来望气，知有异人在于贵县。求之市中数日，杳不可得。看足下尊相，虽然贵显，未足以当此也。』钟起乃召明、亮二子，求他一看，廖生道：『骨法皆贵，然不过人臣之位。所谓异人，上应着斗牛间王气，惟天子足以当之，最下亦得五霸诸侯，方应其兆耳。』钟起乃留廖生在衙中过宿。

次日，钟起只说县中有疑难事，欲共商议，备下酒席在吴山寺中，悉召本县有名目的豪杰来会，令廖生背地里一个个看过。其中贵贱不一，皆不足以当大贵之兆。当日席散，钟起再邀廖生到衙，欲待来日，更搜寻乡村豪杰，教他饱看。此时天色将晚，二人并马而回。

却说钱婆留在家，已守过三个月无事，欢喜无限。想起二钟救命之恩，大着胆，来到县前。闻得钟起在吴山寺宴会，悄悄到他衙中，要寻二钟兄弟拜谢。钟明、钟亮知是婆留相访，乘着父亲不在，慌忙出来，相迎聚话。忽听得马铃声响，钟起回来了。婆留望见了钟起，唬得心头乱跳，低着头，望外只顾跑。钟起问是甚人，喝教拿下。廖生急忙向钟起说道：『奇哉，奇哉！所言异人，乃应在此人身上，不可慢之。』钟起素信廖生之术，便改口教人好好请来相见。婆留只得转来，钟起问其姓名，婆留好像泥塑木雕的，那里敢说。钟起焦躁，乃唤两个儿子问：『此人何姓何名？住居何处？缘何你与他相识？』钟明料瞒不过，只得说道：『此人姓钱，小名婆留，乃临安里人。』钟起大笑一声，扯着廖生背地说道：『先生错矣！此乃里中无赖子，目下幸逃法网，安望富贵乎？』廖生道：『我已决定不差，足下父子之贵，皆因此人而得。』乃向婆留说道：『你骨法非常，必当大贵，光前耀后，愿好生自受。』又向钟起说道：『我所以访求异人者，非贪图日后挈带富贵，正欲验我术法之神耳。从此更十年，吾言必验，足下识之。只今日相别，后会未可知也。』说罢，飘然而去。钟起才信道婆留是个异人。钟明、钟亮又将戚汉老家所见蜥蜴生角之事，对父亲述之，愈加骇然。当晚钟起便教儿子留款婆留，劝他：『勤学枪棒，不可务外为非，致损声名。家中乏钱使用，我当相助。』自此钟明、钟亮仍旧与婆留往来不绝，比前更加亲密。有诗为证：

堪嗟豪杰混风尘，谁向贫穷识异人？只为廖生能具眼，顿令录事款嘉宾。

话说唐僖宗乾符二年，黄巢起兵，攻掠浙东地方。杭州刺史董昌，出下募兵榜文。钟起闻知此信，对儿子说道：『即今黄寇猖獗，兵锋至近，刺史募乡勇杀贼，此乃壮士立功之秋，何不劝钱婆留一去？』钟明、钟亮道：『儿辈皆愿同他立功。』钟起欢喜，当下请到婆留，将此情对他说了。婆留磨拳擦掌，踊跃愿行。一应衣甲器仗，都是钟起支持，又将银二十两，助婆留为安家之费，改名钱镠表字具美。取『留』、『镠』二音相同故也。三人辞家上路，直到杭州，见了刺史董昌。董昌见他器岸魁梧，试其武艺，果然熟娴，不胜之喜。皆署为裨将，军前听用。

不一日，探子报道：『黄巢兵数万将犯临安，望相公策应。』董昌就假钱镠以兵马使之职，使领兵往救。问道：『此行用兵几何？』钱镠答道：『将在谋不在勇，兵贵精不贵多。愿得二钟为助，兵三百人足矣。』董昌即命钱镠于本州军伍，自行挑选三百人，同钟明、钟亮率领，望临安进发。

到石鉴镇，探听贼兵离镇止十五里。钱镠与二钟商议道：『我兵少，贼兵多，只可智取，不可力敌，宜出奇兵应之。』乃选弓弩手二十名，自家率领，多带良箭，伏山谷险要之处。先差炮手二人，伏于贼兵来路。一等贼兵过险，放炮为号，二十张强弓，一齐射之。钟明、钟亮各引一百人左右埋伏，准备策应。余兵散布山谷，扬旗呐喊，以助兵势。分拨已定，黄巢兵早到。原来石鉴镇山路险隘，只容一人一骑。贼先锋率前队兵度险，皆单骑鱼贯而过。忽听得一声炮响，二十张劲弩开发。贼人大惊，正不知多少人马。贼先锋身穿红锦袍，手执方天画戟，领插令字旗，跨一匹瓜黄战马。正扬威耀武而来，却被弩箭中了颈项，倒身颠下马来，贼兵大乱。钟明、钟亮引着二百人，呼风喝势，两头杀出。贼兵着忙，又听得四围呐喊不绝，正不知多少军马，自相蹂踏。斩首五百余级，余贼溃散。钱镠全胜了一阵，想道：『此乃侥幸之计，可一用不可再也。若贼兵大至，三百人皆为齑粉矣。』此去三十里外，有一村，名八百里。引兵屯于彼处，乃对道旁一老媪说道：『若有人问你临安兵的消息，但言屯八百里就是。』

却说黄巢听得前队在石鉴镇失利，统领大军，弥山蔽野而来。到得镇上，不见一个官军，遣人四下搜寻居民问信。少停，拿得老媪到来，问道：『临安军在那里？老媪答道：『屯八百里。』再三问时，只是说『屯八百里』。黄巢不知『八百里』是地名，只道官军四集，屯了八百里路之远，乃叹道：『向者二十弓弩手，尚然敌他不过，况八百里屯兵乎？杭州不可得也！』于是贼兵不敢停石鉴镇上，径望越州一路而去，临安赖以保全。有诗为证：

能将少卒胜多人，良将机谋妙若神。三百兵屯八百里，贼军骇散息烽尘。

再说越州观察使刘汉宏，听得黄巢兵到，一时不曾做得准备，乃遣人打话，情愿多将金帛犒军，求免攻掠。黄巢受其金帛，亦径过越州而去。原来刘汉宏先为杭州刺史，董昌在他手下做裨将，充募兵使。因平了判贼王郢之乱，董昌有功，就升做杭州刺史，刘汉宏却升做越州观察使。汉宏因董昌在他手下出身，屡屡欺侮。董昌不能堪，渐生嫌隙。今日巢贼经过越州，虽然不曾杀掠，却费了许多金帛。访知杭州倒被董昌得胜报功，心中愈加不平。有门下宾客沈苛献计道：『临安退贼之功，皆赖兵马使钱镠用谋取胜。闻得钱镠智勇足备，明公若驰咫尺之书，厚具礼币，只说越州贼寇未平，向董昌借钱镠来此征剿。哄得钱镠到此，或优待以结其心，或寻事以斩其首。董昌割去右臂，无能为矣。方今朝政颠倒，宦官弄权，官家威令不行，天下英雄皆有割据一方之意。若吞并董昌，奄有杭越，此霸王之业也。』刘汉宏为人志广才疏，这一席话，正投其机，以手抚沈苛之背，连声赞道：『吾心腹人所见极明，妙哉，妙哉！』即忙修书一封：

汉宏再拜，奉书于故人董公麾下：顷者巢贼猖獗，越州兵微将寡，难以备御。闻麾下有兵马使钱镠，谋能料敌，勇称冠军。今贵州已平，乞念唇齿之义，遣镠前来，协力拒贼。事定之后，功归麾下。聊具金甲一副，名马二匹，权表微枕，伏乞笑纳。

原来董昌也有心疑忌刘汉宏，先期差人打听越州事情，已知黄巢兵退，如今书上反说巢寇猖獗，其中必有缘故。即请钱镠来商议。钱镠道：『明公与刘观察隙嫌已构，此不两立之势也。闻刘观察自托帝王之胄，欲图非望。巢贼在境，不发兵相拒，乃以金帛买和，其意不测。明公若假精兵二千付镠，声言相助。汉宏无谋，必欣然见纳。乘便图之，越州可一举而定。于是表奏朝廷，坐汉宏以和贼谋叛之罪。朝廷方事姑息，必重奖明公之功。明公勋垂于竹帛，身安于泰山，岂非万全之策乎？』董昌欣然从之，即打发回书，着来使先去。随后发精兵二千，付与钱镠，临行嘱道：『此去见机而作，小心在意。』

却说刘汉宏接了回书，知道董昌已遣钱镠到来，不胜之喜，便与宾客沈苛商议。沈苛道：『钱镠所领二千人，皆胜兵也。若纵之入城，实为难制。今俟其未来，预令人迎之，使屯兵于城外，独召钱镠相见。彼既无羽翼，惟吾所制。然后遣将代领其兵，厚加恩劳，使倒戈以袭杭州。

疾雷不及掩耳，董昌可克矣。』刘汉宏又赞道：『吾心腹人所见极明，妙哉，妙哉！』既命沈苛出城迎候钱镠，不在话下。

再说钱镠领了二千军马，来到越州城外。沈苛迎住，相见礼毕。沈苛道：『奉观察之命，城中狭小，不能容客兵，权于城外屯扎，单请将军入城相会。』钱镠已知刘汉宏掇赚之计，便将计就计，假意发怒道：『钱某本一介匹夫，荷观察使不嫌愚贱，厚币相招，某感察使知己之恩，愿以肝脑相报。董刺史与察使外亲内忌，不欲某来；又只肯发兵五百人，某再三勉强，方许二千之数。某挑选精壮，一可当百，特来辅助察使，成百世之功业。察使不念某勤劳，亲行犒劳，乃安坐城中，呼某相见，如呼下隶，此非敬贤之道！某便引兵而回，不愿见察使矣。』说罢，仰面叹云：『钱某一片壮心，可惜！可惜！』沈苛只认是真心，慌忙收科道：『将军休要错怪，观察实不知将军心事。容某进城对观察说知，必当亲自劳军，与将军相见。』说罢，飞马入城去了。钱镠分付手下心腹将校，如此如此，各人暗做准备。

且说刘汉宏听沈苛回话，信以为然。乃杀牛宰马，大发刍粮，为犒军之礼。旌旗鼓乐前导，直到北门外馆驿中坐下，等待钱镠入见，指望他行偏裨见主将之礼。谁知钱镠领着心腹二十余人，昂然而入，对着刘汉宏拱手道：『小将甲胄在身，恕不下拜了。』气得刘汉宏面如土色，沈苛自觉失信，满脸通红，上前发怒道：『将军差矣，常言：「军有头，将有主。」尊卑上下，古之常礼。董刺史命将军来与观察助力，将军便是观察麾下之人。况董刺史出身观察门下，尚然不敢与观察敌体，将军如此倨傲，岂不觑我越州无军马乎？』说声未绝，只见钱镠大喝道：『无名小子，敢来饶舌。』将头巾望上一抻，二十余人，一齐发作。说时迟，那时快，钱镠拔出佩剑，沈苛不曾防备，一刀剁下头来。刘汉宏望馆驿后便跑，手下跟随的，约有百余人，一齐上前，来拿钱镠。怎当钱神威雄猛，如砍瓜切菜，杀散众人，径往馆驿后园来寻刘汉宏，并无踪迹。只见土墙上缺了一角，已知爬墙去了。钱镠懊悔不迭，率领二千军众，便想攻打越州。看见城中已有准备，自己后军无继，孤掌难鸣，只得拨转旗头，重回旧路。城中刘汉宏闻知钱镠回军，即忙点精兵五千，差骁将陆萃为先锋，自引大军随后追袭。

却说钱镠也料定越州军马，必来追赶，昼夜兼行，来到白龙山下。忽听得一棒锣声，山中拥出二百余人，一字儿拨开。为头一个好汉，生得如何，怎生打扮？

头裹金线唐巾，身穿绿锦衲袄。腰拴搭膊，脚套皮靴。挂一副弓箭袋，拿一柄泼风刀。生得浓眉大眼，紫面拳须。私商船上有名人，厮杀场中无敌手。

钱镠出马上前观看，那好汉见了钱镠，撇下刀，纳头便拜。钱镠认得是贩盐为盗的顾三郎，名唤顾全武，乃滚鞍下马，扶起道：『三郎久别，如何却在此处？』顾全武道：『自蒙大郎活命之恩，无门可补报。闻得黄巢兵到，欲待倡率义兵，保护地方，就便与大郎相会。后闻大郎破贼成功，为朝廷命官，又闻得往越州刘观察处效用。不才聚起盐徒二百余人，正要到彼相寻帮助，何期此地相会。不知大郎回兵，为何如此之速？』钱镠把刘汉宏事情，备细说了一遍，便道：『今日天幸得遇三郎，正有相烦之处，小弟算定刘汉宏必来追赶，因此连夜而行。他自恃先达，不以董刺史为意；又杭州是他旧治，追赶不着，必然直趋杭州，与董家索斗。三郎率领二百人，暂住白龙山下，待他兵过，可行诈降之计。若兵临杭州，只看小弟出兵迎敌，三郎从中而起，汉宏可斩也。若斩了汉宏，便是你进身之阶。小弟在董刺史前一力保荐，前程万里，不可有误。』顾全武道：『大郎分付，无有不依。』两人相别，各自去了。正是：

太平处处皆生意，衰乱时时尽杀机。我正算人人算我，战场能得几人归？

却说刘汉宏引兵追到越州界口，先锋陆萃探知钱镠星夜走回，来禀汉宏回军。汉宏大怒道：『钱镠小卒，吾为所侮，有何面目回见本州百姓！杭州吾旧时管辖之地，董昌吾所荐拔，吾今亲自引兵到彼，务要董昌杀了钱镠，输情服罪，方可恕饶。不然，誓不为人！』当下喝退陆萃，传令起程，向杭州进发。行至富阳白龙山下，忽然一棒锣声，涌出二百余人，一字儿摆开。为头一个好汉，手执大刀，甚是凶勇。汉宏吃了一惊，正欲迎敌，只见那汉约住刀头，厉声问道：『来将可是越州刘察使么？』汉宏回言：『正是。』那好汉慌忙撇刀在地，拜伏马前，道：『小人等候久矣。』刘汉宏问其来意。那汉道：『小人姓顾，名全武，乃临安县人氏。因贩卖私盐，被州县访名擒捉，小人一向在江湖上逃命。近闻同伙兄弟钱镠出头做官，小人特往投奔，何期他妒贤嫉能，贵而忘贱，不相容纳，只得借白龙山权住落草。昨日钱镠到此经过，小人便欲杀之，争奈手下众寡不敌，怕不了事。闻此人得罪于察使，小人愿为前部，少效犬马之劳。』刘汉宏大喜，便教顾全武代了陆萃之职，分兵一千前行，陆萃改作后哨。

不一日，来到杭州城下。此时钱镠已见过董昌，预作准备。闻越州兵已到，董昌亲到城楼上，叫道：『下官与察使同为朝廷命官，各守一方，下官并不敢得罪，察使不知到此何事？』刘汉宏大骂道：『你这背恩忘义之贼，若早识时务，斩了钱镠，献出首级，免动干戈。』董昌道：『察使休怒，钱镠自来告罪了。』只见城门开处，一军飞奔出来，来将正是钱镠，左有钟明，右有钟亮，径冲入敌阵，要拿刘汉宏。汉宏着了忙，急叫：『先锋何在？』旁边一将应声道：『先锋在此！』手起刀落，斩汉宏于马下。把刀一招，钱镠直杀入阵来，大呼：『降者免死！』五千人不战而降，陆萃自刎而亡。斩汉宏者，乃顾全武也。正是：

有谋无勇堪资画，有勇无谋易丧生。毕竟有谋兼有勇，伫看百战百成功。

董昌看见斩了刘汉宏，大开城门收军。钱镠引顾全武见了董昌，董昌大喜。即将汉宏罪状，申奏朝廷，并列钱镠以下诸将功次。那时朝廷多事，不暇究问，乃升董昌为越州观察使，就代刘汉宏之位；钱镠为杭州刺史，就代董昌之位；钟明、钟亮及顾全武俱有官爵。钟起将亲女嫁与钱镠为夫人。董昌移镇越州，将杭州让与钱镠。钱公、钱母都来杭州居住，一门荣贵，自不必说。

却说临安县有个农民，在天目山下锄田，锄起一片小小石碑，镌得有字几行。农民不识。把与村中学究罗平看之。罗学究拭土辨认，乃是四句谶语。道是：

天目山垂两乳长，龙飞凤舞到钱塘。海门一点巽峰起，五百年间出帝王。

后面又镌『晋郭璞记』四字。罗学究以为奇货，留在家中。次日怀了石碑，走到杭州府，献与钱镠刺史，密陈天命。钱镠看了大怒道：『匹夫，造言欺我，合当斩首！』罗学究再三苦求方免，喝教乱棒打出。其碑就庭中毁碎。原来钱镠已知此是吉谶，合应在自己身上，只恐声扬于外，故意不信，乃见他心机周密处。

再说罗学究被打，深恨刺史无礼，好意反成恶意。心生一计，不若将此碑献与越州董观察，定有好处。想此碑虽然毁碎，尚可凑看。乃私赂守门吏卒，在庭中拾将出来。原来只破作三块，将字迹凑合，一毫不损。罗平心中大喜，依旧包裹石碑，取路到越州去。

行了二日，路上忽逢一簇人，攒拥着一个十二三岁的孩儿。那孩子手中提着一个灯笼，笼外覆着布幕，内中养着一只小小翠鸟。罗平挨身上前，问其缘故。众人道：『这小鸟儿，又非鹦哥，又非鸲鹆，却会说话。我们要问这孩子买他玩耍，还了他一贯足钱，还不肯。』话声未绝，只见那小鸟儿，将头颠两颠，连声道：『皇帝董！皇帝董！』罗平问道：『这小鸟儿还是天生会话？还是教成的？』孩子道：『我爹在乡里砍柴，听得树上说话，却是这畜牲。将栖竿栖得来，是天生会话的。』罗平道：『我与你两贯足钱，卖与我罢。』孩子得了两贯钱，欢欢喜喜的去了。罗平提了鸟笼，急急赶路。

不一日，来到越州，口称有机密事要见察使。董昌唤进，屏开从人，正要问时，那小鸟儿又在笼中叫道：『皇帝董！皇帝董！』董昌大惊，问道：『此何鸟也？』罗平道：『此鸟不知名色，天生会话，宜呼曰「灵鸟」。』因于怀中取出石碑，备陈来历：『自晋初至今，正合五百之数。方今天子微弱，唐运将终，梁、晋二王，互相争杀，天下英雄，皆有割据一方之意。钱塘原是察使创业之地，灵碑之出，非无因也。况灵鸟吉祥，明示天命。察使先破黄巢，再斩汉宏，威名方盛，远近震悚。若乘此机会，用越杭之众，兼并两浙，上可以窥中原，下亦不失为孙仲谋矣。』原来董昌见天下纷乱，久有图霸之意。听了这一席话，大喜道：『足下远来，殆天赐我立功也。事成之日，即以本州观察相酬。』于是拜罗平为军师，招集兵马；又于民间科敛。以充粮饷。命巧匠制就金丝笼子，安放『灵鸟』，外用蜀锦为衣罩之。又写密书一封，差人送到杭州钱镠，教他募兵听用。

钱镠见书，大惊道：『董昌反矣。』乃密表奏朝廷。朝廷即拜钱镠为苏、杭等州观察。于是钱镠更造杭城，自秦望山至于范浦，周围七十里。再奉表闻，加镇海军节度使，封开国公。董昌闻知朝廷累加钱镠官爵。心中大怒，骂道：『贼狗奴，敢卖吾得官耶？吾先取杭州，以泄吾恨。』罗平谏道：『钱镠异志未彰，且新膺宠命，讨之无名。不若诈称朝命，先正王位，然后以尊临卑，平定睦州，广其兵势，假道于杭，以临湖州。待钱镠不从，乘间图之；若出兵相助，是明公不战而得杭州矣，又何求乎？』董昌依其言，乃假装朝廷诏命，封董昌为越王之职，使专制两浙诸路军马，旗帜上都换了越王字号；又将灵碑及『灵鸟』宣示州中百姓，使知天意。民间三丁抽一，得兵五万，号称十万，浩浩荡荡，杀奔睦州来。睦州无备，被董昌攻破了。停兵月余，改换官吏。又选得精兵三万人，军威甚盛，自谓天下无敌，谋称越帝。征兵杭州，欲攻湖州。钱镠道：『越兵正锐，不可当也，不如迎之。待其兵顿湖州，遂乘其弊，无不胜矣。』于是先遣钟明卑词犒师，续后亲领五千军马，愿为前部自效。董昌大喜。行了数日，钱镠伪称有疾，暂留途中养病。董昌更不疑惑，催兵先进。有诗为证：

勾践当年欲豢吴，卑辞厚礼破姑苏。董昌不识钱镠意，犹恃兵威下太湖。

却说钱镠打听越州兵去远，乃引兵而归，挑选精兵千人，假做越州军旗号，遣顾全武为先锋，来袭越州。又分付钟明、钟亮，各引精兵五百，潜屯余杭之境。分付不可妄动，直待董昌还救越州时节，兵从此过，然后自后掩袭。他无心恋战，必获全胜。分拨已定，乃对宾客钟起道：『守城之事，专以相委。越州乃董贼巢穴，吾当亲往观变。若巢穴即破，董昌必然授首无疑矣。』乃自引精兵二千，接应顾全武军马。

却说顾全武打了越州兵旗号，一路并无阻碍，直到越州城下。只说催趱攻城火器，赚开城门，顾全武大喝道：『董昌僭号，背判朝廷，钱节使奉诏来讨，大军十万已在城外矣。』越州城中军将，都被董昌带去，留的都是老弱，谁敢拒敌？顾全武径入府中，将伪世子董荣及一门老幼三百余人，拘于一室，分兵守之。恰好杭州大军已到，闻知顾全武得了城池，整军而入，秋毫无犯。顾全武迎钱镠入府，出榜安民已定，写书一封，遣人往董昌军中投递。书曰：

镠闻天无二日，土无二王。今唐运虽衰，天命未改。而足下妄自矜大，僭号称兵，凡为唐臣，谁不愤疾？镠迫于公义，辄遣副将顾全武率兵讨逆。兵声所至，越人倒戈。足下全家，尽已就缚。若能见机伏罪，尚可全活。乞早自裁，以救一家之命。

却说董昌攻打湖州不下，正在帐中纳闷，又听得『灵鸟』叫声：『皇帝董！皇帝董！』董昌揭起锦罩看时，一个眼花，不见『灵鸟』，只见一个血淋淋的人头，在金丝笼内挂着。认得是刘汉宏的面庞，唬得魂不附体，大叫一声，蓦然倒地。众将急来救醒，定睛半晌，再看笼子内，都是点点血迹，果然没了『灵鸟』。董昌心中大恶，急召罗军师商议，告知其事，问道：『主何吉凶？』罗平心知不祥之兆，不敢直言，乃说道：『大越帝业，因斩刘汉宏而起，今汉宏头现，此乃克敌之征也。』说犹未了，报道杭州差人下书。董昌拆开看时，知道越州已破，这一惊非小。罗平道：『兵家虚虚实实，未尽可信。钱镠托病回兵，必有异谋，故造言以煽惑军心，明公休得自失主张。』董昌道：『虽则真伪未定，亦当回军，还顾根本。』罗平叫将来使斩讫，恐泄漏消息。再教传令，并力攻城，使城中不疑，夜间好办走路。是日攻打湖州，至晚方歇。挨到二更时分，拔寨都起。骁将薛明、徐福各引一万人马先行，董昌中军随后进发，却将睦州带来的三万军马，与罗平断后。湖州城中见军马已退，恐有诡计，不敢追袭。

且说徐、薛二将引兵昼夜兼行，早到余杭山下。正欲埋锅造饭，忽听到山凹里连珠炮响，鼓角齐鸣。钟明、钟亮两支人马，左右杀将出来。薛明接住钟明厮杀，徐福接住钟亮厮杀。徐、薛二将，虽然英勇，争奈军心惶惑，都无心恋战，且昼夜奔走，俱已疲倦，怎当虎狼般这两支生力军？自古道：『兵离将败。』薛明看见军伍散乱，心中着忙，措手不迭，被钟明斩于马下。拍马来夹攻徐福，徐福敌不得二将，亦被钟亮斩之，众军都弃甲投降。二钟商议道：『越兵前部虽败，董昌大军随后即至，众寡不敌。不若分兵埋伏，待其兵已过去，从后击之。彼前部有失，必然心忙思窜，然后可获全胜矣。』当下商量已定，将投降军众纵去，使报董昌消息。

却说董昌大军正行之际，只见败军纷纷而至，报道：『徐、薛二将，俱已阵亡。』董昌心胆俱裂，只得抖擞精神，麾兵而进。过了余杭山下，不见敌军。正是疑虑，只听后面连珠炮响，两路伏兵齐起，正不知多少人马。越州兵争先逃命，自相蹂踏，死者不计其数。直奔了五十余里，方才得脱。收拾败军，三停又折一停，只等罗平后军消息。谁知睦州兵虽然跟随董昌，心中不顺。今日见他回军，几个裨将商议，杀了罗平，将首级向二钟处纳降，并力来追董昌。董昌闻了此信，不敢走杭州大路，打宽转打从临安、桐庐一路而行。这里钱镠早已算定，预先取钟起来守越州，自起兵回杭州，等候董昌。却教顾全武领一千人马，在临安山险处埋伏，以防窜逸。董昌行到临安，军无队伍，正当爬山过险，却不题防顾全武一支军冲出。当先顾全武一骑马，一把刀，横行直撞，逢人便杀，大喝：『降者免死！』军士都拜伏于地，那个不要性命的敢来交锋！董昌见时势不好，脱去金盔金甲，逃往村农家逃难，被村中绑缚献出。顾全武想道：『越兵虽降，其势甚众，怕有不测。』一刀割了董昌首级，以绝越兵之意。重赏村农。

正欲下寨歇息，忽听得山凹中鼓角震天，尘头起处，军马无数而来。顾全武道：『此必越州军后队也。』绰刀上马，准备迎敌。马头近处，那边拥出二员大将，不是别人，正是钟明、钟亮，为追赶董昌到此。三人下马相见，各叙功勋。是晚同下寨于临安地方。次日，拔寨都起。行了二日，正迎着钱镠军马。原来钱镠哨探得董昌打从临安远转，怕顾全武不能了事，自起大军来接应。已知两路人马，都已成功，合兵回杭州城来。真个是：

喜孜孜鞭敲金镫响，笑吟吟齐唱凯歌回。

顾全武献董昌首级，二钟献薛明、徐福、罗平首级。钱镠传令，向越州监中取董昌家属三百口，尽行诛戮，写表报捷。此乃唐昭宗皇帝乾宁四年也。那时中原多事，吴越地远，朝廷力不能及。闻钱镠讨叛成功，上表申奏，大加叹赏，赐以铁券诰命，封为上柱国彭城郡王，加中书令。未几，进封越王，又改封吴王，润、越等十四州得专封拜。此时钱镠志得满意，在杭州起造王府宫殿，极其壮丽。父亲钱公已故，钱母尚存，奉养宫中，锦衣玉食，自不必说。钟氏册封王妃；钟起为国相，同理政事；钟明、钟亮及顾全武俱为各州观察使之职。

其年大水，江潮涨溢，城垣都被冲击。乃大起人夫，筑捍海塘，累月不就。钱镠亲往督工，见江涛汹涌，难以施功。钱镠大怒，喝道：『何物江神，敢逆吾意！』命强弩数百，一齐对潮头射去，波浪顿然敛息。不够数日，捍海塘筑完，命其门曰：『候潮门。』

钱镠叹道：『闻古人有云：「富贵不归故乡，如衣锦夜行耳。」』乃择日往临安，展拜祖父坟茔，用太牢祭享，旌旗鼓吹，振耀山谷。改临安县为衣锦军，石鉴山名为衣锦山，用锦绣为被，蒙覆石镜，设兵看守，不许人私看。幼时所坐大石，封为衣锦石，大树封为衣锦将军，亦用锦绣遮缠。风雨毁坏，更换新锦。旧时所居之地，号为衣锦里，建造牌坊。贩盐的担儿，也裁个锦囊韬之，供养在旧居堂屋之内，以示不忘本之意。杀牛宰马，大排筵席，遍召里中故旧，不拘男妇，都来宴会。其时有一邻妪，年九十余岁，手提一壶白酒，一盘角黍，迎着钱镠，呵呵大笑说道：『钱婆留今日直恁长进，可喜，可喜！』左右正欲吆喝，钱镠道：『休得惊动了他。』慌忙拜倒在地，谢道：『当初若非王婆相救，留此一命，怎有今日？』王婆扶起钱镠，将白酒满斟一瓯送到，钱镠一饮而尽；又将角黍供去，镠亦啖之。说道：『钱婆留今日有得吃，不劳王婆费心，老人家好去自在。』命县令拨里中肥田百亩，为王婆养终之资。王婆称谢而去。只见里中男妇毕集，见了钱镠蟒衣玉带，天人般妆束，一齐下跪。钱镠扶起，都教坐了，亲自执觞送酒。八十岁以上者饮金杯，百岁者饮玉杯，那时饮玉杯者也有十余人。钱镠送酒毕，自起歌曰：

三节还乡挂锦衣，吴越一王驷马归。天明明兮爱日挥，百岁荏兮会时稀。

父老皆是村民，不解其意，面面相觑，都不做声。钱镠觉他意不欢畅，乃改为吴音再歌，歌曰：

你辈见侬底欢喜，别是一般滋味子。长在我侬心子里，我侬断不忘记你。

歌罢，举座欢笑，都拍手齐和。是日尽欢而罢，明日又会，如此三日，各各有绢帛赏赐。开赌场的戚汉老已故，召其家，厚赐之。仍归杭州。后唐王禅位于梁，梁王朱全忠改元开平，封钱镠为吴越王，寻授天下兵马都元帅。钱镠虽受王封，其实与皇帝行动不殊，一般出警入跸，山呼万岁。据欧阳公五代史叙说，吴越亦曾称帝改元，至今杭州各寺院有天宝、宝大、宝正等年号，皆吴越所称也。自钱镠王吴越，终身无邻国侵扰，享年八十有一而终，谥曰武肃。传子元镠，元镠传子佐，佐传弟俶。宋太祖陈桥受禅之后，钱俶来朝。到宋太宗嗣位，钱俶纳土归朝，改封邓王。钱氏独霸吴越凡九十八年，天目山石碑之谶，应于此矣。后人有诗赞云：

将相本无种，帝王自有真。昔年盐盗辈，今日锦衣人。石鉴呈形异，廖生决相神。笑他『皇帝董』，碑谶枉残身。

第二十二卷

木绵庵郑虎臣报冤

荷花桂子不胜悲，江介年华忆昔时。天目山来孤凤歇，海门潮去六龙移。贾充误世终无策，庾信哀时尚有词。莫向中原夸绝景，西湖遗恨是西施。

这一首诗，是张志远所作。只为宋朝南渡以后，绍兴、淳熙年间，息兵罢战，君相自谓太平，纵情逸乐，士大夫赏玩湖山，无复恢复中原之志。所以末一联诗说道：『莫向中原夸绝景，西湖遗恨是西施。』那时西湖有三秋桂子，十里荷香，青山四围，中涵绿水，金碧楼台相间，说不尽许多景致。苏东坡学士有诗云：『欲把西湖比西子，淡妆浓抹总相宜。』因此君臣耽山水之乐，忘社稷之忧，恰如吴宫被西施迷惑一般。当初吴王夫差宠幸一个妃子，名曰西施，日逐在百花洲、锦帆泾、姑苏台，流连玩赏。其时有个佞臣伯嚭，逢君之恶，劝他穷奢极欲，诛戮忠臣。以致越兵来袭，国破身亡。今日宋朝南渡之后，虽然夷势猖獗，中原人心不忘赵氏，尚可乘机恢复。也只为听用了几个奸臣，盘荒懈惰，以致于亡。那几个奸臣？秦桧、韩侂胄，史弥远、贾似道。秦桧居相位一十九年，力主和议，杀害岳飞，解散张、韩、刘诸将兵柄。韩侂胄居相位一十四年，陷害了赵汝愚丞相，罢黜道学诸臣，轻开边衅，辱国殃民。史弥远在相位二十六年，谋害了济王竑，专任憸壬以居台谏，一时正人君子，贬斥殆尽。那时蒙古盛强，天变屡见，宋朝事势已去了七八了。也是天数当尽，又生出个贾似道来。他在相位一十五年，专一蒙蔽朝廷，偷安肆乐；后来虽贬官黜爵，死于木绵庵，不救亡国之祸。有诗为证：

奸邪自古误人多，无奈君王轻信何。朝论若分忠佞字，太平玉烛永调和。

话说南宋宁宗皇帝嘉定年间，浙江台州一个官人，姓贾名涉，因往临安府听选，一主一仆，行至钱塘，地名叫做凤口里。行路饥渴，偶来一个村家歇脚，打个中火。那人家竹篱茅舍，甚是荒凉。贾涉叫声：『有人么？』只见芦帘开处，走个妇人出来。那妇人生得如何？

面如满月，发若乌云。薄施脂粉，尽有容颜。不学妖娆，自然丰韵。鲜眸玉腕，生成福相端严；裙布钗荆，任是村妆希罕。分明美玉藏顽石，一似明珠坠堑渊。随他呆子也消魂，况是客边情易动。

那妇人见了贾涉，不慌不忙，深深道个万福。贾涉看那妇人是个福相，心下踌躇道：『吾今壮年无子，若得此妇为妾，心满意足矣！』便对妇人说道：『下官往京候选，顺路过此，欲求一饭，未审小娘子肯为炊爨否？自当奉谢。』那妇人答道：『奴家职在中馈，炊爨当然；况是尊官荣顾，敢不遵命！但丈夫不在，休嫌怠慢。』贾涉见他应对敏捷，愈加欢喜。那妇人进去不多时，捧两碗熟豆汤出来，说道：『村中乏茶，将就救渴。』少停，又摆出主仆两个的饭来。贾涉自带得有牛脯、干菜之类，取出嗄饭。那妇人又将大磁壶盛着滚汤，放在桌上，道：『尊官净口。』贾涉见他殷勤，便问道：『小娘子尊姓，为何独居在此？』那妇人道：『奴家胡氏，丈夫叫做王小四，因连年种田折本，家贫无奈，要同奴家夫投靠一个财主过活。奴家立誓不从，丈夫拗奴不过，只得在左近人家趁工度日，奴家独自守室。』贾涉道：『下官有句不识进退的言语，未知可否？』那妇人道：『但说不妨。』贾涉道：『下官颇通相术，似小娘子这般才貌，决不是下贱之妇。你今屈身随着个村农，岂不耽误终身？况你丈夫家道艰难，顾不得小娘子体面。下官壮年无子，正欲觅一侧室。小娘子若肯相从，情愿多将金帛，赠与贤夫，别谋婚娶，可不两便？』那妇人道：『丈夫也曾几番要卖妾身，是妾不肯。既尊官有意见怜，待丈夫归时，尊官自与他说，妾不敢擅许。』

说犹未了，只见那妇人指着门外道：『丈夫回也。』只见王小四戴一顶破头巾，披一件旧白布衫，吃得半醉，闯进门来。贾涉便起身道：『下官是往京听选的，偶借此中火，甚是搅扰。』王小四答道：『不妨事。』便对胡氏说道：『主人家少个针线娘，我见你平日好手针线，对他说了，他要你去教导他女娘生活，先送我两贯足钱。这便要你依我去去。』胡氏半倚着芦帘内外，答道：『后生家脸皮，羞答答地，怎到人家去趁饭？不去，不去。』王小四发个喉急，便道：『你不去时，我没处寻饭养你。』贾涉见他说话凑巧，便诈推解手，却分付家童将言语勾搭他道：『大伯，你花枝般娘子，怎舍得他往别人家去？』王小四道：『小哥，你不晓得我穷汉家事体：一日不识羞，三日不忍饿。却比不得大户人家，吃安闲茶饭。似此乔模乔样，委的我家住不了。』家童道：『假如有个大户人家，肯出钱钞，讨你这位小娘子去，你舍得么？』王小四道：『有甚舍不得！』家童道：『只我家相公要讨一房侧室，你若情愿时，我撺掇多把几贯钱钞与你。』王小四应允。家童将言语回复了贾涉。贾涉便教家童与王小四讲就四十两银子身价。王小四在村中央个教授来，写了卖妻文契，落了十字花押。一面将银子兑过，王小四收了银子，贾涉收了契书。王小四还只怕婆娘不肯，甜言劝谕，谁知那妇人与贾涉先有意了。也是天配姻缘。自然情投意合。当晚，贾涉主仆二人就在王小四家歇了。王小四也打铺在外间相伴，妇人自在里面铺上独宿。明早贾涉起身，催妇人梳洗完了，吃了早饭，央王小四在村中另顾个牲口，驮那妇人一路往临安去。有诗为证：

夫妻配偶是前缘，千里红绳暗自牵。况是荣华封两国，村农岂得伴终年？

贾涉领了胡氏住在临安寓所。约有半年，谒选得九江万年县丞，迎接了孺人唐氏，一同到任。原来唐氏为人妒悍，贾涉平昔有个惧内的毛病。今日唐氏见丈夫娶了小老婆，不胜之怒，日逐在家淘气。又闻胡氏有了三个月身孕，思想道：『丈夫向来无子，若小贱人生子，必然宠用，那时我就争他不过了。我就是养得出孩儿，也让他做哥哥，日后要被他欺侮。不如及早除了祸根方妙。』乃寻个事故，将胡氏毒打一顿，剥去衣衫，贬他在使婢队里，一般烧茶煮饭，扫地揩台，铺床叠被。又禁住丈夫不许与他睡。每日寻事打骂，要想堕落他的身孕。贾涉满肚子恶气，无可奈何。

一日，县宰陈履常请贾涉饮酒。贾涉与陈履常是同府人，平素通家往来，相处得极好的。陈履常请得贾涉到衙，饮酒中间，见他容颜不悦，叩其缘故。贾涉抵讳不得，将家中妻子妒妾事情，细细告诉了一遍。又道：『贾门宗嗣，全赖此妇。不知堂尊有何妙策，可以保全此妾？倘日后育得一男，实为万幸，贾氏祖宗也当衔恩于地下。』陈履常想了一会，便道：『要保全却也容易，只怕足下舍不得他离身。』贾涉道：『左右如今也不容相近，咫尺天涯一般，有甚舍不得处？』陈履常附耳低言：『若要保全身孕，只除如此如此……』乃取红帛花一朵，悄悄递与贾涉，教他把与胡氏为暗记。这个计策，就在这朵花上，后来便见。有诗为证：

吃醋捻酸从古有，覆宗绝嗣甘出丑。红花定计有堂尊，巧妇怎出男子手？

忽一日，陈县宰打听得丞厅请医，云是唐孺人有微恙。待其病痊，乃备了四盒茶果之类，教奶奶到丞厅问安。唐孺人留之宽坐，整备小饭相款，诸婢罗侍在侧。说话中间，奶奶道：『贵厅有许多女使服侍，且是伶俐。寒舍苦于无人，要一个会答应的也没有，甚不方便。急切没寻得，若借得一个小娘子与寒舍相帮几时，等讨得个替力的来，即便送还何如？』唐氏道：『通家怎说个「借」字？只怕粗婢不中用。奶奶看得如意，但凭选择，即当奉赠。』奶奶称谢了。看那诸婢中间，有一个生得齐整，鬓边正插着这朵红帛花，心知是胡氏，便指定了他，说道：『借得此位小娘子甚好。』唐氏正在吃醋，巴不得送他远远离身。却得此句言语，正合其意，加添县宰之势，丞厅怎敢不从？料道丈夫也难埋怨。连声答应道：『这小婢姓胡，在我家也不多时。奶奶既中意时，即今便教他跟随奶奶去。』当时席散，奶奶告别。胡氏拜了唐氏四拜，收拾随身衣服，跟了奶奶轿子，到县衙去讫。唐氏方才对贾涉说知，贾涉故意叹惜。正是：

算得通时做得凶，将他瞒在鼓当中。
县衙此去方安稳，绝胜存孤赵氏宫。

胡氏到了县衙，奶奶将情节细说，另打扫个房铺与他安息。光阴似箭，不觉十月满足，到八月初八日，胡氏腹痛，产下一个孩儿。奶奶只说他婢所生，不使丞厅知道。那时贾涉适在他郡去检校一件公事，到九月方归，与县宰陈履常相见。陈公悄悄的报个喜信与他。贾涉感激不尽，对陈公说，要见新生的孩儿一面。陈公教丫环去请胡氏立于帘内，丫环抱出小孩子，递与贾涉。贾涉抱了孩儿，心中虽然欢喜，觑着帘内，不觉堕下泪来。两下隔帘说了几句心腹话儿。胡氏教丫环接了孩子进去，贾涉自回。自此背地里不时送些钱钞与胡氏买东买西，阖家通知，只瞒过唐氏一人。

光阴荏苒，不觉一载有余。那县宰任满升迁，要赴临安。贾涉只得将情告知唐氏，要领他母子回家。唐氏听说，一时乱将起来，聒噪个不住。连县宰的奶奶，也被他『奉承』了几句。乱到后面，定要丈夫将胡氏嫁出，方许把小孩子领回。贾涉听说嫁出胡氏一件，倒也罢了；单只怕领回儿子，被唐氏故意谋害，或是绝其乳食，心下怀疑不决。正在两难之际，忽然门上报道：『台州有人相访。』贾涉忙去迎时，原来是亲兄贾濡。他为朝廷妙择良家女子，养育宫中，以备东宫嫔嫱之选。女儿贾氏玉华，已选入数内。贾濡思量要打刘八太尉的关节，扶持女儿上去，因此特到兄弟任所，与他商议。贾涉在临安听选时，赁的正是刘八太尉的房子，所以有旧。贾涉见了哥哥，心下想道：『此来十分凑巧。』便将娶妾生子，并唐氏嫉妒事情，细细与贾濡说了。『如今陈公将次离任，把这小孩子没送一头处。哥哥若念贾门宗嗣，领他去养育成人，感恩非浅。』贾濡道：『我今尚无子息，同气连枝，不是我领去，教谁看管？』贾涉大喜，私下雇了奶娘，问宰衙要了孩子，交付奶娘。嘱咐哥哥好生抚养。就写了刘八太尉书信一封，赍发些路费，送哥哥贾濡起身。胡氏托与陈公领去，任从改嫁。

那贾涉、胡氏虽然两不相舍，也是无可奈何。唐孺人听见丈夫说子母都发开，十分像意了。只是苦了胡氏，又去了小孩子，又离了丈夫，跟随陈县宰的上路，好生凄惨，一路只是悲哭。奶奶也劝解他不住，陈履常也厌烦起来。行至维扬，分付水手，就地方唤个媒婆，教他寻个主儿，把胡氏嫁去。只要对头老实忠厚，一分财礼也不要。你说白送人老婆，那一个不肯上桩？不多时，媒婆领一个汉子到来，说是个细工石匠，夸他许多志诚老实。你说偌大一个维扬，难道寻不出个好对头？偏只有这石匠？是有个缘故。常言道：『三姑六婆，嫌少争多。』那媒婆最是爱钱的，多许了他几贯谢礼，就玉成其事了。石匠见了陈县宰，磕了四个头，站在一边。陈履常看他衣衫济楚，年力少壮，又是从不曾婚娶的，且有手艺，养得老婆过活，便将胡氏许他。石匠真个不费一钱，白白里领了胡氏去，成其夫妇。不在话下。

再说贾涉自从胡氏母子两头分散，终日闷闷不乐。忽一日，唐孺人染病上床，服药不痊，呜呼哀哉死了。贾涉买棺入殓已毕，弃官扶柩而回。

到了故乡，一喜一悲：喜者是见那小孩子比前长大，悲者是胡氏嫁与他人，不得一见。正是：

花开遭雨打，雨止又花残。世间无全美，看花几个欢？

却说贾家小孩子长成七岁，聪明过人，读书过目成诵。父亲取名似道，表字师宪。贾似道到十五岁，无书不读，下笔成文。不幸父亲贾涉、伯伯贾濡，相继得病而亡，殡葬已过。自此无人拘管，恣意旷荡，呼卢六博，斗鸡走马，饮酒宿娼，无所不至。不够四五年，把两份家私荡尽。初时听得家中说道，嫡母胡氏嫁在维扬，为石匠之妻，姐姐贾玉华，选入沂王府中，今沂王做了皇帝，宠一个妃子姓贾。不知是姐姐不是？且到京师，观其动静。』此时理宗端平初年，也是贾似道时运将至，合当发迹。将家中剩下家火，变卖几贯钱钞，收拾行李，径往临安。那临安是天子建都之地，人山人海。况贾似道初到，并无半个相识，没处讨个消息。镇日只在湖上游荡，闲时未免又在赌博场中玩耍，也不免平康巷中走走。不够几日，行囊一空，衣衫褴褛，只在西湖帮闲趁食。

一日醉倦，小憩于栖霞岭下，遇一个道人，布袍羽扇，从岭下经过。见了贾似道，站定脚头，瞪目看了半晌，说道：『官人可自爱重，将来功名不在韩魏公之下。』那个韩魏公是韩蕲王讳世忠的，他位兼将相，夷夏钦仰，是何等样功名，古今有几个人及得他！贾似道闻此言，只道是戏侮之谈，全不准信。那道人自去了。过了数日，贾似道在平康巷赵二妈家，酒后与人赌博相争，失足跌于阶下，磕损其额，血流满面。虽然没事，额上结下一个瘢痕。一日在酒肆中，又遇了前日的道人，顿足而叹，说道：『可惜，可惜！天堂破损，虽然功名盖世，不得善终矣！』贾似道扯住道人衣服，问道：『我果有功名之分，若得一日称心满意，就死何恨。但目今流落无依，怎得个遭际？富贵从何而来？』道人又看了气色。便道：『滞色已开，只在三日内自有奇遇，平步登天。但官人得意之日，休与秀才作对，切记切记。』说罢，道人自去了。贾似道半信不信。

看看挨到第三日，只见赌博场中的陈二郎来寻贾似道，对他说道：『朝廷近日册立了贾贵妃，十分宠爱，言无不从。贾贵妃自言家住台州，特差刘八太尉往台州访问亲族。你时常说有个姐姐在宫中，莫非正是贵妃？特此报知。果有瓜葛，可去投刘八太尉，定有好处。』贾似道闻言，如梦初觉，想道：『我父亲存日，常说曾在刘八太尉家作寓，往来甚厚。姐姐入宫近御，也亏刘八太尉扶持。一到临安，就该投奔他才是。却闲荡过许多日子，岂不好笑！虽然如此，我身上褴褛，怎好去见刘八太尉？』心生一计，在典铺里赁件新鲜衣服穿了，折一顶新头巾，大模大样，摇摆在刘八太尉府中去。自称故人之子台州姓贾的，有话求见。

刘八太尉正待打点动身，往台州访问贾贵妃亲族。闻知此言，又只怕是冒名而来的。唤个心腹亲随，先叩来历分明，方准相见。不一时，亲随回话道：『是贾涉之子贾似道。』刘八太尉道：『快请进。』原来内相衙门，规矩最大。寻常只是呼唤而已，那个『请』字，也不容易说的，此乃是贵妃面上。当时贾似道见了刘八太尉，慌忙下拜。太尉虽然答礼，心下尚然怀疑。细细盘问。方知是实。留了茶饭，送在书馆中安宿。

次早入宫，报与贾贵妃知道。贵妃向理宗皇帝说了，宣似道入宫，与贵妃相见。说起家常，姊弟二人，抱头而哭。贵妃引贾似道就在宫中见驾，哭道：『妾只有这个兄弟，无家无室，伏乞圣恩重瞳看觑。』理宗御笔，除授籍田令。即命刘八太尉在临安城中，拨置甲第一区；又选宫中美女十人，赐为妻妾；黄金三千两，白金十万两，以备家资。似道谢恩已毕，同刘八太尉出宫去了。似道叮嘱刘八太尉道：『蒙圣恩赐我住宅，必须近西湖一带，方称下怀。』此时刘八太尉在贵妃面上，巴不得奉承贾似道。只拣湖上大宅院，自赔钱钞，倍价买来，与他做第宅。奴仆器用，色色皆备。次日，宫中发出美女十名，贵妃又私赠金银宝玩器皿，共十余车。似道一朝富贵，将百金赏了陈二郎，谢了报信之故；又将百金赏赐典铺中，偿其赁衣。典铺中那里敢受？反备盛礼来贺喜。自此贾贵妃不时宣召似道入宫相会；圣驾游湖，也时常幸其私第；或同饮博游戏，相待如家人一般，恩幸无比。似道恃着椒房之宠，全然不惜体面，每日或轿或马，出入诸名妓家。遇着中意时，不拘一五一十，总拉到西湖上，与宾客乘舟游玩。若宾客众多，分船并进。另有小艇往来，载酒肴不绝。你说贾似道起自寒微，有甚宾客？有句古诗说得好，道是：『贫贱亲戚离，富贵他人合。』贾似道做了国戚，朝廷恩宠日隆，那一个不趋奉他？只要一人进身，转相荐引，自然其门如市了。文人如廖莹中、翁应龙、赵分如等，武臣如夏贵、孙虎臣等，这都是门客中出色有名的，其余不可尽述也。

一日，理宗皇帝游苑，登凤凰山。至夜，望见西湖内灯火辉煌，一片光明。向左右说道：『此必贾似道也。』命飞骑探听，果然是似道游湖。天子对贵妃说了，又将金帛一车，赠为酒资。以此似道愈加肆恣，全无忌惮。诗曰：

天子偷安无远猷，纵容贵戚恣遨游。问他无赛西湖景，可是安边第一筹？

那时宋朝仗蒙古兵力，灭了金人。又听了赵范、赵葵之计，与蒙古构难，要守河据关，收复三京。蒙古引兵入寇，责我败盟，淮汉骚动，天子忧惶。贾似道自思无功受宠，怎能够超官进爵？又恐被人弹议。要立个盖世功名，以取大位，除非是安边荡寇，方是目前第一个大题目。乃自荐素谙韬略，愿往淮扬招兵破贼，为天子保障东南。理宗大喜，遂封为两淮制置大使，建节淮扬。贾似道谢恩辞朝，携了妻妾宾客，来淮扬赴任。

三日后，密差门下心腹访问生母胡氏，果然跟个石匠，在广陵驿东首住居。访得亲切，回复了似道。似道即差轿马人夫摆着仪从去迎接。本衙门听事官率领人夫，向胡氏磕头，倒把胡氏险些唬倒。听事官致了制使之命，方才心下安稳。胡氏道：『身既从夫，不可自专。』急教人去寻石匠回家，对他说了。石匠也要跟去，胡氏不能阻挡，只得同行。胡氏乘轿在前，石匠骑马在后，前呼后拥，来到制使府。似道请母亲进私衙相见，抱头而哭。算来母子分散时，似道只三岁，胡氏二十余岁，到今又三十多年了，方才会面相识，岂不伤感？似道闻得石匠也跟随到来，不好相见。即将白金三百两，差个心腹人伴他往江上兴贩。暗地授计，半途中将石匠灌醉，推坠江中，只将病死回报。胡氏也感伤了一场。自此母子团圆，永无牵带。

似道镇守淮扬六年，侥幸东南无事。天子因贵妃思想兄弟，乃钦取似道还朝，加同枢密院事。此时丁大全罢相，吴潜代之。那吴潜号履斋，为人豪隽自喜，引进兄弟，俱为显职。贾似道忌他位居己上，乃造成飞谣，教宫中小内侍于天子面前歌之。谣云：

大蜈公，小蜈公，尽是人间业毒虫。夤缘攀附百虫丛，若使飞天便食龙。

天子闻得，乃问似道云：『闻街坊小儿尽歌此谣，主何凶吉？』似道奏道：『谣言皆荧惑星化为小儿，教人间童子歌之。此乃天意，不可不察。「蜈」与「吴」同，以臣愚见推之，「大蜈公，小蜈公」乃指吴潜兄弟，专权乱国。若使养成其志，必为朝廷之害。陛下飞龙在天，故天意以食龙示警。为今之计，不若罢其相位，另择贤者居之，可以免咎。』天子听信了，即命翰林草制，贬吴潜循州安置，弟兄都削去官职。

似道即代吴潜为右丞相，又差心腹人命循州知州刘宗申，日夜拾摭其短。吴潜被逼不过，服毒而死。此乃似道狠毒处。

却说蒙古主蒙哥屯合州城下，遣太弟忽必烈，分兵围鄂州、襄阳一带，人情汹惧。枢密院一日间连接了三道告急文书，朝廷大惊，乃以贾似道兼枢密使京湖宣抚大使，进师汉阳，以救鄂州之围。似道不敢推辞，只得拜命。闻得大学生郑隆文武兼全，遣人招致于门下。郑隆素知似道奸邪，怕他难与共事，乃具名刺，先献一诗云：

收拾乾坤一担担，上肩容易下肩难。劝君高着擎天手，多少旁人冷眼看。

这首诗明说似道位高望重，要他虚己下贤，小心做事。他若见了诗欣然听讷，不枉在他门下走动一番。谁知似道见诗中有规谏之意，骂为狂生，把诗扯得粉碎。不在话下。

再说贾似道同了门下宾客，文有廖莹中、赵分如等，武有夏贵、孙虎臣等。精选羽林军二十万，器仗铠甲，任意取办，择日辞朝出师。真个是威风凛凛，杀气腾腾。不一日，来到汉阳驻扎。此时蒙古攻城甚急，鄂州将破。似道心胆俱裂，那敢上前？乃与廖莹中诸人商议，修书一封，密遣心腹人宋京诣蒙古营中，求其退师，情愿称臣纳币。忽必烈不许，似道遣人往复三四次。适值蒙古主蒙哥死于合州钓鱼山下，太弟忽必烈一心要篡大位，无心恋战，遂从似道请和，每年纳币称臣奉贡。两下约誓已定，遂拔寨北去，奔丧即位。贾似道打听得蒙古有事北归，鄂州围解，遂将议和称臣纳币之事瞒过不题，上表夸张己功。只说蒙古惧己威名，闻风远遁，使廖莹中撰为露布，又撰《福华编》，以记鄂州之功。蒙古差使人来议岁币，似道怕他破坏己事，命软监于真州地方。只要蒙蔽朝廷，那顾失信夷虏？理宗皇帝谓似道有再造之功，下诏褒美，加似道少师，赐予金帛无算；又赐葛岭周围田地，以广其居。母胡氏封两国夫人。似道俨然以中兴功臣自任，居之不疑。日夕引歌姬舞妾，于湖上取乐。四方贡献，络绎不绝。凡门客都布置显要，或为大郡，掌握兵权。真个是：一人之下，万人之上。每年八月八日，似道生辰，作词颂美者，以数千计。似道一一亲览，第其高下。一时传诵誊写，为之纸贵。时陆景思〔八声甘州〕一词，称为绝唱。词云：

满清平世界，庆秋成，看斗米三钱。论从来，活国抡功第一，无过丰年。办得民间安饱，余事笑谈间。若问平戎策，微妙难传。

玉帝要留公住，把西湖一曲，分入林园。有茶炉丹灶，更有钓鱼船。觉秋风未曾吹着，但砌兰长倚北堂萱。千千岁，上天将相，平地神仙。

其他谄谀之词，不可尽述。

一日，似道同诸姬在湖上倚楼闲玩，见有二书生，鲜衣羽扇，丰致翩翩，乘小舟游湖登岸。旁一姬低声赞道：『美哉，二少年！』似道听得了，便道：『汝愿嫁彼二人，当使彼聘汝。』此姬惶恐谢罪。不多时，似道唤集诸姬，令一婢捧盒至前。似道说道：『适间某姬爱湖上书生，我已为彼受聘矣。』众姬不信，启盒视之，乃某姬之首也，众姬无不股栗。其待姬妾惨毒，悉如此类。又常差人贩盐百船，至临安发卖。太学生有诗云：

昨夜江头长碧波，满船都载相公鹾。虽然要作调羹用，未必调羹用许多。

似道又欲行富国强兵之策，御史陈尧道献计，要措办军饷，便国便民，无如限田之法。怎叫做限田之法？如今大户田连阡陌，小民无立锥之地，有田者不耕，欲耕者无田。宜以官品大小，限其田数。某等官户只该田若干，其民户只该田若干。余在限外者，或回买，或派买，或官买。回买者：原系其人所卖，不拘年远，许其回赎。派买者：拣殷实人户，不满限者派去，要他用价买之。官买者：官出价买之，名为『公田』，雇人耕种，收租以为军饷之费。先行之浙右。候有端绪，然后各路照式举行。大率回买、派买的都是下等之田。又要照价抽税入官；其上等好田，官府自买，又未免亏损原价。浙中大扰，无不破家者，其时怨声载道。太学生又诗云：

胡尘暗日鼓鼙鸣，高卧湖山不出征。不识咽喉形势地，公田枉自害苍生。

贾似道恐其法不行，先将自己浙田万余亩入官为公田。朝中官员要奉承宰相，人人闻风献产。翰林院学士徐经孙条具公田之害，似道讽御史舒有开劾奏罢官。又有著作郎陈著亦上疏论似道欺君瘠民之罪，似道亦寻事黜之于外。公田官陈茂濂目击其非，弃官而去。又有钱塘人叶李者，字太白，素与似道相知，上书切谏。似道大怒，黥其面流之于漳州。自此满朝钳口，谁敢道个不字！

似道又立推排打量之法。何为推排打量之法？假如一人有田若干，要他契书查勘买卖来历，及质对四址明白。若对不来时，即系欺诳，没入其田，这便是推排。又去丈量尺寸，若是有余，即名隐匿田数，也要没入，这便是打量。行了这法，白白地没入人产，不知其数。太学生又有诗云：

三分天下二分亡，犹把山河寸寸量。纵使一丘添一亩，也应不似旧封疆。

又有人作〔沁园春〕词云：

道过江南，泥墙粉壁，右具在前。述何县何乡里，住何人地，佃何人田。气象萧条，生灵憔悴，经界从来未必然。谁何甚？为官为己，不把人怜。　思量几许山川，况土地分张又百年。西蜀巉岩，云迷鸟道；两淮清野，日警狼烟。宰相弄权，奸人罔上，谁念干戈未息肩？掌大地，何须经理，万取千焉。

似道屡闻太学生讥讪，心中大怒，与御史陈伯大商议，奏立士籍。凡科场应举，及免举人，州县给历一道，亲书年貌世系，及所肄业于历首，执以赴举。过省参对笔迹异同，以防伪滥。乃密令人四下查访，凡有词华文采，能诗善词者，便疑心他造言生谤，就于参对时寻其过误，故意黜罢。由是谄谀进身，文人丧气。时人有诗云：

戎马掀天动地来，荆襄一路哭声哀。平章束手全无策，却把科场恼秀才。

又有人作〔沁园春〕词云：

士籍令行，条件分明，逐一排连。问子孙何习？父兄何业？明经词赋？右具如前。最是中间，娶妻某氏，试问于妻何与焉？乡保举，那堪着押，开口论钱。

祖宗立法于前，又何必更张万万千？算行关改会，限田放籴；生民凋瘁，膏血俱朘。只有士心，仅存一脉，今又艰难最可怜。谁作俑？

陈伯大附势专权！

陈伯大收得此词，献与似道。似道密访其人不得，知是秀才辈所为，乘理宗皇帝晏驾，奏停是年科举。自此太学、武学、宗学三处秀才，恨入骨髓。其中又有一班无耻的，倡率众人，称功颂德。似道欲结好学校，一一厚酬。一般也有感激贾平章之恩，愿为之用的。此见秀才中人心不一，所以公论不伸，也不在话下。

却说理宗皇帝传位度宗，改元咸淳。那度宗在东宫时，似道曾为讲官，兼有援立之恩。及即位，加似道太师，封魏国公。每朝见，天子必答拜，称为师相而不名。又诏他十日一朝，赴都堂议事，其余听从自便。大小朝政，皆就私第取决。当时传下两句口号，道是：

朝中无宰相，湖上有平章。

一日，似道招右丞相马廷鸾，枢密使叶梦鼎，于湖中饮酒。似道行令，要举一物，送与一个古人，那人还诗一联。似道首令云：

我有一局棋，送与古人奕秋。奕秋得之，予我一联诗：

『自出洞来无敌手，得饶人处且饶人。』

马廷鸾云：

我有一竿竹，送与古人吕望。吕望得之，予我一联诗：

『夜静水寒鱼不食，满船空载月明归。』

叶梦鼎云：

我有一张犁，送与古人伊尹。伊尹得之，予我一联诗：

『但存方寸地，留与子孙耕。』

似道见二人所言，俱有讥讽之意，明日寻事，奏知天子，将二人罢官而去。

那时蒙古强盛，改国号曰元。遣兵围襄阳、樊城已三年了，满朝尽知，只瞒着天子一人而已。似道心知国势将危，乃汲汲为行乐之计。尝于清明日游湖，作绝句云：

寒食家家插柳枝，留春春亦不多时。人生有酒须当醉，青冢儿孙几个悲？

于葛岭起建楼台亭榭，穷工极巧。凡民间美色，不拘娼尼，都取来充实其中。闻得宫人叶氏色美，勾通了穿宫太监，径取出为妾，昼夜淫乐无度。又造多宝阁，凡珍奇宝玩，百方购求，充积如山。每日登阁一遍，任意取玩，以此为常。有人言及边事者，即加罪责。忽一日，度宗天子问道：『闻得襄阳久困，奈何？』似道对云：『北兵久已退去，陛下安得此语？』天子道：『适有女嫔言及，料师相必知其实。』似道奏云：『此讹言，陛下不必信之。万一有事，臣当亲率大军，为陛下诛尽此虏耳。』说罢退朝。似道乃令穿宫太监，密查女嫔名姓，将他事诬陷他，赐死宫中。正是：

是非只为多开口，烦恼皆因强出头。堪笑当时众台谏，不如女嫔肯分忧。

自宫嫔死后，内外相戒，无言及边事者。养成虏患，非一朝一夕之故也。

似道又造半闲堂，命巧匠塑己像于其中。旁室数百间，招致方术之士及云水道人，在内停宿。似道暇日，到中堂打坐，与术士道人谈讲。

门客中献词，颂那半闲堂的极多。只有一篇名〔唐多令〕，最为似道所称赏，词云：

天上摘星班，青牛度关。幻出蓬莱新院宇，花外竹，竹边山。轩冕傥来间，人生闲最难，算真闲不到人间。一半神仙先占取，留一半，与公闲。

有一术士，号富春子，善风角鸟占。贾似道招之，欲试其术，问以来日之事。富春子乃密写一纸，封固嘱道：『至晚方开。』次日，似道宴客湖山，晚间于船头送客，偶见明月当头，口中歌曹孟德『月明星稀，乌鹊南飞』二句。时廖莹中在旁说道：『此际可拆书观之矣。』纸中更无他事，惟写『月明星稀，乌鹊南飞』八个字，似道大惊，方知其术神验，遂叩以终身祸福。富春子道：『师相富贵，古今莫及，但与姓郑人不相宜，当远避之。』原来似道少时，曾梦自己乘龙上天，却被一勇士打落，堕于坑堑之中，那勇士背心上绣成『荥阳』二字。『荥阳』却是姓郑的郡名，与富春子所言相合，怎敢不信？似道自此检阅朝籍，凡姓郑之人，极力挤排，不容他在位，宦籍中竟无一姓郑者。有门客揣摩似道之意，说道：『太学生郑隆惯作诗词，讪讪朝政，此人不可不除。』似道想起昔日献诗规谏之恨，分付太学博士，寻他没影的罪过，将他黥配恩州。郑隆在路上呕气而死。又有一人善能拆字，决断如神。似道富贵已极，渐蓄不臣之志，又恐虏信渐迫，瞒不到头，朝廷必须见责，于是欲行董卓、曹操之事。召拆字者，以杖画地，作『奇』字，使决休咎。拆字的相了一回，说道：『相公之事不谐矣！道是「立」，又不「可」；道是「可」，又不「立」。』似道默然无语，厚赠金帛而遣之。恐他泄漏机关，使人于中途谋害。自此反谋遂沮。富春子见似道举动非常，惧祸而逃，可谓见机而作者矣。

却说两国夫人胡氏，受似道奉养，将四十年，直到咸淳十年三月某日，寿八十余方死。衣衾棺椁，穷极华侈，斋醮追荐，自不必说。过了七七四十九日，扶柩到台州，与贾涉合葬。举襄之日，朝廷以卤簿送之。自皇太后以下，凡贵戚朝臣，一路摆设祭馔，争高竞胜。有累高至数丈者，装祭之次，至攧死数人。百官俱戴孝，追送百里之外，天子为之罢朝。那时天降大雨，平地水深三尺。送丧者，都冒雨踏水而行，水没及腰膝，泥淖满面，无一人敢退后者。葬毕，又饭僧三万口，以资冥福。有一僧饭罢，将钵盂覆地而去。众人揭不起来，报与似道。似道不信，亲自来看，将手轻轻揭起，见钵盂内覆着两行细字，乃白土写成，字画端楷。似道大惊，看时却是两句诗，道是：

得好休时便好休，开花结子在绵州。

正惊讶间，字迹忽然灭没不见。似道遍召门客，问其诗意，都不能解。直到后来，死于木绵庵，方应其语。大凡大富贵的人，前世来历必奇，非比等闲之辈。今日圣僧来点化似道，要他回头免祸。谁知他富贵熏心，迷而不悟。从来有权有势的，多不得善终，都是如此。

闲话休题。再说似道葬母事毕，写表谢恩。天子下诏，起复似道入朝。似道假意乞许终丧，却又讽御史们上疏，虚相位以待己。诏书连连下来，催促起程。七月初，似道应命，入朝面君，复居旧职。其月下旬，度宗晏驾，皇太子显即位，是为恭宗。此时元左丞相史天泽，左丞相伯颜，分兵南下，襄、邓、淮、扬，处处告急。贾似道料定恭宗年少胆怯，故意将元兵消息，张皇其事，奏闻天子。自请统军行边，却又私下分付御史们上疏留己。说道：『今日所恃，只师臣一人。若统军行边，顾了襄汉一路，顾不得淮扬；若顾了淮扬一路，顾不得襄汉。不如居中以运天下，运筹帷幄之中，方能决胜于千里之外。倘师臣出外，陛下有事商量，与何人议之？』恭宗准奏道：『师相岂可一日离吾左右耶？』

不隔几月，樊城陷了，鄂州破了。吕文焕死守襄阳五年，声援不通，城中粮尽，力不能支，只得以城降元。元师乘胜南下，贾似道遮瞒不过，只得奏闻。恭宗闻报，大惊，对似道说道：『元兵如此逼近，非师相亲行不可。』似道奏道：『臣始初便请行边，陛下不许；若早听臣言，岂容胡人得志若此？』恭宗于是下诏，以贾似道都督诸路军马。似道荐吕师夔参赞都督府军事。其明年为恭宗皇帝德祐元年，似道上表出师，旌旗蔽天，舳舻千里，水陆并进。领着两个儿子，并妻妾辎重，凡百余舟。门客俱带家小而行。参赞吕师夔先到江州，以城降元，元兵乘势破了池州。似道闻此言，不敢进前，遂次于鲁港。步军招讨使孙虎臣，水军招讨使夏贵，都是贾似道门客，平昔间谈天说地，似道倚之为重，其实原没有张、韩、刘、岳的本事。今日遇了大战阵，如何侥幸得去？

却说孙虎臣屯兵于丁家洲，元将阿术来攻，孙虎臣抵敌不过，先自跨马逃命，步军都四散奔溃。阿术遣人绕宋舟大呼道：『宋家步军已败，你水军不降，更待何时？』水军见说，人人丧胆，个个心惊，不想厮杀，只想逃命。一时乱将起来，舳舻簸荡，乍分乍合，溺死者不可胜数。似道禁押不住，急召夏贵议事。夏贵道：『诸军已溃，战守俱难。为师相计，宣入扬州，招溃兵，迎驾海上。贵不才，当为师相死守淮西一路。』说罢自去。少顷，孙虎臣下船，抚膺恸哭道：『吾非不欲血战，奈手下无一人用命者，奈何？』似道尚未及对，哨船来报道：『夏招讨舟已解缆先行，不知去向。』时军中更鼓正打四更，似道茫然无策，又见哨船报道：『元兵四围杀将来也。』急得似道面如土色，慌忙击锣退师，诸军大溃。孙虎臣扶着似道，乘单舸奔扬州。堂吏翁应龙抢得都督府印信，奔还临安。到次日，溃兵蔽江而下。似道使孙虎臣登岸，扬旗招之，无人肯应者。只听得骂声嘈杂，都道：『贾似道奸贼，欺蔽朝廷。养成贼势，误国蠹民，害得我们今日好苦！』又听得说道：『今日先杀了那伙奸贼，与万民出气。』说声未绝，船上乱箭射来，孙虎臣中箭而倒。似道看见人心已变，急催船躲避，走入扬州城中，托病不出。

话分两头。却说右丞相陈宜中，平昔谄事似道，无所不至，似道扶持他做到相位。宜中见翁应龙奔还，问道：『师相何在？』应龙回言不知。宜中只道已死于乱军之中，首上疏论似道丧师误国之罪，乞族诛以谢天下。于是御史们又趋奉宜中，交章劾奏。恭宗天子方悟似道奸邪误国，乃下诏暴其罪，略云：

大臣具四海之瞻，罪莫大于误国；都督专阃外之寄，律尤重于丧师。具官贾似道，小才无取，大道未闻。历相两朝，曾无一善：变田制以伤国本，立士籍以阻人才，匿边信而不闻，旷战功而不举；至于寇逼，方议师征，谓当缨冠而疾趋，何为抱头而鼠窜？遂致三军解体，百将离心，社稷之势缀旒；臣民之言切齿。姑示薄罚，俾尔奉词。呜呼！膺狄惩荆，无复周公之望；放兜殛鲧，尚宽《虞典》之诛。可罢平章军马重事及都督诸路军马。

廖莹中举家亦在扬州，闻似道褫职，特造府中问慰。相见时一言不能发，但索酒与似道相对痛饮，悲歌雨泣，直到五鼓方罢。莹中回至寓所，遂不复寝，命爱姬煎茶，茶到，又遣爱姬取酒去，私服冰脑一握。那冰脑是最毒之物，服之无不死者，药力未行，莹中只怕不死，急催热酒到来，袖中取出冰脑，连进数握。爱姬方知吃的是毒药，向前夺救，已不及了，乃抱莹中而哭。莹中含着双泪，说道：『休哭，休哭！我从丞相二十年，安享富贵，今日事败，得死于家中，也算做善终了。』说犹未毕，九窍流血而死。可怜廖莹中聪明才学，诗字皆精，做了权门犬马，今日死于非命。诗云：

不作无求蚓，甘为逐臭蝇。试看风树倒，谁复有荣藤？

再说贾似道罢相，朝中议论纷纷，谓其罪不止此。台臣复交章劾奏，请加斧钺之诛。天子念他是三朝元老，不忍加刑，谪为高州团练副使，仍命于循州安置。其田产园宅，尽数籍没，以充军饷。谪命下日，正是八月初八日，值似道生辰建醮，乃自撰青词祈佑，略云：

老臣无罪，何众议之不容？上帝好生，奈死期之已迫。适当悬弧之旦，预陈易箦之词。窃念臣似道际遇三朝，始终一节，为国任怨，遭世多艰。属丑虏之不恭，驱孱兵而往御。士不用命，功竟无成。众口皆诋其非，百喙难明此谤。四十年劳悴，悔不效留侯之保身；三千里流离，犹恐置霍光于赤族。仰惭覆载，俯愧劬劳。伏望皇天后土之鉴临，理考度宗之昭格。三宫霁怒，收瘴骨于江边；九庙阐灵，扫妖氛于境外。

故宋时立法，凡大臣安置远州，定有个监押官，名为护送，实则看守，如押送犯人相似。今日似道安置循州，朝议斟酌个监押官，须得有力量的，有手段的，又要平日有怨隙的，方才用得。只因循州路远，人人怕去。独有一位官员，慨然请行。那官员是谁？姓郑名虎臣，官为会稽尉，任满到京。此人乃是太学生郑隆之子，郑隆被似道黥配而死，虎臣衔恨在心，无门可报，所以今日愿去。朝中察知其情，遂用为监押官。似道虽然不知虎臣是郑隆之子，却记得幼年之梦和那富春子的说话，今日正遇了姓郑的人，如何不慌！临行时，备下盛筵，款待虎臣。虎臣巍然上坐，似道称他是天使，自称为罪人，将上等宝玩，约值数万金献上，为进见之礼。含着两眼珠泪，凄凄惶惶的哀诉，述其幼时所梦：『愿天使大发菩萨之心，保全蝼蚁之命，生生世世，不敢忘报。』说罢，屈膝跪下。郑虎臣微微冷笑，答应道：『团练且起，这宝玩是殃身之物，下官如何好受？有话途中再讲。』似道再三哀求，虎臣只是微笑，似道心中愈加恐惧。

次日，虎臣催促似道起程。金银财宝，尚十余车，婢妾童仆，约近百人。虎臣初时并不阻挡，行了数日，嫌他行李太重，耽误行期，将他童仆辈日渐赶逐。其金宝之类，一路遇着寺院，逼他布施。似道不敢不依。约行半月，只剩下三个车子，老年童仆数人，又被虎臣终日打骂，不敢亲近。似道所坐车子，插个竹竿，扯帛为旗，上写着十五个大字，道是『奉旨监押安置循州误国奸臣贾似道。』似道羞愧，每日以袖掩面而行。一路受郑虎臣凌辱，不可尽言。

又行了多日，到泉州洛阳桥上，只见对面一个客官，匆匆而至，见了旗上题字，大呼：『平章久违了。一别二十余年，何期在此相会。』似道只道是个相厚的故人，放下衣袖看时，却是谁来？那客官姓叶，名李，字太白，钱塘人氏，因为上书切谏似道，被他黥面流于漳州。似道事败，凡被其贬窜者，都赦回原籍。叶李得赦还乡，路从泉州经过，正与似道相遇，故意叫他，似道羞愧满面，下车施礼，口称得罪。叶李向郑虎臣，讨纸笔来，作词一首相赠。词云：

君来路，吾归路，来来去去何曾住？公田关子竟何如，国事当时谁与误？雷州户，崖州户，人生会有相逢处。客中颇恨乏蒸羊，聊赠一篇长短句。

当初北宋仁宗皇帝时节，宰相寇准有澶渊退虏之功，却被奸臣丁谓所谮，贬为雷州司户。未几，丁谓奸谋败露，亦贬于崖州。路从雷州经过，寇准遣人送蒸羊一只，聊表地主之礼。丁谓惭愧，连夜偷行过去，不敢停留。今日叶李词中，正用这个故事，以见天道反复，冤家不可做尽也。

似道得词，惭愧无地，手捧金珠一包，赠与叶李，聊助路资。叶李不受而去。郑虎臣喝道：『这不义之财，犬豕不顾，谁人要你的！』就似道手中夺过来，抛散于地，喝中车仗快走，口内骂声不绝。似道流泪不止。郑虎臣的主意，只教贾似道受辱不过，自寻死路，其如似道贪恋余生。比及到得漳州，童仆逃走俱尽，单单似道父子三人。真个是身无鲜衣，口无甘味，贱如奴隶，穷比乞儿，苦楚不可尽说。漳州太守赵分如，正是贾似道旧时门客，闻得似道到来，出城迎接。看见光景凄凉，好生伤感。又见郑虎臣颜色不善，不敢十分殷勤。是日，赵分如设宴馆驿，管待郑虎臣，意欲请似道同坐。虎臣不许，似道也谦让道：『天使在此，罪人安敢与席？』倒教赵分如过意不去，只得另设一席于别室，使通判陪侍似道，自己陪虎臣。饮酒中间，分如察虎臣口气，衔恨颇深，乃假意问道：『天使今日押团练至此，想无生理，何不教他速死，免受蒿恼，却不干净？』虎臣笑道：『便是这恶物事，偏受得许多苦恼，要他好死却不肯死。』赵分如不敢再言。次日五鼓，不等太守来送，便催趱起程。

离城五里，天尚未大明。到个庵院，虎臣教歇脚，且进庵梳洗早膳。似道看这庵中匾额写着『木绵庵』三字，大惊道：『二年前，神僧钵盂中赠诗，有「开花结子在绵州」句，莫非应在今日？我死必矣！』进庵，急呼二子分付说话，已被虎臣拘囚于别室。似道自分必死，身边藏有冰脑一包，因洗脸，就掬水吞之。觉腹中痛极，讨个虎子坐下，看看命绝。虎臣料他服毒，乃骂道：『奸贼，奸贼！百万生灵死于汝手，汝延挨许多路程，却要自死，到今日老爷偏不容你！』将大槌连头连脑打下二三十，打得稀烂，呜呼死了。却教人报他两个儿子说道：『你父亲中恶，快来看视。』儿子见老子身死，放声大哭。虎臣奋怒，一槌一个，都打死了。却教手下人拖去一边，只说逃走去了。虎臣投槌于地，叹道：『吾今日上报父仇，下为万民除害，虽死不恨矣。』就用随身衣服，将草荐卷之，埋于木绵庵之侧。埋得定当，方将病状关白太守赵分如。赵分如明知是虎臣手脚，见他凶狠，那敢盘问？只得依他开病状，申报各司去讫。直待虎臣动身去后，方才备下棺木，掘起似道尸骸，重新殡殓，埋葬成坟，为文祭之。辞曰：

呜呼！履斋死蜀，死于宗申；先生死闽，死于虎臣。哀哉，尚飨！

那履斋是谁，姓吴名潜，是理宗朝的丞相。因贾似道谋代其位，造下谣言，诬之以罪，害他循州安置，却教循州知州刘宗申逼他服毒而死。今日似道下贬循州，未及到彼，先死于木绵庵，比吴潜之祸更惨。这四句祭文，隐隐说天理报应。赵分如虽然出于似道门下，也见他良心不泯处。闲话休题。再说似道既贬之后，家私田产，虽说入官，那葛岭大宅，谁人管业？高台曲池，日就荒落，墙颓壁倒，游人来观者，无不感叹。多有人题诗于门壁。今录得二首，诗云：

深院无人草已荒，漆屏金字尚辉煌。底知事去身宜去？岂料人亡国亦亡？理考发身端有自，郑人应梦果何祥？卧龙不肯留渠住，空使晴光满画墙。

又诗云：

事到穷时计亦穷，此行难倚鄂州功。木绵庵里千年恨，秋壑亭中一梦空。石砌苔稠猿步月，松亭叶落鸟呼风。客来不用多惆怅，试向吴山望故宫。

三言二拍·上

线装典藏

册二

明·冯梦龙 编

黄山书社

线装典藏

三言二拍·上

明·冯梦龙 编

册二一

黄山书社

月在柳梢
頭人約黃
昏後

第二十三卷

张舜美灯宵得丽女

太平时节元宵夜，千里灯毬映月轮。多少王孙并士女，绮罗丛里尽怀春。

话说东京汴梁，宋天子徽宗放灯买市，十分富盛。且说在京一个贵官公子，姓张名生，年方十八，生得十分聪俊，未娶妻室。因元宵到乾明寺看灯，忽于殿上拾得一红绡帕子，帕角系一个香囊。细看帕上，有诗一首云：

囊里真香心事封，鲛绡一幅泪流红。殷勤聊作江妃佩，赠与多情置袖中。

诗尾后又有细字一行云：「有情者拾得此帕，不可相忘。请待来年正月十五夜，于相蓝后门一会，车前有鸳鸯灯是也。」张生吟讽数次，叹赏久之，乃和其诗曰：

浓麝因知玉手封，轻绡料比杏腮红。虽然未近来春约，已胜襄王魂梦中。

自此之后，张生以时挨日，以日挨月，以月挨年。倏忽间乌飞电走，又换新正。将近元宵，思赴去年之约，乃于十四日晚，候于相蓝后门。果见车一辆，灯挂双鸳鸯，呵卫甚众。张生惊喜无措，无因问答，乃诵诗一首，或先或后，近车吟咏，云：

何人遗下一红绡？暗遣吟怀意气饶。料想佳人初失去，几回纤手摸裙腰。

车中女子闻生吟讽，默念昔日遗香囊之事谐矣。遂启帘窥生，见生容貌皎洁，仪度娴雅，愈觉动情。遂令侍女金花者，通达情款，生亦会意。须臾，香车远去，已失所在。

次夜，生复伺于旧处。俄有青盖旧车，迤逦而来，更无人从，车前挂双鸳鸯灯。生睹车中，非昨夜相遇之女，乃一尼耳。车夫连称：「送师归院去。」生迟疑间，见尼转手而招生。生潜随之，至乾明寺。老尼迎门谓曰：「何归迟也？」尼入院，生随入小轩，轩中已张灯列宴。尼乃卸去道装，忽见绿鬓堆云，红裳映月。生女联坐，老尼侍傍。酒行之后，女曰：「愿见去年相约之媒。」生取香囊红绡，付女视之。女方笑曰：「京都往来人众，偏落君手，岂非天赐尔我姻缘耶？」生曰：「当时得之，亦曾奉和。」因举其诗。女喜曰：「真我夫也。」于是与生就枕，极尽欢娱。

顷而鸡声四起，谓生曰：「妾乃霍员外家第八房之妾。员外老病，经年不到妾房。妾每夜焚香祝天，愿遇一良人，成其夫妇。幸得君子，足慰平生。妾今用计脱身，不可复入。此身已属之君，情愿生死相随。不然，将置妾于何地也？」生曰：「我非木石，岂忍分离？但寻思无计。若事发相连，不若与你悬梁同死，双双做风流之鬼耳。」说罢，相抱悲泣。老尼从外来，曰：「你等要成夫妇，但恨无心耳，何必做没下梢事！」生女双双跪拜求计。老尼曰：「汝能远涉江湖，变更姓名于千里之外，可得尽终世之情也。」女与生俯首受计。老尼遂取出黄白一包，付生曰：「此乃小娘子平日所寄，今送还官人，以为路资。」生亦回家，收拾细软，打做一包。是夜，拜别了老尼，双双出门，走到通津邸中借宿。次早雇舟，自汴涉淮，直至苏州平江，创第而居。两情好合，谐老百年。正是：

三言二拍·上

线装典藏

册二

明·冯梦龙 编

黄山书社

意似鸳鸯飞比翼，情同鸾凤舞和鸣。

今日为甚说这段话？却有个波俏的女子，也因灯夜游玩，撞着个狂荡的小秀才，惹出一场奇怪怪的事来。未知久后成得夫妇也不？且听下回分解。正是：

灯初放夜人初会，梅正开时月正圆。

且道那女子遇着甚人？那人是越州人氏，姓张，双名舜美，年方弱冠，是一个轻俊标致的秀士，风流未遇的才人。偶因乡试来杭，不能中选，遂淹留邸舍中，半年有余。正逢着上元佳节，舜美不免关闭房门，游玩则个。况杭州是个热闹去处，怎见得杭州好景？柳耆卿有首〔望海潮〕词，单道杭州好处，词云：

东南形胜，三吴都会，钱塘自古繁华。烟柳画桥，风帘翠幕，参差十万人家。云树绕堤沙，怒涛卷霜雪，天堑无涯。市列珠玑，户盈罗绮，竞奢华。 重湖叠巘清佳，有三秋桂子，十里荷花。弦管弄晴，菱歌泛夜，嬉嬉钓叟莲娃。千骑拥高牙，乘时听箫鼓，吟赏烟霞。异日图将好景，归到凤池赊。

舜美观看之际，勃然兴发，遂口占〔如梦令〕一词以解怀，云：

明月娟娟筛柳，春色溶溶如酒。今夕试华灯，约伴六桥行走。回首，回首，楼上玉人知否？

且诵且行之次，遥见灯影中，一个丫环，肩上斜挑一盏彩鸾灯，后面一女子，冉冉而来。那女子生得凤髻铺云，蛾眉扫月，生成媚态，出色娇姿。舜美一见了那女子，沉醉顿醒，竦然整冠，汤瓶样摇摆过来。为甚的做如此模样？原来调光的人，只在初见之时，就便使个手段。凡萍水相逢，有几般讨探之法。做子弟的，听我把调光经表白几句：

雅容卖俏，鲜服夸豪。远觑近观，只在双眸传递；挨肩擦背，全凭健足跟随。我既有意，自当送情；他肯留心，必然答笑。点头须会，咳嗽便知。紧处不可放迟，闲中偏宜着闹。讪语时，口要紧；刮涎处，脸须皮。冷面撇清，还察其中真假；回头揽事，定知就里应承。说不尽百计讨探，凑成来十分机巧。假饶心似铁，弄得意如糖。

说那女子被舜美撩弄，禁持不住，眼也花了，心也乱了，腿也苏了，脚也麻了。痴呆了半晌，四目相睃，面面有情。那女子走得紧，舜美也跟得紧；走得慢，也跟得慢，但不能交接一语。不觉又到众安桥，桥上做卖做买，东来西去的，挨挤不过。过得众安桥，失却了女子所在。只得闷闷而回。开了房门，风儿又吹，灯儿又暗，枕儿又寒，被儿又冷，怎生睡得？心里丢不下那个女子，思量再得与他一会也好。你看世间有这等的痴心汉子，实是好笑。正是：

半窗花影模糊月，一段春愁着摸人。

舜美甫能够挨到天明，起来梳裹了，三餐已毕，只见街市上人，又早收拾看灯。舜美身心按捺不下，急忙关闭房门，径往夜来相遇之处。立了一会，转了一会，寻了一会，靠了一会，呆了一会，只是等不见那女子来。遂调〔如梦令〕一词消遣，云：

燕赏良宵无寐，笑倚东风残醉。未审那人儿，今夕玩游何也？留意，留意，几度欲归还滞。

吟毕，又等了多时，正尔要回，忽见小鬟挑着彩鸾灯，同那女子从人丛中挨将出来。那女子瞥见舜美，笑容可掬，况舜美也约莫着有五六分上手。那女子径往盐桥，进广福庙中拈香。礼拜已毕，转入后殿。舜美随于后，那女子偶尔回头，不觉失笑一声。舜美呆着老脸，陪笑起来。他两个挨挨擦擦，前前后后，不复顾忌。那女子回身，捽袖中遗下一个同心方胜儿。舜美会意，俯而拾之，就于灯下拆开一看，乃是一幅花笺纸。不看万事全休，只因看了，直教一个秀才，害了一二年鬼病相思，险些送了一条性命。你道花笺上写的什么文字？原来也是个〔如梦令〕词，词云：

邂逅相逢如故，引起春心追慕。高挂彩鸾灯，正是儿家庭户。那步，那步，千万来宵垂顾。

词后复书云：『女之敝居，十官子巷中，朝南第八家。明日父母兄嫂赶江干舅家灯会，十七日方归，只妾与侍儿小英在家。敢邀仙郎惠然枉驾，少慰鄙怀，妾当焚香扫门迎候翘望。妾刘素香拜柬。』舜美看了多时，喜出望外。那女子已去了，舜美步归邸舍，一夜无眠。

次早又是十五日。舜美挨至天晚，便至其处。不敢造次突入。乃成〔如梦令〕一词，来往歌云：

漏滴铜壶声唱咽，风送金猊香烈。一见彩鸾灯，顿使狂心烦热。应说，应说，昨夜相逢时节。

女子听得歌声，掀帘而出，果是灯前相见可意人儿。遂迎迓到于房中，吹灭银灯，解衣就枕。他两个正是旷夫怨女，相见如饿虎逢羊，苍蝇见血，那有工夫问名叙礼？且做一班半点儿事。

两个媾欢已罢，舜美曰：『仆乃途路之人，荷承垂盼，以凡遇仙。自思白面书生，愧无纤毫奉报。』素香抚舜美背曰：『我因爱子胸中锦绣，非图你囊里金珠。』舜美称谢不已。素香忽然长叹，流泪而言曰：『今日已过，明日父母回家，不能复相聚矣，如之奈何？』两个沉吟半晌，计上心来。素香曰：『你我莫若私奔他所，免使两地永抱相思之苦，未知郎意如何？』舜美大喜曰：『我有远族，见在镇江五条街开了个招商客店。可往依焉。』素香应允。

是夜素香收拾了一包金珠，也妆做一个男儿打扮，与舜美携手迤逦而行。将及二鼓，方才行到北关门下。你道因何三四里路，走了许多时光？只为那女子小小一双脚儿，只好在屧廊缓步，芳径轻移，擎抬绣阁之中，出没湘裙之下，脚又穿着一双大靴，教他跋长途，登远道，心中又慌，怎地的拖得动？且又城中人要出城，城外人要入城，两下不免撒手。前后随行，出得第二重门，被人一拥，各不相顾。那女子径出城门，从半塘横去了。舜美虑他是妇人，身体柔弱，挨挤不出去，还在城里，也不见得，急回身寻问把门军士。军士说道：『适间有个少年秀才，寻问同辈，回未半里多地。』舜美自思：『一条路往钱塘门，一条路往师姑桥，一条路往褚家堂，三四条岔路，往那一条好？』踌躇半晌，只得依旧路赶去。至十官子巷，那女子家中，门已闭了，悄无人声。急急回至北关门，门又闭了。整整寻了一夜。

巴到天明，挨门而出。至新码头，见一伙人围得紧紧地，看一只绣鞋儿。舜美认得是女子脱下之鞋，不敢开声。众人说：『不知何人家女孩儿，为何事来，溺水而死，遗鞋在此？』舜美听罢，惊得浑身冷汗。复到城中探信，满城人喧嚷，皆说十官子巷内刘家女儿，被人拐去，又说投水死了，随处做公的缉访。这舜美自因受了一昼夜辛苦，不曾吃些饭食，况又痛伤那女子死于非命，回至店中，一卧不起，寒热交作，病势沉重将危。正是：

相思相见知何日？多病多愁损少年。

且不说舜美卧病在床，却说刘素香自北关门失散了舜美，从二更直走到五更，方至新码头。自念舜美寻我不见，必然先往镇江一路去了，遂暗暗地脱下一只绣花鞋在地。为甚的？他惟恐家中有人追赶，故托此相示，以绝父母之念。素香乘天未明，赁舟沿流而去。数日之间，虽水火之事，亦自谨慎，艄人亦不知其为女人也。比至镇江，打发舟钱登岸。随路物色，访张舜美亲族。又忘其姓名居止，问来问去，看看日落山腰，又无宿处。偶至江亭，少憩之次，此时乃是正月二十二日，况是月出较迟，是夜夜色苍然，渔灯隐映，不能辨认咫尺。素香自思，为他抛离乡井父母兄弟，又无消息，不若从浣纱女游于江中。哭了多时，只恨那人不知妾之死所。不觉半夜光景，亭隙中射下月光来。遂移步凭栏，四顾澄江，渺茫千里。正是：

一江流水三更月，两岸青山六代都。

素香呜呜咽咽，自言自语，自悲自叹，不觉亭角暗中，走出一个尼师，向前问曰：『人耶？鬼耶？何自苦如此？』素香听罢，答曰：『荷承垂问，敢不实告。妾乃浙江人也，因随良人之任，前往新丰。却不思慢藏诲盗，艄子因瞰良人囊金，贱妾容貌，辄起不仁之心。良人、婢仆皆被杀害，独留妾一身。艄子欲淫污妾，妾誓死不从。次日艄子饮酒大醉，妾遂着先夫衣冠，脱身奔逃，偶然至此。』素香难以私奔相告，假托此一段说话。尼师闻之，愀然曰：『老身在施主家，渡江归迟，天遣到此亭中与娘子相遇，真是前缘。娘子肯从我否？』素香曰：『妾身回视家乡，千山万水，得蒙提挈，乃再生之赐。』尼师曰：『出家人以慈悲方便为本，此分内事，不必虑也。』素香拜谢。

天明，随至大慈庵。屏去俗衣，束发簪冠，独处一室。诸品经咒，目过辄能成诵。旦夕参礼神佛，拜告白衣大士，并持大士经文，哀求再会。尼师见其贞顺，自谓得人，不在话下。

再说舜美在那店中，延医调治，日渐平复。不肯回乡，只在邸舍中温习经史。光阴荏苒，又逢着上元灯夕。舜美追思去年之事，仍往十官子巷中一看，可怜景物依然，只是少个人在目前。闷闷归房，因诵秦少游学士所作〔生查子〕词云：

去年元夜时，花市灯如昼。月在柳梢头，人约黄昏后。今年元夜时，月与灯依旧。不见去年人，泪湿春衫袖。

舜美无情无绪，洒泪而归。惭愧物是人非，怅然绝望，立誓终身不娶，以答素香之情。

在杭州倏忽三年，又逢大比，舜美得中首选解元。赴鹿鸣宴罢，驰书归报父母、亲友，贺者填门。数日后，将带琴剑书箱，上京会试。一路风行露宿，舟次镇江江口，将欲渡江，忽狂风大作。移舟傍岸，少待风息。其风数日不止，只得停泊在彼。

且说刘素香在大慈庵中，荏苒首尾三载。是夜，忽梦白衣大士报云：『尔夫明日来也。』恍然惊觉，汗流如雨。自思：平素未尝如此，真是奇怪！不言与师知道。

舜美等了一日又是一日，心中好生不快，遂散步独行，沿江闲看。行至一松竹林中，中有小庵，题曰：『大慈之庵』，清雅可爱。趋身入内，庵主出迎，拉至中堂供茶。也是天使其然，刘素香向窗楞中一看，唬得目睁口呆，宛如酒醒梦觉。尼师忽入换茶，素香乃具道其由。尼师出问曰：『相公莫非越州张秀才乎？』舜美骇然曰：『仆与吾师素昧平生，何缘垂识？』尼师又问曰：『曾娶妻否？』舜美簌簌泪下，乃应曰：『曾有妻刘氏素香，因三载前元宵夜观灯失去，未知存亡下落。今仆虽不才，得中解元，便到京得进士，终身亦誓不再娶也。』师遂呼女子出见，两个抱头恸哭。多时，收泪而言曰：『不意今生再得相见！』悲喜交集，拜谢老尼。乃沐浴更衣。诣大士前，焚香百拜。次以白金百两，缎绢二端，奉尼师为寿。两下相别，双双下舟。真个似缺月重圆，断弦再续，大喜不胜。

一路至京，连科进士，除授福建兴化府莆田县尹。谢恩回乡，路经镇江，二人复访大慈庵，赠尼师金一笏。回至杭州，径到十官子巷，投帖拜望。刘公看见车马临门，大红帖子上写着『小婿张舜美』，只道误投了。正待推辞，只见少年夫妇，都穿着朝廷命服，双双拜于庭下。父母兄嫂见之大惊，悲喜交集。丈母道：『因元宵失却我儿，闻知投水身死，我们哭得死而复生。不意今日再得相会，况得此佳婿，刘门之幸。』乃大排筵会，作贺数日，令小英随去。二人别了丈人、丈母，到家见了父母。舜美告知前事，令妻出拜公姑。张公、张母大喜过望，作宴庆贺。不数日，同妻别父母，上任去讫。久后，舜美官至天官侍郎，子孙贵盛。有诗为证：

间别三年死复生，润州城下念多情。今宵燃烛频频照，笑眼相看分外明。

第二十四卷

杨思温燕山逢故人

一夜东风，不见柳梢残雪。御楼烟暖，对鳌山彩结。箫鼓向晚，凤辇初回宫阙。千门灯火，九衢风月。绣阁人人，乍嬉游困又歇。艳妆初试，把珠帘半揭。娇羞向人，手捻玉梅低说。相逢长是，上元时节。

这一首词，名〔传言玉女〕。乃胡浩然先生所作。道君皇帝朝宣和年间，元宵最盛。每年上元，正月十四日，车驾幸五岳观凝祥池。每常驾出，有红纱贴金烛笼二百对，元夕加以琉璃玉柱掌扇，快行客各执红纱珠珞灯笼。至晚还内，驾入灯山。御辇院人员，辇前唱〔随竿媚〕来；御辇旋转一遭，倒行观灯山，谓之『鹁鸽旋』，又谓『踏五花儿』，则辇官有赏赐矣。驾登宣德楼，游人奔赴露台下。十五日，驾幸上清宫，至晚还内。上元后一日，进早膳讫，车驾登门卷帘，御座临轩，宣百姓，先到门下者，得瞻天表。小帽红袍独坐，左右侍近，帘外金扇执事之人。须臾下帘，则乐作，纵万姓游赏。华灯宝烛，月色光辉，霏霏融融，照耀远迩。至三鼓，楼上以小红纱灯缘索而至半，都人皆知车驾还内。当时御制〔夹钟宫小重山〕词，道：

罗绮生香娇艳呈，金莲开陆海，绕都城。宝舆四望翠峰青。东风急，吹下半天星。万井贺升平。行歌花满路，月随人，纱笼一点御灯明。箫韶远，高宴在蓬瀛。

今日说一个官人，从来只在东京看这元宵，谁知时移事变，流寓在燕山看元宵。那燕山元宵却如何？

虽居北地，也重元宵。未闻鼓乐喧天，只听胡笳聒耳。家家点起，应无陆地金莲；处处安排，那得玉梅雪柳？小番鬓边挑大蒜，岐婆头上带生葱。汉儿谁负一张琴，女们尽敲三棒鼓。

每年燕山市井，如东京制造，到己酉岁方成次第。当年那燕山装那鳌山，也赏元宵，士大夫百姓皆得观看。这个官人，本身是肃王府使臣，在贵妃位掌笺奏。姓杨，双名思温，排行第五，呼为杨五官人。因靖康年间，流寓在燕山；犹幸相逢姨夫张二官人，在燕山开客店，遂寓居焉。杨思温无可活计，每日肆前与人写文字，得些胡乱度日。忽值元宵，见街上的人皆去看灯，姨夫也来邀思温看灯，同去消遣旅况。思温情绪索然，辞姨夫道：『看了东京的元宵，如何看得此间元宵？姨夫自稳便先去，思温少刻追陪。』张二官人先去了。

杨思温挨到黄昏，听到街上喧闹，静坐不过，只得也出门来看燕山元宵。但见：

莲灯灿烂，只疑吹下半天星；士女骈阗，便是列成王母队。一轮明月婵娟照，半是京华流寓人。

见街上往来游人无数。思温行至昊天寺前，只见真金身铸五十三参，铜打成幡竿十丈，上有金书『敕赐昊天悯忠禅寺』。思温入寺看时，佛殿两廊，尽皆点照。信步行到罗汉堂，乃浑金铸成五百尊阿罗汉。入这罗汉堂，有一行者，立在佛座前化香油钱，道：『诸位看灯檀越，布施灯油之资，祝延福寿。』思温听其语音，类东京人，问行者道：『参头，仙乡何处？』行者答言：『某乃大相国寺河沙院行者，今在此间复为行者，请官人坐于凳上，闲话则个。』思温坐凳上，正看来往游人，睹一簇妇人，前遮后拥，入罗汉堂来。内中一个妇人与思温四目相盼，思温睹这妇人打扮，好似东京人。但见：

轻盈体态，秋水精神。四珠环胜内家妆，一字冠成宫里样。未改宣和妆束，犹存帝里风流。

思温认得是故乡之人，感慨情怀，闷闷不已，因而困倦，假寐片时。那行者叫得醒来，开眼看时，不见那妇人。杨思温嗟呀道：『我却待等他出来，恐有亲戚在其间，相认则个，又挫过了。』对行者道：『适来入院妇女何在？』行者道：『妇女们施些钱去了。临行道：「今夜且归，明日再来做些功德，追荐亲戚则个。」官人莫闷，明日却来相候不妨。』思温见说，也施些油钱，与行者相辞了，离罗汉院，绕寺寻遍，忽见僧堂壁上，留题小词一首，名〔浪淘沙〕：

尽日倚危栏，触目凄然。乘高望处是居延。忽听楼头吹画角，雪满长川。　荏苒又经年，暗想南园。与民同乐午门前。僧院犹存宣政字，不是鳌山。

杨思温看罢留题，情绪不乐。归来店中，一夜睡不着。巴到天明起来，当日无话得说。

至晚，分付姨夫，欲往昊天寺，寻昨夜的妇人。走到大街上，人稠物攘，正是热闹。正行之间，忽然起一阵雷声，思温恐下雨，惊而欲回。抬头看时，只见：

银汉现一轮明月，天街点万盏华灯。宝烛烧空，香风拂地。

仔细看时，却见四周人从，拥着一轮大车，从西而来。车声动地，跟随番官，有数十人。但见：

呵殿喧天，仪仗塞路。前面列十五对红纱照道，烛焰争辉；两下摆二十柄画杆金枪，宝光交际。香车似箭，侍从如云。

车后有侍女数人，其中有一妇女穿紫者，腰佩银鱼，手持净巾，以帛拥项。思温于月光之下，仔细看时，好似哥哥国信所掌仪韩思厚妻，嫂嫂郑夫人意娘。这郑夫人，原是乔贵妃养女，嫁得韩掌仪，与思温都是同里人，遂结拜为表兄弟，思温呼意娘为嫂嫂。自后睽离，不复相问。著紫的妇人见思温，四目相睹，不敢公然招呼。思温随从车子到燕市秦楼住下，车尽入其中。贵人上楼去，番官人从楼下坐。原来秦楼最广大，便似东京白樊楼一般。楼上有六十个阁儿，下面散铺七八十副桌凳。当夜卖酒，合堂热闹。

杨思温等那贵家入酒肆，去秦楼里面坐地，叫过卖至前。那人见了思温便拜，思温扶起道：『休拜。』打一认时，却是东京白樊楼过卖陈三儿。思温甚喜，就教三儿坐，三儿再三不敢。思温道：『彼此都是京师人，就是他乡遇故知，同坐无妨。』唱喏了方坐。思温取出五两银子与过卖，分付收了银子，好好供奉数品荤素酒菜上来，与三儿一面吃酒说话。三儿道：『自丁未年至此，拘在金吾宅作奴仆。后来鼎建秦楼，为思旧日樊楼过卖，及日纳买工钱八十，故在此做过卖。幸与官人会面。』正说话间，忽听得一派乐声。思温道：『何处动乐？』三儿道：『便是适来贵人上楼饮酒的韩国夫人宅眷。』思温问韩国夫人事体，三儿道：『这夫人极是照顾人，常常夜间将带宅眷来此饮酒，和养娘各坐。三儿常上楼供过伏事，常得夫人赏赐钱钞使用。』思温又问三儿：『适间路边遇韩国夫人，车后宅眷丛里，有一妇人，似我嫂嫂郑夫人，不知是否？』三儿道：『即要复官人，三儿每上楼，供过众宅眷时，常见夫人，又恐不是，不敢断认。』思温遂告三儿道：『我有件事相烦你，你如今上楼供过韩国夫人宅眷时，就寻郑夫人。做我传语道：「我在楼下专候夫人下来，问哥哥详细。」」三儿应命上楼去，思温就座上等。一时，只见三儿下楼，以指住下唇。思温晓得京师人市语，恁地乃了事也。思温问：『事如何？』三儿道：『上楼得见郑夫人，说道：「五官人在下面等夫人下来，问哥哥消息。」夫人听得，便垂泪道：「叔叔原来也在这里。传与五官人，少刻便下楼，自与叔叔说话。」』思温谢了三儿，打发酒钱，乃出秦楼门前，伫立悬望。不多时，只见祗候人从入去，少刻，番官人从簇拥一辆车子出来。思温候车子过，后面宅眷也出来，见紫衣佩银鱼、项缠罗帕妇女，便是嫂嫂。思温进前，共嫂嫂叙礼毕，遂问道：『嫂嫂因何与哥哥相别在此？』郑夫人揾泪道：『妾自靖康之冬，与兄赁舟淮楚，将至盱眙，不幸箭穿驾手，刀中艄公，妾有乐昌破镜之忧，汝兄被缧绁缠身之苦。为虏所掠，其酋撒八太尉相逼，我义不受辱，为其执虏至燕山。撒八太尉恨妾不从，见妾骨瘦如柴，遂鬻妾身于祖氏之家。后知是娼户。自思是品官妻，命官女，生如苏小卿何荣！死如孟姜女何辱！暗抽裙带自缢梁间。被人得知。将妾救了。撒八太尉妻韩夫人闻而怜我，亟令救命，留我随侍。项上疮痕，至今未愈，是故项缠罗帕。仓皇别良人，不知安往。新得良人音耗：当时更衣遁走，今在金陵，复还旧职，至今四载，未忍重婚。妾燃香炼顶，问卜求神，望金陵之有路，脱生计以无门。今从韩国夫人至此游宴，既为奴仆之躯，不敢久语。叔叔叮咛，蓦遇江南人，倩教传个音信。』杨思温欲待再问其详，俄有番官手持八棱抽攘，向思温道：『我家奴婢，更夜之间，怎敢引诱？』拿起抽攘，迎脸便打。思温一见来打，连忙急走。那番官脚旷行迟，赶不上。走得脱，一身冷汗，慌忙归到姨夫客店。张二官见思温走回喘吁吁地，问道：『做什么直恁慌张？』思温将前事一一告诉。张二官见说，嗟呀不已。安排三杯与思温嚯索。思温想起哥哥韩忠翊，嫂嫂郑夫人，那里吃得酒下。

愁闷中过了元宵，又是三月，张二官向思温道：『我出去两三日即归，你与我照管店里则个。』思温问：『出去何干？』张二官人道：『今两国通和，奉使至维扬，买些货物便回。』杨思温见姨夫张二官出去，独自无聊，昼长春困，散步大街至秦楼。入楼闲望一晌，乃见一过卖至前唱喏，便叫：『杨五官！』思温看时，好生面熟，却又不是陈三；是谁？过卖道：『男女东京寓仙酒楼过卖小王。前时陈三儿被左金吾叫去，不令出来。』思温不见三儿在秦楼，心下越闷，胡乱买些点心吃，便问小王道：『前次上元夜韩国夫人来此饮酒，不知你识韩国夫人住处么？』小王道：『男女也曾问他府中来，道是天王寺后。』说犹未了，思温抬头一看，壁上留题墨迹未干。仔细读之，题道：『昌黎韩思厚舟发金陵，过黄天荡，因感亡妻郑氏，船中作相吊之词』，名〔御阶行〕：

合和朱粉千余两，捻一个，观音样。大都却似两三分，少付玲珑五脏。等待黄昏，寻好梦底，终夜空劳攘。 香魂媚魄知何往？料只在，船儿上。无言倚定小门儿，独对滔滔雪浪。若将愁泪，还做水算，几个黄天荡。

杨思温读罢，骇然魂不附体。『题笔正是哥哥韩思厚，恁地是嫂嫂没了。我正月十五日秦楼亲见，共我说话，道在韩国夫人宅为侍妾，今却没了。这事难明。惊疑未决，遂问小王道：『墨迹未干，题笔人何在？』小王道：『不知。如今两国通和，奉使至此，在本道馆驿安歇。适来四五人来此饮酒，遂写于此。』说话的，错说了！使命入国，岂有出来闲走买酒吃之理？按《夷坚志》载：那时法禁未立，奉使官听从与外人往来。当日是三月十五日，杨思温问本道馆在何处，小王道：『在城南。』思温还了酒钱下楼，急去本道馆，寻韩思厚。到得馆道，只见苏许二掌仪在馆门前闲看。二人都是旧日相识，认得思温，近前唱喏，还礼毕。问道：『杨兄何来？』思温道：『特来寻哥哥韩掌仪。』二人道：『在里面会文字，容入去唤他出来。』二人遂入去，叫韩掌仪出到馆前。思温一见韩掌仪，连忙下拜，一悲一喜，便是他乡遇契友，燕山逢故人。思温问思厚：『嫂嫂安乐？』思厚听得说，两行泪下，告诉道：『自靖康之冬，与汝嫂雇船，将下淮楚，路至盱眙，不幸箭穿篙手，刀中艄公，尔嫂嫂有乐昌破镜之忧，兄被缧绁缠身之苦。我被虏执于野寨，夜至三鼓，以苦告得脱，然亦不知尔嫂嫂存亡。后有仆人周义，伏在草中，见尔嫂被虏撒八太尉所逼，尔嫂义不受辱，以刀自刎而死。我后奔走行在，复还旧职。』思温问道：『此事还是哥哥目击否？』思厚道：『此事周义亲自报我。』思温道：『只恐不死。今岁元宵，我亲见嫂嫂同韩国夫人出游，宴于秦楼。思温使陈三儿上楼寄信，下楼与思温相见。所说事体，前面与哥哥一同，也说道哥哥复还旧职，至今四载，未忍重婚。』思厚听得说，理会不下。思温道：『容易决其死生。何不同往天王寺后韩国夫人宅前打听，问个明白！』思厚道：『也说得是。』乃入馆中，分付同事，带当直随后。二人同行。

倏忽之间，走至天王寺后。一路上悄无人迹，只见一所空宅，门生蛛网，户积尘埃，荒草盈阶，绿苔满地，锁着大门。杨思温道：『多是后门。』沿墙且行数十步，墙边只有一家，见一个老儿在里面打丝线，向前唱喏道：『老丈，借问韩国夫人宅那里进去？』老儿禀性躁暴，举止粗疏，全不采人。二人再四问他，只推不知。顷间，忽有一老妪提着饭篮，口中喃喃埋冤，怨畅那大伯。二人遂与婆婆唱喏，婆子还个万福，语音类东京人。二人问韩国夫人宅在那里，婆子正待说，大伯又埋怨多口。婆子不管大伯，向二人道：『媳妇是东京人，大伯是山东拗蛮，老媳妇没兴嫁得此畜牲，全不晓事。逐日送些茶饭，嫌好道歹，且是得人憎。便做到官人问句话，就说何妨！』那大伯口中又哓哓的不住。婆子不管他。向二人道：『韩国夫人宅，前面锁着空宅便是。』二人吃一惊，问：『韩夫人何在？』婆子道：『韩夫人前年化去了，他家搬移别处，韩夫人埋在花园内。官人不信时，媳妇同去看一看，好么？』大伯又说：『莫得入去，官府知道，引惹事端带累我。』婆子不睬，同二人便行。路上就问：『韩国夫人宅内有郑义娘，今在否？』婆子便道：『官人不是国信所韩掌仪，名思厚？这官人不是杨五官，名思温么？』二人大惊，问：『婆婆如何得知？』婆子道：『媳妇见郑夫人说。』思厚又问：『婆婆如何认得？拙妻今在甚处？』婆婆道：『二年前时，有撒八太尉，曾于此宅安下。其妻韩国夫人崔氏，仁慈恤物，极不可得。常唤媳妇入宅，见夫人说：撒八太尉自盱眙掠得一妇人，姓郑，小字义娘，甚为太尉所喜。义娘誓不受辱，自刎而死。夫人悯其贞节，与火化，收骨盛匣。以后韩夫人死，因随葬在此园内。虽死者与活人无异，媳妇入园内去，常见郑夫人出来。初时也有些怕，夫人道：「婆婆莫怕，不来损害婆婆，有些衷曲间告诉则个。」夫人说道是京师人，姓郑，名义娘。幼年进入乔贵妃位做养女，后出嫁忠翊郎韩思厚。有结义叔叔杨五官，名思温，一一与老媳妇说。又说盱眙事迹，「丈夫见在金陵为官，我为他守节而亡。」寻常阴雨时，我多入园中，与夫人相见闲话。官人要问仔细，见了自知。』

三人走到适来锁着的大宅，婆婆逾墙而入。二人随后，也入里面去，只见打鬼净净的一座败落花园。三人行步间，满地残英芳草，寻访妇人，全没踪迹。正面三间大堂，堂上有个屏风，上面山水，乃郭熙所作。思厚正看之间，忽然见壁上有数行字。思厚细看字体柔弱，全似郑义娘夫人所作，看了大喜道：『五弟，嫂嫂只在此间。』思温问：『如何见得？』思厚打一看，看其笔迹，乃一词，词名〔好事近〕：

往事与谁论？无语暗弹泪血。何处最堪怜？肠断黄昏时节。倚楼凝望又徘徊，谁解此情切？何计可同归雁？趁江南春色。

后写道：『季春望后一日作。』二人读罢道：『嫂嫂只今日写来，可煞惊人。』行至侧首，有一座楼，二人共婆婆扶着栏杆登楼。至楼上，又有巨屏一座，字体如前，写着《忆良人》一篇歌，曰：

孤云落日春云低，良人窅窅羁天涯。东风蝴蝶相交飞，对景令人益惨凄。尽日望郎郎不至，素质香肌转憔悴。满眼韶华似酒浓，花落庭前鸟声碎。孤帏悄悄夜迢迢，漏尽灯残香已销。秋千院落久停戏，双悬彩索空摇摇。眉兮眉兮春黛蹙，泪兮泪兮常满掬。无言独步上危楼，倚遍栏杆十二曲。荏苒流光疾似梭，滔滔逝水无回波。良人一去不复返，红颜欲老将如何？

韩思厚读罢，以手拊壁而言：『我妻不幸为人驱虏。』正看之间，忽听杨思温急道：『嫂嫂来也！』思厚回头看时，见一妇人，项拥香罗而来。思温仔细认时，正是秦楼见的嫂嫂。那婆婆也道：『夫人来了！』三人大惊，急走下楼来寻，早转身入后堂左廊下，趋入一阁子内去。二人惊惧，婆婆道：『既已到此，可同去阁子里看一看。』婆子引二人到阁前，只见关着阁子门，门上有牌面写道：『韩国夫人影堂。』婆子推开槅子，三人入阁子中看时，却是安排供养着一个牌位，上写着：『亡室韩国夫人之位。』侧边有一轴画，是义娘也，牌位上写着：『侍妾郑义娘之位。』面前供桌，尘埃尺满。韩思厚看见影神上衣服容貌，与思温元夜所见的无二，韩思厚泪下如雨。婆子道：『夫人骨匣，只在桌下，夫人常提起，教媳妇看，是个黑漆匣，有两个骙石环儿。每遍提起，夫人须哭一番，和我道：「我与丈夫守节丧身，死而无怨。」』思厚听得说，乃恳婆子同揭起砖，取骨匣归葬金陵，当得厚谢。婆婆道：『不妨。』三人同掇起供桌，揭起花砖，去掇匣子。用力掇之，不能得起，越掇越牢。思温急止二人：『莫掇，莫掇！哥哥须晓得嫂嫂通灵，今既取去，也要成礼。且出此间，备些祭仪，作文以白嫂嫂，取之方可。』韩思厚道：『也说得是。』三人再逾墙而去。到打绦婆婆家，令仆人张谨买下酒脯、香烛之物，就婆婆家做祭文。等至天明，一同婆婆、仆人搬挈祭物，逾墙而入。在韩国夫人影堂内，铺排供养讫。

等至三更前后，香残烛尽，杯盘零落，星宿渡河汉之候，酌酒奠飨。三奠已毕，思厚当灵筵下披读祭文，读罢，流泪如倾，把祭文同纸钱烧化。忽然起一阵狂风，这风吹得烛有光似无光，灯欲灭而不灭，三人浑身汗颤。风过处，听得一阵哭声。风定烛明，三人看时，烛光之下，见一妇女，媚脸如花，香肌似玉，项缠罗帕，步蹙金莲，敛袂向前，道声：『叔叔万福。』二人大惊，叙礼。韩思厚执手向前，哽咽流泪。哭罢，郑夫人向着思厚道：『昨者盱眙之事，我夫今已明矣。只今元夜秦楼，与叔叔相逢，不得尽诉衷曲。当时妾若贪生，必须玷辱我夫。幸而全君清德若瑾瑜，弃妾性命如土芥，致有今日，生死之隔，终天之恨。』说罢，又哭一次。婆婆劝道：『休哭，且理会迁骨之事。』郑夫人收哭而坐，三人进些饮馔，夫人略飨些气味。思温问：『元夜秦楼下相逢，嫂嫂为韩国夫人宅眷，车后许多人是人是鬼？』郑夫人道：『太平之世，人鬼相分；今日之世，人鬼相杂。当时随车，皆非人也。』思厚道：『贤妻为吾守节而亡，我当终身不娶，以报贤妻之德。今愿迁贤妻之香骨，共归金陵可乎？』夫人不从道：『婆婆与叔叔在此听奴说。今蒙贤夫念妾孤魂在此，岂不愿归从夫？然须得常常看我，庶几此情不隔冥漠。倘若再娶，必不我顾，则不如不去为强。』三人再三力劝，夫人只是不肯，向思温道：『叔叔岂不知你哥哥心性，我在生之时，他风流性格，难以拘管。今妾已作故人，若随他去，怜新弃旧，必然之理。』思温再劝道：『嫂嫂听思温说，哥哥今来不比往日，感嫂嫂贞节而亡，决不再娶。今哥哥来取，安忍不随回去？愿从思温之言。』夫人向二人道：『谢叔叔如此苦苦相劝，若我夫果不昧心，愿以一言为誓，即当从命。』说罢，思厚以酒沥地为誓：『若负前言，在路盗贼杀戮，在水巨浪覆舟。』夫人急止思厚：『且住，且住，不必如此发誓。我夫既不重娶，愿叔叔为证见。』道罢，忽地又起一阵香风，香过遂不见了夫人。三人大惊讶，复添上灯烛，去供桌底下揭起花砖，款款掇起匣子，全不费力。收拾逾墙而出，至打绛婆婆家。次晚，以白银三两，谢了婆婆；又以黄金十两，赠与思温，思温再辞方受。思厚别了思温，同仆人张谨带骨匣归本驿。俟月余，方得回书，令奉使归。思温将酒饯别，再三叮咛：『哥哥无忘嫂嫂之言。』

思厚同一行人从，负夫人骨匣，出燕山丰宜门，取路而归，月余方抵盱眙。思厚到驿中歇泊，忽一人唱喏便拜。思厚看时，乃是旧仆人周义，今来谢天地，在此做个驿子。遂引思厚入房，只见挂一幅影神，画着个妇人；又有牌位儿上写着：『亡主母郑夫人之位。』思厚怪而问之，周义道：『夫人贞节，为官人而死，周义亲见，怎的不供奉夫人？』思厚因把燕山韩夫人宅中事从头说与周义。取出匣子，教周义看了。周义展拜啼哭。思厚是夜与周义抵足而卧。

至次日天晓，周义与思厚道：『旧日二十余口，今则惟影是伴，情愿伏事官人去金陵。』思厚从其请，将带周义归金陵。思厚至本所，将回文呈纳，周义随着思厚，卜地于燕山之侧，备礼埋葬夫人骨匣毕。思厚不胜悲感，三日一诣坟所飨祭，至暮方归，遂令周义守坟茔。

忽一日，苏掌仪、许掌仪说：『金陵土星观观主刘金坛，虽是个女道士，德行清高，何不同往观中，做些功德，追荐令政？』思厚依从，选日同苏、许二人到土星观来访刘金坛时，你说怎生打扮？但见：

顶天青巾，执象牙简，穿白罗袍，著翡翠履。不施朱粉，分明是梅萼凝霜；淡伫精神，仿佛如莲花出水。仪容绝世，标致非凡。

思厚一见，神魂散乱，目睁口呆。叙礼毕，金坛分付一面安排做九幽醮，且请众官到里面看灵芝。三人同入去，过二清殿、翠花轩，从八卦坛房内，转入绛绡馆，原来灵芝在绛绡馆。众人去看灵芝，惟思厚独入金坛房内闲看。但见明窗净几，铺陈玩物。书案上文房四宝，压纸界方下露出些纸，信手取看时，是一幅词，上写着〔浣溪沙〕：

标致清高不染尘，星冠云氅紫霞裙。门掩斜阳无一事，抚瑶琴。
虚馆幽花偏惹恨，小窗闲月最消魂。此际得教还俗去，谢天尊！

韩思厚初观金坛之貌，已动私情；后观纸上之词，尤增爱念。乃作一词，名〔西江月〕，词道：

玉貌何劳朱粉？江梅岂类群花？终朝隐几论黄芽，不顾花前月下。
冠上星簪北斗，杖头经挂《南华》。不知何日到仙家，曾许彩鸾同跨。

拍手高唱此词，金坛变色焦躁说：『是何道理？欺我孤弱，乱我观宇！命人取轿来，我自去见恩官，与你理会。』苏、许二人再四劝住，金坛不允。韩思厚就怀中取出金坛所作之词，教众人看，说：『观主不必焦躁，这个词儿是谁做的？』唬得金坛安身无地，把怒色都变做笑容，安排筵席，请众官共坐，饮酒作乐，都不管做功德追荐之事。酒阑，二人各有其情，甚相爱慕，尽醉而散。这刘金坛原是东京人，丈夫是枢密院冯六承旨。因靖康年间同妻刘氏雇舟避难来金陵，去淮水上，冯六承旨被冷箭落水身亡。其妻刘氏发愿，就土星观出家，追荐丈夫，朝野知名，差做观主。此后韩思厚时常往来刘金坛处。忽一日，苏、许二人把盏劝思厚与金坛道：『哥哥既与金坛相爱，乃是宿世姻缘。今外仪籍籍，不当稳便。何不还了俗，用礼通媒，娶为嫂嫂，岂不美哉！』思厚、金坛从其言。金坛以钱买人告还俗，思厚选日下定，娶归成亲。一个也不追荐丈夫，一个也不看顾坟墓。倚窗携手，惆怅论心。

成亲数日，看坟周义不见韩官人来上坟，自诣宅前探听消息。见当值在门前，问道：『官人因甚这几日不来坟上？』当值道：『官人娶了土星观刘金坛做了孺人，无工夫上坟。』周义是北人，性直，听说气忿忿地。恰好撞见思厚出来，周义唱喏毕，便着言语道：『官人，你好负义！郑夫人为你守节丧身，你怎下得别娶孺人？』一头骂，一头哭夫人。韩思厚与刘金坛新婚，恐不好看，喝教当值们打出周义。周义闷闷不已，先归坟所。当日是清明，周义去夫人坟前哭着告诉许多。是夜睡至三更，郑夫人叫周义道：『你韩掌仪在那里住？』周义把思厚辜恩负义娶刘氏事，一一告诉他一番：『如今在三十六丈街住，夫人自去寻他理会。』夫人道：『我去寻他。』周义梦中惊觉，一身冷汗。

且说那思厚共刘氏新婚欢爱，月下置酒赏玩。正饮酒间，只见刘氏柳眉剔竖，星眼圆睁，以手捽住思厚不放，道：『你忒煞亏我，还我命来！』身是刘氏，语音是郑夫人的声气。唬得思厚无计可施，道：『告贤妻饶恕。』那里肯放。正摆拨不下，忽报苏、许二掌仪步月而来望思厚，见刘氏捽住思厚不放。二人解脱得手，思厚急走出，与苏、许二人商议，请笪桥铁索观朱法官来救治。即时遣张谨请到朱法官，法官见了刘氏道：『此冤抑不可治之，只好劝谕。』刘氏自用手打掴其口与脸上，哭着告诉法官以燕山踪迹。又道：『望法官慈悲做主。』朱法官再三劝道：『当做功德追荐超生，如坚执不听，冒犯天条。』刘氏见说，哭谢法官：『奴奴且退。』少刻刘氏方苏。法官书符与刘氏吃，又贴符房门上，法官辞去。当夜无事。

次日，思厚赍香纸诣笪桥谢法官，方坐下，家中人来报，说孺人又中恶。思厚再告法官同往家中救治。法官云：『若要除根好时，须将燕山坟发掘，取其骨匣，弃于长江，方可无事。』思厚只得依从所说，募土工人等，同往掘开坟墓，取出郑夫人骨匣，到扬子江边，抛放水中。自此刘氏安然。恁地时，负心的无天理报应。岂有此理！思厚负了郑义娘，刘金坛负了冯六承旨。至绍兴十一年，车驾幸钱塘，官民百姓皆从。思厚亦挈家离金陵，到于镇江。思厚因想金山胜景，乃赁舟同妻刘氏江岸下船，行到江心，忽听得舟人唱〔好事近〕词，道是：

往事与谁论？无语暗弹泪血。何处最堪怜？肠断黄昏时节。倚门凝望又徘徊，谁解此情切？何计可同归雁？趁江南春色。

思厚审听所歌之词，乃燕山韩国夫人郑氏义娘题屏风者，大惊。遂问艄公：『此曲得自何人？』艄公答曰：『近有使命入国至燕山，满城皆唱此词，乃一打绦婆婆自韩国夫人宅中屏上录出来的。说是江南一官人浑家，姓郑名义娘，因贞节而死，后来郑夫人丈夫私挈其骨归江南。此词传播中外。』思厚听得说，如万刃攒心，眼中泪下。须臾之间，忽见江中风浪俱生，烟涛并起，异鱼出没，怪兽掀波。见水上一人波心涌出，顶万字巾，把手揪刘氏云鬓，掷入水中。侍妾高声喊叫：『孺人落水！』急唤思厚救救，那里救得！俄顷，又见一妇人，项缠罗帕，双眼圆睁，以手捽思厚，拽入波心而死。舟人欲救不能，遂惆怅而归。叹古今负义人皆如此，乃传之于人。诗曰：

一负冯君罹水厄，一亏郑氏丧深渊。宛如孝女寻尸死，不若三闾为主愆。

第二十五卷

晏平仲二桃杀三士

大禹涂山御座开，诸侯玉帛走如雷。防风谩有专车骨，何事兹辰最后来？

此篇言语，乃胡曾诗。昔三皇禅位，五帝相传。舜之时，洪水滔天，民不聊生。舜使鲧治水，鲧无能，其水横流。舜怒，将鲧殛于羽山。后使其子禹治水，禹疏通九河，皆流入海。三过其门而不入。会天下诸侯于会稽涂山，迟到误期者斩。惟有防风氏后至，禹怒而斩之，弃其尸于原野。后至春秋时，越国于野外，掘得一骨专车，言一车只载得一骨节，诸人不识，问于孔子。孔子曰：『此防风氏骨也。被禹王斩之，其骨尚存。』有如此之大人也，当时防风氏正不知长大多少。古人长者最多，其性极淳。丑陋如兽者亦多，神农氏顶生肉角。岂不闻昔人有云：『古人形似兽，却有大圣德；今人形似人，兽心不可测。』

今日说三个好汉，被一个身不满三尺之人，聊用微物，都断送了性命。昔春秋列国时，齐景公朝有三个大汉，一人姓田，名开疆，身长一丈五尺。其人生得面如噀血，目若朗星，雕嘴鱼腮，板牙无缝。比时曾随景公猎于桐山。忽然于西山之中，赶起一只猛虎来。其虎奔走，径扑景公之马。马见虎来，惊倒景公在地。田开疆在侧，不用刀枪，双拳直取猛虎，左手揪住项毛，右手挥拳而打，用脚望面门上踢，一顿打死那只猛虎，救了景公。文武百官，无不畏惧。景公回朝，封为寿宁君，是齐国第一个行霸道的。却说第二个，姓顾名冶子，身长一丈三尺，面如泼墨，腮吐黄须，手似铜钩，牙如锯齿。此人曾随景公渡黄河。忽大雨骤至，波浪汹涌，舟船将覆。景公大惊，见云雾中火块闪烁，戏于水面，顾冶子在侧，言曰：『此必是黄河之蛟也。』景公曰：『如之奈何？』顾冶子曰：『主公勿虑，容臣斩之。』拔剑裸衣下水。少刻风浪俱息，见顾冶子手提蛟头，跃水而出。景公大骇，封为武安君，这是齐国第二个行霸道的。第三个姓公孙名接，身长一丈二尺，头如累塔，眼生三角，板肋猿背，力举千斤。一日秦兵犯界，景公引军马出迎，被秦兵杀败，引军赶来，围住在凤鸣山。公孙接用铁闵一条，约至一百五十斤，杀入秦兵之内。秦兵十万，措手不及。救出景公，封为威远君。这是齐国第三个行霸道的。这三个结为兄弟，誓说生死相托。三个不知文墨礼让，在朝廷横行，视君臣如同草木。景公见三人上殿，如芒刺在背。

一日，楚国使中大夫靳尚前来本国求和。原来齐、楚二邦乃是邻国，二国交兵二十余年，不曾解和。楚王乃命靳尚为使，入见景公，奏曰：『齐、楚不和，交兵岁久，民有倒悬之患。今特命臣入国讲和，永息刀兵。俺楚国襟三江而带五湖，地方千里，粟支数年，足食足兵，可为上国。王可裁之，得名获利。』却说田、顾、公孙三人大怒，叱靳尚曰：『量汝楚国，何足道哉！吾三人亲提雄兵，将楚国践为平地，人人皆死，个个不留。』喝靳尚下殿，教金瓜武士斩讫报来。阶下转过一人，身长三尺八寸，眉浓目秀，齿白唇红，乃齐国丞相，姓晏名婴，字平仲，前来喝住武士，备问其详。靳尚说了，晏子便教放了靳尚，先回本国，吾当亲至讲和。乃上殿奏知景公。三人大怒曰：『吾欲斩之，汝何故放还本国？』晏子曰：『岂不闻「两国战争，不斩来使」？他独自到这里，擒住斩之，邻国知道，万世笑端。晏婴不才，凭三寸舌，亲到楚国，令彼君臣，皆顿首谢罪于阶下，尊齐为上国，并不用刀兵士马，此计若何？』三士怒发冲冠，皆叱曰：『汝乃黄口侏儒小儿，国人无眼，命汝为相，擅敢乱开大口！吾三人有诛龙斩虎之威，力敌万夫之勇，亲提精兵，平吞楚国，要汝何用？』景公曰：『丞相既出大言，必有广学。且待入楚之后，若果获利，胜似兴兵。』三士曰：『且看侏儒小儿这回为使，若折了我国气概，回来时砍为肉泥！』三士出朝。景公曰：『丞相此行，不可轻忽。』晏子曰：『主上放心，至楚邦，视彼君臣如土壤耳。』遂辞而行，从者十余人跟随。

车马已至郢都，楚国臣宰奏知。君臣商议曰：『齐晏子乃舌辩之士，可定下计策，先塞其口，令不敢来下说词。』君臣定计了，宣晏子入朝。晏子到朝门，见金门不开。下面闸板只留半段，意欲令晏子低头钻入，以显他矮小辱之。晏子望见下面便钻，从人急止之曰：『彼见丞相矮小，故以辱之，何中其计？』晏子大笑曰：『汝等岂知之耶？吾闻人有人门，狗有狗窦。使于人，即当进人门；使于狗，即当进狗窦。有何疑焉？』楚臣听之，火急开金门而接。晏子旁若无人，昂然而入。

至殿下，礼毕，楚王问曰：『汝齐国地狭人稀乎？』晏子曰：『臣齐国东连海岛，西跨魏秦，北拒赵燕，南吞吴楚，鸡鸣犬吠相闻，数千里不绝，安得为地狭耶？』楚王曰：『地土虽阔，人物却少。』晏子曰：『臣国中人呵气如云，沸汗如雨，行者摩肩，立者并迹，金银珠玉，堆积如山，安得人物稀少耶？』楚王曰：『既然地广人稠，何故使一小儿来吾国中为使耶？』晏子答曰：『使于大国者，则用大人；使于小国者，则当用小儿。因此特命晏婴到此。』楚王视臣下，无言可答。请晏婴上殿，命座。侍臣进酒，晏子欣然畅饮，不以为意。

少刻，金瓜簇拥一人至筵前，其人口称冤屈。晏子视之，乃齐国带来从者。问得何罪，楚臣对曰：『来筵前作贼，盗酒器而出，被户尉所获，乃真赃正犯也。』其人曰：『实不曾盗，乃户尉图赖。』晏子曰：『真赃正犯，尚敢抵赖！速与吾牵出市曹斩之。』楚臣曰：『丞相远来，何不带诚实之人？令从者作贼，其主岂不羞颜？』晏子曰：『此人自幼跟随，极知心腹，今日为盗，有何难见？昔在齐国是个君子，今到楚国，却为小人，乃风俗之所变也。吾闻江南洞庭有一树，生一等果，其名曰橘，其色黄而香，其味甜而美；若将此树移于北方，结成果木，乃名枳实，其色青而臭，其味酸而苦。名谓南橘北枳，便分两等，乃风俗之不等也。以此推之，在齐不为盗，在楚为盗，更复何疑？』

楚王大惭，急离御座，拱手于晏子曰：『真乃贤士也。吾国中大小公卿，万不及一。愿赐见教，一听严命。』晏子曰：『王上安坐，听臣一言。齐国中有三士，皆万夫不当之勇，久欲起兵来吞楚国，吾力言不可。齐楚不睦，苍生受害，心何忍焉？今臣特来讲和，王上可亲诣齐国和亲，结为唇齿之邦，歃血为盟。若邻国加兵，互相救应，永无侵扰，可保万年之基业。若不听臣，祸不远矣。非臣相唬，愿王裁之。』王曰：『闻公之才，寡人情愿和亲。但所患者，齐三士皆无仁义之人，吾不敢去。』晏子曰：『王上放心，臣愿保驾，聊施小计，教三士死于大王之前，以绝两国之患。』楚王曰：『若三士俱亡，吾宁为小邦，年朝岁贡而无怨。』晏子许之。楚王乃大设筵席，送令先去，随后收拾进献礼物而至。

晏子先使人归报，齐景公闻之大喜，令大小公卿，尽随吾出郭迎接丞相。三士闻之，转怒。晏子至，景公下车而迎，慰劳已毕，同载而回，齐国之人看者塞途。晏子辞景公回府，次日入宫，见三士在阁下博戏。晏子进前施礼，三士亦不回顾。傲忽之气，旁若无人。晏子侍立久之，方自退。入见景公，说三士如此无礼。景公曰：『此三人如常带剑上殿，视吾如小儿，久必篡位矣。素欲除之，恨力不及耳。』晏子曰：『主上宽心，来朝楚国君臣皆至，可大张御宴。待臣于筵间，略施小计，令三士皆自杀如何？』景公曰：『计将安出？』晏子曰：『此三人者，皆一勇匹夫，并无谋略，若如此如此，祸必除矣。」景公喜。

次日，楚王引文武百僚百余员，车载金珠玩好之物，亲至朝门。景公请入，楚王先下拜，景公忙答礼罢，二君分宾主而坐。楚王令群臣罗拜阶下。楚王拱手伏罪曰：「二十年间，多有凶犯。今因丞相之言，特来请罪。薄礼上贡，望乞恕纳。」齐景公谢讫。大设筵宴，二国君臣相庆。三士带剑立于殿下，昂昂自若。晏子进退揖让，并不谄于三士。

酒至半酣，景公曰：「御园金桃已熟，可采来筵间食之。」须臾，一宫监金盘内捧出五枚。齐王曰：「园中桃树，今岁只收五枚，味甜气香，与它树不同。丞相捧杯进酒以庆此桃。」上古之时，桃树难得，今园中有此五枚，为希罕之物。晏子捧玉爵行酒，先进楚王，饮毕，食其一桃。又进齐王，饮毕，食其一桃。齐王曰：「此桃非易得之物，丞相合二国和好，如此大功，可食一桃。」晏子跪而食之，赐酒一爵。齐王曰：「齐、楚二国，公卿之中，言其功勋大者，当食此桃。」田开疆挺身而出，立于筵上而言曰：「昔从主公猎于桐山，力诛猛虎，其功若何？」齐王曰：「勤王保驾，功莫大焉。」晏子慌忙进酒一爵，食桃一枚，归于班部。顾冶子奋然便出，曰：「诛虎者未为奇，吾曾斩长蛟于黄河，救主上回故国，觑洪波巨浪，如登平地，此功若何？」王曰：「此盖世之功也，进酒赐桃，又何疑哉？」晏子慌忙进酒赐桃。公孙接撩衣破步而出，曰：「吾曾于十万军中，手挥铁阌，救主公出，军中无敢近者，此功若何？」齐王曰：「据卿之功，极天际地，无可比者；怎奈无桃可赐，赐酒一杯，以待来年。」晏子曰：「将军之功最大，可惜言之太迟，以此无桃，掩其大功。」公孙接按剑而言曰：「诛龙斩虎，小可事耳。吾纵横于十万军中，如入无人之境，力救主上，建立大功，反不能食桃，受辱于两国君臣之前，为万代之耻笑，安有面目立于朝廷耶？」言讫，遂拔剑自刎而死。田开疆大惊，亦拔剑而言曰：「我等微功而食桃，兄弟功大反不得食，吾之羞耻，何日可脱？」言讫，自刎而死。顾冶子奋气大呼曰：「吾三人义同骨肉，誓同生死；二人既亡，吾安能自活？」言讫，亦自刎而亡。晏子笑曰：「非二桃不能杀三士，今已绝虑，吾计若何？」楚王下坐，拜伏而叹曰：「丞相神机妙策，安敢不服耶？自今以后，永尊上国，誓无侵犯。」齐王将三士敕葬于东门外。

自此齐、楚连和，绝其士马，齐为霸国。晏子名扬万世，宣圣亦称其善。后来诸葛孔明曾为《梁父吟》，单道此事。吟曰：

步出齐城门，遥望汤阴里；里中有三坟，累累正相似。问是谁家冢？田疆顾冶氏。力能排南山，文能绝地理；一朝被谗言，二桃杀三士。谁能为此谋？相国齐晏子。

又〔满江红〕词一篇，古人单道此事，词云：

齐景雄风，因习战，海滨畋猎。正驱驰，忽逢猛兽，众皆惊绝。壮士开疆能奋勇，双拳杀虎身流血。救君危拜爵宠恩荣，真豪杰！

顾冶子，除妖孽；强秦战，公孙接。笑三人恃勇，在齐猖獗。只被晏婴施小计，二桃中计皆身灭。齐东门累累有三坟，荒郊月。

第二十六卷

沈小官一鸟害七命

飞禽若起祸根芽，七命相残事可嗟。奉劝世人须鉴戒，莫教儿女不当家。

话说大宋徽宗朝宣和三年，海宁郡武林门外北新桥下，有一机户，姓沈名昱，字必显。家中颇为丰足，娶妻严氏，夫妇恩爱。单生一子，取名沈秀，年长一十八岁，未曾婚娶。其父专靠织造缎匹为活。不想这沈秀不务本分生理，专好风流闲耍，养画眉过日。父母因惜他一子，以此教训他不下。街坊邻里取他一个浑名，叫做『沈鸟儿』。每日五更，提了画眉，奔入城中柳林里来拖画眉，不只一日。忽至春末夏初，天气不暖不寒，花红柳绿之时。当日沈秀清晨起来，梳洗罢，吃了些点心，打点笼儿，盛着个无比赛的画眉。这畜牲只除天上有，果系世间无，将它各处去斗，俱斗它不过，成百十贯赢得。因此十分爱惜它，如性命一般，做一个金漆笼儿，黄铜钩子，哥窑的水食罐儿，绿纱罩儿。提了在手，摇摇摆摆，径奔入城，往柳林里去拖画眉。不想这沈秀一去，死于非命。好似：

猪羊进入宰生家，一步步来寻死路。

当时沈秀提了画眉，径到柳林里来。不意来得迟了些，众拖画眉的俱已散了，净荡荡黑阴阴，没一个人往来。沈秀独自一个，把画眉挂在柳树上，叫了一回。沈秀自觉没情没绪，除了笼儿，正要回去，不想小肚子一阵疼，滚将上来，一块儿蹲到在地上。原来沈秀有一件病在身上，叫做『主心馄饨』，一名『小肠疝气』，每常一发一个小死。其日想必起得早些，况又来迟，众人散了，没些情绪，闷上心来，这一次甚是发得凶，一跤倒在柳树边，有两个时辰不醒人事。

你道事有凑巧，物有偶然，这日有个箍桶的，叫做张公，挑着担儿，径往柳林里，穿过褚家堂做生活。远远看见一个人，倒在树边，三步挪做两步，近前歇了担儿。看那沈秀脸色蜡查黄的，昏迷不醒，身边并无财物，只有一个画眉笼儿。这畜牲此时越叫得好听，所以一时见财起意，穷极计生，心中想道：『终日括得这两分银子，怎地得快活？』只是这沈秀当死，这画眉见了张公，分外叫得好。张公道：『别的不打紧，只这个画眉，少也值二三两银子。』便提在手，却待要走。不意沈秀正苏醒，开眼见张公提着笼儿，要阑身子不起，只口里骂道：『老王八，将我画眉那里去？』张公听骂，『这小狗入的，忒也嘴尖！我便拿去，他倘爬起赶来，我倒反吃他亏。一不做，二不休，左右是歹了。』却去那桶里取出一把削桶的刀来，把沈秀按住一勒，那弯刀又快，力又使得猛，那头早滚在一边。张公也慌张了，东观西望，恐怕有人撞见。却抬头见一株空心杨柳树，连忙将头提起，丢在树中。将刀放在桶内，笼儿挂在担上，也不去褚家堂做生活，一道烟径走。穿街过巷，投一个去处。你道只因这个画眉，生生地害了几条性命。正是：

人间私语，天闻若雷。暗室亏心，神目如电。

当时张公一头走，一头心里想道：『我见湖州墅里客店内，有个客人，时常要买虫蚁，何不将去卖与他？』一径望武林门外来。也是前生注定的劫数，却好见三个客人，两个后生跟着，共是五人。正要收拾货物回去，却从门外进来客人，俱是东京汴梁人，内中有个姓李名吉，贩卖生药。此人平昔也好养画眉。见这箍桶担上好个画眉，便叫张公，借看一看。张公歇下担子，那客人看那画眉毛衣并眼，生得极好，声音又叫得好，心里爱它，便问张公：『你肯卖么？』此时张公巴不得脱祸，便道：『客官，你出多少钱？』李吉转看转好，便道：『与你一两银子。』张公自道着手了，便道：『本不当计较，只是爱者如宝，添些便罢。』那李吉取出三块银子，秤秤看到有一两二钱，道：『也罢。』递与张公。张公接过银子，看一看，将来放在荷包里，将画眉与了客人，别了便走。口里道：『发脱得这祸根，也是好事了。』不上街做生理，一直奔回家去，心中也自有些不爽利。正是：

作恶恐遭天地责，欺心犹怕鬼神知。

原来张公正在涌金门城脚下住，只婆老两口儿，又无儿子。婆儿见张公回来，便道：『箩子一条也不动，缘何又回来得早？有甚事干？』张公只不答应，挑着担子，径入门歇下，转身关上大门，道：『阿婆，你来，我与你说话。恰才……如此如此，谋得这一两二钱银子，与你权且快活使用。』两口儿欢天喜地，不在话下。

却说柳林里无人来往。直至巳牌时分，两个挑粪庄家，打从那里过，见了这没头尸首，挡在地上，吃了一惊，声张起来。当坊里甲邻右，一时嚷动。本坊申呈本县，本县申府。次日，差官吏仵作人等，前来柳阴里，检验得浑身无些伤痕，只是无头，又无苦主。官吏回复本府，本府差应捕挨获凶身。城里城外，纷纷乱嚷。

却说沈秀家到晚不见他回来，使人去各处寻不见。天明，央人入城寻时，只见湖州墅嚷道：『柳林里杀死无头尸首。』沈秀的娘听得，想道：『我的儿子昨日入城拖画眉，至今无寻他处，莫不得是他？』连叫丈夫：『你必须自进城打听。』沈昱听了一惊，慌忙自奔到柳林里。看了无头尸首，仔细定睛上下看了衣服，却认得是儿子，大哭起来。本坊里甲道：『苦主有了，只无凶身。』其时沈昱径到临安府告说：『是我的儿子，昨日五更入城拖画眉，不知怎的被人杀了？望老爷做主！』本府发放各处应捕及巡捕官，限十日内要捕凶身着。

沈昱具棺木盛了尸首，放在柳林里，一径回家，对妻说道：『是我儿子被人杀了，只不知将头何处去了。我已告过本府，本府着捕人各处捉获凶身。我且自买棺木盛了，此事如何是好？』严氏听说，大哭起来，一交跌倒。不知五脏何如，先见四肢不举。正是：

身如五鼓衔山月，气似三更油尽灯。

当时众人灌汤，救得苏醒，哭道：『我儿日常不听好人之言，今日死无葬身之地。我的少年的儿，死得好苦！谁想我老来无靠！』说了又哭，哭了又说，茶饭不吃。丈夫再三苦劝，只得勉强。过了半月，并无消息。沈昱夫妻二人商议，儿子平昔不依教训，致有今日祸事，吃人杀了，没捉获处，也只得没奈何，但得全尸也好。不若写个帖子，告禀四方之人，倘得见头，全了尸首，待后又作计较。二人商议已定，连忙便写了几张帖子，满城去贴，上写：『告知四方君子，如有寻获得沈秀头者，情愿赏钱一千贯；捉得凶身者，愿赏钱二千贯。』将此情告知本府，本府亦限捕人寻获，亦出告示道：『如有人寻得沈秀头者，官给赏钱五百贯；如捉获凶身者，赏钱一千贯。』告示一出，满城哄动不题。

且说南高峰脚上，有一个极贫老儿，姓黄，浑名叫做黄老狗，一生为人鲁拙，抬轿营生。老来双目不明，只靠两个儿子度日，大的叫做大保，小的叫做小保。父子三人，正是衣不遮身，食不充口，巴巴急急，口食不敷。一日，黄老狗叫大保、小保到来：『我听得人说，什么财主沈秀吃人杀了，没寻头处。今出赏钱，说有人寻得头者，本家赏钱一千贯，本府又给赏五百贯。我今叫你两个别无话说，我今左右老了，又无用处，又不看见，又没趁钱。做我着，教你两个发迹快活。你两个今夜将我的头割了，埋在西湖水边。过了数日，待没有认色，却将去本府告赏，共得一千五百贯钱，却强似今日在此受苦。此计大妙，不宜迟，倘被别人先做了，空折了性命。』只因这老狗失志，说了这几句言语，况兼两个儿子，又是愚蠢之人，不省法度的。正是：

口是祸之门，舌是斩身刀。闭口深藏舌，安身处处牢。

当时两个出到外面商议。小保道：『我爷设这一计大妙，便是做主将元帅，也没这计策。好便好了，只是可惜没了一个爷。』大保做人，又狠又呆，道：『看他左右只在早晚要死，不若趁这机会杀了，去山下掘个坑埋了，又无踪迹，那里查考？这个叫做「趁汤推」，又唤做「一抹光」。天理人心，又不是我们逼他，他自叫我们如此如此。』小保道：『好倒好，只除等睡熟了，方可动手。』

二人计较已定，却去东奔西走，赊得两瓶酒来，父子三人吃得大醉，东倒西歪。一觉直到三更，两人爬将起来，看那老子正齁齁睡着。大保去灶前摸了一把厨刀，去爷的项上一勒，早把这颗头割下了。连忙将破衣包了，放在床边。便去山脚下掘个深坑，扛去埋了。也不等天明，将头去南屏山藕花居湖边浅水处埋了。

过半月入城，看了告示，先走到沈昱家报说道：『我二人昨日因捉虾鱼，在藕花居边，看见一个人头，想必是你儿子头。』沈昱见说道：『若果是，便赏你一千贯钱，一分不少。』便去安排酒饭吃了，同他两个径到南屏山藕花居湖边。浅土隐隐盖着一头，提起看时，水浸多日，膨涨了，也难辨别，『想必是了，若不是时，那里又有这个人头在此？』沈昱便把手帕包了，一同两个径到府厅告说：『沈秀的头有了。』知府再三审问，二人答道：『因捉虾鱼，故此看见，并不晓别项情由。』本府准信，给赏五百贯。二人领了，便同沈昱将头到柳林里，打开棺木，将头凑在项上，依旧钉了，就同二人回家。严氏见说儿子头有了，心中欢喜，随即安排酒饭，管待二人，与了一千贯赏钱。二人收了，作别回家，便造房屋，买农具家生。二人道：『如今不要似前抬轿，我们勤力耕种，挑卖山柴，也可度日。』不在话下。正是光阴似箭，日月如梭，不觉过了数月，官府也懈了，日远日疏。俱不提了。

却说沈昱是东京机户，轮该解缎匹到京。待各机户缎匹完日，到府领了解批，回家分付了家中事务起身。此一去，只因沈昱看见了自家虫蚁，又屈害了一条性命。正是：

非理之财莫取，非理之事莫为。明有刑法相系，暗有鬼神相随。

却说沈昱在路，饥餐渴饮，夜住晓行，不只一日，来到东京。把缎匹一一交纳过了，取了批回，心下思量：『我闻京师景致，比别处不同，何不闲看一遭，也是难逢难遇之事。』其名山胜概，庵观寺院，出名的所在，都走了一遭。偶然打从御用监禽鸟房门前经过，那沈昱心中是爱虫蚁的，意欲进去一看。因门上用了十数个钱，得放进去闲看。只听得一个画眉，十分叫得巧好，仔细看时，正是儿子不见的画眉。那画眉见了沈昱眼熟，越发叫得好听，又叫又跳，将头颠沈昱数次。沈昱见了，想起儿子，千行泪下，心中痛苦，不觉失声，叫起屈来，口中只叫得：『有这等事！』那掌管禽鸟的校尉喝道：『这厮好不知法度，这是什么所在，如此大惊小怪起来！』沈昱痛苦难伸，越叫得响了。

那校尉恐怕连累自己，只得把沈昱拿了，送到大理寺。大理寺官便喝道：『你是那里人，敢进内御用之处，大惊小怪？有何冤屈之事？好好直说，便饶你罢。』沈昱就把儿子拖画眉被杀情由，从头诉说了一遍。大理寺官听说，呆了半晌，想这禽鸟是京民李吉进贡在此，缘何有如此一节隐情。便差人火速捉拿李吉到官，审问道：『你为何在海宁郡将他儿子谋杀了，却将他的画眉来此进贡？一一明白供招，免受刑罚。』李吉道：『先因往杭州买卖，行至武林门里，撞见一个箍桶的担上，挂着这个画眉，是吉因见它叫得巧，又生得好，用价一两二钱，买将回来。因它好巧，不敢自用，以此进贡上用。并不知人命情由。』勘官问道：『你却赖与何人！这画眉就是实迹了，实招了罢。』李吉再三哀告道：『委的是问个箍桶的老儿买的，并不知杀人情由，难以屈招。』勘官又问：『你既是问老儿买的，那老儿姓甚名谁？那里人氏？供得明白，我这里行文拿来，问理得实，即便放你。』李吉道：『小人是路上逢着买的，实不知姓名，那里人氏。』勘官骂道：『这便是含糊了，将此人命推与谁偿？据这画眉，便是实迹，这厮不打不招！』再三拷打，打得皮开肉绽。李吉痛苦不过，只得招做『因见画眉生得好巧，一时杀了沈秀，将头抛弃』情由。遂将李吉送下大牢监候，大理寺官具本奏上朝廷，圣旨道：李吉委的杀死沈秀，画眉现在，依律处斩。将画眉给还沈昱，又给了批回，放还原籍，将李吉押发市曹斩首。正是：

老龟煮不烂，移祸于枯桑。

当时恰有两个同与李吉到海宁郡来做买卖的客人，蹀躞不下，『有这等冤屈事！明明是买的画眉，我欲待替他申诉，争奈卖画眉的人虽认得，我亦不知其姓名，况且又在杭州。冤倒不辩得，和我连累了，如何出豁？只因一个畜牲，明明屈杀了一条性命。除我们不到杭州，若到，定要与他讨个明白。』也不在话下。

却说沈昱收拾了行李，带了画眉，星夜奔回。到得家中，对妻说道：『我在东京替儿讨了命了。』严氏问道：『怎生得来？』沈昱把在内监见画眉一节，从头至尾，说了一遍。严氏见了画眉，大哭了一场，睹物伤情，不在话下。

次日沈昱提了画眉，本府来销批，将前项事情，告诉了一遍。知府大喜道：『有这等巧事。』正是：

劝君莫作亏心事，古往今来放过谁。

休说人命关天，岂同儿戏。知府发放道：『既是凶身获着斩首，可将棺木烧化。』沈昱叫人将棺木烧了，就撤了骨殖，不在话下。

却说当时同李吉来杭州卖生药的两个客人，一姓贺，一姓朱，有些药材，径到杭州湖墅客店内歇下，将药材一一发卖讫。当为心下不平，二人径入城来，探听这个箍桶的人。寻了一日，不见消耗。二人闷闷不已，回归店中歇了。次日又进城来，却好遇见一个箍桶的担儿。二人便叫住道：『大哥，请问你，这里有一个箍桶的老儿，这般这般模样，不知他姓甚名谁，大哥你可识得么？』那人便道：『客官，我这箍桶行里，只有两个老儿：一个姓李，住在石榴园巷内；一个姓张，住在西城脚下。不知那一个是？』二人谢了，径到石榴园来寻，只见李公正在那里劈篾。二人看了，却不是他。又寻他到西城脚下，二人来到门首，便问：『张公在么？』张婆道：『不在，出去做生活去了。』二人也不打话，一径日回。正是未牌时分，二人走不上半里之地，远远望见一个箍桶担儿来。有分直教此人偿了沈秀的命，明白了李吉的事。正是：

恩义广施，人生何处不相逢？冤仇莫结，路逢狭处难回避。

其时张公望南回来，二人朝北而去，却好劈面撞见。张公不认得二人，二人却认得张公，便拦住问道：『阿公高姓？』张公道：『小人姓张。』又问道：『莫非是在西城脚下住的？』张公道：『便是，问小人有何事干？』二人便道：『我店中有许多生活要箍，要寻个老成的做，因此问你。你如今那里去？』张公道：『回去。』三人一头走，一头说，直走到张公门首。张公道：『二位请坐吃茶。』二人道：『今日晚了，明日再来。』张公道：『明日我不出去了，专等专等。』

二人作别，不回店去，径投本府首告。正是本府晚堂，直入堂前跪下。把沈昱认画眉一节，李吉被杀一节，撞见张公买画眉一节，一一诉明。『小人两个不平，特与李吉讨命，望老爷细审张公。不知恁地得画眉？』府官道：『沈秀的事，俱已明白了，凶身已斩了，再有何事？』二人告道：『大理寺官不明，只以画眉为实，更不推详来历，将李吉明白屈杀了。小人路见不平，特与李吉讨命。如不是实，怎敢告扰？望乞怜悯做主。』知府见二人告得苦切，随即差捕人连夜去捉张公。好似：

数只皂雕追紫燕，一群猛虎啖羊羔。

其夜众公人奔到西城脚下，把张公背剪绑了，解上府去，送大牢内监了。次日，知府升堂，公人于牢中取出张公跪下。知府道：『你缘何杀了沈秀，反将李吉偿命？今日事露，天理不容。』喝令好生打着。直落打了三十下，打得皮开肉绽，鲜血淋漓。再三拷打，不肯招承。两个客人，并两个伴当齐说：『李吉便死了，我四人见在，眼同将一两二钱银子，买你的画眉。你今推却何人？你若说不是你，你便说这画眉从何来？实的虚不得，支吾有何用处？』张公犹自抵赖。知府大喝道：『画眉是真赃物，这四人是真证见，若再不招，取夹棍来夹起。』张公惊慌了，只得将前项盗取画眉，勒死沈秀一节，一一供招了。知府道：『那头彼时放在那里？』张公道：『小人一时心慌，见侧边一株空心柳树，将头丢在中间。随提了画眉，径出武林门来，偶撞见三个客人、两个伴当，问小人买了画眉，得银一两二钱，归家用度。所供是实。』知府令张公画了供，又差人去拘沈昱，一同押着张公，到于柳林里寻头。哄动街市上之人无数，一齐都到柳林里来看寻头。只见果有一株空心柳树，众人将锯放倒，众人发一声喊，果有一个人头在内。提起看时，端然不动。沈昱见了这头，定睛一看，认得是儿子的头，大哭起来，昏迷倒地，半晌方醒。遂将帕子包了，押着张公，径上府去。知府道：『既有了头，情真罪当。』取具大枷枷了，脚镣手杻钉了，押送死囚牢里，牢固监候。

知府又问沈昱道：『当时那两个黄大保、小保，又那里得这人头来请赏？事有可疑。今沈秀头又有了，那头却是谁人的？随即差捕人去拿黄大保兄弟二人，前来审问来历。沈昱跟同公人，径到南山黄家，捉了弟兄两个，押到府厅，当厅跪下。知府道：『杀了沈秀的凶身，已自捉了，沈秀的头现已追出。你弟兄二人谋死何人，将头请赏？一一承招，免得吃苦。』大保、小保被问，口隔心慌，答应不出。知府大怒，喝令吊起拷打半日，不肯招承，又将烧红烙铁烫他，二人熬不过死去。将水喷醒，只得口吐真情，说道：『因见父亲年老，有病伶仃，一时不合将酒灌醉，割下头来，埋在西湖藕花居水边，含糊请赏。』知府道：『你父亲尸骸埋在何处？』两个道：『就埋在南高峰脚下。』当时押发二人到彼，掘开看时，果有没头尸骸一副，埋藏在彼。依先押二人到于府厅回话，道：『南山脚下，浅土之中，果有没头尸骸一副。』知府道：『有这等事，真乃逆天之事，世间有这等恶人！口不欲说，耳不欲闻，笔不欲书，就一顿打死他倒干净，此恨怎的消得！』喝令手下不要计数，先打一会，打得二人死而复醒者数次。讨两面大枷枷了，送入死囚牢里，牢固监候。沈昱并原告人，宁家听候。

随即具表申奏，将李吉屈死情由奏闻。奉圣旨，着刑部及都察院，将原问李吉大理寺官好生勘问，随贬为庶人，发岭南安置。李吉平人屈死，情实可矜，着官给赏钱一千贯，除子孙差役。张公谋财故杀，屈害平人，依律处斩，加罪凌迟，剐割二百四十刀，分尸五段，黄大保、小保，贪财杀父，不分首从，俱各凌迟处死，剐二百四十刀，分尸五段，枭首示众。正是：

湛湛青天不可欺，未曾举意早先知，劝君莫作亏心事，古往今来放过谁？

一日文书到府，差吏官仵作人等，将三人押赴木驴上，满城号令三日，律例凌迟分尸，枭首示众。其时张婆听得老儿要剐，来到市曹上，指望见一面。谁想仵作见了行刑牌，各人动手碎剐，其实凶险，惊得婆儿魂不附体，折身便走。不想被一绊，跌得重了，伤了五脏，回家身死。正是：

积善逢善，积恶逢恶。仔细思量，天地不错。

金玉奴棒打薄情郎

枝在墙东花在西，自从落地任风吹。枝无花时还再发，花若离枝难上枝。

这四句，乃昔人所作《弃妇词》，言妇人之随夫，如花之附于枝。枝若无花，逢春再发；花若离枝，不可复合。劝世上妇人，事夫尽道，同甘同苦，从一而终；休得慕富嫌贫，两意三心，自贻后悔。

且说汉朝一个名臣，当初未遇时节，其妻有眼不识泰山，弃之而去，到后来，悔之无及。你说那名臣何方人氏？姓甚名谁？那名臣姓朱，名买臣，表字翁子，会稽郡人氏。家贫未遇，夫妻二口，住于陋巷蓬门。每日买臣向山中砍柴，挑至市中，卖钱度日。性好读书，手不释卷。肩上虽挑却柴担，手里兀自擒着书本，朗诵咀嚼，且歌且行。市人听惯了，但闻读书之声，便知买臣挑柴担来了，可怜他是个儒生，都与他买。更兼买臣不争价钱，凭人估值，所以他的柴比别人容易出脱。一般也有轻薄少年，及儿童之辈，见他又挑柴，又读书，三五成群，把他嘲笑戏侮，买臣全不为意。

一日，其妻出门汲水，见群儿随着买臣柴担，拍手共笑，深以为耻。买臣卖柴回来，其妻劝道：『你要读书，便休卖柴；要卖柴，便休读书。许大年纪，不痴不颠，却做出恁般行径，被儿童笑话，岂不羞死！』买臣答道：『我卖柴以救贫贱，读书以取富贵，各不相妨。由他笑话便了。』其妻笑道：『你若取得富贵时，不去卖柴了。自古及今，那见卖柴的人做了官？却说这没把鼻的话！』买臣道：『富贵贫贱，各有其时。有人算我八字，到五十岁上，必然发迹。常言「海水不可斗量」，你休料我。』其妻道：『那算命先生，见你痴颠模样，故意要笑你，你休听信。到五十岁时，连柴担也挑不动，饿死是有分的，还想做官！除是阎罗王殿上少个判官，等你去做！』买臣道：『姜太公八十岁，尚在渭水钓鱼，遇了周文王，以后车载之，拜为尚父。本朝公孙弘丞相，五十九岁上还在东海牧豕，整整六十岁，方才际遇今上，拜将封侯。我五十岁上发迹，比甘罗虽迟，比那两个还早，你须耐心等去。』其妻道：『你休得攀今吊古，那钓鱼牧豕的，胸中都有才学；你如今读了几句死书，便读到一百岁，只是这个嘴脸，有甚出息？晦气做了你老婆，你被儿童耻笑，连累我也没脸皮。你不听我言抛却书本，我决不跟你终身，各人自去走路，休得两相耽误了。』买臣道：『我今年四十三岁，再七年，便是五十。前长后短，你就等耐，也不多时，直恁薄情，舍我而去，后来须要懊悔！』其妻道：『世上少甚挑柴担的汉子，懊悔什么来？我若再守你七年，连我这骨头不知饿死于何地了。你倒放我出门，做个方便，活了我这条性命。』买臣见其妻决意要走，留他不住，叹口气道：『罢，罢，只愿你嫁得丈夫，强似朱买臣的便好。』其妻道：『好歹强似一分儿。』说罢，拜了两拜，欣然出门而去，头也不回。买臣感慨不已，题诗四句于壁上云：

嫁犬逐犬，嫁鸡逐鸡。妻自弃我，我不弃妻。

买臣到五十岁时，值汉武帝下诏求贤，买臣到西京上书，待诏公车。同邑人严助荐买臣之才。天子知买臣是会稽人，必知本土民情利弊，即拜为会稽太守，驰驿赴任。会稽长吏闻新太守将到，大发人夫，修治道路。买臣妻的后夫亦在役中，其妻蓬头跣足，随伴送饭，见太守前

金玉奴棒打薄情郎

呼后拥而来，从旁窥之，乃故夫朱买臣也。买臣在车中，一眼瞧见，还认得是故妻，遂使人招之，载于后车。到府第中，故妻羞惭无地，叩头谢罪。买臣教请他后夫相见。不多时，后夫唤到，拜伏于地，不敢仰视。买臣大笑，对其妻道：『似此人，未见得强似我朱买臣也。』其妻再三叩谢，自悔有眼无珠，愿降为婢妾，伏事终身。买臣命取水一桶，泼于阶下，向其妻说道：『若泼水可复收，则汝亦可复合。念你少年结发之情，判后园隙地，与汝夫妇耕种自食。』其妻随后夫走出府第，路人都指着说道：『此即新太守夫人也。』于是羞极无颜，到于后园，遂投河而死。有诗为证：

漂母尚知怜饿士，亲妻忍得弃贫儒？早知覆水难收取，悔不当初任读书。

又有一诗，说欺贫重富，世情皆然，不止一买臣之妻也。诗曰：

尽看成败说高低，谁识蛟龙在污泥？莫怪妇人无法眼，普天几个负羁妻？

这个故事，是妻弃夫的。如今再说一个夫弃妻的，一般是欺贫重富，背义忘恩，后来徒落得个薄幸之名，被人讲论。

话说故宋绍兴年间，临安虽然是个建都之地，富庶之乡，其中乞丐的依然不少。那丐户中有个为头的，名曰『团头』，管着众丐，众丐叫化得东西来时，团头要收他日头钱。若是雨雪时，没处叫化，团头却熬些稀粥，养活这伙丐户。破衣破袄，也是团头照管。所以这伙丐户，小心低气，服着团头，如奴一般，不敢触犯。那团头现成收些常例钱，一般在众丐户中放债盘利。若不嫖不赌，依然做起大家事来。他靠此为生，一时也不想改业。只是一件：『团头』的名儿不好。随你挣得有田有地，几代发迹，终是个叫化头儿，比不得平等百姓人家。出外没人恭敬，只好闭着门，自屋里做大。虽然如此，若数着『良贱』二字，只说娼、优、隶、卒，四般为贱流，倒数不着那乞丐。看来乞丐只是没钱，身上却无疤瘢。假如春秋时伍子胥逃难，也曾吹箫于吴市中乞食；唐时郑元和做歌郎，唱莲花落。后来富贵发达，一床锦被遮盖，这都是叫化中出色的。可见此辈虽然被人轻贱，倒不比娼、优、隶、卒。

闲话休题，如今且说杭州城中一个团头，姓金，名老大。祖上到他，做了七代团头了，挣得个完完全全的家事。住的有好房子，种的有好田园，穿的有好衣，吃的有好食，真个廒多积粟，囊有余钱，放债使婢。虽不是顶富，也是数得着的富家了。那金老大有志气，把这团头让与族人金癞子做了，自己见成受用，不与这伙丐户歪缠。然虽如此，里中口顺，还只叫他是团头家，其名不改。金老大年五十余，丧妻无子，只存一女，名唤玉奴。那玉奴生得十分美貌，怎见得？有诗为证：

无瑕堪比玉，有态欲羞花。只少宫妆扮，分明张丽华。

金老大爱此女如同珍宝，从小教他读书识字。到十五六岁时，诗赋俱通，一写一作，信手而成。更兼女工精巧，亦能调筝弄管，事事伶俐。金老大倚着女儿才貌，立心要将他嫁个士人。论来就名门旧族中，急切要这一个女子也是少的，可恨生于团头之家，没人相求。若是平常经纪人家，没前程的，金老大又不肯攀他了。因此高低不就，把女儿直挨到一十八岁，尚未许人。

偶然有个邻翁来说：『太平桥下有个书生，姓莫名稽，年二十岁，一表人才，读书饱学。只为父母双亡，家穷未娶。近日考中，补上太学生，情愿入赘人家。此人正与令爱相宜，何不招之为婿？』金老大道：『就烦老翁作伐何如？』邻翁领命，径到太平桥下，寻那莫秀才，对他说了：『实不相瞒，祖宗曾做个团头的，如今久不做了。只贪他好个女儿，又且家道富足，秀才若不弃嫌，老汉即当玉成其事。』莫稽口虽不语，心下想道：『我今衣食不周，无力婚娶，何不俯就他家，一举两得？』也顾不得耻笑，乃对邻翁说道：『大伯所言虽妙，但我家贫乏聘，如何是好？』邻翁道：『秀才但是允从，纸也不费一张，都在老汉身上。』邻翁回复了金老大，择个吉日，金家倒送一套新衣穿着，莫秀才过门成亲。莫稽见玉奴才貌，喜出望外，不费一钱，白白地得了个美妻，又且丰衣足食，事事称怀。就是朋友辈中，晓得莫稽贫苦，无不相谅，倒也没人去笑他。

到了满月，金老大备下盛席，教女婿请他同学会友饮酒，荣耀自家门户。一连吃了六七日酒，何期恼了族人金癞子。那癞子也是一班正理，他道：『你也是团头，我也是团头，只你多做了几代，挣得钱钞在手，论起祖宗一脉，彼此无二。侄女玉奴招婿，也该请我吃杯喜酒。如今请人做满月，开宴六七日，并无三寸长一寸阔的请帖儿到我。你女婿做秀才，难道就做尚书、宰相，我就不是亲叔公？坐不起凳头？直恁不觑人在眼里！我且去蒿恼他一场，教他大家没趣！』叫起五六十个丐户，一齐奔到金老大家里来。但见：

开花帽子，打结衫儿。旧席片对着破毡条，短竹根配着缺糙碗。叫爹叫娘叫财主，门前只见喧哗；弄蛇弄狗弄猢狲，口内各呈伎俩。敲板唱杨花，恶声聒耳；打砖搽粉脸，丑态逼人。一班泼鬼聚成群，便是钟馗收不得。

金老大听得闹吵，开门看时，那金癞子领着众丐户，一拥而入，嚷做一堂，癞子径奔席上，拣好酒好食只顾吃，口里叫道：『快教侄婿夫妻来拜见叔公！』唬得众秀才站脚不住，都逃席去了。连莫稽也随着众朋友躲避。金老大无可奈何，只得再三央告道：『今日是我女婿请客，不干我事。改日专治一杯，与你陪话。』又将许多钱钞分赏众丐户，又抬出两瓮好酒和些活鸡、活鹅之类，教众丐户送去癞子家，当个折席。直乱到黑夜，方才散去。玉奴在房中气得两泪交流。这一夜，莫稽在朋友家借宿，次早方回。金老大见了女婿，自觉出丑，满面含羞。莫稽心中未免也有三分不乐，只是大家不说出来。正是：

哑子尝黄柏，苦味自家知。

却说金玉奴只恨自己门风不好，要挣个出头，乃劝丈夫刻苦读书。凡古今书籍，不惜价钱，买来与丈夫看；又不吝供给之费，请人会文会讲；又出资财，教丈夫结交延誉。莫稽由此才学日进，名誉日起，二十三岁发解，连科及第。这日琼林宴罢，乌帽宫袍，马上迎归。将到丈人家里，只见街坊上一群小儿争先来看，指道：『金团头家女婿做了官也。』莫稽在马上听得此言，又不好揽事，只得忍耐。见了丈人，虽然外面尽礼，却包着一肚子忿气，想道：『早知有今日富贵，怕没王侯贵戚招赘成婚？却拜个团头做岳丈，可不是终身之玷！养出儿女来，还是团头的外孙，被人传作话柄。如今事已如此，妻又贤慧，不犯七出之条，不好决绝得。正是事不三思，终有后悔。』为此心中怏怏，只是不乐。玉奴几遍问而不答，正不知什么意故。好笑那莫稽，只想着今日富贵，却忘了贫贱的时节，把老婆资助成名一段功劳，化为春水，这是他心术不端处。

不一日，莫稽谒选，得授无为军司户，丈人治酒送行。此时众丐户，料也不敢登门闹吵了。喜得临安到无为军，是一水之地。莫稽领了妻子，登舟起任。行了数日，到了采石江边，维舟北岸。其夜月明如昼，莫稽睡不能寐，穿衣而起，坐于船头玩月。四顾无人，又想起团头之事，闷闷不悦。忽然动一个恶念，除非此妇身死，另娶一人，方免得终身之耻。心生一计，走进船舱，哄玉奴起来看月华。玉奴已睡了，莫稽再三逼他起身。玉奴难逆丈夫之意，只得披衣，走至马门口，舒头望月，被莫稽出其不意，牵出船头，推堕江中。悄悄唤起舟人，分付快开船前去，重重有赏，不可迟慢。舟子不知明白，慌忙撑篙荡桨，移舟于十里之外。住泊停当，方才说：『适间奶奶因玩月坠水，捞救不及了。』却将三两银子赏与舟人为酒钱。舟人会意，谁敢开口？船中虽跟得有几个蠢婢子，只道主母真个坠水，悲泣了一场，丢开了手，不在话下。有诗为证：

只为『团头』号不香，忍因得意弃糟糠。天缘结发终难解，赢得人呼薄幸郎。

你说事有凑巧，莫稽移船去后，刚刚有个淮西转运使许德厚，也是新上任的，泊舟于采石北岸，正是莫稽先前推妻坠水处。许德厚和夫人推窗看月，开怀饮酒，尚未曾睡。忽闻岸上啼哭，乃是妇人声音，其声哀怨，好生不忍。忙呼水手打看，果然是个单身妇人，坐于江岸。便教唤上船来，审其来历。原来此妇正是无为军司户之妻金玉奴，初坠水时，魂飞魄荡，已拚着必死。忽觉水中有物，托起两足，随波而行，近于江岸。玉奴挣扎上岸，举目看时，江水茫茫，已不见了司户之船，才悟道丈夫贵而忘贱，故意欲溺死故妻，别图良配。如今虽得了性命，无处依栖，转思苦楚，以此痛哭。见许公盘问，不免从头至尾，细说一遍。说罢，哭之不已。连许公夫妇都感伤堕泪，劝道：『汝休得悲啼，肯为我义女，再作道理。』玉奴拜谢。许公分付夫人取干衣替他通身换了，安排他后舱独宿。教手下男女都称他小姐，又分付舟人，不许泄漏其事。

不一日，到淮西上任。那无为军正是他所属地方，许公是莫司户的上司，未免随班参谒。许公见了莫司户，心中想道：『可惜一表人才，干恁般薄幸之事。』约过数月，许公对僚属说道：『下官有一女，颇有才貌，年已及笄，欲择一佳婿赘之。诸君意中，有其人否？』众僚属都闻得莫司户青年丧偶，齐声荐他才品非凡，堪作东床之选。许公道：『此子吾亦属意久矣，但少年登第，心高望厚，未必肯赘吾家。』众僚属道：『彼出身寒门，得公收拔，如蒹葭倚玉树，何幸如之！岂以入赘为嫌乎？』许公道：『诸君既酌量可行，可与莫司户言之。但云出自诸君之意，以探其情，莫说下官，恐有妨碍。』众人领命，遂与莫稽说知此事，要替他做媒。莫稽正要攀高，况且联姻上司，求之不得，便欣然应道：『此事全仗玉成，当效衔结之报。』众人道：『当得，当得。』随即将言回复许公。许公道：『虽承司户不弃，但下官夫妇，钟爱此女，娇养成性，所以不舍得出嫁。只怕司户少年气概，不相饶让，或致小有嫌隙，有伤下官夫妇之心。须是预先讲过，凡事容耐些，方敢赘入。』众人领命，又到司户处传话，司户无不依允。此时司户不比做秀才时节，一般用金花彩币为纳聘之仪，选了吉期，皮松骨痒，整备做转运使的女婿。

却说许公先教夫人与玉奴说，『老相公怜你寡居，欲重赘一少年进士，你不可推阻。』玉奴答道：『奴家虽出寒门，颇知礼数。既与莫郎结发，从一而终。虽然莫郎嫌贫弃贱，忍心害理，奴家各尽其道，岂肯改嫁，以伤妇节！』言毕，泪如雨下。夫人察他志诚，乃实说道：『老相公所说少年进士，就是莫郎。老相公恨其薄幸，务要你夫妻再合，只说有个亲生女儿，要招赘一婿，却教众僚属与莫郎议亲，莫郎欣然听命，只今晚入赘吾家。等他进房之时，须是如此如此，与你出这口呕气。』玉奴方才收泪，重匀粉面，再整新妆，打点结亲之事。

到晚，莫司户冠带齐整，帽插金花，身披红锦，跨着雕鞍骏马，两班鼓乐前导，众僚属都来送亲。一路行来，谁不喝采！正是：

鼓乐喧阗白马来，风流佳婿实奇哉。团头喜换高门眷，采石江边未足哀。

是夜，转运司铺毡结彩，大吹大擂，等候新女婿上门。莫司户到门下马，许公冠带出迎，众官僚都别去。莫司户直入私宅，新人用红帕覆首，两个养娘扶将出来。掌礼人在槛外喝礼，双双拜了天地，又拜了丈人、丈母，然后交拜礼毕，送归洞房做花烛筵席。莫司户此时心中如登九霄云里，欢喜不可形容，仰着脸，昂然而入。才跨进房门，忽然两边门侧里走出七八个老妪、丫环，一个个手执篱竹细棒，劈头劈脑打将下来，把纱帽都打脱了，肩背上棒如雨下，打得叫喊不迭，正没想一头处。莫司户被打，慌做一堆蹭倒，只得叫声：『丈人、丈母，救命！』只听房中娇声宛转分付道：『休打杀薄情郎，且唤来相见。』众人方才住手。七八个老妪、丫环，扯耳朵，拽胳膊，好似六贼戏弥陀一般，脚不点地，拥到新人面前。司户口中还说道：『下官何罪？』开眼看时，画烛辉煌，照见上边端端正正坐着个新人，不是别人，正是故妻金玉奴。莫稽此时魂不附体，乱嚷道：『有鬼！有鬼！』众人都笑起来。只见许公自外而入，叫道：『贤婿休疑，此乃吾采石江头所认之义女，非鬼也。』莫稽心头方才住了跳，慌忙跪下，拱手道：『我莫稽知罪了，望大人包容之。』许公道：『此事与下官无干，只吾女没说话就罢了。』玉奴唾其面，骂道：『薄幸贼！你不记宋弘有言：「贫贱之交不可忘，糟糠之妻不下堂。」当初你空手赘入吾门，亏得我家资财，读书延誉，以致成名，侥幸今日。奴家亦望夫荣妻贵，何期你忘恩负本，就不念结发之情，恩将仇报，将奴推堕江心。幸然天可怜，得遇恩爹提救，收为义女。倘然葬江鱼之腹，你别娶新人，于心何忍？今日有何颜面，再与你完聚？』说罢，放声而哭，千薄幸，万薄幸，骂不住口。莫稽满面羞惭，闭口无言，只顾磕头求恕。

许公见骂得够了，方才把莫稽扶起。劝玉奴道：『我儿息怒，如今贤婿悔罪，料然不敢轻慢你了。你两个虽然旧日夫妻，在我家只算新婚花烛，凡事看我之面，闲言闲语，一笔都勾罢。』又对莫稽说道：『贤婿，你自家不是，休怪别人。今宵只索忍耐，我教你丈母来解劝。』说罢，出房去。少刻夫人来到，又调停了许多说话，两个方才和睦。

次日许公设宴，管待新女婿，将前日所下金花彩币，依旧送还，道：『一女不受二聘，贤婿前番在金家已费过了，今番下官不敢重叠收受。』莫稽低头无语。许公又道：『贤婿常恨令岳翁卑贱，以致夫妇失爱，几乎不终。今下官备员如何？只怕爵位不高，尚未满贤婿之意。』莫稽涨得面皮红紫，只是离席谢罪。有诗为证：

痴心指望缔高姻，谁料新人是旧人？打骂一场羞满面，问他何取岳翁新？

自此莫稽与玉奴夫妇和好，比前加倍。许公共夫人待玉奴如真女，待莫稽如真婿，玉奴待许公夫妇，亦与真爹娘无异。连莫稽都感动了，迎接团头金老大在任所，奉养送终。后来许公夫妇之死，金玉奴皆制重服，以报其恩。莫氏与许氏世世为通家兄弟，往来不绝。诗云：

宋弘守义称高节，黄允休妻骂薄情。试看莫生婚再合，姻缘前定枉劳争。

第二十八卷

李秀卿义结黄贞女

暇日攀今吊古，从来几个男儿，履危临难有神机，不被他人算计？男子尽多慌错，妇人反有权奇。若还智量胜蛾眉，便带头巾何愧？

常言有智妇人，赛过男子，古来妇人赛男子的也尽多。除着吕太后、武则天，这一班大手段的歹人不论；再除却卫庄姜、曹令女，这一班大贤德、大贞烈的好人也不论；再除却曹大家、班婕妤、苏若兰、沈满愿、李易安、朱淑真，这一班大学问、大才华的文人也不论；再除却锦车夫人冯氏、浣花夫人任氏、锦伞夫人冼氏和那军中娘子、绣旗女将，这一班大智谋、大勇略的奇人也不论。如今单说那一种奇奇怪怪、蹊蹊跷跷、没阳道的假男子，带头巾的真女人，可钦可爱，可笑可歌。正是：

说处裙钗添喜色，话时男子减精神。

据唐人小说，有个木兰女子，是河南睢阳人氏。因父亲被有司点做边庭戍卒，木兰可怜父亲多病，扮女为男，代替其役。头顶兜鍪，身披铁铠，手执戈矛，腰悬弓矢，击柝提铃，餐风宿草，受了百般辛苦。如此十年，役满而归，依旧是个童身。边廷上万千军士，没一人看得出他是女子。后人有诗赞云：

缇萦救父古今稀，代父从戎事更奇。全孝全忠又全节，男儿几个不亏移？

又有个女子，叫做祝英台，常州义兴人氏，自小通书好学，闻余杭文风最盛，欲往游学。其哥嫂止之曰：『古者男女七岁不同席，不共食，你今一十六岁，却出外游学，男女不分，岂不笑话！』英台道：『奴家自有良策。』乃裹巾束带，扮作男子模样，走到哥嫂面前，哥嫂亦不能辨认。英台临行时，正是夏初天气，榴花盛开，乃手摘一枝，插于花台之上，对天祷告道：『奴家祝英台出外游学，若完名全节，此枝生根长叶，年年花发；若有不肖之事，玷辱门风，此枝枯萎。』祷毕出门，自称祝九舍人。遇个朋友，是个苏州人氏，叫做梁山伯，与他同馆读书，甚相爱重，结为兄弟。日则同食，夜则同卧，如此三年，英台衣不解带，山伯屡次疑惑盘问，都被英台将言语支吾过了。读了三年书，学问成就，相别回家，约梁山伯二个月内，可来见访。英台归时，仍是初夏，那花台上所插榴枝，花叶并茂，哥嫂方信了。同乡三十里外，有个安乐村，那村中有个马氏，大富之家。闻得祝九娘贤惠，寻媒与他哥哥议亲。哥哥一口许下，纳彩问名都过了，约定来年二月娶亲。原来英台有心于山伯，要等他来访时，露其机括。谁知山伯有事，稽迟在家。英台只恐哥嫂疑心，不敢推阻。山伯直到十月，方才动身，过了六个月了。到得祝家庄，问祝九舍人时，庄客说道：『本庄只有祝九娘，并没有祝九舍人。』山伯心疑，传了名刺进去。只见丫环出来，请梁兄到中堂相见。山伯走进中堂，那祝英台红妆翠袖，别是一般妆束了。山伯大惊，方知假扮男子，自愧愚鲁，不能辨识。寒温已罢，便谈及婚姻之事。英台将哥嫂做主，已许马氏为辞。山伯自恨来迟，懊悔不迭。分别回去，遂成相思之病，奄奄不起，至岁底身亡，嘱咐父母，可葬我于安乐村路口。父母依言葬之。明年，英台出嫁马家，行至安乐村路口，忽然狂风四起，天昏地暗，舆人都不能行。英台举眼观看，但见梁山伯飘然而来，说道：『吾为思贤妹，一病而亡，今葬于此地，贤妹不忘旧谊，可出轿一顾。』英台果然走出轿来，忽然一声响亮，地下裂开丈余，英台从裂中跳下。众人扯其衣服，如蝉蜕一般，其衣片片而飞。顷刻天清地明，那地裂处，只如一线之细。歇轿处，正是梁山伯坟墓。乃知生为兄弟，死作夫妻。再看那飞的衣服碎片，变成两般花蝴蝶，传说是二人精灵所化，红者为梁山伯，黑者为祝英台。其种到处有之，至今犹呼其名为梁山伯、祝英台也。后人有诗赞云：

三载书帏共起眠，活姻缘作死姻缘。非关山伯无分晓，还是英台志节坚。

又有一个女子，姓黄名崇嘏，是西蜀临邛人氏。生成聪明俊雅，诗赋俱通，父母双亡，亦无亲族。时宰相周庠镇蜀，崇嘏假扮做秀才，将平日所作诗卷呈上。周庠一见，篇篇道好，字字称奇，乃荐为郡掾。吏事精敏，地方凡有疑狱，累年不决者，一经崇嘏剖断，无不洞然。屡摄府县之事，到处便有声名，胥徒畏服，士民感仰。周庠首荐于朝，言其才可大用，欲妻之以女，央太守作媒，崇嘏只微笑不答。周庠乘他进见，自述其意。崇嘏索纸笔，作诗一首献上。诗曰：

一辞拾翠碧江湄，贫守蓬茅但赋诗。自服蓝袍居郡掾，永抛鸾镜画蛾眉。立身卓尔青松操，挺志坚然白璧姿。幕府若教为坦腹，愿天速变作男儿。

庠见诗，大惊，叩其本末，方知果然是女子。因将女作男，事关风化，不好声张其事，教他辞去郡掾隐于郭外，乃于郡中择士人嫁之。后来士人亦举进士及第，位致通显，崇嘏累封夫人。据如今搬演《春桃记》传奇，说黄崇嘏中过女状元，此是增藻之词。后人亦有诗赞云：

珠玑满腹彩生毫，更服烹鲜手段高。若使生时逢武后，君臣一对女中豪。

那几个女子，都是前朝人，如今再说个近代的，是大明朝弘治年间的故事。南京应天府上元县有个黄公，以贩线香为业，兼带卖些杂货，惯走江北一带地方。江北人见他买卖公道，都唤他做『黄老实』。家中只一妻二女，长女名道聪，幼女名善聪。道聪年长，嫁与本京青溪桥张二哥为妻去了。只有幼女善聪在家，方年一十二岁，母亲一病而亡。殡葬已毕，黄老实又要往江北卖香生理，思想：『女儿在家，孤身无伴，况且年幼未曾许人，怎生放心得下？待寄在姐夫家，又不是个道理。若不做买卖，撇了这走熟的道路，又那里寻几贯钱钞养家度日？』左思右想，去住两难。香货俱已定下，只有这女儿没安顿处。一连想了数日，忽然想着道：『有计了，我在客边没人作伴，何不将女假充男子，带将出去，且待年长，再作区处。只是一件，江北主顾人家，都晓得我没儿，今番带着孩子去，倘然被他盘问，露出破绽，却不是个笑话？我如今只说是张家外甥，带出来学做生理，使人不疑。』计较已定，与女儿说通了，制副道袍净袜，教女儿穿着，头上裹个包巾，妆扮起来，好一个清秀孩子。正是：

眉目生成清气，资性那更伶俐。若还伯道相逢，十个九个过继。

黄老实爹女两人，贩着香货，趁船来到江北庐州府，下了主人家。主人家见善聪生得清秀，无不夸奖，问黄老实道：『这个孩子，是你什么人？』黄老实答道：『是我家外甥，叫做张胜。老汉没有儿子，带他出来走走，认了这起主顾人家，后来好接管老汉的生意。』众人听说，并不疑惑。黄老实下个单身客房，每日出去发货讨账，留下善聪看房。善聪目不妄视，足不乱移。众人都道，这张小官比外公愈加老实，个个欢喜。

自古道：『天有不测风云，人有旦夕祸福。』黄老实在庐州，不上两年，害个病症，医药不痊，呜呼哀哉。善聪哭了一场，买棺盛殓，权寄于城外古寺之中。思想年幼孤女，往来江湖不便。间壁客房中下着的，也是个贩香客人，又同是应天府人氏，平昔间看他少年诚实，问其姓名来历，那客人答道：『小生姓李，名英，字秀卿，从幼跟随父亲出外经纪。今父亲年老，受不得风霜辛苦，因此把本钱与小生，在此行贩。』善聪道：『我张胜跟随外祖在此，不幸外祖身故，孤寡无依。足下若不弃，愿结为异姓兄弟，合伙生理，彼此有靠。』李英道：『如此最好。』李英年十八岁，长张胜四年，张胜因拜李英为兄，甚相友爱。过了几日，兄弟两个商议，轮流一人往南京贩货，一人住在庐州发货讨账，一来一去，不致耽误了生理，甚为两便。善聪道：『兄弟年幼，况外祖灵柩，无力奔回，何颜归于故乡？让哥哥去贩货罢。』于是收拾资本，都交付与李英。李英剩下的货物，和那帐目，也交付与张胜。但是两边买卖，毫厘不欺。从此李英、张胜两家行李，并在一房。李英到庐州时，只在张胜房住，日则同食，夜则同眠。但每夜张胜只是和衣而睡，不脱衫裤，亦不去鞋袜，李英甚以为怪。张胜答道：『兄弟自幼得了个寒疾，才解动里衣，这病就发作，所以如此睡惯了。』李英又问道：『你耳朵子上，怎的有个环眼？』张胜道：『幼年间爹娘与我算命，说有关煞难养，为此穿破两耳。』李英是个诚实君子，这句话便被他瞒过，更不疑惑。张胜也十分小心在意，虽泄溺亦必等到黑晚，私自去方便，不令人瞧见。以此客居虽久，并不露一些马脚。有诗为证：

女相男形虽不同，全凭心细谨包笼。只憎一件难遮掩，行步跷蹊三寸弓。

黄善聪假称张胜，在庐州府做生理，初到时只十二岁，光阴似箭，不觉一住九年，如今二十岁了。这几年勤苦营运，手中颇颇活动，比前不同。思想父亲灵柩暴露他乡，亲姐姐数年不会，况且自己终身也不是个了当。乃与李英哥哥商议，只说要搬外公灵柩，回家安葬。李英道：『此乃孝顺之事，只灵柩不比他件，你一人如何担带？做哥的相帮你同走，心中也放得下。待你安葬事毕，再同来就是。』张胜道：『多谢哥哥厚意。』当晚定议，择个吉日，雇下船只，唤几个僧人，做个起灵功德，抬了黄老实的灵柩下船。一路上风顺则行，风逆则止，不一日到了南京，在朝阳门外，觅个空闲房子，将柩寄顿，俟吉下葬。

闲话休叙。再说李英同张胜进了城门，东西分路。李英问道：『兄弟高居何处？做哥的好来拜望。』张胜道：『家下傍着秦淮河清溪桥居住，来日专候哥哥降临茶话。』两个分别。张胜本是黄家女子，那认得途径？喜得秦淮河是个有名的所在，不是个僻地，还好寻问。张胜行至清溪桥下，问着了张家，敲门而入。其日姐夫不在家，望着内里便走。姐姐道聪骂将起来，道是：『人家各有内外，什么花子，一些体面不存，直入内室，是何道理？男子汉在家时，瞧见了，好歹一百孤拐奉承你，还不快走！』张胜不慌不忙，笑嘻嘻地作一个揖下去，口中叫道：『姐姐，你自家嫡亲兄弟，如何不认得了？』姐姐骂道：『油嘴光棍！我从来那有兄弟？』张胜道：『姐姐九年前之事，你可思量得出？』姐姐道：『思量什么？前九年我还记得。我爹爹并没儿子，只生下我姊妹二人，我妹子小名善聪，九年前爹爹带往江北贩香，一去不回。至今音问不通，未审死活存亡。你是何处光棍，却来冒认别人做姐姐！』张胜道：『你要问善聪妹子，我即是也。』说罢，放声大哭。姐姐还不信是真，问道：『你既是善聪妹子，缘何如此妆扮？』张胜道：『父亲临行时，将我改扮为男，只说是外甥张胜，带出来学做生理。不期两年上父亲一病而亡，你妹子虽然殡殓，却恨孤贫，不能扶柩而归。有个同乡人李秀卿，志诚君子，你妹子万不得已，只得与他八拜为交，合伙营生。淹留江北，不觉又六七年，今岁始办归计，适才到此，便来拜见姐姐，别无他故。』姐姐道：『原来如此，你同个男子合伙营生，男女相处许多年，一定配为夫妇了。自古明人不做暗事，何不带顶髻儿？还好看相。恁般乔装打扮回来，不雌不雄，好不羞耻人！』张胜道：『不欺姐姐，奴家至今，还是童身，岂敢行苟且之事，玷辱门风。』道聪不信，引入密室验之。你说怎么验法？用细细干灰铺放余桶之内，却教女子解了下衣，坐于桶上。用绵纸条栖入鼻中，要他打喷嚏。若是破身的，上气泄，下气亦泄，干灰必然吹动；若是童身，其灰如旧。朝廷选妃，都用此法，道聪生长京师，岂有不知？当时试那妹子，果是未破的童身。于是姊妹两人，抱头而哭。道聪慌忙开箱，取出自家裙袄，安排妹子香汤沐浴，教他更换衣服。妹子道：『不欺姐姐，我自从出去，未曾解衣露体。今日见了姐姐，方才放心耳。』那一晚，张二哥回家，老婆打发在外厢安歇。姊妹两人，同被而卧，各诉衷肠，整整地叙了一夜说话，眼也不曾合缝。

次日起身，黄善聪梳妆打扮起来，别自一个模样。与姐夫姐姐重新叙礼。道聪在丈夫面前，夸奖妹子贞节，连李秀卿也称赞了几句：『若不是个真诚君子，怎与他相处得许多时？』话犹未绝，只听得门外咳嗽一声，问道：『里面有人么？』黄善聪认得是李秀卿声音，对姐姐说：『教姐夫出去迎他，我今番不好相见了。』道聪道：『你既与他结义过来，又且是个好人，就相见也不妨。』善聪颠倒怕羞起来，不肯出去。道聪只得先教丈夫出去迎接，看他口气，觉也不觉。张二哥连忙趋出，见了李秀卿，叙礼已毕，分宾而坐。秀卿开言道：『小生是李英，特到此访张胜兄弟，不知阁下是他何人？』张二哥笑道：『是在下至亲，只怕他今日不肯与足下相会，枉劳尊驾。』李秀卿道：『说那里话？我与他是异姓骨肉，最相爱契，约定我今日到此。特特而来，那有不会之理？』张二哥道：『其中有个缘故，容从容奉告。』秀卿性急，连连地催促，迟一刻只待发作出来了。慌得张二哥便往内跑，教老婆苦劝姨姐，与李秀卿相见。善聪只是不肯出房。他夫妻两口躲过一边，倒教人将李秀卿请进内宅。秀卿一见了黄善聪，看不仔细，倒退下七八步。善聪叫道：『哥哥不须疑虑，请来叙话。』秀卿听得声音，方才晓得就是张胜，重走上前作揖道：『兄弟，如何恁般打扮？』善聪道：『一言难尽，请哥哥坐了，容妹子从容告诉。』两人对坐了，善聪将十二岁随父出门始末根由，细细述了一遍。又道：『一向承哥哥带挈提携，感谢不尽。但在先有兄弟之好，今后有男女之嫌，相见只此一次，不复能再聚矣。』秀卿听说，呆了半晌，自思五六年和他同行同卧，竟不晓得他是女子，好生懵懂！便道：『妹子听我一言，我与你相契许久，你知我知，往事不必说了。如今你既青年无主，我亦壮而未娶，何不推八拜之情，合二姓之好，百年谐老，永远团圆，岂不美哉！』善聪羞得满面通红，便起身道：『妾以兄长高义，今日不避形迹，厚颜请见。兄乃言及于乱，非妾所以待兄之意也。』说罢，一头走进去，一头说道：『兄宜速出，勿得停滞，以招物议。』

秀卿被发作一场，好生没趣。回到家中，如痴如醉，颠倒割舍不下起来。乃央媒妪去张家求亲说合。张二哥夫妇倒也欣然。无奈善聪立意不肯，道：『嫌疑之际，不可不谨。今日若与配合，无私有私，把七年贞节，一旦付之东流，岂不惹人嘲笑！』媒妪与姐姐两口交劝，只是不允。那边李秀卿执意定要娶善聪为妻，每日缠着媒妪，要他奔走传话。三回五转，徒惹得善聪焦躁，并不见松了半分口气。似恁般说，难道这头亲事就不成了？且看下回分解。正是：

七年兄弟意殷勤，今日重逢局面新。欲表从前清白操，故甘薄幸拒姻亲。

几句口号：

天下只有三般口嘴，极是利害：秀才口，骂遍四方；和尚口，吃遍四方；媒婆口，传遍四方。且说媒婆口，怎地传遍四方？那做媒的有

东家走，西家走，两脚奔波气常吼。牵三带四有商量，走进人家不怕狗。前街某，后街某，家家户户皆朋友。相逢先把笑颜开，惯报新闻不待叩。说也有，话也有，指长话短舒开手。一家有事百家知，何曾留下隔宿口？要骗茶，要吃酒，脸皮三寸三分厚。若还羡他说作高，拌干涎沫七八斗。

那黄善聪女扮男妆，千古奇事，又且恁地贞节，世世罕有。这些媒妪，走一遍，说一遍，一传十，十传百，霎时间满京城通知道了。人人夸美，个个称奇。虽缙绅之中，谈及此事，都道：『难得，难得！』有守备太监李公，不信其事，差人缉访，果然不谬。乃唤李秀卿来盘问，一一符合。因问秀卿天下美妇人尽多，何必黄家之女？秀卿道：『七年契爱，意不能舍，除却此女，皆非所愿。』李公意甚悯之，乃藏秀卿于衙门中。次日唤前媒妪来，分付道：『闻知黄家女贞节可敬，我有个侄儿欲求他为妇，汝去说合，成则有赏。』那时守备太监，正有权势，谁敢不依？媒妪回复，亲事已谐了。李公自出己财，替秀卿行聘；又赁下一所空房，密地先送秀卿住下。李公亲身到彼，主张花烛，笙箫鼓乐，娶那黄善聪进门成亲。交拜之后，夫妻相见，一场好笑。善聪明知落了李公圈套，事到其间，推阻不得。李公就认秀卿为侄，大出资财，替善聪备为妆奁。又对合城官府说了，五府六部及府尹县官，各有所助。一来看李公面上，二来都道是一桩奇事，人人要玉成其美。秀卿自此遂为京城中富室，夫妻相爱，连育二子，后来读书显达。有好事者，将此事编成唱本说唱，其名曰《贩香记》。有诗为证，诗曰：

七载男妆不露针，归来独守岁寒心。编成小说垂闺训，一洗桑间濮上音。

又有一首诗，单道太监李公的好处，诗曰：

节操恩情两得全，宦官谁似李公贤？虽然没有风流分，种得来生一段缘。

万里新坟尽少年，修行莫待鬓毛斑。前程黑暗路头险，十二时中自著研。

这四句诗，单道着禅和子打坐参禅，得成正果，非同容易，有多少先作后修、先修后作的和尚。自家今日说这南渡宋高宗皇帝在位，绍兴年间，有个官人，姓柳，双名宣教，祖贯温州府永嘉县崇阳镇人氏。年方二十五岁，胸藏千古史，腹蕴五车书。自幼父母双亡，早年孤苦，宗族又无所依，只身笃学，赘于高判使家。后一举及第，御笔授得宁海军临安府府尹。恭人高氏，年方二十岁，生得聪明智慧，容貌端严。新赘柳府尹在家，未及一年，欲去上任。遂带一仆，名赛儿，一日辞别了丈人、丈母，前往临安府上任。饥餐渴饮，夜住晓行，不则一日，已到临安府接官亭。早有所属官吏师生，粮里耆老，住持僧道，行首人等，弓兵隶卒，轿马人夫，俱在彼处，迎接入城。到府中，搬移行李什物，安顿已完，这柳府尹出厅到任。厅下一应人等，参拜已毕，柳府尹遂将参见人员花名手本，逐一点过不缺，只有城南水月寺竹林峰住持玉通禅师，乃四川人氏，点不到。府尹大怒道：『此秃无礼！』遂问五山十刹禅师：『何故此僧不来参接？拿来问罪！』当有各寺住持禀复相公：『此僧乃古佛出世，在竹林峰修行已五十二年，不曾出来。每遇迎送，自有待弟。望相公方便。』柳府尹虽依僧言不拿，心中不忿。各人自散。

当日府堂公宴，承应歌妓，年方二八，花容娇媚，唱韵悠扬。府尹听罢，大喜，问妓者何名，答言：『贱人姓吴，小字红莲，专一在上厅祗应。』当日酒筵将散，柳府尹唤吴红莲，低声分付：『你明日用心去水月寺内，哄那玉通和尚云雨之事。如了事，就将所用之物前来照证，我这里重赏，判你从良；如不了事，定当记罪。』红莲答言：『领相公钧旨。』出府一路自思，如何是好？眉头一蹙，计上心来。回家将柳府尹之事，一一说与娘知，娘儿两个商议一夜。

至次日午时，天阴无雨，正是十二月冬尽天气。吴红莲一身重孝，手提羹饭，出清波门。走了数里，将及近寺，已是申牌时分，风雨大作。吴红莲到水月寺山门下，倚门而立，进寺，又无人出。直等到天晚，只见个老道人出来关山门。红莲向前道个万福。那老道人回礼道：『天色晚了，娘子请回，我要关山门。』红莲双眼泪下，拜那老道人：『望公公可怜，妾在城住，夫死百日，家中无人，自将羹饭祭奠。哭了一回，不觉天晚雨下，关了城门，回家不得，只得投宿寺中。望公公慈悲，告知长老，容妾寺中过夜，明早入城，免虎伤命。』言罢两泪交流，拜倒于山门地下，不肯走起。那老道人乃言：『娘子请起，我与你裁处。』红莲见他如此说，便立起来。那老道人关了山门，领着红莲到僧房侧首一间小屋，乃是老道人卧房，教红莲坐在房内。那老道人连忙走去长老禅房里法座下，禀复长老道：『山门下有个年少妇人，一身重孝，说道丈夫死了，今日到坟上做羹饭，风雨大作，关了城门，进城不得，要在寺中权歇，明早入城。特来禀知长老。』长老见说，乃言：『此是方便之事，天色已晚，你可教他在你房中过夜，明日五更打发他去。』道人领了言语，来说与红莲知道。红莲又拜谢：『公公救命之恩，生死不忘大德。』言罢，坐在老道人房中板凳上。那老道人自去收拾，关门闭户已了，来房中土榻上和衣而睡。这老道人日间辛苦，一觉便睡着。

原来水月寺在桑菜园里，四边又无人家，寺里有两个小和尚都去化缘，因此寺中冷静，无人走动。这红莲听得更鼓已是二更，心中想道：『如何事了。』心乱如麻，遂乃轻移莲步，走至长老房边。那间禅房关着门，一派是大槅窗子，房中挂着一碗琉璃灯，明明亮亮。长老在禅椅之上打坐，也看见红莲在门外。红莲看着长老，遂乃低声叫道：『长老慈悲为念，救度妾身则个。』长老道：『你可去道人房中权宿，来早入城，不可在此搅扰我禅房，快去，快去！』红莲在窗外深深拜了十数拜道：『长老慈悲为本，方便为门，妾身衣服单薄，夜寒难熬，望长老开门，借与一两件衣服，遮盖身体。救得性命，自当拜谢。』道罢，哽哽咽咽哭将起来。这长老是个慈悲善人，心中思忖道：『倘若寒禁，身死在我禅房门首，不当稳便。自古道：「救人一命，胜造七级浮屠。」』从禅床上走下来，开了槅子门，放红莲进去。长老取一领破旧禅衣把与他，自己依旧上禅床上坐了。红莲走到禅床边深深拜了十数拜，哭哭啼啼道：『肚疼死也。』这长老并不睬他，自己瞑目而坐。怎当红莲哽咽悲哀，将身靠在长老身边，哀声叫疼叫痛，就睡倒在长老身上，或坐在身边，或立起叫唤不止。约莫也是三更，长老忍口不住，乃问红莲曰：『小娘子，你如何只顾哭泣？那里疼痛？』红莲告长老道：『妾丈夫在日，有此肚疼之病，我夫脱衣将妾搂于怀内，将热肚皮贴着妾冷肚皮，便不疼了。不想今夜疼起来，又值寒冷，妾死必矣。怎地得长老肯救妾命，将热肚皮贴在妾身上，便得痊可。若救得妾命，实乃再生之恩。』长老见他苦告不过，只得解开衲衣，抱那红莲在怀内。这红莲赚得长老肯时，便慌忙解了自的衣服，赤了下截身体，倒在怀内道：『望长老一发去了小衣，将热肚皮贴一贴，救妾性命。』长老初时不肯，次后三回五次。此时不由长老禅心不动。这长老看了红莲如花如玉的身体，春心荡漾起来，两个就在禅床上两相欢洽。正是：

岂顾如来教法，难遵佛祖遗言。一个色眼横斜，气喘声嘶，好似黄莺穿柳影；一个淫心荡漾，言娇语涩，浑如蝶戏花阴。和尚枕边诉云情雨意；红莲枕上说海誓山盟。玉通房内，翻为快活道场；水月寺中，变作极乐世界。

长老搂着红莲问道：『娘子高姓何名？那里居住？因何到此？』红莲曰：『不敢隐讳，妾乃上厅行首，姓吴，小字红莲，在于城中南新桥居住。』长老此时被魔障缠害，心欢意喜，分付道：『此事只可你知我知，不可泄于外人。』少刻，云收雨散，被红莲将口扯下白布衫袖一只，抹了长老精污，收入袖中。这长老困倦不知。长老虽然如此，心中疑惑，乃问红莲曰：『姐姐此来，必有缘故，你可实说。』再三逼迫，要问明白。红莲被长老催逼不过，只得实说：『临安府新任柳府尹，怪长老不出寺迎接，心中大恼，因此使妾来与长老成其云雨之事。』长老听罢大惊，悔之不及，道：『我的魔障到了，吾被你赚骗，使我破了色戒，堕于地狱。』此时东方已白，长老教道人开了寺门。红莲别了长老，急急出寺回去了。

却说这玉通禅师教老道人烧汤：『我要洗浴。』老道人自去厨下烧汤，长老磨墨捻笔，便写下八句《辞世颂》，曰：

自入禅门无挂碍，五十二年心自在。只因一点念头差，犯了如来淫色戒。你使红莲破我戒，我欠红莲一宿债。我身德行被你亏，你家门风还我坏。

写毕折了，放在香炉足下压着。道人将汤入房中，服侍长老洗浴罢，换了一身新禅衣，叫老道人分付道：『临安府柳府尹差人来请我时，你可将香炉下简帖把与来人，教他回复，不可有误。』道罢，老道人自去殿上烧香扫地，不知玉通禅师已在禅椅上圆寂了。

话分两头。却说红莲回到家中，吃了早饭，换了色衣，将着布衫袖，径来临安府见柳府尹。府尹正坐厅，见了红莲，连忙退入书院中，唤红莲至面前，问和尚事了得否？红莲将夜来事备细说了一遍，袖中取出衫袖递与看了。柳府尹大喜，教人去堂中取小小黑漆盒儿一个，将白布衫袖子放在盒内，上面用封皮封了。捻起笔来，写一简子，乃诗四句，其诗云：

水月禅师号玉通，多时不下竹林峰。可怜数点菩提水，倾入红莲两瓣中。

写罢，封了简子，差一个承局，送与水月寺玉通和尚，要讨回字，不可迟误。承局去了，柳府尹赏红莲钱五百贯，免他一年官唱。红莲拜谢，将了钱自回去了，不在话下。

却说承局赍着小盒儿并简子，来到水月寺中，只见老道人在殿上烧香。承局问长老在何处，老道人遂领了承局，径到禅房中时，只见长老已在禅椅上圆寂去了。老道人言：『长老曾分付道：「若柳相公差人来请我，将香炉下简子去回复。」』承局大惊道：『真是古佛，预先已知此事。』当下承局将了回简并小盒儿，再回府堂，呈上回简并原简，说长老圆寂一事。柳宣教打开回简一看，乃是八句《辞世颂》，看罢吃了一惊，道：『此和尚乃真僧也，是我坏了他德行。』懊悔不及。差人去叫匠人合一个龛子，将玉通和尚盛了，教南山净慈寺长老法空禅师，与玉通和尚下火。

却说法空径到柳府尹厅上，取复相公，要问备细。柳府尹将红莲事情说了一遍。法空禅师道：『可惜，可惜，此僧差了念头，堕落恶道矣。此事相公坏了他德行，贫僧去与他下火，指点教他归于正道，不堕畜牲之中。』言罢，别了府尹，径到水月寺，分付抬龛子出寺后空地。法空长老手捻火把，打个圆相，口中道：

自到川中数十年，曾在毗卢顶上眠。欲透赵州关捩子，好姻缘做恶姻缘。桃红柳绿还依旧，石边流水冷溪溪。今朝指引菩提路，再休错意念红莲。

恭惟圆寂玉通大和尚之觉灵曰：惟灵五十年来古拙，心中皎如明月，有时照耀当空，大地乾坤清白。可惜法名玉通，今朝作事不通：不去灵山参佛祖，却向红莲贪淫欲。本是色即是空，谁想空即是色！无福向狮子光中，享天上之逍遥；有分去驹儿隙内，受人间之劳碌。虽然路径不迷，争奈去之太速。大众莫要笑他，山僧指引不俗。咦！

一点灵光透碧霄，兰堂画阁添澡浴。

法空长老道罢，掷下火把，焚龛将尽。当日，看的人不知其数，只见火焰之中，一道金光冲天而去了。法空长老与他拾骨入塔，各自散去。

却说柳宣教夫人高氏，于当夜得一梦，梦见一个和尚，面如满月，身材肥壮，走入卧房。夫人吃了一惊，一身香汗惊醒。自此不觉身怀六甲。光阴似箭，看看十月满足。夫人临盆分娩，生下一个女儿。当时侍妾报与柳宣教，且喜夫人生得一个小姐。三朝满月，取名唤做翠翠。百日周岁，做了多少筵席。正是：

窗外日光弹指过，席前花影座间移。

这柳翠翠长成八岁，柳宣教官满将及，收拾还乡。端的是：

世间好物不坚牢，彩云易散琉璃脆。

柳宣教感天行时疫病，无旬日而故。这柳府尹做官清如水，明似镜，不贪贿赂，囊箧淡薄。夫人具棺木盛贮，挂孝看经，将灵柩寄在柳州寺内。夫人与仆赛儿并女翠翠欲回温州去，路途遥远，又无亲族投奔，身边些小钱财，难供路费。乃于在城白马庙前，赁一间房屋，三口儿搬来住下。又无生理，一住八年，囊箧消疏，那仆人逃走。这柳翠翠长成，年纪一十六岁，生得十分容貌。这柳妈妈家中娘儿两个，日不料生，口食不敷，乃央间壁王妈妈，问人借钱。借得羊坝头杨孔目课钱，借了三千贯钱。过了半年，债主索取要紧。这柳妈妈被讨不过，出于无奈，只得央王妈妈做媒，情愿把女儿与杨孔目为妾，言过我要他养老。不数日，杨孔目入赘在柳妈妈家，说：『我养你母子二人，丰衣足食，做个外宅。』

不觉过了两月，这杨孔目因早晚不便，又两边家火，忽一日回家，与妻商议，欲搬回家。其妻之父，告女婿停妻取妾，临安府差人捉柳妈妈并女儿一干人到官，要追原聘财礼。柳妈妈诉说贫乏无措，因此将柳翠翠官卖。却说有个工部邹主事，闻知柳翠翠丰姿貌美，聪明秀丽，去问本府讨了，另买一间房子，在抱剑营街，搬那柳妈妈并女儿去住下，养做外宅。又讨个奶子并小厮，服侍走动。这柳翠翠改名柳翠。

原来南渡时，临安府最盛。只这通和坊这条街，金波桥下，有座花月楼，又东去为熙春楼、南瓦子，又南去为抱剑营、漆器墙、沙皮巷、融和坊，其西为太平坊、巾子巷、狮子巷，这几个去处都是瓦子。这柳翠是玉通和尚转世，天生聪明，识字知书。诗词歌赋，无所不通；女工针指，无有不会。这邹主事十日半月，来得一遭，千不合，万不合，住在抱剑营，是个行首窟里。这柳翠每日清闲自在，学不出好样儿，见邻妓家有孤老来往，他心中欢喜，也去门首卖俏，引惹子弟们来观看。眉来眼去，渐渐来家宿歇。柳妈妈说他不下，只得随女儿做了行首。多有豪门子弟爱慕他，饮酒作乐，殆无虚日。邹主事看见这般行径，好不雅相，索性与他个决绝，再不往来。这边柳翠落得无人管束，公然大做起来。只因柳宣教不行阴骘，折了女儿，此乃一报还一报，天理昭然。后人观此，不可不戒。有诗为证，诗曰：

用巧计时伤巧计，爱便宜处落便宜。莫道自身侥幸免，子孙必定受人欺。

后来直使得一尊古佛，来度柳翠，归依正道，返本还原，成佛作祖。你道这尊古佛是谁？正是月明和尚。他从小出家，真个是五戒具足，一尘不染，在皋亭山显孝寺住持。当先与玉通禅师俱是法门契友。闻知玉通圆寂之事，呵呵大笑道：『阿婆立脚跟不牢，不免又去做媳妇也。』后来闻柳翠在抱剑营，色艺擅名，心知是玉通禅师转世，意甚怜之。一日，净慈寺法空长老到显孝寺来看月明和尚，坐谈之次，月明和尚谓法空曰：『老通堕落风尘已久，恐积渐沉迷，遂失本性，可以相机度他出世，不可迟矣。』

原来柳翠虽堕娼流，却也有一种好处，从小好的是佛法。所得缠头金帛之资，尽情布施，毫不吝惜。况兼柳妈妈亲生之女，谁敢阻挡？在万松岭下，造石桥一座，名曰柳翠桥；凿一井于抱剑营中，名曰柳翠井。其他方便济人之事，不可尽说。又制下布衣一袭，每逢月朔月望，卸下铅华，穿着布素，闭门念佛，虽宾客如云，此日断不接见，以此为常。那月明和尚只为这节上，识透他根器不坏，所以立心要度他。正是：

『悭贪』二字能除却，终是西方路上人。

却说法空长老，当日领了月明和尚言语，到次日，假以化缘为因，直到抱剑营柳行首门前，敲着木鱼，高声念道：

欲海轮回，沉迷万劫。眼底荣华，空花易灭。一旦无常，四大消歇。及早回头，出家念佛。

这日正值柳翠西湖上游耍刚回，听得化缘和尚声口不俗，便叫丫环唤入中堂，问道：『师父，你有何本事，来此化缘？』法空长老道：『贫僧没甚本事，只会说些因果。』柳翠问道：『何为因果？』法空长老道：『前为因，后为果；作者为因，受者为果。假如种瓜得瓜，种豆得豆，种是因，得是果。不因种下，怎得收成？好因得好果，恶因得恶果。所以说，要知前世因，今生受者是；要知后世因，今生作者是。』柳翠见说得明白，心中欢喜，留他吃了斋饭。又问道：『自来佛门广大，也有我辈风尘中人成佛作祖否？』法空长老道：『当初观音大士，见尘世欲根深重，化为美色之女，投身妓馆，一般接客。凡王孙公子，见其容貌，无不倾倒。一与之交接，欲心顿淡。因彼有大法力故，自然能破除邪网。后来无疾而死，里人买棺埋葬。有胡僧见其冢墓，合掌作礼，口称：「善哉，善哉！」里人说道：「此乃娼妓之墓，师父错认了。」胡僧说道：「此非娼妓，乃观世音菩萨化身，来度世上淫欲之辈，归于正道。如若不信，破土观之，其形骸必有奇异。」里人果然不信，忙劚土破棺，见骨节联络，交锁不断，色如黄金，方始惊异。因就冢立庙，名为黄金锁子骨菩萨。这叫做清净莲花，污泥不染。小娘子今日混于风尘之中，也因前生种了欲根，所以今生堕落。若今日仍复执迷不悔，把倚门献笑认作本等生涯，将生生世世，浮沉欲海，永无超脱轮回之日矣。』这席话，说得柳翠心中变喜为愁，翻热作冷，顿然起追前悔后之意，便道：『奴家闻师父因果之说，心中如触。倘师父不弃贱流，情愿供养在寒家，朝夕听讲，不知允否？』法空长老道：『贫僧道微德薄，不堪为师。此间皋亭山显孝寺，有个月明禅师，是活佛度世，能知人过去未来之事，小娘子若坚心求道，贫僧当引拜月明禅师。小娘子听其讲解，必能洞了夙因，立地明心见性。』柳翠道：『奴家素闻月明禅师之名，明日便当专访，有烦师父引进。』法空长老道：『贫僧当得。明日侵晨，在显孝寺前相候，小娘子休得失言。』柳翠舒出尖尖玉手，向乌云鬓边拔下一对赤金凤头钗，递与长老道：『些须小物，权表微忱，乞师父笑纳。』法空长老道：『贫僧虽则募化，一饱之外，别无所需，出家人要此首饰何用？』柳翠道：『虽然师父用不着，留作山门修理之费，也见奴家一点诚心。』法空长老那里肯受，合掌辞谢而去。有诗为证：

追欢卖笑作生涯，抱剑营中第一家。终是法缘前世在，立谈因果倍嗟呀。

再说柳翠自和尚去后，转展寻思，一夜不睡。次早起身，梳洗已毕，浑身上下换了一套新衣。只说要往天竺进香。妈妈谁敢阻挡？教丫环唤个小轿，一径抬到皋亭山显孝寺来。那法空长老早在寺前相候，见柳翠下轿，引入山门，到大雄宝殿，拜了如来，便同到方丈，参谒月明和尚。正值和尚在禅床上打坐，柳翠一见，不觉拜倒在地，口称：『弟子柳翠参谒。』月明和尚也不回礼，大喝道：『你二十八年烟花债，还偿不够，待要怎么？』吓得柳翠一身冷汗，心中恍惚，如有所悟。再要开言问时，月明和尚又大喝道：『恩爱无多，冤仇有尽，只有佛性，常明不灭。你与柳府尹打了平火，该收拾自己本钱回去了。』说得柳翠肚里恍恍惚惚，连忙磕头道：『闻知吾师大智慧、大光明，能知三生因果。弟子至愚无识，望吾师明言指示则个。』月明和尚又大喝道：『你要识本来面目，可去水月寺中，寻玉通禅师，与你证明。快走，快走！走迟时，老僧禅杖无情，打破你这粉骷髅。』这一回唤做『显孝寺堂头三喝』。正是：

欲知因果三生事，只在高僧棒喝中。

却说水月寺中行者，见一乘女轿远远而来，内中坐个妇人。看看抬入山门，急忙唤集火工道人，不容他下轿。柳翠问其缘故，行者道：『当初被一个妇人，断送了我寺中老师父性命，至今师父们分付，不容妇人入寺。』柳翠又问道：『什么妇人？如何有恁样做作？』行者道：『二十八年前，有个妇人，夜来寺中投宿，十分哀求，老师父发起慈心，容他过夜。原来这妇人不是良家，是个娼妓，叫做吴红莲，奉柳府尹钧旨，特地前来，哄诱俺老师父。当夜假装肚疼，要老师父替他偎贴，因而破其色戒。老师父惭愧，题了八句偈语，就圆寂去了。』柳翠又问道：『你可记得他偈语么？』行者道：『还记得。』遂将偈语八句，念了一遍。柳翠听得念到『我身德行被你亏，你家门风还我坏』，心中豁然明白，恰像自家平日做下的一般。又问道：『那位老师父唤什么法名？』行者道：『是玉通禅师。』柳翠点头会意，急唤轿夫抬回抱剑营家里，分付丫环：『烧起香汤，我要洗澡。』当时丫环伏侍，沐浴已毕。柳翠换就乌云，取出布衣穿了，掩上房门。桌上现列着文房四宝，拂开素纸，题下偈语二首。偈云：

本因色戒翻招色，红裙生把缁衣革。今朝脱得赤条条，柳叶莲花总无迹。坏你门风我亦羞，冤冤相报甚时休？今朝卸却恩仇担，廿八年前水月游。

后面又写道：『我去后随身衣服入殓，送到皋亭山下，求月明师父一把无情火烧却。』写毕，掷笔而逝。丫环推门进去，不见声息。向前看时，见柳翠盘膝坐于椅上，叫呼不应，已坐化去了。慌忙报知柳妈妈。柳妈妈吃了一惊，呼儿叫肉，啼哭将来。乱了一回，念了二首偈词，看了后面写的遗嘱，细问丫环天竺进香之事，方晓得在显孝寺参师，及水月寺行者一段说话。分明是丈夫柳宣教不行好事，破坏了玉通禅师法体，以致玉通投胎柳家，败其门风。冤冤相报，理之自然。今日被月明和尚指点破了，他就脱然而去。他要送皋亭山下，不可违之。但遗言火厝，心中不忍。所遗衣饰尽多，可为造坟之费。当下买棺盛殓，果然只用随身衣服，不用锦乡金帛之用。入殓已毕，合城公子王孙平昔往来之辈，都来探丧吊孝。闻知坐化之事，无不嗟叹。柳妈妈先遣人到显孝寺，报与月明和尚知道，就与他商量埋骨一事。月明和尚将皋亭山下隙地一块，助与柳妈妈，择日安葬。合城百姓。闻得柳翠死得奇异，都道活佛显化，尽来送葬。造坟已毕，月明和尚向坟合掌作礼，说偈四句。偈云：

二十八年花柳债，一朝脱卸无拘碍。红莲翠柳总虚空，从此老通长自在。

至今皋亭山下，有个柳翠墓古迹。有诗为证：

柳宣教害人自害，通和尚因色堕色。显孝寺三唱机锋，皋亭山青天白日。

第三十卷

明悟禅师赶五戒

昔为东土寰中客，今作菩提会上人。手把杨枝临净土，寻思往事是前身。

话说昔日唐太祖，姓李名渊，承隋天下，建都陕西长安，法令一新。仗着次子世民，扫清七十二处狼烟，收伏一十八处蛮洞。改号武德，建文学馆以延一十八学士，造凌烟阁以绘二十三功臣，相魏徵、杜如晦、房玄龄等辈，以治天下。贞观、治平、开元，这几个年号，都是治世。只在玄宗末年，宠任奸臣李林甫、卢杞、杨国忠等，以召安禄山之乱。后来虽然平定，外有藩镇专制，内有宦官弄权，君子退，小人进，终唐之世，不得太平。

且说洛阳有一人，姓李名源，字子澄，乃饱学之士，腹中记诵五车书，胸内包藏千古史。因见朝政颠倒，退居不仕，与本处慧林寺首僧圆泽为友，交游甚密。泽亦诗名遍洛，德行满野，乃宿世古佛，一时豪杰，皆敬慕之。每与源游山玩水，吊古寻幽，赏月吟风，怡情遣兴，诗赋文词，山川殆遍。忽一日，相约同舟往瞿塘三峡，游天开图画寺。源带一仆人，泽携一弟子，共四人发舟。不半月间，至三峡，舟泊于岸，振衣而起。忽见一妇人，年约三旬，外服旧衣，内穿锦裆，身怀六甲，背负瓦罂而汲清泉。圆泽一见，愀然不悦，指谓李源曰：『此孕妇乃某托身之所也，明早吾即西行矣。』源愕然曰：『吾师此言，是何所主也？』圆泽曰：『吾今圆寂，自有相别言语。』四人乃入寺，寺僧接入。茶毕。圆泽备道所由，众皆惊异。泽乃香汤沐浴，分付弟子已毕，乃与源决别。说道：『泽今幸生四旬，与君交游甚密。今大限到来，只得分别。后三日，乞到伊家相访，乃某托身之所。三日浴儿，以一笑为验，此晚吾亦卒矣。再后十二年，到杭州天竺寺相见。』乃取纸笔，作《辞世颂》曰：

四十年来体性空，多于诗酒乐心胸。今朝别却做人去，日后相逢下竺峰。咦！幻身复入红尘内，赢得君家再与逢。

偈毕，跏趺而化。本寺僧众具衣龛，送入后山岩中，请本寺月峰长老下火。僧众诵经已毕，月峰坐在轿上，手执火把，打个问讯，念云：

三教从来本一宗，吾师全具得灵通。今朝觉化归西去，且听山僧道本风。

恭惟圆寂圆泽禅师堂头大和尚之觉灵曰：惟灵生于河南，长在洛阳。自入空门，心无挂碍。酒吞江海，诗泣鬼神。惟思玩水寻山，不厌粗衣藜食。交至契之李源，游瞿塘之三峡，因见孕妇而负罂，乃思托身而更出。再世杭州相见，重会今日交契。如今送入离宫，听取山僧指秘。咄！

三生共会下竺峰，葛洪井畔寻踪迹。

颂毕，荼毗之次，见火中一道青烟，直透云端，烟中显出圆泽全身本相，合掌向空而去。少焉，舍利如雨。众僧收骨入塔，李源不胜悲怆。首僧留源在寺，闲住数日。至第三日，源乃至寺前，访于居民。去寺不半里，有一人家，姓张，已于三日前生一子。今正三朝，在家浴儿。源乃恳求一见，其人不许，源告以始末，贿以金帛，乃令源至中堂。妇人抱子正浴，小儿见源，果然一笑，源大喜而返。是晚，小儿果卒。

東坡夢遊
寿光寺

源乃别长老回家不题。

日往月来，星移斗换，不觉又十载有余。时唐十六帝僖宗乾符三年，黄巢作乱，天下骚动，万姓流离。君王幸蜀，民舍官室悉遭兵火，一无所存。亏着晋王李克用，兴兵灭巢，僖宗龙归旧都，天下稍定，道路始通。源因货殖，来至江浙路杭州地方。时当清明，正是良辰美景，西湖北山，游人如蚁。源思十二年前圆泽所言：下天竺相会。乃信步随众而行，见两山夹川，清流可爱，赏心不倦。不觉行入下竺寺西廊，看葛洪炼丹井。转入寺后，见一大石临溪，泉流其畔。源心大喜，少坐片时。忽闻隔川歌声，源见一牧童，年约十二三岁，身骑牛背，隔水高歌。源心异之，侧耳听其歌云：

三生石上旧精魂，赏月吟风不要论。惭愧情人远相访，此身虽异性常存。

又云：

身前身后事茫茫，欲话当时恐断肠。吴越山川游已遍，却寻烟棹上瞿塘。

歌毕，只见小童远远地看着李源，拍手大笑。源惊异之，急欲过川相问而不可得。遥望牧童，渡柳穿林，不知去向。李源不胜惆怅，坐于石上久之。问于僧人，答道：『此乃葛稚川石也。』源深详其诗，乃十二年圆泽之语。并月峰下火文记。至此在下竺相会，恰好正是三生。访问小儿住处，并言无有，源心快快而返。后人因呼源所坐葛稚川之石为『三生石』，至今古迹犹存。后来瞿宗吉有诗云：

清波下映紫裆鲜，邂逅相逢峡口船。身后身前多少事？三生石上说姻缘。

王元瀚又有诗云：

处世分明一梦魂，身前身后孰能论？夕阳山下三生石，遗得荒唐迹尚存。

这段话文，叫做『三生相会』。如今再说个两世相逢的故事，乃是《明悟禅师赶五戒》，又说是《佛印长老度东坡》。

话说大宋英宗治平年间，去那浙江路宁海军钱塘门外，南山净慈孝光禅寺，乃名山古刹。本寺有两个得道高僧，是师兄师弟，一个唤做五戒禅师，一个唤作明悟禅师。这五戒禅师，年三十一岁，形容古怪，左边瞽一目，身不满五尺，本贯西京洛阳人。自幼聪明，举笔成文，琴棋书画，无所不通。长成出家，禅宗释教，如法了得，参禅访道。俗姓金，法名五戒。且问何谓之『五戒』？

第一戒者：不杀生命；第二戒者：不偷盗财物；第三戒者：不听淫声美色；第四戒者：不饮酒茹荤；第五戒者：不妄言造语。

此谓之『五戒』。忽日云游至本寺，访大行禅师。禅师见五戒佛法晓得，留在寺中，做了上色徒弟。不数年，大行禅师圆寂，本寺僧众立他做住持，每日打坐参禅。那第二个唤做明悟禅师，年二十九岁，生得头圆耳大，面阔口方，眉清目秀，丰彩精神，身长七尺，貌类罗汉。本贯河南太原府人氏。俗姓王，自幼聪明，笔走龙蛇，参禅访道，出家在本处沙陀寺，法名明悟。后亦云游至宁海军，到净慈寺来访五戒禅师。禅师见他聪明了得，就留于本寺做师弟。二人如一母所生，且是好。但遇着说法，二人同升法座，讲说佛教，不在话下。

忽一日冬尽春初，天道严寒，阴云作雪，下了两日。第三日雪霁天晴，五戒禅师清早在方丈禅椅上坐，耳内远远地听得小孩儿啼哭声。

当时便叫身边一个知心腹的道人，唤做清一，分付道：『你可去山门外各处看，有甚事来与我说。』清一道：『长老，落了两日雪，今日方晴，料无甚事。』长老道：『你可快去看了来回话。』清一推托不过，只得走到山门边。那时天未明，山门也不曾开。叫门公开了山门，清一打一看时，吃了一惊，道：『善哉，善哉！』正所谓：

日日行方便，时时发道心。但行平等事，不用问前程。

当时清一见山门外松树根雪地上，一块破席，放一个小孩儿在那里，口里道：『苦哉，苦哉！甚人家将这个孩儿丢在此间？不是冻死，便是饿死。』走向前仔细一看，却是五六个月一个女儿，将一个破衲头包着，怀内揣着个纸条儿，上写生年月日时辰。清一口里不说，心下思量：『古人有云：「救人一命，胜造七级浮屠。」』连忙走回方丈，禀复长老道：『不知甚人家将个五七个月女孩儿，破衣包着撇在山门外松树根头。这等寒天，又无人来往，怎的做个方便，救他则个！』长老道：『善哉，善哉！清一，难得你善心。你如今抱了回房，早晚把些粥饭与他，喂养长大，把与人家，救他性命，胜做出家人。』

当时清一急急出门去，抱了女儿到方丈中，回复长老。长老看道：『清一，你将那纸条儿我看。』清一递与长老。长老看时，却写道：『今年六月十五日午时生，小名红莲。』长老分付清一，好生抱去房里，养到五七岁，把与人家去，也是好事。清一依言，抱到千佛殿后，一带三间四椽平屋房中，放些火，在火囤内烘他，取些粥喂了。似此日往月来，藏在空房中，无人知觉，一向长老也忘了。不觉红莲已经十岁，清一见他生得清秀，诸事见便，藏匿在房里，出门锁了，入门关了，且是谨慎。

光阴似箭，日月如梭，倏忽这红莲女长成一十六岁，这清一如自生的女儿一般看待。虽然女子，却只打扮如男子，衣服鞋袜，头上头发，前齐眉，后齐项，一似个小头陀，且是生得清楚，在房内茶饭针线，清一指望寻个女婿，要他养老送终。

一日时遇六月炎天，五戒禅师忽想十数年前之事，洗了浴，吃了晚粥，径走到千佛阁后来。清一道：『长老稀行。』长老道：『我问你，那年抱的红莲如今在那里？』清一不敢隐匿，引长老到房中一见，吃了一惊，却似：

分开八块顶阳骨，倾下半桶冰雪来。

长老一见红莲，一时差讹了念头，邪心遂起，嘻嘻笑道：『清一，你今晚可送红莲到我卧房中来，不可有误。你若依我，我自抬举你。此事切不可泄漏，只教他做个小头陀，不要使人识破他是女子。』清一口中应允，心内想道：『欲待不依长老又难，依了长老，今夜去到房中，必坏了女身，千难万难。』长老见清一应不爽利，便道：『清一，你锁了房门跟我到房里去。』清一跟了长老，径到房中。长老去衣箱里，取出十两银子，把与清一道：『你且将这些去用，我明日与你讨道度牒，剃你做徒弟，你心下如何？』清一道：『多谢长老抬举。』只得收了银子，别了长老，回到房中，低低说与红莲道：『我儿，却才来的，是本寺长老。他见你，心中喜爱。你今等夜静，我送你去服侍长老。你可小心仔细，不可有误。』红莲见父亲如此说，便应允了。

到晚，两个吃了晚饭。约莫二更天气，清一领了红莲，径到长老房中，门窗无些阻挡。原来长老有两个行者在身边服侍，当晚分付：『我要出外闲走乘凉，门窗且未要关。」因此无阻。长老自在房中等清一送红莲来。候至二更，只见清一送小头陀来房中。长老接入房内，分付清一：「你到明日此时来领他回房去。」清一自回房中去了。

且说长老关了房门，灭了琉璃灯，携住红莲手，一将将到床前，教红莲脱了衣服，长老向前一搂，搂在怀中，抱上床去。

当日长老与红莲云收雨散，却好五更，天色将明。长老思量一计，怎生藏他在房中。房中有口大衣厨，长老开了锁，将厨内物件都收拾了，却教红莲坐在厨中，分付道：「饭食我自将来与你吃，可放心宁耐则个。」红莲是女孩儿家，初被长老淫勾，心中也喜，躲在衣厨内，把锁锁了。少间，长老上殿诵经毕，入房，闭了房门，将厨开了锁，放出红莲，把饮食与他吃了，又放些果子在厨内，依先锁了。至晚，清一来房中领红莲回房去了。

却说明悟禅师，当夜在禅椅上入定回来，慧眼已知五戒禅师差了念头，犯了色戒，淫了红莲，把多年清行付之东流。「我今劝省他，不可如此，也不说出。」至次日，正是六月尽，门外撇骨池内，红白莲花盛开。明悟长老令行者采一朵白莲花，将回自己房中，取一花瓶插了，教道人备杯清茶在房中。却教行者去请五戒禅师：「我与他赏莲花，吟诗谈话则个。」不多时，行者请到五戒禅师。两个长老坐下，明悟道：「师兄，我今日见莲花盛开，对此美景，折一朵在瓶中，特请师兄吟诗清话。」五戒道：「多蒙清爱。」行者捧茶至，茶罢，明悟禅师道：「行者，取文房四宝来。」行者取至面前，五戒道：「将何物为题？」明悟道：「便将莲花为题。」五戒捻起笔来，便写四句诗道：

一枝菡萏瓣初张，相伴葵榴花正芳。似火石榴虽可爱，争如翠盖芰荷香？

五戒诗罢，明悟道：「师兄有诗，小僧岂得无语乎？」落笔便写四句诗曰：

春来桃杏尽舒张，万蕊千花斗艳芳。夏赏芰荷真可爱，红莲争似白莲香？

明悟长老依韵诗罢，呵呵大笑。

五戒听了此言，心中一时解悟，面皮红一回，青一回，便转身辞回卧房，对行者道：「快与我烧桶汤来洗浴。」行者连忙烧汤与长老洗浴罢，换了一身新衣服，取张禅椅到房中，将笔在手，拂开一张素纸，便写八句《辞世颂》曰：

吾年四十七，万法本归一。只为念头差，今朝去得急。传与悟和尚，何劳苦相逼？幻身如雷电，依旧苍天碧。

写罢《辞世颂》，教焚一炉香在面前，长老上禅椅上，左脚压右脚，右脚压左脚，合掌坐化。行者忙去报与明悟禅师。禅师听得大惊，走到房中看时，见五戒师兄已自坐化去了。看了面前《辞世颂》，道：「你好却好了，只可惜差了这一着。你如今虽得个男子身，长成不信佛、法、僧三宝，必然灭佛谤僧，后世却堕落苦海，不得皈依佛道，深可痛哉！真可惜哉！你道你走得快，我赶你不着不信！」当时也教道人烧汤洗浴，换了衣服，到方丈中，上禅椅跏趺而坐，分付徒众道：「我今去赶五戒和尚，汝等可将两个龛子盛了，放三日一同焚化。」嘱罢圆寂而去。众僧皆惊，有如此异事！城内城外听得本寺两个禅师同日坐化，各皆惊讶。来烧香礼拜，布施者人山人海，男子妇人不计其数。嚷了三日，抬去金牛寺焚化，拾骨撇了。这清一遂浼人说议亲事，将红莲女嫁与一个做扇子的刘待招为妻，养了清一在家，过了下半世，不在话下。

且说明悟一灵真性，直赶至四川眉州眉山县城中，五戒已自托生在一个人家。这个人家，姓苏名洵，字明允，号老泉居士，诗礼之人。院君王氏，夜梦一瞽目和尚，走入房中，吃了一惊。明旦分娩一子，生得眉清目秀，父母皆喜。三朝满月，百日一周，不在话下。

却说明悟一灵，也托生在本处，姓谢名原，字道清。妻章氏，亦梦一罗汉，手持一印，来家抄化。因惊醒，遂生一子。年长，取名谢瑞卿。自幼不吃荤酒，一心只爱出家。父母是世宦之家，怎么肯？勉强送他学堂攻书，资性聪明，过目不忘，吟诗作赋，无不出人头地。喜看的是诸经内典，一览辄能解会。随你高僧讲论，都不如他。可惜一肚子学问，不屑应举求官，但说着功名之事，笑而不答。这也不在话下。

却说苏老泉的孩儿，年长七岁，教他读书写字，十分聪明，目视五行书。后至十岁来，五经三史，无所不通，取名苏轼，字子瞻。此人文章冠世，举笔珠玑，从幼与谢瑞卿同窗相厚，只是志趣不同。那东坡志在功名，偏不信佛法，最恼的是和尚，常言：『不秃不毒，不毒不秃；转毒转秃，转秃转毒。我若一朝管了军民，定要灭了这和尚们，方遂吾愿。』见谢瑞卿不用荤酒，便大笑道：『酒肉乃养生之物，依你不杀生，不吃肉，羊、豕、鸡、鹅，填街塞巷，人也没处安身了。况酒是米做的，又不害性命，吃些何伤？』每常二人相会，瑞卿便劝子瞻学佛，子瞻便劝瑞卿做官。瑞卿道：『你那做官，是不了之事，不如学佛三生结果。』子瞻道：『你那学佛，是无影之谈，不如做官，实在事业。』终日议论，各不相胜。

仁宗天子喜祐改元，子瞻往东京应举，要拉谢瑞卿同去，瑞卿不从。子瞻一举成名，御笔除翰林学士，锦衣玉食，前呼后拥，富贵非常。思念窗友谢瑞卿不肯出仕。『吾今接他到东京，他见我如此富贵，必然动了功名之念。』于是修书一封，差人到眉山县接谢瑞卿到来。谢瑞卿也恐怕子瞻一旦富贵，果然谤佛灭僧，也要劝化他回心改念，遂随着差人到东京与子瞻相见。两人终日谈论，依旧各执己见，不相上下。

你说事有凑巧，物有偶然。适值东京大旱，赤地千里。仁宗天子降旨，特于内庭修建七日黄罗大醮，为万民祈雨。仁宗一日亲自行香二次，百官皆素服奔走执事。翰林官专管撰青词，子瞻奉旨修撰，要拉瑞卿同去，共观胜会。瑞卿心中却不愿行。子瞻道：『你平昔最喜佛事，今日朝廷请下三十六处名僧，建下祈场，诵经设醮，你不去随喜，却不措过？』瑞卿道：『朝廷设醮，虽然仪文好看，都是套数，那有什么高僧谈经说法，使人倾听？』看起来也是子瞻法缘该到，自然生出机会来。当日子瞻定要瑞卿作伴同往，瑞卿拗他不过，只得从命。二人到了佛场，子瞻随班效劳。瑞卿打扮个道人模样，往来观看法事。

忽然仁宗天子驾到，众官迎入，在佛前拈香下拜。瑞卿上前一步，偷看圣容，被仁宗龙目观见。瑞卿生得面方耳大，丰仪出众。仁宗金口玉言，问道：『这汉子何人？』苏轼一时着了忙，使个急智，跪下奏道：『此乃大相国寺新来一个道人，为他深通经典，在此供香火之役。』仁宗道：『好个相貌，既然深通经典，赐你度牒一道，钦度为僧。』谢瑞卿自小便要出家做和尚，恰好圣旨分付，正中其意，当下谢恩已毕，奏道：『既蒙圣恩剃度，愿求御定法名。』仁宗天子问礼部取一道度牒，御笔判定『佛印』二字。瑞卿领了度牒，重又叩谢。候圣驾退了，瑞卿就于醮坛佛前祝发，自此只叫佛印，不叫谢瑞卿了。那大相国寺众僧，见佛印参透佛法，又且圣旨剃度，苏学士的乡亲友好，谁敢怠慢？都称他做『禅师』，不在话下。

且说苏子瞻特地接谢瑞卿来东京，指望劝他出仕，谁知带他到醮坛行走，累他落发改名为僧，心上好不过意。谢瑞卿向来劝子瞻信心学佛，子瞻不从，今日倒是子瞻作成他落发，岂非天数，前缘注定？那佛印虽然心爱出家，故意埋怨子瞻许多言语，子瞻惶恐无任，只是谢罪，再不敢说做和尚的半个字儿不好。任凭佛印谈经说法，只得悉习听受；若不听受时，佛印就发恼起来。听了多遍，渐渐相习，也觉佛经讲得有理，不似向来水火不投的光景了。朔望日，佛印定要子瞻到相国寺中礼佛奉斋，子瞻只得依他。又子瞻素爱佛印谈论，日常无事，便到寺中与佛印闲讲，或分韵吟诗。佛印不动荤酒，子瞻也随着吃素，把个毁僧谤佛的苏学士，变做了护法敬僧的苏子瞻了。佛印乘机又劝子瞻弃官修行。子瞻道：『待我宦成名就，筑室寺东，与师同隐。』因此别号东坡居士，人都称为苏东坡。

那苏东坡在翰林数年，到神宗皇帝熙宁改元，差他知贡举，出策题内讥诮了当朝宰相王安石。安石在天子面前谮他恃才轻薄，不宜在史馆，遂出为杭州通判。与佛印相别，自去杭州赴任。一日，在府中闲坐，忽见门吏报说，有一和尚说是本处灵隐寺住持，要见学士相公。东坡教门吏出问何事要见相公。佛印见问，于门吏处借纸笔墨来，便写四字送入府去。东坡看其四字：『诗僧谒见。』东坡取笔来批一笔云：『诗僧焉敢谒王侯？』教门吏把与和尚，和尚又写四句诗道：

大海尚容蛟龙隐，高山也许凤皇游。笑却小人无度量，诗僧焉敢谒王侯！

东坡见此诗，方才认出字迹，惊讶道：『他为何也到此处？快请相见。』你道那和尚是谁？正是佛印禅师。因为苏学士谪官杭州，他辞下大相国寺，行脚到杭州灵隐寺住持，又与东坡朝夕往来。后来东坡自杭州迁任徐州，又自徐州迁湖州，佛印到处相随。

神宗天子元丰二年，东坡在湖州做知府，偶感触时事，做了几首诗，诗中未免含有讥讽之意。御史李定、王珪等交章劾奏苏轼诽谤朝政。天子震怒，遣校尉拿苏轼来京，下御史台狱，就命李定勘问。李定是王安石门生，正是苏家对头，坐他大逆不道，问成死罪。东坡在狱中，思想着甚来由，读书做官，今日为几句诗上，便丧了性命？乃吟诗一道自叹。诗曰：

人家生子愿聪明，我为聪明丧了生。但愿养儿皆愚鲁，无灾无祸到公卿。

吟罢，凄然泪下，想道：『我今日所处之地，分明似鸡鸭到了庖人手里，有死无活。想鸡鸭得何罪，时常烹宰它来吃？只为它不会说话，有屈莫伸。今日我苏轼枉了能言快语，又向那处伸冤？岂不苦哉！记得佛印时常劝我戒杀持斋，又劝我弃官修行，今日看来，他的说话，句句都是，悔不从其言也！』

叹声未绝，忽听得数珠索落一声，念句『阿弥陀佛』。东坡大惊，睁眼看时，乃是佛印禅师。东坡忘其身在狱中，急起身迎接，问道：『师兄何来？』佛印道：『南山净慈孝光禅寺，红莲花盛开，同学士去玩赏。』东坡不觉相随而行，到于孝光禅寺。进了山门，一路僧房曲折，分明是熟游之地。法堂中摆设钟磬经典之类，件件认得，好似自家家里一般，心下好生惊怪。寺前寺后，走了一回，并不见有莲花，乃问佛印禅师道：『红莲在那里？』佛印向后一指道：『这不是红莲来也？』东坡回头看时，只见一个少年女子，从千佛殿后，冉冉而来，走到面前，深深道个万福。东坡看那女子，如旧日相识。那女子向袖中摸出花笺一幅，求学士题诗。佛印早取到笔砚，东坡遂信手写出四句，道是：

四十七年一念错，贪却红莲甘堕却。孝光禅寺晓钟鸣，这回抱定如来脚。

那女子看了诗，扯得粉碎，一把抱定东坡，说道：『学士休得忘恩负义！』东坡正没奈何，却得佛印劈手拍开，惊出一身冷汗。醒将转来，乃是南柯一梦，狱中更鼓正打五更。东坡寻思，此梦非常，四句诗一字不忘，正不知什么缘故。忽听得远远晓钟声响，心中顿然开悟：『分明前世在孝光寺出家，为色欲堕落，今生受此苦楚。若得佛力覆庇，重见天日，当一心护法，学佛修行。』

少顷天明，只见狱官进来称贺，说圣旨赦学士之罪，贬为黄州团练副使。东坡得赦，才出狱门，只见佛印禅师在于门首，上前问讯道：『学士无恙？贫僧相候久矣！』原来被逮之日，佛印也离了湖州，重来东京大相国寺住持，看取东坡下落。闻他问成死罪，各处与他分诉求救。却得吴充、王安礼两个正人，在天子面前竭力保奏。太皇太后曹氏，自仁宗朝便闻苏轼才名，今日也在宫中劝解。天子回心转意，方有这道赦书。东坡见了佛印，分明是再世相逢，倍加欢喜。东坡到五凤楼下，谢恩过了，便来大相国寺，寻佛印说其夜来之梦。说到中间，佛印道：『住了，贫僧昨夜亦梦如此。』也将所梦说出后一段，与东坡梦中无二，二人互相叹异。

次日，圣旨下，苏轼谪守黄州。东坡与佛印相约，且不上任，迂路先到宁海军钱塘门外来访孝光禅寺。比及到时，路径门户，一如梦中熟识。访问僧众，备言五戒私污红莲之事。那五戒临化去时，所写《辞世颂》，寺僧兀自藏着。东坡索来看了，与自己梦中所题四句诗相合，方知佛法轮回，并非诳语，佛印乃明悟转生无疑。此时东坡便要削发披缁，跟随佛印出家。佛印倒不允从，说道：『学士宦缘未断，二十年后，方能脱离尘俗。但愿坚持道心，休得改变。』东坡听了佛印言语，复来黄州上任。自此不杀生，不多饮酒，浑身内外，皆穿布衣，每日看经礼佛。在黄州三年，佛印仍朝夕相随，无日不会。

哲宗皇帝元祐改元，取东坡回京，升做翰林学士，经筵讲官。不数年，升做礼部尚书，端明殿大学士。佛印又在大相国寺相依，往来不绝。到绍圣年间，章惇做了宰相，复行王安石之政，将东坡贬出定州安置。东坡到相国寺相辞佛印，佛印道：『学士宿业未除，合有几番劳苦。』东坡问道：『何时得脱？』佛印说出八个字来，道是：

逢永而返，逢玉而终。

又道：『学士牢记此八字者！学士今番跋涉忒大，贫僧不得相随，只在东京等候。』东坡怏怏而别。到定州未及半年，再贬英州，不多时，又贬惠州安置；在惠州年余，又徙儋州；又自儋州移廉州；自廉州移永州，踪迹无定，方悟佛印『跋涉忒大』之语。

在永州不多时，赦书又到，召还提举玉局观。想着：『「逢永而返」，此句已应了；「逢玉而终」，此乃我终身结局矣。』乃急急登程，重到东京，再与佛印禅师相会。佛印道：『贫僧久欲回家，只等学士同行。』东坡此时大通佛理，便晓得了。当夜两个在相国寺，一同沐浴了毕，讲论到五更，分别而去。这里佛印在相国寺圆寂，东坡回到寓中，亦无疾而逝。到道君皇帝时，有方士道：『东坡已作大罗仙。』亏了佛印相随一生，所以不致堕落。佛印是古佛出世。』这两世相逢，古今罕有，至今流传做话本。有诗为证：

禅宗法教岂非凡，佛祖流传在世间。铁树开花千载易，坠落阿鼻要出难。

闹阴司司马貌断狱

扰扰劳生。待足何时是足？据见定，随家丰俭，便堪龟缩。得意浓时休进步，须防世事多翻覆。枉教人白了少年头，空碌碌。谁不愿，黄金屋？谁不愿，千钟粟？算五行，不是这般题目。枉使心机闲计较，儿孙自有儿孙福。又何须采药访蓬莱？但寡欲。

这篇词，名〔满江红〕，是晦庵和尚所作，劝人乐天知命之意。凡人万事莫逃乎命，假如命中所有，自然不求而至，若命里没有，枉自劳神，只索罢休。你又不是司马重湘秀才，难道与阎罗王寻闹不成？说话的，就是司马重湘，怎地与阎罗王寻闹？毕竟那个理长，那个理短？请看下回便见。诗曰：

世间屈事万千千，欲觅长梯问老天。休怪老天公道少，生生世世宿因缘。

话说东汉灵帝时，蜀郡益州，有一秀才，复姓司马，名貌，表字重湘。资性聪明，一目十行俱下。八岁纵笔成文，本郡举他应神童，起送至京。因出言不逊，冲突了试官，打落下去。及年长，深悔轻薄之非，更修端谨之行，闭户读书，不问外事。双亲死，庐墓六年，人称其孝。乡里中屡次举他孝廉、有道及博学宏词，都为有势力者夺去，悒悒不得志。自光和元年，灵帝始开西邸，卖官鬻爵，视官职尊卑，入钱多少，各有定价：欲为三公者，价千万；欲为卿者，价五百万。崔烈讨了傅母的人情，入钱五百万，得为司徒。后受职谢恩之日，灵帝顿足懊悔道：『好个官，可惜贱卖了。若小小作难，千万必可得也。』又置鸿都门学，敕州、郡、三公，举用富家郎为诸生。若入得钱多者，出为刺史，入为尚书。士君子耻与其列。司马重湘家贫，因此无人提挈，淹滞至五十岁，空负一腔才学，不得出身，屈埋于众人之中，心中快快不平。乃因酒醉，取文房四宝，且吟且写，遂成《怨词》一篇，词曰：

天生我才兮，岂无用之？豪杰自期兮，奈此数奇。五十不遇兮，困迹蓬蒿。纷纷金紫兮，彼何人斯？胸无一物兮，囊有余资。富者乘云兮，贫者堕泥。贤愚颠倒兮，题雄为雌。世运沧夷兮，俾我嵚崎。天道何知兮，将无有私？欲叩末曲兮，悲涕淋漓。

写毕，讽咏再四。余情不尽，又题八句：

得失与穷通，前生都注定。问彼注定时，何不判忠佞？善士叹沉埋，凶人得暴横。我若作阎罗，世事皆更正。

不觉天晚，点上灯来，重湘于灯下，将前诗吟哦了数遍。猛然怒起，把诗稿向灯焚了，叫道：『老天，老天！你若还有知，将何言抵对？我司马貌一生耿直，并无奸佞，便提我到阎罗殿前，我也理直气壮，不怕甚的！』说罢，自觉身子困倦，倚桌而卧。

只见七八个鬼卒，青面獠牙，一般的三尺多长，从桌底下钻出，向重湘戏侮了回，说道：『你这秀才，有何才学，辄敢怨天尤地，毁谤阴司！如今我们来拿你去见阎罗王，只教你有口难开。』重湘道：『你阎罗王自不公正，反怪他人谤毁，是何道理！』众鬼不由分说，一齐上前，或扯手，或扯脚，把重湘拖下坐来，便将黑索子望他颈上套去。重湘大叫一声，醒将转来，满身冷汗。但见短灯一盏，半明半灭，好生凄惨。

重湘连打几个寒噤，自觉身子不快，叫妻房汪氏点盏热茶来吃。汪氏点茶来，重湘吃了，转觉神昏体倦，头重脚轻，汪氏扶他上床。次日昏迷不醒，叫唤也不答应，正不知什么病症。挨至黄昏，口中无气，直挺挺地死了。汪氏大哭一场，见他手脚尚软，心头还有些微热，不敢移动地，只守在他头边，哭天哭地。

话分两头。原来重湘写了《怨词》，焚于灯下，被夜游神体察，奏知玉帝。玉帝见了大怒，道：『世人爵禄深沉，关系气运。依你说，贤者居上，不肖者居下；有才显劳，无才者黜落，天下世世太平，江山也永不更变了，岂有此理！小儒见识不广，反说天道有私。速宜治罪，以儆妄言之辈。』时有太白金星启奏道：『司马貌虽然出言无忌，但此人因才高运蹇，抑郁不平，致有此论。若据福善祸淫的常理，他所言未为无当，可谅情而恕之。』玉帝道：『他欲作阎罗，把世事更正，甚是狂妄。阎罗岂凡夫可做？阴司案牍如山，十殿阎君，食不暇给。偏他有甚本事，一一更正来？』金星又奏道：『司马貌口出大言，必有大才，若论阴司，果有不平之事。几百年滞狱，未经判断的，往往地狱中怨气上冲天庭。以臣愚见，不若押司马貌到阴司，权替阎罗王半日之位，凡阴司有冤枉事情，着他剖断。若断得公明，将功恕罪；倘若不公不明，即时行罚，他心始服也。』玉帝准奏。即差金星奉旨，到阴司森罗殿，命阎君即勾司马貌到来，权借王位与坐。只限一晚六个时辰，容他放告理狱。若断得公明，来生注他极富极贵，以酬其今生抑郁之苦；倘无才判问，把他打落酆都地狱，永不得转人身。阎君得旨，便差无常小鬼，将重湘勾到地府。

重湘见了小鬼，全然无惧，随之而行。到森罗殿前，小鬼喝教下跪。重湘问道：『上面坐者何人？我去跪他！』小鬼道：『此乃阎罗天子。』重湘闻说，心中大喜，叫道：『阎君，阎君，我司马貌久欲见你，吐露胸中不平之气，今日幸得相遇。你贵居王位，有左右判官，又有千万鬼卒、牛头、马面，帮扶者甚众。我司马貌只是个穷秀才，孑然一身，生死出你之手。你休得把势力相压，须是平心论理，理胜者为强。』阎君道：『寡人忝为阴司之主，凡事皆依天道而行，你有何德能，便要代我之位？所更正者何事？』重湘道：『阎君，你说奉天行道，天道以爱人为心，以劝善惩恶为公。如今世人有等悭吝的，偏教他财积如山；有等肯做好事的，偏教他手中空乏；有等刻薄害人的，偏教他处富贵之位，得肆其恶；有等忠厚肯扶持人的，偏教他吃亏受辱，不遂其愿。作善者常被作恶者欺瞒，有才者反为无才之凌压。有冤无诉，有屈无伸，皆由你阎君判断不公之故。即如我司马貌，一生苦志读书，力行孝悌，有甚不合天心处，却教我终身蹭蹬，屈于庸流之下？似此颠倒贤愚，要你阎君何用？若让我司马貌坐于森罗殿上，怎得有此不平之事？』阎君笑道：『天道报应，或迟或早，若明若暗，若食报于前生，或留报于后代。假如富人悭吝，其富乃前生行苦所致，今生悭吝，不种福田，来生必受饿鬼之报矣。贫人亦由前生作业，或横用非财，受享太过，以致今生穷苦；若随缘作善，来生依然丰衣足食。由此而推，刻薄者虽今生富贵，难免堕落；忠厚者虽暂时亏辱，定注显达。此乃一定之理，又何疑焉？人见目前，天见久远。人每不能测天，致汝纷纭议论，皆由浅见薄识之故也。』重湘道：『既说阴司报应不爽，阴间岂无冤鬼？你敢取从前案卷，与我一一稽查么？若果事事公平，人人心服，我司马貌甘服妄言之罪。』阎君道：『上帝有旨，将阎罗王位权借你六个时辰，容放告理狱，若断得公明，还你来生之富贵；倘无才判问，永堕酆都地狱，不得人身。』重湘道：『玉帝果有此旨，是吾之愿也。』

当下阎君在御座起身，唤重湘入后殿，戴平天冠，穿蟒衣，束玉带，装扮出阎罗天子气象。鬼卒打起升堂鼓，报道：『新阎君升殿！』

善恶诸司，六曹法吏，判官小鬼，齐齐整整，分立两边。重湘手持玉简，昂然而出，升于法座。诸司吏卒，参拜已毕，禀问要抬出放告牌。

重湘想道：『五岳四海，多少生灵？上帝只限我六个时辰管事，倘然判问不结，只道我无才了，取罪不便。』心生一计，便教判官分付：『寡人奉帝旨管事，只六个时辰，不及放告。你可取从前案卷来查，若有天大疑难事情，累百年不决者，寡人判断几件，与你阴司问事的做个榜样。』

判官禀道：『只有汉初四宗文卷，至今三百五十余年，未曾断结，乞我王拘审。』重湘道：『取卷上来看。』判官捧卷呈上，重湘揭开看时：

一宗屈杀忠臣事——

原告：韩信、彭越、英布。被告：刘邦、吕氏。

一宗恩将仇报事——

原告：丁公。被告：刘邦。

一宗专权夺位事——

原告：戚氏。被告：吕氏。

一宗乘危逼命事——

原告：项羽。被告：王翳、杨喜、夏广、吕马童、吕胜、杨武。

重湘览毕，呵呵大笑道：『恁样大事，如何反不问决？你们六曹吏司，都该究罪。这都是向来阎君因循耽搁之故，寡人今夜都与你判断明白。』

随叫值日鬼吏，照单开四宗文卷原被告姓名，一齐唤到，挨次听审。那时振动了地府，闹遍了阴司。有诗为证：

每逢疑狱便因循，地府阳间事体均。今日重湘新气象，千年怨气一朝伸。

鬼吏禀道：『人犯已拘齐了，请爷发落。』重湘道：『带第一起上来。』判官高声叫道：『第一起犯人听点！』原、被共五名，逐一点过，答应：

原告：韩信（有），彭越（有），英布（有）。被告：刘邦（有），吕氏（有）。

重湘先唤韩信上来，问道：『你先事项羽，位不过郎中，言不听，计不从；一遇汉祖，筑坛拜将，捧毂推轮，后封王爵以酬其功。如何又起谋叛之心，自取罪戮？今日反告其主！』韩信道：『阎君在上，容信一一告诉。某受汉王筑坛拜将之恩，使尽心机，明修栈道，暗度陈仓，与汉王定了三秦；又救汉皇于荥阳，虏魏王豹，破代兵，擒赵王歇；北定燕，东定齐，下七十余城；南败楚兵二十万，杀了名将龙且；九里山排下十面埋伏，杀尽楚兵；又遣六将，逼死项王于乌江渡口。造下十大功劳，指望子子孙孙世享富贵。谁知汉祖得了天下，不念前功，将某贬爵。吕后又与萧何定计，哄某长乐宫，不由分说，叫武士缚某斩之。诬以反叛，夷某三族。某自思无罪，受此惨祸，今三百五十余年，衔冤未报，伏乞阎君明断。』重湘道：『你既为元帅，有勇无谋，岂无商量帮助之人？被人哄诱，如缚小儿，今日却怨谁来？』韩信道：『曾有一个军师，姓蒯，名通，奈何有始无终，半途而去。』

重湘叫鬼吏，快拘蒯通来审。霎时间，蒯通唤到。重湘道：『韩信说你有始无终，半途而逃，不尽军师之职，是何道理？』蒯通道：『非我有始无终，是韩信不听忠言，以致于此。当初韩信破走了齐王田广，是我进表洛阳，与他讨个假王名号，以镇齐人之心。汉王骂道：「胯下夫，楚尚未灭，便想王位！」其时张子房在背后，轻轻蹑汉皇之足，附耳低言：「用人之际，休得为小失大。」汉皇便改口道：「大丈夫要便为真王，何用假也？」乃命某赍印封信为三齐王。某察汉王，终有疑信之心，后来必定负信，劝他反汉，与楚连和，三分天下，以观其变。韩信道：「筑坛拜将之时，曾设下大誓：汉不负信，信不负汉。今日我岂可失信于汉皇？」某反复陈说利害，只是不从，反怪某教唆谋叛。某那时惧罪，假装疯魔，逃回田里。后来助汉灭楚，果有长乐宫之祸，悔之晚矣。』重湘问韩信道：『你当初不听蒯通之言，是何主意？』韩信道：『有一算命先生许复，算我有七十二岁之寿，功名善终，所以不忍背汉。谁知天亡，只有三十二岁。』

重湘叫鬼吏，再拘许复来审问，道：『韩信只有三十二岁，你如何许他七十二岁？你做术士的，妄言祸福，只图哄人钱钞，不顾误人终身，可恨，可恨！』许复道：『阎君听禀。常言「人有可延之寿，亦有可折之寿」。所以星家偏有寿命难定。韩信应该七十二岁，是据理推算，何期他杀机太深，亏损阴骘，以致短折，非某推算无准也。』重湘问道：『他那几处阴骘亏损？可一一说来。』许复道：『当初韩信弃楚归汉时，迷踪失路，亏遇两个樵夫，指引他一条径路，往南郑而走。韩信恐楚王遣人来追，被樵夫走漏消息，拔剑回步，将两个樵夫都杀了。虽然樵夫不打紧，却是有恩之人；天条负恩忘义，其罚最重。诗曰：

亡命心如箭离弦，迷津指引始能前。有恩不报翻加害，折堕青春一十年。

重湘道：『还有三十年呢？』许复道：『萧何丞相三荐韩信，汉皇欲重其权，筑了三丈高坛，教韩信上坐，汉皇手捧金印，拜为大将，韩信安然受之。诗曰：

大将登坛阃外专，一声军令赛皇宣。微臣受却君皇拜，又折青春一十年。

重湘道：『臣受君拜，果然折福。还有二十年呢？』许复道：『辩士郦生，说齐王田广降汉。田广听了，日日与郦生饮酒为乐。韩信乘其无备，袭击破之。田广只道郦生卖己，烹杀郦生。韩信得了大功劳，辜负了齐王降汉之意，掩夺了郦生下齐之功。诗曰：

说下三齐功在先，乘机掩击势无前。夺他功绩伤他命，又折青春一十年。

重湘道：『这也说得有理。还有十年？』许复道：『又有折寿之处。汉兵追项王于固陵，其时楚兵多，汉兵少，又项王有拔山举鼎之力，寡不敌众，弱不敌强。韩信九里山排下绝机阵，十面埋伏，杀尽楚兵百万，战将千员，逼得项王匹马单枪，逃至乌江口，自刎而亡。诗曰：

九里山前怨气缠，雄兵百万命难延。阴谋多杀伤天理，共折青春四十年。』

韩信听罢许复之言，无言可答。重湘问道：『韩信，你还有辩么？』韩信道：『当初是萧何荐某为将，后来又是萧何设计，哄某入长乐宫害命。成也萧何，败也萧何，某心上至今不平。』重湘道：『也罢，一发唤萧何来与你审个明白。』少顷，萧何当面，重湘问道：『萧何，你如何反复无常，又荐他又害他？』萧何答道：『有个缘故。当初韩信怀才未遇，汉皇缺少大将，两得其便。谁知汉皇心变，忌韩信了得。后因陈豨造反，御驾亲征，临行时，嘱咐娘娘，用心防范。汉皇行后，娘娘有旨，宣某商议，说韩信谋反，欲行诛戮。某奏道：「韩信是第一个功臣，谋反未露，臣不敢奉命。」娘娘大怒道：「卿与韩信敢是同谋么？卿若没诛韩信之计，待圣驾回时，一同治罪。」其时某惧怕娘娘威令，只得画下计策，假说陈豨已破灭了，赚韩信入宫称贺，喝教武士拿下斩讫。某并无害信之心。』重湘道：『韩信之死，看来都是刘邦之过。』分付判官，将众人口词录出。『审得汉家天下，大半皆韩信之力；功高不赏，千古无此冤苦，转世报冤明矣。』立案且退一边。

再唤大梁王彭越听审：『你有何罪，吕氏杀你？』彭越道：『某有功无罪。只为高祖征边去了，吕后素性淫乱，问太监道：「汉家臣子，谁人美貌？」太监奏道：「只有陈平美貌。」娘娘道：「陈平在那里？」太监道：「随驾出征。」吕后道：「还有谁来？」太监道：「大梁王彭越，英雄美貌。」吕后听说，即发密旨，宣大梁王入朝。某到金銮殿前，不见娘娘。太监道：「娘娘有旨，宣入长信宫议机密事。」某进得宫时，宫门落锁，只见吕后降阶相迎，邀某入宫赐宴。三杯酒罢，吕后淫心顿起，要与某讲枕席之欢。某惧怕礼法，执意不从。吕后大怒，喝教铜锤乱下打死，煮肉作酱，枭首悬街，不许收葬。汉皇归来，只说某谋反，好不冤枉！』吕后在旁听得，叫起屈来，哭告道：『阎君，休听彭越一面之词，世间只有男戏女，那有女戏男？那时妾唤彭越入宫议事，彭越见妾宫中富贵，辄起调戏之心。臣戏君妻，理该处斩。』彭越道：『吕后在楚军中，惯与审食其私通。我彭越一生刚直，那有淫邪之念！』重湘道：『彭越所言是真，吕氏是假饰之词，不必多言。审得彭越，乃大功臣，正直不淫，忠节无比，来生仍作忠正之士，与韩信一同报仇。』存案。

再唤九江王英布听审。英布上前诉道：『某与韩信、彭越三人，同功一体，汉家江山，都是我三人挣下的，并无半点叛心。一日某在江边玩赏，忽传天使到来，吕娘娘懿旨，赐某肉酱一瓶。某谢恩已毕，正席尝之，觉其味美。偶吃出人指一个，心中疑惑，盘问来使，只推不知。某当时发怒，将来使拷打，说出真情，乃大梁王彭越之肉也。某闻言凄惨，便把手指插入喉中，向江中吐出肉来，变成小小螃蟹。至今江中有此一种，名为「蟛蚏」，乃怨气所化。某其时无处泄怒，即将使臣斩讫。吕后知道，差人将三般朝典，宝剑、药酒、红罗三尺，取某首级回朝。某屈死无申，伏望阎君明断。』重湘道：『三贤果是死得可怜。寡人做主，把汉家天下三分与你三人，各掌一国，报你生前汗马功劳，不许再言。』画招而去。

第一起人犯权时退下，唤第二起听审。第二起恩将仇报事——

原告：丁公(有)。被告：刘邦(有)。

丁公诉道：『某在战场上围住汉皇，汉皇许我平分天下，因此开放。何期立帝之后，反加杀害，某心中不甘，求阎爷作主。』重湘道：『刘邦怎么说？』汉皇道：『丁公为项羽爱将，见仇不取，有背主之心，朕故诛之，为后人为臣不忠者之戒，非枉杀无辜也。』丁公辩道：『你说我不忠，那纪信在荥阳替死，是忠臣了，你却无一爵之赠，可见你忘恩无义。那项伯是项羽亲族，鸿门宴上，通同樊哙，拔剑救你，是第一个不忠于项氏，如何不加杀戮，反得赐姓封侯？还有个雍齿，也是项家爱将，你平日最怒者，后封为什方侯；偏与我做冤家，是何意故？』汉皇顿口无言。重湘道：『此事我已有处分了，可唤项伯、雍齿与丁公做一起，听候发落，暂且退下。』

再带第三起上来。第三起专权夺位事——

原告：戚氏（有）。被告：吕氏（有）。

重湘道：『戚氏，那吕氏是正宫，你不过是宠妃，天下应该归于吕氏之子，你如何告他专权夺位，此何背理？』戚氏诉道：『昔日汉皇在睢水大战，被丁公、雍齿赶得无路可逃，单骑走到我戚家庄，吾父藏之。其时妾在房鼓瑟，汉皇闻而求见，悦妾之貌，要妾衾枕，妾意不从。汉皇道：「若如我意时，后来得了天下，将你所生之子立为太子。」扯下战袍一幅，与妾为记，奴家方才依允。后生一子，因名如意。汉皇原许万岁之后，传位如意为君。因满朝大臣。都惧怕吕后，其事不行。未几汉皇驾崩，吕后自立己子，封如意为赵王。妾母子不敢争。谁知吕后心犹不足，哄妾母子入宫饮宴，将鸩酒赐与如意，如意七窍流血，登时身死。吕后假推酒醉，只做不知。妾心怀怨恨，又不敢啼哭，斜看了他一看。他说我一双凤眼，迷了汉皇，即叫宫娥，将金针刺瞎双眼；又将红铜熔水，灌入喉中，断妾四肢，抛于坑厕。妾母子何罪，枉受非刑？至今含冤未报，乞阎爷做主。』说罢哀哀大器。重湘道：『你不须伤情，寡人还你个公道，教你母子来生为后为君，团圆到老。』画招而去。

再唤第四起乘危逼命事，人犯到齐，唱名已毕。重湘问项羽道：『灭项兴刘，都是韩信，你如何不告他，反告六将？』项羽道：『是我空有重瞳之目，不识英雄，以致韩信弃我而去，实难怪他。我兵败垓下，溃围逃命，遇了个田夫，问他左右两条路，那一条是大路？田夫回言：「左边是大路。」某信其言，望左路而走，不期走了死路，被汉兵追及。那田夫乃汉将夏广，装成计策。某那时仗生平本事，杀透重围，来到乌江渡口，遇了故人吕马童，指望他念故旧之情，放我一路。他同着四将，逼我自刎，分裂肢体，各去请功。以此心中不服。』重湘点头道是。『审得六将原无斗战之功，只乘项羽兵败力竭，逼之自刎，袭取封侯，侥幸甚矣。来生当发六将，仍使项羽斩首，以报其怨。』立案讫，且退一边。

唤判官将册讨来，一一与他判断明白：恩将恩报，仇将仇报，分毫不错。重湘口里发落，判官在旁用笔填注，何州何县何乡，姓甚名谁，几时生，几时死，细细开载。将人犯逐一唤过，发去投胎出世：『韩信，你尽忠报国，替汉家夺下大半江山，可惜衔冤而死。发你在樵乡曹嵩家托生，姓曹，名操，表字孟德。先为汉相，后为魏王，坐镇许都，享有汉家山河之半。那时威权盖世，任从你谋报前世之仇。当身不得称帝，明你无叛汉之心。子受汉禅，追尊你为武帝，偿十大功劳也。』又唤过汉祖刘邦发落：『你来生仍投入汉家，立为献帝，一生被曹操欺侮，胆战魂惊，坐卧不安，度日如年。因前世君负其臣，来生臣欺其君以相报。』唤吕后发落：『你在伏家投胎，后日仍做献帝之后，被曹操千磨百难，将红罗勒死宫中，以报长乐宫杀信之仇。』韩信问道：『萧何发落何处？』重湘道：『萧何有恩于你，又有怨于你。』叫萧何发落：『你在杨家投胎，姓杨，名修，表字德祖。当初沛公入关之时，诸将争取金帛，偏你只取图籍，许你来生聪明盖世，悟性绝人，官为曹操主簿，大俸大禄，以报三荐之恩。不合参破曹操兵机，为操所杀。前生你哄韩信入长乐宫，来生偿其命也。』判官写得明白。又唤九江王英布上来，『发你在江东孙坚家投胎，姓孙，名权，表字仲谋。先为吴王，后为吴帝，坐镇江东，享一国之富贵。』又唤彭越上来，『你是个正直之人，发你在涿郡楼桑村刘弘家为男，姓刘，名备，字玄德。千人称仁，万人称义。后为蜀帝，抚有蜀中之地，与曹操、孙权三分鼎足。曹氏灭汉，你续汉家之后，乃表汝之忠心也。』彭越道：『三分天下，是大乱之时，西蜀一隅之地，怎能敌得吴、魏？』重湘道：『我判几个人扶助你就是。』

乃唤蒯通上来：『你足智多谋，发你在南阳托生，复姓诸葛，名亮，表字孔明，号为卧龙。为刘备军师，共立江山。』又唤许复上来：『你算韩信七十二岁之寿，只有三十二岁，虽然阴骘折堕，也是命中该载的。如今发你在襄阳投胎，姓庞，名统，表字士元，号为凤雏，帮刘备取西川。注定三十二岁，死于落凤坡之下，与韩信同寿，以为算命不准之报。今后算命之人，胡言哄人，如此折寿，必然警醒了。』彭越道：『军师虽有，必须良将帮扶。』重湘道：『有了。』唤过樊哙：『发你范阳涿州张家投胎，名飞，字翼德。』又唤项羽上来：『发你在蒲州解良关家投胎，只改姓不改名，姓关，名羽，字云长。你二人都有万夫不当之勇，与刘备桃园结义，共立基业。樊哙不合纵妻吕媭帮助吕后为虐，妻罪坐夫。项羽不合杀害秦王子婴，火烧咸阳，二人都注定凶死。但樊哙生前忠勇，并无谄媚；项羽不杀太公，不污吕后，不于酒席上暗算人，有此三德，注定来生俱义勇刚直，死而为神。』再唤纪信过来：『你前生尽忠刘家，未得享受一日富贵，发你来生在常山赵家出世，名云，表字子龙，为西蜀名将。当阳长坂百万军中救主，大显威名。寿年八十二，无病而终。』又唤戚氏夫人：『发你在甘家出世，配刘备为正宫。吕氏当初慕彭王美貌，求淫不遂，又妒忌汉皇爱你，今断你与彭越为夫妇，使他妒不得也。赵王如意，仍与你为子，改名刘禅，小字阿斗，嗣位为后主，安享四十二年之富贵，以偿前世之苦。』又唤丁公上来：『你去周家投胎，名瑜，字公瑾。发你孙权手下为将，被孔明气死，寿止三十五而卒。原你事项羽不了，来生事孙权亦不了也。』再唤项伯、雍齿过来：『项伯背亲向疏，贪图富贵，雍齿受仇人之封爵，你两人皆项羽之罪人。发你来生一个改名颜良，一个改名文丑，皆为关羽所斩，以泄前世之恨。』项羽问道：『六将如何发落？』重湘发六将于曹操部下，守把关隘。杨喜改名卞喜，王翳改名王植，夏广改名孔秀，吕胜改名韩福，杨武改名秦琪，吕马童改名蔡阳。关羽过五关，斩六将，以泄前生乌江逼命之恨。重湘判断明白已毕，众人无不心服。

重湘又问楚、汉争天下之时，有兵将屈死不甘者，怀才未尽者，有恩欲报，有怨欲伸者，一齐许他自诉，都发在三国时投胎出世。其刻薄害人，阴谋惨毒，负恩不报者，变作战马，与将师骑坐。如此之类，不可细述。判官一一细注明白，不觉五更鸡叫。

重湘退殿，卸了冠服，依旧是个秀才。将所断簿籍，送与阎罗王看了。阎罗王叹服，替他转呈上界，取旨定夺。玉帝见了赞道：『三百余年久滞之狱，亏他六个时辰断明，方见天地无私，果报不爽，真乃天下之奇才也。众人报冤之事，一一依拟。司马貌有经天纬地之才，今生屈抑不遇，来生宜赐王侯之位，改名不改姓，仍托生司马之家，名懿，表字仲达。一生出将入相，传位子孙，并吞三国，国号曰晋。曹操虽系韩信报冤，所断欺君弑后等事，不可为训。只怕后人不悟前因，学了歹样，就教司马懿欺凌曹氏子孙，一如曹操欺凌献帝故事，显其花报，以警后人，劝他为善不为恶。』玉帝颁下御旨，阎王开读罢，备下筵席，与重湘送行。重湘启告阎王：『荆妻汪氏，自幼跟随穷儒，受了一世辛苦，有烦转乞天恩，来生仍判为夫妻，同享荣华。』阎王依允。那重湘在阴司，与阎王作别，这边床上，忽然翻身，睁开双眼，见其妻汪氏，兀自坐在头边啼哭。司马貌连叫怪事，便将大闹阴司之事，细说一遍，『我今已奉帝旨，不敢久延。喜得来生复得与你完聚。』说罢，瞑目而逝。汪氏已知去向，心上倒也不苦了，急忙收拾后事，殡殓方毕，汪氏亦死。到三国时，司马懿夫妻，即重湘夫妇转生。至今这段奇闻，传留世间。后人有诗为证：

半日阎罗判断明，冤冤相报气皆平。劝人莫作亏心事，祸福昭然人自迎。

第三十二卷

游酆都胡母迪吟诗

自古机深祸亦深，休贪富贵昧良心。檐前滴水毫无错，报应昭昭自古今。

话说宋朝第一个奸臣，姓秦名桧，字会之，江宁人氏。生来有一异相：脚面连指长一尺四寸，在太学时，都唤他做『长脚秀才』。后来登科及第，靖康年间，累官至御史中丞。其时金兵陷汴，徽钦二帝北迁，秦桧亦陷在虏中，与金酋挞懒郎君相善，对挞懒说道：『若放我南归，愿为金邦细作。傥幸一朝得志，必当主持和议，使南朝割地称臣，以报大金之恩。』挞懒奏知金主，金主教四太子兀术与他私立了约誓，然后纵之南还。

秦桧同妻王氏，航海奔至临安行在，只说道杀了金家监守之人，私逃归宋。高宗皇帝信以为真，因而访问他北朝之事。秦桧盛称金家兵强将勇，非南朝所能抵敌。高宗果然惧怯，求其良策。秦桧奏道：『自石晋臣事夷敌，中原至今丧气，一时不能振作。靖康之变，宗社几绝，此殆天意，非独人力也。今行在草创，人心惶惶，而诸将皆握重兵在外，倘一人有变，陛下大事去矣。为今之计，莫若息兵讲和，以南北分界，各不侵犯，罢诸将之兵权，陛下高枕而享富贵，生民不致涂炭，岂不美哉！』高宗道：『朕欲讲和，只恐金人不肯。』秦桧道：『臣在虏中，颇为金酋所信服。陛下若以此事专委之臣，臣自有道理，保为陛下成此和议，可必万全不失。』高宗大喜，即拜秦桧为尚书仆射。未几，遂为左丞相。桧乃专主和议，用勾龙如渊为御史中丞，凡朝臣谏阻和议者，上疏击去之。赵鼎、张浚、胡铨、晏敦复、刘大中、尹衿、王居正、吴师古、张九成、喻樗等，皆被贬逐。

其时岳飞累败金兵，杀得兀术四太子奔走无路。兀术情急了，遣心腹王进，蜡丸内藏着书信，送与秦桧。书中写道：『既要讲和，如何边将却又用兵？此乃丞相之不信也。必须杀了岳飞，和议可成。』秦桧写了回书，许以杀飞为信，打发王进去讫。一日发十二道金牌，召岳飞班师。军中皆愤怒，河南父老百姓，无不痛哭。飞既还，罢为万寿观使。秦桧必欲置飞于死地，与心腹张俊商议，访得飞部下统制王俊，与副都统制张宪有隙，将厚赏诱致王俊，教他妄告张宪谋据襄阳，还飞兵权。王俊依言出首，桧将张宪执付大理狱，矫诏遣使召岳飞父子，与张宪对理。御史中丞何铸，鞫审无实，将冤情白知秦桧。桧大怒，罢去何铸不用，改命万俟卨。那万俟卨素与岳飞有隙，遂将无作有，构成其狱。说岳飞、岳云父子，与部将张宪、王贵通谋造反。大理寺卿薛仁辅等讼飞之冤，判宗正寺士㒟，请以家属百口，保飞不反，枢密使韩世忠愤愤不平，亲诣桧府争论，俱各罢斥。狱既成，秦桧独坐于东窗之下，踌躇此事：『欲待不杀岳飞，恐他阻挠和议，失信金邦，后来朝廷觉悟，罪归于我；欲待杀之，奈众人公论有碍。』心中委决不下。其妻长舌夫人王氏适至，问道：『相公有何事迟疑？』秦桧将此事与之商议。王氏向袖中摸出黄柑一只，双手劈开，将一半奉与丈夫，说道：『此柑一劈两开，有何难决？岂不闻古语云「擒虎易纵虎难」乎？』只因这句话，提醒了秦桧，其意遂决。将片纸写几个密字封固，送大理寺狱官，是晚就狱中缢死了岳飞。其子岳云与张宪、王贵，皆押赴市曹处斩。

金人闻飞之死，无不置酒相贺，从此和议遂定。以淮水中流，及唐、邓二州为界。北朝为大邦，称伯父；南朝为小邦，称侄。秦桧加封太师魏国公，又改封益国公，赐第于望仙桥，壮丽比于皇居。其子秦熺，十六岁上状元及第，除授翰林学士，专领史馆。熺生子名埙，襁褓中便注下翰林之职。熺女方生，即封崇国夫人。一时权势，古今无比。

且说崇国夫人六七岁时，爱弄一个狮猫。一日偶然走失，责令临安府府尹，立限挨访。府尹曹泳差人遍访。数日间拿到狮猫数百。带累猫主吃苦使钱，不可尽述。押送到相府，检验都非。乃图形千百幅，张挂茶坊酒肆，官给赏钱一千贯。此时闹动了临安府，乱了一月有余，那猫儿竟无踪影。相府遣官督责，曹泳心慌，乃将黄金铸成金猫，重赂奶娘，送与崇国夫人，方才罢手。只这一节，桧贼之威权，大概可知。

晚年谋篡大位，为朝中诸旧臣未尽，心怀疑忌，欲兴大狱，诬陷赵鼎、张浚、胡铨等五十三家，谋反大逆。吏写奏牍已成，只待秦桧署名进御。是日，桧适游西湖，正饮酒间，忽见一人披发而至，视之乃岳飞也。厉声说道：『汝残害忠良，殃民误国，吾已诉闻上帝，来取汝命。』桧大惊，问左右，都说不见，桧因此得病归府。次日，吏将奏牍送览。众人扶桧坐于格天阁下，桧索笔署名，手颤不止，落墨污坏了奏牍。立刻教重换来，又复污坏，究竟写不得一字。长舌妻王夫人在屏后摇手道：『勿劳太师！』须臾桧仆于几上，扶进内室，已昏愦了，一语不能发，遂死。此乃五十三家不该遭在桧贼手中，亦见天理昭然也。有诗为证：

忠简流亡武穆诛，又将善类肆阴图。格天阁下名难署，始信忠良有嘿扶。

桧死不多时，秦熺亦死。长舌王夫人设醮追荐，方士伏坛奏章，见秦熺在阴府荷铁枷而立。方士问：『太师何在？』秦熺答道：『在酆都。』方士径至酆都，见秦桧、万俟卨、王俊披发垢面，各荷铁枷，众鬼卒持巨梃驱之而行，其状甚苦。桧向方士说道：『烦君传语夫人，东窗事发矣。』方士不知何语，述与王氏知道。王氏心下明白，吃了一惊。果然是人间私语，天闻若雷，暗室亏心，神目如电。因这一惊，王氏亦得病而死。未几，秦埙亦死。不够数年，秦氏遂衰。后因朝廷开浚运河，畚土堆积府门。有人从望仙桥行走，看见丞相府前，纵横堆着乱土，题诗一道于墙上，诗曰：

格天阁在人何在？偃月堂深恨亦深。不向洛阳图白发，却于郿坞贮黄金。笑谈便解兴罗织，咫尺那知有照临？寂寞九原今已矣，空余泥污积墙阴。

宋朝自秦桧主和，误了大计，反面事仇，君臣贪于佚乐。元太祖铁木真起自沙漠，传至世祖忽必烈灭金及宋。宋丞相文天祥，号文山，天性忠义，召兵勤王。有志不遂，为元将张弘范所执，百计说他投降不得。至元十九年，斩于燕京之柴市。子道生、佛生、环生，皆先丞相而死。其弟名璧，号文溪，以其子升嗣天祥之后，璧、升父子俱附元贵显。当时有诗云：

江南见说好溪山，兄也难时弟也难。可惜梅花各心事，南枝向暖北枝寒。

元仁宗皇帝皇庆年间，文升仕至集贤阁大学士。

话分两头。且说元顺宗至元初年间，锦城有一秀才，复姓胡母，名迪。为人刚直无私，常说：『我若一朝际会风云，定要扶持善类，驱尽奸邪，使朝政清明，方遂其愿。』何期时运未利，一气走了十科不中，乃隐居威凤山中，读书治圃，为养生计。然感愤不平之意，时时发露，不能自禁于怀也。

一日，独酌小轩之中。饮至半酣，启囊探书而读，偶得《秦桧东窗传》，读未毕，不觉赫然大怒，气涌如山，大骂奸臣不绝。再抽一书观看，乃《文文山丞相遗藁》，朗诵了一遍，心上愈加不平，拍案大叫道：『如此忠义之人，偏教他杀身绝嗣，皇天，皇天，好没分晓！』闷上心来，再取酒痛饮，至于大醉。磨起墨来，取笔题诗四句于《东窗传》上，诗云：

长脚邪臣长舌妻，忍将忠孝苦诛夷。愚生若得阎罗做，剥此奸雄万劫皮！

吟了数遍，撇开一边。再将文丞相集上，也题四句：

只手擎天志已违，带间遗赞日争辉。独怜血胤同时尽，飘泊忠魂何处归？

吟罢，余兴未尽，再题四句于后：

桧贼奸邪得善终，羡他孙子显荣同。文山酷死兼无后，天道何曾识佞忠！

写罢掷笔，再吟数过，觉得酒力涌上，和衣就寝。

俄见皂衣二吏，至前揖道：『阎君命仆等相邀，君宜速往。』胡母迪正在醉中，不知阎君为谁，答道：『吾与阎君素昧平生，今见召，何也？』皂衣吏笑道：『君到彼自知，不劳详问。』胡母迪方欲再拒，被二吏挟之而行。离城约行数里，乃荒郊之地，烟雨霏微，如深秋景象。再行数里，望见城郭，居人亦稠密，往来贸易不绝，如市廛之状。行到城门，见榜额乃『酆都』二字，迪才省得是阴府。业已至此，无可奈何。既入城，则有殿宇峥嵘，朱门高敞，题曰『曜灵之府』，门外守者甚严。皂衣吏令一人为伴，一人先入。少顷复出，招迪曰：『阎君召子。』迪乃随吏入门，行至殿前，榜曰：『森罗殿』。殿上王者，衮衣冕旒，类人间神庙中绘塑神像。左右列神吏六人，绿袍皂履，高幞广带，各执文簿。阶下侍立百余人，有牛头马面，长喙朱发，狰狞可畏。胡母迪稽颡于阶下，冥王问道：『子即胡母迪耶？』迪应道：『然也。』冥王大怒道：『子为儒流，读书习礼，何为怨天怒地，谤鬼侮神乎？』胡母迪答道：『迪乃后进之流，早习先圣先贤之道，安贫守分，循理修身，并无怨天尤人之事。』冥王喝道：『你说「天道何曾识佞忠」，岂非怨谤之谈乎？』迪方悟醉中题诗之事，再拜谢罪道：『贱子酒酣，罔能持性，偶读忠奸之传，致吟忿憾之辞。鲹望神君，特垂宽宥。』冥王道：『子试自述其意，怎见得天道不辨忠佞？』胡母迪道：『秦桧卖国和番，杀害忠良，一生富贵善终，其子秦熺状元及第，孙秦埙，翰林学士，三代俱在史馆；岳飞精忠报国，父子就戮；文天祥宋末第一个忠臣，三子俱死于流离，遂至绝嗣；其弟降虏，父子贵显。福善祸淫，天道何在？贱子所以拊心致疑，愿神君开示其故。』冥王呵呵大笑：『子乃下土腐儒，天意微渺，岂能知之？那宋高宗原系钱镠王第三子转生，当初钱镠独霸吴越，传世百年，并无失德。后因钱俶入朝，被宋太宗留住，逼之献土。到徽宗时，显仁皇后有孕，梦见一金甲贵人，怒目言曰：「我吴越王也。汝家无故夺我之国，吾今遣第三子托生，要还我疆土。」醒后遂生皇子构，是为高宗。他原索取旧疆，所以偏安南渡，无志中原。秦桧会逢其适，力主和议，亦天数当然也；但不该诬陷忠良，故上帝斩其血胤。秦熺非桧所出，乃其妻兄王焕之子，长舌妻冒认为儿，虽子孙贵显，秦氏魂魄，岂得享异姓之祭哉？岳飞系三国张飞转生，忠心正气，千古不磨。一次托生为张巡，改名不改姓；二次托生为岳飞，改姓不改名。虽然父子屈死，子孙世代贵盛，血食万年。文天祥父子夫妻，一门忠孝节义，传扬千古。文升嫡侄为嗣，延其宗祀，居官清正，不替家风，岂得为无后耶？夫天道报应，或在生前，或在死后；或福之而反祸，或祸之而反福。须合幽明古今而观之，方知毫厘不爽。子但据目前，譬如以管窥天，多见其不知量矣。』胡母迪顿首道：『承神君指教，开示愚蒙，如拨云见日，不胜快幸。但愚民但据生前之苦乐，安知身后之果报哉？以此冥冥不可见之事，欲人趋善而避恶，如风声水月，无所忌惮。宜乎恶人之多，而善人之少也。贱子不才，愿得遍游地狱，尽观恶报，传语人间，使知儆惧自修，未审允否？』冥王点头道是，即呼绿衣吏，以一白简书云：『右仰普掠狱官，即启狴牢，引此儒生，遍观泉扃报应，毋得违错。』

吏领命，引胡母迪从西廊而进。过殿后三里许，有石垣高数仞，以生铁为门，题曰：『普掠之狱』。吏将门环叩三下，俄顷门开，夜叉数辈突出，将欲擒迪。吏叱道：『此儒生也，无罪。』便将阎君所书白简，教他看了。夜叉道：『吾辈只道罪鬼入狱，不知公是书生，幸勿见怪。』乃揖迪而入。其中广袤五十余里，日光惨淡，风气萧然。四围门牌，皆榜名额：东曰『风雷之狱』，南曰『火车之狱』，西曰『金刚之狱』，北曰『溟泠之狱』。男女荷铁枷者千余人。又至一小门，则见男子二十余人，皆披发裸体，以巨钉钉其手足于铁床之上，项荷铁枷，举身皆刀杖痕，脓体腥秽不可近。旁一妇人，裳而无衣，罩于铁笼中。一夜叉以沸汤浇之，皮肉溃烂，号呼之声不绝。绿衣吏指铁床上三人，对胡母迪说道：『此即秦桧、万俟卨、王俊。这铁笼中妇人，即桧妻长舌王氏也。其他数人，乃章惇，蔡京父子、王黼、朱勔、耿南仲、丁大全、韩侂胄、史弥远、贾似道，皆其同奸党恶之徒。王遣施刑，令君观之。』即驱桧等至风雷之狱，缚于铜柱，一卒以鞭扣其环，即有风刀乱至，绕刺其身，桧等体如筛底。良久，震雷一声，击其身如齑粉，血流凝地。少顷，恶风盘旋，吹其骨肉，复聚为人形。吏向迪道：『此震击者阴雷也，吹者业风也。』又呼卒驱至金刚、火车、溟泠等狱，将桧等受刑尤甚，饥则食以铁丸，渴则饮以铜汁。吏说道：『此曹凡三日，则遍历诸狱，受诸苦楚。三年之后，变为牛、羊、犬、豕，生于世间，为人宰杀，剥皮食肉。其妻亦为牝豕，食人不洁，临终亦不免刀烹之苦。今此众已为畜类于世五十余次了。』迪问道：『其罪何时可脱？』吏答道：『除是天地重复混沌，方得开除耳。』复引迪到西垣一小门，题曰『奸回之狱』。荷桎梏者百余人，举身插刃，浑类蝟形。迪问此辈皆何等人，吏答道：『是皆历代将相，奸回党恶，欺君罔上，蠹国害民，如梁冀、董卓、卢杞、李林甫之流，皆在其中。每三日，亦与秦桧等同受其刑。三年后，变为畜类，皆同桧也。』复至南垣一小门，题曰『不忠内臣之狱』。内有牝牛数百，皆以铁索贯鼻，系于铁柱，四围以火炙之。迪问道：『牛畜类也，何罪而致是耶？』吏摇手道：『君勿言，姑俟观之。』即呼狱卒，以巨扇拂火，须臾烈焰亘天，皆不胜其苦，哮吼踯躅，皮肉焦烂。良久，大震一声，皮忽绽裂，其中突出个人来。视之俱无须髯，寺人也。吏呼夜叉掷于镬汤中烹之，但见皮肉消融，只存白骨。少顷，复以冷水沃之，白骨相聚，仍复人形。吏指道：『此皆历代宦官，秦之赵高，汉之十常侍，唐之李辅国、仇仕良、王守澄、田令孜，宋童贯之徒，从小长养禁中，锦衣玉食，欺诱人主，妒害忠良，浊乱海内。今受此报，累劫无已。』复至东壁，男女数千人，皆裸体跣足，或烹剥刳心，或锉烧舂磨，哀呼之声，彻闻数里。吏指道：『此皆在生时为官为吏，贪财枉法，刻薄害人，及不孝不友，悖负师长，不仁不义，故受此报。』迪见之大喜，叹曰：『今日方知天地无私，鬼神明察，吾一生不平之气始出矣。』吏指北面云：『此去一狱，皆僧尼哄骗人财，奸淫作恶者。又一狱，皆淫妇、妒妇、逆妇、狠妇等辈。』迪答道：『果报之事，吾已悉知，不消去看了。』吏笑携迪手偕出，仍入森罗殿。迪再拜，叩首称谢，呈诗四句。诗曰：

权奸当道任恣睢，果报原来总不虚。冥狱试看刑法惨，应知今日悔当初。

迪又道：『奸回受报，仆已目击，信不诬矣。其他忠臣义士，在于何所？愿希一见，以适鄙怀，不胜欣幸。』冥王俯首而思，良久，乃曰：『诸公皆生人道，为王公大人，享受天禄。寿满天年，仍还原所，以俟缘会，又复托生。子既求见，吾躬导之。』于是登舆而前，分付从者，引迪后随。行五里许，但见琼楼玉殿，碧瓦参横，朱牌金字，题曰『天爵之府』。既入，有仙童数百，皆衣紫绡之衣，悬丹霞玉珮，执彩幢绛节，持羽葆花旌，云气缤纷，天花飞舞，龙吟凤吹，仙乐铿锵，异香馥郁，袭人不散。殿上坐者百余人，头带通天之冠，身穿云锦之衣，足蹑朱霓之履。玉珂琼珮，光彩射人，绛绡玉女五百余人。或执五明之扇，或捧八宝之盂，环侍左右。见冥王来，各各降阶迎迓，宾主礼毕，分东西而坐。仙童献茶已毕，冥王述胡母迪来意，命迪致拜。诸公皆答之尽礼，同声赞道：『先生可谓「仁者，能好人，能恶人矣」。』乃别具席于下，命迪坐。迪谦让再三不敢，王曰：『诸公以子斯文，能持正论，故加优礼，何用苦辞？』迪乃揖谢而坐。冥王拱手道：『座上皆历代忠良之臣，节义之士，在阳则流芳史册，在阴则享受天乐。每遇明君治世，则生为王侯将相，扶持江山，功施社稷。今天运将转，不过数十年，真人当出，拨乱反正。诸公行且先后出世，为创功立业之名臣矣。』迪即席又呈诗四句。诗曰：

时从窗下阅遗编，每恨忠良福不全。目击冥司天爵贵，皇天端不负名贤。

诸公皆举手称谢。冥王道：『子观善恶报应，忠佞分别不爽。假令子为阎罗，恐不能复有所加耳。』迪离席下拜谢罪。诸公齐声道：『此生好善嫉恶，出于至性，不觉见之吟咏，不足深怪。』冥王大笑道：『诸公之言是也。』迪又拜问道：『仆尚有所疑，求神君剖示。仆自小苦志读书，并无大过，何一生无科第之分？岂非前生有罪业乎？』冥王道：『方今胡元世界，天地反复。子秉性刚直，命中无夷狄之缘，不应为其臣子，某冥任将满，想子善善恶恶，正堪此职。某当奏知天廷，荐子以自代。子暂回阳世，以享余龄，更十余年后，耑当奉迎耳。』言毕，即命朱衣二吏送迪还家。迪大悦，再拜称谢，及辞诸公而出。约行十余里，只见天色渐明，朱衣吏指向迪道：『日出之处，即君家也。』迪挽住二吏之衣，欲延归谢之，二吏坚却不允。迪再三挽留，不觉失手，二吏已不见了。迪即展臂而寤，残灯未灭，日光已射窗纸矣。

迪自此绝意干进，修身乐道。再二十三年，寿六十六，一日午后，忽见冥吏持牒来，迎迪赴任。车马仪从，俨若王者，是夜迪遂卒。又十年，元祚遂倾，天下仍归于中国，天爵府诸公已知出世为卿相矣。后人有诗云：

王法昭昭犹有漏，冥司隐隐更无私。不须亲见酆都景，但请时吟胡母诗。

长空万里彤云作，迤逦祥光遍斋阁。未教柳絮舞千毬，先使梅花开数萼。入帘有韵自飕飕，点水无声空漠漠。夜来搁向古松梢，向晓朔风吹不落。

这八句诗题雪，那雪下相似三件物事：似盐，似柳絮，似梨花。雪怎地似盐？谢灵运曾有一句诗咏雪道：『撒盐空中差可疑。』苏东坡先生有一词，名〔江神子〕：

黄昏犹自雨纤纤，晓开帘，玉平檐。江阔天低，无处认青帘。独坐闲吟谁伴我？呵冻手，捻衰髯。使君留客醉恹恹，水晶盐，为谁甜？手把梅花，东望忆陶潜。雪似古人人似雪，虽可爱，有人嫌。

这雪又怎似柳絮？谢道韫曾有一句咏雪道：『未若柳絮因风起。』黄鲁直有一词，名〔踏莎行〕：

堆积琼花，铺陈柳絮，晓来已没行人路。长空尤未绽彤云，飘摇尚逐回风舞。对景衔杯，迎风索句，回头却笑无言语。为何终日未成吟？前山尚有青青处。

又怎见得雪似梨花？李易安夫人曾道：『行人舞袖拂梨花。』晁叔用有一词，名〔临江仙〕：

万里彤云密布，长空琼色交加。飞如柳絮落泥沙，前村归去路，舞袖拂梨花。此际堪描何处景？江湖小艇渔家。旋斟香醖过年华。披蓑乘远兴，顶笠过溪沙。

雪似三件物事，又有三个神人掌管。那三个神人？姑射真人，周琼姬，董双成。

周琼姬掌管芙蓉城；董双成掌管贮雪琉璃净瓶，瓶内盛着数片雪；每遇彤云密布，姑射真人用黄金箸敲出一片雪来，下一尺瑞雪。当日紫府真人安排筵会，请姑射真人、董双成，饮得都醉。把金箸敲着琉璃净瓶，待要唱只曲儿。错敲破了琉璃净瓶，倾出雪来，当年便好大雪。曾有只曲儿，名做〔忆瑶姬〕：

姑射真人，宴紫府，双成击破琼苞。零珠碎玉，被蕊宫仙子，撒向空抛。乾坤皓彩中宵，海月流光色共交。向晓来，银压琅玕，数枝斜坠玉鞭梢。荆山隈，碧水曲，际晚飞禽，冒寒归去无巢。檐前为爱成簪箸，不许儿童使杖敲。待效他当日袁安，谢女，才词咏嘲。

姑射真人是掌雪之神。又有雪之精，是一匹白骡子，身上抖下一根毛，下一丈雪。却有个神仙是洪厓先生管着，用葫芦儿盛着白骡子，赴罢紫府真人会，饮得酒醉，把葫芦塞得不牢，走了白骡子，却在番人界里退毛。洪崖先生因走了白骡子，下了一阵大雪。

且说一个官人，因雪中走了一匹白马，变成一件蹊跷神仙的事，举家白日上升，至今古迹尚存。萧梁武帝普通六年，冬十二月，有个谏议大夫姓韦名恕，因谏萧梁武帝奉持释教得罪，贬在滋生驷马监做判院。这官人：

中心正直，秉气刚强。有回天转日之言，怀逐佞去邪之见。

这韦官人受得滋生驷马监判院，这座监在真州六合县界上。萧梁武帝有一匹白马，名作『照殿玉狮子』：

蹄如玉削，体若琼妆。荡胸一片粉铺成，摆尾万条银缕散。能驰能载，走得千里程途；不喘不嘶，跳过三重阔涧。浑似狻猊生世上，恰如白泽下人间。

这匹白马，因为萧梁武帝追赶达摩禅师，到今时长芦界上有失，罚下在滋生驷马监，教牧养。当日大雪下，早晨起来，只见押槽来禀复韦谏议道：『有件祸事，——昨夜就槽头不见了那照殿玉狮子。』吓得韦谏议慌忙叫将一监养马人来，却是如何计结？就中一个押槽出来道：『这匹马容易寻。只看它雪中脚迹，便知着落。』韦谏议道：『说得是。』即时差人随着押槽，寻马脚迹。迤逦间行了数里田地，雪中见一座花园，但见：

粉妆台榭，琼锁亭轩。两边斜压玉栏杆，一径平钩银绶带。太湖石陷，恍疑盐虎深埋；松柏枝盘，好似玉龙高耸。径里草枯难辨色，亭前梅绽只闻香。

却是一座篱园。押槽看着众人道：『这匹马在这庄里。』即时敲庄门，见一个老儿出来。押槽相揖道：『借问则个。昨夜雪中滋生驷马监里走了一匹白马。这匹白马是梁皇帝骑的御马，名唤做「照殿玉狮子」。看这脚迹时，却正跳入篱园内来。老丈若还收得之时，却教谏议自备钱酒相谢。』老儿听得道：『不妨，马在家里。众人且坐，老夫请你们食件物事了去。』众人坐定，只见大伯子去到篱园根中，去那雪里面用手取出一个甜瓜来。看这瓜时，真个是：

绿叶和根嫩，黄花向顶开。香从辛里得，甜向苦中来。

那甜瓜藤蔓枝叶都在上面。众人心中道：『莫是大伯子收下的？』看那瓜颜色又新鲜。大伯取一把刀儿，削了瓜皮，打开瓜顶，一阵异气喷人。请众人吃了一个瓜，又再去雪中取出三个瓜来，道：『你们做老拙传话谏议，道张公教送这瓜来。』众人接了甜瓜。大伯从篱园后地牵出这匹白马来，还了押槽。押槽拢了马儿，谢了公公，众人都回滋生驷马监。见韦谏议，道：『可煞作怪！大雪中如何种得这甜瓜？』即时请出恭人来和这十八岁的小娘子都出来，打开这瓜，合家大小都食了。恭人道：『却罪过这老儿，与我收得马，又送瓜来，着个甚道理谢他？』

捻指过了两月，至次年春半，景色清明。恭人道：『今日天色晴和，好去谢那送瓜的张公，谢他收得马。』谏议即时教安排酒撙食垒，暖荡撩锅办几件食次。叫出十八岁女儿来，道：『我今日去谢张公，一就带你母子去游玩闲走则个。』谏议乘着马，随两乘轿子，来到张公门前，使人请出张公来，大伯连忙出来唱喏。恭人道：『前日相劳你收下马，今日谏议置酒，特来相谢。』就草堂上铺陈酒器，摆列杯盘，请张公同坐。大伯至三推辞，掇条凳子，横头坐地。酒至三杯，恭人问张公道：『公公贵寿？』大伯言：『老拙年已八十岁。』恭人又问：『公公几口？』大伯道：『孑然一身。』恭人说：『公公也少不得个婆婆相伴。』大伯应道：『便是没恁么巧头脑。』恭人道：『也是说个七十来岁的婆婆。』大伯道：『年纪须老，道不得个：百岁光阴如捻指，人生七十古来稀。』恭人道：『也是说一个六十来岁的。』大伯道：『老也，月过十五光明少，人到中年万事休。』恭人道：『也是说一个五十来岁的。』大伯又道：『老也，三十不荣，四十不富，五十看看寻死路。』恭人忍不得，自道，看我取笑他：『公公说个三十来岁的。』大伯道：『老也。』恭人说：『公公，如今要说几岁的？』大伯抬起身来，指定十八岁小娘子道：『若得此女以为匹配，足矣。』韦谏议当时听得说，怒从心上起，恶向胆边生，却不听他说话，叫那当值的都来要打那大伯。恭人道：『使不得！特地来谢他，却如何打他？这大伯年纪老，说话颠狂，只莫管他。』收拾了酒器自归去。

话里却说张公，一并三日不开门。六合县里有两个扑花的，一个唤做王三，一个唤做赵四，各把着大蒲篓来，寻张公打花。见他不开门，敲门叫他，见大伯一行说话，一行咳嗽，一似害痨病相思，气丝丝地。怎见得？曾有一〔夜游宫〕词：

四百四病人皆有，只有相思难受。不疼不痛在心头，魆魆地教人瘦。　愁逢花前月下，最怕黄昏时候，心头一阵痒将来，一两声咳嗽咳嗽。

看那大伯时。喉咙哑飒飒地出来道：『罪过你们来，这两日不欢，要花时打些个去，不要你钱。有件事相烦你两个：与我去寻两个媒人婆子，若寻得来时，相赠二百足钱，自买一角酒吃。』二人打花了自去。一时之间，寻得两个媒人来。这两个媒人：

开言成匹配，举口合和谐。掌人间凤只鸾孤，管宇宙孤眠独宿。折莫三重门户，选甚十二楼中？男儿下惠也生心，女子麻姑须动意。传言玉女，用机关把手拖来，侍香金童，下说辞拦腰抱住。引得巫山偷汉子，唆教织女害相思。

叫得两个媒婆来，和公公厮叫。张公道：『有头亲相烦说则个。这头亲曾相见，则是难说。先各与你三两银子，若讨得回报，各人又与你五两银子。说得成时，教你两人赚个小小富贵。』张媒、李媒便问：『公公，要说谁家小娘子？』张公道：『滋生驷马监里韦谏议有个女儿，年纪一十八岁，相烦你们去与我说则个。』两个媒婆含着笑笑，接了三两银子出去。行半里田地，到一个土坡上，张媒看着李媒道：『怎地去韦谏议宅里说？』张媒道：『容易，我两人先买一角酒吃，教脸上红拂拂地，走去韦谏议门前旋一遭，回去说与大伯，只道说了，还未有回报。』道犹未了，则听得叫道：『且不得去！』回头看时，却是那张公赶来。说道：『我猜你两个买一角酒，吃得脸上红拂拂地，韦谏议门前旋一遭回来，说与我道「未有回报」，还是恁地么？你如今要得好，急速便去，千万讨回报。』两个媒人见张公恁地说道，做着只得去。

两人同到滋生驷马监，倩人传报与韦谏议。谏议道：『教入来。』张媒、李媒见了。谏议道：『你两人莫是来说亲么？』两个媒人笑嘻嘻的，怕得开口。韦谏议道：『我有个大的儿子，二十二岁，现随王僧辩征北，不在家中；有个女儿，一十八岁，清官家贫，无钱嫁人。』两个媒人则在阶下拜，不敢说。韦谏议道：『不须多拜，有事但说。』张媒道：『有件事，欲待不说，为他六两银；欲待说，恐激恼谏议，又有些个好笑。』韦谏议问如何。张媒道：『种瓜的张老，没来历，今日使人来叫老媳妇两人，要说谏议的小娘子。得他六两银子，现在这里。』怀中取出那银子，教谏议看，道：『谏议周全时，得这银；若不周全，只得还他。』谏议道：『大伯子莫是疯？我女儿才十八岁，不曾要说亲。如今要我如何周全你这六两银子？』张媒道：『他说来，只问谏议觅得回报，便得六两银子。』谏议听得说，用指头指着媒人婆道：『做我传话那没见识的老子：要得成亲，来日办十万贯现钱为定礼，并要一色小钱，不要金钱准折。』教讨酒来劝了媒人，发付他去。

两个媒人拜谢了出来，到张公家，见大伯伸着脖项，一似望风宿鹅。等得两个媒人回来道：『且坐，生受不易！』且取出十两银子来，安在桌上，道：『起动你们，亲事圆备。』张媒问道：『如何了？』大伯道：『我丈人说，要我十万贯钱为定礼，并要小钱，方可成亲。』两个媒人道：『猜着了，果是谏议恁地说。公公，你却如何对付？』那大伯取出一掇酒来开了，安在桌子上，请两个媒人各吃了四盏。将这媒人转屋山头边来，指着道：『你看！』两个媒人用五轮八光左右两点瞳人，打一看时，只见屋山头堆垛着一便价十万贯小钱儿，道：『你们看，先准备在此了。』只就当日，教那两个媒人先去回报谏议，然后发这钱来，媒人自去了。

这里安排车仗，从里面叫出几个人来，都着紫衫，尽戴花红银揲子，推数辆太平车：

平川如雷吼，旷野似潮奔。猜疑地震天摇，仿佛星移日转。初观形象，似秦皇塞海鬼驱山；乍见威仪，若夏奡行舟临陆地。满川寒雁叫，一队锦鸡鸣。

车子上旗儿插着，写道：『张公纳韦谏议宅财礼。』众人推着车子，来到谏议宅前，喝起三声喏来，排着两行车子，使人入去，报与韦谏议。谏议出来看了车子，开着口则合不得。使人入去，说与恭人，却怎地对付！恭人道：『你不合勒他讨十万贯现钱，不知这大伯如今那里擘划将来？待不成亲，是言而无信；待与他成亲，岂有衣冠女子，嫁一园叟乎？』夫妻二人倒断不下，恭人道：『且叫将十八岁女儿前来，问这事却是如何。』女孩儿怀中取出一个锦囊来。原来这女子七岁时，不会说话。一日，忽然间道出四句言语来：

天意岂人知？应于南楚畿。寒灰热如火，枯杨再生稊。

自此后便会行文，改名文女。当时着锦囊盛了这首诗，收十二年。今日将来教爹爹看道：『虽然张公年纪老，恐是天意，却也不见得。』恭人见女儿肯，又见他果有十万贯钱，此必是奇异之人，无计奈何，只得成亲。拣吉日良辰，做起亲来。张公喜欢。正是：

旱莲得雨重生藕，枯木无芽再遇春。

做成了亲事卷帐回，带那儿女归去。韦谏议戒约家人，不许一人去张公家去。普通七年，夏六月间，谏议的儿子，姓韦名义方，文武双全，因随王僧辩北征回归，到六合县。当日天气热，怎见得？

万里无云驾六龙，千林不放鸟飞空。地燃石裂江湖沸，不见南来一点风。

相次到家中。只见路旁篱园里，有个妇女。头发蓬松，腰系青布裙儿，脚下拖双趿鞋，在门前卖瓜。这瓜：

西园摘处香和露，洗尽南轩暑。莫嫌坐上适无蝇，只恐怕寒难近玉壶冰。井花浮翠金盆小，午梦初回了。诗翁自是不归来，不是青门无地可移栽。

韦义方觉走得渴，向前要买个瓜吃。抬头一觑，猛叫一声道：『文女，你如何在这里？』文女叫：『哥哥，我爹爹嫁我在这里。』韦义方道：『我路上听得人说道，爹爹得十万贯钱，把你卖与卖瓜人张公，却是为何？』那文女把那前面的来历，对着韦义方从头说一遍。韦义方道：『我如今要与他相见如何？』文女道：『哥哥要见张公，你且少待。我先去说一声，却相见。』文女移身，已挺脚步入去房里，说与张公。复身出来道：『张公道你性如烈火，意若飘风，不肯教你相见。哥哥，如今要相见却不妨，只是勿生恶意。』说罢，文女引义方入去相见。大伯即时抹着腰出来。韦义方见了，道：『却不叵耐！恁么模样，却有十万贯钱娶我妹子，必是妖人。』一会子掣出太阿宝剑，觑着张公，劈头便剁将下去。只见剑把握在手里，剑却折做数段。张公道：『可惜又减了一个神仙！』文女推那哥哥出来，道：『教你勿生恶意，如何把剑剁他？』韦义方归到家中，参拜了爹爹妈妈，便问如何将文女嫁与张公。韦谏议道：『这大伯是个作怪人。』韦义方道：『我也疑他，把剑剁他不着，倒坏了我一把剑。』

次日早，韦义方起来，洗漱罢，系裹停当，向爹爹妈妈道：『我今日定要取这妹子归来；若取不得这妹子，定不归来见爹爹妈妈。』相辞了，带着两个当值，行到张公住处，但见平原空旷，踪迹荒凉。问那当方住的人道：『是有个张公，在这里种瓜。住二十来年。昨夜一阵乌风猛雨，今日不知所在。』韦义方大惊抬头，只见树上削起树皮，写着四句诗道：

两枚篚袋世间无，盛尽瓜园及草庐。要识老夫居止处，桃花庄上乐天居。

韦义方读罢了书，教当值四下搜寻。当值回来报道：『张公骑着匹蹇驴，小娘子也骑着匹蹇驴儿，带着两枚篚袋，取真州路上而去。』韦义方和当值三人，一路赶上，则见路上人都道：『见大伯骑着蹇驴，女孩儿也骑驴儿。那小娘子不肯去，哭告大伯道：「教我归去相辞爹妈。」那大伯把一条杖儿在手中，一路上打将这女孩儿去。好恓惶人！令人不忍见。』韦文方听得说，两条忿气，从脚板灌到顶门；心上一把无明火，高三千丈，按捺不下。带着当值，迤逦去赶。约莫去不得数十里，则是赶不上。直赶到瓜洲渡口，人道见他方过江去。韦义方教讨船渡江，直赶到茅山脚下。问人时，道他两个上茅山去。韦义方分付了当值，寄下行李，放客店中了，自赶上山去。

行了半日，那里得见桃花庄？正行之次，见一条大溪拦路，但见：

寒溪湛湛，流水冷冷。照人清影澈冰壶，极目浪花翻瑞雪。垂杨掩映长堤岸，世俗行人绝往来。

韦义方到溪边，自思量道：『赶了许多路，取不得妹子归去，怎地见得爹爹妈妈？不如跳在溪水里死休。』迟疑之间，着眼看时，则见溪边石壁上，一道瀑布泉流将下来，有数片桃花，浮在水面上。韦义方道：『如今是六月，怎得桃花片来？上面莫是桃花庄，我那妹夫张公住处？』则听得溪对岸一声哨笛儿响，看时，见一个牧童骑着蹇驴，在那里吹这哨笛儿，但见：

浓绿成阴古渡头，牧童横笛倒骑牛。笛中一曲〔升平乐〕，唤起离人万种愁。

牧童近溪边来，叫一声：『来者莫是韦义方？』义方应道：『某便是。』牧童说：『奉张真人法旨，教请舅舅过来。』牧童教蹇驴渡水，令韦官人坐在驴背上渡过溪去。牧童引路，到一所庄院。怎见得？有〔临江仙〕为证：

快活无过庄家好，竹篱茅舍清幽。春耕夏种及秋收。冬间观瑞雪，醉倒被蒙头。 门外多栽榆柳树，杨花落满溪头。绝无闲闷与闲愁。笑他名利客，役役市廛游。

到得庄前，小童入去，从篱园里走出两个朱衣吏人来，接见这韦义方，道：『张真人方治公事，未暇相待，令某等相款。』遂引到一个大四望亭子上，看这牌上写着：『翠竹亭』，但见：

茂林郁郁，修竹森森。翠阴遮断屏山，密叶深藏轩槛。烟锁幽亭仙鹤唳，云迷深谷野猿啼。

亭子上铺陈酒器，四下里都种夭桃艳杏，异卉奇葩，簇着这座亭子。朱衣吏人与义方就席饮宴，义方欲待问张公是何等人，被朱衣吏人连劝数杯，则问不得。及至筵散，朱衣相辞自去，独留韦义方在翠竹轩，只教少待。

韦义方等待多时无信，移步下亭子来。正行之间，在花木之外，见一座殿屋，里面有人说话声。韦义方把舌头舔开朱红毬路亭隔看时，但见：

朱栏玉砌，峻宇雕墙。去屏与珠箔齐开，宝殿共琼楼对峙。灵芝丛畔，青鸾彩凤交飞；琪树阴中，白鹿玄猿并立。玉女金童排左右，祥烟瑞气散氤氲。

见这张公顶冠穿履，佩剑执圭，如王者之服，坐于殿上。殿下列两行朱衣吏人，或神或鬼。两面铁枷，上手枷着一个紫袍金带的人，称是某州城隍，因境内虎狼伤人，有失检举；下手枷着一个顶盔贯甲，称是某州某县山神，虎狼损害平人，部辖不前。看这张公书断，各有罪名。韦义方就窗眼内望见，失声叫道：『怪哉，怪哉！』殿上官吏听得，即时差两个黄巾力士，捉将韦义方来，驱至阶下。官吏称韦义方不合漏泄天机，合当有罪，急得韦义方叩头告罪。真人正恁么说，只见屏风后一个妇人，凤冠霞帔，珠履长裙，转屏风背后出来，正是义方妹子文女，跪告张公道：『告真人，念是妾亲兄之面，可饶恕他。』张公道：『韦义方本合为仙，不合以剑剁吾，吾以亲戚之故，不见罪。今又窥觑吾之殿宇，欲泄天机，看你妹妹面，饶你性命。我与你十万钱，把件物事与你为照去支讨。』张公移身，已挺脚步入殿里。去不多时，取出一个旧席帽儿，付与韦义方，教往扬州开明桥下，寻开生药铺申公，凭此为照，取钱十万贯。张公道：『仙凡异路，不可久留。』令吹哨笛的小童，送韦舅乘蹇驴，出这桃花庄去。到溪边，小童就驴背上把韦义方一推，头掉脚掀，撷将下去。义方如醉醒梦觉，却在溪岸上坐地。看那怀中，有个帽儿。似梦非梦，迟疑未决。且只得携着席帽儿，取路下山来。

回到昨所寄行李店中，寻两个当值不见。只见店二哥出来，说道：『二十年前有个韦官，寄下行李，上茅山去耽搁，两个当值等不得，自归去了。如今恰好二十年，是隋炀帝大业二年。』韦义方道：『昨日才过一日，却是二十年。我且归去六合县滋生驷马监，寻我二亲。』便别了店主人，来到六合县。问人时，都道二十年前滋生驷马监里，有个韦谏议，一十三口白日上升，至今升仙台古迹尚存，道是有个直阁，去了不归。韦义方听得说，仰面大哭。二十年则一日过了，父母俱不见，一身无所归。如今没计奈何，且去寻申公讨这十万贯钱。

当时从六合县取路，迤逦直到扬州，问人寻到开明桥下，果然有个申公，开生药铺。韦义方来到生药铺前，见一个老儿：

生得形容古怪，装束清奇。颔边银剪苍髯，头上雪堆白发。鸢肩龟背，有如天降明星；鹤骨松形，好似化胡老子。多疑商岭逃秦客，料是溪执钓人。

在生药铺里坐。韦义方道：『老丈拜揖！这里莫是申公生药铺？』公公道：『便是。』韦义方着眼看生药铺橱里：

四个茖荖三个空，一个盛着西北风。

韦义方肚里思量道：『却那里讨十万贯钱支与我？』且问大伯，买三文薄荷。公公道：『好薄荷！《本草》上说凉头明目，要买几文？』韦义方道：『回三钱。』公公道：『恰恨缺。』韦义方道：『回些个百药煎。』公公道：『百药煎能消酒面，善润咽喉，要买几支？』韦义方道：

『回三钱。』公公道：『恰恨卖尽。』韦义方道：『回些甘草。』公公道：『好甘草！性平无毒，能随诸药之性，解金石草木之毒，市语叫做「国老」，要买几文？』韦义方道：『问公公回五钱。』公公道：『好教官人知，恰恨也缺。』韦义方对着公公道：『我不来买生药，一个人传语，是种瓜的张公。』申公道：『张公却没事，传语我做什么？』韦义方道：『教我来讨十万贯钱。』申公道：『钱却有，何以为照？』韦义方去怀里摸索一和，把出席帽儿来。申公看着青布帘里，叫浑家出来看。青布帘起处，见个十七八岁的女孩儿出来，道：『丈夫叫则甚？』韦义方心中道：『却和那张公一般，爱娶后生老婆。』申公教浑家看这席帽儿，是也不是？女孩儿道：『前日张公骑着蹇驴儿，打门前过，席帽儿绽了，教我缝。当时没皂线，我把红线缝着顶上。』翻过来看时，果然红线缝着顶。申公即时引韦义方入去家里，交还十万贯钱。韦义方得这项钱，把来修桥作路，散与贫人。

忽一日，打一个酒店前过，见个小童，骑只驴儿。韦义方认得是当日载他过溪的，问小童道：『张公在那里？』小童道：『现在酒店楼上，共申公饮酒。』韦义方上酒店楼上来，见申公与张公对坐，义方便拜。张公道：『我本上仙长兴张古老，文女乃上天玉女，只因思凡，上帝恐被凡人点污，故令吾托此态取归上天。韦义方本合为仙，不合杀心太重，只可受扬州城隍都土地。』道罢，用手一招，叫两只仙鹤。申公与张古老各乘白鹤，腾空而去。则见半空遗下一幅纸来，拂开看时，只见纸上题着八句诗，道是：

一别长兴二十年，锄瓜隐迹暂居廛。因嗟世上凡夫眼，谁识尘中未遇仙？授职义方封土地，乘鸾文女得升天。从今跨鹤楼前景，壮观维扬尚俨然。

第三十四卷

李公子救蛇获称心

劝人休诵经，念甚消灾咒！经咒总慈悲，冤业如何救？种麻还得麻，种豆还得豆。报应本无私，作了还自受。

这八句言语，乃徐神翁所作，言人在世，积善逢善，积恶逢恶。古人有云：『积金以遗子孙，子孙未必能守；积书以遗子孙，子孙未必能读；不如积阴德于冥冥之中，以为子孙长久之计。昔日孙叔敖晓出，见两头蛇一条，横截其路。孙叔敖用砖打死而埋之。归家告其母曰：『儿必死矣。』母曰：『何以知之？』敖曰：『尝闻人见两头蛇者必死，儿今日见之。』母曰：『何不杀乎？』叔敖曰：『儿已杀而埋之，免使后人再见，以伤其命，儿宁一身受死。』母曰：『儿有救人之心，此乃阴骘，必然不死。』后来叔敖官拜楚相。今日说一个秀才，救一条蛇，亦得后报。

南宋神宗朝熙宁年间，汴梁有个官人，姓李，名懿，由杞县知县，除佥杭州判官。本官世本陈州人氏，有妻韩氏。子李元，字伯元，学习儒业。李懿到家收拾行李，不将妻子，只带两个仆人，到杭州赴任。在任倏忽一年。猛思子李元在家攻书，不知近日学业如何？写封家书，使王安往陈州，取孩儿李元来杭州，早晚作伴，就买书籍。王安辞了本官，不一日，至陈州，参见恭人，呈上家书。书院中唤出李元，令读了父亲家书，收拾行李。李元在前曾应举不第，近日琴书意懒，只游山玩水，以自娱乐。闻父命呼召，收拾琴剑书籍，拜辞母亲，与王安登程。沿路觅船，不一日，到扬子江。李元看了江山景物，观之不足，乃赋诗曰：

西出昆仑东到海，惊涛拍岸浪掀天。月明满耳风雷吼，一派江声送客船。

渡江至润州，迤逦到常州，过苏州，至吴江。

是日申牌时分，李元舟中看见吴江风景，不减潇湘图画，心中大喜，令艄公泊舟近长桥之侧。元登岸上桥，来垂虹亭上，凭栏而坐，望太湖晚景。李元观之不足，忽见桥东一带粉墙中有殿堂，不知何所。却值渔翁卷网而来，揖而问之：『桥东粉墙，乃是何家？』渔人曰：『此三高士祠。』李元问曰：『三高何人也？』渔人曰：『乃范蠡、张翰、陆龟蒙三个高士。』元喜，寻路渡一横桥，至三高士祠。入侧门观石碑。上堂见三人列坐，中范蠡，左张翰，右陆龟蒙。李元寻思间，一老人策杖而来。问之，乃看祠堂之人。李元曰：『此祠堂几年矣？』老人曰：『近千余年矣。』元曰：『吾闻张翰在朝，曾为显官，因思鲈鱼莼菜之美，弃官归乡，彻老不仕，乃是急流中勇退之人，世之高士也。陆龟蒙绝代诗人，隐居吴淞江上，惟以养鸭为乐，亦世之高士。此二人立祠，正当其理。范蠡乃越国之上卿，因献西施于吴王夫差，就中取事，破了吴国。后见越王义薄，扁舟遨游五湖，自号鸱夷子。此人虽贤，乃吴国之仇人，如何于此受人享祭？』老人曰：『前人所建，不知何意。』李元于老人处借笔砚，题诗一绝于壁间，以明鸱夷子不可于此受享。诗曰：

地灵人杰夸张陆，共预清祠事可宜。千载难消亡国恨，不应此地着鸱夷。

题罢，还了老人笔砚，相辞出门。见数个小孩儿，用竹杖于深草中戏打小蛇。李元近前视之，见小蛇生得奇异，金眼黄口，赭身锦鳞，体如珊瑚之状，腮下有绿毛，可长寸余。其蛇长尺余，如瘦竹之形。元见尚有游气，慌忙止住小童休打，『我与你铜钱百文，可将小蛇放了，卖与我。』小童簇定要钱，李元将朱蛇用衫袖包裹，引小童到船边，与了铜钱自去。唤王安开书箱取艾叶煎汤，少等温贮于盘中，将小蛇洗去污血。命艄公开船，远望岸上草木茂盛之处，急无人到，就那里将朱蛇放了。蛇乃回头数次，看着李元。元曰：『李元今日放了你，可于僻静去处躲避，休再教人见。』朱蛇游入水中，穿波底而去。李元令移舟望杭州而行。

三日已到，拜见父亲，言讫家中之事，父问其学业，李元一一对答，父心甚喜。在衙中住了数日，李元告父曰：『母亲在家，早晚无人侍奉，儿欲归家，就赴春选。』父乃收拾俸余之资，买些土物，令元回乡，又令王安送归。行李已搬下船，拜辞父亲，与王安二人离了杭州。出东新桥官塘大路，过长安坝，至嘉禾，近吴江。从旧岁所观山色湖光，意中不舍。到长桥时，日已平西，李元教暂住行舟，且观景物，宿一宵来早去。就桥下湾住船，上岸独步。上桥，登垂虹亭，凭阑伫目。遥望湖光潋滟，山色空蒙；风定渔歌聚，波摇雁影分。

正观玩间，忽见一青衣小童，进前作揖，手执名榜一纸，曰：『东人有名榜在此，欲见解元，未敢擅便。』李元曰：『汝东人何在？』青衣曰：『在此桥左，拱听呼唤。』李元看名榜纸上一行书云：『学生朱伟谨谒。』元曰：『汝东人莫非误认我乎？』『青衣曰：『正欲见解元，安得误耶！』李元曰：『我自来江左，并无相识，亦无姓朱者来往为友，多敢同姓者乎？』青衣曰：『正欲见通判相公李衙内李伯元，岂有误耶！』李元曰：『既然如此，必是斯文，请来相见何碍。』青衣去了不多时，引一秀才至，眉清目秀，齿白唇红，飘飘然有凌云之气。那秀才见李元先拜，元慌忙答礼。朱秀才曰：『家尊与令祖相识甚厚，闻先生自杭而回，特命学生伺候已久。倘蒙不弃，少屈文旆，至舍下与家尊略叙旧谊。可乎？』李元曰：『元年幼，不知先祖与君家有旧，失于拜望，幸乞恕察。』朱秀才曰：『蜗居只在咫尺，幸勿见却。』李元见朱秀才坚意叩请，乃随秀才出垂虹亭，至长桥尽处。柳阴之中，泊一画舫，上有数人，容貌魁梧，衣装鲜丽。邀元下船，见船内五彩装画，裀褥铺设，皆极富贵，元早惊异。朱秀才教开船，从者荡桨，舟去如飞，两边搅起浪花，如雪飞舞。须臾之间，船已到岸，朱秀才请李元上岸。元见一带松柏，亭亭如盖，沙草滩头，摆列着紫衫银带约二十余人，两乘紫藤兜轿。李元问曰：『此公吏何府第之使也？』朱秀才曰：『此家尊之所使也。请上轿，咫尺便是。』李元惊惑之甚，不得已上轿。左右呵喝入松林，行不一里，见一所宫殿，背靠青山，面朝绿水。水上一桥，桥上列花石栏干，宫殿上盖琉璃瓦，两廊上皆捣红泥墙壁。朱门三座，上有金字牌，题曰『玉华之宫』。轿至宫门，请下轿。李元不敢挪步，战栗不已。宫门内有两人出迎，皆头顶貂蝉冠，身披紫罗襕，腰系黄金带，手执花纹简，进前施礼，请曰：『王上有命，谨请解元。』李元半晌不能对答。朱秀才在侧曰：『吾父有请，慎勿惊疑。』李元曰：『此何处也？』秀才曰：『先生到殿上便知也。』李元勉强随二臣宰行，从东廊历阶而进，上月台，见数十个人皆锦衣，簇拥一老者出殿上。其人蝉冠大袖，朱履长裙，手执玉圭，进前迎迓。李元慌忙下拜。王者命左右扶起。王曰：『坐邀文旆，甚非所宜，幸沐来临，万乞情恕。』李元但只唯唯答应而已。

左右迎引入殿，王升御座，左手下设一绣墩，请解元登席。元再拜于地，曰：『布衣寒生，王上御前，安敢侍坐？』王曰：『解元于吾家有大恩，今令长男邀请至此，坐之何碍。』二臣宰请曰：『王上敬礼，先生勿辞。』李元再三推却，不得已低首躬身，坐于绣墩。王乃唤小儿来拜恩人。

少顷，屏风后宫女数人，拥一郎君至。头戴小冠，身穿绛衣，腰系玉带，足蹑花靴，面如敷粉，唇似涂脂，立于王侧。王曰：『小儿外日游于水际，不幸为顽童所获；若非解元一力救之，则身为齑粉矣。众族感戴，未尝忘报。今既至此，吾儿可拜谢之。』小郎君近前下拜，李元慌忙答礼。王曰：『君是吾儿之大恩人也，可受礼。』命左右扶定，令儿拜讫。

李元仰视王者满面虬髯，目有神光，左右之人，形容皆异，方悟此处是水府龙宫，所见者龙君也；傍立年少郎君，即向日三高士祠后所救之小蛇也。元慌忙稽颡，拜于阶下。王起身曰：『此非待恩人处，请入宫殿后，少进杯酌之礼。』李元随王转玉屏，花砖之上，皆铺绣褥，两旁皆绷锦步障。出殿后，转行廊，至一偏殿。但见金碧交辉，内列龙灯凤烛，玉炉喷沉麝之香，绣幕飘流苏之带。中设二座，皆是蛟绡拥护，李元惊怕而不敢坐。王命左右扶李元上座。两边仙音缭绕，数十美女，各执乐器，依次而入。前面执宝杯盘进酒献果者，皆绝色美女。但闻异香馥郁，瑞气氤氲，李元不知手足所措，如醉如痴。王命二子进酒，二子皆捧觞再拜。抬上果桌，贮目观之，器皿皆是玻璃、水晶、琥珀、玛瑙为之，曲尽巧妙，非人间所有。王自起身与李元劝酒，其味甚佳，肴馔极多，不知何物。王令诸宰臣轮次举杯相劝，李元不觉大醉，起身拜王曰：『臣实不胜酒矣。』俯伏在地而不能起。王命侍从扶出殿外，送至客馆安歇。

李元酒醒，红日已透窗前。惊起视之，房内床榻帐幔，皆是蛟绡围绕。从人安排洗漱已毕，见夜来朱秀才来房内相邀，并不穿世之儒服，裹毬头帽，穿绛绡袍，玉带皂靴，从者各执斧钺。李元曰：『夜来大醉，甚失礼仪。』朱伟曰：『无可相款，幸乞情恕。父王久等，请恩人到偏殿进膳。』引李元见王曰：『解元且宽心怀，住数日去亦不迟。』李元再拜曰：『荷王上厚意。家尊令李元归乡侍母，就赴春选，日已逼近。更兼仆人久等，不见必忧；倘回杭报父得知，必生远虑。因此不敢久留，只此告退。』王曰：『既解元要去，不敢久留。虽有纤粟之物，不足以报大恩，但欲者当一一奉纳。』李元曰：『安敢过望，平生但得称心足矣。』王笑曰：『解元既欲吾女为妻，敢不奉命。但三载后，须当复回。』王乃传言，唤出称心女子来。

须臾，众侍女簇拥一美女至前，元乃偷眼观之，雾鬓云鬟，柳眉星眼，有倾国倾城之貌，沉鱼落雁之容。王指此女曰：『此是吾女称心也。君既求之，愿奉箕帚。』李元拜于地曰：『臣所欲称心者，但得一举登科，以称此心，岂敢望天女为配偶耶？』王曰：『此女小名称心，既以许君，不可悔矣。若欲登科，只问此女，亦可办也。』王乃唤朱伟送此妹与解元同去。李元再拜谢。

朱伟引李元出宫，同到船边，见女子已改素妆，先在船内。朱伟曰：『尘世阻隔，不及亲送，乃乞保重。』李元曰：『君父王，何贤圣也？愿乞姓名。』朱伟曰：『吾父乃西海群龙之长，多立功德，奉玉帝敕命，令守此处。幸得水洁波澄，足可荣吾子孙。君此去切不可泄漏天机，恐遭大祸，吾妹处亦不可问仔细。』元拱手听罢，作别上船。朱伟又将金珠一包相送。但耳畔闻风雨之声，不觉到长桥边。从人送女子并李元登岸，与了金珠，火急开船，两桨如飞，倏忽不见。

李元似梦中方觉，回观女子在侧，惊喜。元语女子曰：『汝父令汝与我为夫妇，你还随我去否？』女子曰：『妾奉王命，令吾侍奉箕帚，但不可以告家中人，若泄漏则妾不能久住矣。』李元引女子同至船边，仆人王安惊疑，接入舟中曰：『东人一夜不回，小人何处不寻？竟不知所在。』李元曰：『吾见一友人，邀于湖上饮酒，就以此女与我为妇。』王安不敢细问情由，请女子下船，将金珠藏于囊中，收拾行船。

一路涉河渡坝，看看来到陈州。升堂参见老母，说罢父亲之事，跪而告曰：『儿在途中娶得一妇，不曾得父母之命，不敢参见。』母曰：『男婚女聘，古之礼也。你既娶妇，何不领归？』母命引称心女子拜见老母，合家大喜。自搬回家，不过数日，已近试期。李元见称心女子聪明智慧，无有不通，乃问曰：『前者汝父曾言，若欲登科，必问于汝。来朝吾入试院，你有何见识教我？』女子曰：『今晚吾先取试题，汝在家中先做了文章，来日依本去写。』李元曰：『如此甚妙，此题目从何而得？』女子曰：『吾闭目作用，慎勿窥戏。』李元未信。女子归房，坚闭其门。但闻一阵风起，帘幕皆卷。约有更余，女子开户而出，手执试题与元。元大喜，恣意检本，做就文章。来日入院，果是此题，一挥而出。后日亦如此，连三场皆是女子飞身入院，盗其题目。待至开榜，李元果中高科，初任江州佥判，闾里作贺，走马上任。一年，改除奏院。三年任满，除江南吴江县令，引称心女子，并仆从五人，辞父母来本处之任。

到任上不数日，称心女子忽一日辞李元曰：『三载之前，为因小弟蒙君救命之恩，父母教奉箕帚。今已过期，即当辞去，君宜保重。』李元不舍，欲向前拥抱，被一阵狂风，女子已飞于门外，足底生云，冉冉腾空而去。李元仰面大哭。女子曰：『君勿误青春，别寻佳配。官至尚书，可宜退步。妾若不回，必遭重责。聊有小诗，永为表记。』空中飞下花笺一幅，有诗云：

三载酬恩已称心，妾身归去莫沉吟。玉华宫内浪埋雪，明月满天何处寻？

李元终日悒怏。后三年官满，回到陈州，除秘书，王丞相招为婿，累官至吏部尚书。直至如今，吴江西门外有龙王庙尚存，乃李元旧日所立。有诗云：

昔时柳毅传书信，今日李元逢称心。恻隐仁慈行善事，自然天降福星临。

第三十五卷

简帖僧巧骗皇甫妻

白苎轻衫入嫩凉，春蚕食叶响长廊。禹门已准桃花浪，月殿先收桂子香。鹏北海，凤朝阳，又携书剑路茫茫。明知此日登云去，却笑人间举子忙。

长安京北有一座县，唤做咸阳县，离长安四十五里。一个官人，复姓宇文，名绶，离了咸阳县，来长安赶试，一连三番试不遇。有个浑家王氏，见丈夫试不中归来，把复姓为题，做一个词儿嘲笑丈夫，名唤做〔望江南〕，词道是：

公孙恨，端木笔俱收。枉念西门分手处，闻人寄信约深秋，拓拔泪交流。 宇文弃，闷驾独孤舟。不望手勾龙虎榜，慕容颜好一齐休。甘分守闾丘。

那王氏意不尽，看着丈夫，又做四句诗儿：

良人得意负奇才，何事年年被放回？君面从今羞妾面，此番归后夜间来。

宇文解元从此发愤道：『试不中，定是不回。』到得来年，一举成名了，只在长安住，不肯归去。浑家王氏，见丈夫不归，理会得道：『我曾作诗嘲他，可知道不归。』修一封书，叫当值王吉来，『你与我将这书去四十五里把与官人。』书中前面略叙寒暄，后面做只词儿，名唤〔南柯子〕，词道：

鹊喜噪晨树，灯开半夜花。果然音信到天涯，报道玉郎登第出京华。 旧恨消眉黛，新欢上脸霞。从前都是误疑他，将谓经年狂荡不归家。

这词后面，又写四句诗道：

长安此去无多地，郁郁葱葱佳气浮。良人得意正年少，今夜醉眠何处楼？

宇文绶接得书，展开看读了词，看罢诗，道：『你前回做诗，教我从今归后夜间来，我今试遇了，却要我回！』就旅邸中取出文房四宝，做了只曲儿，唤做〔踏莎行〕：

足蹑云梯，手攀仙桂，姓名高挂登科记。马前喝道状元来，金鞍玉勒成行缀。 宴罢归来，恣游花市，此时方显平生志。修书速报凤楼人，这回好个风流婿。

做毕这词，取张花笺，折叠成书，待要写了付与浑家。正研墨，觉得手重，惹翻砚水滴儿打湿了纸。再把一张纸折叠了，写成一封家书，付与当值王吉，教分付家中孺人：『我今在长安试遇了，到夜了归来。急去传与孺人，不到夜我不归来。』王吉接得书，唱了喏，四十五里田地，直到家中。

话里且说宇文绶发了这封家书，当日天晚，客店中无甚的事，便去睡。方才朦胧睡着，梦见归去，到咸阳县家中，见当值王吉在门前一壁脱下草鞋洗脚。宇文绶问道：『王吉，你早归了？』再四问他不应。宇文绶焦躁，抬起头来看时，见浑家王氏，把着蜡烛入去房里。宇文绶赶上来，叫：『孺人，我归了。』浑家不睬他。又说一声，浑家又不睬。宇文绶不知身是梦里，随浑家入房去，看这王氏放烛在桌子上，取早间这一封书，头上取下金篦儿，一剔剔开封皮看时，却是一幅白纸。浑家含笑，就烛下把起笔来，于白纸上写了四句：

碧纱窗下启缄封，一纸从头彻底空。知汝欲归情意切，相思尽在不言中。

写毕，换个封皮，再来封了。那浑家把金篦儿去剔那烛烬，一剔剔在宇文绶脸上，吃了一惊，撒然睡觉，却在客店里床上睡，烛犹未灭。桌子上看时，果然错封了一幅白纸归去，取一幅纸写这四句诗。到得明日早饭后，王吉把那封回书来，拆开看时，里面写着四句诗，便是夜来梦里见那浑家做的一般。当便安排行李，即时回家去。

这便唤做『错封书』，下来说的便是『错下书』。有个官人，夫妻两口儿，正在家坐地，一个人送封简帖儿来，与他浑家。只因这封简帖儿，变出一本跷蹊作怪的小说来，正是：

尘随马足何年尽？事系人心早晚休。

有〔鹧鸪〕词一首，单道着佳人：

淡画眉儿斜插梳，不欢拈弄绣工夫。云窗雾阁深深处，静拂云笺学草书。　多艳丽，更清姝。神仙标格世间无。当时只说梅花似，细看梅花却不如。

东京汴州开封府枣槊巷里，有个官人，复姓皇甫，单名松，本身是左班殿值。年二十六岁，有个妻子杨氏，年二十四岁。一个十三岁的丫环，名唤迎儿。只这三口，别无亲戚。当时皇甫殿值官差去押衣袄上边，回来是年节了。

这枣槊巷口一个小小的茶坊，开茶坊的唤做王二。当日茶市已罢，已是日中，只见一个官人入来，那官人生得：

浓眉毛，大眼睛，蹶鼻子，略绰口头上裹一顶高样大桶子头巾，着一领大宽袖斜襟褶子，下面衬贴衣裳，甜鞋净袜。

入来茶坊里坐下。开茶坊的王二拿着茶盏，进前唱喏奉茶。那官人接茶吃罢，看着王二道：『少借这里等个人。』王二道：『不妨。』等多时，只见一个男女，名叫僧儿，托个盘儿，口中叫卖鹌鹑馉饳儿。官人把手打招，叫：『买馉饳儿。』僧儿见叫，托盘儿入茶坊内，放在桌上，将条篾黄穿那馉饳儿，捏些盐放在官人面前道：『官人，吃馉饳儿。』官人道：『我吃，先烦你一件事。』僧儿道：『不知要做什么？』那官人指着枣槊巷里第四家，问僧儿：『认得这人家么？』僧儿道：『认得，那里是皇甫殿值家里。殿值押衣袄上边，方才回家。』官人问道：『他家有几口？』僧儿道：『只是殿值，一个小娘子，一个小养娘。』官人道：『你认得那小娘子也不？』僧儿道：『小娘子寻常不出帘儿外面，有时叫僧儿买峂㠓儿，常去认得，问他做什么？』官人去腰里取下版金线箧儿，抖下五十来钱，安在僧儿盘子里。僧儿见了，可煞喜欢，叉手不离方寸：『告官人，有何使令？』官人道：『我相烦你则个。』袖中取出一张白纸，包着一对落索环儿，两只短金钗子，一个简帖儿，付与僧儿道：『这三件物事，烦你送去适间问的小娘子。你见殿值，不要送与他。见小娘子时，你只道官人再三传语，将这三件物来与小娘子，万望笑留。你便去，我只在这里等你回报。』那僧儿接了三件物事，把盘子寄在王二茶坊柜上，僧儿托着三件物事，入枣槊巷来。到皇甫殿值门前，把青竹帘掀起，探一探，当时皇甫殿值正在前面交椅上坐地，只见卖馉饳儿的小厮掀起帘子，猖猖狂狂，探了一探，便走。皇甫殿值看着那厮，震威一喝，便是：

当阳桥上张飞勇，一喝曹公百万兵。

喝那厮一声，问道：『做什么？』那厮不顾便走。皇甫殿值拽开脚，两步赶上，捽那厮回来，问道：『甚意思，看我一看了便走？』那厮道：『一个官人，教我把三件物事与小娘子，不教把来与你。』殿值问道：『什么物事？』那厮道：『你莫问，不要把与你。』皇甫殿值捻得拳头没缝，去顶门上屑那厮一暴，道：『好好地把出来教我看！』那厮吃了一暴，只得怀里取出一个纸裹儿，口里兀自道：『教我把与小娘子，又不教把与你，你却打我则甚？』皇甫殿值劈手夺了纸包儿，打开看，里面一对落索环儿，一双短金钗，一个简帖儿。皇甫殿值接得三件物事，拆开简帖，看时：

某惶恐再拜，上启小娘子妆前：即日孟春初时，恭惟懿处起居万福。某外日荷蒙持杯之款，深切仰思，未尝少替。某偶以薄干，不及亲诣，聊有小词，名〔诉衷情〕，以代面禀，伏乞懿览。

词道是：

知伊夫婿上边回，懊恼碎情怀。落索环儿一对，简子与金钗。伊收取，莫疑猜，且开怀。自从别后，孤帏冷落，独守书斋。

皇甫殿值看了简帖儿，劈开眉下眼，咬碎口中牙。问僧儿道：『谁教你把来？』僧儿用手指着巷口王二哥茶坊里道：『有个粗眉毛、大眼睛、蹶鼻子、略绰口的官人，教我把来与小娘子，不教我把与你。』皇甫殿值一只手捽住僧儿狗毛，出这枣槊巷，径奔王二哥茶坊前来。僧儿指着茶坊道：『恰才在这里面打的床铺上坐地的官人，教我把来与小娘子，又不教把与你，你却打我！』皇甫殿值见茶坊没人，骂声：『鬼话！』再捽僧儿回来，不由开茶坊的王二分说。

当时到家里，殿值把门来关上，搌来搌了，唬得僧儿战做一团。殿值从里面叫出二十四岁花枝也似浑家出来，道：『你且看这件物事！』那小娘子又不知上件因依，去交椅上坐地。殿值把那简帖儿和两件物事度与浑家看。那妇人看着简帖儿上言语，也没理会处。殿值道：你见我三个月日押衣袄上边，不知和甚人在家中吃酒？』小娘子道：『我和你从小夫妻，你去后，何曾有人和我吃酒？』殿值道：『既没人，这三件物从那里来？』小娘子道：『我怎知？』殿值左手指，右手举，一个漏风掌打将去。小娘子则叫得一声，掩着面，哭将入去。皇甫殿值再叫将十三岁迎儿出来，去壁上取下一把箭簝子来，放在地上，叫过迎儿，看着迎儿，生得：

短胳膊，琵琶腿，劈得柴，打得水，会吃饭，能窝屎。

皇甫松去衣架上取下一条绦来，把妮子缚了两只手，掉过屋梁去，直下打一抽，吊将妮子起去。拿起箭簝子竹来，问那妮子道：『我出去三个月，小娘子在家中和甚人吃酒？』妮子道：『不曾有人。』皇甫殿值拿起箭簝子竹，去妮子腿下便摔，摔得妮子杀猪也似叫。又问又打，那妮子吃不得打，口中道出一句来：『三个月殿值出去，小娘子夜夜和个人睡。』皇辅殿值道：『好也！』放下妮子来，解了绦，道：『你且来，我问你，是和兀谁睡？」那妮子揩着眼泪道：「告殿值，实不敢相瞒，自从殿值出去后，小娘子夜夜和个人睡，不是别人，却是和迎儿睡。」皇甫殿值道：「这妮子，却不弄我！」喝将过去。带一管锁，走出门去，拽上那门，把锁锁了。走去转湾巷口，叫将四个人来，是本地方所由，如今叫做「连手」，又叫做「巡军」。张千、李万、董超、薛霸四人，来到门前，用钥匙开了锁，推开门。从里面扯出卖馉饳的僧儿来，道：「烦上名收领这厮。」四人道：「父母官使令，领台旨。」殿值道：「未要去，还有人哩。」从里面叫出十三岁的迎儿，和二十四岁花枝的浑家，道：「和他都领去。」四人唱喏道：「告父母官，小人怎敢收领孺人？」殿值发怒道：「你们不敢领他，这件事干人命。」唬倒四个所由，只得领小娘子和迎儿并卖馉饳的僧儿三个同去，解到开封钱大尹厅下。

皇甫殿值就厅下唱了大尹喏，把那简帖儿呈复了。钱大尹看罢，即时教押下一个所属去处，叫将山前行山定来。当时山定承了这件文字，叫僧儿问时，应道：「则是茶坊里见个粗眉毛、小眼睛、蹶鼻子、略绰口的官人，他把这封简子来与小娘子，打杀也只是恁地供诏！」问这迎儿，迎儿道：「即不曾有人来同小娘子吃酒，亦不知付简帖儿来的是何人，打杀也只是恁地供招！」却待问小娘子，小娘子道：「自从少年夫妻，都无一个亲戚往来，只有夫妻二人，亦不知把简帖儿来的是何等人。」山前行山定看着小娘子，生得恁地瘦弱，怎禁得打勘？怎地讯问他？从里面交拐将过来两个狱卒，押出一个罪人来，看这罪人时：

面长皴轮骨，胲生渗癞腮。犹如行病鬼，到处降人灾。

这罪人原是个强盗头儿，绰号「静山大王」。小娘子见这罪人，把两只手掩着面，那里敢开眼。山前行喝着狱卒道：「还不与我施行！」狱卒把枷梢一纽，枷梢在上，罪人头向下，拿起把荆子来，打得杀猪也似叫。山前行问道：「你曾杀人也不曾？」静山大王应道：「曾杀人！」又问：「曾放火不曾？」应道：「曾放火！」教两个狱卒把静山大王押入牢里去。山前行回转头来，看着小娘子道：「你见静山大王，吃不得几杖子，杀人放火都认了。小娘子，你有事，只好供招了。你却如何吃得这般杖子？」小娘子簌地两行泪下，道：「告前行，到这里隐讳不得。觅幅纸和笔，只得与他供招。」小娘子供道：「自从小年夫妻，都无一个亲戚来往，即不知把简帖儿来的是甚色样人。如今看要待儿吃甚罪名，皆出赐大尹笔下。」便恁么说，五回三次问他，供说得一同。

似此三日，山前行正在州衙门前立，倒断不下。猛抬头看时，却见皇甫殿值在面前相揖，问及这件事，「如何三日理会这件事不下？莫是接了寄简帖的人钱物，故意不与决这件公事？」山前行听得，道：「殿值如今台意要如何？」皇甫松道：「只是要休离了。」当日山前行入州衙里，到晚衙，把这件文字呈了钱大尹。大尹叫将皇甫殿值来，当厅问道：「捉贼见赃，捉奸见双，又无证见，如何断得他罪？」皇甫松告钱大尹：「松如今不愿同妻子归去，情愿当官休了。」大尹台判：听从夫便。殿值自归。僧儿、迎儿喝出，各自归去。只有小娘子见丈夫不要他，把他休了，哭出州衙门来，口中自道：「丈夫又不要我，又没一个亲戚投奔，教我那里安身？不若我自寻个死休。」至天汉州桥，看着金水银堤汴河，恰待要跳将下去。则见后面一个人，把小娘子衣裳一捽捽住。回转头来看时，恰是一个婆婆，生得：

眉分两道雪，髻挽一窝丝。眼昏一似秋水微浑，发白不若楚山云淡。

婆婆道：『孩儿，你却没事寻死做什么？你认得我也不？』小娘子道：『不识婆婆。』婆婆道：『我是你姑姑，自从你嫁了老公，我家寒，攀陪你不着，到今不来往。我前日听得你与丈夫官司，我日逐在这里伺候。今日听得道休离了，你要投水做什么？』小娘子道：『我上无片瓦，下无立锥，丈夫又不要我，又无亲戚投奔，不死更待何时！』婆婆道：『如今且同你去姑姑家里，看后如何。』妇女自思量道：『这婆子知他是我姑姑也不是，我如今没投奔处，且只得随他去了，却再理会。』即时随这姑姑家去看时，家里莫什么活计，却好一个房舍，也有粉青帐儿，有交椅、桌凳之类。

在这姑姑家里过了两三日，当日方才吃罢饭，则听得外面一个官人，高声大气叫道：『婆子，你把我物事去卖了，如何不把钱来还？』那婆子听得叫，失张失志，出去迎接来叫的官人，请入来坐地。小娘子着眼看时，见入来的人：

粗眉毛，大眼睛，蹶鼻子，略绰口。头上裹一顶高样大桶子头巾，着一领大宽袖斜襟褶子，下面衬贴衣裳，甜鞋净袜。

小娘子见了，口喻心，心喻口，道：『好似那僧儿说的寄简帖儿官人。』只见官人入来，便坐在凳子上，大惊小怪道：『婆子，你把我三百贯钱物事去卖了，今经一个月日，不把钱来还。』婆子道：『物事自卖在人头，未得钱。支得时，即便讨还官人。』官人道：『寻常交关钱物东西，何尝挨许多日了？讨得时，千万送来。』官人说了自去。婆子入来，看着小娘子，簌地两行泪下，道：『却是怎好？』小娘子问道：『有什么事？』婆子道：『这官人原是蔡州通判姓洪，如今不做官，却卖些珠翠头面。前日一件物事教我把去卖，吃人交加了，到如今没这钱还他，怪他焦躁不得。他前日央我一件事，我又不曾与他干得。』小娘子问道：『却是什么事？』婆子道：『教我讨个细人，要生得好的。若得一个似小娘子模样去嫁与他，那官人必喜欢。小娘子你如今在这里，老公又不要你，终不然罢了？不若叫姑姑说合，你去嫁了这官人，你终身不致耽误，挈带姑姑也有个倚靠，不知你意如何？』小娘子沉吟半晌，不得已，只得依允。婆子去回复了。不一日，这官人娶小娘子来家，成其夫妇。

逡巡过了一年，当年是正月初一日，皇甫殿值自从休了浑家，在家中无好况。正是：

时间风火性，烧了岁寒心。

自思量道：『每年正月初一日，夫妻两个，双双地上本州大相国寺里烧香。我今年却独自一个，不知我浑家那里去了？』簌地两行泪下，闷闷不已。只得勉强着一领紫罗衫，手里把着银香盒，来大相国寺里烧香。到寺中烧了香，恰待出寺门，只见一个官人领着一个妇女。看那官人时，粗眉毛，大眼睛，蹶鼻子，略绰口。领着的妇女，却便是他浑家。当时丈夫看着浑家，浑家又觑着丈夫，两个四目相视，只是不敢言语。那官人同妇女两个入大相国寺里去。皇甫松在这山门头正沉吟间，见一个打香油钱的行者，正在那里打香油钱。看见这两人入去，口里道：『你害得我苦，你这汉，如今却在这里！』大踏步赶入寺来。皇甫殿值见行者赶这两个，当时呼住行者道：『五戒，你莫待要赶这两个人上去？』那行者道：『便是。说不得，我受这汉苦，到今日抬头不起，只是为他。』皇甫殿值道：『你认得这个妇女么？』行者道：『不识。』殿值道：『便是我的浑家。』行者问：『如何却随着他？』皇甫殿值把送简帖儿和休离的上件事，对行者说了一遍。行者道：『却是怎地！』行者却问皇甫殿值：『官人认得这个人么？』殿值道：『不认得。』行者道：『这汉原是州东墦台寺里一个和尚，苦行便是墦台寺里行者。我这本师，却是墦台寺里监院，手头有百十钱，剃度这厮做小师。一年以前时，这厮偷了本师二百两银器，逃走了，累我吃了好些拷打。如今赶出寺来，没讨饭吃处。罪过这大相国寺里知寺厮认，留苦行在此间打化香油钱。今日撞见这厮，却怎地休得！』方才说罢，只见这和尚将着他浑家，从寺廊下出来。行者牵衣拔步，却待去捽这厮。皇甫殿值扯住行者，闪那身已在山门一壁，道：『且不要捽他，我和你尾这厮去，看那里着落，却与他官司。』两个后地尾将来。

话分两头。且说那妇人见了丈夫，眼泪汪汪，入去大相国寺里烧了香出来。这汉一路上却问这妇人道：『小娘子，如何你见了丈夫便眼泪出？我不容易得你来。我当初从你门前过，见你在帘子下立地，见你生得好，有心在你处。今日得你做夫妻，也非同容易。』两个说来说去，恰到家中门前。入门去，那妇人问道：『当初这个简帖儿，却是兀谁把来？』这汉道：『好教你得知，便是我教卖馉饳的僧儿把来你的。你丈夫中了我计，真个便把你休了。』妇人听得说，捽住那汉，叫声屈，不知高低。那汉见那妇人叫将起来，却慌了，就把只手去剋着他脖项，指望坏他性命。外面皇甫殿值和行者尾着他。两人来到门首，见他们入去，听得里面大惊小怪，抢将入去看时，见剋着他浑家，阙阙性命。皇甫殿值和这行者两个，即时把这汉来捉了，解到开封府钱大尹厅下。这钱大尹是谁？

出则壮士携鞭，入则佳人捧臂，世世靴踪不断，子孙出入金门。他是两浙钱王子，吴越国王孙。

大尹升厅，把这件事解到厅下。皇甫殿值和这浑家，把前面说过的话，对钱大尹历历从头说了一遍。钱大尹大怒，教左右索长枷把和尚枷了。当厅讯一百腿花，押下左司理院，教尽情根勘这件公事。勘正了。皇甫松责领浑家归去，再成夫妻；行者当厅给赏。和尚大情小节，一一都认了：不合设谋奸骗，后来又不合谋害这妇人性命。准《杂犯》断，合重杖处死；这婆子不合假装姑姑，同谋不首，亦合编管邻州。当日推出这和尚来，一个书会先生看见，就法场上做了一只曲儿，唤做〔南乡子〕：

怎见一僧人，犯滥铺模受典刑。案款已成招状了，遭刑。棒杀髡囚示万民。　沿路众人听，犹念高王观世音。护法喜神齐合掌，低声。果谓金刚不坏身。

第三十六卷

宋四公大闹禁魂张

钱如流水去还来，恤寡周贫莫吝财。试览石家金谷地，于今荆棘昔楼台。

话说晋朝有一人，姓石名崇，字季伦。当时未发迹时，专一在大江中，驾一小船，只用弓箭射鱼为生。

忽一日，至三更，有人扣船言曰：『季伦救吾则个！』石崇听得，随即推篷，探头看时，只见月色满天，照着水面，月光之下，水面上立着一个年老之人。石崇问老人：『有何事故，夜间相恳？』老人又言：『相救则个！』石崇当时就令老人上船，问有何缘故。老人答曰：『吾非人也，吾乃上江老龙王。年老力衰，今被下江小龙欺我年老，与吾斗敌，累输与他，老拙无安身之地。又约我明日大战，战时又要输与他。今特来求季伦：明日午时弯弓在江面上，江中两个大鱼相战，前走者是我，后赶者乃是小龙，但望君借一臂之力，可将后赶大鱼一箭，坏了小龙性命，老拙自当厚报重恩。』石崇听罢，谨领其命。那老人相别而回，涌身一跳，入水而去。

石崇至明日午时，备下弓箭。果然将傍午时，只见大江水面上，有二大鱼追赶将来。石崇扣上弓箭，望着后面大鱼，风地一箭，正中那大鱼腹上。但见满江红水，其大鱼死于江上。此时风浪俱息，并无他事。夜至三更，又见老人扣船来谢道：『蒙君大恩，今得安迹。来日午时，你可将船泊于蒋山脚下南岸第七株杨柳树下相候，当有重报。』言罢而去。

石崇明日依言，将船去蒋山脚下杨柳树边相候。只见水面上有鬼使三人出，把船推将去。不多时，船回，满载金银珠玉等物。又见老人出水，与石崇曰：『如君再要珍珠宝贝，可将空船来此相候取物。』相别而去。

这石崇每每将船于柳树下等，便是一船珍宝，因致敌国之富。将宝玩买嘱权贵，累升至太尉之职，真是富贵两全。遂买一所大宅于城中，宅后造金谷园，园中亭台楼馆。用六斛大明珠，买得一妾，名曰绿珠。又置偏房姨奶侍婢，朝欢暮乐，极其富贵。结识朝臣国戚，宅中有十里锦帐，天上人间，无比奢华。

忽一日排筵，独请国舅王恺，这人姐姐是当朝皇后。石崇与王恺饮酒半酣，石崇唤绿珠出来劝酒，端的十分美貌。王恺一见绿珠，喜不自胜，便有奸淫之意。石崇相待宴罢，王恺谢了自回，心中思慕绿珠之色，不能够得会。王恺常与石崇斗宝，王恺宝物，不及石崇，因此阴怀毒心，要害石崇。每每受石崇厚待，无因为之。

忽一日，皇后宣王恺入内御宴。王恺见了姐姐，就流泪告言：『城中有一财主富室，家财巨万，宝贝奇珍，言不可尽。每每请弟设宴斗宝，百不及他一二。姐姐可怜与弟争口气，于内库内挪借奇宝，赛他则个。』皇后见弟如此说，遂召掌内库的太监，内库中借他镇库之宝，乃是一株大珊瑚树，长三尺八寸。不曾启奏天子，令人扛抬往王恺之宅。王恺谢了姐姐，便回府用蜀锦做重罩罩了。

翌日，广设珍馐美馔，使人移在金谷园中，请石崇会宴。先令人扛抬珊瑚树去园上开空闲阁子里安了。王恺与石崇饮酒半酣，王恺道：『我有一宝，可请一观，勿笑为幸。』石崇教去了锦袱，看着微笑，用杖一击，打为粉碎。王恺大惊，叫苦连天道：『此是朝廷内库中镇库之宝，自你赛我不过，心怀妒恨，将来打碎了，如何是好？』石崇大笑道：『国舅休虑，此亦未为至宝。』石崇请王恺到后园中看珊瑚树，大小三十余株，有长至七八尺者。内一株一般三尺八寸，遂取来赔王恺填库，更取一株长大的送与王恺。王恺惭羞而退，自思国中之宝，敌不得他过，遂乃生计嫉妒。

一日，王恺朝于天子，奏道：『城中有一富豪之家，姓石名崇，官居太尉，家中敌国之富。奢华受用，虽我王不能及他快乐。若不早除，恐生不测。』天子准奏，口传圣旨，便差驾上人去促拿太尉石崇下狱，将石崇应有家资，皆没入官。王恺心中只要图谋绿珠为妾，使兵围绕其宅欲夺之。绿珠自思道：『丈夫被他诬害性命，不知存亡。今日强要夺我，怎肯随他？虽死不受其辱！』言讫，遂于金谷园中坠楼而死，深可悯哉。王恺闻之，大怒，将石崇戮于市曹。石崇临受刑时叹曰：『汝辈利吾家财耳。』刽子曰：『你既知财多害己，何不早散之？』石崇无言可答，挺颈受刑。胡曾先生有诗曰：

一自佳人坠玉楼，晋家宫阙古今愁。惟余金谷园中树，已向斜阳叹白头。

方才说石崇因富得祸，是夸财炫色，遇了王恺国舅这个对头。如今再说一个富家，安分守己，并不惹事生非；只为一点悭吝未除，便弄出非常大事，变做一段有笑声的小说。这富家姓甚名谁？听我道来：这富家姓张名富，家住东京开封府，积祖开质库，有名唤做张员外。这员外有件毛病，要去那：

虱子背上抽筋，鹭鸶腿上割股，古佛脸上剥金，黑豆皮上刮漆，痰唾留着点灯，捋松将来炒菜。

这个员外平日发下四条大愿：

一愿衣裳不破，二愿吃食不消，三愿拾得物事，四愿夜梦鬼交。

是个一文不使的真苦人。他还地上拾得一文钱，把来磨做镜儿，捍做磬儿，掐做锯儿，叫声：『我儿』，做个嘴儿，放入箧儿。人见他一文不使，起他一个异名，唤叫『禁魂张员外』。

当日是日中前后，员外自入去里面，白汤泡冷饭吃点心，两个主管在门前数现钱。只见一个汉，浑身赤膊，一身锦片也似文字，下面熟白绢裈拽扎着，手把着个笊篱，觑着张员外家里，唱个大喏了教化。口里道：『持绳把索，为客周全。』主管见员外不在门前，把两文撇在他笊篱里。张员外恰在水瓜心布帘后望见，走将出来道：『好也，主管！你做什么，把两文撇与他？一日两文，千日便两贯。』大步向前，赶上捉笊篱的，打一夺把他一笊篱钱都倾在钱堆里，却教众当值打他一顿。路行人看见也不忿。那捉笊篱的哥哥吃打了，又不敢和他争，在门前指着了骂。只见一个人叫道：『哥哥，你来我与你说句话。』捉笊篱的回过头来，看那个人，却是狱家院子打扮一个老儿。两个唱了喏。老儿道：『哥哥，这禁魂张员外，不近道理，不要共他争。我与你二两银子，你一文价卖生萝卜，也是经纪人。』捉笊篱的得了银子，唱喏自去，不在话下。

那老儿是郑州奉宁军人，姓宋，排行第四，人叫他做宋四公，是小番子闲汉。宋四公夜至三更前后，向金梁桥上四文钱买两只焦酸馅揣在怀里，走到禁魂张员外门前。路上没一个人行，月又黑。宋四公取出蹊跷作怪的动使，一挂挂在屋檐上，从上面打一盘盘在屋上，从天井里一跳跳将下去。两边是廊屋，去侧首见一碗灯。听着里面时，只听得有个妇女声道：『你看三哥恁么早晚，兀自未来。』宋四公道：『我理会得了，这妇女必是约人在此私通。』看那妇女时，生得：

黑丝丝的发儿，白莹莹的额儿，翠弯弯的眉儿，溜度度的眼儿，正隆隆的鼻儿，红艳艳的腮儿，香喷喷的口儿，平坦坦的胸儿，白堆堆的奶儿，玉纤纤的手儿，细袅袅的腰儿，弓弯弯的脚儿。

那妇女被宋四公把两只衫袖掩了面，走将上来。妇女道：『三哥，做什么遮了脸子唬我？』被宋四公向前一捽，捽住腰里，取出刀来道：『悄悄地！高则声，便杀了你！』那妇女颤做一团道：『告公公，饶奴性命。』宋四公道：『小娘子，我来这里做不是。我问你则个，他这里到上库有多少关闭？』妇女道：『公公出得奴房，十来步有个陷马坑，两只恶狗；过了便有五个防土库的，在那里吃酒赌钱，一家当一更，便是土库；入得那土库，一个纸人，手里托着个银球，底下做着关捩子，踏着关捩子，银球脱在地下，有条合溜，直滚到员外床前，惊觉，教人捉了你。』宋四公道：『却是恁地。小娘子，背后来的是你兀谁？』妇女不知是计，回过头去，被宋四公一刀，从肩头上劈将下去，见道血光倒了。那妇女被宋四公杀了。宋四公再出房门来，行十来步，沿西手走过陷马坑，只听得两个狗子吠。宋四公怀中取出酸馅，着些个不按君臣作怪的药，入在里面，觑得近了，撇向狗子身边去。狗子闻得又香又软，做两口吃了，先摆翻两个狗子。又行过去，只听得人喝么六六，约莫也有五六人在那里掷骰。宋四公怀中取出一个小罐儿，安些个作怪的药在里面，把块撇火石，取些火烧着，喷鼻馨香。那五个人闻得道：『好香！员外日早晚兀自烧香。』只管闻来闻去，只见脚在下头在上，一个倒了，又一个倒。看见那五个男女，闻那香，一霎间都摆翻了。宋四公走到五人面前，见有半掇儿吃剩的酒，也有果菜之类，被宋四公把来吃了。只见五个人眼睁睁地，只是则声不得。便走到土库门前，见一具胳膊来大三簧锁，锁着土库门。宋四公怀里取个钥匙，名唤做『百事和合』，不论大小粗细锁都开得。把钥匙一斗，斗开了锁，走入土库里面去。入得门，一个纸人手里，托着个银球。宋四公先拿了银球，把脚踏过许多关捩子，觅了他五万贯锁赃物，都是上等金珠，包裹做一处。怀中取出一管笔来，把津唾润教湿了，去壁上写着四句言语，道：

宋国逍遥汉，四海尽留名。曾上太平鼎，到处有名声。

写了这四句言语在壁上，土库也不关，取条路出那张员外门前去。宋四公思量道：『梁园虽好，不是久恋之家。』连更彻夜，走归郑州去。

且说张员外家，到得明日天晓，五个男女苏醒，见土库门开着，药死两个狗子，杀死一个妇女，走去复了员外。员外去使臣房里下了状。滕大尹差王七殿值土遵，看贼踪由。做公的看了壁上四句言语，数中一个老成的叫做周五郎周宣，说道：『告观察，不是别人，是宋四。』观察道：『如何见得？』周五郎周宣道：『「宋国逍遥汉」，只做着上面个「宋」字；「四海尽留名」，只做着个「四」字；「曾上太平鼎」，只做着个「曾」字；「到处有名声」，是做着个「到」字。上面四字道：「宋四曾到」。』王殿值道：『我久闻得做道路的，有个宋四公，是郑州人氏，最高手段，今番一定是他了。』便教周五郎周宣，将带一行做公的去郑州干办宋四。

众人路上离不得饥餐渴饮，夜住晓行。到郑州，问了宋四公家里，门前开着一个小茶坊。众人入去吃茶，一个老子上灶点茶。众人道：『一道请四公出来吃茶。」老子道：「公公害些病未起在，等老子入去传话。」老子走进去了，只听得宋四公里面叫起来道：「我自头风发，教你买三文粥来，你兀自不肯。每日若干钱养你，讨不得替心替力，要你何用？」刮刮地把那点茶老子打了几下。只见点茶的老子，手把只粥碗出来道：「众上下少坐，宋四公教我买粥，吃了便来。」众人等个意休不休，买粥的也不见回来，宋四公也竟不见出来。众人不耐烦，入去他房里看时，只见缚着一个老儿。众人只道宋四公，来收他。那老儿说道：「老汉是宋公点茶的，恰才把碗去买粥的，正是宋四公。」众人见说，吃了一惊，叹口气道：「真个是好手，我们看不仔细，却被他瞒过了。」只得出门去赶，那里赶得着？众做公的只得四散，分头各去，挨缉查获，不在话下。

原来众人吃茶时，宋四公在里面，听得是东京人声音，悄地打上望，又像个干办公事的模样，心上有些疑惑，故意叫骂埋怨。却把点茶老儿的儿子衣服，打换穿着，低着头，只做买粥，走将出来，因此众人不疑。

却说宋四公出得门来，自思量道：「我如今却是去那里好？我有个师弟，是平江府人，姓赵名正。曾得他信道：如今在谟县。我不如去投奔他家也罢。」宋四公便改换色服，妆做一个狱家院子打扮，把一把扇子遮着脸，假做瞎眼，一路上慢腾腾地，取路要来谟县。来到谟县前，见个小酒店，但见：

云拂烟笼锦旆扬，太平时节日舒长。能添壮士英雄胆，会解佳人愁闷肠。三尺晓垂杨柳岸，一竿斜刺杏花傍。男儿未遂平生志，且乐高歌入醉乡。

宋四公觉得肚中饥馁，入那酒店去，买些个酒吃。酒保安排将酒来。宋四公吃了三两杯酒。只见一个精精致致的后生，走入酒店来。看那人时，却是如何打扮：

砖顶背系带头巾，皂罗文武带背儿，下面宽口裤，侧面丝鞋。

叫道：「公公拜揖。」宋四公抬头看时，不是别人，便是他师弟赵正。宋四公人面前，不敢师父师弟厮叫，只道：「官人少坐。」赵正和宋四公叙了间阔就坐，教酒保添只盏来筛酒。吃了一杯，赵正却低低地问道：「师父一向疏阔。」宋四公道：「二哥，几时有道路也没？」赵正道：「是道路却也自有，都只把来风花雪月使了。闻知师父入东京去，得拳道路。」宋四公道：「也没什么，只有得个四五万钱。」又问赵正道：「二哥，你如今那里去？」赵正道：「师父，我要上东京闲走一遭，一道赏玩则个，归平江府去做话说。」宋四公道：「二哥，你去不得。」赵正道：「我如何上东京不得？」宋四公道：「有三件事，你去不得。第一，你是浙右人，不知东京事，行院少有认得你的，你去投奔阿谁？第二，东京百八十里罗城，唤做「卧牛城」。我们只是草寇，常言：「草入牛口，其命不久。」第三，是东京有五千个眼明手快做公的人，有三都捉事使臣。」赵正道：「这三件事都不妨，师父你只放心，赵正也不到得胡乱吃输。」宋四公道：「二哥，你不信我口，要去东京时，我觅得禁魂张员外的一包儿细软，我将归客店里去，安在头边枕着头。你觅得我的时，你便去了东京。」赵正道：「师父，恁地时不妨。」两个说罢，宋四公还了酒钱，将着赵正归客店里。店小二见宋四公将着一个官人归来，唱了喏。赵正同宋四公入房里走一遭，道了「安置」，赵正自去。当下天色晚，如何见得？

暮烟迷远岫，薄雾卷晴空。群星共皓月争光，远水与山光斗碧。深林古寺，数声钟韵悠扬；曲岸小舟，几点渔灯明灭。枝上子规啼夜月，花间粉蝶宿芳丛。

宋四公见天色晚，自思量道：「赵正这汉手高，我做他师父，若还真个吃他觅了这般细软，好吃人笑！不如早睡。」宋四公却待要睡，又怕吃赵正来后如何，且只把一包细软安放头边，就床上掩卧。只听得屋梁上知知兹兹地叫，宋四公道：「作怪！未曾起更，老鼠便出来打闹人。」仰面向梁上看时，脱些个屋尘下来，宋四公打两个喷涕。少时老鼠却不则声，只听得两个猫儿，乜凹乜凹地厮咬了叫，溜些尿下来，正滴在宋四公口里，好臊臭！宋四公渐觉困倦，一觉睡去。

到明日天晓起来，头边不见了细软包儿。正在那里没摆拨，只见店小二来说道：「公公，昨夜同公公来的官人来相见。」宋四公出来看时，却是赵正。相揖罢，请他入房里，去关上房门。赵正从怀里取出一个包儿，纳还师父。宋四公道：「二哥，我问你则个，壁落共门都不曾动，你却是从那里来，讨了我的包儿？」赵正道：「实瞒不得师父，房里床面前一带黑油纸槛窗，把那学书纸糊着。吃我先在屋上，学一和老鼠，脱下来屋尘，便是我的作怪药，撒在你眼里鼻里，教你打几个喷涕；后面猫尿，便是我的尿。」宋四公道：「畜牲，你好没道理！」赵正道：「是吃我盘到你房门前，揭起学书纸，把小锯儿锯将两条窗栅下来，我便挨身而入，到你床边，偷了包儿，再盘出窗外去，把窗栅再接住，把小钉儿钉着，再把学书纸糊了，恁地便没踪迹。」宋四公道：「好，好！你使得，也未是你会处。你还今夜再觅得我这包儿，我便道你会。」赵正道：「不妨，容易的事。」赵正把包儿还了宋四公道：「师父，我且归去，明日再会。」漾了手自去。

宋四公口里不说，肚里思量道：「赵正手高似我，这番又吃他觅了包儿，越不好看，不如安排走休！」宋四公便叫将店小二来说道：「店二哥，我如今要行，二百钱在这里，烦你买一百钱爊肉，多讨椒盐，买五十钱蒸饼，剩五十钱，与你买碗酒吃。」店小二谢了公公，便去漠县前买了爊肉和蒸饼。却待回来，离客店十来家，有个茶坊里，一个官人叫道：「店二哥，那里去？」店二哥抬头看时便是和宋四公相识的官人。店二哥道：「告官人，公公要去，教男女买爊肉共蒸饼。」赵正道：「且把来看。」打开荷叶看了看，问道：「这里几文钱肉？」店二哥道：「一百钱肉。」赵正就怀里取出二百钱来道：「哥哥，你留这爊肉蒸饼在这里，我与你二百钱，一道相烦，依这样与我买来，与哥哥五十钱买酒吃。」店二哥道：「谢官人。」道了便去。不多时，便买回来。赵正道：「甚劳烦哥哥，与公公再裹了那爊肉。见公公时，做我传语他，只教他今夜小心则个。」店二哥唱喏了自去。到客店里，将肉和蒸饼递还宋四公。宋四公接了道：「罪过哥哥。」店二哥道：「早间来的那官人，教再三传语，今夜小心则个。」

宋四公安排行李，还了房钱，脊背上背着一包被卧，手里提着包裹，便是觅得禁魂张员外的细软，离了客店。行一里有余，取八角镇路上来。到渡头看那渡船，却在对岸，等不来。肚里又饥，坐在地上，放细软包儿在面前，解开爊肉裹儿，劈开一个蒸饼，把四五块肥的爊肉多蘸些椒盐，卷做一卷，嚼得两口，只见天在下，地在上，就那里倒了。宋四公只见一个丞局打扮的人，就面前把了细软包儿去。宋四公眼睁睁地见他把去，叫又不得，赶又不得，只得由他。那个厮局拿了包儿，先过渡去了。

宋四公多样时苏醒过来，思量道：『那厮局是阿谁？捉我包儿去。店二哥与我买的爊肉里面有作怪物事！』宋四公忍气吞声走起来，唤渡船过来，过了渡，上了岸，思量那里去寻那厮局好。肚里又闷，又有些饥渴，只见个村酒店，但见：

柴门半掩，破旆低垂。村中量酒，岂知有涤器相如？陋质蚕姑，难效彼当炉卓氏。壁间大字，村中学究醉时题；架上麻衣，好饮芒郎留下当。酸醨破瓮土床排，彩画醉仙尘土暗。

宋四公且入酒店里去，买些酒消愁解闷则个。酒保唱了喏，排下酒来。一杯两盏，酒至三杯，宋四公正闷里吃酒，只见外面一个妇女入酒店来：

油头粉面，白齿朱唇。锦帕齐眉，罗裙掩地。鬓边斜插些花朵，脸上微堆着笑容。虽不比闺里佳人，也当得垆头少妇。

那个妇女入着酒店，与宋四公道个万福，拍手唱一只曲儿。宋四公仔细看时，有些个面熟，道这妇女是酒店擦桌儿的，请小娘子坐则个。妇女在宋四公根底坐定，教量酒添只盏儿来，吃了一盏酒。宋四公把那妇女抱一抱，撮一撮，拍拍惜惜，把手去摸那胸前道：『小娘子，没有奶儿。』宋四公道：『热牢，你是兀谁？』那个装做妇女打份的，叉手不离方寸道：『告公公，我不是擦桌儿顶老。我便是苏州平江府赵正。』宋四公道：『打脊的检才！我是你师父，却教我摸你爷头！原来却才厮局便是你。』赵正道：『可知便是赵正。』宋四公道，『二哥，我那细软包儿，你却安在那里？』赵正叫量酒道：『把适来我寄在这里包儿还公公。』量酒取将包儿来，宋四公接了道：『二哥，你怎地拿下我这包儿？』赵正道：『我在客店隔几家茶坊里坐地，见店小二哥提一裹爊肉。我讨来看，便使转他也与我去买，被我安些汗药在里面裹了，依然教他把来与你。我装做厮局，后面踏将你来，你吃摆翻了。被我拿得包儿，到这里等你。』宋四公道：『恁地你真个会，不枉了上得东京去。』即时还了酒钱，两个同出酒店。去空野处除了花朵，溪水里洗了面，换一套男子衣裳着了，取一顶单青纱头巾裹了。宋四公道：『你而今要上京去，我与你一封书，去见个人，也是我师弟。他家住汴河岸上，卖人肉馒头。姓侯，名兴，排行第二，便是侯二哥。』赵正道：『谢师父。』到前面茶坊里，宋四公写了书，分付赵正，相别自去。宋四公自在谟县。

赵正当晚去客店里安歇，打开宋四公书来看时，那书上写道：

师父信上贤师弟二郎、二娘子：别后安乐否？今有姑苏贼人赵正，欲来京做买卖，我特地使他来投奔你。这汉与行院无情，一身线道，堪作你家行货使用。我吃他三次无礼，可千万剿除此人，免为我们行院后患。

赵正看罢了书，伸着舌头缩不上。『别人便怕了，不敢去。我且看他，如何对付我！我自别有道理。』再把那书折叠，一似原先封了。

明日天晓，离了客店，取八角镇；过八角镇，取板桥，到陈留县。沿那汴河行，到日中前后，只见汴河岸上，有个馒头店。门前一个妇女，玉井栏手巾勒着腰，叫道：『客长，吃馒头点心去。』门前牌儿上写着：『本行侯家，上等馒头点心。』赵正道：『这里是侯兴家里了。』走将入去，妇女叫了万福，问道：『客长用点心？』赵正道：『少待则个。』就脊背上取将包裹下来。一包金银钗子，也有花头的，也有接二连三的，也有素的，都是沿路上觅得的。侯兴老婆看见了，动心起来，道：『这客长，有二三百只钗子，我虽然卖人肉馒头，老公虽然做赞老子，倒没许多物事。你看少间问我买馒头吃，我多使些汗火，许金钗子都是我的。』赵正道：『嫂嫂，买五个馒头来。』侯兴老婆道：『着！』楦个碟子，盛了五个馒头，就灶头合儿里多撮些物料在里面。赵正肚里道：『这合儿里便是作怪物事了。』赵正怀里取出一包药来，道：『嫂嫂，觅些冷水吃药。』侯兴老婆将半碗水来，放在桌上。赵正道：『我吃了药，却吃馒头。』赵正吃了药，将两只箸一拨，拨开馒头馅，看了一看，便道：『嫂嫂，我爷说与我道：「莫去汴河岸上买馒头吃，那里都是人肉的。」嫂嫂，你看这一块有指甲，便是人的指头；这一块皮上许多短毛儿，须是人的不便处。』侯兴老婆道：『官人休要，那得这话来！』赵正吃了馒头，只听得妇女在灶前道：『倒也！』指望摆翻赵正，却又没些事。赵正道：『嫂嫂，更添五个。』侯兴老婆道：『想是恰才汗火少了，这番多把些药倾在里面。』赵正怀中又取包儿，吃些个药。侯兴老婆道：『官人吃什么药？』赵正道：『平江府提刑散的药，名唤做「百病安丸」，妇女家八般头风，胎前产后，脾血气痛，都好服。』侯兴老婆道：『就官人觅得一服吃也好。』赵正去怀里别搠换包儿来，撮百十丸与侯兴老婆吃了，就灶前攧翻了。赵正道：『这婆娘要对付我，却到吃我摆翻。别人漾了去，我却不走。』特骨地在那里解腰捉虱子。

不多时，见个人挑一担物事归。赵正道：『这个便是侯兴，且看他如何？』侯兴共赵正两个唱了喏。侯兴道：『客长吃点心也未？』赵正道：『吃了。』侯兴叫道：『嫂子，会钱也未？』寻来寻去，寻到灶前，只见浑家倒在地下，口边溜出痰涎，说话不真，喃喃地道：『我吃摆翻了。』侯兴道：『我理会得了，这婆娘不认得江湖上相识，莫是吃那门前客长摆翻了？』侯兴向赵正道：『法兄，山妻眼拙，不识法兄，切望恕罪。』赵正道：『尊兄高姓？』侯兴道：『这里便是侯兴。』赵正道：『这里便是姑苏赵正。』两个相揖了。侯兴自把解药与浑家吃了。赵正道：『二兄，师父宋四公有书上呈。』侯兴接着，拆开看时，书上写着许多言语，末稍道：『可剿除此人。』侯兴看罢，怒从心上起，恶向胆边生，道：『师父兀自三次无礼，今夜定是坏他性命！』向赵正道：『久闻清德，幸得相会！』即时置酒相待，晚饭过了，安排赵正在客房里睡，侯兴夫妇在门前做夜作。

赵正只闻得房里一阵臭气，寻来寻去，床底下一个大缸。探手打一摸，一颗人头；又打一摸，一只人手共人脚。赵正搬出后门头，都把索子缚了，挂在后门屋檐上。关了后门，再入房里，只听得妇女道：『二哥，好下手！』侯兴道：『二嫂，使未得！更等他落忽些个。』妇女道：『二哥，看他今日把出金银钗子，有二三百只。今夜对付他了，明日且把来做一头戴，教人喝彩则个。』赵正听得道：『好也！他两个要恁地对付我性命，不妨得。』侯兴一个儿子，十来岁，叫做伴哥，发脾寒，害在床上。赵正去他房里，抱那小的安在赵正床上，把被来盖了，先走出后门去。不多时，侯兴浑家把着一碗灯，侯兴把一把劈柴大斧头，推开赵正房门，见被盖着个人在那里睡，和被和人，两个斧头，砍做三段。侯兴揭起来看了一眼，叫声：『苦也！二嫂，杀了的是我儿子伴哥！』两夫妻号天洒地哭起来。赵正在后门叫道：『你没事自杀了儿子则甚？赵正却在这里。』侯兴听得焦燥，拿起劈柴斧赶那赵正，慌忙走出后门去，只见扑地撞着侯兴额头，看时却是人头、人脚、人手挂在屋檐上，一似闹竿儿相似。侯兴教浑家都搬将入去。直上去赶。赵正见他来赶，前头是一派溪水。赵正是平江府人，会弄水，打一跳，跳在溪水里，后头侯兴也跳在水里来赶。赵正一分一蹬，顷刻之间，过了对岸。侯兴也会水，来得迟些个。赵正先走上岸，脱下衣裳挤教干。侯兴赶那赵正，从四更前后，到五更二点时候，赶十一二里，直到顺天新郑门一个浴堂。赵正入那浴堂里洗面，一道烘衣裳。正洗面间，只见一个人把两只手去赵正两腿上打一掣，掣翻赵正。赵正见侯兴来掣他，把两秃膝桩翻侯兴，倒在下面，只顾打。

只见一个狱家院子打扮的老儿进前道：『你门看我面放手罢。』赵正和侯兴抬头看时，不是别人，却是师父宋四公，一家唱个大喏，直下便拜。宋四公劝了，将他两个去汤店里吃盏汤。侯兴与师父说前面许多事。宋四公道：『如今一切休论。则是赵二哥明朝入东京去，那金梁桥下，一个卖酸馅的，也是我们行院。姓王，名秀，这汉走得楼阁没赛，起个浑名，唤做「病猫儿」。他家在大相国寺后面院子里住。他那卖酸馅架儿上一个大金丝罐，是定州中山府窑变了烧出来的，他惜似气命。你如何去拿得他的？』赵正道：『不妨。』等城门开了，到日中前后，约师父只在侯兴处。赵正打扮做一个砖顶背系带头巾，皂罗文武带背儿，走到金梁桥下，见一抱架儿，上面一个大金丝罐，根底立着一个老儿：郓州单青纱现顶儿头巾，身上着一领筌杨柳子布衫。腰里玉井栏手巾，抄着腰。

赵正道：『这个便是王秀了。』赵正走过金梁桥来，支米铺前撮几颗红米，又去菜担上摘些个叶子，和米和叶子，安在口里，一处嚼教碎。再走到王秀架子边，漾下六文钱，买两个酸馅，特骨地脱一文在地下。王秀去拾那地上一文钱，被赵正吐那米和菜在头巾上，自把了酸馅去。却在金梁桥顶上立地，见个小的跳将来，赵正道：『小哥，与你五文钱，你看那卖酸馅王公头巾上一堆虫蚁屎，你去说与他，不要道我说。』那小的真个去说道：『王公，你看头巾上。』王秀除下头巾来，只道是虫蚁屎，入去茶坊里揩抹了。走出来架子上看时，不见了那金丝罐。原来赵正见王秀入茶坊去揩那头巾，等他眼慢，拿在袖子里便行，一径走往侯兴家去。宋四公和侯兴看了，吃一惊。赵正道：『我不要他的，送还他老婆休！』赵正去房里换了一顶搭飒头巾，底下旧麻鞋，着领旧布衫，手把着金丝罐，直走去大相国寺后院子里。见王秀的老婆，唱个喏了道：『公公教我归来，问婆婆取一领新布衫、汗衫、裤子、新鞋袜，有金丝罐在这里表照。』婆子不知是计，收了金丝罐，取出许多衣裳，分付赵正。赵正接得了，再走去见宋四公和侯兴道：『师父，我把金丝罐去他家换许多衣裳在这里。我们三个少间同去送还他，博个笑声。我且着了去闲走一回耍子。』

赵正便把王秀许多衣裳着了，再入城里，去桑家瓦里，闲走一回，买酒买点心吃了，走出瓦子外面来。

却待过金梁桥，只听得有人叫：『赵二官人！』赵正回过头来看时，却是师父宋四公和侯兴。三个同去金梁桥下，见王秀在那里卖酸馅。宋四公道：『王公拜茶。』王秀见了师父和侯二哥，看了赵正，问宋四公道：『这个客长是兀谁？』宋四公恰待说，被赵正拖起去，教宋四公『未要说我姓名，只道我是你亲戚，我自别有道理』。王秀又问师父：『这客长高姓？』宋四公道：『是我的亲戚，我将他来京师闲走。』王秀道：『如此……』即时寄了酸馅架儿在茶坊，四个同出顺天新郑门外僻静酒店，去买些酒吃。入那酒店去，酒保筛酒来，一杯两盏，酒至三巡。王秀道：『师父，我今朝呕气。方才挑那架子出来，一个人买酸馅，脱一钱在地下。我去拾那一钱，不知甚虫蚁屙在我头巾上。我入茶坊去揩头巾出来，不见了金丝罐，一日好闷！』宋四公道：『那人好大胆，在你跟前卖弄得，也算有本事了。你休要气闷，到明日闲暇时，大家和你查访这金丝罐。又没三件两件，好歹要讨个下落，不到得失脱。』赵正肚里，只是暗暗的笑。四个都吃得醉，日晚了各自归。

且说王秀归家去，老婆问道：『大哥，你恰才教人把金丝罐归来？』王秀道：『不曾。』老婆取来道：『在这里，却把了几件衣裳去。』

王秀没猜道是谁，猛然想起今日宋四公的亲戚，身上穿一套衣裳，好似我家的。心上委决不下，肚里又闷，提一角酒，索性和婆子吃个醉，解衣卸带了睡。王秀道：『婆婆，我两个多时不曾做一处。』婆子道：『你许多年纪了，兀自鬼乱！』王秀道：『婆婆，你岂不闻：「后生犹自可，老的急似火。」』王秀早移过共头，在婆子头边，做一班半点儿事，兀自未了当。原来赵正见两个醉，拨开门躲在床底下，听得两个鬼乱，把尿盆去房门上打一攧。王秀和婆子吃了一惊，鬼慌起来。看时，见个人从床底下趱将出来，手提一包儿。王秀就灯光下仔细认时，却是和宋四公、侯兴同吃酒的客长。王秀道：『你做什么？』赵正道：『宋四公教还你包儿。』王公接了看时，却是许多衣裳。再问：『你是甚人？』赵正道：『小弟便是姑苏平江府赵正。』王秀道：『如此，久闻清名。』因此拜识。便留赵正睡了一夜。

次日，将着他闲走。王秀道：『你见白虎桥下大宅子，便是钱大王府，好一拳财。』赵正道：『我们晚些下手。』王秀道：『也好。』到三鼓前后，赵正打个地洞，去钱大王土库偷了三万贯钱正赃，一条暗花盘龙羊脂白玉带。王秀在外接应，共他归去家里去躲。明日，钱大王写封简子与滕大尹。大尹看了，大怒道：『帝辇之下，有这般贼人！』即时差缉捕使臣马翰，限三日内要捉钱府做不是的贼人。

马观察马翰得了台旨，分付众做公的落宿，自归到大相国寺前，只见一个人背系带砖顶头巾，也着上一领紫衫，道：『观察拜茶。』同入茶坊里，上灶点茶来。那着紫衫的人怀里取出一裹松子胡桃仁，倾在两盏茶里。观察问道：『尊官高姓？』那个人道：『姓赵，名正，昨夜钱府做贼的便是小子。』马观察听得，脊背汗流，却待等众做公的过捉他。吃了盏茶，只见天在下，地在上。吃摆翻了。赵正道：『观察醉也。』扶住他，取出一件作怪动使剪子，剪下观察一半衫襟，安在袖里，还了茶钱。分付茶博士道：『我去叫人来扶观察。』赵正自去。

两碗饭间，马观察肚里药过了。苏醒起来。看赵正不见了，马观察走归去。睡了一夜，明日天晓，随大尹朝殿。大尹骑着马，恰待入宣德门去，只见一个人裹顶弯角帽子，着上一领皂衫，拦着马前，唱个大喏，道：『钱大王有劄目上呈。』滕大尹接了，那个人唱喏自去。大尹就马上看时，腰裹金鱼带不见挞尾。简上写道：『姑苏贼人赵正，拜禀大尹尚书：所有钱府失物，系是正偷了。若是大尹要来寻赵正家里，远则十万八千，近则只在目前。』大尹看了越焦燥，朝殿回衙，即时升厅，引放民户词状。词状人抛箱，大尹看到第十来纸状，有状子上面也不依式论诉什么事，去那状上只写一只〔西江月〕曲儿，道是：

是水归于大海，闲汉总入京都。三都捉事马司徒，衫褙难为作主。盗了亲王玉带，剪除大尹金鱼。要知闲汉姓名无？小月傍边匹土。

大尹看罢道：『这个又是赵正，直恁地手高。』即唤马观察马翰来，问他捉贼消息。马翰道：『小人因不认得贼人赵正，昨日当面错过。这贼委的手高，小人访得他是郑州宋四公的师弟。若拿得宋四，便有了赵正。』滕大尹猛然想起，那宋四因盗了张富家的土库，现告失状未获。即唤王七殿值王遵，分付他协同马翰访捉贼人宋四、赵正。王殿值王遵禀道：『这贼人踪迹难定，求相公宽限时日；又须官给赏钱，出榜悬挂，那贪着赏钱的便来出首，这公事便容易了办。』滕大尹听了，立限一个月缉获，依他写下榜文，如有缉知真赃来报者，官给赏钱一千贯。马翰和王遵领了榜文，径到钱大王府中，禀了钱大王，求他添上赏钱。钱大王也注了一千贯。两个又到禁魂张员外家来，也要他出赏。张员外现在失了五万贯财物，那里肯出赏钱！众人道：『员外休得为小失大。捕得着时，好一主大赃追还你。府尹相公也替你出赏，钱大王也注了一千贯；

你却不肯时，大尹知道，却不好看相。』张员外说不过了，另写个赏单，勉强写足了五百贯。马观察将去府前张挂，一面与王殿值约会，分路挨查。

那时府前看榜的人山人海，宋四公也看了榜，去寻赵正来商议。赵正道：『可奈王遵、马翰，日前无怨，定要加添赏钱，缉获我们，又可奈张员外悭吝，别的都出一千贯，偏你只出五百贯，把我们看得恁贱！我们如何去蒿恼他一番，才出得气。』宋四公也怪前番王七殿值领人来拿他，又怪马观察当官禀出赵正是他徒弟。当下两人你商我量，定下一条计策，齐声道：『妙哉！』赵正便将钱大王府中这条暗花盘龙羊脂白玉带递与宋四公，四公将禁魂张员外家金珠一包就中检出几件有名的宝物，递与赵正。两下分别各自去行事。

且说宋四公才转身，正遇着向日张员外门首捉笊篱的哥哥，一把扯出顺天新郑门，直到侯兴家里歇脚。便道：『我今日有用你之处。』那捉笊篱的便道：『恩人有何差使？并不敢违。』宋四公道：『作成你趁一千贯钱养家则个。』那捉笊篱的倒吃一惊，叫道：『罪过！小人没福消受。』宋四公道：『你只依我，自有好处。』取出暗花盘龙羊脂白玉带，教侯兴扮作内官模样，『把这条带去禁魂张员外解库里去解钱。这带是无价之宝，只要解他三百贯，却对他说：「三日便来取赎，若不赎时，再加绝二百贯。你且放在铺内，慢些子收藏则个。」』侯兴依计去了。张员外是贪财之人，见了这带，有些利息，不问来由，当去三百贯足钱。侯兴取钱回复宋四公。宋四公却教捉笊篱的到钱大王门上揭榜出首。钱大王听说获得真赃，便唤捉笊篱的面审。捉笊篱的说道：『小的去解库中当钱，正遇那主管，将白玉带卖与北边一个客人，索价一千五百两。有人说是大王府里来的，故此小的出首。』钱大王差下百十名军校，教捉笊篱的做眼，飞也似跑到禁魂张员外家，不由分说，到解库中一搜，搜出了这条暗花盘龙羊脂白玉带。张员外走出来分辨时，这些个众军校，那里来管你三七二十一，一条索子扣头，和解库中两个主管，都拿来见钱大王。钱大王见了这条带，明是真赃，首人不虚，便写个钧贴，付与捉笊篱的，库上支一千贯赏钱。钱大王打轿，亲往开封府拜滕大尹，将玉带及张富一干人送去拷问。大尹自己缉获不着，倒是钱大王送来，好生惭愧，便骂到：『你前日到本府告失状，开载许多金珠宝贝。我想你庶民之家，那得许多东西？却原来放线做贼！你实说这玉带甚人偷来的？』张富道：『小的祖遗财物，并非做贼窝赃。这条带是昨日申牌时分，一个内官拿来，解了三百贯钱去的。』大尹道：『钱大王府里失了暗花盘龙羊脂白玉带，你岂不晓得？怎肯不审来历，当钱与他？如今这内官何在？明明是一派胡说！』喝教狱卒，将张富和两个主管一齐用刑，都打得皮开肉绽，鲜血迸流。张富受苦不过，情愿责限三日，要出去挨获当带之人。三日获不着，甘心认罪。滕大尹心上也有些疑虑，只将两个主管监候。却差狱卒押着张富，准他立限三日回话。

张富眼泪汪汪，出了府门，到一个酒店里坐下，且请狱卒吃三杯。方才举盏，只见外面踱个老儿入来，问道：『那一个是张员外？』张富低着头，不敢答应。狱卒便问：『阁下是谁？要寻张员外则甚？』那老儿道：『老汉有个喜信要报他，特到他解库前，闻说有官事在府前，老汉跟至此。』张富方才起身道：『在下便是张富，不审有何喜信见报？请就此坐讲。』那老儿挨着张员外身边坐下，问道：『员外土库中失物，曾缉知下落否？』张员外道：『在下不知。』那老儿道：『老汉倒晓得三分，特来相报员外，若不信时，老汉愿指引同去起赃。见了真正赃物，老汉方敢领赏。』张员外大喜道：『若起得这五万贯赃物，便赔偿钱大王，也还有余。拚些上下使用，身上也得干净。』便问道：『老丈既然的确，且说是何名姓？』那老儿向耳边低低说了几句，张员外大惊道：『怕没此事。』老儿道：『老汉情愿到府中出个首状，若起不出真赃，老汉自认罪。』张员外大喜道：『且屈老丈同在此吃三杯，等大尹晚堂，一同去禀。』当下四人饮酒半醉，恰好大尹升厅。张员外买张纸，教老儿写了首状，四人一齐进府出首。滕大尹看了王保状词，却说是马观察，王殿值做贼，偷了张富家财，心中想道：『他两个积年捕贼，那有此事？』便问王保道：『你莫非挟仇陷害么？有什么证据？』王保老儿道：『小的在郑州经纪，见两个人把许多金珠在彼兑换。他说家里还藏得有，要换时再取来。小的认得他是本府差来缉事的，他如何有许多宝物？心下疑惑。今见张富失单，所开宝物相象，小的情愿跟同张富到彼搜寻。如若没有，甘当认罪。』滕大尹似信不信，便差李观察李顺，领着眼明手快的公人，一同王保、张富前去。

此时马观察马翰与王七殿值王遵，俱在各县挨缉两宗盗案未归。众人先到王殿值家，发声喊，径奔入来。王七殿值的老婆，抱着三岁的孩子，正在窗前吃枣糕，引着耍子。见众人啰唣，吃了一惊，正不知什么缘故。恐怕吓坏了孩子，把袖褶子掩了耳朵，把着进房。众人随着脚跟儿走，围住婆娘问道：『张员外家赃物，藏在那里？』婆娘只光着眼，不知那里说起。众人见婆娘不言不语，一齐掀箱倒笼，搜寻了一回。虽有几件银钗饰和些衣服，并没赃证。李观察却待埋怨王保，只见王保低着头，向床底下钻去，在贴壁床脚下解下一个包儿，笑嘻嘻地捧将出来。众人打开看时，却是八宝嵌花金杯一对，金镶玳瑁杯十只，北珠念珠一串。张员外认得是土库中东西，心痛起来，放声大哭。连婆娘也不知这物事那里来的，慌做一堆，开了口合不得，垂了手抬不起。众人不由分说，将一条索子，扣了婆娘的颈。婆娘哭哭啼啼，将孩子寄在邻家，只得随着众人走路。众人再到马观察家，混乱了一场。又是王保点点搠搠，在屋檐瓦棂内搜出珍珠一包，嵌宝金钏等物，张员外也都认得。两家妻小都带到府前，滕大尹兀自坐在厅上，专等回话。见众人蜂拥进来，阶下列着许多赃物，说是床脚上、瓦棂内搜出，现有张富识认是真。滕大尹大惊道：『常闻得捉贼的就做贼，不想王遵、马翰真个做下这般勾当！』喝教将两家妻小监候，立限速拿正贼，所获赃物暂寄库。首人在外听候，待赃物明白，照额领赏。张富磕头禀道：『小人是有碗饭吃的人家，钱大王府中玉带跟由，小人委实不知。今小的家中被盗赃物，既有的据，小人认了晦气，情愿将来赠偿钱府。望相公方便，释放小人和那两个主管，万代阴德。』滕大尹情知张富冤枉，许他召保在外。王保跟张员外到家，要了他五百贯赏钱去了。原来王保就是王秀，浑名『病猫儿』，他走得楼阁没赛。宋四公定下计策，故意将禁魂张员外家土库中赃物，预教王秀潜地埋藏两家床头屋檐等处，却教他改名王保，出首起赃，官府那里知道！

却说王遵、马翰正在各府缉获公事，闻得妻小吃了官司，急忙回来见滕大尹。滕大尹不由分说，用起刑法，打得稀烂，要他招承张富赃物，二人那肯招认？大尹教监中放出两家的老婆来，都面面相觑，没处分辩，连大尹也委决不下，都发监候。次日又拘张富到官，劝他且将已财赔了钱大王府中失物，待从容退赃还你。张富被官府逼勒不过，只得承认了。归家思想，又恼又闷，又不舍得家财，在土库中自缢而死。可惜有名的禁魂张员外，只为『悭吝』二字，惹出大祸，连性命都丧了。那王七殿值王遵、马观察马翰，后来俱死于狱中。这一班贼盗，公然在东京做歹事，饮美酒，宿名娼，没人奈何得他。那时节东京扰乱，家家户户，不得太平。直待包龙图相公做了府尹，这一班贼盗，方才惧怕，各散去讫，地方始得宁静。有诗为证，诗云：

只因贪吝惹非殃，引到东京盗贼狂。亏杀龙图包大尹，始知官好自民安。

梁武帝累修归极乐

香雨琪园百尺梯，不知窗外晓莺啼。觉来悟定胡麻熟，十二峰前月未西。

这诗为齐明帝朝盱眙县光化寺一个修行的，姓范，法名普能而作。这普能，前世原是一条白颈曲蟮，生在千佛寺大通禅师关房前天井里面。那大通禅师坐关时刻，只诵《法华经》。这曲蟮偏有灵性，闻诵经便舒头而听。那禅师诵经三载，这曲蟮也听经三载。忽一日，那禅师关期完满出来，修斋礼佛。遇见关房前草深数尺，久不芟除，乃唤小沙弥将锄去草。小沙弥把庭中的草去尽了，到墙角边，这一锄去得力大，入土数寸。却不知曲蟮正在其下，挥为两段。小沙弥叫声：『阿弥陀佛！今日伤了一命，罪过，罪过！』掘些土来埋了曲蟮，不在话下。

这曲蟮得了听经之力，便讨得人身，生于范家。长大时，父母双亡，舍身于光化寺中，在空谷禅师座下，做一个火工道人。其人老实，居香积厨下，煮茶做饭，殷勤服侍长老。便是众僧，也不分彼此，一体相待。普能虽不识字，却也硬记得些经典。只有《法华经》一部，背诵如流。晨昏早晚，一有闲空之时，着实念诵修行。在寺三十余年，闻得千佛寺大通禅师坐化去了，去得甚是脱洒，动了个念头，来对长老说：『范道在寺多年，一世奉斋，并不敢有一毫贪欲，也不敢狼籍天物。今日拜辞长老回首，烦乞长老慈悲，求个安身去处。』说了下拜跪着。长老道：『你起来，我与你说。你虽是空门修行，还不晓得灵觉门户。你如今回首去，只从这条寂静路上去，不可落在富贵套子里。差了念头，求个轮回也不可得。』范道受记了，相辞长老，自来香积厨下沐浴，穿些洁净衣服，礼拜诸佛天地父母，又与众僧作别，进到龛子里，盘膝坐了，便闭着双眼去了。众僧都与他念经，叫工人扛这龛子到空地上，正要去请长老下火。只听得殿上撞起钟来，长老忙使人来说道：『不要下火。』长老随即也抬乘轿子，来到龛子前。叫人开了龛子门，只见范道又醒转来了，依先开了眼，只立不起来，合掌向长老说：『适才弟子到一个好去处，进在红锦帐中，且是安稳。又听得钟鸣起来，有个金身罗汉，把弟子一推，跌在一个大白莲池里。吃这一惊就醒转来，不知有何法旨？』长老说道：『因你念头差了，故投落在物类。我特地唤醒你来，再去投胎。』又与众僧说：『山门外银杏树下掘开那青石来看。』众僧都来到树下，掘起那青石来看，只见一条小火赤链蛇，才生出来的，死在那里。众僧见了，都惊异不已，来回复长老，说果有此事。长老叫上首徒弟，与范道说：『安净坚守，不要妄念，去投个好去处。轮回转世，位列侯王帝主，修行不怠，方登极乐世界。』范道受记了，阖着高高的念声『南无阿弥陀佛』，便合了眼。众僧来请长老下火。长老穿上如来法衣，一乘轿子，抬到范道龛子前，分付范道如何？偈曰：

范道范道，每日厨灶。火里金莲，颠颠倒倒。

长老念毕了偈，就叫人下火，只见括括杂杂的著将起来。众僧念声佛，只见龛子顶上一道青烟，从火里卷将出来，约有数十丈高，盘旋回绕，竟往东边一个所在去了。

说这盱眙县东，有个乐安村，村中有个大财主，姓黄名岐，家资殷富，不用大秤小斗，不违例剋剥人财，坑人陷人，广行方便，普积阴功。其妻孟氏，身怀六甲，正要分娩。范道乘着长老指示，这道灵光竟投到孟氏怀中。这里范道圆寂，那里孟氏就生下这个孩儿来。说这孩儿相貌端然，骨格秀拔。黄员外四十余岁无子，生得这个孩儿，就如得了若干珍宝一般，举家欢喜。好却十分好了，只是一件，这孩儿生下来，昼夜啼哭，乳也不肯吃。夫妻二人忧惶，求神祈佛，全然不验。

家中有个李主管对员外说道：『小官人啼哭不已，或有些缘故，不可知得。离此间二十里，山里有个光化寺，寺里空谷长老，能知过去未来，现在活佛。员外何不去拜求他，必然有个道理。』黄员外听说，连忙备盒礼信香，起身往光化寺来。其寺如何？诗云：

山寺钟鸣出谷西，溪阴流水带烟齐。野花满地闲来往，多少游人过石堤。

进到方丈里，空谷禅师迎接着，黄员外慌忙下拜说：『新生小孩儿，昼夜啼哭，不肯吃乳，危在须臾。烦望吾师慈悲，没世不忘。』长老知是范道要求长老受记，故此昼夜啼哭，长老不说出这缘故来。长老对黄员外说道：『我须亲自去看他，自然无事。』就留黄员外在方丈里吃了素斋，与黄员外一同乘轿，连夜来到黄员外家里。请长老在厅上坐了，长老叫抱出令郎来。黄员外自抱出来，长老把手来摸着这小儿的头，在着小儿的耳朵，轻轻的说几句，众人都不听得。长老又把手摸着这小儿的头，说道：『无灾无难，利益双亲，道源不替。』只见这小儿便不哭了。众人惊异，说道：『何曾见这样异事，真是活佛超度！』黄员外说：『待周岁送到上刹，寄名出家。』长老说：『最好。』就与黄员外别了，自回寺里来。黄员外幸得小儿无事，一家爱惜抚养。

光阴捻指，不觉又是周岁了。黄员外说：『我曾许小儿寄名出家。』就安排盒子表礼，叫养娘抱了孩儿，两乘轿子，抬往寺里。来到方丈内，请见长老拜谢，送了礼物。长老与小儿取个法名，叫做黄复仁，送出一件小法衣、僧帽，与复仁穿戴，吃些素斋，黄员外仍与小儿自回家去。来来往往，复仁不觉又是六岁。员外请个塾师教他读书。这复仁终是有根脚的，聪明伶俐，一村人都晓得他是光化寺里范道化身来的，日后必然富贵。

这县里有个童太尉，见复仁聪明俊秀，又见黄家数百万钱财，有个女儿，与复仁同年，使媒人来说，要把女儿许聘与复仁。黄员外初时也不肯定这太尉的女儿，被童太尉再三强不过，只得下三百个盒子，二百两金首饰，一千两银子，若干段匹色丝定了。也是一缘一会，说这女子聪明过人，不曾上学读书，便识得字，又喜诵诸般经卷。如何能得如此？他却是摩诃迦叶祖师身边一个女侍，降生下来了道缘的。初时男女两个幼小，不理人事。到十五六岁，年纪渐长，两个一心只要出家修行，各不愿嫁娶。黄员外因复仁年长，选日子要做亲。童小姐听得黄家有了日子，要成亲，心中慌乱，忙写一封书，使养娘送上太太。书云：

切惟《诗》重《摽梅》，礼端合卺。奈世情不一，法律难齐。紫玉志向禅门，不乐唱随之偶；心悬觉岸，宁思伉俪之偕，一虑百空，万缘俱尽。禅灯一点，何须花烛之辉煌；梵磬数声，奚取琴瑟之嘹亮？破盂甘食，敝衲为衣。泯色象于两忘，齐生死于一彻。伏望母亲大人，大发慈悲，优容苦志。永谢为云神女，宁追奔月嫦娥。佛果倘成，亲恩可报。莫问琼箫之响，长寒玉杵之盟。干冒台慈，幸惟怜鉴。

养娘拿着小姐书，送上太太。太太接得这书，对养娘道：『连日因黄家要求做亲，不曾着人来看小姐。我女儿因甚事，叫你送书来？』养娘把小姐不肯成亲，闲常只是看经念佛要出家的事，说了一遍。太太听了这话，心中不喜，就使人请老爷来看书。太太把小姐的书，送与太尉。太尉看了，说道：『没教训的婢子！男婚女嫁，人伦常道。只见孝悌通于神明，那曾见修行做佛？』把这封书扯得粉碎，骂道：『放屁，放屁！』太尉只依着黄家的日子，把小姐嫁过去。黄复仁与童小姐两个，那日拜了花烛，虽同一房，二人各自歇宿。一连过了半年有余，夫妇相敬相爱，就如宾客一般。黄复仁要辞了小姐，出去云游。小姐道：『官人若出去云游，我与你正好同去出家。自古道：「妇人嫁了从夫。」身子决不敢坏了。』复仁见小姐坚意要修行，又不肯改嫁，与小姐说道：『恁的，我与你结拜做兄姊，一同双修罢。』小姐欢喜，两个各在佛前礼拜。誓毕，二人换了粗布衣服，粗茶淡饭，在家修行。黄员外看见这个模样，都不欢喜。恐怕被人笑耻，员外只得把复仁夫妻二人，连一个养娘，两个梅香，都打发到山里西庄上冷落去处住下，夫妻二人，只是看经念佛，参禅打坐。

三年有余，两个正在佛前长明灯下坐禅，黄复仁忽然见个美貌佳人，妖娇袅娜，走到复仁面前，道个万福，说道：『妾是童太尉府中唱曲儿的如翠，太太因大官人不与小姐同床，必然绝了黄家后嗣，二来不得大官人修行，并无一人知觉。』说罢，与复仁眷恋起来。复仁被这美貌佳人亲近如此，又听说道绝了黄门后嗣，不觉也有些动心。随又想道：『童小姐比他十分娇美，我尚且不与他沾身，怎么因这个女子，坏了我的道念？』才然自忖，只听得一声响亮，万道火光，飞腾缭绕。复仁惊醒来，这小姐也却好放参。复仁连忙起来礼拜菩萨，又来礼拜小姐，说道：『复仁道念不坚，几乎着魔，望姐姐指迷。』说这小姐，聪明过人，智慧圆通，反胜复仁。小姐就说道：『兄弟被色魔迷了，故有此幻象。我与你除是去见空谷祖师，求个解脱。』次日两个来到光化寺中，来见长老。空谷说道：『欲念一兴，四大无着。再求转脱，方始圆明。』因与复仁夫妻二人口号，如何？

跳出爱欲渊，渴饮灵山泉。夫也亡去住，妻也履福田。休休同泰寺，荷荷极乐天。

夫妻二人拜辞长老，回到西庄来，对养娘、梅香说：『我兄姊二人，今夜与你们别了，各要回首。』养娘说道：『我伏侍大官人小姐数载，一般修行，如何不带挈养娘同回首？』复仁说道：『这个勉强不得，恐你缘分不到。』养娘回话道：『我也自有分晓。』夫妻二人沐浴了，各在佛前礼拜，一对儿坐化了。这养娘也在房里不知怎么也回首去了。黄员外听得说，自来收拾，不在话下。

且说黄大官人精灵，竟来投在萧家，小姐来投在支家。渔湖有个箫二郎，在齐为世胄之家，萧懿、萧坦之俱是一族。萧二郎之妻单氏，最仁慈积善，怀娠九个月，将要分娩之时，这里复仁却好坐化。单氏夜里梦见一个金人，身长丈余，衮服冕旒，旌旗羽雉，辉耀无比。一伙绯衣人，车从簇拥，来到萧家堂上歇下。这个金身人，独自一个，进到单氏房里，望着单氏下拜。单氏惊惶，正要问时，恍惚之间，单氏梦觉来，就生下一个孩儿来。这孩儿生下来便会啼啸，自与常儿不群，取名箫衍。八九岁时，身上异香不散。聪明才敏，文章书翰，人不可及。亦且长于谈兵，料敌制胜，谋无遗策。衍以五月五日生，齐时俗忌伤克父母，多不肯举。其母密养之，不令其父知之，至是始令见父。父亲说道：『五月儿刑克父母，养之何为？』衍对父亲说道：『若五月儿有损父母，则萧衍已生九年，九年之间，曾有害于父母么？九岁之间，不曾伤克父母，则九岁之后，岂能刑克父母哉？请父亲勿疑。』其父异其说，其惑稍解。其叔萧懿闻之，说道：『此儿识见超卓，他日必大吾宗。』由此知其为不凡，每事亦与计议。

时有刺史李贲谋反，僭称越帝，置立官属。朝命将军杨瞟讨贲。杨瞟见李贲势大，恐不能取胜，每每来问计于萧懿。懿说：『有侄萧衍，年虽幼小，智识不凡，命世之才。我着人去请来，与他计议，必有个善处。』萧懿忙使人召萧衍来见杨瞟。瞟见衍举止不常，遂致礼敬，虚心请问，要求破贲之策。衍说：『李贲蓄谋已久，兵马精强，士众归向。足下以一旅之师与彼交战，犹如以肉投虎，立见其败。闻贲跨据淮南，近逼广州。孙冏逗留取罪，子雄失律赐死。贲志骄意满，不复顾忌。足下引大军屯于淮南，以一军与陈霸先抄贲之后，略出数千之众，与贲接战，勿与争强，佯败而走，引至淮南大屯之所。且淮南芦苇深曲，更兼地湿泥泞，不易驰骋，足下深沟高垒，不与接战，坐挫其锐；候得天时，因风纵火，霸先从后断其归路，诈为贲军逃溃，袭取其城。贲进退无路，必成擒矣。』瞟闻衍言，叹异惊伏，拜辞而去。杨瞟依衍计策，随破了李贲。萧衍名誉益彰，远近羡慕，人乐归向。

衍有大志。一日，齐明帝要起兵灭魏，又恐高欢这枝人马强众，不敢轻发，特遣黄门召衍入朝问计。萧衍随着使者进到朝里，见明帝，拜舞已毕。明帝虽闻萧衍大名，却见衍年纪幼小，说道：『卿年幼望重，何才而能？』萧衍回奏道：『学问无穷，智识有限，臣不敢以才事陛下。』明帝悚然启敬，不以小儿待之。因与衍计议：『要伐魏，灭尔朱氏，只是高欢那厮士众兵强，故与卿商议。』衍奏道：『所谓众者，得众人之死；所谓强者，得天下之心。今尔朱氏凶暴狡猾，淫恶滔天，高欢反复挟诈，窃窥不轨，名虽得众，实失士心。况君臣异谋，各立党与，不能固守其常也。陛下选将练兵，声言北伐，便攻其东，彼备其东，我罢其战。今年一师，明年一旅，日肆侵扰，使彼不安，自然困毙。且上下不和，国必内乱。陛下因其乱而乘之，蔑不胜矣。』明帝闻言大悦，留衍在朝，引入宫内，皇后妃嫔时常相见，与衍日亲日近。衍赞画既多，勋劳日积，累官至雍州刺史。

后至齐主宝卷，惟喜游嬉，荒淫无度，不接朝士，亲信宦官。萧衍闻之，谓张弘策曰：『当今始安王遥光、徐孝嗣等，六贵同朝，势必相乱。况主上慓虐嫌忌，赵王伦反迹已形，一朝祸发，天下土崩，不可不为自备。』于是衍乃密修武备，招聚骁勇数万，多伐竹木，沉之檀溪，积茅如冈阜。齐王知萧衍有异志，与郑植计议，欲起兵诛衍。郑植奏道：『萧衍图谋日久，士马精强，未易取也。莫若听臣之计，外假加爵温旨，衍必见臣，因而刺杀之，一匹夫之力耳，省了许多钱粮兵马。』齐王大喜，即便使郑植到雍州来，要刺杀萧衍。惊动了光化寺空谷长老，知道此事，就托个梦与萧衍。长老拿着一卷天书，书里夹着一把利刃，递与萧衍。衍醒来，自想道：『明明的一个僧人，拿这夹刀的一卷天书与我，莫非有人要来刺我么？明日且看如何。』只见次日有人来报道，朝廷使郑植赍诏书要加爵一事。萧衍自说道：『是了。』且不与郑植相见，先使人安排酒席，在宁蛮长史郑绍寂家里，都埋伏停当了，与郑植相见，说道：『朝廷使卿来杀我，必有诏书。』郑植赖道：『没有此事。』萧衍喝一声道：『与我搜看。』只见帐后跑出三四十个力士，就把郑植拿下，身边搜出一把快刀来，又有杀衍的密诏。萧衍大怒，说道：『我有甚亏负朝廷，如何要刺杀我？』连夜召张弘策计议起兵，建牙树旗，选集甲士二万余人，马千余匹，船三十余艘，一齐杀出檀溪来。昔日所贮下竹木茅草，葺束立办。又命王茂、曹景宗为先锋，军至汉口，乘着水涨，顺流进兵，就袭取了嘉湖地方。

且说郢城与鲁城，这两个城是嘉湖的护卫，建康的门户。今被王先锋袭取了嘉湖，这两处守城官，心胆惊落，料道敌不过，彼此相约投降。这建康就如没了门户的一般，无人敢敌，势如破竹，进克建康。兵至近郊，齐王游骋如故，遣将军王珍国等，将精兵十万陈于朱雀航。被吕僧珍纵火焚烧其营，曹景宗大兵乘之，将士殊死战，鼓噪震天地。珍国等不能抗，军遂大败。衍军长驱进至宣阳门，萧衍兄弟子侄皆集。将军徐元瑜以东府城降，李居士以新亭降。十二月，齐人遂弑宝卷。萧衍以太后令，追废宝卷为东昏侯，加衍为大司马，迎宣德太后入宫称制。衍寻自为国相，封梁国公，加九锡。黄复仁化生之时，却原来养娘转世为范云，二女侍一转世为沈约，一转世为任昉，与梁公同在竟陵王西府为官，也是缘会，自然义气相合。至是梁公引云为谘议，约为侍中，昉为参谋。二年夏四月，梁公萧衍受禅，称皇帝，废齐王为巴陵王，迁太后于别宫。

梁主虽然马上得了天下，终是道缘不断，杀中有仁，一心只要修行。梁主因兵兴多故，与魏连和。一日，东魏遣散骑常侍李谐来聘。梁主与谐谈久，命李谐出得朝，更深了不及还宫，就在便殿斋阁中宿歇。散了宫嫔诸官，独自一个默坐，在阁儿里开着窗看月。约莫三更时分，只见有三五十个青衣使人，从甬巷中走到阁前来，内有一个口里唱着歌。歌：

从入牢笼羁绊多，也曾罹毕走洪波。可怜明日庖丁解，不复辽东《白蹢歌》。

梁主听这歌，心中疑惑。这一般人走近，朝着梁主叩头奏道：『陛下仁民爱物，恻隐慈悲，我等俱是太庙中祭祀所用牲体，百万生灵，明日一时就杀。伏愿陛下慈悲，赦宥某等苦难，陛下功德无量。』梁主与青衣使人说道：『太庙一祭，朕如何知道杀戮这许多牲体？朕实不忍。来日朕另有处。』这青衣人一齐叩头哀祈，涕泣而去。梁主次日早朝，与文武各官说昨夜斋阁中见青衣之事，又说道：『宗庙致敬，固不可已；杀戮屠毒，朕亦不忍。自今以后，把粉面代做牺牲，庶使祀典不废，仁恻亦存，两全无害。』永为定制，谁敢违背！

梁主每日持斋奉佛，忽夜间梦见一伙绛衣神人，各持旌节，祥麟凤辇，千百诸神，各持执事护卫，请梁主去游冥府。游到一个大宝殿内，见个金冠法服神人，相陪游览。每到一殿，各有主事者都来相见。有等善人，安乐从容，优游自在，仙境天堂，并无挂碍；有等恶人，受罪如刀山血海，拔舌油锅，蛇伤虎咬，诸般罪孽。又见一伙褴褛贫人，蓬头跣足，疮毒遍体，种种苦恼，一齐朝着梁主哀告：『乞陛下慈悲超救！某等俱是无主孤魂，饥饿无食。久沉地狱。』梁主见说，回曰：『善哉，善哉！待朕回朝，即超度汝等。』诸罪人皆哀谢。末后到一座大山，山有一穴，穴中伸出一个大蟒蛇的头来，如一间殿屋相似，对着梁主昂头而起。梁主见了，吃一大惊，正欲退走，只见这蟒蛇张开血池般口，说起话来，叫道：『陛下休惊，身乃郗后也。只为生前嫉妒心毒，死后变成蟒身，受此业报。因身躯过大，旋转不便，每苦腹肌，无计求饱。陛下如念夫妇之情，乞广作佛事，使妾脱离此苦，功德无量。』原来郗后是梁主正宫，生前最妒，凡帝所幸宫人，百般毒害，死于其手者，不计其数。梁主无可奈何，闻得鸧鹒鸟作羹，饮之可以治妒。乃命猎户每月责取鸧鹒百头，日日煮羹，充入御馔进之，果然其妒稍减。后来郗后闻知其事，将羹泼了不吃，妒复如旧。今日死为蟒蛇，阴灵见帝求救。梁主道：『朕回朝时，当与汝忏悔前业。』蟒蛇道：『多谢陛下仁德，妾今送陛下还朝，陛下勿惊。』说罢那蟒蛇舒身出来，大数百围，其长不知几百丈。梁主吓出一身冷汗，醒来乃南柯一梦，咨嗟到晓。次日朝罢，与众僧议设盂兰盆大斋，又造《梁皇宝忏》。说这盂兰盆大斋者，犹中国言普食也，盖为无主饿鬼而设也。《梁皇忏》者，梁主所造，专为郗后忏悔恶业，兼为众生解释其罪。冥府罪人，因梁主设斋造经二事，即得超救一切罪业，地狱为彼一空。梦见郗后如生前装束，欣然来谢道：『妾得陛下宝忏之力，已脱蟒身生天，特来拜谢。』又梦见百万狱囚，皆朝着梁主拜谢，齐道：『皆赖陛下功德，幸得脱离地狱。』

梁主以此奉佛益专，屡诏寻访高僧礼拜，阐明其教，未得其人。闻得有个榼头和尚，精通释典，遣内侍降敕，召来相见。榼头和尚随着使命而来，武帝在便殿，正与侍中沈约奕棋。内侍禀道：『奉敕唤榼头师已在午门外听旨。』适值武帝用心在围棋上，算计要杀一段棋子，这里连禀三次，武帝全不听得，手持一个棋子下去，口里说道：『杀了他罢。』武帝是说杀那棋子，内侍只道要杀榼头和尚。应道：『得旨。』便传旨出午门外，将榼头和尚斩讫。武帝完了这局围棋，沈约奏道：『榼头师已唤至，听宣久矣。』武帝忙呼内侍教请和尚进殿相见。内侍奏道：『已奉旨杀了。』武帝大惊，方悟杀棋时误听之故，乃问内侍道：『和尚临刑有何言语？』内侍奏道：『和尚说前劫为小沙弥时，将锄去草，误伤一曲蟮之命。帝那时正做曲蟮，今生合偿他命，乃理之当然也。』武帝叹惜良久，益信轮回报应之理，乃传旨厚葬榼头和尚。一连数日，心中怏怏不乐。

沈约窥知帝意，乃遣人遍访名僧。忽闻得有个圣僧法号道林支长老，在建康十里外结茅而居，在那里修行。乃奏知梁主，梁主即命侍中沈约去访其僧。约旌旗车马，仆从都盛，势如山岳，惊动远近。一路传呼，道林自在庵中打坐，寂然不动。沈约走到榻前说道：『和尚知侍中来乎？』道林张目说道：『侍中知和尚坐乎？』沈约又说道：『和尚安身处所那里得来的？』道林回话道：『出家人去住无碍。』只说得这一声，这个庵连里面僧人一切都不见了，只剩得一片白地。沈约吃这一惊不小，晓得真是圣僧，慌忙望空下拜道：『弟子肉眼凡庸，烦望吾师慈悲。非约僭妄，乃朝廷所使，约不得不如此。』支公仍见沈约，就留沈约吃些斋饭。沈约恳求禅旨指迷，支公与沈约口号云：

栗事护前，断舌何缘？欲解阴事，赤章奏天。

纸后又写十来个『隐』字。为何支公有此四句口号？一日，豫州献二寸五分大栗子，梁主与沈约各默书栗子故事。沈约故意少书三事，乃云：『不及陛下。』出朝语人曰：『此公护前。』盖言梁主护短也。后梁主知道，以此憾约。断舌之事：约与范云劝武帝受禅，约病中梦齐和帝以剑割其舌。约恐惧，命道士密为赤章奏天，以禳其孽。都是沈约的心事，无人知得，被支公说着了。沈约惊得一身冷汗，魂不附体，木呆了一会，又再三拜问『隐』字之义。支公为何连写这十来个『隐』字？日后沈约身死，朝议欲谥沈约为文侯。梁主恨约，不肯谥为文侯，说道：『情怀不尽为「隐」。』改其谥为隐侯。支公所书前二事，是沈约已往之事；后谥法一事，是沈约未来之事，沈约如何便悟得出来？再三拜求，定要支公明示。支公说道：『天机不可尽泄，侍中日后自应。』说罢，依先闭着眼坐去了。

沈约怅然而归，回见武帝，把支公变化之事，备细奏上武帝。武帝说道：『世上真有仙佛，但俗人未晓耳。』武帝传旨，来日銮舆幸其庵，命集文武大臣，起二万护卫兵，仪从卤簿，旗幡鼓吹，一齐出城，竟到庵里来迎支公。支公已先知了，庵里都收拾停当，似有个起行的模样。武帝与沈约到得庵里，相见支公。武帝屈尊下拜，尊礼支公为师。行礼已毕，支公说道：『陛下请坐，受和尚的拜。』武帝说道：『那曾见师拜弟？』支公答道：『亦不曾见妻抗夫。』只这一句话头，武帝听了，就如提一桶冷水，从顶门上浇下来，遍身苏麻。此时武帝心地不知怎地忽然开明，就省悟前世黄复仁、童小姐之事。二人点头解意，眷眷不已。武帝就请支公一同在銮舆里回朝，供养在便殿斋阁里。武帝每日退朝，便到阁子中，与支公参究禅理，求解了悟。支公与武帝道：『我在此终是不便，与陛下别了，仍到庵里去住。』武帝道：『离此间三十里，有个白鹤山，最是清幽仙境之所。朕去建造个寺刹，请师傅到那里去住。』支公应允了。武帝差官督造这个山寺，大兴工作，极土木之美，殿刹禅房，数千百间，资费百万，取名同泰寺，夫妇同登佛地之意。四方僧人来就食者，千百余人。支公供养在同泰寺，一年有余。

梁主有个昭明太子，年方六岁，能默诵五经，聪明仁孝。一日，忽然四肢不举，口眼紧闭，不知人事。合宫慌张，来告梁主。遍召诸医，皆不能治。梁主说道：『朕得此子聪明，若是不醒，朕亦不愿生了。』举朝惊恐，东宫一班宫嫔宫属奏道：『太子虽然不省人事，身体犹温，陛下何不去见支太师，问个备细如何？』武帝忙排驾，到同泰寺见支公，说太子死去缘故。支公道：『陛下不须惊张，太子非死也，是尸蹶也。昔秦穆公曾游天府，闻钧天之乐，七日而苏。赵简子亦游于天，五日而苏。射熊，符契扁鹊之言，命董安于书于宫。今太子亦在天上已四日矣，因忉利天有恒伽阿做青梯优迦会，为听仙乐忘返，被三足神乌啄了一口，西王母杀是乌。太子还在天上。我为陛下取来。』梁主下拜道：『若得太子更生，朕情愿与太子一同舍身在寺出家。』支公言：『陛下第还宫，太子已苏矣。』梁主急回朝，见太子复生，搂抱太子，父子大哭起来。又说道：『我儿，因你蹶了这几日，惊得我死不得死，生不得生，好苦！』太子回话道：『我在天上看做会，被神乌啄了手，上帝命天医与我敷药。正要在那里耍，被个僧人抱了下来。』梁主道：『这个师傅，是支长老，明日与你去礼拜长老。』又说舍身之事。梁主致斋三日，先着天厨官来寺里办下大斋，普济群生，报答天地。梁主与太子就舍身在寺里。太子有诗一首，云：

粹宇迎阊阖，天衢尚未央。鸣辂和鸾凤，飞旆入羊肠。谷静泉通峡，林深树奏琅。火树含日炫，金刹接天长。月迥塔全见，烟生楼半藏。法雨香林泽，仁风颂圣王。皈依惟上乘，宿化喜陶唐。且进香胡饭，山樱处处芳。长生容有外，诸福被遐方。

梁主、太子在寺里一住二十余日，文武臣僚、耆老、百姓都到寺里请梁主回朝，梁主不允。太后又使宦官来请回朝，梁主也不肯回去。支公夜里与梁主说道：『爱欲一念，转展相侵，与陛下还有数年魔债未完，如何便能解脱得去？陛下必须还朝，了这孽缘，待时日到来，自无住碍。』梁主见说依允。次日，各官又来请梁主回朝。梁主与各官说：『朕已发誓舍身，今日又没缘故，便回了朝，这是虚语。朕有个善处：如要朕回朝，须是各出些钱财，赎朕回去才可。朕舍得一万两，各官舍一万两，太后舍一万两，都送在寺里来供佛斋僧，朕方可与太子回朝。』各官太后都送银子在寺里，梁主也发一万银子，送到寺里来，梁主才回朝。

无多时，适有海西一个大秦犁鞬国，辖下有个条枝国，其人长八九尺，食生物，最猛悍，如禽兽一般；又善为妖妄眩惑，如吞刀吐火，屠人截马之术。闻得梁主受禅，他却要起倾国人马，来与大梁归并。边海守备官闻知这个消息，飞报与梁主知道。梁主见报，与文武官员商议：『别的要厮杀都不打紧，若说这条枝国人马，怎生与他对敌？如何是好？各官有能为朕领兵去敌得他，重加官职。』各官听得说，都面面相看，无人敢去迎敌。侍中范云奏道：『臣等去同泰寺与道林长老求个善处道理。』梁主道：『朕须自去走一遭。』梁主慌忙命驾来到寺里，礼拜支长老，把条枝国要来厮杀归并，备说一遍。支公说道：『不妨事，条枝国要过西海方才转洋入大海，一千七百里到得明州；明州过二三条江，才到得建康。明州有个释迦真身舍利塔，是阿育王所造，藏释迦佛爪发舍利于塔中。这塔寺非是无故而设，专为镇西海口子，使彼不得来暴中国，说不尽的好处。今塔已倒坏了，陛下若把这塔依先修起来，镇压风水，老僧上祝释迦阿育王佛力护持，条枝国人马，如何过得海来？』梁主见说，连忙差官修造释迦塔，要增高做九十丈，刹高十丈，与金陵长干塔一般，钱粮工力，不计其数。

这里正好修造，说这大秦犁鞬王，催促条枝国，兴起十万人马，海船千艘，精兵猛将，都过大海，要来厮并。道林长老入定时，见这景象。次日，来请梁主在寺里，打个释迦育王大会。长老拜佛忏祝，武帝也释去御服，持法衣，行清净大舍，素床瓦器，亲为礼拜讲经。你看这佛力浩大，非同小可！这里祈佛做会，那条枝国人马，下得海，开船不到三四日，就阻了飓风，各船几乎覆没。躲得在海中一个阿耨屿岛里住下，等了十余日，风息了，方敢开船。不到一会间，风又发了，白浪滔天，如何过得来？仍旧回洋，躲在岛里。不开船便无风，若要开船就有风。条枝国大将军乾笃说道：『却不是古怪！不开船便无风，一要开船风就发起来，还是中国天子福分。天若容我们去厮并，看这光景，便过得海，也未必取胜他们，不若回了兵罢！』把船回得洋时，风也没了，顺顺地放回去。乾笃领着众头目，来见大秦国王满屈，备说这缘故。满屈说道：『中国天子弘福，我们终是小邦，不可与大国抗礼。』令乾笃领几个头目，修一通降表，进贡狮子、犀牛、孔雀、三足雉、长鸣鸡，一班夷官来朝拜进贡。梁主见乾笃说阻风不敢过海一事，自知修塔的佛力，以此深信释教，奉事益谨。

梁王恃中国财力，欲并二魏，遂纳侯景之降。景事东魏高欢，景左足偏短，不长弓马，而谋算诸将莫及，尝与高欢言：『愿得精兵三万，横行天下，渡江缚取萧老，公为太平主。』欢大喜，使将兵十万，专制河南。适欢死，梁主因欢子高澄素与景不和，用反间高澄。澄果疑景，作为欢书召景。景发书知澄诈，遂据河南叛魏。景遂使郎中丁和奉降表于梁主，举河南十三州归附。梁主正月丁卯夜，梦中原牧守皆以地来降。次日，见朱异说梦中之事。异奏道：『此宇内混一之兆也。』及丁和奉表见梁主，言景定降计，实是正月乙卯。梁主益神其事，遂纳景降，封景为河南王，又发兵马助景。那里晓得侯景反复凶人，他知道临贺王萧正德，屡以贪暴得罪于梁主，正德阴养死士，只愿国家有变，景因致书于正德。书云：

天子年尊，奸臣乱国。大王属当储贰，今被废黜，景虽不才，实思自效。

正德得书大喜，暗地与景连和，又致书与景。书云：

仆为其内，公为其外，何为不济？事机在速，今其时矣。

说这侯景与正德密约，遂诈称出猎起兵。十月，袭谯州，执刺史萧泰。又攻破历阳，太守庄铁以城投降，因说侯景曰：『国家承平岁久，人不习战斗。大王举兵，内外震骇。宜乘此际，速趋建康，兵不血刃，而成大功。若使朝廷徐得为备，使羸兵千人，直据采石，虽有精甲百万，不能济矣。』景闻大悦，遂以铁为导引。梁主不知正德与景暗通，反令正德督军屯丹阳。正德遣大船数十艘，诈称载荻，暗济景众。侯景得渡，遂围台城，昼夜攻城不息。被董勋引景众登城，就据了台城。把梁主拘于太极东堂。以五百甲士防卫内外，周围铁桶相似。

景遂入宫，恣意肆取宫中宝玩珍鼎前代法器之类，又选美好宫嫔，名姬千数，悉归于己。景阴体弘壮，淫毒无度，夜御数十人，犹不遂其所欲。

闻溧阳公主音律超众，容色倾国，欲纳为妃。遂使小黄门田香儿，以紫玉软丝同心结儿一奁，并合欢水果，盛以金泥小盒，密封遗公主。公主启看，左右皆怒，劝主碎其盒，拒而不纳。公主曰：『不然，非尔辈所知。侯王天下豪杰，父王昔曾梦猕猴升御榻，正应今日。我不束身归侯王，则萧氏无遗类矣。』遂以双凤名锦被，珊瑚嵌金交莲枕遗侯景。景见田香儿回奏，大悦，遣亲近左右数十人迎公主。定情之夕，景虽狎毒万端，主亦曲为忍受。日亲不移，致景宠结，得以颠倒是非，妨于朝务，保全公族，主之力也。后王伟劝景废立，尽除衍族，主与伟忤，爱弛。

梁主既为侯景所制，不得来见支公。所求多不遂意，饮膳亦为所裁节。忧愤成疾，口苦索蜜不得，荷荷而殂，年八十六岁。景秘不发丧，支长老早已知道，况时节已至，不可待也，在寺里坐化了。

且说梁湘东王绎痛梁主被景幽死，遂自称假黄钺大都督中外诸军，承制起兵，来诛侯景。先使竟陵太守王僧辩领五千人马，来复台城。军到湘州地方，僧辩暗令赵伯超来探听侯景消息。伯超恐路上不好行，装做个平常商人，行到伯桐尖山边深林里走过，望见梁主与支公二人，各倚着一仗，缓缓地行来。伯超走近，见了梁主，吃这一惊不小，连忙跪下奏道：『陛下与长老因甚到此？今要往何处去？』梁主回答道：『朕功行已满，与长老往西天竺极乐国去。有封书寄与湘东王，正没人可寄，卿可仔细收好。与朕寄去。』说了，梁主就袖中取出书，递与赵伯超。伯超刚接得书，就不见了梁主与支公。后伯超探听侯景消息，回复王僧辩，忙将书送上湘东王，说见梁主一事。湘东王拆开书看，是一首《古风》，诗云：

奸虏窃神器，毒痛流四海。嗟哉萧正德，为景所愚卖。凶逆贼君父，不复为翊戴。惟彼湘东王，愤起忠勤在。落星霸先谋，使景台城败。
窜身依答仁，为鸱所屠害。身首各异处，五子诛夷外。暴尸陈市中，争食民心快！今我脱敝履，去住两无碍；极乐为世尊，自在兜利界。篡
逆安在哉？铁钺诛千载。

湘东王读罢是诗，泪涕潜流，不胜呜咽。后王僧辩、陈霸先攻破侯景。景竟欲走吴依答仁。羊侃二子羊鹍杀之，暴景尸于市，民争食之，并骨亦尽。溧阳公主亦食其肉，雪冤于天，期以自死。景五子皆被北齐杀尽。于诗无一不验。诗曰：

堪笑世人眼界促，只就目前较祸福。台城去路是西天，累世说明有空谷。

任孝子烈性为神

参透『风流』二字禅，好姻缘作恶姻缘。痴心做处人人爱，冷眼观时个个嫌。闲花野草且休拈，赢得身安心自然。山妻本是家常饭，不害相思不费钱。

这首词，单道着色欲乃忘身之本，为人不可苟且。

话说南宋光宗朝绍熙元年，临安府在城清河坊南首升阳库前有个张员外，家中巨富，门首开个川广生药铺。年纪有六旬，妈妈已故。只生一子，唤着张秀一郎，年二十岁，聪明标致。每日不出大门，只务买卖。父母见子年幼，抑且买卖其门如市，打发不开。铺中有个主管，姓任名珪，年二十五岁。母亲早丧，只有老父，双目不明，端坐在家。任珪大孝，每日辞父出，到晚才归参父，如此孝道。祖居在江干牛皮街上。是年冬间，凭媒说合，娶得一妻，年二十岁，生得大有颜色，系在城内日新桥河下做凉伞的梁公之女儿，小名叫做圣金。自从嫁与任珪，见他笃实本分，只是心中不乐，怨恨父母：千不嫁万不嫁，把我嫁在江干，路又远，早晚要归家不便。终日眉头不展，面带忧容，妆饰皆废。这任珪又向早出晚归，因此不满妇人之意。原来这妇人未嫁之时，先与对门周待诏之子名周得有奸。此人生得丰姿俊雅，专在三街两巷，贪花恋酒，趋奉得妇人中意。年纪三十岁，不要娶妻，只爱偷婆娘。周得与梁姐姐暗约偷期，街坊邻里，那一个不晓得。因此梁公、梁婆又无儿子，没奈何只得把女儿嫁在江干，省得人是非。这任珪是个朴实之人，不曾打听仔细，胡乱娶了。不想这妇人身虽嫁了任珪，一心只想周得，两人余情不断。

荏苒光阴，正是：

看见垂杨柳，回头麦又黄。蝉声犹未断，孤雁早成行。

忽一日，正值八月十八日潮生日。满城的佳人才子，皆出城看潮。这周得同两个弟兄，俱打扮出候潮门。只见车马往来，人如聚蚁。周得在人丛中丢撇了两个弟兄，潮也不看，一径投到牛皮街那任珪家中来。原来任公每日只闭着大门，坐在楼檐下念佛。周得将扇子柄敲门，任公只道儿子回家，一步步摸出来，把门开了。周得知道是任公，便叫道：『老亲家，小子施礼了。』任公听着不是儿子声音，便问：『足下何人？有何事到舍下？』周得道：『老亲家，小子是梁凉伞姐姐之子。有我姑表妹嫁在宅上，因看潮特来相访。令良姐夫在家么？』任公双目虽不明，见说是媳妇的亲，便邀他请坐。就望里面叫一声：『娘子，有你阿舅在此相访。』这妇人在楼上正纳闷，听得任公叫，连忙浓添脂粉，插戴钗环，穿几件色服，三步挪做两步，走下楼来。布帘内瞧一瞧：『正是我的心肝情人！多时不曾相见。』走出布帘外，笑容可掬，向前相见。这周得一见妇人。正是：

分明久旱逢甘雨，赛过它乡遇故知。只想洞房欢会日，那知公府献头时？

两个并肩坐下。这妇人见了周得，神魂飘荡，不能禁止。遂携周得手揭起布帘，口里胡说道：『阿舅，上楼去说话。』这任公依旧坐在

任珪捉姦殺
死五人

楼檐下板凳上念佛。

这两个上得楼来，就抱做一团。妇人骂道：『短命的！教我思量得你成病，因何一向不来看我？负心的贼！』周得笑道：『姐姐，我为你嫁上江头来，早晚不得见面，害了相思病，争些儿不得见你。我如常要来，只怕你老公知道，因此不敢来望你。』一头说，一头搂抱上床，解带卸衣，叙旧日海誓山盟，云情雨意。

这两个霎时云收雨散，各整衣巾。妇人搂住周得在怀里道：『我的老公早出晚归，你若不负我心，时常只说相访，老子又瞎，他晓得什么！只顾上楼和你快活，切不可做负心的。』周得答道：『好姐姐，心肝肉，你既有心于我，我决不负于你，我若负心，教我堕阿鼻地狱，万劫不得人身。』这妇人见他设咒，连忙捧过周得脸来，舌送丁香，放在他口里道：『我心肝，我不枉了有心爱你。从今后频频走来相会，切不可使我倚门而望。』道罢，两人不忍分别。只得下楼别了任公，一直去了。妇人对任公道：『这个是我姑姑的儿子，且是本分淳善，话也不会说，老实的人。』任公答道：『好，好。』妇人去灶前安排中饭与任公吃了，自上楼去了，直睡到晚。任珪回来，参了父亲，上楼去了。夫妻无话，睡到天明。辞了父亲，又入城而去，俱各不题。

这周得自那日走了这遭，日夜不安，一心想念。歇不得两日，又去相会，正是情浓似火。此时牛皮街人烟稀少，因此走动，只有数家邻舍，都不知此事。不想周得为了一场官司，有两个月不去相望。这妇人淫心似火，巴不得他来。只因周得不来，恹恹成病，如醉如痴。正是：

乌飞兔劫，朝来暮往何时歇？女娲只会炼石补青天，岂会熬胶粘日月？

倏忽又经元宵，临安府居民门首，扎缚灯棚，悬挂花灯，庆贺元宵。不期这周得官事已了，打扮衣巾，其日巳牌时分，径来相望。却好任公在门首念佛，与他施礼罢，径上楼来。袖中取出烧鹅熟肉，两人吃了，解带脱衣上床。如糖似蜜，如胶似漆，恁意颠鸾倒凤，出于分外绸缪。日久不曾相会，两个搂做一团，不舍分开。耽搁长久了，直到申牌时分，不下楼来。这任公肚中又饥，心下又气，想道：『这阿舅今日如何在楼上这一日？』便在楼下叫道：『我肚饥了，要饭吃！』妇人应道：『我肚里疼痛，等我便来。』任公忍气吞声，自去门前坐了，心中暗想：『必有跷蹊，今晚孩儿回来问他。』这两人只得分散，轻轻移步下楼，款款开门，放了周得去了。那妇人假意叫肚痛，安排些饭与任公吃了，自去楼上思想情人，不在话下。

却说任珪到晚回来，参见父亲。任公道：『我儿且休要上楼去，有一句话要问你。』任珪立住脚听。任公道：『你丈人丈母家，有个什么姑舅的阿舅，自从旧年八月十八日看潮来了这遭，以后不时来望，径直上楼去说话，也不打紧。今日早间上楼，直到下午，中饭也不安排我吃。我忍不住叫你老婆，那阿舅听见我叫，慌忙去了。我心中十分疑惑，往日常要问你，只是你早出晚归，因此忘了。我想男子汉与妇人家在楼上一日，必有奸情之事。我自年老，眼又瞎，管不得，我儿自己慢慢访问则个。』任珪听罢，心中大怒，火急上楼。端的是：

口是祸之门，舌为斩身刀。闭口深藏舌，安身处处牢。

当时任珪大怒上楼，口中不说，心下思量：『我且忍住，看这妇人分豁。』只见这妇人坐在楼上，便问道：『父亲吃饭也未？』答应道：『吃了。』便上楼点灯来，铺开被，脱了衣裳，先上床睡了。任珪也上床来，却不倒身睡去，坐在枕边问那妇人道：『我问你家那有个姑长阿舅，时常来望你？你且说是那个？』妇人见说，爬将起来，穿起衣裳，坐在床上。柳眉剔竖，娇眼圆睁，应道：『他便是我爹爹结义的妹子养的儿子，我的爹娘记挂我，时常教他来望我。有什么半丝麻线！』便焦躁发作道：『兀谁在你面前说长道短来？老娘不是善良君子，不裹头巾的婆婆！洋块砖儿也要落地，你且说是谁说黄道黑，我要和你会同问得明白。』任珪道：『你不要嚷！却才父亲与我说，今日什么阿舅，在楼上一日，因此问你则个。没事便罢休，不消得便焦躁。』一头说，一头便脱衣裳自睡了。那妇人气喘气促，做神做鬼，假意儿装妖作势，哭哭啼啼道：『我的父母没眼睛，把我嫁在这里。没来由教他来望，却教别人说是道非。』又哭又说。任珪睡不着，只得爬起来，那妇人头边搂住了，抚恤道：『便罢休，是我不是。看往日夫妻之面，与你陪话便了。』那妇人倒在任珪怀里，两个云情雨意，狂了半夜，俱不题了。

任珪天明起来，辞了父亲入城去了。每日巴巴结结，早出晚回。那痴婆一心只想要偷汉子，转转寻思：『要待何计脱身？只除寻事回到娘家，方才和周得做一块儿，耍个满意。』日夜挂心，捻指又过了半月。

忽一日饭后，周得又来，拽开门儿径入，也不与任公相见，一直上楼。那妇人向前搂住，低声说道：『叵耐这瞎老驴，与儿子说道你常来楼上坐定说话，教我分说得口皮都破，被我葫芦提瞒过了。你从今不要来，怎地教我舍得你？可寻思计策，除非回家去与你方才快活。』周得听了，眉头一簇，计上心来：『如今屋上猫儿正狂，叫来叫去。你可漏屋处抱得一个来，安在怀里，必然抓碎你胸前。却放了猫儿，睡在床上啼哭。等你老公回来，必然问你。你说：「你的好爷，却来调戏我。我不肯顺他，他将我胸前抓碎了。」你放声哭起来，你的丈夫必然打发你归家去。我每日得和你同欢同乐，却强如偷鸡吊狗，暂时相会。且在家中住了半年三个月，却又再处，此计大妙。』妇人伏道：『我不枉了有心向你，好心肠，有见识！』二人和衣倒在床上调戏了。云雨罢，周得慌忙下楼去了。正是：

老龟烹不烂，移祸于枯桑。

那妇人伺候了几日，忽一日，捉得一个猫儿，解开胸膛，包在怀里。这猫儿见衣服包笼，舒脚乱抓。妇人忍着疼痛，由它抓得胸前两奶粉碎。解开衣服，放它自去。此是申牌时分，不做晚饭，和衣倒在床上，把眼揉得绯红，哭了叫，叫了哭。将近黄昏，任珪回来，参了父亲。到里面不见妇人，叫道：『娘子，怎么不下楼来？』那妇人听得叫了。越哭起来，任珪径上楼，不知何意，问道：『吃晚饭也未？怎地又哭？』连问数声不应。那淫妇巧生言语，一头哭，一头叫道：『问什么！说起来，装你娘的谎子。快写休书，打发我回去，做不得这等猪狗样人！你若不打发我回家去，我明日寻个死休！』说了又哭。任珪道：『你且不要哭，有甚事对我说。』这妇人爬将起来，抹了眼泪，撕开胸前，两奶抓得粉碎，有七八条血路，教丈夫看了道：『这是你好亲爷干下的事！今早我送你出门，回身便上楼来。不想你这老驴老畜牲，轻手轻脚跟我上楼，一把双手搂住，摸我胸前，定要行奸。吃我不肯，他便将手把我胸前抓得粉碎，那里肯放！我慌忙叫起来，他没意思，方才摸下楼去了。教我眼巴巴地望你回来。』说罢，大哭起来道：『我家不见这般没人伦畜牲驴马的事。』任珪道：『娘子低声！邻舍听得，不好看相。』

妇人道：『你怕别人得知，明日讨乘轿子，抬我回去便罢休。』任珪虽是大孝之人，听了这篇妖言，不由得：

怒从心上起，恶向胆边生。

『正是「画虎画皮难画骨，知人知面不知心。」罢罢，原来如此！可知道前日说你与什么阿舅有奸，眼见得没巴鼻，在我面前胡说，今后眼也不要看这老禽兽！娘子休哭，且安排饭来吃了睡。』这妇人见丈夫听他虚说，心中暗喜，下楼做饭，吃罢去睡了。正是：

娇妻唤做枕边灵，十事商量九事成。

这任珪被这妇人情色昏迷，也不问爷却有此事也无。过了一夜，次早起来，吃饭罢，叫了一乘轿子，买了一只烧鹅，两瓶好酒，送那妇人回去。妇人收拾衣包，也不与任公说知，上轿去了。抬得到家，便上楼去。周得知道便过来，也上楼去，就搂做一团，倒在梁婆床上，云情雨意。周得道：『好计么？』妇人道：『端的你好计策！今夜和你放心快活一夜，以遂两下相思之愿。』两个狂罢，周得下楼去要买办些酒馔之类。妇人道：『我带得有烧鹅美酒，与你同吃。你要买时，只觅些鱼菜时果足矣。』周得一霎时买得一尾鱼，一只猪蹄，四色时新果儿，又买下一大瓶五加皮酒，拿来家里，教使女春梅安排完备，已是申牌时分。妇人摆开桌子，梁公梁婆在上坐了，周得与妇人对席坐了，女使筛酒，四人饮酒，直至初更。吃了晚饭，梁公梁婆二人下楼去睡了。这两个在楼上。正是：欢来不似今日，喜来更胜当初。正要称意停眠整宿，只听得有人敲门。正是：

日间不做亏心事，半夜敲门不吃惊。

这两个指望做一夜快活夫妻，谁想有人敲门。春梅在灶前收拾未了，听得敲门，执灯去开门。见了任珪，惊得呆了，立住脚头，高声叫道：『任姐夫来了！』周得听叫，连忙穿衣径走下楼。思量无处躲避，想空地里有个东厕，且去东厕躲闪。这妇人慢慢下楼道：『你今日如何这等晚来？』任珪道：『便是出城得晚，关了城门。欲去张员外家歇，又夜深了，因此来这里歇一夜。』妇人道：『吃晚饭了未？』任珪道：『吃了，只要些汤洗脚。』春梅连忙掇脚盆来，教任珪洗了脚。妇人先上楼，任珪却去东厕里净手。时下有人拦住，不与他去便好。只因来上厕，争些儿死于非命。正是：

恩义广施，人生何处不相逢？冤仇莫结，路逢狭处难回避。

任珪刚跨上东厕，被周得劈头揪住，叫道：『有贼！』梁公、梁婆、妇人、使女各拿一根柴来乱打。任珪大叫道：『是我，不是贼！』众人不由分说，将任珪痛打一顿。周得就在闹里一径走了。任珪叫得喉咙破了，众人方才放手。点灯来看，见了任珪，各人都呆了。任珪道：『我被这贼揪住，你们颠倒打我，被这贼走了。』众人假意埋怨道：『你不早说！只道是贼，贼倒却走了。』说罢，各人自去。任珪忍气吞声道：『莫不是藏什么人在里面，被我冲破，倒打我这一顿？且不要慌，慢慢地察访。』听那更鼓已是三更，去梁公床上睡了。心中胡思乱想，只睡不着。挨到五更，不等天明，起来穿了衣服便走。梁公道：『待天明吃了早饭去。』任珪被打得浑身疼痛，那有好气？也不应他，开了大门，拽上了，趁星光之下，直望侯潮门来。

却忒早了些，城门未开。城边无数经纪行贩，挑着盐担，坐在门下等开门。也有唱曲儿的，也有说闲话的，也有做小买卖的。任珪混在人丛中，坐下纳闷。你道事有凑巧，物有偶然，正所谓：

吃食少添盐醋，不是去处休去。要人知重勤学，怕人知事莫做。

当时任珪心下郁郁不乐，与决不下。内中忽有一人说道：『我那里有一邻居梁凉伞家，有一件好笑的事。』这人道：『有什么事？』那人道：『梁家有一个女儿，小名圣金，年二十余岁。未曾嫁时，先与对门周待诏之子周得通奸。旧年嫁在城外牛皮街卖生药的主管叫做任珪。这周得一向去那里来往，被瞎阿公识破，去那里不得了。昨日归在家里。昨晚周得买了嗄饭好酒，吃得更尽。两个正在楼上快活，有这等巧事，不想那女婿更深夜静，赶不出城，径来丈人家投宿。奸夫惊得没躲避处，走去东厕里躲了。任珪却去东厕净手，你道好笑么？那周得好手段，走将起来劈头将任珪揪住，倒叫：「有贼！」丈人、丈母、女儿，一齐把任珪烂酱打了一顿，奸夫逃走了。世上有这样的异事！』众人听说了，一齐拍手笑起来道：『有这等没用之人！被奸夫淫妇安排，难道不晓得？』这人道：『若是我，便打一把尖刀，杀做两段！那人必定不是好汉，必是个煨脓烂板乌龟。』又一个道：『想那人不晓得老婆有奸，以致如此。』说了又笑一场。正是：

情知语是钩和线，从头钓出是非来。

当时任珪却好听得备细，城门正开，一齐出城，各分路去了。此时任珪不出城，复身来到张员外家里来，取了三五钱银子，到铁铺里买了一柄解腕尖刀，和鞘插在腰间。思量钱塘门晏公庙神明最灵，买了一只白公鸡，香烛纸马，提来庙里，烧香拜告：『神圣显灵，任珪妻梁氏，与邻人周得通奸，夜来如此如此。』前话一一祷告罢，将刀出鞘，提鸡在手，问天买卦：『如若杀得一个人，杀下的鸡在地下跳一跳；杀他两个人，跳两跳。』说罢，一刀剁下鸡头，那鸡在地下一连跳了四跳，重复从地跳起，直从梁上穿过，坠将下来，却好共是五跳。当时任珪将刀入鞘，再拜，望神明助力报仇。化纸出庙上街，东行西走，无计可施。到晚回张员外家歇了。没情没绪，买卖也无心去管。次日早起，将刀插在腰间，没做理会处。欲要去梁家干事，又恐撞不着周得，只杀得老婆也无用，又不了事。转转寻思，恨不得咬他一口。径投一个去处，有分教：

任珪小胆翻为大胆，善心改作恶心；大闹了日新桥，鼎沸了临安府。正是：

青龙与白虎同行，吉凶事全然未保。

这任珪东撞西撞，径到美政桥姐姐家里，见了姐姐说道：『你兄弟这两日有些事故，爹在家没人照管，要寄托姐姐家中住几时，休得推故。』姐姐道：『老人家多住些时也不妨。』姐姐果然教儿子去接任公，扶着来家。

这日任珪又在街坊上串了一回，走到姐姐家，见了父亲，将从前事一一说过，道：『儿子被这泼淫妇虚言巧语，反说父亲如何如何，儿子一时被感，险些堕他计中。这口气如何消得？』任公道：『你不要这淫妇便了，何须呕气？』任珪道：『有一日撞在我手里，决无干休！』任公道：『不可造次。从今不要上他门，休了他，别讨个贤慧的便罢。』任珪道：『儿子自有道理。』辞了父亲并姐姐，气忿忿地入城。恰好是黄昏时候，走到张员外家，将上件事一一告诉：『只有父亲在姐姐家，我也放得心下。』张员外道：『你且忍耐，此事须要三思而行。』

自古道：「捉奸见双，捉贼见脏。」倘或不了事，枉受了苦楚。若下在死囚牢中，无人管你。你若依我说话，不强如杀害人性命。冤家只可解不可结。」任珪听得劝他，低了头，只不言语。员外教养娘安排酒饭相待，教去房里睡，明日再作计较。任珪谢了。到房中寸心如割，和衣倒在床上，翻来复去，延挨到四更尽了，越想越恼，心头火按捺不住。起来抓扎身体急捷，将刀插在腰间，摸到厨下，轻轻开了门，靠在后墙。那墙苦不甚高，一步爬上墙头。其时夏末秋初，其夜月色正明如昼。将身望下一跳，跳在地上。道：「好了！」一直望丈人家来。

隔十数家，黑地里立在屋檐下，思量道：「好却好了，怎地得他门开？」踌躇不决。只见卖烧饼的王公，挑着烧饼担儿，手里敲着小小竹筒过来。忽然丈人家门开，走出春梅，叫住王公，将钱买烧饼。任珪自道：「那厮当死！」三步作一步，奔入门里，径投胡梯边梁公房里来。掇开房门，拔刀在手，见丈人、丈母俱睡着。心里想道：「周得那厮必然在楼上了。」按住一刀一个，割下头来，丢在床前。正要上楼，却好春梅关了门，走到胡梯边。被任珪劈头揪住，道：「不要高声，若高声，便杀了你。你且说，周得在那里？」那女子认得是任珪声音，情知不好了，见他手中拿刀，大叫：「任姐夫来了！」任珪气起，一刀砍下头来，倒在地下，慌忙大踏步上楼去杀奸夫淫妇。正是：

种瓜得瓜，种豆得豆。天网恢恢，疏而不漏。

当时任珪跨上楼来。原来这两个正在床上狂荡，听得王公敲竹筒，唤起春梅买烧饼，房门都不闭，桌上灯尚明。径到床边，妇人已知，听得春梅叫，假做睡着，任珪一手按头，一手将刀去咽喉下切下头来，丢在楼板上。口里道：「这口怒气出了，只恨周得那厮不曾杀得，不满我意。」猛想神前杀鸡五跳，杀了丈人、丈母、婆娘、使女，只应得四跳。那鸡从梁上跳下来，必有缘故。」抬头一看，却见周得赤条条地伏在梁上。任珪叫道：「快下来，饶你性命！」那时周得心慌，爬上去了，一见任珪，战战兢兢，慌了手脚，禁了爬不动。任珪性起，从床上直爬上去，将刀乱砍，可怜周得从梁上倒撞下来。任珪随势跳下，踏住胸脯，搠了十数刀；将头割下，解开头发，与妇人头结做一处。将刀入鞘，提头下楼。到胡梯边，提了使女头，来寻丈人、丈母头，解开头发，五个头结做一块，放在地上。

此时东方大亮，心中思忖：「我今杀得快活，称心满意。逃走被人捉住，不为好汉。不如挺身首官，便吃了一剐，也得名扬于后世。」遂开了门，叫两边邻居，对众人道：「婆娘无礼，人所共知。我今杀了他一家，并奸夫周得。我若走了，连累高邻吃官司，如今起烦和你们同去出首。」众人见说未信，慌忙到梁公房里看时，老夫妻两口俱没了头。胡梯边使女尸倒在那里。上楼看时，周得被杀死在楼上，遍身刀搠伤痕数处，尚在血里，妇人杀在床上。众人吃了一惊，走下楼来。只见五颗头结做一处，都道：「真好汉子！我们到官，依直与他讲就是。」道犹未了，嚷动邻舍、街坊、里正、缉捕人等，都来缚住任珪。任珪道：「不必缚我，我自做自当，并不连累你们。」说罢，两手提了五颗头，出门便走。众邻舍一齐跟定，满街男子妇人，不计其数来看，哄动满城人。只因此起，有分教任珪，正是：

生为孝子肝肠烈，死作明神姓字香。

众邻舍同任珪到临安府，大尹听得杀人公事，大惊，慌忙升厅，两下公吏人等排立左右。任珪将五个人头，行凶刀一把，放在面前，跪下告道：『小人姓任名圭，年二十八岁，系本府百姓，祖居江头牛皮街上。母亲早丧，只有老父，双目不明。前年冬间，凭媒说合，娶到在城日新桥河下梁公女儿为妻，一向到今。小人因无本生理，在卖生药张员外家做主管。早去晚回，日常间这妇人只是不喜。至去年八月十八日，父亲在楼下坐定念佛。原来梁氏未嫁小人之先，与邻人周得有奸。其日本人来家，称是姑舅哥哥来访，径自上楼说话。日常来往，痛父眼瞎不明。忽日父与小人说道：「什么阿舅常常来楼上坐，必有奸情之事。」小人听得说，便骂婆娘。一时小人见不到，被这婆娘巧语虚言，说道老父上楼调戏。因此三日前，小人打发妇人回娘家去了。至日，小人回家晚了，关了城门，转到妻家投宿。不想奸夫见我去，逃躲东厕里。小人临睡，去东厕净手，被他劈头揪住，喊叫有贼。当时丈人、丈母、婆娘、使女，一齐执柴乱打小人，此时奸夫走了。小人忍痛归家，思想这口气没出处。不合夜来提刀入门，先杀丈人、丈母，次杀使女，后来上楼杀了淫妇。猛抬头，见奸夫伏在梁上，小人爬上去，乱刀砍死。今提五个首级首告，望相公老爷明镜。』大尹听罢，呆了半晌。遂问排邻，委果供认是实。所供明白，大尹钧旨，令任珪亲笔供招。随即差个县尉，并公使仵作人等，押着任珪到尸边检验明白。其日人山人海来看。险道神脱了衣裳，这场话非同小可。

当日一齐同到梁公家，将五个尸首一一检验讫，封了大门。县尉带了一干人犯，来府堂上回话道：『检得五个尸，并是凶身自认杀死。』大尹道：『虽是自首，难以免责。』教打二十下，取具长枷枷了，上了铁镣手肘，令狱卒押下死囚牢里去。一干排邻回家。教地方公同作眼，将梁公家家财什物变卖了，买下五具棺材，盛下尸首，听候官府发落。

且说任珪在牢内，众人见他是个好男子，都爱敬他。早晚饭食，有人管顾。不在话下。

临安府大尹，与该吏商量：任珪是个烈性好汉，只可惜下手忒狠了，周旋他不得。只得将文书做过，申呈刑部。刑部官奏过天子，令勘官勘得本犯奸夫淫妇，理合杀死，不合杀了丈人、丈母、使女，一家非死三人。着令本府待六十日限满，将犯人就本地方凌迟示众。梁公等尸首烧化，财产入官。

文书到府数日，大尹差县尉率领仵作、公吏、军兵人等，当日去牢中取出任珪。大尹将朝廷发落文书，教任珪看了。任珪自知罪重，低头伏死。大尹教去了锁枷镣肘，上了木驴。只见：

四道长钉钉，三条麻索缚。两把刀子举，一朵纸花摇。

县尉人等，两棒鼓，一声锣，簇拥推着任珪，前往牛皮街示众。但见犯由牌前引，棍棒后随。当时来到牛皮街，围住法场，只等午时三刻。其日看的人，两行如堵。将次午时，真可作怪，一时间天昏地黑，日色无光，狂风大作，飞沙走石，播土扬泥，你我不能相顾。看的人惊得四分五落，魄散魂飘。少顷，风息天明，县尉并刽子众人看任珪时，绑索长钉，俱已脱落，端然坐化在木驴之上。众人一齐发声道：『自古至今，不曾见有这般奇异的怪事。』监斩官惊得木麻，慌忙令仵作、公吏人等，看守任珪尸首，自己忙拍马到临安府，禀知大尹。大尹见说大惊，连忙上轿，一同到法场看时，果然任珪坐化了。大尹径来刑部禀知此事，着令排邻地方人等，看守过夜。明早奏过朝廷，凭圣旨发落。次日巳牌时分，刑部文书到府，随将犯人任珪尸首，即时烧化，以免凌迟。县尉领旨，就当街烧化。城里城外人，有千千万万来看，都说：『这样异事，何曾得见！何曾得见！』

却说任公与女儿，知得任珪死了，安排些羹饭，外甥挽了瞎公公，女儿抬着轿子，一齐径到当街祭祀了，痛哭一场。任珪的姐姐，教儿子挽扶着公公，同回家奉亲过世。

话休絮烦，过了两月余，每遇黄昏，常时出来显灵。来往行人看见者，回去便患病，备下羹饭纸钱当街祭献，其病即痊。忽一日，有一小儿来牛皮街闲耍，被任珪附体起来。众人一齐来看，小儿说道：『玉帝怜吾是忠烈孝义之人，各坊城隍、土地保奏，令做牛皮街土地。汝等善人可就我屋基立庙，春秋祭祀，保国安民。』说罢，小儿遂醒。当坊邻右，看见如此显灵，那敢不信？即日敛出财物，买下木植，将任珪基地盖造一所庙宇。连忙请一个塑佛高手，塑起任珪神像，坐于中间，虔备三牲福礼祭献。自此香火不绝，祈求必应，其庙至今尚存。后人有诗题于庙壁，赞任珪坐化为神之事，诗云：

铁销石朽变更多，只有精神永不磨。除却奸淫拼自死，刚肠一片赛阎罗。

汪信之一死救全家

白发苏堤老妪，不知生长何年？相随宝驾共南迁，往事能言旧汴。前度君王游幸，一时询旧凄然。鱼羹妙制味犹鲜，双手擎来奉献。

话说大宋乾道淳熙年间，孝宗皇帝登极，奉高宗为太上皇。那时金邦和好，四郊安静，偃武修文，与民同乐。孝宗皇帝时常奉着太上乘龙舟来西湖玩赏。湖上做买卖的，一无所禁，所以小民多有乘着圣驾出游，赶趁生意。只卖酒的也不止百十家。且说有个酒家婆姓宋，排行第五，唤做宋五嫂。原是东京人氏，造得好鲜鱼羹，京中最是有名的。建炎中随驾南渡，如今也侨寓苏堤赶趁。一日太上游湖，泊船苏堤之下，闻得有东京人语音。遣内官召来，乃一年老婆婆。有老太监认得他是汴京樊楼下住的宋五嫂，善煮鱼羹，奏知太上。太上提起旧事，凄然伤感，命制鱼羹来献。太上尝之，果然鲜美，即赐金钱一百文。此事一时传遍了临安府，王孙公子，富家巨室，人人来买宋五嫂鱼羹吃。那老妪因此遂成巨富。有诗为证：

一碗鱼羹值几钱？旧京遗制动天颜。时人倍价来争市，半买君恩半买鲜。

又一日，御舟经过断桥。太上舍舟闲步，看见一酒肆精雅，坐启内设个素屏风，屏风上写〔风入松〕词一首，词云：

一春常费买花钱，日日醉湖边。玉骢惯识西湖路，骄嘶过沽酒楼前。红杏香中歌舞，绿杨影里秋千。暖风十里丽人天，花压鬓云偏。画船载得春归去，余情付湖水湖烟。明日重移残酒，来寻陌上花细。

太上览毕，再三称赏，问酒保此词何人所作？酒保答言：『此乃太学生于国宝醉中所题。』太上笑道：『此词虽然做得好，但末句「重移残酒」，不免带寒酸之气。』因索笔就屏上改云：『明日重扶残醉』。即日宣召于国宝见驾，钦赐翰林待诏。那酒家屏风上添了御笔，游人争来观看，因而饮酒。其家亦致大富。后人有诗，单道于国宝际遇太上之事，诗曰：

素屏风上醉题词，不道君王眄睐奇。若问姓名谁上达？酒家即是魏无知。

又有诗赞那酒家云：

御笔亲删墨未干，满城闻说尽争看。一般酒肆偏腾涌，始信皇家雨露宽。

那时南宋承平之际，无意中受了朝廷恩泽的不知多少。同时又有文武全才，出名豪侠，不得际会风云，被小人诬陷，激成大祸，后来做了一场没挞煞的笑话，此乃命也，时也，运也。正是：

时来风送滕王阁，运退雷轰荐福碑。

话说乾道年间，严州遂安县有个富家，姓汪名孚，字师中，曾登乡荐，有财有势，专一武断乡曲，把持官府，为一乡之豪霸。因杀死人命，遇了对头，将汪孚问配吉阳军去。他又夤缘魏国公张浚，假以募兵报效为由，得脱罪籍回家，益治资产，复致大富。他有个嫡亲兄弟汪革，字信之，是个文武全才。从幼只在哥哥身边居住，因与哥哥汪孚酒中争论一句闲话，憋口气只身径走出门，口里说道：『不致千金，誓不还乡！』

身边只带得一把雨伞，并无财物，思想：『那里去好？我闻得人说，淮庆一路有耕冶可业，甚好经营。且到彼地，再作道理。』只是没有盘缠。心生一计：自小学得些枪棒拳法在身，那时抓缚衣袖，做个把势模样。逢着码头聚处，使几路空拳，将这伞权为枪棒，撇个架子。一般有人喝采，赍发几文钱，将就买些酒饭用度。

不一日，渡了扬子江。一路相度地势，直至安庆府。过了宿松，又行三十里，地名麻地坡。看见荒山无数，只有破古庙一所，绝无人居，山上都是炭材。江革道：『此处若起个铁冶，炭又方便，足可擅一方之利。』于是将古庙为家，在外纠合无籍之徒，因山作炭，买碳就买铁，就起个铁冶。铸成铁器，出市发卖。所用之人，各有职掌，恩威并著，无不钦服。数年之间，发个大家事起来。遣人到严州取了妻子，来麻地居住。起造厅屋千间，极其壮丽。又占了本处酤坊，每岁得利若干。又打听望江县有个天荒湖，方圆七十余里，其中多生鱼蒲之类。汪革承佃为己业，湖内渔户数百，皆服他使唤，每岁收他鱼租，其家益富。独霸麻地一乡，乡中有事，俱由他武断。出则佩刀带剑，骑从如云，如贵官一般。四方穷民，归之如市。解衣推食，人人愿出死力。又将家财交结附近郡县官吏。若与他相好的，酒杯来往；若与他作对的，便访求他过失。轻则遣人讦讼，败其声名；重则私令亡命等于沿途劫害，无处踪迹。以此人人惧怕，交欢恐后。分明是：

郭解重生，朱家再出。气压乡邦，名闻郡国。

话分两头。却说江淮宣抚使皇甫倜，为人宽厚，颇得士心。招致四方豪杰，就中选骁勇的，厚其资粮，朝夕训练，号为『忠义军』。宰相汤思退忌其威名，要将此缺替与门生刘光祖。乃阴令心腹御史，劾奏皇甫倜糜费钱粮，招致无赖凶徒，不战不征，徒为他日地方之害。朝廷将皇甫倜革职，就用了刘光祖代之。那刘光祖为人又畏懦，又刻薄，专一阿奉宰相，乃悉反皇甫倜之所为，将忠义军散遣归田，不许占住地方生事。可惜皇甫倜几年精力，训练成军，今日一朝而散。这些军士，也有归乡的，也有结伴走绿林中道路的。

就中单表二人，程彪、程虎，荆州人氏。兄弟两个，都学得一身好武艺。被刘光祖一时驱逐，平日有的请受都花消了，无可存活，思想投奔谁好？猛然想起洪教头洪恭，今住在太湖县南门仓巷口，开个茶坊。他也曾做军校，昔年相处得好，今日何不去奔他，共他商议资身之策？二人收拾行李，一径来太湖县寻取洪恭。洪恭恰好在茶坊中相见了，各叙寒温，二人道其来意。洪恭自思家中蜗窄，难以相容。当晚杀鸡为黍，管待二人，送在近处庵院歇了一晚。次日，洪恭又请二人到家中早饭，取出一封书信，说道：『多承二位远来，本当留住几时，怎奈家贫待慢。今指引到一个去处，管取情投意合，有个小小富贵。』二人谢别而行，将书札看时，上面写道：『此书送至宿松县麻地坡汪信之十二爷开拆。』二人依言来到麻地坡，见了汪革，将洪恭书札呈上。汪革拆开看时，上写道：

侍生洪恭再拜，字达信之十二爷阁下：自别台颜，时切想念。兹有程彪、程虎兄弟，武艺超群，向隶籍忠义军。今为新统帅散遣不用，特奉荐至府，乞留为馆宾，令郎必得其资益。外敝县有湖荡数处，颇有出产，阁下屡约来看，何迟迟耶？专候拨冗一临。若得之，亦美业也。

汪革看毕大喜，即唤儿子汪世雄出来相见。置酒款待，打扫房屋安歇。自此程彪、程虎住在汪家，朝夕与汪世雄演习弓马，点拨枪棒。

不觉三月有余，汪革有事欲往临安府去。二程闻汪革出门，便欲相别。汪革问道：『二兄今往何处？』二程答道：『还到太湖会洪教头则个。』汪革写下一封回书，寄与洪恭，正欲赍发二程起身，只见汪世雄走来，向父亲说道：『枪棒还未精熟，欲再留二程过几时，讲些阵法。』汪革依了儿子言语，向二程说道：『小儿领教未全，且屈宽住一两个月，待不才回家奉送。』二程见汪革苦留，只得住了。

却说汪革到了临安府，干事已毕。朝中讹传金虏败盟，诏议战守之策。汪革投匦上书，极言向来和议之非。且云：『国家虽安，忘战必危。江淮乃东南重地，散遣忠义军，最为非策。』末又云：『臣虽不才，愿倡率两淮忠勇，为国家前驱，恢复中原，以报积世之仇，方表微臣之志。』天子览奏，下枢密院会议。这枢密院官都是怕事的，只晓得临渴掘井，那会得未焚徙薪？况且布衣上书，谁肯破格荐引？又未知金鞑子真个杀来也不，且不复奏，只将温言好语，款留汪革在本府候用。汪革因此逗留临安，急切未回。正是：

将相无人国内虚，布衣有志枉嗟吁。黄金散尽貂裘敝，悔向咸阳去上书。

话分两头。再说程彪、程虎二人住在汪家，将及一载，胸中本事倾倒得授与汪世雄，指望他重重相谢。那汪世雄也情愿厚赠，奈因父亲汪革，一去不回。二程等得不耐烦，坚持要行。汪世雄苦苦相留了几遍。到后来，毕竟留不住了。一时手中又值空乏，打并得五十两子，分送与二人，每人二十五两，衣服一套，置酒作别。席上汪世雄说道：『重承二位高贤屈留赐教，本当厚赠，只因家父久寓临安，二位又坚执要去，世雄手无利友，只有些小私财，权当路费。改日两位若便道光顾，尚容补谢。』二人见银两不多，大失所望。口虽不语，心下想道：『洪教头说得汪家父子，万分轻财好义，许我个小富贵。特特而来，淹留一载，只这般赍发起身，比着忠义军中请受，也争不多。早知如此，何不就汪革在家时，即便相辞，也少不得助些盘费。如今汪革又不回来，欲待再住些时，又吃过了送行酒了。』只得怏怏而别。临行时，与汪世雄讨封回书与洪教头。汪世雄文理不甚通透，便将父亲先前写下这封书，递与二程，托他致意，二程收了。汪世雄又送一程，方才转去。

当日二程走得困乏，到晚寻店歇宿，沽酒对酌，各出怨望之语。程虎道：『汪世雄不是个三岁孩儿，难道百十贯钱钞，做不得主？直恁装穷推故，将人小觑！』程彪道：『那孩子虽然轻薄，也还有些面情。可恨汪革特地相留，不将人为意，数月之间，书信也不寄一个。只说待他回家奉送，难道十年不回，也等他十年？』程虎道：『那些倚着财势，横行乡曲，原不是什么轻财好客的孟尝君。只看他老子出外，儿子就支不动钱钞，便是小家样子。』程彪道：『那洪教头也不识人，偏荐到这三家村去处？』二个一递一句，说了半夜，吃得有八九分酒了。程虎道：『汪革寄与洪教头书，书中不知写甚言语，何不拆来一看？』程彪真个角开包裹，将书取出，湿开封处看时，上写道：

侍生汪革再拜，复书子敬教师门下：久别怀念，得手书如对面，喜可知也。承荐二程，即留与小儿相处。奈彼欲行甚促，仆又有临安之游，不得厚赠。有负来意，惭愧，惭愧！

书尾又写细字一行，云：

别谕侯从临安回即得践约，计期当在秋凉矣。革再拜。

程虎看罢，大怒道：『你是个富家，特地投奔你一场，便多将金帛结识我们，久后也有相逢处。又不是雇工代役，算甚日子久近！却说道：「欲行甚促」，「不得厚赠」，主意原自轻了。』程虎便要将书扯碎烧毁，却是程彪不肯，依旧收藏了。说道：『洪教头荐我兄弟一番，也把个回信与他，使他晓得没甚汤水。』程虎道：『也说得是。』当夜安歇无话。

次早起身，又行了一日，第三日赶到太湖县，见了洪教头。洪恭在茶坊内坐下，各叙寒温。原来洪恭向来娶下个小老婆，唤做细姨，最是帮家做活，看蚕织绢，不辞辛苦，洪恭十分宠爱。只是一件，那妇人是勤苦作家的人，水也不舍得一杯与人吃的。前次程彪、程虎兄弟来时，洪恭虽然送在庵院安歇，却费了他朝暮两餐，被那妇人絮聒了好几日。今番二程又来，洪恭不敢延款了，又乏钱相赠；家中存得几匹好绢，洪恭要赠与二程。料是细姨不肯，自到房中，取了四匹，揣在怀里。刚出房门，被细姨撞见，拦住道：『老无知，你将这绢往那里去？』洪恭遮掩不过，只得央道：『程家兄弟，是我好朋友。今日远来别我还乡，无物表情。你只当权借这绢与我，休得违拗。』细姨道：『老娘千辛万苦，织成这绢，不把来白送与人的。你自家有绢，自家做人情，莫要干涉老娘。』洪恭又道：『他好意远来看我，酒也不留他吃三杯了，这四匹绢怎省得？我的娘，好歹让我做主这一遭儿，待送他转身，我自来陪你的礼。』礼罢就走。细姨扯住衫袖道：『你说他远来，有甚好意？前番白白里吃了两顿，今番又做指望。这几匹绢，老娘自家也舍不得做衣服穿，他有甚亲情往来，却要送他？他要绢时，只教他自与老娘取讨。』洪恭见小老婆执意不肯，又怕二程等久。只得发个狠，洒脱袖子，径奔出茶坊来。惹得细姨喉急，发起话来道：『什么没廉耻的光棍，非亲非眷，不时到人家蒿恼！各人要达时务便好，我们开茶坊的人家，有甚大出产？常言道：「贴人不富自家穷。」有我们这样老无知老禽兽，不守本分，惯一招引闲神野鬼，上门闹吵！看你没饭在锅里时节，有那个好朋友，把一斗五升来资助你？』故意走到屏风背后，千禽兽万禽兽地骂。原来细姨在内争论时，二程一句句都听得了，心中十分焦躁。又听得后来骂詈，好没意思，不等洪恭作别，取了包裹便走。洪恭随后赶来，说道：『小妾因两日有些反目，故此言语不顺，二位休得计较。这粗绢四匹，权折一饭之敬，休嫌微鲜。』程彪、程虎那里肯受，抵死推辞。洪恭只得取绢自回。细姨见有了绢，方才住口。正是：

从来阴性吝啬，一文割舍不得。剥尽老公面皮，恶断朋友亲戚。

大抵妇人家勤俭惜财，固是美事，也要通乎人情。比如细姨一味悭吝，不存丈夫体面，他自躲在房室之内，做男子的免不得出外，如何做人？为此恩变为仇，招非揽祸，往往有之。所以古人说得好，道是：

妻贤夫祸少，子孝父宽心。

闲话休题。再说程彪、程虎二人，初意来见洪教头，指望照前款留，他便细诉心腹，再求他荐到个好去处，又作道理。不期反受了一场辱骂，思量没处出气。所带汪革回书未投，想起：『书中有别谕候秋凉践约等话，不知何事？心里正恨汪革，何不陷他谋叛之情，两处气都出了？好计，好计！只一件，这书上原无实证，难以出首，除非如此如此。』二人离了太湖县，行至江州，在城外觅个旅店，安放行李。

次日，弟兄两个改换衣装，到宣抚司衙门前踅了一回。回来吃了早饭，说道：『多时不曾上浔阳楼，今日何不去一看？』两个锁上房门，带了些散碎银两，径到浔阳楼来。那楼上游人无数，二人倚栏观看。忽有人扯着程彪的衣袂，叫道：『程大哥，几时到此？』程彪回头看时，认得是府内惯缉事的。诨名叫做『张光头』。程彪慌忙叫兄弟程虎，一齐作揖，说道：『一言难尽。且同坐吃三杯，慢慢地告诉。』当下三人拣副空座头坐下，分付酒保取酒来饮。张光头道：『闻知二位在安庆汪家做教师，甚好际遇！』程彪道：『什么际遇！几乎弄出大事来！』便附耳低言道：『汪革久霸一乡，渐有谋叛之意。从我学弓马战阵，庄客数千，都教演精熟了，约太湖洪教头洪恭，秋凉一同举事。教我二人纠合忠义军旧人为内应，我二人不从，逃走至此。』张光头道：『有甚证验？』程虎道：『现有书札托我回复洪恭，我不曾替他投递。』张光头道：『书在何处？借来一看。』程彪道：『在下处。』三人饮了一回，还了酒钱。张光头直跟二程到下处，取书看了道：『这是机密重情，不可泄漏。不才即当禀知宣抚司，二位定有重赏。』说罢，作别去了。

次日，张光头将此事密密地禀知宣抚使刘光祖。光祖即捕二程兄弟置狱，取其口词，并汪革复洪恭书札，密地飞报枢密府。枢密府官大惊，商量道：『汪革现在本府候用，何不擒来鞫问？』差人去拿汪革时，汪革已自走了。原来汪革素性轻财好义，枢密府里的人，一个个和他相好。闻得风声，预先报与他知道，因此汪革连夜逃回。枢密府官见拿汪革不着，愈加心慌，便上表奏闻天子。天子降诏，责令宣抚使捕汪革、洪恭等。宣抚司移文安庆李太守，转行太湖、宿松二县，拿捕反贼。

却说洪恭在太湖县广有耳目，闻风先已逃避无获。只有汪革家私浩大，一时难走。此时宿松县令正缺，只有县尉姓何名能，是他权印。奉了郡檄，点起士兵二百余人，望麻地进发。行未十里，何县尉在马上思量道：『闻得汪家父子骁勇，更兼冶户鱼户，不下千余。我这一去可不枉送了性命！』乃与士兵都头商议，向山谷僻处屯住数日，回来禀知李太守道：『汪革反谋，果是真的。庄上器械精利，整备拒捕。小官寡不敌众，只得回军。伏乞钧旨，别差勇将前去，方可成功。』李公听信了，便请都监郭择商议。郭择道：『汪革武断一乡，目无官府，已非一日。若说反判，其情未的。据称拒捕，何曾见官兵杀伤？依起愚见，不须动兵，小将不才，情愿挺身到彼，观其动静。若彼无叛情，要他亲到府中分辨。他若不来，剿除未晚。』李公道：『都监所言极当，即烦一行。须体察仔细，不可被他瞒过。』郭择道：『小将理会得。』李公又问道：『将军此行，带多少人去？』郭择道：『只亲随十余人足矣。』李公道：『下官将一人帮助。』即唤缉捕使臣王立到来。王立朝上唱个喏，立于旁边。李公指着道：『此人胆力颇壮，将军同他去时，缓急有用。』原来郭择与汪革素有交情，此行轻身而往，本要劝谕汪革，周全其事。不期太守差王立同去，他倚着上官差遣，便要夸才卖智，七嘴八张，连我也不好做事了。欲待推辞不要他去，又怕太守疑心。只得领诺，怏怏而别。

次早，王立抓扎停当，便去催促郭择起身。又向郭择道：『郡中捕贼文书，须要带去。汪革这厮，来便来，不来时，小人带着都监一条麻绳扣他颈皮。王法无亲，那怕他走上天去！』郭择早有三分不乐，便道：『文书虽带在此，一时不可说破，还要相机而行。』王立定要讨文书来看，郭择只得与他看了。王立便要拿起，却是郭择不肯，自己收过，藏在袖里。当日郭择和王立都骑了马，手下跟随的，不上二十个人，离了郡城，望宿松而进。

却说汪革自临安回家，已知枢密院行文消息，正不知这场是非，从何而起。却也自恃没有反叛实迹，跟脚牢实，放心得下。前番何县尉领兵来捕，虽不曾到麻地，已自备细知道。这番如何不探消息？闻知郡中又差郭都监来，带不满二十人，只怕是诱敌之计，预戒庄客，大作准备。分付儿子汪世雄，埋伏壮丁伺候。倘若官兵来时，只索抵敌。却说世雄妻张氏，乃太湖县盐贾张四郎之女，平日最有智数。见其夫装束，问知其情，乃出房对汪革说道：『公公素以豪侠名，积渐为官府所忌。若其原非反叛，官府亦自知之。为今之计，不若挺身出辩，得罪犹小，尚可保完家门。倘一有拒捕之名，弄假成真，百口难诉，悔之无及矣。』汪革道：『郭都监，吾之故人，来时定有商量。』遂不从张氏之言。

再说郭择到了麻地，径至汪革门首。汪革早在门外迎候，说道：『不知都监驾临，荒避失于远接。』郭择道：『郭某此来，甚非得已，信之必然相谅。』两个揖让升厅，分宾坐定，各叙寒温。郭择看见两厢廊庄客往来不绝，明晃晃摆着刀枪，心下颇怀悚惧。又见王立跟定在身旁，不好细谈。汪革开言问道：『此位何人？』郭择道：『此乃太守相公所遣王观察也。』汪革起身，重与王立作揖，道：『失瞻，位罪！』便请王立在厅侧小阁儿内坐下，差个主管相陪，其余从人俱在门首空房中安扎。一时间备下三席大酒：郭择客位一席，汪革主位相陪一席，王立另自一席。余从满盘肉，大瓮酒，尽他醉饱。饮酒中间，汪革又移席书房中小坐，却细叩郭择来意。郭择隐却郡檄内言语，只说道：『太守相公深知信之被诬，命郭某前来劝谕。信之若藏身不出，便是无丝有线了；若肯至郡分辩，郭某一力担当。』汪革道：『且请宽饮，却又理会。』郭择真心要周全汪革，称王立不在眼前，正好说话，连次催并汪革决计。汪革见逼得慌，愈加疑惑。此时六月天气，暑气蒸人，汪革要郭择解衣畅饮，郭择不肯。郭择连次要起身，汪革也不放。只管斟着大觥相劝，自巳牌至申牌时分，席还不散。郭择见天色将晚，恐怕他留宿，决意起身，说道：『适郭某所言，出于至诚，并无半字相欺。从与不从，早早裁决，休得两相耽误。』汪革带着半醉，唤郭择的表字道：『希颜是我故人，敢不吐露心腹。某无辜受谤，不知所由。今即欲入郡参谒，又恐郡守不分皂白，阿附上官，强入人罪。鼠雀贪生，人岂不惜命？今有楮券四百，聊奉希颜表意，为我转限两三个月，我当向临安借贵要之力，与枢密院讨个人情。上面先说得停妥，方敢出头。希颜念吾平日交情，休得推诿。』郭择本不欲受，只恐汪革心疑生变，乃佯笑道：『平昔相知，自当效力，何劳厚赐？暂时领受，容它日璧还。』却待舒手去接那楮券，谁知王观察王立站在窗外，听得汪革将楮券送郭择，自己却没甚贿赂，带着九分九厘醉态，不觉大怒，拍窗大叫道：『好都监！枢密院奉圣旨着本郡取谋反犯人，乃受钱转限，谁人敢担这个干系？』原来汪世雄率领壮丁，正伏在壁后。听得此语，即时跃出，将郭择一索捆番，骂道：『吾父与你何等交情，如何藏匿圣旨文书，吃骗吾父入郡，陷之死地？是何道理？』王立在窗外听见势头不好，早转身便走。正遇着一条好汉，提着朴刀拦住。那人姓刘名青，绰号『刘千斤』，乃汪革手下第一个心腹家奴，喝道：『贼子那里走！』王立拔出腰刀厮斗，夺路向前，早被刘青左臂上砍上一刀。王立负痛而奔，刘青紧步赶上。只听得庄外喊声大举，庄客将从人乱砍，尽皆杀死。王立肩胛上又中了一朴刀，情知逃走不脱，便随刀仆地，装做僵死。庄客将挠钩拖出，和众死尸一堆儿堆向墙边。汪革当厅坐下，汪世雄押郭择，当面搜出袖内文书一卷。汪革看了大怒，喝教斩首。郭择叩头求饶道：『此事非关小人，都因何县尉妄禀拒捕，以致太守发怒。小人奉上官差委，不得已而来。若得何县尉面对明白，小人虽死不恨。』汪革道：『留下你这驴头也罢，省得那狗县尉没有证见。』分付权锁在耳房中。

教汪世雄即时往炭山冶坊等处，凡壮丁都要取齐听令。

却说炭山都是村农怕事，闻说汪家造反，一个个都向深山中藏躲。只有冶坊中大半是无赖之徒，一呼而集，约有三百余人。都到庄上，杀牛宰马，权做赏军。庄上原有骏马三匹，日行数百里，价值千金。那马都有名色，叫做：

惺惺骝，小骢骒，番婆子。

又平日结识得四个好汉，都是胆勇过人的，那四个？

龚四八，董三，董四，钱四二。

其时也都来庄上，开怀饮酒，直吃到四更尽，五更初。众人都醉饱了，汪革札缚起来，真像个好汉：

头总旋风髻，身穿白绵袍。豁鞋兜脚紧，裹肚系身牢。多带穿杨箭，高擎斩铁刀。雄威真罕见，麻地显英豪。

汪革自骑着番婆子，控马的用着刘青，又是一个不良善的。怎生模样？

刚须环眼威风凛，八尺长躯一片锦。千斤铁臂敢相持，好汉逢他打寒噤。

汪革引着一百人为前锋。董三、董四、钱四二共引三百人为中军。汪世雄骑着小骢骒，却教龚四八骑着惺惺骝相随，引一百余人，押着郭都监为后队。分发已定，连放三个大硫，一齐起身，望宿松进发，要拿何县尉。正是：

人无害虎心，虎有伤人意。

离城约五里之近，天色大明。只见钱四二跑上前向汪革说道：『要拿一个县尉，何须惊天动地，只消数人突然而入，缚了他来就是。』汪革道：『此言有理。』就教钱四二押着大队屯住，单领董三、董四、刘青和二十余人前行，望见城壕边一群小儿连臂而歌。歌曰：

二六佳人姓汪，偷个船儿过江。过江能几日？一杯热酒难当。

歌之不已。汪革策马近前叱之，忽然不见，心下甚疑。到县前时，已是早衙时分，只见静悄悄地，绝无动静。汪革却待下马，只见一个值宿的老门子，从县里面唱着哩嗹花儿的走出，被刘青一把拿住问道：『何县尉在那里？』老门子答道：『昨日往东村勾摄公事未回。』汪革就教他引路，径出东门。约行二十余里，来到一所大庙，唤做福应侯庙，乃是一邑之香火，本邑奉事甚谨，最有灵应。老门子指道：『每常官府下乡，只在这庙里歇宿，可以问之。』汪革下马入庙，庙祝见人马雄壮，刀仗鲜明，正不知甚人，唬得尿流屁流，跪地迎接。汪革问他县尉消息，庙祝道：『昨晚果然在庙安歇，今日五更起马，不知去向。』汪革方信老门子是实话，将他放了。就在庙里打了中火，遣人四下踪迹县尉，并无的信。看看挨至申牌时分，汪革心中十分焦躁，教取火来，把这福应侯庙烧做白地，引众仍回旧路。刘青道：『县尉虽然不在，却有妻小在官廨中。若取之为质，何愁县尉不来。』汪革点头道：『是。』行至东门，尚未昏黑，只见城门已闭。却是王观察王立不曾真死，负痛逃命入城，将事情一一禀知巡检。那巡检唬得面如土色，一面分付闭了城门，防他啰唣；一面申报郡中，说汪革杀人造反，早早发兵剿捕。再说汪革见城门闭了，便欲放火攻门。忽然一阵怪风，从城头上旋将下来，那风好不利害！吹得人毛骨俱悚，惊得那匹番婆子也直立嘶鸣，倒退几步。汪革在马上大叫一声，直跌下地来。正是：

未知性命如何，先见四肢不举。

刘青见汪革坠马，慌忙扶起看时，不言不语，好似中恶模样，不省人事。刘青只得抱上雕鞍，董三、董四左右防护，刘青控马而行。转到南门，却好汪世雄引着二三十人，带着火把接应，合为一处。又行二里，汪革方才苏醒，叫道：『怪哉！分明见一神人，身长数丈，头如车轮，白袍金甲，身坐城堵上，脚垂至地。神兵簇拥，不计其数，旗上明写「福应侯」三字。那神人舒左脚踢我下马，想是神道怪我烧毁其庙，所以为祸也。明早引大队到来，白日里攻打，看他如何？』汪世雄道：『父亲还不知道，钱四二恐防累及，已有异心，不知与众人如何商议了，他先洋洋而去。以后众人陆续走散，三停中已去了二停，父亲不如回到家中再作计较。』汪革听罢，懊悔不已。

行至屯兵之地，见龚四八，所言相同。郭择还锁押在彼，汪革一时性起，拔出佩刀，将郭择劈做两截。引众再回麻地坡来，一路上又跑散了许多人。到庄点点人数，只存六十余人。汪革叹道：『吾素有忠义之志，忽为奸人所陷，无由自明。初意欲擒拿县尉，究问根由，报仇雪耻。因借府库之资，招徕豪杰，跌宕江淮，驱除这些贪官污吏，使威名盖世。然后就朝廷恩抚，为国家出力，建万世之功业。今吾志不就，命也。』对龚四八等道：『感众兄弟相从不舍，吾何忍负累！今罪犯必死，此身已不足惜，众兄弟何不将我绑去送官，自脱其祸？』龚四八等齐声道：『哥哥说那里话！我等平日受你看顾大恩，今日患难之际，生死相依，岂有更变！哥哥休将钱四二一例看待。』汪革道：『虽然如此，这麻地坡是个死路，若官兵一到，没有退步。大抵朝廷之事，虎头蛇尾，且暂为逃难之计，倘或天天可怜，不绝尽汪门宗祀，此地还是我子孙故业。不然，我汪革魂魄，亦不复到此矣！』言讫，扑簌簌两行泪下。汪世雄放声大哭，龚四八等皆泣下，不能仰视。汪革道：『天明恐有军马来到，事不宜迟矣。天荒湖有渔户可依，权且躲避。』乃尽出金珠，将一半付与董三、董四，教他变姓易名，往临安行都为贾，布散流言说何县尉迫胁汪革，实无反情。只当公道不平，逢人分析。那一半付与龚四八，教他领了三岁的孙子，潜往吴郡藏匿。官府只虑我北去通虏，决不疑在近地。事平之后，径到严州遂安县，寻我哥哥汪师中，必然收留。乃将三匹名马分赠三人。龚四八道：『此马毛色非凡，恐被人识破，不可乘也。』汪革道：『若遗与他人，有损无益。』提起大刀，一刀一匹，三马尽皆杀死。庄前庄后，放起一把无情火，必必剥剥，烧得烈焰腾天。汪革与龚、董三人，就火光中洒泪分别。世雄妻张氏，见三岁的孩儿去了，大哭一场，自投于火而死。若汪革早听其言，岂有今日？正是：

良药苦口，忠言逆耳。有智妇人，赛过男子。

汪革伤感不已，然无可奈何了。天色将明，分付庄客，不愿跟随的，听其自便。引了妻儿老少，和刘青等心腹三十余人，径投望江县天荒湖来，取五只渔船，分载人口，摇向芦苇深处藏躲。

话分两头。却说安庆李太守见了宿松县申文，大惊，忙备文书上司处申报。一面行文各县，招集民兵剿贼。江淮宣抚司刘光祖将事情装点大了，奏闻朝廷。旨意倒下枢密院，着本处统帅约会各郡军马，合力剿捕，毋致蔓延。刘光祖各郡调兵，到者约有四五千之数。已知汪革烧毁房舍，逃入天荒湖内。又调各处船兵水陆并进，又支会平江一路，用兵邀截，以防走逸。那领兵官无非是都监、提辖、县尉、巡检之类，素闻汪革骁勇，党与甚众，人有畏怯之心。陆军只屯住在望江城外，水军只屯在里湖港口，抢掳民财，消磨粮饷，那个敢下湖捕贼？住了二十余日，湖中并无动静。有几个大胆的乘个小划船，哨探出去，望见芦苇中烟火不绝，远远地鼓声敲响。不敢近视，依旧划转，又过几日，烟火也没了，鼓声也不闻了。水哨禀知军官，移船出港，筛锣擂鼓，摇旗呐喊而前，荡入湖中。连打鱼的小船都四散躲过，并不见一只。向芦苇烟起处搜看时，鬼脚迹也没一个了。但见几只破船上堆却木屑和草苴，煨得船板焦黑。浅渚上有两三面大鼓，鼓上缚着羊，连羊也饿得半死了。原来鼓声是羊蹄所击，烟火乃木屑。汪革从湖入江，已顺流东去，正不知几时了。军官惧罪，只得将船追去。行出江口，只见五个渔船，一字儿泊在江边，船上立着个汉子，有人认得这船是天荒湖内的渔船。拢船去拿那汉子查问时，那汉子噙着眼泪，告诉道：『小人姓樊名速，川中人氏，因到此做此小商贩，买卖已毕，与一个乡亲同坐一只大船，三日前来此江口，撞着五个渔船。船上许多好汉，自称汪十二爷，要借我大船安顿人口，将这五个小船相换。我不肯时，腰间拔出雪样的刀来便要杀害，只得让与他去了。你看这个小船，怎过得川江？累我重复觅船，好不苦也！』船上两个军官商量道：『眼见得换船的汪十二爷，便是汪革了。他人众已散，只有两只大船，容易算计了。且放心赶去。』行至采石矶边，见江面上摆列战舰无数。却是太平郡差出军官，领水军把截采石，盘诘行船，恐防反贼汪革走逸。打听的实，两处军官相会。安庆军官说起：『汪革在湖中逃走入江，劫了两只大客船，装载家小之事，料他必从此过。小将跟寻下来，如何不见？』采石军官听说，大惊顿足道：『我被这奸贼瞒过了也！前两日辰牌时分，果有两只大客船，船中满载家大小。其人冠带来谒，自称姓王名中一，为蜀中参军，任满赴行都升补。想来「汪」字半边是「王」字，「革」字下截是「中一」二字，此人正是汪革。今已过去，不知何往矣！』两处军官度道，失了汪革正贼，料瞒不过，只得从实申报上司。上司见汪革踪迹神出鬼没，愈加疑虑，请枢密院悬下赏格，画影图形，各处张挂。有能擒捕汪革者，给赏一万贯，官升三级；获其嫡亲家属一口者，赏三千贯，官升一级。

却说汪革乘着两只客船，径下太湖。过了数日，闻知官府挨捕紧急，料是藏躲不了，将客船凿沉湖底，将家小寄顿一个打鱼人家，多将金帛相赠，约定一年后来取。却教刘青跟随儿子汪世雄，间道往无为州漕司出首，说父亲原无反情，特为县尉何能陷害，现今逃难行都，乞押去追寻，免致兴兵调饷。此乃保全家门之计，不可迟滞。世雄被父亲所逼，只得去了。漕司看了汪世雄首词，问了备细，差官锁押到临安府，挨获汪革，一面禀知枢密等院衙门去讫。

却说汪革发脱家小，单单剩得一身，改换衣装，径望临安而走。在城外住了数日，不见儿子世雄的消息，想起城北厢官白正，系向年相识，乃夜入北关，叩见求见。白正见是汪革大惊，便欲走避。汪革扯住道：『兄长勿疑，某此来束手投罪，非相累也。』白正方才心稳，开言问道：『官府捕足下甚急，何为来此？』汪革将冤情告诉了一遍：『如今愿借兄长之力，得诣阙自明，死亦无恨。』白正留汪革住了一宿，次早报知枢密府，遂下于大理院狱中。狱官拷问他家属何在，及同党之人姓名。汪革道：『妻小都死于火中，只有一子名世雄，一向在外做客，并不知道。庄丁俱是村民，各各逃命去讫，亦不记姓名。』狱官严刑拷讯，终不肯说。

却说白正不愿领赏、记功、升官，心下十分可怜汪革，一应狱中事体，替他周旋。临安府闻说反贼汪革投到，把做异事传播。董三、董四知道了，也来暗地与他使钱。大尹院上官下吏都得了贿赂，汪革稍得宽展。遂于狱中上书。大略云：

臣汪革，于某年某月投匦献策，愿倡率两淮忠义，为国家前驱破虏，恢复中原。臣志在报国如此，岂有贰心？不知何人谤臣为反，又不知所指何事？愿得其人与臣面质，使臣心迹明白，虽死犹生矣。

天子见其书，乃诏九江府押送程彪、程虎二人，到行都并下大理鞫问。其时无为州漕司文书亦到，汪世雄也来了。那会审一日，好不热闹。汪革父子相会，一段悲伤，自不必说。看见对头，却是二程兄弟，出自意外，倒吃一惊，方晓得这场是非的来历。刑官审问时，二程并无他话，只指汪革所寄洪恭之书为据。汪革辩道：『书中所约秋凉践约，原欲置买太湖县湖荡，并非别情。』刑官道：『洪恭已在逃了，有何对证？』汪世雄道：『闻得洪恭现在宣城居住，只拿他来审，便知端的。』刑官一时不能快，权将四人分头监候，行文宁国府去了。不一日，本府将洪恭解到。刘青在外面已自买嘱解子，先将程彪、程虎根由备细与洪恭说了。洪恭料得没事，大着胆进院。遂将写书推荐二程，约汪革来看湖荡，及汪家赍发薄了，二人不悦，并赠绢不受之故，始末根由，说了一遍。汪革回书，被程彪、程虎藏匿不付。两头怀恨，遂造此谋，诬陷平人，更无别故。堂上官录了口词，向狱中取出汪家父子、二程兄弟面证。程彪、程虎见洪恭说得的实了，无言可答。汪革又将何县尉停泊中途，诈称拒捕，以致上司激怒等因，说了一遍。问官再四推鞫无异，又且得了贿赂，有心要周旋其事。当时判出审单。略云：

审得犯人一名汪革，颇有侠名，原无反状。始因二程之私怨，妄解书词；继因何尉之讹言，遂开兵衅。察其本谋，实非得已。但不合不行告辨，纠合凶徒，擅杀职官郭择及士兵数人。情虽可原，罪实难宥。思其束手自投，显非抗拒。但行凶非止一人，据革自供当时逃散，不记姓名。而郡县申文，已有刘青名字。合行文本处访拿治罪，不可终成漏网。革子世雄，知情与否，亦难悬断。然观无为州首词，与同恶相济者不侔，似宜准自首例，姑从末减。汪革照律该凌迟处死，仍枭首示众，决不待时。汪世雄杖脊发配二千里外。程彪、程虎首事妄言，杖脊发配一千里外。俱俟凶党刘青等到后发遣。洪恭供明释放。县尉何能捕贼无才，罢官削籍。

狱具，复奏天了，圣旨依拟。刘青一闻这个消息，预先漏与狱中，只劝汪革服毒自尽。汪革这一死，正应着宿松城下小儿之歌。他说『二六佳人姓汪』，汪革排行十二也；『偷个船儿过江』，是指劫船之事；『过江能几日？一杯热酒难当』，汪革今日将热酒服毒，果应其言矣。古来说童谣，乃天上荧惑星化成小儿，预言祸福。看起来汪革虽不曾成什么大事，却被官府大惊小怪，起兵调将，骚扰几处州郡，名动京师，忧及天子，便有童谣预兆，亦非偶然也。

闲话休题。再说汪革死后，大理院官验过，仍将死尸枭首悬挂国门。刘青先将尸骸藏过，半夜里偷其头去藁葬于临安北门十里之外。次日私对董三说知其处。然后自投大理院，将一应杀人之事，独自承认，又自诉偷葬主人之情。大进院官用刑严讯，备诸毒苦，要他招出葬尸处，终不肯言。是夜受苦不过，死于狱中。后人有诗赞云：

从容就狱申王法，慷慨捐生报主恩。多少朝中食禄者，几人殉义似刘青？

大理院官见刘青死了，就算个完局。狱中取出汪世雄及程彪、程虎，决断发配。董三、董四在外，已自使了手脚，买嘱了行杖的，汪世雄皮肤也不曾损伤。程彪、程虎着实吃了大亏，又兼解子也受了买嘱，一路上将他两个难为。行至中途，程彪先病故了，只将程虎解去，不知下落。那解汪世雄的得了许多银两，刚行得三四百里，将他纵放。汪世雄躲在江湖上，使枪棒卖药为生，不在话下。

再说董三、董四收拾了本钱，往姑苏寻着了龚四八，领了小孩子，又往太湖打渔人家，寻了汪家老人。三个人扮作仆者模样，一路跟随，直送至严州遂安县汪师中处。汪孚问知详细，感伤不已，拨宅安顿。龚、董等都移家附近居住。却有汪孚卫护，地方上谁敢道个不字。

过了半载，事渐冷了。汪师中遣龚四八、董四二人，往麻地坡查理旧时产业，那边依旧有人造炭冶铁。问起缘故，却是钱四二为主，倡率乡民做事，就顶了汪革的故业。只有天荒湖渔户不肯从顺。董四大怒，骂道：『这反复不义之贼，恁般享用得好，心下何安？我拼着性命，与汪信之哥哥报仇。』提了朴刀，便要寻钱四二赌命。龚四八止住道：『不可，不可。他既在此做事，乡民都帮助他的。寡不敌众，枉惹人笑。不如回复师中，再作道理。』二人转至宿松。何期正在郭都监门首经过，有认得董四的，闲着口，对郭都监的家人郭兴说道：『这来的矮胖汉，便是汪革的心腹帮手，叫做董学，排行第四。』郭兴听罢，心下想道：『家主之仇，如何不报？』让一步过去，出其不意，从背心上狠的一拳，将董四抑制，急叫道：『拿得反贼汪革手下杀人的凶徒在此！』宅里奔出四五条汉子出来，街坊上人一拥都来，唬得龚四八不敢相救，一道烟走了。郭兴招引地方将董四背剪绑起，头发都搏得干干净净，一步一棍，解到宿松县来。此时新县官尚未到任，何县尉又坏官去了，却是典史掌印，不敢自专，转解到安庆李太守处。李太守因前番汪革反情不实，轻事重报，被上司埋怨了一场，不胜懊恼。今日又说起汪革，头也疼将起来，反怪地方多事，骂道：『汪革杀人一事，奉圣旨处分了当。郭择性命已偿过了，如何又生事扰害！那典史与他起解，好不晓事！』嘱教将董四放了。郭兴和地方人等，一场没趣而散。董四被郭家打伤，负痛奔回遂安县去。

却说龚四八先回。将钱四二占了炭冶生业，及董四被郭家拿住之事，细说一遍。汪孚度道必然解郡。却待差人到安庆去替他用钱营干，忽见董四光着头奔回，诉说如此如此，若非李太守好意，性命不保。汪孚道：『据官府口气，此事已撇过一边了。虽然董四哥吃了些亏，也得了个好消息。』又过几日，汪孚自引了家童二十余人，来到麻地坡，寻钱四二与他说话。钱四二闻知汪孚自来，如何敢出头？带着妻子，连夜逃走去了，倒撇下房室家计。汪孚道：『这不义之物，不可用之。』赏与本地炭户等，尽他搬运，房屋也都拆去了。汪孚买起木料，烧砖造瓦，另盖起楼房一所。将汪革先前炭冶之业，一一查清，仍旧汪氏管业。又到天荒湖拘集渔户，每人赏赐布钞，以收其心。这七十里天荒湖，仍为汪氏之产。又央人向郡中上下使钱，做汪孚出名，批了执照。汪孚在麻地坡住了十个多月，百事做得停停当当，留下两个家人掌管，自己回遂安去。

不一日，哲宗皇帝晏驾，新天子即位，颁下诏书，大赦天下。汪世雄才敢回家，到遂安拜见了伯伯汪师中，抱头而哭。闻得一家骨肉无恙，母子重逢，小孩儿已长成了，是汪孚取名，叫做汪千一。汪世雄心中一悲一喜。过了数日，汪世雄禀过伯伯，同董三到临安走遭，要将父亲骸骨奔归埋葬。汪孚道：『此是大孝之事，我如何阻挡？但须早去早回。此间武疆山广有隙地，风水尽好，我先与你葺理葬事。』汪世雄和董三去了。一路无事，不一日，负骨而回。重备棺木殡殓，择日安葬。事毕，汪孚向侄儿说道：『麻地坡产业虽好，你父亲在彼，挫了威风。又地方多有仇家，龚四八和董三、董四多有人认得，你去住不得了。我当初为一句闲话上，触了你父亲，憋口气走向麻地坡去了，以致弄出许多事来。今日将我的产业尽数让你，一来是现成事业，二来你父亲坟茔在此，也好看管，也教你父亲在九泉之下，消了这口怨气。那麻地坡产业，我自移家往彼居住，不怕谁人奈何得我。』汪世雄拜谢了伯伯。当日汪孚将遂安房产帐目，尽数交付汪世雄明白，童仆也分下一半，自己领了家小，向麻地坡一路而去。从此遂安与宿松，分做二宗，往来不绝。汪世雄凭藉伯伯的财势，地方无不信服。只为妻张氏赴火身死，终身不娶，专以训儿为事。后来汪千一中了武举，直做到亲军指挥使之职，子孙繁盛无比。这段话本叫做《汪信之一死救全家》。后人有诗赞云：

烈烈轰轰大丈夫，出门空手立家模。情真义士多帮手，赏薄宵人起异图。仗剑报仇因迫吏，挺身就狱为全孥。汪孚让宅真高谊，千古传名事岂诬？

第四十卷

沈小霞相会出师表

闲向书斋阅古今，偶逢奇事感人心。忠臣翻受奸臣制，肮脏英雄泪满襟。休解绶，慢投簪，从来日月岂常阴？到头祸福终须应，天道还分贞与淫。

话说国朝嘉靖年间，圣人在位，风调雨顺，国泰民安。只为用错了一个奸臣，浊乱了朝政，险些儿不得太平。那奸臣是谁？姓严名嵩，号介溪，江西分宜人氏。以柔媚得幸，交通宦官，先意迎合，精勤斋醮，供奉青词，由此骤致贵显。为人外装曲谨，内实猜刻。谗害了大学士夏言，自己代为首相，权尊势重，朝野侧目。儿子严世蕃，由官生直做到工部侍郎。他为人更狠，但有些小人之才，博闻强记，能思善算。介溪公最听他的说话，凡疑难大事，必须与他商量，朝中有『大丞相』、『小丞相』之称。他父子济恶，招权纳贿，卖官鬻爵。官员求富贵者，以重赂献之，拜他门下做干儿子，即得超迁显位。由是不肖之人，奔走如市，科道衙门，皆其心腹牙爪。但有与他作对的，立见奇祸，轻则杖谪，重则杀戮，好不厉害！除非不要性命的，才敢开口说句公道话儿；若不是真正关龙逢、比干，十二分忠君爱国的，宁可误了朝廷，岂敢得罪宰相？其时有无名子感慨时事，将《神童诗》改成四句云：

少小休勤学，钱财可立身。君看严宰相，必用有钱人。

又改四句，道是：

天子重权豪，开言惹祸苗。万般皆下品，只有奉承高。

只为严嵩父子恃宠贪虐，罪恶如山，引出一个忠臣来，做出一段奇奇怪怪的事迹，留下一段轰轰烈烈的话柄。一时身死，万古名扬。正是：

家多孝子亲安乐，国有忠臣世泰平。

那人姓沈名炼，别号青霞，浙江绍兴人氏。其人有文经武纬之才，济世安民之志。从幼慕诸葛孔明之为人，孔明文集上有《前出师表》、《后出师表》，沈炼平日爱诵之，手自抄录数百遍，室中到处粘壁。每逢酒后，便高声背诵，念到『鞠躬尽瘁，死而后已』，往往长叹数声，大哭而罢。以此为常，人都叫他是狂生。嘉靖戊戌年中了进士，除授知县之职。他共做了三处知县。那三处？溧阳、茌平、清丰。这三任官做得好。真个是：

吏肃惟遵法，官清不爱钱。豪强皆敛手，百姓尽安眠。

因他生性伉直，不肯阿奉上官，左迁锦衣卫经历。一到京师，看严家赃秽狼藉，心中甚怒。忽一日值公宴，见严世蕃倨傲之状，已自九分不象意。饮至中间，只见严世蕃狂呼乱叫，旁若无人，索巨觥飞酒，饮不尽者罚之。这巨觥约容酒斗余，两座客惧世蕃威势，没人敢不吃。只有一个马给事，天性绝饮；世蕃固意将巨觥飞到他面前，马给事再三告免，世蕃不依。马给事略沾唇，面便发赤，眉头打结，愁苦不胜。世蕃自去下席，亲手揪了他的耳朵，将巨觥灌之。那给事出于无奈，闷着气，一连几口吸尽。不吃也罢，才吃下时，觉得天在下，地在上，墙壁都团团转动，头重脚轻，踮立不住。世蕃拍手呵呵大笑。沈炼一肚子不平之气，忽然揎袖而起，抢那只巨觥在手，斟得满满的，走

沈小霞相會出師表

到世蕃面前说道：『马司谏承老先生赐酒，已沾醉不能为礼。下官代他酬老先生一杯。』世蕃愕然，方欲举杯推辞，只见沈炼声色俱厉道：『此杯别人吃得，你也吃得。别人怕着你，我沈炼不怕你！』也揪了世蕃的耳朵灌去。世蕃一饮而尽。沈炼掷杯于案，一般拍手呵呵大笑。唬得众官员面如土色，一个个低着头，不敢则声。世蕃假醉，先辞去了。沈炼也不送，坐在椅上，叹道：『咳，「汉贼不两立」！「汉贼不两立！」』一连念了七八句。这句书也是《出师表》上的说话，他把严家比着曹操父子。众人只怕世蕃听见，倒替他捏两把汗。沈炼全不为意，又取酒连饮几杯，尽醉方散。

睡到五更醒来，想道：『严世蕃这厮，被我使气，逼他饮酒，他必然记恨来暗算我。一不做，二不休，有心只是一怪，不如先下手为强。我想严嵩父子之恶，神人怨怒。只因朝廷宠信甚固，我官卑职小，言而无益，欲待觑个机会，方才下手。如今等不及了，只当做张子房在博浪沙中椎击秦始皇，虽然击他不中，也好与众人做个榜样。』就枕头上思想疏稿，想到天明有了，起来焚香盥手，写就表章。表上备说严嵩父子招权纳贿，穷凶极恶，欺君误国十大罪，乞诛之以谢天下。圣旨下道：『沈炼谤讪大臣，沽名钓誉，着锦衣卫重打一百，发去口外为民。』严世蕃差人分付锦衣卫官校，定要将沈炼打死。喜得堂上官是个有主意的人，那人姓陆名炳，平时极敬重沈公的节气；况且又是属官，相处得好的，因此反加周全，好生打个出头棍儿，不甚厉害。户部注籍，保安州为民。沈炼带着棒疮，即日收拾行李，带领妻子，雇着一辆车儿，出了国门，望保安进发。

原来沈公夫人徐氏，所生四个儿子：长子沈襄，本府廪膳秀才，一向留家。次子沈衮、沈褒，随任读书。幼子沈帙，年方周岁。嫡亲五口儿上路。满朝文武，惧怕严家，没一个敢来送行。有诗为证：

一纸封章忤庙廊，萧然行李入遐荒。相知不敢攀鞍送，恐触权奸惹祸殃。

一路上辛苦，自不必说，且喜到了保安州了。那保安州属宣府，是个边远地方，不比内地繁华。异乡风景，举目凄凉，况兼连日阴雨，天昏地黑，倍加惨戚。欲赁间民房居住，又无相识指引，不知何处安身是好？正在彷徨之际，只见一人打着小伞前来，看见路旁行李，又见沈炼一表非俗，立住了脚，相了一回，问道：『官人尊姓？何处来的？』沈炼道：『姓沈，从京师来。』那个道：『小人闻得京中有个沈经历，上本要杀严嵩父子，莫非官人就是他么？』沈炼道：『正是。』那人道：『仰慕多时，幸得相会。此非说话之处，寒家离此不远，便请携宝眷同行到寒家权下，再作区处。』沈炼见他十分殷勤，只得从命。行不多路便到了。看那人家，虽不是个大大宅院，却也精致。那人揖沈炼至于中堂，纳头便拜。沈炼慌忙答礼，问道：『足下是谁？何故如此相爱？』那人道：『小人姓贾名石，是宣府卫一个舍人。哥哥是本卫千户，先年身故无子，小人应袭。为严贼当权，袭职者都要重赂，小人不愿为官。托赖祖荫，有数亩薄田，务农度日。数日前闻阁下弹劾严氏，此乃天下忠臣义士也。又闻编管在此，小人渴欲一见，不意天遣相遇，三生有幸！』说罢又拜下去。沈公再三扶起，便教沈衮、沈褒与贾石相见。贾石教老婆迎接沈奶奶到内宅安置。交卸了行李，打发车夫等去了。分付庄客，宰猪买酒，管待沈公一家。贾石道：『这等雨天，料阁下也无处去，只好在寒家安歇了。请安心多饮几杯，以宽劳顿。』沈炼谢道：『萍水相逢，便承款宿，何以当此！』贾石道：『农庄粗粝，休嫌简慢。』

当日宾主酬酢，无非说些感慨时事的说话。两边说得情投意合。只恨相见之晚。

过了一宿，次早沈炼起身，向贾石说道：『我要寻所房子，安顿老小，有烦舍人指引。』贾石道：『要什么样的房子？』沈炼道：『只像宅上这一所，十分足意了，租价但凭尊教。』贾石道：『不妨事。』出去踅了一回，转来道：『赁房尽有，只是龌龊低洼，急切难得中意的。阁下不若就在草舍权住几时，小人领着家小，自到外家去住。等阁下还朝，小人回来，可不稳便。』沈炼道：『虽承厚爱，岂敢占舍人之宅！此事决不可。』贾石道：『小人虽是村农，颇识好歹。慕阁下忠义之士，想要执鞭坠镫，尚且不能；今日天幸降临，权让这几间草房与阁下作寓，也表得我小人一点敬贤之心，不须推逊。』话毕，慌忙分付庄客，推个车儿，牵个马儿，带个驴儿，一伙子将细软家私搬去，其余家常动使家伙，都留与沈公日用。沈炼见他慨爽，甚不过意，愿与他结为义兄弟。贾石道：『小人是一介村农，怎敢僭扳贵宦？』沈炼道：『大丈夫意气相许，那有贵贱？』贾石小沈炼五岁，就拜沈炼为兄；沈炼教两个儿子拜贾石为义叔；贾石也唤妻子出来都相见了，做了一家儿亲戚。贾石陪过沈炼吃饭已毕，便引着妻子到外舅李家去讫。自此沈炼只在贾石宅子内居住。时人有诗叹贾舍人借宅之事，诗曰：

倾盖相逢意气真，移家借宅表情亲。世间多少亲和友，竞产争财愧死人。

却说保安州父老，闻知沈经历为上本参严阁老贬斥到此，人人敬仰，都来拜望，争识其面。也有运柴运米相助的，也有携酒肴来请沈公吃的，又有遣子弟拜于门下听教的。沈炼每日间与地方人等，讲论忠孝大节及古来忠臣义士的故事。说到关心处，有时毛发倒竖，拍案大叫；有时悲歌长叹，涕泪交流。地方若老若小，无不耸听欢喜。或时唾骂严贼，地方人等齐声附和，其中若有不开口的，众人就骂他是不忠不义。一时高兴，以后率以为常。又闻得沈经历文武全才，都来合他去射箭。沈炼教把稻草扎成三个偶人，用布包裹，一写『唐奸相李林甫』，一写『宋奸相秦桧』，一写『明奸相严嵩』，把三个偶人做个射鹄。假如要射李林甫的，便高声骂道：『李贼看箭！』秦贼、严贼，都是如此。北方人性直，被沈经历哄得热闹了，全不虑及严家知道。自古道：『若要不知，除非莫为。』世间只有权势之家，报新闻的极多。早有人将此事报知严嵩父子。严嵩父子深以为恨，商议要寻个事头杀却沈炼，方免其患。适值宣大总督员缺，严阁老分付吏部，教把这缺与他门下干儿子杨顺做去。吏部依言，就将杨侍郎杨顺差往宣大总督。杨顺往严府拜辞，严世蕃置酒送行，席间屏人而语，托他要查沈炼过失。杨顺领命，唯唯而去。正是：

合成毒药惟需酒，铸就钢刀待举手。可怜忠义沈经历，还向偶人夸大口！

却说杨顺到任不多时，适遇大同鞑虏俺答，引众入寇应州地方，连破了四十余堡，掳去男妇无算。杨顺不敢出兵救援，直待鞑虏去后，方才遣兵调将，为追袭之计。一般筛锣击鼓，扬旗放炮，都是鬼弄，那曾看见半个鞑子的影儿？杨顺情知失机惧罪，密谕将士，搜获避兵的平民，将他剿头斩首，充做鞑虏首级，解往兵部报功。那一时不知杀死了多少无辜的百姓。沈炼闻知其事，心中大怒，写书一封，教中军官送与杨顺。中军官晓得沈经历是个揽祸的太岁，书中不知写什么说话，那里肯与他送。沈炼就穿了青衣小帽，在军门伺候杨顺出来，亲自投递。杨顺接来看时，书中大略说道：『一人功名事极小，百姓性命事极大。杀平民以冒功，于心何忍？况且遇鞑贼止于掳掠，遇我兵反加杀戮，是将帅之恶，更甚于鞑虏矣！』书后又附诗一首，诗云：

杀生报主意何如？解道『功成万骨枯』。试听沙场风雨夜，冤魂相唤觅头颅。

杨顺见书大怒，扯得粉碎。

却说沈炼又做了一篇祭文，率领门下子弟，备了祭礼，望空祭奠那些冤死之鬼。又作《塞下吟》云：

云中一片虏烽高，出塞将军已著劳。不斩单于诛百姓，可怜冤血染霜刀。

又诗云：

本为求生来避虏，谁知避虏反戕生！早知虏首将民假，悔不当时随虏行。

杨总督标下有个心腹指挥，姓罗名铠，抄得此诗并祭文，密献于杨顺。杨顺看了，愈加怨恨，遂将第一首诗改窜数字。诗曰：

云中一片虏烽高，出塞将军枉著劳。何以借他除佞贼，不须奏请上方刀。

写就密书，连改诗封固，就差罗铠送与严世蕃。书中说：『沈炼怨恨相国父子，阴结死士剑客，要乘机报仇。前番鞑虏入寇，他吟诗四句，诗中有借虏除佞之语，意在不轨。』世蕃见书大惊，即请心腹御史路楷商议。路楷曰：『不才若往按彼处，当为相国了当这件大事。』世蕃大喜，即分付都察院便差路楷巡按宣大。临行世蕃治酒款别，说道：『烦寄语杨公，同心协力，若能除却这心腹之患，当以侯伯世爵相酬，决不失信于二公也。』路楷领诺。不一日，奉了钦差敕令，来到宣府，到任与杨总督相见了。路楷遂将世蕃所托之语，一一对杨顺说知。杨顺道：『学生为此事朝思暮想，废寝忘餐，恨无良策，以置此人于死地。』路楷道：『彼此留心，一来休负了严公父子的付托，二来自家富贵的机会，不可错过。』杨顺道：『说得是，倘有可下手处，彼此相报。』当日相别去了。

杨顺思想路楷之言，一夜不睡。次早坐堂，只见中军官报道：『今有蔚州卫拿获妖贼二名，解到辕门外，伏听钧旨。』杨顺道：『唤进来。』解官磕了头，递上文书。杨顺拆开看了，呵呵大笑。这二名妖贼，叫做阎浩、杨胤夔，系妖人萧芹之党。原来萧芹是白莲教的头儿，向来出入虏地，惯以烧香惑众，哄骗虏酋俺答，说自家有奇术，能咒人使人立死，喝城使城立颓。虏酋愚甚，被他哄动，尊为国师。其党数百人，自为一营。俺答几次入寇，都是萧芹等为之向导，中国屡受其害。先前史侍郎做总督时，遣通事重赂虏中头目脱脱，对他说道：『天朝情愿与你通好，将俺家布粟换你家马，名为「马市」，两下息兵罢战，各享安乐，此是美事。只怕萧芹等在内作梗，和好不终。那萧芹原是中国一个无赖小人，全无术法，只是狡伪，哄诱你家，抢掠地方，他于中取事。郎主若不信，可要萧芹试其术法。委的喝得城颓，咒得人死，那时合当重用；若咒人人不死，喝城城不颓，显得欺诳，何不缚送天朝？天朝感郎主之德，必有重赏。「马市」一成，岁岁享无穷之利，煞强如抢掠的勾当。』脱脱点头道是，对郎主俺答说了，俺答大喜，约会萧芹，要将千骑随之，从右卫而入，试其喝城之技。萧芹自知必败，改换服色，连夜脱身逃走，被居庸关守将盘诘，并其党乔源、张攀隆等拿住，解到史侍郎处。招称妖党甚众，山陕畿南，处处俱有，一向分头缉捕。今日阎浩、杨胤夔亦是数内有名妖犯。杨总督看见获解到来，一者也算他上任一功，二者要借这个题目，牵害沈炼，如何不喜？当晚就请路御史，来后堂商议道：『别个题目摆布沈炼不了，只有白莲教通虏一事，圣上所最怒。如今将妖贼阎浩、杨胤夔招中，窜入沈炼名字，只说浩等平日师事沈炼，沈炼因失职怨望，教浩等煽妖作幻，勾虏谋逆。天幸今日被擒，乞赐天诛，以绝后患。先用密禀禀知严家，教他叮嘱刑部作速复本。料这番沈炼之命，必无逃矣。』路楷拍手道：『妙哉，妙哉！』

两个当时就商量了本稿，约齐了同时发本。严嵩先见了本稿及禀贴，便教严世蕃传语刑部。那刑部尚书许论，是个罢软没用的老儿，听见严府分付，不敢怠慢，连忙复本，一依杨、路二人之议。圣旨倒下：妖犯着本处巡按御史即时斩决。杨顺荫一子锦衣卫千户，路楷纪功，升迁三级，俟京堂缺推用。

话分两头。却说杨顺自发本之后，便差人密地里拿沈炼下于狱中。慌得徐夫人和沈衮、沈褒没做理会，急寻义叔贾石商议。贾石道：『此必杨、路二贼为严家报仇之意，既然下狱，必然诬陷以重罪。两位公子及今逃窜远方，待等严家势败，方可出头。若住在此处，杨、路二贼，决不干休。』沈衮道：『未曾看得父亲下落，如何好处？』贾石道：『尊大人犯了对头，决无保全之理。公子以宗祀为重，岂可拘于小孝，自取灭绝之祸？可劝令堂老夫人，早为远害全身之计。尊大人处贾某自当央人看觑，不烦悬念。』二沈便将贾石之言，对徐夫人说知。徐夫人道：『你父亲无罪陷狱，何忍弃之而去？贾叔叔虽然相厚，终是个外人。我料杨、路二贼奉承严氏，亦不过与你爹爹作对，终不然累及妻子。你若畏罪而逃，父亲倘然身死，骸骨无收，万世骂你做不孝之子，何颜在世为人乎？』说罢，大哭不止。沈衮、沈褒齐声恸哭。贾石闻知徐夫人不允，叹惜而去。

过了数日，贾石打听的实，果然扭入白莲教之党，问成死罪。沈炼在狱中大骂不止。杨顺自知理亏，只恐临时处决，怕他在众人面前毒骂，不好看相，预先问狱官责取病状，将沈炼结果了性命。贾石将此话报与徐夫人知道，母子痛哭，自不必说。又亏贾石多有识熟人情，买出尸首，嘱咐狱卒：『若官府要枭示时，把个假的答应。』却瞒着沈衮兄弟，私下备棺盛殓，埋于隙地。事毕，方才向沈衮说道：『尊大人遗体已得保全，直待事平之后，方好指点与你知道，今犹未可泄漏。』沈衮兄弟感谢不已，贾石又苦口劝他弟兄二人逃走，沈衮道：『极知久占叔叔高居，心上不安。奈家母之意，欲待是非稍定，搬回灵柩，以此迟延不决。』贾石怒道：『我贾某生平，为人谋而尽忠，今日之言，全是为你家门户，岂因久占住房，说发你们起身之理？既嫂嫂老夫人之意已定，我亦不敢相强。但我有一小事，即欲远出，有一年半载不回，你母子自小心安住便了。』觑着壁上贴得有前后《出师表》各一张，乃是沈炼亲笔楷书。贾石道：『这两幅字可揭来送我，一路上做个纪念。他日相逢，以此为信。』沈衮就揭下二纸，以手折迭，递与贾石。贾石藏于袖中，满泪而别。原来贾石算定杨、路二贼，设心不善，虽然杀了沈炼，未肯干休。自己与沈炼相厚，必然累及，所以预先逃走，在河南地方宗族家权时居住，不在话下。

却说路楷见刑部复本，有了圣旨，便于狱中取出阎浩、杨胤夔斩讫，并要割沈炼之首，一同枭示。谁知沈炼真尸已被贾石买去了，官府也那里辨验得出，不在话下。

再说杨顺看见只于荫子，心中不满，便向路楷说道：『当初严东楼许我事成之日，以侯伯爵相酬，今日失信，不知何故？』路楷沉思半晌，答道：『沈炼是严家紧对头，今只诛其身，不曾波及其子。斩草不除根，萌牙复发。相国不足我们之意，想在于此。』杨顺道：『若如此，何难之有？如今再上个本，说沈炼虽诛，其子亦宜知情，还该坐罪，抄没家私，庶国法可伸，人心知惧。再访他同射草人的几个狂徒，并借屋与他住的，一齐拿来治罪，出了严家父子之气，那时却将前言取赏，看他有何推托？」路楷道：『此计大妙！事不宜迟，乘他家属在此，一网而尽，岂不快哉！只怕他儿子知风逃避，却又费力。』杨顺道：『高见甚明。』一面写表申奏朝廷，再写禀贴到严府知会，自述孝顺之意；一面预先行牌保安州知州，着用心看守犯属，勿容逃逸。只待旨意批下，便去行事。诗曰：

破巢完卵从来少，削草除根势或然。可惜忠良遭屈死，又将家属媚当权。

再过数日，圣旨下了。州里奉着宪牌，差人来拿沈炼家属，并查平素来往诸人姓名，一一挨拿。只有贾石名字，先经出外，只得将在逃开报。此见贾石见机之明也，时人有诗赞云：

义气能如贾石稀，全身远避更知几。任它罗网空中布，争奈仙禽天外飞。

却说杨顺见拿到沈衮、沈褒，亲自鞫问，要他招承通虏实迹。二沈高声叫屈，那里肯招？被杨总督严刑拷打，打得体无完肤。沈衮、沈褒熬炼不过，双双死于杖下。可怜少年公子，都入枉死城中。其同时拿到犯人，都坐个同谋之罪，累死者何止数十人。幼子沈帙尚在襁褓，免罪随着母徐氏，另徙在云州极边，不许在保安居住。

路楷又与杨顺商议道：『沈炼长子沈襄，是绍兴有名秀才，他时得地，必然衔恨于我辈。不若一并除之，永绝后患，亦要相国知我用心。』杨顺依言，便行文书到浙江，把做钦犯，严提沈襄来问罪。又分付心腹经历金绍，择取有才干的差人，赍文前去，嘱他中途伺便，便行谋害，就所在地方，讨个病状回缴。事成之日，差人重赏，金绍许他荐本超迁。金绍领了台旨，汲汲而回，着意的选两名积年干事的公差，无过是张千、李万。金绍唤他到私衙，赏了他酒饭，取出私财二十两相赠。张千、李万道：『小人安敢无功受赐？』金绍道：『这银两不是我送你的，是总督杨爷赏你的，教你赍文到绍兴去拿沈襄，一路不要放松他。须要如此如此，这般这般，回来还有重赏。若是怠慢，总督老爷衙门不是取笑的，你两个自去回话。』张千、李万道：『莫说总督老爷钧旨，就是老爷分付，小人怎敢有违！』收了银两，谢了金经历。在本府领下公文，疾忙上路，往南进发。

却说沈襄，号小霞，是绍兴府学廪膳秀才。他在家久闻得父亲以言事获罪，发去口外为民，甚是挂怀，欲亲到保安州一看。因家中无人主管，行止两难。忽一日，本府差人到来，不由分说，将沈襄锁缚，解到府堂。知府教把文书与沈襄看了备细，就将回文和犯人交付原差，嘱他一路小心。沈襄此时方知父亲及二弟俱已死于非命，母亲又远徙极边，放声大哭。哭出府门，只见一家老小，都在那里搅做一团地啼哭。原来文书上有『奉旨抄没』的话，本府已差县尉封锁了家私，将人口尽皆逐出。沈小霞听说，真是苦上加苦，哭得咽喉无气。霎时间亲戚都来与小霞话别，明知此去凶多吉少，少不得说几句劝解的言语。小霞的丈人孟春元，取出一包银子，送与二位公差，求他路上看顾女婿，公差嫌少不受。孟氏娘子又添上金簪子一对，方才收了。沈小霞带着哭，分付孟氏道：『我此去死多生少，你休为我忧念，只当我已死一般，在爷娘家过活。你是书礼之家，谅无再醮之事，我也放心得下。』指着小妻闻淑女说道：『只这女子年纪幼小，又无处着落，合该教他改嫁。奈我三十无子，他却有两个半月的身孕，他日倘生得一男，也不绝了沈氏香烟。娘子你看我平日夫妻面上，一发带他到丈人家去住几时，等待十月满足，生下或男或女，那时凭你发遣他去便了。』话声未绝，只见闻氏淑女说道：『官人说那里话！你去数千里之外，没个亲人朝夕看觑，怎生放下？大娘自到孟家去，奴家情愿蓬首垢面，一路服侍官人前行。一来官人免致寂寞，二来也替大娘分得些忧念。』沈小霞道：『得个亲人做伴，我非不欲；但此去多分不幸，累你同死他乡何益？』闻氏道：『老爷在朝为官，官人一向在家，谁人不知？便诬陷老爷有些不是的勾当，家乡隔绝，岂是同谋？妾帮着官人到官申辩，决然罪不至死。就使官人下狱，还留贱妾在外，尚好照管。』孟氏也放丈夫不下，听得闻氏说得有理，极力撺掇丈夫带淑女同去。沈小霞平日素爱淑女有才有智，又见孟氏苦劝，只得依允。

当夜众人齐到孟春元家，歇了一夜。次早，张千、李万催趱上路。闻氏换了一身布衣，将青布裹头，别了孟氏，背着行李，跟着沈小霞便走。那时分别之苦，自不必说。一路行来，闻氏与沈小霞寸步不离，茶汤饭食，都亲自搬取。张千、李万初时还好言好语，过了扬子江，到徐州起早，料得家乡已远，就做出嘴脸来，呼么喝六，渐渐难为他夫妻两个来了。闻氏看在眼里，私对丈夫说道：『看那两个泼差人，不怀好意，奴家女流之辈，不识路径，若前途有荒僻旷野的所在，须是用心提防。』沈小霞虽然点头，心中还只是半疑不信。

又行了几日，看见两个差人，不住地交头接耳，私下商量说话；又见他包裹中有倭刀一口，其白如霜，忽然心动，害怕起来，对闻氏说道：『你说这泼差人，其心不善，我也觉察有七八分了。明日是济宁府界上，过了府去，便是太行山、梁山泺。一路荒野，都是响马出入之所。倘到彼处，他们行凶起来，你也救不得我，我也救不得你，如何是好？』闻氏道：『既然如此，官人有何脱身之计，请自方便，留奴家在此，不怕那两个泼差人生吞了我。』沈小霞道：『济宁府东门内，有个冯主事，丁忧在家。此人最有侠气，是我父亲极相厚的同年。我明日去投奔他，他必然相纳。只怕你妇人家，没志量打发这两个泼差人，累你受苦，于心何安？你若有力量支持他，我去也放胆。不然与你同生同死，也是天命当然，死而无怨。』闻氏道：『官人有路尽走，奴家自会摆布，不劳挂念。』这里夫妻暗地商量，那张千、李万辛苦了一日，吃了一肚酒，齁齁的熟睡，全然不觉。

次日早起上路，沈小霞问张千道：『前去济宁还有多少路？』张千道：『只四十里，半日就到了。』沈小霞道：『济宁东门内冯主事，是我年伯。他先前在京师时，借过我父亲二百两银子，有文契在此。他管过北新关，正有银子在家。我若去取讨前欠，他见我是落难之人，必然慨付。取得这项银两，一路上盘缠，也得宽裕，免致吃苦。』张千意思有些作难，李万随口应承了，向张千耳边说道：『我看这沈公子，是忠厚之人，况爱妾行李都在此处，料无他故。放他去走一遭，取得银两，都是你我二人的造化，有何不可？』张千道：『虽然如此，到饭店安歇行李，我守在小娘子在店上，你紧跟着同去，万无一失。』

话休絮烦。看看巳牌时分，早到济宁城外，拣个洁净店儿，安放了行李。沈小霞便道：『你二位同我到东门走遭，转来吃饭未迟。』李万道：『我同你去，或者他家留酒饭也不见得。』闻氏故意对丈夫道：『常言道「人面逐高低，世情看冷暖。」冯主事虽然欠下老爷银两，见老爷死了，你又在难中，谁肯唾手交还？枉自讨个厌贱，不如吃了饭赶路为上。』沈小霞道：『这里进城到东门不多路，好歹去走一遭，不折了什么便宜。』

李万贪了这二百两银子，一力撺掇该去。沈小霞分付闻氏道：『耐心坐坐，若转得快时，便是没想头了。他若好意留款，必然有些赍发。明日雇个轿儿抬你去。这几日在牲口上坐，看你好生不惯。』闻氏觑个空，向丈夫丢了眼色，又道：『官人早回，休教奴久待则个。』李万笑道：『去多少时，有许多说话，好不老气！』闻氏见丈夫去了，故意招李万转来嘱咐道：『若冯家留饭坐得久时，千万劳你催促一声。』李万答应道：『不消分付。』比及李万下阶时，沈小霞已走了一段路了。李万托着大意，又且济宁是他惯走的熟路，东门冯主事家，他也认得，全不疑惑。走了几步，又里急起来，觑个毛坑上自在方便了，慢慢地望东门而去。

却说沈小霞回头看，不见了李万，做一口气急急地跑到冯主事家。也是小霞合当有救，正值冯主事独自在厅。两人京中旧时识熟，此时相见，吃了一惊。沈襄也不作揖，扯住冯主事衣袂道：『借一步说话。』冯主事已会意了，便引到书房里面。沈小霞放声大哭。冯主事道：『年侄有话快说，休得悲伤，误其大事。』沈小霞哭诉道：『父亲被严贼屈陷，已不必说了；两个舍弟随任的，都被杨顺、路楷杀害，只有小侄在家，又行文本府提去问罪。一家宗祀，眼见灭绝。又两个差人，心怀不善，只怕他受了杨、路二贼之嘱，到前途太行、梁山等处暗算了性命。寻思一计，脱身来投老年伯。老年伯若有计相庇，我亡父在天之灵必然感激。若老年伯不能遮护小侄，便就此触阶而死。死在老年伯面前，强似死于奸贼之手。』冯主事道：『贤侄不妨。我家卧室之后，有一层复壁，尽可藏身，他人搜检不到之处。今送你在内权住数日，我自有道理。』沈襄拜谢道：『老年伯便是重生父母。』冯主事亲执沈襄之手，引入卧房之后，揭开地板一块，有个地道。从此钻下，约走五六十步，便有亮光，有小小廊屋三间，四面皆楼墙围裹，果是人迹不到之处。每日茶饭，都是冯主事亲自送入。他家法极严，谁人敢泄漏半个字！正是：

深山堪隐豹，柳密可藏鸦。不须愁汉吏，自有鲁朱家。

且说这一日，李万上了毛坑，望东门冯家而来。到于门首，问老门公道：『主事老爷在家么？』老门公道：『在家里。』又问道：『有个穿白的官人来见你老爷，曾相见否？』老门公道：『正在书房里吃饭哩。』李万听说，一发放心。看看等到未牌，果然厅上走来一个穿白的官人出来。李万急上前看时，不是沈襄。那官人径自出门去了。李万等得不耐烦，肚里又饥，不免问老门公道：『你说老爷留饭的官人，如何只管坐了去，不见出来。』老门公道：『方才出去的不是？』李万道：『老爷书房中还有客没有？』老门公道：『这倒不知。』李万道：『方才那穿白的是甚人？』老门公道：『是老爷的小舅，常常来的。』李万道：『老爷如今在那里？』老门公道：『老爷每常饭后，定要睡一觉，此时正好睡哩。』李万听得话不投机，心下早有二分慌了，便道：『不瞒大伯说，在下是宣大总督老爷差来的。今有绍兴沈公子名唤沈襄，号沈小霞，系钦提人犯。小人提押到于贵府，他说与你老爷有同年叔侄之谊，要来拜望。在下同他到宅，他进宅去了，在下等候多时，不见出来，想必还在书房中。大伯，你还不知道，烦你去催促一声，教他快快出来，要赶路走。』老门公故意道：『你说的是什么说话？我一些不懂。』李万耐了气，又细细地说一遍。老门公当面地一啐，骂道：『见鬼！何尝有什么沈公子到来？老爷在丧中，一概不接外客。这门上是我的干纪，出入都是我通禀，你却说这等鬼话！你莫非是白日撞么？强装么公差名色，掏摸东西的。快快请退，休缠你爷的帐！』李万听说，愈加着急，便发作起来道：『这沈襄是朝廷要紧的人犯，不是当要的，请你老爷出来，我自有话说。』老门公道：『老爷正瞌睡，没甚事，谁敢去禀！

你这獠子好不达时务！』说罢洋洋地自去了。李万道：『这个门上老儿好不知事，央他传一句话甚作难。想沈襄定然在内，我奉军门钧贴，不是私事，便闯进去怕怎的？』李万一时粗莽，直撞入厅来，将照壁拍了又拍，大叫道：『沈公子好走动了。』不见答应，一连叫唤了数声，只见里头走出一个年少的家童，出来问道：『管门的在那里？放谁在厅上喧嚷？』李万正要叫住他说话，那家童在照壁后张了张儿，向西边走去了。李万道：『莫非书房在那西边？我且自去看看，怕怎的！』从厅后转西走去，原来是一带长廊。李万看见无人，只顾望前而行。只见屋宇深邃，门户错杂，颇有妇人走动。李万不敢纵步，依旧退回厅上，听得外面乱嚷。李万到门首看时，却是张千来寻李万不见，正和门公在那里斗口。张千一见了李万，不由分说，便骂道：『好伙计！只贪图酒食，不干正事！巳牌时分进城，如今申牌将尽，还在此闲荡！不催趱犯人出城去，待怎么？』李万道：『呸！那有什么酒食？连人也不见个影儿！』张千道：『是你同他进城的。』李万道：『我只登了个东，被蛮子上前了几步，跟他不上。一直赶到这里，门上说有个穿白的官人在书房中留饭，我说定是他了。等到如今不见出来，门上人又不肯通报，清水也讨不得一杯吃。老哥，烦你在此等候等候，替我到下处医了肚皮再来。』张千道：『有你这样不干事的人！是什么样犯人，却放他独自行走？就是书房中，少不得也随他进去。如今知他在里头不在里头？还亏你放慢线儿讲话。这是你的干纪，不关我事！』说罢便走。李万赶上扯住道：『人是在里头，料没处去。大家在此帮说句话儿，催他出来，也是个道理。你是吃饱的人，如何去得这等要紧？』张千道：『他的小老婆在下处，方才虽然嘱咐店主人看守，只是放心不下。这是沈襄穿鼻的索儿，有他在，不怕沈襄不来。』李万道：『老哥说得是。』当下张千先去了。

李万忍着肚饥守到晚，并无消息。看看日没黄昏，李万腹中饿极，看见间壁有个点心店儿，不免脱下布衫，抵当几文钱的火烧来吃。去不多时，只听得扛门声响，急跑来看，冯家大门已闭上了。李万道：『我做了一世的公人，不曾受这般呕气。主事是多大的官儿，门上直恁作威作势？也有那沈公子好笑，老婆行李都在下处，既然这里留宿，信也该寄一个出来。事已如此，只得在房檐下胡乱过一夜，天明等个知事的管家出来，与他说话。』此时十月天气，虽不甚冷，半夜里起一阵风，簌簌地下几点微雨，衣服都沾湿了，好生凄楚。

挨到天明雨止，只见张千又来了。却是闻氏再三再四催逼他来的。张千身边带了公文解批，和李万商议，只等开门，一拥而入，在厅上大惊小怪，高声发话。老门公拦阻不住，一时间家中大小都聚集来，七嘴八张，好不热闹。街上人听得宅里闹吵，也聚拢来，围住大门外闲看。惊动了那有仁有义守孝在家的冯主事，从里面踱将出来。且说冯主事怎生模样？

头带栀子花匾摺孝头巾，身穿反摺缝稀眼粗麻衫，腰系麻绳，足着草履。

众家人听得咳嗽响，道一声：『老爷来了。』都分立在两边。主事出厅问道：『为甚事在此喧嚷？』张千、李万上前施礼道：『冯爷在上，小的是奉宣大总督爷公文来的，到绍兴拿得钦犯沈襄，经由贵府。他说是冯爷的年侄，要来拜望。小的不敢阻挡，容他进见。自昨日上午到宅，至今不见出来，有误程限，管家们又不肯代禀。伏乞老爷天恩，快些打发上路。』张千便在胸前取出解批和官文呈上。冯主事看了，问道：『那沈襄可是沈经历沈炼的儿子么？』李万道：『正是。』冯主事掩着两耳，把舌头一伸，说道：『你这班配军，好不知利害！那沈襄是朝廷钦犯，尚犹自可；他是严相国的仇人，那个敢容纳他在家？他昨日何曾到我家来？你却乱话，官府闻知传说到严府去，我是当得起他怪的？你两个配军，自不小心，不知得了多少钱财，买放了要紧犯人，却来图赖我！」叫家童与他乱打那配军出去，把大门闭了，不要惹这闲是非，严府知道不是当耍！冯主事一头骂，一头走进宅去了。大小家人，奉了主人之命，推的推，拟的拟，霎时间被众人拥出大门之外，闭了门，兀自听得嘈嘈地乱骂。张千、李万面面相觑，开了口合不得，伸了舌缩不进。张千埋怨李万道：「昨日是你一力撺掇，教放他进城，如今你自去寻他。」李万道：「且不要埋怨，和你去问他老婆，或者晓得他的路数，再来抓寻便了。」张千道：「说得是，他是恩爱的夫妻，昨夜汉子不回，那婆娘暗地流泪，巴巴地独住了两三个更次。他汉子的行藏，老婆岂有不知？」两个一头说话，飞奔出城，复到饭店中来。

却说闻氏在店房里面听得差人声音，慌忙移步出来，问道：「我官人如何不来？」张千指李万道：「你只问他就是。」李万将昨日往毛厕出恭，走慢了一步，到冯主事家起先如此如此，以后这般这般，备细说了。张千道：「今早空肚皮进城，就吃了这一肚寡气。你丈夫想是真个不在他家了，必然还有个去处，难道不对小娘子说的？小娘子趁早说来，我们好去抓寻。」说犹未了，只见闻氏噙着眼泪，一双手扯住两个公人叫道：「好，好！还我丈夫来！」张千、李万道：「你丈夫自要去拜什么年伯，我们好意容他去走走，不知走向那里去了，连累我们，在此着急，没处抓寻。你倒问我要丈夫，难道我们藏过了他？说得好笑！」将衣袂掣开，气忿忿地对虎一般坐下。闻氏倒走在外面，拦住出路，双足顿地，放声大哭，叫起屈来。老店主听得，忙来解劝。闻氏道：「公公有所不知，我丈夫三十无子，娶奴为妾。奴家跟了他二年了，幸有三个多月身孕，我丈夫割舍不下，因此奴家千里相从。一路上寸步不离。昨日为盘缠缺少，要去见那年伯，是李牌头同他去的，昨晚一夜不回，奴家已自疑心，今早他两个自回，一定将我丈夫谋害了。你老人家替我做主，还我丈夫便罢休！」老店主道：「小娘子休得急性，那排长与你丈夫前日无怨，往日无仇，着甚来由，要坏他性命？」闻氏哭声转哀道：「公公，你不知道我丈夫是严阁老的仇人，他两个必定受了严府的嘱托来的，或是他要去严府请功。公公，你详情，他千乡万里，带着奴家到此，岂有没半句话说，突然去了？就是他要走时，那同去的李牌头，怎肯放他？你要奉承严府，害了我丈夫不打紧，教奴家孤身妇女，看着何人？公公，这两个杀人的贼徒，烦公公带着奴家同他去官府处叫冤。」张千、李万被这妇人一哭一诉，就要分析几句，没处插嘴。老店主听见闻氏说得有理，也不免有些疑心，倒可怜那妇人起来，只得劝道：「小娘子说便是这般说，你丈夫未曾死也不见得，好歹再等候他一日。」闻氏道：「依公公等候一日不打紧，那两个杀人的凶身，乘机走脱了，这干系却是谁当？」张千道：「若果然谋害了你丈夫要走脱时，我弟兄两个又到这里则甚？」闻氏道：「你欺负我妇人家没张智，又要指望奸骗我。好好地说，我丈夫的尸首在那里？少不得当官也要还我个明白。」老店官见妇人口嘴利害，再不敢言语。店中闲看的，一时间聚了四五十人。闻说妇人如此苦切，人人恼恨那两个差人，都道：「小娘子要去叫冤，我们引你到兵备道去。」闻氏向着众人深深拜福，哭道：「多承列位路见不平，可怜我落难孤身，指引则个。这两个凶徒，相烦列位，替奴家拿他同去，莫放他走了。」众人道：「不妨事，在我们身上。」张千、李万欲向众人分剖时，未说得一言半字，众人便道：「两个排长不消辩得，虚则虚，实则实，若是没有此情，随着小娘子到官，怕他则甚！」妇人一头哭，一头走，众人拥着张千、李万。搅做一阵的，都到兵备道前。道里尚未开门。

那一日正是放告日期，闻氏束了一条白布裙，径抢进栅门，看见大门上架着那大鼓，鼓架上悬着个槌儿。闻氏抢槌在手，向鼓上乱挝，挝得那鼓振天地响。唬得中军官失了三魂，把门吏丧了七魄，一齐跑来，将绳缚住，喝道：『这妇人好大胆儿！』闻氏哭倒在地上，口称泼天冤枉。只见门内吆喝之声，开了大门，王兵备坐堂，问击鼓者何人。中军官将妇人带进。闻氏且哭且诉，将家门不幸遭变，一家父子三口死于非命，只剩得丈夫沈襄，昨日又被公差中途谋害，有枝有叶地细说了一遍。王兵备唤张千、李万上来，问其缘故。张千、李万说一句，妇人就剪一句，妇人说得句句有理，张千、李万抵搪不过。王兵备思想到：『那严府势大，私谋杀人之事，往往有之，此情难保其无。』便差中军官押了三人，发去本州勘审。

那知州姓贺，奉了这项公事，不敢怠慢，即时扣了店主人到来，听四人的口词。妇人一口咬定二人谋害他丈夫；李万招称为出恭慢了一步，因而相失；张千、店主人都据实说了一遍。知州委决不下。那妇人又十分哀切，像个真情；张千、李万又不肯招认。想了一回，将四人闭于空房，打轿去拜冯主事，看他口气若何。

冯主事见知州来拜，急忙迎接归厅。茶罢，贺知州提起沈襄之事，才说得『沈襄』二字，冯主事便掩着双耳道：『此乃严相公仇家，学生虽有年谊，平素实无交情。老公祖休得下问，恐严府知道，有累学生。』说罢站起身来道：『老公祖既有公事，不敢留坐了。』贺知州一场没趣。只得作别。在轿上想道：『据冯公如此惧怕严府，沈襄必然不在他家，或者被公人所害也不见得；或者去投冯公见拒不纳，别走个相识人家去了，亦未可知。』

回到州中，又取出四人来，问闻氏道：『你丈夫除了冯主事，州中还认得有何人？』闻氏道：『此地并无相识。』知州道：『你丈夫是什么时候去的？那张千、李万几时来回复你的说话？』闻氏道：『丈夫是昨日未吃午饭前就去的，却是李万同出店门。到申牌时分，张千假说催赶上路，也到城中去了。天晚方回来，张千兀自向小妇人说道：「我李家兄弟跟着你丈夫冯主事家歇了，明日我早去催他出城。」今早张千去了一个早晨，两人双双而回，单不见了丈夫，不是他谋害了是谁？若是我丈夫不在冯家，昨日李万就该追寻了，张千也该着忙，如何将好言语稳住小妇人？其情可知：一定张千、李万两个在路上预先约定，却教李万乘夜下的。今早张千进城，两个乘早将尸首埋藏停当，却来回复我小妇人。望青天爷爷明鉴！』贺知州道：『说得是。』张千、李万正要分辨，知州相公喝道：『你做公差所干何事？若非用计谋死，必然得财买放，有何理说！』喝教手下将那张、李重责三十，打得皮开肉绽，鲜血迸流，张千、李万只是不招。妇人在旁，只顾哀哀地痛哭。知州相公不忍，便讨夹棍将两个公差夹起。那公差其实不曾谋死，虽然负痛，怎生招得？一连上了两夹，只是不招。知州相公再要夹时，张、李受苦不过，再三哀求道：『沈襄实未曾死，乞爷爷立个限期，差人押小的挨寻沈襄，还那闻氏便了。』知州也没有定见，只得勉从其言。闻氏且发尼姑庵住下。差四名民壮，锁押张千、李万二人，追寻沈襄，五日一比。店主释放宁家。将情具由申详兵备道，道里依缴了。

张千、李万一条铁链锁着，四名民壮，轮番监押。带得几两盘缠，都被民壮搜去为酒食之费。一把倭刀，也当酒吃了。那临清去处又大，茫茫荡荡，来千去万，那里去寻沈公子？也不过一时脱身之法。闻氏在尼姑庵住下，刚到五日，准准地又到州里去啼哭，要生要死。州守相公没奈何。只苦得批较差人张千、李万。一连比了十数限，不知打了多少竹批，打得爬走不动。张千得病身死，单单剩得李万，只得到尼姑庵来拜求闻氏道：『小的情极，不得不说了，其实奉差来时，有经历金绍，口传杨总督钧旨，教我中途害你丈夫，就所在地方，讨个结状回报。我等口虽应承，怎肯行此不仁之事？不知你丈夫何故，忽然逃走，与我们实实无涉。青天在上，若半字虚情，全家祸灭！如今官府五日一比，兄弟张千，已自打死；小的又累死，也是冤枉。你丈夫的确未死，小娘子他日夫妻相逢有日。只求小娘子休去州里啼啼哭哭，宽小的比限，完全狗命，便是阴德。』闻氏道：『据你说不曾谋害我丈夫，也难准信。既然如此说，奴家且不去禀官，容你从容查访。只是你们自家要上紧用心，休得怠慢。』李万喏喏连声而去。有诗为证：

白金廿两酿凶谋，谁料中途已失囚。锁打禁持熬不得，尼庵苦向妇人求。

官府立限缉获沈襄，一来为他是总督衙门的紧犯，二来为妇人日日哀求，所以上紧严比。今日也是那李万不该命绝，恰好有个机会。却说总督杨顺，御史路楷，两个日夜商量，奉承严府，指望旦夕封侯拜爵。谁知朝中有个兵科给事中吴时来，风闻杨顺横杀平民冒功之事，把他尽情劾奏一本，并劾路楷朋奸助恶。嘉靖爷正当设醮祝釐，见说杀害平民，大伤和气，龙颜大怒，着锦衣卫扭解来京问罪。严嵩见圣怒不测，一时不及救护，到底亏他于中调停，止于削爵为民。可笑杨顺、路楷杀人媚人，至此徒为人笑，有何益哉？再说贺知州听得杨总督去任，已自把这公事看得冷了；又闻氏连次不来哭禀，两个差人又死了一个，只剩得李万，又苦苦哀求不已。贺知州分付，打开铁链。与他个广捕文书，只教他用心缉访，明是放松之意。李万得了广捕文书，犹如捧了一道赦书，连连磕了几个头，出得府门，一道烟走了。身边又无盘缠，只得求乞而归，不在话下。

却说沈小霞在冯主事家复壁之中，住了数月，外边消息无有不知，都是冯主事打听将来，说与小霞知道。晓得闻氏在尼姑庵寄居，暗暗欢喜。过了年余，已知张千病死，李万逃了，这公事渐渐懒散。冯主事特地收拾内书房三间，安放沈襄在内读书，只不许出外，外人亦无有知者。冯主事三年孝满，为有沈公子在家，也不去起复做官。

光阴似箭，一住八年，值严嵩一品夫人欧阳氏卒，严世蕃不肯扶柩还乡，唆父亲上本留己侍养，却于丧中簇拥姬妾，日夜饮酒作乐。嘉靖爷天性至孝，访知其事，心中甚是不悦。时有方士蓝道行，善扶鸾之术。天子召见，教他请仙，问以辅臣贤否。蓝道行奏道：『臣所召乃是上界真仙，正直无阿，万一箕下判断有忤圣心，乞恕微臣之罪。』嘉靖爷道：『朕正愿闻天心正论，与卿何涉？岂有罪卿之理？』蓝道行书符念咒，神箕自动，写出十六个字来。道是：

高山番草，父子阁老。日月无光，天地颠倒。

嘉靖爷看了，问蓝道行道：『卿可解之。』蓝道行奏道：『微臣愚昧未解。』嘉靖爷道：『朕知其说。「高山」者，「山」字连「高」，乃是「嵩」字；「番草」者，「番」字「草」头，乃是「蕃」字。此指严嵩、严世蕃父子二人也。朕久闻其专权误国，今仙机示朕，朕当即为处分，卿不可泄于外人。』蓝道行叩头，口称不敢，受赐而出。

从此嘉靖爷渐渐疏了严嵩。有御史邹应龙，看见机会可乘，遂劾奏：『严世蕃凭借父势，卖官鬻爵，许多恶迹，宜加显戮。其父严嵩溺爱恶子，植党蔽贤，宜亟赐休退，以清政本。』嘉靖爷见疏大喜，即升应龙为通政右参议。严世蕃下法司，拟成充军之罪，严嵩回籍。未几，又有江西巡按御史林润，复奏严世蕃不赴军伍，居家愈加暴横，强占民间田产，畜养奸人，私通倭虏，谋为不轨。得旨三法司提问，问官勘实复奏，严世蕃即时处斩，抄没家财；严嵩发养济院终老，被害诸臣尽行昭雪。

冯主事得此喜信，慌忙报与沈襄知道，放他出来，到尼姑庵访问那闻淑女。夫妇相见，抱头而哭。闻氏离家时，怀孕三月，今在庵中生下一孩子，已十岁了。闻氏亲自教他念书，五经皆已成诵。沈襄欢喜无限。冯主事方上京补官，教沈襄同去讼理父冤，闻氏暂迎归本家园上居住。沈襄从其言，到了北京。冯主事先去拜了通政司邹参议，将沈炼父子冤情说了，然后将沈襄讼冤本稿送与他看。邹应龙一力担当。次日，沈襄将奏本往通政司挂号投递。圣旨下，沈炼忠而获罪，准复原官，仍进一级，以旌其直；妻子召还原籍；所没入财产，府县官照数给还；沈襄食廪年久准贡，敕授知县之职。沈襄复上疏谢恩，疏中奏道：『臣父炼向在保安，因目击宣大总督杨顺，杀戮平民冒功，吟诗感叹。适值御史路楷，阴受严世蕃之嘱，巡按宣大，与杨顺合谋，陷臣父于极刑，并杀臣弟二人，臣亦几于不免。冤尸未葬，危宗几绝，受祸之惨，莫如臣家。今严世蕃正法，而杨顺、路楷安然保首领于乡，使边廷万家之怨骨，衔恨无伸；臣家三命冤魂，含悲莫控。恐非所以肃刑典而慰人心也。』圣旨准奏，复提杨顺、路楷到京，问成死罪，监刑部牢中待决。

沈襄来别冯主事，要亲到云州，迎接母亲和兄弟沈帙到京，依傍冯主事寓所相近居住，然后往保安州访求父亲骸骨，负归埋葬。冯主事道：『老年嫂处适才已打听到了消息，在云州康健无恙。令弟沈帙，已在彼游庠了。下官当遣人迎之。尊公遗体要紧，贤侄速往访问，到此相会令堂可也。』沈襄领命，径往保安。一连寻访两日，并无踪迹。第三日，因倦借坐人家门首，有老者从内而出，延进草堂吃茶。见堂中挂一轴子，乃楷书诸葛孔明两次《出师表》也。表后但写年月，不着姓名。沈小霞看了又看，目不转睛。老者道：『客官为何看之？』沈襄道：『动问老丈。此字是何人所书？』老者道：『此乃吾亡友沈青霞之笔也。』沈小霞道：『为何留在老丈处？』老者道：『老夫姓贾名石，当初沈青霞编管此地，就在舍下作寓。老夫与他八拜之交，最相契厚。不料后遭奇祸，老夫惧怕连累，也往河南逃避。带得这二幅《出师表》，裱成一幅，时常展现，如见吾兄之面。杨总督去任后，老夫方敢还乡。嫂嫂徐夫人和幼子沈帙，徙居云州，老夫时常去看他。近日闻得严家势败，吾兄必当昭雪，已曾遣人去云州报信。恐沈小官人要来移取父亲灵柩，老夫将此轴悬挂在中堂，好教他认认父亲遗笔。』沈小霞听罢，连忙拜倒在地，口称『恩叔』。贾石慌忙扶起道：『足下果是何人？』沈小霞道：『小侄沈襄，此轴乃亡父之笔也。』贾石道：『闻得杨顺这厮，差人到贵府来提贤侄，要行一网打尽之计。老夫只道也遭其毒手，不知贤侄何以得全？』沈小霞将临清事情，备细说了一遍。贾石口称难得，便分付家童治饭款待。沈小霞问道：『父亲灵柩，恩叔必知，乞烦指引一拜。』贾石道：『你父亲屈死狱中，是老夫偷尸埋葬，一向不敢对人说知。今日贤侄来此搬回故土，也不枉老夫一片用心。』说罢，刚欲出门，只见外面一位小官人骑马而来。贾石指道：『遇巧，遇巧！恰好令弟来也。』那小官人便是沈帙。下马相见，贾石指沈小霞道：『此位乃大令兄讳襄便是。』此日弟兄方才识面，恍如梦中相会，抱头而哭。

贾石领路，三人同到沈青霞墓所，但见乱草迷离，土堆隐起，贾石引二沈拜了，二沈俱哭倒在地。贾石劝了一回道：『正要商议大事，休得过伤。』二沈方才收泪。贾石道：『二哥、三哥，当时死于非命，也亏了狱卒毛公存仁义之心，可怜他无辜被害，将他尸藁葬于城西三里之外。毛公虽然已故。老夫亦知其处，若扶令先尊灵柩回去，一起带回，使他父子魂魄相依，二位意下如何？』二沈道：『恩叔所言，正合愚弟兄之意。』当日又同贾石到城西看了，不胜悲感。次日，另备棺木，择吉破土，重新殡殓。三人面色如生，毫不朽败，此乃忠义之气所致也。二沈悲哭自不必说。当时备下车仗，抬了三个灵柩，别了贾石起身。临别沈襄对贾石道：『这一轴《出师表》，小侄欲问恩叔取去，供养祠堂，幸勿见拒。』贾石慨然许了，取下挂轴相赠。二沈就草堂拜谢，垂泪而别。沈襄先奉灵柩到张家湾，觅船装载。

沈襄复身又到北京，见了母亲徐夫人，回复了说话，拜谢了冯主事起身。此时京中官员，无不追念沈青霞忠义，怜小霞母子扶柩远归，也有送勘合的，也有赠赙金的，也有馈赆仪的。沈小霞只受勘合一张，余俱不受。到了张家湾，另换了官座船，驿递起人夫一百名牵缆，走得好不快。不一日，来到临清，沈襄分付座船，暂泊河下，单身入城，到冯主事家投了主事平安书信，园上领了闻氏淑女并十岁儿子下船。先参了灵柩，后见了徐夫人。那徐氏见了孙儿如此长大，喜不可言。当初只道灭门绝户，如今依旧有子有孙。昔日冤家，皆恶死见报。天理昭然，可见做恶人的到底吃亏，做好人的到底便宜。

闲话休题。到了浙江绍兴府，孟春元领了女儿孟氏，在二十里外迎接。一家骨肉重逢，悲喜交集。将丧船停泊码头，府县官员都在吊孝。旧时家产，已自清查给还。二沈扶柩葬于祖茔，重守三年之制，无人不称大孝。抚按又替沈炼建造表忠祠堂，春秋祭祀。亲笔《出师表》一轴，至今供奉在祠堂之中。

服满之日，沈襄到京受职，做了知县。为官清正，直升到黄堂知府。闻氏所生之子，少年登科，与叔叔沈帙同年进士。子孙世世书香不绝。冯主事为救沈襄一事，京中重其义气，累官至吏部尚书。忽一日，梦见沈青霞来拜说道：『上帝怜某忠直，已授北京城隍之职。屈年兄为南京城隍，明日午时上任。』冯主事觉来甚以为疑。至日午，忽见轿马来迎，无疾而逝。二公俱已为神矣。有诗为证，诗曰：

生前忠义骨犹香，魂魄为神万古扬。料得奸魂沉地狱，皇天果报自昭彰。

《醒世恒言》所收录的大部分是明代作品，多取材于现实生活以及民间传说。其内容丰富，有反映爱情婚姻的；有抑扬封建官吏，暴露吏治黑暗的；有讴歌行侠仗义，谴责忘恩负义的。其中的『十五贯戏言成巧祸』、『卖油郎独占花魁』、『灌园叟晚逢仙女』都是佳作。

醒世恒言

穿越四百年感悟人性善恶

第一卷

两县令竞义婚孤女

风水人间不可无，也须阴骘两相扶。时人不解苍天意，枉使身心着意图。

话说近代浙江衢州府有一人，姓王名奉，哥哥姓王，名春。弟兄各生一女，王春的女儿名唤琼英，王奉的叫做琼真。琼英许配本郡一个富家潘百万之子潘华，琼真许配本郡萧别驾之子萧雅，都是自小聘定的。琼英年方十岁，母亲先丧，父亲继殁。那王春临终之时，将女儿琼英托与其弟，嘱咐道：『我并无子嗣，只有此女。你把做嫡女看成。待其长成，好好嫁去潘家。你嫂嫂所遗房奁衣饰之类，尽数与之。有潘家原聘财礼，置下庄田，就把与他做脂粉之费。莫负吾言！』嘱罢气绝。殡葬事毕，王奉将侄女琼英接回家中，与女儿琼真作伴。

忽一年元旦，潘华和萧雅不约而同，到王奉家来拜年。那潘华生得粉脸朱唇，如美女一般，人都称玉孩童。萧雅一脸麻子，眼眍齿龅，好似飞天夜叉模样。一美一丑，相形起来，那标致的越觉美玉增辉，那丑陋的越觉泥涂无色。况且潘华衣服炫丽，有心卖富，脱一通换一通。那萧雅是老实人家，不以穿着为事。常言道：佛是金装，人是衣装。世人眼孔浅的多，只有皮相，没有骨相。王家若男若女，若大若小，那一个不欣羡潘小官人美貌，如潘安再出，暗暗地颠唇簸嘴，批点那飞天夜叉之丑。王奉自己也看不过，心上好不快活。不一日，萧别驾卒于任所，萧雅奔丧，扶柩而回。他虽是个世家，累代清官，家无余积，自别驾死后，日渐消索。潘百万是个暴富，家事日盛一日。王奉忽起一个不良之心，想道：『萧家甚穷，女婿又丑。潘家又富，女婿又标致。何不把琼英、琼真暗地兑转，谁人知道？也不教亲生女儿在穷汉家受苦。』主意已定，到临嫁之时，将琼真充做侄女，嫁与潘家。哥哥所遗衣饰庄田之类，都把他去。却将琼英反为己女，嫁与那飞天夜叉为配。自己薄薄备些妆奁嫁送。琼英但凭叔叔做主，敢怒而不敢言。谁知嫁后，那潘华自恃家富，不习诗书，不务生理，专一嫖赌为事。父亲累训不从，气愤而亡。潘华益无顾忌，日逐与无赖小人，酒食游戏。不上十年，把百万家资败得罄尽，寸土俱无。丈人屡次周给他，如炭中沃雪，全然不济。结末迫于冻馁，瞒着丈人，要引浑家去投靠人家为奴。王奉闻知此信，将女儿琼真接回家中养老，不许女婿上门。潘华流落他乡，不知下落。那萧雅勤苦攻书，后来一举成名，直做到尚书地位。琼英封一品夫人。有诗为证：

目前贫富非为准，久后穷通未可知。颠倒任君瞒昧做，鬼神昭鉴定无私。

看官，你道为何说这王奉嫁女这一事？只为世人但顾眼前，不思日后。只要损人利己，岂知人有百算，天只有一算。你心下想得滑碌碌的一条路，天未必随你走哩。还是平日行善为高。今日说一段话本，正与王奉相反，唤做《两县令竞义婚孤女》。这桩故事，出在梁唐晋汉周五代之季。其时周太祖郭威在位，改元广顺。虽居正统之尊，未就混一之势。四方割据称雄者，还有几处，共是五国三镇。哪五国？

周郭威，南汉刘晟，北汉刘旻，南唐李昪，蜀孟知祥。

哪三镇？

吴越钱镠，湖南周行逢，荆南高季昌。

单说南唐李氏有国，辖下江州地方，内中单表江州德化县一个知县，姓石名璧，原是抚州临川县人氏，流寓建康。四旬之外，丧了夫人，又无儿子，只有八岁亲女月香，和一个养娘随任。那官人为官清正，单吃德化县中一口水。又且听讼明决，雪冤理滞，果然政简刑清，民安盗息。退堂之暇，就抱月香坐于膝上，教他识字，又或叫养娘和他下棋、蹴鞠，百般玩耍，他从旁教导。只为无娘之女，十分爱惜。一日，养娘和月香在庭中蹴那小小球儿为戏。养娘一脚踢起，去得势重了些，那球击地而起，连跳几跳的溜溜滚去，滚入一个地穴里。那地穴约有二三尺深，原是埋缸贮水的所在。养娘手短，揽他不着，正待跳下穴中去拾取球儿，石璧道：『且住！』问女儿月香道：『你有甚计较，使球儿自走出来么？』月香想了一想，便道：『有计了！』即教养娘去提过一桶水来，倾在穴内，那球便浮在水面。再倾一桶，穴中水满，其球随水而出。石璧本是要试女孩儿的聪明，见其取水出球，智意过人，不胜之喜。闲话休叙。那官人在任不上二年，谁知命里官星不现，飞祸相侵。忽一夜仓中失火，急去救时，已烧损官粮千余石。那时米贵，一石值一贯五百。乱离之际，军粮最重。南唐法度，凡官府破耗军粮至三百石者，即行处斩。只为石璧是个清官，又且火灾天数，非关本官私弊，上官都替他分解保奏。唐主怒犹未息，将本官削职，要他赔偿。估价共该一千五百余两，把家私变卖，未尽其半。石璧被本府软监，追逼不过，郁成一病，数日而死。遗下女儿和养娘二口，少不得着落牙婆官卖，取价偿官。这等苦楚，分明是：

屋漏更遭连夜雨，船迟又遇打头风。

却说本县有个百姓，叫做贾昌，昔年被人诬陷，坐假人命事，问成死罪在狱。亏石知县到任，审出冤情，将他释放。贾昌衔保家活命之恩，无从报效。一向在外为商，近日方回。正值石知县身死，即往抚尸恸哭，备办衣衾棺木，与他殡殓。合家挂孝，买地茔葬。又闻得所欠官粮尚多，欲待替他赔补几分，怕钱粮干系，不敢开端惹祸。见说小姐和养娘都着落牙婆官卖，慌忙带了银子，到李牙婆家，问要多少身价。李牙婆取出朱批的官票来看，养娘十六岁，只判得三十两。月香十岁，倒判了五十两。却是为何？月香虽然年小，容貌秀美可爱；养娘不过粗使之婢，故此判价不等。贾昌并无吝色，身边取出银包，兑足了八十两纹银，交付牙婆，又谢他五两银子，即时领取二人回家。李牙婆把两个身价，交纳官库。地方呈明石知县家财人口变卖都尽。上官只得在别项挪移赔补，不在话下。

却说月香自从父亲死后，没一刻不啼啼哭哭。今日又不认得贾昌是什么人，买他归去，必然落于下贱，一路痛哭不已。养娘道：『小姐，你今番到人家去，不比在老爷身边，只管啼哭，必遭打骂。』月香听说，愈觉悲伤。谁知贾昌一片仁义之心，领到家中，与老婆相见，对老婆说：『此乃恩人石相公的小姐。那一个就是服侍小姐的养娘。我当初若没有恩人，此身死于缧绁。今日见他小姐，如见恩人之面。你可另收拾一间香房，教他两个住下，好茶好饭供待他，不可怠慢。后来倘有亲族来访，那时送还，也尽我一点报效之心。不然之时，待他长成，就本县择个门当户对的人家，一夫一妇，嫁他出去，恩人坟墓也有个亲人看觑。那个养娘依旧得他伏侍小姐，等他两个作伴，做些女工，不要他在外答应。』月香生成伶俐，见贾昌如此吩咐老婆，慌忙上前万福道：『奴家卖身在此，为奴为婢，理之当然。蒙恩人抬举，此乃再生之恩。乞受奴一拜，收为义女。』说罢，即忙下跪。贾昌哪里肯要他拜，别转了头，忙教老婆扶起道：『小人是老相公的子民，是蝼蚁之命，都出老相公所赐。就是这位养娘，小人也不敢怠慢，何况小姐！小人怎敢妄自尊大。暂时屈在寒家，只当宾客相待。望小姐勿责怠慢，小人夫妻有幸。』

月香再三称谢。贾昌又吩咐家中男女，都称为石小姐。那小姐称贾昌夫妇，但呼贾公、贾婆，不在话下。

原来贾昌的老婆，素性不甚贤慧。只为看上月香生得清秀乖巧，自己无男无女，有心要收他做个螟蛉女儿。初时甚是欢喜，听说宾客相待，先有三分不耐烦了。却灭不得石知县的恩，没奈何依着丈夫言语，勉强奉承。后来贾昌在外为商，每得好细好绢，先尽上好的寄与石小姐做衣服穿。比及回家，先问石小姐安否。老婆心下渐渐不平。又过些时，把马脚露出来了。但是贾昌在家，朝饔夕餐，也还成个规矩，口中假意奉承几句。但背了贾昌时，茶不茶，饭不饭，另是一样光景了。养娘常叫出外边杂差杂使，不容他一刻空闲。又每日间限定石小姐，要做若干女工针指还他。倘手迟脚慢，便去捉鸡骂狗，口里好不干净哩。正是：

人无千日好，花无百日红。

养娘受气不过，禀知小姐，欲待等贾公回家，告诉他一番。月香断然不肯，说道：『当初他用钱买我，原不指望他抬举。今日贾婆虽有不到之处，却与贾公无干。你若说他，把贾公这段美情都没了。我与你命薄之人，只索忍耐为上。』忽一日，贾公做客回家，正撞着养娘在外汲水，面庞比前甚是黑瘦了。贾公道：『养娘，我只教你伏侍小姐，谁要你汲水？且放着水桶，另叫人来担罢。』养娘放了水桶，动了个感伤之念，不觉滴下几点泪来。贾公要盘问时，他把手拭泪，忙忙的奔进去了。贾公心中甚疑。见了老婆，问道：『石小姐和养娘没有甚事么？』老婆回言：『没有。』初归之际，事体多头，也就搁过一边。又过了几日，贾公偶然到近处人家走动，回来不见老婆在房，自往厨下去寻他说话。正撞见养娘从厨下来，也没有托盘，右手拿一大碗饭，左手一只空碗，碗上顶一碟腌菜叶儿。贾公有心闪在隐处看时，养娘走进石小姐房中去了。贾公不省得这饭是谁吃的，一些荤腥也没有。那时不往厨下，竟悄悄的走在石小姐房前，向门缝里张时，只见石小姐将这碟腌菜叶儿过饭。心中大怒，便与老婆闹将起来。老婆道：『荤腥尽有，我又不是不舍得与他吃。那丫头自不来担，难道要老娘送进房去不成？』贾公道：『我原说过来，石家的养娘，只教他在房中与小姐作伴。我家厨下走使的又不少，谁要他出房担饭！前日那养娘噙着两眼泪，在外街汲水，我已疑心，是必家中把他难为了。只为匆忙，不曾细问得。原来你恁地无恩无义！连石小姐都怠慢。见放着许多荤菜，却教他吃白饭，是甚道理？我在家尚然如此，我出外时，可知连饭也没得与他们吃饱。我这番回来，见他们着实黑瘦了。』老婆道：『别人家丫头，哪要你恁般疼他。养得白白壮壮，你可收用他做小老婆么？』贾公道：『放屁！说的是什么话！你这样不通理的人，我不与你讲嘴。自明日为始，我教当直的每日另买一份肉菜供给他两口，不要在家火中算帐。省得夺了你的口食，你又不欢喜。』老婆自家觉得有些不是，口里也含含糊糊的哼了几句，便不言语了。从此贾公吩咐当直的，每日肉菜分做两份。却叫厨下丫头们，各自安排送饭。这几时好不齐整。正是：

人情若比初相识，到底终无怨恨心。

贾昌因牵挂石小姐，有一年多不出外经营。老婆却也做意修好，相忘于无言。月香在贾公家一住五年，看看长成。贾昌意思要密访个好主儿，嫁他出去了，方才放心，自家好出门做生理。这也是贾公的心事，背地里自去勾当。晓得老婆不贤，又与他商量怎的。若是凑巧时，赔些妆奁嫁出去了，可不干净。何期姻缘不偶！内中也有缘故：但是出身低微的，贾公又怕辱莫了石知县，不肯俯就。但是略有些名目的，哪个肯要百姓人家的养娘为妇，所以好事难成。贾公见姻事不就，老婆又和顺了，家中供给，又立了常规，舍不得耽搁生意，只得又出外为商。未行数日之前，预先叮咛老婆有十来次，只教好生看待石小姐和养娘两口。又请石小姐出来，再三抚慰，连养娘都用许多好言安慰。又吩咐老婆道：『他骨气也比你重几百分哩，你切莫慢他。若是不依我言语，我回家时，就不与你认夫妻了。』又唤当直的和厨下丫头，都吩咐遍了，方才出门。

临歧费尽叮咛语，只为当初受德深。

却说贾昌的老婆，一向被老公在家作兴石小姐和养娘，心下好生不乐。没奈何，只得由他，受了一肚子的腌臜昏闷之气。一等老公出门，三日之后，就使起家主母的势来。寻个茶迟饭晏小小不是的题目，先将厨下丫头试法，连打几个巴掌，骂道：『贱人，你是我手内用钱讨的，如何恁地托大！你恃了哪个小主母的势头，却不用心服侍我？家长在家日，纵容了你。如今他出去了，少不得要还老娘的规矩。除却老娘外，哪个该服侍的？要饭吃时，等他自担，不要你们献勤，却耽误老娘的差使！』骂了一回，就乘着热闹中，唤过当直的，吩咐将贾公派下另一份肉菜钱，干折进来，不要买了。当直的不敢不依。且喜月香能甘淡薄，全不介意。又过了些时，忽一日，养娘担洗脸水，迟了些，水已凉了。养娘不合哼了一句，那婆娘听得了，特地叫来发作道：『这水不是你担的，别人烧着汤，你便胡乱用些罢。当初在牙婆家，哪个烧汤与你洗脸？』养娘耐嘴不住，便回了几句言语道：『谁要他们担水烧汤！我又不是不曾担水过的，两只手也会烧火。下次我自担水自烧，不费厨下姐姐们力气便了。』那婆娘提醒了他当初曾担水过这句话，便骂道：『小贱人！你当先担得几桶水，便在外边做身做分，哭与家长知道，连累老娘受了百般呕气。今日老娘要讨个帐儿。你既说会担水，会烧火，把两件事都交在你身上。每日常用的水，都要你担，不许缺乏，是火都是你烧。若是难为了柴，老娘却要计较。且等你知心知意的家长回家时，你再啼啼哭哭告诉他便了，也不怕他赶了老娘出去。』

月香在房中，听得贾婆发作自家的丫头，慌忙移步上前，万福谢罪，招称许多不是，叫贾婆莫怪。养娘道：『果是婢子不是了！只求看小姐面上，不要计较。』那老婆愈加忿怒，便道：『什么小姐，小姐！是小姐，不到我家来了。我是个百姓人家，不晓得小姐是什么品级，你动不动把来压老娘，老娘骨气虽轻，不受人压量的。今日要说个明白。就是小姐，也说不得费了大钱讨的。少不得老娘是个主母，贾婆也不是你叫的。』月香听得话不投机，含着眼泪，自进房去了。那婆娘吩咐厨中，不许叫『石小姐』，只叫他『月香』名字。又吩咐养娘，只在厨下专管担水烧火，不许进月香房中。月香若要饭吃时，待他自到厨房来取。其夜，又叫丫头搬了养娘的被窝到自己房中去。月香坐个更深，不见养娘进来，只得自己闭门而睡。又过几日，那婆娘唤月香出房，却教丫头把他的房门锁了。月香没了房，只得在外面盘旋，夜间就同养娘一铺睡。睡起时，就叫他拿东拿西，役使他起来。在他矮檐下，怎敢不低头。月香无可奈何，只得伏低伏小。那婆娘见月香随顺了，心中暗喜，蓦地开了他房门的锁，把他房中搬得一空。凡丈夫一向寄来的好细好缎，曾做不曾做得，都迁入自己箱笼，被窝也收起了不还他。月香暗暗叫苦，不敢则声。

忽一日，贾公书信回来，又寄许多东西与石小姐。书中嘱咐老婆：『好生看待，不久我便回来。』那婆娘把东西收起，思想道：『我把石家两个丫头作贱够了，丈夫回来必然断闹。难道我惧怕老公，重新奉承他起来不成？那老王八把这两个瘦马养着，不知作何结束？他临行之时说道：「若不依他言语，就不与我做夫妻了。」一定他起了什么不良之心。那月香好副嘴脸，年已长成。倘或有意留他，也不见得。那时我争风吃醋便迟了。人无远虑，必有近忧。一不做，二不休，索性把他两个卖去他方，老王八回来也只一怪。拼得厮闹一场罢了，难道又去赎他回来不成？好计，好计！」正是：

眼孔浅时无大量，心田偏处有奸谋。

当下那婆娘吩咐当直的：「与我唤那张牙婆到来，我有话说。」不一时，当直的将张婆引到。贾婆教月香和养娘都相见了，却发付他开去。对张婆说道：「我家六年前，讨下这两个丫头。如今大的忒大了，小的又娇娇的，做不得生活，都要卖他出去。你与我快寻个主儿。」原来当先官卖之事，是李牙婆经手。此时李婆已死，官私做媒，又推张婆出尖了。张婆道：「那年纪小的，正有个好主儿在此，只怕大娘不肯。」贾婆道：「有甚不肯？」张婆道：「就是本县大尹老爷，复姓钟离，名义，寿春人氏，亲生一位小姐，许配德安县高大尹的长公子，在任上行聘的。不日就要来娶亲了。本县嫁妆都已备得十全，只是缺少一个随嫁的养娘。昨日大尹老爷唤老媳妇当官吩咐过了，老媳妇正没处寻。宅上这位小娘子，正中其选。只是异乡之人，怕大娘不舍得与他。」贾婆想道：「我正要寻个远方的主顾，来得正好！况且知县相公要了人去，丈夫回来，料也不敢则声。」便道：「做官府家的陪嫁，胜似在我家十倍，我有什么不舍得。只是不要亏了我的原价便好。」张婆道：「原价许多？」贾婆道：「十来岁时，就是五十两讨的。如今饭钱又弄一主在身上了。」张婆道：「吃的饭是算不得帐。这五十两银子在老媳妇身上。」贾婆道：「那一个老丫头也替我觅个人家便好。他两个是一伙儿来的，去了一个，那一个也养不住了。况且年纪一二十之外，又是要老公的时候，留他什么！」张婆道：「那个要多少身价？」贾婆道：「原是三十两银子讨的。」牙婆道：「粗货儿，值不得这许多。若是减得一半，老媳妇倒有个外甥在身边，三十岁了，老媳妇原许下与他娶一房妻小的，因手头不宽展，捱下去。这倒是雌雄一对儿。」贾婆道：「既是你的外甥，便让你五两银子。」张婆道：「连这小娘子的媒礼在内，让我十两罢。」贾婆道：「也不为大事。你且说合起来。」张婆道：「老媳妇如今先去回复知县相公。若讲得成时，一手交钱，一手就要交货的。」贾婆道：「你今晚还来不？」张婆道：「今晚还要与外甥商量，来不及了，明日早来回话。多分两个都要成的。」说罢别去，不在话下。

却说大尹钟离义到任有一年零三个月了。前任马公是顶那石大尹的缺。马公升任去后，钟离义又是顶马公的缺。钟离大尹与德安高大尹原是个同乡。高大尹生下二子，长曰高登，年十八岁；次曰高升，年十六岁。这高登便是钟离公的女婿。原来钟离公未曾有子，只生此女，小字瑞枝，年方一十七岁，选定本年十月望日出嫁。此时九月下旬，吉期将近。钟离公吩咐张婆，急切要寻个陪嫁。张婆得了贾家这头门路，就去回复大尹。大尹道：「若是人物好时，就是五十两也不多，明日库上来领价，晚上就要过门的。」张婆道：「领相公钧旨。」当晚回家，与外甥赵二商议，有这相应的亲事，要与他完婚。赵二先欢喜了一夜。次早，赵二便去整理衣褶，准备做新郎。张婆在家中先凑足了二十两身价，随即到县，取知县相公钧帖，到库上兑了五十两银子，来到贾家，把这两项银子交付与贾婆，分疏得明明白白。贾婆都收下了。少顷，县中差两名皂隶，两个轿夫，抬着一顶小轿，到贾家门首停下。贾婆初时都不通月香晓得，临期竟打发他上轿。月香正不知教他哪里去，和养娘两个叫天叫地，放声大哭。贾婆不管三七二十一，和张婆两个你一推，我一扠，扠他出了大门，张婆方才说明：「小娘子不要啼哭了！你家主母将你卖与本县知县相公处，做小姐的陪嫁。此去好不富贵！官府衙门，不是耍处，事到其间，哭也无益。」月香只得收泪，上轿而去。轿夫抬进后堂。月香见了钟离义，还只万福。张婆在旁道：「这就是老爷了，须下个大礼。」月香只得磕头。立起身来，不觉泪珠满面。张婆教他拭干了泪眼，引入私衙，见了夫人和瑞枝小姐。问其小名，对以「月香」。夫人道：「好个「月香」二字！不必更改，就发他服侍小姐。」钟离公厚赏张婆，不在话下。

可怜宦室娇香女，权作闺中使令人。

张婆出衙，已是酉牌时分。再到贾家，只见那养娘正思想小姐，在厨下痛哭。贾婆对他说道：「我今把你嫁与张妈妈的外甥，一夫一妇，比月香倒胜几分。莫要悲伤了。」张婆也劝慰了一番。赵二在混堂内洗了个净浴，打扮得帽儿光光，衣衫簇簇，自家提了一碗灯笼前来接亲。张婆就教养娘拜别了贾婆。那养娘原是个大脚，张婆扶着步行到家，与外甥成亲。话休絮烦。再说月香小姐自那日进了钟离相公衙内，次日，夫人吩咐新来婢子，将中堂打扫。月香领命，携帚而去。钟离义梳洗已毕，打点早衙理事，步出中堂，只见新来婢子呆呆的把着一把扫帚，立于庭中。钟离公暗暗称怪。悄地上前看时，原来庭中有一个土穴，月香对了那穴，汪汪流泪。钟离公不解其故，走入中堂，唤月香上来，问其缘故。月香愈加哀泣，口称不敢。钟离公再三诘问，月香方才收泪而言道：「贱妾幼时，父亲曾于此地教妾蹴球为戏，误落球于此穴。父亲问妾道：「你可有计较使球自出于穴，不须拾取？」贱妾答云：「有计。」即遣养娘取水灌之，水满球浮，自出穴外。父亲谓妾聪明，不胜之喜。今虽年久，尚然记忆，睹物伤情，不觉哀泣。愿相公俯赐矜怜，勿加罪责！」钟离公大惊道：「汝父姓甚名谁？你幼时如何得到此地？须细细说与我知。」月香道：「妾父姓石名璧，六年间在此作县尹。只天火烧仓，朝廷将父革职，勒令赔偿，父亲病郁而死。有司将妾和养娘官卖到本县贾公家。贾公向被冤系，蒙我父活命之恩，故将贱妾甚相看待，抚养至今。因贾公出外为商，其妻不能相容，将妾转卖于此。只此实情，并无欺隐。」

今朝诉出衷肠事，铁石人知也泪垂。

钟离公听罢，正是兔死狐悲，恶伤其类：「我与石璧一般是个县尹。他只为遭时不幸，遇了天灾，亲生女儿就沦于下贱。我若不闻不见，倒也罢了。天教他到我衙里，我若不扶持他，同官体面何存！石公在九泉之下，以我为何如人！」当下请夫人上堂，就把月香的来历细细叙明。夫人道：「似这等说，他也是个县令之女，岂可贱婢相看。目今女孩儿嫁期又逼，相公何以处之？」钟离公道：「今后不要月香服役，可与女孩儿姊妹相称。下官自有处置。」即时修书一封，差人送到亲家高大尹处。高大尹拆书观看，原来是求宽嫁娶之期。书上写道：

婚男嫁女，虽父母之心；舍己成人，乃高明之事。近因小女出阁，预置媵婢月香。见其颜色端丽，举止安详，心窃异之。细访来历，乃知即两任前石县令之女。石公廉吏，因仓火失官丧躯，女亦官卖，转辗售于寒家。同官之女，犹吾女也。此女年已及笄，不惟不可屈为媵婢，且不可使吾女先此女而嫁。仆今急为此女择婿，将以小女薄奁嫁之。令郎姻期，少待改卜。特此拜恳，伏惟情谅。钟离义顿首。

高大尹看了道：「原来如此！此长者之事，吾奈何使钟离公独擅其美！」即时回书云：

鸾凤之配，虽有佳期；狐兔之悲，岂无同志。在亲翁既以同官之女为女，在不佞宁不以亲翁之心为心，三复示言，令人悲恻。此女廉吏血胤，无惭阀阅。愿亲家即赐为儿妇，以践始期。令爱别选高门，庶几两便。昔蘧伯玉耻独为君子，仆今者愿分亲翁之谊。高原顿首。

使者将回书呈与钟离公看了。钟离公道：『高亲家愿娶孤女，虽然义举；但吾女他儿久已聘定，岂可更改？还是从容待我嫁了石家小姐，然后另备妆奁，以完吾女之事。』当下又写书一封，差人再达高亲家。高公开书读道：

娶无依之女，虽属高情；更已定之婚，终乖正道。小女与令郎久谐凤卜，准拟鸾鸣。在令郎停妻而娶妻，已违古礼。使小女舍婿而求婿，难免人非。请君三思，必从前议。义惶恐再拜。

高公读毕，叹道：『我一时思之不熟。今闻钟离公之言，惭愧无地。我如今有个两尽之道，使钟离公得行其志，而吾亦同享其名。万世而下，以为美谈。』即时复书云：

以女易女，仆之慕谊虽殷；停妻娶妻，君之引礼甚正。仆之次男高升，年方十七，尚未缔姻。令爱归我长儿，石女属我次子。佳儿、佳妇，两对良姻。一死一生，千秋高谊。妆奁不须求备，时日且喜和同。伏冀俯从，不须改卜。原惶恐再拜。

钟离公得书，大喜道：『如此处分，方为双美。高公义气，真不愧古人，吾当拜其下风矣。』当下即与夫人说知，将一副妆奁，剖为两分，衣服首饰，稍稍增添。二女一般，并无厚薄。到十月望前两日，高公安排两乘花花细轿，笙箫鼓吹，迎接两位新人。钟离公先发了嫁妆去后，随唤出瑞枝、月香两个女儿，教夫人吩咐他为妇之道。二女拜别而行。月香感念钟离公夫妇恩德，十分难舍，号哭上轿。一路趱行，自不必说。到了县中，恰好凑着吉日良时，两对小夫妻如花如锦，拜堂合卺。高公夫妇欢喜无限。正是：

百年好事从今定，一对姻缘天上来。

再说钟离公嫁女三日之后，夜间忽得一梦，梦见一位官人，幞头象简，立于面前说道：『吾乃月香之父石璧是也，生前为此县大尹，因仓粮失火，赔偿无措，郁郁而亡。上帝察其清廉，悯其无罪，敕封吾为本县城隍之神。月香吾之爱女，蒙君高谊，拔之泥中，成其美眷，此乃阴德之事。吾已奏闻上帝。君命中本无子嗣，上帝以公行善，赐公一子，昌大其门。君当致身高位，安享遐龄。邻县高公与君同心，愿娶孤女，上帝嘉悦，亦赐二子高官厚禄，以酬其德。君当传与世人，广行方便，切不可凌弱暴寡，利己损人。天道昭昭，纤毫洞察。』说罢再拜。钟离公答拜起身，忽然踏了衣服前幅，跌上一跤，猛然惊醒，乃是一梦。即时说与夫人知道，夫人亦嗟呀不已。待等天明，钟离公打轿到城隍庙中焚香作礼，捐出俸资百两，命道士重新庙宇，将此事勒碑，广谕众人。又将此梦备细写书，报与高公知道。高公把书与两个儿子看了，各各惊讶。钟离夫人年过四十，忽然得孕生子，取名天赐。后来钟离义归宋，任至龙图阁大学士，寿享九旬。子天赐为大宋状元。高登、高升俱仕宋朝，官至卿宰。此是后话。

且说贾昌在客中，不久回来，不见了月香小姐和那养娘。询知其故，与婆娘大闹几场。后来知得钟离相公将月香为女，一同小姐嫁与高门。贾昌无处用情，把银二十两，要赎养娘，送还石小姐。那赵二恩爱夫妻，不忍分拆，情愿做一对投靠。张婆也禁他不住。贾昌领了赵二夫妻，直到德安县，禀知大尹高公。高公问了备细，进衙又问媳妇月香，所言相同。遂将赵二夫妇收留，又金帛厚酬贾昌，贾昌不受而归。从此贾昌恼恨老婆无义，立誓不与他相处。另招一婢，生下两男。此亦作善之报也。后人有诗叹云：

人家要娶择高门，谁肯周全孤女婚？试看两公阴德报，皇天不负好心人。

紫荆枝下还家日，花萼楼中合被时。同气从来兄与弟，千秋羞咏《豆萁诗》。

这首诗，为劝人兄弟和顺而作。用着三个故事，看官听在下一一分剖。第一句说：『紫荆枝下还家日。』昔时有田氏兄弟三人，从小同居合爨。长的娶妻，叫田大嫂；次的娶妻，叫田二嫂。妯娌和睦，并无间言。惟第三的年小，随着哥嫂过日。后来长大娶妻，叫田三嫂。那田三嫂为人不贤，恃着自己有些妆奁，看见夫家一锅里煮饭，一桌上吃食，不用私钱，不动私秤，便私房要吃些东西，也不方便。日夜在丈夫面前撺掇：『公堂钱库田产，都是伯伯们掌管，一出一入，你全不知道。他是亮里，你是暗里。用一说十，用十说百，哪里晓得！目今虽说同居，到底有个散场。若还家道消乏下来，只苦得你年幼的。依我说，不如早早分析，将财产三份拨开，各人自去营运，不好么？』田三一时被妻言所惑，认为有理，央亲戚对哥哥说，要分析而居。田大、田二初时不肯，被田三夫妇内外连连催逼，只得依允。将所有房产钱谷之类，三份拨开，分毫不多，分毫不少。只有庭前一棵大紫荆树，积祖传下，极其茂盛。既要析居，这树归着哪一个？可惜正在开花之际，也说不得了。田大至公无私，议将此树砍倒，将粗本分为三截，每人各得一截，其余零枝碎叶，论秤分开。商议已妥，只待来日动手。

次日天明，田大唤了两个兄弟，同去砍树。到得树边看时，枝枯叶萎，全无生气。田大把手一推，其树应手而倒，根芽俱露。田大住手，向树大哭。两个兄弟道：『此树值得什么！兄长何必如此痛惜！』田大道：『吾非哭此树也。想我兄弟三人产于一姓，同爷合母，比这树枝枝叶叶，连根而生，分开不得，根生本，本生枝，枝生叶，所以荣盛。昨日议将此树分为三截，那树不忍活活分离，一夜自家枯死。我兄弟三人若分离了，亦如此树枯死，岂有荣盛之日，吾所以悲哀耳。』田二、田三闻哥哥所言，至情感动：『可以人而不如树乎？』遂相抱做一堆，痛哭不已。大家不忍分析，情愿依旧同居合爨。三房妻子听得堂前哭声，出来看时，方知其故。大嫂、二嫂各各欢喜，惟三嫂不愿，口出怨言。田三要将妻逐出，两个哥哥再三劝住。三嫂羞惭，还房自缢而死。此乃自作孽不可活。这话搁过不题。再说田大可惜那棵紫荆树，再来看时，其树无人整理，自然端正，枝枯再活，花萎重新，比前更加烂熳。田大唤两个兄弟来看了，各人嗟讶不已。自此田氏累世同居。有诗为证：

紫荆花下说三田，人合人离花亦然。同气连枝原不解，家中莫听妇人言。

第二句说：『花萼楼中合被时。』那花萼楼在陕西长安城中，大唐玄宗皇帝所建。玄宗皇帝就是唐明皇。他原是唐家宗室，因为韦氏乱政，武三思专权，明皇起兵诛之，遂即帝位。有五个兄弟，皆封王爵，时号『五王』。明皇友爱甚笃，起一座大楼，取《诗经·棠棣》之义，名曰花萼。时时召五王登楼欢宴。又制成大幔，名为『五王帐』。帐中长枕大被，明皇和五王时常同寝其中。有诗为证：

羯鼓频敲玉笛催，朱楼宴罢夕阳微。宫人秉烛通宵坐，不信君王夜不归。

第四句说：『千秋羞咏《豆萁诗》。』后汉魏王曹操长子曹丕，篡汉称帝。有弟曹植，字子建，聪明绝世。操生时最所宠爱，几遍欲立为嗣而不果。曹丕衔其旧恨，欲寻事而杀之。一日，召子建问曰：『先帝每夸汝诗才敏捷，朕未曾面试。今限汝七步之内，成诗一首。如若不成，当坐汝欺诳之罪。』子建未及七步，其诗已成，中寓规讽之意。诗曰：

煮豆燃豆萁，豆在釜中泣。本是同根生，相煎何太急。

曹丕见诗感泣，遂释前恨。后人有诗为证：

从来宠贵起猜疑，七步诗成亦可危。堪叹釜萁仇未已，六朝骨肉尽诛夷。

说话的，为何今日讲这两三个故事？只为自家要说那三孝廉让产立高名。这段话又不比曹丕忌刻，也没子建风流，胜如紫荆花下三田，花萼楼中诸李，随你不和顺的弟兄，听着在下讲这节故事，都要学好起来。正是：

要知天下事，须读古人书。

这故事出在东汉光武年间。那时天下乂安，万民乐业，朝有梧凤之鸣，野无谷驹之叹。原来汉朝取士之法，不比今时。他不以科目取士，惟凭州郡选举。虽则有博学宏词，贤良方正等科，惟以孝廉为重。孝者，孝弟；廉者，廉洁。孝则忠君，廉则爱民。但是举了孝廉，便得出身做官。若依了今日的事势，州县考个童生，还有几十封荐书。若是举孝廉时，不知多少分上钻刺，依旧是富贵子弟钻去了。孤寒的便有曾参之孝，伯夷之廉，休想扬名显姓。只是汉时法度甚妙：但是举过某人孝廉，其人若果然有才有德，不拘资格，骤然升擢，连举主俱记录受赏；若所举不得其人，后日或贪财坏法，轻则罪黜，重则抄没，连举主一同受罪。那荐人的，与所荐之人，休戚相关，不敢胡乱。所以公道大明，朝班清肃。不在话下。

且说会稽郡阳羡县有一人，姓许名武，字长文，十五岁上，父母双亡。虽然遗下些田产童仆，奈门户单微，无人帮助。更兼有两个兄弟，一名许晏，年方九岁，一名许普，年方七岁，都则幼小无知，终日赶着哥哥啼哭。那许武日则躬率童仆，耕田种圃，夜则挑灯读书。但是耕种时，二弟虽未胜耰锄，必使从旁观看。但是读书时，把两个小兄弟坐于案旁，将句读亲口传授，细细讲解，教以礼让之节，成人之道。稍不率教，辄跪于家庙之前，痛自督责，说自己德行不足，不能化诲，愿父母有灵，启牖二弟，涕泣不已。直待兄弟号泣请罪，方才起身，并不以疾言倨色相加也。室中只用铺陈一副，兄弟三人同睡。如此数年，二弟俱已长成，家事亦渐丰盛。有人劝许武娶妻，许武答道：『若娶妻，便当与二弟别居。笃夫妇之爱，而忘手足之情，吾不忍也。』由是昼则同耕，夜则同读，食必同器，宿必同床。乡里传出个大名，都称为『孝弟许武』。又传出几句口号，道是：

阳羡许季长，耕读昼夜忙。教诲二弟俱成行，不是长兄是父娘。

时州牧郡守俱闻其名，交章荐举，朝廷征为议郎，下诏会稽郡。太守奉旨，檄下县令，刻日劝驾。许武迫于君命，料难推阻，吩咐两个兄弟：『在家躬耕力学，一如我在家之时，不可懈惰废业，有负先人遗训。』又嘱咐奴仆：『俱要小心安分，听两个家主役使，早起夜眠，共扶家业。』

嘱咐已毕，收拾行装。不用官府车辆，自己雇了脚力登车，只带一个童儿，望长安进发。不一日，到京朝见受职。

长安城中，闻得孝弟许武之名，争来拜访识荆。此时望重朝班，名闻四野。朝中大臣探听得许武尚未婚娶，多欲以女妻之者。许武心下想道：『我兄弟三人，年皆强壮，皆未有妻。我若先娶，殊非为兄之道。况我家世耕读，侥幸备员朝署，便与缙绅大家为婚，那女子自恃家门，未免骄贵之气。不惟坏了我儒素门风，异日我两个兄弟娶了贫贱人家女子，妯娌之间，怎生相处！从来兄弟不睦，多因妇人而起，我不可不防其渐也。』腹中虽如此踌论，却是说不出的话。只得权辞以对，说家中已定下糟糠之妇，不敢停妻再娶，恐被宋弘所笑。众人闻之，愈加敬重。况许武精于经术，朝廷有大政事，公卿不能决，往往来请教他。他引古证今，议论悉中窾要。但是许武所议，众人皆以为确不可易，公卿倚之为重。不数年间，累迁至御史大夫之职。忽一日，思想二弟在家，力学多年，不见州郡荐举，诚恐怠荒失业，意欲还家省视，遂上疏，其略云：

臣以菲才，遭逢圣代，致位通显，未谋报称，敢图暇逸？但古人云：『人生百行，孝弟为先。不孝有三，无后为大。』先父母早背，域兆未修。臣弟二人，学业未立。臣三十未娶。五伦之中，乃缺其三。愿赐臣假，暂归乡里。倘念臣犬马之力，尚可鞭笞，奔驰有日。

天子览奏，准给假暂归，命乘传衣锦还乡，复赐黄金二十斤，为婚礼之费。许武谢恩辞朝，百官俱于郊外送行。正是：

报道锦衣归故里，争夸白屋出公卿。

许武既归，省视先茔已毕，便乃纳还官诰，只推有病，不愿为官。过了些时，从容召二弟至前，询其学业之进退。许晏、许普应答如流，理明词畅。许武心中大喜。再稽查田宅之数，比前恢廓数倍，皆二弟勤俭之所积也。武于是遍访里中良家女子，先与两个兄弟定亲，自己方才娶妻，续又与二弟婚配。约莫数月，忽然对二弟说道：『吾闻兄弟有析居之义。今吾与汝，皆已娶妇，田产不薄，理宜各立门户。』二弟唯唯惟命。乃择日治酒，遍召里中父老。三爵已过，乃告以析居之事。因悉召僮仆至前，将所有家财，一一分剖。首取广宅自予，说道：『吾位为贵臣，门宜棨戟，体面不可不肃。汝辈力田耕作，得竹庐茅舍足矣。』又阅田地之籍，凡良田悉归之己，将硗薄者量给二弟。说道：『我宾客众盛，交游日广，非此不足以供吾用。汝辈数口之家，但能力作，只此可无冻馁。吾不欲汝多财以损德也。』又悉取奴仆之壮健伶俐者，说道：『吾出入跟随，非此不足以给使令。汝辈合力耕作，正须此愚蠢者作伴，老弱馈食足矣，不须多人费汝衣食也。』众父老一向知许武是个孝弟之人，这番分财，定然辞多就少。不想他般般件件，自占便宜。两个小兄弟所得，不及他十分之五，全无谦让之心，大有欺凌之意。众人心中甚是不平。有几个刚直老人气忿不过，竟自去了。有个心直口快的，便想要开口说公道话，与两个小兄弟做乔主张。其中又有个老成的，背地里捏手捏脚，教他莫说，以此罢了。那教他莫说的，也有些见识。他道：『富贵的人，与贫贱的人，不是一般肚肠。许武已做了显官，比不得当初了。常言道：疏不间亲。你我终是外人，怎管得他家事。就是好言相劝，料未必听从，枉费了唇舌，倒挑拨他兄弟不和。倘或做兄弟的肯让哥哥，十分之美，你我又呕这闲气则甚！若做兄弟的心上不甘，必然争论，等他争论时节，我们替他做个主张，却不是好！』正是：

三孝廉讓產立高名

事非干己休多管，话不投机莫强言。

原来许晏、许普，自从蒙哥哥教诲，知书达礼，全以孝弟为重。见哥哥如此分析，以为理之当然，绝无几微不平的意思。许武分拨已定，众人皆散。许武居中住了正房，其左右小房，许晏、许普各住一边。每日率领家奴下田耕种，暇则读书，时时将疑义叩问哥哥，以此为常。妯娌之间，也学他兄弟三人一般和顺。从此里中父老，人人薄许武之所为，都可怜他两个兄弟。私下议论道：『许武是个假孝廉，许晏、许普才是个真孝廉。他思念父母面上，一体同气，听其教诲，唯唯诺诺，并不违拗，岂不是孝；他又重义轻财，任分多分少，全不争论，岂不是廉。』起初里中传个好名，叫做『孝弟许武』，如今抹落了武字，改做『孝弟许家』。把许晏、许普弄出一个大名来。那汉朝清议极重，又传出几句口号，道是：

假孝廉，做官员；真孝廉，出口钱。假孝廉，据高轩；真孝廉，守茅檐。假孝廉，富田园；真孝廉，执锄镰。真为玉，假为瓦，瓦为厦，玉抛野。不宜真，只宜假。

那时明帝即位，下诏求贤，令有司访问笃行有学之士，登门礼聘，传驿至京。诏书到会稽郡，郡守分谕各县。县令平昔已知许晏、许普让产不争之事，又值父老公举他真孝真廉，行过其兄，就把二人申报本郡。郡守和州牧，皆素闻其名，一同举荐。县令亲到其门，下车投谒，手捧玄纁束帛，备陈天子求贤之意。许晏、许普，谦让不已。许武道：『幼学壮行，君子本分之事。吾弟不可固辞。』二人只得应诏，别了哥嫂，乘传到于长安，朝见天子。拜舞已毕，天子金口玉言，问道：『卿是许武之弟乎？』晏、普叩头应诏。天子又道：『闻卿家有孝弟之名。卿之廉让，有过于兄，朕心嘉悦。』晏、普叩头道：『圣运龙兴，辟门访落，此乃帝王盛典。郡县不以臣晏臣普为不肖，有溷圣聪。臣幼失怙恃，承兄武教训，兢兢自守，耕耘诵读之外，别无他长。臣等何能及兄武之万一。』天子闻对，嘉其谦德，即日俱拜为内史。不五年间，皆至九卿之位。居官虽不如乃兄赫赫之名，然满朝称为廉让。忽一日，许武致家书于二弟。二弟拆开看之，书曰：

四夫而膺辟召，仕宦而至九卿，此亦人生之极荣也。二疏有言：『知足不辱，知止不殆。』既无出类拔萃之才，宜急流勇退，以避贤路。

晏、普得书，即日同上疏辞官，天子不许。疏三上，天子问宰相宋均道：『许晏、许普壮年入仕，备位九卿，朕待之不薄，而屡屡求退。何也？』宋均奏道：『晏、普兄弟三人，天性孝友。今许武久居林下，而晏、普并驾天衢，其心或有未安。』天子道：『朕并召许武，使兄弟三人同朝辅政何如？』宋均道：『臣察晏、普之意，出于至诚。陛下不若姑从所请，以遂其高，异日更下诏征之。或访先朝故事，就近与一大郡，以展其未尽之才，因使便道归省，则陛下好贤之诚，与晏、普友爱之义，两得之矣。』天子准奏，即拜许晏为丹阳郡太守，许普为吴郡太守，各赐黄金二十斤，宽假三月，以尽兄弟之情。许晏、许普谢恩辞朝，公卿俱出郭到十里长亭，相饯而别。

晏、普二人星夜回到阳羡，拜见了哥哥，将朝廷所赐黄金，尽数献出。许武道：『这是圣上恩赐，吾何敢当！』教二弟各自收去。次日，许武备下三牲祭礼，率领二弟到父母坟茔，拜奠了毕，随即设宴，遍召里中父老。许氏三兄弟都做了大官，虽然他不以富贵骄人，自然声势赫奕。闻他呼唤，尚不敢不来，况且加个『请』字。那时众父老来得愈加整齐。许武手捧酒卮，亲自劝酒。众人都道：『长文公与二哥、三哥接风之酒，老汉辈安敢僭先！」比时风俗淳厚，乡党序齿，许武出仕已久，还叫一句『长文公』。那两个兄弟又下一辈了，虽是九卿之贵，乡尊故旧，依旧称『哥』。许武道：『下官此席专屈诸乡亲下降，有句肺腑之言奉告。必须满饮三杯，方敢奉闻。』众人被劝，只得吃了。许武教两个兄弟次第把盏，各敬一杯。众人饮罢，齐声道：『老汉辈承贤昆玉厚爱，借花献佛，也要奉敬。』许武等三人亦各饮讫。众人道：『适才长文公所论金玉之言，老汉辈拱听已久，愿得示下。』许武叠两个指头，说将出来。言无数句，使听者毛骨耸然。正是：

斥鷃不知大鹏，河伯不知海若。圣贤一段苦心，庸夫岂能测度。

许武当时未曾开谈，先流下泪来，吓得众人惊惶无措。两个兄弟慌忙跪下，问道：『哥哥何故悲伤？』许武道：『我的心事藏之数年，今日不得不言。』指着晏、普道：『只因为你两个名誉未成，使我作违心之事，冒不韪之名，有玷于祖宗，贻笑于乡里，所以流泪。』遂取出一卷册籍，把与众人观看。原来是田地屋宅，及历年收敛米粟布帛之数。众人还未晓其意。许武又道：『我当初教育两个兄弟，原要他立身行道，扬名显亲。不想我虚名早著，遂先显达。二弟在家，躬耕力学，不得州郡征辟。我欲效古人祁大夫内举不避亲，诚恐不知二弟之学行者，说他因兄而得官，误了终身名节。我故倡为析居之议，将大宅良田，强奴巧婢，悉据为己有。度吾弟素敦爱敬，决不争竞。吾暂冒贪饕之迹，吾弟方有廉让之名。果蒙乡里公评，荣膺征聘。今位列公卿，官常无玷，吾志已遂矣。这些田房奴婢，都是公共之物，吾岂可一人独享！这几年以来，所收米谷布帛，分毫不敢妄用，尽数开载在那册籍上。今日交付二弟，表为兄的向来心迹，也教众乡尊得知。』众父老到此，方知许武先年析产一片苦心。自愧见识低微，不能窥测，齐声称叹不已。只有许晏、许普哭倒在地，道：『做兄弟的蒙哥哥教训成人，侥幸得有今日。谁知哥哥如此用心！是弟辈不肖，不能自致青云之上，有累兄长。今日若非兄长自说，弟辈都在梦中。兄长盛德，从古未有。只是弟辈不肖之罪，万分难赎。这些小家财，原是兄长苦挣来的，合该兄长管业。弟辈衣食自足，不消兄长挂念。』许武道：『做哥的力田有年，颇知生殖。况且宦情已淡，便当老于耰锄，以终天年。二弟年富力强，方司民社，宜资庄产，以终廉节。』晏、普又道：『哥哥为弟辈而自污。弟辈既得名，又欲得利，是天下第一等贪夫了。不惟玷辱了宗祖，亦且玷辱了哥哥。万望哥哥收回册籍，聊减弟辈万一之罪。』

众父老见他兄弟三人交相推让，你不收，我不受，一齐向前劝道：『贤昆玉所言，都则一般道理。长文公若独得了这田产，不见得向来成全两位这一段苦心。两位若径受了，又负了令兄长文公这一段美意。依老汉辈愚见，宜作三股均分，无厚无薄，这才见兄友弟恭，各尽其道。』他三个兀自你推我让。那父老中有前番那几个刚直的，挺身向前，厉声说道：『吾等适才处分，甚得中正之道。若再推逊，便是矫情沽誉了。把这册籍来，待老汉与你分剖。』许武弟兄三人，更不敢多言，只得凭他主张。当时将田产配搭三股分开，各自管业。中间大宅，仍旧许武居住。左右屋宇窄狭，以所在粟帛之数补偿晏、普，他日自行改造。其僮婢亦皆分派。众父老都称为公平。许武等三人施礼作谢，邀入正席饮酒，尽欢而散。许武心中终以前番析产之事为歉，欲将所得良田之半，立为义庄，以赡乡里。许晏、许普闻知，亦各出己产相助。里中人人叹服。又传出几句口号来，道是：

真孝廉，惟许武；谁继之？晏与普。弟不争，兄不取。作义庄，赡乡里。呜呼，孝廉谁可比！

晏、普感兄之义，又将朝廷所赐黄金，大市牛酒，日日邀里中父老与哥哥会饮。如此三月，假期已满，晏、普不忍与哥哥分别，各要纳还官诰。许武再三劝谕，责以大义。二人只得听从，各携妻小赴任。却说里中父老，将许武一门孝弟之事，备细申闻郡县，郡县为之奏闻。圣旨命有司旌表其门，称其里为『孝弟里』。后来三公九卿，交章荐许武德行绝伦，不宜逸之田野。累诏起用，许武只不奉诏。有人问其缘故，许武道：『两弟在朝居位之时，吾曾讽以知足知止。我若今日复出应诏，是自食其言了。况方今朝廷之上，是非相激，势利相倾，恐非缙绅之福，不如躬耕乐道之为愈耳。』人皆服其高见。再说晏、普到任，守其乃兄之教，各以清节自励，大有政声。后闻其兄高致，不肯出仕。弟兄相约，各将印绶纳还，奔回田里，日奉其兄为山水之游，尽老百年而终。许氏子孙昌茂，累代衣冠不绝，至今称为『孝弟许家』云。

后人作歌叹道：

今人兄弟多分产，古人兄弟亦分产。古人分产成弟名，今人分产但罴争。古人自污为孝义，今人自污争微利。孝义名高身并荣，微利相争家共倾。安得尽居孝弟里，却把阋墙人愧死。

年少争夸风月，场中波浪偏多。有钱无貌意难和，有貌无钱不可。就是有钱有貌，还须着意揣摩。知情识趣俏哥哥，此道谁人赛我。

这首词名为「西江月」，是风月机关中撮要之论。常言道：『妓爱俏，妈爱钞。』所以子弟行中，有了潘安般貌，邓通般钱，自然上和下睦，做得烟花寨内的大王，鸳鸯会上的主盟。然虽如此，还有个两字经儿，叫做『帮衬』。帮者，如鞋之有帮；衬者，如衣之有衬。但凡做小娘的，有一分所长，得人衬贴，就当十分。若有短处，曲意替他遮护，更兼低声下气，送暖偷寒，逢其所喜，避其所讳，以情度情，岂有不爱之理。这叫做帮衬。风月场中，只有会帮衬的最讨便宜，无貌而有貌，无钱而有钱。假如郑元和在卑田院做了乞儿，此时囊箧俱空，容颜非旧，李亚仙于雪天遇之，便动了一个恻隐之心，将绣襦包裹，美食供养，与他做了夫妻。这岂是爱他之钱，恋他之貌？只为郑元和识趣知情，善于帮衬，所以亚仙心中舍他不得。你只看亚仙病中，想马板肠汤吃，郑元和就把个五花马杀了，取肠煮汤奉之。只这一节上，亚仙如何不念其情。后来郑元和中了状元，李亚仙封做汧国夫人。《莲花落》打出万年策，卑田院变做了白玉楼。一床锦被遮盖，风月场中反为美谈。这是：

运退黄金失色，时来铁也生光。

话说大宋自太祖开基，太宗嗣位，历传真、仁、英、神、哲，共是七代帝王，都则偃武修文，民安国泰。到了徽宗道君皇帝，信任蔡京、高俅、杨戬、朱勔之徒，大兴苑囿，专务游乐，不以朝政为事。以致万民嗟怨，金虏乘之而起。把花锦般一个世界，弄得七零八落。直至二帝蒙尘，高宗泥马渡江，偏安一隅，天下分为南北，方得休息。其中数十年，百姓受了多少苦楚。正是：

甲马丛中立命，刀枪队里为家。杀戮如同戏耍，抢夺便是生涯。

内中单表一人，乃汴梁城外安乐村居住，姓莘，名善，浑家阮氏。夫妻两口，开个六陈铺儿。虽则粜米为生，一应麦豆、茶酒、油盐、杂货，无所不备，家道颇颇得过。年过四旬，只生一女，小名叫做瑶琴。自小生得清秀，更且资性聪明。七岁上，送在村学中读书，日诵千言。十岁时，便能吟诗作赋。曾有《闺情》一绝，为人传诵。诗云：

朱帘寂寂下金钩，香鸭沉沉冷画楼。移枕怕惊鸳并宿，挑灯偏惜蕊双头。

到十二岁，琴棋书画，无所不通。若题起女工一事，飞针走线，出人意表。此乃天生伶俐，非教习之所能也。莘善因为自家无子，要寻个养女婿，来家靠老。只因女儿灵巧多能，难乎其配，所以求亲者颇多，都不曾许。不幸遇了金虏猖獗，把汴梁城围困。四方勤王之师虽多，宰相主了和议，不许厮杀。以致虏势愈甚，打破了京城，劫迁了二帝。那时城外百姓，一个个亡魂丧胆，携老扶幼，弃家逃命。

却说莘善领着浑家阮氏，和十二岁的女儿，同一般逃难的，背着包裹，结队而走。

忙忙如丧家之犬，急急如漏网之鱼。担渴担饥担劳苦，此行谁是家乡；叫天叫地叫祖宗，惟愿不逢鞑虏。正是：

宁为太平犬，莫作乱离人！

正行之间，谁想鞑子到不曾遇见，却逢着一阵败残的官兵。他看见许多逃难的百姓，多背得有包裹，假意呐喊道：『鞑子来了！』沿路放起一把火来。此时天色将晚，吓得众百姓落荒乱窜，你我不相顾。他就乘机抢掠，若不肯与他，就杀害了。这是乱中生乱，苦上加苦。却说莘氏瑶琴，被乱军冲突，跌了一跤，爬起来，不见了爹娘。不敢叫唤，躲在道旁古墓之中，过了一夜。到天明出外看时，但见满目风沙，死尸横路。昨日同时避难之人，都不知所往。瑶琴思念父母，痛哭不已。欲待寻访，又不认得路径。只得望南而行，哭一步，捱一步。约莫走了二里之程，心上又苦，腹中又饥。望见土房一所，想必其中有人。欲待求乞些汤饮。及至向前，却是破败的空屋，人口俱逃难去了。瑶琴坐于土墙之下，哀哀而哭。自古道：无巧不成话。恰好有一人从墙下而过。那人姓卜，名乔，正是莘善的近邻，平昔是个游手游食，不守本分，惯吃白食，用白钱的主儿，人都称他是卜大郎。也是被官军冲散了同伙，今日独自而行。听得啼哭之声，慌忙来看。瑶琴自小相认，今日患难之际，举目无亲，见了近邻，分明见了亲人一般，即忙收泪，起身相见。问道：『卜大叔，可曾见我爹妈么？』卜乔心中暗想：『昨日被官军抢去包裹，正没盘缠。天生这碗衣饭送来与我，正是奇货可居。』便扯个谎道：『你爹和妈寻你不见，好生痛苦。如今前面去了，吩咐我道：「倘或见我女儿，千万带了他来，送还了我。」许我厚谢。』瑶琴虽是聪明，正当无可奈何之际，君子可欺以其方，遂全然不疑，随着卜乔便走。正是：

情知不是伴，事急且相随。

卜乔将随身带的干粮，把些与他吃了。吩咐道：『你爹妈连夜走的，若路上不能相遇，直要过江到建康府，方可相会。一路上同行，我权把你当女儿，你权叫我做爹。不然，只道我收留迷失子女，不当稳便。』瑶琴依允。从此陆路同步，水路同舟，爹女相称。到了建康府，路上又闻得金兀术四太子，引兵渡江，眼见得建康不得宁息。又闻得康王即位，已在杭州驻跸，改名临安。遂乘船到润州，过了苏、常、嘉、湖，直到临安地面，暂且饭店中居住。也亏卜乔，自汴京至临安，三千余里，带那莘瑶琴下来。身边藏下些散碎银两，都用尽了，连身上外盖衣服，脱下准了店钱，止剩得莘瑶琴一件活货，欲行出脱。访得西湖上烟花王九妈家要讨养女，遂引九妈到店中，看货还钱。九妈见瑶琴生得标致，讲了财礼五十两。卜乔兑足了银子，将瑶琴送到王家。原来卜乔有智，在王九妈前只说：『瑶琴是我亲生之女，不幸到你门户人家，须是款款的教训，他自然从顺，不要性急。』在瑶琴面前又只说：『九妈是我至亲，权时把你寄顿他家。待我从容访知你爹妈下落，再来领你。』以此，瑶琴欣然而去。

可怜绝世聪明女，堕落烟花罗网中。

王九妈新讨了瑶琴，将他浑身衣服换个新鲜，藏于曲楼深处。终日好茶好饭去将息他，好言好语去温暖他。瑶琴既来之，则安之。住了几日，不见卜乔回信。思量爹妈，噙着两行珠泪，问九妈道：『卜大叔怎不来看我？』九妈道：『哪个卜大叔？』瑶琴道：『便是引我到你家的那个卜大郎。』九妈道：『他说是你的亲爹。』瑶琴道：『他姓卜，我姓莘。』遂把汴梁逃难，失散了爹妈，中途遇见了卜乔，引到临安，并卜乔哄他的说话，细述一遍。九妈道：『原来恁地，你是个孤身女儿，无脚蟹。我索性与你说明罢：那姓卜的把你卖在我家，得银五十两去了。我们是门户人家，靠着粉头过活。家中虽有三四个养女，并没个出色的。爱你生得齐整，把做个亲女儿相待。待你长成之时，包你穿好吃好，一生受用。』瑶琴听说，方知被卜乔所骗，放声大哭。九妈劝解，良久方止。自此九妈将瑶琴改做王美，一家都称为美娘，教他吹弹歌舞，无不尽善。长成一十四岁，娇艳非常。临安城中这些富豪公子，慕其容貌，都备着厚礼求见。也有爱清标的，闻得他写作俱高，求诗求字的，日不离门。弄出天大的名声出来，不叫他美娘，叫他做花魁娘子。西湖上子弟编出一只《挂枝儿》，单道那花魁娘子的好处：

小娘中，谁似得王美儿的标致，又会写，又会画，又会做诗，吹弹歌舞都余事。常把西湖比西子，就是西子比他，也还不如！哪个有福的汤着他身儿，也情愿一个死。

只因王美有了个盛名，十四岁上就有人来讲梳弄，一来王美不肯，二来王九妈把女儿做金子看成。见他心中不允，分明奉了一道圣旨，并不敢违拗。又过了一年，王美年方十五。原来门户中梳弄，也有个规矩。十三岁太早，谓之试花。皆因鸨儿爱财，不顾痛苦。那子弟也只博个虚名，不得十分畅快取乐。十四岁谓之开花，此时天癸已至，男施女受，也算当时了。到十五岁谓之摘花。在平常人家还算年小，惟有门户人家以为过时。王美此时未曾梳弄，西湖上子弟又编出一只《挂枝儿》来：

王美儿，似木瓜，空好看，十五岁，还不曾与人汤一汤。有名无实成何干？便不是石女，也是二行子的娘。若还有个好好的羞羞也，如何熬得这些时痒！

王九妈听得这些风声，怕坏了门面，来劝女儿接客。王美执意不肯，说道：『要我会客时，除非见了亲生爹妈。他肯做主时，方才使得。』王九妈心里又恼他，又不舍得难为他。捱了好些时，偶然有个金二员外，大富之家，情愿出三百两银子，梳弄美娘。九妈得了这主大财，心生一计，与金二员外商议，若要他成就，除非如此如此。金二员外意会了。其日八月十五日，只说请王美湖上看潮。请至舟中，三四个帮闲，俱是会中之人，猜拳行令，做好做歉，将美娘灌得烂醉如泥。扶到王九妈家楼中，卧于床上，不省人事。此时天气和暖，又没几层衣服。妈儿亲手抱住，欲待挣扎，怎奈手足俱软，由他轻薄了一回。

五鼓时，美娘酒醒，已知鸨儿用计，破了身子。自怜红颜命薄，遭此强横，起来解手，穿了衣服，自在床边一个斑竹榻上，朝着里壁睡了，暗暗垂泪。金二员外来亲近他时，被他劈头劈脸，抓有几个血痕。金二员外好生没趣，捱得天明，对妈儿说声：『我去也。』妈儿要留他时，已自出门去了。从来梳弄的子弟，早起时妈儿进房贺喜，行户中都来称庆，还要吃几日喜酒。那子弟多则住一二月，最少也住半月二十日。只有金二员外侵早出门，是从来未有之事。王九妈连叫诧异，披衣起身上楼，只见美娘卧于榻上，满眼流泪。九妈要哄他上行，连声招许多不是。美娘只不开口，九妈只得下楼去了。美娘哭了一日，茶饭不沾。从此托病，不肯下楼，连客也不肯会面了。九妈心下焦躁，欲待把他凌虐，又恐他烈性不从，反冷了他的心肠，欲待由他，本是要他赚钱，若不接客时，就养到一百岁也没用。踌躇数日，无计可施。忽然想起有个结义妹子，叫做刘四妈，时常往来。他能言快语，与美娘甚说得着。何不接取他来，下个说词。若得他回心转意，大大的烧个利市。当下叫保儿去请刘四妈到前楼坐下，诉以衷情。刘四妈道：『老身是个女随何，雌陆贾，说得罗汉思情，嫦娥想嫁。这件事都在老身身上。』

九妈道：『若得如此，做姐的情愿与你磕头。你多吃杯茶去，免得说话时口干。』刘四妈道：『老身天生这副海口，便说到明日，还不干哩。』

刘四妈吃了几杯茶，转到后楼，只见楼门紧闭。刘四妈轻轻的叩了一下，叫声：『侄女！』美娘听得是四妈声音，便来开门。两下相见了，四妈靠桌朝下而坐，美娘旁坐相陪。四妈看他桌上铺着一幅细绢，才画得个美人的脸儿，还未曾着色。四妈称赞道：『画得好！真是巧手！九阿姐不知怎生样造化，偏生遇着你这一个伶俐女儿。又好人物，又好技艺，就是堆上几千两黄金，满临安走遍，可寻出个对儿么？』美娘道：『休得见笑！今日甚风吹得姨娘到来？』刘四妈道：『老身时常要来看你，只为家务在身，不得空闲。闻得你恭喜梳弄了，今日偷空而来，特特与九阿姐叫喜。』美儿听得提起『梳弄』二字，满脸通红，低着头不来答应。刘四妈知他害羞，便把椅儿掇上一步，将美娘的手儿牵着，叫声：『我儿！做小娘的，不是个软壳鸡蛋，怎的这般嫩得紧？似你恁地怕羞，如何赚得大主银子？』美娘道：『我要银子做甚？』四妈道：『我儿，你便不要银子，做娘的看得你长大成人，难道不要出本？自古道：靠山吃山，靠水吃水。九阿姐家有几个粉头，哪一个赶得上你的脚跟来？一园瓜，只看得你是个瓜种。九阿姐待你也不比其他。你是聪明伶俐的人，也须识些轻重。闻得你自梳弄之后，一个客也不肯相接。是什么意儿？都像你的意时，一家人口似蚕一般，哪个把桑叶喂他？做娘的抬举你一分，你也要与他争口气儿，莫要反讨众丫头们批点。』美娘道：『由他批点，怕怎的！』刘四妈道：『阿呀！批点是个小事，你可晓得门户中的行径么？』美娘道：『行径便怎的？』刘四妈道：『我们门户人家吃着女儿，穿着女儿，用着女儿，侥幸讨得一个像样的，分明是大户人家置了一所良田美产。年纪小时，巴不得风吹得大。到得梳弄过后，便是田产成熟，日日指望花利到手受用。前门迎新，后门送旧，张郎送米，李郎送柴，往来热闹，才是个出名的姊妹行家。』美娘道：『羞答答，我不做这样事！』刘四妈掩着口，格的笑了一声道：『不做这样事，可是由得你的？一家之中，有妈妈做主。做小娘的若不依他教训，动不动一顿皮鞭，打得你不生不死。那时不怕你不走他的路儿。九阿姐一向不难为你，只可惜你聪明标致，从小娇养的，要惜你的廉耻，存你的体面。方才告诉我许多话，说你不识好歹，放着鹅毛不知轻，顶着磨子不知重，心下好生不悦。教老身来劝你，你若执意不从，惹他性起，一时翻过脸来，骂一顿，打一顿，你待走上天去！凡事只怕个起头。若打破了头时，朝一顿，暮一顿，那时熬这些痛苦不过，只得接客。却不把千金声价弄得低微了，还要被姊妹中笑话。依我说，吊桶已自落在他井里，挣不起了。不如千欢万喜，倒在娘的怀里，落得自己快活。』美娘道：『奴是好人家儿女，误落风尘。倘得姨娘主张从良，胜造九级浮屠。若要我倚门献笑，送旧迎新，宁甘一死，决不情愿。』刘四妈道：『我儿，从良是个有志气的事，怎么说道不该！只是从良也有几等不同。』美娘道：『从良有甚不同之处？』刘四妈道『有个真从良，有个假从良；有个苦从良，有个乐从良；有个趁好的从良，有个没奈何的从良；有个了从良，有个不了的从良。我儿耐心听我分说。如何叫做真从良？大凡才子必须佳人，佳人必须才子，方成佳配。然而好事多磨，往往求之不得。幸然两下相逢，你贪我爱，割舍不下。一个愿讨，一个愿嫁。好像捉对的蚕蛾，死也不放。这个谓之真从良。怎么叫做假从良？有等子弟爱着小娘，小娘却不爱那子弟。本心不愿嫁他，只把个嫁字儿哄他心热，撒漫使钱。比及成交，却又推故不就。又有一等痴心子弟，明晓得小娘心肠不对他，偏要娶他回去。拼着一主大钱，动了妈儿的火，不怕小娘不肯。勉强进门，心中不顺，故意不守家规。小则撒泼放肆，大则公然偷汉。人家容留不得，多则一年，少则半载，依旧放他出来，为娼接客。把「从良」二字，只当个撰钱的题目。这个谓之假从良。如何叫做苦从良？一般样子弟爱小娘，小娘不爱那子弟，却被他以势凌之。妈儿惧祸，已自许了。做小娘的身不由主，含泪而行。一入侯门，如海之深，家法又严，抬头不得。半妾半婢，忍死度日。这个谓之苦从良。如何叫做乐从良？做小娘的，正当择人之际，偶然相交个子弟。见他情性温和，家道富足，又且大娘子乐善，无男无女，指望他日过门，与他生育，就有主母之分。以此嫁他，图个日前安逸，日后出身。这个谓之乐从良。如何叫做趁好的从良？做小娘的风花雪月，受用已够，趁这盛名之下，求之者众，任我拣择个十分满意的嫁他，急流勇退，及早回头，不致受人怠慢。这个谓之趁好的从良。如何叫做没奈何的从良？做小娘的原无从良之意，或因官司逼迫，或因强横欺瞒，又或因债负太多，将来赔偿不起，别口气，不论好歹，得嫁便嫁，买静求安，藏身之法。这谓之没奈何的从良。如何叫做了从良？小娘半老之际，风波历尽，刚好遇个老成的孤老，两下志同道合，收绳卷索，白头到老。这个谓之了从良。如何叫做不了的从良？一般你贪我爱，火热的跟他，却是一时之兴，没有个长算。或者尊长不容，或者大娘妒忌，闹了几场，发回妈家，追取原价。又有个家道凋零，养他不活，苦守不过，依旧出来赶趁。这谓之不了的从良。」美娘道：「如今奴家要从良，还是怎地好？」刘四妈道：「我儿，老身教你个万全之策。」美娘道：「若蒙教导，死不忘恩。」刘四妈道：「从良一事，入门为净。况且你身子已被人捉弄过了，就是今夜嫁人，叫不得个黄花女儿。千错万错，不该落于此地，这就是你命中所招了。做娘的费了一片心机，若不帮他几年，趁过千把银子，怎肯放你出门？还有一件，你便要从良，也须拣个好主儿。这些臭嘴臭脸的，难道就跟他不成？你如今一个客也不接，晓得哪个该从，哪个不该从？假如你执意不肯接客，做娘的没奈何，寻个肯出钱的主儿，卖你去做妾，这也叫做从良。那主儿或是年老的，或是貌丑的，或是一字不识的村牛，你却不肮脏了一世！比着把你料在水里，还有扑通的一声响，讨得旁人叫一声可惜。依着老身愚见，还是俯从人愿，凭着做娘的接客。似你恁般才貌，等闲的料也不敢相扳。无非是王孙公子，贵客豪门，也不辱没了你。一来风花雪月，趁着年少受用，二来作成妈儿起个家事，三来你自己也积攒些私房，免得日后求人。过了十年五载，遇个知心着意的，说得来，话得着，那时老身与你做媒，好模好样的嫁去，做娘的也放得你下了。可不两得其便？」美娘听说，微笑而不言。刘四妈已知美娘心中活动了，便道：「老身句句是好话。你依着老身的话时，后来还要感激我哩。」说罢起身。王九妈伏于楼门之外，一句句都听得的。美娘送刘四妈出房，劈面撞着了九妈，满面羞惭，缩身进去。王九妈随着刘四妈，再到前楼坐下。刘四妈道：「侄女十分执意，被老身右说左说，一块硬铁看看熔做热汁。你如今快快寻个覆帐的主儿，他必然肯就。那时做妹子的再来贺喜。」王九妈连连称谢。是日备饭相待，尽醉而别。后来西湖上子弟们又有《挂枝儿》，单说那刘四妈说词一节：

刘四妈，你的嘴舌儿好不利害！便是女随何，雌陆贾，不信有这大才！说着长，道着短，全没些破败。就是醉梦中，被你说得醒；就是聪明的，被你说得呆。好个烈性的姑姑，也被你说得他心地改。

再说王美娘才听了刘四妈一席话儿，思之有理。以后有客求见，欣然相接。覆帐之后，宾客如市。捱三顶五，不得空闲，声价愈重。每一晚白银十两，兀自你争我夺。王九妈趁了若干钱钞，欢喜无限。美娘也留心，要拣个心满意足的，急切难得。正是：

易求无价宝，难得有情郎。

话分两头。再说临安城清波门里，有个开油店的朱十老，三年前过继一个小厮，也是汴京逃难来的，姓秦名重。母亲早丧，父亲秦良，十三岁上将他卖了，自己在上天竺去做香火。朱十老因年老无嗣，又新死了妈妈，把秦重做亲子看成，改名朱重，在店中学做卖油生理。初时父子坐店甚好。后因十老得了腰痛的病，十眠九坐，劳碌不得，别招个伙计，叫做邢权，在店相帮。光阴似箭，不觉四年有余。朱重长成一十七岁，生得一表人才，虽然已冠，尚未娶妻。那朱十老家有个使女，叫做兰花，年已二十之外，有心看上了朱小官人，几遍的倒下钩子去勾搭他。谁知朱重是个老实人，又且兰花龌龊丑陋，朱重也看不上眼。以此落花有意，流水无情。那兰花见勾搭朱小官人不上，别寻主顾，就去勾搭那伙计邢权。邢权是望四之人，没有老婆，一拍就上。两个暗地偷情，不止一次。反怪朱小官人碍眼，思量寻事赶他出门。邢权与兰花两个里应外合，使心设计。兰花便在朱十老面前，假意撇清说：『小官人几番调戏，好不老实！』朱十老平时与兰花也有一手，未免有拈酸之意。邢权又将店中卖下的银子藏过，在朱十老面前说道：『朱小官在外赌博，不长进，柜里银子几次短少，都是他偷去了。』初次朱十老还不信，接连几次，朱十老年老糊涂，没有主意，就唤朱重过来，责骂了一场。

朱重是个聪明的孩子，已知邢权与兰花的计较，欲待分辨，惹起是非不小。万一老者不听，枉做恶人。心生一计，对朱十老说道：『店中生意淡薄，不消得二人。如今让邢主管坐店，孩儿情愿挑担子出去卖油。卖得多少，每日纳还，可不是两重生意？』朱十老心下也有许可之意。又被邢权说道：『他不是要挑担出去，几年上偷银子做私房，身边积攒有余了。又怪你不与他定亲，心下怨怅，不愿在此相帮，要讨个出场，自去娶老婆，做人家哩。』朱十老叹口气道：『我把他做亲儿看成，他却如此歹意。皇天不佑！罢，罢，不是自身骨血，到底粘连不上，由他去罢！』遂将三两银子把与朱重，打发出门，寒夏衣服和被窝都教他拿去。这也是朱十老好处。朱重料他不肯收留，拜了四拜，大哭而别。正是：

孝己杀身因谤语，申生丧命为谗言。亲生儿子犹如此，何怪螟蛉受枉冤。

原来秦良上天竺做香火，不曾对儿子说知。朱重出了朱十老之门，在众安桥下赁了一间小小房儿，放下被窝等件，买巨锁儿锁了门，便往长街短巷，访求父亲。连走几日，全没消息。没奈何，只得放下。在朱十老家四年，赤心忠良，并无一毫私蓄。只有临行时打发这三两银子，不勾本钱，做什么生意好？左思右量，只有油行买卖是熟闲。这些油坊多曾与他识熟，还去挑个卖油担子，是个稳足的道路。当下置办了油担家伙，剩下的银两，都交付与油坊取油。那油坊里认得朱小官是个老实好人，况且小小年纪，当初坐店，今朝挑担上街，都因邢伙计挑拨他出来，心中甚是不平。有心扶持他，只拣窨清的上好净油与他，签子上又明让他些。朱重得了这些便宜，自己转卖与人，也放些宽，所以他的油比别人分外容易出脱。每日尽有些利息，又且俭吃俭用，积下东西来，置办些日用家业，及身上衣服之类，并无妄废。心中只有一件事未了，牵挂着父亲，思想：『向来叫做朱重，谁知我是姓秦！倘或父亲来寻访之时，也没有个因由。』遂复姓为秦。说话的，假如上一等人有前程的，要复本姓，或具札子奏过朝廷，或关白礼部、太学、国学等衙门，将册籍改正，众所共知。一个卖油的，复姓之时，谁人晓得？他有个道理，把盛油的桶儿，一面大大写个『秦』字，一面写『汴梁』二字，将油桶做个标识，使人一览而知。以此临安市上，晓得他本姓，都呼他为『秦卖油』。时值二月天气，不暖不寒，秦重闻知昭庆寺僧人，要起个九昼夜功德，用油必多，遂挑了油担来寺中卖油。那些和尚们也闻知秦卖油之名，他的油比别人又好又贱，单单作成他。所以一连这九日，秦重只在昭庆寺走动。正是：

刻薄不赚钱，忠厚不折本。

这一日是第九日了，秦重在寺出脱了油，挑了空担出寺。其日天气晴明，游人如蚁。秦重绕河而行，遥望十景塘桃红柳绿，湖内画船箫鼓，往来游玩，观之不足，玩之有余。走了一回，身子困倦，转到昭庆寺右边，望个宽处，将担子放下，坐在一块石上歇脚。近侧有个人家，面湖而住，金漆篱门，里面朱栏内一丛细竹。未知堂室何如，先见门庭清整。只见里面三四个戴巾的从内而出，一个女娘后面相送。到了门首，两下把手一拱，说声『请了』，那女娘竟进去了。秦重定睛观之，此女容颜娇丽，体态轻盈，目所未睹，准准的呆了半晌，身子都酥麻了。他原是个老实小官，不知有烟花行径，心中疑惑，正不知是什么人家。方在疑思之际，只见门内又走出个中年的妈妈，同着一个垂髫的丫鬟，倚门闲看。那妈妈一眼瞧着油担，便道：『阿呀！方才要去买油，正好有油担子在这里，何不与他买些？』那丫鬟取了油瓶出来，走到油担子边，叫声：『卖油的！』秦重方才知觉，回言道：『没有油了。妈妈要用油时，明日送来。』那丫鬟也识得几个字，看见油桶上写个『秦』字，就对妈妈道：『卖油的姓秦。』妈妈也听得人闲讲，有个秦卖油，做生意甚是忠厚。遂吩咐秦重道：『我家每日要油用，你肯挑来时，与你做个主顾。』秦重道：『承妈妈作成，不敢有误。』那妈妈与丫鬟进去了。秦重心中想道：『这妈妈不知是那女娘的什么人？我每日到他家卖油，莫说赚他利息，图个饱看那女娘一回，也是前生福分。』正欲挑担起身，只见两个轿夫，抬着一顶青绢幔的轿子，后边跟着两个小厮，飞也似跑来。到了其家门首，歇下轿子，那小厮走进里面去了。秦重道：『却又作怪！看他接什么人？』少顷之间，只见两个丫鬟，一个捧着猩红的毡包，一个拿着湘妃竹攒花的拜匣，都交付与轿夫，放在轿座之下。那两个小厮手中，一个抱着琴囊，一个捧着几个手卷，腕上挂碧玉箫一枝，跟着起初的女娘出来。女娘上了轿，轿夫抬起，望旧路而去，丫鬟、小厮俱随轿步行。秦重又得亲炙一番，心中愈加疑惑。挑了油担子，洋洋的去。

不过几步，只见临河有一酒馆。秦重每常不吃酒，今日见了这女娘，心下又欢喜，又气闷。将担子放下，走进酒馆，拣个小座头坐了。酒保问道：『客人还是请客，还是独酌？』秦重道：『有上好的酒，拿来独饮三杯。时新果子一两碟，不用荤菜。』酒保斟酒时，秦重问道：『那边金漆篱门内，是什么人家？』酒保道：『这是齐衙内的花园，如今王九妈住下。』秦重道：『方才看见有个小娘子上轿，是什么人？』酒保道：『这是有名的粉头，叫做王美娘，人都称为花魁娘子。他原是汴京人，流落在此。吹弹歌舞，琴棋书画，件件皆精。来往的都是大头儿，要十两放光，才宿一夜哩。可知小可的也近他不得。当初住在涌金门外，因楼房狭窄，齐舍人与他相厚，半载之前，把这花园借与他住。』秦重听得说是汴京人，触了个乡里之念，心中更有一倍光景。吃了数杯，还了酒钱，挑了担子，一路走，一路的肚中打稿道：『世间有这样美貌的女子，落于娼家，岂不可惜！』又自家暗笑道：『若不落于娼家，我卖油的怎生得见。』又想一回，越发痴起来了，道：『人生一世，草生一秋。若得这等美人搂抱了睡一夜，死也甘心。』又想一回道：『呸！我终日挑这油担子，不过日进分文，怎么想这等非分之事！正是癞蛤蟆在阴沟里，想着天鹅肉吃，如何到口！』又想一回道：『他相交的都是公子王孙，我卖油的纵有了银子，料他也不肯接我。』又想一回道：『我闻得做老鸨的，专要钱钞。就是个乞儿，有了银子，他也就肯接了，何况我做生意的，青青白白之人。若有了银子，怕他不接！只是哪里来这几两银子？』一路上胡思乱想，自言自语。你道天地间有这等痴人，一个做小经纪的，本钱只有三两，却要把十两银子去嫖那名妓，可不是个春梦！自古道：有志者事竟成。被他千思万想，想出一个计策来。他道：『从明日为始，逐日将本钱扣出，余下的积攒上去。一日积得一分，一年也有三两六钱之数。只消三年，这事便成了。若一日积得二分，只消得年半。若再多得些，一年也差不多了。』想来想去，不觉走到家里，开锁进门。只因一路上想着许多闲事，回来看了自家的床铺，惨然无欢，连夜饭也不要吃，便上了床。这一夜翻来覆去，牵挂着美人，哪里睡得着。

只因月貌花容，引起心猿意马。

捱到天明，爬起来就装了油担，煮早饭吃了，锁了门，挑着担子，一径走到王九妈家去。进了门，却不敢直入，舒着头往里面张望。王九妈恰才起床，还蓬着头，正吩咐保儿买饭菜。秦重认得声音，叫声：『王妈妈。』九妈往外一张，见是秦卖油，笑道：『好忠厚人！果然不失信。』便叫他挑担进来，称了一瓶，约有五斤多重，公道还钱，秦重并不争论。王九妈甚是欢喜，道：『这瓶油，只勾我家两日用。但隔一日，你便送来，我不往别处去买了。』秦重应诺，挑担而出，只恨不曾遇见花魁娘子。『且喜扳下主顾，少不得一次不见二次见，二次不见三次见。只是一件，特为王九妈一家挑这许多路来，不是做生意的勾当。这昭庆寺是顺路，今日寺中虽然不做功德，难道寻常不用油的？我且挑担去问他。若扳得各房头做个主顾，只消走钱塘门这一路，那一担油尽勾出脱了。』秦重挑担到寺内问时，原来各房和尚也正想着秦卖油，来得正好，多少不等，各各买他的油。秦重与各房约定，也是间一日便送油来用。这一日是个双日。自此日为始，但是单日，秦重别街道上做买卖；但是双日，就走钱塘门这一路。一出钱塘门，先到王九妈家里，以卖油为名，去看花魁娘子。有一日会见，也有一日不会见。不见时，费了一场思想，便见时，也只添了一层思想。正是：

天长地久有时尽，此恨此情无尽期。

再说秦重到了王九妈家多次，家中大大小小，没一个不认得是秦卖油。时光迅速，不觉一年有余。日大日小，只拣足色细丝，或积三分，或积二分，再少也积下一分。凑得几钱，又打换大块头。日积月累，有了一大包银子，零星凑集，连自己也不知多少。其日是单日，又值大雨，秦重不出去做买卖。看了这一大包银子，心中也自喜欢。『趁今日空闲，我把他上一上天平，见个数目。』打个油伞，走到对门倾银铺里，借天平兑银。那银匠好不轻薄，想着：『卖油的多少银子，要架天平？只把个五两头等子与他，还怕用不着头纽哩！』秦重把银子包解开，都是散碎银两。大凡成锭的见少，散碎的就见多。银匠是小辈，眼孔极浅，见了许多银子，别是一番面目，想道：『人不可貌相，海水不可斗量。』慌忙架起天平，搬出若大若小许多法码。秦重尽包而兑，一厘不多，一厘不少，刚刚一十六两之数，上秤便是一斤。秦重心下想道：『除去了三两本钱，余下的做一夜花柳之费，还是有余。』又想道：『这样散碎银子，怎好出手！拿出来也被人看低了。见成倾银店中方便，何不倾成锭儿，还觉冠冕。」当下兑足十两，倾成一个足色大锭，再把一两八钱，倾成水丝一小锭。剩下四两二钱之数，拈一小块，还了火钱。又将几钱银子，置下镶鞋净袜，新褶了一顶万字头巾。回到家中，把衣服浆洗得干干净净，买几根安息香，薰了又薰。拣个晴明好日，清早打扮起来。

虽非富贵豪华客，也是风流好后生。

秦重打扮得齐齐整整，取银两藏于袖中，把房门锁了，一径望王九妈家而来。那一时好不高兴。及至到了门首，愧心复萌，想道：『时常挑了担子在他家卖油，今日忽地去做嫖客，如何开口！』正在踌躇之际，只听得呀的一声门响，王九妈走将出来。见了秦重，便道：『秦小官今日怎的不做生意，打扮得恁般齐楚，往哪里去贵干？』事到其间，秦重只得老着脸，上前作揖。妈妈也不免还礼。秦重道：『小可并无别事，专来拜望妈妈。』那鸨儿是老积年，见貌辨色，见秦重恁般装束，又说拜望，『一定是看上了我家哪个丫头，要嫖一夜，或是会一个房。虽然不是个大势主菩萨，搭在篮里便是菜，捉在篮里便是蟹，赚他钱把银子买葱菜也是好的。』便满脸堆下笑来道：『秦小官拜望老身，必有好处。』秦重道：『小可有句不识进退的言语，只是不好启齿。』王九妈道：『但说何妨。且请到里面客坐里细讲。』秦重为卖油虽曾到王家整百次，这客坐里交椅，还不曾与他屁股做个相识，今日是个会面之始。王九妈到了客坐，不免分宾而坐，对着内里唤茶。少顷，丫鬟托出茶来看时，却是秦卖油，正不知什么缘故，妈妈恁般相待，格格低了头只管笑。王九妈看见，喝道：『有甚好笑！对客全没些规矩！』丫鬟止住笑，收了茶杯自去。王九妈方才开言问道：『秦小官有甚话要对老身说？』秦重道：『没有别话，要在妈妈宅上请一位姐姐吃杯酒儿。』九妈道：『难道吃寡酒，一定要嫖了。你是个老实人，几时动这风流之兴？』秦重道：『小可的积诚，也非止一日。』九妈道：『我家这几个姐姐，都是你认得的。不知你中意哪一位？』秦重道：『别个都不要，单单要与花魁娘子相处一宵。』九妈只道取笑他，就变了脸道：『你出言无度！莫非奚落老娘么？』秦重道：『小可是个老实人，岂有虚情。』九妈道：『粪桶也有两个耳朵，你岂不晓得我家美儿的身价！倒了你卖油的灶，还不勾半夜歇钱哩。不如将就拣一个适兴罢。』秦重把颈一缩，舌头一伸，道：『恁的好卖弄！不敢动问，你家花魁娘子一夜歇钱要几千两？』九妈见他说要话，却又回嗔作喜，带笑而言道：『哪要许多，只要得十两敲丝。其他东道杂费，不在其内。』秦重道：『原来如此，不为大事。』袖中摸出这秃秃里一大锭放光细丝银子，递与鸨儿道：『这一锭十两重，足色足数，请妈妈收着。』又摸出一小锭来，也递与鸨儿，又道：『这一小锭，重有二两，相烦备个小东。望妈妈成就小可这件好事，生死不忘，日后再有孝顺。』九妈见了这锭大银，已自不忍释手，又恐怕他一时高兴，日后没了本钱，心中懊悔，也要尽他一句才好。便道：『这十两银子，你做经纪的人，积攒不易，还要三思而行。』秦重道：『小可主意已定，不要你老人家费心。』

九妈把这两锭银子收于袖中，道：『是便是了。还有许多烦难哩。』秦重道：『妈妈是一家之主，有甚烦难？』九妈道：『我家美儿，往来的都是王孙公子，富室豪家，真个是「谈笑有鸿儒，往来无白丁」。他岂不认得你是做经纪的秦小官，如何肯接你？』秦重道：『但凭妈妈怎的委曲宛转，成全其事，大恩不敢有忘！』九妈见他十分坚心，眉头一皱，计上心来，扯开笑口道：『老身已替你排下计策，只看你缘法如何。做得成不要喜，做不成不要怪。美儿昨日在李学士家陪酒，还未曾回。今日是黄衙内约下游湖。明日是张山人一班清客，邀他做诗社。后日是韩尚书的公子，数日前送下东道在这里。你且到大后日来看。还有句话，这几日你且不要来我家卖油，预先留下个体面。又有句话，你穿着一身的布衣布裳，不像个上等嫖客。再来时换件绸缎衣服，教这些丫头们认不出你是秦小官。老娘也好与你装谎。』秦重道：『小可一一理会得。』说罢，作别出门，且歇这三日生理，不去卖油，到典铺里买了一件见成半新不旧的绸衣，穿在身上，到街坊闲走，演习斯文模样。正是：

未识花院行藏，先习孔门规矩。

丢过那三日不题。到第四日，起个清早，便到王九妈家去。去得太早，门还未开，意欲转一转再来。这番装扮希奇，不敢到昭庆寺去，恐怕和尚们批点，且到十景塘散步。良久又踅转来，王九妈家门已开了。那门前却安顿得有轿马，门内有许多仆从，在那里闲坐。秦重虽然老实，心下到也乖巧，且不进门，悄悄的招那马夫问道：『这轿马是谁家的？』马夫道：『韩府里来接公子的。』秦重已知韩公子夜来留宿，此时还未曾别。重复转身，到一个饭店之中，吃了些见成茶饭，又坐了一回，方才到王家探信，只见门前轿马已自去了。进得门时，王九妈迎着，便道：『老身得罪，今日又不得工夫了，恰才韩公子拉去东庄赏早梅。他是个长嫖，老身不好违拗。闻得说，来日还要到灵隐寺，访个棋师赌棋哩。齐衙内又来约过两三次了。这是我家房主，又是辞不得的。他来时，或三日五日的住了去，连老身也定不得个日子。秦小官，你真个要嫖，只索耐心再等几日。不然，前日的尊赐，分毫不动，要便奉还。』秦重道：『只怕妈妈不作成。若还迟，终无失，就是一万年，小可也情愿等着。』九妈道：『恁地时，老身便好主张。』秦重作别，方欲起身，九妈又道：『秦小官人，老身还有句话。你下次若来讨信，不要早了。约莫申牌时分，有客没客，老身把个实信与你。倒是越晏些越好，这是老身的妙用，你休错怪。』秦重连声道：『不敢，不敢！』这一日秦重不曾做买卖。次日整理油担，挑往别处去生理，不走钱塘门一路。每日生意做完，傍晚时分就打扮齐整，到王九妈家探信，只是不得工夫。又空走了一月有余。

那一日是十二月十五，大雪方霁，西风过后，积雪成冰，好不寒冷，却喜地下干燥。秦重做了大半日买卖，如前妆扮，又去探信。王九妈笑容可掬，迎着道：『今日你造化，已是九分九厘了。』秦重道：『这一厘是欠着什么？』九妈道：『这一厘么，正主儿还不在家。』秦重道：『可回来么？』九妈道：『今日是俞太尉家赏雪，筵席就备在湖船之内。俞太尉是七十岁的老人家，风月之事，已是没分，原说过黄昏送来。你且到新人房里，吃杯烫风酒，慢慢的等他。』秦重道：『烦妈妈引路。』王九妈引着秦重，弯弯曲曲，走过许多房头，到一个所在，不是楼房，却是个平屋三间，甚是高爽。左一间是丫鬟的空房，一般有床榻桌椅之类，却是备官铺的；右一间是花魁娘子卧室，锁着在那里。两旁又有耳房。中间客坐上面，挂一幅名人山水，香几上博山古铜炉，烧着龙涎香饼，两旁书桌摆设些古玩，壁上贴许多诗稿。秦重愧非文人，不敢细看。心下想道：『外房如此整齐，内室铺陈，必然华丽。今夜尽我受用，十两一夜，也不为多。』九妈让秦小官坐于客位，自己主位相陪。少顷之间，丫鬟掌灯过来，抬下一张八仙桌儿，六碗时新果子，一架攒盒，佳肴美酝，未曾到口，香气扑人。九妈执盏相劝道：『今日众小女都有客，老身只得自陪，请开怀畅饮几杯。』秦重酒量本不高，况兼正事在心，只吃半杯。吃了一会，便推不饮。九妈道：『秦小官想饿了，且用些饭再吃酒。』丫鬟捧着雪花白米饭，一吃一添，放于秦重面前，就是一盏杂和汤。鸨儿量高，不用饭，以酒相陪。秦重吃了一碗，就放箸。九妈道：『夜长哩，再请些。』秦重又添了半碗。丫鬟提个行灯来说：『浴汤热了，请客官洗浴。』秦重原是洗过澡来的，不敢推托，只得又到浴堂，肥皂香汤，洗了一遍，重复穿衣入坐。九妈命撤去肴盒，用暖锅下酒。此时黄昏已绝，昭庆寺里的钟都撞过了，美娘尚未回来。

玉人何处贪欢耍？等得情郎望眼穿！

常言道：等人心急。秦重不见婊子回家，好生气闷。却被鸨儿夹七夹八，说些风话劝酒。不觉又过了一更天气。只听外面热闹闹的，却是花魁娘子回家。丫鬟先来报了，九妈连忙起身出迎，秦重也离坐而立。只见美娘吃得大醉，侍女扶将进来。到于门首，醉眼朦胧，看见房中灯烛辉煌，杯盘狼籍，立住脚问道：『谁在这里吃酒？』九妈道：『我儿，便是我向日与你说的那秦小官人。他心中慕你，多时的送过礼来。因你不得工夫，担搁他一月有余了。你今日幸而得空，做娘的留他在此伴你。』美娘道：『临安郡中，并不闻说起有什么秦小官人！我不去接他。』转身便走。九妈双手托开，即忙拦住道：『他是个至诚好人，娘不误你。』美娘只得转身，才跨进房门，抬头一看那人，有些面善。一时醉了，急切叫不出来，便道：『娘，这个人我认得他的，不是有名称的子弟。接了他，被人笑话。』九妈道：『我儿，这是涌金门内开缎铺的秦小官人。当初我们住在涌金门时，想你也曾会过，故此面善。你莫识认错了。做娘的见他来意志诚，一时许了他，不好失信。你看做娘的面上，胡乱留他一晚。做娘的晓得不是了，明日却与你陪礼。』一头说，一头推着美娘的肩头向前。美娘拗妈妈不过，只得进房相见。正是：

千般难出虔婆口，万般难脱虔婆手。饶君纵有万千般，不如跟着虔婆走。

这些言语，秦重一句句都听得，佯为不闻。美娘万福过了，坐于侧首。仔细看着秦重，好生疑惑，心里甚是不悦，嘿嘿无言。唤丫鬟将热酒来，斟着大钟。鸨儿只道他敬客，却自家一饮而尽。九妈道：『我儿醉了，少吃些么。』美儿哪里依他，答应道：『我不醉！』一连吃上十来杯。这是酒后之酒，醉中之醉，自觉立脚不住。唤丫鬟开了卧房，点上银釭，也不卸头，也不解带，蹦脱了绣鞋，和衣上床，倒身而卧。鸨儿见女儿如此做作，甚不过意，对秦重道：『小女平日惯了，他专会使性。今日他心中不知为什么有些不自在，却不干你事。休得见怪！』秦重道：『小可岂敢！』鸨儿又劝了秦重几杯酒。秦重再三告止。鸨儿送入卧房，向耳旁吩咐道：『那人醉了，放温存些。』又叫道：『我儿起来，脱了衣服，好好的睡。』美娘已在梦中，全不答应。鸨儿只得去了。丫鬟收拾了杯盘之类，抹了桌子，叫声：『秦小官人，安置罢。』秦重道：『有热茶要一壶。』丫鬟泡了一壶浓茶，送进房里，带转房门，自去耳房中安歇。秦重看美娘时，面对里床，睡得正熟，把锦被压于身下。秦重想酒醉之人，必然怕冷，又不敢惊醒他。忽见阑干上又放着一床大红纻丝的锦被，轻轻的取下，盖在美儿身上。把银灯挑得亮亮的，取了这壶热茶，脱鞋上床，捱在美娘身边，左手抱着茶壶在怀，右手搭在美娘身上，眼也不敢闭一闭。正是：

未曾握雨携云，也算偎香倚玉。

却说美娘睡到半夜，醒将转来，自觉酒力不胜，胸中似有满溢之状。爬起来，坐在被窝中，垂着头，只管打干哕。秦重慌忙也坐起来，知他要吐，放下茶壶，用手抚摩其背。良久，美娘喉间忍不住了，说时迟，那时快，美娘放开喉咙便吐。秦重怕污了被窝，把自己道袍的袖子张开，罩在他嘴上。美娘不知所以，尽情一呕。呕毕，还闭着眼，讨茶漱口。秦重下床，将道袍轻轻脱下，放在地平之上。摸茶壶还是暖的，斟上一瓯香喷喷的浓茶，递与美娘。美娘连吃了二碗，胸中虽然略觉豪燥，身子兀自倦怠，仍旧倒下，向里睡去了。秦重脱下道袍，将吐下一袖的腌臜，重重裹着，放于床侧，依然上床，拥抱似初。美娘那一觉直睡到天明方醒。覆身转来，见旁边睡着一人，问道：『你是哪个！』秦重答道：『小可姓秦。』美娘想起夜来之事，恍恍惚惚，不甚记得真了，便道：『我夜来好醉！』秦重道：『也不甚醉。』又问：『可曾吐么？』秦重道：『不曾。』美娘道：『这样还好。』又想一想道：『我记得曾吐过的，又记得曾吃过茶来，难道做梦不成？』秦重方才说道：『是曾吐来。小可见小娘子多了杯酒，也防着要吐，把茶壶暖在怀里。小娘子果然吐后讨茶，小可斟上，蒙小娘子不弃，饮了两瓯。』美娘大惊道：『脏巴巴的，吐在哪里？』秦重道：『恐怕小娘子污了被褥，是小可把袖子盛了。』美娘道：『如今在哪里？』秦重道：『连衣服裹着，藏过在那里。』美娘道：『可惜坏了你一件衣服。』秦重道：『这是小可的衣服，有幸得沾得小娘子的余沥。』美娘听说，心下想道：『有这般识趣的人！』心里已有四五分欢喜了。此时天色大明，美娘起身，下床小解。看着秦重，猛然想起是秦卖油，遂问道：『你实对我说，是什么样人？为何昨夜在此？』秦重道：『承花魁娘子下问，小子怎敢妄言。小可实是常来宅上卖油的秦重。』遂将初次看见送客，又看见上轿，心下想慕之极，及积攒嫖钱之事，备细述了一遍。『夜来得亲近小娘子一夜，三生有幸，心满意足。』美娘听说，愈加可怜，道：『我昨夜酒醉，不曾招接得你。你干折了许多银子，莫不懊悔？』秦重道：『小娘子天上神仙，小可惟恐服侍不周，但不见责，已为万幸。况敢有非意之望！』美娘道：『你做经纪的人，积下些银两，何不留下养家？此地不是你来往的。』秦重道：『小可单只一身，并无妻小。』美娘顿了一顿，便道：『你今日去了，他日还来么？』秦重道：『只这昨宵相亲一夜，已慰生平，岂敢又作痴想！』美娘想道：『难得这好人，又忠厚，又老实，又且知情识趣，隐恶扬善，千百中难遇此一人。可惜是市井之辈，若是衣冠子弟，情愿委身事之。』正在沉吟之际，丫鬟捧洗脸水进来，又是两碗姜汤。秦重洗了脸，因夜来未曾脱帻，不用梳头，呷了几口姜汤，便要告别。美娘道：『少住不妨，还有话说。』秦重道：『小可仰慕花魁娘子，在旁多站一刻，也是好的。但为人岂不自揣！夜来在此，实是大胆，惟恐他人知道，有玷芳名。还是早些去了安稳。』美娘点了一点头，打发丫鬟出房，忙忙的开了减妆，取出二十两银子，送与秦重道：『昨夜难为了你，这银两权奉为资本，莫对人说。』秦重哪里肯受。美娘道：『我的银子来路容易，这些须酬你一宵之情，休得固逊。若本钱缺少，异日还有助你之处。那件污秽的衣服，我叫丫鬟湔洗干净了还你罢。』秦重道：『粗衣不烦小娘子费心，小可自会湔洗。只是领赐不当。』美娘道：『说哪里话！』将银子挜在秦重袖内，推他转身。秦重料难推却，只得受了，深深作揖，卷了脱下这件龌龊道袍，走出房门。打从鸨儿房前经过，鸨儿看见。叫声：『妈妈，秦小官去了。』王九妈正在净桶上解手，口中叫道：『秦小官，如何去得恁早？』秦重道：『有些贱事，改日特来称谢。』

不说秦重去了，且说美娘与秦重虽然没点相干，见他一片诚心，去后好不过意。这一日因害酒，辞了客，在家将息。千个万个孤老都不想，倒把秦重整整的想了一日。有《挂枝儿》为证：

俏冤家，须不是串花家的子弟，你是个做经纪本分人儿，那匡你会温存，能软款，知心知意。料你不是个使性的，料你不是个薄情的。几番待放下思量也，又不觉思量起。

话分两头。再说邢权在朱十老家，与兰花情热，见朱十老病废在床，全无顾忌，十老发作了几场。两个商量出一条计策来，俟夜静更深，将店中资本席卷，双双的逃之夭夭，不知去向。次日天明，十老方知。央及邻里出了个失单，寻访数日，并无动静。深悔当日不合为邢权所惑，逐了朱重。如今日久见人心，闻知朱重赁居众安桥下，挑担卖油，不如仍旧收拾他回来，老死有靠。只怕他记恨在心，教邻舍好生劝他回家，但记好，莫记恶。秦重一闻此言，即日收拾了家火，搬回十老家里。相见之间，痛哭了一场。十老将所存囊橐，尽数交付秦重。秦重自家又有二十余两本钱，重整店面，坐柜卖油。因在朱家，仍称朱重，不用秦字。不上一月，十老病重，医治不痊，呜呼哀哉。朱重捶胸大恸，如亲父一般，殡殓成服，七七做了些好事。朱家祖坟在清波门外，朱重举丧安葬，事事成礼。邻里皆称其厚德。事定之后，仍先开铺。原来这油铺是个老店，从来生意原好，却被邢权刻剥存私，将主顾弄断了多少。今见朱小官在店，谁家不来作成，所以生理比前越盛。

朱重单身独自，急切要寻个老成帮手。有个惯做中人的，叫做金中，忽一日，引着一个五十余岁的人来。原来那人正是莘善，在汴梁城外安乐村居住。因那年避乱南奔，被官兵冲散了女儿瑶琴，夫妻两口，凄凄惶惶，东逃西窜，胡乱的过了几年。今日闻临安兴旺，南渡人民，大半安插在彼。诚恐女儿流落此地，特来寻访，又没消息。身边盘缠用尽，欠了饭钱，被饭店中终日赶逐，无可奈何。偶然听见金中说起，朱家油铺要寻个卖油帮手。自己曾开过六陈铺子，卖油之事，都则在行。况朱小官原是汴京人，又是乡里，故此央金中引荐到来。朱重问了备细，乡人见乡人，不觉感伤。『既然没处投奔，你老夫妻两口只住在我身边，只当个乡亲相处，慢慢的访着令爱消息，再作区处。』当下取两贯钱把与莘善，去还了饭钱。连浑家阮氏也领将来，与朱重相见了，收拾一间空房，安顿他老夫妻在内。两口儿也尽心竭力，内外相帮，朱重甚是欢喜。光阴似箭，不觉一年有余。多有人见朱小官年长未娶，家道又好，做人又志诚，情愿白白把女儿送他为妻。朱重因见了花魁娘子，十分容貌，等闲的不看在眼，立心要访求个出色的女子，方才肯成亲。以此日复一日，耽搁下去。正是：

曾观沧海难为水，除却巫山不是云。

再说王美娘在九妈家，盛名之下，朝欢暮乐，真个口厌肥甘，身嫌锦绣。然虽如此，每遇不如意之处，或是子弟们任情使性，吃醋挑槽，或自己病中醉后，半夜三更没人疼热，就想起秦小官人的好处来，只恨无缘再会。也是他桃花运尽，合当变更。一年之后，生出一段事端来。

却说临安城中有个吴八公子，父亲吴岳，见为福州太守。这吴八公子，打从父亲任上回来，广有金银。平昔间也喜赌钱吃酒，三瓦两舍走动。闻得花魁娘子之名，未曾识面，屡屡遣人来约，欲要嫖他。王美娘闻他气质不好，不愿相接，托故推辞，非止一次。那吴八公子也曾和着闲汉们亲到王九妈家几番，都不曾会。其时清明节届，家家扫墓，处处踏青。美娘因连日游春困倦，且是积下许多诗画之债，未曾完得，吩咐家中：『一应客来，都与我辞去。』闭了房门，焚起一炉好香，摆设文房四宝，方欲举笔，只听得外面沸腾。却是吴八公子领着十余个狼仆，来接美娘游湖。因见鸨儿每次回他，在中堂行凶，打家打伙，直闹到美娘房前，只见房门锁闭。原来妓家有个回客法儿，小娘躲在房内，却把房门反锁，支吾客人，只推不在。那老实的就被他哄过了。吴公子是惯家，这些套子，怎地瞒得。吩咐家人扭断了锁，把房门一脚踢开。美娘躲身不迭，被公子看见，不由分说，教两个家人左右牵手，从房内直拖出房外来，口中兀自乱嚷乱骂。王九妈欲待上前陪礼解劝，看见势头不好，只得闪过。家中大小，躲得没半个影儿。吴家狼仆牵着美娘，出了王家大门，不管他弓鞋窄小，望街上飞跑。八公子在后，洋洋得意。直到西湖口，将美娘㧐下了湖船，方才放手。美娘十二岁到王家，锦绣中养成，珍宝般供养，何曾受恁般凌贱。下了船，对着船头，掩面大哭。吴八公子全不放下面皮，气忿忿地像关云长单刀赴会，一把交椅，朝外而坐，狼仆侍立于旁。一面吩咐开船，一面数一数二的发作一个不住：『小贱人，小娼根，不受人抬举！再哭时，就讨打了！』美娘哪里怕他，哭之不已。船至湖心亭，吴八公子吩咐摆盒在亭子内，自己先上去了，却吩咐家人：『叫那小贱人来陪酒。』美娘抱住了栏杆，哪里肯去，只是嚎哭。吴八公子也觉没兴，自己吃了几杯淡酒，收拾下船，自来扯美娘。美娘双脚乱跳，哭声愈高。八公子大怒，教狼仆拔去簪珥。美娘蓬着头，跑到船头上就要投水，被家童们扶住。公子道：『你撒赖便怕你不成！就是死了，也只费得我几两银子，不为大事。只是送你一条性命，也是罪过。你住了啼哭时，我就放你回去，不难为你。』美娘听说放他回去，真个住了哭。八公子吩咐移船到清波门外僻静之处，将美娘绣鞋脱下，去其裹脚，露出一对金莲，如两条玉笋相似。教狼仆扶他上岸，骂道：『小贱人！你有本事，自走回家，我却没人相送。』说罢，一篙子撑开，再向湖中而去。正是：

焚琴煮鹤从来有，惜玉怜香几个知！

美娘赤了脚，寸步难行。思想：『自己才貌两全，只为落于风尘，受此轻贱。平昔枉自结识许多王孙贵客，急切用他不着，受了这般凌辱。就是回去，如何做人？到不如一死为高。只是死得没些名目，枉自享个盛名，到此地位，看着村庄妇人，也胜我十二分。这都是刘四妈这个花嘴，哄我落坑堕堑，致有今日！自古红颜薄命，亦未必如我之甚！』越思越苦，放声大哭。事有偶然，却好朱重那日到清波门外朱十老的坟上，祭扫过了，打发祭物下船，自己步回，从此经过。闻得哭声，上前看时，虽然蓬头垢面，那玉貌花容，从来无两，如何不认得！吃了一惊道：『花魁娘子，如何这般模样？』美娘哀哭之际，听得声音厮熟，止啼而看，原来正是知情识趣的秦小官。美娘当此之际，如见亲人，不觉倾心吐胆，告诉他一番。朱重心中十分疼痛，亦为之流泪。袖中带得有白绫汗巾一条，约有五尺多长，取出劈半扯开，奉与美娘裹脚，亲手与他拭泪。又与他挽起青丝，再三把好言宽解。等待美娘哭定，忙去唤个暖轿，请美娘坐了，自己步送，直到王九妈家。

九妈不得女儿消息，在四处打探。慌迫之际，见秦小官送女儿回来，分明送一颗夜明珠还他，如何不喜！况且鸨儿一向不见秦重挑油上门，多曾听得人说，他承受了朱家的店业，手头活动，体面又比前不同，自然刮目相待。又见女儿这等模样，问其缘故，已知女儿吃了大苦，全亏了秦小官。深深拜谢，设酒相待。日已向晡，秦重略饮数杯，起身作别。美娘如何肯放，道：『我一向有心于你，恨不得你见面。今日定然不放你空去。』鸨儿也来扳留。秦重喜出望外。是夜，美娘吹弹歌舞，曲尽生平之技，奉承秦重。秦重如做了一个游仙好梦，喜得魄荡魂消，手舞足蹈。夜深酒阑，二人相挽就寝。云雨之事其美满更不必言。

一个是足力后生，一个是惯情女子。这边说三年怀想，费几多役梦劳魂；那边说一年相思，喜侥幸粘皮贴肉。一个谢前番帮衬，合今番恩上加恩；一个谢今夜总成，比前夜爱中添爱。红粉妓倾翻粉盒，罗帕留痕；卖油郎打泼油瓶，被窝沾湿。可笑村儿干折本，作成小子弄风流。

云雨已罢，美娘道：『我有句心腹之言与你说，你休得推托。』秦重道：『小娘子若用得着小可时，就赴汤蹈火，亦所不辞，岂有推托之理。』美娘道：『我要嫁你。』秦重笑道：『小娘子就嫁一万个，也还数不到小可头上，休得取笑，枉自折了小可的食料。』美娘道：『这话实是真心，怎说「取笑」二字！我自十四岁被妈妈灌醉，梳弄过了。此时便要从良。只为未曾相处得人，不辨好歹，恐误了终身大事。以后相处的虽多，都是豪华之辈，酒色之徒，但知买笑追欢的乐意，哪有怜香惜玉的真心。看来看去，只有你是个志诚君子，况闻你尚未娶亲。若不嫌我烟花贱质，情愿举案齐眉，白头奉侍。你若不允之时，我就将三尺白罗，死于君前，表白我这片诚心，也强如昨日死于村郎之手，没名没目，惹人笑话。』说罢，呜呜的哭将起来。秦重道：『小娘子休得悲伤。小可承小娘子错爱，将天就地，求之不得，岂敢推托。只是小娘子千金声价，小可家贫力薄，如何摆布，也是力不从心了。』美娘道：『这却不妨。不瞒你说，我只为从良一事，预先积攒些东西，寄顿在外。赎身之费，一毫不费你心力。』秦重道：『就是小娘子自己赎身，平昔住惯了高堂大厦，享用了锦衣玉食，在小可家，如何过活？』美娘道：『布衣蔬食，死而无怨。』秦重道：『小娘子虽然……只怕妈妈不从。』美娘道：『我自有道理。』如此如此，这般这般。两个直说到天明。

原来黄翰林的衙内，韩尚书的公子，齐太尉的舍人，这几个相知的人家，美娘都寄顿得有箱笼。美娘只推要用，陆续取到密地，约下秦重，教他收置在家。然后一乘轿子，抬到刘四妈家，诉以从良之事。刘四妈道：『此事老身前日原说过的。只是年纪还早，又不知你要从哪一个？』美娘道：『姨娘，你莫管是甚人，少不得依着姨娘的言语，是个真从良，乐从良，了从良；不是那不真，不假，不了，不绝的勾当。只要姨娘肯开口时，不愁妈妈不允。做侄女的没别孝顺，只有十两金子，奉与姨娘，胡乱打些钗子。是必在妈妈前做个方便。事成之时，媒礼在外。』刘四妈看见这金子，笑得眼儿没缝，便道：『自家儿女，又是美事，如何要你的东西。这金子权时领下，只当与你收藏，此事都在老身身上。只是你的娘把你当个摇钱之树，等闲也不轻放你出去。怕不要千把银子。那主儿可是肯出手的么？也得老身见他一见，与他讲通方好。』美娘道：『姨娘莫管闲事，只当你侄女自家赎身便了。』刘四妈道：『妈妈可晓得你到我家来？』美娘道：『不晓得。』四妈道：『你且在我家便饭，待老身先到你家与妈妈讲。讲得通时，然后来报你。』

刘四妈顾乘轿子，抬到王九妈家，九妈相迎入内。刘四妈问起吴八公子之事，九妈告诉了一遍。四妈道：『我们行户人家，到是养成个半低不高的丫头，尽可赚钱，又且安稳。不论什么客就接了，倒是日日不空的。侄女只为声名大了，好似一块鲞鱼落地，蚂蚁儿都要钻他。虽然热闹，却也不得自在。说便许多一夜，也只是个虚名。那些王孙公子来一遍，动不动有几个帮闲，连宵达旦，好不费事。跟随的人又不少，个个要奉承得他到。一些不到之处，口里就出粗，哩嗹罗嗹的骂人，还要弄损你家伙。又不好告诉他家主，受了若干闷气。况且山人墨客，诗社棋社，少不得一月之内，又有几时官身。这些富贵子弟，你争我夺，依了张家，违了李家，一边喜，少不得一边怪了。就是吴八公子这一个风波，吓杀人的，万一失蹉，却不连本送了。官宦人家，与他打官司不成，只索忍气吞声。今日还亏着你家时运高，太平没事，一个霹雳空中过去了。倘然山高水低，悔之无及。妹子闻得吴八公子不怀好意，还要到你家索闹。侄女的性气又不好，不肯奉承人。第一这一件，乃是个惹祸之本。』九妈道：『便是这件，老身好不担忧。就是这八公子，也是有名有称的人，又不是下贱之人。这丫头抵死不肯接他，惹出这场寡气。当初他年纪小时，还听人教训。如今有了个虚名，被这些富贵子弟夸他奖他，惯了他性情，骄了他气质，动不动自作自主，逢着客来，他要接便接。他若不情愿时，便是九牛也休想牵得他转。』刘四妈道：『做小娘的略有些身份，都则如此。』王九妈道：『我如今与你商议。倘若有个肯出钱的，不如卖了他去，到得干净，省得终身担着鬼胎过日。』刘四妈道：『此言甚妙。卖了他一个，就讨得五六个。若凑巧撞得着相应的，十来个也讨得的。这等便宜事，如何不做！』王九妈道：『老身也曾算计过来。那些有势有力的不肯出钱，专要讨人便宜。及至肯出几两银子的，女儿又嫌好道歉，做张做智的不肯。若有好主儿，妹子做媒，作成则个。倘若这丫头不肯时节，还求你撺掇。这丫头做娘的话也不听，只你说得他信，话得他转。』刘四妈呵呵大笑道：『做妹子的此来，正为与侄女做媒。你要许多银子，便肯放他出门？』九妈道：『妹子，你是明理的人。我们这行户中，只有贱买，哪有贱卖？况且美儿数年盛名满临安，谁不知他是花魁娘子。难道三百四百，就容他走动？少不得要他千金。』刘四妈道：『待妹子去讲。若肯出这个数目，做妹子的便来多口。若合不着时，就不来了。』临行时，又故意问道：『侄女今日在哪里？』王九妈道：『不要说起，自从那日吃了吴八公子的亏，怕他还来淘气，终日里抬个轿子，各宅去分诉。前日在齐太尉家，昨日在黄翰林家，今日又不知在哪家去了。』刘四妈道：『有了你老人家做主，按定了坐盘星，也不容侄女不肯。万一不肯时，做妹子自会劝他。只是寻得主顾来，你却莫要捉班做势。』九妈道：『一言既出，并无他说。』九妈送至门首。刘四妈叫声咶噪，上轿去了。这才是：

数黑论黄雌陆贾，说长话短女随何。若还都像虔婆口，尺水能兴万丈波。

刘四妈回到家中，与美娘说道：『我对你妈妈如此说，这般讲，你妈妈已自肯了。只要银子见面，这事立地便成。』美娘道：『银子已曾办下，明日姨娘千万到我家来，玉成其事。不要冷了场，改日又费讲。』四妈道：『既然约定，老身自然到宅。』美娘别了刘四妈，回家一字不题。次日午牌时分，刘四妈果然来了。王九妈问道：『所事如何？』四妈道：『十有八九，只不曾与侄女说过。』四妈来到美娘房中，两个相叫了，讲了一回说话。四妈道：『你的主儿到了不曾？那话儿在哪里？』美娘指着床头道：『在这几只皮箱里。』美娘把五六只皮箱一时都开了，五十两一封，搬出十三四封来，又把些金珠宝玉算价，足勾千金之数。把个刘四妈惊得眼中出火，口内流涎，想道：『小小年纪，这等有肚肠！不知如何设法，积下许多东西？我家这几个粉头，一般接客，赶得着他那里！不要说不会生发，就是有几文钱在荷包里，闲时买瓜子嗑，买糖儿吃，两条脚带破了，还要做妈的与他买布哩。偏生九阿姐造化，讨得着，年时赚了若干钱钞，临出门还有这一主大财，又是取诸宫中，不劳余力。』这是心中暗想之语，却不曾说出来。美娘见刘四妈沉吟，只道他作难索谢，慌忙又取出四匹潞绸，两股宝钗，一对凤头玉簪，放在桌上道：『这几件东西，奉与姨娘为伐柯之敬。』刘四妈欢天喜地，对王九妈说道：『侄女情愿自家赎身，一般身价，并不短少分毫，比着孤老赎身更好。省得闲汉们从中说合，费酒费浆，还要加一加二的谢他。』王九妈听得说女儿皮箱内有许多东西，到有个咈然之色。你道却是为何？世间只有鸨儿最狠，做小娘的设法些东西，都送到他手里，才是快活。也有做些私房在箱笼内，鸨儿晓得些风声，专等女儿出门，拼开锁钥，翻箱倒笼取个罄空。只为美娘盛名之下，相交都是大头儿，替做娘的挣得钱钞，又且性格有些古怪，等闲不敢触犯他。故此卧房里面，鸨儿的脚也不搠进去。谁知他如此有钱。刘四妈见九妈颜色不善，便猜着了，连忙道：『九阿姐，你休得三心两意。这些东西，就是侄女自家积下的，也不是你本分之钱。他若肯花费时，也花费了。或是他不长进，把来津贴了得意的孤老，你也哪里知道。这还是他做家的好处。况且小娘自己手中没有钱钞，临到从良之际，难道赤身赶他出门？少不得头上脚下，都要收拾得光鲜，等他好去别人家做人。如今他自家拿得出这些东西，料然一丝一线不费你的心。这一主银子，是你完完全全鳖在腰胯里的。他就赎身出去，怕不是你女儿。倘然他挣得好时，时朝月节，怕他不来孝顺你！就是嫁了人时，他又没有亲爹亲娘，你也还去做得着他的外婆，受用处正有哩。』只这一套话，说得王九妈心中爽然，当下应允。刘四妈就去搬出银子，一封封兑过，交付与九妈。又把这些金珠宝玉，逐件指物作价。对九妈说道：『这都是做妹子的故意估下他些价钱。若换与人，还便宜得几十两银子。』王九妈虽同是个鸨儿，倒是个老实头儿，凭刘四妈说话，无有不纳。

刘四妈见王九妈收了这主东西，便叫亡八写了婚书，交付与美儿。美儿道：『趁姨娘在此，奴家就拜别了爹妈出门，借姨娘家住一两日，择吉从良。未知姨娘允否？』刘四妈得了美娘许多谢礼，生怕九妈翻悔，巴不得美娘出了他门，完成一事。便道：『正该如此。』当下美娘收拾了房中自己的梳台拜匣，皮箱铺盖之类。但是鸨儿家中之物，一毫不动。收拾已完，随着四妈出房，拜别了假爹假妈，和那姨娘行中都相叫了。王九妈一般哭了几声。美娘唤人挑了行李，欣然上轿，同刘四妈到刘家去。四妈出一间幽静的好房，顿下美娘行李。众小娘都来与美娘叫喜。是晚，朱重差莘善到刘四妈家讨信，已知美娘赎身出来。择了吉日，笙箫鼓乐娶亲。刘四妈就做大媒送亲，朱重与花魁娘子花烛洞房，欢喜无限。

虽然旧事风流，不减新婚佳趣。

次日，莘善老夫妇请新人相见，各各相认，吃了一惊。问起根由，至亲三口，抱头而哭。朱重方才认得是丈人丈母，请他上坐，夫妻二人重新拜见。亲邻闻知，无不骇然。是日，整备筵席，庆贺两重之喜，饮酒尽欢而散。三朝之后，美娘教丈夫备下几副厚礼，分送旧相知各宅，以酬其寄顿箱笼之恩，并报他从良信息。此是美娘有始有终处。王九妈、刘四妈家，各有礼物相送，无不感激。满月之后，美娘将箱笼打开，内中都是黄白之资，吴绫蜀锦，何止百计，共有三千余金。都将匙钥交付丈夫，慢慢的买房置产，整顿家当。油铺生理，都是丈人莘公管理。不上一年，把家业挣得花锦般相似，驱奴使婢，甚有气象。

朱重感谢天地神明保佑之德，发心于各寺庙喜舍合殿油烛一套，供琉璃灯油三个月。斋戒沐浴，亲往拈香礼拜。先从昭庆寺起，其他灵隐、法相、净慈、天竺等寺，以次而行。就中单说天竺寺，是观音大士的香火，有上天竺、中天竺、下天竺，三处香火俱盛，却是山路，不通舟楫。朱重叫从人挑了一担香烛，三担清油，自己乘轿而往。先到上天竺来，寺僧迎接上殿，老香火秦公点烛添香。此时朱重居移气，养移体，仪容魁岸，非复幼时面目，秦公哪里认得他是儿子。只因油桶上有个大大的『秦』字，又有『汴梁』二字，心中甚以为奇。也是天然凑巧，刚刚到上天竺，偏用着这两只油桶。朱重拈香已毕，秦公托出茶盘，主僧奉茶。秦公问道：『不敢动问施主，这油桶上为何有此三字？』朱重听得问声，带着汴梁人的土音，忙问道：『老香火，你问他怎么？莫非也是汴梁人么？』秦公道：『正是。』朱重道：『你姓甚名谁？为何在此？出家共有几年了？』秦公把自己姓名乡里，细细告诉：『某年上避兵来此，因无活计，将十三岁的儿子秦重，过继与朱家。如今有八年之远，一向为年老多病，不曾下山问得信息。』朱重一把抱住，放声大哭道：『孩儿便是秦重。向在朱家挑油买卖。正为要访求父亲下落，故此于油桶上，写「汴梁秦」三字，做个标识。谁知此地相逢，真乃天与其便！』众僧见他父子别了八年，今朝重会，各各称奇。朱重这一日就歇在上天竺，与父亲同宿，各叙情节。次日，取出中天竺、下天竺两个疏头换过，内中朱重仍改做秦重，复了本姓。两处烧香礼拜已毕，转到上天竺，要请父亲回家，安乐供养。秦公出家已久，吃素持斋，不愿随儿子回家。秦重道：『父亲别了八年，孩儿有缺侍奉。况孩儿新娶媳妇，也得他拜见公公方是。』秦公只得依允。秦重将轿子让与父亲乘坐，自己步行，直到家中。秦重取出一套新衣，与父亲换了，中堂设坐，同妻莘氏双双参拜。亲家莘公、亲母阮氏齐来见礼。此日大排筵席，秦公不肯开荤，素酒素食。次日，邻里敛财称贺。一则新婚，二则新娘子家眷团圆，三则父子重逢，四则秦小官归宗复姓；共是四重大喜。一连又吃了几日喜酒。秦公不愿家居，思想上天竺故处清净出家。秦重不敢违亲之志，将银二百两，于上天竺另造净室一所，送父亲到彼居住。其日用供给，按月送去。每十日亲往候问一次，每一季同莘氏往候一次。那秦公活到八十余，端坐而化，遗命葬于本山。此是后话。

却说秦重和莘氏夫妻偕老，生下两个孩儿，俱读书成名。至今风月中市语，凡夸人善于帮衬，都叫做『秦小官』，又叫『卖油郎』。有诗为证：

春来处处百花新，蜂蝶纷纷竞采春。
堪爱豪家多子弟，风流不及卖油人。

三言二拍·上

线装典藏

册三

明·冯梦龙 编

黄山书社

线装典藏

三言二拍·上

明·冯梦龙 编

册三

黄山书社

灌园叟晚逢仙女

连宵风雨闭柴门，落尽深红只柳存。欲扫苍苔且停帚，阶前点点是花痕。

这首诗为惜花而作。昔唐时有一处士姓崔，名玄微，平昔好道，不娶妻室，隐于洛东。所居庭院宽敞，遍植花卉竹木。构一室在万花之中，独处于内。童仆都居苑外，无故不得辄入。如此三十余年，足迹不出园门。时值春日，院中花木盛开，玄微日夕徜徉其间。一夜，风清月朗，不忍舍花而睡，乘着月色，独步花丛中。忽见月影下，一青衣冉冉而来。玄微惊讶道：『这时节，哪得有女子到此行动？』心下虽然怪异，又说道：『且看他到何处去？』那青衣不往东，不往西，径至玄微面前，深深道个万福。玄微还了礼，问道：『女郎是谁家宅眷？因何深夜至此？』那青衣启一点朱唇，露两行碎玉道：『儿家与处士相近。今与女伴过上东门，访表姨，欲借处士院中暂憩，不知可否？』玄微见来得奇异，欣然许之。青衣称谢，原从旧路转去。

不一时，引一队女子，分花约柳而来，与玄微一一相见。玄微就月下仔细看时，一个个姿容媚丽，体态轻盈，或浓或淡，妆束不一。随从女郎，尽皆妖艳，正不知从哪里来的。相见毕，玄微邀进室中，分宾主坐下。开言道：『请问诸位女娘姓氏。今访何姻戚，乃得光降敝园？』一衣绿裳者答道：『妾乃杨氏。』指一穿白的道：『此位李氏。』又指一衣绛服的道：『此位陶氏。』遂逐一指示。最后到一绯衣小女，乃道：『此位姓石，名阿措。我等虽则异姓，俱是同行姊妹。因封家十八姨数日云欲来相看，不见其至。今夕月色甚佳，故与姊妹们同往候之。二来素蒙处士爱重，妾等顺便相谢。』玄微方待酬答，青衣报道：『封家姨至。』众皆惊喜出迎。玄微闪过半边观看。众女子相见毕，说道：『正要来看十八姨，为主人留坐，不意姨至，足见同心。』各向前致礼。十八姨道：『屡欲来看卿等，俱为使命所阻。今乘间至此。』众女道：『如此良夜，请姨宽坐，当以一尊为寿。』遂授旨青衣去取。十八姨问道：『此地可坐否？』杨氏道：『主人甚贤，地极清雅。』十八姨道：『主人安在？』玄微趋出相见。举目看十八姨，体态飘逸，言词泠泠有林下风气。近其旁，不觉寒气侵肌，毛骨悚然。逊入堂中，侍女将桌椅已是安排停当。请十八姨居于上席，众女挨次而坐，玄微末位相陪。不一时，众青衣取到酒肴，摆设上来。佳肴异果，罗列满案。酒味醇浓，其甘如饴，俱非人世所有。此时月色倍明，室中照耀如同白日。满坐芳香，馥馥袭人。宾主酬酢，杯觥交杂。酒至半酣，一红裳女子满斟大觥，送与十八姨道：『儿有一歌，请为歌之。』歌云：

绛衣披拂露盈盈，淡染胭脂一朵轻。自恨红颜留不住，莫怨春风道薄情。

歌声清婉，闻者皆凄然。又一白衣女子送酒道：『儿亦有一歌。』歌云：

皎洁玉颜胜白雪，况乃当年对芳月。沉吟不敢怨春风，自叹容华暗消歇。

其音更觉惨切。那十八姨性颇轻佻，却又好酒。多了几杯，渐渐狂放。听了二歌，乃道：『值此芳辰美景，宾主正欢，何遽作伤心语！歌旨又深刺予，殊为慢客。须各罚以大觥，当另歌之。』遂手斟一杯递来。酒醉手软，持不甚牢，杯才举起，不想袖在箸上一兜，扑碌的连杯打翻。这酒若翻在别个身上，却也罢了，恰恰里尽泼在阿措身上。阿措年娇貌美，性爱整齐，穿的却是一件大红簇花绯衣。那红衣最忌的是酒，才沾滴点，其色便改，怎经得这一大杯酒！况且阿措也有七八分酒意，见污了衣服，作色道：『诸姊便有所求，吾不畏尔！』即起身往外就走。十八姨也怒道：『小女弄酒，敢与吾为抗耶？』亦拂衣而起。众女子留之不住，齐劝道：『阿措年幼，醉后无状，望勿记怀。明日当率来请罪！』相送下阶。十八姨忿忿向东而去。众女子与玄微作别，向花丛中四散而走。玄微欲观其踪迹，随后送之。步急苔滑，一交跌倒。挣起身来看时，众女子俱不见了。心中想道：『是梦却又未曾睡卧。若是鬼，又衣裳楚楚，言语历历。是人，如何又倏然无影？』胡猜乱想，惊疑不定。回入堂中，桌椅依然，摆设杯盘，一毫已无，惟觉余馨满室。虽异其事，料非祸祟，却也无惧。

到次晚，又往花中步玩。见诸女子已在，正劝阿措往十八姨处请罪。阿措怒道：『何必更恳此老妪？有事只求处士足矣。』众皆喜道：『妹言甚善。』齐向玄微道：『吾姊妹皆住处士苑中，每岁多被恶风所挠，居止不安，常求十八姨相庇。昨阿措误触之，此后应难取力。处士倘肯庇护，当有微报耳。』玄微道：『某有何力，得庇诸女？』阿措道：『只求处士每岁元旦作一朱幡，上图日月五星之文，立于苑东，吾辈则安然无恙矣。今岁已过，请于此月二十一日平旦，微有东风，即立之，可免本日之难。』玄微道：『此乃易事，敢不如命。』齐声谢道：『得蒙处士慨允，必不忘德。』言讫而别，其行甚疾。玄微随之不及。忽一阵香风过处，各失所在。玄微欲验其事，次日即制办朱幡。候至廿一日，清早起来，果然东风微拂，急将幡竖立苑东。少顷，狂风振地，飞沙走石，自洛南一路，摧林折树，惟苑中繁花不动。玄微方晓诸女者众花之精也。绯衣名阿措，即安石榴也。封十八姨，乃风神也。到次晚，众女各裹桃李花数斗来谢道：『承处士脱某等大难，无以为报。饵此花英，可延年却老。愿长如此卫护，某等亦可致长生。』玄微依其言服之，果然容颜转少，如三十许人。后得道仙去。有诗为证：

洛中处士爱栽花，岁岁朱幡绘采茶。学得餐英堪不老，何须更觅枣如瓜。

列位莫道小子说风神与花精往来，乃是荒唐之语。那九州四海之中，目所未见，耳所未闻，不载史册，不见经传，奇奇怪怪，跷跷蹊蹊的事，不知有多多少少。就是张华的《博物志》，也不过志其一二；虞世南的行书橱，也包藏不得许多。此等事甚是平常，不足为异。然虽如此，又道是子不语怪，且搁过一边。只那惜花致福，损花折寿，乃见在功德，须不是乱道。列位若不信时，还有一段《灌园叟晚逢仙女》的故事，待小子说与列位看官们听。若平日爱花的听了，自然将花分外珍重。内中或有不惜花的，小子就将这话劝他，惜花起来。虽不能得道成仙，亦可以消闲遣闷。

你道这段话文出在哪个朝代？何处地方？就在大宋仁宗年间，江南平江府东门外长乐村中。这村离城只有二里之远。村上有个老者，姓秋名先，原是庄家出身，有数亩田地，一所草房。妈妈水氏已故，别无儿女。那秋先从幼酷好栽花种果，把田业都撇弃了，专于其事。若偶觅得种异花，就是拾着珍宝，也没有这般欢喜。随你极紧要的事出外，路上逢着人家有树花儿，不管他家容不容，便陪着笑脸，捱进去求玩。若平常花木，或家里也在正开，还转身得快。倘然是一种名花，家中没有的，虽或有，已开过了，便将正事撇在半边，依依不舍，永日忘归。人都叫他是『花痴』。或遇见卖花的有株好花，不论身边有钱无钱，一定要买。无钱时便脱身上衣服去解当。也有卖花的知他僻性，故高其价，也只得忍贵买回。又有那破落户晓得他是爱花的，各处寻觅好花折来，把泥假捏个根儿哄他，少不得也买。有恁般奇事！将来种下，依然肯活。日积月累，遂成了一个大园。那园周围编竹为篱，篱上交缠蔷薇、荼蘼、木香、刺梅、木槿、棣棠、金雀，篱边遍下蜀葵、凤仙、鸡冠、秋葵、莺粟等种。更有那金萱、百合、剪春罗、剪秋罗、满池娇、十样锦、美人蓼、山踯躅、高良姜、白蛱蝶、夜落金钱、缠枝牡丹等类，不可枚举。遇开放之时，烂如锦屏。远篱数步，尽植名花异卉。一花未谢，一花又开。向阳设两扇柴门，门内一条竹径，两边都结柏屏遮护。转过柏屏，便是三间草堂。房虽草创，却高爽宽敞，窗槅明亮。堂中挂一幅无名小画，设一张白木卧榻。桌凳之类，色色洁净。打扫得地下无纤毫尘垢。堂后精舍数间，卧室在内。那花卉无所不有，十分繁茂。真个四时不谢，八节长春。但见：

梅标清骨，兰挺幽芳。茶呈雅韵，李谢浓妆。杏娇疏雨，菊傲严霜。水仙冰肌玉骨，牡丹国色天香。玉树亭亭阶砌，金莲冉冉池塘。芍药芳姿少比，石榴丽质无双。丹桂飘香月窟，芙蓉冷艳寒江。梨花溶溶夜月，桃花灼灼朝阳。山茶花宝珠称贵，腊梅花磬口方香。海棠花西府为上，瑞香花金边最良。玫瑰杜鹃，烂如云锦，绣球郁李，点缀风光。说不尽千般花卉，数不了万种芬芳。

篱门外正对着一个大湖，名为朝天湖，俗名荷花荡。这湖东连吴淞江，西通震泽，南接庞山湖。湖中景致，四时晴雨皆宜。秋先于岸傍堆土作堤，广植桃柳。每至春时，红绿间发，宛似西湖胜景。沿湖遍插芙蓉，湖中种五色莲花。盛开之日，满湖锦云烂熳，香气袭人。小舟荡桨采菱，歌声泠泠。遇斜风微起，偎船竞渡，纵横如飞。柳下渔人，舣船晒网。也有戏儿的，结网的，醉卧船头的，没水赌胜的，欢笑之音不绝。那赏莲游人，画船箫管鳞集。至黄昏回棹，灯火万点，间以星影萤光，错落难辨。深秋时霜风初起，枫林渐染黄碧，野岸衰柳芙蓉，杂间白蘋红蓼，掩映水际。芦苇中鸿雁群集，嘹呖干云，哀声动人。隆冬天气，彤云密布，六花飞舞，上下一色。那四时景致，言之不尽。有诗为证：

朝天湖畔水连天，不唱渔歌即采莲。小小茅堂花万种，主人日日对花眠。

按下散言。且说秋先每日清晨起来，扫净花底落叶，汲水逐一灌溉，到晚上又浇一番。若有一花将开，不胜欢跃。或暖壶酒儿，或烹瓯茶儿，向花深深作揖，先行浇奠，口称『花万岁』三声，然后坐于其下，浅斟细嚼。酒酣兴到，随意歌啸。身子倦时，就以石为枕，卧在根旁。自半含至盛开，未尝暂离。如见日色烘烈，乃把棕拂蘸水沃之。遇着月夜，便连宵不寐。倘值了狂风暴雨，即披蓑顶笠，周行花间检视。遇有欹枝，以竹扶之。虽夜间，还起来巡看几次。若花到谢时，则累日叹息，常至堕泪。又不舍得那些落花，以棕拂轻轻拂来，置于盘中，时尝观玩。直至干枯，装入净瓮。满瓮之日，再用茶酒浇奠，惨然若不忍释。然后亲捧其瓮，深埋长堤之下，谓之『葬花』。倘有花片，被雨打泥污的，必以清水再四涤净，然后送入湖中，谓之『浴花』。

平昔最恨的是攀枝折朵。他也有一段议论道：『凡花一年只开得一度，四时中只占得一时，一时中又只占得数日。他熬过了三时的冷淡，才讨得这数日的风光。看他随风而舞，迎人而笑，如人正当得意之境，忽被摧残，巴此数日甚难，一朝折损甚易。花若能言，岂不嗟叹。况就此数日间，先犹含蕊，后复零残。盛开之时，更无多了。又有蝶攒、蜂采、鸟啄、虫钻，日炙风吹，雾迷雨打，全仗人去护惜他，却反恣意拗折，于心何忍！且说此花自芽生根，自根生本，强者为干，弱者为枝。一干一枝，不知养成了多少年月。及候至花开，供人清玩，有何不美，定要折他！花一离枝，再不能上枝，枝一去干，再不能附干，如人死不可复生，刑不可复赎，花若能言，岂不悲泣！又想他折花的，不过择其巧干，爱其繁枝，插之瓶中，置之席上，或供宾客片时侑酒之欢，或助婢妾一日梳妆之饰，不思客觞可饱玩于花下，闺妆可借巧于人工。手中折了一枝，树上就少了一枝。今年伐了此干，明年便少了此干。何如延其性命，年年岁岁，玩之无穷乎？还有未开之蕊，随花而去，此蕊竟槁灭枝头，与人之童夭何异？又有原非爱玩，趁兴攀折。既折之后，拣择好歹，逢人取讨，即便与之。或随路弃掷，略不顾惜。如人横祸枉死，无处申冤。花若能言，岂不痛恨！』他有了这段议论，所以生平不折一枝，不伤一蕊。就是别人家园上，他心爱着那一种花儿，宁可终日看玩。假饶那花主人要取一枝一朵来赠他，他连称罪过，决然不要。若有傍人要来折花者，只除他不看见罢了，他若见时，就把言语再三劝止。人若不从其言，他情愿低头下拜，代花乞命。人虽叫他是花痴，多有可怜他一片诚心，因而住手者，他又深深作揖称谢。又有小厮们要折花卖钱的，他便将钱与之，不教折损。或他不在时，被人折损，他来见了损处，必凄然伤感，取泥封之，谓之『医花』。为这件上，所以自己园中，不轻易放人游玩。偶有亲戚邻友要看，难好回时，先将此话讲过，才放进去。又恐秽气触花，只许远观，不容亲近。倘有不达时务的，捉空摘了一花一蕊，那老儿便要面红颈赤，大发喉急。下次就打骂他，也不容进去看了。后来人都晓得了他的性子，就一叶儿也不敢摘动。

大凡茂林深树，便是禽鸟的巢穴。有花果处，越发千百为群。如单食果实，到还是小事，偏偏只拣花蕊啄伤。惟有秋先，却将米谷置于空处饲之，又向禽鸟祈祝。那禽鸟却也有知觉，每日食饱，在花间低飞轻舞，宛啭娇啼，并不损一朵花蕊，也不食一个果实。故此产的果品最多，却又大而甘美。每熟时就先望空祭了花神，然后敢尝。又遍送左近邻家试新，余下的方鬻，一年倒有若干利息。那老者因得了花中之趣，自少至老，五十余年，略无倦怠。筋骨愈觉强健。粗衣淡饭，悠悠自得。有得赢余，就把来周济村中贫乏。自此合村无不敬仰，又呼为秋公。他自称为灌园叟。有诗为证：

朝灌园兮暮灌园，灌成园上百花鲜。花开每恨看不足，为爱看园不肯眠。

话分两头。却说城中有一人姓张，名委，原是个宦家子弟，为人奸狡诡谲，残忍刻薄。恃了势力，专一欺邻吓舍，扎害良善。触着他的，风波立至，必要弄得那人破家荡产，方才罢手。手下用一班如狼似虎的奴仆，又有几个助恶的无赖子弟，日夜合做一块，到处闯祸生灾，受其害者无数。不想却遇了一个又狠似他的，轻轻捉去，打得个臭死。及至告到官司，又被那人弄了些手脚，反问输了。因妆了幌子，自觉无颜，带了四五个家人，同那一班恶少，暂在庄上遣闷。那庄正在长乐村中，离秋公家不远。一日早饭后，吃得半酣光景，向村中闲走，不觉来到秋公门首。只见篱上花枝鲜媚，四围树木繁翳，齐道：『这所在到也幽雅，是哪家的？』家人道：『此是种花秋公园上，有名叫做花痴。』张委道：『我常闻得说庄边有什么秋老儿，种得异样好花，原来就住在此。我们何不进去看看？』家人道：『这老儿有些古怪，不许人看的。』张委道：『别人或者不肯，难道我也是这般？快去敲门！』

那时园中牡丹盛开，秋公刚刚浇灌完了，正将着一壶酒儿，两碟果品，在花下独酌，自取其乐。饮不上三杯，只听得闸闸的敲门响，放下酒杯，走出来开门一看，见站着五六个人，酒气直冲。秋公料道必是要看花的，便拦住门口，问道：『列位有甚事到此？』张委道：『你这老儿不认得我么？我乃城里有名的张衙内，那边张家庄便是我家的。闻得你园中好花甚多，特来游玩。』秋公道：『告衙内，老汉也没种甚好花，不过是桃杏之类，都已谢了。如今并没别样花卉。』张委睁起双眼道：『你这老儿恁般可恶！看看花儿打甚紧，却便回我没有。难道吃了你的？』秋公道：『不是老汉说谎，果然没有。』张委哪里肯听，向前叉开手，当胸一扠，秋公站立不牢，踉踉跄跄，直撞过半边，众人一齐拥进。秋公见势头凶恶，只得让他进去，把篱门掩上，随着进来，向花下取过酒果，站在旁边。众人看那四边花草甚多，惟有牡丹最盛。那花不是寻常玉楼春之类，乃五种有名异品。那五种？

黄楼子，绿蝴蝶，西瓜穰，舞青猊，大红狮头。

这牡丹乃花中之王，惟洛阳为天下第一。有『姚黄』『魏紫』名色，一本价值五千。你道因何独盛于洛阳？只为昔日唐朝有个武则天皇后，淫乱无道，宠幸两个官儿，名唤张易之、张昌宗，于冬月之间，要游后苑，写出四句诏来道：

来朝游上苑，火速报春知。百花连夜发，莫待晓风吹。

不想武则天原是应运之主，百花不敢违旨，一夜发蕊开花。次日驾幸后苑，只见千红万紫，芳菲满目，单有牡丹花有些志气，不肯奉承女主幸臣，要一根叶儿也没有。则天大怒，遂贬于洛阳。故此洛阳牡丹冠于天下。有一支《玉楼春》词，单赞牡丹花的好处。词云：

名花绰约东风里，占断韶华都在此。芳心一片可人怜，春色三分愁雨洗。玉人尽日恹恹地，猛被笙歌惊破睡。起临妆镜似娇羞，近日伤春输与你。

那花正种在草堂对面，周遭以湖石拦之，四边竖个大架子，上覆布幔，遮蔽日色。花本高有丈许，最低亦有六七尺，其花大如丹盘，五色灿烂，光华夺目。众人齐赞：『好花！』张委便踏上湖石，去嗅那香气。秋先极怪的是这节，乃道：『衙内站远些看，莫要上去。』张委恼他不容进来，心下正要寻事，又听了这话，喝道：『你那老儿住在我庄边，难道不晓得张衙内名头么？有恁样好花，故意回说没有。不计较就勾了，还要多言，那见得闻一闻就坏了花？你便这般说，我偏要闻。』遂把花逐朵攀下来，一个鼻子凑在花上去嗅。那秋老在旁，气得敢怒而不敢言。也还道略看一回就去，谁知这厮故意卖弄道：『有恁样好花，如何空过？须把酒来赏玩。』吩咐家人快去取。秋公见要取酒来赏，更加烦恼，向前道：『所在蜗窄，没有坐处。衙内止看看花儿，酒还到贵庄上去吃。』张委指着地上道：『这地下尽好坐。』秋公道：『地上龌龊，衙内如何坐得？』张委道：『不打紧，少不得有毡条遮衬。』不一时，酒肴取到，铺下毡条，众人团团围坐，猜拳行令，大呼小叫，十分得意。只有秋公骨笃了嘴，坐在一边。

那张委看见花木茂盛，就起个不良之念，思想要吞占他的。斜着醉眼，向秋公道：『看你这蠢老儿不出，到会种花，却也可取。赏你一杯酒。』秋公哪里有好气答他，气忿忿的道：『老汉天性不会饮酒，衙内自请。』张委又道：『你这园可卖么？』秋公见口声来得不好，老大惊讶，答道：『这园是老汉的性命，如何舍得卖？』张委道：『什么性命不性命！卖与我罢了。你若没去处，一发连身归在我家。又不要做别事，单单替我种些花木，可不好么？』众人齐道：『你这老儿好造化，难得衙内恁般看顾，还不快些谢恩？』秋公看见逐步欺负上来，一发气得手足麻软，也不去睬他。张委道：『这老儿可恶！肯不肯，如何不答应我？』秋公道：『说过不卖了，怎的只管问？』张委道：『放屁！你若再说句不卖，就写帖儿，送到县里去。』秋公气不过，欲要抢白几句，又想一想，他是有势力的人，却又醉了，怎与他一般样见识，且哄了去再处。忍着气答道：『衙内总要买，必须从容一日，岂是一时急骤的事。』众人道：『这话也说得是，就在明日罢。』此时都已烂醉，齐立起身。家人收拾家伙先去。秋公恐怕折花，预先在花边防护。那张委真个走向前，便要踹上湖石去采。秋先扯住道：『衙内，这花虽是微物，但一年间不知费多少工夫，才开得这几朵。不争折损了，深为可惜。况折去不过二三日就谢的，何苦作这样罪过！』张委喝道：『胡说！有甚罪过！你明日卖了，便是我家之物。就都折尽，与你何干！』把手去推开。秋公揪住，死也不放，道：『衙内便杀了老汉，这花决不与你摘的。』众人道：『这老儿其实可恶！衙内采朵花儿，值什么大事，妆出许多模样！难道怕你就不摘了？』遂齐走上前乱摘。把那老儿急得叫屈连天，舍了张委，拼命去拦阻。扯了东边，顾不得西首，顷刻间摘下许多。秋老心疼肉痛，骂道：『你这班贼男女，无事登门，将我欺负，要这性命何用！』赶向张委身边，撞个满怀。去得势猛，张委又多了几杯酒，把脚不住，翻筋斗跌倒。众人都道：『不好了！衙内打坏也！』齐将花撇下，一赶过来，要打秋公。内中有一个老成些的，见秋公年纪已老，恐打出事来，劝住众人，扶起张委。张委因跌了这跤，心中转恼，赶上前打得个只蕊不留，撒作遍地。意尤未足，又向花中践踏一回。可惜好花，正是：

老拳毒手交加下，翠叶娇花一旦休。好似一番风雨恶，乱红零落没人收。

当下只气得个秋公怆地呼天，满地乱滚。邻家听得秋公园中喧嚷，齐跑进来。看见花枝满地狼籍，众人正在行凶，邻里尽吃一惊，上前劝住。问知其故，内中倒有两三个是张委的租户，齐替秋公赔个不是，虚心冷气，送出篱门。张委道：『你们对那老贼说，好好把园送我，便饶了他。若说半个不字，须教他仔细着。』恨恨而去。邻里们见张委醉了，只道酒话，不在心上。覆身转来，将秋公扶起，坐在阶沿上。那老儿放声号恸。众邻里劝慰了一番，作别出去，与他带上篱门，一路行走。内中也有怪秋公平日不容看花的，便道：『这老官儿真个忒煞古怪，所以有这样事，也得他经一遭儿，警戒下次。』内中又有直道的道：『莫说这没天理的话！自古道：种花一年，看花十日。那看的但觉好看，赞声好花罢了，怎得知种花的烦难。只这几朵花，正不知费了许多辛苦，才培植得恁般茂盛，如何怪得他爱惜！』

不题众人。且说秋公不舍得这些残花，走向前将手去捡起来看，见践踏得凋残零落，尘垢沾污，心中凄惨，又哭道：『花啊！我一生爱护，从不曾损坏一瓣一叶，哪知今日遭此大难！』正哭之间，只听得背后有人叫道：『秋公为何恁般痛哭？』秋公回头看时，乃是一个女子，年约二八，姿容美丽，雅淡梳妆，却不认得是谁家之女。乃收泪问道：『小娘子是哪家？至此何干？』那女子道：『我家居在左近。因闻你园中牡丹花茂盛，特来游玩，不想都已谢了。』秋公题起『牡丹』二字，不觉又哭起来。女子道：『你且说有甚苦情，如此啼哭？』秋公将张委打花之事说出。那女子笑道：『原来为此缘故。你可要这花原上枝头么？』秋公道：『小娘子休得取笑！哪有落花返枝的理？』女子道：『我祖上传得个落花返枝的法术，屡试屡验。』秋公听说，化悲为喜道：『小娘子真个有这法术么？』女子道：『怎的不真？』秋公倒身下拜道：『若得小娘子施此妙术，老汉无以为报，但每一种花开，便来相请赏玩。』女子道：『你且莫拜，去取一碗水来。』秋公慌忙跳起去取水，心下又转道：『如何有这样妙法？莫不是见我哭泣，故意取笑？』又想道：『这小娘子从不相认，岂有耍我之理。还是真的。』急舀了一碗清水出来。抬头不见了女子，只见那花都已在枝头，地下并无一瓣遗存。起初每本一色，如今却变做红中间紫，淡内添浓，一本五色俱全，比先更觉鲜妍。有诗为证：

曾闻湘子将花染，又见仙姬会返枝。信是至诚能动物，愚夫犹自笑花痴。

当下秋公又惊又喜道：『不想这小娘子果然有此妙法。』只道还在花丛中，放下水，前来作谢。园中团团寻遍，并不见影。乃道：『这小娘子如何就去了？』又想道：『必定还在门口。须上去求他，传了这个法儿。』一径赶至门边，那门却又掩着。拽开看时，门首坐着两个老者，就是左近邻家，一个唤做虞公，一个叫做单老，在那里看渔人晒网。见秋公出来，齐立起身拱手道：『闻得张衙内在此无理，我们恰往田头，没有来问得。』秋公道：『不要说起，受了这班泼男女的殴气。亏着一位小娘子走来，用个妙法，救起许多花朵，不曾谢得一声，径出来了。二位可看见往哪一边去的？』二老闻言，惊讶道：『花坏了，有甚法儿救得？这女子去几时了？』秋公道：『刚方出来。』二老道：『我们坐在此好一回，并没个人走动，哪见什么女子？』秋公听说，心下恍悟道：『恁般说，莫不这位小娘子是神仙下降？』二老问道：『你且说怎的救起花儿？』秋公将女子之事叙了一遍。二老道：『有如此奇事！待我们去看看。』秋公将门拴上，一齐走至花下，看了连声称异道：『这定然是个神仙。凡人哪有此法力！』秋公即焚起一炉好香，对天叩谢。二老道：『这也是你平日爱花心诚，所以感动神仙下降。明日索性到教张衙内这几个泼男女看看，羞杀了他。』秋公道：『莫要！莫要！此等人即如恶犬，远远见了就该避之，岂可还引他来。』二老道：『这话也有理。』秋公此时非常欢喜，将先前那瓶酒热将起来，留二老在花下玩赏，至晚而别。二老回去一传，合村人都晓得，明日俱要来看，还恐秋公不许。谁知秋公原是有意思的人，因见神仙下降，遂有出世之念，一夜不寐，坐在花下存想。想至张委这事，忽地开悟道：『此皆是我平日心胸褊窄，故外侮得至。若神仙汪洋度量，无所不容，安得有此？』至次早，将园门大开，任人来看。先有几个进来打探，见秋公对花而坐，但吩咐道：『任凭列位观看，切莫要采便了。』众人得了这话，互相传开。那村中男子妇女，无有不至。

按下此处，且说张委至次早，对众人说：『昨日反被那老贼撞了一跤，难道轻恕了不成？如今再去要他这园。不肯时，多教些人从，将花木尽打个稀烂，方出这气。』众人道：『这园在衙内庄边，不怕他不肯。只是昨日不该把花都打坏，还留几朵，后日看看便是。』张委道：『这也罢了。少不得来年又发。我们快去，莫要使他停留长智。』众人一齐起身，出得庄门，就有人说：『秋公园上神仙下降，落下的花，原都上了枝头，却又变做五色。』张委不信道：『这老贼有何好处，能感神仙下降？况且不前不后，刚刚我们打坏，神仙就来？难道这神仙是养家的不成？一定是怕我们又去，故此诌这话来央人传说。』众人道：『衙内之言极是。』顷刻到了园门口，见两扇柴门大开，往来男女络绎不绝，都是一般说话。众人道：『原来真有这等事！』张委道：『莫管他，就是神仙见坐着，这园少不得要的。』

弯弯曲曲，转到草堂前看时，果然话不虚传。这花却也奇怪，见人来看，姿态愈艳，光采倍生，如对人笑的一般。张委心中虽十分惊讶，那吞占念头，全然不改。看了一回，忽地又起一个恶念，对众人道：『我们且去。』齐出了园门。众人问道：『衙内如何不与他要园？』张委道：『我想得个好策在此，不消与他说得。这园明日就归与我。』众人道：『衙内有何妙算？』张委道：『见今贝州王则谋反，专行妖术。枢密府行下文书来，普天下军州严禁左道，捕缉妖人。本府见出三千贯赏钱，募人出首。我明日就将落花上枝为由，教张霸到府，首他以妖术惑人。这个老儿熬刑不过，自然招承下狱。这园必定官卖，那时谁个敢买他的？少不得让与我。还有三千贯赏钱哩。』众人道：『衙内好计！事不宜迟，就去打点起来。』

当时即进城写下首状，次早，教张霸到平江府出首。这张霸是张委手下第一出尖的人，衙门情熟，故此用他。大尹正在缉访妖人，听说此事，合村男女都见的，不由不信。即差缉捕使臣带领几个做公的，押张霸作眼，前去捕获。张委将银布置停当，让张霸与缉捕使臣先行，自己与众子弟随后也来。缉捕使臣一径到秋公园上，那老儿还道是看花的，不以为意。众人发一声喊，赶上前一索捆翻。秋公吃这一吓不小，问道：『老汉有何罪犯？望列位说个明白。』众人口口声声，骂做妖人反贼，不由分诉，拥出门来。邻里看见，无不失惊，齐上前询问。缉捕使臣道：『你们还要问么？他所犯的事也不小，只怕连村上人都有份哩。』那些愚民，被这大话一寒，心中害怕，尽皆洋洋走开，惟恐累及。只有虞公、单老，同几个平日与秋公相厚的，远远跟来观看。

且说张委俟秋公去后，便与众子弟来锁园门。恐怕有人在内，又检点一过，将门锁上，随后赶上府前。缉捕使臣已将秋公解进，跪在月台上，见旁边又跪着一人，却不认得是谁。那些狱卒都得了张委银子，已备下诸般刑具伺候。大尹喝道：『你是何处妖人，敢在此地方上将妖术煽惑百姓？有几多党羽？从实招来！』秋公闻言，恰如黑暗中闻个火炮，正不知从何处起的。禀道：『小人家世住于长乐村中，并非别处妖人，也不晓得什么妖术。』大尹道：『前日你用妖术使落花上枝，还敢抵赖！』秋公见说到花上，情知是张委的缘故。即将张委要占园打花，并仙女下降之事，细诉一遍。不想那大尹性是偏执的，哪里肯信，乃笑道：『多少慕仙的，修行至老，尚不能得遇神仙。岂有因你哭，花仙就肯来？既来了，必定也留个名儿，使人晓得，如何又不别而去？这样话哄哪个？不消说得，定然是个妖人。快夹起来！』狱卒们齐声答应，如狼虎一般，蜂拥上来，揪翻秋公，扯腿拽脚，刚要上刑，不想大尹忽然一个头晕，险些儿跌下公座。自觉头目森森，坐身不住。吩咐上了枷扭，发下狱中监禁，明日再审。狱卒押着，秋公一路哭泣出来。看见张委道：『张衙内，我与你前日无怨，往日无仇，如何下此毒手，害我性命！』张委也不答应，同了张霸，和那一班恶少，转身就走。虞公、单老接着秋公，问知其细，乃道：『有这等冤枉的事！不打紧，明日同合村人，具张连名保结，管你无事。』秋公哭道：『但愿得如此便好。』狱卒喝道：『这死囚还不走！只管哭什么！』秋公含着眼泪进狱。邻里又寻些酒食，送至门上。那狱卒谁个拿与他吃，竟接来自去受用。到夜间，将他上了囚床，就如活死人一般，手足不能少展。心中苦楚，想道：『不知那位神仙救了这花，却又被这厮借此陷害。神仙呵！你若怜我秋先，亦来救拔性命，情愿弃家入道。』一头正想，只见前日那仙女冉冉而至。秋公急叫道：『大仙救拔弟子秋先则个！』仙女笑道：『汝欲脱离苦厄么？』上前把手一指，那枷扭纷纷自落。秋先爬起来，向前叩头道：『请问大仙姓氏。』仙女道：『吾乃瑶池王母座下司花女，怜汝惜花志诚，故令诸花返本，不意反资奸人谗口。然亦汝命中合有此灾，明日当脱。张委损花害人，花神奏闻上帝，已夺其算。助恶党羽，俱降大灾。汝宜笃志修行，数年之后，吾当度汝。』秋先又叩首道：『请问上仙修行之道。』仙女道：『修仙径路甚多，须认本源。汝原以惜花有功，今亦当以花成道。汝但饵百花，自能身轻飞举。』遂教其服食之法。秋先稽首叩谢起来，便不见了仙子。抬头观看，却在狱墙之上，以手招道：『汝亦上来，随我出去。』秋先便向前攀援了一大回，还只到得半墙，甚觉吃力。渐渐至顶，忽听得下边一棒锣声，喊道：『妖人走了，快拿下！』秋公心下惊慌，手酥脚软，倒撞下来，撒然惊觉，原在囚床之上。想起梦中言语，历历分明，料必无事，心中稍宽。正是：

但存方寸无私曲，料得神明有主张。

且说张委见大尹已认做妖人，不胜欢喜。乃道：『这老儿许多清奇古怪，今夜且请在囚床上受用一夜，让这园儿与我们乐罢。』众人都道：『前日还是那老儿之物，未曾尽兴。今日是大爷的了，须要尽情欢赏。』张委道：『言之有理！』遂一齐出城，教家人整备酒肴，径至秋公园上，开门进去。那邻里看见是张委，心下虽然不平，却又惧怕，谁敢多口。且说张委同众子弟走至草堂前，只见牡丹枝头一朵不存，原如前日打下时一般，纵横满地。众人都称奇怪。张委道：『看起来，这老贼果系有妖法的。不然，如何半日上倏尔又变了？难道也是神仙打的？』有一个子弟道：『他晓得衙内要赏花，故意弄这法儿来羞我们。』张委道：『他便弄这法儿，我们就赏落花。』当下依原铺设毡条，席地而坐，放开怀抱恣饮。也把两瓶酒赏张霸，到一边去吃。看看饮至月色挫西，俱有半酣之意，忽地起一阵大风。那风好利害！

善聚庭前草，能开水上萍。腥闻群虎啸，响合万声松。

那阵风却把地下这些花朵吹得都直竖起来，眨眼间俱变做一尺来长的女子。众人大惊，齐叫道：『怪哉！』言还未毕，那些女子迎风一幌，尽已长大，一个个姿容美丽，衣服华艳，团团立做一大堆。众人因见恁般标致，通看呆了。内中一个红衣女子却又说起话来，道：『吾姊妹居此数十余年，深蒙秋公珍重护惜。何意蓦遭狂奴，俗气熏炽，毒手摧残。复又诬陷秋公，谋吞此地。今仇在目前，吾姊妹曷不戮力击之！上报知己之恩，下雪摧残之耻，不亦可乎？』众女郎齐声道：『阿妹之言有理！须速下手，毋使潜遁！』说罢，一齐举袖扑来。那袖似有数尺之长，如风翻乱飘，冷气入骨。众人齐叫：『有鬼』。撇了家伙，望外乱跑，彼此各不相顾。也有被石块打脚的，也有被树枝抓面的，也有跌而复起，起而复跌的，乱了多时，方才收脚。点检人数都在，单不见了张委、张霸二人。此时风已定了，天色已昏，这班子弟各自回家，恰像检得性命一般，抱头鼠窜而去。家人喘息定了，唤几个生力庄客，打起火把，覆身去抓寻。直到园上，只听得大梅树下有呻吟之声。举火看时，却是张霸被梅根绊倒，跌破了头，挣扎不起。庄客着两个先扶张霸归去。众人周围走了一遍，但见静悄悄的，万籁无声。牡丹棚下，繁花如故，并无零落。草堂中杯盘狼藉，残酒淋漓。众人莫不吐舌称奇。一面收拾家火，一面重复照看。这园子又不多大，三回五转，毫无踪影。难道是大风吹去了？女鬼吃去了？正不知躲在哪里。延捱了一会，无可奈何，只索回去过夜，再作计较。方欲出门，只见门外又有一伙人，提着行灯进来。不是别人，却是虞公、单老，闻知众人遇鬼之事，又闻说不见了张委，在园上抓寻，不知是真是假，合着三邻四舍，进园观看。

问明了众庄客，方知此事果真，二老惊诧不已。教众庄客且莫回去，『老汉们同列位还去抓寻一遍。』众人又细细照看了一下，正是兴尽而归，叹了口气，齐出园门。二老道：『列位今晚不来了么？老汉们告过，要把园门落锁。没人看守得，也是我们邻里的干系。』此时庄客们蛇无头而不行，已不似先前声势了，答应道：『但凭，但凭。』两边人犹未散，只见一个庄客在东边墙角下叫道：『大爷有了！』众人蜂拥而前。庄客指道：『那槐枝上挂的，不是大爷的软翅纱巾么？』众人道：『既有了巾儿，人也只在左近。』沿墙照去，不多几步，只叫得声：『苦也！』原来东角转弯处，有个粪窖，窖中一人，两脚朝天，不歪不斜，刚刚倒种在内。庄客认得鞋袜衣服，正是张委。顾不得臭秽，只得上前打捞起来。虞、单二老暗暗念佛，和邻舍们自回。众庄客抬了张委，在湖边洗净。先有人报去庄上，合家大小，哭哭啼啼，准备棺衣入殓，不在话下。其夜张霸破头伤重，五更时亦死。此乃作恶的见报。正是：

两个凶人离世界，一双恶鬼赴阴司。

次日，大尹病愈升堂，正欲吊审秋公之事，只见公差禀道：『原告张霸同家长张委，昨晚都死了。』如此如此，这般这般。大尹大惊，不信有此异事。须臾间，又见里老乡民，共有百十人，连名具呈前事。诉说秋公平日惜花行善，并非妖人。张委设谋陷害，神道报应，前后事情，细细分剖。大尹因昨日头晕一事，亦疑其枉，到此心下豁然，还喜得不曾用刑。即于狱中吊出秋公，当堂释放。又给印信告示，与他园门张挂，不许闲人损坏他花木。众人叩谢出府。秋公向邻里作谢，一路同回。虞、单二老开了园门，同秋公进去。秋公见牡丹茂盛如初，伤感不已。众人治酒，与秋公压惊。秋公又答席，一连吃了数日酒席。

闲话休题。自此之后，秋公日饵百花，渐渐习惯，遂谢绝了烟火之物。所鬻果实钱钞，悉皆布施。不数年间，发白更黑，颜色转如童子。一日正值八月十五，丽日当天，万里无瑕。秋公正在房中趺坐，忽然祥风微拂，彩云如蒸，空中音乐嘹亮，异香扑鼻，青鸾白鹤，盘旋翔舞，渐至庭前。云中正立着司花女，两边幢幡宝盖，仙女数人，各奏乐器。秋公看见，扑翻身便拜。司花女道：『秋先，汝功行圆满，吾已奏闻上帝，有旨封汝为护花使者，专管人间百花，令汝拔宅上升。但有爱花惜花的，加之以福，残花毁花的，降之以灾。』秋公向空叩首谢恩讫，随着众仙登云，草堂花木，一齐冉冉升起，向南而去。虞公、单老和那合村之人都看见的，一齐下拜。还见秋公在云中举手谢众人，良久方没。此地遂改名升仙里，又谓之百花村。

园公一片惜花心，道感仙姬下界临。草木同升随拔宅，淮南不用炼黄金。

第五卷

大树坡义虎送亲

举世茫茫无了休，寄身谁识等浮沤！谋生尽作千年计，公道还当万古留。西下夕阳谁把手？东流逝水绝回头。世人不解苍天意，恐使身心半夜愁。

这八句诗，奉劝世人公道存心，天理用事，莫要贪图利己，谋害他人。常言道：使心用心，反害其身。你不存天理，皇天自然不佑。昔有一人，姓韦名德，乃福建泉州人氏，自幼随着父亲，在绍兴府开个倾银铺儿。那老儿做人公道，利心颇轻。为此主顾甚多，生意尽好。不几年，攒上好些家私。韦德年长，娶了邻近单裁缝的女儿为媳。那单氏到有八九分颜色，本地大户，情愿出百十贯钱讨他做偏房，单裁缝不肯。因见韦家父子本分，手头活动，况又邻居，一夫一妇，遂就了这头亲事。何期婚配之后，单裁缝得病身亡。不上二年，韦老亦病故。韦德与浑家单氏商议，如今举目无亲，不若扶柩还乡。单氏初时不肯，拗丈夫不过，只得顺从。韦德先将店中粗重家伙变卖，打叠行李，顾了一只长路船，择个出行吉日，把父亲灵柩装载，夫妻两口儿下船而行。

原来这稍公，名叫做张稍，不是个善良之辈，惯在河路内做些淘摸生意的。因要做这私房买卖，生怕伙计泄漏，却寻着一个会撑船的哑子，做个帮手。今日晓得韦德倾银多年，囊中必然充实。又见单氏生得美丽，自己却没老婆，两件都动了火。下船时，就起个不良之心，奈何未得其便。一日，因风大难行，泊舟于江郎山下。张稍心生一计，只推没柴，要上山砍些乱柴来烧。这山中有大虫，时时出来伤人，定要韦德作伴同去。韦德不知是计，随着张稍而走。张稍故意弯弯曲曲，引到深山之处，四顾无人，正好下手。张稍砍下些丛木在地，却教韦德打捆。韦德低着头只顾捡柴，不防张稍从后用斧劈来，正中左肩，扑地便倒。重复一斧，向脑袋劈下，血如涌泉，结果了性命。张稍连声道：『干净，干净！来年今日，叫老婆与你做周年。』说罢，把斧头插在腰里，柴也不要了，忙忙的空身飞奔下船。单氏见张稍独自回来，就问丈夫何在。张稍道：『没造化！遇了大虫，可怜你丈夫被他衔去了。亏我跑得快，脱了虎口，连砍下的柴，也不敢收拾。』单氏闻言，捶胸大哭。张稍解劝道：『这是生成八字内注定虎伤，哭也没用。』单氏一头哭，一头想道：『闻得虎遇夜出山，不信白日里就出来伤人。况且两人双双同去，如何偏拣我丈夫吃了？他又全没些损伤，好不奇怪！』便对张稍道：『我丈夫虽然衔去，只怕还挣得脱不死。』张稍道：『猫儿口中，尚且挖不出食，何况于虎。』单氏道：『然虽如此，奴家不曾亲见。就是真个被虎吃了，少不得存几块骨头。烦你引奴家去捡得回来，也表我夫妻之情。』张稍道：『我怕虎，不敢去。』单氏又哀哀的哭将起来。张稍想道：『不引他去走一遍，他心不死。』便道：『娘子，我引你去看，不要哭。』单氏随即上岸，同张稍进山路来。先前砍柴，是走东路，张稍恐怕妇人看见死尸，却引他从西路走。单氏走一步，哭一步，走了多时，不见虎迹。张稍指东话西，只望单氏倦而思返。谁知他定要见丈夫的骨血，方才指实。张稍见单氏不肯回步，扯个谎，望前一指道：『小娘子，你只管要行，兀的不是大虫来了？』单氏抬头而看，才问一声：『大虫在哪里？』声犹未绝，只听得林中咭喇的一阵怪风，忽地跳出一只吊睛白额虎，不歪不斜，正望着张稍当头扑来。张稍躲闪不及，只叫得一声：『阿呀！』被虎一口衔着背皮，跑入深林受用去了。

单氏惊倒在地，半日方醒。眼前不见张稍，已知被大虫衔去。始信山中真个有虎，丈夫被虎吃了，此言不谬。心中害怕，不敢前行。认着旧路，一步步哭将转来。未及出山，只见一个似人非人的东西，从东路直冲出来。单氏只道又是虎，叫道：『我死也！』望后便倒。耳根边忽听说：『娘子，你如何却在这里？』双手来扶。单氏睁眼看时，却是丈夫韦德，血污满面，所以不像人形。原来韦德命不该死，然虽然被斧劈伤，一时闷绝。张稍去后，却又醒将转来，挣扎起身，扯下脚带，将头裹缚停当，挪步出山，来寻张稍讲话，却好遇着单氏。单氏还认着丈夫被虎咬伤，以致如此。听韦德诉出其情，方悟张稍欺心使计，谋害他丈夫，假说有虎。后来被虎咬去，此乃神明遣来，剿除凶恶。夫妻二人感谢天地不尽。回到船中，那哑子做手势，问船主如何不来。韦德夫妻与他说明本末，哑子合着掌，忽然念出一声：『南无阿弥陀佛』，便能说话，将张稍从前过恶，一一说出。再问他时，依旧是个哑子。此亦至异之事也。韦德一路相帮哑子行船。直到家中，将船变卖了，造一个佛堂与哑子住下，日夜烧香。韦德夫妇终身信佛。后人论此事。咏诗四句：

伪言有虎原无虎，虎自张稍心上生。假使张稍心地正，山中有虎亦藏形。

方才说虎是神明遣来，剿除凶恶，此亦理之所有。看来虎乃百兽之王，至灵之物，感仁吏而渡河，伏高僧而护法，见于史传，种种可据。如今再说一个义虎知恩报恩，成就了人间义夫节妇，为千古佳话。正是：

说时节妇生颜色，道破奸雄丧胆魂。

话说大唐天宝年间，福州漳浦县下乡，有一人姓勤，名自励，父母俱存，家道粗足。勤自励幼年时，就聘定同县林不将的女儿潮音为妻。茶枣俱已送过，只等长大成亲。勤自励十二岁上，就不肯读书，出了学堂，专好使枪轮棒。父母单生的这个儿子，甚是姑息，不去拘管着他。年登十六，生得身长力大，猿臂善射，武艺过人。常言：『同声相应，同气相求。』自有一班无赖子弟，三朋四友，和他檠鹰放鹞，驾犬驰马，射猎打生为乐。曾一日射死三虎。忽见个黄衣老者，策杖而前，称赞道：『郎君之勇，虽昔日卞庄、李存孝不是过也！但好生恶杀，万物同情。自古道：人无害虎心，虎无伤人意。郎君何故必欲杀之？此兽乃百兽之王，不可轻杀。当初黄公有道术，能以赤刀制虎，尚且终为虎害。郎君若自恃其勇，好杀不已，将来必犯天道之忌，难免不测之忧矣。』勤自励闻言省悟，即时折箭为誓，誓不杀虎。

忽一日，独往山中打生，得了几项野味而回。行至中途，地名大树坡，见一黄斑老虎，误陷于槛阱之中，猎户偶然未到。其虎见勤自励到来，把前足跪地，俯首弭耳，口中作声，似有乞怜之意。自励道：『业畜，我已誓不害你了。但你今日自投槛阱，非干我事。』其虎眼观自励，口中呜呜不已。自励道：『我今做主放你，你今后切莫害人。』虎闻言点头，自励破阱放虎。虎得命，狂跳而去。自励道：『人以获虎为利，我却以放虎为仁。我欲仁而使人失其利，非忠恕之道也。』遂将所得野味置于阱中，空手而回。正是：

得放手时须放手，可施恩处便施恩。

只因勤自励不务本业，家道渐渐消乏。又且素性慷慨好客，时常引着这伙三朋四友，到家蒿恼，索酒索食。勤公、勤婆爱子之心，无所不至。初时犹勉强支持，以后支持不来，只得对儿子说道：『你今年已长大，不思务本作家，日逐游荡，有何了日！别人家儿子似你年纪，或农或商，胡乱得些进益，以养父母。似你有出气，无进气，家事日渐凋零，兀自三兄四弟，酒食征逐，不知做爹娘的将没作有，千难万难。就是衣饰典卖，也有尽时。将来手足无措，连爹娘也有饿死之日哩。我如今与你说过，再引人上门时，茶也没有一杯与他吃了，你莫着急！』勤自励被爹娘教训了一遍，嘿嘿无言，走出去了。真个好几日没有人上门蒿恼。约莫一月有余，勤自励又引十来个猎户到家，借锅煮饭。勤公也道：『容他煮罢。』勤婆不肯道：『费柴费火，还是小事。只是才说得儿子回心，清净了这几日，老娘心里好不喜欢。今日又来缠帐。开了端，辞得哪一个！他日又赔茶赔酒。老娘支持得怕了，索性做个冷面，莫惯他罢。』勤公见勤婆不允，闪过一边。勤婆将中门闭了，从门内说道：『我家不是公馆，柴火不便，别处去利市。』众人闻言，只索去了。勤自励满面羞惭，叹口气，想道：『我自小靠爹娘过活，没处赚得一文半文，家中来路又少，也怪爹娘不得。闻得安南作乱，朝廷各处募军。本府奉节度使文牒，大张榜文。众兄弟中已有几个应募去了。凭着我一身本事，一刀一枪，或者博得个衣锦还乡，也不见得。守着这六尺地上，带累爹娘受气，非丈夫之所为也。只是一件，爹娘若知我应募从军，必然不允。功名之际，只可从权。我自有个道理。』当下瞒过勤公、勤婆，竟往府中投军。太守试他武艺出众，将他充为队长，军政司上了名字。不一日招募数足，领兵官点名编号，给了口粮，制办衣甲器械，择个出征吉日，放炮起身。勤自励也不对爹娘说知，直到上路三日之后，遇了个县中差役，方才写寄一封书信回来。勤公拆书开看时，写道：

男自励无才无能，累及爹妈。今已应募，充为队长，前往安南。幸然有功，必然衣锦还乡。爹娘不必挂念。

勤公看毕，呆了半晌，开口不得。勤婆道：『儿子哪里去了？写什么言语在书上？你不对我说？』勤公道：『对你说时，只怕急坏了你。儿子应募充军，从征安南去了。』勤婆笑道：『我说多大难事，等儿子去十日半月后，唤他回来就是了。』勤公道：『妇道家不知利害！安南离此有万里之遥，音信尚且难通，况他已是官身，此去刀剑无情，凶多吉少。万一做了沙场之鬼，我两口儿老景谁人侍奉？』勤婆就哭天哭地起来，勤公也流泪不止。过了数日，林亲家亦闻此信，特地自来问个端的。勤公、勤婆遮瞒不得，只得实说了，感伤了一场。林公回去说知，举家都不欢喜。正是：

乐莫乐兮新相知，悲莫悲兮生别离。他人分离犹自可，骨肉分离苦杀我。

光阴似箭，不觉三年。勤自励一去，杳无音信。林公频频遣人来打探消息，都则似金针堕海，银瓶落井，全没些影响。同县也有几个应募去的，都则如此。林公的妈妈梁氏对丈夫说道：『勤郎一去三年不回，不知死活存亡。女儿年纪长成了，把他担误，不是个常法。你也该与勤亲家那边讨个决裂。虽然亲则是亲，各儿各女，两个肚皮里出来的。我女儿还不认得女婿的面长面短，却教他活活做孤孀不成？』林公道：『阿妈说的是。』即忙来到勤家，对勤公道：『小女年长，令郎杳无归信。倘只是不归，作何区处？老荆日夜愁烦，特来与亲家商议。』勤公已知其意，便道：『不肖子无赖，有误令爱芳年。但事已如此，求亲家多多上覆亲母，耐心再等三年。若六年不回，任凭亲家将令爱别许高门，老汉再无言语。』林公见他说得达理，只得唯唯而退，回来与妈妈说知。梁氏向来知道女婿不学本分，心中不喜。今三年不回，正中其意，听说还要等三年，好不焦躁。恨不得十日缩做一日，把三年一霎儿过了，等女儿再许个好人。

光阴似箭，不觉又过了三年。林公道：『勤亲家之约已满了，我再去走一番，看他更有何说？』梁氏道：『自古道：一言既出，驷马难追。他既有言在前，如今怪不得我了。有路自行，又去对他说什么！且待女儿有了对头，才通他知道也不迟。』林公又道：『阿妈说得是。然虽如此，也要与孩儿说知。』梁氏道：『潮音这丫头，有些古怪劣别，只如此对他说，勤郎六年不回，教他改配他人，他料然不肯，反被勤老儿笑话。须得如此如此。』林公又道：『阿妈说得是。』次日，梁氏正同女儿潮音一处坐，只见林公从外而来，故意大惊小怪的说道：『阿妈，你知道么？怪道勤郎无信回来，原来三年前便死于战阵了。昨日有军士在安南回，是他亲见的。』潮音听说，面如土色，阁泪而不敢下，慌忙走进自己房里去了。妈妈亦假做叹息，连称可怜。过了数日，林婆对女儿说道：『死者不能复生。他自没命，可惜你青春年少。我已教你父亲去寻媒说合，将你改配他人。乘这少年时，夫妻恩爱，莫教错过。』潮音道：『母亲差矣！爹把孩儿从小许配勤家，一女不吃两家茶。勤郎在，奴是他家妻；勤郎死，奴也是他家妇。岂可以生死二心！奴断然不为！』妈妈道：『孩儿休如此执见！爹妈单生你一人，并无兄弟。你嫁得着人时，爹妈也有半子之靠。况且未过门的媳妇，守节也是虚名。现放着活活的爹妈，你不念他日后老景凄凉，却去恋个死人，可不是个痴愚不孝之辈！』潮音被骂，不敢回言。就有男媒女妁来说亲事。潮音拗爹妈不过，心生一计，对爹妈说道：『爹妈主张，孩儿焉敢有违。只是孩儿一闻勤郎之死，就将身别许他人，于心何忍。容孩儿守制三年，以毕夫妻之情，那时但凭爹妈。不然，孩儿宁甘一死，决不从命。』林公与梁氏见女儿立志甚决，怕他做出短见之事，只得由他。正是：

一人立志，万夫莫夺。

却说勤公夫妇见儿子六年不归，眼见得林家女儿是别人家的媳妇了。后来闻得媳妇立志要守三年，心下不胜之喜。『若巴得这三年内儿子回家，还是我的媳妇。』光阴似箭，不觉又过了三年。潮音只认丈夫真死，这三年之内，素衣蔬食，如真正守孝一般。及至年满，竟绝了荤腥之味，身上又不肯脱素穿色。说起议婚，便要寻死。林公与妈妈商议：『女孩儿执性如此，改嫁之事，多应不成。如之奈何？』梁氏道：『密地择了人家，在我哥哥家受聘，不要通女孩儿得知。到临嫁之期，只说内侄做亲，来接女孩儿。哄得他易服上轿，鼓乐人从都在半路迎接。事到其间，不怕他不从。』林公又道：『阿妈说得是。』林公果然与舅子梁大伯计议定了，许了李承务家三舍人。自说亲以至纳聘，都在梁大伯家里。夫妻两口去受聘时，对女儿只说梁大伯大儿子定亲，潮音哪里疑心。吉期将到，梁大伯假说某日与儿子完婚，特迎取姐夫一家，到家中去接亲。梁氏先自许过他一定都来。至期，大伯差人将两顶轿子，来接姐姐和外甥女。梁氏自己先装扮了，教女儿换了色服同去。潮音不知是计，只得易服随行。女孩儿家不出闺门，不知路径。行了一会，忽然山凹里灯笼火把，鼓乐喧天，都是娶亲的人众，中途等候，摆列轿前，吹打而去。潮音觉道事体有变，没奈何，在轿内啼啼哭哭。众人也哪里管他，只顾催赶轿夫飞走。到一个去处，忽然阴云四合，下一阵大雨。众人在树林中暂歇，等雨过又行。走不上几步，抖然起一阵狂风，灯火俱灭，只见一只黄斑吊睛白额虎，从半空中跳将下来。众人发声喊，都四散逃走。

未知性命如何，已见亡魂丧胆。

风定虎去，众人叫声谢天，吹起火来，整顿重行。只见轿夫叫道：『不好了！』起初两乘轿子都是实的，如今一乘是空的。举火照时，正不见了新人，轿门都撞坏了。不是被大虫衔去是什么！梁氏听说，呜呜的啼哭起来。这些娶亲的没了新人，好没兴头，乐人也不吹打了，灯火也熄了一半。众人商量道：『如何是好？』欲待追寻，黑夜不便，也没恁般胆气。欲待各散去讫，怕又遇别个虎。不若聚做一块，同到林家，再作区处。所谓乘兴而去，败兴而回。

且说林公正闭着门，在家里收拾，听得敲门甚急，忙来开看，只见两乘轿子依旧抬转，许多人从，一个个垂头丧气，都如丧家之狗。吃了一惊，正不知是什么缘故。『莫非女孩儿不从，在轿里又弄出什么把戏？』心头犹如几百个榔锤打着，急问其故。梁氏在轿中哭将出来，哽哽咽咽，一字也说不出。从人将中途遇虎之事，叙了一遍。林公也捶胸大恸，懊悔无及：『早知我儿如此薄命，依他不嫁也罢！如今断送得他好苦！』一面令人去报李承务和梁大伯两家知道；一面聚集庄客，准备猎具，专等天明，打点搜山捕获大虫，并寻女儿骨殖。正是：

悲悲切切思闺女，口口声声恨大虫。

话分两头，却说勤自励自从应募投军，从征安南，力战有功，都督哥舒翰用为帐下虞侯，解所佩宝剑赐之，甚加信用。三年之后，吐番入寇，勤自励又随哥舒翰调兵征讨。平定之后，朝廷拜哥舒翰为大元帅，率领本部将校，雄军十万，镇守潼关。勤自励以两次军功，那时已做到都指挥之职。何期安禄反乱，杀到潼关，哥舒翰正值患病，抵敌不住，开关纳降。勤自励孤掌难鸣，弃其部下，只身仗剑而逃，一路辛苦不提。

事有凑巧，恰好林公嫁女这一晚，勤自励回到家中。见了父母，拜伏于地，口称：『恕孩儿不孝之罪。』勤公、勤婆仔细看时，方才认得是儿子。去时虽然长大，还没这般雄伟，又添上一嘴胡须，边塞风霜，容颜都改变了。勤公、勤婆痛定思痛，不觉流泪。勤公道：『我儿如何一去十年，音信全无？多有人说，你已没于战阵。哭得做爹妈的眼泪俱枯了。』勤婆道：『莫说十年之前，就是早回一日也还好，不见得媳妇随了别人。』勤自励道：『我媳妇怎么说？』勤婆道：『你去了三年之后，丈人就要将媳妇别许人家，是你爹爹不肯，勉强留了三年。以后媳妇闻你身死，自家立志守孝三年。如今第十个年头，也难怪他，刚刚是今晚出门嫁人。』勤自励听说，眉根倒竖，牙齿咬得格格的响，叫道：『哪个鸟百姓敢讨勤自励的老婆！我只教他认一认我手中的宝剑！』说罢，狠狠的仗剑出门。妈妈从小管他不下的，今日哪里留得他住，只得由他，捏着两把汗，在草堂中等候消息。正是：

青龙共白虎同行，吉凶事全无未保。

却说勤自励自小认得丈人林公家里，打这条路迎将上去。走了多时，将近黄昏，遇了一阵大雨，衣服都沾湿了。记得这地方唤做大树坡，有一株古树，约莫十来围大，中间都是空的，可以避雨。勤自励走到树边，挨身入内，甚是宽转。那雨虽然大，落不多时就止了。勤自励却待跳出，半空中又刮起一阵大风。勤自励想道：『索性等着过了这阵风走罢。』又道：『这风有些腥气，好古怪！』舒着头往外张望，见两盏红灯，若隐若现。忽地刮喇的一声响声，如天崩地裂，一件东西向前而坠，惊得勤自励倒身入内。少顷风定，耳边但闻呻吟之声。此时云收雨散，天边露出些微月。勤自励就月光下上前看时，那呻吟的却是个女子，勤自励扶起，细叩来历。那女子半晌方言，说道：『奴家林氏之女潮音也。』勤自励记得妻子的小名，未知是否，问道：『你可有丈夫么？』潮音道：『丈夫勤自励虽曾聘定，尚未过门。只为他十年前应募从军，久无

听来只道虎伤人
今日方知本报恩

音信。爹妈要将奴改适他姓，奴家誓死不从。爹妈背地将奴家不知许与谁家，只说舅舅家来接，骗奴上轿，中路方知。正待寻死，忽然一阵狂风，火光之下，看见个黄斑吊睛白额虎，冲人而来，径向轿中，将奴衔出，撇在此地。虎已去了，幸不损伤。官人不知尊姓何名？若得送奴归还父母之家，家中必有厚报。』勤自励道：『则小子便是勤自励，先征安南，又征吐番，后来又随哥舒元帅镇守潼关，适才回家。听说你家中将你嫁人，在于今晚，以此仗剑而来，欲剿那些败坏纲常之辈。何期于此相遇！这是天遣大虫送还与我，省得我勤自励舞刀轮剑，乃是万千之幸！』潮音道：『官人虽如此说，奴家未曾过门，不识丈夫之面。今日一言之下，岂敢轻信。官人还是引奴回家，使我爹爹识认女婿，也不负奴家数年苦守之志。』勤自励道：『你家老禽兽把一女许配两家，这等不仁不义之辈，还去见他则甚！我如今背你到我家中，先参见了舅姑，然后遣人通知你家，也把那老禽兽羞他一羞。』说罢，不管潮音肯不肯，把他负于背上，左手向后拦住他的金莲，右手仗剑，踏着烂地而回。行不多步，忽闻虎啸之声，遥见前山之上，双灯冉冉。细视，乃一只黄斑吊睛白额虎。那两个红灯，虎之睛光也。勤自励猛然想着十年之前，曾在此处破开槛阱，放了一只黄斑吊睛白额虎。『今日如何就晓得我勤自励回家，去人丛中衔那媳妇还我，岂非灵物！』遂高声叫道：『大虫，谢送媳妇了！』那虎大啸一声，跳而藏影。后人论起那虎报恩事，以为奇谈，多有题咏。惟胡曾先生一首最好。诗曰：

从来只道虎伤人，今日方知虎报恩。多少负心无义汉，不如禽兽有情亲。

再说勤公、勤婆在家悬悬而望。听得脚步响，忙点灯出来看时，只见儿子勤自励背上负了一个人，来到草堂，放于地下，叫道：『爹妈，则教你今夜认得媳妇！』勤公、勤婆见是个美貌女子，细叩来历，方知大虫报恩送亲一段奇事。双双举手加额，连称惭愧。勤婆遂将媳妇扶到房中，粥汤将息。次早差人去林亲家处报信。

却说林公那日黑早，便率领庄客，绕山寻绰了一遍，不见动静。叹口气，只得回家。忽见勤公遣人报喜，说夜来儿子已回，大虫衔来送还他家。哪里肯信！『我晓得了，这是勤亲家晓得女孩儿被虎衔去，故造此话来奚落我！』妈妈梁氏道：『天下何事不有！前日我家走失了一只花毛鸡，被邻舍家收着。过了一日，野猫衔个鸡到我家来。赶脱了猫儿，看那鸡，正是我家走失的这一只花毛鸡。有这般巧事！况且虎是个大畜牲，最有灵性。我又闻得一个故事：昔时有个书生住在孤村，夜间听得窗外声响，看时，窗棂里伸一只虎掌进来，掌有竹刺甚大。书生悟其来意，拔出其刺。明晚虎衔一羊来谢，可见虎通人性。或者天可怜女孩儿守志，遣那大虫来送归勤家，亦未可知。你且到勤家看女婿曾回不曾回，便有分晓。』林公又道：『阿妈说得是。』当日林公来到勤家。勤公出迎，分宾而坐，细述夜来之情。林公满面羞惭，谢罪不已。求见贤婿和小女之面。勤自励初时不肯认丈人，被爹娘先劝了多时，又碍浑家的面皮，故此只得出来相见，气忿忿的作了个揖，就走开去了。勤公教勤婆将媳妇妆扮起来，却请林公进房。父女会面，出于意外，犹如梦中相逢，欢喜无限。要接女儿回家，勤公、勤婆不肯。择了吉日，就于家中拜堂成亲。李承务家已知勤自励回来，自没话说。后来郭、李二元帅恢复长安，肃宗皇帝登极，清查文武官员。肃宗自为太子时，曾闻勤自励征讨之功。今番贼党簿籍中，没有他名字，嘉其未曾从贼，再起为亲军都指挥使。累征安庆绪、史思明有功。年老致仕，夫妻偕老。有诗为证：

但行刻薄人皆怨，能布恩施虎亦亲。奉劝人行方便事，得饶人处且饶人。

蠢动含灵俱一性，化胎湿卵命相关。得人济利休忘却，雀也知恩报玉环。

这四句诗，单说汉时有一秀才，姓杨名宝，华阴人氏，年方弱冠，天资颖异，学问过人。一日，正值重阳佳节，往郊外游玩。因行倦，坐于林中歇息。但见树木蓊郁，百鸟嘤鸣，甚是可爱。忽闻扑碌的一声，堕下一只鸟来，不歪不斜，正落在杨宝面前。口内吱吱的叫，却飞不起，在地上乱扑。杨宝道：『却不作怪！这鸟为何如此？』向前拾起看时，乃是一只黄雀，不知被何人打伤，叫得好生哀楚。杨宝心中不忍，乃道：『将回去喂养好了放罢。』正看间，见一少年手执弹弓，从背后走过来道：『秀才，这黄雀是我打下的，望乞见还。』杨宝道：『还亦易事。但禽鸟与人体质虽异，生命则一，安忍戕害？况杀百命，不足供君一膳，鬻万鸟，不能致君之富。奚不别为生业？我今愿赎此雀之命。』便去身边取出钱钞来。少年道：『某非为口腹利物，不过游戏试技耳。既秀才要此雀，即便相送。』杨宝道：『君欲取乐，禽鸟何辜！』少年谢道：『某知过矣！』遂投弓而去。

杨宝将雀回家，贮于巾箱中，日采黄花蕊饲之，渐渐羽翼长换。育至百日，便能飞翔。时去时来，杨宝十分珍重。忽一日，去而不回。杨宝心中正在气闷，只见一个童子单眉细眼，身穿黄衣，走入其家，望杨宝便拜。杨宝急忙扶起。童子将出玉环一双，递与杨宝道：『蒙君救命之恩，无以为报，聊以微物相奉。掌此当累世为三公。』杨宝道：『与卿素昧平生，何得有救命之说？』童子笑道：『君忘之耶？某即林中被弹，君巾箱中饲黄花蕊之人也。』言讫，化为黄雀而去。后来杨宝生子震，明帝朝为太尉；震子秉，和帝朝为太尉；秉子赐，安帝朝为司徒；赐子彪，灵帝朝为司徒。果然世世三公，德业相继，有诗为证：

黄花饲雀非图报，一片慈悲利物心。累世簪缨看盛美，始知仁义值千金。

说话的，那黄雀衔环的故事，人人晓得，何必费讲！看官们不知，只为在下今日要说个少年，也因弹了个异类上起，不能如弹雀的恁般悔悟，干把个老大家事，弄得七颠八倒，做了一场话柄。故把衔环之事，做个得胜头回。劝列位须学杨宝这等好善行仁，莫效那少年招灾惹祸。正是：

得闭口时须闭口，得放手时须放手。若能放手和闭口，百岁安宁有八九。

话说唐玄宗时，有一少年姓王名臣，长安人氏，略知书史，粗通文墨，好饮酒，善击剑，走马挟弹，尤其所长。从幼丧父，惟母在堂，娶妻于氏。同胞兄弟王宰，膂力过人，武艺出众，充羽林亲卫，未有妻室。家颇富饶，童仆多人。一家正安居乐业，不想安禄山兵乱，潼关失守，天子西幸。王宰随驾扈从，王臣料道立身不住，弃下房产，收拾细软，引母妻婢仆，避难江南。遂家于杭州，地名小水湾，置买田产，经营过日。后来闻得京城克复，道路宁静，王臣思想要往都下寻访亲知，整理旧业，为归乡之计。告知母亲，即日收拾行囊，只带一个家人，唤做王福，别了母妻，由水路直至扬州码头上。那扬州隋时谓之江都，是江淮要冲，南北襟喉之地，往来樯橹如麻。岸上居民稠密，做买做卖的，挨挤不开，真好个繁华去处。当下王臣舍舟登陆，雇请脚力，打扮做军官模样，一路游山玩水，夜宿晓行。不则一日，来至一所在，地名樊川，乃汉时樊哙所封食邑之处。这地方离都城已不多远。因经兵火之后，村野百姓，俱潜避远方，一路绝无人烟，行人亦甚稀少。但见：

冈峦围绕，树木阴翳，危峰秀拔插青霄，峻岭崔嵬横碧汉。斜飞瀑布，喷万丈银涛；倒挂藤萝，飏千条锦带。云山漠漠，鸟道逶迤行客少；烟林霭霭，荒村寥落土人稀。山花多艳如含笑，野鸟无名只乱啼。

王臣贪看山林景致，缓辔而行，不觉天色渐晚，听见茂林中似有人声。近前看时，原来不是人，却是两个野狐，靠在一株古树上，手执一册文书，指点商榷，若有所得，相对谈笑。王臣道：『这孽畜作怪！不知看的是什么书？且教它吃我一弹。』按住丝缰，绰起那水磨角靶弹弓，探手向袋中摸出弹子放上，觑得较亲，弓开如满月，弹去似飞星，叫声『着！』那二狐正在得意之时，不防林外有人窥看。听得弓弦响，方才抬头观看，那弹早已飞到，不偏不斜，正中执书这狐左目。弃下书，失声嗥叫，负痛而逃。那一个狐，却待就地去拾，被王臣也是一弹，打中左腮，放下四足，嗥叫逃命。王臣纵马向前，教王福拾起那书来看，都是蝌蚪之文，一字不识。心中想道：『不知是甚言语在上？把去慢慢访博古者问之。』遂藏在袖里，拨马出林，循大道望都城而来。

那时安禄山虽死，其子安庆绪犹强，贼将史思明降而复叛，藩镇又各拥重兵，俱蓄不臣之念。恐有奸细至京探听，故此门禁十分严紧，出入盘诘。刚到晚，城门就闭。王臣抵城下时，已是黄昏时候。见城门已扃，即投旅店安歇。到店门口，下马入来。主人家见他悬弓佩剑，军官打扮，不敢怠慢，上前相迎道：『长官请坐。』便令小二点杯茶儿递上。王福将行李卸下，驮进店中。王臣道：『主人家，有稳便房儿，开一间与我。』答道：『舍下客房尽多，长官只拣中意的住便了。』即点个灯火，引王臣往各房看过，择了一间洁净所在，将行李放下，把牲口牵入后边喂料。收拾停当，小二进来问道：『告长官，可吃酒么？』王臣道：『有好酒打两角，牛肉切一盘。伴当们照依如此。』小二答应出去。王臣把房门带转，也走到外边。小二捧着酒肉问道：『长官，酒还送到房里去饮，或就在此间？』王臣道：『就在此罢。』小二将酒摆在一副座头上，王臣坐下，王福在旁斟酒。吃过两三杯，主人家上前问道：『长官从哪镇到此？』王臣道：『在下从江南来。』主人家道：『长官语音，不像江南人物。』王臣道：『实不相瞒，在下原是京师人氏。因安禄山作乱，车驾幸蜀，在下挈家避难江南。今知贼党平复，天子还都，先来整理旧业，然后迎接家小归乡。因恐路上不好行走，故此军官打扮。』主人家道：『原来是自家人。老汉一向也避在乡村，到此不上一年哩。』彼此因是乡人，分外亲热。各诉流离之苦。正是：

江南风景依然是，城郭人民半已非。

两下正说得热闹，忽听得背后有人叫道：『主人家，有空房宿歇么？』主人家答应道：『房屋还有，不知客官有几位安歇？』答道：『只有我一人。』主人家见是个单身，又没包裹，乃道：『若止你一人，不敢相留。』那人怒道：『难道赖了你房钱，不肯留我？』主人家道：『客官，不是这般说。只因郭令公留守京师，颁榜远近旅店，不许容留面生歹人。如隐匿藏留者，查出重治。况今史思明又乱，愈加紧急。今客官又无包裹，又不相认，故不好留得。』那人笑道：『原来你不认得我，我就是郭令公家丁胡二。因有事往樊川，去了转回，赶进城不及，借你店里歇一宵，故此没有包裹。你若疑惑，明早同到城门上去，问那管门的，谁个不认得我？』这主人家被他把大帽儿一磕，便信以为真，乃道：『老汉一时不晓得是郭爷长官，莫怪，请里边房里去坐。』那人道：『且慢着。我肚里饿了，有酒饭讨些来吃了，进房不迟。』又道：『我是吃斋，只用素酒。』走过来，向王臣桌上对面坐下。小二将酒菜放下。王臣举目看时，见他把一只袖子遮着左眼，似觉疼痛难忍之状。那人开言道：『主人家，我今日造化低，遇着两个毛团，跌坏了眼。』主人家道：『遇着什么？』答道：『从樊川回来，见树林中两个野狐打滚嗥叫，我赶上前要去拿他，不想绊上一跤，狐又走了，反在地上磕损眼睛。』主人家道：『怪道长官把袖遮着眼儿。』王臣接口道：『我今日在樊川过，也遇着两个野狐。』那人忙问道：『可曾拿到么？』王臣道：『他在林中把册书儿观看，被我一弹，打了执书这狐左眼，遂弃书而逃。那一个方待去拾，又被我一弹打在腮上，也亡命而走。故此只取得这册书，没有拿到。』那人和主人家都道：『野狐会看书，这也是奇事！』那人又道：『那书上都是什么事体？借求一观。』王臣道：『都是异样篆书，一字也看他不出。』放下酒杯，便向袖中去摸那册书出来。说时迟，那时快，手还未到袖里时，不想主人家一个孙儿，年才五六岁，正走出来。小厮家眼净，望见那人是个野狐，却叫不出名色，奔向前指住道：『老爹！怎么这个大野猫坐在此？还不赶他！』王臣听了，使省悟是打坏眼的这狐，急忙拔剑，照顶门就砍。那狐望后一躲，就地下打个滚，露出本相，往外乱跑。王臣仗剑，追赶了十数家门面，向个墙里跳进。王臣因黑夜之间，无门寻觅，只得回转。

主人家点个灯火，同着王福一齐来迎着道：『饶它性命罢。』王臣道：『若不是令孙看破，几乎被这孽畜赚了书去。』主人家道：『这毛团也奸巧哩，只怕还要生计来取。』王臣道：『今后有人把野狐事来诱我的，定然是这孽畜，便挥他一剑。』一头说，已到店里。店左店右，住宿的客商闻得，当做一件异事，都走出来讯问，到拌得口苦舌干。王臣吃了夜饭，到房中安息。自想野狐忍痛来掇赚这册书，必定有些妙处，愈加珍秘。至三更时分，外边一片声打门，叫道：『快把书还了我，寻些好事酬你！若不还时，后来有些事故，莫要懊悔。』王臣听得，气忿不过，披衣起身，拔剑在手，又恐惊动众人，悄悄的步出房来，去摸那大门时，主人家已自下了锁。心中想道：『便叫起主人开门出去，那毛团已自走了，砍他不着，空惹众人憎厌。不如别着鸟气，来朝却又理会。』王臣依先进房睡了。那狐喊了多时方去。合店的人尽皆听得。到次早，齐劝王臣道：『这书既看不出字，留之何益，不如还他去罢。倘真个生出事来，懊悔何及！』王臣若是个见机的，听了众人言语，把那册书掷还狐精，却也罢了。只因他是个倔强汉子，不依众人说话，后来被那狐精把个家业弄得七零八落。正是：

不听好人言，必有恓惶泪。

当下王臣吃了早饭，算还房钱，取出行李，上马进城。一路观看，只见屋宇残毁，人民稀少，街市冷落，大非昔日光景。来到旧居地面看时，惟存一片瓦砾之场。王臣见了，不胜凄惨。无处居住，只得寻个寓所，安顿了行李，然后去访亲族，却也存不多几家。相见之间，各诉向来踪迹。说到那伤心之处，不觉扑簌簌泪珠抛洒。王臣又言：『今欲归乡，不想屋宇俱已荡尽，没个住身之处。』亲戚道：『自兵乱已来，不知多少人家父南子北，被掳被杀，受无限惨祸。就是我们，一个个都从刀尖上脱过来的，非容易得有今日。像你家太平无事，止去了住宅，已是无量之福了。况兼你的田产，亏我们照管，依然俱在。若有念归乡，整理起来，还可成个富家。』王臣谢了众人，遂买了一所房屋，制备日用家伙物件，将田园逐一经理停妥。经过两月，王臣正走出门，只见一人从东而来，满身穿着麻衣，肩上背个包裹，行履如飞，渐渐至近。

王臣举目观看，吃了一惊。这人不是别个，乃是家人王留儿。王臣急呼道：『王留儿，你从哪里来？却这般打扮？』王留儿见叫，乃道：『原来官人住在这里，教我寻得个发昏。』王臣道：『你且说为何恁般妆束？』王留儿道：『有书在此，官人看就知道。』至里边放下包裹，打开取出书信，递与家主。王臣接来拆开看时，却是母亲手笔。上写道：

从汝别后，即闻史思明复乱，日夕忧虑，遂沾重疾，医祷无效，旦夕必登鬼籍矣。年逾六秩，已不为夭。第恨衰年，值此乱离，客死远乡，又不得汝兄弟送我之终，深为痛心耳。但吾本家秦，不愿葬于外地。而又虑贼势方炽，恐京城复如前番不守，又不可居。终夜思之，莫若尽弃都下破残之业，以资丧事。迎吾骨入土之后，原返江东。此地田土丰阜，风俗醇厚，况惜开创甚难，决不可轻废。俟干戈宁静，徐图归乡可也。倘违吾言，自罹罗网，颠覆宗祀，虽及泉下，誓不相见。汝其志之！

王臣看毕，哭倒在地道：『指望至此重整家业，同归故乡，不想母亲反为我而忧死。早知如此，便不来得也罢。悔之何及！』哭了一回，又问王留儿道：『母亲临终，可还有别话？』王留儿道：『并无别话，只叮嘱说：「此处产业向已荒废，总然恢复，今史思明作反，京城必定有变，断不可守。」教官人作速一切处置，备办丧葬之事，迎柩葬后，原往杭州避乱。若不遵依，死不瞑目。』王臣道：『母亲遗命，岂敢违逆！况江东真似可居，长安战争未息，弃之甚为有理。』急忙制办缞裳，摆设灵座，一面差人往坟上收拾，一面央人将田宅变卖。王留儿住了两日，对王臣道：『官人修筑坟墓起来，尚有整月淹迟，家中必然悬望。等小人先回，以安其心。』王臣道：『此言正合我意。』即便写下家书，取出盘缠，打发他先回。王留儿临出门，又道：『小人虽去，官人也须作速处置快回。』王臣道：『我恨不得这时就飞到家，何消叮嘱！』王留儿出门，洋洋而去。且说王臣这些亲戚晓得，都来吊唁，劝他不该把田产轻废。王臣因是母命，执意不听众人言语，心忙意急，上好田产，都只卖得个半价。盘桓二十余日，坟上开土筑穴，诸事色色俱已停妥。然后打叠行装，带领仆从离了长安，星夜望江东赶来，迎灵车安葬。可怜：

仗剑长安悔浪游，归心一片水东流。北堂空作斑衣梦，泪洒白云天尽头。

话分两头。且说王臣母妻在家，真个闻得史思明又反，日夜忧虑王臣，懊悔放他出门。过了两三月，一日，忽见家人来报，王福从京师赍信回了。姑媳闻言，即教唤进。王福上前叩头，将书递上。却见王福左眼损坏，无暇详问，将书拆开观看。上写道：

自离膝下，一路托庇粗安。至都查核旧业，幸得一毫不废，已经理如昔矣。更喜得遇故知胡八判官，引至元丞相门下，颇蒙青盼扶持，一官幽蓟，诰身已领，限期甚迫。特遣王福迎母，同之任所。书至，即将江东田产尽货，火速入京。勿计微值，有误任期。相见在迩，书不多赘。

男臣百拜。

姑媳看罢书中之意，不胜欢喜，方问道：『王福，为甚损了一目。』王福道：『不要说起。在牲口上打瞌睡，不想跌下来，磕损了这眼。』又问：『京师近来光景，比旧日何如？亲戚们可都在么？』王福道：『满城残毁过半，与前大不相同了。亲戚们杀的杀，掳的掳，逃的逃，总来存不多几家。尚还有抢去家私的，烧坏屋宇的，占去田产的，惟有我家田园屋宅，一毫不动。』姑媳闻说，愈加欢悦。乃道：『家业又不曾废，却又得了官职，此皆天地祖宗保佑之力。感谢不尽！到临起身，须做场好事报答。再祈此去前程远大，福禄永长。』又问道：『那胡八判官是谁？」王福道：「这是官人的故交。」王妈妈道：「向来从不见说起有姓胡做官的来往。」媳妇道：「或者近日相交的，也未可知。」王福接口道：「正是近日相识的。」当下问了一回，王妈妈道：「王福，你路上辛苦了，且去吃些酒饭，歇息则个。」

到了次日，王福说道：「奶奶这里收拾起来，也得好几日。官人在京，却又无人服侍。待小人先去回覆，打叠停当，候奶奶一到，即便起身往任，何如？」王妈妈道：「此言甚是有理。」写起书信，付些盘缠银两，打发先行。王福去后，王妈妈将一应田地宇舍，什物器皿，尽行变卖，止留细软东西。因恐误了儿子任期，不择善价，半送与人。又延请僧人做了一场好事，然后雇下一只官船，择日起程。有几个平日相往的邻家女眷，俱来相送，登舟而别。离了杭州，由嘉禾苏州常润州一路，出了大江，望前进发。那些奴仆，因家主得了官，一个个手舞足蹈，好不兴头！

避乱南驰实可哀，谁知富贵逼人来。举家手额欢声沸，指日长安昼锦回。

且说王臣自离都下，兼程而进。不则一日，已到扬州码头上。把行李搬在客店上，打发牲口去了，吃了饭，教王福向河下雇觅船只。自己坐在客店门首，守着行囊，观看往来船只。只见一只官船溯流而上，船头站着四五个人，喜笑歌唱，甚是得意。渐渐至近。打一看时，不是别个，都是自己家人。王臣心中惊异道：「他们不在家中服役，如何却在这只官船上？」又想道：「想必母亲亡后，又归他人了。」正疑讶间，舱门帘儿启处，一个女子舒头而望。王臣仔细观看，又是房中侍婢。连称「奇怪」！刚欲询问，那船上家人却也看见，齐道：「官人如何也在这里？却又恁般服色？」忙教稍子拢船。早惊动舱中王妈妈姑媳，掀帘观看。王臣望见母亲尚在，急将麻衣脱下，打开包裹，换了衣服巾帻。船上家人登岸相迎。王臣教将行李齐搬下船，自己上船来见母亲。一眼觑着王留儿在船头上，不问情由，揪住便打。王妈妈走出说道：「他又无罪过，如何把他来打？」王臣见母亲出来，放手上前拜道：「都是这狗才，将母亲书信至京，误传凶信，陷儿于不孝！」姑媳俱惊讶道：「他日日在家，何尝有书差到京中！」王臣道：「一月前，赍母亲书来，书中写的如此如此，这般这般。住了两日，遣他先回，安慰家中。然后将田产处置了，星夜赶来，怎说不曾到京？」合家大惊道：「有这等异事！哪里一般又有个王留儿？」连王留儿倒笑起来道：「莫说小人到京，就是这个梦也不曾做。」王妈妈道：「你且取书来看，可像我的字迹？」王臣道：「不像母亲字迹，我如何肯信？」便打开行李，取出书来看时，乃是一幅素纸，哪有一个字影。把王臣惊得目睁口呆，只管将这纸来翻看。王妈妈道：「书在哪里？把来我看。」王臣道：「却不作怪！书上写着许多言语，如何竟变做一幅白纸？」王妈妈不信道：「焉有此理！自从你出门之后，并无书信往来。直至前日，你差王福将书接我，方有一信，令他先来覆你。如何有个假王留儿将假书哄你？如今却又说变了白纸！这是哪里学来这些鬼话。」王臣听说王福曾回家这话，也甚惊骇，乃道：「王福在京，与儿一齐起身到此，几曾教他将书来接母亲？」姑媳都道：「呀！这话愈加说得混帐了！一月前王福送书到家，书上说都中产业俱在，又遇什么胡八判官，引在元丞相门下，得了官职。教将江东田宅，尽皆卖了，火速入京，同往任上。故此弃了家业，雇请船只入京。怎说王福没有回来？」王臣大惊道：「这事一发奇怪！何曾有甚胡八判官引到元丞相门下，选甚官职，有书迎接母亲？」王妈妈道：「难道王福也是假的？快叫来问。」王臣道：

『他去唤船了，少刻就来。』众家人都到船头上一望，只见王福远远跑来，却也穿着凶服。众人把手乱招。王福认得是自家人，也道诧异，说：『他们如何都在这里？』走近船边，众人看时，与前日的王福不同了。前日左目已是损坏，如今这王福两只大眼滴溜溜，恰如铜铃一般。众人齐问道：『王福，你前日回家，眼已瞎了，如今怎又好好地？』王福向众人啐一口涎沫道：『啐！你们的眼便瞎了！我何曾回家？却又咒我眼瞎！』众人笑道：『这事真个有些古怪。奶奶在舱中唤你，且除下身上麻衣，快去相见。』王福见说，呆了一呆道：『奶奶还在？』众人道：『哪里去了，不在？』王福不信，也不脱麻衣，径撞入舱来。王臣看见，喝道：『这狗才，奶奶在这里，还不换了衣服来见？』王福慌忙退出船头脱下，进舱叩头。王妈妈擦磨老眼，仔细一看，连称：『怪哉！怪哉！前日王福回家，左目已损，今却又无恙。料然前日不是他了。』急去开出那封书来看时，也是一张白纸，并无一点墨迹。那时合家惶惑，正不知假王留儿、王福是甚变的？又不知有何缘故，却哄骗两头，把家业破毁？还恐后来尚有变故，惊疑不定。王臣沉思凝想了半日，忽想到假王福左眼是瞎的，恍然而悟，乃道：『是了，是了，原来却是这孽畜变来弄我！』王妈妈急问是甚东西。王臣乃将樊川打狐得书，客店变人诒骗，和夜间打门之事说出。又道：『当时我只道这孽畜不过变人来骗此书，倒不提防他有恁般贼智。』众人闻言，尽皆摇首咋舌道：『这妖狐却也奸狡利害哩！隔着几多路，却会仿着字迹人形，把两边人都弄得如要戏一般。早知如此，把那书还了他去也罢。』王臣道：『叵耐这孽畜无礼，如今越发不该还他了！若再缠帐，把那祸种头一火而焚之。』于氏道：『事已如此，莫要闲讲了，且商量正务。如今住在这里，不上不下，还是怎生计较？』王臣道：『京中产业俱已卖尽，去也没个着落，况兼路途又远。不如且归江东。』王妈妈道：『江东田宅也一毫无存，却住在何处？』王臣道：『权赁一所住下，再作区处。』当下拨转船头，原望江东而回。那些家人起初像火一般热，到此时化做冰一般冷，犹如断线偶戏，手足撣软，连话都无了。正是乘兴而来，败兴而返。到了杭州，王臣同家人先上岸，在旧居左近赁了一所房屋，制办日用家伙，各色停当，然后发起行李，迎母妻进屋。计点囊橐，十无其半，又恼又气。门也不出，在家纳闷。这些邻家见王妈妈去而复回，齐来询问。王臣道知其详，众人俱以为异事，互相传说，遂嚷遍了半个杭城。

一日，王臣在堂中，督率家人收拾，只见外边一人走将入来，威仪济楚，服饰整齐。怎见得？但见：

头戴一顶黑纱唐巾，身穿一领绿罗道袍；碧玉环正缀巾边，紫丝绦横围袍上；袜似两堆白雪，舄如二朵红云。堂堂相貌，生成出世之姿；落落襟怀，养就凌云之气。若非天上神仙，定是人间官宰。

那人走入堂中，王臣仔细打一看时，不是别人，正是同胞兄弟王宰。当下王宰向前作揖道：『大哥别来无恙？』王臣还了个礼，乃道：『贤弟，亏你寻到这里！』王宰道：『兄弟到京回旧居时，见已化为白地。只道罹于兵火，甚是悲痛。即去访问亲故，方知合家向已避难江东。近日大哥至京，整理旧业，因得母亲凶问，刚始离京。兄弟闻了这信，遂星夜赶来，适才访到旧居，邻家说新迁于此，母亲却也无恙，故此又到舟中换了衣服才来。母亲如今在哪里？为何反迁在这等破屋里边？』王臣道：『一言难尽。待见过了母亲，与你细说。』引入后边，早有家人报知王妈妈。王妈妈闻得次儿归家，好生欢喜，急忙出来，恰好遇见。王宰倒身下拜，拜毕起身。王妈妈道：『儿，我日夜挂心，一向好么？』

王宰道：『多谢母亲记念。待儿见过了嫂嫂，少停细细说与母亲知道。』当下王臣浑家并一家婢仆，都来见过。王宰扯王臣往外就走，王妈妈也随出来，至堂中坐下。问道：『大哥，你且先说。因甚弄得恁般模样？』王臣乃将樊川打狐起，直至两边掇赚，变卖产业，前后事细说一过。王宰听了道：『原来有这个缘故，以致如此！这却是你自取，非干野狐之罪。那狐自在林中看书，你是官道行路，两不妨碍，如何却去打他，又夺其书？及至客店中，他忍着疼痛来赚你书，想是万不得已而然。你不还他罢了，怎地又起恶念，拔剑斩逐？及至夜间好言苦求，你又执意不肯。况且不识这字，终于无用，要他则甚！今反吃他捉弄得这般光景，都是自取其祸。』王妈妈道：『我也是这般说。要他何用？如今反受其累。』王臣被兄弟数落一番，嘿然不语，心中好不耐烦。王宰道：『这书有几多大？还是什么字体？』王臣道：『薄薄的一册，也不知什么字体，一字也识不出。』王宰道：『你且把我看看。』王妈妈从旁衬道：『正是！你去把来与兄弟看看，或者识得这字，也不可知。』王宰道：『这字料也难识，只当眼见稀奇物罢了。』当时王臣向里边取出，到堂中递与王宰。王宰接过手，从前直揭至后，看了一看，乃道：『这果然稀见。』便立起身，走在堂中，向王臣道：『前日王留儿就是我。今日天书已还，不来缠你了。请放心！』一头说，一头往外就奔。王臣大怒，急赶上前，大喝道：『孽畜大胆，哪里走？』一把扯住衣裳，走的势发，扯的力猛，只听得聒喇一响，扯下一幅衣裳。那妖狐索性把身一抖，卸下衣服，见出本相，向门外乱跑，风团也似去了。

王臣同家人一齐赶到街上。四顾观看，并无踪影。王臣一来被他破荡了家业，二来又被他数落这场，三来不忿得这书，咬牙切齿，东张西望寻觅。只见一个瞎道人站在对面檐下，王臣问道：『可见一个野狐从哪里去了？』瞎道人把手指道：『向东边去了。』王臣同家人急望东而赶。行不上五六家门面，背后瞎道人叫道：『王臣，前日王福便是我，令弟也在这里。』众人闻得，复转身来。两个野狐执着书儿在前戏跃，众人奋勇前来追捕。二狐放下四蹄，飞也似去了。王臣刚奔到自己门首，王妈妈叫道：『去了这败家祸胎，已是安稳了。又赶他则甚！还不进来？』王臣忍着一肚子气，只得依了母亲，唤转家人进来。逐件捡起衣服观看，俱随手而变。你道都是什么东西？

破芭蕉，化为罗服；烂荷叶，变做纱巾。碧玉环，柳枝圈就；紫丝绦，薜萝搓成。罗袜二张白素纸，朱舄两片老松皮。

众人看了，尽皆骇异道：『妖狐神通这般广大！二官人不知在何处，却变得恁般厮像？』王臣心中转想转恼，气出一场病来，卧床不起。王妈妈请医调治，自不必说。过了数日，家人们正在堂中，只见走进一个人来。看时却是王宰，也是纱巾罗服，与前妖狐一般打扮。众家人只道又是假的，一齐乱喊道：『妖狐又来了！』各去寻棍觅棒，拥上前乱打。王宰喝道：『这些泼男女，为何这等无礼！还不去报知奶奶！』众人哪个睬他，一味乱打。王宰止遏不住，惹恼性子，夺过一根棒来，打得众人四分五落，不敢近前，都闪在里边门旁，指着骂道：『你这孽畜！书已拿去了，又来做甚？』王宰不解其意，心下大怒，直打入去。众人往内乱跑。早惊动王妈妈，听得外边喧嚷，急走出来，撞见众人，问道：『为何这等慌乱？』众人道：『妖狐又变做二官人模样，打进来也。』王妈妈惊道：『有这等事！』言还未毕，王宰已在面前。看见母亲，即撇下棒子，上前叩拜道：『母亲，为甚这些泼男女将儿叫做妖狐孽畜，执棍乱打？』王妈妈道：『你真个是我孩儿不？』王宰道：『儿是母亲生的，有什么假。』正说间，外面七八个人，扛抬铺程行李进来。众家人方知是真，上前叩头谢罪。王宰问其缘故。王妈妈乃将妖狐前后事细说，又道：『汝兄为此气成病症，尚未能愈。』王宰闻言，亦甚惊骇道：『恁样说起来，儿在蜀中，王福曾赍书至，也是这狐假的了。』王妈妈道：『你且说书上怎写？』王宰道：『儿是随驾入蜀，分隶于剑南节度严武部下，得蒙拔为裨将。故上皇还京，儿不相从归国。两月前，忽见王福赍哥哥书来，说向避难江东，不幸母亲有变，教儿速来计议，扶柩归乡。王福说要至京打扫茔墓，次日先行。儿为此辞了本官，把许多东西都弃下了，轻装兼程赶来。才访至旧居，邻家指引至此。知母亲无恙，复到舟中易服来见。正要问哥哥为甚把这样凶信哄我，不想却有此异事！』即去行李中开出那封书来看时，也是一幅白纸。合家又好笑，又好恼。王宰同母至内见过嫂子，省视王臣，道其所以，王臣又气得个发昏。王妈妈道：『这狐虽然憊懒，也亏它至蜀中赚你回来，使我母子相会。将功折罪，莫怨他罢。』王臣病了两个月，方才痊可，遂入籍于杭州。所以至今吴越间称拐子为野狐精，有所本也。

蛇行虎走各为群，狐有天书狐自珍。家破业荒书又去，令人千载笑王臣。

第七卷

钱秀才错占凤凰俦

渔船载酒日相随，短笛芦花深处吹。湖面风收云影散，水天光照碧琉璃。

这首诗是宋时杨备游太湖所作。这太湖在吴郡西南三十余里之外。你道有多少大？东西二百里，南北一百二十里，周围五百里，广三万六千顷，中有山七十二峰，襟带三州。哪三州？

苏州，湖州，常州。

东南诸水皆归。一名震泽，一名具区，一名笠泽，一名五湖。何以谓之五湖？东通长洲松江，南通乌程霅溪，西通义兴荆溪，北通晋陵滆湖，东通嘉兴韭溪，水凡五道，故谓之五湖。那五湖之水，总是震泽分流，所以谓之太湖。就太湖中，亦有五湖名色，曰：菱湖，游湖，莫湖，贡湖，胥湖。五湖之处，又有三小湖：扶椒山东曰梅梁湖；杜圻之西，鱼查之东曰金鼎湖；林屋之东曰东皋里湖，吴人只称做太湖。那太湖中七十二峰，惟有洞庭两山最大。东洞庭曰东山，西洞庭曰西山。两山分峙湖中。其余诸山，或远或近，若浮若沉，隐见出没于波涛之间。有元人许谦诗为证：

周回万水入，远近数州环。南极疑无地，西浮直际山。三江归海表，一径界河间。白浪秋风疾，渔舟意尚闲。

那东西两山在太湖中间，四面皆水，车马不通。欲游两山者，必假舟楫，往往有风波之险。昔宋时宰相范成大在湖中遇风，曾作诗一首：

白雾漫空白浪深，舟如竹叶信浮沉。科头宴起吾何敢，自有山川印此心。

话说两山之人，善于货殖，八方四路，去为商为贾。所以江湖上有个口号，却做『钻天洞庭』。内中单表西洞庭有个富家，姓高名赞，少年惯走湖广，贩卖粮食。后来家道殷实了，开起两个解库，托着四个伙计掌管，自己只在家中受用。浑家金氏，生下男女二人，男名高标，女名秋芳，那秋芳反长似高标二岁。高赞请个积年老教授在家馆谷，教着两个儿女读书。那秋芳资性聪明，自七岁读书，至十二岁，书史皆通，写作俱妙。交十三岁，就不进学堂，只在房中习学女工，描鸾刺凤。看看长成一十六岁，出落得好个女儿，美艳非常。有《西江月》为证：

面似桃花含露，体如白雪团成。眼横秋水黛眉清，十指尖尖春笋。袅娜休言西子，风流不让崔莺。金莲窄窄瓣儿轻，行动一天丰韵。

高赞见女儿人物整齐，且又聪明，不肯将他配个平等之人，定要拣个读书君子，才貌兼全的配他，聘礼厚薄倒也不论。若对头好时，就赔些妆奁嫁去，也自情愿。有多少豪门富室，日来求亲的。高赞访得他子弟才不压众，貌不超群，所以不曾许允。虽则洞庭在水中央，三州通道，况高赞又是个富家，这些做媒的四处传扬，说高家女子美貌聪明，情愿赔钱出嫁，只要择个风流佳婿。但有一二分才貌的，哪一个不挨风缉缝，央媒说合。说时夸奖得潘安般貌，子建般才，及至访实，都只平常。高赞被这伙做媒的哄得不耐烦了，对那些媒人说道：『今后不须言三语四，若果有人才出众的，便与他同来见我。合得我意，一言两决，可不快当！』自高赞出了这句言语，那些媒人就不敢轻易上门。正是：

眼见方为是，传言未必真。试金今有石，惊破假银人。

话分两头。却说苏州府吴江县平望地方，有一秀士，姓钱名青，字万选。此人饱读诗书，广知今古，更兼一表人才。也有《西江月》为证：

出落唇红齿白，生成眼秀眉清。风流不在着衣新，俊俏行中首领。下笔千言立就，挥毫四座皆惊。青钱万选好声名，一见人人起敬。

钱生家世书香，产微业薄，不幸父母早丧，愈加零替。所以年当弱冠，无力娶妻，只与老仆钱兴相依同住。钱兴日逐做些小经纪供给家主，每每不敷，一饥两饱。幸得其年游庠，同县有个表兄，住在北门之外，家道颇富，就延他在家读书。那表兄姓颜名俊，字伯雅，与钱生同庚生，都则一十八岁，颜俊只长得三个月，以此钱生呼之为兄。父亲已逝，只有老母在堂，亦未曾定亲。说话的，那钱青因家贫未娶，颜俊是富家之子，如何一十八岁，还没老婆？其中有个缘故。那颜俊有个好高之病，立誓要拣个绝美的女子，方与他缔姻，所以急切不能成就。况且颜俊自己又生得十分丑陋。怎见得？亦有《西江月》为证：

面黑浑如锅底，眼圆却似铜铃。痘疤密摆泡头钉，黄发蓬松两鬓。牙齿真金镀就，身躯顽铁敲成。楂开五指鼓锤能，枉了名呼颜俊。

那颜俊虽则丑陋，最好妆扮，穿红着绿，低声强笑，自以为美。更兼他腹中全无滴墨，纸上难成片语，偏好攀今掉古，卖弄才学。钱青虽知不是同调，却也借他馆地，为读书之资，每事左凑着他。故此颜俊甚是喜欢，事事商议而行，甚说得着。

话休絮烦。一日，正是十月初旬天气，颜俊有个门房远亲，姓尤名辰，号少梅，为人生意行中，颇颇伶俐，也领借颜俊些本钱，在家开个果子店营运过活。其日在洞庭山贩了几担橙橘回来，装做一盘，到颜家送新。他在山上闻得高家选婿之事，说话中间，偶然对颜俊叙述，也是无心之谈。谁知颜俊到有意了，想道：『我一向要觅一头好亲事，都不中意。不想这段姻缘却落在那里！凭着我恁般才貌，又有家私，若央媒去说，再增添几句好话，怕道不成？』那日一夜睡不着。

天明起来，急急梳洗了，到尤辰家里。尤辰刚刚开门出来，见了颜俊，便道：『大官人为何今日起得恁早？』颜俊道：『便是有些正事，欲待相烦。恐老兄出去了，特特早来。』尤辰道：『不知大官人有何事见委？请里面坐了领教。』颜俊到坐启下，作了揖，分宾而坐。尤辰又道：『大官人但有所委，必当效力，只怕用小子不着。』颜俊道：『此来非为别事，特求少梅作伐。』尤辰道：『大官人作成小子赚花红钱，最感厚意。不知说的是哪一头亲事？』颜俊道：『就是老兄昨日说的洞庭西山高家这头亲事，于家下甚是相宜。求老兄作成小子则个。』尤辰格的笑了一声道：『大官人莫怪小子直言！若是第二家，小子也就与你去说了。若是高家，大官人作成别人做媒罢。』颜俊道：『老兄为何推托？这是你说起的，怎么又叫我去寻别人？』尤辰道：『不是小子推托。只为高老有些古怪，不容易说话，所以迟疑。』颜俊道：『别件事或者有些东扯西拽，东掩西遮，东三西四，不容易说话。这做媒乃是冰人撮合，一天好事，除非他女儿不要嫁人便罢休。不然，少不得男媒女妁。随他古怪煞，须知媒人不可怠慢。你怕他怎的？还是你故意作难，不肯总成我这桩美事。这也不难，我就央别人去说。说成了时，休想吃我的喜酒！』说罢，连忙起身。那尤辰领借了颜俊家本钱，平日奉承他的，见他有怫然不悦之意，即忙回船转舵道：『大官人莫要性急，且请坐下，再细细商议。』颜俊道：『肯去说便去，不肯去就罢了。有甚话商量得！』口里虽则是恁般说了，身子却又转来坐下。尤辰道：『不是我故意作难，那老儿真个古怪。别家相媳妇，他偏要相女婿。但得他当面看得中意，才将女儿许他。有这些难处，只怕劳而无功，故此不敢把这个难题目包揽在身上。』颜俊道：『依你说，也极容易。他要当面看我时，就等他看个眼饱。我又不残疾，怕他怎地！』尤辰不觉呵呵大笑道：『大官人，不是冲撞你说。大官人虽则不丑，更有比大官人胜过几倍的，他还看不上眼哩。大官人若是不把与他见面，这事纵没一分二分，还有一厘二厘。若是当面一看，便万分难成了。』颜俊道：『常言无谎不成媒。你与我包谎，只说十二分人才。或者该是我的姻缘，一说一就，不要面看，也不可知。』尤辰道：『倘若要看时，却怎地？』颜俊道：『且到那时，再有商量。只求老兄速去一言。』尤辰道：『既蒙吩咐，小子好歹去走一遭便了。』颜俊临起身，又叮咛道：『千万，千万！说得成时，把你二十两这纸借契，先奉还了。媒礼花红在外。』尤辰道：『当得，当得！』

颜俊别去。不多时，就教人封上五钱银子，送与尤辰，为明日买舟之费。颜俊那一夜在床上又睡不着，想道：『倘他去时不尽其心，葫芦提回复了我，可不枉走一遭！再差一个伶俐家人跟随他去，听他讲甚言语。好计，好计！』等待天明，便唤家童小乙来，跟随尤大舍往山上去说亲。小乙去了，颜俊心中牵挂，即忙梳洗，往近处一个关圣庙中求签，卜其事之成否。当下焚香再拜，把签筒摇了几摇，扑的跳出一签。拾起看时，却是第七十三签。签上写得有签诀四句，云：

忆昔兰房分半钗，而今忽把信音乖。痴心指望成连理，到底谁知事不谐。

颜俊才学虽则不济，这几句签诀文义显浅，难道好歹不知。求得此签，心中大怒，连声道：『不准，不准！』撒袖出庙门而去。回家中坐了一会，想道：『此事有甚不谐！难道真个嫌我丑陋，不中其意？男子汉须比不得妇人，只是出得人前罢了。一定要选个陈平、潘安不成？』一头想，一头取镜子自照。侧头侧脑地看了一回，良心不昧，自己也看不过了。把镜子向桌上一撇，叹了一口寡气，呆呆而坐，准准的闷了一日。不题。

且说尤辰是日同小乙驾了一只三橹快船，趁着无风静浪，咿呀的摇到西山高家门首停舶，刚刚是未牌时分。小乙将名帖递了，高公出迎，问其来意。说是与令爱作伐，高赞问是何宅。尤辰道：『就是敝县一个舍亲，家业也不薄，与宅上门户相当。此子方年十八，读书饱学。』高赞道：『人品生得如何？老汉有言在前，定要当面看过，方敢应承。』尤辰见小乙紧靠在椅子后边，只得不老实扯个大谎，便道：『若论人品，更不必言。堂堂一躯，十全之相。况且一肚文才，十四岁出去考童生，县里就高高取上一名。这几年为丁了父忧，不曾进院，所以未得游庠。有几个老学看了舍亲的文字，都许他京解之才。就是在下，也非惯于为媒的。因年常在贵山买果，偶闻令爱才貌双全，老翁又慎于择婿，因思舍亲正合其选，故此斗胆轻造。』高赞闻言，心中甚喜。便道：『令亲果然有才有貌，老汉敢不从命。但老汉未曾经目，终不放心。若得足下引令亲过寒家一会，更无别说。』尤辰道：『小子并非谬言。老翁他日自知。只是舍亲是个不出书房的小官人，或者未必肯到宅上。就是小子撺掇来时，若成得亲事还好，万一不成，舍亲何面目回转！小子必然讨他抱怨了。』高赞道：『既然人品十全，岂有不成之理。老夫生性是这般小心过度的人，所以必要着眼。若是令亲不屑下顾，待老汉到宅，足下不意之中引令亲来一观，却不妥贴？』尤辰恐怕高赞身到吴江，访出颜俊之丑，即忙转口道：『既然尊意决要会面，小子还同舍亲奉拜，不敢烦尊驾动履。』说罢告别。高公哪里肯放，忙教整酒肴相款。吃到更余，高公留宿。尤辰道：『小舟带有铺陈，明日要早行，即今奉别。等舍亲登门，却又相扰。』高公取舟金一封相送，尤辰作谢下船。

次早顺风，拽起饱帆，不够大半日就到了吴江。颜俊正呆呆的站在门前望信，一见尤辰回家，便迎住问道：『有劳老兄往返，事体如何？』尤辰把问答之言，细述一遍。『他必要面会，大官人如何处置？』颜俊嘿然无言。尤辰便道：『暂别再会。』自回家去了。颜俊到里面，唤过小乙来问其备细，只恐尤辰所言不实，小乙说来果是一般。颜俊沉吟了半晌，心生一计，再走到尤辰家，与他商议。不知说的是什么计策？正是：

为思佳偶情如火，索尽枯肠夜不眠。自古姻缘皆分定，红丝岂是有心牵。

颜俊对尤辰道：『适才老兄所言，我有一计在此，也不打紧。』尤辰道：『有何好计？』颜俊道：『表弟钱万选，向在舍下同窗读书，他的才貌比我胜几分儿。明日我央及他同你去走一遭，把他只说是我，哄过一时。待行过了聘，不怕他赖我的姻事。』尤辰道：『若看了钱官人，万无不成之理。只怕钱官人不肯。』颜俊道：『他与我至亲，又相处得极好。只央他点一遍名儿，有甚亏他处！料他决然无辞。』说罢，作别回家。其夜，就到书房中陪钱万选夜饭，酒肴比常分外整齐。钱万选愕然道：『日日相扰，今日何劳盛设？』颜俊道：『且吃三杯，有小事相烦贤弟则个。只是莫要推故。』钱万选道：『小弟但可效劳之处，无不从命。只不知什么样事？』颜俊道：『不瞒贤弟说，对门开果子店的尤少梅，与我作伐，说的女家，是洞庭西山高家。一时间夸了大口，说我十分才貌。不想说得忒高兴了，那高老定要先请我去面会一会，然后行聘。昨日商议，若我自去，恐怕不应了前言。一来少梅没趣，二来这亲事就难成了。故此要劳贤弟认了我的名色，同少梅一行，瞒过那高老，玉成这头亲事，感恩不浅，愚兄自当重报。』钱万选想了一想，道：『别事犹可，这事只怕行不得。一时便哄过了，后来知道，你我都不好看相。』颜俊道：『原只要哄过这一时。若行聘过了，就晓得也何怕他。他又不认得你是什么人。就怪也只怪得媒人，与你什么相干！况且他家在洞庭西山，百里之隔，一时也未必知道。你但放心前去，倒不要畏缩。』钱万选听了，沉吟不语。欲待从他，不是君子所为；欲待不从，必然取怪，这馆就处不成了，事在两难。颜俊见他沉吟不决，便道：『贤弟，常言道：天塌下来，自有长的撑住。凡事有愚兄在前，贤弟休得过虑。』钱万选道：『虽然如此，只是愚弟衣衫褴褛，不称仁兄之相。』颜俊道：『此事愚兄早已办下了。』是夜无话。

次日，颜俊早起，便到书房中，唤家童取出一皮箱衣服，都是绫罗绸绢时新花样的翠颜色。时常用龙涎庆真饼熏得扑鼻之香，交付钱青，行时更换。下面净袜丝鞋，只有头巾不对，即时与他折了一顶新的。又封着二两银子，送与钱青道：『薄意权充纸笔之用，后来还有相酬。这一套衣服，就送与贤弟穿了。日后只求贤弟休向人说，泄漏其事。今日约定了尤少梅，明日早行。』钱青道：『一依尊命。这衣服小弟暂时借穿，回时依旧纳还。这银子一发不敢领了。』颜俊道：『古人车马轻裘，与朋友共，就没有此事相劳，那几件粗衣奉与贤弟穿了，不为大事。这些须薄意，不过表情，辞时反教愚兄惭愧。』钱青道：『既是仁兄盛情，衣服便勉强领下，那银子断然不敢领。』颜俊道：『若是贤弟固辞，便是推托了。』钱青方才受了。颜俊是日约会尤少梅。尤辰本不肯担这干纪，只为不敢得罪于颜俊，勉强应承。颜俊预先备下船只，及船中供应食物，和铺陈之类，又拨两个安童服侍，连前番跟去的小乙，共是三人。绢衫毡包，极其华整，隔夜俱已停当。又吩咐小乙和安童到彼，只当自家大官人称呼，不许露出个钱字。过了一夜，清早就起来催促钱青梳洗穿着。钱青贴里贴外，都换了时新华丽衣服，行动香风拂拂，比前更觉标致。

分明荀令留香去，疑是潘郎掷果回。

颜俊请尤辰到家，同钱青吃了早饭，小乙和安童跟随下船。又遇了顺风，片帆直吹到洞庭西山。天色已晚，舟中过宿。次日早饭过后，约莫高赞起身。钱青全柬写颜俊名字拜帖，谦逊些，加个晚字。小乙捧帖，到高家门首投下，说：『尤大舍引颜宅小官人特来拜见。』高家仆人认得小乙的，慌忙通报。高赞传言快请，假颜俊在前，尤辰在后，步入中堂。高赞一眼看见那个小后生，人物轩昂，衣冠济楚，心下已自三分欢喜。叙礼已毕，高赞看椅上坐。钱青自谦幼辈，再三不肯，只得东西昭穆坐下。高赞肚里暗暗欢喜：『果然是个谦谦君子。』坐定，先是尤辰开口，称谢前日相扰。高翁答言多慢。接口就问道：『此位就是令亲颜大官人？前日不曾问得贵表。』钱青道：『年幼无表。』尤辰代言：『舍亲表字伯雅。伯仲之伯，雅俗之雅。』高赞道：『尊名尊字，俱称其实。』钱青道：『不敢！』高赞又问起家世，钱青一一对答，出词吐气，十分温雅。高赞想道：『外才已是美了，不知他学问如何？且请先生和儿子出来相见，盘他一盘，便见有学无学。』献茶二道，吩咐家人：『书馆中请先生和小舍出来见客。』去不多时，只见五十多岁一个儒者，引着一个垂髫学生出来。众人一齐起身作揖。高赞一一通名：『这位是小儿的业师，姓陈，见在府庠。这就是小儿高标。』钱青看那学生，生得眉清目秀，十分俊雅。心中想着：『此子如此，其姊可知。颜兄好造化哩！』又献了一道茶，高赞便对先生道：『此位尊客，是吴江颜伯雅，年少高才。』那陈先生已会了主人之意，便道：『吴江是人才之地，见高识广，定然不同。请问贵邑有三高祠，还是哪三个？』钱青答言：『范蠡、张翰、陆龟蒙。』又问：『此三人何以见得他高处？』钱青一一分疏出来，两个遂互相盘问了一回。钱青见那先生学问平常，故意谈天说地，讲古论今，惊得先生一字俱无，连称道：『奇才，奇才！』把一个高赞就喜得手舞足蹈。忙唤家人，悄悄吩咐备饭，要整齐些。家人闻言，即时拽开桌子，排下五色果品。高赞取杯箸安席。钱青答敬，谦让了一回，照前昭穆坐下。三汤十菜，添案小吃。顷刻间，摆满了桌子，真个咄嗟而办。你道为何如此便当？原来高赞的妈妈金氏，最爱其女。闻得媒人引颜小官人到来，也伏在遮堂背后张看。看见一表人才，语言响亮，自家先中意，料高老必然同心，故此预先准备筵席。一等吩咐，流水的就搬出来。宾主共是五位。

酒后饭，饭后酒，直吃到红日衔山。钱青和尤辰起身告辞。高赞心中甚不忍别，意欲攀留几日，钱青哪里肯住。高赞留了几次，只得放他起身。钱青先别了陈先生，口称承教，次与高公作谢道：『明日早行，不得再来告别。』高赞道：『仓猝怠慢，勿得见罪。』小学生也作揖过了。金氏已备下几色嗄程相送，无非是酒米鱼肉之类，又有一封舟金。高赞扯尤辰到背处说道：『颜小官人才貌，更无他说。若得少梅居间成就，万分之幸。』尤辰道：『小子领命。』高赞直送上船，方才分别。当夜夫妻两口，说了颜小官人一夜。正是：

不须玉杵千金聘，已许红绳两足缠。

再说钱青和尤辰次日开船，风水不顺，直到更深，方才抵家。颜俊兀自秉烛夜坐，专听好音。二人叩门而入，备述昨朝之事。颜俊见亲事已成，不胜之喜，忙忙的就本月中择个吉日行聘。果然把那二十两借契送还了尤辰，以为谢礼。就拣了十二月初三日成亲。高赞得意了女婿，况且妆奁久已完备，并不推阻。日往月来，不觉十一月下旬，吉期将近。原来江南地方娶亲，不行古时亲迎之礼，都是女亲家和阿舅自送上门。女亲家谓之送娘，阿舅谓之抱嫁。高赞为选中了乘龙佳婿，到处夸扬，今日定要女婿上门亲迎，准备大开筵宴，遍请远近亲邻吃喜酒。先遣人对尤辰说知，尤辰吃了一惊，忙来对颜俊说了。颜俊道：『这番亲迎，少不得我自去走一遭。』尤辰跌足道：『前日女婿上门，他举家都看个够，行乐图也画得出在哪里。今番又换了一个面貌，教做媒的如何措辞？好事定然中变！连累小子，必然受辱！』颜俊听说，反抱怨起媒人来道：『当初我原说过来，该是我姻缘，自然成就。若第一次上门时，自家去了，哪见得今日进退两难！都是你捉弄我，故意说得高老十分古怪，不要我去，教钱家表弟替了。谁知高老甚是好情，一说就成，并不作难。这是我命中注定，该做他家的女婿，岂因见了钱表弟方才肯成！况且他家已受聘礼了，他的女儿就是我的人了。敢道个不字么？你看我今番自去，他怎生发付我？难道赖我的亲事不成？』尤辰摇着头道：『成不得，人也还在他家，你狠到哪里去？若不肯把人送上轿，你也没奈何他！』颜俊道：『多带些人从去，肯便肯，不肯时打进去，抢将回来。便告到官司，有生辰吉帖为证。只是赖婚的不是，我并没差处。』尤辰道：『大官人休说满话！常言道：恶龙不斗地头蛇。你的从人虽多，怎比得坐地的，有增无减。万一弄出事来，缠到官司，那老儿诉说，求亲的是一个，娶亲的又是一个。官府免不得与媒人诘问。刑罚之下，小子只得实说。连钱大官人前程干系，不是要处。』颜俊想了一想道：『既如此，索性不去了。劳你明日去回他一声，只说前日已曾会过了，敝县没有亲迎的常规，还是从俗送亲罢。』尤辰道：『一发成不得。高老因看上了佳婿，到处夸其才貌。那些亲邻专等亲迎之时，都要来厮认。这是断然要去的。』颜俊道：『如此，怎么好？』尤辰道：『依小子愚见，更无别策，只得再央令表弟钱大官人走遭，索性哄他到底。哄得新人进门，你就靠家大了，不怕他又夺了去。结姻之后，纵然有话，也不怕他了。』颜俊顿了一顿口道：『话倒有理！只是我的亲事，到作成别人去风光。央及他时，还有许多作难哩。』尤辰道：『事到其间，不得不如此了。风光只在一时，怎及得大官人终身受用！』颜俊又喜又恼。

当下别了尤辰，回到书房，对钱青说道：『贤弟，又要相烦一事。』钱青道：『不知兄又有何事？』颜俊道：『出月初三，是愚兄毕姻之期，初二日就要去亲迎。原要劳贤弟一行，方才妥当。』钱青道：『前日代劳，不过泛然之事。今番亲迎，是个大礼，岂是小弟代得的？这个断然不可！』颜俊道：『贤弟所言虽当，但因初番会面，他家已认得了。如今忽换我去，必然疑心，此事恐有变卦。不但亲事不成，只恐还要成讼，那时连贤弟也有干系。却不是为小妨大，把一天好事自家弄坏了？若得贤弟亲迎回来，成就之后，不怕他闲言闲语。这是个权宜之术。贤弟须知，塔尖上功德休得固辞。』钱青见他说得情辞恳切，只索依允。颜俊又唤过吹手及一应接亲人从，都吩咐了说话，不许漏泄风声。取得亲回，都有重赏。众人谁敢不依。到了初二日清晨，尤辰便到颜家相帮，安排亲迎礼物，及上门各项赏赐，都封得停停当当。其钱青所用，及儒巾、圆领、丝绦、皂靴，并皆齐备。又分派各船食用，大船二只，一只坐新人，一只媒人共新郎同坐。中船四只，散载众人。小船四只，一者护送，二者以备杂差。十余只船，筛锣掌号，一齐开出湖去。一路流星炮仗，好不兴头。正是：

门阑多喜气，女婿近乘龙。

船到西山，已是下午，约莫离高家半里停泊，尤辰先到高家报信。一面安排亲迎礼物，及新人乘坐百花彩轿，灯笼火把，共有数百。钱青打扮整齐，另有青绢暖轿，四抬四绰，笙箫鼓乐，径望高家而来。那山中远近人家，都晓得高家新女婿才貌双全，竞来观看，挨肩并足，如看神会故事的一般热闹。钱青端坐轿中，美如冠玉，无不喝采。有妇女曾见过秋芳的，便道：『这般一对夫妻，真个郎才女貌！高家拣了许多女婿，今日果然被他拣着了。』不题众人。

且说高赞家中，大排筵席，亲朋满坐，未及天晚，堂中点得画烛通红。只听得乐声聒耳，门上人报道：『娇客轿子到门了。』傧相披红插花，忙到轿前作揖，念了诗赋，请出轿来。众人谦恭揖让，延至中堂奠雁。行礼已毕，然后诸亲一一相见。众人见新郎标致，一个个暗暗称羡。献茶后，吃了茶果点心，然后定席安位。此日新女婿与寻常不同，面南专席，诸亲友环坐相陪，大吹大擂的饮酒。随从人等，外厢另有款待。且说钱青坐于席上，只听得众人不住声的赞他才貌，贺高老选婿得人。钱青肚里暗笑道：『他们好似见鬼一般，我好像做梦一般。做梦的醒了，也只扯淡。那些见神见鬼的，不知如何结末哩？我今日且落得受用。』又想道：『我今日做替身，担了虚名，不知实受还在几时？料想不能如此富贵。』转了这一念，反觉得没兴起来，酒也懒吃了。高赞父子轮流敬酒，甚是殷勤。钱青怕担误了表兄的正事，急欲抽身。高赞固留，又坐了一回。用了汤饭，仆从的酒都吃完了。约莫四鼓，小乙走在钱青席边，催促起身。钱青教小乙把赏封给散，起身作别。高赞量度已是五鼓时分，赔嫁妆奁俱已点检下船，只待收拾新人上轿。只见船上人都走来说：『外边风大，难以行船。且消停一时，等风头缓了好走。』原来半夜里便发了大风，那风刮得好利害。只见：

山间拔木扬尘，湖内腾波起浪。

只为堂中鼓乐喧阗，全不觉得。高赞叫乐人住了吹打，听时一片风声，吹得怪响，众皆愕然。急得尤辰只把脚跳，高赞心中大是不乐。只得重请入席，一面差人在外专看风色。看看天晓，那风越狂起来，刮得彤云密布，雪花飞舞。众人都起身看着天，做一块儿商议。一个道：『这风还不像就住的。』一个道：『半夜起的风，原要半夜里住。』又一个道：『这等雪天，就是没风，也怕行不得。』又一个道：『只怕这雪还要大哩。』又一个道：『风太急了，住了风，只怕湖胶。』又一个道：『这太湖不愁它胶断，还怕的是风雪。』众人是恁般闲讲，高老和尤辰好生气闷。又捱一会，吃了早饭，风愈狂，雪愈大，料想今日过湖不成。错过了吉日良时，残冬腊月，未必有好日了。况且笙箫鼓乐，乘兴而来，怎好教他空去。

事在千难万难之际，坐间有个老者唤做周全，是高赞老邻，平日最善处分乡里之事。见高赞沉吟无计，便道：『依老汉愚见，这事一些不难。』高赞道：『足下计将安在？』周全道：『既是选定日期，岂可错过！令婿既已到宅，何不就此结亲？趁这筵席，做了花烛。等风息，从容回去，岂非全美。』众人齐声道：『最好！』高赞正有此念，却喜得周老说话投机。当下便吩咐家人，准备洞房花烛之事。却说钱青虽然身子在此，本是个局外之人。起初风大风小，也还不在他心上。忽见周全发此议论，暗暗心惊。还道高老未必听他。不想高老欣然应允，老大着忙，暗暗叫苦。欲央尤少梅代言，谁想尤辰平昔好酒，一来天气寒冷，二来心绪不佳，斟着大杯只顾吃，吃得烂醉如泥，在一壁厢空椅子上，打鼾去了。钱青只得自家开口道：『此百年大事，不可草草。不妨另择个日子，再来奉迎。』高赞哪里肯依，便道：『翁婿一家，何分彼此！况贤婿尊人已不在堂，可以自专。』说罢，高赞入内去了。钱青又对各位亲邻再三央及，不愿在此结亲。众人都是奉承高老的，哪一个不极口赞成。钱青此时无可奈何，只推出恭。到外面时，却叫颜小乙与他商议。小乙心上也道不该，只教钱秀才推辞，此外别无良策。钱青道：『我已辞之再四，其奈高老不从。若执意推辞，反起其疑。我只要委曲周全你家主一桩大事，并无欺心。若有苟且，天地不容。』主仆二人正在讲话，众人都攒拢来道：『此是美事，令岳意已决矣。大官人不须疑虑。』钱青嘿然无语。众人揖钱青请进。午饭已毕，重排喜筵。傧相披红喝礼，两位新人打扮登堂，照依常规行礼，结了花烛。正是：

百年姻眷今宵就，一对夫妻此夜新。得意事成失意事，有心人遇没心人。

其夜酒阑人散，高赞老夫妇亲送新郎进房，伴娘替新娘卸了头面。几遍催新郎安置，钱青只不答应，正不知什么意故。只得服侍新娘先睡，自己出房去了。丫鬟将房门掩上，又催促官人上床。钱青心上如小鹿乱撞，勉强答应一句道：『你们先睡。』丫鬟们乱了一夜，各自倒东歪西去打瞌睡。钱青本待秉烛达旦，一时不曾讨得几枝蜡烛，到烛尽时，又不好声唤，忍着一肚子闷气，和衣在床外侧身而卧。也不知女孩儿头东头西。次早清清天亮，便起身出外，到舅子书馆中去梳洗。高赞夫妻只道他少年害羞，亦不为怪。是日雪虽住了，风尚不息。高赞且做庆贺筵席。钱青吃得酩酊大醉，坐到更深进房。女孩儿又先睡了。钱青打熬不过，依旧和衣而睡。连小娘子的被窝儿也不敢触着。又过一晚，早起时，见风势稍缓，便要起身。高赞定要留过三朝，方才肯放。钱青拗不过，只得又吃了一日酒。坐间背地里和尤辰说起夜间和衣而卧之事。尤辰口虽答应，心下未必准信。事已如此，只索由他。

却说女孩儿秋芳，自结亲之夜，偷眼看那新郎，生得果然齐整，心中暗暗欢喜。一连两夜，都则衣不解带，不解其故。『莫非怪我先睡了，不曾等待得他？』此是第三夜了，女孩儿预先吩咐丫鬟，只等官人进房，先请他安息。丫鬟奉命，只等新郎进来，便替他解衣科帽。钱青见不是头，除了头巾，急急的跳上床去，贴着床里自睡，仍不脱衣。女孩儿满怀不乐，只得也和衣睡了，又不好告诉爹娘。到第四日，天气晴和，高赞预先备下送亲船只，自己和老婆亲送女孩儿过湖。娘女共是一船，高赞与钱青、尤辰又是一船。船头俱挂了杂彩，鼓乐振天，好生闹热。只有小乙受了家主之托，心中甚不快意。驾个小小快船，赶路先行。

话分两头。且说颜俊自从打发众人迎亲去后，悬悬而望。到初二日半夜，听得刮起大风大雪，心上好不着忙。也只道风雪中船行得迟，只怕挫了时辰，哪想到过不得湖。一应花烛筵席，准备十全，等了一夜，不见动静，心下好闷。想道：『这等大风，到是不曾下船还好。若在湖中行动，老大担忧哩。』又想道：『若是不曾下船，我岳丈知道错过吉期，岂肯胡乱把女儿送来，定然要另选个日子。又不知几时吉利？可不闷杀了人！』又想道：『若是尤少梅能事时，在岳丈前撺掇，权且迎来，那时我哪管时日利与不利，且落得早些受用。』如此胡思乱想，坐不安席，不住的在门前张望。到第四日风息，料道决有佳音。等到午后，只见小乙先回报道：『新娘已取来了，不过十里之遥。』颜俊问道：

『吉期挫过，他家如何肯放新人下船？』小乙道：『高家只怕挫过好日，定要结亲。钱大官人已替东人权做新郎三日了。』颜俊道：『既结了亲，这三夜钱大官人难道竟在新人房里睡的？』小乙道：『睡是同睡的，却不曾动弹。那钱大官人是看得熟鸭蛋，伴得小娘眠的。』颜俊骂道：『放屁！哪有此理！我托你何事？你如何不叫他推辞，却做下这等勾当？』小乙道：『家人也说过来。钱大官人道：「我只要周全你家之事。若有半点欺心，天神鉴察。」』颜俊此时：

怒从心上起，恶向胆边生。

一把掌将小乙打在一边，气忿忿的奔出门外，专等钱青来厮闹。恰好船已拢岸。钱青终有细腻，预先嘱咐尤辰伴住高老，自己先跳上岸。只为自反无愧，理直气壮，昂昂的步到颜家门首。望见颜俊，笑嘻嘻的正要上前作揖，告诉衷情。谁知颜俊以小人之心，度君子之腹，此际便是仇人相见，分外眼睁，不等开言，便扑的一头撞去，咬定牙根，狠狠的骂道：『天杀的！你好快活！』说声未毕，揸开五指，将钱青和巾和发，扯做一把，乱踢乱打。口里不绝声的道：『天杀的！好欺心！别人费了钱财，把与你见成受用！』钱青口中也自分辩。颜俊打骂忙了，哪里听他半个字儿。家人也不敢上前相劝。钱青吃打慌了，便呼救命。船上人听得闹吵，都上岸来看。只见一个丑汉将新郎痛打，正不知什么意故，都走拢来解劝，哪里劝得他开。高赞盘问他家人，那家人料瞒不过，只得实说了。高赞不闻犹可，一闻之时，心头火起，大骂：『尤辰无理，做这等欺三瞒四的媒人，说骗人家女儿。』也扭着尤辰乱打起来。高家送亲的人，也自心怀不平，一齐动手要打那丑汉。颜家的家人回护家主，就与高家从人对打。先前颜俊和钱青是一对厮打，以后高赞和尤辰是两对厮打。结末两家家人，扭做一团厮打。看的人重重叠叠，越发多了，街道拥塞难行。却似：

九里山前摆阵势，昆阳城下赌输赢。

事有凑巧，其时本县大尹恰好送了上司回轿，至于北门，见街上震天喧嚷，却是厮打的。停了轿子，喝教拿下。众人见知县相公拿人，都则散了。只有颜俊兀自扭住钱青，高赞兀自扭住尤辰，纷纷告诉，一时不得其详。大尹都教带到公庭，逐一细审，不许搀口。见高赞年长，先叫他上堂诘问。高赞道：『小人是洞庭山百姓，叫做高赞，为女择婿，相中了女婿才貌，将女许配。初三日女婿上门亲迎，因被风雪所阻。小人留女婿在家完了亲事，今日送女到此。不期遇了这个丑汉，将小人的女婿毒打。小人问其缘故，却是那丑汉买嘱媒人，要哄骗小人的女儿为婚，却将那姓钱的后生，冒名到小人家里。老爷只问媒人，便知奸弊。』大尹道：『媒人叫甚名字？可在这里么？』高赞道：『叫做尤辰，见在台下。』大尹喝退高赞，唤尤辰上来，骂道：『弄假成真，以非为是，都是你弄出这个伎俩！你可实实供出，免受重刑。』尤辰初时还只含糊抵赖。大尹发怒，喝教取夹棍伺候。尤辰虽然市井，从未熬刑，只得实说。起初颜俊如何央小人去说亲，高赞如何作难，要选才貌。后来如何央钱秀才冒名去拜望。直到结亲始末，细细述了一遍。大尹点头道：『这是实情了。颜俊这厮费了许多事，却被别人夺了头筹，也怪不得发恼。只是起先设心哄骗的不是。』便教颜俊，审其口词。颜俊已听尤辰说了实话，又见知县相公词气温和，只得也叙了一遍。两口相同。

大尹结末唤钱青上来，一见钱青青年美貌，且被打伤，便有几分爱他怜他之意。问道：『你是个秀才，读孔子之书，达周公之礼，如何替人去拜望迎亲，同谋哄骗，有乖行止？』钱青道：『此事原非生员所愿。只为颜俊是生员表兄，生员家贫，又馆谷于他家。被表兄再四央求不过，勉强应承。只道一时权宜，玉成其事。』大尹道：『住了！你既为亲情而往，就不该与那女儿结亲了。』钱青道：『生员原只代他亲迎。只为一连三日大风，太湖之隔，不能行舟，故此高赞怕误了婚期，要生员就彼花烛。』大尹道：『你自知替身，就该推辞了。』颜俊从旁磕头道：『青天老爷！只看他应承花烛，便是欺心。』大尹喝道：『不要多嘴，左右扯他下去。』再问钱青：『你那时应承做亲，难道没有个私心？』钱青道：『只问高赞便知。生员再三推辞，高赞不允。生员若再辞时，恐彼生疑，误了表兄的大事，故此权成大礼。虽则三夜同床，生员和衣而睡，并不相犯。』大尹呵呵大笑道：『自古以来，只有一个柳下惠坐怀不乱。那鲁男子就自知不及，风雪之中，就不肯放妇人进门了。你少年子弟，血气未定，岂有三夜同床，并不相犯之理？这话哄得哪一个！』钱青道：『生员今日自陈心迹，父母老爷未必相信。只教高赞去问自己的女儿，便知真假。』大尹想道：『那女儿若有私情，如何肯说实话。』当下想出个主意来，便教左右唤到老实稳婆一名，到舟中试验高氏是否处女。速来回话。不一时，稳婆来覆知县相公，那高氏果是处子，未曾破身。颜俊在阶下听说高氏还是处子，便叫喊道：『既是小的妻子不曾破坏，小的情愿成就。』大尹又道：『不许多嘴！』再叫高赞道：『你心下愿将女儿配哪一个？』高赞道：『小人初时原看中了钱秀才，后来女儿又与他做过花烛。虽然钱秀才不欺暗室，与小女即无夫妇之情，已定了失妇之义。若教女儿另嫁颜俊，不惟小人不愿，就是女儿也不愿。』大尹道：『此言正合吾意。』钱青心下倒不肯，便道：『生员此行，实是为公不为私。若将此女归了生员，把生员三夜衣不解带之意，全然没了。宁可令此女别嫁，生员决不敢冒此嫌疑，惹人谈论。』大尹道：『此女若归他人，你过湖这两番替人诓骗，便是行止有亏，干碍前程了。今日与你成就亲事，乃是遮掩你的过失，况你的心迹已自洞然，女家两相情愿，有何嫌疑？休得过让，我自有明断。』遂举笔判云：

高赞相女配夫，乃其常理；颜俊借人饰己，实出奇闻。东床已招佳选，何知以羊易牛；西邻纵有责言，终难指鹿为马。两番渡河，不让传书柳毅；三宵隔被，何惭秉烛云长。风伯为媒，天公作合。佳男配了佳妇，两得其宜；求妻到底无妻，自作之孽。高氏断归钱青，不须另作花烛。颜俊既不合设骗局于前，又不合奋老拳于后。事已不谐，姑免罪责。所费聘仪，合助钱青，以赎一击之罪。尤辰往来煽诱，实启衅端，重惩示儆。

判讫，喝教左右，将尤辰重责三十板，免其画供，竟行逐出，盖不欲使钱青冒名一事，彰闻于人也。高赞和钱青拜谢。一干人出了县门，颜俊满面羞惭，敢怒而不敢言，抱头鼠窜而去，有好几月不敢出门。尤辰自回家将息棒疮。不题。

却说高赞邀钱青到舟中，反殷勤致谢道：『若非贤婿才行俱全，上官起敬，小女几乎错配匪人。今日到要屈贤婿同小女到舍下少住几时。不知贤婿宅上还有何人？』钱青道：『小婿父母俱亡，别无亲人在家。』高赞道：『既如此，一发该在舍下住了。老夫供给读书。贤婿意下如何？』钱青道：『若得岳父扶持，足感盛德。』是夜开船离了吴江，随路宿歇。次日早到西山。一山之人闻知此事，皆当新闻传说。又知钱青存心忠厚，无不钦仰。后来钱青一举成名，夫妻偕老。有诗为证：

丑脸如何骗美妻，作成表弟得便宜。可怜一片吴江月，冷照鸳鸯湖上飞。

第八卷

乔太守乱点鸳鸯谱

自古姻缘天定，不由人力谋求。有缘千里也相投，对面无缘不偶。仙境桃花出水，宫中红叶传沟。三生簿上注风流，何用冰人开口。

这首［西江月］词，大抵说人的婚姻，乃前生注定，非人力可以勉强。今日听在下说一桩意外姻缘的故事，唤做《乔太守乱点鸳鸯谱》。这故事出在哪个朝代？何处地方？那故事出在大宋景祐年间，杭州府有一人姓刘名秉义，是个医家出身。妈妈谈氏，生得一对儿女。儿子唤做刘璞，年当弱冠，一表非俗，已聘下孙寡妇的女儿珠姨为妻。那刘璞自幼攻书，学业已就。到十六岁上，刘秉义欲令他弃了书本，习学医业。刘璞立志大就，不肯改业，不在话下。女儿小名慧娘，年方一十五岁，已受了邻近开生药铺裴九老家之聘。那慧娘生得姿容艳丽，意态妖娆，非常标致。怎见得？但见：

蛾眉带秀，凤眼含情，腰如弱柳迎风，面似娇花拂水。体态轻盈，汉家飞燕同称；性格风流，吴国西施并美。蕊宫仙子谪人间，月殿嫦娥临下界。

不题慧娘貌美。且说刘公见儿子长大，同妈妈商议，要与他完姻。方待教媒人到孙家去说，恰好裴九老也教媒人来说，要娶慧娘。刘公对媒人道：『多多上覆裴亲家，小女年纪尚幼，一些妆奁未备，须再过几时。待小儿完姻过了，方及小女之事。目下断然不能从命。』媒人得了言语，回覆裴家。那裴九老因是老年得子，爱惜如珍宝一般，恨不能风吹得大，早些儿与他毕了姻事，生男育女。今日见刘公推托，好生不喜。又央媒人到刘家说道：『令爱今年一十五岁，也不算做小了。到我家来时，即如女儿一般看待，决不难为。就是妆奁厚薄，但凭亲家，并不计论。万望亲家曲允则个。』刘公立意先要与儿子完姻，然后嫁女。媒人往返了几次，终是不允。裴九老无奈，只得忍耐。当时若是刘公允了，却不省好些事体。只因执意不从，到后生出一段新闻，传说至今。正是：

只因一着错，满盘俱是空。

却说刘公回脱了裴家，央媒人张六嫂到孙家去说儿子的姻事。原来孙寡妇母家姓胡，嫁的丈夫孙恒，原是旧家子弟。自十六岁做亲，十七岁就生下一个女儿，唤名珠姨。才隔一岁，又生个儿子，取名孙润，小字玉郎。两个儿女，方在襁褓中，孙恒就亡过了。亏孙寡妇有些节气，同着养娘，守这两个儿女，不肯改嫁。因此人都唤他是孙寡妇。光阴迅速，两个儿女渐渐长成。珠姨便许了刘家，玉郎从小聘定善丹青徐雅的女儿文哥为妇。那珠姨、玉郎都生得一般美貌，就如良玉碾成，白粉团就一般。加添资性聪明，男善读书，女工针指。还有一件，不但才貌双全，且又孝悌兼全。闲话休题。

且说张六嫂到孙家传达刘公之意，要择吉日娶小娘子过门。孙寡妇母子相依，满意欲要再停几时。因想男婚女嫁，乃是大事，只得应承。对张六嫂道：『上覆亲翁、亲母，我家是孤儿寡妇，没甚大妆奁嫁送，不过随常粗布衣裳，凡事不要见责。』张六嫂覆了刘公。刘公备了八盒羹果礼物，并吉期送到孙家。孙寡妇受了吉期，忙忙的制办出嫁东西。看看日子已近，母女不忍相离，终日啼啼哭哭。谁想刘璞因冒风之后，出汗虚了，变为寒症，人事不省，十分危笃。吃的药就如泼在石上，一毫没用。求神问卜，俱说无效。吓得刘公夫妻魂魄都丧，守在床边，吞声对泣。刘公与妈妈商量道：『孩儿病势恁样沉重，料必做亲不得。不如且回了孙家，等待病痊，再择日罢。』刘妈妈道：『老官儿，你许多年纪了，这样事难道还不晓得？大凡病人势凶，得喜事一冲就好了。未曾说起的，还要去相求。如今现成事体，怎么反要回他？』刘公道：『我看孩儿病体，凶多吉少。若娶来家冲得好时，此是万千之喜，不必讲了。倘若不好，可不害了人家子女，有个晚嫁的名头。』刘妈妈道：『老官，你但顾了别人，却不顾自己。你我费了许多心机，定得一房媳妇。谁知孩儿命薄，临做亲，却又患病起来。今若回了孙家，孩儿无事，不消说起。万一有些山高水低，有甚把臂，那原聘还了一半，也算是他们忠厚了。却不是人财两失！』刘公道：『依你便怎样？』刘妈妈道：『依着我，吩咐了张六嫂，不要题起孩儿有病，竟娶来家，就如养媳妇一般。若孩儿病好，另择日结亲。倘然不起，媳妇转嫁时，我家原聘并各项使费，少不得班足了，放他出门，却不是个万全之策？』刘公耳朵原是棉花做的，就依着老婆，忙去叮嘱张六嫂不要泄漏。

自古道：若要不知，除非莫为。刘公便瞒着孙家，哪知他紧间壁的邻家姓李名荣，曾在人家管过解库，人都叫他做李都管。为人极是刁钻，专一打听人家的细事，喜谈乐道。因他做主管时得了些不义之财，手中有钱，所居与刘家基址相连，意欲强买刘公房子，刘公不肯，为此两下面和意不知，巴不能刘家有些事故，幸灾乐祸。晓得刘璞有病危急，满心欢喜，连忙去报知孙家。

孙寡妇听见女婿病凶，恐防误了女儿，即使养娘去叫张六嫂来问。张六嫂欲待不说，恐怕刘璞有变，孙寡妇后来埋怨。欲要说了，又怕刘家见怪。事在两难，欲言又止。孙寡妇见他半吞半吐，越发盘问得急了。张六嫂隐瞒不过，乃说：『偶然伤风，原不是十分大病。将息到做亲时，料必也好了。』孙寡妇道：『闻得他病势十分沉重，你怎说得这般轻易？这事不是当要的。我受了千辛万苦，守得这两个儿女成人，如珍宝一般。你若含糊赚了我女儿时，少不得和你性命相搏，那时不要见怪。』又道：『你去到刘家说，若果然病重，何不待好了，另择日子。总是儿女年纪尚小，何必恁样忙迫。问明白了，快来回报一声。』张六嫂领了言语，方欲出门，孙寡妇又叫转道：『我晓得你决无实话回我的，我令养娘同你去走遭，便知端的。』张六嫂见说教养娘同去，心中着忙道：『不消得，好歹不误大娘之事。』孙寡妇哪里肯听，教了养娘些言语，跟张六嫂同去。张六嫂攦脱不得，只得同到刘家。恰好刘公走出门来，张六嫂欺养娘不认得，便道：『小娘子少待，等我问句话来。』急走上前，拉刘公到一边，将孙寡妇适来言语细说。又道：『他因放心不下，特教养娘同来讨个实信，却怎的回答？』刘公听见养娘来看，手足无措，埋怨道：『你怎不阻挡住了？却与他同来！』张六嫂道：『再三拦阻，如何肯听，叫我也没奈何。如今且留他进去坐了，你们再去从长计较回他，不要连累我后日受气。』说还未毕，养娘已走过来。张六嫂就道：『此间便是刘老爹。』养娘深深道个万福。刘公还了礼道：『小娘子请里面坐。』一齐进了人门，到客坐内。刘公道：『六嫂，你陪小娘子坐着，待我叫老荆出来。』张六嫂道：『老爹自便。』刘公急急走到里面，一五一十，学于妈妈。又说：『如今养娘在外，怎地回他？倘要进来探看孩儿，却又如何掩饰？不如改了日子罢。』妈妈道：『你真是个死货！他受了我家的聘，便是我家的人了。怕他怎的！不要着忙，自有道理。』便教女儿慧娘：『你去将新房中收拾整齐，留孙家妇女吃点心。』慧娘答应自去。刘妈妈即走向外边，与养娘相见毕，问道：『小娘子下顾，不知亲母有甚话说？』养娘道：『俺大娘闻得大官人有恙，放心不下，特教男女来问候。二来上覆老爹、大娘，若大官人病体初痊，恐未可做亲。不如再停几时，等大官人身子健旺，另拣日罢。』刘妈妈道：『多承亲母过念，大官人虽是有些身子不快，也是偶然伤风，原非大病。若要另择日子，这断不能够的。我们小人家的买卖，千难万难，方才支持得停当。如错过了，却不又费一番手脚？况且有病的人，正要得喜事来冲，他病也易好。常见人家要省事时，选借这病来见喜，何况我家吉期定已多日，亲戚都下了帖儿请吃喜筵。如今忽地换了日子，他们不道你家不肯，必认做我们讨媳妇不起。传说开去，却不被人笑耻，坏了我家名头。烦小娘子回去上覆亲母，不必担忧。我家干系大哩！』养娘道：『大娘话虽说得是。请问大官人睡在何处？待男女候问一声，好家去回报大娘，也教他放心。』刘妈妈道：『适来服了发散的药，正熟睡在那里。我与小娘子代言罢。事体总在刚才所言了，更无别说。』张六嫂道：『我原说偶然伤风，不是大病。你们大娘不肯相信，又要你来。如今方见老身不是说谎的了。』养娘道：『即如此，告辞罢。』便要起身。刘妈妈道：『哪有此理！说话忙了，茶也还没有吃，如何便去？』即邀到里边，又道：『我房里腌腌臜臜，到在新房里坐罢。』引入房中，养娘举目看时，摆设得十分齐整。刘妈妈又道：『你看我家诸事齐备，如何肯又改日子？就是做了亲，大官人倒还要留在我房中歇宿，等身子痊愈了，然后同房哩。』养娘见他整备得停当，信以为实。当下刘妈妈教丫鬟将出点心茶来摆上，又教慧娘也来相陪。养娘心中想道：『我家珠娘是极标致的了，不想这女娘也恁般出色！』吃了茶，作别出门。临行，刘妈妈又再三嘱咐张六嫂：『是必来覆我一声。』

养娘同着张六嫂回到家中，将上项事说与主母。孙寡妇听了，心中到没了主意，想道：『欲待允了，恐怕女婿真个病重，变出些不好来，害了女儿。将欲不允，又恐女婿果是小病已愈，误了吉期。』疑惑不定，乃对张六嫂道：『大嫂，待我酌量定了，明早来取回信罢。』张六嫂道：『正是，大娘从容计较计较，老身明早来也。』说罢自去。

且说孙寡妇与儿子玉郎商议：『这事怎生计较？』玉郎道：『看起来还是病重，故不要养娘相见。如今必要回他，另择日子，他家也没奈何，只得罢休。但是空费他这番东西，见得我家没有情义。倘后来病好相见之间，觉道没趣。若依了他们时，又恐果然有变，那时进退两难，懊悔却便迟了。依着孩儿，有个两全之策在此，不知母亲可听？』孙寡妇道：『你且说是甚两全之策？』玉郎道：『明早教张六嫂去说，日子便依着他家，妆奁一毫不带。见喜过了，到第三朝就要接回。等待病好，连妆奁送去。是恁样，纵有变故，也不受他们笼络，这却不是两全其美。』孙寡妇道：『你真是个孩子家见识！他们一时假意应承娶去，过了三朝，不肯放回，却怎么处？』玉郎道：『如此怎好？』孙寡妇又想了一想道：『除非明日教张六嫂依此去说，临期教姐姐闪过一边，把你假扮了送去。皮箱内原带一副道袍鞋袜，预防到三朝，容你回来，不消说起。倘若不容，且住在那里，看个下落。倘有三长两短，你取出道袍穿了，竟自走回，哪个扯得你住！』玉郎道：『别事便可，这事却使不得！后来被人晓得，教孩儿怎生做人？』孙寡妇见儿子推却，心中大怒道：『纵别人晓得，不过是耍笑之事，有甚大害！』玉郎平昔孝顺，见母亲发怒，连忙道：『待孩儿去便了。只不会梳头，却怎么好？』孙寡妇道：『我教养娘服侍你去便了。』计较已定，次早张六嫂来讨回音，孙寡妇与他说如此如此，恁般恁般。『若依得，便娶过去。依不得，便另择日罢。』张六嫂覆了刘家，一一如命。你道他为何就肯了？

只因刘璞病势愈重，恐防不妥，单要哄媳妇到了家里，便是买卖了。故此将错就错，更不争长竟短。哪知孙寡妇已先参透机关，将个假货送来。刘妈妈反做了：

周郎妙计高天下，赔了夫人又折兵。

话休烦絮。到了吉期，孙寡妇把玉郎妆扮起来，果然与女儿无二，连自己也认不出真假，又教习些女人礼数。诸色好了，只有两件难以遮掩，恐怕露出事来。哪两件？第一件是足与女子不同。那女子的尖尖翘翘，凤头一对，露在湘裙之下，莲步轻移，如花枝招展一般。玉郎是个男子汉，一只脚比女子的有三四只大。虽然把扫地长裙遮了，教他缓行细步，终是有些蹊跷。这也还在下边，无人来揭起裙儿观看，还隐藏得过。第二件是耳上的环儿。此乃女子平常时所戴，爱轻巧的，也少不得戴对丁香儿，那极贫小户人家，没有金的银的，就是铜锡的，也要买对儿戴着。今日玉郎扮做新人，满头珠翠，若耳上没有环儿，可成模样么？他左耳还有个环眼，乃是幼时恐防难养穿过的。那右耳却没眼儿，怎生戴得？孙寡妇左思右想，想出一个计策来。你道是甚计策？他教养娘讨个小小膏药，贴在右耳。若问时，只说环眼生着疳疮，戴不得环子。露出左耳上眼儿掩饰。打点停当，将珠姨藏过一间房里，专候迎亲人来。到了黄昏时候，只听得鼓乐喧天，迎亲轿子已到门首。张六嫂先入来，看见新人打扮得如花神一般，好不欢喜。眼前不见玉郎，问道：『小官人怎地不见？』孙寡妇道：『今日忽然身子有些不健，睡在那里，起来不得。』那婆子不知就里，不来再问。孙寡妇将酒饭犒赏了来人，傧相念起诗赋，请新人上轿。玉郎兜上方巾，向母亲作别。孙寡妇一路假哭，送出门来。上了轿子，教养娘跟着，随身只有一只皮箱，更无一毫妆奁。孙寡妇又叮嘱张六嫂道：『与你说过，三朝就要送回的，不要失信！』张六嫂连声答应道：『这个自然。』

不题孙寡妇。且说迎亲的，一路笙箫聒耳，灯烛辉煌，到了刘家门首。傧相进来说道：『新人将已出轿，没新郎迎接，难道教他独自拜堂不成？』刘公道：『这却怎好？不要拜罢！』刘妈妈道：『我自有道理。教女儿陪拜便了。』即令慧娘出来相迎。傧相念了阑门诗赋请新人出了轿子，养娘和张六嫂两边扶着。慧娘相迎，进了中堂，先拜了天地，次及公姑亲戚。双双却是两个女人同拜，随从人没一个不掩口而笑。都相见过了，然后姑嫂对拜。刘妈妈道：『如今到房中去与孩儿冲喜。』乐人吹打，引新人进房。来至卧床边，刘妈妈揭起帐子，叫道：『我的儿，今日娶你媳妇来家冲喜，你须挣扎精神则个。』连叫三四次，并不则声。刘公将灯照时，只见头儿歪在半边，昏迷去了。原来刘璞病得身子虚弱，被鼓乐一震，故此迷昏。当下老夫妻手忙脚乱，掐住人中，即教取过热汤，灌了几口，出了一身冷汗，方才苏醒。刘妈妈教刘公看着儿子，自己引新人进新房中去。揭起方巾，打一看时，美丽如画，亲戚无不喝采。只有刘妈妈心中反觉苦楚，他想：『媳妇恁般美貌，与儿子正是一对儿。若得双双奉侍老夫妻的暮年，也不枉一生辛苦。谁想他没福，临做亲却染此大病，十分中倒有九分不妙。倘有一差两误，媳妇少不得归于别人，岂不目前空喜！』

不题刘妈妈心中之事。且说玉郎也举目看时，许多亲戚中，只有姑娘生得风流标致。想道：『好个女子，我孙润可惜已定了妻子。若早知此女恁般出色，一定要求他为妇。』这里玉郎方在赞羡，谁知慧娘心中也想道：『一向张六嫂说他标致，我还未信，不想话不虚传。只可惜哥哥没福受用，今夜教他孤眠独宿。若我丈夫像得他这样美貌，便称我的生平了。只怕不能够哩！』

不题二人彼此欣羡。刘妈妈请众亲戚赴过花烛筵席，各自分头歇息。傧相乐人，俱已打发去了。张六嫂没有睡处，也自归家。玉郎在房，养娘与他卸了首饰，秉烛而坐，不敢便寝。刘妈妈与刘公商议道：『媳妇初到，如何教他独宿？可教女儿去陪伴。』刘公道：『只怕不稳便，由他自睡罢。』刘妈妈不听，对慧娘道：『你今夜相伴嫂嫂在新房中去睡，省得他怕冷静。』慧娘正爱着嫂嫂，见说教他相伴，恰中其意。刘妈妈引慧娘到新房中道：『娘子，只因你官人有些小恙，不能同房，特令小女来陪你同睡。』玉郎恐露出马脚，回道：『奴家自来最怕生人，倒不消罢。』刘妈妈道：『呀！你们姑嫂年纪相仿，即如姊妹一般，正好相处，怕怎的！你若嫌不稳时，各自盖着条被儿，便不妨了。』对慧娘道：『你去收拾了被窝过来。』慧娘答应而去。玉郎此时又惊又喜。喜的是心中正爱着姑娘标致，不想天与其便，刘妈妈令来陪卧，这事便有几分了。惊的是恐他不允，一时叫喊起来，反坏了自己之事。又想道：『此番挫过，后会难逢！看这姑娘年纪已在当时，情窦料也开了。须用计缓缓撩拨热了，不怕不上我钩。』心下正想，慧娘叫丫鬟拿了被儿同进房来，放在床上。刘妈妈起身，同丫鬟自去。慧娘将房门闭上，走到玉郎身边，笑容可掬，乃道：『嫂嫂，适来见你一些东西不吃，莫不饿了？』玉郎道：『倒还未饿。』慧娘又道：『嫂嫂，今后要甚东西，可对奴家说知，自去拿来，不要害羞不说。』玉郎见他意儿殷勤，心下暗喜，答道：『多谢姑娘美情！』慧娘见灯上结着一个大大花儿，笑道：『嫂嫂，好个灯花儿，正对着嫂嫂，可知喜也！』玉郎也笑道：『姑娘休得取笑，还是姑娘的喜信。』慧娘道：『嫂嫂话儿倒会耍人。』两个闲话一回。慧娘道：『嫂嫂，夜深了，请睡罢。』玉郎道：『姑娘先请。』慧娘道：『嫂嫂是客，奴家是主，怎敢僭先！』玉郎道：『这个房中，还是姑娘是客。』慧娘笑道：『恁样占先了。』便解衣先睡。养娘见两下取笑，觉到玉郎不怀好意，低低说道：『官人，你须要斟酌，此事不是当耍的。倘大娘知了，连我也不好。』玉郎道：『不消嘱咐，我自晓得。你自去睡。』养娘便去旁边打个铺儿睡下。玉郎起身携着灯儿，走到床边，揭起帐子照看，只见慧娘卷着被儿，睡在里床。见玉郎将灯来照，笑嘻嘻的道：『嫂嫂，睡罢了，照怎的？』玉郎也笑道：『我看姑娘睡在哪一头，方好来睡。』把灯放在床前一只小桌儿上，解衣入帐。对慧娘道：『姑娘，我与你一头睡了，好讲话耍子。』慧娘道：『如此最好。』玉郎钻下被里，卸了上身衣服，下体小衣却穿着，问道：『姑娘，今年青春了？』慧娘道：『一十五岁。』又问：『姑娘许的是哪一家？』慧娘怕羞，不肯回言。玉郎把头挨到他枕上，附耳道：『我与你一般是女儿家，何必害羞。』慧娘方才答道：『是开生药铺的裴家。』又问道：『可见说佳期还在何日？』慧娘低低道：『近日曾叫媒人再三来说。爹道奴家年纪尚小，回他们再缓几时哩。』玉郎笑道：『回了他家，你心下可不气恼么？』慧娘伸手把玉郎的头推下枕来，道：『你不是个好人！哄了我的话，便来耍人。我若气恼时，你今夜心里还不知怎地恼着哩。』玉郎依旧又挨到枕上道：『你且说我有甚恼？』慧娘道：『今夜做亲没有个对儿，怎地不恼？』玉郎道：『如今有姑娘在此，便是个对儿了，又有甚恼！』慧娘笑道：『恁样说，你是我的娘子了。』玉郎道：『我年纪长似你，丈夫还是我。』慧娘道：『我今夜替哥哥拜堂，就是哥哥一般，还该是我。』玉郎道：『大家不要争，只做个女夫妻罢。』两个说风话耍子，愈加亲热。

云雨已毕，紧紧偎抱而睡。且说养娘恐怕玉郎弄出事来，卧在旁边铺上，眼也不合。听着他们初时还说话笑耍，次后只听得床棱摇戛，气喘吁吁。已知二人成了那事，暗暗叫苦。到次早起来，慧娘自向母亲房中梳洗。养娘替玉郎梳妆，低低说道：『官人，你昨夜恁般说了，却又口不应心，做下那事！倘被他们晓得，却怎处？』玉郎道：『又不是我去寻他，他自送上门来，教我怎生推却？』养娘道：『你须拿住主意便好。』玉郎道：『你想恁样花一般的美人，同床而卧，便是铁石人也打熬不住，叫我如何忍耐得过！你若不泄漏时，更有何人晓得。』妆扮已毕，来刘妈妈房里相见。刘妈妈道：『儿，环子也忘戴了？』养娘道：『不是忘了，因右耳上环眼生了疳疮，戴不得，还贴着膏药哩。』刘妈妈道：『原来如此。』玉郎依旧来至房中坐下，亲戚女眷都来相见，张六嫂也到。慧娘梳理罢，也到房中，彼此相视而笑。是日刘公请内外亲戚吃庆喜筵席，大吹大擂，直饮到晚，各自辞别回家。慧娘依旧来伴玉郎，这一夜颠鸾倒凤，海誓山盟，比昨倍加恩爱。看看过了三朝，二人行坐不离。倒是养娘捏着两把汗，催玉郎道：『如今已过三朝，可对刘大娘说，回去罢。』玉郎与慧娘正火一般热，哪想回去，假意道：『我怎好启齿说要回去，须是母亲叫张六嫂来说便好。』养娘道：『也说得是。』即便回家。

却说孙寡妇虽将儿子假妆嫁去，心中却怀着鬼胎。急切不见张六嫂来回覆，眼巴巴望到第四日，养娘回家，连忙来问。养娘将女婿病凶，姑娘陪拜，夜间同睡相好之事，细细说知。孙寡妇跌足叫苦道：『这事必然做出来也！你快去寻张六嫂来。』养娘去不多时，同张六嫂来家。恰好刘妈妈在玉郎房中闲话，张六嫂将孙家要接新人的话说知。玉郎、慧娘不忍割舍，倒暗暗道：『但愿不允便好。』谁想刘妈妈真个说道：『六嫂，你媒也做老了，难道恁样事还不晓得？从来可有三朝媳妇便归去的理么？前日他不肯嫁来，这也没奈何。今既到我家，便是我家的人了，还像得他意？我千难万难，娶得个媳妇，到三朝便要回去，说也不当人子。既如此不舍得，何不当初莫许人家。他也有儿子，少不也要娶媳妇，看三朝可肯放回家去？闻得亲母是个知礼之人，亏他怎样说了出来？』一番言语，说得张六嫂哑口无言，不敢回覆孙家。那养娘恐怕有人闯进房里，冲破二人之事，到紧紧守着房门，也不敢回家。

且说刘璞自从结亲这夜，惊出那身冷汗来，渐渐痊可。晓得妻子已娶来家，人物十分标致，心中欢喜，这病愈觉好得快了。过了数日，挣扎起来，半眠半坐，日渐健旺，即能梳理，要到房中来看浑家。刘妈妈恐他初愈，不耐行动，叫丫鬟扶着，自己也随在后，慢腾腾的走到新房门口。养娘正坐在门槛之上，丫鬟道：『让大官人进去。』养娘立起身来，高声叫道：『大官人进来了。』玉郎正搂着慧娘调笑，听得有人进来，连忙走开。刘璞掀开门帘，跨进房来。慧娘道：『哥哥且喜梳洗了，只怕还不宜劳动。』刘璞道：『不打紧！我也暂时走走，就去睡的。』便向玉郎作揖。玉郎背转身，道了个万福。刘妈妈道：『我的儿，你且慢作揖么！』又见玉郎背立，便道：『娘子，这便是你官人。如今病好了，特来见你，怎么倒背转身子？』走向前，扯近儿子身边道：『我的儿，与你恰好正是个对儿。』刘璞见妻子美貌非常，甚是快乐。真个是人逢喜事精神爽，那病平去了几分。刘妈妈道：『儿去睡了罢，不要难为身子。』原叫丫鬟扶着，慧娘也同进去。玉郎见刘璞虽然是个病容，却也人材齐整，暗想道：『姐姐得配此人，也不辱没了。』又想道：『如今姐夫病好，倘然要来同卧，这事便要决撒。快些回去罢。』到晚上对慧娘道：『你哥哥病已好了，我须住身不得。你可撺掇母亲送我回家，换姐姐过来，这事便隐过了。若再住时，事必败露。』慧娘道：『你要归家，也是易事。我的终身，却怎么处？』玉郎道：『此事我已千思万想。但你已许人，我已聘妇，没甚计策挽回，如之奈何？』慧娘道：『君若无计娶我，誓以魂魄相随，决然无颜更事他人！』说罢，呜呜咽咽哭将起来。玉郎与他拭了眼泪道：『你且勿烦恼，容我再想。』自此两相留恋，把回家之事到搁起一边。一日午饭已过，养娘向后边去了。二人将房门闭上，商议那事，长算短算，没个计策，心下苦楚，彼此相抱暗泣。

且说刘妈妈自从媳妇到家之后，女儿终日行坐不离。刚到晚，便闭上房门去睡，直至日上三竿，方才起身，刘妈妈好生不乐。初时认做姑嫂相爱，不在其意。以后日日如此，心中老大疑惑。也还道是后生家贪眠懒惰，几遍要说。因想媳妇初来，尚未与儿子同床，还是个娇客，只得耐住。那日也是合当有事，偶在新房前走过，忽听得里边有哭泣之声。向壁缝中张时，只见媳妇共女儿互相搂抱，低低而哭。刘妈妈见如此做作，料道这事有些蹊跷。欲待发作，又想儿子才好，若知得，必然气恼，权且耐住。便掀门帘进来，门却闭着。叫道：『快些开门！』二人听见是妈妈声音，拭干眼泪，忙来开门。刘妈妈走将进去，便道：『为甚青天白日，把门闭上，在内搂抱啼哭？』二人被问，惊得满面通红，无言可答。刘妈妈见二人无言，一发是了，气得手足麻木。一手扯着慧娘道：『做得好事！且进来和你说话。』扯到后边一间空屋中来。丫鬟看见，不知为甚，闪在一边。刘妈妈扯进了屋里，将门闩上，丫鬟伏在门上张时，见妈妈寻了一根木棒，骂道：『贱人！快快实说，便饶你打骂。若一句含糊，打下你这下半截来！』慧娘初时抵赖。妈妈道：『贱人！我且问你，他来得几时，有甚恩爱割舍不得，闭着房门，搂抱啼哭？』慧娘对答不来。妈妈拿起棒子要打，心中却又不舍得。慧娘料是隐瞒不住，想道：『事已至此，索性说个明白，求爹妈辞了裴家，配与玉郎。若不允时，拼个自尽便了。』乃道：『前日孙家晓得哥哥有病，恐误了女儿，要看下落，叫爹妈另自择日。因爹妈执意不从，故把儿子玉郎假妆嫁来。不想母亲叫孩儿陪伴，遂成了夫妇。恩深义重，誓必图百年偕老。今见哥哥病好，玉郎恐怕事露，要回去换姐姐过来。孩儿思想，一女无嫁二夫之理，叫玉郎寻门路娶我为妻。因无良策，又不忍分离，故此啼哭，不想被母亲看见，只此便是实话。』刘妈妈听罢，怒气填胸，把棒撇在一边，双足乱跳，骂道：『原来这老乞婆恁般欺心，将男作女哄我，怪道三朝便要接回。如今害了我女儿，须与他干休不得！拼这老性命，结识这小杀才罢！』开了门，便赶出来。慧娘见母亲去打玉郎，心中着忙，不顾羞耻，上前扯住。被妈妈将手一推，跌在地上。爬起时，妈妈已赶向外边去了。慧娘随后也赶将来，丫鬟亦跟在后边。且说玉郎见刘妈妈扯去慧娘，情知事露，正在房中着急。只见养娘进来道：『官人不好了！弄出事来也！适在后边来，听得空屋中乱闹。张看时，见刘大娘拿大棒子拷打姑娘，逼问这事哩。』玉郎听说打着慧娘，心如刀割，眼中落下泪来，没了主意。养娘道：『今若不走，少顷便祸到了。』玉郎即忙除下簪钗，挽起一个角儿，皮箱内开出道袍鞋袜，穿起走出房来，将门带上。离了刘家，带跌奔回家里。正是：

折破玉笼飞彩凤，顿开金锁走蛟龙。

孙寡妇见儿子回来，恁般慌急，又惊又喜，便道：『如何这般模样？』养娘将上项事说知。孙寡妇埋怨道：『我叫你去，不过权宜之计，如何却做出这般没天理事体！你若三朝便回，隐恶扬善，也不见得事败。可恨张六嫂这老虔婆，自从那日去了，竟不来覆我。养娘，你也不回家走遭，叫我日夜担愁。今日弄出事来，害这姑娘，却怎么处？要你不肖子何用！』玉郎被母亲嗔责，惊愧无地。养娘道：『小官人也自要回的，怎奈刘大娘不肯。我因恐他们做出事来，日日守着房门，不敢回家。今日暂走到后边，便被刘大娘撞破。幸喜得急奔回来，还不曾吃亏。如今且叫小官人躲过两日，他家没甚话说，便是万千之喜了。』孙寡妇真个叫玉郎闪过，等候他家消息。

且说刘妈妈赶到新房门口，只见门闭着，只道玉郎还在里面，在外骂道：『天生的贼贱才！你把老娘当做什么样人，敢来弄空头，坏我的女儿！今日与你性命相搏，方见老娘手段。快些走出来！若不开时，我就打进来了！』正骂时，慧娘已到，便去扯母亲进去。刘妈妈骂道：『好天杀的贼贱人，亏你羞也不羞，还来劝我！』尽力一摔，不想用力猛了，将门靠开。母子两个都跌进去，搅做一团。刘妈妈骂道：『贼贱才，到放老娘这一跤！』急忙爬起寻时，哪里见个影儿。那婆子寻不见玉郎，乃道：『天杀的好见识！走得好！你便走上天去，少不得也要拿下来。』对着慧娘道：『如今做下这等丑事，倘被裴家晓得，却怎地做人？』慧娘哭道：『是孩儿一时不是，做差这事。但求母亲怜念孩儿，劝爹爹怎生回了裴家，嫁着玉郎，犹可挽回前失。倘若不允，有死而已。』说罢，哭倒在地。刘妈妈道：『你说得好自在话儿！他家下财纳聘，定着媳妇，今日平白地要休这亲事，谁个肯么？倘然问因甚事故要休这亲，叫你爹怎生对答！难道说我女儿自寻了一个汉子不成？』慧娘被母亲说得满面羞惭，将袖掩着痛哭。刘妈妈终是禽犊之爱，见女儿恁般啼哭，却又恐哭伤了身子，便道：『我的儿，这也不干你事，都是那老虔婆设这没天理的诡计，将那杀才乔妆嫁来。我一时不知，叫你陪伴，落了他圈套。如今总是无人知得，把来搁过一边，全你的体面，这才是个长策。若说要休了裴家，嫁那杀才，这是断然不能。』慧娘见母亲不允，愈加啼哭。刘妈妈又怜又恼，倒没了主意。

正闹间，刘公正在人家看病回来，打房门口经过，听着房中啼哭，乃是女儿的声音，又听得妈妈话响，正不知为着甚的，心中疑惑。忍耐不住，揭开门帘，问道：『你们为甚恁般模样？』刘妈妈将前项事，一一细说，气得刘公半晌说不出话来。想了一想，倒把妈妈埋怨道：『都是你这老乞婆害了女儿！起初儿子病重时，我原要另择日子，你便说长道短，生出许多话来，执意要那一日。次后孙家叫养娘来说，我也罢了，又是你弄嘴弄舌，哄着他家。及至娶来家中，我说待他自睡罢，你又偏生推女儿伴他。如今伴得好么！』刘妈妈因玉郎走了，又不舍得女儿，难为一肚子气，正没发脱。见老公倒前倒后，数说埋怨，急得暴躁如雷，骂道：『老王八！依你说起来，我的孩儿应该与这杀才骗的！』一头撞个满怀。刘公也在气恼之时，揪过来便打。慧娘便来解劝。三人搅做一团，滚做一块，分拆不开。丫鬟着了忙，奔到房中报与刘璞道：『大官人不好了！大爷、大娘在新房中相打哩。』刘璞在榻上爬起来，走至新房，向前分解。老夫妻见儿子来劝，因惜他病体初愈，恐劳碌了他，方才罢手。犹兀自『老王八』、『老乞婆』相骂。刘璞把父亲劝出外边，乃问：『妹子，为甚在这房中厮闹？娘子怎又不见？』慧娘被问，心下惶愧，掩面而哭，不敢则声。刘璞焦躁道：『且说为着甚的？』刘婆方把那事细说，将刘璞气得面如土色。停了半晌，方道：『家丑不可外扬。倘若传到外边，被人耻笑。事已至此，且再作区处。』刘妈妈方才住口，走出房来。慧娘挣住不行，刘妈妈一手扯着便走，取巨锁将门锁上。来至房里，慧娘自觉无颜，坐在一个壁角边哭泣。正是：

饶君掬尽湘江水，难洗今朝满面羞。

且说李都管听得刘家喧嚷，伏在壁上打听。虽然晓得些风声，却不知其中细底。次早，刘家丫鬟走出门来，李都管招到家中问他。那丫鬟初时不肯说，李都管取出四五十钱来与他道：『你若说了，送这钱与你买东西吃。』丫鬟见了铜钱，心中动火，接过来藏在身边，便从头至尾，尽与李都管说知。李都管暗喜道：『我把这丑事报与裴家，撺掇来闹吵一场，他定无颜在此居住，这房子可不归于我了？』忙忙的走至裴家，一五一十报知，又添些言语，激恼裴九老。那九老夫妻因前日娶亲不允，心中正恼着刘公。今日听见媳妇做下丑事，如何不气！一径赶到刘家，唤出刘公来发话道：『当初我央媒来说要娶亲时，千推万阻，道女儿年纪尚小，不肯应承。护在家中，私养汉子。若早依了我，也不见得做出事来。我是清清白白的人家，决不要这样败坏门风的好东西。快还了我昔年聘礼，另自去对亲，不要误我孩儿的大事。』将刘公嚷得面上一回红，一回白。想道：『我家昨夜之事，他如何今早便晓得了？这也怪异！』又不好承认，只得赖道：『亲家，这是哪里说起，造恁般言语污辱我家？倘被外人听得，只道真有这事，你我体面何在！』裴九老便骂道：『打脊贱才！真个是老王八。女儿现做着恁样丑事，哪个不晓得了？亏你还长着鸟嘴，在我面前遮掩。』赶近前，把手向刘公脸上一撳道：『老王八！羞也不羞！待我送个鬼脸儿与你戴了见人。』刘公被他羞辱不过，骂道：『老杀才，今日为甚赶上门来欺我？』便一头撞去，把裴九老撞倒在地，两下相打起来，里边刘妈妈与刘璞听得外面喧嚷，出来看时，却是裴九老与刘公厮打，急向前拆开。裴九老指着骂道：『老王八，打的好！我与你到府里去说话！』一路骂出门去了。刘璞便问父亲：『裴九因甚清早来厮闹？』刘公把他言语学了一遍。刘璞道：『他家如何便晓得了？此甚可怪。』又道：『如今事已张扬，却怎么处？』刘公又想起裴九老恁般耻辱，心中转恼，顿足道：『都是孙家老乞婆，害我家坏了门风，受这样恶气！若不告他，怎出得这气？』刘璞劝解不住，刘公央人写了状词，望着府前奔来。正值乔太守早堂放告。这乔太守虽则关西人，又正直，又聪明，怜才爱民，断狱如神，府中都称为乔青天。

却说刘公刚到府前，劈面又遇着裴九老。九老见刘公手执状词，认做告他，便骂道：『老王八，纵女做了丑事，倒要告我！我同你去见太爷。』上前一把扯住，两下又打将起来。两张状词都打失了。二人扭做一团，直至堂上。乔太守看见，喝叫各跪一边，问道：『你二人叫甚名字？为何结扭相打？』二人一齐乱嚷。乔太守道：『不许搀越！那老儿先上来说。』裴九老跪上去诉道：『小人叫做裴九，有个儿子裴政，从幼聘下边刘秉义的女儿慧娘为妻，今年都已十五岁了。小人因是老年爱子，要早与他完姻。几次央媒去说，要娶媳妇，那刘秉义只推女儿年纪尚小，勒措不许。谁想他纵女卖奸，恋着孙润，暗招在家，要图赖亲事。今早到他家里说，反把小人殴辱。情极了，来爷爷台下投生，他又赶来扭打。求爷爷作主，救小人则个！』乔太守听了道：『且下去。』唤刘秉义上去问道：『你怎么说？』刘公道：『小人有一子一女。儿子刘璞，聘孙寡妇女儿珠姨为妇，女儿便许裴九的儿子。向日裴九要娶时，一来女儿尚幼，未曾整备妆奁，二来正与儿子完姻，故此不允。不想儿子临婚时，忽地患起病来。不敢叫与媳妇同房，令女儿陪伴嫂子。那知孙寡妇欺心，藏过女儿，却将儿子孙润假妆过来，倒强奸了小人女儿。正要告官，这裴九知得了，登门打骂。小人气忿不过，与他争嚷，实不是图赖他的婚姻。』乔太守见说男扮为女，甚以为奇，乃道：『男扮女妆，自然有异。难道你认他不出？』刘公道：『婚嫁乃是常事，那曾有男子假扮之理，却去辨他真假？况孙润面貌美如女子，小人夫妻见了，已是万分欢喜，有甚疑惑？』乔太守道：『孙家既以女许你为媳，因甚却又把儿子假妆？其中必有缘故。』又道：『孙润还在你家么？』刘公道：『已逃回去了。』乔太守即差人去拿孙寡妇母子三人。又差人去唤刘璞、慧娘兄妹俱来听审。不多时，都已拿到。

乔太守举目看时，玉郎姊弟，果然一般美貌，面庞无二。刘璞却也人物俊秀，慧娘艳丽非常。暗暗欣羡道：『好两对青年儿女！』心中便有成全之意。乃问孙寡妇：『因甚将男作女，哄骗刘家，害他女儿？』孙寡妇乃将女婿病重，刘秉义不肯更改吉期，恐怕误了女儿终身，故把儿子妆去冲喜，三朝便回。是一时权宜之策，不想刘秉义却教女儿陪卧，做出这事。乔太守道：『原来如此。』问刘公道：『当初你儿子既是病重，自然该另换吉期，你执意不肯，却主何意？假若此时依了孙家，那见得女儿有此丑事？这都是你自起衅端，连累女儿。』刘公道：『小人一时不合听了妻子说话，如今悔之无及。』乔太守道：『胡说！你是一家之主，却听妇人言语。』又唤玉郎、慧娘上去说：『孙润，你以男假女，已是不该。却又奸骗处女，当得何罪？』玉郎叩头道：『小人虽然有罪，但非设意谋求，乃是刘亲母自遣其女陪伴小人。』乔太守道：『他因不知你是男子，故令他来陪伴，乃是美意。你怎不推却？』玉郎道：『小人也曾苦辞，怎奈坚执不从。』乔太守道：『论起法来，本该打一顿板子才是。姑念你年纪幼小，又系两家父母酿成，权且饶恕。』玉郎叩头泣谢。乔太守又问慧娘：『你事已做错，不必说起。如今还是要归裴氏？要归孙润？实说上来。』慧娘哭道：『贱妾无媒苟合，节行已亏，岂可更事他人。况与孙润恩义已深，誓不再嫁。若爷爷必欲判离，贱妾即当自尽。决无颜苟活，贻笑他人。』说罢，放声大哭。乔太守见他情词真恳，甚是怜惜，且喝过一边。唤裴九老吩咐道：『慧娘本该断归你家。但已失身孙润，节行已亏。你若娶回去，反伤门风，被人耻笑。他又蒙二夫之名，各不相安。今判与孙润为妻，全其体面。令孙润还你昔年聘礼，你儿子另自聘妇罢。』裴九老道：『媳妇已为丑事，小人自然不要。但孙润破坏我家婚姻，今原归于他，反周全了奸夫淫妇，小人怎得甘心！情愿一毫原聘不要，求老爷断媳妇另嫁别人，小人这口气也还消得一半。』乔太守道：『你既已不愿娶他，何苦又作此冤家！』刘公亦禀道：『爷爷，孙润已有妻子，小人女儿岂可与他为妾？』乔太守初时只道孙润尚无妻子，故此斡旋。见刘公说已有妻，乃道：『这却怎么处？』对孙润道：『你既有妻子，一发不该害人闺女了！如今置此女于何地？』玉郎不敢答应。乔太守又道：『你妻子是何等人家？可曾过门么？』孙润道：『小人妻子是徐雅女儿，尚未过门。』乔太守道：『这等易处了。』叫道：『裴九，孙润原有妻未娶。如今他既得了你媳妇，我将他妻子断偿你的儿子，消你之忿。』裴九老道：『老爷明断，小人怎敢违逆？但恐徐雅不肯。』乔太守道：『我做了主，谁敢不肯！你快回家引儿子过来。我差人去唤徐雅带女儿来当堂匹配。』裴九老即忙归去，将儿子裴政领到府中。徐雅同女儿也唤到了。乔太守看时，两家男女却也相貌端正，是个对儿。乃对徐雅道：『孙润因诱了刘秉义女儿，今已判为夫妇。我今做主，将你女儿配与裴九儿子裴政，限即日三家俱便婚配回报。如有不服者，定行重治。』徐雅见太守做主，怎敢不依，俱各甘服。乔太守援笔判道：

弟代姊嫁，姑伴嫂眠。爱女爱子，情在理中；一雌一雄，变出意外。移干柴近烈火，无怪其燃；以美玉配明珠，适获其偶。孙氏子因姊而得妇，搂处子不用逾墙；刘氏女因嫂而得夫，怀吉士初非衒玉。相悦为婚，礼以义起。所厚者薄，事可权宜。使徐雅别婿裴九之儿，许裴政改娶孙郎之配。

夺人妇人亦夺其妇，两家恩怨，总息风波。独乐乐不若与人乐，三对夫妻，各谐鱼水。人虽兑换，十六两原只一斤；亲是交门，五百年决非错配。以爱及爱，伊父母自作冰人；非亲是亲，我官府权为月老。已经明断，各赴良期。

乔太守写毕，叫押司当堂朗诵与众人听了。众人无不心服，各各叩头称谢。乔太守在库上支取喜红六段，叫三对夫妻披挂起来，唤三起乐人，三顶花花轿儿，抬了三位新人。新郎及父母各自随轿而出。此事闹动了杭州府，都说好个行方便的太守。人人诵德，个个称贤。自此各家完亲之后，都无说话。李都管本欲唆孙寡妇、裴九老两家与刘秉义讲嘴，鹬蚌相持，自己渔人得利。不期太守善于处分，反作成了孙玉郎一段良姻。街坊上当做一件美事传说，不以为丑。他心中甚是不乐。未及一年，乔太守又取刘璞、孙润，都做了秀才，起送科举。李都管自知惭愧，安身不牢，反躲避乡居。后来刘璞、孙润同榜登科，俱任京职，仕途有名，扶持裴政亦得了官职。一门亲眷，富贵非常。刘璞官直至龙图阁学士，连李都管家宅反归于刘氏。刁钻小人，亦何益哉！后人有诗，单道李都管为人不善，以为后戒。诗云：

为人忠厚为根本，何苦刁钻欲害人！不见古人卜居者，千钱只为买乡邻。

又有一诗，单夸乔太守此事断得甚好：

鸳鸯错配本前缘，全赖风流太守贤。锦被一床遮尽丑，乔公不枉叫青天。

陈多寿生死夫妻

世事纷纷一局棋，输赢未定两争持。须臾局罢棋收去，毕竟谁赢谁是输？

这四句诗，是把棋局比着那世局。世局千腾万变，转盼皆空，正如下棋的较胜争强，眼红喉急，分明似孙庞斗智，赌个你死我活。又如刘项争天下，不到乌江不尽头。及至局散棋收，付之一笑。所以高人隐士，往往寄兴棋枰，消闲玩世。其间吟咏，不可胜述。只有国朝曾棨状元应制诗做得甚好，诗曰：

两君相敌立双营，坐运神机决死生。十里封疆驰骏马，一川波浪动金兵。虞姬歌舞悲垓下，汉将旌旗逼楚城。兴尽计穷征战罢，松阴花影满棋枰。

此诗虽好，又有人驳他，说虞姬汉将一联，是个套话。第七句说兴尽计穷，意趣便萧索了。应制诗是进御的，圣天子重瞳观览，还该有些气象。同时洪熙皇帝御制一篇，词意宏伟，远出寻常。诗曰：

二国争强各用兵，摆成队伍定输赢。马行曲路当先道，将守深营戒远征。乘险出车收散卒，隔河飞炮下重城。等闲识得军情事，一着功成定太平。

今日为何说这下棋的话？只为有两个人家，因这几着棋子，遂为莫逆之交，结下儿女姻亲，后来做出花锦般一段说话。正是：

夫妻不是今生定，五百年前结下因。

话说江西分宜县有两个庄户人家，一个叫做陈青，一个叫做朱世远，两家东西街对面居住。论起家事，虽然不算大富长者，靠祖上遗下些田业，尽可温饱有余。那陈青与朱世远，皆在四旬之外，累代邻居，志同道合，都则本分为人，不管闲事，不惹闲非。每日吃了酒饭，出门相见，只是一盘象棋，消闲遣时。有时迭为宾主，不过清茶寡饭，不设酒肴，以此为常。那些三邻四舍，闲时节也到两家去看他下棋顽耍。其中有个王三老，寿有六旬之外，少年时也自欢喜象戏，下得颇高。近年有个火症，生怕用心动火，不与人对局了。日常无事，只以看棋为乐，早晚不倦。说起来，下棋的最怕旁人观看。常言道：旁观者清，当局者迷。倘或旁观的口嘴不紧，遇煞着处溜出半句话来，赢者反输，输者反赢，欲待发恶，不为大事；欲待不抱怨，又忍气不过。所以古人说得好：

观棋不语真君子，把酒多言是小人。

可喜王三老偏有一德，未曾分局时，绝不多口。到胜负已分，却分说哪一着是先手，所以赢；哪一着是后手，所以输。朱、陈二人到也喜他讲论，不以为怪。一日，朱世远在陈青家下棋，王三老亦在座。吃了午饭，重整棋枰，方欲再下，只见外面一个小学生踱将进来。那学生怎生模样？

面如傅粉，唇若涂朱，光着靛一般的青头，露着玉一样的嫩手。仪容清雅，步履端详；却疑天上仙童，不信人间小子。

那学生正是陈青的儿子，小名多寿，抱了书包，从外而入。跨进坐启，不慌不忙，将书包放在椅子之上，先向王三老叫声公公，深深的作了个揖。王三老欲待回礼，陈青就座上一把按住道：『你老人家不须多礼，却不怕折了那小厮一世之福？』王三老道：『说那里话！』口中虽是恁般说，被陈青按住，只把臀儿略起了一起，腰儿略曲了一曲，也算受他半礼了。那小学生又向朱世远叫声伯伯，作揖下去。朱世远还礼时，陈青却是对坐，隔了一张棋桌，不便拖拽，只得也作揖相陪。小学生见过了二位尊客，才到父亲跟前唱喏，立起身来禀道：『告爹爹，明日是重阳节日，先生放学回去了，直过两日才来。吩咐孩儿回家，不许玩耍，限着书，还要读哩。』说罢，在椅子上取了书包，端端正正，走进内室去了。

王三老和朱世远见那小学生行步舒徐，语音清亮，且作揖次第，甚有礼数，口中夸奖不绝。王三老便问：『令郎几岁了？』陈青答应道：『是九岁。』王三老道：『想着昔年汤饼会时，宛如昨日。倏忽之间，已是九年，真个光阴似箭，争教我们不老！』又问朱世远道：『老汉记得宅上令爱也是这年生的。』朱世远道：『果然，小女多福，如今也是九岁了。』王三老道：『莫怪老汉多口，你二人做了一世的棋友，何不扳做儿女亲家？古时有个朱陈村，一村中只有二姓，世为婚姻。如今你二人之姓，适然相符，应是天缘。况且好男好女，你知我见，有何不美？』朱世远已自看上了小学生，不等陈青开口，先答应道：『此事最好！只怕陈兄不愿。若肯俯就，小子再无别言。』陈青道：『既蒙朱兄不弃寒微，小子是男家，有何推托？就烦三老作伐。』王三老道：『明日是个重阳日，阳九不利。后日大好个日子，老夫便当登门。今日一言为定，出自二位本心。老汉只图吃几杯见成喜酒，不用谢媒。』陈青道：『我说个笑话你听。玉皇大帝要与人皇对亲，商量道，两亲家都是皇帝，也须得个皇帝为媒才好。乃请灶君皇帝往下界去说亲。人皇见了灶君，大惊道：「那做媒的怎的这般样黑？」灶君道：「从来媒人那有白做的！」』王三老和朱世远都笑起来。朱陈二人又下棋，到晚方散。

只因一局输赢子，定了三生男女缘。

次日，重阳节无话。到初十日，王三老换了一件新开折的色衣，到朱家说亲。朱世远已自与浑家柳氏说过，夸奖女婿许多好处。是日一诺无辞，财礼并不计较。他日嫁送，称家之有无，各不责备便了。王三老即将此言回复陈青，陈青甚喜，择了个和合吉日，下礼为定。朱家将庚帖回来，吃了一日喜酒。从此亲家相称，依先下棋来往。时光迅速，不觉过了六年。陈多寿年一十五岁，经书皆通。指望他应试，登科及第，光耀门楣。何期运限不佳，忽然得了个恶症，叫做癞。初时只道疥癣，不以为意。一年之后，其疾大发，形容改变，弄得不像模样了。

肉色焦枯，皮毛皴裂。浑身毒气，发成斑驳奇疮；遍体虫钻，苦杀晨昏怪痒。任他凶疥癣，只比三分；不是大麻疯，居然一样。粉孩儿变作蛤蟆相，少年郎活像老鼋头。搔爬十指带脓腥，龌龊一身皆恶臭。

陈青单单生得这个儿子，把做性命看成。见他这个模样，如何不慌，连象棋也没心情下了。求医问卜，烧香还愿，无所不为。整整的乱了一年，费过了若干钱钞，病势不曾减得分毫。老夫妻两口愁闷，自不必说。朱世远为着半子之情，也一般着忙，朝暮问安，不离门限。延挨过三年之外，绝无个好消息。朱世远的浑家柳氏，闻知女婿得个恁般的病症，在家里哭哭啼啼，抱怨丈夫道：『我女儿又不腌臭起来，为甚忙忙的

只因一局输赢子
定了三生男女缘

九岁上就许了人家？如今却怎么好？索性那癞蛤蟆死了，也出脱了我女儿。如今死不死，活不活，女孩儿年纪看看长成，嫁又嫁他不得，赖又赖他不得，终不然看着那癞子守活孤孀不成！这都是王三那老乌龟，一力撺掇，害了我女儿终身。』把王三老千乌龟，万乌龟的骂，哭一番，骂一番。朱世远原有怕婆之病，凭他夹七夹八，自骂自止，并不敢开言。一日，柳氏偶然收拾橱柜子，看见了象棋盘和那棋子，不觉勃然发怒，又骂起丈夫来，道：『你两个老王八，只为这几着象棋上说得着，对了亲，赚了我女儿，还要留这祸胎怎的！』一头说，一头走到门前，把那象棋子乱撒在街上，棋盘也掼做几片。朱世远是本分之人，见浑家发性，拦他不住，洋洋的躲开去了。女儿多福又怕羞，不好来劝，任他絮聒个不耐烦，方才罢休。自古道：

隔墙须有耳，窗外岂无人。

柳氏镇日在家中骂媒人，骂老公，陈青已自晓得些风声，将信未信。到满街撒了棋子，是甚意故，陈青心下了了。与浑家张氏两口儿商议道：『以己之心，度人之心。我自家晦气，儿子生了这恶疾，眼见得不能痊可，却教人家把花枝般女儿伴这癞子做夫妻，真是罪过。料女儿也必然怨伤。便强他进门，终不和睦，难指望孝顺。当初定这房亲事，都是好情，原不曾费甚大财。千好万好，总只一好，有心好到底了，休得为好成歉。从长计较，不如把媳妇庚帖送还他家，任他别缔良姻。倘然皇天可怜，我孩儿有病痊之日，怕没有老婆？好歹与他定房亲事。如今害得人家夫妻反目，哭哭啼啼，絮絮聒聒，我也于心何忍。』计议已定，忙到王三老家来。王三老正在门首，同几个老人家闲坐白话。见陈青到，慌忙起身作揖，问道：『令郎两日尊恙好些么？』陈青摇首道：『不济。正有句话，要与三老讲，屈三老到寒舍一行。』王三老连忙随着陈青，到他家坐启内，分宾坐下。献茶之后，三老便问：『大郎有何见教？』陈青将自己坐椅挪近三老，四膝相凑，吐露衷肠。先叙了儿子病势如何的厉害，次叙着朱亲家夫妇如何的抱怨。这句话王三老却也闻知一二，口中只得包慌：『只怕没有此事。』陈青道：『小子岂敢乱言。今日小子倒也不怪敝亲家，只是自己心中不安，情愿将庚帖退还，任从朱宅别选良姻。此系两家稳便，并无勉强。』王三老道：『只怕使不得！老汉只管撮合，哪有拍开之理。足下异日翻悔之时，老汉却当不起。』陈青道：『此事已与拙荆再三商量过了，更无翻悔。就是当先行过些须薄礼，也不必见还。』王三老道：『既然庚帖返去，原聘也必然还璧。但吉人天相，令郎尊恙终有好日，还要三思而行。』陈青道：『就是小儿侥幸脱体，也是水底捞针，不知何日到手，岂可耽搁人家闺女。』说罢，袖中取出庚帖，递与王三老，眼中不觉流下泪来。王三老亦自惨然道：『既是大郎主意已定，老汉只得奉命而行。然虽如此，料令亲家是达礼之人，必然不允。』陈青收泪而答道：『今日是陈某自己情愿，并非舍亲家相逼。若舍亲家踌蹰之际，全仗三老撺掇一声，说陈某中心计较，不是虚情。』三老连声道：『领命，领命！』当下起身，到于朱家。朱世远迎接，讲礼而坐。未及开言，朱世远连声唤茶。这也有个缘故，那柳氏终日在家中千乌龟万乌龟指名骂媒人，王三老虽然不闻，朱世远却于心有愧，只恐三老见怪，所以殷勤唤茶。谁知柳氏恨杀王三老做了媒，任丈夫叫唤，不肯将茶出来，此乃妇人小见。坐了一会，王三老道：『有句不识进退的话，特来与大郎商量。先告过，切莫见怪。』原来朱世远也是行一，里中都称他做朱大郎。朱世远道：『有话尽说。你老人家有甚差错，岂有见怪之理。』王三老方才把陈青所言退亲之事，备细说了一遍。『此乃令亲家主意，老汉但传言而已，但凭大郎主张。』朱世远终日被浑家聒絮得不耐烦，也巴不能个一搠两开，只是自己不好启齿。得了王三老这句言语，分明是朝廷新颁下一道赦书，如何不喜。当下便道：『虽然陈亲家贤哲，诚恐后来翻悔，反添不美。』王三老道：『老汉都曾讲过。他主意已决，不必怀疑。宅上庚帖，亦交付在此，大郎请收过。』朱世远道：『聘礼未还，如何好收他的庚帖？』王三老道：『他说些须薄聘，不须提起。是老汉多口，说道：「既然庚帖返去，原聘必然返璧。」』朱世远道：『这是自然之理。先曾受过他十二两银子，分毫不敢短少。还有银钗二股，小女收留，容讨出一并奉还。这庚帖权收在你老人家处。』王三老道：『不妨事，就是大郎收下。老汉暂回，明日来领取聘物。却到令亲处回话。』说罢分别。有诗为证：

月老系绳今又解，冰人传语昔皆讹。分宜好个王三老，成也萧何败也何。

朱世远随即入内，将王三老所言退亲之事，述与浑家知道，柳氏喜不自胜，自己私房银子也搜括将出来，把与丈夫，凑足十二两之数。却与女孩儿多福讨那一对银钗。却说那女儿虽然不读诗书，却也天生志气。多时听得母亲三言两语，絮絮聒聒，已自心慵意懒。今日与他讨取聘钗，明知是退亲之故，并不答应一字，径走进卧房，闭上门儿，在里面啼哭。朱世远终是男子之辈，见貌辨色，已知女孩儿心事。对浑家道：『多福心下不乐，想必为退亲之故。你须慢慢偎他，不可造次。万一逼得他紧，做出些没下稍勾当，悔之何及！』柳氏听了丈夫言语，真个去敲那女儿的房门，低声下气的叫道：『我儿，钗子肯不肯由你，何须使性！你且开了房门，有话时，好好与做娘的讲。做娘的未必不依你。』

那女儿初时不肯开门，柳氏连叫了几次，只得拔了门闩，叫声：『开在这里了。』自向兀子上气忿忿的坐了。柳氏另掇个兀子，傍着女儿坐了，说道：『我儿，爹娘为将你许错了对头，一向愁烦。喜得男家愿退，许了一万个利市，求之不得。那癞子终无好日，可不误了你终身之事。如今把聘钗还了他家，恩断义绝。似你恁般容貌，怕没有好人家来求你。我儿休要执性，快把钗儿出来还了他罢。』女儿全不做声，只是流泪。柳氏偎了半晌，看见女儿如此模样，又款款的说道：『我儿，做爹娘的都只是为好，替你计较。你愿与不愿，直直的与我说，恁般自苦自知，教爹娘如何过意。』女儿恨穷道：『为好，为好！要讨那钗子也尚早！』柳氏道：『阿呀！两股钗儿，连头连脚也重不上二三两，什么大事！若另许个富家，金钗玉钗都有。』女儿道：『哪稀罕金钗玉钗！从没见好人家女子吃两家茶。贫富苦乐，都是命中注定。生为陈家妇，死为陈家鬼，这银钗我要随身殉葬的，休想还他！』说罢，又哀哀的哭将起来。柳氏没奈何，只得对丈夫说，女儿如此如此：『这门亲多是退不成了。』朱世远与陈青肺腑之交，原不肯退亲。只为浑家絮聒不过，所以巴不得撒开，落得耳边清净。谁想女儿恁般烈性，又是一重欢喜，便道：『恁的时，休教苦坏了女孩儿。你与他说明，依旧与陈门对亲便了。』柳氏将此言对女儿说了，方才收泪。正是：

三冬不改孤松操，万苦难移烈女心。

当晚无话。次日，朱世远不等王三老到来，却自己走到王家，把女儿执意不肯之情，说了一遍，依旧将庚帖送还。王三老只称：『难得，难得！』

随即往陈青家回话，如此这般。陈青退此亲事，十分不忍。听说媳妇守志不从，愈加欢喜。连连向王三老作揖道：『劳动，劳动！然虽如此，只怕小儿病症不痊，终难配合。此事异日还要烦三老开言。』王三老摇手道：『老汉今番说了这一遍，以后再不敢奉命了。』

闲话休题。却说朱世远见女儿不肯悔亲，在女婿头上愈加着忙，各处访问名医国手，赔着盘缠，请他来看治。那医家初时来看，定说能医，连病人服药，也有些兴头。到后来不见功效，渐渐的懒散了。也有讨着荐书到来，说大话，夸大口，索重谢，写包票，都只有头无尾。日复一日，不觉又捱了二年有余。医家都说是个痼疾，医不得的了。多寿叹口气，请爹妈到来，含泪而言道：『丈人不允退亲，访求名医用药，只指望我病有痊可之期。如今服药无效，眼见得没有好日。不要赚了人家儿女，孩儿决意要退这头亲事了。』陈青道：『前番说了一场，你丈人丈母都肯，只是你媳妇执意不从，所以又将庚帖送来。』多寿道：『媳妇若晓得孩儿愿退，必然也放下了。』妈妈张氏道：『孩儿且只照顾自家身子，休牵挂这些闲事。』多寿道：『退了这头亲，孩儿心下到放宽了一件。』陈青道：『待你丈人来时，你自与他讲便了。』说犹未了，丫鬟报道：『朱亲家来看女婿。』妈妈躲过。陈青邀入内书房中，多寿与丈人相见，口中称谢不尽。朱世远见女婿三分像人，七分像鬼，好生不悦。茶罢，陈青推故起身。多寿吐露衷肠，说起自家病势不痊，难以完婚，决要退亲之事。袖中取出柬帖一幅，乃是预先写下的四句诗。朱世远展开念道：

命犯孤辰恶疾缠，好姻缘是恶姻缘。今朝撒手红丝去，莫误他人美少年。

原来朱世远初次退亲，甚非本心，只为浑家逼迫不过。今番见女婿恁般病体，又有亲笔诗句，口气决绝，不觉也动了这个念头。口里虽道：『说哪里话！还是将息贵体要紧。』却把那四句诗褶好，藏于袖中，即便抽身作别。陈青在坐启下接着，便道：『适才小儿所言，出于至诚，望亲家委曲劝谕令爱俯从则个，庚帖仍旧奉还。』朱世远道：『既然贤乔梓谆谆吩咐，权时收下，再容奉复。』陈青送出门前。朱世远回家，将女婿所言与浑家说了。柳氏道：『既然女婿不要媳妇时，女孩儿守他也是扯淡。你把诗意解说与女儿听，料他必然回心转意。』朱世远真个把那柬帖递与女儿，说：『陈家小官人病体不痊，亲自向我说，决要退婚，这四句诗便是他的休书了。我儿也自想终身之事，休得执迷。』多福看了诗句，一言不发，回到房中，取出笔砚，就在那诗后也写四句：

运蹇虽然恶疾缠，姻缘到底是姻缘。从来妇道当从一，敢惜如花美少年。

自古道：好事不出门，恶事扬千里。只为陈小官自家不要媳妇，亲口回绝了丈人，这句话就传扬出去。就有张家嫂，李家婆，一班靠撮合山养家的，抄了若干表号，到朱家议亲。说的都是名门富室，聘财丰盛。虽则媒人之口不可尽信，却也说得柳氏肚里热蓬蓬的，分明似钱玉莲母亲，巴不得登时撇了王家，许了孙家。谁知女儿多福心如铁石，并不转移。看见母亲好茶好酒款待媒人，情知不为别件。丈夫病症又不痊，爹妈又不容守节，左思右算，不如死了干净。夜间灯下，取出陈小官人诗句，放在桌上，反复看了一回，约莫哭了两个更次，乘爹妈睡熟，解下束腰的罗帕，悬梁自缢。正是：

三寸气在千般用，一日无常万事休。

此际已是三更时分。也是多福不该命绝，朱世远在睡梦之中，恰像有人推醒，耳边只闻得女儿呜呜的哭声，吃了一惊，擦一擦眼睛，摇醒浑家，说道：『适才闻得女孩儿啼哭，莫非做出些事来？且去看他一看。』浑家道：『女孩儿好好的睡在房里，你却说鬼话，要看时，你自去看，老娘要睡觉哩。』朱世远披衣而起，黑暗里开了房门，摸到女儿卧房门首，双手推门不开。连唤几声『女孩儿』，全不答应。只听得喉间痰响，其声异常。当下心慌，尽生平气力，一脚把房门踢开，已见桌上残灯半明不灭，女儿悬梁高挂，就如走马灯一般，团团而转。朱世远吃这一惊非小，忙把灯儿剔明，高叫：『阿妈快来，女孩儿缢死了！』柳氏梦中听得此言，犹如冷雨淋身，穿衣不及，驮了被儿，就哭儿哭肉的跑到女儿房里来。朱世远终是男子汉，有些智量，早已把女儿放下，抱在身上，将膝盖紧紧的抵住后门，缓缓的解开颈上的死结，用手去摩。柳氏一头打寒颤，一头叫唤。约莫半个时辰，渐渐魄返魂回，微微转气。柳氏口称谢天谢地，重到房中穿了衣服，烧起热水来，灌下女儿喉中，渐渐苏醒。睁开双眼，看见爹妈在前，放声大哭。爹妈道：『我儿！蝼蚁尚且贪生，怎的做此短见之事？』多福道：『孩儿一死，便得完名全节。又唤转来则甚？就是今番不死，迟和早少不得是一死。到不如放孩儿早去，也省得爹妈费心。譬如当初不曾养下孩儿一般。』说罢，哀哀的哭之不已。朱世远夫妻两口再三劝解不住，无可奈何。比及天明，朱世远教浑家窝伴女儿在床眠息，自己径到城隍庙里去抽签。签语云：

时运未通亨，年来祸害侵。云开终见日，福寿自天成。

细详签意，前二句已是准了。第三句『云开终见日』，是否极泰来之意。末句『福寿自天成』，女儿名多福，女婿名多寿，难道陈小官人病势还有好日？一夫一妇，天然成配？心中好生委决不下。回到家中，浑家兀自在女儿房里坐着。看见丈夫到来，慌忙摇手道：『不要则声！女儿才停了哭，睡去了。』朱世远夜来剔灯之时，看见桌上一副柬帖，无暇观看。其时取而观之，原来就是女婿所写诗句，后面又有一诗，认得女儿之笔。读了一遍，叹口气道：『真烈女也！为父母者，正当玉成其美，岂可以非理强之。』遂将城隍庙签词，说与浑家道：『福寿天成，神明嘿定。若私心更改，皇天必不护佑。况女孩儿吟诗自誓，求死不求生。我们如何看守得他了日。倘然一个眼睉，女儿死了时节，空负不义之名，反作一场笑话。据吾所见，不如把女儿嫁与陈家，一来表得我们好情，二来遂了女儿之意，也省了我们干纪。不知妈妈心下如何？』柳氏被女儿吓坏了，心头兀自突突的跳，便答应道：『随你做主，我管不得这事。』朱世远道：『此事还须央王三老讲。』事有凑巧，这里朱世远走出门来，恰好王三老在门首走过。朱世远就迎住了，请到家中坐下，将前后事情，细细述了一遍。『如今欲把女儿嫁去，专求三老一言。』王三老道：『老汉曾说过只管撮合，不管撒开。今日大郎所言，是仗义之事，老汉自当效劳。』朱世远道：『小女儿见了小婿之诗，曾和得一首，情见乎词。若还彼处推托，可将此诗送看。』王三老接了柬帖，即便起身。

只为两亲家紧对门居住，左脚跨出了朱家，右脚就跨进了陈家，甚是方便。陈青听得王三老到来，只认是退亲的话，慌忙迎接问道：『三老今日光降，一定朱亲家处有言。』王三老道：『正是。』陈青道：『今番退亲，出于小儿情愿，亲家那边料无别说。』王三老道：『老汉今日此来，不是退亲，倒是要做亲。』陈青道：『三老休要取笑。』王三老就将朱宅女儿如何寻死，他爹妈如何心慌，留女儿在家恐有不测，情愿送来服侍小官人。『老汉想来，此亦两便之事。令亲家处脱了干纪，获其美名。你贤夫妇又得人帮助，令郎早晚也有个着意之人照管，岂不美哉！』陈青道：『虽承亲家那边美意，还要问小儿心下允否？』王三老就将柬帖所和诗句，呈于陈青道：『令媳和得有令郎之诗。他十分性烈，令郎若不允从，必然送了他性命，岂不可惜！』陈青道：『早晚便来回复。』当下陈青先与浑家张氏商议了一回，道：『媳妇如此性烈，必然贤孝。得他来贴身看觑，夫妇之间，比爹娘更觉周备。万一度得个种时，就是孩儿无命，也不绝了我陈门后代。我两个做了主，不怕孩儿不依。』当下双双两口到书房中，对儿子多寿说知此事。多寿初时推却，及见了所和之诗，顿口无言。陈青已知儿子心肯。回复了王三老，择下吉日，又送些衣饰之类。那边多福知是陈门来娶，心安意肯。至期，笙箫鼓乐，娶过门来。街坊上听说陈家癞子做亲，把做新闻传说道：『癞蛤蟆也有吃天鹅肉的日子。』又有刻薄的闲汉，编为口号四句：

伯牛命短偏多寿，娇香女儿偏逐臭。红绫被里合欢时，粉花香与脓腥斗。

闲话休题。却说朱氏自过门之后，十分和顺，陈小官人全得他殷勤服侍。怎见得？

着意殷勤，尽心服侍。熬汤煮药，果然味必亲尝。早起夜眠，真个衣不解带。身上东疼西痒，时时抚摩。衣裳血臭脓腥，勤勤煎洗。分明傅母育娇儿，只少开胸喂乳。又似病姑逢孝妇，每思割股烹羹。雨云休想欢娱，岁月岂辞劳苦。唤娇妻有名无实，怜少妇少乐多忧。

如此两年，公婆无不欢喜。只有一件，夫妇日间孝顺无比，夜里各被各枕，分头而睡，并无同衾共枕之事。张氏欲得他两个配合雌雄，却又不好开言。忽一日进房，见媳妇不在，便道：『我儿，你枕头龌龊了，我拿去与你拆洗。』又道：『被儿也龌龊了。』做一包儿卷了出去，只留一床被、一个枕头在床。明明要他夫妇二人共枕同衾，生儿度种的意思。谁知他夫妇二人，肚里各自有个主意。陈小官人肚里道：『自己十死九生之人，不是个长久夫妻，如何又去污损了人家一个闺女？』朱小娘子肚里又道：『丈夫恁般病体，血气全枯，怎经得女色相侵？』所以一向只是各被各枕，分头而睡。是夜只有一床被，一个枕，却都是朱小娘子的卧具。每常朱小娘子服侍丈夫先睡，自己灯下还做针指。直待公婆都睡了，方才就寝。当夜多寿与母亲取讨枕被，张氏推道：『浆洗未干，胡乱同宿一夜罢。』朱氏将自己枕头让与丈夫安置。多寿又怕污了妻子的被窝，和衣而卧。多福亦不解衣，依旧两头各睡。次日，张氏晓得了，反怪媳妇做格不肯勾搭儿子干事，把一团美意看做不良之心，捉鸡骂狗，言三语四，影射的发作了一场。朱氏是个聪明女子，有何难解。惟恐伤了丈夫之意，只作不知，暗暗偷泪。陈小官人也理会得了几分，甚不过意。

如此又捱过了一个年头。当初十五岁上得病，十六岁病凶，十九岁上退亲不允，二十一岁上做亲。自从得病到今，将近十载，不生不死，甚是闷人。闻得江南新到一个算命的瞎子，叫做灵先生，甚肯直言。央他推算一番，以决死期远近。原来陈多寿自得病之后，自嫌丑陋，不甚出门。今日特为算命，整整衣冠，走到灵先生铺中来。那先生排成八字，推了五星运限，便道：『这贵造是宅上何人？先告过了，若不见怪，方敢直言。』陈小官人道：『但求据理直言，不必忌讳。』先生道：『此造四岁行运，四岁至十三，童限不必说起，十四岁至二十三，此十年大忌，该犯恶疾，半死不生。可曾见过么？』陈小官人道：『见过了。』先生道：『前十年虽是个水缺，还跳得过。二十四到三十三，这一运更不好。船遇危波亡桨舵，马逢峭壁断缰绳，此乃夭折之命。有好八字再算一个，此命不足道也。』小官人闻言，惨然无语。忙把命金送与先生，作别而行。腹内寻思，不觉泪下。想道：『那先生算我前十年已自准了，后十年运限更不好，一定是难过。我死不打紧，可怜贤德娘子服侍了我三年，并无一宵之好。如今又连累他受苦怎的？我今苟延性命，与死无二，便多活几年，没甚好处。不如早早死了，出脱了娘子。也得他趁少年美貌，别寻头路。』此时便萌了个自尽之念。顺路到生药铺上，赎了些砒霜，藏在身边。回到家中，不题起算命之事。至晚上床，却与朱氏叙话道：『我与你九岁上定亲，指望长大来夫唱妇随，生男育女，把家当户。谁知得此恶症，医治不痊。惟恐担误了娘子终身，两番情愿退亲。感承娘子美意不允，拜堂成亲。虽有三年之外，却是有名无实。并不敢污损了娘子玉体，这也是陈某一点存天理处。日后陈某死了，娘子别选良缘，也教你说得嘴响，不累你叫做二婚之妇。』朱氏道：『官人，我与你结发夫妻，苦乐同受。今日官人患病，即是奴家命中所招。同生同死，有何理说！别选良姻这话，再也休提！』陈小官人道：『娘子性烈如此。但你我相守，终非长久之计。你服事我多年，夫妻之情，已自过分。此恩料今生不能补报，来生定有相会之日。』朱氏道：『官人怎说这伤心话儿？夫妻之间，说甚补报？』两个你对我答，足足的说了半夜方睡。正是：

夫妻只说三分话，今日全抛一片心。

次日，陈小官人又与父母叙了许多说话，这都是办了个死字，骨肉之情，难割难舍的意思。看看至晚，陈小官人对朱氏说：『我要酒吃。』朱氏道：『你闲常怕发痒，不吃酒。今日如何要吃？』陈小官人道：『我今日心上有些不爽快，想酒，你与我热些烫一壶来。』朱氏为他夜来言语不祥，心中虽然疑惑，却不想到那话儿。当下问了婆婆，讨了一壶上好酽酒，烫得滚热，取了一个小小杯儿，两碟小菜，都放在桌上。陈小官人道：『不用小杯，就是茶瓯吃一两瓯，到也爽利。』朱氏取了茶瓯，守着要斟。陈小官人道：『慢着，待我自斟。我不喜小菜，有果子讨些来下酒。』把这句话遣开了朱氏。揭开壶盖，取出包内砒霜，向壶中一倾，忙斟而饮。朱氏走了几步，放心不下。回头一看，见丈夫手忙脚乱，做张做智，老大疑惑。恐怕有些跷蹊，慌忙转来，已自呷了一碗，又斟上第二碗。朱氏见酒色不佳，按住了瓯子，不容丈夫上口。陈小官人道：『实对你说，这酒内下了砒霜。我主意要自尽，免得累你受苦。如今已吃下一瓯，必然无救。索性得我尽醉而死，省得费了工夫。』说罢，又夺第二瓯去吃了。朱氏道：『奴家有言在前，与你同生同死。既然官人服毒，奴家义不独生。』遂抢酒壶在手，骨都都吃个罄尽。此时陈小官人腹中作耗，也顾不得浑家之事。须臾之间，两个做一对儿跌倒。时人有诗叹此事云：

病中只道欢娱少，死后方知情义深。相爱相怜相殉死，千金难买两同心。

却说张氏见儿子要吃酒，妆了一碟巧糖，自己送来。在房门外便听得『服毒』二字，吃了一惊，三步做两步走。只见两口儿都倒在地下，情知古怪，着了个忙，叫起屈来。陈青走到，看酒壶里面还剩有砒霜。平昔晓得一个单方，凡服砒霜者，将活羊杀了，取生血灌之，可活。也是二人命中有救，恰好左邻是个卖羊的屠户，连忙唤他杀羊取血。此时朱世远夫妻都到了。陈青夫妇自灌儿子，朱世远夫妇自灌女儿。两个亏得灌下羊血，登时呕吐，方才苏醒。余毒在腹中，兀自皮肤迸裂，流血不已。调理月余，方才饮食如故。有这等异事，朱小娘子自不必说。

那陈小官人害了十年癞症，请了若干名医，用药全无功效。今日服了毒酒，不意中，正合了以毒攻毒这句医书，皮肤内迸出了许多恶血，毒气泄尽，连癞疮渐渐好了。比及将息平安，疮痂脱尽，依旧头光面滑，肌细肤荣。走到人前，连自己爹娘都不认得。分明是脱皮换骨，再投了一个人身。此乃是个义夫节妇一片心肠，感动天地，所以毒而不毒，死而不死，因祸得福，破泣为笑。城隍庙签诗所谓『云开终见日，福寿自天成』。果有验矣。

陈多寿夫妇俱往城隍庙烧香拜谢，朱氏将所聘银钗布施作供。王三老闻知此事，率了三邻四舍，提壶挈盒，都来庆贺。吃了好几日喜酒。陈多寿是年二十四岁，重新读书，温习经史，到三十三岁登科，三十四岁及第。灵先生说他十年必死之运，谁知一生好事，偏在这几年之中。从来命之理微，常人岂能参透。言祸言福，未可尽信也。再说陈青和朱世远从此亲情愈高，又下了几年象棋，寿并八十余而终。陈多寿官至佥宪，朱氏多福恩爱无比。生下一双儿女，尽老百年。至今子孙繁盛。这回书唤作《生死夫妻》。诗曰：

从来美眷说朱陈，一局棋枰缔好姻。只为二人多节义，死生不解赖神明。

衣冠未必皆男子，巾帼如何定妇人？历数古今多怪事，高山为谷海生尘

且说国朝成化年间，山东有一男子，姓桑名茂，是个小家之子。垂髫时，生得红白细嫩。一日，父母教他往村中一个亲戚人家去。中途遇了大雨，闪在冷庙中躲避。那庙中先有一老妪也在内躲雨，两个做一堆儿坐地。那雨越下越大，出头不得。老妪看见桑茂标致，就把言语调他。桑茂也略通些情窍，只道老妪要他干事。临上交时，原来老妪腰间到有本钱，把桑茂后庭弄将起来。事毕，雨还未止。桑茂终是孩子家，便问道：『你是妇道，如何有那话儿？』老妪道：『小官，我实对你说，莫要泄漏于他人。我不是妇人，原来是个男子。从小缚做小脚，学那妇道妆扮，习成低声哑气，做一手好针线，潜往他乡，假称寡妇，央人引进豪门巨室行教。女眷们爱我手艺，便留在家中，出入房闱，多与妇女同眠，恣意行乐。那妇女相处情厚，整月留宿，不放出门。也有闺女贞娘，不肯胡乱，我另有个媚药儿，待他睡去，用水喷在面上，他便昏迷不醒，任我行事。及至醒来，我已得手，他自怕羞辱，不敢声张。还要多赠金帛送我出门，嘱咐我莫说。我今年四十七岁了，走过两京九省，到处娇娘美女，同眠同卧，随身食用，并无缺乏，从不曾被人识破。』桑茂道：『这等快活好事，不知我可学得么？』老妪道：『似小官恁般标致，扮妇女极像样了。你若肯投我为师，随我一路去，我就与你缠脚，教导你做针线，引你到人家去，只说是我外甥女儿，得便就有良遇。我一发把媚药方儿传授与你，包你一世受用不尽。』桑茂被他说得心痒，就在冷庙中四拜，投老妪为师，也不去访亲访眷，也不去问爹问娘。等待雨止，跟着老妪便走。那老妪一路与桑茂同行宿。出了山东境外，就与桑茂三绺梳头，包裹中取女衫换了，脚头缠紧，套上一双窄窄的尖头鞋儿，看来就像个女子，改名郑二娘。后来年长到二十二岁上，桑茂要辞了师父，自去行动。师父吩咐道：『你少年老成，定有好人相遇。只一件，凡得意之处，不可久住。多则半月，少则五日，就要换场，免露形迹。还一件，做这道儿，多见妇人，少见男子，切忌与男子相近交谈。若有男子人家，预先设法躲避。倘或被他看出破绽，性命不保。切记，切记！』桑茂领教，两下分别。

后来桑茂自称郑二娘，各处行游哄骗。也走过一京四省，所奸妇女，不计其数。到三十二岁上，游至江西一个村镇，有个大户人家女眷留住，传他针线。那大户家妇女最多，桑茂迷恋不舍，住了二十余日不去。大户有个女婿，姓赵，是个纳粟监生。一日，赵监生到岳母房里作揖，偶然撞见了郑二娘，爱其俏丽，嘱咐妻子接他来家。郑二娘不知就里，欣然而往。被赵监生邀入书房，拦腰抱住，定要求欢。郑二娘抵死不肯，叫喊起来。赵监生本是个粗人，惹得性起，不管三七二十一，竟按倒在床上去解他裤裆。郑二娘挡抵不开，被赵监生一手插进，摸着了那话儿，方知是男人女扮。当下叫起家人，一索捆翻，解到官府。用刑严讯，招称真姓真名，及向来行奸之事，污秽不堪。府县申报上司，都道是从来未有之变。具疏奏闻，刑部以为人妖败俗，律所不载，拟成凌迟重辟，决不待时。可怜桑茂假充了半世妇人，讨了若干便宜，到头来死于赵监生之手。正是：

福善祸淫天有理，律轻情重法无私。

方才说的是男人妆女，败坏风化的。如今说个女人妆男，节孝兼全的来正本，恰似：

薰莸不共器，尧桀好相形。毫厘千里谬，认取定盘星。

这话本也出在本朝宣德年间。有一老者，姓刘名德，家住河西务镇上。这镇在运河之旁，离北京有二百里之地，乃各省出入京都的要路。舟楫聚泊，如蚂蚁一般；车音马迹，日夜络绎不绝。上有居民数百余家，边河为市，好不富庶。那刘德夫妻两口，年纪六十有余，并无弟兄子女。自己有几间房屋，数十亩田地，门首又开一个小酒店儿。刘公平昔好善，极肯周济人的缓急。凡来吃酒的，偶然身边银钱缺少，他也不十分计较。或有人多把与他，他便勾了自己价银，余下的定然退还，分毫不肯苟取。有晓得的问道：『这人错与你的，落得将来受用，如何反把来退还？』刘公说：『我身没有子嗣，多因前生不曾修得善果，所以今世罚做个无祀之鬼。岂可又为恁样欺心的事！倘然命里不该时，错一分到手，或是变出些事端，或是染患些疾病，反用去几钱，却不倒折便宜。不若退还了，何等安逸。』因他做人公平，一镇的人无不敬服，都称为刘长者。一日，正值隆冬天气，朔风凛冽，彤云密布，降下一天大雪。原来那雪：

能穿帏幕，善度帘栊。乍飘数点，俄惊柳絮飞扬；狂舞一番，错认梨花乱坠。声从竹叶传来，香自梅枝递至。塞外征人穿冻甲，山中隐士拥寒衾。王孙绮席倒金尊，美女红炉添兽炭。

刘公因天气寒冷，暖起一壶热酒，夫妻两个向火对饮。吃了一回，起身走到门首看雪。只见远远一人背着包裹，同个小厮，迎风冒雪而来。看看至近，那人扑的一跤，跌在雪里，挣扎不起。小厮便向前去搀扶，年小力微，两个一拖，反向下边跌去，都滚做一个肉饺儿。爬了好一回，方才得起。刘公擦摩老眼看时，却是六十来岁的老儿，行缠绞脚，八搭麻鞋，身上衣服甚是褴褛。这小厮到也生得清秀，脚下穿一双小布蒲鞋。那老儿把身上的雪儿抖净，向小厮道：『儿，风雪甚大，身上寒冷，行走不动。这里有酒店在此，且买一壶来烫烫寒再行。』便走入店来，向一副座头坐下，把包裹放在桌上。小厮坐于旁边。刘公去暖一壶热酒，切一盘牛肉，两碟小菜，两副杯箸，做一盘儿托过来摆在桌上。小厮捧过壶来，斟上一杯，双手递与父亲，然后筛与自己。刘公见他年幼，有些礼数，便问道：『这位是令郎么？』那老儿道：『正是小犬。』刘公道：『今年几岁了？』答道：『乳名申儿，十二岁了。』又问道：『客官尊姓？是往哪里去的？恁般风雪中行走？』那老儿答道：『老汉方勇，是京师龙虎卫军士，原籍山东济宁。今要回去取讨军庄盘缠，不想下起雪来。』问主人家尊姓。刘公道：『在下姓刘，招牌上近河，便是贱号。』又道：『济宁离此尚远，如何不寻个脚力，却受这般辛苦？』答道：『老汉是个穷军，哪里雇得起脚力！只得慢慢的捱去罢了。』刘公举目看时，只见他单把小菜下酒，那盘牛肉，全然不动。问道：『长官父子想都是奉斋么？』答道：『我们当军的人，吃什么斋！』刘公道：『既不奉斋，如何不吃些肉儿？』答道：『实不相瞒，身边盘缠短少，吃小菜饭儿，还恐走不到家。若用了这大菜，便去了几日的口粮，怎生得到家里？』刘公见他说得恁样穷乏，心中惨然，便道：『这般大雪，腹内得些酒肉，还可挡得风寒，你只管用，我这里不算账罢了。』老军道：『主人家休得取笑！哪有吃了东西，不算账之理？』刘公道：『不瞒长官说，在下这里，比别家不同。若过往客官偶然银子缺少，在下就肯奉承。长官既没有盘缠，只算我请你罢了。』老军见他当真，便道：『多谢厚情，只是无功受禄，不当人子。老汉转来，定当奉酬。』

刘公道：『四海之内，皆兄弟也。这些小东西，值得几何？怎说这奉酬的话！』老军方才举箸，刘公又盛过两碗饭来，道：『一发吃饱了，好行路。』老军道：『忒过分了。』父子二人正在饥馁之时，拿起饭来，狼餐虎咽，尽情一饱。这才是：

救人须救急，施人须当厄。渴者易为饮，饥者易为食。

当下吃完酒饭，刘公又叫妈妈点两杯热茶来吃了。老军便腰间取出银子来还饭钱。刘公连忙推住道：『刚才说过，是我请你的，如何又要银子？恁样时，倒像在下说法卖这盘肉了。你且留下，到前途去盘缠。』老军便住了手，千恩万谢，背上了包裹，作辞起身。走出门外，只见那雪越发大了，对面看不出人儿。被寒风一吹，倒退下几步。小厮道：『爹，这样大雪，如何行走？』老军道：『便是没奈何，且捱到前途，觅个宿店歇罢。』小厮眼中便流下泪来。刘公心中不忍，说道：『长官，这般风寒大雪，着甚要紧，受此苦楚！我家空房床铺尽有，何不就此安歇，等天晴了走也未迟。』老军道：『若得如此甚好，只是打搅不当。』刘公道：『说哪里话！谁人是顶着房子走的？快些进来，不要打湿了身上。』老军引着小厮，重新进门。刘公领去一间房里，把包裹放下。看床上时，席子草荐都有。刘公还恐怕他寒冷，又取出些稻草来，放在上面。老军打开包裹，将出被窝铺下。此时天气尚早，准顿好了，同小厮走出房来。刘公已将店面关好，同妈妈向火。看见老军出房，便叫道：『方长官，你若冷时，有火在此，烘一烘暖和也好。』老军道：『好倒好，只是奶奶在那里，恐不稳便。』刘公道：『都是老人家了，不妨碍。』老军方才同小厮走过来，坐于火边。那时比前又加识熟，便称起号来。说：『近河，怎么只有老夫妻两位？想是令郎们另居么？』刘公道：『不瞒你说，老拙夫妻今年都痴长六十四岁，从来不曾生育，哪里得有儿子？』老军道：『何不承继一个，服侍你老年也好。』刘公答道：『我心里初时也欲得如此。因常见人家承继来的，不得他当家替力，反惹闲气，不如没有的倒得清净。总要时，急切不能有个中意的，故此休了这念头。若得你令郎这样一个，却便好了。只是如何得能够？』两下闲话一回，看看已晚。老军讨了个灯火，叫声安置，同儿子到客房中来安歇。对儿子说：『儿，今日天幸得遇这样好人。若没有他时，冻也要冻死了。明日莫管天晴下雪，早些走罢。打搅他，心上不安。』小厮道：『爹说得是！』父子上床安息。

不想老军受了些风寒，到下半夜，火一般热起来，口内只是气喘，讨汤水吃。这小厮家夜晚间又在客店里，哪处去取。巴到天明，起来开房门看时，那刘公夫妻还未曾起身。他又不敢惊动，原把门儿掩上，守在床前。少顷，听得外面刘公咳嗽声响，便开门走将出来。刘公一见，便道：『小官儿，如何起得恁早？』小厮道：『告公公得知，不想爹爹昨夜忽然发起热来，口中不住吁喘，要讨口水吃，故此起得早些。』刘公道：『阿呀！想是他昨日受些寒了。这冷水怎么吃得？待我烧些热汤与你。』小厮道：『怎好又劳公公？』刘公便教妈妈烧起一大壶滚汤。刘公送到房里，小厮扶起来吃了两碗。老军睁眼观看，见刘公在旁，谢道：『难为你老人家，怎生报答？』刘公走近前道：『休恁般说。你且安心自在，盖热了，发出些汗来便好了。』小厮放倒下去。刘公便扯被儿与他盖好。见那被儿单薄，说道：『可知道着了寒，如何这被恁薄？怎能发的汗出？』妈妈在门口听见，即去取出一条大絮被来道：『老官儿，有被在此，你与他盖好了。这般冷天气，不是当要的。』小厮便来接去。刘公与他盖得停当，方才走出。少顷，梳洗过，又走进来问：『可有汗么？』小厮道：『我才摸时，并无一些汗气。』刘公道：『若没有汗，这寒气是感得重的了。须请个太医来用药，表他的汗出来方好。不然，这风寒怎能够发泄？』小厮道：『公公，身伴无钱，将何请医服药？』刘公道：『不消你费心，有我在此。』小厮听说，即便叩头道：『多蒙公公厚恩，救我父亲。今生若不能补报，死当为犬马偿恩。』刘公连忙扶起道：『快不要如此。既在此安宿，我便是亲人了，岂忍坐视！你自去房中服侍，老汉与你迎医。』

其日雪止天霁，街上的积雪被车马践踏，尽为泥泞，有一尺多深。刘公穿了木屐，出街头望了一望，复身进门。小厮看刘公转进来，只道不去了，噙着两行珠泪，方欲上前叩问，只见刘公从后屋牵出个驴儿骑了，出门而去。小厮方才放心。且喜太医住得还近，不多时便到了。那太医也骑个驴儿，家人背着药箱，随在后面，到门首下了。刘公请进堂中，吃过茶，然后引至房里。此时老军已是神思昏迷，一毫人事不省。太医诊了脉，说道：『这是个双感伤寒，风邪已入于腠理。伤寒书上有两句歌云：「两感伤寒不须治，阴阳毒过七朝期。」此乃不治之症。别个医家，便要说还可以救得，学生是老实的，不敢相欺。这病下药不得了。』小厮见说，惊得泪如雨下，拜倒在地上道：『先生可怜我父子是个异乡之人，怎生用贴药救得性命，决不忘恩！』太医扶起道：『不是我作难，其实病已犯实，教我也无奈。』刘公道：『先生，常言道：药医不死病，佛度有缘人。你且不要拘泥古法，尽着自家意思，大了胆医去，或者他命不该绝，就好了也未可知。万一不好，决无归怨你之理。』先生道：『既是长者恁般说，且用一贴药看。若吃了发得汗出，便有可生之机，速来报我，再将药与他吃。若没有汗时，这病就无救了，不消来覆我。』教家人开了药箱儿，撮了一贴药剂，递与刘公道：『用生姜为引，快煎与他吃。这也是万分之一，莫做指望。』刘公接了药，便去封出一百文钱，递与太医道：『些少药资，权为利市。』太医必不肯受而去。刘公夫妻两口，亲自把药煎好，将到房中，与小厮相帮，扶起吃了，把被没头没脑的盖下。小厮在旁守候。刘公因此事忙乱一朝，把店中生意都耽搁了，连饭也没工夫去煮。直到午上，方吃早膳。刘公去唤小厮吃饭，那小厮见父亲病重，心中慌急，哪里要吃。再三劝慰，才吃了半碗。看看到晚，摸那老军身上，并无一些汗点。那时连刘公也慌张起来，又去请太医时，不肯来了。准准到第七日，呜呼哀哉。正是：

三寸气在千般用，一日无常万事休。

可怜那小厮申儿哭倒在地。刘公夫妇见他哭得悲切，也涕泪交流，扶起劝道：『方小官，死者不可复生，哭之无益。你且将息自己身子。』小厮双膝跪下哭告道：『儿不幸，前年丧母，未能入土，故与父谋归原籍，求取些银两来殡葬。不想逢此大雪，路途艰楚。得遇恩人，赐以酒饭，留宿在家，以为万千之幸。谁料皇天不祐，父忽骤病。又蒙恩人延医服药，日夜看视，胜如骨肉。只指望痊愈之日，图报大恩。哪知竟不能起，有负盛意。此间举目无亲，囊乏钱钞，衣棺之类，料不能办。欲求恩人借数尺之土，把父骸掩盖，儿情愿终身为奴仆，以偿大德。不识恩人肯见允否？』说罢，拜伏在地。刘公扶起道：『小官人休虑。这送终之事，都在于我。岂可把来藁葬？』小厮又哭拜道：『得求隙地埋骨，已出望外，岂敢复累恩人费心坏钞！此恩此德，教儿将何补报？』刘公道：『这是我平昔志愿，那望你的报偿！』当下忙忙的取了银子，便去买办衣衾棺木。唤两个土工来，收拾入殓过了。又备羹饭祭奠，焚化纸钱。那小厮悲恸，自不必说。就抬到屋后空地上，埋葬好了。又立一个牌额，上写『龙虎卫军士方勇之墓』。诸事停当，小厮向刘公夫妇叩头拜谢。

过了两日，刘公对小厮道：『我欲要教你回去，访问个亲族来，搬丧回乡，又恐怕你年纪幼小，不认得路途。你且暂住我家，俟有识熟的在此经过，托他带回故乡，然后徐图运柩回去。不知你的意下何如？』小厮跪下泣告道：『儿受公公如此大恩，地厚天高，未曾报得，岂敢言归！且恩人又无子嗣，儿虽不才，倘蒙不弃，收充奴仆，朝夕服侍，少效一点孝心。万一恩人百年之后，亦堪为坟前拜扫之人。那时到京取回先母遗骨，同父骸葬于恩人墓道之侧，永守于此，这便是儿之心愿。』刘公夫妇大喜道：『若得你肯如此，乃天赐与我为嗣，岂有为奴仆之理！今后当以父子相称。』小厮道：『既蒙收留，即今日就拜了爹妈。』便掇两把椅儿居中放下，请老夫妇坐了，四双八拜，认为父子，遂改姓为刘。刘公又不忍没其本姓，就将方字为名，唤做刘方。自此日夜辛勤，帮家过活，奉侍刘公夫妇，极其尽礼孝敬。老夫妇也把他如亲生一般看待。有诗为证：

刘方非亲是亲，刘德无子有子。小厮事死事生，老军虽死不死。

时光似箭，不觉刘方在刘公家里已过了两个年头。时值深秋，大风大雨，下了半月有余，那运河内的水，暴涨有十来丈高下，犹如百沸汤一般，又紧又急。往来的船只，坏了无数。一日午后，刘方在店中收拾，只听得人声鼎沸。他只道什么火发，忙来观看，见岸上人捱挤不开，都望着河中。急走上前来看时，却是上流头一只大客船，被风打坏，淌将下来，船上之人，飘溺已去大半。余下的抱桅攀舵，呼号哀泣，口叫『救人』。那岸上看的人，虽然有救捞之念，只是风水厉害，谁肯从井救人。眼盼盼看他一个个落水，口中只好叫句『可怜』而已。忽然一阵大风，把那船吹近岸旁。岸上人一齐喊声『好了！』顷刻挠挠钩子二十多张，一齐都下，搭住那船，救起十数多人，各自分头投店内。

有一个少年，年纪不上二十，身上被挠钩摘伤几处，行走不动，倒在地下，气息将绝，尚紧紧抱住一只竹箱，不肯放舍。刘方在旁睹景伤情，触动了自己往年冬间之事，不觉流下泪来，想道：『此人之苦，正与我一般。我当时若没有刘公时，父子尸骸，不知归于何处矣。这人今日却便没人怜救了。且回去与爹娘说知，救其性命。』急急转家，把上项事报知刘公夫妇，意欲扶他回家调养。刘公道：『此是阴德美事，为人正该如此。』刘妈妈道：『何不就同他来家？』刘方道：『未曾禀过爹妈，怎敢擅便？』刘公道：『说哪里话！我与你同去。』父子二人行至岸口，只见众人正围着那少年观看。刘公分开众人，捱身而入，叫道：『小官人，你挣扎着，我扶你到家去将息。』那少年睁眼看了一看，点点头儿。刘公同刘方向前搀扶，一个幼年力弱，一个老年衰迈，全不济事。旁边转过一个轩趷刺的后生道：『老人家闪开，待我来。』向前一抱，轻轻的就扶了起来。那后生在右，刘公在左，两边挟住胳膊便走。少年虽然说话不出，心下却甚明白，把嘴努着竹箱，刘方道：『这箱子待我与你驮去。』把来背在肩上，在前开路。众人闪在两边，让他们前行，随后便都跟来看。内中认得刘公的，便道：『还是刘长者有些义气。这个异乡落难之人，在此这一回，并没个慈悲的，肯收留回去，偏他一晓的了，便搀扶回家。这样人，真个世间少有！只可惜无个儿子，这也是天公没分晓。』又有道：『他虽没有亲儿，如今承继这刘方，甚是孝顺，比嫡亲的尤胜，这也算是天报他了。』那不认得的，见他老夫妻自来搀扶，一个小厮与他驮了竹箱，就认做那少年的亲族。以后见土人纷纷传说，方才晓得，无不赞叹其义。还有没肚子的人，称量他那竹箱内有物无物，财多财少。此乃是人面相似，人心不同，不在话下。

且说刘公同那后生扶少年到家，向一间客房里放下。刘公叫声：『劳动』，后生自去。刘方把竹箱就放在后生之旁。刘妈妈连忙去取干衣，与他换下湿衣，然后扶在铺上。原来落水人吃不得热酒，刘公晓得这道数，教妈妈取酽酒略温一下，尽着少年痛饮，就取刘方的卧被，与他盖了。夜间就教刘方伴他同卧。到次早，刘公进房来探门。那少年已觉健旺，连忙挣扎起来，要下床称谢。刘公急止住道：『莫要劳动，调养身子要紧。』那少年便向枕上叩头道：『小子乃垂死之人，得蒙公公救拔，实乃再生之父母，但不知公公尊姓？』刘公道：『老拙姓刘。』少年道：『原来与小子同姓。』刘公道：『官人哪里人氏？』少年答道：『小子刘奇，山东张秋人氏。二年前，随父三考在京。不幸遇了时疫，数日之内，父母俱丧。无力扶柩还乡，只得将来火化。』指着竹箱道：『奉此骸骨归葬。不想又遭此大难，自分必死。天幸得遇恩人，救我之命。只是行李俱失，一无所有，将何报答大恩。』刘公道：『官人差矣！不忍之心，人皆有之。救人一命，胜造七级浮屠。若说报答，便是为利了，岂是老汉的本意！』刘奇见说，愈加感激。将息了两日，便能起身，向刘公夫妇叩头泣谢。那刘奇为人温柔俊雅，礼貌甚恭，刘公夫妇十分爱他，早晚好酒好食管待。刘奇见如此殷勤，心上好生不安。欲要辞归，怎奈钩伤之处溃烂成疮，步履不便，身边又无盘费，不能行动，只得权且住下。正是：

不恋故乡生处好，受恩深处便为家。

却说刘方与刘奇年貌相仿，情投契合，各把生平患难细说。二人因念出处相同，遂结拜为兄弟，友爱如嫡亲一般。一日，刘奇对刘方道：『贤弟如此青年美质，何不习些书史？』刘方道：『弟甚有此志，只是无人教导。』刘奇道：『不瞒贤弟说，我自幼攻书，博通今古，指望致身青云。不幸先人弃后，无心于此。贤弟肯读书时，寻些书本来，待我指引便了。』刘方道：『若得如此，乃弟之幸也。』连忙对刘公说知。刘公见说是个饱学之士，肯教刘方读书，分外欢喜，即便去买许多书籍。刘奇罄心指教，那刘方颖悟过人，一诵即解。日里在店中看管，夜间挑灯而读。不过几月，经书词翰，无不精通。

且说刘奇在刘公家中住有半年，彼此相敬相爱，胜如骨肉。虽然依傍得所，只是终日坐食，心有不安。此时疮口久愈，思想要回故土，来对刘公道：『多蒙公公夫妇厚恩，救活残喘，又搅扰半年，大恩大德，非口舌可谢。今欲暂辞公公，负先人骸骨归葬。服阕之后，当图报效。』刘公道：『此乃官人的孝心，怎好阻挡？但不知几时起行？』刘奇道：『今日告过公公，明早就走。』刘公道：『既如此，待我去觅个便船与你。』刘奇道：『水路风波险恶，且乏盘缠，还从陆路行罢。』刘公道：『陆路脚力之费，数倍于舟，且又劳碌。』刘奇道：『小子不用脚力，只是步行。』刘公道：『你身子怯弱，如何走得远路？』刘奇道：『公公，常言说的好，有银用银，无银用力。小子这样穷人，还惜得什么辛苦！』刘公想了一想道：『这也易处。』便叫妈妈整备酒肴，与刘奇送行。饮至中间，刘公泣道：『老拙与官人萍水相逢，聚首半年，恩同骨肉，实是不忍分离。但官人送尊人入土，乃人子大事，故不好强留。只是自今一别，不知后日可能得再见了？』说罢，歔欷不胜。刘妈妈与刘方尽皆泪下。刘奇也泣道：『小子此行，实非得已。俟服一满，即星夜驰来奉候，幸勿过悲。』刘公道：『老拙夫妇年近七旬，如风中之烛，早暮难保。恐君服满来时，在否不可知矣。倘若不弃，送尊人入土之后，即来看我，也是一番相知之情。』刘奇道：『既蒙嘱咐，敢不如命？」一宿晚景不题。到了次早清晨，刘妈妈又整顿酒饭与他吃了。刘公取出一个包裹，放在桌上，又叫刘方到后边牵出那小驴儿来，对刘奇道：「此驴畜养已久，老汉又无远行，少有用处，你就乘它去罢，省得路上雇请。这包裹内是一床被窝，几件粗布衣裳，以防路上风寒。」又在袖中摸一包银子，交与道：「这三两银子，将就盘缠，亦可到得家了。但事完之后，即来走走，万勿爽信。」刘奇见了许多厚赠，泣拜道：「小子受公公如此厚恩，今生料不能报，俟来世为犬马，以酬万一。」刘公道：「何出此言！」当下将包裹竹箱都装在牲口身上，作别起身。刘公夫妇送出门首，洒泪而别。刘方不忍分舍，又送十里之外，方才分手。正是：

萍水相逢骨肉情，一朝分袂泪俱倾。骊驹唱罢劳魂梦，人在长亭共短亭。

且说刘奇一路夜住晓行，饥餐渴饮，不一日来到山东故乡。哪知去年这场大风大雨，黄河泛溢，张秋村镇尽皆漂溺，人畜庐舍，荡尽无遗。举目遥望时，几十里田地，绝无人烟。刘奇无处投奔，只得寄食旅店。思想欲将骸骨埋葬于此，却又无处依栖，何以营生。须寻了个着落之处，然后举事。遂往各处市镇乡村访问亲旧，一无所遇。住了月余，这三两银子盘费将尽。心下着忙：「若用完了这银子，就难行动了。不如原往河西务去，求恩人一搭空地，埋了骨殖，倚傍在彼处，还是个长策。」算还店钱，上了牲口，星夜赶来，到了刘公门首，下了牲口。看时，只见刘方正在店中，手里拿着一本书儿，在那里观看。刘奇叫声：「贤弟，公公、妈妈一向好么？」刘方抬头看时，却是刘奇。把书撇下，忙来接住牲口，牵入家中，卸了行李。作揖道：「爹妈日夜在此念兄，来得正好！」一齐走入堂中。刘公夫妇看见，喜从天降，便道：「官人，想杀我也！」刘奇上前，倒身下拜。刘公还礼不迭。见罢，问道：「尊人之事，想已毕了？」刘奇细细泣诉前因，又道：「某故乡已无处容身，今复携骸骨而来，欲求一搭余地葬埋，就拜公公为父，依傍于此，朝夕奉侍，不知尊意允否？」刘公道：「空地尽有，任凭取择。但为父子，恐不敢当。」刘奇道：「若公公不屑以某为子，便是不允之意了。」即便请刘公夫妇上坐，拜为父子，将骸骨也葬于屋后地上。自此兄弟二人并力同心，勤苦经营，家业渐渐兴隆。奉侍父母，备尽人子之礼。合镇的人，没一个不欣羡刘公无子而有子，皆是阴德之报。

时光迅速，倏忽又经年余。父子正安居乐业，不想刘公夫妇年纪老了，筋力衰倦，患起病来。二子日夜服侍，衣不解带，求神罔效，医药无功，看看待尽。二子心中十分悲切，又恐伤了父子之心，惟把言语安慰，背后吞声而泣。刘公自知不起，呼二子至床前，吩咐道：「我夫妻老年孤子，自谓必作无祀之鬼，不意天地怜念，赐汝二人与我为嗣。名虽义子，情胜嫡血。我死无遗恨矣！但我去世之后，汝二人务要同心经业，共守此薄产。我于九泉亦得瞑目。」二子哭拜受命。又延两日，夫妇相继而亡。二子怆地呼天，号淘痛哭，恨不得以身代替。置办衣衾棺椁，极其从厚。又请僧人做九昼夜功果超荐。入殓之后，兄弟商议筑起一个大坟，要将三家父母合葬一处。刘方遂至京中，将母柩迎来，择了吉日，以刘公夫妇葬于居中，刘奇迁父母骸骨葬于左边，刘方父母葬在右边。三坟拱列，如连珠相似。那合镇的人，一来慕刘公向日忠厚之德，二来敬他弟兄之孝，尽来相送。

话休絮烦。且说刘奇二人自从刘公亡后，同眠同食，情好愈笃。把酒店收了，开起一个布店来。四方过往客商来买货的，见二人少年志诚，物价公道，传播开去，慕名来买者，挨挤不开。一二年间，挣下一个老大家业，比刘公时已多数倍。讨了两房家人，两个小厮，动用家伙器皿，

營巢燕雙二叶莫
使青年空歲月可
憐和氏璧無瑕何
事楚君終不納

甚是次第。那镇上有几个富家，见二子家业日裕，少年未娶，都央媒来与之议姻。刘奇心上已是欲得，只是刘方却执意不愿。刘奇劝道：『贤弟今年一十有九，我已二十有二，正该及时求配，以图生育，接续三家宗祀，不知贤弟为何不愿？』刘方答道：『我与兄方在壮年，正好经营生理，何暇去谋此事。况我弟兄向来友爱，何等安乐！万一娶了一个不好的，反是一累，不如不娶为上。』刘奇道：『不然，常言说得好，无妇不成家。你我俱在店中支持了生意时，里面绝然无人照管。况且交友渐广，设有个客人到来，中馈无人主持，成何体面。此还是小事。当初义父以我二人为子时，指望子孙绍他宗祀，世守此坟。今若不娶，必然湮绝，岂不负其初念，何颜见之泉下。』再三陈说，刘方只把言支吾，终不肯应承。刘奇见兄弟不允，自己又不好独娶。

一日，偶然到一相厚朋友钦大郎家中去探望。两个偶然言及姻事，刘奇乃把刘方不肯之事，细细说与。又道：『不知舍弟是甚主意？』钦大郎笑道：『此事浅而易见。他与兄共创家业，况他是先到，兄是后来，不忿得兄先娶，故此假意推托。』刘奇道：『舍弟乃仁义端直之士，决无此事。』钦大郎道：『令弟少年英俊，岂不晓得夫妇之乐，恁般推阻。兄若不信，且教个人私下去见他，先与之为媒，包你一说就是。』刘奇被人言所惑，将信将疑，作别而回。恰好路上遇见两个媒婆，正要到刘奇家说亲，所说的是本镇开绸缎店的崔三朝奉家。叙起年庚，正与刘方相合。刘奇道：『这门亲，正对我家二官人。只是他有些古怪，人面前就害羞。你只悄地去对他说。若说得成时，自当厚酬。我且不归去，坐在巷口油店里等你回话。』两个媒婆应声而去。不一时，回复刘奇道：『二官人果是古怪，老媳妇恁般撺掇，只是不允。再说时，他喉急起来，好教媳妇们老大没趣。』刘奇方才信刘方不肯，是个真心，但不知什么意故。一日，见梁上燕儿营巢，刘奇遂题一词于壁上，以探刘方之意。词云：

营巢燕，双双雄，朝暮衔泥辛苦同。若不寻雌继壳卵，巢成毕竟巢还空。

刘方看见，笑诵数次，亦援笔和一首于后，词云：

营巢燕，双双飞，天设雌雄事久期。雌兮得雄愿已足，雄兮将雌胡不知？

刘奇见了此词，大惊道：『据这词中之意，吾弟乃是个女子了。怪道他恁般娇弱，语音纤丽，夜间睡卧，不脱内衣，连袜子也不肯去，酷暑中还穿着两层衣服。原来他却学木兰所为。』虽然如此，也还疑惑，不敢去轻易发言。又到钦大郎家中，将词念与他听。钦大郎道：『这词意明白，令弟确然不是男子。但与兄数年同榻，难道看他不出？』刘奇叙他向来未曾脱衣之事。钦大郎道：『恁般一发是了！如今兄当以实问之，看他如何回答？』刘奇道：『我与他恩义甚重，情如同胞，安忍启口。』钦大郎道：『他若果然是个女子，与兄成配，恩义两全，有何不可。』谈论已久，钦大郎将出酒肴款待，两人对酌，意不觉至晚。刘奇回至家时，已是黄昏时候。刘方迎着，见他已醉，扶进房中问道：『兄从何处饮酒，这时方归？』刘奇答道：『偶在钦兄家小饮，不觉话长坐久。』口中虽说，细细把他详视。当初无心时，全然不觉是女。此时已是有心辨他真假，越看越像是个女子。刘奇虽无邪念，心上却要见个明白，又不好直言。乃道：『今日见贤弟所和燕子词，甚佳，非愚兄所能及。但不知贤弟可能再和一首否？』刘方笑而不答，取过纸笔来，一挥而就。词云：

营巢燕，声声叶，莫使青年空岁月。可怜和氏璧无瑕，何事楚君终不纳？

刘奇接来看了，便道：『原来贤弟果是女子。』刘方闻言，羞得满脸通红，未及答言。刘奇又道：『你我情同骨肉，何必避讳。但不识贤弟昔年因甚如此妆束？』刘方道：『妾初因母丧，随父还乡，恐途中不便，故为男扮。后因父殁，尚埋浅土，未得与母同葬。妾故不敢改形，欲求一安身之地，以厝先灵。幸得义父遗此产业，父母骸骨得以归土。妾是时意欲说明，因思家事尚微，恐兄独力难成，故复迟迟。今见兄屡劝妾婚配，故不得不自明耳。』刘奇道：『原来贤弟用此一段苦心，成全大事。况我与你同榻数年，不露一毫棱角，真乃节孝兼全，女中丈夫，可敬可羡！但弟词中已有俯就之意，我亦决无他娶之理。萍水相逢，周旋数载，昔为弟兄，今为夫妇，此岂人谋，实由天合。倘蒙一诺，便订百年。不知贤弟意下如何？』刘方道：『此事妾亦筹之熟矣。三宗坟墓，俱在于此，妾若适他人，父母三尺之土，朝夕不便省视。况义父义母，看待你我犹如亲生，弃此而去，亦难恝然。兄若不弃陋质，使妾得侍箕帚，供奉三姓香火，妾之愿也。但无媒私合，于礼有亏。惟兄裁酌而行，免受旁人谈议，则全美矣。』刘奇道：『贤弟高见，即当处分。』是晚两人便分房而卧。

次早，刘奇与钦大郎说了，请他大娘为媒，与刘方说合。刘方已自换了女装。刘奇备办衣饰，择了吉日，先往三个坟墓上祭告过了，然后花烛成亲，大排筵席，广请邻里。那时轰动了河西务一镇，无不称为异事。赞叹刘家一门孝义贞烈。刘奇成亲之后，夫妇相敬如宾，挣起大大家事，生下五男二女。至今子孙蕃盛，遂为巨族。人皆称为『刘方三义村』云。有诗为证：

无情骨肉成吴越，有义天涯作至亲。三义村中传美誉，河西千载想奇人。

第十一卷

苏小妹三难新郎

聪明男子做公卿，女子聪明不出身。若许裙钗应科举，女儿哪见逊公卿？

自混沌初辟，乾道成男，坤道成女，虽则造化无私，却也阴阳分位。阳动阴静，阳施阴受，阳外阴内。所以男子主四方之事，女子主一室之事。主四方这事的，顶冠束带，谓之丈夫。出将入相，无所不为。须要博古通今，达权知变。主一室之事的，三绺梳头，两截穿衣，一日之计，止无过饔飧井臼；终身之计，止无过生男育女。所以大家闺女，虽曾读书识字，也只要他识些姓名，记些帐目。他又不应科举，不求名誉，诗文之事，全不相干。然虽如此，各人资性不同。有等愚蠢的女子，教他识两个字，如登天之难。有等聪明的女子，一般过目成诵，不教而能。吟诗与李杜争强，作赋与班马斗胜，这都是山川秀气，偶然不钟于男而钟于女。且如汉有曹大家，他是个班固之妹，代兄续成汉史。又有个蔡琰，制《胡笳十八拍》，流传后世。晋时有个谢道韫，与诸兄咏雪，有『柳絮随风』之句，诸兄都不及他。唐时有个上官婕妤，中宗皇帝教他品第朝臣之诗，臧否一一不爽。至于大宋妇人，出色的更多。就中单表一个叫作李易安，一个叫作朱淑真。他两个都是闺阁文章之伯，女流翰苑之才。论起相女配夫，也该对个聪明才子。争奈月下老错注了婚籍，都嫁了无才无学之人，每每怨恨之情，形于笔札。有诗为证：

鸥鹭鸳鸯作一池，曾知羽翼不相宜。东君不与花为主，何似休生连理枝！

那李易安有《伤秋》一篇，调寄《声声慢》：

寻寻觅觅，冷冷清清，凄凄惨惨戚戚。乍暖还寒时候，正难将息。三杯两盏淡酒，怎敌他晚来风力！雁过也，总伤心，却是旧时相识。

满地黄花堆积，憔悴损，如今有谁忺摘。守着窗儿，独自怎生得黑！梧桐更兼细雨，到黄昏，点点滴滴，这次第怎一个愁字了得！

朱淑真时值秋间丈夫出外，灯下独坐无聊，听得窗外雨声滴点，吟成一绝：

哭损双眸断尽肠，怕黄昏到又昏黄。那堪细雨新秋夜，一点残灯伴夜长。

后来刻成诗集一卷，取名《断肠集》。

说话的，为何单表那两个嫁人不着的？只为如今说一个聪明女子，嫁着一个聪明的丈夫，一唱一和，遂变出若干的话文。正是：

说来文士添佳兴，道出闺中作美谈。

话说四川眉州，古诗谓之蜀郡，又曰嘉州，又曰眉山。山有蟇颐、峨眉，水有岷江、环湖，山川之秀，钟于人物。生出个博学名儒来，姓苏名洵，字允明，别号老泉。当时称为老苏。老苏生下两个孩儿，大苏小苏。大苏名轼，字子瞻，别号东坡；小苏名辙，字子由，别号颍滨。两子都有文经武纬之才，博古通今之学，同科及第，名重朝廷，俱拜翰林学士之职。天下称他兄弟谓之二苏，称他父子谓之三苏。这也不在话下。更有一桩奇处，那山川之秀，偏萃于一门。两个儿子未为希罕，又生个女儿，名曰小妹，其聪明绝世无双，真个闻一知二，问十答十。因他父兄都是个大才子，朝谈夕讲，无非子史经书，目见耳闻，不少诗词歌赋。自古道：近朱者赤，近墨者黑。况且小妹资性过人十倍，何事不晓。十岁上随父兄居于京师寓中，有绣球花一树，时当春月，其花盛开。老泉赏玩了一回，取纸笔题诗。才写得四句，报道门前客到，老泉阁笔而起。小妹闲步到父亲书房之内，看见桌上有诗四句：

天巧玲珑玉一邱，迎眸烂熳总清幽。白云疑向枝间出，明月应从此处留。

小妹览毕，知是咏绣球花所作，认得父亲笔迹，遂不待思索，续成后四句云：

瓣瓣折开蝴蝶翅，团团围就水晶球。假饶借得香风送，何羡梅花在陇头。

小妹题诗依旧放在桌上，款步归房。老泉送客出门，复转书房。方欲续完前韵，只见八句已足。读之词意俱美，疑是女儿小妹之笔。呼而问之，写作果出其手。老泉叹道：『可惜是个女子！若是个男儿，可不又是制科中一个有名人物！』自此愈加珍爱其女，恣其读书博学，不复以女工督之。看看长成一十六岁，立心要妙选天下才子，与之为配，急切难得。忽一日，宰相王荆公着堂候官请老泉到府与之叙话。原来王荆公讳安石，字介甫。未得第时，大有贤名。平时常不洗面，不脱衣，身上虱子无数。老泉恶其不近人情，异日必为奸臣，曾作《辨奸论》以讥之，荆公怀恨在心。后来见他大苏小苏连登制科，遂舍怨而修好。老泉亦因荆公拜相，恐妨二子进取之路，也不免曲意相交。正是：

古人结交在意气，今人结交为势利。从来势利不同心，何如意气交情深。

是日老泉赴荆公之召，无非商量些今古，议论了一番时事，遂取酒对酌，不觉忘怀酩酊。荆公偶然夸奖小儿王雱读书只一遍，便能背诵。老泉带酒答道：『谁家儿子读两遍！』荆公道：『到是老夫失言，不该班门弄斧。』老泉道：『不惟小儿只一遍，就是小女也只一遍。』荆公大惊道：『只知令郎大才，却不知有令爱。眉山秀气，尽属公家矣。』老泉自悔失言，连忙告退。荆公命童子取出一卷文字，递与老泉道：『此乃小儿王雱窗课，相烦点定。』老泉纳于袖中，唯唯而出。回家睡至半夜，酒醒，想起前事：『不合自夸女孩儿之才。今介甫将儿子窗课属吾点定，必为求亲之事。这头亲事非吾所愿，却又无计推辞。』沉吟到晓，梳洗已毕，取出王雱所作，次第看之，真乃篇篇锦绣，字字珠玑，又不觉动了个爱才之意。『但不知女儿缘分如何？我如今将这文卷与女儿观之，看他爱也不爱。』遂隐下姓名，吩咐丫鬟道：『这卷文字，乃是个少年名士所呈，求我点定。我不得闲暇，转送与小姐，教他批阅，阅完时，速来回话。』丫鬟将文字呈上小姐，传达太老爷吩咐之语。小妹滴露研朱，从头批点，须臾而毕。叹道：『好文字，此必聪明才子所做。但秀气泄尽，华而不实，恐非久长之器。』遂于卷面批云：

新奇藻丽，是其所长；含蓄雍容，是其所短。取巍科则有余，享大年则不足。

后来王雱十九岁中了头名状元，未几夭亡。可见小妹知人之明。这是后话。却说小妹写罢批语，叫丫鬟将文卷纳还父亲。老泉一见大惊！『这批语如何回复得介甫，必然取怪。』一时污损了卷面，无可奈何。却好堂候官到门：『奉相公钧旨，取昨日文卷，面见太爷，还有话禀。』老泉此时手足无措，只得将卷面割去，重新换过，加上好批语，亲手交与堂候官收讫。堂候官道：『相公还吩咐得有一言，动问贵府小姐曾许人否？倘未许人，相府愿谐秦晋。』老泉道：『相府议亲，老夫岂敢不从。只是小女貌丑，恐不足当金屋之选。相烦好言达上，但访问自知，

瓣瓣折開蝴蝶翅
團團圍就水晶毬

并非老夫推托。』堂候官领命，回复荆公。荆公看见卷面换了，已有三分不悦。又恐怕苏小姐容貌真个不扬，不中儿子之意，密地差人打听。原来苏东坡学士，常与小姐互相嘲戏。东坡是一嘴胡子，小妹嘲云：

口角几回无觅处，忽闻毛里有声传。

小妹额颅凸起，东坡答嘲云：

未出庭前三五步，额头先到画堂前。

小妹又嘲东坡下颏之长云：

去年一点相思泪，至今流不到腮边。

东坡因小妹双眼微抠，复答云：

几回拭脸深难到，留却汪汪两道泉。

访事的得了此言，回复荆公说：『苏小姐才调委实高绝，若论容貌，也只平常。』荆公遂将姻事搁起不提。然虽如此，却因相府求亲一事，将小妹才名播满了京城。以后闻得相府亲事不谐，慕而来求者，不计其数。老泉都教呈上文字，把与女孩儿自阅。也有一笔涂倒的，也有点不上两三句的。就中只有一卷，文字做得好。看他卷面写有姓名，叫做秦观。小妹批四句云：

今日聪明秀才，他年风流学士。可惜二苏同时，不然横行一世。

这批语明说秦观的文才，在大苏小苏之间，除却二苏，没人及得。老泉看了，已知女儿选中了此人。吩咐门上：『但是秦观秀才来时，快请相见。余的都与我辞去。』谁知众人呈卷的，都在讨信，只有秦观不到。却是为何？那秦观秀才字少游，他是扬州府高邮人。腹饱万言，眼空一世。生平敬服的，只有苏家兄弟，以下的都不在意。今日慕小妹之才，虽然衒玉求售，又怕损了自己的名誉，不肯随行逐队，寻消问息。老泉见秦观不到，反央人去秦家寓所致意。少游心中暗喜，又想道：『小妹才名得于传闻，未曾面试。又闻得他容貌不扬，额颅凸出，眼睛凹进，不知是何等鬼脸？如何得见他一面，方才放心。』打听得三月初一日，要在岳庙烧香，趁此机会，改换衣装，觑个分晓。正是：

眼见方为的，传闻未必真。若信传闻语，枉尽世间人。

从来大人家女眷入庙进香，不是早，定是夜。为什么？早则人未来，夜则人已散。秦少游到三月初一日五更时分，就起来梳洗，打扮个游方道人模样：头裹青布唐巾，耳后露两个石碾的假玉环儿，身穿皂布道袍，腰系黄绦，足穿净袜草履，项上挂一串拇指大的数珠，手中托一个金漆钵盂，侵早就到东岳庙前伺候。

天色黎明，苏小姐轿子已到。少游走开一步，让他轿子入庙，歇于左廊之下。小妹出轿上殿，少游已看见了，虽不是妖娆美丽，却也清雅幽闲，全无俗韵。『但不知他才调真正如何？』约莫焚香已毕，少游却循廊而上，在殿左相遇。少游打个问讯云：

小姐有福有寿，愿发慈悲。

小妹应声答云：

道人何德何能，敢来布施！

少游又问讯云：

愿小姐身如药树，百病不生。

小妹一头走，一头答云：

随道人口吐莲花，半文无舍。

少游直跟到轿前，又问讯云：

小娘子一天欢喜，如何撒手宝山？

小妹随口又答云：

风道人恁地贪痴，哪得随身金穴！

小妹一头说，一头上轿。少游转身时，口中喃出一句道：「『风道人』得对『小娘子』，万千之幸！」小妹上了轿，全不在意。跟随的老院子却听得了，怪这道人放肆，方欲回身寻闹，只见廊下走出一个垂髫的俊童，对着那道人叫道：「相公，这里来更衣。」那道人便先走，童儿后随。老院子将童儿肩上悄地捻了一把，低声问道：「前面是哪个相公？」童儿道：「是高邮秦少游相公。」老院子便不言语。回来时，就与老婆说知了。这句话就传入内里，小妹才晓得那化缘的道人是秦少游假妆的，付之一笑，嘱咐丫鬟们休得多口。

话分两头。再说秦少游那日饱看了小妹容貌不丑，况且应答如响，其才自不必言。择了吉日，亲往求亲。老泉应允，少不得下财纳币。此是二月初旬的事。少游急欲完婚，小妹不肯。他看定秦观文字，必然中选。试期已近，欲要象简乌纱，洞房花烛。少游只得依他。到三月初三礼部大试之期，秦观一举成名，中了制科。到苏府来拜丈人，就禀复完婚一事。因寓中无人，欲就苏府花烛。老泉笑道：「今日挂榜，脱白挂绿，便是上吉之日，何必另选日子。只今晚便在小寓成亲，岂不美哉！」东坡学士从旁赞成。是夜与小妹双双拜堂，成就了百年姻眷。正是：

聪明女得聪明婿，大登科后小登科。

其夜月明如昼。少游在前厅筵宴已毕，方欲进房，只见房门紧闭，庭中摆着小小一张桌儿，桌上排列纸墨笔砚，三个封儿，三个盏儿，一个是玉盏，一个是银盏，一个是瓦盏。青衣小鬟守立旁边。少游道：「相烦传语小姐，新郎已到，何不开门？」丫鬟道：「奉小姐之命，有三个题目在此。三试俱中式，方准进房。这三个纸封儿便是题目在内。」少游指着三个盏道：「这又是甚的意思？」丫鬟道：「那玉盏是盛酒的，那银盏是盛茶的，那瓦盏是盛寡水的。三试俱中，玉盏内美酒三杯，请进香房。两试中了，一试不中，银盏内清茶解渴，直待来宵再试。一试中了，两试不中，瓦盏内呷口淡水，罚在外厢读书三个月。」少游微微冷笑道：「别个秀才来应举时，就要告命题容易了，下官曾应过制科，青钱万选，莫说三个题目，就是三百个，我何惧哉！」丫鬟道：「俺小姐不比寻常盲试官，「之乎者也」应个故事而已。他的题目好难哩！第一题，是绝句一首，要新郎也做一首，合了出题之意，方为中式。第二题四句诗，藏着四个古人，猜得一个也不差，方为中式。到第三题，就容易了，止要做个七字对儿，对得好，便得饮美酒进香房了。」少游道：「请第一题。」丫鬟取第一个纸封拆开，请新郎自看。少游看时，封着花笺一幅，写诗四句道：

铜铁投洪冶，蝼蚁上粉墙。阴阳无二义，天地我中央。

少游想道：「这个题目，别人做定猜不着。则我曾假扮做云游道人，在岳庙化缘，去相那苏小姐。此四句乃含着「化缘道人」四字，明明嘲我。」遂于月下取笔写诗一首于题后云：

「化」工何意把春催？「缘」到名园花自开。

「道」是东风原有主，「人」人不敢上花台。

丫鬟见诗完，将第一幅花笺折做三叠，从窗隙中塞进，高叫道：「新郎交卷，第一场完。」小妹览诗，每句顶上一字，合之乃『化缘道人』四字，微微而笑。少游又开第二封看之，也是花笺一幅，题诗四句：

强爷胜祖有施为，凿壁偷光夜读书。缝线路中常忆母，老翁终日倚门闾。

少游见了，略不凝思，一一注明。第一句是孙权，第二句是孔明，第三句是子思，第四句是太公望。丫鬟又从窗隙递进。少游口虽不语，心下想道：「两个题目，眼见难我不倒，第三题是个对儿，我五六岁时便会对句，不足为难。」再拆开第三幅花笺，内出对云：

闭门推出窗前月。

初看时觉道容易，仔细想来，这对出得尽巧。若对得平常了，不见本事。左思右量，不得其对。听得谯楼三鼓将阑，构思不就，愈加慌迫。却说东坡此时尚未曾睡，且来打听妹夫消息。望见少游在庭中团团而步，口里只管吟哦「闭门推出窗前月」七个字，右手做推窗之势。东坡想道：「此必小妹以此对难之，少游为其所困矣。我不解围，谁为撮合？」急切思之，亦未有好对。庭中有花缸一只，满满的贮着一缸清水，少游步了一回，偶然倚缸看水。东坡望见，触动了他灵机，道：「有了！」欲待教他对了，诚恐小妹知觉，连累妹夫体面，不好看相。东坡远远站着咳嗽一声，就地下取小小砖片，投向缸中。那水为砖片所激，跃起几点，扑在少游面上。水中天光月影，纷纷淆乱。少游当下晓悟，遂援笔对云：

投石冲开水底天。

丫鬟交了第三遍试卷，只听呀的一声，房门大开，内又走出个侍儿，手捧银壶，将美酒斟于玉盏之内，献上新郎，口称：「才子请满饮三杯，权当花红赏劳。」少游此时意气扬扬，连进三盏，丫鬟拥入香房。这一夜，佳人才子，好不称意。正是：

欢娱嫌夜短，寂寞恨更长。

自此夫妻和美，不在话下。后少游宦游浙中，东坡学士在京，小妹思想哥哥，到京省视。东坡有个禅友，叫做佛印禅师，尝劝东坡急流勇退。一日寄长歌一篇，东坡看时，却也写得怪异，每二字一连，共一百三十对字。你道写的是甚字？

野野　鸟鸟　啼啼　时时　有有　思思　春春　气气
桃桃　花花　发发　满满　枝枝　莺莺　雀雀　相相
呼呼　唤唤　岩岩　畔畔　花花　红红　似似　锦锦
屏屏　堪堪　看看　山山　秀秀　丽丽　山山　前前
烟烟　雾雾　起起　清清　浮浮　浪浪　促促　潺潺
湲湲　水水　景景　幽幽　深深　处处　好好　追追
游游　傍傍　水水　花花　似似　雪雪　梨梨　花花
光光　皎皎　洁洁　玲玲　珑珑　似似　坠坠　银银
花花　折折　最最　好好　柔柔　茸茸　溪溪　畔畔
草草　青青　双双　蝴蝴　蝶蝶　飞飞　来来　到到
落落　花花　林林　里里　鸟鸟　啼啼　叫叫　不不
休休　为为　忆忆　春春　光光　好好　杨杨　柳柳
枝枝　头头　春春　色色　秀秀　时时　常常　共共
饮饮　春春　浓浓　酒酒　似似　醉醉　闲闲　行行
春春　色色　里里　相相　逢逢　竞竞　忆忆　游游
山山　水水　心心　息息　悠悠　归归　去去　来来
休休　役役

东坡看了两三遍，一时念将不出，只是沉吟。小妹取过，一览了然，便道：『哥哥，此歌有何难解！待妹子念与你听。』即时朗诵云：

野鸟啼，野鸟啼时时有思。有思春气桃花发，春气桃花发满枝。满枝莺雀相呼唤，莺雀相呼唤岩畔。岩畔花红似锦屏，花红似锦屏堪看。堪看山，山秀丽，秀丽山前烟雾起。山前烟雾起清浮，清浮浪促潺湲水。浪促潺湲水景幽，景幽深处好，深处好追游。追游傍水花，傍水花似雪，似雪梨花光皎洁。梨花光皎洁玲珑，玲珑似坠银花折。似坠银花折最好，最好柔茸溪畔草。柔茸溪畔草青青，双双蝴蝶飞来到。蝴蝶飞来到落花，落花林里鸟啼叫。林里鸟啼叫不休，不休为忆春光好。为忆春光好杨柳，杨柳枝头春色秀。枝头春色秀时常共饮，时常共饮春浓酒。春浓酒似醉，似醉闲行春色里。闲行春色里相逢，相逢竞忆游山水。竞忆游山水心息，心息悠悠归去来，归去来休休役役。

东坡听念，大惊道：『吾妹敏悟，吾所不及！若为男子，官位必远胜于我矣。』遂将佛印原写长歌，并小妹所定句读，都写出来，做一封儿寄与少游。因述自己再读不解，小妹一览而知之故。少游初看佛印所书，亦不能解。后读小妹之句，如梦初觉，深加愧叹。答以短歌云：

未及梵僧歌，词重而意复。字字如联珠，行行如贯玉。想汝惟一览，顾我劳三复。裁诗思远寄，因以真类触。汝其审思之，可表予心曲。

短歌后制成叠字诗一首，却又写得古怪：

期归阻久伊思

少游书信到时，正值东坡与小妹在湖上看采莲。东坡先拆书看了，递与小妹问道：『汝能解否？』小妹道：『此诗乃仿佛印禅师之体也。』

即念云：

静思伊久阻归期，久阻归期忆别离。忆别离时闻漏转，时闻漏转静思伊。

东坡叹道：『吾妹真绝世聪明人也！今日采莲胜会，可即事各和一首，寄与少游，使知你我今日之游。』东坡诗成，小妹亦就，小妹诗云：

采
津杨绿在人莲
一
阕新歌声嗽玉

东坡诗云：

赏
飞如马去归花
酒
力微醒时已暮

照少游诗念出，小妹叠字诗道是：

采莲人在绿杨津，在绿杨津一阕新。一阕新歌声嗽玉，歌声嗽玉采莲人。

东坡叠字诗道是：

赏花归去马如飞，去马如飞酒力微。酒力微醒时已暮，醒时已暮赏花归。

二诗寄去，少游读罢，叹赏不已。其夫妇酬和之诗甚多，不能详述。后来少游以才名被征为翰林学士，与二苏同官。一时郎舅三人并居史职，古所稀有。于是宣仁太后亦闻苏小妹之才，每每遣内官赐以绢帛或饮馔之类，索他题咏。每得一篇，宫中传诵，声播京都。其后小妹先少游而卒，少游思念不置，终身不复娶云。有诗为证：

文章自古说三苏，小妹聪明胜丈夫。三难新郎真异事，一门秀气世间无。

第十二卷

佛印师四调琴娘

文章落处天须泣，此老已亡吾道穷。才业谩夸生仲达，功名犹继死姚崇。人间便觉无清气，海内安能见古风。平日万篇何所在？六丁收拾上瑶宫。

这八句诗是谁做的？是宋理宗皇帝朝一个官人，姓刘名克庄，道号后村先生做的。

单说那神宗皇帝朝有个翰林学士，姓苏名轼，字子瞻，道号东坡居士，本贯是西川眉州眉山县人氏。这学士平日结识一个道友，叫做佛印禅师。你道这禅师如何出身？他是江西饶州府浮梁县人氏，姓谢名端卿，表字觉老，幼习儒书，通古今之蕴，旁通二氏，负博洽之声。一日应举到京，东坡学士闻其才名，每与谈论，甚相敬爱。屡同诗酒之游，遂为莫逆之友。忽一日，神宗皇帝因天时亢旱，准了司天台奏章，特于大相国寺建设一百八分大斋，征取名僧，宣扬经典，祈求甘雨，以救万民。命翰林学士苏轼制就吁天文疏，就命轼充行礼官，主斋。三日前，便要到寺中斋宿。先有内官到寺看阅斋坛，传言御驾不日亲临。方丈中铺设御座，一切规模，务要十分齐整。把个大相国寺打扫得一尘不染，妆点得万锦攒花。府尹预先差官，四围把守，不许闲人入寺，恐防不时触突了圣驾。这都不在话下。

却说谢端卿在东坡学士坐间闻知此事，问道：『小弟欲兄长挈带入寺，一瞻御容，不知可否？』东坡那时只合一句回绝了他，何等干净。只为东坡要得端卿相伴，遂对他说道：『足下要去，亦有何难。只消扮作侍者模样，在斋坛上承直。圣驾临幸时，便得饱看。』谢端卿那时若不肯扮做侍者，也就罢了。只为一时稚气，遂欣然不辞。先去借办行头，装扮的停停当当，跟随东坡学士入相国寺来。东坡已自吩咐了主僧，只等报一声圣驾到来，端卿就顶侍者名色，上殿执役，闲时陪东坡在净室闲讲。

且说起斋之日，主僧五鼓鸣钟聚众。其时香烟缭绕，灯烛辉煌，幡幢五采飘扬，乐器八音嘹亮，法事之盛，自不必说。东坡学士起了香头，拜了佛像，退坐于僧房之内。早斋方罢，忽传御驾已到。东坡学士执掌丝纶，日觐天颜，倒也不以为事。慌得谢端卿面上红热，心头突突地跳。矜持了一回，按定心神，来到大雄宝殿，杂于侍者之中。无过是添香剪烛，供食铺灯。不一时，神宗皇帝驾到。东坡学士同众僧摆班跪迎，进入大殿。内官捧有内府龙香，神宗御手拈香已毕，铺设净褥，行三拜礼。主僧引驾到于方丈，神宗登上御座。众人叩见了毕，神宗夸东坡学士所作文疏之美。东坡学士再拜，口称不敢。

主僧取旨献茶，捧茶盘的却是谢端卿。原来端卿因大殿行礼之时，拥拥簇簇，不得仔细瞻仰，特地充作捧茶盘的侍者，直捱到龙座御膝之前。偷眼看圣容时，果然龙凤之姿，天日之表，天威咫尺，毛骨俱悚，不敢恣意观瞻，慌忙退步。却被神宗龙目看见了。只为端卿生得方面大耳，秀目浓眉，身躯伟岸，与其他侍者不同，所以天颜刮目。当下开金口，启玉言，指着端卿问道：『此侍者何方人氏？在寺几年了？』主僧先不曾问得备细，一时不能对答。还是谢端卿有量，叩头奏道：『臣姓谢，名端卿，江西饶州府人，新来寺中出家。幸瞻天表，不胜欣幸。』神宗见他应对明敏，龙情大喜。又问：『卿颇通经典否？』端卿奏道：『臣自少读书，内典也颇知。』神宗道：『卿既通内典，赐卿法名了元，号佛印，就于御前披剃为僧。』那谢端卿的学问，与东坡肩上肩下，他为应举到京，指望一举成名，建功立业，如何肯做和尚。常言道：王言如天语，违背圣旨，罪该万死。今日玉音吩咐，如何敢说我是假充的侍者，不愿为僧？心下十万分不乐，一时出于无奈，只得叩头谢恩。当下主僧引端卿重来正殿，参见了如来，然后引至御前，如法披剃。钦赐紫罗袈裟一领，随驾礼部官取羊皮度牒一道，中书房填写佛印法名及生身籍贯，奉旨披剃年月，付端卿受领。端卿披了袈裟，紫气腾腾，分明是一尊肉身罗汉，手捧度牒，重复叩头谢恩。神宗道：『卿既为僧，即委卿协理斋事。异日精严戒律，便可作本寺主持，勿得玷辱宗门，有负朕意。』说罢起驾。东坡和众僧于寺门之外跪送过了，依原来做斋事，不在话下。

从此搁起端卿名字，只称佛印，众人都称为印公。为他是钦赐剃度，好生敬重。原来故宋时，最以剃度为重。每度牒一张，要费得千贯钱财，方得到手。今日端卿不费分文，得了度牒为僧。若是个真侍者，岂不是千古奇逢，万分欢喜。只为佛印弄假成真，非出本心，一时勉强出家，有好几时气闷不过。后来只在相国寺翻经转藏，精通佛理，把功名富贵之想，化作清净无为之业。他原是明悟禅师转世，根气不同，所以出儒入墨，如洪炉点雪。东坡学士他是个用世之人，识见各别。他道：『谢端卿本为上京赴举，我带他到大相国寺，教他假充侍者，瞻仰天颜，遂尔披剃为僧，却不是我连累了他！他今在空门枯淡，必有恨我之意。虽然他戒律精严，只恐体面上矜持，心中不能无动。』每每于语言之间，微微挑逗。谁知佛印心冷如冰，口坚如铁，全不见丝毫走作。东坡只是不信。后来东坡为吟诗触犯了时相，连遭谪贬。直到哲宗皇帝元祐年间，复召为翰林学士。其时佛印游方转来，仍在大相国寺挂锡，年力尚壮。东坡一见，想起初年披剃之事，遂劝佛印：『若肯还俗出仕，下官当力荐清职。』佛印哪里肯依！东坡遂嘲之曰：

不毒不秃，不秃不毒。转毒转秃，转秃转毒。

佛印笑而不答。那一日，仲春天气，学士正在府中闲坐，只见院子来报：『佛印禅师在门首。』学士听得，教请入来。须臾之间，佛印入到堂上，见学士叙礼毕。教院子点将茶来。茶罢，学士便令院子于后园中洒扫亭轩，邀佛印同到园中，去一座相近后堂的亭子坐定。院子安排酒果肴馔之类。排完，使院子斟酒，二人对酌。酒至三巡，学士道：『筵中无乐，不成欢笑。下官家中有一乐童，令歌数曲，以助筵前之乐。』道罢，便令院子传言入堂内去。不多时，佛印蓦然耳内听得有人唱词，真个唱得好！

声清韵美，纷纷尘落雕梁；字正腔真，拂拂风生绮席。若上苑流莺巧啭，似丹山彩凤和鸣。词歌白雪阳春，曲唱清风明月。

佛印听至曲终，道：『奇哉！韩娥之吟，秦青之词，虽不遏住行云，也解梁尘扑簌。』东坡道：『吾师何不留一佳作？』佛印道：『请乞纸笔。』学士遂令院子取将文房四宝，放在面前。佛印口中不道，心下自言：『唱却十分唱得好了，却不知人物生得如何？』遂拈起笔来，做一词，词名《西江月》：

窄地重重帘幕，临风小小亭轩，绿窗朱户映婵娟，忽听歌讴宛转。既是耳根有分，因何眼界无缘？分明咫尺遇神仙，隔个绣帘不见！

佛印写罢，学士大笑曰：『吾师之词，所恨不见。』令院子向前，把那帘子只一卷，卷起一半。佛印打一看时，只见那女孩儿半截露出那一双弯弯小脚儿。佛印口中不道，心下思量：『虽是卷帘已半，奈帘钩低下，终不见他生得如何。』学士道：『吾师既是见了，何惜一词。』

佛印见说，便拈起笔来，又做一词，词名《品字令》：

觑着脚，想腰肢如削。歌罢遏云声，怎得向掌中托。醉眼不如归去，强罢身心虚霍。几回欲待去掀帘，犹恐主人恶。

佛印意不尽，又做四句诗道：

只闻檀板与歌讴，不见如花似玉眸。焉得好风从地起，倒垂帘卷上金钩。

佛印吟诗罢，东坡大笑。教左右卷上绣帘，唤出那女孩儿，从里面走出来，看着佛印，道了个深深万福。那女孩儿端端正正，整容敛衽，立于亭前。佛印把眼一觑，不但唱得好，真个生得好。但见：

娥眉淡拂，莲脸微匀。轻盈真物外之仙，雅淡有天然之态。衣染鲛绡，手持象板，呈露笋指尖长；足步金莲，行动凤鞋弓小。临溪双洛浦，对月两嫦娥。好好好，好如天上女；强强强，强似月中仙。

东坡唤院子斟酒，叫那女孩儿：『近前来，与吾师把盏。』学士道：『此女小字琴娘，自幼在于府中，善知音乐，能抚七弦之琴，会晓六艺之事。吾师今日既见，何惜佳作。』佛印当时已自八分带酒，言称告回。琴娘曰：『禅师且坐，再饮几杯。』佛印见学士所说，便拿起笔来，又写一词，词名《蝶恋花》：

执板娇娘留客住，初整金钗，十指尖尖露。歌断一声天外去，清音已遏行云住。耳有姻缘能听事，眼有姻缘，便得当前觑。眼耳姻缘都已是，姻缘别有知何处？

佛印写罢，东坡见了大喜。便唤琴娘就唱此词劝酒，再饮数杯。佛印大醉，不知词中语失。天色已晚，学士遂令院子扶入书房内，安排和尚睡了。学士心中暗想：『我一向要劝这和尚还俗出仕，他未肯统口。趁他今日有调戏琴娘之意，若得他与这小妮子上得手时，便是出家不了。那时拿定他破绽，定要他还俗，何怕他不从！好计，好计！』即唤琴娘到于面前道：『你省得那和尚做的词中意？后两句道：「眼耳姻缘都已是，姻缘别有知何处？」这和尚不是好人，其中有爱慕你之心。你可今夜到书院内相伴和尚就寝，须要了事，可讨执照来。我明日赏你三千贯，作房奁之资。我与你主张，教你出嫁良人。如不了事，明日唤管家婆来，把你决竹篦二十，逐出府门。』琴娘听罢，唬得颤作一团，道：『领东人钧旨。』离了房中，轻移莲步，怀着羞脸，径来到书院内。佛印已自大醉，昏迷不省，睡在凉床之上。壁上灯尚明，琴娘无计奈何，坐在和尚身边，用尖尖玉手去摇那和尚时，一似蜻蜓摇石柱，蝼蚁撼大山。和尚鼻息如雷，哪里摇得觉。

话休絮烦。自初更摇起，只要守和尚省觉，直守到五更，也不省。那琴娘心中好慌，不觉两眼泪下，自思量道：『倘或今夜不了得事，明日乞二十竹篦，逐出府门，却是怎地好！』无奈和尚大醉，不了得事。琴娘弹眼泪，却好弹在佛印脸上。只见那佛印飒然惊觉，闪开眼来，壁上灯尚明。去那灯光之下，只见一个如花似玉女子，坐在身边。佛印大惊道：『你是谁家女子，深夜至此，有何理说？』琴娘见问，且惊且喜，揣着羞脸，道个万福道：『贱妾乃日间唱曲之琴娘也。听得禅师词中有爱慕贱妾之心，故夤夜前来，无人知觉。欲与吾师效云雨之欢，万乞勿拒则个。」佛印听说罢，大惊曰：「娘子差矣！贫僧夜来感蒙学士见爱，置酒管待，乘醉乱道此词，岂有他意！娘子可速回！倘有外人见之，无丝有线，吾之清德一旦休矣。」琴娘听罢，哪里肯去。佛印见琴娘只管尤殢不肯去，便道：「是了，是了，此必是学士教你苦难我来！吾修行数年，止以诗酒自娱，岂有尘心俗意。你若实对我说，我有救你之心。如是不从，别无区处。」琴娘见佛印如此说罢，眼中垂泪道：「此果是学士使我来。如是吾师肯从贱妾云雨之欢，明日赏钱三千贯，出嫁良人。如吾师不从，明日唤管家婆决竹篦二十，逐出府门。望吾师周全救我。」道罢，深深便拜。佛印听罢，呵呵大笑。便道：「你休烦恼，我救你。」遂去书袋内取出一幅纸，有见成文房四宝在桌上，佛印捻起笔来，做了一只词，名《浪淘沙》：

昨夜遇神仙，也是姻缘。分明醉里亦如然。睡觉来时浑是梦，却在身边。此事怎生言？岂敢相怜！不曾抚动一条弦。传与东坡苏学士，触处封全。

佛印写了，意不尽，又做了四句诗：

传与巫山窈窕娘，休将魂梦恼襄王。禅心已作沾泥絮，不逐东风上下狂。

当下琴娘得了此词，径回堂中呈上学士。学士看罢，大喜，自到书院中，见佛印盘膝坐在椅上。东坡道：「善哉，善哉！真禅僧也！」亦赏琴娘三百贯钱，择嫁良人。东坡自此将佛印愈加敬重，遂为入幕之宾。虽妻妾在旁，并不回避。佛印时时把佛理晓悟东坡，东坡渐渐信心。后来东坡临终不乱，相传已证正果。至今人犹唤为坡仙，多得佛印点化之力。有诗为证：

东坡不能化佛印，佛印反得化东坡。若非佛力无边大，哪得慈航渡爱河！

勘皮靴单证二郎神

柳色初浓，余寒似水，纤雨如尘。一阵东风，縠纹微皱，碧波粼粼。仙娥花月精神，奏凤管鸾箫斗新。万岁声中，九霞杯内，长醉芳春。

这首词调寄《柳梢青》，乃故宋时一个学士所作。单表北宋太祖开基，传至第八代天子，庙号徽宗，便是神霄玉府虚净宣和羽士道君皇帝。这朝天子，乃是江南李氏后主转生。父皇神宗天子，一日在内殿看玩历代帝王图像，见李后主风神体态，有蝉脱秽浊，神游八极之表，再三赏叹。后来便梦见李后主投身入宫，遂诞生道君皇帝。少时封为端王。从小风流俊雅，无所不能。后因哥哥哲宗天子上仙，群臣扶立端王为天子。即位之后，海内乂安，朝廷无事。道君皇帝颇留意苑囿。宣和元年，遂即京城东北隅，大兴工役，凿池筑囿，号寿山艮岳。命宦官梁师成董其事。又命朱勔取三吴二浙三川两广珍异花木，瑰奇竹石以进，号曰『花石纲』。竭府库之积聚，萃天下之伎巧，凡数载而始成。又号为万岁山。奇花美木，珍禽异兽，充满其中。飞楼杰阁，雄伟环丽，不可胜言。内有玉华殿、保和殿、瑶林殿、大宁阁、天真阁、妙有阁、层峦阁、琳霄亭、骞凤垂云亭，说不尽许多景致。时许侍臣蔡京、王黼、高俅、童贯、杨戬、梁师成纵步游赏。时号『宣和六贼』。有诗为证：

琼瑶错落密成林，竹桧交加尔有阴。恩许尘凡时纵步，不知身在五云深。

单说保和殿西南有一座玉真轩，乃是官家第一个宠幸安妃娘娘妆阁，极是造得华丽。金铺屈曲，玉槛玲珑，映彻辉煌，心目俱夺。时侍臣蔡京等，赐宴至此，留题殿壁。有诗为证：

保和新殿丽秋辉，诏许尘凡到绮闱。雅宴酒酣添逸兴，玉真轩内看安妃。

不说安妃娘娘宠冠六宫。单说内中有一位夫人，姓韩名玉翘。妙选入宫，年方及笄。玉佩敲磬，罗裙曳云；体欺皓雪之容光，脸夺芙蓉之娇艳。只因安妃娘娘三千宠爱偏在一身，韩夫人不沾雨露之恩。时值春光明媚，景色撩人，未免恨起红茵，寒生翠被。月到瑶阶，愁莫听其凤管；虫吟粉壁，怨不寐于鸳衾。既厌晓妆，渐融春思，长吁短叹，看看惹下一场病来。有词为证：

任东风老去，吹不断泪盈盈。记春浅春深，春寒春暖，春雨春晴，都断送佳人命。落花无定挽春心。芳草犹迷舞蝶，绿杨空语流莺。玄霜着意捣初成，回首失云英。但如醉如痴，如狂如舞，如梦如惊。香魂至今迷恋，问真仙消息最分明。几夜相逢何处，清风明月蓬瀛。

渐渐香消玉减，柳颦花困，太医院诊脉，吃下药去，如水浇石一般。忽一日，道君皇帝在于便殿，敕唤殿前太尉杨戬前来，天语传宣道：『此位内家，原是卿所进奉。今着卿领去，到府中将息病体。待得痊安，再许进宫未迟。仍着光禄寺每日送膳，太医院伺候用药。略有起色，即便奏来。』当下杨戬叩头领命，即着官身私身搬运韩夫人宫中箱笼装奁，一应动用什物器皿。用暖舆抬了韩夫人，随身带得养娘二人，侍儿二人。一行人簇拥着，都到杨太尉府中。太尉先去对自己夫人说知，出厅迎接。便将一宅分为两院，收拾西园与韩夫人居住，门上用锁封着，只许太医及内家人役往来。太尉夫妻二人，日往候安一次。闲时就封闭了门，门旁留一转桶，传递饮食、消息。正是：

映阶碧草自春色，隔叶黄鹂空好音。

将及两月，渐觉容颜如旧，饮食稍加。太尉夫妻好生欢喜。办下酒席，一当起病，一当送行。当日酒至五巡，食供两套，太尉夫人开言道：『且喜得夫人贵体无事，万千之喜。旦晚奏过官里，选日入宫，未知夫人意下如何？』韩夫人叉手告太尉、夫人道：『氏儿不幸，惹下一天愁绪，卧病两月，才觉小可。再要在此宽住几时，伏乞太尉、夫人方便，且未要奏知官里。只是在此打搅，深为不便。氏儿别有重报，不敢有忘。』太尉、夫人只得应允。过了两月，却是韩夫人设酒还席。叫下一名说评话的先生，说了几回书。节次说及唐朝宣宗宫内，也是一个韩夫人，为因不沾雨露之恩，思量无计奈何。偶向红叶上题诗一首，流出御沟。诗曰：

流水何太急？深宫尽日闲。殷勤谢红叶，好去到人间。

却得外面一个应试官人，名唤于佑，拾了红叶，就和诗一首，也从御沟中流将进去。后来那官人一举成名。天子体知此事，却把韩夫人嫁与于佑，夫妻百年偕老而终。这里韩夫人听到此处，蓦上心来，忽地叹一口气。口中不语，心下寻思：『若得奴家如此侥幸，也不枉了为人一世！』当下席散，收拾回房。睡至半夜，便觉头痛眼热，四肢无力，遍身不疼不痒，无明业火熬煎，依然病倒。这一场病，比前更加沉重。正是：

屋漏更遭连夜雨，船迟更遇打头风。

太尉夫人早来候安，对韩夫人说道：『早是不曾奏过官里宣取入宫。夫人既到此地，且是放开怀抱，安心调理。且未要把入宫一节，记挂在心。』韩夫人谢道：『感承夫人好意，只是氏儿病入膏肓，眼见得上天远，入地便近，不能报答夫人厚恩，来生当效犬马之报。』说罢，一丝两气，好伤感人。太尉夫人甚不过意，便道：『夫人休如此说。自古吉人天相，眼下凶星退度，自然贵体无事。但说起来，吃药既不见效，枉淘坏了身子。不知夫人平日在宫，可有甚愿心未经答谢？或者神明见责，也不可知。』韩夫人说道：『氏儿入宫以来，每日愁绪萦丝，有甚心情许下愿心？但今日病势如此，既然吃药无功，不知此处有何神圣，祈祷极灵，氏儿便对天许下愿心。若得平安无事，自当拜还。』太尉夫人说道：『告夫人得知，此间北极佑圣真君，与那清源妙道二郎神，极是灵应。夫人何不设了香案，亲口许下保安愿心。待得平安，奴家情愿陪夫人去赛神答礼。未知夫人意下何如？』韩夫人点头应允。侍儿们即取香案过来。只是不能起身，就在枕上，以手加额，祷告道：『氏儿韩氏，早年入宫，未蒙圣眷，惹下业缘病症，寄居杨府。若得神灵庇护，保佑氏儿身体康健，情愿绣下长幡二首，外加礼物，亲诣庙廷，顶礼酬谢。』当下太尉夫人也拈香在手，替韩夫人祷告一回，作别不提。可霎作怪，自从许下愿心，韩夫人渐渐平安无事。将息至一月之后，端然好了。太尉夫人不胜之喜。又设酒起病，太尉夫人对韩夫人说道：『果然是神道有灵，胜如服药万倍。却是不可昧心，负了所许之物。』韩夫人道：『氏儿怎敢负心。目下绣了长幡，还要屈夫人同去了还心愿。未知夫人意下何如？』太尉夫人答道：『当得奉陪。』当日席散，韩夫人取出若干物事，制办赛神礼物，绣下四首长幡。自古道得好：

火到猪头烂，钱到公事办。

凭你世间稀奇作怪的东西，有了钱，哪一件做不出来？不消几日，绣就长幡，用根竹竿叉起，果然是光彩夺目。选了吉日良时，打点信香礼物，官身私身，簇拥着两个夫人，先到北极佑圣真君庙中。庙官知是杨府钧眷，慌忙迎接至殿上，宣读疏文，挂起长幡。韩夫人叩齿礼拜。拜毕，左右两廊游遍。庙官献茶，夫人吩咐当道的赏了些银两，上了轿，簇拥回来。一宿晚景不提。明早又起身，到二郎神庙中。却惹出一段蹊跷作怪的事来。正是：

情知语是钩和线，从前钓出是非来。

话休烦絮。当下一行人到得庙中。庙官接见，宣疏拈香礼毕。却好太尉夫人走过一壁厢，韩夫人向前，轻轻将指头挑起销金黄罗帐幔来。定睛一看，不看时万事全休，看了时，吃那一惊不小！但见：

头裹金花幞头，身穿赭衣绣袍，腰系蓝田玉带，足登飞凤乌靴。虽然土木形骸，却也丰神俊雅，明眸皓齿。但少一口气儿，说出话来。

当下韩夫人一见，目眩心摇，不觉口里悠悠扬扬，漏出一句俏语低声的话来：『若是氏儿前程远大，只愿将来嫁得一个丈夫，恰似尊神模样一般，也足称生平之愿。』说犹未了，恰好太尉夫人走过来，说道：『夫人，你却在此祷告什么？』韩夫人慌忙转口道：『氏儿并不曾说什么。』太尉夫人再也不来盘问。游玩至晚归家，各自安歇不题。正是：

要知心腹事，但听口中言。

却说韩夫人到了房中，卸去冠服，挽就乌云，穿上便服，手托香腮，默默无言。心心念念，只是想着二郎神模样。蓦然计上心来，吩咐侍儿们端正香案，到花园中人静处，对天祷告：『若是氏儿前程远大，将来嫁得一个丈夫，好像二郎尊神模样，煞强似入宫之时，受千般凄苦，万种愁思。』说罢，不觉纷纷珠泪滚下腮边。拜了又祝，祝了又拜。分明是痴想妄想，不道有这般巧事。韩夫人再三祷告已毕，正待收拾回房，只听得万花深处，一声响亮，见一尊神道，立在夫人面前。但见：

龙眉凤目，皓齿鲜唇，飘飘有出尘之姿，冉冉有惊人之貌。若非阆苑瀛洲客，便是餐霞吸露人。

仔细看时，正比庙中所塑二郎神模样，不差分毫来去。手执一张弹弓，又像张仙送子一般。韩夫人又惊又喜，惊的是天神降临，未知是祸是福；喜的是神道欢容笑口，又见他说出话来。便向前端端正正道个万福，启朱唇，露玉齿，告道：『既蒙尊神下降，请到房中，容氏儿展敬。』当时二郎神笑吟吟同夫人入房，安然坐下。夫人起居已毕，侍立在前。二郎神道：『早蒙夫人厚礼。今者小神偶然闲步碧落之间，听得夫人祷告至诚。小神知得夫人仙风道骨，原是瑶池一会中人。只因夫人凡心未静，玉帝暂谪下尘寰，又向皇宫内苑，享尽人间富贵荣华。谪限满时，还归紫府，证果非凡。』韩夫人见说，欢喜无任。又拜祷道：『尊神在上，侍儿不愿入宫。若是氏儿前程远大，将来嫁得一个良人，一似尊神模样，偕老百年，也不辜负了春花秋月，说什么富贵荣华！』二郎神微微笑道：『此亦何难，只恐夫人立志不坚。姻缘分定，自然千里相逢。』说毕起身，跨上槛窗，一声响亮，神道去了。韩夫人不见便罢，既然见了这般模样，真是如醉如痴，和衣上床睡了。正是：

欢娱嫌夜短，寂寞恨更长。

翻来覆去，一片春心，按纳不住。自言自语，想一回，定一回：『适间尊神降临，四目相视，好不情长！怎地又瞥然而去？想是聪明正直为神，不比尘凡心性，是我错用心机了。」又想一回道：「是适间尊神丰姿态度，语笑雍容，宛然是生人一般。难说见了氏儿这般容貌，全不动情？还是我一时见不到处，放了他去？算来还该着意温存，便是铁石人儿，也告得转。今番错过，未知何日重逢。」好生摆脱不下。眼巴巴盼到天明，再做理会。及至天明，又睡着去了。直到傍午，方才起来。当日无情无绪，巴不到晚。又去设了香案，到花园中祷告如前：「若得再见尊神一面，便是三生有幸。」说话之间，忽然一声响亮，夜来二郎神又立在面前。韩夫人喜不自胜，将一天愁闷，已冰消瓦解了。即便向前施礼，对景忘怀：「烦请尊神入房，氏儿别有衷情告诉。」二郎神喜孜孜堆下笑来，便携夫人手，共入兰房。夫人起居已毕。二郎神正中坐下，夫人侍立在前。二郎神道：「夫人分有仙骨，便坐不妨。」夫人便斜身对二郎神坐下。即命侍儿安排酒果，在房中一杯两盏，看看说出衷肠话来。道不得个：

春为茶博士，酒是色媒人。

当下韩夫人解佩出湘妃之玉，开唇露汉署之香，「若是尊神不嫌秽亵，暂息天上征轮，少叙人间恩爱。」二郎神欣然应允，携手上床，云雨绸缪。夫人倾身陪奉，忘其所以。盘桓至五更，二郎神起身，嘱咐夫人保重，再来相看，起身穿了衣服，执了弹弓，跨上槛窗，一声响亮，便无踪影。韩夫人死心塌地，道是神仙下临，心中甚喜。只恐太尉夫妻催他入宫，只有五分病，装做七分病，闲常不甚十分欢笑。每到晚来，精神炫耀，喜气生春。神道来时，三杯已过，上床云雨，至晓便去，非止一日。忽一日，天气稍凉，道君皇帝分散合宫秋衣，偶思韩夫人，就差内侍捧了旨意，敕赐罗衣一袭，玉带一围，到于杨太尉府中。韩夫人排了香案，谢恩礼毕，内侍便道：「且喜娘娘贵体无事。圣上思忆娘娘，故遣赐罗衣玉带，就问娘娘病势已痊，须早早进宫。」韩夫人管待使臣，便道：「相烦内侍则个。氏儿病体只去得五分。全赖内侍转奏，宽限进宫，实为恩便。」内侍应道：「这个有何妨碍。圣上那里也不少娘娘一个人。入宫时，只说娘娘尚未全好，还须耐心保重便了。」韩夫人谢了内侍，作别不题。到得晚间，二郎神到来，对韩夫人说道：「且喜圣上宠眷未衰，所赐罗衣玉带，便可借观。」夫人道：「尊神何以知之？」二郎神道：「小神坐观天下，立见四方。谅此区区小事，岂有不知之理？」夫人听说，便一发将出来看。二郎神道：「大凡世间宝物，不可独享。小神缺少围腰玉带。若是夫人肯舍施时，便完成善果。」夫人便道：「氏儿一身已属尊神，缘分非浅。若要玉带，但凭尊神将去。」二郎神谢了，上床欢会。未至五更起身，手执弹弓，拿了玉带，跨上槛窗，一声响亮，依然去了。却不道是：

若要人不知，除非己莫为。

韩夫人与太尉居止，虽是一宅分为两院，却因是内家内人，早晚愈加提防。府堂深稳，料然无闲杂人辄敢擅入。但近日来常见西园彻夜有火，唧唧哝哝，似有人声息。又见韩夫人精神旺相，喜容可掬。太尉再三踌躇，便对自己夫人说道：「你见韩夫人有些破绽出来么？」太尉夫人说道：「我也有些疑影。只是府中门禁甚严，决无此事，所以坦然不疑。今者太尉既如此说，有何难哉。且到晚间，着精细家人从屋上扒去，打探消息，便有分晓。也不要错怪了人。」太尉便道：「言之有理。」当下便唤两个精细家人，吩咐他如此如此，教他「不要从门内进去，只把摘花梯子倚在墙外，待人静时，直扒去韩夫人卧房，看他动静，即来报知。此事非同小可的勾当，须要小心在意。」二人领命去了。太尉立等他回报。不消两个时辰，二人打看得韩夫人房内这般这般，便教太尉屏去左右，方才将所见韩夫人房内坐着一人，说话饮酒，「夫人房内声称是尊神。

小人也仔细想来，府中墙垣又高，防闲又密，就有歹人，插翅也飞不进。或者真是个神道，也未见得。』太尉听说，吃那一惊不小。叫道：『怪哉！果然有这等事！你二人休得说谎，此事非同小可。』二人答道：『小人并无半句虚谬。』太尉便道：『此事只许你知我知，不可泄漏了消息。』二人领命去了。太尉转身对夫人一一说知。『虽然如此，只是我眼见为真。我明晚须亲自去打探一番，便看神道怎生模样。』

挨至次日晚间，太尉复唤过昨夜打探二人来，吩咐道：『你两人着一个同我过去，着一人在此伺候。休教一人知道。』吩咐已毕，太尉便同一人过去，捏脚捏手，轻轻走到韩夫人窗前，向窗眼内把眼一张，果然是房中坐着一尊神道，与二人说不差。便待声张起来，又恐难得脱身。只得忍气吞声，依旧过来，吩咐二人休要与人胡说。转入房中，对夫人说知就里：『此必是韩夫人少年情性，把不住心猿意马，便遇着邪神魍魉，在此污淫天眷，决不是凡人的勾当。便须请法官调治。你须先去对韩夫人说出缘由，待我自去请法官便了。』夫人领命。

明早起身，到西园来，韩夫人接见坐定，茶汤已过。太尉夫人屏去左右，对面论心，便道：『有一句话要对夫人说知。夫人每夜房中，却是与何人说话？唧唧哝哝，有些风声吹到我耳朵里。只是此事非同小可，夫人须一一说知，不要隐瞒则个。』韩夫人听说，满面通红，便道：『氏儿夜间房中并没有人说话。只氏儿与养娘们闲消遣，却有甚人到来这里？』太尉夫人听说，便把太尉夜来所见模样，一一说过。韩夫人吓得目睁口呆，罔知所措。太尉夫人再三安慰道：『夫人休要吃惊。太慰已去请法官到来作用，便见他是人是鬼。只是夫人到晚间，务要陪个小心，休要害怕。』说罢，太尉夫人自去。韩夫人到捏着两把汗。看看至晚，二郎神却早来了。但是他来时，那弹弓紧紧不离左右。却说这里太尉请下灵济宫林真人手下的徒弟，有名的王法官，已在前厅作法。比至黄昏，有人来报：『神道来了。』法官披衣仗剑，昂然而入，直至韩夫人房前，大踏步进去，大喝一声：『你是何妖邪！却敢淫污天眷！不要走，吃吾一剑！』二郎神不慌不忙，便道：『不得无礼！』但见：

左手如托泰山，右手如抱婴孩，弓开如满月，弹发似流星。

当下一弹，中王法官额角上，流出鲜血来，霍地望后便倒，宝剑丢在一边。众人慌忙向前扶起，往前厅去了。那神道也跨上槛窗，一声响亮，早已不见。当时却是怎地结果？正是：

说开天地怕，道破鬼神惊。

却说韩夫人见二郎神打退了法官，一发道是真仙下降，愈加放心，再也不慌。且说太尉已知法官不济，只得倒赔些将息钱，送他出门。又去请得五岳观潘道士来。那潘道士专一行持五雷天心正法，再不苟且，又且足智多谋。一闻太尉呼唤，便来相见。太尉免不得将前事一一说知。潘道士便道：『先着人引领小道到西园看他出没去处，但知是人是鬼。』太尉道：『说得有理。』当时潘道士别了太尉，先到西园韩夫人卧房，上上下下看了一会。又请出韩夫人来拜见了，看了他气色。转身对太尉说：『太尉在上，小道看来，韩夫人面上部位气色，并无鬼祟相侵，只是一个会妖法的人做作，小道自有处置。也不用书符咒水，打鼓摇铃，待他来时，小道瓮中捉鳖，手到拿来。只怕他识破局面，再也不来，却是无可奈何。』太尉道：『若得他再也不来，便是干净了。我师且留在此，闲话片时则个。』说话的，若是这厮识局知趣，见机而作，恰是断线鹞子，一般再也不来，落得先前受用了一番，且又完名全节，再去别处利市，有何不美？却不道是：

得意之事，不可再作；得便宜处，不可再往。

却说那二郎神毕竟不知是人是鬼。却只是他尝了甜头，不达时务，到那日晚间，依然又来。韩夫人说道：『夜来氏儿一些不知，冒犯尊神。且喜尊神无事，切休见责。』二郎神道：『我是上界真仙，只为与夫人仙缘有分，早晚要度夫人脱胎换骨，白日飞升。叵耐这蠢物，便有千军万马，怎地近得我！』韩夫人愈加钦敬，欢好倍常。却说早有人报知太尉，太尉便对潘道士说知。潘道士禀知太尉，低低吩咐一个养娘，教他只以服事为名，先去偷了弹弓，教他无计可施。养娘去了。潘道士结束得身上紧簇，也不披法衣，也不仗宝剑，讨了一根齐眉短棍，只教两个从人远远把火照着，吩咐道：『若是你们怕他弹子来时，预先躲过，让我自去，看他弹子近得我么？』二人都暗笑道：『看他说嘴！少不得也中他一弹。』却说养娘先去，以服事为名，挨挨擦擦，渐近神道身边。正与韩夫人交杯换盏，不堤防他偷了弹弓，藏过一壁厢。这里从人引领潘道士到得门前，便道：『此间便是。』丢下法官，三步做两步，躲开去了。却说潘道士掀开帘子，纵目一观，见那神道安坐在上。大喝一声，舞起棍来，劈头劈脑，一径打去。二郎神急急取那弹弓时，再也不见。只叫得一声：『中计！』连忙退去，跨上槛窗。说时迟，那时快，潘道士一棍打着二郎神后腿，却打落一件物事来。那二郎神一声响亮，依然向万花深处去了。潘道士便拾起这物事来，向灯光下一看，却是一只四缝乌皮皂靴。且将去禀复太尉道：『小道看来，定然是个妖人做作，不干二郎神之事。却是怎地拿他便好？』太尉道：『有劳吾师，且自请回。我这里别有措置，自行体访。』当下酬谢了潘道士去了，结过一边。

太尉自打轿到蔡太师府中，直至书院里，告诉道：如此如此，这般这般。『终不成恁地便罢了！也须吃那厮耻笑，不成模样！』太师道：『有何难哉！即今着落开封府滕大尹，领这靴去作眼，差眼明手快的公人，务要体访下落，正法施行。』太尉道：『谢太师指教。』太师道：『你且坐下。』即命府中张干办火速去请开封府滕大尹到来。起居拜毕，屏去人从，太师与太尉齐声说道：『帝辇之下，怎容得这等人在此做作！大尹须小心在意，不可怠慢。此是非同小可的勾当。且休要打草惊蛇，吃他走了。』大尹听说，吓得面色如土，连忙答道：『这事都在下官身上。』领了皮靴，作别回衙，即便升厅，叫那当日缉捕使臣王观察过来，喝退左右，将上项事细说了一遍。『与你三日限，要捉这个杨府中做不是的人来见我。休要大惊小怪，仔细体察，重重有赏。不然，罪责不小。』说罢退厅。王观察领了这靴，将至使臣房里，唤集许多做公人，叹了一口气，只见：

眉头搭上双簧锁，腹内新添万斛愁。

却有一个三都捉事使臣，姓冉名贵，唤做冉大，极有机变。不知替王观察捉了几多疑难公事，王观察极是爱他。当日冉贵见观察眉头不展，面带忧容，再也不来打扰，只管南天北地，七十三八十四说开了去。王观察见他们全不在意，便向怀中取出那皮靴向桌上一丢，便道：『我们苦杀是做公人，世上有这等糊涂官府。这皮靴又不会说话，却限我三日之内，要捉这个穿皮靴，在杨府中做不是的人来。你们众人道是好笑么？』众人轮流将皮靴看了一会，到冉贵面前，冉贵也不采，只说：『难、难、难！官府真个糊涂。观察，怪不得你烦恼。』那王观察不听便罢，听了之时，说道：『冉大，你也只管说道难，这桩事便恁地干休罢了？却不难为了区区小子，如何回得大尹的说话？你们众人都在这房里撰过钱来使的，却说是难、难、难！』众人也都道：『贼情公事还有些捉摸。既然晓得他是妖人，怎地近得他？若是近得他，前日潘道士也捉勾多时了。他也无计奈何，只打得他一只靴下来。不想我们晦气，撞着这没头脑的官司，却是真个没捉处。』当下王观察先前只有五分烦恼，听得这篇言语，句句说得有道理，更添上十分烦恼。只见那冉贵不慌不忙，对观察道：『观察且休要输了锐气。料他也只是一个人，没有三头六臂，只要寻他些破绽出来，便有分晓。』即将这皮靴翻来覆去，不落手看了一回。众人都笑起来，说道：『冉大，又来了！这只靴又不是一件稀奇作怪，眼中少见的东西，只无过皮儿染皂的，线儿扣缝的，蓝布吊里的，加上楦头，喷口水儿，弄得紧绷绷好看的。』冉贵却也不来兜揽，向灯下细细看那靴时，却是四条缝，缝得甚是紧密。看至靴尖，那一条缝略有些走线。冉贵偶然将小指头拨一拨，拨断了两股线，那皮就有些撬起来。向那灯下照里面时，却是蓝布托里。仔细一看，只见蓝布上有一条白纸条儿，便伸两个指头进去一扯，扯出纸条。仔细看时，不看时万事全休，看了时，却如半夜里拾金宝的一般。那王观察一见，也便喜从天降，笑逐颜开。众人争上前看时，那纸条上面却写着：『宣和三年三月五日，铺户任一郎造。』观察对冉大道：『今岁是宣和四年。眼见得做这靴时，不上二年光景。只捉了任一郎，这事便有七分。』冉贵道：『如今且不要惊了他。待到天明，着两个人去，只说大尹叫他做生活，将来一索捆番，不怕他不招。』观察道：『道你终是有些见识。』当下众人吃了一夜酒，一个也不敢散。

看看天晓，飞也似差两个人捉任一郎。不消两个时辰，将任一郎赚到使臣房里，番转了面皮，一索捆番。『这厮大胆，做得好事！』把那任一郎吓了一跳，告道：『有事便好好说。却是我得何罪，便来捆我？』王观察道：『还有甚说！这靴儿可不是你店中出来的？』任一郎接着靴，仔细看了一看，告观察：『这靴儿委是男女做的。却有一个缘故，我家开下铺时，或是官员府中定制的，或是使客往来带出去的，家里都有一本坐簿，上面明写着某年某月某府中差某干办来定制做造。就是皮靴里面，也有一条纸条儿，字号与坐簿上一般的。观察不信，只消割开这靴，取出纸条儿来看，便知端的。』王观察见他说着海底眼，便道：『这厮老实，放了他好与他讲。』当下放了任一郎，便道：『一郎休怪，这是上司差遣，不得不如此。』就将纸条儿与他看。任一郎看了道：『观察，不打紧。休说是一两年间做的，就是四五年前做的，坐簿还在家中。却着人同去取来对看，便有分晓。』当时又差两个人，跟了任一郎，脚不点地，到家中取了簿子，到得使臣房里。王观察亲自从头检看，看至三年三月五日，与纸条儿上字号对照相同。看时，吃了一惊，做声不得。却是蔡太师府中张干办来定制的。王观察便带了任一郎，取了皂靴，执了坐簿，火速到府厅回话。此是大尹立等的勾当，即便出至公堂。王观察将上项事说了一遍，又将簿子呈上，将这纸条儿亲自与大尹对照相同。大尹吃了一惊，『原来如此！』当下半疑不信，沉吟了一会，开口道：『恁地时，不干任一郎事，且放他去。』任一郎磕头谢了自去。太尹又唤转来吩咐道：『放便放你，却不许说向外人知道。有人问你时，只把闲话支吾开去。你可小心记着。』任一郎答应道：『小人理会得。』欢天喜地的去了。

大尹带了王观察、冉贵二人，藏了靴儿、簿子，一径打轿到杨太尉府中来。正直太尉朝罢回来，门吏报覆，出厅相见。大尹便道：『此间不是说话处。』太尉便引至西偏小书院里，屏去人从，止留王观察、冉贵二人，到书房中伺候。大尹便将从前事历历说了一遍，如此如此，

『却是如何处置？下官未敢擅便。』太尉看了，呆了半晌，想道：『太师国家大臣，富贵极矣，必无此事。但这只靴是他府中出来的，一定是太师亲近之人，做下此等不良之事。』商量一会，欲待将这靴到太师府中面质一番，诚恐干碍体面，取怪不便。欲待搁起不题，奈事非同小可，曾经过两次法官，又着落缉捕使臣，拿下任一郎问过，事已张扬。一时糊涂过去，他日事发，难推不知。倘圣上发怒，罪责非小。左思右想，只得吩咐王观察、冉贵自去。也叫人看轿，着人将靴儿、簿子藏在身边，同大尹径奔一处来。正是：

踏破铁鞋无觅处，得来全不费工夫。

当下太尉、大尹，径往蔡太师府中。门首伺候，报覆多时，太师叫唤入来，书院中相见。起居茶汤已毕，太师曰：『这公事有些下落么？』太尉道：『这贼已有主名了，却只是干碍太师面皮，不敢擅去捉他。』太师道：『此事非同小可，我却如何护短得？』太尉道：『太师便不护短，未免吃个小小惊恐。』太师道：『你且说是谁？直恁地疑难！』太尉道：『乞屏去从人，方敢胡言。』太师即时将从人赶开。太尉便开了文匣，将坐簿呈上，与太师检看过了，便道：『此事须太师爷自家主裁，却不干外人之事。』太师连声道：『怪哉！怪哉！』太尉道：『此系紧要公务，休得见怪下官。』太师道：『不是怪你，却是怪这只靴来历不明。』太尉道：『簿上明写着府中张干办定做，并非谎言。』太师道：『此靴纵是张千定造，交纳过了，与他无涉。说起来，我府中冠服衣靴履袜等件，各自派一个养娘分掌。或是府中自制造的，或是往来馈送，一出一入的，一一开载明白，逐月缴清报数，并不紊乱。待我调查底簿，便见明白。』即便着人去查那一个管靴的养娘，唤他出来。当下将养娘唤至，手中执着一本簿子。太师问道：『这是我府中的靴儿，如何得到他人手中？即便查来。』当下养娘逐一查检，看得这靴是去年三月中自着人制造的。到府不多几时，却有一个门生叫做杨时，便是龟山先生，与太师极相厚的，升了近京一个知县，前来拜别。因他是道学先生，衣敝履穿，不甚齐整。太师命取圆领一袭，银带一围，京靴一双，川扇四柄，送他作嘎程。这靴正是太师送与杨知县的，果然前件开写明白。太师即便与太尉、大尹看了。二人谢罪道：『恁地又不干太师府中之事。适间言语冲撞，只因公事相逼，万望太师海涵。』太师笑道：『这是你们分内的事，职守当然，也怪你不得。只是杨龟山如何肯恁地做作？其中还有缘故。如今他任所去此不远，我潜地唤他来问个分晓。你二人且去，休说与人知道。』二人领命，作别回府不题。

太师即差干办火速去取杨知县来。往返两日，便到京中，到太师跟前。茶汤已毕，太师道：『知县为民父母，却恁地这般做作，这是迷天之罪。』将上项事一一说过。杨知县欠身禀道：『师相在上，某去年承师相厚恩，未及出京，在邸中忽患眼痛。左右传说，此间有个清源庙道二郎神，极是盼蚃有灵，便许下愿心，待眼痛痊安，即往拈香答礼。后来好了，到庙中烧香，却见二郎神冠服件件整齐，只脚下乌靴绽了，不甚相称。下官即将这靴舍与二郎神供养去讫。只此是真实语。知县生平不欺暗室，既读孔、孟之书，怎肯行盗跖之事？望太师详察。』太师从来晓得杨龟山是个大儒，怎敢胡作。听了这篇言语，便道：『我也晓得你的名声，只是要你来时问个根由，他们才肯心服。』管待酒食，作别了，知县自去。吩咐休对外人泄漏。知县作别自去。正是：

日前不做亏心事，半夜敲门不吃惊。

太师便请过杨太尉、滕大尹过来，说开就里，便道：『恁地又不干杨知县事，还着开封府用心搜捉便了。』当下大尹做声不得，仍旧领了靴儿，作别回府。唤过王观察来吩咐道：『始初有些影响，如今都成画饼。你还领这靴去，宽限五日，务要捉得贼人回话。』当下王观察领这差使，好生愁闷。便到使臣房里，对冉贵道：『你看我晦气！千好万好，全仗你跟究出任一郎来。既是太师府中事体，我只道官官相护，就了其事。却如何从新又要这个人来，却不道是生菜铺中没买他处！我想起来，既是杨知县舍与二郎神，只怕真个是神道一时风流兴发，也不见得。怎生地讨个证据回复大尹？』冉贵道：『观察不说，我也晓得不干任一郎事，也不干蔡太师、杨知县事。若说二郎神所为，难道神道做这等亏心行当不成？一定是庙中左近妖人所为。还到庙前庙后，打探些风声出来。捉得着，观察休欢喜；捉不着，观察也休烦恼。』观察道：『说得是。』即便将靴儿与冉贵收了。冉贵却装了一条杂货担儿，手执着一个玲珑珰琅的东西，叫做个惊闺，一路摇着，径奔二郎神庙中来。歇了担儿，拈了香，低低祝告说：『神明鉴察，早早保佑冉贵捉了杨府做不是的，也替神道洗清了是非。』拜罢，连讨了三个签，都是上上大吉。冉贵谢了出门，挑上担儿，庙前庙后，转了一遭，两只眼东观西望，再也不闭。看看走至一处，独扇门儿，门旁却是半窗，门上挂一顶半新半旧斑竹帘儿，半开半掩，只听得叫声：『货卖过来！』冉贵听得叫，转头看时，却是一个后生妇人。便道：『告小娘子，叫小人有甚事？』妇人道：『你是收买杂货的，却有一件东西在此，胡乱卖几文与小厮买嘴吃。你用得也用不得？』冉贵道：『告小娘子，小人这个担儿，有名的叫做百纳仓，无有不收的。你且把出来看。』妇人便叫：『小厮拖出来，与公公看。』当下小厮拖出什么东西来？正是：

鹿迷秦相应难辨，蝶梦庄周未可知。

当下拖出来的，却正是一只四缝皮靴，与那前日潘道士打下来的一般无二。冉贵暗暗喜不自胜，便告小娘子：『此是不成对的东西，不值甚钱。小娘子实要许多？只是不要把话来说远了。』妇人道：『胡乱卖几文钱，与小厮们买嘴吃，只凭你说罢了，只是要公道些。』冉贵便去便袋里摸一贯半钱来，便交与妇人道：『只恁地肯卖，便收去了。不肯时，勉强不得。正是一物不成，两物见在。』妇人道：『什么大事，再添些罢。』冉贵道：『添不得。』挑了担儿就走，小厮就哭起来。妇人只得又叫回冉贵来便道：『多少添些，不打甚紧。』冉贵又去摸出二十文钱来道：『罢，罢，贵了，贵了！』取了靴儿，往担内一丢，挑了便走。心中暗喜：『这事已有五分了，且莫要声张，还要细访这妇人来历，方才有下手处。』是晚，将担子寄与天津桥一个相识人家，转到使臣房里。王观察来问时，只说还没有消息。

到次日，吃了早饭，再到天津桥相识人家取了担子，依先挑到那妇人门首。只见他门儿锁着，那妇人不在家里了。冉贵眉头一皱，计上心来。歇了担子，捱门儿看去。只见一个老汉坐着个矮凳儿，在门首将稻草打绳。冉贵赔个小心，问道：『伯伯，借问一声，那左手住的小娘子，今日往哪里去了？』老汉住了手，抬头看了冉贵一看，便道：『你问他怎么？』冉贵道：『小子是卖杂货的，昨日将钱换那小娘子旧靴一只，一时间看不仔细，换得亏本了，特地寻他退还讨钱。』老汉道：『劝你吃亏些罢，那雌儿不是好惹的。他是二郎庙里庙官孙神通的亲表子。那孙神通一身妖法，好不利害！这旧靴一定是神道替下来，孙神通把与表子换些钱买果儿吃的。今日那雌儿往外婆家去了。他与庙官结识，非止一日。不知什么缘故，有两三个月忽然生疏，近日又渐渐来往了。你若与他倒钱，定是不肯，惹毒了他，对孤老说了，就把妖术禁你，你却奈何他不得！』冉贵道：『原来恁地，多谢伯伯指教。』冉贵别了老汉，复身挑了担子，嘻嘻的喜容可掬，走回使臣房里来。王观察迎着问道：『今番想得了利市了？』冉贵道：『果然，你且取出前日那只靴来我看。』王观察将靴取出。冉贵将自己换来这只靴比照一下，毫厘不差。王观察忙问道：『你这靴哪里来的？』冉贵不慌不忙，数一数二，细细分剖出来：『我说不干神道之事，眼见得是孙神通做下的不是，便不须疑！』王观察欢喜的没入脚处，连忙烧了利市，执杯谢了冉贵：『如今怎地去捉？只怕漏了风声，那厮走了，不是耍处。』冉贵道：『有何难哉！明日备了三牲礼物，只说去赛神还愿。到了庙中，庙主自然出来迎接。那时掷盏为号，即便捉了，不费一些气力。』观察道：『言之有理。也还该禀知大尹，方去捉人。』当下王观察禀过大尹，大尹也喜道：『这是你们的勾当。只要小心在意，休教有失。我闻得妖人善能隐形遁法，可带些法物去，却是猪血、狗血、大蒜、臭屎，把他一灌，再也出豁不得。』王观察领命，便去备了法物。

过了一夜，明晨早到庙中，暗地着人带了四般法物，远远伺候。捉了人时，便前来接应。吩咐已了，王观察却和冉贵换了衣服，众人簇拥将来，到殿上拈香。庙官孙神通出来接见，宣读疏文未至四五句，冉贵在旁斟酒，把酒盏望下一掷，众人一齐动手，捉了庙官。正是：

浑似皂雕追紫燕，真如猛虎啖羊羔。

再把四般法物劈头一淋。庙官知道如此作用，随你泼天的神通，再也动弹不得。一步一棍，打到开封府中来。府尹听得捉了妖人，即便升厅，大怒喝道：『叵耐这厮！帝辇之下，辄敢大胆兴妖作怪，淫污天眷，奸骗宝物，有何理说！』当下孙神通初时抵赖，后来加起刑法来，料道脱身不得，只得从前一一招了。招称：『自小在江湖上学得妖法，后在二郎庙出家，用钱夤缘作了庙官。为因当日在庙中听见韩夫人祷告，要嫁得个丈夫，一似二郎神模样。不合辄起奸心，假扮二郎神模样，淫污天眷，骗得玉带一条，只此是实。』大尹叫取大枷枷了，推向狱中，教禁子好生在意收管，须要请旨定夺。

当下叠成文案，先去禀明了杨太尉。太尉即同到蔡太师府中商量，奏知道君皇帝。倒了圣旨下来：『这厮不合淫污天眷，奸骗宝物，准律凌迟处死。妻子没入官。追出原骗玉带，尚未出笏，仍归内府。韩夫人不合辄起邪心，永不许入内，就着杨太尉做主，另行改嫁良民为婚。』当下韩氏好一场惶恐，却也了却想思债，得遂平生之愿。后来嫁得一个在京开官店的远方客人，说过不带回去的。那客人两头往来，尽老百年而终。这是后话。开封府就取出庙官孙神通来，当堂读了明断，贴起一片芦席，明写犯由，判了一个『剐』字，推出市心，加刑示众。正是：

从前作过事，没兴一齐来。

当日看的真是挨肩叠背。监斩官读了犯由，刽子叫起恶杀都来，一齐动手，剐了孙神通，好场热闹。原系京师老郎传流，至今编入野史。正是：

但存夫子三分礼，不犯萧何六尺条。自古奸淫应横死，神通纵有不相饶。

闹樊楼多情周胜仙

太平时节日偏长，处处笙歌入醉乡。闻说鸾舆且临幸，大家拭目待君王。

这四句诗乃咏御驾临幸之事。从来天子建都之处，人杰地灵，自然名山胜水，凑着赏心乐事。如唐朝，便有个曲江池；宋朝，便有个金明池，都有四时美景，倾城士女王孙，佳人才子，往来游玩。天子也不时驾临，与民同乐。如今且说那大宋徽宗朝年，东京金明池边有座酒楼，唤作樊楼。这酒楼有个开酒肆的范大郎。兄弟范二郎，未曾有妻室。时值春末夏初，金明池游人赏玩作乐。那范二郎因去游赏，见佳人才子如蚁。行到了茶坊里来，看见一个女孩儿，方年二九，生得花容月貌。这范二郎立地多时，细看那女子，生得：

色色易迷难拆，隐深闺，藏柳陌。足步金莲，腰肢一捻，嫩脸映桃红，香肌晕玉白。娇姿恨惹狂童，情态愁牵艳客。芙蓉帐里作鸾凰，云雨此时何处觅？

原来情色都不由你。那女子在茶坊里，四目相视，俱各有情。这女孩儿心里暗暗地喜欢，自思量道：『若是我嫁得一似这般子弟，可知好哩。今日当面挫过，再来哪里去讨？』正思量道：『如何着个道理和他说话？问他曾娶妻也不曾？』那跟来女使和奶子，都不知许多事。你道好巧！只听得外面水盏响，女孩儿眉头一纵，计上心来，便叫：『卖水的，倾一盏甜蜜蜜的糖水来。』那人倾一盏糖水在铜盂儿里，递与那女子。那女子接得在手，才上口一呷，便把那个铜盂儿望空打一丢，便叫：『好好！你却来暗算我！你道我是兀谁？』那范二听得道：『我且听那女子说。』那女孩儿道：『我是曹门里周大郎的女儿，我的小名叫作胜仙小娘子，年一十八岁，不曾吃人暗算。你今却来算我！我是不曾嫁的女孩儿。』这范二自思量道：『这言语跷蹊，分明是说与我听。』这卖水的道：『告小娘子，小人怎敢暗算。』女孩儿道：『如何不是暗算我？盏子里有条草。』卖水的道：『也不为利害。』女孩儿道：『你待算我喉咙，却恨我爹爹不在家里。我爹若在家，与你打官司。』奶子在旁边道：『却也叵耐这厮！』茶博士见里面闹吵，走入来道：『卖水的，你去把那水好好挑出来。』对面范二郎道：『他既暗递与我，我如何不回他？』随即也叫：『卖水的，倾一盏甜蜜蜜糖水来。』卖水的便倾一盏糖水在手，递与范二郎。二郎接着盏子，吃一口水，也把盏子望空一丢，大叫起来道：『好好！你这个人真个要暗算人！你道我是兀谁？我哥哥是樊楼开酒店的，唤作范大郎，我便唤作范二郎，年登一十九岁，未曾吃人暗算。我射得好弩，打得好弹，兼我不曾娶浑家。』卖水的道：『你不是风！是甚意思，说与我知道？指望我与你作媒？你便告到官司，我是卖水，怎敢暗算人！』范二郎道：『你如何不暗算？我的盂儿里，也有一根草叶。』女孩儿听得，心里好喜欢。茶博士入来，推那卖水的出去。女孩儿起身来道：『俺们回去休。』看着那卖水的道：『你敢随我去？』这子弟思量道：『这话分明是教我随他去。』只因这一去，惹出一场没头脑官司。正是：

言可省时休便说，步宜留处莫胡行。

女孩儿约莫去得远了，范二郎也出茶坊，远远地望着女孩儿去。只见那女子转步，那范二郎好喜欢，直到女子住处。女孩儿入门去，又推起帘子出来望。范二郎心中越喜欢。女孩儿自入去了。范二郎在门前，一似失心风的人，盘旋走来走去，直到晚方才归家。且说女孩儿自那日归家，点心也不吃，饭也不吃，觉得身体不快。做娘的慌问迎儿道：『小娘子不曾吃甚生冷？』迎儿道：『告妈妈，不曾吃甚。』娘见女儿几日只在床上不起，走到床边问道：『我儿害甚的病？』女孩儿道：『我觉有些浑身痛，头疼，有一两声咳嗽。』周妈妈欲请医人来看女儿，争奈员外出去未归，又无男子汉在家，不敢去请。迎儿道：『隔一家有个王婆，何不请来看小娘子？他唤作王百会，与人收生，作针线，作媒人，又会与人看脉，知人病轻重。邻里家有些些事都浼他。』周妈妈便令迎儿去请得王婆来。见了妈妈，妈妈说女儿从金明池走了一遍，回来就病倒的因由。王婆道：『妈妈不须说得，待老媳妇与小娘子看脉自知。』周妈妈道：『好好！』迎儿引将王婆进女儿房里。小娘子正睡哩，开眼叫声：『少礼。』王婆道：『稳便！老媳妇与小娘子看脉则个。』小娘子伸出手臂来，教王婆看了脉。道：『娘子害的是头疼浑身痛，觉得恹恹地恶心。』小娘子道：『是也。』王婆道：『是否？』女娘子道：『又有两声咳嗽。』王婆不听得，万事皆休，听了道：『这病跷蹊！如何出去走了一遭回来，却便害这般病！』王婆看着迎儿、奶子道：『你们且出去，我自问小娘子则个。』迎儿和奶子自出去。王婆对着女孩儿道：『老媳妇却理会得这病。』女孩儿道：『婆婆，你如何理会得？』王婆道：『你的病唤作心病。』女孩儿道：『如何是心病？』王婆道：『小娘子，莫不见了什么人，欢喜了，却害出这病来？是也不是？』女孩儿低着头了，叫：『没。』王婆道：『小娘子实对我说，我与你作个道理，救了你性命。』那女孩儿听得说话投机，便说出上件事来：『那子弟唤作范二郎。』王婆听了道：『莫不是樊楼开酒店的范二郎？』那女孩儿道：『便是。』王婆道：『小娘子休要烦恼，别人时，老身便不认得。若说范二郎，老身认得他的哥哥、嫂嫂，不可得的好人。范二郎好个伶俐子弟，他哥哥见教我与他说亲。小娘子，我教你嫁范二郎，你要也不要？』女孩儿笑道：『可知好哩，只怕我妈妈不肯。』王婆道：『小娘子放心，老身自有个道理，不须烦恼。』女孩儿道：『若得恁地时，重谢婆婆。』

王婆出房来，叫妈妈道：『老媳妇知得小娘子病了。』妈妈道：『我儿害什么病？』王婆道：『要老身说，且告三杯酒，吃了却说。』妈妈道：『迎儿，安排酒来请王婆。』妈妈一头请他吃酒，一头问婆婆：『我女儿害什么病？』王婆把小娘子说的话一一说了一遍。妈妈道：『如今却是如何？』王婆道：『只得把小娘子嫁与范二郎。若还不肯嫁与他，这小娘子病难医。』妈妈道：『我大郎不在家，须使不得。』王婆道：『告妈妈，不若与小娘子下了定，等大郎归后，却作亲。且眼下救小娘子性命。』妈妈允了道：『好好，怎地作个道理？』王婆道：『老媳妇就去说，回来便有消息。』王婆离了周妈妈家，取路径到樊楼来，见范大郎正在柜身里坐，王婆叫声万福，大郎还了礼道：『王婆婆，你来得正好！我却待使人来请你。』王婆道：『不知大郎唤老媳妇作什么？』大郎道：『二郎前日出去归来，晚饭也不吃，道身体不快。我问他那里去来？他道：「我去看金明池。」直至今日不起，害在床上，饮食不进。我待来请你看脉。』范大娘子出来，与王婆相见了。大娘子道：『请婆婆看叔叔则个。』王婆道：『大郎、大娘子不要入来，老身自问二郎，这病是甚的样起？』范大郎道：『好好！婆婆自去看，我不陪你了。』王婆走到二郎房里，见二郎睡在床上。叫声：『二郎，老媳妇在这里。』范二郎闪开眼道：『王婆婆，多时不见，我性命休也。』王婆道：『害甚病便休？』二郎道：『觉头疼恶心，有一两声咳嗽。』王婆笑将起来。二郎道：『我有病，你却笑我！』王婆道：『我不笑别的，我得知你的病了。不害别病，你害曹门里周大郎女儿，是也不是？」二郎被王婆道着了，跳起来道：『你如何得知？』王婆道：『他家教我来说亲事。』范二郎不听得说，万事皆休，听得说，好喜欢。正是：

人逢喜信精神爽，话合心机意趣投。

当下同王婆厮赶着出来，见哥哥、嫂嫂。哥嫂见兄弟出来，道：『你害病，却便出来？』二郎道：『告哥哥，无事了也。』哥嫂好快活。王婆对范大郎道：『曹门里周大郎家，特使我来说二郎亲事。』大郎欢喜。话休絮烦。两下说成了，下了定礼，都无别事。范二郎闲时不着家，从下了定，便不出门，与哥哥照管店里。且说那女孩儿闲时不作针线，从下了定，也肯作活。两个心安意乐，只等周大郎归来作亲。三月间下定，直等到十一月间，等得周大郎归家。少不得，邻里亲戚洗尘，不在话下。到次日，周妈妈与周大郎说知上件事。周大郎道：『定了未？』妈妈道：『定了也。』周大郎听说，双眼圆睁，看着妈妈骂道：『打脊老贱人！得谁言语，擅便说亲！他高杀也只是个开酒店的。我女儿怕没大户人家对亲，却许着他！你倒了志气，干出这等事，也不怕人笑话！』正恁的骂妈妈，只见迎儿叫：『妈妈，且进来救小娘子。』妈妈道：『作甚？』迎儿道：『小娘子在屏风后，不知怎地气倒在地。』慌得妈妈一步一跌，走向前来，看那女孩儿倒在地下。

未知性命如何，先见四肢不举。

从来四肢百病，惟气最重。原来女孩儿在屏风后听得作爷的骂娘，不肯教他嫁范二郎，一口气塞上来，气倒在地。妈妈慌忙来救，被周大郎牵住，不得他救。骂道：『打脊贱娘！辱门败户的小贱人，死便教他死！救他则甚？』迎儿见妈妈被周大郎牵住，自去向前，却被大郎一个漏风掌，打在一壁厢。即时气倒妈妈。迎儿向前救得妈妈苏醒，妈妈大哭起来。邻舍听得周妈妈哭，都走来看。张嫂、鲍嫂、毛嫂、刁嫂，挤上一屋子。原来周大郎平昔为人不近道理，这妈妈甚是和气，邻舍都喜他。周大郎看见多人，便道：『家间私事，不必相劝。』邻舍见如此说，都归去了。妈妈看女儿时，四肢冰冷。妈妈抱着女儿哭，本是不死，因没人救，却死了。周妈妈骂周大郎：『你直恁地毒害！想必你不舍得三五千贯房奁，故意把我女儿坏了性命！』周大郎听得，大怒道：『你道我不舍得三五千贯房奁，这等奚落我！』周大郎走将出去。周妈妈如何不烦恼，一个观音也似女儿，又伶俐，又好针线，诸般都好，如何教他不烦恼！离不得周大郎买具棺木，八个人抬来。周妈妈见棺材进门，哭得好苦！周大郎看着妈妈道：『你道我割舍不得三五千贯房奁，你看女儿房里，但有的细软，都搬在棺材里。』只就当时，叫仵作人等入了殓，即时使人吩咐管坟园张一郎，兄弟二郎：『你两个便与我砌坑子。』吩咐了毕。话休絮烦。功德水陆也不作，停留也不停留，只就来日便出丧。周妈妈教留几日，哪里拗得过来。早出了丧，埋葬已了，各人自归。

可怜三尺无情土，盖却多情年少人。

话分两头。且说当日一个后生的，年三十余岁，姓朱名真，是个暗行人，日常惯与仵作的做帮手，也会与人打坑子。那女孩儿入殓及砌坑，都用着他。这日葬了女儿回来，对着娘道：『一天好事投奔我，我来日就富贵了。』娘道：『我儿有甚好事？』那后生道：『好笑，今日曹门里周大郎女儿死了，夫妻两个争竞道：「女孩儿是爷气死了。」斗别气，约莫有三五千贯房奁，都安在棺材里。有恁地富贵，如何不去取之？』那作娘的道：『这个事却不是耍的事，又不是八棒十三的罪过，又兼你爷有样子。二十年前时，你爷去掘一家坟园，揭开棺材盖，尸首觑着你爷笑起来。你爷吃了那一惊，归来过得四五日，你爷便死了。孩儿切不可去，不是耍的事。』朱真道：『娘，你不得劝我。』去床底下拖出一件物事来，把与娘看。娘道：『休把出去罢。原先你爷曾把出去，使得一番便休了。』朱真道：『各人命运不同。我今年算了几次命，都说我该发财，你不要阻当我。』你道拖出的是甚物事？原来是一个皮袋，里面盛着些挑刀斧头，一个皮灯盏，和那盛油的罐儿，又有一领蓑衣。娘都看了，道：『这蓑衣要他作甚？』朱真道：『半夜使得着。』当日是十一月中旬，却恨雪下得大。那厮将蓑衣穿起，却又带一片，是十来条竹皮编成的一行，带在蓑衣后面。原来雪里的脚迹，走一步，后面竹片扒得平，不见脚迹。当晚约莫也是二更左侧，吩咐娘道：『我回来时，敲门响，你便开门。』虽则京城热闹，城外空阔去处，依然冷静。况且二更时分，雪又下得大，兀谁出来？

朱真离了家，回身看后面时，没有脚迹。迤逦到周大郎坟边，到萧墙矮处，把脚跨过去。你道好巧，原来管坟的养只狗子。那狗子见个生人跳过墙来，从草窠里爬出来便叫。朱真日间备下一团油糕，里面藏了些药在内。见狗子来叫，便将油糕丢将去。那狗子见丢甚物过来，闻一闻，见香便吃了，只叫得一声，狗子倒了。朱真却走近坟边。那看坟的张二郎叫道：『哥哥，狗子叫得一声，便不叫了，却不作怪！莫不有甚作不是的在这里？起去看一看。』哥哥道：『那作不是的来偷我什么？』兄弟道：『却才狗子大叫一声，便不叫了，莫不有贼？你不起去，我自起去看一看。』那兄弟爬起来，披了衣服，执着枪在手里，出门去看。朱真听得有人声，悄地把蓑衣解下，捉脚步走到一株杨柳树边。那树好大，遮得正好。却把斗笠掩着身子和腰，蹭在地下，蓑衣也放在一边。望见里面开门，张二走出门外，好冷，叫声道：『畜生，做什么叫？』那张二是睡梦里起来，被雪雹风吹，吃一惊，连忙把门关了。走入房去，叫：『哥哥，真个没人。』连忙脱了衣服，把被匹头兜了道：『哥哥，好冷！』哥哥道：『我说没人。』约莫也是三更前后，两个说了半晌，不听得则声了。

朱真道：『不将辛苦意，难近世间财。』抬起身来，再把斗笠戴了，着了蓑衣，捉脚步到坟边，把刀拨开雪地。俱是日间安排下脚手，下刀挑开石板下去，到侧边端正了，除下头上斗笠，脱了蓑衣在一壁厢。去皮袋里取两个长钉子，插在砖缝里，放上一个皮灯盏，竹筒里取出火种吹着了，油罐儿取油，点起那灯，把刀挑开命钉，把那盖天板丢在一壁，叫：『小娘子莫怪，暂借你些个富贵，却与你作功德。』道罢，去女孩儿头上便除头面。有许多金珠首饰，尽皆取下了。只有女孩儿身上衣服，却难脱。那厮好会，去腰间解下手巾，去那女孩儿脖项上阁起，一头系在自脖项上，将那女孩儿衣服脱得赤条条地，小衣也不着。那厮可霎叵耐处，见那女孩儿白净身体，那厮淫心顿起，按捺不住，奸了女孩儿。你道好怪！只见女孩儿睁开眼，双手把朱真抱住。怎地出豁？正是：

曾观《前定录》，万事不由人。

原来那女儿一心牵挂着范二郎，见爷的骂娘，斗别气死了。死不多日，今番得了阳和之气，一灵儿又醒将转来。朱真吃了一惊，见那女孩儿叫声：『哥哥，你是兀谁？』朱真那厮好急智，便道：『姐姐，我特来救你。』女孩儿抬起身来，便理会得了。一来见身上衣服脱在一壁，二来见斧头刀仗在身边，如何不理会得。朱真欲待要杀了，却又舍不得。那女孩儿道：『哥哥，你救我去见樊楼酒店范二郎，重重相谢你。』

朱真心中自思，别人兀自坏钱取浑家，不能得恁的一个好女儿。救将归去，却是兀谁得之？朱真道：『且不要慌，我带你家去，教你见范二郎则个。』女孩儿道：『若见得范二郎，我便随你去。』当下朱真把些衣服与女孩儿着了，收拾了金银珠翠物事，衣服包了，把灯吹灭，倾那油入那油罐儿里，收了行头，揭起斗笠，送那女子上来。朱真也爬上来，把石头来盖得没缝，又捧些雪铺上。却教女孩儿上脊背来，把蓑衣着了，一手挽着皮袋，一手绾着金珠物事，把斗笠戴了，迤逦取路，到自家门前，把手去门上敲了两三下。那娘的知是儿子回来，放开了门。朱真进家中，作娘的吃一惊道：『我儿，如何尸首都驮回来？』朱真道：『娘不要高声。』放下物件行头，将女孩儿入到自己卧房里面。朱真提起一把明晃晃的刀来，觑着女孩儿道：『我有一件事和你商量。你若依得我时，我便将你去见范二郎。你若依不得我时，你见我这刀么？砍你作两段。』女孩儿慌道：『告哥哥，不知教我依甚的事？』朱真道：『第一，教你在房里不要则声；第二，不要出房门。依得我时，两三日内，说与范二郎。若不依我，杀了你。』女孩儿道：『依得，依得。』朱真吩咐罢，出房去与娘说了一遍。话休絮烦。夜间离不得伴那厮睡。一日两日，不得女孩儿出房门。那女孩儿问道：『你曾见范二郎么？』朱真道：『见来。范二郎为你害在家里，等病好了，却来取你。』自十一月二十日头，至次年正月十五日。当日晚，朱真对着娘道：『我每年只听得鳌山好看，不曾去看，今日去看则个，到五更前后便归。』朱真吩咐了，自入城去看灯。

你道好巧！约莫也是更尽前后，朱真的老娘在家，只听得叫『有火！』急开门看时，是隔四五家酒店里火起，慌杀娘的，急走入来收拾。女孩儿听得，自思道：『这里不走，更待何时！』走出门首，叫婆婆来收拾。娘的不知是计，入房收拾。女孩儿从热闹里便走，却不认得路，见走过的人，问道：『曹门里在哪里？』人指道：『前面便是。』迤逦入了门，又问人：『樊楼酒店在那里？』人说道：『只在前面。』女孩儿好慌。若还前面遇见朱真，也没许多话。女孩儿迤逦走到樊楼酒店，见酒博士在门前招呼。女孩儿深深地道个万福。酒博士还了喏道：『小娘子没甚事？』女孩儿道：『这里莫是樊楼？』酒博士道：『这里便是。』女孩儿道：『借问则个，范二郎在那里么？』酒博士思量道：『你看二郎，直引得光景上门。』酒博士道：『在酒店里的便是。』女孩儿移身直到柜边，叫道：『二郎万福！』范二郎不听得都休，听得叫，慌忙走下柜来，近前看时，吃了一惊，连声叫：『灭，灭！』女孩儿道：『二哥，我是人，你道是鬼？』范二郎如何肯信。一头叫：『灭，灭！』一只手扶着凳子。却恨凳子上有许多汤桶儿，慌忙用手提起一支汤桶儿来，觑着女子脸上丢将过去。你道好巧！去那女孩儿太阳上打着，大叫一声，匹然倒地。慌杀酒保，连忙走来看时，只见女孩儿倒在地下。性命如何？正是：

小园昨夜东风恶，吹折江梅就地横。

酒博士看那女孩儿时，血浸着死了。范二郎口里兀自叫『灭，灭！』范大郎见外头闹吵，急走出来看了，只听得兄弟叫『灭，灭！』大郎问兄弟：『如何作此事？』良久定醒。问：『做甚打死他？』二郎道：『哥哥，他是鬼！曹门里贩海周大郎的女儿。』大郎道：『他若是鬼，须没血出，如何计结？』去酒店门前轰动有二三十人看，即时地方便入来捉范二郎。范大郎对众人道：『他是曹门里周大郎的女儿，十一月已自死了。我兄弟只道他是鬼，不想是人，打杀了他。我如今也不知他是人是鬼。你们要捉我兄弟去，容我请他爷来看尸则个。』众人道：『既是恁地，你快去请他来。」范大郎急奔到曹门里周大郎门前，见个奶子问道：「你是兀谁？」范大郎道：「樊楼酒店范大郎在这里，有些急事，说声则个。」奶子即时入去请。不多时，周大郎出来，相见罢。范大郎说了上件事，道：「敢烦认尸则个，生死不忘。」周大郎也不肯信。范大郎闲时不是说谎的人。周大郎同范大郎到酒店前看见，也呆了，道：「我女儿已死了，如何得再活？有这等事！」当地方不容范大郎分说，当夜将一行人拘锁，到次早解入南衙开封府。包大尹看了解状，也理会不下。权将范二郎送狱司监候，一面相尸，一面下文书行使臣房审实。作公的一面差人去坟上掘起看时，只有空棺材。问管坟的张一、张二，说道：「十一月间，雪下时，夜间听得狗子叫。次早开门看，只见狗子死在雪里，更不知别项因依。」把文书呈大尹，大尹焦躁，限三日要捉上件贼人。展个两三限，并无下落。好似：

金瓶落井全无信，铁枪磨针尚少功。

且说范二郎在狱司闲想：「此事好怪！若说是人，他已死过了，见有入殓的仵作及坟墓在彼可证。若说是鬼，打时有血，死后有尸，棺材又是空的。」展转寻思，委决不下。又想道：「可惜好个花枝般的女儿！若是鬼，倒也罢了。若不是鬼，可不枉害了他性命！」夜里翻来覆去，想一会，疑一会，转睡不着。直想到茶坊里初会时光景，便道：「我那日好不着迷哩！四目相视，急切不能上手。不论是鬼不是鬼，我且慢慢里商量，直恁性急，坏了他性命，好不罪过！如今陷于缧绁，这事又不得明白，如何是了！」悔之无及。转悔转想，转想转悔。捱了两个更次，不觉睡去。梦见女子胜仙，浓妆而至。范二郎大惊道：「小娘子原来不死。」小娘子道：「打得偏些，虽然闷倒，不曾伤命。奴两遍死去，都只为官人。今日知道官人在此，特特相寻，与官人了其心愿，休得见拒。亦是冥数当然。」范二郎忘其所以，就和他云雨起来。枕席之间，欢情无限。事毕，珍重而别。醒来方知是梦，越添了许多想悔。次夜亦复如此。到第三夜，又来，比前愈加眷恋。临去告诉道：「奴寿阳未绝，今被五道将军收用。奴一心只忆着官人，泣诉其情，蒙五道将军可怜，给假三日。如今限期满了，若再迟延，必遭呵斥，奴从此与官人永别。官人之事，奴已拜从五道将军。但耐心，一月之后，必然无事。」范二郎自觉伤感，啼哭起来。醒了，记起梦中之言，似信不信。刚刚一月三十个日头，只见狱卒奉大尹钧旨，取出范二郎赴狱司勘问。原来开封府有一个常卖董贵，当日绾着一个篮儿，出城门外去。只见一个婆子在门前叫常卖，把着一件物事递与董贵。是甚的？是一朵珠子结成的栀子花。那一夜朱真归家，失下这朵珠花。婆婆私下检得在手，不理会得直几钱，要卖一两贯钱作私房。董贵道：「要几钱？」婆子道：「胡乱。」董贵道：「还你两贯。」婆子道：「好。」董贵还了钱，径将来使臣房里，见了观察，说道恁地。即时观察把这朵栀子花径来曹门里，教周大郎、周妈妈看，认得是女儿临死带去的。即时差人捉婆子。婆子说：「儿子朱真不在。」当时搜捉朱真不见，却在桑家瓦里看耍，被作公的捉了，解上开封府。包大尹送狱司勘问上件事情。朱真抵赖不得，一一招伏。当案薛孔目初拟朱真劫坟当斩，范二郎免死，刺配牢城营。未曾呈案。其夜梦见一神如五道将军之状，怒责薛孔目曰：「范二郎有何罪过，拟他刺配！快与他出脱了。」薛孔目醒来，大惊，改拟范二郎打鬼，与人命不同，事属怪异，宜径行释放。包大尹看了，都依拟。范二郎欢天喜地回家。后来娶妻，不忘周胜仙之情，岁时到五道将军庙中烧纸祭奠。有诗为证：

情郎情女等情痴，只为情奇事亦奇。若把无情有情比，无情翻似得便宜。

第十五卷

赫大卿遗恨鸳鸯绦

皮包血肉骨包身，强作娇妍诳惑人。千古英雄皆坐此，百年同是一坑尘。

这首诗乃昔日性如子所作，单戒那淫色自戕的。论来好色与好淫不同。假如古诗云：『一笑倾人城，再笑倾人国。岂不顾倾城与倾国，佳人难再得！』此谓之好色。若是不择美恶，以多为胜，如俗语所云：『石灰布袋，到处留迹。』其色何在？但可谓之好淫而已。然虽如此，在色中又有多般。假如张敞画眉，相如病渴，虽为儒者所讥，然夫妇之情，人伦之本，此谓之正色。又如娇妾美婢，倚翠偎红；金钗十二行，锦障五十里；樱桃杨柳，歌舞擅场；碧月紫云，风流姱艳；虽非一马一鞍，毕竟有花有叶，此谓之傍色。又如锦营献笑，花阵图欢，露水分司，身到偶然留影；风云随例，颜开那惜缠头。旅馆长途，堪消寂寞，花前月下，亦助襟怀。虽市门之游，豪客不废，然女闾之遗，正人耻言，不得不谓之邪色。至如上蒸下报，同人道于禽兽；钻穴逾墙，役心机于鬼蜮；偷暂时之欢乐，为万世之罪人，明有人诛，幽蒙鬼责，这谓之乱色。又有一种不是正色，不是傍色，虽然比不得乱色，却又比不得邪色。填塞了虚空圈套，污秽却清净门风；惨同神面刮金，恶胜佛头浇粪，远则地府填单，近则阳间业报。奉劝世人，切须谨慎！正是：

不看僧面看佛面，休把淫心杂道心。

说这本朝宣德年间，江西临江府新淦县有个监生，姓赫名应祥，字大卿，为人风流俊美，落拓不羁，专好的是声色二事。遇着花街柳巷，舞榭歌台，便流留不舍，就当做家里一般。把老大一个家业，也弄去了十之三四。浑家陆氏，见他恁般花费，苦口谏劝。赫大卿反道老婆不贤，时常反目。因这上，陆氏立誓不管，领着三岁一个孩子喜儿，自在一间净室里持斋念佛，由他放荡。一日，正值清明佳节，赫大卿穿着一身华丽衣服，独自一个到郊外踏青游玩。有宋张咏诗为证：

春游千万家，美人颜如花。三三两两映花立，飘飘似欲乘烟霞。

赫大卿只拣妇女丛聚之处，或前或后，往来摇摆，卖弄风流，希图要逢着个有缘分的佳人。不想一无所遇，好不败兴。自觉无聊，走向一个酒馆中，沽饮三杯。上了酒楼，拣沿街一副座头坐下。酒保送上酒肴，自斟自饮，倚窗观看游人。不觉三杯两盏，吃勾半酣，起身下楼，算还酒钱，离了酒馆，一步步任意走走。此时已是未牌时分，行不多时，渐渐酒涌上来，口干舌躁，思量得盏茶来解渴便好。正无处求觅，忽抬头见前面林子中，幡影摇拽，磬韵悠扬，料道是个僧寮道院，心中欢喜，即忙趋向前去。抹过林子，显出一个大庵院来。赫大卿打一看时，周遭都是粉墙包裹，门前十来株倒垂杨柳，中间向阳两扇八字墙门，上面高悬金字匾额，写着『非空庵』三字。赫大卿点头道：『常闻得人说，城外非空庵中有标致尼姑。只恨没有工夫，未曾见得，不想今日趁了这便。』即整顿衣冠，走进庵门。转东一条鹅卵石街，两边榆柳成行，甚是幽雅。行不多步，又进一重墙门，就是小小三间房子，供着韦驮尊者。庭中松柏参天，树上鸟声嘈杂。从佛背后转进，又是一条横街。大卿径望东首行去，见一座雕花门楼，双扉紧闭。上前轻轻扣了三四下，就有个垂髫女童，呀的开门。那女童身穿缁衣，腰系丝绦，打扮得十分齐整。见了赫大卿，连忙问讯。大卿还了礼，跨步进去看时，一带三间佛堂，虽不甚大，到也高敞。中间三尊大佛，相貌庄严，金光灿烂。大卿向佛作了揖，对女童道：『烦报令师，说有客相访。』女童道：『相公请坐，待我进去传说。』须臾间，一个少年尼姑出来，向大卿稽首。大卿急忙还礼，用那双开不开，合不合，惯输情，专卖俏，软眯暖的俊眼，仔细一觑。这尼姑年纪不上二十，面庞白皙如玉，天然艳冶，韵格非凡。大卿看见恁般标致，喜得神魂飘荡。一个揖作了下去，却像初出锅的糍粑，软做一塌，头也伸不起来。礼罢，分宾主坐下，想道：『今日撞了一日，并不曾遇得个可意人儿，不想这所在到藏着如此妙人。须用些水磨工夫撩拨他，不怕不上我的钩儿。』大卿正在腹中打点草稿，谁知那尼姑亦有此心。

从来尼姑庵也有个规矩，但凡客官到来，都是老尼迎接答话。那少年的，如闺女一般，深居简出，非细相熟的主顾，或是亲戚，方才得见。若是老尼出外，或是卧病，竟自辞客。他原是个真念佛，假修行，爱风月，嫌冷静，怨恨出家的主儿。偶然先在门隙里，张见了大卿这一表人材，到有几何挺身而出？有个缘故。就有非常势要的，立心要来认那小徒，也少不得三请四唤，等得你个不耐烦，方才出来。这个尼姑为分看上了，所以挺身而出。当下两只眼光，就如针儿遇着磁石，紧紧的摄在大卿身上，笑嘻嘻的问道：『相公尊姓贵表？府上何处？至小庵有甚见谕？』大卿道：『小生姓赫名大卿，就在城中居住。今日到郊外踏青，偶步至此。久慕仙姑清德，顺便拜访。』尼姑谢道：『小尼僻居荒野，无德无能，谬承枉顾，蓬筚生辉。此处来往人杂，请里面轩中待茶。』大卿见说请到里面吃茶，料有几分光景，好不欢喜，即起身随入。

行过几处房屋，又转过一条回廊，方是三间净室，收拾得好不精雅。外面一带都是扶栏，庭中植梧桐二树，修竹数竿，百般花卉，纷纭辉映，但觉香气袭人。正中间供白描大士像一轴，古铜炉中，香烟馥馥，下设蒲团一座，左一间放着朱红橱柜四个，都是封锁，想是收藏经典在内。右一间用围屏围着，进入看时，横设一张桐柏长书桌，左设花藤小椅，右边靠壁一张斑竹榻儿，壁上悬一张断纹古琴，书桌上笔砚精良，纤尘不染。侧边有经卷数帙，随手拈一卷翻看，金书小楷，字体摹仿赵松雪，后注年月，下书弟子空照薰沐写。大卿问：『空照是何人？』答道：『就是小尼贱名。』大卿反复玩赏，夸之不已。两个隔着桌子对面而坐。女童点茶到来，空照双手捧过一盏，递与大卿，自取一盏相陪。那手十指尖纤，洁白可爱。大卿接过，啜在口中，真个好茶！有吕洞宾茶诗为证：

玉蕊旗枪称绝品，僧家造法极工夫。兔毛瓯浅香云白，虾眼汤翻细浪休。断送睡魔离几席，增添清气入肌肤。幽丛自落溪岩外，不肯移根入上都。

大卿问道：『仙庵共有几位？』空照道：『师徒四众，家师年老，近日病废在床，当家就是小尼。』指着女童道：『这便是小徒。他还有师弟在房里诵经。』赫大卿道：『仙姑出家几年了？』空照道：『自七岁丧父，送入空门，今已十二年矣。』赫大卿道：『青春十九，正在妙龄，怎生受此寂静？』空照道：『相公休得取笑！出家胜俗家数倍哩。』赫大卿道：『那见得出家的胜似俗家？』空照道：『我们出家人，并无闲事缠扰，又无儿女牵绊，终日诵经念佛，受用一炉香，一壶茶，倦来眠纸帐，闲暇理丝桐，好不安闲自在。』大卿道：『闲暇理丝桐，弹琴时也得个知音的人儿在旁喝采方好。这还罢了，则这倦来眠纸帐，万一梦魇起来，没人推醒，好不怕哩！』空照已知大卿下钩，含笑而应道：『梦魇杀了人，也不要相公偿命。』大卿也笑道：『别的魇杀了一万个，全不在小生心上，像仙姑恁般高品，岂不可惜！』两下你一句，我一声，渐渐说到分际。大卿道：『有好茶再求另泼一壶来吃。』空照已会意了，便教女童去廊下烹茶。大卿道：『仙姑卧房何处？是什么纸帐？也得小生认一认。』空照此时欲心已炽，按纳不住，口里虽说道：『认他什么？』却早已立起身来。大卿上前拥抱，先做了个『吕』字。空照往后就走，大卿接脚跟上。空照轻轻的推开后壁，后面又有一层房屋，正是空照卧处，摆设更自济楚。大卿也无心观看，两个相抱而入，遂成云雨之欢。有《小尼姑》曲儿为证：

小尼姑，在庵中，手拍着桌儿怨命。平空里吊下个俊俏官人，坐谈有儿句话，声口儿相应。你贪我不舍，一拍上就圆成。虽然不是结发的夫妻，也难得他一个字儿叫做肯。

二人正在酣美之处，不堤防女童推门进来，连忙起身。女童放下茶儿，掩口微笑而去。看看天晚，点起灯烛。空照自去收拾酒果蔬菜，摆做一桌，与赫大卿对面坐下。又恐两个女童泄漏机关，也教来坐在旁边相陪。空照道：『庵中都是吃斋，不知贵客到来，未曾备办荤味，甚是有慢。』赫大卿道：『承贤师徒错爱，已是过分。若如此说，反令小生不安矣。』当下四人杯来盏去。吃到半酣，大卿起身，捱至空照身边，把手勾着颈儿，将酒饮过半杯，递到空照口边。空照将口来承，一饮而尽。两个女童见他肉麻，起身回避。空照一把扯道：『既同在此，料不容你脱白。』二人捽脱不开，将袖儿掩在面上。大卿上前抱住，扯开袖子，就做了个嘴儿。二女童年在当时情窦已开。见师父容情，落得快活。四人搂做一团，缠做一块，吃得个大醉，一床而卧，相偎相抱，如漆如胶。赫大卿放出平生本事，竭力奉承。尼姑俱是初得甜头，恨不得把身子并做一个。到次早，空照叫过香公，赏他三钱银子，买嘱他莫要泄漏。又将钱钞教去买办鱼肉酒果之类。那香公平昔间，捱着这几碗黄虀淡饭，没甚肥水到口，眼也是盲的，耳也是聋的，身子是软的，脚儿是慢的。此时得了这三钱银子，又见要买酒肉，便觉眼明手快，身子那虎一般健，走跳如飞。那消一个时辰，都已买完。安排起来，款待大卿，不在话下。

却说非空庵原有两个房头，东院乃是空照，西院的是静真，也是个风流女师。手下止有一个女童，一个香公。那香公因见东院连日买办酒肉，报与静真。静真猜算空照定有些不三不四的勾当。教女童看守房户，起身来到东院门口。恰好遇见香公，左手提着一个大酒壶，左手拿个篮儿，开门出来。两个打个照面，即问道：『院主往哪里去？』静真道：『特来与师弟闲话。』香公道：『既如此，待我先去通报。』静真一手扯住道：『我都晓得了，不消你去打照会。』香公被道着心事，一个脸儿登时涨红，不敢答应。只得随在后边，将院门闭上，跟至净室门口，高叫道：『西房院主在此拜访。』空照闻言，慌了手脚，没做理会。教大卿闪在屏后，起身迎住静真。静真上前，一把扯着空照衣袖，说道：『好啊，出家人干的好事，败坏山门，我与你到里正处去讲。』扯着便走。吓得个空照脸儿就如七八样的颜色染的，一搭儿红，一搭儿青。心头恰像千百个铁槌打的，一回儿上，一回儿下，半句也对不出，半步也行不动。静真见他这个模样，呵呵笑道：『师弟不消着急，我是耍你。但既有佳宾，如何瞒着我独自受用？还不快请来相见？』空照听了这话，方才放心。遂令大卿与静真相见。大卿看静真姿容秀美，丰采动人，年纪有二十五六上下。虽然长于空照，风情比他更胜。乃问道：『师兄上院何处？』静真道：『小尼即此庵西院，咫尺便是。』大卿道：『小生不知，失于奉谒。』两下闲叙半晌。静真见大卿举止风流，谈吐开爽，凝眸留盼，恋恋不舍。叹道：『天下有些美士，师弟何幸，独擅其美！』空照道：『师兄不须眼热，倘不见外，自当同乐。』静真道：『若得如此，佩德不浅。今晚奉候小坐，万祈勿外。』说罢，即起身别。回至西院，准备酒肴伺候。不多时，空照同赫大卿携手而来。女童在门口迎候。赫大卿进院看时，房廊花径，亦甚委曲。三间净室，比东院的更觉精雅。但见：

潇洒亭轩，清虚户牖。画列江南烟景，香焚真腊沉檀。庭前修竹，风摇一派珮环声；帘外奇花，日照千层锦绣色。松阴入槛琴书润，山色侵轩枕簟凉。

静真见大卿已至，心中欢喜。不复叙礼，即便就坐。茶罢，摆上果酒肴馔。空照推静真坐在赫大卿身边，自己对面相陪，又扯女童打横而坐。四人三杯两盏，饮勾多时。赫大卿把静真抱置膝上，又教空照坐至身边。一手勾着颈项儿，百般腐施。旁边女童面红耳热，也觉动情。直饮到黄昏时分，空照起身道：『好做新郎，明日早来贺喜。』讨个灯儿，送出门口自去。女童叫香公关门闭户，进来收拾家火，将汤净过手脚。赫大卿抱着静真上床，解脱衣裳，钻入被中。酥胸紧贴，玉体相偎。赫大卿乘着酒兴，尽生平才学，恣意搬演。把静真弄得魄丧魂消，骨酥体软，四肢不收，委然席上。睡至巳牌时分，方才起来。

自此之后，两院都买嘱了香公，轮流取乐。赫大卿淫欲无度，乐极忘归。将近两月，大卿自觉身子困倦，支持不来，思想回家。怎奈尼姑正是少年得趣之时，那肯放舍。赫大卿再三哀告道：『多承雅爱，实不忍别。但我到此两月有余，家中不知下落，定然着忙。等我回去，安慰妻孥，再来陪奉。不过四五日之事，卿等何必见疑？』空照道：『既如此，今晚备一酌为饯，明早任君回去。但不可失信，作无行之人。』赫大卿设誓道：『若忘卿等恩德，犹如此日！』空照即到西院，报与静真。静真想了一回道：『他设誓虽是真心，但去了必不能再至。』空照道：『却是为何？』静真道：『是这样一个风流美貌男子，谁人不爱！况他生平花柳多情，乐地不少，逢着便留恋几时。虽欲要来，势不可得。』空照道：『依你说还是怎样？』静真道：『依我却有个绝妙策儿在此，教他无绳自缚，死心塌地守着我们。』空照连忙问计。静真伸出手，叠着两个指头，说将出来，有分教赫大卿：

生于锦绣丛中，死在牡丹花下。

当下静真道：『今夜若说饯行，多劝几杯，把来灌醉了，将他头发剃净，自然难回家去。况且面庞又像女人，也照我们妆束，就是达摩祖师亲来，也相不出他是个男子。落得永远快活，且又不担干系，岂非一举两便！』空照道：『师兄高见，非我可及。』到了晚上，静真教女童看守房户，自己到东院见了赫大卿道：『正好欢娱，因甚顿生别念？何薄情至此！』大卿道：『非是寡情，止因离家已久，妻孥未免悬望，故此暂别数日，即来陪侍。岂敢久抛，忘卿恩爱！』静真道：『师弟已允，我怎好免强。但君不失所期，方为信人。』大卿道：『这个不须多嘱。』少顷，摆上酒肴，四尼一男，团团而坐。静真道：『今夜置此酒，乃离别之筵，须大家痛醉。』空照道：『这个自然。』当下更番劝酬，直饮至三鼓，把赫大卿灌得烂醉如泥，不省人事。静真起来，将他巾帻脱下，空照取出剃刀，把头发剃得一茎不存，然后扶至房中去睡，各自分别就寝。赫大卿一觉直至天明，方才苏醒，旁边伴的却是空照。翻转身来，觉道精头皮在枕上抹过，连忙把手摸时，却是一个精光葫芦。吃了一惊，急忙坐起，连叫道：『这怎么说？』空照惊醒转来，见他大惊小怪，也坐起来道：『郎君不要着恼。因见你执意要回，我师徒不忍分离，又无策可留，因此行这苦计，把你也要扮做尼姑，图个久远快活。』一头说，一头即倒在怀中，撒娇撒痴，淫声浪语，迷得个赫大卿毫无张主。乃道：『虽承你们好意，只是下手太狠！如今教我怎生见人？』空照道：『待养长了头发，见也未迟。』赫大卿无可奈何，只得依他做尼姑打扮，住在庵中，昼夜淫乐。空照、静真已自不肯放空，又加添两个女童：

或时做联床会，或时做乱点军。那壁厢贪淫的肯行谦让？这壁厢买好的敢惜精神？两柄快斧不勾劈一块枯柴，一个疲兵怎能当四员健将。灯将灭而复明，纵是强阳之火；漏已尽而犹滴，那有润泽之时。任教铁汉也消熔，这个残生难过活。

大卿病已在身，没人体恤。起初时还三好两歉，尼姑还认是躲避差役。次后见他久眠床褥，方才着急。意欲送回家去，却又头上没了头发，怕他家盘问出来，告到官司，败坏庵院，住身不牢。若留在此，又恐一差两误，这尸首无处出脱，被地方晓得，弄出事来，性命不保。又不敢请觅医人看治，止教香公去说病讨药。犹如浇在石上，那有一些用处。空照、静真两个煎汤送药，日夜服侍，指望他还有痊好的日子。谁知病势转加，淹淹待毙。空照对静真商议道：『赫郎病体，万无生理，此事却怎么处？』静真想了一想道：『不打紧！如今先教香公去买下几担石灰。等他走了路，也不要寻外人收拾，我们自己与他穿着衣服，依般尼姑打扮，棺材也不必去买，且将老师父寿材来盛了。我与你同着香公、女童相帮，抬到后园空处，掘个深穴，将石灰倾入，埋藏在内。神不知，鬼不觉，那个晓得！』

不题二人商议。且说赫大卿这日睡在空照房里，忽地想起家中，眼前并无一个亲人，泪如雨下。空照与他拭泪，安慰道：『郎君不须烦恼，少不得有好的日子。』赫大卿道『我与二卿邂逅相逢，指望永远相好。谁想缘分浅薄，中道而别，深为可恨。但起手原是与卿相处，今有一句要紧话儿，托卿与我周旋，万乞不要违我。』空照道：『郎君如有所嘱，必不敢违。』赫大卿将手在枕边取出一条鸳鸯绦来。如何唤做鸳鸯绦？原来这绦半条是鹦哥绿，半条是鹅儿黄，两样颜色合成，所以谓之鸳鸯绦。当下大卿将绦付与空照，含泪而言道：『我自到此，家中分毫不知。今将永别，可将此绦为信，报知吾妻，教他快来见我一面，死亦瞑目。』空照接绦在手，忙使女童请静真到厢房内，将绦与他看了，商议报信一节。静真道：『你我出家之人，私藏男子，已犯明条。况又弄得淹淹欲死，他浑家至此，怎肯干休，必然声张起来。你我如何收拾？』空照到底是个嫩货，心中犹预不忍。静真劈手夺取绦来，望着天花板上一丢，眼见得这绦有好几时不得出世哩。空照道：『你撇了这绦儿，教我如何去回复赫郎？』静真道：『你只说已差香公将绦送去了，他娘子自不肯来，难道问我个违限不成？』空照依言回复了大卿。大卿连日一连问了几次，只认浑家怀恨，不来看他，心中愈加凄惨，呜呜而泣。又捱了几日，大限已到，呜呼哀哉。

地下忽添贪色鬼，人间不见假尼姑。

二尼见他气绝，不敢高声啼哭，饮泣而已。一面烧起香汤，将他身子揩抹干净，取出一套新衣，穿着停当。教起两个香公，将酒饭与他吃饱，点起灯烛，到后园一株大柏树旁边，用铁锹掘了个大穴，倾入石灰，然后抬出老尼姑的寿材，放在穴内。铺设好了，也不管时日利也不利，到房中把尸首翻在一扇板门之上。众尼相帮香公，扛至后园，盛殓在内。掩上材盖，将就钉了。又倾上好些石灰，把泥堆上，匀摊与平地一般，并无一毫形迹。可怜赫大卿自清明日缠上了这尼姑，到此三月有余，断送了性命。妻孥不能一见，撇下许多家业，埋于荒园之中，深为可惜！有小词为证：

贪花的，这一番你走错了路！千不合，万不合，不该缠那小尼姑！小尼姑是真色鬼，怕你缠他不过。头皮儿都擂光了，连性命也呜呼！埋在寂寞的荒园也，这是贪花的结果。

话分两头，且说赫大卿浑家陆氏，自从清明那日赫大卿游春去了，四五日不见回家。只道又在那个娼家留恋，不在心上。已后十来日不回，叫家人各家去挨问，都道清明之后，从不曾见。陆氏心上着忙。看看一月有余，不见踪迹。陆氏在家日夜啼哭，写下招子，各处粘贴，并无下落。合家好不着急！那年秋间久雨，赫家房子倒坏甚多，因不见了家主，无心葺理。直至十一月间，方唤几个匠人修造。一日，陆氏自走出来，计点工程。一眼觑着个匠人，腰间系一条鸳鸯绦儿，依稀认得是丈夫束腰之物，吃了一惊，连忙唤丫环教那匠人解下来看。这匠人叫做蒯三，泥水木作，件件精熟，有名的三料匠。赫家是个顶门主顾，故此家中大小无不认得。当下见掌家娘子要看，连忙解下，交于丫环。丫环又递与陆氏。陆氏接在手中，反覆仔细一认，分毫不差。只因这条绦儿，有分教：

贪淫浪子名重播，稔色尼姑祸忽临。

原来当初买这绦儿，一样两条，夫妻各系其一。今日见了那绦，物是人非，不觉扑簌簌流下泪来。即叫蒯三问道：『这绦你从何处得来的？』蒯三道：『在城外一个尼姑庵里拾的。』陆氏道：『那庵叫什么庵？尼姑唤甚名字？』蒯三道：『这庵有名的非空庵。有东西两院，东房叫做空照，西房叫做静真。还有几个不曾剃发的女童。』陆氏又问：『那尼姑有多少年纪了？』蒯三道：『都只好二十来岁，到也有十分颜色。』陆氏听了，心中揣度：『丈夫一定恋着那两个尼姑，隐他庵中了。我如今多着几个人将了这绦，叫蒯三同去做个证见，满庵一搜，自然出来的。』方才转步，忽又想道：『焉知不是我丈夫掉下来的？莫要枉杀了出家人。我再问他个备细。』陆氏又叫住蒯三问道：『你这绦儿时拾的？』蒯三道：『不上半月。』陆氏又想道：『原来半月之前，丈夫还在庵中，事有可疑。』又问道：『你在何处拾的？』蒯三道：『在东院厢房内，天花板上拾的。也是大雨中淋漏了屋，教我去翻瓦，故此拾得。不敢动问大娘子，为何见了此绦，只管盘问？』陆氏道：『这绦是我大官人的。自从春间出去，一向并无踪迹。今日见了这绦，少不得绦在那里，人在那里。如今就要同你去与尼姑讨人。寻着大官人回来，照依招子上重重谢你。』蒯三听罢，吃了一惊：『那里说起，却在我身上要人！』便道：『绦便是我拾得，实不知你们大官人事体。』陆氏道：『你在庵中共做几日工作？』蒯三道：『西院共有十来日，至今工钱尚还我不清哩。』陆氏道：『可曾见我大官人在他庵里么？』蒯三道：『这个不敢说谎，生活便做了这几日，任我们穿房入户，却从不曾见大官人的影儿。』陆氏想道：『若人不在庵中，虽有此绦，也难凭据。』左思右算，想了一回，乃道：『这绦在庵中，必定有因。或者藏于别处，也未可知。适才蒯三说庵中还少工钱，我如今赏他一两银子，教他以讨银为名，不时去打探，少不得露出些圭角来。那时着在尼姑身上，自然有个下落。』即唤过蒯三，吩咐如此如此，恁般恁般。『先赏你一两银子。若得了实信，另有重谢。』那匠人先说有一两银子，后边还有重谢，满口应承，任凭差遣。陆氏回到房中，将白银一两付与，蒯三作谢回家。

到了次日，蒯三捱到饭后，慢慢的走到非空庵门口。只见西院的香公坐在门槛上，向着日色脱开衣服捉虱子。蒯三上前叫声：『香公。』那老儿抬起头来，认得是蒯匠，便道：『连日不见，怎么有工夫闲走？院主正要寻你做些小生活，来得凑巧。』蒯匠见说，正合其意。便道：『不知院主要做什么？」香公道：「说便恁般说，连我也不知。同进去问，便晓得。」把衣服束好，一同进来。弯弯曲曲，直到里边净室中。静真坐在那里写经。香公道：「院主，蒯待诏在此。」静真把笔放下道：「刚要着香公来叫你做生活，恰来得正好。」蒯三道：「不知院主要做甚样生活？」静真道：「佛前那张供卓，原是祖传下来的，年深月久，漆都剥落了。一向要换，没有个施主。前日蒙钱奶奶发心，舍下几根木子。今要照依东院一般做张佛柜。选着明日是个吉期，便要动手。必得你亲手制造，那样没用副手，一个也成不得的。工钱素性一并罢。」蒯三道：「恁样，明日准来。」口中便说，两只眼四下瞧看。静室内空空的，料没个所在隐藏。即便转身，一路出来，东张西望。想道：「这絛在东院拾的，还该到那边去打探。」走出院门，别了香公，径到东院。见院门半开半掩，把眼张看，并不见个人儿。轻轻的捱将进去，捏手捏脚逐步步走入。见锁着的空房，便从门缝中张望，并无声息。却走到厨房门首，只听得里边笑声，便立定了脚。把眼向窗中一觑，见两个女童搅做一团顽耍。须臾间，小的跌倒在地，大的便扛起双足，跨上身去，学男人行事，捧着亲嘴，小的便喊。大的道：「孔儿也被人弄大了，还要叫喊。」蒯三正看得得意，忽地一个喷嚏，惊得那两个女童连忙跳起，问道：「那个？」蒯三走近前去，道：「是我。院主可在家么？」口中便说，心内却想着两个举动，忍笑不住，格的笑了一声。女童觉道被他看见，脸都红了，道：「蒯待诏，有甚说话？」蒯三道：「没有甚话，要问院主借工钱用用。」女童道：「师父不在家里，改日来罢。」蒯三见回了，不好进去，只得覆身出院。两个女童把门关上，口内骂道：「这蛮子好像做贼的，声息不见，已到厨下了，恁样可恶！」蒯三明明听得，未见实迹，不好发作。一路思想：「孔儿被人弄大了，这话虽不甚明白，却也有些跷蹊。且到明日再来探听。」

至次日早上，带着家火，径到西院，将木子量划尺寸，运动斧锯裁截。手中虽做家伙，一心察听赫大卿消息。约莫未牌时分，静真走出观看，两下说了一回闲话。忽然抬头见香灯中火灭，便教女童去取火。女童去不多时，将出一个灯火盏儿，放在桌上，便去解绳，放那香灯。不想绳子放得忒松了，那盏灯望下直溜。事有凑巧，物有偶然。香灯刚落下来，恰好静真立在其下，不歪不斜，正打在他的头上。扑的一声，那盏灯碎做两片，这油从头直浇到底。静真心中大怒，也不顾身上油污，赶上前一把揪住女童头发，乱打乱踢，口中骂道：「骚精淫妇娼根，被人入昏了，全不照管，污我一身衣服！」蒯三撇下手中斧凿，忙来解劝开了。静真怒气未息，一头走，一头骂，往里边更换衣服去了。那女童打的头发散做一背，哀哀而哭。见他进去，口中喃喃的道：「打翻了油，便恁般打骂。你活活弄死了人，该问什么罪哩？」蒯三听得这话，即忙来问。正是：

情知语似钩和线，从头钓出是非来。

原来这女童年纪也在当时，初起见赫大卿与静真百般戏弄，心中也欲得尝尝滋味。怎奈静真情性利害，比空照大不相同，极要拈酸吃醋。只为空照是首事之人，姑容了他。汉子到了自己房头，囫囵吃在肚里，还嫌不够，怎肯放些须空隙与人！女童含忍了多时，衔恨在心。今日气怒间，一时把真话说出，不想正凑了蒯三之趣。当下蒯三问道：「他怎么弄死了人？」女童道：「与东房这些淫妇，日夜轮流快活，将一个赫监生断送了。」蒯三道：「如今在哪里？」女童道：「东房后园大柏树下埋的不是？」蒯三还要问时，香公走将出来，便大家住口。女童自哭向里边去了。蒯三思量这话，与昨日东院女童的正是暗合，眼见得这事有九分了。不到晚，只推有事，收拾家伙，一口气跑至赫家，请出陆氏娘子，将上项事一一说知。陆氏见说丈夫死了，放声大哭。连夜请亲族中商议停当，就留蒯三在家宿歇。到次早，唤集童仆，共有二十来人，带了锄头、铁锹、斧头之类，陆氏把孩子教养娘看管，乘坐轿子，蜂拥而来。那庵离城不过三里之地，顷刻就到了。陆氏下了轿子，留一半人在门口把住，其余的担着锄头、铁锹，随陆氏进去。蒯三在前引路，径来到东院扣门。那时庵门虽开，尼姑们方才起身。香公听得扣门，出来开看，见有女客，只道是烧香的，进去报与空照知道。那蒯三认得里面路径，引着众人，一直望里边径闯。劈面遇着空照，空照见蒯三引着女客，便道：『原来是蒯待诏的宅眷。』上前相迎。蒯三、陆氏也不答应，将他挤在半边，众人一溜烟向园中去了。空照见势头勇猛，不知有甚缘故，随脚也赶到园中。见众人不到别处，径至大柏树下，运起锄头、铁耙，往下乱撬。空照知事已发觉，惊得面如土色。连忙覆身进来，对着女童道：『不好了！赫郎事发了！快些随我来逃命！』两个女童都也吓得目睁口呆，跟着空照，罄身而走。方到佛堂前，香公来报说：『庵门口不知为甚，许多人守在，不容我出去。』空照连声叫：『苦也！且往西院去再处。』四人飞走到西院，敲开院门，吩咐香公闭上。『倘有人来扣，且勿要开。』赶到里边，那时静真还未起身，门上闭着。空照一片声乱打。静真听得空照声音，急忙起来，穿着衣服，走出问道：『师弟，为甚这般忙乱？』空照道：『赫郎事体，不知哪个漏了消息，蒯木匠这天杀的，同了许多人径赶进后园，如今在那里发掘了。我欲要逃走，香公说门前已有人把守，出去不得。特来与你商议。』静真听说，吃这一惊，却也不小！说道：『蒯匠昨日也在这里做生活，如何今日便引人来？却又知得恁般详细？必定是我庵中有人走漏消息，这奴狗方才去报新闻。不然，何由晓得我们的隐事。』那女童在旁闻得，懊悔昨日失言，好生惊惶。东院女童道：『蒯匠有心，想非一日了。前日便悄悄直到我家厨下来听消耗，被我们发作出门。但不知哪个泄漏的？』空照道：『这事且慢理论，只是如今却怎么处？』静真道：『更无别法，只有一个「走」字。』空照道：『门前有人把守。』静真道：『且看后门。』先教香公打探，回说并无一人。空照大喜，一面教香公把外边门户一路关锁，自己到房中取了些银两，其余尽皆弃下。连香公共是七人，一齐出了后门，也把锁儿锁了。空照道：『如今走在哪里去躲好？』静真道：『大路上走，必然被人遇见，须从僻路而去，往极乐庵暂避。此处人烟稀少，无人知觉。了缘与你我情分又好，料不推辞。待事平定，再作区处。』空照连声道是，不管地上高低，望着小径，落荒而走，投极乐庵躲避。不在话下。

且说陆氏同蒯三众人，在柏树下一齐着力，锄开面上土泥，露出石灰，都道是了。那石灰经了水，并作一块，急切不能得碎。弄了大一回，方才看见材盖。陆氏便放声啼哭。众人用铁锹垦去两边石灰，那材盖却不能开。外边把门的等得心焦，都奔进来观看。正见弄得不了不当，一齐上前相帮，掘将下去，把棺木弄清，提起斧头，砍开棺盖。打开看时，不是男子，却是一个尼姑。众人见了，都慌做一堆。也不去细认，俱面面相觑，急把材盖掩好。说话的，我且问你：赫大卿死未周年，虽然没有头发，夫妻之间，难道就认不出了？看官有所不知。那赫大卿初出门时，红红白白，是个俊俏子弟，在庵中得了怯症，久卧床褥，死时只剩得一把枯骨。就是引镜自照，也认不出当初本身了。况且骤然见了个光头，怎的不认做尼姑？当下陆氏到埋怨蒯三起来道：『特地教你探听，怎么不问个的确，却来虚报？如今弄这把戏，如何是好？』蒯三道：『昨天小尼明明说的，如何是虚报？』众人道：『见今是个尼姑了，还强辨到那里去！』蒯三道：『莫不掘错了？再在那边垦下去看。』内中有个老年亲戚道：『不可，不可！律上说，开棺见尸者斩。况发掘坟墓，也该是个斩罪。目今我们已先犯着了。倘再掘起一个尼姑，到去顶两个斩罪不成？不如快去告官，拘昨日说的小尼来问，方才扯个两平。若被尼姑先告，到是老大利害。』众人齐声道是，急忙引着陆氏就走，连锄头家伙丢弃下了。从里边直至庵门口，并无一个尼姑。那老者又道：『不好了！这些尼姑不是去叫地方，一定先去告状了，快走，快走！』吓得众人一个个心下慌张，巴不能脱离了此处。教陆氏上了轿子，飞也似乱跑，望新淦县前来禀官。进得城里，亲戚们就躲去了一半。

正是话分两头，却是陆氏带来人众内，有个雇工人，叫做毛泼皮。只道棺中还有甚东西，闪在一边，让众人去后，揭开材盖，掀起衣服，上下一翻，更无别物。也是数合当然，不知怎地一扯，那裤子直褪下来，露出那件话儿。毛泼皮看了笑道：『原来不是尼姑，却是和尚。』依旧将材盖好，走出来四处张望。见没有人，就踅到一个房里，正是空照的净室。只拣细软取了几件，揣在怀里，离了非空庵，急急追到县前。正值知县相公在外拜客，陆氏同众人在那里伺候。毛泼皮上前道：『不要着忙。我放不下，又转去相看。虽不是大官人，却也不是尼姑，到是个和尚。』众人都欢喜道：『如此还好！只不知这和尚，是甚寺里，却被那尼姑谋死？』你道天下有恁般巧事！正说间，旁边走出一个老和尚来，问道：『有甚和尚谋死在那个尼姑庵里？怎么一个模样？』众人道：『是城外非空庵东院，一个长长的黄瘦小和尚，像死不多时哩。』老和尚见说，便道：『如此说来，一定是我的徒弟了。』众人问道：『你徒弟如何却死在那里？』老和尚道：『老僧是万法寺住持觉圆，有个徒弟叫做去非，今年二十六岁，专一不学长俊，老僧管他不下。自今八月间出去，至今不见回来。他的父母又极护短，不说儿子不学好，反告小僧谋死，今日在此候审。若得死的果然是他，也出脱了老僧。』毛泼皮道：『老师父，你若肯请我，引你去看如何。』老和尚道：『若得如此，可知好么！』正待走动，只见一个老儿，同着一个婆子，赶上来，把老和尚接连两个巴掌，骂道：『你这贼秃！把我儿子谋死在哪里？』老和尚道：『不要嚷，你儿子如今有着落了。』那老儿道：『如今在哪里？』老和尚道：『你儿子与非空庵尼姑串好，不知怎样死了，埋在他后园。』指着毛泼皮道：『这位便是证见。』扯着他便走。那老儿同婆子一齐跟来，直到非空庵。

那时庵旁人家尽皆晓得，若老若幼，俱来观看。毛泼皮引着老和尚，直至里边。只见一间房里，有人叫响。毛泼皮推门进去看时，却是一个将死的老尼姑，睡在床上叫喊：『肚里饿了，如何不将饭来我吃？』毛泼皮也不管他，依旧把门拽上。同老和尚到后园柏树下，扯开材盖。那婆子同老儿擦磨老眼仔细看，依稀有些相像，便放声大哭。看的人都拥做一堆。问起根由，毛泼皮指手划脚，剖说那事。老和尚见他认了，只要出脱自己，不管真假，一把扯道：『去，去，去，你儿子有了，快去禀官，拿尼姑去审问明白，再哭未迟。』那老儿只得住声，把材盖好，离了非空庵，飞奔进城。到县前时，恰好知县相公方回。那拘老和尚的差人，不见了原被告，四处寻觅，奔了个满头汗。赫家众人见毛泼皮、老和尚到了，都来问道：『可真是你徒弟么？』老和尚道：『千真万真！』众人道：『既如此，并做一事，进去禀罢。』差人带一干人齐到里边跪下。到先是赫家人上去禀说家主不见缘由，并见蒯匠丝绦，及庵中小尼所说，开棺却是和尚尸首，前后事一一细禀。然后老和尚上前禀说，是他徒弟，三月前蓦然出去，不想死在尼姑庵里，被伊父母讦告。『今日已见明白，与小僧无干，望乞超豁。』知县相公问那老儿道：『果是你的儿子么？不要错了。』老儿禀道：『正是小人的儿子，怎么得错？』知县相公即差四个公差到庵中拿尼姑赴审。差人领了言语，飞也似赶到庵里，只见看的人，便拥进拥出，那见尼姑的影儿。直寻到一间房里，单单一个老尼在床将死快了。内中有一个道：『或者躲在西院。』急到西院门口，见门闭着。敲了一回，无人答应。公差心中焦躁，俱从后园墙上爬将过去，见前后门户尽皆落锁。一路打开搜着，并不见个人迹。差人各溜过几件细软东西，到拿地方同去回官。知县相公在堂等候，差人禀道：『非空庵尼姑都逃躲不知去向，拿地方在此回话。』知县问地方道：『你可晓得尼姑躲在何处？』地方道：『这个小人们哪里晓得。』知县喝道：『尼姑在地方上偷养和尚，谋死人命，这等不法勾当，都隐匿不报。如今事露，却又纵容躲过，假推不知。既如此，要地方何用？』喝教拿下去打。地方再三苦告，方才饶得。限在三日内，准要一干人犯。召保在外，听候获到审问。又发两张封皮，将庵门封锁不题。

且说空照、静真同着女童、香公来到极乐庵中。那庵门紧紧闭着，敲了一大回，方才香公开门出来。众人不管三七二十一，一齐拥入，流水叫香公把门闭上。庵主了缘早已在门旁相迎。见他们一窝子都来，且是慌慌张张，料想有甚事故，请到佛堂中坐下。一面教香公去点茶，遂开言问其来意。静真扯在半边，将上项事细说一遍，要借庵中躲避。了缘听罢，老大吃惊。沉吟了一回，方道：『二位师兄有难来投，本当相留。但此事非同小可，往远处逃遁，或可避祸。我这里墙卑室浅，耳目又近。倘被人知觉，莫说师兄走不脱，只怕连我也涉在浑水内。如何躲得！』你道了缘因何不肯起来？他也是个广开方便门的善知识，正勾搭万法寺小和尚去非，做了光头夫妻，藏在寺中三个多月。虽然也扮作尼姑，常恐露出事来，故此门户十分紧急。今日静真也为那桩事败露来躲避。恐怕被人缉着，岂不连他的事也出丑，因这上不肯相留。空照师徒见了缘推托，都面面相觑，没做理会。到底静真有些贼智，晓得了缘平昔贪财，便去袖中摸出银子，拣上二三两，递与了缘道：『师兄之言，虽是有理，但事起仓猝，不曾算得个去路，急切投奔何处？望师兄念向日情分，暂容躲避两三日。待势头稍缓，然后再往别处。这些少银两，送与师兄为盘缠之用。』果然了缘见着银子，就忘了利害，乃道：『若只住两三日，便不妨碍，如何要师兄银子！』静真道：『在此搅扰，已是不当，岂可又费师兄。』了缘假意谦让一回，把银收过，引入里边去藏躲。

且说小和尚去非，闻得香公说是非空庵师徒五众，且又生得标致，忙走出来观看。两个却好打个照面，各打了问讯。静真仔细一看，却不认得。问了缘道：『此间师兄，上院何处？怎么不曾相会？』了缘扯个谎道：『这是近日新出家的师弟，故此师兄还认不得。』那小和尚见静真师徒姿色胜似了缘，心下好不欢喜。想道：『我好造化！那里说起，天赐这几个妙人到此，少不得都刮上他，轮流儿取乐快活。』当下了缘备办些素斋款待。静真、空照心中有事，耳热眼跳，坐立不宁，哪里吃得下饮食。到了申牌时分，向了缘道：『不知庵中事体若何？欲要央你们香公去打听个消息，方好计较长策。』了缘即教香公前去。那香公是个老实头，不知利害，一经奔到非空庵前，东张西望。那时地方人等正领着知县钧旨，封锁庵门，也不管老尼死活，反锁在内，两条封皮，交叉封好。方待转身，见那老儿探头探脑，幌来幌去，情知是个细作，齐上前喝道：『官府正要拿你，来得恰好！』一个拿起索子，向颈上便套。吓得香公身酥脚软，连声道：『他们借我庵中躲避，央来打听的，其实不干我事。』众人道：『原晓得你是打听的，快说是哪个庵里？』香公道：『是极乐庵里。』众人得了实信，又叫几个帮手，押着香公，齐到极乐庵，将前后门把好，然后叩门。里边晓得香公回来，了缘急急出来开门。众人一拥而入，迎头就把了缘拿住，押进里面搜捉，不曾走了一个。那小和尚着了忙，躲在床底下，也被搜出。了缘向众人道：『他们不过借我庵中暂避，其实做的事体，与我分毫无干。情愿送些酒钱与列位，怎地做个方便，饶了我庵里罢。』众人道：『这使不得，知县相公好不利害哩！倘然问在何处拿的，教我们怎生回答？有干无干，我们总是不知，你自到县里去分辨。』了缘道：『这也容易，但我的徒弟乃新出家的，这个可以免得。望列位做个人情。』众人贪着银子，却也肯了。内中又有个道：『成不得！既是与他没相干，何消这等着忙，直躲入床底下去？一定也有些跷蹊。我们休担这样干纪。』众人齐声道是。都把索子扣了，连男带女，共是十人，好像端午的粽子，做一串儿牵出庵门，将门封锁好了，解入新淦县来。一路上了缘埋怨静真连累，静真半字不敢回答。正是：

老龟蒸不烂，移祸于空桑。

此时天色傍晚，知县已是退衙，地方人又带回家去宿歇。了缘悄悄与小和尚说道：『明日到堂上，你只认作新出家的徒弟，切莫要多讲。待我去分说，料然无事。』到次日，知县早衙，地方解进去禀道：『非空庵尼姑俱躲在极乐庵中，今已缉获，连极乐庵尼姑通拿在此。』知县教跪在月台东首。即差人唤集老和尚、赫大卿家人、蒯三、并小和尚父母来审。那消片刻，俱已唤到，令跪在月台西首。小和尚偷眼看见，惊异道：『怎么我师父也涉在他们讼中？连爹妈都在此，一发好怪！』心下虽然暗想，却不敢叫唤，又恐师父认出，到把头儿别转，伏在地上。那老儿同婆子也不管官府在上，指着尼姑，带哭带骂道：『没廉耻的狗淫妇！如何把我儿子谋死？好好还我活的便罢！』小和尚听得老儿与静真讨人，愈加怪异，想道：『我好端端活在此，哪里说起，却与他们索命？』静真、空照还认是赫大卿的父母，哪敢则声。知县见那老儿喧嚷，呵喝住了，唤空照、静真上前问道：『你既已出家，如何不守戒律，偷养和尚，却又将他谋死？从实招来，免受刑罚。』静真、空照自己罪犯已重，心慌胆怯，那五脏六腑，犹如一团乱麻，没有个头绪。这时见知县不问赫大卿的事情，却问什么和尚之事，一发摸不着个头路。静真那张嘴头了，平时极是能言快语，到这回恰如生漆获牢，鱼胶粘住，挣不出一个字儿。知县连问四五次，刚刚挣出一句道：『小尼并不曾谋死那个和尚。』知县喝道：『见今谋死了万法寺和尚去非，埋在后园，还敢抵赖！快夹起来！』两边皂隶答应如雷，向前动手。了缘见知县把尸首认做去非，追究下落，打着他心头之事，老大惊骇，身子不摇自动。想道：『这是哪里说起！他们乃赫监生的尸首，却到不问，反牵扯我身上的事来，真也奇怪！』心中没想一头处，将眼偷看小和尚。小和尚已知父母错认了，也看着了缘，面面相觑。且说静真、空照俱是娇滴滴的身子，嫩生生的皮肉，如何经得这般刑罚，夹棍刚刚套上，便晕迷了去，叫道：『爹爹不消用刑，容小尼从实招认。』知县止住左右，听他供招。二尼异口齐声说道：『爹爹，后园埋的不是和尚，乃是赫监生的尸首。』赫家人闻说原是家主尸首，同蒯三俱跪上去，听其情款。知县道：『即是赫监生，如何却是光头？』二尼乃将赫大卿到寺游玩，勾搭成奸，及设计剃发，扮作尼姑，病死埋葬，前后之事，细细招出。知县见所言与赫家昨日说话相合，已知是个真情。又问道：『赫监生事已实了，那和尚还藏在何处？一发招来！』二尼哭道：『这个其实不知，就打死也不敢虚认。』知县又唤女童、香公逐一细问，其说相同，知得小和尚这事与他无干。又唤了缘、小和尚上去问道：『你藏匿静真、空照等在庵，一定与他是同谋的了。也夹起来！』

了缘此时见静真等供招明白，和尚之事，已不缠牵在内，肠子宽了。从从容容的禀道：『爹爹不必加刑，容小尼细说。静真等昨到小尼庵中，假说被人扎诈，权住两日，故此误留。其他奸情之事，委实分毫不知。』又指着小和尚道：『这徒弟乃新出家的，与静真等一发从不相认。况此等无耻勾当，败坏佛门体面，即使未曾发出，小尼若稍知声息，亦当出首，岂肯事露之后，还敢藏匿。望爹爹详情超豁。』知县见他说得有理，笑道：『话到讲得好，只莫要心不应口。』遂令跪过一边。喝叫皂隶将空照、静真各责五十，东房女童各责三十，两个香公各打二十，都打得皮开肉绽，鲜血淋漓。打罢，知县举笔定罪。静真、空照设计恣淫，伤人性命，依律拟斩。东房二女童减等，杖八十，官卖。两个香公，知情不举，俱问杖罪。非空庵藏奸之薮，拆毁入官。了缘师徒虽不知情，但隐匿奸党，杖罪纳赎。西房女童，判令归俗。赫大卿自作之孽，已死勿论。尸棺着令家属领归埋葬。判毕，各令画供。

那老儿见尸首已不是他儿子，想起昨日这场啼哭，好生没趣，愈加忿恨。跪上去禀知县，依旧与老和尚要人。老和尚又说徒弟偷盗寺中东西，藏匿在家，反来图赖，两下争执，连知县也委决不下。意为老和尚谋死，却不见形迹，难以入罪。将为果躲在家，这老儿怎敢又与他讨人。想了一回，乃道：『你儿子生死没个实据，怎好问得。且押出去，细访个的确证见来回话。』当下空照、静真、两个女童都下狱中。了缘、小和尚并两个香公，押出召保。老和尚与那老儿夫妻，原差押着，访问去非下落。其余人犯，俱释放宁家。

大凡衙门，有个东进西出的规矩。这时一干人俱从西边丹墀下走出去。那了缘因哄过了知县，不曾出丑，与小和尚两下暗地欢喜。小和尚还恐有人认得，把头直低向胸前，落在众人背后。也是合当败露，刚出西脚门，那老儿又揪住老和尚骂道：『老贼秃！谋死了我儿子，却又把别人的尸首来哄我么？』夹嘴连腮，只管乱打。老和尚正打得连声叫屈，没处躲避，不想有十数个徒弟徒孙们，在那里看出官，见师父被打，齐赶向前，推翻了那老儿，挥拳便打。小和尚见父亲吃亏，心中着急，正忘了自己是个假尼姑，竟上前劝道：『列位师兄不要动手。』众和尚举眼观看，却便是去非。忙即放了那老儿，一把扯住小和尚叫道：『师父好了！去非在此！』押保差人还不知就里，乃道：『这是极乐庵里尼姑，押出去召保的，你们休错认了。』众和尚道：『哦，原来他假扮尼姑，在极乐庵里快活，却害师父受累！』众人方才明白是个和尚，一齐都笑起来。旁边只急得了缘叫苦连声，面皮青染。老和尚分开众人，揪过来，一连四五个聒子，骂道：『天杀的奴狗材，你便快活，害得我好苦！且去见老爷来！』拖着便走。那老儿见儿子已在，又做了假尼姑，料道到官必然责罚，向着老和尚连连叩头道：『老师父，是我无理得罪了！情愿下情赔礼。乞念师徒分上，饶了我孩儿，莫见官罢！』老和尚因受了他许多荼毒，哪里肯听，扭着小和尚直至堂上。差人押着了缘，也随进来。

知县看见问道：『那老和尚为何又结扭尼姑进来？』老和尚道：『爷爷，这不是真尼姑，就是小院徒弟去非假扮的。』知县闻言，也忍笑不住道：『如何有此异事？』喝教小和尚从实供来。去非自知隐瞒不过，只得一一招承。知县录了口词，将僧尼各责四十，去非依律问徒，了缘官卖为奴，极乐庵亦行拆毁。老和尚并那老儿，无罪释放。又讨连具枷枷了，各搽半边黑脸，满城迎游示众。那老儿、婆子，因儿子做了这不法勾当，哑口无言，惟有满面鼻涕眼泪，扶着枷梢，跟出衙门。那时轰动了满城男女，扶老挈幼，俱来观看。

且说赫家人同蒯三急奔到家，报知主母。陆氏闻言，险些哭死。连夜备办衣衾棺椁，禀明知县，开了庵门，亲自到庵，重新入殓。迎到祖茔，择日安葬。那时庵中老尼已是饿死在床，地方报官盛殓，自不必说。这陆氏因丈夫生前不肯学好，好色身亡，把孩子严加教诲。后来明经出仕，官为别驾之职。有诗为证：

野草闲花恣意贪，化为蜂蝶死犹甘。名庵并入游仙梦，是色非空作笑谈。

第十六卷

陆五汉硬留合色鞋

得便宜处笑嘻嘻，不遂心时暗自悲。谁识天公颠倒用，得便宜处失便宜。

近时有一人姓强，平日好占便宜，倚强凌弱，里中都惧怕他，熬出一个浑名，叫做『强得利』。一日，偶出街市行走，看见前边一个单身客人，在地下捡了一个兜肚儿，提起颇重，想来其中有物。慌忙赶上前拦住客人，说道：『这兜肚是我腰间脱下来的，好好还我。』客人道：『我在前面走，你在后面来，如何到是你腰间脱下来的？好不通理！』强得利见客人不从，就擘手去抢，早扯住兜肚上一根带子。两个你不松，我不放，街坊人都走拢来，问其缘故。二人各争执是自己的兜肚儿，众人不能剖判。其中一个老者开言道：『你二人口说无凭，且说兜肚中什么东西？合得着便是他的。』强得利道：『谁耐烦与你猜谜道白。我只认得自己的兜肚，还我便休。若不还时，与你拼个死活。』只这句话，众人已知不是强得利的兜肚了。多有惧怕强得利的，有心帮衬他，便上前解劝道：『客人，你不识此位强大哥么？是本地有名的豪杰。这兜肚，你是地下捡的，料非己物，就把来结识了这位大哥，也是理所当然。』客人被劝不过，便道：『这兜肚果然不是小人的。只是财可义取，不可力夺。既然列位好言相劝，小人情愿将兜肚打开，看是何物。若果有些采头，分作三股。小人与强大哥各得一股，那一股送与列位们做个利市，店中共饮三杯，以当酬劳。』那老者道：『客官最说得是。强大哥且放手，都交付与老汉手里。』

老者取兜肚打开看时，中间一个大布包，包中又有三四层纸，裹着光光两锭雪花样的大银，每锭有十两重。强得利见了这两锭银子，爱不可言，就使欺心起来，便道：『论起三股分开，可惜鏊坏了这两个锞儿。我身边有几两散碎银子，要去买生口的，把来送与客人，留下这锞儿与我罢。』一头说，一头在腰里摸将出来三四个零碎包儿，凑起还称不上四两银子，连众人吃酒东道都在其内。客人如何肯收，两下又争嚷起来。又有人点拨客人道：『这位强大哥不是好惹的！你多少得些采去罢。』老者也劝道：『客官，这四两银子都把与你，我们众人这一股不要了。那一口不吃酒，省了这东道，奉承你二位罢。』口里说时，那两锭银子在老者手中，已被强得利擘手抢去了。那客人没奈何，只得留了这四两银子。强得利道：『虽然我身边没有碎银，前街有个酒店，是我舅子开的。有劳众位多时，少不得同去一坐。』众人笑道：『恁地时，连客官也去吃三杯，今后就做个相识。』

一行十四五人，同走到前街朱三郎酒店里大楼上坐下。强得利一来白白里得了这两锭大银，心中欢喜，二来感谢众人帮衬，三来讨了客人的便宜，又赖了众人一股利市，心上也未免有些不安。况且是自己舅子开张的酒店，越要卖弄，好酒好食，只顾教搬来，吃得个不亦乐乎。众人个个醉饱，方才撒手。共吃了三两多银子，强得利教记在自家帐上。众人出门作别，各自散讫。客人干净得了四两银子，也自归家去了。

过了两日，强得利要买生口，舅子店里又来取酒钱，家中别无银两，只得把那两锭雪白样的大银，在一个倾银铺里去倾销，指望加出些银水。那银匠接银在手，翻覆看了一回，手内颠上几颠，问道：『这银子哪里来的？』强得利道：『是交易上来的。』银匠道：『大郎被人哄了！这是铁胎假银，外边是细丝，只薄薄一层皮儿，里头都是铅铁。』强得利不信，只要鏊开。银匠道：『鏊坏时，大郎莫怪。』银匠动了手，乒乒乓乓，錾开一个口子，那银皮裂开，里面露出假货。强得利看了，自也不信。一生不曾做这折本的交易，自作自受，埋怨不得别人。坐在柜桌边，呆呆的对着这两锭银子只顾看。引下许多人进店，都来认那铁胎银的，说长说短。强得利心中越气，正待寻事发作，只见门外两个公差走入，大喝一声，不由分说，将链子扣了强得利的颈，连这两锭银子，都解到一个去处来。原来本县库上钱粮收了几锭假银，知县相公暗差做公的在外缉访。这兜肚里银子，不知是何人掉下的，那锭样正与库上的相同。因此被做公的拿了，解上县堂。知县相公一见了这锭样，认定是造假银的光棍，不容分诉，一上打了三十毛板，将强得利送入监里，要他赔补库上这几锭银子，三日一比较。强得利无可奈何，只得将田产变价上库，又央人情在知县相公处说明这两锭银子的来历。知县相公听了分上，饶了他罪名，释放宁家。共破费了百外银子。一个小小家当，弄得七零八落，被里中做下几句口号，传做笑话，道是：

强得利，强得利，做事全不济！得了两锭寡铁，破了百金家计。公堂上毛板是我打来，酒店上东道别人吃去。似此折本生涯，下次莫要淘气。从今改强为弱，得利唤做失利。再来吓里欺邻，只怕缩不上鼻涕。

这段话叫做《强得利贪财失采》，正是：得便宜处失便宜。如今再讲一个故事，叫做《陆五汉硬留合色鞋》，也是为讨别人的便宜，后来弄出天大的祸来。正是：

爽口食多应损胃，快心事过必为殃。

话说国朝弘治年间，浙江杭州府城有一少年子弟，姓张名荩，积祖是大富之家。幼年也曾上学攻书，只因父母早丧，没人拘管，把书本抛开，专与那些浮浪子弟往来。学就一身吹弹蹴鞠，惯在风月场中卖弄，烟花阵里钻研。因他生得风流俊俏，多情知趣，又有钱钞使费，小娘们多有爱他的，奉承得神魂颠倒，连家里也不思想。妻子累谏不止，只索由他。一日正值春间，西湖上桃花盛开。隔夜请了两个名妓，一个唤做娇娇，一个叫做倩倩，又约了一般几个子弟，教人唤下湖船，要去游玩。自己打扮起来，头戴一顶时样绉纱巾，身穿着银红吴绫道袍，里边绣花白绫袄儿，脚下白绫袜，大红鞋，手中执一柄书画扇子。后面跟一个垂髫标致小厮，叫做清琴，是他的宠童。左臂上挂着一件披风，右手拿着一张弦子，一管紫箫，都是蜀锦制成囊儿盛裹。离了家中，望钱塘门摇摆而来。却打从十官子巷中经过，忽然抬头，看见一家临街楼上有个女子，揭开帘儿，泼那梳妆残水。那女子生得甚是娇艳。怎见得？有《清江引》为证：

谁家女儿，委实的好，赛过西施貌。面如白粉团，鬓似乌云绕。若得他近身时，魂灵儿都掉了。

张荩一见，身子就酥了半边，便立住脚，不肯转身，假意咳嗽一声。那女子泼了水，正待下帘，忽听得咳嗽声响，望下观看。一眼瞧见个美貌少年，人物风流，打扮乔画，也凝眸流盼。两面对觑，四目相视，那女子不觉微微而笑，张荩一发魂不附体。只是上下相隔，不能通话。正看间，门里忽走出个中年人来，张荩慌忙回避。等那人去远，又复走转看时，女子已下帘进去。站立一回，不见踪影。教清琴记了门面，明日再来打探。临行时，还回头几次。那西湖上，平常是他的脚边路，偏这日见了那女子，行一步，懒一步，就如走几百里山路一般，甚是厌烦。出了钱塘门，来到湖船上。那时两个妓女和着一班子弟，都已先到。见张荩上船，俱走出船头相迎。张荩下了船，清琴把衣服、弦子、箫儿放下。稍子开船，向湖心中去。那一日天色晴明，堤上桃花含笑，柳叶舒眉，往来踏青士女，携酒挈榼，纷纷如蚁。有诗为证：

山外青山楼外楼，西湖歌舞几时休？暖风薰得游人醉，错把杭州作汴州。

且说张荩船中这班子弟们，一个个吹弹歌唱，施逞技艺。偏有张荩一意牵挂那楼上女子，无心欢笑，托腮呆想。他也不像游春，到似伤秋光景。众人都道：『张大爷平昔不是恁般，今日为何如此不乐？必定有甚缘故。』张荩含糊答应，不言所以。众人又道：『大爷不要败兴，且开怀吃酒，有甚事，等我众弟兄与你去解纷。』又对娇娇、倩倩道：『想是大爷怪你们不来帮衬，故此着恼。还不快奉杯酒儿下礼？』娇娇、倩倩真个筛过酒来相劝。张荩被众人鬼浑，勉强酬酢，心不在焉。未到晚，就先起身，众人亦不强留。上了岸，进钱塘门，原打十官子巷经过。到女子门首，复咳嗽一声，不见楼上动静。走出巷口，又踅转来，一连数次，都无音响。清琴道：『大爷，明日再来罢。若只管往来，被人疑惑。』张荩依言，只得回家。

明日到他家左近访问，是何等人家。有人说：『他家有名叫做潘杀星潘用，夫妻两个，止生一女，年才十六，唤做寿儿。那老儿与一官宦人家薄薄里有些瓜葛，冒着他的势头，专在地方上吓诈人的钱财，骗人酒食。地方上无一家不怕他，无一个不恨他，是个赖皮刁钻主儿。』张荩听了，记在肚里，慢慢的在他门首踱过。恰好那女子开帘远望，两个又复相见。彼此以目送情，转加亲热。自此之后，张荩不时往来其下探听，以咳嗽为号。有时看见，有时不见。眉来眼去，两情甚浓，只是无门得到楼上。一夜，正是三月十五，皓月当天，浑如白昼。张荩在家坐立不住，吃了夜饭，趁着月色，独步到潘用门首，并无一个人来往。见那女子正卷起帘儿，倚窗望月。张荩在下看见，轻轻咳嗽一声。上面女子会意，彼此微笑。张荩袖中摸出一条红绫汗巾，结个同心方胜，团做一块，望上掷来。那女子双手来接，恰好正中。就月底下仔细看了一看，把来袖过，就脱下一只鞋儿投下。张荩双手承受，看时是一只合色鞋儿。将指头量摸，刚刚一折，把来系在汗巾头上，纳在袖里，望上唱个肥喏。女子还了个万福。正在热闹处，那女子被父母呼唤，只得将窗儿闭上，自下楼去。张荩也兴尽而返，归到家里，自在书房中宿歇。又解下这只鞋儿，在灯前细玩，果是金莲一瓣，且又做得甚精细。怎见得？也有《清江引》为证：

觑鞋儿三寸，轻罗软窄，胜蕖花片。若还绣满花，只费分毫线。怪他香喷喷不沾泥，只在楼上转。

张荩看了一回，依旧包在汗巾头上，心中想道：『须寻个人儿通信与他，怎生设法上得楼去方好。若只如此空砑光，眼饱肚饥，有何用处！』左思右算，除非如此，方能到手。明日午前，袖了些银子，走至潘家门首。望楼上不见可人，便远远的借个人家坐下，看有甚人来往。事有凑巧，坐不多时，只见一个卖婆，手提着个小竹撞，进他家去。约有一个时辰，依原提着竹撞出来，从旧路而去。张荩急赶上一步，看时不是别人，却是惯走大家卖花粉的陆婆，就在十官子巷口居住。那婆子以卖花粉为名，专一做媒作保，做马泊六，正是他的专门。故此家中甚是活动。儿子陆五汉在门前杀猪卖酒，平昔酗酒撒泼，是个凶徒，连那婆子时常要教训几拳的。婆子怕打，每事到都依着他，不敢一毫违拗。

当下张荩叫声：『陆妈妈。』陆婆回头认得，便道：『呀，张大爷何来？连日少会。』张荩道：『适才去寻个朋友不遇，便道在此经过。你怎一向不到我家走走？那些丫头们，都望你的花哩。』陆婆道：『老身日日要来拜望大娘，偏有这些没正经事，绊住身子，不曾来得。』一头说，已到了陆婆门首。只见陆五汉在店中卖肉卖酒，十分热闹。陆婆道：『大爷吃茶去便好。只是家间龌龊，不好屈得贵人。』张荩道：『茶到不消，还要借几步路说话。』陆婆道：『少待。』连忙进去，放了竹撞出来道：『大爷有甚事作成老媳妇？』张荩道：『这里不是说话之处，且随我来。』直引到一个酒楼上，拣个小阁儿中坐下。酒保放下杯箸，问道：『可还有别客么？』张荩道：『只我二人。上好酒暖两瓶来，时新果子，先将来案酒，好嗄饭只消三四味就勾了。』酒保答应下去。不一时，都已取到，摆做一桌子。斟过酒来，吃了数杯。张荩打发酒保下去，把阁子门闭了，对陆婆道：『有一事要相烦妈妈，只怕你做不来。』那婆子笑道：『不是老身夸口，凭你天大样疑难事体，经着老身，一了百当。大爷有甚事，只管吩咐来，包在我身上与你完成。』张荩道：『只要如此便好。』当下把两臂靠在桌上，舒着颈，向婆子低低说道：『有个女子，要与我勾搭，只是没有做脚的，难得到手。晓得你与他家最熟，特来相求，去通个信儿。若说法得与我一会，决不忘恩。今日先有十两白物在此，送你开手。事成之后，还有十两。』便去袖里摸出两个大锭，放在桌上。陆婆道：『银子是小事，你且说是那一家的雌儿？』张荩道：『十官子巷潘家寿姐，可是你极熟的么？』陆婆道：『原来是这个小鬼头儿。我常时见他端端正正，还是黄花女儿，不像要寻野食吃的，怎生着了你的道儿？』张荩把前后遇见，并夜来赠鞋的事，细细与婆子说知。陆婆道：『这事到也有些难处哩。』张荩道：『有甚难处？』陆婆道：『他家的老子利害，家中并无一个杂人，止有嫡亲三口，寸步不离。况兼门户谨慎，早闭晏开，如何进得他家？这个老身不敢应承。』张荩道：『妈妈，你适才说天大极难的事，经了你就成。这些小事，如何便推故，不肯与我周全？想必嫌谢礼微薄，故意作难么？我也不管，是必要在你身上完成。我便再加十两银子，两匹缎头，与你老人家做寿衣何如？』陆婆见着雪白两锭大银，眼中已是出火，却又贪他后手找帐，心中不舍。想了一回道：『既大爷恁般坚心，若老身执意推托，只道我不知敬重了。待老身竭力去图，看你二人缘分何如。倘图得成，是你造化了；若图不成，也勉强不得，休得归罪老身。这银子且留在大爷处，待有些效验，然后来领。他与你这只鞋儿，到要把来与我，好去做个话头。』张荩道：『你若不收银子，我怎放心！』陆婆道：『既如此，权且收下。若事不谐，依旧璧还。』把银揣在袖里。张荩摸出汗巾，解下这只合色鞋儿，递与陆婆。陆婆接在手中，细细看了一看，喝采道：『果然做得好！』将来藏过。两个又吃了一回酒食，起身下楼，算还酒钱，一齐出门。临别时，陆婆又道：『大爷，这事须缓缓而图，性急不得的。若限期限日，老身就不敢奉命了。』张荩道：『只求妈妈用心，就迟几日也不大紧。倘有些好消息，竟到我家中来会。』道罢，各自分别而去。正是：

要将撮合三杯酒，结就欢娱百岁缘。

且说潘寿儿自从见了张荩之后，精神恍惚，茶饭懒沾，心中想道：『我若嫁得这个人儿，也不枉为人一世！但不知住在哪里？姓甚名谁？』那月夜见了张荩，恨不得生出两个翅儿，飞下楼来，随他同去。得了那条红汗巾，就当作情人一般，抱在身边而卧。睡到明日午牌时分，还痴迷不醒。直待潘婆来唤，方才起身。又过两日，早饭已后，潘用出门去了，寿儿在楼上，又玩弄那条汗巾。只听得下面有人说话响，却又走上楼来。寿儿连忙把汗巾藏过，走到胡梯边看时，不是别人，却是卖花粉的陆婆。手内提着竹撞，同潘婆上来。到了楼上，陆婆道：『寿姐，我昨日得了几般新样好花，特地送来与你。』连忙开了竹撞，取出一朵来道：『寿姐，你看何如？可像真的一般么？』寿儿接过手来道：

『果然做得好！』陆婆又取出一朵来，递与潘婆道：『大娘，你也看看，只怕后生时，从不曾见恁样花样哩。』潘婆道：『真个我幼时只戴得那样粗花儿，不像如今做得这样细巧。』陆婆道：『这个只算中等，还有上上号的。若看了眼，盲的就亮起来，老的便少起来，连寿还要增上几年哩。』寿儿道：『你一发拿出来与我瞧瞧。』陆婆道：『只怕你不识货，出不得这样贵价钱。』寿儿道：『若买你的不起，看是看得起的。』陆婆赔笑道：『老身是取笑话儿，寿姐怎认真起来？就连我这篮儿都要了，也值得几何？待我取出来与你看。只拣好的，任凭取择。』又取出几朵来，比前更加巧妙。寿儿拣好的取了数朵道：『这花怎么样卖？』陆婆道：『呀！老身每常何曾与你争惯价钱，却要问价起来？但凭你吩咐罢了。』又道：『大娘，有热茶便相求一碗。』潘婆道：『看花兴了，连茶都忘记去取。你要热的，待我另烧起来。』说罢，往楼下而去。

陆婆见潘婆转了身，把竹撞内花朵整顿好了，却又从袖中摸出一个红绸包儿，也放在里边。寿儿问道：『这包的是什么东西？』陆婆道：『是一件要紧物事，你看不得的。』寿儿道：『怎么看不得？我偏要看。』把手便去取。陆婆口中便说：『决不与你看！』却放个空，让他一手拈起，连叫阿呀，假意来夺时，被寿儿抢过那边去。打开看时，却是他前夜赠与那生的这只合色鞋儿。寿儿一见，满面通红。陆婆便劈手夺去道：『别人的东西，只管乱抢！』寿儿道：『妈妈，只这一只鞋儿，什么好东西，恁般尊重！把绸儿包着，却又人看不得。』陆婆笑道：『你便这样说不值钱！却不道有个官人，把这只鞋儿当似性命一般，教我遍处寻访那对儿哩。』寿儿心中明白，是那人教他来通信，好生欢喜。便去取出那一只来，笑道：『妈妈，我到有一只在此，正好与他恰是对儿。』陆婆道：『鞋便对着了，你却怎么发付那生？』寿儿低低道：『这事妈妈总是晓得的了，我也不消瞒得，索性问个明白罢。那生端的是何等之人，姓甚名谁？平昔做人何如？』婆子道：『他姓张名荩，家中有百万家私，做人极是温存多情。为了你，日夜牵肠挂肚，废寝忘食。晓得我在你家相熟，特央我来与你讨信，可有个法儿放他进来么？』寿儿道：『你是晓得我家爹爹又利害，门户甚是紧急，夜间等我吹息灯火睡过了，还要把火来照过一遍，方才下去歇息。怎么得个策儿与他相会？妈妈，你有什么计策，成就了我二人之事，奴家自有重谢。』陆婆相了一相道：『不打紧，有计在此。』寿儿连忙问道：『有何计策？』陆婆道：『你夜间早些睡了，等爹妈上来照过，然后起来。只听下边咳嗽为号，把几匹布接长垂下楼来，待他从布上攀缘而上。到五更时分，原如此而下。就往来百年，也没有那个知觉。任凭你两个取乐，可不好么？』寿儿听说，心中欢喜道：『多谢妈妈玉成，还是几时方来？』陆婆道：『今日天晚，已来不及，明日侵早去约了他，到晚来便可成事。只是再得一件信物与他，方见老身做事的当。』寿儿道：『你就把这对鞋儿，一总拿去为信。他明晚来时，依旧带还我。』说犹未了，潘婆将茶上来。陆婆慌忙把鞋藏于袖中，啜了两杯茶。寿儿道：『陆妈妈，花钱今日不便，改日奉还罢。』陆婆道：『就迟几日不妨碍，老身不是这琐碎的。』取了竹撞，作别起身。潘婆母子直送到中门口。寿儿道：『妈妈，明日若空，走来话话。』陆婆道：『晓得。』这是两个意会的说话，潘婆哪里知道。正是：

浪子心，佳人意，不禁眉来和眼去。虽然色胆大如天，中间还要人传会。伎俩熟，口舌利，握雨携云多巧计。虔婆绰号马泊六，多少良家受他累。不怕天，不怕地，不怕旁人闲放屁；只须瞒却父和娘，暗中撮就鸳鸯对。朝相对，暮相对，想得人如痴与醉。不是冤家不聚头，杀却虔婆方出气。

且说陆婆也不回家，径望张荩家来。见了他浑家，只说卖花。问张荩时，却不在家。张荩合家那些妇女，把他这些花都抢一个干净，也有现，也有赊，混了一回。等他不及，作别起身。明日绝早，袖了那双鞋儿，又到张家问时，说："昨夜没有回来，不知住在哪里。"陆婆依旧回到家中。恰好陆五汉要杀一口猪，因副手出去了，在那里焦躁。见陆婆归家，道："来得极好！且相帮我缚一缚猪儿。"那婆子平昔惧怕儿子，不敢不依，道："待我脱了衣服帮你。"望里边进去。陆五汉就随他进来，见婆子脱衣时，落下一个红绸包儿。陆五汉只道是包银子，拾起来走到外边，解开看时，却是一双合色女鞋。喝采道："谁家女子，有恁般小脚！"相了一会，又道："这个小脚女子，必定是有颜色的，若得抱在身边睡一夜，也不枉此一生！"又想道："这鞋如何在母亲身边？却又是穿旧的，有恁般珍重，把绸儿包着？其中必有缘故。待他寻时，把话儿吓他，必有实信。"原把来包好，揣在怀里。婆子脱过衣裳，相帮儿子缚猪来杀了，净过手，穿了衣服，却又要去寻张荩。临出门，把手摸袖中时，那双鞋儿却不见了。连忙复转身寻时，影也不见，急得那婆子叫天叫地。陆五汉冷眼看母亲恁般着急，由他寻个气叹，方才来问道："不见了什么东西？这样着急！"婆子道："是一件要紧物事，说不得的。"陆五汉道："若说个影，或者你老人家目力不济，待我与你寻看。如说不得的，你自去寻，不干我事。"婆子见儿子说话跷蹊，便道："你若拾得，还了我，有许多银子在上，勾你做本钱哩。"陆五汉见说有银子，动了火，问道："拾到是我拾得。你说那根由与我，方才还你。"婆子叫到里边去，一五一十，把那两个前后的事，细细说与。陆五汉探了婆子消息，心中欢喜，假意惊道："早是与我说知，不然，几乎做出事来。"婆子道："却是为何？"陆五汉道："自古说得好，若要不知，除非莫为。这样事，怎掩得人的耳目。况且潘用那个老强盗，可是惹得他的么？倘或事露，晓得你赚了银两，与他做脚，那时不要说把我做本钱，只怕连我的店底都倒在他手里，还不像意哩。"陆婆被儿子一吓，心中老大惊慌，道："儿说得有理！如今我把这银子和鞋儿还了他，只说事体不谐，不管他闲帐罢了。"陆五汉笑道："这银子在哪里？"陆婆便去取出来与儿子看。五汉把来袖了道："母亲，这银子和鞋儿，留在这里。万一后日他们从别处弄出事来，连累你时，把他做个证见。若不到这田地，那银子落得用的，他敢来讨么？"陆婆道："倘张大老来问回音，却怎么处？"五汉道："只说他家门户紧急，一时不能。若有机会，便来通报。回他数次，自然不来了。"那婆子银子鞋儿都被五汉拿去，又不敢讨，手中没了把柄，又怕弄出事来，也不敢去约张荩。

且说陆五汉把这十两银子，办起几件华丽衣服，也买一顶绉纱巾儿。到晚上等陆婆睡了，约莫一更时分，将行头打扮起来，把鞋儿藏在袖里，取锁反锁了大门，一径到潘家门首。其夜微云笼月，不甚分明，且喜夜深人静。陆五汉在楼墙下，轻轻咳嗽一声。上面寿儿听得，连忙开窗。那窗臼里呀的有声，寿儿恐怕惊醒爹妈，即桌上取过茶壶来，撒些茶在里边，开时却就不响。把布一头紧紧的缚在柱上，一头便垂下来。陆五汉见布垂下，满心欢喜。撩衣拔步上前，双手挽住布儿，两脚挺在墙上，逐步捱将上去。顷刻已到楼窗边，轻轻跨下。寿儿把布收起，将窗儿掩上。陆五汉就双手抱住，便来亲嘴，寿儿即把舌儿度在五汉口中。此时两情火热，又是黑暗之中，那辨真假，相偎相抱，解衣就寝。真个你贪我爱，被陆五汉恣情取乐。正是：

豆蔻包香，却被枯藤胡缠；海棠含蕊，无端暴雨摧残。鸺鸦占锦鸳之窠，凤凰作凡鸦之偶。一个口里呼肉肉肝肝，还认做店中行货；一个心里想亲亲爱爱，哪知非楼下可人。红娘约张珙，错订郑恒；郭素学王轩，偶迷西子。可怜美玉娇香体，轻付屠酤市井人。

当下雨散云收，方才叙阔。五汉将出那双鞋儿，细述向来情款，寿儿也诉想念之由。情犹未足，再赴阳台，愈加恩爱。到了四更，即便起身。开了窗，依旧把布放下，五汉攀援下去，急奔回家。寿儿把布收起藏过，轻轻闭上窗儿，原复睡下。自此之后，但是雨下月明，陆五汉就不来，余则无夜不会。往来约有半年，十分绸缪。那寿儿不觉面目语言，非复旧时。潘用夫妻心中疑惑，几遍将女儿盘问，寿儿只是咬定牙根，一字不吐。那晚五汉又来，寿儿对他说道：『爹妈不知怎么有些知觉，不时盘问。虽然再四白赖过了，两夜防谨愈严。倘然候着，大家不好。今后你且勿来，待他懈怠些儿，再图欢会。』五汉口中答道：『说得是！』心内甚是不然。到四更时，又下楼去了，当夜潘用朦胧中，觉道楼上有些唧唧哝哝，侧着耳要听个仔细，然后起来捉奸。不想听了一回，忽地睡去，天明方醒。对潘婆道：『阿寿这贱人，做下不明白的勾当，是真了，他却还要口硬。我昨夜明明里听得楼上有人说话，欲待再听几句，起身去捉他，不想却睡着去。』潘婆道：『便是我也有些疑心。但算来这楼上没个路道儿通得外边。难道是神仙鬼怪，来无迹，去无踪？』潘用道：『如今少不得打他一顿，拷问他真情出来。』潘婆道：『不好，常言道：家丑不可外扬。若还一打，邻里都要晓得了。传说开去，谁肯来娶他。如今也莫论有这事没这事，只把女儿卧房迁在楼下，临卧时将他房门上落了锁，万无他虞。你我两口搬在他楼上去睡，看夜间有何动静便知就里。』潘用道：『说得有理。』到晚间吃晚饭时，潘用对寿儿道：『今后你在我房中睡罢，我老夫妇要在楼上做房了。』寿儿心中明白，不敢不依，只暗暗地叫苦。当夜互相更换，潘用把女儿房门锁了。对老婆道：『今夜有人上楼时，拿住了，只做贼论，结果了他，方出我这气。』把窗儿也不扣上，准候拿人。

不题潘用夫妻商议。且说陆五汉当夜寿儿叮嘱他且缓几时来，心上不悦。却也熬定了数晚，果然不去。过了十余日，忽一晚淫心荡漾，按纳不住，又想要与寿儿取乐。恐怕潘用来捉奸，身边带着一把杀猪的尖刀防备。出了大门，把门反锁好了，直到潘家门首，依前咳嗽。等候一回，楼上毫无动静。只道寿儿不听见，又咳嗽两声，更无音响，疑是寿儿睡着了，如此三四番，看看等至四鼓，事已不谐，只得回家。心中想道：『他见我好几夜不去，如何知道我今番在此？这也不要怪他。』到次夜又去，依原不见动静。等得不耐烦，心下早有三分忿怒。到第三夜，自己在家中吃个半酣，等到更阑，掮了一张梯子，直到潘家楼下。也不打暗号，一径上到楼窗边，把窗轻轻一拽，那窗呀的开了。五汉跳身入去，抽起梯子，闭上窗儿，摸至床上来。正是：

一念愿邀云雨梦，片时飞过凤凰楼。

却说潘用夫妻初到楼上这两夜，有心采听风声，不敢熟睡。一连十余夜，静悄悄地，老鼠也不听得叫一声，心中已疑女儿没有此事，堤防便懈怠了。事有偶然，恰好这一夜寿儿房门上的搭钮断了，下不得锁。潘婆道：『只把前后门锁断，房门上用个封条封记，这一夜料没甚事。』潘用依了他说话。其夜老夫妻也用了几杯酒，带着酒兴，两口儿一头睡了，做了些不三不四没正经的生活，身子困倦，紧紧抱住睡熟。故此五汉上来，开闭窗槅，分毫不知。且说五汉摸到床边，正要解衣就寝，却听得床上两个人在一头打齁。心中大怒道：『怪道两夜咳嗽，他只做睡着不睬采我！原来这淫妇又勾搭上了别人，却假意推说父母盘问，教我且不要来，明明断绝我了！这般无恩淫妇，要他怎的！』身边取出尖刀，把手摸着二人颈项，轻轻透入，尖刀一勒，先将潘婆杀死。还怕咽喉未断，把刀在内三四卷，眼见不能活了。覆刀转来，也将潘用杀死。揩抹了手上血污，将刀藏过。推开窗子，把梯儿坠下，跨出楼窗，把窗依旧闭好。轻轻溜将下来，担起梯子，飞奔回家去了。且说寿儿自换了卧房，恐怕情人又来打暗号，露出马脚，放心不下。到早上不见父母说起，那一日方才放心。到十余日后，全然没事了。这一日睡醒了，守到巳牌时分，还不见父母下楼，心中奇怪。晓得门上有封记，又不敢自开。只在房中声唤道：『爹妈起身罢！天色晏了，如何还睡？』叫唤多时，并不答应。只得开了房门，走上楼来。揭开帐子看时，但见满床流血，血泊里挺着两个尸首。寿儿惊倒在地，半晌方苏，抚床大哭，不知何人杀害。哭了一回，想道：『此事非同小可！若不报知邻里，必要累及自己。』即便取了钥匙，开门出来，却又怕羞，立在门内喊道：『列位高邻，不好了！我家爹妈不知被甚人杀死，乞与奴家作主！』连喊数声，那些对门间壁，并街上过往的人听见，一齐拥进，把寿儿到挤在后边。都问道：『你爹妈睡在哪里？』寿儿哭道：『昨夜好好的上楼，今早门户不开，不知何人把来双双杀死。』众人见说在楼上，都赶上楼。揭开帐子看时，老夫妻果然杀死在床。众人相看这楼，又临着街道，上面虽有楼窗，下面却是包檐墙，无处攀援上来。寿儿又说门户都是锁好的，适才方开，家中却又无别人。都道：『此事甚是跷蹊，不是当耍的！』即时报地方总甲来看了，同着四邻，引寿儿去报官。可怜寿儿从不曾出门，今日事在无奈，只得把包头齐眉兜了，锁上大门，随众人望杭州府来。那时轰动半个杭城，都传说这事。陆五汉已晓得杀错了，心中懊悔不及，失张失智，颠倒在家中寻闹。陆婆向来也晓得儿子些来踪去迹，今番杀人一事，定有干涉。只是不敢问他，却也怀着鬼胎，不敢出门。正是：

理直千人必往，心亏寸步难移。

且说众人来到杭州府前，正值太守坐堂，一齐进去禀道：『今有十官子巷潘用家，夜来门户未开，夫妻俱被杀死，同伊女寿儿特来禀知。』太守唤上寿儿问道：『你且细说父母什么时候睡的？睡在何处？』寿儿道：『昨夜黄昏时，吃了夜饭，把门户锁好，双双上楼睡的。今早巳牌时分，不见起身。上楼看时，已杀在被中。楼上窗槅依旧关闭，下边门户一毫不动，封锁依然。』太守又问道：『可曾失甚东西？』寿儿道：『件件俱在。』太守道：『岂有门户不开，却杀了人？东西又一件不失？事有可疑。』想了一想，又问道：『你家中还有何人？』寿儿道：『止有嫡亲三口，并无别人。』太守道：『你父亲平昔可有仇家么？』寿心道：『并没有甚仇家。』太守道：『这事却也作怪。』沉吟了半晌，心中忽然明白，教寿儿抬起头来，见包头盖着半面。太守令左右揭开看时，生得非常艳丽。太守道：『你今年几岁了？』寿儿道：『十七岁了。』太守道：『可曾许配人家么？』寿儿低低道：『未曾。』太守道：『你的睡处在哪里？』寿儿道：『睡在楼下。』太守道：『怎么你到住在下边，父母反居楼上？』寿儿道：『一向是奴睡在楼上，半月前换下来的。』太守道：『为甚换了下来？』寿儿对答不来，道：『不知爹妈为甚要换。』太守喝道：『这父母是你杀的！』寿儿着了急，哭道：『爷爷，生身父母，奴家敢做这事！』太守道：『我晓得不是你杀的，一定是你心上人杀的，快些说他名字上来！』寿儿听说，心中慌张，赖道：『奴家足迹不出中门，哪有此等勾当！若有时，邻里一定晓得。爷爷问邻里，便知奴家平昔为人了。』太守笑道：『杀了人，邻里尚不晓得，这等事邻里如何晓得？此是明明你与奸夫往来，父母知觉了，故此半月前换你下边去睡。绝了奸夫的门路，他便忿怒杀了。不然，为甚换你在楼下去睡？』俗语道：『贼人心虚。』寿儿被太守句句道着心事，不觉面上一会红，一会白，口内如吃子一般，半个字也说不清洁。太守见他这个光景，一发是了，喝教左中拶起。那些皂隶飞奔上前，扯出寿儿手来，如玉相似，哪禁得恁般苦楚。拶子才套得指头上，疼痛难忍，即忙招道：『爷爷，有，有，有个奸夫！』太守道：『叫甚名字？』寿儿道：『叫做张荩。』太守道：『他怎么样上你楼来？』寿儿道：『每夜等我爹妈睡着，他在楼下咳嗽为号，奴家把布接长，系一头在柱上垂下，他从布上攀引上楼。未到天明，即便下去。如此往来，约有半年。爹妈有些知觉，几次将奴盘问，被奴赖过。奴家嘱咐张荩，今后莫来，省得出丑，张荩应允而去。自此爹妈把奴换在楼下来睡，又将门户尽皆下锁。奴家也要隐恶扬善，情愿住在下边，与他断绝。只此便是实情，爹妈被杀，委实不知情由。』太守见他招了，喝教放了拶子，起签差四个皂隶速拿张荩来审。那四个皂隶，飞也似去了。正是：

闭门家里坐，祸从天上来。

且说张荩自从与陆婆在酒店中别后，即到一个妓家住了三夜。回家知陆婆来寻过两遍，急去问信时，陆婆因儿子把话吓住，且又没了鞋子，假意说道：『鞋子是寿姐收了，教多多拜上，如今他父亲利害，门户紧急，无处可入。再过几时，父亲即要出去，约有半年方才回来。待他起身后，那时可放胆来会。』张荩只道是真话，不时探问消息。落后又见寿儿几遭，相对微笑，两下都是错认。寿儿认做夜间来的即是此人，故见了喜笑。张荩认做要调戏他上手，时常现在他眼前卖俏。日复一日，并无确信。张荩渐渐忆想成病，在家服药调治。那日正在书房中闷坐，只见家人来说，有四个公差在外面问大爷什么说话。张荩见说，吃了一惊，想道：『除非妓弟家什么事故。』不免出厅相见，问其来意。公差答道：『想是为什么钱粮里役事情，到彼自知。』张荩便放下了心，讨件衣服换了，又打发些钱钞，随着皂隶，望府中而来。后面许多家人跟着。一路有人传说，潘寿儿同奸夫杀了爹妈。张荩听了，甚是惊骇。心下想道：『这丫头弄出恁样事来？早是我不曾与他成就！原来也是个不成才的烂货！险些把我也缠在是非之中。』不一时，来到公厅。太守举目观看张荩，却是个标致少年，不像个杀人凶徒，心下有些疑惑。乃问道：『张荩，你如何奸骗了潘用女儿，又将他夫妻杀死？』那张荩乃风流子弟，只晓得三瓦两舍，行奸卖俏，是他的本等，何尝看见官府的威严。一拿到时，已是胆战心惊。如今听说把潘寿儿杀人的事，坐在他身上，就是青天里打下一个霹雳，吓得半个字也说不出。挣了半日，方才道：『小人与潘寿儿虽然有意，却未曾成奸。莫说杀他父母，就是楼上从不曾到。』太守喝道：『潘寿儿已招与你通奸半年，如何尚敢抵赖！』张荩对潘寿儿道：『我何尝与你成奸，却来害我？』起初潘寿儿还道不是张荩所杀，这时见他不认奸情，连杀人事到疑心是真了。一口咬住，哭哭啼啼，张荩分辩不清。太守喝教夹起来，只听得两旁皂隶一声吆喝，蜂拥上前，扯脚拽腿。可怜张荩从小在绫罗堆里滚大的，就捱着线结也还过不去，如何受得这等刑罚。夹棍刚套上脚，就杀猪般喊叫，连连叩头道：『小人愿招。』太守教放了夹棍，快写供状上来。张荩只是啼哭道：『我并不知情，却教我写什么来！』又向潘寿儿说道：『你不知被哪个奸骗了，却扯我抵当。如今也不消说起，但凭你怎么样说来，我只依你的口招承便了。』潘寿儿道：『你自作自受，怕你不招承！难道你不曾在楼下调戏我？你不曾把汗巾丢上来与我？你不曾接我的合色鞋？』张荩道：『这都是了，只是我没有上楼与你相处。』太守喝道：『一事真，百事真。还要多说！快快供招！』张荩低头。只听潘寿儿说一句，便写一句，轻轻里把个死罪认在身上。画供已毕，呈与太守看了，将张荩问实斩罪。寿儿虽不知情，因奸伤害父母，亦拟斩罪。各责三十，上了长板。张荩押付死囚牢里，潘寿自入女监收管，不在话下。

且说张荩幸喜皂隶们知他是有钞主儿，还打个出头棒子，不致十分伤损。来到牢里叫屈连声，无门可诉。这些狱卒分明是挑一担银子进监，哪个不欢喜，哪个不把他奉承。都来问道：『张大爷，你怎么做恁般勾当？』张荩道：『列位大哥，不瞒你说，当初其实与那潘寿姐曾见过一面。两下虽然有意，却从不曾与他一会。不知被甚人骗了，却把我来顶缸！你道我这样一个人，可是个杀人的么？』众人道：『既如此，适才你怎么就招了？』张荩道：『我这瘦怯怯的身子，可是熬得刑的么？况且新病了数日，刚刚起来，正是雪上加霜一般。若招了，还活得几日。若不招，这条性命今夜就要送了。这也是前世冤业，不消说起。但潘寿姐适才说话，历历有据，其中必有缘故。我如今愿送十两银子与列位买杯酒吃，引我去与潘寿姐一见，细细问明这事，我死亦瞑目。』内中一个狱卒儿道：『张大爷要看见潘寿儿也不难，只是十两太少。』张荩道：『再加五两罢。』禁子头道：『我们人众，分不来，极少也得二十两。』张荩依允。两个禁子扶着两腋，直到女监栅门外。潘寿儿正在里面啼哭。狱卒扶他到栅门，只见了张荩，便一头哭，一头骂道：『你这无恩无义的贼！我一时迷惑，被你奸骗，有甚亏了你，下这样毒手，杀我爹妈，害我性命！』张荩道：『你且不要嚷。如今待我细细说与你详察。起初见你时，多承顾盼留恋，彼此有心。以后月夜我将汗巾赠你，你将合色鞋来酬我。我因无由相会，打听卖花的陆婆在你家走动，先送他十两银子，将那鞋儿来讨信。他来回说，鞋便你收了，只因父亲利害，门户紧急，目下要出去几个月。待起身后，即来相约。是从那日为始，朝三暮四，约了无数日子。已及半年，并无实耗，及至有时见你，却又微笑。教我日夜牵挂，成了思忆之病，在家服药，何尝到你楼上，却来诬害我至此地位！』寿儿哭道：『负心贼！你还要赖哩！那日你教陆婆将鞋来约会了，定下计策，教我等爹妈睡着，听下边咳嗽为号，把布接长，垂下来与你为梯。到次夜，你果然在下边咳嗽，我依法用布引你上楼，你出鞋为信。此后每夜必来。不想爹妈有些知觉，将我盘问几次。我对你说，此后且莫来，恐防事露，大家坏了名声。等爹妈不堤防了，再图相会。哪知你这狠心贼，就衔恨我爹妈。昨夜不知怎生上楼，把来杀了。如今到还抵赖，连前面的事，都不肯承认！』张荩想了一想道：『既是我与你相处半年，那形体声音，料必识熟。你且细细审视，可不差么？』众人道：『张大爷这话说得极是。若果然不差，你也须不是人了。不要说问斩罪，就问凌迟也不为过。』寿儿见说，踌躇了半晌，又睁目把他细细观看。张荩连问道：『是不是？快些说出，不要迟疑。』寿儿道：『声音甚是不同，身子也觉大似你。向来都是黑暗中，不能详察。止记得你左腰间有个疮痕肿起，大如铜钱，只这个便是色认。』众人道：『这个一发容易明白。张大爷，你且脱下衣来看。若果然没有，明日禀知太爷，我众人为证，出你罪名。』于是张荩满心欢喜道：『多谢列位。』连忙把衣服褪下。众人看时，遍身洁白如玉，腰间那有疮痕。寿儿看了，哑口无言。张荩道：『小娘子，如今可知不是我么？』众人道：『不消说了，这便真正冤枉，明日与你禀官。』当下依旧扶到一个房头，住了一宵。

明早太守升堂，众禁子跪下，将昨夜张荩与潘寿儿面证之事，一一禀知。太守大惊，即便吊出二人复审。先唤张荩上去，张荩从头至尾，细诉一遍。太守道：『你那只鞋儿付与陆婆去后，不曾还你？』张荩道：『正是。』又唤寿儿上去。寿儿也把前后事，又细细呈说。太守道：『那鞋儿果是原与陆婆拿去，明晚张荩到楼付你的么？』寿儿道：『正是。』太守点头道：『这等，是陆婆卖了张荩，将鞋另与别人，冒名奸骗你了。』即便差人去拿那婆子。不多时，婆子拿到。太守先打四十，然后问道：『当初张荩央你与潘寿儿通信，既约了明晚相会，你如何又哄张荩不教他去，却把鞋儿与别人冒名去奸骗？从实说来，饶你性命！若半句虚了，登时敲死。』那婆子被这四十打得皮开肉绽，那敢半字虚妄。把那卖花为由，定策约期，连寻张荩不遇，回来帮儿子杀猪，落掉鞋子，并儿子恐吓说话，已后张荩来讨信，因无了鞋子，含糊哄他等情，一一细诉。其奸骗杀人情由，却不晓得。太守见说话与二人相合，已知是陆五汉所为。即又差人将五汉拿到。太守问道：『陆五汉，你奸骗了良家女子，却又杀他父母，有何理说！』陆五汉赖道：『爷爷，小人是市井愚民，哪有此事！这是张荩央小人母亲做脚，奸了潘家女儿，杀了他父母，怎推到小人身上。』寿儿不等他说完，便喊道：『奸骗奴家的声音，正是那人！爷爷止验他左腰可有肿起疮痕，便知真假！』太守即教皂隶剥下衣服看时，左腰间果有疮痕肿起。陆五汉方才口软，连称情愿偿命，把前后奸骗误杀潘用夫妻等情，一一供出。太守喝打六十，问成斩罪，追出行凶尖刀上库。寿儿依先原拟斩罪。陆婆说诱良家女子，依律问徒。张荩不合希图奸骗，虽未成奸，实为祸本，亦问徒罪，召保纳赎。当堂一一判定罪名，备文书申报上司。那潘寿儿思想：『却被陆五汉奸骗，父母为我而死，出乖露丑！』懊悔不及，无颜再活，立起身来，望丹墀阶沿青石上一头撞去，脑浆迸出，顷刻死于非命。

可怜慕色如花女，化作含冤带血魂。

太守见寿儿撞死，心中不忍。喝教把陆五汉再加四十，凑成一百，下在死囚牢里，听候文书转日，秋后处决。又拘邻里，将寿儿尸骸抬出，把潘用房产家私尽皆变卖，备棺盛殓三尸，买地埋葬。余银入官上库，不在话下。

且说张荩见寿儿触阶而死，心下十分可怜。想道：『皆因为我，致他父子丧身亡家。』回至家中，将银两酬谢了公差狱卒等辈，又纳了徒罪赎银。调养好了身子，到僧房道院礼经忏超度潘寿儿父子三人。自己吃了长斋，立誓再不奸淫人家妇女。连花柳之地也绝足不行。在家清闲自在，直至七十而终。时人有诗叹云：

赌近盗兮奸近杀，古人说话不曾差。
奸赌两般都不染，太平无事做人家。

第十七卷

张孝基陈留认舅

士子攻书农种田，工商勤苦挣家园。世人切莫闲游荡，游荡从来误少年。

尝闻得老郎们传说，当初有个贵人，官拜尚书，家财万贯，生得有五个儿子。只教长子读书，以下四子农工商贾，各执一艺。那四子心下不悦，却不知什么缘故。央人问老尚书：『四位公子何故都不教他习儒？况且农工商贾劳苦营生，非上人之所为。府上富贵安享有余，何故舍逸就劳，弃甘即苦？只恐四位公子不能习惯。』老尚书呵呵大笑，叠着两指，说出一篇长话来，道是：

世人尽道读书好，只恐读书读不了！读书个个望公卿，几人能向金阶跑？郎不郎时秀不秀，长衣一领遮前后。畏寒畏暑畏风波，养成娇怯难生受。算来事事不如人，气硬心高妄自尊。稼穑不知贪逸乐，哪知逸乐会亡身。农工商贾虽然贱，各务营生不辞倦。从来劳苦皆习成，习成劳苦筋力健。春风得力总繁华，不论桃花与菜花。自古成人不自在，若贪安享岂成家！老夫富贵虽然爱，戏场纱帽轮流戴。子孙失势被人欺，不如及早均平派。一脉书香付长房，诸儿恰好四民良。暖衣饱食非容易，常把勤劳答上苍。

老尚书这篇话，至今流传人间，人多服其高论。为何的？多有富贵子弟，担了个读书的虚名，不去务本营生，戴顶角巾，穿领长衣，自以为上等之人。习成一身轻薄，稼穑艰难，全然不知。到知识渐开，恋酒迷花，无所不至。甚者破家荡产，有上稍时没下稍。所以古人云：五谷不熟，不如荑稗。贪却赊钱，失却见在。这叫做：

受用须从勤苦得，淫奢必定祸灾生。

说这汉末时，许昌有一巨富之家，其人姓过名善。真个田连阡陌，牛马成群，庄房屋舍，几十余处，童仆厮养，不计其数。他虽然是个富翁，一生省俭做家，从没有穿一件新鲜衣服，吃一味可口东西；也不晓得花朝月夕，同个朋友到胜景处游玩一番；也不曾四时八节备个筵席，会一会亲族，请一请乡党。终日缩在家中，皱着两个眉头，吃这碗枯茶淡饭。一把匙钥，紧紧挂在身边，丝毫东西都要亲手出放。房中桌上，更无别物，单单一个算盘，几本帐簿。身子恰像生铁铸就，熟铜打成，长生不死一般。日夜思算，得一望十，得十望百，堆积上去，分文不舍得妄费。正是：

世无百岁人，枉作千年调。

那过善年纪五十余外，合家称做太公。妈妈已故，止有儿女二人。儿子过迁，已聘下方长者之女为媳。女儿淑女，尚未议姻。过善见儿子人材出众，性质聪明，立心要他读书。却又悭吝，不肯延师在家，送到一个亲戚人家附学。谁知过老本是个看财童子，儿子却是个败家五道。平昔有几件毛病：见了书本就如冤家，遇着妇人便是性命，喜的是吃酒，爱的是赌钱。蹴鞠打弹，卖弄风流，放鹞擎鹰，争夸豪侠，耍拳走马骨头轻，使棒抡枪心窍痒。自古道：『物以类聚』。过迁性喜游荡，就有一班浮浪子弟引诱打合。这时还惧怕父亲，早上去了，至晚而归。过善一心单在钱财上做工夫的人，每日见儿子早出晚入，只道是在学里，那个去查考。况且过迁把钱买嘱了送饭的小厮，日逐照旧送饭，到半路上作成他饱啖，归来瞒得铁桶相似，过善何由得知。过迁在先生面前，只说家中有事，不得工夫。过几日间，或去点个卯儿，又时常将些小东西孝顺。那先生一来见他不像个读书之人，二来见他老官儿也不像认真要儿读书的，三来又贪着些小利。总然有些知觉，也装聋作哑，只当不知，不去拘管他。所以过迁得恣意无藉，家中毫不知觉。

常言说得好，若要不知，除非莫为。不想方长者晓得了，差人上覆过善。过善不信，想道：『若在外恁般游荡，也得好些银子使费，他却从何而来？况且小厮日日送饭到学，并不说起不在，那有这事！』又想道：『方亲家是个真诚之人，必是有因，方才来说，不可不信。』便唤送饭的小厮来问道：『小官人日日不在学里，你把饭都与哪个吃了？』这小厮是个教熟猢狲，便道：『呀！小官人无一日不在学里，那个却掉这样大谎？』过善只道小厮家是实话，更不再问。到晚间过迁回来，这小厮先把信儿透与知道。到了房中，过善问道：『你如何不在学里读书，每日在外游荡？』过迁道：『这是那个说？快叫来，打他几个耳聒子，戒他下次不许说谎！我那一日不在学里，造这话来谤我！』过善一来是爱子，二来料他没银使费，况说话与小厮一般，遂信以为实然，更不题起。正是：

因无背后眼，只当耳边风。

过了几日，方长者又教人来说：『太公如何不拘管小官人到学里读书，仍旧纵容在外狂放？』过善道：『不信有这等事！』即教人在学里去问，看他今日可在。家人到学看时，果然不见个影儿。问那先生时，答道：『他说家中有事，好几日不到学了。』家人急忙归家，回复了过善。过善大怒道：『这畜生原来恁地！』即将送饭小厮拷打起来。这小厮吃打不过，说道：『小官人每日不知在何处顽耍，果然不到学中，再三教我瞒着太公。』过善听说，气得手足俱战，恨不得此时那不肖子就立在眼前，一棒敲死，方泄其忿。却得淑女在旁解劝。捱到晚间，过迁回家，老儿满肚子气，已自平下了一半。才骂得一句：『畜生！你在外胡为，瞒得我好！』淑女就接口道：『哥哥，你这几日在哪里玩耍？气坏了爹爹。还不跪着告罪？』过迁真个就跪下去，扯个谎道：『孩儿一向在学攻书，这三两日因同学朋友家中赛神做会，邀孩儿去看，诚恐爹爹嗔责，吩咐小厮莫说。望爹爹恕孩儿则个！』淑女道：『爹爹息怒，哥哥从今读书便了。』过善被他一片谎言瞒过，又信以为实。当下骂了一场，关他在家中看书，不放出门。

隔了两日，有人把几百亩田卖与过善，议定价钱，做下文书。到后房一只箱内去取银子，开箱看时，吃了一惊。那箱内约有二千余金，已去其大半。原来过迁晓得有银在内，私下配个匙钥。夜间俟父亲、妹子睡着，便起来悄悄摸开，偷去花费。陆续取溜了，他也不知用过多少。当下过善叫屈连天，淑女听得，急忙来问。见说没了银子，便道：『这也奇怪，在此间的东西，如何失了？爹莫不记错了，没有这许多？』过善道：『不错，不错！原来这畜生偷我的银子在外花费。』即忙寻了一条棒子，唤过迁到来。此时银子为重，把怜爱之情，搁过一边。不由分说，扯过来一顿棍棒，只打得满地乱滚。淑女负命解劝，将过善拉过一边，扯住了棒儿。过善喝道：『畜生！你怎样偷的？在哪处花费？实说出来，还有个商量。若一句支吾，定然活活打死。』过迁打急了，只得一一直说，连那匙钥在裤带上解将下来。气得过善双脚乱跳道：『留你这畜生，总是不肖之子，被人耻笑！不如早死，到得干净。』又要来打。那时阖家男女都来下跪讨饶。过善讨条链子，锁在一间空房里去。

连这田也不买了，气倒在一个壁角边坐地。这老儿虽是一时气不过，把儿子痛打一顿，却又十分肉疼。想道：『看他这模样儿，也不像落莫的，谁道到是个败子！怎地使他回心转意便好？』心下踌躇，无计可施。淑女劝道：『爹爹，事已至此，气亦无益。只因哥哥年纪幼小，被人诱引，以致如此。今后但在家中读书，不要放他出门，远着这班人，他的念头自然息了。』众家人也劝道：『太公关锁小官人，也不是长法。如今年已长大，何不与他完了姻事？有娘子绊住身子，料必不想到外边游荡，岂不两全其美。』过善见说，深以为然。两三日后，放其锁禁，又将好言教诲。过迁受了这场打骂，勉强住在家中，不敢出门。

半月之后，过善择了吉日，叫媒人往方家去说，要娶媳妇过门。方长者也是大富之家，妆奁久已完备，一诺无辞。到了吉期，迎娶来家。那过善素性俭朴，诸事减省，草草而已。且说过迁初婚时，见浑家面貌美丽，妆奁富盛，真个日日住在家中，横竖成双，全不想到外边游荡。过善见儿子如此，甚是欢喜。过了几时，方氏归宁回去。过迁在家无聊，三不知闪出去，寻着旧日这班子弟，到各处顽耍。只是手中没有钱钞使费，不能恣意。想起浑家箱笼中必然有物，将出旧日手段，逐一掉开，搜寻去撒漫。使得手滑了，连衣饰都把来弄得罄尽。不一日，浑家归来，见箱笼俱空，叫苦不迭。盘问过迁时，只推不知，夫妻反目起来。过善闻知，气得手足麻冷，唤出儿子来，一把头发揪翻，乱踢乱打。这番连淑女也劝解不住了。过善喝道：『只道你这畜生改悔前非，尚有成人之日。不想原复如是，我还有甚指望！不如速死，留我老性命再活几日！』见旁边有个棒槌，便抢在手，劈头就打。吓得淑儿魂不附体，双手扳住臂膊哭道：『爹爹，别件打犹可，这东西断然使不得的！』爹只有一子，怎生如此毒打？万一失手打坏，后来倚靠何人？』过善道：『这畜生到底不成人的了，还指望倚靠着他！打死了也省得被人谈耻。』方氏见势头利害，心中惧怕，说道：『公公请息怒，媳妇没不多几件东西，不为大事。』过善方才放手。淑女劝父亲到房中坐下，告道：『爹淑女道：『自古道：「败子回头便作家。」哥哥方才少年，那见得一世如此！不争今日一时之怒，一下打死，后来思想，悔之何及。』过善被女儿苦劝一番，怒气少息。欲要访问同游这班人告官惩治，又怕反用银子，只得忍耐。自此之后，过迁日日躲在房里，不敢出门，连父亲面也不敢见。常言道：『偷食猫儿性不改。』他在外边放荡惯了，看着家中，犹如牢狱一般，哪里坐立得住。

过了月余，瞒着父亲，悄悄却又出去。浑家再三苦谏，全不作准。欲要向过善说知，又见打得利害，不敢开口，只得到与他隐瞒。过迁此时身边并无财物，寡闯了几日，甚觉没趣。料道家中决然无处出豁，私下将田产央人四处抵借银子。日夜在花街柳巷，酒馆赌坊迷恋，不想回家。方氏察听得实，恐怕在外学出些不好事来，只得告知过善。过善大惊道：『我只道这畜生还躲在房里，原来又出去了！』埋怨方氏道：『娘子，这畜生初出去时，何不就说。直至今日方言？』方氏道：『因见公公打得利害，故不敢说。』过善道：『这样不肖子，打死罢了，要他何用！』当下便差人四下寻觅。淑儿姑嫂二人，反替他担着愁担子，将棍棒之类，预先都藏过了。早有人报知过迁。过迁量得此番归家，必然锁禁，不能出来，索性莫归罢。遂请着妓者，藏在闲汉人家取乐。觉道有人晓得，即又换场。一连在外四五个月。这些家人们虽然知得些风声，那个敢与小主人做冤家，只推没处寻觅。过善愈加气恼，写一纸忤逆状子，告在县里。却得闲汉们替过迁衙门上下使费，也不上紧拿人。

常言道：『水平不波，人平不言。』这班闲汉替过迁衙门打点使钱，亦是有所利而为之，若是得利均分，到也和其光而同其尘了。因有手迟脚慢的，眼看别人赚钱，心中不忿，却去过老面前搬嘴说：『令郎与某人某人往来，怎样嫖赌，将田产与某处抵银多少，算来共借有三千银子。』把那老儿吓得面如土色，想道：『畜生恁般大胆，如此花费，能消几时？再过一二年，连我身子也是别人的了。』问道：『如今这畜生在哪里？』其人道：『见在东门外三里桥北堍下老王三家，他前门是不开的。进了小巷，中间有个小小竹园，便是他后门。内有茅亭三间，此乃令郎安顿之所。』过善得了下落，唤了五六个家人跟随，一径出东门，到三里桥，吩咐众人在桥下伺候：『莫要惊走了那畜生。待我唤你们时，便一齐上前。』也是这日合当有事，过迁恰好和一个朋友说话，不觉送出园门。作别过了，方欲转身，忽听得背后吆喝一声：『畜生哪里走？』过迁回头一看，原来是父亲，吓得双脚俱软，寸步也移不动。说时迟，那时快，过善赶上一步，不由分说，在地下拾起一块大石，口里恨着一声，照过迁顶门擘将去。哐刺一声响，只道这畜生今番性命休矣。正是：

地府忽增不肖鬼，人间已少败家精。

这一响，只道打碎天灵盖了。不想过迁后生眼快，见父亲来得凶恶，刚打下时，就旁边一闪。那石块恰恰中在侧边一堆乱砖上，打得砖头乱滚下来。过迁望着巷口便跑，不想去得力猛，反把过善冲倒。过善爬起身来，一头赶，一头喊道：『杀爷的逆贼走了！快些拿住！』众家人听得家长声唤，都走拢来看时，过迁已自去得好远。过善气得一句话也说不出，只叫快赶，赶着的有赏。众人领命，分头追赶小官人。过善独自个气忿忿地坐在桥上。约有两个时辰，不见回报。天色将晚，只得忍着气，一步步捱到家里。淑女见父亲余怒未息，已猜着八九，上前问其缘故。过善细细告说如此如此。淑女含泪劝道：『爹爹年过五旬，又无七男八女，只有这点骨血。总虽不肖，但可教诲。何忍下此毒手！适来幸喜他躲闪得快，不致伤身。倘有失错，岂不覆宗绝祀！爹爹，今后断不可如此！』过善咬牙切齿恨道：『我便为无祀之鬼也罢！这畜生定然饶他不得！』

不题淑女苦劝父亲，且说过迁得了性命，不论高低，只望小路乱跑。正行间，背后二人飞也似赶来，一把扯住，定要小官人同回。你道这二人是谁？乃过善家里义仆小三、小四兄弟。两个领着老主之命，做一路儿追赶小官人，恰好在此遇见。过迁挣脱不开，心中忿怒，提起拳头，照着小四心窝里便打。小四着了拳，只叫得一声『阿呀！』仰后便倒，更不做声。小三见兄弟跌闷在地，只道死了，高声叫起屈来，扭住小官人死也不放。事到其间，过迁也没了主意。『左右是个左右，不是他便是我，一发拼了命罢。』捏起两个拳头，没头没脑，乱打将来。他曾学个拳法，颇有些手脚。小三如何招架得住，只得放他走了。回身看小四时，已自苏醒。小三扶他起来，就近处讨些汤水，与他吃了。两个一同回家，报与家主。别个家人赶不着的，也都回了。过善只是叹气，不在话下。

且说过迁一头走，一头想：『父亲不怀好意了。见今县里告下忤逆，如今又打死小四，罪上加罪。这条性命休矣！称身边还存得三四两银子，可做盘缠，且往远处逃命，再作区处。』算计已定，连夜奔走。正是：

忙忙如丧家之狗，急急如漏网之鱼。

过迁去有半年，杳无音信，里中传为已死。这些帮闲的要自脱干系，撺掇债主，教人来过家取讨银子。若不还银，要收田产。那债主都是有势有力之家，过善不敢冲撞，只得缓词谢之。回得一家去时，接脚又是一家来说。门上络绎不绝，都是讨债之人，过善索性不出来相见。各家见不应承，齐告在县里，差人拘来审问。县令看了文契，对过善道：『这都是你儿子借的，须赖不得。』过善道：『逆子不遵教诲，被这班小人引诱为非，将家业荡费殆尽，向告在台，逃遁于外，未蒙审结。所存些少，止勾小人送终之用，岂可复与逆子还债。况子债亦无父还之理。』县令笑道：『汝尚不肯与子还债，外人怎肯把银与汝子白用！且引诱汝子者，决非放债之人，如何赖得？总之，汝子不肖，莫怪别人。但父在子不得自专，各家贪图重利，与败子私自立券，其心亦是不良。今照契偿还本银，利钱勿论。银完之日，原契当堂销毁。居中人重责问罪。』过善被官府断了，怎敢不依。只得逐一清楚，心中愈加痛恨。到以儿子死在他乡为乐，全无思念之意。正是：

种田不熟不如荒，养儿不肖不如无。

话休烦絮。且说过善女儿淑女天性孝友，相貌端庄，长成一十八岁，尚未许人。你道恁样大富人家，为甚如此年纪，犹未议婚？过善只因是个爱女，要觅个啫嗻女婿为配，所以高不成，低不就，拣择了多少子弟，没个中意的，蹉跎至今。又因儿子不肖，越把女儿值钱，要择个出人头地的，赘入家来，付托家事。故此愈难其配。

话分两头。却说过善邻近有一人，姓张名仁，世代耕读，家颇富饶。夫妻两口，单生一子，取名孝基，生得相貌魁梧，人物济楚，深通今古，广读诗书。年方二十，未曾婚配。张仁正央媒人寻亲，恰好说至过家。过善已曾看见孝基这个丰仪，却又门当户对，心中大喜道：『得此子为婿，我女终身有托矣！』张仁是个独子，本不舍得赘出。因过善央媒再三来说，又闻其女甚贤，故此允了。少不得问名纳彩，奠雁传书，赘入过家。孝基虽然赘在过家，每日早晚省视父母，并无少怠。夫妻相待，犹如宾客，敬重过善，同于父母。又且为人廉厚，待人接物，一团和气，上下之人，无不悦服。过善爱之如子，凡有疑难事体，托他支理。看其才干，孝基条分理析，井井有方，过善因此愈加欢喜。只有方氏在房，思想丈夫，不知在于何处，并无消耗，未知死活存亡，日夜悲伤不已。

光阴如箭，张孝基在过家不觉又是二年有余。过善忽然染病，求神罔效，用药无功。方氏姑嫂二人，昼夜侍奉汤药。孝基居在外厢，综理诸事。那老儿渐渐危笃，自料不起，吩咐女儿治酒，遍请邻里亲戚到家。嘱咐道：『列位高亲在上，老汉托赖天地祖宗，挣得这些薄产，指望传诸子孙，世守其业。不幸命薄，生此不肖逆贼，不幸命薄，生此不肖逆贼，破费许多。向已潜遁在外，未知死生。幸尔尚有一女，所配得人，聊慰老景。不想今得重疾，不久谢世。故特请列位到来，做个证明，将所有财产，尽传付女夫，接绍我家宗祀。久已写下遗嘱，烦列位各署个花押。倘或逆子犹在，探我亡后，回家争执，竟将此告送官司，官府自然明白。』遂于枕边摸出遗嘱，教家人递与众人观看。此时众人疑是张孝基见识，尚未开言。只见张孝基说道：『多蒙岳父大恩，但岳父现有子在，万无财产反归外姓之理。以小婿愚见，当差人四面访觅大舅回来，将家业付之，以全父子之情。小婿夫妻自当归宗。设或大舅身已不幸，尚有舅嫂守节，当交与掌管，然后访族中之子，立为后嗣。此乃正理。若是小婿承受，外人必有逐子爱婿之谤。鸠僭鹊巢，小婿亦被人谈论，这决不敢奉命。』淑女也道：『哥哥只因惧怕爹爹责罚，故躲避在外，料必无恙。

丈夫乃外姓之人，岂敢承受。』众人见他夫妻说话出于至诚。遂齐声说道：『令婿令爱之言，亦似有理。且待寻访小官人一年半载，待有的信，再作区处。』过善道：『小婿之言，不是爱我，乃是害我。』众人道：『如何是害太公？』过善道：『老汉一生辛苦，挣得这些家事，逆子视之犹如粪土，不上半年，破散四千余金。如此挥霍，便铜斗家计，指日可尽。财产既尽，必至变卖茔墓。那时不惟老汉不能入土，恐祖宗在土之骨，反暴弃荒野矣。』孝基又道：『大舅昔因年幼，为匪人诱惑所致。今已年长，又有某辈好言劝喻，料必改过自新，决不至此。』过善道：『未必，未必！有我在口，严加责罚，尚不改悛。我死之后，又何人得而禁之！』众人都道：『依着我们愚见，不若均分了，两全其美。令郎回时，也没得话说。』过善只是不许。孝基夫妇再三苦辞。过善大怒道：『汝亦效逆子要殴死我么？』众人见他发恶，乃对孝基道：『令岳执意如此，不必辞了。』遂将遗嘱各写了花押，递与过老。淑女又道：『爹爹家财尽付与我夫妇，嫂嫂当置于何地？』过善道：『我已料理在此，不消你虑。』将遗嘱咐过孝基，孝基夫妇泣拜而受。过善又摸出二纸捏在手中，请过方长者近前，说道：『逆子不肖，致令爱失其所天，老汉心实不安。但耽误在此，终为不了。老汉已写一执照于此，付与令爱。老汉亡后，烦亲家引回，另选良配。万一逆子回来有言，执此赴官诉理。外有田百亩，以偿逆子所费妆奁。』道罢，将二纸递与。方长者也不来接，答道：『小女既归令郎，乃亲家家事，已与老夫无干。况寒门从无二嫁之女，非老夫所愿闻，亲家请勿开口。』道罢，往外就走。孝基苦留不住。过善呼媳妇出来说知，方氏大哭道：『妾闻妇人之义，从一而终。夫死而嫁，志者耻为。何况妾夫尚在，岂可为此狗彘之事！』过善又道：『逆子总在，这等不肖，守之何益！』方氏道：『妾夫虽不肖，妾志不可改，必欲夺妾之志，有死而已。』过善道：『你有此志气，固是好事。但我亡后，家产已付女夫掌管。你居于此，须不稳便。』淑女道：『爹爹，嫂嫂既肯守节，家业自然该他承受，孩儿归于夫家，才是正理。』方氏道：『姑娘，我又无子嗣，要这些家财何用！公公既有田百亩与我，当归母家，以赡此生。即丈夫回家，亦可度日。』众人齐声称好。过善道：『媳妇，你与过门争气，这百亩田尚少，再增田二百亩，银子二百两，与你终身受用。』方氏含泪拜谢。分拨已定，过善教女婿留亲戚邻里于堂中饮酒，至晚方散。那过善本来病势已有八九分了，却又勉强料理这事。喉长气短，费舌劳唇，劳碌这半日，到晚上愈加沉重。女儿、媳妇守在床边，啼啼哭哭。张孝基备办后事，早已停当。又过数日，呜呼哀哉！正是：

三寸气在千般用，一旦无常万事休。

女儿、媳妇都哭得昏迷几次，张孝基也十分哀痛。衣衾棺椁，极其华美。七七之中，开丧受吊，延请僧道，修做好事，以资冥福。择选吉日，葬于祖茔。每事务从丰厚。殡葬之后，方氏收拾，归于母家。姑嫂不忍分舍，大哭而别，不在话下。且说张孝基将丈人所遗家产钱财米谷，一一登记帐簿，又差人各处访问过迁，并无踪影。时光似箭，岁月如流，倏忽便过五年。那时张孝基生下两个儿子，门首添个解当铺儿，用个主管，总其出入。家事比过善手内，又增几倍。

话休烦絮。一日张孝基有事，来到陈留郡中，借个寓所住下。偶同家人到各处游玩，末后来至市上，只见个有病乞丐，坐在一人家檐下。那人家驱逐他起身。张孝基心中不忍，教家人朱信舍与他几个钱钞。那朱信原是过家老仆，极会鉴貌辨色，随机应变，是个伶俐人儿。当下取钱递与这乞丐，把眼观看，吃了一惊。急忙赶来，对张孝基说道：『官人向来寻访小官人下落。适来丐者，面貌好生断像。』张孝基便定了脚，吩咐道：『你再去细看，若果是他，必然认得你。且莫说我是你家女婿，太公产业，都归于我。只说家已破散，我乃是你新主人，看他如何对答，然后你便引他来相见。我自有处。』朱信得了言语，覆身转去，见他正低着头，把钱系在一根衣带上，藏入腰里。朱信仔细一看，更无疑惑。那丐者起先舍钱与他时，其心全在钱上，那个来看舍钱的是谁。这次朱信去看时，他已把钱藏过，也举起眼来，认得是自家家人，不觉失声叫道：『朱信，你同谁在这里？』朱信便道：『小官人，你如何流落至此？』过迁泣道：『自从那日逃奔出门，欲要央人来劝解爹爹，不想路上恰遇着小三、小四兄弟两个拦阻住了，务要拖我回家。我想爹爹正在盛怒之时，这番若回，性命决然难活。匆忙之际，一拳打去，不意小四跌倒便死。心中害怕，连夜逃命，奔了几日，方到这里。在客店中歇了几时，把身边银两吃尽，被他赶将出来。无可奈何，只得求乞度命。日夜思家，没处讨个信息，天幸今日遇你。可实对我说，那日小四死了，爹爹有何话说？』朱信道：『小四当时醒了转来，不曾得死。太公已去世五年矣。』过迁见说父亲已死，叫声：『苦也！』望下便倒。朱信上前扶起，喉中哽咽，哭不出声。呜呜了好一回，方才放声大哭道：『我指望回家，央人求告收留，依原父子相聚，谁想已不在了！』悲声惨切。朱信亦不觉堕泪。哭了一回，乃问道：『爹爹既故，这些家私是谁掌管？』朱信道：『太公未亡之前，小官人所借这些债主，齐来取索。太公不肯承认，被告官司，衙门中用了无数银子。及至审问，一一断还，田产已去大半。小娘子出嫁，妆奁又去了好些。太公临终时，恨小官人不学好，尽数分散亲戚。存下些少，太公死后，家无正主，童仆等辈，一顿乱抢，分毫不留。止存住宅，卖与我新主人张大官人，把来丧中殡葬之用。如今寸土俱无了。』过迁见说，又哭起来道：『我只道家业还在，如今挣扎性命回去，学好为人，不料破费至此！』又问道：『家产便无了，我浑家却在何处，妹子嫁于哪家？』朱信道：『小娘子就嫁在近处人家。大嫂到不好说。』过迁道：『却是为何？』朱信道：『太公因久不见小官人消息，只道已故，送归母家，令他改嫁。』过迁道：『可晓得嫁也不曾？』朱信道：『老奴为投了新主人，不时差往远处，在家日少，不曾细问，想是已嫁去了。』过迁抚膺大恸道：『只为我一身不肖，家破人亡，财为他人所有，妻为他人所得，诚天地间一大罪人也！要这狗命何用！不如死休！』望着阶沿石上，便要撞死。朱信一把扯住道：『小官人，蝼蚁尚且贪生，如何这等短见！』过迁道：『昔年还想有归乡的日子，故忍耻偷生。今已无家可归，不如早些死了，省得在此出丑。』朱信道：『好死不如恶活！不可如此。老奴新主人做人甚好，待我引去相见，求他带回乡里。倘有用得着你之处，就在他家安身立命，到老来还有个结果。若死在这里，有谁收取你的尸骸？却不枉了这一死！』过迁沉吟了一回道：『你话到说得是。但羞人子，怎好去相见？万一不留，反干折这番面皮。』朱信道：『至此地位，还顾得什么羞耻！』过迁道：『既如此，不要说出我真姓名来，只说是你的亲戚罢。』朱信道：『适才我先讲过了，怎好改得？』当下过迁无奈，只得把身上破衣裳整一整，随朱信而来。

张孝基远远站在人家屋下，望见他啼哭这一段光景，觉道他有懊悔之念，不胜叹息。过迁走近孝基身边，低着头站下。朱信先说道：『告官人，正是老奴旧日小主人。因逃难出来，流落在此。求官人留他则个。』便叫道：『过来见了官人。』过迁上前欲要作揖，去扯那袖子，却都只有得半截，又是破的，左扯也盖不来手，右扯也遮不着臂。只得抄着手，唱个喏。张孝基看了，愈加可怜。因是舅子，不好受他的礼，还了个半礼，乃道：

『嗳，你是个好人家子息，怎么到这等田地？但收留你回去，没有用处，却怎好？』朱信道：『你可会灌园么？』过迁道：『小人虽然不会，情愿用心去学。』张孝基道：『只怕你是受用的人，如何吃得恁样辛苦？』过迁道：『小人到此地位，如何敢辞辛苦。』张孝基道：『这也罢。只是依得三件事，方带你回去。若依不得，不敢相留。』过迁道：『不知是哪三件？』张孝基道：『第一件，只许住在园上，饭食教人送与你吃，不许往外行走。若跨出了园门，就不许跨进园门。』过迁道：『小人玷辱祖宗，有何颜见人，往外行走！住在园上，正是本愿。这个依得。』张孝基见说话有自愧之念，甚是欢喜。又道：『第二件，要早起晏息，不许贪眠懒怠偷工。』过迁道：『小人天未明就起身，直至黑了方止。若有月的日子，夜里也做。怎敢偷工！这个也依得。』孝基又道：『夜里到不消得，只日里不偷工就勾了。第三件，若有不到之处，任凭我责罚，不许怨怅。』过迁道：『既蒙收养，便是重生父母。但凭责罚，死而无怨。』张孝基道：『既都肯依，随我来。』也不去闲玩，覆转身引到寓所门口。过迁随将进来。主人家见是个乞丐，大声叱咤，不容进门。张孝基道：『莫赶他，这是我家的人。』主人家道：『这乞丐常是在这里讨饭吃，怎么是在府上家人？』朱信道：『一向流落在此，今日遇见的。』到里边开了房门，张孝基坐下，吩咐道：『你随了我，这模样不好看相。朱信，你去教主人家烧些汤与他洗净了身子，省两件衣服与他换了，把些饮食与他吃。』朱信便去教主人家烧起汤来，唤过迁去洗浴。过迁自出门这几年，从不曾见汤面。今日这浴，就如脱皮退壳，身上鏖糟，足足洗了半缸。朱信将衣服与他穿起，梳好了头发，比前便大不相同。朱信取过饭来，恣意一饱。那过迁身子本来有些病体，又苦了一苦，又在当风处洗了浴，见着饭又多吃了碗，三合凑，到夜里生起病来。张孝基请医调治，有一个多月，方才痊愈。

张孝基事体已完，算还了房钱，收拾起身。又雇了个生口与过迁乘坐。一行四众，循着大路而来。张孝基开言道：『过迁，你是旧家子弟，我不好唤你名字，如今改叫过小乙。』又吩咐朱信：『你们叫他小乙哥，两下稳便。』朱信道：『小人知道。』张孝基道：『小乙，今日路上无聊，你把向日兴头事情，细细说与我消遣。』过迁道：『官人，往事休题！若说起来，羞也羞死了。』张孝基道：『你当时是个风流趣人，有什么羞！且略说些么。』过迁被逼不过，只得一一直说前后浪费之事。张孝基道：『你起初恁般快活，前日街头这样苦楚，可觉有些过不去么？』过迁道：『小人当时年幼无知，又被人哄骗，以致如此，懊悔无及矣！』张孝基道：『只怕有了银子，还去快活哩。』过迁道：『小人性命已是多的了，还做这桩事，便杀我也不敢去！』张孝基又对朱信道：『你是他老家人，可晓得太公少年时，也曾恁般快活过么？』朱信道：『可怜他日夜只想做人家，何曾舍得使一文屈钱，却想这样事！』孝基道：『你且说怎地样做人家？』朱信扳指头一岁起运，细说怎地勤劳，如何辛苦，方挣得这等家事，不想小乙哥把来看得像土块一般，弄得人亡家破。过迁听了，只管哀泣。张孝基道：『你如今哭也迟了，只是将来学做好人，还有个出头日子。』一路上热一句，冷一句，把话打着他心事。过迁渐渐自怨自艾，懊悔不迭。正是：

临崖立马收缰晚，船到江心补漏迟。

在路行了几日，来到许昌。张孝基打发朱信先将行李归家，报知浑家。自同过迁径到自己家中，见过父母，将此事说知。令过迁相见已毕，遂引到后园，打扫一间房子，把出被窝之类，交付安歇。又吩咐道：『不许到别处行走！我若查出时，定然责罚。』过迁连声答应：『不敢，不敢！』

孝基别了父母，回至家中，悄悄与浑家说了。浑家再三称谢，不题。

且说过迁当晚住下。次日清早，便起身担着器具去锄地。看那园时，甚是广阔。周围编竹为篱，张太公也是做家之人，并不种甚花木，单种的是蔬菜。灌园的非止一人。过迁初时，那里运弄得来，他也不管，一味蛮垦。过了数日，渐觉熟落，好不欢喜。每日担水灌浇，刘草锄垦，也不与人搭话。从清晨直至黄昏，略不少息。若遇凄风楚雨之时，思想父亲，吞声痛泣，欲要往坟上叩个头儿，又守着规矩，不敢出门。想起妹子，闻说就嫁在左近，却不知是哪家？意欲见他一面，又想：『今日落于人后，何颜去见妹子。总不嫌我，倘被妹夫父母兄弟奚落，却不自取其辱！』索性把这念头休了。

且说张孝基日日差人察听，见如此勤谨，万分欢喜。又教人私下试他，说：『小乙哥，你何苦日夜这般劳碌？偷些工夫，同我到街坊上玩耍玩耍，请你吃三杯，可好么？』过迁大怒道：『你这人自己怠惰，已是不该，却又来引诱我为非！下次如此，定然禀知官人。』一日，张孝基自来查点，假意寻他事过，高声叱喝要打。过迁伏在地上，说道：『是小人有罪，正该责罚。』张孝基恨了几声，乃道：『姑恕你初次，且不计较。倘若再犯，定然不饶。』过迁顿首唯唯。自此之后，愈加奋励。约莫半年，并无倦怠之意，足迹不敢跨出园门。张孝基见他悔过之念已坚。一日，教人拿着一套衣服并巾帻鞋袜之类，来到园上，对过迁道：『我看你作事勤谨，甚是可用。如今解库中少个人相帮，你到去得。可戴了巾帻，随我同去。』过迁道：『小人得蒙收留灌园，已出望外，岂敢复望解库中使令？』张孝基道：『不必推辞，但得用心支理，便是你的好处了。』过迁即便裹起巾帻，整顿衣裳。此时模样，比前更是不同。随孝基至堂中，作别张太公出门。路上无颜见人，低着头而走。不一时，望见自家门首，心中伤感，暗自掉下泪来。到得门口，只见旧日家人都叉手拱立两边，让张孝基进门。过迁想道：『我家这些人，如何都归在他家？想是随屋卖的了。』却也不敢呼唤，只低着头而走。众家人随后也跟进来。到了堂中，便立住脚不行。见桌椅家伙之类，俱是自家故物，愈加凄惨。张孝基道：『你随我来，教你见一个人。』过迁正不知见哪个，只得又随着而走。却从堂后转向左边，过迁认得这径道，乃他家旧时往家庙去之路。渐渐至近，孝基指着堂中道：『有人在里边，你进去认一认。』过迁急忙走去，抬头看见父亲神影，翻身拜倒在地，哭道：『不肖子流落卑污，玷辱家门，生不能侍奉汤药，死不能送骨入土，忤逆不道，粉骨难赎！』以头叩地，血被于面。正哭间，只听得背后有人哭来，叫道：『哥哥，你一去不回，全不把爹爹为念。』过迁举眼见是妹子，一把扯住道：『妹子，只道今生已无再见之期，不料复得与你相会！』哥妹二人，相持大哭。

昔年流落实堪伤，今日相逢转断肠。不是一番寒彻骨，怎得梅花扑鼻香！

哥妹哭了一回，过迁向张孝基拜谢道：『若非妹丈救我性命，必作异乡之鬼矣。大恩大德，将何补报！』张孝基扶起道：『自家骨肉，何出此言！但得老舅改过自新，以慰岳丈在天之灵，胜似报我也。』过迁泣谢道：『不肖谨守妹丈向日约束，倘有不到处，一依前番责罚。』张孝基笑道：『前者老舅不知详细，故用权宜之策。今已明白，岂有是理！但须自戒可也。』当下张孝基唤众家人来，拜见已毕，回至房中。淑女整治酒肴款待。过迁乃问：『你的大嫂嫁了何人？』淑女道：『哥哥，你怎说这话，却不枉杀了人！当日爹爹病重，主张教嫂嫂转嫁，嫂嫂立志不从。』乃把前事细说一遍。又道：『如今见守在家，怎么说他嫁人！』过迁见说妻子贞节，又不觉泪下，乃道：『我哪里晓得！都是朱信之言。』张孝基道：『此乃一时哄你的话。待过几时，同你去见令岳，迎大嫂来家。』过迁道：『这个我也不想矣，但要到爹爹墓上走遭。』张孝基道：『这事容易。』到次早备办祭礼，同到墓上。过迁哭拜道：『不肖子违背爹爹，罪该万死！今愿改行自新，以赎前非，望乞阴灵洞鉴。』祝罢又哭。张孝基劝住了，回到家里，把解库中银钱点明，付与过迁掌管。

那过迁虽管了解库，一照灌园时早起晏眠，不辞辛苦。出入银两，公平谨慎。往来的人，无不欢喜。将张孝基夫妻恭敬，犹如父母。倘有疑难之事，便来请问。终日住在店中，毫无昔日之态。此时亲戚尽晓得他已回家，俱来相探。彼此只作个揖，未敢深谈。过了两三个月，张孝基还恐他心活，又令人来试他说：『小官人，你平昔好顽，没银时还各处抵借来用。今见放着白晃晃许多东西，到呆坐看守！近日有个绝妙的人儿，有十二分才色，藏在一个所在。若有兴，同去吃杯茶，何如？』过迁听罢，大喝道：『你这鸟人！我只因当初被人引诱坏了，弄得破家荡产，几乎送了性命。心下正恨着这班贼男女，你却又来哄我！』便要扯去见张孝基。那人招称不是，方才罢了。孝基闻知如此，不胜之喜。

时光迅速，不觉又是半年。张孝基把库中账目细细查算，分毫不差。乃对过迁说道：『不孝有三，无后为大。向日你初回时，我便要上覆令岳，迎大嫂与老舅完聚。恐他还疑你是个败子，未必肯许，故此止了。今你悔过之名，人都晓得，去迎大嫂，料无推托，如今可即同去。』过迁依允。淑女取出一副新鲜衣服与他穿起，同至方家。方长者出来相见。过迁拜倒在地道：『小婿不肖，有负岳父、贤妻！今已改过前非，欲迎令爱完聚。』方长者扶起道：『不消拜，你之所行，我尽已知道。小女既归于汝，老夫自当送来。』张孝基道：『亲翁还在何日送来？』方长者道：『就明日便了。』张孝基道：『亲翁亦求一顾，尚有话说。』方长者应允。

二人作别，回到家里。张孝基遍请亲戚邻里，于明日吃庆喜筵席。到次日午前，方氏已到，过迁哥妹出去相迎。相见之间，悲喜交集。方氏又请张孝基拜谢。少顷，诸亲俱到，相见已毕，无不称赞孝基夫妇玉成之德，过迁改悔之善，方氏志节之坚。不一时，酒筵完备。张孝基安席定位，叙齿而坐。酒过数巡，食供三套，张孝基起身进去，教人捧出一个箱儿，放于桌上。讨个大杯，满斟热酒，亲自递与过迁道：『大舅，满饮此杯。』过迁见孝基所敬，不敢推托，双手来接道：『过迁理合敬妹丈，如何反劳尊赐？』张孝基道：『大舅就请干了，还有话说。』过迁一吸而尽。孝基将钥匙开了那只箱儿，箱内取出十来本文簿，递与过迁道：『请收了这几本帐目。』过迁接了，问道：『妹丈，这是什么账？』张孝基道：『你且收下，待我细说。』乃对众人道：『列位尊长在上，小生有一言相禀。』众人俱站立起身道：『不知足下有何见谕！老汉们愿闻清诲。』遂侧耳拱听。张孝基叠出两个指头，说将出来，言无数句，使听者无不啧啧称羡。正是：

钱财如粪土，仁义值千金。曾记床头语，穷通不二心。

当下张孝基说道：『昔年岳父只因大舅荡费家业，故将财产传与小生。当时再三推辞，岳父执意不从。因见正在病中，恐触其怒，反非爱敬之意，故勉强承受。此皆列位尊长所共见，不必某再细言。及岳父弃世之后，差人四处寻访大舅。四五年间，毫无踪影，天意陈留得遇。

当时本欲直陈，交还原产。仍恐其旧态犹存，依然浪费，岂不反负岳父这段恩德！故将真情隐匿，使之耕种，绳以规矩，劳其筋骨，苦其心志，养以良言劝喻，隐语讽刺，冀其悔过自新。幸喜彼亦自觉前非，怨艾日深，幡然迁改。及令管库，处心公平，临事驯谨。数月以来，丝毫不苟。某犹恐其心未坚，几遍教人试诱，心如铁石，片语难投，竟为志诚君子矣！故特请列位尊长到此，将昔日岳父所授财产，并历年收积米谷布帛银钱，分毫不敢妄用，一一开载账上。今日交还老舅，明早同令妹即搬归寒舍矣。』又在箧中取出一纸文书，也奉与过迁道：『这幅纸乃昔年岳父遗嘱，一发奉还。适来这杯酒，乃劝大舅自今以后，兢兢业业，克俭克勤，以副岳父泉台之望。勿得意盈志满，又生别念。戒之，戒之！』众人到此，方知昔年张孝基苦辞不受，乃是真情，称叹不已。过迁见说，哭拜于地道：『不肖悖逆天道，流落他乡，自分横死街衢，永无归期。此产岂为我有！幸逢妹丈救回故里，朝夕训诲，激励成人，全我父子，完我夫妇，延我宗祀。正所谓生我者父母，成我者妹丈。此恩此德，高天厚地，杀身难报。即使执鞭随蹬，亦为过分。岂敢复有他望！况不肖一生违逆父命，罪恶深重，无门可赎。今此产乃先人主张授君，如归不肖，却不又逆父志，益增我罪！』张孝基扶起道：『大舅差矣！岳父一世辛苦，实欲传之子孙世守。不意大舅飘零于外，又无他子可承，付之于我，此乃万不得已，岂是他之本念。今大舅已改前愆，守成其业，正是继父之志。岳父在天，亦必倘徉长笑，怎么反增你罪？』过迁又将言语推辞，两下你让我却，各不肯收受。连众人都没主意。方长者开言对张孝基道：『承姑丈高谊，小婿义不容辞，但全归之，其心何安！依老夫愚见，各受其半，庶不过情。』众人齐道：『长者之言甚是！昔日老汉们亦有此议，只因太公不允，所以止了。不想今日原从这着，可见老成之见，大略相同。』张孝基道：『亲翁，子承父业，乃是正理，有甚不安。若各分其半，即如不还一般了。这怎使得！』方长者又道：『既不愿分，不若同居于此，协力经营。待后分之子孙，何如？』张孝基道：『寒家自有敝庐薄产，子孙岂可占过氏之物。』众人见执意不肯，俱劝过迁受领。过迁却又不肯，跑进里边。见妹子正与方氏饮酒，过迁上前哭诉其事，教妹子劝张孝基受其半，哪知淑女说话与丈夫一般。过迁夫妇跪拜哀求，只是不允。过迁推托不去，再拜而受。众人齐赞道：『张君高义，千古所无！』唐人罗隐先生有赞云：

能生之，不能富之；能富之，不能教之。死而生之，贫而富之，小人而君子之。呜呼孝基，真可为百世之师！

当日直饮至晚而散。到次日，张孝基叫浑家收拾回家。过迁苦留道：『妹丈财产，既已不受，且同居于此，相聚几时，何忍遽别！』张孝基道：『我家去此不远，朝暮便见，与居此何异。』过迁料留不住，乃道：『既如此，容明日治一酌与妹丈为饯，后日去何如？』孝基许之。次日过迁大排筵席，广延男女亲邻，并张太公夫妇。张妈妈守家不至，请张太公坐了首席，其余宾客依次而坐。里边方氏姑嫂女亲，自不必说。是日筵席，水陆毕备，极其丰富。众客尽欢而别。客去后，张孝基对过迁道：『大舅，岳父存日，从不曾如此之费。下次只宜俭省，不可以此为则。』过迁唯唯。次日，孝基夫妇止收拾妆奁中之物，其余一毫不动，领着两个儿子，作辞起身。过迁、方氏同婢仆，直送至张家，置酒款待而回。自此之后，过迁操守愈励，遂为乡闾善士。只因勤苦太过，渐渐习成父亲悭吝样子。后亦生下一子，名师俭。因惩自己昔年之失，严加教诲。此是后话不题。

且说里中父老敬张孝基之义，将其事申闻郡县。郡县上之于朝。其时正是曹丕篡汉，欲收人望，遂下书征聘。孝基恶魏乃僭窃之朝，耻食其禄，以亲老为辞，不肯就辟。后父母百年后，哀毁骨立，丧葬合礼，其名愈著。州郡俱举孝廉，凡五诏，俱以疾辞。有人问其缘故，孝基笑而不答。隐于出里，躬耕乐道，教育二子。长子名继，次子名绍，皆仁孝有学行，里中咸愿与之婚，孝基择有世德者配之。孝基年五十外，忽梦上帝膺召，夫妇遂双双得疾。二子日夜侍奉汤药，衣不解带。过迁闻知，率其子过师俭同来，亦如二子一般侍奉。孝基谢而止之。过迁道：『感君之德，恨不能身代。今聊效区区，何足为谢。』过了数日，夫妇同逝。临终之时，异香满室。邻里俱闻空中车马音乐之声，从东而去。二子哀恸，自不必说。那过迁哭绝复苏，至于呕血。丧葬之费，俱过迁为之置办。二子泣辞再三，过迁不允。

一月后，有亲友从洛中回来，至张家吊奠，述云：『某日于嵩山游玩，忽见旌幢驺御满野。某等避在林中观看，见车上坐着一人，绛袍玉带，威仪如王者，两边锦衣花帽，侍卫多人。仔细一认，乃是令先君。某等惊喜，出林趋揖。令先君下车相慰。某等问道：「公何时就征，遂为此显官？」令先君答云：「某非阳官，乃阴职也。上帝以某还财之事，命主此山。烦传示吾子，不必过哀。」言讫，倏然不见。方知令先君已为神矣。』二子闻言，不胜哀感。那时传遍乡里，无不叹异。相率为善，名其里为义感乡。晋武帝时，州郡举二子孝廉，俱为显官。过迁年至八旬外而终。两家子孙繁盛，世为姻戚。云：

还财阴德庆流长，千古名传义感乡。多少竞财疏骨肉，应知无面向嵩山。

第十八卷

施润泽滩阙遇友

还带曾消纵理纹，返金种得桂枝芬。从来阴骘能回福，举念须知有鬼神。

这首诗引着两个古人阴骘的故事。第一句说：『还带曾消纵理纹』，乃唐朝晋公裴度之事。那裴度未遇时，一贫如洗，功名蹭蹬。就一风鉴，以决行藏。那相士说：『足下功名事，且不必问。更有句话，如不见怪，方敢直言。』裴度道：『小生因在迷途，故求指示。岂敢见怪！』相士道：『足下螣蛇纵理纹入口，数年之间，必致饿死沟渠。』连相钱俱不肯受。裴度是个知命君子，也不在其意。一日，偶至香山寺闲游，只见供桌上光华耀目。近前看时，乃是一围宝带。裴度捡在手中，想道：『这寺乃冷落所在，如何却有这条宝带？』翻阅了一回，又想道：『必有甚贵人，到此礼佛更衣。祇候们不小心，遗失在此，定然转来寻觅。』乃坐在廊庑下等候。不一时，见一女子走入寺来，慌慌张张，径望殿上而去。向供桌上看了一看，连声叫苦，哭倒于地。裴度走向前问道：『小娘子，因何恁般啼泣？』那女子道：『妾父被人陷于大辟，无门伸诉，妾日至此恳佛阴祐。近日幸得从轻赎锾。妾家贫无措，遍乞高门。昨得一贵人矜怜，助一宝带。妾以佛力所致，适携带呈于佛前，稽首叩谢。因赎父心急，竟忘收此带，仓忙而去。行至半路方觉，急急赶来取时，已不知为何人所得。今失去这带，妾父料无出狱之期矣。』说罢又哭。裴度道：『小娘子不必过哀，是小生收得，故在此相候。』把带递还。那女子收泪拜谢：『请问姓字，他日妾父好来叩谢。』裴度道：『小娘子有此冤抑，小生因在贫乡，不能少助为愧。还人遗物，乃是常事，何足为谢！』不告姓名而去。过了数日，又遇向日相士，不觉失惊道：『足下曾作何好事来？』裴度答云：『无有。』相士道：『足下今日之相，比先大不相牟。阴德纹大见，定当位极人臣，寿登耄耋，富贵不可胜言。』裴度当时犹以为戏语。后来果然出将入相，历事四朝，封为晋国公，年享上寿。有诗为证：

纵理纹生相可怜，香山还带竟安然。淮西荡定功英伟，身系安危三十年。

第二句说是：『返金种得桂枝芬。』乃五代窦禹钧之事。那窦禹钧，蓟州人氏，官为谏议大夫，年三十而无子。夜梦祖父说道：『汝命中已该绝嗣，寿亦只在明岁。及早行善，或可少延。』禹钧唯唯。他本来是个长者，得了这梦，愈加好善。一日薄暮，于延庆寺侧，拾得黄金三十两，白金二百两。至次日清早，便往寺前守候。少顷，见一后生涕泣而来，禹钧迎住问之。后生答道：『小人父亲身犯重罪，禁于狱中，小人遍恳亲知，共借白金二百两，黄金三十两。昨将去赎父，因主库者不在而归。为亲戚家留款，多吃了杯酒，把东西遗失。今无以赎父矣！』窦公见其言已合银数，乃袖中摸出还之，道：『不消着急，偶尔拾得在此，相候久矣。』这后生接过手，打开看时，分毫不动，叩头泣谢。窦公扶起，分外又赠银两而去。其他善事甚多，不可枚举。一夜，复梦祖先说道：『汝合无子无寿，今有还金阴德种种，名挂天曹，特延算三纪，赐五子显荣。』窦公自此愈积阴功。后果连生五子，长仪，次俨，三侃，四偁，五僖，俱仕宋为显官。窦公寿至八十二，沐浴相别亲戚，谈笑而卒。安乐老冯道有诗赠之云：

燕山窦十郎，教子有义方。灵椿一株老，丹桂五枝芳。

说话的，为何道这两桩故事？只因亦有一人曾还遗金，后来虽不能如二公这等大富大贵，却也免了一个大难，享个大大家事。正是：

种瓜得瓜，种豆得豆。一切祸福，自作自受。

说这苏州府吴江县离城七十里有个乡镇，地名盛泽。镇上居民稠广，土俗淳仆，俱以蚕桑为业。男女勤谨，络纬机杼之声，通宵彻夜。那市上两岸绸丝牙行，约有千百余家，远近村坊织成绸匹，俱到此上市。四方商贾来收买的，蜂攒蚁集，挨挤不开，路途无伫足之隙。乃出产锦绣之乡，积聚绫罗之地。江南养蚕所在甚多，惟此镇处最盛。有几句口号为证：

东风二月暖洋洋，江南处处蚕桑忙。蚕欲温和桑欲干，明如良玉发奇光。缫成万缕千丝长，大筐小筐随络床。美人抽绎沾唾香，一经一纬机杼张。咿咿轧轧谐宫商，花开锦簇成匹量。莫忧八口无餐粮，朝来镇上添远商。

且说嘉靖年间，这盛泽镇上有一人，姓施名复，浑家喻氏，夫妻两口，别无男女。家中开张绸机，每年养几筐蚕儿，妻络夫织，甚好过活。这镇上都是温饱之家，织下绸匹，必积至十来匹，最少也有五六匹，方才上市。那大户人家积得多的便不上市，都是牙行引客商上门来买。施复是个小户儿，本钱少，织得三四匹，便去上市出脱。一日，已积了四匹，逐匹把来方方折好，将个布袱儿包裹，一径来到市中。只见人烟辏集，语话喧阗，甚是热闹。施复到个相熟行家来卖。见门首拥着许多卖绸的，屋里坐下三四个客商。主人家跕在柜身里，展看绸匹，估喝价钱。施复分开众人，把绸递与主人家。主人家接来，解开包袱，逐匹翻看一过，将秤准了一准，喝定价钱，递与一个客人道：『这施一官是忠厚人，不耐烦的，把些好银子与他。』那客人真个只拣细丝称准，付与施复。施复自己也摸出等子来准一准，还觉轻些，又争添上一二分，也就罢了。讨张纸包好银子，放在兜肚里，收了等子包袱，向主人家拱一拱手，叫声有劳，转身就走。行不上半箭之地，一眼觑见一家街沿之下，一个小小青布包儿。施复趱步向前，拾起袖过，走到一个空处，打开看时，却是两锭银子，又有三四件小块，兼着一文太平钱儿。把手掂一掂，约有六两多重。心中欢喜道：『今日好造化！拾得这些银子，正好将去凑做本钱。』连忙包好，也揣在兜肚里，望家中而回。一头走，一头想：『如今家中见开这张机，尽勾日用了。有了这银子，再添上一张机，一月出得多少绸，有许多利息。这项银子，譬如没得，再不要动他。积上一年，共该若干，到来年再添上一张，一年又有多少利息。算到十年之外，便有千金之富。那时造什么房子，买多少田产。』正算得熟滑，看看将近家中，忽地转过念头，想道：『这银两若是富人掉的，譬如牯牛身上拔根毫毛，打什么紧，落得将来受用。若是客商的，他抛妻弃子，宿水餐风，辛勤挣来之物，今失落了，好不烦恼。如若有本钱的，他拼这账生意扯直，也还不在心上。倘然是个小经纪，只有这些本钱，或是与我一般样苦挣过日，或卖了绸，或脱了丝，这两锭银乃是养命之根，不争失了，就如绝了咽喉之气，一家良善没甚过活，互相埋怨，必致鬻身卖子。倘是个执性的，气恼不过，肮脏送了性命，也未可知。我虽是拾得的，不十分罪过。但日常动念，使得也不安稳。就是有了这银子，未必真个营运发积起来。一向没这东西，依原将就过了日子。不如原往那所在，等失主来寻，还了他去，到得安乐。』随复转身而去，正是：

多少恶念转善，多少善念转恶。劝君诸善奉行，但是诸恶莫作。

当下施复来到拾银之处，靠在行家柜边，等了半日，不见失主来寻。他本空心出门的，腹中渐渐饥饿。欲待回家吃了饭再来，犹恐失主一时间来，又不相遇，只得忍着等候。少顷，只见一个村庄后生，汗流满面，闯进行家，高声叫道：『主人家，适来银子忘记在柜上，你可曾捡得么？』主人家道：『你这人好混账！早上交银子与了你，这时节却来问我，你若忘在柜上时，莫说一包，再有几包，也都有人拿去了。』那后生连把脚跌道：『这是我的种田工本，如今没了，却怎么好？』施复问道：『约莫有多少？』那后生道：『起初在这里卖的丝银六两二钱。』施复道：『把什么包的？有多少件数？』那后生道：『两大锭，又是三四小块的，一个青布银包包的。』施复道：『恁样不消着急，我拾得在此，相候久矣。』便去兜肚里摸出来，递与那人。那人连声称谢。接过手，打开看时，分毫不动。那时往来的人，当做奇事，拥上一堆，都问道：『在哪里拾的？』施复指道：『在这阶沿头拾的。』那后生道：『难道老哥这样好心，在此等候还人。若落在他人手里，安肯如此？如今到是我拾得的了，情愿与老哥各分一半。』施复道：『我若要，何不全取了，却分你这一半？』那后生道：『既这般，送一两谢仪与老哥买果儿吃。』施复笑道：『你这人是个呆子！六两三两都不要，要你一两银子何用！』那后生道：『老哥，银子又不要，何以相报？』众人道：『看这位老兄，是个厚德君子，料必不要你报。不若请到酒肆中吃三杯，见你的意罢了。』那后生道：『说得是。』便来邀施复同去。施复道：『不消得，不消得，我家中有事，莫要担搁我工夫。』转身就走，那后生留之不住。众人道：『你这人好造化！掉了银子，一文钱不费，便捞到手。』那后生道：『便是，不想世间原有这等好人。』把银包藏了，向主人叫声打搅，下阶而去。众人亦赞叹而散。也有说：『施复是个呆的，拾了银子不会将去受用，却呆站着等人来还。』也有说：『这人积此阴德，后来必有好处。』不题众人。且说施复回到家里，浑家问道：『为什么去了这大半日？』施复道：『不要说起。将到家了，因着一件事，覆身转去，担搁了这一回。』浑家道：『有甚事担搁？』施复将还银之事说向浑家。浑家道：『这件事也做得好。自古道：「横财不富命穷人。」倘然命里没时，得了他反生灾作难，到未可知。』施复道：『我正为这个缘故，所以还了他去。』当下夫妇二人，不以拾银为喜，反以还银为安。衣冠君子中，多有见利忘义的，不意愚夫愚妇到有这等见识。

从来作事要同心，夫唱妻和种德深。万贯钱财如粪土，一分仁义值千金。

自此之后，施复每年养蚕，大有利息，渐渐活动。那育蚕有十体、二光、八宜等法，三稀、五广之忌。第一要择蚕种。蚕种好，做成茧小而明厚坚细，可以缫丝。如蚕种不好，但堪为绵纩，不能缫丝，其利便差数倍。第二要时运。有造化的，就蚕种不好，依般做成丝茧。若造化低的，好蚕种也要变做绵茧。北蚕三眠，南蚕俱是四眠。眠起饲叶，各要及时。又蚕性畏寒怕热，惟温和为得候。昼夜之间，分为四时。朝暮类春秋，正昼如夏，深夜如冬，故调护最难。江南有谣云：

做天莫做四月天，蚕要温和麦要寒。秧要日时麻要雨，采桑娘子要晴干。

那施复一来蚕种拣得好；二来有些时运。凡养的蚕，并无一个绵茧；缫下丝来，细圆匀紧，洁净光莹，再没一根粗节不匀的。每筐蚕，又比别家分外多缫出许多丝来。照常织下的绸拿上市去，人看时光彩润泽，都增价竞买，比往常每匹平添钱多银子。因有这些顺溜，几年间，就增上三四张绸机，家中颇颇饶裕。里中遂庆个号儿，叫做施润泽。却又生下一个儿子，寄名观音大士，叫做观保。年才二岁，生得眉目清秀，到好个孩子。

话休烦絮。那年又值养蚕之时，才过了三眠，合镇阙了桑叶，施复家也只勾两日之用。心下慌张，无处去买。大率蚕市时，天色不时阴雨，蚕受了寒湿之气，又食了冷露之叶，便僵死，十分之中，就只好存其半，这桑叶就有余了。那年天气温暖，家家无恙，叶遂短阙。且说施复正没处买桑叶，十分焦躁，忽见邻家传说，洞庭山余下桑叶甚多，合了十来家，过湖去买。施复听见，带了些银两，把被窝打个包儿，也来趁船。这时已是未牌时候，开船摇橹，离了本镇。过了平望，来到一个乡村，地名滩阙。这去处在太湖之旁，离盛泽有四十里之远。天已傍晚，过湖不及，遂移舟进一小港泊住。稳缆停桡，打点收拾晚食，却忘带了打火刀石。众人道：『那个上涯去取讨个火种便好？』施复却如神差鬼使一般，便答应道：『待我去。』取了一把麻骨，跳上岸来。见家家都闭着门儿。你道为何，天色未晚，人家就闭了门？那养蚕人家，最忌生人来冲。从蚕出至成茧之时，约有四十来日，家家紧闭门户，无人往来。任你天大事情，也不敢上门。当下施复走过几家，初时甚以为怪，道：『这些人家，想是怕鬼拖了人去，日色还在天上，便都闭了门。』忽地想起道：『呸！自己是老看蚕，到忘记了这取火乃养蚕家最忌的，却兜揽这帐！如今哪里去讨？』欲待转来，又想道：『方才不应承来，到也罢了。若空身回转，教别个来取得时，反是老大没趣。或者有家儿不养蚕的也未可知。』依旧又走向前去，只见一家门儿半开半掩。他也不管三七廿一，做两步跨到檐下，却又不敢进去。站在门外，舒颈望着里边，叫声：『有人么？』里边一个女人走出来，问道：『什么人？』施复满面赔着笑道：『大娘子，要相求个火儿。』妇人道：『这时节，别人家是不肯的，只我家没忌讳，便点个与你也不妨得。』施复道：『如此多谢了！』即将麻骨递与，妇人接过手，进去点出火来。施复接了，谢声打搅，回身便走。走不上两家门面，背后有人叫道：『那取火的转来，掉落东西了。』施复听得，想道：『却不知掉了甚的？』又覆走转去。妇人说道：『你一个兜肚落在此了。』递还施复。施复谢道：『难得大娘子这等善心。』妇人道：『何足为谢！向年我丈夫在盛泽卖丝，落掉六两多银子，遇着个好人拾得，住在那里等候。我丈夫寻去，原封不动，把来还了，连酒也不要吃一滴儿。这样人方是真正善心人！』施复见说，却与他昔年还银之事相合，甚是骇异，问道：『这事有几年了？』妇人把指头扳算道：『已有六年了。』施复道：『不瞒大娘子说，我也是盛泽人，六年前也曾拾过一个卖丝官人六两多银子，等候失主来寻，还了去。他要请我，也不要吃他的。但不知可就是大娘子的丈夫？』妇人道：『有这等事！待我教丈夫出来，认一认可是？』施复恐众人性急，意欲不要。不想手中麻骨火将及点完，乃道：『大娘子，相认的事甚缓，求得个黄同纸去引火时，一发感谢不尽。』妇人也不回言，径往里边去了。顷刻间，同一个后生跑出来。彼此睁眼一认，虽然隔了六年，面貌依然。正是昔年还银义士。正是：

一叶浮萍归大海，人生何处不相逢。

当下那后生躬身作揖道：『常想老哥，无从叩拜，不意今日天赐下顾。』施复还礼不迭。二人作过揖，那妇人也来见个礼。后生道：『向年承老哥厚情，只因一时仓忙，忘记问得尊姓大号住处。后来几遍到贵镇卖丝，问主人家，却又不相认。四面寻访数次，再不能遇见。不期到在敝乡相会，请里面坐。』施复道：『多承盛情垂念。但有几个朋友，在舟中等候火去作晚食，不消坐罢。』后生道：『何不一发请来？』施复道：『岂有此理！』后生道：『既如此，送了火去来坐罢。』便教浑家取个火来，妇人即忙进去。后生问道：『老哥尊姓大号？今到哪里去？』

施复道："小子姓施名复，号润泽。今因缺了桑叶，要往洞庭山去买。"后生道："若要桑叶，我家尽有，老哥今晚住在寒舍，让众人自去。明日把船送到宅上，可好么？"施复见说他家有叶，好不欢喜。乃道："若宅上有时，便省了小子过湖，待我回覆众人自去。"妇人将出火来，后生接了，说："我与老哥同去。"又吩咐浑家，快收拾夜饭。

当下二人拿了火来至船边，把火递上船去。众人一个个眼都望穿，将施复埋怨道："讨个火什么难事，却去这许多时？"施复道："不要说起，这里也都看蚕，没处去讨。落后相遇着这位相熟朋友，说了几句话，故此迟了，莫要见怪！"又道："这朋友偶有叶在家中，我已买下，不得相陪列位过湖了。包袱在舱中，相烦拿来与我。"众人检出付与。那后生便来接道："待我拿罢！"施复叫道："列位，暂时抛撇，归家相会。"别了众人，随那后生转来。乃问道："适来忙促，不曾问得老哥贵姓大号。"答道："小子姓朱名恩，表字子义。"施复道："今年贵庚多少？"答道："二十八岁。"施复道："恁样，小子叨长老哥八年！"又问："令尊令堂同居么？"朱恩道："先父弃世多年，止有老母在常。今年六十八岁了，吃一口长素。"二人一头说，不觉已至门首。朱恩推开门，请施复屋里坐下。那桌上已点得灯烛。朱恩放下包裹道："大嫂快把茶来。"声犹未了，浑家已把出两杯茶，就门帘内递与朱恩。朱恩接过来，递一杯与施复，自己拿一杯相陪。又问道："大嫂，鸡可曾宰么？"浑家道："专等你来相帮。"朱恩听了，连忙把茶放下，跳起身要去捉鸡。原来这鸡就罩在堂屋中左边。施复即上前扯住道："既承相爱，即小菜饭儿，也是老哥的盛情，何必杀生！况且此时鸡已上宿，不争我来又害他性命，于心何忍！"朱恩晓得他是个质直之人，遂依他说，仍复坐下道："既如此说，明日宰来相请。"叫浑家道："不要宰鸡了，随分有现成东西，快将来吃罢，莫饿坏了客人。酒烫热些。"施复道："正是忙日子，却来蒿恼。幸喜老哥家没忌讳还好。"朱恩道："不瞒你说，旧时敝乡这一带，第一忌讳是我家。如今只有我家无忌讳。"施复道："这却为何？"朱恩道："自从那年老哥还银之后，我就悟了这道理。凡事是有个定数，断不由人，故此绝不忌讳，依原年年十分利息。乃知人家都是自己见神见鬼，全不在忌讳上来。妖由人兴，信有之也。"施复道："老哥是明理之人，说得极是。"朱恩又道："又有一节奇事，常年我家养十筐蚕，自己园上叶吃不来，还要买些。今年看了十五筐，这园上桑又不曾增一棵两棵，如今够了自家，尚余许多，却好又济了老哥之用。这桑叶却像为老哥而生，可不是个定数？"施复道："老哥高见，甚是有理。就如你我相会，也是个定数。向日你因失银与我识面，今日我亦因失物，尊嫂见还。方才言及前情，又得相会。"朱恩道："看起来，我与老哥乃前生结下缘分，方得如此。意欲结为兄弟，不知尊意若何？"施复道："小子别无兄弟，若不相弃，可知好哩。"当下二人就堂中八拜为交，认为兄弟。施复又请朱恩母亲出来拜见了。朱恩重复唤浑家出来，见了结义伯伯。一家都欢欢喜喜。

不一时，将出酒肴，无非鱼肉之类。二人对酌。朱恩问道："大哥有几位令郎？"施复答道："只有一个，刚才二岁。不知贤弟有几个？"朱恩道："止有一个女儿，也才二岁。"便教浑家抱出来，与施复观看。朱恩又道："大哥，我与你兄弟之间，再结个儿女亲家何如？"施复道："如此最好，但恐家寒，攀陪不起。"朱恩道："大哥何出此言！"两下联了姻事，愈加亲热。杯来盏去，直饮至更余方止。朱恩寻扇板门，把凳子两头阁着，支个铺儿在堂中右边，将荐席铺上。施复打开包裹，取出被来抖好。朱恩叫声安置，将中门闭上，向里面去了。

施复吹息灯火，上铺卧下，翻来覆去，再睡不着。只听得鸡在笼中不住吱吱喳喳，想道：『这鸡为什么只管咭咭？』约莫一个更次，众鸡忽然乱叫起来，却像被什么咬住一般。施复只道是黄鼠狼来偷鸡，霍地跳起身，将衣服披着，急来看这鸡。说时迟，那时快，才下铺走不上三四步，只听得一声响亮，如山崩地裂，不知甚东西打在铺上，把施复吓得半步也不动。且说朱恩同母亲、浑家正在那里饲蚕，听得鸡叫，也认做黄鼠狼来偷，急点火出来看。才动步，忽听这一响，惊得跌足叫苦道：『不好了！是我害了哥哥性命也，怎么处？』飞奔出来。母妻也惊骇，道：『坏了，坏了！』接脚追随。朱恩开了中门，才跨出脚，就见施复站在中间，又惊又喜道：『哥哥，险些儿吓杀我也！亏你如何走得起身，脱了这祸？』施复道：『若不是鸡叫得慌，起身来看，此时已为齑粉矣。不知是甚东西打将下来？』朱恩道：『乃是一根车轴搁在上边，不知怎地却掉下来？』将火照时那扇门打得粉碎，凳子都跌倒了，车轴滚在壁边，有巴斗粗大。施复看了，伸出舌头缩不上去。此时朱恩母妻见施复无恙，已自进去了。那鸡也寂然无声。朱恩道：『哥哥起初不要杀鸡，谁想就亏他救了性命。』二人遂立誓戒了杀生。有诗为证：

昔闻杨宝酬恩雀，今见施君报德鸡。物性有知皆似此，人情好杀复何为？

当下朱恩点上灯烛，卷起铺盖，取出稻草，就地上打了铺儿与施复睡了。到次早起身，外边却已下雨。吃过早饭，施复便要回家。朱恩道：『难得大哥到此！须住一日，明早送回。』施复道：『你我正在忙时，总然留这一日，各不安稳。不如早得我回去，等空闲时，大家宽心相叙几日。』朱恩道：『不妨得，譬如今日到洞庭山去了，住在这里话一日儿。』朱恩母亲也出来苦留，施复只得住下。到巳牌时分，忽然作起大风，扬沙拔木，非常利害。接着风，就是一阵大雨。朱恩道：『大哥，天遣你遇着了我，不去得还好。他们过湖的，有些担险哩。』施复道：『便是。不想起这等大风，真个好怕人子！』那风直吹至晚方息，雨也止了。施复又住了一宿。次日起身时，朱恩桑叶已采得完备。他家自有船只，都装好了。吃了饭，打点起身。施复意欲还他叶钱，料道不肯要时，乃道：『贤弟，想你必不受我叶钱，我到不虚文了。但你家中脱不得身，送我去便担搁两日工夫。若有人顾一个摇去，却不两便？』朱恩道：『正要认着大哥家中，下次好来往，如何不要我去？家中也不消得我。』施复见他执意要去，不好阻挡。遂作别朱恩母妻，下了船。朱恩把船摇动，刚过午，就到了盛泽。施复把船泊住，两人搬桑叶上岸。那些邻家也因昨日这风，都担着愁担子，俱在门首等候消息。见施复到时，齐道：『好了，回来也！』急走来问道：『他们那里去了不见？共买得几多叶？』施复答道：『我在滩阙遇见亲戚家，有些余叶送我，不曾同众人过湖。』众人俱道：『好造化，不知过湖的怎样光景哩？』施复道：『料然没事。』众人道：『只愿如此便好。』施复就央几个相熟的，将叶相帮搬到家里。谢声有劳，众人自去。浑家接着道：『我正在这里忧你，昨日恁样大风，不知如何过了湖？』施复道：『且过来见了朱叔叔，慢慢与你细说。』朱恩上前深深作揖，喻氏还了礼。施复道：『贤弟请坐，大娘快取茶来，引孩子来见了丈人。』喻氏从不曾见过朱恩，听见叫他是贤弟，又称他是孩子丈人，心中惑突，正不知是兀谁。忙忙点出两杯茶，引出小厮来。施复接过茶，递与朱恩。自己且不吃茶，便抱小厮过来，与朱恩看。朱恩见生得清秀，甚是欢喜。放下茶，接过来抱在手中。这小厮却如相熟的一般，笑嘻嘻全不怕生。施复向浑家说道：『这朱叔叔便是向年失银子的，他家住在滩阙。』喻氏道：『原来就是向年失银的。

如何却得相遇？』施复乃将前晚讨火落了兜肚，因而言及，方才相会留住在家，结为兄弟，又与儿女联姻。并不要宰鸡，亏鸡警报，得免车轴之难，所以不曾过湖，今日将叶送回，前后事细细说了一遍。喻氏又惊又喜，感激不尽。即忙收拾酒肴款待。正吃酒间，忽闻得邻家一片哭声，施复心中怪异。走出来问时，却是昨日过湖买叶的翻了船，十来个人都淹死了，只有一个人得一块船板，浮起不死。亏渔船上救了，回来报信。施复闻得，吃这惊不小。进来学向朱恩与浑家听了，合掌向天称谢。又道：『若非贤弟相留，我此时亦在劫中矣。』朱恩道：『此皆大哥平昔好善之报，与我何干！』施复留朱恩住了一宿。到次早，朝膳毕，施复道：『本该留贤弟闲玩几日，便是晓得你家中事忙，不敢担误在此。过了蚕事，然后来相请。』朱恩道：『这里原是不时往来的，何必要请。』施复又买两盒礼物相送，朱恩却也不辞。别了喻氏，解缆开船。施复送出镇上，方才分手。正是：

只为还金恩义重，今朝难舍弟兄情。

且说施复是年蚕丝利息，比别年更多几倍。欲要又添张机儿，怎奈家中窄隘，摆不下机床。大凡人时运到来，自然诸事遇巧。施复刚愁无处安放机床，恰好间壁邻家住着两间小房，连年因蚕桑失利，嫌道住居风水不好，急切要把来出脱，正凑了施复之便。那邻家起初没售主时，情愿减价与人。及至施复肯与成交，却又道方圆无真假，比原价反要增厚，故意作难刁蹬，直征个心满意足，方才移去。那房子还拆得如马坊一般。施复一面唤匠人修理，一面择吉铺设机床，自己将把锄头去垦机坑。约摸锄了一尺多深，忽锄出一块大方砖来。揭起砖时，下面圆圆一个坛口，满满都是烂米。施复说道：『可惜这一坛米如何却埋在地下？』又想道：『上边虽然烂了，中间或者还好。』丢了锄头，把手去捧那烂米。还不上一寸，便露出一搭雪白的东西来。举目看时，不是别件，却是腰间细两头翘，凑心的细丝锭儿。施复欲待运动，恐怕被匠人们撞见，沸扬开去。急忙原把土泥掩好，报知浑家。直至晚上匠人去后，方才搬运起来，约有千金之数。夫妻们好不欢喜！施复因免了两次大难，又得了这注财乡，愈加好善。凡力量做得的好事，便竭力为之。做不得的，他也不敢勉强，因此里中随有长者之名。夫妻依旧省吃俭用，昼夜营运。不上十年，就长有数千金家事。又买了左近一所大房居住，开起三四十张绸机，又讨几房家人小厮，把个家业收拾得十分完美。儿子观保，请个先生在家，教他读书，取名德胤。行聘礼定了朱恩女儿为媳。俗语道得好：六亲合一运。那朱恩家事也颇颇长起。二人不时往来，情分胜如嫡亲。

话休烦絮。且说施复新居房子，别屋都好，惟有厅堂坍塌坏了，看看要倒，只得兴工改造。他本寒微出身，辛苦作家惯了，不做财主身分，日逐也随着做工的搬砖弄瓦，拿水提泥。众人不晓得他是勤俭，都认做借意监工，没一个敢怠惰偷力。工作半月有余，择了吉日良时，立柱上梁。众匠人都吃利市酒去了。止存施复一人，两边检点，柱脚若不平准的，便把来垫稳。看到左边中间柱脚歪斜，把砖去垫。偏有这等作怪的事，左垫也不平，右垫又不稳。索性拆开来看，却原来下面有块三角沙石，尖头正向着上边，所以垫不平。乃道：『这些匠工精鸟账！这块石头怎么不去了，留在下边？』便将手去一攀，这石随手而起。拿开石看时，到吃一惊。下面雪白的一大堆银子，其锭大小不一。上面有几个一样大的，腰间都束着红绒，其色甚是鲜明。又喜又怪，喜的是得这一大注财物，怪的是这几锭红绒束的银子，他不知藏下几多年了，颜色还这般鲜明。当下不管好歹，将衣服做个兜儿，抓上许多，原把那块石盖好，飞奔进房，向床上倒下。喻氏看见，连忙来问：『是哪里来的？』施复无暇答应。见儿子也在房中，即叫道：『观保快同我来！』口中便说，脚下乱跑。喻氏即解其意。父子二人来至外边，教儿子看守，自己匀几次搬完。这些匠人酒还吃未完哩。施复搬完了，方与浑家说知其故。夫妻三人好不喜！把房门闭上，将银收藏，约有二千余金。红绒束的，止有八锭，每锭准准三两。收拾已完，施复要拜天地。换了巾帽长衣，开门出来。那些匠人，手忙脚乱，打点安柱上梁。见柱脚倒乱，乃道：『这是谁个弄坏了？又要费一番手脚。』施复道：『你们垫得不好，须还要重整一整。』工人知是家长所为，谁敢再言。流水自去收拾，那晓其中奥妙。施复仰天看了一看，乃道：『此时正是卯时了，快些竖起来。』众匠人闻言，七手八脚，一会儿便安下柱子，抬梁上去。里边托出一大盘抛梁馒首，分散众人。邻里们都将着果酒来与施复把盏庆贺。施复因掘了藏，愈加快活，分外兴头，就吃得个半醺。正是：

人逢喜事精神爽，月到中秋分外明。

施复送客去后，将巾帽长衣脱下，依原随身短衣，相帮众人。到巳牌时分，偶然走至外边，忽见一个老儿庞眉白发，年约六十已外，来到门首，相了一回，乃问道：『这里可是施家么？』施复道：『正是，你要寻哪个？』老儿道：『要寻你们家长，问句话儿。』施复道：『小子就是。老翁有甚话说？请里面坐了。』那老儿听见就是家主，把他上下只管瞧看，又道：『你真个是么？』施复笑道：『我不过是平常人那个肯假！』老儿举一举手道：『老汉不为礼了，乞借一步说话。』拉到半边，问道：『宅上可是今日卯时上梁安柱么？』施复道：『正是。』老儿又道：『官人可曾在左边中间柱下得些财采？』施复见问及这事，心下大惊，想道：『他却如何晓得？莫不是个仙人。』因道着心事，不敢隐瞒，答道：『果然有些。』老儿又道：『内中可有八个红绒束的锭么？』施复一发骇异，乃道：『有是有的，老翁何由知得这般详细？』老儿道：『这八锭银子，乃是老汉的，所以知得。』施复道：『既是老翁的，如何却在我家柱底下？』老儿道：『有个缘故。老汉叫做薄有寿，就住在黄江南镇上，止有老荆两口，别无子女。门首开个糕饼馒头等物点心铺子，日常用度有余，积至三两，便倾成一个锭儿。老荆孩子气，把红绒束在中间，无非尊重之意。因墙卑室浅，恐露人眼目，缝在一个暖枕之内，自谓万无一失。积了这几年，共得八锭以为老夫妻身后之用，尽有余了。不想今日五鼓时分，老汉梦见枕边走出八个白衣小厮，腰间俱束红绦，在床前商议道：「今日卯时，盛泽施家竖柱安梁，亲族中应去的，都已到齐了，我们也该去矣。」有一个问道：「他们都在那一个所在？」一个道：「在左边中间柱下。」说罢，往外便走。有一个道：「我们住在这里一向，如不别而行，觉道忒薄情了。」遂俱覆转身向老汉道：「久承照管，如今却要抛撇，幸勿见怪！」那时老汉梦中，不认得那八个小厮是谁，也不晓得是何处来的。问他道：「八位小官人是几时来的？如何都不相认？」小厮答道：「我们自到你家，与你只会得一面，你就把我们撇在脑后，故此我们便认得你，你却不认得我。」又指腰间红绦道：「这还是初会这次，承你送的，你记得了么？」老汉一时想不着几时与他的，心中止挂欠无子，见其清秀，欲要他做个干儿，又对他道：「既承你们到此，何不住在这里，父子相看，帮我做个人家？怎么又要往别处去？」八个小厮笑道：「你要我们做儿子，不过要送终之意。但我们该旺处去的，你这老官儿消受不起。」道罢，一齐往外而去。老汉此时觉道睡在床上，不知怎地身子已到门首，再三留之，头也不回。惟闻得说道：「天色晏了，快走罢。」一齐乱跑。老汉追将上去，被草根绊了一交，惊醒转来，与老荆说知，因疑惑这八锭银子作怪。到早上拆开枕看时，都已去了。因要试验此梦，故特来相访，不想果然。」

施复听罢，大惊道：「有这样奇事！老翁不必烦恼，同我到里面来坐。」薄老道：「这事已验，不必坐了。」施复道：「你老人家许多路来，料必也饿了，见成点心吃些去也好。」这薄老儿见留他吃点心，到也不辞，便随进来。只见新竖起三间堂屋，高大宽敞，木材巨壮。众匠人一个个乒乒乓乓，耳边惟闻斧凿之声，比平常愈加用力。你道为何这般勤谨？大凡新竖屋那日，定有个犒劳筵席，利市赏钱。这些匠人打点吃酒要钱，见家主进来，故便假殷勤讨好。薄老儿看着如此热闹，心下嗟叹道：「怪道这东西欺我消受他不起，要望旺处去。原来他家恁般兴头！咦，这银子却也势利得很哩！」不一时，来至一小客座中，施复请他坐下，急到里边向浑家说知其事。喻氏亦甚惊异，乃对施复道：「这银子既是他送终之物，何不把来送还，做个人情也好。」施复道：「正有此念，故来与你商量。」喻氏取出那八锭银子，把块布包好。施复袖了，吩咐讨些酒食与他吃。复到客座中，摸出包来道：「你看，可是那八锭么？」薄老儿接过打开一看，分毫不差，乃道：「正是这八个怪物！」那老儿把来左翻右相，看了一回，对着银子说道：「我想你缝在枕中，如何便会出来黄江泾。到此有十里之远，人也怕走，还要趁个船儿。你又没有脚，怎地一回儿就到了这里？」口中便说，心下又转着苦挣之难，失去之易，不觉眼中落下两点泪来。施复道：「老翁不必心伤，小子情愿送还，赠你老人家百年之用。」薄老道：「承官人厚情。但老汉无福享用，所以走了。今若拿去，少不得又要走的，何苦讨恁般烦恼吃！」施复道：「如今乃我送你的，料然无妨。」薄老只把手来摇道：「不要，不要！老汉也是个知命的，勉强来，一定不妙。」施复因他坚执不要，又到里边与浑家商议。喻氏道：「他虽不要，只我们心上过意不去。」又道：「他或者消受这十锭不起，一二锭量也不打紧。」施复道：「他执意一锭也不肯要。」喻氏道：「我有个道理在此，把两锭裹在馒头里，少顷送与他作点心。到家看见，自然罢了，难道又送来不成？」施复道：「此见甚妙。」喻氏先支持酒肴出去。薄老坐了客位，施复对面相陪。薄老道：「没事打搅官人，不当人子！」施复道：「见成菜酒，何足挂齿！」当下三杯两盏，吃了一回。薄老儿不十分会饮，不觉半醉。施复讨饭与他吃罢，将要起身作谢，家人托出两个馒头。施复道：「两个粗点心，带在路上去吃。」薄老道：「老汉酒醉饭饱，连夜饭也不要吃了，路上如何又吃点心？」施复道：「总不吃，带回家去便了。」薄老儿道：「不消得，不消得！老汉家中做这项生意的，日逐自有。官人留下赏人罢。」施复把来推在袖里道：「我这馒头馅好，比你铺中滋味不同。将回去吃，便晓得。」那老儿见其意殷勤，不好固辞，乃道：「没甚事到此，又吃又袖，罪过，罪过！」拱拱手道：「多谢了！」往外就走。施复送出门前，那老儿自言自语道：「来便来了，如今去不知可就有便船？」施复见他醉了，恐怕遗失了这两个馒头，乃道：「老翁，不打紧，我家有船，教人送你回去。」那老儿点头道：「官人，难得你这样好心，可知有恁般造化！」施复唤个家人，吩咐道：「你把船送这大伯子回去，务要送至家中，认了住处，下次好去拜访。」家人应诺。

薄老儿相辞下船，离了镇上，望黄江泾而去。那老儿因多了几杯酒，一路上问长问短，十分健谈。不一时已到，将船泊住，扶那老儿上岸，送到家中。妈妈接着，便问：「老官儿，可有这事么？」老儿答道：「千真万真。」口中便说，却去袖里摸出那两个馒头，递与施复家人道：『一官宅上事忙，不留吃茶了。这馒头转送你当茶罢。』施家人答道：『我官人特送你老人家的，如何却把与我？』薄老道：『你官人送我，已领过他的情了，如今送你，乃我之情。你不必固拒。』家人再三推却不过，只得受了，相别下船，依旧摇回。到自己河下，把船缆好，拿着馒头上岸。恰好施复出来，一眼看见，问道：『这馒头我送薄老官的，你如何拿了回来？』答道：『是他转送小人当茶，再三推辞不脱，勉强受了他的。』施复暗笑道：『原来这两锭银那老儿还没福受用，却又转送别人。』想道：『或者到是那人造化，也未可知。』乃吩咐道：『这两个馒头滋味，比别的不同，莫要又与别人。』答应道：『小人晓得。』那人来到里边寻着老婆，将馒头递与。还未开言说是那里来的，被伙伴中叫到外边吃酒去了。原来那人已有两个儿女，正害着疳膨食积病症。当下婆娘接在手中，想道：『若被小男女看见，偷去吃了，到是老大利害。不如把去大娘，换些别样点心哄他罢。』即便走来向主母道：『大娘，丈夫适才不知哪里拿这两个馒头。我想小男女正害肚腹病，倘看见偷吃了，这病却不一发加重！欲要求大娘换甚不伤脾胃的点心，哄那两个男女。』说罢，将馒头放在桌上。喻氏不知其细，遂拣几件付与他去，将馒头放过。少顷，施复进来，把薄老转与家人馒头之事，说向浑家，又道：『谁想到是他的造化！』喻氏听了，乃知把来换点心的就是，答道：『原来如此！却也奇异！』便去拿那两个馒头来，递与施复道：『你拍这馒头开来看。』施复不知何意，随手拍开，只听得棹上当的一响。举目看时，乃是一锭红绒束的银子，问道：『馒头如何你又取了他的？』喻氏将那婆娘来换点心之事说出，夫妻二人不胜嗟叹。方知银子赶人，挥之不去。命里无时，求之不来。施复因怜念薄老儿，时常送些钱米与他，到做了亲戚往来。死后，又买块地儿殡葬。后来施德胤长大，娶朱恩女儿过门，夫妻孝顺。施复之富，冠于一镇。夫妇二人，各寿至八十外，无疾而终。至今子孙蕃衍，与滩阙朱氏，世为姻谊云。有诗为证：

六金还取事虽微，感德天心早鉴知。
滩阙巧逢恩义报，好人到底得便宜。

第十九卷

白玉娘忍苦成夫

两眼乾坤旧恨，一腔今古闲愁。隋宫吴苑旧风流，寂寞斜阳渡口。兴到豪吟百首，醉余凭吊千秋。神仙迂怪总虚浮，只有纲常不朽。

这首[西江月]词，是劝人力行仁义，扶植纲常。从古以来，富贵空花，荣华泡影，只有那忠臣孝子，义夫节妇，名传万古。随你负担小人，闻之起敬。今日且说义夫节妇：如宋弘不弃糟糠，罗敷不从使君，此一辈岂不是扶植纲常的？又如黄允欲娶高门，预逐其妇，买臣宦达太晚，见弃于妻，那一辈岂不是败坏纲常的？真个是人心不同，泾渭各别。有诗为证：

黄允弃妻名遂损，买臣离妇志堪悲。夫妻本是鸳鸯鸟，一对栖时一对飞。

话中单表宋末时，一个丈夫姓程，双名万里，表字鹏举，本贯彭城人氏。父亲程文业，官拜尚书。万里十六岁时，椿萱俱丧。十九岁以父荫补国子生员。生得人材魁岸，志略非凡。性好读书，兼习弓马。闻得元兵日盛，深以为忧。曾献战守和三策，以直言触忤时宰，恐其治罪，弃了童仆，单身潜地走出京都。却又不敢回乡，欲往江陵府，投奔京湖制置使马光祖。未到汉口，传说元将兀良哈歹统领精兵，长驱而入，势如破竹。程万里闻得这个消息，大吃一惊，遂不敢前行。踌躇之际，天色已晚，但见：

片片晚霞迎落日，行行倦鸟盼归巢。

程万里想道：『且寻宿店，打听个实信，再作区处。』其夜只闻得户外行人奔走不绝，却都是上路逃难来的百姓，哭哭啼啼，耳不忍闻。程万里已知元兵迫近，夜半便起身，趁众同走。走到天明，方才省得忘记了包裹在客店中。来路已远，却又不好转去取讨。身边又没盘缠，腹中又饿，不免到村落中告乞一饭，又好挣扎路途。约莫走半里远近，忽然斜插里一阵兵，直冲出来。程万里见了，飞向侧边一个林子里躲避。那枝兵不是别人，乃是元朝元帅兀良哈歹部下万户张猛的游兵。前锋哨探，见一个汉子，面目雄壮，又无包裹，躲向树林中而去。料道必是个细作，追入林中，不管好歹，一索捆翻，解到张万户营中。程万里称是避兵百姓，并非细作。张万户见他面貌雄壮，留为家丁。程万里事出无奈，只得跟随。每日间见元兵所过，残灭如秋风扫叶，心中暗暗悲痛，正是：

宁为太平犬，莫作离乱人。

却说张万户乃兴元府人氏，有千斤膂力，武艺精通。昔年在乡里间豪横，守将知得他名头，收在部下为偏裨之职。后来元兵犯境，杀了守将，叛归元朝。元主以其有献城之功，封为万户，拨在兀良哈歹部下为前部向导，屡立战功。今番从军日久，思想家里，写下一封家书，把那一路掳掠下金银财宝，装做一车。又将掳到人口男女，分做两处，差帐前两个将校，押送回家。可怜程万里远离乡土，随着众人，一路啼啼哭哭，直至兴元府，到了张万户家里。将校把家书金银，交割明白，又令那些男女叩见了夫人。那夫人做人贤慧，就各拨一个房户居住，每日差使服侍。将校讨了回书，自回军前回复去了。程万里住在兴元府，不觉又经年余。那时宋元两朝讲和，各自罢军，将士宁家。张万户也回到家中，与夫人相见过了。合家奴仆，都来叩头。程万里也只得随班行礼。又过数日，张万户把掳来的男女，拣身材雄壮的留了几个，其余都转卖与人。张万户唤众人来吩咐道：『汝等不幸生于乱离时世，遭此涂炭，或有父母妻子，料必死于乱军之手。就是汝等，还喜得遇我，所以尚在。逢着别个，死去几时了。今在此地，虽然是个异乡，既为主仆，即如亲人一般。今晚各配妻子与你们，可安心居住，勿生异心。后日带到军前，寻些功绩，搏个出身，一般富贵。若有他念，犯出事来，断然不饶的。』家人都流泪叩头道：『若得如此，乃老爹再生之恩，岂敢又生他念。』当晚张万户就把那掳来的妇女，点了几名，夫人又各赏几件衣服。张万户与夫人同出堂前，众妇女跟随在后。堂中灯烛辉煌，众人都叉手侍立两旁。张万户一一唤来配合。众人一齐叩首谢恩，各自领归房户。且说程万里配得一个女子，引到房中，掩上门儿，夫妻叙礼。程万里仔细看那女子，年纪约有十五六岁，生得十分美丽，不像个以下之人。怎见得？有《西江月》为证：

两道眉弯新月，一双眼注微波，青丝七尺挽盘螺，粉脸吹弹得破。望日嫦娥盼夜，秋宵织女停梭，画堂花烛听欢呼，兀自含羞怯步。

程万里得了一个美貌女子，心中欢喜。问道：『小娘子尊姓何名？可是从幼在宅中长大的么？』女子见问，沉吟未语，早落下两行珠泪。程万里把袖子与他拭了，问道：『娘子为何掉泪？』那女子道：『奴家本是重庆人氏，姓白，小字玉娘，父亲白忠，官为统制。四川制置使余玠，调遣镇守嘉定府。不意余制置身亡，元将兀良哈歹乘虚来攻。食尽兵疲，力不能支。破城之日，父亲被擒，不屈而死。兀良元帅怒我父守城抗拒，将妾一门抄戮。张万户怜妾幼小，幸得免诛。带归家中为婢，服侍夫人。不意今日得配君子，不知君乃何方人氏，亦为所掳？』程万里见说亦是羁囚，触动其心，不觉也流下泪来。把自己家乡姓名，被掳情由，细细说与。两下凄惨一场，却已二鼓。夫妻解衣就枕，一夜恩情，十分美满。明早，起身梳洗过了，双双叩谢张万户已毕，玉娘原到里边去了。程万里感张万户之德，一切干办公事，加倍用心，甚得其欢。其夜是第三夜了，程万里独坐房中，猛然想起功名未遂，流落异国，身为下贱，玷宗辱祖，可不忠孝两虚！欲待乘间逃归，又无方便。长叹一声，潸潸泪下。正在自悲自叹之际，却好玉娘自内而出。万里慌忙拭泪相迎，容颜惨淡，余涕尚存。玉娘是个聪明女子，见貌辨色，当下挑灯共坐，叩其不乐之故。万里是个把细的人，仓猝之间，岂肯倾心吐胆。自古道：

夫妻且说三分话，未可全抛一片心。

当下强作笑容，只答应得一句道：『没有甚事。』玉娘情知他有含糊隐匿之情，更不去问他。直至掩户息灯，解衣就寝之后，方才低低启齿，款款开言道：『程郎，妾有一言，日欲奉劝，未敢轻谈。适见郎君有不乐之色，妾已猜其八九，郎君何用相瞒！』万里道：『程某并无他意，娘子不必过疑。』玉娘道：『妾观郎君才品，必非久在人后者。何不觅便逃归，图个显祖扬宗。却甘心在此，为人奴仆，岂能得个出头的日子！』程万里见妻子说出恁般说话，老大惊讶。心中想道：『他是妇人女子，怎么有此丈夫见识，道着我的心事？况且寻常人家，夫妇分别，还要多少留恋不舍。今成亲三日，恩爱方才起头，岂有反劝我还乡之理？只怕还是张万户教他来试我。』便道：『岂有此理！我为乱兵所执，自分必死。幸得主人释放，留为家丁，又以妻子配我，此恩天高地厚，未曾报得，岂可为此背恩忘义之事。汝勿多言！』玉娘见说，嘿然无语。程万里愈疑是张万户试他。到明早起身，程万里思想：『张万户教他来试我，我今日偏要当面说破，固住了他的念头，不来提防，好办走路。』梳洗已过，请出张万户到厅上坐下，说道：『禀老爹，夜来妻子忽劝小人逃走。小人想来，当初被游兵捉住，蒙老爹救了性命，留作家丁。如今又配了妻子。这般恩德，未有寸报。况且小人父母已死，亲戚又无，只此便是家了，还教小人逃到哪里去？小人昨夜已把他埋怨一番。恐怕他自己情虚，反来造言累害小人，故此特禀知老爹。』张万户听了，心中大怒，即唤出玉娘骂道：『你这贱婢！当初你父抗拒天兵，兀良元帅要把你阖门尽折，我可怜你年纪幼小，饶你性命。又恐为乱军所杀，带回来恩养长大，配个丈夫。你不思报效，反教丈夫背我，要你何用！』教左右快取家法来，吊起贱婢，打一百皮鞭。那玉娘满眼垂泪，哑口无言。众人连忙去取索子家法，将玉娘一索捆翻。正是：

分明指与平川路，反把忠言当恶言。

程万里在旁边，见张万户发怒，要吊打妻子，心中懊悔道：『原来他是真心，到是我害他了。』又不好过来讨饶。正在危急之际，恰好夫人闻得丈夫发怒，要打玉娘，急走出来救护。原来玉娘自到他家，因德性温柔，举止闲雅，且是女工中第一伶俐，夫人平昔极喜欢他的。名虽为婢，相待却像亲生一般。立心要把他嫁个好丈夫。因见程万里人材出众，后来必定有些好日，故此前晚就配与为妻。今日见说要打他，不知因甚缘故，特地自己出来。见家人正待要动手，夫人止住，上前道：『相公因甚要吊打玉娘？』张万户把程万里所说之事告与夫人。夫人叫过玉娘道：『我一向怜你幼小聪明，特拣个好丈夫配你，如何反教丈夫背主逃走？本不当救你便是。姑念初犯，与老爹讨饶。下次再不可如此！』玉娘并不回言，但是流泪。夫人对张万户道：『相公，玉娘年纪甚小，不知世务，一时言语差误，可看老身分上，姑恕这次罢。』张万户道：『既夫人讨饶，且恕这贱婢。倘若再犯，二罪俱罚。』玉娘含泪叩谢而去。张万户唤过程万里道：『你做人忠心，我自另眼看你。』程万里满口称谢，走到外边，心中又想道：『还是做下圈套来试我。若不是，怎么这样大怒，要打一百。夫人刚开口讨饶，便一下不打？况夫人在里面，哪里晓得这般快，就出来救护？且喜昨夜不曾说别的言语还好。』到了晚间，玉娘出来，见他虽然面带忧容，却没有一毫怨恨意思。程万里想道：『一发是试我了。』说话越加谨慎。

又过了三日，那晚玉娘看了丈夫，上下只管相着，欲言不言。如此三四次，终是忍耐不住，又道：『妾以诚心告君，如何反告主人，几遭捶挞！幸得夫人救免。然细观君才貌，必为大器。为何还不早图去计？若恋恋于此，终作人奴，亦有何望！』程万里见妻子又劝他逃走，心中愈疑道：『前日恁般嗔责，他岂不怕，又来说起？一定是张万户又教他来，试我念头果然决否。』也不回言，径自收拾而卧。到明早，程万里又来禀知张万户。张万户听了，暴躁如雷，连喊道：『这贱婢如此可恨，快拿来敲死了罢！』左右不敢怠缓，即向里边来唤。夫人见唤玉娘，料道又有甚事，不肯放将出来。张万户见夫人不肯放玉娘出来，转加焦躁。却又碍着夫人面皮，不好十分催逼。暗想道：『这贱婢已有外心，不如打发他去罢。倘然夫妻日久恩深，被这贱婢哄热，连这好人的心都要变了。』乃对程万里道：『这贱婢两次三番，诱你逃归，其心必有他念，料然不是为你，久后必被其害。待今晚出来，明早就教人引去卖了，别拣一个好的与你为妻。』程万里见说要卖他妻子，方才明白浑家果是一片真心，懊悔失言。便道：『老爹如今警戒两番，下次谅必不敢。总再说，小人也断然不听。若把他卖，只怕人说小人薄情，做亲才六日，就把妻子来卖。』张万户道：『我做了主，谁敢说你！』道罢，径望里边而去。夫人见丈夫进来，怒气未息，恐还要责罚玉娘，连忙教闪过一边，起身相迎，并不问起这事。张万户却又怕夫人不舍得玉娘出去，也分毫不题。

且说程万里见张万户决意要卖，心中不忍割舍，坐在房中暗泣。直到晚间，玉娘出来，对丈夫哭道：『妾以君为夫，故诚心相告，不想君反疑妾有异念，数告主人。主人性气粗雄，必然怀恨。妾不知死所矣！然妾死不足惜，但君堂堂仪表，甘为下贱，不图归计为恨耳！』程万里听说，泪如雨下，道：『贤妻良言指迷，自恨一时错见，疑主人使汝试我，故此告知。不想反累贤妻！』玉娘道：『君若肯听妾言，虽死无恨。』程万里见妻子恁般情真，又思明日就要分离，愈加痛泣。却又不好对他说知，含泪而寝，直哭到四更时分。玉娘见丈夫哭之不已，料必有甚事故，问道：『君如此悲恸，定是主人有害妾之意，何不明言？』程万里料瞒不过，方道：『自恨不才，有负贤妻。明日主人将欲鬻汝，势已不能挽回，故此伤痛！』玉娘闻言，悲泣不胜。两个搅做一团，哽哽咽咽，却又不敢放声。天未明，即便起身梳洗。玉娘将所穿绣鞋一只，与丈夫换了一只旧履，道：『后日倘有见期，以此为证。万一永别，妾抱此而死，有如同穴。』说罢复相抱而泣，各将鞋子收藏。到了天明，张万户坐在中堂，教人来唤。程万里忍住眼泪，一齐来见。张万户道：『你这贱婢！我自幼抚你成人，有甚不好，屡教丈夫背主！本该一剑斩你便是。且看夫人分上，姑饶一死。你且到好处受用去罢。』叫过两个家人吩咐道：『引他到牙婆人家去，不论身价，但要寻一下等人家，磨死这不受人抬举的贱婢便了。』玉娘要求见夫人拜别，张万户不许。玉娘向张万户拜了两拜，起来对着丈夫道声保重，含着眼泪，同两个家人去了。程万里腹中如割，无可奈何，送出大门而回。正是：

世上万般哀苦事，无非死别与生离。

比及夫人知觉，玉娘已自出门去了。夫人晓得张万户情性，诚恐他害了玉娘性命。今日脱离虎口，到也由他。且说两个家人，引玉娘到牙婆家中，恰好市上有个经纪人家，要讨一婢。见玉娘生得端正，身价又轻，连忙兑出银子，交与张万户家人，将玉娘领回家去不题。

且说程万里自从妻子去后，转思转悔，每到晚间，走进房门，便觉惨伤。取出那两只鞋儿，在灯前把玩一回，呜呜的啼泣一回。哭够多时，方才睡卧。次后访问得，就卖在市上人家，几遍要悄地去再见一面，又恐被人觑破，报与张万户，反坏了自己大事，因此又不敢去。那张万户见他不听妻子言语，信以为实，诸事委托，毫不提防。程万里假意殷勤，愈加小心。张万户好不喜欢，又要把妻子配与。程万里不愿，道：『且慢着，候随老爷到边上去，有些功绩回来，寻个名门美眷，也与老爷争气。』

光阴迅速，不觉又过年余。那时兀良哈歹在鄂州镇守，值五十诞辰。张万户昔日是他麾下裨将，收拾了许多金珠宝玉，思量要差一个能干的去贺寿，未得其人。程万里打听在肚里，思量趁此机会，脱身去罢。即来见张万户道：『闻得老爷要送兀良爷的寿礼，尚未差人。我想众人都有掌管，脱身不得。小人总是在家没有甚事，到情愿任这差使。』张万户道：『若得你去最好。只怕路上不惯，吃不得辛苦。』程万里道：『正为在家自在惯了，怕后日随老爷出征，受不得辛苦，故此先要经历些风霜劳碌，好跟老爹上阵。』张万户见他说得有理，并不疑虑，就依允了。写下问候书札，上寿礼帖，又取出一张路引，以防一路盘诘。诸事停当，择日起身。程万里打叠行李，把玉娘绣鞋都藏好了。到临期，张万户把东西出来，交付明白，又差家人张进，作伴同行。又把十两银子与他盘缠。程万里见又有一人同去，心中烦恼。欲要再禀，恐张万户疑惑。且待临时，又作区处。当下拜别张万户，把东西装上生口，离了兴元，望鄂州而来。一路自有馆驿支讨口粮，并无担搁。不则一日，到了鄂州，借个饭店寓下。来日清早，二人赍了书札礼物，到帅府衙门挂号伺候。那兀良元帅是节镇重臣，故此各处差人来上寿的，不计其数，衙门前好不热闹。三通画角，兀良元帅开门升帐。许多将官僚属，参见已过，然后中军官引各处差人进见，呈上书札礼物。兀良元帅一一看了，把礼物查收，吩咐在外伺候回书。众人答应出来不题。

且说程万里送礼已过，思量要走，怎奈张进同行同卧，难好脱身，心中无计可施。也是他时运已到，天使其然。那张进因在路上鞍马劳倦，却又受了些风寒，在饭店上生起病来。程万里心中欢喜：『正合我意！』欲要就走，却又思想道：『大丈夫作事，须要来去明白。』原向帅府候了回书。到寓所看张进时，人事不省，毫无知觉。自己即便写下一封书信，一齐放入张进包裹中收好。先前这十两盘缠银子，张进便要分用。程万里要稳住张进的心，却总放在他包裹里面，等到鄂州一齐买人事送人。今日张进病倒，程万里取了这十两银子，连路引铺陈，打做一包，收拾完备。却叫过主人家来吩咐道：『我二人乃兴元张万户老爹特差来与兀良爷上寿，还要到山东史丞相处公干。不想同伴在路上辛苦，身子有些不健，如今行动不得。若等他病好时，恐怕误了正事，只得且留在此调养几日。我先往那里公干回来，与他一齐起身。』即取出五钱银子递与道：『这薄礼权表微忱。劳主人家用心看顾，得他病体痊安，我回时还有重谢。』主人家不知是计，收了银子道：『早晚服侍，不消牵挂。但长官须要作速就来便好。』程万里道：『这个自然。』又讨些饭来吃饱，背上包裹，对主人家叫声暂别，大踏步而走。正是：

鳌鱼脱却金钩去，摆尾摇头再不来。

离了鄂州，望着建康而来。一路上有了路引，不怕盘诘，并无阻滞。此时淮东地方，已尽数属了胡元，万里感伤不已。一径到宋朝地面，取路直至临安。旧时在朝宰执，都另换了一班人物。访得现任枢密副使周翰，是父亲的门生，就馆于其家。正值度宗收录先朝旧臣子孙，全亏周翰提挈，程万里亦得补福建福清县尉。寻了个家人，取名程惠，择日上任。不在话下。

且说张进在饭店中，病了数日，方才精神清楚。眼前不见了程万里，问主人家道：『程长官怎么不见？』主人家道：『程长官十日前说，还要往山东史丞相处公干。因长官有恙，他独自去了，转来同长官回去。』张进大惊道：『何尝又有山东公干！被这贼趁我有病逃了。』主人家惊问道：『长官一同来的，他怎又逃去？』张进把当初掳他情由细说，主人懊悔不迭。张进恐怕连他衣服取去，即忙教主人家打开包裹看时，却留下一封书信，并兀良元帅回书一封，路引盘缠，尽皆取去。其余衣服，一件不失。张进道：『这贼狼子野心！老爹恁般待他，他却一心恋着南边，怪道连妻子也不要。』又将息了数日，方才行走得动。便去禀知兀良元帅，另自打发盘缠路引。一面行文挨获程万里。那张进到店中算还了饭钱，作别起身。星夜赶回家，参见张万户，把兀良元帅回书呈上看过，又将程万里逃归之事禀知。张万户将他遗书拆开看时，上写道：

门下贱役程万里，奉书恩主老爷台下：万里向蒙不杀之恩，收为厮养，委以腹心。人非草木，岂不知感。但闻越鸟南栖，狐死首丘。万里亲戚坟墓，俱在南朝，早暮思想，食不甘味。意欲禀知恩相，乞假归省，诚恐不许，以此斗胆辄行。在恩相幕从如云，岂少一走卒。放某还乡，如放一鸽耳。大恩未报，刻刻于怀。衔环结草，生死不负。

张万户看罢，顿足道：『我被这贼用计瞒过，吃他逃了！有日拿住，教他碎尸万段！』后来张万户贪婪太过，被人参劾，全家抄没，夫妻双双气死。此是后话不题。

且说程万里自从到任以来，日夜想念玉娘恩义，不肯再娶。但南北分争，无由访觅。时光迅速，岁月如流，不觉又是二十余年。程万里因为官清正廉能，已做到闽中安抚使之职。那时宋朝气数已尽，被元世祖直捣江南，如入无人之境。逼得宋末帝奔入广东崖山海岛中驻跸。止有八闽全省，未经兵火。然亦弹丸之地，料难抵敌。行省官不忍百姓罹于涂灰，商议将图籍版舆，上表亦归元主。元主将合省官俱加三级。程万里升为陕西行省参知政事。到任之后，思想兴元乃是所属地方。即遣家人程惠，将了向日所赠绣鞋，并自己这只鞋儿，前来访问妻子消息，不题。

且说娶玉娘那人，是市上开酒店的顾大郎，家中颇有几贯钱钞。夫妻两口，年纪将近四十，并无男女。浑家和氏每劝丈夫讨个丫头服侍，生育男女。顾大郎初时恐怕淘气，心中不肯。到是浑家叮嘱牙婆寻觅。闻得张万户家发出个女子，一力撺掇讨回家去。浑家见玉娘人物美丽，性格温存，心下欢喜。就房中侧边打个铺儿，到晚间又准备些夜饭，摆在房中。玉娘暗解其意，佯为不知。坐在厨下，和氏自家走来道：『夜饭已在房里了，你怎么反坐在此？』玉娘道：『大娘自请，婢子有在这里。』和氏道：『我们是小户人家，不像大人家有许多规矩。止要勤俭做人家，平日只是姊妹相称便了。』玉娘道：『婢子乃下贱之人，倘有不到处，得免嗔责足矣。岂敢与大娘同列！』和氏道：『不要疑虑！我不是那等嫉妒之辈。就是娶你，也到是我的意思。只为官人中年无子，故此劝他娶个偏房。若生得一男半女，即如与我一般。你不要害羞，可来同坐吃杯合欢酒。』玉娘道：『婢子蒙大娘抬举，非不感激，但生来命薄，为夫所弃，誓不再适。倘必欲见辱，有死而已。』和氏见说，心中不悦道：『你既自愿为婢，只怕吃不得这样苦哩。』玉娘道：『但凭大娘所命，若不如意，任凭责罚。』和氏道：『既如此，可到房中服侍。』玉娘随至房中。他夫妻对坐而饮，玉娘在旁筛酒，和氏故意难为他。直饮至夜半，顾大郎吃得大醉，衣也不脱，向床上睡了。玉娘收拾过家火，向厨中吃些夜饭，自来铺上和衣而睡。明早起来，和氏限他一日纺绩。玉娘头也不抬，不到晚都做完了，交与和氏。和氏暗暗称奇。又限他夜中趱赶多少，玉娘也不推辞，直纺到晓。一连数日如此，毫无厌倦之意。

顾大郎见他不肯向前，日夜纺绩，只道浑家妨忌，心中不乐，又不好说得。几番背他浑家与玉娘调戏，玉娘严声厉色。顾大郎惧怕浑家知得笑话，不敢则声。过了数日，忍耐不过。一日对浑家道：『既承你的美意，娶这婢子与我，如何教他日夜纺绩，却不容他近我？』和氏道：『非我之过。只因他第一夜，如此作乔，恁般推阻。为此我故意要难他转来，你如何反为好成歉？』顾大郎不信道：『你今夜不要他纺绩，教他早睡，看是怎么？』和氏道：『这有何难。』到晚间，玉娘交过所限生活。和氏道：『你一连做了这几时，今晚且将息一晚，明日做罢。』玉娘也十数夜不睡，觉道甚劳倦，甚合其意。吃过夜饭，收拾已完，到房中各自睡下。玉娘是久困的人，放倒头便睡着了。顾大郎悄悄的到他铺上，轻轻揭开被，捱进身子，把他身上一摸，却原来和衣而卧。顾大郎即便与他解脱衣裳，那衣带都死结，如何扯拽得开。顾大郎性急，把他乱扯。才扯断得一条带子，玉娘在睡梦中惊醒，连忙跳起。被顾大郎双手抱住，哪里肯放。玉娘乱喊杀人。顾大郎道：『既在我家，喊也没用。不怕你不从我！』和氏在床，假做睡着，声也不则。玉娘挣脱不得，心生一计，道：『官人，你若今夜辱了婢子，明日即寻一条死路。张万户夫人平昔极爱我的，晓得我死了，料然决不与你干休。只怕那时破家荡产，连性命亦不能保，悔之晚矣。』顾大郎见说，果然害怕，只得放手，原走到自己床上睡了。玉娘眼也不合，直坐到晓。和氏见他立志如此，料不能强，反认为义女。玉娘方才放心，夜间只是和衣而卧，日夜辛勤纺织。

约有一年。玉娘姑计积成布匹，比身价已有二倍，将来交与顾大郎夫妇，求为尼姑。和氏见他诚恳，更不强留。把他这些布匹，尽施与为出家之费。又备了些素礼，夫妇二人，同送到城南昙花庵出家。玉娘本性聪明，不勾三月，把那些经典讽诵得烂熟。只是心中记挂着丈夫，不知可能勾脱身逃走。将两只鞋子，做个囊儿盛了，藏于贴肉。老尼出庵去了，就取出观玩，对着流泪。次后央老尼打听，知得乘机走了，心中欢喜，早晚诵经祈保。又感顾大郎夫妻恩德，也在佛前保佑。后来闻知张万户全家抄没，夫妇俱丧。玉娘想念夫人幼年养育之恩，大哭一场，礼忏追荐。诗云：

数载难忘养育恩，看经礼忏荐夫人。为人若肯存忠厚，虽不关亲也是亲。

且说程惠奉了主人之命，星夜赶至兴元城中，寻个客店寓下。明日往市中，访到顾大郎家里。那时顾大郎夫妇年近七旬，须鬓俱白，店也收了，在家持斋念佛，人都称他为顾道人。程惠走至门前，见老人家正在那里扫地。程惠上前作揖道：『太公，借问一句说话。』顾老还了礼。见不是本处乡音，便道：『客官可是要问路径么？』程惠道：『不是。要问昔年张万户家出来的程娘子，可在你家了？』顾老道：『客官，你是哪里来的？问他怎么？』程惠道：『我是他的亲戚，幼年离乱时失散。如今特来寻访。』顾老道：『不要说起！当初我因无子，要娶他做个通房。不想自到家来，从不曾解衣而睡。我几番捉弄他，他执意不从。见伊立性贞烈，不敢相犯，到认做义女，与老荆就如嫡亲母子。且是勤俭纺织，有时直做到天明。不上一年，将做成布匹抵偿身价，要去出家。我老夫妻不好强留，就将这些布匹，送与他出家费用。又备些素礼，送他到南城昙花庵为尼。如今二十余年了，足迹不曾出那庵门。我老夫妇到时常走去看看他，也当做亲人一般。又闻得老尼说，至今未尝解衣寝卧，不知他为甚缘故？这几时因老病，不曾去看得。客官，既是你令亲，径到那里去会便了。路也不甚远。见时，到与老夫代言一声。』

程惠得了实信，别了顾老，问昙花庵一路而来，不多时就到了。看那庵也不甚大。程惠走进了庵门，转过左边，便是三间佛堂。见堂中坐着个尼姑诵经，年纪虽是中年，人物到还十分整齐。程惠想道：『是了。』且不进去相问，就在门槛上坐着，袖中取出这两只鞋来细玩。自言自语道：『这两只好鞋，可惜不全。』那诵经的尼姑，却正是玉娘。他一心对在经上，忽闻得有人说话，方才抬起头来。见一人坐在门槛上，手中玩弄两只鞋子，看来与自己所藏无二。那人却又不是丈夫，心中惊异，连忙收掩经卷，立起身向前问讯。程惠把鞋放在槛上，急忙还礼。尼姑问道：『檀越，借鞋履一观。』程惠拾起递与，尼姑看了道：『檀越，这鞋是哪里来的？』程惠道：『是主人差来寻访一位娘子。』尼姑道：『你主人姓甚？何处人氏？』程惠道：『主人姓程，名万里，本贯彭城人氏，今现任陕西参政。』尼姑听说，即向身边囊中取出两只鞋来，恰好正是两对。尼姑眼中流泪不止。程惠见了，倒身下拜道：『相公特差小人来寻访主母。适才问了顾太公，指引到此，幸而得见。』尼姑道：『你相公如何得做这等大官？』程惠把历官闽中，并归元升任至此，说了一遍。又道：『相公吩咐，如寻见主母，即迎到任所相会。望主母收拾行装，小人好去雇请车辆。』尼姑道：『吾今生已不望鞋履复合。今幸得全，吾愿毕矣，岂别有他想。你将此鞋归见相公、夫人，为吾致意，须做好官，勿负朝廷，勿虐民下。我出家二十余年，无心尘世久矣，此后不必挂念。』程惠道：『相公因念夫人之义，誓不再娶。夫人不必固辞。』尼姑不听，望里边自去。程惠央老尼再三苦告，终不肯出。

程惠不敢苦逼，将了两双鞋履，回至客店，取了行李，连夜回到陕西衙门。见过主人，将鞋履呈上，细述顾老言语，并玉娘认鞋，不肯同来之事。程参政听了，甚是伤感。把鞋履收了，即移文本省。那省官与程参政昔年同在闽中为官，有僚友之谊。见了来文，甚以为奇。即行檄仰兴元府官吏，具礼迎请。兴元府官不敢怠慢，准备衣服礼物，香车细辇，笙箫鼓乐，又取两个丫鬟服侍，同了僚属，亲到昙花庵来礼请。那时满城人家尽皆晓得，当做一件新闻，扶老挈幼，争来观看。且说太守同僚属到了庵前下马，约退从人，径进庵中。老尼出来迎接。太守与老尼说知来意，要请程夫人上车。老尼进去报知，玉娘见太守与众官来请，料难推托，只得出来相见。太守道：『本省上司奉陕西程参政之命，特着下官等具礼迎请夫人上车，往陕西相会。车舆已备，望夫人易换袍服，即便登舆。』教丫鬟将礼物服饰呈上。玉娘不敢固辞，教老尼收了。谢过众官，即将一半礼物送与老尼为终老之资，余一半嘱托地方官员将张万户夫妻以礼改葬，报其养育之义。又起七昼夜道场，追荐白氏一门老小。好事已毕，丫鬟将袍服呈上。玉娘更衣，到佛前拜了四拜，又与老尼作别。出庵上车，府县官俱随于后。玉娘又吩咐：还要到市中去拜别顾老夫妻。路上鼓乐喧闹，直到顾家门首下车。顾老夫妇出来，相迎庆喜。玉娘到里边拜别，又将礼物赠与顾老夫妇，谢他昔年之恩。老夫妻流泪收下，送至门前，不忍分别。玉娘亦觉惨然，含泪登车，各官直送至十里长亭而别。太守又委僚属李克复，率领步兵三百，防护车舆。一路经过地方，官员知得，都来迎送馈礼。直至陕西省城，那些文武僚属，准备金鼓旗幡，离城十里迎接。程参政也亲自出城远迎。一路金鼓喧天，笙箫振地，百姓们都满街结彩，香花灯烛相迎。直至衙门后堂私衙门口下车。程参政吩咐僚属明日相见，把门掩上，回至私衙。夫妻相见，拜了四双八拜，起来相抱而哭。各把别后之事，细说一遍，说罢又哭。然后奴仆都来叩见，安排庆喜筵席。直饮至二更，方才就寝。可怜成亲止得六日，分离到有二十余年。此夜再合，犹如一梦。次日，程参政升堂，僚属俱来送礼庆贺。程参政设席款待，大吹大擂，一连开宴三日。各处属下晓得，都遣人称贺，自不必说。

且说白夫人治家有方，上下钦服。因自己年长，料难生育，广置姬妾。程参政连得二子。自己直加衔平章，封唐国公。白氏封一品夫人，二子亦为显官。后人有诗为证：

六日夫妻廿载别，刚肠一样坚如铁。
分鞋今日再成双，留与千秋作话说。

第二十卷

张廷秀逃生救父

万事由天莫强求，何须苦苦用机谋。饱三餐饭常知足，得一帆风便可收。生事事生何日了？害人人害几时休？冤家宜解不宜结，各自回头看后头。

话说国朝自洪武爷开基，传至万历爷，乃第十三代天子。那爷爷圣武神文，英明仁孝，真个朝无幸位，野没遗贤。内中单表江西南昌府进贤县，有一人姓张名权，祖上原是富家，报充了个粮长。那知就这粮长役内坏了人家，把房产陆续弄完。传到张权父亲，已是寸土不存，这役子还不能脱。间壁是个徽州小木匠店。张权幼年间终日在那店门首闲看，拿匠人的斧凿学做，这也是一时戏耍。不想父母因家道贫乏，见儿子没甚生理，就送他学成这行生意。后来父母亡过，那徽州木匠也年老归乡，张权便顶着这店。因做人诚实，尽有主顾，苦挣了几年，遂娶了个浑家陈氏，夫妻二人将就过活。怎奈里役还不时缠扰。张权与浑家商议，离了故土，搬至苏州阊门外皇华亭侧边开个店儿。自起了个别号，去那白粉墙上写两行大字道：『江西张仰亭精造坚固小木家火，不误主顾。』张权自到苏州，生意顺溜，颇颇得过。却又踏肩生下两个儿子。常言道得好：只愁不养，不愁不长。不觉已到七八岁上，送到邻家一个义学中读书。大的取名廷秀，小的唤做文秀。这学中共有十来个孩子，止他两个教着便会。不上几年，把经书读得希烂。看看廷秀长成一十三岁，文秀一十二岁，都生得眉目疏秀，人物轩昂。那时先生教他学做文字，却就知布局练格，琢句修词。这张权虽是手艺之人，因见二子勤苦读书，也有个向上之念。谁想这年一秋无雨，作了个旱荒，寸草不苗。大户人家有米的，却又关仓遏粜。只苦得那些小百姓，若老若幼，饿死无数。官府看不过，开发义仓，赈济百姓。关支的十无三四，白白里与吏胥做了人家。又发米于各处寺院煮粥，救济贫民。却又把米侵匿，一碗粥中不上几颗米粒。还有把糠秕木屑搅和在内，凡吃的俱各呕吐，往往反速其死。上人只道百姓咸受其惠，那里晓得恁般弊窦，有名无实。正是：

随你官清似水，难逃吏滑如油。

且说张权因逢着荒年，只得把儿子歇了学，也教他学做木匠。二子天性聪明，那消几日，就学会了，且又做得精细，比积年老匠更胜几分。喜得张权满面添花。只是木匠便会了，做下家火摆在门首，绝无人买。不勾几时，将平日积下些小本钱，看看摸尽，连衣服都解当来吃在肚里。张权心下着忙，与浑家陈氏商议，要寻个所在趁工几时，度过荒年，再作区处。出去走了几日，无个安身之地。只得依先在门首磨打家火，眼巴巴望个主顾来买。一日正当午后，只见一人年纪五十以上，穿着一身细绢衣服，后边小厮跟随，在街上踱将过去。忽抬头看见张权门首摆列许多家火，做得精致，就停住脚观看。张权瞧见，便放下手中生活，上前招架道：『员外要甚家火？里面请看。』那人走上阶头问道：『这些家火都是你自己做的么？』张权道：『尽是小子亲手所造。木料又干又厚，工夫精细，比别家不同。若是作成小子，情愿奉让加一。』那人道：『我买到不要买，问你可肯到人家做些家火么？』张权道：『这也使得。不知尊府住在何处？要做甚家火？』那人道：『我家住在专诸巷内天库前，有名开玉器铺的王家，要做一副嫁妆。木料尽多，只要做得坚固，精巧。完了嫁妆，还要做些桌椅书橱等类。你若肯做时，再拣两个好副手同来。』

张权正要寻恁般所在，这却不是天赐其便，乃答道：『多承员外下顾，不知还在几时动手？』那人道：『你若有工夫，就是明日做起。』张权道：『既如此，明日小子早到宅上伺候便了。』说罢，那人作别而去。

你道那人是何等样人物？原来姓王名宪，积祖豪富，家中有几十万家私。传到他手里，却又开起一个玉器铺儿，愈加饶裕。人见他有钱，都称做王员外。那王员外虽然是个富家，做人到也谦虚忠厚，乐善好施。只是一件，年过五旬，却没有子嗣。浑家徐氏，单生两个女儿。长的唤做瑞姐，二年前已招赘了个女婿赵昂在家。次女玉姐，年方一十四岁，未有姻事。生的人物聪明，姿容端正。王员外夫妻钟爱，犹胜过长女。那赵昂原是个旧家子弟，王员外与其父是通家好友。因他父母双亡，王员外念是故人之子，就赘入为婿。又与他纳粟入监，指望读书成器。谁知赵昂一纳了监生，就扩而充之起来，把书本撇开，穿着一套阔服，终日在街坊摇摆，为人且又奸狡险恶。见王员外没有儿子，以为自己是个赘婿，这家私恰像板榜上刊定是他承受，家业再没统移的了。遇着个老婆，却又是个不贤慧的班头，一心只向着老公。见父母喜欢妹子，恐怕也赘个女婿，分了家私，好生妒忌。有《赘婿诗》说得好：

人家赘婿一何痴，异种如何接本支？两口未曾沾孝顺，一心只想霸家私。愁深只为防生舅，念狠兼之妒小姨。半子虚名空受气，不如安命没孩儿。

话分两头。且说张权正愁没饭吃，今日揽了这桩大生意，心中好不欢喜。到次日起来，弄了些柴米在家，吩咐浑家照管门户。同着两个儿子，带了斧凿锯子，进了阊门，来到天库前。见个大玉器铺子，张权约莫是王家了。立住脚正要问人时，只见王员外从里边走将出来，张权即忙上前相见。王员外问道：『有几个副手在此？』张权道：『止有两个。』便教儿子过来见了员外。弟兄两人将家火递与父亲，向前深深作揖。王员外还了个半礼。见是两个小厮，便道：『我因要做好生活，故此寻你，怎么教这小厮家来做？』张权正要开言，廷秀上前道：『员外，自古道：后生可畏。年纪虽小，手段不小。且试做来看，莫要就轻忽了人。』王员外看见二子人物清秀，又且能言快语，乃问道：『这两个小厮是你甚人？』张权道：『是小子的儿子。』王员外道：『你到生的这两个好儿子！』张权道：『不敢，只是没饭吃。』王员外道：『有了恁样儿子，愁甚没饭吃！随我到里边来。』当下父子三人一齐跟进大厅。王员外唤家人王进开了一间房子，搬出木料，交与张权，吩咐了样式。父子三人量画定了，动起斧锯，手忙脚乱，直做到晚。吃了夜饭，又讨些灯火，做起夜作，半夜方睡。一连做了五日，成了几件家火，请王员外来看。王员外逐件仔细一观，连声喝采道：『果然做得精巧！』他把家火看了一回，又看张权儿子一回。见他弟兄两个只顾做生活，头也不抬，不觉触动无子之念，嘿然伤感。走入里边，坐在房中一个壁角里，两个眉头蹙做一堆，骨嘟了嘴，口也不开。浑家徐氏看见恁般模样，连问几声，也不答应。急走到外边来问：『员外适才与谁惹气？』都说才看了新做的家火进来，并不曾与甚人惹气。徐氏问明白了，又走到房里。见丈夫依旧如此闷坐，乃上前道：『员外，家中吃的尽有，穿的尽有，虽没有万贯家私，也算做是个财主。况今年纪五十之外，便日日快活，到八十岁也不上三十年了。着甚要紧，恁般烦恼！』王员外道：『妈妈，正为后头日子短了，因此烦恼。你想我辛勤了半世，挣得这些少家私，却不曾生得个儿子，传授与他，接绍香烟。就是有两个女儿，纵养他一百来岁，终是别人家媳妇，与我毫没相干。譬如瑞姐，自与他做亲之后，一心只对着丈夫，把你我便撇在脑后，何尝牵挂父母，着些痛热！反不如张木匠是个手艺之人，看他年纪还小我十来年，到生得两个好儿子，一个个眉清目秀，齿白唇红。且又聪明勤谨。父子恩恩爱爱，不教而善。适才完下几件家火，十分精巧。便是积年老手段，也做他不过。只可惜落在他家，做了木匠。若我得了这样一个儿子，就请个先生教他读书，怕不是联科及第，光耀祖宗。」徐氏见丈夫烦恼，便解慰道：『员外，这也不难！常言道：着意种花花不活，无心插柳柳成阴。既张木匠儿子恁般聪明俊秀，何不与他说，承继一个，岂不是无子而有子。』王员外闻言，心中欢喜道：『妈妈所见极是！但不知他可肯哩？』当夜无话。

到次日饭后，王员外走到厅上。张权上前说道：『员外，小子今晚要回去看看家里，相求员外借些工钱，买办柴米，安顿了敝房，明日早来。』王员外道：『这是易处。我有句话儿问你。』张权道：『不知员外有甚吩咐？』王员外道：『两位令郎今年几岁？叫甚名字？』张权道：『大的名廷秀，年十四岁了；小的名文秀，年十二岁了。』王员外道：『可识字么？』张权道：『也曾读过几年书。只为读不起，就住了，字到也识的。』王员外道：『我欲要承继大令郎为子，做个亲家往来，你可肯么？』张权道：『员外休得取笑！小子乃手艺之人，怎敢仰攀宅上！就是小儿也没有恁样福分。』王员外道：『何出此言！贫富那个是骨里带来的。你若肯时，就择个吉日过门，我便请个先生教他。这些小家私好歹都是他的。』张权见王员外认真要过继他儿子，满面堆起笑来道：『既承员外提拔小儿，小子怎敢固辞。今晚且同回去，与敝房说知，待员外择日过门罢。』王员外道：『说得是。』进来回复了徐氏，取出一两银子工钱，付与张权。到晚上领着二子，作别回家。陈氏接着，张权把王员外要过继儿子一事，与浑家说知。夫妻欢天喜地。就是廷秀见说要请先生教他读书，也甚欲得。

话休烦絮。王员外拣了吉日，做下一身新衣，送来穿着。张权将廷秀打扮起来，真个人是衣妆，佛是金妆，廷秀穿了一身华丽衣服，比前愈加丰采，全不像贫家之子。当下廷秀拜别母亲，作辞兄弟。陈氏又将好言训诲，教他孝顺亲热，谦恭下气。廷秀唯唯。虽然不是长别，母子未免流泪。张权亲自送到王家。只见厅上大排筵席，亲朋满座。见说到了，尽来迎接。到厅与众亲戚作揖过了，先引去拜过家庙，然后请王员外夫妇到厅上坐下，廷秀上前四双八拜，又与赵昂夫妇对拜，又到里边与玉姐姐相见。其余内外男女亲戚，一一拜见已毕，入席饮酒。就改名王廷秀。与玉姐两下同年，因小两个月，排行三官。廷秀在席上谦恭揖让，礼数甚周，亲友无不称赞。内中止有赵昂夫妇心中不悦。当日大吹大擂，鼓乐喧天，直至更余而散。次日，张权同着次子来谢过了王员外，依先到大厅上去做生活。王员外数日内便聘了个先生到家，又对张权说：『二令郎这样青年美质，岂可将他埋没，何不教他同廷秀一齐读书，就在这里吃些现成茶饭？』张权道：『只是又来相扰，小子心上不安。』王员外道：『如今已是一家，何出此言！』自此文秀也在王家读书。张权另叫副手相帮，不题。且说廷秀弟兄弃书原不多时，都还记得。那先生见二子聪明，尽心指教。一年之间，三场俱通。此时王员外家火已是做完，张权趁了若干工银。王员外分外又资助些银两，依旧在家开店过日。

虽然将上不足，也是比下有余。

且说王员外次女玉姐，年已一十五岁，未有亲事。做媒的络绎不绝。王员外因是爱女，要拣个有才貌的女婿。不知说过多少人家，再没有中意的。看见廷秀勤谨读书，到有心就要把他为婿。还恐不能成就，私下询问先生。先生极口称赞二子文章，必然是个大器。王员外见先生赞得太过，只道是面谀之词，反放心不下。即讨几篇文字，送与相识老学观看，所言与先生相合。心下喜欢，来对浑家商议。徐氏也爱廷秀人才出众，又肯读书，一力撺掇。王员外的主意已定，央族弟王三叔往张家为媒。王三叔得了言语，一经来到张家，把王员外要赘廷秀为婿的话，说与张权。张权推托门户不当，不肯应承。王三叔道：『此是家兄因爱令郎才貌，异日定有些好处，故此情愿。又非你去求他，何必推辞。』张权方才依允。王三叔回复了王员外，便去择选吉日行聘。不题。

单表赵昂夫妻初时见王员外承继张廷秀为子，又请先生教他读书，心中已是不乐，只不好来阻当。今日见说要将玉姐赘他为婿，愈加妒忌。夫妻两个商议了说话，要来拦阻这事。当下赵昂先走入来，见王员外道：『有句话儿，本不该小婿多口。只是既在此间，事同一体，不得不说。又恐说时，反要招怪，不敢启齿。』王员外道：『我有甚差误处，得你点拨，乃是正理，怎么怪你！』赵昂道：『便是小姨的亲事，向日有多少名门臣族求亲，岳父都不应承。如何却要配与三官？我想他是个小户出身，岳父承继在家，不过是个养子，原不算十分正经，无人议论。今若赘做女婿，岂不被人笑话！』王员外笑道：『贤婿，这是不劳你过忧，我自有主见在此。常言道：会嫁嫁对头，不会嫁嫁门楼。我为这亲事，不知拣过多少子弟，并没有一个入眼。他虽是小家子出身，生得相貌堂堂，人才出众，且又肯读书，做的文字人人称赞，说他定有科甲之分。放着恁般目知眼见的不嫁，难道到在那些酒包饭袋里去搜觅？若拣个好的，也还有指望。倘一时没眼色，配着个不僧不俗，如醉如痴的蠢才，岂不反误了终身！如今纵有人笑话，不过是一时。倘后来有些好处，方见我有先见之明。』赵昂听说，呵呵的笑道：『若论他相貌，也还有两分可听。若说他会做文字，人人称赞，这便差了。且不要论别处，只这苏州城里有无数高才绝学，朝吟暮读，受尽了灯窗之苦，尚不能勾飞黄腾达。他才开荒田，读得年把书，就要想中举人进士。岳父，你且想，每科普天下只中得三百个进士，就如筛眼里隔出来一般，如何把来看得恁般容易？这些称赞文字的，皆欺你不晓得其中道理。见你这般认真，难好败兴，把凑趣的话儿哄你。如何便信以为实？』王员外正要开言，旁边转过瑞姐道：『爹爹，凭着我们这样人家，妹子恁般容貌，怕没有门当户对人家来对亲，却与这木匠的儿子为妻？岂不玷辱门风，被人耻笑！据我看起来，这斧头锯子便是他的本等，晓得文字怎么样做？我的妹子做了匠人的妻子，有甚好处！后来怎好与他相往？』王员外见说，心中大怒道：『他既做了我的子婿，传授这些家业。纵然读书不成，就坐吃到老，也还有余。那见得原做木匠，与你难好相往！我看起来，他目下虽穷，后来只怕你还赶他脚跟不着哩。那个要你管这样闲帐，可不扯淡么！』一头说，径望里边而走。羞得赵昂夫妻满面通红，连声道：『干我甚事！只为体面上不好看，故此好言相劝，何消如此发怒！只怕后来懊悔，想我们今日的说话便迟了！』王员外也不理他，直至房中，怒气不息。徐氏看见，便问道：『为甚气的恁般模样？』王员外将适来之事备细说知。徐氏也好生不悦。

王员外因赵昂奚落廷秀，心中不忿，务要与他争气，到把行聘的事搁起。收拾五百两银子，将拜匣盛了，教个心腹家人拿着，自己悄悄送与张权。教他置买一所房子，弃了木匠行业，另开别店，然后择日行聘。张权夫妻见王员外恁般慷慨，千恩万谢，感激不尽。自古道：无巧不成话。张权正要寻觅大房，不想左间壁一个大布店，情愿连房带店出脱与人，却不是一事两便！张权贪他现成，忍贵顶了这店，开张起来。

又讨下一房家人，一个养娘，家中置办得十分次第。然后王员外选日行聘，大开筵席，广请亲朋。虽则廷秀行聘，却又不放回家。止有赵昂自觉没趣，躲了出去。瑞姐也坐在房里，不肯出来，因是赘婿，到是王员外送聘，张权回礼。诸色丰盛，邻里无不喝采。自此之后，张权店中日盛一日，挨挤不开，又雇了个伙计相帮。大凡人最是势利，见张权恁般热闹，把张木匠三字撇过一边，尽称为张仰亭。正是：

运退黄金失色，时来铁也增光。

话分两头。且说赵昂自那日被王员外抢白了，把怒气都迁到张家父子身上。又见张权买房开店，料道是丈人暗地与他的银子，越加忿怒，成了个不解之仇。思量要谋害他父子性命，独并王员外家私，只是没有下手之处，与老婆商议。那婆娘道：『不难！我有个妙策在此。教他有口难分，死于狱底。』赵昂满心欢喜，请问他其策。那婆娘道：『谁不晓得张权是个穷木匠。今骤然买了房子，开张大店，只有你我便知道是老不死将银子买的。那些邻里如何得知，心下定然疑惑。如今老厌物要亲解白粮到京。趁他起身去后，拼几十两银子买嘱捕人，教强盗扳他同伙打劫，窝顿赃物在家。就拘邻里审时，料必实说：当初其实穷的，不知如何骤富。合了强盗的言语。这个死罪哪里逃得过去！房产家私，必然入官变卖。那时老厌物已不在家，他又是异乡之人，又无亲族，谁人去照管。这条性命，决无活理。等张木匠死了，慢慢用软计在老厌物面前冷丢，拟张廷秀出门。再寻个计策，做成圈套，装在玉姐名下，只说与人有奸。老厌物是直性的人，听得了恁样话，自然逼他上路。去了这个祸根，还有甚人来分得我家的东西！』赵昂见说，连连称妙。只等王员外起身解粮，便来动手。

且说王员外因田产广多，点了个白粮解户。欲要包与人去，恐不了事，只得来往。顺便带些玉器，到京发卖，一举两得。遂将家中事体料理停当，即日起身。吩咐廷秀用心读书，又教浑家好生看待。大凡人结交富家，自然有许多的礼数。像王员外这般远行，少不得亲戚都要饯送，有好几日酒席。那张权一来是大恩人，二来又是新亲家，一发理之当然，自不必说。到临行这日，张权父子三人直送至船上而别。

却说赵昂眼巴巴等丈人去后，要寻捕人陷害张权，却没有个熟脚商议，问兀谁好？忽地思量起来：『幼时有个同窗杨洪，闻得现今当充捕人。何不去投他？但不知住在哪里。』暗想道：『且走到府前去访问，料必有人晓得。』即与老婆要了五十两银子，打作一包。又取了些散碎银两，忙忙的走到府门口。只见做公的东一堆，西一簇，好生热闹。赵昂有事在身，无心观看。见一个老年公差，举一举手道：『上下可晓得巡捕杨洪住在何处？』那公差答道：『便是杨黑心么？他住在乌鹊桥巷内。刚才走进总捕厅里去了。』赵昂谢声道：『承教了。』飞向总捕厅衙前来看，只见杨洪从里边走出。赵昂上前迎住，拱手道：『有一件事特来相求，屈兄一步。』杨洪道：『有甚见谕，就此说也不妨。』赵昂道：『这里不是说话之处。』两下厮挽着出了府门，到一个酒店中，拣副僻静座头坐下，叙了些疏阔寒温。酒保将酒果嗄饭摆来。两人吃了一回，赵昂开言低低道：『此来相烦，不为别事。因有个仇家，欲要在兄身上，吩咐个强盗扳他，了其性命，出这口恶气。』便摸出银子来，放在桌上，把包摊开道：『白银五十两，先送与兄。事就之日，再送五十两，凑成一百。千万不要推托。』自古道：公人见钱，犹如苍蝇见血。那杨洪见了雪白的一大包银子，怎不动火！连叫：『且收过了说话，恐被人看见，不当稳便。』赵昂依旧包好，放在半边。杨洪道：『且说那仇家是何等样人？姓甚名谁？有甚家事？拿了时，可有亲丁出来打官司告状的么？』赵昂道：『他名叫张权，江西小木匠出身，住在阊门皇华亭侧。

旧时原是个穷汉，近日得了一注不明不白的钱财，买起一所大房，开张布店。正有两个儿子，都还是黄毛小厮。此外更无别人，不消虑得。」杨洪道：「这样不打紧。前日刚拿五个强盗，是打劫庞县丞的。因总捕侯爷公出，尚未到官。待我吩咐了，叫他当堂扳出，包你稳稳问他个死罪。那时就狱中结果他性命，如反掌之易了。」赵昂深深作揖道：「全仗老兄着力。正数之外，另自有报。」杨洪道：「我与尊相从小相知，怎说恁样客话！」把银子袖过。两下又吃了一大回酒，起身会钞。临出店门，赵昂又千叮万嘱。杨洪道：「不须多话，包你妥当！」拱拱手，原向府内去了。赵昂回到家里，把上项事说与老婆知道，两人暗自欢喜。

且说杨洪得了银子，也不通伙计得知。到衙前完了些公事，回到家中，将银交与老婆藏好，便去买些鱼肉安排起来。又打一大壶酒，烫得滚热。又煮一大锅饭，收拾停当，把中门闭上。走到后边，将钥匙开了阱房。那五个强盗见他进门，只道又来拷打，都慌张了，口中只是哀告。杨洪笑道：「我岂是要打你！只为我们这些伙计，见我不动手，只道有甚私弊，故此不得不依他们转动。两日见你众人吃这些痛苦，心中好生不忍。今日趁伙计都不在此，特买些酒肉与你们将息一日，好去见官。」那些强盗见说不去打他，反有酒肉来吃，喜出望外，一个个千恩万谢。须臾搬进，摆做一台。却是每人一碗肉，一碗鱼，一大碗酒，两大碗饭。杨洪先将一名开了铁链，放他饮啖。那强盗连日没有酒肉到口，又受了许多痛苦。一见了，犹如饿虎见羊，不勾大嚼，顷刻吃个干净。吃完了，依就锁好。又放一个起来。那未吃的口中好不流涎。不一时轮流都吃遍了。杨洪收过家火，又走进来问道：「你们曾偷过闾门外开布店张木匠张权的东西么？」都道：「没有。」杨洪道：「既没有，为何晓得你们事露，连日叫人来叮嘱，要快些了你们性命？你们各自去想一想。或者有些什么冤仇？」众强盗真个各去胡思乱想。内中一个道：「是了，是了！三月前我曾在闾门外一个布店买布，为事等了头上起，被我痛骂了一场。想是他怀恨在心，故此要来伤我们性命。」杨洪便趁势道：「这等，不消说起，是了。但不过是件小事，怎么就要害许多人的性命？那人心肠却也太狠！」众强盗见说，一个个咬牙切齿。杨洪道：「你们要报仇，有甚难处！明日解审时，当堂招他是个同伙，一向打劫的赃物，都窝在他家。况他又是骤发，咬实了，必然难脱，却教他陪你吃苦。况他家中有钱，也落得他使用。」又说道：「切不要就招，待拷问到后边，众口一词招出，方像真的。」众人俱各欢喜道：「还是杨阿叔有见识。」杨洪又说了他出身细底，又吩咐莫与伙计们得知。他们通得了钱，都是一路。」众强盗牢记在心。杨洪见事已谐，心中欢喜。依旧将门锁好，又来到府前打听，侯同知晚上回府，便会同了众捕快，次日解官。有诗为证：

只因强盗设捕人，谁知捕人赛强盗。买放真盗扳平民，官法纵免幽亦报。

次早，众捕快都至杨洪家里，写了一张解呈，拿了赃物，带着这班强盗，来到总捕厅前伺候。不多时，侯爷升堂。杨洪同众捕快将强盗解进，跪在厅前，把解呈递上，禀道：「前日在平望地方，擒获强盗一起五名，正是打劫庞县丞的真赃真盗，解在台下。」侯爷将解呈看了，五个强盗都有姓名：计文、吉适、袁良、段文、陶三虎。点过了名，又将赃物逐一点明，不多什么东西。便问捕快道：「闻得庞县丞十分贪污，囊橐甚多，俱被劫去。如何只有这几件粗重东西？其余的都在哪里？」众捕快禀道：「小的们所获，只有这几件，此外并没有了。或者他们还窝在那处，老爷审问便知。」侯爷唤上强盗问道：「你一班共有几人？做过几年？打劫多少人家？赃物都窝顿在何处？从实细说，饶你刑罚。」

众强盗一一招称，只有五个，并无别人。劫过东西，俱已花费，止存这些，余外更没有窝顿所在。侯爷大怒，讨过夹棍，一齐夹起。才套得上，都喊道：『还有几名，都已逃散。只有一个江西木匠张权，住在阊门外边，向来打劫银两，都窝在他家，如今见开布店。』侯爷见异口同声，认以为实，连忙起签，差原捕杨洪等，押着两名强盗作眼，同去擒拿张权，起赃连解。那三名锁在庭柱上，等解到同审。侯爷再理别事。

且说杨洪同众人押着强盗，一径望阊门而去。赵昂也在府前打听，看见杨洪，已知事妥。自己躲过一边，却教手下人远远跟去，看其动静。杨洪到了张权门首，立住脚道：『这里是了。』只见张权在店中做生意，挤着许多主顾，打发不开。杨洪分开众人，托地跳进店里，将链子望张权颈上便套。张权叫声：『阿呀！却是为何？』杨洪伸开手两个大巴掌，骂道：『你这强盗！还要问甚？你打劫许多东西，在家好快活，却带累我们，不时比捕！』张权连声叫苦道：『这是哪里说起！』正要分辨时，众捕人押着强盗，望里边去了。杨洪恐怕众人拣好东西藏过，忙将张权锁好，又取出铁扭上了，也牵入里面起赃。那时惊得一家无处躲避。门前买布的，与伙计讨了银钱，自往别外去买。看的人拥做一屋。众捕快将一应细软，都搜括出来。只拣银两衣饰，各自溜过，其余打起几个大包，连店中布匹，尽情收拾。张权夫妻抱头大哭道：『不知这场横祸，那里飞来！』两下分舍不得。捕人上前拆开，牵着便走。那些邻里不晓得的，认以为真，便道：『我说他一向家事不济，如何忽地买起房屋，开这样大铺子？又与儿子定亲。只道他掘了藏，原来却做了这行生意，故此有钱。』有几个相识晓得些的，与他分剖说：『是个好人！这些东西，是亲家王员外扶持的，不知为甚被人扳害？』众人哪里肯信。一路上说好说歹，不止一个，都跟来看。且说杨洪一班，押张权到了府中。侯爷在堂立等回话。解将进去跪下，把东西放做一堂。杨洪禀道：『张权拿到了。』侯爷教放下柱上三个强盗同审，又将东西逐一验过。张权上前泣诉道：『爷爷，小人是个良民，从来与这班人不曾识面，何尝与他同盗。其实是霹空陷害，望爷超拔！』侯爷喝道：『既不曾同盗，这些赃物哪里来的？』张权道：『这东西是小人自己挣的，并非赃物。』乃对众强盗道：『我从不曾认得你们。有甚冤仇，今日害我？』众强盗道：『我们本不欲招你出来，只因熬刑不过，一时招出。你也承认罢，省的受那痛苦！』张权高声叫屈道：『你这些千刀万剐的强盗，得了那个钱财，却来害我！』众强盗道：『张权，仁心天理，打劫庞县丞，是你起的祸根。其地虽不曾同去，拿来的东西俱放在你家营运，如何赖得？』张权又禀道：『爷爷，小人住在此地，将有二十年了，并不曾与人角口一番，怎敢为此等犯法之事！若有此情，必然搬向隐僻所在去了，岂敢还在闹市上开店？爷爷不信，可拘四邻地方来问，便知小人平素。』侯爷见他苦苦折辨不招，对众强盗道：『你这班人，想必把真强盗隐匿，陷害平人。』教都夹起来。众皂隶一齐向前动手，夹得五个强盗杀猪般叫喊，只是一口咬定张权是个同伙，不肯改口。又道：『爷爷，他是小木匠，那个不晓得是个穷汉。如何骤然置买房屋，开起恁样大布店来？只这个就明白了。』侯爷道：『是。你是个穷木匠，为何忽地骤富？这个须没得辨！』喝教也夹起来。张权上前再三分辩，是亲家王员外扶持的银子。侯爷哪里肯听。可怜张权何尝经此痛苦，今日上了夹棍，又加一百杠子，死而复苏，熬炼不过，只得枉招。侯爷见已招承，即放了夹棍，各打四十毛板，将招由做实，依律都拟斩罪。赃物贮库。张权房屋家私，尽行变卖入官。画供已毕，上了脚镣手扭，发下司狱司监禁。连夜备文申报上司。正是：

闭门家里坐，祸从天上来。

话分两头，且说陈氏见丈夫拿去，哭死在地，亏养娘救醒。便教家人伙计随去看个下落，顺便报与二子。廷秀弟兄正在书院读书，见报父亲被强盗攀了，吓得魂飞魄散。撇下书本，带跌而奔。先生也随将来看。里边徐氏晓得，连忙教几个家人探听。廷秀弟兄随了家人，赶到府中，父亲已是解进衙门。立在外边打探，听得辨了半日，也上夹棍。着了急，便要望里边去禀。被先生一把扯住道：『你若进去，也被粘住身子，那个出头去辨冤？』二子见先生之言有理，便住了脚。听父亲夹得声音凄惨，都叫起屈来，被把门人驱逐出外边。少顷，见两个人扶着父亲出来，两眼闭着，半死半活。又晓得问实斩罪，上前抱住，放声大哭，一个字也说不出。张权耳内闻得儿子声音，方才挣眼一看，泪如泉涌。欲待吩咐几声，被杨洪走上前，一手推开廷秀，扶挟而行，脚不点地，直至司狱司前，交与禁子，开了监门，扶将进去。廷秀弟兄欲要也跟入去，禁子哪里肯容，连忙将监门闭上。可怜二子哭倒在地。那先生同伙计家人，随后也到。将廷秀扶起道：『事已至此，哭亦无益，且回家去，再作区处。』二子无奈，只得收泪，对禁子道：『列位大叔在上，可怜老父是含冤负屈之人，凡事全仗照管，自当重报。』禁子道：『小官人，常言道：靠山吃山，靠水吃水。做公的买卖，千钱赊，不如八百现。我们也不管你冤屈不冤屈，也不想甚重报，有，便如今就送与我们，凡事自然看顾一分。若没有，也便罢了，决无人来催讨。那远话儿且请收着，等你不及。』廷秀道：『今日不曾准备在此，明早即来相恳。』禁子道：『既恁样，放心请回，我们自理会得。』廷秀弟兄同众人转来，也不到丈人家里，一径出闾门去看母亲。走至门前，只见侯同知已差人将房子锁闭，两条封皮，交叉封着。陈氏同养娘都在门首啼哭，一见儿子到来，相抱而哭，真个是痛上加痛，悲中转悲。旁边看的人，无不垂泪称冤。那伙计并家人见恁般光景，也不相顾，各自去寻活路。母子计议，无处投奔，只得同到丈人家里暂住，再作区处。到了王员外门口，廷秀先进去报知，徐氏与女儿出来迎接。相见已罢，请入房里。那时赵昂已往杨洪家去探听。瑞姐晓得，也来相见。廷秀母子将前后事情哭诉一番，徐氏也觉惨伤。玉娘暗自流泪。只有瑞姐心中欢喜，假意劝慰。当晚徐氏准备酒肴款待。陈氏水米不沾，一味悲泣。徐氏解劝不止。

到次日，廷秀与母亲商议，要牢中去看父亲，说：『昨日已许了禁子东西。如今一无所有，如何是好。』正没做理会，徐氏走来得知，便去取去十两银子，递与廷秀道：『你且先将去用。若少时，再对我说。等你父亲回家，就易处了。』陈氏谢道：『屡承亲家厚恩，无门可报。今日又来累及亲家损钞，今生不能相报，死当衔结，以报大恩。』徐氏道：『说哪里话！亲翁在患难之际，员外又不在家，不能分忧。些小东西，何足为谢。』当下弟兄二人，将银留了八两，把二两封好，央先生同到司狱司前，送与禁子。禁子嫌少，又增了一两，方才放二人进去。先生自在外边等候。禁子引二子来到后监，见父亲倒在一个壁角边乱草之上，两脚皮开肉绽，脚镣手扭，紧紧锁牢，淹淹止存一息。二子一见，犹如乱箭攒心，放声号哭，奔向前来，叫声：『爹爹，孩儿在此！』把他扶将起来。那张权睁开眼见了儿子，呜呜的哭道：『儿，莫不是与你梦中相会么？』廷秀说：『爹爹，那里说起，降着这场横祸！到此地位，如何是好？』张权抚着二子道：『我的儿，做爹的为了一世善人，不想受此恶报，死于狱底。我死也罢了，只是受了王员外厚恩，未曾报得，不能瞑目。你们后来倘有成人之日，勿要忘了此人。』廷秀道：『爹爹且宽心将养身子，待孩儿拼命往上司衙门诉冤，务必救爹爹出去。』张权摇着手道：『不可，不可！如今乃是强盗当堂扳实，并不知何人诬陷，去告谁好？况侯同知见任在此。就准下来，他们官官相护，必不肯翻招，反受一场苦楚。况你年纪幼小，有甚力量干此大事？我受刑已重，料必不久。也别没甚话吩咐，只有你母亲，早晚好好服侍，即如与我一般。用心去读书，倘有好日，与爹争口气罢。』说罢，父子又哭。

旁边有一人名唤种义，昔年因路见不平，打死人命，问绞在监。见他父子如此哭泣，心中甚不过意，便道：『你们父子且勿悲啼。我种义平生热肠仗义，故此遭了人命。昨日见你进来，只道真是强盗，不在心上。谁想有此冤枉，我种义岂忍坐视！二位小官人放心回去读书。今后令尊早晚酒食，我自支持，不必送来。棒疮目下虽凶，料必不至伤身。其余监中一应使用，有我在此，量他决不敢来要你银子。等待新按院按临，那时去伸冤，必然有个生路。』廷秀弟兄听说，连忙叩拜道：『多蒙义士厚意。老父倘有出头之日，决不忘报！』种义扶起道：『不要拜谢，且扶令尊到我房中去歇息。』二子便去搀张权起来。张权腿上疼痛，二子年幼力弱，哪里挣扎得起。种义忍不住，自己揎拳裸袖，向前扶起，慢慢的逐步捱到前边种义房中，就教他睡在自己床铺上。取出棒疮膏，与张权贴好。廷秀见有倚靠，略略心宽。取出二两银子，送与种义，为盘缠之费。种义初时不肯受，廷秀弟兄再三哀恳，方才受了。父子留恋不忍分离，怎奈天色渐晚，禁子催促，只得含泪而别。

冤情说到伤心处，铁石人闻也断肠。

出了监门，寻着先生，取路回家。廷秀弟兄一路商议：『母亲住在王家，终不稳便。不若就司狱司左近赁间房子居住，早晚照管父亲，却又便当。』计议已定，到家与母亲说知。次日将余下的银两，赁下两间房屋，置办几件日用家火。廷秀告知徐氏说：『母亲自要去住。』徐氏与玉姐苦留不住，只得差人相送，又赠些银米礼物。陈氏同二子领着养娘，进了新房。自到牢中看了丈夫，相见之间，哀苦自不必说。弟兄二人住过三四日，依原来到王家读书。终是挂念父亲，不时出入，把学业都荒废了。

不提廷秀，且说赵昂自从陷害张权之后，又与妻子计较，要撵廷秀出门。那婆娘道：『要他出门，也甚容易。止要多费几两银子。』赵昂道：『有甚妙计？你且说来。便费几两银子，也是甘当的。』那婆娘道：『要他出去，除非将家中大小男女都把银子买嘱停当。等父亲回时，七张八嘴，都说廷秀偷东西在外嫖赌。他见众人说话相同，自然半信半疑。那时我与你再把冷话去激发，必定赶他出门。待廷秀去后，且再算计玉姐。』赵昂依着老婆，把银子买嘱家中婢仆。这些小人哪知礼义，见了银子，谁不依允。不则一日，王宪京中解粮回家，合家大小都来相见。惟有廷秀因母亲有病，归家探看，不在眼前。那时文秀已是久住在家，服侍母亲，不在话下。王员外便问：『三官如何不见？』众人俱推不知。徐氏便接过口来，把张权被人陷害前后事情，细说一遍。又道：『想他看候父亲去了。』王员外闻言，心中惊讶。少顷，廷秀归来相见，王员外又细询他父亲之事。廷秀哭诉一番，哀求搭救。王员外道：『你自去读书。待我心定了，与你计较这事。』廷秀拜谢，自归书房。到次日早上，记挂母亲，也不与先生说知，又回去候问。不想王员外一起身，便来拜望先生，又不见了廷秀。问先生时，说清早出外去了。王员外心中便有几分不喜，与先生叙了些间阔之情。查点廷秀功课，却又甚少。先生怕主人见怪，便道：『令郎自从令亲家被陷之后，不时往来看觑，学业也荒疏了。』王员外见说废了功课，愈加不乐。别了先生，走到外边。见书童进来，便问道：『可晓得三官哪里去了？』那书童已得过赵昂银子，一见家主问时，便答道：『三官这一向不时在外嫖赌，整几夜不回。』王员外似信不信，喝退书童，心中疑惑。又去访问家中童仆，都是一般言语。古语道得好：『众口铄金，积毁销骨。』王员外平昔极是爱惜廷秀，被众人谗言一说，即信以为真，暗暗懊悔道：『当初指望他读书成人，做了这事。不想张权问罪在牢，其中真假未知。他又不学长俊，嫖赌兼全，后来岂不误了女儿终身？昔年赵昂和瑞姐曾来劝谏，只为一时之惑，反将他来嗔责。如今却应了他们口嘴，如何是好。』委决不下，在厅中团团走转。那时这些奴仆，都将家中访问之事，报与赵昂。赵昂大喜，已知计中八九，到外边来打探，恰好遇着丈人。不等王员外开口，便道：『小婿今日又有一句话要说，只恐岳父又要见怪，不好说得。』王员外道：『往事休题。你说如今有甚事情？』赵昂道：『从岳父去后，张木匠做了强盗，问成死罪在牢。小婿初时还只道是被人诬陷。据他邻里说来，却真有这事。况且三官趁岳父不在家中，日遂以看父为由，留恋嫖赌。亲邻晓得的，无不议论岳父扳个强盗亲家，招个败家女婿。连小婿也无颜见人。当初若听了小婿之言，决没有今日之事。』起初王员外已有八九分不悦，又被赵昂这班言语一说，凑成一十二分，气得哑口无言。沉吟半晌，方才道：『当初是我一时见不到，错怪了你，成就这事，如今懊悔无及。』赵昂便道：『依小婿之见，尚有挽回。』王员外忙问道：『你且说怎地可以挽回？』赵昂道：『若是毕姻过了，这便无可奈何。如今幸喜未曾成亲，岳父何不等廷秀回家，责骂一场，驱逐出门。一面速央媒妁，寻个门当户对人家，将玉姐嫁去。他年纪又小，又无亲族，何人与他理论这事。设或告到官司，见已婚配，必无断与之理。况且是强盗之子，官府自然又当别论。是恁样，还不被人笑话。若不听小婿之言，后来使玉姐身无所倚，出乖露丑，玷辱门风。那时懊悔，却不迟了？』王员外若是个有主意的，还该往别处访问个的确，也不做了有始无终，薄倖之人。只因他是个直性汉子，不曾转这念头，遂听信了赵昂言语，点头道：『是。』晓得浑家平昔喜欢廷秀，恐怕拦阻，也不到后边与他说知。同赵昂坐在厅中，专等廷秀回来不题。

且说廷秀至家看过母亲，也恐丈人寻问，急急就回来。到厅前见丈人与赵昂坐着说话，便上前作揖。王宪也不回礼，变着脸问道：『你不在学中读书，却到何处去游荡？』廷秀看见词色不善，心中惊骇。答道：『因母亲有病，回去探看。』王员外道：『这也罢。且问你，自我去后，做有多少功课？可将来看。』廷秀道：『只为爹爹被陷，终日奔走，不曾十分读书，功课甚少。』王员外怒道：『当初指望你读书有些好日，故此不计贫富，继你为子，又聘你为婿。哪知你家是个不良之人，做下恁般勾当，玷辱我家。你这畜生又不学好，乘我出外，终日游荡嫖赌，被人耻笑！我的女儿从小娇养起来，若嫁你恁样无籍，有甚出头日子！这里不是你安身之处，快快出门，饶你一顿孤拐。若再迟延，我就要打了。』那些童仆看见家主盘问这事，恐怕叫来对证，都四散走开。廷秀见丈人忽地心变，心中苦楚，哭倒在地道：『孩儿父子蒙爹爹大恩，正图报效。不幸被人诬陷，悬望爹爹归家救拔。不知何人嗔怪孩儿，搬斗是非，离间我父子。孩儿倘有不到之处，但凭责罚，死而无怨。若要孩儿出门，这是断然不去！』一头说，一头哭，好不凄惨。赵昂恐丈人回心转来，便衬道：『三官，只是你不该这样没正经，如今哭也迟了。』廷秀道：『我何尝干这等勾当，却霹空生造！』赵昂道：『这话一发差了。哪个与你有仇，造言谤你？况岳父又不是肯听是非的，必定做下一遭两次，露人眼目。如今岳父察晓的实，方才着恼，怎么反归怨别人？』廷秀道：『有哪个看见的，须叫来对证。』王员外骂道：『畜生！若要不知，除非莫为。你在外胡行，哪个不晓得，尚要抵赖。』便抢过一根棒子，劈头就打道：『畜生，还不快走！』廷秀反向前抱住，痛哭道：

『爹爹，就打死，也决不去的。』赵昂急忙扯开道：『三官，岳父是这样执性的，你且依他暂去，待气平了，少不得又要想你，那时却不原是父子翁婿！如今正在气恼上，你便哭死，料必不听。』廷秀见丈人声势凶狠，赵昂又从旁尖言冷语帮扶，心中明白是他撺掇，料道安身不住，乃道：『既如此，待我拜谢了母亲去罢。』王员外员哪里肯容，连先生也不许他见。赵昂推着廷秀背上，往处而走，道：『三官，你怎么恁样不识气，又要见岳母做甚？』将他拟出大门而去。正是：

人情若比初相识，到底终无怨恨心。

且说徐氏在里面听得堂中喧嚷哭泣，只道王员外打小厮们，哪里想到廷秀身上，故此不在其意。童仆们也没一个露些声息。到午后闻得先生也打发去了，心下有些疑惑。问众家人，都推不知。至晚，王员外进房，询问其故，方晓得廷秀被人搬了是非，赶逐去了。徐氏再三与他分辨，劝员外原收留回来。怎奈王员外被谗言蛊惑，立意不肯，反道徐氏护短。那玉姐心如刀割，又不敢在爹妈面前明言，只好背地里啼哭。徐氏放心不下，几遍私自差人去请他来见。那些童仆与赵昂通是一路，只推寻访不着。

按下徐氏母子，且说廷秀离了王家，心中又苦又恼。不顾高低，乱撞回来。只见文秀正在门首，问道：『哥哥如何又走转来？』廷秀气塞咽喉，哪里答得出半个字儿。文秀道：『哥哥因甚气得这般模样？』廷秀停了一回，方将上项事说与兄弟。文秀道：『世态炎凉，自来如此，不足为异。只是王员外平昔待我父子何等破格，今才到家，蓦地生起事端，赵昂又在旁帮扶，必然都是他的缘故。如今且莫与母亲说知，恐晓得了，愈加烦恼。』廷秀道：『贤弟之言甚是。』次日，来到牢中看觑父亲。那时张权亏了种义，棒疮已好，身体如旧。廷秀也将其事哭诉，张权闻得，嗟叹王员外有始无终。种义便道：『恁般说起来，莫不你的事情，也是赵昂所为？』张权道：『我与他素无仇隙，恐没这事。』廷秀道：『只有定亲时，闻得他夫妻说我家是木匠，阻当岳父不要赘我。岳父不听，反受了一场抢白。或者这个缘故上起的。』种义道：『这样说，自然是他了。如今且不要管是与不是。目下新按院将到镇江，小官人可央人写张状子去告。只说赵昂将银买嘱捕人强盗，故此扳害。待他们自去分辨。若果然是他陷害，动起刑具，少不得内中有人招称出来。若不是时，也没甚大害。』张权父子连声道是。廷秀作别出监。兄弟商议停当，央人写下状词，要往镇江去告状。

常言道：机不密，祸先行。这样事体，只宜悄然商议。那张权是个老实头，不曾经历事体的。种义又是粗直之人，说话全不照管，早被一个禁子听见。这禁子与杨洪又是姑舅弟兄。闻此消息，飞风便去报知。杨洪听得，吃了一吓，连忙来寻赵昂商议。走到王员外门首，不敢直入。见个小厮进去，央他传报说：『有府前姓杨的，要寻赵相公说话。』赵昂料是杨洪，即便出来相见。问道：『杨兄有甚话说？』杨洪扯到一个僻静所在，将张廷秀已晓得你我害他，即日要往按院去告状。倘若准了，到审问时，用起刑具，一时熬不得，招出真情，反坐转来，却不自害自身！幸喜表弟闻得来报，故此特来商议。赵昂听了，惊得半晌说不出话来。乃道：『如此却怎么好？』杨洪道：『一不做，二不休，尊相便拼用几两银子，我便拼折些工夫，连这两个小厮一送了，方才斩草除根。』赵昂道：『银子是小事，只没有个妙策。』杨洪道：『不打紧，他们是个穷鬼，料道雇船不起，少不得是趁船。我便装起捕盗船来，教我兄弟同两个副手，泊在阊门。再令表弟去，打听了起身日子，暗随他出城，招揽下船。我便先到镇江伺候。孩子家哪知路径，载他径到江中，撺入水里，可不干净？」赵昂大喜。教杨洪少待，便去取出三十两银子，送与杨洪道：「烦兄用心，务除其根！事成之日，再当重谢。」杨洪收了银子，作别而去。

且说廷秀打听得按院已到，央人写了状词，要往镇江去告。那时陈氏病体痊愈，已知王员外赶逐回来，也只索无奈。见说要去告状，对廷秀道：「你从未出路，独自个去，我如何放心。须是弟兄同行，路上还有些商量。」廷秀道：「若得兄弟去便好。只是母亲在家，无人服侍。」陈氏道：「来往不过数日。况有养娘在家陪伴，不消牵挂。」廷秀依着母亲收拾盘缠，来到监中，别过父亲，背上行李，径出阊门来搭船。刚走到渡僧桥，只听得背后有人叫道：「二位小官人往哪里去？」廷秀道：「往镇江去。」那人道：「到镇江有便船在此，又快当，又安稳。」廷秀听说有便船，便立住脚，与文秀说道：「若是便船，到强如在航船上挨挤。」文秀道：「任凭哥哥主张。」廷秀对船家说道：「你船在哪里？可就开么？」船家道：「我们是本府理刑厅捉来差往公干的，私己搭一二人，路上去买酒吃。若没人也就罢了，有甚担搁。」廷秀道：「既如此，带我们去。」船家引他下了船，住在稍上。少顷，只见一人背着行李而来，稍公接着上船。那人便问：「这两个孩子是何人？」稍公道：「这两个小官人也要往镇江的，容小人们带他去，趁几文钱，路上买酒吃。望乞方便。」那人道：「止这两个，便容了你，多便使不得。」稍公道：「只此两个，也是偶然遇着，岂敢多搭。」说罢，连忙开船。你道这人是何等样人？就是杨洪兄弟杨江，稍公便是副手。当下杨江问道：「二位小官人姓甚？住在何处？到镇江去何干？」廷秀说了姓名居处，又说父亲被人陷害缘由，如今要往按院告状。杨江道：「原来是好人家儿女，可怜，可怜！你住在稍上不便，也到舱中来坐。」廷秀道：「如此多谢了。」弟兄搬到舱中住下。杨江一路殷勤，到买酒肉相请，又许他到衙门上看顾。弟兄二人感激不尽。那船乃是捕盗的快船，趁着顺风，连夜而走，次日旁晚就到了镇江。船家与廷秀讨了船钱，假意催促上岸。廷秀取了行李，便要起身。杨江道：「你这船家，忒煞不行方便！这两位小官人从不曾出路的。此时天色已晚，教他哪里去寻宿处？」又向廷秀道：「莫要理他，今夜且在舟中住了，明早同上涯去，寻寓所安下。就到察院前去打听按院几时按临，却不又省了今夜房钱？」廷秀弟兄只认做好人，连声称谢，依原把包裹放下。杨江取出钱钞，教稍公买办些酒肉，吩咐移船到稳处安歇。稍公答应，将船直撑出西门闸外，顺江阔处停泊。稍公安排鱼肉，送入舱里。杨江满斟苦劝，将廷秀弟兄灌得大醉，人事不省，倒在舱中。那时，杨洪已约定在此等候。稍公口中嗯哨一声，便跳下船。即忙解缆开船，悄悄的摇出江口，沿溜而下。过了焦山，到一宽阔处，取出索子，将弟兄捆绑起来，恰如两只馄饨相似。二子身上疼痛，从醉梦中惊醒，挣扎不动。却待喊叫，被杨洪、杨江扛起，向江中扑通的撺将下去。眼见得二子性命休了。

可怜世上聪明子，化作江中浪宕魂。

你想长江中是何等样水！那水从四川、湖广、江西一路上流冲将下来，犹如滚汤一般紧急。到了镇江，直溜入海，就是落下一块砂石，少不得随流而下。偏有廷秀弟兄撇入江中，却反逆流上去。杨洪、杨江望见，也道奇怪。拨转船头赶上，各提起篙子，照着头上便射。说时迟，那时快，篙子离身不上一尺，早被三四个大浪，将二子直涌开去，连船险些儿掀翻，那篙子便不能伤。杨江料道必无活理，原移至沿口泊下。次早开船，归到苏州，回复了赵昂。赵昂心中大喜，又找了三十两银子，杨洪兀自嫌少，两下面红颈赤而别。不在话下。

且说河南府有一人唤做褚卫，年纪六十已外。平昔好善，夫妻二人吃着一口长斋，并无儿女，专在江南贩布营生。一日，正装着一大船布匹，出了镇江，望河南进发。行不上三十余里，天色将晚，风逆浪大，只得随帮停泊江中。睡到半夜，听得船旁像有物撞响，他也不在其意。方欲合眼，又像有人推醒一般，那船旁撞得越响了，隐隐又有人声。心中奇怪，爬起来，开了篷窗。打一看时，只见水面上浮着一人，只内微微有声。褚卫慌忙叫起水手，捞救上船。打起火来看时，却是十五六岁一个小厮，生得眉清目秀，浑身绑缚，微微止有一息。与他解下索子，烧起热汤，灌了几口，那孩子渐渐醒转，呕出许多清水。褚卫将干衣与他换了，询其缘故。小厮哭诉道：『小人名唤张文秀，只因父亲被人陷害在牢，同哥哥廷秀来镇江按院告状，趁了个便船，说是苏州理刑差人，一路假意殷勤照顾。昨夜到了镇江，又留住在船，将酒灌醉我弟兄，双双绑入水中。正不晓得他是何人，害我等性命！天幸得遇恩人救拔，但不知恩人高姓大号？这里是何处？离镇江多少路了？怎地送得小人归家，决不忘恩！』褚卫本是好善之人，见他说得清楚，心下十分可怜。初时倒有送他回去之念，忽地想起镇江到此乃是逆水，怎么反淌了上来？莫非此子后来有些好处，暗中自有鬼神护佑么？我今尚无子嗣，何不留他回去，做个螟蛉之子，却不是好。』乃哄他道：『我是河南褚卫，贩布回去。这里离镇江已远，有一千余里，怎能送你归家？况昨夜谋你的，必是对头差来心腹，故此下这样毒手。今依旧回家，必然又寻别事来害你。我今又无儿子，若不弃嫌，认做父子，随归家去。明年带你下来，访出昨夜之人，然后去告理，救你父亲，可不好么？』文秀虽然记挂父母，到此无可奈何，只得依允。就拜褚卫为父，改名褚嗣茂，带上河南不题。

且说张廷秀被杨洪捆入水中，自分必死。不想半沉半浮，被大浪直涌到一个沙洲边芦苇之旁。到了天明，只见船只甚多，俱在江心中往来，叫喊不闻。至午后，有一只船旁洲而来，廷秀连喊救命。那船拢到洲边，捞上船去，割断绳索，放将起来，且喜得毫无伤损。廷秀举眼看船中时，却是两个中年汉子，十来个小厮，约莫俱有十六七岁。你道是何等样人？原来是浙江绍兴府孙尚书府中戏子。那两个中年人，一个是师父潘忠，一个是管箱的家人，领着行头，往南京去做戏，在此经过。恰好救了廷秀，取几件干衣与他换了，问其缘故。廷秀把父亲被害，要到按院伸冤，被船上谋害之事，哭诉一遍。又道：『多蒙救了性命。若得送我回家，定然厚报。』那潘忠因班中装生的哑了喉咙，正要寻个顶替。见廷秀人物标致，声音响亮，却又年纪相仿。心下暗喜道：『若教此人起来，到好个生脚。』心下怀了这个私念，就是顺路往苏州去，谅道也还不肯放他转身，莫说如今却是逆路。当下潘忠道：『我们乃绍兴孙尚书府中子弟，到南京去做生意，哪有工夫拗转去，送你回家？如今到京已近，不如随我们去住下，慢慢觅便人带你归家。你若不肯时，我们也不管闲帐，原送你到沙洲上，等候别个便船来带回去罢。』廷秀听得说出这话，连忙道：『既然不是顺路，情愿随列位到京。』潘忠道：『这便使得。』廷秀自己虽然得了性命，却又想着兄弟，必定死了，不住流泪。那日乃是顺风，晚间便到南京。次早入城，寻寓所安下。那孙府戏子原是有名的，一到京中，便有人叫去扮演。廷秀也随着行走。过了数日，潘忠对廷秀道：『众人在此做生意，各要趁钱回去养家的，谁个肯白白养你！总然有便带你回家，那盘费从何而来？不如暂学些本事，吃些活饭，那时回去，却也容易。』廷秀思想：『亏他们救了性命，空手坐食，心上已是过意不去。』又听了潘忠这般说话，愈觉羞惭。暗道：『我只指望图个出身日子，显祖扬宗，哪知霹空降下这场没影奇祸，弄得家破人亡，父南子北，流落至此。若学了这等下贱之事，这有什么长俊。如不依他，定难存住。』却又想道：『昔日箕子为奴，伍员乞食，他们都是大豪杰，在患难之际，也只得从权。我今日到此地位，也顾不得羞耻了，且暂度几时，再做区处。』遂应承了潘忠，就学个生脚。他资性本来聪慧，教来曲子，那消几遍，却就会了。不勾数日，便能登场。扮来的戏出人意表，贤愚共赏，无一日空闲。在京半年有余，积趱了些银两。想道：『如今盘缠已有，好回家了。』谁想潘忠先揣知其意，悄悄溜过了他的银子。廷秀依旧一双空手，不能归去。潘忠还恐他私下去了，行坐不离。廷秀脱身不得，只得住下。这叫做：

情知不是伴，事急且相随。

话说两头。却说陈氏自从打发儿子去后，只愁年幼，上司衙门利害，恐怕言语中差错，再不想到有人谋害。已到十日之外，风吹草动，也认做儿子回了，急出门观看。渐渐过了半月二十日，一发专坐在门首盼望。那时还道按院未曾到任，在彼等候。后来闻得按院镇江行事已完，又按临别处。得了这个消息，急得如煎盘上蚂蚁，没奔一头处。急到监中对丈夫说知，央人遍贴招帖，四处寻访，并无踪迹，正不知何处去了。夫妻痛哭，懊悔道：『早知如此，不教他去也罢！如今冤屈未伸，到先送了两个孩儿。后来倚靠谁人？』转思转痛，愈想愈悲。初时还痴心妄想，有归家日子。过了年余，不见回来，料想已是死了。招魂设祭，日夜啼啼哭哭。一个养娘却又患病死了。止留得孤身孤影，越发凄惨。正是：

屋漏更遭连夜雨，船迟又遇打头风。

且说王员外自那日听信了赵昂言语，将廷秀逐出，意欲就要把玉姐另配人家。一来恐廷秀有言，二来怕人诽议，未敢便行。次后闻得廷秀弟兄往镇江按院告状，只道他告赖亲这节，老大着忙。口虽不言，暗自差人打听。渐渐知得二子去后，不知死活存亡。有了这个消耗，不胜欢喜。即央媒寻亲。媒人得了这句口风，互相传说开去。那些人家，只贪王员外是无子富翁，哪管曾经招过养婿？数日间就有几十家来相求。玉姐初时见逐出廷秀，已是无限烦恼，还指望父亲原收留回来，总然不留回家，少不得嫁去成亲。后来微闻得有不好的信息，也还半信半疑。今番见父亲流水选择人家改嫁，料想廷秀死是实了。也怕不得羞耻，放声哭上楼去。原来王员外的房屋，却是一间楼子，下边老夫妻睡处，楼上乃玉姐卧室。当下玉姐在楼上啼哭，送来茶饭也不要吃。他想道：『我今虽未成亲，却也从幼夫妻。他总无禄夭亡，我岂可偷生改节！莫说生前的人唾骂，就是死后，亦有何颜见彼！与其忍耻苟活，何若从容就死。一则与丈夫争气，二则见我这点真心。只有母亲放他不下！事到如今，也说不得了。』想一回，哭一回，渐渐哭得前声不接后气。那徐氏把他当做掌上之珠，见哭得恁般模样，急得无法可治。口中连连的劝他：『莫要哭，且说为甚缘故？』自己却又鼻涕眼泪流水淌出来。玉姐只得从实说出。徐氏劝道：『儿，不要睬那老没志气！凡事有我在此做主。明日就差人去访问三官下落。设或真有些山高水低，好歹将家业分一半与你守节。若老没志气执意要把你改嫁，我拼得与他性命相搏。』又对丫鬟道：『快去叫员外来，说个明白。』又吩咐：『倘有人在彼，莫说别话。』丫鬟急忙忙的来请。谁想王员外因有个媒人说一个新进学小秀才来求亲，闻得才貌又美，且是名门旧族，十分中意。款留媒人酒饭，正说得浓酽，饮得高兴。丫鬟说声院君相请，只听耳边风，如何肯走起身。丫鬟站勾腿酸脚麻，只得进去回覆。

徐氏百般苦劝，刚刚略止，又加上赵昂老婆闯上楼来，重新哭起。你道却是为何？那赵昂摆布了张权，赶逐了廷秀，还要算计死了玉姐，独吞家业。因无机会，未曾下手。今见王员外别择人匹配，满怀不乐，又没个计策阻挡。在房与老婆商议。这时听得玉姐不愿，在楼上啼哭，却不正中其意！故此瑞姐走来，故意说道：『妹子，你如何不知好歹？当初爹爹一时没志气，把你配个木匠之子，玷辱门风。如今去了，另配个门当户对人家，乃是你万分造化了。如何反恁地哭泣？难道做强盗的媳妇，木匠的老婆，到胜似有名称人家不成？』玉姐听这几句话，羞得满面通红，颠倒大哭起来。徐氏心中已是不悦。瑞姐还不达时务，扯做娘的到半边，低低说道：『母亲，莫不妹子与小杀才背地里做下些蹊跷勾当，故此这般牵挂？』只这句话，恼得徐氏两太阳火星直爆，把瑞姐劈面一啐。又恐怕气坏了玉姐，不敢明说。止道：『你同胞姐妹，不怀个好念。我方劝得他住，却走来激得重复啼哭，还要放恁般冷屁！由他是强盗媳妇，木匠老婆罢了，着你甚急，胡言乱语！』瑞姐被娘这场抢白，羞惭无地，连忙下楼，一头走一头说道：『护短得好！只怕走尽天下，也没见人家有这样无耻闺女。且是不曾做亲，便恁般疼老公。若是生男育女的，真个要同死合棺材哩。亏他到挣得一副好老脸皮，全没一毫羞耻。』夹七夹八一路嚷去，明明要气玉姐上路。徐氏怕得合气，由他自说，只做不听见。玉姐正哭得头昏眼暗，全不觉得。看看到晚，王员外吃得烂醉。小厮扶进来，自去睡了，竟不知女儿这些缘故。徐氏陪伴玉姐坐至更余，渐渐神思困倦，睡眼朦胧，打熬不住。向玉姐道：『儿，不消烦恼，总在明早还你个决断。夜深了，去睡罢。』推至床上，除去簪钗，和衣衾在被里，下了帐幔，又吩咐丫鬟们照管火烛。大凡人家使女，极是贪眠懒做，十个里边，难得一个长俊。徐氏房中共有七八个丫鬟，有三个贴身服侍玉姐的，就在楼上睡卧。那晚守到这时候，一个个拗腰凸肚，巴不能睡卧。见徐氏劝玉姐睡了，各自去收拾家伙，专等徐氏下楼，关上楼门，尽去睡了。徐氏下得楼来，看王员外醉卧正酣，也不去惊动他。将个灯火四面检点一遍，解衣就寝不题。

且说玉姐睡在床上，转思转苦，又想道：『母亲虽这般说，未必爹爹念头若何。总是依了母亲，到后终无结果。』又想起：『母亲忽地将姐姐抢白，必定有甚恶话伤我，故此这般发怒。我乃清清白白的人，何苦被人耻笑！不如死了，到得干净！』又哭了一个更次。听丫鬟们都齁齁熟睡，楼下也无一些声息。遂抽身起来，一头哭，一头检起一条汗巾，走到中间，掇个杌个垫脚，把汗巾搭在梁上，做个圈儿，将头套入，两脚登空，呜呼哀哉！正是：

难将幽恨和人说，愿向泉台诉丈夫。

也是玉姐命不该绝。刚上得吊，不想一个丫鬟，因日间玉姐不要吃饭，瞒着那两个丫鬟，私自收去，尽情饱啖。到晚上，夜饭亦是如此。睡到夜半，心胸涨漫，肚腹疼痛，起身出恭，床边却摸不着了净桶。那恭又十分紧急，叫苦连连。原来起初性急要睡，忘记担得，心下想着，精赤条条，跑去寻那净桶。因睡得眼目昏迷，灯又半明半灭，不看见玉姐吊在梁间，心慌意急，扑的撞着，连杌子跌倒楼板上。一声响亮，楼下徐氏和丫鬟们，都从梦中惊觉。王员外是个醉汉，也吓醒了。忙问楼上什么响？那丫鬟这一跤跌去，杌子磕着了小腹，大小便齐流，撒做一地，滚做一身。抬头仔细看时，吓得叫声：『不好了！玉姐吊死！』王员外闻言，惊得一滴酒也无了，直跳起身。一面寻衣服，一面问道：『这是为何？』徐氏一声儿一声肉，哭道：『都是你这老天杀的害了他！还问怎的？』王员外没心肠再问，忙忙的寻衣服，只在手边混过，哪里寻得出个头脑。偶扯着徐氏一件袄子，不管三七二十一，披在身上。又寻不见鞋子，赤着脚赶上楼去。徐氏止摸了一条裙子，却没有上身衣服。只得把一条单被倦在身上，到拖着王员外的鞋儿，随后一步一跌，也哭上来。那老儿着了急，走到楼梯中间，一脚踏错，谷碌碌滚下去。又撞着徐氏，两个直跌到底，绞做一团。也顾不得身上疼痛，爬起来望上又跑。那门却还闭着，两个拳头如发擂般乱打。楼上楼下丫鬟，一齐起身。也有寻着裙子不见布衫的，也有摸了布衫不见裤子的，也有两只脚穿在一个裤管里的，也有反披了衣服摸不着袖子的。东扯西拽，你夺我争，纷纷乱嚷。那撒粪的丫鬟也自揩抹身子寻觅衣服，竟不开门。王员外打得急了，三个丫鬟都提着衣服来开。老夫妻推门进去，徐氏望见女儿这个模样，心肠迸裂，放声大哭。到底男子汉有些见识，王员外忍住了哭泣，赶向前将手在身上一模，遍体火热，喉间厮琅琅痰响，叫道：『妈妈莫要哭，还可救得！』便双手抱住，叫丫鬟拿起杌子上去解放，一面又叫扇些滚汤来。徐氏闻说还可救得，真个收了眼泪，点个灯来照着。那丫鬟扶起杌子，捏着一手腌臜，向鼻边一闻，臭气难当。急叫道：『杌上怎有许多污秽？』恰好徐氏将灯来照，看见一地尿屎。王员外踏在中间，还不知得。徐氏只认是女儿撒的，将火望下一撇道：『这个东西也出了，还有甚救！』又哭起来。原来缢死的人，大小便走了，便救不得。当下王员外道：『莫管他！且放下来看。』丫鬟带着一手腌臜，踮上去解放。心慌手软，如何解得开。王员外不耐烦，数丫鬟寻柄刀来，将汗巾割断，抱向床上，轻轻解开喉间死结。叫徐氏嘴对嘴打气，接连打了十数口气，只见咽喉气转，手足展施。又灌了几口滚汤，渐渐苏醒，还呜呜而哭。徐氏也哭道：『起先我恁样说了，如何又生此短见？』玉姐哭道：『儿如此薄命！总生于世，也是徒然，不如死休！』王员外方问徐氏道：『适来说我害了他，你且说个明白。』徐氏将女儿不肯改节的事说出。王员外道：『你怎地这般执迷！向日我一时见不到，赚了你终身。如今畜生无了下落，别配高门，乃我的好意，为何反做出这等事来，险些把我吓死！』玉姐也不答应，一味哭泣。徐氏嚷道：『老无知！你当初称赞廷秀许多好处，方过继为子，又招赘为婿。都是自己主张，没有人撺掇。后来好端端在家，也不见有甚不长俊，又不知听了哪个横死贼的说话，刚来家，便赶逐出去，致此无个下落。纵或真个死了，也隔一年半载，看女儿志向，然后酌量而行。何况目今未知生死，便瞒着我闹哄哄寻媒说亲，教他如何不气！早是救醒了还好。倘然完了帐，却怎地处？如今你快休了这念头，差人四下寻访。若还无恙，不消说起。设或真有不好消息，把家业分一半，与他守节。如若不听我言语，逼迫女儿一差两讹，与你须干休不得！』王员外见女儿这般执性，只得含糊答应，下楼去了。徐氏又对玉姐道：『儿，我已说明了，不怕他不听。莫要哭罢！且脱去腌臜衣服睡一觉，将息身子。』也不管玉姐肯不肯，流水把衣带乱扯。玉姐被娘逼不过，只得脱衣睡卧。乱到天明，看衣服上并无一毫污秽。那丫鬟隐瞒不过，方才实说，众丫鬟笑得个嘴歪。自此之后，玉姐住在楼上，如修行一般，足迹不走下来。王员外虽不差人寻觅廷秀，将亲事也只得搁过一边。徐氏恐女儿又弄这个把戏，自己伴他睡卧，寸步不离。见丈夫不急寻问，私自赏了家人银子，差他体访。又叫去与陈氏讨个消耗。正是：

但愿应时还得见，须知胜似岳阳金。

且说赵昂的老婆被做娘的抢白下楼，一路恶言恶语，直嚷到自己房中，说向丈夫。又道：『如今总是抓破脸了。待我朝一句，暮一句，好歹送这丫头上路。』到次早闻得玉姐上吊之事，心中暗喜，假意走来安慰，背地里在王员外面前冷言酸语挑拨。又悄地将钱钞买嘱玉姐身边丫鬟，吩咐如下次上吊，由他自死，莫要声张。又打听得徐氏差人寻访廷秀，也多将银两买定，只说无处寻觅。赵昂见了丈人，马前健假殷勤，随风倒舵，掇臀捧屁，取他的欢心。王员外又为玉姐要守着廷秀，触恼了性子，到爱着赵昂夫妇小心热闹，每事言听计从。赵昂诸色趁意，自不必说，只有一件事在心上打搅。你道是甚的事？乃是杨洪这桩。那杨洪因与他干了两桩大事，不时来需索。赵昂初时打发了几次，后来颇觉厌烦，只是难好推托。及至送与，却又争多竞寡。落后回了两三遍，杨洪心中怀恨，口出怨言。赵昂恐走漏了消息，被丈人知得，忍着气依原馈送。杨洪见他害怕，一发来得勤了。赵昂无可奈何，想要出去躲避几时，恰好王员外又点着白粮解户。趁这个机会，与丈人商议，要往京中选官，愿代去解粮，一举两得。王员外闻女婿要去选官，乃是美事，又替了这番劳碌，如何不肯。又与丈人要了千金，为干缺之用。亲朋饯行已毕，临期又去安放了杨洪，方才上路。

话分两头。再说张廷秀在南京做戏，将近一年，不得归家。一日，有礼部一位官长唤去承应。那官长姓邵，名承恩，进士出身，官为礼部主事，本贯浙江台州府宁海县人氏。夫人朱氏，生育数胎，止留得一个女儿，年方一十五岁，工容贤德俱全。那日却是邵爷六十诞辰，同僚称贺，开筵款待。廷秀当场扮演，却如真的一般，满坐称赞。那邵爷深通相法，见廷秀相貌堂堂，后来必有好处。又恐看错了，到半本时，唤廷秀近前，仔细一观，果是个未发积的公卿，只可惜落于下贱。问了姓名，暗自留意。到酒阑人散，吩咐众戏子都去，止留正生在此，承应夫人，明日差人送来。潘忠恐廷秀脱身去了，满怀不欲。怎奈官府吩咐，何敢不依，连声答应，引着一班徒弟自去。廷秀随着邵爷直到后堂。只见堂中灯烛辉煌，摆着桌榼，夫人同小姐向前相迎，众家人各自远远站立。廷秀也立在半边。堂中服侍，俱是丫鬟之辈。先是小姐拜寿，然后夫人把盏称庆。邵爷回敬过了，方才就坐。唤廷秀叩见夫人，在旁唱曲。廷秀唱了一套。邵爷问道：『张廷秀，我看你相貌魁梧，决非下流之人。你且实说，是何处人氏？今年几岁了？为甚习此下贱之事？细细说来，我自有处。』廷秀见问，向前细诉前后始末根由。又道：『小的年已十八，如今扮戏，实出无奈，非是甘心为此。』邵爷闻言，嗟叹良久。乃道：『原来你抱此大冤。今若流为戏子，那有出头之日！既曾读书，必能诗词。随意作一首来，看是何如。』即令左右取过文房四宝，放在旁边一只桌上。廷秀拈起笔来，不解思索，顷刻而成，呈上。邵爷举目观看，乃是一首寿词，词名《千秋岁》，词云：

琼台琪草，玄鹤翔云表，华筵上笙歌绕。玉京瑶岛客，笑傲乾坤小。齐拍手唱道：长春人不老。北阙龙章耀，南极祥光照，海屋内筹添了。青鸟衔笺至，传报群仙到，同嵩祝万年称寿考。

邵爷看了这词，不胜之喜，连声称好。乃道：『夫人，此子才貌兼美，定有公卿之分。意欲螟蛉为子，夫人以为何如？』夫人道：『此乃美事，有何不可。』邵爷对廷秀道：『我今年已六十，尚无子嗣，你若肯时，便请个先生教你，也强如当场献丑。』廷秀道：『若得老爷提拔，便是再生之恩。但小人出身微贱，恐为父子，玷辱老爷。』邵爷道：『何出此言！』当下四双八拜，认了父母，又与小姐拜为姊妹。就把椅子坐在旁边，改名邵翼明，吩咐家人都称大相公。如有违慢，定行重责，不在话下。

且说潘忠那晚眼也不合，清早便来伺候。等到午上，不见出来，只得央门上人禀知。邵爷唤进去说道：『张廷秀本是良家之子，被人谋害，亏你们救了，暂为戏子。如今我已收留了，你们另自合人罢。』教家人取五两银子赏他。潘忠听见邵爷留了廷秀，开了口半晌还合不下。无可奈何，只得叩头作谢而去。邵爷即日就请个先生，收拾书房读书。廷秀虽然荒废多时，恰喜得昼夜勤学，埋头两个多月，做来文字，浑如锦绣一般。邵爷好不快活。那年正值乡试之期，即便援例入监。到秋间应试，中了第五名正魁。喜得邵爷眼花没缝。廷秀谢过主司，来禀邵爷，要到苏州救父。邵爷道：『你且慢着，不如先去会试。若得连科，谋选彼处地方，查访仇人正法，岂不痛快！倘或不中，也先差人访出仇家，然后我同你去，与地方官说知，拿来问罪。如今若去，便是打草惊蛇，必被躲过，可不劳而无功，却又错了会试？』廷秀见说得有理，只得依允。那时邵爷满意欲将小姐配他。因先继为子，恐人谈论，自不好启齿，倩媒略露其意。廷秀一则为父冤未泄，二则未知玉姐志向何如，不肯先作负心人。与邵爷说明，止住此事，收拾上京会试。正是：

未行雪耻酬凶事，先作攀花折桂人。

话分两头。且说张文秀自到河南，已改名褚嗣茂。褚长者夫妻珍重如宝，延师读书。文秀因日夜思念父母兄长，身子虽居河南，那肝肠还挂在苏州，哪有心情看到书上。眼巴巴望着褚长者往下路去贩布，跟他回家。谁知褚长者年纪老迈，家道已富，褚妈妈劝他弃了这行生意，只在家中营运。文秀闻得这个消息，一发忧郁成病。褚长者请医调治，再三解劝。约莫住了一年光景，正值宗师考取童生。文秀带病去赴试，便得入泮。常言道：福至心灵。文秀入泮之后，到将归家念头撇过一边，想道：『我如今进身有路了，且赶一名遗才入场。倘得侥幸连科及第，那时救父报仇，岂不易如翻掌！』有了这股志气，少不得天随人愿，果然有了科举，三场已毕，名标榜上。赴过鹿鸣宴，回到家中拜见父母。喜得褚长者老夫妻天花乱坠。那时亲邻庆贺，宾客填门，把文秀好不奉承。多少富室豪门，情愿送千金礼物，聘他为婿。文秀一心在父亲身上，哪里肯要。忙忙的约了两个同年，收拾行李，带领仆从起身会试。褚长者老夫妻直送到十里外，方才分别。在路晓行夜宿，非止一日，到了京都，觅个寓所安下。也是天使其然，廷秀、文秀兄弟恰好作寓在一处。左右间壁，时常会面。此时居移气，养移体，已非旧日枯槁之容了。然骨韵犹存，不免睹影思形。只是一个是浙江邵翼明贵介公子，一个是河南褚嗣茂富室之儿，做梦也不想到亲弟兄头上。不一日，三场已毕，同寓举人候榜，拉去行院中游串，作东戏耍。只有邵、褚二人，坚执不行。褚嗣茂遂于寓中，治帖邀请邵翼明闲讲，以遣寂寞。两个坐谈，愈觉情热。嗣茂先问：『邵兄何以不往曲中行走？莫非尊大人家训严切？』翼明潸然下泪答道：『小弟有伤心之事。就是今日会试，亦非得已，况于闲串，哪有心情！只是尊兄为何也不去行走？如此少年老成，实是难得。』嗣茂凄然长叹道：『若说起小弟心事，比仁兄加倍不堪。还仗仁兄高发，替小弟做个报仇泄恨之人。』翼明见话头有此相近，便道：『你我虽则隔省同年，今日天涯相聚，便如骨肉一般。兄之仇，即吾仇也。何不明言，与小弟知之？』嗣茂沉吟未答。连连被逼，只得叙出真情。才说得几句，不待词毕，翼明便道：『原来你就是文秀兄弟，则我就是你哥哥张廷秀！』两下抱头大哭，各叙冒姓来历。且喜都中乡科，京都相会。一则以悲，一则以喜。

分明久旱逢甘雨，赛过他乡遇故知。莫问洞房花烛夜，且看金榜挂名时。

春榜既发，邵翼明、褚嗣茂俱中在百名之内。到得殿试，弟兄俱在二甲。观政已过，翼明选南直隶常州府推官，嗣茂考选了庶吉士，入在翰林。救父心急，遂告个给假，与翼明同回苏州。一面寓书打发家人归河南，迎褚长者夫妻至苏州相会。然后入京，不题。

弟兄二人离了京师，由陆路而回。到了南京，廷秀先来拜见邵爷，老夫妇不胜欢喜。廷秀禀道：『兄弟文秀得河南褚长者救捞，改名褚嗣茂，亦中同榜进士，考选庶吉士，与儿同回，要见爹爹。』邵大爷大惊道：『天下有此奇事！快请相见！』家人连忙请进。文秀到了厅上，扯把椅儿正中放下，请邵爷上坐，行拜见之礼。邵爷哪里肯要，说道：『岂有此理！足下乃是尊客，老夫安敢僭妄！』文秀道：『家兄蒙老伯收录为子，某即犹子也。理合拜见。』两下谦让一回，邵爷只得受了半礼。文秀又请老夫人出来拜见。邵爷备起庆喜筵席，直饮至更余方止。次日，本衙门同僚知得，尽来拜访。弟兄二人以次答拜。是日午间小饮，邵爷问文秀道：『尊夫人还是向日聘在苏州？还是在河南娶的？』文秀道：『小侄因遭家难，尚未曾聘得。』邵爷道：『原来贤侄还没有姻事。老夫不揣，止有一女，年十六岁了。虽无容德，颇晓女红。贤侄倘不弃嫌，情愿奉侍箕帚。』文秀道：『多感老伯俯就，岂敢有违！但未得父母之命，不敢擅专。』廷秀道：『爹爹既有这段美情，俟至苏州，禀过父母，然后行聘便了。』邵爷道：『这也有理。』

正话间，只听得外边喧嚷。教人问时，却是报邵爷升任福建提学佥事。邵爷不觉喜溢于面，即吩咐家人犒劳报事的去了。廷秀弟兄起身把盏称贺。邵爷道：『如今总是一路，再过几日，同行何如？』廷秀道：『待儿辈先行，在苏州相候罢。』邵爷依允。次日，即雇了船只，作别邵爷，带领仆从，离了南京。顺流而下，只一日已抵镇江。吩咐船家，路上不许泄漏是常州理刑，舟人那敢怠慢。过了镇江、丹阳，风水顺溜，两日已到苏州。把船泊在胥门码头上，弟兄二人只做平人打扮，带了些银两，也不教仆人跟随，悄悄的来到司狱司前。望见自家门首，便觉凄然泪下。走入门来，见母亲正坐在矮凳上，一头绩麻，一边流泪。上前叫道：『母亲，孩儿回来了！』哭拜于地。陈氏打磨泪眼，观看道：『我的亲儿，你们一向在哪里不回？险些想杀了我！』相抱大哭。二子各将被害得救之故，细说一遍。又低低说道：『孩儿如今俱得中进士，选常州府推官，兄弟考选庶吉士。只因记挂爹妈，未去赴任，先来观看母亲。但不知爹爹身子安否？』陈氏听见儿子都已做官，喜从天降，把一天愁绪撇开，便道：『你爹全亏了种义，一向到也安乐。如今恤刑坐于常熟，解审去了，只在明后日回来。你既做了官，怎地救得出狱？』廷秀道：『出狱是个易事，但没处查那害我父子的仇人，出这口恶气。』文秀道：『且救出了爹爹，再作区处。』廷秀又问道：『向来王员外可曾有人来询问？媳妇还是守节在家，还是另嫁人了？』陈氏道：『自你去后，从无个小使来走遭。我又日逐啼哭，也没心肠去问得。到是王三叔在门首经过说起，方晓得王员外要将媳妇改配，不从，上了吊救醒的。如今又隔了年余，不知可能依旧守节？我几遍要去，一则养娘又死，无人同去，二则想他既已断绝我家，去也甘受怠慢，故此却又中止。你今只记他好处，休记他歹处。总使媳妇已改嫁，明日也该去报谢。』廷秀听了这话，又增一番凄惨。齐答道：『母亲之言有理。』廷秀向文秀道：『爹爹又不在此，且去寻一乘轿来，请母亲来到船上去罢。』文秀即去雇下。陈氏收拾了几件衣服，其余粗重家火，尽皆弃下。上了轿子，直至河口下船。可怜母子数年隔别，死里逃生，今日衣锦还乡，方得相会。这才是：

兄弟同榜，锦上添花；母子相逢，雪中送炭。

三言二拍·上

线装典藏

册四

明·冯梦龙 编

黄山书社

线装典藏

三言二拍·上

明·冯梦龙 编

册四

黄山书社

张廷秀逃生救父（承前册）

次早，二人穿起公服，各乘四人轿，来到府中。太爷还未升堂，先来拜理刑朱推官。那朱四府乃山东人氏，父亲朱布政，与邵爷却是同年。相见之间，十分款洽。朱四府道：『二位老先生至此，缘何馆驿中通不来报？』廷秀道：『学生乃小舟来的，不曾干涉驿递，故尔不知。』朱四府道：『尊舟泊在哪一门？』廷秀道：『舟已打发去了，在专诸巷王玉器家作寓。』朱四府又道：『还在何日上任？』廷秀道：『尚有冤事在苏，还要求老先生昭雪，因此未曾定期。』朱四府道：『老先生有何冤事？』廷秀教朱爷屏退左右，将昔年父亲被陷前后情节，细细说出。朱四府惊骇道：『原来二位老先生乃是同胞，却又罹此奇冤。待太老先生常熟解审回时，即当差人送到寓所，查究仇家治罪。』弟兄一齐称谢。别了朱四府，又来拜谒太守，也将情事细说。俗语道：『官官相为。』见放着兄弟两个进士，莫说果然冤枉，就是真正强盗，少不得也要周旋。当下太守说话，也与朱四府相同。

廷秀弟兄作谢相别，回到船里。对兄弟道：『我如今扮作贫人模样，先到专诸巷打探，看王员外如何不景。你便慢慢随后，衣冠而来。』商议停当，廷秀穿起一件破青衣，戴个帽子，一径奔到王员外家来。且说赵昂二年前解粮至京，选了山西平阳府洪同县县丞。这个县丞，乃是数一数二的美缺，顶针挜住。赵昂用了若干银子，方才谋得。在家候缺年余，前官方满，择吉起身。这日在家作别亲友，设戏筵款待。恰好廷秀来打探。听得里边锣鼓声喧，想道：『不知为甚恁般热闹？莫不是我妻子新招了女婿么？』心下疑惑。又想道：『且闯进去看是何如？』望着里边直闯，劈面遇见王进。秀廷叫声：『王进，哪里去？』王进认得是廷秀，吃了一惊，乃道：『呀，三官一向如何不见？』廷秀道：『在远处玩耍，昨日方回。我且问你，今日为何如此闹热？可是玉姐新招了丈夫么？』王进在急处间，不觉真心露吐，乃道：『阿弥陀佛！玉姐为了你，险些送了性命，怎说这话！』廷秀先已得了安家帖，便道：『你有事自去。』王进去后，又望里面而来。到了厅前，只见宾客满座，童仆纷纭。分开众人，上前先看一看，那赵昂在席上扬扬得意，戏子扮演的却是王十朋《荆钗记》。心中想道：『当日丈人赶逐我时，赵昂在旁冷言挑拨，他今日正在兴上，我且羞他一羞。』便推入厅中，举着手团团一转道：『列位高亲请了！』廷秀昔年去时，还未曾冠。今日身材长大，又戴着帽子，众亲眷便不认得是谁。廷秀覆身向王员外道：『爹爹，拜揖！』终须是日逐相见的眼熟，王员外举眼观看，便认得是廷秀，也吃一惊。想道：『闻得他已死了，如何还在？』又见满身褴褛，不成模样。便道：『你向来在何处？今日到此怎么？』廷秀道：『孩儿向在四方做戏，今日知赵姨夫荣任，特来扮一曲奉贺。』王员外因女儿作梗，不肯改节，初时见了，到有个相留之念，故此好言问他。今听说在外做戏，恼得登时气涨紫了面皮，气倒在椅上，喝道：『畜生！谁是你的父亲？还不快走！』廷秀道：『既不要我为父子称呼，叫声岳丈何如？』王员外又怒道：『谁是你的岳丈？』廷秀道：『父亲虽则假的，岳父却是真的，如何也叫不得？』赵昂一见了廷秀，已是吓勾，面如土色。暗道：『这小杀才，已撇在江里死了，怎生的全然无恙？莫非杨洪得了他银了放走了，却来哄我？』又听得称他是姨夫，也喝道：『张廷秀，哪个是你的姨夫，到此胡言乱语？若不走，教人打你这花子的孤拐。』廷秀道：『赵昂，富贵不压于乡里。你便做得这个蚂蚁官儿，就是这等轻薄。我好意要做出戏儿贺你，反恁般无礼！』赵昂见叫了他名字，一发大怒，连叫家人：『快锁这花子起来。』那时王三叔也在座间，说道：『你们不要乱嚷。是亲不是亲，另日自说。既是他会做戏，好情来贺你，只当做戏子一般，演一出儿玩玩，有何不可，却这般着恼！』推着廷秀背道：『你自去扮来，不要听他们。』众亲戚齐拍手道：『还是三叔说得有理！』将廷秀推入戏房中，把纱帽圆领穿起，就顶王十朋《祭江》这一折。廷秀想起玉姐曾被逼嫁上吊，恰与玉莲相仿，把胸中真境敷演在这折戏上，浑如王十朋当日亲临。众亲戚鼻涕眼泪都看出来，连声喝采不迭。只有王员外、赵昂又羞又气。正做之间，忽见外面来报，本府太爷来拜常州府理刑邵爷、翰林院褚爷。慌得众宾客并戏子，都存坐不住，戏也歇了。王员外、赵昂急奔出外边，对赍帖的道：『并没甚邵爷、褚爷在我家作寓。』赍帖的道：『邵爷今早亲口说寓在你家，如何没有？』将帖子撇下道：『你们自去回覆。』竟自去了。王员外和赵昂慌得手足无措，便道：『怎得个会说话的回覆？』廷秀走过来道：『爹爹，待我与你回罢。』王员外这时，巴不得有个人儿回话，便是好了。见廷秀肯去，到将先前这股怒气撇开，乃道：『你若回得甚好。』看他还穿着纱帽员领，又道『既如此，快去换了衣服。』廷秀道：『就是恁样罢了，谁耐烦去换！』赵昂道：『官府事情，不是取笑的。』廷秀笑道：『不打紧，凡事有我在此，料道不累你。』王员外道：『你莫不风了？』廷秀又笑道：『就是风了，也让我自去，不干你们事。』只听得铺兵锣响，太守已到。王员外、赵昂着了急，撇下廷秀，都进去了。廷秀走出门前，恰好太守下轿。两下一路打恭，直至茶厅上坐下攀谈。吃过两杯茶，谈论多时，作别而去。有诗为证：

谁识毗陵邵理刑，就是场中王十朋？太守自来宾客散，仇人暗里自心惊。

却说玉姐日夕母子为伴，足迹不下楼来。那赵昂妻子因老公选了官，在他面前卖弄，他也全然不理。这一日，外边开筵做戏，瑞姐来请看戏，玉姐不肯。连徐氏因女儿不愿，也不走出来瞧。少顷，瑞姐见廷秀在厅前这番闹吵，心下也是骇异。又看见当场扮戏，故意跑进来报道：『好了，好了！你日逐思想妹夫，如今已是回了，见在外边扮戏。』玉姐只道是生这话来笑他，脸上飞红，也不答应。徐氏也认是假话，不去采他。瑞姐见他们冷淡，又笑道：『再去看妹夫做戏。』即便下楼。不一时，丫头们都进来报，徐氏还不肯信，亲至遮堂后一望，果是此人。心下又惊又喜。暗叹想：『如何流落到这个地位？』瑞姐道：『母亲，可是我说谎么？』徐氏不去应他，竟归楼上说与女儿。玉姐一言不发，腮边珠泪乱落。徐氏劝道：『儿，不必苦了，还你个夫妻快活过日。』劝了一回，恐王员外又把廷秀逐去，放心不下。复走出观看，只见赵昂和瑞姐望里边乱跑，随后王员外也跑进来。你道为何？原来王员外、赵昂，太守到时，与众宾客躲入里边。忽见家人报道：『三官陪着太守，坐了说话。』众人通不肯信。齐至遮堂后张看，果然两下一递一答说话。王员外暗道：『原来这冤家已做官了，却乔妆来哄我？懊悔昔时错听了谗言，将他逐出。幸喜得女儿有志气，不曾改嫁，还好解释。不然，却怎生处？只是适来又伤了他几句言语，无颜相见。且叫妈妈来做个引头。』故此乱跑。自古道：贼人心虚。那赵昂因有旧事在心，比王员外更是不同，吓的魂魄俱无。报知妻子，跑回房里，忙忙收拾，打点明日起身，躲避这个冤家，连酒席也不想终了。正是：

早如今日，悔不当初！

且说王员外跑来撞见徐氏，便喊道：『妈妈，小女婿回了。』徐氏道：『回来便罢，何消恁般大惊小怪！』王员外道：『不要说起，适来如此如此。我因无颜见他，特请你做个解冤释结。』徐氏得了这几句话，喜从天降，乃道：『有这等事！』教丫鬟上楼报知玉姐，与王员外同出厅前。廷秀正送了太守进来，众亲眷多来相迎。徐氏道：『三官，想杀我也！你在何处去了？再无处寻访。』廷秀方上前请老夫妇坐下，纳头便拜。王员外用手扶住道：『贤婿，老夫得罪多矣，岂敢又要劳拜！』廷秀笑道：『某实不才，不能副岳丈之望，何云有罪！』拜罢起来，与众亲眷一一相见已毕。廷秀道：『赵姨夫如何不见？快请来相见。』童仆连忙进去。赵昂本不欲见他，又恐不出去，反使他疑心，勉强出来相见，说道：『适来言语冲撞，望勿记怀！』廷秀道：『是我不达，自取其辱，怎敢怪姨夫？』赵昂羞惭无地。王员外见廷秀冷言冷语，乃道：『贤婿，当初误听谗言，一时错怪你了，如今莫计较罢。』徐氏道：『你这几年却在哪里？怎地就得了官？』廷秀乃将被人谋害，直至做官前后事细说。却又不说出兄弟做官的缘由。众亲眷听了，无不嗟叹。乃道：『只是有甚冤家下此毒手，可晓得么？』廷秀道：『若是晓得，却便好了。』那时廷秀便说，赵昂在旁边脸上一回红，一回白，好不着急。直听到不晓得这句，方才放下心肠。王三叔道：『不要闲讲了，且请坐着。待我借花献佛，奉敬一杯贺喜。』众亲眷多要逊廷秀坐第一位，廷秀不肯。再三谦让不过，只得依他。竟穿着行头中冠带，向外而坐。戏子重新登场定戏。这时众亲眷把他好不奉承。徐氏自归楼上，不在话下。

且说张权解审恤刑，却原是杨洪这班人押解。原来捕人拿了强盗，每至审录，俱要原捕押解。其中恐有冤枉，便要对审，故此脱他不得。那杨洪临起解时，先来与赵昂要来若干盘缠，与兄弟杨江一齐同去。及至转来，将张权送入狱中，弟兄二人假意来回复赵昂，又要需索他东西。到了专诸巷内，一路听得人说，太守刚才到王家拜望。杨洪弟兄疑惑道：『赵昂是个监生官，如何太爷去拜他？且又不是属下。』到了王家门首，只听得里边热闹做戏，门前静悄悄不见一人，却又不敢进去，坐在门前石头上，等候人出来传信。刚刚坐得，忽见一乘四人轿抬到门口歇下，走出一位少年官员。他二人连忙站起。那官员是谁？便是庶吉士张文秀。他跨入门来，抬头看见二人，到吃一惊。认得一个是杨洪，一个是谋他性命的公差。想道：『原来是他一路！不知为何坐在此间？』且不说破，竟望里边而去。杨洪已不认得，对兄弟道：『赵昂多大官儿，却有大官府来拜！』你道杨洪如何便认不得了？文秀当初谋他命时，还是一个小厮，如今顶冠束带，换了一番景象，如何便认得出。文秀乃切骨之仇，日夜在心，故此一经眼，即便认得。且说文秀走入里边，早有人看见，飞报进去道：『又有一位官府来拜了。』说声未了，文秀已至厅前。众亲眷并戏子们看见，各自四散奔开，只单撇下廷秀一人。王员外原在遮堂后张看，这官员却又比先前太守不同，廷秀也不与他作揖，站起来说道：『你来了。』那官府道：『如何见我来，都走散了？』廷秀忍不住笑。文秀道：『且莫笑！有句要紧话在此。』附耳低声道：『便是谋你我的公差与杨洪，都坐在外面。』廷秀惊道：『有这等事！如何坐在这里？其中可疑。快些拿住，莫被他走了。』一面讨过冠带，换下身上行头。文秀即差众家人出去擒拿。廷秀一面讨过冠带，换去行头。且说众人赶出去，揪翻杨洪兄弟，拖入里边来。杨洪只道是赵昂的缘故，口中骂道：『忘恩负义的贼！我与你干了许多大事，今日反打我么？』正在乱时，报道：『理刑朱爷到了。』众家人将杨洪推在半边。廷秀兄弟出来相迎，就在茶厅上坐下。廷秀耐不住，乃道：『老先生，天下有这般快事！谋害愚兄弟的强盗，今日自来送死，已被拿住。』朱四府道：『如今在哪里？』廷秀教众人推到面前跪下。廷秀道：『你二人可认得我了？』杨洪道：『小人却认不得二位老爷。』文秀道：『难道昔年趁船到镇江告状，绑入水中的人，就不认得了。』二人闻言，已知是张廷秀弟兄，吓的缩作一堆。朱四府道：『且问你，有甚冤仇，谋害他一家？』二人道：『没甚冤仇。』朱四府道：『既无仇隙，如何生此歹心？』二人料然性命难存，想起赵昂平日送的银子，又不爽利，怎生放得他过！便道：『不干小人之事。都是赵昂与他有仇，要谋害二位老爷父子，央小人行的。』廷秀弟兄闻言，失惊道：『原来正是这贼！我与他有甚冤仇，害我父子？』朱四府道：『赵昂是何人？住在那里！』廷秀道：『是个粟监，就住于此间。』朱四府喝声：『快拿！』手下人一声答应，蜂拥进去，将赵昂拿出。那时惊得一家儿啼女喊，正不知为甚。众亲都从后门走了。戏子见这等沸乱，也各自散去讫。赵昂见了杨洪二人，已知事露，并无半言。朱四府即起身回到府中，先差人至狱内将张权释放，讨乘轿子，送到王家。然后细鞫赵昂。初时抵赖，用起刑具，方才一一吐实。杨洪又招出两个摇船帮手，顷刻也拿到来。赵昂、杨洪、杨江各打六十，依律问斩。两个帮手各打四十，拟成绞罪，俱发司狱司监禁。朱四府将廷秀父子被陷始末根由，备文申报抚按，会同题请，不在话下。

且说廷秀弟兄送朱四府去后，回至里边，易了公服。那时王员外已知先来那官便是张文秀，老夫妇齐出来相见。问朱四府因甚拿了赵昂，廷秀说出真情。王员外咬牙切齿，恨道：『原来都是这贼的奸计！』正说间，丫鬟来报，瑞姐吊死了。原来瑞姐知得事露，丈夫拿去，必无活理，自觉无颜见人，故此走了这条径路。王员外与徐氏因恨他夫妻生心害人，全无苦楚。一面买棺盛殓，自不必说。王员外吩咐重整筵席款待，一面差人到舟迎取陈氏。一时间家人报道：『朱爷差人送太老爷来了。』廷秀弟兄、王员外一齐出去相迎。恰好陈氏轿子也至。夫妻母子一见，相抱而哭。正是：

苦中得乐浑如梦，死里逃生喜欲狂。一家骨肉重相聚，千载令人笑赵昂。

张权道：『我只道此生永无见期了，不料今日复能父子相逢！』一路哭入堂中。先向王员外、徐氏称谢。王员外再三请罪。然后二子叩拜，将赵昂设谋陷害前后情由，一一诉说。说到伤心之处，父子又哭。不想哭兴了，正忘记打发了朱爷差人。那差人央家人们来禀知，廷秀发个谢帖，赏差人三钱银子而去。当下徐氏邀陈氏自归后房，玉姐下楼拜见，姑媳又是一番凄楚。少顷，筵宴已完，内外两席，直饮至夜半方止。次日，廷秀弟兄到府中谢过朱四府，打发了船只。一家都住于王员外家中。等邵爷到后，完姻赴任。廷秀又将邵爷愿招文秀为婿的事，禀明父母。备下聘礼，一到便行。半月之后，邵爷方至，河南褚长者夫妻也到，常州府迎接的吏书也都到了。那时王员外门庭好不热闹。廷秀主意，原作成王三叔为媒，先行礼聘了邵小姐，然后选起吉日，弟兄一齐成亲。到了是日，王员外要夸炫亲戚，大开筵宴，广请宾朋，笙箫括地，鼓乐喧天。花烛之下，乌纱绛袍，凤冠霞帔，好不气象。恰好两对新人，配着四双父母。有诗为证：

四姓亲家皆富贵，两双夫妇倍欢娱。枕边忽诉伤心话，血泪犹然洒绣㡡。

那府县官闻知，都来称贺。三朝之后，各自分别起身。张权夫妇随廷秀常州上任，褚长者与文秀自往京中，邵爷自往福建。王员外因家业广大，脱身不得，夫妻在家受用。不则一日，圣旨倒下，依拟赵昂、杨洪、杨江处斩。按院就委廷秀监斩。行刑之日，看的人如山如海，都道赵昂自作之孽，亲戚中无有怜之者。连丈人王员外也不到法场来看。正是：

善恶到头终有报，只争来早与来迟。劝君莫把欺心使，湛湛青天不可欺。

廷秀念种义之恩，托朱爷与他开招释罪。又因父亲被人陷害，每事务必细询，鞫出实情，方才定罪，为此声名甚著。行取至京，升为给事。文秀以散馆点了山西巡按。那张权念祖茔俱在江西，原归故里，恢复旧业，建第居住。后来邵爷与褚长者身故，廷秀兄弟各自给假，为之治丧营葬。待三年之后，方上表，复了本姓。廷秀生得三子，将次子绍了王员外之后，三子继邵爷之后，以表不负昔年父子之恩。文秀亦生二子，也将次子继了褚长者香火。张权夫妇寿至九旬之外，无疾而终。王员外夫妻亦享遐龄。廷秀弟兄俱官至八座之位。至今子孙科甲不断。诗云：

由来白屋出公卿，到底穷通未可凭。凡事但将天理念，安心自有福来迎。

第二十一卷

张淑儿巧智脱杨生

自昔财为伤命刃，从来智乃护身符。贼髡毒手谋文士，淑女双眸识俊儒。已幸余生逃密网，谁知好事在穷途？一朝获把封章奏，雪怨酬恩显丈夫。

话说正德年间，有个举人，姓杨名延和，表字元礼，原是四川成都府籍贯。祖上流寓南直隶扬州府地方做客，遂住扬州江都县。此人生得肌如雪晕，唇若朱涂，一个脸儿，恰像羊脂白玉碾成的。那里有什么裴楷，那里有什么王衍，这个杨元礼，便真正是神清气清第一品的人物。更兼他文才天纵，学问夙成，开着古书簿叶，一双手不住地翻，吸力豁刺，不勾吃一杯茶时候，便看完一部。人只道他查点篇数，那晓得经他一展，逐行逐句，都稀烂的熟在肚子里头。一遇作文时节，铺着纸，研着墨，蘸着笔尖，飕飕声，簌簌声，直挥到底，好像猛雨般洒满一纸。句句是锦绣文章。真个是：

笔落惊风雨，书成泣鬼神。终非池沼物，堪作庙堂珍。

七岁能书大字，八岁能作古诗，九岁精通时艺，十岁进了府庠，次年第一补廪。父母相继而亡，丁忧六载。元礼因为少孤，亲事也都不曾定得。喜得他苦志读书，十九岁便得中了乡场第二名，不得首荐，心中闷闷不乐。叹道：『世少识者。』不耐烦赴京会试。那些叔伯亲友们，那个不来劝他及早起程。又有同年兄弟六人，时常催促同行。那杨元礼虽说不愿会试，也是不曾中得解元，气忿的说话，功名心原是急的。一日，被这几个同年们催逼不过，发起兴来，整治行李。原来父母虽亡，他的老尊原是务实生理的人，却也有些田房遗下。元礼变卖一两处为上京盘缠，同了六个乡同年，一路上京。那六位同年是谁？一个姓焦名士济，字子舟；一个姓王名元晖，字景照；一个姓张名显，字弢伯；一个姓韩名蕃锡，字康侯；一个姓蒋名义，字礼生；一个姓刘名善，字取之。六人里头，只有刘蒋二人家事凉薄些儿，那四位却也一个个殷足。那姓王的家私百万，地方上叫做小王恺，说起来连这举人也是有些缘故来的。那时新得进身，这几个朋友，好不高兴，带了五六个家人上路，一个个人才表表，气势昂昂，十分齐整。怎见得？』但见：

轻眉俊眼，绣脚花拳，风笠飘飘，雨衣鲜灿；玉勒马一声嘶破柳堤烟，碧帏车数武碾残松岭雪。右悬雕矢，行色增雄；左插鲛函，威风倍壮。扬鞭喝跃，途人谁敢争先；结队驱驰，村市尽皆惊盼。正是：处处绿杨堪系马，人人有路透长安。

这班随从的人打扮出路光景，虽然悬弓佩剑，实落是一个也动不得手的。大凡出路的人，第一是『老成』二字最为紧要，一举一动，俱要留心。千不合，万不合，是贪了小便宜。在山东兖州府码头上，各家的管家打开了银包，兑了多少铜钱，放在皮箱里头，压得那马背郎当，担夫痿软。一路上见的，只认是银子在内，哪里晓得是铜钱在里头。行到河南府荥县地方相近，离城尚有七八十里。路上荒凉，远远的听得钟声清亮。抬头观看，望着一座大寺：

苍松虬结，古柏龙蟠。千寻峭壁，插汉芙蓉；百道鸣泉，洒空珠玉。螭头高拱，上逼层霄；鸱吻分张，下临无地。颤巍巍恍是云中双阙，光灿灿犹如海外五城。

寺门上有金字牌扁，名曰宝华禅寺。这几个连日鞍马劳顿，见了这么大寺，心中欢喜。一齐下马停车，进去游玩。但见稠阴夹道，曲径纡回。旁边多少旧碑，七横八竖，碑上字迹模糊，看起来唐时开元年间建造。正看之间，有小和尚疾忙进报。随有中年和尚油头滑脸，摆将出来。见了这几位冠冕客人踱进来，便鞠躬迎进。逐一位见礼看座，问了某姓某处。小和尚掇出一盘茶来吃了。几个随即问道：『师父法号？』那和尚道：『小僧贱号悟石。列位相公有何尊干，到荒寺经过？』众人道：『我们都是赴京会试的。在此经过，见寺宇整齐，进来随喜。』那和尚道：『失敬，失敬！家师远出，有失迎接，却怎生是好？』说了三言两语，走出来吩咐道人摆茶果点心。便走到门前观看，只见行李十分华丽，跟随人役，个个鲜衣大帽。眉头一蹙，计上心来。暗暗地欢喜道：『这些行李，若谋了他的，尽好受用。我们这样荒僻地面，他每在此逗留，正是天送来的东西了。见物不取，失之千里。不免留住他们，再作区处。』转身进来，就对众举人道：『列位相公在上，小僧有一言相告，勿罪唐突。』众举人道：『但说何妨。』和尚道：『说也奇怪，小僧昨夜得一奇梦，梦见天上一个大星，端端正正的落在荒寺后园地上，变了一块青石。小僧心上喜道，必有大贵人到我寺中。今日果得列位相公到此。今科状元，决不出七位相公之外。小僧这里荒僻乡村，虽不敢屈留尊驾，但小僧得此佳梦，意欲暂留过宿。列位相公，若不弃嫌，过了一宿，应此佳兆。只是山蔬野蔌，怠慢列位相公，不要见罪。』众举人听见说了星落后园，决应在我们几人之内，欲待应承过宿。只有杨元礼心中疑惑，密向众同年道：『这样荒僻寺院，和尚外貌虽则殷勤，人心难测。他苦苦要留，必有缘故。』众同年道：『杨年兄又来迂腐了。我们连主仆人夫，算来约有四十多人，哪怕这几个乡村和尚。若杨年兄行李万有他虞，都是我众人赔偿。』杨元礼道：『前边只有三四十里，便到歇宿所在。还该赶去，才是道理。』却有张弢伯与刘取之都是极高兴的朋友，心上只是要住。对元礼道：『且莫说天色已晚，赶不到村店。此去途中，尚有可虑，现成这样好僧房，受用一宵，明早起身，也不为误事。若年兄必要赶到市镇，年兄自请先行，我们不敢奉陪。』那和尚看见众人低声商议，杨元礼声声要去。便向元礼道：『相公，此处去十来里有黄泥坝，歹人极多。此时天色已晚，路上难保无虞。相公千金之躯，不如小房过夜，明日早行，差得几时路程，却不安稳了多少。』元礼被众友牵制不过，又见和尚十分好意，况且跟随的人，见寺里热茶热水，也懒得赶路。向主人道：『这师父说黄泥坝晚上难走，不如暂过一夜罢。』元礼见说得有理，只得允从。众友吩咐抬进行李，明早起程。

那和尚心中暗喜中计。连忙备办酒席，吩咐道人，宰鸡杀鹅，烹鱼炮鳖，登时办起盛席来。这等地面哪里买得凑手？原来这寺和尚极会受用，件色鸡鹅等类，都养在家里，因此捉来便杀，不费工夫。佛殿旁边转过曲廊，却是三间精致客堂。上面一字儿摆下七个筵席，下边列着一个陪桌，共是八席，十分齐整。悟石举杯安席，众同年序齿坐定。吃了数杯之后，张弢伯开言道：『列位年兄，必须行一酒令，才是有兴。』刘取之道：『师父，这里可有色盆？』和尚道：『有，有。』连唤道人取出色盆，斟着大杯，送第一位焦举人行令。焦了舟也不推逊，吃酒便掷，取么点为文星，掷得者卜色飞送。众人尝得酒味甘美，上口便干。原来这酒不比寻常，却是把酒来浸米，麹中又放些香料，用些热药，做来颜中浓酽，好像琥珀一般。上口甘香，吃了便觉神思昏迷，四肢痿软。这几个会试的路上吃惯了歪酒，水般样的淡酒，药般样的苦酒，还有尿般样的臭酒，这晚吃了恁般浓酝，加倍放出意兴来。猜拳赌色，一杯复一杯，吃一个不住。那悟石和尚又叫小和尚在外厢陪了这些家人，叫道人支持这些轿夫马夫，上下人等，都吃得泥烂。只有杨元礼吃到中间，觉酒味香浓，心中渐渐昏迷。暗道：『这所在哪得恁般好酒！且是昏迷神思，其中决有缘故。』就地生出智着来，假做腹痛，吃不下酒。那些人不解其意，却道：『途路上或者感些寒气，必是多吃热酒，才可解散。如何倒不用酒？』一齐来劝。那和尚道：『杨相公，这酒是三年陈的，小僧辈置在床头，不敢轻用。今日特地开出来，奉敬相公。腹内作痛，必是寒气，连用十来杯，自然解散。』杨元礼看他勉强劝酒，心上愈加疑惑，坚执不饮。众人道：『杨年兄为何这般扫兴？我们是畅饮一番，不要负了师父美情。』和尚合席敬大杯，只放元礼不过。心上道：『他不肯吃酒，不知何故？我也不怕他一个醒的跳出圈子外边去。』又把大杯斟送。元礼道：『实是吃不下了，多谢厚情。』和尚只得把那几位抵死劝酒。却说那些副手的和尚，接了这些行李，众管家们各拣洁净房头，铺下铺盖。这些吃醉的举人，大家你称我颂，乱叫着某状元、某会元，东歪西倒，跌到房中。面也不洗，衣也不脱，爬上床磕头便睡，齁齁鼻息，响动如雷。这些手下人也被道人和尚们大碗头劝着，一发不顾性命，吃得眼定口开，手疼脚软，做了一堆矬倒。却说那和尚也在席上陪酒，他便如何不受酒毒？他每吩咐小和尚，另藏着一把注子，色味虽同，酒力各别。间或客人答酒，只得呷下肚里，却又有解酒汤，在房里去吃了，不得昏迷。酒散归房，人人熟睡。那些贼秃们一个个磨拳擦掌，思量动手。悟石道：『这事须用乘机取势，不可迟延。万一酒力散了，便难做事。』吩咐各持利刃，悄悄的步到卧房门首，听了一番，思待进房。中间又有一个四川和尚，号曰觉空，悄向悟石道：『这些书呆不难了当，必须先把跟随人役完了事，才进内房，这叫做斩草除根，永无遗患。』悟石点头道：『说得有理。』遂转身向家人安歇去处，掇开房门，见头便割。这班酒透的人，匹力扑六的好像切菜一般，一齐杀倒，血流遍地。其实堪伤！

却说那杨元礼因是心中疑惑，和衣而睡。也是命不该绝，在床上辗转不能安寝。侧耳听着外边，只觉酒散之后，寂无人声。暗道：『这些和尚是山野的人，收了这残盘剩饭，必然聚吃一番，不然，也要收拾家火，为何寂然无声？』又少顷，闻得窗外悄步，若有人声，心中愈发疑异。又少顷，只听得外厢连叫哎哟，又有模糊口声，又听得匹扑的跳响，慌忙跳起道：『不好了，不好了！中了贼僧计也！』隐隐的闻得脚踪声近，急忙里用力去推那些醉汉，哪里推得醒。也有木头般不答应的，也有胡胡卢卢说困话的。推了几推，只听得呀的房门声响。元礼顾不得别人，事急计生，耸向跳出后窗。见庭中有一棵大树，猛力爬上，偷眼观看。只见也有和尚，也有俗人，一伙儿拥进房门，持着利刃，望颈便刺。元礼见众人被杀，惊得心摇胆战。也不知墙外是水是泥，奋身一跳，却是乱棘丛中。欲待蹲身，又想后窗不曾闭得，贼僧必从天井内追寻，此处不当稳便。用力推开棘刺，满面流血，钻出棘丛，拔步便走，却是硬泥荒地。带跳而走，已有二三里之远。云昏地暗，阴风淅淅，不知是什么所在，却都是废冢荒丘。又转了一个弯角儿，却见一所人家，孤丁丁住着，板缝内尚有火光。元礼道：『我已筋疲力尽，不能行动。此家灯火未息，只得哀求借宿，再作道理。』正是：

青龙白虎同行，凶吉全然未保。

元礼低声叫门，只见五十来岁一个老妪，点灯开门。见了元礼道：『夜深人静，为何叫门？』元礼道：『昏夜叩门，实是学生得罪。争奈急难之中，只得求妈妈方便，容学生暂息半宵。』老妪道：『老身孤寡，难好留你。且尊客又无行李，又无随从，语言各别，不知来历，决难从命！』元礼暗道：『事到其间，不得不以实情告他。』『妈妈在上，其实小生姓杨，是扬州府人，会试来此。被宝华寺僧人苦苦留宿。不想他忽起狼心，把我们六七位同年都灌醉了，一齐杀倒。只有小生不醉，幸得逃生。』老妪道：『哎哟！阿弥陀佛！不信有这样事！』元礼道：『你不信，看我面上血痕。我从后庭中大树上爬出，跳出荆棘丛中，面都刺碎。』老妪睁睛看时，果然面皮都碎。对元礼道：『相公果然遭难，老身只得留住。相公会试中了。看顾老身，就有在里头了。』元礼道：『极感妈妈厚情！自古道：救人一命，胜造七级浮屠。我替你关了门，你自去睡。我就在此桌儿上假寐片时，一待天明，即便告别。』老妪道：『你自请稳便。那个门没事，不劳相公费心。老身这样寒家，难得会试相公到来。常言道：贵人上宅，柴长三千，米长八百。我老身有一个姨娘，是卖酒的，就住在前村。我老身去打一壶来，替相公压惊，省得你又无铺盖，冷冰冰地睡下去。』元礼只道脱了大难，心中又惊又喜，谢道：『多承妈妈留宿，已感厚情！又承赐酒，何以图报？小生倘得成名，决不忘你大德。』妈妈道：『相公且宽坐片时，有小女奉陪。老身暂去就来。女儿过来见了相公。你且把门儿关着，我取了酒就来也。』那老妪吩咐女儿几句，随即提壶出门去了，不提。

却说那女子把元礼仔细端详，若有嗟叹之状。元礼道：『请问小姐姐今年几岁了？』女子道：『年方一十三岁。』元礼道：『你为何只管呆看小生？』女子道：『我看你堂堂容貌，表表姿材，受此大难，故此把你仔细观看。可惜你满腹文章，看不出人情世故。』元礼惊问道：『你为何说此几句，令我好生疑异？』女子道：『你只道我家母亲为何不肯留你借宿？』元礼道：『孤寡人家，不肯夤夜留人。』女子道：『后边说了被难缘因，他又如何肯留起来？』元礼道：『这是你令堂恻隐之心，留我借宿。』女子道：『这叫做燕雀处堂，不知祸之将及。』元礼益发惊问道：『难道你母亲也待谋害我不成？我如今孤身无物，他又何所利于我？小姐姐，莫非道我伤弓之鸟，故把言语来吓诈我么？』女子道：『你只道我家住居的房屋，是那个的房屋？我家营运的本钱是那个的本钱？』元礼道：『小姐姐说话好奇怪！这是你家事，小生如何知道？』女子道：『妾姓张，有个哥哥，叫做张小乙，是我母亲过继的儿子，在外面做些小经纪。他的本钱，也是宝华寺悟石和尚的，这一所草房也是寺里搭盖的。哥哥昨晚回来，今日到寺里交纳利钱去了。幸不在家。若还撞见相公，决不相饶。』元礼想道：『方才众和尚行凶，内中也有俗人，一定是张小乙了。』便问道：『既是你妈妈和寺里和尚们一路，如何又买酒请我？』女子道：『他哪里真个去买酒！假此为名，出去报与和尚得知。少顷他们就到了，你终须一死！我见你丰仪出众，决非凡品，故此对你说知，放你逃脱此难！』元礼吓得浑身冷汗，抽身便待走出。女子扯住道：『你去了不打紧，我家母亲极是利害，他回来不见了你。必道我泄漏机关。这场责罚，教我怎生禁受？』元礼道：『你若有心救我，只得吃这场责罚，小生死不忘报。』女子道：『有计在此！你快把绳子将我绑缚在柱子上，你自脱身前去。我口中乱叫母亲。等他回来，只告诉他说你要把我强奸，绑缚在此。被我叫喊不过，也怕母亲归来，只得逃走了去。必然如此，方免责罚。』又急向箱中取银一锭与元礼道：『这正是和尚借我家的本钱。若母亲问起，我自有言抵对。』元礼初不欲受，思量前路盘缠，尚无毫忽，只得受了。把这女子绑缚起来，心中暗道：『此女仁智兼全，救我性命，不可忘他大恩。不如与他定约，异日娶他回去。』便向女子道：『小生杨延和，表字元礼，年十九岁，南直扬州府江都县人氏。因父母早亡，尚未婚配。受你活命之恩，意欲结为夫妇，后日娶你，决不食言。小姐姐意下如何？』女子道：『妾小名淑儿，今年十三岁。若不弃微贱，永结葭莩，死且不恨。只是一件，我母亲通报寺僧，也是平昔受他恩惠，故尔不肯负他。请君日后勿复记怀。事已危迫，君无留恋。』元礼闻言一毕，抽身往外便走。才得出门，回头一看，只见后边一队人众，持着火把，蜂拥而来。元礼魂飞魄丧，好像失心风一般，望前乱跌，也不敢回头再看。

话分两头。单提那老妪打头，引僧觉空持棍在前，悟石随后，也有张小乙，通共有二十余人，气吁吁一直赶到老妪家里。女子听得人声相近，乱叫乱哭。老妪一进门来，不见了姓杨的，只见女子被缚，吓了一跳，道：『女儿为何倒缚在那里？』女子哭道：『那人见母亲出去，竟要把我强奸，道我不从，竟把绳子绑缚了我。被我乱叫乱嚷，只得奔去。又转身进来要借盘缠，我回他没有，竟向箱中摸取东西，不知拿了什么，向外就走。』那老妪闻言，好像落汤鸡一般，口不能言。连忙在箱子内查看，不见了一锭银子。叫道：『不好了！前借师父的本钱，反被他掏摸去了。』众和尚不见杨元礼，也没工夫逗留，连忙向外追赶。又不知东西南北哪一条路去了，走了一阵，只得叹口气回到寺中，跌脚叹道：『打蛇不死，自遗其害。』事已如此，无可奈何！且把杀死众尸埋在后园空地上。开了箱笼被囊等物，原来多是铜钱在内，银子也有八九百两。把些来分与觉空，又把些分与众和尚、众道人等，也分些与张小乙。人人欢喜，个个感激。又另把些送与老妪。一则买他的口，一则赔偿他所失本钱，依旧作借。

却说那元礼脱身之后，黑地里走来走去，原只在一笪地方，气力都尽，只得蹲在一个冷庙堂里头。天色微明，向前又走，已到茌县。刚待进城，遇着一个老叟，连叫：『老侄，闻得你新中了举人，恭喜，恭喜！今上京会试，如何在此独步，没人随从？』那老叟你道是谁？却就是元礼的叔父，叫做杨小峰，一向在京生理，贩货下来，经由河间府到往山东。劈面撞着了新中的侄儿，真是一天之喜。元礼正值穷途，撞见了自家的叔父，把宝华寺受难根因与老妪家脱身的缘故一一告诉。杨小峰十分惊诧。挽着手，拖到饭店上吃了饭。就把身边随从的阿三送与元礼服侍，又借他白银一百二三十两，又替他叫了骡轿送他进京。正叫做：

不是一番寒彻骨，怎得梅花扑鼻香！

元礼别了小峰，到京会试，中了第二名会魁。叹道：『我杨延和到底逊人一筹！然虽如此，我今番得中，一则可以践约，二则得以伸冤矣。』殿试中了第一甲第三名，入了翰林。有相厚会试同年舒有庆，他父亲舒珽，正在山东做巡按。元礼把六个同年及从人受害本末，细细与舒有庆说知。有庆报知父亲，随着府县拘提合寺僧人到县。即将为首僧人悟石，觉空二人，极刑鞫问，招出杀害举人原由。押赴后园，起尸相验，随将众僧拘禁。此时张小乙已自病故了。舒珽即时题请灭寺屠僧，立碑道旁，地方称快。后边元礼告假回来，亲到废寺基址，作诗吊祭六位同年，不题。

却说那老妪原系和尚心腹，一闻寺灭僧屠，正待逃走。女子心中暗想：『我若跟随母亲同去，前日那杨举人从何寻问？』正在忧惶，只见一个老人家走进门来，问道：『这里可是张妈妈家？』老妪道：『老身亡夫，其实姓张。』老叟道：『令爱可叫做淑儿么？』老妪道：『小女的名字，老人家如何晓得？』老叟道：『老夫是扬州杨小峰，我侄儿杨延和，中了举人，在此经过，往京会试。不意这里宝华禅寺和尚忽起狼心，谋害同行六位举人，并杀跟随多命，侄儿幸脱此难。现今中了探花，感激你家令爱活命之恩，又谢他赠了盘缠银一锭，因此托了老夫到此说亲。』老妪听了，吓呆了半晌，无言回答。那女子窥见母亲情慌无措，扯他到房中说道：『其实那晚见他丰格超群，必有大贵之日。孩儿惜他一命，只得赠了盘缠放他逃去。彼时感激孩儿，遂订终身之约。孩儿道：母亲平昔受了寺僧恩惠，纵去报与寺僧知道，也是各不相负。你切不可怀恨。他有言在先，你今日不须惊怕。』杨小峰就接淑儿母女到扬州地方，赁房居住。等了元礼荣归，随即结姻。老妪不敢进见元礼，女儿苦苦代母请罪，方得相见。老妪匍伏而前。元礼扶起行礼，不提前事。却说后来淑儿与元礼生出儿子，又中辛未科状元，子孙荣盛。若非黑夜逃生，怎得佳人作合？这叫做：夫妻本是前生定，曾向蟠桃会里来。有诗为证：

春闱赴选遇强徒，解厄全凭女丈夫。
凡事必须留后着，他年方不悔当初。

第二十二卷

吕洞宾飞剑斩黄龙

暮宿苍梧，朝游蓬岛，朗吟飞过洞庭边。岳阳楼酒醉，借玉山作枕，容我高眠。出入无踪，往来不定，半是风狂半是颠。随身用，提蓝背剑，货卖云烟。　人间飘荡多年，曾占东华第一筵。推倒玉楼，种吾奇树；黄河放浅，栽我金莲。捽碎珊瑚，翻身北海，稽首虚皇高座前。无难事，要功成八百，行满三千。

这只词儿，名曰《沁园春》，乃是一位陆地大罗神仙所作。那位神仙是谁？姓吕名岩，表字洞宾，道号纯阳子。自从黄粱梦得悟，跟随师父钟离先生，每月在终南山学道。或一日，洞宾曰：『弟子蒙我师度脱，超离生死，长生妙诀，俺道门中轮回还有尽处么？』师父曰：『如何无尽！自从混沌初分以来，一小劫，该十二万九千六百年，世上混一，圣贤皆尽。一大数，二十五万九千二百年，儒教已尽。阿修劫，三十八万八千八百年，俺道门已尽。襄劫，七十七万七千七百年，释教已尽。此是劫数。』洞宾又问：『我师，阎浮世上，高低阔远，南北东西，俱有尽处么？』师父曰：『如何无尽处！且说中原之地，东至日出，西至日没，南至南蛮，北至幽燕。两轮日月，一合乾坤，四百座军州，三千座县分，七百座巡检司，此是中原之地。』洞宾曰：『弟子欲游中原，从何而起？从何而止？』师曰：『九九之数属阳，先从山前九州，山后九州，两淮三九二十七军州，河北四九三十六军州，关西五九四十五军州，西川六九五十四军州，荆湖七九六十三军州，江南九九八十一军州，海外潮阳四州，共计四百座军州。』洞宾曰：『四百座军州，有多少人烟？』师曰：『世上三山、六水、一分人烟。』洞宾又问：『我师成道之日，到今该多寿数？』师父曰：『数看汉朝四百七年，晋朝一百五十七年，唐朝二百八十八年，宋朝三百一十七年，算来计该一千年一百岁有零。』洞宾曰：『师父计年一千一百岁有零，度得几人？』师父曰：『只度得你一人。』洞宾曰：『缘何只度得弟子一人？只是俺道门中不肯慈悲，度脱众生。师父若教弟子三年严限，只在中原之地，度三千余人，兴俺道家。』师父听得说，呵呵大笑：『吾弟住口！世上众生，不忠者多，不孝者广。不仁不义众生，如何做得神仙？吾教汝去三年，但寻得一个来，也是汝之功。』洞宾曰：『只就今日拜辞吾师，弟子云游去了。』师父曰：『且住，且住！你去未得。吾有法宝，不曾传与汝。道童，与吾取过降魔太阿神光宝剑来。』道童取到。师父曰：『此剑是吾师父东华帝君传与吾，吾传与汝。』这洞宾双膝跪下：『领我师法旨。』师父曰：『此剑能飞取人头，言说住址姓名，念咒罢，此剑化为青龙。飞去斩首，口中衔头而来。有此灵显。有咒一道，飞去者如此如此。再有收回咒一道，如此如此。』言罢，洞宾纳头拜授。背了剑，曰：『告吾师，弟子只今日拜辞下山去。』师曰：『且住，且住！你去未得。汝若要下山，依我三件事，方可去。』洞宾曰：『告我师，不知那三件事？』师曰：『第一件，到中原之地，休寻和尚闹，依得么？』洞宾曰：『依得。』师曰：『第二件，将吾宝剑去，要将回来，休失落了，依得么？』洞宾曰：『依得。』师曰：『第三件，与你三年限满，休违了。如违了限，即当斩首灭形，依得么？』洞宾曰：『依得。』师父大喜道：『好去，好去！』洞宾曰：『蒙我师传法与弟子，年代劫数、地理路途、宝剑法语，弟子都省悟了。今作诗一首，拜谢吾师。弟子下山度人去也！』诗曰：

二十四神清，三千功行成。云烟笼地轴，星月遍空明。玉子何须种，金丹岂用耕？个中玄妙诀，难道不长生！

作诗已罢，师父呵呵大笑：「吾弟，汝去三年，度得人也回来，度不得人也回来，休违限次；宝剑休失落了；休惹和尚闹。速去速回！」

洞宾拜辞师父下山。却不知度得人也度不得？正是：

情知语是钩和线，从头钓出是非来。

这洞宾一就下山，按落云头，来到阎浮世上，寻取有缘得道士。整整行了一年，绝无踪迹。有诗为证：

自隐玄都不记春，几回沧海变成尘。我今学得长生法，未肯轻传与世人。

洞宾行了一年，没寻人处，如之奈何？眉头一纵，计上心来。在山中曾听得师父说来，直上太虚顶上观看，但是紫气现处，五霸诸侯；黑气现处，山妖水怪；青气现处，得道神仙。去那无人烟处，喝声起，一道云头直到太虚顶上。东观西望，远远见一处青气冲天而起。洞宾道：「好！此处必有神仙。」云行一万，风送八千，料来千里路云头，一片去心留不住。看看行到青气现处，不知何所。洞宾唤：「土地安在？」一阵风过处，土地现形，怎生模样？

衣裁五短，帽裹三山，手中藜杖老龙形，腰间皂绦黑虎尾。

土地唱喏：「告上仙，呼唤小圣，不知有何法旨？」洞宾曰：「下界何处？青气现者，谁家男子妇人？」土地道：「下界西京河南府。在城铜驼巷口，有个妇人殷氏，约年三十有余，不曾出嫁。累世奉道，积有阴果。此女唐朝殷开山的子孙，七世女身，因此青气现。」洞宾曰：「速退。」风过处，土地去了。却说洞宾坠下云端，化作腌臜道人，直入城来。到铜驼巷口，见牌一面，上写「殷家浇造细心耐点清油蜡烛」。铺中立着个女娘，鱼鱿冠儿，道装打扮，眉间青气现。洞宾见了，叫声好，不知高低。正是：

踏破铁鞋无觅处，得来全不费工夫。

洞宾叫声「稽首」。看那娘子，正与浇蜡烛待诏说话。回头道：「先生过一遭。」洞宾上前一看，见怒气太重，叫声「可惜」！去袖内拂下一张纸来。上有四句诗曰：

出山罚愿度三千，寻遍阎浮未结缘。特地来时真有意，可怜殷氏骨难仙。

诗后写道：口口仙作。这个女娘见那道人袖中一幅纸拂将下来，教人拾起看时，二口为吕，知是吕祖师化身。便教人急忙赶去，寻这个先生。先生化阵清风不见了。殷氏心中懊悔。正是：无缘对面不相逢！只因这四句诗，风魔了这女娘一十二年。后来坐化而亡。

只说洞宾不觉又早一年光景，无寻人处，再去太虚顶上观看，只见一匹马飞来。到面前下马离鞍，背上宣筒里取出请书来：「告上仙，东京开封府马行街，居住奉道信官王惟善，于今月十四日，请道一坛，就家庭开建奉真清醮三百六十分位斋。请往来道士二千员，恭为纯阳真人度诞之辰。特赍请状拜请。」洞宾听说：「吾忘其所以！来朝是吾生日。符官有劳心力远来！」符官曰：「小圣直到终南山，见老师父说，上仙在中原之地，特寻到此，得见上仙。」洞宾于荆筐篮内，取一个仙果，与符使吃了。拜谢上马而去。洞宾一道云头直到东京人不到处，坠下云头，立住了脚。若还这般模样，被人识破。把头一摆，喝声变，变作一个腌臜疥癞先生入城。行到马行街，只见扬播挂榜做好事。上朝请圣邀真，洞宾却好到。人若有愿，天必从之。且看那斋主有缘度他？洞宾到坛上看，却是个中贵官太尉，好善奉真修道，眉间微微有些青气。洞宾肚内思量：『此人时节未到，显些神通化他。初心不退，久后成其正果。』洞宾吃罢斋，支衬钱五百文，白米五斗。洞宾言曰：『贫道善能水墨画，用水一碗，也不用笔，取将绢一疋，画一幅山水相谢斋衬。』众人禀了太尉，取绢一幅与先生。先生磨那碗墨水，去绢上一泼，坏了那幅绢。太尉见道：『这厮无礼！捉弄下官！与我拿来。』先生见太尉焦躁，转身便去。众人赶来，只见先生化阵清风而去，但见有幅白纸掉将下来。众人拿白纸来见太尉。太尉打开看时，有四句言语道：

斋道欲求仙骨，及至我来不识。要知贫道姓名，但看绢画端的。

太尉教取恰才坏了的绢，再展开来看。不看时万事全休，看了纳头便拜。见什么来？正是：

神仙不肯分明说，误了阎浮世上人。

王太尉取污了绢来看时，完然一幅全身吕洞宾。才信来的先生是神仙，悔之不及。将这幅仙画送进后宫，太后娘娘裱褙了，内府侍奉。王太尉奏过，将房屋宅子，纳还朝廷，伴当家人都散了，直到武当山出家。山中采药，遭遇纯阳真人，得度为仙。这是后话。且说洞宾吕先生三年将满限期，一人不曾度得，如之奈何？心中闷倦。只得再在太虚顶上观看青气现处，只见正南上有青气一股。急驾云头望着青气现处约行两个时辰，见青气至近。喝声住，唤：『此间山神安在？』风过处，山神现形。金盔金甲锦袍，手执着开山斧，躬身唱喏：『告上仙，有何法旨？』洞宾曰：『下方青气现处，是个什么人家？』山神曰：『下界江西地面，黄州黄龙山下有个公公，姓傅，法名永善，广行阴骘，累世积善，因此有青气现。』洞宾曰：『速退。』聚则成形，散则为气。先生坠下云来，直到黄龙山下傅家庭前。正见傅太公家斋僧，直至草堂上，见傅太公。先生曰：『结缘增福，开发道心。』太公曰：『先生少怪！老汉家斋僧不斋道。』洞宾曰：『斋官，儒释道三教，从来总一家。』太公曰：『偏不敬你道门！你那道家说谎太多。』洞宾曰：『太公，哪见俺道家说谎太多？』太公曰：『秦皇、汉武，尚且被你道家捉弄，何况我等！』先生曰：『从头至尾，说俺道家怎么捉弄秦皇汉武？』太公曰：『岂不闻白氏《讽谏》曰：

海漫漫，直下无底傍无边。云涛雪浪最深处，人传中有三神山。山上多生不死药，服之羽化为神仙。秦皇汉武信此语，方士年年采药去。蓬莱今古但闻名，烟水茫茫无觅处。海漫漫，风浩浩，眼穿不见蓬莱岛。不见蓬莱不肯归，童男童女舟中老。徐福狂言多诳诞，上元太乙虚祈祷。君看骊山顶上茂陵头，毕竟悲风吹蔓草！何况玄元圣祖五千言，不言药，不言仙，不言白日上青天。』

傅太公言毕，先生曰：『我道家说谎，你那佛门中有甚奇德处？』太公曰：『休言灵山活佛，且说俺黄龙山黄龙寺黄龙长老慧南禅师，讲经说法，广开方便之门；普度群生，接引菩提之路。说法如云，度人如雨。法座下听经闻法者，每日何止数千，尽皆欢喜。几曾见你道门中阐扬道法，普度群生，只是独吃自疴，因此不敬道门。』吕先生不听，万事全休，听得时，怒气填胸。问太公：『这和尚今日说法么？』太公道：『一年四季不歇，何在乎今日。』吕先生不别太公，提了宝剑，径上黄龙山来，与慧南长老斗圣。谁胜谁赢？正是：

蜗角虚名，蝇头微利，算来直恁甘忙！事皆前定，谁弱与谁强？且趁闲身未老，尽容他些子疏狂。百年里，浑教是醉，三万六千场。思量，能几许？忧愁风雨，一半相妨。幸对清风明月，簟纹展，幕高张。江南好，千钟美酒，一曲《满庭芳》。

却才说不了，吕先生径望黄龙山上来，寻那慧南长老。话中且说黄龙禅师擂动法鼓，鸣钟击磬，集众上堂说法。正欲开口启齿，只见一阵风，有一道青气撞将入来，直冲到法座下。长老见了，用目一观，暗暗地叫声苦：『魔障到了！』便把手中界尺，去桌上按住大声道：『老僧今日不说法，不讲经，有一转语问你大众。其中有答得的么？』言未了，在那人从里走出那先生来道：『和尚，你快道来。』长老曰：

老僧今年胆大，黄龙山下扎寨。袖中扬起金锤，打破三千世界。

先生呵呵大笑道：『和尚！前年不胆大，去年不胆大，明年亦不胆大，只今年胆大！你再道来。』和尚言：『老僧今年胆大。』先生道：『住——

贫道从来胆大，专会偷营劫寨。夺了袖中金锤，留下三千世界。』

众人听得，发一声喊，好似：

一风撼折千竿竹，百万军中半夜潮。

众人道：『好个先生，答得好！』长老拿界方按定，众人肃静。先生道：『和尚，这四句只当引子，不算输赢。我有一转语，和你赌赛输赢，不赌金珠富贵。』去背上拔出那口宝剑来，插在砖缝里，双手拍着。众人听贫道说：『和尚赢，斩了小道。小道赢，要斩黄龙。』先生说罢，谎得人人失色，个个吃惊。只见长老道：『你快道来！』先生言：

铁牛耕地种金钱，石刻儿童把线穿。一粒粟中藏世界，半升铛内煮山川。白头老子眉垂地，碧眼胡僧手指天。休道此玄玄未尽，此玄玄内更无玄。

先生说罢，便问和尚：『答得么？』黄龙道：『你再道来。』先生道：『铁牛耕地种金钱。』黄龙道：『住！』和尚言：

自有红米种玉钱，比先毫发不曾穿。一粒能化三千界，大海须还纳百川。六月炉头喷猛火，三冬水底纳凉天。谁知此禅真妙用，此禅禅内又生禅。

先生道：『和尚输了，一粒化不得三千界。』黄龙道：『怎地说，近前来，老僧耳聋！』先生不知是计，趱上法座边，被黄龙一把捽住：『我问你：一粒化不得三千界，你一粒怎地藏世界？且论此一句。我且问你：半升铛内煮山川，半升外在哪里？』先生无言可答。和尚道：『我的禅大合小，你的禅小合大。本欲斩你，佛门戒杀，饶你这一次！』手起一界尺，打得先生头上一个疙瘩，通红了脸。众人一齐贺将起来。先生没出豁，看着黄龙长老，大笑三声，三摇头，三拍手，拿了宝剑，入了鞘子，望外便走。众人道：『输了呀！』黄龙禅师按下界方：『大众！老僧今日大难到了。不知明日如何？有一转语曰：

五五二十五，会打贺山鼓。黄龙山下看相扑，却来这里吃一赌。大地甜瓜彻底甜，生擦瓜儿连蒂苦。

大众，你道什么三鼓掌，三摇头，三声大笑，作什么生？咦！

本是醍醐味，番成毒药仇。今夜三更后，飞剑斩吾头。」

禅师道罢，众人皆散。和尚下座入方丈，集众道：「老僧今日对你们说，夜至三更，先生飞剑来斩老僧。老僧有神通，躲得过，神通小些，没了头。你众僧各自小心。」众僧合掌下跪：「长老慈悲，救度则个！」黄龙长老点头，伸两个指头，言不数句，话不一席，救了一寺僧众。

正是：

劝君莫结冤，冤深难解结。一日结成冤，千日解不彻。若将恩报冤，如汤去泼雪。若将冤报冤，如狼重见蝎。我见结冤人，尽被冤磨折。

黄龙长老道：「众僧牢关门户，休点灯烛。各人裹顶头巾，戴个帽儿，躲此一难，来日早见。」众僧出。方丈自言自语：「今日也说法，明日也说法，说出这个祸来！一寺三百余僧，有分切西瓜一般，都被切了头去！」胆大的在寺里，胆小的连夜走了。且说长老唤门公来，门公到面前唱个喏。长老道：「近前来。」耳边低低道了言语。门公领了法旨自去。天色已晚，闹了黄龙寺中半夜不安迹。

话中却说吕先生坐在山岩里，自思：「限期已近，不曾度得一人。师父说道：休寻和尚闹！被他打了一界尺，就这般干罢？和尚，不是你便是我！飞将剑去斩了黄龙，教人说俺有气度。若不斩他，回去见师父如何答应？」招头观看，星移斗转，正是三更时分。取出剑来，吩咐道：「吾奉本师法旨，带将你做护身之宝，休误了我。你去黄龙山黄龙寺，见长老慧南禅师，不问他行住坐卧间，速取将头来。」念念有词，喝声道：「疾！」豁刺刺一声响亮，化作一条青龙，径奔黄龙寺去。吕先生喝声采。去了多时，约莫四更天气，却似石沉沧海，线断风筝，不见回来。急念收咒语，念到有三千余遍，不见些儿消息。吕先生慌了手脚：「倘或失了宝剑，斩道灭形！」连忙起身，驾起云头，直到黄龙寺前坠下云头。见山门、佛殿大门一齐开着，却是长老吩咐门公，教他都不要关闭。吕先生见了道：「可惜早知这和尚不准备，直入到方丈，一剑挥为两段。」径到方丈里边，两枝大红烛点得明晃晃地，焚着一炉好香，香烟缭绕，禅床上坐着黄龙长老。长老高声大叫：「多口子！你要剑，在这里！进来取去。」吕先生揭起帘子，走将入方丈去，道：「和尚，还我剑来。」长老用手一指，那口剑一半插在泥里。吕先生肚里思量：「我去拔剑，被他暗算，如之奈何？」道：「和尚，罢，罢，罢！你还了我剑，两解手。」长老道：「多口子，老僧不与你一般见识。本欲斩了你，看你师父面。」洞宾听得：「直恁厉害！就拔剑在手，斩这厮！」大踏步向前，双手去拔剑，却便似万万斤生铁铸牢在地上，尽平生气力来拔，不动分毫。黄龙大笑：「多口子，自古道：人无害虎心，虎无伤人意。我要还了你剑，教你回去见师父去。你心中却要拔剑斩吾！吾不还你剑，有气力拔了去。」吕先生道：「他禁法禁住了，如何拔得去！」便念解法，越念越牢，永拔不起。吕先生道：「和尚，还了我剑罢休。」长老道：「我有四句颂，你若参得透，还了你剑。」先生道：「你道来。」和尚怀中取出一幅纸来。纸上画着一个圈，当中间有一点，下面有一首颂曰：

丹在剑尖头，剑在丹心里。若人晓此因，必脱轮回死。

吕先生见了，不解其意。黄龙曰：『多口子，省得么？』洞宾顿口无言。黄龙禅师道声：『俺护法神安在？』风过处，护法神现形。怎生打扮？

头顶金盔，绀红撒发朱缨，浑身金甲，妆成惯带，手中拿着降魔宝杵，貌若颜童。

护法神向前问讯：『不知我师呼召，有何法旨？』黄龙曰：『护法神，与我将这多口子押入困魔岩，待他参透禅机，引来见吾。每日天厨与他一个馒头。』护法神曰：『领我师法旨。』护法神道：『先生快请行！』吕先生道：『哪里去？』护法神曰：『走，走！如不走，教你认得三洲感应护法韦驮尊天手中宝杵！只重得八万四千斤！你若不走，直压你入泥里去！』吕先生自思量：『师父教我不要惹和尚！』只得跟着护法神入困魔岩参禅。不在话下。

却说黄龙寺僧众，五更都到方丈参见长老。长老道：『夜来惊恐你们。』众僧曰：『得蒙长老佛法浩大，无些动静。』长老道：『你们自好睡，却好闹了一夜。』众僧道：『没有甚执照？』长老用手一指，众人见了这口宝剑，却似：

分开八片顶阳骨，倾下半桶冰雪水。

众僧一齐礼拜，方见长老神通广大，法力高强。山前山后，城里城外，男子女人，僧尼道俗，都来方丈看剑的人，不知其数。闹了黄龙山，鼎沸了黄州府。

却说吕先生坐在困魔岩，耳畔听得闹嚷嚷地。便召山神，山神现形唱喏。问：『寺中为甚热闹？』山神曰：『告上仙：城里城外人都来看这口宝剑，人人拔不起，因此热闹。』洞宾道：『速退。』山神去了。先生自思：『闹了黄州，师父知道，怎地分说？自首免罪。』韦天不在，走在洞门，驾云而起。且说韦天到困魔岩，不见了吕先生，径来方丈报与黄龙禅师：『走了吕先生，不知吾师要赶他也不赶？』禅师道：『护法神，免劳生受，且回天宫。』化阵清风而去。却说吕先生一道云头，直到终南山洞门口立着。见道童向前稽首，道童施礼。吕先生道：『道童，师父在么？』道童言：『老师父山中采药，不在洞中。』吕先生径上终南山寻见师父，双膝跪下，俯伏在地。钟离师父呵呵大笑，自已知道了。道：『弟子引将徒弟来了？不知度得几人？先将剑来还我。』吕先生告罪说：『不是处，望乞老师父将就解救弟子！』师父曰：『吾再三吩咐，休惹和尚们，你头上的疙瘩，尚然未消，有何面目见吾？你神通短浅，法力未精，如何与人斗胜？徒弟不曾度得一个，妆这辱门败户的事！俺且饶你初犯一次，速去取剑来。』吕先生拜：『告吾师，免弟子之罪。此剑被他禁住了，不能得回。』师父曰：『吾修书一封，将去与吾师兄辟支佛看，自然还你。不可轻易，休损坏了封皮。』去荆筐篮里，取出这封书来。吕先生见了，纳头便拜：『吾师过去未来，俱已知道。』得了书，直到黄龙寺坠下云来。伽蓝通报长老：『吕先生在方丈外听法旨。』黄龙道：『唤他进来。』伽蓝曰：『吾师有请。』到方丈里，合掌顶礼：『来时奉本师法旨，有封书在此。』长老已知道，教取书来。吕先生双手献上。长老拆开，上面一个圆圈，圈外有一点上，下有四句偈曰：

丹只是剑，剑只是丹。得剑知丹，得丹知剑。

黄龙曰：『觑汝师父面皮，取了剑去。』洞宾向前，将剑轻轻拔起：『拜谢吾师。吕岩请问吾师法语，「圈子里一点」，本师法语，「圈子上一点」，不知是何意故？』黄龙曰：『你肯拜我为师，传道与你。』吕先生言：『情愿皈依我师。』前三拜，后三拜，礼佛三拜，三三九拜，合掌跪膝谛听。黄龙曰：『汝在座前言，一粒粟中藏世界，小合大圈子上一点。吾答一粒能化三千界，大合小圈子内一点。这是道！吾传与你。』吕先生听罢，大彻大悟，如漆桶底脱：『拜谢吾师，弟子回终南山去拜谢师父。』黄龙曰：『吾传道与汝。久后休言自会，或诗或词留为表记。』就取文房四宝将来。吕先生磨墨蘸笔，作诗一首。诗曰：

捽碎葫芦踏折琴，生来只念道门深。今朝得悟黄龙术，方信从前枉用心。

作诗已毕，拜辞了黄龙禅师，径回终南山，见了本师，纳还了宝剑。从此定性，修真养道，数百年不下山。功成行满，成陆地神仙。正是：

朝骑白鹿升三岛，暮跨青鸾上九霄。

后府人于凤翔府天庆观壁上，见诗一首，字如龙蛇之形，诗后大书回道人三字。详之，知为纯阳祖师也。诗曰：

得道年来八百秋，不曾飞剑取人头。玉皇未有天符至，且货乌金混世流。

第二十三卷

金海陵纵欲亡身

（存目）

第二十四卷

隋炀帝逸游召谴

《玉树》歌残舞袖斜，景阳宫里剑如麻。曙星自合临天下，千里空教怨丽华。

这首诗单表隋文帝篡周灭陈，奄有天下，一统太平，真个治得外户不闭，路不拾遗。初时已立太子勇为东宫，却因不得母后独孤氏欢心。原来文帝独孤皇后最是妒忌，文帝畏而爱之。常言：『前代帝王，骨肉分争，皆因嫡庶相猜相忌，致有祸胎。今吾家五子同母，旁无异生之子，后来安享太平，绝无后患。』不想太子勇嫡妃元氏无宠，抑郁而死。专宠云定兴之女，所生子女，皆是庶出。独孤皇后心中甚是不愤，每每在文帝前谮愬太子勇之短。文帝极是惧内的，听他言语，太子勇日渐日疏。却有第二子晋王广，为扬州都总管，生来聪明俊雅，仪容秀丽。十岁即好观古今书传，至于方药、天文地理、百家技艺术数，无不通晓。却只是心怀叵测，阴贼刻深，好钩索人情深浅，又能为矫情忍询之事，刺探得太子勇失爱母后，日夜思所以间之。日与萧妃独处，后宫皆不得御幸。每遇文帝及独孤皇后使来，必与萧妃迎门候接，饮食款待，如平交往来。临去，又以金钱纳诸袖中。以故人人到母后跟前，交口同声，誉称晋王仁孝聪明，不似太子寡恩傲礼，专宠阿云，致有如许犹犊。独孤皇后大以为然，日夜谮之于文帝，说太子勇不堪承嗣大统。后来晋王广又多以金宝珠玉，结交越公杨素，令他谗废太子。杨素是文帝第一个有功之臣，言无不从。皇后谮之于内，杨素毁之于外。文帝积怒太子勇已非一日，竟废太子勇为庶人，幽之别宫；却立晋王广为太子。受命之日，地皆震动，识者皆知其夺嫡阴谋。独杨素残忍深刻，洋洋得意，以为太子由我得立，威权震天下，百官皆畏而敬之。

后来独孤皇后崩，后宫却得近幸。文帝有一位宣华夫人陈氏，陈宣帝之女也。隋灭陈，配掖庭。性聪慧，姿貌无双。及皇后崩后，始进位为贵人。专房擅宠，后宫莫及。文帝寝疾于仁寿宫，夫人与太子广同侍疾。平旦，夫人出更衣，为太子所逼。夫人拒之，发乱神惊，归于帝所。文帝怪其容色有异，问其故。夫人泫然泣曰：『太子无礼！』文帝大恚曰：『畜生何足付大事！独孤误我！』盖指皇后也。因呼兵部尚书柳述，黄门侍郎元岩，司空越公杨素等曰：『召我儿来！』述等将呼太子广。帝曰：『勇也。』杨素曰：『国本不可屡易，臣不敢奉诏。』帝气哽塞，回面向内不言。素出语太子广曰：『事急矣！』太子广拜素曰：『以终身累公。』有顷，左右报素曰：『帝呼不应，喉中呦呦有声。』素急入，文帝已崩矣。陈夫人与诸后宫相顾悲恸。晡时，太子广遣使者赍金合，缄封其际，亲书封字以赐夫人。夫人见之惶惧，以为药酒，不敢发。使者促之，乃开，见盒中有同心结数枚。宫人咸相庆曰：『得免死矣！』陈夫人恚而却坐，不肯致谢。宫人咸逼之，乃拜使者。太子夜入烝焉。明日发丧，使人杀故太子勇而后即位。左右扶太子上殿，太子足弱，欲倒者数四，不能上。杨素叱去左右，以手扶接，太子援之乃上。百官莫不嗟叹。成素归谓家人曰：『小儿子吾已提起教作大家，即不知能了当否？』素恃已有功，于帝多呼为郎君。时宴内宫，宫人偶遗酒污素衣，素叱左右引下加挞焉。帝甚不平，隐忍不发。一日，帝与素钓鱼于后苑池上，并坐，左右张伞以遮日。帝起如厕，回见素坐赭伞下，风骨秀异，神彩毅然，帝大忌之。帝每欲有所为，素辄抑而禁之，由是愈不快于素。会素死，帝曰：『使素不死，夷其九族。』先是，素一日欲入朝，见文帝执金钺逐之，曰：『此贼，吾欲立勇，竟不从吾言！今必杀汝！』素惊怖入室。召子弟二人语曰：『吾必死矣！出见文帝如此如此。』移时而死。

帝自素死，益无忌惮，沉迷女色。一日顾诏近侍曰：『人主享天下之富，亦欲极当年之乐，自快其意。今天下富安，外内无事，正吾行乐之日也。今宫殿虽壮丽显敞，苦无曲房小室，幽轩短槛。若得此，则吾期老于其中也。』近侍高昌奏曰：『臣有友项升，浙人也，自言能构宫室。』翌日，诏召问之。升曰：『臣乞先进图本。』后日进图，帝览之，大悦。即日诏有司供具材木，凡役夫数万，经岁而成。楼阁高下，轩窗掩映，幽房曲室，玉栏朱楯，互相连属，回环四合，牖户自通，千门万户，金碧相辉，照耀人耳目。金虬伏于栋下，玉兽蹲于户旁；壁砌生光，琐窗曜日，工巧之极，自古未之有比也。费用金宝珠玉，库藏为之一空。人误入其中者，虽终日不能出。帝幸之，大悦。顾左右曰：『使真仙游其中，亦当自迷也，可目之曰迷楼。』诏以五品官赐升，仍给内库金帛千疋赏之。诏选良家女数千以居楼中。帝每一幸，经月不出。是月，大夫何稠进御女车。车之制度绝小，只容一人，有机伏于其中。若御童女，则以机碍女之手足，女纤毫不能动。帝以处女试之，极喜。召何稠谓之曰：『卿之巧思，一何神妙如此！』以千金赐之。稠又进转关车，可以升楼阁，如行平地。车中御女，则自摇动，帝尤喜悦。谓稠曰：『此车何名？』稠曰：『臣任意造成，未有名也，愿赐佳名。』帝曰：『卿任其巧意以成车，朕得之，任其意以自乐，可命名任意车也。』帝又令画工绘画士女交合之图数十幅，悬于阁中。其年上官时自江外得替回，铸乌铜鉴数十面，其高五尺，而阔三尺，磨以成镜为屏，环于寝所，诣阙投进。帝以屏纳迷楼中，而御女于其旁，纤毫运转，皆入于鉴中。帝大喜曰：『绘画得其形象耳，此得人之真容也，胜绘图万倍矣。』帝日夕沉荒于迷楼，罄竭其力，亦多倦息。又辟地周二百里为西苑，役民力常百万，内为十六院。聚巧石为山，凿池为五湖四海，诏天下境内所有鸟兽草木，驿送京师。诏定西苑十六院名：

景明　迎晖　栖鸾　晨光　明霞　翠华　文安　积珍　影纹　仪凤　仁智　清修　宝林　和明　绮阴　绛阳

每院，择宫中佳丽谨厚有容色美人实之，选帝常幸御者为之首。分派宦者，主出入易市。又凿五湖，每湖四方十里。东曰翠光湖，南曰迎阳湖，西曰金光湖，北曰洁水湖，中曰广明湖。湖中积土石为山，构亭殿，屈曲环绕澄泓，皆穷极人间华丽。又凿北海，周环四十里，中有三山，效蓬莱、方丈、瀛洲。其上皆台榭回廊，其下水深数丈。开通五湖北海，通行龙凤舸。帝多泛东湖，因制《湖上曲·望江南》八阕云：

湖上月，偏照列仙家。水浸寒光铺枕簟，浪摇晴影走金蛇，偏称泛灵槎。光景好，轻彩望中斜。清露冷侵银兔影，西风吹落桂枝花，开宴思无涯。

其二云：

湖上柳，烟里不胜催。宿雾洗开明媚眼，东风摇弄好腰肢，烟雨更相宜。环曲岸，阴覆画桥低。线拂行人春晚后，絮飞晴雪暖风时，幽意更依依。

其三云：

湖上雪，风急堕还多。轻片有时敲竹户，素华无韵入澄波，望外玉相磨。湖水远，天地色相和。仰面莫思梁苑赋，朝来且听玉人歌，不醉拟如何？

其四云：

湖上草，碧翠浪通津。修带不为歌舞缓，浓铺堪作醉人茵，无意衬香衾。晴雾后，颜色一般新。游子不归生满地，佳人远意正青春，留咏卒难伸。

其五云：

湖上花，天水浸灵芽。浅芷水边匀玉粉，深葩天外剪明霞，只在列仙家。开烂熳，插鬓若相遮。水殿春寒幽冷艳，玉轩晴照暖添华，清赏思何赊。

其六云：

湖上女，精选正轻盈。犹恨乍离金殿侣，相将尽是采莲人，清唱谩频频。轩内好，嬉戏下龙津。玉管朱弦闻尽夜，踏青斗草事青春，玉辇从群真。

其七云：

湖上酒，终日助清欢。檀板轻声银甲缓，醅浮香米玉蛆寒，醉眼暗相看。春殿晚，仙艳奉杯盘。湖上风光真可爱，醉乡天地就中宽，帝主正清安。

其八云：

湖上水，流绕禁园中。斜日暖摇清翠动，落花香暖众纹红，蘋萍未起清风。闲纵目，鱼跃小莲东。泛泛轻摇兰棹稳，沉沉寒影上仙宫，远意更重重。

帝常游湖上，多令宫中美人歌唱此曲。大业六年，后苑草木鸟兽，繁息茂盛。桃蹊柳径，翠阴交合。金猿青鹿，动辄成群。自大内开为御道，直通西苑，夹道植长松高柳。帝多宿苑中，去来无时。侍御多夹道而宿。帝往往于中夜即幸焉。道州贡矮民王义，眉目浓秀，应对敏捷。帝尤爱之。常从帝游，终不得入宫。曰：『尔非宫中物也。』义乃出，自宫以求进。帝由是愈加怜爱，得出入内寝，义多卧御榻下。帝游湖海回，多宿十六院。一夕中夜，帝潜入栖鸾院。时夏气暄烦，院妃庆儿卧于帘下。初月照轩，甚是明朗。庆儿睡中惊魇，若不救者，帝使义呼庆儿，帝自扶起，久方清醒。帝曰：『汝梦中何故而如此？』庆儿曰：『妾梦中如常时，帝握妾臂，游十六院。至第十院，帝入坐殿上。俄时火发，妾乃奔走。回视帝坐烈焰中，惊呼人救帝，久方睡觉。』帝自强解曰：『梦死得生，火有威烈之势。吾居其中，得威者也。』后帝幸江都被弑。帝入第十院，居火中，此其应也。

一夕，帝因观殿壁上有广陵图，帝注目视之，移时不能举步。时萧后在侧，谓帝曰：『知他是甚图画？何消帝如此挂心？』帝曰：『朕不爱此画，只为思旧游之处耳。』于是以左手凭后肩，右手指图上山水及人烟村落寺宇，历历皆如在目前。谓萧后曰：『朕昔征陈后主时游此。岂期久有天下，万机在躬，便不得豁然于怀抱也。』言讫，容色惨然。萧后奏曰：『帝意在广陵，何如一幸？』帝闻之，言下恍然。即日召群臣，言欲至广陵，旦夕游赏。议当泛巨舟，自洛入河，自河达海入淮，至广陵。群臣皆言：『似此程途，不啻万里，又孟津水紧，沧海波深，若泛巨舟，事恐不测。』时有谏议大夫萧怀静，乃皇后弟也，奏曰：『臣闻秦始皇时，金陵有王气，始皇使人凿断砥柱，王气遂绝。今睢阳有王气，又陛下喜在东南。欲泛孟津，又虑危险。况大梁西北有故河道，乃是秦将王离畎水灌大梁之处。乞陛下广集兵夫，于大梁起首开掘，西自河阴，引孟津水入，东至淮阴，放孟津水出，此间地不过千里。况于睢阳境内经过，一则路达广陵，二则凿穿王气。』帝闻奏大喜。出敕朝堂，有敢谏开河者斩。乃命征北大总管麻叔谋为开河都护，以荡寇将军李渊为开河副使。渊称疾不赴，即以左屯卫将军令狐达代之。诏发天下丁夫，男年十五以上，五十以下者皆至。如有隐匿者，斩三族。凡役夫五百四十三万余人，昼夜开掘，急如星火。又诏江淮诸州，造大船五百只。使命促督，民间有配著造船一只者，家产破用皆尽，犹有不足。枷项笞背，然后鬻卖子女以供官费。到得开河功役渐次将成，龙舟亦就。帝大喜，将幸江都。命越王侗留守东都。宫女半不随驾，争攀号留。且言辽东小国，不足以烦大驾，愿遣将征之。帝意不回，作诗留别宫人云：

我梦江都好，征辽亦偶然。但存颜色在，离别只今年。

车驾既行，师徒百万。离都旬日，长安贡御车女袁宝儿，年十五，腰肢纤堕，骇憨多态，帝宠爱特厚。时洛阳进合蒂迎辇花，云：『得之嵩山坞中，人不知其名。采花者异而贡之。』会帝驾适至，因以『迎辇』名之。帝令宝儿持之，号曰司花女。时诏虞世南草《征辽指挥德音敕》，宝儿持花侍侧，注视久之。帝谓世南曰：『昔传飞燕可掌上舞，朕常谓儒生饰于文字，岂人能若是乎？及今得宝儿，方昭前事。然多憨态，今注目于卿。卿才人，可便作诗嘲之。』世南应诏，为绝句云：

学画鸦黄半未成，垂肩亸袖太憨生。缘憨却得君王宠，长把花枝傍辇行。

帝大悦。既至汴京，帝御龙舟，萧后乘凤舸。于是吴越取民间女年十五六岁者五百人，谓之殿脚女，至龙舟凤舸。每船用彩缆十条，每条用殿脚女十人，嫩羊十口，令殿脚女与羊相间而行。时方盛暑，翰林学士虞世基献计，请用垂柳栽于汴渠两堤上。一则树根四散，鞠护河堤；二则牵舟人庇其阴；三则牵舟之羊，食其叶。上大喜，诏民间献柳一株，赏一匹绢。百姓竞献之，又令亲种。帝自种一株，群臣次第皆种，方及百姓。时有谣言曰：『天子先栽，然后百姓栽。』『栽』与『灾』同音，盖妖谶也。栽毕，取御笔写赐垂柳姓杨，曰杨柳也。时舳舻相继，连接千里，自大梁至淮口，连绵不绝。锦帆过处，香闻数里。一日，帝将登龙舟，凭殿脚女吴绛仙肩，喜其媚丽，不与群辈等爱之，久不移步。绛仙善画长蛾眉。帝色不自禁。回辇，召绛仙。将拜婕妤。萧后性妒忌，故不克谐。帝寝兴罢，擢为龙舟首楫，号曰崆峒夫人。由是殿脚女争效为长蛾眉。司宫吏日给螺子黛五斛，号为蛾绿。螺子黛出波斯国，每颗值十金。后征赋不足，杂以铜黛给之，独绛仙得赐螺黛不绝。帝每倚帘视绛仙，移时不去。顾内谒者曰：『古人言秀色若可餐，如绛仙真可疗饥矣。』因吟《持楫篇》赐之曰：

旧曲歌桃叶，新妆艳落梅。将身傍轻楫，知是渡江来。

诏殿脚女千辈唱之。时越溪进耀光绫，绫纹突起，有光彩。帝独赐司花女及绛仙，他人莫预。萧后恚愤不怿。由是二姬稍稍不得亲幸，帝常登楼忆之，题《东南柱》二篇云：

黯黯愁侵骨，绵绵病欲成。须知潘岳鬓，强半为多情。

又云：

不信长相忆，丝从鬓里生。闲来倚槛立，相望几含情。

殿脚女自至广陵，悉命备月观行宫。绛仙辈亦不得亲侍寝殿。有郎将自瓜洲宣事回，进合欢果一器。帝命小黄门以一双驰骑赐绛仙。遇马上摇动，合欢蒂解。绛仙拜赐，因附红笺小简上进曰：

驿骑传双果，君王宠念深。宁知辞帝里，无复合欢心。

帝览之不悦，顾小黄门曰：『绛仙如何辞怨之深也？』黄门拜而言曰：『适走马摇动，及月观，果已离解，不复连理。』帝因言曰：『绛仙不独容貌可观，诗意深切，乃女相如也。亦何谢左贵嫔乎？』帝尝醉游后宫，偶见宫婢罗罗者，悦而私之。罗罗畏萧后，不敢迎帝。因托辞以程姬之疾不可荐寝，帝乃嘲之曰：

个人无赖是横波，黛染隆颅簇小峨。幸好留侬伴成梦，不留侬住意如何？

帝自达广陵，沉湎滋深，荒淫无度，往往为妖祟所惑。尝游吴公宅鸡台，恍惚间与陈后主相遇。帝幼年与后主甚善，乃起迎之，都忘其已死。后主尚唤帝为殿下。后主戴青纱皂帻，青绰袖，长裾，绿锦纯绿紫纹方平履。舞女数十，罗侍左右。中有一女殊色，帝屡目之。后主云：『殿下不识此人耶？即张丽华贵妃也。每忆桃叶山前乘战舰与此妃北渡。尔时丽华最恨，方倚临春阁，试东郭㲋紫毫笔，书小砑红绡作答江令「璧月」句未终，见韩擒虎跃青骢马，拥万甲骑直来冲人，都不存去就之礼，以至有今日！』言罢，即以绿文测海酒蠡，酌红粱新酿劝帝。帝饮之甚欢。因请丽华舞《玉树后庭花》。丽华白后主，辞以抛掷岁久，自井中出来，腰肢粗巨，无复往时姿态。帝再三强之，乃徐起舞，终一曲。后主问帝：『萧妃何如此人？』帝曰：『春兰秋菊，各一时之秀也。』后主复诵诗十数篇。帝不记之，独爱《小窗诗》及《寄侍儿碧玉诗》。《小窗诗》云：

午醉醒来晚，无人梦自惊。夕阳如有意，偏傍小窗明。

《寄碧玉》云：

离别肠应断，相思骨合销。愁魂若非散，凭仗一相招。

丽华拜求帝赐一章，帝辞以不能。丽华笑曰：『尝闻「此处不留侬，会有留侬处。」安得言不能耶？』帝强为之，操笔立成，曰：

见面无多事，闻名尔许时。坐来生百媚，实个好相知。

丽华捧诗，赧然不怿。后主问帝：『龙舟之游乐乎？始谓殿下致治在尧舜之上，今日仍此逸游。大抵人生各图快乐，向时何见罪之深耶？三十六封书，至今使人怏怏不悦。』帝忽悟其已死，叱之曰：『何今日尚呼我为殿下，复以往事相讯耶？』恍惚不见，帝兀然不自知，惊悸移时。

帝后御龙舟，中道，夜半闻歌者甚悲，其辞曰：

我兄征辽东，饿死青山下。今我挽龙舟，又困隋堤道。方今天下饥，路粮无些少。前去三千程，此身安可保！寒骨枕荒沙，幽魂泣烟草。悲损门内妻，望断吾家老。安得义男儿，焚此无主尸，引其孤魂回，负其白骨归。

帝闻其歌，遽遣人求其歌者，至晓不得其人。帝颇彷徨，通夕不寐。帝知世祚已去，意欲遂幸永嘉，群臣皆不愿从，扬州朝百官，天下朝贡使无一人至者。有来者，在途遭兵夺其贡物。帝犹与群臣议，诏十三道起兵，诛不朝贡者。帝深识玄象，常夜起观天，乃召太史令袁充问曰：『天象如何？』充伏地泣涕曰：『星文大恶！贼星逼帝座甚急，恐祸起旦夕！愿陛下遽修德灭之。』帝不乐，乃起，入便殿，索酒自歌曰：

宫木阴浓燕子飞，兴亡自古漫成悲。他日迷楼更好景，宫中吐艳恋红辉。

歌竟，不胜其悲。近侍奏：『无故而歌甚悲，臣皆不晓。』帝曰：『休问！他日自知也。』俯首不语。召矮民王义问曰：『汝知天下将乱乎？』义泣对曰：『臣远方废民，得蒙上贡，进入深宫。久承恩泽，又尝自宫，以近陛下。天下大乱，固非今日。履霜坚冰，其渐久矣。臣料大祸，事在不救。』帝曰：『子何不早告我也？』义曰：『臣惟不言，言即死久矣。』帝乃泣下沾襟，曰：『子为我陈败乱之理，朕贵知其故也。』明日，义上书曰：

臣本出南楚卑薄之地，逢圣明为治之时，不爱此身，愿从入贡。臣本侏儒，性尤蒙滞。出入左右，积有年岁。浓被圣私，皆逾素望。侍从乘舆，周旋台阁。臣虽至鄙，酷好穷经。颇知善恶之本源，少识兴亡之所以。还往民间，周知利害。深蒙顾问，方敢敷陈。自陛下嗣守元符，体临大器，圣神独断，谋谏莫从。大兴西苑，两至辽东。龙舟逾万艘，宫阙遍天下。兵甲常役百万，士民穷乎山谷。征辽者百不存十，殁葬者十未有一。帑藏全虚，谷粟涌贵，乘舆竟往，行幸无时。兵人侍从，常守空宫。遂令四方失望，天下为墟。方今有家之村，存者可数；子弟死于兵役，老弱困于蓬蒿。兵尸如岳，饿莩盈郊。狗彘厌人之肉，鸢鱼食人之余。臭闻千里，骨积高原。阴风无人之墟，鬼哭寒草之下。目断平野，千里无烟。万民剥落，不保朝昏。父遗幼子，妻号故夫。孤苦何多，饥荒尤甚！乱离方始，生死谁知。人主爱人，一何至此！陛下圣性毅然，孰敢上谏。或有鲠言，即令赐死。臣下相顾，箝结自全。龙逢复生，安敢议奏！左右近臣，阿谀顺旨。迎合帝意，造作拒谏。皆出此途，乃逢富贵。陛下过恶，从何得闻？方今又败辽师，再幸东土，社稷危于春雪，干戈遍于四方。生民已入涂炭，官吏犹未敢言。陛下自惟：若何为计？陛下欲兴师，则兵吏不顺；欲行幸，则将卫莫从。适当此时，何以自处？陛下虽欲发愤修德，特加爱民，圣慈虽切救时，天下不可复得。大势已去，时不再来。巨厦之崩，一木不能支！洪河已决，掬壤不能救！臣本远人，不知忌讳。事急至此，安敢不言！臣今不死，后必死兵。敢献此书，延颈待尽。

帝省义奏，曰：『自古安有不亡之国，不死之主乎？』义曰：『陛下尚犹蔽饰己过！陛下常言：吾当跨三皇，超五帝，下视商周，使万世不可及。今日之势如何？能自复回都辇乎？』帝再三加叹。义曰：『臣昔不言，诚爱生也。今既具奏，愿以死谢。天下方乱，陛下自爱。』少选，左右报曰：『义自刎矣。』帝不胜悲伤，命厚葬焉。时值阁斐虔通，虎贲郎将司马德戡，左右屯卫将军宇文化及，将谋作乱。因请放官奴，分直上下。帝可其奏，即下诏云：

寒暑迭用，所以成岁功也。日月代明，所以均劳逸也。故士子有游息之谈，农夫有休养之节。咨尔髦众：服役甚勤，执劳无怠；埃垢溢于爪发，虮虱结于兜鍪，朕甚悯之。俾尔休番，从便嬉戏，无烦方朔滑稽之请，而从卫士㧑上之文。朕于侍从之间，可谓恩矣！可依前件施行。

不数日，忽中夜闻外切切有声。帝急起，衣冠御内殿。坐未久，左右伏兵俱起。司马德戡携白刃向帝，帝叱之曰：『吾终年重禄养汝，吾无负汝，汝何得负我！』帝常所幸朱贵儿在帝旁，谓德戡曰：『三日前，帝虑侍卫秋寒，诏宫人悉絮袍裤，帝自临视。造数千领，两日毕功。前日颁赐，尔等岂不知也？何敢迫胁乘舆！』乃大骂德戡。德戡斩之，血溅帝衣。德戡前数帝罪，且曰：『臣实负陛下！但今天下俱叛，二京已为贼据，陛下归亦无门。臣生亦无路，臣已亏臣节，虽欲复已不可得也。愿得陛下首以谢天下！』乃携剑逼帝。帝复叱曰：『汝岂不知诸侯之血入地，大旱三年，况天子乎？死自有法！』命索药酒，不得。左右进练巾，逼帝入阁自经死。萧后率左右宫娥，辍床头小版为棺敛，粗备仪卫，葬于吴公台下。即前此帝与陈后主相遇处也。初，帝不爱第三子齐王暕，见之常切齿。每行幸，辄录以自随。及是难作，谓萧后曰：『得非阿孩耶？』阿孩，齐王暕小字也。司马德戡等既弑帝，即驰遣骑兵执齐王暕于私第。倮跣驱至当街。暕曰：『大家计必杀儿，愿容儿衣冠就死。』犹意帝遣人杀之。父子见杀，至死不明，可胜痛悼！后唐文皇太宗皇帝，提兵入京，见迷楼，太宗叹曰：『此皆民膏血所为也！』乃命放出诸宫女，焚其宫殿，火经月不灭。前谣前诗，无不应验。方知炀帝非天亡之也。后人有诗：

千里长河一旦开，亡隋波浪九天来。锦帆未落干戈起，惆怅龙舟不更回。

第二十五卷

独孤生归途闹梦

东园蝴蝶正飞忙，又见罗浮花气香。梦短梦长缘底事？莫贪磁枕误黄粱。

昔有夫妻二人，各在芳年，新婚燕尔，如胶似漆，如鱼似水。刚刚三日，其夫被官府唤去。原来为急解军粮事，文书上佥了他名姓，要他赴军前交纳。如违限时刻，军法从事。立刻起行，身也不容他转，头也不容他回，只捎得个口信到家。正是：上命所差，盖不由已。一路趱行，心心念念，想着浑家。又不好向人告诉，只落得自己凄惶，行了一日，想到有万遍。是夜宿于旅店，梦见与浑家相聚如常，行其夫妇之事。自此无夜不梦。到一月之后，梦见浑家怀孕在身，醒来付之一笑。且喜如期交纳钱粮，太平无事，星夜赶回家乡。缴了批回，入门见了浑家，欢喜无限。那一往一来，约有三月之遥。尝言道：『新娶不如远归。』夜间与浑家绸缪恩爱，自不必说。其妻叙及别后相思，因说每夜梦中如此如此。所言光景，与丈夫一般无二，果然有了三个月身孕。若是其夫先说的，内中还有可疑，却是浑家先叙起的。可见梦魂相遇，又能交感成胎，只是彼此精诚所致，如今说个闹梦故事，亦由夫妇积思而然。正是：

梦中识想非全假，白日奔驰莫认真。

话说大唐德宗皇帝贞元年间，有个进士复姓独孤，双名遐叔，家住洛阳城东崇贤里中。自幼颖异，十岁便能作文。到十五岁上，经史精通，下笔数千言，不待思索。父亲独孤及官为司封之职。昔年存日，曾与遐叔聘下同年司农白行简女儿娟娟小姐为妻。那娟娟小姐，花容月貌，自不必说，刺绣描花，也是等闲之事。单喜他深通文墨，善赋能诗。若教去应文科，稳稳里是个状元。与遐叔正是一双两好，彼此你知我见，所以成了这头亲事。不意遐叔父母连丧，丈人丈母亦相继弃世。功名未遂，家事日渐零落，童仆也无半个留存，刚刚剩得几间房屋。那白行简的儿子叫做白长吉，是个凶恶势利之徒。见遐叔家道穷了，就要赖他的婚姻，将妹子另配安陵富家。幸得娟娟小姐是个贞烈之女，截发自誓，不肯改节。白长吉强他不过，只得原嫁与遐叔。却是随身衣饰，并无一毫妆奁。止有从幼服侍一个丫鬟翠翘从嫁。白氏过门之后。甘守贫寒，全无半点怨恨。只是晨炊夜绩，以佐遐叔读书。那遐叔一者敬他截发的志节，二者重他秀丽的词华，三者又爱他娇艳的颜色。真个夫妻相得，似水如鱼。白氏亲族中，到也怜遐叔是个未发达的才子，十分尊敬。止有白长吉一味趋炎附势，说妹子是穷骨头，要跟恁样饿莩，坏他体面。见了遐叔就如眼中之刺，肉内之钉。遐叔虽然贫穷，却又是不肯府仰人的，因此两下遂绝不相往。时值贞元十五年，朝廷开科取士，传下黄榜，期于三月间诸进士都赴京师殿试。遐叔别了白氏，前往长安。自谓文才，必魁春榜。那知贡举的官，是礼部侍郎同平章事郑馀庆，本取遐叔卷子第一。岂知策上说着：奉天之难皆因奸臣卢杞窃弄朝权，致使泾原节度使姚令言与太尉朱泚，得以激变军心，劫夺府库。可见众君子共佐太平而不足，一小人搅乱天下而有余。故人君用舍不可不慎。原来德宗皇帝心性最是猜忌，说他指斥朝廷，讥讪时政，遂将头卷废弃不录。那白氏两个族叔，一个叫做白居易，一个叫做白敏中，文才本在遐叔之下，却皆登了高科。单单只有遐叔一人落第，好生没趣！连夜收拾行李东归。白居易、白敏中知得，齐来饯行，直送到十里长亭而别。遐叔途中愁闷，赋诗一首。诗云：

童年扶策赴西秦，弱冠无成逐路人。时命不将明主合，布衣空惹上京尘。

在路非止一日，回到东都，见了妻子，好生惭赧。终日只在书房里发愤攻书。每想起落第的光景，便凄然泪下。那白氏时时劝解道：『大丈夫功名终有际会，何苦颓折如此！』遐叔谢道：『多感娘子厚意，屡相宽慰。只是家贫如洗，衣食无聊。纵然巴得日后亨通，难救目前愁困，如之奈何？』白氏道：『俗谚有云：「十访九空，也好省穷。」我想公公三十年宦游，岂无几个门生故旧在要路的？你何不趁此闲时，一去访求？倘或得他资助，则三年诵读之费有所赖矣。』只这句话头，提醒了遐叔，答道：『娘子之言，虽然有理，但我自幼攻书，未尝交接人事。先父的门生故旧，皆不与知。止认得个韦皋，是京兆人，表字仲翔。当初被丈人张延赏逐出，来投先父，举荐他为官，甚是有恩。如今他现做西川节度使。我若去访他，必有所助。只是东都到四川，相隔万里程途，往返便要经年。我去之后，你在家中用度，从何处置？以此抛撇不下。』白氏道：『既有这个相识，便当整备行李，送你西去。家中事体，我自支持。总有缺乏，姑姊妹家，犹可假贷。不必忧虑。』遐叔欢喜道：『若得如此，我便放心前去。』白氏道：『但是路途跋涉，无人跟随，却怎的好？』遐叔道：『纵然有人，也没许多盘费，只索罢了。』遂即拣了个吉日，白氏与遐叔收拾了寒暑衣装，带着丫鬟翠翘，亲至开阳门外一杯饯送。夫妻正在不舍之际，骤然下起一阵大雨，急奔入路傍一个废寺中去躲避。这寺叫做龙华寺，乃北魏时，广陵王所建。殿宇十分雄壮，阶下栽种名花异果。又有一座钟楼，楼上铜钟，响闻五十里外，后被胡太后移入宫中去了。到唐太宗时，有胡僧另铸一钟在上，却也响得二十余里。到玄宗时，还有五百僧众，香火不绝。后遭安禄山贼党史思明攻陷东都，杀戮僧众，将钟磬毁为兵器，花果伐为樵苏，以此寺遂颓败。遐叔与白氏看了叹道：『这等一个道场，难道没有发心的重加修造？』因向佛前祈祷，阴空保佑。若得成名时节，誓当捐俸，再整山门。雨霁之后，登途分别。正是：

蝇头微利驱人去，虎口危途访客来。

不题白氏归家。且说遐叔在路，晓行夜宿，整整的一个月，来到荆州地面。下了川船，从此一路都是上水。除非大顺风，方使得布帆。风略小些，便要扯着百丈。你道怎么叫做百丈？原来就是纤子，只那川船上的有些不同：用着一寸多宽的毛竹片子，将生漆绞着麻丝接成的，约有一百多丈，为此川中人叫做百丈。在船头立个辘轳，将百丈盘于其上。岸上扯的人，只听船中打鼓为号。遐叔看了，方才记得杜子美有诗道：『百丈内江船。』又道：『打鼓发船何处郎。』却就是这件东西。又走了十余日，才是黄牛峡。那山形生成似头黄牛一般，三四十里外，便远远望见。这峡中的水更溜，急切不能勾到。因此上有个俗谚云：『朝见黄牛，暮见黄牛；朝朝暮暮，黄牛如故。』又走了十余日，才是瞿塘峡，这水一发急紧。峡中有座石山，叫做滟滪堆。四五月间水涨，这堆止留一些在水面上。下水的船，一时不及回避，触著这堆，船便粉碎，尤为厉害。遐叔见了这般险路，叹道：『万里投人，尚未知失得如何，却先受许多惊恐！我娘子怎生知道？』原来巴东峡江一连三个：第一是瞿塘峡，第二是广阳峡，第三是巫峡。三峡之中，唯巫峡最长。两岸都是高山峻岭，古木阴森，映蔽江面。只露得中间一线的青天。除非日月正中时分，方有光明透下。数百里内，岸上绝无人烟，惟闻猿声昼夜不断。因此有个俗谚云：

巴东三峡巫峡长，猿鸣三声断客肠。

这巫峡上就是巫山，有十二个山峰。山上有一座高唐观，相传楚襄王曾在观中夜寝，梦见一个美人愿荐枕席。临别之时，自称是伏羲皇帝的爱女，小字瑶姬。未行而死，今为巫山之神。朝为行云，暮为行雨，朝朝暮暮，阳台之下。那襄王醒后，还想着神女，教大夫宋玉做《高唐赋》一篇，单形容神女十分的艳色。因此，后人立庙山上，叫做巫山神女庙，遐叔在江中遥望庙宇，掬水为浆，暗暗的祷告道：『神女既有精灵，能通梦寐。乞为我特托一梦与家中白氏妻子，说我客途无恙，免其愁念。当赋一言相谢，决不敢学宋大夫作此淫亵之语，有污神女香名，乞赐仙鉴。』自古道的好：『有其人，则有其神。』既是祷告的许了做诗做赋，也发下这点虔诚，难道托梦的只会行云行雨，再没有别些灵感？少不得后来有个应验。正是：

祷祈仙梦通闺阁，寄报平安信一缄。

出了巫峡，再经由巴中、巴西地面，都是大江。不觉又行一个多月，方到成都。城外临着大江，却是濯锦江。你道怎么叫做濯锦江？只因成都造得好锦，朝廷称为『蜀锦』。造锦既成，须要取这江水再加洗濯，能使颜色倍加鲜明，故此叫做濯锦江。唐明皇为避安禄山之乱，曾驻跸于此，改成都为南京。这便是西川节度使开府之处。真个沃野千里，人烟凑集，是一花锦世界。遐叔无心观玩，一径入城，奔到帅府门首，访问韦皋消息。岂知数月前，因为云南蛮夷反叛，统领兵马征剿去了。须待平定之后，方得回府。你想那征战之事，可是期得日子定的么？遐叔得了这个消息，惊得进退无措，叹口气道：『常言鸟来投林，人来投主。偏是我遐叔恁般命薄！万里而来，却又投人不着。况一路盘缠已尽，这里又无亲识，只有来的路，没有去的路。天哪！兀的不是活活坑杀我也！』自古道：吉人自有天相。遐叔正在帅府门首叹气，旁边忽转过一个道士问道：『君子何叹？』遐叔答道：『我本东都人氏，复姓独孤，双名遐叔。只因下第家贫，远来投谒故人韦仲翔，希他资助。岂知时命不济，早已出征去了。欲待候他，只恐奏捷无期，又难坐守。欲待回去，争奈盘缠已尽，无可图归，使我进退两难，是以长叹。』那道士说：『我本道家，专以济人为事，敝观去此不远。君了既在穷途，若不嫌粗茶淡饭，只在我观中权过几时，等待节使回府，也不负远来这次。』遐叔再三谢道：『若得如此，深感深感，只是不好打搅！』便随着道士径投观中而去。我想那道士与遐叔素无半面，知道他是甚底样人，便肯收留在观中去住？假饶这日无人搭救，却不穷途流落，几时归去？岂非是遐叔不遇中之遇？当下遐叔与道士离了节度府前，行不上一二里许，只见苍松翠柏，交植左右，中间龟背大路，显出一座山门，题着『碧落观』三个簸箕大的金字。这观乃汉时刘先主为道士李寂盖造的。至唐明皇时，有个得道的叫做徐佐卿，重加修建。果然是一尘不到，神仙境界。遐叔进入观中，瞻礼法像了，道士留入房内，重新叙礼，分宾主而坐。遐叔举目观看，这房收拾得十分清雅。只见壁上挂着一幅诗轴，你道这诗轴是那个名人的古迹？却就是遐叔的父亲司封独孤及送徐佐卿还蜀之作。诗云：

羽客笙歌去路催，故人争劝别离杯。苍龙阙下长相忆，白鹤山头更不回。

原来昔日唐明皇闻得徐佐卿是个有道之士，用安车蒲轮，征聘入朝。佐卿不愿为官，钦赐驰驿还山。满朝公卿大夫，赋诗相赠，皆不如独孤及这首。以此观中相传，珍重不啻拱璧。遐叔看了父亲遗迹，不觉潸然泪下。道士道：『君子见了这诗，为何掉泪？』遐叔道：『实不相瞒，因见了先人之笔，故此伤感。』道士闻知遐叔即是独孤及之子，朝夕供待，分外加敬。光阴迅速，不觉过了半年。那时韦皋降服云南诸蛮，重回帅府。遐叔连忙备礼求见。一者称贺他得胜而回，二者诉说自己穷愁，远来干谒的意思。正是：

故人长望贵人厚，几个贵人怜故人。

那韦皋一见遐叔，盛相款宴，正要多留几日，少尽阔怀。岂知吐蕃赞普，时常侵蜀，专恃云南诸蛮为之向导。近闻得韦皋收服云南，失其羽翼，遂起雄兵三十余万，杀过界来，要与韦皋亲决胜负。这是烽火紧切的事。一面写表申奏朝廷，一面兴师点将，前去抵敌。遐叔叹道：『我在此守了半年，才得相见，忽又有此边报，岂不是命！』便向节度府中告辞。韦皋道：『吐蕃入寇，满地干戈，岂还有路归得！我已吩咐道士好生管待。且等杀退番兵，道途宁静，然后慢慢的与仁兄饯行便了。』遐叔无奈，只得依允，照旧住在碧落观中，不在话下。

且说韦皋统领大兵，离了成都，直至葭萌关外，早与吐蕃人马相遇。先差通使与他打话道：『我朝自与你国和亲之后，出嫁公主做你国赞婆，永不许兴兵相犯。如今何故背盟，屡屡扰我蜀地？』那赞普答道：『云南诸夷，原是臣服我国的，你怎么辄敢加兵，侵占疆界？好好的还我云南，我便收兵回去。半声不肯，教你西川也是难保。』韦皋道：『圣朝无外，普天下哪一处不属我大唐的？要战便战，云南断还不成。』原来吐蕃没有云南夷人向导，终是路径不熟。却被韦皋预在深林穷谷之间，遍插旗帜，假做伏兵，又教步军舞着藤牌，伏地而进，用大刀砍其马脚。一声炮响，鼓角齐鸣，冲杀过去。那吐蕃一时无措，大败亏输，被韦皋追逐出境，直到赞普新筑的王城，叫做末波城，尽皆打破，杀得吐蕃尸横遍野，血染成河。端的这场厮杀，可也功劳不小！韦皋见吐蕃远遁，即便下令班师，一面差牌将赍捷书飞奏朝廷。一路上：

喜孜孜鞭敲金镫响，笑吟吟齐唱凯歌声。

话分两头，却说独孤遐叔久住碧落观中，十分郁郁。信步游览，消遣客怀。偶到一个去处，叫做升仙桥，乃是汉朝司马相如在临邛县窃了卓文君回到成都，只因家事萧条。受人侮慢，题下两行大字在这桥柱上，说道：『大丈夫不乘驷马高车，不过此桥。』后来做了中郎。奉诏开通云南道径，持节而归，果遂其志。遐叔在那桥上，徘徊东望，叹道：『小生不愧司马之才，娘子尽有文君之貌，只是怎能够得这驷马高车的日子？』下了桥，正待取路回观。此时恰是暮春天气，只听得林中子规一声声叫道：『不如归去！』遐叔听了这个鸟声，愈加愁闷。又叹道：『我当初与娘子临别，本以一年半载为期。岂知担阁到今，不能归去？天那！我不敢望韦皋的厚赠，只愿他早早退了番兵，送我归家，却也免得娘子在家朝夕悬望。』不觉春去夏来，又过一年有余，才等候得韦皋振旅而还。那时捷书已到朝中，德宗天子知得韦皋战退吐蕃，成了大功，龙颜大喜。御笔加援兵部尚书太子太保，仍领西川节度使。回府之日，合属大小文武，哪一个不奉牛酒拜贺！直待军门稍暇，遐叔也到府中称庆。自念客途无以为礼，做得《蜀道易》一篇。你道为何叫做《蜀道易》？当时唐明皇天宝末年，安禄山反乱，却是郑国公严武做西川节度。有个拾遗杜甫，避难来到西川，又有丞相房绾也贬做节度府属官。只因严武性子颇多猜狠，所以翰林供奉李白，做《蜀道难》词。其尾特云：『锦城虽云乐，不如早归家。』乃是替房杜两公忧危的意思。遐叔故将这难字改作易字，翻成乐府。一者称颂韦皋功德，远过严武；二者见得自已侨遇锦城，得其所主，不比房杜两公，以此暗暗的打动他。词云：

吁嗟蜀道，古以为难。蚕丛开国，山川郁盘。秦置金牛，道路始刊。天梯石栈，勾接危峦。仰薄青霄，俯挂飞湍。猿猱之捷，尚莫能干。
使人对此，宁不悲叹！自我韦公，建节当关。荡平西寇，降服南蛮。风烟宁息，民物殷繁。四方商贾，争出其间。匪无跋涉，岂乏跻攀；
若在衽席，既坦而安。蹲鸱疗饥，筒布御寒。是称天府，为利多端。寄言客子，可以开颜。锦城甚乐，何必思还！

韦皋看见《蜀道易》这一篇，不胜叹服。便对遐叔说：『往时李白所作《蜀道难》词，太子宾客贺知章称他是天上谪下来的仙人。今观仁兄高才，何让李白！老夫幕府正缺书记一员，意欲申奏取旨，借重仁兄为礼部员外，权充西川节度府记室参军。庶得朝夕领教，不识仁兄肯曲从否？』遐叔答道：『我朝最重科目。凡士子不由及第出身，便做到九棘三槐，终久被人欺侮。小生虽则三番落第，壮气未衰。怎忍把先世科名，一朝自废？如今叨寓贵镇，已过岁余。寒荆白氏在家，久无音信。朝夕萦挂，不能去怀。巴得旌旆回府，正要告辞。伏乞俯鉴微情。勿嫌方命。』韦皋谢道：『既是仁兄不允，老夫亦不敢相强。只是目下岁暮，冰雪载途，不好行走。不若少待开春，治装送别，未为晚也。』遐叔一来见韦皋意思殷勤，二来想起天气果然寒冷，路上难行，又只得住下，捱过残腊，到了新年，又早是上元佳节。原来成都府地沃人稠，本是西南都会。自唐明皇驻跸之后，四方朝贡，皆集于此，便有京都气象。又经严郑公镇守巴蜀，专以平静为政，因此闾阎繁富。库藏充饶。现今韦皋继他降服云南诸夷，击破吐蕃五十万众，威名大振。这韦皋最是豪杰的性子，因见地方宁定，民心归附，预传号令，吩咐城内城外都要点放花灯，与民同乐。那道令旨传将出去，谁敢不依？自十三至十七，共是五夜，家家门首扎缚灯棚，张挂新奇好灯，巧样烟火，照耀如同白昼。狮蛮社火，鼓乐笙箫，通宵达旦。韦皋每夜大张筵宴，在散花楼上，单请遐叔庆赏元宵。刚到下灯之日，遐叔便去告辞。韦皋再三苦留，终不肯住。乃对遐叔说道：『仁兄归心既决，似难相强。只是老夫还有一杯淡酒，些小资装，当在万里桥东，再与仁兄叙别。幸勿固拒。』即传令拨一船只，次日在万里桥伺候，送遐叔东归，又点长行军士一名护送。到明早，韦皋设宴在万里桥饯别遐叔。亲举金杯，说道：『此桥最古，昔诸葛孔明送费祎使吴，道是万里之行，实始于此，这桥因以得名。今仁兄青云万里，亦由今始，愿努力自爱。老夫蝉冠虽敝，拱听泥金佳报，特为仁兄弹之。』一连的劝了三杯，方才捧出一个锦囊，说道：『老夫深荷令先公推荐之力，得有今日。止因王事鞅掌，未得少酬大恩。有累远临，岂不惭汗！但今盗贼生发，势难重挈。老夫聊备三百金，权充路费。此外别有黄金万两，蜀锦千端，俟道路稍宁，专人奉送。勿谓老大轻薄，为负恩人也！』又唤过军士吩咐道：『一路小心服事，不可怠慢。』军士叩头答应。遐叔再三拜谢道：『不才受此，已属过望，敢烦后命！』领了锦囊，军士跟随上船。那韦皋还在桥上，直等望不见这船，然后回府。不在话下。

且说遐叔别了韦皋，开船东去。原来下水船。就如箭一般急的，不消两三日，早到巫峡之下。远远的望见巫山神女庙，想起：『当时从此经过，暗祈神女托梦我白氏娘子，许他赋诗为谢。不知这梦曾托得去不曾托得去？我岂可失信。』便口占一首以偿宿愿。诗云：

古木阴生一线天，巫峰十二锁寒烟。襄王自作风流梦，不是阳台云雨仙。

题毕，又向着山上作礼称谢。过了三峡，又到荆州。不想送来那军士，忽然生起病来，遐叔反要去服事他。又行了几日，来到汉口地方。自此从汝宁至洛阳，都是旱路。那军士病体虽愈，难禁鞍马驰骤。遐叔写下一封书信，留了些盘费，即令随船回去，独自个收拾行李登岸。

却也会算计，自己买了一头牲口，望东都进发。约莫行了一个月头，才到洛阳地面，离着开阳门只有三十余里。是时天色傍晚，一心思量赶回家去，策马前行。又走了十余里路，早是一轮月上。趁着月色，又走了十来里，隐隐的听得钟鸣鼓响，想道：『城门已闭，纵赶到也进城不及了。此间正是龙华古寺，人疲马乏，不若且就安歇。』解囊下马，投入出门。不争此一夜，有分教：

蝴蝶梦中逢佚女，鹭鸶杓底听娇歌。

话分两头。且说白氏自龙华寺前与遐叔分别之后，虽则家事荒凉，衣食无措，犹喜白氏女工精绝，翰墨旁通。况白姓又是个东京大族，姑姊妹间也有就他学习针指的，也有学做诗词的，少不得具些礼物为酬谢之资，因此尽堪支给。但时时记念丈夫临别之言，本以一年为约，如何三载尚未回家？况闻西川路上有的是一线天，人鲊瓮，蛇倒退，鬼见愁，都这般险恶地面。所以古今称说途路艰难，无如蜀道。想起丈夫经由彼处，必多惊恐。别后杳无书信，知道安否如何？『教我这条肚肠，怎生放得！』欲待亲往西川，体访消息。『只我女娘家，又是个不出闺门的人，怎生去得？除非梦寐之中，与他相见，也好得个明白。』因此朝夕悬念。睡思昏沉，深闺寂寞，兀坐无聊，题诗一首。诗云：

西蜀东京万里分，雁来鱼去两难闻。深闺只是空相忆，不见关山愁杀人。

那白氏一心想着丈夫，思量要做个梦去寻访。想了三年有余，再没个真梦。一日正是清明佳节，姑姊妹中都来激去踏青游玩，白氏那有恁样闲心肠！推辞不去。到晚上对着一盏孤灯，凄凄惶惶的呆想。坐了一个黄昏，回过头来，看见丫鬟翠翘已是齁齁睡去。白氏自觉没情没绪，只得也上床去睡卧，翻来覆去，哪里睡得安稳。想道：『我直恁命薄！要得个梦儿去会他也不能够！』又想道：总然梦儿里会着了他，到底是梦中的说话，原作不得准。如今也说了不得了，须是亲往蜀中访问他回来，也放下了这条肠子。却又想道我家姊妹中晓得，怎么肯容我去！不如瞒着他们，就在明早悄悄前去。正想之间，只听得喔喔鸡鸣，天色渐亮。即忙起身梳裹，扮作村庄模样。取了些盘缠银两，并几件衣服，打个包裹，收拾完备。看翠翘时，睡得正熟。也不通他知道，一路开门出去。离了崇贤里，顷刻出了开阳门，过了龙华寺，不觉又早到襄阳地面。有一座寄锦亭，原来苻秦时，有个安南将军窦滔，镇守襄阳，挈了宠妾赵阳台随任，抛下妻子苏氏。那苏氏名蕙，字若兰。生得才貌双绝。将一幅素锦，长广八寸，织成回文诗句，五色分章，计八百四十一字，诗三千七百五十二首，寄与窦滔。窦滔看见，立时送还阳台，迎接苏氏到任，夫妻恩爱，比前更笃。后人遂为建亭于此。那白氏在亭子上眺望良久，叹道：『我虽不及若兰才貌，却也粗通文墨。纵有织锦回文，谁人为寄，使他早整归鞭，长谐伉俪乎？』乃口占《回文词》一首，题于亭柱上。词云：

阳春艳曲，丽锦夸文。伤情织怨，长路怀君。惜别同心，膺填思悄。碧凤香残，青鸾梦晓。

若倒转来，又是一首好词：

晓梦鸾青，残香凤碧。悄思填膺，心同别惜。君怀路长，怨织情伤。文夸锦丽，曲艳春阳。

白氏题罢，离了寄锦亭，不觉又过荆州，来到夔府。恰遇天晚，见前面有所庙宇，遂入庙中投宿。抬头观看，上面悬一金字扁额，写着『高唐观』三个大字，乃知是巫山神女之庙。便于神座前撮土为香，祷告道：『我白氏小字娟娟，本在东京居住，只为儿夫独孤遐叔去访西川节度韦皋，一别三年，杳无归信，是以不辞跋涉，万里相寻。今夕寄宿仙宫，敢陈心曲。吾想神女曾能通梦楚王，况我同是女流，岂不托我一梦。伏乞大赐灵感，显示前期，不胜虔恳之至。』褥罢而睡。果然梦见神女备细说道：『遐叔久寓四川，平安无恙，如今已经辞别，取路东归。你此去怎么还遇得他着？可早早回身家去。须防途次尚有虚惊。保重，保重！』那白氏飒然觉来，只见天已明了。想起神女之言，历历分明，料然不是个春梦。遂起来拜谢神女，出了庙门，重寻旧径，再转东都。在路晓行暮止，迤逦望东而来。此时正值暮春天气，只见一路上有的是红桃绿柳，燕舞莺啼。白氏贪看景致，不觉日晚，尚离开阳门二十余里。便趁着月色，趱步归家。忽遇前面一簇游人，笑语喧杂，渐渐的走近的。你道是甚么样人？都是洛阳少年，轻薄浪子。每遇花前月下，打伙成群，携着的锦瑟瑶笙，挈着的青尊翠幕，专惯窥人妇女，逞己风流。白氏见那伙人来得不三不四，却待躲避，原来美人映着月光，分外娇艳，早被这伙人瞧破，便一圈圈将转来。对白氏道：『我们出郭春游。步月到此，有月无酒，有酒无人，岂不孤负了这般良夜！此去龙华古寺不远，桃李大开。愿小娘子不弃，同去赏玩一回何如？』那白氏听见，不觉一点怒气，从脚底心里直涌到耳朵根边，把一个脸都变得通红了，骂道：『你须不是史思明的贼党，清平世界，谁敢调弄良家女子！况我不是寻常已下之人，是白司农的小姐，独孤司封的媳妇，前进士独孤遐叔的浑家！谁敢罗唣！』怎禁这班恶少，那管什么宦家良家。任你喊破喉咙，也全不作准。推的推，拥的拥，直逼入龙华寺去赏花。这叫做铁怕落炉，人怕落套。正是：

分明绣阁娇闺妇，权做征歌侑酒人。

且说遐叔因进城不及，权在龙华寺中寄宿一宵。想起当初从此送别，整整的过了三年，不知我白氏娘子，安否何如？因诵襄阳孟浩然的诗，说道：『近家心转切，不敢问来人。』吟咏数番，潸然泪下，坐到更深。尚未能睡。忽听得墙外人语喧哗，渐渐的走进寺来。遐叔想道：『明明是人声，须不是鬼。似这般夜静，难道有甚官府到此？』正惶惑间，只见有十余人，各执苕帚粪箕，将殿上扫除干净去讫。不多时，又见上百的人，也有铺设茵席的，也有陈列酒肴的，也有提着灯烛的，也有抱着乐器的，络绎而至，摆设得十分齐整。遐叔想道：『我晓得了，今日清明佳节，一定是贵家子弟出郭游春。因见月色如昼，殿庭下桃李盛开，烂熳如锦，来此赏玩。若见我时，必被他赶逐。不若且伏在后壁佛桌下，待他酒散，然后就寝。只是我恁般晦气，在古庙中要讨一觉安睡，也不能够！』即起身躲在后壁，声也不敢则。又隔了一回，只见六七个少年，服色不一，簇拥着个女郎，来到殿堂酒席之上。单推女郎坐在西首，却是第一个座位。诸少年皆环向而坐，都瞩目在女郎身上。遐叔想道：『我猜是豪贵家游春的，果然是了。只这女郎不是个官妓，便是个上妓，何必这般趋奉他？难道有甚良家女子，肯和他们到此饮宴？莫不是强盗们抢夺来的？或拐骗来的？』只见那女郎侧身西坐，攒眉蹙额，有不胜怨恨的意思。遐叔凝着双睛。悄地偷看，宛似浑家白氏。吃了一惊，这身子就似吊在冰桶里，遍体冷麻，把不住的寒颤。却又想道：『呸！我好十分懵懂，娘子是个有节气的，平昔间终日住在房里，亲戚们也不相见，如何肯随这班人行走？世上面貌厮像的尽多，怎么这个女郎就认做娘子？』虽这般想，终是放心不下。悄地的在黑影子里一步步挨近前来，仔细再看。果然声音举止，无一件不是白氏，再无疑惑。却又想道：『莫不我一时眼花错认了？』又把眼来擦得十分明亮，再看时节，一发丝毫不差。却又想道：『莫不我睡了去，在梦儿里见他？』把眼睁睁，把脚踏踏，分明是醒的。怎么有此诧异的事！『难道他做闺女时尚能截发自誓，今日却做出这般勾当！岂为我久客西川，一定不回来了，遂改了节操？我想苏秦落第，嗔他妻子不曾下机迎接。后来做了丞相，尚然不肯认他。不知我明早归家，看他还有甚面目好来见我？」心里不胜忿怒，磨拳擦掌的要打将出去。因见他人多伙众，可不是倒捋虎须。且再含忍，看他怎生的下场。只见一个长须的，举杯向白氏道：「古语云，一人向隅，满坐不乐。我辈与小娘子虽然乍会，也是天缘。如此良辰美景，亦非易得，何苦恁般愁郁？请放开怀抱，欢饮一杯，并求妙音，以助酒情。」那白氏本是强逼来的，心下十分恨他。欲待不歌，却又想：「这班乃是无籍恶少，我又孤身在此，怕触怒了他，一时撒泼起来，岂不反受其辱！」只得拭干眼泪，拔下金雀钗，按板而歌。歌云：

今夕何夕？没耶？存耶？良人去兮天之涯，园树伤心兮三见花！

自古道：词出佳人口，那白氏把心中之事，拟成歌曲，配着那娇滴滴的声音，呜呜咽咽歌将出来。声调清婉，音韵悠扬，真个直令高鸟停飞，潜鱼起舞，满座无不称赞。长须的连称「有劳，有劳！」把酒一吸而尽。暹叔在黑暗中看见浑家并不推辞，就拔下宝钗按拍歌曲，分明认得是昔年聘物，心中大怒，咬啐牙关，也不听曲中之意，又要抢将出去厮闹。只是恐众寡不敌，反失便宜。又只得按捺住了，再看他们。只见行酒到一个黄衫壮士面前，也举杯对白氏道：「聆卿佳音，令人宿醒顿醒，俗念俱消。敢再求一曲，望勿推却。」白氏心下不悦，脸上通红，说道：「好没趣！歌一曲尽够了，怎么要歌两曲？」那长须的便拿起巨觥说道：「请置监令。有拒歌者，罚一巨觥。酒到不干，颜色不乐，并唱旧曲者，俱照此例。」白氏见长须人形状凶恶，心中害怕，只得又歌一曲。歌云：

叹衰草，络纬声切切，良人一去不复返，今日坐愁鬓如雪。

歌罢，众人齐声喝采。黄衫人将酒饮干，道声：「劳动！」暹叔见浑家又歌了一曲，愈加仇恨，恨不得眼里放出火来，连这龙华寺都烧个干净。那酒却行到一个白面少年面前，说道：「适来音调虽妙，但宾主正欢，歌恁样凄清之曲，恰是不称！如今求歌一曲有情趣的。」众人都和道：「说得有理！歌一个新意儿的，劝我们一杯！」白氏无可奈何，又歌一曲云：

劝君酒，君莫辞！落花徒绕枝，流水无返期。莫恃少年时，少年能几时？

白氏歌还未毕，那白面少年便嚷道：「方才讲过要个有情趣的，却故意唱恁般冷淡的声音！请监令罚一大觥。」长须人正待要罚，一个紫衣少年立起身来说道：「这罚酒且慢着。」白面少年道：「却是为何？」紫衣人道：「大凡风月场中，全在帮衬，大家得趣。若十分苛罚，反觉我辈俗了。如今且权寄下这杯，待他另换一曲，可不是好！」长须的道：「这也说得是。」将大觥放下，那酒就行到紫衣少年面前。白氏料道推托不得，勉强挥泪又歌一曲：

怨空闺，秋日亦难暮！夫婿绝音书，遥天雁空度。

歌罢，白面少年笑道：「到底都是那些凄怆怨暮之声！再没一毫艳意！」紫衣人道：「想是他传派如此，不必过责。」将酒饮尽。行至一个皂帽胡人面前，执杯在手，说道：「曲理俺也不十分明白，任凭小娘子歌一个儿侑这杯酒下去罢了。但莫要冷淡了俺。」白氏因连歌几曲。

气喘声促，心下好不耐烦！听说又要再歌，把头掉转，不去理他。长须的见不肯歌，叫道：『不应拒歌！』便抛一巨觥。白氏到此地位，势不容已，只得忍泣含啼，饮了这杯罚酒，又歌云：

切切夕风急，露滋庭草湿。良人去不回，焉知掩闺泣！

皂帽胡人将酒饮罢，却行到一个绿衣少年，举杯请道：『夜色虽阑，兴犹未浅。更求妙音，以尽通宵之乐。』那白氏歌这一曲，声气已是断续，好生吃力！见绿衣人又来请歌，那两点秋波中扑簌簌泪珠乱洒。众人齐笑道：『对此好花明月，美酒清歌，真乃赏心乐事，有何不美？却恁般凄楚，忒煞不韵！该罚，该罚！』白氏恐怕罚酒，又只得和泪而歌。歌云：

萤火穿白杨，悲风入荒草。疑是梦中游，愁迷故园道。

白氏这歌，一发前声不接后气，恰如啼残的杜鹃，叫断的哀猿。满座闻之，尽觉凄然。只见绿衣人将酒饮罢，长须的含着笑说道：『我音律虽不甚妙，但礼无不答。信口诌一曲儿。回敬一杯。你们休要笑话！』众人道：『你又几时进了这桩学问？快些唱来。』长须的顿开喉咙，唱道：

花前始相见，花下又相送。何必言梦中，人生尽如梦！

那声音犹如哮虾蟆病老猫，把众人笑做一堆，连嘴都笑歪了。说道：『我说你晓得什么歌曲！弄这样空头！』长须人到挣得好副老脸，但凭众人笑话，他却面不转色。直到唱完了，方答道：『休要见笑！我也是好价钱学来的哩。你们若学得我这几句，也尽够了。』众人闻说，越发笑一个不止。长须的由他们自笑，却执起一个杯儿，满满斟上，欠身亲奉白氏一杯。直待饮干，然后坐下。遐叔起初见浑家随着这班少年饮酒，那气恼到包着身子。若没有这两个鼻孔，险些儿肚子也胀穿了。到这时见众人单逼着他唱曲，浑家又不胜忧恨，涕泣交零，方才明白是逼勒来的。这气到也略平了些。却又想：『我娘子自在家里，为何被这班杀才劫到这个荒僻所在？好生委曲不下！我且再看他还要怎么？』只见席上又轮到白面的饮酒，他举着金杯，对白氏道：『适劳妙歌，都是忧愁怨恨的意思，连我等眼泪不觉吊将下来，终觉败兴！必须再求一风月艳丽之曲，我等洗耳恭听，幸勿推辞。』遐叔暗道：『这些杀才，劫掠良家妇女，在此歌曲，还有许多嫌好道歉！』那白氏心中正自烦恼，况且连歌数曲，口干舌燥，声气都乏了，如何肯再唱！低着头，只是不应。那长须的叫道：『违令！』又抛下一巨觥。这时遐叔一肚子气怎么再忍得住！暗里从地下摸得两块大砖橛子。先一砖飞去，恰好打中那长须的头。再一砖飞去，打中白氏的额上。只听得殿上一片嚷将起来，叫道：『有贼，有贼！』东奔西散，一霎眼间早不见了。那遐叔走到殿上。四下打看，莫说一个人，连这铺设的酒筵器具，一些没有踪迹。好生奇怪！吓得眼跳心惊，把个舌头伸出，半晌还缩不进去。

那遐叔想了一会，叹道：『我晓得了！一定是我的娘子已死，他的魂灵游到此间，却被我一砖把他惊散了。』这夜怎么还睡得着？等不得金鸡三唱，便束装上路。天色未明，已到洛阳城外。捱进开阳门，经奔崇贤里，一步步含着眼泪而来。遥望家门，却又不见一些孝事。那心儿里就是十五六个吊桶打水，七上八落的跳一个不止。进了大门，走到堂上，撞见梅香翠翘，连忙问道：『娘子安否何如？』口内虽然问他，身上却担着一把冷汗，诚恐怕说出一句不吉利的话来。只见翠翘不慌不忙的答道：『娘子睡在房里，说今早有些头痛，还未曾起来梳洗哩。』遐叔听见翠翘说道娘子无恙这一句话，就如分娩的孕妇，囫底一声，孩子头落地，心下好不宽畅。只是夜来之事，好生疑惑。忙忙进到卧房里面，问道：『夜来做甚不好睡！今早走不起了？』白氏答道：『我昨夜害魇哩。只因你别去三年，杳无归信，我心中时常忧忆。夜来做成一梦，要亲到西川访问你的消息。直行至巫山地面，在神女庙里投歇。那神女又托梦与我，说你已离巴蜀，早晚到家，休得途中错过，枉受辛苦。我依还寻着旧路而回。将近开阳门二十余里，踏着月色，要赶进城，忽遇一伙少年，把我逼到龙华寺玩月赏花。饮酒之间，又要我歌曲，整整的歌了六曲，还被一个长须的屡次罚酒。不意从空中飞下两块砖橛子，一块打了长须的头，一个块打了我的额角上，瞥然惊醒，遂觉头痛。因此起身不得，还睡在这里。』遐叔听罢，连叫：『怪哉，怪哉！怎么有恁般异事！』白氏便问有何异事。遐叔把昨夜寺中宿歇看见的事情，从头细说了一遍。白氏见说，也称奇怪道：『原来我昨夜做的却是真梦？但不知这伙恶少是谁？』遐叔道：『这也是梦中之事，不必深究了。』

说话的，我且问你：那世上说谎的也尽多，少不得依经傍注，有个边际，从没有见你恁样说瞒天谎的祖师！那白氏在家里做梦，到龙华寺中歌曲，须不是亲身下降，怎么独孤遐叔便见他的形像？这般没根据的话，就骗三岁孩子也不肯信，如何哄得我过？看官有所不知：大凡梦者想也，因也；有因便有想，有想便有梦。那白氏行思坐想，一心记挂着丈夫，所以梦中真灵飞越，有形有像，俱为实境。那遐叔亦因想念浑家，幽思已极，故此虽在醒时，这点神魂，便入了浑家梦中。此乃两个精神相贯，魂魄感通，浅而易见之事；怎说在下掉谎！正是：

只因别后幽思切，致使精灵暗往回。

当下白氏说道：『梦中之事，所见皆同，这也不必说了。且问你：一去许久，并无音耗，虽则梦中在巫山庙祈梦，蒙神女指示，说你一路安稳，干求称意。我想蜀道艰难，不知怎生到得成都？便到了成都，不知可曾见韦皋？便见了韦皋，不知赠得你几何？』遐叔惊道：『我当初经过巫峡，听说山上神女颇有灵感，曾暗祈他托汝一梦，传个平安消息。不道果然梦见！真个有些灵感。只是我到得成都，偶值韦皋两次出征，因此在碧落观整整的住了两年半，路上走了半年。遂致耽搁，有负初盟。犹喜得韦皋故人情重，相待甚厚。若不是我一意告辞，这早晚还被他留住，未得回来。』将那路途跋涉，旅邸凄凉，并韦皋款待赠金，差人远送，前后之事，一一细说。夫妻二人感叹不尽。把那三百金日逐用度，遐叔埋头读书。约莫半年有余，韦皋差两员将校，赍书送到黄金一万两，蜀锦一千匹。遐叔连忙写了谢书，款待来使去后，对白氏道：『我先人出仕三十余年，何尝有此宦橐！我一来家世清白，二来又是儒素。只前次所赠，以足度日，何必又要许多！且把来封好收置，待我异日成名，另有用处。』白氏依着丈夫言语，收置不题。

且说唐朝制科，率以三岁为期。遐叔自贞元十五年下第，西游巴蜀，却错了十八年这次，直到二十一年，又该殿试时分。打叠行囊，辞别白氏，上京应举。那知贡举官乃是中书门下侍郎崔群，素知遐叔才名，有心检他出来取作首卷。呈上德宗天子，御笔亲题状元及第。那遐叔有名已久，榜下之日，哪一个不以为得人。旧例游街三日，曲江赐宴，雁塔题名。钦除翰林修撰，专知制诰。谢恩之后，即写家书，差人迎接白氏夫人赴京，共享富贵。

且说白氏在家，掐指过了试期，眼盼盼悬望佳音。一日，正在闺房中，忽听得堂前鼎沸。连忙教翠翘出去看时，恰正是京中走报的来报喜。白氏问了详细，知得丈夫中了头名状元。以手加额，对天拜谢，整备酒饭，管待报人。顷刻就嚷遍满城。白氏亲族中俱来称贺。那白长吉昔日把遐叔何等奚落，及至中了，却又老着脸皮，备了厚礼也来称贺。那白氏是个记德不记仇的贤妇，念着同胞分上，将前情一笔都勾。相见之间，千欢万喜。白长吉自捱进了身子，无一日不来掇臀捧屁。就是平日从不往来，极疏冷的亲戚，也来殷勤趋奉，倒教白氏应酬不暇。那赍书的差人，星夜赶至洛阳，叩见白氏，将书呈上。白氏拆开，看到书后有诗一首，云：

玉京仙府献书人，赐出宫袍似烂银。寄语机中愁苦妇，好将颜面对苏秦。

白氏看罢，微微笑道：『原来相公要迎我至京。』遂留下差人，择吉起程。那时府县拨送船夫，亲戚都来饯送。白长吉亲送妹子至京。遐叔接入衙门，夫妻相见，喜从天降。白长吉向前请罪。遐叔度量宽宏，全无芥蒂。即便摆设家筵，款待不题。不想那年德宗皇帝晏驾，百官共立顺宗登位。不上半年，顺宗也就崩了。又立宪宗登位，改元元和元年。到四月间，遐叔蚤升任翰林院学士，知制诰如故。你道他为何升得恁骤？原来大行皇帝的遗诏与新帝登极的诏书，前后四篇，都出遐叔之作。这是朝廷极大手笔，以此累功，不次迁擢。恰好五月间，有大赦天下诏书。遐叔乘这个机会，就讨了宣赦的差。夫妻二人，衣锦还乡。亲戚们都在十里外迎接，府县官也出郭相迎。遐叔回到家中，焚黄谒墓，杀猪宰羊，做庆喜筵席，遍请亲邻。饮酒中间，说起龙华寺曾许下愿心，要把韦皋送来的黄金万两，蜀锦千匹，都舍在寺里，重修宝殿，再整山门。即便选择吉辰，兴动工役。其时白敏中以中书侍郎请告归家。白居易新授杭州府太守，回来赴任，两个都到遐叔处贺喜。见此胜缘，各各布施。那州县官也要奉承遐叔，无一个不来助工。眼见得这龙华寺不日建造起来，比初时越加齐整。但见：

宝殿嵯峨侵碧落，山门弘敞压阎浮。

却说韦皋久镇蜀中，自知年纪渐老，万一西番南夷，有些决撤，恐损威名。上表固请骸骨，因荐遐叔自代。奉圣旨：『韦皋镇蜀多年，功劳积著，可进光禄大夫、右丞相、同平章事，封襄国公，驰驿回朝。独孤遐叔累掌丝纶，王言无忝，访之舆望，佥谓通材，可加兵部侍郎，领西川节度使。仍着走马赴任，无得迟误。钦此！』遐叔接了诏书，恐怕违了钦限，便同白氏夫人乘传而去。未到半路，早有韦皋差官迎接，约定在夔府交代。恰好巫山神女庙正在夔府地方。遐叔与白氏乘此便道，先往庙中行香，谢他托梦的灵感，然后与韦皋相见。叙过寒温，送过敕印，把大小军政一一交盘明白，才吃公宴。当日遐叔就回了席。明早，点集车骑队伍，护送韦皋还朝。从此上任之后，专务镇静。军民安堵，威名更胜。朝廷累加褒赏。直做到太保兼吏兵二部尚书，封魏国公，白氏诰封魏国夫人。夫妻偕老，子孙荣盛。有诗为证：

梦中光景醒时囚，醒若真时梦亦真。莫怪痴人频做梦，怪他说梦亦痴人。

第二十六卷

薛录事鱼服证仙

借问白龙缘底事？蒙他鱼服区区。虽然纵适在河渠，失其云雨势，无乃困余且。要识灵心能变化，须教无主常虚。非关喜里乍昏愚；庄周曾作蝶，薛伟亦为鱼。

话说唐肃宗乾元年间，有个官人姓薛名伟，吴县人氏，曾中天宝末年进士。初任扶风县尉，名声颇著。升为蜀中青城县主簿。夫人顾氏，乃是吴县第一个大族。不惟容止端丽，兼且性格柔婉。夫妻相得，爱敬如宾。不觉在任又经三年，大尹升迁去了。上司知其廉能，即委他署摄县印。那青城县本在穷山深谷之中，田地硗脊，历年岁歉民贫，盗贼生发。自薛少府署印，立起保甲之法，凡有盗贼，协力揖捕。又设立义学，教育人材。又开义仓，赈济孤寡。每至春间，亲往各乡，课农布种，又把好言劝谕，教他本分为人。因此处处田禾大熟，盗贼尽化为良民。治得县中真个夜不闭户，路不拾遗。百姓戴恩怀德，编成歌谣。称颂其美。歌云：

秋至而收，春至而耘。吏不催租，夜不闭门。百姓乐业，立学兴文。教养兼遂，薛公之恩。

自今孩童，愿以名存。将何字之？『薛儿』『薛孙』。

那薛少府不但廉谨仁慈，爱民如子，就是待那同僚，却也谦恭虚己，百凡从厚。原来这县中有一个县丞，一个主簿，两个县尉。那县丞姓邹名滂，也是进士出身，与薛少府恰是同年好友。两个县尉，一个姓雷，名济，一个姓裴，名宽。这三位官人，为官也都清正。因此臭味相投，每遇公事之暇，或谈诗，或奕棋，或在花前竹下，开樽小饮，彼此来往，十分欢洽。一日正值七夕，薛少府在衙中与夫人乞巧饮宴。原来七夕之期，不论大小人家，少不得具些酒果为乞巧穿针之宴。——你道怎么叫做乞巧穿针？只因天帝有个女儿，唤做织女星，日夜辛勤织纴。天帝爱其勤谨，配与牵牛星为妇。谁知织女自嫁牛郎之后，贪欢眷恋，却又好梳妆打扮，每日只是梳头，再不去调梭弄织。天帝嗔怒，罚织女住在天河之东，牛郎住在天河之西，一年只许相会一度，正是七月七日。到这一日，却教喜鹊替他在天河上填河而渡。因此世人守他渡河时分，皆于星月之下，将彩线去穿针眼。穿得过的，便为得巧；穿不过的，便不得巧。以此卜一年的巧拙。你想那牛郎、织女眼巴巴盼了一年，才得相会，又只得三四个时辰，忙忙的叙述想念情悰，还恐说不了，那有闲工夫又到人间送巧？岂不是个荒唐之说！——且说薛少府当晚在庭中，与夫人互相劝酬，不觉坐到夜久更深，方才入寝。不道却感了些风露寒凉，遂成一病，浑身如炭火烧的一般，汗出如雨。渐渐三餐不进，精神减少，口里只说道：『我如今顷刻也捱不过了！你们何苦留我在这里！不如放我去罢！』你想病人说出这样话头，明明不是好消息了。吓得那顾夫人心胆俱落。难道就这等坐视他死了不成？少不得要去请医问卜，求神许愿。原来县中有一座青城山，是道家第五洞天。山上有座庙宇，塑着一位老君，极有灵感。真是祈晴得晴，祈雨得雨，祈男得男，祈女得女，香火最盛。因此夫人写下疏文，差人到老君庙祈祷。又闻灵签最验，一来求他保佑少府延福消灾，二来求赐一签，审问凶吉。其时三位同僚闻得，都也素服角带，步至山上行香，情愿减损自己阳寿，代救少府。刚是同僚散后，又是合县父老，率着百姓们，一齐拜祷。显见少府平日做官好处，能得人心如此。只是求的签是第三十二签。那签诀道：

百道清泉入大江，临流不觉梦魂凉。何须别向龙门去？自有神鱼三尺长。

差人抄这签诀回衙，与夫人看了，解说不出。想道：『闻得往常间人求的皆如活见一般，不知怎地我们求的却说起一个鱼来，与相公的病全无着落？是吉是凶，好生难解！』以此心上就如十五六个吊桶打水，七上八落的，转加忧郁。又想道：『这签诀已不见怎的，且去访个医人来调治，倒是正经。』即差人去体访。却访得成都有个道人李八百，他说是孙真人第一个徒弟，传得龙宫秘方有八百个，因此人都叫他做李八百。真个请他医的，手到病除，极有神效。他门上写下一对春联道：

药按韩康无二价，杏栽董奉有千株。

但是请他的，难得就来。若是肯来，这病人便有些生机了，他要的谢仪，却又与人不同：也有未曾开得药箱，先要几百两的；也有医好了，不要分文酬谢，止要吃一醉的；也有闻召即往的；也有请杀不去的。甚是捉他不定，大抵只要心诚他便肯来。夫人得知有这个医家，即差下的当人赍了礼物，星夜赶去请那李八百。恰好他在州里，一请便来。夫人心下方觉少宽。岂知他一进门来，还不曾诊脉，说道：『这病势虽则像个死的，却是个不死的。也要请我来则甚？』当下夫人备将起病根由，并老君庙里占的签诀尽数说与太医知道，求他用药。那李八百只是冷笑道：『这个病从来不上医书的！我也无药可用。唯有死后常将手去摸他胸前，若是一日不冷，一日不可下棺。待到半月二旬之外，他思想食吃，自然渐渐苏醒回来。那老君庙签诀，虽则灵应，然须过后始验，非今日所能猜度得的。』到底不肯下药，竟自去了。也不知少府这病当真不消吃药，自然无事？还是病已犯拙，下不得药的，故此托辞而去？正是：

青龙共白虎同行，吉凶事全然未保。

夫人因见李八百去了，叹道：『这等有名的医人，尚不肯下药，难道还有别一个敢来下药？定然病势不救！唯有奄奄待死而已。』只见热了七日七夜，越加越重。忽然一阵昏迷，闭了眼去，再叫也不醒了。夫人一边啼哭，一边教人禀知三位同僚，要办理后事。那同僚正来问候，得了这个凶信，无不泪下。急至衙中向尸哭了一回，然后与夫人相见，又安慰一番。因是初秋时候，天气还热，分头去备办衣衾棺椁。到第三日，诸色完备，理当殡殓入棺。其时夫人扶尸恸哭，觉得胸前果然有微微暖气，以此信着李八百道人的说话，还要停在床里。只见家人们都道：『从来死人胸前尽有三四日暖的，不是一死便冷。此何足据！现今七月天道，炎热未退。倘遇一声雷响，这尸首就登时涨将起来，怎么还进得棺去？』夫人道：『李道人原说胸前一日不冷，一日不可入棺。如今既是暖的，就做不信他，守到半月二十多日，怎忍便三日内带热的将他殓了？况且棺木已备，等我自己日夜守他。只待胸前一冷，就入棺去，也不为迟，天那！但愿李道人的说话灵验，守得我相公重醒回来，何但救了相公一命，却不连我救了两命！』众人再三解说，夫人终是不听。拗他不过，只得依着。停下少府在床，谨谨看守，不在话下。

却说少府病到第七日，身上热极，便是顷刻也挨不过。一心思量要寻个清凉去处，消散一消散，或者这病还有好的日子。因此悄地里背了夫人，瞒了同僚，竟提一条竹杖，私离衙斋，也不要一人随从。倏忽之间，已至城外。就如飞鸟辞笼，游鱼脱网一般，心下甚喜，早把这病都忘了，你道少府是个官，怎么出衙去，就没一个人知道？原来想极成梦，梦魂儿觉得如此，这身子依旧自在床上，怎么去得？单苦了守尸的哭哭啼啼，无明无夜，只望着死里求生。岂知他做梦的飘飘忽忽，无碍无拘，倒也自苦中取乐。薛少府出了南门，便向山中游去，来到一座山，叫做龙安山，山上有座亭子，乃是隋文帝封儿子杨秀做蜀王，建亭于此，名为避暑亭。前后左右，皆茂林修竹，长有四面风来，全无一点日影。所以蜀王每到炎天，便率领宾客来此亭中避暑。果然好个清凉去处！少府当下看见，便觉心怀开爽：『若使我不出城，怎知山中有这般境界？但是我在青城县做了许多时，尚且不曾到此。想那三位同僚怎么晓得？只合与他们知会，同携一樽，为避暑之宴。可惜有了胜地，少了胜友，终是一场歉事。』眼前景物可人，遂作诗一首。诗云：

偷得浮生半日闲，危梯绝壁自跻攀。虽然呼吸天门近，莫遣乘风去不还。

薛少府在亭子里坐了一会，又向山中行去。那山路上没有些树木荫蔽，怎比得亭子里这般凉爽，以此越行越闷。渐渐行了十余里，远远望见一条大江。你道这江是什么江？昔日大禹治水，从岷山导出岷江。过了茂州威州地面，又导出这个江水来，叫做沱江。至今江岸上垂着大铁链，也不知道有多少长，沉在江底，乃是大禹锁着应龙的去处。原来禹治江水，但遇水路不通，便差那应龙前去。随你几百里的高山巨石，只消他尾子一抖，登时就分开了做了两处。所以世称大禹叫个『神禹』。若不会驱使这样东西，焉能八年之间洪水底定？至今泗江水上，也有一条铁链锁着水母，其形似猕猴一般。这沱江却是应龙，皆因水功既成，锁着以镇后害。岂不是个圣迹？当下少府在山中行得正闷，况又患着热症的，忽见这片沱江，浩浩荡荡，真个秋水长天一色，自然觉得清凉直透骨髓，就恨不得把三步并做一步，风车似奔来。岂知从山上望时甚近，及至下得山来，又远还不曾到得沱江，却被一个东潭隔住。这潭也好大哩！水清似镜一般，不论深浅去处，无不见底。况又映着两岸竹树，秋色可掬。少府便脱下衣裳，向潭中洗澡。原来少府是吴人，生长泽国，从幼学得泅水，成人之后，久已不曾弄这本事。不意今日到此游戏，大快夙心。偶然叹道：『人游到底不如鱼健！怎么借得这鱼鳞生在我身上，也好到处游去，岂不更快！』只见旁边有个小鱼，却觑着少府道：『你要变鱼不难，何必假借。待我到河伯处，为你图之。』说声未毕，这小鱼早不见了。把少府吃上一惊，想道：『我怎知这水里是有精怪的？岂可独自一个在里面上洗澡！不如早早抽身去罢。』岂知少府既动了这个念头，便少不得堕了那重业障。只教：

衣冠暂解人间累，鳞甲俄看水上生。

薛少府正在沉吟，恰待穿了衣服，寻路回去。忽然这小鱼来报道：『恭喜！河伯已有旨了。』早见一个鱼头人，骑着大鱼，前后导从的小鱼，不计其数，来宣河伯诏曰：

城居水游，浮沉异路。苟非所好，岂有兼通。尔青城县主簿薛伟，家本吴人，官亦散局。乐清江之浩渺，放意而游；厌尘世之喧嚣，拂衣而去。暂从鳞化，未便终身。可权充东潭赤鲤。呜呼！纵远适以忘归，必受神明之罚；昧纤钩而贪饵，难逃刀俎之灾。无或失身，以羞吾党。尔其勉之！

少府听诏罢少府听诏罢，回顾身上，已都生鳞，全是一个金色鲤鱼。心下虽然骇异，却又想道：『事已如此，且待我恣意游玩一番，也

衣冠暂解人间
累鳞甲俄看
水上生

晓得水中的意趣。自此三江五湖，随其意向，无不游适。原来河泊诏书上说充东潭赤鲤，这东潭便似分定的地方一般，不论游到那里，少不得要回到那东潭安歇。单则那一件，也觉得有些儿不在。过了几日，只见这小鱼又来对薛少府道：『你岂不闻山西平阳府有一座山，叫个龙门山，是大禹治水时凿将开的，山下就是黄河。只因山顶上有水接着天河的水，直冲下来，做黄河的源头，所以这个去处，叫做河津。目今八月天气，秋潦将降，雷声先发。普天下鲤鱼，无有不到那里去跳龙门的。你如何不禀辞河泊，也去跳龙门？若跳得过时，便做了龙，岂不更强似做鲤鱼！』原来少府正在东潭里面住得不耐烦，听见这个消息，心中大喜。即便别了小鱼，竟到河伯处所。但见宫殿都是珊瑚作柱，玳瑁为梁，真个龙宫海藏，自与人世各别。其时河伯管下的地方，岷江、沱江、巴江、渝江、涪江、黔江、平羌江、射洪江、濯锦江、嘉陵江、青衣江、五溪、泸水、七门滩、瞿塘三峡，哪一处鲤鱼不来禀辞要去跳龙门的。只有少府是金色鲤鱼，所以各处的都推他为首，同见河伯。旧规有个公宴，就如起送科举的酒席一般。少府和各处鲤鱼一齐领了宴，谢了恩，同向龙门跳去。岂知又跳不过，点额而回。你道怎么叫做点额？因为鲤鱼要跳龙门，逆水上去，把周身的精血都积聚在头顶心里，就如被朱笔在额上点了一点的。以此世人称下第的皆为点额，盖本于此。正是：

龙门浪急难腾跃，额上羞题一点红。

却说青城县里有个渔户叫做赵干，与妻子在沱江上网鱼为业。岂知网着一个癞头鼋，被它把网都牵了去，连赵干也几乎掉下江里。那妻子埋怨道：『我们专靠这网做本钱，养活两口。今日连本钱都弄没了，那里还有余钱再讨得个网来？况且县间官府，早晚常来取鱼，你把什么应付？』以此整整争了一夜。赵干被他絮聒不过，只得装一个钓竿，商量来东潭钓鱼。你道赵干为何舍了这条大江，却向潭里钓鱼？原来沱江流水最急，正好下网，不好下钓。故因想到东潭另做此一行生意。那钓钩上钩着香香的一大块油面，没下水中。薛少府自龙门点额回来，也有许多没趣，好几日躲在东潭，不曾出去觅食，肚中饥甚。忽然间赵干的渔船摇来，不免随着他船游去看看。只闻得饵香，便思量去吃他的。已是到了口边，想道：『我明明知他饵上有个钩子，若是吞了这饵，可不被钩了去？我虽是暂时变鱼耍子，难道就没处求食，偏只吃他钓钩上的？』再去船旁周围游了一转，怎当那饵香得酷烈，恰似钻入鼻孔里的一般，肚中又饥，怎么再忍得住！想道：『我是个人身，好不多重。这些一钓钩怎么便钓得我起？便被他钓了去，我是县里三衙，他是渔户赵干，岂不认得，自然送我归县。却不是落得吃了他的？』方才把口就饵上一合，还不曾吞下肚子，早被赵干一掣，掣将去了。这便叫做眼里识得破，肚里忍不过。那赵干钓得一个三尺来长金色鲤鱼，举手加额，叫道：『造化，造化！我再钓得这等几个，便有本钱好结网了。』少府连声叫道：『赵干！你是我县里渔户，快送我回县去。』那赵干只是不应，竟把一根草索贯了鱼鳃，放在舱里。只见他妻子说道：『县里不时差人取鱼。我想这等一个大鱼，若被县里一个公差看见，取了去，领得多少官价？不如藏在芦苇之中，等贩子投来，私自卖他，也多赚几文钱用。』赵干说道：『有理！』便把这鱼拿去藏在芦苇中，把一领破蓑衣遮盖。回来对妻子说：『若多卖得几个钱时，拼得沽酒来与你醉饮。今夜再发利市，安知明日不钓了两个？』

那赵干藏鱼回船，还不多时候。只见县里一个公差叫做张弼，来唤赵干道：『裴五爷要个极大鲤鱼做鲊吃。今早直到沱江边来唤你，你却观移到这个所在，教我团团寻遍，走得个汗流气喘。快些拣一尾大的，同我送去。』赵干道：『有累上下走着屈路了。不是我要移到这里。只为前日弄没了网，无钱去买，没奈何，只得权到此钓几尾去做本钱。却又没个大鱼上钩，止有小鱼三四斤在这里，要便拿了去。』张弼道：『裴五爷吩咐要大鱼，小的如何去回话？』扑的跳下船，揭开舱板一看，果然通是小的。欲要把去权时答应，又想道：『这般宽阔去处，难道没个大鱼？定这厮奸诈，藏在那里。』即便上岸各处搜看，却又不见。次后寻到芦苇中，只见一件破蓑衣掀上掀下的乱动，张弼料道必是鱼在底下。急走上前，揭起看时，却是一个三尺来长的金色鲤鱼。赵干夫妻望见，口里只叫得苦。张弼不管三七廿一，提了那鱼便走。回头向赵干说道：『你哄得我好！待禀了裴五爷，着实打你这厮。』少府大声叫道：『张弼，张弼！你也须认得我。我偶然游到东潭，变鱼耍子，你怎么见我不叩头，到提着我走？』张弼全然不理，只是提了鱼，一直奔回县去。赵干也随后跟来。那张弼一路走，少府也一路骂。提到城门口，只见一个把门的军，叫做胡健，对张弼说道：『好个大鱼！只是裴五爷请各位爷饮宴，专等鱼来做鲊吃，道你去了许久不到，又飞出签来叫你。你可也走紧些。』少府抬头一看，正前日出来的那一座南门，叫做迎薰门，便叫把门军道：『胡健，胡健！前日出城时节，曾吩咐你道：我自私行出去的，不要禀知各位爷，也不要差人迎接。难道我出城不上一月，你就不记得了？如今正该去禀知各位爷，差人迎接才是，怎么把我不放在眼里，这等无状！』岂知把门军胡健也不听见，却与张弼一般。那张弼一径的提了鱼，进了县门。薛少府还叫骂不止。只见司户吏与刑曹吏，两个东西相向在大门内下棋。那司户吏道：『好怕人子，这等大鱼，可有十多斤重？』那刑曹吏道：『好一个活泼泼的金色鲤鱼！只该放在后堂绿漪池里养他看耍子，怎么就舍得做鲊吃了？少府大叫道：『你两个吏，终日在堂上服事我的，便是我变了鱼，也该认得，怎么见了我都不站起来，也不去报与各位爷知道？』那两个吏依旧在那里下棋，只不听见。少府想道：『俗谚有云：「不怕官，只怕管。」岂是我管你不着，一些儿不怕我？莫不是我出城这几日，我的官被勾了？纵使勾了官，我不曾离任，到底也还管得他着。且待我见同僚时，把这起奴才从头告诉，教他一个个打得皮开肉绽。』看官们牢记下这个话头，待下回表白。

且说顾夫人谨守薛少府的尸骸，不觉过了二十多日。只见肌肉如故，并不损坏。把手去摸着心头，觉得比前更暖些。渐渐的上至喉咙，下至肚脐，都不甚冷了。想起道人李八百的说话，果然有些灵验。因此在指顶上刺出鲜血来，写成一疏，请了几个有名的道士，在青城山老君庙里建醮，祈求仙方，保护少府回生。许下重修庙宇，再塑金身的愿心。宣疏之日，三位同僚与通县吏民，无不焚香代祷，如当日一般。我想古语有云：吉人天相。难道薛少府这等好官，况兼合县的官民又都来替他祈祷，怕就没有一些儿灵应？只是已死二十多日的人，要他依旧又活转来，虽则老君庙里许下愿的，从无不验之人，但是阎王殿前投到过的，那有退回之鬼！正是：

须知作善还酬善，莫道无神定有神。

却说是夜道士在醮坛上面，铺下七盏明灯，就如北斗七星之状。原来北斗第七个星，叫做斗杓，春指东方，夏指南方，秋指西方，冬指北方，在天上旋转的。只有第四个星，叫做天枢，它却不动。以此将这天枢星上一灯，特为本命星灯。若是灯明，则本身无事，暗则病势淹缠，灭则定然难救。其时道士手举法器，朗诵灵章，虔心禳解，伏阴而去，亲奏星官，要保佑薛少府重还魂魄，再转阳间。起来看这七盏灯时，尽皆明亮。觉得本命那一盏尤加光彩，显见得不该死的符验。便对夫人贺喜道：『少府本命星灯，光彩倍加，重生当在旦夕，切不可过于哀泣，恐惊动他魂魄不安，有难回转。』夫人含着两行眼泪谢道：『若得如此，也不枉做这个道场，和那昼夜看守的辛苦。』得了这个消息，心中少觉宽解。岂知朦胧睡去，做成一梦。明明见少府慌慌忙忙，精赤剥的跑入门来，满身都是鲜血，把两只手掩着脖子叫道：『悔气，悔气！我在江上泛舟，情怀颇畅，忽然狂风陡作，大浪掀天，把舟覆了，却跌在水去。幸遇江神怜我阳寿未绝，赠我一领黄金锁子甲，送得出水。正待寻路入城，不意遇着剪径的强人，要谋这领金甲，一刀把我杀了。你若念夫妻情分，好生看守魂魄，送我回去。』夫人一闻此言，不觉放声大哭，就惊醒了。想道：『适间道士只说不死，如何又有此恶梦？我记得梦书上有一句道：梦死得生。莫非他眼下灾悔脱害，故此身上全无一丝一缕，亦未可知。只是紧紧的守定他尸骸便了。』到次日，夫人将醮坛上牺牲诸品，分送三位同僚。这个叫做『散福』。其日就是裴县尉作主，会请各衙，也叫做『饮福』。因此裴县尉差张弼去到渔户家取个大鱼来做鲊，好配酒吃。终是邹二衙为着同年情重，在席上叹道：『这酒与平常宴会不同，乃为薛公祈祷回生，半是醮坛上的品物。今薛公的生死，未知何如，教我们食怎下咽？』裴五衙便道：『古人临食不叹，偏是你念同年，我们不念同僚的？听得道士说他回生，不在昨晚，便是今日。我们且待鱼来做鲊下酒，拼吃个酩酊，只在席上等候他一个消息，岂不是公私两尽？』当日直到未牌时分，张弼方才提着鱼到阶下。原来裴五衙在席上作主，单为等鱼不到，只得停了酒，看邹二衙与雷四衙打双陆，自己在旁边吃着桃子。忽回转头看见张弼，不觉大怒道：『我差你取鱼，如何去了许久？若不是飞签崔你，你敢是不来了么？』张弼只是叩头，把渔户赵干藏过大鱼的情节，备细禀上一遍。裴五衙便教当值的把赵干掩翻，着实打了五十下皮鞭，打得皮开肉绽，鲜血迸流。你道赵干为何先不走了，偏要跟着张弼到县，自讨打吃？也只恋着这几文的官价，思量领去。却被打了五十皮鞭，价又不曾领得，岂不与这尾金色鲤鱼为贪着香饵上了他的钩儿一般！正是：

世上死生皆为利，不到乌江不肯休。

裴五衙把赵干赶了出去，取去来看，却是一尾金色鲤鱼，有三尺多长。喜叹：『此鱼甚好，便可付厨上做鲊来吃？』当下薛少府大声叫道：『我哪里是鱼？就是你的同僚，岂可错认得我了？我受了许多人的侮慢，正要告诉列位与我出这一口恶气，怎么也认我做鱼，便付厨上做鲊吃？若要作鲊，可不屈我杀了！枉做这几时的同僚，一些儿契分安在！』其时同僚们全然不礼。少府便情极了，只得又叫道：『邹年兄，我与你同登天宝末年进士，在都下往来最为交厚。今又在此同官，与他们不同，怎么不发一言，坐视我死？』只见邹二衙对裴五衙道：『以下官愚见，这鱼还不该做鲊吃。那青城山上老君祠前有老大的一个放生池，尽有建醮的不买着鱼鳖螺蛤等物投放池内。今日之宴，既是薛衙送来的散福，不若也将此鱼投于放生池内，见我们为同僚的情份，种此因果。』那雷四衙便从旁说道：『放鱼甚善！因果之说，不可不信。况且酒席美肴馔尽够多了。何必又要鲊吃？』此时薛少府在阶下，听见叹道：『邹年兄好没分晓！既是有心救我，何不就送回衙里去，怎么又要送我上山，却不渴坏了我？虽然如此，也强如死在庖人之手。待我到放生池内，依还变了转来，重换冠带，再坐衙门。且莫说赵干这起狗才，看那同僚把甚嘴脸来见我？』正在踌躇，又见那裴五衙答道：『老长官要放这鱼，是天地好生之心，何敢不听。但打醮是道家事，不在佛门那一教。

要修因果，也不在这上。想道天生万物，专为养人。就如鱼这一种，若不是被人取吃，普天下都是鱼，连河路也不通了，凡人修善，全在一点心上，不在一张口上。故谚语有云：「佛在心头坐，酒肉穿肠过。」又云：「若依佛法，冷水莫呷。」难道吃了这个鱼，便坏我们为同僚的心？眼见得好鱼不作鲊吃，倒平白地放了他去。安知我们不吃，又不被水獭吃了？总只一死，还是我们自吃了的是。』少府听了这话，便大叫道：『你看两个客人都要放我，怎么你做主人的偏要吃我？这等执拗！莫说同僚情薄，原来宾主之礼，也一些没有的。』原来雷四衙是个两可的人，见裴五衙一心要做鱼吃，却又对邹二衙道：『裴长官不信因果，多分这鱼放生不成了。况今日是他做主人，要以此奉客，怎么好固拒他？我想这鱼不是我等定要杀它，只算今日是它数尽之日，救不得罢了。』当下少府即大声叫道：『雷长官，你好没主意，怎么两边撺掇！既是劝他放我，他便不听，你也还该再劝才是。怎么反劝邹年兄也不要救我？敢则你衙斋冷淡，好几时没得鱼吃了，故此待他做鲊来，思量饱餐一顿么？』只得又叫邹二衙道：『年兄，年兄！你莫不是乔做人情？故假意劝了这几句，便当完了？你是再也不出半声了！自古道得好：「一死一生，乃见交情。」若非今日我是死的，你是活的，怎知你为同年之情淡薄如此！到底有个放我时节，等我依旧变了转来也少，不得学翟廷尉的故事，将那两句题在我衙门之上与你看看！年兄，年兄，只怕你悔之晚矣！』少府虽则乱叫乱嚷，宾主都如不闻。当时裴五衙便叫厨役叫做王士良，因有手段，最整治得好鲊，故将这鱼交付与他。说道：『又要好吃，又要快当。不然，照着赵干样子，也奉承你五十皮鞭。』那王士良一头答应，一头就伸过手提鱼。急得少府顶门上飞散了三魂，脚板底荡调了七魄，便大声哭起来道：『我平昔和同僚们如兄如弟，极是交好，怎么今日这等哀告，只要杀我？哎，我知道了：一定是妒忌我掌印，起此一片恶心。须知这印是上司委把我的，不是我谋来掌的。若肯放我回衙，我就登时推印，有何难哉！』说了又哭，哭了又说。岂知同僚都做不听见。竟被王士良一把提到厨下，早取过一个砧头来放在上面。少府举眼看时，却认得是他手里一向做厨役的。便大叫道：『王士良，你岂不认得我是薛三爷？若非我将吴下食谱传授与你，看你整治些甚样肴馔出来？能使各位爷这般作兴你？你今日也该想我平昔抬举之恩，快去禀知各位爷，好好送回衙去。却把我来放在砧头上待要怎的？』岂知王士良一些不理，右手拿刀在手，将鱼头着实按上一下。激得少府心中不胜大怒！便骂：『你这狗才！敢只会奉承裴五衙，全不怕我！难道我就没摆布你处？』一挣挣起来，将尾子向王士良脸上只一泼，就似打个耳聒子一般，打得王士良耳鸣眼暗。连忙举手掩面不迭，将那把刀直抛地下去了。一边拾刀，一边却冷笑道：『你这鱼！既是恁的健浪，停一会等我送你到滚锅儿里再游去。』来做鲊的，最要刀快，将鱼切得雪片也似薄薄的，略在滚水里面一转，便捞起来，加上椒料，泼上香油，自然松脆鲜美。因此王士良再把刀去磨一下。其时少府叫他不应，叹口气道：『这次磨快了刀来，就是我命尽之日了。想起我在衙虽则患病，也还可忍耐。如何私自跑出，却受这般苦楚！若是我不见这个东潭；便见了东潭，也不下去洗澡；便洗个澡，也不思量变鱼！便思量变鱼，也不受那河泊的诏书，也不至有今日！总只未变鱼之先，被那小鱼十分撺掇，既变鱼之后，又被那赵干把香饵来哄我，都是命里凑着，自作自受，好埋怨哪个？只可怜见我顾夫人在衙，无儿无女，将谁依靠？怎生寄得一信与他，使我死也瞑目。』正在号啕大哭，却被王士良将新磨的快刀，一刀剁下头来。正是：

三寸气在，谁肯输半点便宜；七尺躯亡，都付与一场春梦。

眼见得少府这一番真个呜呼哀哉了！

未知少府生回日，已见鱼儿命尽时。

这里王士良刚把鱼头一刀剁下，那边三衙中薛少府在灵床之上，猛地跳起来坐了。莫说顾夫人是个女娘家，就险些儿吓得死了。便是一家们在那里守尸的，那一个不摇首咋舌，叫道：『好古怪！好古怪！我们一向紧紧的守定在此，从没个猫儿在他身上跳过，怎么就把死尸吊了起来？』只见少府叹了口气，问道：『我不知人事有几日了？』夫人答道：『你不要吓我！你已死去了二十五日，只怕不会活哩。』少府道：『我何曾死！只做得一个梦。不意梦去了这许多日！』便唤家人去看：『三位同僚，此时正在堂上，将吃鱼鲊，教他且放下了箸，不要吃。快请到我衙里来讲话。』果然同僚们在堂上饮酒，刚刚送到鱼鲊，正待举箸，只见薛衙人禀说：『少府活转来了，请三位爷莫吃鱼鲊，便过衙中讲话。』惊得那三位都暴跳起来，说道：『医人李八百的把脉，老君庙里铺灯，怎么这等灵验的紧！』忙忙的走过薛衙，连叫『恭喜！』只见少府道：『列位可晓得么？适才做鲊的这尾金色鲤鱼便是不才。若不被王士良那一刀，我的梦儿时勾醒。』那三位茫茫不知其故。都说道：『天下岂有此事！且请老长官试说一番，容下官们洗耳拱听。』薛少府道：『适才张弼取鱼到时，邹年兄与雷长官打双陆，裴长官在旁吃桃子。张弼禀渔户赵干藏了大鱼，把小鱼搪塞。裴长官大怒，把赵干鞭了五十。这事有么？』三位道：『果是如此。只是老长官如何晓得恁详细？』少府道：『再与我唤赵干、张弼和守把迎薰门军士胡健，户曹刑曹二吏，并厨役王士良来，待我问他。』那三位即便差人，都去唤到。少府回道：『赵干，你在东潭钓鱼，钓得个三尺来长金色鲤鱼，你妻子教你藏在芦苇之中，上头盖着旧蓑衣。张弼来取鱼时，你只推没有大鱼。却被张弼搜出，提到迎薰门下。门边胡健说道：裴五爷下飞签催你，你可走快些。到得县门，门内二吏东西相向，在那里下棋。一个说：「鱼大得怕人子！作鲊来一定好吃。」一个说：「这鱼可爱，只该畜在后堂池里，不该做鲊。」王士良把鱼按在砧头上，却被鱼跳起尾来，脸上打了一下，又去磨快了刀，方才下手。这事可都有么？』赵干等都惊道：『事俱有的！但不知三爷何由知得？』少府道：『这鱼便是我做的。我自被钓之后，那一处不高声大叫，要你们送我回衙，却么都不听我，却是甚主意！』赵干等都叩头道：『小的们实是不听见。若听见时，怎么敢不送回少府？』又问裴县尉道：『老长官要做鱼鲊之时，邹年兄再三劝你放生，雷长官在旁边撺掇，只是不听，催唤王士良提去。我因放声大哭，说：「枉做这几时同僚，今日定要杀我！岂是仁者所为！」莫说裴长官不礼，连邹年兄雷长官，也更无一言。这是何意？』三位相顾道：『我们何尝听见些儿！』一齐起身请罪。少府笑道：『这鱼不死，我也不生。已作往事，不必再题了。』遂把赵干等打发出去。同僚们也作别回衙。将鱼鲊投弃水中，从此立誓再不吃鱼。原来少府叫哭，那曾有什么声响，但见这鱼口动而已。乃知三位同僚与赵干等，都不听见，盖有以也。

且说顾夫人想起老君庙签诀的句语，无一字不验。乃将求签打醮事情，各细说与少府知道，就要打点了愿。少府惊道：『我在这里几多时，但闻得青城山上有座老君庙，是极盛的香火，怎知道灵应如此！』即便清斋七日，备下明烛净香，亲诣庙中偿愿。一面差人估计木料，装严金像，合用若干工价，将家财俸资凑来买办，择日兴工。到第七日早上，屏去左右，只带一个十二三岁的小门子，自出了衙门，一步一拜，向青城山去。刚至半山，正拜在地，猛然听得有人叫道：『薛少府，你可晓得么？』少府不觉吃了一惊，抬头观看，乃是一个牧童，头戴箬笠，横坐青牛，手持短笛，从一个山坡边转出来的。当下少府问道：『你要我晓得什么？』那牧童道：『你晓得神仙中有个琴高，他本骑着赤鲤升天去的，只因在王母座上，把那弹云璈的田四妃觑了一眼，动了凡心，故此两个并谪人世。如今你的前身，便是琴高。你那顾夫人，便是田四妃。为你到官以来，迷恋风尘不能脱离，故又将你权充东潭赤鲤，受着诸般苦楚，使你回头。你却怎么还不省得？敢是做梦未醒哩。』少府道：『依你说，我的前身，乃是神仙。今已迷惑，又须得一个师父来提醒便好。』牧童道：『你要个提醒的人，远不远千里，近只在目前。这成都府道人李八百，却不是个神仙？他本在汉时叫做韩康，一向卖药长安市上，口不二价。后来为一女子识破了，故此又改名为李八百。人只说他传授得孙真人八百个秘方，正不知他道术还在孙真人之上，实实活过八百多岁了。今你夫妻谪限将满，合该重还仙籍。何不去问那李八百，教他与你打破尘障？』原来夫人止与少府说得香愿的事，不曾说起李八百把脉情由。因此牧童说着李八百名姓，少府一些也不晓得。心下想道：『山野牧童知道什么，无过信口胡谈，荒唐之说，何足深信！我只是一步一拜，还愿便了。』岂知才回顾头来，那牧童与牛化作一道紫气，冲天而去。正是：

当面神仙犹不识，前生世事怎能知！

少府因自己做鱼之事，来得奇怪。今番看见牧童化风而去，心下越发惶惑。定道：『连那牧童也是梦中！』好生委决不下。不一时拜到山顶老君座前，叩谢神明保佑，再得回生。只在早晚选定吉日，偿还愿心。拜罢起来，看那老君神像，正是牧童的面貌。又见童座塑着一头青牛，也与那牧童骑的一般。方悟道：『方才牧童，分明是太上老君指引我重还仙籍，如何有眼无珠，当面错过？』乃再拜请罪。回至衙中，备将牧童的话，细细述与夫人知道。夫人方说起：『病危时节，曾请成都府道人李八百来看脉。他说是死而不死之症，须待死后半月二旬，自然慢慢的活将转来，不必下药。临起身时，又说：「这签诀灵得紧。直到看见鱼时，方有分晓。」我想他能预知过去未来之事，岂不真是个仙人！莫说老君已经显出化身，指引你去。便不是仙人，既劳他看脉一回，且又这等神验，也该去谢他。』少府听罢，乃道：『原来又有这段姻缘！如何不去谢他。』又清斋了七日，徒步自往成都府去，访那道人李八百。恰好这一日，李八百正坐在医铺里面。一见少府，便问道：『你做梦可醒了未？』少府扑地拜下，答道：『弟子如今醒了。只求师父指教，使弟子脱离风尘，早闻大道。』李八百笑道：『你须不是没根基的，要去烧丹炼火。你前世原是神仙谪下，太上老君已明明的对你说破自家身子，还不省得，还来问人？敢是你只认得青城县主簿么？』当下少府恍然大悟，拜谢道：『弟子如今真个醒了！只是老君庙里香愿，尚未偿还。待弟子了愿之后，即便弃了官职，挈了妻子，同师父出家，证还仙籍，未为晚也。』遂别了李八百，急回至青城县，把李八百的话述语夫人知道。夫人也就言上省悟，前身原是西王母前弹云璈的田四妃，因动尘念堕落。当夜便与少府各自一房安下，焚香静坐，修证前因。次日，少府将印送与邹二衙署摄，备文申报上司。一面催趱工役，盖造殿庭，装严金像，极其齐整。刚到工完之日，那邹二衙为着当时许愿，也要分俸相助，约了两个县尉，到少府衙舍，说知此事。家人只道还在里边静坐，进去通报。只见案上遗下一诗，竟不知少府和夫人都往那里去了。家人拿那首诗递与邹二衙观看，乃是留别同僚吏民的，诗云：

鱼身梦幻欣无恙，若是鱼真死亦真。到底有生终有死，欲离生死脱红尘。

邹二衙看了这诗，不胜嗟叹，乃道：『年兄总要出家修行，也该与我们作别一声，如今觉道忒歉然了！谅来他去还未远。』即差人四下寻访，再也没些踪迹。正在惊讶，裴五衙笑道：『二位老长官好不睹事！想他还掉不下水中滋味，多分又去变鲤鱼玩耍去了，只到东潭上抓他便了。』

不题同僚们胡猜乱想，再说少府和夫人不往别处，竟至成都去见那李八百。那李八百对着少府笑道：『你前身原是琴高，因为你升仙不远，故令赤鲤专在东潭相候。今日依先还你赤鲤，骑坐上升，何如？』又对夫人道：『自你谪后，西王母前弹云璈的暂借董双成造字心宗宋。如今依旧该是你去弹了。』自然神仙一辈，叫做会中人，再不消什么口诀，什么心法，都只是一笑而喻。其时少府夫人也对李八百说道：『你先后卖药行医，救度普众，功行亦非小可，何必久混人世』李八百道：『我数合与你同升，故在此相候。』顷刻间，祥云缭绕，瑞霭缤纷，空中仙音嘹亮，鸾鹤翱翔，仙童仙女，各执幢旛宝盖，前来接引。少府乘着赤鲤，夫人驾了紫霞，李八百跨上白鹤，一齐升天。遍成都老幼，哪一个不看见，尽皆望空瞻拜，赞叹不已。至今升仙桥圣迹犹存。诗云：

茫茫宇宙事端新，人既为鱼鱼复人。识破幻形不碍性，体形修性即仙真。

第二十七卷

李玉英狱中讼冤

人间夫妇愿白首，男长女大无疾疢。男娶妻兮女嫁夫，频见森孙会行走。若还此愿遂心怀，百年瞑目黄泉台。莫教中道有差跌，前妻晚妇情离乖。晚妇狠毒胜蛇蝎，枕边谮语无休歇。自己生儿似宝珍，他人子女遭磨灭。饭不饭兮茶不茶，蓬头垢面徒伤嗟。君不见大舜历山终夜泣，闵骞十月衣芦花！

这篇言语，大抵说人家继母心肠狠毒，这篇言语，大抵说人家继母心肠狠毒，将亲生子女胜过一颗九曲明珠，乃稀世之宝，何等珍重。这也是人之常情，不足为怪。单可恨的，偏生要把前妻男女，百般凌虐，粪土不如。若年纪在十五六岁，还不十分受苦。纵然磨灭，渐渐长大，日子有数。惟有十岁内外的小儿女，最为可怜。然虽如此，其间原有三等。那三等？第一等，乃富贵之家，幼时自有乳母养娘服侍，到五六岁便送入学中读书。况且亲族蕃盛，手下婢仆，耳目众多，尚怕被人谈论，还要存个体面，不致有饥寒打骂之苦。或者自生得有子女，要独吞家业，索性倒弄个斩草除根的手段。有诗为证：

焚廪捐阶事可伤，申生遭谤伯奇殃。后妻煽处从来有，几个男儿肯直肠。

第二等，乃中户人家，虽则体面还有，料道幼时未必有乳母养娘服侍，诸色尽要在继母手内出放，那饥寒打骂就不能够免了。若父亲是个硬挣的，定然卫护女儿，与老婆反目厮闹，不许她凌虐。也有惧怕丈夫厉害，背着眼方敢施行。倘遇了那不怕天，不怕地，也不怕羞，也不怕死，越杀越上的泼悍婆娘。动辄便施刀弄剑，不是刎颈上吊，定是奔井投河，惯把死来吓老公，常有弄假成真，连家业都完在他身上。俗语道得好，逆子顽妻，无药可治。遇着这般泼妇，难道终日厮闹不成？少不得闹过几次，奈何他不下，到只得诈瞎装聋，含糊忍痛。也有将来过继与人，也有送去为僧学道，或托在父兄外家寄养。这还是有些血气的所为。又有那一种横肚肠，烂心肝，忍心害理，无情义的汉子。前妻在生时，何等恩爱，把儿女也何等怜惜。到得死后，娶了晚妻，或奉承他妆奁富厚，或贪恋颜色美丽，或中年娶了少妇，因这几般上，弄得神魂颠倒，意乱心迷，将前妻昔日恩义，撇向东洋大海。儿女也渐渐做了眼中之钉。肉内之刺。到得打骂，莫说护卫劝解，反要加上一顿，取他的欢心。常有后生儿女都已婚嫁，前妻之子，尚无妻室。公论上说不去时，胡乱娶个与他。后母还千方百计，做下魇魅，要他夫妻不睦。若是魇魅不灵，便打儿子，骂媳妇，撺掇老公告忤逆，赶逐出去。那男女之间，女儿更觉苦楚，孩子家打过了，或向学中攻书，或与邻家孩子们顽耍，还可以消遣。做了女儿时，终日不离房户，与那夜叉婆挤做一块，不住脚把他使唤，还要限每日做若干女工。做得少，打骂自不必说。及至趱足了，却又嫌好道歉，也原脱白不过。生下儿女，恰像写着包揽文书的，日夜替他怀抱。倘若啼哭，便道是不情感，使性儿难为他孩子。偶或有些病症，又道是故意惊吓出来的。就是身上有个蚊虫疤儿，一定也说是故意放来钉的。更有一节苦处，任你滴水成冰的天气，少不得向冰孔中洗浣污秽衣服，还要憎嫌洗得不洁净，加一场咒骂。熬到十五六岁，渐渐成人。那时打骂，就把污话来肮脏了。不骂要趁汉，定说想老公。可怜女子家无处伸诉，只好向背后吞声饮泣！倘或听见，又道装这许多妖势。多少女子当不起恁般羞辱，自去寻了一条死路。有诗为证：

不正夫纲但怕婆，怕婆无奈后妻何！任他打骂亲生女，暗地心疼不敢诃。

第三等，乃朝趁暮食，肩担之家。此等人家儿女，纵是生母在时，只好苟免饥寒，料道没甚丰衣足食。巴到十来岁，也就要指望教去学做生意，趁三文五文帮贴柴火。若又遇着个凶恶继母，岂不是苦上加苦。口中吃的，定然有一顿没一顿，担饥忍饿。就要口热汤，也须请问个主意，不敢擅专。身上穿的，不是前拖一块，定是后破一片。受冻捱寒，也不敢在他面前说个冷字。那几根头发，整年也难得与梳子相会。胡乱挽个角儿，还不时挦得披头盖脸。两只脚久常赤着，从不曾见鞋袜面。若得了双草鞋，就胜如穿着粉底皂靴。专任的是劈柴烧火，担水提浆。稍不如意，软的是拳头脚尖，硬的是木柴棍棒。那咒骂乃口头言语，只当与他消闲。到得将就挑得担子，便限着每日要赚若干钱钞。若还缺了一文，少不得敲个半死。倘肯撺掇老公，卖与人家为奴，这就算他一点阴骘。所以小户人家儿女，经着后母，十个到有九个磨折死了。有诗为证：

小家儿女受艰辛，后母加添妄怒嗔。打骂饥寒浑不免，人前一样唤娘亲。

说话的为何只管絮絮叨叨，道后母的许多短处？只因在下今日要说一个继母谋害前妻儿女，后来天理昭彰，反受了国法，与天下的后母做个榜样，故先略道其概。这段话文，若说出来时：

直教铁汉也心酸，总是石人亦泪洒！

你道这段话文，出在哪里？就在本朝正德年间，北京顺天府旗手卫，有个荫籍百户李雄。李虽是武弁出身，却从幼聪明好学，深知典籍。乃至年长，身材魁伟，膂力过人，使得好刀，射得好箭，是一个文武兼备的将官。因随太监张永征陕西安化王有功，升锦衣卫千户。娶得个夫人何氏，夫妻十分恩爱。生下三女一男：儿子名曰承祖，长女名玉英，次女名桃英，三女名月英。原来是先花后果的。倒是玉英居长，次即承祖。不想何氏自产月英之后，更染了个虚怯症候。不上半年，呜呼哀哉。可怜：

留得旧时残锦绣，每因肠断动悲伤。

那时玉英刚刚六岁，承祖五岁，桃英三岁，月英只有五六个月。虽有养娘奶子服侍，到底像小鸡失了母鸡，七慌八乱，啼啼哭哭。李雄见儿女这般苦楚，心下烦恼，只得终日住在家中窝伴。他本是个官身，顾着家里，便耽搁了公事。到得干办了公事，却又没工夫照管儿女。真个公私不能两尽。捱了几个月日，思想终不是长法，要娶个继室，遂央媒寻亲。那媒婆是走千家踏万户的，得了这句言语，到处一兜，那些人家闻得李雄年纪只有三十来岁，又是锦衣卫千户，一进门就称奶奶，谁个不肯。三日之间，就请了若干庚贴送来，任凭李雄选择。俗语有云：姻缘本是前生定，不许今人作主张。李雄千择万选，却拣了个姓焦的人家女儿，年方一十六岁，父母双亡，哥嫂作主。那哥哥叫做焦榕，专在各衙门打干，是一个油里滑的光棍。李雄一时没眼色，成了这头亲事。少不得行礼纳聘。不则一日，娶得回家，花烛成亲。那焦氏生得有六七分颜色，女工针指，却也百伶百俐，只是心肠有些狠毒。见了四个小儿女，便生嫉妒之念。又见丈夫十分爱惜，又不时叮嘱好生抚育，越发不怀好意。他想道：『若没有这一窝子贼男女，那官职产业好歹是我生子女来承受。如今遗下许多短命贼种，纵挣得泼天家计，少不得被他们先拔头筹。设使久后，也只有今日这些家业，派到我的子女，所存几何，可不白白与他辛苦一世？须是哄热了丈夫，然后用言语唆冷他父子，磨灭死两三个，止存个把，就易处了。』你道天下有恁样好笑的事！自己方才十五六岁，还未知命短命长，生育不生育。却就算到几十年后之事，起这等残忍念头，要害前妻儿女，可胜叹哉！有诗为证：

娶妻原为生儿女，见成儿女反为仇。不是妇人心最毒，还因男子没长筹。

自此之后，焦氏将着丈夫百般殷勤趋奉。况兼正在妙龄，打扮得如花朵相似。枕席这间，曲意取媚。果然哄得李雄千欢万喜，百顺百依。只有一件不肯听。你道是那件？但说到儿女面上，便道：『可怜他没娘之子，年幼娇痴。倘有不到之处，须将好言训诲，莫要深责。』焦氏撺唆了几次，见不肯听，忍耐不住。一日趁老公不在家，寻起李承祖事过，揪来打骂。不道那孩子头皮寡薄，他的手儿又老辣。一顿乱打，那头上却如酵到馒头，登时肿起几个大疙瘩。可怜打得那孩子无个地孔可钻，号淘痛哭。养娘奶子解劝不住。那玉英年纪虽小，生性聪慧。看见兄弟无故遭此毒打，已明白晚母不是个善良之辈，心中苦楚，泪珠乱落。在旁看不过，向前道：『告母亲，兄弟年幼无知，望乞饶恕则个！』焦氏喝道：『小贱人！谁要你多言？难道我打不得的么？你的打也只在头上滴溜溜转了，却与别人讨饶？』玉英闻得这语，愈加哀楚。正打之间，李雄已回。那孩子抱住父亲，放声号恸。李雄见打得这般光景，暴躁如雷，翻天作地，闹将起来。那婆娘索性抓破脸皮，反要死要活，分毫不让。早有人报知焦榕，特来劝慰。李雄告诉道：『娶令妹来，专为要照管这几个儿女，岂是没人打骂，娶来凌贱不成！况又几番嘱咐，可怜无母娇幼。你即是亲母一般，凡事将就些，反故意打得如此模样！』焦榕假意埋怨了妹子几句，陪个不是，道：『舍妹一来年纪小，不知世故；二来也因从幼养娇了性子，在家任意惯了。妹丈不消气得！』又道：『省得在此不喜欢，待我接回去住几日，劝喻他下次不可如此。』道罢，作别而去。少顷，雇乘轿子，差个女使接焦氏到家。那婆娘一进门，就埋怨焦榕道：『哥哥，奴纵有甚不好处，也该看爹娘分上访个好对头匹配才是，怎么胡乱肮脏送在这样人家，误我的终身？』焦榕笑道：『论起嫁这锦衣卫千户，也不算肮脏了。但是你自己没有见识，怎么抱怨别人？』焦氏道：『那见得我没有见识？』焦榕道：『妹夫既将儿女爱惜，就顺着他性儿，一般着些痛热。』焦氏嚷道：『又不是亲生的，教我着疼热，还要算计哩！』焦榕笑道：『正因这上，说你没见识。自古道：「将欲取之，必固与之。」你心下越不喜欢这男女，越该加意爱护。』焦氏道：『我恨不得顷刻除了这几个冤孽，方才干净，为何反要将他爱护？』焦榕道：『大抵小儿女，料没甚大过失。况婢仆都是他旧人，与你恩义尚疏。稍加责罚，此辈就到家主面前轻事重报。说你怎地凌虐。妹夫必然着意防范，何由除得？他存了这片疑心，就是生病死了，还要疑你有甚缘故，可不是无丝有线！你若将就容得，落得做好人。抚养大了，不怕不孝顺你。』焦氏把头三四摇道：『这是断然不成！』焦榕道：『毕竟容不得，须依我说话。今后将他如亲生看待，婢仆们施此小惠，结为心腹，暗地察访。内中倘有无心向你，并口嘴不好的，便赶逐出去。如此过了一年两载，妹夫信得你真了，婢仆又皆是心腹，你也必然生下子女，分了其爱。那时觑个机会，先除却这孩子，料不疑虑到你。那几个丫头，等待年长，叮嘱童仆们一齐驾起风波，只说有私情勾当。妹夫是有官职的，怕人耻笑，自然逼其自尽。是恁样阴唆阳劝做去，岂不省了目下受气？又见得你是好人。』焦氏听了这片言语，不胜喜欢道：『哥哥言之有理！是我错埋怨你了。今番回去，依此而行。倘到紧要处，再来与哥哥商量。』

不题焦榕兄妹计议。且说李雄因老婆凌贱儿女，反添上一顶愁帽儿，想道：『指望娶他来看顾儿女，却到增了一个魔头！后边日子正长，教这小男女怎生得过？』左思右算，想出一个道理。你道是什么道理？原来收拾起一间书屋，请下一个老儒，把玉英、承祖送入书堂读书。每日茶饭俱着人送进去吃，直至晚方才放学。教他远了晚娘，躲这打骂。那桃英、月英自有奶子照管，料然无妨。常言：夫妻是打骂不开的。过了数日，只得差人去接焦氏。焦榕备些礼物，送将回来。焦氏知得请下先生，也解了其意，更不道破。这番归果来，果然比先大不相同，一味将笑撮在脸上，调引这几个小男女，亲亲热热，胜如亲生。莫说打骂，便是气儿也不再呵一口。待婢仆们也十分宽恕，不常赏赐小东西。但凡下人，肚肠极是窄狭，得了须微之利，便极口称功诵德，欢声溢耳。李雄初时甚觉奇异，只道惧怕他闹吵，当面假意殷勤，背后未必如此。几遍暗地打听，冷眼偷瞧，更不见有甚别样做作。过了年余，愈加珍爱。李雄万分喜悦，想道：『不知大舅怎生样劝喻，便能改过从善如此。可见好人原容易做的，只在一转念耳。』从此放下这片肚肠，夫妻恩爱愈笃。那焦氏巴不能生下个儿子。谁知做亲二年，尚没有孕，心中着急，往各处寺观庵堂，烧香许愿。那菩萨果是有些灵验，烧了香，许过愿，真个就身怀六甲。到得十月满足，生下一个儿子，乳名亚奴。你道为何叫般名字？原来民间有个俗套，恐怕小儿养不大，常把贱物为名，取其易长的意思。因此每每有牛儿狗儿之名。那焦氏也恐难养，又不好叫恁般名色，故只唤做亚奴，以为比奴仆尚次一等，即如牛儿狗儿之意。李雄只道焦氏真心爱惜儿女，今番生下亚奴，亦十分珍重。三朝满月，遍请亲友吃庆喜筵宴，不在话下。常言说得好：只愁不养，不愁不长。眨眼间，不觉亚奴又已周岁。那时玉英已是十龄，长得婉丽飘逸，如画图中人物。且又赋性敏慧，读书过目成诵，善能吟诗作赋。其他描花刺绣，不教自会。兄弟李承祖，虽然也是个聪明孩子，到底赶不上姐姐，曾咏绿萼梅，诗云：

并上调羹种，偏栽碧玉枝。不夸红有艳，兼笑白无奇。蕊绽莺忘啄，花香蝶未窥。陇头羌笛奏，芳草总堪疑。

因有了这般才藻，李雄倍加喜欢。连桃英、月英也送入书堂读书。又尝对焦氏说道：『玉英女儿，有如此美才，后日不舍得嫁他出去。访一个有才学的秀士入赘家来，待他夫妇唱和，可不好么？』焦氏口虽赞美，心下越增妒忌。正要设计下手。不想其年乃正德十四年，陕西反贼杨九儿据皋兰山作乱，累败官军，地方告急。朝廷遣都指挥赵忠充总兵官，统领兵马前去征讨。赵忠知得李雄智勇相兼，特荐为前部先锋。你想军情之事，火一般紧急，可能够少缓？半月之间，择日出师。李雄收拾行装器械，带领家丁起程。临行时又叮嘱焦氏，好生看管儿女。焦氏答道：『这事不消吩咐！但愿你阵面上神灵护佑，马到成功，博个封妻荫子。』夫妻父子正在分别，外边报：『赵爷传令教场相会。』李雄洒泪出衙，急急上马，直至教场中演武厅上，与诸将参谒已毕。朝廷又差兵部官犒劳三军，齐向北阙谢恩，口称万岁三声。赵爷吩咐李雄带领前部军马先行。李雄领了将令，放起三个轰天大炮，众军一声呐喊，遍地锣鸣，离了教场，望陕西而进。军容整肃，器仗鲜明，一路上逢山开径，遇水叠桥，不则一日，已至陕西地面。安营下寨，等大军到来，一齐进发。与贼兵连战数阵，互相胜负。到七月十四，贼兵挑战，赵爷令李雄出阵。那李雄统领部下精兵，奋勇杀入。贼兵抵挡不住，大败而走，李雄乘胜追逐数里。不想贼人伏兵四起，团团围住，左冲右突，不能得脱，外面救兵又被截断。李雄部下虽然精勇，终是众寡不敌，鏖战到晚，一军尽没。可怜李雄盖世英雄，到此一场春梦！正是：

正气千寻横宇宙，孤魂万里占清寒。

赵忠出征之事，按下不题。却说焦氏方要下手，恰好遇着丈夫出征，可不天凑其便。李雄去了数日，一乘轿子，抬到焦榕家里，与他商议。焦榕道：『据我主意，再缓几时。』焦氏道：『却是为何？』焦榕道：『妹夫不在家，死了定生疑惑。如今还是把他倍加好好看承。妹夫回家知道，越信你是个好人。那时出其不意，弄个手脚，必无疑虑，可不妙哉！』焦氏依了焦榕说话，真个把玉英姊妹看承比前又胜几分。终日盼望李雄得胜回朝。谁知已到八月初旬，陕西报到京中，说七月十四日与贼交锋，前部千户李雄恃勇深入，先胜后败，全军尽没。焦榕是专在各衙门打干的，早已知得这个消息，吃了一惊，如飞报于妹子。焦氏闻说丈夫战死，放声号恸。那玉英姊妹尤为可怜，一个个哭得死而复苏。焦氏与焦榕商议，就把先生打发出门，合家挂孝，招魂设祭，摆设灵座，亲友尽来吊唁。那时焦氏将脸皮翻转，动辄便是打骂。又过了月余，焦氏向焦榕道：『如今丈夫已死，更无别虑，动手了罢。』焦榕道：『我有个妙策在此，不消得下手。只教他死在他乡外郡，又怨你不着。』焦氏忙问有何妙策。焦榕道：『妹夫阵亡，不知尸首下落，再捱两月，等到严寒天气，差一个心腹家人，同承祖去陕西寻觅妹夫骸骨。他是个孩子家，那曾经途路风霜之苦，水土不服，自然中道病死。设或熬得到彼处，叮嘱家人撇了他暗地自回。那时身畔没了盘缠，进退无门，不是冻死，定是饿死。这几个丫头，饶他性命，卖与人为妾作婢，还值好些银子。岂非一举两得！』焦氏连称有理。耐至腊月初旬，焦氏唤过李承祖说：『你父亲半世辛勤，不幸丧于沙场，无葬身之地。虽在九泉，安能瞑目！昨日闻得舅舅说，近日赵总兵连胜数阵，贼兵退去千里之外，道路已是宁静。我欲亲往陕西寻觅你父亲骸骨归葬，少尽夫妻之情。又恐我是个少年寡妇，出头露面，必被外人谈耻。故此只得叫家人苗全服事你去走遭。倘能寻得回来，也见你为子的一点孝心。行装都已准备下了，明早便可登程。』承祖闻言，双眼流泪道：『母亲言之有理！孩儿明早便行。』玉英料道不是好意，大吃一惊，乃道：『告母亲，爹爹暴弃沙场，理合兄弟前去寻觅。但他年纪幼小，道途跋涉，未曾经惯。万一有些山高水低，可不枉送一死？何不再差一人，与苗全同去，总是一般的。』焦氏大怒道：『你这逆种！当初你父存日，将你姊妹如珍宝一般爱惜。如今死了，就忘恩背义，连骸骨也不要了！你读了许多书，难道不晓得昔日木兰代父征西，缇萦上书代刑这两个一般也是幼年女子，有此孝顺之心。你不能够学他恁般志气，也去寻觅父亲骸骨，反来阻挡兄弟莫去！况且承祖还是个男儿，一路又有人服事，须不比木兰女上阵征战，出生入死。那见得有什么山高水低，枉送了性命！要你这样不孝女何用！』一顿乱嚷，把玉英羞得满面通红，哭告道：『孩儿岂不念爹爹生身大恩，要寻访骸尸归葬？只因兄弟年纪尚幼，恐受不得辛苦。孩儿情愿代兄弟一行。』焦氏道：『你便想要到外边去游山玩景快活，只怕我心里还不肯哩。』当晚玉英姊妹挤在一处言别，呜呜的哭了半夜。李承祖道：『姐姐，爹爹骸骨暴弃在外，就死也说不得。待我去寻觅回来，也教母亲放心，不必你忧虑。』到了次早，焦氏催促起程。姊妹们洒泪而别。焦氏又道：『你若寻不着父亲骸骨，也不必来见我。』李承祖哭道：『孩儿如不得爹爹骨殖，料然也无颜再见母亲。』苗全扶他上了牲口，径出京师。你道那苗全是谁？乃是焦氏带来赠嫁的家人中第一个心腹，也暗领了主母之意，自在不言之表。主仆二人离了京师，望陕西进发。此时正是隆冬天气，朔风如箭，地上积雪有三四尺高。往来牲口，恰如在绵花堆里行走。那李承祖不上十岁的孩子，况且从幼娇养，何曾受这般楚苦！在牲口背上把不住的寒颤，常常望着雪窝里颠倒下来。在路晓行夜宿，约走了十数日。李承祖渐渐饮食减少，生起病来。对苗全道：『我身子觉得不好，且将息两日再行。』苗全道：『小官人，奶奶付的盘缠有限，忙忙趱到那边，只怕转去还用度不来。路上若再耽搁两日，越发弄不来了。且勉强捱到省下，那时将养几日罢。』李承祖又问：『到省下还有多少路？』苗全笑道：『早哩！极快不要二十个日子。』李承祖无可奈何，只得熬着病体，含泪而行。有诗为证：

可怜童稚离家乡，匹马迢迢去路长！遥望沙场何处是？乱云衰草带斜阳。

又行了两日，李承祖看看病体转重，牲口甚难坐。苗全又不肯暂停，也不雇脚力，故意扶着步行，明明要送他上路的意思。又捱了半日，来到一个地方名唤保安村。李承祖道：『苗全，我半步移不动了，快些寻个宿店歇罢。』苗全闻言，暗想道：『看他这个模样，料然活不成了。若到店客中住下，便难脱身，不如撇在此间，回家去罢。』乃道：『小官人，客店离此尚远。你既行走不动，且坐在此，待我先去放下包裹，然后来背你去，何如？』李承祖道：『这也说得有理。』遂扶至一家门首阶沿上坐下。苗全拽开脚步，走向前去，问个小路抄转，买些饭食吃了，雇个牲口，原从旧路回家去了。不在话下。

且说李承祖坐在阶沿上，等了一回，不见苗全转来。自觉身子存坐不安，倒身卧下，一觉睡去。那个人家却是个孤孀老妪，住得一间屋儿，坐在门口纺纱。初时见一汉子扶个小厮，坐于门口，也不在其意。直至傍晚，拿只桶儿要去打水，恰好拦门熟睡，叫道：『兀那小官人快起来！让我们打水。』李承祖从梦中惊醒，只道苗全来了。睁眼看时，乃是那屋里的老妪。便挣扎坐起道：『老婆婆有甚话说？』那老妪听得语音不是本地上人物，问道：『你是何处来的，却睡在此间？』李承祖道：『我是京中来的。只因身子有病，行走不动，借坐片时，等家人来到，即便去了。』老妪道：『你家人在那里？』李承祖道：『他说先至客店中，放下包裹，然后来背我去。』老妪道：『哎哟！我见你那家人去时，还是上午。如今天将晚了，难道还走不到？想必包裹中有甚银两，撇下你逃走去了。』李承祖因睡得昏昏沉沉，不曾看天色早晚，只道不多一回。闻了此言，急回头仰天观望，果然日已矬西。吃了一惊，暗想道：『一定这狗才料我病势渐凶，懒得服侍，逃走去了。如今教我进退两难，怎生是好！』禁不住眼中流泪，放声啼哭。有几个邻家俱走来观看。那老妪见他哭得苦楚，亦觉孤惊，倒放下水桶，问道：『小官人，你父母是何等样人？有甚紧事，恁般寒天冷月，随个家人行走？还要往那里去？』李承祖带泪说道：『不瞒老婆婆说，我父亲是锦衣卫千户，因随赵总兵往陕西征讨反贼，不幸父亲阵亡。母亲着我同家人苗全到战场上寻觅骸骨归葬。不料途中患病，这奴才就撇我而逃，多分也做个他乡之鬼了。』说罢，又哭。众人闻言，个个嗟叹。那老妪道：『可怜，可怜！原来是好人家子息，些些年纪，有如此孝心，难得，难得！只是你身子既然有病，睡在这冷石上，愈加不好了，且闸闸起来，到我铺上去睡睡。或者你家人还来也未可知。』李承祖道：『多谢婆婆美情！恐不好打搅。』那老妪道：『说哪里话！谁人没有患难之处。』遂向前扶他进屋里去。邻家也各自散了。承祖跨入门槛看时，侧边便是个火炕，那铺儿就在炕上。老妪支持他睡下，急急去汲水烧汤与承祖吃。到半夜间，老妪摸他身上，犹如一块火炭。至天明看时，神思昏迷。人事不省。那老妪央人去请医诊脉，取出钱钞，赎药与他吃，早晚服侍。那些邻家听见李承祖病凶，在背后笑那老妪着甚要紧，讨这样烦恼！老妪听见，只做不知，毫无倦怠。这也是李承祖未该命绝，得遇恁般好人。有诗为证：

家中母子犹成怨，路次闲人反着疼！美恶性生大壤异，反教陌路笑亲情。

李承祖这场大病，捱过残年，直至二月中方才稍可。在铺上看着那老妪谢道：『多感婆婆慈悲，救我性命！正是再生父母。若能挣扎回去，定当厚报大德。』那老妪道：『小官人何出此言！老身不过见你路途孤苦，故此相留，有何恩德，却说厚报二字！』光阴迅速，倏忽又三月已尽，四月将交。那时李承祖病体全愈，身子硬挣，遂要别了老妪，去寻父亲骸骨。那老妪道：『小官人，你病体新痊，只怕还不可劳动。二来前去不知尚有几多路程，你孤身独自，又无盘缠，如何去得。不如住在这里，待我访问近边有入京的，托他与你带信到家，教个的当亲人来同去方好。』承祖道：『承婆婆过念，只是家里也没有甚亲人可来。二则在此久扰，于心不安。三则恁般温和时候，正好行走。倘再捱几时，天道炎热，又是一节苦楚。我的病症，觉得全妥，料也无妨。就是一路去，少不得是个大道，自然有人往来。待我慢慢求乞前去，寻着了父亲骨骸，再来相会。』那老妪道：『你纵到彼寻着骸骨，又无银两装载回去，也是徒然。』李承祖道：『那边少不得有官府。待我去求告，或者可怜我父为国身亡，设法装送回家，也未可知。』那老妪再三苦留不住，又去寻凑几钱银子相赠。两下凄凄惨惨，不忍分别，到像个嫡亲子母。临别时，那老妪含着眼泪嘱道：『小官人转来，是必再看看老身，莫要竟自过去！』李承祖喉间哽咽，答应不出，点头涕泣而去。走两步，又回过头来观看。那老妪在门首，也直至望不见了，方才哭进屋里。这些邻家没一个不笑他是个痴婆子：『一个远方流落的小厮，白白里赔钱赔钞，服侍得才好，急松松就去了。有甚好处，还这般哭泣！不如他眼泪是何处来的？』遂把这事做笑话传说。看官，你想那老妪乃是惯寡妇，倒有些义气。一个从不识面的患病小厮，收留回去，看顾好了，临行又赍赠银两，依依不舍。像这班邻里，都是须眉男子，自己不肯施仁仗义，及见他人做了好事，反又撅唇簸嘴。可见人面相同，人心各别。闲话休题。

且说李承祖又无脚力，又不认得路径，顺着大道，一路问讯，捱向前去。觉道劳倦，随分庵堂寺院，市镇乡村，即便借宿。又亏着那老妪这几钱银子，将就半饥半饱，度到临洮府。那地方自遭兵火之后，道路荒凉，人民稀少。承祖问了向日争战之处，直至皋兰山相近，思想要祭奠父亲一番。怎奈身边止存着十数文铜钱，只得单买了一陌纸钱，讨个火种，向战场一路跑来。远远望去，只见一片旷野，并无个人影来往，心中先有五分惧怯，便立住脚，不敢进步。却又想道：『我受了千辛万苦，方到此间。若是害怕，怎能够寻得爹爹骸骨？须索拼命前去。』大着胆飞奔到战场中。举目看时，果然好凄惨也！但见：

荒原漠漠，野草萋萋；四郊荆棘交缠，一望黄沙无际。髑髅暴露，堪怜昔日英雄；白骨抛残，可惜当年壮士！阴风习习，惟闻鬼哭神号；寒雾濛濛，但见狐奔兔走。猿啼夜月肠应断，雁唳秋云魂自消。

李承祖吹起火种，焚化纸钱，望空哭拜一回。起来仔细寻觅，团团走遍，但见白骨交加，并没一个全尸。原来赵总兵杀退贼兵，看见尸横遍野，心中不忍，即于战场上设祭阵亡将士，收拾尸骸焚化，因此没有全尸遗存。李承祖寻了半日，身子困倦，坐于乱草之中，歇息片时。忽然想起：『征战之际，遇着便杀，即为战场，料非只此一处。正不知爹爹当日丧于那个地方？我却专在此寻觅，岂不是个骇子？』却又想道：『我李承祖好十分懵懂！爹爹身死已久，血肉定自腐坏，骸骨纵在目前，也难断认。若寻认不出，可不空受这番劳碌！』心下苦楚，又向空祷告道：『爹爹阴灵不远，孩儿李承祖千里寻访至此，收取骸骨，怎奈不能识认！爹爹，你生前尽忠报国，死后自必为神。乞显示骸骨所在，奉归安葬，免使暴露荒丘，为无祀之鬼。』祝罢，放声大哭。又向白骨丛中，东穿西走一回。看看天色渐晚，料来安身不得，随路行走，要寻个歇处。行不上一里田地，斜插里林子中，走出一个和尚来。那和尚见了李承祖，把他上下一相，说道：『你这孩子，好大胆！此是什么所在，敢独自行走？』李承祖哭诉道：『小的乃京师人氏，只因父亲随赵总兵出征阵亡，特到此寻觅骸骨归葬。不道没个下落，天又将晚，要觅个宿处。师父若有庵院，可怜借歇一晚，也是无量功德！』那和尚道：『你这小小孩子，反有此孝心，难得，难得！只是尸骸都焚化尽了，那里去寻觅！』李承祖见说这话，哭倒在地。那和尚扶起道：『小官人，哭也无益，且随我去住一晚，明日打点回家去罢。』李承祖无奈，只得随着和尚，又行了二里多路，来到一个小小村落，看来只有五六家人家。那和尚住的是一座小茅庵。开门进去，吹起火来，收拾些饭食，与李承祖吃了。问道：『小官人，你父亲是何卫军士？在那个将官部下？叫甚名字？』李承道：『先父是锦衣卫千户，姓李名雄。』和尚大惊道：『原来是李爷的公子！』李承祖道：『师父，你如何晓得我先父？』和尚道：『实不相瞒，小僧原是羽林卫军人，名叫曾虎二，去年出征，拨在老爷部下。因见我勇力过人，留我帐前亲随，另眼看承。许我得胜之日，扶持一官。谁知七月十四，随老爷上阵，先斩了数百余级，贼人败去。一时恃勇，追逐十数里，深入重地。贼人伏兵四起。围裹在内，外面救兵又被截住，全军战没。止存老爷与小僧二人，各带重伤，只得同伏在乱尸之中。到深夜起来逃走，不想老爷已死。小僧望见旁边有一带土墙，随负至墙下，推倒墙土掩埋。那时贼兵反拦在前面，不能归营，逃到一个山湾中，遇一老僧，收留在庵。亏他服事，调养好了金疮，朝暮劝化我出家。我也想：死里逃生，不如图个清闲自在，因此依了他，削发为僧。今年春间，老师父身故。有两个徒弟道我是个瘩来僧，不容住在庵中。我想既已出家，争甚是非？让了他们，要往远方去行脚，经过此地，见这茅庵空闲，就做个安身之处，往远近村坊抄化度日。不想公子亲来，天遣相遇。』李承祖见说父亲尸骨尚存，倒身拜谢。和尚连忙扶住，又问道：『公子恁般年娇力弱，如何家人也不带一个，独自行走？』李承祖将中途染病，苗全抛弃逃回，亏老妪救济前后事细细说出。又道：『若寻不见父亲骨殖，已拼触死沙场。天幸得遇吾师，使我父子皆安。』和尚道：『此皆老爷英灵不泯，公子孝行感格，天使其然。只是公子孑然一身，又没盘缠，怎能够装载回去？』公子道：『意欲求本处官府设法，不知可肯？』和尚笑道：『公子差矣！常言道：官情如纸薄。总然极厚相知，到得死后，也还未可必，何况素无相识？却做恁般痴想！』李承祖道：『如此便怎么好？』和尚沉吟半晌，乃道：『不打紧！我有个道理在此。明日将骸骨盛在一件家伙之内，待我负着，慢慢一路抄化至京，可不是好么？』李承祖道：『吾师肯恁般用情，生死衔恩不浅！』和尚道：『我蒙老爷识拔之恩，少效犬马之劳，何足挂齿！』

到了次日，和尚向邻家化了一只破竹笼，两条索子，又借柄锄头，又买了几陌纸钱，锁上庵门，引李承祖前去。约有数里之程，也是一个村落，一发没个人烟。直到土墙边放下竹笼，李承祖就哭啼起来。和尚将纸钱焚化，拜祝一番，运起锄头，掘开泥土，露出一堆白骨。从脚上逐节儿收置笼中，掩上笼盖，将索子紧紧捆牢，和尚负在背上。李承祖掮了锄头，回至庵中。和尚收拾衣钵被窝，打个包儿，做成一担，寻根竹子，挑出庵门。把锄头还了，又与各邻家作别，央他看守。二人离了此处，随路抄化，盘缠尽是有余。不则一日，已至保安村。李承祖想念那老妪的恩义，径来谢别。谁知那老妪自从李承祖去后，日夕挂怀，染成病症，一命归泉。有几个亲戚，与他备办后事，送出郊外，烧化久矣。李承祖问知邻里，望空遥拜，痛哭一场，方才上路。共行了三个多月，方达京都。离城尚有十里之远，见旁边有个酒店。和尚道：『公子且在此少歇。』齐入店中，将竹笼放于桌上。对李承祖说道：『本该送公子到府，向灵前叩个头儿才是。只是我原系军人，虽则出家，终有人认得。倘被拿作逃军，便难脱身。只得要在此告别，异日再图相会。』李承祖垂泪道：『吾师言虽有理，但承大德，到我家中，或可少尽。今在此处，无以为报，如之奈何？』和尚道：『何出此言！此行一则感老爷昔日恩谊，二则见公子穷途孤弱，故护送前来。那个贪图你的财物？』正说间，酒保将过酒肴。和尚先摆在竹笼前祭奠，一连叩了四五个头，起来又与李承祖拜别。两下各个流泪。饮了数杯，算还酒钱，又将钱雇个牲口，与李承祖乘坐。把竹笼教脚夫背了。自己也背上包裹，齐出店门，洒泪而别。有诗为证：

欲收父骨走风尘，千里孤穷一病身。老妪周旋僧作伴，皇天不负孝心人。

话分两头。却说苗全自从撇了李承祖，雇着牲口赶到家中，只说已至战场，无处寻觅骸骨。小官人患病身亡，因少了盘缠，不能带回，就埋在彼。暗将真信透与焦氏。那时玉英姊妹一来思念父亲，二来被焦氏日夕打骂，不胜苦楚。又闻了这个消息，愈加悲伤，焦氏也假意啼哭一番。那童仆们见家主阵亡，小官人又死，各寻旺处飞去。单单剩得苗全夫妻和两个养娘，门庭冷如冰炭。焦氏恨不得一口气吹大了亚奴，袭了官职，依然热闹。又闻得兵科给事中上疏，奏请优恤阵亡将士，圣旨下在兵部查覆。焦氏多将金银与焦榕，到部中上下使用，要谋升个指挥之职。那焦榕平日与人干办，打惯了偏手，就是妹子也说不得也要下只手儿。一日，焦榕走来回覆妹子说话，焦氏安排酒肴款待。原来他兄妹都与酒瓮同年，吃杀不醉的。从午后吃起，直至申牌时分，酒已将竭，还不肯止，又教苗全去买酒。苗全提个酒瓶走出大门，刚欲跨下阶头，远远望见一骑牲口，上坐一个小厮，却是小主人李承祖。吃这惊不小！暗道：『原来这冤家还在！』掇转身路入里边，悄悄报知焦氏。焦氏即与焦榕商议停当，教苗全出后门去买砒霜。二人依旧坐着饮酒，等候李承祖进来，不题。

且说李承祖到了自家门首，跳下牲口，赶脚的背着竹笼，跟将进来。直至堂中，静悄悄并不见一人，心内伤感道：『爹爹死了，就弄得这般冷落！』教赶脚的把竹笼供在灵座上，打发自去。李承祖向灵前叩拜，转着去时的苦楚，不觉泪如泉涌，哭倒在拜台之上。焦氏听得哭声，假意教丫头出来观看。那丫头跑至堂中，见是李承祖，惊得魂不附体，带跌而奔。报道：『奶奶，公子的魂灵来家了！』焦氏照面一口涎沫，道：『啐！青天白日这样乱说话！』丫头道：『见在灵前啼哭。奶奶若不信，一同去看。』焦榕也假意说道：『不信有这般奇事！』一齐走出外边。李承祖看见，带着眼泪向前拜见。焦榕扶住道：『途路风霜，不要拜了。』焦氏挣下几点眼泪，说道：『苗全回来，说你有不好的信息。日夜相念，懊悔当初教你出去。今幸无事，万千之喜了！只是可曾寻得骸骨？』李承祖指着竹笼道：『这个里边就是。』焦氏捧着竹笼，便哭起天来。玉英姊妹，已知知得李承祖无恙，又惊又喜，奔至堂前，四个男女，抱做一团而哭。哭了一回，玉英道：『苗全说你已死，怎地却又活了？』李承祖将途中染病，苗全不容暂停，直至遇见和尚送归始末，一一道出。焦榕怒道：『苗全这奴才恁般可恶，待我送他到官，活活敲死，与贤甥出气。』李承祖道：『若得舅舅主张，可知好么！』焦氏道：『你途中辛苦了，且进去吃些酒饭，将息身子。』遂都入后边。焦榕扯李承祖坐下，玉英姊妹自避过一边。焦氏一面教丫头把酒去热，自己踅到后门首，恰好苗全已在那里等候。焦氏接了药，吩咐他停一回进来。焦氏到厨下将丫鬟使开，把药倾入壶中，依原走来坐下。少顷，丫头将酒镟汤得飞滚，拿至桌边。焦榕取过一只茶瓯，满斟一杯，递与承祖道：『贤甥，借花献佛，权当与你洗尘。』承祖道：『多谢舅舅！』接过手放下，也要斟一杯回敬。焦榕又拿起，直推至口边道：『我们饮得多了，这壶中所存有限，你且乘热饮一杯。』李承祖不知好歹，骨都都饮个干净。焦榕又斟过一杯道：『小官人家须要饮个双杯。』又推到口边。那李承祖因是尊长相劝，不敢推托，又饮干了。焦榕再把壶斟时，只有小半杯，一发劝李承祖饮了。那酒不饮也罢，才到腹中，便觉难过，连叫肚痛。焦氏道：『想是路上触了臭气了。』李承祖道：『也不曾触甚臭气。』焦氏道：『或者三不知，哪里觉得！』须臾间药性发作，犹如钢枪攒刺，烈火焚烧，疼痛难忍。叫声：『痛死我也！』跌倒在地。焦榕假惊道：『好端端地，为何痛得恁般利害？』焦氏道：『一定是绞肠沙了。』急教丫头扶至玉英床上睡下，乱撕乱跌，只叫难过。慌得玉英姊妹手足无措，那里按得他住。不消半个时辰，五脏迸裂，七窍流红，大叫一声，命归泉府。旁边就哭杀了玉英姊妹，喜杀了焦氏婆娘，也假哭几声。焦榕道：『看这个模样，必是触犯了神道，被丧煞打了。如今幸喜已到家里还好。只是占了甥女卧处，不当稳便，就今夜殓过，省得他们害怕。』焦氏便去取出些银钱。那时苗全已转进前门，打探听得里边哭声鼎沸，量来已是完帐，径走入来。焦氏恰好看见，把银递与苗全，急忙去买下一具棺木，又买两壶酒，与苗全吃够一醉。先把棺木放在一间厢房里，然后揎拳裸臂，跨入房中，教玉英姊妹走开。向床上翻那尸首，也不揩抹去血污，也不换件衣服，伸着双手，便抱起来。一则那厮有些蛮力，二则又趁着酒兴，三则十数岁孩子，原不甚重，轻轻的托在两臂，直至到厢房内盛殓。玉英姊妹，随后哭泣。谁知苗全落了银子，买小了棺木，尸首放下去，两只腿露出了五六寸。只得将腿儿竖起，却又顶浮了棺盖。苗全扯来拽去，没做理会。玉英姊妹看了这个光景，越发哭得惨伤。焦氏沉吟半晌，心生一计。把玉英姊妹并丫头都打发出外，掩上门儿，教苗全将尸首拖在地上，提起斧头，砍下两只小腿，横在头下，倒好做个枕儿。收拾停当，钉上棺盖，开门出来。焦榕自回家去。玉英觑见棺已钉好，暗想道：『适来放不下，如何打发我姊妹出来了，便能钉上棺盖？难道他们有甚法术，把棺木化大了，尸首缩小了？』好生委决不下。过了两日，焦氏备起衣衾棺椁，将丈夫骸骨重新殓过，择日安葬祖茔。恰好优恤的覆本已下，李雄止赠忠勇将军，不准升袭指挥。焦氏用费若干银两，空自送在水里。到了安葬之日，亲邻齐来相送。李承祖也就埋在坟侧。偶有人问及，只说路上得了病症，到家便亡。那亲戚都不是切己之事，那个去查他细底。可怜李承祖沙场内倒闯得性命，家庭中反断送了残生。正是：

非故翻如故，宜亲却不亲。万般皆是命，半点不由人。

常言道：痛定思痛。李承祖死时，玉英慌张慌智，不暇致详，到葬后渐渐想出疑惑来。他道：『如何不前不后，恰恰里到家便死，不信有恁般凑巧！况兼口鼻中又都流血，且又不拣个时辰，也不收拾个干净，棺木小了，也不另换，哄了我们转身，不知怎地，胡乱送入里边。那苗全听说要送他到官，至今半句不题，比前反觉亲密，显系是母亲指使的。看起那般做作，我兄弟这死，必定蹊跷！』心中虽则明白，然亦无可奈何，只索付之涕泣而已。那焦氏谋杀了李承祖之后，却又想道，这小杀才已除，那几个小贱人，日常虽受了些磨折，也只算与他抚养。须是教他大大吃些苦楚，方不敢把我轻觑。自此日逐寻头讨脑，动辄便是一顿皮鞭，打得体无完肤，却又不许啼哭。若还则一则声，又重新打起。每日只给两餐稀汤薄粥，如做少了生活，打骂自不消说，连这稀汤薄粥也没有得吃了，身上的好衣服，尽都剥去。将丫头们的旧衣旧裳，换与穿着。腊月天气，也只得三四层单衣，背上披一块旧绵絮。夜间只有一条藁荐，一条破被单遮盖，寒冷难熬，如蛆虫般搅做一团，苦楚不能尽述。玉英姊妹捱忍不过，几遍要寻死路。却又指望还有个好日，舍不得性命，互相劝解，真个求生不能，求死不得。

看看过了残年，又是新年，玉英已是十二岁了。那年二月间，正德爷晏驾，嘉靖爷嗣统，下速诏遍选嫔妃。府司着令民间挨家呈报。如有隐匿，罪坐邻里。那焦氏的邻家，平昔晓得玉英才貌兼美，将名具报与府，一张上选的黄纸贴在门上。那时焦氏就打张了做皇亲国戚的念头，掉过脸来，将玉英百般奉承，通身换了绫罗锦绣，肥甘美味，与他调养，又将银两教焦榕到礼部使用。那玉英虽经了许多磨折，到底骨格犹存，将息数日，面容顿改。又兼穿起华丽衣服，便似画图中人物。府司选到无数女子，推他为第一，备文齐送到礼部选择。礼部官见了玉英这个容仪，已是万分好了。但只年纪幼小，恐不谙侍御，发回宁家。那焦氏因用了许多银钱，不能够中选，心下懊悔气恼。原翻过向日嘴脸，好衣服也剥去了，好饮食也没得吃了，打骂也更觉勤了。常言说得好：坐吃山空，立吃地陷。当初李雄家业，原不甚大。自从阵亡后，焦氏单单算计这几个小儿女，那个思想去营运。一窝子坐食，能够几时。况兼为封阴选妃二事，又用空了好些。日渐日深，看看弄得罄尽，两个丫头也卖来，完在肚里。那时没处出豁，只得将住房变卖。谁知苗全这厮，见家中败落，亚奴年纪正小，袭职日子尚远，料想目前没甚好处。趁焦氏卖得房价，夜间抻入卧房，偷了银两，领着老婆，逃往远方受用去了。到次早，焦氏方才觉得。这般闷气无处发泄，又迁怒到玉英姊妹，说道：『如何不醒睡，却被他偷了东西去？』又都奉承一顿皮鞭，一面教焦榕告官缉捕。过了两月，哪里有个踪迹，此时买主又来催促出房。无可奈何，与焦榕商议，要把玉英出脱。焦榕道：『玉英这个模样儿，慢慢的觅个好主顾，怕道不是一大注银子。如今急切里寻人，能值得多少？不若先把小的胡乱货一个来使用。』焦氏依了焦榕，便把桃英卖与一个豪富人家为婢。姊妹分别之时，你我不忍分舍，好不惨伤！焦氏赁了一处小房，择日迁居。玉英想起祖父累世安居，一旦弃诸他人，不胜伤感。走出堂前，抬头看见梁间燕子，补缀旧垒，旁边又营一个新巢，暗叹道：『这燕儿是个禽鸟，秋去春来，倒还有归旧巢之日！我李玉英今日离人此房，反没个再来之期了！』抚景伤心，托物喻意，乃作《别燕诗》一首。诗云：

新巢泥落旧巢欹，尘半疏帘欲掩迟。愁对呢喃终一别，画堂依旧主人非。

原来焦氏要依傍焦榕，却搬在他侧边小巷中，相去只有半箭之远。间壁乃是贵家的花园。那房屋只得两间，诸色不便。要桶水儿，直要到邻家去汲。那焦氏平昔受用惯的，自去不成？少不得统在玉英、月英两个身上。姊妹此时也难顾羞耻，只得出头露面。又过了几时，桃英的身价渐渐又将摸完。一日傍晚，焦氏引着亚奴在门首闲立。见一个乞丐女儿，只有十数岁，在街上求讨，声音叫得十分惨切。有个邻家老妪对他说道：『这般时候，那个肯舍！不时回去罢。』那叫花女儿哭道：『奶奶，你那里晓得我的苦楚！我家老的，限定每日要讨五十文钱。若少了一文，便打个臭死，夜饭也不与我吃。又要在明日补足。如今还少六七文，怎敢回去！』那老妪听说得苦恼，就舍了两文。旁边的人，见老妪舍了，一时助兴，你一文，我一文，登时到有十数文。那叫花女儿，千恩万谢，转身去了。焦氏听了这片言语，那知反拨动了个贪念，想道：『这个小花子，一日倒讨得许多钱。我家月英那贱人，面貌又不十分标致，卖与人也值得有限。何不教他也做这桩道路，倒是个永远利息。』正在沉吟，恰好月英打水回来。焦氏道：『小贱人，你可见那叫街的丫头么？他年纪比你还小，每日倒趁五十文钱。你可有处寻得三文五文哩？』月英道：『他是个乞丐，千爷爷，万奶奶，叫来的，孩儿怎比得他！』焦氏喝道：『你比他有什么差！自明日为始，也要出去寻五十文，一日少一文，便打下你下半截来。』玉英姊妹见说要他求乞，惊得他面面相觑，满眼垂泪，一齐跪下，说道：『母亲，我家世代为官，多有人认得，也要存个体面。若教出去求乞，岂不辱抹门风，被人耻笑！』焦氏道：『现今饭也没得吃了，还要什么体面，怕什么耻笑！』月英又苦告道：『任凭母亲打死了，我决不去的。』焦氏怒道：『你这贱人，恁般不听教训！先打个样儿与你尝尝。』即去寻了一块木柴，揪过来，没头没脑乱敲。月英疼痛难忍，只得叫道：『母亲饶恕则个！待我明日去便了。』焦氏放下月英，向玉英道：『不教你去，是我的好情了，反来放屁阻挠？』拖翻在地，也吃一顿木柴。到次早，即赶逐月英出门求乞。月英无奈，忍耻依随，自此逐日沿街抄化。若足了这五十文，还没得开口。些儿欠缺，便打个半死。光阴似箭，不觉玉英年已一十六岁。时值三月下旬，焦榕五十寿诞，焦氏引着亚奴同往祝寿。月英自向街坊抄化去了，只留玉英看家。玉英让焦氏去后，掩上门儿，走入里边，手中拈着针指，思想道：『爹爹当年生我姊妹，犹如掌上之珠，热气何曾轻呵一口。谁道遇着这个继母，受万般凌辱。兄弟被他谋死，妹子为奴为丐，一个家业弄得瓦解冰消。沦落到恁样地位，真个草菅不如！尚不知去后，还是怎地结果？』又想道：『在世料无好处，不如早死为幸。趁他今日不在家，何不寻个自尽，也省了些打骂之苦？』却又想道：『我今年已十六岁了，再忍耐几时，少不得嫁个丈夫，或者有个出头日子。岂可枉送这条性命？』把那前后苦楚事，想了又哭，哭了又想。直哭得个有气无力，没情没绪。放下针指，走至庭中，望见间壁园内，红稀绿暗，燕语莺啼，游丝斜袅，榆荚乱坠。看了这般景色，触目感怀。遂今《送春诗》一首。诗云：

柴扉寂寞锁残春，满地榆钱不疗贫。云鬓衣裳半泥土，野花何事独撩人。

玉英吟罢，又想道：『自爹爹亡后，终日被继母磨难，将那吟诗之情，久已付之流水。自移居时，作了《别燕诗》，倏忽又经年许。时光迅速如此！』嗟叹了一回，又恐误了女工，急走入来趱赶。见桌上有个帖儿，便是焦榕请妹子吃寿酒的。玉英在后边裁下两折，寻出笔砚，将两首诗录出，细细展玩。又叹口气道：『古来多少聪明女子，或共姊妹赓酬，或是夫妻唱和，成千秋佳话。偏我李玉英恁般命薄！埋没至此，岂不可惜可悲！』又伤感多时，愈觉无聊，将那纸左折右折，随手折成个方胜儿，藏于枕边。却忘收了笔砚，忙忙的趱完针指。天色旁晚，刚是月英到家，焦氏接脚也至。见他泪痕未干，便道：『那个难为了你，又在家做妖势？』玉英不敢回答，将做下女工与他点看。月英也把钱交过，收拾些粥汤吃了。又做半夜生活，方才睡卧。到明日，焦氏见桌上摆着笔砚，检起那帖儿，后边已去了几折。疑惑玉英写他的不好处，问道：『你昨日写的是何事？快把来我看。』玉英道：『偶然写首诗儿，没甚别事。』焦氏嚷道：『可是写情书约汉子，坏我的帖儿？』玉英被这两句话，羞得彻耳根通红。焦氏见他脸涨红了，只道真有私情勾当，逼他拿出这纸来。又见折着方胜，一发道是真了。寻根棒子，指着玉英道：『你这贼人恁般大胆！我刚不在家，便写情书约汉子。快些实说是哪个？有情几时了？』玉英哭道：『哪里说起！却将无影丑事来肮脏！可不屈杀了人！』焦氏怒道：『赃证现在，还要口硬！』提起棒子，没头没脑乱打。打得玉英无处躲闪，挣脱了往门首便跑。焦氏道：『想是要去叫汉子，相帮打我么？』随后来赶。不想绊上一交，正磕在一块砖上，磕碎了头脑，鲜血满面，嚷道：『打得我好！只教你不要慌！』月英上前扶起，又要赶来。到亏亚奴紧紧扯住道：『娘，饶了姐姐罢。』那婆娘恐带跌了儿子，只得立住脚，百般辱骂。玉英闪在门旁啼哭。那邻家每日听得焦氏凌虐这两个女儿，今日又听得打得厉害，都在门首议论。恰好焦榕撞来，推门进去。那婆娘一见焦榕，便嚷道：『来得好！玉英这贱人偷了汉子，反把我打得如此模样！』焦榕看见他满面是血，信以为实，不问情由，抢过焦氏手中棒子，赶近前，将玉英揪过来便打。那邻家抱不平，齐走来说道：『一个十五六岁女子家，才打得一顿大棒，不指望你来劝解，反又去打他！就是做母舅的，也没有打甥女之理！』焦榕自觉乏趣，撇下棒子，径自去了。那邻家又说道：『也不见这等人家，无一日不打骂这两个女儿！如今一发连母舅都来助兴了。看起来，这两个女子也难存活。』又一个道：『若死了，我们就具个公呈，不怕那姓焦的不偿命！』焦氏一句句听见，邻家发作只得住口，喝月英推上大门。自去揩抹血污，依旧打发月英出去求乞。玉英哭了一回，忍着疼痛，原入里边去做针指。那焦氏恨声不绝。到了晚间，吞声饮泣。想道：『人生百岁，总只一死，何苦受恁般耻辱打骂！』等至焦氏熟睡，悄悄抽身起来，扯下脚带，悬梁高挂。也是命不该绝。这到亏了晚母不去料理他身上，莫说衣衫褴褛，只这脚带不知缠过了几个年头，布缕虽连，没有筋骨，一用力就断了。刚刚上吊，扑通地跌下地来。惊觉月英，身边不见了阿姐，情知必走这条死路。叫声：『不好了！』急跳起身，救醒转来。兀自呜呜而哭。那焦氏也不起身，反骂道：『这贱人！你把死来诈我么？且到明日与你理会。』

至次早，吩咐月英在家看守，叫亚奴引着到焦榕家里，将昨日邻家说话，并夜来玉英上吊事说与。又道：『倘然死了，反来连累着你。不如先送到官，除了这祸根罢。』焦榕道：『要摆布他也不难。那锦衣卫堂上，昔年曾替他打干，与我极是相契，你家又是卫籍，竟送他到这个衙门，谁个敢来放屁！』焦氏大喜，便教焦榕央人写下状词，说玉英奸淫忤逆，将那两首诗做个执证，一齐至锦衣卫衙门前。焦榕与衙门中人，都是厮熟的，先央进去道知其意。少顷升堂，准了焦氏状词，差四个校尉前去，拘拿玉英到来。那问官听了一面之词，不论曲直，便动刑具。玉英再三折辩，哪里肯听。可怜受刑不过，只得屈招，拟成剐罪，发下狱中。两个禁子扶出衙门，正遇月英妹子。原来月英见校尉拿去阿姐，吓得魂飞魄散，急忙锁上门儿，随后跟来打探。望见禁子扶挟出来，便钻向前抱住，放声大哭。旁边转过焦氏，一把扯开道：

『你这小贱人，家里也不顾了，来此做甚！』月英见了焦氏，犹如老鼠见猫，胆丧心惊，不敢不跟着他走，到家又打个半死。恨道：『你下次若又私地去看了这贱人，查访着实，好歹也送你到这所在去！』月英口虽答应，终是同胞情分，割舍不下。过了两三日，多求乞得几十文钱，悄地趱到监门口，来探望不题。再说玉英下到狱中，那禁子头儿见他生得标致，怀个不良之念，假慈悲照顾他。住在一个好房头，又将些饮食调养。玉英认做好人，感激不尽。叮嘱他：『有个妹子月英，定然来看，千万放他进来，相见一面。』那禁子紧紧记在心上。至第四日午后，月英到监门口道出姓名，那禁子流水开门引见玉英。两下悲号，自不必说。渐至天晚，只得分别。自此月英不时进监看觑，不在话下。且说那禁子贪爱玉英容貌，眠思梦想，要去奸他。一来耳目众多，无处下手，二则恐玉英不从，喊叫起来，坏了好事。捉空就走去说长问短，把几句风话撩拨。玉英是聪明女子，见话儿说得跷蹊，已明白是个不良之人，留心提防，便不十分招架。一日，正在槛上闷坐，忽见那禁子轻手轻脚走来，低声哑气，笑嘻嘻的说道：『小娘子可晓得我一向照顾你的意思么？』玉英知其来意，即立起身道：『奴家不晓得是甚意思。』那禁子又笑道：『小娘子是个伶俐人，难道不晓得？』便向前搂抱。玉英着了急，乱喊『杀人！』那禁子见不是话头，急忙转身。口内说道：『你不从我么？今晚就与你个辣手！』玉英听了这话，捶胸跌脚的号哭，惊得监中人俱来观看。玉英将那禁子调戏情由，告诉众人。内中有几个抱不平的，叫过那禁子说道：『你强奸犯妇，也有老大的罪名。今后依旧照顾他，万事干休。倘有些儿差错，我众人连名出首，但凭你去计较。』那禁子情亏理虚，满口应承，陪告不是。下次再不敢去惹他。正是：

羊肉馒头没得吃，空教惹得一身膻。

玉英在狱不觉，又经两月有余，已是六月初旬。原来每岁夏间，朝廷例有宽恤之典，差太监审录各衙门未经发落之事。凡事枉人冤，许诸人陈奏。比及六月初旬，玉英闻得这个消息，想起一家骨肉，俱被焦氏陷害，此番若不伸冤，再无昭雪之日矣。遂草起辩冤奏章，将合家受冤始末细细详述。教月英赍奏，其略云：

臣闻先正有云：五刑以不孝为先，四德以无义为耻。故窦氏投崖，云华坠井，是皆毕命于纲常，流芳于后世也。臣父锦衣卫千户李雄，先娶臣母，生臣姊妹三人，及弟李承祖。不幸丧母之日，臣等俱在孩提。父每见怜，乃娶继母焦氏抚养。臣父于正德十四年七月十四日征陕西反贼阵亡。天祸臣家，流移日甚。臣年十六，未获结褵。姊妹伶仃，子无依荷，标梅已过，红叶无凭。尝有《送春诗》一绝云云。又有《别燕诗》一绝云云。是皆有感而言，情非得已。奈母氏不察臣衷，疑为外遇，逼舅焦榕，拿送锦衣卫，诬臣奸淫不孝等情。问官昧臣事理，坐臣极刑。臣女流难辩，俯首听从。盖不敢逆继母之情，以重不孝之罪也。迩蒙圣恩熟审，凡事枉人冤，许诸人陈奏。钦此钦遵。故不得生乐生之心，以冀超脱。臣父本武人，颇知典籍。臣虽妾妇，幸领遗教。臣继母年二十，有弟亚奴，生方周岁。母图亲儿荫袭，故当父方死之时，计令臣弟李承祖十岁孩儿，亲往战场，寻父遗骨。陷之死地，以图己私，幸赖天佑父灵，抱骨以归。前计不成，仍将臣弟毒药身死，支解弃埋。又将臣妹李桃英卖为人婢，李月英屏去衣食，沿街抄化。今将臣诬陷前情。臣设有不才，四邻何不纠举？又不曾经获某人，只凭数句之诗，寻风捉影，以陷臣罪。臣之死，固当矣。十岁之弟，有何罪乎？数岁之妹，有何辜乎？臣母之过，臣不敢言。《凯风》有诗，臣当自责。

臣死不足惜，恐天下后世之为继母者，得以肆其奸妒而无忌也！伏望陛下俯察臣心，将臣所奏付诸有司。先将臣速斩，以快母氏之心。次将臣诗委勘，有无事情。推详臣母之心，尽在不言之表。则臣之生平获雪，而臣父之灵亦有感于地下矣！

这一篇章疏奏上，天子重瞳亲照，怜其冤抑，倒下圣旨，着三法司严加鞫审。三法司官不敢怠慢，会同拘到一干人犯，连桃英也唤至当堂，逐一细问。焦氏、焦榕初时抵赖，动起刑法，方才吐露真情，与玉英所奏无异。勘得焦氏叛夫杀子，逆理乱伦，与无故杀子孙轻律不同。宜加重刑，以为继母之戒。焦榕通同谋命，亦应抵偿。玉英、月英、亚奴发落宁家。又令变卖焦榕家产，赎回桃英。覆本奏闻，请旨。天子怒其凶恶，连亚奴俱敕即日处斩。玉英又上疏恳言：『亚奴尚在襁褓，无所知识。且系李氏一线不绝之嗣，乞赐矜宥。』天子准其所奏，诏下刑部，只将焦榕、焦氏二人绑赴法场，即日双双受刑。亚奴终身不许袭职。另择嫡枝次房承荫，以继李雄之嗣。玉英、月英、桃英俱择士人配嫁。至今《列女传》中载有李玉英辩冤奏本，又为赞云：

李氏玉英，父死家倾。《送春》《别燕》，母疑外情。置之重狱，险罹非刑。陈情一疏，冤滞始明。

后人又有诗叹云：

昧心晚母曲如钩，只为亲儿起毒谋。假饶血化西江水，难洗黄泉一段羞。

第二十八卷

吴衙内邻舟赴约

贪花费尽采花心，身损精神德损阴。劝汝遇花休浪采，佛门第一戒邪淫。

话说南宋时，江州有一秀才，姓潘名遇，父亲潘朗，曾做长沙太守，高致在家。潘遇已中过省元，别了父亲，买舟往临安会试。前一夜，父亲梦见鼓乐旗彩，送一状元匾额进门，匾上正注潘遇姓名。早起唤儿子说知，潘遇大喜，以为春闱首捷无疑。一路去高歌畅饮，情怀开发。不一日，到了临安，寻觅下处，到一个小小人家。主翁相迎，问：『相公可姓潘么？』潘遇道：『然也。足下何以知之？』主翁道：『夜来梦见土地公公说道，今科状元姓潘，明日午时到此。你可小心迎接。相公正应其兆。若不嫌寒舍简慢，就在此下榻何如？』潘遇道：『若果有此事，房价自当倍奉。』即命家人搬运行李到其家停宿。主人有女年方二八，颇有姿色，听得父亲说其梦兆，道潘郎有状元这分，在窗下偷觑，又见他仪容俊雅，心怀契慕，无由通款。一日，潘生因取砚水，偶然童子不在，自往厨房，恰与主人之女相见。春女一笑而避之。潘生魂不附体，遂将金戒指二枚，玉簪一只，嘱咐童儿，觑空致意此女，恳求幽会。此女欣然领受，解腰间绣囊相答。约以父亲出外，亲赴书斋。一连数日，潘生望眼将穿，未得其便。直至场事已毕，主翁治杯节劳。饮至更深，主翁大醉。潘生方欲就寝，忽闻轻轻叩门之声，启而视之，乃此女也。不及交言，捧进书斋，成其云雨，十分欢爱。约以成名之后，当娶为侧室。是夜，潘郎在家，复梦向时鼓乐旗彩，迎状元匾额过其门而去。潘朗梦中唤云：『此乃我家旗匾。』送匾者答云：『非是。』潘朗追而看之，果然又一姓名矣。送匾者云：『今科状元合是汝子潘遇。因做了欺心之事，天帝命削去前程，另换一人也。』潘朗惊醒，将信将疑。未几揭晓，潘郎阅登科记，状元果是梦中所迎匾上姓名，其子落第。待其归而叩之，潘遇抵赖不过，只得实说，父子嗟叹不已。潘遇过了岁余，心念此女，遣人持金帛往聘之，则此女已适他人矣。心中甚是懊悔。后来连走数科不第，郁郁而终。

因贪片刻欢娱景，误却终身富贵缘。

说话的，依你说。古来才子佳人，往往私谐欢好，后来夫荣妻贵，反成美谈，天公大算盘，如何又差错了？看官有所不知。大凡行奸卖俏，坏人终身名节，其过非小。若是五百年前合为夫妇，月下老赤绳系足，不论幽期明配，总是前缘判定，不亏行止。听在下再说一件故事，也出在宋朝。却是神宗皇帝年间，有一位官人，姓吴名度，汴京人氏，进士出身，除授长沙府通判。夫人林氏，生得一位衙内，单讳个彦字，年方一十六岁，一表人才，风流潇洒。自幼读书，广通经史，吟诗作赋，件件皆能。更有一件异处，你道是甚异处？这等一个清标人物，却吃得东西，每日要吃三升米饭，二斤多肉，十余斤酒，其外饮馔不算。这还是吴府尹恐他伤食，酌中定下的规矩。若论起吴衙内，只算做半饥半饱，未能趁心像意。是年三月间，吴通判任满，升选扬州府尹。彼处吏书差役，带领马船，直至长沙迎接。吴度即日收拾行装，辞别僚友起程。下了马船，一路顺风顺水，非止一日，将近江州。昔日白乐天赠商妇《琵琶行》云：『江州司马青衫湿』，便是这个地名。吴府尹船上正扬着满帆，中流稳度，倏忽之间，狂风陡作，怒涛汹涌，险些儿掀翻。莫说吴府尹和夫人们慌张，便是篙师舵工无不失色，急忙收帆拢岸。只有四五里江面，也挣了两个时辰。回顾江中往来船只，哪一只上不手忙脚乱。求神许愿，挣得到岸，便谢天不尽了。这里吴府尹马船至了岸旁抛锚系缆。那边已先有一只官船停泊，两下相隔约有十数丈远。这官船舱门上帘儿半卷，下边站着一个中年妇人，一个美貌女子，背后又侍立三四个丫鬟。吴衙内在舱中帘内，早已瞧见。那女子果然生得娇艳。怎见得？有诗为证：

秋水为神玉为骨，芙蓉如面柳如眉。分明月殿瑶池女，不信人间有异姿。

吴衙内看了，不觉魂飘神荡，恨不得就飞到他身边，搂在怀中。只是隔着许多路，看得不十分较切。心生一计，向吴府尹道：『爹爹，何不教水手移去，帮在这只船上？到也安稳。』吴府尹依着衙内，吩咐水手移船。水手不敢怠慢，起锚解缆，撑近那只船旁。吴衙内指望帮过了船边，细细饱看。谁知才旁过去，便掩上舱门，把吴衙内一团高兴，直冷淡到脚指尖上。你道那船中是甚官员？姓甚名谁？那官人姓贺名章，祖贯建康人氏，也曾中过进士。前任钱塘县尉，新任荆州司户。带领家眷前去赴任，亦为风阻，暂驻江州。三府是他同年，顺便进城拜望去了，故此家眷开着舱门闲玩。中年的便是夫人金氏，美貌女子乃女儿秀娥。原来贺司户没有儿子，只得这秀娥小姐，年才十五，真有沉鱼落雁之容，闭月羞花之貌。女工针指，百伶百俐，不教自能。兼之幼时，贺司户曾延师教过读书识字，写作俱高。贺司户夫妇，因是独养女儿，钟爱胜如珍宝。要赘个快婿，难乎其配，尚未许人。当下母子正在舱门口观看这些船只慌乱，却见吴府尹马船帮上来。夫人即叫丫鬟下帘掩门进去。吴府尹是仕路上人，便令人问是何处官府。不一时回报说：『是荆州司户，姓贺讳章，今去上任。』吴府尹对夫人道：『此人昔年至京应试，与我有交。向为钱塘县尉，不道也升迁了。既在此相遇，礼合拜访。』教从人取帖儿过去传报。从人又禀道：『那船上说，贺爷进城拜客未回。』正说间，船头上又报道：『贺爷已来了。』吴府尹教取公服穿着。在舱中望去，贺司户坐着一乘四人轿，背后跟随许多人从。原来贺司户去拜三府，不想那三府数日前丁忧去了，所以来得甚快。抬到船边下轿，看见又有一只座船，心内也暗转：『不知是何使客？』走入舱中，方待问手下人，吴府尹帖儿早已递进。贺司户看罢，即教相请。恰好舱门相对，走过来就是。见礼已毕，各叙间阔寒温。吃过两杯茶，吴府尹起身作别。不一时，贺司户回拜，吴府尹款留小酌，唤出衙内相见，命坐于旁。贺司户因自己无子，观见吴彦仪表超群，气质温雅，先有四五分欢喜。及至问些古今书史，却又应答如流。贺司户愈加起敬，称赞不绝。暗道：『此子人才学识，尽是可人。若得他为婿，与女儿恰好正是一对。但他居汴京，我住建康，两地相悬，往来遥远，难好成偶，深为可惜。』此乃贺司户心内之事，却是说不出的话。吴府尹问道：『老先生有几位公子？』贺司户道：『实不相瞒，只有小女一人，尚无子嗣。』吴衙内也暗想道：『适来这美貌女子，必定是了。看来年纪与我相仿。若求得为妇，平生足矣。但他只有此女，料必不肯远嫁。说也徒然。』又想道：『莫说求他为妇，今要再见他一面，也不能够了。怎做恁般痴想！』吴府尹听得贺司户尚没有子，乃道：『原来老先生还无令郎，此亦不可少之事。须广置姬妾，以图生育便好。』贺司户道：『多承指教！学生将来亦有此意。』彼此谈论，不觉更深方止。临别时，吴府尹道：『倘今晚风息，明晨即行，恐不及相辞了。』贺司户道：『相别已久，后会无期，还求再谈一日。』道罢回到自己船中。夫人小姐都还未卧，秉烛以待，贺司户酒已半酣，向夫人说起吴府尹高情厚谊，又夸扬吴衙内青年美貌，学问广博，许多好处，将来必是个大器，明日要设席请他父子。因有女儿在旁，不好说出意欲要他为婿这一段情来。哪晓得秀娥听了，便怀着爱慕之念。至次日，风浪转觉狂大，江面上一望去，烟水迷濛，浪头推起约有二三丈高，惟闻澎湃之声。往来要一只船儿做样，却也没有。吴府尹只得住下。贺司户清早就送请帖，邀他父子赴酌。那吴衙内记挂着贺小姐，一夜卧不安稳。早上贺司户相邀，正是挖耳当招，巴不能到他船中，希图再得一觑。偏这吴府尹不会凑趣，道是父子不好齐扰。吴府尹至午后，独自过去，替儿子写帖辞谢。吴衙内难好说得，好不气恼！幸喜贺司户不听，再三差人相请。吴彦不敢自专，又请了父命，方才脱换服饰，过船相见，入坐饮酒。早惊动后舱贺小姐，悄悄走至遮堂后，门缝中张望。那吴衙内妆束整齐，比平日愈加丰采飘逸。怎见得？也有诗为证：

何郎俊俏颜如粉，荀令风流坐有香。若与潘生同过市，不知掷果向谁傍？

贺小姐看见吴衙内这表人物，不觉动了私心。想道：『这衙内果然风流俊雅。我若嫁得这般个丈夫，便心满意足了。只是怎好在爹妈面前启齿？除非他家来相求才好。但我便在思想，吴衙内如何晓得？欲待约他面会，怎奈爹妈俱在一处，两边船上，耳目又广，没讨个空处。眼见得难就，只索罢休！』心内虽如此转念，那双眼却紧紧觑定吴衙内。大凡人起了爱念，总有十分丑处，俱认作美处。何况吴衙内本来风流，自然转盼生姿，愈觉可爱。又想道：『今番错过此人，后来总配个豪家宦室，恐未必有此才貌兼全！』左思右想，把肠子都想断了，也没个计策与他相会。心下烦恼，倒走去坐下。席还未暖，恰像有人推起身的一般，两只脚又早到屏门后张望。看了一回，又转身去坐。不上吃一碗茶的工夫，却又走来观看。犹如走马灯一般，顷刻几个盘旋。恨不得三四步撵至吴衙内身边，把爱慕之情一一细罄。说话的，我且问你，那后舱中，非止贺小姐一人，须有夫人丫鬟等辈，难道这般着迷风景，岂不要看出破绽？看官，有个缘故。只因夫人平素有件毛病，刚到午间，便要熟睡一觉，这时正在睡乡，不得工夫。那丫头们巴不得夫人小姐不来呼唤，背地自去打伙作乐，谁个管这样闲帐？为此并无人知觉。少顷，夫人睡醒，秀娥只得耐住双脚，闷坐呆想。正是：

相思相见知何日？此时此际难为情。

且说吴衙内身虽坐于席间，心却挂在舱后，不住偷眼瞧看。见屏门紧闭，毫无影响，暗叹道：『贺小姐，我特为你而来，不能再见一面，何缘分浅薄如此！』快快不乐，连酒也懒得去饮。抵暮席散，归到自己船中，没情没绪，便向床上和衣而卧。这里司户送了吴府尹父子过船，请夫人女儿到中舱夜饭。秀娥一心忆着吴衙内，坐在旁边，不言不语，如醉如痴，酒也不沾一滴，箸也不动一动。夫人看了这个模样，忙问道：『儿，为甚一毫东西不吃，只是呆坐？』连问几声，秀娥方答道：『身子有些不好，吃不下。』司户道：『既然不自在，先去睡罢。』夫人便起身，叫丫鬟掌灯，送他睡下，方才出去。停了一回，夫人又来看觑一番，催丫鬟吃了夜饭，进来打铺相伴。秀娥睡在帐中，翻来覆去，哪里睡得着。忽闻舱外有吟咏之声，侧耳听时，乃是吴衙内的声音。其诗云：

天涯犹有梦，对面岂无缘。莫道欢娱暂，还期盟誓坚。

秀娥听罢，不胜欢喜道：『我想了一日，无计见他一面。如今在外吟诗，岂非天付良缘！料此更深人静，无人知觉，正好与他相会。』又恐丫鬟们未睡，连呼数声，俱不答应，量已熟睡。既披衣起身，将残灯挑得亮亮的。轻轻把舱门推开。吴衙内恰如在门首守候的一般，门启处便钻入来，两手搂抱。秀娥又惊又喜。日间许多想念之情，也不暇诉说，连舱门也不曾闭上。相偎相抱，解衣就寝，成其云雨。正在酣美深处，只见丫鬟起来解手，喊道：『不好了，舱门已开，想必有贼！』惊动合船的人，都到舱门口观看。司户与夫人推门进来，教丫鬟点火寻觅，吴衙内慌做一堆，叫道：『小姐，怎么处？』秀娥道：『不要着忙，你只躲在床上，料然不寻到此。待我打发他们出去，送你过船。』刚抽身下床，不想丫鬟照见了吴衙内的鞋儿，乃道：『贼的鞋也在此，想躲在床上。』司户夫妻便来搜看。秀娥推住，连叫没有，那里肯听，向床上搜出吴衙内，秀娥只叫得『苦也！』司户道：『叵耐这厮，怎来点污我家？』夫人便说：『吊起拷打。』司户道：『也不要打，竟撇入江里去罢。』教两个水手，扛头扛脚，抬将出去，吴衙内只叫饶命。秀娥扯住叫道：『爹妈，都是孩儿之罪，不干他事。』司户也不答应，将秀娥推上一跤，把吴衙内扑通撇在水里。秀娥此时也不顾羞耻，跌脚捶胸，哭道：『吴衙内，是我害着你了！』又想道：『他既因我而死，我又何颜独生？』遂抢出舱门，向着江心便跳。

可怜嫩玉娇香女，化作随波逐浪魂！

秀娥刚跳下水，猛然惊觉，却是梦魇，身子仍在床上。旁边丫鬟还在那里叫喊：『小姐苏醒！』秀娥睁眼看时，天已明了，丫鬟俱已起身。外边风浪，依然狂大。丫鬟道：『小姐梦见甚的？恁般啼哭，叫唤不醒。』秀娥把言语支吾过了，想道：『莫不我与吴衙内没有姻缘之分，显这等凶恶梦兆？』又想道：『若得真如梦里这回恩爱，就死亦所甘心。』此时又被梦中那段光景在腹内打搅，越发想得痴了。觉道睡来没些聊赖，推枕而起，丫鬟们都不在眼前。即将门掩上，看着舱门，说道：『昨夜吴衙内明明从此进来，搂抱至床，不信到是做梦。』又想道：『难道我梦中便这般侥幸，醒时却真个无缘不成？』一头思想，一面随手将舱门推开，用目一觑。只见吴府尹船上舱门大开，吴衙内向着这边船上呆呆而坐。原来二人卧处，都在后舱，恰好间壁，只隔得五六尺远。若去了两重窗槅，便是一家。那吴衙内也因夜来魂颠梦倒，清早就起身，开着窗儿，观望贺司户船中，这也是癞吓蟆想天鹅肉吃的妄想。哪知姻缘有分，数合当然，凑巧贺小姐开窗，两下正打个照面，四目相视，且惊且喜。恰如识熟过的，彼此微微而笑。秀娥欲待通句话儿，期他相会，又恐被人听见。遂取过一幅桃花笺纸，磨得墨浓，蘸得笔饱，题诗一首，折成方胜，袖中摸出一方绣帕包裹，卷做一团，掷过船去。吴衙内双手承受，深深唱个肥喏，秀娥还了个礼。然后解开看时，其诗云：

花笺裁锦字，绣帕裹柔肠。不负襄王梦，行云在此方。

旁边又有一行小字道：『今晚妾当挑灯相候，以剪刀声响为号，幸勿爽约。』吴衙内看罢，喜出望外。暗道：『不道小姐又有如此秀美才华，真个世间少有！』一头赞美，即忙取过一幅金笺，题诗一首，腰间解下一条锦带，也卷成一块，掷将过来。秀娥接得看时，这诗与梦中听见的一般，转觉骇然！暗道：『如何他才题的诗，昨夜梦中倒先见了？看起来我二人合该为配，故先做这般真梦。』诗后边也有一行小字道：『承芳卿雅爱，敢不如命。』看罢，纳诸袖中。正在迷恋之际，恰值丫鬟送面水叩门。秀娥轻轻带上槅子，开放丫鬟，随后夫人也来询视。见女儿已是起身，才放下这片愁心。那日乃是吴府尹答席。午前贺司户就去赴宴，夫人也自昼寝。秀娥取出那首诗来，不时展玩，私心自喜，盼不到晚。有恁般怪事！每常时，婜婜眼便过了这一日。偏生这日的日子，恰像有条绳子系住，再不能够下去，心下好不焦躁！渐渐捱至黄昏。忽地想着这两个丫鬟碍眼，不当稳便，除非如此如此。到夜饭时，私自赏那贴身伏侍的丫鬟一大壶酒，两碗菜蔬。这两个丫头，犹如渴龙见水，吃得一滴不留。少顷贺司户筵散回船，已是烂醉。秀娥恐怕吴衙内也吃醉了，不能赴约，反增忧虑。回到后舱，掩上门儿，教丫鬟将香儿熏好了衾枕，吩咐道：『我还要做些针指。你们先睡则个。』那两个丫鬟正是酒涌上来，面红耳热，脚软头旋，也思量干这道儿，只是不好开口，得了此言，正中下怀，连忙收拾被窝去睡。头儿刚刚着枕，鼻孔中就扇风箱般打鼾了。秀娥坐了更余，仔细听那两船人声静悄，寂寂无闻。料得无事，遂把剪刀向桌儿上厮琅的一响。那边吴衙内早已会意。原来吴衙内记挂此事，在席上酒也不敢多饮。贺司户去后，回至舱中，侧耳转听。约莫坐了一个更次，不见些影响，心内正在疑惑，忽听得了剪刀之声，喜不自胜，连忙起身，轻手轻脚，开了窗儿，跨将出去，依原推上。耸身跳过这边船来，向窗门上轻轻弹了三弹。秀娥便来开窗，呈衙内钻入舱中，秀娥原复带上，两个又见了个礼儿。吴衙内在灯下把贺小姐仔细一观，更觉千娇百媚。这时彼此情如火热，哪有闲工夫说甚言词。吴衙内捧过贺小姐，松开纽扣，解卸衣裳，双双就枕，酥胸紧贴，玉体轻偎，这场云雨，十分美满。但见：

舱门轻叩小窗开，瞥见犹疑梦里来。万种欢娱愁不足，梅香熟睡莫惊猜。

一回云收雨散，各道想慕之情。秀娥又将梦中听见诗句，却与所赠相同的话说出。吴衙内惊讶道：『有恁般奇事！我昨夜所梦，与你分毫不差。因道是奇异，闷坐呆想。不道天使小姐也开窗观觑，遂成好事。看起来，多分是宿世姻缘，故令魂梦先通。明日即恳爹爹求亲，以图偕老百年。』秀娥道：『此言正合我意。』二人就到情深之际，阳台重赴，恩爱转笃，竟自一觉睡去。不想那晚夜半，风浪平静，五鼓时分，各船尽皆开放。贺司户、吴府尹两边船上，也各收拾篷樯，解缆开船。众水手齐声打号子起篷，早把吴衙内、贺小姐惊醒。又听得水手说道：『这般好顺风，怕赶不到蕲州！』吓得吴衙内暗暗只管叫苦，说道：『如今怎生是好？』贺小姐道：『低声。倘被丫鬟听见，反是老大利害。事已如此，急也无用。你且安下，再作区处。』吴衙内道：『莫要应了昨晚的梦便好？』这句话却点醒了贺小姐。想梦中被丫鬟看见鞋儿，以致事露，遂伸手摸起吴衙内那双丝鞋藏过。贺小姐踌躇了千百万遍，想出一个计来，乃道：『我有个法儿在此。』吴衙内道：『是甚法儿？』贺小姐道：『日里你便向床底下躲避，我也只推有病，不往外边陪，母亲吃饭，竟讨进舱来。待到了荆州，多将些银两与你，趁起岸时人从分纭。从闹中脱身，觅个便船回到扬州，然后写书来求亲。爹妈若是允了，不消说起。倘或不肯，只得以实告之。爹娘平日将我极是爱惜，到此地位，料也只得允从，那时可不依旧夫妻会合！』吴衙内道：『若得如此，可知好哩。』到了天明，等丫鬟起身出舱去后，二人也就下床。吴衙内急忙钻入床底下，做一堆儿伏着。两旁俱有箱笼遮隐，床前自有帐幔低垂。贺小姐又紧紧坐在床边，寸步不离。盥漱过了，头也不梳，假意靠在桌上。夫人走入看见，便道：『呵呀！为何不梳头，却靠在此？』秀娥道：『身子觉道不快，怕得梳头。』夫人道：『想是起得早些，伤了风了，还不到床上去睡睡？』秀娥道：『因是睡不安稳，才坐在这里。』夫人道：『既然要坐，还该再添件衣服，休得冻了，越加不好。』教丫鬟寻过一领披风，与他穿起。又坐了一回，丫鬟请吃朝膳。夫人道：『儿，你身子不安，莫要吃饭，不如教丫鬟香香的煮些粥儿调养倒好。』秀娥道：『我心里不喜欢吃粥，还是饭好。只是不耐烦走，拿进来吃罢。』夫人道：『既恁般，我也在此陪你。』秀娥道：『这班丫头，背着你眼，就要胡做了。母亲还到外边去吃。』夫人道：『也说得是。』遂转身出去，教丫鬟将饭送进摆在桌上。秀娥道：『你们自去，待我唤时方来。』打发丫鬟去后，把门顶上，向床底下招出吴衙内来吃饭。那吴衙内爬起身，把腰伸了一伸，举目看桌上时，乃是两碗荤菜，一碗素菜，饭只有一吃一添。原来贺小姐平日饭量不济，额定两碗，故此只有这些。你想吴衙内食三升米的肠子，这两碗饭填在哪处？微微笑了一笑，举起箸两三超，就便了帐，却又不好说得，忍着饿原向床下躲过。秀娥开门，唤过丫鬟又教添两碗饭来吃了。那丫鬟互相私议道：『小姐自来只用得两碗，今日说道有病，如何反多吃了一半，可不是怪事！』不想夫人听见，走来说道：『儿，你身子不快，怎的反吃许多饭食？』秀娥道：『不妨事，我还未饱哩。』这一日三餐俱是如此。司户夫妇只道女儿年纪长大，增了饭食，正不知舱中，另有个替吃饭的，还饿得有气无力哩。正是：

安排布地瞒天谎，成就偷香窃玉情。

当晚夜饭过了，贺小姐即教吴衙内先上床睡卧，自己随后解衣入寝。夫人又来看时，见女儿已睡，问了声自去。丫鬟也掩门歇息。吴衙内饥馁难熬，对贺小姐说道：『事虽好了，只有一件苦处。』秀娥道：『是那件？』吴衙内道：『不瞒小姐说，我的食量颇宽。今日这三餐，还不够我一顿。若这般忍饿过日，怎能捱到荆州？』秀娥道：『既恁地，何不早说？明日多讨些就是。』吴衙内道：『十分讨得多，又怕惹人疑惑。』秀娥道：『不打紧，自有道理。但不知要多少才够？』吴衙内道：『那里像得我意！每顿十来碗也胡乱度得过了。』到次早，吴衙内依旧躲过，贺小姐诈病在床，呻吟不绝。司户夫人担着愁心，要请医人调治。又在大江中，没处去请。秀娥却也不要，只叫肚里饿得慌。夫人流水催进饭来，又只嫌少，共争了十数多碗，倒把夫人吓了一跳，劝他少吃些。故意使起性儿，连叫：『快拿去！不要吃了。索性饿死罢。』夫人是个爱女，见他使性，反陪笑脸道：『儿，我是好话，如何便气？你若吃得尽意吃罢了，只不要勉强。』亲自拿起碗箸，递到他手里。秀娥道：『母亲在此看着，孩儿吃不下去。须通出去了，等我慢慢的，或者吃不完，也未可知。』夫人依他言语，教丫鬟一齐出外。秀娥披衣下床，将门掩上。吴衙内便钻出来，因是昨夜饿坏了，见着这饭，也不谦让，也不抬头，一连十数碗，吃个流星赶月。约莫存得碗余，方才住手。把贺小姐到看呆了，低低问道：『可还少么？』吴衙内道：『将就些罢，再吃便没意思了。』泻杯茶漱漱口儿，往床下飕的又钻入去了。贺小姐将余下的饭吃罢，拽开门儿，原到床上睡卧。那丫鬟专等他开门，就奔进去。看见饭儿菜儿，都吃得精光，收着家伙，一路笑道：『原来小姐患的却是吃饭病。』报知夫人。夫人闻言，只把头摇，说道：『亏他怎地吃上这些！那病儿也患得蹊跷！』急请司户来说知，教他请医问卜。连司户也不肯信，吩咐午间莫要依他，恐食伤了五脏，便难医治。那知未到午时，秀娥便叫肚饥。夫人再三把好言语劝谕时，秀娥就啼哭起来。夫人没法，只得又依着他，晚间亦是如此。司户夫妻，只道女儿得了怪病，十分慌张。

这晚已到蕲州停泊，吩咐小手，明日不要开船。清早差人入城，访问名医，一面求神占卦，不一时，请下个太医来。那太医衣冠齐楚，气宇轩昂，贺司户迎至舱中，叙礼看坐。那太医晓得是位官员，礼貌甚恭。献过两杯茶，问了些病缘，然后到后舱诊脉。诊过脉，复至中舱坐下。

贺司户道：『请问太医，小女还是何症？』太医先咳了一声嗽，方答道：『令爱是痞膨食积。』贺司户道：『先生差矣！痞膨食积乃婴儿之疾，小女今年十五岁了，如何还犯此症？』太医笑道：『老先生但知其一，不知其二。令爱名虽十五岁，即今尚在春间，只有十四岁之实。傥在寒月所生，才十三岁有余。老先生，你且想，十三岁的女子，难道不算婴孩？大抵此症，起于饮食失调，兼之水土不伏，食积于小腹之中，凝滞不消，遂至生热，升至胸中，便觉饥饿。及吃下饮食，反资其火，所以日盛一日。若再过月余不医，就难治了。』贺司户见就得有些道理，问道：『先生所见，极是有理了。但今如何治之？』太医道：『如今学生先消其积滞，去其风热，住了热，饮食自然渐渐减少，平复如旧矣。』贺司户道：『若得如此神效，自当重酬。』道罢，太医起身作别。贺司户封了药资，差人取得药来，流水煎起，送与秀娥。那秀娥一心只要早至荆州，那个要吃什么汤药。初时见父母请医，再三阻挡不住，又难好道出真情，只得由他慌乱。晓得了医者这般言语，暗自好笑。将来的药，也打发丫鬟将去，竟泼入净桶。求神占卦，有的说是星辰不利，又触犯了鹤神，须请僧道禳解，自然无事；的有说在野旷处遇了孤魂饿鬼，若设醮追荐，便可痊愈。贺司户夫妻一一依从。见服了几剂药，没些效验，吃饭如旧。又请一个医者，那医者更是扩而充之，乘着轿子，三四个仆从跟随。相见之后，高谈阔论，也先探了病源，方才诊脉，问道：『老先生可有那个看过么？』贺司户道：『前日曾请一位看来。』医者道：『他看的是何症？』贺司户道：『说是痞膨食积。』医者呵呵笑道：『此乃痨瘵之症，怎说是痞膨食积。』贺司户道：『小女年纪尚幼，如何有此症候？』医者道：『令爱非七情六欲痨怯之比，他本秉气虚弱，所谓孩儿痨便是。』贺司户道：『饮食无度，这是为何？』医者道：『寒热交攻，虚火上延。因此容易饥饿。』夫人在屏后打听，教人传说，小姐身子并不发热。医者道：『这乃内热外寒骨蒸之症，故不觉得。』又讨前日医者药剂见了，说道：『这般克罚药，削弱元气。再服几剂，便难救了。待学生先以煎剂治其虚热，调和脏腑，节其饮食。那时，方以滋阴降火养血补原的丸药，慢慢调理，自当痊可。』贺司户称谢道：『全仗神力。』遂辞别而去。少顷，家人又请一个太医到来。那太医却是个老者，须鬓皓然，步履蹒跚。刚坐下，便夸张善识疑难怪异之病。某官府亏老夫救的。某夫人又亏老夫用甚药奏效。那门面话儿就说了一大派，又细细问了病者起居饮食，才去诊脉。贺司户被他大话一哄，认做有意思的，暗道：『常言老医少卜，或者这医人有些效验，也未可知。』医者诊过了脉，向贺司户道：『还是老先生有缘，得遇老夫。令爱这个病症，非老夫不能识。』贺司户道：『请问果是何疾？』医者道：『此乃有名色的，谓之膈病。』贺司户道：『吃不下饮食，方是膈病。目今比平常多食几倍，如何是这症候？』医者道：『膈病原有几般。像令爱这膈病俗名唤做老鼠膈。背后尽多尽吃，及至见了人，一些也难下咽喉。后来食多发涨，便成蛊胀。二病相兼，便难医治。如今幸而初起，还不妨得。包在老夫身上，可以除根。』言罢起身，贺司户送出船头方别。那时一家都认做老鼠膈，见神见鬼的，请医问卜。哪晓得贺小姐把来的药，都送在净桶肚里，背地冷笑。贺司户在蕲州停了几日，算来不是长法，与夫人商议，与医者求了个药方，多买些药材，一路吃去，且到荆州另请医人。那老儿因要他写方，着实诈了好些银两，可不是他的造化！有诗为证：

医人未必尽知医，却是将机便就机。无病妄猜云有病，却教司户折便宜。

常言说得好，少女少郎，情色相当。贺小姐初时，还是个处子，云雨之际尚是逡巡畏缩。况兼吴衙内心慌胆怯，不敢恣肆，彼此未见十分美满。

两三日后，渐入佳境，姿意取乐，忘其所以。一晚夜半，丫鬟睡醒，听得床上唧唧哝哝，床棱戛戛的响。隔了一回，又听得气喘吁吁，心中怪异，次早报与夫人。夫人也因见女儿面色红活，不像个病容，正有些疑惑。听了这话，合着他的意思。不去通知司户，竟走来观看，又没些破绽。及细看秀娥面貌，愈觉丰采倍常，却又不好开口问得，倒没了主意，坐了一回，原走出去。朝饭已后，终是放心不下，又进去探觑，把远话挑问。秀娥见夫人话儿问得蹊跷，便不答应，耳边忽闻得打齁之声。原来吴衙内夜间多做了些正经，不曾睡得，此时吃饱了饭，在床底下酣睡。秀娥一时遮掩不来。被夫人听见，将丫鬟使遣开去，把门顶上，向床下一望。只见靠壁一个拢头孩子，曲着身体，睡得好不自在。夫人暗暗叫苦不迭！对秀娥道：『你做下这等勾当，却诈推有病，吓得我夫妻心花儿急碎了！如今羞人答答，怎地做人！这天杀的，还是那里来的？』秀娥羞得满面通红。说道：『是孩儿不是，一时做差事了！望母亲遮盖则个！这人不是别人，便是吴府尹的衙内。』夫人失惊道：『吴衙内与你从未见面，况那日你爹在他船上吃酒，还在席间陪侍，夜深方散，四鼓便开船了。如何得能到此？』秀娥从实将司户称赞留心，次日屏后张望，夜来做梦，早上开窗订约，并熟睡船开，前后事细细说出。又道：『不肖女一时情痴，丧名失节，玷辱父母，罪实难逭。但两地相隔数千里，一旦因阻风而会，此乃宿世姻缘，天遣成配，非由人力。儿与吴衙内誓同生死，各不更改。望母亲好言劝爹曲允，尚可挽回前失。倘爹有别念，儿即自尽，决不偷生苟活。今蒙耻禀知母亲，一任主张。』道罢，泪如雨下，这里母子便说话。下边吴衙内打齁声越发雷一般响了。此时夫人又气又恼。欲待把他难为，一来娇养惯了，哪里舍得；二来恐婢仆闻知，反做话靶。吞声忍气，拽开门走往外边去了。

秀娥等母亲转身后，急下床顶上门儿，在床下叫醒吴衙内，埋怨道：『你打齁，也该轻些儿，惊动母亲，事都泄漏了。』吴衙内听说事漏，吓得浑身冷汗直淋，上下牙齿，顷刻就趷蹬蹬的相打，半句话也挣不出。秀娥道：『莫要慌！适来与母亲如此如此说了。若爹爹依允，不必讲起。不肯时，拼得学梦中结局，决不教你独受其累。』说到此处，不觉泪珠乱滚。

且说夫人急请司户进来，屏退丫鬟，未曾开言，眼中早已簌簌泪下。司户还道愁女儿病体，反宽慰道：『那医者说，只在数日便可奏效，不消烦恼。』夫人道：『听那老光棍花嘴！什么老鼠膈！论起恁样太医，莫说数日内奏效，就一千年还看不出病体。』司户道：『你且说怎的？』夫人将前事细述，把司户气得个发昏章第十一。连声道：『罢了，罢了！这等不肖之女，做恁般丑事，败坏门风，要他何用？趁今晚都结果了性命，也脱了这个丑名。』这两句话惊得夫人面如土色，劝道：『你我已在中年，只有这点骨血。一发断送，更有何人？论来吴衙内好人家子息，才貌兼全，招他为婿，原是门当户对。独怪他不来求亲，私下做这般勾当。事已如此，也说不得了。将错就错，悄地差人送他回去，写书与吴府尹，令人来下聘，然后成礼，两全其美。今若声张，反妆幌子。』司户沉吟半晌，无可奈何，只得依着夫人。出来问水手道：『这里是甚地方？』水手答道：『前边已是武昌府了。』司户吩咐就武昌暂停，要差人回去。一面修起书札，唤过一个心腹家人，吩咐停当。不一时到了武昌，那家人便上涯写下船只，旁在船边。贺司户与夫人同至后舱，秀娥见了父亲，自觉无颜，把被蒙在面上。司户也不与他说话，只道：『做得好事！』向床底下，呼唤吴衙内。那吴衙内看见了司户夫妇，不知是甚意儿，战兢兢爬出来，伏在地上，口称死罪。司户低责道：『我只道你少年博学，可以成器！不想如此无行，辱我家门！本该撇下江里，才消这点恶气。今姑看你父亲面皮，饶你性命，差人送归。若得成名，便把不肖女与你为妻；如没有这般志气，休得指望。』吴衙内连连叩头领命。司户原教他躲过，捱至夜深人静，悄地教家人引他过船，连丫鬟不容一个见面。彼时两下分别，都还道有甚歹念，十分凄惨，又不敢出声啼哭。秀娥又扯夫人到背后，说道：『此行不知爹爹有甚念头，须教家人回时，讨吴衙内书信覆我，方才放心。』夫人真个依着他，又叮嘱了家人。次日清早开船自去。贺司户船只也自望荆州进发。贺小姐诚恐吴衙内途中有变，心下忧虑，即时真个倒想出病来。正是：

乍别冷如冰，动念热如火。三百六十病，唯有相思苦。

话分两头。且说吴府尹自那早离了江州，行了几十里路，已是朝膳时分。不见衙内起身，还道夜来中酒。看看至午，不见声息，以为奇怪。夫人自去叫唤，并不答应，那时着了忙。吴府尹教家人打开观看，只有一个空舱。吓得府尹夫妻魂魄飞散，呼天怆地的号哭！只是解说不出。合船的人都道：『这也作怪！总来只有只船，哪里去了？除非落在水里。』吴府尹听了众人，遂泊住船，寻人打捞。自江州起至泊船之所，百里内外，把江也捞遍了，那里罗得尸首。一面招魂设祭，把夫人哭得死而复苏。吴府尹因没了儿子，连官也不要做了。手下人再三苦劝，方才前去上任。不则一日，贺司户家人送吴衙内到来，父子一见，惊喜相半。看了书札，方知就里。将衙内责了一场，款留贺司户家人，住了数日。准备聘礼，写起回书，差人同去求亲。吴衙内也写封私书寄与贺小姐。两下家人领着礼物，别了吴府尹，直至荆州，参见贺司户。收了聘礼，又做回书，打发吴府尹家人回去。那贺小姐正在病中，见了吴衙内书信，然后渐渐痊愈。那吴衙内在衙中，日夜攻书，候至开科，至京应试，一举成名，中了进士，凑巧除授荆州府湘潭县县尹。吴府尹见儿子成名，便告了致仕，同至荆州上任，择吉迎娶贺小姐过门成亲。同僚们前来称贺。

两个花烛下新人，锦衾内一双旧友。

秀娥过门之后，孝敬公姑，夫妻和顺，颇有贤名。后来贺司户因念着女儿，也入籍汴京，靠老终身。吴彦官至龙图阁学士，生得二子，亦登科甲。这回书唤做《吴衙内邻舟赴约》。诗云：

佳人才子貌相当，八句新诗暗自将。百岁姻缘床下就。丽情千古播词场。

第二十九卷 卢太学诗酒傲王侯

卫河东岸浮丘高，竹舍云居隐凤毛。遂有文章惊董贾，岂无名誉贺刘曹。秋天散步青山郭，春日催诗白兔毫。醉倚湛卢时一啸，长风万里破洪涛。

这首诗，乃本朝嘉靖年间，一个才子所作。那才子是谁？姓卢名楠字少楩，一字子赤，大名府浚县人也。生得丰姿潇洒，气宇轩昂，飘飘有出尘之表。八岁即能属文，十岁便娴诗律，下笔数千言，倚马可待。人都道他是李青莲再世，曹子建后身。一生好酒任侠，放达不羁，有轻财傲物之志。真个名闻天下，才冠当今。与他往来的，俱是名公巨卿。又且世代簪缨，家赀巨富，日常供奉，拟于王侯。所居在城外浮邱山下，第宅壮丽，高耸云汉。后房粉黛，一个个声色兼妙。又选小奚秀美者数人，教成吹弹歌曲，日以自娱。至于童仆厮养，不计其数。宅后又构一园，大可两三顷，凿池引水，叠石为山，制度极其精巧，名曰啸圃。大凡花性喜暖，所以名花俱出南方，那北地天气严寒，花到其地，大半冻死，因此至者甚少。设或到得一花一草，必为金珰大畹所有，他人亦不易得。这浚县又是个拗处，比京都更难，故宦家园亭虽有，俱不足观。偏卢楠立心要胜似他人，不惜重价，差人四处构取名花异卉，怪石奇峰，落成这园，遂为一邑之胜。真个景致非常！但见：

楼台高峻，庭院清幽。山叠岷峨怪石，花栽阆苑奇葩。水阁遥通竹坞，风轩斜透松寮。回塘曲槛，层层碧浪漾琉璃；叠嶂层峦，点点苍苔铺翡翠。牡丹亭畔，孔雀双栖；芍药栏边，仙禽对舞。萦纡松径，绿荫深处小桥横；屈曲花歧，红艳丛中乔木耸。烟迷翠黛，意淡如无；雨洗青螺，色浓似染。木兰舟荡漾芙蓉水际；秋千架摇拽垂杨影里。朱槛画栏相掩映，湘帘绣幕两交辉。

卢楠日夕吟花课鸟，笑傲其间，虽南面王乐，亦不是过！凡朋友去相访，必留连尽醉方止，倘遇着个声气相投知音的知己，便兼旬累月，款留在家，不肯轻放出门。若人有患难来投奔的，一一俱有赍发，决不令其空过。因此四方慕名来者，络绎不绝。真个是：

座上客常满，樽中酒不空。

卢楠只因才高学广，以为掇青紫如拾针芥，那知文福不齐，任你锦绣般文章，偏生不中试官之意，一连走上几次，不能够飞黄腾达。他道世无识者，遂绝意功名，不图进取。惟与骚人剑客，羽士高僧，谈禅理，论剑术，呼卢浮白，放浪山水，自称浮丘山人。曾有五言古诗云：

逸翮奋霄汉，高步蹑天关。褰衣在椒涂，长风吹海澜。琼树系游镳，瑶华代朝餐。恣情戏灵景，静啸喈鸣鸾。浮世信淆浊，焉能濡羽翰！

话分两头，却说浚县知县姓汪名岑，少年连第，贪婪无比，性复猜刻，又酷好杯中之物。若擎着酒杯，便直饮到天明。自到浚县，不曾遇着对手。平昔也晓得卢楠是个才子，当今推重，交游甚广。又闻得邑中园亭，推他家为最，酒量又推尊第一。因这三件，有心要结识他，做个相知，差人去请来相会。你道有这样好笑的事么？别个秀才要去结交知县，还要捱风缉缝，央人引进，拜在门下，认为老师。四时八节，馈送礼物，希图以小博大。若知县自来相请，就如朝廷征聘一般，何等荣耀，还把名帖粘在壁上，夸炫亲友。这虽不肖者所为，有气节的未必如此。但知县相请，也没有不肯去的。偏有卢楠比他人不同，知县一连请了五六次，只当做耳边风，全然不睬，只推自来不入公门。你道因甚如此？那卢楠才高天下，眼底无人，天生就一副侠肠傲骨，视功名如敝蓰，等富贵犹浮云。就是王侯卿相，不曾来拜访，要请去相见，他也断然不肯先施，怎肯轻易去见个县官？真个是天子不得臣，诸侯不得友，绝品的高人。

这卢楠已是个清奇古怪的主儿，撞着知县，又是个耐烦琐碎的冤家。请人请到四五次不来，也索罢了，偏生只管去缠帐。见卢楠决不肯来，却到情愿自去就教。又恐卢楠他出，先差人将帖子订期。差人领了言语，一直径到卢家，把帖子递与门公，说道：『本县老爷有紧要话，差我来传达你相公，相烦引进。』门公不敢怠慢，即引到园上，来见家主。差人随进园门，举目看时，只见水光绕绿，山色送青，竹木扶疏，交相掩映，林中禽鸟，声如鼓吹。那差人从不曾见这般景致，今日到此，恍如登了洞天仙府，好生欢喜，想道：『怪道老爷要来游玩，原来有恁地好景！我也是有些缘分，方得至此观玩这番，也不枉为人一世。』遂四下行走，恣意饱看。弯弯曲曲，穿过几条花径，走过数处亭台，来到一个所在。周围尽是梅花，一望如雪，霏霏馥馥，清香沁人肌骨。中间显出一座八角亭子，朱甍碧瓦，画栋雕梁，亭中悬一个匾额，大书『玉照亭』三字。下边坐着三四个宾客，赏花饮酒，旁边五六个标致青衣，调丝品竹，按板而歌。有高太史《梅花诗》为证：

琼姿只合在瑶台，谁向江南处处栽。雪满山中高士卧，月明林下美人来。寒依疏影萧萧竹，春掩残香漠漠苔。自去渔郎无好韵，东风愁寂几回开！

门公同差人站在门外，候歌完了，先将帖子禀知，然后差人向前说道：『老爷令小人多多拜上相公，说既相公不屑到县，老爷当来拜访。但恐相公他出，又不相值，先差小人来期个日子，好来请教。二来闻府上园亭甚好，顺便就要游玩。』大凡事当凑就不起，那卢楠见知县频请不去，恬不为怪，却又情愿来就教，未免转过念头，想：『他虽然贪鄙，终是个父母官儿，肯屈己敬贤，亦是可取。若又峻拒不许，外人只道我心胸褊狭，不能容物了。』又想道：『他是个俗吏，这文章定然不晓得的；那诗律旨趣深奥，料必也没相干；若论曲籍，他又是个后生小子，徼幸在睡梦中偷得这进士到手，已是心满意足，谅来还未曾识面。至于理学禅宗，一发梦想所不到了。除此之外，与他谈论，有甚意味，还是莫招揽罢。』却又念其来意惓惓，如拒绝了，似觉不情。正沉吟间，小童斟上酒来。他触境情生，就想到酒上道：『倘会饮酒，亦可免俗。』问来人道：『你本官可会饮酒么？』答道：『酒是老爷的性命，怎么不会饮？』卢楠又问：『能饮得多少？』答道：『但见拿着酒杯，整夜吃去，不到酩酊不止，也不知有几多酒量。』卢楠心中喜道：『原来这俗物却会饮酒，单取这节罢。』随教童子取个帖儿，付与来人道：『你本官既要来游玩，趁此梅花盛时，就是明日罢。我这里整备酒盒相候。』差人得了言语，原同门公一齐出来，回到县里，将帖子回覆了知县。知县大喜，正要明日到卢楠家去看梅花，不想晚上人来报新按院到任，连夜起身往府，不能如意。差人将个帖儿辞了。知县到府接着按院，伺行香过了，回到县时，往还数日，这梅花已是：

纷纷玉瓣堆香砌，片片琼英绕画栏。

汪知县因不曾赴梅花之约，心下怏怏，指望卢楠另来相请。谁知卢楠出自勉强，见他辞了，即撇过一边，那肯又来相请。看看已到仲春时候，汪知县又想到卢楠园上去游春，差人先去致意。那差人来到卢家园中，只见园林织锦，堤草铺茵，莺啼燕语，蝶乱蜂忙，景色十分艳丽。须臾转到桃蹊上，那花浑如万片丹霞，千重红锦，好不烂熳。有诗为证：

桃花开遍上林红，耀服繁华色艳浓。含笑动人心意切，几多消息五更风。

卢楠正与宾客在花下击鼓催花，豪歌狂饮，差人执帖子上前说知。卢楠乘着酒兴，对来人道：『你快回去与本官说，若有高兴，即刻就来，不必另约。』众宾客道：『使不得！我们正在得趣之时，他若来了，就有许多文诌诌，怎能尽兴？还是改日罢。』卢楠道：『说得有理，便是明日。』遂取个帖子，打发来人，回复知县。

你道天下有恁样不巧的事！次日汪知县刚刚要去游春，谁想夫人有五个月身孕，忽然小产起来，晕倒在地，血污浸着身子。吓得知县已是六神无主，还有甚心肠去吃酒，只得又差人辞了卢楠。这夫人病体直至三月下旬，方才稍可。那时卢楠园中牡丹盛开，冠绝一县。真是好花，有《牡丹诗》为证：

洛阳千古斗春芳，富贵争夸浓艳妆。一自《清平》传唱后，至今人尚说花王。

汪知县为夫人这病，乱了半个多月，情绪不佳，终日只把酒来消闷，连政事也懒得去理。次后闻得卢家牡丹茂盛，想要去赏玩，因两次失约，不好又来相期，差人送三两书仪，就致看花之意。卢楠日子便期了，却不肯受这书仪。璧返数次，推辞不脱，只得受了。那日天气晴爽，汪知县打帐早衙完了就去。不道刚出私衙，左右来报：『吏科给事中某爷告养亲归家，在此经过。』正是要道之人，敢不去奉承么？急忙出郭迎接，馈送下程，设宴款待。只道一两日就行，还可以看得牡丹。那知某给事，又是好胜的人，教知县陪了游览本县胜景之处，盘桓七八日方行。等到去后，又差人约卢楠时，那牡丹已萎谢无遗。卢楠也向他处游玩山水，离家两日矣。不觉春尽夏临，弹指间又早六月中旬，汪知县打听卢楠已是归家，在园中避暑，又令人去传达，要赏莲花。那差人经至卢家，把帖儿教门公传进。须臾间，门公出来说道：『相公有话，唤你当面去吩咐。』差人随着门公，直到一个荷花池畔。看那池团团约有十亩多大，堤上绿槐碧柳，浓荫蔽日；池内红妆翠盖，艳色映人。有诗为证：

凌波仙子斗新妆，七窍虚心吐异香。何似花神多薄幸，故将颜色恼人肠。

原来那池也有个名色，唤做滟碧池。池心中有座亭子，名曰锦云亭。此亭四面皆水，不设桥梁，以采莲舟为渡，乃卢楠纳凉之处。门公与差人下了采莲舟，荡动画浆，顷刻到了亭边，系舟登岸。差人举目看那亭子：周围朱栏画槛，翠幔纱窗，荷香馥馥，清风徐徐，水中金鱼戏藻，梁间紫燕寻巢，鸥鹭争飞叶底，鸳鸯对浴岸旁。去那亭中看时，只见藤床湘簟，石榻竹几，瓶中供千叶碧莲，炉内焚百和名香。卢楠科头跣足，斜据石榻。面前放一帙古书，手中执着酒杯。旁边冰盘中列着金桃雪藕，沉李浮瓜，又有几味案酒。一个小厮捧壶，一个小厮打扇。他便看几行书，饮一杯酒，自取其乐。差人未敢上前，在侧边暗想道：『同是父母生长，他如何有这般受用！就是我本官中过进士，还有许多劳碌，怎及得他的自在！』卢楠抬头看见，即问道：『你就是县里差来的么？』差人应道：『小人正是。』卢楠道：『你那本官到也好笑，屡次订期定日，却又不来，如今又说要看荷花。恁样不爽利，亏他怎地做了官！我也没有许多闲工夫与他缠帐，任凭他有兴便来，不奈烦又约日子。』

差人道：『老爷多拜上相公，说久仰相公高才，如渴思浆，巴不得来请教，连次皆为不得已事羁住，故此失约。还求相公期个日子，小人好去回话。』卢楠见来人说话伶俐，却也听信了他，乃道：『既如此，竟在后日。』差人得了言语，讨个回帖，同门公依旧下船，划到柳荫堤下上岸，自去回复了知县。那汪知县至后日早衙，发落了些公事，约莫午牌时候，起身去拜卢楠。谁想正值三伏之时，连日酷热非常，汪知县已受了些暑气。这时却又在正午，那轮红日犹如一团烈火，热得他眼中火冒，口内烟生。刚到半路，觉道天旋地转，从轿上直撞下来，险些儿闷死在地。从人急忙救起，抬回县中，送入私衙，渐渐苏醒。吩咐差人辞了卢楠，一面请太医调治。足足里病了一个多月，方才出堂理事，不在话下。

且说卢楠一日在收房中查点往来礼物，检着汪知县这封书仪，想道：『我与他水米无交，如何白白里受他的东西？须把来消豁了，方才干净。』到八月中，差人来请汪知县中秋夜赏月。那知县却也正有此意。见来相请，好生欢喜，取回帖打发来人说：『多拜上相公，至期准赴。』那知县乃一县之主，难道刚刚只有卢楠请他赏月不成？少不得初十边，就有乡绅同僚中相请，况又是个好饮之徒，可有不去的理么？定然一家家捱次都到，至十四这日，辞了外边酒席，于衙中整备家宴，与夫人在庭中玩赏。那晚月色分外皎洁，比寻常更是不同。有诗为证：

玉宇淡悠悠，金波彻夜流。最怜圆缺处，曾照古今愁。风露孤轮影，山河一气秋。何人吹铁笛？乘醉倚南楼。

夫妻对酌，直饮到酩酊，方才入寝。那知县一来是新起病的人，元神未复；二来连日沉酣糟粕，趁着酒兴，未免走了酒字下这道儿；三来这晚露坐夜深，着了些风寒；三合凑又病起来。眼见得卢楠赏月之约，又虚过了。调摄数日，方能痊可。那知县在衙中无聊，量道卢楠园中桂花必盛，意欲借此排遣。适值有个江南客来打抽丰，送两大坛惠山泉酒，汪知县就把一坛差人转送与卢楠。卢楠见说是美酒，正中其怀，无限欢喜，乃道：『他的政事文章，我也一概勿论，只这酒中，想亦是知味的了。』即写帖请汪知县后日来赏桂花。有诗为证：

凉影一帘分夜月，天宫万斛动秋风。淮南何用歌《招隐》？自可淹留桂树丛。

自古道：『一饮一啄，莫非前定。』像汪知县是个父母官，肯屈己去见个士人，岂不是件异事。谁知两下机缘未到，临期定然生出事故，不能相会。这番请赏桂花，汪知县满意要尽竟日之欢，罄夙昔仰想之诚。不料是日还在眠床上，外面就传板进来报：『山西理刑赵爷行取入京，已至河下。』恰正是汪知县乡试房师，怎敢怠慢？即忙起身梳洗，出衙上轿，往河下迎接，设宴款待。你想两个得意师生，没有就相别之理，少不得盘桓数日，方才转身。这桂花已是：

飘残金粟随风舞，零乱天香地满铺。

却说卢楠素性刚直豪爽，是个傲上矜下之人，见汪知县屡次卑词尽敬，以其好贤，遂有俯交之念。时值九月末旬，园中菊花开遍，那菊花种数甚多，内中惟有三种为贵。哪三种？

鹤翎、剪绒、西施。

每一种各有几般颜色，花大而媚，所以贵重。有《菊花诗》为证：

不共春风斗百芳，自甘篱落傲秋霜。园林一片萧疏景，几朵依稀散晚香。

卢楠因想汪知县几遍要看园景却俱中止，今趁此菊花盛时，何不请来一玩？也不枉他一番敬慕之情。即写帖儿，差人去请次日赏菊。家人拿着帖子，来到县里。正值知县在堂理事，一径走到堂上跪下，把帖子呈上禀道：『家相公多拜上老爷，园中菊花盛开，特请老爷明日赏玩。』汪知县正想要去看菊，因屡次失约，难好启齿。今见特地来请，正是挖耳当招，深中其意。看了帖子，乃道：『拜上相公，明日早来领教。』那家人得了言语，即便归家，回覆家主道：『汪大爷拜上相公，明日绝早就来。』那知县说明日早来，不过是随口的话，那家人改做绝早就来，这也是一时错讹之言。不想因这句错话上，得罪了知县，后来把天大家私，弄得罄尽，险些儿连性命都送了。正是：

舌为利害本，口是祸福门。

当下卢楠心下想道：『这知县也好笑，那见赴人筵席，有个绝早就来之理。』又想道：『或者慕我家园亭，要尽竟日之游。』吩咐厨夫：『老爷明日绝早就来，酒席须要早些完备。』那厨夫听见知县早来，恐怕临时误事，隔夜就手忙脚乱收拾。卢楠到次早吩咐门上人：『今日若有客来，一概相辞，不必通报。』又将个名帖，差人去邀请知县。不到朝食时，酒席都已完备，排设在园上燕喜堂中。上下两席，并无别客相陪。那酒席铺设得花锦相似。正是：

富家一席酒，穷汉半年粮。

且说知县那日早衙投文已过，竟不退堂，就要去赴酌。因见天色太早，恐酒席未完，吊一起公事来问。那公事却是新拿到一班强盗，专在卫河里打劫来往客商，因都在娼家宿歇，露出马脚，被捕人拿住，解到本县，当下一讯都招。内中一个叫做石雪哥，又扳出本县一个开肉铺的王屠，也是同伙，即差人去拿到。知县问道：『王屠，石雪哥招称你是同伙，赃物俱窝顿你家，从实供招，免受刑罚。』王屠禀道：『老爷，小人是个守法良民，就在老爷马足下开个肉铺生理，平昔间就街市上不十分行走，那有这事。莫说与他是个同伙，就是他面貌，从不曾识认。老爷不信，拘邻里来问，平日所行所为，就明白了。』知县又叫石雪哥道：『你莫要诬陷平人，若审出是扳害的，登时就打死你这奴才。』石雪哥道：『小的并非扳害，真实是同伙。』王屠叫道：『我认也认不得你，如何是同伙？』石雪哥道：『王屠，我与你一向同做伙计，怎么诈不认得？就是今日，本心原要出脱你的，只为受刑不过，一时间说了出来，你不要怪我！』王屠叫屈连天道：『这是哪里说起？』知县喝教一声夹起来。可怜王屠夹得死而复苏，不肯招承。这强盗咬定是个同伙，虽夹死终不改口。从巳牌时分夹起，日已倒西，两下各执一词，难以定招。此时知县一心要去赴宴，已不耐烦，遂依着强盗口词，葫芦提将王屠问成斩罪，其家私尽作赃物入官。画供已毕，一齐发下死囚牢里，即起身上轿，到卢楠家去吃酒不题。

你道这强盗为甚死咬定王屠是个同伙？那石雪哥当初原是个做小经纪的人，因染了时疫症，把本钱用完，连几件破家伙，也卖来吃在肚里。及至病好，却没本钱去做生意，只存得一只锅儿，要把去卖几十文钱，来营运度日。旁边却又有些破的，生出一个计较，将锅煤拌着泥儿涂好，做个草标儿，提上街上卖。转了半日，都嫌是破的，无人肯买。落后走到王屠对门开米铺的田大郎门首，叫住要买。那田大郎是个近觑眼，却看不出损处，一口就还八十文钱，石雪哥也就肯了。田大郎将钱递与石雪哥，接过手刚在那里数明，不想王屠在对门看见，叫道：『大郎，你且仔细看看，莫要买了破的。』这是嘲他眼力不济，乃一时戏谑之言。谁知田大郎真个重新仔细一看，看出那个破损处来，对王屠道：『早是你说，不然几乎被他哄了，果然是破的。』连忙讨了铜钱，退还锅子。石雪哥初时买成了，心中正在欢喜，次后讨了钱去，心中痛恨王屠，恨不得与他性命相搏。只为自己货儿果然破损，没个因头，难好开口，忍着一肚子恶气，提着锅子转身。临行时，还要王屠怒目而视，巴不能等他问一声，就要与他厮闹。那王屠出自无心，哪个去看他。石雪哥见不来招揽，只得自去。不想心中气恼，不曾照管得，脚下绊上一交，把锅子打做千百来块，将王屠就恨入骨髓。思想没了生计，欲要寻条死路，诈那王屠，却又舍不得性命。没甚计较，就学做夜行人，到也顺溜，手到擒来。做了年余，嫌这生意微细，合入大队里，在卫河中巡绰，得来大碗酒、大块肉，好不快活！那时反又感激王屠起来，他道是：『当日若没有王屠说这句话，卖成这只锅子，有了本钱，这时只做小生意度日，那有恁般快活！』及至恶贯满盈，被拿到官，情真罪当，料无生理，却又想起昔年的事来：『那日若不是他说破，卖这几十文钱做生意度日，不见致有今日。』所以扳害王屠，一口咬定，死也不放。故此他便认得王屠，王屠却不相认。后来直到秋后典刑，齐绑在法场上，王屠问道：『今日总是死了，你且说与我有甚冤仇，害我致此？说个明白，死也甘心。』石雪哥方把前情说出。王屠连喊冤枉，要辨明这事。你想：此际有那个来睬你？只好含冤而死。正是：

只因一句闲言语，断送堂堂六尺躯。

闲话休题，且说卢柟早上候起，已至巳牌，不见知县来到，又差人去打听，回报说在那里审问公事。卢柟心上就有三四分不乐，道：『既约了绝早就来，如何这时候还问公事？』停了一回，还不见到，又差人去打听，来报说：『这件公事还未问完哩。』卢柟不乐有六七分了，想道：『是我请他的不是，只得耐这次罢。』俗语道得好，等人性急。略过一回，又差人去打听，这人行无一箭之远，又差一人前来，顷刻就差上五六个人去打听。少停，一齐转来回覆说：『正在堂上夹人，想这事急切未得完哩。』卢柟听见这话，凑成十分不乐，心中大怒道：『原来这俗物，一无可取，却只管来缠帐，几乎错认了。如今幸尔还好。』即令家人撤开下面这桌酒席，走上前居中向外而坐，叫道：『快把大杯酒热酒来，洗涤俗肠。』家人都禀道：『恐大爷一时来到。』卢柟睁起眼喝道：『哇！还说甚大爷？我这酒可是与俗物吃的么？』家人见家主发怒，谁敢再言，只得把大杯斟上，厨下将肴馔供出。小奚在堂中宫商迭奏，丝竹并呈。卢柟饮了数杯，又讨出大碗，一连吃上十数多碗，吃得性起，把巾服都脱去了，跣足蓬头，踞坐于椅上，将肴馔撤去，只留果品案酒。又吃上十来大碗，连果品也赏了小奚，惟饮寡酒。又吃上几碗，卢柟酒量虽高，原吃不得急酒，因一时恼怒，连饮了几十碗，不觉大醉，就靠在桌上齁齁睡去。家人谁敢去惊动，整整齐齐，都站在两旁伺候。里边卢柟便醉了，外面管园的却不晓得。远远望见知县头踏来，急忙进来通报。到了堂中，看见家主已醉，到吃一惊道：『大爷已是到了，相公如何先饮得这个模样？』众家人听得知县来到，都面面相觑，没做理会，齐道：『那桌酒便还在，但相公不能够醒，却怎好？』管园的道：『且叫醒转来，扶醉陪他一陪也罢。终不然特地请来，冷淡他去不成。』众家人只得上前叫唤，喉咙都喊破了，如何得醒？渐渐听得人声喧杂，料道是知县进来，慌了手脚，四散躲过，单单撇下卢柟一人。只因这番，有分教：佳宾贤主，变为百世冤家；好景名花，化作一场春梦。正是：

盛衰有命天为主，祸福无门人自生。

且说汪知县离了县中，来到卢家园门首，不见卢楠迎接，也没有一个家人伺候。从人乱叫：『门上有人么？快去通报，大爷到了。』并无一人答应。知县料是管门的已进去报了，遂吩咐：『不必呼唤。』竟自进去。只见门上一个匾额，白地翠书『啸圃』两个大字。进了园门，一带都是柏屏，转过湾来，又显出一座门楼，上书『隔凡』二字。过了此门，便是一条松径。绕出松林，打一看时，但见山岭参差，楼台缥缈，草木萧疏，花竹围环。知县见布置精巧，景色清幽，心下暗喜道：『高人胸次，自是不同。』但不闻得一些人声，又不见卢楠相迎，未免疑惑。也还道是园中径路错杂，或者从别道往外迎我，故此相左。一行人在园中，任意东穿西走，反去寻觅主人。次后来到一个所在，却是三间大堂。一望菊花数百，霜英灿烂，枫叶万树，拥若丹霞，橙桔相亚，累累如金。池边芙蓉千百株，颜色或深或浅，绿水红葩，高下相映，鸳鸯凫鸭之类，戏狎其下。汪知县想道：『他请我看菊，必在这个堂中了。』经至堂前下轿。走入看时，哪里见甚酒席，惟有一人蓬头跣足，居中向外而坐，靠在桌上打齁，此外更无一个人影。从人赶向前乱喊：『老爷到了，还不起来！』汪知县举目看他身上服色，不像以下之人，又见旁边放着葛巾野服，吩咐且莫叫唤，看是何等样人？那常来下帖的差人，向前仔细一看，认得是卢楠，禀道：『这就是卢相公，醉倒在此。』汪知县闻言，登时紫涨了面皮，心下大怒道：『这厮恁般无理！故意哄我上门羞辱。』欲得教从人将花木打个稀烂，又想不是官体，忍着一肚子恶气，急忙上轿，吩咐回县。轿夫抬起，打从旧路，直至园门首，依原不见一人。那些皂快，没一人不摇首咋舌道：『他不过是个监生，如何将官府恁般藐视？这也是件异事。』知县在轿上听见，自觉没趣，怒恼愈加，想道：『他总然才高，也是我的治下。曾请过数遍，不肯来见。情愿就见，又馈送银酒，我亦可为折节敬贤之至矣。他却如此无理，将我侮慢。且莫说我是父母官，即使平交，也不该如此！』到了县里，怒气不息，即便退入私衙不题。

且说卢楠这些家人小厮，见知县去后，方才出头。到堂中看家主时，睡得正浓，直至更余方醒。众人说道：『适才相公睡后，大爷就来，见相公睡着，便起身而去。』卢楠道：『可有甚话说？』众人道：『小人们恐难好答应，俱走过一边。不曾看见。』卢楠道：『正该如此！』又懊悔道：『是我一时性急，不曾吩咐闭了园门，却被这俗物直至此间，践污了地上。』教管园的，明早快挑水将他进来的路径扫涤干净。又着人寻访常来下帖的差人，将向日所送书仪，并那坛泉酒，发还与他。那差人不敢隐匿，遂即到县里去缴还，不在话下。

却说汪知县退到衙中，夫人接着，见他怒气冲天，问道：『你去赴宴，如何这般气恼？』汪知县将其事说知。夫人道：『这都是自取，怪不得别人！你是个父母官，横行直撞，少不得有人奉承。如何屡屡卑污苟贱，反去请教子民。他纵是有才，与你何益？今日讨恁般怠慢，可知好么！』汪知县又被夫人抢白了几句，一发怒上加怒，坐在交椅上，气愤愤的半晌无语。夫人道：『何消气得！自古道：破家县令。』只这四个字，把汪知县从睡梦中唤醒，放下了怜才敬士之心，顿提起生事害人之念。当下口中不语，心下踌躇，寻思计策，安排卢生：『必置之死地，方泄吾恨。』当夜无话。汪知县早衙已过，次日唤一个心腹令史，进衙商议。那令史姓谭名遵，颇有才干，惯与知县通赃过付，是一个积年猾吏。当下知县先把卢楠得罪之事叙过，次说要访他过恶，参之，以报其恨。谭遵道：『老爷要与卢楠作对，不是轻举妄动的。』

盧太學詩酒傲公侯

须寻得一件没躲闪的大事，坐在他身上，方可完得性命。那参访一节，恐未必了事，在老爷反有干碍。』汪知县道：『却是为何？』谭遵道：『卢楠与小人原是同里，晓得他多有大官府往来，且又家私豪富。平昔虽则恃才狂放，却没甚违法之事。总然拿了，少不得有天大分上到上司处挽回，决不致死的田地。那时怀恨挟仇，老爷岂不反受其累？』汪知县道：『此言虽是，但他恁地放肆，定有几件恶端。你去细细访来，我自有处。』谭遵答应出来，只见外边缴进原送卢楠的书仪泉酒。汪知县见了，转觉没趣。无处出气，迁怒到差人身上，说道不该收他的回来，打了二十毛板，就将银酒都赏了差人。正是：

劝君莫作伤心事，世上应多切齿人。

话分两头。却说浮邱山脚下有个农家，叫做钮成，老婆金氏。夫妻两口，家道贫寒，却又少些行止，因此无人肯把田与他耕种。历年只在卢楠家做长工过日。二年前生了个儿子，那些一般做工的，同卢家几个家人，斗分子与他贺喜。论起钮成恁般穷汉，只该辞了才是。十分情不可却，称家有无，胡乱请众人吃三杯，可也罢了。不想他却去弄空头，装好汉，写身子与卢楠家人卢才，抵借二两银子，整个大大筵席，款待众人。邻里尽送汤饼，热烘烘倒像个财主家行事。外边正吃得快活，哪知孩子隔日被猫惊了，这时了帐，十分败兴，不能够尽欢而散。

那卢才肯借银子与钮成，原怀着个不良之念。你道为何？因见钮成老婆有三四分颜色，指望以此为由，要勾搭这婆娘。谁知缘分浅薄，这婆娘情愿白白里与别人做些交易，偏不肯上卢才的桩儿。反去学向老公，说卢才怎样来调戏。钮成认做老婆是个贞节妇人，把卢才恨入骨髓，立意要赖他这项银子。卢才趱了年余，见这婆娘妆乔做样，料道不能够上钩，也把念头休了，一味索银，两下面红了好几场，只是没有。有人教卢才个法儿道：『他年年在你家做长工，何不耐到发工银时，一并扣清，可不干净？』卢才依了此言，再不与他催讨。等到十二月中，打听了发银日子，紧紧伺候。那卢楠田产广多，除了家人，雇工的也有整百。每年至十二月中，预发来岁工银。到了是日，众长工一齐进去领银，卢楠恐家人们作弊，短少了众人的，亲自唱名亲发，又赏一顿酒饭。吃了醉饱，叩谢而出。刚至宅门口，卢才一把扯住钮成，问他要银。那钮成一则还钱肉痛，二则怪他调戏老婆，乘着几杯酒兴，反撒赖起来。将银塞在兜肚里，骂道：『狗奴才！只欠得这丢银子，便生心来欺负老爷！今日与你性命相搏！』当胸撞一个满怀。卢才不曾提防，踉踉跄跄倒退了十数步，几乎跌上一跤。恼动性子，赶上来便打。那句『狗奴才』却又犯了众怒，家人们齐道：『这厮恁般放泼！纵使你的理直，到底是我家长工，也该让我们一分。怎地欠了银子，反要行凶？打这狗忘八！』齐拥上前乱打。常言道，双拳不敌四手。钮成独自一个，如何抵挡得许多人，着实受了一顿拳脚。卢才看见银子藏在兜肚中，扯断带子，夺过去了。众长工再三苦劝，方才住手，推着钮成回家。不道卢楠在书房中隐隐听得门首喧嚷，唤管门的查问。他的家法最严，管门的恐怕连累，从实禀说。卢楠即叫卢才进去，说道：『我有示在先，家人不许擅放私债，盘算小民。如有此等，定行追还原券，重责逐出。你怎么故违我法？却又截抢工银，行凶打他？这等放肆可恶！』登时追出兜肚银子并那纸文契。打了二十，逐出不用。吩咐管门的：『钮成来时，着他来见我，领了银券去。』管门的连声答应，出来不题。

且说钮成刚吃饱得酒食，受了这顿拳头脚尖，银子原被夺去，转思转恼，愈想愈气。到半夜里，火一般发热起来，觉道心头胀闷难过，次日便爬不起。到第二日早上，对老婆道：『我觉得身子不好，莫不要死？你快去叫我哥哥来商议。』自古道：无巧不成话。原来钮成有个嫡亲哥子钮文，正卖与令史谭遵家为奴。金氏平昔也曾到谭遵家几次，路径已熟，故此教他去叫。当下金氏听见老公说出要死的话，心下着忙，带转门儿。冒着风寒，一径往县中去寻钮文。

那谭遵四处察访卢楠的事过，并无一件。知县又再三催促，到是个两难之事。这一日正坐在公廨中，只见一个妇人慌慌张张的走入来，举目看时，不是别人，却是家人钮文的弟妇。金氏向前道了万福，问道：『请问令史，我家伯伯可在么？』谭遵道：『到县门前买小菜就来，你有甚事，恁般惊惶？』金氏道：『好教令史知得，我丈夫前日与卢监生家人卢才费口，夜间就病起来，如今十分沉重，特来寻伯伯去商量。』谭遵闻言，不胜喜欢。忙问道：『且说为甚与他家费口？』金氏即将与卢才借银起，直至相打之事，细细说了一遍。谭遵道：『原来恁地。你丈夫没事便罢，倘有些山高水低，急来报知，包在我身上，与你出气。还要他一注大财乡，够你下半世快活。』金氏道：『若得令史张主，可知好么。』正说间，钮文已回。金氏将这事说知，一齐同去。临出门时，谭遵又嘱咐道：『如有变故，速速来报。』钮文应允，离了县中。不消一个时辰，早到家中。推门进去，不见一些声息。到床上看时，把二人吓做一跳。原来直僵僵挺在上面，不知死过几时了。金氏便号淘大哭起来。正是：

夫妻本是同林鸟，大限来时各自飞。

那些东邻西舍听得哭声，都来观看。齐道：『虎一般的后生，活活打死了。可怜！可怜！』钮文对金氏说道：『你且莫哭，同去报与我主人，再作区处。』金氏依言，锁了大门，嘱咐邻里看觑则个，跟着钮文就走。那邻里中商议道：『他家一定去告状了。地方人命重情，我们也须呈明，脱了干系』。随后也往那里去呈报。其时远近村坊尽知钮成已死，早有人报与卢楠。那卢楠原是疏略之人，两日钮成不去领这银券，连其事却也忘了。及至闻了此信，即差人去寻获卢才送官。那知卢才听见钮成死了，料道不肯干休，已先逃之夭夭，不在话下。

且说钮文、金氏一口气跑到县里，报知谭遵。谭遵大喜。悄悄的先到县中，禀了知县。出来与二人说明就里，教了说话，流水写起状词，单告卢楠强占金氏不遂，将钮成擒归打死，教二人击鼓叫冤。钮文依了家主，领着金氏，不管三七念一，执了一块木柴，把鼓乱敲，口内一片声叫喊：『救命！』衙门差役，自有谭遵吩咐，并无拦阻。汪知县听得击鼓，即时升堂，唤钮文、金氏至案前。才看状词，恰好地邻也到了。知县专心在卢楠身上，也不看地邻呈子是怎样情由，假意问了几句，不等发房，即时出签，差人提卢楠立刻赴县。公差又受了谭遵的叮嘱，说：『大爷恼得卢楠要紧，你们此去，只除妇女孩子，其余但是男子汉，尽数拿来。』众皂快素知知县与卢监生有仇，况且是个大家，若还人少，进不得他家大门，遂聚起三兄四弟，共有四五十人，分明是一群猛虎。此时隆冬日短，天已傍晚，彤云密布，朔风凛冽，好不寒冷。谭遵要奉承知县，陪出酒浆，与众人先发个兴头。一家点起一根火把，飞奔至卢家门首，发一声喊，齐抢入去，逢着的便拿。家人们不知为甚，吓得东倒西歪，儿啼女哭，没奔一头处。卢楠娘子正同着丫鬟们，在房中围炉向火，忽闻得外面人声鼎沸，只道是漏了火，急叫丫鬟们观看，尚未动步，房门口早有家人报道：『大娘，不好了！外边无数人执着火把，打进来也。』卢楠娘子还认是强盗来打劫，惊得三十六个牙齿，矻磴磴的相打。慌忙叫丫鬟快闭上房门。言犹未毕，一片火光，早已拥入房里。那些丫头们奔走不迭，只叫：『大王爷饶命！』众人道：『胡说！我们是本县大爷差拿卢楠的。什么大王爷？』卢楠娘子见说这话，就明白向日丈夫怠慢了知县，今日寻事故来摆布。便道：『既是公差，难道不知法度的？我家纵有事在县，量来不过户婚田土的事罢了，须不是大逆不道。如何白日里不来，黑夜间率领多人，明火执杖，打入房帏，乘机抢劫。明日公堂上去讲，该得何罪？』众公差道：『只要还了我卢楠，但凭到公堂上去讲。』遂满房遍搜一过，只拣器皿宝玩，取勾像意，方才出门。又打到别个房里，把姬妾们都惊得躲入床底下去。各处搜到，不见卢楠，料相必在园上，一齐又赶入去。卢楠正与四五个宾客，在暖阁上饮酒，小优两旁吹唱。恰好差去拿卢才的家人，在那里回话，又是两个乱喊上楼，报道：『相公，祸事到也！』卢楠带醉问道：『有何祸事？』家人道：『不知为甚？许多人打进大宅抢劫东西，逢着的便被拿住，今已打入相公房中去了？』众宾客被这一惊，一滴酒也无了，齐道：『这是为何？可去看来！』便要起身。卢楠全不在意，反拦住道：『由他自抢。我们且自吃酒，莫要败兴，快斟热酒来。』家人跌足道：『相公，外边恁般慌乱，如何还要饮酒？』说声未了，忽见楼前一派火光闪烁，众公差齐拥上楼。吓得那几个小优满楼乱滚，无处藏躲。卢楠大怒，喝道：『什么人，敢到此放肆！叫人快拿。』众公差道：『本县大爷请你说话，只怕拿不得的。』一条索子，套在颈里道：『快走！快走！』卢楠道：『我有何事？这等无礼！偏不去！』众公差道：『老实说，向日请便请你不动，如今拿到要拿去的。』牵着索子，推的推，扯的扯，拥下楼来。家人共拿了十四五个，众人还想连宾客都拿。内中有人认得俱是贵家公子，又是有名头秀才，遂不敢去惹他。一行人离了园中，一路闹吵吵直至县里。这几个宾客，放心不下，也随来观看。躲过的家人。也自出头，奉着主母之命，将了银两，赶来央人使用打探，不在话下。

且说汪知县在堂等候，堂前灯笼火把，照耀浑如白昼，四下绝不闻一些人声。众公差押卢楠等，直至丹墀下。举目看那知县，满脸杀气，分明坐下个阎罗天子。两行隶卒排列，也与牛头夜叉无二。家人们见了这个威势，一个个胆战心惊。众公差跑上堂禀道：『卢楠一起拿到了。』将一干人带上月台，齐齐跪下。钮文、金氏另跪在一边，惟有卢楠挺然居中而立。汪知县见他不跪，仔细看了一看，冷笑道：『是一个土豪，见了官府，犹恁般无状，在外安得不肆行无忌。我且不与你计较，暂请到监里去坐一坐。』卢楠倒走上三四步，横挺着身子说道：『就到监里去坐也不妨。只要说个明白，我得何罪。昏夜差人抄没？』知县道：『你强占良人妻女不遂，打死钮成，这罪也不小！』卢楠闻言，微微笑道：『我只道有甚天大事情，原来为钮成之事。据你说只不过要我偿他命罢了，何须大惊小怪。但钮成原系我家佣奴，与家人卢才口角而死，却与我无干。即使是我打死，亦无死罪之律；若必欲借彼证此，横加无影之罪，以雪私怨，我卢楠不难屈承，只怕公论难泯！』汪知县大怒道：『你打死平人，昭然耳目，却冒认为奴，污蔑问官，抗拒不跪。公堂之上，尚敢如此狂妄，平日豪横，不问可知矣！今且勿论人命真假，只抗逆父母官，该得何罪？』喝教拿下去打。众公差齐声答应，赶向前一把揪翻。卢楠叫道：『士可杀而不可辱，我卢楠堂堂汉子，何惜一死！却要用刑？任凭要我认那一等罪，无不如命，不消责罚。』众公差哪里由他做主，按倒在地，打了三十。知县喝教住了，并家人齐发下狱中监禁。钮成尸首着地方买棺盛殓，发至官坛候验。钮文、金氏干证人等召保听审。卢楠打得血肉淋漓，两个家人扶着，一路大笑走出仪门。

这几个朋友上前相迎，家人们还恐怕来拿，远远而立，不敢近身。众友问道：『为甚事，就到杖责？』卢楠道：『并无别事，汪知县公报私仇，借家人卢才的假人命，装在我名下，要加个小小死罪。』众友惊骇道：『不信有此奇冤枉。』内中一友叫道：『不打紧，待小弟回去，与家父说了，明日拉合县乡绅孝廉，与县公讲明。料县公难灭公论，自然开释。』卢楠道：『不消兄等费心，但凭他怎地摆布罢了！只有一件紧事，烦到家间说一声，教把酒多送几坛到狱中来。』众友道：『如今酒也该少饮。』卢楠笑道：『人生贵在适意，贫富荣辱，俱身外之事，于我何有。难道因他要害我，就不饮酒了？这是一刻也少不得的！』正在那里说话，一个狱卒推着背道：『快进狱去，有话另日再说。』那狱卒不是别人，叫做蔡贤，也是汪知县得用之人。卢楠睁起眼喝道：『咄！可恶！我自说话，与你何干？』蔡贤也焦躁道：『呵呀！你如今是个在官人犯了，这样公子气质，且请收起，用不着了。』卢楠大怒道：『什么在官人犯，就不进去便怎么！』蔡贤还要回话，有几个老成的将他推开，做好做歹，劝卢楠进了监门。众友也各自回去。卢楠家人自归家回复主母，不在话下。

原来卢楠出衙门时，谭遵紧随在后，察访这些说话，一句句听得明白，进衙报与知县。知县到次早只说有病，不出堂理事，众乡官来时，门上人连帖也不受。至午后忽地升堂，唤齐金氏一干人犯，并仵作人等，监中调出卢楠主仆，径去检验钮成尸首。那仵作人已知县主之意，轻伤尽报做重伤，地邻也理会得知县要与卢楠作对，齐咬定卢楠打死。知县又哄卢楠将出钮成佣工文券，只认做假的，尽皆扯碎，严刑拷打，问成死罪。又加二十大板，长枷手扭，下在死囚牢里。家人们一概三十，满徒三年，召保听候发落。金氏、钮文干证人等，发回宁家。尸棺俟详转定夺。将招由叠成文案，并卢楠抗逆不跪等情，细细开载在内。备文申报上司。虽众乡绅力为申理，知县执意不从。有诗为证：

县令从来可破家，冶长非罪亦堪嗟。福堂今日容高士，名圃无人理百花。

且说卢楠本是贵介之人，生下一个脓窠疮儿，就要请医家调治的，如何经得这等刑杖？到得狱中，昏迷不醒。幸喜合监的人，知他是个有钱主儿，奉承不暇，流水把膏药末药送来。家中娘子又请太医来调治，外修内补，不够一月，平服如旧。那些亲友络绎不绝到监中候问。狱卒人等，已得了银子，欢天喜地由他们直进直出，并无拦阻。内中单有蔡贤是知县心腹，如飞禀知县主，魆地到监点闸，搜出五六人来，却都是有名望的举人秀士，不好将他难为，教人送出狱门。又把卢楠打上二十。四五个狱卒，一概重责。那狱卒们明知是蔡贤的缘故，咬牙切齿。因是县主得用之人，谁敢与他计较。那卢楠平日受用的高堂大厦，锦衣玉食，眼内见的是竹木花卉，耳中闻的是笙箫细乐。到了晚间，娇姬美妾，倚翠偎红，似神仙般散诞的人。如今坐于狱中，住的却是钻头不进，半塌不倒的房子；眼前见的无非死犯重囚，言语嘈杂，面目凶顽，分明一班妖魔鬼怪；耳中闻的不过是脚镣手扭铁链之声。到了晚间，提铃喝号，击柝鸣锣，唱那歌儿，何等凄惨！他虽是豪迈之人，见了这般景象，也未免睹物伤情。恨不得胁下顷刻生出两个翅膀，飞出狱中。又恨不得提把板斧，劈开狱门，连众犯也都放走。一念转着受辱光景，毛发倒竖，恨道：『我卢楠做了一世好汉，却送在这个恶贼手里！如今陷于此间，怎能够出头的日子。总然挣得出去，亦有何颜面见人！要这性命何用？不如寻个自尽，到得干净。』又想道：『不可，不可！昔日成汤文王，有夏台羑里之囚，孙膑、马迁有刖足腐刑之辱。这几个都是圣贤，尚忍辱待时，我卢楠岂可短见！』却又想道：『我卢楠相知满天下，身列缙绅者也不少，难道急难中就坐观成败？还是他们不晓得我受此奇冤？须索写书去通知，教他们到上司处挽回。』遂写起若干书启，差家人分头投递那些相知。也有见任，也有林下，见了书札，无不骇然。也有直达汪知县，要他宽罪的，也有托上司开招的。那些上司官，一来也晓得卢楠是当今才子，有心开释，都把招详驳下县里。回书中又露个题目，教卢楠家属前去告状，转批别衙门开招出罪。卢楠得了此信，心中暗喜，即教家人往各上司拆冤，果然都批发本府理刑勘问。理刑官已先已有人致意，不在话下。

却说汪知县几日间连接数十封书札，都是与卢楠求解的，正在踌躇，忽见各上司招详，又都驳转。隔了几日，理刑厅又行牌到县，吊卷提人。已明知上司有开招放他之意，心下老大惊惧，想道：『这厮果然神通广大，身子坐在狱中，怎么各处关节已是布置到了？若此番脱漏出去，如何饶得我过！一不做，二不休，若不斩草除根，恐有后患。』当晚差谭遵下狱，教狱卒蔡贤拿卢楠到隐僻之处，遍身鞭扑，打个半死，推倒在地，缚了手足，把土囊压住鼻口。那消一个时辰，呜呼哀哉！可怜满腹文章，到此冤沉狱底。正是：

英雄常抱千年恨，风木寒烟空断魂。

话分两头，却说浚县有个巡捕县丞，姓董名绅，贡士出身，任事强干，用法平恕。见汪知县将卢楠屈陷大辟，十分不平，只因官卑职小，不好开口。每下狱查点，便与卢楠谈论，两下遂成相知。那晚恰好也进监巡视，不见了卢楠，问众狱卒时，都不肯说。恼动性子，一片声喝打，方才低低说：『大爷差谭令史来讨气绝，已拿向后边去了。』董县丞大惊道：『大爷乃一县父母，那有此事？必是你们这些奴才，索诈不遂，故此谋他性命！快引我去寻来。』众狱卒不敢违逆，直引至后边一条夹道中，劈面撞着谭遵、蔡贤，喝教拿住。上前观看，只见卢楠仰在地上，手足尽皆绑缚，面上压个土囊。董县丞叫左右提起土囊，高声叫唤，也是卢楠命不该死，渐渐苏醒。与他解去绳索，扶至房中，寻些热汤吃了，方能说话。仍将谭遵指挥蔡贤，打骂谋害情由说出。董县丞安慰一番，教人伏事他睡下，然后带蔡贤、谭遵二人到于厅上，思想：『这事虽出是县主之意，料今败露，也不敢承认。欲要拷问谭遵，又想他是县主心腹，只道我不存体面，反为不美。』单唤过蔡贤，要他招承与谭遵索诈不遂，同谋卢楠性命。那蔡贤初时只推县主所遣，不肯招承。董县丞大怒，喝教夹起来。那众狱卒因蔡贤向日报县主来闸监，打了板子，心中怀恨，寻过一副极短极紧的夹棍，才套上去，就喊叫起来，连称：『愿招。』董县丞即便教住了。众狱卒恨着前日的毒气，只做不听见，倒务命收紧，夹得蔡贤叫爹叫娘，连祖宗十七八代尽叫出来。董县丞连声喝住，方才放了，把纸笔要他亲供。蔡贤只得依着董县丞说话供招。董县丞将来袖过，吩咐众狱卒：『此二人不许擅自释放，待我见过大爷，然后来取。』起身出狱回衙，连夜备了文书。次早汪知县升堂，便去亲递。汪知县因不见谭遵回复，正在疑惑，又见董县丞呈说这事，暗吃一惊，心中虽恨他冲破了网，却又奈何他不得。看了文书，只管摇头：『恐没这事。』董县丞道：『是晚生亲眼见的，怎说没有？堂尊若不信，唤二人对证便了。那谭遵犹可恕，这蔡贤最是无理，连堂尊也还污篾；若不究治，何以惩戒后人！』汪知县被道着心事，满面通红，生怕传扬出去，坏了名声，只得把蔡贤问徒发遣。自此怀恨董县丞，寻两件风流事过，参与上司，罢官而去。此是后话不题。

再说汪知县因此谋不谐，遂具揭呈，送各上司，又差人往京中传送要道之人，大抵说卢楠恃富横行乡党，结交势要，打死平人，抗送问官，营谋关节，希图脱罪。把情节做得十分厉害，无非要张扬其事，使人不敢救援。又教谭遵将金氏出名，连夜刻起冤单，遍处粘帖。布置停当，然后备文起解到府。那推官原是没担当懦怯之辈，见汪知县揭帖并金氏冤单，果然恐怕是非，不敢开招，照旧申报上司。大凡刑狱，经过理刑问结，别官就不敢改动。卢楠指望这番脱离牢狱，谁道反坐实了一重死案，依旧发下浚县狱中监禁。还指望知县去任，再图昭雪。那知汪知县因扳翻了个有名富豪，京中多道他有风力，到得了个美名，行取入京，升为给事之职。他已居当道，卢楠总有通天摄地的神通，也没人敢翻他招案。有一巡按御史樊某，怜其冤枉，开招释罪。汪给事知道，授意与同科官，劾樊巡按一本，说他得了贿赂，卖放重囚，罢官回去。着府县原拿卢楠下狱。因此后来上司虽知其冤，谁肯舍了自己官职，出他的罪名。光阴迅速，卢楠在狱不觉又是十有余年，经了两个县官。那时金氏、钮文虽都病故，汪给事却升了京堂之职，威势正盛，卢楠也不做出狱指望。不道灾星将退，那年又选一个新知县到任。只因这官人来，有分教：

此日重阴方启照，今朝甘露不成霜。

却说浚县新任知县，姓陆名光祖，乃浙江嘉兴府平湖县人氏。那官人胸藏锦绣，腹隐珠玑，有经天纬地之才，济世安民之术。出京时，汪公曾把卢楠的事相嘱，心下就有些疑惑，想道：『虽是他旧任之事，今已年久，与他还有甚相干，谆谆教谕？其中必有缘故。』到任之后，访问邑中乡绅，都为称枉，叙其得罪之由。陆公还恐卢楠是个富家央浼下的，未敢全信。又四下暗暗体访，所说皆同。乃道：『既为民上，岂可以私怨罗织，陷人大辟？』欲要申文到上司，与他昭雪，又想道：『若先申上司，必然行查驳勘，便不能决截了事。不如先开释了，然后申报。』遂调出那宗卷来，细细查看，前后招由，并无一毫空隙。反覆看了几次，想道：『此事不得卢才，如何结案？』乃出百金为信赏钱，立限与捕役要拿卢才。不一月，忽然获到，将严刑究讯，审出真情。遂援笔批云：

审得钮成以领工食银于卢楠家，为卢才叩债，以致争斗，则钮成为卢氏之雇工人也明矣。雇工人死，无家翁偿命之理。况放债者才，叩债者才，厮打者亦才，释才坐楠，律何称焉？才遁不到官，累及家翁。死有余辜，拟抵不枉。卢楠久于狱，亦一时之厄也！相应释放。云云。

当日监中取出卢楠，当堂打开枷杻，释放回家。合衙门人无不惊骇，就是卢楠也出自意外，甚以为异。陆公备起申文，把卢才起衅根由，并受枉始末，一一开叙，亲至府中，相见按院呈递。按院看了申文，道他擅行开释，必有私弊，问道：『闻得卢楠家中甚富，贤令独不避嫌乎？』陆公道：『知县但知奉法，不知避嫌。但知问其枉不枉，不知问其富不富。若是不枉，夷齐亦无生理。若是枉，陶朱亦无死法。』按院见说得词正理直，更不再问，乃道：『昔张公为廷尉，狱无冤民，贤令近之矣。敢不领教！』陆公辞谢而出，不题。

且说卢楠回至家中，合门庆幸，亲友尽来相贺。过了数日，卢楠差人打听陆公已是回县，要去作谢，他却也素位而行，换了青衣小帽。娘子道：『受了陆公这般大德大恩，须备些礼物去谢他便好！』卢楠说：『我看陆公所为，是个有肝胆的豪杰，不比那龌龊贪利的小辈。若送礼去，反轻亵他了！』娘子道：『怎见得是反为轻亵？』卢楠道：『我沉冤十余载，上官皆避嫌不肯见原。陆公初莅此地，即廉知枉，毅然开释。此非有十二分才智，十二分胆识，安能如此？今若以利报之，正所谓故人知我，我不知故人也。如何使得？』即轻身而往。陆公因他是个才士，不好轻慢，请到后堂相见。卢楠见了陆公，长揖不拜。陆公暗以为奇，也还了一礼，遂教左右看坐。门子就扯把掎子，放在旁边。看官，你道有恁样奇事！那卢楠乃久滞的罪人，亏陆公救援出狱，此是再生恩人，就磕穿头，也是该的，他却长揖不拜。若论别官府见如此无礼，心上定然不乐了。那陆公毫不介意，反又命坐。可见他度量宽洪，好贤极矣！谁想卢楠见教他旁坐，倒不悦起来，说道：『老父母，但有死罪的卢楠，没有旁坐的卢楠。』陆公闻言，即走下来，重新叙礼，说道：『是学生得罪了。』即逊他上坐。两个谈今论古，十分款洽，只恨相见之晚，遂为至友。有诗为证：

昔闻长揖大将军，今见卢生抗陆君。夕释桁阳朝上坐，丈夫意气薄青云。

却说汪公闻得陆公释了卢楠，心中不忿，又托心腹，连按院劾上一本。按院也将汪公为县令时，挟怨诬人始末，细细详辩一本。倒下圣旨，将汪公罢官回去，按院照旧供职，陆公安然无恙。那时谭遵已省祭在家，专一挑写词状，陆公廉访得实，参了上司，拿上狱中，问边远充军。卢楠从此自谓余生，绝意仕进，益放于诗酒。家事渐渐沦落，绝不为意。再说陆公在任，分文不要，爱民如子，况又发奸摘隐，剔清利弊，奸宄慑伏，盗贼屏迹，合县遂有神明之称，声名振于都下。只因不附权要，止迁南京礼部主事。离任之日，士民攀辕卧辙，泣声盈道，送至百里之外。那卢楠直送五百余里，两个依依不舍，欷歔而别。后来陆公累官至南京吏部尚书。卢楠家已赤贫，乃南游白下，依陆公为主，陆公待为上宾。每日供其酒资一千，纵其游玩山水。所到之处，必有题咏，都中传诵。一日游采石李学士祠，遇一赤脚道人，风致飘然，卢楠邀之同饮，道人亦出葫芦中玉液以酌卢楠。楠饮之，甘美异常，问道：『此酒出于何处？』道人答道：『此酒乃贫道所自造也。贫道结庵于庐山五老峰下，居士若能同游，当恣君斟酌耳。』卢楠道：『既有美酝，何惮相从！』即刻到李学士祠中，作书寄谢陆公，不携行李，随着那赤脚道人而去。陆公见书，叹道：『倏然而来，倏然而去，以乾坤为逆旅，以七尺为蜉蝣，真狂士也！』遣人于庐山五老峰下访之不获。后十年，陆公致政归田，朝廷遣官存问，陆公使其次子往京谢恩，从人见之于京都，寄问陆公安否。或云遇仙成道矣。后人有诗赞云：

命蹇英雄不自由，独将诗酒傲公侯。一丝不挂飘然去，赢得高名万古留。

后人又有一诗警戒文人，莫学卢公以傲取祸。诗曰：

酒癖诗狂傲骨兼，高人每得俗人嫌。劝人休蹈卢公辙，凡事还须学谨谦。

第三十卷

李汧公穷邸遇侠客

世事纷纷如弈棋，输赢变幻巧难窥。但存方寸公平理，恩怨分明不用疑。

话说唐玄宗天宝年间，长安有一士人，姓房名德，生得方面大耳，伟干丰躯。年纪三十以外，家贫落魄，十分淹蹇，全亏着浑家贝氏纺织度日。时遇深秋天气，头上还裹着一顶破头巾，身上穿着一件旧葛衣，那葛衣又逐缕缕绽开了，却与蓑衣相似。思想：『天气渐寒，这模样怎生见人？』知道老婆余得两匹布儿，欲要讨来做件衣服。谁知老婆原是小家子出身，器量最狭，却又配着一副悍毒的狠心肠。那张嘴头子，又巧于应变，赛过刀一般快，凭你什么事，高来高就，低来低对，死的也说得活起来，活的也说得死了去，是一个翻唇弄舌的婆娘。那婆娘看见房德没甚活路，靠他吃死饭，常把老公欺负。房德因不遇时，说嘴不响，每事只得让他，渐渐的有几分惧内。是日贝氏正在那里思想，老公恁般狼狈，如何是个好日？却又怨父母，嫁错了对头，赚了终身，心下正是十分烦恼，恰好触在气头上，乃道：『老大一个汉子，没处寻饭吃，靠着女人过日。如今连衣服都要在老娘身上出豁，说出来可不羞么？』房德被抢白了这两句，满面羞惭。事在无奈，只得老着脸，低声下气道：『娘子，一向深亏你的气力，感激不尽！但目下虽是落薄，少不得有好的日子，权借这布与我，后来发职时，大大报你的情罢！』贝氏摇手道：『你的甜话儿哄得我多年了，信不过。这两匹布，老娘自要做件衣服过寒的，休得指望。』房德布又取不得，反讨了许多没趣。欲待厮闹一场，因怕老婆嘴舌又利，喉咙又响，恐被邻家听见，反妆幌子，敢怒而不敢言。憋口气撞出门去，指望寻个相识告借。

走了大半日，一无所遇。那天却又与他做对头，偏生的忽地发一阵风雨起来。这件旧葛衣被风吃得飕飕如落叶之声，就长了一身寒栗了。冒着风雨，奔向前面一古寺中躲避。那寺名为云华禅寺。房德跨进山门看时，已先有个长大汉子，坐在左廊槛上，殿中一个老僧诵经。房德便向右廊槛上坐下，呆呆的看着天上。那雨渐渐止了，暗道：『这时不走，只怕少刻又大起来。』却待转身，忽掉过头来，看见墙上画一只禽鸟，翎毛儿，翅膀儿，足儿尾儿，件件皆有，单单不画鸟头。天下有恁样空脑子的人，自己饥寒尚且难顾，有甚心肠，却评品这画的鸟来。想道：『常闻得人说：画鸟先画头。这画法怎与人不同？却又不画完，是甚意故？』一头想，一头看，转觉这鸟画得可爱，乃道：『我虽不晓此道，谅这鸟头也没甚难处，何不把来续完。』即往殿上与和尚借了一枝笔，蘸得墨饱，走来将鸟头画出，却也不十分丑，自觉欢喜道：『我若学丹青，到可成得！』刚画时，左廊那汉子就捱过来观看，把房德上下仔细一相，笑容可掬，向前道：『秀才，借一步说话。』房德道：『足下是谁？有甚见教？』那汉道：『秀才不消细问，同在下去，自有好外。』房德正在穷困之乡，听见说有好处，不胜之喜。将笔还了和尚，把破葛衣整一整，随那汉子前去。此时风雨虽止，地上好生泥泞，却也不顾。离了云华寺，直走出升平门，到乐游原旁边，这所在最是冷落。那汉子向一小角门上连叩三声。停了一回，有个人开门出来，也是个长大汉子，看见房德。亦甚欢喜，上前声喏。房德心中疑道：『这两个汉子是何等样人？不知请我来有其好处？』问道：『这里是谁家？』二汉答道：『秀才到里边便晓得。』房德走入门里，二汉原把门撑上，引他进去。房德看时，荆蓁满目，衰草漫漫，乃是个败落花园。弯弯曲曲转到半塌不倒的亭子上，里边又走出十四五个汉子，一个个拳长臂大，面貌狰狞。见了房德，满面堆下笑来道：『秀才请进。』房德暗自惊骇道：『这班人来得跷蹊，且看他有甚话说？』众人迎进亭中，相见已毕，逊在板凳上坐下，问道：『秀才尊姓？』房德道：『小生姓房，不知列位有何说话？』起初同行那汉道：『实不相瞒，我众弟兄乃江湖上豪杰，专做这件没本钱的生意。只为俱是一勇之夫，前日几乎弄出事来，故此对天祷告，要觅个足智多谋的好汉，让他做个大哥，听其指挥。适来云华寺墙上画不完的禽鸟，便是众弟兄对天祷告，设下的誓愿，取羽翼俱全，单少头儿的意思。若合该兴隆，天遣个英雄好汉，补足这鸟，便迎请来为头。等候数日，未得其人。且喜天随人愿，今日遇着秀才，恁般魁伟相貌，一定智勇兼备，正是真命寨主了。众兄弟今后任凭调度，保个终身安稳快活，可不好么？』对众人道：『快来宰杀牲口，祭拜天地。』内中有三四个，一溜烟跑向后边去了。房德暗讶道：『原来这班人却是一伙强盗。我乃清清白白的人，如何恁样事？』答道：『列位壮士在上，若要我做别事则可，这一桩实不敢奉命。』众人道：『却是为何？』房德道：『我乃读书之人，还要巴个出身日子，怎肯干这等犯法的勾当？』众人道：『秀才所言差矣！方今杨国忠为相，卖官鬻爵，有钱的便做大官。除了钱时，就是李太白恁样高才，也受了他的恶气，不能得中。若非辨识番书，恐此时还是个白衣秀士哩。不是冒犯秀才说，看你身上这般光景，也不像有钱的，如何指望官做？不如从了我们，大碗酒大块肉，整套穿衣，论秤分金，且又让你做个掌盘，何等快活散诞！倘若有些气象时，据着个山寨，称孤道寡，也由得你。』房德沉吟未答。那汉又道：『秀才十分不肯时，也不敢相强。但只是来得去不得，不从时，便要坏你性命，这却莫怪！』都向靴里飕的拔出刀来，吓得房德魂不附体，倒退下十数步来道：『列位莫动手，容再商量。』众人道：『从不从，一言而决，有甚商量？』房德想道：『这般荒僻所在，若不依他，岂不白白送了性命，有哪个知得？且哄过一时，到明日脱身去首罢。』算计已定，乃道：『多承列位壮士见爱，但小生平昔胆怯，恐做不得此事。』众人道：『不打紧，初时便胆怯，做过几次，就不觉了。』房德道：『既如此，只得顺从列位。』众人大喜，把刀依旧纳在靴中道：『即今已是一家，皆以弟兄相称了。快将衣服来与大哥换过，好拜天地。』便进去捧出一套锦衣，一顶新唐巾，一双新靴。房德着扮起来，威仪比前更是不同。众人齐声喝采道：『大哥这个人品，莫说做掌盘，就是皇帝，也做得来。』古语云：不见可欲，使心不乱。房德本是个贫士，这般华服从不曾着体，如今忽地焕然一新，不觉移动其念，把众人那班说话细细一味，转觉有理。想道：『如今果是杨国忠为相，贿赂公行，不知埋没了多少高才绝学。像我恁样平常学问，真个如何能够官做？若不得官，终身贫贱，反不如这班人受用了。』又想起：『见今恁般深秋天气，还穿着破葛衣。与浑家要匹布儿做件衣服，尚不能够。及至仰告亲识，又并无一个肯慨然周济。看起来到是这班人义气，与他素无相识，就把如此华美衣服与我穿着，又推我为主。便依他们胡做一场，到也落过半世快活。』却又想道：『不可不可！倘被人拿住，这性命就休了！』正在胡思乱想，把肠子搅得七横八竖，疑惑不定。只见众人忙摆香案，抬出一口猪，一腔羊，当天排列，连房德共是十八个好汉，一齐跪下，拈香设誓，歃血为盟。祭过了天地，又与房德八拜为交，各叙姓名。少顷摆上酒肴，请房德坐了第一席。肥甘美酝，恣意饮啖。房德日常不过黄齑淡饭，尚且自不全，间或觅得些酒肉，也不能够趁心醉饱。今日这番受用，喜出望外。且又众人轮流把盏，大哥前，大哥后，奉承得眉花眼笑。起初还在欲为未为之间，到此时便肯死心塌地，做这桩事了。想道：『或者我命里合该有些造化，遇着这班弟兄扶助。真个弄出大事业来，也未可知。若是小就时，只做两三次，寻了些财物，即便罢手，料必无人晓得。然后去打杨国忠的关节，觅得个官儿，岂不美哉！万一败露，已是享用过头，便吃刀吃剐，亦所甘心，也强如担饥受冻，一生做个饿莩。』有诗为证：

风雨萧萧夜正寒，扁舟急桨上危滩。也知此去波涛恶，只为饥寒二字难。

众人杯来盏去，直吃到黄昏时候。一人道：『今日大哥初聚，何不就发个利市？』众人齐声道：『言之有理。还是到哪一家去好？』房德道：『京都富家，无过是延平门王元宝这老儿为最。况且又在城外，没有官兵巡逻，前后路径，我皆熟惯。上这一处，就抵得十数家了。不知列位以为何如？』众人喜道：『不瞒大哥说，这老儿我们也在心久了。只因未得其便，不想却与大哥暗合，足见同心。』即将酒席收过，取出硫磺焰硝火把器械之类，一齐扎缚起来。但见：

白布罗头，翰鞋兜脚。脸上抹黑搽红，手内提刀持斧。袴裙刚过膝，牢拴裹肚；衲袄却齐腰，紧缠搭膊。一队妖魔来世界，数群虎豹入山林。

众人结束停当，捱至更余天气，出了园门，将门反撑好了，如疾风骤雨而来。这延平门离乐游原约有六七里之远，不多时就到了。且说王元宝乃京兆尹王鉷的族兄，家有敌国之富，名闻天下，玄宗天子亦尝召见。三日前被小偷窃了若干财物，告知王鉷，责令不良人捕获，又拨三十名健儿防护。不想房德这班人晦气，正撞在网里。当下众强盗取出火种，引着火把，照耀浑如白昼，轮起刀斧，一路砍门进去。那些防护健儿并家人等，俱从睡梦中惊醒，鸣锣呐喊，各执棍棒上前擒拿。庄前庄后邻家闻得，都来救护。这班强盗见人已众了，心下慌张，便放起火来，夺路而走。王家人分一半救火，一半追赶上去，团团围住。众强盗拼命死战，戳伤了几个庄客，终是寡不敌众，被打翻数人，余者尽力奔脱，房德亦在打翻数内。一齐绳穿索缚，等至天明，解进京兆尹衙门。王鉷发下畿尉推问。那畿尉姓李名勉，字玄卿，乃宗室之子。素性忠贞尚义，有经天纬地之才，济世安民之志。只为李林甫、杨国忠相继为相，妒贤嫉能，病国殃民，屈在下僚，不能施展其才。这畿尉品级虽卑，却是个刑名官儿。凡捕到盗贼，俱属鞫讯。上司刑狱，悉委推勘。故历任的畿尉，定是酷吏，专用那周兴、来俊臣、索元礼遗下有名色的极刑。是那几般名色？有《西江月》为证：

犊子悬车可畏，驴儿拔橛堪哀！凤凰晒翅命难捱，童子参禅魂捽。玉女登梯最惨，仙人献果伤哉！猕猴钻火不招来，换个夜叉望海。

那些酷吏，一来仗刑立威；二来或是权要嘱托，希承其旨：每事不问情真情枉，一味严刑锻炼，罗织成招。任你铜筋铁骨的好汉，到此也胆丧魂惊，不知断送了多少忠臣义士。惟有李勉与他尉不同，专尚平恕，一切惨酷之刑，置而不用，临事务在得情，故此并无冤狱。那一日正值早衙，京尹发下这件事来。十来个强盗，五六个戳伤庄客，跪做一庭。行凶刀斧，都堆在阶下。李勉举目看时，内中惟有房德人材雄伟，丰彩非凡，想道：『恁样一条汉子，如何为盗？』心下就怀个矜怜之念。当下先唤巡逻的并王家庄客，问了被劫情由。然后又问众盗姓名，逐一细鞫。俱系当时就擒，不待用刑，尽皆款伏，又招出党羽窟穴。李勉即差不良人去捕缉。问至房德，乃匍匐到案前，含泪而言道：『小人自幼业儒，原非盗辈。止因家贫无措，昨到亲戚处告贷，为雨阻于云华寺中，被此辈以计诱，威逼入伙，出于无奈。』遂将画鸟及入伙前后事，一一细诉。李勉已是惜其材貌，又见他说得情词可悯，便有意释放他。却又想：『一伙同罪，独放一人，公论难泯。况是上司所委，如何回覆？除非如此如此。』乃假意叱喝下去，吩咐俱上了枷杻，禁于狱中，俟拿到余党再问。砍伤庄客，遣回调理，巡逻人记功有赏。发落众人去后，即唤狱卒王太进衙。原来王太昔年因误触了本官，被诬构成死罪，也亏李勉审出，原在衙门服役。那王太感激李勉之德，凡有委托，无不尽力，为此就参他做押狱之长。当下李勉吩咐道：『适来强人内有个房德，我看此人相貌轩昂，言词挺拔，是个未遇时的豪杰。有心要出脱他，因碍着众人，不好当堂明放，托在你身上，觑个方便，纵他逃走。』取过三两一封银子。教他递与，赠与盘费，速往远处潜避，莫在近边，又为人所获。王太道：『相公吩咐，怎敢有违？但恐遗累众狱卒，却如何处？』李勉道：『你放他去后，即引妻小躲入我衙中。将申文俱做于你的名下，众人自然无事。你在我左右做个亲随，岂不强如为这贱役？』王太道：『若得相公收留，在衙服侍，万分好了。』将银袖过，急急出衙，来到狱中，对小牢子道：『新到囚犯，未经刑杖，莫教聚于一处，恐弄出些事来。』小牢子依言，遂将众人四散分开。王太独引房德置在一个僻静之处，把本官美意细细说出，又将银两交与。房德不胜感激道：『烦禁长哥致谢相公，小人今生若不能补报，死当作犬马酬恩。』王太道：『相公一片热肠救你，那指望报答？但愿你此去，改行从善，莫负相公起死回生之德！』房德道：『多感禁长哥指教，敢不佩领。』捱到傍晚，王太眼同众牢子将众犯尽上囚床，第一个先从房德起，然后挨次而去。王太觑众人正手忙脚乱之时，捉空踅过来，将房德放起，开了枷锁，又把自己旧衣帽与他穿了，引至监门口。且喜内外更无一人来往，急忙开了狱门，扠他出去。房德拽开脚步，不顾高低，也不敢回家，挨出城门，连夜而走。心下思想：『多感畿尉相公救了性命，如今投兀谁好？』想起当今惟有安禄山最为天子宠任，收罗豪杰，何不投之？遂取路直至范阳。恰好遇见个故友严庄，为范阳长史，引见禄山。那时安禄山久蓄异志，专一招亡纳叛。见房德生得人材出众，谈吐投机，遂留于部下。房德住了几时，暗地差人迎取妻子到彼，不在话下。正是：

挣破天罗地网，撇开闷海愁城。得意尽夸今日，回头却认前生。

且说王太当晚只推家中有事要回，吩咐众牢子好生照管，将匙钥交付明白，出了狱门。来至家中，收拾囊箧，悄悄领着妻子，连夜躲入李勉衙中不题。且说众牢子到次早放众囚水火，看房德时，枷锁撇在半边，不知几时逃去了。众人都惊得面如土色，叫苦不迭道：『恁样紧紧上的刑具，不知这死囚怎地挣脱逃走了？却害我们吃屈官司，又不知从何处去的？』四面张望墙壁，并不见块砖瓦落地，连泥屑也没有一些，齐道：『这死囚昨日还哄畿尉相公，说是初犯，到是个积年高手。』内中一人道：『我去报知王狱长，教他快去禀官，作急缉获。』那人一口气跑到王太家，见门闭着，一片声乱敲，那里有人答应。间壁一个邻家走过来道：『他家昨晚乱了两个更次，想是搬去了。』牢子道：『并不见王狱长说起迁居，那有这事！』邻家道：『无过止这间屋儿，如何敲不应？难道睡死不成？』牢子见说得有理，尽力把门扠开，原来把根木子反撑的，里边止有几件粗重家伙，并无一人。牢子道：『却不作怪！他为什么也走了？这死囚莫不到是他卖放的？休管是不是，且都推在他身上罢了。』把门依旧带上，也不回狱，径望畿尉衙门前来。恰好李勉早衙理事，牢子上前禀知。李勉佯惊道：『向来只道王太小心，不想恁般大胆，敢卖放重犯！料他也只躲在左近，你们四散去缉访，获到者自有重赏。』牢了叩头而出。李勉备文报府。王鉷以李勉疏虞防闲，以不职奏闻天子，罢官为民。一面悬榜，捕获房德、王太。李勉即日纳还官诰，收拾起身，将王太藏于女人之中，带回家去。

不因济困扶危意，肯作藏亡匿罪人？

李勉家道素贫，却又爱做清官，分文不敢妄取，及至罢任，依原是个寒士。归到乡中，亲率童仆，躬耕而食。家居二年有余，贫困转剧，乃别了夫人，带着王太并两个家奴，寻访故知。由东都一路，直至河北。闻得故人颜杲卿新任常山太守，遂往谒之。路经柏乡县过，这地方离常山尚有二百余里。李勉正行间，只见一行头踏，手持白捧，开道而来，呵喝道：『县令相公来，还不下马？』李勉引过半边回避。王太远远望见那县令，上张皂盖，下乘白马，威仪济济，相貌堂堂。仔细认时，不是别个，便是昔年释放的房德。乃道：『相公不消避得，这县令就是房德。』李勉闻言，心中甚喜道：『我说那人是个未遇时的豪杰，今却果然。但不知怎地就得了官职？』欲要上前去问，又想道：『我若问时，此人只道晓得他在此做官，来与索报了，莫问罢！』吩咐王太禁声，把头回转，让他过去。那房德渐渐至近，一眼觑见李勉背身而立，王太也在旁边，又惊又喜。连忙止住从人，跳下马来，向前作揖道：『恩相见了房德，如何不唤一声，反掉转头去？险些儿错过。』李勉还礼道：『恐妨足下政事，故不敢相通。』房德道：『说那里话，难得恩相至此，请到敝衙少叙。』李勉此时鞍马劳倦，又见其意殷勤，答道：『既承雅情，当暂话片时。』遂上马并辔而行，王太随在后面。不一时到了县中，直至厅前下马。房德请李勉进后堂，转过左边一个书院中来。吩咐从人不必跟入，只留一个心腹干办陈颜，在门口伺候，一面着人整备上等筵席。将李勉四个牲口，发于后槽喂养，行李即教王太等搬将入去。又教人传话衙中，唤两个家人来服侍。那两个家人，一个叫做路信，一个叫做支成，都是房德为县尉时所买。

且说房德为何不要从人入去？只因他平日冒称是宰相房玄龄之后，在人前夸炫家世，同僚中不知他的来历，信以为真，把他十分敬重。今日李勉来至，相见之间，恐题起昔日为盗这段情由，怕众人闻得，传说开去，被人耻笑，做官不起。因此不要从人进去，这是他用心之处。当下李勉步入里边去看时，却是向阳一带三间书室，侧边又是两间厢房。这书室庭户虚敞，窗槅明亮，正中挂一幅名人山水，供一个古铜香炉，炉内香烟馥郁。左边设一张湘妃竹榻，右边架上堆满若干图书。沿窗一只几上，摆列文房四宝。庭中种植许多花木，铺设得十分清雅。这所在乃是县令休沐之处，故尔恁般齐整。

且说房德让李勉进了书房，忙忙的掇过一把椅子，居中安放，请李勉坐下，纳头便拜。李勉急忙扶住道：『足下如何行此大礼？』房德道：『某乃待死之囚，得恩相超拔，又赐赠盘缠，遁逃至此，方有今日。恩相即某之再生父母，岂可不受一拜！』李勉是个忠正之人，见他说得有理，遂受了两拜。房德拜罢起来，又向王太礼谢，引他二人到厢房中坐地。又叮咛道：『倘隶卒询问时，切莫与他说昔年之事。』王太道：『不消吩咐，小人理会得。』房德复身到书房中扯把椅儿，打横相陪道：『深蒙相公活命之恩，日夜感激，未能酬报，不意天赐至此相会。』李勉道：『足下一时被陷，吾不过因便斡旋，何德之有？乃承如此垂念。』献茶已毕，房德又道：『请问恩相升在何任，得过敝邑？』李勉道：『吾因释放足下，京尹论以不职，罢归乡里。家居无聊，故遍游山水，以畅襟怀。今欲往常山，访故人颜太守，路经于此。不想却遇足下，且已得了官职，甚慰鄙意。』房德道：『原来恩相因某之故，累及罢官。某反苟颜窃禄于此，深切惶愧！』李勉道：『古人为义气上，虽身家尚然不顾，区区卑职，何足为道！但不知足下别后，归于何处，得宰此邑？」房德道：「某自脱狱，逃至范阳，幸遇故人，引见安节使，收于幕下，甚蒙优礼。半年后，即署此县尉之职。近以县主身故，遂表某为令。自愧谫陋菲才，滥叨民社，还要求恩相指教。」李勉虽则不在其位，却素闻安禄山有反叛之志。今见房德乃是他表举的官职，恐其后来党逆，故就他请教，把言语去规训道：「做官也没甚难处，但要上不负朝廷，下不害百姓。遇着死生利害之处，总有鼎镬在前，斧锁在后，亦不能夺我之志；切勿为匪所惑，小利所诱，顿尔改节，虽或侥幸一时，实是贻笑千古。足下立定这个主意，莫说为此县令，就是宰相，亦尽可做得过。」房德谢道：「恩相金玉之言，某当终身佩铭。」两个一递一答，甚说得来。少顷，路信来禀：「筵宴已完，请爷入席。」房德起身，请李勉至后堂，看时乃是上下两席。房德教从人将下席移过左旁。李勉见他要旁坐，乃道：「足下如此相叙，反觉不安，还请坐转。」房德道：「恩相在上，侍坐已是僭妄，岂敢抗礼？」李勉道：「吾与足下今已为声气之友，何必过谦！」遂令左右依旧移在对席。从人献过杯箸，房德安席定位。庭下承应乐人，一行儿摆列奏乐。那筵席杯盘罗列，非常丰盛。

虽无炮凤烹龙，也极山珍海错。

当下宾主欢洽，开怀畅饮，更余方止。王太等另在一边款待，自不必说。此时二人转觉亲热，携手而行，同归书院。房德吩咐路信，取过一副供奉上司的铺盖，亲自施设裀褥，提携溺器。李勉扯住道：「此乃仆从之事，何劳足下自为！」房德道：「某受相公大恩，即使生生世世，执鞭随镫，尚不能报万一。今不过少尽其心，何足为劳！」铺设停当，又教家人另放一榻，在旁相陪。李勉见其言词诚恳，以为信义之士，愈加敬重。两个挑灯对坐，彼此倾心吐胆，各道生平志愿。情投契合，遂为至交，只恨相见之晚。直至夜分，方才就寝。次日同僚官闻得，都来相访。想见之间，房德只说是昔年曾蒙识荐，故此有恩。同僚官又在县主面上讨好，各备筵席款待。

话休烦絮，房德自从李勉到后，终日饮酒谈论，也不理事，也不进衙。其侍奉趋承，就是孝子事亲，也没这般尽礼。李勉见恁样殷勤，诸事俱废，反觉过意不去。住了十来日，作辞起身。房德那里肯放，说道：「恩相至此，正好相聚，那有就去之理！须是多住几月，待某拨夫马送至常山便了。」李勉道：「承足下高谊，原不忍言别。但足下乃一县之主，今因我在此，耽误了许多政务。倘上司知得，不当稳便。况我去心已决，强留于此，反不适意。」房德料道留他不住，乃道：「恩相既坚执要去，某亦不好苦留。只是从此一别，后会无期，明日容治一樽，以尽竟日之欢，后日早行何如？」李勉道：「既承雅意，只得勉留一日。」房德留住了李勉，唤路信跟着回到私衙，要收拾礼物馈送。只因这番，有分教，李巘尉险些儿送了性命。正是：

祸兮福所倚，福兮祸所伏。所以恬淡人，无营心自足。

话分两头，却说房德老婆贝氏，昔年房德落魄时，让他做主惯了。到今做了官，每事也要乔主张。此番见老公唤了两个家人出去，一连十数日，不见进衙，只道瞒了他做甚事体，十分恼恨。这日见老公来到衙里，便待发作。因要探口气，满脸反堆下笑来，问道：「外边有何事，久不退衙？」房德道：「不要说起，大恩人在此，几乎当面错过。幸喜我眼快瞧着，留得到县里，故此盘桓了这几日。特来与你商量，收拾些礼物送他。」贝氏道：「哪里什么大恩人？」房德道：「哎呀！你如何忘了？便是向年救命的畿尉李相公。只为我走了，带累他罢了官职，今往常山去访颜太守，路经于此。那狱卒王太也随在这里。」贝氏道：「原来是这人么？你打帐送他多少东西？」房德道：「这个大恩人，乃再生父母，须得重重酬报。」贝氏道：「送十匹绢可少么？」房德呵呵大笑道：「奶奶到会说耍话，恁地一个恩人，这十匹绢送他家人也少！」贝氏道：「胡说！你做了个县官，家人尚没处一注赚十匹绢，一个打抽丰的，如何家人便要许多？老娘还要算计哩。如今做我不着，再加十匹，快些打发起身。」房德道：「奶奶怎说出恁样没气力的话来？他救了我性命，又赍赠盘缠，又坏了官职，这二十匹绢当得甚的？」贝氏从来鄙吝，连这二十匹绢还不舍得的。只为是老公的救命之人，故此慨然肯出。他已算做天大的事了，房德兀自嫌少，心中便有些不悦。故意道：「一百匹何如？」房德道：「这一百匹只够送王太了。」贝氏见说一百匹还只够送王太，正不知要送李勉多少，十分焦躁道：「王太送了一百匹，畿尉极少也送得五百匹哩。」房德道：「五百匹还不够。」贝氏怒道：「索性凑足一千何如？」房德道：「这便差不多了。」贝氏听了这话，向房德劈面一口涎沫道：「啐！想是你失心风了！做得几时官，交多少东西与我？却来得这等大落！恐怕连老娘身子卖来，还凑不上一半哩，那里来许多绢送人？」房德看见老婆发喉急，便道：「奶奶有话好好商量，怎就着恼！」贝氏嚷道：「有甚商量！你若有，自去送他，莫向我说。」房德道：「十分少，只得在库上撮去。」贝氏道：「啧啧，你好天大的胆儿！库藏乃朝廷钱粮，你敢私自用得的！倘一时上司查核，那时怎地回答？」房德闻言，心中烦恼道：「话虽有理，只是恩人又去得急，一时没处设法，却怎生处？」坐在旁边踌躇。

谁想贝氏见老公执意要送恁般厚礼，就是割身上肉，也没这样疼痛，连肠子也急做千百段，顿起不良之念。仍道：「看你枉做了个男子汉，这些事没有决断，如何做得大官？我有个捷径法儿在此，到也一劳永逸。」房德认做好话，忙问道：「你有什么法儿？」贝氏答道：「自古有言，大恩不报。不如今夜觑个方便，结果了他性命，岂不干净！」只这句话，恼得房德彻耳根通红，喝道：「你这不贤妇！当初只为与你讨匹布儿做件衣服不肯，以致出去求告相识，被这班人诱去入伙，险些儿送了性命！若非这恩人舍了自己官职，释放出来，安得今日夫妻相聚？你不劝我行些好事，反教伤害恩人，于心何忍！」贝氏一见老公发怒，又陪着笑道：「我是好话，怎到发恶？若说得有理，你便听了。没理时，便不要听，何消大惊小怪。」房德道：「你且说有甚理？」贝氏道：「你道昔年不肯把布与你，至今恨我么？我且想，我自十七岁随了你，日逐所需，那一件不亏我支持，难道这两匹布，真个不舍得？因闻得当初有个苏秦未遇时，合家佯为不礼，激励他做到六国丞相。我指望学这故事，也把你激发。不道你时运不济，却遇这强盗。又没苏秦那般志气，就随他们胡做，弄出事来。此乃你自作之孽，与我什么相干？那李勉当时岂真为义气上放你么？」房德道：「难道是假意？」贝氏笑道：「你枉自有许多聪明，这些事便见不透。大凡做刑名官的，多有贪酷之人，就是至亲至戚，犯到手里，尚不肯顺情。何况与你素无相识，且又情真罪当，怎肯舍了自己官职，轻易纵放个重犯？无非闻说你是个强盗头儿，劫来赃物窝顿，指望放了，暗地去孝顺，将些去买上嘱下，这官又不坏，又落些入己。不然，如何一伙之中，独独纵你一个？那里知道你是初犯的穷鬼，竟一溜烟走了，他这官又罢休。今番打听着在此做官，可可的来了。」房德摇首道：「没有这事。当初放我，乃一团好意，何尝有丝毫别念。如今他自往常山，偶然遇见，还怕误我公事，把头掉转，不肯相见。并非特地来相见，不要疑坏了人。」贝氏又叹道：『他说往常山乃是假话，如何就信以为真？且不要论别件，只他带着王太同行，便见其来意了。』房德道：『带王太同行便怎么？』贝氏道：『你也忒杀懵懂！那李勉与颜太守是相识，或者去相访是真了。这王太乃京兆府狱卒，难道也与颜太守有旧去相访，却跟着同走？若说把头掉转，不来招揽，此乃冷眼觑你可去相迎。正是他奸巧之处，岂是好意？如果真要到常山，怎肯又住这几多时！』房德道：『他哪里肯住，是我再三苦留下的。』贝氏道：『这也是他用心处，试你待他的念头诚也不诚。』房德原是没主意的人，被老婆这班话一耸，渐生疑惑，沉吟不语。贝氏又道：『总来这恩是报不得的！』房德道：『如何报不得？』贝氏道：『今若报得薄了，他一时翻过脸来，将旧事和盘托出。那时不但官儿了帐，只怕当做越狱强盗拿去，性命登时就送。若报得厚了，他做下额子，不常来取索？如照旧馈送，自不必说。稍不满欲，依然揭起旧案，原走不脱，可不是到底终须一结。自古道先下手为强。今若不依我言，事到其间，悔之晚矣！』房德闻说至此，暗暗点头，心肠已是变了。又想了一想，乃道：『如今原是我要报他恩德，他却从无一字提起，恐没这心肠。』贝氏笑道：『他还不曾见你出手，故不开口，到临期自然有说话的。还有一件，他此来这番，纵无别话，你的前程已是不能保了。』房德道：『却是为何？』贝氏道：『李勉至此，你把他万分亲热，衙门中人不知来历，必定问他家人，那家人肯替你遮掩？少不得以直告之。你想衙门人的口嘴，好不厉害，知得本官是强盗出身，定然当做新闻，互相传说。同僚们知得，虽不敢当面笑你，背后诽议也经不起，就是你也无颜再存坐得住。这个还算小可的事。那李勉与颜太守既是好友，到彼难道不说？自然一一道知其详。闻得这老儿最是古怪，且又是他属下，倘被遍河北一传，连夜走路，还只算迟了。那时可不依旧落薄，终身怎处！如今急急下手，还可免得颜太守这头出丑。』房德初时，原怕李勉家人走漏了消息，故此暗地叮咛王太。如今老婆说出许多利害，正投其所忌，遂把报恩念头，撇向东洋大海。连称：『还是奶奶见得到，不然，几乎反害自己。但他来时，合衙门人通晓得，明日不见了，岂不疑惑？况那尸首也难出脱。』贝氏道：『这个何难？少停出衙，止留几个心腹人答应，其余都打发去了。将他主仆灌醉，到夜静更深，差人刺死，然后把书院放上一把火烧了。明日寻出些残尸剩骨，假哭一番，衣棺盛殓。那时人只认是火烧死的，有何疑惑！』房德大喜道：『此计甚妙！』便要起身出衙。那婆娘晓得老公心是活的，恐两下久坐长谈，说得入港又改过念来，乃道：『总则无色还早，且再过一回出去。』房德依着老婆，真个住下。有诗为证：

猛虎口中剑，长蛇尾上针。两般犹未毒，最毒妇人心。

自古道：隔墙须有耳，窗外岂无人。房德夫妻在房说话时，那婆娘一味不舍得这绢匹，专意撺唆老公害人，全不堤防有人窥听。况在私衙中，料无外人来往，恣意调唇弄舌。不想家人路信，起初闻得贝氏焦躁，便覆在间壁墙上，听他们争多竞少，直至放火烧屋，一句句听得十分仔细，到吃了一惊，想道：『原来我主人曾做过强盗，亏这官人救了性命，今反恩将仇报，天理何在！看起来，这般大恩人尚且如此，何况我奴仆之辈？倘稍有过失，这性命一发死得快了。此等残薄之人，跟他何益。』又想道：『常言救人一命，胜造七级浮屠。何不救了这四人，也是一点阴骘。』却又想道：『若放他们走了，料然不肯饶我，不如也走了罢。』遂取些银两，藏在身边，觑个空，悄悄闪出私衙，一径奔入书院。只见支成在厢房中烹茶，坐于槛上，执着扇子打盹。敢不去惊醒他，竟踅入书室。看王太时，却都不在，止有李勉正襟据案而坐，展玩书籍。

路信走近案旁，低低道：『相公，你祸事到了？还不快走，更待几时？』李勉被这惊不小，急问：『祸从何来？』路信扯到半边，将适来所闻，一一细说。又道：『小人因念相公无辜受害，特来通报。如今不走，少顷就不能免祸了。』李勉听了这话，惊得身子犹如掉在冰桶里，把不住的寒颤，向着路信倒身下拜道：『若非足下仗义救我，李勉性命定然休矣！大恩大德，自当厚报，决不学此负心之人。』急得路信答拜不迭，道：『相公莫要高声，恐支成听得，走漏了消息，彼此难保。』李勉道：『但我走了，遗累足下，于心何安？』路信道：『小人又无妻室，待相公去后，亦自远遁，不消虑得。』李勉道：『既如此，何不随我同往常山？』路信道：『相公肯收留，小人情愿执鞭随镫。』李勉道：『你乃大恩人，怎说此话？』遂叫王太，一连十数声，再没一人答应。跌足叫苦道：『他们都往那里去了？』路信道：『待小人去寻来。』李勉又道：『马匹俱在后槽，却怎处？』路信道：『也等小人去哄他带来。』急出书室，回头看支成已不在槛上打盹了。路信即走入厢房中观看，却也不在，原来支成登东厕去了。路信只道被他听得，进衙去报房德，心下慌张，覆转身向李勉道：『相公，不好了！想被支成听见，去报主人了。快走罢，等不及管家矣。』李勉又吃一惊，半句话也应答不出，弃下行李，光身子同着路信，踉踉跄跄抢出书院。做公的见了李勉，坐下的都站起来，李勉两步并作一步，奔出仪门外。见有三骑马系着，是俟候县令主簿县尉出入的。路信心生一计，对马夫道：『李相公要往西门拜客，快带马来。』那马夫晓得李勉是县主贵客，且又县主管家吩咐，怎敢不依，连忙牵过两骑。李勉刚刚上马，王太撞至马前，手中提着一双麻鞋，问道：『相公往何处去？』路信接口道：『相公要往西门拜客，你们通到那里去了？』王太道：『因麻鞋坏了，上街去买，相公拜那个客？』路信道：『你跟来罢了，问怎的？』又叫马夫带那骑马与他乘坐，齐出县门，马夫在后跟随。路信吩咐道：『顷刻就来，不消你随了。』那马夫真个住下。离了县中，李勉加上一鞭，那马如飞走。王太见家主恁般慌促，正不知要拜甚客。行不上一箭之地，两个家人也各提着麻鞋而来。望见家主，便闪在半边，问道：『相公往那里去？』李勉道：『你且莫问，快跟来便了。』话还未了，那马已跑向前去，二人负命的赶，如何跟得上。看看行近西门，早有两人骑着牲口，从一条巷中横冲出来。路信举目观看，不是别人，却是干办陈颜，同着一个令史。二人见了李勉，滚鞍下马声喏。路信见景生情，急叫道：『李相公管家们还少牲口，何不借陈干办的暂用？』李勉暗地意会，遂收缰勒马道：『如此甚好。』路信向陈颜道：『李相公要去拜客，暂借你的生口与管家一乘，少顷便来。』二人巴不能奉承得李勉欢喜，指望在本官面前增添些好言语，可有不肯的理么？连声答应道：『相公要用，只管乘去。』等了一回，两个家人带跌的赶到，走得汗淋气喘。阿颜二人将鞭缰递与两个家人，上了马，随李勉趱出城门。纵开丝缰，二十个马蹄，如撇钹相似，循着大道，望常山一路飞奔去。正是：

折破玉笼飞彩凤，顿开金锁走蛟龙。

话分两头。且说支成上了东厮转来，烹了茶，捧进书室，却不见了李勉。只道在花木中行走，又遍寻一过，也没个影儿，想道：『是了，一定两日久坐在此，心中不舒畅，外边闲游去了。』约莫有一个时辰，还不见进来。走出书院去观看，刚至门口，劈面正撞着家主。原来房德被老婆留住，又坐了一大回，方起身打点出衙，恰好遇见支成，问：『可见路信么？』支成道：『不见，想随李相公出外闲走去了。』房德心中疑虑，正待差支成寻觅，只见陈颜来到。房德问道：『曾见李相公么？』陈颜道：『方才在西门遇见。路信说要往哪里去拜客，连小人的牲口，都借与他管家乘坐。一行共五个马，飞跑如云，正不知有甚紧事？」房德听罢，料是路信走漏消息，暗地叫苦。也不再问覆，转身原入私衙，报与老婆知得。那婆娘听说走了，到吃一惊道：「罢了，罢了！这祸一发来得速矣。」房德见老婆也着了急，慌得手足无措，埋怨道：「未见得他怎地！都是你说长道短，如今到弄出事来了。」贝氏道：「不要慌，自古道：一不做，二不休。事到其间，说不得了。料他去也不远，快唤几个心腹人，连夜追赶前去。扮作强盗，一齐砍了，岂不干净。」

房德随唤陈颜进衙，与他计较。陈颜道：「这事行不得，一则小人们只好趋承奔走，那杀人勾当，从不曾习惯。二则倘一时有人救应拿住，反送了性命。小人到有一计在此，不消劳师动众，教他一个也逃不脱。」房德欢喜道：「你且说有甚妙策？」陈颜道：「小人间壁，一月前有一个异人，搬来居住，不言姓名，也不做甚生理，每日出去吃得烂醉方归。小人见他来历跷蹊，行迹诡秘，有心去察他动静。忽一日，有一豪士青布锦袍，跃马而来，从者数人，径到此人之家，留饮三日方去。小人私下问那从者宾主姓名，都不肯说。有一人悄对小人说：『那人是个剑侠，能飞剑取人之头，又能飞行，顷刻百里。且是极有义气，曾与长安市上代人报仇，白昼杀人，潜踪于此。』相公何不备些礼物前去，只说被李勉陷害，求他报仇。若得应允，便可了事，可不好么！」房德道：「此计虽好，只恐他不肯。」陈颜道：「他见相公是一县之主，屈己相求，必不推托。还怕连礼物也未必肯受哩。」贝氏在屏风后听得，便道：「此计甚妙！快去求之。」房德道：「将多少礼物送去？」陈颜道：「他是个义士，重情不重物，得三百金足矣。」贝氏一力撺掇，就备了三百金礼物。

天色傍晚，房德易了便服，陈颜、支成相随，也不乘马，悄悄的步行到陈颜家里。原来却住在一条冷巷中，不上四五家邻舍，好不寂静。陈颜留房德到里边坐下，点起灯火，向壁缝中张看，那人还未曾回。走出门口观望，等了一回，只见那人又是烂醉，东倒西歪的，撞入屋里去了。陈颜奔入报知，房德起身就走。陈颜道：「相公须打点了一班说话，更要屈膝与他，这事方谐。」房德点头道：「是。」一齐到了门首，向门上轻轻扣上两下。那人开门出问：「是谁？」陈颜低声哑气答道：「本县知县相公，在此拜访义士。」那人带醉说道：「咱这里没有什么义士。」便要关门。陈颜道：「且莫闭门，还有句说话。」那人道：「咱要紧去睡，谁个耐烦！有话明日来说。」房德道：「略话片时，即便相别。」那人道：「既如此，到里面来。」三人跨进门内，掩上门儿，引过一层房子，乃是小小客坐，点将灯烛荧煌。房德即倒身下拜道：「不知义士驾临敝邑，有失迎迓。今日幸得识荆，深慰平生。」那人将手扶住道：「足下一县之主，如何行此大礼，岂不失了体面。况咱并非什么义士，不要错认了。」房德道：「下官专来拜访义士，安有差错之理！」教陈颜、支成将礼物献上，说道：「些小薄礼，特献义士为斗酒之资，望乞哂留。」那人笑道：「咱乃闾阎无赖，四海为家，无一技一能，何敢当义士之称？这些礼物也没用处，快请收去。」房德又躬身道：「礼物虽微，出自房某一点血诚，幸勿峻拒！」那人道：「足下蓦地屈身匹夫，且又赐恁般厚礼，却是为何？」房德道：「请义士收了，方好相告。」那人道：「咱虽贫贱，誓不取无名之物。足下若不说明白，断然不受。」房德假意哭拜于地道：「房某负戴大冤久矣！今仇在目前，无能雪耻。特慕义士是个好男子，有聂政、荆轲之技，故敢斗胆叩拜阶下。望义士怜念房某含冤负屈，少展半臂之力，刺死此贼，生死不忘大德！」那人摇手道：「我说足下认错了，咱资身尚且无策，安能为人谋大事？况杀人勾当，非同小可。设或被人听见这话，反是累咱家，快些请回。』言罢转身，先向外而走。房德上前，一把扯住道：『闻得义士，素抱忠义，专一除残祛暴，济困扶危，有古烈士之风。今房某身抱大冤，义士反不见怜，料想此仇永不能报矣！』道罢，又假意啼哭。那人冷眼瞧了这个光景，只道是真情，方道：『足下真个有冤么？』房德道：『若没大冤，怎敢来求义士。』那人道：『既恁样，且坐下，将冤抑之事并仇家姓名，今在何处，细细说来。可行则行，可止则止。』两下遂对面而坐，陈颜、支成站于旁边。房德捏出一段假情，反说：『李勉昔年诬指为盗，百般毒刑拷打，陷于狱中。几遍差狱卒王太谋害性命，皆被人知觉，不致于死。幸亏后官审明释放，得官此邑。今又与王太同来挟制，索诈千金，意犹未足。又串通家奴，暗地行刺事露，适来连此奴挈去，奔往常山，要唆颜太守来摆布。』把一片说话，妆点得十分厉害。那人听毕，大怒道：『原来足下受此大冤，咱家岂忍坐视！足下且请回县，在咱身上，今夜往常山一路，找寻此贼，为足下报仇，夜半到衙中复命。』房德道：『多感义士高义！某当秉烛以待。事成之日，另有厚报。』那人作色道：『咱一生路见不平，拔刀相助，那个希图你的厚报？这礼物咱也不受。』说犹未绝，飘然出门，其去如风，须臾不见了。房德与众人惊得目瞪口呆，连声道：『真异人也！』权将礼物收回，待他复命时再送。有诗为证：

报仇凭一剑，重义藐千金。谁谓奸雄舌，能违烈士心？

话分两头。且说王太同两个家人，见家主出了城门，又不拜甚客，只管乱跑，正不知为甚缘故。一口气就行了三十余里。天色已晚，却又不寻店宿歇。那晚乃是十三，一轮明月早已升空，趁着月色，不顾途路崎岖，负命而逃，常恐后面有人追赶。在路也无半句言语，只管趱向前去。约莫有二更天气，共行了六十多里，来到一个村镇，已是井陉县地方。那时走得口中又渴，腹内又饥，马也渐渐行走不动。路信道：『来路已远，料得无事了，且就此觅个宿处，明日早行。』李勉依言，径投旅店。谁想夜深了，家家闭户关门，无处可宿。直到市梢头，见一家门儿半开半掩，还在那里收拾家伙，遂一齐下马，走入店门。将生口卸了鞍辔，系在槽边喂料。路信道：『主人家，拣一处洁净所在，与我们安歇。』店家答道：『不瞒客官说，小店房头，没有个不洁净的，如今也只空得一间在此。』教小二掌灯，引入房中。李勉向一条板凳上坐下，觉得气喘吁吁。王太忍不住问道：『请问相公，那房县主惓惓苦留，后日拨夫马相送，从容而行，有何不美？却反把自己行李弃下，犹如逃难一般，连夜奔走，受这般劳碌！路管家又随着我们同来，是甚意故？』李勉叹口气道：『汝哪知就里？若非路管家，我与汝等死无葬身之地矣。今幸得脱虎口，已谢天不尽了，还顾得什么行李、辛苦？』王太惊问其故。

李勉方待要说，不想店主人见他们五人五骑，深夜投宿，一毫行李也无，疑是歹人。走进来盘问脚色，说道：『众客长做甚生意？打从何处来？这时候到此？』李勉一肚子气恨，正没处说，见店主相问，答道：『话头甚长，请坐下了，待我细诉。』乃将房德为盗犯罪，怜其才貌，暗令王太释放，以致罢官。及客游遇见，留回厚款，今日午后，忽然听信老婆谗言，设计杀害，亏路信报知逃脱，前后之事，细说一遍。王太听了这话，连声唾骂负心之贼，店主人也不胜嗟叹。路信道：『主人家，相公鞍马辛苦，快些催酒饭来吃了，睡一觉好赶路。』店主人答应出去。

只见床底下忽地钻出一个大汉，浑身结束，手持匕首，威风凛凛，杀气腾腾。吓得李勉主仆魂不附体，一齐跪倒，口称：『壮士饶命！』

李汧公窮邸遇俠客

那人一把扶起李勉道：『不必慌张，自有话说。咱乃义士，平生专抱不平，要杀天下负心之人。适来房德假捏虚情，反说公诬陷谋他性命，求咱来行刺。那知贼子恁般狼心狗肺，负义忘恩！早是公说出前情，不然险些误杀了长者。』李勉连忙叩下头去道：『多感义士活命之恩！』那人扯住道：『莫谢莫谢，咱暂去便来。』即出庭中，耸身上屋，疾如飞鸟，顷刻不见。主仆都惊得吐了舌，缩不上去，不知再来，还有何意。怀着鬼胎，不敢睡卧，连酒饭也吃不下。有诗为证：

奔走长途气上冲，忽然床下出青锋。一番衷曲殷勤诉，唤醒奇人睡梦中。

再说房德的老婆，见丈夫回来，大事已就。礼物原封不动，喜得满脸都是笑靥，连忙整备酒席，摆在堂中，夫妻秉烛以待。陈颜也留在衙中俟候。三更时分，忽听得庭前宿鸟惊鸣，落叶乱坠，一人跨入堂中。房德举目看时，恰便是那个义士，打扮得如天神一般，比前大似不同。且惊且喜，向前迎接。那义士全不谦让，气忿忿的大踏步走入去，居中坐下。房德夫妻叩拜称谢。方欲启问，只见那义士怒容可掬，飕地掣出匕首，指着骂道：『你这负心贼子！李畿尉乃救命大恩人，不思报效，反听妇人之言，背转反噬。既已事露逃去，便该悔过，却又假捏虚词，哄咱行刺。若非他道出真情，连咱也陷于不义。剐你这负心贼一万刀，方出咱这点不平之气！』房德未及措辩，头已落地。惊得贝氏慌做一堆。平时且是会说会讲，到此心胆俱裂，一张嘴犹如胶漆粘牢，动弹不得。义士指着骂道：『你这泼贼狗妇！不劝丈夫为善，反教他伤害恩人，我且看你肺肝是怎样生的！』托地跳起身来，将贝氏一脚踢翻，左脚踏住头发，右膝捺住两腿。这婆娘连叫：『义士饶命！今后再不敢了。』那义士骂道：『泼贱淫妇！咱也到肯饶你，只是你不肯饶人。』提起匕首，向胸膛上一刀，直剖到脐下。将匕首衔在口中，双手拍开，把五脏六腑抠将出来，血沥沥提在手中，向灯下照看道：『咱只道这狗妇肺肝与人不同，原来也只如此，怎生恁般狠毒！』遂撇过一边，也割下首级，两颗头结做一堆，盛在革囊之中。揩抹了手上血污，藏了匕首，提起革囊，步出庭中，逾垣而去。

说时义胆包天地，话起雄心动鬼神。

再说李勉主仆在旅店中，守至五更时分。忽见一道金光，从庭中飞入。众人一齐惊起看时，正是那义士。放下革囊说道：『负心贼已被咱刳腹屠肠，今携其首在此。』向革囊中取出两颗首级。李勉又惊又喜，倒身下拜道：『足下高义，千古所无！请示姓名，当图后报。』义士笑道：『咱自来没有姓名，亦不要人酬报。前咱从床下而来，日后设有相逢，竟以「床下义士」相呼便了。』道罢，向怀中取一包药儿，用小指甲挑少许，弹于首级断处。举手一拱，早已腾上屋檐，挽之不及，须臾不知所往。李勉见弃下两个人头，心中慌张，正无摆布。可霎作怪！看那人头时，渐渐缩小，须臾化为一搭清水，李勉方才放心。坐至天明，路信取些钱钞，还了店家，收拾马匹上路。

说话的，据你说，李勉共行了六十多里方到旅店。这义士又无牲口，如何一夜之间，往返如风。这便是前面说起，顷刻能飞行百里，乃剑侠常事耳。那义士受房德之托，不过黄昏时分，比及追赶，李勉还在途中驰骤，未曾栖息。他先一步埋伏等候，一往一来，有风无影。所以伏于床下，店中全然不知，此是剑术妙处。

且说李勉当夜无话，次日起身，又行了两日，方到常山，径入府中，拜谒颜太守。故人相见，喜笑颜开，遂留于衙署中安歇。颜太守也见没有行李，心中奇怪，问其缘故。李勉将前事一一诉出，不胜骇异。过了两日，柏乡县将县宰夫妻被杀缘由，申文到府。原来是夜陈颜、支成同几个奴仆，见义士行凶，一个个惊号鼠窜，四散潜躲。直至天明，方敢出头，只见两上没头尸首，横在血泊里，五脏六腑，都抠在半边，首级不知去向，桌上器皿，一毫不失。一家叫苦连天，报知主簿、县尉，俱吃一惊，齐来验过。细询其情，陈颜只得把房德要害李勉，求人行刺始末说出。主簿、县尉即点起若干做公的，各执兵器，押陈颜作眼，前去捕获刺客。那时轰动合县人民，都跟来看。到了陈颜间壁，打将入去，惟有几间空房，哪见一个人影。主簿与县尉商议申文，已晓得李勉是颜太守的好友，从实申报，在他面上怕有干碍；二则又见得县主薄德，乃将真情隐过，只说半夜被盗越入私衙，杀死县令夫妇，窃去首级，无从捕获。两下周全其事，一面买棺盛殓。颜太守依拟，申文上司。那时河北一路，都是安禄山专制，知得杀了房德，岂不去了一个心腹，倒下回文，着令严加缉获。李勉闻了这个消息，恐怕缠到身上，遂作别颜太守，回归长安故里。恰好王鉷坐事下狱，凡被劾罢官，尽皆起任。李勉原起畿尉，不上半年，即升监察御史。一日，在长安街上行过，只见一个身衣黄衫，坐下白马，两个胡奴跟随，望着节导中乱撞。从人呵喝不住。李勉举目观看，却是昔日那床下义士，遂滚鞍下马，鞠躬道：『义士别来无恙？』那义士笑道：『亏大人还认得咱家。』李勉道：『李某日夜在心，安有不识之理？请到敝衙少叙。』义士道：『咱另日竭诚来拜，今日不敢从命。倘大人不弃，同到敝寓一话何如？』李勉欣然相从，并马而行，来到庆元坊，一个小角门内入去。过了几重门户，忽然显出一座大宅院，厅堂屋舍，高耸云汉。奴仆趋承，不下数百。李勉暗暗点头道：『真是个异人。』请入堂中，重新见礼，分宾主而坐。顷刻摆上筵席，丰富胜于王侯。唤出家乐，在庭前奏乐，一个个都是明眸皓齿绝色佳人。义士道：『随常小饭，不足以供贵人，幸勿怪！』李勉满口称谢。当下二人席间谈论些古今英雄之事，至晚而散。次日李勉备了些礼物，再来拜访时，止存一所空宅，不知搬向何处去了。嗟叹而回。后来李勉官至中书门下平章事，封为汧国公。王太、路信亦扶持做个小小官职。诗云：

从来恩怨要分明，将怨酬恩最不平。
安得剑仙床下士，人间遍取不平人！

郑节使立功神臂弓

颠狂弥勒到明州，布袋横拖拄杖头。饶你化身千万亿，一身还有一身愁。

话说东京汴梁城开封府，有个万万贯的财主员外，姓张，排行第一，双名俊卿。这个员外，冬眠红棉帐，夏卧碧纱厨，两行珠翠引，一对美人扶。家中有赤金白银，斑点玳瑁，鹘轮珍珠，犀牛头上角，大象口中牙。门首一壁开了金银铺，一壁开所质库。他那爹爹大张员外，方死不多时，只有妈妈在堂。张员外好善，人叫他做张佛子。忽一日在门首观看，见一个和尚，打扮非常。但见：

双眉垂雪，横眼碧波。衣披烈火，七幅鲛绡，杖拄降魔，九环锡杖。若非圆寂光中客，定是楞严峰顶人。

那和尚走至面前，道：『员外拜揖。』员外还礼毕。只见和尚袖中取出个疏头来，上面写道：竹林寺特来抄化五百香罗木。员外口中不说，心下思量：『我从小只见说竹林寺，那曾见有？况兼这香罗木，是我爹在日许下愿心，要往东峰岱岳盖嘉宁大殿，尚未答还。』员外便对和尚道：『此是我先人在日，许下愿心，不敢动着。若是吾师要别物，但请法旨。』和尚道：『若员外不肯舍施，贫僧到晚自教人取。』说罢转身。员外道：『这和尚莫是疯！』天色渐晚，员外吃了三五杯酒，却待去睡，只见当值的来报：『员外祸事！家中后园火发。』吓杀员外，慌忙走来时，只见焰焰地烧着。去那火光之中，见那早来和尚，将着百十人，都长七八尺，不类人形，尽数搬这香罗板去。员外赶上看时，火光顿熄，和尚和众人都不见了。再来园中一看，不见了那五百片香罗木，枯炭也没些个。却是作怪！『我爹爹许下愿心，却如何好！』一夜不眠。但见：

玉漏声残，金乌吐影。邻鸡三唱，唤佳人傅粉施珠；宝马频嘶，催行客争名夺利。几片晓霞飞海峤，一轮红日上扶桑。

员外起来洗漱罢，去家堂神道前烧了香，向堂前请见妈妈，把昨夜事说了一遍。道：『三月二十八日，却如何上得东峰岱岳，与爹爹答还心愿？』妈妈道：『我儿休烦恼，到这日却又理会。』员外见说，辞了妈妈，还去金银铺中坐地。却是二月半天气，正是：

金勒马嘶芳草地，玉楼人醉杏花天。

只听得街上锣声响，一个小节级同个茶酒保，把着团书来请张员外团社。原来大张员外在日，起这个社会，朋友十人，近来死了一两人，不成社会。如今这几位小员外，学前辈做作，约十个朋友起社。却是二月半，便来团社。员外道：『我去不得，要与爹爹还愿时，又不见了香罗木，如何去得？』那人道：『若少了员外一个，便拆散了社会。』员外与决不下，去堂前请见妈妈，告知：『众员外请儿团社，缘没了香罗木与爹爹还愿，儿不敢去。』妈妈就手把着锦袋，说向儿子道：『我这一件宝物，是你爹爹泛海外得来的无价之宝，我儿将此物与爹爹还愿心。』员外接得，打开锦袋红纸包看时，却是一个玉结连绦环。员外谢了妈妈，留了请书团了社，安排上庙。那九个员外，也准备行李，随行人从，不在话下。却说张员外打扮得一似军官。

裹四方大万字头巾，带一双扑兽匾金环，着西川锦纻丝袍，系一条乾红大匾绦，挥一把玉靶压衣刀，穿一双鞝鞋。

员外同几个社友，离了家中，迤逦前去。饥飡渴饮，夜住晓行。不则一日，到得东岳，就客店歇了。至日，十个员外都上庙来烧香，各自答还心愿。员外便把玉结连绦环，舍入炳灵公殿内。还愿都了，别无甚事，便在廊下看社火酌献。这几个都是后生家，乘兴去游山。员外在后，徐徐而行。但见：

山明水秀，风软云闲。一岩风景如屏，满目松筠似画。轻烟淡淡，数声啼鸟落花天；丽日融融，是处绿杨芳草地。

员外自觉脚力疲困，却教众员外先行，自己走到一个亭子上歇脚。只听得斧凿之声，看时见一所作场，竹笆夹着。望那里面时，都是七八尺来长大汉做生活。忽地凿出一片木屑来，员外抬起看时，正是园中的香罗木，认得是爹爹花押。疑怪之间，只见一个行者，开笆门来面前相揖道：『长老法旨，请员外略到山门献茶。』员外入那笆门中，一似身登月殿，步入蓬瀛。但见：

三门高耸，梵宇清幽。当门敕额字分明，两个金刚形勇猛。观音位接水陆台，宝盖相随鬼子母。

员外到得寺中，只见一个和尚出来相揖道：『外日深荷了办缘事，今是幸得员外至此，请过方丈献茶。』员外远观不审，近睹分明，正是向日化香罗木的和尚，只得应道：『日昨多感吾师过访，接待不及。』和尚同至方丈，叙礼分宾主坐定。点茶吃罢，不曾说得一句话，只见黄巾力士走至面前，暴雷也似声个喏：『告我师，炳灵公相见。』吓得员外神魂荡漾，口中不语，心下思量：『炳灵公是东岳神道，如何来这里相见？』那和尚便请员外『屏风后少待，贫僧断了此事，却与员外少叙。』员外领法旨，潜身去屏风后。立地看时，见十数个黄巾力士，随着一个神道入来，但见：

眉单眼细，貌美神清。身披红锦衮龙袍，腰系蓝田白玉带。裹簇金帽子，着侧面丝鞋。

员外仔细看时，与岳庙塑的一般。只见和尚下阶相揖，礼毕，便问：『昨夜公事如何？』炳灵公道：『此人直不肯认做诸侯，只要做三年天子。』和尚道：『直恁难勘，教押过来。』只见几个力士，押着一大汉，约长八尺，露出满身花绣。至方丈，和尚便道：『教你做诸侯，有何不可？却要图王争帝！好打。』道不了，黄巾力士打翻长汉在地，打得几杖子。那汉子叹一声道：『休休！不肯还我三年天子，胡乱认做诸侯罢。』黄巾力士即时把过文字安在面前，教他押了花字，便放他去。炳灵公抬身道：『甚劳吾师心力。』相辞别去。和尚便请员外出来坐定。和尚道：『出门无可见意，略备水酒三杯，少延清话。』员外道：『深感吾师见爱。』道罢，酒至面前。吃了几杯，便教收过一壁。和尚道：『员外可同往山后闲游。』员外道：『谨领法旨。』二人同至山中闲走。但见：

奇峰耸翠，佳木交阴。千层怪石惹闲云，一道飞泉垂素练。万山横碧落，一柱入丹霄。

员外观看之间，喜不自胜，便问和尚：『此处峭壁，直恁险峻！』和尚道：『未为险峻，请员外看这路水。』员外低头看时，被和尚推下去。员外吃一惊，却在亭子上睡觉来，道：『做怪！欲道是梦来，口中酒香。道不是梦来，却又不见踪迹。』正疑惑间，只见众员外走来道：『员外，你却怎地不来？独自在这里打磕睡。』张员外道：『贱体有些不自在，有失陪步，得罪得罪！』也不说梦中之事。众员外游山都了，离不得买些人事，整理行装，厮赶归来。单说张员外到家，亲邻都来远接，与员外洗拂。见了妈妈，欢喜不尽。只见：

四时光景急如梭，一岁光阴如捻指。

却早腊月初头，但见北风凛冽，瑞雪纷纷。有一只《鹧鸪天》词为证：

凛冽严凝雾气昏，空中瑞雪降纷纷。须臾四野难分别，顷刻山河不见痕。银世界，玉乾坤，望中隐隐接昆仑。若还下到三更后，直要填平玉帝门！

员外看见雪却大，便教人开仓库散些钱米与穷汉。且说一个人在客店中，被店小二埋冤道：『喏大个汉！没些运智，这早晚兀自不起。今日又是两个月，不还房钱，哥哥你起休！』那人长叹一声：『苦，苦！小二哥莫怪，我也是没计奈何。』店小二道：『今日前巷张员外散贫，你可讨些汤洗了头脸，胡乱讨得些钱来，且做盘缠。我又不指望你的。』那人道：『罪过你！』便去带了那顶搭圾头巾，身上披着破衣服，露着腿，赤着脚，离了客店，迎着风雪走到张员外宅前。事有斗巧，物有故然，却来得迟些，都散了。这个人走至宅前，见门公唱个喏：『闻知宅上散贫。』门公道：『去不早来，都散了。』那人听得，叫声：『苦！』匹然倒地。员外在窗中看见，即时教人扶起。顷刻之间，三魂再至，七魄重来。员外仔细看时吃一惊，这人正是亭子上梦中见的，却恁地模样！便问那汉：『你是哪里人？姓甚名谁？见在那里住？』那人又着手告员外：『小人是郑州泰宁军大户财主人家孩儿。父母早丧，流落此间，见在宅后王婆店中安歇，姓郑名信。』员外即时讨得件旧衣服与他，讨些饭食请他吃罢，便问：『你会甚手艺？』那人道：『略会些书算。』员外见说，把些钱物与他，还了店中，便收留他。见他会书算，又似梦中见的一般，便教他在宅中做主管。那人却伶俐，在宅中小心向前。员外甚是敬重，便做心腹人。

又过几时，但见时光如箭，日月如梭，不觉又是二月半间。那众员外便商量来请张员外同去出郊。一则团社，二则赏春。那几个员外，隔夜点了妓弟，一家带着一个寻常间来往说得着行首。知得张员外有孝，怕他不肯带妓女，先请他一个得意的婊子在那里。张员外不知是计，走到花园中，见了几个行首斯叫了。只见众中走出一个行首来。他是两京诗酒客，烟花杖子头，唤做王倩，却是张员外说得着的顶老。员外见了，却待要走，被王倩一把扯住道：『员外，久别台颜，一向疏失。』员外道：『深荷姐姐厚意，缘先父亡去，持服在身，恐外人见之，深为不孝。』便转身来辞众员外道：『俊卿荷诸兄见爱，偶贱体不快，坐侍不及。先此告辞。』那众员外和王倩再三相留，员外不得已，只得就席，和王行首并坐。众员外身边一家一个妓弟。便教整顿酒来，正吃得半酣，只见走一个人入来。如何打扮？

裹一头蓝青头巾，带一对扑匾金环，着两上领白绫子衫，腰系乾红绒线绦，下着多耳麻鞋，手中携着一个篮儿。

这人走至面前，放下篮儿，叉着手唱三个喏。众员外道：『有何话说？』只见那汉就篮内取出砧刀，借个盘子，把块牛肉来切得几片，安在盘里。便来众员外面前道：『得知众员外在此吃酒，特来送一劝。』道罢，安在面前，唱个喏便去。张员外看了，暗暗叫苦道：『我被那厮诈害几遍了。』——原来那厮是东京破落户姓夏名德，有一个浑名，叫做『扯驴』。先年曾有个妹子，嫁在老张员外身边，为争回闲气，一条绳缢死了。夏德将此人命为由，屡次上门吓诈，在小张员外手里，也诈过了一二次。众员外道：『不须忧虑，他只是讨些赏赐，我们自吃酒。』道不了，那厮立在面前道：『今日夏德有采，遭际这一会员外。』众人道：『各支二两银子与他。』讨至张员外面前，员外道：『依例支二两。』那厮看着张员外道：『员外依例不得。别的员外二两，你却要二百两。』张员外道：『我比别的加倍，也只四两，如何要二百两？』

夏德道：『别的员外没甚事，你却有些瓜葛，莫待我说出来不好看！』张员外被他直诈到二十两。众员外道：『也好了。』那厮道：『看众员外面也罢，只求便赐。』张员外道：『没在此间，把批子去我宅中质库内讨。』

夏扯驴得了批子，唱个喏，便出园门一径来张员外质库里，揭起青布帘儿，走入去唱个喏。众人还了礼。未发迹的贵人问道：『你赎典还是解钱？』夏扯驴道：『不赎不解，员外有批子在此，教支二十两银。』郑信便问：『员外买你什么？支许多银？』那厮道：『买我牛肉吃。』郑信道：『员外直吃得许多牛肉！』夏扯驴道：『主管莫问，只照批子付与我。』两个说来说去，一声高似一声。这郑信只是不肯付与他，将了二十两银子在手道：『夏扯驴，我说与你，银子已在此了，我同到花园中，去见员外。这批子须不是假的。』这郑信和夏扯驴一径到花园中，见众员外在亭子上吃酒，进前唱个喏。张员外见郑信来，便道：『主管没甚事？』郑信道：『覆使头，蒙台批，支二十两银，如今自把来取台旨。』张员外道：『这厮是个破落户，把与他去罢。』夏扯驴就来郑信手中抢那银子。郑信那肯与他，便对夏扯驴道：『银子在这里，员外教把与你，我却不肯。你倚着东京破落户，要平白地骗人钱财。别的怕你，我郑信不怕你。就众员外面前，与你比试。你打得我过，便把银子与你；打我不过，教你许多时声名，一旦都休。』夏扯驴听得说：『我好没兴，吃这客作欺负！』郑信道：『莫说你强我会，这里且是宽，和你赌个胜负。』郑信脱膊下来，众人看了喝采。先自人才出众，那堪满体雕青：左臂上三仙仗剑，右臂上五鬼擒龙，胸前一搭御屏风，脊背上巴山龙出水。夏扯驴也脱膊下来，众人打一看时，那厮身上刺着的是木拐梯子，黄胖儿忍字。当下两个在花园中厮打，赌个输赢。这郑信拳到手起，去太阳上打个正着，夏扯驴扑的倒地，登时身死。吓得众员外和妓弟都走了，即时便有做公的围住。郑信拍着手道：『我是郑州泰宁军人，见今在张员外宅中做主管，夏扯驴来骗我主人，我拳手重，打杀了他，不干他人之事，便把条索子缚我去。』众人见说道：『好汉子！与我东京除了一害，也不到得偿命。』离不得解到开封府，押下凶身对尸。这郑信一发都招认了，下狱定罪。张员外在府里使钱，教好看他，指望迁延，等天恩大赦，不在话下。

忽一日，开封府大尹出城谒庙，正行轿之间，只见路旁一口古井，黑气冲天而起。大尹便教住轿，看了道：『怪哉！』便去庙中烧了香，回到府，不入衙中，便教客将请众官来。不多时，众官皆至，相见茶汤已毕。大尹便道：『今日出城谒庙，路旁见一口古井，其中黑气冲天，不知有何妖怪？』众官无人敢应。只有通判起身道：『据小官愚见，要知井中怪物，何不具奏朝廷，照会将见在牢中该死罪人，教他下井，去看验的实，必知休咎。』大尹依言，即具奏朝廷，便指挥狱中，拣选当死罪人下井，要看仔细。大尹和众人到地头，押过罪人把篮盛了，用辘轳放将下去。只听铃响，上来看时，只有骨头。一个下去一个死，二人下去一双亡，似此坏了数十人。狱中受了张员外嘱托，也要藏留郑信。大尹台旨，教狱中但有罪人都要押来。却藏留郑信不得，只得押来。大尹教他下井去。郑信道：『下去不辞，愿乞五件物。』大尹问：『要甚几件？』郑信道：『要讨头盔衣甲和靴，剑一口，一斗酒，二斤肉，炊饼之类。』大尹即时教依他所要，一一将至面前。郑信唱了喏，把酒肉和炊饼吃了，披挂衣甲，仗了剑。众人喝声采。但见：

头盔似雪，衣甲如银。穿一辆抹绿皂靴，手仗七星宝剑。

郑信打扮了，坐在篮中，辘轳放将下去。铃响绞上来看时，不见了郑信。那井中黑气也便不起。大尹再教放下篮去取时，杳无踪迹，一似石沉大海，线断风筝。大尹和众官等候多时，且各自回衙去。却说未发迹变泰国家节度使郑信到得井底，便走出篮中，仗剑在手，去井中一壁立地。初下来时便黑，在下多时却明。郑信低头看时，见一壁厢一个水口，却好容得身，挨身入去。行不多几步，抬头看时，但见：

山岭相连，烟霞缭绕。芳草长茸茸嫩绿，岩花喷馥馥清香。苍崖郁郁长青松，曲涧涓涓流细水。

郑信正行之间，闷闷不已。知道此处是那里？又没人烟，日中前后，去松阴竹影稀处望时，只见飞檐碧瓦，栋宇轩窗，想有幽人居止。遂登危历险，寻径而往。只闻流水松声，步履之下，渐渐林麓两分，峦峰四合。但见：

溪深水曲，风静云闲。青松锁碧瓦朱甍，修竹映雕檐玉砌。楼台高耸，院宇深沉。若非王者之宫，必是神仙之府。

郑信见这一所宫殿，便去宫前立地多时，更无一人出入。抬头看时，只见门上一面硃红牌金字，写着『日霞之殿』。里面寂寥，杳无人迹。仗剑直入宫门，走到殿内，只见一个女子，枕着件物事，齁齁地裸体而卧。但见：

兰柔柳困，玉弱花羞。似杨妃初浴转香衾，如西子心疼欹玉枕。柳眉敛翠，柳脸凝红。却是西园芍药倚朱栏，南海观音初入定。

郑信见了女子，这却是此怪。便悄悄地把只手衬着那女子，拿了枕头的物事，又轻轻放下女子头。走出外面看时，却是个乾红色皮袋。郑信不解其故，把这件物事，去花树下，将剑掘个坑埋了。又回身仗剑再入殿中，看着那女子，尽力一喝道：『起！』只见那女子闪开那娇滴滴眼儿，慌忙把万种妖娆吓做一团，回头道：『郑郎，你来也！妾守空房，等你多时。妾与你五百年前姻眷，今日得见你。』那女子初时待要变出本相，却被郑信偷了他的神通物事，只得将错就错。若是生得不好时，把来一剑剁了，却见他如花似玉，不觉心动。便问：『女子孰氏？』女子道：『丈夫，你可放下手中宝剑，脱了衣甲，妾和你少叙绸缪。』但见：

暮云笼帝榭，薄霭罩池塘。双双粉蝶宿芳丛，对对黄鹂栖翠柳。画梁悄悄，珠帘放下燕归来；小院沉沉，绣被薰香人欲睡。风定子规啼玉树，月移花影上纱窗。

女子便叫青衣，安排酒来。顷刻之间，酒至面前，百味珍馐俱备。饮至数杯，酒已半酣。女子道：『今日天与之幸，得见丈夫，尽醉方休。』郑信推辞。女子道：『妾与郑郎，是五百年前姻眷，今日岂可推托。』又吃了多时，乃令青衣收过杯盘，两个同携素手，共入兰房。正是：

绣幌低垂，罗衾漫展。两情欢会，共诉海誓山盟；二意和谐，多少云情雨意。云淡淡天边鸾凤，水沉沉交颈鸳鸯。写成今世不休书，结下来生合欢带。

到得天明，女子起来道：『丈夫，夜来深荷见怜。』郑信道：『深感娘娘见爱，未知孰氏？恐另日相见，即当报答深恩。』女子道：『妾乃日霞仙子，我与丈夫尽老百年，何有思归之意？』这两日儿，同行并坐，暮乐朝欢。

忽一日，那女子对郑信道：『丈夫，你耐静则个！我出去便归。』郑信道：『到哪里去？』女子道：『我今日去赴上界蟠桃宴便归，留下青衣相伴。如要酒食，旋便指挥。有件事嘱咐丈夫，切不可去后宫游戏，若还去时，利害非轻。』那女子吩咐了暂别。两个青衣服侍。郑信独自无聊，遂令安排几杯酒消遣，思量：『却似一场春梦，留落在此。适来我妻吩咐，莫去后宫，想必另有景致，不教我去。我再试探则个。』遂移步出门，迤逦奔后宫来。打一看，又是一个去处，一个宫门。到得里面，一个大殿，金书牌额『月华之殿』。正看之间，听得鞋履响声，吱咯语笑喧杂之声。只见一簇青衣拥着一个神女出来，生得：

盈盈玉貌，楚楚梅妆。口点樱桃，眉舒柳叶。轻叠乌云之发，风消雪白之肌。不饶照水芙蓉，恐是凌波菡萏。一尘不染，百媚俱生。

郑信见了，喜不自胜。只见那女子便道：『好也！何处不寻，甚处不觅，原来我丈夫只在此间。』不问事由，便把郑信族拥将去，叫道：『丈夫你来也！妾守空房，等你久矣！』郑信道：『娘娘错认了，我自有浑家在前殿。』那女子不由分说，簇拥在殿上，便教安排酒来。那女和郑信饮了数杯，二人携手入房。向鸳帏之中，成夫妇之礼。顷刻间云收雨散，整衣而起。只见青衣来报：『前殿日霞娘娘来见。』这女子慌忙藏郑信不及。日霞仙子走至面前道：『丈夫，你却走来这里则甚！』便拖住郑信臂膊，将归前殿。月华仙子见了，柳眉剔竖，星眼圆睁道：『你却将身嫁他，我却如何？』便带数十个青衣奔来，直至殿上道：『姐姐，我的丈夫，你却如何夺了？』日霞仙子道：『妹妹，是我丈夫，你却说什么话！』两个一声高似一声。这郑信被日霞仙子把来藏了。月华仙子无计奈何，两个打做一团，纽做一块。斗了多时，月华仙子觉道斗姐姐不下，喝声起，跳至虚空，变出本相，那日霞仙子，也待要变，原来被郑信埋了他的神通，便变不得，却输了。慌忙走来见郑信，两泪交流道：『丈夫，只因你不信我言，故有今日之苦。又被你埋了我的神通，我变不得。若要奈何得他，可把这件物事还我。』郑信见他哀求不已，只得走来殿外花树下，掘出那件物事来。日霞仙子便再和月华仙子斗圣。日霞仙子又输了，走回来。郑信道：『我妻又怎的奈何他不下？』日霞仙子道：『为我身怀六甲，赢那贱人不得。我有件事告你。』郑信道：『我妻有话但说。』日霞仙子教青衣去取来。不多时，把一张弓，一只箭道：『丈夫，此弓非人间所有之物，名为神臂弓，百发百中。我在空中变就神通，和那贱人斗法，你可在下看着白的，射一箭助我一臂之力。』郑信道：『好，你但放心。』说不了，月华仙子又来，两个上云中变出本相相斗。郑信在下看时，那里见两个如花似玉的仙子？只见一个白一个红，两个蜘蛛在空中相斗。郑信道：『原来如此！』只见红的输了便走，后面白的赶来，被郑信弯弓，觑得亲，一箭射去，喝声着，把那白蜘蛛射了下来。月华仙子大痛无声，便骂：『郑信负心贼！暗算了我也！』自往后殿去不题。这里日霞仙子，收了本相，依然一个如花似玉佳人，看着郑信道：『丈夫，深荷厚恩，与妾解围，使妾得遂终身偕老之愿。』两个自此越说得著，行则并肩，坐则叠股，无片时相舍。正是：

春和淑丽，同携手于花前；夏气炎蒸，共纳凉于花下。秋光皎洁，银蟾与桂偶同圆；冬景严凝，玉体与香肩共暖。受物外无穷快乐，享人间不尽欢娱。

倏忽间过了三年，生下一男一女。郑信自思：『在此虽是朝欢暮乐，作何道理发迹变态？』遂告道：『感荷娘娘收留在此，一住三年，生男育女。若得前途发迹，报答我妻，是吾所愿。』日霞仙子见说，泪下如雨道：『丈夫你去，不争教我如何！两个孩儿却是怎地！』郑信道：『我若得一官半职，便来取你们。』仙子道：『丈夫你要何处去？』郑信道：『我往太原投军。』仙子见说，便道：『丈夫，我与你一件物事，教你去投军，有分发迹。』便叫青衣，取那张神臂克敌弓，便是今时踏凳弩。吩咐道：『你可带去军前立功，定然有五等诸侯之贵。这一男一女，与你抚养在此，直待一纪之后，奴自遣人送还。』郑信道：『我此去若有发迹之日，早晚来迎你母子。』仙子道：『你我相遇，亦是夙缘，今三年限满，仙凡路隔，岂复有相见之期乎！』说罢，不觉潸然下泪。郑信初时求去，听说相见无期，心中感伤，亦流泪不已，情愿再住几时。仙子道：『夫妻缘尽，自然分别。妾亦不敢留君，恐误君前程，必遭天谴。』即命青衣置酒饯别。饮至数杯，仙子道：『丈夫，你先前携来的剑，和那一副盔甲，权留在此。他日送儿女还你，那时好作信物。』郑信道：『但凭贤妻主意。』仙子又亲劝别酒三杯，取一大包金珠相赠，亲自送出宫门。约行数里之程，远远望见路口，仙子道：『丈夫，你从此出去，便是大路。前程万里，保重！保重！』郑信方欲眷恋，忽然就脚下起阵狂风，风定后已不见了仙子。但见：

青云藏宝殿，薄雾隐回廊。静听不闻消息之声，回视已失峰峦之势。日霞宫想归海上，神仙女料返蓬莱。多应看罢僧繇画，卷起丹青一幅图。

郑信抱了一张神臂弓，呆呆的立了半晌。没奈何，只得前行。到得路口看时，却是汾州大路，此路去河东太原府不远。那太原府主，却是种相公，讳师道，见在出榜招军。郑信走到辕门投军，献上神臂弓。种相公大喜，吩咐工人如法制造数千张，遂补郑信为帐前管军指挥。后来收番累立战功，都亏那神臂弓之用。十余年间，直做到两川节度使之职。时常思念日霞公主恩义，并不婚娶。

话分两头，再说张俊卿员外，自从那年郑信入井之后，好生思念。每年逢了此日，就差主管备下三牲祭礼，亲到井边祭奠，也是不忘故旧之意。如此数年，未尝有缺。忽一日，祭奠回来，觉得身子困倦，在厅屋中，少憩片时，不觉睡去。梦见天上五色云霞，灿烂夺目，忽然现出一位红衣仙子，左手中抱着一男，右手中抱着一女，高叫：『张俊卿，这一对男女，是郑信所生，今日交付与你，你可好生抚养。等郑信发迹之后，送至剑门，不可负吾之托。』说罢，将手中男女，从半空里撇下来。员外接受不迭，惊出一身冷汗。蓦然醒来，口称奇怪。尚未转动，只见门公报道：『方才有个白须公公，领着一男一女送与员外，说道：「员外在古井边，曾受他之托。」又有送这个包裹，这一口剑，说是两川节度使的信物在内，教员外亲手开看。男女不知好歹，特来报知。』张员外听说，正符了梦中之言，打开包裹看时，却是一副盔甲在内，和这口剑。收起，亲走出门前看时，已不见了白须公公，但见如花似玉的一双男女，约莫有三四岁长成。问其来历，但云：『娘是日霞公主，教我去跟寻郑家爹爹。』再叩其详，都不能言。张员外想道：『郑信已堕井中，几曾出来？哪里又有儿女，莫非是同名同姓的？』又想起岳庙之梦，分明他有五等诸侯之贵。心中委决不下，且收留着这双男女，好生抚养。一面打探郑信消息。光阴如箭，看看长大。张员外把作自己亲儿女看成，男取名郑武，女取名彩娘。张员外自有一子，年纪相仿，叫做张文。一文一武，如同胞兄弟，同在学堂攻书。彩娘自在闺房针指。又过了几年，并不知郑信下落。忽一日，张员外走出厅来，忽见门公来报：『有两川节度使，差来进表官员，写了员外姓名居址，问到这里，他要亲自求见。』员外心中疑虑，忙教请进。只见那差官：

头顶缠棕大帽，脚踏粉底乌靴。身穿蜀锦窄袖袄子，腰系间银纯铁挺带。行来魁岸之容，面带风尘之色。从者牵着一匹大马相随。

张员外降阶迎接，叙礼已毕。那差官取出一包礼物，并书信一封，说道：『节使郑爷多多拜上。』张员外拆书看时，认得是郑信笔迹，书上写道：

信向蒙恩人青目，狱中又多得看觑，此乃莫大之恩也！前入古井，自分无幸，何期有日霞仙子之遇。伉俪三年，复赠资斧，送出汾州投军，累立战功。今叨福庇，得抚蜀中。向无便属，有失奉候。今因进表之便，薄具黄金三十两，蜀锦十端，权表微忱。傥不畏蜀道之难，肯到敝治光顾，信之万幸！悬望悬望！

张员外看罢，举手加额道：『郑家果然发迹变泰，又不忘故旧，远送礼物，真乃有德有行之人也！』遂将向来梦中之事，一一与差官说知。差官亦惊讶不已。是日设筵，款待差官。那差官虽然是有品级的武职，却受了节使吩咐言语来迎取张员外的，好生谦谨。张员外就留他在家中作寓，日日宴会。闲话休叙。过了十来日，公事了毕，差官催促员外起身。张员外与院君商量，要带那男女送还郑节使，又想女儿不便同行，只得留在家中，单带那郑武上路。随身行李，童仆四人，和差官共是七个马，一同出了汴京，望剑门一路进发。不一日，到了节度使衙门，差官先入禀复。郑信忙教请进私衙，以家人之礼相见。员外率领郑武拜认父亲，叙及白发公公领来相托。献上盔甲、腰刀信物，并说及两番奇梦。郑信念起日霞仙子情分，凄然伤感。屈指算之，恰好一十二年，男女皆一十二岁。仙子临行所言，分毫不爽。其时大排筵会，管待张员外，视为上宾。就席间将女儿彩娘许配员外之子张文，亲家相称。此谓以德报德也。

却说郑信思念日霞仙子不已，于绵江之旁，建造日霞行宫，极其壮丽。岁时亲往行香。

再说张员外住了三月有余，思想家乡。郑信不敢强留，安排车马，送出十里长亭之外。赠遗之厚，自不必说。又将黄金百两，供员外施舍岳庙修造炳灵公大殿。后来因金兀术入寇，天子四下征兵，郑信带领儿子郑武勤王，累败金兵，到汴京复与张俊卿相会，方才认得女婿张文，及女儿彩娘。郑信寿至五十余，白日看见日霞仙子车驾来迎，无疾而逝。其子郑武以父荫累官至宣抚使。其后金兵入寇不已，各郡县俱仿神臂弓之制，多能杀贼。到徽钦北狩，康王渡江，为金兵所追，忽见空中有金甲神人，率领神兵，以神臂弓射贼，贼兵始退。康王见旗帜上有郑字，以问从驾之臣，有人奏言：『前两川节度使郑信，曾献克敌神臂弓，此必其神来护驾耳。』康王既即位，敕封明灵昭惠王，立庙于江上，至今古迹犹存。诗曰：

郑信当年未遇时，俊卿梦里已先知。运来自有因缘到，到手休嫌早共迟。

第三十二卷

黄秀才徼灵玉马坠

净几明窗不染尘，图书镇日与相亲。偶然谈及风流事，多少风流误了人。

说话唐乾符年间，扬州有一秀士，姓黄名损，字益之。年方二十一岁，生得丰姿韵秀，一表人才。兼之学富五车，才倾八斗，同辈之中，推为才子。原是阀阅名门，因父母早丧，家道零落。父亲手里遗下一件宝贝，是一块羊脂白玉雕成个马儿，唤做玉马坠，色泽温润，镂刻精工。虽然是小小东西，等闲也没有第二件胜得他的。黄损秀才，自幼爱惜，佩带在身，不曾顷刻之离。偶一日闲游市中，遇着一个老叟，生得怎生模样？

头带箬叶冠，身穿百衲袄，腰系黄丝绦，手执逍遥扇。童颜鹤发，碧眼方瞳。不是蓬莱仙长，也须学道高人。

那老者看着黄生，微微而笑。黄生见其仪容古雅，悚然起敬，邀至茶坊献茶叙话。那老者所谈，无非是理学名言，玄门妙谛。黄生不觉叹服。正当语酣之际，黄生偶然举袂，老者看见了那玉马坠儿，道：『愿借一观。』黄生即时解下，双手献与老者。老者看了又看，啧啧叹赏，问道：『此坠价值几何？老汉意欲奉价相求，未审郎君允否？』黄生答道：『此乃家下祖遗之物，老翁若心爱，遂当相赠，何论价乎！』老者道：『既蒙郎君慷慨不吝，老汉何敢固辞。老汉他日亦有所报。』遂将此坠悬挂在黄丝绦上，挥手而别，其去如飞。生愕然惊怪，想道：『此老定是异人，恨不曾问其姓名也！』这段话搁过不题。

却说荆襄节度使刘守道，平昔慕黄生才名，差官持手书一封，白金彩币，聘为幕宾。如何叫做幕宾？但凡幕府军民事冗，要人商议，况一应章奏及书札，亦须要个代笔，必得才智兼全之士，方称其职。厚其礼币，奉为上宾，所以谓之幕宾，又谓之书记。有官职者，是谓之记室参军。黄损秀才，正当穷困无聊之际，却闻得刘节使有此美意，遂欣然许之，先写了回书，打发来人，约定了日期，自到荆州谒见。差官去了，黄生收拾衣装，别过亲友，一路搭船。行至江州，忽见巨舟泊岸，篷窗雅洁，朱栏油幕，甚是整齐。黄生想道：『我若趁得此船，何悉江中波浪之险乎！』适有一水手上岸沽酒，黄生尾其后而问之：『此舟从何而来？今往何处？』水手答道：『徽人姓韩，今往蜀中做客。』黄生道：『此去蜀中，必从荆江而过，小生正欲往彼，未审可容附舟否？』水手道：『船颇宽大，那争趁你一人！只是主人家眷在上，未知他竟允否若何？』黄生取出青蚨三百，奉为酒资，求其代言。水手道：『官人但少停于此，待我禀过主人，方敢相请。』须臾，水手沽酒回来，黄生复嘱其善言方便，水手应允。不一时，见船上以手相招，黄生即登舟相问。水手道：『主人最重斯文，说是个单身秀士，并不推拒。但前舱货物充满，只可于艄头存坐。夜间在后火舱歇宿。主人家眷在于中舱，切须谨慎，勿取其怪。』遂引黄生见了主人韩翁。言谈之间，甚相器重。是夜，黄生在后火舱中坐了一回，方欲解衣就寝，忽闻筝声凄婉，其声自中舱而出。黄生披衣起坐，侧耳听之：

乍雄乍细，若沉若浮。或如雁语长空，或如鹤鸣旷野，或如清泉赴壑，或如乱雨洒窗。汉宫初奏《明妃曲》，唐家新谱《雨淋铃》。

唐时第一琵琶手是康昆仑，第一筝手是郝善素。扬州妓女薛琼琼独得郝善素指法，琼琼与黄生最相契厚。僖宗皇帝妙选天下知音女子，入宫供奉，扬州刺史以琼琼应选。黄生思之不置，遂不忍复听弹筝。今日所闻筝声，宛似琼琼所弹，黄生暗暗称奇。时夜深人静，舟中俱已睡熟。黄生推篷而起，悄然从窗隙中窥之，见舱中一幼女年未及笄，身穿杏红轻绡。云鬟半弹，娇艳非常。燃兰膏，焚凤脑，纤手如玉，抚筝而弹。须臾曲罢，兰销篆灭，杳无所闻矣。那时黄生神魂俱荡，如逢神女仙妃，薛琼琼辈又不足道也！在舱中展转不寐，吟成小词一首。词云：

生平无所愿，愿伴乐中筝。得近佳人纤手子，研罗裙上放娇声，便死也为荣。

一夜无眠，巴到天明起坐，便取花笺一幅，楷写前词，后题维扬黄损四字，叠成方胜，藏于怀袖。梳洗已毕，频频向中舱观望，绝无动静。少顷，韩翁到后艄答拜，就拉往前舱献茶。黄生身对老翁，心怀幼女。自觉应对失次，心中惭悚，而韩翁殊不知也。忽闻中舱金盆声响，生意此女盥漱，急急起身，从船舷而过。偷眼窥睹窗棂，不甚分明，而香气芬馥，扑于鼻端。生之魂已迷，而骨已软矣。急于袖中取出花笺小词，从窗隙中投入。诚恐舟人旁觑，移步远远而立。两只眼觑定窗棂，真个是目不转睛。

却说中舱那女子梳妆盥手刚毕，忽闻窗间簌簌之响，取而观之，解开方胜，乃是小词一首。读罢，赞叹不已。仍折做方胜，藏于裙带上锦囊之中。明明晓得趁船那秀才夜来闻筝而作，情词俱绝，心中十分欣慕。但内才如此，不知外才何如？遂启半窗，舒头外望，见生凝然独立，如有所思。麟凤之姿，皎皎绝尘，虽潘安卫玠，无以过也！心下想道：『我生长贾家，耻为贩夫贩妇，若与此生得偕伉俪，岂非至愿！』本欲再看一时，为舟中耳目甚近，只得掩窗。黄生亦退于舱后，然思慕之念益切。时舟尚停泊未开，黄生假推上岸，屡从窗边往来。女闻窗外履声，亦必启窗露面，四目相视，未免彼此送情。只是不能接语。正是：

彼此满怀心腹事，大家都在不言中。

到午后，韩翁有邻舟相识，拉上岸于酒家相款。舟人俱整理篷楫，为明早开船之计。黄生注目窗棂，适此女推窗外望，见生忽然退步，若含羞欲避者。少顷，复以手招生。生喜出望外，移步近窗。女乃倚窗细语道：『夜勿先寝，妾有一言。』黄生再欲叩之，女已掩窗而去矣。黄生大喜欲狂，恨不能一拳打落日头，把孙行者的磕睡虫，遍派满船之人。等他呼呼睡去，独留他男女二人，说一个心满意足。正是：

无情不恨良宵短，有约偏嫌此日长。

至夜，韩翁扶醉而归，到船即睡。捱至更深，舟子俱已安息。微闻隔壁弹指三声，黄生急整冠起视。时新月微明，轻风徐拂，女已开半户，向外而立。黄生即于船舷上作揖，女于舱中答礼。生便欲跨足下舱，女不许，向生道：『慕君之才，本欲与君吐露心怀，幸勿相逼！』黄生亦不敢造次，乃矬身坐于窗口。女问生道：『君何方人氏？有妻室否？』黄生答道：『维扬秀才，家贫未娶。』女道：『妾之母裴姓，亦维扬人也。吾父虽徽籍，浮家蜀中，向到维扬，聘吾母为侧室，只生妾一人。十二岁吾母见背，今三年丧毕，吾父移妾归蜀耳。』黄生道：『既如此，则我与小娘子同乡故旧，安得无情乎？幸述芳名，当铭胸臆。』女道：『妾小字玉娥，幼时吾母教以读书识字，颇通文墨。昨承示佳词，逸思新美，君真天下有心人也！愿得为伯鸾妇，效孟光举案齐眉，妾愿足矣。』黄生道：『小娘子既有此心，我岂木石之比，誓当竭力图之。若不如愿，当终身不娶，以报高情。』女道：『慕君才调，不羞自媒。异日富贵，勿令妾有白头之叹。』黄生道：『卿家雅意，阳侯、河伯，实闻此言，如有负心，天地不宥。但小娘子乃尊翁之爱女，小生逆旅贫儒，即使通媒尊翁，未必肯从。异日舟去人离，相会不知何日？不识小娘子有何奇策，使小生得遂盟言？』女道：『夜话已久，严父酒且醒矣，难以尽言。此后三月，必到涪州。十月初三日，乃水神生日，吾父每出入，必往祭赛，舟人尽行。君以是日能到舟次一会，当为决终身之策，幸勿负约，使妾望穿两眸也。』黄生道：『既蒙良约，敢不趋赴。』言毕，舒手欲握女臂，忽闻韩翁酒醒呼茶，女急掩窗。黄生逡巡就寝，忽忽如有所失。从此合眼便见此女，顷刻不能忘情。此女亦不复启窗见生矣。舟行月余，方抵荆江。正值上水顺风，舟人欲赶程途，催生登岸。生虽徘徊不忍，难以推托。将酒钱赠了舟子，别过韩翁，取包裹上岸，复伫立凝视中舱，凄然欲泪。女亦微启窗棂，停眸相送。俄顷之间，扬帆而去，迅速如飞。黄生盼望良久，不见了船，不觉坠泪。旁人问其缘故，黄生哽咽不能答一语。正是：

不如意事常八九，可与人言无二三。

黄生呆立汀岸，直至天晚，只得就店安歇。次早问了守帅府前投了名刺，刘公欣然接纳，叙起敬慕之意，即日开筵相待。黄生于席间，思念玉娥，食不下咽。刘公见其精神恍惚，疑有心事，再三问之，黄生含泪不言。但云『中途有病未痊。』刘公亦好言抚慰。至晚，刘公亲自送入书馆，铺设极其华整，黄生心不在焉，郁郁而已。过了数日，黄生恐误玉娥之期，托言欲往邻郡访一故友，暂假出外月余即返。刘公道：『军务倥偬，政欲请教，且待少暇，当从尊命。』又过了数日，生再开言，刘公只是不允。生度不可强，又公馆守卫严密，夜间落锁，不便出入。一连踌蹰了三日夜，更无良策。忽一日，问馆童道：『此间何处可以散闷？』馆童道：『一墙之隔，便是本府后花园中，亭台树木，尽可消遣。』黄生命童子开了书馆，引入后园。游玩了一番，问道：『花园之外，还是何处？』馆童道：『墙外便是街坊，周围有人巡警。日则敲梆，夜则打更。老爷法度，好不严哩！』黄生听在肚里，暗暗打帐：『除非如此如此。』是夜和衣而卧，寝不成寐。挨到五更，鼓声已绝，寂无人声。料此际司更的辛苦了一夜，必然困倦，此时不去，更待何时。近墙有石榴树一株，黄生攀援而上，耸身一跳，出了书房的粉墙，静悄悄一个大花园，园墙上都有荆棘。黄生心生一计，将石块填脚，先扒开那些棘刺，逾墙而出，并无人知觉，早离了帅府。趁此天色未明，拽开脚步便走。忙忙若丧家之狗，急急如漏网之鱼。有诗为证：

已效郗生入幕，何当千木逾垣！岂有墙东窥宋，却同月下追韩。

次日馆中童了早起承值，叫声：『奇怪！门不开，户不开，房中不见了黄秀才。』忙去报知刘公。刘公见说，吃了一惊，亲到书房看了一遍，一步步看到后园，见棘刺扒动，墙上有缺，想必那没行止的秀才，从此而去，正不知什么急务。当下传梆升帐，拘巡警员役询问，皆云：『不知。』刘公责治了一番。因他说邻邦访友，差人于襄邓各府逐县挨查缉访，并无踪影，叹息而罢。话分两头。

却说黄秀才自离帅府，挨门出城。又怕有人追赶，放脚飞跑。逢人问路，晚宿早行，径望涪州而进。自古道：无巧不成话。赶到涪州，刚刚是十月初三日。且说黄秀才在帅府中，耽搁多日，如何还赶得上。只因客船重大，且是上水有风则行，无风则止。黄秀才从陆路短盘，风雨无阻，所以赶着了。沿江一路抓寻，只见高樯巨舰，比次凑集，如鱼鳞一般，逐只挨去，并不见韩翁之舟。心中早已着忙，莫非忙中有错，还是再捱转去。方欲回步，只见面前半箭之地，江岸有枯柳数株，下面单单泊着一只船儿。上前仔细观看，那船上寂无一人，止中舱有一女子，独倚蓬窗，如有所待。那女子非别，正是玉娥。因为有黄生之约，恐众人耳目之下，相接不便，在父亲前，只说爱那柳树之下泊船，僻静有趣。韩翁爱女，言无不从。此时黄生一见，其喜非小。

漫说洞房花烛夜，且喜他乡遇故知。

那玉娥望见黄生，笑容可掬。其船离岸尚远，黄生便欲跳上。玉娥道：『水势甚急，须牵缆至近方可。』黄生依言，便举手去牵那缆儿，也是合当有事，那缆带在柳树根上，被风浪所激，已自松了。黄生去拿他时，便脱了结。你说巨舟在江涛汹涌之中，何等力气，黄生又是个书生，不是筋节的，一只手如何带得住。说时迟，那时快，只叫得一声：『阿呀！』但见舟逐顺流下水，去若飞电，若现若隐，瞬息之间，不知几里。黄生沿岸叫呼，众船上都往水神庙祭赛去了。便有来往舟只，那涪江水势又与下面不同，离川江不远，瞿塘三峡，一路下来，如银河倒泻一般。各船过此，一个个手忙脚乱，自顾且不暇，何暇顾别人。黄生狂走约有一二十里，到空阔处，不见了那船。又走二十来里，料无觅处。欲待转去报与韩翁知道，又恐反惹其祸。对着江面，痛哭了一场。想起远路天涯，孤身无倚，欲再见刘公，又无颜面。况且盘缠缺少，有家难奔，有国难投。『不如投向江流，或者得小娘子魂魄相见，也见我黄损不是负心之人。罢！罢！罢！』

人生自古谁无死，留与风流作话文。

黄秀才方欲投江，只听得背后一人叫道：『不可，不可！』黄生回头看时，不是别人。正是维扬市上曾遇着请他玉马坠儿这个老叟。黄生见了那老叟，又羞又苦，泪如雨下。老叟道：『郎君有何痛苦？说与老汉知道，或者可以分忧一二。』黄生道：『到此地位，不得不说了。』便将初遇玉娥，及相约涪江，缆断舟行之事，备细述了一遍。老叟呵呵大笑，道：『原来如此，些须小事，如何便拼得一条性命！』黄生道：『老翁是局外之人，把这事看得小。依小生看来，比天更高，比海更阔，这事大得多哩！』老叟把十指一轮，说道：『老汉颇通数学，方才轮算，尊可命不该绝，郎君还有相会之期。此去前面一里之外，有一茅庵，是我禅兄所居。郎君但往借宿，徐以此事求之，彼必能相济。老汉不及奉陪。』黄生道：『老翁若不同去，恐禅师未必相信，不肯留宿。』老叟道：『郎君前所惠玉马坠儿，老汉佩带在身，我禅兄所常见，但以此为信可也。』说罢，就黄丝绦上解下玉马坠来，递与黄生。黄生接得在手，老叟竟自飘然去了。黄生为心事扰乱，依旧不曾问得姓名，懊悔无及。天色已晚，且自前去。约行一里之外，果然荒野中，独独有个茅庵，其门半掩，黄生捱身而入，佛堂中一盏琉璃灯，半明不灭。居中放个蒲团，一位高年胡僧与塑的西番罗汉无二，盘膝打坐，双眸紧闭，如入定之状。黄生不敢惊动，端跪于前。约有一个时辰，胡僧开眼看见，喝道：『何物俗子，敢来混人！』黄生再拜奉上玉马坠，代老叟致意：『今晚求借一宿。』胡僧道：『一宿不难，但尘路茫茫，郎君此行将何底止？』黄生道：『小生黄损正有心愿，欲求圣僧指迷。』遂将玉娥涪州之约，始终叙述，因叩首问计。胡僧道：『俺出家人，心如死灰，那管人间儿女之事！』黄生拜求不已。胡僧道：『郎君念既至诚，可通神明。但观郎君，必是仕宦中人品。大丈夫以致身青云显宗扬名为本，此事须于成名之后，从容及之。』黄生又拜道：『小生举目无亲，口食尚然不周，那有功名之念。适间若非老翁相救，已作江中之鬼矣。』胡僧道：『佛座下有白金十两，聊助郎君路费。且往长安，俟机缘到日，当有以报命耳。』说罢，依先闭目入定去了。黄生身体亦觉困倦，就蒲团之侧，曲肱而枕之，猛然睡去。醒将转来，已是黎明时候，但见破败荒庵，墙壁俱无，并不见坐禅胡僧的踪迹。上边佛像也剥落破碎，不成模样。佛座下露出白晃晃一锭大银锭，上凿有黄损二字。黄生叫声：『惭愧！』方知夜来所遇，真圣僧也。向佛前拜祷了一番，取了这锭银子，权为路费，径往长安。正是：人有逆天之时，天无绝人之路。

话分两头。却说韩翁同舟人赛神回来，不见了船。急忙寻问。别个守船的看见，都说：『断了缆，被流水滚下去多时了，我们没本事救得。』韩翁大惊，一路寻将下来。闻岸上人所说，亦是如此。抓寻了两三日，并无影响。痛哭而回，不在话下。

万事不由人计较，一生都是命安排。

再说扬州妓女薛琼琼鸨儿叫做薛媪，为女儿琼琼以弹筝充选，入宫供奉，已及二载。薛媪自去了这女儿，门户萧条。乃买舟欲往长安探女，希求天子恩泽。其舟行至汉水，见有一覆舟自上流而下，回避不迭，砰的一声，正触了船头。那只船就停止不行了。舟人疑覆舟中必有财物，遂牵近岸边，用斧劈开，其中有一女子。薛媪闻知，忙教救出，已是奄奄将尽，只有一丝未断。原来冬天水寒，但是下水便没了命。只因此女藏在中舱，船底遮盖，暖气未泄，所以留得这一息生气。舟中货物，已自漂失了，便有存留，舟人都分散去讫。薛媪为去了女儿琼琼，正想没有个替代，见此女容貌美丽，喜不可言。慌忙将通身湿衣解下，置于絮被之内，自己将肉身偎贴。那女子得了暖气，渐渐苏醒。然后将姜汤粥食，慢慢扶持。又将好言扶慰，女子渐能言语，索取湿衣中锦囊。薛媪问其来历，女子答道：『奴家姓韩小字玉娥，随父往蜀。舟至涪州，父亲同舟人往赛水神，奴家独守舟中，偶因缆脱，漂没到此。』薛媪道：『可曾适人么？』玉娥道：『与维扬黄损秀才，曾有百年之约。锦囊中藏有花笺小词，即黄郎所赠也。』薛媪道：『黄秀才原是我女儿琼琼旧交，此人才貌双全，与小娘子正是一对良缘。小娘子不须忧虑，随老身同到长安，来年大比，黄秀才必来应举。那时待老身寻访他来，与娘子续秦晋之盟，岂不美乎！』玉娥道：『若得如此，便是重生父母。』自此玉娥，遂拜薛媪为义母，薛媪亦如己女相待。正是：

休言事急且相随，受恩深处亲骨肉。

不一日，行到长安，薛媪赁了小小一所房子，同玉娥住下。其时琼琼入宫进御，宠幸无比。晓得假母到来，无由相会，但遣人不时馈送些东西候问。玉娥又扃户深藏，终日针指，以助薪水之费。所以薛媪日用宽然有余。光阴似箭，不觉岁尽春来。怎见得？有诗为证：

爆竹声中一岁除，春风送暖入屠苏。千门万户瞳瞳日，总把新桃换旧符。

且说除夜，玉娥想着母死父离，情人又无消息，暗暗坠泪。是夜睡去，梦见天门大开，一尊罗汉从空中出现。玉娥拜诉衷情，罗汉将黄纸一书从空掷下，纸上写『维扬黄损佳音』六字。玉娥大喜，方欲开看，忽闻霹雳一声，蓦然惊觉，乃是人家岁朝开门，放火炮声响。玉娥想了一回，凄然不乐。其日新年，只得强起梳妆。薛媪往邻家拜年去了。玉娥垂下竹帘，立于门内，眼觑街市上人来人往，心中想道：『今年是大比之期，不知黄郎曾到长安否？若得他此地经过，重逢一面，应着夜来之梦，也不枉奴死里逃生。』方才转动念头，忽见一个胡僧当帘而立，高叫道：『募化有缘男女。』玉娥从帘中仔细一看，那胡僧面貌与夜来梦中所见罗汉无异，不觉悚然起敬。孤身女子，却又不好招接他。正在踌蹰，那胡僧竟自揭帘而入。玉娥倒退几步，闪在一边。胡僧走入中庭，盘膝而坐，顶上现出毫光数道，直透天门。玉娥大惊，跪拜无数，禀道：『弟子堕落火坑，有夙缘未遂，望罗汉指示迷津，救拔苦海。』胡僧道：『汝诚念皈我，但尚有尘劫未脱，老僧赠汝一物，可密藏于身畔，不许一人知道，他日夫妇重逢，自有灵验。』当下取出一件宝贝，赠与玉娥，乃是玉马坠儿。玉娥收讫。即见一道金光，冲天而起，胡僧忽然不见。玉娥知是圣僧显化，望空拜谢。将玉马坠牢系襟带之上，薛媪回来，并不题起。

满怀心事无人诉，一炷心香礼圣僧。

再说黄损秀才，得胡僧助了盘缠，一径往长安应试。然虽如此，心上只挂着玉娥，也不去温习经史，也不去静养精神，终日串街走巷，寻觅圣僧，庶几一遇。早出晚回，终日闷闷而已。试期已到，黄生只得随例入场，举笔一挥，绝不思索。他也只当应个故事，那有心情去推敲磨练。谁知那偏是应故事的文字容易入眼。正是：

不愿文章中天下，只愿文章中试官。

金榜开时，高高挂一个黄损名字，除授部郎之职。其时吕用之专权乱政，引用无籍小人，左道惑众，中外嫉之如仇。然怕他权势，不敢则声。黄损独条陈他前后奸恶，事事有据。天子听信，敕吕用之免官就第。黄生少年高第，又上了这个疏，做了天下第一件快心之事。哪一个不钦服他！真个名倾朝野。长安贵戚，闻黄生尚未娶妻，多央媒说合，求他为婿。黄生心念玉娥，有盟言在前，只是推托不允。那时薛媪也风闻得黄损登第，欲待去访他，到是玉娥教他：『且慢！贵易交，富易妻，人情乎，未知黄郎真心何如？』这也是他的把细处。

话分两头，且说吕用之闲居私第，终日讲炉鼎之事，差人四下缉访名姝美色，以为婢妾。有人夸薛媪的养女，名曰玉娥，天下绝色，只是不肯轻易见人。吕用之道：『只怕求而没有，那怕有而难求。』当下差干仆数十人，以五百金为聘，也不通名道姓，竟撒向薛媪家中，直入卧房抢出玉娥，不由分说，抬上花花暖轿，望吕府飞奔而去。吓得薛媪软做一团，急忙里想不出的道理。后来晓得吕府中要人，声也不敢则了。欲待投诉黄损，恐无益于事，反讨他抱怨。只得忍气吞声，不在话下。且说玉娥到了府中，吕用之亲自卷帘，看见姿容绝世，喜不自胜。即命丫鬟养娘，扶至香房，又取出锦衣数箱，奇样首饰，教他装扮。玉娥只是啼哭，将首饰掷之于地，一件衣服也不肯穿。丫鬟养娘回覆吕相公，吕相公只教：『莫难为了他！好言相劝。』众人领命，你一句，我一句，只是劝他顺从。玉娥全然不理。正是：

万事可将权势使，寸心不为绮罗移。姻缘自古皆前定，堪笑狂夫妄用机。

却说吕家门生故吏，闻得相公纳了新宠，都来拜贺，免不得做庆贺筵席。饮至初更，只见后槽马夫喘吁吁上堂禀事：『适间有白马一匹，约长丈余，不知那里来的，突入后槽，啮伤群马。小人持棍赶他，那马直入内宅去了。』吕用之大惊道：『哪有此事？』即命干仆明火执杖，同着马夫于各房搜检，马屁也不闻得一个，都来回话。吕相公心知不祥之事，不肯信以为然。只怪马夫妄言，不老实，打四十棍，革去不用。众客咸不欢而散。吕用之乘着酒兴，径入新房。玉娥兀自哭哭啼啼。吕用之一般也会帮衬，说道：『我富贵无比，你若顺从，明日就立你为夫人，一生受用不尽。』玉娥道：『奴家虽是女流，亦知廉耻，曾许配良人，一女不更二夫。况相公珠翠成群，岂少奴家一人。愿赐矜怜，以全名节。』吕用之那里肯听，用起拔山之力，抱向床头按住，亲解其衣。玉娥双手拒之，气力不加，口中骂声不绝。正在危急之际，忽有白马一匹，约长丈余，从床中奔出，向吕用之乱扑乱咬。吕用之着忙，只得放手，喝教侍婢上前。那白马在房中乱舞，逢着便咬，咬得侍婢十损九伤。吕用之惊惶逃窜。比及吕用之出了房门，那白马也不见了。吕用之明明晓得是个妖孽，暗地差人四下访求高人禳解。次日，有胡僧到门，自言：『善能望气，预知凶吉。今见府上妖气深重，特来禳解。』门上通报了用之，即日请进，甚相敬礼。胡僧道：『府上妖气深重，主有非常之祸。』吕用之道：『妖气在于何处？』胡僧道：『似在房闱之内，待老僧细查。』吕用之亲自引了胡僧，各房观看，行至玉娥房头，胡僧大惊道：『妖气在此！不知此房中是相公何人？』吕用之道：『新纳小妾，尚未成婚。』胡僧道：『恭喜相公，洪福齐天，得遇老僧。若成亲之后，相公必遭其祸矣。此妇乃上帝玉马之精，来人间行祸者。今已到相公府中，若不早些发脱，祸必不免。』吕用之被他说着玉马之事，连呼为神人，请问如何发脱？胡僧道：『将此女速赠他人，使他人代受其祸，相公便没事了。』吕用之虽然爱那女色，性命为重，说得活灵活现，怎的不怕？又问了：『赠与谁人方好？』胡僧道：『只拣相公心上第一个不快的，将此女赠之，一月之内，此人必遭奇祸。相公可高枕无忧也。』吕用之被黄损一本劾奏罢官，心中最恨的。那时便定了个主意，即忙作礼道：『领教，领教。』吩咐干仆备斋相款，多取金帛厚赠。胡僧道：『相公天下福人，老僧特来相救，岂敢受赐！』连斋也不吃，拂衣而去。

分明一席无稽话，却认非常禳祸功。

吕用之当时差人唤取薛媪到府说话。薛媪不敢不来。吕用之便道：『你女儿年幼，不知礼数，我府中不好收用。闻得新进士黄损尚无妻室，此人与我有言，我欲将此女送他，解释其恨，须得你亲自送去，善言道达，必得他收纳方好。』薛媪叩首道：『相公钧旨，敢不遵依！』吕用之又道：『房中衣饰箱笼，尽作嫁资，你可自去收拾，竟自抬去，连你女儿也不消相见了。』薛媪闻言，正中其怀。中堂自有人引进香房。玉娥见薛媪到来，认是吕用之着他来解劝，心头突突的跳，薛媪向女儿耳边低说道：『你如今好了，相公不用，着我另送与一个知趣的人。』玉娥道：『奴家所以贪生忍耻，跟随到此，只望黄郎一会。若转赠他人，与陷身此地何异？奴家宁死，不愿为逐浪之萍，随风之絮也！』薛媪道：『方才说知趣的人儿，正是黄郎。房中衣饰箱笼，尽数相赠，快些出门，防他有翻悔之事。』玉娥道：『原来如此。』当下母子二人，忙忙的收拾停当。嘱咐丫鬟养娘，寄谢相公。唤下脚力，一道烟去了。

鳌鱼脱却金钩去，摆尾摇头再不来。

却说黄损闲坐衙斋，忽见门役来报：『有维扬薛妈妈求见。』黄生忙教请进。薛媪一见了黄生，连称：『贺喜！』黄生道：『下官何喜可贺？』薛媪道：『老身到长安，已半年有余，平时不敢来冒渎。今日特奉一贵官之命，送一位小娘子到府成亲。』黄生问道：『贵官是哪个？』薛媪道：『是新罢职的吕相公。』黄生大怒道：『这个奸雄，敢以美人局戏我！若不看你旧时情分，就把你叱咤一场。』薛媪道：『官人休恼！那美人非别，却是老身的女儿，与官人有瓜葛的。』黄生闻言，就把怒容放下了五分，从容问道：『令爱琼琼，久已入宫供奉，以下更有谁人？与下官有何瓜葛？』薛媪道：『是老身新认的小女，姓韩名玉娥。』黄生大惊道：『你在那里相会来？』薛媪便把汉江捞救之事说了一遍。『近日被吕相公用强夺去，女儿抵死不从。不知何故，吩咐老身送与官人，权为修好之意。』黄生摇首道：『既被吕用之这厮夺去，必然玷污，岂有白发出之理。又如何偏送与下官？』薛媪道：『只问我女儿便知。』黄生道：『莫非不是那维扬韩玉娥么？』薛媪道：『见有官人所赠花笺小词为证，遂出诸袖中，还是被水浸湿过的，都绉了。黄生见之，提起昔日涪江光景，不觉惨然泪下。即刻命肩舆人从，同薛媪迎接玉娥到衙相会。两人抱头大哭，哭罢，各叙衷肠。玉娥举玉马坠，对生说道：『妾若非此物，必为吕贼所污，当以颈血溅其衣，不复得见君面矣。』黄生见坠，大惊道：『此玉马坠，原是吾家世宝，去年涪洲献与胡僧，芳卿何以得之？』玉娥道：『妾除夜曾得一梦，次日岁朝遇一胡僧，宛如梦中所见，将此坠赠我，嘱付我夫妻相会，都在这个坠上。妾谨藏于身。那夜吕贼用强相犯，忽有白马从床头奔出，欲啮吕贼，吕贼惊惶逃去。后闻得也有个胡僧，对吕贼说：「白马为妖，不利主人。」所以将妾赠君，欲贻祸于君耳。』黄生道：『如此说，你我夫妻重会，皆胡僧之力。胡僧皆神人，玉马坠真神物也！今日礼当谢之。』遂命设下香案，供养玉马坠于上，摆列酒脯之仪，夫妻双双下拜。薛媪亦从旁叩头。忽见一白马约长丈余，从香案上跃出，腾空而起。众人急出户看之，见云端里面站着一人，须眉可辨。那人是谁？

维扬市上初相识，再向涪江渡口逢。今日云端来显相，方知玉马主人翁。

那人便是起首说维扬市上相遇，请那玉马坠的老翁。老翁跨上白马，须臾烟云缭绕，不知所往。黄生想起江头活命之恩，望空再拜，看案上玉马坠已不见矣。是夜黄损与玉娥遂为夫妇。薛媪养老送终。黄损又差人持书往蜀中访问韩翁，迎来奉养。岁时必设老叟及胡僧神位，焚香礼拜。后黄损官至御史中丞，玉娥生三子，并列仕途。夫妇百年谐老，有诗赞云：

一曲筝声江上听，知音遂缔百年盟。死生离合皆前定，不是姻缘莫强争。

十五贯戏言成巧祸

聪明伶俐自天生，懵懂痴呆未必真。嫉妒每因眉睫浅，戈矛时起笑谈深。九曲黄河心较险，十重铁甲面堪憎。时因酒色亡家国，几见诗书误好人！

这首诗，单表为人难处。只因世路窄狭，人心叵测。大道既远，人情万端，熙熙攘攘，都为利来。蚩蚩蠢蠢，皆纳祸去。持身保家，万千反覆。所以古人云：颦有为颦，笑有为笑，颦笑之间，最宜谨慎。这回书，单说一个官人，只因酒后一时戏笑之言，遂至杀身破家，陷了几条性命。且先引下一个故事来，权做个德胜头回。

却说故宋朝中，有一个少年举子，姓魏名鹏举，字冲霄，年方一十八岁，娶得一个如花似玉的浑家。未及一年，只因春榜动，选场开，魏生别了妻子，收拾行囊，上京应取。临别时，浑家吩咐丈夫：『得官不得官，早早回来，休抛闪了恩爱夫妻！』魏生答道：『功名二字，是俺本领前程，不索贤卿忧虑。』别后登程到京，果然一举成名，除授一甲第二名榜眼及第。在京甚是华艳动人，少不得修了一封家书，差人接取家眷入京。书上先叙了寒温及得官的事，后却写下一行，道是：『我在京中早晚无人照管，已讨了一个小老婆，专候夫人到京，同享荣华。』家人收了书程，一径到家。见了夫人，称说贺喜，因取家书呈上。夫人拆开看了，见是如此如此，这般这般，便对家人道：『官人直恁负恩！甫能得官，便娶了二夫人。』家人便道：『小人在京，并没见有此事。想是官人戏谑之言！夫人到京，便知端的，休得忧虑！』夫人道：『恁地说，我也罢了！』却因人舟未便，一面收拾起身，一面寻觅便人，先寄封平安家书到京中去。那寄书人到了京中，寻问新科魏榜眼寓所，下了家书，管待酒饭自回，不题。

却说魏生接书拆开来看了，并无一句闲言闲语，只说道：『你在京中娶了一个小老婆，我在家中也嫁了一个小老公，早晚同赴京师也。』魏生见了，也只道是夫人取笑的说话，全不在意。未及收好，外面报说：有个同年相访。京邸寓中，不比在家宽转，那人又是相厚的同年，又晓得魏生并无家眷在内，直至里面坐下，叙了些寒温。魏生起身去解手，那同年偶翻桌上书帖，看见了这封家书，写得好笑，故意朗诵起来。魏生措手不及，通红了脸，说道：『这是没理的话！因是小弟戏谑了他，他便取笑写来的。』那同年呵呵大笑道：『这节事却是取笑不得的。』别了就去。那人也是一个少年，喜谈乐道，把这封家书一节，顷刻间遍传京邸。也有一班妒忌魏生少年登高科的，将这桩事只当做风闻言事的一个小小新闻，奏上一本，说这魏生年少不检，不宜居清要之职，降处外任。魏生懊恨无及。后来毕竟做官蹭蹬不起，把锦片也似一段美前程，等闲放过去了。这便是一句戏言，撒漫了一个美官。今日再说一个官人，也只为酒后一时戏言，断送了堂堂六尺之躯，连累两三个人，枉屈害了性命。却是为着甚的？有诗为证：

世路崎岖实可哀，旁人笑口等闲开。白云本是无心物，又被狂风引出来。

却说南宋时，建都临安，繁华富贵，不减那汴京故国。去那城中箭桥左侧，有个官人，姓刘名贵，字君荐，祖上原是有根基的人家。到得君荐手中，却是时乖运蹇。先前读书，后来看看不济，却去改业做生意。便是半路上出家的一般，买卖行中，一发不是本等伎俩，又把本钱消折去了。渐渐大房改换小房，赁得两三间房子，与同浑家王氏，年少齐眉。后因没有子嗣，娶下一个小娘子，姓陈，是陈卖糕的女儿，家中都呼为二姐。这也是先前不十分穷薄的时做下的勾当。至亲三口，并无闲杂人在家。那刘君荐，极是为人和气，乡里见爱，都称他刘官人。『你是一时运限不好，如此落莫，再过几时，定须有个亨通的日子！』说便是这般说，那得有些好处？只是在家纳闷，无可奈何！

却说一日闲坐家中，只见丈人家里的老王——年近七旬——走来对刘官人说道：『家间老员外生日，特令老汉接取官人娘子，去走一遭。』刘官人便道：『便是我日逐愁闷过日子，连那泰山的寿诞，也都忘了。』便同浑家王氏，收拾随身衣服，打叠个包儿，交与老王背了。吩咐二姐：『看守家中，今日晚了，不能转回，明晚须索来家。』说了就去。离城二十余里，到了丈人王员外家，叙了寒温。当日坐间客众，丈人女婿，不好十分叙述许多穷相。到得客散，留在客房里宿歇。直至天明，丈人却来与女婿攀话，说道：『姐夫，你须不是这等算计，坐吃山空，立吃地陷。咽喉深似海，日月快如梭。你须计较一个常便！我女儿嫁了你，一生也指望丰衣足食，不成只是这等就罢了！』刘官人叹了一口气道：『是。泰山在上，道不得个上山擒虎易，开口告人难。如今的时势，再有谁似泰山这般怜念我的。只索守困，若去求人，便是劳而无功。』丈人便道：『这也难怪你说。老汉却是看你们不过，今日赍助你些少本钱，胡乱去开个柴米店，撰得些利息来过日子，却不好么？』刘官人道：『感蒙泰山恩顾，可知是好。』当下吃了午饭，丈人取出十五贯钱来，付与刘官人道：『姐夫，且将这些钱去，收拾起店面，开张有日，我便再应付你十贯。你妻子且留在此过几日。待有了开店日子，老汉亲送女儿到你家，就来与你作贺，意下如何？』刘官人谢了又谢，驮了钱一径出门。到得城中，天色却早晚了，却撞着一个相识，顺路在他家门首经过。那人也要做经纪的人，就与他商量一会，可知是好。便去敲那人门时，里面有人应喏，出来相揖，便问：『老兄下顾，有何见教？』刘官人一一说知就里。那人便道：『小弟闲在家中，老兄用得着时，便来相帮。』刘官人道：『如此甚好。』当下说了些生意的勾当。那人便留刘官人在家，现成杯盘，吃了三杯两盏。刘官人酒量不济，便觉有些朦胧起来，抽身作别，便道：『今日相扰，明早就烦老兄过寒家，计议生理。』那人又送刘官人至路口，作别回家，不在话下。若是说话的同年生，并肩长，拦腰抱住，把臂拖回，也不见得受这般灾悔！却教刘官人死得不如：

《五代史》李存孝，《汉书》中彭越。

却说刘官人驮了钱，一步一步捱到家中。敲门已是点灯时分，小娘子二姐独白在家，没一些事做，守得天黑，闭了门，在灯下打瞌睡。刘官人打门，他那里便听见，敲了半晌，方才知觉。答应一声来了，起身开了门。刘官人进去，到了房中，二姐替刘官人接了钱，放在桌上，便问：『官人何处那移这项钱来，却是甚用？』那刘官人一来有了几分酒，二来怪他开得门迟了，且戏言吓他一吓，便道：『说出来，又恐你见怪；不说时，又须通你得知。只是我一时无奈，没计可施，只得把你典与一个客人，又因舍不得你，只典得十五贯钱。若是我有些好处，加利赎你回来。若是照前这般不顺溜，只索罢了！』那小娘子听了，欲待不信，又见十五贯钱，堆在面前。欲待信来，他平白与我没半句言语，大娘子又过得好，怎么便下得这等狠心辣手！疑狐不决。只得再问道：『虽然如此，也须通知我爹娘一声。』刘官人道：『若是通知你爹娘，此事断然不成。你明日且到了人家，我慢慢央人与你爹娘说通，他也须怪我不得。』小娘子又问：『官人今日在何处吃酒来？』刘官人道：『便是把你典与人，写了文书，吃他的酒才来的。』小娘子又问：『大姐姐如何不来？』刘官人道：『他因不忍见你分离，待得你明日出了门才来，这也是我没计奈何，一言为定。』说罢，暗地忍不住笑，不脱衣裳，睡在床上，不觉睡去了。那小娘子好生摆脱不下：『不知他卖我与甚色样人家？我须先去爹娘家里说知。就是他明日有人来要我，寻到我家，也须有个下落。』沉吟了一会，却把这十五贯钱，一垛儿堆在刘官人脚后边。趁他酒醉，轻轻的收拾了随身衣服，款款的开了门出去，拽上了门。却去左边一个相熟的邻舍，叫做朱三老儿家里，与朱三妈借宿了一夜，说道：『丈夫今日无端卖我，我须先去与爹娘说知。烦你明日对他说一声，既有了主顾，可同我丈夫到爹娘家中来，讨个分晓，也须有个下落。』那邻舍道：『小娘子说得有理，你只顾自去，我便与刘官人说知就理。』过了一宵，小娘子作别去不题。正是：

鳌鱼脱却金钩去，摆尾摇头再不回。

放下一头，却说这里刘官人一觉，直至三更方醒，见桌上灯犹未灭，小娘子不在身边。只道他还在厨下收拾家火，便唤二姐讨茶吃，叫了一回，没人答应，却待挣扎起来，酒尚未醒，不觉又睡了去。不想却有一个做不是的，日间赌输了钱，没处出豁，夜间出来掏摸些东西，却好到刘官人门首。因是小娘子出去了，门儿拽上不关。那贼略推一推，豁地开了。捏手捏脚，直到房中，并无一人知觉。到得床前，灯火尚明。周围看时，并无一物可取。摸到床上，见一人朝着里床睡去，脚后却有一堆青钱，便去取了几贯。不想惊觉了刘官人，起来喝道：『你须不近道理！我从丈人家借办得几贯钱来，养身活命，不争你偷了我的去，却是怎的计结！』那人也不回话，照面一拳，刘官人侧身躲过，便起身与这人相持。那人见刘官人手脚活动，便拔步出房。刘官人不舍，抢出门来，一径赶到厨房里。恰待声张邻舍，起来捉贼。那人急了，正好没出豁，却见明晃晃一把劈柴斧头，正在手边，也是人急计生，被他绰起，一斧正中刘官人面门，扑地倒了，又复一斧，斫倒一边。眼见得刘官人不活了，呜呼哀哉，伏惟尚飨。那人便道：『一不做，二不休，却是你来赶我，不是我来寻你。』索性翻身入房，取了十五贯钱。扯条单被，包裹得停当，拽扎得爽俐出门，拽上了门就走，不题。

次早邻舍起来，见刘官人家门也不开，并无人声息，叫道：『刘官人，失晓了。』里面没人答应。捱将进去，只见门也不关。直到里面，见刘官人劈死在地。『他家大娘子，两日家前已自往娘家去了，小娘子如何不见？』免不得声张起来。却有昨夜小娘子借宿的邻家朱三老儿道：『小娘子昨夜黄昏时，到我宿歇，说道：刘官人无端卖了他，他一径先到爹娘家里去了。教我对刘官人说，既有了主顾，可同到他爹娘家中，也讨得个分晓。今一面着人去追他转来，便有下落。一面着人去报他大娘子到来，再做区处。』众人说道：『说得是。』先着人去到王老员外家报凶信。老员外与女儿大哭起来，对那人道：『昨日好端端出门，老汉赠他十五贯钱，教他将来做本，如何便恁的被人杀了？』那去的人道：『好教老员外大娘子得知，昨是刘官人归时，已自昏黑，吃得半酣，我们都不晓得他有钱没钱，归迟归早。只是今早刘官人家，门儿半开，众人推将进去，只见刘官人杀死在地，十五贯钱一文也不见，小娘子也不见踪迹。声张起来，却有左邻朱三老儿出来说道：「他家小娘子昨夜黄昏时分，借宿他家。小娘子说道刘官人无端把他典与人了，小娘子要对爹娘说一声。住了一宵，今早径自去了。」如今众人计议，一面来报大娘子与老员外，一面着人去追小娘子。若是半路里追不着的时节，直到他爹娘家中，好歹追他转来，问个明白。老员外与大娘子，须索去走一遭，与刘官人执命。』老员外与大娘子急急收拾起身，管待来人酒饭，三步做一步，赶入城中，不题。

却说那小娘子，清早出了邻舍人家，挨上路去，行不上一二里，早是脚疼走不动，坐在路旁。却见一个后生，头带万字头巾，身穿直缝宽衫，背上驮了一个搭膊，里面却是铜钱，脚下丝鞋净袜，一直走上前来。到了小娘子面前，看了一看：虽然没有十二分颜色，却也明眉皓齿，莲脸生春，秋波送媚，好生动人。正是：

野花偏艳目，村酒醉人多。

那后生放下搭膊，向前深深作揖。『小娘子独行无伴，却是往那里去的？』小娘子还了万福，道：『是奴家要往爹娘家去，因走不上，权歇在此。』因问：『哥哥是何处来？今要往何方去？』那后生叉手不离方寸：『小人是村里人，因往城中卖了丝帐，讨得些钱，要往褚家堂那边去的。』小娘子道：『告哥哥则个，奴家爹娘也在褚家堂左侧，若得哥哥带挈奴家，同走一程，可知是好。』那后生道：『有何不可！既如此说，小人情愿服侍小娘子前去。』两个厮赶着，一路正行，行不到二三里田地。只见后面两个人脚不点地，赶上前来。赶得汗流气喘，衣襟敞开。连叫：『前面小娘子慢走，我却有话说知。』小娘子和那后生看见赶得跷蹊，都立住了脚。后边两个赶到跟前，见了小娘子与那后生，不容分说，一家扯了一个，说道：『你们干得好事！却走往那里去？』小娘子吃了一惊，举眼看时，却是两家邻舍，一个就是小娘子昨夜借宿的主人。小娘子便道：『昨夜也须告过公公得知，丈夫无端卖我，我自去对爹娘说知。今日赶来，却有何说？』朱三老道：『我不管闲帐，只是你家里有杀人公事，你须回去对理。』小娘子道：『丈夫卖我，昨日钱已驮在家中，有甚杀人公事？我只是不去。』朱三老道：『好自在性儿！你若真个不去，叫起地方有杀人贼在此，烦为一捉，不然，须要连累我们。你这里地方也不是清净。』那个后生见不是话头，便对小娘子道：『既如此说，小娘子只索回去，小人自家去休！』那两个赶来的邻舍，齐叫起来说道：『若是没有你在此便罢，既然你与小娘子同行同止，你须也去不得！』那后生道：『却也作怪，我自半路遇见小娘子，偶然伴他行一程路儿，却甚皂丝麻线，要勒措我回去？』朱三老道：『他家现有杀人公事，不争放你去了，却打没对头官司！』当下不容小娘子和那后生做主。看的人渐渐立满，都道：『后生你去不得。你日间不作亏心事，半夜敲门不吃惊。便去何妨！』那赶来的邻舍道：『你若不去，便是心虚。我们却和你罢休不得。』四个人只得厮挽着一路转来。

到得刘官人门首，好一场热闹！小娘子入去看时，只见刘官人斧劈倒在地死了，床上十五贯钱分文也不见。开了口合不得，伸了舌缩不上去。那后生也慌了，便道：『我恁的晦气！没来由和那小娘子同走一程，却做了干连人。』众人都和闹着。正在那里分豁不开，只见王老员外和女儿一步一攧走回家来，见了女婿身尸，哭了一场。便对小娘子道：『你却如何杀了丈夫？劫了十五贯钱逃走出去？今日天理昭然，有何理说！』小娘子道：『十五贯钱，委是有的。只是丈夫昨晚回来，说是无计奈何，将奴家典与他人，典得十五贯身价在此，说过今日便要奴家到他家去。奴家因不知他典与甚色样人家，先去与爹娘说知。故此趁他睡了，将这十五贯钱，一垛儿堆在他脚后边，拽上门，借朱三老家住了一宵，今早自去爹娘家里说知。临去之时，也曾央朱三老对我丈夫说，既然有了主顾，可同到我爹娘家里来交割。却不知因甚杀死在此？』那大娘子道：『可又来！我的父亲昨日明明把十五贯钱与他驮来作本，养赡妻小，他岂有哄你说是典来身价之理？这是你两日因独自在家，勾搭上了人。又见家中好生不济，无心守耐。又见了十五贯钱，一时见财起意，杀死丈夫，劫了钱。又使见识，往邻舍家借宿一放，却与汉子通同计较，一处逃走。现今你跟着一个男子同走，却有何理说，抵赖得过！』众人齐声道：『大娘子之言，甚是有理。』又对那后生道：『后生，你却如何与小娘子谋杀亲夫？却暗暗约定在僻静处等候，一同去逃奔他方，却是如何计结！』那人道：『小人自姓崔名宁，与那小娘子无半面之识。小人昨晚入城，卖得几贯丝钱在这里。因路上遇见小娘子，小人偶然问起往那里去的，却独自一个行走。小娘子说起是与小人同路，以此作伴同行，却不知前后因依。』众人那里肯听他分说，搜索他搭膊中，恰好是十五贯钱，一文也不多，一文也不少。众人齐发起喊来道：『是天网恢恢，疏而不漏，你却与小娘子杀了人，拐了钱财，盗了妇女，同往他乡，却连累我地方邻里打没头官司！』

当下大娘子结扭了小娘子，王老员外结扭了崔宁，四邻舍都是证见，一哄都入临安府中来。那府尹听得有杀人公事，即便升堂。便叫一干人犯，逐一从头说来。先是王老员外上去，告说：『相公在上，小人是本府村庄人氏，年近六旬，只生一女，先年嫁与本府城中刘贵为妻。后因无子，娶了陈氏为妾，呼为二姐。一向三口在家过活，并无片言。只因前日是老汉生日，差人接取女儿女婿到家，到了一夜。次日，因见女婿家中全无活计，养赡不起，把十五贯钱与女婿作本开店养身。却有二姐在家看守。到得昨夜，女婿到家时分，不知大甚缘故，将女婿斧劈死了。二姐却与一个后生，名唤崔宁，一同逃走，被人追捉到来。望相公可怜见老汉的女婿，身死不明，奸夫淫妇，赃证现在，伏乞相公明断。』府尹听得如此如此，便叫陈氏上来：『你却如何通同奸夫，杀死了亲夫，劫了钱，与人一同逃走，是何理说？』二姐告道：『小妇人嫁与刘贵，虽是做小老婆，却也得他看承得好。大娘子又贤慧，却如何肯起这片歹心？只是昨晚丈夫回来，吃得半酣，驮了十五贯钱进门。小妇人问他来历，丈夫说道：为因养赡不周，将小妇人典与他人，典得十五贯身价在此。又不通我爹娘得知，明日就要小妇人到他家去。小妇人慌了，连夜出门，走到邻舍家里，借宿一宵。今早一径先往爹娘家去，教他对丈夫说，既然卖我有了主顾，可到我爹妈家里来交割。才走得到半路，却见昨夜借宿的邻家赶来，捉住小妇人回来，却不知丈夫杀死的根由。』那府尹喝道：『胡说！这十五贯钱，分明是他丈人与女婿的，你却说是典你的身价，眼见得没巴臂的说话了。况且妇人家，如何黑夜行走？定是脱身之计。这桩事须不是你一个妇人家做的，一定有奸夫帮你谋财害命，你却从实说来。』那小娘子正待分说，只见几家邻舍一齐跪上去告道：『相公的言语，委是青天。他家小娘子，昨夜果然借宿在左邻第二家的，今早他自去了。小的们见他丈夫杀死，一面着人去赶，赶到半路，却见小娘子和那一个后生同走，苦死不肯回来。小的们勉强捉他转来，却又一面着人去接他大娘子与他丈人，到时说昨日有十五贯钱，付与女婿做生理的。今者女婿已死，这钱不知从何而去。再三问那小娘子时，说道：他出门时，将这钱一堆儿堆在床上。却去搜那后生身边，十五贯钱，分文不少。却不是小娘子与那后生通同作奸？赃证分明，却如何赖得过？』府尹听他们言言有理，就唤那后生上来道：『帝辇之下，怎容你这等胡行？你却如何谋了他小老婆，劫了十五贯钱，杀死他亲夫？今日同往何处？从实招来。』那后生道：『小人姓崔名宁，是乡村人氏，昨日往城中卖了丝，卖得这十五贯钱。今早偶然路上撞着这小娘子，并不知他姓甚名谁，哪里晓得他家杀人公事？』府尹大怒喝道：『胡说！世间不信有这等巧事！他家失去了十五贯钱，你却卖的丝恰好也是十五贯钱，这分明是支吾的说话了。况且他妻莫爱，他马莫骑，你既与那妇人没甚首尾，却如何与他同行共宿？你这等顽皮赖骨，不打，如何肯招？』当下众人将那崔宁与小娘子，死去活来，拷打一顿。那边王老员外与女儿并一干邻佑人等，口口声声咬他二人。府尹也巴不得了结这段公案。拷讯一回，可怜崔宁和小娘子，受刑不过，只得屈招了。说是一时见财起意，杀死亲夫，劫了十五贯钱，同奸夫逃走是实。左邻右舍都指画了十字，将两人大枷枷了，送入死囚牢里。将这十五贯钱，给还原主。也只好奉与衙门中人做使用，也还不够哩。府尹叠成文案，奏过朝廷，部覆申详，倒下圣旨，说：『崔宁不合奸骗人妻，谋财害命，依律处斩。陈氏不合通同奸夫，杀死亲夫，大逆不道，凌迟示众。』当下读了招状，大牢内取出二人来，当厅判一个斩字，一个剐字，押赴市曹，行刑示众。两人浑身是口，也难分说。正是：

哑子谩尝黄檗味，难将苦口对人言。

看官听说，这段公事，果然是小娘子与那崔宁谋财害命的时节，他两人须连夜逃走他方，怎的又去邻舍人家借宿一宵？明早又走到爹娘家去，却被人捉住了？这段冤枉，仔细可以推详出来。谁想问官糊涂，只图了事，不想捶楚之下，何求不得。冥冥之中，积了阴骘，远在儿孙近在身。他两个冤魂，也须放你不过。所以做官的，切不可率意断狱，任情用刑，也要求个公平明允。道不得个死者不可复生，断者不可复续，可胜叹哉！闲话休题。却说那刘大娘子到得家中，设个灵位，守孝过日。父亲王老员外劝他转身，大娘子说道：『不要说起三年之久，也须到小祥之后。』父亲应允自去。光阴迅速，大娘子在家，巴巴结结，将近一年。父亲见他守不过，便叫家里老王去接他来，说：『叫大娘子收拾回家，与刘官人做了周年，转了身去罢。』大娘子没计奈何。细思：『父言亦是有理。』收拾了包裹，与老王背了，与邻舍家作别，暂去再来。一路出城，正值秋天。一陈乌风猛雨，只得落路，往一所林子去躲，不想走错了路。正是：

猪羊走屠宰之家，一脚脚来寻死路。

走入林子里来，只听他林子背后，大喝一声：『我乃静山大王在此！行人住脚，须把买路钱与我。』大娘子和那老王吃那一惊不小，只见跳出一个人来：

头带乾红凹面巾，身穿一领旧战袍，腰间红绢搭膊裹肚，脚下蹬一双乌皮皂靴，手执一把朴刀。

舞刀前来。那老王该死，便道：『你这剪径的毛团！我须是认得你，做这老性命着与你兑了罢。』一头撞去，被他闪过空。老人家用力猛了，扑地便倒。那人大怒道：『这牛子好生无礼！』连搠一两刀，血流在地，眼见得老王养不大了。那刘大娘子见他凶猛，料道脱身不得，心生一计，叫做脱空计。拍手叫道：『杀得好！』那人便住了手，睁圆怪眼，喝道：『这是你什么人？』那大娘子虚心假气的答道：『奴家不幸丧了丈夫，却被媒人哄诱，嫁了这个老儿，只会吃饭。今日却得大王杀了，也替奴家除了一害。』那人见大娘子如此小心，又生得有几分颜色，便问道：『你肯跟我做个压寨夫人么？』大娘子寻思，无计可施，便道：『情愿服侍大王。』那人回嗔作喜，收拾了刀杖，将老王尸首撺入涧中。领了刘大娘子到一所庄院前来，甚是委曲。只见大王向那地上，拾些土块，抛向屋上去，里面便有人出来开门，到得草堂之上，吩咐杀羊备酒，与刘大娘子成亲，两口儿且是说得着。正是：

明知不是伴，事急且相随。

不想那大王自得了刘大娘子之后，不上半年，连起了几主大财，家间也丰富了。大娘子甚是有识见，早晚用好言语劝他：『自古道：瓦罐不离井上破，将军难免阵中亡。你我两人，下半世也够吃用了，只管做这没天理的勾当，终须不是个好结果！却不道是梁园虽好，不是久恋之家。不若改行从善，做个小小经纪，也得过养身活命。』那大王早晚被他劝转，果然回心转意，把这门道路撇了，却去城市间赁下一处房屋，开了一个杂货店。遇闲暇的日子，也时常去寺院中，念佛持斋。

忽一日，在家闲坐，对那大娘子道：『我虽是个剪径的出身，却也晓得冤各有头，债各有主。每日间只是吓骗人东西，将来过日子。后来得有了你，一向买卖顺溜，今已改行从善。闲来追思既往，只曾枉杀了二个人，又冤陷了两个人，时常挂念，思欲做些功果，超度他们，一向未曾对你说知。』大娘子便道：『如何是枉杀了两个人？』那大王道：『一个是你的丈夫，前日在林子里的时节，他来撞我，我却杀了他。他须是个老人家，与我往日无仇，如今又谋了他老婆，他死也是不肯甘心的！』大娘子道：『不恁地时，我却那得与你厮守？这也是往事，休题了！』又问：『杀那一个，又是甚人？』那大王道：『说起来这个人，一发天理上放不过去，且又带累了两个人，无辜偿命。是一年前，也是赌输了，身边并无一文，夜间便去掏摸些东西。不想到一家门里，见他门也不闩，推进去时，里面并无一人。摸到门里，只见一人醉倒在床，脚后却有一堆铜钱，便去摸他几贯。正待要走，却惊醒了那人。起来说道：「这是我丈人家与我做本钱的，不争你偷去了，一家人口都是饿死。」起身抢出房门，正待声张起来。是我一时见他不是话头，却好一把劈柴斧头在我脚边，这叫做人急计生，绰起斧来，喝一声道：「不是我，便是你。」两斧劈倒，却去房中将十五贯钱，尽数取了。后来打听得他，却连累了他家小老婆，与那一个后生，唤做崔宁，说他两人谋财害命，双双受了国家刑法。我虽是做了一世强人，只有这两桩人命，是天理人心打不过去的！早晚还要超度他，也是该的。』那大娘子听说，暗暗地叫苦：『原来我的丈夫也吃这厮杀了，又连累我家二姐与那个后生无辜被戮。思量起来，是我不合当初执证他两人偿命，料他两人阴司中也须放我不过。』当下权且欢天喜地，并无他话。明日捉个空，便一径到临安府前，叫起屈来。那时换了一个新任府尹，才得半月。正值升厅，左右捉将那叫屈的妇人进来。刘大娘子到于阶下，放声大哭。哭罢，将那大王前后所为，『怎的杀了我丈夫刘贵。问官不肯推详，含糊了事，却将二姐与那崔宁，朦胧偿命。后来又怎的杀了老王，奸骗了奴家。今日天理昭然，一一是他亲口招承。伏乞相公高抬明镜，昭雪前冤。』说罢又哭。府尹见他情词可悯，即着人去捉那静山大王到来。用刑拷讯，与大娘子口词一些不差。即时问成死罪，奏过官里。待六十日限满，倒下圣旨来：

勘得静山大王，谋财害命，连累无辜，准律：杀一家非死罪三人者，斩加等，决不待时。原问官断狱失情，削职为民。崔宁与陈氏枉死可怜，有司访其家，谅行优恤。王氏既系强徒威逼成亲，又能伸雪夫冤，着将贼人家产，一半没入官，一半给与王氏养赡终身。

刘大娘子当日往法场上，看决了静山大王，又取其头去祭献亡夫并小娘子及崔宁，大哭一场。将这一半家私，舍入尼姑庵中，自己朝夕看经念佛，追荐亡魂，尽老百年而绝。有诗为证：

善恶无分总丧躯，只因戏语酿殃危。劝君出话须诚信，口舌从来是祸基。

世上何人会此言，休将名利挂心田。等闲倒尽十分酒，遇兴高歌一百篇。物外烟霞为伴侣，壶中日月任婵娟。他时功满归何处？直驾云车入洞天。

这八句诗，乃回道人所作。那道人是谁？姓吕，名岩，号洞宾，岳州河东人氏。大唐咸通中应进士举，游长安酒肆，遇正阳子钟离先生，点破了黄粱梦。知宦途不足恋，遂求度世之术。钟离先生恐他立志未坚，十遍试过，知其可度。欲授以黄白秘方，使之点石成金，济世利物，然后三千功满，八百行圆。洞宾问道：『所点之金，后来还有变异否？』钟离先生答道：『直待三千年后，还归本质。』洞宾愀然不乐道：『虽然遂我一时之愿，可惜误了三千年后遇金之人。弟子不愿受此方也。』钟离先生呵呵大笑道：『汝有此好心，三千八百尽在于此。吾向蒙苦竹真君吩咐道：「汝游人间，若遇两口的，便是你的弟子。」遍游天下，从没见有两口之人，今汝姓吕，即其人也。』遂传以分合阴阳之妙。洞宾修炼丹成，发誓必须度尽天下众生，方肯上升。从此混迹尘途，自称为回道人。回字也是二口，暗藏着吕字。尝游长沙，手持小小瓷罐乞钱，向市上大言：『我有长生不死之方，有人肯施钱满罐，便以方授之。』市人不信，争以钱投罐，罐终不满。众皆骇然。忽有一僧人推一车子钱从市东来，戏对道人说：『我这车子钱共有千贯，你罐里能容之否？』道人答道：『连车子也推得进，何况钱乎？』那僧不以为然，想道：『这罐子有多少大嘴，能容得车儿？明明是说谎。』道人见其沉吟，便道：『只怕你不肯布施，若道个肯字，不愁这车子不进我罐儿里去。』此时众人聚观者极多，一个个肉眼凡夫，谁人肯信，都去撺掇那僧人。那僧人也道必无此事。便道：『看你本事，我有何不肯？』道人便将罐子侧着，将罐口向着车儿，尚离三步之远，对僧人道：『你敢道三声「肯」么？』僧人连叫三声：『肯，肯，肯。』每叫一声『肯』，那车儿便近一步。到第三个『肯』字，那车儿却像罐内有人扯拽一般，一溜子滚入罐内去了。众人一眼花，不见了车儿。发声喊齐道：『奇怪！奇怪！』都来张那罐口，只见里面黑洞洞地。那僧人就有不悦之意，问道：『你那道人是神仙，还是幻术？』道人口占八句道：

非神亦非仙，非术亦非幻。天地有终穷，桑田经几变。此身非吾有，财又何足恋。苟不从吾游，骑鲸腾汗漫，

那僧人疑心是个妖术，欲同众人执之送官。道人道：『你莫非懊悔，不舍得这车子钱财么？我今还你就是。』遂索纸笔，写一道符，投入罐内。喝声：『出，出！』众人千百只眼睛，看着罐口，并无动静。道人说道：『这罐子贪财，不肯送将出来，待贫道自去讨来还你。』说声未了，耸身望罐口一跳，如落在万丈深潭，影儿也不见了。那僧人连呼：『道人出来！道人快出来！』罐里并不则声。僧人大怒，提起罐儿，向地下一掷，其罐打得粉碎，也不见道人，也不见车儿，连先前众人布施的散钱并无一个，正不知哪里去了？只见有字纸一幅，取来看时，题得有诗四句道：

寻真要诚真，见真浑未悟。一笑再相逢，驱车东平路。

众人正在传观，只见字迹渐灭，须臾之间，连这幅白纸也不见人。众人才信是神仙，一哄而散。只有那僧人失脱了一车子钱财，意气沮

丧。忽想着诗中『一笑再相逢，驱车东平路』之语，急急回归，行到东平路上，认得自家车儿，车上钱物宛然分毫不动。那道人立地车旁，举手笑道：『相待久矣！钱车可自收之。』又叹道：『出家之人，尚且惜钱如此，更有何人不爱钱者？普天下无一人可度，可怜哉！可痛哉！』言讫腾云而去。那僧人惊呆了半晌，去看那车轮上，每边只有一口字，二口成吕，乃知吕洞宾也。懊悔无及。正是：

天上神仙容易遇，世间难得舍财人。

方才说吕洞宾的故事，因为那僧人舍不得这一车子钱，把个活神仙，当面错过。有人论：这一车子钱，岂是小事，也怪那僧不得。世上还有一文钱也舍不得的。依在下看来，舍得一车子钱，就从那舍得一文钱这一念推广上去。舍不得一文钱，就从那舍不得一车子钱这一念算计入来。不要把钱多钱少，看做两样。如今听在下说这一文钱小小的故事。列位看官们，各宜警醒，惩忿窒欲，且休望超凡入道，也是保身保家的正理。诗云：

不争闲气不贪钱，舍得钱时结得缘。除却钱财烦恼少，无烦无恼即神仙。

话说江西饶州府浮梁县，有景德镇，是个马头去处。镇上百姓，都以烧造瓷器为业，四方商贾，都来载往苏杭各处贩卖，尽有利息。就中单表一人，叫做邱乙大，是窑户一个做手。浑家杨氏，善能描画。乙大做就瓷胚，就是浑家描画花草人物，两口俱不吃空。住在一个冷巷里，尽可度日有余。那杨氏年三十六岁，貌颇不丑，也肯与人活动。只为老公利害，只好背地里偶一为之，却不敢明当做事。所生一子，名唤邱长儿，年一十四岁，资性愚鲁，尚未会做活，只在家中走跳。忽一日杨氏患肚疼，思想椒汤吃，把一文钱教长儿到市上买椒。长儿拿了一文钱，才走出门，刚刚遇着东间壁一般做瓷胚刘三旺的儿子，叫做再旺，也走出门来。那再旺年十三岁，比长儿到乖巧，平日喜的是攧钱耍子。怎的样攧钱？也有八个六个，攧出或字或背，一色的谓之浑成。也有七个五个，攧去一背一字间花儿去的，谓之背间。再旺和长儿，闲常有钱时，多曾在巷口一个空阶头上耍过来。这一日巷中相遇，同走到当初耍钱去处，再旺又要和长儿耍子，长儿道：『我今日没有钱在身边。』再旺道：『你往哪里去？』长儿道：『娘肚疼，叫我买椒泡汤吃。』再旺道：『你买椒，一定有钱。』长儿道：『只有得一文钱。』再旺道：『一文钱也好耍，我也把一文与你赌个背字，两背的便都赢去，两字便输，一字一背不算。』长儿道：『这文钱要是买椒的，倘或输与你了，把什么去买？』再旺道：『不妨事，你若赢了是造化，若输了时，我借与你，下次还我就是。』长儿一时不老成，就把这文钱撇在地上。再旺在兜里也摸出一个钱，丢下地来。长儿的钱是个背，再旺的是个字。这攧钱也有先后常规，该是背的先攧。长儿捡起两文钱，摊在第二手指上，把大拇指掐住，曲一曲腰，叫声『背』。攧将下去，果然两背。长儿赢了，收起一文，留一文在地。再旺又在兜肚里摸出一文钱来，连地下这文钱拣起，一般样摊在第二手指上，把大拇指掐住，曲一曲腰，叫声：『背』。攧将下去，却是两个字，又是再旺输了。长儿把两个钱都收起，和自己这一文钱，共是三个。长儿赢得顺溜，动了赌兴，问再旺道：『还有钱么？』再旺道：『钱尽有，只怕你没造化赢得。』当下伸手在兜肚里摸出十来个净钱，捻在手里，啧啧夸道：『好钱！好钱！』问长儿：『还敢攧么？』又丢下一文来。长儿又攧了两背，第四次再旺攧，又是两字。一连攧了十来次，都是长儿赢了，共得了十二文，分明是掘藏一般。喜得长儿笑容满面，拿了钱便走。再旺那肯放他，上前拦住，道：『你赢了我许多钱，走哪里去？』长儿道：『娘肚疼，等椒汤吃，我去去，闲时再来。』再旺道：『我还有钱在腰里，你赢得时，都送你。』长儿只是要去。再旺发起喉急来，便道：『你若不肯撷时，还了我的钱便罢。你把一文钱来骗了我许多，如何就去？』长儿道：『我是撷得有采，须不是白夺你的。』再旺索性把兜肚里钱，尽数取出，约莫有二三十文，做一堆儿堆在地下道：『待我输尽了这些钱，便放你走。』长儿是个小厮家，眼孔浅，见了这钱，不觉贪心又起。况且再旺抵死缠住，只得又撷。谁知风无常顺，兵无常胜。这番采头又轮到再旺了。照前撷了一十二次，虽则中间互有胜负，却是再旺赢得多。到结末来，这十二文钱，依旧被他复去，长儿刚刚原剩得一文钱。自古道：『赌以气胜。』初番长儿撷赢了一两文，胆就壮了，偶然有些采头，就连赢数次。到第二番又撷时，不是他心中所愿，况且着了个贪心，手下就觉有些矜持。到一连撷输了几文，去一个舍不得一个，又添了个吝字，气便索然。怎当再旺一股愤气，又且稍粗胆壮，自然赢了。大凡人富的好过，贫的好过，只有先富后贫的，最是难过。据长儿一文钱起手时，赢得一二文也是够了。一连得了十二文钱，一拳头捻不住，就似白手成家，何等欢喜。把这钱不看做倘来之物，就认作自己东西重复输去，好不气闷，痴心还想再像初次赢将转来。『就是输了，他原许下借我的，有何不可？』这一交，合该长儿撷了，忍不住按定心坎，再复一撷，又是二字，心里着忙，就去抢那钱。手去迟些，先被再旺抢到手中，都装入兜肚里去了。长儿道：『我只有这文钱，要买椒的，你原说过赢时借我，怎的都收去了？』再旺怪长儿先前赢了他十二文钱就要走，今番正好出气。君子报仇，直待三年，小人报仇，只在眼前。怎么还肯把这文钱借他？把长儿双手挡开，故意的一跳一舞，跑入巷去了。急得长儿且哭且叫，也回身进巷，扯住再旺要钱，两个扭做一堆厮打。

孙庞斗智谁为胜，楚汉争锋那个强？

却说杨氏，专等椒来泡汤吃，望了多时，不见长儿回来。觉得肚疼定了，走出门来张看，只见长儿和再旺扭住厮打。骂道：『小杀才！教你买椒不买，到在此寻闹，还不撒开。』两个小厮听得骂，都放了手，再旺就闪在一边。杨氏问长儿：『买的椒在那里？』长儿含着眼泪回道：『那买椒的一文钱，被再旺夺去了。』再旺道：『他与我撷钱，输与我的。』杨氏只该骂自己儿子不该撷钱，不该怪别人。况且一文钱，所值几何，既输了去，只索罢休。单因杨氏一时不明，惹出一声大祸，辗转的害了多少人的性命。正是：

事不三思终有悔，人能百忍自无忧。

杨氏因等候长儿不来，一肚子恶气，正没出豁。听说赢了他儿子的一文钱，便骂道：『天杀的野贼种！要钱时，何不教你娘趁汉？却来骗我家小厮撷钱！』口里一头说，一头便扯再旺来打。恰正抓住了兜肚，凿下两个栗暴。那小厮打急了，把身子负命一挣，却挣断了兜肚带子，落下地来。索郎一声响，兜肚子里面的钱，撒做一地。杨氏道：『只还我那一文便了。』长儿得了娘的口气，就势抢了一把钱，奔进自屋里去。再旺就叫起屈来。杨氏赶进屋里，喝教长儿还了他钱。长儿被娘逼不过，把钱对着街上一撒。再旺一头哭，一头骂，一头捡钱。捡起时，少了六七文钱，情知是长儿藏下，拦着门只顾骂。杨氏道：『也不见这天杀的野贼种，恁地撒泼！』把大门关上，走进去了。再旺敲了一回门，又骂了一回，哭到自屋里去。母亲孙大娘正在灶下烧火，问其缘故，再旺哭诉道：『长儿抢了我的钱，他的娘不说他不是，到骂我天杀的野贼种，要钱时何不教你娘趁汉。』孙大娘不听时，万事全休，一听了这句不入耳的言语，不觉：

怒从心上起，恶向胆边生。

原来孙大娘最痛儿子，极是护短，又兼性暴，能言快语，是个揽事的女都头。若相骂起来，一连骂十来日，也不口干，有名叫做绰板婆。他与邱家只隔得三四个间壁居住，也晓得杨氏平日有些不三不四的毛病，只为从无口面，不好发挥出来。一闻再旺之语，太阳里爆出火来，立在街头，骂道：『狗泼妇，狗淫妇！自己瞒着老公趁汉子，我不管你罢了，到来谤别人。老娘人便看不像，却替老公争气。前门不进师姑，后门不进和尚，拳头上立得人起，臂膊上走得马过。不像你那狗淫妇，人硬货不硬，表壮里不壮，作成老公带了绿帽儿，羞也不羞！还亏你老着脸在街坊上骂人。便臊贱时，也不是恁般做作！我家小厮年幼，连头带脑，也还不够与你补空，你休得缠他！臊发时还去寻那旧汉子，是多寻几遭，多养了几个野贼种，大起来好做贼。』一声泼妇，一声淫妇，骂一个路绝人稀。杨氏怕老公，不敢揽事，又没处出气，只得骂长儿道：『都是你那小天杀的，不学好，引这长舌妇开口。』提起木柴，把长儿劈头就打，打得长儿头破血淋，嚎淘大哭。邱乙大正从窑上回来，听得孙大娘叫骂，侧耳多时，一句句都听在肚里，想道：『是哪家婆娘不秀气？替老公妆幌子，惹得绰板婆叫骂。』及至回家，见长儿啼哭，问起缘由，到是自家家里招揽的是非。邱乙大是个硬汉，怕人耻笑，声也不啧，气忿忿地坐下。远远的听得骂声不绝，直到黄昏后，方才住口。邱乙大吃了几碗酒，等到夜深人静，叫老婆来盘问道：『你这贱人瞒着我干得好事！趁的许多汉子，姓甚名谁？好好招将出来，我自去寻他说话。』那婆娘原是怕老公的，听得这句话，分明似半空中响一个霹雳，战兢兢还敢开口？邱乙大道：『泼贱妇，你有本事偷汉子，如何没本事说出来？若要不知，除非莫为。瞒得老公，瞒不得邻里，今日教我如何做人？你快快说来，也得我心下明白。』杨氏道：『没有这事，教我说谁来？』邱乙大道：『真个没有？』杨氏道：『没有。』邱乙大道：『既是没有时，他们如何说你，你如何凭他说，不则一声？显是心虚口软，应他不得。若是真个没有，是他们诈说你时，你今夜吊死在他门上，方表你清白，也出脱了我的丑名。明日我好与他讲话。』那婆娘怎肯走动，流下泪来，被邱乙大三两个巴掌，拟出大门。把一条麻索丢与他，叫道：『快死快死！不死便是恋汉子了。』说罢，关上门儿进来。长儿要来开门，被乙大一顿栗暴，打得哭了一场睡去了。乙大有了几分酒意，也自睡了。单剩杨氏在门外好苦，上天无路，入地无门。千不是，万不是，只是自家不是，除却死，别无良策。自悲自怨了多时，恐怕天明，慌慌张张的取了麻索，去认那刘三旺的门首。也是将死之人，失魂颠智，刘家本在东间壁第三家，却错走到西边去，走过了五六家，到第七家。见门面与刘家相像，忙忙的把几块乱砖衬脚，搭上麻索于檐下，系颈自尽。可怜伶俐妇人，只为一文钱斗气，丧了性命。正是：

地下新添恶死鬼，人间不见画花人。

却说西邻第七家，是个打铁的匠人门首。这匠人浑名叫做白铁，每夜四更，便起来打铁。偶然开了大门撒溺，忽然一阵冷风，吹得毛骨竦然，定睛看时，吃了一惊。

不是傀儡场中鲍老，意像秋千架上佳人。

檐下挂着一件物事，不知是那里来的？好不怕人！犹恐是眼花，转身进屋，点个亮来一照，原来是新缢的妇人，咽喉气断，眼见得救不活了。欲待不去照管他，到天明被做公的看见，却不是一场飞来横祸，辩不清的官司。思量一计：『将他移在别处，与我便无干了。』耽着惊恐，上前去解这麻索。那白铁本来有些蛮力，轻轻的便取下挂来，背出正街，心慌意急，不暇致祥，向一家门里撇下。头也不回，竟自归家，兀自连打几个寒噤。铁也不敢打了，复上床去睡卧，不在话下。

且说邱乙大，黑早起来开门，打听老婆消息，走到刘三旺门前，并无动静。直走到巷口，也没些踪影，又回来坐地寻思：『莫不是这贱妇逃走他方去了？』又想：『他出门稀少，又是黑暗里，如何行动？』又想道：『他若不死时，麻索必然还在。』再到门前看时，地下不见了麻绳。『定是死了刘家门首，被全知觉，藏过一尸首，与我白赖。』又想：『刘三旺昨晚不回，只有那绰板婆和那小厮在家，哪有力量搬运？』又想道：『虫蚁也有几只脚儿，岂有人无帮助？且等他开门出来，看他什么光景，见貌辨色，可知就里。』等到刘家开门，再旺出来，把钱去市心里买馍馍点心，并不见有一些惊慌之意。邱乙大心中委决不下，又到街前街后闲荡，打探一回，并无影响。回来看见长儿还睡在床上打齁，不觉怒起，掀开被，向腿上四五下，打得这小厮睡梦里直跳起来。邱乙大道：『娘也被刘家逼死了，你不去讨命，还只管睡！』这句话，分明邱乙大教长儿去惹事，看风色。长儿听说娘死了，便哭起来，忙忙的穿了衣服，带着哭，一径直赶到刘三旺门首，大骂道：『狗娼根！狗淫妇！还我娘来？』那绰板婆孙大娘，见长儿骂上门，如何耐得，急赶出来，骂道：『千人射的野贼种，敢上门欺负老娘么？』便揪着长儿头发，却待要打，见邱乙大过来，就放了手。这小厮满街乱跳乱舞，带哭带骂讨娘。邱乙大已耐不住，也骂起来。绰板婆怎肯相让，旁边钻出个再旺来相帮，两下干骂一场，邻里劝开。邱乙大教长儿看守家里，自去街上央人写了状词，赶到浮粱县告刘三旺和妻孙氏人命事情。大尹准了状词，差人拘拿原告和邻里干证，到官审问。原来绰板婆孙氏平昔口嘴不好，极是要冲撞人，邻里都不欢喜，因此说话中间未免偏向邱乙大几分。把相骂的事，增添得重大了，隐隐的将这人命，射实在绰板婆身上。这大尹见众人说话相同，信以为实。错认刘三旺将尸匿在家，希图脱罪。差人搜检，连地也翻了转来，只是搜寻不出，故此难以定罪。且不用刑，将绰板婆拘禁，差人押刘三旺寻访杨氏下落，邱乙大讨保在外。这场官司好难结哩！有分教：

绰板婆消停口舌，磁器匠担误生涯。

这事且搁过不题。再说白铁将那尸首，却撇在一个开酒店的人家门首。那店主人王公，年纪六十余岁，有个妈妈，靠着卖酒过日。是夜睡至五更，只听得叩门之声，醒时又不听得。刚刚合眼，却又闻得砰砰声叩响。心中惊异，披衣而起，即唤小二起来，开门观看。只见街头上，不横不直，挡着这件物事。王公还道是个醉汉，对小二道：『你仔细看一看，还是远方人，是近处人？若是左近邻里，可叩他家起来扶了去。』小二依言，俯身下去认看，因背了星光，看不仔细。见颈边拖着麻绳，却认做是条马鞭，便道：『不是近边人，想是个马夫。』王公道：『你怎么晓得他是个马夫？』小二道：『见他身上边有根马鞭，故此知得。』王公道：『既不是近处人，由他罢！』小二欺心，要拿他的鞭子。伸手去拾时，却拿不起，只道压在身底下，尽力一扯，那尸首直竖起来，把小二吓了一跳，叫道：『阿呀！』连忙放手。那尸扑的倒下去了，连王公也吃一惊，问道：『这怎么说？』小二道：『只道是根鞭儿，要拿他的，不想却是缢死的人，颈下扣的绳子。』王公听说，慌了手脚，欲待叫破地方，又怕这没头官司惹在身上。不报地方，这事日后洗身不清。魄散九霄，叫道：『这没头官司，叫我如何吃得起？若到了官，如何是好？』便与小二商议，小二道：『不打紧，只教他离了我这里，就没事了。』王公道：『说得有理，还是拿到那里去好？』小二道：『撇他在河里罢。』当下二人动手，直抬到河下。远远望见岸上有人，打着灯笼走来。恐怕被他撞见，不管三七二十一，撇在河边，奔回家去了，不在话下。

且说岸上打灯笼来的是谁？那人乃是本镇一个大户叫做朱常，为人奸诡百出，变诈多端，是个好打官司的主儿。因与隔县一个姓赵的人家争田，这一早要到田头去割稻，同着十来个家人，拿了许多扁挑索子镰刀，正来下舡。那提灯的在前，走下岸来，只见一人横倒在河边，也认做是个醉汉，便道：『这该死的贪这样脓血！若再一个翻身，却不滚在河里，送了性命！』内中有一个家人，叫做卜才，是朱常手下第一出尖的帮手，他只道醉汉身边有些钱钞，就蹲倒身，伸手去摸他腰下，却冰一般冷，吓得缩手不迭，便道：『原来死的了！』朱常听说是死人，心下顿生不良之念。忙叫：『不要嚷，把灯来照看，是老的？是少的？』众人在灯下仔细打灯认，却是个缢死的妇人。朱常道：『你们把他颈里绳子快解掉了，扛下艄里去藏好。』众人道：『老爹，这妇人正不知是甚人谋死的？我们如何却到去招揽是非？』朱常道：『你莫管他，我自有用处。』众人只得依他，解去麻绳，叫起看船的，扛上船，藏在艄里，将平基盖好。朱常道：『卜才，你回去，媳妇子叫五六个来。』卜才道：『这二三十亩稻，够什么砍，要这许多人去做甚？』朱常道：『你只管叫来，我自有用处。』卜才不知是甚意见，即便提灯回去。不一时叫到，坐了一船，解缆开船。两人荡浆，离了镇上。众人问道：『老爹载这东西去有甚用处？』朱常道：『如今去割稻，赵家定来拦阻，少不得有一场相打，到告状结杀。如今天赐这东西与我，岂不省了打官司，还有许多妙处。』众人道：『老爹怎见省了打官司？又有妙处？』朱常道：『有了这尸首时，只消如此如此，这般这般，却不省了打官司。他们也有些财采。他若不见机，弄到当官，定然我们占个上风。可不好么！』众人都喜道：『果然妙计！小人们怎省得？』正是：

算定机谋夸自己，安排圈套害他人。

这些人都是愚野村夫，晓得什么利害？听见家主说得都有财采，当做瓮中取鳖，手到擒来的事。乐极了，巴不得赵家的人，这时便到船边来厮闹便好。心急发狠，荡起桨来，这船恰像生了七八个翅膀一般，顷刻就飞到了。此时天色渐明，朱常教把船歇在空阔无人居住之处，离田中尚有一箭之路。众人都上了岸，寻出一条一股好一股断的烂草绳，将船缆在一颗草根上。只留一个坐人在艄上看守，众男女都下田砟稻。朱常远远的站在岸上打探消耗。原来这地方叫做鲤鱼桥，离景德镇只有十里多远。再过去里许，又唤做太白村，乃南直隶徽州府婺源县所管。因是两省交界之处，人民错壤而居。与朱常争田这人名唤赵完，也是个大富之家，原是浮梁县人户却住在婺源县地方，两县俱置得有田产。那争的田，只得三十余亩，乃赵完族兄赵宁的。先把来抵借了朱常银子，却又卖与赵完，恐怕出丑，就拦来佃种，两边影射了三四年。不想近日身死，故此两家相争，这稻子还是赵守所种。

说话的，这田在赵完屋脚跟头，如何不先砟了，却留与朱常来割？看官有所不知，那赵完也是个强横之徒，看得自己大了。道这田是明中正契买族兄的，又在他的左近。朱常又是隔省人户，料必不敢来砟稻，所以放心托胆。那知朱常又是个专在虎头上做窠，要吃不怕死的魍魉，意来放对。正在田中砍稻，早有人报知赵完。赵完道：『这厮真是吃了大虫的心，豹子的胆，敢来我这里撩拨！想是来送死么！』儿子赵寿道：『爹，自古道：来者不惧，惧者不来。也莫轻觑了他！』赵完问报人道：『他们共有多少人在此？』答道：『十来个男子，六七个妇人。』赵完道：『既如此，也教妇人去。男对男，女对女，都拿回来，敲断他的孤拐子，连船都拔他上岸，那时方见我的手段。』即便唤起二十多人，十来个妇人，一个个粗脚大手，裸臂揎拳，如疾风骤雨而来。赵完父子随后来看。且说众人远远的望着田中，便喊道：『偷稻的贼不要走！』朱常家人媳妇，看见赵家有人来了，连忙住手，望河边便跑。到得岸旁，朱常连叫快脱衣服。众人一齐卸下，堆做一处，叫一个妇人看守，复身转来，叫道：『你来你来，若打输与你，不为好汉。』赵完家有个雇工人，叫做田牛儿，自恃有些气力，抢先飞奔向前。朱家人见他势头来得勇猛，两边一闪，让他冲将过来，才让他冲进时，男子妇人，一裹转来围住。田牛儿叫声：『来得好！』提起升箩般拳头，拣着个精壮村夫面上，一拳打去，只指望先打倒了一个硬的，其余便如摧枯拉朽了。谁知那人却也来得，拳到面上时，将头略偏一偏，这拳便打个空，刚落下来，就顺手牵羊，把拳留住。田牛儿挣脱不得，急起左拳来打，手尚未起，又被一人接住，两边扯开。田牛儿便施展不得。朱家人也不打他，推的推，扯的扯，到像八抬八绰一般，脚不点地竟拿上船。那烂草绳系在草根上，有甚筋骨，初踏上船就断了。艄上人已预先将篙拦住，众人将田牛儿纳在舱中乱打。赵家后边的人，见田牛儿捉上船去，蜂拥赶上船抢人。朱家妇女，都四散走开，放他上去。说时迟，那时快，拦篙的人一等赵家男子妇人上齐船时，急掉转篙，望岸上用力一点，那船如箭一般，向河心中直荡开去。人众船轻，三四幌便翻转来。两家男女四十多人，尽都落水。这些妇人各自挣扎上岸，男子就在水中相打，纵横搅乱，激得水溅起来，恰如骤雨相似。把岸上看的人眼都耀花了，只叫莫打，有话上岸来说。正打之间，卜才就人乱中，把那缢死妇人尸首，直掇过去，便喊起来道：『地方救护，赵家打死我家人！』朱常同那六七个妇人，在岸边接应，一齐喊叫，其声震天动地。赵家的妇人，正绞挤湿衣，听得打死了人，带水而逃。水里的人，一个个吓得胆战心惊，正不知是那个打死的，巴不能挣脱逃走。被朱家人乘势追打，吃了老大的亏，挣上了岸，落荒逃奔，此时只恨父母少生了两只脚儿。朱家人欲要追赶，朱常止住道：『如今不是相打的事了，且把尸首收拾起来，抬放他家屋里了再处。』众人把尸首拖到岸上，卜才认做妻子，假意啼啼哭哭。朱常又教捞起船上篙桨之类，寄顿佃户人家。又对看的人道：『列位地方邻里，都是亲眼看见，活打死的，须不是诬陷赵完。倘到官司时，少不得要相烦做个证见，但求实说罢了。』这几句乃朱常引人来兜揽处和的话。此时内中若有个有力量的，出来担当，不教朱常把尸首抬去赵家，说和这事，也不见得后来害许多人的性命。只因赵完父子，平日是个难说话的，恐怕说而不听，反是一场没趣。况又不晓得朱常心中是甚样个意儿？故此并无一人招揽。朱常见无人招架，教众人穿起衣服，把尸首用芦席卷了，将绳索络好，四人扛着，望赵完家来。看的人随后跟来，观看两家怎地结局。

铜盆撞子铁扫帚，恶人自有恶人磨。

且说赵完父子随后走来，远望着自家人追赶朱家的人，心中欢喜。渐渐至近，只见妇女家人，浑身似水，都像落汤鸡一般，四散奔走。赵完惊讶道：『我家人多，如何反被他都打下水去？』急挪步上前，众人看见，乱喊道：『阿爹，不好了！快回去罢。』赵寿道：『你们怎地恁般没用？都被打得这模样！』众人道：『打是小事，只是他家死了人却怎处？』赵完听见死了个人，吓得就酥了半边，两只脚就像钉了，半步也行不动。赵寿与田牛儿，两边挟着胳膊而行，扶至家中坐下。半晌方才开言问道：『如何就打死了人？』众人把相打翻船的事，细说一遍。又道：『我们也没有打妇人，不知怎地死了？想是淹死的。』赵完中心没了主意，只叫：『这事怎好？』那时合家老幼，都丛在一堆，人人心下惊慌。正说之间，人进来报：『朱家把尸首抬来了。』赵完又吃这一吓，恰像打坐的禅和子，急得身色一毫不动。自古道：物极则反，人急计生。赵寿忽地转起一念，便道：『爹莫慌，我自有对付他的计较在此。』便对众人道：『你们都向外边闪过，让他们进来之后，听我鸣锣为号，留几个紧守门口，其余都赶进来拿人，莫教走了一个。解到官司，见许多人白日抢劫，这人命自然从轻。』众人得了言语，一齐转身。赵完恐又打坏了人，吩咐：『只要拿人，不许打人。』众人应允，一阵风出去。赵寿只留了一个心腹义孙赵一郎道：『你且在此。』又把妇女妻小打发进去，吩咐：『不要出来。』赵完对儿子道：『虽则告他白日打抢，终是人命为重，只怕抵当不过。』赵寿走到耳根前，低低道：『如今只消如此这般。』赵完听了大喜，不觉身子就健旺起来，乃道：『事不宜迟，快些停当！』赵寿先把各处门户闭好，然后寻了一把斧头，一个棒槌，两扇板门，都已完备，方教赵一郎到厨下叫出一个老儿来。那老儿名唤丁文，约有六十多岁，原是赵完的表兄，因有了个懒黄病，吃得做不得，却又无男无女，捱在赵完家烧火，博口饭吃。当下那老儿不知头脑，走近前问道：『兄弟有甚话？』赵完还未答应，赵寿闪过来，提起棒槌，看正太阳，便是一下。那老儿只叫得志阿呀，翻身跌倒。赵寿赶上，又复一下，登时了帐。当下赵寿动手时，以为无人看见。不想田牛儿的娘田婆，就住在赵完宅后，听见打死了人，恐是儿子打的，心中着急，要寻来问个仔细。从后边走出，正撞着赵寿行凶，吓得蹲倒在地，便立不起身，口中念声：『阿弥陀佛！青天白日，怎做这事！』赵完听得，回头看了一看，把眼向儿子一颠。赵寿会意，急赶近前，照顶门一棒槌打倒，脑浆鲜血一齐喷出。还怕不死，又向肋上三四脚，眼见得不能够活了。只因这一文钱上起，又送了两条性命：正是：

含容终有益，任意定生灾。

且说赵一郎起初唤丁老儿时，不道赵寿怀此恶念，蓦见他行凶，惊得只缩到一壁角边去。丁老儿刚刚完事，接脚又撞个田婆来凑成一对。他恐怕这第三棒槌轮到头上，心下着忙，欲待要走，这脚上却像被千百斤石头压住，那里移得动分毫。正在慌张，只见赵完叫道：『一郎快来帮一帮。』赵一郎听见叫他相帮，方才放下肚肠，挣扎得动，向前帮赵寿拖这两个尸首。放在遮堂背后，寻两扇板门压好，将遮堂都起浮了窠臼。又吩咐赵一郎道：『你切不可泄漏，待事平了，把家私分一股与你受用。』赵一郎道：『小人靠阿爹洪福过日的，怎敢泄漏？』刚刚准备停当，外面人声鼎沸，朱家人已到了。赵完三人退入侧边一间屋里，掩上门儿张看。且说朱常引家人媳妇，扛着尸首赶到赵家，一路打将进去，直到堂中。见四面门户紧闭，并无一个人影。朱常教『把尸首居中停下，打到里边去，拿赵完这老王八出来，锁在死尸脚上。』众人一齐动手，乒乒乓乓将遮堂乱打，那遮堂已是离了窠臼的，不消几下，一扇扇都倒下去，尸首上又压上一层。众人只顾向前，那知下面有物。赵寿见打下遮堂，把锣筛起。外边人听见，发起喊，抢将入来。朱常听得筛锣，只道有人来抢尸首，急掣身出来。众人已至堂中，两下你揪我扯，搅做一团，滚做一块。里边赵完三人大喊：『田牛儿！你母亲都被打死了，不要放走了人。』田牛儿听见，急奔来问：『我母亲如何却在这里？』赵完道：『他刚同丁老官走来问我，遮堂打下，压死在内。我急走得快，方逃得性命。若迟一步儿，这时也不知怎地了！』田牛儿与赵一郎将遮堂搬开，露出两个尸首。田牛儿看娘时，头已打开，脑浆、鲜血满地，放声大哭。朱常听见，还只道是假的，急抽身一望，果然有两个尸首，着了忙，往外就跑。这些家人媳妇，见家主走了，各要挣脱逃走，一路揪扭打将出来。那知门口有人把住，一个也走不脱，都被拿住。赵完只叫：『莫打坏了人。』故此朱常等不十分吃亏。赵寿取出链子绳索，男子妇女锁做一堂。田牛儿痛哭了一回，心中忿怒，跳起身来：『我把朱常这狗王八，照依母亲打死了罢。』赵完拦住：『不可不可！如今自有官法治了，你打他做甚？』教众人扯过一边。此时已轰动远近村坊，地方邻里，无有不到赵家观看。赵完留到后边，备起酒饭款待，要众人具个『白昼劫杀』公呈。那些人都是赵完的亲戚、佃户、雇工人等，谁敢不依。

赵完连夜装起四五只农船，载了地邻、干证人等，把两只将朱常一家人锁缚在舱里。行了一夜，方到婺源县中。候大尹早衙升堂，地方人等先将呈子具上。这大尹展开观看一过，问了备细，即差人押着地方，并尸亲赵完、田牛儿、卜才前去，将三个尸首盛殓了，吊来相验。朱常一家人，都发在铺里羁候。那时朱常家中自有佃户报知，儿子朱太星夜赶来看觑，自不必说。

有句俗语道得好：官无三日急。那尸棺便吊到了。这大尹如何就有工夫去相验？隔了半个多月，方才出牌。着地方备办登场法物。铺中取出朱常一干人，都到尸场上。仵作人逐一看报道：『丁文太阳有伤，周围二寸有余，骨头粉碎；田婆脑门打开，脑髓漏尽，右肋骨踢折三根，二人实系打死。卜才妻子，颈下有缢死绳痕，遍身别无伤损，此系缢死是实。』大尹见报，心中骇异道：『据这呈子上称说船翻落水身死，如何却是缢死的？』朱常就禀道：『爷爷，众耳众目所见，如何却是缢死的？这明明仵作人得了赵完银子，妄报老爷。』大尹恐怕赵完将别个尸首颠换了，便唤卜才：『你去认这尸首，正是你妻子的么？』卜才上前一认，回复道：『正是小人妻子。』大尹道：『是昨日登时死的？』卜才道：『是。』大尹问了详细，自走下来把三个尸首遂一亲验，仵作人所报不差，暗称奇怪。吩咐把棺木盖上封好，带到县里来审。大尹在轿上，一路思想，心下明白。回县坐下，发众犯都跪在仪门外。单唤朱常上去，道：『朱常，你不但打死赵家二命，连这妇人，也是你谋死的！须从实招来。』朱常道：『这是家人卜才的妻子余氏，实被赵完打下水死的。地方上人，都是见的，如何反是小人谋死？爷爷若不信，只问卜才便见明白。』大尹喝道：『胡说！这卜才乃你一路之人，我岂不晓得！敢在我面前支吾！夹起来。』众皂隶一齐答应上前，把朱常鞋袜去了，套上夹棍，便喊起来。那朱常本是富足之人，虽然好打官司，从不曾受此痛苦，只得一一吐实：『这尸首是浮梁江口不知何人撇下的。』大尹录了口词，叫跪在丹墀下。又唤卜才进来，问道：『死的妇人果是你妻子么？』卜才道：『正是小人妻子。』大尹道：『既是你妻子，如何把他谋死了，诈害赵完？』卜才道：『爷爷，昨日赵完打下水身死，地方上人，都看见的。』大尹把气拍在桌上一连七八拍，大喝道：『你这该死的奴才！这是谁家的妇人，你冒认做妻子，诈害别人！你家主已招称，是你把他弄死，还敢巧辩，快夹起来。』卜才见大尹像道士打灵牌一般，把气拍一片声乱拍乱喊，将魂魄都惊落了。又听见家主已招，只得禀道：『这都是家主教小人认作妻子，并不干小人之事。』大尹道：『你一一从实细说。』卜才将下船遇见尸首，定计诈赵完前后事细说一过，与朱常无二。大尹已知是实，又问道：『这妇人虽不是你谋死，也不该冒认为妻，诈害平人。那丁文田婆却是你与家主打死，这须没得说。』卜才道：『爷爷，其实不曾打死，就夹死小人，也不招的。』大尹也教跪下丹墀。又唤赵完并地方来问，都执朱常扛尸到家，乘势打死。大尹因朱常造谋诈害赵完事实，连这人命也疑心是真，又把朱常夹起来。朱常熬刑不起，只得屈招。大尹将朱常、卜才各打四十，拟成斩罪，下在死囚牢里。其余十人，各打二十板，三个充军，七个徒罪，亦各下监。六个妇人，都是杖罪，发回原籍。其田断归赵完，代赵宁还原借朱常银两。又行文关会浮梁县查究妇人尸首来历。那朱常初念，只要把那尸首做个媒儿，赵完怕打人命官司，必定央人兜收私处。这三十多亩田，不消说起归他，还要扎诈一注大钱，故此用这一片心机。谁知激变赵寿做出没天理事来对付，反中了他计。当下来到牢里，不胜懊悔，想道：『这早若不遇这尸首，也不见得到这地位！』正是：

早知更有强中手，却悔当初枉用心。

朱常料道：『此处定难翻案。』叫儿子吩咐道：『我想三个尸棺，必是钉稀板薄，交了春气，自然腐烂。你今先去会了该房，捺住关会文书。回去教妇女们，莫要泄漏这缢死尸首消息。一面向本省上司去告准，挨至来年四五月间，然后催关去审，那时烂没了缢死绳痕，好与他白赖。一事虚了，事事皆虚，不愁这死罪不脱。』朱太依着父亲，前去行事，不在话下。

却说景德镇卖酒王公家小二因相帮撇了尸首，指望王公些东西。过了两三日，却不见说起。小二在口内野唱，王公也不在其意。又过了几日，小二不见动静，心中焦躁，忍耐不住，当面明明说道：『阿公，前夜那话儿，亏我把去出脱了还好。若没我时，到天明地方报知官司，差人出来相验，饶你硬挣，不使酒钱，也使茶钱。就拌上十来担涎吐，只怕还不得干净哩！如今省了你许多钱钞，怎么竟不说起谢我？』大凡小人度量极窄，眼孔最浅，偶然替人做件事儿，侥幸得效，便道是天大功劳，就来挟制那人，责他厚报。稍不遂意，便把这事翻局来害。往往人家用错了人，反受其累。譬如小二不过一时用得些气力，便想要王公的银子。那王公若是个知事的，不拘多寡与他些也就罢了。谁知王公又是舍不得一文钱的悭吝老儿，说着要他的钱，恰像割他身上的肉，就面红颈赤起来了。当下王公见小二要他银子，便发怒道：『你这人忒没理！吃黑饭，护漆柱。吃了我家的饭，得了我的工钱，便是这些小事，略走得几步，如何就要我钱？』小二见他发怒，也就嚷道：『哎呀！就不把我，也是小事，何消得喉急？用得我着，方吃得我的饭，赚得你的钱，须不是白把我用的。还有一句话，得了你工钱，只做得生活，原不曾说替你拽死尸的。』王婆便走过来道：『你这蛮子，真个惫懒！自古道：茄子也让三分老。怎么一个老人家，全没些尊卑，一般样与他争嚷。』小二道：『阿婆，我出了力，不把银子与我，反发喉急，怎不要嚷？』王公道：『什么！是我谋死的？要诈我钱！』小二道：『虽不是你谋死，便是擅自移尸，也须有个罪名。』王公道：『你到去首了我来。』小二道：『要我首也不难。只怕你当不起这大门户。』王公赶上前道：『你去首，我不怕。』望外劈颈就扠。那小二不曾提防，捉脚不定，翻筋斗直跌出门外，磕碎了脑后，鲜血直淌。小二跌毒了，骂道：『这老忘八！亏了我，反打么！』就地下拾起一块砖来，望王公掷去。谁知数合当然，这砖不歪不斜，恰恰正中王公太阳，一交跌倒，再不则声。王婆急上前扶时，只见口开眼定，气绝身亡。跌脚叫苦，便哭起天来。只因这一文钱上，又送一条性命。

总为惜财丧命，方知财命相连。

小二见王公死了，爬起来就跑。王婆喊叫邻里，赶上拿转，锁在王公脚上。问王婆：『因甚事起？』王婆一头哭，一头将前情说出，又道：『烦列位与老身作主则个。』众人道：『这厮原来恁地可恶！先教他吃些痛苦，然后解官。』三四个邻里走上前，一顿拳头脚尖，打得半死，方才住手。教王婆关闭门户，同到县中告状。此时纷纷传说，远近人都来观看。且说邱乙大正访问妻子尸首不着，官司难结，心中气闷。这一日闻得小二打死王公的根由，想道：『这妇女尸首，莫不就是我妻子么？』急走来问，见王婆正锁门要去告状。邱乙大上前问了详细，计算日子，正是他妻子出门这夜，便道：『怪道我家妻子尸首，当朝就不见踪影，原来却是你们撇掉了。如今有了实据，绰板婆却白赖不过了，我同你们见官去。』当下一干人牵了小二，直到县里。次早大尹升堂，解将进去。地方将前后事细禀。大尹又唤王婆问了备细。小二料道情真难脱，不待用刑，从实招了。打了三十，问成死罪，下在狱中。邱乙大禀说妻子被刘三旺谋死，正是此日，这尸首一定是他撇下的。证见已确，要求审结。此时婺源县知会文书未到，大尹因没有尸首，终无实据，原发落出去寻觅。再说小二，初时已被邻里打伤，那顿板子，又十分厉害。到了狱中，没有使用，又遭一顿拳脚。三日之间，血崩身死。为这一文钱起，又送一条性命。

只因贪白镪，番自丧黄泉。

且说邱乙大从县中回家，正打白铁门首经过，只听得里边叫天叫地的啼哭。原来白铁自那夜担着惊恐，出脱这尸首，冒了风寒。回家上得床，就发起寒热，病了十来日，方才断命，所以老婆啼哭。眼见为这一文钱，又送一条性命。

化为阴府惊心鬼，失却阳间打铁人。

邱乙大闻知白铁已死，叹口气道：『恁般一个好汉！有得几日，却又了帐。可见世人真是没根的！』走到家里，单单止有这个小厮，鬼一般缩在半边，要口热水，也不能够。看了那样光景，方懊悔前日逼勒老婆，做了这件拙事。如今又弄得不尴不尬，心下烦恼，连生意也不去做。终日东寻西觅，并无尸首下落。看看捱过残年，又早五月中旬，那时朱常儿子朱太已在按院告准状词，批在浮梁县审问，行文到婺源县关提人犯尸棺。起初朱太还不上紧，到了五月间，料得尸首已是腐烂，大大送个东道与婺源县该房，起文关解。那赵完父子因婺源县已经问结，自道没事，毫无畏惧，抱卷赴理。两县解子领了一干人犯，三具尸棺，直至浮梁县当堂投递。大尹将人犯羁禁，尸棺发置官坛候检，打发婺源回文，自不必说。不则一日，大尹吊出众犯，前去相验。那朱太合衙门通买嘱了，要胜赵完。大尹到尸场上坐下，赵完将浮梁县案卷呈上。大尹看了，对朱常道：『你借尸索诈，打死二命，事已问结，如何又告？』朱常禀道：『爷爷，赵完打余氏落水身死，众目共见，却买嘱了地邻仵作，妄报是缢死的。那丁文、田婆自己情谎，谋害抵饰，硬诬小人打死。且不要论别件，但据小人主仆俱被拿住，赵完是何等势力，却容小人打死二命？况死的俱年七十多岁，难道恁地不知利害，只拣垂死之人来打？爷爷推详这上，就见明白。』大尹道：『既如此，当时怎就招承？』朱常道：『那赵完衙门情熟，用极刑拷逼，若不屈招，性命已不到今日了。』赵完也禀道：『朱常当日倚仗假尸，逢着的便打，合家躲避。那丁文、田婆年老奔走不及，故此遭了毒手。假尸缢死绳痕，是婺源县太爷亲验过的，岂是仵作妄报。如今日久腐烂，巧言诳骗爷爷，希图漏网反陷。但求细看招卷，曲直立见。』大尹道：『这也难凭你说。』即教开棺检验。天下有这等作怪的事，只道尸首经了许久，料已腐烂尽了，谁知都一毫不变，宛然如生。那杨氏颈下这条绳痕，转觉显明，倒教仵作人没做理会。你道为何？他已得了朱常的钱财，若尸道烂坏了，好从中作弊，要出脱朱常，反坐赵完。如今伤痕见在，若虚报了，恐大尹还要亲验。实报了，如何得朱常银子？正在踌躇，大尹早已瞧破，就走下来亲验。那仵作人被大尹监定，不敢隐匿，一一实报。朱常在旁暗暗叫苦。大尹将所报伤处，将卷对看，分毫不差。对朱常道：『你所犯已实，怎么又往上司诳告？』朱常又苦苦分诉。大尹怒道：『还要强辩！夹起来！快说这缢死妇人是那里来的？』朱常受刑不过，只得招出：『本日早起，在某处河沿边遇见，不知是何人撇下。』那大尹极有记性，忽地想起：『去年邱乙大告称不见了妻子尸首，后来卖酒王婆告小二打死王公，也称是日抬尸首，撇在河沿上起衅。至今尸首没有下落，莫不就是这个么？』暗记在心。当下将朱常、卜才都责三十，照旧死罪下狱，其余家人减徒招保。赵完等发落宁家，不题。

且说大尹回到县中，吊出邱乙大状词，并王小二那宗案卷查对，果然日子相同，撇尸地处一般，更无疑惑。即着原差，唤到邱乙大、刘三旺、干证人等，监中吊出绰板婆孙氏，齐至尸场认看。此时正是五月天道，监中瘟疫大作。那孙氏刚刚病好，还行走不动，刘三旺与再旺扶挟而行。到了尸场上，仵作揭开棺盖，那邱乙大认得老婆尸首，放声号恸，连连叫道：『正是小人妻子。』干证邻里也道：『正是杨氏。』大尹细细鞫问致死情由。邱乙大咬定：『刘三旺夫妻登门打骂，受辱不过，以致缢死。』刘三旺、孙氏，又苦苦折辩。地邻俱称是孙氏起衅，与刘三旺无干。大尹喝教将孙氏拶起。那孙氏是新病好的人，身子虚弱，又走行这番，劳碌过度，又费辱费舌折辩，渐渐神色改变。经着拶子，疼痛难忍，一口气收不来，翻身跌倒，呜呼哀哉！只因这一文钱上起，又送一条性命。正是：

地狱又添长舌鬼，阳间少了绰板声。

大尹看见，即令放拶。刘三旺向前叫唤，喊破喉咙，也唤不转。再旺在旁哀哀啼哭，十分凄惨。大尹心中不忍，向邱乙大道：『你妻子与孙氏角口而死，原非刘三旺拳手相交。今孙氏亦亡，足以抵偿。今后两家和好，尸首各自领归埋葬，不许再告，违者定行重治。』众人叩首依命，各领尸首埋葬，不在话下。

再说朱常、卜才下到狱中，想起枉费许多银两，反受一场刑杖，心中气恼，染起病来。却又沾着瘟气，二病夹攻，不够数日，双双而死。只因这一文钱上起，又送两条性命。

未诈他人，先损自己。

说话的，我且问你：朱常生心害人，倘然得个丧身亡家之报。那赵完父子活活打死无辜二人，又诬陷了两条性命，他却漏网安享，可见天理原有报不到之处。看官，你可晓得，古老有向句言语么？是哪几句？古语道：

善有善报，恶有恶报。不是不报，时辰未到。

那天公算子，一个个记得明白。古往今来，曾放过那个？这赵完父子漏网受用，一来他的顽福未尽；二来时候不到；三来小子只有一张口，没有两副舌，说了那边，便难顾这边，少不得逐节儿还你个报应。闲话休题。且说赵完父子，又胜了朱常，回到家中，亲戚邻里，齐来作贺。吃了好几日酒。又过数日，闻得朱常、卜才俱已死了，一发喜之不胜。田牛儿念着母亲暴露，领归埋葬不题。时光迅速，不觉又过年余。原来赵完年纪虽老，还爱风月，身边有个偏房，名唤爱大儿。那爱大儿生得四五分颜色，乔乔画画，正在得趣之时。那老儿虽然风骚，到底老人家，只好虚应故事，怎能够满其所欲？看见义孙赵一郎，身材雄壮，人物乖巧，尚无妻室，到有心看上了。常常走到厨房下，捱肩擦背，调嘴弄舌。你想世上能有几个坐怀不乱的鲁男子，妇人家反去勾搭，他可有不肯之理？两下眉来眼去，不则一日，成就了那事。彼此俱在少年，犹如一对饿虎，哪有个饱期，捉空就闪到赵一郎房中偷一手儿。那赵一郎又有些本领，弄得这婆娘体酥骨软，魄散魂销，恨不时刻并做一块。约莫串了半年有余。一日，爱大儿对赵一郎说道：『我与你虽然快活了这几多时，终是碍人耳目，心忙意急，不能够十分尽兴。不如悄地逃往远处，做个长久夫妻。』赵一郎道：『小娘子若真心肯跟我，就在此，可以做得夫妻，何必远去？』爱大儿道：『你便是我心上人了，有甚假意？只是怎地在此就做得夫妻？』赵一郎道：『向年丁老官与田婆，都是老爹与大官人自己打死诈赖朱家的。当时教我相帮他扛抬，曾许事完之日，分一份家私与我。那个棒槌，还是我藏好。一向多承小娘子相爱，故不说起。你今既有此心，我与老爹说，先要了那一份家私，寻个所在住下，然后再央人说，要你为配，不怕他不肯。他若舍不得，那时你悄地竟自走了出来，他可敢道个不字么？设或不达时务，便报与田牛儿，同去告官，教他性命也自难保。』爱大儿闻言，不胜欢喜，道：『事不宜迟，作速理会。』说罢，闪出房去。次日，赵一郎探赵完独自个在堂中闲坐，上前说道：『向日老爹许过事平之后，分一份家私与我。如今朱家了帐已久，要求老爹分一股儿，自去营运。』赵完答道：『我晓得了。』再过一日，赵一郎转入后边，遇着爱大儿。递个信儿道：『方才与老爹说了，娘子留心察听，看可像肯的。』爱大儿点头会意，各自开去不题。

且说赵完叫赵寿到一个厢房中去，将门掩上，低低把赵一郎说话，学与儿子。又道：『我一时含糊应了他，如今还是怎地计较？』赵寿道：『我原是哄他的甜话，怎么真个就做这指望？』老儿道：『当初不合许出了，今若不与他些，这点念头，如何肯息？』赵寿沉吟了一回，又生歹念，乃道：『若引惯了他，做了个月月红，倒是无了无休的诈端。想起这事，止有他一个晓得，不如一发除了根，永无挂虑。』那老儿若是个有仁心的，劝儿子休了这念，胡乱与他些小东西，或者免得后来之祸，也未可知。千不合，万不合，却说道：『我也有这念头，但没有个计策。』赵寿道：『有甚难处，明日去买些砒霜，下在酒中，到晚灌他一醉，怕道不就完事。外边人都晓得平日将他厚待的，决不疑惑。』赵完欢喜，以为得计。他父子商议，只道神鬼不知。那晓得却被爱大儿瞧见，料然必说此事，悄悄走来覆在壁上窥听。虽则听着几句，不当明白，恐怕出来撞着，急闪入去。欲要报与赵一郎。因听得不甚真切，不好轻事重报。心生一计，到晚间，把那老儿多劝上几杯酒，吃得醉熏熏。到了床上，爱大儿反抱定了那老儿撒娇撒痴，淫声浪语。这老儿迷魂了，乘着酒兴，未免做那些没正经事体。方在酣美之时，爱大儿道：『有句话儿要说，恐气坏了你，不好开口。若不说，又气不过。』这老儿正顽得气喘吁吁，借那句话头，就停住了，说道：『是那个冲撞了你？如此着恼！』

爱大儿道：『叵耐一郎这厮，今早把风话撩拨我，我要扯他来见你，倒说：「老爹和大官人，性命都还在我手时，料道也不敢难为我。」不知有甚缘故，说这般满话。倘在外人面前，也如此说，必疑我家做甚不公不法勾当，可不坏了名声？那样没上下的人，不如寻个计策摆布死了，也省了后患。』那老儿道：『原来这厮恁般无礼！不打紧，明晚就见功效了。』爱大儿道：『明晚怎地就见功效？』那老儿也是合当命尽，将要药死的话，一五一十说出。那婆娘得了实信，次早闪来报知赵一郎。赵一郎闻言，吃那惊不小，想道：『这样反面无情的狠人！倒要害我性命，如何饶得他过？』摸了棒槌，锁上房门，急来寻着田牛儿，把前事说与。田牛儿怒气冲天，便要赶去厮闹。赵一郎止住道：『若先嚷破了，反被他做了准备，不如竟到官司，与他理论。』田牛儿道：『也说得是，还到那一县去？』赵一郎道：『当初先在婺源县告起，这大尹还在，原到他县里去。』那太白村离县止有四十余里，二人拽开脚步，直跑至县中。恰好大尹早堂未退，二人一齐喊叫。大尹唤入，当厅跪下，却没有状词，只是口诉。先是田牛儿哭禀一番，次后赵一郎将赵寿打死了丁文、田婆，诬陷朱常、卜才情由细诉，将行凶棒槌呈上。大尹看是，血痕虽干，鲜明如昨。乃道：『既有此情，当时为何不首？』赵一郎道：『是时因念主仆情分，不忍出首。如今恐小人泄漏，昨日父子计议，要在今晚将毒药鸩害小人，故不得不来投生。』大尹道：『他父子私议，怎地你就晓得？』赵一郎急遽间，不觉吐出实话，说道：『亏主人偏房爱大儿报知，方才晓得。』大尹道：『你主人偏房，如何肯来报信？想必与你有奸么？』赵一郎被问破心事，脸色俱变，强词抵赖。大尹道：『事已显然，不必强辩。』即差人押二人去拿赵完父子并爱大儿前来赴审。到得太白村，天已昏黑，田牛儿留回家歇宿，不题。

且说赵寿早起就去买下砒霜，却不见了赵一郎，问家中上下，都不知道。父子虽然有些疑惑，那个虑到爱大儿泄漏。次日清晨，差人已至，一索捆翻，拿到县中。赵完见爱大儿也拿了，还错认做赵一郎调戏他不从，因此牵连在内。直至赵一郎说出，报他谋害情由，方知向来有奸，懊悔失言。两下辩论一番，不肯招承。怎当严刑锻炼，疼痛难熬，只得一一细招。大尹因他害了四命，情理可恨，赵完父子，各打六十，依律问斩。赵一郎奸骗主妾，背恩反噬。爱大儿通同奸夫，谋害亲夫，各责四十，杂犯死罪，齐下狱中。田牛儿发落宁家。一面备文，申报上司，具疏题请。不一日，刑部奉旨，倒下号札，四人俱依拟秋后处决。只因这一文钱，又送了四条性命。虽然是冤各有头，债各有主，若不为那一文钱争闹，杨氏如何得死？没有杨氏的死尸，朱常这诈害一事，也就做不成了。总为这一文钱起，共害了十三条性命。这段话叫做《一文钱小隙造奇冤》。奉劝世人，舍财忍气为上。有诗为证：

相争只为一文钱，小隙谁知奇祸连！劝汝舍财兼忍气，一生无事得安然。

第三十五卷

徐老仆义愤成家

犬马犹然知恋主，况于列在生人。为奴一日主人身，情恩同父子，名份等君臣。主若虐奴非正道，奴如欺主伤伦。能为义仆是良民，盛衰无改节，史册可传神。

说这唐玄宗时，有一官人姓萧，名颖士，字茂挺，兰陵人氏。自幼聪明好学，该博三教九流，贯串诸子百家。上自天文，下至地理，无有不通，无有不晓。真个胸中书富五车，笔下句高千古。年方一十九岁，高掇巍科，名倾朝野，是一个广学的才子。家中有个仆人，名唤杜亮。那杜亮自萧颖士数龄时，就在书房中服事起来。若有驱使，奋勇直前，水火不避，身边并无半文私蓄。陪伴萧颖士读书时，不待吩咐，自去千方百计，预先寻觅下果品饮馔供奉。有时或烹瓯茶儿，助他清思；或暖杯酒儿，节他辛苦。整夜直服事到天明，从不曾打个瞌睡。如见萧颖士读到得意之处，他在旁也十分欢喜。那萧颖士般般皆好，件件俱美，只有两桩儿毛病。你道是那两桩？第一件：乃是恃才傲物，不把人看在眼内。才登仕籍，便去冲撞了当朝宰相。那宰相若是个有度量的，还恕得他过，又正冲撞了第一个忌才的李林甫。那李林甫混名叫做李猫儿，平昔不知坏了多少大臣，乃是杀人不见血的刽子手。却去惹他，可肯轻轻放过？被他略施小计，险些连性命都送了。又亏着座主搭救，只削了官职，坐在家里。第二件：是性子严急，却像一团烈火。片语不投，即暴躁如雷，两太阳火星直爆。奴仆稍有差误，便加捶挞。他的打法，又与别人不同。有甚不同？别人责治家奴，定然计其过犯大小，讨了板子，教人行杖，或打一十，或打二十，分个轻重。惟有萧颖士，不论事体大小，略触着他的性子，便连声喝骂，也不用什么板子，也不要人行杖，亲自跳起身来一把揪翻，随分掣着一件家火，没头没脑乱打。凭你什么人劝解，他也全不作准，直要打个气息。若不像意，还要咬上几口，方才罢手。因是恁般厉害，奴仆们惧怕，都四散逃去，单单存得一个杜亮。论起萧颖士，只存得这个家人种儿，每事只该将就些才是。谁知他是天生的性儿，使惯的气儿，打溜的手儿，竟没丝毫更改，依然照旧施行。起先奴仆众多，还打了那个，空了这个，到得秃秃里独有杜亮时，反觉打得勤些。论起杜亮，遇着这般难理会的家主，也该学众人逃走去罢了，偏又寸步不离，甘心受他的责罚。常常打得皮开肉绽，头破血淋，也再无一点退悔之念，一句怨恨之言。打罢起来，整一整衣裳，忍着疼痛，依原在旁答应。说话的，据你说，杜亮这等奴仆，莫说千中选一，就是走尽天下，也寻不出个对儿。这萧颖士又非黑漆皮灯，泥塞竹管，是那一窍不通的蠢物。他须是身登黄甲，位列朝班，读破万卷，明理的才人。难道恁般不知好歹，一味蛮打，没一点仁慈改悔之念不成？看官有所不知，常言道得好，江山易改，禀性难移。那萧颖士平昔原爱杜亮小心驯谨，打过之后，深自懊悔道：『此奴随我多年，并无十分过失，如何只管将他这样毒打？今后断然不可！』到得性发之时，不觉拳脚又轻轻的生在他身上去了。这也不要单怪萧颖士性子急躁，谁教杜亮刚闻得叱喝一声，恰如小鬼见了钟馗一般，扑秃的两条腿就跪倒在地。萧颖士本来是个好打人的，见他做成这个要打局面，少不得奉承几下。

杜亮有个远族兄弟杜明，就住在萧家左边。因见他常打得这个模样，心下到气不过，撺掇杜亮道：『凡做奴仆的，皆因家贫力薄，自难成立，故此投靠人家。一来贪图现成衣食，二来指望家主有个发迹日子，带挈风光，摸得些东西做个小小家业，快活下半世。像阿哥如今随了这措大，早晚辛勤服事，竭力尽心，并不见一些好处，只落得常受他凌辱痛楚。恁样不知好歉的人，跟他有何出息？他家许多人都存住不得，各自四散去了。你何不也别了他，另寻头路？有多少不如你的，投了大官府人家，吃好穿好，还要作成趁一贯两贯。走出衙门前，谁不奉承？那边才叫「某大叔，有些小事相烦。」还未答应时，这边又叫「某大叔，我也有件事儿劳动。」真个应接不暇，何等兴头。若是阿哥这样肚里又明白，笔下又来得，做人且又温存小心，走到势要人家，怕道不是重用？你那措大，虽然中了进士，发利市就与李丞相作对，被他弄来，坐在家中，料道也没个起官的日子。有何撇不下，定要与他缠帐？」杜亮道：「这些事，我岂不晓得？若有此念，早已去得多年了，何待吾弟今日劝谕。古语云：良臣择主而事，良禽择木而栖。奴仆虽是下贱，也要择个好使头。像我主人，只是性子躁急，除此之外，只怕舍了他，没处再寻得第二个出来。」杜明道：「满天下无数官员宰相，贵戚富家，岂有反不如你主人这穷官？」杜亮道：「他们有的，不过是爵位金银二事。」杜明道：「只这两桩尽够了，还要怎样？」杜亮道：「那爵位乃虚花之事，金银是臭污之物。有甚稀罕？如何及得我主人这般高才绝学，拈起笔来，顷刻万言，不要打个稿儿。真个烟云缭绕，华彩缤纷。我所恋恋不舍者，单爱他这一件耳。」杜明听得说出爱他的才学，不觉呵呵大笑，道：「且问阿哥：你既爱他的才学，到饥时可将来当得饭吃，冷时可作得衣穿么？」杜亮道：「你又说笑话，才学在他腹中，如何济得我的饥寒？」杜明道：「原来又救不得你的饥，又遮不得你的寒，爱他何用？当今有爵位的，尚然只喜趋权附势，没一个肯怜才惜学。你我是个下人，但得饱食暖衣，寻觅些钱钞做家，乃是本等。却这般迂阔，爱什么才学，情愿受其打骂，可不是个呆子！」杜亮笑道：「金银，我命里不曾带来，不做这个指望，还只是守旧。」杜明道：「想是打得你不爽利，故此尚要捱他的棍棒。」杜亮道：「多承贤弟好情，可怜我做兄的，但我主这般博奥才学，纵然打死，也甘心服事也。」遂不听杜明之言，仍旧跟随萧颖士。不想今日一顿拳头，明日一顿棒子，打不上几年，把杜亮打得渐渐遍身疼痛，口内吐血，成了个伤痨症候。初时还勉强趋承，以后打熬不过，半眠半起。又过几时，便久卧床席。那萧颖士见他呕血，情知是打上来的，心下十分懊悔，还指望有好的日子。请医调治，亲自煎汤送药。捱了两月，呜呼哀哉！萧颖士想起他平日的好处，只管涕泣，备办衣棺埋葬，萧颖士日常亏杜亮服事惯了，到得死后，十分不便，央人四处寻觅仆从。因他打人的名头出了，哪个肯来跟随。就有个肯跟他的，也不中其意。

有时读书到忘怀之处，还认做杜亮在旁，抬头不见，便掩卷而泣。后来萧颖士知得了杜亮当日不从杜明这班说话，不觉气咽胸中，泪如泉涌，大叫一声：「杜亮！我读了一世的书，不曾遇着个怜才之人，终身沦落。谁想你倒是我的知己，却又有眼无珠，枉送了你性命，我之罪也！」言还未毕，口中的鲜血，往外直喷，自此也成了个呕血之疾。将书籍尽皆焚化，口中不住的喊叫杜亮，病了数月，也归大梦。遗命教迁杜亮与他同葬。有诗为证：

纳贿趋权步步先，高才曾见几人怜？
当路若能如杜亮，草莱安得有遗贤？

说话的，这杜亮爱才恋主，果是千古奇人。然看起来，毕竟还带些腐气，未为全美。若有别桩希奇故事，异样话文，再讲回出来。列位看官稳坐着，莫要性急。适来小子道这段小故事，原是入话，还不曾说到正传。那正传却也是个仆人，他比杜亮更是不同：曾独力与孤孀主母，挣起个天大家事，替主母嫁三个女儿，与小主人娶两房娘子。到得死后，并无半文私蓄，至今名垂史册。待小子慢慢的道来，劝谕那世间为奴仆的，也学这般尽心尽力帮家做活，传个美名。莫学那样背恩反噬，尾大不掉的，被人唾骂。你道这段话文，出在那个朝代？什么地方？原来就在本朝嘉靖爷年间，浙江严州府淳安县，离城数里，有个乡村，名曰锦沙村。村上有一姓徐的庄家，恰是弟兄三个。大的名徐言，次的名徐召，各生一子。第三个名徐哲，浑家颜氏，却到生得二男三女。他弟兄三人，奉着父亲遗命，合锅儿吃饭，并力的耕田，挣下一头牛儿，一骑马儿。又有一个老仆，名叫阿寄，年已五十多岁，夫妻两口，也生下一个儿子，还只有十来岁。那阿寄也就是本村生长，当先因父母丧了，无力殡殓，故此卖在徐家。为人忠谨小心，朝起晏眠，勤于种作。徐言的父亲大得其力，每事优待。到得徐言辈掌家，见他年纪有了，便有些厌恶之意。那阿寄又不达时务，遇着徐言弟兄行事有不到处，便苦口规谏。徐哲尚肯服善，听他一两句。那徐言徐召是个自作自用的性子，反怪他多嘴擦舌，高声叱喝，有时还要奉承几下消食拳头。阿寄的老婆劝道：『你一把年纪的人了，诸事只宜退缩算。他们是后生家世界，时时新，局局变，由他自去主张罢了！何苦定要出口，常讨恁样凌辱！』阿寄道：『我受老主之恩，故此不得不说。』婆子道：『累说不听，这也怪不得你了！』自此阿寄听了老婆言语，缄口结舌，再不干预其事，也省了好些耻辱。正合着古人两句言语，道是：

闭口深藏舌，安身处处牢。

不则一日，徐哲忽地患了个伤寒症候，七日之间，即便了帐。那时就哭杀了颜氏母子，少不得衣棺盛殓，做些功果追荐。过了两月，徐言与徐召商议道：『我与你各只一子，三兄弟到有两男三女，一分就抵着我们两分。便是在兄弟在时，一般耕种，还算计不就，何况他已死了。我们日夜吃辛吃苦挣来，却养他一窝子吃死饭的。如今还是小事，到得长大起来，你我儿子婚配了，难道不与他婚男嫁女，岂不比你我反多去四分？意欲即今三股分开，撇脱了这条烂死蛇，由他们有得吃，没得吃，可不与你我没干涉了。只是当初老官儿遗嘱，教道莫要分开。今若违了他言语，被人谈论，却怎地处？』那时徐召若是个有仁心的，便该劝徐言休了这念才是。谁知他的念头，一发起得久了，听见哥子说出这话，正合其意，乃答道：『老官儿虽有遗嘱，不过是死人说话了，须不是圣旨，违背不得的。况且我们的家事，那个外人敢来谈论！』徐言连称有理。即将田产家私，暗地配搭停当，只拣不好的留与侄子。徐言又道：『这牛马却怎地分？』徐召沉吟半晌，乃道：『不难。那阿寄夫妻年纪已老，渐渐做不动了，活时倒有三个吃死饭的，死了又要赔两口棺木，把他也当作一股，派与三房里，卸了这干系，可不是好。』计议已定，到次日备些洒肴，请过几个亲邻坐下，又请出颜氏，并两个侄儿。那两个孩子，大的才得七岁，唤做福儿，小的五岁，叫做寿儿，随着母亲，直到堂前。连颜氏也不知为甚缘故。只见徐言弟兄立起身来道：『列位高亲在上，有一言相告：昔年先父原没甚所遗，多亏我弟兄，挣得此小产业，只望弟兄相守到老，传至子侄等辈分析。不幸三舍弟近日有此大变，弟妇又是个女道家，不知产业多少。况且人家消长不一，到后边多挣得，分与舍侄便好，万一消乏了，那时只道我们有甚私弊，欺他孤儿寡妇，反伤骨肉情义了。故此我兄弟商量，不如趁此完美之时，分作三股，各自领去营运，省得后来争多竞少。特请列位高亲来作眼。』遂向袖中摸出三张分书来，说道：『总是一样配搭，至公无私，只劳列位着个花押。』颜氏听说要分开自做人家，眼中扑簌簌珠泪交流，哭道：『二位伯伯，我是个孤孀妇人，儿女又小，就是没脚蟹一般！如何撑持的门户？昔日公公原吩咐莫要分开，还是二位伯伯总管在那里。扶持儿女大子，但凭胡乱分些便罢，决不敢争多竞少。』徐召道：『三娘子，天下无有不散筵席，就合上一千年，少不得有个分开日子。公公乃过世的人，你的说话，哪里作得准。大伯昨日要把牛马分与你，我想侄儿又小，那个去看养，故分阿寄来帮扶。他年纪虽老，筋力还健，赛过一个后生家种作哩。那婆子绩麻纺线，也不是吃死饭的。这孩子再耐他两年，就可下得田了，你不消愁得。颜氏见他弟兄如此，明知已是做就，料道拗他不过，一味啼哭。那些亲邻看了分书，虽晓得分得不公道，都要做好好先生，哪个肯做闲冤家，出尖说话。一齐着了花押，劝慰颜氏收了进去，入席饮酒。有诗为证：

分书三纸语从容，人畜均分禀至公。老仆不如牛马用，拥孤孀妇泣西风。

却说阿寄，那一早差他买东买西，请张请李，也不晓得又做甚事体。恰好在南村去请了亲戚，回来时里边事已停妥。刚至门口，正遇着老婆。那婆子恐他晓得了这事，又去多言多语，扯到半边，吩咐道：『今日是大官人分拨家私，你休得又去闲管，讨他的怠慢！』阿寄闻言，吃了一惊，说道：『当先老主人遗嘱，不要分开，如何见三官人死了，就撇开这孤儿寡妇，教他如何过活？我若不说，再有何人肯说？』转身就走。婆子又扯住道：『清官也断不得家务事，适来许多亲邻，都不开口。你是他手下人，又非什么高年族长，怎好张主？』阿寄道：『话虽有理，但他们分得公道，便不开口。若有些欺心，就死也说不得，也要讲个明白。』又问道：『可晓得分我在那一房？』婆子道：『这到不晓得。』阿寄走到堂前，见众人吃酒，正在高兴，不好遽然问得，站在旁边。间壁一个邻家抬头看见，便道：『徐老官，你如今分在三房里了。他是孤孀娘子，须是竭力帮助便好。』阿寄随口答道：『我年纪已老，做不动了。』口中便说，心下暗转道：『原来拨我在三房里，一定他们道我没用了，借手推出的意思。我偏要争口气，挣个事业起来，也不被人耻笑。』遂不问他们分析的事，一径转到颜氏房门口。听得在内啼哭，阿寄立住脚听时，颜氏哭道：『天啊！只道与你一竹竿到底白头相守，那里说起半路上就抛撇了，遗下许多儿女，无依无靠！还指望倚仗做伯伯的抚养长大，谁知你骨肉未寒，便分拨开来。如今教我没投没奔，怎生过日？』又哭道：『就是分的田产，他们通是亮里，我是暗中，凭他们分派，那里知得好歹。只一件上，已见他们的肠子狠了。那牛儿可以耕田，马儿可雇倩与人，只拣两件有利息的拿了去。却推两个老头儿与我，反要费我的衣食。』那老儿听了这话，猛然揭起门帘叫道：『三娘，你道老奴单费你的衣食，不及马牛的力么？』颜氏地里被他钻进来说这句话，倒惊了一跳，收泪问道：『你怎地说？』阿寄道：『那牛马每年耕种雇倩，不过有得数两利息，还要赔个人去喂养跟随。若论老奴，年纪虽有，精力未衰，路还走得，苦也受得。那经商道业，虽不曾做，也都明白。三娘急急收拾些本钱，待老奴出去做些生意。一年几转，其利岂不胜似马牛数倍！就是我的婆子，平昔又勤于纺织，亦可少助薪水之费。那田产莫管好歹，把来放租与人，讨几担谷子，做了桩主。三娘同姐儿们，也做些活计，将就度日，不要动那货本。营运数年，怕不挣起个事业？何消愁闷。」颜氏见他说得有些来历，乃道：「若得你如此出力，可知好哩。但恐你有了年纪，受不得辛苦。」阿寄道：「不瞒三娘说，老便老，健还好，眠得迟，起的早，只怕后生家还赶我不上哩。这倒不消虑得。」颜氏道：「你打帐做甚生意？」阿寄道：「大凡经商，本钱多便大做，本钱少便小做。须到外边去，看临期着便，见景生情，只拣有利息的就做，不是在家论得定的。」颜氏道：「说得有理，待我计较起来。」阿寄又付出分书，将分下的家火，照单逐一点明，搬在一处，然后走至堂前答应。众亲邻直饮至晚方散。

次日，徐言即唤个匠人，把房子两下夹断，教颜氏另自开个门户出入。颜氏一面整顿家中事体，自不必说，一面将簪钗衣饰，悄悄教阿寄去变卖，共凑了十二两银子。颜氏把来交与阿寄道：「这些少东西，乃我尽命之资，一家大小俱在此上。今日交付与你，大利息原不指望，但得细微之利就够了。临事务要斟酌，路途亦宜小心！切莫有始无终，反被大伯们耻笑。」口中便说，不觉泪随言下。阿寄道：「但请放心，老奴自有见识在此，管情不负所托。」颜氏又问道：「几时起身？」阿寄回道：「本钱已有了，明早就行。」颜氏道：「可要拣个好日？」阿寄道：「我出去做生意，便是好日了，何必又拣？」即把银子藏在兜肚之中，走到自己房里，向婆子道：「我明早要出门去做生意，可将旧衣旧裳，打叠在一处。」原来阿寄只与主母计议，连老婆也不通他知得。这婆子见蓦地说出那句话，也觉骇然，问道：「你往何处去？做甚生意？」阿寄方把前事说与。那婆子道：「阿呀！这是哪里说起！你虽然一把年纪，那生意行中，从不曾着脚，却去弄虚头，说大话，兜揽这帐。孤孀娘子的银两，是苦恼东西，莫要把去弄出个话靶，连累他没得过用，岂不终身抱怨。不如依着我，快快送还三娘，拼得早起晏眠，多吃些苦儿，照旧耕种帮扶，彼此到得安逸。」阿寄道：「婆子家晓得什么？只管胡言乱语！那见得我不会做生意，弄坏了事，要你未风先雨。」遂不听老婆，自去收拾了衣服被窝。却没个被囊，只得打个包儿，又做起一个缠袋，准备些干粮。又到市上买了一顶雨伞，一双麻鞋。打点完备，次早先到徐言、徐召二家说道：「老奴今日要往远处做生意，家中无人照管，虽则各分门户，还要二位官人早晚看顾。」徐言二人听了，不觉暗笑，答道：「这到不消你叮嘱，只要赚了银子回来，送些人事与我们。」阿寄道：「这个自然。」转到家中，吃了饭食，作别了主母，穿上麻鞋，背着包裹雨伞，又吩咐老婆，早晚须是小心。临出门，颜氏又再三叮咛。阿寄点头答应，大踏步去了。

且说徐言弟兄，等阿寄转身后，都笑道：「可笑那三娘子好没见识，有银子做生意，却不与你我商量，做听阿寄这老奴才的说话。我想他生长已来，何曾做惯生意？哄骗孤孀妇人的东西，自去快活。这本钱可不白白送落。」徐召道：「便是当初合家时，却不把出来营运，如今才分得，即教阿寄做客经商。我想三娘子又没甚妆奁，这银两定然是老官儿存日，三兄弟克剥下的，今日方才出豁。总之，三娘子瞒着你我做事，若说他不该如此，反道我们妒忌了。且待阿寄折本回来，那时去笑他。」正是：

云端看厮杀，毕竟孰输赢？路遥知马力，日久见人心。

再说阿寄离了家中，一路思想：『做甚生理便好？』忽地转着道：『闻得贩漆这项道路，颇有利息，况又在近处，何不去试他一试？』定了主意，一直来至庆云山中。从来采漆之处，原有牙行，阿寄就行家住下。那贩漆的客人，却也甚多，都是挨次儿打发。阿寄想道：『若慢慢的挨去，可不耽搁了日子，又费去盘缠。』心生一计，捉个空扯主人家到一村店中，买三杯请他，说道：『我是个小贩子，本钱短少，守日子不起的。望主人家看乡里分上，怎地设法先打发我去。那一次来，大大再整个东道请你。』也是数合当然，那主人家却正撞着是个贪杯的，吃了他的软口汤，不好回得，一口应承。当晚就往各村户凑足其数，装裹停当，恐怕客人们知得嗔怪，到寄在邻家放下。次日起个五更，打发阿寄起身。那阿寄发利市，就得了便宜，好不喜欢。教脚夫挑出新安江口，又想道：『杭州离此不远，定卖不起价钱。』遂雇船直到苏州。正遇在缺漆之时，见他的货到，犹如宝贝一般，不够三日，卖个干净。一色都是现银，并无一毫赊帐，除去盘缠使用，足足赚个对合有余，暗暗感谢天地。即忙收拾起身，又想道：『我今空身回去，须是趁船，这银两在身边，反担干系，何不再贩些别样货去，多少寻些利息也好。』打听得枫桥籼米到得甚多，登时落了几分价钱，乃道：『这贩米生意，量来必不吃亏。』遂籴了六十多担籼米，载到杭州出脱。那时乃七月中旬，杭州有一个月不下雨，稻苗都干坏了，米价腾涌。阿寄这载米，又值在巧里，每一挑长了二钱，又赚十多两银子。自言自语道：『且喜做来生意，颇颇顺溜，想是我三娘福分到了。』却又想道：『既在此间，怎不去问问漆价？若与苏州相去不远，也省好些盘缠。』细细访问时，比苏州反胜。你道为何？原来贩漆的，都道杭州路近价贱，俱往远处去了，杭州倒时常短缺。常言道：货无大小，缺者便贵。故此比别处反胜。阿寄得了这个消息，喜之不胜，星夜赶到庆云山。已备下些小人事，送与主人家，依旧又买三杯相请。那主人家得了些小便宜，喜逐颜开，一如前番，悄悄先打发他转身。到杭州也不消三两日，就都卖完。计算本利，果然比起先这一帐又多几两，只是少了那回头货的利息。乃道：『下次还到远处去。』与牙人算清了帐目，收拾起程。想道：『出门好几时了，三娘必然挂念，且回去回覆一声，也教他放心。』又想道：『总是收漆，要等候两日，何不先到山中，将银子教主人家一面先收，然后回家，岂不两便。』定了主意，到山中把银两付与牙人，自己赶回家中。正是：

先收漆货两番利，初出茅庐第一功。

且说颜氏自阿寄去后，朝夕悬挂，常恐他消折了这些本钱，怀着鬼胎。耳根边又听得徐言弟兄在背后攧唇簸嘴，愈加烦恼。一日正在房中闷坐，忽见两个儿子乱喊进来道：『阿寄回家了。』颜氏闻言，急走出房。阿寄早已在面前，他的老婆也随在背后。阿寄上前，深深唱个大喏。颜氏见了他，反增着一个蹬心拳头，胸前突突的乱跳，诚恐说出句扫兴话来。便问道：『你做知的是什么生意？可有些利钱？』那阿寄叉手不离方寸，不慌不忙的说道：『一来感谢天地保佑，二来托赖三娘洪福，做的却是贩漆生意，赚得五六倍利息。如此如此，这般这般，恐怕三娘放心不下，特归来回覆一声。』颜氏听罢，喜从天降，问道：『如今银子在哪里？』阿寄道：『已留与人家收漆，不曾带回，我明早就要去的。』那时合家欢天喜地。阿寄住了一晚，次日清早起身，别了颜氏，又往庆云山去了。

且说徐言弟兄，那晚在邻家吃社酒醉倒，故此阿寄归家，全不晓得。到次日齐走过来，问道：『阿寄做生意归来，趁了多少银子？』颜氏道：『好教二位伯伯知得，他一向贩漆营生，倒觅得五六倍利息。』徐言道：『好造化！恁样赚钱时，不够几年，便做财主哩。』颜氏道：『伯

徐老僕義憤成家

伯休要笑话，免得饥寒便够了。』徐召道：『他如今在哪里？出去了几多时，怎么也不来见我？这样没礼。』颜氏道：『今早原就去了。』徐召道：『如何去得恁般急速？』徐言又问道：『那银两你可曾见见数么？』颜氏道：『他说俱留在行家买货，没有带回。』徐言呵呵笑道：『我只道本利已到手了，原来还是空口说白话，眼饱肚中饥。耳边到说得热哄哄，还不知本在何处，利在那里，便信以为真。做经纪的人，左手不托右手，岂有自已回家，银子反留在外人？据我看起来，多分这本钱弄折了，把这鬼话哄你。』徐召也道：『三娘子，论起你家做事，不该我们多口。但你终是女眷家，不知外边世务，既有银两，与该与我二人商量，买几亩田地，还是长策。那阿寄晓得做甚生理？却瞒着我们，将银子与他出去瞎撞。我想那银两，不是你的妆奁，也是三兄弟的私蓄，须不是偷来的，怎看得恁般轻易！』二人一吹一唱，说得颜氏哑口无言，心下也生疑惑，委决不下，把一天欢喜，又变为万般愁闷。按下此处不题。

再说阿寄这老儿急急赶到庆云山中，那行家已与他收完，点明交付。阿寄此番不在苏杭发卖，径到兴化地方，利息比这两处又好。卖完了货，打听得那边米价一两三担，斗斛又大。想起杭州见今荒歉，前次籴客贩的去，尚赚了钱，今在出处贩去，怕不有一两个对合。遂装上一大载米至杭州，准准籴了一两二钱一石，斗斛上多来，恰好顶着船钱使用。那时到山中收漆，便是大客人了，主人家好不奉承。一来是颜氏命中合该造化，二来也亏阿寄经营伶俐。凡贩的货物，定获厚利。一连做了几帐，长有二千余金。看看捱着残年，算计道：『我一个孤身老儿，带着许多财物，不是耍处！倘有差跌，前功尽弃。况且年近岁逼，家中必然悬望，不如回去，商议置买些田产，做了根本，将余下的再出来运弄。』此时他出路行头，诸色尽备，把银两逐封紧紧包裹，藏在顺袋中。水路用舟，陆路雇马，晏行早歇，十分小心。非止一日，已到家中，把行李驮入。婆子见老公回了，便去报知颜氏。那颜氏一则以喜，一则以惧。所喜者，阿寄回来，所惧者，未知生意长短若何？因向日被徐言弟兄奚落了一场，这番心里比前更是着急。三步并作两步，奔至外厢。望见这堆行李，料道不像个折本的，心上就安了一半。终是忍不住，便问道：『这一向生意如何？银两可曾带回？』阿寄近前见了个礼说道：『三娘不要性急，待我慢慢的细说。』教老婆顶上中门，把行李尽搬至颜氏房中打开，将银子逐封交与颜氏。颜氏见着许多银两，喜出望外，连忙开箱启笼收藏。阿寄方把往来经营的事说出。颜氏因怕惹是非，徐言当日的话，一句也不说与他知道。但连称：『都亏你老人家气力了，且去歇息则个。』又吩咐：『倘大伯们来问起，不要与他讲真话。』阿寄道：『老奴理会得。』正话间，外面砰砰声叩门，原来却是徐言弟兄听见阿寄归了，特来打探消耗。阿寄上前作了两个揖。徐言道：『前日闻得你生意十分旺相，今番又趁若干利息？』阿寄道：『老奴托赖二位官人洪福，除了本钱盘费，干净趁得四五十两。』徐召道：『阿呀！前次便说有五六倍利了，怎地又去了许多时，反少起来？』徐言道：『且不要问他趁多趁少，只是银子今次可曾带回？』阿寄道：『已交与三娘了。』二人便不言语，转身出去。

再说阿寄与颜氏商议，要置买田产，悄地央人寻觅。大抵出一个财主，生一个败子。那锦沙村有个晏大户，家私豪富，田产广多。单生一子名为世保，取出守其业的意思。谁知这晏世保，专于嫖赌，把那老头儿活活气死。合村的人道他是个败子，将晏世保三字，顺口改为献世保。那献世保同着一班无赖，朝欢暮乐，弄完了家中财物，渐渐摇动产业。道是零星卖来不够用，索性卖一千亩，讨价三千余两，又要一注儿交银。那村中富者虽有，一时凑不起许多银子无人上桩。延至岁底，献世保手中越觉干逼，情愿连一所庄房，只要半价。阿寄偶然闻得这个消息，即寻中人去，讨个经帐。恐怕有人先成了去，就约次日成交。献世保听得有了售主，好不欢喜。平日一刻也不着家的，偏这日足迹不敢出门，呆呆的等候中人同往。且说阿寄料道献世保是爱吃东西的，清早便去买下佳肴美酝，唤个厨夫安排。又向颜氏道：『今日这场交易，非同小可。三娘是个女眷家，两位小官人又幼，老奴又是下人，只好在旁说话，难好与他抗礼。须请间壁大官人弟兄来作眼，方是正理。』颜氏道：『你过去请一声。』阿寄即到徐言门首，弟兄正在那里说话。阿寄道：『今日三娘买几亩田地，特请二位官人来张主。』二人口中虽然答应，心内又怪颜氏不托他寻觅，好生不乐。徐言说道：『既要买田，如何不托你我，又教阿寄张主。直至成交，方才来说。只是这村中，没有什么零星田卖。』徐召道：『不必猜疑，少顷便见着落了。』二人坐于门首，等至午前光景。只见献世保同着几个中人，两个小厮，拿着拜匣，一路拍手拍脚的笑来，望着间壁门内齐走进去。徐言弟兄看了，倒吃一吓，都道：『咦！好作怪！闻得献世保要卖一千亩田，实价三千余两，不信他家有许多银子？难道献世保又零卖一二十亩？』疑惑不定。随后跟入，相见已罢，分宾而坐。阿寄向前说道：『晏官人，田价昨日已是言定，一依吩咐，不敢短少。晏官人也莫要节外生枝，又更他说。』献世保乱嚷道：『大丈夫做事，一言已出，驷马难追。若又有他说，便不是人养的了。』阿寄道：『既如此，先立了文契，然后兑银。』那纸墨笔砚，准备得停停当当，拿过来就是。献世保拈起笔，尽情写了一纸绝契，又道：『省得你不放心，先画了花押，何如？』阿寄道：『如此更好。』徐言弟兄看那契上，果是一千亩田，一所庄房，实价一千五百两，吓得二人面面相觑，伸出了舌头，半日也缩不上去。都暗想道：『阿寄做生意总是趁钱，也趁不得这些！莫不是做强盗打劫的，或是掘着了藏？好生难猜。』中人着完花押，阿寄收进去交与颜氏。他已先借下一副天秤砝码，提来放在桌上，与颜氏取出银子来兑，一色都是粉块细丝。徐言、徐召眼内放出火来，喉间烟也直冒，恨不得推开众人，通抢回去。不一时兑完，摆出酒肴，饮至更深方散。次日，阿寄又向颜氏道：『那庄房甚是宽大，何不搬在那边居住？收下的稻子，也好照管。』颜氏晓得徐言弟兄妒忌，也巴不能远开一步。便依他说话，选了新正初六，迁入新房。阿寄又请个先生，教两位小官人读书大的取名徐宽，次的名徐宏。家中收拾得十分次第。那些村中人见颜氏买了一千亩田，都传说掘了藏，银子不计其数，连坑厕说来都是银的，谁个不来趋奉。再说阿寄将家中整顿停当，依旧又出去经营。这番不专于贩漆，但闻有利息的便做。家中收下米谷，又将来腾挪。十年之外，家私巨富。那献世保的田宅，尽归于徐氏。门庭热闹，牛马成群，婢仆雇工人等，也有整百，好不兴头！正是：

富贵本无根，尽从勤里得。请观懒惰者，面带饥寒色。

那时颜氏三个女儿，都嫁与一般富户。徐宽徐宏也各婚配。一应婚嫁礼物，尽是阿寄支持，不费颜氏丝毫气力。他又见田产广多，差役烦重，与徐宽弟兄，俱纳个监生，优免若干田役。颜氏也与阿寄儿子完了姻事。又见那老儿年纪衰迈，留在家中照管，不肯放他出去，又派个马儿与他乘坐。那老儿自经营以来，从不曾私吃一些好饮食，也不曾私做一件好衣服，寸丝尺帛，必禀命颜氏，方才敢用。且又知礼数，不论族中老幼，见了必然站起。或乘马在途中遇着，便跳下来闪在路旁，让过去了，然后又行。因此远近亲邻，没一人不把他敬重。就是颜氏母子，也如尊长看承。那徐言、徐召，虽也挣起些田产，比着颜氏，尚有天渊之隔，终日眼红颈赤。那老儿揣知二人意思，劝颜氏务助百金之物。又筑起一座新坟，连徐哲父母，一齐安葬。那老儿整整活到八十，患起病来。颜氏要请医人调治，那老儿道：『人年八十，死乃分内之事，何必又费钱钞？』执意不肯服药。颜氏母子，不住在床前看视，一面准备衣衾棺椁。病了数日，势渐危笃，乃请颜氏母子到房中坐下，说道：『老奴牛马力已少尽，死亦无恨。只有一事，越分张主，不要见怪！』颜氏垂泪道：『我母子全亏你气力，方有今日。有甚事体，一凭吩咐，决不违拗。』那老儿向枕边摸出两纸文书，递与颜氏道：『两位小官人，年纪已长，日后少不得要分析。倘那时嫌多道少，便伤了手足之情。故此老奴久已将一应田房财物等件，均分停当。今日交付与二位小官人，各自去管业。』又叮嘱道：『那奴仆中难得好人，诸事须要自己经心，切不可重托。』颜氏母子，含泪领命。他的老婆儿子，都在床前啼啼哭哭，也嘱咐了几句。忽地又道：『只有大官人二官人，不曾面别，终是歉事，可与我去请来。』颜氏即差个家人去请。徐言徐召说道：『好时不知得帮扶我们，临死却来思想，可不扯淡！不去不去！』那家人无法，只得转身。却着徐宏亲自奔来相请，二人灭不过侄儿面皮，勉强随来。那老儿已说话不出，把眼看了两看，点点头儿，奄然而逝。他的老婆儿媳啼哭，自不必说。只这颜氏母子俱放声号恸，便是家中大小男女，念他平日做人好处，也无不下泪。惟有徐言、徐召反有喜色。可怜那老儿：

辛勤好似蚕成茧，茧老成丝蚕命休。又似采花蜂酿蜜，甜头到底被人收。

颜氏母子哭了一回，出去支持殡殓之事。徐言、徐召看见棺木坚固，衣衾整齐，扯徐宽弟兄到一边，说道：『他是我家家人，将就些罢了！如何要这般好断送？就是当初你家公公与你父亲，也没恁般齐整！』徐宽道：『我家全亏他挣起这些事业，若薄了他，内心上也打不过去。』徐召笑道：『你老大的人，还是个呆子！这是你母子命中合该有此造化，岂真是他本事挣来的哩。还有一件，他做了许多年数，克剥的私房，必然也有好些，怕道没得结果，你却挖出肉里钱来，与他备后事。』徐宏道：『不要冤枉好人！我看他平日，一厘一毫，都清清白白交与母亲，并不见有什么私房。』徐召又说道：『做的私房，藏在那里，难道把与你看不成？若不信时，如今将那房中一检，极少也有整千银子。』徐宽道：『总有也是他挣下的，好道拿他的不成？』徐言道：『虽不拿他的，见个明白也好。』徐宽弟兄被二人说得疑疑惑惑，遂听了他，也不通颜氏知道，一齐走至阿寄房中。把婆子们哄了出去，闭上房门，开箱倒笼，遍处一搜，只有几件旧衣旧裳，那有分文钱钞。徐召道：『一定藏在儿子房里，也去一检。』寻出一包银子，不上二两，包中有个帐儿。徐宽仔细看时，还是他儿子娶妻时，颜氏助他三两银子，用剩下的。徐宏道：『我说他没有什么私房，却定要来看！还不快收拾好了，倘被人撞见，反道我们器量小了。』徐言、徐召自觉乏趣，也不别颜氏，径自去了。徐宽又把这事学向母亲，愈加伤感。令合家挂孝，开丧受吊，多修功果追荐。七终之后，即安葬于新坟旁边。祭葬之礼，每事从厚。颜氏主张，将家产分一股与他儿子，自去成家立业，奉养其母。又教儿子们以叔侄相称，此亦见颜氏不泯阿寄恩义的好处。合村的人，将阿寄生平行谊，具呈府县，要求旌奖，以劝后人。府县又查勘的实，申报上司，具疏奏闻。朝廷旌表。其间至今徐氏子孙繁衍，富冠淳安。诗云：

年老筋衰逊马牛，千金致产出人头。托孤寄命真无愧，羞杀苍头不义侯。

蔡瑞虹忍辱报仇

酒可陶情适性，兼能解闷消愁。三杯五盏乐悠悠，痛饮翻能损寿。谨厚化成凶险，精明变化昏流。禹疏仪狄岂无由？狂药使人多咎。

这首词名为《西江月》，是劝人节饮之语。今日说一位官员，只因贪杯上，受了非常之祸。话说这宣德年间，南直隶淮安府淮安卫，有个指挥姓蔡，名武。家资富厚，婢仆颇多。平昔别无所好，偏爱的是杯中之物。若一见了酒，连性命也不相顾，人都叫他做『蔡酒鬼』。因这件上罢官在家。不但蔡指挥会饮，就是夫人田氏，却也一般善酌，二人也不像个夫妻，倒像两个酒友。偏生奇怪，蔡指挥夫妻都会饮酒，生得三个儿女，却又酒滴不闻。那大儿蔡韬，次子蔡略，年纪尚小。女儿倒有一十五岁，生时因见天上有一条虹霓，五色灿烂，正环在他家屋上；蔡武以为祥瑞，遂取名叫做瑞虹。那女子生得有十二分颜色，善能描龙画凤，刺绣拈花。不独女工伶俐，且有智识才能，家中大小事体，到是他掌管。因见父母日夕沉湎，时常规谏，蔡指挥哪里肯依。

话分两头，且说那时有个兵部尚书赵贵。当年未达时，住在淮安卫间壁，家道甚贫，勤苦读书，夜夜直读到鸡鸣方卧。蔡武的父亲老蔡指挥，爱他苦学，时常送柴送米，资助赵贵。后来连科及第，直做到兵部尚书。思念老蔡指挥昔年之情，将蔡武特升了湖广荆襄等处游击将军。是一个上好的美缺，特地差人将文凭送与蔡武。蔡武心中欢喜，与夫人商议，打点择日赴任。瑞虹道：『爹爹，依孩儿看起来，此官莫去做罢！』蔡武道：『却是为何？』瑞虹道：『做官的一来图名，二来图利，故此千乡万里远去。如今爹爹在家，日日只是吃酒，并不管一毫别事。倘若到任上也是如此，那个把银子送来，岂不白白里乾折了盘缠辛苦，路上还要担惊受怕。就是没得银子趁，也只算是小事，还有别样要紧事体，担干系哩！』蔡武道：『除了没银子趁罢了，还有什么干系？』瑞虹道：『爹爹，你一向做官时，不知见过多少了，难道这样事倒不晓得？那游击官儿，在武职里便算做美任。在文官上司里，不过是个守令官，不时衙门伺候，东迎西接，都要早起晏眠。我想你平日在家，单管吃酒，自在惯了，倘到那里，依原如此，岂不受上司责罚，这也还不算利害。或是汛地盗贼生发，差拨去捕获；或者别处地方有警，调遣去出征。那时不是马上，定是舟中，身披甲胄，手执戈矛，在生死关系之际，倘若一般终日吃酒，岂不把性命送了？不如在家安闲自在，快活过了日子，却去讨这样烦恼吃！』蔡武道：『常言说得好，酒在心头，事在肚里。难道我真个单吃酒不管正事不成？只为家中有你掌管，我落得快活。到了任上，你替我不得时，自然着急，不消你担搁夜扰。况且这样美缺，别人用银子谋干，尚不能够。如今承赵尚书一片好念，特地差人送上大门，我若不去做，反拂了这一段来意。我自有主意在此，你不要阻挡。』瑞虹见父亲立意要去，便道：『爹爹既然要去，把酒来戒了，孩儿方才放心。』蔡武道：『你晓得我是酒养命的，如何全戒得，只是少吃几杯罢。』遂说下几句口号：

老夫性与命，全靠水边酉。宁可不吃饭，岂可不饮酒。今听汝忠言，节饮知谨守。每常十遍饮，今番一加九。每常饮十升，今番只一斗。

每常一气吞，今番分两口。每常床上饮，今番地下走。每常到三更，今番二更后。再要裁减时，性命不值狗。

且说蔡武次日即教家人蔡勇，在淮关写了一只民座船，将衣饰细软，都打叠带去。粗重家伙，封锁好了，留一房家人看守。其余童仆尽随往任所。又买了许多好酒，带路上去吃。择了吉日，备猪羊祭河，作别亲戚，起身上船。艄公扯起篷，由扬州一路进发。你道艄公是何等样人？那艄公叫做陈小四，也是淮安府人，年纪三十已外，雇着一班水手，共有七人，唤做白满、李癞子、沈铁甏、秦小元、胡蛮二、余蛤蚆、凌歪嘴。这班人都是凶恶之徒，专在河路上谋劫客商。不想今日蔡武晦气，下了他的船只。陈小四起初见发下许多行李，眼中已是放出火来，乃至家小下船，又一眼瞧见瑞虹美艳，心中愈加着魂。暗暗算计：『且远一步儿下手，省得在近处，容易露人眼目。』不一日，将到黄州，乃道：『此去正好行事了，且与众兄弟们说知。』走到艄上，对众水手道：『舱中一注大财乡，不可错过，乘今晚取了罢。』众人笑道：『我们有心多日了，因见阿哥不说起，只道让同乡分上，不要了。』陈小四道：『因一路来，没有个好下手处，造化他多活了几日！』众人道：『他是个武官出身，从人又众，不比其他，须要用心。』陈小四道：『他出名的蔡酒鬼，有什么用？少停等他吃酒到更深，放开手砍他娘罢了。只饶了这小姐，我要留他做个押舱娘子。』商议停当。少顷，到黄州江口泊住，买了些酒肉，安排起来。众水手吃个醉饱，扬起满帆，舟如箭发。那一日正是十五。刚到黄昏，一轮明月，如同白昼。至一空阔之处，陈小四道：『众兄弟，就此处罢，莫向前了。』霎时间，下篷抛锚，各执器械，先向前舱而来。迎头遇着一个家人，那家人见势头来得凶险，叫声：『老爷不好了！』说时迟，那时快，叫声未绝，顶门上已遭一斧，翻身跌倒。那些家人，一个个都抖衣而颤，哪里动弹得。被众强盗刀砍斧切，连排价杀去。

且说蔡武自从下船之后，初时几日，酒还少吃。以后觉道无聊，夫妻依先大酌，瑞虹劝谏不止。那一晚与夫人开怀畅饮，酒量已吃到九分，忽听得前舱发喊。瑞虹急叫丫鬟来看，那丫鬟吓得寸步难移，叫道：『老爷，前舱杀人哩。』蔡奶奶惊得魂不附体，刚刚立起身来，众凶徒已赶进舱。蔡武兀自朦胧醉眼，喝道：『我老爷在此，哪个敢？』沈铁甏早把蔡武一斧砍倒，众男女一齐跪下，道：『金银任凭取去，但求饶命。』众人道：『两件俱是要的。』陈小四道：『也罢，看乡里情上，饶他砍头，与他个全尸罢了。』即教快取索了，两个奔向后艄，取出索子，将蔡武夫妻二子，一齐绑起，只空瑞虹。蔡武哭对瑞虹道：『不听你言，致有今日。』声犹未绝，都撺向江中去了。其余丫鬟等辈，一刀一个，杀个干净。有诗为证：

金印将军酒量高，绿林暴客气雄高。
无情波浪兼天涌，疑是胥江起怒涛。

瑞虹见合家都杀，独不害他，料然必来污辱。奔出舱门，望江中便跳。陈小四放下斧头，双手抱住道：『小姐不要惊恐！还你快活。』瑞虹大怒，骂道：『你这班强盗，害了我全家，尚敢污辱我么！快快放我自尽。』陈小四道：『你这般花容月貌，教我如何舍得？』一头说，一头抱入后舱。瑞虹口中千强盗，万强盗，骂不绝口。众人大怒道：『阿哥，哪里不寻了一个妻子，便受这贱人之辱！』便要赶进来杀。陈小四拦住道：『众兄弟，看我分上饶他罢！明日与你陪情。』又对瑞虹道：『快些住口，你若再骂时，连我也不能相救。』瑞虹一头哭，心中暗想道：『我若死了，一家之仇，哪个去报？且含羞忍辱，待报仇之后，死亦未迟。』方才住口，跌足又哭，陈小四安慰一番。众人已把尸首尽抛入江中，把船揩抹干净，扯起满帆，又使到一个沙洲边。将箱笼取出，要把东西分派。陈小四道：『众兄弟且不要忙，趁今日十五团圆之夜，待我做了亲，众弟兄吃过庆喜筵席，然后自由自在均分，岂不美哉！』众人道：『也说得是。』连忙将蔡武带来的好酒，打开几坛，将那些食物东西，都安排起来。团团坐在舱中，点得灯烛辉煌，取出蔡武许多银酒器，大家痛饮。陈小四又抱出瑞虹坐在旁边道：『小姐，我与你郎才女貌，做对夫妻也不辱没了你！今夜与我成亲，图个白头到老。』瑞虹掩着面只是哭。众人道：『我众兄弟各人敬阿嫂一杯酒。』便筛过一杯，送在面前。陈小四接在手中，拿向瑞虹口边道：『多谢众弟兄之情，你略略沾些儿。』瑞虹哪里睬他，把手推开。陈小四笑道：『多谢列位美情，待我替娘子饮罢。』拿起来一饮而尽。秦小圆道：『哥不要吃单杯，吃个双双到老。』又送过一杯，陈小四又接来吃了。也筛过酒，逐个答还。吃了一会，陈小四被众人劝送，吃到八九分醉了。众人道：『我们畅饮，不要难为新人。哥，先请安置罢。』陈小四道：『既如此，列位再请宽坐，我不陪了。』抱起瑞虹，取了灯火，径入后舱。放下瑞虹，闭上舱门，便来与他解衣。那时瑞虹身不由主，被他解脱干净，抱向床中，任情取乐。可惜千金小姐，落在强徒之手。

暴雨摧残娇蕊，狂风吹损柔芽。哪是一宵恩爱，分明夙世冤家。

不题陈小四。且说众人在舱中吃酒，白满道：『陈四哥此时正在乐境了。』沈铁甏道：『他便乐，我们却有些不乐。』秦小圆道：『我们有甚不乐？』沈铁甏道：『同样做事，他到独占了第一件便宜。明日分东西时，可肯让一些么？』李蠻子道：『你道是乐，我想这一件，正是不乐之处哩。』众人道：『为何不乐？』李蠻子道：『常言说的好，斩草不除根，萌芽依旧发。杀了他一家，恨不得把我们吞在腹内，方才快活，岂肯安心与陈四哥做夫妻？倘在人烟凑集所在，叫喊起来，众人性命，可不都送在他的手里。』众人尽道：『说得是，明日与陈四哥说明，一发杀却，岂不干净。』答道：『陈四哥今日得了甜头，怎肯杀他？』白满道：『不要与陈四哥说知，悄悄竟行罢。』李蠻子道：『若瞒着他杀了，弟兄情上就倒不好开交。我有个两得其便的计儿在此：趁陈四哥睡着，打开箱笼，将东西均分，四散去快活。陈四哥已受用了一个妙人，多少留几件与他，后边露出事来，只他自去受累，与我众人无干。或者不出丑，也是他的造化。恁样又不伤了弟兄情分，又连累我们不着，可不好么？』众人齐称道：『好。』立起身把箱笼打开，将出黄白之资，衣饰酒器，都均分了，只拣用不着的留下几件。各自收拾，打了包裹，把舱门关闭，将船使到一个通官路所在泊住，一齐上岸，四散而去。

箧中黄白皆公器，被底红香偏得意。蜜房割去别人甜，狂蜂犹抱花心睡。

且说陈小四专意在瑞虹身上，外边众人算计，全然不知。直至次日巳牌时分，方才起身来看，一人不见，还只道夜来中酒睡着。走至艄上，却又不在，再到前舱去看，哪里有个人的影儿？惊骇道：『他们通往何处去了？』心内疑惑。复走入舱中，看那箱笼俱已打开，逐只检看，并无一物，止一只内存些少东西，并书帙之类。方明白众人分去，敢怒而不敢言。想道：『是了，他们见我留着这小姐，恐后事露，故都悄然散去。』又想道：『我如今独自个又行不得这船，住在此，又非长策，到是进退两难。欲待上涯，村中觅个人儿帮行。到有人烟之处，恐怕这小姐喊叫出来，这性命便休了。势在骑虎，留他不得了，不如斩草除根罢。』提起一柄板斧，抢入后舱。瑞虹还在床上啼哭，虽则泪痕满面，愈觉千娇百媚。那贼徒看了，神荡魂迷，臂垂手软，把杀人肠子，顿时熔化。一柄板斧，扑秃的落在地下。又腾身上去，捧着瑞虹淫媾。可怜嫩蕊娇花，怎当得风狂雨骤。那贼徒恣意轻薄了一回，说道：『娘子，我晓得你劳碌了，待我去收拾些饮食与你将息。』跳起身，往艄上打火煮饭。忽地又想起道：『我若迷恋这女子，性命定然断送。欲要杀他，又不忍下手。罢，罢，只算我晦气，弃了这船，也向别处去过日。倘有采头，再觅一注钱财，原挣旧个船儿，依旧快活。那女子留在船中，有命时便遇人救了，也算我一点阴骘。』却又想道：『不好不好，如不除他，终久是个祸根。只饶他一刀，与个全尸罢。』煮些饭食吃饱，将平日所积囊资，并留下的些小东西，叠成一个大包，放在一边。寻了一条索子，打个圈儿，赶入舱来。这时瑞虹恐又来淫污，已是穿起衣服，向着里床垂泪，思算报仇之策，不提防这贼徒来谋害。说时迟，那时快，这贼徒奔近前，左手托起头儿，右手就将索子套上。瑞虹方待喊叫，被他随手扣紧，尽力一收。瑞虹疼痛难忍，手足乱动，扑的跳了几跳，直挺挺横在床上便不动了。那贼徒料是已死，即放了手，到外舱拿起包裹，提着一根短棍，跳上涯，大踏步而去。正是：

虽无并枕欢娱，劳得一身干净。

原来瑞虹命不该绝。喜得那贼打的是个单结，虽然被这一收时气断昏迷，才放下手，结就松开，不比那吊死的越坠越紧。咽喉间有了一线之隙，这点气回复透出，便不致于死。渐渐苏醒，只是遍体酥软，动掸不得，倒像被按摩的捏了个醉杨妃光景。喘了一回，觉到颈下难过，勉强挣起手扯开，心内苦楚，暗哭道：『爹啊，当时若听了我的言语，哪有今日？只不知与这伙贼徒，前世有甚冤业，合家遭此惨祸！』又哭道：『我指望忍辱偷生，还图个报仇雪耻，不道这贼原放我不过。我死也罢了，但是冤沉海底，安能瞑目。』转思转哭，愈想愈哀。正哭之间，忽然艄上，扑通的一声响亮，撞得这船幌上几幌，睡的床铺，险些撅翻。瑞虹被这一惊，哭也倒止住了。侧耳听时，但闻得隔船人声喧闹，打号撑篙，本船不见一些声息。疑惑道：『这班强盗为何被人撞了船，却不开口？莫非那船也是同伙？』又想道：『或者是捕盗船儿，不敢与他争论。』便欲喊叫，又恐不能了事。方在惶惑之际，船舱中忽地有人大惊小怪，又齐拥入后舱。瑞虹还道是这班强盗，暗道：『此番性命定然休矣！』只见众人说道：『不知是何处官府，打劫得如此干净？人样也不留一个！』瑞虹听了这句话，已知不是强盗了，挣扎起身，高喊：『救命！』众人赶向前看时，见是个美貌女子，扶持下床，问他被劫情由。瑞虹未曾开言，两眼泪珠先下。乃将父亲官爵籍贯，并被难始末，一一细说。又道：『列位大哥，可怜我受屈无伸，乞引到官司告理，擒获强徒正法，也是一点阴骘。』众人道：『原来是位小姐，可恼受着苦了！但我们都做主不得，须请老爹来与你计较。』内中一个便跑去相请。不多时，一人跨进舱中，众人齐道：『老爹来也！』瑞虹举目盾那人面貌魁梧，服饰齐整。见众人称他老爹，料必是个有自家的，哭拜在地。那人慌忙扶住道：『小姐何消行此大礼？有话请起来说。』瑞虹又将前事细说一遍。又道：『求老爹慨发慈悲，救护我难中之人，生死不忘大德！』那人道：『小姐不消烦恼。我想这班强盗，去路还未远，即今便同你到官司呈告，差人四处追寻，自然逃走不脱。』瑞虹含泪而谢。那人吩咐手下道：『事不宜迟，快扶蔡小姐过船去罢。』众人便来搀扶。瑞虹寻个鞋儿穿起，走出舱门观看，乃是一只双开篷顶号货船。过得船来，请入舱中安息。众手水把贼船上家火东西，尽情搬个干净，方才起篷天船。

你道那人是谁？原来姓卞名福，汉阳府人氏。专在江湖经商，挣起一个老大家业，打造这只大船，众水手俱是家人。这番在下路脱了粮食，装回头货归家。正趁着顺风行走，忽地被一阵大风，直打向到岸边去。艄公把舵务命推挥，全然不应，径向贼船上当艄一撞。见是座船，恐怕拿住费嘴，好生着急。合船人手忙脚乱，要撑开去，不道又搁在浅处，牵扯不动，故此打号用力。因见座船上没个人影，卞福以为怪异，教众水手过来看。已后闻报，只有一个美女子，如此如此，要求搭救。卞福即怀下不良之念，用一片假情，哄得过船，便是买卖了。哪里是真心肯替他伸冤理枉。那瑞虹起初因受了这场惨毒，正无门申诉，所以一见了卞福，犹如见了亲人一般，求他救济。又见说出那班言语，便信以为真，更不疑惑。到得过船心定，想起道：『此来差矣！我与这客人，非亲非故，如何指望他出力，跟着同走？虽承他一力担当，又未知是真是假。倘有别样歹念，怎生是好？』方在疑虑，只见卞福，自去安排着佳肴美酝，奉承瑞虹，说道：『小娘子一定饿了，且吃些酒食则个。』瑞虹想着父母，哪里下得咽喉。卞福坐在旁边，甜言蜜语，劝了两小杯，开言道：『小子有一言商议，不知小姐可肯听否？』瑞虹道：『老客有甚见谕？』卞福道：『适来小子一时义愤，许小姐同到官司告理，却不曾算到自己这一船货物。我想那衙门之事，原论不定日子的。倘或牵缠半年六月，事体还不能完妥，货物已不能脱去，岂不两下耽搁。不如小姐且随我回去，先脱了货物，然后另换个小船，与你一齐下来理论这事。就盘桓几年，也不妨碍。更有一件，你我是个孤男寡女，往来行走，必惹外人谈议，总然彼此清白，谁人肯信？可不是无丝有线？况且小姐举目无亲，身无所归。小子虽然是个商贾，家里颇顾得过，若不弃嫌，就此结为夫妇。那时报仇之事，水里水去，火里火去，包在我身上，一个个缉获来与你出气，但未知尊意若何？』瑞虹听了这片言语，暗自心伤，簌簌的泪下，想道：『我这般命苦！又遇着不良之人。只是落在他套中，料难摆脱。』乃叹口气道：『罢，罢！父母冤仇事大，辱身事小，况已被贼人玷污，纵今就死也算不得贞节了。且待报仇之后，寻个自尽，以洗污名可也。』踌躇已定，含泪答道：『官人果然真心肯替奴家报仇雪耻，情愿相从。只要设个誓愿，方才相信。』卞福得了这句言语，喜不自胜，连望跪下设誓道：『卞福若不与小姐报仇雪耻，翻江而死。』道罢起来，吩咐水手：『就前途村镇停泊，买办鱼肉酒果之类，合船吃杯喜酒。』到晚成就好事。

不则一日，已至汉阳。谁想卞福老婆，是个拈酸的领袖，吃醋的班头。卞福平昔极惧怕的，不敢引瑞虹到家，另寻所在安下。叮嘱手下人，不许泄漏。内中又有个请风光博笑脸的，早去报知。那婆娘怒气冲天，要与老公厮闹。却又算计，没有许多闲工夫淘气。倒一字不提，暗地教人寻下掠贩的，期定日子，一手交钱，一手交人。到了是日，那婆娘把卞福灌得烂醉，反锁在房。一乘轿子，抬至瑞虹住处。掠贩的已先在彼等候，随那婆娘进去，教人报知瑞虹说：『大娘来了。』瑞虹无奈，只得出来相迎。掠贩的在旁，细细一观，见有十二分颜色，好生欢喜。那婆娘满脸堆笑，对瑞虹道：『好笑官人，作事颠倒，既娶你来家，如何又撇在此，成何体面。外人知得，只道我有甚缘故。适来把他埋怨一场，特地自来接你回去，有甚衣饰快些收拾。』瑞虹不见卞福，心内疑惑，推辞不去。那婆娘道：『既不愿同住，且去闲玩几日，也见得我亲来相接之情。』瑞虹见这句话说得有理，便不好推托，进房整饰。那婆娘一等他转身，即与掠贩的议定身价，教家人在外兑了银两。唤乘轿子，哄瑞虹坐下，轿夫抬起，飞也似走，直至江边一个无人所在，掠贩的引到船边歇下。瑞虹情知中了奸计，放声号哭，要跳向江中。怎当掠贩的两边扶挟，不容转动。推入舱中，打发了中人、轿夫，急忙解缆开船，扬着满帆而去。且说那婆娘卖了瑞虹，将屋中什物收拾归去，把门锁上。回到家中，卞福正还酣睡。那婆娘三四个把掌打醒，数说一回，打骂一回。整整闹了数日，卞福脚影不敢出门。一日捉空踅到瑞虹住处，看见锁着门户，吃了一惊。询问家人，方知被老婆卖去久矣，只气得发昏章第十一。那卞福只因不曾与瑞虹报仇，后来果然翻江而死，应了向日之誓。那婆娘原是个不成才的烂货，自丈夫死后，越发恣意把家业贴完，又被奸夫拐去，卖与烟花门户。可见天道好还，丝毫不爽。有诗为证：

忍耻偷生为父仇，谁知奸计觅风流。劝君莫设虚言誓，湛湛青天在上头。

再说瑞虹被掠贩的纳在船中，一味悲号。掠贩的劝慰道：『不须啼泣，还你此去丰衣足食，自在快活！强加在卞家受那大老婆的气。』瑞虹也不理他，心内暗想：『欲待自尽，怎奈大仇未报；将为不死，便成淫荡之人。』踌躇千百万遍，终是报仇心切，只得宁耐，看个居止下落，再作区处。行不多路，已是天晚泊船。掠贩的逼他同睡，瑞虹不从，和衣缩在一边。掠贩的便来搂抱，瑞虹乱喊杀人。掠贩的恐被邻船听得，弄出事来，放手不迭，再不敢去缠他，径载到武昌府，转卖与乐户王家。那乐户家里先有三四个粉头，一个个打扮的乔乔画画，傅粉涂脂，倚门卖俏。瑞虹到了其家，看见这般做作，转加苦楚。又想道：『我今落在烟花地面，报仇之事，已是绝望，还有何颜在世！』遂立意要寻死路，不肯接客。偏又作怪，但是瑞虹走这条门路，就有人解救，不致伤身。乐户与鸨子商议道：『他既不肯接客，留之何益！倘若三不知，做出把戏，倒是老大利害。不如转货与人，另寻个罢。』常言道：『事有凑巧，物有偶然。』恰好有一绍兴人，姓胡名悦，因武昌太守是他的亲戚，特来打抽丰，倒也作成寻觅了一大注钱财。那人原是贪花恋酒之徒，住的寓所，近着妓家，闲时便去串走，也曾见过瑞虹是个绝色丽人，心内着迷，几遍要来入马。因是瑞虹寻死觅活，不能到手。今番听得乐户有出脱的消息，情愿重价娶为偏房。也是有分姻缘，一说就成。

胡悦娶瑞虹到了寓所，当晚整备着酒肴，与瑞虹叙情。那瑞虹只是啼哭，不容亲近。胡悦再三劝慰不止，倒没了主意，说道：『小娘子，你在娼家，或者道是贱事，不肯接客。今日与我成了夫妇，万分好了，还有甚苦情，只管悲恸！你且说来，若有疑难事体，我可以替你分忧解闷。倘事情重大，这府中太爷，是我舍亲，就转托他与你料理，何必自苦如此。』瑞虹见他说话有些来历，方将前事一一告诉。又道：『官人若能与奴家寻觅仇人，报冤雪耻，莫说得为夫妇，便做奴婢，亦自甘心。』说罢又哭。胡悦闻言答道：『原来你是好人家子女，遭此大难，可怜可怜！但这事非一时可毕，待我先教舍亲出个广捕到处挨缉。一面同你到淮安告官，拿众盗家属追比，自然有个下落。』瑞虹拜倒在地道：『若得官人如此用心，生生世世，衔结报效。』胡悦扶起道：『既为夫妇，事同一体，何出此言！』遂携手入寝。哪知胡悦也是一片假情，哄骗过了几日，只说已托太守出广捕缉获去了。瑞虹信以为实，千恩万谢。又住了数日，雇下船只，打叠起身，正遇着顺风顺水，哪消十日，早至镇江，另雇小船回家。把瑞虹的事，搁过一边，毫不提起。瑞虹大失所望，但到此地位，无可奈何，遂吃了长斋，日夜暗祷天地，要求报冤。在路非止一日，已到家中。胡悦老婆见娶个美人回来，好生妒忌，时常断闹。瑞虹总不与他争论，也不要胡悦进房，这婆娘方才少解。

原来绍兴地方，惯做一项生意：凡有钱能干的，都到京中买个三考吏名色，钻谋好地方选一个佐贰官出来，俗名唤做『飞过海』。怎么叫做『飞过海』？大凡吏员考满，依次选去，不知等上几年；若用了钱，挖选在别人前面，指日便得做官，这谓之『飞过海』。还有独自无力，四五个合做伙计，一人出名做官，其余坐地分赃。到了任上，先备厚礼，结好堂官，叨揽事管，些小事体，经他衙里，少不得要诈一两五钱。到后觉道声息不好，立脚不住，就悄地逃之夭夭。十个里边，难得一两个来去明白，完名全节。所以天下衙官，大半都出绍兴。那胡悦在家住了年余，也思量到京干这桩事体。更兼有个相知，现在当道，写书相约，有扶持他的意思，一发喜之不胜。即便处置了银两，打点起程。单虑妻妾在家不睦，与瑞虹计议，要带他同往，许他谋选彼处地方，访觅强盗踪迹。瑞虹已被骗过一次，虽然不信，也还希冀出处行走，或者有个机会，情愿同去。胡悦老婆知得，翻天作地，与老公相打相骂，胡悦全不作准。择了吉日，雇得船只，同瑞虹径自起身。一路无话，直至京师寻寓所，安顿了瑞虹。次日整备礼物，去拜那相知官员。谁想这官人一月前暴病身亡，合家慌乱，打点扶柩归乡。胡悦没了这个倚靠，身子就酥了半边。思想银子带得甚少，相知又死，这官职怎能弄得到手？欲待原复归去，又恐被人笑耻，事在两难，狐疑不决。寻访同乡一个相识商议。这人也是走那道儿的，正少了银两，不得完成，遂设计哄骗胡悦，包揽替他图个小就。设或短少，寻人借债。胡悦合该晦气，被他花言巧语，说得热闹，将所带银两一包儿递与。那人把来完成了自己官职，悄地一溜烟径赴任去了。胡悦只剩得一双空手，日逐所需，渐渐欠缺。寄书回家取索盘缠，老婆正恼着他，那肯应付分文。自此流落京师，逐日东奔西撞，与一班京花子合了伙计，骗人财物。一日商议要大大寻一注东西，但没甚为由，却想到瑞虹身上，要把来认作妹子，做个美人局。算计停当，胡悦又恐瑞虹不肯，生出一段说话哄他道：『我向日指望到此，选得个官职，与你去寻访仇人。不道时运乖蹇，相知已死，又被那天杀的，骗去银两。沦落在此，进退两难。欲待回去，又无处设法盘缠。昨日与朋友们议得个计策，到也尽通。』瑞虹道：『是甚计策？』胡悦道：『只说你是我的妹子，要与人为妾。倘有人来相看，你便见他一面。等哄得银两到手，连夜悄然起身，他们那里来寻觅。顺路先到淮安，送你到家，访问强徒，也了我心上一件未完。』瑞虹初时本不欲得，次后听说顺路送归家去，方才许允。胡悦讨了瑞虹一个肯字，欢喜无限，教众光棍四处去寻主顾。正是：

安排地网天罗计，专待落坑堕堑人。

话分两头。却说浙江温州府有一秀士，姓朱名源，年纪四旬以外，尚无子嗣。娘子几遍劝他取个偏房，朱源道：『我功名淹蹇，无意于此。』其年秋榜高登，到京会试，谁想文福未齐，春闱不第，羞归故里，与几个同年相约，就在京中读书，以待下科。那同年中晓得朱源还没有儿子，也苦劝他娶妾。朱源听了众了说话，教人寻觅。刚有了这句口风，那些媒人互相传说，几日内便寻下若干头脑，请朱源逐一相看拣择，没有个中得意的。众光棍缉着那个消息，即来上桩，夸称得瑞虹姿色绝世无双，古今罕有。哄动朱源期下日子，亲去相看。此时瑞虹身上衣服，已不十分整齐，胡悦教众光棍借来妆饰停当。众光棍引着朱源到来，胡悦向前迎迓，礼毕就坐。献过一杯茶，方请出瑞虹站在遮堂门边。朱源走上一步，瑞虹侧着身子，道个万福。朱源即忙还礼。用目仔细一觑，端的娇艳非常，暗暗喝采道：『真好个美貌女子！』瑞虹也见朱源人材出众，举止闲雅，暗道：『这官人到好个仪表，果是个斯文人物。但不知什么晦气，投在网中。』心下存了个懊悔之念，略站片时，转身进去。众光棍从旁衬道：『相公，何如？可是我们不说谎么？』朱源点头微笑道：『果然不谬。可到小寓议定财礼，择日行聘便了。』道罢起身，众人接脚随去，议了一百两财礼。朱源也闻得京师骗局甚多，恐怕也落了套儿，讲过早上行礼，到晚即要过门。众光棍又去与胡悦同议。胡悦沉吟半晌，生出一计，只恐瑞虹不肯。教众人坐下，先来与他计较道：『适来这举人已肯上桩，只是当日便要过门，难做手脚。

如今只得将计就计，依着他送你过去。少不得备下酒肴，你慢慢的饮至五更时分，我同众人便打入来。叫破地方，只说强占有夫妇女，就引了你回来，声言要往各衙门呈告。他是个举人，怕干碍前程，自然反来求服。那时和你从容回去，岂不美哉！』瑞虹闻言，愀然不乐，答道：『我前生不知作下甚业？以至今世遭许多磨难！如何又作恁般没天理的事害人？这个断然不去。』胡悦道：『娘子，我原不欲如此，但出于无奈，方走这条苦肉计。千万不要推托！』瑞虹执意不从。胡悦就双膝跪下道：『娘子，没奈何将就做这一遭，下次再不敢相烦了。』瑞虹被逼不过，只得应允。胡悦急急跑向外边，对众人说知就里。众人齐称妙计，回覆朱源，选起吉日，将银两兑足，送与胡悦收了。众光棍就要把银两分用，胡悦道：『且慢着，等待事妥，分也未迟。』到了晚间，朱源叫家人雇乘轿子，去迎瑞虹，一面吩咐安排下酒馔等候。不一时，已是娶到。两下见过了礼，邀入房中。叫家人管待媒人酒饭，自不必说。

单讲朱源同瑞虹到了房中，瑞虹看时，室中灯烛辉煌，设下酒席。朱源在灯下细观其貌，比前倍加美丽，欣欣自得，道声：『娘子请坐。』瑞虹羞涩不敢答应，侧身坐下。朱源叫小厮斟过一杯酒，恭恭敬敬递至面前放下，说道：『小娘子，请酒。』瑞虹也不敢开言，也不回敬。朱源知道他是怕羞，微微而笑。自己斟上一杯，对席相陪。又道：『小娘子，我与你已为夫妇，何必害羞！请少沾一盏儿。小生候乾。』瑞虹只是低头不应。朱源想道：『他是女儿家，一定见小厮们在此，所以怕羞。』即打发出外，掩上门儿，走至身边道：『想是酒寒了，可换些热的饮一杯，不要拂了我的敬意。』遂另斟一杯，递与瑞虹。瑞虹看了这个局面，转觉羞惭，蓦然伤感。想起幼时父母何等珍惜。今日流落至此，身子已被玷污，大仇又不能报，又强逼做这般丑态骗人，可不辱没祖宗。柔肠一转，泪珠簌簌乱下。朱源看见流泪，低低道：『小娘子，你我千里相逢，天缘会合，有甚不中，这般愁闷？莫不宅上还有甚不堪之事，小娘子记挂么？』连叩数次，并不答应，觉得其容转戚。朱源又道：『细观小娘子之意，必有不得已事，何不说与我知，倘可效力，决不推故。』瑞虹又不则声。朱源到没做理会，只得自斟自饮。吃到半酣，听谯楼已打二鼓了。朱源道：『夜深了，请歇息罢。』瑞虹也全然不睬。朱源又不好催逼，到走去书桌上，取出一本书儿观看，陪他同坐。瑞虹见朱源殷勤相慰，不去理他，并无一毫愠怒之色，转过一念道：『看这举人到是个盛德君子，我当初若遇得此等人，冤仇申雪久矣。』又想道：『我看胡悦这人，一味花言巧语，若专靠在他身上，此仇安能得报？他今明明受过这举人之聘，送我到此。何不将计就计，就跟着他，这冤仇或者到有报雪之期。』左思右想，疑惑不安。朱源又道：『小娘子请睡罢。』瑞虹故意又不答应。朱源依然将书观看。看看三鼓将绝，瑞虹主意已定。朱源又催他去睡，瑞虹才道：『我如今方才是你家的人了。』朱源笑道：『难道起初还是别家的人么？』瑞虹道：『相公哪知就里。我才是胡悦之妾，只因流落京师，与一班光棍生出这计，哄你银子。少顷即打入来，抢我回去，告你强占良人妻女。你怕干碍前程，还要买静求安。』朱源闻言大惊道：『有恁般异事！若非小娘子说出，险些落在套中。但你既是胡悦之妾，如何又泄漏与我？』瑞虹哭道：『妾有大仇未报，观君盛德长者，必能为妾伸雪，故原以此身相托。』朱源道：『小娘子有何冤抑，可细细说来，定当竭力为你图之。』瑞虹乃将前后事泣诉，连朱源亦自惨然下泪。正说之间，已打四更。瑞虹道：『那一班光棍，不久便到，相公若不早避，必受其累。』朱源道：『不要着忙。有同年寓所，离此不远，他房屋尽自深邃。且到那边暂避过一夜。明日另寻所在，远远搬去，有何患哉！』当下开门，悄地唤家人点起灯火，径到同年寓年，敲开门户。那同年见夜半而来，又带着丽人，只道是来历不明的，甚以为怪。朱源一一道出。那同年即移到外边去睡，让朱源住于内厢。一面叫家人们相帮，把行李等件，尽皆搬来，止存两间空房。不在话下。

且说众光棍一等瑞虹上轿，便逼胡悦将出银两分开。买些酒肉，吃到五更天气，一齐赶至朱源寓所，发声喊打将入去。但见两间空屋，那有一个人影。胡悦到吃了一惊，说道：『他如何晓得？预先走了！』对众光棍道：『一定是你们倒勾结来捉弄我的，快快把银两还了便罢。』众光棍大怒，也翻转脸皮，说道：『你把妻子卖了，又要来打抢，反说我们有甚勾当，须与你干休不得！』将胡悦攒盘打个臭死。恰好五城兵马经过，经扭到官，审出骗局实情，一概三十，银两追出入官。胡悦短递回籍。有诗为证：

牢宠巧设美人局，美人原不是心腹。赔了夫人又打臀，手中依旧光陆秃。

且说朱源自娶了瑞虹，彼此相敬相爱，如鱼似水。半年之后，即怀六甲。到得十月满足，生下一个孩子，朱源好不喜欢，写书报知妻子。光阴迅速，那孩子早又周岁。其年又值会试，瑞虹日夜向天祷告，愿得丈夫黄榜题名，早报蔡门之仇。场后开榜，朱源果中了六十五名进士，殿试三甲，该选知县。恰好武昌县缺了县官，朱源就讨了这个缺。对瑞虹道：『此去仇人不远，只怕他先死了，便出不得你的气。若还在时，一个个拿来沥血祭献你的父母，不怕他走上天去。』瑞虹道：『若得相公如此用心，奴家死亦瞑目。』朱源一面先差人回家，接取家小在扬州伺侯，一同赴任。一面候吏部领凭。不一日领了凭限，辞朝出京。原来大凡吴、楚之地作宦的，都在临清张家湾雇船，从水路而行，或径赴任所，或从家乡而转，但从其便。那一路都是下水，又快又稳，况带着家小，若没有勘合脚力，陆路一发不便了。每常有下路粮船，运粮到京，交纳过后，那空船回去，就揽这行生意，假充座船，请得个官员坐舱。那船头便去包揽他人货物，图个免税之利，这也是个旧规。却说朱源同了小奶奶到临清雇船，看了几个舱口，都不称怀，只有一只整齐，中了朱源之意。船头递了姓名手本，磕头相见。管家搬行李安顿舱内，请老爷奶奶下船。烧了神福，船头指挥众人开船。瑞虹在舱中，听得船头说话，是淮安声音，与贼头陈小四一般无二。问丈夫什么名字，朱源查那手本写着：船头吴金叩首。名姓都不相同，可知没相干了。再听他声口越听越像，转辗生疑，放心不下。对丈夫说了，假托吩咐说话，唤他近舱。瑞虹闪于背后断认其面貌，又与陈小四无异，只是姓名不同，好生奇怪。欲待盘问，又没个因由。偶然这一日，朱源的座师船到，过船去拜访，那船头的婆娘进舱来拜见奶奶，送茶为敬，瑞虹看那妇人：

虽无十分颜色，也有一段风流。

瑞虹有心问那妇人道：『你几岁了？』那妇人答道：『二十九岁了。』又问道：『那里人氏？』答道：『池阳人氏。』瑞虹道：『你丈夫不像个池阳人。』那妇人道：『这是小妇人的后夫。』瑞虹道：『你几岁死过丈夫的？』那妇人道：『小妇人夫妇为运粮到此，拙夫一病身亡。如今这拙夫是武昌人氏，原在船上做帮手。丧事中亏他一力相助，小妇人孤身无倚，只得就从了他，顶着前夫名字，完这场差使。』瑞虹问在肚里，暗暗点头，将香帕赏他，那妇人千恩万谢的去了。瑞虹等朱源下船，将这话述与他听了。眼见吴金即是陈小四，正是贼头。朱源道：『路途之间不可造次，且忍耐他到地方上施行，还要在他身上追究余党。』瑞虹道：『相公所见极明，只是仇人相见，分外眼睁，这几日何如好过！』

恨不得借滕王阁的顺风，一阵吹到武昌。

饮恨亲冤已数年，枕戈思报叹无缘。同舟敌国今相遇，又隔江山路几千。

却说朱源舟至扬州，那接取大夫人的还未曾到，只得停泊码头等候。瑞虹心上一发气闷。等到第三日，忽听得岸上鼎沸起来。朱源叫人问时，却是船头与岸上两个汉子扭做一团厮打。只听得口口声声说道：『你干得好事！』朱源见小奶奶气闷，正没奈何，今番且借这个机会，敲那贼头几个板子，权发利市。当下喝教水手：『与我都拿来。』原来这班水手，与船头面和意不和，也有个缘故。——当初陈小四缢死了瑞虹，弃船而逃，没处投奔，流落到池阳地面。偶值吴金这只粮船起运，少个帮手，陈小四就上了他的船。见吴金老婆像个爱吃枣儿汤的，岂不正中下怀，一路行奸卖俏搭识上了。两个如胶似膝，反多那老公碍眼。船过黄河，吴金害了个寒症，陈小四假意殷勤，赎药调理。那药不按君臣，一服见效，吴金死了。妇人身边取出私财，把与陈小四，只说借他的东西，断送老公。过了一两个七，又推说欠债无偿，就将身子白白的嫁了他。虽然备些酒食，暖住了众人，却也中心不服。为这缘故，所以面和意不和。听得舱里叫一声：『都拿过来。』蜂拥的上岸，将三个人一齐扣下船来，跪于将军柱边。朱源问道：『为何断打？』船头禀道：『这两个人原是小人合本撑船伙计，因盗了资本，背地逃走，两三年不见面。今日天遣相逢，小人与他取讨，他倒图赖小人，两个来打一个。望老爷与小人做主。』朱源道：『你二人怎么说？』那两个汉子道：『小人并没此事，都是一派胡言。』朱源道：『难道一些影儿也没有，平地就断打起来？』那两个汉子道：『有个缘故。当初小的们，虽曾与他合本撑船，只为他迷恋了个妇女，小的们恐误了生意，把自己本钱收起，各自营运，并不曾欠他分毫。』朱源道：『你两上叫什么名字？』那两个汉子道不曾开口，倒是陈小四先说道：『一个叫沈铁甏，一个叫秦小圆。』朱源却待再问，只见背后有人扯拽。回头看时，却是丫鬟，悄悄传言，说道：『小奶奶请老爷说话。』朱源走进后舱，见瑞虹双行流泪，扯住丈夫衣袖，低声说道：『那两个汉子的名字，正是那贼头一伙，同谋打劫的人，不可放他走了。』朱源道：『原来如此。事到如今，等不得到武昌了。』慌忙写了名帖，吩咐打轿，喝叫地方，将三人一串儿缚了，自去拜扬州太守，告诉其事。太守问了备细，且教把三个贼徒收监，次日面审。朱源回到船中，众水手已知陈小四是个强盗，也把谋害吴金的情节，细细禀知。朱源又把这些缘由，备写一封书帖，送与太守，并求究回余党。太守看了，忙出飞签，差人拘那妇人，一并听审。扬州城里传遍了这出新闻，又是强盗，又是奸淫事情，有妇人在内，哪一个不来观看。临审之时，府前好不热闹。正是：

好事不出门，恶事传千里。

却说太守坐堂，调出三个贼徒。那妇人也提到了，跪于阶下。陈小四看见那婆娘也到，好生惊怪，道：『这厮打小事，如何连累家属？』只见太守却不叫吴金名字，竟叫陈小四。吃了这一惊非小，凡事逃那实不过，叫一声不应，再叫一声不得不答应了。太守相公冷笑一声道：『你可记得三年前蔡指挥的事么？天网恢恢，疏而不漏。今日有何理说！』三个人面面相觑，却似鱼胶粘口，一字难开。太守又问：『那时同谋还有李鬍子、白满、胡蛮二、凌歪嘴、余蛤蚆，如今在那里？』陈小四道：『小的其时虽在那里，一些财帛也不曾分受，都是他这几个席卷而去，只问他两个便知。』沈铁甏、秦小圆道：『小的虽然分得些金帛，却不像陈小四奸强了他家小姐。』太守已知就里。恐坏了朱源体面，便喝住道：

蔡小姐忍辱報仇

『不许闲话！只问你那几个贼徒，现在何处？』秦小圆道：『当时分了金帛，四散去了。闻得李鬍子、白满随着山西客人，贩买绒货。胡蛮二、凌歪嘴、余蛤蚆三人，逃在黄州撑船过活。小的们也不曾相会。』太守相公又叫妇人上前问道『你与陈小四奸密，毒杀亲夫，遂为夫妇，这也是没得说了。』妇人方欲抵赖，只见阶下一班水手都上前禀话，如此如此，这般这般，说得那妇人顿口无言。太守相公大怒，喝教选上号毛板，不论男妇，每人且打四十，打得皮开肉绽，鲜血迸流。当下录了口词，三个强盗通问斩罪，那妇人问了凌迟。齐上刑具，发下死囚牢里。一面出广捕，挨获白满、李鬍子等。太守问了这桩公事，亲到船上答拜朱源，就送审词与看。朱源感谢不尽。瑞虹闻说，也把愁颜放下七分。

又过几日，大奶奶已是接到。瑞虹相见，一妻一妾，甚是和睦。大奶奶又见儿子生得清秀，愈加欢喜。不一日，朱源于武昌上任，管事三日，便差的当捕役缉访贼党胡蛮二等。果然胡蛮二、凌歪嘴在黄州江口撑船，手到拿来。招称：余蛤蚆一年前病死，白满、李鬍子现跟陕西客人，在省城开铺。』朱源权且收监，待拿到余党，一并问罪。省城与武昌县相去不远，捕役去不多日，把白满、李鬍子二人一索子捆来，解到武昌县。朱源取了口词，每人也打四十。备了文书，差的当公人，解往扬州府里，以结前卷。朱源做了三年县宰，治得那武昌县道不拾遗，犬不夜吠，行取御史，就出差淮扬地方。瑞虹嘱咐道：『这班强盗，在扬州狱中，连岁停刑，想未曾决。相公到彼，可了此一事，就与奴家沥血祭奠父亲，并两个兄弟。一以表奴家之诚，二以全相公之信。还有一事，我父亲当初曾收用一婢，名唤碧莲，曾有六个月孕。因母亲不容，就嫁出与本处一个朱裁为妻。后来闻得碧莲所生，是个男儿。相公可与奴家用心访问。若这个儿子还在，可主张他复姓，以续蔡门宗祀，此乃相公万代阴功。』说罢，放声大哭，拜倒在地。朱源慌忙扶起道：『你方才所说二件，都是我的心事。我若到彼，定然不负所托。就写书信报你得知。』瑞虹再拜称谢。

再说朱源赴任淮、扬，这是代天子巡淮狩，又与知县到任不同。真个：

号令出时霜雪凛，威风到处鬼神惊。

其时七月中旬，未是决囚之际。朱源先出巡淮安，就托本处府县访缉朱裁及碧莲消息，果然访着。那儿子已八岁了，生得堂堂一貌。府县奉了御史之命，好不奉承。即日香汤沐浴，换了衣履，送在军卫供给，申文报知察院。朱源取名蔡续，特为起奏一本，将蔡武被祸事情，备细达于圣聪。『蔡氏当先有汗马功劳，不可令其无后。今有幼子蔡续，合当归宗，俟其出幼承袭。其凶徒陈小四等，秋后处决。』圣旨准奏了。其年冬月，朱源亲自按临扬州，监中取出陈小四与吴金的老婆，共是八个，一齐绑赴法场，剐的剐，斩的斩，干干净净。正是：

善有善报，恶有恶报。若还不报，时辰未到。

朱源吩咐刽子手，将那几个贼徒之首，用漆盘盛了，就在城隍庙里设下蔡指挥一门的灵位。香花灯烛，三牲祭醴，把几颗人头，一字儿摆开。朱源亲制祭文拜奠。又于本处选高僧做七七功德，超度亡魂。又替蔡续整顿个家事，嘱咐府县青目。其母碧莲一同居住，以奉蔡指挥岁时香火。朱裁另给银两别娶。诸事俱已停妥，备细写下一封家书，差个得力承舍，赍回家中，报知瑞虹。瑞虹见了书中之事，已知蔡氏有后，诸盗尽已受刑，沥血奠祭。举手加额，感谢天地不尽。是夜，瑞虹沐浴更衣，写下一纸书信，寄谢丈夫，又去拜谢了大奶奶。回房把门栓上，将剪刀自刺其喉而死。其书云：

贱妾瑞虹百拜相公台下：虹身出武家，心娴闺训。男德在义，女德在节；女而不节，与禽何别！虹父韬钤不戒，麯糵迷神。诲盗亡身，祸及母弟，一时并命。妾心胆俱裂，浴泪弥年。然而隐忍不死者，以为一人之廉耻小，阖门之仇怨大。昔李将军忍耻降虏，欲得当以报汉；妾虽女流，志窃类此。不幸历遭强暴，衷怀未申。幸遇相公，拔我于风波之中，谐我以琴瑟之好。识荆之日，便许复仇。皇天见怜，宦游早遂。诸奸贯满，相次就毙；而且明正典刑，沥血设饷。蔡氏已绝之宗，复蒙披根见本，世禄复延。相公之为德于衰宗者，天高地厚，何以喻兹。妾之仇已雪而志以遂矣。失节贪生，贻玷阀阅，妾且就死，以谢蔡氏之宗于地下。儿子年已六岁，嫡母怜爱，必能成立。妾虽死之日，犹生之年。姻缘有限，不获面别，聊寄一笺，以表衷曲。

大奶奶知得瑞虹死了，痛惜不已，殡殓悉从其厚。将他遗笔封固，付承舍寄往任上。朱源看了，哭倒在地，昏迷半晌方醒。自此患病，闭门者数日，府县都来候问。朱源哭诉情由，人人堕泪，俱夸瑞虹节孝，今古无比，不在话下。

后来朱源差满回来，历官至三边总制。瑞虹所生之子，名曰朱懋，少年登第，上疏表陈生母蔡瑞虹一生之苦，乞赐旌表。圣旨准奏，特建节孝坊，至今犹在。有诗赞云：

报仇雪耻是男儿，谁道裙钗有执持。堪笑硁硁真小谅，不成一事枉嗟咨。

第三十七卷

杜子春三入长安

想多情少宜求道，想少情多易入迷。总是七情难断灭，爱河波浪更堪悲。

话说隋文帝开皇年间，长安城中，有个子弟姓杜，双名子春，浑家韦氏，家住城南，世代在扬州做盐商营运。真有万万贯家资，千千顷田地。那杜子春倚借着父祖资业，那晓得稼穑艰难。且又生性豪侠，要学那石太尉的奢华，孟尝君的气概。宅后造起一座园亭，重价购取名花异卉，巧石奇峰，妆成景致。曲房深院中，置买歌儿舞女，艳妾妖姬，居于其内。每日开宴园中，广召宾客。你想那扬州乃是花锦地面，这些浮浪子弟，轻薄少年，却又尽多。有了杜子春恁样撒漫财主，再有个个不来。虽无食客三千，也有帮闲几百。相交了这般无藉，肯容你在家受用不成？不少得引诱到外边游荡。杜子春心性又是活的，有何不可？但见：

轻车驽马，春陌游行；走狗擎鹰，秋田较猎。青楼买笑，缠头那惜千缗；博局呼卢，一掷常输十万。画船箫管，恣意逍遥；选胜探奇，任情散诞。风月场中都总管，烟花寨内大主盟。

杜子春将银子认做没根的，如土块一般挥霍。那韦氏又是掐得水出的女儿家，也只晓得穿好吃好，不管闲帐。看看家中金银搬完，屯盐卖完，手中干燥，央人四处借债。扬州城中那个不晓得杜子春是个大财主，才说得声，东也挜来，西来送至，又落得几时脾胃。到得没处借时，便去卖田园，货屋宅。那些债主见他产业摇动，都来取索。那时江中芦洲也去了，海边盐场也脱了。只有花园住宅，不舍得与人，到把衣饰器皿变卖。他是用过大钱的，这些少银两，犹如吃碗泡茶，顷刻就完了。你想杜子春自幼在金银堆里滚大起来，使滑的手，若一刻没得银用，便过不去。难道用完了这项，却就罢休不成？少不得又把花园住宅出脱。大凡东西多的时节，便觉用之不尽，若到少来，偏觉得易完。卖了房屋，身子还未搬出，银子早又使得干净。那班朋友见他财产已完，又向旺处去了，谁个再来趋奉。就是奴仆，见家主弄到恁般地位，赎身的赎身，逃走的逃走，去得半个不留。姬妾女婢，标致的准了债去，貌丑的卖来用度，去自各散去讫。单单剩得夫妻二人相向，几间接脚屋里居住。渐渐衣服凋敝，米粮大缺。莫说平日受恩的不来看觑他，就是杜子春自己也无颜见人，躲在家中。正是：

床头黄金尽，壮士无颜色。

杜子春在扬州做了许多时豪杰，一朝狼狈，再无面目存坐得住，悄悄的归去长安祖居，投托亲戚。原来杜陵、韦曲二姓，乃是长安巨族，宗支十分蕃盛。也有为官作宦的，也有商贾经营的，排家都是至亲至戚。因此子春起这念头，也不指望他资助，若肯借货，便好度日。岂知亲眷们都道：『子春泼天家计，尽皆弄完，是个败子，借贷与他，断无还日。』为此只推着没有，并无一个应承。便十二分至戚，情不可却，也有周济些的。怎当得子春这个大手段，就是热锅头上洒着一点水，济得甚事！

好几日，没饭得饱吃，东奔西趁，没个头脑。偶然打向西门经过，时值十二月天气，大雪初晴，寒威凛烈。一阵西风，正从门圈子里刮来，身上又无棉衣，肚中又饿，刮起一身鸡皮栗子，把不住的寒颤。叹口气道：『我杜子春岂不枉然！平日攀这许多好亲好眷，今日见我沦落，便不理我，怎么受我恩的也做这般模样？要结那亲眷何用？要施那仁义何用？我杜子春也是一条好汉，难道就没再好的日子？』正在那里自言自语，偶有一老者从旁走过，见他叹气，便立住脚问道：『郎君，为何这般长叹？』杜子春看那老者，生得：

童颜鹤发，碧眼庞眉。声似铜钟，须如银线。戴一顶青绢唐巾，披一领茶褐道袍，腰系丝绦，脚穿麻履。若非得道仙翁，定是修行长者。

杜子春这一肚子气恼，正莫发脱处，遇着这老者来问，就从头备诉一遍。那老者道：『俗语有云：世情看冷暖，人面逐高低。你当初有钱是个财主，人自然趋奉你。今日无钱，是个穷鬼，便不理你，又何怪哉！虽然如此，天不生无禄之人，地不长无根之草。难道你这般汉子，世间就没个慷慨仗义的人周济你的？只是你目下须得银子几何，才够用度？』子春道：『只三百两足矣。』老者笑道：『量你好大手段，这三百两干得甚事？再说多些。』子春道：『三千两。』老者摇手道：『还要增些。』子春道：『若得三万两，我依旧到扬州去做财主了。只是难讨这般好施主。』老者道：『我老人家虽不甚富，却也一生专行好事，便助你三万两。』袖里取出三百个钱，递与子春，聊备一饭之费。『明日午时，可到西市波斯馆里会我，郎君勿误！』那老者说罢，径一直去了。

子春心中暗喜道：『我终日求人，一个个不肯周济，只道一定饿死。谁知遇着这老者发个善心，一送便送我三万两，岂不是天上掉下来的造化！如今且将他赠的钱，买些酒饭吃了，早些安睡。明日午时，到波斯馆里领他银子去。』走向一个酒店中，把三百钱都先递与主人家，放开怀抱，吃个醉饱，回至家中去睡。却又想道：『我杜子春聪明一世，懵懂片时。我家许多好亲好眷，尚不理我，这老者素无半面之识，怎么就肯送我银子？况且三万两，不是当要的，便作石头也老重一块。量这老者有多大家私，便把三万两送我？若不是见我嗟叹，特来宽慰我的，必是作耍我的，怎么信得他？明日一定是不该去。』却又想道：『我细看那老者，倒像个至诚的。我又不曾与他求乞，他没有银子送我便罢了，说那谎话怎的？难道是舍真财调假谎，先送我三百个钱，买这个谎说？明日一定是该去，去也是，不去也是。』想了一会，笑道：『是了，是了！那里是三万两银子，敢只把三万个钱送我，总是三万之数，也不见得。俗谚道得好：饥时一口胜似饱时一斗。便是三万个钱，也值三十多两，够我好几日用度，岂可不去？』

子春被这三万银子在肚里打搅，整整一夜不曾得睡。巴到天色将明，不想精神困倦，到一觉睡去。

及至醒来，早已日将中了，忙忙的起来梳洗。他若是个有见识的，昨日所赠之钱，还存下几文，到这早买些点心吃了去也好。只因他是使溜的手儿，撒漫的性儿，没钱便烦恼。及至钱入手时，这三百文又不在他心上了。况听见有三万银子相送，已喜出望外，那里算计至此。他的肚皮，两日到饿服了，却也不在心上。梳裹完了，临出门又笑道：『我在家也是闲，那波斯馆又不多远，做我几步气力不着，便走去何妨。若见那老者，不要说起那银子的事，只说昨夜承赐铜钱，今日特来相谢，大家心照，岂不美哉！』

原来波斯馆都是四夷进贡的人，在此贩卖宝货。无非明珠美玉，文犀瑶石，动是上千上百的价钱，叫做金银窠里。

子春一心想着要那老者的银子，又怕他说谎。这两只脚虽则有气没力的，一步步荡到波斯馆来，一只眼却紧紧望那老者在也不在。到得馆前，正待进门，恰好那老者从里面出来，劈头撞见。那老者嗔道：『郎君为甚的爽约？我在辰时到此，渐渐的日影挫西，还不见来，好守得不耐烦！你岂不晓得秦末张子房曾遇黄石公于圯桥之上，约后五日五更时分，到此传授兵书。只因子房来迟，又约下五日，直待走了三次，半夜里便去等候，方才传得三略之法，辅佐汉高祖平定天下，封为留侯。我便不如黄石公，看你怎做得张子房？敢是你疑心我没银子把你么？我何苦讨你的疑心。你且回去，我如今没银子了。』只这一句话，吓得子春面如土色，懊悔不及。恰像折翅的老鹤，两只手不觉直掉了下去。想道：『三万银子到手快了，怎么恁样没福，到熟睡了去，弄至这时候。如今他却不肯了。』又想道：『他若也像黄石公肯再约日子，情愿隔夜打个铺儿，睡在此伺候。』又想道：『这老官儿既有心送我银子，早晚总是一般的，又吊什么古今，论什么故事？』又想道：『还是他没有银子，故把这话来遮掩。』

正在胡猜乱想，那老者恰像在他腹中走过一遭的，便晓得了，乃道：『我本待再约个日子，也等你走几遭儿，则是你疑我道一定没有银子，故意弄这腔调。罢！罢！罢！有心做个好事，何苦又要你走，可随我到馆里来。』子春见说原与他银子，又像一个跳虎拨着关捩子，直竖起来。急松松跟着老者径到西廊下第一间房内。开了壁厨，取出银子，一划都是五十两一个元宝大锭，整整的六百个，便是三万两，摆在子春面前，精光耀目。说道：『你可将去，再做生理，只不要负了我相赠的一片意思。』你道杜子春好不莽撞，也不问他姓甚名谁，家居哪里。刚刚拱手说得一声：『多谢，多谢！』便雇三十来个脚夫，竟把银子挑回家去。杜子春到明日绝早，就去买了一匹骏马，一付鞍辔，又做了几件时新衣服，便去夸耀众亲眷，说道：『据着你们待我，我已饿死多时了。谁想天无绝人之路，却又有做方便的送我好几万银子。我如今依旧往扬州去做盐商，特来相别。有一首《感怀诗》在此，请政。』

诗云：

九叩高门十不应，耐他凌辱耐他憎。如今骑鹤扬州去，莫问腰缠有几星。

那些亲眷们一向讪笑杜子春这个败子，岂知还有发迹之日。这些时见了那首《感怀诗》，老大的好没颜色。却又想道：『长安城中，那有这等一舍便舍三万两的大财主？难道我们都不晓得？一定没有这事。』也有说他祖上埋下的银子，想被他掘着了。也有说道：『莫非穷极无计，交结了响马强盗头儿，这银子不是打劫客商的，便是偷窃库藏的。』都在半信半不信之间，这也不在话下。

且说子春那银子装上几车，出了东都门，径上扬州而去。路上不则一日，早来到扬州家里。浑家韦氏迎着道：『看你气色这般光彩，行李又这般沉重，多分有些钱钞。但不知哪一个亲眷借贷你的？』子春笑到：『银倒有数万，却一分也不是亲眷的。』备细将西门下叹气，波斯馆里赠银的情节，说了一遍。韦氏便道：『世间难得这等好人，可曾问他什么名姓？等我来生也好报答他的恩德。』子春却呆了一晌，说道：『其时我只看见银子，连那老者也不看见，竟不曾问得。我如今谨记你的言语，倘或后来再赠我的银子时节，我必先问他名姓便了。』

那子春平时的一起宾客，闻得他自长安还后，带得好几万银子来，依旧做了财主，无不趋奉，似蝇攒蚁附一般。因而撺掇他重妆气象，再整风流。只他是使过上百万银子的，这三万两能够几时挥霍，不及两年，早已罄尽无余了。渐渐卖了马骑驴，卖了驴步走，熬枯受淡，度过日子。岂知坐吃山空，立吃地陷，终是没有来路。日久岁长，怎生捱得！悔道：『千错万错，我当初出长安别亲眷之日，送什么《感怀诗》，分明与他告绝了，如今还有甚嘴脸好去干求他？便是干求，料他也决不礼我。弄得我有家难奔，有国难投，教我怎处？』韦氏道：『倘或前日赠银子的老儿尚在，再赠你些，也不见得。』子春冷笑道：『你好痴心妄想！那个老儿生死若何？贫富若何？怎么还望他赠银子。只是我那亲眷都是肺腑骨肉，到底割不断的。常言：旁生不如旁熟。我如今没奈何，只得还至长安去求那亲眷。』

正是：

要求生活计，难惜脸皮羞。

杜子春重到长安，好不卑词屈体，去求那众亲眷。岂知亲眷们如约会的一般，都说道：『你还去求那顶尖的大财主，我们有甚力量扶持得你起？』只这冷言冷语，带讥带讪的，教人怎么当得！险些把子春一气一个死。忽一日，打从西门经过，劈面遇着老者，子春不胜感愧，早把一个脸都挣得通红了。那老者问道：『看你气色，像个该得一注横财的，只是身上衣服，怎么这般褴褛？莫非又消乏了？』子春谢道：『多蒙老翁送我三万银子，我只说是用不尽的。不知略撒漫一撒漫，便没有了。想是我流年不利，故此没福消受，以至如此。』老者道：『你家好亲好眷，遍满长安，难道更没周济你的？』子春听见说亲眷周济这句话，两个眉头就攒做一堆，答道：『亲眷虽多，一个个都是一钱不舍的悭吝鬼，怎比得老翁这般慷慨？』老者道：『如今本当再赠你些才是，只是你三万银子不够用得两年，若活了一百岁，教我那里去讨那百多万赠你？休怪休怪！』把手一拱望西去了。

正是：

须将有日思无日，休想今人似昔人。

那老者去后，子春叹道：『我受了亲眷们许多讪笑，怎么那老者最哀怜我的，也发起说话来？敢是他硬做好汉，送了我三万银子，如今也弄得手头干了。只是除了他，教我再望着那一个搭救。』正在那里自言自语，岂知老者去不多远，却又转来，说道：『人家败子也尽有，从不见你这个败子的头儿，三万银子，恰像三个铜钱，耍耍眼就弄完了。论起你恁样会败，本不该周济你了，只是除了我，再有谁周济你的？你依旧饥寒而死，却不枉了前一番功果。常言道：杀人须见血，救人须救彻。还只是废我几两银子不着，救你这条穷命。』袖里又取出三百个铜钱，递与子春道：『你可将去买些酒饭吃，明日午时，仍到波斯馆西廊下相会。既道是三万银子不够用度，今次须送你十万两。只是要早来些，莫似前番，又要我等你。』且莫说那老者发这样慈悲心，送过了三万，还要送他十万。倒也亏杜子春好一副厚面皮，明日又去领受他的。

线装典藏

三言二拍·上

册一

明·冯梦龙 编

黄山书社

线装典藏

三言二拍·上

明·冯梦龙 编

册五

黄山书社

杜子春三入长安（承前册）

当下子春见老者不但又肯周济，且又比先反增了七万，喜出望外。双手接了三百铜钱，深深作了个揖，起来举举手，大踏步就走。一直径到一个酒店中，依然把三百个钱做一垛儿，先递与酒家。走上酒楼，拣副座头坐下，酒保把酒肴摆将过来。子春一则从昨日至今，还没饭在肚里；二则又有十万银子到手，欢喜过望，放下愁怀，恣意饮啖。那酒家只道他身边还有铜钱，嘎饭案酒，流水搬来。子春又认做是三百钱内之物，并不推辞，尽情吃个醉饱，将剩下东西，都赏了酒保。那酒保们见他手段来得大落，私下议道：『这人身上便褴褛，到好个撒漫主顾。』子春下楼，向外便走。酒家道：『算明了酒钱去。』子春只道三百钱还吃不了，乃道：『余下的赏你罢，不要算了。』酒家道：『这个好混帐，吃透了许多东西，到说这样冠冕话。』子春道：『却不干我事，你自送我吃的。』彻身又走，酒家上前一把扯住道：『说得好自在！难道再多些，也是送你吃的？』两下争嚷起来。旁边走过几个邻里相劝，问：『吃透多少？』酒家把帐一算，说：『还该二百。』子春呵呵大笑道：『我只道多吃了几万，恁般着忙！原来止得二百文，乃是小事，何足为道。』酒家道：『正是小事，快些数了撒开。』子春道：『却恨今日带得钱少，明日送来还你。』酒家道：『认得你是哪个，却赊与你？』杜子春道：『长安城中，谁不晓得我城南杜子春是个大财主。莫说这二百文，再多些决不少你的。若不相托，写个票儿在此，明日来取。』众人见他自称为大财，都忍不住笑，把他上下打料。内中有个闻得他来历的，在背后笑道：『原来是这个败子，只怕财主如今轮不着你了。』子春早又听见，便道：『老丈休得见笑！今日我便是这个嘴脸，明午有个相识，送我十万银子，怕道不依旧做财主么？』众人闻得这话，一发都笑倒了，齐道：『你这人莫不是疯了？天下那有送十万银子的相识在哪里？』酒家道：『我也不管你有十万二十万，只还了我二百钱走路。』子春道：『要，便明日多赏了你两把，今日却一文没有。』酒家道：『你是什么鸟人？吃了东西，不肯还钱。』当胸揪住，却待要打。子春正摔脱不开，只听有人叫道：『莫要打，有话讲理。』分开众人，挨身进来。子春睁睛观看，正是西门老者，忙叫道：『老翁来得恰好，与我评一评理。』老者问道：『你们为何揪住这位郎君厮闹？』酒家道：『他吃透了二百钱酒，却要白赖，故此取索。』子春道：『老翁所赠三百文，先交付与他，然后饮酒。他自要多把东西与人吃，干我甚事』今情愿明日多还他些，执意不肯，反要打我。老翁，你且说谁个理直？』老者向酒家道：『既是先交钱后饮酒，如何多把与他吃？这是你自己不是。』又对子春道：『你在穷困之乡，也不该吃这许多。如今通不许多说，我存得二百钱在此，与你两下和了罢。』袖里摸出钱来，递与酒家。酒家连称多谢。子春道：『又蒙老翁周全，无可为报。若不相弃。就此小饮三杯，奉酬何如？』老者微微笑道：『不消得，改日扰你罢。』向众人道声请了，原覆转身而去。子春也自归家。这一夜，子春心下想道：『我在贫窘之中，并无一个哀怜我的，多亏这老儿送我三万银子，如今又许我十万。就是今日，若不遇他来周全，岂不受这酒家的罗唣。明日到波斯馆里，莫说有银子，就做没有，也不可不去。况他前次既不说谎，难道如今却又弄谎不成？』巴不到明日早，一径的投波斯馆来。只见那老者已先在彼，依旧引入西廊下房内，搬出二千个元宝锭，便是十万两，交付子春收讫。叮嘱道：『这银子难道不许你使用？但不可一造的用尽了，又来寻我。』子春谢道：『我杜子春若再败时，老翁也不必看觑我了。』即便雇了车马，将银子装上，向老者叫声聒噪，押着而去。

原来偷鸡猫儿到底不改性的。刚刚挑得银子到家，又早买了鞍马，做了衣服，去辞别他众亲眷，说道：『多承指示，教我去求那大财主。果然财主手段，略不留难，又送我十万银子。我如今有了本钱，便住在城中，也有坐位了。只是我杜子春天生败子，岂不玷辱列位高亲？不如仍往扬州与盐商合伙，到也稳便。』这个说话，明明是带着刺儿的。那亲眷们却也受了子春一场呕气，敢怒而不敢言。且说子春整备车马，将那十万银子载的载，驮的驮，径往扬州。韦氏看见许多车马，早知道又弄得些银子回来了，便问道：『这行李莫非又是西门老儿资助你的？』子春道：『不是那老儿，难道还有别个？』韦氏道：『可曾问得名姓么？』子春睁着眼道：『哎呀！他在波斯馆里搬出十万银子时节，明明记得你的吩咐。正待问他，却被他婆儿气再四叮嘱我，好做生理，切不可浪费了，我不免回答他几句。其时一地的元宝锭，又要雇车雇马，看他装载，又要照顾地下，忙忙的收拾不迭。怎讨得闲工夫，又去问他名姓。虽然如此，我也甚是懊悔。万一我杜子春旧性发作，依先用完了，怎么又好求他？却不是天生定该饿死的。』韦氏笑道：『你今有了十万银子，还怕穷哩！』原来子春初得银子时节，甚有做人家的意思。及到扬州，豪心顿发，早把穷愁光景尽皆忘了。莫说旧时那些帮兴不帮败的朋友，又来撺哄。只那韦氏出自大家，不把银子放在眼里，也只图好看，听其所为。真个银子越多，用度越广。不上三年，将这十万两荡得干干净净，倒比前次越穷了些。韦氏埋怨道：『我教你问那老儿名姓，你偏不肯问，今日如何？』子春道：『你埋怨也没用。那老儿送了三万，又送十万，便问得名姓，也不好再求他了。只是那老儿不好求，亲眷又不好求，难道杜子春便是这等坐守死了！我想长安城南祖居，尽值上万多银子，众亲眷们都是图谋的。我既穷了，左右没有面孔在长安住，还要这宅子怎么？常言道：有千年产，没千年主。不如将来变卖，且作用度，省得靠着米囤却饿死了。这叫做杜子春三入长安，岂不是天生的一条痴汉！有诗为证：

莫恃黄金积满阶，等闲费尽几时来？十年为侠成何济，万里投人谁见哀！

却表子春到得长安，再不去求众亲眷，连那老儿也怕去见他，只住在城南宅子里。请了几个有名的经纪，将祖遗的厅房土库几所，下连基地，时值价银一万两，二面议定，亲笔填了文契，托他绝卖。只道这价钱是瓮中捉鳖，手到拿来。岂知亲眷们量他穷极，故意要死他的货，偏不肯买。那经纪都来回了。子春叹道：『我杜子春直恁的命低！似这寸金田地，偏有卖主，没有受主。敢则经纪们不济，还是自家出去寻个头脑。』刚刚到得大街上，早望见那老者在前面来了，连忙的躲在众人丛里，思量避他。岂知那老者却从背后一把曳住袖子，叫道：『郎君，好负心也！』只这一声，羞得杜子春再无容身之地。老者道：『你全不记在西门叹气之日乎！老夫虽则凉薄，也曾两次助你好几万银子。且莫说你怎么样报我，难道喏也唱不得一个？见了我到躲了去。我何不把这银子料在水里，也砰地的响一声？』子春谢罪道：『我杜子春单只不会做人家，心肝是有的，宁不知感老翁大恩！只是两次银子，都一造的荡废，望见老翁，不胜惭愧，就恨不得立时死了。以此躲避，岂敢负心！』那老者便道：『既是这等，则你回心转意，肯做人家，我还肯助你。』子春道：『我这一次若再败了，就对天设下个誓来。』老者笑道：『誓到不必设，你只把做人家的勾当，说与我听着。』子春道：『我祖上遗下海边上盐场若干所，城里城外冲要去处，店房若干间，长江上下芦洲若干里，良田若干顷，极是有利息的。我当初要银子用，都烂贱的曲卖与人了。我若有了银子，尽数取赎回来，不消两年，便可致富。然后兴建义庄，开辟义家，亲故们羸老的养膳他，幼弱的抚育他。孤孀的存恤他，流离颠沛的拯救他，尸骸暴露的收埋他，我于名教复圆矣。』老者道：『你果有此心，我依旧助你。』便向袖里一摸，却又摸出三百个钱，递与子春，约道：『明日午时到波斯馆里来会我，再早些便好。』子春因前次受了酒家之气，今番也不去吃酒，别了老者，一径回去。一头走，一头思想道：『我杜子春天生莽汉，幸遇那老者两次赠我银子。我不曾问得他名姓，被妻子埋怨一个不了。如今这次，须不可不问。』只待天色黎明，便投波斯馆去。在门上坐了一会，方才那老者走来。此时尚是辰牌时分。老者喜道：『今日来得恰好。我想你说的做人家勾当，若银子少时，怎济得事？须把三十万两助你。算来三十万要六千个元宝锭，便数也数得一日，故此要你早些来。』便引子春入到西廊下房内，只一搬，搬出六千个元宝锭来，交付明白。叮嘱道：『老夫一生家计，尽在此了。你若再败时节，也不必重来见我。』子春拜谢道：『敢问老翁高姓大名？尊府那里？』老者道：『你待问我怎的？莫非你思量报我么？』子春道：『承老翁前后共送了四十三万，这等大恩，还有甚报得？只是狗马之心，一毫难尽。若老翁要宅子住，小子卖契尚在袖里，便敢相奉。』老者笑道：『我若要你这宅子，我只守了自家的银子却不好。』子春道：『我杜子春贫乏了，平时亲识没有一个看顾我的，独有老翁三次周济。想我杜子春若无可用之处，怎肯便舍这许多银子？倘或要用我杜子春，敢不水里水里去，火里火里去。』老者点着头道：『用便有用你去处，只是尚早。且待你家道成立，三年之后，来到华山云台峰上老君祠前双桧树下，见我便了。』有诗为证：

四十三万等闲轻，末路犹然讳姓名。他日云台虽有约，不知何事用狂生？

却说子春把那三十万银子，扛回家去。果然这一次顿改初心，也不去整备鞍马，也不去制备衣服，也不去辞别亲眷。悄悄的雇了车马，收拾停当，径往扬州。原来有了银子，就是天上打一个霹雳，满京城无有不知的。那亲眷们都说道：『他有了三十万银子，一般财主体面，况又沾亲，岂可不去饯别。』也有说道：『他没了银子时节，我们不曾理他，怎么有了银子，便去饯别？这个叫做前倨后恭，反被他小觑了我们。』到底愿送者多，不愿送者少，少的拗不过多的，一齐备了酒，出东都门外，与子春饯行。只见酒到三巡，子春起来谢道：『列位高亲光送，小子信口诌得个曲儿，回敬一杯，休得见笑。』你道是什么曲儿？原来都是叙述穷苦无处求人的意思。只教那亲眷们听着，坐又坐不住，去又去不得，倒是不来送行也罢了，何苦自讨这场没趣。曲云：

我生来是富家，从幼的喜奢华，财物撒漫贱如沙。觑着囊资渐寡，看看手内光光乍，看看身上丝丝挂。欢娱博得叹和嗟，枉教人作话靶。待求人难上难，说求人最感伤。朱门走遍自彷徨，没半个钱儿到掌。若没有城西老者宽洪量，三番相赠多情况，这微躯已丧路途旁，请列位高亲主张。

子春唱罢，拍手大笑，向众亲眷说声请了，洋洋而去。心里想道：『我当初没银子时节，去访那亲眷们，莫说请酒，就是一杯茶也没有。今日见我有了银子，便都设酒出门外送我。原来银子这般不可少的，我怎么将来容易荡费了！』一路上好生感叹。到得扬州，韦氏只道他止卖得些房价在身，不够撒漫，故此服饰舆马，比前十分收敛。岂知子春在那老者眼前，立下个做人家的誓愿，又被众亲眷们这席酒识破了世态，改转了念头。早把那扶兴不扶败的一起朋友，尽皆谢绝，影也不许他上门。方才陆续的将典卖过盐场客店，芦洲稻田，逐一照了原价，取赎回来。

果然本钱大，利钱也大。不上两年，依旧泼天巨富。又在两淮南北，直到瓜州地面，造起几所义庄，庄内各有义田、义学、义冢。不论孤寡老弱，但是要养育的，就给衣食供膳他；要讲读的，就请师傅教训他；要殡殓的，就备棺椁埋葬他。莫说千里内外，感被恩德，便是普天下，哪一个不赞道：『杜子春这等败了，还挣起人家。才做得家成，又干了多少好事，岂不是天生的豪杰！』原来子春牢记那老者期约在心。刚到三年，便把家事一齐交付与妻子韦氏，说道：『我杜子春三入长安，若没那老者相助，不知这副穷骨头死在那里。他约我家道成立，三年之外，可到华山云台峰上老君祠前双桧树下，与他相见，却有用着我的去处。如今已是三年时候，须索到华山去走一遭。』韦氏答道：『你受他这等大恩，就如重生父母一般，莫说要用着你，便是要用我时，也说不得了。况你贫穷之日，留我一个在此，尚能支持。如今现有天大家私，又不怕少了我吃的，又不怕少了我穿的。你只管放心，自去便了。』当日整治一杯别酒，亲出城西饯送子春上路。

竹叶杯中辞少妇，莲花峰上访真人。

子春别了韦氏，也不带从人，独自一个上了牲口，径往华山路上前去。原来天下名山，无如五岳。你道那五岳？

中岳嵩山，东岳泰山，北岳恒山，南岳衡山，西岳华山。

这五岳都是视仙窟宅。五岳之中，惟华山最高。四面看来都是方的，如刀斧削成一片，故此俗人称为『削成山』。到了华山顶上，别有一条小路，最为艰险，须要攀藤扪葛而行。约莫五十余里，才是云台峰。子春抬头一望，早见两株桧树，青翠如盖。中间显出一座血红的山门，门上竖着扁额，乃是『太上老君之祠』六个老大的金字。此时乃七月十五，中元令节，天气尚热。况又许多山路，走得子春浑身是汗，连忙拭净敛容，向前顶礼仙像。只见那老者走将出来，比前大是不同，打扮得似神仙一般。但见：

戴一顶玲珑碧玉星冠，被一领织锦绛绡羽衣，黄丝绶腰间婉转，红云履足下蹒跚。颈下银须洒洒，鬓边华发斑斑。两袖香风飘瑞霭，一双光眼露朝星。

那老者遥问道：『郎君果能不负前约，远来相访乎！』子春上前纳头拜了两拜，躬身答道：『我这身子，都是老翁再生的。既蒙相约，岂敢不来！但不知老翁有何用我杜子春之处？』老者道：『若不用你，要你冲炎冒暑来此怎的！』便引着子春进入老君祠后。这所在，乃是那老者炼药去处。子春举目看时，只见中间一所大堂，堂中一座药灶，玉女九人环灶而立，青龙白虎分守左右。堂下一个大瓮，有七尺多高，瓮中有五尺多阔，满瓮贮着清水。西壁下铺着一张豹皮。老者教子春靠壁向东盘膝坐下，却去提着一壶酒，一盘食来。你道盘中是甚东西？乃是三个白石子。子春暗暗想道：『这硬石子怎生好吃？』原来煮熟的，就如芋头一般，味尤甘美。子春走了许多山路，正在饥渴之际，便把酒食都吃尽了。其时红日沉西，天色傍晚，那老者吩咐道：『郎君不远千里，冒暑而来，所约用你去处，单在于此。须要安神定气，坐到天明。但有所见，皆非实境。任他怎生样凶险，怎生样苦毒，都只忍着，不可开言。』吩咐已毕，自向药灶前去，却又回头叮嘱道：『郎君切不可忘了我的吩咐，便是一声也则不得的。牢记！牢记！』子春应允。

刚把身子坐定，鼻息调得几口。早看见一个将军，长有一丈五六，头戴凤翅金盔，身穿黄金铠甲，带领着四五千人马，鸣锣击鼓，呐喊摇旗，拥上堂来。喝问：『西壁下坐的是谁？怎么不回避我？快通名姓。』子春全不答应。激得将军大怒，喝教人攒箭射来，也有用刀夹背斫的，也有用枪当心戳的，好不厉害！子春谨记老者吩咐，只是忍着，并不做声。那将军没奈何他，引着兵马也自去了。金甲将军才去，又见一条大蟒蛇，长可十余丈，将尾缠住子春，以口相向，焰焰的吐出两个舌尖，抵入鼻子孔中。又见一群狼虎，从头上扑下，咆哮之声，振动山谷。那獠牙就如刀锯一般锋利，遍体咬伤，流血满地。又见许多凶神恶鬼，都是铜头铁角，狰狞可畏，跳跃而前。子春任他百般簸弄，也只是忍着。猛地里又起一阵怪风，刮得天昏地黑。大雨如注，堂下水涌起来，直浸到胸前。轰天的霹雳，当头打下，电火四掣，须发都烧。子春一心记着老者吩咐，只不做声。渐渐的雷收雨息，水也退去。子春暗暗喜道：『如今天色已霁，想再没有什么惊吓我了。』岂知前次那金甲大将军，依旧带领人马，拥上堂来，指着子春喝道：『你这云台山妖民，到底不肯通名姓，难道我就奈何不得你？』便领军士疾去扬州，擒他妻子韦氏到来。说声未毕，韦氏已到，按在地上，先打三百杀威棒，打得个皮开肉绽，鲜血迸流。韦氏哀叫道：『贱妾虽无容德，奉事君子有年，岂无伉俪之情。乞赐一言，救我性命。』子春暗想老者吩咐，说是『随他所见，皆非实境，安知不是假的？况我受老者大恩，便真是妻子，如何顾得？』并不开言。激得将军大怒，遂将韦氏千刀万剐。韦氏一头哭，一头骂，只说：『枉做了半世夫妻，忍心至此！我在九泉之下，誓必报冤。』子春只做不听得一般。将军怒道：『这贼妖术已成，留他何用？便可一并杀了。』只见一个军士，手提大刀，走上前来，向子春颈上一挥，早已身首分为两处。你看杜子春，刚才弄得成家，却又死于非命，岂不痛惜可怜！

游魂渺渺归何处？遗业茫茫付甚人？

那子春颈上被斫了一刀，已知身死。早有夜叉在旁，领了他魂魄，竟投十地阎君殿下，都道：『子春是个云台峰上妖民，合该押赴酆都地狱，遍受百般凄楚，身躯糜烂。』原来被业风一吹，依还如旧。却又领子春魂魄，托生在宋州原任单父县丞，叫做王劝家做个女儿。从小多灾多病，针灸汤药，无时间断。渐渐长成，容色甚美。只是说不出一句话来，是个哑的。同乡有个进士，叫做卢珪，因慕他美貌，要求为妻。王家推辞，哑的不好相许。卢珪道：『人家娶媳妇，只要有容有德岂在说话？便是哑，不强似长舌的。』却便下了财礼，迎娶过门，夫妻甚是相得。早生下儿子，已经两岁，生得眉清目秀，红的是唇，白的是齿，真个可爱！忽一日卢珪抱着抚弄，却问王氏道：『你看这样儿子，生得好么？』王氏笑儿不答。卢珪怒道：『我与你结发三载，未尝肯出一声，这是明明鄙贱着我。说甚恩情那里，总要儿子何用？』到提着两只脚，向石块上只一扑。可怜掌上明珠，扑做一团肉酱。子春却忘记了王家哑女儿，就是他的前身，看见儿子被丈夫活活扑死了，不胜爱惜。刚叫得一个『噫』字，岂知药灶里迸出一道火光，连这一所大堂险些烧了。其时天已将明，那老者忙忙向前提着子春头发，将他浸在水瓮里，良久方才火息。老者跌脚叹道：『人有七情，乃是喜、怒、忧、惧、爱、恶、欲。我看看你六情都尽，惟有爱情未除。若再忍得一刻，我的丹药已成，和你都升仙了。今我丹药还好修炼，只是你的凡胎，却几时脱得？可惜老大世界，要寻一个仙才，难得如此！』子春懊悔无地，走到堂上。看那药灶时，只见中间贯着手臂大一根铁柱，不知仙药都飞在哪里去了。老者脱了衣服，跳入灶中，把刀在铁柱上，刮得些药末下来，教子春吃了，遂打发下山。子春伏地谢罪，说道：『我杜子春不才，有负老师嘱咐。如今情愿跟着老师出家，只望哀怜弟子，收留在山上罢。』

老者摇手道：『我这所在，如何留得你？可速回去，不必多言。』子春道：『既然老师不允，容弟子改过自新，三年之后，再来效用。』老者道：『你若修得心尽时，就在家里也好成道。若修心不尽，便来随我，亦有何益。勉之！勉之！』子春领命，拜别下山。

不则一日，已至扬州。韦氏接着问道：『那老者要你去，有何用处？』子春道：『不要说起，是我不才，负了这老翁一片美情。』韦氏问其缘故，子春道：『他是个得道之人，教我看守丹灶，嘱咐不许开言。岂知我一时见识不定，失口叫了一个「噫」字，把他数十年辛勤修命的丹药，都弄走了。他道我再忍得一刻，他的丹药成就，连我也做了神仙。这不是坏了他的事，连我的事也坏了？以此归来，重加修省。』韦氏道：『你为甚却道这「噫」字？』子春将所见之事，细加修省。』韦氏道：『你为甚却道这「噫」字？』子春将所见之事，细细说出，夫妻不胜嗟叹。自此之后，子春把天大家私，丢在脑后。日夕焚香打坐，涤虑凝神，一心思想神仙路上。但遇孤孀贫苦之人，便动千动百的舍与他，虽不比当初败废，却也渐渐的十不存一。倏忽之间，又是三年。一日对韦氏说道：『如今待要再往云台求见那老者，超脱尘凡。所余家私，尽着够你用度，譬如我已死，不必更想念了。』那韦氏也是有根器的，听见子春要去，绝无半点留念。只说道：『那老者为何肯舍这许多银子送你？明明是看你有神仙之分，故来点化，怎么还不省得？』明早要与子春饯行。岂知子春这晚题下一诗，留别韦氏，已潜自往云台山去了。诗云：

骤兴骤败人皆笑，旋死旋生我自惊。从今撒手离尘网，长啸一声归白云。

你道子春为何不与韦氏面别？只因三年斋戒，一片诚心，要从扬州步行到彼。恐怕韦氏差拨伴当跟随，整备车马送他，故此悄地出了门去。两只脚上，都走起茧子来，方才到得华州地面。上了华山，径奔老君祠下，但见两株桧树，比前越加葱翠。堂中绝无人影，连那药灶也没些踪迹。子春叹道：『一定我杜子春不该做神仙，师父不来点化我了。虽然如此，我发了这等一个愿心，难道不见师父，就去了不成？今日死也死在这里，断然不回去了。』便住在祠内，草衣木食，整整过了三年。守那老者不见，只得跪在仙像前叩头，祈告云：

窃惟弟子杜子春，下土愚民，尘凡俗子。奔逐货利之场，迷恋声色之内。蒙本师慨发慈悲，指皈大道。奈弟子未断爱情，难成正果。遣归修省，三载如初。再叩丹台，一诚不二。洗心涤虑，六根清净无为；养性修真，万缘去除都尽。伏愿道缘早启，仙驭速临。拔凡骨于尘埃，开迷踪于觉路。云云。

子春正在神前祷祝，忽然祠后走出一个人来，叫道：『郎君，你好至诚也！』子春听见有人说话，抬起头来看时，却正是那老者。又惊又喜，向前叩头道：『师父，想杀我也！弟子到此盼望三年，怎的再不能一面？』老者笑道：『我与你朝夕不离，怎说三年不见？』子春道：『师父既在此间，弟子缘何从不看见？』老者道：『你且看座上神像，比我如何？』子春连忙走近老君神像之前，定睛细看，果然与老者全无分别。乃知向来所遇，即是太上老君。便伏地请罪，谢道：『弟子肉眼，怎生认得？只望我师哀怜弟子，早传大道。』老君笑道：『我因怕汝处世日久，尘根不断，故假摄七种情缘，历历试汝。今汝心下已皆清净，又何言哉！我想汉时淮南王刘安，专好神仙，真感得八公下界，与他修合丹药。炼成之日，合宅同升，连那鸡儿狗儿，舔了鼎中药末，也得相随而去。至今鸡鸣天上，犬吠云间。既是你已做神仙，岂有妻子偏不得道。我有神丹三丸，特相授汝，可留其一，持归与韦氏服之。教他免堕红尘，早登紫府。』子春再拜，受了神丹，却又禀道：『我弟子贫穷时节，投奔长安亲眷，都道我是败子，并无一个慈悲我的。如今弟子要同妻韦氏，再往长安，将城南祖居舍为太上仙祠，祠中铸造丈六金身，供奉香火。待众亲眷聚集，晓喻一番，也好打破他们这重魔障。不知我师可容许我弟子否？』老君赞道：『善哉！善哉！汝既有此心，待金像铸成之日，吾当显示神通，契汝升天，未为晚也。』正是：

十年一觉扬州梦，赢得人间败子名。

话分两头，却说韦氏自子春去后，却也一心修道，屏去繁华，将所遗家私尽行布施。只在一个女道士观中，投斋度日。满扬州人见他夫妻云游的云游，乞丐的乞丐，做出这般行径，都莫知其故。忽一日子春回来，遇着韦氏，两个俱是得道之人，自然不言而喻。便把老君所授神丹，付与韦氏服了，只做抄化模样，径赶长安去投见那众亲眷。呈上一个疏簿，说把城南祖居，舍作太上老君神庙，特募黄金十万两，铸造丈六金身，供奉殿上。要劝那众亲眷，共结善缘。其时亲眷都笑道：『他两次得了横财，尽皆废败，这不必说了。后次又得一大注，做了人家。如何三年之后，白白的送与人去？只他丈夫也罢了，怎么韦氏平时既不谏阻，又把分拨与他用度的，亦皆散舍？岂不夫妻两个都是薄福之人，消受不起，致有今日。眼见得这座祖宅，还值万数银子，怎么又要舍作道院？别来募化黄金，兴铸仙像。这等痴人，便是募得些些，左右也被人骗去。我们理他则甚！』尽都闭了大门，推辞不管闲事。子春夫妻含笑而归。那亲眷们都量定杜子春夫妻，断然铸不起金像的，故此不肯上疏。岂知半月之后，子春却又上门，递进一个请帖儿，写着道：

子春不自量力，谨舍黄金六千斤，铸造老君仙像。仰仗众缘，法相院成，拟于明日奉像升座。特备小斋，启请大德，同观胜事，幸勿他辞！

那亲眷们看见，无不惊讶，叹道：『怎么就出得这许多金子？又怎么铸造得这等神速？』连忙差人前去打听，只见众亲眷门上，和满都城士庶人家，都是同日有一个杜子春亲送请帖，也不知杜子春有多少身子。都道：『这事有些跷蹊。』到次日，没一个不来。到得城南，只见人山人海，填街塞巷，合城男女，都来随喜。早望见门楼已都改造过了，造得十分雄壮，上头写着榜栳大金字，是『太上行宫』四个字。进了门楼，只见殿宇廊庑，一划的金碧辉煌，耀睛夺目，俨如天宫一般。再到殿上看时，真个黄金铸就的丈六天身，庄严无比。众亲眷看了，无不摇首咋舌道：『真个他弄起恁样大事业！但不知这些金子是何处来的？』又见神座前，摆下一大盘蔬菜，一卮子酒，暗暗想道：『这定是他办的斋了。纵便精洁，无过有一两器，不消一个人，便一口吃完了。怎么下个请帖，要遍斋许多人众？你道好不古怪。』只见子春夫妇，但遇着一个到金像前瞻礼的，便捧过斋来请他吃些，没个不吃，没个不赞道甘美。那亲眷们正在惊叹之际，忽见金像顶上透出一道神光，化做三朵白云，中间的坐了老君，左边坐了杜子春，右边坐了韦氏。从殿上出来，升到空里，约莫离地十余丈高。只见子春举手与众人作别，说道：『横眼凡民，只知爱惜钱财，焉知大道？但恐三灾横至，四大崩摧，积下家私，抛于何处！可不省哉！可不惜哉！』晓喻方毕，只听得一片笙箫仙乐，响振虚空，旌节导前，幡盖拥后，冉冉升天而去。满城士庶，无不望空合掌顶礼。有诗为证：

千金散尽贫何惜，一念皈依死不移。慷慨丈夫终得道，白云朵朵上天梯。

第三十八卷

李道人独步云门

尽说神仙事渺茫，谁人能脱利名疆？今朝偶读云门传，阵阵薰风透体凉。

话说昔日隋文帝开皇初年，有个富翁姓李名清，家住青州城里，世代开染坊为业。虽则经纪人家，宗族到也蕃盛，合来共有五六千丁，都是有本事，光着手赚得钱的。因此家家饶裕，远近俱称为李半州。一族之中，惟李清年齿最尊，推为族长。那李清天性仁厚，族中不论亲疏远近，个个亲热，一般看待，再无两样心肠。这为件上，合族长幼男女，没一个不把他敬重。每年生日，都去置办礼物，与他续寿。宗族已是大了，却又好胜，各自搜觅异样古物器玩，锦绣绫罗馈送。他生平省俭惜福，不肯过费，俱将来藏置土库中。逐年堆积上去，也不计其数。只有一件事再不吝惜。你道是那一件？他自幼行善，利人济物，兼之慕仙好道，整千贯价布施。若遇个云游道士，方外全真，叩留至家中供养，学些丹术，讲些内养。谁想那班人都是走方光棍，一味说骗钱财，何曾有真实学问！枉自费过若干东西，便是戏法讨不得一个。然虽如此，他这点精诚，终是不改。每日焚香打坐，养性存心，有出世之念。

其年恰好齐头七十。那些子孙们，两月前便在那里商议，说道：『七十古稀之年，是人生最难得的，须不比平常诞日。各要寻几件稀奇礼物上寿，祝他个长春不老。』李清也料道子孙辈必然如此，预先设下酒席，分着一支一支的，次第请来赴宴。因对众人说：『赖得你等勤力，各能生活，每年送我礼物，积至近万，衣装器具，华侈极矣！只是我平生好道，布衣蔬食，垂五十年。要这般华侈的东西，也无用处。我因不好拂你等盛情，所以有受无却。然而一向贮在土库，未尝检阅，多分已皆朽坏了。费你等钱帛，做我的粪土，岂不可惜！今日幸得天曹尚未录我魂气，生日将到，料你等必然经营庆生之礼，甚非我的本意！所以先期相告，切莫为此！』子孙辈皆道：『庆生的礼，自古叫做续寿。况兼七十岁，人生能有几次，若不庆贺，何以以展卑下孝顺之心？这可是少得的！』李清道：『既你等主意难夺，只凭我所要的，将来送我何如？』子孙辈欣然道：『愿闻尊命。』李清道：『我要生日前十日，各将手指大麻绳百尺送我。总算起来，约有五六万丈，以此续寿，岂不更为长远！』众人闻声，暗暗称怪，齐问道：『太公吩咐，敢不奉命。但不知要它做甚？』李清笑道：『且待你等都送齐了，然后使你等知之，今犹未可轻言也。』众子孙领了李清吩咐之后，真个一传十，十传百，都将麻绳百尺，赶在生日前交纳。地上叠得高高的，竟成一座绳山，只是不知他要这许多绳何用。

原来离着青州城南十里，有一座山叫做云门山，山顶上分做两个，俨如斧劈开的。青州城里人家，但是向南的，无不看见这山飞云度鸟。窟儿内经过，皆历历可数，俗人又称为劈山。那山顶中间，却有个大穴，沵沵洞洞的，不知多少深。也有好事的，把大石块投下，从不曾听见些声响，以此人都道是没底的。只见李清受了麻绳之后，便差人到那山上紧靠着穴口，竖起两个大橛子，架上辘轳。家里又唤打竹家伙的，做一个结结实实的大竹篮，又到铜铺里买上大小铜铃好几百个，也不知道弄出什么勾当！子孙辈一齐的都来请问，李清方才答道：『我原说终使你等知之，难道我就瞒着去了。我自幼好道，今经五十余年，一无所得。常见《图经》载那云门山是神仙第七个洞府。我年已七十，便活在世上，也不过两三年了。趁今手足尚还强健，欲于生日这一日，借你等所送的麻绳，用著四根，悬在大竹篮四角，中间另是一根，系上铜铃，待我坐于篮内，却慢慢的绞下。若有些不虞去处，见我摇动中间这绳，或听见铃响，便好将我依旧盘上。万一有缘，得与神仙相遇，也少不得回来，报知你等。』说犹未毕，只见子孙辈都叩头谏道：『不可，不可！这个大穴里面，且莫说山精木魅，毒蛇怪兽，藏着多少。只是那一道乌黑的臭气，也把人熏死了。高年之人，怎么禁得这般厉害？』李清道：『我意已决，便死无悔！你等若不容我，必然私自逃去，从空投下。不得麻绳竹篮，永无出来的日子。』内中也有老成的，晓得他生平是个执性的人，便道：『恭敬不如从命。只是这等天大的事，岂可悄然便去。须要遍告亲戚，同赴云门山相送，也使四海流传，做个美谈，不亦可乎！』李清道：『这却使得。』那李家一姓子孙，原有五六千，又去通知亲眷，同来拜送。只算一人一个，却不就是上万的人了。到得李清生辰这一日，无不陈了鼓乐，携了酒馔，一齐的捧著李清，竟往云门山去。随着去看的人，也不知有多少，几乎把青州城都出空了。不一时，到了云门山顶。众人举目四下一望，果然好景。但见：

众峰朝拱，列嶂环围。响泠泠流泉幽咽，密茸茸乱草迷离。崖边怪树参天，岩上奇花映日。山径烟深，野色过桥。青霭近冈形势远，松声隔水白云连。淅淅但闻林坠露，萧萧只听叶吟风。

那竹篮绳索等件，俱已整备停当。众亲眷们都更递的上前奉酒。内中也有一样高年的说道：『老亲家，你好道之心，这般决烈，必然是神仙路上人，此去保无他虑。但我等做事也要老成，方无后悔。我想这等黑洞洞深穴，从来没人下去。怎把千金之体，轻投不测？今日既有竹篮绳索，不若先取一个狗来，放下去看。若是这狗无事，再把一个伶俐些家人下去，看道有什么仙迹在那里。待他上来说了，方才送老亲家下去，岂不万全。』李清笑道：『承教，承教！只是要求道的，长拚个死，才得神仙可怜，或肯收为弟子。这个穴内，相传是神仙第七洞府，又不比砒霜毒药，怎么要试他利害？似此疑惑，便是退悔道心，怎能够超凡脱浊？我主意已定，好歹自下去走遭，不消列位高亲担忧。老汉信口诌得四句俚言，在此留别，望勿见笑！』众亲眷齐道：『愿闻珠玉。』李清随念出一首诗来，诗云：

久拚残命已如无，挥手云门愿不孤。翻笑壶公曾得道，犹烦市上有悬壶。

众人听了这诗，无不点头嗟叹，勉强解慰道：『老亲家道心恁般坚固，但愿一下去，便得逢仙。』李清道：『多谢列位祈祝，且看老汉缘法何如。』遂起来向空拜了两拜，便去坐在竹篮内，挥手与众亲眷子孙辈作别，再也不说甚话，一径的将麻绳轫轫轹轹放将下去。莫说众亲眷子孙辈，都一个个面色如土。连那看的人也惊呆了，摇头咋舌道：『这老儿好端端在家受用到不好，却痴心妄想，往恁样深穴中去求仙！可不是讨死吃么？』噫！李清这番下去了，不知几时才出世哩！正是：

神仙本是凡人做，只为凡人不肯修。

却说李清放下也不知有几千多丈，觉得到了底上，便爬出竹篮，去看那里面有何仙迹。岂知穴底黑洞洞的，已是不见一些高低，况是地下有水一般，又滑又烂。还不曾走得一步，早跌上一跤。那七十岁老人家，有甚气力，才挣得起，又闪上一跌。只两跤，就把李清跌得昏晕了去。那上面亲眷子孙辈，看日色傍晚，又不见中间的麻绳曳动，又不听得铜铃响，都猜着道：『这老人家被那股阴湿的臭气相触，多分不保了』

且把辘轳绞上竹篮看时，只见一个空篮，不见了李清。其时就着了忙，只得又把竹篮放下。守了一会，再绞上来，依旧是个空篮。那伙看的人，也有嗟叹的，也有发笑的，都一哄走了。子孙辈只是向着穴口，放声大哭，埋怨道：『我们苦苦谏阻，只不肯听，偏要下去。七十之人，不为寿夭，只是死便死了，也留个骸骨，等我们好办棺椁葬他。如今弄得尸首都没了，这事怎处？』那亲眷们人人哀感，无不洒泪。内中也有达者说道：『人之生死，无非大数。今日生辰，就是他数尽之日，便留在家里，也少不得是死的。况他志向如此，纵死已遂其志，当无所悔。虽然没了尸首，他衣冠是有的，不若今晚且回去。明早请几个有法力的道士，重到这里，招他魂去。只将衣冠埋葬，也是古人一个葬法。我闻轩辕皇帝得了大道，已在鼎湖升天去了，还留下一把剑，两只履，装在棺内，葬于桥山。又安知这老翁不做了神仙，也要教我们与他做个空冢。只管对着穴口啼啼哭哭，岂不惑哉！』子孙辈只得依允，拭了眼泪，收拾回家。到明日重来山顶，招魂回去。一般的设座停棺，少不得诸亲众眷都来祭奠。过了七七四十九日，造坟下葬，不在话下。

且说李清被这两跌，晕去好几时，方才醒得转来，又去细细的摸看。原来这穴底也不多大，只有一丈来阔，周围都是石壁，别无甚奇异之处。况且脚下烂泥又滑得紧，不能举步，只得仍旧去寻那竹篮坐下。思量曳动绳索，摇响铜铃，等他们再绞上去。伸手遍地摸着，已不见了竹篮，叫又叫不应，飞又飞不出。真个来时有路，去日无门，教李清怎么处置？只得盘膝儿坐在地下。也不知捱了几日，但觉饥渴得紧，一时难过，想道古人啮雪吞毡，尚且救了性命。这里无雪无毡，只有烂泥在手头，便去抓一把来咽下。岂知神仙窟宅，每遇三千年才一开底里，进出泥来，叫做『青泥』。专是把与仙人做饭吃的，尽也有些味道，可解饥渴。吃了几口，觉得精神好些。却又去细细摸看，只见石壁擦底下，又有个小穴，高不上二尺，心下想道：『只管坐在泥中，有何了期！左右没命的人了，便这里面有什么毒蛇妖怪，也顾不得，且是爬将进去，看个下落。』只因这番，直教黑茫茫断头之路，另见个境界风光；活喇喇拼命之夫，重开个铺行生理。正是：

阎王未注今朝死，山穴宁无别道通？

李清不顾性命，钻进小穴里去。约莫的爬了六七里，觉得里面渐渐高了二尺来多，左右是立不直的，只是爬着地走。那老人家也不知天晓日暗，倦时就睡上一觉，饥时就把青泥吃上几口。又爬了二十余里，只见面前透出星也似一点亮光，想道：『且喜已有出路了』再把青泥吃些，打起精神，一钻钻向前去，出了穴口。但见青的山绿的水，又是一个境界。李清起来伸一伸腰，站一站脚，整衣拂履，望空谢道：『惭愧！今朝脱得这一场大难！』依着大路，走上十四五里，腹中渐渐饥馁，路上又没一个人家卖得饭吃。纵有得买，腰边也没钱落。穴里的青泥，又不曾带得些出来，看看走不动了。只见路旁碧靛青的流水，两岸覆着菊花，且去捧些吃。岂知这水也不是容易的，仙家叫做『菊泉』；最能延年却病。那李清才吃得几口，便觉神清气爽，手脚都轻快了。又走上十多里，忽望见树顶露出琉璃瓦盖造的屋脊，金碧闪烁，不知甚么所在？飞捻的赶到那里去看，却是座血红的观门，周围都是白玉石砌就台基。共有九层，每一层约有一丈多高。又没个阶坡，只得攀藤扪葛，折命吊将上去。那门儿又闭着，不敢擅自去扣，只得屏气而待。直等到一佛出世，二佛升天，方才有个青衣童子开门出来，喝道：『李清，你来此怎么？』李清连忙的伏地叩头，称道：『青州染匠李清不揣凡庸，冒叩洞府，伏乞收为弟子，生死难忘！』那童子笑道：『我怎好收留得你？且引你进去恳求我主人便了。』那青衣童子入去不久，便出来引李清进去，到玉墀之下，仰看壁上华丽如天宫一般，端的好去处。但见：

朱甍耀日，碧瓦标霞。起百尺琉璃宝殿，九层白玉瑶台。隐隐雕梁镌玳瑁，行行绣柱嵌珊瑚。琳宫贝阙，飞檐长接彩云浮；玉宇琼楼，画栋每含苍雾宿。曲曲栏干围玛瑙，深深帘幕挂珍珠。青鸾玄鹤双双舞，白鹿丹麟对对游。野外千花开烂漫，林间百鸟啭清幽。

李清去那殿中看时，只见正居中坐着一位仙长，头戴碧玉莲冠，身披缕金羽衣，腰系黄绦，足穿朱舄，手中执着如意，有神游八极之表。东西两旁，每边又坐着四位，一个个仙风道骨，服色不一。满殿祥云缭绕，香气氤氲，真个万籁无声，一尘不到，好生严肃。李清上前，逐位叩了头，依旧将这冒死投见的情节，表诉一遍。只见中间的仙长说道：『李清，你未该来此，怎么就擅自投到？我这里没有你的坐位，快回去罢！』李清便涕泣禀道：『我李清一生好道，不曾有些儿效验。今日幸得到了仙宫，面见仙长，岂肯空手回去？我已是七十岁的人，左右回去，也没多几时活，难道还再来得成？情愿死便死在阶下，断然不回去了。』那仙长只是摇头不允。却得旁边的替他禀道：『虽则李清未该到此，但他一片虔诚，亦自可怜。我今若不留他，只道神仙到底修不得的了。况我法门中，本以度人为第一功德。姑且收留门下，若是不堪受教，再遣他回去，亦未迟也！』那仙长才点着头道：『也罢！也罢！姑容他在西边耳房暂住。』李清连忙拜谢。一头走到耳房里去，一头想道：『我若没有些道气，怎得做仙家弟子？只是当初曾与子孙们约道，遇得仙时，少不得给假回去，报知你等。今我再三哀禀，又得旁边这几位仙长相劝，才许收留，怎么又请回去？万一触忤了他，嗔责我尘缘未净，如何是好？且自安心静坐，再过几时，另作区处。』那李清走到西边耳房下，尚未坐定，只见一个老者，从门外进来禀道：『蓬莱山霞明观丁尊师初到，西王母特启瑶池大宴，请群真同赴。』并不见有人陈设，早已九乘鹤驾鸾车，齐齐整整，摆列殿下。其时中间的仙长在前，两旁的八位在后，次第步出殿来。那李清也免不得随着那伙青衣童子，在丹墀里候送。只见仙长觑着李清，吩咐道：『你在此若要观山玩水，任意无拘，惟有北窗最是轻易开不得的，谨记谨记！』说罢，各各跨上鸾鹤，腾空而起。自然有云霞拥护，箫管喧阗，这也不能备述。

岂知李清在耳房下，凭窗眺望，看见三面景致：幽禽怪鸟，四时有不绝之音；异草奇花，八节有长春之色。真个观之不足，玩之有余。渐渐转过身来，只见北窗斜掩，想道：『既是三面都好看得，怎么偏生一个北窗，却看不得？必定有甚奇异之处，故不把与我看。如今仙长已去赴会，不知多少程途，未必就回，且待我悄悄的开来看看，仙家那里便知道了。』走向前轻轻把手一推，呀的一声，那窗已早开了。举目仔细一观，有恁般作怪的事！一座青州城正临在北窗之下，见州里人家历历在目。又见所住高房大宅，渐已残毁，近族旁支，渐已零落，不胜慨叹道：『怎么我出来得这几日，家里便是这等一个模样了？俗语道得好，家无主，屋倒柱。我若早知如此，就不到得这里也罢！何苦使我子孙恁般不成器，坏了我的门风。』不觉归心顿然而起。岂知叹声未毕，众仙长早已回来了。只听得殿上大叫：『李清！李清！』那李清连忙掩上北窗，走到阶下。中间的仙长大怒道：『我吩咐你不许偷开北窗，你怎么违命，擅自开了？又嗟叹懊悔，思量回去。我所以不肯收留者，正为你尘心不断故也。今日如何还容得你在此！便可速回，无得溷我洞府。』那李清无言可答，只是叩头请罪，哀告道：『我来时不知吃了多少苦楚，真个性命是毫厘丝忽上挣来的。如今回去，休说竹篮绳索已被家里人绞上，就是这三十多里小小穴道中，我老人家怎么还爬得过？』仙长笑道：『这不必忧虑，我另有个路径，教人指引你出去。』那李清方才放下了这条肚肠，起来拜谢出门。只见东手头一位，向着仙长不知说甚话，仙长便唤李清：『你且转来。』李清想道：『一定的又似前番相劝，收留我了。』不胜欣然。急急走转去跪下，听候法旨。你道那仙长唤李清回来，说些什么？说道：『我遣便遣你回去，只是你没个生理，可以度日？我书架上有的是书，你可随意取一本去，若是要觅衣饭，只看这书上，自然有了。』李清口里答应，心里想道：『原来仙长也只晓得这里的事，不晓得我青州郡里的事。我本有万金家计，就是子孙辈连年送的生日礼物，也有好几千。怎么刚出来得这两日，便回去没有饭吃了？』只是难得他一片好意，不免走近书架上，取了一本最薄的，过去拜谢。那仙长问道：『书有了么？』李清道：『有了。』仙长道：『既有了书，去罢！』李清正待出门，只见西手头一位向着仙长，也不知说甚话。那仙长把头一点，又叫道：『李清你且转来。』李清想道：『难道这一番不是劝他收留我的？』岂知仍旧不是。只见仙长道：『你回去，也要走好些路，才到得家里。便到了家里，也不能够就有饭吃，你可吃饱了去。』早有童子拿出两个大芋头来，递与李清吃。原来是煮熟的鹅卵石，就似芋头一般，软软的嫩嫩的，又香又甜，比着云门穴底的青泥，越加好吃。再走过去拜谢。那仙长道：『李清，你此去也只消七十多年，还该到这里的。但是青州一郡，多少小儿的性命，都还在你身上。你可广行方便，休得堕落。我有四句偈语，把与你一生受用，你谨记着！』偈语云：

见『石』而行，听『简』而问。

傍『金』而居，先『裴』而遁。

李清再拜受了这偈语，却教初来时原引进的童子送他回去。竟不知又走出个甚的路径来，总便不消得万丈麻绳，难道也没有一些险处？原来那童子指引的路径，全不是旧时来的去处。却绕着这一所仙院，倒转向背后山坡上去。只见一个所在，出得好白石头，有许多人在那里打他。李清问道：『仙家要这石头何用？』童道：『这个是白玉，因为早晚又有一个尊师该来，故此差人打去，要做第十把交椅。』李清便问道：『这个尊师是什么名姓？』童子道：『连我们也只听得是这等说，怎么知道？便知道，也不好说得，恐怕泄漏天机，被主人见罪。』一头说，一头走，也行了十四五里，都是龟背大路，两旁参天的古树，间着奇花异卉，看不尽的景致。便再走两里，也不觉的。又走过一座高山，这路径渐渐僻小。童子把手指道：『此去不上十里，就是青州北门了。』李清道：『我前日来时，是出南门的，怎么今日却进北门？我生长在青州已七十岁了，那晓得这座云门山是环着州城的。可知道开了此窗，便直看见青州城里。但不知哪一边是前路，哪一边是后路？可指示我，等我日后再来叩见仙长，只打这条路上来，却不省费许多麻绳，吊去云门穴里去？』问未绝口，岂知飕飕的一阵风起，托地跳出一个大虫来，向着李清便扑。惊得李清魂胆俱丧，叫声：『苦也！』望后便倒，吓死在地。可怜：

身名未得登仙府，支体先归虎腹中。

说话的，我且问你：尝闻得古老传说，那青泥白石，乃仙家粮糗。凡人急切难遇，若有缘的尝一尝，便疾病不能侵，妖怪不能近，虎狼不能伤。这李清两件既已都曾饱食，况又在洞府中住过，虽则道心不坚，打发回去，却又原许他七十年后，还归洞府，分明是个神仙了，如何却送在大虫口里！看官们莫要性急，待在下慢慢表白出来。那大虫不是平常吃人的虎，乃是个神虎，专与仙家看山守门的。是那童子故意差来把李清惊吓，只教他迷了来路，原非伤他性命。那李清死去半晌，渐渐的醒转来，口里只叫：『救命，救命！』慢慢挣扎坐起看时，大虫已是不见，连青衣童子也不见去向。跌足道：『罢了！罢了！这童子一定被大虫驮去吃了，可怜！可怜！』却又想道：『那童子是侍从仙长的，料必也有些仙气，大虫如何敢去伤他？决无此理。只是因甚不送我到家，半路就撇了去？』心下好生疑惑，爬将起来，把衣服整顿好了，忽地回头观看，又吃一惊。怎么那来路一划都是高山陡壁，全无路径？连称：『奇怪！奇怪！』口里便说，心中只怕又跳出一个大虫来，却不丧了这条老命。且自负命跑去，约莫走上四五里，却是三叉路口，又没一个行人来往，可以问信。看看日色傍晚，万一走差路头怎了！正在没摆布处，猛然看见一条路上，却有块老大的石头，支出在那里。因而悟道：『仙长传授我的偈语有句道：「见石而行。」却不是教我往这条路去？』果然又走上四五里，早是青州北门了。进了城门，觉得街道还略略可认，只是两边的屋宇，全比往时不同，莫测其故。欲要问人，偏生又不遇着一个熟的。渐渐天色又黑，只得赶回家去。岂知家里房子也都改换，却另起了大门楼，两边八字墙，好不雄壮！李清暗道：『莫非错走到州前来了？』仔细再看：『像便像个衙门，端只是我家里。难道这等改换了，我便不认得？想我离家去，只在云门穴里，不知耽搁了几日，也是有数的。后面钻出小穴来，总是今日这一日，怎么便有这许多差异的事？莫非州里见我不在，就把我家房子白白的占做衙门？可道凡事也不问个主。只可惜今日晚了，拼到明日，打进状词，与他理会。随你官府，也少不得给官价还我。』只得寻个客店安歇，争奈身边一个钱也没有，不免解件衣服下来，换了一贯钱。还觉腹中是饱的，只买一角酒来吃了。便待去睡，终久心下彷徨，这夜如何睡得着。李清在床上翻来覆去，自嗟自叹，悔道：『我怎么倒去抱怨仙长？他明明说我回去将何度日，教我取书一本，别做生理。又道是我回去，就也未有饭吃，把两个煮熟的石子与我，岂不是预知已有今日了。』便去袖里把书一摸，且喜得尚在，只如今未有工夫去看。

待到天明，还了房钱，便遍著青州大街上都走转来。莫说众亲眷子孙没有一个，连那染坊铺面，也没一间留下的。只得陪个小心，逢人便问，岂知个个摇头，人人努嘴，都说道：『我们并不知道有甚李清，也并不曾见说云门山穴里有人下去得的？』只教李清茫然莫知所以。看看天晚，只得又向客店中安歇。到第二日，又向小巷儿里东抄西转，也不曾遇着一个。但是问人，都与大街上说话一般。一发把李清弄呆了，想道：『我也怪前日出来的路径，有些差异，莫非这座青州城是新建的？不是我旧青州，故此没个熟人相遇。天下云门山只有一个，绝无两个。我何不出了南门，径到云门山上一看，若云门山无异，这便是我旧青州了。再慢慢的访问，好歹究出甚的缘故来。』忙忙的奔出南门，径往云门山去。将至山顶，早见一座亭子，想道：『这路径明明是云门山的，几时有个亭子在这里？且待我看是什么亭？』原来题着『烂绳亭。开皇四年立』。李清道：『是了！昔日樵夫曾遇见仙人下棋，他看得一局棋完，不得已过了多少年岁。这斧柄坐在身下，已烂坏了，至今世人传说烂柯的故事。多分是我众子孙，道我将这麻绳吊下云门穴底，也去遇了神仙，把绳都烂掉在山上，故建立这座亭子，名为烂绳亭。无非要四方流传，做个美谈的意思。看他后面写着开皇四年立，却不仍是今年的日月，怎么城里人家就是这等改换了？且再到上边去看。』只见当着穴门，竖个碑石，题道：『李清招魂处。』李清吓了一跳道：『我现今活活的在此，又不曾死，要招我的魂做什么？』又想了一想道：『是了是了！是我下到这般险处，提起竹篮上来，又不见了我，疑心道死了，故在此招我的魂回去。』又想一想道：『咦！莫非我真个死了，今日是魂灵到此？』心下彷徨起来，不能自决。想道：『既是招魂，必有个葬处，若是葬，必在祖茔左右。人家虽有改换之日，祖宗坟墓，却千年不改换的。何不再去祖坟上一看，或者倒有个明白。』下了云门山，一径的转过东门，远远望见祖坟上，山势活似一条青龙，从天上飞将下来的。想起：『《葬经》上面有云：「山如凤举，或似龙蟠，一千年后，当出仙宫。」看我家祖坟上有这等风水，怎么刚出得我一个，才遇见仙人，又被赶逐回家，焉能够升天日子。却不知这风水，毕竟应在哪个身上？』到了祖坟，不免拜了两拜。只见许多合抱的青松白杨，尽被人伐去。坟上的碑石，也有推倒的，也有打断的，全不似旧时模样。不胜凄感，叹道：『我家众子孙，真个都死断了，就没一个来到坟上照管？』单有一个碑，倒还是竖着的，碑上字迹，仿佛可认，乃是『故道士李清之墓』七个字。李清道：『既是招魂葬，无过把些衣冠埋在里面，料必是个空冢。只是碑石已被苔藓驳蚀几尽，须不是开皇四年立的，可知我死已多时了。今日来家的，一定是我魂灵，故此幽冥间隔，众亲眷子孙，都不得与我相见。不然，这上千上万的人，怎么就没一个在的？』那李清满肚子疑心：『只当青天白日做梦一般。又不知是生，又不知是死，教我那里去问个明白？』正在彷徨之际，忽听得隐隐的渔鼓简响，走去看时，却是东岳庙前一个瞎老儿，在那里唱道情，向着人掠钱。方才想起：『临出山时，仙长传授我的偈语，第二句道：「听简而问。」这个不是渔鼓简？我该问他的。且自站在一边，待众人散后，过去问他便了。』只见那瞎老儿，只掠得十来文钱，便没人肯出。内中一个道：『先生，你且说唱起来，待我们敛足与你。』瞽者道：『不成不成！我是个瞎子，倘说完了，都一溜走开，哪里来寻讨？』众人道：『岂有此理！你是个残疾人，哄了你也不当人子。』那瞽者听信众人，遂敲动渔鼓简板，先念出四句诗来道：

暑往寒来春复秋，夕阳桥下水东流。将军战马今何在？野草闲花满地愁。

念了这四句诗，次弟敷衍正传，乃是『庄子叹骷髅』一段话文，又是道家故事，正合了李清之意。李清挤近一步，侧耳而听，只见那瞽者说一回，唱一回，正叹到骷髅皮生肉生，复命回阳，在地下直跳将起来。那些人也有笑的，也有嗟叹的，却好是个半本，瞽者就住了鼓简，待掠钱足了，方才又说，此乃是说评话的常规。谁知众人听话时一团高兴，到出钱时面面相觑，都不肯出手。又有身边没钱的，假意说几句冷话，佯佯的走开去了。刚刚又只掠得五文钱。那掠钱的人心中焦躁，发起喉急，将众人乱骂。内中有一后生出尖揽事，就与那掠钱的争嚷起来。一递一句，你不谦，我不让，便要上交厮打，把前后掠的十五文钱，撒做一地。众人发声喊，都走了。有几个不走的，且去劝厮打，单撇着瞽者人。李清动了个恻隐之心，一头在地上捡起那十五文钱，交付与瞽者，一头口里叹道：『世情如此硗薄，钱财恁般珍重！』瞽者接钱在手，闻他叹语，问道：『你是兀谁？』李清道：『老汉是问信的。你若晓得些根由，到送你几十文酒钱。』瞽者道：『问什么信？』李清道：『这青州城内有个做染匠的李家，你可晓得么？』瞽者道：『在下正姓李，敢问老翁高姓大名？』李清道：『我叫做李清，今年七十岁了。』瞽者笑道：『你怎么欺我瞎子，就要讨我的便宜。我也不是个小伙子，年纪倒比你长些，今年七十六岁了。只我嫡堂的叔曾祖，叫做李清。你怎么也叫做李清？』李清见他说话有些来历，便改着口道：『天下尽有同名同姓的，岂敢讨你的便宜？我且问你，那令曾叔祖如今到哪里去了？』瞽者道：『这说话长哩。直在隋文帝开皇四年，我那叔曾祖也是七十岁，要到云门山穴里，访什么神仙洞府，备下了许多麻绳，一吊吊将下。去。

你道这个穴里，可是下去得的？自然死了。原来我家合族全仗他一个福力。自他死后，家事都就零落。况又遭着兵火，遂把我合族子孙都灭尽了。单留得我一个现世报，还在这里却又无男无女，靠唱道情度日。』李清暗忖道：『原来却认我死在云门穴里了。』又问道：『他吊下云门穴去，才只一年里面，怎么家事就这等零落得快？合族的人也这等死灭得尽？』瞽者道：『哎呀！敢是你老翁说梦哩。如今须不是开皇四年，是大唐高宗皇帝永徽五年了。隋文帝坐了二十四年天下，传与炀帝，也做了十四年，被宇文化及谋杀了，因此天下大乱。却是唐太宗打了天下，又让与父亲做皇帝，叫做高祖，坐了九年。太宗自家坐了二十三年。如今皇帝就是太宗的太子，以登基五年了。从开皇四年算起，共是七十二年。我那叔曾祖去世时节，我只有得五岁，如今现活七十六岁了，你还说道快哩。』李清又道：『闻得李家族里，有五六千丁，便隔得七十三年，也不该就都死火，只剩得你一个。』瞽者道：『老翁，你怎知这个缘故？只因我族里人，都也有些本事，会光着手赚得钱的。不料隋炀帝死后，有个王世充造反，到我青州，看见我族里人丁精壮，尽皆拿去当军。那王世充又十分不济，屡战屡败，遂把手下军马，都消折了。我那时若不亏着是个带残疾的，也留不到今日。』李清听了这一篇说话，如梦初觉，如醉方醒，把一肚子疑心，才得明白。身边只有三四十文钱，尽数送与瞽者。也不与他说明这些缘故，便作别转身，再进青州城来。

一路想道：『古诗有云：「山中方七日，世上已千年。」果然有这等异事！我从开皇四年吊下云门穴去，往还能得几日，岂知又是唐高宗永徽五年，相隔七十二年了。人世光阴，这样容易过的。若是我在里面多住几时，却不连这青州城也没有了。如今我的子孙已都做故人，自己住的高房大屋，又皆属了别姓，这也不必说起。只是我身边没有半分钱钞，眼前又别无熟识可以挪借，教我把什么度日？左右也是个死，那仙长何苦定要赶我回来怎的？』叹了几声，想了一会，猛然省道：『我李清这般懵懂，怎么思量还要做仙哩？我临出门时，仙长明明说我回家来，怕没饭吃，曾教我到他书架上拿本书去。如今现在袖里，何不取出书来，看道另做什么生意？』你道这本书是什么书？原来是本医书，专治小儿的病症，也不多几个方子在上面。那李清看见，方才悟道：『仙长曾对我说，此去不消七十多年，依旧容我来到那里。我想这七十年，非比云门穴底下，须在人世上好几时，不是容易过的。况我老人家从来药材行里不曾着脚，怎便莽莽广广的要去行医！且又没些本钱，置办药料。不如到药铺里寻个老成人，与他商量，好做理会。』刚刚走得三百余步，就有一个白粉招牌，上写着道：『积祖金铺出卖川广道地生熟药材。』当下李清看见，便大喜道：『仙长传授我的第三句偈语，说道：「旁金而居。」这不是姓金的了？世称神仙未卜先知，岂不信哉！岂不信哉！』只见铺中坐的，还不上二十多岁，叫做金大郎。李清连忙向前，与他唱个喏，问道：『你这药材，还是现卖，也肯赊卖？』金大郎道：『别人家买药的，就要现钱才卖。只有行医开铺的，是长久主顾，但要药料，只上个帐簿取去，或一季或一月一算，总数还钱。叫做半赊半现。』李清便扯个谎道：『我原是个幼科医人，一向背着包沿村走的。如今年纪老了，也要开个铺面，坐地行医，不知那里有空房，可以赁住？乞赐指引。也好与贵铺做个主顾。』金大郎道：『就是我家隔壁有一间空房。不见门上贴着招赁两字么？只怕窄狭，不够居住。』李清道：『我老身别无家小，便一间也尽够了。只是铺前须要竖面招牌，铺内须要药厢药刀，各色家伙，方才像个行医的。这几件，都在哪里去置办？不知可也赊得否？』金大郎道：『我铺里尽有现成余下的在此，我一发都借了你去。待生意兴旺时，连那药帐，一总算还与我，岂不两得其便。』

那李清亏得金大郎一力周旋，就在他药铺间壁住下。想起：『当初在云门山上，与亲族告别之时，曾有诗云：「翻笑壶公曾得道，犹烦市上有悬壶。」不意今日回来，又要行医，却不应了两句谶语。』遂在门前横吊起一面小牌，写着『悬壶处』三个字。直竖起一面大牌，写着『李氏专医小儿疑难杂症』十个字。铺内一应什物家伙，无不完备。真个装一佛像一佛，自然像个专门的太医起来。

恰好这一年青州城里，不论大小人家，都害时行天气，叫做小儿瘟，但沾着的便死。那幼科就没请处，连大方脉的，也请了去。岂知这病偏生厉害，随你有名先生下的药，只当投在水里，眼睁睁都看他死了。只有李清这老儿古怪，不消自到病人家里切脉看病，只要说个症候，怎生模样，便信手撮上一帖药。也不论这药料，有贵有贱，也不论见效不见效，但是一帖，要一百个钱。若讨他两帖的，便道：『我的药，怎么还用两帖？情愿退还了钱，连这一帖也不发了。』那讨药的人，都也半信半不信。无奈病势危急，只得也赎一帖回去吃看。你道有这等妙药？才到得小儿口里，病就好一半，一咽咽下肚里去，便全然好了。还有拿得药回去，小儿已是死了的，但要煎的药香，冲在那小儿鼻孔内，就醒将转来。这名头就满城传遍，都称他做李一帖。从此后，也不知医好了多少小儿，也不知赚过了多少钱钞。我想李清是个单身子，日逐用度有限，除算还了房钱药钱，和那什物家伙钱以外，赢余的难道似平时积攒生日礼一般，都烂掉在家里？毕竟有个来处，也有个去处。

原来李清这一次回来，大不似当初性子，有积无散。除还了金大郎铺内赊下各色家伙，并生熟药料的钱，其余只够了日逐用度，尽数将来赈济贫乏，略不留难。这叫做广行方便，无量功德，以此声名越加传播。莫说青州一郡，遍齐鲁地方，但是要做医的，闻得李一帖名头，哪一个不来拜从门下，希图学些方术。只见李清再不看甚医书，又不亲到病人家里诊脉。凡遇讨药人来，收了铜钱便撮，只上一帖药，又不多几样药味。也有说来病症是一样的，倒与他各样的药；也有说来病症是各样的，倒与他一样药。但见拿药去吃的，无有不效。众皆茫然，莫测其故，只得觅个空间，小心请教。李清道：『你等疑我不曾看脉，就要下药。不知医道中，本以望闻问切，目为神圣工巧，可见看脉是医家第四等，不是上等。况小儿科与大方脉不同，他气血未全，有何脉息，可以看得？总之，医者意也。无过要心下明，指下明，把一个意思揣摩将去。怎么靠得死方子，就好疗病？你等但看我的下药，便当想我所以下药的意思。那《大观本草》这部书，却不出在我山东的。你等熟读本草，先知了药性，才好用药。上者要看本年是甚司天，就与他分个温凉。二者看害病的是那地方人，或近山或近水，就与他分个燥湿。三者看是甚等样人家，富贵的人，多分柔脆，贫贱的人，多分坚强，就与他分个消补。细细的问了症候，该用何等药味，然后出些巧思，按着君臣佐使，加减成方，自然药与病合，病随药去。所以古人将用药比之用兵，全在用得药当，不在药多。赵括徒读父书，终致败灭，此其鉴也。』众等皆拜谢教而退。岂知李清身边，自有薄薄的一本仙书，怎肯轻易泄漏？正是：

小儿有命终须救，老子无书把甚看。

李清自唐高宗永徽五年行医开铺起，真个光阴迅速，不觉过了第六年，又是显庆五年，龙朔三年，麟德二年，乾封二年，总章二年，咸亨四年，上元二年，仪凤三年，调露一年，永隆一年，开耀一年，一总共是二十七年了。这一年却是永淳元年，忽然有个诏书下来，说御驾亲幸泰山，要修汉武帝封禅的故事。你道如何叫做封禅？只为天下五座名山，称做五岳。五岳之中无如泰山，尤为灵秀，上通于天，云雨皆从此出。故有得道的皇帝，遇着天下太平，风调雨顺，亲到泰山顶山，祭祀岳神，刻下一篇纪功德的颂，告成天地。那碑上刻的字，都是赤金填的，叫做金书。碑外又有个白玉石的套子，叫做玉检。最是朝廷盛举。那天帝是不好欺的，颂上略有些不实，便起怪风暴雨，不能终事。这也不是汉武帝一个创起的，直从大禹以前，就有七十九代，都曾封禅。后来只有秦始皇和汉武帝两个，这怎叫得有道之君。无非要粉饰太平，侈人观听。毕竟秦始皇遇着大雨，只得躲避松树底下；汉武帝下山，也被伤了左足。故此武帝之后，再没有敢去封禅的。那唐高宗这次诏书，已是第三次了。青州地方，正是上泰山的必由去处。刺史官接了诏，不免点起排门夫，填街砌路，迎候圣驾。那李清既有铺面，便也编在人夫数内，催去着役。

其时青州自有了李清行医，羞得那幼科先生，都关了铺门，再没个敢出头的。若教他去做夫砌路，万一小儿们有个急病，一时怎么就请得他到，讨得药吃？因此合郡的人，都到州里去替他禀脱。少不得推几个能言会语的做头，向前禀道：『现今行医的李清已是九十七岁，近百的人，有什么气力当夫？我们情愿替他出钱，另雇精壮少年应役，仍留他在铺里，也好保全我一州的小儿性命。』原来李清开铺这一年，依还说是七十岁。因此人只认他九十七岁，那知他已是一百六十八岁了。从来律上凡七十以上的，即系是年老，准免差役。所以合郡的人，借这个名色，要与他雇工替役，仍留他在铺行医。岂知州刺史是岭南人，他那地方，最是信巫不信医的，说道：『虽然李清已有九十七岁，想他筋力强健，尽好做工，怎么手里撮得药，偏修不得路？不见姜太公八十二岁，还要辅佐周武王，兴兵上阵。既做了朝廷的百姓，死与则索要做，躲避到哪里去？总便他会医小儿，难道偌大一坐青州，只有他幼科一个？查他开铺以来，只得二十七年，以前的青州人家小儿，也不曾见都死绝了。怎么独独除下他一个名字，何以服众？』随他合郡的人再三苦禀，只是不听。急得那许多人就没个处置。都走到李清铺前商议，要央个紧要的分上，再去与州官说。李清道：『多谢列位盛情！以我老朽看来，倒不去说也罢。你道一些小事，有何难听。听那州官这等拘执，无过虑着圣驾亲来，非寻常上司之比。少有不当，便是砍头的罪过，故此只要正身著役，恐怕雇工的做出事来，以后不好查究。做官的肚肠，大概如此，断然不肯再听人说。但我揣度事势，这诏书也多分要停止的。在麟德二年一次，调露元年又一次，如今却是第三次。既是前两次不来，难道这一次又来得成？包你五日里面，就有决裂。不若且放下胆，凭他怎生样差拨便了。』众人听了这篇说话，都怪道：『眼见得州里早晚就要佥了牌，分了路数，押夫着役，如火急一般，那老儿倒说得冰也似冷。若是诏书一日不停止，怕你一日不做夫！我们倒思量与他央个分上，保求顶替，他偏生自要去当。想是在铺里收钱不迭，只要到州里去领他二分一日的工食哩。』都冷笑一声，各自散去。岂知高宗皇帝这一次，已是决意要到泰山封禅。诏下礼部官，草定了一应仪注，只待择个黄道吉日，御驾启行。忽然患了个痿痹的症候，两只脚都站不起来，怎么还去行得这等大礼？因此青州上司，隔不得三日之内，移文下来，将前诏停止。那合郡的人，方信李清神见，越加叹服。

原来山东地面，方术之士最多。自秦始皇好道，遣徐福载了五百个童男童女到蓬莱山，采不死之药。那徐福就是齐人。后来汉武帝也好道，拜李少君为文成将军，栾大为五利将军，日逐在通天台、竹宫、桂馆，祈求神仙下降。那少君栾大也是齐人。所以世代相传，常有此辈。一向看见李清自七十岁开医铺起，过了二十七年，已是近百的人，再不见他添了一些儿老态，反觉得精神颜色，越越强壮，都猜是有内养的。

如今又见他预知过往未来之事，一定是得道之人，与董奉韩康一般，隐名卖药。因此那些方士，纷纷然都来拜从门下，参玄访道，希图窥他底蕴。屡屡叩问李清，求传大道。李清只推着老朽，原没甚知觉，唯有三十岁起，便绝了欲，万事都不营心，图个静养而已，所以一向没病没痛，或者在此。方士们疑他隐讳，不肯轻泄。却又问道：『寿便养得，那过去未来之事，须不是容易晓得的。不知老师有何法术，就预期五日内当有停止诏书消息？』李清道：『我那里真是活神仙，能未卜先知的人。岂不知孔夫子萍实商羊故事！只是平日里听得童谣，揣度将去，偶然符合。盖因童谣出于无心，最是天地间一点灵机，所以有心的试他，无有不验。我从永徽五年，在此开医铺起，听见龙朔年间，就有个童谣，料你等也该记得的。那童谣上说道：「上泰山高，高几层？不怕上不得，倒怕不得登。三度征兵马，旁道打腾腾。三度去，登不得。」果然前两度已验，故知今次断无登理。大抵老人家闻见多，经验多，也无过因此识彼，难道有甚的法术不成！』这方士们见他不肯说，又常是收钱撮药，忙忙的没个闲暇。还有那伙要赈济的来打搅，以此渐渐的也散去了。明年高宗皇帝晏驾，却是武则天皇后临朝，坐了二十一年，才是太子中宗皇帝，坐了六年，又被韦皇后谋乱。却是睿宗皇帝除了韦后，也坐了六年，传位玄宗皇帝。初年叫做开元，不觉又过了九年，总共四十三年，满青州城都晓得李清已是一百四十岁。一来见他医药神效如旧，二来容颜不老，也如旧日，虽或不是得道神仙，也是个高年人瑞。因此学医的，学道的，还有真实信他的，只在门下不肯散去。正是：

神仙原在阎浮界，骨肉还须夙世成。

话分两头，却说玄宗天子也志慕神仙，尊崇道教。拜着两个天师，一个叶法善，一个邢和璞，皆是得道的，专为天子访求异人，传授玄素赤黄，及还婴溯流之事。这一年却是开元九年，邢、叶二天师奏道：『现有三个真仙在世，一个叫做张果，是恒州条山人。一个叫做罗公远，是鄂州人。一个叫做李清，是北海人。虽然在烟霞之外，无意世上荣华，若是朝廷虔心遣使聘他，或者肯降体而来，也未可知。』因此玄宗天子，差中书舍人徐峤去聘张果，太常博士崔仲芳去聘罗公远，通事舍人裴晤聘李清。三个使臣辞朝别圣，捧着玺书，各自去征聘不题。

原来李清尘世限满，功行已圆。自然神性灵通，早已知裴舍人早晚将到，省起昔日仙长吩咐的偈语：『第四句说道：「先裴而遁。」这个遁字，是逃遁之遁，难道叫我逃走不成？明明是该尸解去了。』我道怎么叫做尸解？从来仙家成道之日，少不得要离人世。有一样白日飞升的谓之羽化，有一样也似世人一般死了的，只是棺中到底没有尸骸，这为之尸解。惟有尸解这门，最是不同。随他五行，皆可解去。以此世人都有不知道他是神仙的。

且说李清一个早起，教门生等休挂牌面，说道：『我今日不卖药了，只在午时，就要与汝等告别。』众门生齐吃一惊，道：『师父好端端的，如何说出这般没正经话来？况弟子辈久侍门下，都不曾传授得师父一毫心法，怎的就去了？还是再留几时，把玄妙与弟子们细讲一讲。那时师父总然仙去，道统流传，使后世也知师父是个有道之人。』李清笑道：『我也没甚玄秘可传，也不必后人晓得。今大限已至，岂可强留。只是隔壁金大郎，又不在此。可烦汝等为我买具现成棺木，待我气绝之后，即便下棺，把钉钉上，切不可停到明日。我铺里一应家伙什物，都将来送与金大郎，也见得我与他七十年老邻老舍，做主顾的意思。』众门生一一领命，流水去买办棺木等件，顷刻都完。那金大郎也年八十九岁了，筋骨亦甚强健，步履如飞，挣了老大家业，儿孙满堂，人都叫他是金阿公。只有李清还在少年时看他老起来的，所以原呼他为大郎。那日起五更往乡间去了，所以不在。李清到了午时，香汤沐浴，换了新衣，走入房中。那些门生都紧紧跟着。李清道：『你们且到门首去，待我静坐片时，将心境清一清，庶使临期不乱。』问：『金大郎回了，请来面别，也不枉一向相处之情。』众门生依言，齐走出门，就问金大郎，却还未回。隔了片时，进房观看李清，已是死了。众门生中，也有相从久的，一般痛哭流涕，也有不长俊的，只顾东寻西觅，搜索财物。乱了一回，依他吩咐，即便入棺。原来这尸也有好些异处，但见他一双手，两只脚，都交在胸前，如龙蟠一般。怎好便放下去？待要与他扯一扯直，岂知是个僵尸，就如一块生铁打成，动也动不得。只得将就抬入棺中，钉上材盖，停在铺里。李清是久名向知的，顷刻便传遍了半个青州城，主顾人家都来吊探。众门生迎来送往，一个个弄得口苦舌干，腰驼背曲。有诗为证：

百年踪迹混风尘，一旦辞归御白云。羽盖霓旌何处在？空留药臼付门人。

却说通事舍人裴晤，一路乘传而来，早到青州境上。那刺史官已是知得，帅着合郡父老，香烛迎接。直到州堂开读诏书，却是征聘仙人李清。刺史官茫然无知，遂问众父老。父老们禀道：『青州地方，但有个行小儿科的李清，他今年一百四十岁，昨日午时，无病而死。此外并不曾闻有甚仙人李清在那里。』裴舍人见说，倒吃了一惊，叹道：『下官受了多少跋涉，赍诏到此，正聘行医的仙人李清，指望敦请得入朝，也叫做不辱君命。偏生不凑巧，刚刚的不先不后，昨日死了。连面也不曾得见。这等无缘，岂不可惜！我想汉武帝时，曾闻得有人修得神仙不死之药，恃差中大夫去求他药方。这中大夫也是未到前，适值那人死了。武帝怪他去迟，不曾求得药方，要杀这大夫。亏着东方朔谏道：「那人既有不死之药，定然自己吃过，不该死了。既死了，药便不验，要这方也没用。」武帝方悟。今幸我天子神明，胜于汉武，纵无东方朔之谏，必不至有中大夫之恐。但邢、叶二天师既称他是仙人，自当后天不老，怎么会死？若果死，就不是仙人了。虽然如此，一百四十岁的人，无病而死，便不是仙人，却也难得。』即便吩咐州官，取左右邻不扶结状。见得李清平日有何行谊，怎地修行的，于某年月某日时，已经身死，方好复命。刺史不敢怠慢，即唤李清左近邻佑，责令具结前来，好送天使起身。那些邻舍领命出去。内中一个道：『我们尽是后生，不晓得他当初来历详细，如何俱结？闻说止有金阿公是他起头相处的，必然知他始末根由。昨日往乡间去了，少不得只在今日明早便归，待他斟酌写一张，同去呈递，也好回答。』众人齐称有理，同回家去。恰好金老儿从乡间归来，一个人背着一大包草头跟着，劈面遇见。众人迎住道：『好了，金阿公回也！你昨日不到乡间去，也好与你老友李太医作别。』金老儿道：『他往哪里去，要作别？』众人道：『他昨日午时，已辞世了。』金老儿道：『罪过！罪过！我昨日在南门遇见的，怎说恁样话咒他？』众人反吃一惊道：『死也死了，怎么你又看见？想是他的魂灵了。』金老儿也惊道：『不信有这等奇事！』也不回家，一径奔到李清铺里，只见摆着灵柩，众门生一片都带着白，好些人在那里吊问。金老儿只管摇首道：『怪哉！怪哉！』众门生向前道：『我师父昨日午时归天了，因为你老人家不在，这灵柩还停在此。』又递过一张单来，道：『铺内一应什物家伙，遗命送与你做遗念的。』金老儿接了单，也不观看，只叫道：『难道真个死了！我却不信。』众邻舍问道：『金阿公，你且说昨日怎的看见他来？』金老儿道：『昨日我出门虽早，未出南门，就遇了一个亲戚，苦留回去吃饭，直弄到将晚，方才别得。走到云门山下，已是午牌时分，因见了几种好草药，方在那里收采。撞见一个青衣童子，捧个香炉前去，我也不在其意。不上六七十步，便是你师父来，不知何故，左脚穿着鞋子，右脚却是赤的。我问他到哪里去？他说道：「我因云门山上烂绳亭子里，有九位师父师兄，专等我说话，还有好几日，未得回来哩。」他又在袖里取出一封书，一个锦囊，囊里像是个如意一般，递与我，教带到州里，好好的送甚裴舍人，不要误了他事。即今书与锦囊现在我处，如何却是死了？』便向袖中摸出来看。众门生起初疑心金老捣鬼，还不肯信。直待见了所寄东西，方才信道：『且莫论午时不午时，只是我师父，从不见出铺门，怎有这东西寄送？岂不古怪！』众邻舍也道：『真也是稀见的事！他已死了，如何又会寄东西？却又先晓得裴舍人来聘他，便做道魂灵出现，也没恁般显然！一定是真仙了。』金老儿问道：『什么裴舍人聘他？』众邻舍将朝廷差裴舍人征聘，州官知得已死，着令结状之事说出。金老儿道：『原来如此。如今他既有信物，何必又要结状。我同你们去叩见州官，转达天使。』众人依着金老说话，一齐跟来。金老儿持了书与锦囊，直至州中，将李清昨日遇见寄书的话禀知。州官也道奇异，即带一干人同去回覆天使。那裴舍人正道此行没趣，连催州里结状，就要起身。只见州官引众人捧着书礼，禀是李清昨日午时，转托邻佑金老儿送上天使的，请自启看。裴舍人就教拆开书来，却是一通谢表。表上说道：

陛下玉书金格，已简于九清矣。真人降化，保世安民，但当法唐虞之无为，守文景之俭约。恭候运数之极，便登蓬阆之庭。何必木食草衣，刳心灭智，与区区山泽之流，学习方术者哉！无论臣初窥大道，尚未证入仙班。即张果仙尊，罗公远道友，亦将告还方外，皆不能久侍清朝，而共佐至理者也。昔秦始皇远聘安期生于东海之上，安期不赴，因附使者回献赤玉舄一双。臣虽不才，敢忘答效？谨以绿玉如意一枚，聊布鄙忱，愿陛下鉴纳。

裴舍人看罢，不胜叹异，说道：『我闻神仙不死，死者必尸解也。何不启他棺看？若果系空的，定为神仙无疑。却不我回朝去，好复圣上，连众等亦解了无穷之惑。』合州官民皆以为然。即便同赴铺中，将棺盖打开看时，棺中止有青竹杖一根，鞋一只，竟不知昨日尸首在哪里去了？倒是不开看也罢，既是开看之后，更加奇异。但见一道青烟，冲天而起，连那一具棺木，都飞向空中，杳无踪影。唯闻得五样香气，遍满青州，约莫三百里内外，无不触鼻。裴舍人和合州官民，尽皆望空礼拜。少不得将谢表锦囊，好好封裹，送天使还朝去讫。到得明年，普天下疫疠大作，只有青州但闻的这香气的，便不沾染。方知李清死后，为着故里，犹留下这段功果。至今云门山上立祠，春秋祭祀不绝。诗云：

观棋曾说烂柯亭，今日云门见烂绳。尘世百年如旦暮，痴人犹把利名争。

第三十九卷 汪大尹火焚宝莲寺

削发披缁修道，烧香礼佛心虔。不宜潜地去胡缠，致使清名有玷。
念佛持斋把素，看经打坐参禅。逍遥散诞胜神仙，万贯腰缠不羡。

话说昔日杭州金山寺有一僧人，法名至慧，从幼出家，积资富裕。一日在街坊上行走，遇着了一个美貌妇人。不觉神魂荡漾，遍体酥麻，恨不得就抱过来，一口水咽下肚去。走过了十来家门面，尚回头观望。心内想道：『这妇人不知是甚样人家？却生得如此美貌！若得与他同睡一夜，就死甘心！』又想道：『我和尚一般是父娘生长，怎地剃掉了这几茎头发，便不许亲近妇人？我想当初佛爷也是扯淡，你要成佛作祖，只戒自己罢了。却又立下这个规矩，连后世的人都戒起来。我们是个凡夫，哪里打熬得过！又可恨昔日置律法的官员，你们做官的出乘骏马，人罗红颜，何等受用！也该体恤下人，积点阴骘，偏生与和尚做尽对头，设立恁样不通理的律令！如何和尚犯奸，便要责杖？难道和尚不是人身？就是修行一事，也出于各人本心，岂是捉缚加拷得的！』又归怨父母道：『当时既是难养，索性死了，倒也干净！何苦送来做了一家货，今日教我寸步难行。恨得这口怨气，不如还了俗去，娶个老婆，生男育女，也得夫妻团聚。』又想起做和尚的不耕而食，不织而衣，住下高堂精舍，烧香吃茶，恁般受用，放掉不下。一路胡思乱想，行一步，懒一步，慢腾腾的荡至寺中。昏昏闷坐，未到晚便去睡卧。心上记挂这美貌妇人，难得到手，长吁短叹，怎能合眼。想了一回，又叹口气道：『不知这佳人姓名居止，我却在此痴想，可不是个呆子！』又想道：『不难，不难，女娘弓鞋小脚，料来行不得远路，定然只在近处。拼几日工夫，到那答那方，寻访消息。或者姻缘有分，再得相遇，也未可知。那时暗地随去，认了住处，寻个熟脚，务要弄他到手。』算计已定，盼望天明，起身洗盥，取出一件新做的绸绢褊衫，并着干鞋净袜，打扮得轻轻薄薄，走出房门，正打从观音殿前经过。暗道：『我且问问菩萨，此去可能得遇？』遂双膝跪到，拜了两拜。向桌上拿过签筒，摇了两三摇，扑的跳出一根。取起看时，乃是第十八签，注着『上上』二字。记得这四句签决云：

天生与汝有姻缘，今日相逢岂偶然。莫惜勤劳问贪懒，管教目下胜从前。

求了这签，喜出望外道：『据这签诀上，明明说只在早晚相遇，不可错过机会。』又拜了两拜，放下签筒，急急到所遇之处。见一妇人，冉冉而来。仔细一觑，正是昨日的欢喜冤家，身伴并无一人跟随。这时又惊又喜，想道：『菩萨的签果然灵验，此番必定有些好处。』紧紧的跟在后边。那妇人向着侧边一个门面，揭起斑竹帘儿，跨脚入去，却又掉转头，对他嘻嘻的微笑，把手相招。这和尚一发魂飞天外，喜之不胜。用目四望，更无一人往来，慌忙也揭起帘儿，径钻进去问讯。那妇人也不还礼，绰起袖子望头上一扑，把僧帽打下地来，又赶上一步，举起尖翘翘小脚儿一蹴，谷碌碌直滚开在半边，口里格格的冷笑。这和尚惟觉得麝兰扑鼻，说道：『娘子休得取笑！』拾取帽子戴好。那妇人道：『你这和尚，青天白日，到我家来做甚？』至慧道：『多感娘子错爱，见招至此，怎说这话！』此时色胆如天，也不管他肯不肯，向前搂抱，将衣服乱扯。那妇人笑道：『你这贼秃！真是不见妇人面的，怎的就恁般粗卤！且随我进来。』弯弯曲曲，引入房中，彼此解衣，抱向一张榻上行事。刚刚肤肉相凑，只见一个大汉，手提钢斧，抢入房来，喝道：『你是何处秃驴？敢至此奸骗良家妇女！』吓得至慧战做一团，跪到在地下道：『是小僧有罪了！望看佛爷面上，乞饶狗命。回寺去诵十部《法华经》，保佑施主福寿绵长。』这大汉那里肯听，照顶门一斧，砍翻在地。你道被这一斧，还是死也不死？原来想极成梦，并非实境。这和尚撒然惊觉，想起梦中被杀光景，好生害怕。乃道：『偷情路险，莫去惹他，不如本分还俗，倒得安稳。』自此即蓄发娶妻，不上三年，痨瘵而死。离寺之日，曾作诗云：

少年不肯戴儒冠，强把身心赴戒坛。雪夜孤眠双足冷，霜天剃发髑髅寒。朱楼美女应无分，红粉佳人不许看。死后定为惆怅鬼，西天依旧黑漫漫。

适来说这至慧和尚，虽然破戒还俗，也还算做完名全节。如今说一件故事，也是佛门弟子。只为不守清规，弄出一场大事，带累佛面无光，山门失色。这话文出在何处？出在广西南宁府永淳县，在城有个宝莲寺。这寺还是元时所建，累世相传，房廊屋舍，数百多间，田地也有上千余亩。钱粮广盛，衣食丰富，是个有名的古刹。本寺住持，法名佛显，以下僧众，约有百余，一个个都分派得有职掌。凡到寺中游玩的，便有个僧人来相迎，先请至净室中献茶，然后陪侍遍寺随喜一过。又罢设茶食果品相待，十分尽礼。虽则来者必留，其中原分等则。若遇官宦富豪，另有一般延款，这也不必细说。大凡僧家的东西，赛过吕太后的筵宴，不是轻易吃得的！却是为何？那和尚们名虽出家，利心比俗人更狠，这几瓯清茶，几碟果品，便是钓鱼的香饵。不管贫富，就送过一个疏簿，募化钱粮，不是托言塑佛妆金，定是说重修殿宇。再没话讲，便把佛前香灯油为名，若遇着肯舍的，便道是可忧之家，面前千般谄谀，不时去说骗。设遇着不肯舍的，就道是鄙吝之徒，背后百样诋毁，走过去还要唾几口涎沫。所以僧家再无个餍足之期。又有一等人，自己亲族贫乏，尚不肯周济分文，到得此辈募缘，偏肯整几两价布施，岂不是舍本从末的痴汉！有诗为证：

人面不看看佛面，平人不施施僧人。若念慈悲分缓急，不如济苦与怜贫。

惟有宝莲寺与他处不同，时常建造殿宇楼阁，并不启口向人募化。为此远近士庶，都道此寺和尚善良，分外敬重，反肯施舍，比募缘的倒胜数倍。况兼本寺相传有个子孙堂，极是灵应，若去烧香求嗣的，真个祈男得男，祈女得女。你道是怎地样这般灵感？原来子孙堂两旁，各设下净室十数间，中设床帐。凡祈嗣的，须要壮年无病的妇女，斋戒七日，亲到寺中拜祷，向佛讨笤。如讨得圣笤，就宿于净室中一宵，每房只宿一人。若讨不得圣笤，便是举念不诚。和尚替他忏悔一番，又斋戒七日，再来祈祷。那净室中四面严密，无一毫隙缝，先教其家夫男仆从，周遭点检一过。恁凭拣择停当，至晚送妇女进房安歇。亲人仆从睡在门外看守，为此并无疑惑。那妇女回去，果然便能怀孕，生下男女，且又魁伟肥大，疾病不生。因有这些效验，不论士宦民庶眷属，无有不到子孙堂求嗣。就是邻邦隔县闻知，也都来祈祷。这寺中每日人山人海，好不热闹。布施的财物，不计其数。有人问那妇女，当夜菩萨有甚显应。也有说梦佛送子的，也有说梦罗汉来睡的，也有推托没有梦的，也有羞涩不肯说的，也有祈后再不往的，也有四时不常去的。你且想：佛菩萨昔日自己修行，尚然割恩断爱，怎肯管民间情欲之事，夜夜到这寺中，托梦送子？可不是个乱话。只为这地方，原是信巫不信医的，故此因邪入邪，认以为真，迷而不悟。白白里送妻女到寺，与这班贼秃受用。正是：

分明断肠草，错认活人丹。

原来这寺中僧人，外貌假作谦恭之态，却到十分贪淫奸恶。那净室虽然紧密，俱有暗道可入。俟至钟声定后，妇女睡熟，便来奸宿。那妇女醒觉时，已被轻薄，欲待声张，又恐反坏名头，只得忍羞而就。一则妇女身无疾病，且又斋戒神清；二则僧人少年精壮，又重价修合种子丸药，送与本妇吞服，故此多有胎孕，十发九中。那妇女中识廉耻的，好似哑子吃黄连，苦在心头，不敢告诉丈夫。有那一等无耻淫荡的，倒借此为由，不时取乐。如此浸淫，不知年代。也是那班贼秃恶贯已盈，天遣一位官人前来。那官人是谁？就是本县新任大尹，姓汪名旦，祖贯福建泉州晋江县人氏。少年科第，极是聪察。晓得此地夷汉杂居，土俗剽悍，最为难治。莅任之后，摘伏发隐，不畏豪横。不上半年，治得县中奸宄敛迹，盗贼潜踪，人民悦服。访得宝莲寺有祈嗣灵应之事，心内不信。想道：『既是菩萨有灵，只消祈祷，何必又要妇女在寺宿歇，其中定有情弊。但未见实迹，不好轻举妄动，须到寺亲验一番，然后相机而行。』择了九月朔日，特至宝莲寺行香，一行人从簇拥到寺前。汪大尹观看那寺周围，都是粉墙包裹，墙边种植古柳高槐。血红的一座朱漆门楼，上悬金书扁额，题着『宝莲禅寺』四个大字。山门对过乃是一带照墙，傍墙停下许多空轿。山门内外，烧香的往来挤拥，看见大尹到来，四散走去。那些轿夫，也都手忙脚乱，将轿抬开。汪大尹吩咐左右，莫要惊动他们。住持僧闻知本县大爷亲来行香，撞起钟鼓，唤齐僧众，齐到山门口跪接。汪大尹直至大雄宝殿，方才下轿。汪大尹看那寺院，果然造得齐整，但见：

层层楼阁，叠叠廊房。大雄殿外，彩云缭绕罩朱扉；接众堂前，瑞气氤氲笼碧瓦。老桧修篁，掩映画梁雕栋；苍松古柏，荫遮曲槛回栏。果然净土人间少，天下名山僧占多。

汪大尹向佛前拈香礼拜，暗暗祷告，要究求嗣弊窦。拜罢，佛显率众僧向前叩见，请入方丈坐下。献茶已毕，汪大尹向佛显道：『闻得你合寺僧人焚修勤谨，戒行精严，都亏你主持之功。可将年贯开来，待我申报上司，请给度牒与你，就署为本县僧官，永持此寺。』佛显闻言，喜出望外，叩头称谢。汪大尹又道：『还闻得你寺中祈嗣最是灵感，可有这事么？』佛显禀道：『本寺有个子孙堂，果然显应的！』汪大尹道：『祈嗣的可要做甚斋醮？』佛显道：『并不要设斋诵经，只要求嗣妇女身无疾病，举念虔诚，斋戒七日，在佛前祷祝，讨得圣笤，就旁边净室中安歇，祈得有梦，便能生子。』汪大尹道：『妇女家在僧寺宿歇，只怕不便。』佛显道：『这净室中，四周紧密，一女一室，门外就是本家亲人守护，并不许一个闲杂人往来，原是稳便的。』汪大尹道：『原来如此。我也还无子嗣，但夫人不好来得。』佛显道：『老爷若要求嗣，只消亲自拈香祈祷，夫人在衙斋戒，也能灵验。』汪大尹道：『民俗都要在寺安歇，方才有效。怎地夫人不来，也能灵验？』佛显道：『老爷乃万民之主，况又护持佛法，一念之诚，便与天地感通，岂是常人可比！』你道佛显为何不要夫人前来？俗语道得好，贼人心虚。他做了这般勾当，恐夫人来时，随从众多，看出破绽，故此阻挡。谁知这大尹也是一片假情，探他的口气。当下汪大尹道：『也说得是。待我另日竭诚来拜，且先去游玩一番。』即起身教佛显引导，从大殿旁穿过，便是子孙堂。那些烧香男女，听说知县进来，四散潜躲不迭。汪大尹看这子孙堂，也是三间大殿，雕梁绣柱，画栋飞甍，金碧耀目。正中间一座神橱内，供养着一尊女神，珠冠璎珞，绣袍彩帔，手内抱着一个孩子，旁边又站四五个男女，这神道便叫做子孙娘娘。神橱上黄罗绣幔，两下银钩挂开，舍下的神鞋，五色相兼，约有数百余双。绣幡宝盖，重重叠叠，不知其数。架上画烛火光，照彻上下。炉内香烟喷薄，贯满殿庭。左边供的又是送子张仙，右边便是延寿星官。汪大尹向佛前作个揖，四下闲走一回，又教佛显引去观宿歇妇女的净室。原来那房子是逐间隔断，上面天花顶板，下边尽铺地平，中间床帏桌椅，摆设得甚是济楚。汪大尹四遭细细看觑，真个无丝毫隙缝。就是鼠虫蚂蚁，无处可匿。汪大尹寻不出破绽，原转出大殿上轿，佛显又率众僧到山门外跪送。

汪大尹在轿上一路沉吟道：『看这净室，周回严密，不像个有情弊的。但一块泥塑木雕的神道，怎地如此灵感？莫不有甚邪神，托名诳惑？』左想右算，忽地想出一个计策。回至县中，唤过一个令史，吩咐道：『你悄地去唤两名妓女，假妆做家眷，今晚送至宝莲寺宿歇。预备下朱墨汁两碗，夜间若有人来奸宿，暗涂其头。明早我亲至寺查勘。切不可走漏消息。』令史领了言语，即去接了两个相熟婊子来家，唤做张媚姐、李婉儿。令史将前事说与，两个妓女见说县主所差，怎敢不依？挨到傍晚，妓女妆束做良家模样，雇下两乘轿子，仆从扛抬铺盖，把朱墨汁藏在一个盒子中，跟随于后，一齐至宝莲寺内。令史拣两间净室，安顿停当，留下家人，自去回覆县主。不一时，和尚教小沙弥来掌灯送茶。是晚祈嗣的妇女，共有十数余人，那个来查考这两个妓女是不曾烧香讨筈过的。须臾间，钟鸣鼓响，已是起更时分，众妇女尽皆入寝。亲戚人等各在门外看守。和尚也自关闭门户进去不题。

且说张媚姐掩上门儿，将银朱碗放在枕边，把灯挑得明亮，解衣上床。心中有事，不敢睡着，不时向帐外观望。约莫一更天气，四下人声静悄。忽听得床前地平下格格的响，还道是鼠虫作耗，抬头看时，见一扇地平板渐渐推过在一边，地下钻出一个人头，直立起来，乃是一个和尚。倒把张媚姐吓了一跳，暗道：『原来这些和尚，设下恁般贼计，奸骗良家妇女，怪道县主用这片心机。』且不做声，看那和尚轻手轻脚，走去吹灭灯火，步到床前，脱卸衣服，揭开帐幔，捱入被中。张媚姐只做睡着。那和尚到了被里，张媚姐假作梦中惊醒，说道：『你是何人？夤夜至此淫污。』举手推他下去。那和尚双手紧紧搂抱，说道：『我是金身罗汉，特来送子与你。』张媚姐趁他情浓深处，伸手醮了银砞，向和尚头上尽都抹到。这和尚只道是爱他，全然不觉。一连要了两次，方才起身下床，递过一个包儿道：『这是调经种子丸，每服三钱，清晨滚汤送下，连服数日，自然胎孕坚固，生育快易。』说罢而去。张媚姐身子已是烦倦，朦胧合眼，觉得身边又有人捱来。张媚姐还道是初起的和尚，推住道：『我顽了两次，身子疲倦，正要睡卧，如何又来？怎地这般不知餍足？』和尚道：『娘子不要错认了，我是方到的新客，滋味还未曾尝，怎说不知餍足？』张媚姐看见和尚轮流来宿，心内惧怕，说道：『我身体怯弱，不惯这事，休得只管胡缠。』和尚道：『不打紧，我有绝妙春意丸在此，你若服了，就通宵顽耍，也不妨得。』即伸手向衣服中，摸个纸包递与。张媚姐恐怕药中有毒，不敢吞服，也把银砞涂了他头上。那和尚比前的又狠，直戏到鸡鸣时候方去。原把地平盖好不题。

再说李碗儿才上得床，不想灯火被蛾儿扑灭，却也不敢合眼。更余时候，忽然床后窸窸的声响，早有一人扯起帐子，钻上床来。捱身入被，把李婉儿双关抱紧，一张口就凑过来做嘴。李婉儿伸手去摸他头上，乃是一个精光葫芦，却又性急，便醮着墨汁满头摩弄，问道：『你是那一房长老？』这和尚并不答言，径来行事。

云雨刚毕，床后又钻一个人来，低低说道：『你们快活得够了，也该让我来顽顽，难道定要十分尽兴。』那和尚微微冷笑，起身自去。李婉儿虽然淫乐，不敢有误县主之事，又蘸了墨汁，向和尚头上周围摸转，说道：『倒好个光头。』和尚道：『娘子，我是个多情知趣的妙人，不比那一班粗蠢东西。若不弃嫌，常来走走。』李婉儿假意应承。云雨之后，一般也送一包种子丸药。到鸡鸣时分，珍重而别。正是：

偶然僧俗一宵好，难算夫妻百夜恩。

话分两头，且说那夜汪大尹得了令史回话。至次日五鼓出衙，唤起百余名快手民壮，各带绳索器械，径到宝莲寺前。吩咐伏于两旁，等候呼唤，随身只带十数余人。此时，天已平明，寺门未开，教左右敲开。里边住持佛显知得县主来到，衣服也穿不及，又唤起十数个小和尚，急急赶出迎接。直到殿前下轿，汪大尹也不拜佛，径入方丈坐下。佛显同众僧叩见，汪大尹讨过众僧名簿查点。佛显教道人撞起钟鼓，唤集众僧。那些和尚都从睡梦中惊醒，闻得知县在方丈中点名，个个仓忙奔走。不一时都已到齐。汪大尹教众僧把僧帽尽皆除去。那些和尚怎敢不依，但不晓得有何缘故。当时不除到也罢了，才取下帽子，内中显出两个血染的红头，一双墨涂的黑顶。汪大尹喝令左右，将四个和尚锁住，推至面前跪下，问道：『你这四人为何头上涂抹红硃黑墨？』那四僧还不知是哪里来的，面面相觑，无言可对。众和尚也各骇异。汪大尹连问几声，没奈何，只得推称同伴中取笑，并非别故。汪大尹笑道：『我且唤取笑的人来，与你执证。』即教令史去唤两个妓女。谁知都被那和尚们盘桓了一夜，这时正好熟睡。那令史和家人险些敲折臂膊，喊破喉咙，方才惊觉起身，跟至方丈中跪下。汪大尹问道：『你二人夜来有何所见？从实说来。』二妓各将和尚轮流奸宿，并赠春意种子丸药，及硃墨涂顶前后事，一一细说。袖中摸出种子春意丸呈上。众僧见事已败露，都吓得胆战心惊，暗暗叫苦。那四个和尚一味叩头乞命。汪大尹喝道：『你这班贼驴！焉敢假托社道，哄诱愚民，奸淫良善！如今有何理说？』佛显心生一计，教众僧徐徐跪下，禀道：『本寺僧众，尽守清规。止有此四人，贪淫奸恶，屡训不悛，正欲合词呈治，今幸老爷察出，罪实该死。其余实是无干，望老爷超拔。』汪大尹道：『闻得昨晚求嗣的也甚众，料必室中都有暗道。这四个奸淫的，如何不到别个房里，恰恰都聚在一处，入我彀中，难道有这般巧事？』佛显又禀道：『其实净室惟此两间有个私路，别房俱各没有。』汪大尹道：『这也不难，待我唤众妇女来问，若无所见，便与众僧无干。』即差左右，将祈嗣妇女，尽皆唤至盘问。异口同声，俱称并无和尚奸宿。汪大尹晓得他怕羞，不肯实说，喝令左右搜检身边，各有种子丸一包。汪大尹笑道：『既无和尚奸宿，这种子丸是何处来的？』众妇人个个羞得是面红颈赤。汪大尹又道：『想是春意丸，你们通服过了。』众妇人一发不敢答应。汪大尹更不穷究，发令回去。那些妇女的丈夫亲属，在旁听了，都气得遍身麻木，含着羞耻，领回不题。

佛显见搜出了众妇女种子丸，又强辩是入寺时所送。两个妓女又执是奸后送的。汪大尹道：『事已显露，还要抵赖！』教左右唤进民壮快手人等，将寺中僧众，尽都绑缚，只空了香公道人，并两个幼年沙弥。佛显初时意欲行凶，因看手下人众，又有器械，遂不敢动手。汪大尹一面吩咐令史，将两个妓女送回。起身上轿，一行人押着众僧在前。那时轰动了一路居民，都随来观看。汪大尹回到县中，当堂细

空門轉子假作
羅漢真身
妓館佳人錯認
主家少婦

审，用起刑具。众和尚平日本是受用之人，如何熬得？才套上夹棍，就从实招称。汪大尹录了口词，发下狱中监禁，准备文书，申报上司，不在话下。

且说佛显来到狱中，与众和尚商议一个计策。对禁子凌志说道：『我们一时做下不是，悔之无及！如今到了此处，料然无个出头之期。但今早拿时，都是空身，把什么来使用？我寺中向，来积下的钱财甚多，若肯悄地放我三四人回寺取来，禁牌的常例，自不必说，分外再送一百两雪花。』那凌志见说得热闹动火，便道：『我们同辈人多，不由一人作主，这百金四散分开，所得几何，岂不是有名无实。如出得二百两与众人，另外我要一百两偏手。若肯出这数即今就同你去。』佛显一口应承道：『但凭禁牌吩咐罢了，怎敢违拗！』凌志即与众禁了说知，私下押着四个和尚回寺，到各房搜括，果然金银无数。佛显先将三百两交与凌志。众人得了银子，一个个眉花眼笑。佛显又道：『列位再少待片时，待我收拾几床铺盖进去，也好睡卧。』众人连称有理，纵放他们去打叠。这四个和尚把寺中短刀斧头之类，裹在铺盖之中，收拾完备，教香公唤起几个脚夫，一同抬入监去。又买起若干酒肉，遍请合监上下，把禁子灌得烂醉，专等黄昏时候，动手越狱。正是：

打点劈开生死路，安排跳出鬼门关。

且说汪大尹因拿出了这个弊端，心中自喜，当晚在衙中秉烛而坐，定稿申报上司。猛地想起道：『我收许多凶徒在监，倘有不测之变，如何抵当？』即写硃票，差人遍召快手，各带兵器到县，直宿防卫。约莫更初时分，监中众僧取出刀斧，一齐呐喊，砍翻禁子，打开狱门，把重囚尽皆放起，杀将出来。高声喊叫：『有冤报冤，有仇报仇，只杀知县，不伤百姓。让我者生，挡我者死。』其声震天动地。此时值宿兵快恰好刚到，就在监门口战斗。汪大尹衙中闻得，连忙升堂，县旁百姓听越狱，都执枪刀，前来救护。和尚虽然拼命，都是短兵，快手俱用长枪，故此伤者甚多，不能得出。佛显知事不济，遂教众人住手，退入监中，把刀斧藏过，扬言道：『谋反的止是十数余人，都已当先被杀。我等俱不愿反，容至当堂禀明。』汪大尹见事已定，差刑房吏带领兵快，到监查验。将应有兵器，尽数搜出，当堂呈看。汪大尹大怒，向众人说道：『这班贼驴，淫恶滔天，事急又思谋反。我若没有防备，不但我一人遭他凶手，连满城百姓，尽受荼毒了。若不尽诛，何以儆后？』唤过兵快，将出的刀斧，给散与他，吩咐道：『恶僧事虽不谐，久后终有不测，难以防制。可乘他今夜反狱，除一应人犯，留明日审问。其余众僧，各斩首级来报。』众人领了言语，点起火把，蜂拥入监。佛显见执头不好，连叫：『谋反不是我等。』言还未毕，头已落地。须臾之间，百余和尚，齐皆斩讫，犹如乱滚西瓜。正是：

善恶到头终有报，只争来早与来迟。

汪大尹次日吊出众犯，审问狱中缘何藏得许多兵器。众犯供出禁子凌志等得了银子，私放僧人回去，带进兵器等情。汪大尹问了详细，原发下狱，查点禁子凌志等，俱已杀死。遂连夜备文，申详上司，将宝莲寺尽皆烧毁。其审单云：

看得僧佛显等，心沉欲海，恶炽火坑。用智设机，计哄良家祈嗣；穿墉穴地，强邀信女通情。紧抱着娇娥，兀的是菩萨从天降；难推去和尚，则索道罗汉梦中来。可怜嫩蕊新花，拍残狂蝶；却恨温香软玉，抛掷终风。白练受污，不可洗也。黑夜忍辱，安敢言乎！乃使李婉儿硃抹其顶，又遣张媚姐墨涅其颠。红艳欲流，想长老头横冲经水；黑煤如染，岂和尚颈倒浸墨池。收送福堂，波罗蜜自做甘受，陷入色界，磨兜坚有口难言。乃藏刀剑于皮囊，寂灭翻成贼虐；顾动干戈于圜棘，慈悲变作强梁。夜色正昏，护法神通开犴狴，钟声甫响，金刚勇力破拘挛。釜中之鱼，既漏网而又跋扈；柙中之虎，欲走圹而先噬人。奸窈宨，淫良善，死且不宥；杀禁子，伤民壮，罪欲何逃！反狱奸淫，其罪已重；戮尸枭首，其法允宜。僧佛显众恶之魁，粉碎其骨；宝莲寺藏奸之薮，火焚其巢。庶发地藏之奸，用清无垢之佛。

这篇审单一出，满城传诵，百姓尽皆称快。往时之妇女，曾在寺求子，生男育女者，丈夫皆不肯认。大者逐出，小者溺死。多有妇女怀羞自缢，民风自此始正。各省直州府传闻此事，无不出榜戒谕，从今不许妇女入寺烧香。至今上司往往明文严禁，盖为此也！后汪大尹因此起名，遂钦取为监察御史。有诗为证：

子嗣原非可强求，况于入寺起淫偷。从今勘破鸳鸯梦，泾渭分源莫混流。

第四十卷

马当神风送滕王阁

山藏异宝山含秀，沙有黄金沙放光。好事若藏人肺腑，言变语话不寻常。

这四句诗，单说着自古至今，有那一等怀才抱德，韬光晦迹的文人秀才，就比那奇珍异宝，良金美玉，藏于土泥之中，一旦出世，遇良工巧匠，切磋琢磨，方始成器。故秀才二字，不可乱称。秀者江山之秀，才者天下之才。但凡人胸中有秀气，腹内有才识，出言吐语，自是一般。所以谓之不寻常。说话的，兀的说这才学则甚？因在下今日，要说一桩『风送滕王阁』的故事。那故事出在大唐高宗朝间，有一秀士，姓王名勃，字子安，祖贯晋州龙门人氏。幼有大才，通贯九经，诗书满腹。时年一十三岁，常随母舅游于江湖。一日从金陵欲往九江，路经马当山下，此乃九江第一险处，怎见得？有陆鲁望《马当山铭》为证：

山之险莫过于太行，水之险莫过于吕梁，合二险而为一，吾又闻乎马当。

王勃舟至马当。忽然风涛乱滚，碧波际天，云阴罩野，水响翻空，那船将次倾覆。满船的人尽皆恐惧，虔诚祷告江神，许愿保护。惟有王勃端坐船上，毫无惧色，朗朗读书。舟人怪异，问道：『满船之人死在须臾，今郎君全无惧色，却是为何？』王勃笑道：『我命在天，岂在龙神！』舟人大惊道：『郎君勿出此言！』王勃道：『我当救此数人之命。』道罢，遂取纸笔，吟诗一首，掷于水中。须臾云收雾散，风浪俱息。其诗曰：

唐圣非狂楚，江渊异汨罗。平生仗忠节，今日任风波。

此时满船人相贺道：『郎君奇才，能动江神，乃得获安。不然，诸人皆不免水厄。』王勃道：『生死在天，有福可避！』众人深服其言。少顷船皆泊岸，舟人视时，即马当山也。舟人皆登岸。王勃上岸，独自闲游。正行之间，只见当道路边，青松影里，绿桧阴中，见一古庙。王勃向前看时，上面有朱红漆牌金篆书字，写着：『敕赐中原水府行宫。』王勃一见，就身边取笔，吟诗一首于壁上。诗曰：

马当山下泊孤舟，岸侧芦花簇翠流。忽睹朱门斜半掩，层层瑞气锁清幽。

诗罢，走入庙中，四下看时，真个好座庙宇。怎见得？有诗为证：

碧瓦连云起，朱门映日开。一团金作栋，千片玉为街。帝子亲书额，名人手篆碑。庇民兼护国，风雨应时来。

王勃行至神前，焚香祝告已毕，又赏玩江景多时。正欲归舟，忽于江水之际，见一老叟，坐于块石之上。碧眼长眉，须鬓皤然，颜如莹玉，神清气爽，貌若神仙。王勃见而异之，乃整衣向前，与老人作揖。老叟道：『子非王勃乎？』王勃大惊道：『某与老叟素不相识，亦非亲友，何以知勃名姓？』老叟道：『我知之久矣！』王勃知老叟不是凡人，遂拱手立于块石之侧。老叟命勃同坐，王勃不敢，再三相让方坐。老叟道：『吾早来闻尔于船内作诗，义理可观。子有如此清才，何不进取，身达青霄之上。而困于家食，受此旅况之凄凉乎？』王勃答道：『家寒窘迫，缺乏盘费，不能特达，以此流落穷途，有失青云之望。』老叟道：『来日重阳佳节，洪都阎府君欲作《滕王阁记》。子有绝世之才，何不竟往献赋，可获资财数千，且能垂名后世。」王勃道：「此到洪都，有几多路程？」老叟道：「水路共七百余里。」王勃道：「今已晚矣！止有一夕，焉能得达？」老叟道：「子但登舟，我当助清风一帆，使子明日早达洪都。」王勃再拜道：「敢问老丈，仙耶神耶？」老叟道：「吾即中源水君，适来山上之庙，便是我的香火。」王勃大惊，又拜道：「勃乃三尺童稚，一介寒儒，肉眼凡夫，冒渎尊神，请勿见罪！」老叟道：「是何言也！但到洪都，若得润笔之金，可以分惠。」王勃道：「果有所赠，岂敢自私。」老叟笑道：「吾戏言耳！」须臾有一舟至，老叟令王勃乘之。勃乃再拜，辞别老叟上船，方才解缆张帆。但见祥风缥缈，瑞气盘旋，红光罩岸，紫雾笼堤。王勃骇然回视江岸，老叟不知所在，已失故地矣。只见：

风声飒飒，浪势淙淙。帆开若翅展，舟去似星飞。回头已失千山，眨眼如趋百里。晨鸡未唱，须臾忽过鄱阳；漏鼓犹传，仿佛已临江右。

顷刻天明。船头一望，果然已到洪都。王勃心下且惊且喜，吩咐舟人：「只于此相等。」揽衣登岸，徐步入城。看那洪都，果然好景。有诗为证：

洪都风景最繁华，仿佛参差十万家。水绿山蓝花似锦，连城带阁锁烟霞。

这叫做：运去雷轰荐福碑，时来风送滕王阁。

是日正是九月九日。王勃直诣帅府，正见本府阎都督果然开宴，遍请江左名儒。士夫秀士，俱会堂上。太守开筵命坐，酒果排列，佳肴满席。请各处来到名儒，分尊卑而坐。当日所坐之人，与阎公对席者，乃新除澧州牧学士宇文钧。其间亦有赴任官，亦有进士刘祥道、张禹锡等。其他文词超绝，抱玉怀珠者百余人，皆是当世名儒。王勃年幼，坐于座末。

少顷，阎公起身，对诸儒道：「帝子旧阁，乃洪都绝景。是以相屈诸公至此，欲求大才，作此《滕王阁记》，刻石为碑，以记后来，留万世佳名，使不失其胜迹。愿诸名士勿辞为幸！」遂使左右朱衣吏人，捧笔砚纸至诸儒之前。诸人不敢轻受，一个让一个，从上至下，却好轮到王勃面前。王勃更不推辞，慨然受之。满座之人，见勃年幼，却又面生，心各不美。相视私语道：「此小子是何氏之子？敢无礼如是耶！」此时阎公见王勃受纸，心亦怏怏。遂起身更衣，至一小厅之内。阎公口中不言，自思道：「吾有婿乃长沙人也，姓吴名子章，此人有冠世之才。今日邀请诸儒作此记，若诸儒相让，则使吾婿作此文，以光显门庭也。是何小子，辄敢欺在堂名儒，无分毫礼让！」吩咐吏人，观其所作，可来报知。良久，一吏报道：「南昌故郡，洪都新府。」阎公道：「此乃老生常谈，谁人不会！」一吏又报道：「星分翼轸，地接衡庐。」阎公道：「此故事也。」又一吏报道：「襟三江而带五湖，控蛮荆而引瓯越。」阎公不语。又一吏报道：「物华天宝，龙光射牛斗之墟；人杰地灵，徐孺下陈蕃之榻。」阎公道：「此子意欲与吾相见也。」又一吏报道：「雄州雾列，俊彩星驰。台隍枕夷夏之交，宾主接东南之美。」阎公心中微动，想道：「此子之才，信亦可人！」数吏分驰报句，阎公暗暗称奇。又一吏报道：「落霞与孤鹜齐飞，秋水共长天一色。」阎公听罢，不觉以手拍几道：「此子落笔若有神助，真天才也！」遂更衣复出至座前，宾主诸儒尽皆失色。阎公视之王勃道：「观子之文，乃天下奇才也！」欲邀勃上座。王勃辞道：「待俚语成篇，然后请教。」须臾文成，呈上阎公。公视大喜，遂令左右，从上至下，遍示诸儒。一个人面如土色，莫不惊伏，不敢拟议一字。其全篇刻在古文中，至今为人称诵。阎公乃自携王勃之手，坐于左席道：「帝子之阁，风流千古，有子之文，使

吾等今日雅会，亦得闻于后世。从此洪都风月，江山无价，皆子之力也。吾当厚报。』正说之间，忽有一人离席而起，高声道：『是何三尺童稚？将先儒遗文，伪言自己新作，瞒昧左右，当以盗论。兀自扬扬得意耶！』王勃闻言大惊。太守阎公举目视之，乃其婿吴子章也。子章道：『此乃旧文，吾收之久矣。』阎公道：『何以知之？』子章道：『恐诸儒不信，吾试念一遍。』当下子章遂对众客之前，朗朗而诵，从头至尾，无一字差错。念毕，座间诸儒失色，阎公亦疑，众犹豫不决。王勃听罢，颜色不变，徐徐说道：『观公之记问，不让杨修之学，子建之能，王平之阅市，张松之一览。』吴子章道：『是乃先儒旧文，吾素所背诵耳。』王勃又道：『公言先儒旧文，别有诗乎？』子章道：『无诗。』道罢，王勃遂起身离席，对诸儒问道：『此文果新文旧文乎？后有诗八句，诸公莫有记之者否？』问之再三，人皆不答。王勃乃拂纸如飞，有如宿构。其诗曰：

滕王高阁临江渚，珮玉鸣銮罢歌舞。画栋朝飞南浦云，珠帘暮卷西山雨。闲云潭影日悠悠，物换星移几度秋。阁中帝子今何在？槛外长江空自流。

诗罢呈上，太守阎公并座间诸儒，其婿吴子章看毕。王勃道：『此新文旧文乎？』子章见之，大惭惶恐而退。众宾齐起坐，向阎公道：『王子之作性，令婿之记性，皆天下罕有，真可谓双璧矣！』阎公曰：『诸公之言诚然也！』于是吴子章与王勃互相钦敬，满座欢然，饮宴至暮方散。众宾去后，阎公独留勃饮。次日王勃告辞，阎公乃赐五百缣及黄白酒器，共值千金。勃拜谢辞归，阎公使左右相送下船，舟人解缆而行。勃但闻水声潺潺，疾如风雨。诘旦，船复至马当山下，维舟泊岸。王勃将阎公所赠金帛，携至庙中，陈于中源水君之前，叩头称谢。起身见壁上所题之诗，宛然如新。遂依前韵，复作诗一道：

好风一夜送轻舟，倏忽征帆达上流。深感神功知夙契，来生愿得伴清幽。

王勃题诗已毕，步出庙门，欲买牲牢酒礼以献。看岸边船已不见了，其舟人亦不知所在。正犹豫间，忽然祥云瑞霭，笼罩庙堂。香风起处，见一老人坐于石矶之上，即前日所见中源水君。勃向前再拜，谢道：『前得蒙上圣助一帆之风，到于洪都，使勃得获厚利。勃当备牲牢酒礼至于庙下，拜谢尊神，以表吾心。』老人见说，俯首而笑：『子适来言供备牲牢者，何牢也？吾闻少牢者羊，大牢者牛。礼，诸侯无故不杀牛，大夫无故不杀羊。吾岂可以一帆风，而受子之厚献乎！吾水府以好生为德，杀生以祀，吾亦不敢享也。更不必费子措置。适来观子庙下留题，有伴我清幽之意，吾亦甚喜。但子命数未终，凡限未绝，更俟数年，吾当图相会耳。』王勃遂稽首拜谢道：『愿从尊命！然勃之寿算前程，可得闻乎？』老叟道：『寿算者阴府主之，不敢轻泄天机，而招阴祸。吾言子之穷通，无害也。吾观子之躯，神强而骨弱，气清而体羸，况子脑骨亏陷，目睛不全，子虽有子建之才，高士之俊，终不能贵矣。况富贵乃神主之，人之一种一粟，皆由分定，何况卿相乎？昔孔子大圣，为帝王师范，尚不免陈蔡之厄。所谓秀而不实者也。子但力行善事，自有天曹注福，穷通寿夭，皆不足计矣。子切记之。』于是与勃作别。叟行数步，复又走回，对王勃道：『吾有少意相托，子若过长芦之祠，当买阴帛，与我焚之。』王勃道：『此何由也？』老叟道：『吾昔负长芦之神薄债未偿，子可与吾偿之。』王勃道：『非勃不舍，适来观上圣殿上，金钱堆积如山，何不以此还之？』老叟道：『汝不知殿上之钱，皆是贪利酷求之人，害物私心之辈，损人益己，克众成家，偶一过此，妄求非福，神不危而心自危之，所以求献于庙。此乃枉物，譬如吾之赃矣，焉敢用哉！』王勃再拜受教。老叟即化清风而去。王勃骇然，仍携金帛之类，离马当山，趁船径往长芦。每思神所说脑骨亏陷，目睛不全，终不能贵，心怀怏怏不乐。船至长芦，正忘神叟所嘱，化财还债之言。忽然寒风大作，雪浪翻空，群鸦绕船，噪声不绝。其鸦或歇桅樯，或落船头，船不能进。满船人莫不惊骇畏惧。王勃亦自骇然，乃问舟人：『此是何处？』舟人道：『此是长芦地方。』王勃听了，方想江神之言，遂焚香默祷江神，候风息上岸，买金钱答还。祝毕，香烟未绝，群鸦皆散，浪息风平。于是一船人莫不欣喜。次日，舟人以船泊岸，王勃买金钱十万下船，复至夜来风起之处焚化，船乃前进。后来罗隐先生到此，曾作八句诗道：

江神有意怜才子，倏忽威灵助去程。一夕清风雷电疾，满碑佳句雪冰清。直教丽藻传千古，不但雄名动两京。不是明灵佑祠客，洪都佳景绝无声。

王勃亲远任海隅，策骑往省，至一驿舍，欲求暂歇。方询问驿吏，忽闻驿堂上，一人口呼：『王君，久不拜见，今日何由至此？』王勃闻言大惊，视之略有面善，似曾相识，忘其姓名。只见其人道：『王君何忘乎？昔日洪府相会，学士宇文钧也。』勃大喜，乃整衣而揖，遂邀王勃同坐。叙话间，命驿吏献茶。茶罢，学士道：『某想昔日洪府之乐，安知今日有海道之忧，岂不悲哉！』王勃道：『学士因何至此？』学士道：『钧累任教授，后越阙为右司谏官。唐天子欲征高丽，钧直谏，触犯龙颜，将钧迁于海岛。千里独行，方悲寂寞！何期旅邸，得遇故人。某有《迁客诗》一道，为君诵之。』诗曰：

万里为迁客，孤舟泛渺茫。湖田多种藕，海岛半收粮。愿遂归秦计，劳收辟瘴方。每思缄口者，帝德在君旁。

王勃道：『有犯无隐，事君之礼。学士虽为迁客，直声播于千古矣。』遂答诗一道。诗曰：

食禄只忧贫，何名是直臣！能言真为国，获罪岂惭人。海驿程程远，霜髯日日新。史官如下笔，应也泪沾巾。

当夜二人互相吟咏，至半夜同宿于驿舍。次日学士置酒管待王勃毕。至第三日，学士邀勃同行。俄然天色下雨，复留海驿。二人谈论，终日不倦。至第五日，方始天晴。二人同下海船，饮食宿卧，皆于一处。船开数日，至大洋深波之中，忽然狂风怒吼，怪浪波翻，其舟在水，飘飘如一叶，似欲倾覆。舟人皆大恐。学士宇文钧心中大惊，骇叹道：『远谪海隅，不想又遭风波，此实命也！』王勃面不改容，因述昔年马当山遇风始末，并叙中源水君两次相遇之语。真个是死生有命，富贵在天。风波虽大，不足介意！谈论方终，却见波涛暂息，风浪不生。舟人皆喜。满船之人，忽闻水上仙乐飘然而至，五色祥云从天降下，浮于水面，看看来到王勃船边。众人皆惊。只见祥云影里，幢幡宝盖，绛节旌旗，锦衣对对，绣袄攒攒，花帽双双，朱衣簇簇，两行摆开。前面有数十人，皆仙娥玉女，仙衣灼灼，玉珮珊珊。前有一青衣女童，手执碧符，遂呼王勃道：『奉娘娘之命，特来召子。』王勃愕然，问女童道：『娘娘是何人也？』女童道：『乃掌天下水籍文簿，上仙高贵玉女吴彩鸾便是。今于蓬莱方丈，翠华居止，其内有马当山水君，举子文章贯古今，特来请子同往蓬莱方丈，作词文记，以表蓬莱之佳景。可速往，不可违娘娘之命。』王勃道：『与君人神异途，焉有相召之言？我闻生死分定于天，寿算乃阴府所主，岂有玉女召我作文？何召之有？吾实不从。』道罢，女童道：『君如不去，中源水君必自至矣。』道犹未了，只见一朵乌云，自东南角上而来，看看至近，到于船边，从空坠下。就水面之上，见一神人，头戴黄罗包巾，身穿百花绣袍，手仗除妖七星剑，高声大叫：『王勃！吾奉蓬莱仙女敕，召汝作文词，何不往也？况中源水君亦在蓬莱赴会，今众仙等之久矣。子亦有仙骨之分。昔日你曾庙下题诗，愿伴清幽，岂可忘之！』王勃听言自思：『马当山中源水君曾言，日后遇于海岛，岂非前定乎？』遂忻然道：『愿从命矣！』神人见说，遂召鬼卒，牵马来至舟侧。王勃甚喜，亦忘深渊，意为平地。乃回身与学士及满船之人作别，牵衣出马，望水面攀鞍上马。但见乌云惨惨，黑雾漫漫，云霄隐隐，满船之人及宇文钧学士，无不惊骇！同视王勃，不知所在。须臾雾散云收，风恬浪静，满船之人俱各无事，唯有王勃乃作神仙去矣！

从来才子是神仙，风送南昌岂偶然！赋就滕王高阁句，便随仙仗伴中源。

警世通言

穿越四百年感悟人性善恶

高山流水觅知音，俞伯牙摔琴谢子期；大唐诗仙传轶事，太白醉草吓蛮书；托身为奴称华安，唐伯虎一笑姻缘；白娘子永镇雷峰塔，动人传奇千古传；痴情女偏逢负心郎，杜十娘怒沉百宝箱……这就是《警世通言》展示给我们的世界，今天仍然被以各种形式演绎着的这些故事，在这里，你可以原汁原味地细细品味。

第一卷

俞伯牙摔琴谢知音

浪说曾分鲍叔金，谁人辨得伯牙琴？于今交道奸如鬼，湖海空悬一片心。

古来论交情至厚，莫如管鲍。管是管夷吾，鲍是鲍叔牙。他两个同为商贾，得利均分。时管夷吾多取其利，叔牙不以为贪，知其贫也。后来管夷吾被囚，叔牙脱之，荐为齐相。这样朋友，才是个真正相知。这相知有几样名色：恩德相结者，谓之知己；腹心相照者，谓之知心；声气相求者，谓之知音。总来叫做相知。今日听在下说一桩俞伯牙的故事。列位看官们，要听者，洗耳而听；不要听者，各随尊便。正是：

知音说与知音听，不是知音不与谈。

话说春秋战国时，有一名公，姓俞名瑞，字伯牙，楚国郢都人氏，即今湖广荆州府之地也。那俞伯牙身虽楚人，官星却落于晋国，仕至上大夫之位，因奉晋主之命，来楚国修聘。伯牙讨这个差使，一来是个大才，不辱君命；二来就便省视乡里，一举两得。当时从陆路至于郢都，朝见了楚王，致了晋主之命。楚王设宴款待，十分相敬。那郢都乃是桑梓之地，少不得去看一看坟墓，会一会亲友。然虽如此，各事其主，君命在身，不敢迟留。公事已毕，拜辞楚王。楚王赠以黄金彩缎、高车驷马。伯牙离楚一十二年，思想故国江山之胜，欲得恣情观览，要打从水路大宽转而回，乃假奏楚王道：「臣不幸有犬马之疾，不胜车马驰骤，乞假臣舟楫，以便医药。」楚王准奏，命水师拨大船二只，一正一副。正船单坐晋国来使，副船安顿仆从行李，都是兰桡画桨，锦帐高帆，甚是齐整。群臣直送至江头而别。

只因览胜探奇，不顾山遥水远。

伯牙是个风流才子，那江山之胜，正投其怀。张一片风帆，凌千层碧浪，看不尽遥山叠翠，远水澄清。不一日，行至汉阳江口，时当八月十五日，中秋之夜。偶然风狂浪涌，大雨如注。舟楫不能前进，泊于山崖之下。不多时，风恬浪静，雨止云开，现出一轮明月。那雨后之月，其光倍常。伯牙在船舱中，独坐无聊，命童子焚香炉内。「待我抚琴一操，以遣情怀。」童子焚香罢，捧琴囊置于案间。伯牙开囊取琴，调弦转轸，弹出一曲。曲犹未终，指下「刮喇」的一声响，琴弦断了一根。伯牙大惊，叫童子去问船头：「这住船所在是什么去处？」船头答道：「偶因风雨，停泊于山脚之下，虽然有些草树，并无人家。」伯牙惊讶，想道：「是荒山了。若是城郭村庄，或有聪明好学之人，盗听吾琴，所以琴声忽变，有弦断之异。这荒山下，那得有听琴之人？哦，我知道了。想是有仇家差来刺客，不然，或是贼盗伺候更深，登舟劫我财物。」叫左右：「与我上崖搜捡一番。不在柳阴深处，定在芦苇丛中。」左右领命，唤齐众人，正欲搭跳上崖，忽听岸上有人答应道：「舟中大人，不必见疑。小子并非奸盗之流，乃樵夫也。因打柴归晚，值骤雨狂风，雨具不能遮蔽，潜身岩畔。闻君雅操，少住听琴。」伯牙大笑道：「山中打柴之人，也敢称听琴二字！此言未知真伪，我也不计较了。左右的，叫他去罢。」那人不去，在崖上高声说道：「大人出言谬矣！岂不闻『十室之邑，必有忠信』；『门内有君子，门外君子至』。大人若欺负山野中没有听琴之人，这夜静更深，荒崖下也不该有抚琴之客了。」伯牙见他出言不俗，或者真是个听琴的亦未可知。止住左右不要罗唣，走近舱门，回嗔作喜的问道：「崖上那位君子，既是听琴，站立多时，可知道我适才所弹何曲？』那人道：『小子若不知，却也不来听琴了。方才大人所弹，乃孔仲尼叹颜回，谱入琴声。其词云：「可惜颜回命早亡，教人思想鬓如霜。只因陋巷箪瓢乐……」到这一句，就绝了琴弦，不曾抚出第四句来。小子也还记得：——「留得贤名万古扬。」』

伯牙闻言，大喜道：『先生果非俗士，隔崖窎远，难以问答。』命左右：『掌跳，看扶手，请那位先生登舟细讲。』左右掌跳，此人上船，果然是个樵夫。头戴箬笠，身披蓑衣，手持尖担，腰插板斧，脚踏芒鞋。手下人那知言谈好歹，见是樵夫，下眼相看：『咄，那樵夫！下舱去，见我老爷叩头。问你什么言语，小心答应。官尊着哩！』樵夫却是个有意思的，道：『列位不须粗鲁，待我解衣相见。』除了斗笠，头上是青布包巾；脱了蓑衣，身上是蓝布衫儿，搭膊拴腰，露出布裩下截。那时不慌不忙，将蓑衣、斗笠、尖担、板斧，俱安放舱门之外，脱下芒鞋，蹝去泥水，重复穿上，步入舱来。官舱内公座上灯烛辉煌。樵夫长揖而不跪，道：『大人，施礼了。』俞伯牙是晋国大臣，眼界中那有两接的布衣。下来还礼，恐失了官体，既请下船，又不好叱他回去。伯牙没奈何，微微举手道：『贤友免礼罢。』叫童子看坐。童子取一张杌坐儿置于下席。伯牙全无客礼，把嘴向樵夫一努道：『你且坐了。』你我之称，怠慢可知。那樵夫亦不谦让，俨然坐下。伯牙见他不告而坐，微有嗔怪之意，因此不问姓名，亦不呼手下人看茶。默坐多时，怪而问之：『适才崖上听琴的，就是你么？』樵夫答言：『不敢。』伯牙道：『我且问你，既来听琴，必知琴之出处。此琴何人所造？抚它有甚好处？』正问之时，船头来禀话：『风色顺了，月明如昼，可以开船。』伯牙吩咐：『且慢些！』樵夫道：『承大人下问。小子若讲话絮烦，恐担误顺风行舟。』伯牙笑道：『惟恐你不知琴理。若讲得有理，就不做官，亦非大事，何况行路之迟速乎！』樵夫道：『既如此，小子方敢僭谈。此琴乃伏羲氏所琢。见五星之精，飞坠梧桐，凤凰来仪。凤乃百鸟之王，非竹实不食，非梧桐不栖，非醴泉不饮。伏羲以知梧桐乃树中之良材，夺造化之精气，堪为雅乐，令人伐之。其树高三丈三尺，按三十三天之数，截为三段，分天、地、人三才。取上一段叩之，其声太清，以其过轻而废之；取下一段叩之，其声太浊，以其过重而废之；取中一段叩之，其声清浊相济，轻重相兼。送长流水中，浸七十二日，按七十二候之数。取起阴干，选良时吉日，用高手匠人刘子奇斫成乐器。此乃瑶池之乐，故名瑶琴。长三尺六寸一分，按周天三百六十一度。前阔八寸，按八节；后阔四寸，按四时；厚二寸，按两仪。有金童头、玉女腰、仙人背、龙池、凤沼、玉轸、金徽。那徽有十二，按十二月；又有一中徽，按闰月。先是五条弦在上，外按五行金木水火土，内按五音宫商角徵羽。尧舜时操五弦琴，歌《南风》诗，天下大治。后因周文王被囚于羑里，吊子伯邑考，添弦一根，清幽哀怨，谓之文弦。后武王伐纣，前歌后舞，添弦一根，激烈发扬，谓之武弦。先是宫、商、角、徵、羽五弦，后加二弦，称为文武七弦琴。此琴有「六忌」、「七不弹」、「八绝」。何为「六忌」？一忌大寒，二忌大暑，三忌大风，四忌大雨，五忌迅雷，六忌大雪。何为「七不弹」？闻丧者不弹，奏乐不弹，事冗不弹，不净身不弹，衣冠不整不弹，不焚香不弹，不遇知音者不弹。何为「八绝」？总之清奇幽雅、悲壮悠长。此琴抚到尽美尽善之处，啸虎闻而不吼，哀猿听而不啼，乃雅乐之好处也。』伯牙听见他对答如流，犹恐是记问之学。又想道：『就是记问之学，也亏他了。我再试他一试。』此时已不似在先你我之称了。又问道：『足下既知乐理，当时孔仲尼鼓琴于室中，颜回自外入，闻琴中有幽沉之声，疑有贪杀之意，怪而问之。仲尼曰：「吾适鼓琴，见猫方捕鼠，欲其得之，又恐其失之。此贪杀之意，遂露于丝桐。」始知圣门音乐之理，入于微妙。假如下官抚琴，心中有所思念，足下能闻而知之否？』樵夫道：『《毛诗》云：「他人有心，予忖度之。」大人试抚弄一过，小子任心猜度。若猜不着时，大人休得见罪。』伯牙将断弦重整，沉思半晌，其意在于高山。抚琴一弄，樵夫赞道：『美哉！洋洋乎。大人之意，在高山也。』伯牙不答。又凝神一会，将琴再鼓，其意在于流水。樵夫又赞道：『美哉！汤汤乎。志在流水。』只两句道着了伯牙的心事。伯牙大惊，推琴而起，与子期施宾主之礼。连呼：『失敬失敬！石中有美玉之藏。若以衣貌取人，岂不误了天下贤士？先生高名雅姓？』樵夫欠身而答：『小子姓钟，名徽，贱字子期。』伯牙拱手道：『是钟子期先生。』子期转问：『大人高姓，荣任何所？』伯牙道：『下官俞瑞，仕于晋朝，因修聘上国而来。』子期道：『原来是伯牙大人。』伯牙推子期坐于客位，自己主席相陪。命童子点茶。茶罢，又命童子取酒共酌。伯牙道：『借此攀谈，休嫌简亵。』子期称：『不敢。』

童子取过瑶琴，二人入席饮酒。伯牙开言又问：『先生声口是楚人了，但不知尊居何处？』子期道：『离此不远，地名马安山集贤村，便是荒居。』伯牙点头道：『好个集贤村！』又问：『道艺何为？』子期道：『也就是打柴为生。』伯牙微笑道：『子期先生，下官也不该僭言，似先生这等抱负，何不求取功名，立身于廊庙，垂名于竹帛，却乃赍志林泉，混迹樵牧，与草木同朽，窃为先生不取也。』子期道：『实不相瞒，舍间上有年迈二亲，下无手足相辅。采樵度日，以尽父母之余年。虽位为三公之尊，不忍易我一日之养也。』伯牙道：『如此大孝，一发难得。』二人杯酒酬酢了一会。子期宠辱无惊，伯牙愈加爱重。又问子期：『青春多少？』子期道：『虚度二十有七。』伯牙道：『下官年长一旬。子期若不见弃，结为兄弟相称，不负知音契友。』子期笑道：『大人差矣。大人乃上国名公，钟徽乃穷乡贱子，怎敢仰扳？有辱俯就。』伯牙道：『相知满天下，知心能几人？下官碌碌风尘，得与高贤结契，实乃生平之万幸。若以富贵贫贱为嫌，觑俞瑞为何等人乎！』遂命童子重添炉火，再爇名香，就船舱中与子期顶礼八拜。伯牙年长为兄，子期为弟。今后兄弟相称，生死不负。拜罢，复命取暖酒再酌。子期让伯牙上坐，伯牙从其言。换了杯箸，子期下席，兄弟相称，彼此谈心叙话。正是：

合意客来心不厌，知音人听话偏长。

谈论正浓，不觉月淡星稀，东方发白。船上水手都起身收拾篷索，整备开船。子期起身告辞。伯牙捧一杯酒递与子期，把子期之手叹道：『贤弟，我与你相见何太迟，相别何太早！』子期闻言，不觉泪珠滴于杯中。子期一饮而尽，斟酒回敬伯牙。二人各有眷恋不舍之意。伯牙道：『愚兄余情不尽，意欲曲延贤弟同行数日，未知可否？』子期道：『小弟非不欲相从，怎奈二亲年老，「父母在，不远游」。』伯牙道：『既是二位尊人在堂，回去告过二亲，到晋阳来看愚兄一看，这就是「游必有方」了。』子期道：『小弟不敢轻诺而寡信。许了贤兄，就当践约。万一禀命于二亲，二亲不允，使仁兄悬望于数千里之外，小弟之罪更大矣。』伯牙道：『贤弟真所谓至诚君子。也罢，明年还是我来看贤弟。』子期道：『仁兄明岁何时到此？小弟好伺候尊驾。』伯牙屈指道：『昨夜是中秋节，今日天明，是八月十六日了。贤弟，我来仍在仲秋中五六日奉访。若是过了中旬，迟到季秋月分，就是爽信，不为君子。』叫童子：『吩咐记室将钟贤弟所居地名及相会的日期登写在日记簿上。』子期道：『既如此，小弟来年仲秋中五六日准在江边侍立拱候，不敢有误。天色已明，小弟告辞了。』伯牙道：『贤弟且住。』命童子取黄金

洋洋乎志在高山，湯湯乎志在流水
素明刊

二笏，不用封贴，双手捧定道：『贤弟，些须薄礼，权为二位尊人甘旨之费。斯文骨肉，勿得嫌轻。』子期不敢谦让，即时收下，再拜告别，含泪出舱，取尖担挑了蓑衣斗笠，插板斧于腰间，掌跳搭扶手上崖。伯牙直送至船头，各各洒泪而别。

不题子期回家之事。再说俞伯牙点鼓开船，一路江山之胜，无心观览，心心念念，只想着知音之人。又行了几日，舍舟登岸。经过之地，知是晋国上大夫，不敢轻慢，安排车马相送。直至晋阳，回复了晋主，不在话下。

光阴迅速，过了秋冬，不觉春去夏来。伯牙心怀子期，无日忘之。想着中秋节近，奏过晋主，给假还乡。晋主依允，伯牙收拾行装，仍打大宽转，从水路而行。下船之后，吩咐水手，但是湾泊所在，就来通报地名。事有偶然，刚刚八月十五夜，水手禀复，此去马安山不远。伯牙依稀还认得去年泊船相会子期之处。吩咐水手将船湾泊，水底抛锚，岸边钉橛。其夜晴明，船舱内一线月光，射进朱帘。伯牙命童子将帘卷起，步出舱门，立于船头之上，仰观斗柄。水底天心，万顷茫然，照如白昼。思想去岁与知己相逢，雨止月明。今夜重来，又值良夜。『他约定江边相候，如何全无踪影，莫非爽信？』又等了一会，想道：『我理会得了。江边往来船只颇多。我今日所驾的，不是去年之船了。吾弟急切如何认得？去岁我原为抚琴惊动知音，今夜仍将瑶琴抚弄一曲。吾弟闻之，必来相见。』命童子取琴桌安放船头，焚香设座。伯牙开囊，调弦转轸，才泛音律，商弦中有哀怨之声。伯牙停琴不操：『呀！商弦哀声凄切，吾弟必遭忧在家。去岁曾言父母年高，若非父丧，必是母亡。他为人至孝，事有轻重，宁失信于我，不肯失礼于亲，所以不来也。来日天明，我亲上崖探望。』叫童子收拾琴桌，下舱就寝。伯牙一夜不睡，真个巴明不明，盼晓不晓。看看月移帘影，日出山头。伯牙起来梳洗整衣，命童子携琴相随，又取黄金十镒带去。『倘吾弟居丧，可为赙礼。』踹跳登崖，行于樵径，约莫十数里，出一谷口，伯牙站住。童子禀道：『老爷为何不行？』伯牙道：『山分南北，路列东西。从山谷出来，两头都是大路，都去得。知道那一路往集贤村去？等个识路之人，问明了他，方才可行。』伯牙就石上少憩。童儿退立于后，不多时，左手官路上有一老叟，髯垂玉线，发挽银丝，箬冠野服，左手举藤杖，右手携竹篮，徐步而来。伯牙起身整衣，向前施礼。那老者不慌不忙，将右手竹篮轻轻放下，双手举藤杖还礼，道：『先生有何见教？』伯牙问：『请问两头路，那一条路往集贤村去的？』老者道：『那两头路，就是两个集贤村。左手是上集贤村，右手是下集贤村。通衢三十里官道。先生从谷出来，正当其半。东去十五里，西去也是十五里。不知先生要往那一个集贤村？』伯牙默默无言，暗想道：『吾弟是个聪明人，怎么说话这等糊涂！相会之日，你知道此间有两个集贤村，或上或下，就该说个明白了。』伯牙却才沉吟，那老者道：『先生这等吟想，一定那说路的，不曾分上下，总说了个集贤村，教先生没处抓寻了。』伯牙道：『便是。』老者道：『两个集贤村中，有一二十家庄户，大抵都是隐遁避世之辈。老夫在这山里，多住了几年，正是土居三十载，无有不亲人。这些庄户，不是舍亲，就是敝友。先生到集贤村必是访友。只说先生所访之友，姓甚名谁，老夫就知道他住处了。』伯牙道：『学生要往钟家庄去。』老者闻『钟家庄』三字，一双昏花眼内，扑簌簌掉下泪来，道：『先生别家可去，若说钟家庄，不必去了。』伯牙惊问：『却是为何？』老者道：『先生到钟家庄，要访何人？』伯牙说：『要访子期。』老者闻言，放声大哭道：『子期钟徽，乃吾儿也。去年八月十五日采樵晚归，遇晋国上大夫俞伯牙先生。讲论之间，意气相投，临行赠黄金二笏。吾儿买书攻读，老拙无才，不曾禁止。旦则采樵负重，暮则诵读辛勤，心力耗废，染成怯疾，数月之间，已亡故了。』伯牙闻言，五内崩裂，泪如涌泉，大叫一声，傍山崖跌倒，昏绝于地。钟公用手搀扶，回顾小童道：『此位先生是谁？』小童低低附耳道：『就是俞伯牙老爷。』钟公道：『原来是吾儿好友。』扶起伯牙。苏醒，伯牙坐于地下，口吐痰涎，双手捶胸，恸哭不已，道：『贤弟呵，我昨夜泊舟，还说你爽信，岂知已为泉下之鬼！你有才无寿了！』钟公拭泪相劝。伯牙哭罢起来，重与钟公施礼。不敢呼老丈，称为老伯，以见通家兄弟之意。伯牙道：『老伯，令郎还是停柩在家，还是出瘗郊外了？』钟公道：『一言难尽。亡儿临终，老夫与拙荆坐于卧榻之前。亡儿遗语嘱咐道：「修短由天。儿生前不能尽人子事亲之道，死后乞葬于马安山江边。与晋大夫俞伯牙有约，欲践前言耳。」老夫不负亡儿临终之言。适才先生来的小路之右，一丘新土，即吾儿钟徽之冢。今日是百日之忌，老夫提一陌纸钱，往坟前烧化。何期与先生相遇！』伯牙道：『既如此，奉陪老伯，就坟前一拜。』命小童：『代太公提了竹篮。』钟公策杖引路，伯牙随后，小童跟定，复进谷口。果见一丘新土，在于路左。伯牙整衣下拜：『贤弟，在世为人聪明，死后为神灵应。愚兄此一拜，诚永别矣！』拜罢，放声又哭。惊动山前山后、山左山右黎民百姓，不问行的住的，远的近的，闻得朝中大臣来祭钟子期，回绕坟前，争先观看。伯牙却不曾摆得祭礼，无以为情，命童子把瑶琴取出囊来，放于祭石台上，盘膝坐于坟前，挥泪两行，抚琴一操。那些看者，闻琴韵铿锵，鼓掌大笑而散。伯牙问：『老伯，下官抚琴，吊令郎贤弟，悲不能已，众人为何而笑？』钟公道：『乡野之人，不知音律。闻琴声以为取乐之具，故此长笑。』伯牙道：『原来如此。老伯可知所奏何曲？』钟公道：『老夫幼年也颇习，如今年迈，五官半废，模糊不懂久矣。』伯牙道：『这就是下官随心应手一曲短歌，以吊令郎者。口诵于老伯听之。』钟公道：『老夫愿闻。』伯牙诵云：

忆昔去年春，江边曾会君。今日重来访，不见知音人。但见一抔土，惨然伤我心。伤心伤心复伤心，不忍珠泪纷！来欢去何苦，江畔起愁云。子期子期兮，你我千金义。历尽天涯无足语，此曲终兮不复弹，三尺瑶琴为君死！

伯牙于衣夹间取出解手刀，割断琴弦，双手举琴，向祭石台上用力一摔，摔得玉轸抛残，金徽零乱。钟公大惊道：『先生为何摔碎此琴？』伯牙道：

『摔碎瑶琴凤尾寒，子期不在对谁弹？春风满面皆朋友，欲觅知音难上难。』

钟公道：『原来如此，可怜可怜！』伯牙道：『老伯高居，端的在上集贤，还是下集贤村？』钟公道：『荒居在上集贤村第八家就是。先生如今又问他怎的？』伯牙道：『下官伤感在心，不敢随老伯登堂了。随身带得有黄金二镒，一半代令郎甘旨之奉，一半买几亩祭田，为令郎春秋扫墓之费。待下官回本朝时，上表告归林下。那时却到上集贤村，迎接老伯与老伯母同到寒家，以尽天年。吾即子期，子期即吾也。老伯勿以下官为外人相嫌。』说罢，命小童取出黄金，亲手递于钟公，哭拜于地。钟公答拜。盘桓半晌而别。

这回书，题作《俞伯牙摔琴谢知音》。后人有诗赞云：

势利交怀势利心，斯文谁复念知音？伯牙不作钟期逝，千古令人说破琴。

庄子休鼓盆成大道

富贵五更春梦，功名一片浮云。眼前骨肉亦非真，恩爱翻成仇恨。莫把金枷套颈，休将玉锁缠身。清心寡欲脱凡尘，快乐风光本分。

这首《西江月》词，是个劝世之言。要人割断迷情，逍遥自在。且如父子天性，兄弟手足，这是一本连枝，割不断的。儒、释、道三教虽殊，总抹不得孝悌二字。至于生子生孙，就是下一辈事，十分周全不得了。常言道得好：

儿孙自有儿孙福，莫与儿孙作马牛。

若论到夫妇，虽说是红线缠腰，赤绳系足，到底是剜肉粘肤，可离可合。常言又说得好：

夫妻本是同林鸟，巴到天明各自飞。

近世人情恶薄，父子兄弟到也平常，儿孙虽有疼痛，总比不得夫妇之情。他溺的是闺中之爱，听的是枕上之言。多少人被妇人迷惑，做出不孝不悌的事来，这断不是高明之辈。如今说这庄生鼓盆的故事，不是唆人夫妻不睦，只要人辨出贤愚，参破真假。从第一着迷处，把这念头放淡下来。渐渐六根清净，道念滋生，自有受用。昔人看田夫插秧，咏诗四句，大有见解。诗曰：

手把青秧插野田，低头便见水中天。六根清净方为稻，退步原来是向前。

话说周末时，有一高贤，姓庄名周，字子休，宋国蒙邑人也，曾仕周为漆园吏。师事一个大圣人，是道教之祖，姓李名耳，字伯阳。伯阳生而白发，人都呼为老子。庄生常昼寝，梦为蝴蝶，栩栩然于园林花草之间，其意甚适。醒来时，尚觉臂膊如两翅飞动，心甚异之。以后不时有此梦。庄生一日在老子座间讲《易》之暇，将此梦诉之于师。却是个大圣人，晓得三生来历。向庄生指出夙世因由，那庄生原是混沌初分时一个白蝴蝶。天一生水，二生木，木荣花茂。那白蝴蝶采百花之精，夺日月之秀，得了气候，长生不死，翅如车轮。后游于瑶池，偷采蟠桃花蕊，被王母娘娘位下守花的青鸾啄死。其神不散，托生于世，做了庄周。因他根器不凡，道心坚固，师事老子，学清净无为之教。今日被老子点破了前生，如梦初醒。自觉两腋风生，有栩栩然蝴蝶之意，把世情荣枯得丧，看做行云流水，一丝不挂。老子知他心下大悟，把《道德》五千字的秘诀，倾囊而授。庄生嘿嘿诵习修炼，遂能分身隐形，出神变化。从此弃了漆园吏的前程，辞别老子，周游访道。他虽宗清净之教，原不绝夫妇之伦，一连娶过三遍妻房。第一妻得疾夭亡，第二妻有过被出。如今说的是第三妻，姓田，乃田齐族中之女。庄生游于齐国，田宗重其人品，以女妻之。那田氏比先前二妻，更有姿色，肌肤若冰雪，绰约似神仙。庄生不是好色之徒，却也十分相敬，真个如鱼似水。楚威王闻庄生之贤，遣使持黄金百镒，文锦千端，安车驷马，聘为上相。庄生叹道：『牺牛身被文绣，口食刍菽，见耕牛力作辛苦，自夸其荣。及其迎入太庙，刀俎在前，欲为耕牛而不可得也。』遂却之不受，挈妻归宋，隐于曹州之南华山。一日，庄生出游山下，见荒冢累累，叹道：『老少俱无辨，贤愚同所归。人归冢中，冢中岂能复为人乎？』嗟咨了一回。再行几步，忽见一新坟，封土未干。一年少妇人浑身缟素，坐于此冢之旁，手运齐纨素扇，向冢连扇不已。庄生怪而问之：『娘子，冢中所葬何人？为何举扇扇土？必有其故。』那妇人并不起身，运扇如故。口中莺啼燕语，说出几句不通道理的话来。正是：

听时笑破千人口，说出加添一段羞。

那妇人道：『冢中乃妾之拙夫，不幸身亡，埋骨于此。生时与妾相爱，死不能舍。遗言教妾如要改适他人，直待葬事毕后，坟土干了，方才可嫁。妾思新筑之土，如何得就干，因此举扇扇之。』庄生含笑，想道：『这妇人好性急！亏他还说生前相爱。若不相爱的，还要怎么？』乃问道：『娘子，要这新土干燥极易。因娘子手腕娇软，举扇无力。不才愿替娘子代一臂之劳。』那妇人方才起身，深深道个万福：『多谢官人！』双手将素白纨扇，递与庄生。庄生行起道法，举手照冢顶连扇数扇，水气都尽，其土顿干。妇人笑容可掬，谢道：『有劳官人用力。』将纤手向鬓旁拔下一股银钗，连那纨扇送庄生，权为相谢。庄生却其银钗，受其纨扇。妇人欣然而去。

庄子心下不平，回到家中，坐于草堂，看了纨扇，口中叹出四句：

不是冤家不聚头，冤家相聚几时休？早知死后无情义，索把生前恩爱勾。

田氏在背后，闻得庄生嗟叹之语，上前相问。那庄生是个有道之士，夫妻之间亦称为先生。田氏道：『先生有何事感叹？此扇从何而得？』庄生将妇人扇冢，要土干改嫁之言述了一遍。『此扇即扇土之物。因我助力，以此相赠。』田氏听罢，忽发忿然之色，向空中把那妇人『千不贤』、『万不贤』骂了一顿。对庄生道：『如此薄情之妇，世间少有！』庄生又道出四句：

生前个个说恩深，死后人人欲扇坟。画龙画虎难画骨，知人知面不知心。

田氏闻言大怒。自古道：『怨废亲，怒废礼。』那田氏怒中之言，不顾体面，向庄生面上一啐，说道：『人类虽同，贤愚不等。你何得轻出此语，将天下妇道家看做一例？却不道歉人，带累好人。你却也不怕罪过！』庄生道：『莫要弹空说嘴。假如不幸我庄周死后，你这般如花似玉的年纪，难道挨得过三年五载？』田氏道：『「忠臣不事二君，烈女不更二夫。」那见好人家妇女吃两家茶，睡两家床。若不幸轮到我身上，这样没廉耻的事，莫说三年五载，就是一世也成不得。梦儿里也还有三分的志气。』庄生道：『难说，难说！』田氏口出詈语道：『有志妇人胜如男子。似你这般没仁没义的，死了一个，又讨一个；出了一个，又纳一个。只道别人也是一般见识。我们妇道家一鞍一马，到是站得脚头定的，怎么肯把话与他人说，惹后世耻笑。你如今又不死，直恁枉杀了人！』就庄生手中夺过纨扇，扯得粉碎。庄生道：『不必发怒，只愿得如此争气甚好！』自此无话。

过了几日，庄生忽然得病，日加沉重。田氏在床头，哭哭啼啼。庄生道：『我病势如此，永别只在早晚。可惜前日纨扇扯碎了。留得在此，好把与你扇坟。』田氏道：『先生休要多心。妾读书知礼，从一而终，誓无二志。先生若不见信，妾愿死于先生之前，以明心迹。』庄生道：『足见娘子高志，我庄某死亦瞑目。』说罢，气就绝了。田氏抚尸大哭。少不得央及东邻西舍，制备衣衾棺椁殡殓。田氏穿了一身素缟，真个朝朝忧闷，夜夜悲啼。每想着庄生生前恩爱，如痴如醉，寝食俱废。山前山后庄户，也有晓得庄生是个逃名的隐士，来吊孝的，到底不比城市热闹。到了第七日，忽有一年少秀士，生得面如傅粉，唇若涂朱，俊俏无双，风流第一。穿扮的紫衣玄冠，绣带朱履。带着一个老苍头，自称楚国王孙，向年曾与庄子休先生有约，欲拜在门下，今日特来相访。见庄生已死，口称：『可惜！』慌忙脱下色衣，叫苍头于行囊内取出素服穿了，向灵前四拜道：『庄先生，弟子无缘，不得面会侍教，愿为先生执百日之丧，以尽私淑之情。』说罢，又拜了四拜，洒泪而起。便请田氏相见。田氏初次推辞。王孙道：『古礼，通家朋友，妻妾都不相避，何况小子与庄先生有师弟之约。』田氏只得步出孝堂，与楚王孙相见，叙了寒温。田氏一见楚王孙人才标致，就动了怜爱之心，只恨无由厮近。楚王孙道：『先生虽死，弟子难忘思慕。欲借尊居，暂住百日。一来守先师之丧，二者先师留下有什么著述，小子告借一观，以领遗训。』田氏道：『通家之谊，久住何妨。』当下治饭相款。饭罢，田氏将庄子所著《南华真经》及老子《道德》五千言，和盘托出，献与王孙。王孙殷勤感谢。草堂中间占了灵位。楚王孙在左边厢安顿。田氏每日假以哭灵为由，就左边厢与王孙攀话。日渐情熟，眉来眼去，情不能已。楚王孙只有五分，那田氏倒有十分。所喜者深山隐僻，就做差了些事，没人传说。所恨者新丧未久，况且女求于男，难以启齿。又挨了几日，约莫有半月了，那婆娘心猿意马，按捺不住。悄地唤老苍头进房，赏以美酒，将好言抚慰，从容问：『你家主人曾婚配否？』老苍头道：『未曾婚配。』婆娘又问道：『你家主人要拣什么样人物才肯婚配？』老苍头带醉道：『我家王孙曾有言，若得像娘子一般丰韵的，他就心满意足。』婆娘道：『果有此话？莫非你说谎？』老苍头道：『老汉一把年纪，怎么说谎？』婆娘道：『我央你老人家为媒说合。若不弃嫌，奴家情愿服事你主人。』老苍头道：『我家主人也曾与老汉说来，道一段好姻缘，只碍师弟二字，恐惹人议论。』婆娘道：『你主人与先夫，原是生前空约，没有北面听教的事，算不得师弟。又且山僻荒居，邻舍罕有，谁人议论？你老人家是必委曲成就，教你吃杯喜酒。』老苍头应允。临去时，婆娘又唤转来嘱咐道：『若是说得允时，不论早晚，便来房中，回复奴家一声。奴家在此专等。』老苍头去后，婆娘悬悬而望。孝堂边张了数十遍，恨不得一条细绳缚了那俏后生俊脚，扯将入来，搂做一处。将及黄昏，那婆娘等得个不耐烦，黑暗里走入孝堂，听左边厢声息。忽然灵座上作响。婆娘唬了一跳，只道亡灵出现。急急走转内室，取灯火来照。原来是老苍头吃醉了，直挺挺的卧于灵座桌上。婆娘又不敢嗔责他，又不敢声唤他，只得回房。捱更捱点，又过了一夜。次日，见老苍头行来步去，并不来回复那话儿。婆娘心下发痒，再唤他进房，问其前事。老苍头道：『不成不成！』婆娘道：『为何不成？莫非不曾将昨夜这些话剖豁明白？』老苍头道：『老汉都说了，我家王孙也说得有理。他道：「娘子容貌，自不必言。未拜师徒，亦可不论。但有三件事未妥，不好回复得娘子。」』婆娘道：『那三件事？』老苍头道：『我家王孙道：「堂中见摆着个凶器，我却与娘子行吉礼，心中何忍，且不雅相。二来庄先生与娘子是恩爱夫妻，况且他是个有道德的名贤，我的才学万分不及，恐被娘子轻薄。三来我家行李尚在后边未到，空手来此，聘礼筵席之费，一无所措。为此三件，所以不成。」』婆娘道：『这三件都不必虑。凶器不是生根的，屋后还有一间破空房，唤几个庄客抬他出去就是。这是一件了。第二件，我先夫那里就是个有道德的名贤？当初不能正家，致有出妻之事，人称其薄德。楚威王慕其虚名，以厚礼聘他为相。他自知才力不胜，逃走在此。前月独行山下，遇一寡妇，将扇扇坟，待坟土干燥，方才嫁人。拙夫就与他调戏，夺他纨扇，替他扇土，将那把纨扇带回，是我扯碎了。临死时几日还为他淘了一场气，又什么恩爱？你家主人青年好学，进不可量。况他乃是王孙之贵，奴家亦是田宗之女，门地相当。今日到此，姻缘天合。第三件，聘礼筵席之费，奴家做主，谁人要得聘礼？筵席也是小事。奴家更积得私房白银二十两，赠与你主人，做一套新衣服。你再去道达。若成就时，今夜是合婚吉日，便要成亲。』老苍头收了二十两银子，回复楚王孙。楚王孙只得顺从。老苍头回复了婆娘。那婆娘当时欢天喜地，把孝服除下，重勾粉面，再点朱唇，穿了一套新鲜色衣，叫苍头顾唤近山庄客，扛抬庄生尸柩，停于后面破屋之内。打扫草堂，准备做合婚筵席。有诗为证：

俊俏孤孀别样娇，王孙有意更相挑。一鞍一马谁人语？今夜思将快婿招。

是夜，那婆娘收拾香房，草堂内摆得灯烛辉煌。楚王孙簪缨袍服，田氏锦袄绣裙，双双立于花烛之下。一对男女，如玉琢金装，美不可说。交拜已毕，千恩万爱的，携手入于洞房。吃了合卺杯，正欲上床解衣就寝。忽然楚王孙眉头双皱，寸步难移，登时倒于地下，双手磨胸，只叫心疼难忍。田氏心爱王孙，顾不得新婚廉耻，近前抱住，替他抚摩，问其所以。王孙痛极不语，口吐涎沫，奄奄欲绝。老苍头慌做一堆。田氏道：『王孙平日曾有此症候否？』老苍头代言：『此症平日常有，或一二年发一次，无药可治。只有一物，用之立效。』田氏急问：『所用何物？』老苍头道：『太医传一奇方，必得生人脑髓，热酒吞之，其痛立止。平日此病举发，老殿下奏过楚王，拨一名死囚来，缚而杀之，取其脑髓。今山中如何可得？其命合休矣！』田氏道：『生人脑髓，必不可致。第不知死人的可用得么？』老苍头道：『太医说，凡死未满四十九日者，其脑尚未干枯，亦可取用。』田氏道：『吾夫死方二十余日，何不斫棺而取之？』老苍头道：『只怕娘子不肯。』田氏道：『我与王孙成其夫妇，妇人以身事夫，自身尚且不惜，何有于将朽之骨乎？』即命老苍头伏侍王孙，自己寻了砍柴板斧，右手提斧，左手携灯，往后边破屋中，将灯檠放于棺盖之上，觑定棺头，双手举斧，用力劈去。妇人家气力单微，如何劈得棺开？有个缘故，那庄周是达生之人，不肯厚敛。桐棺三寸，一斧就劈去了一块木头。再一斧去，棺盖便裂开了。只见庄生从棺内叹口气，推开棺盖，挺身坐起。田氏虽然心狠，终是女流。唬得腿软筋麻，心头乱跳，斧头不觉坠地。庄生叫：『娘子扶起我来。』那婆娘不得已，只得扶庄生出棺。庄生携灯，婆娘随后同进房来。婆娘心知房中有楚王孙主仆二人，捏两把汗。行一步，反退两步。比及到房中看时，铺设依然灿烂，那主仆二人，阒然不见。婆娘心下虽然暗暗惊疑，却也放下了胆，巧言抵饰，向庄生道：『奴家自你死后，日夕思念。方才听得棺中有声响，想古人中多有还魂之事，望你复活，所以用斧开棺。谢天谢地，果然重生！实乃奴家之万幸也！』庄生道：『多谢娘子厚意。只是一件，娘子守孝未久，为何锦袄绣裙？』婆娘又解释道：『开棺见喜，不敢将凶服冲动，权用锦绣，以取吉兆。』庄生道：『罢了！还有一节，棺木何不放在正寝，却撇在破屋之内？难道也是吉兆？』婆娘无言可答。庄生又见杯盘罗列，也不问其故，教暖酒来饮。庄生放开大量，满饮数觥。那婆娘不达时务，指望煨热老公，重做夫妻，紧挨着酒壶，撒娇撒痴，甜言美语，要哄庄生上床同寝。庄生饮得酒大醉，索纸笔写出四句：

从前了却冤家债，你爱之时我不爱。若重与你做夫妻，怕你巨斧劈开天灵盖。

那婆娘看了这四句诗，羞惭满面，顿口无言。庄生又写出四句：

夫妻百夜有何恩？见了新人忘旧人。甫得盖棺遭斧劈，如何等待扇干坟！

庄生又道：『我则教你看两个人。』庄生用手将外面一指。婆娘回头而看，只见楚王孙和老苍头踱将进来。婆娘吃了一惊，转身不见了庄生。再回头时，连楚王孙主仆都不见了。那里有什么楚王孙、老苍头，此皆庄生分身隐形之法也。那婆娘精神恍惚，自觉无颜。解腰间绣带，悬梁自缢，呜呼哀哉。这倒是真死了。

庄生见田氏已死，解将下来，就将劈破棺木盛放了他。把瓦盆为乐器，鼓之成韵，倚棺而作歌。歌曰：

大块无心兮，生我与伊。我非伊夫兮，伊非我妻。偶然邂逅兮，一室同居。大限既终兮，有合有离。人之无良兮，生死情移。真情既见兮，不死何为？伊生兮拣择去取，伊死兮还返空虚。伊吊我兮，赠我以巨斧。我吊伊兮，慰伊以歌词。斧声起兮我复活，歌声发兮伊可知？噫嘻！敲碎瓦盆不再鼓，伊是何人我是谁？

庄生歌罢，又吟诗四句：

你死我必埋，我死你必嫁。我若真个死，一场大笑话！

庄生大笑一声，将瓦盆打碎。取火从草堂放起，屋宇俱焚，连棺木化为灰烬。只有《道德经》、《南华经》不毁。山中有人检取，传流至今。庄生遨游四方，终身不娶。或云：遇老子于函谷关，相随而去，已得大道成仙矣。诗云：

杀妻吴起太无知，荀令伤神亦可嗤。请看庄生鼓盆事，逍遥无碍是吾师。

王安石三难苏学士

海鳖曾欺井内蛙，大鹏张翅绕天涯。强中更有强中手，莫向人前满自夸。

这四句诗，奉劝世人虚己下人，勿得自满。古人说得好，道是：『满招损，谦受益。』俗谚又有四不可尽的话。那四不可尽？『势不可使尽，福不可享尽，便宜不可占尽，聪明不可用尽。』你看如今有势力的，不做好事，往往任性使气，损人害人，如毒蛇猛兽，人不敢近。他见别人惧怕，没奈何他，意气扬扬，自以为得计。却不知八月潮头，也有平下来的时节。危滩急浪中，趁着这刻儿顺风，扯了满篷，望前只顾使去，好不畅快。不思去时容易，转时甚难。当时夏桀、商纣，贵为天子，不免窜身于南巢，悬头于太白。那桀纣有何罪过？也无非倚贵欺贱，恃强凌弱，总来不过是使势而已。假如桀纣是个平民百姓，还造得许多恶业否？所以说势不可使尽。怎么说『福不可享尽』？常言道：『惜衣有衣，惜食有食。』又道：『人无寿夭，禄尽则亡。』晋时石崇太尉，与皇亲王恺斗富。以酒沃釜，以蜡代薪。锦步障大至五十里，坑厕间皆用绫罗供帐，香气袭人。跟随家僮，都穿火浣布衫，一衫价值千金。买一妾，费珍珠十斛。后来死于赵王伦之手，身首异处。此乃享福太过之报。怎么说『便宜不可占尽』？假如做买卖的错了分文入己，满脸堆笑。却不想小经纪若折了分文，一家不得吃饱饭。我贪此些须小便宜，亦有何益？昔人有占便宜诗云：

我被盖你被，你毡盖我毡。你若有钱我共使，我若无钱用你钱。上山时你扶我脚，下山时我靠你肩。我有子时做你婿，你有女时伴我眠。你依此誓时，我死在你后；我违此誓时，你死在我前。

若依得这诗时，人人都要如此，谁是呆子，肯束手相让！就是一时得利，暗中损福折寿，自己不知。所以佛家劝化世人，吃一分亏，受无量福。有诗为证：

得便宜处欣欣乐，不遂心时闷闷忧。不讨便宜不折本，也无欢乐也无愁。

说话的，这三句都是了。则那『聪明』二字，求之不得。如何说『聪明不可用尽』？见不尽者，天下之事；读不尽者，天下之书；参不尽者，天下之理。宁可懵懂而聪明，不可聪明而懵懂。如今且说一个人，古来第一聪明的。他聪明了一世，懵懂在一时。留下花锦般一段话文，传与后生小子，恃才夸己的看样。那第一聪明的是谁？

吟诗作赋般般会，打诨猜谜件件精。不是仲尼重出世，定知颜子再投生。

话说宋神宗皇帝在位时，有一名儒，姓苏名轼，字子瞻，别号东坡，乃四川眉州眉山人氏。一举成名，官拜翰林学士。此人天资高妙，过目成诵，出口成章，有李太白之风流，胜曹子建之敏捷，在宰相荆公王安石先生门下。荆公甚重其才。东坡自恃聪明，颇多讥诮。荆公因作《字说》，一字解作一义。偶论东坡的坡字，从土从皮，谓坡乃土之皮。东坡笑道：『如相公所言，滑字乃水之骨也。』一日，荆公又论及鲵字，从鱼从儿，合是鱼子。四马曰驷，天虫为蚕，古人制字，定非无义。东坡拱手进言：『鸠字九鸟，可知有故。』荆公认以为真，欣然请教。

东坡笑道：『《毛诗》云：「鸣鸠在桑，其子七兮。」连娘带爷，共是九个。』荆公默然，恶其轻薄。左迁为湖州刺史。正是：

是非只为多开口，烦恼皆因巧弄唇。

东坡在湖州做官，三年任满，朝京，作寓于大相国寺内。想当时因得罪于荆公，自取其咎。常言道：『未去朝天子，先来谒相公。』吩咐左右备脚色手本，骑马投王丞相府来。离府一箭之地，东坡下马步行而前。见府门首许多听事官吏，纷纷站立。东坡举手问道：『列位，老太师在堂上否？』守门官上前答道：『老爷昼寝未醒，且请门房中少坐。』从人取交床在门房中，东坡坐下，将门半掩。不多时，相府中有一少年人，年方弱冠，戴缠骔大帽，穿青绢直摆，攞手洋洋，出府下阶。众官吏皆躬身揖让。此人从东向西而去。东坡命从人去问，相府中适才出来者何人？从人打听明白回覆，是丞相老爷府中掌书房的，姓徐。东坡记得荆公书房中宠用的有个徐伦，三年前还未冠。今虽冠了，面貌依然。叫从人：『既是徐掌家，与我赶上一步，快请他转来。』从人飞奔去了，赶上徐伦，不敢于背后呼唤，从旁边抢上前去，垂手侍立于街旁，道：『小的是湖州府苏爷的长班。苏爷在门房中，请徐老爹相见，有句话说。』徐伦问：『可是长胡子的苏爷？』从人道：『正是。』东坡是个风流才子，见人一团和气，平昔与徐伦相爱，时常写扇送他。徐伦听说是苏学士，微微而笑，转身便回。从人先到门房，回复徐掌家到了。徐伦进门房来见苏爷，意思要跪下去。东坡用手挽住。这徐伦立身相府，掌内书房，外府州县首领官员到京参谒丞相，知会徐伦，俱有礼物，单帖通名，今是见苏爷怎么就要下跪？因苏爷久在丞相门下往来，徐伦自小书房答应，职任烹茶，就如旧主人一般，一时大不起来。苏爷却全他的体面，用手挽住道：『徐掌家，不要行此礼。』徐伦道：『这门房中不是苏爷坐处，且请进府，到东书房待茶。』这东书房，便是王丞相的外书房了。凡门生知友往来，都到此处。徐伦引苏爷到东书房，看了坐，命童儿烹好茶伺候。『禀苏爷，小的奉老爷遣差，往太医院取药，不得在此伏侍，怎么好？』东坡道：『且请治事。』徐伦去后，东坡见四壁书橱关闭有锁，文几上只有笔砚，更无余物。东坡开砚匣，看了砚池，是一方绿色端砚，甚有神采。砚上余墨未干。方欲掩盖，忽见砚匣下露出些纸角儿。东坡扶起砚匣，乃是一方素笺，叠做两折。取而观之，原来是两句未完的诗稿。认得荆公笔迹，题是《咏菊》。东坡笑道：『士别三日，换眼相待。昔年我曾在京为官时，此老下笔数千言，不由思索。三年后，也就不同了。正是江淹才尽。两句诗不曾终韵。』念了一遍，『呀，原来连这两句诗都是乱道。』这两句诗怎么样写？

西风昨夜过园林，吹落黄花满地金。

东坡为何说这两句诗是乱道？一年四季，风各有名：春天为和风，夏天为薰风，秋天为金风，冬天为朔风。和、薰、金、朔四样风配着四时。这诗首句说西风，西方属金，金风乃秋令也。那金风一起，梧叶飘黄，群芳零落。第二句说『吹落黄花满地金』，黄花即菊花。此花开于深秋，其性属火，敢与秋霜鏖战，最能耐久，随你老来焦干枯烂，并不落瓣。说个『吹落黄花满地金』，岂不是错误了？兴之所发，不能自已，举笔舐墨，依韵续诗二句：

秋花不比春花落，说与诗人仔细吟。

写便写了，东坡愧心复萌：「倘此老出书房相待，见了此诗，当面抢白，不像晚辈体面。」欲待袖去以灭其迹，又恐荆公寻诗不见，带累徐伦。思算不妥，只得仍将诗稿折叠，压于砚匣之下，盖上砚匣，步出书房。到大门首取脚色手本，付与守门官吏嘱咐道：「老太师出堂，通禀一道，说苏某在此伺候多时。因初到京中，文表不曾收拾，明日早朝赍过表章，再来谒见。」说罢，骑马回下处去了。

不多时，荆公出堂。守门官吏虽蒙苏爷嘱咐，没有纸包相送，那个与他禀话。只将脚色手本和门簿缴纳。荆公也只当常规，未及观看。心下记着菊花诗二句未完韵。恰好徐伦从太医院取药回来，荆公唤徐伦送置东书房，荆公也随后入来。坐定，揭起砚匣，取出诗稿一看，问徐伦道：「适才何人到此？」徐伦跪下禀道：「湖州府苏爷伺候老爷，曾到。」荆公看其字迹，也认得是苏学士之笔。口中不语，心下踌躇：「苏轼这个小畜生，虽遭挫折，轻薄之性不改！不道自己学疏才浅，敢来讥讪老夫！明日早朝，奏过官里，将他削职为民。」又想道：「且住，他也不晓得黄州菊花落瓣，也怪他不得！」叫徐伦取湖广缺官册籍来看，单看黄州府。余官俱在，只缺少个团练副使。荆公暗记在心。命徐伦将诗稿贴于书房柱上。明日早朝，密奏天子，言苏轼才力不及，左迁黄州团练副使。天下官员到京上表章，升降勾除，各自安命。惟有东坡心中不服。心下明知荆公为改诗触犯，公报私仇。没奈何，也只得谢恩。朝房中才卸朝服，长班禀道：「丞相爷出朝。」东坡露堂一恭。荆公肩舆中举手道：「午后老夫有一饭。」东坡领命。回下处修书，打发湖州跟官人役兼本衙管家，往旧任接取家眷黄州相会。

午牌过后，东坡素服角带，写下新任黄州团练副使脚手本，乘马来见丞相领饭。门吏通报。荆公吩咐请进到大堂拜见。荆公待以师生之礼。手下点茶。荆公开言道：「子瞻左迁黄州，乃圣上主意，老夫爱莫能助。子瞻莫错怪老夫否？」东坡道：「晚学生自知才力不及，岂敢怨老太师！」荆公笑道：「子瞻大才，岂有不及！只是到黄州为官，闲暇无事，还要读书博学。」东坡目穷万卷，才压千人。今日劝他读书博学，还读什么样书？口中称谢道：「承老太师指教。」心下愈加不服。荆公为人至俭，肴不过四器，酒不过三杯，饭不过一箸。东坡告辞。荆公送下滴水檐前，携东坡手道：「老夫幼年灯窗十载，染成一症，老年举发。太医院看是痰火之症。虽然服药，难以除根。必得阳羡茶，方可治。有荆溪进贡阳羡茶，圣上就赐与老夫。老夫问太医院官如何烹服。太医院官说：『须用瞿塘中峡水。』瞿塘在蜀，老夫几欲差人往取，未得其便，兼恐所差之人未必用心。子瞻桑梓之邦，倘尊眷往来之便，将瞿塘中峡水，携一瓮寄与老夫，则老夫衰老之年，皆子瞻所延也。」东坡领命，回相国寺。次日辞朝出京，星夜奔黄州道上。黄州合府官员知东坡天下有名才子，又是翰林谪官，出郭远迎。选良时吉日公堂上任。过月之后，家眷方到。

东坡在黄州，与蜀客陈季常为友。不过登山玩水，饮酒赋诗，军务民情，秋毫无涉。光阴迅速，将及一载。时当重九之后，连日大风。一日风息，东坡兀坐书斋。忽想：「定惠院长老曾送我黄菊数种，栽于后园，今日何不去赏玩一番？」足犹未动，恰好陈季常相访。东坡大喜，便拉陈慥同往后园看菊。到得菊花棚下，只见满地铺金，枝上全无一朵。唬得东坡目瞪口呆，半晌无语。陈慥问道：「子瞻见菊花落瓣，缘何如此惊诧？」东坡道：「季常有所不知。平常见此花只是焦干枯烂，并不落瓣。去岁在王荆公府中，见他《咏菊》诗二句道：『西风昨夜过园林，吹落黄花满地金。』小弟只道此老错误了，续诗二句道：『秋花不比春花落，说与诗人仔细吟。』却不知黄州菊花果然落瓣！此老

西風昨夜過
園林吹落黃
花遍地金

左迁小弟到黄州，原来使我看菊花也。』陈慥笑道：『古人说得好：

广知世事休开口，纵会人前只点头。假若连头俱不点，一生无恼亦无愁。』

东坡道：『小弟初然被谪，只道荆公恨我摘其短处，公报私仇。谁知他到不错，我到错了。真知灼见者，尚且有误，何况其他！吾辈切记，不可轻易说人笑人。正所谓经一失长一智耳。』东坡命家人取酒，与陈季常就落花之下，席地而坐。正饮酒间，门上报道：『本府马太爷拜访，将到。』东坡吩咐：『辞了他罢。』是日，两人对酌闲谈，至晚而散。

次日，东坡写了名帖，答拜马太守。马公出堂迎接。彼时没有迎宾馆，就在后堂分宾而坐。茶罢，东坡因叙出去年相府错题了菊花诗，得罪荆公之事。马太守微笑道：『学生初到此间，也不知黄州菊花落瓣。亲见一次，此时方信。可见老太师学问渊博，有包罗天地之抱负。学士大人一时忽略，陷于不知，何不到京中太师门下赔罪一番，必然回嗔作喜。』东坡道：『学生也要去，恨无其由。』太守道：『将来有一事方便，只是不敢轻劳。』东坡问何事。太守道：『常规，冬至节必有贺表到京，例差地方官一员。学士大人若不嫌琐屑，假进表为由，到京也好。』东坡道：『承堂尊大人用情，学生愿往。』太守道：『这道表章，只得借重学士大笔。』东坡应允。别了马太守回衙。想起荆公嘱咐要取瞿塘中峡水的话来。初时心中不服，连这取水一节，置之度外。如今却要替他出力做这件事，以赎妄言之罪。但此事不可轻托他人。现今夫人有恙，思想家乡。既承贤守公美意，不若告假，亲送家眷还乡，取得瞿塘中峡水，庶为两便。黄州至眉州，一水之地，路正从瞿塘三峡过。那三峡？西陵峡，巫峡，归峡。西陵峡为上峡，巫峡为中峡，归峡为下峡，那西陵峡又唤做瞿塘峡，在夔州府城之东。两岸对峙，中贯一江。滟堆当其口，乃三峡之门。所以总唤做瞿塘三峡。此三峡共长七百余里，两岸连山无阙，重峦叠嶂，隐天蔽日。风无南北，惟有上下。自黄州到眉州，总有四千余里之程，夔州适当其半。东坡心下计较：『若送家眷直到眉州，往回将及万里，把贺冬表又担误了。我如今有个道理，叫做公私两尽。从陆路送家眷至夔州，却令家眷自回。我在夔州换船下峡，取了中峡之水，转回黄州，方往东京。可不是公私两尽。』算计已定，对夫人说知，收拾行李，辞别了马太守，衙门上悬一个告假的牌面，择了吉日，准备车马，唤集人夫，合家起程。一路无事，自不必说。

才过夷陵州，早是高唐县。驿卒报好音，夔州在前面。

东坡到了夔州，与夫人分手。嘱咐得力管家，一路小心伏侍夫人回去。东坡讨个江船，自夔州开发，顺流而下。原来这滟滪堆，是江口一块孤石，亭亭独立，夏即浸没，冬即露出。因水满石没之时，舟人取途不定，故又名犹豫堆。俗谚云：

犹豫大如象，瞿塘不可上；犹豫大如马，瞿塘不可下。

东坡在重阳后起身，此时尚在秋后冬前。又其年是闰八月，迟了一个月的节气，所以水势还大。上水时，舟行甚迟，下水时却甚快。东坡来时正怕迟慢，所以舍舟从陆。回时乘着水势，一泻千里，好不顺溜。东坡看见那峭壁千寻，沸波一线，想要做一篇《三峡赋》，结构不就。因连日鞍马困倦，凭几构思，不觉睡去，不曾吩咐得水手打水。及至醒来问时，已是下峡，过了中峡了。东坡吩咐：『我要取中峡之水，快与我拨转船头。』水手禀道：『老爷，三峡相连，水如瀑布，船如箭发。若回船便是逆水。日行数里，用力甚难。』东坡沉吟半晌，问：『此地可以泊船，有居民否？』水手禀道：『上二峡悬崖峭壁，船不能停。到归峡，山水之势渐平，崖上不多路，就有市井街道。』东坡叫泊了船，吩咐苍头：『你上崖去看有年长知事的居民，唤一个上来，不要声张惊动了他。』苍头领命。登崖不多时，带一个老人上船，口称居民叩头。东坡以美言抚慰：『我是过往客官，与你居民没有统属，要问你一句话。那瞿塘三峡，那一峡的水好？』老者道：『三峡相连，并无阻隔。上峡流于中峡，中峡流于下峡，昼夜不断。一般样水，难分好歹。』东坡暗想道：『荆公胶柱鼓瑟。三峡相连，一般样水，何必定要中峡！』叫手下，给官价与百姓买个干净磁瓮，自己立于船头，看水手将下峡水满满的汲了一瓮，用柔皮纸封固，亲手佥押，即刻开船。直至黄州拜了马太守，夜间草成贺冬表，送去府中。

马太守读了表文，深赞苏君大才。赍表官就佥了苏轼名讳。择了吉日，与东坡饯行。东坡赍了表文，带了一瓮蜀水，星夜来到东京，仍投大相国寺内。天色还早，命手下抬了水瓮，乘马到相府来见荆公。荆公正当闲坐，闻门上通报：『黄州团练使苏爷求见。』荆公笑道：『已经一载矣！』吩咐守门官：『缓着些出去，引他东书房相见。』守门官领命。荆公先到书房。见柱上所贴诗稿，经年尘埃迷目。亲手于鹊尾瓶中，取拂尘将尘拂去，俨然如旧。荆公端坐于书房。

却说守门官延挨了半晌，方请苏爷。东坡听说东书房相见，想起改诗的去处，面上赧然。勉强进府，到书房见了荆公下拜，荆公用手相扶道：『不在大堂相见，惟思远路风霜，休得过礼。』命童儿看坐。东坡坐下，偷看诗稿，贴于对面。荆公用拂尘往左一指道：『子瞻，可见光阴迅速，去岁作此诗，又经一载矣！』东坡起身拜伏于地。荆公用手扶住道：『子瞻为何？』东坡道：『晚学生甘罪了！』荆公道：『你见了黄州菊花落瓣么？』东坡道：『是。』荆公道：『目中未见此一种，也怪不得子瞻！』东坡道：『晚学生才疏识浅，全仗老太师海涵。』茶罢，荆公问道：『老夫烦足下带瞿塘中峡水，可有么？』东坡道：『见携府外。』荆公命堂候官两员，将水瓮抬进书房。荆公亲以衣袖拂拭，纸封打开。命童儿茶灶中煨火，用银铫汲水烹之。先取白定碗一只，投阳羡茶一撮于内。候汤如蟹眼，急取起倾入，其茶色半晌方见。荆公问：『此水何处取来？』东坡道：『巫峡。』荆公道：『是中峡了？』东坡道：『正是。』荆公笑道：『又来欺老夫了！此乃下峡之水，如何假名中峡？』东坡大惊。述土人之言：『三峡相连，一般样水。晚学生误听了，实是取下峡之水。老太师何以辨之？』荆公道：『读书人不可轻举妄动，须是细心察理。老夫若非亲到黄州，看过菊花，怎么诗中敢乱道黄花落瓣？这瞿塘水性，出于《水经补注》。上峡水性太急，下峡太缓。惟中峡缓急相半。太医院官乃明医，知老夫乃中脘变症，故用中峡水引经。此水烹阳羡茶，上峡味浓，下峡味淡，中峡浓淡之间。今见茶色半晌方见，故知是下峡。』东坡离席谢罪。荆公道：『何罪之有？皆因子瞻过于聪明，以致疏略如此。老夫今日偶然无事，幸子瞻光顾。一向相处，尚不知子瞻学问真正如何？老夫不自揣量，要考子瞻一考。』东坡欣然答道：『晚学生请题。』荆公道：『且住！老夫若遽然考你，只说老夫恃了一日之长。子瞻到先考老夫一考，然后老夫请教。』东坡鞠躬道：『晚学生怎么敢？』荆公道：『子瞻既不肯考老夫，老夫却不好僭妄。也罢，叫徐伦把书房中书橱尽数与我开了。左右二十四橱，书皆积满。但凭于左右橱内，上中下三层取书一册，不拘前后，念上文一句，老夫答下句不来，就算老夫无学。』东坡暗想道：『这老甚迂阔！难道这些书都记在腹内？虽然如此，不好去考他。』答应道：『这个晚学生不敢！』荆公道：『咳！道不得个「恭敬不如从命」了！』东坡使乖，只拣尘灰多处，料久不看，也忘记了，任意抽书一本，未见签题，揭开居中，随口念一句道：『如意君安乐否？』荆公接口道：『「窃已啖之矣。」可是？』东坡道：『正是。』荆公取过书来，问道：『这句书怎么讲？』东坡不曾看得书上详细。暗想：『唐人讥则天后，曾称薛敖曹为如意君。或者差人问候，曾有此言。只是下文说「窃已啖之矣」，文理却接上面不来。』沉吟了一会，又想道：『不要惹这老头儿。千虚不如一实。』答应道：『晚学生不知。』荆公道：『这也不是什么秘书，如何就不晓得？这是一桩小故事。汉末灵帝时，长沙郡武冈山后有一狐穴，深入数丈。内有九尾狐狸二头，日久年深，皆能变化，时常化作美妇人，遇着男子往来，诱入穴中行乐。小不如意，分而食之。后有一人姓刘名玺，善于采战之术。入山采药，被二妖所掳，夜晚求欢。枕席之间，二狐快乐，称为如意君。大狐出山打食，则小狐看守。小狐出山，则大狐亦如之。日就月将，并无忌惮。酒后露其本形。刘玺有恐怖之心，精力衰倦。一日，大狐出山打食，小狐在穴，求其云雨，不果其欲。小狐大怒，生啖刘玺于腹内。大狐回穴，心记刘生。问道：「如意君安乐否？」小狐答道：「窃已啖之矣。」二狐相争追逐，满山喊叫。樵人窃听，遂得其详，记于《汉末全书》。子瞻想未涉猎？』东坡道：『老太师学问渊深，非晚辈浅学可及！』荆公微笑道：『这也算考过老夫了。老夫还席，也要考子瞻一考。子瞻休得吝教！』东坡道：『求老太师命题平易。』荆公道：『考别件事，又道老夫作难。久闻子瞻善于作对。今年闰了个八月，正月立春，十二月又是立春，是个两头春。老夫就将此为题，出句求对，以观子瞻妙才。』命童儿取纸笔过来。荆公写出一对道：

一岁二春双八月，人间两度春秋。

东坡虽是妙才，这对出得跷蹊，一时寻对不出。羞颜可掬，面皮通红了。荆公问道：『子瞻从湖州至黄州，可从苏州润州经过么？』东坡道：『此是便道。』荆公道：『苏州金阊门外，至于虎丘，这一带路叫做山塘，约有七里之遥，其半路名为半塘。润州古名铁瓮城，临于大江，有金山、银山、玉山，这叫做三山。俱有佛殿僧房，想子瞻都曾游览？』东坡答应道：『是。』荆公道：『老夫再将苏、润二州各出一对，求子瞻对之。』

苏州对云：

七里山塘，行到半塘三里半。

润州对云：

铁瓮城西，金玉银山三宝地。

东坡思想多时，不能成对，只得谢罪而出。荆公晓得东坡受了些腌臜，终惜其才。明日奏过神宗天子，复了他翰林学士之职。后人评这篇话道：以东坡天才，尚然三被荆公所屈，何况才不如东坡者！因作诗戒世云：

项托曾为孔子师，荆公反把子瞻嗤。
为人第一谦虚好，学问茫茫无尽期。

第四卷

拗相公饮恨半山堂

得岁月，延岁月；得欢悦，且欢悦。万事乘除总在天，何必愁肠千万结。放心宽，莫量窄，古今兴废言不彻。金谷繁华眼底尘，淮阴事业锋头血。临潼会上胆气消，丹阳县里箫声绝。时来弱草胜春花，运去精金逊顽铁。逍遥快乐是便宜，到老方知滋味别。粗衣淡饭足家常，养得浮生一世拙。

开话已毕，未入正文，且说唐诗四句：

周公恐惧流言日，王莽谦恭下士时。假使当年身便死，一生真伪有谁知！

此诗大抵说人品有真有伪，须要恶而知其美，好而知其恶。第一句说周公。那周公，姓姬名旦，是周文王少子，有圣德，辅其兄武王伐商，定了周家八百年天下。武王病，周公为册文告天，愿以身代。藏其册于金匮，无人知之。以后武王崩，太子成王年幼。周公抱成王于膝，以朝诸侯。有庶兄管叔、蔡叔将谋不轨，心忌周公，反布散流言，说周公欺侮幼主，不久篡位。成王疑之。周公辞了相位，避居东国，心怀恐惧。一日天降大风疾雷，击开金匮，成王见了册文，方知周公之忠，迎归相位，诛了管叔、蔡叔，周室危而复安。假如管叔、蔡叔流言方起，说周公有反叛之心，周公一病而亡，金匮之文未开，成王之疑未释，谁人与他分辨？后世却不把好人当做恶人？第二句说王莽。王莽字巨君，乃西汉平帝之舅，为人奸诈。自恃椒房宠势，相国威权，阴有篡汉之意。恐人心不服，乃折节谦恭，尊礼贤士，假行公道，虚张功业。天下郡县称莽功德者，共四十八万七千五百七十二人。莽知人心归己，乃鸩平帝，迁太后，自立为君。改国号曰新，一十八年。直至南阳刘文叔起兵复汉，被诛。假如王莽早死了十八年，却不是完名全节一个贤宰相，垂之史册，不把恶人当做好人么？所以古人说：『日久见人心。』又道：『盖棺论始定。』不可以一时之誉，断其为君子；不可以一时之谤，断其为小人。有诗为证：

毁誉从来不可听，是非终久自分明。一时轻信人言语，自有明人话不平。

如今说先朝一个宰相，他在下位之时，也着实有名有誉的。后来大权到手，任性胡为，做错了事，惹得万口唾骂，饮恨而终。假若有名誉的时节，一个瞌睡死去了不醒，人还千惜万惜，道国家没福，恁般一个好人，未能大用，不尽其才，却到也留名于后世。及至万口唾骂时，就死也迟了。这到是多活了几年的不是！那位宰相是谁？在那一个朝代？这朝代不近不远，是北宋神宗皇帝年间，一个首相，姓王名安石，临川人也。此人目下十行，书穷万卷。名臣文彦博、欧阳修、曾巩、韩维等，无不奇其才而称之。方及二旬，一举成名。初任浙江庆元府鄞县知县，兴利除害，大有能声，转任扬州佥判。每读书达旦不寐，日已高，闻太守坐堂，多不及盥漱而往。时扬州太守，乃韩魏公名琦者，见安石头面垢污，知未盥漱，疑其夜饮，劝以勤学。安石谢教，绝不分辨。后韩魏公察听他彻夜读书，心甚异之，更夸其美。升江宁府知府，贤声愈著，直达帝聪。正是：

只因前段好，误了后来人。

神宗天子励精图治，闻王安石之贤，特召为翰林学士。天子问为治何法，安石以尧舜之道为对，天子大悦。不二年，拜为首相，封荆国公，举朝以为皋夔复出，伊周再生，同声相庆。惟李承之见安石双眼多白，谓是奸邪之相，他日必乱天下。苏老泉见安石衣服垢敝，经月不洗面，以为不近人情，作《辨奸论》以刺之。此两个人是独得之见，谁人肯信？不在话下。

安石既为首相，与神宗天子相知，言听计从，立起一套新法来。那几件新法？农田法，水利法，青苗法，均输法，保甲法，免役法，市易法，保马法，方田法，免行法。

专听一个小人，姓吕名惠卿，及伊子王雱，朝夕商议，斥逐忠良，拒绝直谏。民间怨声载道，天变迭兴。荆公自以为是，复倡为三不足之说：天变不足畏，人言不足恤，祖宗之法不足守。因他性子执拗，主意一定，佛菩萨也劝他不转，人皆呼为拗相公。文彦博、韩琦许多名臣，先夸佳说好的，到此也自悔失言。一个个上表争论。不听，辞官而去。自此持新法益坚。祖制纷更，万民失业。

一日，爱子王雱病疽而死。荆公痛思之甚。招天下高僧，设七七四十九日斋醮，荐度亡灵。荆公亲自行香拜表。其日，第四十九日斋醮已完，漏下四鼓，荆公焚香送佛，忽然昏倒于拜毡之上，左右呼唤不醒。到五更，如梦初觉。口中道：『诧异，诧异！』左右扶进中门。吴国夫人命丫鬟接入内寝，问其缘故。荆公眼中垂泪道：『适才昏愦之时，恍恍惚惚到一个去处，如大官府之状，府门尚闭。见吾儿王雱荷巨枷约重百斤，力殊不胜，蓬首垢面，流血满体，立于门外，对我哭诉其苦道：「阴司以儿父久居高位，不思行善，专一任性执拗，行青苗等新法，蠹国害民，怨气腾天。儿子不幸阳禄先尽，受罪极重，非斋醮可解。父亲宜及早回头，休得贪恋富贵！……」说犹未毕，府中开门吆喝，惊醒回来。』夫人道：『宁可信其有，不可信其无。妾亦闻外面人言籍籍，归怨相公。相公何不急流勇退？早去一日，也省了一日的咒詈。』荆公从夫人之言，一连十来道表章，告病辞职。天子风闻外边公论，亦有厌倦之意。遂从其请，以使相判江宁府。故宋时，凡宰相解位，都要带个外任的职衔，到那地方资禄养老，不必管事。荆公想江宁乃金陵古迹之地，六朝帝王之都，江山秀丽，人物繁华，足可安居，甚是得意。夫人临行，尽出房中钗钏衣饰之类，及所藏宝玩，约数千金，布施各庵院寺观，打醮焚香，以资亡儿王雱冥福。择日辞朝起身。百官设饯送行。荆公托病，都不相见。府中有一亲吏，姓江名居，甚会答应。荆公只带此一人，与僮仆随家眷同行。

东京至金陵，都有水路。荆公不用官船，微服而行，驾一小艇，由黄河溯流而下。将次开船，荆公唤江居及众僮仆吩咐：『我虽宰相，今已挂冠而归。凡一路马头歇船之处，有问我何姓何名何官何职，汝等但言过往游客，切莫对他说实话，恐惊动所在官府，前来迎送，或起夫防护，骚扰居民不便。若或泄漏风声，必是汝等需索地方常例，诈害民财。吾若知之，必皆重责。』众人都道：『谨领钧旨。』江居禀道：『相公白龙鱼服，隐姓潜名。倘或途中小辈不识高低，有毁谤相公者，何以处之？』荆公道：『常言「宰相腹中撑得船过」，从来人言不足恤。言吾善者，不足为喜；道吾恶者，不足为怒。只当耳边风过去便了，切莫揽事。』江居领命，并晓谕水手知悉。自此水路无话。

不觉二十余日，已到钟离地方。荆公原有痰火症，住在小舟多日，情怀抑郁，火症复发。思欲舍舟登陆，观看市井风景，少舒愁绪。吩咐管家道：『此去金陵不远。你可小心伏侍夫人家眷，从小路，由瓜步淮扬过江。我从陆路而来，约到金陵江口相会。』安石打发家眷开船，自己只带两个僮仆，并亲吏江居，主仆共是四人登岸。

只因水陆舟车扰，断送南来北往人。

江居禀道：『相公陆行，必用脚力。还是拿钧帖到县驿取讨，还是自家用钱雇赁？』荆公道：『我吩咐在前，不许惊动官府，只自家雇赁便了。』江居道：『若自家雇赁，须要投个主家。』当下僮仆携了包裹，江居引荆公到一个经纪人家来。主人迎接上坐，问道：『客官要往那里去？』荆公道：『要往江宁，欲觅肩舆一乘，或骡或马三匹，即刻便行。』主人道：『如今不比当初，忙不得哩！』荆公道：『为何？』主人道：『一言难尽！自从拗相公当权，创立新法，伤财害民，户口逃散。虽留下几户穷民，只好奔走官差，那有空役等雇？况且民穷财尽，百姓饔餐不饱，没闲钱去养马骡。就有几头，也不够差使。客官坐稳，我替你抓寻去。寻得下，莫喜；寻不来，莫怪。只是比往常一倍钱要两倍哩！』江居问道：『你说那拗相公是谁？』主人道：『叫做王安石。闻说一双白眼睛，恶人自有恶相。』荆公垂下眼皮，叫江居莫管别人家闲事。主人去了多时，来回复道：『轿夫只许你两个，要三个也不能够，没有替换，却要把四个人的夫钱雇他。马是没有，止寻得一头骡，一个叫驴，明日五鼓到我店里。客官将就去得时，可付些银子与他。』荆公听了前番许多恶话，不耐烦，巴不得走路。想道：『就是两个夫子，缓缓而行也罢，只是少一个头口。没奈何，把一匹与江居坐，那一匹，教他两个轮流坐罢。』吩咐江居，但凭主人定价，不要与他计较。江居把银子称付主人。日光尚早，荆公在主人家闷不过，唤童儿跟随，走出街市闲行。果然市井萧条，店房稀少，荆公暗暗伤感。步到一个茶坊，到也洁净。荆公走进茶坊，正欲唤茶，只见壁间题一绝句云：

祖宗制度至详明，百载余黎乐太平。白眼无端偏固执，纷纷变乱拂人情。

后款云：『无名子慨世之作。』荆公默然无语，连茶也没兴吃了，慌忙出门。又走了数百步，见一所道院。荆公道：『且去随喜一回，消遣则个。』走进大门，就是三间庙宇。荆公正欲瞻礼，尚未跨进殿槛，只见朱壁外面粘着一幅黄纸，纸上有诗句：

五叶明良致太平，相君何事苦纷更？既言尧舜宜为法，当效伊周辅圣明！排尽旧臣居散地，尽为新法误苍生。翻思安乐窝中老，先识天津杜宇声。

先前英宗皇帝时，有一高士，姓邵名雍，别号尧夫，精于数学，通天彻地，自名其居为安乐窝。常与客游洛阳天津桥上，闻杜宇之声，叹道：『天下从此乱矣！』客问其故。尧夫答道：『天下将治，地气自北而南；天下将乱，地气自南而北。洛阳旧无杜宇，今忽有之，乃地气自南而北之征。不久天子必用南人为相，变乱祖宗法度，终宋世不得太平。』这个兆，正应在王安石身上。荆公默诵此诗一遍，问香火道人：『此诗何人所作？没有落款。』道人道：『数日前，有一道侣到此索纸题诗，粘于壁上，说是骂什么拗相公的。』荆公将诗纸揭下，藏于袖中，默然而出。回到主人家，闷闷的过了一夜。

五鼓鸡鸣，两名轿夫和一个赶脚的牵着一头骡，一个叫驴，都到了。荆公素性不十分梳洗，上了肩舆。江居乘了驴子，让那骡子与僮仆两个更换骑坐。约行四十余里，日光将午，到一村镇。江居下了驴，走上一步，禀道：『相公，该打中火了。』荆公因痰火病发，随身扶手，带得有清肺干糕，及丸药茶饼等物。吩咐手下：『只取沸汤一瓯来，你们自去吃饭。』荆公将沸汤调茶，用了点心。众人吃饭，兀自未了。荆公见屋旁有个坑厕，讨一张毛纸，走去登东。只见坑厕土墙上，白石灰画诗八句：

初知鄞邑未升时，为负虚名众所推。苏老《辨奸》先有识，李丞劾奏已前知。斥除贤正专威柄，引进虚浮起祸基。最恨邪言『三不足』，千年流毒臭声遗。

荆公登了东，觑个空，就左脚脱下一只方舄，将舄底向土墙上抹得字迹糊涂，方才罢手。众人中火已毕，荆公复上肩舆而行。

又三十里，遇一驿舍。江居禀道：『这官舍宽敞，可以止宿。』荆公道：『昨日叮咛汝辈是甚言语！今宿于驿亭，岂不惹人盘问。还到前村，择僻静处民家投宿，方为安稳。』又行五里许，天色将晚。到一村家，竹篱茅舍，柴扉半掩。荆公叫江居上前借宿。江居推扉而入。内一老叟扶杖走出，问其来由。江居道：『某等游客，欲暂宿尊居一宵，房钱依例奉纳。』老叟道：『但随官人们尊便。』江居引荆公进门，与主人相见。老叟延荆公上坐。见江居等三人侍立，知有名分，请到侧屋里另坐。老叟安排茶饭去了。荆公看新粉壁上，有大书律诗一首，诗云：

文章漫说自天成，曲学偏邪识者轻。强辨鹑刑非正道，误餐鱼饵岂真情。奸谋已遂生前志，执拗空遗死后名。亲见亡儿阴受梏，始知天理报分明。

荆公阅毕，惨然不乐。须臾，老叟搬出饭来，从人都饱餐，荆公也略用了些。问老叟道：『壁上诗何人写作？』老叟道：『往来游客所书，不知名姓。』公俛首寻思：『我曾辨帛勒为鹑刑，及误餐鱼饵，二事人颇晓得。只亡儿阴府受梏事，我单对夫人说，并没第二人得知，如何此诗言及！好怪好怪！』荆公因此诗末句刺着他痛心之处，狐疑不已。因问老叟：『高寿几何？』老叟道：『年七十八了。』荆公又问：『有几位贤郎？』老叟扑簌簌泪下，告道：『有四子，都死了。』与老妻独居于此。』荆公道：『四子何为俱夭？』老叟道：『十年以来，苦为新法所害。诸子应门，或殁于官，或丧于途。老汉幸年高，得以苟延残喘。倘若少壮，也不在人世了。』荆公惊问：『新法有何不便，乃至于此？』老叟道：『官人只看壁间诗可知矣。自朝廷用王安石为相，变易祖宗制度，专以聚敛为急，拒谏饰非，驱忠立佞。始设青苗法以虐农民，继立保甲、助役、保马、均输等法，纷纭不一。官府奉上而虐下，日以箠掠为事。吏卒夜呼于门，百姓不得安寝。弃产业，携妻子，逃于深山者，日有数十。此村百有余家，今所存八九家矣。寒家男女共一十六口，今只有四口仅存耳！』说罢，泪如雨下。荆公亦觉悲酸。又问道：『有人说新法便民，老丈今言不便，愿闻其详。』老叟道：『王安石执拗，民间称为拗相公。若言不便，便加怒贬；说便，便加升擢。凡说新法便民者，都是谄佞辈所为，其实害民非浅！且如保甲上番之法，民家每一丁，教阅于场，又以一丁朝夕供送。虽说五日一教，那做保正的，日聚于教场中，受贿方释。如没贿赂，只说武艺不熟，拘之不放。以致农时俱废，往往冻馁而死。』言毕，问道：『如今那拗相公何在？』荆公哄他道：『见在朝中辅相天子。』老叟唾地大骂道：『这等奸邪，不行诛戮，还要用他，公道何在！朝廷为何不相了韩琦、富弼、司马光、吕海、苏轼诸君子，而偏用此小人乎！』江居等听得客坐中喧嚷之声，走来看时，见老叟说话太狠，咤叱道：『老人家不可乱言！倘王丞相闻知此语，获罪非轻了。』老叟矍然怒起道：『吾年近八十，何畏一死！若见此奸贼，必手刃其头，刳其心肝而食之。虽赴鼎镬刀锯，亦无恨矣！』众人皆吐舌缩项。荆公面如死灰，不敢答言。起立庭中，对江居说道：『月明如昼，还宜赶路。』江居会意，去还了老叟饭钱，安排轿马。荆公举手与老叟分别。老叟笑道：『老拙自骂奸贼王安石，与官人何干，乃拂然而去，莫非官人与王安石有甚亲故么？』荆公连声答道：『没有，没有！』荆公登舆，吩咐快走。从者跟随，踏月而行。

又走十余里，到树林之下。只有茅屋三间，并无邻比。荆公道：『此颇幽寂，可以息劳。』命江居叩门。内有老妪启扉。江居亦告以游客贪路，错过邸店，特来借宿，来早奉谢。老妪指中一间屋道：『此处空在，但宿何妨。只是草房窄狭，放不下轿马。』江居道：『不妨，我有道理。』荆公降舆入室。江居吩咐将轿子置于檐下，骡驴放在树林之中。荆公坐于室内，看那老妪时，衣衫蓝缕，鬓发蓬松，草舍泥墙，颇为洁净。老妪取灯火，安置荆公，自去睡了。荆公见窗间有字，携灯看时，亦是律诗八句。诗云：

生已沽名衒气豪，死犹虚伪惑儿曹。既无好语遗吴国，却有浮辞诳叶涛。四野逃亡空白屋，千年嗔恨说青苗。想因过此来亲睹，一夜愁添雪鬓毛。

荆公阅之，如万箭攒心，好生不乐。想道：『一路来，茶坊道院，以至村镇人家，处处有诗讥诮。这老妪独居，谁人到此，亦有诗句，足见怨词詈语遍于人间矣！那第二联说「吴国」，乃吾之夫人也。叶涛，是吾故友。此二句诗意犹不可解。』欲唤老妪问之，闻隔壁打鼾之声。江居等马上辛苦，俱已睡去。荆公展转寻思，抚膺顿足，懊悔不迭。想道：『吾只信福建子之言，道民间甚便新法，故吾违众而行之。焉知天下怨恨至此？此皆福建子误我也！』——吕惠卿是闽人，故荆公呼为福建子。是夜，荆公长吁短叹，和衣偃卧，不能成寐。吞声暗泣，两袖皆沾湿了。将次天明，老妪起身，蓬着头同一赤脚蠢婢，赶二猪出门外。婢携糠秕，老妪取水，用木杓搅于木盆之中，口中呼：『啰，啰，啰，拗相公来。』二猪闻呼，就盆吃食。婢又呼鸡：『朔，朔，朔，王安石来。』群鸡俱至。江居和众人看见，无不惊讶。荆公心愈不乐。因问老妪道：『老人家何为呼鸡豕之名如此？』老妪道：『官人难道不知，王安石即当今之丞相，拗相公是他的浑名。自王安石做了相公，立新法以扰民。老妾二十年孀妇，子媳俱无，止与一婢同处。妇女二口，也要出免役、助役等钱。钱既出了，差役如故。老妾以桑麻为业，蚕未成眠，便预借丝钱用了；麻未上机，又借布钱用了。桑麻失利，只得畜猪养鸡，等候吏胥里保来征役钱。或准与他，或烹来款待他，自家不曾尝一块肉。故此民间怨恨新法，入于骨髓。畜养鸡豕，都呼为拗相公王安石，把王安石当做畜生。今世没奈何他，后世得他变为异类，烹而食之，以快胸中之恨耳！』荆公暗暗垂泪，不敢开言。左右惊讶。荆公容颜改变，索镜自照，只见须发俱白，两目皆肿。心下凄惨，自己忧恚所致。思想『一夜愁添雪鬓毛』之句，岂非数乎！命江居取钱谢了老妪，收拾起身。

江居走到舆前，禀道：『相公施美政于天下，愚民无知，反以为怨。今宵不可再宿村舍。还是驿亭官舍，省些闲气。』荆公口虽不答，点头道是。上路多时，到一邮亭。江居先下驴，扶荆公出轿，升亭而坐，安排早饭。荆公看亭子壁间，亦有绝句二首，第一首云：

富韩司马总孤忠，恳谏良言过耳风。只把惠卿心腹待，不知杀羿是逢蒙！

第二首云：

高谈道德口悬河，变法谁知有许多！他日命衰时败后，人非鬼责奈愁何？

荆公看罢，艴然大怒。唤驿卒问道：『何物狂夫，敢毁谤朝政如此！』有一老卒应道：『不但此驿有诗，是处皆有留题也。』荆公问道：『此诗为何而作？』老卒道：『因王安石立新法以害民，所以民恨入骨。近闻得王安石辞了相位，判江宁府，必从此路经过，早晚常有村农数百在此左近，伺候他来。』荆公道：『伺他来，要拜谒他么？』老卒笑道：『仇怨之人，何拜谒之有！众百姓持白梃，候他到时，打杀了他，分而啖之耳。』荆公大骇。不等饭熟，趋出邮亭上轿。江居唤众人随行。一路只买干粮充饥。

荆公更不出轿，吩咐兼程赶路，直至金陵，与吴国夫人相见。羞入江宁城市，乃卜居于钟山之半，名其堂曰半山。荆公只在半山堂中，看经念佛，冀消罪愆。他原是过目成诵、极聪明的人，一路所见之诗，无字不记。私自写出，与吴国夫人看之。方信亡儿王阴府受罪，非偶然也。以此终日忧愤，痰火大发。兼以气膈，不能饮食。延及岁余，奄奄待尽，骨瘦如柴，支枕而坐。吴国夫人在旁堕泪，问道：『相公有甚好言语吩咐？』荆公道：『夫妇之情，偶合耳。我死，更不须挂念。只是散尽家财，广修善事便了……』言未已，忽报故人叶涛特来问疾。夫人回避。荆公请叶涛床头相见。执其手嘱道：『君聪明过人，宜多读佛书，莫作没要紧文字，徒劳无益。王某一生枉费精力，欲以文章胜人。今将死之时，悔之无及。』叶涛安慰道：『相公福寿正远，何出此言？』荆公叹道：『生死无常，老夫只恐大限一至，不能发言，故今日为君叙及此也。』叶涛辞去。荆公忽然想起老妪草舍中诗句第二联道：

既无好语遗吴国，却有浮词诳叶涛。

今日正应其语。不觉抚髀长叹道：『事皆前定，岂偶然哉！作此诗者，非鬼即神。不然，如何晓得我未来之事？吾被鬼神诮让如此，安能久于人世乎！』不几日，疾革，发谵语，将手批颊自骂道：『王某上负天子，下负百姓，罪不容诛。九泉之下，何面目见唐子方诸公乎？』一连骂了三日，呕血数升而死。那唐子方名介，乃是宋朝一个直臣，苦谏新法不便，安石不听，也是呕血而死的。一般样死，比王安石死得有名声。至今山间人家，尚有呼猪为拗相公者。后人论宋朝元气，都为熙宁变法所坏，所以有靖康之祸。有诗为证：

熙宁新法谏书多，执拗行私奈尔何！不是此番元气耗，虏军岂得渡黄河？

又有诗惜荆公之才：

好个聪明介甫翁，高才历任有清风。可怜覆𫗧因高位，只合终身翰苑中。

吕大郎还金完骨肉

毛宝放龟悬大印，宋郊渡蚁占高魁。世人尽说天高远，谁识阴功暗里来。

话说浙江嘉兴府长水塘地方，有一富翁，姓金名钟，家财万贯，世代都称员外。性至悭吝，平生常有五恨，那五恨？

一恨天，二恨地，三恨自家，四恨爹娘，五恨皇帝。

恨天者，恨他不常常六月，又多了秋风冬雪，使人怕冷，不免费钱买衣服来穿。恨地者，恨他树木生得不凑趣。若是凑趣，生得齐整如意，树本就好做屋柱，枝条大者，就好做梁，细者就好做椽，却不省了匠人工作。恨自家者，恨肚皮不会作家，一日不吃饭，就饿将起来。恨爹娘者，恨他遗下许多亲眷朋友，来时未免费茶费水。恨皇帝者，我的祖宗分授的田地，却要他来收钱粮。不止五恨，还有四愿，愿得四般物事。那四般物事？

一愿得邓家铜山，二愿得郭家金穴，三愿得石崇的聚宝盆，四愿得吕纯阳祖师点石为金这个手指头。

因有这四愿、五恨，心常不足。积财聚谷，日不暇给。真个是数米而炊，称柴而爨。因此乡里起他一个异名，叫做金冷水，又叫金剥皮。尤不喜者是僧人。世间只有僧人讨便宜，他单会布施俗家的东西，再没有反布施与俗家之理。所以金冷水见了僧人，就是眼中之钉，舌中之刺。他住居相近处，有个福善庵。金员外生年五十，从不晓得在庵中破费一文的香钱。所喜浑家单氏，与员外同年同月同日，只不同时。他偏吃斋好善。金员外喜他的是吃斋，恼他的是好善。因四十岁上，尚无子息。单氏瞒过了丈夫，将自己钗梳二十余金，布施与福善庵老僧，教他妆佛诵经，祈求子嗣。佛门有应，果然连生二子，且是俊秀。因是福善庵祈求来的，大的小名福儿，小的小名善儿。单氏自得了二子之后，时常瞒了丈夫，偷柴偷米，送与福善庵，供养那老僧。金员外偶然察听了些风声，便去咒天骂地，夫妻反目，直聒得一个不耐烦方休。如此也非止一次。只为浑家也是个硬性，闹过了，依旧不理。其年夫妻齐寿，皆当五旬。福儿年九岁，善儿年八岁，踏肩生下来的，都已上学读书，十全之美。到生辰之日，金员外恐有亲朋来贺寿，预先躲出。单氏又凑些私房银两，送与庵中打一坛斋醮。一来为老夫妇齐寿，二来为儿子长大，了还愿心。日前也曾与丈夫说过来，丈夫不肯，所以只得私房做事。其夜，和尚们要铺设长生佛灯，叫香火道人至金家，问金阿妈要几斗糙米。单氏偷开了仓门，将米三斗，付与道人去了。随后金员外回来，单氏还在仓门口封锁。被丈夫窥见了，又见地下狼藉些米粒，知是私房做事。欲要争嚷，心下想道：『今日生辰好日，况且东西去了，也讨不转来，干拌去了涎沫。』只推不知，忍住这口气，一夜不睡。左思右想道：『叵耐这贼秃常时来蒿恼我家！到是我看家的一个耗鬼。除非那秃驴死了，方绝其患。』恨无计策。

到天明时，老僧携着一个徒弟来回覆醮事。原来那和尚也怕见金冷水，且站在门外张望。金老早已瞧见。眉头一皱，计上心来。取了几文钱，从侧门走出市心，到山药铺里赎些砒霜，转到卖点心的王三郎店里。王三郎正蒸着一笼熟粉，摆一碗糖馅，要做饼子。金冷水袖里摸出八文钱，撇在柜上道：『三郎收了钱，大些的饼子与我做四个，馅却不要下少了。你只捏着窝儿，等我自家下馅则个。』王三郎口虽不言，心下想道：

『有名的金冷水、金剥皮，自从开这几年点心铺了，从不见他家半文之面。今日好利市，也赚他八个钱。他是好便宜的，便等他多下些馅去，扳他下次主顾。』王三郎向笼中取出雪团样的熟粉，真个捏做窝儿，递与金冷水，说道：『员外请尊便。』金冷水却将砒霜末悄悄的撒在饼内，然后加馅，做成饼子。如此一连做了四个，热烘烘的放在袖里。离了王三郎店，望自家门首踱将进来。那两个和尚，正在厅中吃茶。金老欣然相揖。揖罢，入内对浑家道：『两个师父侵早到来，恐怕肚里饥饿。适才邻舍家邀我吃点心，我见饼子热得好，袖了他四个来。何不就请了两个师父？』单氏深喜丈夫回心向善，取个朱红碟子，把四个饼子装做一碟，叫丫鬟托将出去。那和尚见了员外回家，不敢久坐，已无心吃饼了。见丫鬟送出来，知是阿妈美意，也不好虚得。将四个饼子装做一袖，叫声聒噪，出门回庵而去。金老暗暗欢喜，不在话下。

却说金家两个学生，在社学中读书。放了学时，常到庵中顽耍。这一晚，又到庵中。老和尚想道：『金家两位小官人，时常到此，没有什么请得他。今早金阿妈送我四个饼子还不曾动，放在橱柜里。何不将来熯热了，请他吃一杯茶？』当下吩咐徒弟，在橱柜里取出四个饼子，厨房下熯得焦黄，热了两杯浓茶，摆在房里，请两位小官人吃茶。两个学生顽耍了半晌，正在肚饥。见了热腾腾的饼子，一人两个，都吃了。不吃时犹可，吃了呵，分明是：

一块火烧着心肝，万杆枪攒却腹肚！

两个一时齐叫肚疼。跟随的学童慌了，要扶他回去。奈两个疼做一堆，跑走不动。老和尚也着了忙，正不知什么意故。只得叫徒弟一人背了一个，学童随着，送回金员外家。二僧自去了。金家夫妇这一惊非小，慌忙叫学童问其缘故。学童道：『方才到福善庵吃了四个饼子，便叫肚疼起来。那老师父说，这饼子原是我家今早把与他吃的。他不舍得吃，将来恭敬两位小官人。』金员外情知跷蹊了，只得将砒霜实情对阿妈说知。单氏心下越慌了，便把凉水灌他，如何灌得醒！须臾七窍流血，呜呼哀哉，做了一对殇鬼。单氏千难万难，祈求下两个孩儿，却被丈夫不仁，自家毒死了。待要厮骂一场，也是枉然。气又忍不过，苦又熬不过。走进内房，解下束腰罗帕，悬梁自缢。金员外哭了儿子一场，方才收泪。到房中与阿妈商议说话，见梁上这件打秋千的东西，唬得半死。登时就得病上床，不够七日，也死了。金氏族家，平昔恨那金冷水、金剥皮悭吝，此时天赐其便，大大小小，都蜂拥而来，将家私抢个罄尽。此乃万贯家财，有名的金员外，一个终身结果，不好善而行恶之报也。有诗为证：

饼内砒霜那得如？害人番害自家儿。举心动念天知道，果报昭彰岂有私。

方才说金员外只为行恶上，拆散了一家骨肉。如今再说一个人，单为行善上，周全了一家骨肉。正是：

善恶相形，祸福自见。戒人作恶，劝人为善。

话说江南常州府无锡县东门外，有个小户人家，兄弟三人。大的叫做吕玉，第二的叫做吕宝，第三的叫做吕珍。吕玉娶妻王氏，吕宝娶妻杨氏，俱有姿色。吕珍年幼未娶。王氏生下一个孩子，小名喜儿，方才六岁，跟邻舍家儿童出去看神会，夜晚不回。夫妻两个烦恼，出了一张招子，街坊上，叫了数日，全无影响。吕玉气闷，在家里坐不过，向大户家借了几两本钱，往太仓、嘉定一路，收些棉花布匹，各处贩卖，就便访问儿子消息。每年正二月出门，到八九月回家，又收新货。走了四个年头，虽然趁些利息，眼见得儿子没有寻处了。日久心慢，也不在话下。

到第五个年头，吕玉别了王氏，又去做经纪。何期中途遇了个大本钱的布商，谈论之间，知道吕玉买卖中通透，拉他同往山西脱货，就带绒货转来发卖，于中有些用钱相谢。吕玉贪了蝇头微利，随着去了。及至到了山西，发货之后，遇着连岁荒歉，讨赊账不起，不得脱身。吕玉少年久旷，也不免行户中走了一两遍，走出一身风流疮。服药调治，无面回家。挨到三年，疮才痊好，讨清了账目。那布商因为稽迟了吕玉的归期，加倍酬谢。吕玉得了些利物，等不得布商收货完备，自己贩了些粗细绒褐，相别先回。一日早晨，行至陈留地方，偶然去坑厕出恭。见坑板上遗下个青布搭膊，捡在手中，觉得沉重。取回下处，打开看时，都是白物，约有二百金之数。吕玉想道：『这不意之财，虽则取之无碍，倘或失主追寻不见，好大一场气闷。古人见金不取，拾带重还。我今年过三旬，尚无子嗣。要这横财何用！』忙到坑厕左近伺候，只等有人来抓寻，就将原物还他。等了一日，不见人来。次日只得起身。又行了五百余里，到南宿州地方。其日天晚，下一个客店。遇着一个同下的客人，闲论起江湖生意之事。那客人说起自不小心，五日前侵晨到陈留县，解下搭膊登东。偶然官府在街上过，心慌起身，却忘记了那搭膊。里面有二百两银子。直到夜里脱衣要睡，方才省得。想着过了一日，自然有人拾去了。转去寻觅，也是无益。只得自认悔气罢了。吕玉便问：『老客尊姓？高居何处？』客人道：『在下姓陈，祖贯徽州。今在扬州闸上开个粮食铺子。敢问老兄高姓？』吕玉道：『小弟姓吕，是常州无锡县人，扬州也是顺路。相送尊兄到彼奉拜。』客人也不知详细，答应道：『若肯下顾最好。』次早，二人作伴同行。

不一日，来到扬州闸口。吕玉也到陈家铺子，登堂作揖。陈朝奉看坐献茶。吕玉先提起陈留县失银子之事，盘问他搭膊模样。『是个深蓝青布的，一头有白线缉一个陈字。』吕玉心下晓然，便道：『小弟前在陈留拾得一个搭膊，到也相像，把来与尊兄认看。』陈朝奉见了搭膊道：『正是。』搭膊里面银两，原封不动。吕玉双手递还陈朝奉。陈朝奉过意不去，要与吕玉均分。吕玉不肯。陈朝奉道：『便不均分，也受我几两谢礼，等在下心安。』吕玉那里肯受。陈朝奉感激不尽，慌忙摆饭相款。思想：『难得吕玉这般好人，还金之恩，无门可报。自家有十二岁一个女儿，要与吕君扳一脉亲往来，第不知他有儿子否？』饮酒中间，陈朝奉问道：『恩兄，令郎几岁了？』吕玉不觉掉下泪来，答道：『小弟只有 儿，七年前为看神会，失去了。至今并无下落。荆妻亦别无生育。如今回去，意欲寻个螟蛉之子，出去帮扶生理，只是难得这般凑巧的。』陈朝奉道：『舍下数年之间，将三两银子买得一个小厮，貌颇清秀，又且乖巧，也是下路人带来的。如今一十三岁了，伴着小儿在学堂中上学。恩兄若看得中意时，就送与恩兄伏侍，也当我一点薄敬。』吕玉道：『若肯相借，当奉还身价。』陈朝奉道：『说那里话来！只恐恩兄不用时，小弟无以为情。』当下便教掌店的去学堂中唤喜儿到来。吕玉听得名字与他儿子相同，心中疑惑。须臾，小厮唤到。穿一领芜湖青布的道袍，生得果然清秀。习惯了学堂中规矩，见了吕玉，朝上深深唱个喏。吕玉心下便觉得欢喜。仔细认出儿子面貌来。四岁时，因跌损左边眉角，结一个小疤儿，有这点可认。吕玉便问道：『几时到陈家的？』那小厮想一想道：『有六七年了。』又问他：『你原是那里人？谁卖你在此？』那小厮道：『不十分详细。只记得爹叫做吕大。还有两个叔叔在家。娘姓王，家在无锡城外。小时被人骗出，卖在此间。』吕玉听罢，便抱那小厮在怀，叫声：『亲儿！我正是无锡吕大！是你的亲爹了。失了你七年，何期在此相遇！』正是：

吕大郎还金完骨肉

水底捞针针已得，掌中失宝宝重逢。筵前相抱殷勤认，犹恐今朝是梦中。

小厮眼中流下泪来。吕玉伤感，自不必说。吕玉起身拜谢陈朝奉：『小儿若非府上收留，今日安得父子重会？』陈朝奉道：『恩兄有还金之盛德，天遣尊驾到寒舍，父子团圆。小弟一向不知是令郎，甚愧怠慢。』吕玉又叫喜儿拜谢了陈朝奉。陈朝奉定要还拜。吕玉不肯。再三扶住，受了两礼。便请喜儿坐于吕玉之旁。陈朝奉开言：『承恩兄相爱，学生有一女，年方十二岁，欲与令郎结丝萝之好。』吕玉见他情意真恳，谦让不得，只得依允。是夜父子同榻而宿，说了一夜的话。

次日，吕玉辞别要行。陈朝奉留住，另设个大席面，管待新亲家，新女婿，就当送行。酒行数巡，陈朝奉取出白金二十两，向吕玉说道：『贤婿一向在舍有慢，今奉些须薄礼相赎，权表亲情，万勿固辞。』吕玉道：『过承高门俯就，舍下就该行聘定之礼。因在客途，不好苟且。如何反费亲家厚赐？决不敢当！』陈朝奉道：『这是学生自送与贤婿的，不干亲翁之事。亲翁若见却，就是不允这头亲事了。』吕玉没得说，只得受了。叫儿子出席拜谢。陈朝奉扶起道：『些微薄礼，何谢之有。』喜儿又进去谢了丈母。当日开怀畅饮，至晚而散。吕玉想道：『我因这还金之便，父子相逢，诚乃天意。又攀了这头好亲事，似锦上添花。无处报答天地，有陈亲家送这二十两银子，也是不意之财，何不择个洁净僧院，籴米斋僧，以种福田。』主意定了。次早，陈朝奉又备早饭。吕玉父子吃罢，收拾行囊，作谢而别。唤了一只小船，摇出闸外。约有数里，只听得江边鼎沸。原来坏了一只人载船，落水的号呼求救。崖上人招呼小船打捞，小船索要赏犒，在那里争嚷。吕玉想道：『救人一命，胜造七级浮屠。比如我要去斋僧，何不舍这二十两银子做赏钱，教他捞救，见在功德。』当下对众人说：『我出赏钱，快捞救。若救起一船人性命，把二十两银子与你们。』众人听得有二十两银子赏钱，小船如蚁而来。连崖上人，也有几个会水性的，赴水去救。须臾之间，把一船人都救起。吕玉将银子付与众人分散。水中得命的，都千恩万谢。只见内中一人，看了吕玉叫道：『哥哥那里来？』吕玉看他，不是别人，正是第三个亲弟吕珍。吕玉合掌道：『惭愧，惭愧！天遣我捞救兄弟一命。』忙扶上船，将干衣服与他换了。吕珍纳头便拜。吕玉答礼。就叫侄儿见了叔叔。把还金遇子之事，述了一遍。吕珍惊讶不已。吕玉问道：『你却为何到此？』吕珍道：『一言难尽。自从哥哥出门之后，一去三年。有人传说哥哥在山西害了疮毒身故。二哥察访得实，嫂嫂已是成服戴孝。兄弟只是不信。二哥近日又要逼嫂嫂嫁人。嫂嫂不从。因此教兄弟亲到山西访问哥哥消息，不期于此相会。又遭覆溺，得哥哥捞救。天与之幸！哥哥不可怠缓，急急回家，以安嫂嫂之心。迟则怕有变了。』吕玉闻说惊慌。急叫家长开船，星夜赶路。正是：

心忙似箭惟嫌缓，船走如梭尚道迟！

再说王氏闻丈夫凶信，初时也疑惑，被吕宝说得活龙活现，也信了。少不得换了些素服。吕宝心怀不善，想着哥哥已故，嫂嫂又无所出，况且年轻后生，要劝她改嫁，自己得些财礼。教浑家杨氏与阿姆说。王氏坚意不从，又得吕珍朝夕谏阻，所以其计不成。王氏想道：『千闻不如一见。虽说丈夫已死在几千里之处，不知端的。』央小叔吕珍是必亲到山西，问个备细。如果然不幸，骨殖也带一块回来。吕珍去后，吕宝愈无忌惮。又连日赌钱输了，没处设法。偶有江西客人丧偶，要讨一个娘子，吕宝就将嫂嫂与他说合。那客人也访得吕大的浑家有几分颜色，情愿出三十两银子。吕宝得了银子，向客人道：『家嫂有些妆乔，好好里请他出门，定然不肯。今夜黄昏时分，唤了人轿，悄地到我家来。只看戴孝髻的，便是家嫂。更不须言语，扶他上轿，连夜开船去便了。』客人依计而行。却说吕宝回家，恐怕嫂嫂不从，在他跟前不露一字。却私下对浑家做个手势道：『那两脚货今夜要出脱与江西客人去了。我生怕他哭哭啼啼，先躲出去。黄昏时候，你劝他上轿。日里且莫对他说。』吕宝自去了却不曾说明孝髻的事。原来杨氏与王氏妯娌最睦，心中不忍，一时丈夫做主，没奈他何，欲言不言。直挨到西牌时分，只得与王氏透个消息：『我丈夫已将姆姆嫁与江西客人。少停，客人就来娶亲，教我莫说。我与姆姆情厚，不好瞒得。你房中有甚细软家私，预先收拾，打个包裹，省得一时忙乱。』王氏啼哭起来，叫天叫地起来。杨氏道：『不是奴苦劝姆姆。后生家孤孀，终久不了。吊桶已落在井里，也是一缘一会，哭也没有！』王氏道：『婶婶说那里话！我丈夫虽说已死，不曾亲见。且待三叔回来，定有个真信。如今逼得我好苦！』说罢又哭。杨氏左劝右劝。王氏住了哭说道：『婶婶，既要我嫁人，罢了。怎好戴孝髻出门？婶婶寻一顶黑髻与奴换了。』杨氏又要忠丈夫之托，又要姆姆面上讨好，连忙去寻黑髻来换。也是天数当然，旧髻儿也寻不出一顶。王氏道：『婶婶，你是在家的。暂时换你头上的髻儿与我。明早你教叔叔铺里取一顶来换了就是。』杨氏道：『使得。』便除下髻来递与姆姆。王氏将自己孝髻除下，换与杨氏戴了。王氏又换了一身色服。黄昏过后，江西客人引着灯笼火把，抬着一顶花花轿，吹手虽有一副，不敢吹打，如风似雨，飞奔吕家来。吕宝已自与了他暗号。众人推开大门，只认戴孝髻的就抢。杨氏嚷道：『不是！』众人那里管三七二十一！抢上轿时，鼓手吹打，轿夫飞也似抬去了。

一派笙歌上客船，错疑孝髻是姻缘。新人若向新郎诉，只怨亲夫不怨天。

王氏暗暗叫谢天谢地。关了大门，自去安歇。

次日天明，吕宝意气扬扬，敲门进来。看见是嫂嫂开门，吃了一惊。房中不见了浑家。见嫂子头上戴的是黑髻，心中大疑，问道：『嫂嫂，你婶子那里去了？』王氏暗暗好笑，答道：『昨夜被江西蛮子抢去了。』吕宝道：『那有这话！且问嫂嫂如何不戴孝髻？』王氏将换髻的缘故，述了一遍。吕宝捶胸，只是叫苦。指望卖嫂子，谁知倒卖了老婆！江西客人已是开船去了。三十两银子，昨晚一夜，就赌输了一大半。再要娶这房媳妇子，今生休想。复又思量，一不做，二不休，有心是这等，再寻个主顾把嫂子卖了，还有讨老婆的本钱。方欲出门，只见门外四五个人，一拥进来，不是别人，却是哥哥吕玉，兄弟吕珍，侄子喜儿，与两个脚家，驮了行李货物进门。吕宝自觉无颜，后门逃出，不知去向。王氏接了丈夫，又见儿子长大回家，问其缘故。吕玉从头至尾，叙了一遍。王氏也把江西人抢去婶婶，吕宝无颜，后门走了一段情节叙出。吕玉道：『我若贪了这二百两意义之财，怎够父子相见？若惜了那二十两银子，不去捞救覆舟之人，怎能够兄弟相逢？若不遇兄弟时，怎知家中信息？今日夫妻重会，一家骨肉团圆，皆天使之然也。逆弟卖妻，也是自作自受，皇天报应，的然不爽！』自此益修善行，家道日隆。后来喜儿与陈员外之女做亲，子孙繁衍，多有出仕贵显者。诗云：

本意还金兼得子，立心卖嫂后输妻。世间惟有天工巧，善恶分明不可欺。

第六卷

俞仲举题诗遇上皇

日月盈亏，星辰失度，为人岂无兴衰？子房年幼，逃难在徐邳，伊尹曾耕莘野，子牙尝钓磻溪。君不见：韩侯未遇，遭胯下受驱驰，蒙正瓦窑借宿，裴度在古庙依栖。时来也，皆为将相，方表是男儿。

汉武帝元狩二年，四川成都府一秀士司马长卿，双名相如，自父母双亡，孤身无倚，齑盐自守。贯串百家，精通经史。虽然游艺江湖，其实志在功名。出门之时，过城北七里许，曰升仙桥，相如大书于桥柱上：『大丈夫不乘驷马车，不复过此桥。』所以北抵京洛，东至齐楚，遂依梁孝王之门，与邹阳枚皋辈为友。不期梁王薨，相如谢病归成都市上。临邛县有县令王吉，每每使人相招。一日到彼相会，盘桓旬日。谈间，言及本处卓王孙巨富，有亭台池馆，华美可玩。县令着人去说，教他接待。卓王孙资财巨万，僮仆数百，门阑奢侈。园中有花亭一所，名曰瑞仙，四面芳菲烂熳，真可游息。京洛名园，皆不能过此。这卓员外丧偶不娶，慕道修真。止有一女，小字文君。年方十九，新寡在家。聪慧过人，姿态出众，琴棋书画，无所不通。员外一日早晨，闻说县令友人司马长卿，乃文章巨儒，要来游玩园池，特来拜访，慌忙迎接至后花园中瑞仙亭上。动问已毕，卓王孙置酒相待。见长卿丰姿俊雅，且是王县令好友，甚相敬重。道：『先生去县中安下不便，何不在敝舍权住几日？』相如感其厚意，遂令人唤琴童，携行李来瑞仙亭安下。倏忽半月。

且说卓文君在绣房中闲坐，闻侍女春儿说：『有秀士司马长卿相访，员外留他在瑞仙亭安寓。此生丰姿俊雅，且善抚琴。』文君心动。乃于东墙琐窗内，窃窥视相如才貌，『日后必然大贵。但不知有妻无妻？我若得如此之丈夫，平生愿足！争奈此人箪瓢屡空，若待媒证求亲，俺父亲决然不肯。倘若错过此人，再后难得。』过了两日，女使春儿见小姐双眉愁蹙，必有所思，乃对小姐道：『今夜三月十五日，月色光明，何不往花园中散闷则个？』小姐口中不说，心下思量：『自见了那秀才，日夜废寝忘餐，放心不下。我今主意已定。虽然有亏妇道，是我一世前程。』收拾了些金珠首饰，吩咐春儿安排酒果：『今夜与你赏月散闷。』春儿打点完备，随小姐行来。话中且说相如久闻得文君小姐貌美聪慧，甚知音律，也有心去挑逗他。今夜月明如水，闻花阴下有行动之声，教琴童私觑，知是小姐。乃焚香一炷，将瑶琴抚弄。文君正行数步，只听得琴声清亮，移步将近瑞仙亭，转过花阴下，听得所弹音曰：

凤兮凤兮思故乡，遨游四海兮求其凰。时未遇兮无所将，何如今夕兮升斯堂？有艳淑女在闺房，室迩人遐在我旁。何缘交颈为鸳鸯，期颉颃兮共翱翔。

凤兮凤兮从我栖，得托孳尾永为妃。交情通体心和谐，中夜相从知者谁？双翼俱起翻高飞，无感我思使余悲。

小姐听罢，对侍女说：『秀才有心，妾亦有心。今夜既到这里，可去与秀才相见。』遂乃行到亭边。相如月下见了文君。连忙起身迎接道：『小生梦想花容，何期光降。不及远接，恕罪，恕罪！』文君敛衽向前道：『高贤下临，甚缺款待。孤馆寂寞，令人相念无已。』相如道：『不劳小姐挂意。小生有琴一张，自能消遣。』文君笑道：『先生不必迂阔。琴中之意，妾已备知。』相如跪下告道：『小生得见花颜，死心甘心。』

文君道：『请起，妾今夜到此，与先生赏月，同饮三杯。』春儿排酒果于瑞仙亭上，文君相如对饮。相如细视文君，果然生得：

眉如翠羽，肌如白雪。振绣衣，披锦裳。浓不短，纤不长。临溪双洛浦，对月两嫦娥。

酒行数巡，文君令春儿收拾前去：『我便回去。』相如道：『小姐不嫌寒陋，愿就枕席之欢。』文君笑道：『妾欲奉终身箕帚，岂在一时欢爱乎？』相如问道：『小姐计将安出？』文君道：『如今收拾了些金珠在此。不如今夜同离此间，别处居住。倘后父亲想念，搬回一家完聚，岂不美哉！』当下二人同下瑞仙亭，出后园而走。却是：

鳌鱼脱却金钩去，摆尾摇头更不回。

且说春儿至天明不见小姐在房，亭子上又寻不见，报与老员外得知。寻到瑞仙亭上，和相如都不见。员外道：『相如是文学之士，为此禽兽之行！小贱人，你也自幼读书，岂不闻女子「事无擅为，行无独出」？你不闻父命，私奔苟合，非吾女也！』欲要讼之于官，争奈家丑不可外扬，故尔中止。『且看他有何面目相见亲戚！』从此隐忍无语，亦不追寻。

却说相如与文君到家，相如自思囊箧罄然，难以度日。『想我浑家乃富贵之女，岂知如此寂寞。所喜者略无愠色，颇为贤达。他料想司马长卿，必有发达时分。』正愁闷间，文君至。相如道：『日与浑家商议，欲做些小营运。奈无资本。』文君道：『我首饰钗钏，尽可变卖。但我父亲万贯家财，岂不能周济一女？如今不若开张酒肆，妾自当垆。若父亲知之，必然懊悔。』相如从其言，修造房屋，开店卖酒。文君亲自当垆记帐。忽一日，卓王孙家僮有事到成都府，入肆饮酒。事有凑巧，正来到司以长卿肆中。见当垆之妇，乃是主翁小姐，吃了一惊。慌忙走回临邛，报与员外知道。员外满面羞惭，不肯认女，但杜门不见宾客而已。

再说相如夫妇卖酒，约有半年。忽有天使捧着一纸诏书，问司马相如名字，到于肆中，说道：『朝廷观先生所作《子虚赋》，文章浩烂，超越古人。官里叹赏：飘飘然有凌云之志气，恨不得与此人同时。有杨得意奏言：「此赋是臣之同里司马长卿所作，见在成都闲居。」天子大喜，特差小官来征召。走马临朝，不许迟延。』相如收拾行装，即时要行。文君道：『官人此行富贵，则怕忘了瑞仙亭上。』相如道：『小生受小姐大恩，方恨未报，何出此言？』文君道：『秀才们也有两般。有那君子儒，不论贫富，志行不移；有那小人儒，贫时又一般，富时就忘了。』相如道：『小姐放心！』夫妻二人不忍相别，临行，文君又嘱道：『此时已遂题桥志，莫负当垆涤器人！』

且不说相如同天使登程。却说卓王孙有家僮从长安回。听得杨得意举荐司马相如，蒙朝廷征召去了。自言：『我女儿有先见之明，为见此人才貌双全，必然显达，所以成了亲事。老夫想起来，男婚女嫁，人之大伦。我女婿不得官时，我先带侍女春儿同往成都去望，乃是父子之情，无人笑我。若是他得了官时去看他，教人道我趋时奉势。』次日，带同春儿迳到成都府，寻见文君。文君见了父亲，拜道：『孩儿有不孝之罪，望爹爹饶恕！』员外道：『我儿，你想杀我！从前之话，更不须提了。如今且喜朝廷征召，正称孩儿之心。我今日送春儿来伏侍，接你回家居住。我自差家僮往长安报与贤婿知道。』文君执意不肯。员外见女儿主意定了，乃将家财之半，分授女儿，于成都起建大宅，市买良田，僮仆三四百人。员外伴着女儿同住，等候女婿佳音。

再说司马相如同天使至京师朝见，献《上林赋》一篇。天子大喜，即拜为著作郎，待诏金马门。近有巴蜀开通南夷诸道，用『军兴法』转漕繁冗，惊扰夷民。官里闻知大怒，召相如议论此事。令作谕巴蜀之檄。官里道：『此一事，欲待差官，非卿不可。』乃拜相如为中郎将，持节而往。令剑金牌，先斩后奏。相如谢恩，辞天子出朝。一路驰驿而行。到彼处，劝谕巴蜀已平，蛮夷清静。不过半月，百姓安宁，衣锦还乡。数日之间，已达成都府。本府官员迎接，到于新宅。文君出迎。相如道：『读书不负人，今日果遂题桥之愿。』文君道：『更有一喜，你丈人先到这里迎接。』相如连声：『不敢，不敢！』老员外出见，相如向前施礼。彼此相谢。排筵贺喜。自此遂为成都富室。有诗为证：

夜静瑶台月正圆，新风淅沥满林峦。朱弦慢促相思调，不是知音不与弹。

司马相如本是成都府一个穷儒，只为一篇文字上投了至尊之意，一朝发迹。如今再说南宋朝一个贫士，也是成都府人，在濯锦江居住，亦因词篇遭际，衣锦还乡。此人姓俞名良，字仲举，年登二十五岁，幼丧父母，娶妻张氏。这秀才日夜勤攻诗史，满腹文章。时当春榜动，选场开，广招天下人才，赴临安应举。俞良便收拾琴剑书箱，择日起程，亲朋饯送。吩咐浑家道：『我去求官，多则三年，少则一载。但得一官半职，即便回来。』道罢相别，跨一蹇驴而去。不则一日，行至中途，偶染一疾，忙寻客店安下，心中烦恼。不想病了半月，身边钱物使尽，只得将驴儿卖了做盘缠。又怕误了科场日期，只得买双草鞋穿了，自背书囊而行。不数日，脚都打破了。鲜血淋漓，于路苦楚。心中想道：『几时得到杭州？』看着那双脚，作一词以述怀抱，名《瑞鹤仙》：

春闱斯近也，望帝京迢递，犹在天际。懊恨这双脚底，不惯行程，如今怎免得拖泥带水？痛难禁，芒鞋五耳倦行时，着意温存，笑语甜言安慰。争气扶持我去，选得官来，那时赏你穿对朝靴，安排在轿儿里，抬来抬去，饱餐羊肉滋味，重教细腻。更寻对小小脚儿，夜间伴你。

不则一日，已到杭州，至贡院前桥下，有个客店，姓孙，叫做孙婆店，俞良在店中安歇了。过不多几日，俞良入选场已毕，俱各伺候挂榜。只说举子们，原来却有这般苦处。假如俞良八千有余多路，来到临安，指望一举成名。争奈时运未至，龙门点额，金榜无名。俞良心中好闷，眼中流泪，自寻思道：『千乡万里，来到此间，身边囊箧消然，如何够得回乡？』不免流落杭州，每日出街，有些银两，只买酒吃，消愁解闷。看看穷乏。初时还有几个相识看觑他，后面蒿恼人多了，被人憎嫌。但遇见一般秀才上店吃酒，俞良便入去投谒。每日吃两碗饿酒，烂醉了归店中安歇。孙婆见了，埋怨道：『秀才，你却少了我房钱不还，每日吃得大醉，却有钱买酒吃！』俞良也不分说。每日早间，问店小二讨些汤洗了面，便出门：『长篇见宰相，短卷谒公卿。』捱得几碗酒吃。吃得烂醉，直到昏黑，便归客店安歇。每日如是。

一日，俞良走到众安桥，见个茶坊，有几个秀才在里面。俞良便挨身入去坐地。只见茶博士向前唱个喏，问道：『解元吃什么茶？』俞良口中不道，心下思量：『我早饭也不曾吃，却来问我吃茶？身边铜钱又无，吃了却捉什么还他？』便道：『我约一个相识在这里等，少间客至来问。』茶博士自退。俞良坐于门首，只要看一个相识过，却又遇不着。正闷坐间，只见一个先生，手里执着一个招儿，上面写道：『如神见。』俞良想是个算命先生，且算一命看。则一请，请那先生入到茶坊里坐定。俞良说了年、月、日、时，那先生便算。茶博士见了道：『这是他等的相识来了。』便向前问道：『解元吃什么茶？』俞良吩咐：『点两个椒茶来。』二人吃罢。先生道：『解元好个造物！即目三日之内，有分遇大贵人发迹，贵不可言。』俞良听说，自想：『我这等模样，几时能够发迹？眼下茶钱也没得还。』便做了意头，抽身起道：『先生，我若真个发迹时，却得相谢。』便起身走。茶博士道：『解元，茶钱！』俞良道：『我只借坐一坐，你却来问我茶。我那得钱还？先生说我早晚发迹，等我好了，一发还你。』掉了便走。先生道：『解元，命钱未还。』俞良道：『先生，得罪。等我发迹，一发相谢。』先生道：『我方才出来，好不顺溜！』茶博士道：『我没兴，折了两个茶钱！』当下自散。俞良又去赶趁，吃了几碗饿酒。直到天晚，酩酊烂醉，踉踉跄跄，到孙婆店中，昏迷不醒，睡倒了。孙婆见了，大骂道：『这秀才好没道理！少了我若干房钱不肯还，每日吃得大醉。你道别人请你，终不成每日有人请你！』俞良便道：『我醉自醉，干你甚事！别人请不请，也不干你事！』孙婆道：『老娘情愿折了许多时房钱，你明日便请出门去。』俞良带酒胡言乱语，便道：『你要我去，再与我五贯钱，我明日便去。』孙婆听说，笑将起来道：『从不曾见恁般主顾！白住了许多时店房，到还要诈钱撒泼，也不像斯文体面。』俞良听得，骂将起来道：『我有韩信之志，你无漂母之仁。我俞某是个饱学秀才，少不得今科不中来科中。你就供养我到来科，打什么紧！』乘着酒兴，敲台打凳，弄假成真起来。孙婆见他撒酒风，不敢惹他，关了门，自进去了。俞良弄了半日酒，身体困倦，跌倒在床铺上，也睡去了。五更酒醒，想起前情，自觉惭愧。欲要不别而行，又没个去处。正在两难。却说孙婆与儿子孙小二商议，没奈何，只得破两贯钱，倒去陪他个不是，央及他动身。若肯轻轻撒开，便是造化。俞良本待不受，其奈身无半文。只得忍着羞，收了这两贯钱，作谢而去。心下想道：『临安到成都，有八千里之遥，这两贯钱，不够吃几顿饭，却如何盘费得回去？』出了孙婆店门，在街坊上东走西走，又没寻个相识处。走到饭后，肚里又饥，心中又闷：『身边只有两贯钱，买些酒食吃饱了，跳下西湖，且做个饱鬼。』当下一径走出涌金门外西湖边，见座高楼，上面一面大牌，朱红大书：『丰乐楼』。只听得笙簧缭绕，鼓乐喧天。俞良立定脚打一看时，只见门前上下首立着两个人，头戴方顶样头巾，身穿紫衫，脚下丝鞋净袜，又着手，看着俞良道：『请坐！』俞良见请，欣然而入。直走到楼上，拣一个临湖傍槛的儿坐下。只见一个当日的酒保，便向俞良唱个喏：『覆解元，不知要打多少酒？』俞良道：『我约一个相识在此。你可将两双箸放在桌上，铺下两只盏，等一等来问。』酒保见说，便将酒缸、酒提、匙、箸、盏、碟，放在面前，尽是银器。俞良口中不道，心中自言：『好富贵去处！我却这般生受！只有两贯钱在身边，做甚用？』少顷，酒保又来问：『解元要多少酒，打来？』俞良便道：『我那相识，眼见的不来了。你与我打两角酒来。』酒保便应了，又问：『解元，要甚下酒？』俞良道：『随你把来。』当下酒保只当是个好客，折莫甚新鲜果品，可口肴馔、海鲜、案酒之类，铺排面前，般般都有。将一个银酒缸盛了两角酒，安一把杓儿。酒保频将酒烫。俞良独自一个，从晌午前直吃到日晡时后。面前按酒，吃得阑残。俞良手抚雕栏，下视湖光，心中愁闷。唤将酒保来：『烦借笔砚则个。』酒保道：『解元借笔砚，莫不是要题诗赋？却不可污了粉壁。本店自有诗牌。若是污了粉壁，小人今日当直，便折了这一日日事钱。』俞良道：『恁地时，取诗牌和笔砚来。』须臾之间，酒保取到诗牌笔砚，安在桌上。俞良道：『你自退，我教你便来，不叫时休来。』当下酒保自去。俞良拽上门，用凳子顶住，自言道：『我只要显名在这楼上，教后人知我。你却教我写在诗牌上则甚？』想起身边只有两贯钱，吃了许多酒食，捉甚还他？不如题了诗，推开窗，看着湖里只一跳，做一个饱鬼。当下磨得墨浓，蘸得笔饱，拂拭一堵壁子干净，写下《鹊桥仙》词：

来时秋暮，到时春暮，归去又还秋暮。丰乐楼上望西川，动不动八千里路。青山无数，白云无数，绿水又还无数。人生七十古来稀，算恁地光阴能来得几度！

题毕，去后面写道：『锦里秀才俞良作。』放下笔，不觉眼中流泪，自思量道：『活他做甚，不如寻个死处，免受穷苦！』当下推开槛窗，望着下面湖水，待要跳下去，争奈去岸又远，倘或跳下去不死，颠折了腿脚，如何是好？心生一计，解下腰间系的旧绦，一搭搭在儿里梁上，做一个活落圈。俞良叹了一口气，却待把头钻入那圈里去，你道好凑巧！那酒保见多时不叫他，走来儿前，见关着门，不敢敲，去那窗眼里打一张，只见俞良在内，正要钻入圈里去，又不舍得死。酒保吃了一惊，火急向前，推开门，入到里面，一把抱住俞良道：『解元甚做作！你自死了，须连累我店中！』声张起来，楼下掌管、师工、酒保、打杂人等，都上楼来。一时嚷动。众人看那俞良时，却有八分酒，只推醉，口里胡言乱语，不住声。酒保看那壁上时，茶盏来大小字写了一壁，叫苦不迭：『我今朝却不没兴！这一日事钱休了也！』道：『解元吃了酒，便算了钱同去。』俞良道：『做什么？你要便打杀了我！』酒保道：『解元不要寻闹。你今日吃的酒钱，总算起来，共该五两银子。』俞良道：『若要我五两银子，你要我性命便有，那得银子还你！我自从门前走过，你家两个着紫衫的邀住我，请我上楼吃酒。我如今没钱，只是死了罢。』便望窗槛外要跳。吓得酒保连忙抱住。当下众人商议：『不知他在那里住，忍悔气放他去罢。不时，做出人命来，明日怎地分说？』便问俞良道：『解元，你在那里住？』俞良道：『我住在贡院桥孙婆客店里。我是西川成都府有名的秀才，因科举来此间。若我回去，路上在河里水里，明日都放不过你们。』众人道：『若真个死了时不好。』只得忍晦气，着两个人送他去，有个下落，省惹官司。当下教两个酒保，搀扶他下楼。出门迤逦上路，却又天色晚了。两个人一路扶着，到得孙婆店前，那客店门却关了。酒保便把俞良放在门前，却去敲门。里面只道有甚客来，连忙开门。酒保见开了门，撒了手便走。俞良东倒西歪，踉踉跄跄，只待要撕。孙婆讨灯来一照，却是俞良。吃了一惊，没奈何，叫儿子孙小二扶他入房里去睡了。孙婆便骂道：『昨日在我家蒿恼，白白里送了他两贯钱。说道还乡去，却原来将去买酒吃。』俞良只推醉，由他骂，不敢则声。正是：

人无气势精神减，囊少金钱应对难。

话分两头。却说南宋高宗天子传位孝宗，自为了太上皇，居于德寿宫。孝宗尽事亲之道，承颜顺志，惟恐有违。自朝贺问安，及良辰美景，父子同游之外，上皇在德寿宫闲暇，每同内侍官到西湖游玩。或有时恐惊扰百姓，微服潜行，以此为常。忽一日，上皇来到灵隐寺泠泉亭闲坐。怎见得泠泉亭好处？有张舆诗四句：

朵朵峰峦拥翠华，倚云楼阁是僧家。凭栏尽日无人语，濯足寒泉数落花。

上皇正坐观泉，寺中住持僧献茶。有一行者，手托茶盘，高擎下跪。上皇龙目观看，见他相貌魁梧，且是执礼恭谨。御音问道：『朕看你不像个行者模样，可实说是何等人？』那行者双行流泪，拜告道：『臣姓李名直，原任南剑府太守。得罪于监司，被诬赃罪，废为庶人，家贫无以糊口。本寺住持是臣母舅，权充行者，觅些粥食，以延微命。』上皇恻然不忍道：『待联回宫，当与皇帝言之。』是晚回宫，恰好孝宗天子差太监到德寿宫问安，上皇就将南剑太守李直吩咐去了，要皇帝复其原官。过了数日，上皇再到灵隐寺中，那行者依旧来送茶。上皇问道：『皇帝已复你的原官否？』那行者叩头奏道：『还未。』上皇面有愧容。次日，孝宗天子恭请太上皇、皇太后，幸聚景园。上皇不言不笑，似有怨怒之意。孝宗奏道：『今日风景融和，愿得圣情开悦。』上皇嘿然不答。太后道：『孩儿好意招老夫妇游玩，没事恼做什么？』上皇叹口气道：『「树老招风，人老招贱。」朕今年老，说来的话，都没人作准了。』孝宗愕然，正不知为甚缘故，叩头请罪。上皇道：『朕前日曾替南剑府太守李直说个分上，竟不作准。昨日于寺中复见其人，令我愧杀。』孝宗道：『前奉圣训，次日即谕宰相。宰相说：「李直赃污狼藉，难以复用。」既承圣眷，此小事，来朝便行。今日且开怀一醉。』上皇方才回嗔作喜，尽醉方休。第二日，孝宗再谕宰相，要起用李直。宰相依旧推辞。孝宗道：『此是太上主意。昨日发怒，朕无地缝可入。便是大逆谋反，也须放他。』遂尽复其原官。此事阁起不题。

再说俞良在孙婆店借宿之夜，上皇忽得一梦，梦游西湖之上，见毫光万道之中，却有两条黑气冲天。竦然惊觉。至次早，宣个圆梦先生来，说其备细。先生奏道：『乃是有一贤人流落此地，游于西湖，口吐怨气冲天，故托梦于上皇。必主朝廷得一贤人。应在今日，不注吉凶。』上皇闻之大喜，赏了圆梦先生。遂入宫中，更换衣装，扮作文人秀才，带几个近侍官，都扮作斯文模样，一同信步出城。行至丰乐楼前，正见两个着紫衫的，又在门前邀请。当下上皇与近侍官一同入酒肆中，走上楼去。那一日楼上阁儿恰好都有人坐满，只有俞良夜来寻死的那阁儿关着。上皇便揭开帘儿，却待入去。只见酒保告：『解元，不可入去，这阁儿不顺溜！今日主人家便要打醋炭了。待打过醋炭，却教客人吃酒。』上皇便问：『这阁儿如何不顺溜？』酒保告：『解元，说不可尽。夜来有个秀才，是西川成都府人，因赴试不第，流落在此。独自一个在这阁儿里，吃了五两银子酒食，吃的大醉。直至日晚，身边无银子还酒钱，便放无赖，寻死觅活，自割自吊。没奈何怕惹官司，只得又赔店里两个人送他归去。且是住的远，直到贡院桥孙婆客店里歇！因此不顺溜，主家要打醋炭了，方教客人吃酒。』上皇见说道：『不妨，我们是秀才，不惧此事。』遂乃一齐坐下。上皇抬头，只见壁上茶盏来大小字写满，却是一只《鹊桥仙》词。读至后面写道：『锦里秀才俞良作。』龙颜暗喜，想道：『此人正是应梦贤士。这词中有怨望之言。』便问酒保：『此词是谁所作？』酒保告：『解元，此词便是那夜来撒赖秀才写的。』上皇听了，便问：『这秀才见在那里住？』酒保道：『见在贡院桥孙婆客店里安歇。』上皇买些酒食吃了，算了酒钱，起身回宫。一面吩咐内侍官，传一道旨意，着地方官于贡院桥孙婆店中，取锦里秀才俞良火速回奏。

内侍传将出去，只说太上圣旨，要唤俞良，却不曾叙出缘由明白。地方官心下也只糊涂。当下奉旨，飞马到贡院桥孙婆店前，左右的一索抠住孙婆。因走得气急，口中连唤：『俞良，俞良！』孙婆只道被俞良所告，惊得面如土色，双膝跪下，只是磕头。差官道：『那婆子莫忙！官里要西川秀才俞良，在你店中也不在？』孙婆方敢回言道：『告恩官，有却有个俞秀才在此安下，只是今日清早起身回家乡去了。家中儿子送去，兀自未回。临行之时，又写一首词在壁上。官人如不信，下马来看便见。』差官听说，入店中看时，见壁上真个有只词，墨迹尚然新鲜，词名也是《鹊桥仙》，道是：

杏花红雨，梨花白雪，羞对短亭长路。东君也解数归程，遍地落花飞絮。胸中万卷，笔头千古，方信儒冠多误。青霄有路不须忙，便着鞴草鞋归去。

原来那俞良隔夜醉了，由那孙婆骂了一夜。到得五更，孙婆怕他又不去，教儿子小二清早起来，押送他出门。俞良临去，就壁上写了这只词。孙小二送去，兀自未回。差官见了此词，便教左右抄了，飞身上马，另将一匹空马，也教孙婆骑坐，一直望北赶去。路上正迎见孙小二。差官教放了孙婆，将孙小二抠住，问俞良安在。孙小二战战兢兢道：『俞秀才为盘缠缺少，踌躇不进。见在北关门边汤团铺里坐。』当下就带孙小二做眼，飞马赶到北关门下。只见俞良立在那灶边，手里拿着一碗汤团正吃哩。被使命叫一声『俞良听圣旨』，吓得俞良大惊，连忙放下碗，走出门跪下。使命口宣上皇圣旨：『教俞良到德寿宫见驾。』

俞良不知分晓。一时被众人簇拥上马，迤逦直到德寿宫。各人下马。且于侍班子内，听候传宣。地方官先在宫门外叩头复命：『俞良秀才取到了。』上皇传旨，教俞良借紫入内。俞良穿了紫衣软带，纱帽皂靴，到得金阶之下，拜舞起居已毕。上皇传旨，问俞良：『丰乐楼上所写《鹊桥仙》词，是卿所作？』俞良奏道：『是臣醉中之笔，不想惊动圣目。』上皇道：『卿有如此才，不远千里而来，应举不中，是主司之过也。卿莫有怨望之心。』俞良奏道：『穷达皆天，臣岂敢怨？』上皇曰：『以卿大才，岂不堪任一方之寄！朕今赐卿衣紫，说与皇帝，封卿大官。卿意若何？』俞良叩头拜谢曰：『臣有何德能，敢膺圣眷如此！』上皇曰：『卿当于朕前，或诗或词，可做一首，胜如使命所抄店中壁上之作。』俞良奏乞题目。上皇曰：『便只指卿今日遭遇朕躬为题。』俞良领旨，左右便取过文房四宝，放在俞良面前。俞良一挥而就，做了一只词，名《过龙门令》：

冒险过秦关，跋涉长江，崎岖万里到钱塘。举不成名归计拙，趁食街坊。命蹇苦难当，空有词章，片言争敢动吾皇。敕赐紫袍归故里，衣锦还乡。

上皇看了，龙颜大喜。对俞良道：『卿要衣锦还乡，朕当遂卿之志。』当下御笔亲书六句：

锦里俞良，妙有词章。高才不遇，落魄堪伤。敕赐高官，衣锦还乡。

吩咐内侍官，将这道旨意，送与皇帝。就引俞良去见驾。孝宗见了上皇圣旨，因数日前为南剑太守李直一事，险些儿触了太上之怒，今番怎敢迟慢。想俞良是锦里秀才，如今圣旨批赐衣锦还乡，若用他别处地方为官，又恐拂了太上的圣意。即刻批旨：『俞良可授成都府太守，加赐白金千两，以为路费。』次日俞良紫袍金带，当殿谢恩已毕。又往德寿宫，谢了上皇。将御赐银两备办鞍马仆从之类，又将百金酬谢孙婆。前呼后拥，荣归故里，不在话下。

是日孝宗御驾，亲往德寿宫朝见上皇，谢其贤人之赐。上皇又对孝宗说过：『传旨遍行天下，下次秀才应举，须要乡试得中，然后赴京殿试。』今时乡试之例，皆因此起，流传至今，永远为例矣。

昔年司马逢杨意，今日俞良际上皇。若使文章皆遇主，功名迟早又何妨。

第七卷

陈可常端阳仙化

利名门路两文凭，百岁风前短焰灯。只恐为僧僧不了，为僧得了尽输僧。

话说大宋高宗绍兴年间，温州府乐清县有一秀才，姓陈名义，字可常，年方二十四岁。生得眉目清秀，且是聪明，无书不读，无史不通。绍兴年间，三举不第，就于临安府众安桥命铺，算看本身造物。那先生言：『命有华盖，却无官星，只好出家。』陈秀才自小听得母亲说，生下他时，梦见一尊金身罗汉投怀。今日功名蹭蹬之际，又闻星家此言，忿一口气，回店歇了一夜，早起算还了房宿钱，雇人挑了行李，径来灵隐寺投奔印铁牛长老出家，做了行者。这个长老，博通经典，座下有十个侍者，号为：『甲、乙、丙、丁、戊、己、庚、辛、壬、癸』，皆读书聪明。陈可常在长老座下，做了第二位侍者。

绍兴十一年间，高宗皇帝母舅吴七郡王，时遇五月初四日，府中裹粽子。当下郡王钧旨吩咐都管：『明日要去灵隐寺斋僧，可打点供食齐备。』都管领钧旨，自去关支银两，买办什物，打点完备。至次日早饭后，郡王点看什物，上轿，带了都管、干办、虞候、押番，一干人等出了钱塘门，过了石涵桥、大佛头，径到西山灵隐寺。先有报帖报知，长老引众僧鸣锣擂鼓，接郡王上殿烧香。请至方丈坐下，长老引众僧参拜献茶，分立两旁。郡王说：『每年五月重五，入寺斋僧解粽，今日依例布施。』院子抬供食献拂，大盘托出粽子，各房都要散到。郡王闲步廊下，见壁上有诗四句：

齐国曾生一孟尝，晋朝镇恶又高强。五行偏我遭时蹇，欲向星家问短长！

郡王见诗道：『此诗有怨望之意，不知何人所作？』回至方丈，长老设宴管待。郡王问：『长老，你寺中有何人能作得好诗？』长老：『覆恩王，敝寺僧多，座下有甲、乙、丙、丁、戊、己、庚、辛、壬、癸十个侍者，皆能作诗。』郡王说：『与我唤来！』长老：『覆恩王，止有两个在敝寺，这八个教去各庄上去了。』只见甲乙二侍者到郡王面前。郡王叫甲侍者：『你可作诗一首。』甲侍者禀乞题目，郡王教就将粽子为题。甲侍者作诗曰：

四角尖尖草缚腰，浪荡锅中走一遭。若还撞见唐三藏，将来剥得赤条条。

郡王听罢，大笑道：『好诗，却少文采。』再唤乙侍者作诗。乙侍者问讯了，乞题目，也教将粽子为题。作诗曰：

香粽年年祭屈原，斋僧今日结良缘。满堂供尽知多少，生死工夫那个先？

郡王听罢大喜道：『好诗！』问乙侍者：『廊下壁间诗，是你作的？』乙侍者道：『覆恩王，是侍者做的。』郡王道：『既是你做的，你且解与我知道。』乙侍者道：『齐国有个孟尝君，养三千客，他是五月五日午时生。晋国有个大将王镇恶，此人也是五月五日午时生。小侍者也是五月五日午时生，却受此穷苦，以此做下四句自叹。』郡王问：『你是何处人氏？』侍者答道：『小侍者温州府乐清县人氏，姓陈名义，字可常。』郡王见侍者言语清亮，人才出众，意欲抬举他。当日就差押番去临安府僧录司讨一道度牒，将乙侍者剃度为僧，就用他表字可常，为佛门中法号，就作郡王府内门僧。郡王至晚回府，不在话下。

光阴似箭，不觉又早一年。至五月五日，郡王又去灵隐寺斋僧。长老引可常并众僧接入方丈，少不得安办斋供，款待郡王。坐间，叫可常到面前道：『你做一篇词，要见你本身故事。』可常问讯了，口念一词名《菩萨蛮》：

平生只被今朝误，今朝却把平生补。重午一年期，斋僧只待时。主人恩义重，两载蒙恩宠。清净得为僧，幽闲度此生。

郡王大喜，尽醉回府，将可常带回，见两国夫人说：『这个和尚是温州人氏，姓陈名义，三举不第，因此弃俗出家，在灵隐寺做侍者。我见他作得好诗，就剃度他为门僧，法号可常。如今一年了，今日带回府来，参拜夫人。』夫人见说，十分欢喜，又见可常聪明朴实，一府中人都欢喜。郡王与夫人解粽，就将一个与可常，教做『粽子词』，还要《菩萨蛮》。可常问讯了，乞纸笔写出一词来：

包中香黍分边角，彩丝剪就交绒索。樽俎泛菖蒲，年年五月初。主人恩义重，对景承欢宠。何日玩山家？葵蒿三四花！

郡王见了大喜，传旨唤出新荷姐，就教他唱可常这词。那新荷姐生得眉长眼细，面白唇红，举止轻盈，手拿象板，立于筵前，唱起绕梁之声。众皆喝采。郡王又教可常做新荷姐词一篇，还要《菩萨蛮》。可常执笔便写，词曰：

天生体态腰肢细，新词唱彻歌声利。一曲泛清奇，扬尘簌簌飞。主人恩义重，宴出红妆宠。便要赏『新荷』，时光也不多。

郡王越加欢喜。至晚席散，着可常回寺。

至明年五月五日，郡王又要去灵隐寺斋僧。不想大雨如倾。郡王不去，吩咐院公：『你自去分散众僧斋供，就教同可常到府中来看看。』院公领旨，去灵隐寺斋僧，说与长者：『郡王交同可常回府。』长老说：『近日可常得一心病，不出僧房，我与你同去问他。』院公与长老同至可常房中。可常睡在床上，吩咐院公：『拜覆恩王，小僧心病发了，去不得。有一柬帖，与我呈上恩王。』院公听说，带来这封柬贴回府。郡王问：『可常如何不来？』院公：『告恩王，可常连日心疼病发，来不得。教男女奉上一简，他亲自封好。』郡王拆开看，又是《菩萨蛮》词一首：

去年共饮菖蒲酒，今年却向僧房守。好事更多磨，教人没奈何！主人恩义重，知我心头痛。待要赏『新荷』，争知疾愈么？

郡王随即唤新荷出来唱此词。有管家婆禀：『覆恩王，近日新荷眉低眼慢，乳大腹高，出来不得。』郡王大怒，将新荷送交府中五夫人勘问。新荷供说：『我与可常奸宿有孕。』五夫人将情词覆恩王。郡王大怒：『可知道这秃驴词内都有赏「新荷」之句，他不是害什么心病，是害的相思病！今日他自觉心亏，不敢到我府中！』教人吩咐临安府，差人去灵隐寺，拿可常和尚。临安府差人去灵隐寺印长老处要可常。长老离不得安排酒食，送些钱钞与公人。常言道：『官法如炉，谁肯容情！』可常推病不得，只得挣起来，随着公人到临安府厅上跪下。府主升堂。

冬冬牙鼓响，公吏两边排。阎王生死案，东岳摄魂台。

带过可常问道：『你是出家人，郡王怎地恩顾你，缘何做出这等没天理的事出来？你快快招了！』可常说：『并无此事。』府尹不听分辨：『左右拿下好生打！』左右将可常拖倒，打得皮开肉绽，鲜血迸流。可常招道：『小僧果与新荷有奸。一时念头差了，供招是实。』将新荷勘问，一般供招。临安府将可常、新荷供招呈上郡王。郡王本要打杀可常，因他满腹文章，不忍下手，监在狱中。

却说印长老自思：『可常是个有德行和尚，日常山门也不出，只在佛前看经。便是君王府里唤去半日，未晚就回，又不在府中宿歇。此奸从何而来？内中必有跷蹊！』连忙入城去传法寺，央住持槁大惠长老同到府中，与可常讨饶。郡王出堂，赐二长老坐，待茶。郡王开口便说：『可常无礼！我平日怎么看待他，却做下不仁之事！』二位长老跪下，再三禀说：『可常之罪，僧辈不敢替他分辨，但求恩王念平日错爱之情，可以饶恕一二。』郡王请二位长老回寺：『明日吩咐临安府量轻发落。』印长老开言：『覆恩王，此事日久自明。』郡王闻言，心中不喜，退入后堂，再不出来。二位长老见郡王不出，也走出府来。槁长老说：『郡王嗔怪你说「日久自明」。他不肯认错，便不出来。』印长老便说：『可常是个有德行的，日常无事，山门也不出，只在佛前看经。便是郡王府里唤去，去了半日便回，又不曾宿歇。此奸从何而来？故此小僧说「日久自明」，必有冤枉。』槁长老说：『「贫不与富敌，贱不与贵争。」僧家怎敢与王府争得是非？这也是宿世冤业，且得他量轻发落，却又理会。』说罢，各回寺去了，不在话下。次日郡王将封简子去临安府，即将可常、新荷量轻打断。有大尹禀郡王：『待新荷产子，可断。』郡王吩咐，便要断出。府官只得将僧可常追了度牒，杖一百，发灵隐寺，转发宁家当差。将新荷杖八十，发钱塘县转发宁家，追原钱一千贯还郡王府。

却说印长老接得可常，满寺僧众教长老休要安着可常在寺中，玷辱宗风。长老对众僧说：『此事必有跷蹊，久后自明。』长老令人山后搭一草舍，教可常将息棒疮好了，着他自回乡去。

且说郡王把新荷发落宁家，追原钱一千贯。新荷父母对女儿说：『我又无钱，你若有私房积蓄，将来凑还府中。』新荷说：『这钱自有人替我出。』张公骂道：『你这贱人！与个穷和尚通奸，他的度牒也被追了，却那得钱来替你还府中。』新荷说：『可惜屈了这个和尚！我自与府中钱原都管有奸，他见我有孕了，恐事发：「到郡王面前，只供与可常和尚有奸。郡王喜欢可常，必然饶你。我自来供养你家，并使用钱物。」说过的话。今日只去问他讨钱来用，并还官钱。我一个身子被他骗了，先前说过的话，如何赖得？他若欺心不招架时，左右做我不着，你两个老人家将我去府中，等我郡王面前实诉，也出脱了可常和尚。』父母听得女儿说，便去府前伺候钱都管出来，把上项事一一说了。钱都管到焦躁起来，骂道：『老贱才！老无知！好不识廉耻！自家女儿偷了和尚，官司也问结了，却说恁般鬼话来图赖人！你欠了女儿身价钱，没处措办时，好言好语，告有消乏，或者可怜你的，一两贯钱助了你也不见得。你却说这样没根蒂的话来，旁人听见时，教我怎地做人！』骂了一顿，走开去了。张老只得忍气吞声回来，与女儿说知。新荷见说，两泪交流，乃言：『爹娘放心，明日却与他理会。』至次日，新荷跟父母到郡王府前，连声叫屈。郡王即时叫人拿来，却是新荷父母。郡王骂道：『你女儿做下弥天大罪，到来我府前叫屈！』张老跪覆：『恩王，小的女儿没福，做出事来，其中屈了一人。望恩王做主！』郡王问：『屈了何人？』张老道：『小人不知，只问小贱人便有明白。』郡王问：『贱人在那里？』张老道：『在门首伺候。』郡王唤他入来，问他详细。新荷入到府堂跪下。郡王问：『贱人，做下不仁之事，你今说屈了甚人？』新荷：『告恩王，贱妾犯奸，妄屈了可常和尚。』郡王问：『缘何屈了他？你可实说，我到饶你。』新荷告道：『贱妾犯奸，却不干可常之事。』郡王道：『你先前怎地不说？』新荷告道：『妾实被干办钱原奸骗。有孕之时，钱原怕事露，吩咐妾：「如若事露，千万不可说我，只说与可常和尚有奸。因郡王喜欢可常，必然饶你。』」郡王骂道：『你这贱人，怎地依他说，害了这个和尚！』新荷告道：『钱原说：「你若无事退回，我自养你一家老小，如要原钱还府，也是我出。」今日贱妾宁家，恩王责取原钱，一时无措，只得去问他讨钱还府中。以此父亲去与他说，到把父亲打骂，被害无辜。妾今诉告明白，情愿死在恩王面前。』郡王道：『先前他许供养你一家，有甚表记为证？』新荷：『告恩王，钱原许妾供养，妾亦怕他番悔，已拿了他上直朱红牌一面为信。』郡王见说，十分大怒。跌脚大骂：『泼贱人！屈了可常和尚！』就着人吩咐临安府，拿钱原到厅审问拷打，供认明白。一百日限满，脊杖八十，送沙门岛牢城营料高。新荷宁家，饶了一千贯原钱。随即差人去灵隐寺取可常和尚来。

却说可常在草舍中将息好了，又是五月五日到。可常取纸墨笔来，写下一首《辞世颂》：

生时重午，为僧重午，得罪重午，死时重午。为前生欠他债负，若不当时承认，又恐他人受苦。今日事已分明，不若抽身回去！

五月五日午时书，赤口白舌尽消除；五月五日天中节，赤口白舌尽消灭。

可常作了《辞世颂》，走出草舍边，有一泉水。可常脱了衣裳，遍身抹净，穿了衣服，入草舍结跏趺坐圆寂了。道人报与长老知道。长老将自己龛子装了可常，抬出山顶。长老正欲下火，只见郡王府院公来取可常。长老道：『院公，你去禀覆恩王，可常坐化了，正欲下火。郡王来取，今且暂停，待恩王令旨。』院公说：『今日事已明白，不干可常之事。皆因屈了，教我来取，却又圆寂了。我去禀恩王，必然亲自来看下火。』院公急急回府，将上项事并《辞世颂》呈上。郡王看了大惊。次日，郡王同两国夫人去灵隐寺烧化可常。众僧接到后山，郡王与两国夫人亲自拈香罢，郡王坐下，印长老带领众僧看经毕。印长老手执火把，口中念道：

留得屈原香粽在，龙舟竞渡尽争先。从今剪断缘丝索，不用来生复结缘！

恭维圆寂可常和尚：重午本良辰，谁把兰汤浴？角黍漫包金，菖蒲空切玉。须知《妙法华》，大乘俱念足。手不折『新荷』，枉受攀花辱。目下事分明，唱彻阳关曲。今日是重午，归西何太速！寂灭本来空，管甚时辰毒？山僧今日来，赠与光明烛。凭此火光三昧，要见本来面目。咦！唱彻当时《菩萨蛮》，撒手便归兜率国。

众人只见火光中现出可常，问讯谢郡王、夫人、长老并众僧：『只因我前生欠宿债，今世转来还，吾今归仙境，再不往人间。吾是五百尊罗汉中名常欢喜尊者。』正是：

从来天道岂痴聋？好丑难逃久照中；说好劝人归善道，算来修德积阴功。

崔待诏生死冤家

山色晴岚景物佳，暖烘回雁起平沙；东郊渐觉花供眼，南陌依稀草吐芽。堤上柳，未藏鸦，寻芳趁步到山家；陇头几树红梅落，红杏枝头未着花。

这首《鹧鸪天》说孟春景致，原来又不如《仲春词》做得好：

每日青楼醉梦中，不知城外又春浓；杏花初落疏疏雨，杨柳轻摇淡淡风。浮画舫，跃青骢，小桥门外绿阴笼；行人不入神仙地，人在珠帘第几重？

这首词说仲春景致，原来又不如黄夫人做着《季春词》又好：

先自春光似酒浓，时听燕语透帘栊；小桥杨柳飘香絮，山寺绯桃散落红。莺渐老，蝶西东，春归难觅恨无穷；侵阶草色迷朝雨，满地梨花逐晓风。

这三首词都不如王荆公看见花瓣儿片片风吹下地来，原来这春归去，是东风断送的。有诗道：

春日春风有时好，春日春风有时恶。不得春风花不开，花开又被风吹落！

苏东坡道：『不是东风断送春归去，是春雨断送春归去。』有诗道：

雨前初见花间蕊，雨后全无叶底花；蜂蝶纷纷过墙去，却疑春色在邻家。

秦少游道：『也不干风事，也不干雨事，是柳絮飘将春色去。』有诗道：

三月柳花轻复散，飘飏澹荡送春归；此花本是无情物，一向东飞一向西。

邵尧夫道：『也不干柳絮事，是蝴蝶采将春色去。』有诗道：

花正开时当三月，蝴蝶飞来忙劫劫；采将春色向天涯，行人路上添凄切！

曾两府道：『也不干蝴蝶事，是黄莺啼得春归去。』有诗道：

花正开时艳正浓，春宵何事恼芳丛？黄鹂啼得春归去，无限园林转首空。

朱希真道：『也不干黄莺事，是杜鹃啼得春归去。』有诗道：

杜鹃叫得春归去，吻边啼血尚犹存。庭院日长空悄悄，教人生怕到黄昏！

苏小小道：『都不干这几件事，是燕子衔将春色去。』有《蝶恋花》词为证：

妾本钱塘江上住，花开花落，不管流年度。燕子衔将春色去，纱窗几阵黄梅雨。斜插犀梳云半吐，檀板轻敲，唱彻黄金缕。歌罢彩云无觅处，梦回明月生南浦。

王岩叟道：『也不干风事，也不干雨事，也不干柳絮事，也不干蝴蝶事，也不干黄莺事，也不干杜鹃事，也不干燕子事；是九十日春光已过，春归去。』曾有诗道：

怨风怨雨两俱非，风雨不来春亦归；腮边红褪青梅小，口角黄消乳燕飞。蜀魄健啼花影去，吴蚕强食柘桑稀；直恼春归无觅处，江湖辜负一蓑衣！

说话的，因甚说这《春归词》？绍兴年间，行在有个关西延州延安府人，本身是三镇节度使咸安郡王。当时怕春归去，将带着许多钧眷游春。至晚回家，来到钱塘门里，车桥前面，钧眷轿子过了，后面是郡王轿子到来。则听得桥下裱褙铺里一人叫道：『我儿出来看郡王！』当时郡王在轿里看见，叫帮窗虞候道：『我从前要寻这个人，今日却在这里。只在你身上，明日要这个人入府中来。』当时虞候声诺，来寻这个看郡王的人，是甚色目人？正是：

尘随车马何年尽？情系人心早晚休。

只见车桥下一个人家，门前出着一面招牌，写着『璩家装裱古今书画』。铺里一个老儿，引着一个女儿，生得如何？

云鬓轻笼蝉翼，蛾眉淡拂春山；朱唇缀一颗樱桃，皓齿排两行碎玉。莲步半折小弓弓，莺啭一声娇滴滴。

便是出来看郡王轿子的人。虞候即时来他家对门一个茶坊里坐定。婆婆把茶点来。虞候道：『启请婆婆，过对门裱褙铺里请璩大夫来说话。』婆婆便去请到来。两个相揖了就坐。璩待诏问：『府干有何见谕？』虞候道：『无甚事，闲问则个。适来叫出来看郡王轿子的人是令爱么？』待诏道：『正是拙女，止有三口。』虞候又问：『小娘子贵庚？』待诏应道：『一十八岁。』再问：『小娘子如今要嫁人，却是趋奉官员？』待诏道：『老拙家寒，那讨钱来嫁人。将来也只是献与官员府第。』虞候道：『小娘子有甚本事？』待诏说出女孩儿一件本事来，有词寄《眼儿媚》为证：

深闺小院日初长，娇女绮罗裳；不做东君造化，金针刺绣群芳。斜枝嫩叶包开蕊，唯只欠馨香；曾向园林深处，引教蝶乱蜂狂。

原来这女儿会绣作。虞候道：『适来郡王在轿里，看见令爱身上系着一条绣裹肚。府中正要寻一个绣作的人，老丈何不献与郡王。』璩公归去，与婆婆说了，到明日写一纸献状，献来府中。郡王给与身价，因此取名秀秀养娘。

不则一日，朝廷赐下一领团花绣战袍。当时秀秀依样绣出一件来。郡王看了欢喜道：『主上赐与我团花战袍，却寻什么奇巧的物事献与官家？』去府库里寻出一块透明的羊脂美玉来，即时叫将门下碾玉待诏，问：『这块玉堪做什么？』内中一个道：『好做一副劝杯。』郡王道：『可惜恁般一块玉，如何将来只做得一副劝杯？』又一个道：『这块玉上尖下圆，好做一个摩侯罗儿。』郡王道：『摩侯罗儿，只是七月七日乞巧使用，寻常间又无用处。』数中一个后生，年纪二十五岁，姓崔名宁，趋事郡王数年，是升州建康府人。当时叉手向前，对着郡王道：『告恩王，这块玉上尖下圆，甚是不好，只好碾一个南海观音。』郡王道：『好！正合我意。』就叫崔宁下手。不过两个月，碾成了这个玉观音。郡王即时写表进上御前，龙颜大喜。崔宁就本府增添请给，遭遇郡王。

不则一日，时遇春天，崔待诏游春回来，入得钱塘门，在一个酒肆，与三四个相知方才吃得数杯，则听得街上闹吵吵。连忙推开楼窗看时，见乱烘烘道：『井亭桥有遗漏。』吃不得这酒成，慌忙下酒楼看时，只见：

初如萤火，次若灯光，千条蜡烛焰难当，万座糁盆敌不住。六丁神推倒宝天炉，八力士放起焚山火。骊山会上，料应褒姒逞娇容；赤壁矶头，想是周郎施妙策。五通神牵住火葫芦，宋无忌赶番赤骡子。又不曾泻烛浇油，直恁的烟飞火猛！

崔待诏望见了，急忙道：『在我本府前不远。』奔到府中看时，已搬挈得罄尽，静悄悄地无一个人。崔待诏既不见人，且循着左手廊下入去，火光照得如同白日。去那左廊下，一个妇女摇摇摆摆，从府堂里出来，自言自语，与崔宁打个胸厮撞。崔宁认得是秀秀养娘，倒退两步，低身唱个喏。原来郡王当日，尝对崔宁许道：『待秀秀满日，把来嫁与你。』这些众人，都撺掇道：『好对夫妻！』崔宁拜谢了，不则一番。崔宁是个单身，却也痴心。秀秀见恁地个后生，却也指望。当日有这遗漏，秀秀手中提着一帕子金珠富贵，从左廊下出来，撞见崔宁便道：『崔大夫，我出来得迟了。府中养娘各自四散，管顾不得，你如今没奈何，只得将我去躲避则个。』当下崔宁和秀秀出府门，沿着河，走到石灰桥。秀秀道：『崔大夫，我脚疼了走不得。』崔宁指着前面道：『更行几步，那里便是崔宁住处，小娘子到家中歇脚，却也不妨。』到得家中坐定。秀秀道：『我肚里饥，崔大夫与我买些点心来吃。我受了些惊，得杯酒吃更好。』当时崔宁买将酒来，三杯两盏，正是：

三杯竹叶穿心过，两朵桃花上脸来。

道不得个『春为花博士，酒是色媒人』。秀秀道：『你记得当时在月台上赏月，把我许你，你兀自拜谢。你记得也不记得？』崔宁叉着手，只应得：『喏。』秀秀道：『当日众人都替你喝采，「好对夫妻！」你怎地到忘了？』崔宁又则应得：『喏。』秀秀道：『比似只管等待，何不今夜我和你先做夫妻？不如你意下何如？』崔宁道：『岂敢。』秀秀道：『你知道不敢！我叫将起来，教坏了你，你却如何将我到家中？我明日府里去说。』崔宁道：『告小娘子，要和崔宁做夫妻不妨。只一件，这里住不得了，要好趁这个遗漏人乱时，今夜就走开去，方才使得。』秀秀道：『我既和你做夫妻，凭你行。』当夜做了夫妻。四更以后，各带着随身金银物件出门。离不得饥餐渴饮，夜住晓行，迤逦来到衢州。崔宁道：『这里是五路总头，是打那条路去好？不若取信州路上去，我是碾玉作，信州有几个相识，怕那里安得身。』即时取路到信州。住了几日，崔宁道：『信州常有客人到行在往来，若说道我等在此，郡王必然使人来追捉，不当稳便。不若离了信州，再往别处去。』两个又起身上路，径取潭州。不则一日，到了潭州。却是走得远了。就潭州市里讨间房屋，出面招牌，写着『行在崔待诏碾玉生活』。崔宁便对秀秀道：『这里离行在有二千余里了，料得无事，你我安心，好做长久夫妻。』潭州也有几个寄居官员，见崔宁是行在待诏，日逐也有生活得做。崔宁密使人打探行在本府中事。有曾到都下的，得知府中当夜失火，不见了一个养娘，出赏钱寻了几日，不知下落。也不知道崔宁将他走了，见在潭州住。

时光似箭，日月如梭，也有一年之上。忽一日方早开门，见两个着皂衫的，一似虞候府干打扮，入来铺里坐地，问道：『本官听得说有个行在崔待诏，教请过来做生活。』崔宁吩咐了家中，随这两个人到湘潭县路上来。便将崔宁到宅里相见官人，承揽了玉作生活，回路归家。

正行间，只见一个汉子，头上带个竹丝笠儿，穿着一领白段子两上领布衫，青白行缠找着裤子口，着一双多耳麻鞋，挑着一个高肩担儿，正面来把崔宁看了一看。崔宁却不见这汉面貌，这个人却见崔宁，从后大踏步尾着崔宁来。正是：

谁家稚子鸣榔板，惊起鸳鸯两处飞。

这汉子毕竟是何人？且听下回分解。

竹引牵牛花满街，疏篱茅舍月光筛；琉璃盏内茅柴酒，白玉盘中簇豆梅。休懊恼，且开怀，平生赢得笑颜开；三千里地无知己，十万军中挂印来。

这只《鹧鸪天》词，是关西秦州雄武军刘两府所作。从顺昌大战之后，闲在家中，寄居湖南潭州湘潭县。他是个不爱财的名将，家道贫寒；时常到村店中吃酒。店中人不识刘两府，讙呼啰唣。刘两府道：『百万番人，只如等闲，如今却被他们诬罔！』做了这只《鹧鸪天》，流传直到都下。当时殿前太尉是杨和王，见了这词好伤感，『原来刘两府直恁孤寒！』教提辖官差人送一项钱与这刘两府。今日崔宁的东人郡王，听得说刘两府恁地孤寒，也差人送一项钱与他，却经由潭州路过。见崔宁从湘潭路上来，一路尾着崔宁到家，正见秀秀坐在柜身子里。便撞破他们道：『崔大夫多时不见，你却在这里。秀秀养娘他如何也在这里？郡王教我下书来潭州，今日遇着你们。原来秀秀养娘嫁了你，也好！』当时吓杀崔宁夫妻两个，被他看破。那人是谁？却是郡王府中一个排军，从小伏侍郡王。见他朴实，差他送钱与刘两府。这个姓郭名立，叫做郭排军。当下夫妻请住郭排军，安排酒来请他。吩咐道：『你到府中，千万莫说与郡王知道！』郭排军道：『郡王怎知得你两个在这里。我没事，却说什么。』当下酬谢了出门，回到府中，参见郡王，纳了回书。看着郡王道：『郭立前日下书回，打潭州过，却见两个人在那里住。』郡王问：『是谁？』郭立道：『见秀秀养娘并崔待诏两个，请郭立吃了酒食，教休来府中说知。』郡王听说便道：『叵耐这两个做出这事来，却如何直走到那里？』郭立道：『也不知他仔细，只见他在那里住地，依旧挂招牌做生活。』郡王教干办去吩咐临安府，即时差一个缉捕使臣，带着做公的，备了盘缠，径来湖南潭州府，下了公文，同来寻崔宁和秀秀，却似：

皂雕追紫燕，猛虎啖羊羔。

不两月，捉将两个来，解到府中。报与郡王得知。即时升厅。原来郡王杀番人时，左手使一口刀，叫做『小青』；右手使一口刀，叫做『大青』。这两口刀不知剁了多少番人。那两口刀，鞘内藏着，挂在壁上。郡王升厅，众人声喏。即将这两个人押来跪下。郡王好生焦躁，左手去壁牙上取下『小青』，右手一掣，掣刀在手，睁起杀番人的眼儿，咬得牙齿剥剥地响。当时吓杀夫人，在屏风背后道：『郡王，这里是帝辇之下，不比边庭上面，若有罪过，只消解去临安府施行，如何胡乱凯得人？』郡王听说道：『叵耐这两个畜生逃走，今日捉将来，我恼了，如何不凯？既然夫人来劝，且捉秀秀入府后花园去。把崔宁解去临安府断治。』当下喝赐钱酒，赏犒捉事人。解这崔宁到临安府，一一从头供说：『自从当夜遗漏，来到府中，都搬尽了。只见秀秀养娘从廊下出来，揪住崔宁道：「你如何安手在我怀中？若不依我口，教坏了你！」要共崔宁逃走。崔宁不得已，只得与他同走。只此是实。』临安府把文案呈上郡王，郡王是个刚直的人，便道：『既然恁地，宽了崔宁。且与从轻断治，崔宁不合在逃，罪杖，发还建康府居住。」当下差人押送，方出北关门，到鹅项头，见一顶轿儿，两个人抬着，从后面叫：「崔待诏，且不得去！」崔宁认得像是秀秀的声音，赶将来又不知恁地，心下好生疑惑。伤弓之鸟，不敢揽事，且低着头只顾走。只见后面赶将上来，歇了轿子，一个妇人走出来，不是别人，便是秀秀，道：「崔待诏，你如今去建康府，我却如何？」崔宁道：「却是怎地好？」秀秀道：「自从解你去临安府断罪，把我捉入后花园，打了三十竹篦，遂便赶我出来。我知道你建康府去，赶将来同你去。」崔宁道：「恁地却好。」讨了船，直到建康府，押发人自回。若是押发人是个学舌的，就有一场是非出来。因晓得郡王性如烈火，惹着他不是轻放手的。他又不是王府中人，去管这闲事怎地？况且崔宁一路买酒买食，奉承得他好，回去时就隐恶而扬善了。

再说崔宁两口在建康居住，既是问断了，如今也不怕有人撞见，依旧开个碾玉作铺。浑家道：「我两口却在这里住得好，只是我家爹妈自从我和你逃去潭州，两个老的吃了些苦。当日捉我入府时，两个去寻死觅活，今日也好教人去行在取我爹妈来这里同住。」崔宁道：「最好。」便教人来行在取他丈人丈母。写了他地理脚色与来人。到临安府寻见他住处，问他邻舍，指道：「这一家便是。」来人去门首看时，只见两扇门关着，一把锁锁着，一条竹竿封着。问邻舍：「他老夫妻那里去了？」邻舍道：「莫说！他有个花枝也似女儿，献在一个奢遮去处。这个女儿不受福德，却跟一个碾玉的待诏逃走了。前日从湖南潭州捉将回来，送在临安府吃官司。那女儿吃郡王捉进后花园里去。老夫妻见女儿捉去，就当下寻死觅活，至今不知下落。只恁地关着门在这里。」来人见说，再回建康府来，兀自未到家。且说崔宁正在家中坐，只见外面有人道：「你寻崔待诏住处？这里便是。」崔宁叫出浑家来看时，不是别人，认得是璩公璩婆。都相见了，喜欢的做一处。那去取老儿的人，隔一日才到，说如此这般，寻不见，却空走了这遭。两个老的且自来到这里了。两个老人道：「却生受你，我不知你们在建康住，教我寻来寻去，直到这里。」其时四口同住，不在话下。

且说朝廷官里，一日到偏殿看玩宝器，拿起这玉观音来看，这个观音身上，当时有一个玉玲儿，失手脱下。即时问近侍官员：「却如何修理得？」官员将玉观音反覆看了，道：「好个玉观音！怎地脱落了铃儿？」看到底下，下面碾着三字：「崔宁造。」——「恁地容易，既是有人造，只消得宣这个人来，教他修整。」敕下郡王府，宣取碾玉匠崔宁。郡王回奏：「崔宁有罪，在建康府居住。」即时使人去建康，取得崔宁到行在歇泊了。当时宣崔宁见驾，将这玉观音教他领去，用心整理。崔宁谢了恩，寻一块一般的玉，碾一个铃儿，接住了，御前交纳。破分请给养了崔宁，令只在行在居住。崔宁道：「我今日遭际御前，争得气。再来清湖河下，寻间屋儿开个碾玉铺，须不怕你们撞见！」可煞事有斗巧，方才开得铺三两日，一个汉子从外面过来，就是那郭排军。见了崔待诏，便道：「崔大夫恭喜了！你却在这里住？」抬起头来，看柜身里却立着崔待诏的浑家。郭排军吃了一惊，拽开脚步就走。浑家说与丈夫道：「你与我叫住那排军，我相问则个。」正是：

平生不作皱眉事，世上应无切齿人。

崔待诏即时赶上扯住，只见郭排军把头只管侧来侧去，口里喃喃地道：「作怪！作怪！」没奈何，只得与崔宁回来，到家中坐地。浑家与他相见了，便问：「郭排军，前者我好意留你吃酒，你却归来说与郡王，坏了我两个的好事。今日遭际御前，却不怕你去说。」郭排军吃他相问得兀言可答，只道得一声『得罪』，相别了，便来到府里，对着郡王道：『有鬼！』郡王道：『这汉则甚？』郭立道：『告恩王，有鬼！』郡王问道：『有甚鬼？』郭立道：『方才打清湖河下过，见崔宁开个碾玉铺，却见柜身里一个妇女，便是秀秀养娘。』郡王焦躁道：『又来胡说！秀秀被我打杀了，埋在后花园，你须也看见，如何又在那里？却不是取笑我！』郭立道：『告恩王，怎敢取笑！方才叫住郭立，相问了一回。怕恩王不信，勒下军令状了去。』郡王道：『真个在时，你勒军令状来！』那汉也是合苦，真个写一纸军令状来。郡王收了，叫两个当直的轿番，抬一顶轿子，教：『取这妮子来。若真个在，把来凯取一刀。若不在，郭立，你须替他凯取一刀！』郭立同两个轿番来取秀秀。正是：

麦穗两歧，农人难辨。

郭立是关西人，朴直，却不知军令状如何胡乱勒得。三个一径来到崔宁家里，那秀秀兀自在柜身里坐地。见那郭排军来得恁地慌忙，却不知他勒了军令状来取你。郭排军道：『小娘子，郡王钧旨，教来取你则个。』秀秀道：『既如此，你们少等，待我梳洗了同去。』即时入去梳洗，换了衣服出来，上了轿，吩咐了丈夫。两个轿番便抬着，径到府前。郭立先入去，郡王正在厅上等待。郭立唱了喏，道：『已取到秀秀养娘。』郡王道：『着他入来！』郭立出来道：『小娘子，郡王教你进来。』掀起帘子看一看，便是一桶水倾在身上，开着口，则合不得，就轿子里不见了秀秀养娘。问那两个轿番道：『我不知，则见他上轿，抬到这里，又不曾转动。』那汉叫将入来道：『告恩王，恁地真个有鬼！』郡王道：『却不叵耐！』教人：『捉这汉，等我取过军令状来，如今凯了一刀。』先去取下『小青』来。那汉从来伏侍郡王，身上也有十数次官了。盖缘是粗人，只教他做排军。这汉慌了道：『见有两个轿番见证，乞叫来问。』即时叫将轿番来道：『见他上轿，抬到这里，却不见了。』说得一般，想必真个有鬼，只消得叫将崔宁来问。便使人叫崔宁来到府中。崔宁从头至尾说了一遍。郡王道：『恁地，又不干崔宁事，且放他去。』崔宁拜辞去了。郡王焦躁，把郭立打了五十背花棒。崔宁听得说浑家是鬼，到家中问丈人丈母。两个面面厮觑，走出门，看着清湖河里，扑通地都跳下水去了。当下叫救人，打捞便不见了尸首。——原来当时打杀秀秀时，两个老的听得说，便跳在河里，已自死了。这两个也是鬼。——崔宁到家中，没情没绪，走进房中，只见浑家坐在床上。崔宁道：『告姐姐，饶我性命！』秀秀道：『我因为你，吃郡王打死了，埋在后花园里。却恨郭排军多口，今日已报了冤仇，郡王已将他打了五十背花棒。如今都知道我是鬼，容身不得了。』道罢起身，双手揪住崔宁，叫得一声，匹然倒地。邻舍都来看时，只见：

两部脉尽总皆沉，一命已归黄壤下。

崔宁也被扯去，和父母四个，一块儿做鬼去了。

后人评论得好：

咸安王捺不下烈火性，郭排军禁不住闲磕牙；璩秀娘舍不得生眷属，崔待诏撇不脱鬼冤家。

第九卷

李谪仙醉草吓蛮书

堪羡当年李谪仙，吟诗斗酒有连篇；蟠胸锦绣欺时彦，落笔风云迈古贤。书草和番威远塞，词歌倾国媚新弦；莫言才子风流尽，明月长悬采石边。

话说唐玄宗皇帝朝，有个才子，姓李名白，字太白，乃西梁武昭兴圣皇帝李九世孙，西川锦州人也。其母梦长庚入怀而生。那长庚星又名太白星，所以名字俱用之。那李白生得姿容美秀，骨格清奇，有飘然出世之表。十岁时，便精通书史，出口成章，人都夸他锦心绣口，又说他是神仙降生，以此又呼为李谪仙。有杜工部赠诗为证：

昔年有狂客，号尔谪仙人。笔落惊风雨，诗成泣鬼神！声名从此大，汩没一朝伸。文采承殊渥，流传必绝伦。

李白又自称青莲居士。一生好酒，不求仕进，志欲遨游四海，看尽天下名山，尝遍天下美酒。先登峨眉，次居云梦，复隐于徂徕山竹溪，与孔巢父等六人日夕酣饮，号为『竹溪六逸』。有人说湖州乌程酒甚佳，白不远千里而往。到酒肆中，开怀畅饮，旁若无人。时有迦叶司马经过，闻白狂歌之声，遣从者问其何人。白随口答诗四句：

青莲居士谪仙人，酒肆逃名三十春。湖州司马何须问，金粟如来是后身。

迦叶司马大惊，问道：『莫非蜀中李谪仙么？闻名久矣。』遂请相见。留饮十日，厚有所赠。临别，问道：『以青莲高才，取青紫如拾芥，何不游长安应举？』李白道：『目今朝政紊乱，公道全无，请托者登高第，纳贿者获科名。非此二者，虽有孔孟之贤，晁董之才，无自由达。白所以流连诗酒，免受盲试官之气耳。』迦叶司马道：『虽则如此，足下谁人不知，一到长安，必有人荐拔。』李白从其言，乃游长安。

一日到紫极宫游玩，遇了翰林学士贺知章，通姓道名，彼此相慕。知章遂邀李白于酒肆中，解下金貂，当酒同饮，至夜不舍，遂留李白于家中下榻，结为兄弟。次日，李白将行李搬至贺内翰宅，每日谈诗饮酒，宾主甚是相得。时光荏苒，不觉试期已迫。贺内翰道：『今春南省试官，正是杨贵妃兄杨国忠太师，监视官，乃太尉高力士。二人都是爱财之人。贤弟却无金银买嘱他，便有冲天学问，见不得圣天子。此二人与下官皆有相识。下官写一封札子去，预先嘱托，或者看薄面一二。』李白虽则才大气高，遇了这等时势，况且内翰高情，不好违阻。贺内翰写了柬帖，投与杨太师、高力士。二人接开看了，冷笑道：『贺内翰受了李白金银，却写封空书在我这里讨白人情，到那日专记，如有李白名字卷子，不问好歹，即时批落。』时值三月三日，大开南省，会天下才人，尽呈卷子。李白才思有余，一笔挥就，第一个交卷。杨国忠见卷子上有李白名字，也不看文字，乱笔涂抹道：『这样书生，只好与我磨墨。』高力士道：『磨墨也不中，只好与我着袜脱靴。』喝令将李白推抢出去。正是：

不愿文章中天下，只愿文章中试官。

李白被试官屈批卷子，怨气冲天，回至内翰宅中，立誓：『久后吾若得志，定教杨国忠磨墨，高力士与我脱靴，方才满愿。』贺内翰劝白：

李謫仙醉草嚇蠻書

『且休烦恼，权在舍下安歇。待三年，再开试场，别换试官，必然登第。』终日共李白饮酒赋诗。日往月来，不觉一载。

忽一日，有番使赍国书到。朝廷差使命急宣贺内翰陪接番使。在馆驿安下。次日，阁门舍人接得番使国书一道。玄宗敕宣翰林学士拆开番书，全然不识一字，拜伏金阶启奏：『此书皆是鸟兽之迹，臣等学识浅短，不识一字。』天子闻奏，将与南省试官杨国忠开读。杨国忠开看，双目如盲，亦不晓得。天子宣问满朝文武，并无一人晓得，不知书上有何吉凶言语。龙颜大怒，喝骂朝臣：『枉有许多文武，并无一个饱学之士与朕分忧。此书识不得，将何回答发落番使？却被番邦笑耻，欺侮南朝，必动干戈，来侵边界，如之奈何？敕限三日，若无人识此番书，一概停俸；六日无人，一概停职；九日无人，一概问罪。别选贤良，共扶社稷。』圣旨一出，诸官默默无言，再无一人敢奏。天子转添烦恼。贺内翰朝散回家，将此事述于李白。白微微冷笑：『可惜我李某去年不曾及第为官，不得与天子分忧。』贺内翰大惊道：『想必贤弟博学多能，辨识番书，下官当于驾前保奏。』次日，贺知章入朝，越班奏道：『臣启陛下，臣家有一秀才，姓李名白，博学多能，要辨番书，非此人不可。』天子准奏，即遣使命，赍诏前去内翰宅中，宣取李白。李白告天使道：『臣乃远方布衣，无才无识，今朝中有许多官僚，都是饱学之儒，何必问及草莽？臣不敢奉诏，恐得罪于朝贵。』说这句『恐得罪于朝贵』，隐隐刺着杨、高二人。使命回奏。天子初问贺知章：『李白不肯奉诏，其意云何？』知章奏道：『臣知李白文章盖世，学问惊人。只为去年试场中，被试官屈批了卷子，羞抢出门。今日教他白衣入朝，有愧于心。乞陛下赐以恩典，遣一位大臣再往，必然奉诏。』玄宗道：『依卿所奏。钦赐李白进士及第，着紫袍金带，纱帽象简见驾。就烦卿自往迎取，卿不可辞！』贺知章领旨回家，请李白开读。备述天子拳拳求贤之意。李白穿了御赐袍服，望阙拜谢。遂骑马随贺内翰入朝。玄宗于御座专待李白。李白至金阶拜舞，山呼谢恩，躬身而立。天子一见李白，如贫得宝，如暗得灯，如饥得食，如旱得云。开金口，动玉音，道：『今有番国赍书，无人能晓，特宣卿至，为朕分忧。』白躬身奏道：『臣因学浅，被太师批卷不中，高太尉将臣推抢出门。今有番书，何不令试官回答，却乃久滞番官在此？臣是批黜秀才，不能称试官之意，怎能称皇上之意？』天子道：『朕自知卿，卿其勿辞！』遂命侍臣捧番书赐李白观看。李白看了一遍，微微冷笑，对御座前，将唐音译出，宣读如流。番书云：

渤海国大可毒书达唐朝官家。自你占了高丽，与俺国逼近，边兵屡屡侵犯吾界，想出自官家之意。俺如今不可耐者，差官来讲和，可将高丽一百七十六城，让与俺国。俺有好物事相送：太白山之菟，南海之昆布，栅城之鼓，扶馀之鹿，郏颉之豕，率宾之马，沃州之绵，湄沱河之鲫，九都之李，乐游之梨。你官家都有分。若还不肯，俺起兵来厮杀，且看那家胜败？

众官听得读罢番书，不觉失惊，面面相觑，尽称：『难得。』天子听了番书，龙情不悦。沉吟良久，方问两班文武：『今被番家要兴兵抢占高丽，有何策可以应敌？』两班文武，如泥塑木雕，无人敢应。贺知章启奏道：『自太宗皇帝三征高丽，不知杀了多少生灵，不能取胜，府库为之虚耗。天幸盖苏文死了，其子男生兄弟争权，为我向导。高宗皇帝遣老将李勣、薛仁贵统百万雄兵，大小百战，方才殄灭。今承平日久，无将无兵，倘干戈复动，难保必胜。兵连祸结，不知何时而止？愿吾皇圣鉴！』天子道：『似此如何回答他？』知章道：『陛下试问李白，必然善于辞命。』天子乃召白问之。李白奏道：『臣启陛下，此事不劳圣虑。来日宣番使入朝，臣当面回答番书，与他一般字迹，书中言语，羞辱番家，须要番国可毒拱手来降。』天子问：『可毒何人也？』李白奏道：『渤海风俗，称其王曰可毒，犹回纥称可汗，吐番称赞普，六诏称诏，诃陵称悉莫城，各从其俗。』天子见其应对不穷，圣心大悦，即日拜为翰林学士。遂设宴于金銮殿，宫商迭奏，琴瑟喧阗，嫔妃进酒，彩女传杯。御音传示：『李卿可开怀畅饮，休拘礼法。』李白尽量而饮，不觉酒浓身软。天子令内官扶于殿侧安寝。

次日五鼓，天子升殿。

净鞭三下响，文武两班齐。

李白宿酲犹未醒，内官催促进朝。百官朝见已毕，天子召李白上殿，见其面尚带酒容，两眼兀自有朦胧之意。天子吩咐内侍，教御厨中造三分醒酒酸鱼羹来。须臾，内侍将金盘捧到鱼羹一碗。天子见羹气太热，御手取牙箸调之良久，赐与李学士。李白跪而食之，顿觉爽快。是时百官见天子恩幸李白，且惊且喜：惊者怪其破格，喜者喜其得人。惟杨国忠、高力士愀然有不乐之色。圣旨宣番使入朝，番使山呼见圣已毕。李白紫衣纱帽，飘飘然有神仙凌云之态，手捧番书，立于左侧柱下，朗声而读，一字无差，番使大骇。李白道：『小邦失礼，圣上洪度如天，置而不较，有诏批答，汝宜静听！』番官战战兢兢，跪于阶下。天子命设七宝床于御座之旁，取于阗白玉砚，象管兔毫笔，独草龙香墨，五色金花笺，排列停当。赐李白近御榻前，坐锦墩草诏。李白奏道：『臣靴不净，有污前席，望皇上宽恩，赐臣脱靴结袜而登。』天子准奏，命一小内侍：『与李学士脱靴。』李白又奏道：『臣有一言，乞陛下赦臣狂妄，臣方敢奏。』天子道：『任卿失言，朕亦不罪。』李白奏道：『臣前入试春闱，被杨太师批落，高太尉赶逐，今日见二人押班，臣之神气不旺。乞玉音吩咐杨国忠与臣捧砚磨墨，高力士与臣脱靴结袜，臣意气始得自豪，举笔草诏，口代天言，方可不辱君命。』天子用人之际，恐拂其意，只得传旨，教杨国忠捧砚，高力士脱靴。二人心里暗暗自揣：『前日科场中轻薄了他，「这样书生，只好与我磨墨脱靴」，今日恃了天子一时宠幸，就来还话，报复前仇。』出于无奈，不敢违背圣旨，正是敢怒而不敢言。常言道：

冤家不可结，结了无休歇；侮人还自侮，说人还自说。

李白此时昂昂得意，蹑袜登褥，坐于锦墩。杨国忠磨得墨浓，捧砚侍立。论来爵位不同，怎么李学士坐了，杨太师到侍立？因李白口代天言，天子宠以殊礼。杨太师奉旨磨墨，不曾赐坐，只得侍立。李白左手将须一拂，右手举起中山兔颖，向五花笺上，手不停挥，须臾，草就吓蛮书。字画齐整，并无差落，献于龙案之上。天子看了大惊，都是照样番书，一字不识。传与百官看了，各各骇然。天子命李白诵之。李白就御座前朗诵一遍：

大唐开元皇帝诏谕渤海可毒：自昔石卵不敌，蛇龙不斗。本朝应运开天，抚有四海，将勇卒精，甲坚兵锐。颉利背盟而被擒，弄赞铸鹅而纳誓。新罗奏织锦之颂，天竺致能言之鸟，波斯献捕鼠之蛇，拂菻进曳马之狗。白鹦鹉来自诃陵，夜光珠贡于林邑。骨利干有名马之纳，泥婆罗有良酢之献。无非畏威怀德，买静求安。高丽拒命，天讨再加，传世九百，一朝殄灭，岂非逆天之咎徵，衡大之明鉴与？况尔海外小邦，高丽附国，比之中国，不过一郡，士马刍粮，万分不及。若螳怒是逞，鹅骄不逊，天兵一下，千里流血，君同颉利之俘，国为高丽之续。方今圣度汪洋，恕尔狂悖，急宜悔祸，勤修岁事；毋取诛僇，为四夷笑。尔其三思哉！故谕。

天子闻之大喜，再命李白对番官面宣一通，然后用宝入函。李白仍叫高太尉着靴，方才下殿，唤番官听诏。李白重读一遍，读得声韵铿锵，番使不敢则声，面如土色，不免山呼拜舞辞朝。贺内翰送出都门。番官私问道：『适才读诏者何人？』内翰道：『姓李名白，官拜翰林学士。』番使道：『多大的官，使太师捧砚，太尉脱靴。』内翰道：『太师大臣，太尉亲臣，不过人间之极贵。那李学士乃天上神仙下降，赞助天朝，更有何人可及！』番使点头而别，归至本国，与国王述之。国王看了国书，大惊，与国人商议：『天朝有神仙赞助，如何敌得？』写了降表，愿年年进贡，岁岁来朝。此是后话。

话分两头，却说天子深敬李白，欲重加官职。李白启奏：『臣不愿受职，愿得逍遥散诞，供奉御前，如汉东方朔故事。』天子道：『卿既不受职，朕所有黄金白璧，奇珍异宝，惟卿所好。』李白奏道：『臣亦不愿受金玉，愿得从陛下游幸，日饮美酒三千觞，足矣！』天子知李白清高，不忍相强。从此时时赐宴，留宿于金銮殿中，访以政事，恩幸日隆。

一日，李白乘马游长安街，忽听得锣鼓齐鸣，见一簇刀斧手，拥着一辆囚车行来。白停骖问之，乃是并州解到失机将官，今押赴东市处斩。那囚车中，囚着个美丈夫，生得甚是英伟，叩其姓名，声如洪钟，答道：『姓郭名子仪。』李白相他容貌非凡，他日必为国家柱石，遂喝住刀斧手：『待我亲往驾前保奏。』众人知是李谪仙学士，御手调羹的，谁敢不依？李白当时回马，直叩宫门，求见天子，讨了一道赦敕，亲往东市开读。打开囚车，放出子仪，许他戴罪立功。子仪拜谢李白活命之恩，异日衔环结草，不敢忘报。此事搁过不题。

是时，宫中最重木芍药，是扬州贡来的。如今叫做牡丹花，唐时谓之木芍药。宫中种得四本，开出四样颜色，那四样？大红，深紫，浅红，通白。玄宗天子移植于沉香亭前，与杨贵妃娘娘赏玩，诏梨园子弟奏乐。天子道：『对妃子，赏名花，新花安用旧曲？』遽命梨园长李龟年召李学士入宫。有内侍说道：『李学士往长安市上酒肆中去了。』龟年不往九街，不走三市，一径寻到长安市去。只听得一个大酒楼上，有人歌云：

三杯通大道，一斗合自然；但得酒中趣，勿为醒者传。

李龟年道：『这歌的不是李学士是谁？』大踏步上楼梯来，只见李白独占一个小小座头，桌上花瓶内供一枝碧桃花，独自对花而酌，已吃得酩酊大醉，手执巨觥，兀自不放。龟年上前道：『圣上在沉香亭宣召学士，快去！』众酒客闻得有圣旨，一时惊骇，都站起来闲看。李白全然不理，张开醉眼，向龟年念一句陶渊明的诗，道是：『我醉欲眠君且去。』念了这句诗，就瞑然欲睡。李龟年也有三分主意，向楼窗往下一招，七八个从者，一齐上楼，不由分说，手忙脚乱，抬李学士到于门前，上了玉花骢。众人左扶右持，龟年策马在后相随，直跑到五凤楼前。天子又遣内侍来催促了。敕赐『走马入宫』。龟年遂不扶李白下马，同内侍帮扶，直至后宫。过了兴庆池，来到沉香亭。天子见李白在马上双眸紧闭，兀自未醒，命内侍铺紫氍毹于亭侧，扶白下马少卧，亲往省视。见白口流涎沫，天子亲以龙袖拭之。贵妃奏道：『妾闻冷水沃面，可以解醒。』乃命内侍汲兴庆池水，使宫女含而喷之。白梦中惊醒，见御驾，大惊，俯伏道：『臣该万死！臣乃酒中之仙，幸陛下恕臣！』天子御手搀起道：『今日同妃子赏名花，不可无新词，所以召卿，可作《清平调》三章。』李龟年取金花笺授白。白带醉一挥，立成三首。其一曰：

云想衣裳花想容，春风拂槛露华浓；若非群玉山头见，会向瑶台月下逢。

其二曰：

一枝红艳露凝香，云雨巫山枉断肠。借问汉宫谁得似？可怜飞燕倚新妆！

其三曰：

名花倾国两相欢，长得君王带笑看。解释春风无限恨，沉香亭北倚栏杆。

天子览词，称美不已：『似此天才，岂不压倒翰林院许多学士。』即命龟年按调而歌，梨园众子弟丝竹并进，天子自吹玉笛以和之。歌毕，贵妃敛绣巾，再拜称谢。天子道：『莫谢朕，可谢学士也！』贵妃持玻璃七宝杯，亲酌西凉葡萄酒，命宫女赐李学士饮。天子敕赐李白遍游内苑，令内侍以美酒随后，恣其酣饮。自是宫中内宴，李白每每被召，连贵妃亦爱而重之。

高力士深恨脱靴之事，无可奈何。一日，贵妃重吟前所制《清平调》三首，倚栏叹羡。高力士见四下无人，乘间奏道：『奴婢初意娘娘闻李白此词，怨入骨髓，何反拳拳如是？』贵妃道：『有何可怨？』力士奏道：『「可怜飞燕倚新妆。」那飞燕姓赵，乃西汉成帝之后。则今画图中，画着一个武士，手托金盘，盘中有一女子，举袖而舞，那个便是赵飞燕。生得腰肢细软，行步轻盈，若人手执花枝颤颤然，成帝宠幸无比。谁知飞燕私与燕赤凤相通，匿于复壁之中。成帝入宫，闻壁衣内有人咳嗽声，搜得赤凤杀之。欲废赵后，赖其妹合德力救而止，遂终身不入正宫。今日李白以飞燕比娘娘，此乃谤毁之语，娘娘何不熟思？』原来贵妃那时以胡人安禄山为养子，出入宫禁，与之私通，满宫皆知，只瞒得玄宗一人。高力士说飞燕一事，正刺其心。贵妃于是心下怀恨，每于天子前说李白轻狂使酒，无人臣之礼。天子见贵妃不乐李白，遂不召他内宴，亦不留宿殿中。李白情知被高力士中伤，天子有疏远之意，屡次告辞求去，天子不允。乃益纵酒自废，与贺知章、李适之、汝阳王琎、崔宗之、苏晋、张旭、焦遂为酒友，时人呼为『饮中八仙』。

却说玄宗天子心下实是爱重李白，只为宫中不甚相得，所以疏了些儿。见李白屡次乞归，无心恋阙，乃向李白道：『卿雅志高蹈，许卿暂还，不日再来相召。但卿有大功于朕，岂可白手还山？卿有所需，朕当一一给与。』李白奏道：『臣一无所需，但得杖头有钱，日沽一醉足矣。』天子乃赐金牌一面，牌上御书：『敕赐李白为天下无忧学士，逍遥落托秀才，逢坊吃酒，遇库支钱，府给千贯，县给五百贯。文武官员军民人等，有失敬者，以违诏论。』又赐黄金千两，锦袍玉带，金鞍龙马，从者二十人。白叩头谢恩。天子又赐金花二朵，御酒三杯，于驾前上马出朝，百官俱给假，携酒送行。自长安街直接到十里长亭，樽罍不绝。只有杨太师、高太尉二人怀恨不送。内中惟贺内翰等酒友七人，直送到百里之外，流连三日而别。李白集中有《还山别金门知己诗》，略云：

恭承丹凤诏，欻起烟萝中；一朝去金马，飘落成飞蓬。闲来东武吟，曲尽情未终。书此谢知己，扁舟寻钓翁。

李白锦衣纱帽，上马登程，一路只称锦衣公了。果然逢坊饮酒，遇库支钱。不一日，回至锦州，与许氏夫人相见。官府闻李学士回家，都来拜贺，无日不醉。日往月来，不觉半载。一日白对许氏说要出外游玩山水，打扮做秀才模样，身边藏了御赐金牌，带一个小仆，骑一健驴，任意而行。府县酒资，照牌供给。忽一日，行到华阴界上，听得人言华阴县知县贪财害民，李白生计，要去治他。来到县前，令小仆退去，独自倒骑着驴子，于县门首连打三回。那知县在厅上取问公事，观见了，连声：『可恶，可恶！怎敢调戏父母官！』速令公吏人等拿至厅前取问。李白微微诈醉，连问不答。知县令狱卒押入牢中，待他酒醒，着他好生供状，来日决断。狱卒将李白领入牢中，见了狱官，掀髯长笑。狱官道：『想此人是疯颠的。』李白道：『也不疯，也不颠。』狱官道：『既不疯颠，好生供状。你是何人？为何到此骑驴，搪突县主？』李白道：『要我供状，取纸笔来。』狱卒将纸笔置于案上，李白扯狱官在一边说道：『让开一步，待我写。』狱官笑道：『且看这疯汉写出什么来！』李白写道：

供状锦州人，姓李单名白。弱冠广文章，挥毫神鬼泣。长安列八仙，竹溪称六逸。曾草吓蛮书，声名播绝域。玉辇每趋陪，金銮为寝室。啜羹御手调，流涎御袍拭。高太尉脱靴，杨太师磨墨。天子殿前尚容乘马行，华阴县里不许我骑驴入？请验金牌，便知来历。

写毕，递与狱官看了。狱官唬得魂惊魄散，低头下拜道：『学士老爷，可怜小人蒙官发遣，身不由己，万望海涵赦罪！』李白道：『不干你事，只要你对知县说，我奉金牌圣旨而来，所得何罪，拘我在此？』狱官拜谢了，即忙将供状呈与知县，并述有金牌圣旨。知县此时如小儿初闻霹雳，无孔可钻，只得同狱官到牢中参见李学士，叩头哀告道：『小官有眼不识泰山，一时冒犯，乞赐怜悯！』在职诸官，闻知此事，都来拜求。请学士到厅上正面坐下，众官庭参已毕。李白取出金牌，与众官看。牌上写道：『学士所到，文武官员军民人等有不敬者以违诏论。』——『汝等当得何罪？』众官看罢圣旨，一齐低头礼拜：『我等都该万死。』李白见众官苦苦哀求，笑道：『你等受国家爵禄，如何又去贪财害民？如若改过前非，方免汝罪。』众官听说，人人拱手，个个遵依，不敢再犯。就在厅上大排筵宴，管待学士饮酒三日方散。自是知县洗心涤虑，遂为良牧。此信闻于他郡，都猜道朝廷差李学士出外私行，观风考政，无不化贪为廉，化残为善。

李白遍历赵、魏、燕、晋、齐、梁、吴、楚，无不流连山水，极诗酒之趣。后因安禄山反叛，明皇车驾幸蜀，诛国忠于军中，缢贵妃于佛寺。白避乱隐于庐山。永王璘时为东南节度使，阴有乘机自立之志。闻白大才，强逼下山，欲授伪职。李白不从，拘留于幕府。未几，肃宗即位于灵武，拜郭子仪为天下兵马大元帅，克复两京。有人告永王璘谋叛，肃宗即遣子仪移兵讨之。永王兵败，李白方得脱身，逃至浔阳江口，被守江把总擒拿，把做叛党，解到郭元帅军前。子仪见是李学士，即喝退军士，亲解其缚，置于上位，纳头便拜道：『昔日长安东市，若非恩人相救，焉有今日？』即命治酒压惊，连夜修本，奏上天子，为李白辨冤。且追叙其吓蛮书之功，荐其才可以大用。此乃施恩而得报也。正是：

两叶浮萍归大海，人生何处不相逢。

时杨国忠已死，高力士亦远贬他方，玄宗皇帝自蜀迎归，为太上皇，亦对肃宗称李白奇才。肃宗乃征白为左拾遗。白叹宦海沉迷，不得逍遥自在，辞而不受。

别了郭子仪，遂泛舟游洞庭岳阳，再过金陵，泊舟于采石江边。是夜，月明如昼。李白在江头畅饮，忽闻天际乐声嘹亮，渐近舟次，舟人都不闻，只有李白听得。忽然江中风浪大作，有鲸鱼数丈，奋鬣而起。仙童二人，手持旌节，到李白面前，口称：『上帝奉迎星主还位。』舟人都惊倒，须臾苏醒，只见李学士坐于鲸背，音乐前导，腾空而去。明白将此事告于当涂县令李阳冰，阳冰具表奏闻。天子敕建李谪仙祠于采石山上，春秋二祭。到宋太平兴国年间，有书生于月夜渡采石江，见锦帆西来，船头上有白牌一面，写『诗伯』二字。书生遂朗吟二句道：

谁人江上称诗伯？锦绣文章借一观。

舟中有人和云：

夜静不堪题绝句，恐惊星斗落江寒。

书生大惊，正欲傍舟相访，那船泊于采石之下。舟中人紫衣纱帽，飘然若仙，径投李谪仙祠中。书生随后求之祠中，并无人迹，方知和诗者即李白也。至今人称『酒仙』、『诗伯』，皆推李白为第一云。

吓蛮书草见天才，天子调羹亲赐来。一自骑鲸天上去，江流采石有余哀。

第十卷

钱舍人题诗燕子楼

烟花风景眼前休，此地仍传燕子楼。鸳梦肯忘三月蕙？翠颦能省一生愁。柘因零落难重舞，莲为单开不并头。娇艳岂无黄壤瘗？至今人过说风流。

话说大唐自政治大圣大孝皇帝谥法太宗开基之后，至十二帝宪宗登位，凡一百九十三年。天下无事日久，兵甲生尘，刑具不用。时有礼部尚书张建封做官年久，恐妨贤路，遂奏乞骸骨归田养老。宪宗曰：『卿年齿未衰，岂宜退位？果欲避冗辞繁，敕镇青徐数载。』建封奏曰：『臣虽菲材，既蒙圣恩，自当竭力。』遂敕建封节制武宁军事。建封大喜。平昔爱才好客，既镇武宁，拣选才能之士，礼置门下。后房歌姬舞妓，非知书识礼者不用。武宁有妓关盼盼，乃徐方之绝色也。但见：

歌喉清亮，舞态婆娑。调弦成合格新声，品竹作出尘雅韵。琴弹古调，棋覆新图。赋诗琢句，追风雅见于篇中；搦管丹青，夺造化生于笔下。

建封虽闻其才色无双，缘到任之初，未暇召于樽俎之间。忽一日，中书舍人白乐天名居易自长安来，宣谕兖郓，路过徐府，乃建封之故人也。喜乐天远来，遂置酒邀饮于公馆，只见：

幕卷流苏，帘垂朱箔。瑞脑烟喷宝鸭，香醪光溢琼壶。果劈天浆，食烹异味。绮罗珠翠，列两行粉面梅妆；脆管繁音，奏一派新声雅韵。遍地舞裀铺蜀锦，当筵歌拍按红牙。

当时酒至数巡，食供两套，歌喉少歇，舞袖亦停。忽有一妓，抱胡琴立于筵前，转袖调弦，独奏一曲，纤手斜拈，轻敲慢按。满座清香消酒力，一庭雅韵爽烦襟。须臾弹彻韶音，抱胡琴侍立。建封与乐天俱喜调韵清雅，视其精神举止，但见：花生丹脸，水剪双眸，意态天然，迥出伦辈。回视其余诸妓，粉黛如土。遂呼而问曰：『孰氏？』其妓斜抱胡琴，缓移莲步，向前对曰：『贱妾关盼盼也。』建封喜不自胜，笑谓乐天曰：『彭门乐事，不出于此。』乐天曰：『似此佳人，名达帝都，信非虚也！』建封曰：『诚如舍人之言，何惜一诗赠之？』乐天曰：『但恐句拙，反污丽人之美。』盼盼据卸胡琴，掩袂而言：『妾姿质丑陋，敢烦珠玉，若果不以猥贱见弃，是微躯随雅文不朽，岂胜身后之荣哉。』乐天喜其黠慧，遂口吟一绝：

风拨金钿砌，檀槽后带垂；醉娇无气力，风袅牡丹枝。

盼盼拜谢乐天曰：『贱妾之名，喜传于后世，皆舍人所赐也。』于是宾主欢洽，尽醉而散。

翌日乐天车马东去。自此建封专宠盼盼，遂于府第之侧，择佳地创建一楼，名曰『燕子楼』，使盼盼居之。建封治政之暇，轻车潜往，与盼盼宴饮，交飞玉斝，共理笙黄，璨锦相偎，鸾衾共展。绮窗唱和，指花月为题；绣阁论情，对松筠为誓。歌笑管弦，情爱方浓。不幸彩云易散，皓月难圆。建封染病，盼盼请医调治，服药无效，问卜无灵，转加沉重而死。子孙护持灵柩，归葬北邙，独弃盼盼于燕子楼中。香消衣被，尘满琴筝，沉沉朱户长扃，悄悄翠帘不卷。盼盼焚香指天誓曰：『妾妇人，无他计报尚书恩德，请落发为尼，诵佛经资公冥福，尽此一世，誓不再嫁。』遂闭户独居，凡十换星霜，人无见面者。乡党中有好事君子，慕其才貌，怜其孤苦，暗暗通书，以窥其意。盼盼为诗以代柬答，前后积三百余首，编缀成集，名曰：《燕子楼集》，镂板流传于世。

忽一日，金风破暑，玉露生凉，雁字横空，蛩声喧草。寂寥院宇无人，静锁一天秋色。盼盼倚栏长叹，独言曰：『我作之诗，皆诉愁苦，未知他人能晓我意否？』沉吟良久，忽想翰林白公必能察我，不若赋诗寄呈乐天，诉我衷肠，必表我不负张公之德。遂作诗三绝，缄封付老苍头，驰赴西洛，诣白公投下。白乐天得诗，启缄展视，其一曰：

北邙松柏锁愁烟，燕子楼人思悄然；因理冠剑歌尘散，红袖香消二十年。

其二曰：

适看鸿雁岳阳回，又睹玄禽送社来；瑶瑟玉箫无意绪，任从蛛网结成灰。

其三曰：

楼上残灯伴晓霜，独眠人起合欢床；相思一夜知多少？地角天涯不是长！

乐天看毕，叹赏良久。不意一妓女能守节操如此，岂可弃而不答？亦和三章以嘉其意，遣老苍头驰归。盼盼接得，拆开视之，其一曰：

钿晕罗衫色似烟，一回看着一潸然；自从不舞《霓裳曲》，叠在空箱得几年？

其二曰：

今朝有客洛阳回，曾到尚书冢上来；见说白杨堪作柱，争教红粉不成灰。

其三曰：

满帘明月满庭霜，被冷香销拂卧床；燕子楼前清夜雨，秋来只为一人长。

盼盼吟玩久之，虽获骊珠和璧，未足比此诗之美。笑谓侍女曰：『自此之后，方表我一点真心。』正欲藏之箧中，见纸尾淡墨题小字数行，遂复展看，又有诗一首：

黄金不惜买蛾眉，拣得如花只一枝。歌舞教成心力尽，一朝身死不相随。

盼盼一见此诗，愁锁双眉，泪盈满脸，悲泣哽咽，告侍女曰：『向日尚书身死，我恨不能自缢相随，恐人言张公有随死之妾，使尚书有好色之名，是玷公之清德也。我今苟活以度朝昏，乐天不晓，故作诗相讽。我今不死，谤语未息。』遂和韵一章云：

独宿空楼敛恨眉，身如春后败残枝；舍人不解人深意，讽道泉台不去随。

书罢掷笔于地，掩面长吁。久之，拭泪告侍女曰：『我无计报公厚德，惟坠楼一死，以表我心。』道罢，纤手紧搴绣袂，玉肌斜靠雕栏，有心报德酬恩，无意偷生苟活。下视高楼，踊跃奋身一跳。侍女急拽衣告曰：『何事自求横夭？』盼盼曰：『一片诚心，人不能表，不死何为？』侍女劝曰：『今损躯报德，此心虽佳，但粉骨碎身，于公何益。且遗老母，使何人侍养？』盼盼沉吟久之曰：『死既不能，惟诵佛经，祝公冥福。』

自此之后，盼盼惟食素饮一盂，闭阁焚香，坐诵佛经，虽比屋未尝见面。久之鬓云懒掠，眉黛慵描，倦理宝瑟瑶琴，厌对鸳衾凤枕。不施朱粉，似春归欲谢庾岭梅花；瘦损腰肢，如秋后消疏隋堤杨柳。每遇花辰月夕，感旧悲哀，寝食失常。不幸寝疾，伏枕月余，遽尔不起。老母遂卜吉葬于燕子楼后。

盼盼既死，不二十年间，而建封子孙，亦散荡消索。盼盼所居燕子楼，遂为官司所占。其地近郡圃，因其形势改作花园，为郡将游赏之地。星霜屡改，岁月频迁，唐运告终，五代更伯。当周显德之末，天水真人承运而兴，整顿朝纲，经营礼法。顾视而妖氛寝灭，指挥而宇宙廓清。至皇宋二叶之时，四海无犬吠之警。当时有中书舍人钱易，字希白，乃吴越王钱镠之后裔也。文行诗词，独步朝野，久住紫薇，意欲一历外任。遂因奏事之暇，上章奏曰：『臣久据词掖，无毫发之功，乞一小郡，庶竭驽骀！』上曰：『青鲁地腴人善，卿可出镇彭门。』遂除希白节制武宁军。希白得旨谢恩。下车之日，宣扬皇化，整肃条章，访民瘼于井邑，察冤枉于囹圄，屈己待人，亲耕劝农，宽仁惠爱，劝化凶顽。悉皆奉业守约，廉谨公平。听政月余，节届清明。既在暇日，了无一事，因独步东阶。天气乍暄，无可消遣，遂呼苍头前导，闲游圃中。但见：

晴光霭霭，淑景融融，小桃绽妆脸红深，嫩柳袅宫腰细软。幽亭雅榭，深藏花圃阴中；画舫兰桡，稳缆回塘岸下。莺贪春光时时语，蝶弄晴光扰扰飞。

希白信步，深入芬芳，纵意游赏，到红紫丛中。忽有危楼飞槛，映远横空，基址孤高，规模壮丽。希白举目仰观，见画栋下有牌额，上书『燕子楼』三字。希白曰：『此张建封宠盼盼之处，岁月累更，谁谓遗踪尚在。』遂摄衣登梯，径上楼中。但见：

画栋栖云，雕梁耸汉，视四野如窥目下，指万里如睹掌中。遮风翠幙高张，蔽日疏帘低下。移踪但觉烟霄近，举目方知宇宙宽。

希白倚栏长叹，言曰：『昔日张公清歌对酒，妙舞邀宾，百岁既终，云消雨散，此事自古皆然，不足感叹。但惜盼盼本一娼妓，而能甘心就死，报建封厚遇之恩，虽烈丈夫何以加此。何事乐天诗中，犹讥其不随建封而死！实怜守节十余年，自洁之心，泯没不传。我既知本末，若缄口不为褒扬，盼盼必抱怨于地下。』即呼苍头磨墨，希白染毫，作古调长篇，书于素屏之上，其词曰：

人生百岁能几日？荏苒光阴如过隙。樽中有酒不成欢，身后虚名又何益？清河太守真奇伟，曾向春风种桃李；欲将心事占韶华，无奈红颜随逝水。佳人重义不顾生，感激深恩甘一死。新诗寄语三百篇，贯串风骚洗沐耳。清楼十二横霄汉，低下珠帘锁双燕。娇魂媚魄不可寻，尽把阑干空倚遍！

希白题罢，朗吟数过，忽有清风袭人，异香拂面。希白大惊，此非花气，自何而来？方疑讶间，见素屏后有步履之声。希白即转屏后窥之。见一女子：云浓绀发，月淡修眉，体欺瑞雪之容光，脸夺奇花之艳丽，金莲步稳，束素腰轻。一见希白，娇羞脸黛，急挽金铺，平掩其身，虽红梅之映雪，不足比其风韵。希白惊讶，问其姓氏。此女舍金铺，掩袂向前，叙礼而言曰：『妾乃守园老吏之女也。偶因令节，闲上层楼，忽值公相到来，妾荒急匿身于此，以蔽丑恶。忽闻诵吊盼盼古调新词，使妾闻之，如获珠玉，遂潜出听于素屏之后，因而得面台颜。妾之行藏，尽于此矣。』希白见女子容颜秀丽，词气清扬，喜悦之心，不可言喻。遂以言挑之曰：『听子议论，想必知音。我适来所作长篇，以为何如？』女曰：『妾门品虽微，酷喜吟咏。闻适来所诵篇章，锦心绣口，使九泉衔恨之心，一旦消释。』希白又闻此语，愈加喜悦曰：『今日相逢，可谓佳人才子，还有意无？』女乃款容正色，掩袂言曰：『幸君无及于乱，以全贞洁之心。惟有诗一首，仰酬厚意。』遂于袖中取彩笺一幅上呈。希白展看其诗曰：

人去楼空事已深，至今惆怅乐天吟。非君诗法高题起，谁慰黄泉一片心？

希白读罢，谓女子曰：『尔既能诗，决非园吏之女，果何人也？』女曰：『君详诗意，自知贱妾微踪，何必苦问？』希白春心荡漾，不能拴束，向前拽其衣裾。忽闻槛竹敲窗，惊觉，乃一枕游仙梦。伏枕于书窗之下，但见炉烟尚袅，花影微欹，院宇沉沉，方当日午。希白推枕而起，兀坐沉思：『梦中所见者，必关盼盼也。何显然如是？千古所无，诚为佳梦。』反复再三叹曰：『此事当作一词以记之。』遂成《蝶恋花》词，信笔书于案上，词曰：

一枕闲歌春昼午，梦入华胥，邂逅飞琼侣；娇态翠颦愁不语，彩笺遗我新奇句。几许芳心犹未诉，风竹敲窗，惊散无寻处！惆怅楚云留不住，断肠凝望高唐路。

墨迹未干，忽闻窗外有人鼓掌作拍，抗声而歌，调清韵美，声入帘栊。希白审听窗外歌声，乃适所作《蝶恋花》词也。希白大惊曰：『我方作此词，何人早已先能歌唱？』遂启窗视之，见其人顶翠冠珠珥，玉佩罗裙，向苍苍太湖石畔，隐珊珊翠竹丛中，绣鞋不动芳尘，琼裾风飘袅娜。希白仔细定睛看之，转柳穿花而去。希白叹异，不胜惆怅。后希白官至尚书，惜军爱民，百姓赞仰。一夕无病而终，这是后话。正是：

一首新词吊丽容，贞魂含笑梦相逢；虽为翰苑名贤事，编入稗官小史中。

早潮才罢晚潮来，一月周流六十回。不独光阴朝复暮，杭州老去被潮催。

这四句诗，是唐朝白乐天杭州钱塘江看潮所作。话中说杭州府有一才子，姓李名宏，字敬之。此人胸藏锦绣，腹隐珠玑，奈时运未通，三科不第。时值深秋，心怀抑郁，欲渡钱塘，往严州访友。命童子收拾书囊行李，买舟而行。划出江口，天已下午。李生推篷一看，果然秋江景致，更自非常。有宋朝苏东坡《江神子》词为证：

凤凰山下雨初晴，水风清，晚霞明。一朵芙蓉开过尚盈盈。何处飞来双白鹭，如有意，慕娉婷。忽闻江上弄哀筝，苦含情，遣谁听。烟敛云收依约是湘灵。欲待曲终寻问取，人不见，数峰青。

李生正看之间，只见江口有一座小亭，匾曰『秋江亭』。舟人道：『这亭子上每日有游人登览，今日如何冷静？』李生想道：『似我失意之人，正好乘着冷静时去看一看。』叫：『家长，与我移舟到秋江亭去。』舟人依命，将船放到亭边，停桡稳缆。李生上涯，步进亭子。将那四面窗槅推开，倚栏而望。见山水相衔，江天一色。李生心喜，叫童子将桌椅拂净，焚起一炉好香，取瑶琴横于桌上，操了一回。曲终音止，举眼见墙壁上多有留题，字迹不一。独有一处连真带草，其字甚大。李生起而观之，乃是一首词，名《西江月》，是说酒色财气四件的短处：

酒是烧身焰，色为割肉钢刀，财多招忌损人苗，气是无烟火药。四件将来合就，相当不欠分毫。劝君莫恋最为高，才是修身正道。

李生看罢，笑道：『此词未为确论。人生在世，酒色财气四者脱离不得。若无酒，失了祭享宴会之礼；若无色，绝了夫妻子孙之事；若无财，天子庶人皆没用度；若无气，忠臣义士也尽委靡。我如今也作一词与他解释，有何不可。』当下磨得墨浓，蘸得笔饱，就在《西江月》背后，也带草连真，和他一首：

三杯能和万事，一醉善解千愁，阴阳和顺喜相求，孤寡须知绝后。财乃润家之宝，气为造命之由，助人情性反为仇，持论何多差谬！

李生写罢，掷笔于桌上。见香烟未烬，方欲就坐，再抚一曲，忽然画檐前一阵风起。

善聚庭前草，能开水上萍，惟闻千树吼，不见半分形。

李生此时，不觉神思昏迷，伏几而卧。朦胧中，但闻环珮之声，异香满室。有美女四人，一穿黄，一穿红，一穿白，一穿黑，自外而入，向李生深深万福。李生此时似梦非梦，便问：『四女何人？为何至此？』四女乃含笑而言：『妾姊妹四人，乃古来神女，遍游人间。前日有诗人在此游玩，作《西江月》一首，将妾等辱骂，使妾等羞愧无地。今日蒙先生也作《西江月》一首，与妾身解释前冤，特来拜谢。』李生心中开悟，知是酒色财气四者之精，全不畏惧，便道：『四位贤姐，各请通名。』四女各言诗一句。穿黄的道：

杜康造下万家春，

穿红的道：

一面红妆爱杀人。

穿白的道：

生死穷通都属我，

穿黑的道：

氤氲世界满乾坤。

原来那黄衣女是酒，红衣女是色，白衣女是财，黑衣女是气。李生心下了然，用手轻招四女：『你四人听我分剖。

香甜美味酒为先，美貌芳年色更鲜，财积千箱称富贵，善调五气是真仙。』

四女大喜，拜谢道：『既承解释，复劳褒奖。乞先生于吾姊妹四人之中，选择一名无过之女，奉陪枕席，少效恩环。』李生摇手，连声道：『不可，不可！小生有志攀月中丹桂，无心恋野外闲花。请勿多言，恐亏行止。』四女笑道：『先生差矣，妾等乃巫山洛水之俦，非路柳墙花之比。汉司马相如文章魁首，唐李卫公开国元勋，一纳文君，一收红拂，反作风流话柄，不闻取讥于后世。况佳期良会，错过难逢，望先生三思。』李生到底是少年才子，心猿意马，拿把不定，不免转口道：『既贤姐们见爱，但不知那一位是无过之女？小生情愿相留……』言之未已，只见那黄衣酒女急急移步上前道：『先生，妾乃无过之女。』李生道：『怎见贤姐无过？』酒女道：『妾亦有《西江月》一首：

善助英雄壮胆，能添锦绣诗肠，神仙造下解愁方，雪月风花玩赏。』

又道：『还有一句要紧言语，先生听着：

好色能生疾病，贪杯总是清狂，八仙醉倒紫云乡，不羡公侯卿相。』

李生大笑道：『好个「八仙醉倒紫云乡」，小生情愿相留。』方留酒女，只见那红衣色女向前，柳眉倒竖，星眼圆睁，道：『先生不要听贱婢之言。——贱人，我且问你，你只讲酒的好处就罢了，为何重己轻人，乱讲好色的能生疾病，终不然三四岁孩儿害病，也从好色中来？你只夸己的好处，却不知己的不好处：

平帝丧身因酒毒，江边李白损其躯；劝君休饮无情水，醉后教人心意迷！

李生道：『有理，古人亡国丧身，皆酒之过，小生不敢相留。』只见红衣女妖妖娆娆的走近前来，道：『妾身乃是无过之女，也有《西江月》为证：

每羡鸳鸯交颈，又看连理花开，无知花鸟动情怀，岂可人无欢爱。君子好逑淑女，佳人贪恋多才，红罗帐里两和谐，一刻千金难买。』

李生沉吟道：『真个「一刻千金难买」！』才欲留色女，那白衣女早已发怒骂道：『贱人，怎么说「千金难买」？终不然我到不如你？说起你的过处尽多：

尾生桥下水涓涓，吴国西施事可怜；贪恋花枝终有祸，好姻缘是恶姻缘。』

李生道："尾生丧身，夫差亡国，皆由于色，其过也不下于酒。请去！请去！"遂问白衣女："你却如何？"白衣女上前道：

收尽三才权柄，荣华富贵从生，纵教好善圣贤心，空手难施德行。有我人皆钦敬，无我到处相轻，休因闲气斗和争，问我须知有命。

李生点头道："汝言有理，世间所敬者财也。我若有财，取科第如反掌耳。"才动喜留之意，又见黑衣女粉脸生嗔，星眸带怒，骂道："你为何说'休争闲气'？为人在世，没了气还好？我想着你：

有财有势是英雄，命若无时枉用功。昔日石崇因富死，铜山不助邓通穷。"

李生摇首不语，心中暗想："石崇因财取祸，邓通空有钱山，不救其饿，财有何益？"便问气女："卿言虽则如此，但不知卿于平昔间处世何如？"黑衣女道："像妾处世呵！——

一自混元开辟，阴阳二字成功，含为元气散为风，万物得之萌动。但看生身六尺，喉间三寸流通，财和酒色尽包笼，无气谁人享用？"

气女说罢，李生还未及答，只见酒色财三女齐声来讲："先生休听其言，我三人岂被贱婢包笼乎！且听我数他过失：

霸王自刎在乌江，有智周瑜命不长；多少阵前雄猛将，皆因争气一身亡。"

先生也不可相留！"李生踌躇思想："呀！四女皆为有过之人。四位贤姐，小生褥薄衾寒，不敢相留，都请回去。"四女此时互相埋怨，这个说："先生留我，为何要你打短？"那个说："先生爱我，为何要你争先？"话不投机，一时间打骂起来：

酒骂色，盗人骨髓；色骂酒，专惹非灾；财骂气，能伤肺腑；气骂财，能损情怀。直打得酒女乌云乱，色女宝髻歪，财女捶胸叫，气女倒尘埃。

一个个蓬松鬓发遮粉脸，不整金莲撒凤鞋。

四女打在一团，搅在一处。李生暗想："四女相争，不过为我一人耳。"方欲向前劝解，被气女用手一推："先生闪开，待我打死这三个贱婢！"李生猛然一惊，衣袖拂着琴弦，当的一声响，惊醒回来，擦磨睡眼，定睛看时，那见四女踪迹？李生抚髀长叹："我因关心太切，遂形于梦寐之间。据适间梦中所言，四者皆为有过，我为何又作这一首词赞扬其美？使后人观吾此词，恣意于酒色，沉迷于财气，我即为祸之魁首。如今欲要说他不好，难以悔笔。也罢，如今再题四句，等人酌量而行。"就在粉墙《西江月》之后，又挥一首：

饮酒不醉最为高，好色不乱乃英豪，无义之财君莫取，忍气饶人祸自消。

这段评话，虽说酒色财气一般有过，经看起来，酒也有不会饮的，气也有耐得的，无如财色二字害事。但是贪财好色的又免不得吃几杯酒，免不得淘几场气，酒气二者又总括在财色里面了。今日说一桩异闻，单为财色二字弄出天大的祸来。后来悲欢离合，做了锦片一场佳话，正是：

说时惊破奸人胆，话出伤残义士心。

却说国初永乐年间，北直隶涿州有个兄弟二人，姓苏，其兄名云，其弟名雨，父亲早丧，单有母亲张氏在堂。那苏云自小攻书，学业淹贯，二十四岁上，一举登科，殿试二甲，除授浙江金华府兰溪县大尹。苏云回家，住了数日，凭限已到，不免择日起身赴任。苏云对夫人郑氏说道："我早登科甲，初任牧民，立心愿为好官。此去止饮兰溪一杯水，所有家财，尽数收拾，将十分之三留为母亲供膳，其余带去任所使用。"

当日拜别了老母，嘱咐兄弟苏雨：『好生侍养高堂，为兄的若不得罪于地方，到三年考满，又得相见。』说罢，不觉惨然泪下。苏雨道：『哥哥荣任是美事，家中自有兄弟支持，不必挂怀。前程万里，须自保重！』苏雨又送了一程方别。

苏云同夫人郑氏，带了苏胜夫妻二人，伏事登途。到张家湾地方，苏胜禀道：『此去是水路，该用船只。偶有顺便回头的官座，老爷坐去稳便。』苏知县道：『甚好。』原来坐船有个规矩，但是顺便回家，不论客货私货，都装载得满满的，却去揽一位官人乘坐，借其名号，免他一路税课。不要那官人的船钱，反出几十两银子送他，为孝顺之礼，谓之坐舱钱。苏知县是个老实的人，何曾晓得恁样规矩。闻说不要他船钱，已自够了，还想什么坐舱钱。那苏胜私下得了他四五两银子酒钱，喜出望外，从旁撺掇。苏知县同家小下了官舱。一路都是下水，渡了黄河，过了扬州广陵驿，将近仪真。因船是年远的，又带货太重，发起漏来，满船人都慌了。苏知县叫快拢岸，一时间将家眷和行李都搬上岸来。只因搬这一番，有分教：苏知县全家受祸。正合着二句古语，道是：

漫藏诲盗，冶容诲淫。

却说仪真县有个惯做私商的人，姓徐名能，在五坝上街居住。久揽山东王尚书府中一只大客船，装载客人，南来北往，每年纳还船租银两。他合着一班水手，叫做赵三、翁鼻涕、杨辣嘴、范剥皮、沈胡子，这一班都不是个良善之辈。又有一房家人，叫做姚大。时常揽了载，约莫有些油水，看得入眼时，半夜三更悄地将船移动，到僻静去处，把客人谋害，劫了财帛。如此十余年，徐能也做了些家事，这些伙计一个个羹香饭熟，饱食暖衣。正所谓『为富不仁，为仁不富』。你道徐能是仪真县人，如何却揽山东王尚书府中的船只，况且私商起家千金，自家难道打不起一只船？是有个缘故：王尚书初任南京为官，曾在扬州娶了一位小奶奶。后来小奶奶父母却移家于仪真居住，王尚书时常周给。后因路遥不便，打这只船与他，教他赁租用度。船上竖的是山东王尚书府的水牌，下水时，就是徐能包揽去了。徐能因为做那私商的道路，到不好用自家的船，要借尚书府的名色，又有势头，人又不疑心他，所以一向不致败露。今日也是苏知县合当有事，恰好徐能的船空闲在家。徐能正在岸上寻主顾，听说官船发漏，忙走来看。看见搬上许多箱笼囊箧，心中早有七分动火，结末又走个娇娇滴滴少年美貌的奶奶上来。徐能是个贪财好色的都头，不觉心窝发痒，眼睛里迸出火来。又见苏胜搬运行李，料是仆人，在人丛中将苏胜背后衣袂一扯。苏胜回头，徐能陪个笑脸问道：『是那里去的老爷？莫非要换船么？』苏胜道：『家老爷是新科进士，选了兰溪县知县，如今去到任，因船发了漏，权时上岸。若就有个好船换得，省得又落主人家。』徐能指着河里道：『这山东王尚书府中水牌在上的，就是小人的船，新修整得好，又坚固又干净。惯走浙直水路，水手又都是得力的。今晚若下船时，明早祭了神福，等一阵顺风，不几日就吹到了。』苏胜欢喜，便将这话禀知家主。苏知县叫苏胜先去看了舱口，就议定了船钱。因家眷在上，不许搭载一人。徐能俱依允了。当下先秤了一半船钱，那一半直待到县时找足。

苏知县家眷行李重复移下了船。徐能慌忙去寻那一班不做好事的帮手。赵三等都齐了，只有翁、范二人不到。买了神福，正要开船，岸上又有一个汉子跳下船来道：『我也相帮你们去！』徐能看见，呆了半晌。原来徐能有一个兄弟，叫做徐用，班中都称为徐大哥、徐二哥。真个是有性善有性不善。徐能惯做私商，徐用偏好善。但是徐用在船上，徐能要动手脚，往往被兄弟阻住，十遍到有八九遍做不成。所以今日徐能瞒了兄弟，不去叫他。那徐用却自有心，听得说有个少年知县换船到任，写了哥子的船，又见哥哥去唤这一班如狼似虎的人，不对他说，心下有些疑惑，故意要来船上相帮。徐能却怕兄弟阻挡他这番稳善的生意，心中嘿嘿不喜。正是：

泾渭自分清共浊，薰莸不混臭和香。

却说苏知县临欲开船，又见一个汉子赶将下来，心中到有些疑虑，只道是趁船的。叫苏胜：「你问那方才来的是什么人？」苏胜去问了来，回复道：「船头叫做徐能，方才来的叫做徐用，就是徐能的亲弟。」苏知县想道：「这便是一家了。」是日开船，约有数里，徐能就将船泊岸，说道：「风还不顺，众弟兄且吃神福酒。」徐能饮酒中间，只推出恭上岸，招兄弟徐用对他说道：「我看苏知县行李沉重，不下千金，跟随的又止一房家人，这场好买卖不可错过，你却不要阻挡我。」徐用道：「哥哥，此事断然不可！他若任所回来，盈囊满箧，必是贪赃所致，不义之财，取之无碍。如今方才赴任，不过家中带来几两盘费，那有千金？况且少年科甲，也是天上一位星宿，哥哥若害了他，天理也不容，后来必然懊悔。」徐能道：「财产到不打紧，还有一事，好一个标致奶奶！你哥正死了嫂嫂，房中没有个得意掌家的，这是天赋姻缘，兄弟这番须作成做哥的则个！」徐用又道：「从来『相女配夫』。既是奶奶，必然也是宦家之女，把他好夫好妇拆散了，强逼他成亲，到底也不和顺，此事一发不可。」这里兄弟二人正在唧唧哝哝，船艄上赵三望见了，正不知他商议甚事，一跳跳上岸来。徐用见赵三上岸，洋洋的倒走开了。赵三问徐能：「适才与二哥说什么？」徐能附耳述了一遍。赵三道：「既然二哥不从，倒不要与他说了，只消兄弟一人便与你完成其事。今夜须如此如此，这般这般。」徐能大喜道：「不枉叫做赵一刀。」原来赵三为人粗暴，动不动自夸道：「我是一刀两段的性子，不学那粘皮带骨。」因此起个异名，叫做赵一刀。当下众人饮酒散了，权时歇息。

看看天晚，苏知县夫妇都睡了。约至一更时分，闻得船上起身，收拾篷索。叫苏胜问时，说道：「江船全靠顺风，趁这一夜风使去，明早便到南京了。老爷们睡稳，莫要开口，等我自行。」那苏知县是北方人，不知水面的勾当，听得这话，就不问他了。却说徐能撑开船头，见风已不顺，正中其意，拽起满篷，倒使转向黄天荡去。那黄天荡是极野去处，船到荡中，四望无际。姚大便去抛铁锚，杨辣嘴把定头舱门口，沈胡子守舵，赵三当先提着一口泼风刀，徐能手执板斧随后，只不叫徐用一人。却说苏胜打铺睡在舱口，听得有人推门进来，便从被窝里钻出头，向外张望。赵三看得真，一刀砍去，正劈着脖子。苏胜只叫得一声「有贼」，又复一刀砍杀，拖出舱口，向水里撺下去了。苏胜的老婆和衣睡在那里，听得嚷，摸将出来，也被徐能一斧劈倒。姚大点起火把，照得舱中通亮。慌得苏知县双膝跪下，叫道：「大王，行李分毫不要了，只求饶命！」徐能道：「饶你不得！」举斧照顶门砍下，却被一人拦腰抱住道：「使不得！」却便似：

秋深逢赦至，病笃遇仙来！

你道是谁？正是徐能的亲弟徐用。晓得众人动掸，不干好事，走进舱来，却好抱住了哥哥，扯在一边，不容他动手。徐能道：「兄弟，今日骑虎之势，罢不得手了。」徐用道：「他中了一场进士，不曾做得一日官，今日劫了他财帛，占了他妻小，杀了他家人，又教他刀下身亡，也忒罪过。」徐能道：「兄弟，别事听得你，这一件听不得你，留了他便是祸根，我等性命难保，放了手！」徐用越抱得紧了，便道：「哥哥，既然放他不得，抛在湖中，也得个全尸而死。」徐能道：「便依了兄弟言语。」徐用道：「哥哥撇下手中凶器，兄弟方好放手。」徐能果然把板斧撇下，徐用放了手。徐能对苏知县道：「免便免你一斧，只是松你不得。」便将棕缆捆做一团，如一只馄饨相似，向水面『扑通』的撺将下去。眼见得苏知县不活了，夫人郑氏只叫得苦，便欲跳水。徐能那里容他，把舱门关闭，拨回船头，将篷扯满，又使转来。

原来江湖中除了顶头大逆风，往来都使得篷。仪真至邵伯湖，不过五十余里，到天明，仍到了五坝口上。徐能回家，唤了一乘肩舆，教管家的朱婆先扶了奶奶上轿，一路哭哭啼啼，竟到了徐能家里。徐能吩咐朱婆：「你好生劝慰奶奶，到此地位，不由不顺从，不要愁烦。今夜若肯从顺，还你终身富贵，强似跟那穷官。说得成时，重重有赏。」朱婆领命，引着奶奶归房。徐能叫众人将船中箱笼，尽数搬运上岸，打开看了，作六分均分。杀倒一口猪，烧利市纸，连翁鼻涕、范剥皮都请将来，做庆贺筵席。徐用心中甚是不忍，想着哥哥不仁，到夜来必然去逼苏奶奶，若不从他，性命难保，若从时，可不坏了他名节。虽在席中，如坐针毡。众人大酒大肉，直吃到夜。徐用心生一计，将大折碗满斟热酒，碗内约有斤许。徐用捧了这碗酒，到徐能面前跪下。徐能慌忙来搀道：「兄弟为何如此？」徐用道：「夜来船中之事，做兄弟的违拗了兄长，必然见怪。若果然不怪，可饮兄弟这瓯酒。」徐能虽是强盗，弟兄之间，到也和睦，只恐徐用疑心，将酒一饮而尽。众人见徐用劝了酒，都起身把盏道：「今日徐大哥娶了新嫂，是个大喜，我等一人庆一杯。」此时徐能七八已醉，欲推不饮。众人道：「徐二哥是弟兄，我们异姓，偏不是弟兄？」徐能被缠不过，只得每人陪过，吃得酩酊大醉。徐用见哥哥坐在椅上打瞌睡，只推出恭，提个灯笼，走出大门。从后门来，门却锁了。徐用从墙上跳进屋里，将后门锁裂开，取灯笼藏了。厨房下两个丫头在那里烫酒，徐用不顾，径到房前。只见房门掩着，里面说话声响。徐用侧耳而听，却是朱婆劝郑夫人成亲，正不知劝过几多言语了。郑夫人不允，只是啼哭。朱婆道：「奶奶既立意不顺从，何不就船中寻个自尽？今日到此，那里有地孔钻去？」郑夫人哭道：「妈妈，不是奴家贪生怕死，只为有九个月身孕在身，若死了不打紧，我丈夫就绝后了。」朱婆道：「奶奶，你就生下儿女来，谁容你存留？老身又是妇道家，做不得程婴杵臼，也是枉然。」徐用听到这句话，一脚把房门踢开，唬得郑夫人魂不附体，连朱婆也都慌了。徐用道：「不要忙，我是来救你的。我哥哥已醉，乘此机会，送你出后门去逃命，异日相会，须记的不干我徐用之事。」郑夫人叩头称谢。朱婆因说了半日，也十分可怜郑夫人，情愿与他作伴逃走。徐用身边取出十两银子，付与朱婆做盘缠，引二人出后门，又送了他出了大街，嘱咐：「小心在意！」说罢，自去了。好似：

捶碎玉笼飞彩凤，掣开金锁走蛟龙。

单说朱婆与郑夫人寻思黑夜无路投奔，信步而行，只拣僻静处走去，顾不得鞋弓步窄。约行十五六里，苏奶奶心中着忙，到也不怕脚痛，那朱婆却走不动了。没奈何，彼此相扶，又捱了十余里，天还未明。朱婆原有个气急的症候，走了许多路，发喘起来，道：「奶奶，不是老身有始无终，其实寸步难移，恐怕反拖累奶奶。且喜天色微明，奶奶前去，好寻个安身之处。老身在此处途路还熟，不消挂念。」郑夫人道：「奴家患难之际，只得相撇了。只是妈妈遇着他人，休得漏了奴家消息！」朱婆道：「奶奶尊便，老身不误你的事。」郑夫人才转得身，朱婆叹口气想道：「没处安身，索性做个干净好人。」望着路旁有口义井，将一双旧鞋脱下，投井而死。郑夫人眼中流泪，只得前行。又行了十里，共三十余里之程，渐觉腹痛难忍。此时天色将明，望见路傍有一茅庵，其门尚闭。郑夫人叩门，意欲借庵中暂歇。庵内答应开门。郑夫人抬头看见，惊上加惊，想道：『我来错了！原来是僧人，闻得南边和尚们最不学好，躲了强盗，又撞了和尚，却不晦气。千死万死，左右一死，且进门观其动静。』那僧人看见郑夫人丰姿服色，不像个以下之人，甚相敬重，请入净室问讯。叙话起来，方知是尼僧。郑夫人方才心定，将黄天荡遇盗之事，叙了一遍。那老尼姑道：『奶奶暂住几日无妨，却不敢久留，恐怕强人访知，彼此有损……』话犹未毕，郑夫人腹痛，一阵紧一阵。老尼年逾五十，也是半路出家的，晓得些道儿，问道：『奶奶这痛阵，到像要分娩一般？』郑夫人道：『实不相瞒，奴家怀九个月孕，因昨夜走急了路，肚疼，只怕是分娩了。』老尼道：『奶奶莫怪我说，这里是佛地，不可污秽。奶奶可往别处去，不敢相留。』郑夫人眼中流泪，哀告道：『师父，慈悲为本。这十方地面不留，教奴家更投何处？想是苏门前世业重，今日遭此冤劫，不如死休！』老尼心慈道：『也罢，庵后有个厕屋，奶奶若没处去，权在那厕屋里住下，等生产过了，进庵未迟。』郑夫人出于无奈，只得捧着腹肚，走到庵后厕屋里去。虽则厕屋，喜得不是个露坑，到还干净。郑夫人到了屋内，一连几阵紧痛，产下一个孩儿。老尼听得小儿啼哭之声，忙走来看，说道：『奶奶且喜平安。只是一件，母子不能并留。若留下小的，我与你托人抚养，你就休住在此。你若要住时，把那小官人弃了。不然佛地中啼啼哭哭，被人疑心，查得根由，又是祸事。』郑夫人左思右量，两下难舍，便道：『我有道理。』将自己贴肉穿的一件罗衫脱下，包裹了孩儿，拔下金钗一股，插在孩儿胸前，对天拜告道：『夫主苏云，倘若不该绝后，愿天可怜，遣个好人收养此儿。』祝罢，将孩儿递与老尼，央他放在十字路口。老尼念声『阿弥陀佛』，接了孩儿，走去约莫半里之遥，地名大柳村，撇于柳树之下。

分明路侧重逢弃，疑是空桑再产伊。

老尼转来，回复了郑夫人。郑夫人一恸几死。老尼劝解，自不必说。老尼净了手，向佛前念了血盆经，送汤送水价看觑郑夫人。郑夫人将随身簪珥手钏，尽数解下，送与老尼为陪堂之费。等待满月，进庵做了道姑，拜佛看经。过了数月，老尼恐在本地有是非，又引他到当涂县慈湖老庵中潜住，更不出门，不在话下。

却说徐能醉了，睡在椅上，直到五鼓方醒。众人见主人酒醉，先已各散去讫。徐能醒来，想起苏奶奶之事，走进房看时，却是个空房，连朱婆也不见了。叫丫鬟问时，一个个目瞪口呆，对答不出。看后门大开，情知走了，虽然不知去向，也少不得追赶。料他不走南路，必走北路，望僻静处，一直追来。也是天使其然，一径走那苏奶奶的旧路，到义井跟头，看见一双女鞋，原是他先前老婆的旧鞋，认得是朱婆的。疑猜道：『难道他特地奔出去，到于此地，舍得性命？』巴着井栏一望，黑洞洞地，不要管他，再赶一程。又行十余里，已到大柳村前，全无踪迹。正欲回身，只听得小孩子哭响，走上一步看时，那大柳树之下一个小孩儿，且是生得端正，怀间有金钗一股，正不知什么人撇下的。心中暗想：『我徐能年近四十，尚无子息，这不是皇天有眼，赐与我为嗣？』轻轻抱在怀里，那孩儿就不哭了。徐能心下十分之喜，也不想追赶，抱了孩子就回。到得家中，想姚大的老婆新育一个女儿，未及一月死了，正好接奶。把那一股钗子，就做赏钱，赏了那婆娘，教他好生喂乳，『长大之时，我自看顾你。』不在话下。有诗为证：

插下蔷薇有刺藤，养成乳虎自伤生；凡人不识天公巧，种就殃苗待长成。

话分两头，再说苏知县被强贼撺入黄天荡中，自古道死生有命。若是命不该活，一千个也休了。只为苏知县后来还有造化，在水中半沉半浮，直到向水闸边。恰好有个徽州客船，泊于闸口。客人陶公夜半正起来撒溺，觉得船底下有物，叫水手将篙摘起，却是一个人，浑身捆缚，心中骇异，不知是死的活的。正欲推去水中。有这等异事，那苏知县在水中浸了半夜，还不曾死，开口道：『救命！救命！』陶公见是活的，慌忙解开绳索，将姜汤灌醒，问其缘故。苏知县备细告诉，被山东王尚书船家所劫，如今待往上司去告理。陶公是本分生理之人，听得说要与山东王尚书家打官司，只恐连累，有懊悔之意。苏知县看见颜色变了，怕不相容，便改口道：『如今盘费一空，文凭又失，此身无所着落，倘有安身之处，再作道理。』陶公道：『先生休怪我说，你若要去告理，在下不好管得闲事。若只要个安身之处，敝村有个市学，倘肯相就，权住几时。』苏知县道：『多谢！多谢！』陶公取些干衣服，教苏知县换了，带回家中。这村名虽唤做三家村，共有十四五家，每家多有儿女上学，却是陶公做领袖，分派各家轮流供给。在家教学，不放他出门。看官牢记着，那苏知县自在村中教学，正是：

未司社稷民人事，权作『之乎者也』师。

却说苏老夫人在家思念儿子苏云，对次子苏雨道：『你哥哥为官，一去三年，杳无音信。你可念手足之情，亲往兰溪任所，讨个音耗回来，以慰我悬悬之望。』苏雨领命，收拾包裹，陆路短盘，水路搭船，不则一日，来到兰溪。那苏雨是朴实庄家，不知委曲，一径走到县里。值知县退衙，来私宅门口敲门。守门皂隶急忙拦住，问是什么人。苏雨道：『我是知县老爷亲属，你快通报。』皂隶道：『大爷好利害，既是亲属，可通个名姓，小人好传云板。』苏雨道：『我是苏爷的嫡亲兄弟，特地从涿州家乡而来。』皂隶兜脸打一啐，骂道：『见鬼，大爷自姓高，是江西人，牛头不对马嘴！』正说间，后堂又有几个闲荡的公人听得了，走来帮兴，骂道：『那里来这光棍，打他出去就是。』苏雨再三分辨，那个听他。正在那里七张八嘴，东扯西拽，惊动了衙内的高知县，开私宅出来，问甚缘由。苏雨听说大爷出衙，睁眼看是，却不是哥哥，已自心慌，只得下跪禀道：『小人是北直隶涿州苏雨，有亲兄苏云，于三年前，选本县知县，到任以后，杳无音信。老母在家悬望，特命小人不远千里，来到此间，何期遇了恩相。恩相既在此荣任，必知家兄前任下落。』高知县慌忙扶起，与他作揖看坐，说道：『你令兄向来不曾到任，吏部只道病故了，又将此缺补与下官。既是府上都没消息，不是覆舟，定是遭寇了。若是中途病亡，岂无一人回籍？』苏雨听得，哭将起来道：『老母家中悬念，只望你衣锦还乡，谁知死得不明不白，教我如何回覆老母！』高知县旁观，未免同袍之情，甚不过意，宽慰道：『事已如此，足下休得烦恼。且在敝治宽住一两个月，待下官差人四处打听令兄消息，回府未迟。一应路费，都在下官身上。』便吩咐门子，于库房取书仪十两，送与苏雨为程敬，着一名皂隶送苏二爷于城隍庙居住。苏雨虽承高公美意，心下痛苦，昼夜啼哭。住了半月，忽感一病，服药不愈，呜呼哀哉。

未得兄弟生逢，又见娘儿死别！

高知县头棺亲往殡殓，停柩于庙中，吩咐道士小心看视。不在话下。

再说徐能自抱那小孩儿回来，教姚大的老婆做了乳母，养为己子。俗语道：『只愁不养，不愁不长。』那孩子长成六岁，聪明出众，取名徐继祖，上学攻书。十三岁经书精通，游庠补禀。十五岁上登科，起身会试。从涿州经过，走得乏了，下马歇脚。见一老婆婆，面如秋叶，发若银丝，自提一个磁瓶向井头汲水。徐继祖上前与婆婆作揖，求一瓯清水解渴。老婆婆老眼朦胧，看见了这小官人，清秀可喜，便留他家里吃茶。徐继祖道：『只怕老娘府上路远。』婆婆道：『十步之内，就是老身舍下。』徐继祖真个下马，跟到婆婆家里，见门庭虽像旧家，甚是冷落。后边房屋都被火焚了，瓦砾成堆，无人收拾，止乘得厅房三间，将土墙隔断，左一间老婆婆做个卧房，右一间放些破家伙，中间虽则空下，旁边供两个灵位，开写着长儿苏云，次儿苏雨。厅侧边是个耳房，一个老婢在内烧火。老婆婆请小官人于中间坐下，自己陪坐，唤老婢泼出一盏热腾腾的茶，将托盘托将出来道：『小官人吃茶。』老婆婆看着小官人，目不转睛，不觉两泪交流。徐继祖怪而问之。老婆婆道：『老身七十八岁了，就说错了句言语，料想郎君不怪。』徐继祖道：『有话但说，何怪之有。』老婆婆道：『官人尊姓？青春几岁？』徐继祖叙出姓名，年方一十五岁，今科侥幸中举，赴京会试。老婆婆屈指暗数了一回，扑簌簌泪珠滚一个不住。徐继祖也不觉惨然道：『婆婆如此哀楚，必有伤心之事。』老婆婆道：『老身有两个儿子，长子苏云，叨中进士，职受兰溪县尹，十五年前，同着媳妇赴任，一去杳然。老身又遣次男苏雨亲往任所体探，连苏雨也不回来。后来闻人传说，大小儿丧于江盗之手，次儿没于兰溪。老身痛苦无伸，又被邻家失火，延烧卧室。老身和这婢子两口，权住这几间屋内，坐以待死。适才偶见郎君面貌与苏云无二，又刚是十五岁，所以老身感伤不已。今日天色已晚，郎君若不嫌贫贱，在草舍权住一晚，吃老身一餐素饭。』说罢又哭。徐继祖是个慈善的人，也是天性自然感动，心内到可怜这婆婆，也不忍别去，就肯住了。老婆婆宰鸡煮饭，管待徐继祖。叙了二三更的话，就留在中间歇息。次早，老婆婆起身，又留吃了早饭，临去时依依不舍，在破箱子内取出一件不曾开折的罗衫出来相赠，说道：『这衫是老身亲手做的，男女衫各做一件，却是一般花样。女衫把与儿妇穿去了，男衫因打褶时被灯煤落下，烧了领上一个孔。老身嫌不吉利，不曾把与亡儿穿，至今老身收着。今日老身见了郎君，就如见我苏云一般，郎君受了这件衣服，倘念老身衰暮之景，来年春闱得第，衣锦还乡，是必相烦，差人于兰溪县打听苏云、苏雨一个实信见报，老身死亦瞑目。』说罢放声痛哭。徐继祖没来由，不觉也掉下泪来。老婆婆送了徐继祖上马，哭进屋去了。徐继祖不胜伤感。到了京师，连科中了二甲进士，除授中书。朝中大小官员，见他少年老成，诸事历练，甚相敬重。也有打听他未娶，情愿赔了钱，送女儿与他做妾。徐继祖为不曾禀命于父亲，坚意推辞。在京二年，为『急缺风宪事』，选授监察御史，差往南京刷卷，就便回家省亲归娶，刚好一十九岁。徐能此时已做了太爷，在家中耀武扬威，甚是得志。正合着古人两句：

常将冷眼观螃蟹，看你横行得几时？

再说郑氏夫人在慈湖尼庵一住十九年，不曾出门。一日照镜，觉得庞儿非旧，潸然泪下。想道：『杀夫之仇未报，孩儿又不知生死，就是那时有人收留，也不知落在谁手？住居何乡？我如今容貌憔瘦，又是道姑打扮，料无人认得。况且吃了这几年安逸茶饭，定害庵中，心中过意不去。如今不免出外托钵，一来也帮贴庵中，二来往仪真一路去，顺便打听孩儿消息。常言「大海浮萍，也有相逢之日」。或者天可怜，有近处人家拾得，抚养在彼，母子相会，对他说出根由，教他做个报仇之人，却不了却心愿。』当下与老尼商议停妥，托了钵盂，出庵而去。

一路抄化，到于当涂县内。只见沿街搭彩，迎接刷卷御史徐爷。郑夫人到一家化斋，其家乃是里正，辞道：『我家为接官一事，甚是匆忙，改日来布施罢。』却有间壁一个人家，有女眷闲立在门前观看搭彩，看这道姑生得十分精致，年也却不甚长，见化不得斋，便去叫唤他。郑氏闻唤，到彼问讯过了。那女眷便延进中堂，将素斋款待，问其来历。郑氏料非贼党，想道：『我若隐忍不说，到底终无结末。』遂将十九年前苦情，数一数二，告诉出来。谁知屏后那女眷的家长伏着，听了半日，心怀不平，转身出来，叫道姑：『你受恁般冤苦，见今刷卷御史到任，如何不去告状申理？』郑氏道：『小道是女流，幼未识字，写不得状词。』那家长道：『要告状，我替你写。』便去买一张三尺三的绵纸，从头至尾写道：

告状妇郑氏，年四十二岁，系直隶涿州籍贯。夫苏云，由进士选授浙江兰溪县尹。于某年相随赴任，路经仪真，因船漏过载。岂期船户积盗徐能，纠伙多人，中途劫夫财，谋夫命，又欲奸骗氏身。氏幸逃出，庵中潜躲，迄今一十九年，沉冤无雪。徐盗见在五坝街住。恳乞天台捕获正法，生死衔恩，激切上告！

郑氏收了状子，作谢而出。走到接官亭，徐御史正在宁太道周兵备船中答拜，船头上一清如水。郑氏不知利害，径跄上船。管船的急忙拦阻，郑氏便叫起屈来。徐爷在舱中听见，也是一缘一会，偏觉得音声凄惨，叫巡捕官接进状子，同周兵备观看。不看犹可，看毕时，唬得徐御史面如土色。屏去从人，私向周兵备请教：『这妇人所告，正是老父，学生欲待不准他状，又恐在别衙门告理。』周兵备呵呵大笑道：『先生大人，正是青年不知机变。此事亦有何难。可吩咐巡捕官，带那妇人明日察院中审问。到那其间，一顿板子，将那妇人敲死，可不绝了后患。』徐御史起身相谢道：『承教了。』辞别周兵备，吩咐了巡捕官说话，押那告状的妇人，明早带进衙门面审。当下回察院中安歇，一夜不睡。想道：『我父亲积年为盗，这妇人所告，或是真情。当先劫财杀命，今日又将妇人打死，却不是冤上加冤。若是不打杀他时，又不是小可利害。』蓦然又想起三年前涿州遇见老妪，说儿子苏云被强人所算，想必就是此事了。又想道：『我父亲劫掠了一生，不知造下许多冤业，有何阴德，积下儿子科第？我记得小时上学，学生中常笑我不是亲生之子，正不知我此身从何而来？此事除非奶公姚大知其备细。』心生一计，写就一封家书，书中道：『到任忙促，不及回家，特地迎接父叔诸亲，南京衙门相会。路上乏人伏侍，可先差奶公姚大来当涂采石驿，莫误，莫误！』次日开门，将家书吩咐承差，送到仪真五坝街上太爷亲拆。巡捕官带郑氏进衙。徐继祖见了那郑氏，不由人心中惨然，略问了几句言语，就问道：『那妇人有儿子没有？如何自家出身告状？』郑氏眼中流泪，将庵中产儿，并罗衫包裹，和金钗一股，留于大柳村中始末，又备细说了一遍。徐继祖委决不下，吩咐郑氏：『你且在庵中暂住，待我察访强盗着实，再来唤你。』郑氏拜谢去了。徐继祖起马到采石驿住下，等得奶公姚大到来。徐日间无话，直至黄昏深后，唤姚大至于卧榻，将好言抚慰，问道：『我是谁人所生？』姚大道：『是太爷生的。』再三盘问，只是如此。徐爷发怒道：『我是他生之子，备细都已知道。你若说得明白，念你妻子乳哺之恩，免你本身一刀。若不说之时，发你在本县，先把你活活敲死！』姚大道：『实是太爷亲生，小的不敢说谎。』徐爷道：『黄天荡打劫苏知县一事，难道你不知？』姚大又不肯明言。徐爷大怒，便将宪票一幅，写下姚大名字，发去当涂县『打一百讨气绝缴。』姚大见佥了宪票，着了忙，连忙磕头道：『小的愿说，只求老爷莫在太爷面前泄漏。』徐爷道：『凡事有我做主，你不须惧怕！』姚大遂将打劫苏知县，谋苏奶奶为妻，及大柳树下拾得小孩子回家，教老婆接奶，备细说了一遍。徐爷又问道：『当初裹身有罗衫一件，又有金钗一股，如今可在？』姚大道：『罗衫上染了血迹，洗不净，至今和金钗留在。』此时徐爷心中已自了然，吩咐道：『此事只可你我二人知道，明早打发你回家，取了钗子罗衫，星夜到南京衙门来见我。』姚大领命自去。徐爷次早一面差官，将盘缠银两『好生接取慈湖庵郑道姑到京中来见我。』一面发牌起程，往南京到任。正是：

少年科第荣如锦，御史威名猛似雷。

且说苏云知县在三家村教学，想起十九年前之事，老母在家，音信隔绝，妻房郑氏怀孕在身，不知生死下落，日夜忧惶。将此情告知陶公，欲到仪真寻访消息。陶公苦劝安命，莫去惹事。苏云乘清明日各家出去扫墓，乃写一谢帖，留在学馆之内，寄谢陶公，收拾了笔墨出门。一路卖字为生，行至常州烈帝庙，日晚投宿。梦见烈帝庙中灯烛辉煌，自己拜祷求签，签语云：

陆地安然水面凶，一林秋叶遇狂风。要知骨肉团圆日，只在金陵豸府中。

五更醒来，记得一字不忘。自家暗解道：『江中被盗遇救，在山中住这几年，首句「陆地安然水面凶」已自应了。「一林秋叶遇狂风」，应了骨肉分飞之象，难道还有团圆日子？金陵是南京地面，御史衙门号为豸府。我如今不要往仪真，径到南都御史衙门告状，或者有伸冤之日。』天明起来，拜了神道，讨其一筶：『若该往南京，乞赐圣筶。』掷下果然是个圣筶。苏公欢喜，出了庙门，直至南京，写下一张词状，到操江御史衙门去出告，状云：

告状人苏云，直隶涿州人，忝中某科进士。初选兰溪知县，携家赴任，行至仪真。祸因舟漏，重雇山东王尚书家船只过载。岂期舟子徐能、徐用等，惯于江洋打劫。夜半移船僻处，缚云抛水，幸遇救免，教授糊口，行李一空，妻仆不知存亡。势宦养盗，非天莫剿，上告！

那操江林御史，正是苏爷的同年，看了状词，甚是怜悯。即刻行个文书，支会山东抚按，着落王尚书身上要强盗徐能、徐用等。刚刚发了文书，刷卷御史徐继祖来拜。操院偶然叙及此事。徐继祖有心，别了操院出门，即时叫听事官：『将操院差人唤到本院衙门，有话吩咐。』徐爷回衙门，听事官唤到操院差人进衙磕头。禀道：『老爷有何吩咐？』徐爷道：『那王尚书船上强盗，本院已知一二。今本院赏你盘缠银二两，你可暂停两三日，待本院唤你们时，你可便来，管你有处缉拿真赃真盗，不须到山东去得。』差人领命去了。少顷，门上通报太爷到了。徐爷出迎，就有踢蹐之意。想着养育教训之恩，恩怨也要分明，今日且尽个礼数。当下差官往河下接取到衙。原来徐能、徐用起身时，连这一班同伙赵三、翁鼻涕、杨辣嘴、范剥皮、沈胡子，都倚仗通家兄弟面上，备了百金贺礼，一齐来庆贺徐爷。这是天使其然，自来投死。姚大先进衙磕头。徐爷教请太爷、二爷到衙，铺毡拜见。徐能端然而受。次要拜徐用，徐用抵死推辞，不肯要徐爷下拜，只是长揖。赵三等一伙，向来在徐能家，把徐继祖当做子侄之辈，今日高官显耀，时势不同，赵三等口称『御史公』，徐继祖口称『高亲』，两下宾主相见。备饭款待。至晚，徐继祖在书房中密唤姚大，讨他的金钗及带血罗衫看了。那罗衫花样与涿州老婆婆所赠无二。『那老婆婆又说我的面庞与他儿子一般，他分明是我的祖母，那慈湖庵中道姑是我亲娘，更喜我爷不死，见在此间告状，骨肉团圆，在此一举。』次日大排筵宴在后堂，管待徐能一伙七人，大吹大擂介饮酒。徐爷只推公务，独自出堂，先教聚集民壮快手五六十人，安排停当，听候本院挥扇为号，一齐进后堂擒拿七盗。又唤操院公差，快快请告状的苏爷，到衙门相会。不一时苏爷到了，一见徐爷便要下跪。徐爷双手扶住，彼此站立，问其情节。苏爷含泪而语。徐爷道：『老先生休得愁烦，后堂有许多贵相知在那里，请去认一认！』苏爷进入后堂。一者此时苏爷青衣小帽，二者年远了，三者出其不意，徐能等已不认得苏爷了。苏爷时刻在念，到也还认得这班人的面貌，看得仔细，吃了一惊，倒身退出，对徐爷道：『这一班人，正是船中的强盗，为何在此？』徐爷且不回话，举扇一挥，五六十个做公的蜂拥而入，将徐能等七人一齐捆缚。徐能大叫道：『继祖孩儿，救我则个！』徐爷骂道：『死强盗，谁是你的孩儿？你认得这位十九年前苏知县老爷么？』徐能就骂徐用道：『当初不听吾言，只叫他全尸而死，今日悔之何及！』又叫姚大出来对证，各各无言。徐爷吩咐巡捕官：『将这八人与我一总发监，明日本院自备文书，送到操院衙门去。』

发放已毕，吩咐关门。请苏爷复入后堂。苏爷看见这一伙强贼，都在酒席上擒拿，正不知什么意故？方欲待请问明白，然后叩谢。只见徐爷将一张交椅置于面南，请苏爷上坐，纳头便拜。苏爷慌忙扶住道：『老大人素无一面，何须过谦如此？』徐爷道：『愚男一向不知父亲踪迹，有失迎养，望乞恕不孝之罪！』苏爷还说道：『老大人不要错了！学生并无儿子。』徐爷道：『不孝就是爹爹所生，如不信时，有罗衫为证。』徐爷先取涿州老婆婆所赠罗衫，递与苏爷。苏爷认得领上灯煤烧孔道：『此衫乃老母所制，从何而得？』徐爷道：『还有一件。』又将血渍的罗衫及金钗取来。苏爷观看，又认得：『此钗乃吾妻首饰，原何也在此？』徐爷将涿州遇见老母，及采石驿中道姑告状，并姚大招出情由，备细说了一遍。苏爷方才省悟，抱头而哭。事有凑巧，这里恰才父子相认，门外传鼓报道：『慈湖观音庵中郑道姑已唤到。』徐爷忙教请进后堂。苏爷与奶奶别了一十九年，到此重逢。苏爷又引孩儿拜见了母亲。痛定思痛，夫妻母子，哭做一堆，然后打扫后堂，重排个庆贺筵席。正是：

树老抽枝重茂盛，云开见月倍光明。

次早，南京五府六部六科十三道，及府县官员，闻知徐爷骨肉团圆，都来拜贺。操江御史将苏爷所告状词，奉还徐爷，听其自审。徐爷别了列位官员，吩咐手下，取大毛板伺候。于监中吊出众盗，一个个脚镣手扭，跪于阶下。徐爷在徐家生长，已熟知这班凶徒杀人劫财，非止一事，不消拷问。只有徐用平昔多曾谏训，且苏爷夫妇都受他活命之恩，叮嘱儿子要出脱他。徐爷一笔出豁了他，赶出衙门。徐用拜谢而去。山东王尚书远无干，不须推究。徐能、赵三首恶，打八十。杨辣嘴、沈胡子在船上帮助，打六十。姚大虽也在船上出尖，其妻有乳哺之恩，与翁鼻涕、范剥皮各只打四十板。虽有多寡，都打得皮开肉绽，鲜血迸流。姚大受痛不过，叫道：『老爷亲许免小人一刀，如何失信？』徐爷又免他十板，只打三十。打完了吩咐收监。徐爷退于后堂，请命于父亲，草下表章，将此段情由，具奏天子。先行出姓，改名苏泰，取否极泰来之义。次要将诸贼不时处决，各贼家财，合行籍没为边储之用。表尾又说：『臣父苏云，二甲出身，一官未赴，十九年患难之余，宦情已淡。臣祖母年逾八帙，独居故里，未知存亡。臣年十九未娶，继祀无望。恳乞天恩给假，从臣父暂归琢州，省亲归娶』云云。奏章已发。此时徐继祖已改名苏泰，将新名写帖，遍拜南京各衙门。又写年侄帖子，拜谢了操江林御史。又记着祖母言语，写书差人往兰溪县查问苏雨下落。兰溪县差人先来回报，苏二爷十五年前曾到，因得病身死。高知县殡殓，棺寄在城隍庙中。苏爷父子痛哭了一声，即差的当人，赍了盘费银两，重到兰溪，于水路雇船，装载二爷灵柩回涿州祖坟安葬。不一日，奏章准了下来，一一依准，仍封苏云为御史之职，钦赐父子驰驿还乡。刑部请苏爷父子同临法场监斩诸盗。苏泰预先吩咐狱中，将姚大缢死全尸，也算免其一刀。徐能叹口气道：『我虽不曾与苏奶奶成亲，做了三年太爷，死亦甘心了。』各盗面面相觑，延颈受死。但见：

两声破鼓响，一棒碎锣鸣，监斩官如十殿阎王，刽子手似飞天罗刹！刀斧劫来财帛，万事皆空；江湖使尽英雄，一朝还报。森罗殿前，个个尽惊凶鬼至；阳间地上，人人都庆贼人亡！

在先上本时，便有文书知会扬州府官，仪真县官，将强盗六家，预先赶出人口，封锁门户。纵有金宝如山，都为官物。家家女哭儿啼，人离财散，自不必说。只有姚大的老婆，原是苏御史的乳母。一步一哭，到南京来求见御史老爷。苏御史因有乳哺之恩，况且丈夫已经正法，罪不及孥。又恐奶奶伤心，不好收留，把五十两银子赏他，为终身养生送死之资，打发他随便安身。

京中无事，苏太爷辞了年兄林操江，御史公别了各官，起马。前站打两面金字牌，一面写着『奉旨省亲』，一面写着『钦赐归娶』。旗幡鼓吹，好不齐整，闹嚷嚷的从扬州一路而回。道经仪真，苏太爷甚是伤感。郑老夫人又对儿子说起朱婆投井之事，又说亏了庵中老尼。御史公差地方访问义井。居民有人说，十九年前，是曾有个死尸浮于井面，众人捞起三日，无人识认，只得敛钱买棺盛殓，埋于左近一箭之地。地方回复了，御史公备了祭礼，及纸钱冥锭，差官到义井坟头，通名致祭。又将白金百两，送与庵中老尼。另封白银十两，付老尼启建道场，超度苏二爷、朱婆及苏胜夫妇亡灵。这叫做以直报怨，以德报德。苏公父子亲往拈香拜佛。

诸事已毕，不一日行到山东临清，头站先到渡口驿，惊动了地方上一位乡宦，那人姓王名贵，官拜一品尚书，告老在家。那徐能揽的山东王尚书船，正是他家。徐能盗情发了，操院拿人，闹动了仪真一县。王尚书的小夫人家属，恐怕连累，都搬到山东，依老尚书居住。后来打听得苏御史审明，船虽尚书府水牌，止是租赁，王府并不知情。老尚书甚是感激。今日见了头行，亲身在渡口驿迎接。见了苏公父子，满口称谢，设席款待。席上问及：『御史公钦赐归娶，不知谁家老先儿的宅眷？』苏云答道：『小儿尚未择聘。』王尚书道：『老夫有一末堂幼女，年方二八，才貌颇称，倘蒙御史公不弃老朽，老夫愿结丝萝。』苏太爷谦让不遂，只得依允。就于临清暂住，择吉行聘成亲，有诗为证：

月下赤绳曾绾足，何须射中雀屏目。当初恨杀尚书船，谁想尚书为眷属。

三朝以后，苏公便欲动身，王尚书苦留。苏太爷道：『久别老母，未知存亡，归心已如箭矣！』王尚书不好担阁。过了七日，备下千金妆奁，别起夫马，送小姐随夫衣锦还乡。一路无话。到了涿州故居，且喜老夫人尚然清健，见儿子媳妇俱已半老，不觉感伤。又见孙儿就是向年汲水所遇的郎君，欢喜无限。当初只恨无子，今日抑且有孙。两代甲科，仆从甚众，旧居火焚之余，安顿不下，暂借察院居住。起建御史第，府县都来助工，真个是『不日成之』。苏云在家，奉养太夫人直至九十余岁方终。苏泰历官至坐堂都御史。夫人王氏，所生二子，将次子承继为苏雨之后，二子俱登第。至今闾里中传说苏知县报冤唱本。后人有诗云：

月黑风高浪沸扬，黄天荡里贼猖狂！平陂往复皆天理，那见凶人寿命长？

范鳅儿双镜重圆

帘卷水西楼，一曲新腔唱打油；宿雨眠云年少梦，休讴，且尽生前酒一瓯。明日又登舟，却指今宵是旧游；同是他乡沦落客，休愁！月子弯弯照几州？

这首词末句，乃借有吴歌成语，吴歌云：

月子弯弯照几州？几家欢乐几家愁。几家夫妇同罗帐，几家飘散在他州。

此歌出自南宋建炎年间，述民间离乱之苦。只为宣和失政，奸佞专权，延至靖康，金虏凌城，掳了徽钦二帝北去。康王泥马渡江，弃了汴京，偏安一隅，改元建炎。其时东京一路百姓，惧怕鞑虏，都跟随车驾南渡。又被虏骑追赶，兵火之际，东逃西躲，不知拆散了几多骨肉！往往父子夫妻，终身不复相见。其中又有几个散而复合的，民间把作新闻传说。正是：

剑气分还合，荷珠碎复圆；万般皆是命，半点尽由天！

话说陈州有一人姓徐名信，自小学得一身好武艺，娶妻崔氏，颇有容色。家道丰裕，夫妻二人正好过活。却被金兵入寇，二帝北迁。徐信共崔氏商议，此地安身不牢，收拾细软家财，打做两个包裹，夫妻各背了一个，随着众百姓晓夜奔走。行至虞城，只听得背后喊声振天，只道鞑虏追来，却原来是南朝杀败的溃兵。只因武备久弛，军无纪律，教他杀贼，一个个胆寒心骇，不战自走；及至遇着平民，抢掳财帛子女，一般会扬威耀武。徐信虽然有三分本事，那溃兵如山而至，寡不敌众。舍命奔走，但闻四野号哭之声，回头不见了崔氏。乱军中无处寻觅，只得前行。行了数日，叹了口气，没奈何，只索罢了。行到睢阳，肚中饥渴，上一个村店，买些酒饭。原来离乱之时，店中也不比往昔，没有酒卖了。就是饭，也不过是粗粝之物，又怕众人抢夺，交了足钱，方才取出来与你充饥。徐信正在数钱，猛听得有妇女悲泣之声，事不关心，关心者乱。徐信且不数钱，急走出店来看，果见一妇人，单衣蓬首，露坐于地上。虽不是自己的老婆，年貌也相仿佛。徐信动了个恻隐之心，以己度人道：『这妇人想也是遭难的，不免上前问其来历。』妇人诉道：『奴家乃郑州王氏，小字进奴。随夫避兵，不意中途奔散，奴孤身被乱军所掠。行了两日一夜，到于此地，两脚俱肿，寸步难移，贼徒剥取衣服，弃奴于此。衣单食缺，举目无亲，欲寻死路，故此悲泣耳。』徐信道：『我也在乱军中不见了妻子，正是同病相怜了。身边幸有盘缠，娘子不若权时在这店里住几日，将息贵体。等在下探问荆妻消耗，就便访取尊夫。不知娘子意下如何？』妇人收泪而谢道：『如此甚好。』徐信解开包裹，将几件衣服与妇人穿了。同他在店中吃了些饭食，借半间房子，做一块儿安顿。徐信殷殷勤勤，每日送茶送饭。妇人感其美意，料道寻夫访妻也是难事，今日一鳏一寡，亦是天缘，热肉相凑，不容人不成就了。又过数日，妇人脚不痛了。徐信和他做了一对夫妻，上路直到建康。正值高宗天子南渡即位，改元建炎，出榜招军，徐信去充了个军校，就于建康城中居住。

日月如流，不觉是建炎三年。一日，徐信同妻城外访亲回来，天色已晚。妇人口渴，徐信引到一个茶肆中吃茶。那肆中先有一个汉子坐下，见妇人入来，便立在一边，偷看那妇人，目不转睛。妇人低眉下眼，那个在意。徐信甚以为怪。少顷吃了茶，还了茶钱出门，那汉又远远相随。比及到家，那汉还站在门首，依依不去。徐信心头火起，问道：『什么人？如何窥觑人家的妇女！』那汉拱手谢罪道：『尊兄休怒！某有一言奉询。』徐信忿气尚未息，答应道：『有什么话，就讲罢！』那汉道：『尊兄倘不见责，权借一步，某有实情告诉。若还嗔怪，某不敢言。』徐信果然相随，到一个僻静巷里。那汉临欲开口，又似有难言之状。徐信道：『我徐信也是个慷慨丈夫，有话不妨尽言。』那汉方才敢问道：『适才妇人是谁？』徐信道：『是荆妻。』那汉道：『娶过几年了？』徐信道：『三年矣。』那汉道：『可是郑州人，姓王，小字进奴么？』徐信大惊道：『足下何以知之？』那汉道：『此妇乃吾之妻也。因兵火失散，不意落于君手。』徐信闻言，甚跼蹐不安，将自己虞城失散，到睢阳村店，遇见此妇始末，细细述了：『当时实是怜他孤身无倚，初不晓得是尊阃，如之奈何？』那汉道：『足下休疑，我已别娶浑家，旧日伉俪之盟，不必再题。但仓忙拆开，未及一言分别。倘得暂会一面，叙述悲苦，死亦无恨。』徐信亦觉心中凄惨，说道：『大丈夫腹心相照，何处不可通情？明日在舍下相候。足下既然别娶，可携新阃同来，做个亲戚，庶于邻里耳目不碍。』那汉欢喜拜谢。临别，徐信问其姓名，那汉道：『吾乃郑州列俊卿是也。』是夜，徐信先对王进奴述其缘由。进奴思想前夫恩义，暗暗偷泪，一夜不曾合眼。到天明，盥漱方毕，列俊卿夫妇二人到了。徐信出门相迎，见了俊卿之妻，彼此惊骇，各各恸哭。原来俊卿之妻，却是徐信的浑家崔氏。自虞城失散，寻丈夫不着，却随个老妪同至建康，解下随身簪珥，赁房居住。三个月后，丈夫并无消息。老妪说他终身不了，与他为媒，嫁与列俊卿。谁知今日一双两对，恰恰相逢，真个天缘凑巧，彼此各认旧日夫妻，相抱而哭。当下徐信遂与列俊卿八拜为交。置酒相待。至晚，将妻子兑转，各还其旧。从此通家往来不绝，有诗为证：

夫换妻兮妻换夫，这场交易好糊涂；相逢总是天公巧，一笑灯前认故吾。

此段话题做『交互姻缘』，乃建炎三年建康城中故事。同时又有一事，叫做『双镜重圆』。说来虽没有十分奇巧，论起夫义妇节，有关风化，到还胜似几倍。正是：

话须通俗方传远，语必关风始动人。

话说南宋建炎四年，关西一位官长，姓吕名忠翊，职授福州监税。此时七闽之地，尚然全盛。忠翊带领家眷赴任。一来福州凭山负海，东南都会，富庶之邦；二来中原多事，可以避难。于本年起程，到次年春间，打从建州经过。《舆地志》说：『建州碧水丹山，为东闽之胜地。』今日合着了古语两句：

洛阳三月花如锦，偏我来时不遇春。

自古『兵荒』二字相连，金虏渡河，两浙都被他残破。闽地不遭兵火，也就遇个荒年，此乃天数。话中单说建州饥荒，斗米千钱，民不聊生。却为国家正值用兵之际，粮饷要紧，官府只顾催征上供，顾不得民穷财尽。常言『巧媳妇煮不得没米粥』，百姓既没有钱粮交纳，又被官府鞭笞逼勒，禁受不过，三三两两，逃入山间，相聚为盗。蛇无头而不行，就有个草头天子出来，此人姓范名汝为，仗义执言，救民水火。

群盗从之如流，啸聚至十余万。无非是：

风高放火，月黑杀人。无粮同饿，得肉均分。

官兵抵当不住，连败数阵。范汝为遂据了建州城，自称元帅，分兵四出抄掠。范氏门中子弟，都受伪号，做领兵官将。汝为族中有个侄儿，名唤范希周，年二十三岁，自小习得一件本事，能识水性，伏得在水底三四昼夜，因此起个异名唤做范鳅儿。原是读书君子，功名未就，被范汝为所逼——凡族人不肯从他为乱者，先将斩首示众。——希周贪了性命，不得已而从之，虽在贼中，专以方便救人为务，不做劫掠勾当。贼党见他凡事畏缩，就他鳅儿的外号，改做『范盲鳅』，是笑他无用的意思。

再说吕忠翊有个女儿，小名顺哥，年方二八，生得容颜清丽，情性温柔，随着父母福州之任。来到这建州相近，正遇着范贼一支游兵，劫夺行李财帛，将人口赶得三零四散。吕忠翊失散了女儿，无处寻觅，嗟叹了一回，只索赴任去了。单说顺哥脚小伶俜，行走不动，被贼兵掠进建州城来。顺哥啼啼哭哭，范希周中途见而怜之。问其家门，顺哥自叙乃是宦家之女。希周遂叱开军士，亲解其缚，留至家中，将好言抚慰，诉以衷情：『我本非反贼，被族人逼迫在此。他日受了朝廷招安，仍做良民。小娘子若不弃卑末，结为眷属，三生有幸。』顺哥本不愿相从，落在其中，出于无奈，只得许允。次日希周禀知贼首范汝为，汝为亦甚喜。希周送顺哥于公馆，择吉纳聘。希周有祖传宝镜，乃是两镜合扇的。清光照彻，可开可合，内铸成鸳鸯二字，名为『鸳鸯宝镜』，用为聘礼。遍请范氏宗族，花烛成婚。

一个是衣冠旧裔，一个是阀阅名姝；一个儒雅丰仪，一个温柔性格。一个纵居贼党，风云之气未衰；一个虽作囚俘，金玉之姿不改。绿林此日称佳客，红粉今宵配吉人。

自此夫妻和顺，相敬如宾。自古道：『瓦罐不离井上破。』范汝为造下弥天大罪，不过乘朝廷有事，兵力不及，岂期名将张浚、岳飞、张俊、张荣、吴玠、吴璘等，屡败金人，国家粗定。高宗卜鼎临安，改元绍兴。是年冬，高宗命韩蕲王讳世忠的，统领大军十万，前来讨捕。范汝为岂是韩公敌手，只得闭城自守。韩公筑长围以困之。原来韩公与吕忠翊先在东京有旧，今番韩公统兵征剿反贼，知吕公在福州为监税官，必知闽中人情土俗。其时将帅专征的都带有空头敕，遇有地方人才，听凭填敕委用。韩公遂用吕忠翊为军中都提辖，同驻建州城下，指麾攻围之事。城中日夜号哭，范汝为几遍要夺门而出，都被官军杀回，势甚危急。顺哥向丈夫说道：『妾闻「忠臣不事二君，烈女不更二夫」。妾被贼军所掠，自誓必死。蒙君救拔，遂为君家之妇，此身乃君之身矣。大军临城，其势必破。城既破，则君乃贼人之亲党，必不能免。妾愿先君而死，不忍见君之就戮也。』引床头利剑便欲自刎。希周慌忙抱住，夺去其刀，安慰道：『我陷在贼中，原非本意，今无计自明，玉石俱焚，已付之于命了。你是宦家儿女，掳劫在此，与你何干。韩元帅部下将士，都是北人，你也是北人，言语相合，岂无乡曲之情！或有亲旧相逢，宛转闻知于令尊，骨肉团圆，尚不绝望。人命至重，岂可无益而就死地乎？』顺哥道：『若果有再生之日，妾誓不再嫁。便恐被军校所掳，妾宁死于刀下，决无失节之理。』希周道：『承娘子志节自许，吾死亦瞑目。万一为漏网之鱼，苟延残喘，亦誓愿终身不娶，以答娘子今日之心。』顺哥道：『鸳鸯宝镜乃是君家行聘之物，妾与君共分一面，牢藏在身。他日此镜重圆，夫妻再合。』

说罢相对而泣。这是绍兴元年冬十二月内的说话。到绍兴二年春正月，韩公将建州城攻破，范汝为情急，放火自焚而死。韩公竖黄旗招安余党，只有范氏一门不赦。范氏宗族一半死于乱军之中，一半被大军擒获，献俘临安。顺哥见势头不好，料道希周必死，慌忙奔入一间荒屋中，解下罗帕自缢。正是：

宁为短命全贞鬼，不作偷生失节人！

也是阳寿未终，恰好都提辖吕忠翊领兵过去，见破屋中有人自缢，急唤军校解下。近前观之，正是女儿顺哥。那顺哥死去重苏，半晌方能言语，父子重逢，且悲且喜。顺哥将贼兵掳劫，及范希周救取成亲之事，述了一遍。吕提辖默然无语。

却说韩元帅平了建州，安民已定，同吕提辖回临安面君奏凯。天子论功升赏，自不必说。一日，吕公与夫人商议，女儿青年无偶，终是不了之事，两口双双的来劝女儿改嫁。顺哥述与丈夫交誓之言，坚意不肯。吕公又道：『好人家儿女，嫁了反贼，一时无奈。天幸死了，出脱了你，你还想他怎么？』顺哥含泪而告道：『范家郎君，本是读书君子，为族人所逼，实非得已。他虽在贼中，每行方便，不做伤天理的事。倘若天公有眼，此人必脱虎口。大海浮萍，或有相逢之日。孩儿如今情愿奉道在家，侍养二亲，便终身守寡，死而不怨。若必欲孩儿改嫁，不如容孩儿自尽，不失为完节之妇。』吕公见他说出一班道理，也不去逼他了。光阴似箭，不觉已是绍兴十二年，吕公累官至都统制，领兵在封州镇守。一日，广州守将差指使贺承信捧了公牒，到封州将领司投递。吕公延于厅上，问其地方之事，叙话良久方去。顺哥在后堂帘中窃窥，等吕公入衙，问道：『适才赍公牒来的何人？』吕公道：『广州指使贺承信也。』顺哥道：『奇怪！看他言语行步，好似建州范家郎君。』吕公大笑道：『建州城破，凡姓范的都不赦，只有枉死，那有枉活？广州差官自姓贺，又是朝廷命官，并无分毫干惹，这也是你妄想了。侍妾闻知，岂不可笑！』顺哥被父亲抢白了一场，满面羞惭，不敢再说。正是：

只为夫妻情爱重，致令父子语参差。

过了半年，贺承信又有军牒奉差到吕公衙门，顺哥又从帘下窥视，心中怀疑不已。对父亲说道：『孩儿今已离尘奉道，岂复有儿女之情。但再三详审广州姓贺的，酷似范郎。父亲何不召至后堂，赐以酒食，从容叩之。范郎小名鳅儿，昔年在围城中情知必败，有「鸳鸯镜」各分一面，以为表记。父亲呼其小名，以此镜试之，必得其真情。』吕公应承了。次日贺承信又进衙领回文，吕公延至后堂，置酒相款。饮酒中间，吕公问其乡贯出身。承信言语支吾，似有羞愧之色。吕公道：『鳅儿非足下别号乎？老夫已尽知矣，但说无妨也！』承信求吕公屏去左右，即忙下跪，口称『死罪』。吕公用手搀扶道：『不须如此！』承信方敢吐胆倾心告诉道：『小将建州人，实姓范。建炎四年，宗人范汝为煽诱饥民，据城为叛，小将陷于贼中，实非得已。后因大军来讨，攻破城池，贼之宗族，尽皆诛戮。小将因平昔好行方便，有人救护，遂改姓名为贺承信，出就招安。绍兴五年，拨在岳少保部下，随征洞庭湖贼杨么。岳家军都是西北人，不习水战。小将南人，幼通水性，能伏水三昼夜，所以有「范鳅儿」之号。岳少保亲选小将为前锋，每战当先，遂平么贼。岳少保荐小将之功，得受军职，累任至广州指使。十年来未曾泄之他人。今既承钧问，不敢隐讳。』吕公又问道：『令孺人何姓？是结发还是再娶？』承信道：『在贼中时曾获一宦家女，纳之为妻。逾年城破，夫妻各分散逃走。曾相约：苟存性命，夫不再娶，妇不再嫁。小将后来到信州，又寻得老母。至今母子相依，止畜一粗婢炊爨，未曾娶妻。』吕公又问道：『足下与先孺人相约时，有何为记？』承信道：『有鸳鸯宝镜，合之为一，分之为二，夫妇各留一面。』吕公道：『此镜尚在否？』承信道：『此镜朝夕随身，不忍少离。』吕公道：『可借一观。』承信揭开衣袂，在锦裹肚系带上，解下一个绣囊，囊中藏着宝镜。吕公取观，遂于袖中亦取一镜合之，俨如生成。承信见二镜符合，不觉悲泣失声。吕公感其情义，亦不觉泪下道：『足下所娶，即吾女也。吾女见在衙中。』遂引承信至中堂，与女儿相见，各各大哭。吕公解劝了，且作庆贺筵席。是夜即留承信于衙门歇宿。过了数日，吕公将回文打发女婿起身，即令女儿相随，到广州任所同居。后一年承信任满，将赴临安，又领妻顺哥同过封州，拜别吕公。吕公备下千金妆奁，差官护送承信到临安。自谅前事年远，无人推剥，不可使范氏无后，乃打通状到礼部，复姓不复名，改名不改姓，叫做范承信。后累官至两淮留守，夫妻偕老。其鸳鸯二镜，子孙世传为至宝云。后人评论范鳅儿在逆党中涅而不淄，好行方便，救了许多人性命，今日死里逃生，夫妻再合，乃阴德积善之报也。有诗为证：

十年分散天边鸟，一旦团圆镜里鸳。莫道浮萍偶然事，总由阴德感皇天。

第十三卷

三现身包龙图断冤

甘罗发早子牙迟，彭祖颜回寿不齐；范丹贫穷石崇富，算来都是只争时。

话说大宋元祐年间，一个太常大卿，姓陈名亚，因打章子厚不中，除做江东留守安抚使，兼知建康府。一日，与众官宴于临江亭上，忽听得亭外有人叫道：『不用五行四柱，能知祸福兴衰。』大卿问：『甚人敢出此语？』众官有曾认的，说道：『此乃金陵术士边瞽。』大卿吩咐：『与我叫来。』即时叫至门下，但见：

破帽无檐，蓝缕衣裙，霜鬓瞽目，伛偻形躯。

边瞽手携节杖入来，长揖一声，摸着阶沿便坐。大卿怒道：『你既瞽目，不能观古圣之书，辄敢轻五行而自高！』边瞽道：『某善能听简笏声知进退，闻鞋履响辨死生。』大卿道：『你术果验否？……』说言未了，见大江中画船一只，橹声咿轧，自上流而下。大卿便问边瞽：『主何灾祸？』答言：『橹声带哀，舟中必载大官之丧。』大卿遣人讯问，果是知临江军李郎中，在任身故，载灵柩归乡。大卿大惊道：『使汉东方朔复生，不能过汝。』赠酒十樽，银十两，遣之。

那边瞽能听橹声知灾福。今日且说个卖卦先生，姓李名杰，是东京开封府人。去兖州府奉符县前，开个卜肆，用金纸糊着一把太阿宝剑，底下一个招儿，写道：『斩天下无学同声。』这个先生，果是阴阳有准。

精通《周易》，善辨六壬，瞻乾象遍识天文，观地理明知风水。五星深晓，决吉凶祸福如神；三命秘谈，断成败兴衰似见。

当日挂了招儿，只见一个人走将进来，怎生打扮？但见：

裹背系带头巾，着上两领皂衫，腰间系条丝绦，下面着一双干鞋净袜，袖里袋着一轴文字。

那人和金剑先生相揖罢，说了年月日时，铺下卦子。只见先生道：『这命算不得。』那个买卦的，却是奉符县里第一名押司，姓孙名文，问道：『如何不与我算这命？』先生道：『上覆尊官，这命难算。』押司道：『怎地难算？』先生道：『尊官有酒休买，护短休问。』押司道：『我不曾吃酒，也不护短。』先生道：『再请年月日时，恐有差误。』押司再说了八字。先生又把卦子布了道：『尊官，且休算。』押司道：『我不讳，但说不妨。』先生道：『卦象不好。』写下四句来，道是：

白虎临身日，临身必有灾。不过明旦丑，亲族尽悲哀。

押司看了，问道：『此卦主何灾祸？』先生道：『实不敢瞒，主尊官当死。』又问：『却是我几年上当死？』先生道：『今年死。』又问：『却是今年几月死？』先生道：『今年今月死。』又问：『却是今年今月几日死？』先生道：『今年今月今日死。』再问：『早晚时辰？』先生道：『今年今月今日三更三点子时当死。』押司道：『若今夜真个死，万事全休；若不死，明日和你县里理会。』先生道：『今夜不死，尊官明日来取下这斩无学同声的剑，斩了小子的头。』押司听说，不觉怒从心上起，恶向胆边生，把那先生捽出卦铺去。怎地计结？那先生：

只因会尽人间事，惹得闲愁满肚皮。

只见县里走出数个司事人来拦住孙押司，问做甚闹。押司道：『什么道理！我闲买个卦，却说我今夜三更三点当死。我本身又无疾病，怎地三更三点便死？待捽他去县中，官司究问明白。』众人道：『若信卜，卖了屋；卖卦口，没量斗。』众人和烘孙押司去了，转来埋怨那先生道：『李先生，你触了这个有名的押司，想也在此卖卦不成了。从来贫好断，贱好断，只有寿数难断。你又不是阎王的老子，判官的哥哥，那里便断生断死，刻时刻日，这般有准？说话也该放宽缓些。』先生道：『若要奉承人，卦就不准了，若说实话，又惹人怪。此处不留人，自有留人处！』叹口气，收了卦铺，搬在别处去了。

却说孙押司虽则被众人劝了，只是不好意思。当日县里押了文字归去，心中好闷。归到家中，押司娘见他眉头不展，面带忧容，便问丈夫：『有甚事烦恼？想是县里有甚文字不了。』押司道：『不是，你休问。』再问道：『多是今日被知县责罚来？』又道：『不是。』再问道：『莫是与人争闹来？』押司道：『也不是。我今日去县前买个卦，那先生道，我主在今年今月今日三更三点子时当死。』押司娘听得说，柳眉剔竖，星眼圆睁，问道：『怎地平白一个人，今夜便教死！如何不捽他去县里官司？』押司道：『便他去，众人劝了。』浑家道：『丈夫，你且只在家里少待。我寻常有事，兀自去知县面前替你出头，如今替你去寻那个先生问他：我丈夫又不少官钱私债，又无甚官事临逼，做什么今夜三更便死？』押司道：『你且休去。待我今夜不死，明日我自与他理会，却强如你妇人家。』当日天色已晚。押司道：『且安排几杯酒来吃着。我今夜不睡，消遣这一夜。』三杯两盏，不觉吃得烂醉。只见孙押司在校椅上，朦胧着醉眼打瞌睡。浑家道：『丈夫怎地便睡着？』叫迎儿：『你且摇觉爹爹来。』迎儿到身边摇着不醒，叫一会不应。押司娘道：『迎儿，我和你扶押司入房里去睡。』若还是说话的同年生，并肩长，拦腰抱住，把臂拖回。孙押司只吃着酒消遣一夜，千不合万不合上床去睡，却教孙押司只就当年当月当日当夜，死得不如《五代史》李存孝，《汉书》里彭越。正是：

金风吹树蝉先觉，暗送无常死不知。

浑家见丈夫先去睡，吩咐迎儿厨下打灭了火烛，说与迎儿道：『你曾听你爹爹说，日间卖卦的算你爹爹今夜三更当死？』迎儿道：『告妈妈，迎儿也听得说来。那里讨这话！』押司娘道：『迎儿，我和你做些针线，且看今夜死也不死？若还今夜不死，明日却与他理会。』教迎儿：『你且莫睡。』教迎儿道：『那里敢睡！……』道犹未了，迎儿打瞌睡。押司娘道：『迎儿，我教你莫睡，如何便睡着？』迎儿道：『我不睡。』才说罢，迎儿又睡着。押司娘叫得应，问他如今甚时候了。迎儿听县衙更鼓正打三更三点。押司娘道：『迎儿，且莫睡则个！这时辰正尴尬那！』迎儿又睡着，叫不应。只听得押司从床上跳将下来，兀底中门响。押司娘急忙叫醒迎儿，点灯看时，只听得大门响。迎儿和押司娘点灯去赶，只见一个着白的人，一只手掩着面，走出去，扑通地跳入奉符县河里去了。正是：

情到不堪回首处，一齐吩咐与东风。

那条河直通着黄河水，滴溜也似紧，那里打捞尸首！押司娘和迎儿就河边号天大哭道：『押司，你却怎地投河，教我两个靠兀谁？』即时叫起四家邻舍来，上手住的刁嫂，下手住的毛嫂，对门住的高嫂、鲍嫂，一发都来。押司娘把上件事对他们说了一遍。刁嫂道：『真有这般作怪的事！』毛嫂道：『我日里兀自见押司着了皂衫，袖着文字归来，老媳妇和押司相叫来。』高嫂道：『便是，我也和押司厮叫来。』鲍嫂道：『我家里的早间去县前有事，见押司挣着卖卦的先生，兀自归来说。怎知道如今真个死了！』刁嫂道：『押司，你怎地不吩咐我们邻舍则个，如何便死？』簌地两行泪下。毛嫂道：『思量起押司许多好处来，如何不烦恼！』也眼泪出。鲍嫂道：『押司，几时再得见你！』

即时地方申呈官司，押司娘少不得做些功果，追荐亡灵。捻指间过了三个月。当日押司娘和迎儿在家坐地，只见两个妇女，吃得面红颊赤。上手的提着一瓶酒，下手的把着两朵通草花，掀开布帘入来道：『这里便是。』押司娘打一看时，却是两个媒人，无非是姓张姓李。押司娘道：『婆婆多时不见。』媒婆道：『押司娘烦恼！外日不知，不曾送得香纸来，莫怪则个！押司如今也死得几时？』答道：『前日已做过百日了。』两个道：『好快！早是百日了。押司在日，直恁地好人。有时老媳妇和他厮叫，还喏不迭。时今死了许多时，宅中冷静，也好说头亲事，是得。』押司娘道：『何年月日再生得一个一似我那丈夫孙押司这般人？』媒婆道：『恁地也不难。老媳妇却有一头好亲。』押司娘道：『且住，如何得似我先头丈夫。』两个吃了茶，归去。过了数日，又来说亲。押司娘道：『婆婆休只管来说亲。你若依得我三件事，便来说；若依不得我，一世不说这亲，宁可守孤孀度日。』当时押司娘启齿张舌，说出这三件事来。有分撞着五百年前夙世的冤家，双双受国家刑法。正是：

鹿迷秦相应难辨，蝶梦庄周未可知。

媒婆道：『却是那三件事？』押司娘道：『第一件，我死的丈夫姓孙，如今也要嫁个姓孙的；第二件，我先丈夫是奉符县里第一名押司，如今也只要恁般职役的人；第三件，不嫁出去，则要他入舍。』两个听得说，道：『好也！你说要嫁个姓孙的，也要一似先押司职役的，教他入舍的；若是说别件事，还费些计较，偏是这三件事，老媳妇都依得。好教押司娘得知，先押司是奉符县里第一名押司，唤做大孙押司。如今来说亲的，原是奉符县第二名押司。如今死了大孙押司，钻上差役，做第一名押司，唤做小孙押司。他也肯来入舍。我教押司娘嫁这小孙押司，是肯也不？』押司娘道：『不信有许多凑巧！』张媒道：『老媳妇今年七十二岁了。若胡说时，变做七十二只雌狗，在押司娘家吃屎。』押司娘道：『果然如此，烦婆婆且去说看，不知缘分如何？』张媒道：『就今日好日，讨一个利市团圆吉帖。』押司娘道：『却不曾买在家里。』李媒道：『老媳妇这里有。』便从抹胸内取出一辐五男二女花笺纸来，正是：

雪隐鹭鸶飞始见，柳藏鹦鹉语方知。

当日押司娘教迎儿取将笔砚来，写了帖子。两个媒婆接去。免不得下财纳礼，往来传话。不上两月，入舍小孙押司在家。夫妻两个好一对儿，果是说得着。不则一日，两口儿吃得酒醉，教迎儿做些个醒酒汤来吃。迎儿去厨下一头烧火，口里埋冤道：『先的押司在时，恁早晚，我自睡了。如今却教我做醒酒汤！』只见火筒塞住了孔，烧不着。迎儿低着头，把火筒去灶床脚上敲。敲未得几声，则见灶床脚渐渐起来，离地一尺已上，见一个人顶着灶床，项上套着井栏，披着一带头发，长伸着舌头，眼里滴出血来，叫道：『迎儿，与爹爹做主则个！』唬得迎儿大叫一声，匹然倒地，面皮黄，眼无光，唇口紫，指甲青，未知五脏如何，先见四肢不举。正是：

身如五鼓衔山月，命似三更油尽灯。

夫妻两人急来救得迎儿苏醒，讨些安魂定魄汤与他吃了。问道：『你适来见了什么，便倒了？』迎儿告妈妈：『却才在灶前烧火，只见灶床渐渐起来，见先押司爹爹，胧项上套着井栏，眼中滴出血来，披着头发，叫声迎儿，便吃惊倒了。』押司娘见说，倒把迎儿打个漏风掌：『你这丫头，教你做醒酒汤，则说道懒做便了，直装出许多死模活样！莫做莫做！打灭了火去睡！』迎儿自去睡了。且说夫妻两个归房，押司娘低低叫道：『二哥，这丫头见这般事，不中用。教他离了我家罢。』小孙押司道：『却教他那里去？』押司娘道：『我自有个道理。』到天明，做饭吃了，押司自去官府承应。押司娘叫过迎儿来道：『迎儿，你在我家里也有七八年，我也看你在眼里。如今比不得先押司在日做事。我看你肚里莫是要嫁个老公？如今我与你说头亲。』迎儿道：『那里敢指望。却教迎儿嫁兀谁？』押司娘只因教迎儿嫁这个人，与大孙押司索了命。正是：

风定始知蝉在树，灯残方见月临窗。

当时不由迎儿做主，把来嫁了一个人。那厮姓王名兴，浑名唤做王酒酒，又吃酒，又要赌。迎儿嫁将去，那得三个月，把房卧都费尽了。那厮吃得醉，走来家把迎儿骂道：『打脊贱人！见我恁般苦，不去问你使头借三五百钱来做盘缠？』迎儿吃不得这厮骂，把裙儿系了腰，一程走来小孙押司家中。押司娘见了道：『迎儿，你自嫁了人，又来说什么？』迎儿告妈妈：『实不敢瞒，迎儿嫁那厮不着，又吃酒，又要赌。如今未得三个月，有些房卧，都使尽了。没计奈何，告妈妈借换得三五百钱，把来做盘缠。』押司娘道：『迎儿，你嫁人不着，是你的事。我今与你一两银子，后番却休要来。』迎儿接了银子，谢了妈妈归家。那得四五日，又使尽了。当日天色晚，王兴那厮吃得酒醉，走来看着迎儿道：『打脊贱人！你见恁般苦，不去再告使头则个？』迎儿道：『我前番去，借得一两银子，吃尽千言万语。如今却教我又怎地去？』王兴骂道：『打脊贱人！你若不去时，打折你一只脚！』迎儿吃骂不过，只得连夜走来孙押司门首看时，门却关了。迎儿欲待敲门，又恐怕他埋怨，进退两难。只得再走回来。过了两三家人家，只见一个人道：『迎儿，我与你一件物事。』只因这个人身上，我只替押司娘和小孙押司烦恼！正是：

龟游水面分开绿，鹤立松梢点破青。

迎儿回过头来看那叫的人，只见人家屋檐头一个人，舒角幞头，绯袍角带，抱着一骨碌文字，低声叫道：『迎儿，我是你先的押司。如今见在一个去处，未敢说与你知道。你把手来，我与你一件物事。』迎儿打一接，接了这件物事，随手不见了那个绯袍角带的人。迎儿看那物事时，却是一包碎银子。迎儿归到家中敲门。只听得里面道：『姐姐，你去使头家里，如何恁早晚才回？』迎儿道：『好教你知，我去妈妈家借米，他家关了门，我又不敢敲，怕吃他埋怨。再走回来，只见人家屋檐头立着先的押司，舒角幞头，绯袍角带，与我一包银子在这里。』王兴听说道：『打脊贱人！你却来我面前说鬼话！你这一包银子，来得不明，你且进来。』迎儿入去，王兴道：『姐姐，你寻常说那灶前看见先押司的话，我也都记得。这事一定有些蹊跷。我却怕邻舍听得，故恁地如此说。你把银子收好，待天明去县里首告他。』正是：

着意种花花不活，等闲插柳柳成阴。

王兴到天明时，思量道：『且住，有两件事告首不得。第一件，他是县里头名押司，我怎敢恶了他；第二件，却无实迹，连这些银子也待入官，却打没头脑官司。不如赎几件衣裳，买下个盒子送去孙押司家里，到去谒索他则个。』计较已定，便去买下两个盒子送去。两人打扮身上干净，走来孙押司家。押司娘看见他夫妻二人身上干净，又送盒子来，便道：『你那得钱钞？』王兴道：『昨日得押司一件文字，撰得有二两银子，送些盒子来。如今也不吃酒，也不赌钱了。』押司娘道：『王兴，你自归去，且教你老婆在此住两日。』王兴去了。押司娘对着迎儿道：『我有一炷东峰岱岳愿香要还，我明日同你去则个。』当晚无话。明早起来，梳洗罢，押司自去县里去。押司娘锁了门，和迎儿同行。到东岳庙殿上烧了香，下殿来去那两廊下烧香。行到速报司前，迎儿裙带系得松，脱了裙带。押司娘先行过去。迎儿正在后面系裙带，只见速报司里有个舒角幞头，绯袍角带的判官，叫：『迎儿，我便是你先的押司。你与我申冤则个！我与你这件物事。』迎儿接得物事在手，看了一看道：『却不作怪！泥神也会说起话来！如何与我这物事？』正是：

开天避地罕曾闻，从古至今希得见。

迎儿接得来，慌忙揣在怀里，也不敢说与押司娘知道。当日烧了香，各自归家。把上项事对王兴说了。王兴讨那物事看时，却是一幅纸。上写道：

大女子，小女子，前人耕来后人饵。要知三更事，掇开火下水。来年二三月，『句已』当解此。

王兴看了解说不出。吩咐迎儿不要说与别人知道。看来年二三月间有什么事。

捻指间，到来年二月间，换个知县，是庐州金斗城人，姓包名拯，就是今人传说有名的包龙图相公。——他后来官至龙图阁学士，所以叫做包龙图。——此时做知县还是初任。那包爷自小聪明正直，做知县时，便能剖人间暧昧之情，断天下狐疑之狱。到任三日，未曾理事。夜间得其一梦，梦见自己坐堂，堂上贴一联对子：

要知三更事，掇开火下水。

包爷次日早堂，唤合当吏书，将这两句教他解说，无人能识。包公讨白牌一面，将这一联楷书在上。却就是小孙押司动笔。写毕，包公将朱笔判在后面：『如有能解此语者，赏银十两。』将牌挂于县门，烘动县前县后官身私身，挨肩擦背，只为贪那赏物，都来赌先争看。

却说王兴正在县前买枣糕吃，听见人说知县相公挂一面白牌出来，牌上有二句言语，无人解得。王兴走来看时，正是速报司判官一幅纸上写的话。暗地吃了一惊：『欲要出首，那新知县相公，是个古怪的人，怕去惹他；欲待不说，除了我，再无第二个人晓得这二句话的来历。』买了枣糕回去，与浑家说知此事。迎儿道：『先押司三遍出现，教我与他申冤，又白白里得了他一包银子。若不去出首，只怕鬼神见责。』王兴意犹不决。再到县前，正遇了邻人裴孔目。王兴平昔晓得裴孔目是知事的。一手扯到僻静巷里，将此事与他商议：『该出首也不该？』裴孔目道：『那速报司这一幅纸在那里？』王兴道：『见藏在我浑家衣服箱里。』裴孔目道：『我先去与你禀官。你回去取了这幅纸，带到县里。待知县相公唤你时，你却拿将出来，做个证见。』当下王兴去了。裴孔目候包爷退堂，见小孙押司不在左右，就跪将过去，禀道：『老爷，白牌上写这二句，只有邻舍王兴晓得来历。他说是岳庙速报司与他一幅纸，纸上还写许多言语，内中却有这二句。』包爷问道：『王兴如今在那里？』裴孔目道：『已回家取那一幅纸去了。』包爷差人速拿王兴问话。却说王兴回家，开了浑家的衣箱，检那幅纸出来看时，只叫得苦，原来是一张素纸，字迹全无。不敢到县里去，怀着鬼胎，躲在家里。知县相公的差人到了。新官新府，如火之急，怎好推辞。只得带了这张素纸，随着公差进县，直至后堂。包爷屏去左右，只留裴孔目在旁。包爷问王兴道：『裴某说你在岳庙中收得一幅纸，可取上来看？』王兴连连叩头禀道：『小人的妻子去年在岳庙烧香，走到速报司前，那神道出现，与他一幅纸。纸上写着一篇说话，中间其实有老爷白牌上写的两句。小的把来藏在衣箱里。方才去检看，变了一张素纸。如今这素纸见在，小人不敢说谎。』包爷取纸上来看了，问道：『这一篇言语，你可记得？』王兴道：『小人还记得。』即时念与包爷听了。包爷将纸写出，仔细推详了一会，叫：『王兴，我且问你，那神道把这一幅纸与你的老婆，可再有什么言语吩咐？』王兴道：『那神道只叫与他申冤。』包爷大怒，喝道：『胡说！做了神道，有甚冤没处申得，偏你的婆娘会替他申冤？他到来央你！这等无稽之言，却哄谁来！』王兴慌忙叩头道：『老爷，是有个缘故。』包爷道：『你细细讲。讲得有理，有赏；如无理时，今日就是你开棒了。』王兴禀道：『小人的妻子，原是伏侍本县大孙押司的，叫做迎儿。因算命的算那大孙押司其年其月其日三更三点命里该死。何期果然死了。主母随了如今的小孙押司。却把这迎儿嫁出与小人为妻。小人的妻子，初次在孙家灶下，看见先押司现身，项上套着井栏，披发吐舌，眼中流血，叫道：「迎儿，可与你爹爹做主。」第二次夜间到孙家门首，又遇见先押司，舒角幞头，绯袍角带，把一包碎银与小人的妻子。第三遍岳庙里速报司判官出现，将这一幅纸与小人的妻子，又嘱咐与他申冤。那判官爷模样，就是大孙押司，原是小人妻子旧日的家长。』包爷闻言，呵呵大笑：『原来如此！』喝教左右去拿那小孙押司夫妇二人到来：『你两个做得好事！』小孙押司道：『小人不曾做什么事。』包爷将速报司一篇言语解说出来：『「大女子，小女子」，女之子，乃外孙；是说外郎姓孙，分明是大孙押司、小孙押司；「前人耕来后人饵」，饵者食也，是说你白得他的老婆，享用他的家业；「要知三更事，掇开火下水」，大孙押司死于三更时分；要知死的根由，「掇开火下之水」，那迎儿见家长在灶下，披发吐舌，眼中流血，此乃勒死之状。头上套着井栏，井者水也，灶者火也，水在火下，你家灶必砌在井上，死者之尸，必在井中。「来年二三月」，正是今日。「句已当解此」，「句已」两字，合来乃是个包字。是说我包某今日到此为官，解其语意，与他雪冤。』喝教左右同王兴押着小孙押司，到他家灶下，不拘好歹，要勒死的尸首回话。众人似疑不信。到孙家发开灶床脚，地下是一块石皮。揭起石皮，是一口井。唤集土工，将井水吊干，络了竹篮，放人下去打捞，捞起一个尸首来。众人齐来认看，面色不改，还有人认得是大孙押司。项上果有勒帛。小孙押司唬得面如土色，不敢开口。众人俱各骇然。

原来这小孙押司当初是大雪里冻倒的人。当时大孙押司见他冻倒，好个后生，救他活了，教他识字，写文书。不想浑家与他有事。当日大孙押司算命回来时，恰好小孙押司正闪在他家。见说三更前后当死，趁这个机会，把酒灌醉了，就当夜勒死了大孙押司，撺在井里。小孙押司却掩着面走去，把一块大石头漾在奉符县河里，扑通地一声响。当时只道大孙押司投河死了。后来却把灶来压在井上。次后说成亲事。当下众人回复了包爷。押司和押司娘不打自招，双双的问成死罪，偿了大孙押司之命。包爷不失信于小民，将十两银子赏与王兴。王兴把三两谢了裴孔日，不在话下。包爷初任，因断了这件公事，名闻天下，至今人说包龙图日间断人，夜间断鬼。有诗为证：

诗句藏谜谁解明，包公一断鬼神惊。寄声暗室亏心者，莫道天公鉴不清。

第十四卷

一窟鬼癞道人除怪

杏花过雨，渐残红零落胭脂颜色。流水飘香，人渐远，难托春心脉脉。恨别王孙，墙阴目断，谁把青梅摘？金鞍何处？绿杨依旧南陌。

消散云雨须臾，多情因甚有轻离轻拆。燕语千般，争解说些子伊家消息。厚约深盟，除非重见，见了方端的。而今无奈，寸肠千恨堆积。

这只词名唤做《念奴娇》，是一个赴省士人，姓沈名文述所作。原来皆是集古人词章之句。如何见得？从头与各位说开：

第一句道：『杏花过雨。』陈子高曾有《寒食词》，寄《谒金门》：

柳丝碧，柳下人家寒食。莺语匆匆花寂寂，玉阶春草湿。　闲凭熏笼无力，心事有谁知得？檀炷绕窗背壁，杏花残雨滴。

第二句道：『渐残红零落胭脂颜色。』李易安曾有《暮春词》，寄《品令》：

零落残红，似胭脂颜色。一年春事，柳飞轻絮，笋添新竹。寂寞，幽对小园嫩绿。　登临未足，怅游子归期促。他年清梦，千里犹到城阴溪曲。应有凌波，时为故人凝目。

第三句道：『流水飘香。』延安李氏曾有《春雨词》，寄《浣溪沙》：

无力蔷薇带雨低，多情蝴蝶趁花飞，流水飘香乳燕啼。　南浦魂消春不管，东阳衣减镜先知，小楼今夜月依依。

第四句道：『人渐远，难托春心脉脉。』宝月禅师曾有《春词》，寄《柳梢青》：

脉脉春心，情人渐远，难托离愁。雨后寒轻，风前香软，春在梨花。　行人倚棹天涯，酒醒处残阳乱鸦。门外秋千，墙头红粉，深院谁家？

第五句第六句道：『恨别王孙，墙阴目断。』欧阳永叔曾有《清明词》，寄《一斛珠》：

伤春怀抱，清明过后莺花好。劝君莫向愁人道，又被香轮辗破青青草。　夜来风月连清晓，墙阴目断无人到。恨别王孙愁多少，犹顿春寒未放花枝老。

第七句道：『谁把青梅摘。』晁无咎曾有《春词》，寄《清商怨》：

风摇动，雨濛松，翠条柔弱花头重。春衫窄，娇无力，记得当初，共伊把青梅来摘。　都如梦，何时共？可怜歌损钗头凤！关山隔，暮云碧，燕子来也，全然又无些子消息。

第八句第九句道：『金鞍何处？绿杨依旧南陌。』柳耆卿曾有《春词》，寄《清平乐》：

阴晴未定，薄日烘云影，金鞍何处寻芳径？绿杨依旧南陌静。　厌厌几许春情，可怜老去难成！看取镊残霜鬓，不随芳草重生。

第十句道：『消散云雨须臾。』晏叔原曾有《春词》，寄《虞美人》：

飞花自有牵情处，不向枝边住，晓风飘薄已堪愁，更伴东流流水过秦楼。　消散须臾云雨怨，闲倚阑干见。远弹双泪湿香红，暗恨玉颜光景与花同。

第十一句道：『多情因甚有轻离轻拆。』魏夫人曾有《春词》，寄《卷珠帘》：

记得来时春未暮，执手攀花，袖染花梢露，暗卜春心共花语，争寻双朵争先去。　多情因甚相辜负？有轻拆轻离，向谁分诉？泪湿海棠花枝处，东君空把奴吩咐。

第十二句道：『燕语千般。』康伯可曾有《春词》，寄《减字木兰花》：

杨花飘尽，云压绿阴风乍定。帘幕闲垂，弄语千般燕子飞。　小楼深静，睡起残妆犹未整。梦不成归，泪滴斑斑金缕衣。

第十三句道：『争解说些子伊家消息。』秦少游曾有《春词》，寄《夜游宫》：

何事东君又去？空满院落花飞絮；巧燕呢喃向人语，何曾解说伊家些子？　况是伤心绪，念个人儿成睽阻。一觉相思梦回处，连宵雨；更那堪，闻杜宇！

第十四句第十五句道：『厚约深盟，除非重见。』黄鲁直曾有《春词》，寄《捣练子》：

梅凋粉，柳摇金，微雨轻风敛陌尘。厚约深盟何处诉？除非重见那人人。

第十六句道：『见了方端的。』周美成曾有《春词》，寄《滴滴金》：

梅花漏泄春消息，柳丝长，草芽碧；不觉星霜鬓白，念时光堪惜！　兰堂把酒思佳客，黛眉颦，愁春色。音书千里相疏隔，见了方端的。

第十七句第十八句道：『而今无奈，寸肠千恨堆积。』欧阳永叔曾有词，寄《蝶恋花》：

帘幕东风寒料峭，雪里梅花先报春来早。而今无奈寸肠思，堆积千愁空懊恼。　旋暖金炉薰兰澡，闷把金刀剪彩呈纤巧。绣被五更香睡好，罗帏不觉纱窗晓。

话说沈文述是一个士人。自家今日也说一个士人，因来行在临安府取选，变故十数回跷蹊作怪的小说。我且问你：这个秀才姓甚名谁？却说绍兴十年间有个秀才，是福州威武军人，姓吴名洪。离了乡里，来行在临安府求取功名，指望一举首登龙虎榜，十年身到凤凰池。争知道时运未至，一举不中。吴秀才闷闷不已，又没什么盘缠，也自羞归故里，且只得胡乱在今时州桥下，开一个小小学堂度日。等待后三年春榜动，选场开，再去求取功名。逐月却与几个小男女打交。捻指开学堂后，也有一年之上。也罪过那街上人家，都把孩儿们来与他教训，颇自有些趱足。当日正在学堂里教书，只听得青布帘儿上铃声响，走将一个人入来。吴教授看那人来的人，不是别人，却是半年前搬去的邻舍王婆。原来那婆子是个撮合山，专靠做媒为生。吴教授相揖罢，道：『多时不见，而今婆婆在那里住？』婆子道：『只道教授忘了老媳妇，如今老媳妇在钱塘门里沿城住。』教授问：『婆婆高寿？』婆子道：『老媳妇犬马之年七十有五。教授青春多少？』教授道：『小子二十有二。』婆子道：『教授方才二十有二，却像三十以上人。想教授每日价费多少心神！据老媳妇愚见，也少不得一个小娘子相伴。』教授道：『我这里也几次问人来，却没这般头脑。』婆子道：『这个「不是冤家不聚会」。好教官人得知，却有一头好亲在这里。一千贯钱房卧，带一个从嫁，又好人材，却有一床乐器都会，又写得算得，又是咋嗻大官府第出身，只要嫁个读书官人。教授却是要也不？』教授听得说罢，喜从天降，笑逐颜开，道：『若还真个有这人时，可知好哩！只是这个小娘子如今在那里？』婆子道：『好教教授得知：这个小娘子，从秦太师府三通判位下出来，有两个月，不知放了多少帖子，也曾有省、部、院里当职事的来说他，也曾有内诸司当差的来说他，也曾有门面铺席人来说他，只是高来不成，低来不就。

小娘子道：「我只要嫁个读书官人。」更兼又没有爹娘，只有一个从嫁，名唤锦儿。因他一床乐器都会，一府里人都叫做李乐娘。见今在白雁池一个旧邻舍家里住……」两个兀自说犹未了，只见风吹起门前布帘儿来，一个人从门首过去。王婆道：「教授，你见过去的那人么？便是你有分取他做浑家。」王婆出门赶上。那人不是别人，便是李乐娘在他家住的，姓陈，唤做陈干娘。王婆厮赶着入来，与吴教授相揖罢。王婆道：「干娘，宅里小娘子说亲成也未？」干娘道：「说不得，又不是没好亲来说他，只是吃他执拗的苦，口口声声，只要嫁个读书官人，却又没这般巧。」王婆道：「我却有个好亲在这里，未知干娘与小娘子肯也不？」干娘道：「却教孩儿嫁兀谁？」王婆指着吴教授道：「我教小娘子嫁这个官人，却是好也不好？」干娘道：「休取笑，若嫁得这个官人，可知好哩！」吴教授当日一日教不得学，把那小男女早放了，都唱了喏，先归去。教授却把一把锁锁了门，同着两个婆子上街。免不得买些酒相待他们。三杯之后，王婆起身道：「教授既是要这头亲事，却问干娘觅一个帖子。」干娘道：「老媳妇有在这里。」侧手从抹胸里取出一个帖子来。王婆道：「干娘，真人面前说不得假话，旱地上打不得拍浮。你便约了一日，带了小娘子和从嫁锦儿，来梅家桥下酒店里，等我便同教授来过眼则个。」干娘应允，和王婆谢了吴教授，自去。教授还了酒钱归家，把闲话提过。

到那日，吴教授换了几件新衣裳，放了学生，一程走将来梅家桥下酒店里时，远远地王婆早接见了。两个同入酒店里来。到得楼上，陈干娘接着，教授便问道：「小娘子在那里？」干娘道：「孩儿和锦儿在东阁儿里坐地。」教授把三寸舌尖舐破窗眼儿，张一张，喝声采，不知高低道：「两个都不是人！」如何不是人？原来见他生得好了，只道那妇人是南海观音，见锦儿是玉皇殿下侍香玉女。恁地道他不是人？看那李乐娘时：

水剪双眸，花生丹脸。云鬓轻梳蝉翼，蛾眉淡拂春山；朱唇缀一颗天桃，皓齿排两行碎玉。意态自然，迥出伦辈。有如织女下瑶台，浑似嫦娥离月殿。

看那从嫁锦儿时：

眸清可爱，鬓耸堪观！新月笼眉，春桃拂脸。意态幽花未艳，肌肤嫩玉生香。金莲着弓弓扣绣鞋儿，螺髻插短短紫金钗子。如捻青梅窥小俊，似骑红杏出墙头。

自从当日插了钗，离不得下财纳礼，奠雁传书。不则一日，吴教授取过那妇女来。夫妻两个，好说得着：

云淡淡天边鸾凤，水沉沉交颈鸳鸯；写成今世不休书，结下来生双绾带。

却说一日是月半，学生子都来得早，要拜孔夫子。呈教授道：「姐姐，我先起去。」来那灶前过，看那从嫁锦儿时，脊背后披着一带头发，一双眼插将上去，肢项上血污着。教授看见，大叫一声，匹然倒地。即时浑家来救得苏醒，锦儿也来扶起。浑家道：「丈夫，你见什么来？」吴教授是个养家人，不成说道：「我见锦儿恁地来？」自己也认做眼花了，只得使个脱空，瞒过道：「姐姐，我起来时少着了件衣裳，被冷风一次，忽然头晕倒了。」锦儿慌忙安排些个安魂定魄汤与他吃罢，自没事了。只是吴教授肚里有些疑惑。话休絮烦，时遇清明节假，学生子却都不来。教授吩咐了浑家，换了衣服，出去闲走一遭。取路过万松岭，出今时净慈寺里，看了一会。却待出来，只见一个人看着吴教授唱个喏，教授还礼不迭，却不是别人，是净慈寺对门酒店里量酒，说道：「店中一个官人，教男女来请官人。」吴教授同量酒入酒店来时，不是别人，是王七府判儿，唤做王七三官人。两个叙礼罢，王七三官人道：「适来见教授，又不敢相叫，特地教量酒来相请。」教授道：「七三官人如今那里去？」

王七三官人口里不说，肚里思量：『吴教授新娶一个老婆在家不多时。你看我消遣他则个。』道：『我如今要同教授去家里坟头走一遭，早间看坟的人来说道：「桃花发，杜酝又熟。」我们去那里吃三杯。』教授道：『也好。』两个出那酒店，取路来苏公堤上，看那游春的人，真个是：

人烟辐辏，车马骈阗。只见和风扇景，丽日增明，流莺啼绿柳阴中，粉蝶戏奇花枝上。管弦动处，是谁家舞榭歌台？语笑喧时，斜侧傍春楼夏阁。香车竞逐，玉勒争驰；白面郎敲金镫响，红妆人揭绣帘看。

南新路口讨一只船，直到毛家步上岸，迤逦过玉泉龙井。王七三官人家里坟，直在西山驼献岭下，好座高岭！下那岭去，行过一里，到了坟头。看坟的张安接见了。王七三官人即时叫张安安排些点心酒来。侧首一个小小花园内，两个人去坐地。又是自做的杜酝，吃得大醉。看那天色时，早已：

红轮西坠，玉兔东生。佳人秉烛归房，江上渔人罢钓。渔父卖鱼归竹径，牧童骑犊入花村。

天色却晚，吴教授要起身，王七三官人道：『再吃一杯，我和你同去。我们过驼献岭、九里松路上，妓弟人家睡一夜。』吴教授口里不说，肚里思量：『我新娶一个老婆在家里，乾颡我一夜不归去，我老婆须在家等，如何是好？便是这时候去赶钱塘门，走到那里，也关了。』只得与王七三官人手厮挽着，上驼献岭来。你道事有凑巧，物有故然，就那岭上，云生东北，雾长西南，下一阵大雨。果然是银河倒泻，沧海盆倾，好阵大雨！且是没躲处。冒着雨又行了数十步，见一个小小竹门楼。王七三官人道：『且在这里躲一躲。』不是来门楼下躲雨，却是：

猪羊走入屠宰家，一脚脚来寻死路。

两个奔来躲雨时，看来却是一个野墓园。只那门前一个门楼儿，里面都没什么屋宇。石坡上两个坐着，等雨住了行。正大雨下，只见一个人，貌类狱子院家打扮，从隔壁竹篱笆里跳入墓园，走将去墓堆子上叫道：『朱小四，你这厮有人请唤，今日须当你这厮出头。』墓堆子里谩应道：『阿公，小四来也。』不多时，墓上土开，跳出一个人来，狱子厮赶着了自去。吴教授和王七三官人见了，背膝展展，两股不摇而自颤。看那雨却住了，两个又走。地下又滑，肚里又怕，心头一似小鹿儿跳，一双脚一似斗败公鸡，后面一似千军万马赶来，再也不敢回头。行到山顶上，侧着耳朵听时，空谷传声，听得林子里面断棒响。不多时，则见狱子驱将墓堆子里跳出那个人来。两个见了又走，岭侧首却有一个败落山神庙，入去庙里，慌忙把两扇庙门关了。两个把身躯抵着庙门，真个气也不敢喘，屁也不敢放。听那外边时，只听得一个人声唤过去，道：『打杀我也！』一个人道：『打脊魍魉，你这厮许了我人情，又不还我，怎的不打你？』王七三官人低低说与吴教授道：『你听得外面过去的，便是那狱子和墓堆里跳出来的人。』两个在里面颤做一团。吴教授却埋怨王七三官人道：『你没事教我在这里受惊受怕，我家中浑家却不知怎地盼望？……』兀自说言未了，只听得外面有人敲门，道：『开门则个！』两个问道：『你是谁？』仔细听时，却是妇女声音，道：『王七三官人好也！你却将我丈夫在这里一夜，直教我寻到这里！锦儿，我和你推开门儿，叫你爹爹。』吴教授听得外面声音，不是别人，『是我浑家和锦儿，怎知道我和王七三官人在这里？莫教也是鬼？』两个都不敢则声。只听得外面说道：『你不开庙门，我却从庙门缝里钻入来！』两个听得恁地说，日里吃的酒，都变做冷汗出来。只听得外面又道：『告妈妈，不是锦儿多口，不如妈妈且归，明日爹爹自归来。』浑家道：『锦儿，你也说得是，我且归去了，却理会。』却叫道：『王七三官人，我且归去，你明朝却送我丈夫归来则个。』两个那里敢应他。妇女和锦儿说了自去。王七三官人说：『吴教授，你家里老婆和从嫁锦儿，都是鬼。这里也不是人去处，我们走休。』拔开庙门看时，约莫是五更天气，兀自未有人行。两个下得岭来，尚有一里多路，见一所林子里走出两个人来。上手的是陈干娘，下手的是王婆，道：『吴教授，我们等你多时，你和王七三官人却从那里来？』吴教授和王七三官人看见道：『这两个婆子也是鬼了，我们走休！』真个便是獐奔鹿跳，猿跃鹘飞，下那岭来。后面两个婆子，兀自慢慢地赶来。『一夜热乱，不曾吃一些事物，肚里又饥，一夜见这许多不祥，怎地得个生人来冲一冲！』正恁地说，则见岭下一家人家，门前挂着一枝松柯儿。王七三官人道：『这里多则是卖茅柴酒，我们就这里买些酒吃了助威，一道躲那两个婆子。』恰待奔入这店里来，见个男女：

头上裹一顶牛胆青头巾，身上裹一条猪肝赤肚带，旧瞒裆裤，脚下草鞋。

王七三官人道：『你这酒怎地卖？』只见那汉道：『未有汤哩。』吴教授道：『且把一碗冷的来！』只见那人也不则声，也不则气。王七三官人道：『这个开酒店的汉子，又尴尬也是鬼了！我们走休。……』兀自说未了，就店里起一阵风：

非干虎啸，不是龙吟。明不能谢柳开花，暗藏着山妖水怪。吹开地狱门前土，惹引酆都山下尘。

风过处，看时，也不见了酒保，也不见有酒店，两个立在墓堆子上。唬得两个魂不附体，急急取路到九里松麦曲院前讨了一只船，直到钱塘门上了岸。王七三官人自取路归家。吴教授一径先来钱塘门城下王婆家里看时，见一把锁锁着门。问那邻舍时，道：『王婆自死五个月有零了。』唬得吴教授目睁口呆，罔知所措。一程离了钱塘门，取今时景灵宫贡院前，过梅家桥，到白雁池边来。问到陈干娘门首时，十字儿竹竿封着门，一碗官灯在门前。上面写着八个字道：『人心似铁，官法如炉。』问那里时，『陈干娘也死一年有余了。』离了白雁池，取路归到州桥下，见自己屋里，一把锁锁着门，问邻舍家里：『拙妻和粗婢那里去了？』邻舍道：『教授昨日一出门，小娘子吩咐了我们：「自和锦儿往干娘家里去。」直到如今不归。』吴教授正在那里面面厮觑，做声不得。只见一个癞道人，看看吴教授道：『观公妖气太重，我与你早早断除，免致后患。』吴教授即时请那道人入去，安排香烛符水。那个道人作起法来，念念有词，喝声道：『疾！』只见一员神将出现。

神将声喏道：『真君遣何方使令？』真人道：『在吴洪家里兴妖，并驼献岭上为怪的，都与我捉来！』神将领旨，就吴教授家里起一阵风。风过处，捉将几个为怪的来。吴教授的浑家李乐娘，是秦太师府三通判位乐娘。因与通判怀身，产亡的鬼；从嫁锦儿，因通判夫人妒色，吃打了一顿，因恁地自割杀，他自是割杀的鬼；王婆是害水蛊病死的鬼，保亲陈干娘，因在白雁池边洗衣裳，落在池里死的鬼；在驼献岭上被狱子叫开墓堆，跳出来的朱小四，在日看坟，害痨病死的鬼；那个岭下开酒店的，是害伤寒死的鬼。道人一一审问明白。去腰边取出一个葫芦来，人见时，便道是葫芦，鬼见时，便是酆都狱。作起法来，那些鬼个个抱头鼠窜，捉入葫芦中。吩咐吴教授：『把来埋在驼献岭下。』癞道人将拐杖望空一撇，变做一只仙鹤，道人乘鹤而去。吴教授直下拜道：『吴洪肉眼不识神仙，情愿相随出家，望真仙救度弟子则个！』只见道人道：『我乃上界甘真人，你原是我旧日采药的弟子。因你凡心不净，中道有退悔之意，因此堕落。今生罚为贫儒，教你备尝鬼趣，消遣色情。你今既已看破，便可离尘办道，直待一纪之年，吾当度汝。』说罢，化阵清风不见了。吴教授从此舍俗出家，云游天下。十二年后，遇甘真人于终南山中，从之而去。诗曰：

一心办道绝凡尘，众魅如何敢触人？邪正尽从心剖判，西山鬼窟早翻身。

塞翁得马非为吉，宋子双盲岂是凶！祸福前程如漆暗，但平方寸答天公。

话说苏州府城内有个玄都观，乃是梁朝所建。唐刺史刘禹锡有诗道：『玄都观里桃千树。』就是此地。一名为玄妙观。这观踞郡城之中，为姑苏之胜。基址宽敞，庙貌崇宏，上至三清，下至十殿，无所不备。各房黄冠道士，何止数百。内中有个北极真武殿，俗名祖师殿。这一房道士，世传正一道教，善能书符遣将，剖断人间祸福。于中单表一个道士，俗家姓张，手中惯弄一个皮雀儿，人都唤他做张皮雀。其人有些古怪，荤酒自不必说，偏好吃一件东西。是甚东西？

吠月荒村里，奔风腊雪天；分明一太字，移点在旁边。

他好吃的是狗肉。屠狗店里，把他做个好主顾，若打得一只壮狗，定去报他来吃。吃得快活时，人家送得钱来，都把与他，也不算帐。或有鬼祟作耗，求他书符镇宅，遇着吃狗肉，就把箸蘸着狗肉汁，写个符去，教人贴于大门。邻人往往夜见贴符之处，如有神将往来，其祟立止。有个娇大户家，积年开典获利，感谢天地，欲建一坛斋醮酬答，已请过了清真观里周道士主坛。周道士夸张皮雀之高，娇公亦慕其名，命主管即时相请。那娇家养一只防宅狗，甚是肥壮。张皮雀平昔看在眼里，今番见他相请，说道：『你若要我来时，须打这只狗请我，待狗肉煮得稀烂，酒也烫热了，我才到你家里。』主管回复了娇公。娇公晓得他是跷蹊古怪的人，只得依允。果然烫热了酒，煮烂了狗肉，张皮雀到门。主人迎入堂中，告以相请之意。堂中香火灯烛，摆得齐整，供养着一堂神道，众道士已起过香头了。张皮雀昂然而入，也不礼神，也不与众道士作揖，口中只叫：『快将烂狗肉来吃，酒要热些！』娇公道：『且看他吃了酒肉，如何作用。』当下大盘装狗肉，大壶盛酒，摆列张皮雀面前，恣意饮啖。吃得盘无余骨，酒无余滴，十分醉饱，叫道：『聒噪！』吃得快活，嘴也不抹一抹，望着拜神的铺毡上倒头而睡，鼻息如雷，自酉牌直睡至下半夜。众道士醮事已完，兀自未醒，又不敢去动掸他。娇公等得不耐烦，到埋怨周道士起来。周道士自觉无颜，不敢分辨，想道：『张皮雀时常吃醉了，一睡两三日不起，今番正不知几时才醒？』只得将表章焚化了，辞神谢将，收拾道场。弄到五更，众道士吃了酒饭，刚欲告辞，只见张皮雀在拜毡上跳将起来。团团一转，乱叫：『十日十日，五日五日。』娇公和众道士见他疯了，都走来围着看。周道士胆大，向前抱住，将他唤醒了，口里还叫：『五日五日。』周道士问其缘故。张皮雀道：『适才表章，谁人写的？』周道士道：『是小道亲手缮写的。』张皮雀说：『中间落了一字，差了两字。』娇公道：『学生也亲口念过几遍，并无差落，那有此话？』张皮雀在袖中簌簌响，抽出一幅黄纸来道：『这不是表章？』众人看见，各各骇然道：『这表章已焚化了，如何却在他袖中，纸角儿也不动半毫？』仔细再念一遍，到天尊宝号中，果然落了一字，却看不出差处。张皮雀指出其中一联云：

吃亏吃苦，挣来一倍之钱；奈短奈长，仅作千金之子。

『「吃亏吃苦」该写「喫」字，今写「吃」字，是「吃舌」的「吃」字了。「喫」音「赤」，「吃」音「格」。两音也不同。「奈」字，是「李柰」之「柰」。「奈」字，是「奈何」之「奈」。「耐」字是「耐烦」之「耐」。「柰短柰长」该写「耐烦」的「耐」字，「柰」是果名，借用不得。你欺负上帝不识字么？如今上帝大怒，教我也难处。』矫公和众道士见了表文，不敢不信，一齐都求告道：『如今重修章奏，再建斋坛，不知可否？』张皮雀道：『没用，没用！你表文上差落字面还是小事，上帝因你有这道奏章，在天曹日记簿上查你的善恶，你自开解库，为富不仁，轻兑出，重兑入，水丝出，足纹入，兼将解下的珠宝，但拣好的都换了自用。又凡质物值钱者才足了年数，就假托变卖过了，不准赎取，如此刻剥贫户，以致肥饶。你奏章中全无悔罪之言，多是自夸之语，已命雷部于即日焚烧汝屋，荡毁你的家私。我只为感你一狗之惠，求宽至十日，上帝不允。再三恳告，已准到五日了。你可出个晓字：「凡五日内来赎典者免利，只收本钱。」其向来欺心，换人珠宝，赖人质物，虽然势难吐退，发心喜舍，变卖为修桥补路之费。有此善行，上帝必然回嗔，或者收回雷部，也未可知。』矫公初时也还有信从之意，听说到『收回雷部，也未可知』，到不免有疑。『这疯道士必然假托此因，来布施我的财物。难道雷部如此易收易放？』况且掌财的人，算本算利，怎肯放松。口中答应，心下不以为然。张皮雀和众道士辞别自去了。矫公将此话阁起不行。到第五日，解库里火起，前堂后厅，烧做白地。第二日，这些质当的人家都来讨当，又不肯赔偿，结起讼来，连田地都卖了。矫大户一贫如洗。有人知道张皮雀曾预言雷火之期，从此益敬而畏之。张皮雀在玄都观五十余年，后因渡钱塘江，风逆难行，张皮雀遣天将打缆，其去如飞。皮雀呵呵大笑，触了天将之怒，为其所击而死。后有人于徽商家扶鸾，皮雀降笔，自称：『原是天上苟元帅，尘缘已满，众将请他上天归班，非击死也。』徽商闻真武殿之灵异，舍施千金，于殿前堆一石假山，以为壮观之助。这假山虽则美观，反破了风水，从此本房道侣，更无得道者。诗云：

雷火曾将典库焚，符驱鬼祟果然真；玄都观里张皮雀，莫道无神也有神。

为何说这张皮雀的话？只为一般有个人家，信了书符召将，险些儿冤害了人的性命。那人姓金名满，也是苏州府昆山县人。少时读书不就，将银援例纳了个令史，就参在本县户房为吏。他原是个乖巧的人，待人接物，十分克己，同役中甚是得合。做不上三四个月令史，衙门上下，没一个不喜欢他。又去结交这些门子，要他在知县相公面前帮衬，不时请他们吃酒，又送些小物事。但遇知县相公比较，审问到夜静更深时，他便留在家中宿歇，日逐打诨。那门子也都感激，在县主面前虽不能用力，每事却也十分周全。时遇五月中旬，金令史知吏房要开各吏送阄库房，思量要谋这个美缺。那库房旧例，一吏轮管两季，任凭县主随意点的。众吏因见是个利薮，人人思想要管。屡屡县主点来，都不肯服，却去上司具呈批准，要六房中择家道殷实老成无过犯的，当堂拈阄。各吏具结申报上司，若新参及役将满者，俱不许阄。然虽如此，其权出在吏房，但平日与吏房相厚的，送些东道，他便混帐开上去，那里管新参、役满、家道殷实不殷实？这叫做官清私暗。却说金满暗想道：『我虽是新参，那吏房刘令史与我甚厚，拼送些东西与他，自然送阄的，若阄得着，也不枉费这一片心机；倘阄不着，却不空丢了银子又被人笑话？怎得一个必着之策便好。』忽然想起门子王文英。他在衙门有年，甚有见识，何不寻他计较。一径走出县来，恰好县门口就遇着王文英道：『金阿叔，忙忙的那里去？』金满道：『好兄弟，正来寻你说话。』王文英道：『有什么事作成我？』金满道：『我与你坐了方好说。』二人来到侧边一个酒店里坐下，金满一头吃酒，一头把要谋库房的事，说与王文英知道。王文英说：『此事只要吏房开得上去，包在我身上，使你阄着。』金满道：『吏房是不必说了，但当堂拈阄，怎么这等把稳？』王文英附耳低言道：『只消如此如此，何难之有！』金满大喜，连声称谢：『若得如此，自当厚谢。』二人又吃了一回，起身会钞而别。金满回到公廨里买东买西，备下夜饭，请吏房令史刘云到家，将上项事与他说知。刘云应允。金满取出五两银子，送与刘云道：『些小薄礼，先送阿哥买果吃。待事成了，再找五两。』刘云假意谦让道：『自己弟兄，怎么这样客气？』金满道：『阿哥从直些罢，不嫌轻，就是阿哥的盛情了。』刘云道：『既如此，我权收去再处。』把银袖了。摆出果品肴馔，二人杯来盏去，直饮至更深而散。明日，有一令史察听了些风声，拉了众吏与刘云说：『金某他是个新参，未及半年，怎么就想要做库房？这个定然不成的。你要开只管开，少不得要当堂禀的，恐怕连你也没趣。那时却不要见怪！』刘云道：『你们不要乱嚷，凡事也要通个情。就是他在众人面上一团和气，并无一毫不到之处，便开上去，难道就是他阄着了？这是落得做人情的事。若去一禀，朋友面上又不好看，说起来只是我们薄情。』又一个道：『争名争利，顾得什么朋友不朋友，薄情不薄情！』刘云道：『嗳！不要与人争，只去与命争。是这样说，明日就是你阄着便好；若不是你，连这几句话也是多的，还要算长。』内中有两个老成的，见刘云说得有理，便道：『老刘，你的话虽是，但他忒性急了些。就是做库房，未知是祸是福，直等结了局，方才见得好歹。什么正经？做也罢，不做也罢，不要闲争，各人自去干正事。』遂各散去。金满闻得众人有言，恐怕不稳，又去揭债，央本县显要士夫，写书嘱托知县相公，说他『老成明理，家道颇裕，诸事可托』。这分明是叫把库房与他管，但不好明言耳。

话休烦絮，到拈阄这日，刘云将应阄各吏名字，开列一单，呈与知县相公看了。唤里书房一样写下条子，又呈上看罢，命门子乱乱的总做一堆，然后唱名取阄。那卷阄传递的门子，便是王文英，已作下弊。金满一手拈起，扯开，恰好正是。你道当堂拈阄，怎么作得弊？原来刘云开上去的名单，却从吏、户、礼、兵、刑、工挨次写的。吏房也有管过的，也有役满快的，已不在数内。金满是户房司吏，单上便是第一名了。那王文英卷阄的时节，已做下暗号，金满第一个上去拈时，却不似易如反掌！众人哪知就里。正是：

随你官清似水，难逃吏滑如油。

当时众吏见金满阄着，都跪下禀说：『他是个新参，尚不该阄库。况且钱粮干系，不是小事，俱要具结申报上司的。若是金满管了库，众吏不敢轻易执结的。』县主道：『既是新参，就不该开在单上了。』众吏道：『这是吏房刘云得了他贿赂，混开在上面的。』县主道：『吏房既是混开，你众人何不先来禀明？直等他阄着了，方来禀话，明明是个妒忌之意。』众人见本官做了主，谁敢再道个『不』字，反讨了一场没趣。县主落得在乡官面上做个人情，又且当堂阄着，更无班驳。那些众吏虽怀妒忌，无可奈何，做好做歉的说发金满备了一席戏酒，方出结状，申报上司，不在话下。

且说金满自六月初一日交盘，上库接管，就把五两银子谢了刘云。那些门子因作弊成全了他，当做恩人相看，比前愈加亲密。他虽则管了库，正在农忙之际，诸事俱停，那里有什么钱粮完纳。到七八月里，却又个把月不下雨，做了个秋旱。虽不至全灾，却也是个半荒。乡间人纷纷的都来告荒。知县相公只得各处去踏勘，也没甚大生意。眼见得这半年库房，扯得直就够了。时光迅速，不觉到了十一月里，钦天监奏准本月十五日月蚀，行文天下救护。本府奉文，帖下属县。是夜，知县相公聚集僚属师生僧道人等，在县救护，旧例库房备办公宴，于后堂款待众官。金满因无人相帮，将银教厨夫备下酒席，自己却不敢离库。转央刘云及门子在席上点管酒器，支持诸事。众官不过拜几拜，应了故事，都到后堂饮酒。只留这些僧道在前边打一套铙钹，吹一番细乐，直闹到四更方散。刚刚收拾得完，恰又报新按院到任。县主急忙忙下船，到府迎接。又要支持船上，往还供应，准准的一夜眼也不合。天明了，查点东西时，不见了四锭元宝。金满自想：『昨日并不曾离库，有谁人用障眼法偷去了？只恐怕还失落在那里。』各处搜寻，那里见个分毫。着了急，连声叫苦道：『这般晦气，却失了这二百两银子，如今把什么来赔补？若不赔时，一定经官出丑，如何是好！』一头叫言，一边又重新寻起，就把这间屋翻转来，何尝有个影儿。慌做一堆。正没理会，那时外边都晓得库里失了银子，尽来探问，到拌得口干舌碎。内中单喜欢得那几个不容他管库的令史，一味说清话，做鬼脸，喜谈乐道。正是：

幸灾乐祸千人有，替力分忧半个无！

过了五六日，知县相公接了按院，回到县里。金满只得将此事禀知县主。县主还未开口，那几个令史在旁边，你一嘴，我一句道：『自己管库没了银子，不去赔补，倒对老爷说，难道老爷赔不成？』县主因前番阄库时，有些偏护了金满，今日没了银子，颇有赧容，喝道：『库中是你执掌，又没闲人到来，怎么没了银子？必意将去嫖赌花费了，在此支吾。今且饶你的打，限十日内将银补库，如无，定然参究。』金满气闷闷地走出县来，即时寻县中阴捕商议。——江南人说阴捕，就是北方叫番子手一般。其在官有名者谓之官捕，帮手谓之白捕。——金令史不拘官捕、白捕，都邀过来，到酒店中吃三杯。说道：『金某今日劳动列位，非为己私，四锭元宝寻常人家可有？不比散碎的好用，少不得败露出来。只要列位用心，若缉访得实，拿获赃盗时，小子愿出白金二十两酬劳。』捕人齐答应道：『当得当得。』一日三，三日九，看看十日限足，捕人也吃了几遍酒水，全无影响。知县相公叫金满问：『银子有了么？』金满禀道：『小的同捕人缉访，尚无踪迹。』知县喝道：『我限你十日内赔补，那等得你缉访！』叫左右：『揣下去打！』金满叩头求饶，道：『小的愿赔，只求老爷再宽十日，容变卖家私什物。』知县准了转限。金满管库，又不曾趁得几多东西，今日平白地要赔这二百两银子，甚费措置。家中首饰衣服之类，尽数变卖，也还不够。身边畜得一婢，小名金杏，年方一十五岁，生得甚有姿色：

鼻端面正，齿白唇红，两道秀眉，一双娇眼。鬓似乌云发委地，手如尖笋肉凝脂。分明豆蔻尚含香，疑似夭桃初发蕊。

金令史平昔爱如己女，欲要把这婢子来出脱，思想再等一二年，遇个贵人公子，或小妻，或通房，嫁他出去，也讨得百来两银子。如今忙不择价，岂不可惜。左思右想，只得把住身的几间房子，权解与人。将银子凑足二百两之数，倾成四个元宝，当堂兑准，封贮库上。吩咐他：『下次小心。』金令史心中好生不乐，把库门锁了，回到公廨里，独坐在门首，越想越恼。着甚来由，用了这主屈财，却不是青白晦气！

正纳闷间，只见家里小厮叫做秀童，吃得半醉，从外走来。见了家长，倒退几步。金令史骂道：『蠢奴才，家长气闷，你倒快活吃酒？我手里没钱使用，你倒有闲钱买酒吃？』秀童道：『我见阿爹两日气闷，连我也不喜欢，常听见人说酒可忘忧，身边偶然积得几分银子，买杯中物来散闷。阿爹若没钱买酒时，我还余得有一壶酒钱在店上，取来就是。』金令史喝道：『谁要你的吃！』原来苏州有件风俗，大凡做令史的，不拘内外人，都称他为『相公』。秀童是九岁时卖在金家的，自小抚养，今已二十余岁，只当过继的义男，故称『阿爹』。那秀童要取壶酒与阿爹散闷，是一团孝顺之心。谁知人心不同，倒挑动了家长的一个机括，险些儿送了秀童的性命。正是：

老龟烹不烂，移祸于枯桑。

当时秀童自进去了。金令史蓦然想道：『这一夜眼也不曾合，那里有外人进来偷了去？只有秀童拿递东西，进来几次。难道这银子是他偷了？』又想道：『这小厮自幼跟随奔走，甚是得力，从不见他手脚有甚毛病，如何抖然生起盗心？』又想道：『这小厮平昔好酒。凡为盗的，都从好酒赌钱两件上起。他吃溜了口，没处来方，见了大锭银子，又且手边方便，如何不爱？不然，终日买酒吃，那里来这许多钱？』又想道：『不是他，他就要偷时，或者溜几块散碎银子，这大锭元宝没有这个力量。就偷了时，哪里出笏？终不然放在钱柜上零支钱？少不得也露人眼目。就是拿出去时，只好一锭，还留下三锭在家。我今夜把他床铺搜检一番，便知分晓。』又想道：『这也不是常法，他若果偷了这大银，必然寄顿在家中父母处，怎肯还放在身边？搜不着时，反惹他笑。若不是他偷的，冤了他一场，反冷了他的心肠。哦！有计了，闻得郡城有个莫道人，召将断事，吉凶如睹，见寓在玉峰寺中，何不请他来一问，以决胸中之疑。』过了一夜，次日，金满早起，吩咐秀童买些香烛纸马果品之类，也要买些酒肉，为谢将之用，自己却到玉峰寺去请莫道人。却说金令史旧邻有个闲汉，叫做计七官，偶在街上看见秀童买了许多东西，气忿忿的走来，问其缘故。秀童道：『说也好笑，我爹真是交了败运，干这样没正经事！二百两银子已自赔去了，认了晦气罢休，却又听了别人言语，请什么道人来召将。那贼道今日鬼混，哄了些酒肉吃了，明日少不得还要索谢。成不成，吃三瓶。本钱去得不爽利，又添些利钱上去，好没要紧。七官人！你想这些道人，可有真正活神仙在里面么？有这好酒好肉，到把与秀童吃了，还替我爹出得些气力。斋了这贼道的嘴，「咶噪」也可谢你一声么？』正说之间，恰好金令史从玉峰寺转来。秀童见家长来了，自去了。金满与计七官相见问道：『你与秀童说什么？』计七官也不信召将之事的，就把秀童适才所言，述了一遍。又道：『这小厮到也有些见识。』金满沉吟无语，那计七官也只当闲话叙过，不想又挑动了家长一个机括：

只因家长心疑，险使童儿命丧！

金令史别了计七官，自回县里，腹内踌躇，这话一发可疑：『他若不曾偷银子，由我召将便了，如何要他怪那个道士？』口虽不言，分明是『土中曲蟮，满肚泥心』。少停莫道人到了，排设坛场，却将邻家一个小学生附体。莫道人做张做智，步罡踏斗，念咒书符，小学生就舞将起来，像一个捧剑之势，口称『邓将军下坛』，其声颇洪，不似小学生口气。金满见真将下降，叩首不迭，志心通陈，求判偷银之贼。天将摇首道：『不可说，不可说。』金满再三叩求，愿乞大将拈示真盗姓名。莫道人又将灵牌施设，喝道：『鬼神无私，明彰报应；有叩即答，急急如令！』

金满叩之不已。天将道：『屏退闲人，吾当告汝。』其时这些令史们家人，及衙门内做公的，闻得莫道人在金家召将，做一件希奇之事，都走来看，塞做一屋。金满好言好语，都请出去了，只剩得秀童一人在旁答应。天将叫道：『还有闲人。』莫道人对金令史说：『连秀童都遣出屋外去。』天将教金满舒出手来。金满跪而舒其左手。天将伸指头蘸酒，在金满手心内写出『秀童』二字，喝道：『记着！』金满大惊，正合他心中所疑。犹恐未的，叩头嘿嘿祝告道：『金满抚养秀童已十余年，从无偷窃之行。若此银果然是他所盗，便当严刑究讯。此非轻易之事。神明在上，乞再加详察，莫随人心，莫随人意。』天将又蘸着酒，在桌上写出『秀童』二字。又向空中指画，详其字势，亦此二字。金满以为实然，更无疑矣。当下莫道人书了退符，小学生望后便倒，扶起，良久方醒。问之一无所知。金满把谢将的三牲，与莫道人散了福。只推送他一步，连夜去唤阴捕拿贼。为头的张阴捕，叫做张二哥。当下叩其所以。金令史将秀童口中所言，及天将三遍指名之事，备细说了。连阴捕也有八九分道是。只不是他缉访来的，不去担这干纪。推辞道：『未经到官，难以吊拷。』金满是衙门中出入的，岂不会意，便道：『此事有我做主，与列位无涉。只要严刑究拷，拷得真赃出来，向时所许二十两，不敢短少分毫。』张阴捕应允，同兄弟四哥，去叫了帮手，即时随金令史行走。此时已有起更时分。秀童收拾了堂中家伙，吃了夜饭，正提碗行灯，出县来迎候家主。才出得县门，被三四个阴捕，将麻绳望颈上便套。不由分说，直拖至城外一个冷铺里来。秀童却待开口，被阴捕将铁尺向肩胛上痛打一下，大喝道：『你干得好事！』秀童负痛叫道：『我干何事来？』阴捕道：『你偷库内这四锭元宝，藏于何处？窝在那家？你家主已访实了，把你交付我等。你快快招了，免吃痛苦。』秀童叫天叫地的哭将起来。自古道：

有理言自壮，负屈声必高。

秀童其实不曾做贼，被阴捕如法吊拷。秀童疼痛难忍，咬牙切齿，只是不招。原来大明律一款，捕盗不许私刑吊拷。若审出真盗，解官有功。倘若不肯招认，放了去时，明日被他告官，说诬陷平民，罪当反坐。众捕盗吊打拶夹，都已行过。见秀童不招，心下也着了忙。商议只有阎王闩，铁膝裤两件未试。阎王闩是脑箍上了箍，眼睛内乌珠都涨出寸许；铁膝裤是将石屑放于夹棍之内，未曾收紧，痛已异常。这是拷贼的极刑了。秀童上了脑箍，死而复苏者数次，昏愦中承认了，醒来依旧说没有。阴捕又要上铁膝裤。秀童忍痛不起，只得招道：『是我一时见财起意，偷来藏在姐夫李大家床下。还不曾动。』阴捕将板门抬秀童到于家中，用粥汤将息，等候天明，到金令史公廨里来报信。此时秀童奄奄一息，爬走不动了。金令史叫了船只，自同捕役到李大家去起赃。李大家住乡间，与秀童爹娘家相去不远。阴捕到时，李大又不在家，吓得秀童的姐儿面如土色，正不知什么缘故，开了后门，望爹娘家奔去了。阴捕走入卧房，发开床脚，看地下土实不松，已知虚言。金令史定要将锄头垦起，起土尺余，并无一物。众人道：『有心到这里蒿恼一番了。』翻箱倒笼，满屋寻一个遍，那有些影儿。金令史只得又同阴捕转来，亲去叩问秀童。秀童泪如雨下，答道：『我实不曾为盗，你们非刑吊拷，务要我招认。吾吃苦不过，又不忍妄扳他人，只得自认了。说姐夫床下赃物，实是混话，毫不相干。吾自九岁时蒙爹抚养成人，今已二十多岁，在家未曾有半点差错。前日看见我爹费产完官，暗地心痛，又见爹信了野道，召将费钱，愈加不乐。不想道爹疑到我身上。今日我只欠爹一死，更无别话。』说罢闷绝去了，众阴捕叫唤，方才醒来，兀自唉唉的哭个不住。金令史心下亦觉惨然。须臾，秀童爹娘和姐夫李大都到了，见秀童躺在板门上，七损八伤，一丝两气，大哭了一场，奔到县前叫喊。知县相公正值坐堂，问了口词，忙差人唤金满到来，问道：『你自不小心，失了库内银两，如何通同阴捕，妄杀平人，非刑吊拷？』金满禀道：『小的破家完库，自然要缉访此事，讨个明白。有莫道人善于召将，天将降坛，三遍写出秀童名字，小的又见他言语可疑，所以信了。除了此奴，更无影响。小的也是出乎无奈，不是故意。』知县也晓得他赔补得苦了，此情未知真伪，又被秀童的爹娘左禀右禀，无可奈何。此时已是腊月十八了。知县吩咐道：『岁底事忙，且过了新年，初十后面，我与你亲审个明白。』众人只得都散了。金满回家，倒抱着一个鬼胎，只恐秀童死了。到留秀童的爹娘伏侍儿子，又请医人去调治，每日大酒大肉送去将息。那秀童的爹娘，兀自哭哭啼啼絮絮聒聒的不住。正是：

青龙共白虎同行，吉凶事全然未保。

却说捕盗知得秀童的家属叫喊准了，十分着忙，商议道：『我等如此绷吊，还不肯吐露真情，明日县堂上可知他不招的。若不招时，我辈私加吊拷，罪不能免。』乃请城隍纸供于库中，香花灯烛，每日参拜祷告，夜间就同金令史在库里歇宿，求一报应。金令史少不得又要破些悭在他们面上。到了除夜，知县把库逐一盘过，交付新库吏掌管。金满已脱了干纪，只有失盗事未结，同着张阴捕向新库吏说知：『原教张二哥在库里安歇。』那新库吏也是本县人，与金令史平昔相好的，无不应允。是夜，金满备下三牲香纸，携到库中，拜献城隍老爷，就将福物请新库吏和张二哥同酌。三杯以后，新库吏说家中事忙，到央金满替他照管，自己要先别。金满为是大节夜，不敢强留。新库吏将厨柜等都检看封锁，又将库门锁钥付与金满，叫声『相扰』，自去了。金满又吃了几杯，也就起身，对张二哥说：『今夜除夜，来早是新年，多吃几杯，做个灵梦，在下不得相陪了。』说罢，将库门带上落了锁，带了钥匙自回。张二哥被金满反锁在内，叹口气道：『这节夜，那一家不夫妇团圆，偏我晦气，在这里替他们守库！』闷上心来，只顾自筛自饮，不觉酩酊大醉，和衣而寝。睡至四更，梦见神道伸只靴脚踢他起来道：『银子有了。陈大寿将来放在橱柜顶上葫芦内了。』张阴捕梦中惊觉，慌忙爬起来，向橱柜顶上摸个遍，那里有什么葫芦。『难道神道也作弄人？还是我自己心神恍惚之故？』须臾之间，又睡去了。梦里又听得神道说：『金子在葫芦里面，如何不取？』张阴捕惊醒，坐在床铺上，听更鼓，恰好发擂。爬起来，推开窗子，微微有光。再向橱柜上下看时，并无些子物事。欲要去报与金令史，库门却又锁着，只得又去睡了。少顷，听得外边人声热闹，鼓乐喧阗，乃是知县出来同众官拜牌贺节，去文庙行香。天已将明，金满已自将库门上钥匙交还新库吏了。新库吏开门进来，取红纸用印。张阴捕已是等得不耐烦，急忙的戴了帽子，走出库来。恰好知县回县，在那里排衙公座。那金满已是整整齐齐，穿着公服，同众令史站立在堂上，伺候作揖。张阴捕走近前，把他扯到旁边，说梦中神道如此如此：『一连两次，甚是奇异，特来报你。你可查县中有这陈大寿的名字否？』说罢，张阴捕自回家去不题。却说金满是日参谒过了知县，又到库中城隍面前磕了四个头，回家吃了饭，也不去拜年，只在县中稽查名姓。凡外郎、书手、皂快、门子及禁子、夜夫，曾在县里走动的，无不查到，并无陈大寿名字。整整的忙了三日，常规年节酒，都不曾吃得，气得面红腹胀，到去埋怨那张阴捕说谎。张阴捕道：『我是真梦，除是神道哄我。』金满又想起前日召将之事，那天将下临，还没句实话相告，况梦中之言，怎便有准？说罢，丢在一边去了。

又过了两日，是正月初五，苏州风俗，是日家家户户，祭献五路大神，谓之烧利市。吃过了利市饭，方才出门做买卖。金满正在家中吃利市饭，忽见老门子陆有恩来拜年，叫道：『金阿叔恭喜了！有利市酒，请我吃碗！』金令史道：『兄弟，总是节物，不好特地来请得。今日来得极妙，且吃三杯。』即忙教嫂子暖一壶酒，安排些见成鱼肉之类，与陆门子对酌。闲话中间，陆门子道：『金阿叔，偷银子的贼有些门路么？』金满摇首：

『那里有！』陆门子道：『要赃露，问阴捕。你若多许阴捕几两银子，随你飞来贼，也替你访着了。』金满道：『我也许过他二十两银子，只恨他没本事赚我的钱。』陆门子道：『假如今日有个人缉访得贼人真信，来报你时，你还舍得这二十两银子么？』金满道：『怎么不肯？』陆门子道：『金阿叔，你若真个把二十两银子与我，我就替你拿出贼来。』金满道：『好兄弟，你果然如此，也教我明白了这桩官司，出脱了秀童。好兄弟，你须是眼见的实，莫又做猜谜的话！』陆门子道：『我不是十分看得的实，怎敢多口！』金令史即忙脱下帽子，向髻上取下两钱重的一根金挖耳来，递与陆有恩道：『这件小意思权为信物，追出赃来，莫说有余，就是止剩得二十两，也都与你。』陆有恩道：『不该要金阿叔的，今日是初五，也得做兄弟的发个利市。』陆有恩是已冠的门子，就将挖耳插于网巾之内。教：『金阿叔且关了门，与你细讲！』金满将大门闭了，两个促膝细谈。正是：

踏破铁鞋无觅处，得来全不费工夫！

原来陆有恩间壁住的，也是个门子，姓胡名美，年十八岁。有个姐夫，叫做卢智高。那卢智高因死了老婆，就与小舅同住。这胡美生得齐整，多有人戏调他，到也是个本分的小厮。自从父母双亡，全亏着姐姐拘管。一从姐姐死了，跟着姐夫，便学不出好样，惯熟的是那七字经儿：赌钱，吃酒，养婆娘。

去年腊月下旬，陆门子一日出去了，浑家闻得间壁有斧凿之声。初次也不以为异。以后，但是陆门子出去了，就听得了家关门，打得一片响。陆门子回家，就住了声。浑家到除夜，与丈夫饮酒，说及此事，正不知凿什么东西。陆门子有心，过了初一，自初二初三，一连在家住两日，侧耳而听，寂然无声。到初四日假做出门，往亲戚家拜节，却远远站着，等间壁关门之后，悄地回来，藏在家里。果听得间壁槌凿之声。从壁缝里张看，只见胡美与卢智高俱蹲在地下，胡美拿着一锭大银，卢智高将斧敲那锭边下来。陆门子看在眼里，晚间与二人相遇问道：『你家常常錾凿什么东西？』胡美面红不语。卢智高道：『祖上传下一块好铁条，要敲断打厨刀来用。』陆有恩暗想道：『不是那话儿是什么？他两个那里来有这元宝？』当夜留在肚里，次日料得金令史在家烧利市，所以特地来报。金满听了这席话，就同陆有恩来寻张二哥不遇，其夜就留陆有恩过宿。明日初六，起个早，又往张二哥家，并拉了四哥，共四个人，同到胡美家来。只见门上落锁，没人在内。陆门子叫浑家出来，问其缘故。浑家道：『昨日听见说要叫船往杭州进香，今早双双出门。恰才去得，此时就开了船，也去不远。』四个人飞星赶去，刚刚上驷马桥，只见小游船上的王溜儿，在桥堍下买酒籴米。令史们时常叫他的船，都是相熟的。王溜儿道：『金相公今日起得好早！』金令史问道：『溜儿，你赶早买酒籴米，往那里去？』溜儿道：『托赖揽个杭州的载，要去有个把月生意。』金满拍着肩问：『是谁？』王溜儿附耳低言道：『是胡门官同他姓卢的亲眷合叫的船。』金满道：『如今他二人可在船里？』王溜儿道：『那卢家在船里，胡舍还在岸上接婊子未来。』张阴捕听说，一索先把王溜儿扣住。溜儿道：『我得何罪？』金满道：『不干你事，只要你引我到船上，就放你。』溜儿连买的酒籴的米，都寄在店上，引着四个人下桥来，八只手准备拿贼。这正是：

闲时不学好，今日悔应迟。

却说卢智高在船中，靠着栏干，眼盼盼望那胡美接婊子下来同乐。却一眼瞧见金令史，又见王溜儿颈上麻绳带着，心头跳动，料道有些诧异，也不顾铺盖，跳在岸上，舍命奔走。王溜儿指道："那戴孝头巾的就是姓卢的。"众人放开脚去赶，口中只叫："盗库的贼休走！"卢智高着了忙，跌上一交，被众人赶上，一把拿住。也把麻绳扣颈。问道："胡美在那里？"卢智高道："在婊子刘丑姐家里。"众人教卢智高作眼，齐奔刘丑姐家来。胡美先前听得人说外面拿盗库的贼，打着心头，不对婊子说，预先走了，不知去向。众人只得拿刘丑姐去。都到张二哥家里。搜卢智高身边，并无一物，及搜到毡袜里，搜出一锭秃元宝，锭边儿都敲去了。张二哥要带他到城外冷铺里去吊拷。卢智高道："不必用刑，我招便了。去年十一月间，我同胡美都赌急了，没处设法。胡美对我说：'只有库里有许多元宝空在那里。'我教他：'且拿几个来用用。'他趁十五月蚀这夜，偷了四锭出来，每人各分二锭。因不敢出笏，只敲得锭边使用。那一锭藏在米桶中，米上放些破衣服盖着，还在家里。那两锭却在胡美身边。"金满又问："那一夜我眼也不曾合，他怎么拿得这样即溜？"卢智高道："胡美几遍进来，见你坐着，不好动手。那一夜闪入来，恰好你们小厮在里面厨中取蜡烛，打翻了麻油，你起身去看，方得其便。"众人得了口词，也就不带去吊拷了。此时秀童在张二哥家将息，还动掸不得。见拿着了真赃真贼，咬牙切齿的骂道："这砍头贼！你便盗了银子，却害得我好苦。如今我也没处伸冤，只要咬下他一块肉来，消这口气。"便在草铺上要爬起来，可怜那里挣扎得动。众人尽来安慰，劝住了他。心中转痛，呜呜咽咽的啼哭。金令史十分过意不去，不觉也吊下眼泪。连忙叫人抬回家中调养。自己却同众人到胡美家中，打开锁搜看。将米桶里米倾在地上，滚出一锭没边的元宝来。当日众人就带卢智高到县，禀明了知县相公。知县验了银子，晓得不枉，即将卢智高重责五十板，取了口词收监。等拿获胡美时，一同拟罪。出个广捕文书，缉访胡美，务在必获。船户王溜儿、乐妇刘丑姐原不知情，且赃物未见破散，暂时讨保在外。先获元宝二个，本当还库，但库银已经金满变产赔补，姑照给主赃例，给还金满。这一断，满昆山人无有不服。正是：

国正天心顺，官清民自安。

却说金令史领了两个秃元宝回家，就在银匠铺里，将银鏨开，把二八一十六两白银，送与陆门子，不失前言。却将十两送与张二哥，候获住胡美时，还有奉谢。次日金满候知县出堂叩谢。知县有怜悯之心，深恨胡美。乃出官赏银十两，立限仰捕衙缉获。过了半年之后，张四哥偶有事到湖州双林地方，船从苏州娄门过去，忽见胡美在娄门塘上行走。张四哥急拢船上岸，叫道："胡阿弟，慢走！"胡美回头认得是阴捕，忙走一步，转湾望一个豆腐店里头就躲。卖豆腐的老儿才要声张，胡美向兜肚里摸出雪白光亮水磨般的一锭大银，对酒缸草盖上一丢，说道："容我躲过今夜时，这锭银与你平分。"老儿贪了这锭银子，慌忙检过了，指一个去处，教他藏了。张四哥赶到转湾处，不见了胡美。有个多嘴的闲汉，指点他在豆腐店里去寻。张四哥进店问时，那老儿只推没有。张四哥满屋看了一周遭，果然没有。张四哥身边取出一块银子，约有三四钱重，把与老儿说道："这小厮是昆山县门子，盗了官库出来的，大老爷出广捕拿他。你若识时务时，引他出来，这几钱银子送你老人家买果子吃。你若藏留，我禀知县主，拿出去时，问你个同盗。"老儿慌了，连银子也不肯接，将手望上一指。你道什么去处？

上不至天，下不至地；躲得安稳，说出晦气。

那老儿和妈妈两口只住得一间屋，又做豆腐，又做白酒，狭窄没处睡，将木头架一个小小阁儿，恰好打个铺儿，临睡时把短梯爬上去，却有一个店橱儿隐着。胡美正躲得稳，却被张四哥一手拖将下来，就把麻绳缚住。骂道：『害人贼！银子藏在那里？』胡美战战兢兢答应道：『一锭用完了，一锭在酒缸盖上。』老者怎敢隐瞒，于缺罅里取出。张四哥问老者何姓何名。老者惧怕，不敢答应。旁边一个人替他答道：『此老姓陈，名大寿。』张四哥点头，便把那三四钱银子，撇在老儿柜上，带了胡美，踏在船头里面，连夜回昆山县来。正是：

莫道亏心事可做，恶人自有恶人磨！

此时卢智高已病死于狱中。知县见累死了一人，心中颇惨，又令史中多有与胡美有勾搭的，都来替他金满面前讨饶，又央门子头儿王文英来说。金满想起阉库的事亏他，只得把人情卖在众人面上，禀知县道：『盗银虽是胡美，造谋实出姐夫，况原银所失不多，求老爷从宽发落。』知县将罪名都推在死者身上，只将胡美重责三十，问个徒罪，以儆后来。元宝一锭，仍给还金满领去。金满又将十两银子，谢了张四哥。张四哥因说起腐酒店老者始末，众人各各骇然。方知去年张二哥除夜梦城隍吩咐：『陈大寿已将银子放在橱顶上葫芦内了。』『葫』者，胡美；『芦』者，卢智高；『陈大寿』，乃老者之姓名；胡美在店橱顶上搜出，神明之语，一字无欺。果然是：

暗室亏心，神目如电。

过了几日，备下猪羊，抬往城隍庙中赛神酬谢。金满因思屈了秀童，受此苦楚，况此童除饮酒之外，并无失德，更兼立心忠厚，死而无怨，更没有什么好处酬答得他，乃改秀童名金秀，用己之姓，视如亲子，将美婢金杏许他为婚，待身体调治得强旺了，便配为夫妇。金秀的父母俱各欢喜无言。后来金满无子，家业就是金秀承顶。金秀也纳个吏缺，人称为小金令史。三考满了，仕至按察司经历。后人有诗叹金秀之枉，诗云：

疑人无用用无疑，耳畔休听是与非。凡事要凭真实见，古今冤屈有谁知？

第十六卷 小夫人金钱赠年少

谁言今古事难穷？大抵荣枯总是空；算得生前随分过，争如云外指溟鸿！暗添雪色眉根白，旋落花光脸上红。惆怅凄凉两回首，暮林萧索起悲风。

这八句诗，乃西川成都府华阳县王处厚，年纪将及六旬，把镜照面，见须发有几根白的，有感而作。世上之物，少则有壮，壮则有老，古之常理，人人都免不得的。原来诸物都是先白后黑，惟有髭须却是先黑后白。又有戴花刘使君，对镜中见这头发斑白，曾作《醉亭楼》词：

平生性格，随分好些春色，沉醉恋花陌。虽然年老心未老，满头花压巾帽侧。鬓如霜，须似雪，自嗟恻！几个相知劝我染，几个相知劝我摘；染摘有何益！当初怕作短命鬼，如今已过中年客。且留些，妆晚景，尽教白。

如今说东京汴州开封府界有个员外，年逾六旬，须发皤然。只因不伏老，兀自贪色，荡散了一个家计，几乎做了失乡之鬼。这员外姓甚名谁？却做什么事来？正是：

尘随车马何年尽，事系人心早晚休。

话说东京汴州开封府界身子里，一个开线铺的员外张士廉，年过六旬，妈妈死后，孑然一身，并无儿女。家有十万资财，用两个主管营运。张员外忽一日拍胸长叹，对二人说：『我许大年纪，无儿无女，要十万家财何用？』二人曰：『员外何不取房娘子，生得一男半女，也不绝了香火。』员外甚喜，差人随即唤张媒、李媒前来。这两个媒人端的是：

开言成匹配，举口合姻缘；医世上凤只鸾孤，管宇宙单眠独宿。传言玉女，用机关把臂拖来；侍案金童，下说词拦腰抱住。调唆织女害相思，引得嫦娥离月殿。

员外道：『我因无子，相烦你二人说亲。』张媒口中不道，心下思量道：『大伯子许多年纪，如今说亲，说什么人是得？教我怎地应他？』则见李媒把张媒推一推，便道：『容易。』临行，又叫住了道：『我有三句话。』只因说出这三句话来，教员外：

青云有路，番为苦楚之人；白骨无坟，化作失乡之鬼。

媒人道：『不知员外意下何如？』张员外道：『有三件事，说与你两人：第一件，要一个人材出众，好模好样的；第二件，要门户相当；第三件，我家下有十万贯家财，须着个有十万贯房奁的亲来对付我。』两个媒人，肚里暗笑，口中胡乱答应道：『这三件事都容易。』当下相辞员外自去。张媒在路上与李媒商议道：『若说得这头亲事成，也有百十贯钱撰。只是员外说的话太不着人，有那三件事的，他不去嫁个年少郎君，却肯随你这老头子？偏你这几根白胡须是沙糖拌的？』李媒道：『我有一头，到也凑巧，人材出众，门户相当。』张媒道：『是谁家？』李媒云：『是王招宣府里出来的小夫人。王招宣初娶时，十分宠幸，后来只为一句话破绽些，失了主人之心，情愿白白里把与人，只要个有门风的便肯。随身房计少也有几万贯，只怕年纪忒小些。』张媒道：『不愁小的忒小，还嫌老的忒老。这头亲张员外怕不中意，只是雌儿心下必然不美。如今对雌儿说，把张家年纪瞒过了一二十年，两边就差不多了。』李媒道：『明日是个和合日，我同你先到张宅讲定财礼，随到王招宣府一说便成。』是晚各归无话。次日，二媒纳会了，双双的到张员外宅里说：『昨日员外吩咐的三件事，老媳寻得一头亲，难得恁般凑巧。第一件，人材十分足色；第二件，是王招宣府里出来，有名声的；第三件，十万贯房奁，则怕员外嫌他年小。』张员外问道：『却几岁？』张媒应道：『小如员外三四十岁。』张员外满脸堆笑道：『全仗作成则个！』

话休絮烦，当下两边俱说允了。少不得行财纳礼，奠雁已毕，花烛成亲。次早参拜家堂，张员外穿紫罗衫，新头巾，新靴新袜。这小夫人着干红销金大袖团花霞帔，销金盖头，生得：

新月笼眉，春桃拂脸。意态幽花殊丽，肌肤嫩玉生光。说不尽万种妖娆，画不出千般艳冶！何须楚峡云飞过，便是蓬莱殿里人。

张员外从下至上看过，暗暗地喝采！小夫人揭起盖头，看见员外须眉皓白，暗暗地叫苦。花烛夜过了，张员外心下喜欢，小夫人心下不乐。

过了月余，只见一人相揖道：『今日是员外生辰，小道送疏在此。』原来员外但遇初一月半，本命生辰，须有道疏。那时小夫人开疏看时，扑簌簌两行泪下，见这员外年已六十，埋怨两个媒人将我误了。看那张员外时，这几日又添了四五件在身上：

腰便添疼，眼便添泪，耳便添聋，鼻便添涕。

一日，员外对小夫人道：『出外薄干，夫人耐静。』小夫人勉强应道：『员外早去早归。』说了，员外自出去。小夫人自思量：『我恁地一个人，许多房奁，却嫁一个白须老儿！』心下正烦恼。身边立着从嫁道：『夫人，今日何不门首看街消遣？』小夫人听说，便同养娘到外边来看。这张员外门首，是胭脂绒线铺，两壁装着厨柜，当中一片紫绢沿边帘子。养娘放下帘钩，垂下帘子。门前两个主管，一个李庆，五十来岁；一个张胜，年纪三十来岁。二人见放下帘子，问道：『为什么？』养娘道：『夫人出来看街。』两个主管躬身在帘子前参见。小夫人在帘子底下启一点朱唇，露两行碎玉，说不得数句言语，教张胜惹场烦恼：

远如沙漠，何殊没底沧溟；重若丘山，难比无穷泰华。

小夫人先叫李主管问道：『在员外宅里多少年了？』李主管道：『李庆在此二十余年。』夫人道：『员外寻常照管你也不曾？』李主管道：『一饮一啄，皆出员外。』却问张主管。张主管道：『张胜从先父在员外宅里二十余年，张胜随着先父便趋事员外，如今也有十余年。』小夫人问道：『员外曾管顾你么？』张胜道：『举家衣食，皆出员外所赐。』小夫人道：『主管少待。』小夫人折身进去不多时，递些物与李主管，把袖包手来接，躬身谢了。小夫人却叫张主管道：『终不成与了他不与你？这物件虽不值钱，也有好处。』张主管也依李主管接取，躬身谢了。小夫人又看了一回，自入去。两个主管，各自出门前支持买卖。原来李主管得的是十文银钱，张主管得的却是十文金钱。当时张主管也不知道李主管得的是银钱，李主管也不知张主管得的是金钱。当日天色已晚，但见：

野烟四合，宿鸟归林，佳人秉烛归房，路上行人投店。渔父负鱼归竹径，牧童骑犊返孤村。

当日晚算了帐目，把文簿呈张员外，今日卖几文，买几文，人上欠几文，都佥押了。原来两个主管，各轮一日在铺中当直，其日却好正轮着张主管值宿。门外面一间小房，点着一盏灯。张主管闲坐半晌，安排歇息。则听得有人来敲门。张主管听得，问道：『是谁？』应道：『你则开门，却说与你！』张主管开了房门。那人跄将入来，闪身已在灯光背后。张主管看时，是个妇人。张主管吃了一惊，慌忙道：『小娘子，你这早晚来有甚事？』那妇人应道：『我不是私来，早间与你物事的教我来。』张主管道：『小夫人与我十文金钱，想是教你来讨还？』那妇女道：『你不理会得，李主管得的是银钱。如今小夫人又教把一件物来与你。』只见那妇人背上取下一包衣服，打开来看道：『这几件把与你穿的，又有几件妇女的衣服，把与你娘。』只见妇女留下衣服，作别出门，复回身道：『还有一件要紧的倒忘了。』又向衣袖里取出一锭五十两大银，撇了自去。当夜张胜无故得了许多东西，不明不白，一夜不曾睡着。明日早起来。张主管开了店门，依旧做买卖。等得李主管到了，将铺面交割与他，张胜自归到家中，拿出衣服银子与娘看。娘问：『这物事那里来的？』张主管把夜来的话一一说与娘知。婆婆听得说道：『孩儿，小夫人他把金钱与你，又把衣服银子与你，却是什么意思？娘如今六十已上年纪，自从没了你爷，便满眼只看你，若是你做出事来，老身靠谁？明日便不要去。』这张主管是个本分之人，况又是个孝顺的，听见娘说，便不往铺里去。张员外见他不去，使人来叫，问道：『如何主管不来？』婆婆应道：『孩儿感些风寒，这几日身子不快，来不得。传语员外得知，一好便来。』又过了几日，李主管见他不来，自来叫道：『张主管如何不来？铺中没人相帮。』老娘只是推身子不快，这两日反重。李主管自去。张员外三五遍使人来叫，做娘的只是说未得好。张员外见三回五次叫他不来，猜道：『必是别有去处。』张胜自在家中。

时光迅速，日月如梭，捻指之间，在家中早过了一月有余。道不得『坐吃山崩』。虽然得这小夫人许多物事，那一锭大银子，容易不敢出笏，衣裳又不好变卖。不去营运，日来月往，手内使得没了。却来问娘道：『不教儿子去张员外宅里去，闲了经纪，如今在家中日逐盘费，如何措置？』那婆婆听得说，用手一指，指着屋梁上道：『孩儿你见也不见？』张胜看时，原来屋梁上挂着一个包，取将下来道：『你爷养得你这等大，则是这件物事身上。』打开纸包看时，是个花栲栲儿。婆婆道：『你如今依先做这道路，习爷的生意，卖些胭脂绒线。』

当日时遇元宵，张胜道：『今日元宵夜端门下放灯。』便问娘道：『儿子欲去看灯则个。』娘道：『孩儿，你许多时不行这条路，如今去端门看灯，从张员外门前过，又去惹是招非。』张胜道：『是人都去看灯，说道今年好灯，儿子去去便归，不从张员外门前过便了。』娘道：『要去看灯不妨，则是你自去看不得，同一个相识做伴去才好。』张胜道：『我与王二哥同去。』娘道：『你两个去看不妨，第一莫得吃酒，第二同去同回。』吩咐了，两个来端门下看灯。正撞着当时赐御酒，撒金钱，好热闹。王二哥道：『这里难看灯，一来我们身小力怯，着甚来由吃挨吃搅？不如去一处看，那里也抓缚着一座鳌山。』张胜问道：『在哪里？』王二哥道：『你倒不知，王招宣府里抓缚着小鳌山，今夜也放灯。』两个便复身回来，却到王招宣府前。原来人又热闹似端门下。就府门前不见了王二哥，张胜只叫得声苦：『却是怎地归去？临出门时，我娘吩咐道：「你两个同去同回。」如何不见了王二哥？只我先到屋里，我娘便不焦躁；若是王二哥先回，我娘定道我那里去。』当夜看不得那灯，独自一个行来行去。猛省道：『前面是我那旧主人张员外宅里，每年到元宵夜，歇浪线铺，添许多烟火，今日想他也未收灯？』迤逦信步行到张员外门前，张胜吃惊，只见张员外家门便开着，十字两条竹竿，缚着皮革，底钉住一碗泡灯，照着门上一张手榜贴在。张胜看了，唬得目睁口呆，罔知所措。张胜去这灯光之下，看这手榜上写着道：『开封府左军巡院，勘到百姓张士廉，为不合……』方才读到不合三个字，兀自不知道因甚罪？则见灯笼底下一人喝声道：『你好大胆，来这里看甚的！』张主管吃了一惊，拽开脚步便走。那喝的人大踏步赶将来，叫道：『是什么人？直恁大胆！夜晚间，看这榜做什么？』唬得张胜便走。渐次间行到巷口，待要转弯归去，相次二更，见一轮明月，正照着当空。正行之间，一个人从后面赶将来，叫道：『张主管，有人请你。』张胜回头看时，是一个酒博士。张胜道：『想是王二哥在巷口等我，买些酒吃归去，恰也好。』同这酒博士到店内，随上楼梯，到一个阁儿前面。量酒道：『在这里。』掀开帘儿，张主管看见一个妇女，身上衣服不堪齐整，头上蓬松，正是：

乌云不整，唯思昔日豪华；粉泪频飘，为忆当年富贵。秋夜月蒙云笼罩，牡丹花被土沉埋。

这妇女叫：『张主管，是我请你。』张主管看了一看，虽有些面熟，却想不起。这妇女道：『张主管如何不认得我？我便是小夫人。』张主管道：『小夫人如何在这里？』小夫人道：『一言难尽！』张胜问：『夫人如何恁地？』小夫人道：『不合信媒人口，嫁了张员外。原来张员外因烧煅假银事犯，把张员外缚去左军巡院里去，至今不知下落。家计并许多房产，都封估了。我如今一身无所归着，特地投奔你。你看我平昔之面，留我家中住几时则个。』张胜道：『使不得！第一家中母亲严谨，第二道不得「瓜田不纳履，李下不整冠」。要来张胜家中，断然使不得。』小夫人听得道：『你将为常言俗语道：「呼蛇容易遣蛇难。」怕日久岁深，盘费重大。我教你看。』……用手去怀里提出件物来：

闻钟始觉山藏寺，傍岸方知水隔村。

小夫人将一串一百单八颗西珠数珠，颗颗大如鸡豆子，明光灿烂。张胜见了，喝采道：『有眼不曾见这宝物！』小夫人道：『许多房奁，尽被官府籍没了，则藏得这物。你若肯留在家中，慢慢把这件宝物逐颗去买，尽可过日。』张主管听得说，正是：

归去只愁红日晚，思量犹恐马行迟。横财红粉歌楼酒，谁为三般事不迷？

当日张胜道：『小夫人要来张胜家中，也得我娘肯时方可。』小夫人道：『和你同去问婆婆。我只在对门人家等回报。』张胜回到家中，将前后事情逐一对娘说了一遍。婆婆是个老人家，心慈，听说如此落难，连声叫道：『苦恼，苦恼！小夫人在那里？』张胜道：『见在对门等。』婆婆道：『请相见！』相见礼毕，小夫人把适来说的话，从头细说一遍：『如今都无亲戚投奔，特来见婆婆，望乞容留！』婆婆听得说道：『夫人暂住数日不妨，只怕家寒怠慢，思量别的亲戚再去投奔。』小夫人便从怀里取出数珠，递与婆婆。灯光下婆婆看见，就留小夫人在家住。小夫人道：『来日剪颗来货卖，开起胭脂绒线铺，门前挂着花栲栲儿为记。』张胜道：『有这件宝物，胡乱卖动，便是若干钱。况且五十两一锭大银未动，正好收买货物。』张胜自从开店，接了张员外一路买卖，其时人唤张胜做小张员外。小夫人屡次来缠张胜，张胜心坚似铁，只以主母相待，并不及乱。

当时清明节候，怎见得：

清明何处不生烟？郊外微风挂纸钱；人笑人歌芳草地，乍晴乍雨杏花天。海棠枝上绵蛮语，杨柳堤边醉客眠；红粉佳人争画板，彩丝摇曳学飞仙。

满城人都出去金明池游玩，小张员外也出去游玩。到晚回来，却待入万胜门，则听得后面一人叫：『张主管。』当时张胜自思道：『如今人都叫我做小张员外，甚人叫我主管？』回头看时，却是旧主人张员外。张胜看张员外面上刺着四字金印，蓬头垢面，衣服不整齐，即时邀入酒店里，一个稳便阁儿坐下。张胜问道：『主人缘何如此狼狈？』张员外道：『不合成了这头亲事！小夫人原是王招宣府里出来的。今年正月初一日，小夫人自在帘儿里看街，只见一个安童托着盒儿打从面前过去。小夫人叫住问道：「府中近日有甚事说？」安童道：「府里别无甚事，则是前日王招宣寻一串一百单八颗西珠数珠不见，带累得一府的人，没一个不吃罪责。」小夫人听得说，脸上或青或红。小安童自去。不多时二三十人来家，把他房奁和我的家私，都搬将去。便捉我下左军巡院拷问，要这一百单八颗数珠。我从不曾见，回说「没有」。将我打一顿毒棒，拘禁在监。倒亏当日小夫人入去房里自吊身死。官司没决撒，把我断了。则是一事，至今日那一串一百单八颗数珠，不知下落。』张胜闻言，心下自思道：『小夫人也在我家里，数珠也在我家里，早剪动几颗了。』甚是惶惑。劝了张员外些酒食，相别了，张胜沿路思量道：『好是惑人！』回到家中，见小夫人，张胜一步退一步道：『告夫人，饶了张胜性命！』小夫人问道：『怎恁地说？』张胜把适来大张员外说的话说了一遍。小夫人听得道：『却不作怪，你看我身上衣裳有缝，一声高似一声，你岂不理会得。他道我在你这里，故意说这话教你不留我。』张胜道：『你也说得是。』又过了数日，只听得外面道：『有人寻小员外！』张胜出来迎接，便是大张员外。张胜心中道：『家里小夫人使出来相见，是人是鬼，便明白了。』教养娘请小夫人出来。养娘入去，只没寻讨处，不见了小夫人。当时小员外既知小夫人真个是鬼，只得将前面事一一告与大张员外。问道：『这串数珠却在那里？』张胜去房中取出。大张员外叫张胜同来王招宣府中说，将数珠交纳，其余剪去数颗，将钱取赎讫。王招宣赎免张士廉罪犯，将家私给还，仍旧开胭脂绒线铺。大张员外仍请天庆观道士做醮，追荐小夫人。只因小夫人生前甚有张胜的心，死后犹然相从。亏杀张胜立心至诚，到底不曾有染，所以不受其祸，超然无累。如今财色迷人者纷纷皆是，如张胜者万中无 。有诗赞云：

谁不贪财不爱淫，始终难染正人心。少年得似张主管，鬼祸人非两不侵。

第十七卷

钝秀才一朝交泰

蒙正窑中怨气，买臣担上书声；丈夫失意惹人轻，才入荣华称庆。 红日偶然阴翳，黄河尚有澄清。浮云眼底总难凭，牢把脚跟立定。

这首《西江月》，大概说人穷通有时，固不可以一时之得意而自夸其能，亦不可以一时之失意而自坠其志。唐朝甘露年间，有个王涯丞相，官居一品，权压百僚，僮仆千数，日食万钱，说不尽荣华富贵。其府第厨房与一僧寺相邻。每日厨房中涤锅净碗之水，倾向沟中，其水从僧寺中流出。一日寺中老僧出行，偶见沟中流水中有白物，大如雪片，小如玉屑。近前观看，乃是上白米饭，王丞相厨下锅里碗里洗刷下来的。长老合掌念声『阿弥陀佛，罪过罪过！』随口吟诗一首：

春时耕种夏时耘，粒粒颗颗费力勤；春去细糠如剖玉，炊成香饭似堆银。三餐饱食无余事，一口饥时可疗贫；堪叹沟中狼藉贱，可怜天下有穷人！

长老吟诗已罢，随唤火工道人，将笊篱笊起沟内残饭，向清水河中涤去污泥，摊于筛内，日色晒干，用磁缸收贮。且看几时满得一缸，不够三四个月，其缸已满。两年之内，共积得六大缸有余。那王涯丞相只道千年富贵，万代奢华。谁知乐极生悲，一朝触犯了朝廷，阖门待勘，未知生死。其时宾客散尽，僮仆逃亡，仓廪尽为仇家所夺。王丞相至亲二十三口，米尽粮绝，担饥忍饿。啼哭之声，闻于邻寺。长老听得，心怀不忍。只是一墙之隔，除非穴墙可以相通。长老将缸内所积干饭，浸软蒸而馈之。王涯丞相吃罢，甚以为美。遣婢子问老僧，他出家之人，何以有此精食？老僧道：『此非贫僧家常之饭，乃府上涤釜洗碗之余，流出沟中，贫僧可惜有用之物，弃之无用，将清水洗尽，日色晒干，留为荒年贫丐之食。今日谁知仍济了尊府之急。正是一饮一啄，莫非前定。』王涯丞相听罢，叹道：『我平昔暴殄天物如此，安得不败？今日之祸，必然不免。』其夜遂服毒而死。当初富贵时节，怎知道有今日！正是：贫贱常思富贵，富贵又履危机。此乃福过灾生，自取其咎。假如今人贫贱之时，哪知后日富贵？即如荣华之日，岂信后来苦楚？如今在下再说个先忧后乐的故事。列位看官们，内中倘有胯下忍辱的韩信，妻不下机的苏秦，听在下说这段评话，各人回去，硬挺着头颈过日，以待时来，不要先坠了志气。有诗四句：

秋风衰草定逢春，尺蠖泥中也会伸；画虎不成君莫笑，安排牙爪始惊人。

话说国朝天顺年间，福建延平府将乐县有个宦家，姓马名万群，官拜吏科给事中。因论太监王振专权误国，削籍为民。夫人早丧，单生一子，名曰马任，表字德称。十二岁游庠，聪明饱学。说起他聪明，就如颜子渊闻一知十；论起他饱学，就如虞世南五车腹笥。真个文章盖世，名誉过人。马给事爱惜如良金美玉，自不必言。里中那些富家儿郎，一来为他是黉门的贵公子，二来道他经解之才，早晚飞黄腾达，无不争先奉承。其中更有两个人奉承得要紧。一个叫黄胜，绰号黄病鬼。一个叫顾祥，绰号飞天炮仗。他两个祖上也曾出仕，都是富厚之家，目不识丁，也顶个读书的虚名。把马德称做个大菩萨供养，扳他日后富贵往来。那马德称是忠厚君子，彼以礼来，此以礼往，见他殷勤，也遂与之为友。黄胜就把亲妹六媖，许与德称为婚。德称闻此女才貌双全，不胜之喜。但从小立个誓愿：

马给事见他立志高明，也不相强，所以年过二十，尚未完娶。

时值乡试之年，忽一日，黄胜、顾祥邀马德称向书铺中去买书。见书铺隔壁有个算命店，牌上写道：

要知命好丑，只问张铁口。

马德称道：『此人名为「铁口」，必肯直言。』买完了书，就过间壁，与那张先生拱手道：『学生贱造，求教！』先生问了八字，将五行生克之数，五星虚实之理，推算了一回。说道：『尊官若不见怪，小子方敢直言。』马德称道：『君子问灾不问福，何须隐讳。』黄胜、顾祥两个在旁，只怕那先生不知好歹，说出话来冲撞了公子。黄胜便道：『先生仔细看看，不要轻谈！』顾祥道：『此位是本县大名士，你只看他今科发解，还是发魁？』先生道：『小子只据理直讲，不知准否？贵造「偏才归禄」，父主峥嵘，论理必生于贵宦之家。』黄、顾二人拍手大笑道：『这就准了。』先生道：『五星中「命缠奎壁」，文章冠世。』二人又大笑道：『好先生，算得准，算得准！』先生道：『只嫌二十二岁交这运不好，官煞重重，为祸不小。不但破家，亦防伤命，若过得三十一岁，后来倒有五十年荣华，只怕一丈阔的水缺，双脚跳不过去。』黄胜就骂起来道：『放屁，哪有这话！』顾祥伸出拳来道：『打这厮，打歪他的铁嘴！』马德称双手拦住道：『命之理微，只说他算不准就罢了，何须计较。』黄、顾二人口中还不干净，却得马德称抵死劝回。那先生只求无事，也不想算命钱了。正是：

阿谀人人喜，直言个个嫌。

那时连马德称也只道自家唾手功名，虽不深怪那先生，却也不信。谁知三场得意，榜上无名。自十五岁进场，至今二十一岁，三科不中。若论年纪还不多，只为进场屡次了，反觉不利。又过一年，刚刚二十二岁。马给事一个门生，又参了王振一本。王振疑心座主指使而然，再理前仇，密唆朝中心腹，寻马万群当初做有司时罪过，坐赃万两，着本处抚按追解。马万群本是个清官，闻知此信，一口气得病数日身死。马德称哀戚尽礼，此心无穷。却被有司逢迎上意，逼要万两赃银交纳。此时只得变卖家产，但是有税契可查者，有司径自估价官卖。只有续置一个小小田庄，未曾起税，官府不知。马德称恃顾祥平昔至交，只说顾家产业，央他暂时承认。又有古董书籍等项，约数百金，寄与黄胜家中去讫。

却说有司官，将马给事家房产田业尽数变卖，未足其数，兀自吹毛求疵不已。马德称扶柩在坟堂屋内暂住。忽一日，顾祥遣人来言，府上余下田庄，官府已知，瞒不得了。马德称无可奈何，只得入官。后来闻得反是顾祥举首，一则恐后连累，二者博有司的笑脸。德称知人情奸险，付之一笑。过了岁余，马德称往黄胜家索取寄顿物件，连走数次，俱不相接，结末遣人送一封帖来。马德称拆开看时，没有书柬，止封帐目一纸。内开：某月某日某事用银若干，某该合认，某该独认。如此非一次，随将古董书籍等项估计扣除，不还一件。德称大怒，当了来人之面，将帐目扯碎，大骂一场：『这般狗彘之辈，再休相见！』从此亲事亦不题起。黄胜巴不得杜绝马家，正中其怀。正合着西汉冯公的四句，道是：

一贵一贱，交情乃见；一死一生，乃见交情。

马德称在坟屋中守孝，弄得衣衫蓝缕，口食不周。『当初父亲存日，也曾周济过别人，今日自己遭困，却谁人周济我？』守坟的老王撺掇他把坟上树木倒卖与人，德称不肯。老王指着路上几棵大柏树道：『这树不在家旁，卖之无妨。』德称依允，讲定价钱，先倒一棵下来，中心都是虫蛀空的，不值钱了。再倒一棵，亦复如此。德称叹道：『此乃命也！』就教住手。那两棵树只当烧柴，卖不多钱，不两日用完了。

身边只剩得十二岁一个家生小厮，央老王作中，也卖与人，得银五两。这小厮过门之后，夜夜小遗起来，主人不要了，退还老王处，索取原价。德称不得已，情愿减退了二两身价卖了。好奇怪！第二遍去就不小遗了。这几夜小遗，分明是打落德称这二两银子，不在话下。

光阴似箭，看看服满。德称贫困之极，无门可告。想起有个表叔在浙江杭州府做二府，湖州德清县知县，也是父亲门生，不如去投奔他，两人之中，也有一遇。当下将几件什物家火，托老王卖充路费。浆洗了旧衣旧裳，收拾做一个包裹，搭船上路，直至杭州。问那表叔，刚刚十日之前，已病故了。随到德清县投那个知县时，又正遇这几日为钱粮事情，与上司争论不合，使性要回去，告病关门，无由通报。正是：

时来风送滕王阁，运去雷轰荐福碑！

德称两处投人不着。想得南京衙门做官的多有年家。又趁船到京口，欲要渡江，怎奈连日大西风，上水船寸步难行，只得往句容一路步行而去，径往留都。且数留都那几个城门：

神策金川仪凤门，怀远清凉到石城，三山聚宝连通济，洪武朝阳定太平。

马德称由通济门入城，到饭店中宿了一夜。次早往部科等各衙门打听，往年多有年家为官的，如今升的升了，转的转了，死的死了，坏的坏了，一无所遇。乘兴而来，却难兴尽而返。流连光景，不觉又是半年有余，盘缠俱已用尽。虽不学伍大夫吴门乞食，也难免吕蒙正僧院投斋。忽一日，德称投斋到大报恩寺，遇见个相识乡亲，问其乡里之事，方知本省宗师按临岁考。德称在先服满时，因无礼物送与学里师长，不曾动得起复文书及游学呈子，也不想如此久客于外。如今音信不通，教官径把他做避考申黜。千里之遥，无由辨复。

德称闻此消息，长叹数声，无面回乡，意欲觅个馆地，权且教书糊口，再作道理。谁知世人眼浅，不识高低。闻知异乡公子如此形状，必是个浪荡之徒，便有锦心绣肠，谁人信他，谁人请他？又过了几时，和尚们都怪他蒿恼，语言不逊，不可尽说。幸而天无绝人之路。有个运粮的赵指挥，要请个门馆先生同往北京，一则陪话，二则代笔。偶与承恩寺主持商议。德称闻知，想道：『乘此机会，往北京一行，岂不两便！』遂央僧举荐。那俗僧也巴不得遣那穷鬼起身，就在指挥面前称扬德称好处，且是束脩甚少。赵指挥是武官，不管三七二十一，只要省，便约德称在寺，投刺相见，择日请了下船同行。德称口如悬河，宾主颇也得合。

不一日到黄河岸口，德称偶然上岸登东。忽听发一声响，犹如天崩地裂之形。慌忙起身看时，吃了一惊，原来河口决了。赵指挥所统粮船三分四散，不知去向。但见水势滔滔，一望无际。德称举目无依，仰天号哭，叹道：『此乃天绝我命也，不如死休！』方欲投入河流，遇一老者相救，问其来历。德称诉罢，老者恻然怜悯，道：『看你青春美质，将来岂无发迹之期？此去短盘至北京，费用亦不多，老夫带得有三两荒银，权为程敬。』说罢，去摸袖里，却摸个空。连呼『奇怪！』仔细看时，袖底有一小孔，那老者赶早出门，不知在哪里遇着剪绺的剪去了。老者嗟叹道：『古人云：「得咱心肯日，是你运通时。」今日看起来，就是心肯，也有个天数。非是老夫吝惜，乃足下命运不通所致耳。欲屈足下过舍下，又恐路远不便。』乃邀德称到市心里，向一个相熟的主人家，借银五钱为赠。德称深感其意，只得受了，再三称谢而别。德称想这五钱银子，如何盘缠得许多路。思量一计，买下纸笔，一路卖字。德称写作俱佳，争奈时运末利，不能讨得文人墨士赏鉴，不过村坊野店，胡乱买几张糊壁，此辈晓得什么好歹，那肯出钱。德称有一顿没一顿，半饥半饱，直捱到北京城里。下了饭店，问店主人借缙绅看查，有两个相厚的年伯，一个是兵部尤侍郎，一个是左卿曹光禄。当下写了名刺，先去谒曹公。曹公见其衣衫不整，心下不悦，又知是王振的仇家，不敢招架，送下小小程仪，就辞了。再去见尤侍郎，那尤公也是个没意思的，自家一无所赠，写一封柬帖荐在边上陆总兵处。店主人见有这封书，料有际遇，将五两银子借为盘缠。谁知正值北虏也先为寇，大掠人畜，陆总兵失机，扭解来京问罪，连尤侍郎都罢官去了。德称在塞外担搁了三四个月，又无所遇，依旧回到京城旅寓。店主人折了五两银子，没处取讨，又欠下房钱饭钱若干，索性做个宛转，倒不好推他出门。想起一个主意来，前面胡同有个刘千户，其子八岁，要访个下路先生教书，乃荐德称。刘千户大喜，讲过束脩二十两。店主人先支一季束脩自己收受，准了所借之数。刘千户颇尽主道，送一套新衣服，迎接德称到彼坐馆。自此饔餐不缺，且训诵之暇，重温经史，再理文章。刚刚坐毂三个月，学生出起痘来，太医下药不效，十二朝身死。刘千户单只此子，正在哀痛，又有刻薄小人对他说道：『马德称是个降祸的太岁，耗气的鹤神，所到之处，必有灾殃。赵指挥请了他就坏了粮船，尤侍郎荐了他就坏了官职。他是个不吉利的秀才，不该与他亲近。』刘千户不想自儿死生有命，倒抱怨先生带累了。各处传说，从此京中起他一个异名，叫做『钝秀才』。凡钝秀才街上过去，家家闭户，处处关门。但是早行遇着钝秀才的一日没采，做买卖的折本，寻人的不遇，告官的理输，讨债的不是厮打定是厮骂，就是小学生上学，也被先生打几下手心。有此数项，把他做妖物相看。倘然狭路相逢，一个个吐口涎沫，叫句吉利方走。可怜马德称衣冠之胄，饱学之儒，今日时运不利，弄得日无饱餐，夜无安宿。同时有个浙中吴监生，性甚硬直。闻知钝秀才之名，不信有此事，特地寻他相会。延至寓所，叩其胸中所学，甚有接待之意。坐席犹未暖，忽得家书报家中老父病故，踉跄而别，转荐与同乡吕鸿胪。吕公请至寓所，待以盛馔，方才举箸，忽然厨房中火起，举家惊慌逃奔。德称因腹馁缓行了几步，被地方拿他做火头，解去官司，不由分说，下了监铺。幸吕鸿胪是个有天理的人，替他使钱，免其枷责。从此钝秀才其名益著，无人招接，仍复卖字为生。

惯与裱家书寿轴，喜逢新岁写春联。

夜间常在祖师庙、关圣庙、五显庙这几处安身。或与道人代写疏头，趁几文钱度日。

话分两头，却说黄病鬼黄胜，自从马德称去后，初时还怕他还乡，到宗师行黜，不见回家，又有人传信道：『是随赵指挥粮船上京，被黄河水决，已覆没矣。』心下坦然无虑。朝夕逼勒妹子六媖改聘。六媖以死自誓，决不二天。到天顺晚年乡试，黄胜夤缘贿赂，买中了秋榜，里中奉承者填门塞户，闻知六媖年长未嫁，求亲者日不离门。六媖坚执不从，黄胜也无可奈何。到冬底，打叠行囊往北京会试。马德称见了乡试录，已知黄胜得意，必然到京，想起旧恨，羞与相见，预先出京躲避。谁知黄胜不耐功名，若是自家学问上挣来的前程，倒也理之当然，不放在心里。他原是买来的举人，小人乘君子之器，不觉手之舞之，足之蹈之。又将银五十两买了个勘合，驰驿到京，寻了个大大的下处。且不去温习经史，终日穿花街过柳巷，在院子里表子家行乐。常言道『乐极悲生』，嫖出一身广疮。科场渐近，将白金百两送太医，只求速愈。太医用轻粉劫药，数日之内，身体光鲜，草草完场而归。不够半年，疮毒大发，医治不痊，呜呼哀哉，死了。既无兄弟，又无子息，族间都来抢夺家私。其妻王氏又没主张，全赖六媖一身，内支丧事，外应亲族，按谱立嗣，众心俱悦服无言。

六媖自家也分得一股家私，不下数千金。想起丈夫覆舟消息，未知真假，费了多少盘缠，各处遣人打听下落。有人自北京来，传说马德称未死，落寞在京，京中都呼为『钝秀才』。六媖是个女中丈夫，甚有劈着，收拾起辎重银两，带了丫鬟僮仆，雇下船只，一径来到北京寻取丈夫。访知马德称在真定府龙兴寺大悲阁写《法华经》。乃将白金百两，新衣数套，亲笔作书，缄封停当，差老家人王安赍去，迎接丈夫。吩咐道：『我如今便与马相公援例入监，请马相公到此读书应举，不可迟滞。』王安到龙兴寺，见了长老，问：『福建马相公何在？』长老道：『我这里只有个「钝秀才」，并没有什么马相公。』王安道：『就是了，烦引相见。』和尚引到大悲阁下，指道：『旁边桌上写经的，不是钝秀才？』王安在家时曾见过马德称几次，今日虽然蓝缕，如何不认得？一见德称，便跪下磕头。马德称却在贫贱患难之中，不料有此，一时想不起来。慌忙扶住，问道：『足下何人？』王安道：『小的是将乐县黄家，奉小姐之命，特来迎接相公。小姐有书在此。』德称便问：『你小姐嫁归何宅？』王安道：『小姐守志至今，誓不改适。因家相公近故，小姐亲到京中来访相公，要与相公入粟北雍，请相公早办行期。』德称方才开缄而看，原来是一首诗，诗曰：

何事萧郎恋远游？应知乌帽未笼头。图南自有风云便，且整双箫集凤楼。

德称看罢，微微而笑。王安献上衣服银两，且请起程日期。德称道：『小姐盛情，我岂不知？只是我有言在先：「若要洞房花烛夜，必须金榜挂名时。」向因贫困，学业久荒。今幸有余资可供灯火之费，且待明年秋试得意之后，方敢与小姐相见。』王安不敢强逼，求赐回书。德称取写经余下的茧丝一幅，答诗四句：

逐逐风尘已厌游，好音刚喜见伻头。嫦娥夙有攀花约，莫遣萧声出凤楼。

德称封了诗，付与王安。王安星夜归京，回复了六媖小姐。开诗看毕，叹惜不已。

其年天顺爷爷正遇『土木之变』，皇太后权请郕王摄位，改元景泰。将奸阉王振全家抄没，凡参劾王振吃亏的，加官赐荫。黄小姐在寓中得了这个消息，又遣王安到龙兴寺报与马德称知道。德称此时虽然借寓僧房，图书满案，鲜衣美食，已不似在先了。和尚们晓得是马公子马相公，无不钦敬。其年正是三十二岁，交逢好运，正应张铁口先生推算之语。德称正在寺中温习旧业，又得了王安报信，收拾行囊，别了长老赴京，另寻一寓安歇。黄小姐拨家僮二人伏侍，一应日用供给，络绎馈送。德称草成表章，叙先臣马万群直言得祸之由，一则为父亲乞恩昭雪，一则为自己辨复前程。圣旨倒下，准复马万群原官，仍加三级。马任复学复廪。所抄没田产，有司追给。德称差家僮报与小姐知道。黄小姐又差王安送银两到德称寓中，叫他廪例入粟。明春就考了监元，至秋发魁。就于寓中整备喜筵，与黄小姐成亲。来春又中了第十名会魁，殿试二甲，考选庶吉士。上表给假还乡，焚黄谒墓，圣旨准了。夫妻衣锦还乡。府县官员出郭迎接。往年抄没田宅，俱用官价赎还，造册交割，分毫不少。宾朋一向疏失者，此日奔走其门如市。只有顾祥一人自觉羞惭，迁往他郡去讫。时张铁口先生尚在，闻知马公子得第荣归，特来拜贺，德称厚赠之而去。后来马任直做到礼、兵、刑三部尚书，六媖小姐封一品夫人。所生二子，俱中甲科，簪缨不绝。至今延平府人，说读书人不得第者，把『钝秀才』为比。后人有诗叹云：

十年落魄少知音，一日风云得称心；秋菊春桃时各有，何须海底去捞针！

老门生三世报恩

买只牛儿学种田，结间茅屋向林泉。也知老去无多日，且向山中过几年。为利为官终幻客，能诗能酒总神仙。世间万物俱增价，老去文章不值钱。

这八句诗，乃是达者之言，末句说『老去文章不值钱』这一句，还有个评论。大抵功名迟速，莫逃乎命，也是早成，也有晚达。早成者未必有成，晚达者未必不达。不可以年少而自恃，不可以年老而自弃。这老少二字，也在年数上，论不得的。假如甘罗十二岁为丞相，十三岁上就死了，这十二岁之年，就是他发白齿落、背曲腰弯的时候了。后头日子已短，叫不得少年。又如姜太公八十岁还在渭水钓鱼，遇了周文王以后车载之，拜为师尚父。文王崩，武王立，他又秉钺为军师，佐武王伐纣，定了周家八百年基业，封于齐国。又教其子丁公治齐，自己留相周朝，直活到一百二十岁方死。你说八十岁一个老渔翁，谁知日后还有许多事业，日子正长哩！这等看将起来，那八十岁上还是他初束发、刚顶冠、做新郎、应童子试的时候，叫不得老年。世人只知眼前贵贱，那知去后的日长日短？见个少年富贵的奉承不暇，多了几年年纪，蹉跎不遇，就怠慢他，这是短见薄识之辈。譬如农家，也有早谷，也有晚稻，正不知那一种收成得好？不见古人云：

东园桃李花，早发还先萎；迟迟涧畔松，郁郁含晚翠。

闲话休提。却说国朝正统年间，广西桂林府兴安县有一秀才，复姓鲜于，名同，字大通。八岁时曾举神童，十一岁游庠，超增补廪。论他的才学，便是董仲舒、司马相如也不看在眼里，真个是胸藏万卷，笔扫千军。论他的志气，便像冯京、商辂连中三元，也只算他便袋里东西，真个是足蹑风云，气冲牛斗。何期才高而数奇，志大而命薄。年年科举，岁岁观场，不能得朱衣点额，黄榜标名。到三十岁上，循资该出贡了。他是个有才有志的人，贡途的前程是不屑就的。思量穷秀才家，全亏学中年规这几两廪银，做个读书本钱。若出了学门，少了这项来路，又去坐监，反费盘缠。况且本省比监里又好中，算计不通。偶然在朋友前露了此意，那下首该贡的秀才，就来打话要他让贡，情愿将几十金酬谢。鲜于同又得了这个利息，自以为得计。第一遍是个情，第二遍是个例，人人要贡，个个争先。鲜于同自三十岁上让贡起，一连让了八遍，到四十六岁，兀自沉埋于泮水之中，驰逐于青衿之队。也有人笑他的，也有人怜他的，又有人劝他的。那笑他的他也不睬，怜他的他也不受，只有那劝他的，他就勃然发怒起来道：『你劝我就贡，止无过道俺年长，不能个科第了。却不知龙头属于老成。梁皓八十二岁中了状元，也替天下有骨气肯读书的男子争气。俺若情愿小就时，三十岁上就了。肯用力钻刺，少不得做个府佐县正。昧着心田做去，尽可荣身肥家。只是如今是个科目的世界，假如孔夫子不得科第，谁说他胸中才学？若是三家村一个小孩子，粗粗里记得几篇烂旧时文，遇了个盲试官，乱圈乱点，睡梦里偷得个进士到手，一般有人拜门生，称老师，谭天说地，谁敢出个题目，将带纱帽的再考他一考么？不止于此，做官里头还有多少不平处，进士官就是个铜打铁铸的，撒漫做去，没人敢说他不字！科贡官兢兢业业，捧了卵子过桥，上司还要寻趁他。比及按院复命，参论的但是进士官，凭你叙得极贪极酷，公道看来，拿问也还透头，说到结末，生怕断绝了贪酷种子，道：「此一臣者，官箴虽玷，但或念初任，或念年轻，尚可望其自新，策其末路，姑照浮躁或不及例降调。」不够几年工夫，依旧做起。倘拼得些银子，央要道挽回，不过对调个地方，全然没事。科贡的官一分不是，就当做十分。悔气遇着别人有势有力，没处下手，随你清廉贤宰，少不得借重他替进士顶缸。有这许多不平处，所以不中进士，再做不得官。俺宁可老儒终身，死去到阎王面前高声叫屈，还博个来世出头，岂可屈身小就，终日受人懊恼，吃顺气丸度日！』遂吟诗一首，诗曰：

从来资格困朝绅，只重科名不重人。楚士凤歌诚恐殆，叶公好龙岂求真。若还黄榜终无分，宁可青衿老此身；铁砚磨穿豪杰事，春秋晚遇说平津。

汉时有个平津侯，复姓公孙，名弘，五十岁读《春秋》，六十岁对策第一，做到丞相封侯。鲜于同后来六十一岁登第，人以为诗谶，此是后话。

却说鲜于同自吟了这八句诗，其志愈锐。怎奈时运不利，看看五十齐头，『苏秦还是旧苏秦』，不能够改换头面。再过几年，连小考都不利了。每到科举年分，第一个拦场告考的，就是他，讨了多少人的厌贱。到天顺六年，鲜于同五十七岁，鬓发都苍然了，兀自挤在后生家队里，谈文讲艺，娓娓不倦。那些后生见了他，或以为怪物，望而避之；或以为笑具，就而戏之。这都不在话下。

却说兴安县知县，姓蒯名遇时，表字顺之。浙江台州府仙居县人氏。少年科甲，声价甚高。喜的是谈文讲艺，商古论今。只是有件毛病，爱少贱老，不肯一视同仁。见了后生英俊，加意奖借；若是年长老成的，视为朽物，口呼『先辈』，甚有戏侮之意。其年乡试届期，宗师行文，命县里录科。蒯知县将合县生员考试，弥封阅卷，自恃眼力，从公品第，黑暗里拔了一个第一，心中十分得意。向众秀才面前夸奖道：『本县拔得个首卷，其文大有吴越中气脉，必然连捷，通县秀才，皆莫能及。』众人拱手听命，却似汉皇筑坛拜将，正不知拜那一个有名的豪杰。比及拆号唱名，只见一人应声而出，从人丛中挤将上来，你道这人如何？

矮又矮，胖又胖，须鬓黑白各一半。破儒巾，欠时样，蓝衫补孔重重绽。你也瞧，我也看，若还冠带像胡判。不枉夸，不枉赞，『先辈』今朝说嘴惯。休羡他，莫自叹，少不得大家做老汉。不须营，不须干，序齿轮流做领案。

那案首不是别人，正是那五十七岁的怪物笑具，名叫鲜于同。合堂秀才哄然大笑，都道：『鲜于「先辈」，又起用了。』连蒯公也自羞得满面通红，顿口无言。一时间看错文字，今日众人属目之地，如何翻悔？忍着一肚子气，胡乱将试卷拆完。喜得除了第一名，此下一个个都是少年英俊，还有些嗔中带喜。是日蒯公发放诸生事毕，回衙闷闷不悦，不在话下。

却说鲜于同少年时本是个名士，因淹滞了数年，虽然志不曾灰，却也是：

泽畔屈原吟独苦，洛阳季子面多惭。

今日出其不意，考个案首，也自觉有些兴头。到学道考试，未必爱他文字，亏了县家案首，就搭上一名科举，喜孜孜去赴省试。众朋友都在下处看经书，温后场，只有鲜于同平昔饱学，终日在街坊上游玩。旁人看见，都猜道：『这位老相公，不知是送儿子孙儿进场的？事外之人，好不悠闲自在！』若晓得他是科举的秀才，少不得要笑他几声。

老門生三世報恩

日居月诸，忽然八月初七日，街坊上大吹大擂，迎试官进贡院。鲜于同观看之际，见兴安县蒯公，正征聘做《礼记》房考官。鲜于同自想，我与蒯公同经，他考过我案首，必然爱我的文字，今番遇合，十有八九。谁知蒯公心里不然，他又是一个见识道：『我取个少年门生，他后路悠远，官也多做几年，房师也靠得着他。那些老师宿儒，取之无益。』又道：『我科考时不合昏了眼，错取了鲜于「先辈」，在众人前老大没趣。今番再取中了他，却不又是一场笑话。我今阅卷，但是三场做得齐整的，多应是夙学之士，年纪长了，不要取他。只拣嫩嫩的口气，乱乱的文法，歪歪的四六，怯怯的策论，愦愦的判语，那定是少年初学。虽然学问未充，养他一两科，年还不长，且脱了鲜于同这件干纪。』算计已定，如法阅卷，取了几个不整不齐，略略有些笔资的，大圈大点，呈上主司。主司都批了『中』字。到八月廿八日，主司同各经房在至公堂上拆号填榜。《礼记》房首卷是桂林府兴安县学生，复姓鲜于，名同，习《礼记》，又是那五十七的怪物、笑具侥幸了。蒯公好生惊异。主司见蒯公有不乐之色，问其缘故。蒯公道：『那鲜于同年纪已老，恐置之魁列，无以压服后生，情愿把一卷换他。』主司指堂上扁额道：『此堂既名为「至公堂」，岂可以老少而私爱憎乎？自古龙头属于老成，也好把天下读书人的志气鼓舞一番。』遂不肯更换，判定了第五名正魁。蒯公无可奈何。正是：

饶君用尽千般力，命里安排动不得；本心拣取少年郎，依旧取将老怪物。

蒯公立心不要中鲜于『先辈』，故此只拣不整齐的文字才中。那鲜于同是宿学之士，文字必然整齐，如何反投其机？原来鲜于同为八月初七日看了蒯公入帘，自谓遇合十有八九。回归寓中，多吃了几杯生酒，坏了脾胃，破腹起来。勉强进场，一头想文字，一头泄泻，泻得一丝两气，草草完篇。二场三场，仍复如此，十分才学，不曾用得一分出来。自谓万无中试之理，谁知蒯公倒不要整齐文字，以此竟占了个高魁。也是命里否极泰来，颠之倒之，自然凑巧。那兴安县刚刚只中他一个举人，当日鹿鸣宴罢，众同年序齿，他就居了第一。各房考官见了门生，俱各欢喜。惟蒯公闷闷不悦。鲜于同感蒯公两番知遇之恩，愈加殷勤。蒯公愈加懒散，上京会试，只照常规，全无作兴加厚之意。明年鲜于同五十八岁，会试又下第了。相见蒯公，蒯公更无别语，只劝他选了官罢。鲜于同做了四十余年秀才，不肯做贡生官，今日才中得一年乡试，怎肯就举人职。回家读书，愈觉有兴。每闻里中秀才会文，他就袖了纸墨笔砚，捱入会中同做。凭众人耍他，笑他，嗔他，厌他，总不在意。做完了文字，将众人所作看了一遍，欣然而归，以此为常。

光阴荏苒，不觉转眼三年，又当会试之期。鲜于同时年六十有一，年齿虽增，矍铄如旧。在北京第二遍会试，在寓所得其一梦。梦见中了正魁，会试录上有名，下面却填做《诗经》，不是《礼记》。鲜于同本是个宿学之士，那一经不通？他功名心急，梦中之言，不由不信，就改了《诗经》应试。事有凑巧，物有偶然。蒯知县为官清正，行取到京，钦授礼科给事中之职。其年又进会试经房。蒯公不知鲜于同改经之事，心中想道：『我两遍错了主意，取了那鲜于「先辈」做了首卷，今番会试，他年纪一发长了。若《礼记》房里又中了他，这才是终身之玷。我如今不要看《礼记》，改看了《诗经》卷子，那鲜于「先辈」中与不中，都不干我事。』比及入帘阅卷，遂请看《诗》五房卷。蒯公又想道：『天下举子像鲜于「先辈」的，谅也非止一人，我不中鲜于同，又中了别的老儿，可不是「躲了雷公，遇了霹雳」！我晓得了，但凡老师宿儒，经旨必然十分透彻，后生家专工四书，经义必然不精。如今倒不要取四经整齐，但是有些笔资的，不妨题旨影响，这定是少年之辈了。』阅卷进呈，等到揭晓，《诗》五房头卷，列在第十名正魁。拆号看时，却是桂林府兴安县学生，复姓鲜于，名同，习《诗经》，刚刚又是那六十一岁的怪物、笑具！气得蒯遇时目睁口呆，如槁木死灰模样！

早知富贵生成定，悔却从前枉用心。

蒯公又想道：『论起世上同名姓的尽多，只是桂林府兴安县，却没有两个鲜于同，但他向来是《礼记》，不知何故又改了《诗经》。好生奇怪？』候其来谒，叩其改经之故。鲜于同将梦中所见，说了一遍。蒯公叹息连声道：『真命进士，真命进士！』自此蒯公与鲜于同师生之谊，比前反觉厚了一分。

殿试过了，鲜于同考在二甲头上，得选刑部主事。人道他晚年一第，又居冷局，替他气闷。他欣然自如。却说蒯遇时在礼科衙门直言敢谏，因奏疏里面触突了大学士刘吉，被吉寻他罪过，下于诏狱。那时刑部官员，一个个奉承刘吉，欲将蒯公置之死地。却好天与其便，鲜于同在本部一力周旋看觑，所以蒯公不致吃亏。又替他纠合同年，在各衙门恳求方便，蒯公遂得从轻降处。蒯公自想道：『「着意种花花不活，无心栽柳柳成阴。」若不中得这个老门生，今日性命也难保。』乃往鲜于『先辈』寓所拜谢。鲜于同道：『门生受恩师三番知遇，今日小小效劳，止可少答科举而已，天高地厚，未酬万一！』当日师生二人欢饮而别。自此不论蒯公在家在任，每年必遣人问候，或一次或两次，虽俸金微薄，表情而已。

光阴荏苒，鲜于同只在部中迁转，不觉六年，应升知府。京中重他才品，敬他老成，吏部立心要寻个好缺推他。鲜于同全不在意。偶然仙居县有信至，蒯公的公子蒯敬共与豪户查家争坟地疆界，嚷骂了一场。查家走失了个小厮，赖蒯公子打死，将人命事告官。蒯敬共无力对理，一径逃往云南父亲任所去了。官府疑蒯公子逃匿，人命真情，差人雪片下来提人，家属也监了几个，阖门惊惧。鲜于同查得台州正缺知府，乃央人讨这地方。吏部知台州原非美缺，既然自己情愿，有何不从，既将鲜于同推升台州府知府。鲜于同到任三日，豪家已知新太守是蒯公门生，特讨此缺而来，替他解纷，必有偏向之情。先在衙门谣言放刁，鲜于同只推不闻。蒯家家属诉冤，鲜于同亦佯为不理。密差的当捕人访缉查家小厮，务在必获。约过两月有余，那小厮在杭州拿到。鲜于太守当堂审明，的系自逃，与蒯家无干。当将小厮责取查家领状。蒯氏家属即行释放。期会一日，亲往坟所踏看疆界。查家见小厮已出，自知所讼理虚，恐结讼之日必然吃亏。一面央大分上到太守处说方便，一面又央人到蒯家，情愿把坟界相让讲和。蒯家事已得白，也不愿结冤家。鲜于太守准了和息，将查家薄加罚治，申详上司，两家莫不心服。正是：

只愁堂上无明镜，不怕民间有鬼奸。

鲜于太守乃写书信一通，差人往云南府回覆房师蒯公。蒯公大喜，想道：『「树荆棘得刺，树桃李得荫」，若不曾中得这个老门生，今日身家也难保。』遂写恳切谢启一通，遣儿子蒯敬共赍回，到府拜谢。鲜于同道：『下官暮年淹蹇，为世所弃，受尊公老师三番知遇，得掇科目，常恐身先沟壑，大德不报。今日恩兄被诬，理当暴白。下官因风吹火，小效区区，止可少酬老师乡试提拔之德，尚欠情多多也。』因为蒯公子经纪家事，劝他闭户读书，自此无话。

鲜于同在台州做了三年知府，声名大振，升在徽宁道做兵宪，累升河南廉使，勤于官职。年至八旬，精力比少年兀自有余，推升了浙江巡抚。鲜于同想道：『我六十一岁登第，且喜儒途淹蹇，仕途到顺溜，并不曾有风波。今官至抚台，恩荣极矣。一向清勤自失，不负朝廷。今日急流勇退，理之当然。但受蒯公三番知遇之恩，报之未尽，此任正在房师地方，或可少效涓埃。』乃择日起程赴任。一路迎送荣耀，自不必说。不一日，到了浙江省城。此时蒯公也历任做到大参地位，因病目不能理事，致政在家。闻得鲜于『先辈』又做本省开府，乃领了十二岁孙儿，亲到杭州谒见。蒯公虽是房师，到小于鲜于公二十余岁。今日蒯公致政在家，又有了目疾，龙钟可怜，鲜于公年已八旬，健如壮年，位至开府。可见发达不在于迟早。蒯公叹息了许多。正是：

松柏何须羡桃李，请君点检岁寒枝。

且说鲜于同到任以后，正拟遣人问候蒯公，闻说蒯参政到门，喜不自胜，倒屣而迎，直请到私宅，以师生礼相见。蒯公唤十二岁孙儿：『见了老公祖。』鲜于公问：『此位是老师何人？』蒯公道：『老夫受公祖活命之恩，犬子昔日难中，又蒙昭雪，此恩直如覆载。今天幸福星又照吾省。老夫衰病，不久于世。犬子读书无成，只有此孙，名曰蒯悟，资性颇敏，特携来相托，求老公祖青目一二。』鲜于公道：『门生年齿，已非仕途人物，正为师恩酬报未尽，所以强颜而来。今日承老师以令孙相托，此乃门生报德之会也。鄙思欲留令孙在敝衙同小孙辈课业，未审老师放心否？』蒯公道：『若蒙老公祖教训，老夫死亦瞑目。』遂留两个书童服事蒯悟在都抚衙内读书，蒯公自别去了。那蒯悟资性过人，文章日进。就是年之秋，学道按临，鲜于公力荐神童，进学补廪。依旧留在衙门中勤学。三年之后，学业已成。鲜于公道：『此子可取科第，我亦可以报老师之恩矣。』乃将俸银三百两，赠与蒯悟为笔砚之资，亲送到台州仙居县。适值蒯公三日前一病身亡，鲜于公哭奠已毕，问：『老师临终亦有何言？』蒯敬共道：『先父遗言，自己不幸少年登第，因而爱少贱老，偶尔暗中摸索，得了老公祖大人。后来许多年少的门生，贤愚不等，升沉不一，俱不得其气力。全亏了老公祖大人一人，始终看觑。我子孙世世不可怠慢老成之士！』鲜于公呵呵大笑道：『下官今日三报师恩，正要天下人晓得扶持了老成人也有用处，不可爱少而贱老也。』说罢，作别回省，草上表章，告老致仕。得旨予告，驰驿还乡，优悠林下。每日训课儿孙之暇，同里中父老饮酒赋诗。

后八年，长孙鲜于涵乡榜高魁，赴京会试，恰好仙居县蒯悟是年中举，也到京中。两人三世通家，又是少年同窗，并在一寓读书。比及会试揭晓，同年进士，两家互相称贺。鲜于同自五十七岁登科，六十一岁登甲，历仕二十三年，腰金衣紫，锡恩三代。告老回家，又看了孙儿科第，直活到九十七岁，整整的四十年晚运。至今浙江人肯读书，不到六七十岁还不丢手，往往有晚达者。后人有诗叹云：

利名何必苦奔忙，迟早须臾在上苍。但学蟠桃能结果，三千余岁未为长。

第十九卷

崔衙内白鹞招妖

早退春朝宠贵妃，谏章争敢傍丹墀。蓬莱殿里迎鸾驾，花萼楼前进荔枝。羯鼓未终鼙鼓动，羽衣犹在战衣追。子孙翻作升平祸，不念先皇创业时。

这首诗，题著唐时第七帝，谥法谓之玄宗。古老相传云：天上一座星，谓之玄星，又谓之金星，又谓之参星，又谓之长庚星，又谓之太白星，又谓之启明星，世人不识，叫做晓星。初上时，东方未明。天色将晓，那座星渐渐地暗将来。先明后暗，这个谓之玄。唐玄宗自姚崇、宋璟为相，米麦不过三四钱，千里不赍行粮。自从姚、宋二相死，杨国忠、李林甫为相，教玄宗生出四件病来：

内作色荒，外作禽荒，耽酒嗜音，峻宇雕墙。

玄宗最宠爱者一个贵妃，叫做杨太真。那贵妃又背地里宠一个胡儿，姓安名禄山，腹重三百六十斤，坐绰飞燕，走及奔马，善舞胡旋，其疾如风。玄宗爱其骁健，因而得宠。禄山遂拜玄宗为父，贵妃为母。杨妃把这安禄山头发都剃了，搽一脸粉，画两道眉，打一个白鼻儿，用锦绣彩罗做成襁褓，选粗壮宫娥数人扛抬，绕那六宫行走。当时则是取笑，谁知浸润之间，太真与禄山为乱。一日，禄山正在太真宫中行乐。宫娥报道：『驾到！』禄山矫捷非常，逾墙逃去。贵妃怆惶出迎。冠发散乱，语言失度，错呼圣上为郎君。玄宗驾即时起，使六宫大使高力士高珪送太真归第，使其省过。贵妃求见天子不得，涕泣出宫。却说玄宗自离了贵妃三日，食不甘味，卧不安席。高力士探知圣意，启奏道：『贵妃昼寝困倦，言语失次，得罪万岁御前。今省过三日，想已知罪。万岁爷何不召之？』玄宗命高珪往看妃子在家作何事。高珪奉旨，到杨太师私第，见过了贵妃，回奏天子，言：『娘娘容颜愁惨，梳沐俱废。一见奴婢，便问圣上安否，泪如雨下。乃取妆台对镜，手持并州剪刀，解散青丝，剪下一缕，用五彩绒绳结之，手自封记，托奴婢传语，送到御前；娘娘垂泪而言：「妾一身所有，皆出皇上所赐。只有身体发肤，受之父母，以此寄谢圣恩，愿勿忘七夕放半之约。」』原来玄宗与贵妃七夕夜半，曾在沉香亭有私誓，愿生生世世，同衾同枕。此时玄宗闻知高珪所奏，见贵妃封寄青丝，拆而观之，凄然不忍。即时命高力士用香车细辇，迎贵妃入宫。自此愈加宠幸。

其时四方贡献不绝：西夏国进月样琵琶，南越国进玉笛，西凉州进葡萄酒，新罗国进白鹞子。这葡萄酒供进御前；琵琶赐与郑观音；玉笛赐与御弟宁王；新罗白鹞赐与崔丞相。后因李白学士题沉香亭牡丹诗，将赵飞燕比著太真娘娘，暗藏讥刺，被高力士奏告贵妃，泣诉天子，将李白黜贬。崔丞相原来与李白是故交，事相连累，得旨令判河北定州中山府。正是：

老龟烹不烂，遗祸及枯桑。

崔丞相来到定州中山府远近，接入进府，交割牌印了毕。在任果然是如水之清，如秤之平，如绳之直，如镜之明。不一月之间，治得府中路不拾遗，时遇天宝春初：

春，春！柳嫩，花新，梅谢粉，草铺茵。莺啼北里，燕语南邻。郊原嘶宝马，紫陌广香轮。日暖冰消水绿，风和雨嫩烟轻。东阁广排公子宴，锦城多少赏花人。

崔丞相有个衙内，名唤崔亚，年纪二十来岁。生得美丈夫，性好畋猎。见这春间天色，宅堂里叉手向前道：『告爹爹，请一日严假，欲出野外游猎。不知爹爹尊意如何？』相公道：『吾儿出去，则索早归。』衙内道：『领爹尊旨。则是儿有一事，欲取覆慈父。』相公道：『你有甚说？』衙内道：『欲借御赐新罗白鹞同往。』相公道：『好，把出去照管，休教失了。这件物是上方所赐，新罗国进到，世上只有这一只，万弗走失！上方再来索取，却是那里去讨？』衙内道：『儿带出去无妨。但只要光耀州府，教人看玩则个。』相公道：『早归，少饮。』衙内借得新罗白鹞，令一个五放家架著。果然是那里去讨！牵将闹装银鞍马过来，衙内攀鞍上马出门。若是说话的当时同年生，并肩长，劝住崔衙内，只好休去。千不合，万不合，带这只新罗白鹞出来，惹出一场怪事。真个是亘古未闻，于今罕有！有诗为证：

外作禽荒内色荒，滥沾些了又何妨。早晨架出苍鹰去，日暮归来红粉香。

崔衙内寻常好畋猎。当日借得新罗白鹞，好生喜欢，教这五放家架著。一行人也有把水磨角靶弹弓，雁木乌椿弩子，架眼圆铁爪嘴弯鹰，牵搭耳细腰深口犬。出得城外，穿桃溪，过梅坞，登绿杨林，涉芳草渡。杏花村高悬酒望，茅檐畔低亚青帘。正是：

不暖不寒天气，半村半郭人家。

行了二三十里，觉道各人走得辛苦，寻一个酒店，衙内推鞍下马。入店问道：『有甚好酒买些个，先犒赏众人助脚力。』只见走一个酒保出来唱喏。看那人时，生得：

身长八尺，豹头燕颔，环眼骨髭，有如一个距水断桥张翼德，原水镇上王彦章。

衙内看了酒保，早吃一惊道：『怎么有这般生得恶相貌的人？』酒保唱了喏，站在一边。衙内教：『有好酒把些个来吃，就犒赏众人。』那酒保从里面掇一桶酒出来。随行自有带着底酒盏，安在桌上。筛下一盏，先敬衙内。

酒，酒！邀朋，会友。君莫待，时长久，名呼食前，礼于茶后。临风不可无，对月须教有。李白一饮一石，刘伶解醒五斗。公子沾唇脸似桃，佳人入腹腰如柳。

衙内见筛下酒色红，心中早惊：『如何恁地红！』踏著酒保脚跟，入去到酒缸前，扬开缸盖，只看了一看，吓得衙内：

顶门上不见三魂，脚底下荡散七魄。

只见血水里面浸著浮米。衙内出来，教一行人且莫吃酒。把三两银子与酒保，还了酒钱，那酒保接钱，唱喏谢了。衙内攀鞍上马，离酒店，又行了一二里地，又见一座山冈。

原来门外谓之郭，郭外谓之郊，郊外谓之野，野外谓之迥。行了半日，相次到北岳恒山。一座小峰在恒山脚下，山势果是雄勇：

山，山！突兀，回环。罗翠黛，列青蓝。洞云缥缈，涧水潺湲，峦碧千山外，岚光一望间。暗想云峰尚在，宜陪谢屐重攀。季世七贤虽可爱，盛时四皓岂宜闲。

衙内恰待上那山去。抬起头来，见山脚下立著两条木柱，柱上钉著一面版牌，牌上写著几句言语。衙内立马看了道：『这条路上恁地利害！』勒住马，叫：『回去休。』众人都赶上来。衙内指著版牌，教众人看。有识字的，读道：

此山通北岳恒山路，名为定山。有路不可行。其中精灵不少，鬼怪极多。行路君子，可从此山下首小路来往，切不可经此山过。特预禀知。

『如今却怎地好？』衙内道：『且只得回去。』待要回来，一个胳膊上架著一枚角鹰，出来道：『覆衙内，男女在此居，上面万千景致，生数般跷蹊作怪直钱的飞禽走兽。衙内既是出来畋猎，不入这山去，从小路上去，那里是平地，有甚飞禽走兽！可惜闲了新罗白鹞，也可惜闲了某手中角鹰。这一行架的小鹞、猎狗、弹弓、弩子，都为弃物。』衙内道：『也说得是。你们都听我说，若打得活的归去，到府中一人赏银三两，吃几杯酒了归。若打得死的，一个赏银一两，也吃几杯酒了归。如都打不得飞禽走兽，银子也没有，酒也没得吃。』众人各应了喏。衙内把马摔一鞭，先上山去。众人也各上山来。可煞作怪，全没讨个飞禽走兽。只见草地里掉掉地响。衙内用五轮八光左右两点神水，则看了一看，喝声采！从草里走出一只乾红兔儿来。众人都向前。衙内道：『若捉得这红兔儿的，赏五两银子。』去马后立著个人，手探着新罗白鹞。衙内道：『却如何不去勒？』闲汉道：『告衙内，未得台旨，不敢擅便。』衙内道一声：『快去！』那闲汉领台旨，放那白鹞子勒红兔儿。这白鹞见放了手，一翅箭也似便去。这兔儿见那白鹞赶得紧，去浅草丛中便钻。鹞子见兔儿走的不见，一翅径飞过山嘴去。衙内道：『且与我寻白鹞子。』衙内也勒著马，转山去赶。赶到山腰，见一所松林：

松，松！节峻，阴浓。能耐岁，解凌冬。高侵碧汉，森耸青峰，偃蹇形如盖，虬蟠势若龙。茂叶风声瑟瑟，紧枝月影重重，四季常持君子操，五株曾受大夫封。

衙内手掿著石磨角靶弹弓，骑那马赶。看见白鹞子飞入林子里面去。衙内也入这林子里来。当初白鹞子脖项上带着一个小铃儿。林子背后一座峭壁悬崖，没路上去。则听得峭壁顶上铃儿响。衙内抬起头来看时，吃了一惊，道：『不曾见这般跷蹊作怪底事！』去那峭壁顶上，一株大树底下，坐著一个一丈来长短骷髅：

头上裹著镞金蛾帽儿，身上锦袍灼灼，金甲辉辉。锦袍灼灼，一条抹额荔枝红；金甲辉辉，靴穿一双鹦鹉绿。

看那骷髅，左手架著白鹞，右手一个指头，拨那鹞子的铃儿，口里啧啧地引这白鹞子。衙内道：『却不作怪！我如今去讨，又没路上得去。』只得在下面告道：『尊神，崔某不知尊神是何方神圣，一时走了新罗白鹞，望尊神见还则个！』看那骷髅，一似佯佯不睬。似此告了他五七番，陪了七八个大喏。这人从又不见一个入林子来。骷髅只是不睬。衙内忍不得，拿起手中弹弓，拽得满，觑得较亲，一弹子打去。一声响亮，看时，骷髅也不见，白鹞子也不见了。乘著马出这林子前，人从都不见。著眼看那林子，四下都是青草。看看天色晚了，衙内慢慢地行。肚中又饥。下马离鞍，吊缰牵著马，待要出这山路口。看那天色却早：

红日西沉，鸦鹊奔林高噪。打鱼人停舟罢棹，望客旅贪程，烟村缭绕。山寺寂寥，玩银灯，佛前点照。月上东郊，孤村酒旆收了。采樵人回，攀古道，过前溪，时听猿啼虎啸。深院佳人，望夫归倚门斜靠。

衙内独自一个牵著马，行到一处，却不是早起入来的路。星光之下，远远地望见数间草屋。衙内道：『惭愧！这里有人家时，却是好了。』径来到跟前一看，见一座庄院：

庄，庄！临堤，傍冈。青瓦屋，白泥墙。桑麻映日，榆柳成行，山鸡鸣竹坞，野犬吠村坊。淡荡烟笼草舍，轻盈雾罩田桑，家有余粮鸡犬饱，户无徭役子孙康。

衙内把马系在庄前柳树上，便去叩那庄门。衙内道：『过往行人，迷失道路，借宿一宵，来日寻路归家。』庄里无人答应。衙内又道：『是见任中山府崔丞相儿子。因不见了新罗白鹞，迷失道路，问宅里借宿一宵。』敲了两三次，方才听得有人应道：『来也，来也！』鞋履响，脚步鸣，一个人走将出来开门。衙内打一看时，叫声苦！那出来的不是别人，却便是早间村酒店里的酒保。衙内问道：『你如何却在这里？』酒保道：『告官人，这里是酒保的主人家。我却入去说了便出来。』酒保去不多时，只见几个青衣，簇拥著一个著乾红衫的女儿出来。

吴道子善丹青，描不出风流体段；蒯文通能舌辨，说不尽许多精神。

衙内不敢抬头：『告娘娘，崔亚迷失道路，敢就贵庄借宿一宵。来日归家，丞相爹爹却当报效。』只见女娘道：『奴等衙内多时，果蒙宠访。请衙内且入敝庄。』衙内道：『岂敢辄入？』再三再四，只管相请。衙内唱了喏，随著入去。到一个草堂之上，见灯烛荧煌，青衣点将茶来。衙内告娘娘：『敢问此地是何去处？娘娘是何姓氏？』女娘听得问，启一点朱唇，露两行碎玉，说出数句言语来。衙内道：『这事又作怪！』茶罢，接过盏托。衙内自思量道：『先自肚里又饥，却教吃茶！』正恁沉吟间，则见女娘教安排酒来。道不了，青衣掇过果桌。顷刻之间，咄嗟而办：

幕天席地，灯烛荧煌。筵排异皿奇杯，席展金觥玉斝。珠罍妆成异果，玉盘簇就珍羞。珊瑚筵上，青衣美丽捧霞觞；玳瑁杯中，粉面丫鬟斟玉液。

衙内叉手向前：『多蒙赐酒，不敢只受。』女娘道：『不妨。屈郎少饮。家间也是勋臣贵戚之家。』衙内道：『不敢拜问娘娘，果是那一宅？』女娘道：『不必问，他日自知。』衙内道：『家间父母望我回去。告娘娘指路，令某早归。』女娘道：『不妨。家间正是五伯诸侯的姻眷，衙内又是宰相之子，门户正相当。奴家见爹爹议亲，东来不就，西来不成，不想姻缘却在此处相会！』衙内听得说，愈加心慌，却不敢抗违，则应得喏。一杯两盏，酒至数巡。衙内告娘娘：『指一条路，教某归去。』女娘道：『不妨，左右明日教爹爹送衙内归。』衙内道：『「男女不同席，不共食」。自古「瓜田不纳履，李下不整冠」。深恐得罪于尊前。』女娘道：『不妨。纵然不做夫妇，也待明日送衙内回去。』衙内似梦如醉之间，则听得外面人语马嘶。青衣报道：『将军来了。』女娘道：『爹爹来了，请衙内少等则个。』女娘轻移莲步，向前去了。衙内道：『这里有甚将军！』捏手捏脚，尾著他到一壁厢，转过一个阁儿里去，听得有人在里面声唤。衙内去黑处，把舌尖舐开纸窗一望时，吓得浑身冷汗，动掸不得，道：『我这性命休了！走了一夜，却走在这个人家里。』当时衙内窗眼里，看见阁儿里两行都摆列朱红椅子，主位上坐著一个一丈来长短骷髅，却便是日间一弹子打的。且看他如何说？那女孩儿见爹爹叫了万福，问道：『爹爹没甚事？』骷髅道：『孩儿。你不来看我则个！我日间出去，见一只雪白鹞子，我见他奇异，捉将来架在手里。被一个人在山脚下打我一弹子，正打在我眼里，好疼！我便问山神土地时，却是崔丞相儿子崔衙内。我若捉得这厮，将来背剪缚在将军柱上，劈腹取心。左手把起酒来，右手把著他心肝，吃一杯酒，嚼一块心肝，以报冤仇……』说犹未了，只见一个人，从屏风背转将出来。不是别人，却是早来村酒店里的酒保。将军道：『班犬，你听得说也不曾？』班犬道：『才见说，却不叵耐。崔衙内早起来店中向我买酒吃，不知却打了将军的眼！』女孩儿道：『告爹爹，他也想是误打了爹爹。望爹爹饶恕他。』班犬道：『妹妹莫怪我多口！崔衙内适来共妹妹在草堂饮酒。』女孩儿告爹爹：『崔郎与奴饮酒，他是五百年前姻眷。看孩儿面，且饶恕他则个！』将军便只管焦躁，女孩儿只管劝。衙内在窗子外听得，道：『这里不走，更待何时！』走出草堂，开了院门，跳上马，摔一鞭，那马四只蹄一似翻盏撒钹，道不得个慌不择路，连夜胡乱走到天色渐晓，离了定山。衙内道：『惭愧！』

正说之间，林子里抢出十余个人来，大喊大声，把衙内簇住。衙内道：『我好苦！出得龙潭，又入虎穴！』仔细看时，却是随从人等。衙内道：『我吃你们一惊！』众人问衙内：『一夜从那里去来？今日若不见衙内，我们都打没头脑恶官司。』衙内对众人把上项事说了一遍。众人都以手加额道：『早是不曾坏了性命！我们昨晚一夜不敢归去，在这林子里等到今日。早是新罗白鹞，原来飞在林子后面树上，方才收得。』那养角鹰的道：『覆衙内，男女在此土居，这山里有多少奇禽异兽，只好再入去出猎。可惜担搁了新罗白鹞。』衙内道：『这厮又来！』众人扶策著衙内，归到府中。一行人离了犒设，却入堂里，见了爹妈，唱了喏。相公道：『一夜你不归，那里去来？忧杀了妈妈。』衙内道：『告爹妈，儿子昨夜见一件诧异的事！』把说过许多话，从头说了一遍。相公焦躁：『小后生乱道胡说。且罚在书院里，教院子看著，不得出离。』衙内只得入书院。

时光似箭，日月如梭，捻指间过了三个月。当时是夏间天气：

夏，夏！雨余亭厦，纨扇轻，薰风乍，散发披襟，弹棋打马，古鼎焚龙涎，照壁名人画。当头竹径风生，两行青松暗瓦，最好沉李与浮瓜，对青樽旋开新鲊。

衙内过三个月不出书院门。今自天色却热，且离书院，去后花园里乘凉。坐定，衙内道：『三个月不敢出书院门，今日在此乘凉，好快活！』听那更点，早是二更。只见一轮月从东上来。

月，月！无休，无歇。夜东生，晓西灭。少见团圆，多逢破缺。偏宜午夜时，最称三秋节。幽光解敌严霜，皓色能欺瑞雪。穿窗深夜忽清风，曾遣离人情惨切。

衙内乘着月色，闲行观看。则见一片黑云起，云绽处，见一个人驾一轮香车，载着一个妇人。看那驾车的人，便是前日酒保班犬，香车里坐著乾红衫女儿，衙内月光下认得是庄内借宿留他吃酒的女娘。下车来道：『衙内，外日奴好意相留，如何不别而行？』衙内道：『好！不走，右手把著酒，左手把著心肝做下口。告娘娘，饶崔某性命！』女孩儿道：『不要怕，我不是人，亦不是鬼。奴是上界神仙，与衙内是五百年姻眷，今日特来效于飞之乐。』教班犬自驾香车去。衙内一时被他这色迷了。

色，色！难离，易惑。隐深闺，藏柳陌。长小人志，灭君子德。后主谩多才，纣王空有力。伤人不痛之刀，对面杀人之贼。方知双眼是横波，无限贤愚被沉溺。

两个同在书院里过了数日。院子道：『这几日衙内不许我们入书院里，是何意故？』当夜张见一个妖媚的妇人。院子先来覆管家婆，便来覆了相公。相公焦躁做一片，仗剑入书院里来。衙内见了相公，只得唱个喏。相公道：『我儿，教你在书院中读书，如何引惹邻舍妇女来？朝廷得知，只说我纵放你如此！也妨我儿将来仕路！』衙内只应得喏：『告爹爹，无此事。』却待再问，只见屏风后走出一个女孩儿来，叫声万福。相公见了，越添焦躁。仗手中宝剑，移步向前，喝一声道：『著！』剑不下去，万事俱休，一剑下去，教相公倒退三步。看手中利刃，只剩得剑靶。吃了一惊，到去住不得。只见女孩儿道：『相公休焦！奴与崔郎五百年姻契，合为夫妇。不日同为神仙。』相公出豁不得，却来与夫人商量，教请法官。哪里捉得住！正恁地烦恼，则见客将司来覆道：『告相公，有一司法，姓罗名公适，新到任来公参。客司说：「相公不见客。」问：「如何不见客？」客将司把上件事说了一遍。罗法司道：「此间有一个修行在世神仙，可以断得。姓罗名公远，是某家兄。」客将司覆相公。』相公即时请相见。茶汤罢，便问罗真人在何所。得了备细，便修札子，请将罗公远下山，到府中见了。崔丞相看那罗真人，果是生得非常。便引到书院中，与这妇人相见了。罗真人劝谕那妇人：『看罗某面，放舍崔衙内。』妇人那里肯依。罗真人既再三劝谕，不从。作起法来，忽起一阵怪风。

风，风！荡翠，飘红。忽南北，忽西东。春开柳叶，秋谢梧桐。凉入朱门内，寒添陋巷中。似鼓声摇陆地，如雷响振晴空。乾坤收拾尘埃净，现日移阴却有功。

那阵风过处，叫下两个道童来。一个把著一条缚魔索，一个把著一条黑柱杖。罗真人令道童捉下那妇女。妇女见道童来捉，他叫一声班犬。从虚空中跳下班犬来，岔岔地擎起双拳，竟来抵敌。原来邪不可以干正，被两个道童一条索子，先缚了班犬，后缚了乾红衫女儿。喝教现形。班犬变做一只大虫，乾红衫女儿变做一个红兔儿。道：『这骷髅神原来晋时一个将军，死葬在定山之上，岁久年深，成器了，现形作怪。』罗真人断了这三怪，救了崔衙内性命。从此至今，定山一路太平无事。这段话本，则唤做《新罗白鹞》、《定山三怪》。有诗为证：

虎奴兔女活骷髅，作怪成群山上头。一自真人明断后，行人坦道永无忧。

计押番金鳗产祸

终日昏昏醉梦间，忽闻春尽强登山。因过竹院逢僧话，又得浮生半日闲。

话说大宋徽宗朝有个官人，姓计名安，在北司官厅下做个押番。止只夫妻两口儿。偶一日，下番在家，天色却热，无可消遣，却安排了钓竿，迤逦取路来到金明池上钓鱼。钓了一日，不曾发市。计安肚里焦躁，却待收了钓竿归去，觉道浮子沉下去，钓起一件物事来。计安道声『好』，不知高低：『只有钱那里讨！』安在篮内，收拾了竿子，起身取路归来。一头走，只听得有人叫道：『计安！』回头看时，却又没人。又行又叫：『计安，吾乃金明池掌。汝若放我，教汝富贵不可言尽；汝若害我，教你合家人口死于非命。』仔细听时，不是别处，却是鱼篮内叫声。计安道：『却不作怪！』一路无话。到得家中，放了竿子篮儿。那浑家道：『丈夫，快去厅里去，太尉使人来叫你两遭。不知有甚事，吩咐便来。』计安道：『今日是下番日期，叫我做甚？……』说不了，又使人来叫：『押番，太尉等你。』计安连忙换了衣衫，和那叫的人去干当官的事。了毕，回来家中，脱了衣裳，教安排饭来吃。只见浑家安排一件物事，放在面前。押番见了，吃了一惊，叫声苦，不知高低：『我这性命休了！』浑家也吃一惊道：『没甚事，叫苦连声！』押番却把早间去钓鱼的事说了一遍，道：『是一条金鳗，他说：「吾乃金明池掌，若放吾，大富不可言；若害我，教我合家死于非命。」你却如何把他来害了？我这性命合休！』浑家见说，啐了一口唾道：『却不是放屁！金鳗又会说起话来！我见没有下饭，安排他来吃，却又没事。你不吃，我一发吃了。』计安终是闷闷不已。到得晚间，夫妻两个解带脱衣去睡。浑家见他怀闷，离不得把些精神来陪侍他。自当夜之间，那浑家身怀六甲，只见眉低眼慢，腹大乳高。倏忽间又十月满足。临盆之时，叫了收生婆，生下个女孩儿来。正是：

野花不种年年有，烦恼无根日日生。

那押番看了，夫妻二人好不喜欢，取名叫做庆奴。

时光如箭，转眼之间，那女孩儿年登二八，长成一个好身材，伶俐聪明，又教成一身本事。爹娘怜惜，有如性命。时遇靖康丙午年间，士马离乱，因此计安家夫妻女儿三口，收拾随身细软包裹，流落州府。后来打听得车驾杭州驻跸，官员都随驾来临安，计安便迤逦取路奔行在来。不则一日，三口儿入城，权时讨得个安歇，便去寻问旧日官员相见了，依旧收留在厅着役，不在话下。计安便教人寻间房，安顿了妻小居住。不止一日，计安觑着浑家道：『我下番无事，若不做些营生，恐坐吃山空。须得些个道业来相助方好。』浑家道：『我也这般想，别没甚事好做，算来只好开一个酒店。便是你上番时，我也和孩儿在家里卖得。』计安道：『你说得是，和我肚里一般。』便去理会这节事。次日，便去打合个量酒的人。却是外方人，从小在临安讨衣饭吃，没爹娘，独自一个，姓周名得，排行第三。安排都了，选吉日良时，开张店面。周三就在门前卖些果子，自捏合些汤水。到晚间，就在计安家睡。计安不在家，那娘儿两个自在家中卖。那周三直是勤力，却不躲懒。

倏忽之间，相及数月。忽朝一日，计安对妻子道：『我有句话和你说，不要嗔我。』浑家道：『却有甚事，只管说。』计安道：『这儿日我见那庆奴，全不像那女孩儿相态。』浑家道：『孩儿日夜不曾放出去，并没甚事，想必长成了恁么！』计安道：『莫托大！我见他和周三两个打眼色。』当日没话说。一日，计安不在家，做娘的叫那庆奴来：『我儿，娘有件事和你说，不要瞒我。』庆奴道：『没甚事。』娘便说道：『我这几日，见你身体粗丑，全不像模样。实对我说。』庆奴见问，只不肯说。娘见那女孩儿前言不应后语，失张失志，道三不着两，面上忽青忽红，娘道：『必有缘故！』捉住庆奴，搜检他身上时，只叹得口气，叫声苦，连腮赠掌打那女儿：『你却被何人坏了？』庆奴吃打不过，哭着道：『我和那周三两个有事。』娘见说，不敢声，颠着脚，只叫得苦：『却是怎的计结？爹归来时须说我在家管甚事！装这般幌子！』周三不知里面许多事，兀自在门前卖酒。到晚，计安归来歇息了，安排些饮食吃罢。浑家道：『我有件事和你说。果应你的言语，那丫头被周三那厮坏了身体。』那计安不听得说，万事全休，听得说时，怒从心上起，恶向胆边生，便要去打那周三。浑家拦住道：『且商量，打了他，不争我家却是甚活计！』计安道：『我指望教这贱人去个官员府第，却做出这般事来。譬如不养得，把这丫头打杀了罢。』做娘的再三再四劝了一个时辰。爹性稍过，便问这事却怎地出豁？做娘的不慌不忙，说出一个法儿来。正是：

金风吹树蝉先觉，断送无常死不知。

浑家道：『只有一法，免得装幌子。』计安道：『你且说。』浑家道：『周三那厮，又在我家得使，何不把他来招赘了？』——说话的，当时不把女儿嫁与周三，只好休，也只被人笑得一场，两下赶开去，却没后面许多说话。不想计安听信了妻子之言，便道：『这也使得。』当日且吩咐周三归去。那周三在路上思量：『我早间见那做娘的打庆奴，晚间押番归，却打发我出门。莫是东窗事发？若是这事走漏，须教我吃官司，如何计结？』没做理会处。正是：

乌鸦与喜鹊同行，吉凶事全然未保。

闲话提过，离不得计押番使人去说合周三。下财纳礼，择日成亲，不在话下。

倏忽之间，周三入赘在家，一载有余。夫妻甚是说得着。两个暗地计较了，只要搬出去住。在家起晏睡早，躲懒不动。周三那厮，打出吊入，公然乾颡。计安忍不得，不住和那周三厮闹。便和浑家商量，和这厮官司一场，夺了休，却不妨得。日前时便怕人笑，没出手，今番只说是招那厮不着。便安排圈套，捉那周三些个事，闹将起来，和他打官司。邻舍劝不住，夺了休。周三只得离了计押番家，自去赶趁。庆奴不敢则声，肚里自烦恼。正自生离死别。讨休在家相及半载，只见有个人来寻押番娘，却是个说亲的媒人。相见之后，坐定道：『闻知宅上小娘子要说亲，老媳妇特来。』计安道：『有甚好头脑，万望主盟。』婆子道：『不是别人，这个人是虎翼营有请受的官身，占被在官员去处，姓戚名青。』计安见说，因缘相撞，却便肯。即时便出个帖子，几杯酒相待。押番娘便说道：『婆婆用心则个。事成时，却得相谢。』婆婆谢了，自去。夫妻两个却说道：『也好，一则有请受官身；二则年纪大些，却老成；三则周三那厮不敢来胡生事，已自嫁了个官身。我也认得这戚青，却善熟。』话中见快。媒人一合说成。依旧少不得许多节次，成亲。却说庆奴与戚青两个说不着，道不得个『少女少郎，情色相当』。戚青却年纪大，便不中那庆奴意。却整日闹吵，没一日静办。爹娘见不成模样，又与女夺休，告托官员，封过状子，去所属看人情面，给状判离。戚青无力势，被夺了休。遇吃得醉，便来计押番门前骂。忽朝一日，发出句说话来，教『张公吃酒李公醉』『柳树上着刀，桑树上出血』。正是：

安乐窝中好使乖，中堂有客寄书来。多应只是名和利，撇在床头不拆开。

那戚青遇吃得酒醉，便来厮骂。却又不敢与他争。初时邻里也来相劝。次后吃得醉便来，把做常事，不管他。一日，戚青指着计押番道：『看我不杀了你这狗男女不信！』道了自去，邻里都知。

却说庆奴在家，又经半载。只见有个婆婆来闲话。莫是来说亲？相见了。茶罢，婆子道：『有件事要说，怕押番焦躁。』计安夫妻两个道：『但说不妨。』婆子道：『老媳妇见小娘子两遍说亲不着，何不把小娘子去个好官员家？三五年一程，却出来说亲也不迟。』计安听说，肚里道：『也好，一则两遍装幌子，二则坏了些钱物。却是又嫁什么人是得？』便道：『婆婆，有什么好去处，教孩儿去则个？』婆子道：『便是有个官人要小娘子，特地叫老媳妇来说。见在家中安歇。他曾来宅上吃酒，认得小娘子。他是高邮军主簿，如今来这里理会差遣，没人相伴。只是要带归宅里去。却不知押番肯也不肯？』夫妻两个计议了一会，便道：『若是婆婆说时，必不肯相误，望婆婆主盟则个。』当日说定，商量拣日，做了文字。那庆奴拜辞了爹娘，便来伏事那官人。有分教：做个失乡之鬼，父子不得相见。正是：

天听寂无声，苍苍何处寻？非高亦非远，都只在人心。

那官人是高邮军主簿，家小都在家中，来行在理会本身差遣，姓李，名子由。讨得庆奴，便一似夫妻一般。日间寒食节，夜里正月半。那庆奴思衣得衣，思食得食。数月后，官人家中信到，催那官人去，恐在都下费用钱物。不只一日，干当完备，安排行装，买了人事，雇了船只，即日起程，取水路归来。在路贪花恋酒，迁延程途，直是快快。相次到家，当直人等接着。那恭人出来，与官人相见。官人只应得喏，便道：『恭人在宅干管不易。』便教庆奴入来参拜恭人。庆奴低着头，走入来立地，却待拜。恭人道：『且休拜。』便问：『这是什么人？』官人道：『实不瞒恭人，在都下早晚无人使唤，胡乱讨来相伴。今日带来伏侍恭人。』恭人看了庆奴道：『你却和官人好快活！来我这里做什么？』庆奴道：『奴一时遭际，恭人看离乡背井之面。』只见恭人教两个养娘来：『与我除了那贱人冠子，脱了身上衣裳，换几件粗布衣裳着了，解开脚，蓬松了头，罚去厨下打水烧火做饭。』庆奴只叫得万万声苦，哭告恭人道：『看奴家中有老爹娘之面。若不要庆奴，情愿转纳身钱，还归宅中。』恭人道：『你要去，可知好哩！且罚你厨下吃些苦。你从前快活也够了。』庆奴看着那官人道：『你带我来，却教我恁地模样！你须与我告恭人则个。』官人道：『你看恭人何等情性！随你了得的包待制，也断不得这事。你且没奈何，我自性命不保。等他性下，却与你告。』即时押庆奴到厨下去。官人道：『恭人若不要他时，只消退在牙家，转变身钱便了，何须发怒！』恭人道：『你好做作！兀自说哩！』自此罚在厨下，相及一月。忽一日晚，官人去厨下，只听得黑地里有人叫官人。官人听得，认得是庆奴声音。走近前来，两个扯住了哭，不敢高声。便说道：『我不合带你回来，教你吃这般苦！』庆奴道：『你只管教我在这里受苦，却是几时得了？』官人沉吟半晌，道：『我有道理救你处。不若我告他，只做退你去牙家，转变身钱，安排廨舍，悄悄地教你在那里住。我自教人把钱来，我也不时自来，和你相聚，是好也不好？』庆奴道：『若得如此，可知好哩！却是灾星退度。』当夜官人离不得把这事说道：『庆奴受罪也够了。若不要他时，教发付牙家去，转变身钱。』恭人应允。不知里面许多事。

且说官人差一个心腹虞侯，叫做张彬，专一料理这事。把庆奴安顿廨舍里，隔得那宅中一两条街，只瞒着恭人一个不知。官人不时便走来，安排几杯酒吃了后，免不得干些没正经的事。却说宅里有个小官人，叫做佛郎，年方七岁，直是得人惜。有时往来庆奴那里耍。爹爹便道：『我儿不要说向妈妈道，这个是你姐姐。』孩儿应喏。忽一日，佛郎来，要走入去。那张彬与庆奴两个相并肩而坐吃酒。佛郎见了，便道：『我只说向爹爹道。』两个男女回避不迭。张彬连忙走开躲了。庆奴一把抱住佛郎，坐在怀中说：『小官人不要胡说。姐姐自在这里吃酒，等小官人来，便把果子与小官人吃。』那佛郎只是说：『我向爹爹道，你和张虞侯两个做什么。』庆奴听了，口中不道，心下思量：『你说了，我两个却如何！』眉头一纵，计上心来。『宁苦你，莫苦我。没奈何，来年今月今日今时，是你忌辰！』把条手巾捉住佛郎，扑番在床上，便去一勒。那里消半碗饭时，那小官人命归泉世。正是：

时间风火性，烧却岁寒心。

一时把那小官人来勒杀了，却是怎地出豁？正没理会处，只见张彬走来。庆奴道：『叵耐这厮，只要说与爹爹知道。我一时慌促，把来勒死了。』那张彬听说，叫声苦，不知高低！道：『姐姐，我家有老娘，却如何出豁？』庆奴道：『你教我坏了你，怎恁地说！是你家有老娘，我也有爹娘。事到这里，我和你收拾些包裹，走归行在见我爹娘，这须不妨。』张彬没奈何。只得随顺。两个打叠包儿，漾开了逃走。离不得宅中不见了佛郎，寻到庆奴家里，见他和张彬走了，孩儿勒死在床。一面告了官司，出赏捉捕，不在话下。

张彬和庆奴两个取路到镇江。那张彬肚里思量着老娘，忆着这事，因此得病。就在客店中将息。不止一日，身边细软衣物解尽。张彬道：『要一文看也没有，却是如何计结？』簌簌地两行泪下：『教我做个失乡之鬼！』庆奴道：『我会一身本事，唱得好曲，到这里怕不得羞。何不买个锣儿，出去诸处酒店内卖唱，趁百十文，把来使用，是好也不好？』张彬道：『你是好人家儿女，如何做得这等勾当？』庆奴道：『事极无奈。但得你没事，和你归临安见我爹娘。』从此庆奴只在镇江店中赶趁。

话分两头，却说那周三自从夺休了，做不得经纪。归乡去投奔亲戚又不着。一夏衣裳着汗，到秋来都破了。再归行在来，于计押番门首过。其时是秋深天气，蒙蒙的雨下，计安在门前立地。周三见了便唱个喏。计安见是周三，也不好问他来做什么。周三道：『打这里过，见丈人，唱个喏。』计安见他身上蓝褛，动了个恻隐之心。便道：『入来，请你吃碗酒了去。』当时只好休引那厮，却没甚事。千不合，万不合，教入来吃酒，却教计押番：一种是死，死之太苦；一种是亡，亡之太屈！

却说计安引周三进门。老婆道：『没事引他来做甚？』周三见了丈母，唱了诺道：『多时不见。自从夺了休，病了一场，做不得经纪，投远亲不着。姐姐安乐？』计安道：『休说！自你去之后，又讨头脑不着。如今且去官员人家三二年，却又理会。』便教浑家暖将酒来，与周三吃。吃罢，没甚事，周三谢了自去。天色却晚，有一两点雨下。周三道：『也罪过，他留我吃酒！却不是他家不好，都是我自讨得这场烦恼。』一头走，一头想：『如今却是怎地好？深秋来到，这一冬如何过得？』自古人极计生，蓦上心来：『不如等到夜深。掇开计押番门。那老夫妻两个又睡得早，不防我。拿些个东西，把来过冬。』那条路却静，不甚热闹。走回来等了一歇，掇开门闪身入去，随手关了。仔细听时，只听得押番娘道：『关得门户好，前面响。』押番道：『撑打得好。』浑家道：『天色雨下，怕有做不是的。起去看一看，放心。』押番真个起来看。周三听得，道：『苦也，起来捉住我，却不利害！』去那灶头边摸着把刀在手，黑地里立着。押番不知头脑，走出房门看时，周三让他过一步，劈脑后便剁。觉得衬手，劈然倒地，命归泉世。周三道：『只有那婆子，索性也把来杀了。』不则声，走上床，揭开帐子，把押番娘杀了。点起灯来，把家中有底细软包裹都收拾了。碌乱了半夜，周三背了包裹，倒拽上门。迤逦出北关门。

且说天色已晓，人家都开门。只见计押番家静悄悄，不闻声息。邻舍道：『莫是睡杀了也？』隔门叫唤不应。推那门时，随手而开。只见那中门里计押番死尸在地，便叫押番娘，又不应。走入房看时，只见床上血浸着那死尸，箱笼都开了。众人都道：『不是别人，是戚青这厮，每日醉了来骂，便要杀他。今日真个做出来！』即时经由所属，便去捉了戚青。戚青不知来历，一条索缚将去。和邻舍解上临安府。府主见报杀人公事，即时升厅，押那戚青至面前，便问：『有请官身，辄敢禁城内杀命掠财！』戚青初时辩说。后吃邻舍指证叫骂情由，分说不得。结正申奏朝廷，勘得戚青有请官身，禁城内图财杀人，押赴市曹处斩。但见：

刀过时一点清风，尸倒处满街流血。

戚青枉吃了一刀。且说周三坏了两个人命，只恁地休，却没有天理！天几曾错害了一个，只是时辰未到。

且说周三迤逦取路，直到镇江府，讨个客店歇了。没事出来闲走一遭，觉道肚中有些饥，就这里买些酒吃。只见一家门前招子上写道：

酝成春夏秋冬酒，醉倒东西南北人。

周三入去时，酒保唱了喏。问了升数，安排蔬菜下口。方才吃得两盏，只见一个人，头顶着厮锣，入来阁儿前，道个万福。周三抬头一看，当时两个都吃一惊。不是别人，却是庆奴。周三道：『姐姐，你如何却在这里？』便教来坐地。教量酒人添只盏来，便道：『你家中说卖你官员人家，如今却如何恁地？』庆奴见说，泪下数行。但见：

几声娇语如莺啭，一串真珠落线头。

道：『你被休之后，嫁个人不着。如今卖我在高邮军主簿家。到得他家，娘子妒色，罚我厨下打火，挑水做饭，一言难尽。吃了万千辛苦。』周三道：『却如何流落到此？』庆奴道：『实不相瞒。后来与本府虞候两个有事，小官人撞见，要说与他爹爹，因此把来勒杀了。没计奈何，逃走在此。那厮却又害病在店中。解当使尽，因此我便出来赚几钱盘缠。今日天与之幸，撞见你。吃了酒，我和你同归店中。』周三道：『必定是你老公一般，我须不去。』庆奴道：『不妨，我自有道理。』那里是教周三去，又教坏了一个人性命。有诗为证：

日暮迎来香阁中，百年心事一宵同。寒鸡鼓翼纱窗外，已觉恩情逐晓风。

当时两个同到店中，甚是说得着。

当初兀自赎药煮粥，去看那张彬。次后有了周三，便不管他。有一顿，没一顿。张彬又见他两个公然在家乾颡，先自十分病做十五分，得口气，死了。两个正是推门入柏，免不得买具棺木盛殓，把去烧了。周三搬来店中，两个依旧做夫妻。周三道：『我有句话和你说。如今却不要你出去卖唱。我自寻些道路，赚得钱来使。』庆奴道：『怎么恁地说。当初是没计奈何，做此道路。』自此两个恩情，便是：

云淡淡天边鸾凤，水沉沉交颈鸳鸯，欢娱嫌夜短，寂寞恨更长。

忽一日，庆奴道：『我自离了家中，不知音信。不若和你同去行在，投奔爹娘。「大虫恶杀不吃儿」。』周三道：『好却好，只是我和你归去不得。』庆奴问：『怎地？』周三却待说，又忍了。当时只不说便休，千不合，万不合，说出来，分明似飞蛾投火，自送其死。正是：

花枝叶下犹藏刺，人心怎保不怀毒。

庆奴务要问个备细。周三道：『实不相瞒。——如此如此——把你爹娘都杀了，却走在这里，如何归去得！』庆奴见说，大哭起来，扯住道：『你如何把我爹娘来杀了？』周三道：『住住！我不合杀了你爹娘，你也不合杀小官人和张彬，大家是死的。』庆奴沉吟半晌，无言抵对。倏忽之间，相及数月。周三忽然害着病，起床不得。身边有些钱物，又都使尽。庆奴看着周三道：『家中没柴米，却是如何？你却不要嗔我。「前回意智今番在」，依旧去卖唱几时。等你好了，却又理会。』周三无计可施，只得应允。自从出去赶趁，每日赚得几贯钱来，便无话说。有时赚不得来，周三那厮便骂：『你都是又喜欢汉子，贴了他！』不由分说。若撰不来，庆奴只得去到处熟酒店里柜头上，借几贯归家。赚得来便还他。

一日，却是深冬天气，下雪起来，庆奴立在危楼上，倚着阑干立地，只见三四个客人上楼来吃酒。庆奴道：『好大雪，晚间没钱归去，那厮又骂。且喜那三四客人来饮酒。我且胡乱去卖一卖。』便去揭开帘儿，打个照面。庆奴只叫得『苦也！』不是别人，却是宅中当值的。叫一声：『庆奴，你好做作，却在这里！』吓得庆奴不敢则声，原来宅中下状，得知道走过镇江，便差宅中一个当值厮赶着做公的来捉。便问：『张彬在那里？』庆奴道：『生病死了。我如今却和我先头丈夫周三在店里住。那厮在临安把我爹娘来杀了，却在此撞见，同做一处。』当日酒也吃不成，即时缚了庆奴，到店中床上拖起周三，缚了，解来府中，尽情勘结，两个各自认了本身罪犯，申奏朝廷。内有戚青屈死，别作施行。周三不合图财杀害外父外母，庆奴不合因奸杀害两条性命，押赴市曹处斩。但见：

犯由前引，棍棒后随，前街后巷，这番过后几时回？把眼睁开，今日始知天报近。

正是：

但存夫子三分礼，不犯萧何六尺条。

这两个正是明有刑法相系，暗有鬼神相随。道不得个：

善恶到头终有报，只争来早与来迟。

后人评论此事，道计押番钓了金鳗，那时金鳗在竹篮中，开口原说道：『汝若害我，教你合家人口，死于非命。』只合计押番夫妻偿命，如何又连累周三、张彬、戚青等许多人？想来这一班人也是一缘一会，该是一宗案上的鬼，只借金鳗作个引头。连这金鳗说话，金明池执掌，未知虚实，总是个凶妖之先兆。计安既知其异，便不该带回家中，以致害他性命。大凡物之异常者，便不可加害。有诗为证：

李救朱蛇得美姝，孙医龙子获奇书。劝君莫害非常物，祸福冥中报不虚。

第二十一卷

赵太祖千里送京娘

兔走乌飞疾若驰，百年世事总依稀。累朝富贵三更梦，历代君王一局棋。禹定九州汤受业，秦吞六国汉登基。百年光景无多日，昼夜追欢还是迟。

话说赵宋末年，河东石室山中有个隐士，不言姓名，自称石老人。有人认得的，说他原是有才的豪杰，因遭胡元之乱，曾诣军门献策不听，自起义兵，恢复了几个州县。后来见时势日蹙，知大事已去，乃微服潜遁，隐于此山中。指山为姓，农圃自给，耻言仕进。或与谈论古今兴废之事，娓娓不倦。一日，近山有老少二儒，闲步石室，与隐士相遇，偶谈汉、唐、宋三朝创业之事。隐士问：『宋朝何者胜于汉唐？』一士云：『修文偃武。』一士云：『历朝不诛戮大臣。』隐士大笑道：『二公之言，皆非通论。汉好征伐四夷，儒者虽言其「黩武」，然蛮夷畏惧，称为强汉，魏武犹借其余威以服匈奴。唐初府兵最盛，后变为藩镇，虽跋扈不臣，而犬牙相制，终藉其力。宋自澶渊和虏，惮于用兵。其后以岁币为常，以拒敌为讳，金元继起，遂至亡国。此则偃武修文之敝耳。不戮大臣，虽是忠厚之典，然奸雄误国，一概姑容，使小人进有非望之福，退无不测之祸。终宋之世，朝政坏于奸相之手。乃至末年，时穷势败，函侂胄于虏庭，刺似道于厕下，不亦晚乎？以是为胜于汉唐，岂其然哉？』二儒道：『据先生之意，以何为胜？』隐士道：『他事虽不及汉唐，惟不贪女色最胜。』二儒道：『何以见之？』隐士道：『汉高溺爱于戚姬，唐宗乱伦于弟妇。吕氏、武氏几危社稷，飞燕、太真并污宫闱。宋代虽有盘乐之主，绝无渔色之君。所以高、曹、向、孟，闺德独擅其美，此则远过于汉唐者矣。』二儒叹服而去。正是：

要知古往今来理，须问高明远见人。

方才说宋朝诸帝不贪女色，全是太祖皇帝贻谋之善。不但是为君以后，早朝宴罢，宠幸希疏，自他未曾发迹变泰的时节，也就是个铁铮铮的好汉，直道而行，一邪不染。则看他『千里送京娘』这节故事便知。正是：

说时义气凌千古，话到英风透九霄。八百军州真帝主，一条杆棒显雄豪。

且说五代乱离，有诗四句：

朱李石刘郭，梁唐晋汉周。都来十五帝，扰乱五十秋。

这五代都是偏霸，未能混一。其时土宇割裂，民无定主，到后周虽是五代之末，兀自有五国三镇。那五国？周郭威，北汉刘崇，南唐李璟，蜀孟昶，南汉刘晟。那三镇？吴越钱佐，荆南高保融，湖南周行逢。虽说五国三镇，那周朝承梁、唐、晋、汉之后，号为正统。赵太祖赵匡胤曾仕周为殿前都点检。后因陈桥兵变，代周为帝，混一宇内，国号大宋。当初未曾发迹变泰的时节，因他父亲赵洪殷曾仕汉，为岳州防御使，人都称匡胤为赵公子，又称为赵大郎。生得面如噀血，目若曙星，力敌万人，气吞四海。专好结交天下豪杰，任侠任气，路见不平，拔刀相助，是个管闲事的祖宗，撞没头祸的太岁。先在汴京城打了御勾栏，闹了御花园，角犯了汉末帝，逃难天涯。到关西护桥，杀了董达，得了名马赤麒麟。黄州除了宋虎，朔州三棒打死了李子英，灭了潞州王李汉超一家。来到太原地面，遇了叔父赵景清。时景清在清油观出家，就留赵公子在观中居住。谁知染患，一卧三月。比及病愈，景清朝夕相陪，要他将息身体，不放他出外闲游。

一日，景清有事出门，吩咐公子道：「侄儿耐心静坐片时，病如小愈，切勿行动！」景清去了。公子那里坐得住，想道：「便不到街坊游荡，这本观中闲步一回，又且何妨。」公子将房门拽上，绕殿游观，先登了三清宝殿，行遍东西两廊，七十二司，又看了东岳庙，转到嘉宁殿上游玩，叹息一声。真个是：

金炉不动千年火，玉盏长明万载灯。

行过多景楼、玉皇阁，一处处殿宇崔嵬，制度宏敞。公子喝采不迭：「果然好个清油观。」观之不足，玩之有余。转到酆都地府，冷静所在，却见小小一殿，正对那子孙宫相近，上写着降魔宝殿，殿门深闭。公子前后观看了一回，正欲转身，忽闻有哭泣之声，乃是妇女声音。公子侧耳而听，其声出于殿内。公子道：「蹊跷作怪！这里是出家人住处，缘何藏匿妇人在此？其中必有不明之事。且去问道童讨取钥匙，开这殿来，看个明白，也好放心。」回身到房中，唤道童讨降魔殿上匙钥。道童道：「这匙钥师父自家收管，其中有机密大事，不许闲人开看。」公子想道：「莫信直中直，须防人不仁。原来俺叔父不是个好人，三回五次只教俺静坐，莫出外闲行，原来干这勾当。出家人成甚规矩？俺今日便去打开殿门，怕怎么？」方欲移步，只见赵景清回来，公子含怒相迎，口中也不叫叔父，气忿忿地问道：「你老人家在此出家，干得好事！」景清出其不意，便道：「我不曾做甚事。」公子道：「降魔殿内锁的是什么人？」景清方才省得，便摇手道：「贤侄莫管闲事。」公子急得暴躁如雷，大声叫道：「出家人清静无为，红尘不染，为何殿内锁着个妇女在内哭哭啼啼？必是非礼不法之事！你老人家也要放出良心，是一是二，说得明白，还有个商量。休要欺三瞒四，我赵某不是与你和光同尘的！」景清见他言词峻厉，便道：「贤侄，你错怪愚叔了！」公子道：「怪不怪是小事，且说殿内可是妇人？」景清道：「正是。」公子道：「可又来！」景清晓得公子性躁，还未敢明言，用缓词答应道：「虽是妇人，却不干本观道众之事。」公子道：「你是个一观之主，就是别人做出歹事，寄顿在殿内，少不得你知情。」景清道：「贤侄息怒。此女乃是两个有名响马，不知那里掳来，一月之前寄于此处。托吾等替他好生看守，若有差迟，寸草不留。因是贤侄病未痊，不曾对你说得。」公子道：「响马在那里？」景清道：「暂往那里去了。」公子不信道：「岂有此理，快与我打开殿门，唤女子出来，俺自审问他详细。」说罢，绰了浑铁齐眉短棒，往前先走。景清知他性如烈火，不好遮拦。慌忙取了匙钥，随后赶到降魔殿前。景清在外边开锁。那女子在殿中听得锁响，只道是强人来到，愈加啼哭。公子也不谦让，才等门开，一脚跨进。那女子躲在神道背后唬做一团。公子近前，放下齐眉短棒，看那女子，果然生得标致：

眉扫春山，眸横秋水。含愁含恨，犹如西子捧心；欲泣欲啼，宛似杨妃剪发；琵琶声不响，是个未出塞的明妃；胡笳调若成，分明强和番的蔡女。天生一种风流态，便是丹青画不真。

公子抚慰道：「小娘子，俺不比奸淫之徒，你休得惊慌。且说家居何处？谁人引诱到此？倘有不平，俺赵某与你解救则个。」那女子方才举袖拭泪，深深道个万福。公子还礼。女子先问：「尊官高姓？」景清代答道：「此乃汴京赵公子。」女子道：「公子听禀！……」

未曾说得一两句，早已扑簌簌流下泪来。原来那女子也姓赵，小字京娘，是蒲州解梁县小祥村居住，年方一十七岁。因随父亲来阳曲县还北岳香愿，路遇两个响马强人，一个叫做满天飞张广儿，一个叫做着地滚周进。见京娘颜色，饶了他父亲性命，掳掠到山神庙中，张、周二强人争要成亲，不肯相让，议论了两三日。二人恐坏了义气，将这京娘寄顿于清油观降魔殿内，吩咐道士小心供给看守。再去别处访求个美貌女子，掳掠而来，凑成一对，然后同日成亲，为压寨夫人。那强人去了一月，至今未回。道士惧怕他，只得替他看守。京娘叙出缘由，赵公子方才向景清道：『适才甚是粗卤，险些冲撞了叔父！既然京娘是良家室女，无端被强人所掳，俺今日不救，更待何人？』又向京娘道：『小娘子休要悲伤，万事有赵某在此。管教你重回故土，再见爹娘。』京娘道：『虽承公子美意，释放奴家出于虎口，奈家乡千里之遥，奴家孤身女流，怎生跋涉？』公子道：『救人须救彻。俺不远千里，亲自送你回去。』京娘拜谢道：『若蒙如此，便是重生父母。』景清道：『贤侄，此事断然不可。那强人势大，官司禁捕他不得。你今日救了小娘子，典守者难辞其责。再来向我要人，教我如何对付？须当连累于我！』公子笑道：『大胆天下去得，小心寸步难行。俺赵某一生见义必为，万夫不惧。那响马虽狠，敢比得潞州王么？』他须也有两个耳朵，晓得俺赵某名字。既然你们出家人怕事，俺留个记号在此，你们好回复那响马。』说罢，轮起浑铁齐眉棒，横着身子，向那朱红槅子，狠的打一下。『枥拉』一声。把菱花窗棂都打下来。再复一下，把那四扇槅子，打个东倒西歪。唬得京娘战战兢兢，远远的躲在一边。景清面如土色，口中只叫『罪过！』公子道：『强人若再来时，只说赵某打开殿门抢去了。冤各有头，债各有主。要来寻俺时，教他打蒲州一路来。』景清道：『此去蒲州千里之遥，路上盗贼生发。独马单身，尚且难走，况有小娘子牵绊？凡事宜三思而行。』公子笑道：『汉末三国时，关云长独行千里，过五关斩六将，护着两位皇嫂，直到古城与刘皇叔相会，这才是大丈夫所为。今日一位小娘子救他不得，赵某还做什么人？此去倘然冤家狭路相逢，教他双双受死。』景清道：『然虽如此，还有一说。古者男女坐不同席，食不共器。贤侄千里相送小娘子，虽则美意，出于义气，旁人怎知就里？见你少男少女一路同行，嫌疑之际，被人谈论。可不为好成歉，反为一世英雄之玷？』公子呵呵大笑道：『叔父莫怪我说。你们出家人惯妆架子，里外不一。俺们做好汉的，只要自己血心上打得过，人言都不计较。』景清见他主意已决，问道：『贤侄几时起程？』公子道：『明早便行。』景清道：『只怕贤侄身子还不健旺。』公子道：『不妨事。』景清教道童治酒送行。公子于席上对京娘道：『小娘子，方才叔父说一路嫌疑之际，恐生议论。俺借此席面，与小娘子结为兄妹。俺姓赵，小娘子也姓赵，五百年合是一家，从此兄妹相称便了。』京娘道：『公子贵人，奴家怎敢扳高？』景清道：『既要同行，如此最好。』呼道童取过拜毡。京娘请恩人在上：『受小妹子一拜。』公子在旁还礼。京娘又拜了景清，呼为伯伯。景清在席上叙起侄儿许多英雄了得，京娘欢喜不尽。是夜直饮至更余，景清让自己卧房与京娘睡，自己与公子在外厢同宿。

五更鸡唱，景清起身安排早饭，又备些干粮牛脯，为路中之用。公子鞴了赤麒麟，将行李扎缚停当，嘱付京娘：『妹子，只可村妆打扮，不可治容炫服，惹是招非。』

早饭已毕，公子扮作客人，京娘扮作村姑，一般的戴个雪帽，齐眉遮了。兄妹二人作别景清。景清送出房门，忽然想起一事道：『贤侄，今日去不成，还要计较。』不知景清说出甚话来？正是：

鹊得羽毛方远举，虎无爪牙不成行。

景清道：『一马不能骑两人，这小娘子弓鞋袜小，怎跟得上？可不担误了程途。从容觅一辆车儿同去，却不好？』公子道：『此事算之久矣。有个车辆又费照顾，将此马让与妹子骑坐，俺誓愿千里行，相随不惮。』京娘道：『小妹有累恩人远送，愧非男子，不能执鞭坠镫，岂敢反占尊骑，决难从命。』公子道：『你是女流之辈，必要脚力。赵某脚又不小，步行正合其宜。』京娘再四推辞，公子不允，只得上马。公子挎了腰刀，手执浑铁杆棒，随后向景清一揖而别，景清道：『贤侄路上小心，恐怕遇了两个响马，须要用心堤防。下手斩决些，莫带累我观中之人。』公子道：『不妨不妨。』说罢，把马尾一拍喝声：『快走。』那马拍腾腾便跑，公子放开脚步，紧紧相随。

于路免不得饥餐渴饮，夜住晓行。不一日行至汾州介休县地方。这赤麒麟原是千里龙驹马，追风逐电。自清油观至汾州不过三百里之程，不够名马半日驰骤。一则公子步行恐奔赴不及，二则京娘女流不惯驰骋，所以控辔缓缓而行。兼之路上贼寇生发，须要慢起早歇，每日止行一百余里。公子是日行到一个土冈之下，地名黄茅店。当初原有村落，因世乱人荒，都逃散了，还存得个小小店儿。日色将晡，前途旷野，公子对京娘道：『此处安歇，明日早行罢。』京娘道：『但凭尊意。』店小二接了包裹，京娘下马，去了雪帽。小二一眼瞧见，舌头吐出三寸，缩不进去。心下想道：『如何有这般好女子？』小二牵马系在屋后，公子请京娘进了店房坐下。小二哥走来踮着呆看。公子问道：『小二哥有甚话说？』小二道：『这位小娘子，是客官什么人？』公子道：『是俺妹子。』小二道：『客官，不是小人多口，千山万水，途间不该带此美貌佳人同走。』公子道：『为何？』小二道：『离此十五里之地，叫做介山，地旷人稀，都是绿林中好汉出没之处。倘若强人知道，只好白白里送与他做压寨夫人，还要贴他个利市。』公子大怒骂道：『贼狗大胆，敢虚言恐唬客人！』照小二面门一拳打去。小二口吐鲜血，手掩着脸，向外急走去了。店家娘就在厨下发话。京娘道：『恩兄忒性躁了些。』公子道：『这厮言语不知进退，怕不是良善之人！先教他晓得俺些手段。』京娘道：『既在此借宿，恶不得他。』公子道：『怕他则甚？』京娘便到厨下与店家娘相见，将好言好语稳贴了他半晌。店家娘方才息怒，打点动火做饭。京娘归房，房中尚有余光，还未点灯。公子正坐，与京娘讲话。只见外面一个人入来，到房门口探头探脑。公子大喝道：『什么人敢来瞧俺脚色？』那人道：『小人自来寻小二哥闲话，与客官无干。』说罢，到厨房下，与店家娘唧唧哝哝的讲了一会方去。公子看在眼里，早有三分疑心。灯火已到，店小二只是不回。店家娘将饭送到房里，兄妹二人吃了晚饭，公子教京娘掩上房门先寝。自家只推水火，带了刀棒绕屋而行。约莫二更时分，只听得赤麒麟在后边草屋下有嘶喊踢跳之声。此时十月下旬，月光初起，公子悄步上前观看，一个汉子被马踢倒在地。见有人来，务能的挣闼起来就跑。公子知是盗马之贼。追赶了一程，不觉数里。转过溜水桥边，不见了那汉子。只见对桥一间小屋，里面灯烛辉煌，公子疑那汉子躲匿在内，步进看时，见一个白须老者，端坐于土床之上，在那里诵经。怎生模样：

眼如迷雾，须若凝霜，眉如柳絮之飘，面有桃花之色。若非天上金星，定是山中社长。